문학과지성사 한국문학선집
1900~2000

소설 2

문학과지성사 한국문학선집 1900~2000__소설 2

펴낸날_2007년 11월 26일

엮은이_우찬제·김미현
펴낸이_채호기
펴낸곳_㈜문학과지성사

등록_1993년 12월 16일 등록 제10-918호
주소_서울 마포구 서교동 395-2(121-840)
전화_02)338-7224
팩스_02)323-4180(편집)   02)338-7221(영업)
전자우편_moonji@moonji.com
홈페이지_www.moonji.com

ⓒ ㈜문학과지성사, 2007. Printed in Seoul, Korea

ISBN 978-89-320-1684-9
ISBN 978-89-320-1681-8(전4권)

값 40,000원

* 이 책의 판권은 저작권자와 ㈜문학과지성사에 있습니다.
  서면 동의 없는 무단 전재 및 복제를 금합니다.

문학과지성사 한국문학선집
1900~2000

2

우찬제 김미현 엮음

문학과지성사
2007

■ 기획의 말

　제대로 된 한국문학선집을 만나고 싶다는 것은 한국문학을 아끼는 모든 이들이 열렬히 품어온 소망 중의 하나였다. 잘 만들어진 문학선집은, 작가의 창조적 생산과 독자의 그 역시 창조적인 향유 사이의 교통을 활성화시키는 '현대식 교양'으로서 기능한다. 문학 활동의 근본 목표가 인간에 대한 이해의 심화이자 삶에 대한 감각의 확장이라면 그 목표에 도달하는 일은 작품을 참조점으로 해서 독자 스스로 행하는 것이지 작가나 혹은 어느 누구가 '인도'하는 것이 아니다. 그렇다는 것은 독자 자신이 더 깊은 이해와 취향의 잠재적 소유자라는 것을 뜻하며, 때문에, 그의 향유, 즉 독서 행위가 창조적 작업의 형식으로 구성될 수 있음을 가리킨다. 그런데 그런 창조적 작업으로서의 독서는 저절로 이루어지지 않으며, 그것을 가능케 해줄 특별한 독서 생산 장치들을 필요로 한다.
　한국문학선집은 가장 기초적인 문학 생산 장치를 이룬다. 그것이 기초적이라는 점에서 한국문학선집은 보편타당해야 하며 동시에 빠짐없어야 한다. 가능한 한 많은 사람들이 수긍할 만한 작가·시인의 작품을 골라야 하며 동시에 한국문학의 다양성을 충분히 보여줄 수 있을 만큼 망라되어야 한다. 그것이 독자의 문학적 체험을 풍요롭게 하는 길이다. 또한 앞선 정의에 의해서 문학선집은 수용적이라기보다 생산적이어야 한다. 즉, 독자의 평균적 기대 지평을 도발적인 방식으로 배반하는 구조를 갖추어야 한다. 그 배반 구조는 저 '보편타당성'

과 '빠짐없음'이라는 기본 요구들에 의문부호라는 바퀴를 달아, "나는 바퀴를 보면 굴리고 싶어진다"는 어느 시인의 표현처럼, 독자와 작품 사이에 한국문학과 문학성에 대한 역동적인 대화 공간을 창출할 것이다.

'문지 포에티카'라는 잠정적인 이름으로 처음 문학선집을 기획할 때, 우리의 의도가 그러하였다. 그때가 21세기의 문턱을 향해 가고 있던 1999년 말이었다. 그로부터 무려 8년이라는 시간이 흐르는 동안, 재정, 구성, 선정, 청탁 등등 처처에서 꽤 까다로운 일들이 쉼 없이 우리의 발목을 적시며 걸음을 더디게 하였다. 이제 가까스로 마무리를 짓게 되었으니 잠시 눈을 들어 먼 하늘의 유심함을 더듬어 본다. 작품 선정에 즐거이 협력해주신 작가·시인들, 그리고 작고 시인·작가의 근친들, 집필을 기꺼이 수락해주신 한국문학 연구자와 평론가들, 그리고 일찍 글을 주시고도 거듭 지연된 출간을 참고 기다려주신 모든 필자들, 문학과지성사의 숨은 일꾼들에게 깊은 감사를 드린다.

― 「문학과지성사 한국문학선집 1900~2000」을 펴내며

'한국문학선집' 소설 편에는 이광수로부터 김영하에 이르기까지 89명의 소설가를 수록하고 있다. 이광수의 「무정」으로부터 시작하여 김영하의 「비상구」에 이르는 시간적 길이는 약 1세기이며 이 기간은 바로 우리 근대문학의 역사 거의 전체에 해당하는 기간이다. 이 선집이 '신소설'을 제외하고 이광수의 「무정」으로부터 시작한 것은 고전소설과 근대소설의 과도기적 상태에 있는 '신소설'에 대해서는 좀더 정밀한 여러 가지 검토가 필요하다고 생각했기 때문이다. 그리고 시기 구분과 작품의 발표 연대가 일치하지 않는 경우가 생긴 것은 작가의 주요 활동이 이루어진 연대를 근거로 시기 구분을 한 데 따른 것이다. 아무쪼록 이 불일치는 작품 활동 기간이 긴 소설가의 경우 작가 중심의 시기 구분을 할 때 불가피하게 나타나는 현상이라 생각해주기 바란다.

이 선집에서는 1세기의 기간을 다섯 개의 시기로 나누어놓고 있다. 이 구분

에 대해서는 찬반의 논란이 있겠지만, '한국문학선집'에서는 현재까지 가장 일반적으로 통용되는 시기 구분을 시와 소설 선집 모두에 적용하여 그렇게 구분했다. 첫번째 시기(1900~1929)는 한국근대소설이 문체와 묘사에서 그 틀을 확실하게 구축한 시기인 동시에 현실에 대응하는 이념적 형태를 드러낸 시기이다. 두번째 시기(1930~1944)는 한편으로는 우리 근대소설사의 뛰어난 작품들이 속속 그 모습을 드러내기 시작하고 다른 한편으로는 정치적 탄압과 맞물려 이념의 내재화와 일상성의 대두가 소설의 주요 문제로 부각된 시기이다. 세번째 시기(1945~1959)는 작가 모두에게 민족 해방과 모국어 회복이라는 영광이 주어진 시기이자 누구도 피해갈 수 없었던 처참한 동족상잔이 벌어진 시기이다. 이 시기에 발표된 거의 모든 소설들이 이 양대 주제와 깊은 관련을 맺고 있는 것은 그 때문이다. 네번째 시기(1960~1979)는 소설가들이 자유롭고 감각적인 문체, 현실에 상응하는 한글문체를 어려움 없이 구사할 수 있게 된 시기이자, 풍요와 빈곤, 계층의 분화와 갈등을 본격적으로 겪기 시작한 시기이다. 또 이념과 역사, 일상적 현실과 사회적 현실의 문제를 다룬 장편소설들이 본격적으로 대거 생산되기 시작한 것도 이 시기이다. 다섯번째 시기(1980년 이후)는 사회 비판과 이념 지향이 절정에 달했던 시기로부터 급격하게 대중문화의 시대로 진입해가는 궤적을 보여주는 시기이다. 시대의 전망을 위한 산문적 고민, 새로운 소설 스타일의 수사학적 실험, 세계화 및 대중문화의 격랑에 대응하는 새로운 탈주의 흔적들을 이 시기의 소설을 통해 확인해볼 수 있다.

각 소설가들에 대해서 1편 혹은 2편의 소설이 본보기로 제시되었으며, '전기적 정보' '작품 세계' '수록 작품 해설' '주요 참고 문헌'을 순서대로 제공하여 음미와 이해를 도왔다. 각 소설가에 대해서는 권위를 인정받고 있는 연구자들을 집필자로 선정하였다.

_소설 편 엮은이 일동

문학과지성사 한국문학선집 1900~2000 | 차례

소설 2

기획의 말 5
일러두기 14

제4시기: 1960~1979
현실의 질곡과 문학적 역설, 그 소설의 시대

웃음소리/화두 **최인훈** 17
노란 봉투 **최일남** 59
초식 **이제하** 78
즐거운 지옥 **홍성원** 95
해나무 소리 **김용성** 131
강 **서정인** 153
무진기행 **김승옥** 173
삼포 가는 길 **황석영** 201
죽음의 한 연구 **박상륭** 226
우상의 눈물 **전상국** 250
변명 **이병주** 283
당신들의 천국/소리의 빛 **이청준** 306
내 그물로 오는 가시고기 **조세희** 349
화무십일 **이문구** 384
장난감 도시 **이동하** 403
미망 **김원일** 422

타인의 방	**최인호**	451
어머니	**한승원**	467
장마	**윤흥길**	496
저녁의 게임	**오정희**	529
이장동화	**김주영**	552
철쭉제	**문순태**	573
순이 삼촌	**현기영**	608
오막살이 집 한 채	**김성동**	646

제5시기: 1980년 이후
현대성과 탈현대성을 위한 새로운 모험

엄마의 말뚝 3	**박완서**	667
먼 그대	**서영은**	690
회색의 땅	**조정래**	715
협궤열차에 관한 한 보고서	**윤후명**	740
지옥에서 보낸 한 철	**박영한**	766
추도	**김원우**	807
금시조	**이문열**	826
겨울의 빛	**김향숙**	867
한계령	**양귀자**	894
무지개는 일곱 색이어서 아름답다	**현길언**	923
유리창을 떠도는 별 한 마리	**이인성**	953
아버지의 땅	**임철우**	971
화누, 기록, 화석	**최수철**	996
구평목씨의 바퀴벌레	**이승우**	1032
슬픔의 노래	**정 찬**	1056
수색, 그 물빛 무늬를 찾아서	**이순원**	1093
배드민턴 치는 여자	**신경숙**	1117
비명을 찾아서	**복거일**	1144

회색 눈사람 **최 윤** 1177
빛의 걸음걸이 **윤대녕** 1213
개흘레꾼 **김소진** 1239
홀림 **성석제** 1262
짐작과는 다른 일들 **은희경** 1284
비상구 **김영하** 1308

찾아보기_작가 1339
찾아보기_작품 1341
엮은이 · 해제자 소개 1343

문학과지성사 한국문학선집 1900~2000 | 차례
한국문학_소설 1

기획의 말 5
일러두기 14

제1시기: 1900~1929
근대소설의 발흥과 현실에의 성찰

무정/무명 **이광수** 17
태형 **김동인** 68
만세전/양과자갑 **염상섭** 91
운수 좋은 날 **현진건** 150
벙어리 삼룡이 **나도향** 165
해돋이 **최서해** 181
낙동강 **조명희** 214
민촌 **이기영** 233

제2시기: 1930~1944
경향성의 분화와 소설적 관심의 확산

탁류/논 이야기 **채만식** 267
홍수전후 **박하성** 314
까마귀 **이태준** 339

태양은 병들다	한설야	357
제1과 제1장	이무영	389
창랑정기	유진오	418
메밀꽃 필 무렵	이효석	441
소설가 구보씨의 일일/천변풍경	박태원	454
상록수	심 훈	521
날개/봉별기	이 상	557
지하촌	강경애	592
흉가	최정희	629
맥	김남천	644
동백꽃	김유정	669
모범경작생	박영준	681
남생이	현 덕	700
무녀도/까치 소리	김동리	736

제3시기: 1945~1959
상처의 치유를 위한 산문적 모색

별/나무들 비탈에 서다	황순원	801
잔등	허 준	836
제3인간형	안수길	871
모래톱 이야기	김정한	906
유수암	한무숙	938
고가	정한숙	966
요한시집	장용학	1002
비 오는 날	손창섭	1040
유예	오상원	1057
사수	전광용	1072
단독강화	선우휘	1087
오발탄	이범선	1108

닳아지는 살들	**이호철**	1145
시장과 전장	**박경리**	1171
암사지도	**서기원**	1200
흰 종이 수염	**하근찬**	1223

찾아보기_작가 1244
찾아보기_작품 1246
엮은이·해제자 소개 1248

| 일러두기 |

1. 1900년에서 최근까지 총 다섯 시기로 구분하고, 작가의 주된 창작 활동 시기와 등단 시점 등을 고려하여 해당 시기에 수록하였다
2. 수록 작품은 최초 발표 지면 혹은 초간본을 저본으로 삼되, 가장 최근에 펴낸 단행본 혹은 해당 작가 전집의 판본을 참조하였다. 저본 및 참조한 판본은 본문 첫머리에 밝혔다.
3. 본문은 작가의 검토 및 수정을 거쳐 확정하였으며, 작고 작가의 경우 해제자가 확정하였다. 부연 설명 및 뜻풀이가 필요한 낱말, 문장의 경우 독자들의 이해를 돕기 위해 주(註)를 달았다.
4. 중, 장편소설은 분량상의 문제로 불가피하게 부분 수록하였으며, 이는 본문 첫머리 혹은 중간에 밝혔다.
5. 이 책의 맞춤법 및 외래어 표기는 문교부 고시 '한글 맞춤법' 및 '외래어 표기법'을 원칙으로 삼았다. 다만 작가 특유의 표현이나 작품의 분위기에 영향을 준다고 판단되는 사투리나 구어체 표현, 의성어·의태어 등은 그대로 반영하였고, 대화문 내의 구어와 속어 역시 가급적 원본을 살렸다.
6. 대화문에는 큰따옴표를, 대화가 아닌 혼잣말이나 강조의 경우에는 작은따옴표를 사용하였고, 말줄임표는 모두 '……'로 통일하였다. 또한 과도하게 사용된 생략 부호나 이음 부호는 읽기에 편하도록 조절하였다.
7. 원본의 한자는 가급적 한글로 바꾸었으며, 작품 이해에 도움이 될 만한 한자는 그대로 두고 괄호 안에 넣었다. 반복하여 등장하는 한자는 최초에만 괄호 안에 넣어 병기하는 것을 원칙으로 삼았다.

제4시기: 1960~1979
현실의 질곡과 문학적 역설, 그 소설의 시대

웃음소리/화두 최인훈
노란 봉투 최일남
초식 이제하
즐거운 지옥 홍성원
홰나무 소리 김용성
강 서정인
무진기행 김승옥
삼포 가는 길 황석영
죽음의 한 연구 박상륭
우상의 눈물 전상국
변명 이병주
당신들의 천국/소리의 빛 이청준
내 그물로 오는 가시고기 조세희
화무십일 이문구
장난감 도시 이동하
미망 김원일
타인의 방 최인호
어머니 한승원
장마 윤흥길
저녁의 게임 오정희
이장동화 김주영
철쭉제 문순태
순이 삼촌 현기영
오막살이 집 한 채 김성동

최인훈
웃음소리

정한 시간까지는 아직 사이가 있었지만 그녀는 곧바로 걸음을 옮겨 골목으로 꺾어지는 모퉁이를 돌았다.

'바 하바나'라고 쓴 간판이 익숙한 눈어림 속에 들어왔을 때, 그것은 마치 죽었다는 소문을 듣고 있던 사람을 거리에서 문득 만났을 때처럼 그녀를 서먹하게 했다.

그곳까지는 걸어가는 사이가 무척 길게 느껴졌다. 수없이 오고 간 그 골목이 아주 낯설고 맞받는 힘을 헤치고 들어가야 하는 뿌듯한 물체처럼 생각되는 것이었다.

문을 열고 홀 안에 들어섰을 때 그러한 느낌은 줄기는커녕 한층 심해졌다. 벽에 밀어붙여서 쌓아올린 의자들의 위쪽 것은 거꾸로 한 다리를 앙상하게 천장을 향하여 뻗치고 있고, 스크린이 두 겹으로 이 의자의 더미를 성벽처럼 둘러치고 남은 빈자리는 전에는 기름이 잘 먹어 검고 육중하게 빛나던 미루딥지 않게 희부옇고 을씨년스러웠다. 그녀의 눈길을 맞은 맨 처음 것은 이 빈자리였고 그 저편에 스크린으로 가려진 의자의 산(山)을 그리고 그 봉우리에 솟은 삐쭉삐쭉한 쇠붙이의 다리들을── 이런 순서로 알아보았던 것이다. 그것은 그녀가

---

* 「웃음소리」는 『신동아』 1966년 1월호에 발표되었다. 여기서는 『우상의 집』(최인훈 전집 8, 문학과지성사, 1976; 1993)에 수록된 것을 텍스트로 삼았다.

바로 한 달 전까지 거기서 웃고 마시고 얼굴과 몸의 겉을 취한 속에서도 알맞게 계산하면서 주었다, 뺏었다 하며 돈과 바꾸던 그곳이 아니었다. 다른 어떤 곳. 처음 와보는 어떤 곳. 아마 그녀가 영화에서 본 일이 있는 저 사막에 가서 허허한 모래의 공간과 하늘로 뻗친 앙상한 사보텐의 다리와 가시를 보았다면 그녀의 가슴은 비슷한 아픔을 느꼈을지도 모른다.

그래서 도적놈처럼 죽여지는 걸음에 그때마다 못마땅해지면서, 홀의 끝에 있는 카운터까지 걸어가 널판에 핸드백을 소리내어 얹으면서, 그녀는 말하였다.

"누구, 있어요?"

진열대 아래 뚫린, 부엌과 통하는 문 앞에는 먹고 난 가락국수 그릇이 내놓여 있었다. 아직 물기가 가시지 않은 그릇이 그녀의 물음에 그만큼은 대꾸해주었다. 그러나 저편에서 사람의 목소리는 대꾸해오지 않았다. 그녀는 다시 불렀다. 그리고 한 손으로 백을 잡고, 남은 손으로 주먹을 만들어, 기대고 선 카운터의 수직면을 조금 세게 두드렸다.

속에서 인기척이 났다. 그녀가 다시 무어라고 입을 떼려던 참에 사잇문이 열리며 그 빠끔한 빈칸에 이번에는 거짓말처럼 낯익은 풍경―순자의 그 통탕한 얼굴이 나타났다.

"어머, 언니."

그녀는 목을 꼬아, 찾아온 사람을 올려다보며 웃어 보이고는 한번 안으로 사라졌다가 그제서야 문을 빠져나와 카운터 안에 들어섰다.

"너 아직 있었구나?"

"응."

순자는 이마에 흩어지는 머리카락을 밀어올리면서 또 한번 웃었다. 부엌일을 거들고 있던 순자는 바가 닫히던 무렵에 화장이며 맵시가 부쩍 '언니'들을 닮아서 때가 빠지고 있었다. 그녀는 자기가 가끔 순자에게 쓰다 남은 매니큐어 약이며 루즈를 집어준 생각을 하였다.

"마담 안 오셨니?"

"아니."

"언제 들렀니?"

"그러니까…… 한 사오 일 전에 오셨던데, 쉬 다시 연다구…….."

"그래?"

그렇다면 오늘 얘기는 지킬는지도 모른다고 그녀는 생각하였다. 마담은 그녀를 다시 두고 싶어할 것은 분명하였고 그러자면 밀린 돈을 다른 일 젖혀놓고라도 갚을 것이기 때문이었다. 그녀는, 하나만 남은 의자 위에 올라앉으면서 카운터 안에 선 순자에게 다시 물었다.

"오늘 들르겠단 말 없든?"

"아아니?"

아무튼 기다리기로 하자. 마음먹은 일을 하자면 그만한 돈은 꼭 있어야 했다. 그 돈으로 하려는 일이 지금 그녀에게는 그 돈과 꼭 맞먹는 그저 치러버려야 할 일로 생각되었다.

이것저것 더 묻지도 않고 속으로 무엇인가 생각하면서 멍해 있는 '언니'와 마주 서 있기가 심심했던지 순자가 가락국수 그릇을 집어들면서 곧 다녀올 터이니 비우지 말아달라고 이르고 나간 다음에도 그녀는 까딱도 않고 손으로 턱을 괴고 그 자리에 앉아 있었다.

두 겹으로 된 나들이문은 그나마 맑은 유리가 아니었고, 위아래로 길쭉한 창에는 두꺼운 커튼마저 가려져서 홀 안은 한결 어두웠다. 그녀가 앉아 있는 어두운 곳에서 보면 창문으로 들어오는 햇빛이 커튼에 배어서 밖은 마치 검은 안경을 쓴 남자의 동공처럼 보였다. 그녀의 망막에는 검은 안경을 쓴 어떤 해사한 눈자위가 퍼뜩 떠올랐으나 그녀 속에 있는 노여움이 거칠고 빠르게 그 그림자를 뭉개어버렸다. 얼굴에 피가 오르는 느낌에 스스로 화를 내면서 그녀는 벽을 열고 화장용 줄칼을 꺼내 손톱을 다듬기 시작하였다.

언제나처럼 그 작업은 마음을 가라앉혔다. 무료한 때, 또는 둘레가 시끄러울 때, 저쪽 말을 귀담아듣고 싶지 않을 때, 또는 눈을 마주치기 싫을 때, 좋을 때, 또는 나쁜 때—어느 때건 손톱에 매달리는 버릇은 동료들에게는 잘 알려져 있어서 그들은 그녀의 말보다도 그녀가 손톱을 손질하는 품을 보고 대답을 들었다. 더 손댈 자리가 없어 보이는 손톱에서 그녀는 아주 작은 그리고 희미한 흠을 찾아내어 조심스레 갈고 닦아갔다. 어두운 속에서 그 일은 더욱 시간이 걸리고 온 조심을 필요로 하였다. 줄칼의 어림과, 어둠 속에서 반짝이는 손톱의 윤곽을 엇바꿔 다루면서 그녀는 작업을 이어나갔다.

 같은 장삿집들이 늘어선 깊숙한 골목 안은 한 시를 조금 지난 이 시간에 아주 조용하여서 그녀는 거의 아무 소리도 듣지 못하였다. 그녀는 가끔 고개를 들어 입구를 바라보고 또 구석의 의자의 산을 뒤돌아본다. 손톱을 만지고 있는 사이 그곳에 문이, 그곳에 의자의 산이 아직도 있어주고 있는가를 다짐하려는 것처럼 보였고 문에서 누가 나타나기를 기다린다고는 보이지 않았다. 왜냐하면 출입구로 갔던 눈길은 멈추지 않고 돌아가는 시곗바늘의 움직임처럼 의자의 산쪽으로 미끄러져서는 다시 손톱으로 돌아오기 때문이다. 그녀의 동료들은 이 작업을 두려워했었다. 신참자들은 말을 가름한 이 동작 앞에서 '선배'를 느꼈고 경쟁자들은 짜증을 그리고 마담은 이 홀의 '1번'의 무게를 보았었다. 물론 그 '1번'이 '1번'답지 않은 '외도'를 했을 때 마담은 장삿속만이라고는 할 수 없는 타이르는 말을 했었다. 그때도 정말에 몹시 가까운 말을 한다는 자기 느낌 때문에 '마담'답지 않은 울림을 목소리에 풍기는 선배 앞에서 그녀는 천천히 줄칼을 꺼냈었다……. 순자는 이내 돌아보지 않는다. 시간이 되었는데 마담도 나타나지 않고. 순자 얘기대로라면 마담은 올 테지. 오지 않으면 하고 생각해 보니 을씨년스런 홀의 모습이 그녀의 마음속에서 마치 사람처럼 우뚝 마주 선다. 만일 오지 않으면. 그녀 앞에 기다리고 있는 것은 그 풍경을 꼭 닮은 생활이다. 지금까지도 그랬으나 그때는 색칠한 불빛과 마지막 자리에 서 있다는 썩은 안정감이 있었는데 지금은. 동굴 속의 어둠. 하늘을 찌르는 사보텐의 산. 그 속에 마지막 자리에서 한발 더 내디디려고 허우적거리는 마음이 있다. 그녀는 손톱 다듬는 작업을 그치지 않으면서 이런 생각을 하고 있는데 그녀의 속에서 또 다른 한 사람의 그녀가 손톱에 신경을 쏟고 있는 그녀와는 달리 돌아앉아서 혼자 하는 푸념이고 그녀는 그것을 어렴풋이 느끼는 그런 식으로 오락가락하는 생각이다.

마담이 온 것은 약속에서 너끈히 한 시간은 지난 때였다. 순자의 말대로였다. 바는 곧 열게 된다고 마담은 말한다. 꾸밈새를 새로 할 생각인데 돈은 넉넉히 들어서 새로 차리는 맛을 낼 작정이라고도 한다. 마담의 얘기를 들으면서도 그녀는 마음이 안 놓인다. 빚갚기를 미루기 위해서 허풍을 떠는 것인지 모른다고 생각하기 때문이다. 그렇지 않았다. 뜨악해서 제대로 맞장구도 치지 않는 그녀에게 마담은 핸드백에서 수표를 꺼내주면서 말했다.

"요즈음 바쁠 테지. 원 다른 애들하구야 다르지. 너야 이만 돈에야 궁색했겠니? 그래 그 녀석 아직 붙잡지 못했니?"

마담은 약속대로 돈을 준다는 일이 안 될 일이기나 하는 것처럼 그녀의 변명을 대신해주는 것이었다. 그것은 바가 열리면 다시 나올 것으로 믿고 있는 이쪽이 거북할까 봐 어루만져주는 것임이 분명하였다.

아직도 붙잡지 못했느냐는 물음에 그녀는 상처를 건드리운 고양이처럼 화가 났다. 그녀는 말없이 수표를 접어 핸드백에 받아 넣으면서 인제는 죽을 수 있게 되었다고 생각하다가 문득 자기는 이 돈이 되지 않기를 바랐던 것이 아닐까 하고 생각하자 또다시 화가 나는 것이었다.

P온천으로 가는 기차는 서울역에서 네 시에 있다. 이튿날 그녀는 이 기차를 탔다. 휴일이 아니어서 그런지 이등차 안은 듬성했다. 떠나기 조금 전에 뚱뚱한 중년의 남자가 그녀 앞자리를 차지하고 앉았다. 혼자 있고 싶은 그녀에게는 귀찮은 일이었으나 대뜸 자리를 옮기기도 어려웠다. 그녀는 창밖에서 뒤로 달려가는 오월을 바라보면서 그것을 어제 그녀가 앉아 있었던 바의 풍경과 조금도 다른 것이 아닌 것처럼 보고 있었다.

확실하다. 왜냐하면 그것은 온전히 그녀 자신에 달려 있었고 그녀는 죽기로 마음먹었고 지금 자기 주검을 눕힐 자리로 빨리 달리고 있으니. 하숙집에서 죽기는 죽어도 싫었다. 죽은 다음에 안마당에 세든 집 식구늘이 자기 방문 앞에서 떠들썩하고 들여다보고 할 것을 생각해서 그랬고 약을 마시고 잠이 들기까지 그 좁은 방에서 천장을 쳐다보고 있어야 할 생각은 죽음 그것보다 더 소름 끼치는 일이었다. 가진 것을 팔았더니 밀린 집세와 구멍가게의 빚을 갚는 데 꼭 맞았다. 그래서 마담에게서 받은 돈은 그대로 남았다. 그녀는 P온천에는 전에 가본 적이 있다는 것과 가기가 가깝다는 까닭으로 그곳으로 자리를 골랐다. 모든 일은 끝나고 이제 열차 시간표처럼 꼭 짜여진 시간만이 잇달아 그녀를 기다리고 있는데도 모든 것은 여전히 거짓말만 같다. 그것이 그녀를 짜증나게 했다. 어느 누군가 그녀의 마지막 바람까지를 몰래 다스리고 있어서 그녀가 아무리 발버둥쳐보았자 그것은 거짓말이라고 하는 것처럼. 자기만이 정할 수 있는 일에 다른 사람이 참견하고 자기는 그것과 싸워야만 한다는 느낌 그리고 그 일이 다름 아닌 제 손으로 죽자는 일이라는 사실이 그녀에게는 짜증스러운 것이다.

그러자 그녀는 그 짜증스러움이 밖으로부터도 그녀를 괴롭히고 있는 것을 느낀다. 그것은 맞은편 자리로부터 오고 있었다. 이맛전이 희부연 그 남자는 담배 연기 사이로 그녀를 뜯어보고 있었다. 몸으로 알 수 있는 그 남자의 눈길은 뭐하는 계집인지 안단 말야 하는 투의 것으로 느껴지는 것이었다. 그녀는 움직일 수 없었다. 움직일 수 없다고 생각이 들자 그것은 무거운 고단함을 떠맡겼다. 그러자 그녀는 거의 날래다고 해야 할 움직임으로 핸드백을 열었다. 줄칼은 없었다. 그러자 그녀 앞에 요즈음 들어 처음으로 부피 있는 느낌이—아득하도록 깊은 구렁텅이가 빠끔히 아가리를 벌렸으나 곧 인색하게 아물려졌다.

마치 그녀를 위한 것처럼 차내 판매원이 다가왔다. 그녀는 사과를 사고 칼을 빌렸다. 그녀는 되도록 천천히 껍질을 벗겼다.

"멀리 가십니까?"

뚱뚱한 남자는 끝내 말을 걸어온다. 그녀는 손에 든 칼로 그 소리가 나는 쪽을 힘껏 푹 찌르고 싶은 흉포한 북받침을 겨우 참는다. 그녀는 아무 대답도 하지 않았다. 그녀의 눈길 어림의 그쪽에 싱글거리는 남자의 얼굴이 있다. 그녀는 토마토 껍질 벗기듯 얇게 천천히 사과를 벗겨간다. 칼끝을 그쪽으로 보내고 싶은 욕망에 지그시 버티듯이. 내 얼굴에 하는 일이 나타나 있는 것일까 하고 그녀는 생각해본다. 그 일이 어떻고 저렇구가 아니라 의당 막 굴어도 좋으려니 하는 남자의 눈길에 그녀는 미움을 느낀다. 이 남자—— 이 처음 만난 뚱뚱한 남자를 죽이고 싶은 마음은 거짓말 같지 않았다. 만일 이 사나이를 데리고 간다면…… 자살 계획에 어떤 어긋남을 가져올까? 술에 약을 타서 먹여놓고 나는 혼자 그 자리에 가서 죽을 수 있다. 정말 그렇게 하고 싶다. 되는 일이다 하고 생각한다. 자기의 죽음이 거짓말 같았던 꼭 그만큼 그 일을 조금도 심한 일이라고는 생각하지 않았다. 죽여버리자…… 아.

"아."

자기 것보다 먼저 나온 남자의 소리를 들으면서 그녀는 엄지손가락을 누르며 그 손에 잡고 있던 사과를 떨어뜨렸다. 누르고 있던 손가락 사이에서 피가 새어 나온다.

그녀는 기다리고 있기나 했던 것처럼 말없이 일어나서 시렁에서 트렁크를 집어들고 차칸의 맨 끝자리로 가서 앉았다. 손수건으로 싸쥐고 있는 손가락 끝이 톡, 톡, 쏘는 아픔 속에 그녀는 의자등에 머리를 기대고 처음으로 편안한 몸매로 창밖을 바라보았다. 푸른빛으로 더럽혀진 사막이 자꾸 다가온다. 속에 사막을 품고 있는 여자도 욕망의 대상으로 삼을 수 있는 남이 그 무정함이 그녀를 슬프게 했다.

P온천에 이르니 바야흐로 해질 무렵이다. 내어주는 방은 마음에 들었다. 밥맛이 없었으므로 그녀는 방에 있기도 무료해서 거리를 돌아다니기로 한다. 여기저기 노점이 벌여진 사이로 사람들이 오가고 있다. 그녀에게는 그들 모두가 이 고장 사람들이 아닌 것처럼 보인다. 그들 가운데 자기 같은 마음으로 이 거리를 걷고 있는 사람은 없을 것이다. 모두가 즐거운 사람들로 보인다. 그러나 새삼스럽게 부러운 생각은 없다. 목적지에 온 지금 그녀의 마음은 더욱 비어 있다. 사보텐마저 없어진 사막 같다. 그 가시마저. 그래서 더욱 거짓말 같다. 자기가 내일이면 죽는다는 일이.

골목길에 교회가 있다. 불이 켜진 창문이 실 쪽으로 나 있다. 걸음을 멈추고 안을 들여다본다. 양쪽 벽에 의자가 한 줄씩 놓이고 가운데는 비어 있다. 설교

단 뒤편에 금누렁 예수상이 있는 것을 보고 그녀는 천주교회라는 것을 안다. 그 텅 빈 홀을 어디선가 본 듯싶은 생각에 사로잡힌다. 마침내 어제 들렀던 바의 그 치워놓은 휑한 마루를 자기가 생각하고 있었던 것을 안다. 자그마한 그 교회는 바의 홀보다 얼마 더 넓지 않다. 그녀는 예수를 바라보았다. 예수는 황금의 두 팔을 힘없이 올리고 고개를 숙이고 있다. 그 앞에 석고로 된 마리아가 석고의 아기를 안고 서 있다. 마리아는 유복자를 안은 홀어미같이 보인다. 세상의 어느 어미 아들하고도 같지 않은 그 식구들이 말없이 살고 있는 이 작은 집에서 그녀는 그들대로 문제를 안고 있는 한 집안을 본다. 문득 위로 치켜진 예수의 금누렁 팔이 점점 늘어지면서 소리내어 땅에 떨어질 것 같은 환각에 사로잡힌다. 그녀는 한 손으로 머리카락을 쓸어넘기며 오래 지켜서서 본다. 기다리고 있으면 그러한 일이 일어날 것을 알고 있는 사람처럼. 이어 그녀의 마음에 또 엉뚱한 생각이 고개를 든다. 저기 매달린 사내 저 황금의 팔을 가진 사람이 그 팔을 들어 나를 부른다면 나는 죽는 것을 그만두어도 좋다고 그녀는 생각한 것이다. 그러자 그녀는 느끼는 것이었다. 죽기가 겁나서가 아니지. 만일 그런 일이 일어난다면 그건 그녀의 죽음에 맞먹는 일이라는 것을. 그만한 일이 일어난다면 자기의 죽음이 거짓말처럼 겉돌지 않고 죽음은 무거운 돌처럼 그녀의 발목에 매달릴 것을 그녀는 바랐던 것이다. 그녀는 저울의 이쪽 접시에 올라앉아 있다. 그리고 다른 쪽 접시에 그녀의 결심을— 죽음의 결심을 얹었던 것이지만 그것은 비눗방울처럼 가벼워서, 살아 있는 그녀의 몸과 맞먹어주지 않았다. 그것이 그녀를 안달나게 한다. 그녀는 예수가 황금의 팔로 그쪽 접시를 눌러주기를 바랐다. 그녀는 거의 비는 마음으로 예수를 바라본다. 그러나 예수는 고개를 들지 않는다. 마치 죄인처럼. 마리아도 움직이지 않는다. 그녀는 그래도 오래 서서 기다렸다. 그러나 아무 일도 일어나지 않았다. 그녀는 부끄러웠다. 그녀는 돌아섰다.

다음 날은 맑게 개인 날씨였다. 천천히 몸차림을 하고 한낮 가까이 여관을 나섰다. 이 집은 산 언저리에 시내를 앞에 두고 있었다. 그녀가 작정한 자리는 그 산속에 있다. 그 자리는 죽음을 마음먹은 참부터 그녀의 마음속에 있었다.

세 번 이곳에 올 적마다 산속에 있는 그 자리에서 많은 시간을 보냈었다. 죽자고 마음먹은 참에 졸리운 사람이 침대로 걸어가듯 그녀의 마음은 그 자리로 걸어갔던 것이다. 산은 한참 달아오른 훈김과 풀냄새로 싱싱하고도 취하게 하는 몸내음을 풍긴다. 그 자리로 가까이 가면서 그녀는 숨이 가빠진다. 산길의 비탈 때문만은 아니다. 그리고 그 자리에 가까워질수록 그녀는 반대편 접시에 그녀의 진실에 맞먹는 묵직한 저울추의 무게를 느끼는 것이다. 그것은 좋은 자리였다. 산에 가는 사람이면 어디선가 언젠가 한번은 만나게 마련인 산모퉁이에 묘하게 숨은 아늑한 빈 터 산속에 있는 무덤이 흔히 그런 명당인 경우가 많지만 그보다 더 막히고 아늑하였다. 멀리서 그녀는 거기를 알아보려고 살핀다. 수풀에 가려서 잘 보이지 않는다. 이제는 내리막이다. 조심스레 발을 옮겨 디디면서 그녀는 비탈을 옆으로 가로질러 간다. 엉킨 나뭇잎 사이로 빈 터가 나타난다. 그러자 그녀는 우뚝 섰다. 그리고 나무 사이로 보이는 그곳을 조금 몸을 굽히고 멍하니 바라보았다.

사람이 있다.

그녀는 좀더 걸어나갔다. 그러나 거기가 한계였다. 나무숲은 거기서 끊어졌다가 그 빈 터 가까이에서 다시 듬성듬성 비롯되고 있는 데다가 그녀가 있는 자리에서 조금 나가면 작은 낭떠러지다. 그녀는 나무 뒤에 몸을 숨기고 좀더 잘 보려고 애를 썼다. 그러나 빈터를 둘러서 있는 나뭇가지와 잎새가 흐늘흐늘 움직이는 탓으로 사람의 온몸을 볼 수는 없었다. 한 쌍이 잔디에 누워 있다. 여자는 남자의 팔을 베고 서로 얼굴을 바라보며 모로 누워 있다. 그녀는 풀썩 주저앉았다. 바로 풀이 우거진 발밑에 주저앉은 것이었으나 사실은 하나의 떨어짐이었다. 그녀의 마음이 타고 있던 저울에서 저쪽 접시의 무게가 갑자기 옮겨지고 그녀의 마음은 허망하게 내려갔다. 그녀는 다시는 그쪽을 보지 않았다. 치마에 다닥다닥 붙은 가시가 돋힌 열매를 하나하나 옷의 올에서 뜯어내면서 줄곧 고개를 들지 않았다. 바람결에 여자의 짧은 웃음소리가 들린 듯했으나 그녀는 그래도 쳐다보지 않았다. 치마에 붙었던 열매가 다 없어지자 그녀는 손가락에 풀을 감아서 똑똑 따내기 시작했다. 햇빛으로 덥혀진 공기와 밸이 터진 풀과 흙의 독특한 냄새가 버무려져 진하게 퍼져 일어난다. 그 냄새는 떨어질 때의 멀미 같았다. 그녀는 속이 올라왔다. 얼마나 지났는지 아무튼 무척 오랜 시간을 그렇게 앉아 있었다는 지친 느낌을 안고 그녀는 일어섰다. 빈 터의 남녀는 여전히 누워 있다. 또 한번 여자의 짤막한 웃음소리가 들린 듯싶었다. 그녀는 웃음소리에 쫓기듯이 자리를 떠 여관으로 돌아왔다.
　온밤 그녀는 뒤숭숭한 꿈속을 헤맨다. 푸른 잔디 위에 두 남녀는 행복스럽게 웃으면서 누워 있다. 자세히 보니 여자는 어느새 그녀 자신이다. 그녀는 말한다. 당신 팔을 베고 이대로 죽고 싶어. 이보다 더 행복하게 죽을 순 없잖아? 남자가 말한다. 왜? 하늘이 저렇게 근사한데. 이 풀냄새 좀 맡아봐. 죽으면 다 그만이야. 그러나 여자는 응석을 부리는 것이다. 싫어이. 지금. 당신과 내가 꼭 붙잡고 있는 지금 이대로 영원해지고 싶어. 남자는 또 어느새 예수였다. 예수는 황금의 팔을 그녀의 머리 밑에 받친 채 하얀 이를 드러내고 쓸쓸하게 웃었다. 그 얼굴이 누군가를 닮았다고 꿈속의 그녀는 생각하였다. 예수는 햇빛이 반짝이는 나머지 한편의 금빛 팔로 그녀의 머리를 쓰다듬으면서 말했다. 나로 말미암지 않고는 죽을 수 없어. 어머. 하고 여자는 말했다. 그거 무슨 뜻? 너는 내 팔에서만 죽을 수 있다는 말이지. 그러니까 죽어요. 안 돼. 하고 예수는 말하면서 누운 채로 호주머니에서 검은 선글라스를 꺼내 썼다. 그러자 해사한 눈자위가 꼭 누구를 닮았다고 꿈속의 그녀는 생각하였다. 왜 안 돼? 하고 그녀는 베고 누운 금빛의 팔을 머리로 비빈다. 예수는 말하였다. 꼭 되는 사업인데 좀 돌려줘. 그녀는 비로소 그가 누구인가를 알았다. 다음 순간 그녀는 남자의 팔에서 미끄러지면서 아래로 떨어지고 있었다. 거기서 잠이 깼다. 아직 한밤중이었다.
　이튿날 그녀는 전날과 같은 시간에 산으로 올라갔다. 전날보다 길이 가깝게 느껴져서 그녀는 되도록 천천히 올라갔다. 빈 터를 바라보는 데까지 왔다. 그녀는 두려운 광경을 마주보듯 그쪽을 건너다봤다. 오늘도 두 남녀는 벌써 와 있다. 그리고 그녀는 여자가 베고 있는 남자의 팔이 햇빛 속에서 환한 금빛으로 빛나는 것을 보았다. 남자가 짙은 누렁 셔츠를 입고 있었다. 어제 보았을 때도 그 옷이었는지는 생각나지 않았다. 여자가 몸을 뒤채는 것이 보이고 이어 암암한 웃음소리……

그녀는 곧 돌아서서 여관으로 돌아왔다. 마루 끝에 의자를 내다놓고 부채질을 하면서 생각하였다. 이런 일은 전혀 꿈도 꾸지 않았기 때문에 간단한 결론을 내리는 데도 퍽 시간이 걸렸다. 그 터를 찾아낸 바에는 두 남녀는 이곳에 머무는 동안 날마다 빈 터를 찾기가 쉬웠다. 그들은 며칠이나 있을 셈인가? 그것도 알 수 없다. 그들이 나타나지 않을 때까지 기다린다는 길이 있기는 하다. 그러나 설령 그녀가 갔을 때 그들이 빈 터에 없다 하더라도 그것은 그들이 이곳을 떠났다거나 그날은 오지 않을 것이라는 말은 되지 못한다. 만일 그녀가 약을 먹고 잠이 들었을 때 그들이 온다면 일은 틀리게 되는 것이다. 그뿐이 아니다. 그들 두 사람만이 거기를 찾아내라는 법도 없다. 그렇게 생각하면 그곳을 쓴다는 일부터가 안 될 말이었다. 남은 길은 두 가지뿐이었다. 거기서 죽는 것을 그만두는 일. 그것은 어려웠다. 죽음을 결심한 참부터 마음에 둔 탓으로 이제 그녀에게는 죽음이자 그 터였다. 거기서 죽을 수 없으면 죽을 길이 없다는 생각에 그녀는 잡혀 있었다. 그렇게 되면 남은 길은 하나뿐이다. 밤사이에 거기서 약을 먹는 일이다. 비록 그 터라는 데서는 마찬가지였으나 밤에 거기서 죽음을 기다린다는 생각은 해본 적도 없으려니와 그 터 그 자리의 맛도 바뀌는 일이었다. 그녀가 처음 그 터를 본 것도 낮이었고 드러누워서 보는 하늘과 거기 떠 있는 여름 구름과 둘러선 나무들의 술렁댐이며 환한 공기가 그곳의 모습이었다. 밤의 그곳이 어떤 것인지 모르는 그녀로서는 밤에 거기를 쓴다는 것은 전혀 짐작할 수 없는 새 사실이었다.

자리에 든 다음에도 언제까지나 매듭도 짓지 못하고 잠도 이루지 못했다. 짐깐 눈을 붙였는가 하면 빈 터의 다정한 한 쌍이 나타나고 그녀는 어느새 깨어 있고 하였다. 그런데도 잠을 이루지 못하는 사람의 버릇대로 그녀는 눈을 붙이려는 헛된 안간힘을 썼다. 몇 방 건너 객들이 떠들던 소리도 멈추고 커다란 여관에서 자기만이 깨어 있는 것처럼 느꼈다. 그녀는 끝내 무서운 소설의 무서운 대목을 마지못해 열어보는 어리수긋한 독자처럼 그녀의 마음의 어떤 문을 열었다. 거기 그 풀밭에 그녀 자신과 검은 안경을 쓴 해사한 '그'가 정답게 누워 있었다. 그 광경은 그를 화나게 했다. 그 터가 바로 '그'와의 추억의 자리라는 것을 이제야 깨닫기나 한 것처럼 자기 행위의 뜻이 밝게 드러나는 것을 보면서 화가 나는 것이었다. 그리고 자기를 짓밟는 것이 그 공지를 멋대로 차지한 남녀의 속셈이었다고 생각하고 그들이 밉살스러웠다. '그'에게 순정을 주었다고 생각해본 적이 아주 없다. 그런 순정을 믿지 않는 데서 비롯한 사이였으므로. 오히려 '그'의 순정을 그녀가 다루고 있는 것이라고 생각하고 조금은 안됐다고 느끼는 그러한 사이였다. '그'가 돈을 돌려달라고 할 때도 그런 미안함을 조금 때우는 생각이 있었고 '그'에게 성의를 보인 것은 아니라고 그녀는 생각했다. 설령 다른 남자가('미스터 강'이나 '한'이었더라도) 그런 다짐으로 말해왔으면 그녀는 응했으리라고 생각해온 것이다. 빈 터에 정답게 누운 남녀를 보는 순간 그녀는 환각이라고 의심하였다. 자기와 '그'가 거기 누워 있었으므로. 그것은 기쁨의 환각이었고 그 환각과 죽음은 맞먹었다. 바로 다음 순간에 환각은 깨어지고 그녀는 허망하게 떨어졌다. 그때 그녀는 그 떨어짐의 뜻을 알고 있었다. 다만 생각하고 싶지 않았을 뿐이었다. 지금은 모든 것이 환하였다. 그녀는 사랑했던 것이다. 몸을 판 돈을 선뜻 바치고 의심치 않을 만큼 순정(!)을 바쳤던 것이다. 순정. 그녀는 낄낄낄 웃었다. 연거푸 낄길낄 웃었다. 그 천한 웃음소리가 자기의 목구멍이 아니고 방구석 어둠 속에 숨은 어떤 여자의 것인 것처럼 느끼면서 퍼뜩 잠에서 깨었다. 꿈속에서 웃고 있었던 것이다. 그런데 금방 생각은 달아나고 다만 누군가의 웃음소리를 들은 것 같았다. 저 빈 터에서 바람결에 끌리던 알릴락말락한 여자의 짧은 웃음소리였다고 그녀는 생각하였다. 밤의 나머지 시간은 방금 꾼 꿈의 안팎을 돌이켜 생각해내려는 씨애질로 새워졌다. 텅 비어서 자꾸 몸이 솟구치는 저울대의 저편에 이번에는 그 꿈을 올려놓으려고 무진 애를 쓴 것이다. 그러는 중에 그녀의 마음은 다른 끝을 잡았다. 그녀는 빈 터의 남녀가 자기 자신과 '그'처럼 언젠가 갈리지는 날을 그려봤다. 다정스럽게 팔을 베고 있던 그 여자가 자기처럼 혼자 그 빈터를 찾게 될 어느 날인가를 생각하였다. 그러자 그녀는 거짓말처럼 마음이 잡혔다. 마치 온밤 내 그 맺음을 얻기 위해 애쓰다가 기어이 뜻을 이룬 것처럼 느끼면서 크게 마음이 놓였다. 그녀는 곧 깊은 잠이 들고 늦은 아침까지 한번도 깨지 않았다.

그녀가 눈을 뜬 것은 전날보다 두 시간이나 늦은 시각이었다. 머리가 깨끗하고 고단한 기운도 없었다.

그러는 사이에 점심 때가 되어 그녀는 몇 술 뜨고 다시 산으로 올라갔다. 아무튼 오늘까지만 더 가보자고 생각했던 것이다. 간밤 잠들 때 얻은 심술궂은 희망이 아직도 그녀를 평안케 하고 있었다. 산으로 올라가면서도 어제처럼 안타깝지 않았다. 오늘 또 자리를 차지한 그들을 보게 되더라도 크게 실망할 것 같지도 않았다. 그때는 그때 가서 생각하지. 오히려 그녀는 오늘도 그들이 왔겠거니 하고 있었다. 황색의 셔츠를 입은 남자와 그 여자의 자리에 그녀는 마음속에서 자기와 '그'를 놓고 있었기 때문이었다.

전날처럼 벼랑에까지 와서 빈터를 바라보았을 때 그녀가 본 것은 남녀가 누워 있던 언저리에 둘러서 있는 여남은 될 사람들의 모습이었다. 그녀는 순간 속이 올라왔다. 그리고 다음 순간에는 몸을 움직여 그날 이후 처음으로 망보던 곳을 빠져나와 낭떠러지를 조심스레 더듬어내려서는 사람들 쪽으로 다가갔다.

둘러선 사람들은 아무도 그녀를 돌아보지 않았다. 그녀가 그들 사이에 끼어들었을 때도 그녀를 거들떠보는 사람은 없었다.

남녀가 누웠던 자리에는 거적때기가 덮여 있고 두 사람의 머리와 팔과 다리의 남은 부피가 밖으로 내밀고 있었다. 여자의 머리를 받친 채 한낮이 가까운 환한 햇빛 속에서 황금색으로 빛나는 남자의 셔츠 소매에서 내민 팔이 검푸르게 썩어 있는 것을 그녀는 보았다.

옆에서 누군가 말했다.

"언제 죽었답니까?"

"저쪽 저 안경 쓴 형사가 그러는데 한 일주일 된 것 같다는군요."

그녀는 꿈결처럼 그 이야기를 들었다. 그때였다. 거적때기 밑에서 전날에 들은 그 웃음소리— 젊은 여자의 짤막한 웃음소리가 흘러나왔다. 머리가 환해지고 다리에서 맥이 풀리면서 그녀는 풀밭에 쓰러졌다.

일주일을 더 묵고 그녀는 서울로 오는 열차를 탔다.

창가에 앉은 그녀는 가게에서 새로 산 줄칼로 골똘히 손톱을 다듬으면서 가끔 창밖을 내다본다.

올 때나 마찬가지로 창밖에서는 푸르게 더럽혀진 사막이 흘러가고 있었으나 그녀는 그 속의 한 풍경을 보고 있었다. 어느 사보텐의 그늘 속에 한 쌍의 남녀가 가지런히 누워 있다. 남자는 그녀가 모르는 얼굴이다. 여자는 사보텐에 가려서 얼굴이 보이지 않는다. 그러자 사보텐의 가시의 저편에서 여자의 짤막한 웃음소리. 손톱 다듬는 손이 저절로 멈춰지고 그녀는 홀리운 듯이 그 웃음소리에 귀를 기울인다. 아주 귀에 익고 사무치는 목소리였다. 암암하게 들려오는 소리. 그것은 바로 그녀 자신의 웃음소리였다.

최인훈
화두

모스끄바 대학에 도착했을 때는 보슬비가 그쳤다.

우리 버스가 멈춘 곳은 레닌 언덕이라고 불리는 장소로 멀리 뒤로 모스끄바 대학 본관이 보이는 널찍한 광장인데, 여기가 모스끄바의 전경이 가장 잘 보이는 곳이며 나폴레옹이 모스끄바로 접근했을 때 여기서 모스끄바를 바라다보았다고 한다. 여기서 보니 비 그친 끝이라 안개 자욱한 모스끄바는 나무가 많은 도시임을 알 수 있다. 숲이 있고 건물들이 있고 그런 식이다. 황금색 첨탑이 유난히 돋보인다. 바실리 성당 쪽은 아닌 것 같고, 하기는 도처에 있는 어느 사원인 모양이다. 광장은 끝에 와서 깊은 벼랑이 되어 있고 석조 난간이 둘러져 있다. 이 난간을 의지해서 선물 노점상들이 좌판을 벌여놓고 있다. 성바실리 성당 옆에서 본 그런 상인들이다.

여기서 우리는 대여섯 명 되는 한국 여학생들을 만났다. 모스끄바 대학에 유학 온 학생들이라고 한다. 일주일 전에 왔다는 학생도 있었다. 그들의 요청으로 여기저기서 기념 촬영을 한다. K양 생각이 난다. 새로 문이 열린 나라에 대한 호기심을 가진 학생이 꽤 많은 것이다. 그들은 우리 선배들과도 다르고, 나

---

* 『화두』는 1994년 민음사에서 전 2권으로 출간되었다. 여기서는 『화두』(문이재, 2002)에 수록된 것을 텍스트로 삼아 부분 수록하였다.

의 동시대인들과도 구별되는 눈으로 이곳 사람들과 그들의 생활——예술과 정치를 보게 되리라.

우리는 유학생들과 헤어져서 모스끄바 대학 쪽으로 갔다.

레닌 언덕이라 명명되기 전에는 참새 언덕이라 불렀다는 이 언저리는 원래 모스끄바 변두리의 그저 숲이었던 모양이어서 대학은 그 숲 속에 파묻혀 있었다. 대학 본관은 백색의 고층 건물로, 반달 모양 속에 별이 들어 있는 장식이 높이 솟은 중앙의 가장 높은 첨탑과 좌우로 건물의 지붕 끝에 솟은 그보다 훨씬 작은 첨탑이 솟아 있어서 언뜻 성과 비슷해 보인다. 아까 유학생들의 설명에 의하면 본관 왼쪽 뒤편에 보이는 건물이 기숙사인 모양이다. 우리는 이 대학에 초대받은 걸음이 아니기 때문에 본관 가깝게는 가지 않고 넓은 숲 여기저기를 둘러보기도 하고, 사진도 찍고 하였다. 자세히 보니 본관의 중앙 첨탑 자체가 네 개의 보조 기둥으로 둘러싸여 있고 그 기둥 위에는 각각 인물 동상이 서 있다. 그리고 건물 정면의 중앙이 되는 곳 땅 위에 이 대학 설립자의 동상이 서 있었다. 그는 제정러시아 시대에 모스끄바의 큰 부자였다고 한다.

건물의 앞마당은 끄렘린 성벽 앞에서 본 그것과 같은 삼각형으로 자란 전나무가 질서 있게 가꾸어져 있지만 본관에서 조금 벗어나서부터는 그저 숲 그대로 이어지고 있는데 나무 종류도 한 가지가 아니지만 여기도 흰 줄기가 미끈한 자작나무가 제일 눈에 띄었다.

오후의 나머지 시간은 바자르에 다녀왔다. 남녀가 벤치에서 포옹하고 있는 공원 맞은편에 오페라 극장 같이 생긴 건물이 바자르——상설 자유시장이었는데 안에 들어서니 진열된 각종 음식물의 냄새의 교향악이 우리를 맞았다. 시멘트 바닥이 끈적거리는 그 내부는 2, 3층 높이는 될 만한 천장이 아득하게 쳐다보이는 내부를 평면만 이용하고 있는데 공간이 아까워 보였다. 야채, 육류, 과일, 생선, 꽃 그런 것들이었다. 일행은 커다란 수박 몇 통을 공동 구입하였다. 듣기와는 달리 여행자인 우리는 의식주 이느 것에도 아무 불편이 없었으므로 보통 생활자들의 구매의 광장인 이곳에서 달리 우리가 관심 가질 만한 것은 없었다. 대성당의 내부보다도 더 웅장한 이 건물이 이런 정도밖에는 이용되지 못하는 점이 여전히 구경거리였다. 하기는 공기 소통이나 냄새 발산에는 그지없이 넉넉한 효과는 다짐받고 있다. 내 것도 아닌 공간을 어떻게 쓰든 그들의 자유이고 호쾌한 맛은 틀림없이 충만한 바자르를 한 바퀴 돌아, 뒤쪽 문밖을 살펴보니 거기는 닭장수가 닭장을 겹겹이 쌓아놓고 그 곁에서 닭을 잡아주고 있었다. 오랜만에 큰 시장이기보다, 내가 현재까지 본 가장 큰 구식 시장을 다 둘러보고 밖으로 나오니 공원의 남녀는 아직 포옹 중이었다.

　호텔로 돌아가니 러시아 작가동맹에서 인사차 나온 작가동맹 부위원장이라는 러시아 사람이 참가한 저녁 식사 모임이 있었다. 부위원장은 의례적인 인사말을 했다. 지금 러시아 작가들의 분위기는 어떤지, 어떤 생각을 하고 있는지, 그런 것을 정치인에게 질문하듯이 물어봐야 대답할 재주가 없을 것임을 우리 일행만큼 알아볼 사람들도 많지 않았을 거고 그래서 피차에 밥만 먹고 헤어졌다.

　레닌그라드 역으로 나갈 때는 이미 어두워진 다음이었다. 모스끄바의 밤거리는 어둡다. 어둠 속을 무엇인가 손에 든 사람들이 큰 바위산처럼 어둑신한 건물 발치께를 걸어가고 있다. 오락가락하던 부슬비는 지금은 그쳐 있었다. 레닌그라드로 가는 열차가 출발하는 모스끄바 시내에 있는 역이 '레닌그라드 역'이다. 레닌그라드는 지금은 '쌍끄뜨 뻬쩨르부르끄'라고 개칭되었으니 역명도 '쌍끄뜨 뻬쩨르부르끄 역'이라 불러야 할 텐데, 아무도 아직 그렇게 부르지는 않는 모양이다. 어쩌면 장차에도 이 역은 여전히 쌍끄뜨 뻬쩨르부르끄로 가는 열차가 출발하는 '레닌그라드 역'으로 남을지도 모른다. 도착역과 연동제(連動制)로 불릴지, 고유명사로 취급될지, 러시아에 온 이후 이틀 만에 처음으로 이 나라의 미래에 전개될 사건 하나가 구체직으로 궁금해진다. 시간이 지나봐야 알 일이다. 이것말고도 이 나라는 앞으로 아귀를 맞춰야 할 구석 투성이가 되겠지.

　레닌그라드 역 안팎도 조명이 충분치 않아 역사의 온전한 모습이 보이지 않는다(보이면 어쩌겠다는 말은 아니다). 그저 어둑어둑한 큰 건물이 어슴푸레 밝혀진 모습이 보이고 우리 일행은 역사의 본홀 쪽으로 안내되지 않은 듯, 한옆의 구내로 수월하게 들어서서 열차를 기다리는 다른 시민들과 한덩어리가 되었다. 워싱턴의 귀신소굴 같은 기차역에 댈 것은 아니지만 그래도 썩 화려하지는 못한 역 풍경이었다. 레일 옆의 우리는 지붕이 없는 공간에 짐들을 내려놓고 기다렸다. 그렇다고 해서 유쾌하지 않았다는 것은 아니고, 그 반대다. H에서 W로 나오던 날의 H역 풍경 비슷하기도 하고, 덜 긴박하기는 하지만 W에서 피난배를 타러 부두로 나가던 밤중 같기도 한 분위기를 오랜만에 맛보았다. 무거운 생활의 짐을 지고 길나들이를 하는 사람들의 무리에 섞여 있는 분위기가 있었다.

'붉은화살'호가 들어왔다.

열차는 붉은색도 아니었고, 화살 모양을 하고 있지도 않고 보통 기차 색깔인 검은색에 보통 기차 모양이다.

우리는 우리 짐을 실은 수레를 앞서거니 뒤서거니 하면서 우리가 탈 차량을 찾아 움직였다. 우리 차량은 앞쪽으로 있었다.

승강구가 우리 기차역처럼 플랫폼과 기차의 높이가 다르지 않고, 지하철 모양으로 같은 평면이 되어 있다.

여기서도 호텔에서의 방 배정과 마찬가지로 M씨와 나는 한 객실에 들게 되어 있었다.

두 사람이 한 방을 쓰는 객실이 한쪽으로 이어지고 그 밖으로 복도가 있다.

객실에 들어서니 가운데 공간을 사이로 양쪽으로 침대가 있고, 침대 사이에 창문이 있으며 창문 밑이자 침대 머리맡에 공용의 머리맡 탁자가 있다. 방에 들어서는 바로 머리 위에 짐을 얹은 문이 달린 시렁이 있다. 우리는 짐을 헤쳐 갈아입을 옷을 꺼내고 트렁크를 시렁에 얹고 문을 닫았다.

"자, 레닌그라드로 갑니다."

M씨가 말했다.

"갑시다."

그러지 않을 수나 있는 것처럼 내가 말했다.

우리가 각자의 침대에 앉아서 이처럼 출발을 위한 필요하지 않은 의식을 거

행하고 있는데, 문이 열리면서 50대로 보이는 뚱뚱한 러시아 여성이 한쪽 팔에 시트 뭉치를 걸치고 나타나더니 그중에서 우리들에게 흰 침대 시트와 베개 시트를 나누어준다. 그녀 뒤에 모스끄바에서 따라온 통역하는 교포 분이 서 있는데,

"이 여성이 이 차량의 승무원입니다. 여행 중 문제가 있으면 자기를 찾아달랍니다. 이분의 위치는 아까 승차하시던 이 차량의 저쪽……"
하고 입구 쪽으로 가리킨다.

여성 승무원은 겹이 된 턱을 아래위로 움직이면서 미소했다.

나이 든 여성들이 더 많이 눈에 띈다. 아마 젊은 여성들은 학교에 다니거나 사무실에 있는 모양이다. 모스끄바 호텔의 여성 종업원도 거의 중년 이상이었다.

그녀는 한참 있다가 이번에는 뜨거운 차를 가져다 주었다.

우리는 머리맡의 탁자에 마주앉아 차를 마시면서 밖을 내다보았다. 사람들은 이제 다 타고 맞은편 궤도에 서 있는 다른 열차가 건너다보였다. 그 열차는 아직 움직일 시간이 멀었는지 불도 켜 있지 않았다. 창문 밖 플랫폼 저 앞쪽에서 역 종사자들이 몇 사람 움직이는 것이 보이고 뒤쪽 열차에 가까운 좀전에 우리가 차 타기를 기다리던 언저리는 사람이 보이지 않았다.

차가 움직이기 시작한다.

열한 시 십 분이었다.

그러자 방의 조명이 갑자기 밝아졌다.

괜찮은 식이었다.

한결 미음도 밝아진다.

우리는 불빛에 반응하듯 마주보고 싱긋 웃었다. 이런 것을 가리켜 싱거운 웃음이라 할 만했다.

그러나 웃고 나니 웃지 않기보다는 훨씬 여행하는 기분이 나는 것은 어쩔 수 없었다. 우리 누구에게나 이 며칠 동안은 각기 다른 방식으로겠지만 한결같이 편하지만은 않을 일상에서 벗어난 특별한 시간이어서, 무슨 빌미만 있으면 그

최인훈 35

시간의 의미를 표현하는 무슨 몸짓을 하고 싶었다.

'붉은화살'호는 속력을 내기 시작한다.

창밖은 창문들에서 흘러나가는 빛이 닿는 만큼만 어둠이 걷혀 있다. 그렇게 조명된 그 부분은 기찻길에 바싹 다가선 자작나무 숲이었다. 자작나무 숲은 야외에 밀집한 러시아 기병들처럼 화살같이 뒤로 이동하고 있다. 우리들의 '붉은화살'호와는 반대 방향으로.

열차 안의 다른 방에서는 아무 소리도 들리지 않는다.

다른 상상이 필요하지 않겠다. 그들도 지금 우리처럼 차를 마시면서 창밖을 내다보고 있을 테니 말이다.

차를 타고 있으면 좋은 일 중의 하나는 이동하는 사이에는 생각하는 일밖에는 달리 할 수 없어서 마음은 전에 없이 자기를 들여다보고, 차 바퀴는 내 대신 제 일을 해준다는 일이다. '문명'이라는 인공 거북이를 탄 이래 우리는 그렇게 자연과의 교섭에서 조금씩 떨어져서 짬을 낼 수 있어 오고 있다.

잠깐 돌아보고 오겠노라고 말하면서 M씨가 복도로 나갔다.

다른 방 일들이 궁금한 모양이다.

차를 타고 있으면서 좋은 또 한 가지는 같은 풍경이 이어지는데도 조금도 지루하지 않은 일이다. 창들이 뿌리고 지나가는 불빛으로 보이는 것은 가도가도 자작나무 숲뿐인데 내 눈길은 거기에서 떠날 줄 모른다. 그저 움직인다는 것이 이렇게 좋은 것일까.

M씨가 돌아왔다.

포도주를 한 병 들고 있다.

"한잔하십시다"

그는 찻잔에 포도주를 따랐다.

술병은 반병쯤 차 있었다.

"좀 누워 계실 길 그랬나요?"

"아닙니다. 뭐 벌써……."

"좀 힘드시지 않으십니까?"

"아니요."

"호텔에서 창문을 열어놓고 주무시는 걸 보고 놀랬는데요."

"왜요?"

"건강하셔서 좋으십니다."

"왜요, 불편하셨나요?"

"저야 뭐 그렇겠습니까?"

하기는 그는 바다의 남자요, 선장이었다. 선장의 해상 생활은 웬만한 배면 그렇게 나쁘지만은 않을 테지만, 그래도 바다는 바다일 텐데 웬만한 체질로는 쉽지 않을 게다. 초가을 호텔 창문으로 들어오는 밤공기가 무엇이겠는가.

"선장실은 이보다 좋지요?"

"네? 아, 네, 배에 따르겠지만."

M씨는 선장실에 대해서 잠깐 설명해준다.

밤중에 자주 공연히 깬다. 그러고는 창으로 내다본다. 여전한 자작나무 숲이다. 러시아의 밤이여. 네 한가운데를 달리는 여객열차에서, 한 몽고계 아시아인이 왜 이렇게 너를 내다봐야 하는지, 너에게 설명하지는 않겠다. 그러지 않아도 이 밤 너에게 숱한 설명을 하는 넋두리에 귀기울이기에 네 귀는 바쁠 테니깐. 러시아의 밤이여, 그러나 이제부터는 네 속을 달리는 열차에서 이렇게 너를 바라보는 눈길도 차츰 없어지리라. 그들은 그저 철도 연변의 나무 숲만을 볼 것이다. 너는 그저 밤일 뿐인 존재가 될 것이다. 그들에게는 러시아의 눈먼 밤만 보이리라.

레닌그라드의 보슬비 뿌리는 아침 속으로 들어간다.

일곱 시 삼십 분.

문들이 여닫히는 소리와 복도를 오가는 기척들이 제법 엊저녁 승차하던 때와는 달리 어수선하다.

우리도 시렁에서 트렁크를 꺼내 갈아입던 옷을 챙기고 있는데, 문이 열리면서 여성 승무원이 인사한다. 그는 미는 차에 어제저녁처럼 차를 가지고 와서 우리들에게 작별 인사가 되는 러시아 차를 한 잔씩 건네었다. M씨는 고맙다면서 스타킹을 한 켤레 선사한다. 침대 시트와 모포, 그리고 베개를 내어주자 그녀는 다스비다냐, 안녕히라고 자애스럽게 웃으면서 다음 칸으로 간다.

짐을 들고 밖으로 나온다. 이번 우리 여행에는 여행사 사장이 직접 직원 한 사람과 함께 우리를 안내해주고 있으며 현지에서 임시로 일손을 더 추가해서 교포들이 많이 산다는 지방공화국의 대학에서 가르친 경력을 가진 분을 특별히 동반하고 있다. 그러니까 세 사람의 여행사 사람들이 우리를 돌봐주고 있다. 지금이 러시아 여행의 초창기이기 때문에 온 정성으로 이 사업의 출발을 다지고 있다는 것이다. 조금만 지나면 이렇게까지는 못 할 게고, 그럴 필요도 없으리라 한다. 자리가 잡힌다는 말이었다.

비는 모스끄바에서처럼 오는 듯 마는 듯해서 걸음을 다그칠 만하지는 않다.

외국 여행자들을 그렇게 취급하는 관례인지는 몰라도 여기서도 우리 일행은 역사 안으로 들어갔다 나온다든가 그런 일 없이 어느 한옆으로 해서 역 광장으로 나서니 타고 갈 버스가 기다리고 있었다.

버스가 출발하자 앞자리에서 러시아 젊은이가 일어서서 한국말로 여러분을 모시게 되어 기쁘다면서 자기는 블라디미르라는 이름이며, 레닌그라드 대학 역사학과 4학년생이며 한국 역사를 전공하고 있다고 한다. 한국 역사의 어느 분야인가고 묻는 말에 가야 역사 전공이노라는 대답에, 차 안은 순간 차분해졌다. 알맞게 큰 키에 말랐으며, 금발에 유별나게 어려 보이는 젊은이다. 그도 모스끄바에서의 통역 사샤처럼 알아듣기에 아무 불편 없는 한국말을 구사하는데, 사샤와는 이름이 다른 만큼의 개인차가 있는 억양의 한국말이지만, 흔히 외국인이 한국말을 할 때의 그런 억양 같은 것은 전혀 없다. 알고 하는 외국말이다. 러시아와 접하면서 우리 국민이 신선하게 느낀 측면이다. 해방 후 반세기를 미국 사람들과 어울리면서 한국말을 그쪽에서 이런 식으로 동원해준 적은 없다. 국교가 생긴 후 부임한 소련 대사가 미국 대사와 함께 TV에 출연한 적이 있었는데 그때 소련(아직 소련이었던 91년이나 90년말이겠다) 대사는 스스럼없이 한국말로 시종한 것까지는 그렇다 하더라도, 동석한 미국 대사가 사회자와 함께 진행된 정담 중에 어느 대목에서 해방 후에 남북이 분단된 원인 중 한 가지는 남북의 언어 장벽이었다는 발언에 멍해진 기억이 떠오른다. '언어'라는 말은 무슨 비유로 쓴 것이 아니고 단순한 '언어' 그 자체, 흔히 듣는 북부 중국어인 북경어와 남부 중국어인 '광동어'의 문제 같은 의미로 사용하고 있었다. 여기서도 유창한 한국어를 구사할 뿐 아니라, 가야사 전공이라는 러시아 대학생을 그저 여행 안내자로 이렇게 대수롭지 않게 만나고 보니, 그것은 그런대로 이 나라의 구체제가 허물일 수 없는 일을 했구나 싶었다.

이곳에서 머물 숙소로 가면서 블라디미르 청년은 운전석 옆에 우리들 쪽으로 돌아선 자세로 서서 이 도시 쌍끄뜨 뻬쩨르부르끄를 일반적으로 소개하는 일과 지나가는 풍경을 설명하는 일을 섞어 짜기로 해나갔다. 이 도시는 러시아 도시 중에서 서방 도시를 가장 닮은 도십니다. 그가 말하는 표준은 서방의 현대식 도시라기보다는 전통적 정취가 기조가 되어 있는 도시를 말하는 것임을 알 수 있었다. 모스끄바도 그랬지만 이곳 거리는 한층 더 '빌딩'이라는 말하고는 거리가 멀고, 내가 본 기억으로는 파리나 로마에 가까웠다. 짓기부터 그쯤이 표준이었다는 그의 말이었다. 도로가 보시다시피 상태가 좋지 않습니다. 현재 시는 길을 보수할 만한 예산이 없어서 이렇습니다. 전차 궤도가 있는 차도는 널찍하기는 하지만 사실 팬 곳이 여기저기 눈에 띈다.

교회 앞을 지나간다. 10월혁명 때는 수녀원이었던 곳이라고 한다. 아마 혁명 세력 사령부였던 스몰니 수녀원이라는 말인지. 젊은 도시입니다, 라고 말한다. 모스끄바나, 끼예브 같은 도시와 비교해서 하는 말이라면 알 만하지만, 이 석조의 고전양식의, 우리한테는 가장 서양다운 도시를 '젊은'이라고 하는 말은 금방은 머리에 들어오지 않는다. 운하가 처음 나온다. 이 도시는 운하의 도십니다. 이 운하들은 1850년에 만들어졌으며, 이 지역은 원래 핀란드만과 연결된 뻘 지대였습니다. 운하를 화물선이 지나간다. 건널목에서 기차가 지나가기를 기다린다. 레닌그라드는 러시아의 공업 중심지의 하나로, 중공업, 그중에도 군수공업으로 유명합니다. 여러분이 보시는 저 양쪽의 공장들은, 무기, 기계들을 생산하는 시설들입니다. 시설들은 석탄을 연료로 쓰는지 매연에 그을려서 무연탄 저탄장들처럼 보인다. 터키와의 전쟁 때 개선문입니다. 이곳은 조선소(造船所)입니다. 네바 강이 어느 정도의 강이라는 것을 알게 한다. 지금 보시는 건물들은 스딸린 시대에 지은 것들로 아파트지만, 제국의 권위를 과시하는 식의 고전양식인 것을 아실 것입니다. 저것이 전철역입니다. 전철역에도 돔형 지붕이 많습니다. 왼쪽이 시청입니다. 제국(帝國)의 정치주의적인 건축양식입니다.
'제국'이라는 말이 쉽게 나온다. 다르기는 '다른 시간'의 축적 속에 들어오기는 한 모양이다.

숙소에 닿아 차에서 내린다. 굉장히 넓은 광장 한복판에 2차대전 전쟁영웅 기념탑이 있고 호텔은 이 광장을 온통 차경(借景)하는 위치에 있다. 오가는 차가 거의 없다고 할 만큼 왕래가 뜸한 광장에서 영웅들은 비에 젖고 있다. 무엇을 지키겠다는 것인지 깃발을 추켜세우면서 남녀 군중이 힘차게 웅성거리는 군상 조각이다. 입국해서 보아오는 조각은 모두 인체를 충실하게 묘사하는 것들이고 날림 같지 않은 리듬이 느껴진다.

호텔은 폭이 모스끄바의 인투어리스트 호텔보다 넓고 높이는 좀 낮은 듯했으나, 훨씬 외양이 깨끗하고 덜 무거워 보였다.

현관으로 들어서 보니 거기도 깨끗하고 밝은 호박색의 대리석으로 마루와 벽이 으리으리하고 사방으로 큼직한 통유리 창문으로 시원스럽게 사방으로 뻗은 호텔의 건물 사이의 뜰이 내다보인다. 무엇보다 내부가 충분히 밝다. 조명도 그렇고 창문 면적이 넓다.

객실로 올라간다.

"좋은 호텔인데요."

M씨가 방을 둘러보면서 말한다.

사실이었다. 구조는 모스끄바의 것과 별 차이 없지만 공간이 훨씬 넉넉하고 기물이며 벽이며 창이며 모두 깨끗하고 미끈해 보인다.

1급 중의 1급 호텔이었다. 여행 비용이 추가되었다는 말은 없으니 예정에 있는 곳일 텐데 아무튼 나쁘지 않았다. 약속된 비용으로 이만한 대접이 가능할까.

식당으로 내려와서도 또 한번 우리는 만족했다. 인투어리스트에서 우리에게 배정된 식당이 호텔 전체에서 유일한 것인지는 몰라도 썩 쾌적하다고는 할 수 없었다. 단체객들을 위한 식당인 모양이어서 독일 사람들하고도 두어 번 마주쳤다. 더 고급한 식사를 하려면 레스토랑을 이용하는 법인 모양이다.

BAR라고 쓰인 말쑥한 문 옆에 마련된 우리를 위한 식탁이 있는 장소는 전면 벽화까지 있었다. 길게 설치된 식탁 위에 나온 음식들도 지금까지의 어느 식탁보다도 훌륭하였다. 어느 사이엔지 우리 일행에는 두 사람이 더 추가되어 있었는데 그들 역시 어느 지방공화국에 본가가 있는 교포 남자 젊은이들로 우리들 편의를 위해 더 채용된 사람들이라고 한다. 그러니 사장까지 합쳐서 여섯 명의 여행사 사람들이 따라다니고 있는 것이다. 사장은 우리 편의도 편의지만, 앞으로 자기가 함께 일할 사람들을 업무 훈련시키는 목적도 있으니, 부담 갖지 말라고 정직하게 말해준다. 그들대로 연수 여행이기도 하다는 말이었다.

식탁에는 보지 못하던 길쭉한 호박같이 생겼지만 맛은 파파야 비슷한 향기로운 과일도 나왔는데 교포 청년 두 사람이 반가워하면서 자기네 고장 산물이라고 한다. 나는 줄곧 '흘레브' 빵만을 선택하였다. 광주리에는 다른 빵도 있었지만 그렇게 자연히 된다. 러시아 작가들을 만나 깊은 이야기(를 할 도리는 이 마당에 어느 누구도 없겠지만)를 하면서 지내는 여행도 아니고, 43년 전에 배운 러시아말은 알파벳을 이어 붙여 읽을 수 있다는 것뿐이고(그만한 러시아어도 이 여행 중 하찮을 망정 일행의 편의에 다소간 기여하였다. 끄렘린 성벽 발치에 죽 이어나가면서 설치된 구체제 요인들의 무덤 앞을 지나가면서 나는 빠른 속도로 묘비에 새겨진 주인공들의 이름을 호명해야 했다. 이상한 몽고어 계통의 억양으로 불린 자기 이름에 주인공들은 좀 착잡했을지도 모른다. 므릇지기 그들 생전에 그들의 이름은 누구보다 정확하게 발음되었을 테니 말이다), 러시아어 신문을 읽을 수도 없고 꼼짝없이 관광 시간표에 실려 다니는 신세지만, 내 사정은 사정대로 마음대로 복잡한 심정이 없지 않기도 하려니와 생전에 두 번 다시 올 듯도 싶지 않은(사람 일 몰라요) 곳이기는 하지만, 어찌어찌 하다보니 내가 평생 씨아질한 마음고생에 대하여 상징물이랄 것도 없이 사실 자체로 무슨 결판을 내줘야 할 의무라도 있을 것 같은 이 나라에 정작 와놓고도 그런 빚이야 어디 차용증서를 받아놓은 것도 아니겠다 어느 관청에 가서 환불을 호소할 궁리도 마련이 없는 심정이 그렇게 식사 때마다 대고 '흘레브' 빵만 족치게 되던 것이었다.

잼의 일종이기는 한데 매우 묽은 잼이 신기하였다. 그 잼은 러시아 차에다 넣어서 먹는 것이라고 교포 청년이 가르쳐준 잼을 넣은 차를 마시면서, 생전에 두 번 다시 올 듯도 싶지 않은? 하고 나는 생각하였다. 그런 여행으로 받아들이고 있었다. 그렇게 생각하고 보니, 바로 얼마 전까지 도저히 상상도 할 수 없었던 여행을 하고 있는데, 블라디미르 청년의 말마따나 '제국'의 폐허를 돌아다니는 느낌인 것이, 바로 얼마 전까지의 이곳은 이미 아니기 때문에 가능해진 사정은 마치 로마 시를 관광하는 것은 당시의 로마를 관광하는 것이 아닌 것과 마찬가지일 텐데, 그 '제국'이 바로 어제이고 보니 현재와 과거가 아직 갈라서지 않은 기이한 시간감각을 강요하고 있다.

에르미따즈 미술관으로 가는 버스에서 내다보는 비에 젖은 쌍끄뜨 뻬쩨르부르끄는 모스끄바보다 우리 눈에는 더 고전적으로 보였다. 비에 젖은 때문인지 도시는 깨끗해 보였다. 아마 사실 그렇기도 하려니와 모스끄바에서처럼 공장지대를 지나지 않은 데도 원인이 있을 것 같다. 온 시내가 서울 덕수궁의 석조전 같은 건물로 되어 있는 거리를 지나서 폰딴까라는 운하를 건너 도착한 에르미따즈 미술관은 네바 강변에 있는 초록색 벽에 아치 모양의 백색 창틀의 창문이 아름다운 3층 건물이었다. 이것이 이른바 동궁(冬宮)이었다. 황제의 겨울 거처였고, 10월혁명에서 타도된 임시정부의 청사였다. 황제는 이미 그해 2월에 일어난 혁명으로 퇴위하고 난 다음이었다.

동궁. 이것이 그 장소였다. 해방되고부터 50년 월남할 때까지의 북한 생활에서 온갖 기회에 — 신문에서, 대중집회에서, 교과서에서 그렇게 자주 접하게 되던 그 낱말 '동궁'의 현물이었다. 여행이란, 낱말 공부의 한 방식이기도 하였다. '동궁'이 실지로 있다니. 흰 벽과 금색의 장식, 천장에 그려진 천사들, 거대한 샹들리에, 대리석 기둥, 모자이크 마루, 성화(聖畵)들, 부조(浮彫)들, 벽걸이, 온갖 그릇들, 금그릇, 은그릇, 도자기들…… 방마다 그득그득한 이런 미술품들의 홍수들은 그러나 여기서 처음 보는 것들은 아니었고——이 미술관 소장품을 미술품 자체로 보는 경우에는 그것들은 분명 이곳밖에는 없는 것들이지만——미술관이면 거기에는 미술품이 있다는 의미에서는 다른 미술관 경험과 특별히 다를 것은 없는 일이었고, 그런 미술관 본래 경험보다는 이 건물 자체, '동궁'에 대해서 내 안에서 형성돼 있던 '의미'와 '현실'을 일치시키려는 마음의 운동에 휘말려서 방에서 방으로 걸음을 옮겼다. 그 운동은 이 범람하는 공간적 사물들보다 더 멀미를 일으켰다. 그것은 자칫 범람하고 싶어하는 '시간의 흐름,' '시간의 축적'이었다. '시간'은 그렇게 다루기 힘들었다. 이렇게 넓은 면적을 차지하면서 눈에 보이게 전개되어 있는 공간은 그것 자체로는 오히려 그들이 형성되기 위해서 필요했던 시간을 되레 가리는 가리개였다. 그것들은, 자기 자신이 자기 자신의 가리개였다. 그것들은 그것을 보는 사람들의 마음속에서 '시간'으로 변환되었을 때에만 진정한 그것들이 될 수 있었다. 그리고 그 '시간'이란 나의 전 생애였다. 렘브란트의 작품이 여러 폭 있고, 루벤스의 작품도 여러 개 되며, 고갱, 피카소까지 있었다. 그러나 이 미술관에 관해서만은 나는 그런 거장들의 작품을 그것 자체로 음미할 만한 마음의 여유가 없었다. 내게는 이곳은 에르미따즈 미술관이기에 앞서 '동궁'——네바 강에 들어온 전함 오로라호의 포격을 받은 혁명의 무대였다. 아니다. 그렇게 말하려던 일이 아니었다. 그런 혁명의 무대였다고,「플랜더스의 개」에 열중하던 그 같은 나이에 어른들로부터, 선생님들에게서, 신문에서, 책에서 접하기 시작하고 평생 그 의미를 생각하면서 지냈던 그 모든 시간의 응축이었다. 아니, 어수선한 서툰 설명이다. 달리 말해보자. 천 리를 걸어온 사람이 그런 끝에 만난 이정표 속에 자신이 걸어온 천 리 길이 들어 있다고 생각해야 옳을까. 천 리는 자기 속에, 들어 있는 것이라고, 천 리를 걸어서 자신에게 도달했다고 생각하는 게 사리에 틀리지는 않지만, 자기 속에 들어 있으면서도 그 천 리 길이 결코 환상이 아님을 증거하는 것이 '이정표'이기도 하다는 말이다, 라고 표현해본다. 조금은 내 심정이 정리된 표현이다.

모름지기 끄렘린 궁전에 대해서는 그것은 건물일 뿐, 한 성곽일 뿐, 그것에 관련된 사건, 그 속에서 일어난 사건이 연상되는 것이 없고, 레닌 묘도 그것을 보기까지는 그 말은 다만 장소 표시일 뿐이고, 레닌의 미라도 살아 있는 레닌과는 관계없는 사물이었고 보면, 막상 그것들을 보고도 그것은 풍경이었을 뿐인 반면에, 동궁은 그에 관련한 극적 사건의 연상 때문에, 그것은 공간으로서가 아니라, 시간의 운동을 내 생애의 전 기억을 촉발한 것일까. 나는 미술품으로 가득 찼고 그 자체가 미술품이기도 한 방들을 지나면서 내 자신의 생애를 치달고 내리닫고 하느라고 분주하다가 건물 밖으로 나왔다.

아마 광장에서 관광객을 기다리고 있던 러시아인 사진사의 눈에는 미술관에서 나오는 한 몽고계 아시아인이 보였을 뿐일 것이다.

그 사진사는 검은 곰 한 마리를 끌고 우리한테 와서 사진찍기를 권했다. 기발한 생각이었다. 그런데 이 곰이 한 여성 시인에게 달려들어 그녀의 어깨에서 숄더백을 낚아챘다. 순식간에 일어난 일이었다. 채 놀랄 사이도 없었다. 그러나 곰은 심각한 공격 의사는 없었던 모양이었고, 사진사가 얼른 줄을 잡아당겨 가지고 현장에서 사라져버렸다.

러시아 곰도 미녀를 알아본 게라고 우리는 그녀를 위로했다. 사실이었지 싶다.

뻬쩨르부르끄에서 최근에 개점했다는 여기 교포 경영의 '한국식당'이라는 집에서 점심을 먹었다. 불고기와 상추쌈이 맛있었다. 이 집은 폰딴까 운하 옆에 있는데 길가의 아치형 문으로 들어가면 건물로 둘러싸인 뜰이 있고 그 뜰 한쪽 건물에 입구가 있었다. 운하에서 소년 둘이 낚시질을 하고 있는 것이 보인다.

날씨는 흐렸다 갰다 하지만 그런대로 좋은 날씨였다.

갰을 때도 하늘에서 구름이 아주 걷히지는 않았다.

이곳의 9월 초순은 서울의 지금 온도보다 그리 다르지는 않게 느껴진다. 겨울 차림을 준비한 사람들이 많았지만 와보니 그렇지 않고, 다만 지금부터 계절은 시울보다는 좀더 빠르게 움직일, 그러니까 가을이 매우 짧은 모양이었다. 지금이 러시아를 여행하기에 가장 좋은 철이라고 한다. 모스끄바의 공항에서 제일 먼저 눈에 띄던 것처럼 잔디들은 아직 푸르고 잎을 떨구거나 단풍 든 나무도 보이지 않는다.

  오후에는 에르미따즈 미술관 근처 네바 강변에서 산책 시간을 많이 가졌다. 강과 운하에 걸린 다리들이 공들인 디자인으로 꾸며진 것이 특히 눈에 띈다. 전체가 쇠로 된 옥친스끼 다리의 원형 아치는 특히 아름답다. 사실은 도시 자체가 큰 조각품인 셈이며, 다리며 난간들은 돈과 정성을 많이 들이면 그게 바로 미술품이라는 생각을 자연스레 가지게 만든다. 네바 강 건너편에 보이는 뻬뜨로 빠블로브스끄 요새의 높은 뾰족탑이 마치 발사대에 놓인 우주 로켓같이 생긴 그 꼭대기 부분을 거의 여름 구름처럼 푸짐한 맛이 있는 구름 속으로 들어올리고 있다. 바람이 없는 온화한 날이다. 훨씬 멀리에 오로라 호가 바라보인다. 내일 그 근처로 가리라고 금발의 통역자 블라디미르가 말했다. 그는 어린 학생답게 열심이었고, 그의 한국어도 우리에게는 즐거움이었다. 그는 가끔 좀 낡은 단어라든지, 적절치 못한 표현을 하기도 했는데 곧 우리들의 반응을 받아 묻는 표정이 되면, 우리가 정답을 말해주고, 그는 음 잊어버리지 말아야지 하는 기세로 그 용법을 고치곤 했는데 그것조차 없기보다 나은 즉흥 재밋거리였다. 그에게서 모범 한국말을 이 기회에 배워 가겠다는 사람은 아무도 없었기 때문이다. 나는 미술관에서 영어로 해설된 화집을 샀다. 모조 헝겊을 씌운 두꺼운 표지에 쌓인 423페이지짜리 고급 화집으로 레닌그라드의 좋은 기념이 될 것 같다.

  성(聖) 이삭 성당이라는 큰 성당으로 가서 성당 내부에 있는 나선 계단으로 성당 지붕에 설치된 전망대로 올라가서 레닌그라드를 내려다보았다. 레닌그라드는 여기서 보니 정말 아름다운 숲 속의 도시였다. 지붕들의 높이가 가지런하고 높지 않았다. 그렇게 지어진 이래로 보존돼온 모양이다. 내가 미술 전문가가 아닌 탓도 있겠지만, 외국 도시를 방문할 때마다 그 도시 자체보다 더 깊은 인상을 주는 미술관 경험을 가져본 적은 없다. 도시가 미술관이라고만 느꼈다. 굳이 미술관이랄 것도 없이 도시가 곧 극장이라고 할까, 그렇게 말하고 싶다. 여기서 더 나가서 도시가 곧 생활이다, 라고까지 말하면 농담이 되고 말지만, 다행히 여행자의 신분일 때는 그 도시의 생활자에게 있어서처럼 도시가 생활일 수 있는 능력은 자동적으로 차단되므로, '생활'을 가장 닮았으면서 '생활은 아닌 것', 즉 생활의 환상을 즐기게 되는데, 이것이야말로 '예술'이라는 현상의 성격이 아니고 무엇인가. 그래서 언제나 여행을 할 때는 마음이 한껏 설레다가도 살림의 제자리로 돌아오면 그뿐 어느새 부풀었던 마음도 잦아들고 말곤 했다. 지난날 크고 작은, 길고 짧은 모든 여행이 언제나 밝은 걸음걸이였다.

저녁 식사는 우리 숙소인 뿔꼬브스까야 호텔이 아닌 모스끄바 호텔이라는 데서 하게 되었다.

저녁에 '무쏘르그스끼 오페라 발레 극장'이라는 이름의 극장에서 오페라 「리골레또」를 구경했다. 이름만 알고 있을 뿐 공연으로는 처음 보는 데다 러시아 말로 진행되기 때문에 주인공들의 연기를 통해서 대강 줄거리가 짐작될 뿐이지만, 그 중간에 잘 알려진 노래가 나와서 아주 재미없지는 않았을 뿐만 아니라 러시아 사람들의 무대를 처음 보기 때문에 관극 경험으로 만족스러웠다. 무대 장치, 옷, 인물들의 얼굴 분장, 움직임에 이르기까지 모두 주의해서 관찰하는 일 자체가 크게 즐거웠다. 극장 자체를 살펴보는 것도 무대 자체 못지않은 구경거리였다. 특별한 점을 발견한 것은 없고 그림이나, 사진, 영화 따위에서 익히 아는 전형적인 오페라 극장 내부였다. 도시 전체가 총 르네상스식인 터에, 극장 내부가 그에 몇 갑절 더한 것은 당연해 보였다.

이런 객관적 사정 하고는 관계없이 나는 전혀 뜻밖의 경험도 하였다. 어느 장면에서 배우들이 연기하고 있는 전면 뒤쪽으로 벌판과 먼 산맥이 아득히 거의 어둠에 잠겨 희미하게만 표현되어 있었는데, 그 벌판 한군데서 모닥불인지 횃불인지 문득 일어나는 것이었다. 그 빨간 불이 굉장히 감동적이었다. 아마 주무대만을 '장면'으로 받아들이고 있다가, 그 장외(場外) 장면의 예고 없는 개입으로 환상의 공간이 갑작스레 재조종되는 마음의 운동이 가져다준 감동인 듯싶다. 이 나라에 와서 처음 대하는 예술 작품의 현장에서, 그것도 내가 평소에 감상 경험이 있는 분야도 아닌 곳에서 일어난 이 순간은 즐거웠다.

우리는 1층의, 무대를 향하여 오른쪽에 마련된 자리에서 구경하였다. 3층까지 있는 자리는 다 차 있었고 유럽에서 온 관광객인 듯한 사람들이 많았다.

구경을 마치고 나오니 빗줄기가 굵어져 있었다. 미리 와서 기다리고 있는 버스를 타고 숙소인 뿔꼬브스까야 호텔에 돌아온 다음에 우리는 뜻하지 못한 소식을 들었다. 북한과 중공의 외교 관계가 단절되었다는 소식을 누군가 외부 사람으로부터 들었다는 것이었다. 우리 일행 중에 누군가가 이곳 교포로부터 들은 얘기라고 한다.

"여기 신문에 났답니까?"

"아닌 모양입니다."

"그럼…… 본국에서 전화라도?"

"글쎄요, 잠깐 다녀오겠습니다."

M씨는 방에서 나갔다.

우리가 극장에서 돌아왔을 때 오페라 구경에 오지 않고 다른 일을 보러 갔다가 마침 로비에 내려와서 전화를 걸고 있는 분이었는데 그분한테서 나온 말이었다. 만일 이곳 매체에서 보도했다면 블라디미르 청년이 알려줌 직했는데 그런 말은 없었다. 서울 떠난 지 사흘 만에 큰 사건이 생긴 것이었다.

M씨는 이야기를 낸 분을 만나지 못하고 돌아왔다.

"내일이면 알겠지요."

내가 말했다.

"지금 여기 아는 친지가 있는 분들이 여기저기 연락하고 있군요, 사실이라면 큰 뉴스가 아닙니까?"

"암요, 단교라……."

"어쩌자는 걸까요."

우리는 여기서 침묵하고 말았다. 우리가 여기에 오기 얼마 전에 중국과의 국교 수립이 발표됐었다. 이제 중국밖에는 믿을 곳이 없게 된 북한이 그렇다고 중국과 단교할 수 있을까? 우리 두 사람은 으레 단교라면 북한 쪽에서 한 것으로 짐작하고 걱정하고 있었다.

이야기는 끝내 이날 밤에는 확인되지 않았다.

더 얘기해봐야 달라질 것이 없음을 깨닫고 우리는 그 얘기는 더 하지 않았다.

뻬쩨르부르끄의 첫날은 그런대로 흥미 있게들 지낸 터였다. 나부터도 러시아의 무대를 처음 감상할 기회가 있었고 뜻하지 않게 좋은 발견도 하고 나서 듣는 난데없는 본국 쪽 소식은, 새삼 격동하는 세월을 그러지 않으면 모를까봐 짓궂게 일깨우기나 하려는 것 같았다. 무대에서 타오르던 불길이 떠올랐다. 벌판 멀리의 그 불길은 마치 불행한 우리 땅에 꺼지지 않고 남아 있는 전쟁의 불씨를 상징하는 것 같았다.

애써 그 화제를 피하면서 M씨와 나는 차츰 밝은 이야기를 주고받다 보니 그런대로 미확인의 소식보다는 즐거운 하루에 대해 의견을 나누는 시간이 되어갔다.

광장에서는 이 나라가 치른 엄청난 전쟁을 기념해서 세운 동상의 남녀들이 제법 굵어진 빗속에서 방금 어디론가 출동하는 사람들처럼 웅성거리고 있었다.

이튿날 아침, 전날 저녁의 소문은 근거가 없는 말이었고, 사실이 아님이 밝혀졌다.

우리는 서로 쓴웃음을 지었다.

아침 식사는 이 호텔의 같은 식당에서 전날처럼 하였는데 식탁에 모여든 사람들은 우선 비슷한 표정들을 교환하는 것으로 아침 인사들을 대신하였다. 세상은 상식대로 가지 않는가 하면, 상식대로 가기도 하였다. 그러나 어떤 일은 여전히 확인될 때까지는 어느 쪽일 수도 있는 것이었고, 우리는 기다리는 것말고는 달리 할 일이 없는 많은 사람들의 일부였다. 그것이 아무리 우리 운명을 지배할 엄청난 일이라고 할지라도 말이다.

우리는 곧바로 뿌쉬낀 시로 떠났다.

옛날에는 짤스꼬예 쎌로(황제의 마을)라 불리던 곳으로 그 이름대로 황제의 여름 궁전이 있는 곳이다. 거기서 보게 되겠지만 시인 자신이 그곳에 있는 귀족학교의 졸업생이고, 그의 시 가운데에도 직접 이 지명과 그 시설을 노래한 것이 있는 것으로 기억하며, W고등학교에서도 「차다예브에게」를 배울 때 선생님께서 이 지명을 언급했던 생각이 난다.

러시아에서 처음으로 우리 버스는 도시 밖으로 나오고 있다.

눈길이 가 닿는 저 끝까지도 그대로 벌판인 레닌그라드 교외를 차는 달린다.

블라디미르 통역이 설명한다. 여러분이 보시는 밀밭은 집단농장입니다. 지금은 수확기여서 원래 같으면 비어 있겠는데 요즈음 일손이 귀합니다. 예전에는 시민들이나 학생들이 의무적으로 추수에 동원됐었습니다. 가끔 야트막한 언덕이 파도치듯 보일 뿐 가도가도 밀밭이다. 이 근처가 2차대전 때 이 도시의 최후 저지선이었습니다. 보십시오. 수풀 사이에 팬 흔적이 있는 것은 당시의 참호입니다.

뿌쉬낀 시에 도착한다.

울창한 수풀 속에 황제의 여름 궁전의 황금색 지붕 일부가 보이고, 궁전 입구의 길 건너에 시골 마을이 있는 것 — 이것이 뿌쉬낀 시의 전부다. 우리 버스가 달려온 길은 우리를 내려놓고 저 혼자 저쪽으로 이어진 수풀 사이를 아득히 뻗어 있다.

큰길에서 궁전으로 들어가는 길 초입 양편으로 버스표 파는 매점만 한 크기의 선물 가게가 있다. 그 가게 옆 길가에 4인조 악단이 서 있다가 우리가 차에서 내리자 악단원 한 사람이 국적을 물어보고 나서 우리 애국가를 연주하였다.

큰길에서 궁전까지는 100미터 정도 되는데 궁전의 측면이 보이고 들어가는 길 좌우는 수풀이다. 오른쪽 수풀 속에 정자가 보인다.

궁전 전면에 관광객이 안으로 들어가는 문이 있었다. 궁전은 백색 바탕에 청색 창틀, 거기에 금색의 복잡한 부조 장식이 곁들여진 3층의 옆으로 길쭉한 건물이었고, 건물보다 한층 낮게 반듯하게 다듬어진 넓은 정원을 앞에 두었으며 이 정원은 세 방향 모두 숲과 이어져 있다.

궁전 안으로 들어간 곳은 선물 가게들이 큰 방에 칸을 막고 빽빽이 차 있다. 이 구역을 지나서부터는 건물 전체가 에르미따즈처럼 여기도 각종 미술품을 수집한 미술관이었다.

이 궁전의 주인이었던 예까쩨리나 여제의 초상이며, 1912년 나폴레옹 침공 전쟁 그림 등이 기억에 남을 만한 큰 작품들이며 이 궁전은 소장품이 중심이 되어 있는 듯한 에르미따즈와는 달리 궁전 자체가 전시품인 성격이 짙었다. 황제와 황후들이 살던 집을 둘러보고 있는 느낌이 든다. 특히 중국 가구며 미술품이 많이 놓여 있다. 전시라기보다 원래 방의 가구로 있던 자리에 있다는 식이다. 러시아 특유의 빛깔을 지닌 타일로 바른 벽난로가 호사스럽다. 꽤 많은 관광객이 방에서 방으로 이동한다. 독일인들, 이탈리아인들, 미국인들이다.

방마다 창가에 의자를 놓고 지키고 있는 나이 든 러시아 부인들은 어느 사람이나 비슷해 보였다. 뚱뚱한 것까지 비슷했다.

밖으로 나와서 계단을 따라 정원으로 내려간다. 정원은 자로 잰 듯이 나무들을 반듯하게 여러 모양으로 다듬어놓았다. 땅바닥은 붉은 기운이 있는 모래 같은 토질이었다.

올려다보니 궁전은 백(白)과 청(靑)과 황(黃)색의 나무 조각으로 맞춰놓은 동화나라의 궁전처럼 찬란하였다.

우리는 여기저기 흩어져서 사진도 찍고 앉아서 쉬기도 하는 사이에 서로 떨어져서 어느 사이에 나는 혼자가 되었다. 에르미따즈, 그 동궁에서 한꺼번에는 감각이 처리할 수 없는 미술품의 바다를 보고 난 이튿날에 또 비슷한 장소를 보고 나니 좀 힘이 들었다. 신문도 읽지 못하고, 시민들과 대화할 수도 없는 이 여행에서 오직 가능한 일, 즉 '본다'는 방법이 위주가 되는 것은 이런 관광 여행에서 보통 일이겠지만, 나는 그 보통 방법을 '사명감'을 가지고 실천하려니 다짐하고 있는 터였다. 앞에서 말한 것처럼 포석 조명희의 눈을 의식하면서 여행한다는 말도 빈말은 아니고, 그렇게 되다보니 그렇게 된 이 나라가 나에게 미친 적지 않은 영향을 몸으로 느낌으로써, 내 속에 남아 있게 된 그 영향의 흔적의 의미를 더 깊게 느껴보자는 것─보통 같으면 여행을 매우 무거운 것으로 만들게 될 이런 부담을 스스로 짊어진 채 지내고 있었다. 그렇다고 해봐야 결국은 아무리 응시해봐야 강이고, 들판이고, 길이고, 궁전이고, 그저 비일 수밖에 없는 비였지만 말이다. 이 풍물에 과중한 기대를 가지고 접근하면 할수록 그럴 때마다 더욱더 나 자신으로 되돌아오는 느낌이 더해지면서도, 나는 지질학적 지식이나 동원하지 않는 이상 그저 붉은 흙일 수밖에 없는 땅바닥을 그 땅바닥 자체에 무슨 뜻이나 있기나 한 것처럼 들여다본다.

　나는 궁전을 벗어나서 우리 버스가 있는 쪽으로 나왔다. 돌아가기로 된 시간이 가까웠다. 아까 그 자리에 서 있는 버스에 와보니 한 분이 버스 안에서 쉬고 있을 뿐 그 밖의 일행은 아직 도착한 사람이 없었다.

　나는 길을 건너서 맞은편 민가 구역으로 넘어갔다. 그곳은 미국의 시골읍과 다름없는 느낌을 주는 작은 동네였다. 아스팔트 포장이 된 넓은 차도로 구획된 집들이 어느 집에나 앞뒤 마당에 서 있는 나무 그늘에 호젓하게 파묻혀 있었다. 나는 보도를 따라 한 구역을 빙 돌아서 제자리로 돌아왔다. 우리 버스 근처에는 아직 사람들이 보이지 않고 선물 가게 안에서 젊은 러시아 여자가 책을 읽고 있는지 머리를 수그리고 있었다. 나는 방금 한 바퀴 돈 구역을 이번에는 반대 방향으로 돌아가본다. 집들에서는 가끔 마당에 나와 있는 7, 8세쯤 되는 아이들이 보이기는 했으나 거의 모든 집에서 인적이 느껴지지 않고 차도와 집들 사이의 인도를 걷고 있는 그림자는 나밖에는 없었다. 빈 거리를 나만 그렇게 걷고 있었다. 보도의 집 가까운 쪽에 푸슬하게 자란 풀은 가을 기색이 아직은 전혀 없이 여름풀이었다. 그리고 길가의 바로 그 풀은 내 기억에서 아마 영원히 사라지지 않을 것이고 이 여행 중 가장 확실히 주목받은 대상으로 기억될 것이라는 확신이 무슨 신비한 사건이기나 한 것처럼 마음을 차지했다. 그리고 길가의 그 풀에 대한 까닭 없이 강렬한 인상은 엊저녁 극장에서 본 그 들판의 불빛과 같은 성격의 것인 성싶었다. 오늘이 러시아에 와서 처음 도시 밖으로 나온 날인 것처럼, 나는 지금 러시아에 와서 처음으로 혼자 걷고 있는 것을 깨달았다. 그런 나에게 강렬하게 다가온 대상이 길가에 돋아난 이 잡초였다. 저 궁전에서 방금 그토록 넓은 잔디와 정원사가 다듬어놓은 나무들을 보고 오는 길인데. 그 풀은 가냘픈 작은 꽃을 달고 있었다.

　이 풀과 나는 피차에 잘 이해하고 있었다. 내가 땅에 서 있고 그가 땅에 뿌리를 박고 붙어 있는 것, 이것이 우리의 이해의 형식이다. 우리가 각기 이렇게 있다는 것이 우리의 이해이기도 하다. 우리는 '생물구성체'로서 '지리적 구성체'인 이 마을의 땅 위에서 이렇게 만나고 있다. 이 마을 사람들의 조상들도 아득한 옛날부터 이 풀과 나의 관계처럼 그렇게 살아왔다. '생물구성체'와 '지리적 구성체'라는 자격에서는 그렇게 간단한 관계 위에 '사회구성체'라는 그물을 한 겹 더 얹으면서부터 적어도 이 풀과 인간은 이미 '형제'라는 규정만으로 연결되지는 못하게 되었다. 이 풀은 아득한 그 옛날이나 지금의 이 순간이나 여전한 그 '생명구성체'로 산다는 '달인(達人)'의 경지를 유지해온다. 그러나 사람은 일정한 주기를 두고 변해온 '사회구성체'의 구성 원리를 '사회화'한, 즉 내면화해서 자기의 구성 원리로 터득한 생활자가 되어야 했다. 이 풀의 어린 싹은 그대로 자라서 여름풀이 되고 가을풀이 되면 그만이지만, 한때 이 풀의 곧이곧대로의 형제였던 '인간'의 아이들은 학교에 가서 그때 현재의 '사회구성체'의 원리를 배워야 했고, 그러고 나서야 소우주란 말처럼 '소(小) 사회구성체'가 될 수 있었다. 영주 시대에는 영주의 영민(領民)으로, 황제 시대에는 황제의 신민(臣民)으로, 쏘비에뜨 시대에는 공화국의 공민(公民)으로, 그리고 지금 새 공화국의 시민(市民)이 되어 있다.

풀은 그런 것을 모른다. 그들은 풀이 된 이후 지금까지 변함없는 오직 한 구성체, '자연구성체'로서만 살아왔다.

그런데 어려운 대목은 달리 있다. 이 풀과, 내가 속한 생명구성체의 한 종(種)이 역사의 어느 대목 이후 그렇게 갈라서 왔는데도, 이 풀과 나는 여전히 서로 바라보고 설명 없이 서로를 이해하는 공동의 기반—— '생명구성체'라는 기반을 함께하고 있다는 사실이다. 나는 여전히 '인간풀'이기도 한 것이다. '인간이라는 이름의 풀'이기도 하다. 시적 수사도 아무것도 아니고 실지 나는 풀인 것이다. 그래서 잊었던 형제를 만나듯 이렇게 반갑다.

나는 풀이다. 그러나 풀이 아니다. 나는 풀이면서 풀이 아니다. 그러나 사람은 순식간에 자기를 풀이라고 생각하는 순간을 가질 수 있다. 실지로 여전히 풀이기도 하기 때문이다. 옛날에 아버님 책장에서 「동굴의 여왕」이라는 소설을 읽은 적이 있었다. H에서의 소학교 시절이다. 아프리카의 어느 동굴 속에 사는 여왕이 있다. 그녀는 영원한 아름다움을 유지하기 위해 불로초를 먹고 이 동굴에 스스로 갇혔다. 그 미녀가 동굴에 들어온 탐험대들이 보는 앞에서 순식간에 헤아릴 수 없는—몇천 년의—나이를 드러낸 노파로 변하고 마는 장면이 있었다. 보류되었던 '시간'이 그녀를 점령하는 순간이었다. 내 눈앞에서 이 잡초가 한 사람의 러시아 농부가 된다면, 이 풀이 보는 앞에서 내가 선 자리에 돋아난 한 포기 풀이 된다면. 그런 일은 일어나지 않는다. 아니 적어도 풀 쪽에서는 일어나지 않는다. 그러나 사람 쪽에서는 그 실질적 의미에 있어서 바로 그런 변화—풀이 될 수 있다. 사람은 영민(領民)에서 신민(臣民)으로, 거기서 공민(公民)으로, 그리고 시민(市民)으로 오르락내리락할 수 있다. 외양이 바뀌지 않으므로 본인도 모를 수 있고, 더구나 풀의 눈에는 언제나 형제, '생명구성체'의 그 종류—다른 풀로만 보일 수 있다. 사람만이 그래서 나는 누구인가, 하고 괴로워해야 한다. 그렇다. 이 풀이 자란 이 마을, 아니 이 풀이 그 발치에 돋아난 이 허름한 길갓집 속의 저쪽 뜰로 향한 창가의 의자에 지금 90세쯤인 '영민(領民)—신민(臣民)—공민(公民)—시민(市民)'이라는 각기 질을 달리하는 시간의 퇴적으로 이루어진 '시간구성체'로서 러시아인 할머니가 낡은 흔들의자 위에서 졸고 있을지도 모른다.

무슨 소린가! 나 자신이 바로 그런 시간구성체가 아닌가. 그건 그렇다 하고, 그 할머니는 그 시간구성체의 어느 항(項) 정도를 '생명구성체'로서의 자기에게 유기적으로 연결해서 살아왔고 살고 있을까. 그 항 이외의 항은 그녀에게는 90년 전의 동전이라든가, 20년 전의 공민증이라든가의 형태로 그녀의 찬장이 아니면 어느 항아리 속에 들어 있는, 그녀 '밖'의 물건일 뿐이다. 그리고, 그리고, 이 나는 어떤가. 내 사정, '시간축적물'로서의 나의 시간퇴적 상태와 그것이 '생명구성체'로서의 나에게 연결된 상태의 유기성은 어떤 상태에 지금 있는가. 러시아의 풀이여, 너마저 내 골치를 아프게 하누나.

최인훈(崔仁勳)

1936년 함경북도 회령 출생. 서울대학교 법대에서 수학. 1959년 『자유문학』에 단편 「그레이구락부 전말기」와 「라울전」이 추천되어 등단. 동인문학상, 중앙문화대상, 이산문학상, 한국연극영화예술상 희곡상, 서울극평가그룹상 등 수상. 서울예대 문예창작과 교수 역임. 『가면고』(1960), 『광장』(1960), 『구운몽』(1962), 『회색인』(1964), 『서유기』(1966), 『소설가 구보씨의 일일』(1971), 『태풍』(1973), 『화두』(1994) 등의 장편소설과 「옛날 옛적에 훠어이훠이」(1976)와 「둥둥 낙랑둥」(1978) 등의 희곡, 그리고 「문학과 이데올로기」 「원시인이 되기 위한 문명한 의식」 「진화의 환상적 완성으로서의 예술」 「인간의 Metabolism의 3형식」 「길에 관한 명상」 등의 평론 발표.

작품 세계

최인훈은 그의 초기 대표작 『광장』에서 남북한의 이데올로기의 문제를 화두로 내놓고, 점차로 『회색인』 『서유기』 「총독의 소리」 연작과 『태풍』에 이르러서는 제국주의와 식민지 시대의 문제 등으로 그 관심의 폭을 넓혀간다. 그것은 단순히 사건을 재현하고 나열하는 차원에서가 아니라 기억과 환각을 활용해 내면의 복잡성을 드러내는 입체적인 서사 장치 속에서 이루어진다. 예컨대 『광장』에서 '갈매기'로 상징되는 환상이나 '멀미'나 '어질머리' 등으로 표현되는 무의식의 영역은 이명준의 사랑이나 시대적 고민과 절묘하게 뒤섞여 개인의 실존을 넘어선 서사로 만들어진다. 그것이 『광장』에 뒤이어 상재된 『구운몽』에 이르러서는 실험적 형식 속에 녹아들게 되고, 『서유기』 「하늘의 다리」 「총독의 소리」 등에 이르면 그 다양한 기법 속에 우리의 시대 특성과 역사의 본질마저 담아내게 된다. 또한 그는 『구운몽』 「열하일기」 「놀부뎐」 『소설가 구보씨의 일일』 등에서 패러디 기법을 사용하여 우리의 고전에 바탕을 둔 현대적 양식을 찾아낸다. 그것은 소설 차원에서 우리 방식의 '근대성'을 찾는 행위라 할 수 있는데, 이러한 방법을 통해 그의 소설은 폭과 깊이를 갖게 될 뿐만 아니라, 근래 들어 어느 비평가가 역설했듯이, 리얼리즘과 모더니즘의 정신을 회통시킬 수 있게 된다. 내용 차원에서는 리얼리즘을 추구하되 형식 차원에서는 모더니즘을 추구하는 그의 작법에는, 김수영식으로 말하자면, '피의 냄새'가 섞여 있다. 풍자와 저항이라는 두 갈래 운동이 소설의 내부 깊은 곳에서 인간의 해방을 꿈꾸고 있는 것이다. 게다가 그의 소설은 우리 의식 깊이 가라앉아 있는 식민주의적 무의식을 밝혀내고, 당대의 폭력적 정권의 뿌리를 뒤흔든다. 「총독의 소리」 연작이 한일협정 반대 시위를 배경 삼아 탄생했고, 『태풍』이 유신 정권의 등장을 폭로하는 방식으로 출현했다는 점은 그의 소설이 지향하는 바를 알려준다. 그뿐만 아니라 그는 희곡에서도 독자적인 세계를 펼쳐내어 우리 연극계의 수준과 깊이를 한 단계 올려놓았다. 그리고 15년 이상의 침묵 끝에 출간한『화두』(1994)에서는 내용적으로나 형식적으로 그의 문학 전체를 '웅장하게' 종합해낸다. 사유를 심리화하는 방식, 무의식과 기억을 드러내는 방식, 화자를 없앤 드라마의 방식, 그리고 서사를 비틀며 지연시키고 패러디를 이용하는 온갖 방식들을 종합한 새로운 장르를 창안해낸 것이다. 그리하여 그의 작법과 인식은 20세기를 뛰어넘어 다음 세기로 넘어가는 소설의 입구까지 열게 된다.

「웃음소리」

1966년 1월에 발표한 「웃음소리」는 그해 동인문학상을 수상한 작품으로서, 연애에 실패한 후 자살을 기도하는 한 여인의 며칠 간의 모습을 보여주고 있다. 이 작품은 최인훈의 단편소설 중에서도 가장 빼어난 작품으로, 『광장』『구운몽』「총독의 소리」연작 등에 사용하는 '환상'과 '환각'의 실상을 모범적으로 제시하고 있다. '그녀'는 추억의 장소인 P온천 부근 '숲 속의 빈 터'에서 자살하려고 떠났다가 그 자리를 차지하고 있는 '낯선 연인들' 때문에 그 결행을 미루게 된다. 꼭 그 자리에서만 죽겠다고 생각했던 그녀에게 그 연인들의 행복한 웃음소리는 그녀의 결행을 방해한다. 그런 며칠 동안 그녀 자신은 그와의 사랑을 떨쳐내지 못했다는 사실을 깨닫게 된다. 현실이 사막처럼 황량해 극단적으로 자기 자신을 버리려 했지만, 그녀는 뜻하지 않은 방해자들로 인해 자신의 내부에 잠재된 욕망을 이해하게 된 것이다. 그런데 그녀에게 '웃음소리'를 들려준 연인들이 일주일 전에 그 자리에서 죽은 사람들이라는 사실이 밝혀진다. 그렇다면 그 웃음소리는 그녀의 내부에서 들려온 소리가 되고, 그것은 그녀에게 아직도 사랑의 갈망이 남아 있다는 말이 되고, 그리고 아직 삶에 대한 욕구도 가지고 있다는 이야기가 된다. 그 웃음소리는 자기 자신의 내적 열망이 그렇게 표현된 것이고, 그녀는 죽어야 할 이유가 사라지게 된다. 그녀는 P온천에서 일주일을 더 머문 뒤 삶의 현장에 돌아오면서 다시 '사보텐의 가시의 저편'에 있는 여자의 짤막한 웃음소리를 듣는다. 여기서 사보텐은 이제 사막의 삭막함을 상징하는 것이 아니라 사막에서 살아남아야 할 이유를 그녀에게 가르쳐준다.

최인훈이 소설에서는 '환각'의 정체를 규명해야 그의 소설의 본령에 들어서게 된다. 『광장』의 '갈매기'에서 『서유기』의 '방공호의 여인', 「총독의 소리」의 환청, 「하늘의 다리」의 환각은 서로 다르면서도 같은 뿌리를 지닌다. 『광장』의 갈매기는 초간본이라 할 수 있는 정향사판에서는 윤애와 은혜의 환영이 되었다가, 전집판에서는 주체 내부에 숨어 있던 무의식이 날아가 갈매기로 변하게 된다. 다시 말해 갈매기는 이명준 내부에 숨어 있었던 무의식적 실상이 되고, '웃음소리'는 그녀의 무의식적 욕망을 일깨워주는 소리가 된다. 그리하여 환각이 이명준을 삶의 가치에 대한 진정한 깨달음으로 이끌고, 「웃음소리」의 그녀를 죽음에서 벗어나게 해준다. 인간의 죽음마저 좌우하는 이런 '환각'의 힘. 「총독의 소리」의 환청이나 「하늘의 다리」의 환각도 삶의 진실을 일깨워준다는 점에서는 다를 바 없다.

「화두」

1994년에 발표한 『화두』는 『태풍』(1973) 이후 21년 만의 작품이고 그 이후에 발표한 희곡들을 고려하더라도 15년 만의 작품으로서 그동안 작가로서 해왔던 모든 작업을 종합하고 있는 소설이다. 어느 비평가의 말대로 "이 소설은 『광장』『회색인』『서유기』『소설가 구보씨의 일일』 등에서 보여진 작가적 개성과 풍부한 의식의 전개, 진지한 철학적 사유 방식이 그대로 수용되어 있으면서, 그의 문학적 성찰의 깊이는 훨씬 심화되었음"을 보여준다. 이를 어느 대담에서 말한 작가의 목소리를 빌려 표현하자면, "그 속에『회색인』『서유기』『소설가 구보씨의 일일』 등이 다 담겨 있고, 〔······〕 결과적으로 거의 모든 작품들이 낭비 없이 『화두』에 이르렀기 때문에" 『화두』를 최인훈 문학의 완결판이라고 말해도 좋을 듯싶다. 물론 그것은 거기에 작가로서의 개인적 체험과 작품을 이루어낸 과정들을 담아냈고 자신이 지닌 모든 에너지를 쏟아 부었다는 말이겠지만, 나아가 기존의 소설적 틀과 문법으로부터 자유로운 형태를 보여주었다는 자신감 넘치는 발언이기도 하다. 작가는 「독자에게」라는 서두의 글에서, 집단의 서사시가 아니라 개인 실존의 자기 분석이라는 의미에서, 이것을 소설이라고 못 박고 있다. 그것은 "공룡의 몸통에 붙어 있는 한 비늘의 이야기"를 통해서 '공룡 전체'를 보여주겠다는 전략으로 작가 자신이 살아온 삶, 영향의 관계에 있는 이데올로기나 다른 작가들, 혹은 자신의 기억을 탐색하는 소설이다. 그로 인해 20세기를 살아온 한 개인의 이야기가 20세기 사람들의 고민과 삶을 함축할 수 있게 되는 것이다.

조명희의 「낙동강」의 구절로부터 시작해서 소설책 천여 쪽의 대장정을 거친 뒤 같은 구절로 끝나는 이 소설은 시대적 상황 때문에 소설을 쓰지 못하는 작가가 그 좌절의 근거를 찾아가는 방식을 취하고 있다. 그렇기 때문에 가족들이 있는 미국을 방문하고 조명희의 흔적을 찾아 러시아를 여행하는 방대한 스케일을 그릴지라도 이 소설에는 행동하는 '나'보다 기억하고 의식하고 사유하고 상상하는 '나'의 모습이 훨씬 빈번하게 등장한다. 초점은 '나'의 기억의 줄기에 맞추어져 있다. '나'를 이룬 무수히 많은 것들. 사람과 사건과 환경과 책들. '나'의 감각은 그것들을 더듬어 잊혀졌거나 잊혀지고 있는 기억들을 되찾아내 '나'를 이루고 있는 집단 의식에 뭔가 문제점이 없나 살피고 있는 것이다. 그것은 바로 새로운 삶의 활력을 되찾으려는 행위이기도 하다. 만약 '내가 글을 쓰고 있지 못하다'면 그것을 알아야 다시 글을 쓸 수 있게 되는 것이다. 그렇게 해서 찾아낸 기억들. 내 삶의 원동력으로서 축복의 기억은 고등학교 작문 시간에 「낙동강」 감상문을 쓴 뒤 작문 교사에게 칭찬을 받을 일이고, 좌절의 기억은 「낙동강」의 주인공인 박성운의 이상을 좇는다고 말할 수 있는 지도원 교사에게 방과 후 교실의 어둠 속에서 심문을 당한 일이다. 그 축복과 좌절의 뿌리는 같다. '나'는 축복을 통해서 소설가가 되지만, 또 그 좌절의 기억 때문에 소설을 쓰지 못한다. '내 내부의 심문자'에게 소환당해 유신이라는 시대적 어둠 속에서 발언권을 잃은 것이다. 그런데 '나'를 항상 소환하던 '공동체적 이성'의 한 축이었던 소련과 동구권이 몰락했다. 그렇다면 조명희처럼 살지 못해 20년 가까이 소설을 쓰지 못한 것이 아니라, 오히려 조명희가 그렇게 믿었던 집단의식 때문에 소설을 쓰지 못했다는 결론을 얻게 되고, 조명희의 문건으로 그것을 깨달으면서 작가로서의 화자는 마침내 『화두』를 풀어내게 된다. 다시 말해 잊혔던 기억을 되살려내고 '기억의 밀림 속에 올바른 맥락을 찾아내어 그 맥락이 기억들 사이에 옳은 연대를 만들어낼 수 있도록' 했기 때문에 『화두』를 쓸 수 있게 된 것이다.

최인훈 문학의 전개 과정을 살펴보자면 『화두』는 『화두』 이전의 소설과 확연히 구별된다. 『광장』『구운몽』『서유기』「총독의 소리」『태풍』 등이 말하고자 하는 것을 텍스트 안으로 숨겼다면, 『화두』에서는 그 숨겼던 것들을 빛 속에 펼쳐놓는 전략을 택하고 있다. 이를 '감추기'에서 '드러내기'로 세계를 여는 방식이 바뀌었다고 표현하면 좋을까. 물론 감출수록 펼쳐지고, 펼쳐낼수록 감추어지는 것이 문학 속에서의 일이다. 그런 원리에서 다시 설명하자면 『화두』 이전의 소설이 '고고학적 파편'을 보여주었다면, 『화두』는 '계보학적 공간'에서 힘들의 유동을 보여주었다. 이전의 모더니즘적 소설에서 해독의 어려움을 겪던 독자들이 『화두』에서는 텍스트의 맥락 속에서 관계들의 놀이를 통해 머리를 동여매야 했던 것들을 즐기게 된 것이다. 밀실에서 해방된 희열이 그럴까. 발효된 것들이 폭발하듯 작가의 소설과 희곡과 문학평론들은 『화두』에서 맘껏 제 기량을 뽐낸다. 그러면서도 한 작가의 위대한 역량이 그것들을 종합해내고, 소설의 영역을 한껏 넓히면서, 20세기에서도 독보적인 언어의 금자탑을 이루어낸다.

주요 참고 문헌

「웃음소리」에 대한 논의로 김인환은 「소설가의 소설론」(『문학과지성』, 1972년 가을호)에서 「웃음소리」가 사소한 일상의 한 구석에서 죽음과 사랑의 의미를 되씹는 뛰어난 소설이라고 말하고, 양선영은 「최인훈 단편소설 「웃음소리」의 서술 양상 고찰」(『한국어문학』 2집, 2001)에서 작중 인물의 목소리와 서술자의 목소리를 함께 드러내는 '자유 간접 화법'을 통해 자살을 기도하는 한 여인의 심리에 나아가세 한나고 말한다. 그리고 채정상은 『최인훈 소설의 기호학적 분석: 단편소설 「웃음소리」「열하일기」「금오신화」를 중심테마로』(동국대 석사학위 논문, 2001)에서 담론 분석을 통해 '웃음소리'라는 지배소를 통해서 전 담론이 통일되고 수렴되는 것임을 밝히고, 조보라미는 『최인훈 소설의 환상성 연구』(서울대 석사학위 논문, 1999)에서 판타지의 다성적 효과에 대해 이야기한다.

최인훈의 『화두』는 1994년 민음사판으로 상재된 뒤 2002년 문이재판으로 개작되어 재출간된다. 그것을 잘 짚어낸 글로 오생근의 「『화두』와 기억의 소설적 형식」(『현대 비평과 이론』, 1994년 가을·겨울호)과 김병익의 「'남북조 시대 작가'의 의식의 자서전」(『문학과사회』, 1994년 여름호)이 있고, 김윤식의 「유죄 판결과 결백 증명의 내력」(『세계의문학』, 1994년 여름호), 류보선의 「책읽기를 통한 현실 읽기의 풍요로움」(『문학사상』, 1994. 6), 우찬제의 「현실의 유형인·인식의 세계인, 그 가역반응」(『세계의문학』, 1994년 여름호), 진선주의 「최인훈『화두』의 마뜨료쉬카 인형의 '이피퍼니'」(『충북대 어문 논총』 4, 1995), 김인호의 「변화된 시대에 대응하는 새로운 담론」(『임꺽정에서 화두까지』, 문학아카데미, 1995), 「최인훈『화두』에 대한 철학적 담론」(『신동아』, 1997. 3) 등이 있고, 김호기의 「관념의 세계 시민과 현실의 세계 시민」(『문학사상』, 2003. 1)도 주목할 만한 글이다. 오생근은 『화두』의 "독특한 형태로 연결되고 분리되고 종합되는 방식"을 찾아내면서 그것을 기억의 코드로 '비유기적인 유기적 형태'를 설명한다. 류보선은 그러한 기법이 "작가의 내면 풍경을 들여다볼 수 있는 통로를 제시해주고, 글쓰기의 종합이자 삶의 종합이라고 할 수 있는 유기체적 완성을 보여준다"고 말한다. 김병익이 시대적 통찰의 능력을 잘 짚어내고 있다면, 김윤식이 '자아비판의 콤플렉스'의 문제를 이야기하고, 진선주는 『화두』를 제임스 조이스의 『율리시즈』와 대비시키면서 그것의 세계 문학적 보편성을 부각시킨다. 그리고 김인호는 그것이 시대적 산물일 뿐만 아니라 주체의 자기 완성, 존재를 찾는 과정에서 만들어진 것임을 밝힌다. 석사학위 논문으로 김인호의 『최인훈『화두』에 대한 해체론적 읽기』(동국대, 1996)와 김기우의 『최인훈『화두』의 구조와 예술론의 관계에 대한 연구』(동국대, 1998)가 있고, 박사학위 논문으로 김인호의 『최인훈 소설에 나타난 주체성 연구』(동국대, 1999)가 주목할 만하다. 김인호의 『해체와 저항의 서사』(문학과지성사, 2004)는 최인훈의 『화두』를 중심에 놓고서 최인훈 문학 전반의 관계를 살핀 연구서라고 말할 수 있다.

_김인호

최일남
노란 봉투

 아주 이름 없는 집도 아니고, 전에도 두어 번 온 기억이 나는데도 기형(基衡)은 도무지 남도집을 찾을 수가 없었다. 이 골목만 들어서면 되려니 싶어 몇 발자국 가다 보면, 이내 막다른 길이든가 아니면 큰길로 나서곤 했다. 동창회 통지서에는 약도 대신 대강의 위치와 전화번호만 적혀 있을 뿐이어서 더 힘이 들었다. 시간은 벌써 약속보다 삼십 분도 더 지나 있었다. 그냥 돌아가버릴까 했으나 그러기에는 추운 골목길을 반 시간이나 헤맨 발품이 아까웠다. 소집책인 재수(在洙)가 두 번씩이나 전화로 다짐하던 일이 생각나 쉬 돌아설 수만도 없었다.
 "야 야 한번 나와보면 어때서 잔뜩 도사리고만 있냐? 한번 나와보라구, 괜찮다구!"
 재수는 그런 모임에 여간해서 잘 나가지 않는 기형의 성미를 이해한다면서도, 기어코 참석시키려고 애썼다. 단체든 조직이든 어디에나 재수 같은 사람이 있어서 그 단체나 조직이 움직여나간다고 보아야 한다. 그렇다고 그런 사람이 그런 조직의 리더는 아니다. 리더는 아닌데, 그리고 누가 시킨 것도 아닌데, 더

---
* 「노란 봉투」는 『문학과지성』 1973년 봄호에 발표되었다. 여기서는 잡지 게재본을 저본으로 삼되, 2005년 12월 작가가 대폭 수정한 원고를 텍스트로 삼았다.

러는 제 돈까지 들여가면서 발벗고 나서는 것이다. 심지어는 네댓 사람이 모인 자리에도 그런 사람은 있기 마련이다. 재수가 곧 그랬다. 애초에 동창회를 조직해서 모임의 이름을 정하고 정관까지 만든 장본인인데, 동창회 장소를 새로 생긴 큰 목욕탕으로 정해서 회원들을 깜짝 놀라게 한 일조차 있다. 별 희한한 장소도 있다고 생각하면서 나갔던 기형이도, 막상 현장에 가보고는 정말 그럴 듯하다고 여겼다. 그 목욕탕은 말이 목욕탕이지 웬만한 호텔과 진배없었다. 거의 삼사십 명을 수용할 만한 휴게실을 하루저녁 전세낸 모양이었는데, 들어오는 동창마다 우선 옷부터 벗어야 하는 것이 재미있었다. 우리 모두 다같이 발가숭이 어린 시절로 돌아가자는 빤한 설명이 그런대로 우스꽝스러웠다. 휴게실에는 옷장이 있고, 옷장 밑에 캐시미어 이불과 요가 깔려 있어 마냥 뒹굴어도 좋았다. 바로 옆이 탕이었으므로 들어가고 싶은 사람은 아무 때나 들락거렸다. 동기동창들은 세월이 주는 간극을 일순에 뛰어넘어 희희덕거렸다. 사십이 다 된 친구들이 팬티 하나만 걸치고 수작을 부리는 꼴이, 가관이었다. 어떻게 보면 다소 징그러웠다. 그들은 그런 자세로 끼리끼리 진을 치고 앉아서 포커, 나이롱뻥, 섰다 등을 놀았다. 물론 술도 시켜다가 마셨다. 제물에 흥이 난 친구는 벽에 등을 기대고 지그시 눈을 감아 노래를 부르기도 했다. 그전에도 몇 번 통지는 받았지만 이런저런 핑계를 대고 나가지 않다가 처음으로 괴상한 모임에 맞닥뜨린 기형은 한편 놀라고 한편 어색했다. 타인끼리는 아무렇지 않던 알몸이, 동류끼리 오히려 쑥스러운 시간이 퍽 난감했다. 술이 거나해지자 몇몇 친구는 서로 물건들을 꺼내놓고 크기를 대보았다. 학교 다닐 때는 네 것이 컸느니 내 것이 컸느니 킬킬대었다.

이런 동창회가 있은 후에도 재수는 몇 번 더 모임을 주재했을 것이다. 그게 벌써 오륙 년 전이었으니까, 오늘 밤의 동창회라고 해서 별다른 것은 없을 것이었다. 모임에 자주 나오는 핵심 멤버가 몇몇 끼고, 나머지는 그때그때 적당한 수의 얼굴이 엇바뀌어 나올 터였다. 그런데도 재수는 뻥을 떨었다. 이번에는 동창회를 더 좀 알차게 꾸미는 문제를 의논할 작정이니까 꼭 참석해야 한다고 성화였다. 해서 나선 길이었다. 기형이는 항상 재수를 통해서만 그 연장선상에 동창회를 의식했고, 그를 제쳐놓고는 그 모임을 상상할 수가 없었기 때문이다. 그러나저러나 남도집은 여간해서 나타나지 않았다. 골목길을 한껏 돌다 보면 도로 제자리였다. 기형이는 한참을 그 자리에 서 있다가 큰 발견이라도 한 듯 근처의 다방으로 들어섰다. 남도집으로 전화를 걸려는 것이었다. 그리 큰 집도 아닌데 다방 안은 초저녁이라선지 빈자리가 별로 없이 북적거렸다. 우선 공중전화가 걸려 있는지부터 살폈다. 남자 하나 여자 하나, 벌써 두 사람이 그 앞에 줄을 서 있었다. 커피를 시켜놓고 전화통이 비기만을 기다렸다. 카운터에 놓여 있는 전화 좀 쓰자니까 오기만 하는 전화란다. 돈 받는 여자는 쳐다보지도 않고 그렇게 내뱉듯이 말했다. 공중전화기 옆에서 기다리는 것이 빠를 것 같았다. 차례가 되어 동전을 넣고 통지서를 들여다보며 다이얼을 돌리자 마침 통화 중이었다. 두번째도 마찬가지였다. 기형은 슬며시 짜증이 났다. 자기가 앉았던 자리는 이미 어울리지도 않는 모자를 쓴 여자 손님이 차지하고 있었다. 몇 사람이 통화를 하고 난 뒤에 겨우 전화가 걸리고 상대방에 재수가 나타나자 기형이는 다짜고짜 화풀이부터 했다.

"이새끼야 장소를 알려주려면 똑똑히 알려줘야 할 게 아냐?"
"어 어 너 기형이냐?"
재수는 얼결에 당하는 욕이라 어리둥절한 모양이었다.
"기형이고 뭐고 지금 이 근처에서만 한 시간을 헤맸다구. 어디야 어디?"
재수는 기형이가 있는 다방을 확인하자 동창회 장소가 바로 그 근처라고 자세히 설명하면서 마중을 나가랴? 야살을 떨었다. 기형이는 두말 없이 수화기를 내려놓고 남도집을 다시 찾아나섰다. 평소의 그답지 않게 전화통에 대고 이새끼 저새끼 소리를 한 것이 미안했다. 하지만 재수 자신도 그길 십십하게 생각할 위인은 아니라는 생각이 들었다. 사람마다 사귀는 친구도 많지만, 아무리 술이 취한 후라도 이새끼야 소리를 할 수 있는 처지는 그다지 많지 않다. 그렇다고 그런 욕을 해댈 수 있는 사이라야만 더 좀 가깝다는 것도 아니다. 다만 느낀다. 누구에게나 만나자마자 그런 욕을 흥허물 없이 할 수 있는 친구가 한두 사람은 있는 법이고 그래서 나쁠 것은 없다고 여긴다. 따지고 보면 재수와는 일 년에 한두 번 아니면 몇 년에 한 번 정도밖에 만나지 못한다. 한데도 그런 상욕을 주고 받을 수 있는 이유는 단순하다. 어릴 적 친구였다는 사실 외에 별 다른 까닭이 있을 것 같지 않았다. 그런 한편으로 주위에 한두 사람쯤 이새끼 소리를 마음대로 지를 수 있는 친구를 갖고 싶은 것이 사람들의 속마음일지도 모를 일이었다. 그야 사람에 따라서는 자기 간을 내줄 것 같이 친할수록 서로 존대어를 써서 피차를 위하는 이들도 많지만 말이다.

남도집에 들어서자 이제 막 음식을 차려놓고 일하는 애들이 술주전자를 여기 저기 놓고 있는 중이었다. 기형을 보자 몇 군데서 여 여 소리가 들려왔고, 재수가 빈자리로 안내해줘서 앉자마자 또 몇 군데서 알은체를 해왔다. 그의 옆이나 앞에 있던 친구들은 손을 뻗어 악수를 청했다. 잘 아는 얼굴이 대부분이었지만 전혀 모르겠거나 아름아름한 얼굴도 꽤 되었다. 분위기가 서먹한 것까지는 아니라도, 초장인 탓인지 별로 말들이 없이 조금은 처져 있었다. 자주 만나는 사람끼리 그리 크지도 낮지도 않은 목소리로 얘기를 나누다가, 이따금 하하하 웃었다.

재수가 메모쪽지 같은 것을 들고 일어서더니 사회를 보기 시작했다. 대충 올 사람은 온 것 같으니 이제부터 동창회를 시작하겠다는 것과, 불초 소생이 일어서기는 했지만 개뿔도 뭐 잘나서 그런 것이 아니라, 모임을 소집하다 보니 그렇게 되었노라고 서두를 꺼냈다. 그러고는 몇 가지 안건이 있긴 있지만 그것은 서서히 술을 드시면서 의논할 것이고, 우선 건배부터 하자고 좌중을 둘러보며 먼저 술잔을 들었다. 모두들 출출하던 판이라 일제히 그에 화답했다. 기형이도 옆의 친구가 따라준 술잔을 들었다. 단숨에 잔을 비운 친구들은 서로서로 부지런히 술잔을 바꿨다. 술이 몇 순배 돌아가자 기형이는 자기와 엇비슷이 앉은 끝자리에 광순(廣淳)이를 발견했다. 옆자리의 필진(弼鎭)이와 한참 얘기를 주고 받고 있었다. 기형이는 반가운 생각이 들었다. 광순이도 이런 자리에는 별로 나오지 않는 편이어서 무척 오랜만이었다. 일부러 그쪽까지 가자니 그렇고, 눈이라도 맞추려고 한참을 쳐다보았으나 광순이는 좀처럼 이쪽을 쳐다보지 않았다. 기형은 그가 자기보다 먼저 왔는지 어쨌는지를 생각해보았다. 자기가 들어온 다음에 온 사람이 별로 없었으니까, 그는 아마 자기보다 먼저 와 있었는지도 모른다. 그렇다면 광순이는 자기가 들어오는 걸 눈여겨봤음에 틀림없을 것이었다. 좌중은 서서히 술렁이기 시작했다. 초장의 서먹함은 잠깐이었다. 술힘도 있었겠지만 애써 떠들썩한 하룻밤을 보내려는 듯, 모두 큰 소리로 함께 한 옛날을 향해 달렸다. 야 깡쇠, 야 민대가리, 야 쥐불알, 야 왕방울…… 오랫동안 잊었던 별명들을 되살려냈다. 같은 처지 같은 환경 속에서 한 시대를 더불어 호흡하고 살았다는 사실은, 피차를 그처럼 흉허물 없게 만드는가. 벌써 이십 년 가까이 지났는데도 과거를 우습게만, 재미있게만 받아들이려는 중늙은이들. 돌아서면 내일의 생활을 걱정하고 직장에서 있었던 사소한 사건으로 다시 마음을 빼앗길, 적당히 망가진 분별 있는 시정(市井)인들.

"야 민대가리, 너 나하고 생물반일 때 개구리 해부를 하는데 선생님더러 개구리는 페니스가 없습니까 했다가 치도곤을 맞은 일 생각나니?"

"야 생물 가르치던 그 개똥모자가 동대문 시장에서 장사한다더라."

"야 야 쥐불알, 나 요전에 극장에서 네 여동생 만났다. 여전히 예쁘더구나. 소리 소문 없이 시집가더니 놈팽이하고 같이 왔던데."

"야 임마 네 여편네가 바로 ×여고 왈패이던 민숙이라면서?"

여기저기서 큰 소리가 오고 갔다.

이윽고 재수가 일어서서 입들의 소요를 막았다.

"에 잠깐. 잠깐만 조용히. 우리들이 이렇게 뜻깊게 모이기는 했지만 편입학이 심한 때라서 피차 모르는 사람이 적잖아요. 본인의 현재 상황에 대해서도 모르고 있는 것이 너무나 많다 이겁니다. 그러니까 이제부터 내가 저쪽 끝에서부디 한 사람 한 사람 소개를 해올리겠습니다. 나도 잘 모르는 대목이 있겠지만, 그럴 때는 본인 자신이 보충 설명을 해주도록……."

한쪽에서 그런 구질구질한 얘기는 집어치우고 술이나 마시자는 얘기가 나왔지만 재수는 그에 아랑곳하지 않고 일일이 소개를 하기 시작했다.

"이쪽에 앉은 게 짱구 김도식, 대개 짱구들이 공부는 잘하는데 김 짱구는 글쎄— 별로 못했지요오? 그러나 인생은 공부로만 좌우되는 게 아니어서 지금은 대도실업 수출과장으로 민완을 휘두르고 있고오— 그 옆이 뭐드라? 옳지 서생원 서영덕. 키 큰 놈치고 속 찬 친구 없다고 조금 헐렐레지만 마음은 비단결같이 곱다구. 지금 세운상가에서 전기제품 장사를 하고 있으니까 텔레비전이나 전축, 전기밥솥 같은 것을 사고 싶은 사람은 기왕이면 서생원네 가게에서 사주시면 고맙겠습니다. 서생원 옆이 검사로 날리고 있는 팽도식. 학교 다닐 때 별명이 없이 공부만 파고들더니 역시 고시에 합격해서 공안 검사로서 장래가 촉망되는 바이올시다. 동창이 걸려들면 좀 봐주겠지? 어이 걸레, 좀 조용히 해. 술 좀 잠깐 멈추고. 예! 이 걸레 송만천은 지금 산호물산의……."

재수가 여기까지 말했을 때 송만천이라는 친구가 얼른 일어나더니 뒤를 받았다.

"수위로 근무하고 있습니다. 잘 좀 돌봐줘서 좋은 자리 하나 마련해줘."
하고는 꾸뻑 하고 앉았다.

"아아……."

여럿은 잠시 멈칫했다. 이내 환호하면서 그에게 박수를 보냈다.

재수는 이런 식으로 한참을 소개해나가다가 필진이 차례가 오자 그쪽을 보고 피식 한번 웃으며 목청을 돋우었다.

"여러분, 다음은 왕년의 투사 방필진이를 소개합니다. 별명 진돗개. 이 토종 맹견은 우리 H고등학교의 스트라이크 주모자로 항상 선두에 서서 싸워왔던 투사입니다. 지금은 당대의 실력자 김탄식 의원의 정무 비서관으로 활약하고 있습니다. 장차 이 나라의 대재상을 꿈꾸며……."

재수가 그를 쳐다보고 또 웃으며 말을 맺자 필진이는 "고만 고만" 하면서 머리를 감싸고 뻥 돌아앉아버렸다.

재수가 "다음은……" 하고 광순이를 소개하려고 하자 그는 앉은 채로 손을 내저었다.

"야 야 고만둬라 고만둬. 네가 말 안해도 각자 서로 알고 있다구. 쑥스럽게 무슨 소개냐. 소개가. 술이나 마셔."

그러고 보면 맨 처음에 동창 소개를 반대하고 나선 것도 광순이었던가 보다.

제지를 당한 재수는 말을 계속할 수도 없고 안 할 수도 없다는 듯, 잠시 멍청히 서 있더니 좌중을 주욱 둘러보았다. 대개는 옆 사람과 잡담을 나누기 쉬웠다. 재수의 말을 듣는 둥 마는 둥 하는 눈치였다. 그런 가운데에도 몇 사람이, 하던 끝이니 계속하라고 외쳤다. 재수가 그 말에 용기를 얻어 말을 꺼내려고 하자 광순이는 또 손사래를 치며 필요없다고 우겼다. 그러자 재수도 "좋았어" 하면서 제자리에 주저앉고 목이 말랐는지 술을 죽 들이켰다.

기형은 광순이가 자기 소개를 한사코 마다고 하는 것을 잘 이해할 수 있었다. 그는 학교 때부터 여느 급우들과는 좀 다른 특출난 데가 있었다. 학과 공부 같은 것은 별로 거들떠보지도 않고, 자기 또래 친구들을 한발 아래다 놓고 대하는 것 같았다. 항상 우수에 젖은 듯한 눈으로 조용조용 걷고, 공부 시간에도 이따금 창밖을 멍하니 바라보고 있다가 선생님한테 야단맞기도 했다. 기형이와는 비교적 가까운 사이여서 자주 어울리는 편이었는데, 이따금 이쪽이 이해하지 못할 엉뚱한 소리를 해서 기형이를 난감하게 만들기도 했다. 책가방을 들고 다니는 일도 별로 없었다. 책을 몇 번 보자기에 싸가지고 다녔는데, 아침에 책상 속에 넣어 두었다가 저녁 때 그대로 들고 가기 일쑤였다. 그러나 기형에게만은 어느 때, 그것도 우연히 보여주는 수가 있었다. 영어 또는 불어로 된 시집이거나 어려운 한문이 많은 문학 평론집 등속이어서 기형이를 더욱 야코죽게 만들었다. 자신이 그것을 제대로 이해하는지 어떤지는 몰라도, 어쨌든 고등학교 학생 신분으로는 범접하기 어려운 세계였다. 그는 가끔 기형이를 학교 뒷산으로 끌고 올라가기도 했는데 좀처럼 이야기를 하는 일이 드물었다. 그냥 한참을 앉아 있다간 말없이 혼자 터덜터덜 앞서 내려가기 쉬웠다. 어느 날은 팔베개를 하고 하늘을 쳐다보다 밀고 불쑥 묻는 수도 있었다.

"기형이. 넌 하늘에 구름이 떠가는 걸 보면 뭐가 생각나니?"

너무 어처구니 없는 물음에 기형이가 당황해서 그를 말뚱히 쳐다보면, 그는 어이없게도 피식 웃으며 딴전을 피웠다. 너한테 그런 걸 묻는 내가 잘못이라는 태도였다. 시를 쓴다는 소문 또한 돌았거늘, 도무지 그런 걸 볼 수가 없었고, 기형이 엇비슷이 물어볼라치면 크게 부인도 시인도 하지 않았다. 뭐 그까짓 것

어쩌고 하면서 어물쩡거렸다. 그러던 어느 날 그는 기형이를 자기 집으로 데리고 갔다. 그때까지 아무도 그의 집을 가보았다는 사람이 없고 보면, 그가 기형이를 자기 집까지 끌고 간 것은 조그마한 사건이라면 사건이었다. 물론 작은 지방 도시였으므로, 그의 집안이 어떻다는 것은 익히 알려져 있었지만, 그 집안 속이 어떻게 생겼는지를 아는 친구는 드물었다. 그의 아버지는 일제 시대에 동경 유학을 한 분으로 고장에서도 꽤 쳐주는 인텔리였으나 해방이 되자 원인 모를 병에 걸려 일찍 세상을 떴다. 하지만 그의 아버지가 남겨놓은 유산이 튼튼하여 생활은 유복한 편이었다.

  광순네 집은 오래된 고가답게 그 안도 우중충하리만큼 분위기가 착 가라앉고 잔잔했다. 전체적으로 무겁고 끈끈한, 기운이 감돌았다. 기형이가 제일 놀란 것은 광순네 아버지가 썼다는 서재였다. 그의 아버지는 경제학을 했던지, 대부분 일본 말로 된 그쪽 서적들이 네 벽을 거의 차지하고 남았다. 그중의 상당 부분은 문학 서적들이었다. 광순이는 특별히 서재에 안내해주겠다는 표정을 감추고, 극히 천연스럽게 그 방으로 기형이를 데리고 들어갔다. 대수로운 것이 못 된다는 듯이 자연스럽게 그 앞에 앉기를 권했다. 일단 길이 트이자 광순이는 기형이를 자주 집에 초대했고, 어떤 때는 한 이불 속에서 같이 자기도 했다. 그럴 때마다 광순이는 많은 이야기를 하지는 않았으나, 도무지 자기 주변엔 같이 얘기를 나눌 만한 친구가 없다는 것과, 있다고 해도 생각하는 것들이 너무 범속해서 사귈 생각이 없다는 말을 했다. 기형이는 그런 소리를 들을 때마다 어쩐지 겸연쩍고 그런 그가 무슨 맘으로 자기를 그처럼 대해주는지 다소 송구스럽기조차 했다.

  고등학교를 졸업하고 서울로 올라온 기형이는, 대학이 서로 다르기 때문에 광순이를 자주 만나지 못했다. 들리는 소문대로라면 여전히 시를 끼고 사는 모양이었다. 그럴 만한 친구들과 오가면서 나름의 활약을 한다고 했다. 그러나 그런 면에 어두워서 그런지는 몰라도 기형이는 그의 이름 석 자가 활자화되는 것을 보기 어려웠다. 대학생 시절은 그렇다 치고, 졸업 후에도 그의 이름은 여간해서 눈에 띄지 않았다. 대학 졸업을 전후해서 한두 번 만나기는 했지만 기형이 쪽에서 먼저 사정을 물어볼 형편이 못 되었고 광순이 역시 자신의 근황에 대한 언급을 꺼렸다. 다만 탈속(脫俗)한 듯한, 좀 느끼한 분위기는 여전히 풍기고 있었다. 말은 별로 않지만 모든 것이 시시하고 데데해서 상대할 흥미가 일어나지 않는다는 것을 그의 몸 전체가 말하고 있는 것 같았다. 기형이는 세월이 꽤 지나간 후에도 그의 그처럼 흐트러지지 않는 자세가 대견하고, 한편 든든했다. 지금 어느 판국이라고 그런 도도함과 오기를 그토록 오래 지닐 수 있으랴 싶어서, 너무 일찍 흙탕물 속에서 우왕좌왕하는 자신이 부끄럽기조차 하였다. 그런 광순이였으므로 이런 자리에는 기형이 이상으로 도통 나오지를 않았던 것이다. 한데 오늘은 어떤 바람이 불었나?

어느새 술좌석은 노래판으로 옮겨가고 있었다. 처음에는 흘러간 노래부터 시작하더니 차츰 요즘 노래로 옮겨졌다. 처음에는 숙기 좋은 친구가 먼저 선창을 하더니 차츰 합창으로 변했다. 처음에는 조용조용 부르더니 차츰 젓가락으로 상을 두들기며 괴성을 지르기 시작했다. 방 안에는 사내들의 고리한 열기가 후끈거렸다. 적당히 사리 분별을 할 줄 알고 약간씩은 찌들기 시작한 사내들은, 한 시대의 호흡을 같이 하고 이해 상관 없이 성장을 함께해온 친구들과의 밤을 되도록 과거로만 채색하기 위해 없는 감정마저 일으켜 세우고자 애썼다. 십여 년이라는 세월이 가져다준 피차간의 간격을 조금씩은 의식하면서도, 되도록 거기서 헤어나려고 하면서 말이다. 그러나 그뿐이었다. 그런 열기에도 불구하고 어딘지 모르게 냉랭한 기운이 자리를 메우고 있는 것도 사실이었다. 기형이는 노래를 따라 부르는 척하면서 흘끔흘끔 광순이를 멀리 바라보았다. 그는 노래하지 않았다. 배시시 웃음을 띤 채 잔을 기울이기 바빴다. 이따금 옆 사람을 보고 하하 웃었다. 역시 유행가를 부르는 그를 상상하기는 어려운 일이었다. 그러던 그가 무엇을 생각했는지 기형이 쪽으로 잔을 들고 건너왔다. 그도 처음부터 기형이를 의식하고 있었던 모양이었다.

"오랜만이군."

기형이가 먼저 손을 내밀어 인사를 했다.

"출판사에 나간다고?"

광순이는 인사를 받는 둥 마는 둥 앉자마자 물었다. 둘은 이런 자리에서 흔히 있을 수 있는 말들을 별로 하지 않고 잠자코 술 한 잔씩을 우선 주고 받았다. 재미가 어떠냐라든가, 아이가 몇이냐라든가, 이게 얼마만이냐라든가 하는 따위의 인사치레를 말이다. 아니 그것은 광순이라는 친구가 그런 말을 꺼낼 수 있는 틈새를 주지 않았기 때문이라는 게 옳을 것이었다. 그는 본래 그런 사람이었으니까. 방금도 그는 음식물을 튀기며 목의 힘줄을 드러내고 노래하고 있는 치들을 향해 하품이 나온다는 투로 권태스런 눈초리를 보냈다. 기형이는 그런 광순이 앞에서 웬지 초라했던 자신의 고등학교 시절과 그의 집에서 본 그 많은 책들이 다시 눈앞에 떠올랐다. 발레리의 「라 메르」를 원어로 줄줄 암송하던 그를 멍하니 바라보던 생각이 났다. 어차피 자기와는 메울 수 없는 간격이 있고 항상 저만치 서 있는 그인데, 새삼스럽게 주눅이 들 필요가 없다고 자신을 타일렀다. 그런데도 어느 한구석엔가 남아 있는 반발성 외경심을 달랠 수가 없었다. 노래는 어느덧 옛날의 교가로 바뀌어가고 있었다.

봉출산 기슭에
우뚝 솟은 배움터.
슬기를 자랑하는 건아들아.
…….

용케도 가사를 기억하는 친구가 있어 먼저 운을 떼자, 이쪽저쪽에서 가사의 앞뒤를 혼동하면서도 그런대로 귀 익은 멜로디가 되어 흘러나왔다. 광순이는 어느새 제자리에 되돌아가 있었다.

광순이가 기형의 사무실을 찾아온 것은 동창회가 있은 지 열흘쯤 지나서였다. 그날 전화번호는 물론, 사무실의 위치도 얘기해준 적이 없었기 때문에 그가 어떻게 찾아왔는지 잠시 놀라지 않을 수 없었다. 그것보다도, 별로 내왕이 없던 그가 갑자기 찾아온 것이 너무 뜻밖이라면 뜻밖이었다. 기형이는 일이 조금 바쁜 시간이었지만 그렇다고 사무실에 앉혀놓을 수도 없어 이웃 다방으로 자리를 옮겼다.

"요전 동창회 때는 참 반가웠네. 하도 오랜만이었으니까."
 기형이 먼저 말을 꺼냈다.
 "애들 여전하더군. 그런 애들은 안 만나는 게 좋은데. 너무 때들이 끼었어."
 "그래? 그렇지만 그런 기회가 자주 있는 것도 아니고 어쩌다 그렇게 어울리는 것도 좋지 않은가. 서로 부담이 없는 자리니까."
 "글쎄. 그저 그런 거지 뭐."
 광순이는 그런 얘기 자체가 시들하다는 듯이, 짧게 입맛을 다시며 괜히 찻잔을 한옆으로 밀어놓았다. 그는 특별한 용건이 없는 듯 별말이 없었다. 원래가 그런 사람이라서 신경 쓸 건 없었으나 갑자기 부담스런 느낌이 들었다. 그는 옷도 단정히 입고 그로서는 드물게 밝은 분홍빛 계통의 넥타이를 매고 있었는데, 그렇게 생각해서 그런지는 몰라도 눈밑 살이 처져 있는 등 다소 피로해 보였다. 사무실에 들어올 때 옆에 끼고 온 크고 빳빳한 노란 봉투는 탁자 위에 놓은 채였는데, 속에 무엇이 들어 있는지 제법 배가 불룩했다.
 광순이가 기형을 다시 찾아온 것은 그로부터 한 일주일이 지난 후였다. 서랍을 대충 정리하고 막 퇴근하려고 하는데 그가 불쑥 나타났다. 워낙 작은 사무실이라 누구를 통하고 말고 할 것도 없었지만, 그는 그때나 이때나 이렇다 할 기척을 하지 않고 홀연히 나타났다. 이름을 부르지도 않고 오른손을 살짝 들어 인사에 대신했다. 마침 때가 때여서 가까운 술집으로 데리고 갔다. 허름한 대폿집이라 들어가기 전에 잠깐 이런 데라도 괜찮겠느냐는 투로 그를 한번 쳐다보았으나 그는 아무 내색이 없었다. 술주전자 하나를 거의 비울 무렵해서야 기형이가 물었다.
 "요즘은 이떻게 지내나. 뭣 좀 쓰나?"
 덤덤한 말이기는 했으나 사실 그가 무얼하고 지내는지 궁금하기도 하였다.
 "뭘. 이 바닥에서 무얼 어쩌고 한다는 게 우스운 일 아닌가. 차라리 잠자코 앉아 있는 거지."
 한옆에 놓아두었던 노란 봉투를 아무렇지도 않게 뒤집었다. 유명한 국영기업체의 이름이 큰 활자로 적혀 있었다. 아 이 친구 그 회사에 나가고 있나? 기형이는 혼자 생각했다. 그러나 묻지는 않았다.
"나 부탁이 하나 있는데."
한참 만에 광순이가 입을 떼었다.
"부탁?"
기형은 너무 뜻밖이라 잔을 들다 말고 물었다. 그가 자기 따위에게 무슨 부탁을 해온다는 건 생각할 수도 없는 일이었기 때문이다. 그는 노란 봉투에서 잔글씨를 잔뜩 늘어놓은 종이쪽지를 꺼내더니 조용히 설명을 시작했다. 어디까지나 품위 있게, 차근차근 얘기를 시작했다.
"지금 우리나라의 여러 가지 예술 활동 중에서 가장 시급하면서도 뒤떨어져 있는 게 공예 부문이라고 보네. 나야 직접 그런 걸 하는 쟁이는 아니고, 뭔가 측면에서 도와주고 싶은데 그럴 만한 재정적인 능력이 결핍되어 있네. 그래서 곰곰 궁리한 끝에 그 관계의 전문지를 하나 내주는 게 좋겠다고 생각했어. 그래서 그걸 자네와 상의하려는 건데……."
이렇게 허두를 뗀 이야기는, 그가 언제 이런 것을 알아봤을까 싶을 정도로 상당히 구체적인 것이었다. 국판 2백 페이지가량의 잡지를 만들 작정이라고 했다. 권두에 아트지 화보 십여 페이지를 잡되 원색을 네댓 페이지만 넣고 나머지를 흑백 화보로 하면 제작 코스트가 싸게 먹힐 거라는 것이었다. 발행 부수는 우선 오륙천으로 하는데 전국 국민학교의 미술 공작 담당자만 해도 그보다 훨씬 많을 테니 판로는 어려울 게 없으며, 그럴 경우 한 달 제작비가 대략 백만 원 조금 넘을까 말까 한다는 것이었다. 정가를 권당 3백 원으로 잡되 도매 서점에 정가의 7할을 내준다 치면, 그럭저럭 유지가 될 게 아니냐고 계수까지 뽑아주었다. 그걸 해서 이를 남길 생각은 없고, 현상 유지만 되면 그것으로 만족한다고 했다. 그러니까 그만한 사명감을 가지고 돈을 대줄 동업자를 구해줄 수 없느냐는 것이 그의 용건이고 결론이었다. 그리고 덧붙였다.
"자네는 출판사에 있으니까 잘 알아보면 그런 사람을 쉬 찾을 수 있지 않을까 해서…… 무엇보다도 내가 나 혼자 돈벌이하고자 해서 하는 게 아니라, 공예 예술 분야를 지원해주기 위해서 하는 것이니까……."

너무 의외여서 기형은 얼른 대답을 못했다. 어려운 일이기는 하지만 알아는 보겠노라 어물어물해놓고도 속으로는 이 친구가 어쩌자고 이런 계획을 세웠을까 놀라지 않을 수 없었다. 동시에 마음이 개운치 않았다. 원고 같은 것은 일본 것을 적당히 옮겨다놓으면 되므로 고료 지출 또한 그다지 많지 않을 것이라는 말도 광순이답지 않은 태도였고, 솔직히 그가 그런 발상을 하는 것 자체가 못마땅했다. 지금까지 자기 마음속에 있던 그에 대한 인상이 기우뚱거리는 것을 느꼈다. 정이 가거나 마음이 끌리는 사이는 아니었다. 오히려 까닭 없는 반발 같은 것을 느껴오면서도, 흉내 내기 어려운 구석을 지닌 무서운 상대로 생각해왔던 그가, 털썩 땅 위로 끌려 내려진 기분이었다. 어차피 그렇게들 살 망정 어느 한쪽에 철저히 이쪽을 무시하는 사람도 있다는 것은, 그것대로 듬직하기까지 한 것이었는데 말이다. 물론 그가 그런 일을 하겠다는데 반대할 까닭도 없고 다행히 잘되면 그런대로 좋은 일이긴 했지만, 그 밑에 깔려 있는 잔재주꾼 같은 계산이 싫었다. 피차 사는 데 쫓기다 보면 누군가를 오래 잊어버리는 수도 있고, 그러다가 어느날 갑자기 그가 생각나면 자기 생활을 이어가는 꼬투리로서 그 친구를 생각해내고 새삼스레 찾아가곤 한다. 하지만 나쁠 것은 없다. 다만 그것이 지난날의 관계를 더 호전시키는 용건이었을 때 반가운 것이지, 나이와 함께 추해진 어떤 방편상의 만남은 따분하다. 서로 돕고 기대는 문제와는 차원이 다르다. 지난날의 관계가 선할수록 감정의 침하 굴절이 예사롭지 않다. 광순이가 기형을 찾아온 것이 꼭 이런 예에 합당한 것이라고는 할 수 없어도, 적어도 지금까지의 그의 이미지에 많은 정정(訂正)을 요구하는 짓임에 틀림없었다.

광순이는 그뒤에도 기형이를 찾아왔다. 이번에 끼고 온 노란 **봉투**는 그전 깃보다 더 빳빳했다. 다방에 앉아서도 봉투를 뒤집지 않기 때문에 어느 회사의 봉투인지는 알 수가 없었다. 그러나 모양으로 미루어 요전의 국영기업체 봉투는 아니라는 것을 알 수 있었다. 기형은 그가 또 잡지 건을 꺼낼까 봐 내심 조마조마했다. 그 일을 알아보지 않았기 때문이었다. 아무리 생각해도 일이 될 성싶지 않은 데다, 그런 걸 맡고 나설 사람을 손쉽게 찾을 수도 없을 것 같았다. 그는 다행히 그 얘기를 하지 않았다. 하지 않을 뿐만 아니라 그 일은 깨끗이 잊어버린 것 같은 눈치였다. 웬만하면 기형이 쪽에서 물어볼까도 했으나, 그가 너무나 천연스럽게 앉아 있는 바람에 먼저 말을 붙이기도 멋적었다.

"자네 월급 얼마씩 받고 있나?"

담배를 한 대 후 내뿜고 난 광순이는 밑도 끝도 없이 불쑥 내뱉고 천장을 쳐다보았다. 기형이는 그게 무슨 소린가 싶어서 그를 말끔히 응시했다.

"아니 그냥…… 사실은 내 친척뻘 되는 사람이 이번에 무역회사를 하나 차렸어. 그런데 섭외과장을 맡을 사람을 하나 구해달라는 거야."

"자네더러."

"그렇지."

"그거 잘됐군. 자네가 직접 들어가지 그래."

"에 이 사람. 내가 무역회사 과장 나부랭이나 하고 있을 성싶은가."

광순이는 기형이를 가볍게 나무라며 짐짓 정색을 해보았다.

"그래서 나는 자네를 생각했지. 어느 모로 보나 자네라면 적임일 것 같아. 아무렴 지금 출판사보다는 낫지 않을까. 그런데……."

"그런데?"

"좀 뭣한 소리지만 아무래도 밑천이 좀 들어야 할 것 같아. 저쪽에서는 사람만 든든하면 그만이라고 하지만 세상일이 어디 그런가. 성의를 보여야지."

요컨대 돈을 써서 한자리 하지 않겠느냐는 뜻인 듯했다. 기형이는 이 친구가 이처럼 무너질 수가 있을까 싶어 그의 면상을 찬찬히 뜯어보았다. 실제로 그런 자리가 있는지도 의문이거니와, 있다손 치더라도 감히 광순이 입에서 그런 소리가 나올 수 있을까. 너무 빤히 보이는 얕은수에 저도 모르게 웃음이 나왔다. 기껏 생각한다는 게 이 정도인가 싶어 오히려 섭섭했다. 허세라도 좋고 아이들 문자대로 똥폼도 좋았다. 왜 더 좀 그럴듯하게 사술을 쓰지 못할까 안타까울 지경이었다. 지금까지 기형이 생각해온 광순이는 더 좀 오기 덩어리라야 했다. 무시하고, 재고, 웬만한 건 깔아뭉개야 했던 것이다. 소영웅(小英雄)이라도 좋았다. 조금은 때려주고 싶도록 도도하고, 얄밉도록 심술을 부리는 대목이 있어야 하는 것이다. 그랬는데 기껏 영세 출판사에서 밥 빌어먹고 있는 자기 따위를 상대로 수를 부리려드는 것이 싫었다. 진짜든 가짜든 무시당하고 경멸당하는 게 기분 좋은 것은 아니지만, 상대방에게 어떤 피해를 주지 않는 한도 내에서 철저하게 도도한 사람을 보고 싶은 것이다. 적당히 친절하고, 적당히 인정있고, 적당히 예의 바른 사람들이 천지에 깔린 형편에, 광순이 같은 존재는 제법 돋보였다. 한데 그것도 한때뿐, 끝내 자기를 견디어내지 못하고 세월의 풍화 작용에 적당히 치사해지고 만 것인가. 몸 전체로 풍겨주던 세속에 대한 반골이 이제는 겨우 입술 끝에만 남아, 가볍게 나발거릴 뿐이다. 그러고 보면 그의 지금까지의 모습 역시 알맹이 없는 허상(虛像)이었던 셈이다. 겉으로 그렇게 보였을 뿐, 사실은 바람 한번에 팍삭 무너질 성질의 것이었는지도 모를 일이었다. 그렇다 하더라도 그런 광순이를 보는 것은 기형에게 여간 서운한 것이 아니었다. 광순이가 재삼 재사 기형이를 찾아온 것은 막 가을이 시작될 무렵이었다. 이날 따라 노란 봉투를 들지 않고 있었는데 평소보다 퍽 말이 많았다. 전번처럼 뚜렷한 부탁이 없이 그냥 지나가다가 들른 모양이었는데, 요즘은 매우 바쁘다고 묻지도 않은 말을 먼저 꺼냈다. 엉뚱하게도 일본에 대한 이야기를 많이 했다.

"요새 일본애들이 많이 오는 모양이야. 한국에서 쫓겨갈 때 십 년 후에 보자고 했다더니 과연 일어났지 뭔가. 그건 그렇다 쳐. 그들만 보면 쫓아가서 잘 혀가 돌지도 않는 일본 말로 아양을 떨곤 하는 속물들이 문제야. 그까짓 것들이 뭔데. 여기 오는 치들이 도쿄나 오사카에서 오는 줄 알아. 맨날 규슈 아니면 시코쿠 지방의 촌놈들이라구. 그런 촌놈들한테 주책없이 달라붙다니 얘기를 해도 좀 그럴듯한 놈들하고 해야지."

기형이는 이런 광순이가 좀 의외라고는 생각하면서도 달리 대꾸를 않고 그냥 듣기만 했다. 하나도 새로울 것이 없는 그저 그런 잡담으로 여겼다. 도쿄 오사카 같은 국제 도시라면 모를까, 변방의 일본인들과 사귀어서 뭣 하겠느냐는 대목에서 광순이 본래의 모습을 발견할 수 있구나 생각할 따름이었다.

광순이가 다녀간 지 며칠 후, 기형은 볼일이 있어 백화점에 들렀다가 뜻밖의 장면을 목격했다. 백화점 같은 데는 일 년 내내 발을 들여놓지 않는 기형이었으나, 그날은 등산모를 사기 위해 불가불 찾았다. 그리고 2층 양품부에서 광순이를 만난 것이다. 정확히 말하면 둘이 동시에 맞닥뜨린 것이 아니라, 우연히 기형이 먼저 광순이를 본 것이었다. 얼른 알은체를 하려고 했던 그는 주춤 멈춰 서고 말았다. 광순이는 혼자가 아니었기 때문이다. 몇 사람과 함께 진열장을 왔다갔다 하면서 뭐라고 한참 설명을 하고 있는 중이었다. 더욱 놀라운 것은, 그를 에워싼 일군의 남녀가 한눈에도 금방 알아볼 수 있을 만큼 틀림없는 일본 사람들이었다. 그들은 하나같이 여행사에서 나누어준 듯한 배지를 달고, 카메라들을 길게 늘어뜨리고 있었다. 광순이는 그들 앞에 서서 이리 갔다 저리 갔다 하였다. 그 구역은 선물용 공예품 등을 파는 가게가 모여 있는 곳이었는데, 그들은 그 주변에서만 주로 서성거렸다. 기형은 슬며시 호기심이 생겨 광순이의 눈에 안 띄게 조심하며 그들을 살폈다. 광순이는 그들의 안내역을 맡은 듯, 일본 말로 얘기를 주고받고 하였다. 그런데 이상한 것은 평소 다방에서 기형이를 만났을 때와는 달리 그는 몸짓이 무척도 사근사근해 보였다. 연방 "하이 하이"를 되풀이하면서 더할 수 없이 상냥하게 그들과 씨부리고 있었다.

기형은 얼른 몸을 돌려 후닥닥 밖으로 나오고 말았다. 그것은 쇼크였다. 도저히 상상조차 할 수 없는 일이었다. 그가 그럴 수는 없다는 생각이 앞섰다. 그러나 그것은 현실이었다. 일본인들이라고 보이는 사람들이 우리말을 못하는 재일교포들일 수도 있다. 설사 일본 사람들이라 치더라도 누구의 부탁을 받고 그럴 수 있다고도 생각되었으나 마음 한구석이 꺼림칙한 것은 어쩔 수 없었다. 아니 다 그래도 광순이만은 그래서는 안 될 것이었다. 그만은 그런 것을 사양했어야 옳았다. 더구나 며칠 전에 그가 다방에서 한 말은 어디로 가란 말인가.

한층 놀라운 일은 그로부터 불과 일주일 후에 나타났다. 출근하자마자 차 한 잔을 시켜 마시고 조간신문을 뒤적이던 기형은, 사회면 한구석에 실린 일단짜리 기사를 보고 정말로 깜짝 놀랐다. 일본인 관광객을 속여 어쩌고 한 조그마한 기사에 의하면, 차광순(40)이란 자가 일본인 관광 안내를 자청, 그들에게 귀금속을 싸게 사준다고 돈을 모은 후(20만 원) 도망쳤다가 경찰에 잡혔다는 것이었다. 자세히 보지 않으면 그냥 넘겨버리고 말 8, 9행짜리 단신이었다. 기형은 백화점에서 일인들을 끌고 다니던 광순이의 모습이 떠올랐다. 신문을 덮고 의자에 깊숙이 기대었다. 허망한 생각이 들었다. 입맛이 썼다. 결국 이렇게 되는 것인가. 동창회에서 그를 만나지 않고, 옛날에 그런 친구가 있었거니 치부하고 있었던 것만 못한 생각이 들었다. 동창회에서 만나는 것으로 끝났어도 될 뻔했다고 공연히 뉘우쳤다. 그의 고향집에서 본 엄청난 장서들이 와르르 무너지는 환상이 눈에 어른거렸다. 하늘을 떠가는 구름을 보면 무엇이 생각나느냐고 했던 그의 말이 귀에 간지러웠다.

 기형은 한동안 광순이의 일을 잊어버리고 있었다. 그뒤 그가 어찌 되었는지 전혀 알 수가 없었다. 그런 일을 꾸미기 좋아하는 재수가, 동창 몇이서 면회라도 가보자고 전화를 걸어왔으나, 바빠서 못 가겠다고 거절하고 난 뒤 재수에게서도 더는 소식이 없었다. 아마 흐지부지되지 않았는가 싶다. 그러나 세상에는 항상 우연이라는 게 있는 모양이었다. 기형이 그 사건이 있은 지 한 달 후쯤 지나서 광순이를 또 만난 것도 그렇다. 해질녘이었다. 기형이 하루 일을 마치고 누구와 만날 약속이 있어 급히 무교동 골목길을 걸어가는데, 몇 발자국 앞 사람이 틀림없는 광순이였다. 기형은 순간 발길을 멈추었다. 쫓아가서 등이라도 두들기지 않고 왜 우뚝 서버렸는지 자신도 모를 일이었다. 반갑기는 했다. 같이 대폿집에라도 들어가서 얘기를 나누고 싶기도 했다. 그러나 무엇인가가 자기의 그런 행동에 제동을 걸어왔다. 무엇이 그랬는지 설명하기 힘들었다. 어느새 무너져버린 광순이를 보기도 싫었고, 이미 흐트러진 자세를 다시 바로잡으려는 그의 안간힘도 아직은 대하기 거북했으랴. 그는 여전히 노란 봉투를 끼고 있었다. 석양빛 탓인지 이번 것은 빳빳하지가 않고 많이 후줄근해 보였다.

최일남(崔一男)

1932년 전북 전주 출생. 서울대학교 국문과 졸업. 1953년 『문예』에 「쑥 이야기」가 추천 발표되고, 1956년 『현대문학』에 소설 「파양」이 추천되어 등단. 이상문학상, 월탄문학상, 한국소설문학상, 한국일보문학상, 오영수문학상, 한무숙문학상, 장지영언론상, 인촌상 등 수상. 경향신문, 동아일보 문화부장, 한겨레신문 논설고문 역임. 『서울 사람들』(1975), 『타령』(1977), 『춘자의 사계』(1979), 『손꼽아 헤어보니』(1979), 『너무 큰 나무』(1981), 『홰치는 소리』(1981), 『누님의 겨울』(1984), 『히틀러나 진달래』(1991), 『그때 말이 있었네』(1989), 『아주 느린 시간』(2000), 『석류』(2004) 등의 작품집과 『거룩한 응달』(1982), 『그리고 흔들리는 배』(1984), 『숨통』(1989), 『하얀 손』(1994), 『덧없어라, 그 들녘』(1996), 『만년필과 파피루스』(1997) 등의 장편소설 출간.

작품 세계

최일남의 작품 세계는 「쑥 이야기」 「진달래」 등 전쟁 직후의 결코 목가적인 풍경일 수 없는 농촌의 가난과 고통을 묘사하는 작품들에서 비롯된다. 이러한 초기 경향은 한국 전후 소설의 한 방향을 지시하고 있다는 점에서 그 자체로 문학사적 의미를 갖는 것이지만, 최일남의 본격적인 창작 활동은 1960년대 과작의 시기를 거쳐 1970년대에 들어 왕성하게 작품을 발표하면서 개시된다. 그런 의미에서 『서울 사람들』은 세태 묘사와 현실 풍자로 특징 지워지는 그의 고유한 작품 세계의 진정한 출발점이라고 할 수 있다. "뿌리 뽑힌 인간의 심상과 형식 잃은 사회에 대한 풍속적 고찰"(김병익)로 요약되는 이 시기의 작품군들은 급격한 도시화와 산업화가 이루어지는 상황을 배경으로 이른바 '출세한 촌놈들'이 겪는 생활의 단면을 풍부한 토착어와 건강한 해학성을 바탕으로 삼은 개성적인 문체로 표현하고 있다. 1980년대에 들어서면 시대적인 변화에 대응하여 최일남의 작품 세계에도 전환이 일어난다. 해학적인 문체의 풍속 고찰이 보다 적극적인 현실 탐구와 비판으로 이행하고 있는 것이 그것인데, 소년기 체험을 바탕으로 해방 전후 상황을 소설적으로 재구하고 있는 소설집 『누님의 겨울』과 장편소설 『거룩한 응달』의 세계, 그리고 현실 사회의 구조적 모순에 직접적으로 시선을 던지고 있는 소설집 『그때 말이 있었네』와 장편소설 『숨통』의 세계가 이 시기의 최일남 소설세계를 대표한다. 1990년대 이후의 최일남 소설은 해학적인 문체와 세태 풍자의 기본적 특징을 유지한 채, 특히 현실의 중심으로부터 벗어나 장년의 삶을 살아가고 있는 인물들을 등장시키고 있다는 점에서 새로운 국면을 마련하고 있는바, 『아주 느린 시간』과 『석류』 등의 소설집에서 최일남 문학의 원숙한 경지를 확인할 수 있다.

「노란 봉투」

「노란 봉투」는 출판사 직원인 기형이 모처럼 참석하는 동창회 장면으로 시작된다. 작은 지방 도시에서 학창 시절을 보내고 지금은 서울에 자리를 잡은 이들 동창들은 "적당히 세속화된 분별 있는 시정인들"이 되어 있다. 그곳에서 기형은 학창 시절 조숙한 문학청년이었던 광순을 만난다. 그 시절 광순은 학과 공부 같은 것은 별로 거들떠보지도 않고 원어로 된 시집이나 평론집 등속을 읽는 초연한 개성의 소유자였는바, 그는 동창모임 자리에서도 여전히 '도도함과 오기'로 다른 범속한 친구들과 구별되는 탈속적인 분위기를 풍기고 있다. 그 후 광순은 크고 빳빳한 '노란 봉투'를 옆에 끼고 기형의 사무실을 찾아와 공예전문지 출간을 지원해줄 동업자를 구해달라는 청탁을 하기도 하고, 자기 친척의 무역회사에 과장으로 취직시켜주겠다는 제안을 하면서 성의 표시를 요구하기도 하며, 일본에 대한 이야기를 허황하게 늘어놓다 돌아가기도 한다. 백화점에서 일본 관광객 가이드 행세를 하고 있는 광순을 목격한 기형은 며칠 뒤 신문 사회면의 일본 관광객 사기에 연루된 광순의 기사에 접하게 되고, 우연히 광순을 무교동의 골목에서 목격한 기형은 알은체하지 못하고 우뚝 서버리고 만다. 광순은 여전히 노란 봉투를 옆에 끼고 있지만 그것은 더 이상 빳빳하게 보이지 않고 후줄근해 보인다.

「노란 봉투」는 광순이 점점 속물적 근성을 드러내는 과정과 그를 바라보는 기형의 시선의 변화를 대비시킴으로써 급격하게 산업화되어가고 있는 현실 속의 세태를 드러내고 있다. 곧 "무기력함과 허황함 사이에서 펼쳐지는 '출세한 촌놈'들의 연극을 통해 서울의 풍속, 도시의 문화에 정착하지 못한 채 정서적으로 성격적으로 방황하고 있는 인생을 풍자"(김병익)하고 있는 것이다. 그것은 작가가 속한 시대의 서글픈 자화상이기도 하다.

주요 참고 문헌

김병익은 「풍속의 갈등과 풍자」(『한국문학전집 18』, 삼성출판사, 1987)에서 광순을 "스스로의 무기력을 은폐하기 위해 과장스런 제스처를 쓰는 인물"로, 자기 다니지도 않는 대기업의 이름이 박힌 노란 봉투를 과시하듯 은근히 보여주며 허황한 계획으로 초연을 가장하는 '무기력의 표본'으로 분석하고 있다. 김만수는 최일남의 소설에 대해 "예술의 이름 속에 갇히지 않은 소박한 이야기의 세계, 신문 기사의 규칙 속에 갇히지 않은 인간의 사연이 그의 작품 속에 녹아 있"(「기자에서 작가로, 높은 곳에서 낮은 곳으로」, 『만년필과 파피루스』 해설, 강, 1997)다고 평가하고 있는바, 「노란 봉투」에도 이와 같은 특징이 뚜렷하게 드러나 있다.

_손정수

이제하
초식(草食)

세번째 출마를 위해 부친이 채식(菜食)을 시작하자 머잖아 우리 집은 예의 그 선거 참모들로 또 붐비기 시작하였다. 삼촌, 숙모, 외할머니, 그리고 오촌 당숙들과 그들이 이끌고 온 친척의 친척들이 그 사람들로서 과연 진짜 참모들이라고 할 만했으며, 집 안팎에서 부친의 선거전의 승패에 충정으로 관심을 갖는다거나 (어리석게도) 엄정한 의미의 민주주의 같은 것을 곧이곧대로 신봉하고 있는 것도 그들뿐이었던 것이다. 장학금으로 내가 학교를 다니고 있다는 것이 알려졌을 때 그들 중에서는 비교적 식견이 높고 총명한 외삼촌마저 정색을 하고 정좌(正座)하면서,
"그렇다믄 늬는 그럼 문교부하고 바로 직통이제?"
라고 물어왔을 정도였으니 말이다.
하여튼 그랬다. 그들은 나의 부친이 반년쯤의 채식으로 그 번듯한 이마가 바야흐로 소슬해질 무렵에 한꺼번에 집에 들이닥쳐서는 있는 것 없는 것 죄 먹어치우고, 갓 도배한 씀바귀 무늬의 벽지 귀퉁이에 '人事無情'이니 '沈默은 金'이니 하는 따위 낙서를 새겨넣고, "서광삼(徐光三) 무표!"라는 라디오의 개표 중계를 들으며 대들보가 떠나가라 통곡을 해대고, 그러고는 부친의 유일한 유세

---

* 「초식」은 1972년 『지성』에 발표되었고, 이후 동명의 소설집 『초식』(민음사, 1973)에 수록되었다.

도구인 자전거 한 대마저 기어이 망가뜨려놓고야 제가끔의 시골로 뿔뿔이 흩어져갔던 것이다. 첫번째는 물론, 두번째 출마 때도 그랬다. 전과가 없고 어찌어찌 자격을 갖추고 호기롭게 나설 수만 있으면 누구나 선량(選良)에 입후보할 수 있던 때의 얘기다.

그들은 내 방을 길길이 차지하고 누워서는 '좋은 것이 좋은 것'이라는 둥 '날아가는 방귀 잡고 시비하는 내 아들놈'이라는 둥 상스런 욕지거리들을 낄낄대며 떠들었고, 선거 결과의 예상을 놓고 높은 소리로 다투었다. 서광삼의 당선은 틀림없으며, 이번에야 설마 3위 이상은 되지 않겠느냐는 것이다. 꼴찌로부터의 세번째라는 얘긴데 그들의 몰염치는 차치하고, 그렇게만이라도 되어준다면 성적은 과히 나쁜 편이라고 할 수가 없었다. 첫번은 여섯 명 중에서 두번째로, 둘째 번은 여덟 명 중에서 첫번째로, 부친은 꼬리로부터 낙선의 고배를 마시고 말았던 것이다.

"서광삼 무표!……"라는 첫 개표 중계 때의 그 여아나운서의 맹맹한 비음이 아직도 내 귀에 쟁쟁하다.

그것은 내가 초등학교 4학년 때의 일이었으며, 등받이를 떼어버린 얼음 운반용 자전거에 도시락 두 개와 '서광삼 기호 1번'이란 깃발 하나를 매달고 부친은 첫 유세에 나섰던 것이다. 텅 빈 부두의 바람받이 창고 앞 공터 저쪽을 향하여 천삼백 년 전의 이태백 같은 목소리로 부친은 시국의 절박함을 부르짖었다.

"어려운 시대요!

더러운 시대요, 여러분!……."

핸드볼을 하던 노동자의 새까만 아이들 몇이 동작을 멈추고 골똘히 이쪽을 바라보고 있더니 두 손으로 상욕을 해 보이고 히들거리며 곧 도망치기 시작했는데, 어째서 부친이 이런 보잘것없는 녀석들을 첫 청중으로 택했는지는 너무나 명약관화했다. 부친은 자신이 속해 있으면서 그렇게나 미워하던 한 세계가 머지않아 붕괴하리라는 희미한 예감의 공포 앞에, 오로지 떨고 있었던 것이다. 체면 불구하고 부친이 출마했던 것은 아마 그 때문인 듯하다. 그 멸망이 상말로 시계 무엇처럼 점차 느려져서, 설령 일곱 번이고 여덟 번이고 재출마해야 하는 그런 기우가 설마 부친에게 눈곱만큼이나 있었다고 가정한다 하더라도.

부친의 유일한 이해자는 숙당(淑堂) 조문제(趙文濟) 선생이었다. 조선생은 중학교 한문 선생으로, 두루미처럼 버쩍 마른 모습으로 시의 언덕바지에 살고 있었는데 그 양반의 말을 빌려보면, 부친의 망발(출마)은 단지 젊었을 때 글깨나 좀 읽었다는 탓일 따름이고, 모든 난점은 '흐르는 세월'이 심판해준다는 것이었다.

세월도 세월이려니와 선량에 대한 부친의 이런 엉뚱한 꿈이라든가 이를테면 그 준비라고 할 수 있는 '채식' 같은 기묘한 방법은, 지금 곰곰 생각해보니 훨씬 거슬러 올라가서 구약「다니엘서」에서부터 그 연유가 비롯한 성싶다. '채식'에 관한 것뿐 아니라 흉흉한 난세의 여러 조짐에 대해 그 책은 괴상한 꿈 얘기라든가 기괴한 짐승들을 무수히 등장시켜 공감을 치고 있는데 '그 이〔齒〕는 철(鐵)이요, 발톱은 놋〔銅〕이며, 먹고 부스러뜨리고 나머지는 발로 밟았으며……'라는 끔찍한 구절까지 있는 것이다. 학대받는 어느 민족의 이중 삼중의 설움의 메시지다. 하지만 부친이 정말「다니엘서」를 독파했는지는 장담할 수가 없다.

부친은 홀로 무언가 유일한 것을 믿고 있는 듯하기는 했으나, 외할머니나 모친에 대한 어쩔 수 없는 반발 때문인지 평생 절이나 교회 문턱을 피했고 어쩌다 집 안에 종교적인 물건—이를테면 부적이라든가 찬송, 성경책이라든가 지등(紙燈) 따위가 보이기라도 하면 부리나케 그것을 어디엔가 감추어버리곤 했으므로, 설마 당신이 밤에 몰래 숨어서 '다니엘'을 읽어치웠으리라고는 상상이 되지를 않는다. 하지만 '다니엘'의 그것과 꼭 같은 어이없는 절규가, 허기와 오기와 텅빈 청중에 지친 부친의 유세장에서 번번이 흘러나오는 것을 나는 들었던 것이다.

"나를 사자 아가리에 처넣어보시오! 펄펄 끓는 불 속에 나를 콱 던져보시오! 내한테 어디 평생 풀만 먹여보시오! 끄떡도 안 할 것이오, 나는 여러분!……"[1]

그렇다. 얼음이다. 만상이 타는 듯한 열화에 기갈들려 오직 한 개의 통풍 구멍만을 찾아 허덕이는 한여름 대낮 같은 때, 홀로 자전거 등받이에 서늘한 수정과 비슷한 거창한 물건을 싣고 달리면서 부친의 꿈은, 빼도 박도 못하게 그 결정체 속으로 스며들었던 것임에 틀림없다.

"나 출마할란다……" 하고 처음으로 입을 열었을 때의 그 계면쩍은 웃음, 우는 듯한 눈, 경악에 찬 가족들의 힐난의 시선에 이윽고 조금씩 떨리기 시작하던 입술이 그것을 증명한다. 부친은 별식으로 모처럼 놓인 도미구이 접시를 한옆으로 슬그머니 밀어놓고 허탈한 얼굴로 시금치 접시로 젓가락을 가져갔다. 그것이 신호였다. 누이와 나는 4년마다 오는 부친의 그 구닥다리 같은 홍역을 또 치르게 되나 부다 하고, 부지중 서로 얼굴을 마주 보았다.

우리들이 고통스러웠던 것은 '서광삼 무표'니 '서광삼 3표'니 하는 이웃이나 학교 동료들의 조석 간의 인사가 아니다. 그것은 선거 소동이 끝날 때마다 전 시(市)의 오욕에 찬 익살맞은 조롱을 우리 집 위에만 폭삭 뒤집어씌우고도, 진실로 늠름하고 의연히 고고해서 참으로 아름답기까지 해 보이는 부친의 배짱에 있었다. 어쩐지 부친은 봄장마가 깨진 아스팔트 틈서리의 흙탕물을 튀기는 을씨년스런 한밤중에도 청명한 구름 속을 혼자 걷고 있는 듯했으며, 고독감에 몸을 떨며 내가 뒷간에 홀로 움치고 앉아 있을 때에도 그는 갓 벌어진 무슨 커다란 꽃봉오리 속에 의젓이 똬리를 틀고 있는 듯했던 것이다. 서너 달의 채식으로 부친의 얼굴은 불그레해졌으며 반백의 머리는 갈기처럼 이마 곁으로 비끼고 눈알은 비길 데 없이 반짝였다. 이 사람의 직업이 얼음 도매 운반인이라고 어떻게 믿으며 도대체 누가, 미친 듯이 헐떡이는 기적(汽笛) 속에 귀성객들을 상대로 부친이 새벽마다 역으로 유세를 하러 달려나가지 않으리라고 장담할 수가 있다는 것일까.

모친의 태도는 애매했다. 권사(勸士)라면 교회에서는 꽤 중진이었음에도 당신의 지아비가 시대의 공기(公器)로 자처하고 나섬에 의기양양해지기는커녕,

---

1 다니엘은 이스라엘의 예언자. 이려시부디 바빌로니아국(國)의 불모로 있었으나 뛰어난 해몽과 예지로 느부갓네살, 벨사살, 그리고 메대국(國)의 다리오 왕에 걸쳐 총애를 받는다. 섭생으로 채식을 택한다든가 간신들의 모함으로 풀무불, 사자굴 속에 던져지는 얘기는 초장에 나온다. 연대 미상.

두루뭉수리로 주눅이라도 들어버렸던 것 같다. 아침 일찍 자전거를 밀고 나서는 부자와 울상으로 그것을 눈 흘기는 누이 틈에 서서 모친은 난처한 표정으로 막연히 팔을 들어올려 몇 번 흔들었다(예수를 믿느니 똥을 믿어라, 고 외할머니는 모친의 은밀한 권유가 있을 때마다 그렇게 말씀하신다. 부처를 믿느니 똥을 믿어라, 는 것과 이 말은 흡사하지만, 외할머니로서는 아마 모친의 이런 애매한 태도가 못마땅하셨던 게다. 부처고 예수고 똥이고 부친은 아랑곳하지 않았던 것이다).

어쨌든 그것으로 좋았다. 일요일이었고, 딴은 높게 하늘은 개어 있었으며, 우중우중 따라나서다 부친의 부릅뜬 눈에 찔끔해서 동구 밖에 서버린 그 모든 친척 참모들의 선망 어린 전송을 받으며 우리는 출발했다. 달려라, 서광삼! 자전거 튜브에 감기는 이 좋은 날씨, 이 무진장의 청공(靑空), 의원이여, 의원이여, 뽕 잡은 국회의원이여, 그대 이마를 감돌며 그대 귓바퀴에 속삭여 뭣 꼴리게 하는 이 한량없고 자비로운 미풍(微風)의 똥구멍이 피아노든, 올빼미든, 무더기 표든, 호박씨를 까든 개의치 말고 달려라, 서광삼!

부친의 이마에는 땀방울이 맺히기 시작했으며, 할 수 있는 한 힘껏, 멀리멀리 부친은 달아났다. 부친은 열심히 페달을 저었고, '기호 1번'의 깃발이 찢어지는 듯했고, 매달린 두 개의 도시락이 요분질을 하며 백여 개로 변해 속도에 구역질이 난 내 눈앞에 묵시처럼 아득히 떠올라왔다.

부친이 멈춘 곳은 끝에서 끝까지 벌거벗고 통째 노출되어 거의 완벽한 한 바다의 끄트머리였고, 거기서 우리는 내려 망연히 물을 들여다보았다. 그러고는 몇 시간이고 우리는 경치를 감상했으며, 또다시 물을 들여다보았다.

썰물 뒤의 그 바다는 바위 틈서리에 도망치지 못한 해삼 새끼들을 몇 마리고 매달고 있었다. 그 기묘한 생물들은 우리가 건드리자 있는 힘을 다하여 돌바닥에 붙어보는 것이었으나 이내 툭툭 떨어져서, 자기는 아주 죽었다는 시늉을 번번이 하곤 했으므로 어이가 없을 지경이었다.

"이놈 참, 굉장하구나" 하고 부친이 말했다. "이놈들 참, 굉장하군 그래······."

힌트를 얻은 것은 거기서부터였을까. 세 번 네 번 낙선해도 결코 굴하지 않는다는 듯한 역력한 결의로 부친의 얼굴은 수축해서 어둡게 굳어 있었다. 부친은 그런 새끼 해삼 몇 마리를 바위 귀퉁이에 늘어놓고 고개를 꼬고, 그것이 풀인지 고기인지를 곰곰 생각하는 눈치였다. 그런 다음 우리는 도시락을 까먹었고, 다시 물을 들여다보았고, 머저리 같은 해삼들을 도로 바다에 처넣어버렸으며, 그제서야 결연히 일어나 오염된 누리의 한복판을 향해 부친은 천천히 걸어 나갔던 것이다.

등록의 까다로움, 무소속의 굴욕, 사꾸라의 모략, 도야지 같은 관리 나부랭이들의 술수, 유세 기간 동안에 일어난 그 많은 하찮은 사건들을 어떻게 일일이 열거하랴. 그대들이 겪고 느낀 바 그대로다.

틈만 나면, 아니 필사적으로 틈을 붙들기만 하면 젖 먹던 힘을 다해 부친은 바다로 도망쳤다. 한 고장에서 50여 년을 살아온 부친으로서는 물이야말로 '서광삼 무표'의 깃발과 곤욕스런 자존심을 함께 씻어주는 유일한 신이었으며, 칠전팔기의 용기와 그것을 다짐까지 해주는 커다란 손이었던 것이다. 일과를 끝내고 볼이 빠져서 등 어른거리는 혼가(昏街)를 터벅터벅 걸어서 돌아올 그때, 어느 누가 조국의 장래를 걱정하지 않을 사람이 있으랴. 하찮은 미미한 사건, 예컨대 자동차의 급격한 회전 마찰음이라든가 기름기 도는 너무 밝은 불빛을 보고도 그대는, 문득 나라의 경륜과 그 운명을 절감하고 전율한다. 마찬가지로, 모빌 기름투성이 해면(海面)의 끈끈한 말없음에서 침묵불요(沈默不要)의 결론을 끌어내고 개적인 자존심을 압살하고도 오히려 넘치는 창창한 논리를 부친이 거기서 계시받았다고 한들, 그것이 어째서 파렴치한 사유가 되겠는가.

몇번째나 마찬가지였지만 고비로 접어들자 선거의 양상은 아연 비료를 뿌린 듯이 가열해지고, 그리고 똥물을 뒤집어씌운 듯이 더러워졌다. 헤일 수도 없는 협잡, 수많은 중상모략, 그리고 테러들을 낱낱이 고발할 외무를 나는 느끼지 않는다. 그들은 짐승──이라고 어느 누가 짖어대도 신은 노여워하지 않았으리라. 그들은 한마디로, 썸어놓은 똥이다. 게다가 이번에는 후보가 열두 명이나 됐다. 날뛰는 주객전도의 광란 속에서 머지않아 합동 유세의 날이 오고, 거기서 일어난 뜻밖의 작은 사건──부친의 최씨와의 해후로 이 양양하던 입후보자는 허리가 반으로 접혀, 드디어 백팔십도 방향을 바꾸지 않으면 안 되는 기묘한 사태가 벌어지고야 만다.

보따리장수 최씨의 합동 유세장에서의 난동은, 돌아서 그랬다고 모두들 그렇게 말들은 하고 있지만 그럴 만한 충분한 근거가 있었던 것 같다. 멍게니 해삼이니 미더덕이니 하는 이 지방 특산물을 경매로 넘길 때, 어시장의 브로커들은 갈퀴로 그것들의 등을 득득긁어서 (그러면 그것들은 웃음이 나올 지경으로 오줌들을 찍찍 갈긴다) 산더미처럼 부풀리는데, 최씨가 옷 보따리를 그렇게 부풀려놓고 나의 부친을 유혹했던 것이다.

합동 유세 전에 어떻게 해서든 안심되는 한 표를 확보해둘 양으로 미소를 띠고 그 앞에 섰던 부친은, 죽마고우를 발견하자 쩔끔해서 표정이 굳어졌다. 최씨로서는 설마 부친이 이런 데까지 와서 한 표를 구걸하리라고는 상상도 못했을 것이다.

"진짜요, 진짜! 진짜 구제품이요, 임금님도 꺼내 입고 둥실둥실 춤을 추는 자, 진짜······."

계면쩍어서인지 최씨는 실제로 둥실둥실 춤을 추며 부친의 주위를 맴돌기 시작했다.

부친은 고개를 끄덕여 보이고 자리를 떴다. 얼마를 부리나케 걸어가던 부친은 문득 걸음을 멈추고, 반드시 최씨의 물건을 하나 사주어야 하리라고 생각했다. 그런 식으로 헤어질 수는 없었던 것이다.

"이것 얼마?" 하고 도로 돌아온 부친이 그렇게 묻자, 최씨는 고개를 흔들었다. 그러더니 갑자기 여기 있는 모든 물건은 구제품이 아니며 가짜라고 우기기 시작했다. 부친은 기분이 상한 모양이었다. 그래서 이 물건들은 틀림없이 괜찮은 구제품이며 쓸 만한 것들이라고, 딱딱한 소리로 최씨를 설득하기 시작했다. 최씨는 길길이 뛰며 거짓말이라고 부정했다. 부친은 완전히 기분이 상해서 밭은기침 소리를 내고 홱 돌아섰다. 삽시간에 빙 둘러섰던 그 많은 구경꾼의 어느 누가 최씨의 뻔한 거짓말을 곧이들었겠는가. 최씨는 부친으로부터 모욕을 받았던 것이다.

합동 유세장에서 돌팔매 한 개가 날아와 부친 곁에 앉아 있던 입후보자의 따귀를 정통으로 잘못 갈기고, "맞았다!"고 그가 울부짖었을 때, 나는 천만다행이라는 느낌이 우선 들었다. 그냥 내버려두었으면 부친의 입에서는 또 사자 아가리니, 풀무 불이니, 풀만 처먹여서니 하는 따위 소리만 쏟아져 나왔을 것이기 때문이다. 부친의 한결같은 연설에 나는 지칠 대로 지쳐 있었다. 다 큰 학생이 언제까지나 그 뒤를 졸졸 따라다니는 것도 우스꽝스럽다.

부친은 벌떡 일어서서 범인을 찾으려고 광장 사방을 무섭게 두리번거렸다. 그러고는 느릿느릿 연단을 내려와 갑자기 펄쩍 뛰어오르더니 한곳을 향해 달리기 시작했다. 최씨와 부친의 달음박질 시합은 그 통에 떡시루를 뒤엎고 생선 함지박이 박살 난 그 모든 장사 아낙네들이 더 잘 안다. 두 사람은 창고 틈을 꿰고 몇 바퀴나 부두를 뱅뱅 돌았으며, 드디어 어느 폐창(廢倉) 귀퉁이에 털퍽 주저들 앉아서 모든 것이 결판나는 마지막 심지를 뽑았던 것이다.

"이놈아, 고년이 고년이 고년이……"라고 헐떡이며 최씨가 떠들었다. "죽기 전에 뭐라고 한 줄 아니?"

두들기고 얻어맞아서 부풀어올라 두루뭉치가 된 얼굴을 기울이고, 부친은 땅바닥을 내려다보고 있었다. 부친이 중얼거렸다. "……뭐라고 하대? 그래, 그년이?"

"당신이, 당신이, ……당신뿐이라고……" 부친처럼 역시 떡이 돼서, 최씨는 손가락으로 무수히 자기 얼굴을 가리키며 계속 떠들었다. "……당신뿐이라고…… 내한테는…… 이 최치달이뿐이라고! 당신뿐이라고……"

입후보자는 의심쩍은 눈치였다. "자세히 말해" 하고 부친이 말했다. "고년이 뭐라고?"

둘은 여자 얘기를 하고 있는 듯했으며, 젊어서는 숙적의 라이벌이었던 것 같았다.

"말 말겠어"라고 허덕이며 최씨가 팔을 내저었는데, 별안간 그는 셔츠 윗저고리를 찢어 열고 가슴의 상처를 부친에게 내보였다. 앙상한 그의 가슴팍 한복판에 교통 표지판처럼 비스듬히 가로달리던 두 줄기 남색의 깊은 그 흠집이, 여자의 손톱자국인지 무엇이었던지는 모르겠다. 아무튼 그것을 본 순간, 부친은 녹아버렸던 것이다. 부친은 박박 이를 갈았으며, 고개를 떨군 그를 홀로 둔 채 보따리장수는 비틀거리며 유유히 사라져갔던 것이다…….

분명치는 않아도, 부친이 채식을 그만둔 것은 그 이후부터다. 돌아오는 길에 부친은 가장 그럴싸하게 당신의 얼굴이 크게 찍힌 선거 벽보를 북 찢어 구겨서 잡담 제하고 그것을 길가에 던져버렸는데 무슨 변화와 동요가 부친의 내면에서 일어나고 있었는지는 모르겠지만, 채식을 폐하자 기뻐 날뛴 것은 물론 그 친척 참모들이었다. 순대구이거나 날치, 가자미 같은 것이 상 위에 올라오면 그것은 깜짝할 새에 눈앞에서 사라져버렸다. 그것은 계면쩍다기보다 더러운 광경이었다. 부친은 글썽글썽해진 눈으로 가족들의 그런 왕성한 식욕을 지켜보고 있었던 것 같다. 오랜만에 고기를 보니게 속이 꼬리꼬리하다……는 둥 하는 친척들의 그 파렴치. 잘 씹어서…… 천천히…… 하고 주의를 소근거리는 모친의 낭만. 누이의 부어 터진 얼굴. 무슨 일이 일어났는가. 부친은 광 속에 자전거를 처박아둔 채 운신을 안 했다.

얼음 운반은 물론 내가 대신 하지 않으면 안 되었다. 부친은 62세였다. 보름 남짓을 앞에 둔 선거일이 빨리빨리 지나갔다. 서광삼 무표, 서광삼 무표, 서광삼 무표…….

그동안 단 하루, 부친은 밖을 나갔을 뿐이다.

"너, 나하고 좀 나가자"고 부친이 말했을 때, 또 발작이 시작되나 부다 하고 생각했다. 내가 자전거를 끌고 나오자 부친은 그만두라고 고개를 흔들었다. 우리들이 터벅터벅 걸어서 찾아간 곳은, 시가에서도 훨씬 떨어진 변두리 언덕 뒤에 숨듯이 하고 덩그마니 서 있던 도살장이었다. 그 일대는 분지처럼 지대가 낮아 잡초와 잡석과 황토가 작은 벌판을 이루고 개흙 바람에 눕고 있었으며, 잿빛의 긴 콘크리트 담으로 도수장은 네모지게, 철통같이 에워싸여 있었다. 그 무렵 부친의 심경에 도사리고 있던 민족과 시국에 대한 비전이 겨우 이 정도의 황량한 풍경이었다고는 믿어지지 않는다. 밖으로 보이는 것이라곤 올빼미 눈 같은 동그란 두 개의 창문 외에는 감기든 코처럼 사방이 막힌 도수장 건물에서 부친은 도대체 무엇을 끌어내리려고 했던 것일까. '서광삼 기호 3번'의 플래카드 광목을 품에서 꺼내더니 부친은 그것을 어깨에 두르고 건물로 다가갔다. 부친은 문을 두들겼다. 정문의 빗장이 빠지는 소리가 들리고 사람의 얼굴이 나타났다.
 주인을 찾는다고 부친이 말했다. 내가 그 사람이라고, 내가 주인이라고 그가 말했다.
 부친은 절을 하고, 무어라고 말하기 시작했다. 열변을 토하는 부친 앞에서 쾅 하고 철문은 닫혀버렸다…….
 언덕바지로 돌아오자 부친은 잡초를 한 줌 훑어서 입에 넣고 그것을 질겅질겅 씹으면서, 무연히 눈앞의 건물을 바라보고 있었다. 모르긴 하되 부친으로서는, 정육점의 고기를 거덜내는 그 모든 시민들의 지지를 얻는 비결은 거기서 모든 덩어리가 흘러나오는 도수장 주인을 구워삶는 길밖에는 없다고 생각했음에 틀림없다. 한 식경이 지난 뒤에 부친은 다시 담 밑으로 다가가서 그것을 두들겼으나, 이번에는 열리는가 하자 문은 닫혀버렸다. 부친은 두말 않고 돌아서서 나더러 가자는 눈짓을 했다.
 60년, 4·19가 터졌을 때에도 부친의 가슴속에는 네번째 출마에의 결의가 여전히 싹트고 있었다고 생각된다. 부친 같은 유의 사람은, 아무리 엄청난 기쁨이나 재난 같은 것이 코앞에 들이닥쳐도 쉽게 동요해서 곧이곧대로 그것을 받아들일 성격이 아니다. 거대한 민중의 의거가 거의 성공해갈 무렵에 데모대의 맨 앞장에 서서 경찰서장의 따귀를 갈기러 달려간 사람이 나의 부친이라고 하는 세간의 풍문은, 사실과는 전혀 다르다.
 나는 그 사람을 알고 있는 것이다. 그 사람은 숙당 조문제 선생이다. 조선생은 자기 집 앞길에서 데모대에 빨려들어서 경찰서까지 밀려가 서장의 따귀를 후려갈기기는 했으나, 그 길로 낚시질을 갔던 것이다. 한문을 가르치던 그로서는 단 한번의 따귀로 그 모든 진상을 파악하고, 맥이 빠져 흥미를 잃었던 것임에 틀림없다. 하지만 기쁨은 의연히 민중의 것임도 틀림없었다. 사천 몇 년 만에 찾아온 거의 온전한 축제, 그것을 두고 도대체 어느 놈이 그 당위를 왈가왈부할 수 있으랴.
 부친은 의심쩍은 듯이 방에만 틀어박혀 있었다. 나흘이 지났을 때 드디어 부친은 그 거창한 기쁨의 덩어리가 무엇인지를 깨달은 듯했다. 하루가 더 지난 어느 날 저녁답에, 부친은 이윽고 나를 불러 어디론가 데리고 갔다.

들뜬 군중들이 악머구리 끓 듯하는 시가지의 잡답을 뚫고 흐린 지붕들 틈으로 눈을 쏘며 오르내리던 해안선도 이제는 보이지 않게 되어서, 발끝에 붉은 먼지가 일고 아직도 영영 꺼죽하니 말라붙은 잡초 더미들이 드문드문 눈앞에 나타나기 시작할 무렵에야 나는, 우리들이 걷고 있는 방향이 삼 년 전의 그 도수장으로 통하는 길임을 깨달았다. 나는 부친을 만류하고 싶었다. 설사 도살장 주인이 아무리 부친과 똑같은 양과 비중의 기쁨에 젖어 있다고 한들, 바로 그렇기 때문에 또 그것은 몹시 어색한 상봉일 듯싶었던 것이다. 아주 드러누워 말라붙어서 변색된 을씨년스런 들을 눈여겨보지도 않고, 백발을 휘날리며 부친은 곧장 건물 앞으로 걸어가 문을 두들겼다. 부친으로서는 이미 각오가 돼 있었을 것이다.

철문이 열리고 주인이 나오자 부친은 무어라고 인사를 했고, 곧 품에서 큼직한 광목 한 폭을 꺼내 그것을 땅에 펴고 그 앞에 쭈그리고 앉았다.

내가 달려갔을 때는 이미 때가 늦어 있었다. 오만상을 찡그리며 두 번 세 번 실패한 끝에 부친은 드디어 손가락 하나를 물어 끊고, 그것을 땅에 갖다 댔다. 부친은 떨면서 광목 위에 천천히 풀 초(草)자를 쓰기 시작했다.

그 황폐한 건물 주인이 그때 어떤 표정을 하고 있었던지는 기억에 없다. 무슨 소리를 웅얼거렸는지, 기묘한 제스처를 하며 어디엔가 대고 침을 뱉은 것 같기도 한데 그런 것도 기억이 나지 않는다. 단지 내 뇌리에 남아 있는 것은 고수머리로 높이 깎여 있던 그의 밤톨 같은 머리통과 유난히 눈에 띄던 상식 이상으로 큰 마디진 두 손뿐이다. 그 손을 옆으로 들썩할 때 부지중 나는 긴장했다. 그가 고개를 끄덕였는지 어쨌든지는 모르지만, 어딘가 웃고 있는 듯한 틀림없는 인상을 내가 받았던 것만은 사실이다. 부친이 초(草)자를 들어 보이자, 그는 그것을 한참 바라보다가 곧 안으로 들어가버렸다. 부친은 만족한 듯이 닫힌 문 쪽으로 무언가 손짓 같은 것을 했고, 광목을 구겨 쥐고 돌아서자 어떠냐는 식의 웃음을 내게 띠어 보였다.

그 뒤부터는 틈만 나면 부친은 가끔 그 먼 도수장을 찾아가 건물 주위를 배회했다. 대개 저녁답이었는데, 문을 두들기려고도 하지 않고 멀리서 곰곰이 바라보기만 하다가 돌아오는 때도 있고, 어떤 때는 아예 그 근방에서 생각을 돌리고 바로 돌아서는 때도 있다. 어쨌든 부친은 그 부근의 돌과 흙과 풀들을 몹시 좋아했던 것 같다. 멀찍이서 서성거린다고는 하지만, 그리로 드나드는 사람들이나 무슨 단말마의 비명 같은 것을 들을 수 있었다는 건 아니다. 어찌된 셈인지 그곳을 다니기 시작한 이래, 우리는 한 마리의 소도 거기서 구경하지를 못했다. 시중 상점에 기세 좋게 깔린 그 숱한 편육들은 그럼 밤이나 깊은 새벽에만 은밀하게 재빨리 처리된다는 것인가.

"남의 업(業)을 엿본다는 건 좋지 않아……"라고 부친은 필시 그리로 드나들었을 트럭의 타이어 자국을 눈여겨보면서, 당신도 역력한 궁금증의 기색을 얼굴에 떠올리며 내게 말했다. "짐승을 잡는 사람은 걸 부끄러워할지도 모른다…… 포수도 마찬가지야."

천만의 말씀이다. 알록달록한 새나 노루를 우정 날리고 애꾸눈으로 그것을 쏘는 진짜 도살자인 포수와 소를 죽이는 사람은 엄연히 다르다. 소를 찌를 때, 그 사람은 어찌할 수 없는 운명의 고리로 쐐기처럼 단단히 짐승과 연결되고, 죽어가는 한 생명의 큰 눈을 끝까지 지키며 주객이 뒤바뀐 검붉은, 정결한 피로 그 손을 적신다. 소는 제 살과 뼈가 철저히 발라질 때까지 철저히, 소리도 없이 운다. 그렇다면 밤을 지새워 그것을 껴안고 견디는 역사(力士)야말로 바로 소가 돌아갈 영원한 집이리라. 그 사람의 손이 너무 크다거나 희랍인처럼 미남이 아니라거나 하는 따위는 아무 짝에도 소용없다. 요는 허리와 팔다리의 근육이 문제다…… 나는 다니엘이니 삼손 같은 한 용자(勇者)의 모습을 어느새 마음 속에서 그리고 있었을 것이다…….

4·19의 여파로 집안에는 끊임없이 크고 작은 싸움이 일어나고 있었다. 외할머니와 모친의 불타와 예수와의 싸움, 모친과 누이의 반찬 싸움, 당숙과 시동생의, 고모와 이모와 삼촌과 조카와 다시 외할머니의 (90세가 넘었으면서도 외할머니는 어이없게도 너무나 정정하셨다) — 그 모든 분쟁은 모두가 4·19 탓처럼

보였다. 그들은 민중의 봉기를 새로운 선거 대목으로 착각하고 있었으며, 석 달이 넘도록 시골로 돌아갈 염을 않고 있었던 것이다. 도배한 장판과 벽지는 새로 더러워지고 부엌은 파리들로 들끓었으며 자전거는 아주 망가져버렸다. 무엇이 민생들을 불러 모으는가. 무슨 고기가 그들의 창자를 굶주리게 하는가. 도대체 모처럼 정결하게 타오르던 불꽃에 누가 재를 뒤집어씌우는가. 그들이 돌아가자 우리는 대문을 굳게 걸어 잠그고, 전전긍긍했다. 부친은 노쇠해 있었다.

61년 5월, 군사 쿠데타가 일어난 그 사나흘 뒤 한낮에, 갑자기 요란스럽게 두들겨지기 시작한 대문 소리에 질겁해서 식구들이 부지중 대항의 태세를 갖춘 것은 전혀 우리들 탓이 아니다. 병역 의무에 뛰어들고 싶으면서도 군사 혁명 때문에 나는 그것을 망설이고 있었으며 나로서는 누구나 방아쇠를 당길 수 있다는 그 사실이, 하찮게만 생각되고 있었던 것이다.

고리를 따자 대문 밖에 한 무리의 군중과 도수장 주인이 서 있는 것을 보고, 정말로 우리는 놀랐다. 그 사람은 긴장으로 번쩍이는 이마를 들고 길을 열어 소 한 마리를 부친에게 보였다. 부친은 들고 있던 몽둥이를 슬그머니 치우고 그 낯익은 사내의 두 손을 잡았다.

극적인 상봉에는 그러나 언제나 일말의 불안이 스며 있다. 부친은 의심쩍은 듯이 도수장 주인의 아래위를 찬찬히 훑어보고 있었다. 마치 언젠가 결의 직후에 전장에 떠나보냈다가 오랜 고초 끝에 돌아온 동생이 그때 그 동생이 틀림없는가 하고 음미하듯이.

"혁명이요, 서선생! 혁명입니다! 서광삼 선생……."

우리들이 다시 굳은 것은 처음으로 들어보는 그의 거침없는 목소리의 경이 때문이지 그 들뜬 혁명 예찬 때문이 절대로 아니다. 부친은 곧 얼굴을 풀고 그의 어깨를 두드렸다. 군중들은 태반이 동네 사람들이었고 더러 낯선 얼굴들도 보였으나 하긴 큰 황소 한 마리를 기꺼이 내놓고 도수장 주인이 잔치를 베풀겠다는데 일일이 그런 것을 가릴 계제는 못 되었다.

축연(祝宴)은 한길 건너편 옛 공민학교 자리였던 운동장에서 베풀어졌다. 어디서 나왔는지 가마솥이 걸리고 냄비가 동원되고 술이 날라지고 포를 뜰 칼과 피를 받을 바께쓰가 정돈되고, 그리고 물이 끓여졌다. 그 갑작스런 소동의 기괴함은, 이런 것만으로는 설명이 되지를 않는다. 무언가 그 속에 있었다. 꼬집어낼 수도 없고 피할 수도 없는, 진저리 나는 그 무언가…… 도수장 주인은 알고 있었을까. 아마 어렴풋이, 어느 누구보다도 더 잘 그는 알고 있었을 것이다. 찬탄하는 군중에 에워싸여 운동장까지 걸어 내려올 때의 그의 그 물먹은 솜 같은 침묵. 가쁜 숨을 가라앉히려고 미미하게 오르내리던 어깨. 버티듯이 느려지던 걸음걸이…… 단지 피할 수 없었다는 것뿐이다. 붕괴가 임박했을 때 그 멸망을 가장 먼저 느끼는 것은 어느 누구보다도 건물 자체이다. 무엇을 망설이는가. 준비가 끝나 이윽고 도수장 주인은 뜰 한복판에, 군중으로 둘러쳐진 담 한복판에 섰다. 사람들이 소를 밀고 들어와 몇 겹이고 그 뿔을 헝겊으로 동여맸고, 서너 명의 장정이 벌거벗은 허리로 짐승의 사지를 끼고 버팀목 역할을 자원했다. 큰 도끼가 날라져서 주인의 손에 힘 있게 쥐어졌다. 우리는 숨을 죽였다…….

어둠 속에서 홀로 짐승을 죽이는 일과 명명 백일하에 천(千)의 시선 속에서 그것을 찌르는 것의 차이가 어떤 것인지를 나는 모른다. 저것은 구식이다, 어딘가 틀려먹었다……고 부지중 속으로 있는 힘을 다해 외치면서도, 우리는 그 솜씨의 정확함에 감탄했다. ……도끼는 짐승의 정수리 한복판으로 녹아들어갔다. 한 번…… 다시 한 번…… 훌륭한 도살자는 결코 두 번을 내리치지 않는 법이다. 그것은 우리들 내장 속의 천성적인 도살자가 그렇게 절규하고 명령하는 바다. 쉽게 쓰러지지 않는 짐승을 향하여 관중의 전심전령이 질타하고 발을 굴렀다. 표를 뺏기지 마라, 왜 땀을 흘리느냐, 방해하는 놈은 죽여라! 죽여라! 죽여라!…… 그리고 드디어 짐승이 조용히 무릎을 꿇고, 한 무더기 피와 함께 무너졌던 그가 뒤틀린 입을 떡 벌린 표정으로 천천히 일어나서 어느 허공을 향해 섰을 때, 우리는 당연한 듯이 쓰디쓴 환멸을 느꼈다…….

5월달이거나 그 어느 때고 남쪽의 작은 항도를 기차로 지나면서 춥기도 하고 잠자기도 담배 피우기도 귀찮아져, 불현듯 마음속의 사람에게 한 표나 던져볼까 하는 의문이 일거든 유권자여, 유권자여, 이미 유명을 달리한 나의 부친의, 그렇게도 도저한 믿음이었던 유권자여, 그런 망상을 떨쳐버리고 그냥 귀를 기울이라. 그대가 매일같이 신물 나게 듣는 그 우국지정의 똑같은 연설이 거기서도 들려오고, 새삼 차창 밖을 내다보지 않더라도, 아무 데서나 자고 아무 데서나 먹으며 일 년 열두 달을 허공에 대고 떠들어대기만 하는 한 사나이가, 돌아선 채 역 앞 광장에 버티고 서 있음을 느낄 것이다. 도수장 주인인 그 사내는 우리 시의 명물이다.

이제하(李祭夏)

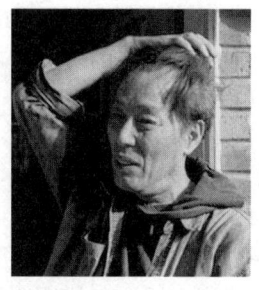

1937년 경남 밀양 출생. 홍익대학교 회화·조각과에서 수학. 『현대문학』에 시로, 『신태양』·한국일보에 소설로 등단. 이상문학상, 현대문학상, 한국일보문학상, 편운문학상 등 수상. 『초식』(1972), 『기차, 기선, 바다, 하늘』(1978), 『용』(1986) 『독충』(2001) 등의 소설집과 『저 어둠속 등빛들을 느끼듯이』(1982), 『빈들판』(1998) 등의 시집 등 출간. 그 밖에 『이제하 소설전집』(전 12권, 문학동네) 및 CD 「이제하 노래모음」 등이 있음.

작품 세계

1957년 등단 후 이제하는 시·소설·그림·영화평론·작곡 등 장르의 경계선을 넘나들며 다재다능한 작품 활동을 해왔다. 그는 전통적인 소설 작법과 관습적인 서술 방법을 과감히 깨뜨리고 개성적이고 자유로운 상상력으로 개인의 내면을 깊이 천착한 작품 세계를 꾸준히 선보여왔다.

작가는 '형식적 파괴'와 '환상적 리얼리즘'을 추구하면서 현실과 타협하지 못하는 부조리한 문학 양식을 선보였으며, 세계의 폭력 앞에 선 '나의 의식과 윤리'를 물었던 소설의 성과는 단연 돋보인다. 그 와중에 '예술가'와 '광인'을 재현하며 그 존재 방식을 반복적으로 물음으로써 반예술적이고 천박하고 탐욕스러운 사회 자체를 근본적으로 비판하게 된다.

한편에서 예술 원리와 현실 원리의 길항관계를 면밀히 탐색하며 지극히 현실적이고 사실적인 문제를 다루면서도, 다른 한편으로 낯선 회화적 형상화와 극단적 상징성을 전경화하는 환상 기제를 효율적으로 사용하기도 했다.

「초식」

작가의 다른 작품들과는 달리 정치 혼란기의 시민 의식을 다루고 있는 「초식」은 1972년 『지성(知性)』에 발표된 작품이다. 3회에 걸쳐 국회의원 선거에 출마한 얼음 운반업을 하는 노인과 도수장 주인의 이야기를 다루면서 1950~60년대 초의 정치 풍속을 야유하듯 형상화한다. 「초식」은 이제하 소설 경향이 그렇듯 줄거리가 비인과적이며 회화적인 풍광 묘사가 돋보이고 인물과 사건은 독특하고 기이하다.

소설은 크게 두 인물 서광삼과 도수장 주인이 기이한 정치적 행적(초식, 도수)을 다루고 있다. 서광삼은 국회의원에 출마할 때마다 '초식(草食)'을 한다. '풀을 먹는 행위'는 한 시민이 '더러운 시대'를 살아가며 구국지정으로 행하는 '고행'이라 해석할 만하다. '풀을 먹는

다'는 행위는 '소'를 떠올리게 되며, '소를 잡는 도수장 주인'으로 연상의 꼬리가 이어진다. '소'는 두 인물의 정치적 의식과 기이한 행동을 연결하는 상징적 연결고리가 된다.

이러한 이미지의 연쇄는 두 인물의 정치적 활동에도 나타난다. 서광삼이 좌절하여 정치 활동을 하지 않게 되었을 때, 그동안 침묵을 지키던 도수장 주인은 폐쇄적인 도수장을 벗어나 열린 공간인 운동장에서 소를 도수하며 '혁명 축하 파티'를 한다. 서광삼이 넓은 바다를 향해 연설을 하며 웃음거리가 되었듯 그는 역 앞 광장에 서서 '우리 시의 명물'이 된다.

나름대로 정치 활동을 하는 이들이 정치 활동을 하는 계기와 그 정치의식은 순박함을 넘어 낭만적이기까지 하다. 서광삼이 부지런히 국회의원 선거에 나서는 이유는 숙당 조문제 선생이 생각하기엔 '단지 젊었을 때 글깨나 좀 읽었다는 탓'인 것이고, 서술자인 아들이 보기엔 이 시대 자체가 지방 도시의 필부로 하여금 나라를 걱정하게 만들고 있다. 이러한 상황은 도수장 주인에게서도 발견된다. 그가 '혁명'이라 부르는 역사적 상황은 민중을 짓밟고 총부리로 얻어낸 5·16쿠데타가 설정한 가짜 민주주의였다. 그러나 이러한 얕은 정치의식만으로도 그들은 정치판에 뛰어들 용기를 가졌으며 시대에 대한 비극적 전망을 희화화하고 있었다.

이들의 행동은 그 도시의 대중들이 보여주는 정치적 침묵과 조롱에 비한다면 나은 편이다. 이 두 인물의 기이한 행동 이면에는 세파에 휩쓸리며 자기 잇속만 챙기고 현실과 정치를 통찰하지 못하는 대중들의 무덤덤한 태도와 몰상식함이 있다. 두 인물의 우스꽝스러운 정치적 활동은 허위와 위선으로 가득한 세계를 향한 구역질과 같다. 이렇듯 「초식」은 고독한 정치적 개인을 통해 정치적으로 혼란스러운 사회를 살아가는 시민의 공포와 긍정적인 민주주의에 대한 열망을 역설적으로 드러내고 있다.

주요 참고 문헌

이제하 소설 전반에 대한 주요 참고 문헌과 안내는 『작가세계』 1990년 여름호에 잘 나와 있다. 진형준의 「멀고 깊은 시선 — 이제하의 문학 세계」(『어느 낯선 별에서』 해설, 1993, 청아출판사), 김화영의 「고독한 정서, 흐르는 의미의 아름다움」(『용』 해설, 문학과지성사, 1985), 김윤식의 「예술에 대한 목마른 부름」(『용』 해설, 문학과지성사, 1985), 김병익의 「상투성의 파괴, 그 방법적 드러냄」(『이제하 문학선 — 밤의 수첩』 해설, 나남, 1984), 박혜경의 「경계의 안과 밖, 혹은 그 사이」(『독충』 해설, 세계사, 2001) 등에도 잘 나와 있다. 「초식」에 대해서는 이호규의 「집단적 광기에 녹아내린 반항」(『우리어문연구』 17집, 2001), 이제하의 「초식에 대한 오해」(『이제하 문학선 — 밤의 수첩』, 나남, 1984), 박철하의 「이제하의 문학적 연대기 — 「초식」에서 「광화사」까지」(『작가세계』, 1990년 여름호), 정호웅의 「세계의 폭력성에 맞서는 방식」(『초식 — 이제하 소설 전집 1』 해설, 1997) 등의 논의가 있다.

_오윤호

홍성원
즐거운 지옥

화창한 봄날 오후다.

H는 그러나 추위를 많이 타서 결혼 때 맞춘 검정 코트를 걸치고 있다. 그는 지금 차를 기다리고 있다. 그가 차를 기다리는 장소는 이대 입구, 즉 이대에서 신촌 큰길로 쭉 나와서 바른편으로 약간 내려가면 육교가 있고 그것을 건너 바른쪽 계단으로 내려가면 먼저 급행버스 정류장이 있고 그 아래쪽에 일반버스 정류장이 있는데 그는 바로 이 두 정류장의 중간쯤에 서 있다. 그곳에는 언제나 여대생들이 많이 서 있다. 그녀들은 멀리서 보면 모두 예뻐 보이지만 가까이 가 보면 모두 시원찮은 얼굴들이고, 또 차를 타고 그곳을 떠나면 그녀들은 다시 예쁘게 느껴진다.

H는 코트 포켓에 두 손을 찌르고 씩씩하게 달려오는 버스들을 쳐다본다. 그는 일정한 직업이 없기 때문에 외출을 잘 하지 않았고, 외출을 잘 하지 않아서 신촌으로 이사 온 지가 일 년이 다 되어가는데도 늘 이 정류장에 멎는 버스들이 어느 코스, 즉 동대문이 종점이라고 써 붙인 버스라면 그것이 아현동·서대문·광화문을 거쳐 종로로 해서 가는지, 혹은 아현동 슈퍼마켓·서울역·남대

---

* 「즐거운 지옥」은 『현대문학』 1970년 5월호에 발표되었다. 여기서는 소설집 『주말여행』(소설 명작선 22, 문학과지성사, 1976; 2006)에 수록된 것을 텍스트로 삼았다.

문·미도파 화신으로 해서 동대문으로 가는지 항상 버스 차장들에게 물어야만 했다. 그는 문득 서울시 당국이 괘씸하게 느껴진다. 언젠가 그는 무교동에 버스 정류장이 있다는 것을 알고 버스가 광화문 정류장에 멎었을 때 그곳을 그냥 지나쳐 무교동에서 내리리라고 생각했다. 한데 버스는 전번 외출 때까지 분명히 있었던 무교동 정류장을 그냥 지나쳐 그를 종로에 있는 북 센터 근처의 정류장까지 실어갔다. 그는 차장에게 따졌다. 그러나 차장이 화를 낼까 봐 퍽 부드럽게 다정한 오빠처럼 물어보았다.

"어이, 언제부터 무교동 정류장이 없어졌지?"

"닷새 전이에요."

그럴 테지, 닷새 전이겠지, 닷새 전이니까 내가 모를밖에…… 그러나 그는 그 후로부터 한 달쯤 후에 다시 버스를 타고 이번에는 무교동에 버스 정류장이 없다는 것을 알기 때문에 미리 광화문 정류장에서 내렸으나, 웬걸 광화문 지하도를 거쳐 연다방 쪽으로 가다 보니 어느새 다시 무교동에 버스 정류장이 새로 생겨서 그는 화가 나서 서울시 당국과 교통부 당국과 여당 등을 미워하다가 그것이 일정한 사람이 아니고 여러 명이 뭉친 집단임을 깨닫고 미워할 수 있는 한 명의 사람을 찾던 중에 결국 아무것도 모르고 있을, 대한민국에서는 제일 높아서 시떡하면 칭찬도 듣고 욕도 잘 듣는 대통령 박씨를 잠깐 동안 미워했었다. 그러나 그것은 소용없는 일이었다. 박씨는 그런 일까지는 모르고 있을 것이었다. 그는 아마 오 원짜리 동전만 꿀꺽 따먹는 고장 난 공중전화라든지, 청소차가 한번도 와본 일이 없어서 매 호구마다 시멘트 쓰레기통을 사놓고 개인적으로 쓰레기 치우는 값을 한 달에 백오십 원씩 물고 있음에도 가을 김장철에는 동회에다 별도로 오백 원씩의 오물 수거료를 꼬박꼬박 지불하는 억울한 시민들의 사정이라든지, 겨우내 물 한 방울 얻어먹지 못한 수도료를 기본요금이라고 해서 한 달에 백오십 원씩 꼬박꼬박 지불해야 하는 높은 지대에 사는 주민들의 분통 터질 노릇들 따위는 모를 것이었다. 알 리가 없었다.

차가 왔다. H는 본능적으로 차 옆구리에 써 붙인 행선지를 읽는다. 그러나 읽어봤자 동대문·남대문·서대문 따위는 알 수 있었으나 양쪽에 붙은 종점들,

가령 사당동·남가좌동·양재동 따위는 알 수가 없다. 그는 서울에서 이십 년째 살고 있지만 외출을 할 때마다 자기가 새로운 촌놈이 된 듯한 기분이 들곤 한다. 서울은 매시간마다 끊임없이 변하고 있었다. 길이 뚫리고, 육교가 놓이고, 고가도로가 뻗고, 아파트가 들어섰다. 술값이 올랐고, 연탄 값이 올랐고, 석유 값도 올랐지만, 아무것도 내리지는 않았다. H는 서울시가 너무 빨리 변해서 자기가 방금 비행기 편으로 먼 낙도에서 날아온 듯한 기분이었다. 어제까지도 청계천으로 가던 버스가 청계천 5가에 공사가 시작되었다고 갑자기 노선을 바꾸어 을지로 쪽에 손님들을 부려놓았다. 열흘 전까지도 한 말에 삼백 원 하던 석유 값이 열흘 후에 가보니까 삼백오십 원으로 되어 있었다. 그는 요즘 이 나라가 잘살아보겠다고 아우성치는 것을 알고 있었다. 그리고 그 아우성에 대해서는 아무 불평이나 불만 따위를 품지 않았다. 요컨대 그가 불만을 품는 것은 왜 그가 잘살게 된 때에 태어나지 못하고, 잘살아보려고 아우성을 치는 이런 고약한 시대에 태어났는가 하는 것이었다.

"어이 이 차 어디로 가나? 서대문 가나? 광화문도 가나?"

"네 가요, 광화문도 가요!"

H는 버스를 탄다. 버스 안에는 좌석들이 대개 찼고 운전사 뒤쪽의 높은 좌석만이 비어 있다. H는 그곳에 앉는다. 차가 움직인다. 갑자기 철판을 씌워놓은 엔진 덮개 사이로 눈알을 뽑을 듯한 매운 연기가 피어오른다. 그는 왜 이 좌석만이 비어 있는가 그제야 깨닫는다. 그는 차장을 돌아본다. 차장은 마침 어느 손님으로부터 오백 원짜리 큰돈을 받아 쥔 채 그것이 못마땅해서 손님에게 눈을 흘기고 있는 중이다.

"잔돈 없으세요?"

차장이 손님에게 묻는다.

"없어."

"어디서 내리시죠?"

"다음 정거장."

"어머 그럼 어떡해요, 왜 진작 말씀하지 않았어요."

"미안하다 임마, 그래서 내가 미리 미안하다구 하지 않니."

H는 불쑥 손님에게 화가 난다. 그는 손님이 왜 차장에게 미안해해야 하는지 알 수가 없다. 아니 그는 그 이유를 알고 있다. 손님은 차장과 싸우고 싶지 않은 것이다. 손님은 차장들이 얼마나 억척스럽고, 욕을 잘하고, 싸움을 잘하는지 알고 있다. 그래서 한바탕 '오백 원은 돈이 아니냐, 잔돈을 안 갖고 다니는 네가 잘못이지 내가 왜 너한테 미안해해야 되느냐'라고 따지고 싶지만 그것이 부질없고 시끄럽고 창피해서 얼른 미안하다는 말로 차장과의 싸움을 피하려는 것이다. 엔진 덮개에서 눈알을 뽑을 듯이 다시 맹렬하게 연기가 피어오른다. 그것은 언젠가 영화에서 본 일이 있는 맵고 지독한 유황천의 연기와 흡사하다. H는 드디어 눈물이 그렁그렁한 채 좌석에서 일어나 통로로 물러나온다. 차장이 열심히 잔돈을 세다가 그에게 불쑥 손을 내민다.

"뭐야?"

하고 그가 묻는다.

"안 내리세요?"

"안 내려."

"그럼 왜 입구에 서 계세요?"

그는 새삼스레 차장의 얼굴을 쳐다본다. 연기가 피어올라 눈알이 아파서 이리로 나왔다고 말해주고 싶었지만 그는 꾹 참는다. 그는 대개의 서울 시민들이 그렇듯이 절대로 공중들 앞에서는 앞으로 나서지 않기로 하고 있다. 그는 이 아마존족의 후예 같은 억척스런 차장과는 아무 말도 하기 싫다. 그러나 그는 자기 대신 다른 사람, 즉 약간 조급하고 화를 잘 내고 불의를 참지 못하는 어떤 사람이, 자기 대신 나이는 어리지만 베어링처럼 닳고 닳아서 걸핏하면 싸움을 걸려고 하는 이 차장에게 '차를 좀 정비해서 다녀라, 이게 굴뚝이지 어디 버스냐' 하고 호통을 쳐주기를 바란다. 그러나 아마 그런 호통쯤에는 차장은 꿈쩍도 하지 않을 것이다. 그녀들은 사실 교통순경을 제외하고는 이 세상 어느 누구에게도 꿈쩍할 만큼 놀라는 일이 없다. 그녀들은 세상의 모든 사람들이 십 원짜리 두 장으로 보일 뿐이다. 말하자면 그녀들은 모든 승객들을 '이십 원 위에 이십 원 없고 이십 원 밑에 이십 원 없다'로 볼 것이다. 슬픈 일이다.

차가 굴레방 다리, 가구상 앞을 지나 농협중앙회 앞을 지나고, 광화문 정류장을 지나고, 장의사가 있는 무교동 정류장에 멎는다. H는 차를 내린다. 시계를 본다. 그는 그곳에서 가까운 신문사 문화부에 다니는 친구 B와 오후 다섯 시에 연다방 이 층에서 만나기로 되어 있다. 한데 시계는 고장도 아니건만 아직 다섯 시 이십 분 전이다. 그는 이 이십 분의 시간이 어리둥절할 만큼 처리하기 곤란하다. 그는 길을 가로 건너가 맞은편 상가 쪽에 붙어 있는 범문사에 들러 책 구경이라도 할까 생각한다. 허지만 그 책방에는 거저 준다면 모르지만 돈을 주고 사고 싶은 책은 한 권도 없었고, 옛날에 약 팔백 권쯤의 책을 사 모았다가 그것을 모두 팔아먹은 기억이 있어서 H는 왠지 모든 책방들에 적개심 비슷한 원한과 질투를 느끼고 있다.

그는 연다방 앞을 지나 무심코 무교동 복판의 작은 네거리에 도착한다. 그러나 그는 그곳에 도착하자 문득 바른쪽 길가에 있는 서린 호텔이 생각난다. 그는 서린 호텔을 멍하니 바라보다가 번개처럼 머릿속에 파친코 생각을 떠올린다. 그는 갑자기 걸음을 빨리한다. 그리고 다시 한 번 시계를 본다. 정류장에서 이곳까지 오는 동안 이미 오 분이 지나 있다. 그는 문득 십오 분을 죽이기 위해서는 파친코 코인을 얼마치나 사야 될까 생각하기 시작한다. 재수가 좋으면 오백 원 정도로도 십 분쯤은 넉넉히 죽일 수가 있을 것 같다. 아니 혹시 옛날 언젠가처럼 수박 세 통이 예쁘게 떠오를지도 알 수 없다. 그러나 재수가 아주 옴 붙어서 오백 원을 단 일 분 만에 날려버릴지도 모른다. 허지만 오백 원이 삼십 초에 날아가더라도 그는 그 이상은 절대로 하지 말자고 마음속으로 다짐한다. 오백 원이다, 오백 원만 하고 너는 용감히 그곳을 나와야 한다, 만일 오백 원에서 한 푼이라도 더하면 너는 정말 개새끼 중의 개새끼다. 암, 개새끼고말고!

H는 급한 듯이 게임 룸으로 들어선다. 천장이 낮고 통로가 좁은 게임장에는 각종의 쇠붙이 소리들이 요란스레 벽을 울린다. 어디선가 코인이 쏟아지느라 기계가 기관총을 쏘듯 유쾌하게 털털거리고 있다. 그는 곧장 코인을 사기 위해 커튼이 쳐진 유리벽 앞으로 다가간다. 오백원 권 한 장을 유리 구멍 밑으로 디

밀고 그는 오백 원어치를 다 달라는 표시로 손가락 다섯 개를 모두 펴 보인다. 코인이 곧 작고 때 묻은 플라스틱 그릇에 담겨 나온다. 그는 그릇을 한 손에 받쳐 들고 빈 기계를 찾아 사방을 두리번거린다. 마침 바른쪽 기계들 중에 세번째 기계가 비어 있다. 그는 코인 그릇을 기계 밑에 놓고 엄숙한 표정으로 잠시 주위를 둘러본다. 십여 명의 사람들, 넥타이를 맸고, 싱글들을 입고 있고, 구두들이 반짝이고, 수염이 말끔히 면도질된 사람들, 등 뒤에서 보면 미스터 김 같기도 하고 미스터 박 같기도 해서 이름은 물론 국적까지도 알 수 없는 똑같은 복장의 사람들이 마치 기계들과 대화라도 하듯 진지한 표정으로 게임들을 하고 있다. H는 드디어 시선을 바로 하고 자기 앞에 서 있는 파친코 기계를 바라본다. 기계가 마치 새 손님을 맞아 한 팔을 번쩍 쳐들고 어서 옵쇼, 하는 것 같다. 그는 우선 이 기계가 잘 나오는 기계인가 바야흐로 안 나오기 시작하는 기계인가를 알아보기 위해 코인 두 개만을 넣고 손잡이를 잡아당겨본다. 세 줄의 꽃판이 빙글빙글 돌다가 종·탱자·살구의 순으로 보기 흉하게 가로 나타난다. 그는 다시 코인 세 개를 차근차근 구멍 속으로 밀어 넣는다. 그리고 다시 손잡이를 당긴다. 이번에는 꽃이 두 개 떠올라서 코인들이 한 번 반쯤 쿵쾅거리며 밑으로 쏟아진다. 이 기계는 아마 잘 나오는 기계인지도 모른다. 누군가가 직사하게 코인만을 쏟아 넣고 이제 바야흐로 잘 나올 즈음에 떠나버린 기계인지도 알 수 없다. 바른쪽에 서 있던 키 큰 사내가 코인이 떨어졌는지 엉거주춤 기계에서 물러선다. 사내는 H가 하는 모양을 담배를 뻑뻑 피우며 어깨너머로 물끄러미 굽어보고 있다. 그러나 다섯 개씩을 넣고 네 번이나 열심히 돌렸지만 H의 기계는 아슬아슬하게 꽃 하나씩이 어긋나버린다. 한번은 수박이 양쪽에 떠오르고 가운데 수박만이 한 칸 밑으로 처진 적도 있다. H는 초조해진다. 코인이 벌써 반 이상 줄어들었다. 등 뒤에서는 열여덟 개짜리 종 세 개라도 떠올랐는지 기계가 흡사 타자기를 두드리듯 타타타타 소리를 내며 열심히 코인들을 쏟아내고 있다.

"아깝습니다."

키 큰 사내가 H의 등 뒤에서 갑자기 H에게 말을 걸어온다.

"예?"

"아까 그 수박 두 통 말입니다."

"아, 예……."

H의 기계도 드디어 실수를 해서 살구 열매 세 개를 예쁘게 떠올린다. 기계가 흡사 불평이라도 하듯 제법 풍성하게 코인들을 뱉어내고 있다.

그는 계속 게임을 했다. 그의 기계는 귀신이라도 들린 듯이 연거푸 우당퉁탕 코인들을 내뱉기 시작했다. H는 약간 불안해졌다. 그는 이 기계가 틀림없이 몸살이 났거나 고장이라고 생각했다. 기계 밑에는 이미 백여 개의 코인들이 넘쳐날 만큼 수북하게 쌓여 있었다. 그는 새로운 고민에 사로잡혔다. 문득 B와의 약속 시간이 생각나서 손목에 찬 시계를 본다. 다섯 시 삼 분이다. 아, 어쩌다가 내가 오늘 이렇게 즐거운 고민을 하게 되었는가? 그러나 그는 결심한다. 이놈들을 모두 돈으로 환불하자. 아마 기계 밑에 쌓인 코인이 백이십 개는 착실히 넘으리라. 오백 원 본전을 제하더라도 공짜로 주운 돈이 칠백 원이 넘지 않는가? H는 갑자기 유쾌하다. 돈을 따서 유쾌한 것이 아니고 저 완강한 파친코 기계들을 패배시킨 것이 유쾌하다.

H는 게임 룸을 나온다. 그리고 서린 호텔을 등 뒤로 두고 연다방 쪽의 모퉁이를 돌아가자 이미 파친코에 대한 모든 원한·흥분·유쾌함 따위가 이상한 서글픔 속으로 용해되어버렸다. 언제나 이렇다. 파친코도 그렇고 포커 노름도 그렇고 술타령도 그렇고 문화영화도 마찬가지다. 그것들은 열심히 할 동안은 모르지만 하고 나면 모두 엄청난 웅덩이, 약간 우울하고 적당히 슬프고 구역질이 조금 나고, 한없이 깊고 끝이 없고 바닥이 없고 어둡고 음습하고 끈적끈적하고 치덕치덕하고, 아니 이런 요시스러운 것들이 모두 한네 뒤섞여서 무어라고 꼬집어 말할 수 없는 도무지 요령부득인, 요컨대 한마디로 말하자면 고약한 기분들이 되는 것이다.

이 층 연다방에 B는 아직 나와 있지 않았다. H는 기다린다. 다방에는 조명을 은근하게 하기 위해 커다란 갓을 씌운 등불들, 팔걸이가 달린 얕은 의자들,

구멍이 얼금얼금 뚫린 가슴 높이의 석유 스토브, 야트막한 포마이카 다탁들, 시끄러운 음악들, 시끄러운 대학생들, 수족관 속에 가만히 떠 있는 금속 조각 같은 엔젤 피시들, 옆자리에 혼자 앉아 있는 젊은 여자를 힐끔힐끔 훔쳐보는 남자들의 탁한 눈들 따위가 있다. 오 분쯤 기다리자 B가 드디어 안경을 번쩍이며 다방으로 들어선다. H는 B를 보자 웃음이 나온다. 그는 B를 좋아한다. 그러나 그는 곧 웃음을 자제한다. 언젠가 그는 어느 다방에서 졸지에 부자가 된 친구 P를 기다린 적이 있다. H와 P는 퍽 오랫동안 사귀었고, 중간에 많이 싸우기도 했고, 다시 화해하고, 또 싸우고, 이제는 하도 많이 싸우고 화해해서 피차 싸움이나 화해가 부질없는 짓이라고 알고 있는 사이였다. 한데 그날 H는 P에게서 새로운 사실을 한 가지 발견했다. H는 P를 보자 반가움에 겨워 아무 계산 없이 웃음이 나왔다. 그는 그런 때 웃는 웃음에는 아무 위장이나 의지 같은 것을 담지 않았다. 친구가 반갑고 날씨가 좋아서 감정이 작동시켜 저절로 나오는 웃음이었다. 한데 H가 P를 보고 웃자 P는 별안간 어리둥절한 표정을 지었다. 아니 겉으로는 어리둥절한 척했으나 그 속에는 다른 의미, 가령 '너는 나한테 웃어야 된다. 너는 나를 반가워하고 있다. 하지만 네가 나를 반가워한다고 나도 너를 반가워할 이유는 없다. 나는 웃지 않겠다. 너 혼자 웃어라'라고 하는 표정을 그 어리둥절한 표정 속에 조심스레 감싸고 그것을 H가 조금쯤만 눈치채게 해서 H가 쩔쩔매게, 화도 낼 수 없게, 나는 웃는데 넌 왜 웃지 않느냐고 드러내놓고 따질 수도 없게, 고스란히 그 고약한 감정을 H 혼자 당하게 만들었던 것이다. H는 P와 오랫동안 사귀었지만 아직 P에게 그런 고약함, 즉 가까운 친구를 그런 식으로 골탕 먹이는 기묘한 심술이 숨어 있다는 것을 모르고 있었다. 그러나 그날만큼은 그의 그것이 의심할 여지 없이 너무 노골적으로 밖에 드러났다. 말하자면 그는 H에게 오버액션을 한 것이었다. H는 그 뒤로부터 자기 웃음을 약간 절제하기로 마음먹었다. 그래서 그는 B를 보고 웃다가 지금 약간 머쓱해진 것이다.

B는 안경을 쓰고 있다. 그리고 B에게는 안경이라는 것이 백에 한 사람쯤 있을 둥 말 둥 할 만큼 썩 잘 어울리는 물건이었다. B는 금년에 서른세 살이다.

충청도 대전이 고향이고, 착하고 예쁜 마누라가 있고, 딸만 둘을 낳았고, 집장사한테서 산 집이 있고, 마르지도 살이 찌지도 않은 보통 체형에 키는 좀 작은 편이고, 자기 말로는 소싯적에 씨름을 썩 잘했노라고 했지만 H의 생각에는 글쎄…… 라고 할밖에 없는, 나지막한 목소리의 매우 점잖고 진중한 친구다.

H는 B가 앉기를 기다린다.

"미안하다."

B가 H의 맞은편 자리에 앉으며 늦게 나온 것을 변명한다.

"미안한 건 아는구나."

"뭐 했니, 그동안?"

"이럭저럭……"

두 사람은 탁자 위로 담뱃갑들을 꺼내놓는다. 레지가 온다.

"뭘 드시겠어요?"

"커피."

B는 잠시 우물쭈물한다. 그는 무언가 깊이 생각할 때는 한 손으로 안경테를 만지는 버릇이 있다. 그런데 그는 지금 안경테를 만지고 있고 무엇을 먹을까 진중히 생각하는 중이다. 그렇다, 그는 분명히 무슨 차를 시킬 것인가 깊이 생각하는 중이다. 그들은 요즘 사소한 일들에 깊이 생각하는 버릇들이 들어 있다. 그들이 깊이 생각하는 사물들은 예를 들면, 오늘 점심은 설렁탕으로 할 것인가 잡채밥으로 할 것인가, 마주 앉은 저 아가씨는 놈팡이가 있을까 아직은 혼자일까, 광장에서 태운 김일성의 허수아비는 누가 밤을 새워 꼼꼼히 만들었을까, 내가 오늘 열두 시 오 분 전에 집에 들어가면 마누라는 내 오입을 눈치 챌까 못 챌까 하는 따위들이다. 남들에게는 하잘것없이 보이시만 그러나 그것들은 매우 중요한 일들이다. 그것들이 중요한 일들이라는 것은 그것들이 그들의 머릿속에 자주 떠오르는 것만으로도 충분히 알 수 있다. 하긴 요즘처럼 엉망진창이 된 세상에는 중요한 일들과 중요하지 않은 일들을 구별하는 것만도 대단히 힘든 일이다. 옛날에는 그것들의 구별이, 술집에 길게 써 붙인 메뉴처럼 분명했는데 요즘은 도무지 분명한 것이 아무것도 없다. 우선 얼마 전까지도

우리 사회에서 존경받던 점잖음이라는 것을 생각해보자. 그것은 옛적에는 어땠는지 모르지만 요즘에는 스피츠라는 서양 발바리가 앞발을 쳐들고 뒷다리만으로 걷는 재주처럼 어색한 것이 되고 말았다. 그렇다면 교육은? 이건 바지를 입을 때 어느 쪽 다리를 먼저 바짓가랑이에 디미는가 하는 따위를 가르치는 데 불과하다. 권위, 이것은 대변을 보기 위해 변소 쪽으로 걸어가는 점잖은 걸음걸이에 다름 아니다. 사랑, 인생은 팔십 세까지 계속되는데 사랑은 겨우 이십 세에서 끝나지 않는가? 문명, 한쪽에서는 종삼을 없애고 한쪽에서는 터키탕을 짓는 사팔뜨기 같은 것 말인가? 평화, 전쟁은 우리 눈에 분명히 보이는데 평화는 왜 보이지도 않는가? 지조, 지조라구? 웃기지 마라. 만일 요즘 세상에 지조라는 것이 있다면 나는 서울에서 부산까지 땅콩을 코로 굴려 보이겠다. 대체로 이런 식이다. 이런 식일 수밖에 없다.

B가 드디어 결심한다.

"난 반숙으로 하지."

레지가 돌아간다. 두 사람은 담배를 피워 문다. H는 B가 오늘따라 퍽 피곤해 보인다고 생각한다. 두 사람은 지금 피차 만나본다는 것 외에는 아무런 용무가 없다. 아니 두 사람에게는 만나본다는 용무가 있다. 그것은 용무다. 만나본다는 요지부동의 용무다. H가 이윽고 윗몸을 굽히고 B에게 화제를 꺼낸다. B는 대화 중에는 언제나 작은 목소리로 말한다. 그래서 B의 이야기를 듣기 위해서는 반드시 상대편이 몸을 앞으로 굽혀줘야 한다. H가 말한다.

"나 방금 서린 호텔에 들러 왔다."

"짜식."

"칠백 원 땄다."

B는 서린 호텔이 무엇을 뜻하는지 잘 알고 있다. 그러나 그는 H의 말에 아무 대꾸도 하지 않는다. B의 버릇이다. 그는 상대편이 무슨 말을 시작하면 말 대신 눈으로만 서두름 없이 다음 말을 기다리곤 한다. H는 야속했지만 할 수 없이 다음 말을 이어간다.

"널 만나려구 여기까지 나왔다가 시간이 일러서 그쪽으로 휘어졌어. 헌데 기계가 망령이 들었는지 연거푸 우당퉁탕 코인들을 뱉어놓는 거야."

"좋아, 칠백 원 땄다구 했지? 그 돈으로 술 사라."

"네가 술 사라는 건 겁나지 않아."

"그럼 사."

H는 아차 하고 후회한다. 그는 B를 겁내야 옳았다. B는 이제 겁내도 좋은 제법 당당한 술꾼이 된 것이다. 사실 B는 작년까지만 해도 맥주 두 병 정도면 팔목까지 벌겋게 술이 올라 입에서 기관차처럼 씩씩 소리를 내곤 했다. 한데 그가 요 며칠 전에는 향도라는 술집에서 정종 반 되를 비우고도 거뜬히 술을 견뎌냈다. 그는 이제 어린애가 고추와 파 요리 먹는 것을 배우듯이 제법 그 씁쓸한 술맛을 즐길 줄 알게 된 것이다. H는 슬며시 화제를 돌린다.

"너 며칠 전 신문을 보니까 뭔가 제법 아는 체했더군."

"뭐 말이야?"

"동도서기(東道西器)니 서세동점(西勢東漸)이니 하며 퍽 어려운 말들만 골라가며 늘어놓았더군."

"폼 한번 잡았지."

"동도서기란 말 어디서 주워들었어?"

"야, 넌 내가 한국학의 권원 줄 모르냐?"

"나한테두 폼 잡기냐?"

B는 웃는다. H도 웃는다. 그러나 그 웃음들은 신문이라는 거대한 거짓말, 소설이라는 거대한 엉터리들을 피차 너무 잘 알고 있기 때문에 이제는 도저히 구제할 수 없이 된 맥 빠지고 허전하고 에라 하고 내팽개치는 웃음들이다. H는 B의 이 점이 퍽 좋다. 그는 솔직한 것이다. 그는 신문에서는 폼을 잡있지만 친구들에게는 폼 잡기를 포기한다. 아마 그는 이런 경우, 즉 자기가 어떤 일에 너무 몰두해서 폼이 조금도 섞여 있지 않았더라도, 백이십 프로쯤 진지했더라도, 더 이상 진지할 수 없을 만큼 진지했더라도, 적어도 친구들에게만은 폼 잡기를 거부했을 것이다. B가 다시 말을 꺼낸다.

"너 이번 달에 어딘가 단편 하나 썼지?"

"응."
"어디냐?"
"××."
"무슨 얘기야?"
"소 잡는 얘기."
"재미나냐?"

H는 웃기만 한다. 재미나냐고? 재미날 턱이 없다. 요즘 소설들은 재미가 없다. 언제부터인지는 알 수 없지만 요즘 소설들은 철저하게 재미가 없어졌다. 마치 한국의 모든 소설들이 재미없기로 약속이나 한 것 같다. H는 그러나 B가 재미나냐고 물은 것이 다른 의미라는 것을 알고 있다. B는 그 소설이 잘된 소설인지를 묻고 있다. B는 H와 친구다. 그러나 그들은 친구 사이지만 보통 사람들이 친구가 되듯이 친구가 된 것은 아니다. 그들은 공통의 기억들을 가지고 있지 않았다. B가 생각하는 학교·철둑길·개천 따위와 H가 기억하는 저녁노을·배추밭·공동묘지 따위는 서로 달랐다. 그들은 다 커서 친구가 되었다. 대학을 졸업하고 군대를 다녀온 뒤 애인들을 한 명씩 꿰어 차고 이제 슬슬 결혼이나 해볼까 할 즈음에 친구가 되었다. 말하자면 그들은 그때 상대편이 얼굴이 잘생겼다든지, 저놈과 잘 사귀면 저놈의 아버지 회사에 취직이라도 되지 않을까 하는 따위로 친구가 된 것은 아니었다. 그들은 우연히 알게 되었고, 처음에는 꽤 까다롭게 서로를 경계했고, 조금조금씩 접근하다가 너무 접근했다 싶으면 확 물러났고, 이쪽이 차를 사면 저쪽이 저녁을 살 만큼 조심스러웠고, 꽤 오랫동안 밀고 당기고 하다가 이젠 안심해도 좋다, 라고 생각할 즈음에 아주 느리게 아주 확고하게 새로운 공통의 기억들을 만들어가며 가슴 대신 머리로, 돈 대신 웃음으로, 감정 대신 이성으로, 오랜 시간에 걸쳐 친구가 되었다. 그들은 머리로 사귀었기 때문에 가슴으로는 쉽게 싸움 같은 것이 되지 않았다. 그들은 이해로 사귀었기 때문에 피차 체면이나 복잡한 절차들이 필요하지 않았다. 그들 사이에는 어려운 말들과 자질구레한 말들이 자연스레 생략되었다. 그들의 이런 언어의 절약은 글이나 소설을 평하는 데도 마찬가지였다. 그들은 공중들

앞에 나서기 전에는 테마니 플롯이니 메타포니 서프라이즈 엔딩이니 새타이어 니 하는 말 따위를 쓰지 않았다. 그리고 그런 말을 쓰지 않는 것은 비단 친구의 소설이나 글에만 해당되는 것은 아니었다. 모든 글들, 이름만 몇 번 신문에서 읽었을 뿐 한번도 만나본 일이 없는 어느 평론가의 적의에 찬 글이라든지, 남자인지 여자인지도 잘 모르는 어느 아리송한 작가의 소설이라든지, 이름이 스키나 코프로 끝나서 막연히 슬라브계 작가일 거라고만 추측하는 친구의 글들에 대해서도 그들은 퍽 수월하게 '재미있었다' '약간 지루했다' '드물게 좋았다' '끝부분에서 잡쳤다'라는 말만으로 의견들을 표시했다. 요컨대 그들은 많은 말을 의식적으로 생략하고 있었다. 피차가 잘 아는 번거로운 말들은 숨이 차고, 귀찮고, 부질없어서 생략하는 것이었다. 그러나 그들은 그런 짧은 표현들 속에서도 피차 충분할 만큼 서로의 말들을 깊고 폭넓게 순식간에 이해했다. 그것들은 흡사 라디오에서 흘러나오는 스무고개의 답과 같은 농축된 말들이었다. 그들은 때로 네 사람이 한자리에 앉아 마치 같은 꿈을 꾸고 난 사람들처럼 똑같은 의견들을 말할 때도 있었다. 그들은 그런 때 서로의 얼굴들을 놀라움에 차서 멍하니 쳐다보며 '아, 자네도 그렇게 생각했나'라고 눈으로만 은근히 기쁨들을 나누었다. 좌우간 그것은 그들 사이에만 통하는 대단히 협소한, 어두컴컴한 비밀의 통로였다. 그러나 모든 글 쓰는 친구들이 그들의 의견과 같을 수는 없었다. 아니 친구인 그들 사이에도 때로는 맹렬하게 의견들이 대립되었다. 그들은 그런 경우, 다시 안 볼 것처럼 용서 없이 단호히 서로 다투었다. 그들의 다툼에는 우정 따위는 이미 멀찌감치 옆길로 치워졌다. 그것은 우정과는 별개의 것이었다. 우정이란 술을 마실 때, 돈을 꾸어 쓸 때, 오입에 동행할 때, 포커를 할 때, 청첩장을 보낼 때, 슬플 때, 너무 기뻐서 혼자 참기기 곤란할 때, 자살이 하고 싶을 때, 자살을 말리고 싶을 때 등에만 요긴한 것이었다. 그런 다툼에는 우정이 오히려 눈 위의 혹처럼 거북스럽기만 할 뿐이었다. 그들은 좌우간 맹렬하게 다투었다. 그리고 그 맹렬히 다투는 것이 바로 그들의 놀랄 만한 장점이기도 했다. 그러나 그들은 아무리 심하게 다투는 경우라도 그들만의 몇 가지 룰은 반드시 지켜가며 싸웠다. 그것은 그들이 좀더 진지하게, 좀더 열심히, 정정당당하게 싸우기 위해서라도 반드시 지켜져야 할 기본 룰이었다. 그들은 우선 자기의 상대편을 '자넨 왜 그렇게 보기 흉한 코를 가지고 있는가'라든지, '자네 말은 내가 확인해보진 않았지만 틀림없이 엉터리같이 보이네'라든지, '나는 자네가 지금까지 지껄인 말을 한마디도 귀담아 듣지 않았네'라든지, '자넨 마치 자네와 내가 친구라도 되는 듯이 말하는군' 하는 따위의 말로 친구를 공박하지는 않았다. 요컨대 그들은 그런 말들을 함으로써 공연히 우정을 상하게 하거나 주먹질을 유발시키거나 대화를 쓸데없이 공전시키거나 하고 싶지는 않았다. 하지만 그들에게도 때로는 같은 종류의 글을 쓰지만 그들의 친구는 아닌, 다른 무리의 글 쓰는 사람들로부터 싸움이 걸려올 때가 있었다. 그들은 그런 도전을 받았을 때 상대에 따라 퍽 심한 곤욕을 느꼈다. 그들이 곤욕을 느끼는 이유는 상대가 너무 노골적으로, 대화보다는 말싸움을 즐기는 듯한 포즈를 취하거나, A 플러스 B는 AB다라는 명제로 싸우다가 그것은 옆으로 밀쳐놓은 채 느닷없이 '야 너는 바보다, 나는 너를 바보'라고 했다. 억울하면 어서 덤벼라'라는 스타일로 나오기 때문인 것 같았다. 그런 때 B와 H의 친구들은 약간 슬픈 듯한 표정들을 지어 보였다. 아마 그들은 슬프기도 했지만 무지하게 세상이 싫어지고, 별안간 산다는 것이 우스워지고, 나같이 순진한 놈은 언제 사나운 말들〔言語〕에 짓눌려 질식사할지 모르겠구나 하는 두려움도 느꼈을 것이다. 그들은 결국 그런 종류의 싸움은 애당초부터 원하지 않았다. 그런 싸움질은 흡사 두 명의 권투선수가 링 위에서 한참 주먹으로 잘 싸우다가 갑자기 한 친구가 형세가 불리하니까 링 밑으로 뛰어 내려가 시퍼런 식칼을 집어 들고 덤비는 것과 비슷한 꼴이었다. 그것은 추했다. 대단히 추하고 볼품사나운 싸움이었다.

H와 B는 차들을 다 마시고, C를 불러내기 위해 C에게 전화를 걸었고, 뜻밖에도 K와 S가 C와 함께 있다는 사실을 알아내고 그들과 합세하기 위해 연다방을 나왔다. 밖은 그동안 해가 많이 기울어서 온통 컴컴한 땅거미 속에 잠겨 있었다. 퇴근 시간이 막 지나서인지 거리에는 행인들이 빽빽하게 왕래하고 있었다. 그들은 C의 회사가 가까이 있어서 슬슬 산책 삼아 그곳까지 걷기로 했다.

두 사람은 가락국수집 모서리를 지나 많은 사람들과 함께 횡단보도를 건넌 뒤, 다시 과학 서적을 파는 책방 앞을 지나서 바른편 길 건너로 택시 정류장을 끼고 곧장 올라가다가, 국민학교 정문을 바른쪽으로 버리고 C가 밥을 버는 어느 출판사 건물로 들어갔다. 그러나 C는 봉이라는 다방으로 모두들 떠났으니 두 사람에게 그리로 오라는 전갈만을 남기고 자리에 없었다.

그들은 정말 봉다방에 모여 있었다. S가 먼저 두 사람을 발견하고 손가락을 까딱 K의 머리 위로 쳐들어 보인다.

"오래간만이야."

S가 말한다.

"죽지 않구 살아 있었군."

H가 대답한다.

"앉아라."

C가 주인처럼 말한다. H와 B는 나란히 앉는다.

"악당들이 한자리에 다 모였군."

B가 말한다.

"넌 어떻게 나왔니?"

K가 불쑥 H에게 묻는다.

"놀러."

"그동안 왜 꼼짝두 안 했어?"

H는 대답 대신 웃는다. 그리고 S의 하얀 얼굴을 바라본다. S도 웃고 있다. S는 잘생긴 얼굴은 아니지만 여자처럼 곱다랗게 생겼고, 웃을 때는 송곳니가 살짝 드러나고, 좀 긴 편의 얼굴이고, 코가 유난히 길고, 윗눈까풀이 얇아서 눈이 상큼해 보이고, 전에는 이발을 잘 하지 않아서 턱 밑으로 돼지비계에 가끔 섞여 나오는 것 같은 몇 가닥의 깜짝 놀란 수염들이 삐죽삐죽 듬성듬성 박혀 있었으나 결혼 후에는 좀 깨끗해졌고, 어딘가 슬픈 듯한, 사는 데 지친 듯한 하얀 얼굴이라 누구에게나 특히 손위의 여자들에게 사랑 아니면 귀여움을 받을 얼굴이고, 실제로 그는 그런 귀여움과 사랑을 많이 받아서 이제는 그런 것을 받는

데 몸 전체가 습관이 되어 있고, 늘 생글생글 웃고는 있지만 마음속에는 시퍼런 자존심과 미적지근한 분노와 견딜 수 없는 이웃에 대한 사랑 따위를 품고 있고, 자기는 그런 것들을 밖으로 드러내기에는 적합하지 않은 얼굴과 목소리를 가졌다고 스스로 알고 있어서 절대로 그런 것을 밖으로 드러내놓지 않고, 나이가 육십이 되더라도 늙을 것 같지 않은 얼굴이고, H가 지금까지 보아온 사람들 중에는 가장 예민한 감수성을 가지고 있고, 그 감수성은 그의 소설이고, 그러나 때로는 자기도 깜짝 놀랄 만한 어마어마한 결심들을 불쑥 하고, 그것을 또 용케 견뎌내고, 자기의 글에 병적일 정도의 결백성을 지니고 있어서 그게 방해가 되어 요즘은 글이 잘 안 되고, 착하고, 순진하고, 화 안 내고, 사랑할 수는 있지만 미워할 수는 없는, 그래서 이웃들이 저 녀석은 어떤 재주로 저렇게 희한한 방어 기제를 갖추게 되었나 하고 부러워 못 견디는 그런 친구였다.

"어이 밥 때가 다 됐는데 그냥 이렇게 앉아만 있을 거야?"

누군가가 말한다.

"배고프다. 누구 저녁 사라."

S가 역시 웃으며 누가 저녁을 살 것인가, 누가 그런 영광을 차지할 것인가 하는 듯이 주위를 둘러본다. 그러나 아무도 그런 영광에 선뜻 응하는 사람이 없다. 그렇다, 그것은 영광이다. 그들은 가난하다. 짜증이 날 만큼 가난한 것이다. 만일 그들 중에 누구 한 사람이라도 퍼블릭카 정도만 자가용으로 굴릴 수 있는 사람이 있다면, 그는 아마 모르면 몰라도 친구들을 만날 때마다 자기 혼자서 그 영광을, 기천 원이면 충분할 그 영광을 염치없이 독차지하려 할 것이다. 그러나 그것이 잘 되지 않았다. 금강구두 한 켤레 값 정도가 잘 되지 않았다.

"나가자."

C가 불쑥 말한다.

"어디루?"

S가 반가운 듯 반문한다.

"밥 안 먹어?"

"너 살래?"

"누가 사든지."

다섯 명은 자리에서 일어선다.

밖은 이제 해가 완전히 져서 짙은 어둠이 컴컴하게 드리워져 있다. 차들이 오렌지색 라이트들을 휘두르며 유솜 건물 옆을 번쩍번쩍 지나간다. K와 C와 S가 뒤따라 다방을 나온다. 그들은 잠시 다방 앞에 선 채 추운 밤공기에 깜짝 놀라 손들을 포켓에 찌르고 지나가는 차들, 하늘의 별들, 아크릴 간판들, 그리고 자기 구두들을 하염없이 둘러보고 있다.

"어디가 좋을까?"

C가 다시 일행에게 묻는다.

"너 정말 밥 먹을래?"

K가 문득 C에게 묻는다. K가 너 정말 밥 먹을래 하고 물은 것은, 자기는 밥보다는 술이 더 생각난다는 뜻이다.

"야, 밥도 팔고 술도 파는 집으로 가자."

H가 갑자기 끼어든다. 그도 K와 같은 생각이다. 밥보다는 술이 더 먹고 싶은 것이다.

"그럼 새집으로 가야겠군."

C가 혼잣말처럼 중얼거린다.

"새집이 어디야?"

"저쪽이야, 좀 걸어야 돼."

"가까운 데루 가. 향도집 같은 데두 좋지 않아?"

"쩨끼, 남의 사정두 모르구⋯⋯ "

"무슨 사정? 왜?"

"야 임마"

하고 K가 문득 S의 어깨를 탁 때린다.

"넌 그런 깃두 모르니? 향도집은 재가 안 통한단 말이야, 알아들어?"

"뭐⋯⋯? 흐흥, 알았어. 향도집은 안 통하구 새집은 외상이 통한단 말이지?"
"머리를 써 머리를. 한마디 하면 꽉 알아먹어야지."
"야, 느덜 왜 이러니?" 하고 C가 갑자기 펄쩍 뛰는 표정을 짓는다.
"난 돈이 없단 말이야. 모두 주머니들을 털잔 말이야."
주머니를 턴다, 하고 H는 잠깐 생각해본다. 그것은 좋은 일이다. 그리고 전에도 가끔 해온 일들이었다. 그것은 약간 쑥스럽긴 하지만 그렇게 하고 나면 항상 마음들이 가벼워지곤 했다. 그들은 서로의 사정을 너무 잘 알고 있었다. 사정만 아는 것이 아니고 상대편의 주머니 속과, 집에 저금해 놓은 돈과, 앞으로 잡지사에서 받을 원고료와, 아직 쓰진 않았지만 앞으로 받게 될 원고료와 각자의 식탁에 놓일 반찬들까지도 알고 있었다. 그것은 슬픈 일이었다. 너무 뻔해서 슬픈 일이었다. 그들은 아무것도 숨기거나 가릴 수가 없었다. 도대체 그들은 숨기고 가릴 재산이라는 것이 없었다.
그들은 어느새 국민학교 앞에까지 와 있다. 밤공기가 몹시 차다. 하늘에는 별들이 불티처럼 쫙 깔려 있다. 그들의 바른쪽에 있는 넓은 길 양쪽으로는 차체가 유난히 큰 자가용 차들이 어깨를 맞대고 십여 대나 늘어서 있다. 그곳에는 외등이 달린, 한식 가옥의 대문을 모조한, 그러나 퍽 뻔뻔스럽고 오로지 추잡해 보이기만 하는 고급 요정들이 자리 잡고 있었다. H는 힐끗 그곳을 쳐다본 뒤 기분이 약간 우울해졌다. 그는 저런 고급 요정을 평생에 꼭 두 번 가본 일이 있었다. 그런데 그 두 번이 모두 자기가 술값을 치러야 할 괘씸한 경우들이었다. 그는 저런 종류의 요정들을 일부러 눈에 힘을 주고 꽤 자세히 보아두었다. 그가 그런 것을 자세히 살펴두는 이유는 언젠가 그것을 소설에 써먹을지도 모른다고 생각했기 때문이었다. 그곳에는 우선 여자들이 있었다. 여자들은 모두 젊었다. 그러나 예쁘지는 않았다. 가끔 예쁜 여자가 있었으나 그것들은 자주 이 방 저 방으로 불려 다녀서 차라리 좀 못생겼지만 옆자리에 꽉 붙어 앉아 있어주는 그런 여자들이 나왔다. 그곳의 음식들은 다른 보통의 음식점 음식들과 별로 다를 것이 없었다. 다른 것이 있다면 음식 자체보다 음식을 담아놓은 그릇들이 좀 달랐다. 그러나 가끔 엉뚱한 음식, 가령 고들빼기라는 씀바귀 김치라든지, 해삼 내장으로 만들었다는 누런 색깔의 젓이라든지, 마[山芋] 뿌리를 생으로 으깨어놓은 뻑뻑한 콩죽 같은 것이 나오기도 했다. 그러나 그것들은 원숭이 골 요리, 모기 눈알 요리, 중국의 제비집 요리 따위처럼 신기하다는 것 외에는 맛도 없고 비위에도 안 맞고, 먹고 난 뒤에는 별로 기분도 좋지 않았다. 그러나 H가 그런 곳에서 가장 심한 배반감을 느끼는 것은 음식이나 술이나 여자 따위가 아니었다. 그곳은 H에게는 뿌연 땟국들이 둥둥 떠 있는 뜨끈뜨끈한 목간통과 비슷한 곳이었다. 그곳은 아래턱이 둘로 겹치고, 허리띠가 무지하게 크고 고혈압을 걱정하는 사람들만이 때를 뽑기 위해 가는 곳이었다. 그 목간통에는 박수 소리가 있고, 양담배 연기가 자욱하고, 여자들의 옷 밑으로 끊임없이 움직이는 살찐 손들이 있고, 부드러운 털로 된 목구멍에서 울려 나오는 듯한 기름진 웃음이 있고, 아무리 술을 마셔도 취하지 않는 계산에 밝은 번쩍번쩍하는 눈들이 있고, 흥정이 있고, 아첨이 있고, 촌지(寸志)가 있고, 그러나 그런 것들 외에는 아무것도 없었다. 있을 턱이 없었다. H는 그런 목간통에 앉아 있으면 자기가 왠지 못 올 곳에 온 듯한, 많은 사람들이 그의 등 뒤에서 침을 튀기며 손가락질을 하는 듯한 기분이 들었다. 그는 그런 기분이 드는 이유를 자기가 돈에 대해 너무 깊은 원한을 품은 탓이라고 풀이했다. 그것은 어느 정도 사실이었다. 그는 분명히 돈에 대해 원한이 있었다. 원한이 있고말고! 망할 놈의 돈!

그들은 새집에 도착했다. 새집은 밥과 술을 함께 파는 방이 여럿 딸린 커다란 음식점이다. 그들이 자리를 잡고 앉자, 여자가, 앞치마를 두르고 뚱뚱하게 살찐 여자가 주문을 받으러 왔다. 그녀는 아무 말 없이 그냥 싱미리에 우두커니 서 있다. 지친 모양이다. '뭘 드시겠어요' 하는 말도 묻기 힘들 만큼. 지금은 그런 여자들이 지쳐 있을 시간이다.

"뭘루 할까?"

C가 묻는다.

"글쎄, 뭘루 할까."

S가 C를 마주 바라본다.

"어이, 여기 뭐뭐 되지?"

H가 여자에게 묻는다.

"다 돼요."

"다 되다니?"

"저길 보세요."

일행들은 저기를 본다. 저기에는 각종 요리 이름들이, 마치 그것 자체가 요리인 양 현란스럽게 붙어 있다.

"우선 밥부터 시키지?"

B가 오래간만에 입을 연다.

"그래 밥부터 하자."

S가 동의한다. 그러나 H와 K와 C는 아무 말도 하지 않는다. 그들은 S와 B가 술이 약해서 이런 곳에 와서는 남의 기분을 싹 무시하고 용서 없이 밥을 시킨다는 것을 알고 있다. 그러나 H들은 밥 생각이 전혀 없다. 그들은 오래간만에 친구들을 만났고, 지금은 밥보다 술을 마시기에 더 제격인 시각이고, 술을 흠뻑 마신 뒤 한바탕 떠들고 싶은 기분들이다. K가 드디어 결심한 듯 말한다.

"그래 둘은 밥 먹어라, 우린 술로 한다."

"빈속에 술 좋지 않아······."

S가 웃는 얼굴로 자못 걱정스레 K에게 말한다. 그러나 S의 그런 말은 조금도 건방져 보이거나 어색하게 들리지 않는다. 그의 타고난 장기 중의 하나다.

"야, 우리 무슨 술로 할까?"

K가 S를 무시하고 H와 C에게 몸을 돌린다.

"소주로 하지."

H가 말한다.

"그래 소주다."

C도 동의한다.

"안주는? 안주는 뭘루 할까?"

"어이 여자, 안주는 뭐가 있어?"

"제육·편육·동그랑땡……."

"비싼 것 말구."

"낙지·두부찌개·빈대떡……."

"좋아, 우선 낙지 하나 두부찌개 하나다."

"식사는 뭘루 하시겠어요?"

"그건 저쪽 동네에 물어봐."

여자가 B 쪽으로 몸을 돌린다. B가 말한다.

"대구탕 둘."

여자가 돌아가고 잠시 좌석에 침묵이 흐른다. 그 침묵은 느닷없이 기습처럼 찾아온 침묵이다. H는 등을 벽에 기댄 채 맞은편 벽을 멍하니 쳐다본다. B는 한 손으로 안경테를 만지며 마루에 서 있는 여자들을 바라보고 있다. K는 한 팔꿈치를 밥상 위로 고인 채 손가락 끝으로 무언가를 쓰고 있다. C는 왼손의 새끼손가락으로 귓구멍을 침착히 도(道) 닦듯이 후비고 있다. S는 그러나 어떤 말이 하고 싶어서 네 명을 이쪽저쪽 조심스레 둘러본다. S가 불쑥 K에게 말한다.

"업다이크 부부들 재미있던데?"

"……."

"그거 로렌스의 차탈레 이상이야."

"……."

"그 친군 소설을 무슨 보고서처럼 쓰는 것 같아. 자기 의견은 조금두 안 비치구, 있는 그대루 늘어만 놓는 거야."

K는 아무 말도 하지 않는다. 그러나 고개만은 열심히 끄덕여 보인다. 그의 버릇이다. 그는 고향이 전라도 어느 섬이라고 했다. 그곳은 육지에서 오는 배가 하루에 한두 번밖에 찾아주지 않는 한반도 끝머리의 어느 쓸쓸한 섬이었다. 그러나 어린 K는 배가 섬에 와 닿을 때마다 조그만 바위 위에 대뚝 올라앉아 한 손으로 턱을 고이고 배에서 내리는 사람들, 타는 사람들, 바다 저쪽 뭉게구

름, 생선 상자 따위들을 멍하니 바라다보았다고 했다. 하지만 지금의 그의 얼굴에는 바위에 쪼그리고 앉아 바다를 슬픈 눈으로 바라보던 그런 어진 소년의 모습은 조금도 찾아볼 수 없다. 그는 도수가 높은 근시안경을 쓰고 있다. 이마만 조금 넓었으면 대단한 미남이 될 뻔한 얼굴이다. 그는 걸음을 걸을 때는 등을 앞으로 둥글게 굽힌 채 큰 머리통을 '저게 뭘까?' 하는 듯이 쑥 앞으로 내밀고 걷는다. 그는 웃을 때는 즐거워 죽겠다는 듯이 눈을 거의 다 감고 높은 소리로 거침없이 웃는다. 술에 취해서 기분이 흔쾌하면 그는 으앙 소리를 치며 프랑켄슈타인이 영화에서 보여주는 것 같은 퍽 기묘한 제스처로 익살을 부린다. 그는 카뮈가 초기에 쓴 「표리」라는 수필을 대단히 좋아한다. 요컨대 그는 흥이 많고, 집요하고, 애증의 구별이 선명했고, 자신에게 끊임없이 정직하려고 노력했고, 그 정직성이 절제 없이 내뻗어서 자신도 모르게 적을 만들었고, S 못지않게 감수성이 예민했지만 S 때문에 자기 감수성을 양보했고, 때로 너무 자신만만한 척해서 남들을 깜짝 놀라게 했고, 눈이 나빠서 안경을 썼음에도 사물들을 항상 먼 곳에서 관찰했고, 말짱했을 때의 그보다는 술 취했을 때의 그가 더 좋았고, 아무리 진지한 말들을 한 후에라도 돌아가는 버스 속에서는 그것을 까맣게 잊어버릴 줄 알았고, 나는 대범한 사람이다라고 얼렁뚱땅 연극을 하려 했으나 그것이 연극이라는 것을 들킬 만큼 순진했고, 놀랄 만큼 수줍음을 잘 탔고, 아직은 여러 명의 친구 중에 유일한 총각이지만 곧 결혼할 모양이고, 결혼 상대의 여자로는 남자가 귀가했을 때 발 같은 것도 닦아줄 수 있는, 의지는 있지만 고집은 없고 아는 것은 많지만 남편한테는 아는 체 안 하는 그런 백만 불짜리 여자라야만 된다고 주장했고, 그는 결국 주는 것보다는 빼앗는 것이 더 많은 친구였고, 사귈수록 재미난 친구였고, 그래서 그의 주위에는 많은 친구들이 열심히 따라다녔고, 앞으로도 계속 따라다닐 것이었다.

음식이 왔다. S와 C가 기다렸다는 듯 쟁반에서 주섬주섬 음식들을 상 위로 늘어놓는다. 그들은 모두 시장하던 참이었다. 시장은 좋은 것이다. 그것은 모든 기다림 중에서 가장 보람 있고 구체적인 기다림이다.

"야 그거 맛있어 뵈는데?"

S가 낙지 접시를 부러운 듯이 턱으로 가리킨다.

"못써 임마, 그러지 마!"

K가 예수의 은배(銀杯)라도 감추듯 낙지 접시를 후딱 자기 앞으로 끌어당긴다.

"인심 고약하다!"

B가 소독저의 껍질을 벗기며 말한다.

"고약한 것 인제 알았니?"

"옛날부터 알았지."

이번에는 소주가 도착한다. 이 홉들이 두 병이다. H는 즐거워진다. 그는 술을 사랑한다. 아니 술 자체보다는 술에 취한 자신을 더 사랑한다. 그는 술병 하나를 집어 든다. 손바닥에 문득 서늘한 냉기가 전해온다. 소주만이 낼 수 있는 소주 특유의 체온이다. 그것은 늦가을의 서리처럼 냉정하고 서늘한 체온이다. 그는 소주의 첫 잔을 좋아한다. 소주의 첫 잔은 입에서는 달고 목구멍에서는 차고 배 속에서는 뜨겁다. 그는 소주가 목구멍을 타고 배 속에 들어가, 잠자는 위를 흔들어 깨우고 점액질의 위벽을 슬슬 어루만지며, 처음에는 느리게 나중에는 빠르게 눈에 보이지 않는 수천 개의 불씨들이 되어 두꺼운 위벽을 뚫고 활기에 차서 와 함성을 지르며 거미줄 같은 모세혈관으로 고무줄 같은 질긴 동맥으로, 투구를 쓰고 작은 창을 쥔 장난기 많은 꼬마 병정들이 되어, 영차 영차 합창을 하며 여기도 집적 저기도 집적 기관차처럼 뛰어다니다가, 나중에는 사람이 술을 먹은 건지 술이 사람을 먹은 건지 어리둥절하게 만드는 그 활기와 혼미와 G 마이너스 현상이 좋다. 그것은 기분 좋은 지옥이다.

"자, 잔 받아라."

C가 H에게 술잔을 내민다. H는 C가 주는 술잔을 받는다. 그는 문득 소주의 색깔이 무슨 색깔일까 하고 생각해본다. 영어로는 화이트 리쿼, 백주(白酒)라고 되어 있다. 그러나 소주가 흴까? 소주는 화이트일까? 아니다. 그것은 소주에 대한 명예훼손이다. 소주는 희지 않고 맑다.

"야, 너 뭐 하니?"

K가 H에게 잔 낼 것을 재촉한다.

"기도한다."

"빨리 돌려."

H는 잔을 돌린다.

"근사한데?"

C가 말한다.

"뭐가?"

"소주 말이야."

그렇다. 소주는 근사하다. 그리고 그들은 이렇게 모여 앉아 가끔 근사할 필요가 있었다. 그들은 지독한 고생들을 하고 있다. 그들의 고생은 대한민국에서는 가장 심한 고생 중의 하나다. 그러나 그들의 그 지독한 고생을 대한민국에서는 백오십 원이나 이백 원 정도로 대우하고 있다. 그들은 공부를 많이 했다. 과거에도 많이 했고 지금도 하고 있고 미래에도 계속할 것이다. 아무도 그들만큼 공부를 많이 하는 사람은 없다. 그러나 그들은 억울하다. 갑자기 억울하다. 특히 그들이 심하게 억울함을 느끼는 경우는, 우스운 친구가, 악수 이외에는 아무것도 할 줄 모르는 친구가, 민주주의는 자유다, 라고만 알고 있는 친구들이 어느새 그들보다 더 많은 돈을 벌어 '난 이제 소주 같은 건 못 마시겠어. 요즘은 맥주나 조니 워커가 내 몸에 맞더군' 하고 말할 때다. 똥 같은 놈들이다. 그러나 그 똥들은 돈을 버는 것이 아니고 돈을 갈퀴로 긁고 있다. 그들은 식사 중에도, 변소에 쭈그리고 앉아 있을 때도, 포동포동 살이 찐 여비서의 배 위에 올라가 있을 때도, 그리고 정신없이 쿨쿨 잠을 잘 때도 돈을 벌고 있다. 아니 돈이 벌려지고 있다. 그러나 H들은 그렇지가 못하다. 그들은 정직하다. 그들은 네모반듯한 이백 개의 구멍들이 그려진 원고지 장수로만 돈을 번다. 그곳에는 터럭만 한 에누리도, 요란스런 박수 소리도, 동전 한 푼의 특혜도 없다. H는 문득 자기의 방, 앉아서 무수하게 밤을 새운 그 옹색한 그의 작업장을 생각해본다. 그곳에는 테이블과 의자가 있고 욱광(旭光)이라는 회사의 일본제 다 낡은 전기스탠드가 있고, 원고지에 구멍을 뚫기 위한 송곳이 하나 있고, 글이 잘 안 되어 끙끙 앓는 H의 뜨끈뜨끈한 이마가 있고, 간밤에 먹다 남긴 끈적끈적한 커피 찌꺼기가 있고, H를 지금까지 억지로 먹여 살린 파카 21의 만년필 한 자루가 있고, S가 'H형에게'라고 자필로 쓴 S의 소설집이 한 권 있고, 석 달 동안 줄곧 붓방아만 찧다가 결국 갈가리 찢어버린 어느 단편의 파지가 있고, 이틀 밤을 앉아서 새운 H가 걱정스러워서 공연히 들락날락하는 H의 마누라가 있고, 소설도 실패하고 생활도 실패해서 분노가 훨훨 타오르는 H의 붉은 눈이 있고, 네 시간에 겨우 두 장을 써놓고 냉수를 더듬어 찾는 H의 떨리는 손이 있고, 글 쓰느라고 정신이 없는 H의 두 손가락 사이에서 어느새 다 타버린 뜨거운 담배꽁초가 있고, 어디선가 벌써 새벽을 알리는 '변소 퍼요!' 소리가 우렁차게 들려오고, 속달이라는 퍼런 고무도장이 찍힌 원고 독촉장이 휴지통에 누워 있고, 그리고 '지금은 아침이다'라고 알리는 눈부신 햇살이 창문에 와 있었고, H의 초조가 있고, 후회가 있고, 분노가 있고, 그리고 그런 것들이 한데 똘똘 뭉친, H에게는 가장 무서운 좌절이라는 것이 있다. H는 고개를 든다. 그리고 자기 앞에 앉은, 자기와 똑같은 기억들을 가지고 있는 친구들을 둘러본다. 아아, 바로 저 얼굴들이다. 저렇게 착하고 수다분한 놈들이 바로 그의 친구들인 것이다. 그는 별안간 고함을 친다.

"술 줘, 빨리!"

"술 줘?"

"그래 임마."

"짜식, 급하긴……."

C가 술을 따른다. H는 술을 천천히 음미하듯 마신다.

"야, 느덜두 한잔씩 받아라."

K가 S와 B에게 말한다.

"그래 한잔 줘."

B가 선뜻 응한다.

"이거 술이 모자라지 않어?"

K가 빈 병을 서운한 듯이 들여다본다.

"한 병 더 시킬까?"

H가 말한다.

"그래 하나 더 하자."

C가 손뼉을 딱딱 친다.

"여기 이거 하나 더!"

C는 빈 병을 여자의 코앞에 불쑥 디민다. 여자가 돌아간다.

술이 마치 물결이 출렁이듯 H의 머리 위로 문적문적 밀고 올라온다. 그는 기분이 좋다. 친구가 있고 방바닥이 뜨듯하고 집에는 밤을 새울 아무 일거리도 아직은 없다. C가 문득 상머리 저쪽에서 생각이라도 난 듯 거창하게 입을 연다.

"야, 나 곧 이사 갈 거다. 이젠 아파트 생활에 확 물렸어."

"어디루 갈 거야?"

B가 묻는다.

"몰라 아직. 어쩌면 답십리 쪽으루 가게 될 거야."

"야 이왕이면 우리 동네루 오라구."

"그쪽은 어려워. 집값이 너무 틀려."

"얼마짜릴 구하는데?"

"백십만 원."

H는 술이 깨는 듯한 기분이다. 그는 아직 자기 집이 없다. 그리고 앞으로도 언제쯤 자기 집을 갖게 될는지 막연하다. 그는 C의 얼굴을 쳐다본다. C의 얼굴에는 리얼리티가 있다. C는 무장을 갖춘 외인부대 병정처럼 강인하다. H는 C가 얼마나 성실하고 얼마나 부지런하고 얼마나 끈덕진지를 잘 알고 있다. 그는 꿀벌처럼 부지런했고, 면도칼을 가는 가죽 띠처럼 강인했고, 새끼를 거느린 어미 짐승처럼 신중했다. 그는 몽골 추장과 흡사한 근엄한 얼굴을 지니고 있다. 그러나 좀 쉰 듯한 목소리로 무언가를 열심히 설명하거나 설득하는 그를 보면, 저런 얼굴에서 어떻게 저런 상냥한 목소리며 동작이 나오는지 신비하다. 그는 또 비상한 기억력을 가지고 있고, 그것을 전화번호를 줄줄 외우는 것으로 공공연히 자랑함으로써 그것이 아무것도 아니라고 자신의 장기를 남들 앞에서 스스

로 폐기한다. 그러나 그의 가장 큰 덕목은 콘사이스처럼 정확하고 꼼꼼한 그의 폭넓은 독서와 공부에 있다. 우리는 누군가가 그럴듯한 말을 했지만 그 말이 누구의 말이며 어느 책에 나오는지 아리송할 때가 있다. 그러나 C가 곁에 있는 한 우리는 걱정할 필요 없이 C의 얼굴만 쳐다보면 된다. 그 말의 주인과 출처는 물론이고 언제 어느 대목에 그 말이 나오는지 C는 정확하게 꼭 집어 우리들의 궁금증을 풀어주기 때문이다. 그의 지나친 성실성과 근면성 때문에 그는 가끔 'C 이퀄 성실이다'라고 친구들에게서 오해를 받곤 한다. 그러나 그는 알맞게 성실할 뿐 무슨 일에도 지나치는 법은 없다. 그는 또 여러 형제들 중 중간쯤에 섞여 자라서 남들에 대한 배려가 깊고 어진 누이처럼 가슴이 푸근하다. 주변의 가까운 사람들을 계산 없이 끌어안곤 해서 그는 늘 시간을 쪼개어 동에 번쩍 서에 번쩍 바쁘게 움직인다. 사람들이 놀거나 일할 자리를 그만큼 잘 만드는 사람을 H는 아직 본 일이 없다. 그의 신중함과 따듯한 보살핌에 친구들은 노상 그에게 큰 빚을 지고 있다. 그러나 그는 정작 아무에게도 빚 독촉을 하는 일은 없다. 빚을 지우고도 상대편을 불편하지 않게 하는 그의 재주는, 아마도 그가 사람 공부에 누구보다 융숭 깊고 넉넉하기 때문일 것이다. 친구들 마음속에 그렇게 큰 자리로 들어앉아 있음에도 불구하고, 자신의 자리가 얼마나 큰지를 본인은 또 까맣게 모르는 눈치다. 그만의 약점이자 아름다운 한계이며 그래서 이 세상은 신통방통하게 공평하다.

C가 다시 말한다.

"야, 우리 봄철두 됐는데 어디 한번 놀러 안 갈래?"

"좋지."

K가 말한다.

"언제쯤 갈까?"

C가 구체적으로 나온다.

"글쎄……."

"야, 넌 어떠냐?"

C가 B에게 묻는다.

홍성원 121

"좋아, 그런데 시간들이 있을까?"

아무도 대답하는 사람이 없다. 그들은 한동안 서로의 얼굴들만 쳐다본다. 시간들이 있느냐고? 시간들은 있다. 오히려 너무 많아서 탈이다. 그러나 그것은 자기 방에서 손톱이나 깎고 주간지나 뒤적일 시간이지 놀러 갈 시간은 아니다. 그들은 지쳐 있다. 스물네 시간 지쳐 있을 뿐이다. H는 저들이 왜 지쳐 있는지 이유를 알고 있다. 저들은 글을 쓴다는 직업 외에 별도의 다른 직업들을 갖고 있다. 그들의 직업은 한마디로 말해서 소액의 생활비를 마련하려는 무지하게 권태로운 싸움이다. 그들은 그러나 그 권태로운 싸움터를 버릴 수가 없다. 버리기는커녕, 매일 아침 일곱 시에 일어나 허겁지겁 칫솔을 물고, 허겁지겁 아침밥을 뜨고, 허겁지겁 버스를 타고, 허겁지겁 일터로 달려가고, 그것이 이제는 습관이 되어서 저절로 새벽 일곱 시에는 눈이 떠지도록 되어 있다. 그러나 그들이 진짜로 지친 것은 새벽 일곱 시의 기상과, 급히 먹은 아침밥과, 발등이 밟히는 만원버스 따위들이 아니다. 그들은 오히려 그런 것들은, 나는 살아 있구나 하는 뜻밖의 기쁨으로 즐길 수도 있다. 그러나 그들은 권태, 집에서 직장까지 정확히 이십팔 분이 걸리는 23번 급행버스라든지, 자기 맞은편 책상에 앉아 있는 유난히 코가 길쭉한 미스터 송의 얼굴이라든지, 무심히 책상에서 고개를 들었을 때 언제나 창밖으로 보이는 코카콜라 선전판이라든지, 천장에서 흡사 콩을 굴리는 듯한 저 하염없고 단조로운 타자기 소리 따위가 못 견디게 권태로운 것이다. 그들은 권태에 지친 것이다. 일상의 권태가 그들을 흐물흐물 물컹물컹하게 만든 것이다.

그들은 소주 한 병을 더 시키고, 제육 한 접시를 새로 시키고, 처음에는 누군가의 소설 이야기를 했는데 그것이 어느새 덴마크의 포르노 이야기로 옮아가더니 나중에는 여자 이야기, 오입 이야기, 와이담 등으로 변해버렸고, 그것이 끝나자 이제는 더 이상 할 말들이 없다는 것을 깨닫고, 누군가가 이제 그만 가볼까 하자 그것을 신호로 모두 일어나 코트들을 주워 입고 열 시 오 분에 술집을 나왔다.

밖에는 깜짝 놀랄 만큼 세찬 바람이 불고 있었으며 가게들이 반 이상 문을 닫아 골목길이 몹시 어둡다. 그들은 큰길까지 나가는 동안 웅얼웅얼 노래를 부르기도 하고, 지나가는 바걸들을 우쭐우쭐 쳐다보기도 하고, 하늘도 한번 쳐다보고, 길가에 세워둔 컴컴한 자가용 차 안을 혹시 어느 남자와 여자가 맞붙어 있지나 않나 하고 들여다보고, 그러나 그런 재미난 일이 그들 앞에 나타날 리 없고, 약간 시무룩한 채 묵묵히 자갈들을 발길로 걷어차며 결국 큰길까지 나와버린다.

큰길에는 그들 외에도 귀가(歸家) 지각생들이 상당히 많다. 바람이 마치 심술 난 개구쟁이처럼 훤한 대로 위로 요란스레 흙먼지를 몰고 간다. 그들은 어느 버스 정류장 앞에 우쭐우쭐 멈춰 선다. 그곳에는 버스가 석 대 머물러 있었으나 한 대가 떠나버려서 두 대가 되었고 다시 두 대가 더 와서 지금은 넉 대가 되어 있다.

"자, 인제 모두들 흩어지지."

B가 불쑥 일행에게 말한다.

"그래 헤어지자."

C가 말한다.

"그럼 잘 가라."

K가 미련 없이 몸을 돌리며 한 손을 번쩍 머리 위로 쳐든다.

"잘 가라."

B와 C가 동시에 말한다. K는 몸을 돌린다. 그는 유일한 총각이다. 총각이라 걸릴 것이 없다.

"야, 난 어떡하지?"

S가 문득 C에게 말한다.

"뭘?"

"집이 도봉동인데 지금 버스가 있을까?"

"있을 거야, 빨리 뛰어가봐!"

"혹시 없으면 어떡하지?"

"할 수 있어?"
"씨팔, 큰일인데……."
"택시두 없을까?"
"엠병, 여관에서 자구 갈까부다."
"마누란 어떡하구?"
"마누란 지금 집에 없어. 시골 내려갔어."
"짜식, 너 계획적이었구나?"
"뭐가?"
"너 혹시 몸 풀구 싶은 것 아니야?"
"흐흥, 그래 천 원만 꿔줘라."
"야, 너 왜 이러니? 천 원이 어딨니?"
"그러지 말구 빨리 꿔줘. 늦어서 오늘은 집에 못 가."
C가 후딱 H 일행들 쪽을 돌아본다.
"야, 이 자식 오입 자금 빌려달란다. 빌려줄까?"
"빌려줘!"
C가 주머니를 뒤적뒤적한 뒤 다시 S를 돌아본다.
"몸조심해라, 임마. 그리구 페니실린 만든 사람한테 감사해야 돼."
"알았어."
S는 돈을 받는다. 그리고 곧 몸을 돌린다.
"다음에 보자."
"그래 잘 가라."
S가 떠나간다. 이제 정류장에는 H와 B와 C만이 남았다. 그들은 바람 쪽으로 등들을 돌리고 S의 껑충껑충 뛰어가는 듯한 뒷모습을 우두커니 지켜본다. 그러나 그것도 잠시뿐이고 S는 곧 어둠 속으로 쓸쓸하게 빨려 들어간다. B가 불쑥 C에게 묻는다.
"우린 택시루 가는 게 어때?"
"아참, 같은 방향이지. 그래 그게 좋겠군."

"여기선 택시가 못 설걸?"

"위쪽으루 좀더 올라가볼까?"

"그래 올라가자."

두 사람은 H를 향한다.

"넌 여기서 버스 탈 수 있지?"

"응."

"다음에 보자."

"오케이."

B와 C가 고개를 끄덕인 뒤 바람을 마주 받으며 광화문 쪽으로 걸어간다.

H는 이제 혼자 남는다. 그는 갑자기 혼자 남게 되자 걷잡을 수 없는 취기를 느낀다. 포켓을 더듬어 담배를 찾는다. 담배가 없다. 술집에서 다 태운 것이다. 그는 획 몸을 돌려 주위를 열심히 두리번거린다. 담배 가게를 찾기 위해서다. 담배 가게가 저만치 있다. 그는 그쪽으로 걸어간다. 그러나 담배 가게는 이미 문을 닫은 뒤다. 그는 다시 몸을 돌린다. 누군가가 그의 앞을 답답하게 막아선다.

"지금 몇 시나 됐습니까?"

H는 그를 올려다본다. 무지하게 키가 큰 사람이다.

"이십 분 전 열두 시요."

키 큰 사람이 돌아선다. H는 다시 버스 정류장으로 돌아온다. 취기가 점점 심해져서 그는 연거푸 눈을 껌벅인다. 많은 사람들이 택시를 잡기 위해 거리를 이리저리 단거리 선수들처럼 뛰고 있다. 버스 한 대가 새로 도착한다. 차장이 무어라고 쨍쨍하게 소리를 친다. 그는 얼핏 신촌이란 말을 들은 듯하다. 그쪽으로 뛰어간다. 그러나 그는 버스 바로 앞에서 어느 여자와 정면으로 부닥친다. 눈앞이 캄캄하다. 여자도 몹시 아픈 듯한 표정이다.

"미안합니다."

여자는 아무 말도 하지 않는다. 그리고 급히 그의 곁에서 떠나간다. 그는 차장을 올려다본다.

"이 차 신촌 가지?"

"네."

H는 차를 탄다. 차는 손님들이 거의 없어 병원 복도처럼 썰렁하게 비어 있다. 그는 빈 좌석에 앉는다. 갑자기 몸이 떨려온다. 추위 때문인지 술 때문인지 알 수가 없다.

"빨리 좀 가자 야!"

누군가가 그의 등 뒤에서 차장에게 달려들듯이 고함을 친다. H는 그러나 몸이 떨려서 그런 것에는 아무 관심도 없다. 그는 차창으로 고개를 돌리고 눈을 확 부릅뜬다. 배경이 캄캄한 차창 유리에 문득 자신의 얼굴이 비쳐 보인다. 그는 잠시 자신의 얼굴, 눈동자가 게슴츠레 풀려 있고, 코가 삐죽 앞으로 굽어 있고, 언제 보아도 너무 넓적하다고 생각되는 낯익은 그 얼굴을 우두커니 바라본다. 그것은 추한 얼굴이다. 추하고 멍하고 조금도 재미없는 얼굴이다. 그는 고개를 돌린다. 그리고 눈을 감는다. 문득 집에 있을 아내와 딸, 안방과 건넌방, 가구와 일용품 따위들이 머리에 떠오른다. 그는 갑자기 목이 졸리는 듯한 괴로움을 느낀다. 집안 구석구석에까지 웅크리고 앉은 가난, 소설의 어려움 따위들이 한데 뭉친 괴로움이다. 그는 다시 눈을 뜬다.

── 취직을 할까? 취직을 해서 아늑하고 안전한 달팽이 껍데기 속으로 기어 들어갈까?

── 비겁한데?

── 비겁하다고? 그러나 넌 소설의 어려움에 벌써 확 질리지 않았나? 지치지 않았나? 패전지장이 무슨 변명인가?

── 그러나 아니다! 씨팔 아니다. 아니라면 아닌 줄 알아, 임마!

그는 다시 고개를 내두른다.

── 씨팔, 지금까지 넌 깨끗하게 살아왔다. 두 눈을 뜨고 귀를 활짝 열고 누구한테나 '넌 틀렸어!' 하고 삿대질을 하며 살아왔다. 한데 이제 와서 귀를 막고 눈을 가리고 달팽이 껍데기 속으로 '본인 후퇴합니다' 하고 기어 들어가? 곤란한데, 곤란하지, 곤란하고말고. 넌 아마 지금의 상태를 지옥이라고 생각하는 모양이다. 그래 그건 지옥인지 모른다. 아니 분명히 지긋지긋한 지옥이다. 그

곳에는 리더도 없고, 길잡이도 없고, 명령하는 사람도 없고, 오직 순도(純度) 백 프로 이상의 완전무결한 자유가 있을 뿐이다. 그건 지옥 같은 자유다. 사막 같은 자유다. 길도 없고 의무도 없고 오직 성실만이 대뚝하게 남아 있는 자유다.

―그러나……
―그러나?
―그래 그러나!
―그러나 뭐냐?
―그건 즐거운 지옥이다. 눈 뜬 지옥이다, 알아들어?
―씨팔……

차가 움직인다. 바람이 차창으로 흙먼지를 휙 끼얹는다. 그러나 H는 꾸벅꾸벅 졸고 있다. 그는 오늘 술이 좀 과한 것 같다. 그러나 내일은 좋아질 것이다. 그는 건강 하나만은 하늘의 복처럼 타고난 인간이다.

홍성원(洪盛原)

1937년 경기도 수원 출생. 고려대학교 영문과에서 수학. 1961년 동아일보 신춘문예에 단편 「전쟁」이 입선, 1964년 한국일보 신춘문예에 단편 「빙점지대」와 동아일보 장편 공모에 『디데이의 병촌』이 당선되어 등단. 대한민국문학상, 현대문학상, 이산문학상 등 수상. 『주말여행』(1976), 『무서운 아이』(1976), 『무사와 악사』(1976), 『즐거운 지옥』(1977), 『흔들리는 땅』(1978), 『서울 즐거운 지옥』(1984), 『폭군』(1984), 『투명한 얼굴들』(1994) 등의 소설집과 『디데이의 병촌』(1966), 『역조(逆潮)』(1966), 『기찻길』(1977), 『남과 북』(1977), 『광대의 꿈』(1978), 『변신들의 축제』(1978), 『꿈꾸는 대합실』(1981), 『막차로 온 손님들』(1982), 『잃어버린 출발』(1983), 『마지막 우상』(1985), 『남과 북』(1987), 『달과 칼』(1993), 『먼동』(1993), 『그러나』(1996) 등의 장편소설 출간.

작품 세계

홍성원은 하드보일드한 문체를 통해 극한 상황을 객관적으로 전달하는 데 주력함으로써 선이 굵은 남성 문학을 추구해왔다. 홍성원의 소설은 크게 군대와 전쟁을 배경으로 한 초기 소설과 중기의 중단편소설, 후기의 역사대하소설로 나눌 수 있다. 「빙점지대」(1964), 「기관차와 송아지」(1964), 『디데이의 병촌』(1964) 등의 데뷔 시절 소설은 전쟁의 잔혹성과 부조리를 보여주는 동시에 그러한 상황 속에서 갈등을 빚는 인간의 존엄성과 조직의 비정함에 주목하고 있으며, 1970년부터 『세대』에 연재한 『육이오』(후에 『남과 북』으로 개제)는 다양한 계층과 신분, 직업을 가진 인물들을 등장시켜 대리전쟁으로서의 6·25의 성격, 전쟁 중에 발생하는 인구의 이동, 신분 질서의 변화 등을 형상화함으로써 6·25에 대한 본격적인 역사소설적 접근을 시도하고 있다. 「무전여행」(1968), 「주말여행」(1969), 「즐거운 지옥」(1970), 「서울 보통시민」(1973), 「탈신」(1975) 등의 중단편소설은 지식인 주인공을 통해 허위와 권태로 가득 찬 서울 생활을 묘파하거나 시골로의 일탈에 대한 욕구를 다루고 있다. 왜소하고 무기력한 지식인들이 현실에 괴로워하지만, 그것을 적극적으로 타개하지 못하고 사소한 쾌락을 추구하는 데 그치고 만다는 중단편의 스토리는 1960~70년대의 억압적인 사회 분위기를 반영하고 있는 것으로 볼 수 있다. 1980년대 이후에는 임진왜란을 소재로 한 『달과 칼』(1985)과 동학 운동, 의병 운동, 개화 운동, 3·1 운동에 걸치는 근대 사회사를 조명한 『먼동』(1987) 등의 역사대하소설 집필에 전력하였다. 한국사의 암울한 시기를 배경으로 한 『먼동』은 목적론적인 귀결이나 역사 발전에 대한 억지스러운 논리를 배제함으로써,

역사의 당위나 지향이 아니라 민중의 질긴 삶을 통해 인간에 대한 거짓 없는 재현의 가치를 추구한다는, 홍성원의 역사소설관을 충실히 드러내고 있다.

「즐거운 지옥」

「즐거운 지옥」은 소설가인 H가 B, K, S, C 등의 머리글자로 불리는 일군의 문인 친구들을 만나는 장면을 통해 권태롭고 무기력한 서울 생활의 한 단면을 제시하고 있다. 어느 봄 날 B를 만나기 위해 외출하는 H는 정류장에서 버스를 기다리면서 혹은 무교동까지 버스를 타고 가면서 서울의 교통 행정과 버스의 형편없는 서비스에 불만을 제기한다. 매번 정류장이 바뀌는 것에 대한 불만은 '박씨,' 곧 대통령에게까지 거슬러 올라가지만, 이내 소용없는 일이라고 포기한다. 차장과의 싸움을 피하기 위해서 매연이 피어오르는 버스에 대해서도 참기로 한다. "그는 대개의 서울 시민들이 그렇듯이 절대로 공중들 앞에서는 앞으로 나서지 않기로 하고 있다." 약속 시간까지 시간이 남아 호텔에서 '파친코'를 하는 H는 예상 밖으로 돈을 따 유쾌해진다. H는 다방에서 B를 만나고, B의 외모와 인물됨에 대해 논평한다. 다른 곳에 있던 K, S, C와 합류해서 술집으로 향하고 그 자리에서도 그들의 외모와 인물됨에 대해 논평한다. 자정 무렵에 술자리를 파한 그들은 차례차례 귀가하고 마지막으로 남은 H 역시 버스에 오른다. 작가 자신은 물론 『문학과지성』 동인들의 이름이 머리글자로 등장하는 「즐거운 지옥」에는 특별한 사건이 전개되지 않는다. 앞서 언급했듯이 H는 서울의 행정이나 잘살아보겠다고 아우성치는 사회의 현실, 돈 있는 자들의 속물적인 속성 등에 대해 불만을 갖고 있지만, 그 불만을 해소하기 위한 어떤 행동도 하지 않는다. 친구들과 만난 자리에서도 여러 상념에 빠지고 이런저런 대화를 나누지만, 결국 여자 이야기, 오입 이야기 등으로 시간을 때울 뿐이다. '파친코'로 돈을 따는 것 같은 사소한 흥분과 유쾌함은 이상한 서글픔으로 변해, 어둡고 음습하고 끈끈한 도시의 생활 속으로 녹아들고 만다. 엉망진창이 된 세상에서 중요한 일과 중요하지 않은 일을 구별하기 어려워진 H에게 남은 유일한 가치는 그 세상에 편입될 수 없다는 부정의 자세이다. 혼자 남아 버스에 오른 H는 취직을 통해 안락한 생활을 선택할까 고민한다. 그러나 지금까지 "넌 틀렸어!"라고 말할 자유를 누려왔던 H는 지금의 상태가 지옥이라 하더라도 그 자유를 포기하지 않기로 결심한다. 지옥이라 해도 그것은 '즐거운 지옥'인 것이다.

주요 참고 문헌

홍성원의 「즐거운 지옥」에 대한 주요한 논의로 김병익은 「지성, 혹은 좌절과 결단」(『현대문학』, 1980. 5)에서 작가로서의 궁기와 현실적 억압, 세상으로부터의 소외를 확인한 주인공이 자유를 위해 어떤 안락과 안전도 포기하고 고통을 감수하겠다고 결심하는 것을 긍정적으로 평가하고 있으며, 성민엽의 「변하지 않는 것과 변하는 것」(『세계의문학』, 1984년 여름호)은 그 결심에서 '지옥'과의 대결 의식을 발견하기도 한다. 김치수는 「남성 문학의 세계」(『작가세계』, 1993년 가을호)에서 「즐거운 지옥」에서 그려지는 답답한 현실을 통해 작가가 일종의 자기반성을 시도하고 있다고 지적한다. _이수형

김용성
홰나무 소리

나

 넓은 들판을 가로지르며 달리는 밤바람에는 아직 겨울의 여운이 남아 있었다. 냇물 위에는 콘크리트로 된 튼튼한 다리가 새로 놓여져 있었으나 나는 일부러 구두와 양말을 벗어 들고 발목에 차는 냇물 속으로 걸어 들어갔다. 물의 따뜻함과 발바닥에 닿는 자갈들의 매끄럽고도 신선한 감촉은 어린 시절에 감동 깊게 받아들였었던 느낌과 조금도 다르지 않았다. 나는 냇물을 건너자 손수건을 꺼내 발의 물을 닦고 다시 양말과 구두를 신었다.
 마침내 나는 고향 마을 동구에 서 있는 홰나무 앞에 온 것이다. 우람한 가지들을 하늘에 뻗친 채 꿋꿋이 버티고 섰는 거대한 홰나무 앞에 다다른 것이다. 앞 냇물은 조용히 흘러와서 조용히 가는가 하면 때로는 거세게 소용돌이치며 와서는 소용돌이치며 갔다. 그래서 물은 항상 새로워지고 있었다. 그러나 홰나무는 수백 년 쓰디쓴 추억을 간직한 채 그 자리에 변함없이 서 있었다. 마치 그것은 죽지 않는 옛 늙은 장수와도 같았다.

---

* 「홰나무 소리」는 『문학사상』 1975년 7월호에 발표되었다. 여기서는 『리빠똥 장군』(청동거울, 2000)에 수록된 것을 텍스트로 삼았다.

나는 세 아름이나 되는 홰나무 몸통을 한 바퀴 돌며 두 손으로 쓰다듬었다. 홰나무 앞에 왔다는 기쁨보다도 가슴을 저미는 비통 때문에 껄끄러운 껍질이 주는 다정함을 더 이상 견뎌낼 수가 없었다. 나는 홰나무의 비참한 운명을 위안하러 왔다기보다는 오히려 위안을 받으러, 인생에 대한 구원을 받으러 고향에 온 방탕아같이 한쪽이 썩어 바람에 날려 휑뎅그렁하게 비어버린 홰나무 가슴에 몸을 기대었다. 바람이 불었다. 검은 구름들이 나뭇가지 사이를 지나 마을 뒷산 너머로 사라져가는 것이 보였다. 밤이 이슥해서인지 마을 쪽은 깜깜했다. 이따금 개 짖는 소리가 아득하게 들려왔다. 나는 홰나무 빈 가슴에 기댄 채 귀를 기울였다. 들린다. 뷔이잉, 뷔이잉 하며 홰나무가 소리를 내고 있었다. 그때 내 어린 시절처럼 나무는 온통 가슴을 떨어대며 말을 하는 것이었다. 나는 할아버지의, 아버지의 음성을 그 속에서 듣고 있었다.

"육신은 냇물이나, 저 하늘의 구름과 마찬가지로 한번 왔다가 가는 것이다. 그러나 마음은 이 홰나무처럼 한 군데 머무르는 법이다."

나는 오랫동안 이 말의 참뜻을 잊고 있었다. 아니, 참뜻뿐만 아니라 말 자체를 까마득히 잊고 있었던 것이다. 나는 이제 홰나무 소리가 일깨우는 모든 과거의 일들을 낱낱이 되살릴 수가 있게 되었다. 그러나 아무리 깊은 추억 속에 잠기더라도 모두 지나간 일들이다. 할아버지 할머니도, 아버지 어머니도, 그 어떤 피를 나눈 단 한 사람의 육신조차도 고향에는커녕 이 세상 어디에도 남아 있지 않았다. 나는 외톨이며 흡사 고향을 등진 장돌뱅이가 장터를 찾아 옮겨 다니듯이 책을 팔기 위해 전국 방방곡곡의 학교를 찾아 떠도는 책장수다. 사람들은 듣기 좋게 외판사원이라 부르며 또 나는 내 나름대로 서정성을 덧붙여 그저 세상을 떠도는 방랑아라고 소개했다. 하지만 외판사원이라는 낱말에는 얼마나 치열한 생존경쟁의 신음이 질식할 듯 숨 막혀 있으며 방랑아라는 자칭 속에는 얼마나 비겁한 자기 비하의 열등의식이 도사리고 있었던 것일까. 그래서 세상을 떠돌면서도 짐짓 고향 근처에는 얼씬도 하지 않았다. 더구나 할아버지와 아버지의 고귀한 혼령이 서려 있는 고향 마을에 내 구질스러운 발길이 닿는 것을 무척 두려워했다.

내가 마음먹고 고향에 돌아온 것은 덕보의 편지 때문이었다. 그보다 앞서 나는 우연히 신문에서 고향의 면 일대가 공업 단지로 책정되었다는 기사를 읽었으나 그때만 해도 설마 고향 마을이야 대상에서 빠졌을 테지 하고 건성으로 넘겨버렸었다. 그로부터 석 달이 지난 어제 호남 일대를 돌다가 일주일 만에 목동 나의 하숙방에 돌아오니 바로 덕보의 편지가 기다리고 있었던 것이다. "형님께 올립니다"로 시작된 가지런한 글씨의 편지를 읽어 내려가면서 나는 가슴이 답답하게 미어져드는 것을 느꼈다.

먼저 형님께 글월을 올리게 된 것을 외람되게 생각하며 용서를 빕니다. 형님께 드리는 저의 이 글은 최초이자 아마도 마지막이 될 것입니다. 그리고 더하여 용서를 바라는 것은 제가 형님이라고 부르고 있다는 것에 대해서입니다. 우리들의 소년 시절 형님이 제게 허락하신 이 호칭을 지금도 허락하시는지 알지 못하기 때문입니다. 한 대(代)에는 충직한 하인이었으나 그 다음 대에는 주인을 죽음에 몰아넣은 반역적 신분의 자손인 제가 형님께 감히 글을 드린다는 것부터 무례인 줄 압니다. 저는 백방으로 수소문하여 형님의 거처를 알아내고 며칠 밤을 고심하던 끝에 이렇게 쓰기로 결심한 것입니다. 제가 말씀드리고자 하는 요지는 그동안 고향에 머무르면서 형님과 어르신네께 누를 끼친 제 선대의 죄를 속죄하고자 미력하나마 고향을 위해 살과 피를 바쳐왔다고 믿어왔습니다만 제 의사가 아닌 타자의 힘에 의해 속죄의 땅을 잃어버리게 되었다는 제 변명입니다. 이제 저는 성장기로부터 가슴에 품어왔던 제 삶의 의미를 상실해가고 있습니다. 형님께서도 혹 신문에서 읽으셨는지 모르겠습니다만 우리 마을이 수출 공업 단지 조성지에 포함되어서 머지않아 뿔뿔이 이주해야 합니다. 이미 떠나간 사람들도 있습니다. 저의 마음은 갈피를 잡지 못하고 절망 상태에 빠져 있습니다. 제게는 도시로 진출한다든지 타 동리에서 낯선 사람들과 어울려 산다든지 하는 것은 상상조차 할 수가 없습니다. 제 아버지의 형님네에 대한 증오심에도 불구하고, 제 할아버지가 형님의 할아버지에게 종속되어 있었듯이 저는 아직도 형님에게 종속되어 있다

김용성 133

고 믿고 있습니다. 물론 형님께서는 전근대적인 주종 관계에 젖어 있는 저의 사고의 잘못을 지적하고 부정하리라는 것도 알고 있습니다. 저도 형님의 아버지에 대한 제 아버지의 반역이 없었다면 홀가분하게 형님의 환영을 제 머리에서 지워버릴 수 있었을지도 모르겠습니다.

그러나 전 형님이 들려주신 제 아버지의 '어처구니없는 반역의 손짓'으로 인한 업보를 제가 짊어져야 한다는 운명론에서 벗어날 수가 없는 것입니다. 그럼으로써 형님의 아버지께서 설립하신 국민학교에서 십오 년 동안 저를 바쳐 아이들을 가르칠 수 있었던 것입니다. 형님, 동구 앞 냇가에 홰나무를 아시죠? 형님의 할아버지의, 아버지의 음성이 들린다고 제게 주장하던 형님의 홰나무…… 궂은 날이거나 비 오는 날이면 형님은 홰나무가 말을 한다고 냇가로 달려갔었지요. 뷔이잉, 뷔이잉 하고 홰나무가 소리를 내었던 원리를 형님이나 저나 모두 알고 있었음에도 형님은 그것이 사람의 음성이라고 딱하리만큼 우겨댔던 것을 잊을 수가 없습니다. 그래요, 그때 전, 이해하지 못했습니다. 그러나 형님이 고향을 떠난 뒤 어느 비 오던 날 저도 홰나무가 말을 하는 것을 듣게 되었습니다. 형님의 할아버지의, 아버지의 음성뿐만 아니라, 저의 할아버지의, 아버지의 음성도 들었던 것입니다. 그 소리들은 홰나무의 텅 빈 가슴에서 터져 나와서는 비 뿌리는 하늘에 사무치고 다시 내 가슴속으로 기어들어 울리는 것이었습니다. 아니, 온 천지에서 아득하게 들려오는 것이었습니다. 그런데 날이 갈수록 그와 같은 기적은 나의 것으로만이 아니라 온 마을 사람들의 것이 되어갔습니다. 그리하여 홰나무는 하나의 전설을 지니게 된 것입니다. 그러나 갑자기 모든 것이 끝장나게 되었습니다. 홰나무가 새달 초닷새 뿌리째 뽑혀진답니다. 단지 조성의 제1차 공사로 수로(水路)를 변경하기로 되었는데 그 때문에 동구 앞에는 둑도 냇물도 없어지고 만다는 것입니다. 또 며칠 뒤에는 마을도, 학교도 없애버린다는 것입니다. 형님, 이 급변하는 시대에 지난 시대의 마지막 인간 같기도 한 제가 갈 곳은 어디입니까. 속죄도 다 하지 못한 채 어디론가 물거품처럼 꺼져갈 이 덕보를 용서하십시오. 형님, 이제 우리들의 가슴속에는 아무것도 간직할 것이 없습니다.

그럼 내내 안녕하십시오.

                        옛 종의 자손인 덕보 올림.

나는 그렇게 끝을 맺은 덕보의 편지를 가슴에 품고 왔다. 그의 양심은 고향을 등진 나의 마음에 파고들었다. 그를 보지 않고서는 견딜 수가 없었다. 그리고 뿌리째 뽑히고 말 홰나무의 원혼을 달래주어야 할 것이다. 그러나 지금 나는 애초의 그러한 작정과는 달리 오늘의 나 자신의 처지에 대해 홰나무로부터 위안을 받으려는 심정밖에 없었다. 얼마 뒤에는 마을에 들어가 덕보를 만날 것이다, 하는 생각을 하면서 나는 홰나무가 우는 소리를 듣고 있었다. 뷔이이잉 하고 우는 소리에서 나는 얼굴조차 보지 못한 할아버지의 통곡을 듣는다.

할아버지

정미년(丁未年) 팔월 초순이라고 할머니는 말했다. 황톳길이 벌겋게 타오르는 염천 대낮에 때 아니게 하늘에 사무치는 통곡 소리가 들렸다. 논에서 물꼬를 트던 사내도 밭에서 김을 매던 아낙네도 짐바리를 싣고 벌판을 가로질러 대처로 가던 소달구지의 주인도 마을 안에서 닭 모이를 주던 할망구도 젖 달라 칭얼대던 꼬마 녀석도 돌연 목을 놓아 우는 한 소리에 모두들 온몸이 굳어진 듯했다. 소리는 동구 쪽 이제 막 노리끼리한 꽃이 피기 시작한 홰나무 아래에서 났다. 무슨 영문인지 몰라 어리둥절하던 사람들이 잠시 후 정신을 가다듬고 홰나뭇가로 우우 몰려들었다. 거지 중에도 상거지라 할, 땀에 절은 남루한 옷을 걸친 한 젊은 사내가 괄자루를 앞에 놓고 무릎을 꿇어 앉아 고개를 떨군 채 마른 땅의 풀포기를 쥐어뜯으며 통분의 울음을 터뜨리고 있었다. 당장 그가 누구인가를 알아보는 사람은 없었다. 행색이 기이할 뿐만 아니라 통곡 소리가 간장을 끊어 피를 토하는 듯하여, 아무도 감히 그의 앞으로 썩 나서지를 못하는 것이있다. 삽시간에 그의 주위에는 어른 아이 남자 여자 할 것 없이 사람들이 벌떼처럼 모여들었으나 서로들 눈치를 보며 수군거릴 뿐이었다.
"나리, 이게 어찌 된 일입니까?"
그때 동네에서 칠성이라 부르는 장정이 군중을 헤치며 사내 앞으로 달려나갔다. 칠성이는 사내의 어깨를 부둥켜안으며 일으켜 세우려 했다. 그러나 그는 칠성이의 손을 뿌리치고는 여전히 무릎을 꿇고 앉았다. 얼마 동안이나 울었을까. 겨우 울음을 그치더니 말했다.
"죽지 못해 목숨을 부지하고 돌아온 이 못난 홍순구(洪淳九)를 용서해주오."
비통에 젖어, 그러나 쩌렁쩌렁 울리는 목소리를 듣고서야 사람들은 그가 한병(韓兵) 장교로 서울에 가 있는 마을 홍씨 집안의 종손이라는 것을 알고 저마다 슬픈 탄성을 질렀다.
"이제, 나라는 망했소. 우리 한병은 일본의 총칼 앞에서 해산을 당하고 말았으니 나라를 지킬 동량은 없어졌소. 나의 상관 박승환(朴昇煥) 대장은 군인으로서 나라를 지키지 못하고 신하로서 충성을 다하지 못했으니 만 번 죽어 마땅하다 하고 자결을 했소. 그분의 뜻을 받들어 우리들은 일병의 기관포와 맞서 싸웠으나 구식 소총으로는 신식 무기를 당할 재간이 없어 피를 뿌리며 우리의 많은 병졸이 죽어갔소. 내 이제 쫓기는 몸이 되어 군복을 벗고 목숨을 달아 고향에 돌아왔으나 굴욕으로 더러워진 몸을 어이 꼿꼿이 들 수가 있겠소? 그러므로 순하나 대세를 모르는 몽매한 내 고향 사람들에게 호곡으로 고하고 삼 일 동안 금식으로 이 홰나무 아래에서 뉘우치려 하니 여러분들은 나를 상관하지 마시오."
그 사내가 나의 할아버지였고 칠성이는 덕보의 할아버지였다. 할아버지는 그의 말대로 홰나무 아래에서 냇가 물만 마시며 삼 일을 지냈다. 그리고 그는 마을에 들어왔으나 집에 머무는 날은 별로 없었다. 덕보의 할아버지와 함께 어디론가 며칠씩, 어느 때는 보름씩이나 훌쩍 떠났다가는 밤이면 잠깐잠깐 나타나고는 하는 것이었다. 그 무렵 할머니는 산기가 있었으나 할아버지는 가정 일에는 조금도 눈을 돌리지 않았다.
"홍순구가 의병을 한단다."

누구 입에서 나왔는지 마을에는 그런 소문이 돌았고 누구누구는 할아버지를 따라 산간으로 들어갔다고들 했다. 그와 거의 때를 같이해서 집안의 논과 밭이 뭉텅뭉텅 남의 손 안으로 떨어져나갔다. 의병의 군비와 식량을 조달하기 위해서 할아버지는 조상이 길러온 재산을 팔아버렸던 것이다. 그 임무를 수행한 것은 덕보의 할아버지였다. 그는 칠흑 같은 어둠을 타고 집으로 몰래 숨어 들어왔다. 그러고는 다음 날 새벽에 떠나갔다.

"달이 없는 밤이면 칠성이가 네 할아버지의 소식을 가지고 오리라는 생각 때문에 잠을 이룰 수가 없었단다. 얘야, 허지만 정작 칠성이가 나타나서 땅문서를 가지고 가면 이번에는 가슴이 덜컹 내려앉고 떨리는 게 앞으로는 어찌 살까 아득하기만 하여 또 잠을 이룰 수가 없었단다."

할머니는 내 어린 시절에 할아버지의 이야기를 들려주면서 눈물짓고는 했다. 그 무렵 할아버지는 가까이는 오십 리요, 멀리는 이백 리 밖까지 위세를 떨쳤다. 수하에 거느린 병사가 삼백이었고 무기는 화승총 서른 자루, 나머지는 칼이나 낫을 휴대하고 있었다. 일병은 신식 무기를 가지고 있었으나 의병들은 의기와 야습으로 적의 간담을 서늘하게 했다. 내가 아직도 보관하고 있는 할아버지의 격문(檄文)에는 이런 구절이 있다.

"백성은 의기로 궐기하여 오적을 칼로 베고 왜구의 침노를 무찔러야 한다. 임금이 왜놈들과 매국 공적들의 협박을 받아 무력하게 되었으니 대신 백성이 나라를 구하는 도리밖에 없다. 내 칼은 사사로움이 없고 내 목숨은 의에 바쳤다. 동포들이여, 잠에서 깨어나라!"

할아버지는 뜻을 일으킨 뒤 두 달을 버텼다. 더위도 한 고비 수그러져가던 어느 날 열댓 명의 일본 병졸들이 마을에 들어왔다. 그들은 의병 주둔지를 염탐하러 온 것이 틀림없었으나 사람들이 모른다 하고 함구했고 또 마침 비가 내리고 있었으므로 화풀이로 마을 집집에 들어앉아 애꿎은 가축과 닭을 도살하고 한바탕 저의 나라 노래를 부르며 흥청대다가 저녁때서야 돌아갔다.

그러나 그날 그들이 마을에서 부른 노래는 그들의 마지막 노래였다. 마을을 벗어나 이십여 리 벌판을 지나면 떡고개라는 야트막한 언덕이 있었다. 다음날

김용성 137

아침에도 여전히 비가 내렸는데 열댓 명의 일본 병졸들이 고개 위에 시체로 나뒹굴고 있는 것을 첫길을 들어오던 나그네가 보고 기겁을 하듯 놀라 벌판을 가로지르며 달리면서 만나는 사람에게마다 소리쳤던 것이다.

"왜놈들이 떡고개에서 참살을 당했다. 놈들의 피가 내를 이루어 흐르고 있다!"

그들이 모두 죽은 것은 사실이었지만, 그리고 사람들은 다소 과장된 나그네의 말을 듣고 매우 통쾌하게 여기고 있었지만 할머니는 벌써부터 한 비극의 전조를 맛보며 벌벌 떨었을 따름이었다. 아니나 다를까 이틀이 지나자 대처로부터 일본의 긴 병대가 떡고개를 넘어와 벌판을 가로질러 산간으로 들어가는 것을 마을 사람들과 함께 할머니는 보았던 것이다. 비는 온 천지를 잠기울 듯이 퍼붓고 있었다. 할머니의 기억에 따르면 그 일본 병대는 낮부터 저녁까지 줄기차게 줄을 지어 갔다는 것이다. 나흘 동안 퍼붓던 비는 그 다음 날 말짱하게 갰다. 하늘이 한층 멀어 보이도록 푸른, 한낮이 되었을 때 마을 사람들은 생전 한 번도 들어보지 못했던 첫 총성을 들었다. 총소리는 시간이 흐를수록 콩 볶듯 치열해갔다. 할머니의 애간장을 끊어내는 그 소리는 날이 완전히 깜깜해질 때까지 계속되었다.

"천지신명께 비나이다. 산속에 계신 그분의 목숨을 건져주십사 이렇게 두 손을 모아 빌고 또 빕니다."

할머니는 총소리 뒤에 찾아든 죽음과 같은 정적 속에서 육신과 마음의 고통을 겪으며 몸부림쳤다. 그날 밤 자정에 못 미처 그녀는 해산을 했다. 아들을 낳았다.

"그날 밤, 이 할미가 겪은 것은 하나를 잃어버리고 하나를 얻는 아픔이었다."

할머니는 말했다. 아버지를 얻은 다음다음 날 할아버지는 죽어서 돌아왔다. 마을 사람들이 산부에게 이 사실을 알리려고 집 안으로 몰려왔을 때 이미 그들의 표정에서 할아버지가 죽었음을 알았다. 할머니는 누운 자리에서 벌떡 일어났다.

"그분의 영구가 어디에 있소?"

사람들은 마을 앞 홰나무 아래에 있다고 말했다. 그리고 영구는 알아서들 모실 테니 부인은 몸조리를 하라고 일렀다. 그러나 할머니는 완강히 거절했다.

"아무도 내가 보기 전에는 그분을 건드리지 말아요. 아무도…… 절대로……."

할머니는 부축하려는 사람들을 뿌리치고 걸었다. 온 천지가 노랗게 흔들렸다. 할머니는 쓰러지지 않으려고 이를 악물고 허위적거리며 비틀거리며 홰나무 앞으로 걸어 나갔다. 그때까지 할머니는 할아버지의 죽음이 그렇게 참혹한 줄은 몰랐다.

두 개의 모가지가 밖으로 뻗은 홰나무 가지에 매달려 있었다. 할아버지의 얼굴은 온통 피투성이였고 산발한 머리카락이 그 위를 덮어내렸다. 두 눈은 뜬 채여서 햇빛에 시퍼렇게 빛이 났다. 얼른 보아 그것은 할아버지의 얼굴 같지가 않았다. 그러나 그 밑에 매어 단 흰 무명 천에 죽은 사람이 흘린 피로 썼을 검붉은 글씨가 보였다.

"자칭 의병장이라 일컫던 산도적의 두목 홍순구의 목이니 찾아가라."

그 옆에는 할아버지와 똑같은 모습으로 갔다가 역시 똑같은 모습으로 돌아온 덕보의 할아버지 목이 걸려 있었다.

"산도적의 부두목이자 홍순구의 가노인 칠성이의 목이니 찾아가라."

그때 할아버지의 나이 스물여섯이었고 덕보의 할아버지는 갓 서른이었다. 할머니는 장차 덕보의 아버지가 될 여섯 살 난 칠성이의 어린 아들이 울음을 터뜨리는 순간, 자신은 울어볼 사이도 없이 그 자리에 혼절하여 쓰러졌다.

아버지

내 기억을 새롭고 뿌리 깊게 하려는 듯이 할머니는 때때로 그 일이 일어난 것은 벌판에 누렇게 익은 벼 이삭이 한껏 고개를 숙이던 무자년(戊子年)의 초가을 어느 날이었다고 말하고는 했다. 그러나 나는 할머니보다 더욱 또렷하게 그날을 기억하고 있다. 왜냐하면 바로 그날 나는 아버지를 잃었기 때문이다.
"너희들은 왜 마을 앞 홰나무가 소리를 내는지 아니?"
하고 아버지는 내가 포함되어 있는 우리 아동반 아이들을 향해 물었다. 선뜻 대답하는 아이가 없었다. 한낮의 태양은 그다지 뜨겁지도 않고 한기를 느낄 만큼 차갑지도 않게 교실 유리창 안으로 비쳐들고 있었다. 나라가 해방되자 아버지는 마을 어른과 아이들에게 한글을 가르쳐야 한다고 마지막 남은 할아버지의 유산을 털어 교실 한 개짜리 학교를 지었다. 학생을 아동반 소년반 성인반으로 나누고 삼교대로 매일 열두 시간씩 가르쳤다. 이태를 지나는 사이 그 성과가 좋아 인근 마을에서도 아이들이 공부를 하러 오는 바람에 조그만 교실은 초만원이었다. 여든 명을 헤아리는 아이들은 아버지의 질문에 서로 눈을 말똥거리며 바라볼 뿐 대답이 없었다. 나는 그때 몇 번이고 아이들을 둘러보는 아버지의 눈길이 두려워 창가에 앉아 있는 고추잠자리의 큰 눈을 바라보고 있었다.
"알아요!"
무거운 침묵을 깨뜨리고 벌떡 일어난 아이는 아홉 살인 나보다 두 살이 아래인 덕보였다. 나는 그때 처음으로 우리 집에 얹혀살고 있던 덕보의 존재를 우러러보았던 것이다. 교실을 압도하는 그의 기개를 보는 순간 나의 가슴은 나도 모르게 움츠러들고 있었다.
"홰나무는 소리를 내지 않습니다. 사람들이 들린다고 생각하기 때문에 들리는 것 같은 것입니다."
몇 대를 눌려 지낸 신분의 자손이었던 덕보는 그렇기 때문에 나이에 비해 당돌하고 야물찬 대답을 할 수 있었던 것이라고 나는 훗날 생각하고는 했다.
"누가 그러던?"
"아버지가 그랬어요."
"그렇지만 네 아버지의 말은 옳지가 않은 것 같구나. 홰나무는 스스로가 소리를 내는 것은 아니지만 몇 가지 중요한 것들로 인해서 홰나무 안에서 소리가 나게 되는 것이다. 너희들은 마을 앞 홰나무가 속이 텅 비어 있는 것을 알겠지? 밑은 큰 구멍이 나 있고 위쪽에는 아주 작은 구멍이 하나 나 있지. 무서워서 그 안을 들여다보지 못한 학생들이 있다면 공부가 끝난 뒤에 한번 안을 들여다보렴. 구멍으로 파란 하늘이 보일 게다. 밤에 보면 먼 별빛도 보이지. 귀신이 붙은 나무라는 말은 틀린 것이니 무서워 말고 들여다봐요."

아버지는 잠시 말을 끊고 덕보를 뚫어지게 바라보았다. 그 모습은 왜 덕보에게 그의 아버지가 그렇게 가르쳐주었을까 그것을 곰곰이 생각하는 것처럼 보였다. 아버지는 다시 말했다.

"너희들은 퉁소가 아름다운 소리를 내는 것을 알 게다. 아니, 퉁소뿐만 아니라 보리피리도 소리를 낸다. 구멍 속으로 바람이 한쪽으로 들어갔다가 다른 쪽으로 빠져나오면서 소리가 나지. 그와 마찬가지로 바람이 홰나무 큰 구멍으로 들어가서 위의 작은 구멍으로 빠져나올 때 소리가 나게 되는 게다. 바람이 불고 비가 오는 날에는 물기나 물방울이 구멍 벽에 방울방울 맺혀 더욱 묘한 소리를 내기 마련이란다. 우리들은 그 나무에 귀신이 붙었다고 생각해서도 안 되지만 그렇다고 그 소리를 너무 가치 없이 생각해서도 안 된다. 홰나무는 머지 않아 잎이 모두 지겠지만 한여름엔 꽃도 피우고 시원한 그늘을 내리며 때때로 아름다운 소리를 내어 우리들 마음을 흐뭇하게 해주기 때문이란다."

아버지는 여전히 덕보를 내려다보며 말했다. 아버지는 아이들 모두를 향해 말하고 있는 것이 아니라 오직 덕보 하나만을 상대로 하고 있는 것 같았다. 아니다. 아버지는 덕보의 얼굴 속에서 그의 아버지의 얼굴을 떠올리고 있는지도 몰랐다. 그의 아버지는 지난봄부터 사십여 년 전에 그의 할아버지가 나의 할아버지를 따라 산간을 드나들었던 것처럼 그 누구를 따라 산간을 드나드는 것이라는 소문이 온 마을에 파다하게 퍼져 있었던 것이다.

"이제 알겠니? 홰나무에서 소리가 나는 까닭을……."

이윽고 아버지가 이렇게 덕보를 향해 물었을 때 덕보의 대답을 대신하듯 벌판에서 탕 하고 총소리가 났다. 나는 벌떡 몸을 일으켜 세워 창밖을 보았다. 아버지의 제지에도 아랑곳하지 않고 아이들이 창가로 우루루 덮쳐 왔다. 멀리 누렇게 익은 벼 이삭 위로 무엇인가 붉은 것이 펄럭거리며 움직이는 것이 보였다. 그것은 논두렁 사이로 난 좁은 길을 따라 마을 쪽으로 다가오고 있었다. 붉은 깃발 뒤로 서른 명쯤의 사람들이 따라오고 있었다. 벼 이삭에 가리어 그들의 몸뚱이는 보이지 않고 얼굴만 드러나서 마치 누런 들판 위에 수많은 검은 공들이 굴러오고 있는 것 같은 느낌이 들었다. 그 머리통들은 아주 빠른 속도로 다가오고 있었다. 다시 한 발의 총소리가 울리자 나는 총소리가 그들로부터 나고 있는 것을 알았다. 그들이 마침내 냇물을 건너 홰나무 앞에 이르렀을 때 비로소 그들을 똑똑히 볼 수 있었다. 총을 가지고 있는 사람은 모두 아홉 명이었다. 더러는 군복 따위를 입고 있었으나 거의 검은 바지 차림에 흰 와이셔츠 바람이었다. 총을 들지 않은 나머지 사람들은 조그만 짐을 등에 짊어지고 긴 죽창을 꼬나들고 있었다. 그들의 맨 앞을 달리고 있는 사람이 그 붉은 깃발의 장대를 어깨에 걸어 메고 있었는데 그 역시 등에는 조그만 짐을 지고 있었다.

다시 세 발의 총성을 신호로 미리부터 계획되어 있었던 듯이 총을 든 사람들이 곧장 학교 쪽으로 꺾어져 들어오고 나머지 죽창을 든 사람들은 마을 쪽으로 달려갔다.

"모두들 밖으로 나오시오! 수상쩍은 사람은 그 자리에서 사살할 것이니까 도망갈 생각은 추호도 하지 마시오!"

운동장으로 들어온 아홉 명 가운데 키가 크고 비쩍 마른 한 사내가 앞으로 나서며 우리들을 향해 소리쳤다. 그러자 아버지가 말했다.

"자, 모두들 겁내지 말고 조용히 운동장으로 나가자."

그러나 아버지의 얼굴은 창백하게 질려 있었다. 우리들은 아버지를 둘러싸고 운동장 한가운데 두려움에 떨며 섰다. 잠시 후에 죽창을 든 사람들이 마을의 청장년들을 끌고 학교로 들어왔다. 그 뒤를 울며불며 아낙네들이 따라왔다. 그리고 우리보다도 더 나이 어린 아이들 또한 울면서 따라왔다. 또 그 뒤를 노인네들이 따라왔다. 마을에 살고 있는 사람들이 모조리 운동장에 모였다. 그들의 주위를 총과 죽창을 가진 삼십여 명의 사람들이 뺑 둘러쌌다. 아까 우리들에게 밖으로 나오라고 소리쳤던 사내가 단 위로 뛰어올라갔다.

"여러분들! 여러분들은 이제 사회주의 혁명에 의해서 해방이 되었습니다."

이렇게 말문을 연 그는 우리들이 알아들을 수 없는 말을 핏대를 세우며 한동안 떠들어댔다. 그리고는 말했다.

"혁명과업 완수를 위해서, 오늘, 이 마을에서 가장 악랄한 수법으로 인민을 착취했던 부르주아 계급의 한 인종을 처단할 것이오. 바로 이 시간에…… 그럼 어느 혁명 전사가 이 악랄한 자를 적발해내겠소?"

그의 말이 끝나자마자 때를 기다렸던 것처럼 죽창을 든 한 사내가 단 위로 뛰어 올라섰다. 그때 나는 내 눈을 의심했다. 나는 몇 번이고 두 눈을 껌뻑거려보았으나 틀림없이 그는 종적을 감췄던 덕보의 아버지였던 것이다. 그는 마을 사람들의 슬픈 탄성을 듣지 않은 것처럼 마을 사람들을 날카롭게 훑어보았다. 산사람의 눈이 그토록 무시무시하게 빛날 수 있다는 것을 나는 그때 처음으로 알았다. 눈, 한밤중에 인가로 접근하는 살쾡이의 눈, 탐욕으로 불이 켜진 바로 그 눈.

"저 사람!"

그는 아버지를 향해 손을 들어 가리켰다. 아버지는 잠시 어렴풋한 시선으로 그를 올려다보았다. 아버지는 이내 고개를 떨구고 허리를 부둥켜안고 있는 나를 내려다보았다. 나는 아버지의 눈을 보면서 모든 것을 알아차렸다. 끝장이라는 것을…….

"저 사람의 집안은 조상 대대로부터 가난하고 비천한 사람들을 가혹하게 학대해온 이 마을의 대표적 부르주아 계급이오. 그의 노비로 우마처럼 희생당해 온 것이 나의 집안입니다. 이 마을에 사는 여러분들은 잘 알 것이오. 내 아버지가 그의 아버지의 강요에 의해서 개죽음을 당했다는 것을 말이오. 내 아버지는 나를 교육시킬 의무가 있었던 것입니다. 그러나 아버지는 저 사람의 아버지 때문에 일찍 죽었습니다. 나는 온갖 천대를 받으며 살아온 것이오. 나는 이제 수종 관계에서 해방된 것이며 혁명과업을 위해서 저 사람을 처단할 것을 바라오."

마을 사람들은 숨소리조차 크게 내지 못하고 침묵을 지키고 있으나 그들을 뼁 둘러싼 폭도들은 총과 죽창을 높이 치켜 올리며 "옳소" "처단합시다" 하고 일시에 소리쳤다. 덕보는 아이들과 떨어져 나를 바라보고 있었다. 그의 얼굴에는 아무런 감동도 두려운 표정도 떠오르지 않았다. 그는 그의 아버지가 한 말이 옳다고 생각하고 있었는지 모르며 그 말의 결과가 얼마나 무서운 것인지 알고 있지 못했는지도 모른다. 이런 나의 추측은 전혀 틀려서 덕보는 아무것도, 실로 아무것도 모르고 있었는지도 모른다. 할머니는 훗날에 말하고는 했다.

"증오심이란 사람을 잡아먹어야 풀리는 법이란다."

덕보의 아버지의 증오심이 그가 말한 내용과 같은 이유에서 비롯된 것이라면 어쩐지 공허한 것처럼 느낀 것은, 그리고 그가 새로운 삶을 살기 위해서 한 수단으로 갑자기 증오심을 마음속에 키운 듯이 여겨진 것은 아버지가 세상에서 사라지고 난 훨씬 뒤의 일이었다.

그날 아버지는 홰나무 밑으로 끌려갔다. 죽음을 예견한 마을 사람들은 할머니와 어머니와 나를 붙들고 놓아주지 않았다. 나는 있는 힘을 다하여 발버둥쳤다. 그들로부터 내 몸이 자유롭게 되었을 때 나는 논을 가로질러 정신없이 홰나무 밑으로 달려갔다. 시야를 가리는 눈물 저쪽에 아버지의 모습이 어릿어릿 보였다. 아버지는 새끼줄로 홰나무에 꽁꽁 묶여 있었다. 그 순간 나는 탕, 탕 하는 두 발의 총성을 듣고 그 자리에 흠칫 멈춰 서고 말았다. 아버지의 머리가 힘없이 가슴 앞으로 떨어졌다. 홰나무에서는 때 이른 낙엽이 한 잎 졌다.

덕보

어쩌면 그동안 나는 참담한 추억 때문에 고향에서 도망쳐 나와 외지를 떠돌며 살았는지 모른다. 지난날들을 회피하고 잊으려고 했다. 덕보의 편지만 아니었더라면 홰나무를 찾아오지도 않았을 것이며 홰나무가 언제 사라져버렸는지조차 알지 못했을 것이다. 이따금 지난 일들을 들려주던 할머니도, 아버지의 죽음 이태 뒤 일어난 전쟁 통에 마을을 휩쓴 전염병에 감염되어 신음하던 어머니도 세상을 떠났다. 두 사람 다 불행한 여자들이었다. 할머니는 생존 시에 아버지가 설립한 학교를 면에다 바쳤다. 이제 나는 홀로였으며 일단 홰나무를 찾아온 이상 내가 무엇인지 깨닫지 않으면 안 되었다. 그러나 그것은 그저 해본 막연한 생각에 지나지 않았다. 나는 죽을 때까지 나 자신을 발견하지 못할 것이다. 이 생각만이 가장 확고한 것 같았으며 그럭저럭 세상을 살아가는 데 필요한 합리적인 사고가 아니겠는가.

바람이 분다. 뷔이잉 뷔잉 하고 홰나무가 운다. 할아버지가 운다. 아버지가 운다. 할머니가, 어머니가 운다. 그 울음소리에 어울려 내가 운다. 별 없는 하늘이 운다. 들판이 운다. 냇물이 운다. 마을이 운다. 온 천지가 운다. 형님 하고 덕보가 운다.

나는 꿈에서 깨어나듯 홰나무 가슴에서 떨어져 어둠 속을 응시했다. 한 사내가 내 앞에 우뚝 서 있었다.

"형님, 나 덕보요."

하고 그가 말했다.

"형님이 이렇게 오리라고 생각지 않았습니다. 그러나 나는 형님을 기다리고 있었죠."

그의 얼굴은 어둠 때문에 잘 보이지 않았다.

"우리가 헤어진 뒤 너무나 오랜 세월이 흘러갔군. 편지를 받고 홰나무나 한 번 보고 가려고 왔지. 자네두 볼 겸. 어두워서 자네 얼굴은 알아볼 수가 없구만 그래."

"차라리 잘됐어요. 얼마나 세월이 흘렀는지, 구태여 따져볼 필요는 없으니까요. 저로선 어둠 속에서 형님과 대면하는 것이 훨씬 더 마음 편해요."

그는 나의 손을 잡으려다가 말고 왜 그런지 뒤로 물러섰다.

"지금도 어르신네들의 음성이 들립니까?"

"음, 듣고 있었어."

"오늘이 마지막이에요. 홰나무를 그대로 보존시킬 수는 없을까요?"

"자네두 아다시피 나는 아무런 능력도 없네."

"저도 당국에 진정해봤지만 소용이 없었어요. 나라를 위해서는 조그만 마을 하나쯤은, 새로운 시대를 위해시는 짤막한 전설쯤은 없어져도 할 수 없지 않느냐는 것이었어요.

"옳은 말이겠지."

덕보는 잠시 어둠 속에서 꼼짝 않고 서 있었다.

"형님도 그렇게 생각하는군요. 하지만 전, 어쩝니까?"

"마을을 떠나게. 모든 과거를 잊고 새로운 곳에서 새롭게 출발을 하게."

"전 그럴 수가 없어요. 그럴 생각이었다면 벌써 그렇게 했을 거예요. 저는 저에게 주어진 고통을 벗어날 수가 없는 겁니다."

나는 그의 앞으로 한 걸음 다가섰다. 그의 두 눈이 빛나고 있는 것을 볼 수 있었다.

"옛일들은 우리들의 소년 시절에 내가 다 용서한다고 말하지 않았나. 모두 잊어버리자고…… 자네는 자신을 학대하고 있을 뿐이야."

"학대가 아닙니다. 피하고 싶지가 않을 따름이죠. 절망은 저의 고통 자체에 있는 것이 아니라 고통을 받을 터전이 없어진다는 데서 생깁니다. 전, 제게 주어진 고통이라는 운명과 맞붙어 싸움으로써 고통을 극복하려고 했어요. 그게 제 인생이었던 거죠."

나는 그와의 반대의 길을 걸어왔던 것이 부끄러웠다기보다는 위선인지도 모르는 그의 주장에 은근히 부아가 치밀어 올랐다.

"똥 같은 고집은 버리라구. 자네 아버지는 자네 아버지이지 자네가 아냐. 덕보는 덕보일 뿐 그 이상도 그 이하도 아니라구."

그는 아무 대꾸도 하지 않았다. 속으로 나를 끼룩끼룩 비웃고 있음에 틀림없었다. 그는 장승처럼 서 있었다. 나는 침묵이 두려웠다. 그래서 말했다.

"아버지 소식 들었나?"

그의 아버지는 나의 아버지를 죽인 뒤, 이틀 동안 마을에 머물며 식량을 공출했다. 그러나 곧 이어 정부 토벌대가 들이닥치자 그의 아버지 일당은 산으로 도망가서는 종내 소식이 없었던 것이다.

하지만 내 물음에 대답하는 대신에 그는 이렇게 말했다.

"홰나무는 제게 말하고는 합니다. 냇물은 왔다가 가는 것이지만 흐름 자체는 언제나 있는 법이다. 홰나무는 한 군데 서 있기는 하지만 씨앗은 어디론가 날아간다. 그와 마찬가지로 너 자신은 너 이상도 되고 너 이하도 되는 것이다, 라고 말입니다. 전, 제게 주어진 운명, 제게 주어진 고통을 피할 수가 없는 것입니다."

나는 그 순간 그가 나보다도 더 많은 것을 홰나무 소리 속에서 배웠음을 깨달았다. 나는 그가 두려워졌다.

"자, 형님. 공기도 차가운데 들어갑시다. 전, 학교 숙직실에서 기거하고 있어요. 누추하기는 하지만 하룻밤 묵어가는 데에야 불편은 없을 것입니다."

그러나 여기 올 때의 생각과는 달리 나는 그와 함께 있는 것이 싫어졌다. 전혀 친근감이 일지 않았다. 그는 그런 나의 마음을 눈치 채고 다시 말했다.

"아니죠. 저와 함께 같이 가지 않아도 좋습니다. 전 형님의 얼굴을 보는 것이 두려우니까요. 마을로 가면 누구든지 형님을 따뜻하게 맞이해줄 거예요. 이것으로 그만 헤어지는 것이 좋겠습니다. 이 어둠 속에서……."

덕보는 나를 남겨둔 채 돌아섰다. 그는 그의 발자국 소리와 함께 짙은 어둠 속으로 사라졌다.

나는 다음 날 아침 늦잠에서 깨어났다. 어젯밤 젊은 이장이 내어준 방은 구석진 방이었던 데다가 새벽부터 가랑비가 내리고 있었으므로 날이 새는 줄을 몰랐던 것이다. 아득하게 어떤 소음이 들려와서 깼다. 마침내 나는 그 소음이 불도저 소리라는 것을 알았다. 나는 옷을 주섬주섬 꿰어 차고 밖으로 나갔다. 이장 아내가 조반을 들고 나가라는 것을 마다하고 곧장 홰나무 쪽으로 걸어 나갔다. 아직 홰나무는 그대로 서 있었다. 나는 걸으면서 문득 어제 덕보와의 대면이 떠올라 학교 쪽을 돌아다보았다. 학교는 예전보다 크고 넓어졌다. 거기, 어느 교실에서 덕보가 아이들을 향해 홰나무에서는 왜 소리가 나는지 아느냐고 묻고 있는 것만 같은 착각이 일었다. 아이들은 어리둥절해서 서로의 얼굴을 바라보며 껌벅거리고 있겠지.

"너희들은 퉁소가 아름다운 소리를 내는 것을 알 게다. 아니, 퉁소뿐만 아니라 보리피리도 소리를 낸다."

나는 빙그레 웃고 싶었는데 근육이 마비된 채 전혀 웃음이 떠오르지 않았다.

불도저가 막 홰나무 앞으로 다가가고 있었기 때문이었다.
"이걸 뽑아내고도 성할까?"
불도저 위에 앉아 있는 사내가 밑에서 신호를 보내는 사내에게 물었다.
"이따위 나무를 한두 번 뽑아봤나? 얼기는 왜 얼어?"
"어젯밤 꿈자리가 꽤나 뒤숭숭했단 말야. 구렁이가 내 몸을 칭칭 감는 꿈을 꾸었거든. 포항 어디선가는 고목 하나 밀어냈던 사람이 그날 밤으로 반신불수가 되었다더구만."
"그걸 믿어? 괜히 하는 수작이야. 비가 더 내리기 전에 어서 뽑아버리자구."
"에라, 모르겠다."
그와 함께 불도저는 푸른 연기를 뿜으며 힘차게 홰나무 밑 흙을 긁어 올렸다. 마을 사람들이 멀찌감치 서서 그 광경을 묵묵히 바라보고 있었다. 십여 분 동안 흙을 긁어 올리던 불도저는 드디어 정면으로 홰나무 몸뚱이 앞으로 다가갔다. 홰나무는 우지끈 소리를 내며 서서히 냇물 쪽으로 기울어졌다. 마치 핏빛으로 물든 수십 마리의 구렁이가 얽히고설킨 듯한 붉은 뿌리가 드러났다. 그것은 갈색이었는지, 아주 흰색이었는지 몰랐다. 어떤 환상이 나로 하여금 핏빛으로 보이게 했는지도 몰랐다. 그때 비를 몰고 온 바람이 홰나무 가슴속을 뚫고 나가면서 뷔이잉 하고 울었다.
"나무가 울고 있잖아?"
불도저 위의 사내가 소리쳤다.
"울면 대순가? 곧 죽어버릴 텐데."
사내가 불도저 위에서 뛰어내렸다.
"그 나무는 말을 할 줄 안답니다."
내가 그렇게 외치려고 하는데 누군가 나의 어깨를 잡았다. 나는 흠칫 놀라면서 뒤를 돌아보았다. 이장이었다.
"덕보 씨가……."
"네?"
나는 무엇인가 불상사가 일어났음을 직감했다.

"죽었어요."

"죽었어요?"

"자살했어요."

"어젯밤 여기 이 자리에서 만났었는데요?"

"학교 숙직실에 죽어 있었어요. 아이들은 공부 시간이 되었는데도 선생님이 나타나지 않자 교무실로 갔지요. 덕보씨를 본 선생님은 없었어요. 전에는 한 번도 그런 일이 없었거든요. 불길한 생각이 든 아이들이 본 건물과 떨어져 있는 숙직실로 찾아갔더니 이미 싸늘하게 죽어 있었대요."

나는 갑작스런 그의 죽음에 말문이 막혔다.

"약병이 머리맡에 있는 것으로 보아 음독자살 같습니다. 얼굴을 보시겠습니까?"

"내키지 않는군요."

나는 겨우 그렇게 말했다.

"그러실 테죠. 이미 죽은 사람이니까요."

덕보의 시체는 그날 오후 화장장을 향해 떠났다. 나는 장의차에 앉은 이장에게 부탁했다.

"이걸 함께 태워주십시오."

"이게 뭡니까? 나무뿌리가 아닙니까?"

"네. 동구 앞 홰나무 뿌립니다."

젊은 이장은 내가 건네준 뿌리를 소중하게 받아 관 위에 올려놓았다.

"불행한 사람을 기억해주십시오."

이장은 감수성이 예민하고 매우 동정적인 사람이었던지 내게 울먹거리며 말했다. 나는 멀어져가는 장의차의 뒤꽁무니를 바라보며 한동안 꼼짝 않고 빗발 속에 서 있었다. 그러나 불행한 것은 덕보가 아니라 살기 위해서 이제부터 어디론가 정처 없이 떠돌아 다녀야만 하는, 바로 나 자신인 것이다.

김용성(金容誠)

1940년 일본 고베에서 출생. 경희대학교 영문과, 같은 대학 대학원 국문과 석사 졸업. 1961년 한국일보 장편소설 현상 공모에 『잃은 자와 찾은 자』가 당선되어 등단. 현대문학상, 동서문학상, 대한민국문학상 등 수상. 『잃은 자와 찾은 자』(1972), 『홰나무 소리』(1976), 『화려한 외출(外出)』(1977), 『탐욕이 열리는 나무』(1986) 등의 소설집과 『리빠똥 사장(社長)』(1974), 『리빠똥 장군(將軍)』(1975), 『내일 또 내일』(1977), 『오계(五季)의 나무』(1978), 『야시(夜市)』(1978), 『떠도는 우상(偶像)』(1980), 『나신(裸身)의 제단』(1981), 『밀항』(1981), 『도둑일기』(1984), 『슬픈 양복재단사의 나날』(1989), 『파계』(1992), 『이민(移民)』(1975), 『기억의 가면』(2004) 등의 장편소설 출간. 그 외 비평 및 연구서로는 『한국현대문학사탐방』(1973), 『문학교육방법론』(2000), 『현대소설작법』(2006) 등이 있음.

작품 세계

김용성의 소설 작품은 가볍거나 시류에 편승하지 않는다. 그는 그의 작품에서 독자의 관심에 따라 예속시키려는 인기의 방향보다는 작품의 진정한 가치를 추구하고 있다. 김용성은 그의 작품에서 그가 겪었던 한국 근현대사 속에서 가장 비극적인 일제 말과 한국전쟁을 겪으면서 살아온 삶의 무게를 풍자적으로 그리고 있다. 그의 등단작인 『잃은 자와 찾은 자』에서는 개인적인 죽음과 이념적 가치의 관계를 그려내고 있다. 그의 출세작인 『리빠똥 장군』과 『리빠똥 사장』에서 그는 1970년대 급격하게 산업화되어가는 사회에서 속물화된 인간형을 비판적으로 그려내고 있다. 즉, 산업화 속에서 물화되어 배금주의가 팽배해가는 우리 사회에서 쓰레기 같은 부류의 인간 유형을 '똥파리'를 거꾸로 하여 만든 '리빠똥'이라는 단어로 희화화하여 묘사하고 있다. 1980년대 그의 대표작인 『도둑일기』에서 그는 6·25에서 4·19 직전까지의 시기를 시대적 배경으로 고아 삼형제가 살아가는 궤적을 집요하게 추적한다. 수류탄 두 알만 가슴에 달고 전쟁터로 나간 아버지의 사망, 폐병을 앓는 어머니마저 잃어버린 고아 삼형제가 살아가며 성장하는 궤적을 그린 이 소설에서 작가는 소설가 지망생인 중수를 주인공으로 한국전쟁의 상흔이 어떻게 각인되어 어떻게 응어리로 남아 있는가를 포착하고 있다. 그리고 그는 1990년대에 들어서면서 『이민』에서는 두 대에 걸친 두 집안의 이야기를 네 나라를 무대로 인간의 본질을 제기하고 있다. 이러한 그의 작품 세계는 자전적 소설인 『기억의 가면』에서 주인공 '이진성'을 내세워 어린 시절 일본 고베에서 목격한 태평양 전쟁, 그의 삼촌 '이문수'가 겪은 한국전쟁, 그리고 진성이 청룡 부대원으로 직접 참전한 베트남 전쟁을 이야기하고 있다. 이와 같이 김용성은 굴곡 많은 한국의 현대사를 정면으로 문제 삼아 창작 활동을 하고 있는 작가이다.

「홰나무 소리」

이 작품의 주요 내용은 외지에 나와 책 외판사원을 하는 주인공 '나'가 덕보의 편지를 받고 고향 마을을 찾아와 하룻밤을 보내고, 그다음 날 덕보의 자살과 홰나무의 뽑힘이라는 사건의 제시와 주인공 가족과 덕보 가족의 삼대에 걸친 비극적 인연의 서술이다. 그런데 이 작품에서 작가는 할아버지와 아버지 대에 걸쳐 우리 민족의 비극적 수난의 현장에서 벌어진 비극을 마을에 있는 홰나무의 소리와 관련시키고, 마침내 홰나무가 뽑히는 사건과 덕보의 자살의 관련성에 대해 서술하고 있다.

먼저 이 작품의 구성을 간략하게 살펴보자. 처음 부분은 주인공 '나'가 덕보의 편지를 받고 고향 마을을 찾아오는 장면이고, 바로 회상 장면으로 이어진다. 그리고 구한말을 시대적 배경으로 덕보의 할아버지인 칠성과 '나'의 할아버지가 일제에 의해 죽음을 당하는 것을 그려내고, 이어서 6·25를 시대적 배경으로 덕보의 아버지가 주인공의 아버지를 총살시키는 장면을 제시한다. 그리고 마지막 부분에서는 이 작품이 발표된 1970년대 당대를 시대적 배경으로 하여 산업화로 제거되는 홰나무의 묘사를 중심으로 덕보의 죽음이 제시되고 있다.

구한말 군대 해산 이후 '나'의 할아버지 홍순구와 덕보의 할아버지인 칠성이 의병 활동을 하게 된다. 이후 일병에 의해 그들이 죽고, 홰나무에서 그들의 목을 찾아가라는 일병의 통보를 받고 가족들은 할아버지들의 시신을 인수받는다. 그리고 초등학교 교사인 주인공의 아버지가 덕보의 아버지에 의해 반동 부르주아 계급의 원흉으로 지목되어 홰나무에 묶여 총살당하게 된다. 이러한 참담한 추억 때문에 주인공 '나'는 외지로 떠돌며 책 외판원 생활을 하게 되고, 덕보는 '나'의 할머니에 의해 국가에 바쳐진 초등학교의 선생님 역할을 한다. 그들은 이장 집에서 잠을 자기 전 저녁에 대화를 하고 '나'는 아침에 일어나 홰나무의 제거를 구경하다가 덕보의 죽음을 통보받는다. 마지막 부분에서 작가는 홰나무 뿌리를 덕보의 관에 올려놓음으로써 인연의 끝을 제시하면서 주인공의 실향 의식을 다음과 같이 지적하고 있다. "불행한 것은 덕보가 아니라 살기 위해서 이제부터 어디론가 정처없이 떠돌아 다녀야만 하는 바로 나 자신인 것이다."

「홰나무 소리」는 산업화라는 이름으로 파헤쳐지는 동네 어귀의 홰나무와 관련된 슬픈 추억을 그려내고 있다. 삼대에 걸친 나와 덕보의 집안 사이의 인연을 묵묵히 지키고 있는 홰나무의 소리를 통해 작가는 굴곡 많은 한국 근대사 속에서 벌어진 비인간적 모습을 소설화하고 있다.

주요 참고 문헌

김윤식은 「조직의 메카니즘과 인간의 증상」(『문학과지성』, 1971년 겨울호)에서 김용성의 작품 세계를 논의한 바 있고, 작가론적 관점에서의 논의로 김원일의 「작가를 말한다」(『문학사상』, 1975. 7)와 윤재근의 「작가의 품성과 조형술」(『소설문학』, 1984. 5)를 들 수 있다. 그리고 성장소설적 관점에서 김용성의 소설을 논한 글로는 김선학의 「성장소설과 관념소설」(『문예중앙』, 1985년 봄호)과 김종회의 「성장소설의 사회사적 발화법」(『동서문학』, 1992년 겨울호)을 들 수 있다. 그리고 김용서의 작품론으로는 한원균의 「이역의 삶, 상실과 일굼의 서사」(『동서문학』, 1998년 가을호)와 남기홍의 「도둑일기론」(『인하어문연구 5』, 인하대학교, 2001. 5)을 들 수 있다.　　　　　　　　　　　　　_이익성

서정인

강

"눈이 내리는군요."
버스 안. 창 쪽으로 앉은 사나이는 얼굴빛이 창백하다. 실팍한 검정 외투 속에 고개를 옹크리고 있다. 긴 머리칼은 귀 뒤로 고개 위에 덩굴 줄기처럼 달라붙었는데 가마 부근에서는 몇 낱이 하늘을 향해 꼿꼿이 섰다.
"예. 진눈깨빈데요."
그의 머리칼 위에 얹힌 큼직큼직한 비듬들을 바라보고 있던 옆엣사람이 역시 창밖으로 시선을 던진다. 목소리가 굵다. 그는 멋내는 것을 좋아하는 모양이다. 하얀 목도리가 밤색 잠바 속으로 그의 목을 감싸넣어주고 있다. 귀 앞 머리 끝에는 면도 자국이 신선하다. 그는 눈발 빗발 섞여 내리는 창밖에 차츰 관심을 모으기 시작한다. 버스는 이미 떠날 시간이 지났는데도 태연하기만 하다.
"뭐? 아, 진눈깨비! 참 그렇군."
그들 등 뒤에는 털실로 짠 감색 고깔모자를 귀밑에끼지 **푹 눌러쓴** 대단히 실용적인 사람이 창문 쪽에 앉은 살찐 젊은 여자에게 몸을 기댄다. 그녀는 검은 얼굴에 분을 허옇게 바르고 있다. 그는 창문 유리에 이마라도 대야 되겠다는 듯이 목을 쑥 뽑고 창밖을 내다본다. 여자는 가슴이 답답하다. 남자의 왼쪽 어

---

* 「강」은 『창작과비평』 1968년 봄호에 발표되었다. 여기서는 소설집 『강』(소설 명작선 3, 문학과지성사, 1976: 1996)에 수록된 것을 텍스트로 삼았다.

깻죽지가 그녀의 앞가슴께를 짓누르고 있다. 그러나 남자는 별로 불편한 기색이 없다. 여자도 잘 참는다. 그녀는 머리를 의자 뒤에 기대버린다. 윤이 나는 탐스러운 머리채가 의자의 밋밋한 합성수지 위로 나신처럼 곡선을 그린다. 잠바를 입은 앞자리의 사내가 뒤를 돌아본다. 그는 그의 행운이 부럽다. 그러나 뒤에 앉은 사내는 "정말이지 이건 진눈깨빈데!"라고 중얼거리면서 열심히 창밖을 내다볼 뿐, 누가 뒤를 돌아보는 것 따위에는 흥미가 없다. "정말이지 진눈깨비야."

"형은 어디서 입대허셨소?"

외투 속에 웅크리고 있는 사람은 진눈깨비에 원한이 있다. 그는 신용산에서 입대했었는데 그때도 이렇게 진눈깨비가 내리고 있었다. 진눈깨비가 내리는데도 '입대'를 생각하지 못하는 것은 이해할 수 없는 일이다. 염색한 헌 작업복을 입고, 헌 구두를 신고, 손에는 회색 세면 가방을 들고, 그리고 여자 친구란 이럴 때 써먹기 위해서 있는 것이 아니냐고 생각하면서, 단아한 여자가 슬픔을 머금고 저만치 서 있는 것을 그려보면서…… 그러나 물론 그런 건 없었다. 그 대신 어디나 역 근처에는 흔히 있는 매춘부들 중의 하나가 헝클어진 머리를 하고 역전 광장에 있는 더러운 공중 변소에서 나와 게처럼 엉금엉금 걸어서 판잣집들 사이로 사라져갔다. 입대할 사람들은 약 이십 명이었다. 환송 나온 사람은 하나도 없었다. 악대도, 단 한 장의 태극기도 없었다. 진눈깨비만이 내리고 있었다. 역 청사 저쪽에서 누런 석탄 연기가 뭉클뭉클 솟아오르는 허공으로 기적소리가 길게 울려퍼질 때마다 그는 "아, 이제는 서울을 떠나는구나!"라고 탄식하면서 조금 전에 병든 창부가 사라졌던 판잣집 쪽을 돌아보곤 했었다. 미구에 날이 저물고 미련이나 아쉬움 같은 화사한 감정들이 지루함 속으로 파묻혀버렸을 때 병사구 사령부에서 상사가 하나 나와 그들을 인솔하고 논산으로 갔었다.

"나는 시골에서 입대를 했었단 말이오."

잠바를 입은 사람은 조금 볼멘소리다. 그는 뒤돌아보던 자세 그대로 고개만 약간 돌려서 옆엣사람을 쳐다본다. 그는 불만인 모양이다. 그러나 진눈깨비가 내린다고 해서 옛날 입대하던 때의 이야기를 하지 말라는 법은 없다. 그는 훨씬 누그러진 목소리로 계속한다.

"술을 엉망으로 마시고 뭐가 어떻게 되지도 모르게 입대를 했었지요. 누구하고나 악수를 하고, 같은 사람과 두 번도 좋고 세 번도 좋고, 그저 아무 손목이나 잡히는 대로 무릎에서 이마께까지 마구 흔들면서 고함을 지르고, 탄식을 하고, 머리를 끄떡거리고, 상대방이 누구인지 그가 무슨 말을 하는지 아랑곳없이 벌써 백 번도 더 말했을 작별 인사를 하고 노래를 하고 그러다가 차를 탄 다음에는 발을 구르고…… 그러고는 얼마 후에 정신을 차려보니 글쎄 그게 화물칸이지 뭡니까!"

고깔모자의 사나이는 기분이 언짢다. 그는 기피자다. 도대체 논산이라든가 입대라든가 하는 말만 들으면 그는 어떤 감정복합에 사로잡힌다. 그는 창문 쪽으로 기울였던 몸의 중심을 다시 꼬리뼈께로 옮겨서 반듯이 앉는다. 여자는 그의 비스듬한 몸무게로부터 해방되어, 뒤로 기댔던 머리를 들고 몸을 추스른 다음 창밖을 내다본다. 논산 이야기가 나쁘다는 것은 아니다. 다만 그것을 그는 너무 많이 들어왔다. 도대체 만나는 놈마다 논산 이야기다. 일등병에게 군홧발로 차여서 어떻게 머리로 문짝을 들이받았다든가, 훈련장에서 화랑 담배 한 개비씩을 걷어 상납했더니 사격 자세가 어떻게 갑자기 편안해졌다든가, 모두가 중대 향도 아니면 기타 간부가 되어서 동료 훈련병들로부터 갹출한 성금을 어떻게 배임 횡령하여 재미를 보았다든가, '조교'와 '기간 사병'들의 음담패설이 어떻게 노골적이었다든가…… 그는 그곳에 관해서 거기에 갔다 온 사람보다 더 잘 알고 있음에 틀림이 없는데도 불구하고 도대체 논산이라면 손에 잡히는 것이 없다. 이것은 대단히 불유쾌한 노릇이다.

"어디까지 가세요?"

불쾌한 일을 오래 천착할 필요는 없다. 홧김에 서방질한다는 속담이 있다.

"군하리까지 가요."

여자는 의외에도 부끄럼을 타는 눈치다. 제법 이마를 붉히기까지 한다. 실핏줄이 가느다랗게 두드러진다.

"미스타 김은 어디서 입대를 하셨소?"

잠바를 입은 사나이는 옆엣사람이 무감동하게 창밖만 내다보고 있는 것이 마음에 꺼림칙하다. 그가 질문을 한 것은 이쪽의 대답을 듣고 싶어서가 아니라 자기 자신의 논산판(版) — 또는 입대판 — 을 내어놓기 위해서였는지도 모른다.

"나? 아, 나! 나, 난⋯⋯."

그는, 외투 속에 웅크리고 있는 사람 김씨는 입대하던 날의 광경을, 그것이 조금 전에 문득 떠올랐을 때완 달리, 말하고 싶은 생각이 없어졌다.

"그래요? 그건 참 재미있게 되었는데! 우리도 거기까지 가거든요."

모자를 쓴 사람이 모자 밑으로 손가락을 집어넣어 머리를 긁적거리면서 여자 쪽으로 조금 다가앉는다. 여자는 행복한 표정이다. 그 여자는 바라는 것이 지극히 작음에 틀림없다. 아마 그 여자를 행복하게 해주는 일은 쉬울 것이다.

"아, 이놈의 버스는 떠날 줄을 모르나!"

잠바를 입은 사나이는 울적하다. 그는 승강구 쪽을 흘겨본다. 차장은 아마 점심이라도 먹고 있는 모양이다.

"이 차, 어디로 가나?"

검은 색안경을 쓴 사람이 고개를 뒤로 발딱 젖히고 차 안을 두리번거린다. 그러나 아무도 대답해주는 사람이 없다. 그는 제풀에 이상하다는 듯이 고개를 갸우뚱해보이고 차의 문이 만들어주는 좁은 시야 밖으로 사라져버린다. 잠바를 입은 사나이는 적이 마음이 풀린다. 색안경은 사치품일까, 필수품일까. 대부분의 경우, 필수품은 아닐 것이다. 그런데도 뻔뻔스럽게 길거리에서 파는 백 원짜리로 사치를 하려고 하다니! 그는 이천 원짜리를 사려다가 너무 비싸서 천 원을 주고 중고를 산 바 있다. 그것은 지금 그의 호주머니 속에 들어 있다. 눈만 하얗게 쌓인다면 언제든지 꺼내서 코 위에 걸칠 수 있다.

김씨는 색안경을 낀 사람을 보면 장님을 생각한다. 그는 한때 자기가 검은 안경을 쓰고 장님이 되어 안마장이 노릇을 하는 상상에 사로잡힌 적이 있다. 전투에서 눈을 부상한다. 육군병원에 입원한다. 눈에는 붕대가 감겨져 있다. 애인이 찾아온다. 그러나 지극히 작은 차이로 인해서 만나지 못한다. 장님이 되어 색안경을 낀다. 지팡이로 밤의 포도 위를 더듬으며 퉁소를 분다. 창문 여는 소리가 들려온다. 여자가 그를 부른다. 귀에 익은 목소리다.

"집이 거기죠?"

고깔모자를 쓴 사람은 색안경이라면 질색이다. 그에겐 색안경을 쓴 사람은 형사다. 그리고 형사는 기피자를 단속한다. 그는 직장에서 쫓겨났을 때까지 매달 월급날이면 정기적으로 형사의 '예방'을 받은 적이 있다.

"예? 예. 선생님은요?"

"나요? 난 거긴 배꼽 따고 처음이오."

"호 호 호."

여자의 웃음소리는 김씨의 상상을 망쳐버린다. 그는 장님이 되는 생각을 비장한 마음 없이는 하지 못한다. 그런데 그 생각이 바야흐로 절정에 도달하고 있을 때 갑자기 킬킬거리는 여자의 웃음소리가 들려온다. 살찐 여자. 그리고 그는 안마장이. 그러나 그는 별로 서운치 않다. 포동포동한 여인을 안마한다는 생각도 그렇게 나쁘진 않다. 원래는 이렇게 되어 있다. 그를 부르는 여자는 그의 애인이고 킬킬거리며 웃는 사람은 그녀의 남편이다. 그는 그녀의 남편을 안마한다. 그녀는 바로 곁에서 시중들고 있지만 안경을 낀 그를 알아보지 못한다. 그는 안마를 끝마친다. 그녀는 그에게 몇 푼의 돈을 쥐여준다. 그는 그것을 받아넣고 다시 길거리로 나온다. 그리고 퉁소를 꺼내 불기 시작한다.

"아, 인제 떠날래나?"

창문인 줄만 알았던 앞쪽의 유리창 일부가 밑에까지 움푹 파이면서 열리자 장갑 낀 손이 쑥 들어오더니 턱과 뺨 위로 수염이 검실검실 돋은 운전사의 머리를 차 안으로 끌어들인다. 머리가 들어오자 잠바가 따라 들어오고 그 뒤로 호주머니께가 허옇게 닳은 낡은 무명 바지가 딸려 들어온다. 운전사는 자리에 앉아 한 손으로 운전륜을 잡고 고개를 돌려 뒤를 돌아본다. 손님 머릿수가 적은 것이 눈에 안 차는 모양이다. 끙 하고 돌아앉아서 한쪽 어깨를 기울이고 스위치를 넣더니 부르릉 발동을 건다. 삼십 분 동안이나 기다린 손님들이 오히려 미안해해야 할 모양이다. 우리들은 왜 이렇게 수가 작은가! 정원 사십팔 명에 한 백 명쯤 타가지고 숨도 못 쉬고 북적거리고 있었더라면 운전수가 조금은 미안해 했을는지도 모를 텐데.
"얘, 이제 슬슬 떠나보련?"
잠바를 입은 사나이는 엉덩이부터 차에 오르고 있는 여차장을 쳐다보고 있다.
"네, 곧 가요."
차장은 질문한 사람이 누구인지를 알아볼 생각이 전혀 없다.
"아직 안 가?"
"곧 가요."
"여기가 중국집인 줄 아니?"
"왜 내가 중국집에 있어요?"
차장은 비로소 뒤를 돌아본다.
"너, 곰이로구나?"
"내가 왜 곰이어요? 아저씬 뭔데요?"
"나? 난 네 할배다."
차가 달리기 시작하자 고깔모자는 자연스럽게 좌우로 움직일 수 있다. 특히 왼쪽으로. 여자는 그럴 때마다 창문 쪽으로 피하는 척한다. 그리고 미안한 생각에서 그를 쳐다보아준다.
"군하리엔 뭣 하러 가세요?"
"놀러요."
"일행이세요?"
"예." 그는 목소리를 낮춘다. "저 사람은 늙은 대학생 김씨. 이쪽은 세무서 직원 이씨. 그리고 난 얼마 전까진 국민학교 선생. 성은 박씨. 대개 이렇소."
"정말 묘하게 어울리셨어요. 친구분들이세요?"
"우린 한집에 살고 있지요."
"어머, 그러세요?"
"그럼은요. 우리 집에 저 두 사람이 하숙하고 있지요."

김씨는 차창 유리에 이마를 댄다. 차체의 진동이 그대로 전달되어온다. 그는 이마를 뗀다.

"이 차도 달릴 줄 아는군. 난 세워두려고 만든 줄 알았더니."

"그게 다 우리 차장이 '오라이' 한 덕분이지. 얘, 안 그래?"

잠바를 입은 이씨는 나일론 천의 윤이 나는 검은빛 바지를 입은 여차장의 엉덩이가 크다고 생각한다. 차장은 아직 화가 나 있다. 이씨는 잠바 호주머니에서 껌을 한 통 꺼낸다. 김씨는 창밖을 내다보고 있다. 달리는 버스는 유쾌하다. 속이 훅 트이는 것이 만사가 술술 풀릴 것 같다.

"너 이거 먹을 줄 아니?"

이씨가 껌을 하나 쑥 뽑아서 차장의 등 뒤로 들이민다. 차장은 뒤를 돌아보고 피식 웃는다.

"곰이 어떻게 껌을 먹어요?"

"뭐? 하 하. 제법이구나. 됐어. 곰은 원래 재주를 잘 부리지. 먹어둬. 손해될 거 있니?"

차장은 껌을 받는다. 이씨는 옆에 있는 김씨에게 그리고 뒤에 앉은 박씨와 그 옆의 여자에게까지 고루 껌을 하나씩 권한다. 그리고 남은 하나를 끄집어내서 껍질을 벗긴다.

박씨는 여자와 급속도로 친해지고 있다.

"집이 원래 군하리요?"

"아뇨. 인천예요."

"아, 이사허셨군."

"아뇨, 그냥 거기서 살아요. 엄마하고 언니하고…… 그렇게 그냥 셋이 살아요."

"인천서요?"

"아뇨, 군하리서요."

"인천엔 아무도 없구요?"

"아뇨. 거기두…… 아이, 뭘 그렇게 꼬치꼬치 물으세요?"

"참, 그렇군."

참 그렇다니. 김씨는 실소한다. 그는 창밖을 내다보고 있지만 등 뒤에서 하는 이야기를 죄다 듣고 있다. 그는 항상 시치미를 뚝 떼고 있기를 좋아한다. 알고도 모른 척, 모르고도 모른 척. 그것은 대단히 즐거운 일이다. "당신 아무래도 수상한데?" 뭐가? "어제 두 시에서 다섯 시까지 사이에 어디에 있었우?" 건 왜 물우? "안 되지. 난 못 속이우. 박형은 속여두 난 못 속인단 말이우." 허 허 허 허.

그는 슬쩍 이씨를 옆눈질해본다. 제 비록 약다 하나 이 쪽에서 가가대소만 하고 있는 한 어떻게 결론을 내릴 수 있으리오.

"앉어, 응? 서 있으면 몸에 해롭지."

"괜찮아요."

"아, 지금이야 괜찮지. 이 댐에 커서 시집갈 때 해롭단 이야기야."

차장은 얼굴을 붉히고 중간쯤에 있는 빈자리에 가서 앉는다. 이씨는 빙그레 웃는다. 실속이 없는 줄 알면서도 여자와 이야기를 나누면 그는 기분이 좋다. 그는 잠바 목 속에서 하얀 목도리를 조금 꺼내 올려 귓부리를 포근히 감싸주고 의자에 등을 기대면서 담배를 뽑아 문다. 불을 붙일 생각을 하지 않고 창밖을 내다본다. 뿌듯이 흐린 하늘에는 눈발이 이따금씩 희끗거리고 있다. 두 사람은 말없이 생각 속으로 빠져들어간다. 뒤에 앉은 박씨만이 낮은 목소리로 여자와 소근거린다. 멋쩍은 몇 낱의 웃음소리만 가끔 엔진 소리 위로 솟아오를 뿐, 대체로 무슨 이야긴지 알아들을 수가 없다.

차가 군하리에서 멎는다. 세 시가 겨웠다. 그들은, 그리고 또 몇 사람들이, 차에서 내린다. 촉촉이 젖은 황톳길은 얼마든지 더 계속되는 모양이다. 차는 이내 떠난다.

"왜 저 사람들은 여기서 안 내릴까?"

"여기에 볼일이 없는 모양이지."

"그게 아니고 다음 정거장에 볼일이 있는 모양이지."

"그렇겠군. 우리가 율평인가 밤평인가에 볼일이 없었던 것처럼."

김씨는 나머지 두 사람의 지혜에 감탄한다. 조금 전까진 내리는 사람들이 낯설어 보였는데 이젠 내리지 않는 사람들이 이상해 보인다. 아마도 이씨와 박씨의 추리가 옳을 것이다.

그 여자가 저만치 달아나고 있다. 박씨가 쫓아간다. 둘 다 키가 작다. '농협이 잘 되어야 농민이 잘살 수 있다'가 하얗게 그들의 배경에 깔린다. 여자는 킬킬거리면서 길가로 비켜선다. 그들은 잠시 말을 주고받는다. 그러다가 여자는 게처럼 옆걸음질을 해서 거기서부터 열 걸음밖에 떨어져 있지 않은 길갓집의 대문 속으로 사라져버린다. 그들은 박씨와 함께 거기까지 가본다. '서울집'이라는 옥호가 엷은 송판에 아무렇게나 쐬어져서 걸려 있다. 길 위에는 사람들이 별로 보이지 않는다. 아마 그들은 집 안에서 닷새마다 한 번씩 돌아오는 장날을 기다리고 있는 모양이다. 농협 지소는 창고 같다. 면사무소와 경찰관 파출소는 사이좋게 붙어 있다. 납작한 이발소 안에서 틀림없이 한 달 전에 제대를 했을 촌스럽게 생긴 젊은이가 고개를 쑥 뽑고 내다본다. 약포도 있고 미장원도 있다. 신부 화장도 하는 모양이다. 격에 맞지 않게 널쩍한 구멍가게에서는 수신기가 연속 방송극을 재탕해주고 있다. 그 옆은 빈터이고 그 뒤로 창고 같은 건물이 있는데 아마도 공회당인 모양이다. 두어 장단에 한 번씩 삼천리 방방곡곡을 돌다 돌다 갈 데가 없어진 영화가 들어오면 원근의 사람들이 이리로 모여들 것이다.

세 사람은 그 건물 모퉁이로 돌아간다. 적당한 간격을 두고 나란히 서더니 일제히 오줌을 누기 시작한다. 오랫동안 참았던지라 줄기가 사뭇 세차다. 물론 그곳이 그들에 의해서 처음으로 그렇게 사용된 것 같지는 않다. 맨 기에 서 있던 김씨가 갑자기 허허허허 하고 웃는다. 나머지 두 사람은 골마리를 훔치고 김씨 곁으로 다가선다. 그리고 김씨의 시선을 따라 건물의 벽을 본다. 가위가 하나 그려져 있다.

세 사람은 다시 길 위로 나온다. 마침 그 부근 일대에서 일어난 일이면 무엇이나 모를 것이 없을 듯싶은 중년 남자 하나가 마주 오고 있다. 박씨가 나선다.

"아씨, 혹시 이 근처 혼사 치르는 집 모르세요. 성씨가 김씬데?"
"헹, 돌촌 김자방이 말이로군."
"예. 예. 맞습니다. 석촌이라든가 뭐 그럽디다."
"글쎄, 그렇다니까, 이리로 곧장 내려가슈. 반 마장도 못 가서 왼편으로 오십여 호 부락이 있수다. 그게 바로 석촌이오."
남자는 말을 마치자 걸음을 떼어놓으면서 엄지손가락 단 하나로 보기 좋게 이쪽저쪽 코를 푼다. 그들은 그것을 바라보고 있다가 문득 그가 가리켜준 대로 걷기 시작한다. 중심가는 열 걸음도 못 가서 갑자기 끝나버린다.

그날 밤 열 시께.
그들은 술에 크게 취해서 돌마을을 빠져나오고 있다.
"아, 신부가 안 이쁘더라."
"그렇지만 육덕은 있겠더라."
"그런 건 걱정 안해도 좋다더라."
그들은 각자 하늘을 쳐다보고 고함을 지른다. 두 팔과 두 손들이 제멋대로 놀고 있다. 이씨, 박씨, 김씨의 순서다. 걷는다기보다 발들을 아무렇게나 움직이고 있다. 소리를 지르는 것도 그 순서다. 버스가 다니는 큰길로 나오자 그들의 걸음걸이는 한결 더 자유로워진다. 좌우 진폭이 자못 심하다.
"아, 우리는 인제 어떻게 할 것이냐?"
"서울 집으로 가자."
"버스가 끊어졌다."
"서울집은 군하리에도 있다."
"그건 나두 안다."
"그럼 그리로 가자."
"돈이 없다."
"아까 받은 것은 쇠붙이냐?"
"나두 보았다."

"보았으니 어떻단 말이냐? 여비조로 천 원 받았다."

"잘했다. 그놈 가지고 마시자."

"세무서 주사는 공술 좋아하기냐?"

"선생보다 덜 좋아한다."

"학생도 술 마시기냐?"

"마시기 시작하면 선생보다 더 잘 마신다."

"좋다. 가자."

그들은 두 걸음 나아가고 한 걸음 물러서면서 서울집으로 향한다. 서울집은 그날따라 조용하다. 술 마실 사람들이 아마 딴곳으로 몰린 모양이다. 대문을 활짝 열어놓고 맞아주지 않는 것이 그들에게는 불만이다. 전깃불이 들어오지 않는 촌락의 밤은 한결 더 어둡다. 그들은 고함을 지르면서 주먹으로 문짝을 친다.

"술 파시오."

"돈 버시오."

"손님이오."

그러자 대문짝 비슷하게 생긴 여러 개의 문짝들 중에서 맨 가엣것이 삐걱 소리를 내면서 열리더니 사람의 머리가 하나 쑥 나타난다.

"웬 사람들이슈?"

"돈 주께 술 파시오."

"하하, 여기선 술을 안 파는데요. 이다음 집에 가보슈."

"여기선 뭘 파우?"

"여긴 여인숙이오."

"정말 그렇군. 간판이 없는데, 낮에 본 간판 말야."

"여인숙 간판은 있을 거 아냐?"

"아, 간판 없이 손님을 받쥬."

"그럼 대문이라도 따놔야지."

"아홉 시 막 버스가 지나가면 손님이 없습죠."

"우린 손님 아니우?"

"우린 이 집 손님이 아니지. 이 다음 집 손님 아냐."

"난 이 집 손님이 됐으면 좋겠어. 한숨 자고 싶은데."

김씨는 벌써 집 안으로 들어가고 있다. 두 사람은 어이가 없는 모양이다.

"학생, 하, 학생."

그러나 그는 뒤도 돌아보지 않는다. 마당이 어둠 속에서 희끄무레하게 빛나고 있다. 그리고 그 저편에 시커먼 마루가 있고 불빛이 비췬 방문이 있다. 그 방문이 열리고 남폿불이 쑥 나온다. 그는 그리로 성큼성큼 다가가서 마루에 걸터앉는다. 소년이 남포를 기둥에 걸고 방을 치운다.

"들어가두 괜찮으니?"

그는 대답을 기다리지 않고 마루 위로 오른다. 걷기보다는 몸을 위로 올리기가 더 힘들다. 바깥이 조용해진다. 아마 주사와 선생은 술집으로 간 모양이다. 소년이 책 나부랭이를 챙겨가지고 나온다. 부러진 연필 토막이 희미한 남포 불빛을 받아 눈에 띈다. 그는 비틀거리면서 허리를 굽히고 방 안으로 들어선다. 어둡고 냄새가 고약하다. 소년이 불을 가지고 방으로 들어와 벽 중간께에 있는 못에다가 건다. 호야가 양철에 부딪치면서 소리를 낸다. 소년이 나간다. 그는 불 건너편 벽에 기대앉아서 담배를 피워 문다. 연기를 내뿜는다. 불꽃이 한참 있다가 흔들린다.

소년이 침구를 안고 다시 들어온다. 그리고 그것을 편다. 일어설 때 보니 가슴에 훈장이 달려 있다. 그는 그를 가까이 불러서 그 훈장을 들여다본다. 둥근 바탕에 가로로 5년 2반이라 씌어 있고 그것을 가로질러서 세로로 반장이라 씌어 있다. 조잡한 비닐 제품이다.

"너 공부 잘 하는구나."

"예. 접때두 일등했어요."

아, 이건 뻔뻔스럽구나, 못생기고 남루한 옷을 입은 주제에.

"여기가 너의 집이니?"

"아녜요. 여긴 이모부댁이예요. 저이 집은요, 월출리예요. 여기서 삼십 리나

들어가요."
 가난한 대학생. 덜커덩거리는 밤의 전차. 피곤한 승객들. 목쉰 경적 소리. 종점에 닿으면 전차는 앞뒤 아가리를 벌리고 사람들을 뱉어낸다. 사람들은 어둠 속으로 빠져들어간다. 초라한 길가 상점들의 희미한 불빛들이 그들을 건져낸다. 그들은 고개들을 가슴에 묻고 조금씩 다시 어둠 속으로 사라져간다. 그리고 은밀히 하나씩 둘씩 골목들 속으로 자취를 감춘다. 가난한 대학생 앞에 대문이 나타난다. 그는 그 앞에 선다. 뒤를 돌아본다. 그리고 망설인다. 아, 이럴 때 쾅쾅 두드릴 수 있는 대문이 있다면 얼마나 좋으랴! 그는 주먹을 편다. 편 손바닥으로 대문을 어루만지듯 흔든다. 또 흔든다. 고무신짝 끄는 소리가 들려온다. 식모의 고무신짝은 겸손하게 소리를 낸다. 그는 안심한다. 안심이 뱃속으로 쑥 가라앉는다.
 "학곤 여기서 다니니?"
 그는 눈을 게슴츠레하게 뜬다. 심지를 줄인 남폿불이 눈앞에서 가물거리고 있을 뿐 소년은 보이지 않는다. 방바닥이 뜨뜻한다. 술이 점점 더 취해오른다. 그는 옷을 입은 채 허리를 굽히고 손발을 이부자리 밑으로 쑤셔 넣는다. 넥타이를 풀어야지. 그러면서 그는 눈을 감는다.
 "일등을 했다구? 좋은 일이다. 열심히 공부해라. 기회는 얼마든지 있다. 미국, 영국, 불란서, 어디든지 갈 수 있다. 내 돈 한푼 안 들이고 나랏돈이나 남의 돈으로 얼마든지 공부할 수 있다. 돈 없는 건 걱정할 필요가 없다. 흔한 것이 장학금이다. 머리와 노력만 있으면 된다. 부지런히 공부해라, 부지런히. 자신을 가지고."
 그러나 그의 말을 듣고 있는 사람은 아무도 없다. 또 알아들을 수도 없다. 그는 입을 다물고 흥얼거렸다. 그 말이 끝나자 그의 머릿속에는 몽롱한 가운데 하나의 천재가 열등생으로 변모해가는 과정들이 하나씩 떠오른다. 너는 아마도 너희 학교의 천재일 테지. 중학교에 가선 수재가 되고, 고등학교에 가선 우등생이 된다. 대학에 가선 보통이다가 차츰 열등생이 되어서 세상으로 나온다. 결국 이 열등생이 되기 위해서 꾸준히 고생해온 셈이다. 차라리 천재이었을 때 삼십 리 산골짝으로 들어가서 땔나무꾼이 되었던 것이 훨씬 더 나았다. 천재라고 하는 화려한 단어가 결국 촌놈들의 무식한 소견에서 나온 허사였음이 드러나는 것을 보는 것은 결코 즐거운 일이 못 된다. 그들은 천재가 가난과 끈질긴 싸움을 하다가 어느 날 문득 열등생이 되어버린다는 사실을 몰랐다. 누구나가 다 강에 불을 처지를 수야 없는 일이다. 허옇게 색이 바랜 짧은 바지를 입고 읍내까지 몇십 리를 걸어서 통학하는 중학생. 많은 동정과 약간의 찬탄. 이모 집이나 고모 집이 아니면 삼촌이나 사촌네 집을 전전하면서 고픈 배를 졸라매고 낡고 무거운 구식의 커다란 가죽 가방을 옆구리에다 끼고 다가오는 학기의 등록금을 골똘히 생각하며 밤늦게 도서관으로부터 돌아오는 핏기 없는 대학생. 그러다 보면 천재는 간 곳이 없고, 비굴하고 피곤하고 오만한 낙오자가 남는다. 그는 출세할 일이라면 무엇이든지 할 준비가 되어 있다. 어떠한 것도 주임 교수의 인정을 받는 일보다 더 중요하지 않다. 외국에 가는 기회는 단 하나도 그의 시도를 받지 않고 지나치는 법이 없다. 따라서 그가 성공할 확률은 대단히 높다. 많은 것들 중에서 어느 하나만 적중하면 된다. 그런데 문제는 적중하느냐 않느냐가 아니라 적중하건 안 하건 간에 아무런 차이가 없다는 데에 있다. 적중하건 안 하건 간에 그는 그가 처음 출발할 때에 도달하게 되리라고 생각했던 곳으로부터 사뭇 멀리 떨어져 있는 곳에 와 있음을 깨닫는다. 아—, 되찾을 수 없는 것의 상실임이여!

그는 꿈틀인다. 눈을 감은 채 일어나 앉더니 외투와 저고리로부터 동시에 빠져나온다. 아까보단 편한 자세로 다시 눕는다. 그리고 잠 속으로 빠져들어간다. 이내 코를 골기 시작한다.

"네가 잘나 일색이냐."
"내가 못나 박색이냐."
"돈이 좋아 일색이고, 돈이 없어 박색이지."
"옳고!"

술상을 가운데 두고, 선생은 누워 있고 주사는 앉아 있다. 여자는 그 사이에 있다. 선생이 천정을 향해서 소릴 지른다. 옳고!
 여자가 하품을 한다. 주사가 여자의 손목을 잡아끈다. 여자가 킬킬거린다. 주사는 힘이 세다.
 "아까 올 땐 박씨와 재밀 봤으니 이젠 나허구 재미 좀 보자."
 이씨가 여자를 끌어안는다. 여자가 버둥대면서 남자의 품으로부터 빠져나온다. 남자가 여자의 허벅지를 꼬집는다. 여자가 소리를 지르면서 치마를 걷어올리고 허연 허벅지를 들여다본다. 심지를 돋운 남폿불이 벽에서 펄럭인다.
 박씨는 누워서 말똥말똥 천장을 쳐다보고 있다. 그는 주사가 밉다. 주사는 멋쟁이이고 또 춤을 잘 춘다. 언젠가 그가 그의 아내에게 춤을 가르쳐주겠다고 팔을 내밀며 허리를 붙잡았을 때 옆에 있던 그는 그녀가 발칵 화를 낼 것을 기대했었지만 그녀는 킬킬거리면서 방 밖으로 달아났을 뿐 결코 노여워하지 않은 적이 있다. 슬쩍 떠보느라고 "이 주사는 정말 재미있는 사람이야,"라고 그가 말했을 때, 그녀가 "정말 그래요,"라고 대답했으므로 그는 대단히 실망을 했다. 늙은 대학생 김씨라면 그는 안심한다. 우선 그는 몸치장을 할 줄 모르고 사람 사귀기를 좋아하지 않고 말수가 적다. 하루 종일 방구석에서 뒹굴 수 있는 것은 그들 셋 중에서 대학생뿐이다. 가만 놔두면 그는 하룻커녕 일주일이라도 엎치락뒤치락하면서 혼자 지낸다.
 "학생은 진짜 잠자는 모양이지?"
 박씨가 술상 너머로 넌지시 이씨를 건너다본다. 이씨는 털옷 밑으로 여자의 가슴을 더듬는 중이다.
 "정말! 또 한 분은 어딜 가셨어요?"
 정말 이씨는 뻔뻔스럽다. 자기가 아주 잘났다고 생각하는 깃까지는 좋은데 그것을 거침없이 남에게 드러낸다. 여자만 보면 그는 매력적이라고 생각되어지는 미소를 자신만만하게 띄운다. 그것이 여자에게는 매력적일지 몰라도 옆에 있는 남자에게는 구역질 나고 그렇게 천격일 수가 없다. 이것은 질투와는 다른 감정이다. 그는 잠자는 시간을 제외하면 한시도 집에 붙어 있지 않는다. 오후에는 느지막하게 퇴근을 하는데 대개 "아, 한 큐 잡았더니 몸이 가뿐하다,"라든가 "오늘은 장씨 부인을 만나서 한바탕 돌았지."와 같은 말들과 함께 들어온다. 유부녀를 껴안고 빙빙 도는 것이 그에게는 자랑인 모양이다. 그러면 김씨는 눈을 껌벅거리면서 벽이나 천장만 바라보고 있다. 남의 행동의 옳고 그름을 따지고 싶은 생각이 그에게는 없다. 그들은 그를 법 없이도 살 사람이라고 부른다. 그는 그를 좋아한다. 아무도 그를 싫어할 수 없다.

"너 가서 대학생 데리고 온."

"어머, 대학생!"

"아까 버스에서 나허구 나란히 앉아 있던 양반 말야. 창밖만 내다보구 있었지만 속은 엉큼하다. 옆집에 있는데 지금쯤 늘어지게 한숨 잤겠지. 가서 깨워도 싫어하지 않을 거다. 오늘 밤 밤샘 한번 해보자."

여자는 주의 깊게 듣는다. 박씨도 듣고만 있다. 박씨는 눈꺼풀이 무겁다. 여자가 살며시 일어서자 기대고 있던 이씨는 비스듬히 모로 쓰러져서 방바닥에 녹아 떨어진다. 여자가 조용히 방문을 여닫고 밖으로 나간다. 남폿불이 펄럭인다.

밖으로 나온 여자는 놀란다. 그녀는 신발을 끌고 마당 가운데로 나선다. 눈이 하얗게 쌓였고 또 소리없이 내리고 있다. 고개를 뒤로 잦히고 하늘을 쳐다본다. 점점이 검게 눈송이들이 하늘에 꽉 차 있다. 얼굴 위에 와서 닿는 그것들의 감촉은 상쾌하다. 그녀는 입을 떡 벌린다.

"아, 신부는 좋겠네. 첫날밤에 눈이 쌓이면 부자가 된다는데. 복두 많지."

그녀는 두 눈을 껌벅인다. 수많은 눈송이들이 눈앞에서 명멸한다. 그녀는 신부의 얼굴을 모른다. 그러나 모든 신부들은 똑같은 하나의 얼굴을 가지고 있을 것 같다. 그것은 행복, 기대, 불안. 또는 그 전부…… 그녀는 고개를 떨어뜨린다. 무릎을 굽히지 않고 다리를 쭉 편 채 신발을 질질 끌어서 쌓인 눈 위에 두 갈래 길을 낸다. 그녀는 그렇게 마당을 빙빙 돈다. 눈송이가 금세금세 머리 위에 얹힌다. 그녀는 문득 신발 끄는 일을 그만둔다. 문간으로 간다. 그리고 고양이처럼 소리없이 대문을 비집고 밖으로 나간다.

눈은 길 위에도 쌓이고 있다. 쌓인 눈 위에 떨어지는 제 발끝을 내려다보면서 마치 백 리라도 걸을 듯이 그녀는 걷는다. 방금 쌓인 눈은 밟혀도 소리를 내지 않는다. 세상은 참으로 조용하다. 그녀는 옆집 여인숙의 샛문께로 간다. 비사리 사이로 손을 비집어 넣어 손쉽게 사립문을 연다. 솜 같은 눈덩이들이 부슬부슬 떨어진다. 그녀는 집 안으로 들어선다. 손님을 받는 방은 둘인데 그중의 하나에 불이 켜져 있다. 그녀는 잠시 망설이다가 그리로 간다. 마루 위로 기어 올라가서 뚫어진 창호지 틈으로 방 안을 들여다본다. 한 사내가 희미한 불 밑에 웅크리고 누워 있다. 그녀는 흠칫 뒤로 물러난다. 그리고 불이 꺼진 그 옆 방 앞으로 간다. 문에다가 입을 댄다.

"꼬마야, 꼬마야."

아무 대답이 없다. 문을 흔들어본다. 역시 반응이 없다. 그녀는 다시 불 켜진 방 앞으로 간다. 그리고 방문을 연다.

김씨는 네 다리를 이불 밑에 쑤셔넣은 채 새우처럼 등을 굽히고 옆으로 누워 곤히 자고 있다. 여자는 그 얼굴을 들여다본다. 낮에 본 사람이 분명하다. 대학생! 그녀는 살포시 김씨의 어깨를 밀어서 바로 눕힌다. 목댕기가 목에 켕기는지 턱을 좌우로 흔든다. 츳, 츳, 옷두 벗지 않구. 가엾어라. 그녀는 누나가 되고 어머니가 된다. 댕기를 풀고, 이불을 젖혀서 바지를 벗기고, 와이셔츠를 벗기고, 요를 바로 펴고…… 김씨가 꿈틀하더니 일어날 듯하다가 다시 요 밑으로 파고든다. 여자는 화가 난다. 그의 팔다리를 요 밑에서 빼어내고 그를 안아서 간신히 요 위에 눕힌다. 그리고 이불을 끌어다가 덮어준다. 베개를 바로 베주고 그대로 엎드려서 그 얼굴을 들여다본다. 대학생!

남폿불이 피시식 소리를 낸다. 그녀는 일어나서 방바닥에 널려 있는 옷들을 주섬주섬 벽에다 건다. 남포는 호야가 시커멓다. 그녀는 고개를 숙이고 위에서부터 남포 호야 속으로 살며시 바람을 불어넣는다.

밖에서는 눈이 소복소복 쌓이고 있다. 그녀가 남겨논 발자국을 하얗게 지우면서.

서정인(徐廷仁)

1936년 전남 순천 출생. 서울대학교 영문과 졸업. 1962년 『사상계』 신인상에 단편 「후송」이 당선되어 등단. 한국문학작가상, 월탄문학상, 한국일보 창작문학상, 김동리문학상, 대산문학상, 이산문학상 등 수상. 전북대학교 영문과 교수 역임. 『강』(1976), 『가위』(1977), 『토요일과 금요일 사이』(1980), 『벌판』(1984), 『철쭉제』(1986), 『붕어』(1994), 『베네치아에서 만난 사람』(1999), 『용병대장』(2000), 『말뚝』(2000) 등의 소설집과 『달궁』(1987, 1988, 1990), 『봄꽃 가을열매』(1991) 등의 장편소설 출간.

작품 세계

서정인은 끊임없이 소설 형식을 새롭게 개발하며 현실에 대한 의미 있는 문학적 메시지를 전달해왔다. 군대라는 공간에 대한 실존적 분노의 문제를 이명(耳鳴)의 사회임상학으로 풀어본 데뷔작 「후송」(1962)을 비롯하여, 자유의지에 입각한 삶의 방향 모색의 비극적 좌절을 보여준 「미로」(1967) 등 실존주의 색채를 지닌 초기 단편에서, 그는 비속한 현실에서 인간 실존의 문제를 다루었다. 소설 형식의 고전적 미학을 유지하던 시절의 절정을 보인 작품인 「강」(1968)에서 작가는, 쓸쓸하고 누추한 삶의 리듬을 적절하게 포착했다. 차츰 속악한 현실을 그같이 단정한 형식으로 형상화하기 어렵다고 생각한 서정인은 「원무」(1969), 「남문통」(1975)을 거치면서 막막한 소시민들의 풍경들을 새롭게 조명하기 위한 서사적 혁신을 도모한다. 「철쭉제」(1983~1986)에서 생기 있는 인물들의 발랄한 대화를 적극적으로 끌어들이는 시도를 보인 그는 『달궁』(1987~1990)에 이르러 더욱 활력 넘치는 서사 실험을 펼친다. 한국의 전통적 연희 문화인 판소리의 창조적 계승으로 보이는 『달궁』에서 서정인은 해학과 연민의 페이소스를 넘나들면서 다양한 인간 군상들의 삶과 의식이 어울리는 교감의 형식을 창출한다. 그는 살아 있는 입말의 활력과 열린 서사 형식을 통해 생기 있는 현실의 실체를 보여주고자 했다.

『달궁』과 『봄꽃 가을열매』에서 보인 열린 서사 형식 실험에 세계 해석의 폭을 넓힌 시도가 밀레니엄 시기의 르네상스 시리즈다. 『베네치아에서 만난 사람』(1999)에서 『용병대장』(2000), 『말뚝』(2000) 등은 14~15세기 이탈리아의 문예부흥기에 대한 새로운 소설적 탐구라는 성격을 띤다. 르네상스의 긍정적 빛의 이면을 해체적 시선으로 날카롭게 해부하기 위해 그는 다채로운 소설 언어와 스타일을 실험한다. "삶의 형식적 모방이 그 삶의 혼돈을 보여주고, 형식이 모방의 현실로부터 유리되어 실체를 보여줄 수 없을 때 그 형식을 새로운 형식으로 파괴하여 유리된 현실이 아니라 놓친 실체를 보여주려는 노력이 리얼리즘"(「리얼리즘고」)이라고 강조한 작가답게, 타락한 시대에 대한 소설적 대응 담론의 구체적 실천을 보여준 것이다.

「강」

「강」은 '김' '이' '박'이라 불리는 1960년대의 장삼이사(張三李四)들이 어느 겨울날 군하리라는 작은 시골 마을에서 열리는 결혼식에 참석하러 가는 하루의 이야기를 다룬다. 비관주의자인 늦깎기 대학생 '김,' 세무서 직원이며 잡기에 능한 건달 같은 '이,' 소심하고 열등감이 많은 전직 교사이며 병역 기피자인 '박'…… 이런 장삼이사들의 자잘한 내면 정경과 그 외면 풍경이 흐르는 강물처럼 소설의 분위기를 형성한다. 그래도 '이'나 '박'과는 달리 '김'은 꿈을 꾸었던 인물로 제시된다. 그는 현재의 현실을 너머 미래 희망의 실현 가능성에 신뢰를 걸었던 사람이다. 그러나 군 입대 삽화에서 분명히 드러나듯 소망과 현실의 거리, 낭만과 실제의 거리는 아득했다. 더 이상 꿈꿀 수 없는 일상에서 비관주의자인 그는 너무나 피로하다. 결혼식에 다녀온 후 '이'와 '박'은 술을 마시러 가는데 홀로 여인숙으로 가는 것도 그런 까닭이다. 거기서 그의 성격은 다시 한 번 입증된다. 반장이며 일등을 했다는 여인숙 꼬마에게서 자신의 과거 모습을 발견하며 매우 안타까워한다. "처음 출발할 때에 도달하게 되리라고 생각했던 곳으로부터 사뭇 멀리 떨어져 있는 곳에 와 있음을" 깨달으며, "아— 되찾을 수 없는 것의 상실" 감에 젖는다.

1960년대식 현실적 절망과 낭만적 희망의 쓸쓸한 기미들이 자잘하게 흐르는 「강」은 "꽉 짜인 구성과 치밀한 복선의 배치, 생동감 넘치는 대화, 경제적인 언어 구사를 통한 인물 성격의 부각, 적절한 반전에 의한 산뜻한 마무리 등 단편소설이 요구하는 미학적 황금률을 두루 충족시켜주고"(남진우) 있는 작품이다. 이런 「강」에는 절망과 희망, 현실과 꿈, 현실성과 낭만성, 세계와 자아 사이의 대립과 갈등의 겹무늬들이 일렁거린다. 그 강 물결은 서정인이 찾아낸 삶의 리듬이다. 거기서 개인이나 자아는 쓸쓸하고 허탈하다. 「강」은 고전적 소설 미학의 방식으로 전혀 고전적이지 않은 비속한 나날의 삶의 진실을 찾아가는 언어 기행이다.

주요 참고 문헌

「강」이 발표되던 당시 삶과 시간의 리듬과 관련지어 「강」의 리듬을 의미화했던(『비순수의 선언』, 민음사, 1995) 유종호는 줄곧 서정인 단편의 고전주의 미학에 주목하면서 "우리 말로 된 가장 행복스러운 단편소설의 지복일대의 하나"("삭막한 삶과 압축이 미학」, 『철쭉제』 해설, 민음사, 1986)로 서정인 소설을 평가했다. 김현은 「세계인식의 변화와 의미」(『강』 해설, 문학과지성사, 1976)에서 서정인 소설의 문체 미학과 언어적 특성을 분석했으며, 오생근은「타락한 세계에서의 진실」(『문학과지성』, 1975년 여름호)에서 혼탁한 시대 상황을 진실에 까깝게 축조한 소설적 구성에 주목했다. 이남호는「60, 70년대 장삼이사(張三李四)들의 삶」(『작가세계』, 1994년 여름호)에서「강」에 등장하는 인물의 특성과 그 의미를 "아름다운 꿈의 상실과 초라한 현실의 확인"이라는 시각에서 조명했다. 남진우는「삶의 무거움과 아이러니의 정신」(『해바라기』해설, 청아, 1992)에서「강」의 서사 요소들의 미학적 황금률을 주목했고, 이광호는「소설은 어떻게 눈뜨는가」(『강』개정판 해설, 문학과지성사, 1996)에서 열린 텍스트로서「강」의 성격을 밝혔으며, 우찬제는「소설성의 탐색, 탐색의 소설성」(『문학과사회』, 2000년 봄호)에서 무의식적 성찰의 깊이와 관련하여「강」의 소설 미학을 해명했다. 이종민이 엮은『달궁가는 길: 서정인의 문학세계』(서해문집, 2003)에는 서정인 소설과 관련한 주요 논의들이 잘 정리되어 있다.　　　　　_우찬제

김승옥
무진기행(霧津紀行)

무진으로 가는 버스

버스가 산모퉁이를 돌아갈 때 나는 '무진 Mujin 10Km'라는 이정비(里程碑)를 보았다. 그것은 옛날과 똑같은 모습으로 길가의 잡초 속에서 튀어나와 있었다. 내 뒷좌석에 앉아 있는 사람들 사이에서 다시 시작된 대화를 나는 들었다. "앞으로 십 킬로 남았군요." "예, 한 삼십 분 후엔 도착할 겁니다." 그들은 농사 관계의 시찰원들인 듯했다. 아니 그렇지 않은지도 모른다. 그러나 하여튼 그들은 색무늬 있는 반소매 셔츠를 입고 있었고 데드롱 직(織)의 바지를 입었고 지나쳐오는 마을과 들과 산에서 아마 농사 관계의 전문가들이 아니면 할 수 없는 관찰을 했고 그것을 전문적인 용어로 얘기하고 있었다. 광주에서 기차를 내려서 버스로 갈아탄 이래, 나는 그들이 시골 사람들답지 않게 낮은 목소리로 점잔을 빼면서 얘기하는 것을 반수면 상태 속에서 듣고 있었다. 버스 안의 좌석들은 많이 비어 있었다. 그 시찰원들의 말에 의하면 농번기이기 때문에 사람들이 여행을 할 틈이 없어서라는 것이었다. "무진엔 명산물이…… 뭐 별로 없지요?" 그들은 대화를 계속하고 있었다. "별게 없지요. 그러면서도 그렇게 많

---

* 「무진기행」은 1964년 10월 『사상계』에 발표되었다. 여기서는 『무진기행』(김승옥 소설전집 1, 문학동네, 1995: 2004)에 수록된 것을 텍스트로 삼았다.

은 사람들이 살고 있다는 건 좀 이상스럽거든요." "바다가 가까이 있으니 항구로 발전할 수도 있었을 텐데요?" "가보시면 아시겠지만 그럴 조건이 되어 있는 것도 아닙니다. 수심이 얕은 데다가 그런 얕은 바다를 몇백 리나 밖으로 나가야만 비로소 수평선이 보이는 진짜 바다다운 바다가 나오는 곳이니까요." "그럼 역시 농촌이군요." "그렇지만 이렇다 할 평야가 있는 것도 아닙니다." "그럼 그 오륙만이 되는 인구가 어떻게들 살아가나요?" "그러니까 그럭저럭이란 말이 있는 게 아닙니까!" 그들은 점잖게 소리 내어 웃었다. "원, 아무리 그렇지만 한 고장에 명산물 하나쯤은 있어야지." 웃음 끝에 한 사람이 말하고 있었다.

무진에 명산물이 없는 게 아니다. 나는 그것이 무엇인지 알고 있다. 그것은 안개다. 아침에 잠자리에서 일어나서 밖으로 나오면, 밤사이에 진주해온 적군들처럼 안개가 무진을 뺑 둘러싸고 있는 것이었다. 무진을 둘러싸고 있는 산들도 안개에 의하여 보이지 않는 먼 곳으로 유배당해버리고 없었다. 안개는 마치 이승에 한이 있어서 매일 밤 찾아오는 여귀(女鬼)가 뿜어내놓은 입김과 같았다. 해가 떠오르고, 바람이 바다 쪽에서 방향을 바꾸어 불어오기 전에는 사람들의 힘으로써는 그것을 헤쳐버릴 수가 없었다. 손으로 잡을 수 없으면서도 그것은 뚜렷이 존재했고 사람들을 둘러쌌고 먼 곳에 있는 것으로부터 사람들을 떼어놓았다. 안개, 무진의 안개, 무진의 아침에 사람들이 만나는 안개, 사람들로 하여금 해를, 바람을 간절히 부르게 하는 무진의 안개, 그것이 무진의 명산물이 아닐 수 있을까!

버스의 덜커덩거림이 좀 덜해졌다. 버스의 덜커덩거림이 더하고 덜하는 것을 나는 턱으로 느끼고 있었다. 나는 몸에서 힘을 빼고 있었으므로 버스가 자갈이 깔린 시골길을 달려오고 있는 동안 내 턱은 버스가 껑충거리는 데 따라서 함께 덜그럭거리고 있었다. 턱이 덜그럭거릴 정도로 몸에서 힘을 빼고 버스를 타고 있으면, 긴장해서 버스를 타고 있을 때보다 피로가 더욱 심해진다는 것을 알고 있었지만 그러나 열려진 차창으로 들어와서 나의 밖으로 드러난 살갗을 사정없이 간지럽히고 불어가는 유월의 바람이 나를 반수면 상태로 끌어넣었기 때문에 나는 힘을 주고 있을 수가 없었다. 바람은 무수히 작은 입자로 되어 있고 그 입자들은 할 수 있는 한 욕심껏 수면제를 품고 있는 것처럼 내게는 생각되었다. 그 바람 속에는 신선한 햇살과 아직 사람들의 땀에 밴 살갗을 스쳐보지 않았다는 천진스러운 저온(低溫) 그리고 지금 버스가 달리고 있는 길을 에워싸며 버스를 향하여 달려오고 있는 산줄기의 저편에 바다가 있다는 것을 알리는 소금기, 그런 것들이 이상스레 한데 어울리면서 녹아 있었다. 햇빛의 신선한 밝음과 살갗에 탄력을 주는 정도의 공기의 저온, 그리고 해풍에 섞여 있는 정도의 소금기, 이 세 가지만 합성해서 수면제를 만들어낼 수 있다면 그것은 이 지상에 있는 모든 약방의 진열장 안에 있는 어떠한 약보다도 가장 상쾌한 약이 될 것이고 그리고 나는 이 세계에서 가장 돈 잘 버는 제약회사의 전무님이 될 것이다. 왜냐하면 사람들은 누구나 조용히 잠들고 싶어하고 조용히 잠든다는 것은 상쾌한 일이기 때문이다.

그런 생각을 하자 나는 쓴웃음이 나왔다. 동시에 무진이 가까웠다는 것이 더욱 실감되었다. 무진에 오기만 하면 내가 하는 생각이란 항상 그렇게 엉뚱한 공상들이었고 뒤죽박죽이었던 것이다. 다른 어느 곳에서도 하지 않았던 엉뚱한 생각을 나는 무진에서 아무런 부끄럼 없이, 거침없이 해내곤 했었던 것이다. 아니 무진에서는 내가 무엇을 생각하고 어쩌고 하는 게 아니라 어떤 생각들이 나의 밖에서 제멋대로 이루어진 뒤 나의 머릿속으로 밀고 들어오는 듯했었다.

"당신 안색이 아주 나빠져서 큰일 났어요. 어머님 산소에 다녀온다는 핑계를 대고 무진에 며칠 동안 계시다가 오세요. 주주총회에서의 일은 아버지하고 저하고 다 꾸며놓을게요. 당신은 오랜만에 신선한 공기를 쐬고 그리고 돌아와보면 대회생제약회사의 전무님이 되어 있을 게 아니에요?"라고, 며칠 전날 밤, 아내가 나의 파자마 깃을 손가락으로 만지작거리며 나에게 진심에서 나온 권유를 했을 때 가기 싫은 심부름을 억지로 갈 때 아이들이 불평을 하듯이 내가 몇 마디 입안엣소리로 투덜댄 것도 무진에서는 항상 자신을 상실하지 않을 수 없었던 과거의 경험에 의한 조건반사였었다.

내가 나이가 좀 든 뒤로 무진에 간 것은 몇 차례 되지 않았지만 그 몇 차례 되지 않은 무진행이 그러나 그때마다 내게는 서울에서의 실패로부터 도망해야 할 때거나 하여튼 무언가 새출발이 필요할 때였었다. 새출발이 필요할 때 무진으로 간다는 그것은 우연이 결코 아니었고 그렇다고 무진에 가면 내게 새로운 용기라든가 새로운 계획이 술술 나오기 때문도 아니었었다. 오히려 무진에서의 나는 항상 처박혀 있는 상태였었다. 더러운 옷차림과 누우런 얼굴로 나는 항상 골방 안에서 뒹굴었다. 내가 깨어 있을 때는 수없이 많은 시간의 대열이 멍하니 서 있는 나를 비웃으며 흘러가고 있었고, 내가 잠들어 있을 때는 긴긴 악몽들이 거꾸러져 있는 나에게 혹독한 채찍질을 하였었다. 나의 무진에 대한 연상의 대부분은 나를 돌봐주고 있는 노인들에 대하여 신경질을 부리던 것과 골방 안에서의 공상과 불면을 쫓아보려고 행하던 수음(手淫)과 곧잘 편도선을 붓게 하던 독한 담배꽁초와 우편배달부를 기다리던 초조함 따위거나 그것들에 관련된 어떤 행위들이었었다. 물론 그것들만 연상되었던 것은 아니다. 서울의 어느 거리에서고 나의 청각이 문득 외부로 향하면 무자비하게 쏟아져들어오는 소음에 비틀거릴 때거나, 밤늦게 신당동 집 앞의 포장된 골목을 자동차로 올라갈 때, 나는 물이 가득한 강물이 흐르고 잔디로 덮인 방죽이 시오리 밖의 바닷가까지 뻗어나가 있고 작은 숲이 있고 다리가 많고 골목이 많고 흙담이 많고 높은 포플러가 에워싼 운동장을 가진 학교들이 있고 바닷가에서 주워 온 까만 자갈이 깔린 뜰을 가진 사무소들이 있고 대로 만든 와상(臥床)이 밤거리에 나앉아 있는 시골을 생각했고, 그것은 무진이었다. 문득 한적이 그리울 때도 나는 무진을 생각했었다. 그러나 그럴 때의 무진은 내가 관념 속에서 그리고 있는 어느 아늑한 장소일 뿐이지 거기엔 사람들이 살고 있지 않았다. 무진이라고 하면 그것에의 연상은 아무래도 어둡던 나의 청년이었다.

그렇다고 무진에의 연상이 꼬리처럼 항상 나를 따라다녔다는 것은 아니다. 차라리, 나의 어둡던 세월이 일단 지나가버린 지금은 나는 거의 항상 무진을 잊고 있었던 편이다. 어제저녁 서울역에서 기차를 탈 때에도, 물론 전송 나온 아내와 회사 직원 몇 사람에게 일러둘 말이 너무 많아서 거기에 정신이 쏠려 있던 탓도 있었겠지만, 하여튼 나는 무진에 대한 그 어두운 기억들이 그다지 실감나게 되살아오지는 않았다. 그런데 오늘 이른 아침, 광주에서 기차를 내려서 역 구내를 빠져나올 때 내가 본 한 미친 여자가 그 어두운 기억들을 홱 잡아 끌어당겨서 내 앞에 던져주었다. 그 미친 여자는 나일론의 치마저고리를 맵시 있게 입고 있었고 팔에는 시절에 맞추어 고른 듯한 핸드백도 걸치고 있었다. 얼굴도 예쁜 편이고 화장이 화려했다. 그 여자가 미친 사람이라는 것을 알 수 있는 것은 쉼 없이 굴리고 있는 눈동자와 그 여자를 에워싸고 서서 선하품을 하며 그 여자를 놀려대고 있는 구두닦이 아이들 때문이었다. "공부를 많이 해서 돌아버렸대." "아냐, 남자한테서 채여서야." "저 여자 미국말도 참 잘한다. 물어볼까?" 아이들은 그런 얘기를 높은 목소리로 하고 있었다. 좀 나이가 든 여드름쟁이 구두닦이 하나는 그 여자의 젖가슴을 손가락으로 집적거렸고 그럴 때마다 그 여자는 여전히 무표정한 얼굴로 비명만 지르고 있었다. 그 여자의 비명이 옛날 내가 무진의 골방 속에서 쓴 일기의 한 구절을 문득 생각나게 한 것이었다.

그때는 어머니가 살아 계실 때였다. 6·25 사변으로 대학의 강의가 중단되었기 때문에 서울을 떠나는 마지막 기차를 놓친 나는 서울에서 무진까지의 천여 리 길을 발가락이 몇 번이고 불어터지도록 걸어서 내려왔고 어머니에 의해서 골방에 처박혀졌고 의용군의 징발도 그 후의 국군의 징병도 모두 기피해버리고 있었다. 내가 졸업한 무진중학교의 상급반 학생들이 무명지에 붕대를 감고 '이 몸이 죽어서 나라가 산다면……'을 부르며 읍 광장에 서 있는 트럭들로 행진해가서 그 트럭들에 올라타고 일선으로 떠날 때도 나는 골방 속에 쭈그리고 앉아서 그들의 행진이 집 앞을 지나가는 소리를 듣고만 있었다. 전선이 북쪽으로 올라가고 대학이 강의를 시작했다는 소식이 들려왔을 때도 나는 무진의 골방 속에 숨어 있었다. 모두가 나의 홀어머니 때문이었다. 모두가 전쟁터로 몰려갈 때 나는 내 어머니에게 몰려서 골방 속에 숨어서 수음을 하고 있었다. 이웃집 젊은이의 전사 통지가 오면 어머니는 내가 무사한 것을 기뻐했고, 이따금 일선의 친구에게서 군사 우편이 오기라도 하면 나 몰래 그것을 찢어버리곤 하였었다. 내가 골방보다는 전선을 택하고 싶어해가는 것을 알고 있었기 때문이다. 그 무렵에 쓴 나의 일기장들은, 그 후에 태워버려서 지금은 없지만, 모두가 스스로를 모멸하고 오욕을 웃으며 견디는 내용들이었다. '어머니, 혹시 제가 지금 미친다면 대강 다음과 같은 원인들 때문일 테니 그 점에 유의하셔서 저를 치료해보십시오……' 이러한 일기를 쓰던 때로 이른 아침 역 구내에서 본 미친 여자가 내 앞으로 끌어당겨주었던 것이다. 무진이 가까웠다는 것을 나는 그 미친 여자를 통하여 느꼈고 그리고 방금 지나친, 먼지를 둘러쓰고 잡초 속에서 튀어나와 있는 이정비를 통하여 실감했다.

"이번엔 자네가 전무가 되는 건 틀림없는 거구, 그러니 자네 한 일주일 동안 시골에 내려가서 긴장을 풀고 푹 쉬었다가 오게. 전무님이 되면 책임이 더 무거워질 테니 말야." 아내와 장인 영감은 자신들은 알지 못하는 사이에 퍽 영리한 권유를 내게 한 셈이었다. 내가 긴장을 풀어버릴 수 있는, 아니 풀어버릴 수밖에 없는 곳을 무진으로 정해준 것은 대단히 영리한 것이었다.

버스는 무진 읍내로 들어서고 있었다. 기와지붕들도 양철지붕들도 초가지붕들도 유월 하순의 강렬한 햇빛을 받고 모두 은빛으로 번쩍이고 있었다. 철공소에서 들리는 쇠망치 두드리는 소리가 잠깐 버스로 달려들었다가 물러났다. 어디선지 분뇨 냄새가 새어 들어왔고 병원 앞을 지날 때는 크레졸 냄새가 났고 어느 상점의 스피커에서는 느려빠진 유행가가 흘러나왔다. 거리는 텅 비어 있었고 사람들은 처마 밑의 그늘에 쭈그리고 앉아 있었다. 어린아이들은 빨가벗고 기우뚱거리며 그늘 속을 걸어다니고 있었다. 읍의 포장된 광장도 거의 텅 비어 있었다. 햇빛만이 눈부시게 그 광장 위에서 끓고 있었고 그 눈부신 햇살 속에서, 정적 속에서 개 두 마리가 혀를 빼물고 교미를 하고 있었다.

밤에 만난 사람들

저녁 식사를 하기 조금 전에 나는 낮잠에서 깨어나서 신문지국들이 몰려 있는 거리로 갔다. 이모님 댁에서는 신문을 구독하고 있지 않았다. 그렇지만 신문은 도회인이면 누구나 그렇듯이 이제 내 생활의 일부로서 내 하루의 시작과

끝을 맡아보고 있었던 것이다. 내가 찾아간 신문지국에 나는 이모님 댁의 주소와 약도를 그려주고 나왔다. 밖으로 나올 때 나는 내 등 뒤에서 지국 안에 있던 사람들이 그들끼리 무엇이라고 수군거리는 소리를 들었다. 아마 나를 알고 있는 사람들이었던 모양이다. "……그래애? 거만하게 생겼는데……." "……출세했다지?" "……옛날…… 폐병……." 그런 속삭임 속에서, 나는 밖으로 나오면서 은근히 한마디를 기다리고 있었다. 그러나 결국은 '안녕히 가십시오'는 나오지 않고 말았다. 그것이 서울과의 차이점이었다. 그들은 이제 점점 수군거림의 소용돌이 속으로 끌려들어가고 있으리라, 자기 자신조차 잊어버리면서, 나중에 그 소용돌이 밖으로 내던져졌을 때 자기들이 느낄 공허감도 모른다는 듯이 그들은 수군거리고 수군거리고 또 수군거리고 있으리라. 바다가 있는 쪽에서 바람이 불어오고 있었다. 몇 시간 전에 버스에서 내릴 때보다 거리는 많이 번잡해졌다. 학생들이 학교에서 돌아오고 있었다. 그들은 책가방이 주체스러운 모양인지 그것을 뱅뱅 돌리기도 하며 어깨 너머로 넘겨 들기도 하며 두 손으로 껴안기도 하며 혀끝에 침으로써 방울을 만들어서 그것을 입바람으로 훅 불어 날리곤 했다. 학교 선생들과 사무소의 직원들도 달그락거리는 빈 도시락을 들고 축 늘어져서 지나가고 있었다. 그러자 나는 이 모든 것이 장난처럼 생각되었다. 학교에 다닌다는 것, 학생들을 가르친다는 것, 사무소에 출근했다가 퇴근한다는 이 모든 것이 실없는 장난이라는 생각이 든 것이다. 사람들이 거기에 매달려서 낑낑댄다는 것이 우습게 생각되었다.

이모 댁으로 돌아와서 저녁을 먹고 있을 때, 나는 방문을 받았다. 박(朴)이라고 하는 무진중학교의 내 몇 해 후배였다. 한때 독서광이었던 나를 그 후배는 무척 존경하는 눈치였다. 그는 학생 시대에 이른바 문학소년이었던 것이다. 미국 작가인 피츠제럴드를 좋아한다고 하는 그 후배는 그러나 피츠제럴드의 팬답지 않게 아주 얌전하고 매사에 엄숙했고 그리고 가난하였다. "신문지국에 있는 세 친구에게 내려오셨다는 얘길 들었습니다. 웬일이십니까?" 그는 정말 반가워해주었다. "무진엔 왜 내가 못 올 덴가?" 그렇게 대답하며 나는 내 말투가 마음에 거슬렸다. "너무 오랫동안 오시지 않으니까 그러는 거죠. 제가 군대에서 막 제대했을 때 오시고 이번이 처음이시니까 벌써……." "벌써 한 사 년 되는군." 사 년 전 나는, 내가 경리의 일을 보고 있던 제약회사가 좀더 큰 회사와 합병되는 바람에 일자리를 잃고 무진으로 내려왔던 것이다. 아니, 단지 일자리를 잃었다는 이유만으로 서울을 떠났던 것은 아니다. 동거하고 있던 희(姬)만 그대로 내 곁에 있어주었던들 실의의 무진행은 없었으리라. "결혼하셨다더군요?" 박이 물었다. "흐응. 자넨?" "전 아직, 참, 좋은 데로 장가드셨다고들 하더군요." "그래? 자넨 왜 여태 결혼하지 않고 있나? 자네 금년에 어떻게 되지?" "스물아홉입니다." "스물아홉이라. 아홉수가 원래 사납다고 하데만. 금년엔 어떻게 해보지 그래?" "글쎄요." 박은 소년처럼 머리를 긁었다. 사 년 전이니까 그해의 내 나이가 스물아홉이었고 희가 내 곁에서 달아나버릴 무렵에 지금 아내의 전남편이 죽었던 것이다. "무슨 나쁜 일이 있었던 건 아니겠죠?" 옛날의 내 무진행의 내용을 다소 알고 있는 박은 그렇게 물었다. "응, 아마 승진이 될 모양인데 며칠 휴가를 얻었지." "잘되셨군요. 해방 후의 무진중학 출신 중에선 형님이 제일 출세하셨다고들 하고 있어요." "내가?" 나는 웃었다. "예, 형님하고 형님 동기 중에서 조(趙)형하고요." "조라니, 나하고 친하게 지내던 애 말인가?" "예, 그 형이 재작년엔가 고등고시에 패스해서 지금 여기 세무서장으로 있거든요." "아, 그래?" "모르셨어요?" "서로 소식이 별로 없었지. 그 애가 옛날엔 여기 세무서에서 직원으로 있었지, 아마?" "예." "그거 잘됐군. 오늘 저녁엔 그 친구에게나 가볼까?" 친구 조는 키가 작았고 살결이 검은 편이었다. 그래서 키가 크고 살결이 창백한 나에게 열등감을 느낀다는 얘기를 내게 곧잘 했었다. '옛날에 손금이 나쁘다고 판단받은 소년이 있었다. 그 소년은 자기의 손톱으로 손바닥에 좋은 손금을 파가며 열심히 일했다. 드디어 그 소년은 성공해서 잘살았다.' 조는 이런 얘기에 가장 감격하는 친구였다. "참, 자넨 요즘 뭘 하고 있나?" 내가 박에게 물었다. 박은 얼굴을 붉히고 잠시 동안 머뭇거리다가 모교에서 교편을 잡고 있다고, 그것이 무슨 잘못이라도 되는 것처럼 우물거리며 대답했다. "좋지 않아? 책 읽을 여유가 있으니까 얼마나 좋은가? 난 잡지 한 권 읽을 여유가 없네. 무얼 가르치고 있나?" 후배는 내 말에 용기를 얻없는지 아까보다는 조금 밝은 목소리로 대답했다. "국어를 가르치고 있습니다." "잘했어. 학교 측에서 보면 자네 같은 선생을 구하기도 힘들 거야." "그렇지도 않아요. 사범대학 출신들 때문에 교원자격고시 합격증을 가지고 견디기가 힘들어요." "그게 또 그런가?" 박은 아무 말 없이 쓸쓸한 미소만 지어 보였다.

저녁 식사 후, 우리는 술 한잔씩을 마시고 나서 세무서장이 된 조의 집을 향하여 갔다. 거리는 어두컴컴했다. 다리를 건널 때 나는 냇가의 나무들이 어슴푸레하게 물속에 비쳐 있는 것을 보았다. 옛날 언젠가 역시 이 다리를 밤중에 건너면서 나는 저 시커멓게 웅크리고 있는 나무들을 저주했었다. 금방 소리를 지르며 달려들 듯한 모습으로 나무들은 서 있었던 것이다. 세상에 나무가 없다면 얼마나 좋을까 하고 생각하기도 했었다. "모든 게 여전하군." 내가 말했다. "그럴까요?" 후배가 웅얼거리듯이 말했다.

조의 응접실에는 손님들이 네 사람 있었다. 나의 손을 아프도록 쥐고 흔들고 있는 조의 얼굴이 옛날보다 윤택해지고 살결도 많이 하얘진 것을 나는 보고 있었다. "어서 자리로 앉아라. 이거 원 누추해서…… 빨리 마누랄 얻어야겠는데……." 그러나 방은 결코 누추하지 않았다. "아니 아직 결혼 안 했나?" 내가 물었다. "법률책 좀 붙들고 앉아 있었더니 그렇게 돼버렸어. 어서 앉아." 나는 먼저 온 손님들에게 소개되었다. 세 사람은 남자로서 세무서 직원들이었고 한 사람은 여자로서 나와 함께 온 박과 무언가 얘기를 주고받고 있었다. "어어, 밀담들은 그만 하시고, 하(河)선생, 인사해요, 내 중학 동창인 윤희중이라는 친굽니다. 서울에 있는 큰 제약회사의 간사님이시고 이쪽은 우리 모교에 와 계시는 음악 선생님이시고. 하인숙씨라고, 작년에 서울에서 음악대학을 나오신 분이지." "아, 그러세요. 같은 학교에 계시는군요?" 나는 박과 그 여선생을 빈갈아 가리키며 여선생에게 말했다. "네." 여선생은 방긋 웃으며 대답했고 내 후배는 고개를 숙여버렸다. "고향이 무진이신가요?" "아녜요. 발령이 이곳으로 났기 땜에 저 혼자 와 있는 거예요." 그 여자는 개성 있는 얼굴을 가지고 있었다. 윤곽은 갸름했고 눈이 컸고 얼굴색은 노리끼리했다. 전체로 보아서 병약한 느낌을 주고 있었지만 그러나 좀 높은 콧날과 두터운 입술이 병약하다는 인상을 버리도록 요구하고 있었다. 그리고 카랑카랑한 목소리가 코와 입이 주는 인상을 더욱 강하게 하고 있었다. "전공이 무엇이었던가요?" "성악 공부 좀 했어요." "그렇지만 하선생님은 피아노도 아주 잘 치십니다." 박이 곁에서 조심스러운 목소리로 끼어들었다. 조도 거들었다. "노래를 아주 잘하시지. 소프라노가 굉장하시거든." "아, 소프라노를 맡으시는가요?" 내가 물었다. "네, 졸업연주회 땐「나비부인」중에서「어떤 개인 날」을 불렀어요." 그 여자는 졸업연주회를 그리워하고 있는 듯한 음성으로 말했다.

방바닥에는 비단 방석이 놓여 있고 그 위에는 화투짝이 흩어져 있었다. 무진(霧津)이다. 곧 입술을 태울 듯이 타들어가는 담배꽁초를 입에 물고 눈으로 들어오는 그 담배 연기 때문에 눈물을 찔끔거리며 눈을 가늘게 뜨고, 이미 정오가 가까운 시각에야 잠자리에서 일어나서 그날의 허황한 운수를 점쳐보던 그 화투짝이었다. 또는, 자신을 팽개치듯이 끼어들던 언젠가의 노름판, 그 노름판에서 나의 뜨거워져가는 머리와 손가락만을 제외하곤 내 몸을 전연 느끼지 못하게 만들던 그 화투짝이었다. "화투가 있군, 화투가." 나는 한 장을 집어서 딱 소리가 나게 내려치고 다시 그것을 집어서 내려치고 또 집어서 내려치고 하며 중얼거렸다. "우리 돈내기 한판 하실까요?" 세무서 직원 중의 하나가 내게 말했다. 나는 싫었다. "다음 기회에 하지요." 세무서 직원들은 싱글싱글 웃었다. 조가 안으로 들어갔다가 나왔다. 잠시 후에 술상이 나왔다.

"여기엔 얼마쯤 있게 되나?" "일주일가량." "청첩장 한 장 없이 결혼해버리는 법이 어디 있어? 하기야 청첩장을 보냈더라도 그땐 내가 세무서에서 주판알 튕기고 있을 때니까 별수도 없었겠지만 말이다." "난 그랬지만 넌 청첩장 보내야 한다." "염려 말아. 금년 안으로는 받아볼 수 있게 될 거다." 우리는 별로 거품이 일지 않는 맥주를 마셨다. "제약회사라면 그게 약 만드는 데 아닙니까?" "그렇죠." "평생 병 걸릴 염려는 없겠습니다그려." 굉장히 우스운 익살을 부렸다는 듯이 직원들은 방바닥을 치며 오랫동안 웃었다. "참 박군, 학생들한테 인기가 대단하더구먼. 기껏 오 분쯤 걸어오면 될 거리에 살면서 나한테 왜 통 놀러 오지 않나?" "늘 생각은 하고 있었습니다만……." "저기 앉아 계시는 하선생님한테서 자네 얘긴 늘 듣고 있지. 자, 하선생, 맥주는 술도 아니니까 한잔 들어봐요. 평소엔 그렇지도 않던데 오늘 저녁엔 왜 이렇게 얌전을 피우실까?" "네 네, 거기 놓으세요. 제가 마시겠어요." "맥주는 좀 마셔봤지요?" "대학 다닐 때 친구들과 어울려서 방문을 안으로 잠가놓고 소주도 마셔본걸요." "이거 술꾼인 줄은 몰랐는데." "마시고 싶어서 마신 게 아니라 시험 삼아서 맛 좀 본 거예요." "그래서 맛이 어떻습디까?" "모르겠어요. 술잔을 입에서 떼자마자 쿨쿨 자버렸으니까요." 사람들은 웃었다. 박만이 억지로 웃는 듯한 웃음이었다. "내가 항상 생각하는 바지만, 하선생님의 좋은 점은 바로 저기에 있거든. 될 수 있으면 얘기를 재미있게 하려고 한다는 점, 바로 그거야." "일부러 재미있게 하려고 하는 게 아녜요. 대학 다닐 때의 말버릇이에요." "아하, 그러고 보면 하선생의 나쁜 점은 바로 저기 있어. '내가 대학 다닐 때'라는 말을 빼놓곤 얘기가 안 됩니까? 나처럼 대학엔 문전에도 가보지 못한 사람은 서러워서 살겠어요?" "죄송합니다아." "그럼 내게 사과하는 뜻에서 노래 한 곡 들려주시겠어요?" "그거 좋습니다." "좋지요." "한번 들어봅시다." 사람들이 박수를 쳤다. 여선생은 머뭇거렸다. "서울 손님도 오고 했으니까…… 그 지난번에 부르던 거 참 좋습디다." 조는 재촉했다. "그럼 부릅니다." 여선생은 거의 무표정한 얼굴로 입을 조금만 달싹거리며 노래를 부르기 시작했다. 세무서 직원들이 손가락으로 술상을 두드리기 시작했다. 여선생은 「목포의 눈물」을 부르고 있었다. 「어떤 개인 날」과 「목포의 눈물」 사이에는 얼마만큼의 유사성이 있을까? 무엇이 저 아리아들로써 길들여진 성대에서 유행가를 나오게 하고 있을까? 그 여자가 부르는 「목포의 눈물」에는 작부들이 부르는 그것에서 들을 수 있는 것과 같은 꺾임이 없었고, 대체로 유행가를 살려주는 목소리의 길라짐이 없었고 흔히 유행가가 내용으로 하는 청승맞음이 없었다. 그 여자의 「목포의 눈물」은 이미 유행가가 아니었다. 그렇다고 「나비부인」 중의 아리아는 더욱 아니었다. 그것은 이전에는 없었던 어떤 새로운 양식의 노래였다. 그 양식은 유행가가 내용으로 하는 청승맞음과는 다른, 좀더 무자비한 청승맞음을 포함하고 있었고 「어떤 개인 날」의 그 절규보다도 훨씬 높은 옥타브의 절규를 포함하고 있었고, 그 양식에는 머리를 풀어헤친 광녀의 냉소가 스며 있었고 무엇보다도 시체가 썩어가는 듯한 무진의 그 냄새가 스며 있었다.

　그 여자의 노래가 끝나자 나는 의식적으로 바보 같은 웃음을 띠고 박수를 쳤고, 그리고 육감으로써랄까, 나는 후배인 박이 이 자리에서 떠나고 싶어하는 것을 알았다. 나의 시선이 박에게로 갔을 때, 나의 시선을 받은 박은 기다렸다는 듯이 자리에서 일어났다. 누군지가 그에게 앉아 있기를 권했으나 박은 해사한 웃음을 띠며 거절했다. "먼저 실례합니다. 형님은 내일 또 뵙지요." 조는 대문까지 따라 나왔고 나는 한길까지 바래다주러 나갔다. 밤이 깊지 않았는데도 거리는 적막했다. 어디선지 개 짖는 소리가 들려왔고 쥐 몇 마리가 한길 위에서 무엇을 먹고 있다가 우리의 그림자에 놀라 흩어져버렸다. "형님, 보세요. 안개가 내리는군요." 과연 한길의 저 끝, 불빛이 드문드문 박혀 있는 먼 주택지의 검은 풍경들이 점점 풀어져가고 있었다. "자네, 하선생을 좋아하고 있는 모양이군?" 내가 물었다. 박은 다시 그 해사한 웃음을 띠었다. "그 여선생과 조군과 무슨 관계가 있는 모양이지?" "모르겠습니다. 아마 조형이 결혼 대상자 중의 하나로 생각하는 것 같아요." "자네가 그 여선생을 좋아한다면 좀더 적극적으로 나가야 해. 잘해봐." "뭐 별로……." 박은 소년처럼 말을 더듬거렸다. "그 속물들 틈에 앉아서 유행가를 부르고 있는 게 좀 딱해 보였을 뿐이지요. 그래서 나와버린 거죠." 박은 분노를 누르고 있는 듯이 나직나직 말했다. "클래식을 부를 장소가 있고 유행가를 부를 장소가 따로 있다는 것뿐이겠지. 뭐 딱할 것까지야 있나?" 나는 거짓말로써 그를 위로했다. 박은 가고 나는 다시 '속물'들 틈에 끼었다. 무진에서는 누구나 그렇게 생각하는 것이다. 타인은 모두 속물들이라고 나 역시 그렇게 생각하는 것이다. 타인이 하는 모든 행위는 무위(無爲)와 똑같은 무게밖에 가지고 있지 않은 장난이라고.

　밤이 퍽 깊어서 우리는 자리에서 일어났다. 조는 내가 자기 집에서 자고 가기를 권했다. 그러나 다음 날 아침에 잠자리에서 일어나서 그 집을 나올 때까지의 부자유스러움을 생각하고 나는 기어코 밖으로 나섰다. 직원들도 도중에 흩어져 가고 결국엔 나와 여자만이 남았다. 우리는 다리를 건너고 있었다. 검은 풍경 속에서 냇물은 하얀 모습으로 뻗어 있었고 그 하얀 모습의 끝은 안개 속으로 사라지고 있었다. "밤엔 정말 멋있는 고장이에요." 여자가 말했다. "그래요? 다행입니다." 내가 말했다. "왜 다행이라고 말씀하시는 줄 짐작하겠어요." 여자가 말했다. "어느 정도까지 짐작하셨어요?" 내가 물었다. "사실은 멋이 없는 고장이니까요. 제 대답이 맞았어요?" "거의." 우리는 다리를 다 건넜다. 거기서 우리는 헤어져야 했다. 그 여자는 냇물을 따라서 뻗어나간 길로 가야 했고 나는 곧장 난 길로 가야 했다. "아, 글루 가세요? 그럼……." 내가 말했다. "조금만 바래다주세요. 이 길은 너무 조용해서 무서워요." 여자가 조금 떨리는 목소리로 말했다. 나는 다시 여자와 나란히 서서 걸었다. 나는 갑자기 이 여자와 친해진 것 같았다. 다리가 끝나는 거기에서부터, 그 여자가 정말 무서워서 떠는 듯한 목소리로 내게 바래다주기를 청했던 바로 그때부터 나는 그 여자가 내 생애 속에 끼어든 것을 느꼈다. 내 모든 친구들처럼, 이제는 모른다고 할 수 없는, 때로는 내가 그들을 훼손하기도 했지만 그러나 더욱 많이 그들이 나를 훼손시켰던 내 모든 친구들처럼. "처음 뵈었을 때, 뭐랄까요, 서울 냄새가 난다고 할까요, 퍽 오래전부터 알던 사람처럼 느껴졌어요. 참 이상하죠?" 갑자기 여자가 말했다. "유행가." 내가 말했다. "네?" "아니 유행가는 왜 부르십니까? 성악 공부한 사람들은 될 수 있는 대로 유행가를 멀리하지 않았던가요?" "그 사람들은 항상 유행가만 부르라고 하거든요." 대답하고 나서 여자는 부끄러운 듯이 나지막하게 소리 내어 웃었다. "유행가를 부르지 않으려면 거기에 가지 않는 게 좋다고 얘기하면 내정간섭이 될까요?" "정말 앞으론 가지 않을 작정이에요. 정말 보잘것없는 사람들이에요." "그럼 왜 여태까진 거기에 놀러 다녔습니까?" "심심해서요." 여자는 힘없이 말했다. 심심하다, 그래 그게 가장 정확한 표현이다. "아까 박군은 하선생님께서 유행가를 부르고 계시는 게 보기에 딱하다고 하면서 나가버렸지요." 나는 어둠 속에서 여자의 얼굴을 살폈다. "박선생님은 정말 꽁생원이에요." 여자는 유쾌한 듯이 높은 소리로 웃었다. "선량한 사람이죠." 내가 말했다. "네, 너무 선량해요." "박군이 하선생님을 사랑하고 있다고 생각을 해본 적은 없었던가요?" "아이, '하선생님 하선생님' 하지 마세요. 오빠라고 해도 제 큰오빠뻘이나 되실 텐데요." "그럼 무어라고 부릅니까?" "그냥 제 이름을 불러주세요. 인숙이라고요." "인숙이, 인숙이." 나는 낮은 소리로 중얼거려보았다. "그게 좋군요." 나는 말했다. "인숙인 왜 내 질문을 피하지요?" "무슨 질문을 하셨던가요?" 여자는 웃으면서 말했다. 우리는 논 곁을 지나가고 있었다. 언젠가 여름밤, 멀고 가까운 논에서 들려오는 개구리들의 울음소리를, 마치 수많은 비단조개 껍데기를 한꺼번에 맞부빌 때 나는 듯한 소리를 듣고 있을 때 나는 그 개구리 울음소리들이 나의 감각 속에서 반짝이고 있는 수없이 많은 별들로 바뀌어져 있는 것을 느끼곤 했었다. 청각의 이미지가 시각의 이미지로 바뀌어지는 이상한 현상이 나의 감각 속에서 일어나곤 했었던 것이다. 개구리 울음소리가 반짝이는 별들이라고 느낀 나의 감각은 왜 그렇게 뒤죽박죽이었을까. 그렇지만 밤하늘에서 쏟아질 듯이 반짝이고 있는 별들을 보고 개구리의 울음소리가 귀에 들려오는 듯했었던 것은 아니다. 별들을 보고 있으면 나는 나와 어느 별과 그리고 그 별과 또 다른 별들 사이의 안타까운 거리가, 과학책에서 배운 바로써가 아니라, 마치 나의 눈이 점점 정확해져가고 있는 듯이 나의 시력에 뚜렷이 보여오는 것이었다. 나는 그 도달할 길 없는 거리를 보는 데 홀려서 멍하니 서 있다가 그 순간 속에서 그대로 가슴이 터져버리는 것 같았었다. 왜 그렇게 못 견디어 했을까. 별이 무수히 반짝이는 밤하늘을 보고 있던 옛날 나는 왜 그렇게 분해서 못 견디어 했을까. "무얼 생각하고 계세요?" 여자가 물어왔다. "개구리 울음소리." 대답하며 나는 밤하늘을 올려다봤다. 내리고 있는 안개에 가려서 별들이 흐릿하게 떠 보였다. "어머, 개구리 울음소리. 정말예요. 제겐 여태까지 개구리 울음소리가 들리지 않았어요. 무진의 개구리는 밤 열두 시 이후에만 우는 줄로 알고 있었는데요." "열두 시 이후에요?" "네, 밤 열두 시가 넘으면 제가 방을 얻어 있는 주인댁 라디오 소리도 꺼지고 들리는 거라곤 개구리 울음소리뿐이거든요." "밤 열두 시가 넘도록 잠을 자지 않고 무얼 하시죠?" "그냥 가끔 그렇게 잠이 오지 않아요." 그냥 그렇게 잠이 오지 않는다. 아마 그건 사실이리라. "사모님 예쁘게 생기셨어요?" 여자가 갑자기 물었다. "제 아내 말씀인가요?" "네." "예쁘죠." 나는 웃으면서 대답했다. "행복하시죠? 돈이 많고 예쁜 부인이 있고 귀여운 아이들이 있고 그러면……." "아이들은 아직 없으니까 쬐끔 덜 행복하겠군요." "어머, 결혼을 언제 하셨는데 아직 아이들이 없어요?" "이제 삼 년 좀 넘었습니다." "특별한 용무도 없이 여행하시면서 왜 혼자 다니세요?" 이 여자는 왜 이런 질문들을 할까? 나는 조용히 웃어버렸다. 여자는 아까보다 좀더 명랑한 목소리로 말했다. "앞으로 오빠라고 부를 테니까 절 서울로 데려다주시겠어요?" "서울에 가고 싶으신가요?" "네." "무진은 싫은가요?" "미칠 것 같아요. 금방 미칠 것 같아요. 서울엔 제 대학 동창들도 많고…… 아이, 서울로 가고 싶어 죽겠어요." 여자는 잠깐 내 팔을 잡았다가 얼른 놓았다. 나는 갑자기 흥분되었다. 나는 이마를 찡그렸다. 찡그리고 찡그리고 또 찡그렸다. 그러자 흥분이 가셨다. "그렇지만 이젠 어딜 가도 대학 시절과는 다를걸요. 인숙은 여자니까 아마 가정으로나 숨어버리기 전에는 어느 곳에 가든지 미칠 것 같을걸요." "그런 생각도 해봤어요. 그렇지만 지금 같아선 가정을 갖는다고 해도 미칠 것 같은 생각이 들어요. 정말 맘에 드는 남자가 아니면요. 정말 맘에 드는 남자가 있다고 해도 여기서는 살기가 싫어요. 전 남자에게 여기서 도망치자고 조를 거예요." "그렇지만 내 경험으로는 서울에서의 생활이 반드시 좋지도 않더군요. 책임, 책임뿐입니다." "그렇지만 여긴 책임도 무책임도 없는 곳인걸요. 하여튼 서울에 가고 싶어요. 절 데려다주시겠어요?" "생각해봅시다." "꼭이에요, 네?" 나는 그저 웃기만 했다. 우리는 그 여자의 집 앞에까지 왔다. "선생님, 내일은 무얼 하실 계획이세요?" 여자가 물었다. "글쎄요, 아침엔 어머님 산소엘 다녀와야 하겠고, 그러고 나면 할 일이 없군요. 바닷가에나 가볼까 하는데요. 거긴 한때 내가 방을 얻어 있던 집이 있으니까 인사도 할 겸." "선생님, 내일 거긴 오후에 가세요." "왜요?" "저도 같이 가고 싶어요. 내일은 토요일이니까 오전 수업뿐이에요." "그럽시다." 우리는 내일 만날 시간과 장소를 약속하고 헤어졌다. 나는 이상한 우울에 빠져서 터벅터벅 밤길을 걸어 이모 댁으로 돌아왔다.

내가 이불 속으로 들어갔을 때 통금 사이렌이 불었다. 그것은 갑작스럽게 요란한 소리였다. 그 소리는 길었다. 모든 사물이 모든 사고(思考)가 그 사이렌에 흡수되어갔다. 마침내 세상엔 아무것도 없어져버렸다. 사이렌만이 세상에 남아 있었다. 그 소리도 마침내 느껴지지 않을 만큼 오랫동안 계속할 것 같았다. 그때 소리가 갑자기 힘을 잃으면서 꺾였고 길게 신음하며 사라져갔다. 내 사고만이 다시 살아났다. 나는 얼마 전까지 그 여자와 주고받던 얘기들을 다시 생각해보려 했다. 많은 것을 얘기한 것 같은데, 그러나 귓속에는 우리의 대화가 몇 개 남아 있지 않았다. 좀더 시간이 지난 후, 그 대화들이 내 귓속에서 내 머릿속으로 자리를 옮길 때는 또 몇 개가 더 없어져버릴 것인가. 아니 결국엔 모두 없어져버릴지도 모른다. 천천히 생각해보자. 그 여자는 서울에 가고 싶다고 했다. 그 말을 그 여자는 안타까운 음성으로 얘기했다. 나는 문득 그 여자를 껴안고 싶은 충동에 사로잡혔다. 그리고…… 아니, 내 심장에 남을 수 있는 것은 그것뿐이었다. 그러나 그것도 일단 무진을 떠나기만 하면 내 심장 위에서 지워져버리리라. 나는 잠이 오지 않았다. 낮잠 때문이기도 하였다. 나는 어둠 속에서 담배를 피웠다. 나는 우울한 유령들처럼 나를 내려다보고 있는 벽에 걸린 하얀 옷들을 흘겨보고 있었다. 나는 담뱃재를 머리맡의 적당한 곳에 털었다. 내일 아침 걸레로 닦아내면 될 어느 곳에. '열두 시 이후에 우는' 개구리 울음소리가 희미하게 들려오고 있었다. 어디선가 한 시를 알리는 시계 소리가 나직이 들려왔다. 어디선가 두 시를 알리는 시계 소리가 들려왔다. 어디선가 세 시를 알리는 시계 소리가 들려왔다. 어디선가 네 시를 알리는 시계 소리가 들려왔다. 잠시 후에 통금 해제의 사이렌이 불었다. 시계와 사이렌 중 어느 것 하나가 정확하지 못했다. 사이렌은 갑작스럽고 요란한 소리였다. 그 소리는 길었다. 모든 사물이, 모든 사고가 그 사이렌에 흡수되어갔다. 마침내 이 세상에선 아무것도 없어져버렸다. 사이렌만이 세상에 남아 있었다. 그 소리도 마침내 느껴지지 않을 만큼 오랫동안 계속할 것 같았다. 그때 소리가 갑자기 힘을 잃으면서 꺾였고 길게 신음하며 사라져갔다. 어디선가 부부들은 교합하리라. 아니다. 부부가 아니라 창부와 그 여자의 손님이리라. 나는 왜 그런 엉뚱한 생각을 하고 있는지 알 수 없었다. 잠시 후에 나는 슬며시 잠이 들었다.

바다로 뻗은 긴 방죽

그날 아침엔 이슬비가 내리고 있었다. 식전에 나는 우산을 받쳐들고 읍 근처의 산에 있는 어머니의 산소로 갔다. 나는 바지를 무릎 위까지 걷어 올리고 비를 맞으며 묘를 향하여 엎드려 절했다. 비가 나를 굉장한 효자로 만들어주었다. 나는 한 손으로 묘 위의 긴 풀을 뜯었다. 풀을 뜯으면서 나는 나를 전무님으로 만들기 위하여 전무 선출에 관계된 사람들을 찾아다니며 그 호결웃음을 웃고 있을 장인 영감을 상상했다. 그러자 나는 묘 속으로 들어가고 싶었다.

돌아가는 길은 좀 멀긴 하지만 잔디가 곱게 깔린 방죽길을 걷기로 했다. 이슬비가 바람에 뿌옇게 날리고 있었다. 비를 따라서 풍경이 흔들렸다. 나는 우산을 접어버렸다. 방죽 위를 걸어가다가 나는 방죽의 경사 밑, 물가의 풀밭에 읍에서 먼 촌으로부터 등교하기 위하여 오던 학생들이 모여서 웅성거리고 있는 것을 보았다. 나이 많은 사람들이 몇 사람 끼어 있었고 비옷을 입은 순경 한 사람이 방죽의 비탈 위에 쭈그리고 앉아서 담배를 피우며 먼 곳을 바라보고 있었고 노파 한 사람이 혀를 차며 웅성거리고 있는 학생들의 틈을 빠져나와서 갔다. 나는 방죽의 비탈을 내려갔다. 순경 곁을 지나면서 나는 물었다. "무슨 일입니까?" "자살 시쳅니다." 순경은 흥미 없는 말투로 말했다. "누군데요?" "읍내에 있는 술집 여잡니다. 초여름이 되면 반드시 몇 명씩 죽지요." "네에." "저 계집애는 아주 독살스러운 년이어서 안 죽을 줄 알았더니, 저것도 별수 없는 사람이었던 모양입니다." "네에." 나는 물가로 내려가서 학생들 틈에 끼었다. 시체의 얼굴은 냇물을 향하고 있었으므로 내게는 보이지 않았다. 머리는 파마였고 팔과 다리가 하얗고 굵었다. 붉은색 얇은 스웨터를 입고 있었고 하얀 스커트를 입고 있었다. 지난밤의 새벽은 추웠던 모양이다. 아니면 그 옷이 그 여자의 맘에 든 옷이었던가 보다. 푸른 꽃무늬 있는 하얀 고무신을 머리에 베고 있었다. 무엇인가를 싼 하얀 손수건이 그 여자의 축 늘어진 손에서 좀 떨어진 곳에 굴러 있었다. 하얀 손수건은 비를 맞고 있었고 바람이 불어도 조금도 나부끼지 않았다. 시체의 얼굴을 보기 위해서 많은 학생들이 냇물 속에 발을 담그고 이

쪽을 향하여 서 있었다. 그들의 푸른색 유니폼이 물에 거꾸로 비쳐 있었다. 푸른색의 깃발들이 시체를 옹위하고 있었다. 나는 그 여자를 향하여 이상스레 정욕이 끓어오름을 느꼈다. 나는 급히 그 자리를 떠났다. "무슨 약을 먹었는지 모르지만 지금이라도 어쩌면⋯⋯." 순경에게 내가 말했다. "저런 여자들이 먹는 건 청산가립니다. 수면제 몇 알 먹고 떠들썩한 연극 같은 건 안 하지요. 그것만은 고마운 일이지만." 나는 무진으로 오는 버스 칸에서 수면제를 만들어 팔겠다는 공상을 한 것이 생각났다. 햇빛의 신선한 밝음과 살갗에 탄력을 주는 정도의 공기의 저온, 그리고 해풍에 섞여 있는 정도의 소금기, 이 세 가지를 합성하여 수면제를 만들 수 있다면⋯⋯ 그러나 사실 그 수면제는 이미 만들어져 있었던 게 아닐까. 나는 문득, 내가 간밤에 잠을 이루지 못하고 뒤척거리고 있었던 게 이 여자의 임종을 지켜주기 위해서가 아니었을까 하는 생각이 들었다. 통금 해제의 사이렌이 불고 이 여자는 약을 먹고 그제야 나는 슬며시 잠이 들었던 것만 같다. 갑자기 나는 이 여자가 나의 일부처럼 느껴졌다. 아프긴 하지만 아끼지 않으면 안 될 내 몸의 일부처럼 느껴졌다. 나는 접어 든 우산에 묻은 물을 획획 뿌리면서 집으로 돌아왔다. 집에는 세무서장인 조가 보낸 쪽지가 기다리고 있었다. '할 일 없으면 세무서로 좀 들러주게.' 아침밥을 먹고 나는 세무서로 갔다. 이슬비는 그쳤으나 하늘을 흐렸다. 나는 조의 의도를 알 것 같았다. 서장실에 앉아 있는 자기의 모습을 보여주고 싶은 거다. 아니 내가 비꼬아서 생각하고 있는지도 모른다. 나는 고쳐 생각하기로 했다. 그는 세무서장으로 만족하고 있을까? 아마 만족하고 있을 게다. 그는 무진에 어울리는 사람이다. 아니, 나는 다시 고쳐 생각하기로 했다. 어떤 사람을 잘 안다는 것 — 잘 아는 체한다는 것이 그 어떤 사람의 입장에서 보면 무척 불행한 일이다. 우리가 비난할 수 있고 적어도 평가하려고 드는 것은 우리가 알고 있는 사람에 한하는 것이기 때문이다.

조는 러닝셔츠 바람으로, 바지는 무릎 위까지 걷어붙이고 부채를 부치고 있었다. 나는 그가 초라해 보였고 그러나 그가 흰 커버를 씌운 회전의자 위에 앉아 있는 것을 자랑스러워하는 듯한 몸짓을 해 보일 때는 그가 가엾게 생각되었다. "바쁘지 않나?" 내가 물었다. "나야 뭐 하는 일이 있어야지. 높은 자리라는 건 책임진다는 말만 중얼거리고 있으면 되는 모양이지." 그러나 그는 결코 한가하지 않았다. 여러 사람들이 드나들면서 서류에 조의 도장을 받아 갔고 더 많은 서류들이 그의 미결함에 쌓여졌다. "월말에다가 토요일이 되어서 좀 바쁘다." 그는 말했다. 그러나 그의 얼굴은 그 바쁜 것을 자랑스럽게 여기고 있었다. 바쁘다. 자랑스러워할 틈도 없이 바쁘다. 그것은 서울에서의 나였다. 그만큼 여기는 생활한다는 것에 서투를 수 있다고나 할까? 바쁘다는 것도 서투르게 바빴다. 그리고 그때 나는, 사람이 자기가 하는 일에 서투르다는 것은, 그것이 무슨 일이든지 설령 도둑질이라고 할지라도 서투르다는 것은 보기에 딱하고 보는 사람을 신경질 나게 한다고 생각하였다. 미끈하게 일을 처리해버린다는 건 우선 우리를 안심시켜준다. "참, 엊저녁, 하선생이란 여자는 네 색싯감이냐?" 내가 물었다. "색싯감?" 그는 높은 소리로 웃었다. "내 색싯감이 그 정도로밖에 안 보이냐?" 그가 말했다. "그 정도가 뭐 어때서?" "야, 이 약아빠진 놈아, 넌 빽 좋고 돈 많은 과부를 물어놓고 기껏 내가 어디서 굴러온 줄도 모르는 말라빠진 음악 선생이나 차지하고 있으면 맘이 시원하겠다는 거냐?" 말하고 나서 그는 유쾌해 죽겠다는 듯이 웃어댔다. "너만큼만 사는 정도라면 여자가 거지라도 괜찮지 않아?" 내가 말했다. "그래도 그게 아닙니다. 내 편에 나를 끌어줄 사람이 없으면 처가 편에서라도 누가 있어야 하는 거야." 그가 대답했다. 그의 말투로는 우리는 공범자였다. "야, 세상 우습더라. 내가 고시에 패스하자마자 중매가 막 들어오는데…… 그런데 그게 모두 형편없는 것들이거든. 도대체 여자들이 성기 하나를 밑천으로 해서 시집가보겠다는 고 배짱들이 괘씸하단 말야." "그럼 그 여선생도 그런 여자 중의 하나인가?" "아주 대표적인 여자지. 어떻게나 쫓아다니는지 귀찮아 죽겠다." "퍽 똑똑한 여자일 것 같던데." "똑똑하기야 하지. 그렇지만 뒷조사를 해보았더니 집안이 너무 허술해. 그 여자가 여기서 죽는다고 해도 고향에서 그 여자를 데리러 올 사람 하나 변변한 게 없거든." 나는 그 여자를 어서 만나보고 싶었다. 나는 그 여자가 지금 어디서 죽어가고 있는 것처럼 생각되었다. 어서 가서 만나보고 싶었다. "속도 모르는

박군은 그 여자를 좋아한대." 그가 말하면서 싱긋 웃었다. "박군이?" 나는 놀
란 체했다. "그 여자에게 편지를 보내어 호소를 하는데 그 여자가 모두 내게 보
여 주거든. 박군은 내게 연애편지를 쓰는 셈이지." 나는 그 여자를 만나보고 싶
은 생각이 싹 가셨다. 그러나 잠시 후엔 그 여자를 어서 만나보고 싶다는 생각
이 되살아났다. "지난봄엔 그 여잘 데리고 절엘 한번 갔었지. 어떻게 해보려고
했는데 요 영리한 게 결혼하기 전까진 절대로 안 된다는 거야." "그래서?" "무
안만 당하고 말았지." 나는 그 여자에게 감사했다.
　시간이 됐을 때 나는 그 여자와 만나기로 한, 읍내에서 좀 떨어진, 바다로 뻗
어나가고 있는 방죽으로 갔다. 노란 파라솔 하나가 멀리 보였다. 그것이 그 여
자였다. 우리는 구름이 낀 하늘 밑을 나란히 걸어갔다. "저 오늘 박선생님께 선
생님에 관해서 여러 가지 물어봤어요." "그래요?" "무얼 제일 중요하게 물어보
았을 거 같아요?" 나는 전연 짐작할 수가 없었다. 그 여자는 잠시 동안 키득키
득 웃었다. 그리고 말했다. "선생님의 혈액형을 물어봤어요." "내 혈액형을
요?" "전 혈액형에 대해서 이상한 믿음을 가지고 있어요. 사람들이 꼭 자기의
혈액형을 나타내주는 ── 그, 생물책에 씌어 있지 않아요? ── 꼭 그 성격대로
이기만 했으면 좋겠어요. 그럼 세상엔 손가락으로 꼽을 정도의 성격밖에 없을
거 아니에요?" "그게 어디 믿음입니까? 희망이지." "전 제가 바라는 것은 그대
로 믿어버리는 성격이에요." "그건 무슨 혈액형입니까?" "바보라는 이름의 혈
액형이에요." 우리는 후텁지근한 공기 속에서 괴롭게 웃었다. 나는 그 여자의
프로필을 훔쳐보았다. 그 여자는 이제 웃음을 그치고 입을 꾹 다물고 그 커다
란 눈으로 앞을 똑바로 응시하고 있었고 코끝에 땀이 맺혀 있었다. 이 여자는
어린아이처럼 나를 따라오고 있었다. 나는 나의 한 손으로 그 여자의 한 손을
잡았다. 그 여자는 놀란 듯했다. 나는 얼른 손을 놓았다. 잠시 후에 나는 다시
손을 잡았다. 그 여자는 이번엔 놀라지 않았다. 우리가 잡고 있는 손바닥과 손
바닥 틈으로 희미한 바람이 새어나가고 있었다. "무작정 서울에만 가면 어떻게
할 작정이오?" 내가 물었다. "이렇게 좋은 오빠가 있는데 어떻게 해주겠지요."
여자는 나를 쳐다보며 방긋 웃었다. "신랑감이야 수두룩하긴 하지만…… 서울

보다는 고향에 가 있는 게 낫지 않을까요?" "고향보다는 여기가 나아요." "그럼 여기 그대로 있는 게……." "아이, 선생님, 절 데리고 가시잖을 작정이시군요." 여자는 울상을 지으며 내 손을 뿌리쳤다. 사실 나는 내 자신을 알 수 없었다. 사실 나는 감상이나 연민으로써 세상을 향하고 서는 나이도 지난 것이다. 사실 나는 몇 시간 전에 조가 얘기했듯이 '빽이 좋고 돈 많은 과부'를 만난 것을, 반드시 바랐던 것은 아니지만 결과적으로는 잘되었다고 생각하고 있는 사람인 것이다. 나는 내게서 달아나버렸던 여자에 대한 것과는 다른 사랑을 지금의 내 아내에 대하여 갖고 있었다. 그러면서도 나는 구름이 끼어 있는 하늘 밑의 바다로 뻗은 방죽 위를 걸어가면서 다시 내 곁에 선 여자의 손을 잡았다. 나는 지금 우리가 찾아가고 있는 집에 대하여 여자에게 설명해주었다. 어느 해, 나는 그 집에서 방 한 칸을 얻어 들고 더러워진 나의 폐를 씻어내고 있었다. 어머니도 세상을 떠나간 뒤였다. 이 바닷가에서 보낸 일 년. 그때 내가 쓴 모든 편지들 속에서 사람들은 '쓸쓸하다'라는 단어를 쉽게 발견할 수 있었다. 그 단어는 다소 천박하고 이제는 사람의 가슴에 호소해오는 능력도 거의 상실해버린 사어(死語) 같은 것이지만 그러나 그 무렵의 내게는 그 말밖에 써야 할 말이 없는 것처럼 생각되었다. 아침의 백사장을 거니는 산보에서 느끼는 시간의 지루함과 낮잠에서 깨어나서 식은땀이 줄줄 흐르는 이마를 손바닥으로 닦으며 느끼는 허전함과 깊은 밤에 악몽으로부터 깨어나서 쿵쿵 소리를 내며 급하게 뛰고 있는 심장을 한 손으로 누르며 밤바다의 그 애처로운 울음소리에 귀를 기울이고 있을 때의 안타까움, 그런 것들이 굴 껍데기처럼 다닥다닥 붙어서 떨어질 줄 모르는 나의 생활을 나는 '쓸쓸하다'라는, 지금 생각하면 허깨비 같은 단어 하나로 대신시켰던 것이다. 바다는 상상도 되지 않는 먼지 낀 도시에서, 바쁜 일과 중에, 무표정한 우편배달부가 던져주고 간 나의 편지 속에서 '쓸쓸하다'라는 말을 보았을 때 그 편지를 받은 사람이 과연 무엇을 느끼거나 상상할 수 있었을까? 그 바닷가에서 그 편지를 내가 띄우고 도시에서 내가 그 편지를 받았다고 가정할 경우에도 내가 그 바닷가에서 그 단어에 걸어보던 모든 것에 만족할 만큼 도시의 내가 바닷가의 나의 심경에 공명할 수 있었을 것인가? 아니 그것이 필요하기나 했었을까? 그러나 정확하게 말하자면, 그 무렵 편지를 쓰기 위해서 책상 앞으로 다가가고 있던 나도, 지금에 와서 내가 하고 있는 바와 같은 가정과 질문을 어렴풋이나마 하고 있었고 그 대답을 '아니다'로 생각하고 있었던 듯하다. 그러면서도 그는 그 속에 '쓸쓸하다'라는 단어가 씌어진 편지를 썼고 때로는 바다가 암청색으로 서투르게 그려진 엽서를 사방으로 띄웠다. "세상에서 제일 먼저 편지를 쓴 사람은 어떤 사람이었을까요?" 내가 말했다. "아이, 편지. 정말 편지를 받는 것처럼 기쁜 일은 없어요. 정말 누구였을까요? 아마 선생님처럼 외로운 사람이었겠죠?" 여자의 손이 내 손에서 꼼지락거렸다. 나는 그 손이 그렇게 말하고 있는 듯한 느낌이 들었다. "그리고 인숙이처럼." 내가 말했다. "네." 우리는 서로 고개를 마주 보며 웃음 지었다.

우리는 우리가 찾아가는 집에 도착했다. 세월이 그 집과 그 집 사람들만은 피해서 지나갔던 모양이다. 주인들은 나를 옛날의 나로 대해주었고 그러자 나는 옛날의 내가 되었다. 나는 가지고 온 선물을 내놓았고 그 집 주인 부부는 내가 들어 있던 방을 우리에게 제공해주었다. 나는 그 방에서 여자의 조바심을, 마치 칼을 들고 달려드는 사람으로부터, 누군지가 자기의 손에서 칼을 빼앗아주지 않으면 상대편을 찌르고 말 듯한 절망을 느끼는 사람으로부터 칼을 빼앗듯이 그 여자의 조바심을 빼앗아주었다. 그 여자는 처녀는 아니었다. 우리는 다시 방문을 열고 물결이 다소 거센 바다를 내려다보며 오랫동안 말없이 누워 있었다. "서울에 가고 싶어요. 단지 그거뿐예요." 한참 후에 여자가 말했다. 나는 손가락으로 여자의 볼 위에 의미 없는 도화를 그리고 있었다. "세상에 착한 사람이 있을까?" 나는 방으로 불어오는 해풍 때문에 불이 꺼져버린 담배에 다시 불을 붙이며 말했다. "절 나무라시는 거죠? 착하게 보아주려는 마음이 없으면 아무도 착하지 않을 거예요." 나는 우리가 불교도라고 생각했다. "선생님은 착한 분이세요?" "인숙이가 믿어주는 한." 나는 다시 한 번 우리가 불교도라고 생각했다. 여자는 누운 채 내게 조금 더 다가왔다. "바닷가로 나가요, 네? 노래 불러드릴게요." 여자가 말했다. 그러나 우리는 일어나지 않았다. "바닷가로 나가요, 네? 방은 너무 더워요." 우리는 일어나서 밖으로 나왔다. 우리는 백사장을 걸어서 인가가 보이지 않는 바닷가의 바위 위에 앉았다. 파도가 거품을 숨겨가지고 와서 우리가 앉아 있는 바위 밑에 그것을 뿜어놓았다. "선생님." 여자가 나를 불렀다. 나는 여자 쪽으로 고개를 돌렸다. "자기 자신이 싫어지는 것을 경험하신 적이 있으세요?" 여자가 꾸민 명랑한 목소리로 물었다. 나는 기억을 헤쳐보았다. 나는 고개를 끄덕이며 말했다. "언젠가 나와 함께 자던 친구가 다음 날 아침에 내가 코를 골면서 자더라는 것을 알려주었을 때였지. 그땐 정말이지 살맛이 나지 않았어." 나는 여자를 웃기기 위해서 그렇게 말했다. 그러나 여자는 웃지 않고 조용히 고개만 끄덕거렸다. 한참 후에 여자가 말했다. "선생님, 저 서울에 가고 싶지 않아요." 나는 여자의 손을 달라고 하여 잡았다. 나는 그 손을 힘을 주어 쥐면서 말했다. "우리 서로 거짓말은 하기 말기로 해." "거짓말이 아니에요." 여자는 빙긋 웃으면서 말했다. "「어떤 개인 날」을 불러드릴게요." "그렇지만 오늘은 흐린걸." 나는「어떤 개인 날」의 그 이별을 생각하며 말했다. 흐린 날엔 사람들은 헤어지지 말기로 하자. 손을 내밀고 그 손을 잡는 사람이 있으면 그 사람을 가까이 가까이 좀더 가까이 끌어당겨주기로 하자. 나는 그 여자에게 '사랑한다'고 말하고 싶었다. 그러나 '사랑한다'라는 그 국어의 어색함이 그렇게 말하고 싶은 나의 충동을 쫓아버렸다.

우리가 바닷가에서 읍내로 돌아온 것은 저녁의 어둠이 밀려든 뒤였다. 읍내에 들어오기 조금 전에 우리는 방죽 위에서 키스했다. "전 선생님께서 여기 계시는 일주일 동안만 멋있는 연애를 할 계획이니까 그렇게 알고 계세요." 헤어지면서 여자가 말했다. "그렇지만 내 힘이 더 세니까 별수 없이 내게 끌려서 서울까지 가게 될걸." 내가 말했다.

집으로 돌아와서 나는 후배인 박이 낮에 다녀간 것을 알았다. 그는 내가 '무진에 계시는 동안 심심하지 않을까 하여 읽으시라'고 책을 세 권 두고 갔다. 그가 저녁에 다시 오겠다고 하더라는 얘기를 이모가 내게 했다. 나는 피로를 핑계로 아무도 만나기 싫다는 뜻을 이모에게 알려두었다. 이모는 내가 바닷가에서 아직 돌아오지 않았다고 대답하겠다고 말했다. 나는 아무것도 생각하고 싶지 않았다. 아무것도. 나는 이모에게 소주를 사오게 하여 취해서 잠이 들 때까지 마셨다. 새벽녘에 잠깐 잠이 깼었다. 나는 이유를 집어낼 수 없이 가슴이 두근거렸는데 그것은 불안이었다. "인숙이" 하고 나는 중얼거려보았다. 그리고 곧 다시 잠이 들어버렸다.

당신은 무진을 떠나고 있습니다

나는 이모가 나를 흔들어 깨워서 눈을 떴다. 늦은 아침이었다. 이모는 전보 한 통을 내게 건네주었다. 엎드려 누운 채 나는 전보를 펴보았다. '27일회의참석필요, 급상경바람 영.' '27일'은 모레였고 '영'은 아내였다. 나는 아프도록 쑤시는 이마를 베개에 대었다. 나는 숨을 거칠게 쉬고 있었다. 나는 내 호흡을 진정시키려고 했다. 아내의 전보가 무진에 와서 내가 한 모든 행동과 사고를 내게 점점 명료하게 드러내 보여주었다. 모든 것이 선입관 때문이었다. 결국 아내의 전보는 그렇게 얘기하고 있었다. 나는 아니라고 고개를 저었다. 모든 것이, 흔히 여행자에게 주어지는 그 자유 때문이라고 아내의 전보는 말하고 있었다. 나는 아니라고 고개를 저었다. 모든 것이 세월에 의하여 내 마음속에서 잊혀질 수 있다고 전보는 말하고 있었다. 그러나 상처가 남는다고, 나는 고개를 저었다. 오랫동안 우리는 다투었다. 그래서 전보와 나는 타협안을 만들었다. 한 번만, 마지막으로 한 번만 이 무진을, 안개를, 외롭게 미쳐가는 것을, 유행가를, 술집 여자의 자살을, 배반을, 무책임을 긍정하기로 하자. 마지막으로 한 번만이다. 꼭 한 번만. 그리고 나는 내게 주어진 한정된 책임 속에서만 살기로 약속한다. 전보여, 새끼손가락을 내밀어라. 나는 거기에 내 새끼손가락을 걸어서 약속한다. 우리는 약속했다.

그러나 나는 돌아서서 전보의 눈을 피하여 편지를 썼다. '갑자기 떠나게 되었습니다. 찾아가서 말로써 오늘 제가 먼저 가는 것을 알리고 싶었습니다만 대화란 항상 의외의 방향으로 나가버리기를 좋아하기 때문에 이렇게 글로써 알리는 것입니다. 간단히 쓰겠습니다. 사랑하고 있습니다. 왜냐하면 당신은 저 자신이기 때문에 적어도 제가 어렴풋이나마 사랑하고 있는 옛날의 저의 모습이기 때문입니다. 저는 옛날의 저를 오늘의 저로 끌어다놓기 위하여 갖은 노력을 다 하였듯이 당신을 햇볕 속으로 끌어놓기 위하여 있는 힘을 다할 작정입니다. 저를 믿어주십시오. 그리고 서울에서 준비가 되는 대로 소식 드리면 당신은 무진을 떠나서 제게 와주십시오. 우리는 아마 행복할 수 있을 것입니다.' 쓰고 나서 나는 그 편지를 다시 읽어봤다. 또 한 번 읽어봤다. 그리고 찢어버렸다.

덜컹거리며 달리는 버스 속에 앉아서 나는 어디쯤에선가 길가에 세워진 하얀 팻말을 보았다. 거기에는 선명한 검은 글씨로 '당신은 무진읍을 떠나고 있습니다. 안녕히 가십시오'라고 씌어 있었다. 나는 심한 부끄러움을 느꼈다.

김승옥(金承鈺)

1941년 일본 오사카에서 출생. 전남 순천에서 성장. 서울대학교 불문과 졸업. 1962년 한국일보 신춘문예에 「생명연습(生命演習)」이 당선되어 등단. 1965년 사상계사 제정 동인문학상, 1977년 제1회 이상문학상 수상. 『서울 1964년 겨울』(1966), 『야행』(1972) 등의 소설집, 『내가 훔친 여름』(1969), 『60년대식』(1976), 『강변부인』(1977), 『환상수첩』(1987) 등의 중·장편소설 출간. 전집으로는 『김승옥소설전집』(1995)이 있음.

작품 세계

김승옥은 황폐화된 사회 속에서 타인과의 관계가 결렬됨으로써 역설적으로 존재하는 개인의 고뇌를 사색적으로 형상화한 작가다. 그의 작품 세계 전반에는 지적·성적 순수성을 향한 형이상학적인 투사와 타락에 대한 부정이라는 양가적 태도가 기반을 이루고 있다. 「생명연습」(1962)은 타인에 대한 애정을 배제한 채 그/그녀와의 무미건조한 관계를 바탕으로 자신의 실존을 입증하는 인물형이 등장한다. 이 작품에서는 '타락한 여성'으로서의 어머니에 대한 극단적인 부정이 표출된다. 「건(乾)」(1962)이나 「염소는 힘이 세다」(1966)와 같은 작품은 유년기적 소년 서술자들이 '성스러운 누이'가 성적 정결성을 잃는 폭력적인 과정을 통해 사회 안으로 고통스럽게 편입되는 양상을 형상화한다. 인간을 추악하게 일그러뜨리는 죽음의 이미지가 편재한 사회의 풍경과 사회 내에서 단자적으로 존재하는 개인들의 비연대성을 효과적으로 그려내는 수작이 바로 「서울 1964년 겨울」(1965)이다. 「서울의 달빛 0章」(1977)은 자본주의적인 도시 문명에서 결혼이라는 제도를 벗어나 성적 에너지를 끝없이 소비하는 아내에 대한 혐오감을 보여주고 있다. 성에 대한 양가적 태도는 순수성에 대한 암시적 의지를 드러내는 동시에 사회의 부조리를 건조하게 묘파하는 대부분의 작품들과, 풍속을 선정적으로 제시하는 장편소설 『보통여자』(1969) 『강변부인』(1977)과 같은 작품들로 분화된다.

실존을 입증하는 글쓰기와 사유에 관한 메타적인 인식이 드러나는 「환상수첩(幻想手帖)」(1962), 「확인해본 열다섯 개의 고정관념」(1963) 등과 같은 작품은 언어가 곧 현실이라는 작가의 의식과 한국 현대 문학에서 언어의 미학적 성취를 이룬 작가의 특성을 비유적으로 보여주는 작품이라 할 수 있겠다.

「무진기행」

「무진기행」은 성(聖)과 속(俗)의 양가적 세계에서 진자 운동을 하는 김승옥의 세계관을 집약하고 있는 작품이다. 전쟁이라는 시대적 상황을 피하도록 어머니가 부여했던 억압적 금기로 말미암아 일인칭 서술자는 과거에 골방 속에서 수음을 하는 자폐적 행위를 통해 자신의 존재, 혹은 남성성을 입증할 수밖에 없었다. 현재의 아내가 지배하는 또 다른 모성적 공간인 서울을 떠나 과거의 모성적 공간인 무진으로 회귀한 서술자는 자신을 숭배하는 박, 지방에서 출세한 세속적인 친구 조, 음악 교사인 하인숙 등을 만난다.

'무진(霧津)'이라는 공간은 죽음과 삶을 비롯한 양가적 가치들이 구성하는 목록의 체계다. 하인숙이 부르는 아리아와 유행가는 성과 속을 음악의 스펙트럼으로 굴절시킨 결과물이다. 마치 수면제 같은 무진의 대기는 인간으로 하여금 심신의 안정을 취하게 하는 약의 기능과 인간을 죽음으로 몰아갈 수 있는 독의 기능을 동시에 환기한다. 한 술집 여자가 청산가리를 먹고 자살했다는 사실과 서술자가 제약회사에 속해 있다는 사실은 이러한 양가성에서 비롯된다. 현실과 제도의 여성인 아내와는 다르게 이상적 여성상처럼 보이는 하인숙이 사실은 성과 속의 가치를 동시에 지니고 있는 것 역시 작품의 체계를 구조화하는 역할을 한다. 서술자는 현실적 상황에 균열을 일으킬 수 있는 고백의 편지를 쓰지만 그 편지를 찢어버리고 결국 무진을 떠나 서울로 회귀한다. 그러나 그가 이전에 여러 차례 무진으로의 여행을 감행했듯이, 그는 또다시 강박적인 회귀를 거듭할 것이다.

김승옥은 이 작품에서 근대적 인간에게 지배적인 감각인 시각 외에도 여타의 감각을 통합적으로 형상화함으로써, 세밀한 내적 논리를 지닌 깊이 있는 언어를 창조하였다. 그의 작품은 인간이 죽음으로 표상되곤 하는 절대적인 실존의 위기에 처해 있을 때, 언어는 단순히 그 현실을 반영하기 위해 사용되는 매개물이 아니라, 또 다른 현실일 수 있다는 것을 입증시켜준 예라고 하겠다. 또한 이 작품에서는 외적 현실에만 동화되거나, 이상주의적인 내적 현실에 상상적으로만 자신을 투사하기보다는, 모순적인 세계에서 길항적으로 갈등하는 개인이 소설적으로 형상화되고 있다.

주요 참고 문헌

김승옥에 관한 비평적 논의는 대개 '1960년대'라는 시대적 맥락이 중심이 된다. 우선 김병익은 「60년대 문학의 가능성」(김병익 외, 『현대한국문학의 이론』, 민음사, 1972)에서 50년대 문학과는 대별되는 60년대 문학의 전반적인 맥락에서 김승옥 등의 작가를 언급하고 있다. 동일한 저서에 수록된 김주연의 「60년대 소설가 별견」은 60년대 작가들의 작품 세계에 관한 개별 삭론으로 구성되어 있는 글로 「생명연습」 「무진기행」 「1964년 겨울」 등 김승옥의 주요 작품을 중심으로 '개인성의 발견'이라는 소설 사회학적 명제를 살펴본다. 김치수는 「질서에서의 해방 — 김승옥」(『문학사회학을 위하여』, 문학과지성사, 1979)에서 김승옥의 「건(乾)」 「역사(力士)」 「무진기행」 「서울 1964년 겨울」을 중심으로, 날로 공고해지는 이데올로기적 질서로서의 문화를 작가가 전복적으로 비판하고 있다고 지적한다. 정현기의 「1960년대적 삶」(『한국문학의 사회사적 의미』, 문예출판사, 1986)은 세계가 상실된 1960년대적 삶을 작가가 실존주의적으로 형상화하고 있다고 논의한다. 유종호는 「감수성의 혁명」(김승옥, 『다산성』, 흐겨레, 1987)에서 김승옥의 「무진기행」을 이야기성이 축소된 대신 일상적 언어의 심미성을 보여주는 작품으로 규정하면서, 이 작품의 시대적 의의를 인정하는 동시에 사회 구조에 대한 통합적 인식의 부재를 지적한다. _허윤진

황석영
삼포(森浦) 가는 길

영달은 어디로 갈 것인가 궁리해보면서 잠깐 서 있었다. 새벽의 겨울바람이 매섭게 불어왔다. 밝아오는 아침 햇볕 아래 헐벗은 들판이 드러났고, 곳곳에 얼어붙은 시냇물이나 웅덩이가 반사되어 빛을 냈다. 바람 소리가 먼 데서부터 몰아쳐서 그가 섰는 창공을 베면서 지나갔다. 가지만 남은 나무들이 수십여 그루씩 들판 가에서 바람에 흔들렸다.

그가 넉 달 전에 이곳을 찾았을 때에는 한창 추수기에 이르러 있었고 이미 공사는 막판이었다. 곧 겨울이 오게 되면 공사가 새봄으로 연기될 테고 오래 머물 수 없으리라는 것을 그는 진작부터 예상했던 터였다. 아니나 다를까, 현장사무소가 사흘 전에 문을 닫았고, 영달이는 밥집에서 달아날 기회만 노리고 있었던 것이다.

누군가 밭고랑을 지나 걸어오고 있었다. 해가 떠서 음지와 양지의 구분이 생기자 언덕의 그림자나 숲의 그늘로 가려진 곳에서는 언 흙이 부서지는 버석이는 소리가 들렸으나 해가 내리쬐인 곳은 녹기 시작하여 붉은 흙이 질척해 보였다. 다가오는 사람이 숲 그늘을 벗어났는데 신발 끝에 벌겋게 붙어 올라온 진흙 뭉치가 걸을 때마다 뒤로 몇 점씩 흩어지고 있었다. 그는 길가에 우두커니

---

* 「삼포 가는 길」은 『신동아』 1973년 9월호에 발표되었다. 이후 소설집 『객지』(창작과비평사, 1974)에 수록되었다.

서서 담배를 태우고 있는 영달이 쪽을 보면서 왔다. 그는 키가 훌쩍 크고 영달이는 작달막했다. 그는 팽팽하게 불러 오른 맹꽁이 배낭을 한쪽 어깨에 느슨히 걸쳐 메고 머리에는 개털모자를 귀까지 가려 쓰고 있었다. 검게 물들인 야전잠바의 깃 속에 턱이 반나마 파묻혀서 누군지 쌍통을 알아볼 도리가 없었다. 그는 몇 걸음 남겨놓고 서더니 털모자의 챙을 이마빡에 붙도록 척 올리면서 말했다.

"천씨네 집에 기시던 양반이군."

영달이도 낯이 익은 서른댓 되어 보이는 사내였다. 공사장이나 마을 어귀의 주막에서 가끔 지나친 적이 있는 얼굴이었다.

"아까 존 구경 했시다."

그는 털모자를 잠근 단추를 여느라고 턱을 치켜들었다. 그러고 나서 비행사처럼 양쪽 뺨으로 귀가리개를 늘어뜨리면서 빙긋 웃었다.

"천가란 사람, 거품을 물구 마누라를 개 패듯 때려잡던데."

영달이는 그를 쏘아보며 우물거렸다.

"내…… 그런 촌놈은 참."

"거 병신 안 됐는지 몰라. 머리채를 질질 끌구 마당에 나와선 차구 짓밟구…… 야, 그 사람 환장한 모양이더군."

이건 누굴 엿 먹이느라구 수작질인가, 하는 생각이 들어서 불끈했지만 영달이는 애써 참으며 담뱃불이 손가락 끝에 닿도록 쭈욱 빨아 넘겼다. 사내가 손을 내밀었다.

"불 좀 빌립시다."

"버리슈."

담배꽁초를 건네주며 영달이가 퉁명스럽게 말했다. 하긴 창피한 노릇이었다. 밥값을 떼고 달아나서가 아니라, 역에 나갔던 천가 놈이 예상외로 이른 시각인 다섯 시쯤 돌아왔고 현장에서 덜미를 잡혔던 것이었다. 그는 옷만 간신히 추스르고 나와서 천가가 분풀이로 청주댁을 후려패는 동안 방아실[1]에 숨어 있었다.

---

1 방아실 '방앗간'의 사투리(경남).

영달이는 변명 삼아 혼잣말 비슷이 중얼거렸다.
"계집 탓할 거 있수 사내 잘못이지."
"시골 아낙네치곤 드물게 날씬합디다. 모두들 발랑 까졌다구 하지만서두."
"여자야 그만이었죠. 처녀 적에 군용차두 탔답디다. 고생 많이 한 여자요."
"바가지한테 세금두 내구, 거기두 쳤겠구만."
"뭐요? 아니 이 양반이……."
사내가 입김을 길게 내뿜으며 껄껄 웃어젖혔다.
"거 왜 그러시나. 아, 재미 본 게 댁뿐인 줄 아쇼? 오다가다 만난 계집에 너무 일심 품지 마셔."
녀석의 말버릇이 시종 그렇게 나오니 드러내놓고 화를 내기도 뭣해서 영달이는 픽 웃고 말았다. 개피떡이나 인절미를 전방으로 호송되는 군인들께 팔았다는 것인데 딴은 열차를 타며 사내들 틈을 누비던 계집이 살림을 한답시고 들어앉아 절름발이 천가 여편네 노릇을 하려니 따분했을 것이었다. 공사장 인부들이나 떠돌이 장사치를 끌어들여 하숙도 치고 밥도 파는 살림인데, 사내 재미까지 보려는 눈치였다. 영달이 눈에 청주댁이 예사로 보였을 리 만무했다. 까무잡잡한 얼굴에 곱게 치떠서 흘기는 눈길하며, 밤이면 문밖에 나가 앉아 하염없이 불러대는 「흑산도 아가씨」라든가, 어쨌든 나중엔 거의 환장할 지경이었다.
"얼마나 있었소?"
사내가 물었다. 가까이 얼굴을 맞대고 보니 그리 흉악한 몰골도 아니었고, 우선 그 시원시원한 태도가 은근히 밉질 않다고 영달이는 생각했다. 그가 자기보다는 댓 살쯤 더 나이 들어 보였다. 그리고 이 바람 부는 겨울 들판에 척 설터앉아서도 만사태평인 꼴이었다. 영달이는 처음보다는 경계하지 않고 대납했다.
"넉 달 있었소. 그런데 노형은 어디루 가쇼?"
"삼포에 갈까 하오."
사내는 눈을 가늘게 뜨고 조용히 말했다. 영달이가 고개를 흔들었다.
"방향 잘못 잡았수. 거긴 벽지나 다름없잖소. 이런 겨울철에."

"내 고향이오."

사내가 목장갑 낀 손으로 코밑을 쓱 훔쳐냈다. 그는 벌써 들판 저 끝을 바라보고 있었다. 영달이와는 전혀 사정이 달라진 것이다. 그는 집으로 가는 중이었고, 영달이는 또 다른 곳으로 달아나는 길 위에 서 있었기 때문이었다.

"참…… 집에 가는군요."

사내가 일어나 맹꽁이 배낭을 한쪽 어깨에다 걸쳐 메면서 영달이에게 물었다.

"어디 무슨 일자리 찾아가쇼?"

"댁은 오라는 데가 있어서 여기 왔었소? 언제나 마찬가지죠."

"자, 난 이제 가봐야겠는걸."

그는 뒤도 돌아보지 않고 질척이는 둑길을 향해 올라갔다. 그가 둑 위로 올라서더니 배낭을 다른 편 어깨 위로 바꾸어 메고는 다시 하반신부터 차례로 개털모자 끝까지 둑 너머로 사라졌다. 영달이는 어디로 향하겠다는 별 뾰족한 생각도 나지 않았고, 동행도 없이 길을 갈 일이 아득했다. 가다가 도중에 헤어지게 되더라도 우선은 말동무라도 있었으면 싶었다. 그는 멍청히 섰다가 잰걸음으로 사내의 뒤를 따랐다. 영달이는 둑 위로 뛰어 올라갔다. 사내의 걸음이 무척 빨라서 벌써 차도로 나가는 샛길에 접어들어 있었다. 차도 양쪽에 대빗자루를 거꾸로 박아놓은 듯한 앙상한 포플러들이 줄을 지어 섰는 게 보였다. 그는 둑 아래로 달려 내려가며 사내를 불렀다.

"여보쇼, 노형!"

그가 멈춰 서더니 뒤를 돌아보고 나서 다시 천천히 걸어갔다. 영달이는 달려가서 그 뒤편에 따라붙어 헐떡이면서,

"같이 갑시다. 나두 월출리까진 같은 방향인데……"

했는데도 그는 대답이 없었다. 영달이는 그의 뒤통수에다 대고 말했다.

"젠장, 이런 겨울은 처음이오. 작년 이맘때는 좋았지요. 월 삼천 원짜리 방에서 작부랑 살림을 했으니까. 엄동설한에 정말 갈데없이 빳빳하게 됐는데요."

"우린 습관이 되어놔서."

사내가 말했다.

"삼포가 여기서 몇 린 줄 아쇼? 좌우간 바닷가까지만도 몇백 리 길이오. 거기서 또 배를 타야 해요."

"몇 년 만입니까?"

"십 년이 넘었지. 가봤자…… 아는 이두 없을 거요."

"그럼 뭣 허러 가쇼?"

"그냥…… 나이 드니까, 가보구 싶어서."

그들은 차도로 들어섰다. 자갈과 진흙으로 다져진 길이 그런대로 걷기에 편했다. 영달이는 시린 손을 잠바 호주머니에 처박고 연방 꼼지락거렸다.

"어이, 육실허게는 춥네. 바람만 안 불면 좀 낫겠는데."

사내는 별로 추위를 타지 않았는데, 털모자와 야전잠바로 단단히 무장한 탓도 있겠지만 원체가 혈색이 건강해 보였다. 사내가 처음으로 다정하게 영달이에게 물었다.

"어떻게 아침은 자셨소?"

"웬걸요."

영달이가 열쩍게 웃었다.

"새벽에 몸만 간신히 빠져나온 셈인데……."

"나두 못 먹었소. 찬샘까진 가야 밥술이라두 먹게 될 거요. 진작에 떴을걸. 이젠 겨울에 움직일 생각이 안 납디다."

"인사 늦었네요. 나 노영달이라구 합니다."

"나는 정가요."

"우리두 기술이 좀 있어서 일자리만 잡으면 별걱정 없지요."

영달이가 정씨에게 빌붙지 않을 뜻을 비쳤다.

"알고 있소. 착암기 잡지 않았소? 우리넨, 목공에 용접에 구두까지 수선할 줄 압니다."

"야, 되게 많네. 정말 든든하시겠구만."

"십 년이 넘었다니까."

"그래도 어디서 그런 걸 배웁니까?"

"다 좋은 데서 가르치고 내보내는 집이 있지."

"나두 그런 데나 들어갔으면 좋겠네."

정씨가 쓴웃음을 지으며 고개를 저었다.

"지금이라두 쉽지. 하지만 집이 워낙에 커서 말요."

"큰집……"

하다 말고 영달이는 정씨의 얼굴을 쳐다봤다. 정씨는 고개를 밑으로 숙인 채 묵묵히 걷고 있었다. 언덕을 넘어섰다. 길이 내리막이 되면서 강변을 따라서 먼 산을 돌아 나간 모양이 아득하게 보였다. 인가가 좀처럼 보이지 않는 황량한 들판이었다. 마른 갈대밭이 헝클어진 채 휘청대고 있었고 강 건너 곳곳에 모래 바람이 일어나는 게 보였다. 정씨가 말했다.

"저 산을 넘어야 찬샘골인데. 강을 질러가는 게 빠르겠군."

"단단히 얼었을까."

강물은 꽁꽁 얼어붙어 있었다. 얼음이 녹았다가 다시 얼곤 해서 우툴두툴한 표면이 그리 미끄럽지는 않았다. 바람이 불어, 깨어진 살얼음 조각들을 날려 그들의 얼굴을 따갑게 때렸다.

"차라리, 저쪽 다릿목에서 버스나 기다릴 걸 잘못했나 봐요."

숨을 헉헉 들이켜던 영달이가 투덜대자 정씨가 말했다.

"자주 끊겨서 언제 올지두 모르오. 그보다두 현금을 아껴야지. 굶어두 돈 있으면 든든하니까."

"하긴 그래요."

"월출 가면 남행 열차를 탈 수는 있소. 거기서 기차 타려오?"

"뭐…… 돼가는 대루. 그런데 삼포는 어느 쪽입니까."

정씨가 막연하게 남쪽 방향을 턱짓으로 가리켰다.

"남쪽 끝이오."

"사람이 많이 사나요, 삼포라는 데는?"

"한 열 집 살까? 정말 아름다운 섬이오. 비옥한 땅은 남아돌아가구, 고기두 얼마든지 잡을 수 있구 말이지."

영달이가 얼음 위로 미끄럼을 지치면서 말했다.

"야아, 그럼, 거기 가서 아주 말뚝을 박구 살아버렸으면 좋겠네."

"조오치, 하지만 댁은 안 될걸."

"어째서요."

"타관 사람이니까."

그들은 얼어붙은 강을 건넜다. 구름이 몰려들고 있었다.

"눈이 올 거 같군. 길 가기 힘들어지겠소."

정씨가 회색으로 흐려가는 하늘을 걱정스럽게 올려다보았다. 산등성이로 올라서자 아래쪽에 작은 마을의 집들이 점점이 흩어져 있는 게 한눈에 들어왔다. 가물거리는 지붕 위로 간신히 알아볼 만큼 가느다란 연기가 엷게 퍼져 흐르고 있었다. 교회의 종탑도 보였고 학교 운동장도 보였다. 기다란 철책과 철조망이 연이어져 마을 뒤의 온 들판을 둘러싸고 있는 것도 보였다. 군대의 주둔지인 듯했는데, 마을은 마치 그 철책의 끝에 간신히 매어달려 있는 것 같았다.

그들은 읍내로 들어갔다. 다과점도 있었고, 극장, 다방, 당구장, 만물상점, 그리고 주점이 장터 주변에 여러 채 붙어 있었다. 거리는 아침이라서 아직 조용했다. 그들은 어느 읍내에나 있는 서울식당이란 주점으로 들어갔다. 한 뚱뚱한 여자가 큰 솥에다 우거짓국을 끓이고 있었고 주인인 듯한 사내와 동네 청년 둘이 떠들어대고 있었다.

"나는 전연 눈치를 못 챘다구. 옷을 한 가지씩 빼어다 따루 보따리를 싸놨던 모양이라."

"새벽에 동네를 빠져나간 게 틀림없습니다."

"어젯밤에 윤하사하구 긴밤을 잔다구 그래서, 뒷방에서 늦잠 자는 줄 알았지 뭔가."

"새벽에 윤하사가 부대루 들어가자마자 튄 겁니다."

"옷값에 약값에 식비에…… 돈이 보통 들어간 줄 아나, 빚만 해두 자그마치 오만 원이거든."

영달이와 정씨가 자리에 앉자 그들은 잠깐 얘기를 멈추고 두 낯선 사람들의 행색을 살펴보았다. 영달이는 연탄난로 위에 두 손을 내려뜨리고 비벼대면서 불을 쪼였다. 정씨가 털모자를 벗으면서 말했다.

"국밥 둘만 말아주쇼."

"네, 좀 늦어져두 별일 없겠죠?"

뚱뚱한 여자가 국솥에서 얼굴을 들고 미리 웃음으로 얼버무리며 양해를 구했다.

"좌우간 맛있게만 말아주쇼."

여자가 국자를 요란하게 놓고는 한숨을 내리쉬었다.

"개쌍년 같으니!"

정씨도 영달이처럼 난로를 통째로 껴안을 듯이 바싹 다가앉아서 여자를 물끄러미 올려다보았다.

"색시가 도망을 쳤지 뭐예요. 그래서 불도 꺼졌고, 국거리도 없어서 인제 막 시작을 했답니다"

하고 나서 여자가 남자들에게 외쳤다.

"아니 근데 당신들은 뭘 앉아서 콩이네 팥이네 하구 있는 거예요? 냉큼 가서 잡아 오지 못하구선. 얼마 달아나지 못했을 테니 따라가서 머리채를 끌구 와요."

주인 남자가 주눅이 든 목소리로 대답했다.

"필요 없네. 아무래도 월출서 기차를 탈 테니까 정거장 목만 지키면 된다구."

"그럼 자전거 타구 빨리 가서 기다려요."

"이거 원 날씨가 이렇게 추워서야."

"무슨 얘기예요. 그 백화라는 년이 돈 오만 원이란 말요."

마을 청년이 끼어들었다.

"서울식당이 원래 백화 땜에 호가 났던 거 아닙니까. 그 애가 장사는 그만이었죠."

"군인들이 백화라면, 군화까지 팔아서라두 술을 마실 정도였으니까."

뚱뚱이 여자가 빈정거렸다.

"웃기네, 그래봤자 지가 똥갈보라. 내 장사 수완 덕이지 뭐. 그년 요새 좀 아프다는 핑계루…… 이건 물을 긷나, 밥을 제대루 하나, 손님을 받나, 소용없어. 그년두 육 개월이면 찬샘 바닥서 진이 모조리 빠진 거예요. 빚이나 뽑아내면 참한 신마이루 기리까이할려던 참이었어. 아, 뭘 해요? 빨리 가서 역을 지키라니까."

마누라의 호통에 주인 사내가 깜짝 놀란 듯이 어깨를 움츠렸다.

"알았대니까……."

"얼른 갔다 와요. 내 대포 한턱 쓸게."

남자들 셋이 우르르 밀려 나갔다. 정씨가 중얼거렸다.

"젠장, 그 백화 아가씨라두 있었으면 술이나 옆에서 쳐달랠걸."

"큰일예요, 글쎄. 저녁마다 장정들이 몰려오는데……."

"아가씨 서넛은 있어야지."

"색시 많이 두면 공연히 번거로워요. 이런 데서야 반반한 애 하나면 실속이 있죠, 모자라면 꿰다 앉히구…… 왜 좀 놀다 갈려우? 내 불러다 주께."

"왜 이러슈, 먼 길 가는 사람이 아침부터 주색 잡다간 저녁에 이 마을서 장사 지내게?"

"자, 국밥이오."

배추가 아직 푹 삭질 않아서 뻣뻣했으나 그런대로 먹을 만하였다. 정씨가 국물을 허겁지겁 퍼 넣고 있는 영달이에게 말했다.

"작년 겨울에 어디 있었소?"

듣고 있던 국그릇을 내려놓고 영달이는,

"언제요?"

하고 나서 작년 겨울이라고 재차 말하자 껄껄 웃기 시작했다.

"좋았지 정말. 대전 있었습니다. 옥자라는 애를 만났었죠. 그땐 공사장에서 별 볼일두 없었구 노임두 실했어요."

"살림을 했군?"

황석영 209

"의리 있는 여자였어요. 애두 하나 가질 뻔했었는데. 지난봄에 내가 실직을 하게 되자, 돈 모으면 모여서 살자구 서울루 식모 자릴 구해서 떠나갔죠. 하지만 우리 같은 떠돌이가 언약 따위를 지킬 수 있나요. 밤에 혼자 자다가 일어나면 그 애 때문에 남은 밤을 꼬박 새우는 적두 있습니다."

정씨는 흐려진 영달이의 표정을 무심하게 쳐다보다가, 창밖으로 고개를 돌리고는 조용하게 말했다.

"사람이란 곁에서 오랫동안 두고 보지 않으면 저절로 잊게 되는 법이오."

뒤란으로 나갔던 뚱뚱이 여자가 호들갑을 떨면서 돌아왔다.

"아유 어쩌나…… 눈이 올 것 같애. 하늘에 먹구름이 잔뜩 끼고, 바람이 부는군. 이놈의 두상이 꼴에 도중에서 가다 말고 돌아올 게 분명하지."

정씨가 뚱뚱보 여자의 계속될 수다를 막았다.

"월출까지는 몇 리요?"

"한 육십 리 돼요."

"뻐스는 있나요?"

"오후에 두 대쯤 있지요. 이년을 따악 잡아갖구 막차루 돌아올 텐데…… 참, 어디까지들 가슈?"

영달이가 말했다.

"바다가 보이는 데까지."

"바다? 멀리 가시는군. 요 큰길루 가실 거유?"

정씨가 고개를 끄덕이자 여자는 의자에 궁둥이를 붙인 채로 앞으로 다가앉았다.

"부탁 하나 합시다. 가다가 스물두엇쯤 되고 머리는 긴 데다 외눈 쌍까풀인 계집년을 만나면 캐어봐서 좀 잡아오슈. 내 현금으루 딱, 만 원 내리다."

정씨가 빙그레 웃었다. 영달이가 자신 있다는 듯이 기세 좋게 대답했다.

"그럭허슈. 대신에 데려오면 꼭 만 원 내야 합니다."

"암 내다뿐이오. 예서 하룻밤 푹 묵었다 가시구려."

"좋았어."

그들은 일어났다. 문을 열고 나오는 그들의 뒷덜미에다 대고 여자가 소리쳤다.

"머리가 길구 외눈 쌍까풀이에요. 잊지 마슈."

해가 낮은 구름 속에 들어가 있어서 주위는 누런 색안경을 통해서 내다본 것처럼 뿌옇게 보였다. 바람이 읍내의 신작로 한복판에서 회오리 기둥을 곤두세우고 있었다. 그들은 고개를 처박고 신작로를 따라서 올라갔다. 영달이가 담배 한 갑을 샀다. 들판을 스치고 지나가는 바람 소리가 날카롭게 들려왔다.

그들이 마을 외곽의 작은 다리를 건널 적에 성긴 눈발이 날리기 시작하더니 허공에 차츰 흰색이 빡빡해졌다. 한 스무 채 남짓한 작은 마을을 지날 때쯤 해서는 큰 눈송이를 이룬 함박눈이 펑펑 쏟아져 내려왔다. 눈이 찰지어서 걷기에는 그리 불편하지 않았고 눈보라도 포근한 듯이 느껴졌다. 그들의 모자나 머리카락과 눈썹에 내려앉은 눈 때문에 두 사람은 갑자기 노인으로 변해버렸다. 도중에 그들은 옛 원님의 송덕비를 세운 비각 앞에서 잠깐 쉬어 가기로 했다. 그 앞에서 신작로가 두 갈래로 갈라져 있었던 것이다. 함석판에 페인트로 쓴 이정표가 있긴 했으나, 녹이 슬고 벗겨져 잘 알아볼 수도 없었다. 그들은 비각 처마 밑에 웅크리고 앉아서 담배를 피웠다. 정씨가 하늘을 올려다보며 감탄했다.

"야, 그놈의 눈송이 탐스럽기두 하다. 풍년 들겠어."

"눈 오는 모양을 보니, 근심 걱정이 싹 없어지는데……."

"첨엔 기분두 괜찮았지만, 이렇게 오다가는 길 가기가 그리 쉽지 않겠는걸."

"까짓 가는 데까지 가구 내일 또 갑시다. 저기 누가 오는군."

흰 두루마기를 입고 중절모를 깊숙이 내려쓴 노인이 조심스럽게 걸어오고 있었다. 노인의 모자챙과 접힌 부분 위에 눈이 빙수처럼 쌓여 있다. 정씨가 일어나 꾸벅하면서,

"영감님, 길 좀 묻겠습니다요."

"물으슈."

"월출 가는 길이 아랩니까, 저 윗길입니까?"

"윗길이긴 하지만…… 재가 있어놔서 아무래두 수월친 않을 거야. 아마 교

통두 두절될 모양인데."

"아랫길은요?"

"거긴 월출 쪽은 아니지만 고을 셋을 지나면, 감천이라구 나오지."

영달이가 물었다.

"감천에 철도가 닿습니까?"

"닿다마다."

"그럼 감천으루 가야겠구만."

정씨가 인사를 하자 노인은 눈이 가득 쌓인 모자를 위로 들어 보였다. 노인은 윗길 쪽으로 가다가 마을을 향해 꺾어졌다. 영달이는 비각 처마 끝에 회색으로 퇴색한 채 매어져 있는 새끼줄을 끊어냈다. 그가 반으로 끊은 새끼줄을 정씨에게도 권했다.

"감발 치구 갑시다."

"견뎌날까."

새끼줄로 감발을 친 두 사람은 걸음에 한결 자신이 갔다. 그들은 아랫길로 접어들었다. 길은 차츰 좁아졌으나, 소달구지 한 대쯤 지날 만한 길은 그런대로 계속되었다. 길옆은 개천과 자갈밭이었고 눈이 한 꺼풀 덮여 있었다. 뒤를 돌아보면, 길 위에 두 사람의 발자국이 줄기차게 따라왔다.

마을 하나를 지났다. 그들은 눈 위로 이리저리 뛰어다니는 아이들과 개들 사이로 지나갔다. 마을의 가게 유리창마다 성에가 두껍게 덮여 있었고, 창 너머로 사람들의 목소리가 들려왔다. 두번째 마을을 지날 때엔 눈발이 차츰 걷혀갔다. 그들은 구멍가게에서 소주 한 병을 깠다. 속이 화끈거렸다.

털썩, 눈 떨어지는 소리만이 가끔씩 들리는 송림 사이를 지나는데, 뒤에 처져서 걷던 영달이가 주춤 서면서 말했다.

"저것 좀 보슈."

"뭘 말요?"

"저쪽 소나무 아래."

쭈그려 앉은 여자의 등이 보였다. 붉은 코트 자락을 위로 쳐들고 쭈그린 꼴이 아마도 소변이 급해서 외진 곳을 찾은 모양이다. 여자가 허연 궁둥이를 쳐들고 속곳을 올리다가 뒤를 힐끗 돌아보았다.

"오머머!"

여자가 재빨리 코트 자락을 내리고 보퉁이를 집어 들면서 투덜거렸다.

"개새끼들 뭘 보구 지랄야."

영달이가 낄낄 웃었고, 정씨가 낮게 소곤거렸다.

"외눈 쌍까풀인데 그래."

"어쩐지 예감이 이상하더라니……."

여자는 어딘가 불안했는지 그들에게로 다가오기를 꺼리며 주춤주춤했다. 영달이가 말했다.

"잘 만났는데 백화 아가씨, 찬샘에서 뺑소니치는 길이구만."

"무슨 상관야, 내 발루 내가 가는데."

"주인아줌마가 댁을 만나면 잡아다 달래던데."

여자가 태연하게 그들에게로 걸어 나왔다.

"잡아가보시지."

백화의 얼굴은 화장을 하지 않았는데도 먼 길을 걷느라고 발갛게 달아 있었다. 정씨가 말했다.

"그런 게 아니라…… 행선지가 어디요? 이 친구 말은 농담이구."

여자는 소변보다가 남자들 눈에 띈 일보다는 영달이의 거친 말씨에 몹시 토라져 있었다. 백화가 걸음을 빨리하며 내쏘았다.

"제따위들이 뭐라구 잡아가구 말구야. 뜨내기 주제에."

"그래, 우리두 너 같은 뜨내기 신세다. 찬샘에 잡아다 주고 여비라두 뜯어 써야겠어."

영달이가 여자의 뒤를 바짝 쫓아가며 농담이 아님을 재차 강조했다. 여자가 획 돌아서더니, 믿을 수 없을 만큼 재빠르게 영달이의 앞가슴을 밀어냈다. 영달이는 미처 피할 겨를도 없이 눈 위에 궁둥방아를 찧고 나가떨어졌다. 백화가 한 팔은 보퉁이를 끼고, 다른 쪽은 허리에 척 얹고 서서 영달이를 내려다보았다.

"이거 왜 이래? 나 백화는 이래 뻬두 인천 노랑집에다, 대구 자갈마당, 포항 중앙대학, 진해 칠구, 모두 겪은 년이라구. 조용히 시골 읍에서 수양하던 참인데…… 야야, 내 배 위루 남자들 사단 병력이 지나갔어. 국으루 가만있다가 조용한 데 가서 한 코 달라면 몰라두 치사하게 뚱보 돈 먹자구 나한테 공갈 때리면 너 죽구 나 죽는 거야."

영달이는 입을 벌린 채 일어설 줄을 모르고 백화의 일장 연설을 듣고 있었다. 정씨는 웃음을 참느라고 자꾸만 송림 쪽으로 고개를 돌렸다. 영달이가 멋쩍게 궁둥이를 털면서 일어났다.

"우리두 의리가 있는 사람들이다. 치사하다면, 그런 짓 안 해."

세 사람은 나란히 눈 쌓인 길을 걸었다. 백화가 말했다.

"그럼 반말 놓지 말라구요."

영달이는 입맛을 쩍쩍 다셨고, 정씨가 물었다.

"어디까지 가오?"

"집에요."

"집이 어딘데……."

"저 남쪽이에요. 떠난 지 한 삼 년 됐어요."

영달이가 말했다.

"애네들은 긴밤 자다가두 툭하면 내일 당장에라두 집에 갈 것처럼 말해요."

백화는 아까와 같은 적의는 나타내지 않았다. 백화는 귀 옆으로 흘러내리는 머리카락을 자꾸 쓰다듬어 올리면서 피곤한 표정으로 영달이를 찬찬히 바라보았다.

"그래요. 밤마다 내일 아침엔 고향으로 출발하리라 작정하죠. 그런데 마음뿐이지, 몇 년이 흘러요. 막상 작정하고 나서 집을 향해 가보는 적두 있어요. 나두 꼭 두 번 고향 근처까지 가봤던 적이 있어요. 한번은 동네 어른을 먼발치서 봤어요. 나 이름이 백화지만, 가명이에요. 본명은…… 아무에게도 가르쳐주지 않아."

정씨가 말했다.

"서울식당 사람들이 월출역으루 지키러 가던데……."

"이런 일이 한두 번인가요 머. 벌써 그럴 줄 알구 감천 가는 길루 왔지요. 촌놈들이니까 그렇지, 빠른 사람들은 서너 군데 길목을 딱 막아놓아요. 나 그 사람들께 손해 끼친 거 하나두 없어요. 빚이래야 그치들이 빨아먹은 나머지구요. 아유, 인젠 술하구 밤이라면 지긋지긋해요. 밑이 쭉 빠져버렸어. 어디 가서 여승이나 됐으면…… 냉수에 목욕재계 백 일이면 나두 백화가 아니라구요, 씨팔."

걸을수록 백화는 말이 많아졌고, 걸음은 자꾸 처졌다. 백화는 여러 도시에서 한창 날리던 시절의 얘기를 늘어놓았다. 여자가 결론지은 얘기는 결국 화류계의 사랑이란 돈 놓고 돈 먹기 외에는 모두 사기라는 것이었다. 그 여자는 자기 보퉁이를 꾹꾹 찌르면서 말했다.

"아저씨네는 뭘 갖구 다녀요? 망치나 톱이겠지 머. 요 속에는 헌 속치마 몇 벌, 빤스, 화장품, 그런 게 들었지요. 속치마 꼴을 보면 내 신세하구 똑같아요. 하두 빨아서 빛이 바래구 재봉실이 나들나들하게 닳아 끊어졌어요."

백화는 이제 겨우 스물두 살이었지만 열여덟에 가출해서, 쓰리게 당한 일이 많기 때문에 삼십이 훨씬 넘은 여자처럼 조로해 있었다. 한마디로 관록이 붙은 갈보였다. 백화는 소매가 해진 헌 코트에다 무릎이 튀어나온 바지를 입었고, 물에 불은 오징어처럼 되어버린 낡은 하이힐을 신고 있었다. 비탈길을 걸을 때, 영달이와 정씨가 미끄러지지 않도록 양쪽에서 잡아주어야 했다. 영달이가 투덜거렸다.

"고무신이라두 하나 사 신어야겠어. 댁에 때문에 우리가 형편없이 지체되잖아."

"정 그러시면 두 분이서 먼저 가면 될 거 아녜요. 내가 고무신 살 돈이 어딨어?"

"우리두 의리가 있다구 그랬잖어. 산속에다 여자를 떼놓구 갈 수야 없지. 그런데…… 한 푼두 없단 말야?"

백화가 깔깔대며 웃었다.

"여자 밑천이라면 거기만 있으면 됐지, 무슨 돈이 필요해요?"

"저러니 언제 한번 온전한 살림 살겠나 말야!"

"이거 봐요. 댁에 같은 훤출한 내 신랑감들은 제 입에 풀칠두 못해서 떠돌아 다니는데, 내가 어떻게 살림을 살겠냐구."

영달이는 백화의 입담을 감당할 수가 없었다. 세 사람은 감천 가는 도중에 있는 마지막 마을로 들어섰다. 마을 어귀의 얼어붙은 개천 위로 물오리들이 종 종걸음을 치거나 주위를 선회하고 있었다. 마을의 골목길은 조용했고, 굴뚝에서 매캐한 청솔 연기 냄새가 돌담을 휩싸고 있었는데 나직한 창호지의 들창 안에서는 사람들의 따뜻한 말소리들이 불투명하게 들려왔다. 영달이가 정씨에게 제의했다.

"허기가 져서 속이 떨려요. 감천엔 어차피 밤에 떨어질 텐데, 여기서 뭣 좀 얻어먹구 갑시다."

"여긴 바닥이 작아 주막이나 가게두 없는 거 같군."

"어디 아무 집이나 찾아가서 사정을 해보죠."

백화도 두 손을 코트 주머니에 찌르고 간신히 발을 떼면서 말했다.

"온몸이 얼었어요. 밥은 고사하고, 뜨듯한 아랫목에서 발이나 녹이구 갔으면."

정씨가 두 사람을 재촉했다.

"얼른 지나가지. 여기서 지체하면 하룻밤 자게 될 테니. 감천엘 가면 하숙두 있구, 우리를 태울 기차두 있단 말요."

그들은 이 적막한 산골 마을을 지나갔다. 눈 덮인 들판 위로 물오리 떼가 내려앉았다가는 날아오르곤 했다. 길가에 퇴락한 초가 한 간이 보였다. 지붕의 한쪽은 허물어져 입을 벌렸고 토담도 반쯤 무너졌다. 누군가가 살다가 먼 곳으로 떠나간 폐가임이 분명했다. 영달이가 폐가 안을 기웃해 보며 말했다.

"저기서 신발이라두 말리구 갑시다."

백화가 먼저 그 집의 눈 쌓인 마당으로 절뚝이며 들어섰다. 안방과 건넌방의 구들장은 모두 주저앉았으나 봉당은 매끈하고 딴딴한 흙바닥이 그런대로 쉬어가기에 알맞았다. 정씨도 그들을 따라 처마 밑에 가서 엉거주춤 서 있었다. 영달이는 흙벽 틈에 뻐죽이 솟은 나무 막대나 문짝, 선반 등속의 땔 만한 것들을 끌어 모아다가 봉당 가운데 쌓았다. 불을 지피자 오랫동안 말라 있던 나무라 노란 불꽃으로 타올랐다. 불길과 연기가 차츰 커졌다. 정씨마저도 불가로 다가앉아 젖은 신과 바짓가랑이를 불길 위에 갖다 대고 지그시 눈을 감았다. 불이 생기니까 세 사람 모두가 먼 곳에서 지금 막 집에 도착한 느낌이 들었고, 잠이 왔다. 영달이가 긴 나무를 무릎으로 꺾어 불 위에 얹고, 눈물을 흘려가며 입김을 불어대는 모양을 백화는 이윽히 바라보고 있었다.

"댁에…… 괜찮은 사내야. 나는 아주 치사한 건달인 줄 알았어."

"이거 왜 이래. 괜히 나이롱 비행기 태우지 말어."

"아녜요. 불 땔 때는 꼴이 제법 그럴듯해서 그래요."

정씨가 싱글싱글 웃으면서 영달에게 말했다.

"저런 무딘 사람 같으니. 이 아가씨가 자네한테 반했다…… 그 말이야."

"괜히 그러지 마슈. 나두 과거에 연애해봤소. 계집년이란 사내가 쐬빠지게 해줘두 쪼끔 벌릴까 말까 한단 말입니다. 이튿날 해만 뜨면 말짱 헛것이지."

"오머머, 어디 가서 하루살이 연애만 해본 모양이네. 여보세요, 화류계 연애가 아무리 돈에 운다지만 한번 붙으면 순정이 무서운 거예요. 내가 처음 이 길 들어서서 독하게 사랑해본 적두 있었어요."

지붕 위의 눈이 녹아서 투덕투덕 마당 위에 떨어지기 시작했다. 여자는 나무 막대기를 불 속에 넣고 휘저으면서 갑자기 새촘한 얼굴이 되었다. 불길에 비친 백화의 얼굴은 제법 고왔다.

"그런데…… 몇 명이었는지 알아요? 여덟 명이었어요."

"진짜 화류계 연애로구만."

"들어봐요. 사실은 그 여덟 사람이 모두 한 사람이나 마찬가지였거든요."

백화는 주점 '갈매기집'에서의 나날을 생각했다. 그 여자는 날마다 툇마루에 걸터앉아서 철조망의 네 귀퉁이에 높다란 망루가 서 있는 군대 감옥을 올려다보았던 것이다. 언덕 위에 흰 페인트로 칠한 반달형 퀀셋 막사와 바라크가 늘어서 있었고 주위에 코스모스가 만발해 있어, 그 안에 철창이 있고 죄지은 사람들이 하루 종일 무릎을 꿇고 있으리라고는 믿어지질 않았다. 하루에 한 번씩, 긴 구령 소리에 맞춰서 붉은 줄을 친 군복에 박박 깎인 머리의 군 죄수들이 바깥으로 몰려나왔다. 죄수들이 일렬로 서서 세면과 용변을 보는 모습이 보였었다. 그들은 간혹 대여섯 명씩 무장 헌병의 감시를 받으며 작업을 하러 내려오는 때도 있었다. 등에 커다란 광주리를 메고 고개를 숙인 채로 그들은 줄을 지어 걸어왔다.

"처음에 부산에서 잘못 소개를 받아 술집으로 팔렸었지요. 거기에 갔을 땐 벌써 될 대루 되라는 식이어서 겁나는 것두 없었구요, 나이는 어렸지만 인생살이가 고달프다는 것두 깨달았단 말예요."

어느 날 그들은 마을의 제방 공사를 돕기 위해서 삼십여 명이 내려왔다. 출감이 멀지 않은 사람들이라 성깔도 부리지 않았고, 마을 사람들도 그리 경원하지 않았다. 그들이 밖으로 작업을 나오면 기를 쓰고 찾는 것은 물론 담배였다. 백화는 담배 두 갑을 사서 그들 중의 얼굴이 해사한 죄수에게 쥐여주었다. 작업하는 열흘간 백화는 그들의 담배를 댔다. 날마다 그 어려 뵈는 죄수의 손에 몰래 쥐여주곤 했다. 다음부터 백화는 음식을 장만해서 감옥 면회실로 그를 만나러 갔다. 옥바라지 두 달 만에 그는 이등병 계급장을 달고 백화를 만나러 왔다. 하룻밤을 같이 보내고 병사는 전속지로 떠나갔다.

"그런 식으로 여덟 사람을 옥바라지했어요. 한 달, 두 달, 하다 보면 그이는 앞사람들처럼 하룻밤을 지내구 떠나가군 했어요."

백화는 그런 일 때문에 갈매기집에 있던 시절, 옷 한 가지도 못 해 입었다. 백화는 지나간 삭막한 삼 년 중에서 그때만큼 즐겁고 마음이 평화로웠던 시절은 없었다. 그 여자는 새로운 병사를 먼 전속지로 떠나보내는 아침마다 차부로 나가서 먼지 속에 버스가 가리울 때까지 서 있곤 했었다. 백화는 그 뒤부터 부대 근처를 전전하며 여러 고장을 흘러다녔다.

아직 초저녁이 분명한데 날씨가 나빠서인지 곧 어두워질 것 같았다. 눈은 더욱 새하얗게 돋보였고, 사위는 고요한데 나무 타는 소리만이 들려왔다.

"감옥뿐 아니라, 세상이란 게 따지면 고해 아닌가……."

정씨는 벗어서 불가에다 쬐고 있던 잠바를 입으면서 중얼거렸다.

"어둡기 전에 어서 가야지."

그들은 일어났다. 아직도 불길 좋게 타고 있는 모닥불 위에 눈을 한 움큼씩 덮었다. 산천이 차츰 희미하게 어두워졌다. 새들이 이리저리로 깃을 찾아 숲에 모여들고 있었다. 영달이가 백화에게 물었다.

"그래 이젠 어떡할 셈요, 집에 가면……?"

백화가 대답을 않고 웃기만 했다. 정씨가 말했다.

"시집가야지 뭐."

"시집은 안 가요. 이제 와서 무슨 시집이에요. 조용히 틀어박혀 집의 농사나 거들지요. 동생들이 많아요."

사방이 어두워지자 그들도 얘기를 그쳤다. 어디에나 눈이 덮여 있어서 길을 잘 분간할 수가 없었다. 뒤에 처졌던 백화가 눈 덮인 길의 고랑에 빠져버렸다. 발이라도 삐었는지 백화는 꼼짝 못하고 주저앉아 신음을 했다. 영달이가 달려들어 싫다고 뿌리치는 백화를 업었다. 백화는 영달이의 등에 업히면서 말했다.

"무겁죠?"

영달이는 대꾸하지 않았다. 백화가 어린애처럼 가벼웠다. 등이 불편하지도 않았고 어쩐지 가뿐한 느낌이었다. 아마 쇠약해진 탓이리라 생각하니 영달이는 어쩐지 대전에서의 옥자가 생각나서 눈시울이 화끈했다. 백화가 말했다.

"어깨가 참 넓으네요. 한 세 사람쯤 업겠어."

"댁이 근수가 모자라니 그렇다구."

그들은 일곱 시쯤에 감천 읍내에 도착했다. 마침 장이 섰었는지 파장된 뒤인데도 읍내 중앙은 흥청대고 있었다. 전 부치는 냄새, 고기 굽는 냄새, 곰국 냄새가 풍겨왔다. 영달이는 이제 백화를 옆에서 부축하고 있었다. 발을 디딜 때마다 여자가 얼굴을 찡그렸다. 정씨가 백화에게 물었다.

"어느 방향이오?"

"전라선이에요."

"나는 호남선 쪽인데. 여비는 있소?"

"군용차를 사정해서 타구 가면 돼요."

그들은 장터 모퉁이에서 아직도 따뜻한 온기가 남아 있는 팥시루떡을 사 먹었다. 백화가 자기 몫에서 절반을 떼어 영달에게 내밀었다.

"더 드세요. 날 업구 왔으니 기운이 배나 들었을 텐데."

역으로 가면서 백화가 말했다.

"어차피 갈 곳이 정해지지 않았다면 우리 고향에 함께 가요. 내 일자리를 주선해드릴게."

"내야 삼포루 가는 길이지만, 그렇게 하지?"

정씨도 영달이에게 권유했다. 영달이는 흙이 덕지덕지 달라붙은 신발 끝을 내려다보며 아무 말이 없었다. 대합실에서 정씨가 영달이를 한쪽으로 끌고 가서 속삭였다.

"여비 있소?"

"빠듯이 됩니다. 비상금이 한 천 원쯤 있으니까."

"어디루 가려오?"

"일자리 있는 데면 어디든지……."

스피커에서 안내하는 소리가 웅얼대고 있었다. 정씨는 대합실 나무 의자에 피곤하게 기대어 앉은 백화 쪽을 힐끗 보고 나서 말했다.

"같이 가시지. 내 보기엔 좋은 여자 같군."

"그런 거 같아요."

"또 알우? 인연이 닿아서 말뚝 박구 살게 될지. 이런 때 아주 뜨내기 신셀 청산해야지."

영달이는 시무룩해져서 역사 밖을 멍하니 내다보았다. 백화는 뭔가 쑤군대고 있는 두 사내를 불안한 듯 지켜보고 있었다. 영달이가 말했다.

"어디 능력이 있어야죠."

"삼포엘 같이 가실라우?"

"어쨌든……."

영달이가 뒷주머니에서 꼬깃꼬깃한 오백 원짜리 두 장을 꺼냈다.

"저 여잘 보냅시다."

영달이는 표를 사고 삼립빵 두 개와 찐 달걀을 샀다. 백화에게 그는 말했다.

"우린 뒤차를 탈 텐데…… 잘 가슈."

영달이가 내민 것들을 받아 쥔 백화의 눈이 붉게 충혈되었다. 그 여자는 더듬거리며 물었다.

"아무도…… 안 가나요?"

"우린 삼포루 갑니다. 거긴 내 고향이오."

영달이 대신 정씨가 말했다. 사람들이 개찰구로 나가고 있었다. 백화가 보퉁이를 들고 일어섰다.

"정말, 잊어버리지…… 않을게요."

백화는 개찰구로 가다가 다시 돌아왔다. 돌아온 백화는 눈이 젖은 채 웃고 있었다.

"내 이름 백화가 아니에요. 본명은요…… 이점례예요."

여자는 개찰구로 뛰어나갔다. 잠시 후에 기차가 떠났다.

그들은 나무 의자에 기대어 한 시간쯤 잤다. 깨어보니 대합실 바깥에 다시 눈발이 흩날리고 있었다. 기차는 연착이었다. 밤차를 타려는 시골 사람들이 의자마다 가득 차 있었다. 두 사람은 말없이 담배를 나눠 피웠다. 먼 길을 걷고 나서 잠깐 눈을 붙였더니 더욱 피로해졌던 것이다. 영달이가 혼잣말로

"쳇, 며칠이나 견디나……."

"뭐라구?"

"아뇨, 백화란 여자 말요. 저런 애들…… 한 사날누 존 생활 못 배겨나요."

"사람 나름이지만 하긴 그럴 거요. 요즘 세상에 일이 년 안으루 인정이 획 변해가는 판인데……."

정씨 옆에 앉았던 노인이 두 사람의 행색과 무릎 위의 배낭을 눈여겨 살피더니 말을 걸어왔다.

"어디 일들 가슈?"

"아뇨, 고향에 갑니다."

"고향이 어딘데……."

"삼포라구 아십니까?"

"어 알지, 우리 아들놈이 거기서 도자를 끄는데……."

"삼포에서요? 거 어디 공사 벌릴 데나 됩니까? 고작해야 고기잡이나 하구 감자나 매는데요."

"어허! 몇 년 만에 가는 거요?"

"십 년."

노인은 그렇겠다며 고개를 끄덕였다.

"말두 말우, 거긴 지금 육지야. 바다에 방둑을 쌓아놓구, 추럭이 수십 대씩 돌을 실어 나른다구."

"뭣 땜에요?"

"낸들 아나. 뭐 관광 호텔을 여러 채 짓는담서, 복잡하기가 말할 수 없데."

"동네는 그대루 있을까요?"

"그대루가 뭐요. 맨 천지에 공사판 사람들에다 장까지 들어섰는걸."

"그럼 나룻배두 없어졌겠네요."

"바다 위로 신작로가 났는데, 나룻배는 뭐에 쓰오. 허허, 사람이 많아지니 변고지. 사람이 많아지면 하늘을 잊는 법이거든."

작정하고 벼르다가 찾아가는 고향이었으나, 정씨에게는 풍문마저 낯설었다. 옆에서 잠자코 듣고 있던 영달이가 말했다.

"잘됐군. 우리 거기서 공사판 일이나 잡읍시다."

그때에 기차가 도착했다. 정씨는 발걸음이 내키질 않았다. 그는 마음의 정처를 방금 잃어버렸던 때문이었다. 어느 결에 정씨는 영달이와 똑같은 입장이 되어버렸다.

기차가 눈발이 날리는 어두운 들판을 향해서 달려갔다.

황석영(黃晳暎)

1943년 만주 신경 출생. 경복고등학교 중퇴. 고교 재학 중인 1962년 11월 『사상계』 신인상에 「입석부근」이 당선되어 등단. 만해문학상, 대산문학상 등 수상. 『객지』(1974), 『북망, 멀고도 고적한 곳』(1975), 『가객』(1978), 『열애』(1988) 등의 소설집과 『어둠의 자식들』(1980), 『장길산』(1983~84), 『무기의 그늘』(1985), 『오래된 정원』(2000), 『손님』(2001), 『심청』(2003), 『바리데기』(2007) 등의 장편소설 출간.

작품 세계

황석영은 리얼리즘의 형식을 고수하면서 역사에 대한 의미 있는 메시지를 전달해왔다. 현대사의 현장에 참여하면서 1970년대 이후의 생동하는 현실을 객관적으로 묘사하는 황석영의 소설은 민중 속에서 자연스럽게 유출되는 리얼리즘을 창작 방법으로 수용한다. 시대의 문제를 역사적 시각에서 포착하는 것이 그의 특징이다. 「객지」(1971)는 농촌 사회가 해체되고 갑자기 증가된 일용 노동자의 등장을 다룬 작품이다. 「삼포 가는 길」(1973)에서 황석영은 뜨내기로 살아가는 사람들의 강인한 생명력을 서정적으로 묘사한다. 1974년부터 한국일보에 연재된 『장길산』은 기존의 역사소설들이 보여주던 지배층 중심의 세계관을 부정하고 홍명희의 『임꺽정』을 계승하여 민중사관에 근거한 민중적 영웅상을 보여준다. 『장길산』은 역사의 주체를 민중으로 상정하고 당대의 풍속 세태를 세밀하게 묘사함으로써 당대의 민족문학론과 리얼리즘론을 구체적으로 실천한 거의 유일한 작품이라고 할 수 있다. 북한 방문과 해외 망명, 5년여의 옥고를 치르고 나와 발표한 『오래된 정원』(2000)과 『손님』(2001)에서도 황석영은 그의 영원한 주제인 역사에 대한 소설적 탐구를 계속한다. 기사, 편지, 비망록 등을 다양하게 활용하는 『오래된 정원』은 제목 자체가 새로운 유토피아를 의미한다. 그것은 갈뫼의 시골 집을 넘어서 잃어버린 낙원만이 다시 찾아야 할 낙원이 될 수 있음을 암시한다. 『손님』에서는 기독교와 마르크스주의가 모두 외래 사조임을 특별히 강조하고 그것들의 밑에, 그리고 그것들을 넘어서 있을 수 있는 민속적 삶의 동력을 탐구한다. 민중의 생명력을 신뢰하는 그의 소설은 언제나 남성적 활력으로 가득 차 있다. 희망을 포기하지 않는 인물을 통하여 희망의 결말을 제시하는 것이 황석영 소설의 특징이다.

「삼포 가는 길」

영달은 겨울이 되어 공사판 일을 쉬게 되자 망연한 심경이 된다. 청주댁과 관계하다 남편 천가에게 들켜 달아나다 우연히 만난 정씨가 고향 삼포로 가겠다고 하니까 영달의 행방도 삼포로 정해진다. 정씨의 이야기 속에 등장하는 삼포는 한가롭고 비옥한 곳이다. 영달은 헤어진 옥자를 그리워한다. 옥자는 의리 있는 여자였고 애도 하나 가질 뻔했는데 영달이 일자리를 잃어 함께 살 수 없게 되었다. 그들은 찬샘의 술집에서 국밥을 먹다가 외눈 쌍꺼풀을 가진 백화를 잡아오면 현금 만 원을 받기로 주인 여자와 약조를 한다. 주인의 남편은 월출역에 가서 백화를 기다리겠다고 나간다. 눈이 내려 길이 험해지자 그들은 월출 대신 감천에 가서 기차를 타기로 한다. 감천으로 가는 길에서 영달은 백화를 만난다. 백화가 "제따위들이 뭐라구 잡아가구 말구야, 뜨내기 주제에"라고 대드니 영달도 "그래, 우리두 너 같은 뜨내기 신세다. 찬샘에 잡아다 주고 여비라도 뜯어 써야겠어"라고 맞받는다. 영달과 백화는 뜨내기 신세로 서로 가까워진다. 군대 감옥 근처 '갈매기집'에서 일할 때 간혹 일하러 나오는 군 죄수들 중의 하나에게 백화는 담배를 쥐여주었다. 그를 찾아 면회도 갔다. 감옥에서 나오는 날 찾아와 하룻밤을 지내고 그는 전석지로 떠났다. 그렇게 보낸 남자가 여덟 명이나 되었다. 다리를 다친 백화를 영달은 감천까지 업어준다. 전라선과 호남선으로 길이 갈리자 영달은 백화의 차표를 사준다. 백화는 영달에게 이점례라는 이름을 가르쳐준다. 그러면서도 영달은 정씨에게 아마 사나흘도 시골 생활을 못 배겨날 거라고 말한다. 감천 역에서 정씨는 삼포에 관광 호텔을 여러 채 짓는다는 말을 듣는다. 바다 위로 길이 나 삼포는 이미 섬이 아니라는 것이다. 정씨는 마음의 정처를 잃어버리고 망연해한다. 고향이 있거나 없거나 이제 그들은 똑같은 신세가 된다. 영달과 백화는 아직 사랑의 추억 때문에 괴로워하는 젊은 사람들이다. 그들에 비하여 댓 살 위인 정씨는 감옥에서 목공에 용접에 착암기일, 구두 수선까지 배우고 나온 사람답게 세상사에 처연하다. "기차가 눈발이 날리는 어두운 들판을 향해서 달려갔다"는 이 소설의 마지막 문장은 바로 작품에 등장하는 뜨내기 인물들의 딱하고 아득한 신세를 상징한다. 이효석의 「메밀꽃 필 무렵」이 한밤에 빛나는 하얀 메밀꽃으로 덮여 있듯이 「삼포 가는 길」은 한낮에 내리는 하얀 눈으로 덮여 있다. 「메밀꽃 필 무렵」에서 성서방네 처녀와의 하룻밤 인연이 메밀꽃처럼 허생원의 어두운 장돌뱅이 생활을 환하게 비추어주듯이, 「삼포 가는 길」에서도 암담한 뜨내기 생활을 흰눈이 환하게 비추어준다. 흰눈은 차갑고 불편하지만 또 아름답기도 하다. 두 작품 모두 고통스러운 삶을 밝게 비추어주는 것은 사랑이다. 허생원의 사랑이 과거에 갇혀 있다면 영달은 이 세상의 모든 백화들에 대하여 사랑을 열어놓았으므로 영달의 사랑은 미래로 열려 있다고 할 수 있다. 황석영은 밑바닥 사랑만이 영원하다고 말하려는 것일까?

주요 참고 문헌

황석영의 「삼포 가는 길」에 대한 주요 논의로 오생근은 「개인의식의 극복」(『문학과지성』, 1974년 여름호)에서 황석영의 집단적 세계관을 문학적 상상력의 관점에서 분석한다. 강영주의 「역사소설의 리얼리즘과 민중성」(『한국역사소설의 재인식』, 창작과비평사, 1991)에서는 홍명희와 황석영의 현실 묘사 방법과 역사의식이 치밀하게 비교되어 있다. 정혜경의 「되살아남의 꿈」(『현대시학』, 1998. 10)은 황석영 소설의 문체를 한 편의 시로 분석하여 미적 효과를 해명한다. 장영우의 「한국 현대소설에 나타난 미륵사상」(『불교어문논집』, 1998. 12)은 『장길산』을 불교 사상의 시각에서 분석하여 민중불교의 문학적 표현 양상을 제시한다. 최원식·임홍배 편 『황석영 문학의 세계』(창작과비평사, 2003)에는 다양한 필자들이 쓴 황석영의 작품론과 작가론이 실려 있는데, 그중 오생근의 「오래된 정원과 시간을 이기는 사랑의 힘」은 태초 이래의 꿈에 닿아 있는 미래만이 참다운 유토피아가 될 수 있음에 주목하면서 황석영의 비전이 지닌 보편성을 해명한다. _김인환

박상륭
죽음의 한 연구

제 35 일

불은 濕生이라 마른 것에 執하고
물은 乾生이라 濕에 着한다
흙은 乾胎生이라 坤心房에 居하고
바람은 坤胎生이라 乾心房에 處한다
자연의 단계를 깊이 살피면
그것은 對偶에 의해 和해지느니
저 四大의 好作질에 태어났던 한 和氣
저 썩어 죽을 잡놈 하나
이 솥 속에 잡혀들었으니
濕生이며 乾生이라
乾胎生이며 坤胎生의
용두질에서 化한 이 게글거리는 작은 靈들

* 『죽음의 한 연구』는 1975년 한국문학사에서 출간된 후 1986년 문학과지성사에서 재출간되었다. 여기서는 『죽음의 한 연구』(소설 명작선 11, 문학과지성사, 1986; 1997)에서 부분 수록하였다.

자 니얌 맡고 모여들어
제 분깃들을 나눌지라
濕生은 불을
乾生은 물을
乾胎生은 흙을
坤胎生은 바람을
자연의 단계를 깊이 살피면
그것은 對偶에 의해 逆해지느니
옳게 가다 거꾸로 가고
거꾸로 가다 옳게 가는 것이여
보자꾸나 이놈들
자 멋들어지게 한번 휘저어가는 거다
목숨은 빈 솥에 모이나
죽음은 찬[滿] 솥이 엎질러짐이라
아 그러나 한 방울인들 이삭시켜서야 안 되는 법
그랬다간 네놈들로부터 음기며 양기를 뽑아내겠다
그 방울방울들이 業을 알밴 것이거늘
業은 체에 걸러 앙금시키고
자네들은 저 業의 찌꺼기
살이며 피며 뼈만을 취해갈작시라
앙금된 業이란 金 같은 것이러라 나의 富를 쌓는도다
그것은 元素 아닌 元素
으흐으흐 으흐ㅎ
물의 元素는 물로 가고 불에 의해서
불의 元素는 불로 가고 물에 의해서
氣의 元素는 氣로 가고 흙에 의해서
흙의 元素는 흙으로 가되 氣에 의해서

으흐으흐 흐흐으

業은 남기라 業은 남기라

물로부터는

      천길 水深 만년 앙금

水業의 굴껍질 덮인

      뱀 가닥 머리칼해서 흡반을 돋워 줄기로 뻗은 잡년

불로부터는

      억만 가닥의 실뱀 타래

붉은 혀로

      제 그늘까지 태워 허기를 메워도 여전히 배만 고픈 잡놈

氣로부터는

      아 이놈은

      달이 이슬로 풍더분히하는 월후에 아무리 잠갔다 꺼내어도

      형체가 드러나지 않는 허깨비

흙으로부터는

      그렇지

      살았던 것 죽어 썩는 데마다 혀를 처넣어

      텡텡 불은 젖퉁이가 屍汁에 아파 해골의 사태기로 앓아누운 년

삼백 날 한하고 헛용두질에 야위어

우라지게도 눈만 붉어진 것들

오랐구나 그래 그 배고픔으로 오랐구나

이 솥 속에 한 알맹이 곱다시 옮였으니

염통이며 골

사지며 똥창자

피며 뼈를

찢고 마시며

썰고 빨고 갉을지라

순수히 불뿐인 것
전순히 물뿐인 것
완전히 흙뿐인 것
무결히 氣뿐인 것
그것은 영구히 對偶에 和接치 못할
저주의 무서운 根力
쓸쓸한 魔靈
스스로도 스스로가 두려워
미친 듯한 증오며 타는 저주로
산 것과 죽은 것들의 깊은 데로 숨어들어
얼굴을 감추어버리려 안달이 난 것들
그래서는 造化의 뿌리를 갉는 것
그러나 業은 元素 아닌 元素
자네들의 혀 댈 것이 아니여
아니고말고지
그러면 이제 우리의 서방님
그분의 분깃
그렇지 元素 아닌 元素를 취하러
[1]새벽별 나으리 아으 새벽별 나으리 오실 터인데
호호호 내가 무엇으로 그이께 잘 보여드릴꼬
그이는 내게 흑암의 키를 주시고 어미라고 부르는 이
모든 죽음을 까불어 알곡식만 남기게 하시는 주
모든 靈들의 서방님
　　靈이란 모두 그분 앞에서는 암컷인 것이거든
내 나으리 그이가 오실 때 나는

---

[1] 루시페르 그는 나중에 基督으로까지 승격한다(C. G. Jung, Vol. 9 II, p. 72).

호호호 그렇지 아무렴
　　일천 마리의 흑단빛 까마귀 날개로 하여
　　아으 새벽별 내 나으리의 딛는 곳을 윤내야겠지러
　　아 무엇들 하고 있어 이 육실헐 눔의 종내기를
　　욕망의 음기며 탐욕의 양기마저 쏙 뽑아낼 잡것들
　　자 멋들어지게 한번 휘저어가는 거다
　　죽음은 찬(滿) 솥이 엎질러짐이다.

　내 귀에는, 저 '어미'라고 자칭하는 흑암이 엄포하며 휘젓는 소맷바람 소리가 들리고 있었다. 그녀는 어쩐지, 저 장로의 손녀의 얼굴을 드러내 보이고 있었는데, 그리고 한 쌍의 까마귀와, 그리고 전에 언젠가 나와 한번 촛불 속에서 승강이를 하다 내게 목이 졸려 죽은 듯한 그 검정 고양이를 거느리고 있었는데, 그녀는 잽싸게, 내가 놓인 아마도 솥전을, 그러나 그것은 사각진 관곽으로 나는 알았는데, 그런 솥전 바깥을 움직이며, 업의 앙금만을 남기려 아마도, 내 전신을 찢고 썰고 갉고 핥고 빨고 씹고 짓뭉개고 주리 틀고 으깨고 있는 것 같았는데, 그러나 이 단계에서 나는 너무 겁만 낼 일도 아닌데, 세상 빛에 집착할 일도 아닌데, 어떠한 고통도 두 번의 죽음을 부르지는 않을 것이기 때문이다. 이 모두, 나의 업력(業力)이 만든, 업영(業影)이라고 알지 않으면 안 되는 것이다.
　그러나 사실에 있어 이것은, 내게서 몸과 영의 분리가 이뤄지기에는 너무도 빠른 시각인 것이다. 그래서 나는 아직도 그녀의 서방님, 새벽별 나으리를 못 보고 있는 것이다. 어쩌면 몸으로는, 당분간 더 살아나가게 될지도 모르는데, 나는 어쩌면, 내 스스로, 어느 때 내 의식을 끊어버리는 일을 행하지 않으면 안 될지도 모른다.
　내 이마를 뜨겁게 했던 햇빛도 어느덧 사그러져, 그 띵해진 이마에도 산들바람이 거의 서늘하게 스치는 것으로 보면, 아마도 황혼이고 있었다. 이 황혼도 붉은가 모르지, 모르지 몰라. 까마귀들은 그래서, 하루의 마지막 울음일 것을 육실허게 토해내며, 내 주위를 돌고 있었다. 그리고 내게는, 배고픔이 창자 밑 바닥에서 쓰리게 시작되어 있었고, 목이 탔다. 그러면서도 배설은 해야 했다. 연좌로 갈긴 오줌 방울들은, 내 무덤을 새어 나가, 지릿기한 냄새를 풍기며 바람 가운데로 흩어져갔을 것이었다. 그 어느 한 이슬이, 그 어느 한 꽃송이에라도 떨어졌다면, 후후, 그 엔네 필시, 대천지 갖다가시나 요론 존 상대가 워디서 펑기 왔단다 하고 생각했을 것이었다. 아 그러나 생념은 근절치 않으면 안 되는데, 창자나 목구멍이 일으키는 것일수록 더욱더 뽑아내지 않으면 안 되는데, 마음을 일으킨다 해도 아무것도 이뤄질 것은 아니기 때문인데, 그럼에도 내 오관은, 살기에 조금도 피곤해 있지가 않은 듯하다.

제 36 일

옴 와기소리 뭉.*

제 37 일

새벽별 나으리라고 불리우는 낭군은 아직 내게 나타나 보이지 않았다. 그이가 언제 와줄지는 모르지만, 이 등의 기름이 다하기 전에 와준다면 나 또한 그와의 혼례에 참석할 수 있을 터인데.

밤엔 부엉이가 아, 내 머리 위 가지에서 세상을 굽어살펴 울다 날아갔고, 내 아랫녘 숲의, 밤의 출렁이는 어느 단애 위에서는 아마도 물의 정령 쓸쓸한 것이, 두견이 목소리로 울었었다. 까마귀는 우짖지 않았었다. 밤에는 그리고 으시시 추웠었다. 바람이 계속적으로 뒤엉기며, 차게 나를 휩싸아, 얼음을 입히

---

* 'HAIL TO THE LORD OF SPEECH,' Mūm.

려 했다. 그것은 밤이었고, 밤은 무서웠다. 두 번 죽을 일 없는데도, 밤은 나를, 추위와 외로움과, 공포와 슬픔으로써 매질했다. 연좌를 더 유지할 수도 없이 나는 가슴이 허전하고, 몸의 전체에 안정감이 없어, 방석을 가슴에 안고, 그리고도 모자라서, 저 비취 목걸이를 입속에 물고서야 조금 안정할 수가 있었다. 잘린 혓바닥 위에 놓어진, 저 조그만 푸른 돌을 하나의 심지 삼아서, 그것 위에다 나는 내 모든 기를 모아 태워, 심정을 아주 조금 따뜻이 할 수 있었다. 그 계집의 추억은, 그만쯤은 따뜻했다. 그리고 부자유와 구속과 형벌과 죽음의 십자가에 매달려, 척 늘어진 한 마리의 구리뱀이, 그 동록(銅綠) 속에서 살아나, 한 마리의 비취 빛깔의 새가 되어 날아가는 것을 보았다. 밤은 무섭고 길었다. 목줄기인지 이마인지가 아주 다사롭게 느껴지는 것으로 미뤄 보면, 그리하여 밤은 지나가버렸고, 한없이 흔들리던 내 관곽도 좀 잠잠해졌다. 아랫녘엔 아마도 바람은 한 점도 없었을 것이었는데도, 내 둥지는 밤새 가엾이도 흔들렸었다. 한번 흔들려지면, 그 반동에 의해 더욱더 흔들려지고, 때로 그것이 호흡기도 했으나, 그러나 흡사 중력이 없는 상태에서 어이없이 떠흐르는 것 같아, 숨쉬기가 거북했으며, 오장육부가 목구멍으로 치올라와, 구토와 멀미를 일으켰다. 나는 흡사, 첫눈 내리느라 바람 쌩금한 가지에 매달린 저녁녘 고수레 감이나 같은 기분이었었다.

허기는 내게 이미, 초죽음이 와버린 것 같기는 하다. 다만 혼령이 아직도 내 몸뚱이 쌩금한 바람에 휘어지는 가지에, 고수레 감 모양 매달려 있다는 것만 빼놓으면, 눈에는 그러나 암흑이, 마음에는 공허가, 살에는 고통이 쳐들어와 나를 썩히고 있다면, 그것은 벌써 생명의 장소는 아니다. 무어(無語)의 무어(絳禦), 불모(佛毛)의 불모(不毛), 불탄 절간, 달 없는 사막, 불 꺼진 항구, 봄 산홍(山紅) 꽃상여 나간 무주공산, 궂은비 삼동에 내린다. 그러나 나는, 어떤 것으로 다시 되어 다시 태어날 것인가. 정토에 나기는 바랄 수도 없고, 또 바라지도 않지만, 허기는 만약에 할 수 있으면, 내가 어쩔 수 없이 떠나오지 않으면 안 되었던 사람들 세상에로 다시 사람이 되어 돌아왔으면 싶고, 그래서 내가 못다 산 삶을 마저 채워, 노년의 복은, 고녀는, 삶은, 어떤 것인가를 체험해봤으면도 싶다. 그래 다시 그 세상에 태어났으면 싶다. 왕후며, 장상 마님들의 태 속도 말고, 나를 낳았던 그저 그런 어미, 그런 어떤 옌네 태 속에서 다시 태어났으면 싶고, 그래서 저 바닷가 모래가 번쩍이는 곳에서 모래집이나 쌓으며, 조수가 밀리고 밀려가는 것을 그저 망연히 지켜보고 앉았으면이나 싶다. 저 무넘무애의, 그러나 비천한 머슴아이, 학대와 멸시 속으로도 스스럼없이 걸을 수 있었던 사내아이, 바다의 음기로만 굳어진 조개알을 씹어 비린내를 풍기며, 갈매기의 울음에 얼을 빼앗기던, 별로 오래도 흐르지 않은 옛적에 있었던 아이, 그 아이가 다시 되었으면 싶다. 그래 거기, 조개 비린내 풍기며 떠돌고 살다, 뼈가 굵어지면, 아 그래, 뱃놈이나 되어볼 일이지. 그래 뱃놈이라도 되어볼 일이지. 구릿빛 울불근거리는 근육에다, 저 풍더분한 년 바다를 한 아름에 욱죄이고도 힘이 남을녀른 사내녀석, 구운 뱀장어를 볼이 미어지게 씹어대느라고 입 귀퉁이로 기름을 흘려대는, 그런 뱃놈이라도 되어볼 일이지. 속곳 안 입은 사태기로, 천의 숫파리가 죽기를 한하고 노좆에 침 바르고 물길 저어 가는, 제놈의 집 토방 위에 퍼드러진, 제 계집의 낮잠 같은 것 개의치도 않고, 항구야 항구야 항구야마다, 돌아가며 계집 두고, 노좆에 침 발라가는 녀러녀슥 — 어허, 도대체 계집에는 집착이 없는 연고일러라. 부처가 삼백 번 되어보고 보아도, 오줌 마려우면 누었을 것 아닌가. 똥 마려우면 누었을 것 아닌가. 구역질나면 토했을 것 아닌가. 그러니 정액도 마려우면 누어버리고 나야 심신이 쇄락해지는 것, 똥 마려우면 측간 찾듯, 정액 누고 싶으면 계집 찾아, 그저 한번 쏴 내버리고, 타는 목구멍에 술 부어 넣으며, 고픈 창자에 고기 토막 밀어넣는 일이 글쎄 어째서 나쁠 일이겠는가. 개고기나 빈대만이 아니라, 도라지나 쑥잎도 사대(四大)로 이뤄졌음인 것, 이찌 빈대의 실은 육식이며, 너덕구이는 육식이 아닐 터인가. 사대 또한 근본 이름이 없고 공이란다면, 똥과 오줌도 또한 근본 이름이 없는 공이라서, 서른 놈 중놈 순번 짜서 측간 드나드는 통에 부러진, 선방(禪房) 돌쩌귀야 부러진 것이라고 해서는 안 될 것이지. 아 그러나, 근본 이름이야 있든 없든, 어찌 되었든, 제길헐, 마려운 똥은 누어야 시원한 것이며, 먹고 싶으면, 서 말 물 채운 가마솥에 한 마리의 벼룩으로 하여금 기름을 동동

떠우게 해도 좋은 것이다. 누어버린 똥을 만약에 헤쳐보려 하지만 않는다면, 오래잖아 냄새란 가셔버리는 것이다. 그러고 보면 천하에 불순한 건 개놈뿐일 것이었다. 그것들은, 제놈이 누운 똥까지도 삼키려 들며, 제놈의 오줌 냄새를 물 좋은 곳 인삼주쯤으로나 아는 것이다. 그런 뒤, 그 코를 지혜라고 말하는 것이다. 그래서 지혜란 개 같은 것이다. 그런 지혜란, 뼛속으로 파고 다니는 두더지 같은 것이어서, 모든 열매 맺는 것의 뿌리를 파헤쳐, 그 뿌리를 죽이려 들며, 습기가 있어야 할 곳을 푸르스러지게 한다. 그런 지혜란 두더지 같은 것이다. 그것은 메마름에의 광병적 회원이라고 부를 것인 것이다. 개는 두더지러라. 두더지는 개러라. 아, 그리고 또, 하필이면 뱃놈이 아니어도 좋지. 게을러 터져 삼백 년 한하고 그늘 밑 잠이나 자는 나무꾼이라도 좋고, 입만 육실허게 까고 돌은 육실허게도 못 까는, 공동묘지 언저리 석공이래도 좋고, 또 한뒤 달 가다 일거리가 한 감씩이나 생기는 두메산골 화장터지기라도 좋은 것이다. 글쎄, 잘못 회계된 한 푼 동전 때문에, 절친한 친구의 가슴에 구멍을 뚫어놓는다 하더라도, 어쨌든 일곱 집 들러 공짜로 배 불리거나, 십시일반을 울거내는 일보다는 나을 게 아닌가. 보시를 설함은 인색해함의 소치이며, 불살생을 말함은 살욕의 소치이며, 불투도를 계함은 탐심의 발로이며, 색을 전념으로 탐하는 자라야만 색을 근절해버릴 잡근으로 알아서 음심을 품는 것까지도 간음으로 아는 것이다. 너는 멧새만도 못헌 눔이여, 어디 멧새가 밥 빌러 다니던가. 너는 석류만도 못헌 눔이여, 석류가 어디 제것이라고 오그려쌓는 것 보았던가. 너는 귀뚜라미만도 못헌 눔이여, 귀뚜라미가 어디 쇠고기 먹고 노래를 뽑던가. 너는 달팽이만도 못헌 눔이여, 달팽이가, 어디, 아무리 가난해 비렁질을 다니더라도, 이웃 장자네 안채 타는 꼴을 보고, "이 녀석아, 너는 애비가 거렁뱅이다 보니, 저런 흉한 꼴은 당하지 않으니 그 아니 복인가?"라고 했다는 소리 들리던가. 너는 그리고, 지렁이만도 못헌 눔이여, 못하지. 허어 허긴 들리는 희한한 재판 얘기 한 가지로는, 한 호색꾼 지렁이가 한 물색 좋은 계집 지렁이에게 반해 미치고 환장을 했다던가 하자, 호색꾼네 마누라 지렁이의 투정이 이만저만이 아니게 되어, 씨부랄녀러 것, 그러면 이혼이나 하고 볼 일이라고 해서 재판소엘 찾아갔더라든가. 그래서 받은 재판일랑, 단칼로 몸을 중두막을 내라는 것이었다는데, 헌데 그 지렁이가 오래오래 잘 살았다던가 어쨌다던가는 몰라, 글쎄 데, 그 데, 그 뒷얘기를 들으려는 참에 그만 설사가 마려워버린 것이었지.

아, 그래, 지렁이만도 못해도 좋지, 좋으니, 어쩌면 나는 또, 혹간 말이지, 다시 한 번, 중도 아닌 돌중으로, 멧새만도 못해서, 일곱 종단 기웃거려 빌은 찌꺼기 지혜로 요기를 하고, 그 찌꺼기 썩느라 풍기는 매운 냄새 때문에 눈물 흘리며, 그 독에 반은 취해, 반은 눈을 까뒤집어, 살기만을 살기만을 바래싸면서도 죽어가게 되기를 바랄지도 모르지. 혹간 그럴지도 모르지. 그래, 다시 나는, 지금 이대로의 달팽이만도 못헌 눔의 나이기를 다시 한 번 더이기를 바랄지도 모르지. 글쎄 석류만도 못하기를 말이지.

제 38 일

[2]갸　갸　갸
갸　갸　갸
까마귀들은 우짖고 있다.
[3]사　마　야
갸　갸　갸

광대하고 광대하고 광대하고

---

2 W. Y. Evans-Wentz, *The Tibetan Books of Great Liberation*(Oxford University Press, 1968), pp. 202~04.
   (Samayā, gya gya,
   E—ma—ho!
   Key! Key! Ho!)
   gya—vast
3 Samayà-Divine Wisdom.

광대 광대 광대하다

까마귀들은 우짖고 있다.

성스러운 지혜여
광대 광대 광대하다

까마귀들은 우짖고 있다. 날 둘러 우짖고 있다. 까마귀들은 우짖고 있다.

갸　　갸　　갸
⁴갸　　키—갸　키—
⁵갸　　호
사마야
키—키—호!

제 39 일

이제는 모든 기를 완전히 풀어버리자. 완전한 이완을 성취해버리자. 할 수 있으면 다시 오기 위해서, 이 세상과의 하직을 선언하자, 안녕히 가셔요, 입속에 머금었던 나를, 쓰레기더미 위에 내뱉으며, 그렇게 말하는 소리가 들린다. 전에 때로 나는, 몸속의 막힘을 트기 위해, 마음으로 더불어 육신적으로 정진한 적이 있곤 했다. 그러나 이제는, 그러한 통로를 막아버리기 위해서 마지막으로 정진할 때인 듯하다. 육신에 억류돼 부달리는 혼을 육신으로부터 해방시키는 일, 생명의 줄을 끊어버리는 일, 하나의 큰 꿈을 갖고 광야로 나아가는

---
4 Kye— 부르는 소리로서 '오—'라고 번역될 수 있다고 한다.
5 Ho— 감탄사.

일, 누덕진 살을 벗고 다시 말[言語]로서 환신하는 일, 그래서 동시에, 혼과 육이 무장애를 성취하는 일을 해야 할 때인 듯하다. 혼과 육의 이 결합은, 서로 조화를 잃기 시작할 때, 서로를 구속하고 억류하는 족쇄로밖에는 여겨지지 않는 것이다. 그것은 서로에게 함정이며 덫이 되는 것이다. 그리고 대개의 경우, 아주 갓난 시절을 제외하고, 이제 혼과 육이 발육하기 시작하면 그것은 일종의 부조화의 조화라고까지 이해해야 할 것인지도 모른다. 육이 혼에 승할 때, 그것은 소나 개 같은 존재로 변하고, 혼이 육 속에서 범람할 때, 머리칼 한 가닥 한 가닥이 모두 독사인, 그런 무녀 같은 것으로 변해질지도 모른다. 상쇄도는 상합이 대개 이뤄졌다고 한달지라도 그 의미는 어쩌면, 아흔아홉 개의 눈은 자고, 한 개의 눈만 떠서 밤을 지키는 삶일지도 모른다. 나는 모른다. 그러나 만약에, 한 개의 눈으로만 자고, 아흔아홉의 눈을 떠서 사는 괴물이 있을 수 있다고 한다면, 그것은 초인이라고 불러야 마땅할 것인지도 모른다. 나는 모른다. 어쨌든 영과 육의 조화란 어려운 듯하다. 그러므로, 저 어중간한, 썩어져버렸으나 도대체 끊어지려고 하기는커녕, 양쪽에로 더 썩히려 드는, 영과 육 사이의 저 인대를, 끊어버려야 될 때에 오면, 미련없이 끊어버려야 되는 것이다. 그러나 그것은 자살은 아니다. 수락이며, 또한 통과에 불과한 것이다. 삶에의 긴장을 완전무결하게 풀어버리는 것, 어떤 종류의 작은 집착이나 희망도 그 숨통을 욱죄어버리는 것, 그래서 자기를 완전히 고립시키고 다른 개방을 위해 폐쇄시켜버리는 것. 어쨌든, 기를 써서 의식을 모으고, 맥을 모두 열어놓는다고 한다더라도, 한 방울의 수분마저 섭취하지 않고는, 사람이 이레를 산다는 일은 어렵기는 하다. 게다가 나는 또, 지방분의 저장으로부터 가난뱅이가 되어온 지 꽤 오래였기도 했다. 장로네 댁에서 지낸 며칠간, 아주 조금 내 뱃가죽 밑에 기름이 쌓이는 듯했으나, 그건 모두 오르륵 태워버렸던 것. 내 작열로 화상 입었던, 아으, 내 여인이여, 나, 너 잘살았으면 싶다. 그저 투박하게 말해서, 너 잘살았으면 싶다. 나는 어째 이런지, 그러나 너의 얼굴까지도 잊고 말았구나. 눈을 잃었을 때 허기는, 눈만 잃은 것이 아니라, 허기는 모든 얼굴까지도 다 잊고 만 것이었다. 촛불중이며, 죽은 수도부며, 소나무며, 샘이며, 존자며, 그의 문하생이며, 늙은 촌장이며, 사막이며, 해며, 달이며, 아 저 안개비며, 그런 모든 얼굴들을 잃고 만 것이었다. 할 수 있으면 그러나 한 번쯤만 더, 저 비처럼 내리던 가얏고 산조 밑에 누워, 비처럼 흠씬 좀 젖었으면 싶다. 그랬으면 그 죽음은, 하늘 어디 복사꽃 핀 곳에 바람이었다가, 그 꽃잎들 함께 흩어져내릴 것은 아니겠는가.

지금은 마지막으로, 무엇엔가 한번 기도 같은 것이라도 하고 싶고, 또 나를 수호하는 어떤 신위를 두고 명상이라도 하고 싶으나, 그러나 이 순간에 이르러 나는 내가 고아였었다는 생각밖에는 더 들지 않는다. 기도를 바칠 곳도, 불러내 다정스레 앉을 친구도 없는 것이다. 아 그러나 까짓것 그만두자. 허지만, 아 그렇지, 내가 이 세상을 살고 갔다는 그 마지막 울음이라도 한번 울어볼 일이지, 어쨌든 맨 처음 살러 나왔을 때의 최초의 말이 그것 아니던가. 그 최초에, 모든 우리는 그리고, 천덕스러이도, 으앙으앙 하고 울었을 터여서, 그래서 내가 이 마지막으로 또한 그렇게 울어보려니, 어쩐지 그렇게는 발음이 되어 나오지를 않는 것이었다. 그래, 울음도 늙고 복합화해진 것이다. 터져나오는 울음의 서두란, 그저 의미도 없는 듯한 감탄사에, 보다 한이 맺히고 길어진 것, 그런 것이었다. 오오, 우우, 우오 — 그래, 울음도 늙은 것이다. 서른세 해 늙은 것이다. 그럼에도 이 늙은 울음이 아랫배로부터 울려 나왔고, 그것은 숲으로 퍼져나가, 한없이 여울져가는 것처럼 내게는 느껴졌다. 그 울음은 그리하여 소리를 잃어버리고, 다시 쏟겼다간 다시 꼬리를 잃는 것이었다. 까마귀들도 더욱더 울고 있구나. 숲에는 운무라도 끼었을라. 울다가 내가, 까무라쳐 죽을 것인가.

오오 우오 우오
야 야 야

그러나 한번 소리내기 시작해서, 그 숨이 자지라지고, 다시 심호흡해서 시작하여, 그 소리가 목구멍으로 기어드는 그 수없는 울음에서마다 나는, 그것이 이상스럽게도 같은 결론에 도달한다는 것이나 발견하고 말았다 — 옴.

아, 울음의, 소리의, 언어의, 숨의, 존재의, 비존재의, 저 깊은 속에 담긴 것은 저 울음, 저 하나의 소리였다. 처음에 소리였다가, 소리 자체가 소리를 삼켜버려, 소리가 소리가 아니게 하는 소리, 처음에 숨이었다가, 숨 자체가 숨을 삼켜버려, 숨이 숨이 아니게 하는 숨, 말을 말이 아니게 하는 말, 존재를 존재가 아니게 하는 존재, 비존재를 비존재가 아니게 하는 비존재. 옴. 말.

제 40 일

광막한 황원.

풀은 더러 있으나, 언젠지 말라 버스럭인다.

흙은 모래도 아닌, 언젠가 바닷물에라도 젖었다 말라붙어버린 그런 것인 듯, 그 표피가 까슬까슬히 이끼에 덮여 있는 듯해 보인다.

해는 없어도 어둡지는 않고, 그렇다고 조금도 밝지도 않아, 연수정 속을 들여다보는 것 같은 밝음.

그런 어두움

그 가운데로는, 전엔 줄기차게 흘렀을 것도 같은 냇물이 한 줄기 놓여 있는데, 그 물은 한 방울도 줄지도 늘지도 않은 채 그냥 정지해버려, 지금은 흐르지 않는다.

파문도 일지 않고, 그렇다고 평평히 잠든 것 같지도 않아 그것은 흐르다 그냥 그대로 멈춰진 것이 분명했다. 그 물빛 또한 연수정빛이다.

모든 섯 위에, 서 메마른 연깃빛이 덮여 있다.

그런데 저 정지해버린 흐름의 한 둔덕에 계집 하나이 앉아 있는데, 하반신은 아직 명확히 보이지 않고, 겨드랑 밑에 독수리의 날개를 달고 있다.

그녀는 그리고, 뭔지 품속엣 것을 내려다보며 노래하고 있다.

오씨요, 임자요 오씨요, 집우로 오씨요,

임자네 집우로 오씨요, 임자는 날 참말이제 못 떠날 것이요.
하늘이며 밤이며, 말짱 임자헌티 고개 숙이고
임자 때미 울고 있는디요……
내가 임자 불름선 통곡허고 있는디요.

라고, 한없이 반복하고 계속한다.
그 노래는 흩어져 사라지지도 않았으나, 그렇다고 남아 있지도 않았다.
헌데 그 여자의 얼굴은, 구면이었고, 그녀가 품에 싸아안고 있는 것은, 글쎄 어떤 사내였는데, 또한 구면이었고, 혹시는 내 얼굴은 아니었던지도 모른다.
그 사내는, 저 노래를 달콤히 듣고 있어 보였으나, 살아 있는 것 같지는 않았고 그렇다고 완전히 죽은 것도 아니어 보였다.

오씨요, 집우로 오씨요, 임자요 오씨요,
나 임자 불름선 울고 있잖는개비요.

그러다 조금 있으니, 황원의 북쪽에서 발원한, 한 회오리바람이 누런 모래기둥을 일으키며, 암컷에게 가는 검은 숫말로서 달려오는 것이 보이고 그것은 떨리도록 장엄했다.
그 모래기둥이 사그러지자, 남녘으로부터, 하나의 나는 불이, 빛을 쐬어내지는 않으나 붉은 열을 함께하여, 암컷에게 가는 숫용으로서 하늘을 덮고 선회해 오고, 그것 또한 떨리게 했다.
나는 그리고서야, 그들이 나타나기 전에 벌써, 이미 거기 있었으나 알아볼 수 없었던 두 괴이한 그림자를 볼 수 있었는데, 하나는 저 흐름 없는 물에 고기비늘 덮인 물고기의 하반신을 잠그고 있는 것이었고, 알고 보니 그것은, 저 구면이던 계집의 하반신이었다.
그녀는 희었다.
다른 하나는, 유순한 어머니 얼굴에, 젖이 뚝뚝 흐르는 유방을 달고, 쉬임없이 하혈을 하고 있는 음부의 아래쪽은 뱀의 하반신이었는데, 그녀는 검었으나, 역시 구면이었고, '어미'라고 자칭하던 그년이었다.

 북녘과 남녘으로부터, 저 진노 같은 수컷들이 으르렁거리며 나타나기 시작하자, 이제껏 잠잠히 얼굴을 드러내지 않았던, 암컷들이, 드디어 얼굴을 드러내며, 교태와 질투가 뒤섞여 얄궂은 얼굴들을 꾸미며, 수컷들을 향해 요니를 연다.

 그때에 이르자, 혹시는 나일지도 모르는, 그 구면의 사내가 색념에 미친 듯, 벌떡 뛰쳐일어나더니, 광란하듯 몸을 흔들어대며, 춤춘다.

  귀의하나니다 귀의하나니다
  귀의하나니다 귀의하나니다

라고, 네 번씩 소리치며, 사방을 향해 각각 세 번씩 절하고, 또 춤추어대는데 보니, 사방으로 각각 일곱 걸음씩 걷고 중앙에 돌아와 절하곤 하는 것이었다.

  南無火
  南無水
  南無風
  南無土

 그의 광무가 계속되고, 계속되는 사이, 그 사내로부터, 숨이 작은 바람기둥이 되며 그를 휩싸들고, 불이 그의 전신에서, 가시나무떨기에서처럼 타기 시작하자, 그의 전신의 구멍들로부터, 물이 송송 흘러나오기를 시작해, 그 물방울은, 저 멈춰 있는 흐름 속으로, 수은 방울들처럼 굴러들어가서야 해체한다.

  나무불
  나무물

나무바람
나무흙

그러는 새 어쩌다 보니, 남녘으로 불이 날아가는데, ⁶엄지손가락 크기의 새끼불을 하나 거느리고 있고, 북녘으로 바람이 가는데, 또한 엄지손가락 크기의 새끼 바람을 거느리고 간다.

나무 나무
나무 나무

그리고 남은 것은, 벗겨진 털이 태워지고 남기라도 한 듯한, 한 줌의 흙만 오소록이 쌓였을 뿐인데, 그것을 자기의 분깃이라고, 저 검은 어미년이, 슬픈 눈으로 내려다보고만 있다.
노래하던 그 구면인 계집은, 언젠지 사라져 보이지는 않고, 노래의 여운만 아직도 떠돌고 있었다.
그 노래의 여운은 그리고, 동으로 동으로 날아가던, 청황색 불 한 다발처럼 보였다.

나는 임자를 볼 수는 없어도요
나 속으로 임자 원험선
눈으로 나 임자 보기 바라요.

소조한 주위.

---

6 *The Upanishads*, p. 82(언제나 사람의 심장 속에서 살고 있는 purusha, 즉 자아는, 엄지손가락보다 크지 않다. 사람으로 하여금, 그의 몸으로부터 저 자아를 분리케 하라, 마치 칼날 같은 쇠기풀로부터 부드러운 줄기를 분리해내듯이. 그리하여 알게 하라, 자아란 빛이며, 불멸인 것을—그래, 빛이며 불멸인 것을).

한 줌의 흙.
어미년.
한 줌의 흙.
소조한 주위.

⁷이삭줍기 얘기

어 미 년 — 나으리, 아으 새벽별 나으리, 아 이제는 오소서, 그러면 오소
서.
까마귀들 — 갸 광대하고
갸 광대하고
갸 광대하다 사마야
우리 주의 지혜 갸
어 미 년 — 사마야 사마야 사마야
까마귀들 — 갸 갸 갸
어 미 년 — 주의 지혜
주의 은혜
주의 사랑
까마귀들 — 갸 갸 갸

---

7 *The Zend Avesta*(Greenwood Press, 1972), "The Vendidād, Fargard xviii," pp. 30~47 참조. "聖 스라오샤Sraosha께서, 몽둥이를 쳐들어올려 내려칠 듯이 하며, 요사한 마녀 드룩Drug에게 물었다. "오, 너 철면피의 사악한 계집년이여, 물질로 이뤄진 이 세상에서, 다만 너 홀로, 사내와의 동침함이 없이 새끼를 배는다?" 그러자, 저 요귀년 드룩, 이렇게 대답한다. "오, 휜출하신 聖 스라오샤 나으리님, 어찌 이년이라고, 물질로 이뤄진 이 세상에서, 남정과의 접촉이 없이, 혼자서 애를 밸 수 있겠나니까? 요래뵈두 요년께두요, 서방님은 넷씩이나 있는뎁지요, ……사내가 밤의 몽정 중에 유실한 그 정액을 받아서도 애를 배는뎁지유, 이이는 소첩의 셋째 서방님이다누요." — 이 「이삭줍기」章은, 이 드룩년이 뽓里의 육조의 몽정을 통해, 그의 불알을 훑어 까먹는 얘기인 것이다. 미리 밝혀둘 것이 하나 있다면 저 인용된 구절은, 또한 「六祖傳」의 속편 「七祖傳」의 중요한 한 배경이 되어 있다는 그것쯤일 것이다.

어 미 년 — (아직도 설움에 찌든 얼굴로, 잿더미를 망연히 내려다보고 있더니, 붉은 검은 유방에서, 흰 젖 한 방울을 아주 탐스럽게 짜, 저 한숨의 흙 위에 떨어뜨리며) 나으리, 아으 새벽별 나으리, 당신이 디딜 곳을 비추일, 이 등의 기름이 다하기 전에 오소서, 제발 오소서.

까마귀들 — 갸 갸 갸

어 미 년 — 사마야 에마호.

    그러자 잿속에,
    마늘 냄새 같은 것이,
    쑥 냄새 같은 것이,
    하나의 갈증으로 있던 것이,
    젖을 받고,
    재를 헤치고,
    꾸무럭꾸무럭 움직이기 시작하는데,
    그것은 홍옥빛도 같고,
    마늘도 같고,
    굼벵이도 같은 살.
허지만 그것은 하나의 움직임이지 정작에 있어 살은 아니었을지도 모르는데,
이 세상 빛 열예로써 가렵고,
이 세상 빛 열예로써 슬퍼서 그것은,
괴롭게 쑤물대며,
주리를 틀고 뒤집혀지며,
꼬리도 머리도 없으나 어쨌든,
끝과 끝을 자기의 안쪽으로 억세게 붙들어들이려는 것 때문에,
그 스스로 하나의 동그라미 모양이 되어서는,
안쪽은 자꾸 바깥쪽이 되고,
바깥쪽은 자꾸 안쪽이 되며,

시작이 끝이 되고,
끝은 시작이 되며,
운동이라고나 해야 할 그 연한 붉은 살이 기름기 있게 번쩍이는데,
보니 그것은,
고통의 바다로구나,
눈보라 밑 흙 아래 똬리치고 누운 봄이로구나,
머리엔 나무처럼 욕망을 돋우고,
그러나 배엔 빈 태(胎)를 해골로 안은 계집이로구나,
요니,
요니로구나,
기다림이로구나,
요니로구나.
때에,
저 포착키 어려운,
튀기는 듯이 빛나는,
현란하고 장엄한,
그리고 무섭도록 찬란한 한 섬광이,
까마귀들 날개 덮여 어두운 가운데를 뚫고 뻗쳐내리며,
동시에 천의 번개가 스칠 때 함께하여 울리는 천둥 소리 같은 것이 무섭게 울려 퍼졌는데,
그런데 보니,
그 기운대로,
눈보다도 더 흰 후광을 거느린 사내 하나가,
아무의 보좌도 받지 않고,
또 몸에 걸친 것 하나도 없이,
순수한,
자연 그대로의 모습으로 걸어 내려오는 것이 보였는데,

그런데 그의 전신은 새벽별 같았고, 박달나무 같았고,
구리뱀 같았는데,
그런데 그의 얼굴은 어쩐지 바위로 그의 아비를 압살했던 사내의 또는 압살당했던 늙은이의 동안(童顔)을 달고도 있는 듯이 보였다.

어 미 년 — 사마야
          사마야
          사마야
까마귀들 — 갸 갸 갸
어 미 년 — 에마호
새벽별 나으리 — (팔을 벌려, 저 잿더미 속의 쑤물거리는 '벌뢰'를 포옹하러 오며) 키 키 호
까마귀들 — 갸 갸 갸
어 미 년 — 옴마니팟메훔.*

---

* "HAIL TO THE JEWEL IN THE LOTUS! Hūm."

박상륭(朴常隆)

1940년 전북 장수 출생. 서라벌예술대학 졸업. 1963년『사상계』신인상에 단편「아겔다마」가 당선되어 등단. 김동리문학상 수상.『박상륭 소설집』(1971),『아겔다마』(1997),『평심』(1998),『잠의 열매를 매단 나무는 뿌리로 꿈을 꾼다』(2002) 등의 소설집과『죽음의 한 연구』(1975),『칠조어론』(1990~94),『신을 죽인 자의 행로는 쓸쓸했도다』(2003) 등의 장편소설 및『산해기』(1998) 등의 산문집 출간.

작품 세계

논자들이 '형이상 소설' 혹은 '철학적 소설'로 부를 만큼 박상륭의 작품들은 관념적 세계를 탐구하고 있다. 그런 만큼 그의 소설은 허구적이라기보다는 현학적이며 학술적인 탐색의 외양을 갖추고 있다. 등단작「아겔다마」와「남도」연작을 위시한 초기의 작품에서 그는 샤머니즘이 잔존하고 있는 우리의 현실을 서정적으로 그린 바 있는데, 이 과정에서 샤머니즘과 기독교의 세계관을 비교하는가 하면, 그것들을 죽음과 재생이라고 하는 신화적 원형의 시각에서 새롭게 해석하기도 한다. 종교와 신화에 대한 그의 이러한 관심은 그의 첫 장편소설『죽음의 한 연구』로 이어지는데, 이 작품은 죽음을 인간 존재의 궁극적 리얼리티로 보고 그 의미를 천착해 들어간 작품이다. 중국 북선종(北禪宗)의 육조(六祖) 혜능(慧能)의 게송을 일종의 화두로 차용하고 있는 이 작품은 인간이 어떻게 자신의 죽음을 완성할 것인가 하는 철학적 문제를, 불교와 기독교의 논리 및 연금술의 담화를 빌려 집요하게 탐색해 들어간다.『칠조어론』은 이 작품의 속편으로 육조 혜능의 죽음을 목격한 한 중을 주인공으로 내세워 인간 세계의 본질과 구조를 규명하고 있는 대작이다. 전체 4부로 구성되어 있는 이 작품에서 작가는 특유의 요설체를 통해 불교와 기독교, 신화와 연금술 등을 넘나들면서 생의 비의를 규명해 들어가고 있다.『신을 죽인 자의 행로는 쓸쓸했도다』는『죽음의 한 연구』에서부터『칠조어론』에 이르는 일련의 장편소설과는 달리, 니체의 자라투스트라를 소설적 주인공으로 끌어와, 그가 한 기독교도와 만나 나누는 대화를 중심으로 하여 기독교적 신관과 인간관의 본체를 규명하려고 한 작품이다.『평심』과『잠의 열매를 매단 나무는 뿌리로 꿈을 꾼다』는 작가가 캐나다에서 돌아온 이후에 발표한 단편들을 모은 작품집으로, 초기 작품집『아겔다마』의 연장선상에서 현실의 삶에 뿌리를 드리운 신화적 사고의 잔영을 추적하는 한편, 신화와 동화, 그리고 우화 등을 넘나들면서 잡설(雜說)로서의 소설의 본질을 새롭게 묻고 있는 소설집이라 할 수 있다.

「죽음의 한 연구」

『죽음의 한 연구』는 유리(羑里)라는 황폐해진 마을로 오게 된 한 주인공이 유리로 오는 과정에서 한 노승의 죽음과 직면하여 비로소 죽음에 대해 의문을 갖기 시작해, 존자승과 외눈박이중을 죽이는 등 이른바 구도적인 살인을 행하고, 이후 유리의 오조인 촌장을 죽이고 그로부터 해골을 물려받아 육조 촌장이 되어, 죽어버린 땅인 유리에 바닷물을 되돌리기 위해 마른 늪에서의 낚시질로 상징되는 형벌을 감내하면서 죽음과 재생의 의미를 궁구하다가, 결국 유리의 법률과 자신의 의지 모두에 떠밀려 죽음의 길로 나아가 자신의 죽음을 완성하는 이야기다.

외견상 한 명의 중이 인간 육체의 죽음과 영혼의 재생이라는 인류의 공통된 테마를 추적하고 있는 탐색담의 형식을 취하고 있는 이 작품은, 그 주제 형상화 과정에서 불교와 기독교가 공유하고 있는 담화를 메타 구조로 차용하고 있다. 다시 말해 필멸할 육체 속에서 불멸할 신육을 뽑아내려는 이 작품의 주인공의 삶의 여정과 의식은 기본적으로 모든 중생들의 궁극적 해탈을 겨냥하는 불교적 담화와 세상과 죄의 구속으로부터의 인간의 구원이라고 하는 기독교적 담화에 기대어 있는 것이다. 그리고 더 나아가 이 작품은 그런 과정이 이른바 현자의 돌을 추출하는 연금술의 과정과 병행하고 있음을 밝히고 있으며, 그런 일련의 과정이 정신적 차원에서 의식과 무의식의 통합을 지향하는 보편적인 인류의 성향과도 맞닿아 있음을 실증적으로 규명하고 있다.

'마른 늪에서의 고기 낚기'라고 하는 형벌이 바로 이런 일련의 과정의 한 비유인 셈인데, 박상륭의『죽음의 한 연구』는 이와 같은 연금술적인 담화에 기대어 삶과 죽음의 본질에 대한 인류의 근본적인 수수께끼를 소설적으로 풀어나가고 있다. 그러나 죽음에 대한 그의 탐색은 인간적인 한계 때문에 미완의 것으로 끝날 수밖에 없는데, 바로 그 한계 때문에 인간은 역설적이게도 살아볼 만한 그 어떤 것이 된다.『죽음의 한 연구』는 주인공이 이런 인식에 도달한 지점에서 끝을 맺으며, 그 뒤의 인식에 대해서는 칠조의 위치에 오른 인물의 삶에 맡겨두는데, 그것이 바로『칠조어론』이다.

주요 참고 문헌

박상륭의『죽음의 한 연구』는 작품 자체의 관념성과 철학성으로 인해 기존 논의가 매우 드물다. 처음 출간되었을 당시 박태순이「『죽음의 한 연구』에 대한 한 연구」(『한국문학』, 1975. 8)를 언급한 이후 문학과지성사판본 해설「인신의 고뇌와 방황」이란 글에서 김현이 이 작품을 서구의 어부왕 전설과 비교하면서 그 구도적 완성의 과정을 개괄적으로 살핀 것이 본격적인 논의로는 최초의 것이다. 이후 서정기의「『죽음의 한 연구』시론」(『동서문학』, 1989년 가을호)과 김경수의「삶과 죽음에 대한 연금술적 탐색」(『작가세계』, 1990년 가을호) 및 김진수의 「죽음의 신화적 구조」(『문학과사회』, 1990년 겨울호)는 신화 비평의 방법론에 의거하여 이 작품을 해석하였으며, 임우기의 「죽임의 현실과 생명성에의 희구」(『문예중앙』, 1987년 겨울호)는 1980년대의 현실에 대한 관점 위에서 이 작품을 해석하였다. 김사인 편, 『박상륭 깊이 읽기』(문학과지성사, 2001)에 이 작품과 속편인 『칠조어론』에 대한 본격적인 평문들이 수록되어 있다. _김경수

전상국
우상(偶像)의 눈물

학교 강당 뒤편 으슥한 곳에 끌려가 머리에 털 나고 처음인 그런 무서운 린치를 당했다. 끽소리 한번 못한 채 고스란히 당해야만 했다. 설사 소리를 내질렀다고 하더라도 누구 한 사람 쫓아와 그 공포로부터 나를 건져 올리지 못했을 것이다. 토요일 늦은 오후였고 도서실에서 강당까지 끌려가는 동안 나는 교정에 단 한 사람도 얼씬거리는 걸 보지 못했다. 더욱이 강당은 본관에서 운동장을 가로질러 아주 까마아득 멀리 떨어져 있었다. 재수파들은 모두 일곱 명이었다. 그들은 무언극을 하듯 말을 아꼈다. 그러나 민첩하고 분명하게 움직였다. 기표가 웃옷을 벗어 던진 다음 바른손에 거머쥐고 있던 사이다 병을 담벽에 깼다. 깨어져 나간 사이다 병의 날카로운 유리 조각이 그의 걷어 올린 팔뚝에 사악사악 금을 그었다. 금간 살갗에서 검붉은 피가 꽃망울처럼 터져 올랐다. 기표가 그 팔뚝을 내 눈앞에 들이댔다. 핥아! 기표 아닌 다른 애가 말했다. 내가 고개를 옆으로 비키자 곁에 둘러선 서너 명의 구두 끝이 정강이에 조인트를 먹였다. 진득한 액체가 혀끝에 닿자 구역질이 났다. 오장이 뒤집히듯 역한 것이 치밀었다. 나는 비로소 온몸을 와들와들 떨기 시작했다. 나 자신도 헤아릴 길

---

* 「우상의 눈물」은 『세계의문학』 1980년 여름호에 발표되었고, 이후 소설집 『우상의 눈물』(오늘의 작가 총서 5, 민음사, 1980)에 수록되었다.

없는 거센 공포로 해서 나는 그 자리에 무릎을 꿇고 앉아 두 손을 비벼댔다. 그들이 나를 일으켜 세웠다. 내 바지에서 혁대가 풀려 나간 다음 벗겨져 맨살이 드러난 허벅지에 칼끝이 박히는 것 같은 아픔이 왔다. 나는 그들에게 양쪽 겨드랑이를 잡힌 채 몸부림쳤다. 도저히 견딜 수 없는 고통이었다. 칼끝은 상당히 오랜 시간 허벅지에 박혀 있는 것 같았다. 나는 내 살 타는 냄새를 맡았다. 칼침이 아니라 그들은 담뱃불로 내 허벅지 다섯 군데나 지짐질을 했던 것이다. 소리 질러봐, 죽여버릴 거니, 한 놈이 귓가에 속삭였다. 나는 드디어 허물어져 내리듯 의식을 잃어갔다. 그런 몽롱한 의식 속에서 기표가 씨불여댄 한마디 말소릴 놓치지 않았다.

— 메스껍게 놀지 마!

어처구니없게도 그들이 내게 린치를 가한 이유란 단지 그것이었다. 이 학년 재수파들이 나를 첫 표적으로 삼은 것이 내가 그들 눈에 메스껍게 보였기 때문이다.

"유대야, 너 그대로 참을 거냐?"

분식집에서 만난 형우가 슬쩍 내 심중을 떠보고 있었다. 내가 입 한번 벙긋하지 않았는데도 그 소문은 파다했다. 소문이 쉬쉬 떠도는 며칠 동안 나는 심한 공포에 휩싸였다. 그 소문이 학교 선생들에게 알려져 문제가 생길 경우 십중팔구 나는 결딴이 나고 말 것이다. 기표는 그런 일을 충분히 해낼 수 있는 아이였다.

"그 새낀 악마다."

형우가 동정 어린 눈으로 나를 충동질했다. 그러나 나는 대답 없이 빙그레 웃어 보였을 뿐이다. 누구에게나 그렇게 해 보였다. 그것은 이미 엄청난 것을 겪어냈다는 우월감 같은 것이었다. 나는 나를 충동질하는 형우의 눈에서 자기도 미지에 당해야 하는 두려움과 아울러 나에 대한 선망이 깔려 있음을 놓치지 않았다. 형우가 기표에게 당할 것은 너무나 당연했다. 그것은 기표와 같은 배에 오른 우리들의 공동 운명이라고 할 수 있었다.

그날 편반이 끝나고 키 크기에 따른 각자의 번호와 교실 좌석까지 다 정해졌을 때 새 담임이 된 김선생이 입을 열었다.

"이제부터 육십육 명이 운명을 함께하는 역사적 출항을 선언한다. 목적지에 이를 때까지 단 한 사람의 낙오자나 이탈자가 없기를 진심으로 기원한다. 아울러 이 시간 분명히 밝혀둘 것은 우리들의 항해를 방해하는 자, 배의 순탄한 진로를 헛갈리게 하는 놈은 용서하지 않을 것이다. 우리가 나무를 전정할 때 역행 가지를 잘라버려야 하듯 여러분의 항해에 역행하는 놈은 여러분 스스로가 엄단할 수 있어야 한다. 더 중요한 것은 일 년간의 일사불란한 항해를 위해서는 서로 사랑과 신뢰로써 반을 하나로 결속하는 슬기를 보이는 일이다."

새 담임선생은 과학 교사답지 않게 적절한 비유로써 자기가 맡은 반 아이들에게 뭔가 불어넣으려 애쓰고 있었다. 그에게 중요한 것은 무사안일 속의 일 년이었던 것이다.

"고삐는 여러분 손에 쥐여져 있다. 필요하다고 생각할 때 그 고삐를 당겨 여러분 스스로를 제어해주기 바란다. 내가 가장 우려하는 바는 여러분 스스로가 내 손에 그 고삐를 쥐여주는 일이다. 나는 자율이라는 낱말을 좋아한다."

담임선생님은 자율이라는 낱말로 요술을 부려 우리들을 묶고 있었다. 어느 연극 잡지에서 완숙한 연출가는 배우 스스로가 연출하도록 유도하는 비결을 가지고 있다는 것을 읽은 적이 있었다. 대단한 담임을 만났다는 기대로 아이들은 가슴을 부풀리며 앉아 있었다. 열네 개 반에서 사오 명씩 떨어져 나와 새로이 편성된 새 반의 분위기는 사뭇 숙연했다. 나는 문득 이런 숙연한 분위기가 우습게 생각되었다. 단 며칠 못 가 형편없이 허물어질 아이들이 목에 잔뜩 힘을 주고 앉아 담임선생의 말을 경청하고 있는 게 우습게 보였던 것이다. 이들의 긴장을 풀어주고 싶은 충동을 받았다.

"선생님, 우리가 탄 이 배의 선장은 누굽니까?"

내가 불쑥 일어나서 말했다. 선장은 도대체 누구란 말인가. 자율이라는 낱말로 우리를 묶으면서도 실상 우리들 머리 위에 군왕처럼 군림하고 싶은 그의 저의를 찔러주고 싶었던 것이다. 아이들이 내 느닷없는 질문에 부스럭부스럭 굳은 몸을 풀고 있었다.

"이 배의 선장이 누구냐, 그렇게 묻고 있는 사람의 번호와 이름은?"
 담임이 얼굴 가득 미소를 잡으며 여유 있게 나를 훑었다. 반격을 당한 나는 얼굴을 붉히며 엉거주춤 다시 일어나야 했다.
 "삼십오 번 이유댑니다."
 "예수를 판 유단가, 이스라엘 유댄가?"
 아이들이 와하하 웃음을 터뜨렸다.
 "오얏 리, 옥 유, 큰 대 자, 이유대입니다."
 "좋았어. 이유대군이 오늘 이 시간부터 일주일간 이 학년 십삼 반의 임시 선장이다. 물론 일주일 뒤에는 새 선장을 뽑겠다. 다시 한 번 강조해두겠다. 이 배의 주인은 여러분 자신이다. 이유대 선장, 내 말의 뜻을 알겠나?"
 아이들이 와하하 웃으며 박수를 쳤다. 반장 하고 싶어 몸살 난 애라구요. 그렇게 소리 지르는 놈도 있었다. 실로 난처한 입장이 돼버렸다. 한낱 농으로 시작한 일이 담임의 임기응변에 의해 꼼짝없이 임시 반장 감투를 쓰게 되었다. 꽁무늬 빼고 어쩌고 할 기회를 주지 않은 채 담임은 첫 만남을 끝냈다. 이렇게 해서 된 임시 반장이 기표의 비위를 사납게 하는 결정적인 이유가 됐을 것이다.

 "어떤가, 약 일주일간 반장을 하면서 느낀 우리 반에 대한 소감은?"
 담임선생이 가정 방문을 나왔다. 학교에서 만나는 선생과 집에서 만나는 선생의 이미지는 전연 다르게 마련이다. 학교에서보다 훨씬 부드럽게 대해주는데도 공연히 거북스럽고 몸이 짜부라든다. 그래서 우리들이 경험한 바에 의하면 담임선생에게 가정 방문을 당한 뒤로는 독 빠진 뱀처럼 맥을 쓸 수 없게 된다. 가정 방문을 나온 담임선생은 대개 여러 가지 정보를 얻어내려 부심한다.
 "얘네 반 아이들이 좋은 담임선생님을 만났다고 좋아들 한답니다."
 곁에서 엄마가 의례적인 아부의 말을 했고 담임은 내 얼굴에서 눈을 떼지 않은 채 못 들은 척했다. 사실 아이들은 좋은 선생이 어떤 사람인가를 알았다. 좋은 선생이란 조건 없이 아이들의 입장을 이해한 다음 그것을 가볍게 입 밖으로 내지 않는 사람이었던 것이다.

"어때, 유대가 그대로 반장을 맡는 게?"
이번에는 담임이 엄마의 귀를 겨냥한 말을 했다.
"아닙니다, 전 그런 일이 적성에 맞지 않습니다."
내가 단호한 어조로 말했고, 엄마가 거들었다.
"그래요, 선생님, 앤 반장 하는 게 죽어두 싫다는군요."
뭔가 아쉬워하면서도 엄마는 내 뜻을 따라주었다. 반장을 하면 성적이 떨어지게 마련이란 내 말을 잊지 않고 있었던 것이다. 남 앞에 나서는 일, 남들보다 한 발짝 높은 데 선다는 일이 얼마나 외롭고 번거로운 일인가를 나는 엄마의 극성에 의해 중학교 삼 년간 반장을 하면서 절실히 체득했던 것이다. 그것은 내게 무서운 구속이었다. 남을 다스리는 그런 자유보다 남에게 다스림 받는 데서 얻는 마음의 안일이 내게는 더 좋았다. 나는 고독하기를 바라지 않는다. 기표 같은 애들이 누리는 지배욕 그 안쪽에 몸을 뒤틀고 있는 고독의 그림자를 나는 어렴풋하게나마 본 것 같았다.
"맞습니다, 사실 유대는 반장을 하는 것보다 공부에 달라붙는 게 더 좋을 겝니다. 아깝지만 유대를 위해서 제가 양보할 수밖에요."
우리의 담임선생은 일을 요령 있게 풀어 나가 재치 있게 마무리하는 명수였다. 아무튼 나는 굴레에서 벗어났고 담임선생의 논리대로라면 누군가 내 대신 희생이 되어야 한다.
"임형우, 걔가 반장으론 괜찮지?"
일주일 동안 그는 우리들을 상당히 깊게 파악한 것처럼 보였다. 그의 안목은 대단했다. 반장이 되고 싶어하는 아이를 알고 있는 담임이었다.
"형우라면 틀림없습니다."
내 말의 꼬리를 잡아 엄마가 껴들었다.
"형우라니? 오매, 형우하고 또 한반이 됐냐? 선생님, 얘하고 형우는 중학교 때부터 친구랍니다. 걔하고 늘 전교에서 일이등을 다퉜는걸요. 그룹 과외도 같은 데서 죽 함께 해왔고…… 우리 유대가 늘 앞선 편이긴 했지만…… 그래요, 걘 반장 같은 건 잘할 거예요. 애가 통솔력이 보통이 아녜요."

중학교 삼 년 동안 아들에게서 위대한 통솔력이 나타나주기를 고대했던 엄마의 푸념이 깃든 말대로 형우는 반장이 될 만한 여건을 많이 갖추고 있었다. 무게가 있고 때로는 교만하지만 일단 자기가 마음 먹은 것은 무슨 일이 있어도 해내는 결단력이 대단했다. 학교 당국의 지시에는 일단 긍정적인 생각을 가지고 임하다가도 어떤 결점이 보일 때는 무섭게 반격을 가하는 용기도 있었다. 한마디로 그는 아이들에게 인기가 있었다.

"어떤가, 우리 반에 크게 문제가 될 만한 애는 없겠지?"

첫 만남에서 담임이 말한 우리들의 항해에 방해가 될 만한 그런 역행 가지를 귀띔해달라는 것일 게다. 나는 불현듯 담뱃불에 지짐질 당해 아직도 진물이 줄줄 흐르는 내 허벅지를 내보이고 싶은 충동을 받았다. 어쩌면 담임도 내 입에서 기표에 대한 얘기가 나오길 기대하고 있는지 모른다. 일 학년 때의 기표 담임이 기표가 일 학년 때 한번 유급한 경력을 가지고 있다는 얘길 전하지 않았을 리가 없기 때문이다. 그러나 나는 입을 열 수가 없었다. 엄마 앞에서 반우를 매도하는 일 같은 건 할 수 없다고 생각한 것이다.

"최기표, 그놈 괜찮을까?"

담임선생이 조심스럽게 내 반응을 살폈다. 나는 내 허벅지의 상처를 내보인 것처럼 불유쾌한 기분이 되어 얼굴을 돌렸다.

"최기표라면 그 일 학년 때 낙제해서 한 해 묵었다는 애 말이구나?"

엄마는 교육에 관심이 많았다. 학교에서 일어나는 모든 걸 알고 싶어 안달했다. 일주일에 두 번씩 담임선생한테 전화를 걸곤 했다. 그러나 엄마는 가장 가까운 데 있는 내 허벅지의 담뱃불 자국을 알지 못하고 있다. 최기표의 이름을 알고 있으면서도 최기표기 어떤 아이인지를 신성 모르는 어른들에 대해서 내 상처를 내보이는 것은 무의미한 일이었다.

"맞습니다. 걔 유급한 것도 문제지만 보통 말썽꾸러기가 아니지요. 왜, 한눈에 이건 범죄형이다. 그렇게 보이는 얼굴이 있지 않습니까. 걔가 바로 그런 전형적인 범죄형이지요. 음침하고 포악스럽고…… 일 학년 때 개 담임을 한 선생이 그러더군요. 십년감수를 했다구요. 그러면서 나를 동정한다는 얘기였어요. 그 정도면 알조가 아닙니까."

"그런 애가 어떻게 여태 퇴학을 안 당했나요. 교칙이 엄하기로 이름난 학교인데……."

엄마가 의아하다는 듯 얼굴에 그늘을 깔았다.

"바로 그겁니다. 이놈이 원래 교활하고 지능적이어서 도대체 제적을 당할 만한 큰일에는 직접 앞에 나타나지 않고 뒤로 쑥 빠진다 그겁니다. 엉뚱한 놈이 당하곤 하지요. 정학을 몇 번 당하긴 했지만 어떤 결정적 꼬투릴 잡을 수 없으니까 제적을 못 시키는 거지요."

기표가 무서워서, 그의 안하무인한 앙갚음이 두려워서 제적을 못 시켰다는 그런 얘기는 할 수 없을 것이다. 어떻든 나는 놀라지 않을 수 없었다. 며칠 사이에 기표에 대해서 이처럼 깊이 파악하고 있다니 — 과연 기표는 이름난 애라는 생각이 들었다. 더구나 기표 얘기를 입에 올리는 담임은 얼굴까지 벌겋게 상기돼 있었다.

나는 문득 이제부터 일 년간 담임선생과 최기표 사이에 치열하게 벌어질 싸움을 상상해보았다. 이제까지의 결과로 미루어 보아 최기표에게 승산이 크다는 생각이 들면서도 우리의 담임선생 또한 그렇게 만만치 않으리란 예감이 들었다. 어쩌면 그 싸움에 임형우도 한몫 끼어들지 모른다. 그가 어떤 편에 서느냐 하는 문제도 퍽 흥미 있는 문제일 것이다. 아무튼 이처럼 멀찍이 떨어져서 그네들 싸움을 구경한다는 것은 진정 즐거운 일임에 틀림이 없었다.

"이놈들이 옛날과 달라서 선생을 우습게 알기 때문에……."

담임선생은 엄마와 함께 교육론을 펴고 있었다.

그랬다. 슬픈 일이지만 우리들은 언제부터인가 교사들을 한낱 껄끄러운 존재로 여길 뿐 오히려 그룹 과외 선생의 완벽함에 더 매료되곤 했다. 그것은 상대적이다. 우리들이 교사들을 존경하지 않는 것처럼 교사들도 우리를 사랑으로 가르치지 않았다. 그렇다고 그룹 과외 선생처럼 철저하게 얼굴에 철판도 깔지 못하고 어정쩡한 태도를 취했다. 문제는 지배에 대한 견해의 다름이었다. 그네들은 옛날 훈장이 누렸던 권위가 고스란히 쥐여지길 바랐고 실상 그러한 권위만이 변화된 가치 속에서 그들이 누릴 수 있는 유일한 보상이었다. 그러나 우리들은 그러한 인습적 권위에 대해서 콧방귀를 날릴 수 있을 만큼 그보다 더 완벽하고 조직적인 분명한 권위의 다스림 속에 몸을 맡기길 좋아하고 있었다. 그 한 가지 예로 우리 엄마는 촌지 봉투로 담임선생을 움직일 수 있다는 확신을 가지고 있었던 것이다.

"선생님, 그 기표라는 애네 집에 가보셨어요?"

무슨 얘기 끝인가 엄마가 물었다.

"아직 못 갔습니다. 일 학년 때 담임들도 걔 부모를 못 만났다더군요. 놈이 중간에서 훼방을 놓은 거지요. 한양천 뚝방동네에 살고 있는 건 틀림이 없는데 번지를 제대로 알아도 집 찾아내기가 어렵다더군요. 어떤 애 얘기론 기표 아버지가 중풍으로 드러누운 폐인이래요."

담임선생은 우리 집 방문을 끝내고 다른 집으로 가는 도중에 내게 말했다.

"유대, 네 도움이 필요하다."

"뭘 말입니까?"

"우리 반을 위해서 네 협조를 받고 싶다는 얘기다. 물론 나는 네가 반에서 일어나는 일들을 일일이 고자질하는 그런 사람이라곤 생각하지 않는다. 다만 내가 원하는 것은 반 전체를 위한 너의 조언이다. 어때 협조해줄 수 있겠지?"

나는 얼굴에 열기가 끼쳤다. 이것은 치욕이었다. 담임은 나를 자신의 첩자로 삼으려는 것이다. 일 학년 때도 그랬다. 나는 담임선생이 원하는 대로 반에서 일어나는 일들을 하나도 빼놓지 않고 담임에게 알렸다. 그것은 즐거운 일이었다. 역사를 만든다고 생각하는 사람들이 바로 그런 즐거움을 느낄 것이다. 내 입에서 전해진 말이 요술을 부려 아이들이 일사불란하게 움직이고 있는 것을 시치미 떼고 바라볼 수 있다는 것은 통쾌한 일이었다. 아이들 자신을 위해서 내가 이바지했다고 하는 자부였다. '우리'를 위해서 내 힘이 쓰이고 있다는 기꺼움 때문에 나는 그러한 고자질을 해낼 수 있었던 것이다. 그러나 나는 내가 어수룩하다고 생각했던 많은 아이들에게 따돌림받았다. 나는 한낱 '우리'의 힘을 해치는 담임의 첩자였을 뿐이다. 나를 이용해먹은 담임이 그 사실을 새 담임에게 인계하는 배신을 했다는 것을 안다는 것은 울화통이 터질 일이었다.
"불쾌하게 생각하지 않기를 바란다. 다만 나는……."
내 표정이 꽤 굳어 보였던 모양이다. 담임선생은 내 눈치를 살피며 말했다.
"다만 나는 인간적인 면에서 네 도움을 받고 싶었을 뿐이다."
"선생님, 그런 일이라면 임형우가 잘해줄 겁니다. 선생님이 염려하는 최기표도 형우가 잘 다스려나갈 겁니다. 내일 당장 형우를 반장에 임명하세요."
"그럴까? 네 말대로 임형우가 최기표를 잘 다스려준다면 고맙겠지만…… 내 생각엔 최기표를 부반장에 임명하면……."
"선생님, 기표 한 개인을 위해서입니까, 아니면 기표의 힘을 빼어 반 아이들을 보호하기 위해서입니까?"
담임은 무슨 소리냐는 듯 내 얼굴을 뻔히 쳐다보다가 음모의 한 귀퉁이를 드러내 보인 무안감을 감추기라도 하듯,
"여러 사람에게 해가 되는 그런 힘은 아예 빼버리는 게 좋은 거다."
기표가 이 세상을 살아갈 수 있는 힘은 바로 그런 것에 있는지도 모르는데요……, 이렇게 말하려다 나는 그만두었다. 그 대신,
"선생님, 기표는 유급생인 데다 여러 번 정학을 당했잖아요. 그런 아이를 간부로 임명하면 아이들이 좋지 않게 생각할 겁니다."
기표가 학교의 지시 사항을 전달하기 위해 교단 위에 서서 아이들한테 애원하는 광경은 생각만 해도 불쾌했다. 누가 사자를 우리 속에 넣어 길들이는 발상을 처음 했는가. 나는 내 허벅지의 상처를 결코 격하시키고 싶지 않았다.
춘계 교내 체육대회를 위해서 우리는 정해진 체육복 외에도 매스 게임용 추리닝 한 벌을 사야 했다. 협동심과 조화 속의 미를 창조하는 데 그것은 없어서는 안 되는 일이었다. 툴툴거리는 아이도 몇 없지는 않았지만 결국 그들도 그것을 모두 준비했다. 그러나 우리 반에 단둘뿐인 재수파들은 끝내 그것을 사 입지 않았다. 담임이 말했다.
"두 사람 때문에 반의 일사불란한 결속이 깨질 수 없다. 두 사람 모두 집이 어려운 걸로 알고 있다. 그래서 담임이 두 사람 것을 준비했다. 받아주면 고맙

겠다."

한 아이가 기표의 눈치를 살피며 머뭇거렸다. 그러나 기표는 무표정한 얼굴로 창 쪽을 바라보고 있었다. 담임선생이 그 추리닝을 기표와 또 한 아이의 책상 위에 놓은 다음 교실을 나갔다.

담임선생이 교실을 나가기가 무섭게 기표가 주머니에서 칼을 꺼내 그 추리닝을 찢기 시작했다. 너덜너덜 조각난 추리닝을 쓰레기통 쪽으로 던졌다. 다른 한 아이가 기표처럼 그렇게 추리닝을 찢었다. 기표가 반의 총무를 맡고 있는 정수라는 애한테 다가갔다.

"야, 네 추리닝 나 줄 수 없나?"

정수가 고개를 끄덕거렸다. 정수 뒤의 애한테도 같은 말을 했다.

"쟤도 나처럼 돈이 없어 못 사 입었다. 네 거 좀 얻자. 줄래?"

정수 뒤에 앉은 애도 고개를 끄덕거렸다. 이렇게 해서 우리 반 육십육 명은 매스게임용 추리닝을 다 사 입었다.

우리가 볼 때 기표는 구제 불능이었다. 그의 환경이 그를 그렇게 만들었다고 보기보다 선천적인 어떤 포악성을 가지고 있는 것처럼 보였다. 냉혈동물처럼 피가 찬지도 모르는 일이었다. 그는 뱀처럼 작고 징그러운 눈을 가지고 있었다. 그는 교활한 자들이 가끔 보이는 그런 거짓 착함마저도 나타내 보일 줄 몰랐다. 철저하게 악할 뿐이었다. 평생을 두고 사랑이라는 낱말로 미화될 수 있는 행동거지를 해 보일 인간과는 거리가 멀어 보였다. 물론 그는 자신의 그런 포악성 때문에 누구에게도 사랑받지 못할 것이다. 그의 표정은 항상 독기를 음울하게 깔고 있어 맞서는 사람으로 하여금 섬뜩함을 느끼게 했다.

그런데 이해하기 어려운 것은 중학교 때부터 기표를 알고 시내온 아이들(대부분 삼 학년이거나 졸업했다)은 기표가 그처럼 철저하게 나쁜 애임에도 불구하고 그에 대해서 좋지 않게 말하는 것을 들어본 적이 없다는 것이다. 물론 좋은 애라고 말하는 일도 없었지만 아무도 기표를 욕하지 않았다. 피해를 직접 받은 애들마저도 기표에 대해 나쁘게 말하지 않았다.

— 말하길 꺼려하는 거야. 악에 대한 공포 때문이지.

나는 이렇게 생각해보았다. 그러나 나는 내 생각이 옳지 않음을 나 자신의 경험 속에서 너무나 잘 알고 있었다. 기표에 대한 공포는 그에게 린치를 당할 때뿐이었다. 내가 린치를 당한 사실을 아무에게도 털어놓지 않은 것은 앙갚음에 대한 두려움 때문이 아니었다. 나는 또한 그처럼 무자비한 린치를 당했으면서도 그를 미워할 수가 없었다. 무언가 헤아릴 수 없는 힘이 그에게 있는 것 같았다.

"형!"

동급생이면서도 우리들은 이 학년에 재학하는 유급생 이십여 명을 꼭 공대했다. 재수파들이 그렇게 대해주길 바랐기 때문이기도 했지만 그렇게 공대하면서도 입이 껄끄럽지 않은 것은 재수파를 이끌고 있는 기표의 위력 때문인지도 모른다.

"야, 체육복 좀 빌려줘라."

재수 없는 아이가 유급생인지 모르고 말을 함부로 놓을 때가 더러 있었다. 그럴 때 그 아이는 영락없이 얻어터졌다. 일의 전후 사정을 따지지 않는 게 기표가 행하는 악의 특징이었다.

─ 명칭, 조직의 목적, 모임의 횟수를 모두 대라구!

교실에서의 집단 구타 사건으로 그들이 걸려들었을 때 학생 주임은 전말서를 내밀며 소리쳤다. 기표들은 일 학년 때부터 음성 서클로 지목되어 수차례 조사를 받아왔기 때문이다. 그러나 학생 주임은 번번이 아무것도 알아내지 못했다. 하나도 그것에 대해 알고 있는 게 없었기 때문이다. 재수파는 우리들이 편의상 붙인 이름이었을 뿐이다. 조직이 아니기 때문에 어떤 목적이나 정기적인 모임 같은 게 없었다. 동물 영화를 보면 밀림을 달리는 맹수 떼들은 한 리더를 중심해서 같은 방향으로 달려간다. 그들도 그랬다. 그냥 기표를 중심해서 그들은 모였고 계획된 것이 아니라 지극히 우발적인 악이 그들에 의해서 저질러졌을 뿐이다.

기표는 교실에서 담배를 피웠다. 그의 담배 은닉처는 고흐의 「자화상」이 있는 액자 뒤쪽이었다. 쉬는 시간이면 그는 액자 뒤쪽을 더듬어 담배를 꺼냈다.

미션 계통의 학교라 일주일에 몇 번씩 있는 채플 시간을 통해 교목이 인간 양심의 타락을 개탄했다. 바로 그러한 시간에 기표는 주번을 대신해서 교실에 남아 담배를 피우거나 아이들 도시락을 먹어버리는 일을 했다. 그는 적어도 하루 두 개의 도시락을 축냈다. 아무도 그것을 항의하지 않았지만 기표 또한 미안해하는 표정이나 사과의 말을 남기는 법이 없었다.

기표들에게 린치를 당하고 학교 골목을 절뚝거리며 나오던 그 고통스럽고 긴 시간, 내가 생각한 것은 기표야말로 우리들이 흔히 말하는 악마의 자식이 아닐까 하는 생각이었다.

내가 이런 생각을 얘기해도 통할 만한 집안의 어떤 형에게 말했더니 그가 대답했다.

— 맞아. 신이 매우 거북하게 생각하는 악마란 바로 네가 말한 놈처럼 착함을 가질 수 있는 가능성이 전혀 없는 그런 순수한 악마지. 그러한 순수한 악마만이 신을 돋보이게 하기 때문에 신은 마음속으로 괴로운 거야. 그렇기 때문에 신은 결코 악마를 영원히 추방하지 않아. 항상 곁에 두고 자신을 돋보이게 하는 일에 그것을 이용할 뿐이야.

오월 중간고사가 끝나는 날 오후 반장인 임형우가 드디어 재수파한테 당했다. 아무도 상상하지 못한 일이었다. 그처럼 근본이 포악한 기표마저도 형우의 얘기라면 귀를 기울이곤 했었다. 그처럼 형우는 모든 아이들의 인심을 살 줄 알았다. 형우의 성실성이, 남을 위해 자기를 던질 줄 아는 의협심이, 그의 천성적으로 착하게 보이는 외모가 아이들을 사로잡았다. 다른 반 선생들도 이 학년 십삼 반 반장 임형우를 칭찬했다. 형우의 겸손함이 다른 선생들의 호감을 샀다. 형우는 특히 기표에게 잘해주었다. 이우가 형을 내하듯 스스럼없이 사랑해주었다. 그렇다고 유독 그의 환심을 사려고 노력하는 것 같지도 않았다. 물론 다른 아이들이 기표에 대해 갖는 그런 공포 같은 것도 없어 보였다.

그런데 오월 고사에 이르러 형우가 결정적 실수를 했다. 시험을 며칠 앞둔 어느 날 형우가 반에서 성적이 괜찮은 몇몇 아이를 모았다.

"두 사람을 조금씩 도와주자."

그가 제의했다.

"이번 시험을 잘못 보면 또 낙제할 가능성이 있다고 담임선생님이 말했다."

"나쁜 낙제 제도 때문에 그들이 구제 불능의 상태에 놓이도록 방관하는 것은 옳지 못한 것 같다. 물론 공부를 잘 못하는 것은 그들의 책임이다. 그러나 책임으로 그들을 추궁하기에는 그들이 너무 한심한 상태의 아이들이다."

"결국 동정하자는 거군."

어떤 아이가 말했다.

"인간을 구제한다는 것은 값싼 동정과는 근본적으로 다르다."

"다투고 싶지 않다. 결국 우리가 어떻게 돕자는 거냐?"

먼저 아이가 물었다.

"조금씩만 돕자."

"결국 부정행위를 하란 말이냐?"

"그렇다. 커닝이 교칙에 위반된다고 해서 하기 싫으면 안 해도 좋다. 나는 다만 너희에게 부탁했을 뿐이다."

"걸렸을 때는?"

"모든 책임은 내가 진다. 내가 시켜서 했다고 해라."

우리는 형우의 단호한 어조에 감명받았다.

"개들이 우리들의 도움을 거부하면?"

어떤 애가 그런 우려를 내놓았다. 충분히 있을 수 있는 일이었다.

"거부하지 않을 것이다. 사월 고사에서 내가 약간 시도해보았기 때문에 자신할 수 있다."

나는 형우의 눈초리에 매달린 교활해 뵈는 웃음을 보았다. 나는 참지 못하고 말했다.

"누구를 위해서 그렇게 하자는 거냐? 기표냐, 아니면 우리들 자신이냐?"

"유대, 네 말은 대답할 가치가 없다고 생각해서 대답을 않겠다."

"대답해라. 대답 못 할 것도 없을 텐데?"

내가 빈정거리는 투로 다그쳤다.

"그렇게 해주는 것이 옳다고 판단했기 때문이다. 왜 옳은가는 너 자신이 생각해도 된다."

"네 의협심을 존중한다."

내가 간단히 손을 들어버리자 형우가 당연하다는 듯이 씨익 웃었다.

"이왕 얘기가 났으니 말이지만 이 일은 우리 모두를 위해서 하는 것이라고 생각해도 좋다. 최소한 반장인 내가 기표의 환심을 사려는 개인적인 일이 아니라는 것만 알아줘라. 마지막으로 부탁할 것은 이 일이 내 제안에 의해 이루어졌다는 걸 기표가 모르도록 해달라는 것이다."

우리들은 형우의 말을 믿었다. 자기가 모든 것을 책임지겠다고 하는 얘기도 그의 진심으로 받아들였다. 사월 중순께 기표가 삼 학년 형을 구타한 일로 벌을 받게 됐을 때 학급 전원이 서명해서 기표를 구하기 위해 일사불란하게 움직였던 것처럼 우리는 형우의 지시에 따라 세심한 계획을 짜고 시험날을 기다렸던 것이다. 무슨 과목은 누가 어떤 방법으로 도와준다는 등 그들이 또다시 유급하지 않을 정도의 점수를 올리기 위해 우리들은 빈틈없이 준비했다. 남을 위해서 일한다는 것이 마음에 이다지 큰 기꺼움을 준다는 것도 비로소 알게 되었다.

삼 일간 계속되는 중간고사 첫날이었다. 기표와 대각으로 앉게 된 정수가 자리의 이점을 이용해서 답안지를 바른쪽 허리께로 내리밀어 기표가 보기 좋게 해주었다. 첫 시간에 기표가 정수의 그러한 호의를 어떻게 받아들였는지는 알 수 없었다. 다만 그는 퇴장할 수 있는 삼십 분이 되자 제일 먼저 답안지를 놓고 나갔을 뿐이다. 시간이 끝나고 답안지를 거둔 아이의 말에 의하면 기표의 답안지는 거의 백지에 가까웠다는 것만 알았을 뿐이다. 둘째 시간은 엉어였다. 총무를 맡은 애가 시간 중간쯤에 문제 번호와 답을 쓴 커닝페이퍼를 몇 사람 손을 거쳐 기표에게 전달했다. 그러나 그것이 문제였다. 기표가 벌떡 일어나 감독 선생 앞으로 걸어 나갔다.

"어떤 새끼가 이걸 나한테 전해왔습니다."

그는 감독으로 들어온 선생한테 쪽지 한 장을 내밀었다. 그리고 제자리에 돌아와 앉으며 사방을 적의 깊은 눈으로 둘러보았다. 기표의 입가에 간특한 미소가 고물고물 기어 다녔다.

감독으로 들어온 선생은 마음 너그럽기로 이름난 영어 선생였다. 그는 기표가 내놓은 종이쪽지를 한참 들여다본 후에 말했다.

"누가 이런 메모지를 지금 저 학생한테 전달했나?"

문제 풀기에 여념이 없던 아이들이 한번씩 고개를 들었다가 다시 문제로 돌아갔다.

"누군가?"

그래도 대답이 없었다.

"어떤 개새끼야?"

이번에는 기표가 자리에 앉은 채 으르렁거렸다.

"선생님, 제가 그랬습니다."

반장인 임형우가 벌떡 일어섰다. 감독 선생이 어이없다는 듯 허허 웃었다.

"아닙니다, 그건 제가 썼습니다."

불쑥 딴 자리에서 또 한 애가 일어섰다. 총무를 맡아보는 애였다.

"아닙니다, 제가 그랬습니다."

다른 아이 하나가 또 일어섰다. 함께 모의를 했던 아이 중의 하나였다.

"접니다."

또 다른 놈이 일어섰다. 접니다. 접니다. 사방에서 아이들이 우르르 일어섰다.

허, 허허, 허허허…… 감독 선생은 이 어처구니없는 사태에 어리둥절한 모양이었다. 기표의 얼굴이 노오랗게 질렸다.

"자, 모두 앉아요."

감독 선생이 뭔가 사태를 파악한 듯 이삼십 명의 아이들을 자리에 앉도록 지시했다. 아이들이 다 자리에 앉은 다음, 그 나이 많은 감독 선생이 말했다.

"오늘 이 일은 전연 없었던 것으로 해두기로 한다. 아주 훌륭한 사람들이 모인 반이라는 생각이 든다. 종이쪽지를 가지고 나왔던 사람의 곧은 정신이나 우정이 무엇인가를 여실히 보여준 여러분 모두의 결의는 대단히 훌륭했다."

일은 이런 방향으로 매듭지어졌다. 그 시간이 끝나자 아이들은 숨을 죽이고 기표를 살폈지만 그는 자리에 보이지 않았다. 끝 시간인 셋째 시간도 별일 없이 끝났다. 종례가 끝나고 청소 시간까지 아무런 일이 없었다.

"유대야, 담임이 아까 오라고 한 사람 빨리 교무실로 오래."

한 애가 내게 말을 전해왔다. 종례가 끝나고 교무실로 돌아가던 담임이 복도에서 나를 불러내어 청소가 다 끝난 뒤 나와 반장 그리고 정수를 교무실로 오라고 했던 것이다.

함께 교무실로 가려고 찾으니 반장도 정수도 보이지 않았다. 나는 운동장으로 내려서는 계단 휴게실까지 가보았다. 거기도 그들은 없었다. 교무실에 먼저 가 있겠거니 하고 계단을 올라서는데 정수가 학교 후문 있는 데서 뛰어오면서 손짓하고 있는 게 보였.

"반장은 어디 갔나?"

담임선생은 그날 끝낸 화학 시험지의 답안지를 정리하며 건성으로 물었다.

"아무리 찾아도 보이지 않아 저희들만 왔습니다."

나는 정수의 얼굴을 쳐다보지 않은 채 대답했다. 곁에 선 정수의 숨소리는 아직도 고르지 않았다.

"응, 됐어, 너희들 둘이 해도 되겠지."

짐작했던 대로였다. 우리는 담임선생님의 채점 기계로 호출된 것이다. 답안지를 든 담임선생님을 따라 우리는 화학실로 올라갔다.

"나 화학실에 있다고 사환 애한테 알려둬라. 밖에서 전화 올 게 있다."

복도에서 담임이 말했다. 내가 아래층 교무실로 뛰어 내려갔다. 우리늘 사이에 넙쩍이라고 불리는 사환 계집애가 만화책을 보고 있었다.

"우리 담임선생님 화학실에 계셔. 무슨 일 있으면 그리 연락하라고!"

넙쩍이가 고개를 들지 않은 채, 알았어— 했다.

우리는 담임선생과 함께 아이들의 답안지에 ○ × 해 나갔다. 맞은 것 틀린 것, 좋은 답 나쁜 답, 착한 놈 나쁜 놈…… 우리들이 동그라미 하나 더 치면 그 아이는 오 점이 올라갈 수 있었다.
"야, 느덜 오늘은 속도가 느리구나."
담임의 말이 사실이었다. 우리는 다른 때와 달리 몇 장 넘기지 못하고 있었다. 정수나 나나 매한가지였다. 정수는 눈에 띄게 허둥거리고 있었다. 나 역시 답안지의 내용이 자꾸 헛갈렸다. 적어도 일곱 명쯤의 재수파들 속에 형우가 무릎을 꿇고 와들와들 떨고 있을 것이다. 명치를 찌르는 주먹, 정강이뼈를 겨냥한 구둣발 세례, 피가 꽃망울처럼 솟아오르는 기표의 팔뚝, 허벅지를 태우는 살 냄새…… 하나, 두우울, 세에엣, 네에엣, 다아…… 아악. 소리 질러봐, 죽여버릴 거니! 석공이 돌을 다듬듯 완벽한 솜씨로 그들은 형우의 육체와 영혼을 주장질¹시키는 일에 탐닉하고 있을 것이다. 형우는 지금 어떤 표정으로 무슨 생각을 하고 있을까. 정수가 담임에게 일러바쳐 지금쯤 자기를 구원해주러 오는 사람들을 기다리고 있을 것인가, 아니면 죽기를 각오하고 그들에게 도도한 자세를 보일 것인가, 나는 짐짓 정수의 눈을 찾았다. 나를 바라보는, 정수의 눈이 애원하듯 타고 있었다. 그렇게 무서우면 네가 말해! 그런 뜻의 눈짓을 내가 보냈지만 목덜미를 더욱 벌겋게 달구며 고개를 꺾었다.
"너희들이 잘해주어서 올해는 퍽 수월하게 넘어갈 것 같구나."
담임선생은 채점을 쉬며 담배를 피워 물었다.
"반장이 생각했던 것보다 잘해주는 것 같단 말이야. 느이들이 알다시피 우리 반이 이 학년 전체에서 제일이거든. 지난 춘계 체육대회 때 종합 우승이며 이번 이사분기 납부금 실적도 단연 으뜸이고……."
나는 실소하며 정수의 눈을 찾았다. 그러나 정수는 고개를 들지 않았다. 아직 한 권에서 반도 넘기지 못한 채였다. 나는 다시 한 번 실소했다. 담임선생이 지금 형우가 처하고 있을 상황을 안다면 어떤 표정으로 바뀔 것인가.
"참 알 수 없는 일은 최기표가 들던 것과는 달리 양처럼 순하다 그거야. 몇 번 말썽이 있긴 했지만 그까짓 거야 별거 아니지. 어떻든 그놈도 본성은 착한

---

1 **주장질** 몹시 나무라거나 때리는 일.

놈인데 가정 형편이 못한가 보더라."
 담임선생은 자기가 부리는 채점 기계의 묵묵한 작업에 눈을 보낸 채 자못 흐뭇한 표정이었다.
 "다 담임선생님께서 잘 지도해주신 덕분이죠 뭐."
 내가 시치미를 떼면서 말하자,
 "아닌 게 아니라 나로서도 그동안 너희들이 이해 못할 애로 사항이 많았다. 인간을 교육한다는 것이 새삼 어렵다는 걸 깨닫게 됐고, 또한 그런 어려움 속에서 교육하는 보람도 얻을 수 있었던 거지."
 정수가 비로소 고개를 들어 나를 쳐다보았다. 그의 이마에 번지르르 땀이 배어나고 있었다. 그의 눈알이 불안하게 움직였다. 그는 몹시 괴로워하고 있음이 분명했다. 형우가 재수파들한테 끌려 학교 뒷산 으슥한 곳으로 끌려갔다는 사실이 내게 전해진 것만으로도 그는 마음이 가벼워질 줄 알았을 것이다. 그러나 그는 지금 그 사실을 나한테 얘기한 것을 몹시 후회하고 있는지도 모른다. 나라면 담임선생한테 그 사실을 쉽게 알릴 수 있으리라고 생각한 자신의 판단이 빗나간 데 대한 당혹감으로 그는 떨고 있는 것이다.
 — 임마, 느덜이 생각한 것처럼 난 담임선생의 첩자가 아냐.
 나는 다시 정수의 눈에 맞춰 눈싸움을 벌였다. 정수는 금방 울음을 터뜨릴 것 같은 표정이었다. 자칫하다가는 이 녀석이 발광을 할지도 모른다는 생각이 들었다.
 일 학년 때 나는 해중이란 아이가 기표 때문에 학교를 그만둔 일을 알고 있었다. 그 애 역시 재수파였다. 다섯 놈이 캠핑을 나가 여학생 하나를 결딴냈다. 피해자 측에서 사생결단하고 덤벼 일이 크게 번졌다. 당한 애가 인상을 말했기 때문에 범위는 대번 좁혀져 재수파들이 학생부실에 불려갔다. 그러나 그들은 한사코 잡아뗐다. 하루 내내 족쳐도 헛일이었다. 여학생과 대면을 시키겠다고 해도 되레 만나게 해달라고 날뛰었다. 그때 그들 재수파 중의 한 아이 어머니가 학교에 나타난 것이다. 그네는 학생부실에 들어가기가 무섭게 기표를 손가락질했다. 저놈, 저놈이 우리 해중일 맨날 불러냈지! 우리 해중일 망치는 놈이 바로 저놈이라우! 모두 기표를 바라보았다. 기표는 눈썹 하나 까닥하지 않은 채 해중이를 돌아다보았다. 이 새끼야, 내가 느네 엄마 말대로 널 맨날 불러냈냐? 소름이 끼치도록 낮고 매서운 추궁이었다. 말해라, 이 녀석아, 왜 사실대로 말 못하는 게야? 해중이 엄마가 퍼댔다. 말해! 기표가 씹어뱉듯 말했다. 해중이가 느닷없이 몸을 와들와들 떨기 시작했다. 그리고 미친 사람처럼 부르짖기 시작했다. 엄마, 기표는 우리 집에 한 번도 안 왔어. 우리 집도 모른단 말이야. 선생님, 접때 그 일은 제가 했어요. 딴 학교 애들하고 그랬단 말예요. 그는 말을 마치기가 무섭게 학생부실 시멘트벽에 머리를 두어 번 부딪쳤다. 해중이가 병원으로 들려 간 뒤 학생부 선생이 함께 조사를 받던 놈들한테 물었다. 해중이 말이 사실이냐? 기표가 고개를 끄덕거린 다음, 그 쌍새끼―― 하고 중얼거렸다. 다른 애들도 모두 기표처럼 고개를 끄덕거렸다. 해중이가 스스로 학교를 물러난 것으로 일은 끝나버렸던 것이다.

"아직 멀었냐?"

담배를 피운 다음 책상에 앉아 잠시 졸고 난 선생님이 다시 물었다.

"느 정말 오늘 왜 이렇게 늦냐?"

우리들은 대답할 수가 없었다.

"어때, 구십 점 이상 많이 나오냐?"

"하나도 없는데요."

"참 느덜 공부 안 해 큰일 났다."

그때 화학실 문이 열렸다. 넙쩍이 아가씨가 거기 서 있었다.

"왜, 나한테 전화 왔냐? 여자지?"

그러나 넙쩍이 아가씨가 헐떡이는 목소리로 말했다.

"전화가 아녜요. 선생님, 빨리 내려가보세요. 야단났어요."

담임선생이 허둥지둥 달려 나갔다. 정수의 얼굴이 하얗게 질리고 있었다.

"유대야, 말하는 건데 그랬다."

"난 네가 말할 줄 알았지."

"아까 네가 말하지 말랬잖아? 난 네가……."

정수는 금방 울음을 터뜨리기라도 할 듯 얼굴을 우그러뜨렸다.

"기표가 안 좋아할걸, 고자질하는 거 말이야."

"그렇지만 형우가……."

"아마 형우도 원하지 않았을 거다."

"왜, 왜 그렇게 생각하니?"

"응, 형우는 자신이 스스로 그렇게 당하길 원했거든."

정수가 무슨 얘기냐는 듯 나를 보았지만 나는 짐짓 딴전을 부렸다.

"죽진 않았을 거다."

우리들이 답안지를 정리해 들고 교무실을 내려왔을 때는 교무실은 넙쩍이 아가씨 혼자 있었다.

"김선생님이 빨리 한강병원으로 오라고 하던데요."

"무슨 일이래요?"

"어떤 아줌마가 아까 막 달려와서 학생들이 뒷산에서 사람을 죽인다고 해서 학생 주임 선생님이 가봤더니요, 이 학년 십삼 반 반장이 혼자 뒹굴고 있더래요."

우리들은 학교에서 가까운 한강병원까지 단 한 마디 말도 않은 채 달려갔다. 죽지 않았을 거다. 나는 뛰면서 생각했다. 기표가 사람을 죽일 리가 없지. 기표는……

형우는 응급실 의자에 엉거주춤 누워 있었다. 형우가 외관상 멀쩡해 보이는 데 대한 한 가닥 실망이 스쳤다. 그러나 자세히 보니 형우의 얼굴은 통통 부어 있었고 임시로 잡아맨 넓적다리의 붕대 위엔 꽃송이처럼 선명한 핏자국이 피어올랐다.

우리를 발견한 형우가 재빠른 동작으로 손가락 하나를 통통 부은 제 입술에 댔다가 떼었다. 나는 고개를 끄덕거려주었다.

"유대야, 너 형우네 집 전화번호 알지?"

학생 주임과 함께 서 있던 담임이 물었다.

"모르겠는데요."

나는 시치미를 떼며 형우의 표정을 살폈다. 형우는 얼굴을 찡그리며 말했다.
"선생님, 제발 저를 그냥 돌아가게 해주세요. 전 아무렇지도 않단 말씀이에요."
"임마, 여길 나가기 전에 사실대로 대란 말이다."
학생 주임이 다그쳤다.
"말씀드릴 수 없습니다. 제가 잘못한 일로 싸웠는데 왜 친구들을 괴롭혀야 합니까."
"임마, 넌 싸우지 않았어. 본 사람이 그랬어, 네가 몰매를 맞더라고."
"아닙니다. 선생님, 제가 먼저 그 아이한테 시비를 걸었던 겁니다. 그리고 싸웠던 거에요."
"그게 누구냔 말이다."
"말할 수 없습니다."
"너 정말……."
학생 주임이 혀를 내둘렀다.
"너 정말 나를 허수아비로 아는 거냐? 학교 다니기 싫어?"
"저는 처벌을 달게 받겠습니다. 그러나 그 아이들을 말할 수는 없습니다."
담임선생은 얼굴에 그늘을 깐 채 팔짱을 끼고 한편에 묵묵히 서 있었다. 우리 반의 일사불란한 항해를 거스른 자가 누굴 것인가, 그것을 생각하고 있는지도 몰랐다. 이제야말로 우리들 손에서 고삐를 낚아채 거머쥔 뒤 목을 죄고 싶은 심정일 것이다.

"유대, 넌 알 거다, 형우를 때린 놈들이 기표네 패라는 걸 말이다."
"형우가 그렇게 말했나요?"
"그런 건 아니지만 그건 틀림이 없다. 기표놈이 아니곤 그런 짓을 할 놈이 없다."
담임은 헐떡거렸다. 양같이 순하게 길들여졌다고 확신했던 자신의 어리석음을 질타하고 있을 것이다.

"선생님, 형우가 뭘 잘못했다는 걸까요?"
내가 짐짓 떠보았다.
"형우가 거짓말을 하고 있는 거다. 잘못하기는커녕 형우가 그놈들을 위해서 얼마나 많은 일들을 했는지 넌 모를 게다."
담임선생은 몹시 흥분하고 있었다. 기표에 대한 혐오감으로 해서 얼굴이 벌겋게 달아올랐다. 기표를 미워하다니. 나 역시 담임선생에 대한 적대감으로 몸을 떨었다.
"뭡니까, 선생님. 형우가 기표를 위해서 무얼 했단 말입니까?"
내 반감 짙은 어투에 놀랐는지 담임선생은 좀 멈칫했다. 그러나 곧 비웃음 섞어 말했다.
"임마, 나는 다 알고 있어. 기표가 저질러온 짓 말이다. 유대, 너도 기표한테 당했잖아! 그리고 너희들이 그놈들 부정행위를 거들어준 것도 알고 있다."
그랬겠지. 나는 속으로 신음처럼 중얼거렸다. 무서웠다. 어른들의 음흉스러운 심보, 알면서도 모른 체 시치미를 뗀 그 저의는 무엇인가.

형우는 우리들 사이에서 일약 영웅이 돼버렸다. 예상 안 한 건 아니지만 그 여세는 보통이 아니었다. 삼 학년에서도, 일 학년 하급생들도 이 학년 십삼 반 임형우가 입에 올랐다. 전치 이 주의 상해를 입고도 끝내 그 상대를 입에 올리지 않음으로 해서 형우의 존재는 풍선처럼 부풀었다.
기표가 그 사건 다음 날부터 내리 사흘이나 학교에 나오지 않았어도 재수파들은 학생부에 불려 가지 않았다. 아무도 그것을 문제 삼지 않았다.
담임이 학교에 나오시 않는 기표를 찾기 위해 뚝방농네를 연 이틀이나 헤맨 사실도 학교에 널리 알려졌다. 기표가 학교에 나온 날 담임은 조회 시간에 간단히 말했다.
"최기표군은 그동안 피치 못할 가정 사정으로 결석했다. 앞으로 다시는 결석이 없을 것으로 안다."
항상 빳빳하게 쳐들고 앉았던 기표의 고개가 잠깐 숙여지는가 싶게 느껴졌다. 그것은 이상한 조짐이었다.

형우가 병원에서 퇴원을 해 이 주일 만에 학교에 나왔다. 악수 세례가 쏟아지고, 등을 두드리고, 체육 시간에는 헹가래까지 시키려고 했지만 형우가 도망을 쳤다. 그렇게 하면서 우리들은 숨죽여 기표의 동정을 살폈다. 그러나 그의 차가운 시선에 부딪힌 아이들은 섬뜩한 느낌으로 고개를 돌리곤 했다. 나는 후우, 가슴을 쓸어내렸다.

"형, 우리 미술 시간에 라면 먹으러 갈까?"

내가 말을 건넸다. 우리들은 가끔 후동 교사 뒷담을 넘어 구멍가게에서 라면을 사 먹은 다음 감쪽같이 들어오곤 했다. 재수파들이 그 전문이었던 것이다.

"필요없어."

기표가 쳐다보지도 않은 채 퉁명스럽게 뱉었다. 그는 국어책을 읽고 있었다. 안톤 슈나크의 「우리를 슬프게 하는 것들」— 울음 우는 아이는 우리를 슬프게 한다.

다른 반 애들이 말했다. 선생들이 교실에 들어올 때마다 임형우의 일화가 예로 들어지면서, 학우를 아끼고 의리로써 지켜준 참다운 우정과 반의 결속을 위해 담임선생과 함께 남모르게 애써온 그 숨은 이야기가 술술 펼쳐지더란 것이다. 교정에 모여 선 아이들도 입에 입에 형우의 애기로 만발했다.

"우리들이 커닝을 도와준 것이 기표의 비위를 상하게 한 모양이지?"

병원에 있을 때는 남의 눈을 생각해 못 물어본 걸 하굣길 둘만의 자리가 됐을 때 내가 넌지시 물어보았다.

"글쎄 그런 것 같았다."

형우가 짐짓 좌우를 둘러보면서 대답했다.

"그때 그 일, 담임선생님이 시켜서 한 거지?"

내가 넘겨짚자 형우가 한순간 당황하는 것 같았다. 언제고 밝히고 싶었던 것이라 나는 다시 다그쳤다.

"그렇지?"

"꼭 그런 건 아니지만 그 문제를 담임선생님과 의논한 건 사실이다."

"합법적으로 만들기 위해서냐?"

"아니다. 담임선생님이 기표를 나한테 일임하겠다고 말했기 때문이다. 선생님은 기표를 구원해주고 싶었던 것이다."

"그랬겠지. 형우야, 넌 지금 네가 기표를 구원했다고 보니?"

"아직 완전히는…… 그러나 멀지 않았다."

나는 웃어주었다.

"기표는 그렇게 생각하지 않을걸. 형우, 네가 구원해주고 있다고 말이야."

"그것은 기표가 생각할 일이 아니다."

"무슨 뜻이냐?"

"우리가 무서워했던 건 기표가 아니라 기표를 둘러싸고 있는 재수파들이었다."

"그런데?"

"이제 그 조직은 없어졌다."

"무슨 근거로 그렇게 말하는 거냐?"

"내가 병원에 있을 때 그 애들이 모두 나한테 사과하러 왔었다. 하나하나 서로가 모르게 다녀갔다."

"기표두 왔었니?"

내가 헐떡이면서 물었다.

"오지 않았다. 그러나 난 그런 놈한테 사과도 받고 싶지 않다."

그럴 테지. 나는 후우 가슴을 쓸어내렸다.

"그래, 다른 애들이 너한테 사과를 했다고 해서 재수파가 없어졌다고 생각하는 건 잘못일 거야."

"물론 겉으로야 그대로 남아 있겠지. 그러나 그들은 이미 이빨 뺀 뱀이나 다름없어. 걔들이 모두 나한테 말했다. 기표는 악마라고. 자기들 피를 빨아먹고 사는 흡혈귀라고."

형우와 갈라서야 하는 길목에 와 있었다. 나는 형우네 집 쪽으로 따라가며 물었다.

"너 지금 무슨 얘길 하는 거냐?"

형우가 나를 향해 싱긋 웃었다.

"기표는 다 아는 것처럼 가난한 집 애다. 거기다가 그 부모가 다 병들어 누워 있다. 시집간 기표 누나가 대주는 돈으로 겨우겨우 먹고산댄다. 기표는 동생이 셋이나 있다. 기표 바로 밑의 동생이 버스 안내원을 해서 생활비를 보탰는데 요즘 무슨 일로 해서 그것도 그만두었다. 아무튼 생활이 말두 아니란 거야. 재수파들이 매달 얼마씩 모아 생활비를 보태줬다는 거야. 집에서 돈을 뜯어낼 수 없는 애들은 혈액은행에 가 피를 뽑아 그 돈을 내놓았다는 거다."

"그렇게 해달라고 기표가 강요한 건 아닐 텐데."

"마찬가지다. 재수파들은 기표가 무서웠다는 거야."

"지금도 무서워하고 있는걸."

"그렇지 않아."

병원에서 지내는 동안 혈색이 더 좋아진 형우가 자신 있게 말했다.

"이제 아무도 기표를 무서워하지 않게 될 거다."

형우가 손을 흔들고 자기 집 골목으로 사라져버렸다. 그는 유능한 반장이 틀림없다고 나는 생각했다. 씁쓸한 느낌이 가슴을 스쳤다.

담임의 예언대로 기표는 결석을 하지 않았다. 형우와 기표 사이에도 이렇다 할 마찰이 없이 여름 방학이 지났다. 교실에서 도시락이 없어지는 일도 드물었다. 물론 재수파들이 기표를 찾아 교실에 들락거리는 횟수는 잦았지만 아이들은 그다지 신경을 곤두세우지 않아도 되었다. 기표는 여전히 침묵하고 있었다. 담임선생이 가끔 기표에게 학급 사무를 맡기는 게 눈에 띄었다. 기표가 별 표정 없이 그런 일을 맡아 했다.

그날도 기표는 담임선생의 지시에 의해 체육부실에 내려가 우리 반 아이들의 체력검사 통계를 내고 있었다. 그럴 시각 담임선생이 말했다.

"육십육 명이 탄 우리 배는 순풍을 맞아 참으로 순탄한 항해를 하고 있다. 다 여러분의 노력에 의한 것이라고 생각한다. 그런데 한 가지 알려줄 게 있다. 여러분의 한 친구가 매우 어려운 처지에 놓여 있다. 그 자세한 얘기는 반장이 해 줄 것이다. 다만 담임으로서 당부하고 싶은 것은 그것이 남의 일 아닌 내 일이라고 생각해서 그 사람을 돕는 일에 앞장서주기 바란다."

담임선생님이 교단에서 내려서고 반장 임형우가 사뭇 엄숙한 표정으로 단 위에 섰다.

"담임선생님의 말씀처럼 지금 우리 친구 하나가 매우 어려운 처지에 놓여 있다. 좀 늦은 감이 있지만 지금이라도 힘을 합쳐 그 친구를 구원해주어야 한다고 생각한다."

이렇게 서두를 잡은 형우는 언젠가 하굣길에서 내게 들려준 기표네 가정 형편을 반 아이들한테 이야기하기 시작했다. 그런데 놀라운 일은 형우의 혀였다. 나한테 얘기를 들려줄 때의 그런 적대감은 씻은 듯 감추고 오직 우의와 신뢰 가득한 말로써 우리의 친구 기표를 미화하는 일에 열을 올렸던 것이다.

기표 아버지가 중풍에 걸려 식물인간처럼 누워 있는 정경이며 기표 어머니의 심장병, 그러한 부모들을 위해서 버스 안내원을 하던 기표 여동생의 눈물겨운 얘기, 라면으로 끼니를 때우는 기표네 식구들의 배고픔이 눈에 보이듯 열거되었다. 그런 가난 속에서도 가난을 결코 겉에 나타내지 않고 묵묵히 학교에 나온 기표의 의지가 또한 높게 치하되었다. 더구나 그런 가난 속에서 유급을 했기 때문에 일 년간의 학비를 더 마련해야 했던 그 고통스러운 얘기도 우리들 가슴을 뭉클하게 했다.

"나는 얼마 전 기표가 버스 안내원을 하던 여동생을 몹시 때린 일을 알고 있습니다. 그 여동생은 몸이 약해 버스 안내원을 그만두었던 것인데 생활이 더 어렵게 되자 돈을 벌기 위해 술집에 나가기로 했었다는 것입니다. 우리는 그 여동생이 앞으로 어떤 무서운 수렁에 떨어져 내릴는지 아무도 알 수가 없습니다."

반 아이들은 사뭇 숙연한 자세로 형우의 말에 귀를 기울였다.

형우는 기표네 가정 사정을 낱낱이 얘기함으로써 이제까지 우리들에게 신화적 존재로 군림해온 기표의 허상을 빈곤이라는 그 역겨운 것의 한 자락에 붙들어 맨 다음 벌거벗기려 하는 것 같았다. 기표는 판잣집 그 냄새 나는 어둑한 방에서 라면 가락을 허겁지겁 건져 먹는 한 마리 동정받아 마땅한 벌레로 변신되어 나타났다.

"한 가지 또 알려줄 게 있습니다. 그것은 어려운 처지의 친구를 위해서 이제까지 남이 모르게 도와온 우정이 있다는 것입니다. 그것은 기표의 가까운 친구들입니다. 이제까지 우리들이 재수파라고 불러온 아이들입니다. 우리들이 무시해온 그들이야말로 진정 아름다운 우정이 어떤 것인가를 보여주었던 것입니다. 그들은 매달 용돈을 저축하고 또는 방학 때 공사장에 나가 일을 해서 받는 돈으로 기표를 도와온 것입니다. 그들 중에는 매달 자신의 귀한 피를 뽑아 그 돈을 내놓기도 했습니다. 한 달에 피를 세 번이나 뽑았기 때문에 빈혈을 일으켜 병원에 입원했던 사람도 있습니다. 사회에서 구원받지 못한 가난을 우정으로써 구원하려 한 그들이야말로 훌륭한 정신의 소유자입니다. 협동과 봉사―기여 정신의 산 증인들입니다. 우리들은 가끔 학교에 싸가지고 온 도시락이 텅텅 비어 있는 것을 발견하고 기분 나쁘게 생각한 적이 있습니다. 그것은 진정으로 배고파보지 못한 우리들의 우매함이었습니다. 남의 찬 도시락을 훔쳐 먹어야 했던 우리의 가난한 이웃을 우리는 너무도 모르고 지냈습니다. 나는 반장으로서 그 사실을 몹시 부끄럽게 생각합니다. 그것을 사과하는 뜻에서 나는 오늘이라도 우리의 친구 기표를 돕는 일에 앞장서기로 결심한 것입니다."

아이들이 술렁거리기 시작했다. 깊은 감동의 강물이 모두의 가슴 한가운데를 출렁이며 흘러가고 있었던 것이다.

담임선생이 교단으로 다가갔다. 그는 주머니에서 만 원짜리 한 장을 꺼내어 교탁 위에 놓았다. 반장도 안주머니에 손을 넣었다. 아이들이 조용한 술렁거림 속에서 모두 돈을 찾아 들었다.

"오늘 돈이 없는 사람은 내일 가져오는 게 어떻습니까?"

한 아이가 일어나서 큰 소리로 제안하자 모두, 그럽시다― 소리쳤다. 박수가 쏟아져 나왔다.

모 일간지 편집부 국장을 지내는 학부형이 우리 반에 있었다. 담임선생님과 반장이 그 학부형을 만나러 갔다. 그 신문사 기자가 학교에도 여러 번 다녀갔다.
　며칠 뒤에 신문 미담란에 우리 반 얘기가 크게 다뤄졌다. 박스 기사였다. 기표의 갸륵한 효성에서부터 재수파들의 우정 어린 피 뽑기와 급우들로부터 시작된 친구 돕기 운동이 전교적으로 파급되어 이룩한 성과가 자세하게 났다. 기표의 여동생 얘기도 끼어 있어 그 기사를 읽은 우리들의 콧등이 새삼 찡했다. 기사 맨 위에 담임선생과 반장, 그리고 기표의 사진이 박혀 있었다. 교장 선생님의 지시에 의해 그 기사는 각 교실 후편 게시판에 붙이게 돼 있었다.
　그 신문 기사가 나가고부터 월요 조회 때마다 교장 선생님은 사회 각계에서 보내오는 성금과 위문편지를 최기표에게 전달했다. 담임선생님도 종례 때면 기표에게 편지 여러 장을 건네며,
　"거기 여학생 편지도 많이 있으니까 혼자 몰래 보라구."
　아이들이 와하하 웃었다. 기표가 얼굴을 벌겋게 달구며 편지 다발을 책상 속에 넣곤 했다. 그럴 때마다 아이들이 박수를 쳤다. 실로 화기애애한 반이 되었던 것이다.
　"기표 얘기가 영화로 된다며?"
　"그렇대. 재수파들을 중심으로 한 얘긴데 텔레비전에 나오는「제삼교실」같은 거겠지."
　어디서 나온 얘긴지 기표의 얘기가 영화로 만들어진다는 소문이 파다했다.
　이제 아이들은 아무도 기표를 무서워하지 않았다. 형이라고 호칭하는 아이도 드물었다. 아무나 곁에 가서 말을 걸 수가 있었고 때로는 어깨도 쳤다.
　그것은 기표가 아주 부끄러움을 잘 타는 아이로 변해버렸기 때문이다. 누구를 만나도 수줍어하는 그 아이는 그렇게 당당하던 체구마저도 왜소하게 짜부라진 채 우리가 보통 사진을 찍을 적에 '치즈' 하고 웃듯 그런 미소를 얼굴에 담고 있었다.

전상국　277

우리는 그렇게 미소 짓는 기표의 얼굴을 보면서 일사불란한 항해를 계속했다. 담임은 더욱 깊은 이해로써 우리 반을 돌봐주었다. 반장 형우는 그 나름의 성실과 지혜로 '우리'를 위해 헌신했다. 우리 교실에 들어오는 선생님마다 칭찬의 말을 아끼지 않았다. 기표의 얘기가 영화로 만들어진다는 얘기가 더욱 구체적으로 드러나기 시작했고 우리들은 덩달아 들떠서 술렁거렸다.

그러던 어느 날 우리는 기표의 자리가 빈 것을 알았다. 다음 날도 그는 결석했다. 무단결석이었다. 담임선생이 한 아이를 기표네 집에 보냈다.

"집에도 없어. 이틀 전에 집을 나갔대."

우리들은 서로 얼굴을 마주 보며 술렁거리기 시작했다. 뭔가 심상찮은 생각들이 머리에 젖어들었다.

기표가 내리 사흘이나 결석을 한 아침나절이었다. 수업 중인데 담임이 형우와 나를 찾는 쪽지가 왔다.

우리가 교무실에 내려갔을 때 담임선생은 병색이 완연해 뵈는 어떤 여자와 얘기를 나누고 있었다. 그네는 초가을인데도 낡고 두터운 오버를 걸치고 있었다.

"아이구, 우리 기표 친구들이구만. 시상에 이렇게 고마운 친구들이 어디 있겠누. 그런데 이놈에 자슥이……."

그네는 몸을 일으켜 우리에게 굽실거리며 때 낀 손수건으로 눈물을 찍어냈다. 그네는 우리의 손을 더듬어 쥐고 싶어했다.

"자, 이제 고만 돌아가십시오. 애들하고 의논해서 찾아보겠습니다."

담임선생은 기표 어머니를 내쫓듯 교무실에서 밀고 나갔다. 그네는 교무실을 나가며 자꾸 아쉬운 듯 우리들 얼굴을 돌아다보았다.

그네를 배웅하고 돌아온 담임이 의자에 소리 나게 주저앉으며 부들부들 떨리는 손으로 담배를 피워 물었다.

"이 망할 새끼가 끝까지 말썽이란 말이야."

그는 담배 연기를 깊이 빨아들였다가 내뿜으며 투덜거렸다.

"내일 천일영화사 사람들하고 만나기로 약속한 날이잖나? 그런데 이 망할 새끼가……."
 그는 서랍에서 편지 하나를 꺼내 우리들 앞에 내던졌다. 기표가 바로 밑의 여동생한테 보낸 편지였다. 편지 맨 앞줄에 이렇게 씌어 있었다.
 —— 무섭다. 나는 무서워서 살 수가 없다.

전상국(全商國)

1940년 강원도 홍천 출생. 경희대학교 국문과 및 같은 과 대학원 졸업. 1963년 조선일보 신춘문예에 단편 「동행」이 당선되어 등단. 10년간의 공백기를 거쳐 「전야(前夜)」를 발표함으로써 본격적인 작품 활동 시작. 현대문학상, 한국문학작가상, 대한민국문학상, 동인문학상, 윤동주문학상, 김유정문학상, 한국문학상, 후광문학상, 이상문학상 특별상, 현대불교문학상 등 수상. 『바람난 마을』(1977), 『하늘 아래 그 자리』(1979), 『우상의 눈물』(1980), 『아베의 가족』(1980), 『외등』(1980), 『우리들의 날개』(1981), 『형벌의 집』(1987), 『지빠귀 둥지 속의 뻐꾸기』(1989), 『사이코』(1996), 『온 생애의 한순간』(2005) 등의 소설집과 『늪에서는 바람이』(1980), 『불타는 산』(1984), 『길』(1985), 『유정의 사랑』(1993) 등의 장편소설 출간.

작품 세계

전상국은 설명하기 곤란한 혼란스러운 상황과, 그 반대편에 이성적인 것처럼 보이지만 실은 허위로 가득 찬 상황의 관계에 주목해왔다. 6·25 당시 빨갱이의 앞잡이가 되어 이웃의 득수를 죽였고, 국군이 진입하자 득수 가족의 손에 아버지가 살해당하는 것을 보아야 했던, 고향을 떠나 떠돌다가 우연히 득수의 동생을 만나 또다시 그를 살해하고 귀향하는 억구의 인생을 중심으로 전개되는 데뷔작 「동행」(1963)은 그의 작품 세계를 압축적으로 보여주고 있다. 「동행」뿐 아니라 「맥(脈)」(1977), 「여름손님」(1977), 「고려장」(1978) 등에서도 천대받던 사람이 6·25를 통해 이웃에게 보복을 하고 국군이 들어오자 앙갚음을 당한다는 사건이 반복되듯이, 전상국의 소설 속에서 6·25는 이념의 문제가 아니라 개인적인 증오와 복수의 문제이며, 대립과 갈등으로 점철된 혼란은 전쟁 이후에도 가족이라는 매개를 통해 여전히 지속되고 있다. 이 때문에 6·25를 소재로 한 전상국의 소설에는 거의 예외 없이 전쟁에 의해 훼손된 가족이 중심에 놓이게 된다. 가족을 통해 대물림되는 혼란으로부터 도망치는 것은 불가능하며 또 도망친다고 하더라도 「아베의 가족」(1979)의 진호처럼 다시 돌아와야만 한다. 물론 어렵사리 귀향을 선택해 고향으로 돌아온다고 해도, 그래서 갈등이 또 다른 갈등을 낳는 혼란의 연속을 이해하려고 노력한다고 해도, 거기서 구원과 화해를 구하기란 쉬운 일이 아니다. 게다가 혼란의 맞은편에 있는 질서의 세계가 동시에 허위의 세계라면 문제는 더욱 해결하기 어려워진다. 작가의 교사 체험을 반영하고 있는 「돼지새끼들의 울음」(1975), 「껍데기 벗기」(1976), 「우상의 눈물」(1980), 「음지의 눈」(1986) 등의 학교를 배경으로 한 소설들은 질서의 이면에 비윤리적인 권력과 폭력이 도사리고 있음을 폭로 하고 있다. 전상국의 소설은 혼란이나 허위를 해소하는 답을 제시하고 있지는 않다. 「동행」에서 억구와 동행하고 있는, 형사를 연상시키는 사내는 자신의 정상적인 삶이라는 것이 질서와 관습으로부터 벗어나지 않으려는 자기 방어에서 비롯된 것일 뿐이었음을 깨닫고, 억구를 놓아준다. 전상국의 소설이 겨냥하고 있는 것은 선과 악, 혹은 질서와 혼란의 완벽한 구분법이 아니라 그 둘 사이의 미묘한 경계이다. 바로 그 경계가 문제에 제대로 접근할 수 있는 출발점일 것이다.

「우상의 눈물」

이 학년을 막 시작하는 고등학교 교실에서 새 담임교사가 '자율'이라는 말로 학생들을 숙연하게 만든다. 그러나 '나'(이유대)는 "여러분의 항해에 역행하는 놈은 여러분 스스로가 엄단할 수 있어야 한다"는 담임교사의 말이 결국 학생들이 스스로를 결박해야 함을 요구한다는 것을 알고 있다. 「우상의 눈물」은 자율이라는 말로 반을 지배하려는 담임교사와 그 요구를 충실히 따르는 반장 임형우가 전형적인 범죄형이며 음침하고 포악스럽고 동시에 교활하고 지능적인 최기표를 굴복시키는 과정을 '나'의 눈을 통해 관찰하는 서술을 취하고 있다. 「우상의 눈물」 역시 혼란(악)과 허위(선)의 두 축이 기본 구도를 이루고 있다. 일 년 유급한 '재수파'들에게 혹독한 린치를 당한 '나'는 그 패거리를 이끄는 기표가 선천적인 포악성을 가지고 있다고 두려워하면서도 한편으로는 자신의 행동거지를 거짓으로라도 미화할 줄 모르는 그 철저한 악함이야말로 기표가 이 세상을 살아갈 수 있는 힘인지도 모른다고 생각한다. 반면에 담임교사와 형우는 여러 사람에게 해가 되는 힘은 아예 빼버리는 것이 좋다고 믿고, 여러 가지 방법을 동원해 기표를 길들이려고 한다. 그 방법은 대개 기표에게 모자란 것을 계산된 선의에 의해 도와줌으로써 그 스스로 부끄러움을 깨닫게 하는 것이며, 기표 가족의 경제적 궁핍을 원조하기 위해 공개적인 모금 운동을 시작하는 것으로 절정에 이른다. 신문 기사에 의해 기표의 탈선적인 행동은 가난 속에서도 묵묵히 학업을 계속하려는 의지로 미화되고, 재수파가 피를 팔아 기표에게 돈을 바친 것은 진정한 우정으로 포장되며, 전교적으로 파급된 친구 돕기 운동은 미담이 된다. 수줍어하며 짜부라진 채 어색한 미소를 짓는 아이가 된 기표는 영화사 직원과 만나기로 한 날을 며칠 앞두고 "무섭다. 나는 무서워서 살 수가 없다"는 편지를 남긴 채 가출한다.

「우상의 눈물」은 선한 인간이 된 기표가 동시에 생존의 힘을 잃은 무기력한 인간이 되어 가는 과정을 보여준다. 선과 악의 관계를 속단하는 것은 쉽지 않은바, 「우상의 눈물」은 한 개인이 질서의 영역에 편입됨으로써 질서 밖의 위반은 배제되어버리는 상황이 과연 옳은 것인가에 대한 문제를 제기하고 있다.

주요 참고 문헌

전상국의 「우상의 눈물」에 대한 주요한 논의로 김인환은 「주제와 변형」(『우상의 눈물』 해설, 민음사, 1980)에서 제도화된 권력이 제도 바깥의 폭력을 누르고 승리하는 사건이 입사(入社)의 한 계기라는 점에서 「우상의 눈물」을 입사소설로 분류하며, 화자 '나'는 한 걸음 더 나아가 소시민의 위선적이고 악랄한 전략을 간파하고 있음을 지적한다. 신재성의 「한국 사회의 병폐와 소설적 대응」(『우상의 눈물 외』해설, 한국소설문학대계 47, 동아출판사, 1995)은 학교를 배경으로 하는 다른 소설들과 함께 「우상의 눈물」이 교육 현장 자체로서의 개별적 형상과 우리 사회의 한 축도라는 보편적 형상을 동시에 지니고 있음을 밝힌다. 권명아의 「덧댄 뿌리에서 참된 뿌리로」(『작가세계』, 1996년 봄호)는 「우상의 눈물」이 '타협의 미덕'을 통해 허위와 위선의 세계를 확장시키는 선악 이데올로기가 학교에서 재생산되는 과정을 치밀하게 탐구했다고 평가한다. _이수형

이병주

변명(辨明)

『역사를 위한 변명』은 마르크 블로크의 미완의 저작이다. 먼저 나는 그 제목에 마음이 끌렸고 읽어선 그 내용에 감동했고 그의 생애의 대강을 알고는 그를 사랑하고 존경하기에 이르렀다.

내가 『역사를 위한 변명』을 통해 마르크 블로크를 알게 된 것은 1966년 7월이다. 그 무렵 H신문이 '전후 20년 만에 처음으로 밝혀진' 것이란 타이틀을 달고 2차대전 중 일본의 군인 군속으로 끌려가 전몰한 동포들의 명단을 발표하고 있었다. 그 명단을 읽은 감상이 블로크를 읽은 감동과 얽혀 나는 내 스스로 역사를 위한 변명을 모색해보고 싶은 충동을 느꼈었다. 허나 이 얘기는 뒤로 미루기로 하고 마르크 블로크란 인물을 이 기회에 소개해놓고 싶다.

1939년 2차대전이 발발하자 여섯 아이의 아버지며 나이가 이미 53세를 넘은 블로크는 소르본 대학의 교수인 신분으로 일개 대위로서 자진 군에 입대했다. 불란서가 항복한 뒤 곧 항독 운동(抗獨運動)에 참가, 리옹 지방 레지스탕스의 지도자로서 활약했다. 그러다가 게슈타포에 체포되어 1944년 6월 16일 나치스의 흉탄을 맞고 생을 마쳤다.

기록은 그의 최후를 다음과 같이 전한다.

---

* 「변명」은 『문학사상』 1972년 12월호에 발표되었다. 여기서는 『알렉산드리아』(이병주 대표중단편선집, 책세상, 1988)에 수록된 것을 텍스트로 삼았다.

1944년 6월 16일 27인의 불란서인들이 몽류크의 감옥으로부터 끌려 나와 리옹 북방 50킬로의 상거에 있는 레 뤼세유란 곳으로 연행되었다. 일행 가운데 발랄하고도 날카로운 눈초리의 은발의 노인이 한 사람 끼어 있었다. 그 노인 곁에 열여섯 살의 소년이 공포에 질려 부들부들 떨고 있으면서 "아플까요?" 하고 물었다. 은발의 그 노인은 소년의 손을 꼭 쥐곤 애정 어린 어조로 말했다. "아프지 않다. 아플 까닭이 없다." 그리고 그 노인은 제일 먼저 총을 맞고 "불란서 만세"를 외치면서 쓰러졌다. 이것이 독일군에 의해 총살당한, 불란서가 세계에 자랑으로 하는 위대한 역사가 마르크 블로크의 최후의 순간이다.

마르크 블로크는 자기의 저서를 "아버지, 역사가 무슨 소용이 있어요?" 하는 어린이의 질문으로부터 시작해선 『변명』을 쓰게 된 동기와 이유를 설명한다.

끊임없는 위기 속에 있는 어지러운 사회가 자기 자신을 의심하기 시작할 적마다 그들은 과거를 거울로 삼은 것이 정당한 일이었던가, 또 충분히 과거를 참고로 했던가를 자문자답한다. 극적 사건의 소용돌이 속에서 나는 거짓이 없는 그 반향을 포착할 기회가 있었다. 그것은 1940년 6월의 일이다. 내 기억에 틀림이 없다면 독일인이 파리에 입성한 바로 그날이 아니었을까 한다. 군대를 잃은 참모 본부는 매일 무위(無爲) 속에서 나태하게 보내고 있었다. 풍광(風光) 아름다운 노르망디에서 우리들은 재난의 원인을 몇 번이고 되풀이하며 마음속에서 묻고 있었다. '역사가 우리를 기만했다고 생각해야 될 것인가.' 우리들 가운데의 한 사람이 중얼거렸다. 원숙한 그 어른의 번민이 '역사가 무슨 소용이 있을까요?' 한 어린이의 단순한 호기심과 겹쳐 내 앞에 문제로서 나타났다. 나는 그 어른의 고뇌와 그 소년의 호기심 쌍방에 답안을 준비하지 않을 수 없는 심정이 되었다.

그의 심정을 내 나름대로 풀이하면 이렇게 된다. 역사가 가능하자면, 아니 역사가 믿을 수 있는 것으로 되려면 그것이 정의의 방향, 진리의 방향으로 움직여가야 한다. 또한 역사가 인생에 유익한 것이 되자면 그 교훈이 살아, 보람있게 작용을 해야 한다. 그런데도 눈앞엔 패리(悖理)의 상황이 펼쳐지고 불의의 경향으로 역사가 전개되지 않는가. 이것은 반드시 충격이 아닐 수 없고 그 충격이 그 사람들의 가슴마다에 역사에의 불신을 심고 역사에의 회의를 싹트게 한다. 마르크 블로크는 '그러나 그렇지 않다'고 외치고 싶었고 그 외침이 『역사를 위한 변명』으로 나타난 것이다.

하지만 나는 그의 책에서 역사를 불신해선 안 된다는 안타까움을 읽을 수는 있어도 역사를 신뢰해야 한다는 그의 교훈에 설복될 수는 없었다. 역사를 위한 변명을 쓰고자 한 그의 심정은 이해할 수 있었지만 설혹 그 책이 미완으로 끝나지 않고 완성을 보았다고 해도 그가 목적으로 한 변명은 무망한 것으로 느껴졌다.

"역사의 대상은 인간이다…… 풍경, 기계, 제도의 배후에서 역사가 파악하고자 하는 건 인간들이다."

그는 이렇게도 말했지만 마르크 블로크는 자기의 비극적 죽음을 예증으로 해서 역사를 위한 변명의 불모성을 스스로 증명하고 만 셈이다. 인생의 원통함을 구제하지 못한 채 파악되는 인간이란 해부대에 놓인 시체일 뿐이다. 역사는 비정의 학문으로선 가능할진 몰라도 칼로 찌르면 선혈이 터져 나오는 인간이 그 변명을 써야 할 성질의 학문은 못 된다. 마르크 블로크의 죽음과 그와 유사한 죽음을 역사는 어떠한 설득력으로서 변명할 수 있단 말인가. 내가 마르크 블로크의 책을 언제나 되풀이해 읽는 것은 그러니 그의 물음의 진지함에 있는 것이지 그의 논증이 훌륭한 탓은 아니다. 내가 그를 존경하고 사랑하는 것은 불신하면서도 역사를 외면하지 못하고 회의하면서도 역사 속에 답을 찾고자 하는 마음을 지워버릴 수 없는 탓이며 '역사가 우리를 기만하고 있다고 생각해야 할 것이 아닌가' 하는 질문을 그와 더불어 나누고 있는 시간이 내겐 그지없이 소중한 시간이 되기 때문이다. 그의 유언의 1절에 다음과 같은 것이 있다.

나는 생애를 통해 표현과 사상의 성실을 위해서 최선을 다했다. 나는 선량한 불란서인으로 살았으며 선량한 불란서인으로 죽는다.

20년 만에 밝혀진 전몰자 명단을 읽으면서도 나는 그다지 충격을 받지는 않았다. 가깝게 6·25 동란의 쓰라린 기억이 있었고 20년이란 세월이 흐른 탓인지도 몰랐다. 다만 나는 역사를 위한 변명이 가능하자면 이들 전몰자들의, 그 죽음의 의미가 그들의 죽음을 보상할 수 있게 밝혀져야 한다는 생각을 해보았다.

일본의 공식 발표에 의하면 2차대전 중에 동원된 한국인의 수만 22만, 그 가운데 2만 2천 명가량이 전사했다. 그 일부인 2천 3백 15명의 명단이 밝혀진 셈인데 그 유골은 일본 후생성(厚生省) 창고에 먼지를 뒤집어쓴 채 방치되어 있다고 했다. 그날 나는 일기에 다음과 같이 썼다.

"미군의 특수 부대가 6·25 때 전사한 그들 동포의 유골, 또는 시체를 찾기 위해 이 나라 방방곡곡을 헤매고 있는 광경을 목격한 적이 있다. 그들은 그렇게 해서 찾은 유골, 또는 시체를 일본 고쿠라, 요코하마 기지로 옮겨가서 정중하게 선별(選別) 납관한 뒤 성조기를 둘러 본국으로 송환하는 것이다. 인간을 존중한다는 것은 사자(死者)까질 존중해야 한다는 정성을 나는 거기서 배웠다. 일본은 십여 년의 시간과 막대한 비용을 써서 태평양 전역(全域)에 걸쳐 그들 전사자의 유골을 찾았다. 단 1구의 시체가 있다는 정보를 듣고 남방의 정글을 수십 명의 조사원이 헤맸다는 기록을 나는 가지고 있다. 2차대전 때 전몰한 동포의 수는 2만이 넘는다고 하는데 겨우 2천 수백 명의 명단이 밝혀졌을 뿐 아니라 그나마도 그 유골이 전쟁이 끝나고도 20년 동안 일본 후생성 창고에 방치되어 있다고 하니 기가 막힌다. 살아 일제의 무자비한 마수에 번롱(翻弄)당하고, 가혹한 운명 속에 죽어서 20년이란 장장한 세월 동안 창고의 먼지를 쓴 채 있어야 하다니 참으로 억울하기 짝이 없는 영혼들이다. 『예기(禮記)』에 '사이불황(死而不荒)'이란 말이 있는데 이들이야 말로 죽어도 죽을 수 없고 죽어 눈을 감을 수 없는 '사이불황(死以不葬)'의 망자(亡者)들이다……." 일기는 이 정도로 끝내버렸지만 나의 감상은 꼬리에 꼬리를 물고 서렸다. 나는 다시금 명단

(名單) 위에 눈을 쏟지 않을 수 없었다. 알 듯 말 듯한 이름들이 시각과 뇌리 사이로 간혹 왕복했기 때문이다.

성명이 있고 본적이 있고 전사한 곳이 적혀져 있었는데 성은 일본식이고 이름은 한국식인 것이 눈에 거스르면서 야릇한 감회를 돋구기도 했다. 그런데 전사한 지명이 다양했다. 가장 빈번히 나타나는 지명이 필리핀과 유황도(硫黃島)였다. 그 밖에, 영인, 트라크, 나울, 사이판, 파라오, 뉴기니어, 웨이크, 뉴브리텐, 인도네시아, 마카사르, 발리, 셀레베스, 브라운, 마로에라프, 솔로몬, 말레이, 비스마르크…… 등 태평양 전역의 도서 이름이 차례로 나타나 있었다. 나는 그 인명과 지명들을 읽어내려가며 나도 모르게 뺨에 눈물이 흐르고 있는 것을 느꼈다. 태평양에 점재(點在)한 섬마다에 우리 동포의 핏자국이 있다는 느낌, 태평양 바다 깊이 물고기가 뜯어먹다 만 앙상한 뼉다귀가 깔려 있다는 느낌! 나는 선뜻 이러한 대화를 연상해 보았다. 그 대화란—

"이웃집 아저씨는 전쟁터에서 돌아오셨는데 십 년이 넘도록 우리 아버지는 왜 돌아오질 않죠?"

열두세 살 되는 딸의 물음을 받고 어머니는 조용히 말한다.

"너의 아버지는 태평양 넓은 바다, 그 바다 밑을 걸어서 오시느라고 이렇게 늦단다."

그런데 그들의 죽음의 의미는 무엇일까. 전연 무의미한 것일까. 그렇다면 사람이 그처럼 무의미한 죽음을 할 수 있을까. 인류를 위한 희생도 아니고 조국을 위한 봉사도 아니고 어떤 사상, 어떤 신념을 위한 순교도 아니다. 변명할 여지도 없는 노예로서의 죽음일 뿐이다. 사람이라면 본의 아니게 전쟁에 끌려 나가선 안 되는 것이며 누구를 위해 무엇을 하라는 명분이 뚜렷하지 못할 땐 무기 따위를 들어선 결단코 안 된다. 이것이 사람으로서의 최소한도의 각오라야 한다. 이왕 죽어야 할 바엔 항거하다가 죽어야 옳다. 노예의 죽음보다 비참한 죽음은 다시없다. 그러면서도 이러한 다짐이 무력한 푸념밖엔 더 될 것이 없다는 걸 내 자신 잘 알고 있다. 나는 '카이로 선언'이 있고 난 후에 일본군에 끌려간 비굴한 놈이다. 그런 까닭에 해롤드 래스키의 다음과 같은 문장은 비수로 우리의 심장을 에는 내용으로 된다.

"전 세계에 걸쳐 오늘날 청년들은 죽음의 문전에 서 있다. 몇 백만이란 청년들이 아직 성년에도 미달한 그 생명을 자유를 위해서 바치고 있다. 이 꿈을 위해서 이미 수백만의 청년이 죽어갔는데 전쟁이 끝날 무렵엔 보다 더한 수의 청년이 죽어 있을 것이며 혹은 장님이 되고 귀머거리가 되고 불구자가 되어 이 인생에 있어서의 아름다움과 완전히 격리된 채 그 여생을 보내게 될 것이다. 전 세계의 청년이 그 생명, 그 소유물 일체를 바치도록 요구당한 것은 우리들의 생애에 있어서 이번이 두번째다. 그들은 그들 자신이 일으키지도 않은 전쟁 속에 고투하고 있다. 그리고 전쟁의 결과에 아마 대부분은 참여하지도 못할 것이다. 그들이야말로 그들 자신이 만든 것이 아닌 운명의 희생이며 자신들의 선택을 거부당한 운명의, 그 제단에 바쳐진 제물들이다…… 그들의 과감한 투쟁을 볼 때 현대 청년 앞에 마음으로부터의 겸허를 느끼지 않을 사람은 없을 것이다. 그들은 용기를 가지고 전쟁터로 나갔다."

이것은 연합국의 청년들에게 대한 찬사다. 우리들은 그 연합국 청년들을 도살(屠殺)하고 세계를 정복하려고 서둔 흉악한 하수인들 편에 서서 총을 들었던 것이다.

이런 생각을 하다가 나는 지금 이렇게 그 명단을 지켜보고 있는 나와, 이미 백골이 되어버린 그들과의 차위(差違)에 생각이 미쳤다. 어떤 사람은 생자(生者)와 사자(死者)와의 차이를 폭탄이 떨어진 곳에 있었다는 것과 그곳을 살큼 피했다는 것과의 차이밖엔 안 된다고 했는데 나는 그보다도 더욱 사소한 차이라는 것을 발견했다. 일본 참모 본부에 있는 어떤 장교의 연필 끝의 장난일 뿐이다. 그 연필 끝이 어떤 사람들은 태평양으로 보내고 나는 중국 소주(蘇州)로 보냈다. 그 연필 끝의 역사를 어떻게 설명할 것인가. 마르크 블로크는 그래도 역사를 위한 변명을 고집할 수 있을 것인가. 마르크 블로크는 "있다"고 대답한다. "서둘러선 안 돼. 역사는 변명돼야 해." 그의 근엄한 소리가 들려오지만 변명되어야 한다는 것과 변명할 수 있다는 것과는 다르다.

그때 H신문의 명단 발표는 일주일 동안의 연재 발표였다. 나는 매일처럼 그 명단을 살피고 있었는데 마지막 부분에 단 한 사람, 본적도 전사지명도 밝히지 않고 일본식 성명이 아닌 한국식 그대로의 이름만으로 있는 것이 눈에 띄었다. 그 이름이 탁인수(卓仁秀)였다.

탁인수! 나는 벼락을 맞은 사람처럼 심장의 경련을 느꼈다. 나는 가까스로 숨을 몰아쉬며 중얼거렸다.

'과연 바로 그 탁인수일까?'

1945년 8월 하순, 중국 소주의 하늘은 연일 화려하게 맑았다. 여름의 열기가 흥분된 내 마음에 서려 나의 회상 속에 나타나는 그 하늘의 푸르름은 거의 보랏빛으로 아름답고 은빛을 언저리로 한 하얀 뭉게구름은 소년의 꿈처럼 황홀하기도 했다. 얼마간의 외포(畏怖)가 섞인 미래에 대한 부푼 기대는 썩어가는 풀잎 내음에도 인생의 향기를 맡았고 구슬땀이 얼굴을 구르는 더위에도 생명력의 약동을 느꼈다. 일본의 항복, 조국의 해방이란 엄청난 사실이 역사라는 작용을 실감케 했고 일본의 용병(傭兵)이란 처지로부터 벗어난 해방의 뜻이 감당하기 어려운 감동으로 치밀어올라 가끔 눈에 눈물이 고였다. 아직 일본의 군복을 입고 있을망정 나의 마음은 이미 자유인이었다. 날개를 달고 하늘을 나는 꿈을 밤마다 꾸었다.

이러한 어느 날 나는 부대장 부관(副官)인 야마사키 중위의 부름을 받았다. 야마사키는 대학에서 사학(史學)을 공부한 간부 후보생 출신의 장교였다. 나와는 간혹 어울려 잡담을 하는 그런 사이였다. 화제에 38선 문제가 올랐다. 그러고 나서 야마사키는 나더러 부대의 기밀문서를 소각해달라는 부탁을 했다. 기밀문서는 거의 반 트럭이나 될 만큼한 부피였다. 부대원이 고작 4백 명 안팎인데 웬 기밀문서는 이렇게 많으냐고 빈정댔더니 야마사키는, "일본군대가 주로 페이퍼 플레이만 한다는 걸 이제사 알았나" 하곤, 덧붙였다.

"한 장 남기지 말고 완전 소각을 해주게."

나는 병정 세 사람을 시켜 그 문서의 더미를 제철 공장(蹄鐵工場) 후면에 있는 방공호 근처로 옮겼다. 그 방공호는 미완성인 것이어서 지붕이 덮여 있지 않았다. 그 속에서 문서를 태우고 난 뒤 흙으로 방공호를 메워버릴 작정을 세웠다.

기밀문서라고 했지만 대단한 건 아니었다. 일일명령철, 작전명령철이 대부분을 차지했고 하드커버로 장정된 전훈철(戰訓綴)이란 것이 십수 권 있었고 그 밖엔 잡서류였다.

일일명령철이란 인사명령, 근무명령 등을 모은 것이고 작전명령이래야 신편사단(新編師團)에의 병력 차출, 분견대의 배치, 출동에 관한 명령, 연습에 관한 명령 등으로 이곳 저곳 책장을 넘겨보아도 별반 흥미 있는 것이 눈에 띄지 않았다. 나는 그 명령철과 잡서류를 먼저 태우라고 이르고 제철 공장의 그늘에 앉아 전훈철을 뒤졌다.

전훈이란 일본군대에 있어서의 관보(官報)다. 하사관 이상의 인사 동정, 즉 승진과 보직 내용이 소상하게 기록된 부분도 있고 대소 전투의 상황을 요령 있게 기록한 부분도 있었다. 그 밖에 군사 시설, 교육 방법에 관한 지침 같은 것도 있었다. 가령 이런 따위의 기사도 있다. 유황도에서 철근 콘크리트의 토치카를 만들었는데 몇 십 센티 이상의 두께를 가진 것은 직격탄에 의하지 않곤 파괴되지 않았고 그 이하의 것은 주변에 낙하된 폭탄의 폭풍으로 붕괴되었다. 그러니 앞으로 만드는 토치카는 이러이러하게 만들도록 설계도와 재료표를 붙여 지시한다…….

대본영(大本營) 발표라고 해서 허무맹랑한 거짓 선전을 하고 있던 일본군도 이 전훈에서만은 거짓을 하지 않았던 모양이다. 나는 그 전훈철을 통해서 6개월 전 부대에서 출발한 주정중대(舟艇中隊)가 양자강 상류에서 전원 익사한 사실을 알았고 바로 몇 달 전, 소주로부터 얼마 되지 않은 지점에서 제47부대가 신사군(新四軍)의 습격을 받고 대손해를 본 적이 있다는 사실도 알았다. 이렇게 흥미에 이끌려 책장을 넘기고 있는데 돌연 군법 회의 기록이란 것이 눈에 띄었다. 얼핏 보니 거기 한국인의 이름이 나타나 있었다. 나는 읽다가 말고 병정들이 눈치 채지 않게 그 부분을 뜯어 호주머니에 집어넣었다. 그리고 또 그런 것이 없는가 하고 바쁘게 전훈철을 뒤지고 있는데 병정들의 소리가 들렸다. 먼저 것은 다 태웠으니 나머지를 태우자는 것이다. 나는 병정들을 보고 가져 가라고 일렀다. 야물지게 장정되어 있는 것이 돼서 태우기가 힘들었다. 나는 한 장 한 장 찢어서 불 속으로 던져지는 전훈철을 보며 아쉬움을 느꼈다. 다시없는 역사의 자료가 될 수 있을 것이란 생각에서였다.

"제기랄! 이렇게 태워 없앨 걸 야물지게도 해놨네"
하고 하나의 병정이 투덜댔다.

"이처럼 앞을 못 보는 놈들 밑에 절절맸다고 생각하니 어이가 없군."
다른 하나의 대꾸였다.

기밀문서 소각 작업은 꼬박 세 시간이 걸렸다. 작업이 끝나면 자기 방으로 와서 술이라도 한잔하자는 야마사키의 청이 있었지만 나는 호주머니 속의 문서가 마음에 걸려 그것을 읽을 장소를 물색하기에 바빴다.

나는 전에 내가 맡아 하던 소모품 창고를 택했다. 나는 창고의 문을 잠그고 광선이 잘 들어오는 구석진 곳을 골라 앉아 그 서류를 꺼냈다.

제목은 「탁인수 군법회의 기록」이라고 되어 있었고 사건 경위는 다음과 같이 적혀 있었다.

성명 탁인수. 본적 경북 ×군 ×면 ×리. 생년월일 대정(大正) 10년 ×월 ×일. 학력 동경 W대학 경제학부 졸. 이자는 소화(昭和) 19년(1944년) 1월 20일 조선 용산부대를 거쳐 동년 2월 5일 중지(中支) 파견군 제70사단 제21부대에 입주 상주(常州)에서 초년병 교육을 마치고 동년 7월 진강 분견대에 파견되자 일주일 후인 7월 17일, 부대를 이탈 중국 충의구국군(忠義救國軍)으로 분적(奔敵) 황군(皇軍)의 기밀을 팔아 충구군 참령〔少佐相當階級〕으로 임명되어 이적 행위를 거듭했음. 그러고는 소화 20년(1945년) 1월, 조선인을 규합하여 충구군 내에 조선인 부대를 만들 목적으로 상해에 잠입, 인원 포섭과 자금 조달의 공작을 시작했음. 그동안 십수 명의 조선인을 포섭(人名 省略), 야간의 지금도 모있는네 이 동태를 찰지(察知)한 상해 화성돈로(華盛頓路) ××번에 거주하는 조선인 장병중(張秉仲)이 제보해왔으므로 2월 3일 오전 7시 장강반점(長江飯店)에 투숙 중인 것을 상해 헌병대가 체포했음.

이어 군법 회의장에서의 문답 내용이 있었는데 그 가운덴 이런 응수가 있었다.

문＝탈출한 동기는 무엇이냐.
답＝나는 입대할 때부터 탈출할 기회만 노려왔다.
문＝동기와 이유를 말하라니까.
답＝조선인이 일본의 병정 노릇을 할 수 없다는 신념이 탈출의 동기이고 이유다.
문＝너는 조선인이 일시동인(一視同仁)의 혜택을 받고 있는 사실에 감사하게 생각하지 않는가.
답＝나는 일본을 조국의 원수라고 생각한다.
문＝너는 조선 독립이 가능하다고 보는가.
답＝가능하건 않건 꼭 독립을 해야 한다고 생각한다.
문＝조선 독립이 목적이면 조선 독립을 위한 단체로 갈 것이지 왜 충의구국군으로 갔느냐.
답＝중경은 멀어 가기가 힘들었기 때문에 방편상 충의구국군에 편입을 했다.
문＝충의구국군 따위의 잡군이 조선 독립에 도움이 되리라고 생각했던가.
답＝독립운동은 우리가 할 일이지 충의구국군이 할 일이 아니다.
문＝네가 가담한 충의구국군의 본거는 어디에 있으며 사령관은 누구냐.
답＝답할 수 없다.
문＝왜 답할 수 없느냐.
답＝동맹군의 정보를 알릴 수 없다는 군인의 본분으로서 말할 수 없다.
문＝네가 포섭한 조선인의 이름을 대라.
답＝말할 수 없다.
문＝네가 순순히 본 법정이 묻는 말에 대답하고 반성하는 빛이 있으면 너는 살 수 있고 그렇지 않으면 죽음이 있을 뿐이다. 삶과 죽음 가운데서 어느 편을 택할 것이냐.

답＝나는 죽음을 택하겠다.

문＝또 할 말이 없는가.

답＝너희들이 조금이라도 도의를 안다면 나를 죄인 취급할 것이 아니라 일단 포로로 취급하라고 요구도 했겠지만 그런 도의가 있는 놈들 같지 않으니 할 말이 전연 없다.

문＝너는 가족을 생각해본 적이 있는가. 너의 불충 불효 불손한 행위가 너의 가족에게 미칠 화를 생각해본 적이 있는가.

답＝나의 불효는 장차 역사가 보상해주리라고 믿는다.

적전(敵前) 부대 이탈, 분적, 이적 등의 죄명으로 판결은 사형. 1945년 6월 15일 상해 경비사령부에서 법무장교 입회하에 교수형 집행이란 대목으로서 그 문서는 끝나고 있었다.

나는 넋을 잃고 앉아 있었다. 편편(片片)한 관념의 조각이 휘날릴 뿐 하나의 상념으로 이어지질 않았다. 탁인수란 이름이 뇌리에 꽉 차게 확대되기도 하고 장병중이란 이름이 그것에 겹쳐지기도 했다. 6월 15일이라면 그땐 나는 상숙(常熟)이란 곳에서 미군의 상륙에 대비한 진지 구축을 하고 있었을 무렵이다. 불과 두 달 남짓한 시간, 그 시간만 용케 견딜 수 있었더라면 탁인수는 그가 그처럼 바라고 애썼던 조국의 해방을 보았을 것이다. 나는 8월 15일 역사를 실감했다. 탁인수는 자기의 불행을 역사가 보상할 것으로 믿고 죽었다. 나는 내가 실감한 역사라는 것이 보잘것없는 감상이란 걸 알았다. 그 엄숙한 탁인수의 역사 속에 내가 기어들 지리는 없었다. 나는 한 마리의 버러지에 불과했다. 어둠이 창고 안에 기어들자 나는 대강의 사항을 수첩에 적어놓고 그 문서를 가루가 되도록 찢어 마루청 틈서리에 버렸다.

창고에서 나와 노을이 짙은 영정(營庭)을 걸어가다가 나는 큰 실수를 저질렀다는 뉘우침을 깨달았다. 그 문서를 없애버려선 안 되는 것이었다. 나는 그 문서를 한 자 틀림없이 내 기억 속에서 재생할 수 있다는 자신을 가졌고 그것을 믿고 한 짓이었지만 내 기억만으로 대처할 수 없는 국면이 반드시 있을 것이었다. 그 문서는 증거 자료로서 보존했어야 옳았다.

그렇게 되고 보니 내가 읽은 내용을 경위 설명과 함께 친구들에게도 얘기할 수 없게 되었다. 왜 그 문서를 없애버렸느냐는 힐난이 있을 것이었다. 항복한 일본군대 내에서 그만한 부피의 문서를 간수하기란 어렵지 않았으니 명령이면 그대로 복종해야 하는, 어느덧 몸에 배어버린 습성이라고 나의 실수를 설명하기란 힘들었다.

이러한 가책이 커감에 따라 나는 하필이면 야마사키 중위가 내게 왜 일을 시켰을까 하는 생각으로 번졌고 그것이 단순한 우연이라고 치더라도 그 우연엔 나의 지각을 넘은 곳에 있는 어떤 의미가 있는 것이라고 믿어졌다. 장병중이란 자를 찾아내서 그를 징벌하라는 섭리의 명령일지도 몰랐다. '나의 불효를 역사가 보상한다'고 탁인수는 그의 최후 진술에서 말했는데 역사가 그의 불행을 보상하기 위해선 나의 역할이 필요하다는 뜻으로도 해석될 수 있었다.

H신문에 발표된 명단의 맨 끝에 있는 탁인수란 이름을 보고 심장의 경련을 일으킬 정도로 놀란 것은 이런 까닭이 있어서였다.

'그런데 과연 그 탁인수일까?'

한 가닥 의혹은 남았다.

1945년 9월 초, 나는 한국 출신의 학도병(學徒兵) 30여 명과 함께 소주에서 현지 제대를 하고 상해로 갔다. 처음으로 보는 국제도시 상해의 경관(景觀)에도, 그 이색적인 풍물에도 나의 마음은 끌리지 않았다. 장병중이란 이름이 가슴 한가운데 걸려 있었기 때문이다. 나는 우선 어떤 사람의 호의로 쟈포로〔乍浦路〕에 거처를 정했다. 상해의 지리에 익숙하길 기다려 소재를 확인할 작정이었다. 그랬는데 뜻밖인 기회에 장과 대면하게 됐다.

서(徐)라고 하는, 나와는 동향인 교포가 하룻밤 한국 요정인 금강주가(金剛酒家)에 나를 초청했다. 나는 두 사람의 친구를 데리고 그 장소에 갔다. 서는 세 사람의 손님을 동반하고 기다리고 있었다. 서로 인사를 주고받고 보니 그 가운데에 한 사람이 장이었다. 나는 전신이 경직(硬直)되는 듯했다. 서라는 동향인도 장과 한패로구나 하는 생각이 들자 도저히 그 자리를 견딜 수가 없었다. 그러나 참아야 했다. 천재일우라고 할 수 있는 이 기회에 장이란 자의 거동을 냉철히 관찰해야겠다고 다짐했다.

장은 서른대여섯으로 보였다. 회색 플란넬의 즈봉 위에 곤색 상의를 입고 격자무늬의 갈색 넥타이를 매었는데 사파이어 비슷한 넥타이핀이 유난히 눈을 끌었다. 몸집은 약간 뚱뚱한 편이었다. 로이드 안경이 얼굴의 윤곽을 선명히 한 느낌이었고 얼굴의 빛은 반들반들 윤이 나 있었다. 외관으로선 어느 모로 보나 빈틈없는 신사의 차림이었고 의젓한 태도였다. 동포의 애국 청년을 일본 헌병에게 팔아넘길 위인으론 아무래도 보이지 않았다. 동명이인일지도 모른다고 생각을 해보려는데 주고받는 얘기 가운데 화성돈로에 있다는 그의 집 얘기가 나왔다. 집을 팔아야겠는데 중국인들이 정세의 탓으로 값을 낮잡아 본다는 얘기였다. 나는 묘한 압박감을 느끼고 한시라도 그 자리를 피하고 싶은 충동이 거듭 솟구쳐 올랐지만 그 충동을 억제하기로 했다. 장병중은 국제 정세와 국내 정세에 대해서 제법 그의 견식을 과시하려고 들었다. 그러면서 중경에 있는 임시 정부에 정치 자금을 대주었다는 자랑을 말 가운데 은근히 섞기도 했다.

"애국자가 상해에서 살기란 광대 줄타기보다 더 아슬아슬한 노릇이었습니다. 독립운동을 도와야 하는데 일본놈들의 감시가 여간 심하지 않았으니까요."

이렇게 말하며 숨은 애국자로서 고생이 많았다는 듯 그는 사뭇 심각한 표정을 짓기도 했다. 그러나 장의 그런 포즈에 탁인수가 넘어갔을 것이라고 생각했다. 독립운동자인 척하는 그 포즈를 믿고 탁인수는 사정을 통했을 것이다. 장은 그런 포즈를 미끼로 많은 애국 청년을 유도해선 일본 헌병에게 넘기고 그 대가로 풍족한 물질적 생활을 해온 것이란 짐작도 들었다. 나는 보기 좋게 술잔으로 그 면상을 후려갈겨놓고 그의 죄상을 폭로할 수 있으면 얼마나 후련할까 하는 생각을 뇌뇌이면서도 그럴 용기가 없는 나 자신이 너무나 안타깝고 억울했다. 내가 만일 그런 태도로 나갔다간 생명이 없어질 것이라고 판단할 수도 있었다. 증거 없는 발언은 모함이라고 되잡힐 것이고, 상해의 그 무렵은 사람을 죽이기란 간단한 일이었다.

술자리가 익어가자 장은 멋진 사교춤 가락을 보였다. 여자를 다루는 솜씨가 보통이 아니었다. '나의 불효는 장차 역사가 보상할 것이다.' 탁인수의 말이 또렷또렷 뇌리에 새겨졌다. 그런데 그날이, 그 보상이 언제 이루어질 것일까. 동포의 애국 청년을 죽음의 구렁텅이에 몰아넣고 그 대가로 사파이어의 넥타이핀으로 치장하곤 멋진 춤가락을 보이며 여자들과 희희낙락하는 장병중의 거동을 보고 있으니 아무리 참으려고 해도 견딜 수가 없었다. 현기증이 났다. 기분이 좋지 않으니 돌아가 쉬어야 되겠다면서 나는 자리에서 일어섰다. 서가 만류를 했다. 그 꼴마저 보기가 싫었다. 나는 친구들은 남게 하고 굳이 그 자리에서 빠져 나왔다. 장이 문간에까지 따라나왔다. "앞으로 서로 협력해서 건국 운동에 힘씁시다." 진정 귀를 씻고 싶은 장의 말이었다. 장병중이 내 어깨에 손을 얹을 것 같아서 나는 질겁을 했다. 현기증이 심하다는 듯 표정을 꾸미고 장이 청해 온 악수를 가까스로 피하곤 강금주가를 뒤로 했다. 거리로 나와서야 나는 비로소 깊은 숨을 내쉬었다.

초가을의 상해의 밤. 자동차와 인력거와 사람들이 붐비고 있는 거리를 나는 혼자 걸어 브로드맨션 앞을 지나 가든 브리지에 섰다. 황포강(黃浦江) 어두운 수면에 상해의 불야성이 비치고 있었다.

그때에 떠오른 상념을 모조리 기억할 수는 없다. 다만 탁인수를 대신해서 장병중에게 보복할 책임이 내게 있다는 자각과 다짐을 굳힌 기억만은 지금도 생생하다. 가든 브리지의 난간 이곳저곳에 기대서서 고랑(姑娘)과 키스하고 있는 미군 병사들이 보였다. 인력거에 인력거의 차부를 태우고 끌고 가는 미군 병사의 장난스러운 모습도 보였다. 그날 밤 나는 백계 로인(白系露人)의 할머니가 경영하는 술집을 찾아 보드카를 마셨다. '타챠나'라는 그집 손녀는 『죄와 벌』의 소냐처럼 가냘프고 아름답고 창백한 소녀였는데 내게 '오오첸 하라쇼'란 러시아어를 가르쳐주었다.

"오오첸 하라쇼! 영어론 베리 굿이란 뜻예요. 베리 굿, 트레 비앙보다 훨씬 이 말이 좋죠? 오오첸 하라쇼!"

10월 중순, 중경으로부터 이연호(李然浩) 장군이 상해로 왔다. 이장군은 장개석 총통의 고문으로 계셨다. 그 본명은 이상천(李相天). 무인이며 문인인, 시인 이상화(李相和), 역사학자 이상백(李相白) 선생의 백형이다. 나와는 초대면이었으나 집안의 어른을 대니 우리 집안 어른과는 친숙한 사이라고 했다. 그분에게만은 나는 집안의 어른에게 대하듯 어리광을 피울 수 있었다. 어느 날 나는 탁인수의 사건을 얘기하고 장병중이 현재 상해에 있다는 사실도 알리고 나의 도의적인 책임 같은 것도 말해보았다. 이장군은 묵묵히 한동안을 앉아 있더니 입을 열었다.

"지금은 보복할 때가 아니고 지켜볼 때다. 지금 보복이 시작되면 나라의 일은 뒤죽박죽이 된다. 왜놈의 밀정은 장병중 하나만이 아니다. 이 상해에는 왜놈의 밀정이 우글거린 곳이다. 물론 도의적인 책임감을 포기해선 안 된다. 나는 자네보다 수십 배나 많은 밀정을 알고 있고 수십 건 증언해야 할 사건을 가지고 있다. 그러나 상해에서만은 그런 일을 잊고 지내도록 하자."

그러고는 이렇게 덧붙였다.

"그런데 보복이나 복수라는 건 사람의 힘으론 비겁한 노릇이다."

나는 그와 비슷한 뜻의 말이 톨스토이의『안나 카레니나』권두에 있다면서 외어 보였다.

"원수는 내게 있다. 내가 갚을 것이다."

"그런 게 있었지, 바로 그거다."

이장군은 호방하게 웃었다.

나는 당분간 탁인수의 사건과 장병중이 이름을 묻어두기로 했다. 그러나 때때로 그 사건과 그 이름은 나의 심상을 흐리게 하는 구름이 되었고 나의 양심을 찌르는 바늘 끝이 되었다.

그 이듬해 2월 나는 고국으로 돌아왔다. 아득히 부산항의 윤곽이 보이기 시작할 때 어쩌면 같은 배를 타고 돌아오게 되었을지도 모르는 탁인수를 생각했다. 같은 배는 아니었지만 동시에 상해를 떠난 다른 배에 장병중이 타고 있는 사실을 나는 알고 있었다. 그것도 우연한 기회에 알게 된 것이다. 나는 그때 탁인수의 고향을 찾아가볼 작정을 했지만 귀국 후에 뒤따른 황망한 나날 속에 그 작정은 묻혀버리고 말았다. 장병중에게 대한 집념도 점차로 희석(稀釋)되어갔다. 그랬는데 어느 날 장 쪽에서 나를 찾았다. 그가 나를 직접 찾아온 것이 아니라 내가 그의 소재를 알려고 하지도 않았는데 우연한 기회에 그가 서울에서 무역 회사를 한다는 사실과 그 주소까지 알게 되고 보니 그가 나를 찾았다는 느낌으로 강세(强勢)되었다는 뜻이다.

그러나 장병중의 소재를 알았다고 해서 어떻게 문제를 만들어볼 방도가 없었다.

그후, 수년이 지나 6·25 동란 당시 나는 부산 광복동 거리에서 장과 지나친 일이 있다. 내가 그를 아는 척할 까닭도 없었고 그가 내게 인사할 까닭도 없었다. 그저 지나친 정도였는데 여전히 형편은 좋은 모양으로 피난민이 우글거리고 있는 거리에선 눈에 띄게 말쑥한 차림을 하고 있었다.

그리고 또 4, 5년의 세월이 흘렀다.

어느날 신문을 펴 들었더니 장병중이 K도의 D군에서 제3대 국회의원 선거에 입후보했다는 기사가 나와 있었다. 나는 공연히 당황하기 시작했다. 이때를 놓치면 탁인수 사건에 대한 나의 도의적 책임을 다할 기회는 영영 없어질 것이란 짐작 같은 것도 들었다. 생각하면 우연이라고 하겠지만 어떤 의미가 있다고 보지 않을 수 없도록 우연은 연속되었다. 탁인수 사건의 문서를 보게 된 우연, 상해에 가자마자 장병중을 만나게 된 우연, 귀국하자 얼마 안 되어 그의 소재를 수월하게 알 수 있었던 우연, 6·25때 광복동에서 지나친 우연 그리고 이 신문 보도를, 수백 명 입후보자에 섞여 깨알만 하게 기재되어 있는 보도를 읽게 된 우연…… 다시 말하면 섭리는 집요하리만큼 우연을 만들어 나의 행동을 재촉하는 것이라고 느껴지기도 했다.

나는 생각다 못해 내가 근무하고 있는 학교에 일주일의 휴가원을 내놓고 K도의 D군으로 갔다. 거길 가서 무엇을 어떻게 하겠다는 계획도 작정도 없었다. 그저 가보지 않을 수 없는 초조감에 강박당한 행동이었다.

K도의 D군은 아담한 산과 들과 강으로 꾸며진 소박한 고장이었다. 나는 읍

내의 중심에 있는 여관에 자리를 잡고 나름대로의 동정을 살폈다. 장병중 외 일곱의 입후보자가 있었는데 대체의 공기로선 지방의 명망가인 C씨라는 사람이 결정적으로 우세했다. 그의 선친이 3·1 운동 당시의 지사인데다가 본인도 부친의 유업을 맡아 일제 시대를 무난히 살아온 사람이고 그 군이 선출해 부끄럽지 않을 정도의 덕망과 능력의 소유자이기도 했다.

내가 그곳에 도착한 이틀만엔가 읍내 국민학교에서 합동 정견발표회라는 것이 있었다. 가장 유망하다는 C씨의 연설은 그저 무난할 정도였는데 장병중이 연단에 서자 군중을 압도하는 듯한 효과를 거두었다. 그는 중국에서 자기가 얼마나 열렬하게 독립운동을 했는가를 신파조 웅변조로 지껄여댔다.

"누구나 말로는 애국한다고 한다. 그러나 애국자라면 실적이 있어야 한다. 실적을 가지고 사람을 평가해야 한다. 나는 생명을 바치고 조국 광복을 위해 싸웠다. 나는 그 대가로서 여러분의 표를 원하는 것은 아니다. 그러한 실적이 있기에 누구보다도 충실한 일꾼이 되리라는 자신이 있기 때문에 여러분의 지지를 바란다."

대강 이런 결론으로 맺어진 연설이었는데 그 연설이 있고부턴 읍내의 공기에 변동이 생긴 것 같았다. "장병중이 애국자다, 그리고 똑똑하다." 이런 말이 술집 한구석에 앉아 있는 나의 귓전을 스쳐가기도 했다.

나는 새삼스럽게 탁인수 사건의 기록을 없애버린 나 자신을 뉘우쳤다. 그 기록만 있으면 그것을 복사해서 군내에 돌려 장의 가면을 갈기갈기 찢어놓을 수 있을 것인데 싶으니 가슴이 무거워 터질 것만 같았다. 뒷일이야 어떻게 되건 시장 한복판에 서서 장의 과거를 폭로해볼까 하는 충동도 일었다. 그러면서도 내겐 그런 용기가 없다는 것을 내 자신 너무도 잘 알고 있는 터였다.

생각한 끝에 나는 내 기억을 되살릴 수 있는 범위에서 탁인수 사건의 기록을 우리말로 재생해보기로 했다. 그것을 재생해서 인쇄물로 만들어 어떤 수단을 써서라도 군내에 돌리기만 하면 효과가 있을 것 같았다. 그 의논을 하기 위해 나는 시울에 가서 옛날 같이 일군(日軍)에 있었던 M이라는 친구를 찾았다. M에게만은 장에 관한 얘기를 한 적이 있었다. M군은 내 말을 듣자 집어치우라고 한마디로 잘라 말했다.

"그렇게 한 뒤의 법률문제가 귀찮아서가 아니라 입후보한 놈들 가운데 장병중이 같은 놈이 어디 한두 사람뿐인 줄 아나? 일제 때 경찰 한 놈도 입후보하고 있고, 일제 때 헌병 노릇 한 놈도 입후보하고 있고 일제에 아부해서 출세하려고 덤빈 별의별 놈들이 입후보하고 있는 판인데 자네가 장병중을 방해한다고 대한민국의 국회가 올바루 될 줄 아나? 내버려둬, 국회가 친일파 민족반역자의 소굴이 되건, 사기꾼의 집합소가 되건."

나는 본래 굳은 각오를 하고 간 것이 아니라 M군으로부터 용기를 얻을 양으로 찾아간 형편이었고 보니 M군이 그렇게 나오는 바람에 기가 꺾이고 말았다.

그날 밤, 다동 어떤 술집에서 M군은 이런 말도 했다.

"보라구, 전쟁으로 파괴된 서울을 재건할 생각은 않고, 시체에 똥파리 엉겨붙듯 이권에만 웅성대는 게 요즘 정치가들의 생리라네."

그리고 우스운 얘기 하나 할까 하고 다음과 같은 얘기를 들려주었다.

"언젠가 대전에서 J당대회가 있었지. 그것을 빈정댄 얘긴데 참 기가 막혀서. 서민들의 비판 의식을 보여준 좋은 예라고 생각했지. 얘기는 이랬어. 대전에서 후레자식들대회가 있었는데 거기서 누가 일등을 했는지 아나? 제 어미를 서방질해서 돈 안 벌어온다고 호되게 두드려 팬 놈이 일등을 했다네."

정치가나 정당이 그만큼 부패했고, 민심을 잃었다는 M군의 결론으로 나는 들었다.

나는 그길로 돌아와버렸다. 선거 결과 장병중은 3위로 낙선하고 C씨가 당선했다는 사실을 알았다. 그로써 반분이나 풀렸다는 기분으로 나는 장병중을 까마득히 잊고 말았다.

'그런데 탁인수가 과연 그 탁인수일까.'

나는 몇 번이고 그 명단을 되풀이해서 보고 또 보고 했으나 본적지도 전사지도 밝혀놓지 않은 이름만의 활자가 명확한 답을 해줄 까닭이 없었다.

그리고 다시 6년이란 세월이 흘렀다. 작년, 그러니까 1971년이 저물 무렵 일본 후생성 창고에 있는 2천여 주(柱)의 유골 봉환 문제가 어느 일각에서 일어나더니 그 가운데의 일부분이 돌아오게 되었다는 보도가 있었다. 나는 그 일을 서둘고 있는 J씨를 찾아가서 무슨 수단을 부려서도 탁인수의 유골만은 이번에 돌아오는 유골 가운데 끼도록 해달라고 부탁했다. 드디어 작년 11월 20일, 246위의 유골이 돌아왔다. 다행하게도 탁인수의 유골이 그 속에 끼어 있었다.

그 유골이 돌아오고 나서야 비로소 탁인수가 바로 그 탁인수라는 것을 확인할 수가 있었다. 일제에 항거한 탓으로 해방 두 달 전에 참살당한 그의 영혼이 26년 동안 이역에서 방황하다가 드디어 고산(故山)의 품에 묻히게 된 것이다.

동시에 탁인수에겐 입대 전에 결혼한 부인이 탁인수의 유복자를 성인시키고 그냥 수절의 생활을 하고 있다는 사실도 알았다. 자그마하나마 26년 전 같은 운명에 묶였던 친구들의 정성으로 부산항을 굽어보는 양지바른 언덕에 순국열사로서의 그를 송덕하는 비를 세웠다.

그러나 나는 내게 과해진 문제가 낙착을 보았다고는 생각하지 않는다. 사람이 사람답게 살 수 있는 세상이 되려면 인과의 법칙이 일월성신(日月星辰)의 운행처럼 분명해야 하는 것이다. 선인(善因)엔 선과(善果)가 있고 악인(惡因)엔 악과(惡果)가 있어야 한다. 이러한 섭리의 보람을 다하기 위해서 섭리는 우연이란 계기를 통해 필요로 한 사람을 소명(召命)한다. 나는 탁인수에 관한 섭리를 위해 분명히 소명을 받은 사람이었다. 그런데 나는 그 소명의 명분을 다하지 못했고 나의 게으름과 나의 비겁함으로 인해서 섭리의 톱니바퀴를 어긋나게 비틀어놓은 결과가 되었다.

고발해야 할 일을 고발하지 않는 것은 스스로의 겁타(怯惰)만으로서 끝나는 것이 아니고 인과의 섭리를 어긋나게 하는 범죄 행위이며 증언해야 할 것을 회피하는 것은 십리의 법정에서의 위증(僞證) 행위가 된다고 볼 때 나는 천제(天帝)의 심판 앞에서는 장병중과 공범이 되는 것이다. 인과의 섭리가 일월성신의 운행처럼 정연하지 못한 탓이 나 같은 인간의 게으름과 비겁함 때문이라고 생각할 때 우울하지 않을 수 없다.

이런 경우 나는 부득이 마르크 블로크에게 물어보고 싶은 마음이 된다.

"블로크 교수, 당신이 나의 처지가 되었더라면 어떻게 하셨겠습니까."

"……"

"섭리의 소명을 받았다고 생각하면 자기를 희생하더라도 결단적인 행동을 일으켜야 하는 것이 옳지 않았을까요. 당신이 리옹에서 레지스탕스를 한 것처럼……"

"……"

"탁인수나 당신 같은 희생자를 한 세대에 수백만 명씩 생산하고 있는 상황 속에 앉아 역사의 합리적 설명이 가능하다고 보십니까, 블로크 교수!"

"……"

"인과의 섭리가 행해지지 않고 악인(惡因)을 쌓은 인간들이 아직도 히틀러처럼, 무솔리니처럼 설치고 있다면, 그런 상황을 토대로 허용할 수밖에 없다면 역사를 위한 변명이 무슨 소용이 있겠습니까."

"……"

"역사가 인생에게 유익할려면 악의 원인을 철저히 캐내어 그것을 근절하는 방법을 만들어내야 하지 않겠습니까."

이때사 겨우 블로크 교수는 입을 연다.

"역사에 있어서의 유일한 원인의 탐구란 일종의 미신이며, 책임자를 가려내려고 하는 가치 판단의 교활한 형식에 불과하다. 공죄가 어느 편에 있느냐고 재판관은 묻는다. 학자는 왜? 라고 묻고 그 답안이 단순할 수 없다는 결론으로 만족해버린다. 원인의 일원론은 역사의 설명에 있어서 장애물일 따름이다. 역사는 원인의 파도를 파악해야 한다."

나는 이 블로크 교수의 말을 다음과 같이 풀이하기로 한다.

"역사는 원인을 파도로서 파악해야 하는데 그 파도에 휘말려 익사할 경우도 있다고."

동시에 이런 말도 들린다.

"섭리의 소명에 용감하게 응해야지만 섭리는 너를 소명한 것으로 작용을 정지하는 것이 아니라 보다 큰 규모로 보다 치밀하게 그물을 치고 작용한다. 그러나 섭리란 것을 나는 싫어한다. 섭리가 등장하면 역사는 퇴장해야 하니까."

나는 초조하게 반박해본다.

"역사를 위한 변명이 가능하자면 섭리의 힘을 빌릴 수밖엔 없을 텐데요."

이때 마르크 블로크 교수는 내게 부드러운 웃음을 보내며 말한다.

"서둘지 말아라. 자네는 아직 젊다. 자네는 역사를 변명하기 위해서라도 소설을 써라. 역사가 생명을 얻자면 섭리의 힘을 빌릴 것이 아니라 소설의 힘, 문학의 힘을 빌려야 된다."

"어디 역사뿐일까요? 인생이 그 혹독한 불행 속에서도 슬기를 되찾고 살자면 문학의 힘을 빌릴 수밖엔 없을 텐데요."

그러면 마르크 블로크의 대답이 돌아온다.

"그렇다. 나도 문학을 외면한 어떤 인간 노력도 인정하지 않는다."

간혹 이렇게 마르크 블로크 교수를 비롯한 철학자와 문인들과 밤을 새워 가며 대화를 나눠보는 것이지만 탁인수의 죽음과 마르크 블로크의 죽음, 그리고 이와 유사한 죽음을 한 세대에 수백만 명씩 만들어내고 지금 이 순간에도 그러한 죽음이 세계 도처에 깔려 있을 것을 생각하면 역사를 위한 변명은 고사하고 인생을 위한 변명조차 성립할 수 없다는 느낌에 사로잡힌다.

그러나 뭣인가 변명에의 노력 없이 우리는 살아갈 수가 없다.

생각에 따라서는 우리가 살고 있는 하루하루가 변명에의 시도인 것이다. 가을의 밤이 깊었다. 나는 이제 막 써놓은 원고의 부피를 보면서 이것이 탁인수에게 대한 나의 변명이 될 수 있을까 하고 생각해본다. 어느덧 일기 시작한 가을의 밤바람이 창틀을 흔들고 지나가는 소리가 쓸쓸하다. 그 바람 소리를 타고 들려오는 탄식이 있다.

秋憤鬼唱鮑家詩 恨血千年土中碧

"원한에 사무친 사람의 피는 천년이 가도 흙 속의 벽옥(碧玉)처럼 완연하리라"라는 아득히 1천 년의 저편에서 들려오는 이하(李賀)의 탄식이다.

이병주(李炳注)

1921년 경남 하동에서 출생. 호는 나림(那林). 일본 메이지 대학교 전문부 문예과를 졸업하고 와세다 대학교 불문과에 진학했으나 학병(學兵)으로 중퇴. 해방 이후 해인대학 교수를 거쳐 국제신보 주필을 지냄. 1965년 중편「소설 알렉산드리아」를『세대』에 발표하면서 등단. 한국문학작가상, 한국창작문학상, 한국 펜문학상 등을 수상.『마술사』(1968),『알렉산드리아』(1972),『철학적 살인』(1976),『삐에로와 국화』(1977),『박사상회』(1987) 등의 소설집과『관부연락선』(1972),『낙엽』(1978),『풍설』(1981),『비창』(1984),『남로당』(1987),『허균』(1989) 등의 장편소설 및『지리산』(1978),『바람과 구름과 비(碑)』(1978),『행복어사전』(1982),『그 해 5월』(1984),『산하』(1985) 등의 대하장편소설 출간. 1992년 타계.

작품 세계

이병주의 소설들은 관례화된 양식에 얽매이지 않고 허구와 교묘히 배합된 자전적인 실록을 기술하거나 요설에 가까운 잡다한 지식을 나열하기도 한다. 작가로서 주목받은「소설 알렉산드리아」(1965)는 생소한 서사적 구도와 공간 설정을 통해 정치적 독단에 희생된 한 인간의 아픈 상처를 들춰낸다. 이병주의 작품 세계와 특징을 대표할『관부연락선』(1968~70)은 굴욕적이고 고난에 찬 시대를 증언하듯이 기록하면서 민족적 콤플렉스를 극복하기 위한 역사적 정체성을 모색한다. 이 작품은 식민지하에서는 학병으로 징집되었다가 전쟁과 더불어 좌우 모두로부터 시달림을 당하다가 빨치산에 납치되는 유태림을 통해 비극적 시대 상황을 재현하고 역사적이고 정치적인 존재로서의 개인의 실존 문제를 부각시킨다.「쥘부채」(1969)에서는 이념이나 죽음조차 초월할 수 있는 사랑을 탐색하면서 인간의 본원적 정신 세계를 탐미적으로 형상화하며,「패자의 관」(1971)에서는 이념의 덫에 걸린 시대에 한 개인이 당면하게 되는 숙명적 좌절을 그린다.「예낭 풍물지」(1972)에서는 역사와 권력으로부터 소외된 인간의 비애를 다루며,『낙엽』(1974~75)에서는 짙은 에로티시즘을 배면으로 하여 인간 선의(善意)의 무한한 가능성과 가치를 옹호하고,「겨울밤」(1974)에서는 냉혹한 수난의 시대에 민족적 원죄를 짊어지고 살아가는 개인의 절망과 고독을 내밀하게 추적한다. 또한「철학적 살인」(1976)에서는 에로스의 문제를 관념적으로 성찰하면서 인간 본능과 윤리의 화해를 도모한다. 작가의 문학적 문제 의식과 역량이 집약된『지리산』(1972~78)에서는 일제 말에서 한국전쟁에 이르는 거대한 역사의 격랑을 살아간 문제적 인물들을 통해 민족의 미래를 전망할 역사적 통찰과 이념적 반성을 제기한다. 이러한 심각한 민족사적 질문들은 그의 미완의 최후작인 『별이 차가운 밤이면』(1990)에까지 지속된다. 이병주는 소설이 "역사 뒤에서 생략되어버린 인간의 슬픔, 인간의 실상, 민족의 애환을 그려서 나타내주는 것"이라 했다. 고통스러운 역사 전환기를 살아간 개인들의 절망적 실존은 민족적 역사와 분리되지 않으며 그것을 전형적으로 표상한다.

「변명」

이병주 문학의 본령은 자신의 역사적 체험을 기억하고 그것의 진정한 의미를 곤혹스럽게 사유하는 데 주어져 있다. 「변명」(1972)은 그러한 작가의 역사적 경험과 인식의 비망록이다. 이 작품을 통해 그는 길고 고통스러운 지난날을 되돌아볼 수 있는 사람에게만 허용된 역사의 진실한 의미에 다가서고자 한다. 마르크 블로크의 『역사를 위한 변명』이 주인공 '나'의 과거를 돌아보고 민족적 입장에서 그것을 성찰할 계기를 부여한다. 희망으로 귀결되는 블로크의 역사에의 변명을 반문하면서 이 작품은 시작된다. 폭력적이고 기만적인 역사 체험이 '나'를 회의하고 사색하는 인간으로 만든다. '나'의 기억과 사유의 심연에 탁인수와 장병중이란 두 인물이 있다. 한 인물은 중국에서 독립운동을 하다 밀정의 밀고로 체포되어 처형당했고 다른 한 인물은 독립운동가들을 추적하여 밀고하면서 개인의 탐욕을 향유한다. "장차 역사가 보상해주리라"라며 죽어간 탁인수의 기대와는 다르게, 해방 이후에도 전도된 민족 현실은 절망적으로 전개된다. 그러나 블로크가 그러했듯 '나'는 결국은 역사의 흐름에 순응하고 그것을 끌어안으려는 관용의 마음이 이 작품의 이면에는 내재되어 있다. 분노가 용서로 전이되는 귀로에서 이 작품은 종결되고, 우유부단한 역사의 목격자 '나'는 역사와의 화해를 변명한다.

주요 참고 문헌

이병주의 「변명」에 대한 주요한 논의는 문학과 역사의 긴장 관계를 환기시킨 김주연의 「역사와 문학」(『문학과지성』, 1973년 봄호)에서부터 비롯된다. 이후 남재희는 「회색군상의 논리」(『세대』, 1974년 5월호 좌담)에서 이병주 문학이 지니는 흑백 논리에 속하지 않은 유연한 사고와 가치 체계를 발견하며, 이보영은 「역사적 상황과 윤리——이병주론」(『현대문학』, 1977년 2 3월호)에서 「변명」에 내새하는 역사석 생명력과 작가의 인과론적 역사의식을 탐색하고, 송재영은 「이병주론」(『현대문학의 옹호』, 문학과지성사, 1979)에서 왜곡된 역사 앞에서 어쩌지 못하는 나약한 개인에 주목하여 역사의 방향을 좌우하는 정치의 힘을 읽어낸다. 이동하는 「역사와 소설의 증언」(『현대문학』, 1986년 3월호)에서 역사가 생명을 얻는 데 있어 소설의 힘을 얻은 전형적 실례로 이 작품을 지목하고 있으며, 이형기는 「이야기의 재미와 휴머니즘」(『알렉산드리아』, 책세상, 1988)에서 이 작품이 역사가 묵살해버린 무명인의 삶의 실상을 묘사하고 거기에 가치와 의미를 부여하고 있음을 주목한다.   _송기섭

이청준
당신들의 천국

33

"참으로 지독한 공박이군요."

상욱의 글을 다 읽고 나서 한동안 멍청한 상념에 사로잡혀 있던 이정태가 이윽고 조원장을 건너다보며 입을 떼기 시작했다.

"전 도대체 원장님이 이렇게까지 심한 공박을 당해야 할 이유를 납득할 수가 없군요. 그 상욱이란 사람 자신도 자기의 글 속에서 고백하고 있듯이 이 섬에선 모든 일이 무엇 때문에 꼭 이런 식으로만 행해지고 이런 식으로만 이해되어 와야 했었는지에 대해서도 말씀입니다."

조백헌 원장은 이제 이정태를 기다리면서 혼자서 마신 술로 얼굴이 벌겋게 익어올라 있었다. 그 조원장이 이번에는 이정태에게도 비로소 술을 한 잔 가득 채워 건네면서 의미 있는 웃음을 짓고 있었다.

"그러실 테죠, 이형은. 그야 이상욱이란 사람 자신도 이 조백헌이가 무엇 때문에 그토록 심한 곤욕을 치러야 했는지, 또 그 자신이 그런 식으로 섬을 나가야 했는지 그런 일들에 대한 자신 있는 명분을 내대지 못하고 있는 형편이니까

---

* 『당신들의 천국』은 1974년 4월부터 1975년 12월까지 월간 『신동아』에 연재되었다. 여기서는 『당신들의 천국』(소설 명작선 2, 문학과지성사, 1976; 1984; 2005)에 수록된 것을 텍스트로 삼아 부분 수록하였다.

요. 하지만 뭐 그건 간단한 거지요. 그 왜, 개척단 부단장 일을 맡고 있던 황희백 장로라는 분 있었지 않소. 그분이 어느 날 그걸 썩 적절하게 설명해주시더군요."

"그분은 그걸 무엇 때문이라고 했습니까?"

이정태는 앞에 놓인 술잔을 훌쩍 비우고 나서 조급하게 다시 물었다. 조원장은 그 이정태의 술잔에다 다시 술을 한 잔 가득 채우고 나서 천천히 말을 잇기 시작했다.

"상욱이란 사람 글에도 그런 얘기가 잠깐 있었지만, 그분 말씀으론 그게 다 자유라는 것으로 행하려 하기 때문이라더구만. 이 섬은 모든 일을 자유로 행하려 하기 때문에 그 자유라는 것이·애초에 싸워 얻어야 하는 것이 돼놔서, 서로 간에 자연 갈등과 불신이 생긴 탓이라고 말이야요. 이상욱이란 사람도 결국 그 섬의 자유를 말하고 그런 섬의 자유를 행하고 있었던 셈이지요. 그 자신이 그렇게 말을 한 대목도 있었구요. 하지만 그자는 자신의 입으로 자유를 말하고, 그 자신이 그것을 행하고 있으면서도 황희백 장로의 경우처럼 바로 그 자유 자체에 대한 깊은 자각에는 이르질 못하고 있었던 것 같아요. 자유의 행사가 빚고 있는 결과나 현상들을 바로 그 자유로써 설명할 줄을 몰랐다는 말입니다. 그래서 그는 무엇 때문에 섬이 이 꼴로만 되어가야 했는지, 그것을 근심하면서도 그 자신은 이 섬을 버려야만 했던 이유나 나를 그토록 공박할 수 있는 분명한 명분을 찾지 못하고 있었어요. 글 가운데서 작자는 그걸 외려 내게 묻고 있었지요. 나중에 쓴 편지에 보면 그땐 어느 정도 그런 자각이 있었던 것 같아 보이기도 하지만, 그때도 아직 만족할 만한 자기 해답은 구하질 못하고 있었던 게 분명해 보여요. 섬이 나를 용납하지 못하는 것, 작자가 그런 식으로 이 섬과 나를 배반할 수밖에 없었던 것, 그리고 내게 그런 글을 쓰고 있는 것 자체까지를 포함하여 모든 것이 다 이 섬의 어떤 숙명적인 자유——, 그 섬의 자유로만 행하려 하고 그 섬의 자유를 걱정하고 있었기 때문일 게란 말입니다······."

"자유로 행하려 하면 갈등과 불신이 생기고, 이루어짐이 있을 수 없다······ 그렇다면 그 황희백 장로나 원장님은 이 섬에서 그 자유를 부인하고 계셨다는 말씀입니까."

이번에는 원장과 이정태의 술잔이 서로 엇바뀌어가며 술이 채워졌다. 술잔은 그렇게 계속해서 두 사람 사이를 쉴 새 없이 왕래했다.

"아니지요. 이 섬의 내력과 섬사람들의 오랜 경험을 빌어 말한다면 섬사람들은 당연히 그 자유로밖엔 행할 방법이 없었으리라는 생각이 들더군요. 섬사람들에겐 그게 오히려 당연한 주장이요, 권리처럼 보였어요. 하지만 다시 한 번 황장로의 생각을 빌어 말한다면 이 섬은 자유로만 행하려다 실패하였으니 자유보다도 더 나은 것으로 행함이 있어야 한다는 것이었지요."

"황장로는 그럼 그 자유로 해서보다 더 나은 방법을 알고 있었습니까."

"그 양반은 그것을 사랑이라고 하더군요. 사랑은 자유처럼 뺏음이 아니라 베풂이라고, 사랑은 자유처럼 투쟁과 미움과 원망을 낳는 대신 용서를 가르친다고 말이야요. 그러면서 뭐 섬을 다스리는 내 쪽에선 그래도 그 사랑이라는 걸 하노라곤 했다나요. 사랑으로 행해야 할 자기들은 정작 자유로만 행하려 해왔던 데 비해 섬을 다스리는 내 쪽에선 그래도 그 사랑으로 행하려 한 흔적이 있었노라고 말이야요. 하지만 그 양반 굳이 그 자유하고 사랑이라는 걸 따로따로 다른 것으로 나누어 생각하려고만 한 것 같지는 않았어요. 뭐라 할까, 사랑으로 해서나 자유로 해서나 그것들이 서로 상대편 쪽에 깃들여질 수가 없으면 소용이 없다고 했거든요. 자유로 행하되 그 자유 속에 사랑이 깃들이거나, 사랑으로 행하되 그 사랑 속에 반드시 자유가 깃들인다면, 결과는 마찬가지일 거라던가요. 그것은 바꾸어 말하면 자유를 사랑으로 행하고, 사랑을 자유로 행한다는 이야기나 한가지인 셈이겠지요."

"그런데 그것을 알고 있었던 황장로는 어째서 그의 자유 속에 사랑을 깃들일 수가 없었을까요. 그리고 원장님은 또 그것을 알고 나서도 어찌해서 그 자유를 원장님의 사랑 속에 깃들이게 할 수가 없었을까요. 황장로는 그것을 말하면서도 결국 원장님을 섬에서 떠나보냈고, 원장님도 끝내는 섬을 떠나야만 하지 않았습니까."

"그것은 아마 서로 간에 믿음이 없었기 때문일 것입니다. 황장로는 믿음이 없이는 자유라는 것을 함부로 행할 수가 없는 것이라고, 믿음이 없이 자유를 행하니까 싸움과 갈등과 불신과 미움밖에 남는 것이 없다고 말했지요. 그리고 믿음으로 행하지 못함이 곧 사랑으로 행하지 못하는 것이니 믿음이 없는 사랑을 행함은 사랑을 행하지 않음만 같지 못하다고 말입니다. 그 점에서도 결국 사랑과 믿음은 같은 차원의 이야기가 아닌가 생각되었습니다만, 나중에 곰곰 생각해보니 입장의 차이는 조금씩 있는 이야기였던 것 같더군요."

"입장의 차이라면요?"

"섬에서는 말입니다. 이 섬에서는 다스림을 받는 입장이 되고 있는 원생들이 숙명적으로 그 자유로밖엔 행할 길이 없는 사람들이라면, 섬을 다스리는 원장의 몫은 자연히 그 사랑 쪽이어야 하지 않았던가 하는 생각이었지요. 다스리는 사람은 사랑으로, 다스림을 받는 사람은 자유로 하는 식으로 말이야요. 그리하여 다스리는 자의 사랑 속에 다스림을 받는 자의 자유가 깃들이고, 다스림을 받는 자의 자유 속에 다스리는 자의 사랑이 깃들여서 결국은 양자가 한길로 화해스런 조화를 이룩해나갈 수 있게 되는 그런 정도의 입장의 차이 같은 것 말입니다. 원장인 나는 사랑으로 행하고, 원생들은 또 그들의 옳은 자유로 행해야 했었지요."

"하지만 결국 양쪽이 다 그것을 감내하지 못했다면 원장님과 섬사람들 사이에선 서로 간에 그 믿음을 얻지 못하고 말았다는 이야기가 되겠습니까."

이정태의 질문은 끝없이 계속되어나가고 있었다. 조원장 역시 이제 그 이정태의 끊임없는 질문에 대답을 사양하려는 빛이 없었다. 그는 오히려 어떤 사명감마저 느끼고 있는 듯한 정력적인 목소리로 열심히 설명을 계속해나가고 있었다.

"그렇지요. 믿음을 구할 수가 없었기 때문에 결국 섬을 떠나야 했었지요. 나도 그땐 그걸 두고 많은 생각을 했었구요. 황장로는 도대체 거기까진 설명을 하고서도 바로 그 믿음을 구하고 싶은 빛은 전혀 없었거든요. 난 그때 황장로도 아마 거기 대힌 처방까지는 마련을 못 가지고 있는 게라고 생각을 했었지요. 그 자유라는 것이, 믿음이 없는 자유라는 것이, 불신이라는 것이 황장로로서도 달리 어쩔 수가 없는 이 섬의 숙명인 게라고 말이오. 황장로는 처음부터 내가 섬을 나갈 것을 전제로 하고 말을 하고 있었거든요. 서로의 믿음을 구해서 이 섬에다 사랑을 심게 할 생각은 없었으니까요. 나에 대한 믿음을 애초부터 단념하고 있었던 황장로였어요. 한데 난 나중에 이유를 깨달았지요. 황장로나 나나 서로가 그 믿음을 구할 수가 없었던 이유를 말이야요. 그것은 참으로 이상한 인연으로 해서였지요. 섬을 떠난 지 5년이나 지난 다음에 그 마산 병원에서 이상욱이란 사람의 글을 받고였으니까요."
"아까 읽은 그 친구의 글 말입니까?"
"그래요. 바로 그 글을 받고 나서 난 그간의 수수께끼를 풀 수 있었어요. 황장로가 제게 믿음을 단념한 것도 당연하다고 생각되더군요. 그리고 그 오랜 수수께끼가 풀리자 그 길로 난 곧장 이 섬을 다시 찾아왔던 것이지요. 상욱이란 사람은 내게 섬을 나가게 한 글을 썼고, 두번째는 내게 다시 섬으로 돌아오게 한 이상스런 인연의 글을 쓰고 있었던 셈이지요."
"원장님께서 찾아내신 수수께끼의 해답을 듣고 싶군요."
"그래요. 내 이젠 그렇지 않아도 그걸 말씀드릴 참입니다. 그건 다름 아니라 바로 그 편지 속에 말한 공동 운명이라는 것이었어요. 상욱이란 사람 그러니까 그 자신이 그것을 말하고서도 이번에도 그는 그 말의 뜻하는 바를, 그 공동 운명이라는 것이 이 섬의 자유와, 자유로써 행함에도 불구하고 이루어짐이 없는 고질적인 퇴행 현상들과의 관계는 깊이 보질 못하고 말았던 셈이지요. 그리고 내게만 그것을 묻고 있었지요. 하지만 바로 그 사람 물음 속에 해답이 이미 마련되고 있었지요. 아까 그 믿음이 생길 수 없었던 이유 말입니다. 사람과 사람 사이의 절대의 믿음이란 궁극적으로는 작자가 말한 그 운명을 같이할 수 있는 데서만 생길 수 있는 것이었단 말입니다. 작자가 즐겨 쓰는 그 천국이라는 것을 두고 생각하면 이해가 더욱 쉽겠지요. 내가 꾸민 천국을 믿지 않으려는 이유, 나의 동기나 천국을 허심탄회하게 받아들일 수 없었던 이유, 섬에 대한 내 나름대로의 성실한 봉사를, 나의 선의와 노력을 자기도취적인 동정으로만 폄하하려는 이유, 그 모든 이유는 결국 내가 이 섬 원생들과 같은 운명을 살아갈 사람이 아니라는 것 때문이었지요. 상욱이란 사람이, 비록 그는 섬을 떠나 있다 하더라도 언제 어디서나 이 섬의 운명을 살고 있노라는 그런 운명 말이오. 참다운 사랑이란 일방이 일방을 구하는 일이 아니라 그 공동의 이익을 수락하는 데서만 가능한 것이었어요. 그리고 그것은 곧 그가 그 천국을 꾸미더라도 그것을 꾸미고 나서 그 천국을 떠나지 않아야 한다는 뜻이 되지요. 아닌 게 아니라 거기에선 진실한 믿음이 생길 수가 없는 것이지요. 그리고 아마 황장로 역시 그것을 이미 알고 있었기 때문에 내게는 더 이상 믿음을 구하지 않으려 했는지도 몰라요. 어쨌거나 난 작자의 편지에서 비로소 그것을 알았어요. 그리고 그것을 알았기 때문에 다시 한 번 섬을 찾아온 거야요. 나의 운명을 함께할 각오로 말입니다. 그리고 믿음을 구하고자 말이오······."

멀리 십자봉 쪽 소나무 숲을 타고 내려온 밤바람 소리가 이정태의 남녘 숙사 창밖을 속삭이듯 고요히 스쳐 지나가고 있었다.

조원장은 이제 결론을 생각하고 있는 듯 거기서 잠시 말을 끊고 유심스레 이정태의 표정을 건너다보고 있었다. 촉수 낮은 숙사의 백열 전등빛이 불그스레 술에 익은 그의 얼굴색을 묘하게 침울스럽게 하고 있었다.

"원장님께선 그럼 섬으로 다시 오셔서 믿음을 구할 수가 있었습니까. 이 섬과 섬사람들의 운명을 함께 살아오시면서 원장님이 구해오신 믿음 속에서 이 섬의 자유와 사랑을 옳게 행하실 수가 있었느냔 말씀입니다."

한동안 침묵 끝에 이정태가 먼저 조원장에게 말을 재촉했다. 그제서야 조원장은 조용히 고개를 가로젓기 시작했다. 이정태가 미리 예상하고 있던 대로였다.

"실패였어요. 이형도 보셨다시피. 그 특별 병사 사람들 말이야요. 이 섬에 진정한 자유와 사랑이 행해질 수 있다면 그런 비극은 벌써 자취를 감춰 없어졌어야지요. 아니 자취를 아주 감출 수는 없더라도 우린 지금 그 사람들을 위해 신념을 가지고 무엇인가를 하고 있어야겠지요. 하지만 우린 지금 그 사람들을 위해 아무것도 손을 쓰지 못하고 있어요. 여전히 행함이 없는 것이지요. 보고만 있는 형편이야요. 그 윤해원이란 사람 일만 해도 그렇지요. 이 섬에 자유와 사랑이 옳게 행해지고 있다면, 그 사람 애초에 혼인을 앞에 놓고 그런 수술을 요구해오는 일도 없어야겠지만, 그 일이 기왕 문제가 되고 있는 이상은 또 그걸 옳게 대처하고 해결 지을 길이 있어야지요. 하지만 이 섬이나 병원은 지금 거의 속수무책이 아닙니까. 작자가 그런 난처한 수술을 요구해오는 것이나, 그리고 병원이 그의 수술을 감당해주거나 그렇지 못하거나 모두가 그 자유나 사랑을 옳게 행하는 길은 못 됩니다. 그것은 또 하나의 무서운 싸움입니다. 섬사람들은 이 싸움이 어떻게 매듭지어지게 될 것인가를 숨을 죽이고 지켜보고 있습니다. 하지만 어느 쪽으로 일을 결말내든 그것은 다만 또 하나의 실패를 더하게 되는 것뿐이지요. 오마도 역시 저 모양 저 꼴로 남아 있고, 무엇보다 이 섬은 아직도 원생들이 짐짓 해협을 택해 바다를 건너가는 그 불가사의한 탈출의 풍속이 그치질 않고 있는 형편 아닙니까."

"……"

"하긴 그 이상욱이란 사람은 이번에도 아마 생각이 훨씬 다를는지 모르지요. 그 사람은 어디까지나 이게 이 조백헌이 개인의 실패지 섬의 실패로는 생각하지 않고 있을는지 모르니까 말입니다. 그 친군 원래 이 조백헌이 개인을 실패시킴으로 해서 그것으로 그 사람들의 자유를 행하려 했고, 그러한 내 실패를 섬과 섬사람들의 자유의 승리로 삼고 싶어한 위인이었으니까요. 언젠가는 다시 섬을 돌아온다고 해놓고, 그리고 섬을 돌아올 때 그가 이곳에서 다시 행할 바를 묻고 싶다고 해놓고 작자에게서 다시 소식이 없는 걸 보면 그잔 여전히 나를 용납할 수가 없는 게 분명하거든요. 그가 묻고 싶은 것에 대한 내 대답이란 게 이를테면 내가 다시 이 섬으로 돌아온 것이 되고 만 셈인데, 작자가 여태 꼴을 나타내지 않고 있는 건 이번에도 그런 나를 용납할 수가 없는 때문일 거란 말입니다. 이번에도 결국 나를 실패시키고 싶은 작자의 소망은 훌륭하게 성취가 된 셈이지요. 그리고 작자의 그 성취 속에 이 조백헌이한텐 그 숙명적인 실패가 점지되고 있었던 셈이구 말이야요. 어쨌거나 이 섬은 이제 생성을 거의 중지해버리고 있는 상태니까."

"알 수 없는 일이군요. 원장님께선 믿음을 구해 섬으로 돌아와 섬 원생들과 운명을 함께하고 계신데도 이 섬에 자유와 사랑을 옳게 행하실 수가 없으시다면, 그렇다면 그 이유는 또 무엇이었습니까."

"이형도 물론 그게 궁금하겠지요. 알고 보니 그건 아주 간단한 이치였어요. 난 섬으로 돌아오고 나서 곧바로 그것을 깨닫게 되었으니까요. 무슨 이유에서냐 하면 난 섬으로 돌아올 땐 이미 이 섬 병원의 원장이 아니었거든요. 원장으로서 섬을 찾아온 것이 아니라 아무런 힘도 없는 평범한 한 섬 주민으로 돌아온 것뿐이었단 말이우다."

"그게 그토록 큰 차이가 있는 일일까요?"

"자유나 사랑을 행함에는 차이가 큰 일이었지요. 섬사람들과의 한 운명 단위 속에서 서로 믿음을 얻고 나면 일단 그 자유나 사랑을 함께 행해나갈 수는 있습니다. 하지만 그 자유는 무엇으로 행해가겠소. 사랑은 무엇으로 행해가겠소. 자유나 사랑을 행함에는 절대로 힘이라는 것이 전제가 되어야 합니다. 힘이 없는 자유나 사랑은 듣기 좋은 허사에 불과할 뿐입니다. 자유나 사랑으로 이룩해져나감은 그 자유나 사랑의 속에 깃들인 힘으로 해서일 겝니다. 사랑이나 자유의 원리가 바로 힘이 아니더라도 그것들이 행해지고 그것들이 이룩해나가는 실현성이나 실천성의 근거는 그 힘이라는 것이 되어야 한다는 말이지요. 그리고 자유나 사랑이나 다 같이 그 실천적인 힘에 근거하여 비로소 제값을 지닐 수 있는 것이라는 점에선 두 가지가 같은 차원의 가치 개념으로 이해될 수 있는 것들이겠구요. 내 말은 결국 같은 운명을 삶으로 하여 서로의 믿음을 구하고, 그 믿음 속에 자유나 사랑으로 어떤 일을 행해나가고 있다 해도 그 믿음이나 공동 운명 의식은, 그리고 그 자유나 사랑은 어떤 실천적인 힘의 질서 속에 자리를 잡고 설 때라야 비로소 제값을 찾아 지니고, 그 값을 실현해나갈 수 있다는 이야깁니다."

"원장님께서는 결국 원장으로 다시 섬을 들어오지 못하셨기 때문에, 원장의 권능으로 섬을 다스릴 수가 없었기 때문에 또다시 그 자유와 사랑을 실패할 수밖에 없었다는 말씀입니까?"

"운명을 같이하지 않는 한에서의 어떤 힘의 질서는 무서운 힘의 우상을 낳을 뿐이겠지요. 하지만 운명을 같이하려는 작정이 있은 다음엔 내게 그 원장의 권능이 필요했어요. 그래서 그 허심탄회한 힘의 질서 속에서 섬의 자유와 사랑이 행해져나가야 했었어요. 하지만 난 이미 이 섬 병원의 원장이 아니었어요."

"그렇다면 지금의 원장은 어떻습니까. 지금의 원장이 그 섬의 운명이라는 것에 대한 이해가 깊을 수만 있다면, 그리고 원장님의 실패의 비밀을 알고 계시다면 그분은 현직 원장의 권능으로 그 자유와 사랑을 옳게 행해나갈 길이 있지 않겠습니까."

이정태는 이제 술잔을 비우는 것조차 잊어버리고 있었다. 조원장만이 가끔 이야기를 한 대목씩 끝내고 날 때마다 잠깐 목을 축여 넘기곤 할 뿐이었다. 하지만 조원장은 이번에도 그 이정태의 물음에는 여전히 부정적인 대답뿐이었다.

"그렇지요. 난 사실 지금 원장과도 자주 섬 일을 의논하고 있으니까. 그분 역시 이 섬에 대해선 누구보다 이해가 깊은 편이지요. 하지만 그 원장이나 누구나 이 섬의 운명을 함께 산다는 것은 쉬운 일이 아니지요. 원장이 설령 그럴 각오가 있다고 하더라도 말이야요. 황장로나 상욱이란 사람들도 이미 그걸 알고 있었던 일이 아니었던가 싶은 일이지만, 사람의 운명이란 어느 쪽이 어느 쪽에다 그것을 합하고 싶어한다고 그렇게 하나로 보태질 수는 없는 것이니까요. 결국 사람의 운명이라는 것은 자생적인 거라는 말이지요. 보태고 싶다 해서 보태질 수 있는 것이 아니란 말이야요. 그런 식으로 생각하면 내가 지금 이 섬의 운명을 함께 살겠노라 하고 있는 것도 나 자신 역시 의심스런 바가 없지 않은 터이지만 말이우다."

조원장의 어조에는 이제 서서히 어떤 침통스런 낭패의 빛이 어리고 있었다. 하다 보니 답답하고 낭패스런 느낌은 그 조원장만이 아니었다.

"그렇다면 원장님은 결국 이 섬은 어떤 식으로도 달라질 수가 없다는 말입니까. 아무도 이 섬에서는 더 이상 행할 바가 없다는 말씀입니까."

이정태는 참을 수 없다는 듯 엉뚱스럽게도 그 조원장을 향해 힐난조의 목소리가 되고 있었다. 하지만 이제 조원장은 이정태를 조금도 괘념하는 빛이 안 보였다. 이정태의 그 힐난조의 추궁을 고스란히 받아들이고 있는 조원장의 목소리에는 이제 그의 생애를 일관해온 어떤 신념과 인간의 삶에 대한 이해의 무게가 온통 다 실려나오고 있는 것 같았다.
 "운명이 자생적인 것일 수밖에 없는 것이라면, 그 자생적인 운명의 일부분으로서 선택되어져야 할 힘의 근거가—그 원장이라는 직위와 권능이 오늘날처럼 섬사람들의 운명이나 선택과는 아무 상관도 없이 일방적으로 군림해올 수밖에 없는 상황에선 어쩔 수가 없는 일이겠지요……."
 "자생적인 운명의 일부분으로서 선택되어져야 할 힘의 근거라는 말의 뜻은, 그 원장이나 원장의 권능이 섬사람들 자신의 의사에 의해 그들 가운데서 선택되어져야 한다는 뜻입니까……."
 "물론이지요. 그렇지 못한 힘은 언제나 그 힘 자체의 욕망을 충족시킬 지극히도 이기적인 명분을 지어내게 마련이니까요. 명분은 언제나 힘에 대한 봉사만을 일삼아왔으니까요. 그리고 그게 이 섬을 실패시키고 있는 가장 깊은 원인이겠지요."
 "이 섬에서 과연 그런 때가 올 수 있을까요?"
 "그런 때가 올 수 있을지 없을지는 모르지만 섬이 끝끝내 실패만 하고 있지 않으려면 그때는 결국 와야겠지요. 그게 아무리 시간이 오래 걸리는 일이라도…… 그게 아마도 상상 이상으로 긴 세월이 걸리게 될 일인지도 모르는 일이지만 말이야요."
 조원장은 거기서 다시 술잔을 들어 목을 축였다.
 이정태는 이제 그 원장이 무서웠다. 그리고 이 섬과 섬의 운명에 까닭 없이 몸서리가 쳐지기 시작했다. 그는 조원장이 술잔을 비우고 나서 자기의 빈 술잔에다 다시 술을 채우고 있는 것을 말없이 기다리고 있었다.
 조원장이 이번에는 이정태 앞에 놓인 빈 술잔에도 나서 술을 채우고 나서 모처럼 만에 먼저 이정태에게 물어왔다.
 "그래, 이쯤 얘길 했으면 이형도 좀 사정을 이해할 수 있겠소? 이 섬과 내가 어째서 이토록 처참한 실패만 거듭해오고 있는지를 말이오?"
 이야기를 털어놓고 나니 이젠 차라리 마음이 홀가분해진 듯 그의 입가엔 이상스럽게 헤프디헤픈 웃음기가 어리고 있었다.

"어느 정도 짐작이 가는 것 같기는 합니다만……."

이정태는 그 조원장 앞에 자신도 모르게 고개를 깊이 끄덕거리고 있었다. 그러고 나서는 좀더 조심스럽게 원장에게 물었다.

"원장님은 그럼 아직도 이 섬을 견디면서 기다릴 작정입니까. 이 섬과 원장님에겐 그토록 실패만 거듭되고 있다면 원장님은 이제 더 이상 이 섬에 남아 앉아 있을 이유가 있을까요. 더욱이 원장님 말씀처럼 그 운명을 합한다는 일조차도 생각과는 다른 일일 수가 있다면 말입니다."

조원장은 여전히 입가의 웃음기를 잃지 않고 있었다. 그 허심탄회하고 끈질긴 미소 속에 조원장은 그러나 실패를 거듭한 사람답게 필사적인 자제력이 담긴 목소리로 자신의 각오를 담담하게 말하기 시작했다.

"그야 물론 기다려야지요. 운명을 합하는 일이 실제로는 얼마나 어렵다 하더라도 난 그것으로 일단 섬사람들의 믿음의 씨앗만은 구할 수가 있었으니까요. 이제 다시 섬을 떠남으로써 모처럼 움터오른 그 믿음의 싹을 짓밟아버리고 떠날 수는 없어요. 믿음의 씨앗과 싹만 있으면 그 믿음 속에서 기다릴 수는 있는 거지요. 그것이 처음에는 아무리 작고 더디고 약한 것이라 하더라도 그것이 자라서 그 공동 운명의 튼튼한 가교로 이어질 때를 기다리면서…… 그것으로 우리가 이 섬 위에서 비로소 무엇을 이룩해낼 수 있을 때가 아무리 오랜 세월을 기다리게 한다고 하더라도 말이야요. 믿음은 이 섬에 관한 한 모든 것의 시작이니까."

"하지만 그렇게 무작정 기다릴 수만은 없는 일이 아닙니까."

"아, 그야 물론 무작정 기다리는 것만은 아니지요. 그 믿음의 싹만 있으면 이 섬에선 지금부터라도 뭔가 할 일이 있지요. 믿음 속에서 가능한 일이라면 그것이 아무리 작고 보잘것없는 일이라도 우린 거기서부터 하나하나 힘을 모아 무엇인가를 이루어나가도록 해야지요. 그게 바로 믿음을 넓혀나가는 일일 뿐더러 이 섬에서는 무엇보다 중요한 일이기도 하구요. 그 눈에 뜨이지 않는 작은 일이란 이를테면 우선 한 건강인 여자와 병력자 사내의 결합 같은 거라고 할까요."

"윤해원과 서미연의 결혼 말씀입니까?"

"윤해원과 서미연의 결합은 무엇보다도 한 건강인과 원생 사이의 첫번 결합이라는 점에서 이 섬이 있어온 후로 그 건강인과 원생들 사이를 이어주는 가장 분명한 신뢰감의 확인이며, 그 첫출발이 되고 있거든요. 그래서 난 이번에 이 일에 발을 벗고 나선 겁니다. 섬에선 뭔가 다시 시작을 해야 하고 지금서부터라도 그것은 가능할 수가 있는 일이며, 그게 무엇보다도 중요한 일이니까요."

"……"

"그리고 그렇게 하면서 이 섬은 그 자신의 힘을 기르면서 진실로 그의 자유와 사랑을 행하고 그들이 운명을 선택적으로 살아갈 수 있게 될 날을 참을성 있게 기다리는 것입니다. 그것을 위해서는 이형께서도 아마 이형 나름으로 힘을 보태야 할 일이 생길지도 모릅니다……"

34

4월 1일, 마침내 윤해원과 서미연의 결혼식 날이 다가왔다.

결혼식 아침날은 기대했던 대로 남해안 특유의 따스하고 화창한 봄날씨를 보이고 있었다. 산간을 뻗어 돌아간 황톳길들은 밤사이 함성처럼 피어난 벚꽃 무리로 하여 불을 켠 듯 환하게 뚫려 나가고, 벌판을 휘돌아 어우러져 나가고 있는 보리밭의 푸르름은 바야흐로 한창 봄의 약동을 합창하고 있는 듯했다. 십자봉을 비껴 흐르는 하늘은 정봉의 소나무 가지보다도 드높았고, 섬을 휘감아 돌아간 득량만의 물빛은 어느새 그 선뜩선뜩하고 암울스런 겨울빛을 말끔히 벗어 버리고 있었다.

결혼식은 12시로 예정되어 있었다. 식장 치장이나 잔치 진행 계획 같은 것은 전날 저녁까지로 빈틈없이 준비가 다 끝나 있었다. 옛 완충 지대 중간에 세워진 두 사람의 신접 살림집도 전날까지 이미 안팎이 깨끗이 정돈되어 있었다. 거식 후의 신혼 여행도 두 사람의 소망에 따라 오마도 간척장을 당일로 잠깐 돌아보고 오는 것으로 대신하게 되어 있었다. 모든 일이 제법 순조롭게 풀려나가고 있는 셈이었다.
　무엇보다 조원장의 근심거리가 되고 있던 윤해원의 수술 건을 사전에 조용히 해결본 것은 무척이나 다행스런 일이 아닐 수 없었다. 그것은 참으로 섬사람들과 비로소 마음을 함께하려는 조원장의 깊은 이해력과 신효한 비방의 한 결과라 아니할 수 없었다. 윤해원 쪽에서 끝끝내 그 혼전 수술을 고집하고 나서는 한 조원장의 낭패는 거의 기정사실이나 다름없는 것이었다. 한데 조원장은 이정태가 섬을 찾아 들어온 그 이튿날 저녁 마침내 결단이 선 사람처럼 갑자기 윤해원을 찾아 나서더니 그 길로 곧 일을 손쉽게 결말지어버리고 돌아온 것이었다.
　—— 이제 이 섬에서 문둥이의 단종 수술을 권하는 일이 없도록 하겠다는 약속을 했지요. 그건 이미 지금 원장한테도 양해를 구해놓은 일이니까. 병원에선 미감아 문제가 골치 아파 아직까지도 결혼 환자들에겐 단종 수술을 권해오고 있던 처지였거든요.
　병원에서 단종 수술을 권하지 않겠다는 약속 대신 윤해원에게선 병원에 대해 다시 혼전 수술을 요구하지 않겠다는 약속을 받아낼 수 있었다는 것이었다. 문둥이 후손의 이름으로 섬의 미래를 팔아 섬을 다스리려는 것을 막기 위해 혼전 수술을 요구해오고 있었다는 윤해원이었다. 그 윤해원이 오히려 이 섬에선 아예 그런 수술을 배척해가는 쪽과 거꾸로 자기 약속을 바꾸었다는 것은 납득이 잘 가지 않는 모순이었다.
　하지만 섬을 알고 섬사람들의 마음과 역설에 익숙한 조원장으로선 그게 그리 어려운 일이 아니었다. 현임 원장이 아닌 그로서는 섬 안에서의 단종 수술 배척을 약속하는 일만이 어렵고 까다롭게 여겨지고 있었음이 분명했다.
　—— 문둥이의 자식을 팔아 미래의 이름으로 섬을 속여 다스린다는 것도 뼈에 사무친 진실이 담긴 소리지만, 그 혼전 단종 수술이라는 게 저 사람들한테는 워낙 원한이 많은 풍속이었거든요. 그 풍속에 대한 전면적인 반항이었을까. 아니면 그의 결혼이나 여자에 대한 어떤 믿음의 시험이었달까. 그런 심리적인 일

면이 작자한텐 강했을 테니까요. 더욱이나 작자는 아직도 그 서미연이라는 아가씨를 순수한 건강인으로만 믿고 있었거든요...... 결국은 작자에게도 자식을 낳아보고 싶은 욕망이 없었을 수는 없었던 셈이지요. 다만 그 자식을 좀더 떳떳한 땅에서 떳떳하게 낳아보고 싶었달까·······.

윤해원을 위하여, 어차피 문둥이 집단끼리 끼리끼리 모여 살게 된다는 체념 어린 패배 의식을 허용하지 않기 위하여 건강인 여인에 대한 윤해원 자신의 떳떳한 자기 극복을 위하여, 조원장과 서미연 사이에선 아직도 그녀의 출생에 얽힌 비밀을 윤해원에게 감추고 있다는 사실을 말하면서, 조원장은 이제 이정태에게 그 두 사람의 떳떳한 결합을 위해 그의 힘을 보태자던 것이었다.

── 이형의 직업은 남의 비밀 파내는 게 한 속성이니까 이번 일도 이형 쪽에서 먼저 눈치를 채게 되면 괜히 엉뚱한 말썽을 빚을 염려가 있어서 미리 얘기해두는 거지만, 서미연이라는 여자도 사실은 미감아로 자란 여자였더란 말이오. 하지만 그런 사실이 섬 안에선 지금까지도 본인하고 나 조백헌이밖엔 아무도 모르고 있는 일이란 걸 명심해둬야 하오. 윤해원 그 작자는 물론 이 섬사람들 누구도 그건 알고 있지 못해요. 이형도 그렇게만 알아두면 좋겠소. 이번 혼인은 어디까지나 한 건강인 여자와 환자 사이의 결합이라는 걸 말이오.

어쨌든 그런 식으로 두 사람의 혼사는 모든 것이 조원장의 사려 깊은 이해와 결단 속에 그럭저럭 탈없이 혼인날을 맞게 된 것이다. 그리고 이런저런 사연들이 너무나 깊고 복잡하게 얽혀 있어 이정태로서는 감히 당사자들의 사전 면담은 엄두를 내지 못한 채 혼인식이 무사히 끝나기만을 조심스럽게 기다려온 것이었다.

하지만 막상 결혼 날이 되고 보니 섬 안은 이정태나 조원장이 생각해온 것보다도 훨씬 더 평온스럽고 화창한 분위기 속에 두 사람의 혼인식 잔치 준비가 서둘러지고 있었다. 두 사람의 혼사 뒤에 얽힌 내력 같은 것에 굳이 마음을 쓰고 있는 사람은 없어 보였다. 날씨는 화창했고 사람들의 표정 역시 그 봄날씨처럼 맑고 너그러웠다. 건강 지대로부터 중앙리로 들어가는 길목은 아침 10시께나 될까 말까 했을 때부터 벌써 식장을 찾는 하객들로 줄을 잇기 시작했다. 식장을 찾는 하객들 가운데는 건강인 지대의 직원 가족도 있었고, 병사 지대의 원생들 가족도 있었고, 꽃구경을 겸해 이날의 잔치 소식을 전해 듣고 나루를 건너 들어온 육지 사람들도 있었다. 섬 일에 특별한 관심을 쏟아온 고흥 군수와 군청 직원 몇 사람도 이미 나루를 건너 섬을 들어섰다는 소식이었다. 이정태가 묵고 있는 구라회관 쪽에서도 벌써부터 길을 서둘러 나선 사람들이 여럿 있었다. 구라회관엔 하루 전부터 미리 섬을 찾아 들어온 구라 운동 관계 인사와 나환자 출신 사회 유지 몇 사람이 함께 하룻밤을 묵고 있었다. 구라회관에서 밤을 지낸 손님 가운데서도 제일 먼저 식장을 향해 집을 나선 사람은 양녀의 갸륵한 혼인을 위해 일부러 먼 섬길을 찾아온 서미연의 양부모 내외였다. 서미연이나 누가 미리 당부를 해놓았던지, 본인들도 그녀를 곱게 길러온 어버이답게 양부모의 흔적 같은 건 전혀 내색을 하지 않은 채 이날의 신부를 식장으로 인도해가기 위해 일찌감치 숙소를 떠나간 것이었다.

  11시가 거의 가까워질 무렵부터는 이정태도 서서히 식장으로 내려갈 채비를 서두르고 숙소를 나섰다. 숙소를 나와 알아보니 조원장이 아직 식장으로 내려간 기미가 없었댔다. 이정태는 병원 본관 근처에서 잠시 그 조원장을 기다리고 있었으나 직원 지대의 그의 숙소 쪽에선 여전히 길을 나서는 기미가 보이지 않고 있었다. 중앙리 식장 쪽에서 올라온 사람도 조원장을 보지 못했다 했고, 뒤늦게 식장으로 내려가는 현임 원장 일행 속에도 조원장의 모습은 찾아볼 수가 없었다.

  이정태는 차츰 이상한 생각이 들기 시작했다. 혼자서 먼저 식장으로 내려갈까 하다가 직원 지대의 그의 숙소 쪽으로 우선 발길을 재촉했다. 누구보다 먼저 식장으로 달려갔어야 할 조원장이 거식 시간이 거의 임박하도록 모습을 나타내지 않고 있는 것이 아무래도 수상쩍은 느낌이 들었기 때문이다.

  한데 이정태가 그 직원 지대의 한 모퉁이에 자리잡고 있는 조백헌 원장의 숙사를 찾아 들어섰을 때였다. 이정태는 거기서 참으로 예기치 못한 광경에 머릿속이 잠시 어리둥절해지지 않을 수 없었다. 조원장의 텅 빈 숙소 앞 마루 한쪽에 웬 사내 하나가 조원장의 방 안 동정에 귀를 기울이고 서 있다가는 숙사 문간을 들어서는 이정태에게 손가락을 입으로 가져가며 기척을 죽이라는 시늉을 해 보였다. 이정태는 처음 식장에서 원장을 데리러 온 섬사람인가 싶어 영문도 모른 채 사내가 시키는 대로 그냥 기척을 죽이는 수밖에 없었다. 기척을 죽이며 조원장의 방 안 동정을 함께 살피려다 보니, 아무래도 어디선가 전에 작자를 본 기억이 있는 것 같은 느낌이 들었다. 기억을 더듬어 생각해보니 이정태는 과연 자기의 느낌이 틀림없었다. 작자는 바로 이상욱 그 위인임이 분명했다. 이상욱이 마침내 다시 섬으로 들어와 있는 것이다. 하지만 이정태가 어리둥절해진 것은 그런 이상욱의 갑작스런 출현만이 아니었다. 상욱의 출현보다도 더욱 이정태를 기이하고 어리둥절하게 만든 것은 바로 그 방 안에서 들려나오고 있는 조원장의 목소리였다.

"…… 마지막으로 난 신랑과 신부에게 저 역시 이젠 이 섬사람이 된 도리로 간절한 당부를 한 가지 말씀드리겠습니다……."

조원장의 방 안에선 그 조원장 한 사람밖엔 다른 사람이 아무도 없을 텐데도, 웬 연설조의 말소리가 우렁우렁 방문을 흘러나오고 있었다.

"아니, 전 이 자리에서 제 당부를 말씀드리기 전에 이날의 결혼식에 당하여 제가 느끼고 있는 유별난 감상 한 가지를 먼저 말씀드리겠습니다. 제가 오늘 이 결혼식을 당하여 별나게 느끼고 있는 감상이란 다른 것이 아닙니다. 벌써 오래전 일입니다마는 여기 모이신 여러분도 우리들의 피와 땀이 서린 저 오마도 간척지의 절강젯날을 아직 기억하고 계실 것입니다. 그리고 아직도 그날을 기억하고 계신 분들은 그 오랜 간척 공사가 양쪽 둑을 이어 막는 절강제 행사로서 어려운 고비를 넘어선 것으로 굳게 믿고 있었음도 함께 기억하고 계실 것입니다."

듣다 보니 조원장은 아마 이날 두 사람의 혼인식에서 그가 행할 축사의 줄거리를 혼자 미리 연습해보고 있는 중이었다. 그리고 섬을 들어오는 길로 곧장 그의 숙소를 찾아든 이상욱은 문간에서부터 그 원장의 목소리를 듣고 그의 축사 내용에 주의가 끌려든 모양이었다.

조원장의 독백조 연설은 그런 식으로 아직도 한참 더 끝이 날 기미가 보이지 않고 있었다. 그리고 그 조원장의 목소리를 좇고 있는 그 이상욱의 얼굴엔 단순한 호기심 이상의 어떤 엄숙한 긴장감마저 감돌고 있었다. 아무래도 좀 어이없는 광경이었다. 하지만 이정태는 섣불리 참견을 하고 나설 수가 없었다. 목소리에 제법 열기까지 오르고 있는 조원장을 중간에서 방해하고 나설 수도 물론 없었다. 게다가 이정태는 자신이 이미 그 조원장의 그 기이한 웅변에 대해, 그리고 그를 엿듣고 있는 상욱의 태도나 관심에 대해 그 나름의 깊은 호기심을 느끼기 시작하고 있었다. 그는 상욱과 함께 시간을 기다리며 원장의 축사를 좀 더 들어보기로 했다. 그렇지 않아도 그의 목소리를 엿들으며 기다리는 길밖엔 다른 도리가 없는 사정이었다.

마침 또 조원장의 그 기이한 축사는 거기서부터가 진짜 본론 대목으로 들어서고 있다. 거침없이 문밖으로 흘러나오고 있는 조원장의 목소리에 상욱과 이정태는 쑥스러운 줄도 모르고 두 사람 다 도둑괭이들처럼 조용히 숨을 죽이고 서 있었다.

"하지만 전 불행히도 그날의 그 즐거운 절강제에도 참석을 못한 채 섬을 떠나고 말았습니다. 제방을 막아 이은 것은 제가 이 섬을 떠난 다음 날 여러분끼리서였습니다. 전 그때 오랫동안 그 절강제를 고대했으면서도 제 눈앞에 그 방둑이 이어지는 것을 보지를 못했습니다. 무척도 재수가 없는 놈이었지요. 그런데 오늘 신랑 윤해원과 신부 서미연양의 결합으로 해서 저는 오늘 비로소 그때의 제 소망을 이룩한 것입니다. 그때 제 앞에서 이어지지 못했던 소망의 방둑이 또 하나 오늘 저의 눈앞에서 굳게 이어지는 것을 보게 되었다는 말씀입니다. 아니 솔직한 심정을 말씀드리자면 우리의 그 오마도 방둑은 여태까진 제대로 이어진 적이 없었을지도 모릅니다. 여러분의 손으로 절강제를 치르고 나서도 그 오마도의 방둑은 여태까지 진실로 서로 이어진 적이 없었던 게 사실일 것입니다. 방둑이 진실로 이어지지 못했기 때문에 오마도는 아직도 땅의 구실을 못하고 있는 것이 아닙니까. 주인 없는 땅이 되어 버려져 있지 않습니까."

조원장은 거기서 그 눈에 보이지 않는 청중들의 반응을 살피려는 듯 잠시 동안 말을 끊고 있었다.

상욱은 아직도 그 조원장이 무슨 말을 하려고 하는지 짐작이 잘 가지 않는 모양으로 점점 더 표정이 심각하게 굳어져가고 있었다. 그리고 그 창문 너머 조원장의 심장이라도 꿰뚫어버릴 듯 세찬 추궁기가 어린 눈빛으로 소리가 흘러나오고 있는 방 안 쪽을 무섭게 노려보고 있었다. 하지만 조원장은 물론 그 바깥의 상욱이나 이정태의 동정에는 아랑곳을 할 일이 없었다. 시간에 쫓겨 말을 서두르는 기색도 없었다.

"오마도는 아직도 절강제가 끝나지 않고 있는 것 한가지인 것입니다. 무엇 때문에 그렇습니까. 흙더미가 쌓여 방둑은 이어졌으되 그 이어진 방둑을 오가야 할 사람들의 마음이 이어지지 못하고 있기 때문입니다. 마음이 갈라져 있기 때문입니다. 누구와 누구의 마음이 갈라져 있었고, 누구 때문에 그토록 마음이 갈라져 이어진 방둑마저 제구실을 못하게 되었느냐는 허물은 여기서 굳이 따져 묻지 않기로 합시다. 그러나 사람의 마음이 이어지지 못하고 흙과 바윗돌만으로 그것을 튼튼히 이을 수 없다는 것은 부인할 수 없는 사실입니다. 흙과 돌멩이보다는 사람의 마음이 먼저 이어져야 합니다. 그리고 그런 의미에서 오늘 이 윤해원과 서미연 두 사람의 결합은 이 두 사람의 처지가 특히 남다른 바가 있었던 만큼 사람의 마음과 마음이 이어지는 일 가운데 더욱더 뜻이 깊고 튼튼한 결합이 아닐 수 없습니다. 흙더미나 돌멩이로 겉모양만 이어진 채 버려져 있던 두 개의 방둑이 오늘 비로소 우리 눈앞에서 굳게 이어지는 절강제를 보게 된 것입니다. 이건 참으로 옛날의 절강제를 보지 못한 저로서는 이중의 행운이 아닐 수 없습니다. 그리고 고마움이 아닐 수 없습니다……."

긴장을 하고 있던 상욱의 얼굴 위에 비로소 희미한 미소가 한 가닥 떠오르고 있었다. 하지만 이정태는 아직도 그 상욱의 웃음의 뜻을 읽어낼 수는 없었다. 그것은 어찌 보면 조원장의 그 너무도 직선적이고 순정적인 생각에 다소의 감동을 받은 듯싶기도 했고, 어찌 보면 오히려 쓸쓸한 비웃음을 보내고 있는 것 같기도 했다.

방 안의 조원장은 이번에도 그 상욱의 반응에는 상관을 할 필요가 없는 사람이었다. 그는 참을성 좋게 다시 한 번 목소리를 침착하게 가다듬었다. 그리고 좀더 허심탄회한 어조로 천천히 다음 말을 이어나갔다.
 그는 이제 기왕 여기까지 말이 나온 김이니 이날의 결혼식이 원생과 건강인 사이의 결합이라는 특수성에 대해서도 무슨 금기처럼 지나치게 말을 삼갈 필요는 없노라 전제한 다음, 두 사람의 결합으로서 이 섬과 건강인들 사이의 가장 튼튼한 방둑을 마련해준 용기에 대해 진정 어린 찬사와 경의를 표했다. 그러고 나서 그는 목소리를 한층 드높여 힘있게 다짐해나가기 시작했다.
 "하지만 오늘 이 두 사람이 우리 앞에 이어놓은 마음의 방둑은 아직은 시작에 불과합니다. 그리고 아직도 우리의 주위를 둘러싸고 있는 숱한 편견과 무지한 인습의 파도를 견뎌 이기기에는 너무도 힘이 약합니다. 여러분은 이제 이 방둑이 다시금 험상궂은 거파들에 휩쓸려 나가지 않도록 끊임없이 여러분의 힘을 보태나가야 할 것입니다. 그것은 이곳에 자리를 함께했거나 아니 했거나, 원생들 여러분에게나 건강한 사람들에게나 똑같은 의무이며 하느님의 뜻에 대한 순종의 길이 될 것입니다. 원생들 여러분은 여러분이 이 오마도에서 이미 그렇게 했듯이 이 새로운 둑길에도 마음의 흙을 한 줌 한 줌 더하여 우리의 둑을 날로 살찌게 해야 할 것이며, 그렇게 함으로써만이 저 오마도에 버려진 우리의 둑길도 영원히 우리들의 것으로 지닐 수가 있게 될 것입니다. 오늘 우리의 이 뜻이 그곳에서 이루어지든지 못하든지 간에, 여러분이 그 땅의 주인이 될 수 있든지 없든지 간에, 우리는 오늘 이 두 사람으로 하여 또다시 길을 놓은 우리들 마음속의 방둑을 튼튼하게 지닐 수 있음으로써 이미 오마도의 그것도 우리의 그것으로 풍족하게 누리고 있음을 볼 것입니다. 하늘은 스스로 돕는 자를 돕는다고 했습니다. 우리가 먼저 우리의 뜻을 튼튼하게 쌓아 이어놓았을 때, 비로소 떳떳하게 이웃을 기다리고, 그 이웃이 그곳에 오가게 되는 날을 볼 수 있을 것입니다."
 혼인식이 시작될 시간이 이미 지나고 있는데도 조원장의 축사 연습은 좀처럼 끝이 날 기미가 안 보였다. 상욱 역시 여전히 그 뜻을 알 수 없는 미소를 머금은 채 미동조차 전혀 보이지 않고 있었다. 그러고 보면 이날의 혼인식엔 어차피 시간이 늦을 사람들이 많아질 모양이었다. 혼인 잔치를 보기 위해 나루를 건너온 육지 사람들이 아직도 그 벚꽃이 만발한 중앙리 예식장 쪽 길을 유랑민처럼 줄줄이 떼 지어 넘어가고 있었다. 거의가 이날의 혼인식에는 시간이 늦고 있는 사람들이었다.

하지만 이제 자신의 목소리에 열이 오를 대로 오른 조원장은 자신이 이미 식장의 시간을 늦고 있는 사실조차도 까맣게 잊고 있었다. 시간이 이미 늦어버린 가운데 그 조원장의 능청스런 축사 연습은, 그리고 자신의 광기에 못 이긴 기이하고도 진지한 연기는 아직도 한동안이나 더 도도하게 계속돼나갔다.

"이제 두 분에 대한 저의 당부를 말씀드리겠습니다."

그는 이제 비로소 윤해원과 서미연 두 사람에 대한 그의 당부라는 것을 말하기 시작했다.

"두 분에 대한 저의 당부라는 건 다른 것이 아닙니다. 앞서도 이미 말했듯이 두 분은 기왕에 남다른 사랑과 용기로 이 일을 이룩하였으니 앞으로도 계속 자신들의 방둑을 허물어뜨리지 말고 누구보다 굳세게 그를 지키고 살찌워나가주시라는 것입니다. 벽을 허물어뜨리고 그 절벽 대신 따뜻한 인정이 넘나들 믿음과 사랑의 다리가 놓여져야 할 곳은 많습니다. 다리의 이쪽과 저쪽이 한동네 한마을로 섞이고 화목해야 할 자리는 많습니다. 제가 두 분의 신접 살림을 직원 지대와 병사 지대의 중간에 마련하고자 했던 것도 사실은 그런 뜻이 있어서였습니다. 두 분의 결합과 정착지를 시발점으로 하여 하루빨리 이 섬에서부터 두 마을이 하나로 합해지게 되기를 바랍니다. 두 분의 정착지가 하루빨리 새로운 마을로 번창하여 이 섬 안엔 건강 지대와 병사 지대가 따로 없는 하나의 마을로 채워지기를 빕니다. 이제 두 사람으로 해서 그 오랜 둑길이 이어지고 길이 뚫렸습니다. 그리고 당신들의 이웃은 힘을 힙해 그 길을 지키고 넓혀나갈 것입니다……."

이청준
소리의 빛
── 남도사람 2

 주막집은 장흥읍(長興邑)을 아직 10여 리쯤 남겨놓고 탐진강(耽津江) 물굽이의 한 자락을 끼고 돌아앉아 있었다. 이웃 고을 강진에서 장흥읍으로 들어가는 지방도로 가로수열이 저만치 마주 달려가고, 장흥읍의 표상처럼 얘기되는 억불산 바위 정봉이 10여 리 저쪽 하늘 위로 뽀얗게 솟아올라 보이는 강물굽이 ── 바로 이 탐진강 강물굽이의 버스길 양편에 10여 가호의 작은 초가집들이 옹기종기 모여 앉아 있고, 주막집은 이 작은 마을에서도 좀더 물가 가까이까지 아래켠으로 자리를 내려앉아 있었다. 주막이라야 술손이 붐빌 만큼 한 길목이 못 되고 보니 길을 지나가는 반뜨내기 술손들로는 술청 살림 요량도 제대로 세워나가기 어려운 집이었다.
 옥호(屋號)도 없는 이 산골 주막집 살림은 그러니까 대개 삼대째나 대물림을 이어온 이 집 주인 사내 천씨의 천렵술에 의지하는 바가 훨씬 큰 편이었다. 주인 천씨는 나이 서른이 넘어서야 읍내 쪽에서 제 발로 우연히 길을 찾아든 색시와 하룻밤 동안 신방 비슷한 것을 차려보았을 뿐 이튿날 새벽에 평생 색시가 되어줄 줄 알았던 여자가 농짝 서랍을 몽땅 뒤져 싸 들고 줄행랑을 놓아버린 후로는 그의 나이 쉰을 넘긴 이날 이때까지 평생을 줄창 홀아비로 늙어가는 위인

---
* 「소리의 빛」은 1978년 『전남일보』에 발표되었다. 여기서는 『서편제』(이청준 문학전집, 열림원, 1998)에 수록된 것을 텍스트로 삼았다.

이었다. 그 천씨 사내가 아직은 여름, 겨울 가리지 않고 대물림을 받은 천렵꾼 답게 강을 열심히 나다녔고, 그 탐진강 천렵에서 건져낸 강물고기들을 10여 리 바깥 읍내 술가게들에까지 안줏감으로 먹여오는 것으로 간신간신 주막 살림을 요량해오는 터였다.

그런 주막이었다.

이 주막집에 좀 이상스런 여자가 하나 있었다. 주인 사내 천씨가 강으로 나가고 나면 술청 일을 대신 맡아 손님도 맞고 술 시중도 들곤 하는, 이를테면 주모 격인 여인이었다. 나이 한 서른쯤 나 보이는 장님 색시였다. 눈을 못 보는 깐으로는 술청 일이 완전히 손에 익어 있어 별다른 불편을 느끼는 것 같진 않았지만, 하여튼 이런 궁벽한 주막집에 그나마도 하필 장님 색시를 술청 주모로 들여앉히고 있는 데에는 어딘지 좀 심상찮은 사연이 있음 직했다.

하지만 그 장님 색시나 주인 사내 사이에선 이렇다 할 사연 같은 것이 알려진 바가 거의 없었다. 눈이 멀어 도망질 같은 건 엄두를 못 낼 거라 믿는 늙은 홀아비 천씨가 여자를 슬그머니 제 색시로 주저앉히고 싶어 그랬는지도 모른다는 소리가 있었지만, 여자가 주막에 온 지도 그럭저럭 십 년을 헤아리게 된 이날까지 별반 그럴 만한 낌새가 엿보이지 않는 걸 보면 그런 것도 결코 아닌 것 같았다. 주인 사내 천씨가 애초에 여자를 못 볼 고자라거니 어쩌니 하는 불확실한 소문들만 이웃 간에 가끔 분분해지곤 할 뿐이었다.

주막 주인 천씨나 장님 색시 쪽은 그 작은 마을 안의 꺼림칙스런 소문들마저 전혀 아랑곳을 하지 않으려 했다. 여자는 누구한테나 자기 신상에 관한 일로는 입을 열어보인 일이 없었고, 천씨 사내도 여인의 일에는 반벙어리나 거의 다름이 없는 행세였다. 마을 사람들과는 얼굴을 대하기조차 두려운 듯, 날만 새면 사내는 하루 종일 혼자서 강물을 오르내리면서 지냈고, 여자는 여자대로 혼자서 말없이 술손을 맞고 보내는 일이 아니면 가끔 가다 그 술청마루 끝 볕발 속으로 나와 앉아 보이지도 않는 눈길을 들판 건너 먼 산허리께로 내던진 채 끊임없이 무엇을 기다리는 듯한 모습을 하고 있는 게 고작이었다.

다만 해가 져서 주인 천씨가 강물에서 돌아오고, 더 이상 술손을 기다릴 일이 없을 만큼 밤이 한참 깊고 나면, 이 조그만 주막집 구석방 한 모퉁이에서 여자의 놀랍도록 구성진 남도 노랫가락이 흘러 나올 때가 종종 있었는데, 밤이 그쯤 깊고 나면 이웃의 십여 가호 마을사람들은 이미 잠이 들어버렸거나, 잠이 들지 않은 사람이라도 거리가 좀 떨어진 주막께서 흘러 나오는 소리엔 귀가 잘 닿을 수 없는 형편이었다. 아니 어쩌다 밤늦게 주막 길을 지나다 소리를 들은 사람이 몇몇쯤 있었다 해도, 그들 역시 그 소리를 아마 여자를 품을 수 없는 고자 주인놈의 해괴한 밤놀이쯤 되는 게라고, 고개를 잠시 갸우뚱거려보았을 뿐, 여자의 소리를 별로 귀담아들어둘 줄은 몰랐을 터였다.

임자년(壬子年) 한 해가 다 저물어가던 늦가을의 어느 날 저녁 무렵, 인근에선 전혀 낯이 익지 않은 외지 손님 하나가 이 주막을 찾아들었다. 초가집 울타리 너머로 탐스럽게 휘어 뻗은 늦가을의 서리 감나무라도 구경하듯 차도 타지 않고 읍내 쪽에서 터벅터벅 버스 길을 걸어 들어온 사내는, 어딘지 피곤기 같은 것이 짙게 어려 있어 잘해야 마흔 줄을 갓 올라섰을 그의 나이가 쉰 살도 더 넘어 보일 만큼 추연스런 인상이었다. 서울에서 무슨 한약재 수집을 위해 전국 방방곡곡을 헤매 다니노라는 사내는 그러나 결코 그 한약재 수소문을 위해 이 마을 주막을 찾은 것 같지가 않았다. 마을로 들어서선 누구 동네 사람들한테 약재에 대한 이야기를 꺼내보기는커녕 길 안내 한마디 물은 일 없이 단걸음에 곧장 주막을 찾아들어버린 것이다. 그리고 아마 주막을 찾아들 때부터 이미 이곳에서 하룻밤을 묵을 작정이었던 듯 추근추근 한가한 취기를 돋워가기 시작했다.

게다가 알 수 없는 것은 그 눈먼 주막집 여자에 대한 사내의 태도였다. 그는 처음 술손을 맞는 주막 여자가 눈이 먼 장님인 것을 알고서도 조금도 이상해하거나 꺼림칙스러워하는 눈치를 안 보였다. 오히려 그는 미리부터 그런 사실을 알고 있었거나 그렇지도 않았다면 그 눈이 먼 여자의 조용하고도 침착스런 거동거지로 하여 오히려 어떤 나른한 안도감 같은 걸 느끼고 있는 듯한 그런 차분스런 표정이었다. 사내는 그저 무심결인 듯 여자의 옆얼굴을 잠깐씩 스쳐볼 뿐, 여기서는 이제 아무것도 조급해야 할 일이 없다는 듯 추근추근 술청마루에 걸터앉아 술잔만 비워내고 있었다.

사내에게 알 수 없는 것은 그뿐만이 아니었다.

"어떻게…… 오늘 밤엔 자네 소리나 몇 대목 해줄 수 없겠는가?"

저녁참이 훨씬 지나고서였다. 주막집 천씨가 강에서 돌아오자 여자가 그 주인 사내 방으로 저녁상을 들여보내고 난 다음이었다. 싸늘한 가을밤 한기를 피해 이번에는 여자의 방 안으로 아주 술자리를 옮겨 앉은 사내가 뜻밖의 주문을 건네 왔다.

"내 우연찮게 읍내서부터 자네 소문을 듣고 왔네. 술맛보단 소리를 좇아 남도 천지 안 돌아본 데가 없는 위인이니, 내 자네 소리만 있어주면 이대로 앉아 밤이라도 새우겠네."

무심스럽기만 하던 사내답지 않게 간절한 어조였다. 어지간히 소리를 찾아다닌 위인인 것만은 틀림이 없어 보였다. 그리고 누구에게선가 이미 여자의 소리에 대한 귀띔을 받고 찾아온 손님이 분명했다.

여자는 처음 일 년 가야 한두 번 있을 듯 말 듯한 술손의 드문 주문에 몹시도 귀가 선 얼굴이었다. 자신의 소리를 사주려는 데 대한 고마움은커녕 뜻하지 않게 희롱을 당한 사람처럼 엷은 노기의 빛이 잠시 그녀의 얼굴 위를 스쳐가고 있었다.

하지만 여자는 이내 사내의 소청을 물리칠 수 없다는 것을 알아차리게 된 것 같았다. 두번째 주문이 되풀이되었을 때 여자의 노기는 어떤 깊은 체념기 속에 서서히 스러져가고 있었다. 그리고 그 보이지 않는 술손으로 하여 새삼 알 수 없는 예감에 사로잡히기 시작한 듯 이상스럽게 망연스런 얼굴로 술손 쪽을 멀거니 건너다보고 있었다.

여자가 소리를 시작한 것은 그러니까 주막집 봉창 너머로 굽이치는 강물소리가 훨씬 더 가깝게 부풀어오른 늦저녁 무렵부터였다. 여자는 아직 술청과 천씨 사내의 안방을 몇 차례 더 드나들고 난 다음에야 새삼스럽게 다시 머리를 손질하고, 그리고 벽에 걸린 한복 치마저고리로 옷차림까지 새로 단정하게 고쳐 입고 나왔다. 그런 다음 그녀가 선반에 올려놓은 낡은 북과 북채를 조용히 안아내린 것으로 이내 소리가 시작된 것이다.

　　함평천지 늙은 몸이 광주 고향을 보려 하고
　　제주 어선 빌려 타고 해남으로 건너갈 제……

흔히 남쪽 사람들이 즐겨 부르는 「호남가」라는 단가(短歌)였다. 북통을 지그시 끌어안은 여자는 그 차분하고 태연한 중모리 장단의 북가락을 함께 곁들여 가며 장중하고 끓어오르는 듯한 남정네의 질긴 목청으로 첫마디서부터 힘차고 도도하게 소리를 뽑아나갔다.

　　홍양에 돋은 해는 보성에 비쳐 있고
　　고산의 아침 안개 영암을 들러 있다……

아무래도 여자답지 않은 목청이었다.
남도 소리 특유의 애조와 한스러움은 있었으나 그 또한 서리 내린 가을 달밤의 기러기 소리와도 같이 미려한 여인의 수수로움이 아니라, 무럭무럭 처연스럽게 가슴을 복받쳐 오르는 장부의 통한이 역연한 소리였다. 그러나 눈을 감은 채 조용히 소리를 듣고 있는 술손의 표정에는 이번에도 별로 의아스러운 빛이 없었다. 남정네처럼 장중하고 도도한 여자의 목청 속에, 그 여인스럽지 않게 허허한 장부풍의 통한 속에 그는 오히려 깊은 수긍과 감동을 맛보는 듯 머리를 크게 주억이며 깊이깊이 소리에 취해들고 있었다. 그리고 그녀가 어느새 「호남가」 한 가락을 끝내고 나자 사내는 비로소 다시 눈을 번쩍 뜨며,
"좋으네, 참으로 좋으네……."
진심 어린 치하와 목축임 잔을 건네고 나선 이내 또 다음 소리를 거푸 청하는 것이었다. 여자는 손님이 건네주는 술잔을 공손히 비워낸 다음 그 술잔을 다시 남자한테로 되돌리고 나더니, 그녀로서도 이미 작정이 되어 있었던 듯 스스럼없이 또 다음 소리의 채비를 시작했다.

아서라 세상사 쓸데없다······ 군불견 도원도리······

이번에도 똑같이 호방하고 장중스런 여자의 목청에 사내는 다시 눈을 감고 취한 듯이 깊은 고개 장단을 보내기 시작했다. 여자의 소리에는 점점 더 힘이 태이기 시작하고 이마와 콧잔등에 땀방울이 솟아 맺힐 만큼 치열스런 열기가 끓어오르고 있었다. 눈을 감은 채 소리를 듣고 있는 사내의 얼굴에도 차츰 어떤 고통의 빛이 어려들었다. 숨소리가 거칠어지고 알 수 없는 고통 때문에 일그러진 그의 이마까지 번들번들 어느새 땀에 젖기 시작했다.

······아마도 우리 인생 춘몽과 같으오니 한잔 먹고 즐겨보세.

여자의 구성진 목소리가 「편시춘」한 가락을 끝내고 나자 사내는 이번에도 역시 그녀에게 목축임을 한 잔 건네고 나서 거푸거푸 다음 소리를 재촉했다.
하지만 사내는 아무래도 숨이 자주 끊어지는 단가 나부랭이로는 마음이 차오르질 않은 모양이었다. 여자가 어느새 또 「태평가」한 가락을 힘들여 끝맺고 나자 손님은 드디어 안타까운 듯이 새판잡이 주문을 건넸다.
"자, 이제 그쯤 했으면 목도 제법 닦았을 테니 이제부턴 좀 진짜 소리를 해보게나. 뭐 「춘향가」라든지 「심청가」라든지, 아무거나 자네 맘에 맞는 대로 한 대목씩 말이네."
단가는 그만두고 진짜 판소리를 하라는 청이었다.
하지만 여자는 여태 목을 트느라 소리를 해온 것이 아니었던 만큼 힘이 제법 파해 있었다. 아니, 여자에겐 실상 이제 힘이 파하고 안 파하고가 문제가 아닌 것 같았다. 여자는 소리를 하는 동안 손의 숨소리가 이상스럽게 자꾸 거칠어져 가는 기미를 느끼고 있었다. 아까부터 줄곧 그녀의 보이지 않는 눈길 속을 맴돌던 어떤 예감의 빛이 문득 그녀의 소리 동작을 멈추게 하였다.
"소리 듣기를 그토록이나 즐겨 하시오?"

이청준 331

"……"

여자의 물음에 무엇인가 속을 들킨 것처럼 표정이 움칠해진 사내가 새삼스럽게 다시 유심스런 눈초리로 그녀를 곰곰 건너다보았다. 여자가 소리를 좀 쉬고 싶은 게 분명했다.

"소리를 좋아하시게 된 내력이라도 있으시오? 소리 좋아하시는 양반치고 내력 없는 분은 없습데다."

확신을 가진 듯 여자가 거푸 손님에게 물었다.

"내력이라니……"

사내가 잠시 말을 망설이는 듯하더니 마침내 무슨 속다짐이라도 하고 난 듯 갑자기 한 차례 한숨 소리 같은 것을 길게 내뿜었다.

"하기야 내력으로 말한다면 그런 것이 아주 없지도 않았제."

그러고는 그 한숨을 토해낼 때의 망연스런 표정만큼이나 허허한 목소리로 천천히 입을 떼기 시작했다.

"내력이 있었제…… 나이 사십이 넘어서도록 아직 이 흉한 꼴을 하고 남도 천지 소리를 찾아 안 가본 데가 없는 몸이라네. 하지만 오늘 밤 자네 소리를 만나고 보니 후회를 안 해도 좋았을 세월이었네……"

"들을 만한 데도 없이 천하기만 한 제 소리요."

여자가 짐짓 겸손해하였다. 그러나 사내는 희미한 웃음기 속에 고개를 가로 저었다.

"아닐세, 자네 소리에는 내게 무엇보다 반갑고 소중한 것이 있었네. 소리보다도 나는 그 소리 속에서 그것을 만나러 이 세월을 허송하고 다녔을지도 모르는 소중스런 것이 말이네."

"그것이 무엇이오! 손님한테 그토록 소중스러운 것이 무엇이오."

눈먼 여자의 표정이 점점 초조하고 안타깝게 변해가고 있었다.

"자네가 정 듣고 싶다면 내 말을 해줌세……"

사내가 천천히 그 소중스런 것의 내력을 말하기 시작했다. 그것은 그가 어렸을 때 잃었거나 나이를 먹어가면서 잃어가고 있던 어떤 뜨거운 햇덩이에 대한 기억이었다.
 소리를 들을 때마다 그의 머리 위에 이글이글 불타오르는 뜨거운 여름 햇덩이가 있었다. 어렸을 적부터의 한 숙명의 햇덩이였다.
 그것은 바로 몇 해 전이던가, 사내가 보성 고을의 한 주막집에서 밤새워 여자의 소리를 들으면서 그녀에게 들려준 자신의 어린 시절과 그 숙명의 햇덩이에 관한 회한 어린 내력에 다름아닌 이야기였다.
 ……파도비늘 반짝이는 바다가 내려다보이는 해변가 언덕밭의 한 모퉁이— 그 언덕밭 한 모퉁이에 누군지 주인을 알 수 없는 해묵은 무덤이 하나 누워 있었고, 소년은 언제나 그 무덤가 잔디밭에 허리 고삐가 매여 놀고 있었다. 동백나무 숲가로 뻗어나온 그 길다란 언덕밭은 소년의 죽은 아비가 그의 젊은 아낙에게 남기고 간 거의 유일한 유산이었다. 소년의 어미는 해마다 그 밭뙈기 농사를 거두는 일 한 가지로 여름 한철을 고스란히 넘겨보내곤 했다.
 소년은 날마다 그 무덤가 잔디에서 고삐가 매인 짐승 꼴로 긴긴 여름날을 기다려야 했다. 그리고 그 언덕배기 무덤가에서 소년은 더러 물비늘 반짝이며 섬기슭을 돌아 나가는 돛단배를 내려다보기도 했고, 더러는 또 얼굴을 쪄오는 여름 태양볕 아래 배고픈 낮잠을 자기도 했다. 그러면서 이제나저제나 밭고랑 사이로 들어간 어미가 일을 끝내고 나오기를 기다렸다. 하지만 여름마다 콩이 아니면 콩과 수수를 함께 섞어 심은 밭고랑 사이를 타고 들어간 어미는 소년의 그런 기다림 따위는 아랑곳이 없었다. 물결 위를 떠도는 부표처럼 가물가물 콩밭 사이를 오락가락하면서 하루 종일 그 노랫소리도 같고 울음소리도 같은 이상스런 콧소리 같은 것을 웅웅거리고 있었다. 어미의 웅웅거리는 노랫가락 소리만이 진종일 소년의 곁을 서서히 멀어져 갔다긴 다시 사ㅅ사워져 오고, 가까워졌다간 어느 틈엔가 다시 까마득하게 멀어져 가곤 할 뿐이었다.
 그러던 어느 날.
 하루는 그 바다가 내려다보이는 뙈기밭가로 해서 뒷산을 넘어가는 고갯길 근처에서 이상스런 노랫가락 소리가 들려오기 시작했다. 밭두렁 길을 지나 뒷산으로 들어가는 푸나무꾼 같은 사람들에게서 자주 듣던 소리였다. 하지만 그날

이청준 333

의 노랫가락은 동네 나무꾼들의 그것이 아니었다. 산으로 들어간 나무꾼도 없었고 소리를 하는 사람의 모습을 볼 수도 없었다. 산을 휩싸고 있는 녹음 속 어디선가 하루 종일 노랫소리만 들려왔다. 나중에 알게 된 일이지만 그것은 이날 처음으로 그 산 고개를 넘어 마을로 들어오던 어떤 낯선 노래꾼의 소리였다. 어쨌거나 그날 그 모습을 볼 수 없는 노랫소리는 진종일 해가 지나도록 숲 속에서 흘러 나왔고, 그러자 한 가지 이상스런 일이 일어났다. 밭고랑만 들어서면 우우우 그 노랫소리도 같고 울음소리도 같던 어미의 이상스런 웅얼거림이 이날 따라 그 산 소리에 화답이라도 보내듯 더욱더 분명하고 극성스럽게 떠돌아 번지기 시작한 것이다. 그러면서 어미는 뜨거운 햇볕 아래 하루 종일 가물가물 밭이랑 사이를 가고 또 오갔다. 그리고 마침내 산봉우리 너머로 뉘엿뉘엿 햇덩이가 떨어지고, 거뭇한 저녁 어스름이 서서히 산기슭을 덮어 내려오기 시작하자, 진종일 녹음 속에 숨어 있던 노랫소리가 비로소 뱀처럼 은밀스럽게 산 어스름을 함께 타고 내려왔다. 그리고 그 뱀이 먹이를 덮치듯이 아직도 가물가물 밭고랑 사이를 떠돌고 있던 소년의 어미를 후다닥 덮쳐버렸다.

　그런 일이 있고 난 뒤부터 그날의 소리는 아주 소년의 마을로 들어와 어느 집 문간방에 둥지를 틀고 살게 되었으며, 동네 안에 둥지를 틀고 들어앉게 된 소리의 남자는 날만 밝으면 언제나 그 언덕밭 뒷산의 녹음 속으로 숨어 들어가 진종일 지겹도록 산울림만 지어 내리곤 하였다. 사람의 모습은 보이지 않고 녹음이 소리를 숨기고 사는 양한 소리였다. 밭고랑 사이를 오가는 여인네의 그 괴상스런 노랫가락 소리도 날이 갈수록 점점 극성스러워져갔다. 소년은 여전히 그 무덤가 잔디에서 진종일 계속되는 노랫가락 소리를 들어야 했고, 소리를 들으면서 허기에 지친 잠을 자거나, 소리를 들으면서 그 잠을 다시 깨야 했다. 잠을 자거나 잠을 깨거나 소년의 귓가에선 노랫소리가 떠돌고 있었고, 소년의 머리 위에는 언제나 그 이글이글 불타오르는 뜨거운 햇덩이가 걸려 있었다.

　소리는 얼굴이 없었으되, 소년의 기억 속엔 그 머리 위에 이글거리던 햇덩이보다도 분명한 소리의 얼굴이 있을 수 없었다. 그리고 언제나 뜨겁게 불타고 있던 그 햇덩이야말로, 그날의 소년이 숙명처럼 아직 그것을 찾아 헤매 다니고 있는 그 자신의 운명의 얼굴이었다.
 그러니까 소년이 그 소리의 진짜 모습을 자신의 눈으로 똑똑히 보게 된 것은 그의 어미가 어느 날 밤 뜻하지 않은 소동 끝에 홀연 저승길로 떠나가버리고 난 다음 날 아침의 일이었다. 소리가 마을로 들어서던 그 한여름이 지나가고 해가 훌쩍 뒤바뀌고 난 이듬해 이른 여름의 어느 날 밤, 소년의 어미는 땅덩이가 꺼져 내려앉는 듯한 길고도 무서운 복통 끝에 흡사 핏속에서 쏟아내듯 작은 살덩이 계집아이 형상 하나를 낳아놓고는 그날 새벽으로 그만 영영 눈을 감아버린 것이었다. 그리고 그런 일이 있은 다음 날 아침에야 비로소 소리의 사내가 그 후줄근한 모습을 드러내며 소년의 집 사립문을 들어서던 것이었다.
 "일이 그렇게 되고 보니 그 소리를 하던 남자, 그러니까 내겐 아마 의붓아버지가 되었을 뻔한 그 사내는 이제 더 이상 얼굴을 들고 살아갈 수가 없게 됐제. 그래서 끝내는 애 어미되는 사람의 무덤을 만든 뒤에 그 길로 곧 핏덩일 싸 들고 마을을 떠나고 말았다네!"
 사내는 이제 남의 얘기라도 하듯이 담담한 얼굴이 되어 이야기를 끝맺어가고 있었다.
 하지만 소년은 아직도 그때의 그 사내의 얼굴이 소리의 진짜 얼굴이라고는 생각하지 않았다. 소년에겐 여전히 그 뜨거운 햇덩이가 소리의 진짜 얼굴로 남아 있었다. 나이가 들어가도 마찬가지였다. 사정이 달라져버린 소리의 사내가 핏덩이 같은 갓난애와 소년을 데리고 이 고을 저 고을로 소리를 하며 밥 구걸을 다니고 있었을 때도, 소리의 진짜 얼굴은 언제나 그 뜨겁게 이글거리는 햇덩이 쪽이었다.
 괴롭고 고통스런 얼굴이었다. 하지만 어떻게 된 심판인시 사내는 그 고통스런 소리의 얼굴을 버리고 살 수가 없었다. 머리 위에 햇덩이가 뜨겁게 불타고 있지 않으면 그의 육신과 영혼이 속절없이 맥을 놓고 늘어졌다. 그는 그의 햇덩이를 만나기 위해 끊임없이 소리를 찾아 다니지 않으면 안 되었다. 그런 식으로 이닐 이때까시 반생을 지녀온 숙명의 태양이요, 소리의 얼굴이었다.
 "하니까 그다음 이야기는 이제 말을 하지 않아도 대개 짐작이 가겠네마는, 어짼거나 나는 그런저런 내력으로 이 나이 마흔이 넘어서도 그 누추한 어릴 적 기억을 버리지 못해 이런 청승맞은 소리 비렁뱅이질을 계속하고 다니는 꼴이라네. 소리를 들으면 어렸을 적에 그 밭두렁가에 누워 보던 바다비늘이 아슴아슴 떠오르고 골짜기 숲으로부터 복더위를 씻어가던 한 줄기 바람결이 내 얼굴을 지나가고…… 아니 그보다도 나는 소리만 들으면 그 이마 위에서 무섭게 들끓고 있던 여름 햇덩이를 다시 보게 되곤 하니 말이네. 그런데 말이네, 그런데 난 오늘 밤 자네한테서 내 눈썹을 불태울 것 같은 그 뜨거운 햇덩이를 다시 보게 된 것일세. 자네처럼 뜨거운 내 햇덩이를 품은 소리를 만난 일이 없는 것 같단 말일세…… 이제 내가 이토록 자네 소리에 끌리는 까닭을 알겠는가…….”

사내는 이야기를 끝내고 나서도 마치 아직도 그 들끓는 태양볕을 머리 위에 견디고 있는 듯이 얼굴을 심히 고통스럽게 찡그리고 있었다.

하지만 여자의 얼굴에는 사내의 이야기가 다 끝날 때까지도 시종 마음이 흔들리는 듯한 흔적이 나타나지 않았다.

여름날 햇볕에 지쳐 난 가로수처럼 무겁고 적막한 모습으로 시종일관 무연스레 허공만 지키고 앉아 있을 뿐이었다. 그것은 차라리 그녀가 가끔 술청마루 끝 볕발 속으로 나와 앉아 보이지 않는 눈길 속에 끊임없이 무엇인가를 기다리고 있는 듯하던 그 모습 그대로였다. 사내의 이야기가 끝날 때쯤 해서는 오히려 그녀의 그 보이지 않는 눈길 속을 맴돌고 있던 어렴풋한 예감의 빛마저 말끔히 흔적이 가시고 없었다.

"자, 그러시면 이제 제 소리나 밤새 해드리겠소."

여자가 이윽고 뭔가 사내를 달래듯한 목소리로 말하면서 자리를 고쳐 앉았다. 그러고는 지금까지 그녀 앞에 안고 있던 북통과 장단막대를 말없이 사내 앞으로 밀어놓았다.

소리를 청해 들을 양이면 이제부턴 장단을 좀 잡아달라는 시늉이었다. 소리를 청해 들을 만한 사람에겐 흔히 해온 일이었다. 여자는 으레 손님의 솜씨를 믿는 얼굴이었다.

여자의 갑작스런 주문에 이번에는 오히려 사내 쪽이 뜻밖인 모양이었다. 여자가 밀어 보낸 북통을 앞에 한 사내의 눈길엔 졸지에 일을 당하고 당황해하는 빛이 역력했다. 하지만 그 보이지 않는 여자의 눈길은 거의 일방적으로 손님을 강요해오고 있는 식이었다.

"하두 오래 손을 잡아본 일이 없어서…… 내 장단이 자네 소리에 잘 맞아 들지 모르겠네……"

사내도 마침내는 여인을 피할 수 없다고 생각한 듯 천천히 자기 앞으로 북통을 끌어당겨 갔다.

그로부터 여자와 술손은 다시 소리로 꼬박 밤을 지새듯 하였다.

여자는 이제 숨이 짧은 단가에서 본격적인 판소리 가락으로 손님을 휘어잡아 나갔다. 쑥대머리 귀신형용 적막옥방 한 자리에서부터 「춘향가」의 옥중비가 한 대목을 넘어가고, 「흥보가」 중의 흥보 매품팔이며 신세한탄 늘어놓는 진양조 한 가락을 엮어내고, 「수궁가」로 「적벽가」로 명인 명창들의 이름난 더늠들을 두루 불러 돌아간 후에, 나중에는 「심청가」의 심봉사 황성길 찾아가는 처량한 정경까지 끈질기게 소리를 이어나갔다.

지칠 줄 모르는 소리였다. 여자의 목청은 남정네들의 그 컬컬하고 장중스런 우조(羽調)뿐 아니라 여인네 특유의 맑고 고운 계면조(界面調)풍도 함께 겸비하고 있어서, 때로는 바위처럼 우람하고 도저한 기백이 솟아오르는가 하면 때로는 낙화처럼 한스럽고 가을 서릿발처럼 섬뜩섬뜩한 귀기가 넘쳐났다. 가파른 절벽을 넘고 나면 유장한 강물이 산야를 걸쳐 있고, 사나운 폭풍의 한밤이 지나고 나면 새소리 무르익는 꽃 벌판의 한나절이 펼쳐졌다.

놀라운 것은 그 지칠 줄 모르는 목소리뿐만 아니라 술손의 장단가락 솜씨 또한 예사가 아니라는 것이었다.

─ 춘향이 옥중가 한 대목이 어떠시오.

─ 흥부가 매품팔이 나가는 신세타령 한 대목이 어떠시오?

여인은 소리를 한 대목씩 시작할 때마다 번번이 손님에게 의향을 묻곤 했다. 그럴 때마다 손님도 '그거 좋겠네, 그거 좋겠네,' 즐겁게 화답을 보내며 여자가 첫소리를 시작하자마자 곧바로 장단가락을 잡아나가곤 했다. 느리거나 빠르거나 여자의 소리만 시작되면 사내는 마치 장단을 미리 외우고 있었던 것처럼 솜씨가 익숙했다.
그러나 손님이고 여자고 새삼스레 상대편의 솜씨를 놀라워하는 빛은 전혀 서로 내색을 하지 않았다. 여인과 손님은 끊임없이 소리를 하고 장단을 몰아나갈 뿐이었다.

어이 가리 어이 가리 황성만리를 어이 가리
오늘은 가다 어데 가 자며 내일은 가다 어데 잘고……
더듬더듬 더듬으며 정향없이 올라갈 제
때는 삼복 증염이라 별빛은 불꽃 같고 땀은 흘러 비 같은데……

여자는 소리를 굴렸다가 깎았다 멎었다가 풀었다 하면서 온갖 변화무쌍한 조화를 이끌어냈고, 손님에 대해서도 때로는 장단을 딛지 않고 교묘하게 그 사이를 빠져 넘나드는가 하면, 때로는 장단을 건너가는 엇붙임을 빚어내어 그 솜씨를 마음껏 즐기게 하였다.
그것은 마치 소리와 장단이, 서로 몸을 대지 않고 능히 상대편을 즐기는 음양 간의 기막힌 희롱과도 같은 것이었고, 희롱이라기보다는 그 몸을 대지 않는 소리와 장단의 기묘하게 틈이 없는 포옹과도 같은 것이었다.
하지만 그 기묘한 포옹 속에서도 손님과 여인은 역시 놀라움이 없었다. 손님 쪽에 무슨 변화가 있다면 그는 여자의 소리에서 어렸을 적 그의 햇덩이를 다시 만나 그 햇덩이의 뜨거운 열기를 무서운 인내로 견뎌내듯 일그러진 얼굴에 땀방울이 송송 솟아나고 있다는 것과, 그리고 그 열기에 숨이 차오르는 듯 헐떡헐떡 거친 숨소리를 힘겹게 깨물어 삼키고 있다는 것뿐이었다. 그리고 여자는 마치 손님의 그 햇덩이가 그의 이마 위에서 더욱 뜨겁고 고통스럽게 불타오르기를 열망하듯 긴긴 밤 목소리에 여느 때보다도 지침이 없다는 것뿐이었다.
손님과 여자는 새벽녘 동이 틀 무렵에야 간신히 소리를 끝내고 여인의 방에서 함께 잠자리로 들었다. 소리를 좋아하는 술손 중엔 가끔 잠자리까지도 여인과 함께하기를 원해오는 수가 있었고, 그런 밤 여자가 손님과 잠자리를 함께하는 것을 주인 사내 천씨마저 그리 불결스러워하는 눈치를 보이지 않았다. 손님 쪽도 그렇고 여자 쪽도 그렇고 소리가 끝났을 때 두 사람은 으레 그래야 할 사람들처럼, 그러기를 미리 작정해둔 사람들처럼 아무 말이나 스스럼이 없이 한 방에다 나란히 잠자리를 펴고 든 것이다. 그리고 아침 날이 밝았을 때 손님은 으레 또 그러기로 되어 있었던 것처럼 말도 없이 슬그머니 주막을 떠나버리고 없었다.

사람이 떠나가버린 빈 잠자리가 자리를 들 때 한가지로 고스란했다. 잠을 깨고 난 여자가 손님의 빈 잠자리를 쓰다듬듯 정성스레 개켜 올리고 나서, 천천히 혼자 방문을 열고 밖으로 나왔다. 문 밖엔 이미 술청마루까지 기어 올라온 아침 햇발 속에 주인 천씨가 그녀를 기다리고 앉아 있었다.
"손님은 벌써 길을 떠나시던가······."
낌새를 알아차리고 있었던지 주인 사내가 먼저 여자에게 물었다. 그러자 여자는 그 보이지 않는 눈길로 들판 건너 먼 산허리 쪽을 더듬으며 무심스레 내뱉었다.
"그리 되었소. 오라비는 말도 없이 혼자서 떠나셨소."
"오라비라? 간밤의 그 손님이 말인가."
여인의 대꾸에 천씨 사내가 갑자기 걱정스러운 얼굴로 다시 물었다.
하지만 여자의 얼굴에는 아직도 전혀 마음이 흔들리는 기색이라곤 없었다.
"그렇답니다. 간밤엔 제 오라비를 만났더랍니다."
주인 사내는 비로소 뭔가 짐작이 간다는 듯 고개를 한 차례 크게 끄덕이고 나더니 이윽고 다시 질문의 꼬리를 이었다.
"하기야 나도 간밤부터 뭔가 심상찮은 느낌이 없지 않았다네. 하지만 자넨 여태까지 한번도 오라비 이야길 한 일이 없었는데······ 그렇다면 그때 그 산 수리가 저녁 어스름을 타고 내려와서 콩밭 여자에게 아이를 배게 하여 낳은 핏덩이가 바로 자네였더란 말인가?"

이청준 339

천씨 사내는 간밤 동안 두 사람의 이야기를 엿들은 자신을 숨기려 하지 않고 서슴없이 물었다.
"그렇답니다."
여자가 다시 분명하게 대답했다. 사내 앞에선 이제 아무것도 이야기를 숨길 필요가 없다는 식이었다.
"하지만 오라비는 어젯밤 일부러 그 핏덩이가 계집아이였다는 말씀은 참아 버리셨소. 그 소리꾼 노인이 어린 핏덩이를 싸안고 마을을 떠날 때 어린 당신도 길을 함께하고 있던 일까지…… 오라비는 제 기억이 안 닿을 만한 일만 말하시고 기억이 살아 있는 뒷날 일은 입을 덮고 마시더이다. 하지만 전 알고 있었더랍니다."
그리고 나서 여자는 그녀가 기억할 수 있는 옛날 일 몇 대목을 사내 앞에 조용히 털어놓았다.
소리꾼 아비는 나어린 오누이를 앞세우고 이 마을 저 마을 소리로 끼니를 빌고 떠돌아 다녔더라고 했다. 그러면서 아비는 철도 들기 전의 두 어린것들에게 소리를 시키는 것이 소원이었던지, 틈만 나면 성화가 대단했댔다. 산길을 가다 고갯마루 같은 곳에 다리를 쉬고 앉아 있을 때나 어느 마을 사랑채의 헛간 같은 골방 속에 들어앉아 지낼 때나 아비는 한사코 어린것들에게 소리를 배워주려 애를 쓰고 있었다 했다. 하지만 오라비는 웬 고집으로 끝끝내 소리를 하지 않으려 했고, 어린 그녀만이 무슨 재간이 좀 뻗쳤던지 세월 따라 조금씩 조금씩 소리를 익혀가고 있었다고 했다. 그리하여 아비는 마침내 그녀에게만 소리를 하게 했고, 소리를 싫어하는 오라비에게는 북장단을 익히게 하여 제 누이의 소리를 짚어나가게 했다는 것이다. 아비 소리꾼이 데리고 다니는 오누이의 소리 솜씨는 한동안 시골마을 사람들의 얘깃거리가 되곤 할 정도가 되었다. 하지만 오라비는 끝내 그 북채잡이조차도 따르기가 싫었던 모양이다. 어느 해 가을날인가, 인적 드문 산길을 지나가던 아비가 통곡이라도 하듯 두 다리를 벌리고 앉아 「수궁가」한 대목을 처연스럽게 뽑아 넘기고 나서 기운이 파해 드러누워 있을 때, 오라비는 용변이나 보러 가듯 숲 속으로 들어가고 나선 영영 다시 모습을 나타내지 않고 말았다는 것이다.

"오라비가 가고 난 후 노인네는 아마 딸년마저 도망질을 칠까 봐 겁이 나지 않았겠소. 그래 아비는 딸의 눈을 멀게 한 거랍니다."

여자는 비로소 한숨 섞인 음성으로 눈이 멀게 된 사연을 털어놓고 있었다.

하지만 눈을 죽이고 나니까 그 죽은 눈빛이 다시 목청으로 살아났던지 그녀의 소리는 윤택해지고, 그 덕분에 부녀는 오라비가 곁을 떠나고 난 다음에도 힘들이지 않고 이 고을 저 고을로 구걸 유랑을 계속해 다닐 수 있었다고 했다. 그리고 그럭저럭 환갑길에 들어선 노인이 어느 겨울날 저녁 보성 고을 근처 한 헛간 같은 빈집에서 피를 토하며 마지막 숨을 거두게 되었을 때 아비는 비로소 그녀가 모르고 있던 몇 가지 비밀―그녀와 그녀의 달아난 오라비 사이의 어정쩡한 인륜 관계 하며 잠든 딸에게 청강수를 찍어 넣어 그녀의 눈을 멀게 한 비정스런 아비의 업과들을 눈물로 사죄하고 갔다는 것이다.

"하지만 자네한테 오라비가 있었다 해도 어젯밤 손님이 그때의 오라비라고 장담을 할 수는 없지 않은가. 보아하니 자네나 손님이나 양쪽 다 그런 일은 입에도 올리지 않았던 것 같은데 말이네."

묵묵히 이야기를 듣고 있던 주인 천씨가 아직도 걱정스런 얼굴로 물었다. 하지만 여자는 아직도 전혀 목소리가 흐트러지는 기색이 없었다.

"오라비가 아닌가 싶은 생각은 벌써 손님을 처음 대했을 때부터 들기 시작했소. 손님이 소리를 찾아 다니게 된 내력을 말했을 때는 다시 의심할 여지도 없었고요. 하지만 정말 오라버니 소리가 목에까지 솟아오를 뻔한 것은 북채를 손님께 내어드리고 나서 제 소리가 오라비의 장단을 만났을 때였답니다. 오라비의 솜씨는 옛날의 제 아비 되는 노인의 솜씨 그대로였소."

"그렇다면 자네 오라비라는 사람도 그땐 자넬 알아보고 있었을 게 아닌가."

"알아보았겠지요. 절 알고 여기까지 길을 찾아오신 건지도 모르고요. 모르고 오셨더라도 그 양반 장단을 놀아 나가면서는 분명히 알고 계셨을 것이오."

"그렇다면 글쎄…… 자네를 알아보고도 오라비는 어째서 끝내 오라비라는 소리 한마디 못 해보고 그렇게 허망히 길을 떠나가고 말았단 말인가."

"그것은 아마 오라비가 또 날 죽이고 싶었기 때문이었을 것이오."
"오라비가 자넬 죽이고 싶어하다니?"
사내의 두 눈이 다시 크게 벌어졌다.
"노인네가 돌아가시기 전에 제게 말씀하신 것이 또 한 가지 있었답니다. 당신은 늘 소리를 할 때 오라비 눈에 살기가 도는 것을 보았더라고요. 당신이 소리를 하면 오라비는 이상스럽게 눈빛이 더워지면서 당신을 해치고 싶어 못 견뎌하더랍니다. 오라비가 싫은 짓을 참아가면서도 의붓아비를 따라다닌 것은 그 불쌍한 노인네가 당신의 어머니를 죽인 거라 작심하고 어미의 원수를 갚기 위해서였을 거랍니다. 노인네는 그걸 알고 있었기 때문에 어서 원수를 갚으라고 오라비 앞에 더욱 힘이 뻗치게 목청을 돋워대곤 하셨더라고요…… 하지만 오라비는 결국 원수를 갚기는커녕 당신 편에서 먼저 노인의 소리를 못 이기고 도망을 치고 말았다는 말씀이었지요. 그런데…… 어젯밤엔 저도 소리를 하면서 오라비한테서 그런 살기가 완연하게 느껴져 오더구만요. 오라빈 그걸 무슨 햇덩이 같은 거라고 말씀하고 있었지만, 그게 바로 살기였을 게라요. 오라비가 그 햇덩이 때문에 이마가 뜨거울 때 당신은 그 살기가 일고 있었던 것이오."
"자네는 그럼 오라비한테서 그런 살기를 느끼면서도 무슨 정성으로 밤새껏 그리 목청을 뽑았던가? 오라비 살기가 부풀어 끝장이라도 나고 싶었던가 말이네."
"……"
"그리고 또 자네 오라비란 사람도 그런 살기가 돌았다면 어째서 끝내 자네를 해치지 못하고 말도 없이 문을 나갔겠는가 말이네."
"그야 오라비는 옛날에도 노인을 해치진 못했지요. 노인을 해치고 싶어했다뿐, 소리 때문에 외려 당신 쪽에서 몸을 피해 달아난 위인이었다지 않습디까. 오라버닌 제 소리에 살기가 일었을지 모르지만, 제 소리 때문에 또 당신 쪽에서 먼저 몸을 피해 가신 것입네다."
"그걸 자네 오라비도 알았을까. 그 오라비한테도 자네가 이미 오라비를 그토록 알아보고 있는 눈치를 말이네."

"소리가 어우러져 나가면서 오라버니도 족히 그것을 알고 있었을 것이오."
"······."
 틈을 주지 않고 물어대던 사내가 마침내 입을 다물었다. 그러자 이번에는 여자 자신이 묻기도 전에 속절없는 목소리로 혼자서 말을 이어나갔다.
 "오라비가 안 것은 그것만도 아니었을 것이오. 오라비는 제가 어떻게 눈을 잃게 되었는지, 그런 곡절조차 묻질 않았으니께요. 오라비는 그걸 묻지 않아도 벌써 알고 계셨던 거랍니다. 소리를 하거나 소리를 들을 줄 아는 사람은 그걸 아는 법이니께요. 어르신네가 10여 년 동안이나 절 곁에 두고 계시면서도 여태까지 제 신상에 대한 내력은 아무것도 물으려 하지 않고 계신 것 한가지로 말씀이오."
 "하기야 자네 소리를 들으면 자네라는 사람을 물어보지 않아도 속을 다 알 수가 있었던 건 사실이었제."
 주인 사내가 다시 용기를 얻은 듯, 그러나 이번에는 그 자신 뭔가 창연스런 감회에 사로잡힌 듯 적막한 목소리로 떠듬거리고 있었다.
 "난 자네 오라비처럼은 소리를 모르지만, 그래도 자네 소리에 서린 깊은 정한(情恨)을 만나고 보면 자네가 겪어온 반생의 사연을 눈으로 보는 듯했다네. 눈이 멀게 된 사연도 자네의 한을 보면 알 수 있고, 자네가 살아온 험난스런 반생의 내력도 자네의 한을 보면 저절로 다 알아볼 수가 있더란 말이네."
 그러고 나서 사내는 이제 여자의 아픈 마음을 달래기라도 하듯 한결 더 부드럽고 가라앉은 목소리로 자신 있게 지껄여대기 시작했다.
 "그러고 보면 아마 자네 오라비라는 사람이 그렇게 가버린 것도 자네의 그 한을 다치지 않으려는 것이 아니었는가 싶네. 사람들 중엔 때로 자기 한 덩어리를 지니고 그것을 소중스럽게 아끼면서 그 한 덩어리를 조금씩 갈아 마시면서 살아가는 위인들이 있는 듯싶데그랴. 자네가 그렇고, 내가 그렇고, 알고 보면 자네 오라비라는 사람도 아마 그 길에서 그리 먼 데 있는 사람은 아닐 걸세. 그런 사람들한테는 그 한이라는 것이 되려 한세상 살아가는 힘이 되고 양식이 되는 폭 아니겠는가. 그 한 덩어리를 원망할 것 없을 것 같네. 더더구나 자네같이 한으로 해서 소리가 열리고 한으로 해서 소리가 깊어지는 사람이라면 더더욱 그것을 소중히 여겨야 할 것일세. 자네 오라비도 아마 그 점을 알고 있었던 듯 싶네. 자네는 아까 오라비가 자넬 해치고 싶은 충동을 못 이겨 간 거라고 말했지만, 그 말이 설사 맞는 데가 있다 치더라도 내 짐작이 크게 틀리지는 않을 것 같네. 자네 오라빈 자네 소리에 서린 한을 아껴주고 싶은 나머지, 자네한테서 그것을 빼앗지 않고 떠나기를 소망했음에 틀림없을 걸세."

여자의 찌부러든 두 눈에서 소리 없이 물기가 맺혀 흐르고 있었다. 하지만 사내는 아직도 미처 여자의 눈물을 알아채지 못하고 있었다.

"너무 망연해할 건 없어. 언제 또 생각나면 그 양반이 자넬 다시 찾아올 때도 있을 법한 일이 아닌가."

사내가 다시 간절한 목소리로 여자를 위로하려고 했다. 하지만 여자는 조용히 고개를 가로젓고 있었다.

"그렇게는 아니될 줄 싶소. 오라버니도 아마 저 모양으로 당신의 한을 먹고 살아가시는 양반이라면 이제 다시 제게 와서 당신의 한을 앗길 짓을 하시지도 않으실 양반이오."

그러고 나서 그녀가 다시 조용히 뱉어낸 몇 마디는 주막 주인 천씨 사내로서도 전혀 예상할 수 없었던 소리였다.

"오라버니가 예까지 다시 절 찾아온다고 해도 우리 남매는 이제 이것으로 두 번 다시 상면을 할 수도 없는 처지고요."

심상찮은 여자의 말에 주인 사내가 문득 수상한 눈길로 그녀를 돌아다보았으나, 여자는 이미 마음을 굳게 작정해버린 뒤인 것 같았다.

"오라버니가 제 소리를 아껴주시는데, 저한테도 그 오라비의 한이나마 제것 한가지로 소중스럽게 아껴드릴 도리를 다해드려야 할 듯싶소."

말하고 있는 여자의 표정은 그녀가 그 술청마루 끝 햇볕 속으로 나와 앉아 보이지도 않는 눈길로 먼 산허리 쪽을 더듬어대면서 끊임없이 무엇인가를 기다리고 있는 듯하던 그런 때의 그 하염없는 표정 그대로였다.

하지만 여자는, 이제 비로소 형언할 수 없는 절망감으로 그녀 앞에 무너져 내리기 시작한 주인 사내조차 까맣게 잊어버린 듯 한숨 섞인 목소리로 혼자말처럼 중얼거리고 있었다.

"어르신네 곁을 찾아온 지도 벌써 10년이 넘었구요. 제 팔자를 생각해보면 당치도 않게 편한 세월이 너무 길었었나 보아요. 이젠 그만 어디론가 몸을 좀 옮겨야 할 때도 되었지요······."

이청준(李淸俊)

1939년 전남 장흥 출생. 서울대학교 독문과 졸업. 1965년 『사상계』 신인상에 단편 「퇴원」이 당선되어 등단. 동인문학상, 한국일보 창작문학상, 이상문학상, 중앙문예대상, 대한민국문학상, 이산문학상, 대산문학상, 21세기문학상, 인촌상 등 수상. 『별을 보여드립니다』(1971), 『소문의 벽』(1972), 『비화밀교』(1985), 『키 작은 자유인』(1990), 『서편제』(1993), 『목수의 집』(2000) 등 다수의 창작집과 『당신들의 천국』(1976), 『춤추는 사제』(1979), 『자유의 문』(1989), 『흰옷』(1994), 『축제』(1996), 『인문주의자 무소작 씨의 종생기』(2000), 『신화를 삼킨 섬』(2003) 등 다수의 장편소설 및 『할미꽃은 봄을 세는 술래란다』(1995)를 비롯한 여러 동화집 출간. 1998년부터 2003년까지 열림원에서 장편 11종 12권, 중단편소설집 10권, 연작소설집 3권 등 25권의 소설 전집 간행.

작품 세계

이청준은 자유와 억압, 용서와 복수, 이상과 현실, 존재적 언어와 관계적 언어, 개인의 진실과 집단의 꿈 사이에서 고뇌하면서 이를 종합하기 위한 서사적 노력을 펼쳤다. 또 열린 산문 정신으로 끊임없이 새로운 세계의 문을 열어보이고자, 소설이라는 '말의 꿈'을 계속 고쳐 꾸어왔다. 흔히 4·19 세대를 대표하는 작가로 거론되는 이청준의 소설은 자유와 절망의 긴장감 넘치는 자장을 보인다. 4·19에서 본 자유의 가능성과 5·16에서 본 절망의 현실성 사이에서 그의 정치적 무의식은 서사적 의미망을 길어 올린다. 「퇴원」「병신과 머저리」 등 초기작에서 보인 "환부다운 환부가 없는" 환자들의 내면 풍경부터 그러하며, 이후 많은 소설들은 그 환자들의 병인(病因)을 탐색하거나, 그들의 상처를 어루만지는 쪽으로 진행된다. 1960년대 후반에 전통적 장인의 세계(「줄」「매잡이」「과녁」 등)에 몰입한 것도 그 때문이다. 이를 바탕으로 1970년대에는 크게 두 줄기 서사적 흐름을 보인다. 자아와 세계가 승화된 화해 지평을 보일 수 있는 전통적 장인 세계를 탐문하던 맥락을 심화시켜 판소리의 세계를 서사화한 것이 그 한 줄기다. 현실에서 맺힌 한들을 소리로 풀어보려 했던 「남도사람」 연작이 그러하며, 「눈길」을 비롯한 고향/바다 지향의 이야기들도 이 계열이다. 자아와 세계의 갈등이 현저한 절망적 현실을 탐색하기 위한 담론으로 서사화한 것이 「언어사회학서설」 연작인데, 말과 현실이 어긋나고 안과 밖에 어우러지지 못하는 상태를 매우 지성적으로 점묘화했다. 「가면의 꿈」「잔인한 도시」를 비롯한 도시적 삶의 이야기들이나 유신 독재 체제에 대한 알레고리의 성격이 강한 장편 『당신들의 천국』도 이 계열에 속한다.

『당신들의 천국』에서 조백헌이 끝내 이상욱의 의심의 눈초리로부터 자유롭지 못한 것도 이런 정치적 무의식 때문이다. 이 두 계열의 이야기를 하나로 통합하려 한 소설이 「다시 태어나는 말」이다. 여기서 작가는 현실에서 패배한 지친 영혼들이 '다시 태어나는 말'로 읊조리며 남도 소리를 들으며 귀향할 수 있는 소망적 가능성을 탐문했다. 그러나 「이어도」 같은 탐색의 이야기에서 절묘하게 보여주었듯이, 찾음의 대상은 바로 현전되지 않는다. 「이어도」나 「소문의 벽」 등 격자소설 형식을 통해 중층적인 탐문의 서사를 펼쳤던 것은 현실에 대한 부정적 인식론과 관련된다. 1980년 5월 광주에서 있었던 폭력과 배반의 역사를 경험하면서 이청준은 좀더 근원적으로 인간의 존재론과 현실과 역사의 함수 관계를 탐문한다(「시간의 문」「비화밀교」「벌레 이야기」「가위 밑 그림의 음화와 양화」『자유의 문』 등). 1990년대에는 이전의 작업들에 깊이를 더하면서 허물과 복수의 벽을 허물고 용서의 문을 열어나갈 묘책을 서사적으로 궁리한다. 「얼굴」『인간인』 등에서 「목수의 집」「날개의 집」『인문주의자 무소작 씨의 종생기』에 이르기까지 그의 종합에의 의지는 현저하다. 2000년대 들어서는 이전에도 「이어도」나 「석화촌」 등 여러 작품에서 보여주었던 신화적 상상력을 바탕으로 역사와 현실의 새로운 전개 가능성을 모색한다. 전집 출간 이후 간행된 장편『신화를 삼킨 섬』은 절망을 넘어서 자유롭게 다시 태어나야 할 넋을 위한 샤먼-작가의 말짓풀이요, 신화적 자맥질의 소산이다.

『당신들의 천국』

소록도를 무대로 나환자들과 병원장의 갈등의 이야기를 중심으로 천국에로 이르는 길의 어려움을 고뇌한 소설이『당신들의 천국』이다. 조백헌 원장은 선한 의지를 가지고 나환자들을 위한 '당신들의 천국'을 구상하고 실천하려 한다. 그러나 나환자들은 '우리들의 천국'이 아닌 '당신'에 의한 '당신들의 천국'에 회의하며 협력하지 않는다. 황장로를 비롯한 나환자들은 자유 의지와 사랑의 교감에 기초한 실천적 힘, 위/밖으로부터가 아닌 안으로부터의 자생적 의지나 운명에 기초한 '우리들의 천국'을 소망했던 것이다. "운명을 같이하지 않는 한에서의 어떤 힘의 질서는 무서운 힘의 우상을 낳을 뿐"이라는 사실을 깨달은 조원장은 조용히 섬을 떠난다. 5년 만에 병원장이 아닌 개인의 신분으로 돌아와 운명을 같이하려 했지만, 이제 필요한 원장의 귀늠이 그에게 없었다. 이에 그는 또 다른 한계에 부딪친다. '당신들의 천국'이 아닌 '우리들의 천국'을 모색하고자 한 조백헌의 반성적 이념과 노력은 소설에서 더 이상 구체적인 결실을 보지는 못한다. 그렇지만, 수록 부분에서 보는 것처럼, 윤해원과 서미연의 결혼 추진 사건을 통해 '우리들의 천국'의 가능성을 암시하는 것으로 소설은 끝난다. 사랑과 자유에 기초한 이 결혼 사건이 암시하는 것은 일반 의사에 입각한 공동의 행복 추구 가능성이다. 나환자와 일반인, 우리와 당신들이 구별되는 천국이 아닌, 서로 교감하고 조화를 이루는 '우리들의 천국'의 씨앗이 거기서 자생적으로 움트기를 열망하는 것이다. 그러나 조백헌의 주례 연습 장면을 훔쳐보는 이상욱의 의심의 시선이 복합적인 의미의 자장을 새롭게 형성한다. 요컨대 타자와 구체적인 교감이 없던 주체의 선한 의지가 타자의 발견을 통해 어떻게 새로운 테제를 형성할 수 있을까 하는 가능성을 조심스럽게 점쳐본 소설이 곧 『당신들의 천국』이다. 거기에는 삶의 현실과 이상적 소망, 주체와 타자 사이의 진정한 교감 가능성, 개인의 진실과 집단의 꿈의 화해 가능성, 자유와 사랑의 허심탄회한 조화 가능성 등 여러 가지 근본적인 문제의식들이 담겨 있다.

「소리의 빛」

「소리의 빛」은 「남도사람」 연작 중 한 편이다. 한의 자리를 찾아 헤매던 이복 오라비와 소리꾼 누이가 만나 하룻밤 소리판을 벌이지만, 서로 오누이임을 알면서도 그냥 헤어진다는 이야기를 중심 사건으로 하여 한(恨)의 생명력을 풀어본 소설이다. 한 맺힌 사연, 한으로 인해 깊어진 소리, 소리로 풀어지는 한, 그럼에도 거듭 떠돌이 삶을 살아야 하는 두 오누이의 사연 등을 통해 "한이라는 것이 되려 한세상 살아가는 힘이 되고 양식이 되는" 그런 한국적 가능 세계의 지평을 탐문한다.

주요 참고 문헌

이청준의 소설에 대한 주요 기존 논의는 김병익·김현 엮음, 『이청준』(은애, 1979); 김치수 외, 『이청준론』(삼인행, 1991); 『작가세계』 14(이청준 특집호, 1992년 가을호); 권오룡 엮음, 『이청준 깊이 읽기』(문학과지성사, 1999) 등에 잘 정리되어 있다. 이윤옥의 『비상학, 부활하는 새, 다시 태어나는 말: 이청준 소설읽기』(문이당, 2005)는 이청준 소설에 관한 전작 평론집이다. 『당신들의 천국』에 대한 기존 논의는 우찬제의 「힘의 정치학과 타자의 윤리학」(『당신들의 천국』 해설, 열림원, 2000)에 요약되어 있다. 이청준과 우찬제 대담 「'우리들의 천국'을 향한 '당신들의 천국'의 대화」(『당신들의 천국』 100쇄 기념 특별 기획, 『문학과사회』, 2003년 봄호)도 참고할 만하다. _우찬제

조세희
내 그물로 오는 가시고기

다섯 시가 이미 넘었는데도 어두웠다. 여느 때면 내 방 창에 첫 빛이 와 닿고 커튼이 그 빛을 올 사이사이로 빨아들여 방 안의 어둠을 밀어버릴 시간이었다. 나는 침대 머리맡의 수화기를 들고 주방으로 이어진 단추를 눌렀다. 아직 잠이 덜 깬 듯싶은 여자아이의 목소리가 조심스럽게 떨림판을 흔들어왔다. 커피를 시키고 일어나 커튼을 젖혔다. 창문을 덮었던 안개가 스멀스멀 밑으로 내려앉고 있었다. 늙은 개가 안개 속에서 움직이는 것을 나는 내려다보았다. 돌아간 할아버지의 개는 아직도 죽지 않고 살아 느릿느릿 안개를 헤쳐 흩뜨러뜨렸다. 숙부가 독일의 어느 기업인에게서 선물로 받았다는 개였다. 숙부는 자기가 받은 선물을 다시 할아버지에게 바치면서 족보를 밝혔는데, 개의 계보가 그 나라의 호엔촐레른 왕가까지 들먹이게 했다. 늙은 개의 가까운 선조들은 2차대전에 참가해 노르망디 해안을 순찰하고, 아프리카의 사막도 횡단했다. 그 이야기가 나를 흥분시켰었다. 지도자의 명령에 무조건 복종한다는 것은 좋은 일이었다. 늙은 개의 선조들은 주인과 함께 참전해 그들에게 할당된 참호를 지키고 보초를 섰다. 전진의 명령은 지도자가 내렸다. "나는 언제나 옳다. 나를 믿고, 복종

---

* 「내 그물로 오는 가시고기」는 『창작과비평』 1978년 여름호에 발표되었다. 여기서는 연작소설집 『난장이가 쏘아올린 작은 공』(문학과지성사, 1978; 1997)에 수록된 것을 저본으로 삼고, 『난장이가 쏘아올린 작은 공』(이성과 힘, 2000)을 참조하였다.

하고, 싸우라"고 지도자는 말했다. 강력한 교육을 받은 유럽 국민답게 그쪽 사람들은 총력을 기울여 싸웠다. 나는 그들의 역사를 좋아했다. 할아버지의 개는 연못가에 앉아 있다 먹을 것을 찾아 내려앉는 참새를 앞발로 쳐 잡았다. 아버지는 그렇게 영리하고 민첩한 사냥개를 아직 본 적이 없다고 말했다. 사냥을 나갈 때마다 피 묻은 짐승들을 차에 싣고 왔다. 할아버지는 그 짐승들을 거실로 끌어들이게 해 카펫을 버려놓으며 큰 소리로 웃고는 했다. 그때 할아버지 앞으로 할아버지가 쏜 짐승을 꼼짝없이 몰아붙였던 개는 저의 집으로 들어가 적당한 양의 갈비를 뜯었다. 젊었을 때의 이야기다. 늙은 개는 천천히 움직였다. 나는 두꺼운 책을 뽑아 그 개를 향해 내리던졌다. 빗나간 책이 풀장으로 이어진 보도 타일 위에 떨어졌고 늙은 개는 안개 속으로 사라졌다.

할아버지가 돌아갔을 때 개는 아무것도 먹지 않았다. 숙부가 그 개를 가져가려고 했다. 아버지는 안 된다고 잘라 말했다. 그 개는 이미 장년기를 지나 늙기 시작한 때였지만 아버지는 자기가 할아버지의 모든 권한을 물려받았다는 것을 숙부에게 알리고 싶었던 것이다. 그 숙부가 은강공장에서 올라온 공원의 칼을 맞고 숨졌을 때 나는 웃음이 나오려는 것을 억지로 참았다. 숙모와 사촌들 옆에 선 아버지가 눈가에 차서 넘칠 듯 글썽거진 눈물을 손수건으로 찍어냈던 것이다. 나는 숙부를 죽인 공원을 법정 방청석에 앉아 보았다. 늙은 개는 보이지 않았다. 소리를 듣고 안개를 헤치며 온 아버지의 경호원이 내가 늙은 개를 죽일 마음으로 던진 두꺼운 책을 집어 들었다.

여자아이가 책과 커피를 받쳐 들고 들어왔다. "작은댁 사모님께서 아드님하고 오셨어요." 여자아이가 아직도 잠이 덜 깬 듯싶은 목소리로 말했다. 엷은 하늘색 원피스에 흰 앞치마를 둘렀다. "함께 온 사람이 있지?" 내가 물었다. "변호사를 데리고 오셨어요." 나는 윗옷을 벗고 잤다. 그래서 여자아이는 나를 바로 보지 못했다. 내가 대학에 들어가던 해 열다섯 살 계집아이로 왔는데 이태 만에 몰라보게 자란 것을 새삼스럽게 알았다. 가슴 부분이 유난히 볼록해 보였다. 나가려는 아이를 잡아 세웠다. 나는 "너희 방 텔레비전에는 이런 것이 없지"라고 말하면서 비디오테이프를 밀어 넣고 작동 단추를 눌렀다. 여자아이의 몸에 간밤의 잠이 그대로 붙어 있는 것 같았다. 나는 나의 커피잔을 그 아이의 입에 대주었다. "전 쫓겨나요." 아이가 말했고, 화면에서는 베를리오즈의 음악이 화면 안 여자아이의 금발을 흩날리게 했다. 지금의 유럽 쪽 사람들을 알 수가 없었다. 나라면 이런 종류의 테이프에 베를리오즈의 음악을 쓰지는 않았을 것이다. '열여섯 살'이라는 제목의 테이프였다. 빨간 스웨터를 걸친 열여섯 살짜리 여자아이가 친구들과 헤어지면서 손을 흔들었다. 나는 테이프를 빠른 속도로 회전시켜 뒷부분에 놓았다. 놀라운 일이 화면 안에서 벌어졌다. "내가 널 어떻게 했니?" 나의 물음에 여자아이는 대답하지 않았다. 그 아이의 몸이 잠에서 깨어나는 것을 나는 느꼈다. 여자아이는 화면에서 눈을 돌려 비난에 찬 시선으로 나를 쳐다보더니 손을 빼었다.

새벽같이 아버지를 만나러 온 세 사람은 이 층 응접실 소파에 그림처럼 앉아 있었다. 아버지와 어머니는 아직도 그들 방에서 자고 있었다. 숙모가 데려온 변호사는 눈을 감았다. 두 사람을 보는 순간 구역질이 날 것 같았다. 사촌은 그들 맞은편에 앉아 신문을 뒤적였다.

"형."

내가 불렀다.

"이리 와."

"넌 일찍 일어났구나."

숙모의 말을 나는 묵살했다. 눈을 뜬 변호사가 안경을 올리며 나를 쳐다보았다. 숙부가 돌아간 날부터 그는 숙모의 변호사로 일했다. 사촌은 나선형 층계를 돌아 내가 서 있는 곳으로 걸어 올라왔다. "너무 일찍 왔어." 내가 말했다. 우리는 복도 끝으로 가 비상계단으로 내려섰다. 안개가 걷혔다. 아침 첫 햇살은 우리가 돌아 내려가는 층계참의 모서리와 흰 벽, 그리고 키 큰 나무들 잎 위에 떨어졌다. 사촌은 까만 양복에 까만 넥타이를 맸다.

"형까지 올 줄 몰랐어."

사촌은 우울한 표정을 지었다.

"잠을 더 자두는 게 낫지. 변호사를 데리고 와서 어쩌겠다는 거야?"

"우린 그런 이야길 하지 말자."

숙부가 돌아갔을 때 그는 미국에 있었다. 나의 친형 둘도 그곳에 유학 중이었으나 그들은 숙부의 장례식에 참석하기 위해 귀국할 사람들이 아니었다. 아버지가 돌아갔다면 허겁지겁 돌아왔을 것이다. 돌아오는 비행기 속에서 나의 형들은 눈물 한 방울 흘리지 않고 자기들이 차지할 아버지의 유산을 빨리 확인하고 싶어 조바심을 쳤을 것이다. 그들을 생각하면 잠이 안 왔다. 둘이 터무니없이 차지해 나의 몫은 바싹 줄어들 것이 분명했다. 우리는 장미밭을 지나갔다. 아버지의 경호원이 늙은 개를 쓰다듬어주고 있었다. 내가 던진 두꺼운 책이 아주 빗나가지는 않았다. 머리에 상처가 났다면서 경호원이 늙은 개를 끌어 갔다.

"빨리 미국으로 돌아가."

나는 풀장가에서 신발을 벗어던졌다. 사촌은 등나무 의자에 앉아 담배를 피워 물었다.

"너도 나를 귀찮게 생각하니?"

우울한 목소리로 사촌이 물었다.

"아니."

나는 말했다.

"형을 귀찮게 생각할 사람은 없어. 난 형을 위해 하는 말야."

"고맙구나."

사촌의 다음 말은 알아들을 수 없었다. 나는 스프링보드를 몇 번 구르다 물속으로 뛰어들었다. 풀 깊은 바닥은 아직도 어두웠고 물은 아주 차갑게 느껴졌다. 나는 일 분가량 잠수해 있었다. 풀 밑바닥 모퉁이에 몸을 오그리고 앉아 느끼는 일 분 동안의 숨막힘, 일 분 동안의 거짓 절망이, 나중에 잃게 될 내 세계와 지금 멀어져버리는 괴로움으로 변해 나를 조여왔다. 발을 놀려 물 위로 떠오르면서 나는 빛의 굴절이 일으키는 파면의 진행 방향 끝에 앉아 있는 사촌을 보았다. 나는 수면 위에 엎드려 물장구를 치며 손을 번갈아 움직여 물을 긁었다. 물장구는 다리 관절의 힘을 빼고 쳤다. 얼굴을 돌려 물 밖으로 내놓는 순간

숨을 들이쉬고, 내쉬는 숨은 물속에서 쉬었다. 밖으로 나가자 사촌이 수건을 던져주었다. 햇살은 이른 아침부터 따갑게 느껴졌다. 정장을 한 사촌의 이마에 땀이 내 배었다. 아버지의 운전기사가 자기 차를 타고 와 내리는 것이 사철나무 사이로 보였다.

"숙모가 뭔가 잘못 생각하시는 것 같아."

내가 말했다.

"형도 숙모가 얼마나 어리석은 행동을 하고 계신지 알겠지?"

"난 모르겠어."

사촌이 말했다.

"네 말대로 미국으로 돌아가 하던 공부나 계속해야겠다."

"이따 아버지를 뵙게 될 때 그 말씀부터 드려. 숙모가 하는 대로 따라 해서 이로울 건 하나도 없다구."

"그래야 큰아버지가 흡족해하시겠지."

"형이 은강그룹의 일원이라는 걸 강조하실 거야. 형도 우리 회사들이 우리나라 전체 세금의 4퍼센트를 내고, 매상액이 국내 시장의 4.2퍼센트, 수출은 5.3퍼센트를 기록하고 있다는 걸 알아야 돼."

"대단하구나."

"대단하지!"

나는 사촌에게 말했다.

"어리석은 경영을 할 권리가 아버지에게는 없어. 숙부가 돌아가셨다고 그분의 몫을 당신 앞으로 빼달라는 숙모의 말씀이 통할 것 같아? 형이 공부를 끝내고 돌아와 일을 익혀 경영에 참여하는 게 제일 자연스럽지. 아버지가 인정하는 건 형뿐야. 나쁘게 들리겠지만 숙모는 이제 우리 집안사람이 아니라구."

"어째서?"

사촌은 아주 기분이 나쁜 표정을 지었다.

"아버지가 그런 말씀을 하셨던 것 같아."

내가 말했다. 사촌은 무슨 말인지 모르겠다는 듯 나를 쳐다보았다. 내 위의 두 형에 비하면 선량하기 짝이 없는 사람이었다. 그는 은강에서 올라온 젊은이가 왜 날카로운 칼을 뽑아 살인을 하지 않으면 안 되었을까, 사람들에게 묻고는 했었다. 선천적으로 착한 사람이었다. 칼을 맞고 숨을 거두는 순간에 숙부가 아픔을 느꼈을까 하는 것도 그는 알고 싶어했다. 살인범이 노렸던 사람은 숙부가 아니라 아버지였다는 사실을 알았을 때 그는 침묵했다. 사촌은 범인을 이성과 감정, 의지와 조화를 잃은 정신분열증 환자로 보았다. 그를 재판하면 안 된다고 그는 말했다. 재판정에 나가보고서야 피고가 정상인이라는 것을 인정했다. 그는 그의 아버지를 죽인 자의 계획 살인을 정당방위라고 우겨 주위 사람들을 갑갑하게 만들었다. 법정 방청석은 공장 노동자들로 꽉 찼다. 아버지의 젊은 비서가 가방을 들고 들어서는 것이 똑같은 사철나무 사이로 보였다. 아버지의 승용차가 햇빛을 받아 번쩍거렸다. 독일 사람들이 만든 최고급 승용차였다. 같은 독일제였지만 나의 것은 차체가 작고 앙증한 흰색 국민차였다. 사촌이 다시 담배를 피워 물었다. 미국의 노동자들이 어느 날 갑자기 외치는 소리를 들었다고 그는 말했었다. "한국 섬유 노동자의 임금은 얼마?" 그곳 노동조합 대표가 선창하면 노동자들은 "시간당 십구 센트!"라고 외쳤다는 것이다. 만여 명의 노동자들이 크게 외치면서 한낮의 광장을 돌 때 사촌은 그들이 우리 제품의 수입을 규제하기 위해 거짓말을 하고 있다고 생각했다는 것이다. 한 달 임금으로 45.6달러를 지급하고 일을 시킬 경영 집단이 있을 것으로는 믿어지지 않았다는 것이다. 그러니까 은강방직에서 올라온 젊은이가 칼을 뺀 것은 당연하다는 사촌의 주장이었다. 우리의 제도는 이제 안에서부터 파괴될 것이라고 그는 말했다. 우리는 삼차원의 세계에 살고 있지만 칼을 품었던 사람과 그의 동료들, 그리고 그들의 식구들은 이차원의 세계에 살고 있다는 말까지 했다. 현실이 한 차원을 빼앗아버렸다는 것이었다. 이차원이라면 일정한 한도와 경계가 있다. 사촌에게는 자신을 너무 분석하고 구속하는 습관이 있었다. 발전을 기대할 수 없는 갑갑한 사람이었다.

"변호사가 가잖아?"

그가 물었다.

"아버지의 비서가 쫓아내고 있어."

내가 말했다.

"아버지의 변호사를 찾아갔어야 될 사람야. 숙모를 믿고 실수를 했어."

"법률가는 사태를 똑바로 본다. 문제의 핵심을 보통 사람들보다 빨리 파악해. 나는 그를 믿었어. 어머니가 새벽같이 전화를 해 불러냈어. 어머니는 한잠도 못 잤어. 저 사람이 없으면 말 한마디 못할 거야. 사실을 정연하게 제시할 능력자가 가버렸으니 큰아버지를 뵐 필요도 없겠어."

"몇 해만 기다리면 형은 자동적으로 중역이 돼."

웃으며 나는 말했다.

"들어가. 아버지가 일어나셨어."

"나는 돈이 많은 것도 싫어."

피로한 목소리로 사촌이 말했다. 그에게는 괴로운 날이었다. 숙모는 응접실에 혼자 앉아 있었다. 내가 방으로 올라가 옷을 입고 내려왔을 때도 그대로 앉아 있었다. 숙모가 등을 돌리고 앉아 있는 북쪽 벽에 은강조선 현장을 돌아보는 할아버지의 큰 그림이 걸려 있었다. 할아버지는 기분 좋은 표정이 아니었다. 할아버지는 변화를 무서워했다. 할아버지는 오래전 기술과 기계로도 많은 제품을 만들어 팔아 높은 이윤을 얻었다. 몇 개의 소비재 생산 회사와 무역상사의 철저한 경영으로 그는 주주들의 투자를 보호하고 기업의 재정을 안정시키며 부를 쌓아 올리는 데 성공했다. 할아버지에게는 사회의 수요 변화에 꼭 앞장서야 할 특별한 이유가 없었다. 돈을 계속 벌어들이고 있는 이상 모르는 방법과 기술에 매달려 머리를 쓸 필요가 전혀 없다고 할아버지는 생각했다. 아버지와 숙부가 합세해 변화에 대한 할아버지의 지침을 깨뜨려버렸다. 우리는 무언가 잘못하고 있다고 아버지는 말했다. 우리가 지금까지의 경영 방법을 고수한다면 일 년 후에 우리의 이익은 줄어들 것이고, 이 년 후에는 현상 유지도 어려울 것이며, 삼 년 후에는 선두 그룹에서 탈락하게 될 것이라고 말했다. 나는 어렸지만 아버지가 옳다는 것만은 알 수 있었다. 내가 늙어 손자를 갖게 된다면, 나의 손자들은 그들의 증·고조부대의 터무니없는 시절 이야기를 듣고 낯을 붉히게 될 것이다. 일종의 경제 발작 시대로, 윤리 · 도덕 · 질서 · 책임이 모든 생산 행위의 적으로 간주되었다는 것을 그 아이들은 알아 지금 사람들이 내세울 업적을 형편없이 깎아내리려고 할지도 모를 일이다. 아버지는 머리를 썼다. 경제 규모가 커지고 그 구조가 고도화함에 따라 기업의 행동 양식도 달라져야 된다고 생각했다. 아버지는 경공업 분야에 머물러 있는 할아버지의 기업 그룹을, 머리와 지원만으로, 기계 · 철강 · 전자 · 조선 · 건설 · 자동차 · 석유 화학 등 중화학 공업을 망라한 체제로 끌어올렸다. 말년의 할아버지는 그 무서운 성장 속도를 대하고 현기증이 난다고 말했다. 그가 황금기로 안 60년대를 아버지가 숙부와 함께 뛰어든 격변기에 견주어 보면 소꿉장난 시절 같다는 생각밖에 들지 않았다. 아버지는 그의 접빈실에서 숙모와 사촌을 맞았다.

"넌 아주 귀국해버린 거냐?"

아버지가 사촌에게 물었다.

"아닙니다."

사촌이 말했다.

"돌아가 공부를 계속할 생각입니다."

"아버지 장사를 모셨으면 됐지, 왜 얼른 돌아가지 않고 몇 달씩 허송하고 있는 거냐? 너도 내가 어머니 앞으로 회사를 떼어드려야 한다고 믿고 있니?"

"전 잘 모르겠습니다."

숙모의 얼굴이 파랗게 질렸다.

"그걸 알아야지."

아버지가 말했다.

"너의 아버지가 살아 있다면 용서받을 수 없는 일야. 나도 아버지와 같은 사람이다."

"하지만 시아주버님."

숙모가 겨우 입을 뗐다.

"아버지의 권리를 이어받을 사람은 바로 너야."

아버지는 얼굴도 돌리지 않고 조카에게 말했다.

"공부를 끝내고 와 아버지가 하던 일을 해야 돼. 잠시도 쉴 수 없는 상태가 어떤 건지 너도 알게 될 거다. 우리에겐 지켜야 할 게 많아. 지키면서, 실제로 행동이 가능한 변혁을 늘 생각해야 돼. 많은 사람들이 우리가 근거 없이 성공한 걸로 믿고 있고, 기회만 있으면 때려부수려고 하는데, 우리는 그들을 설득하든가 안 되면 반대로 밀어붙일 힘을 가져야 된다. 저희들을 위해 우리가 하는 고마운 일은 생각도 하지 않으려는 사람들이 너무 많아. 너의 아버지 일을 나는 눈을 감을 때까지 잊을 수 없을 거야. 이렇게 큰 희생을 우리가 치러본 적은 없었어. 나라와 나라 사이의 일이라면 전면 전쟁이 일어났을 거다. 이 이상으로 신성한 전쟁 이유는 있을 수가 없어."

"큰아버님 말씀 알아듣겠습니다."

사촌이 말했다.

"그러니까, 공장에서 일하는 그들도 같은 말을 할 수 있을 거예요. 스스로를 지키기 위해 가만있으면 안 된다는 그 신성한 이유를 똑같이 들겠죠."

"그 이야기는 나중에 또 하자. 미국에서 필요한 돈은 그곳 지사에서 갖다 쓰거라."

그리고, 아버지가 숙모를 바라보았는데, 사촌의 지적대로 숙모는 말 한마디 제대로 못했다. 아버지는 일을 완전하게 끝내고 싶어 했다. 그래서 몇 장의 사진이 든 봉투를 넘겨주면서 동생 무덤의 풀이 마르기도 전에 무슨 일을 했느냐고 물었고, 숙모는 사촌의 시선을 받는 순간 얼굴을 돌렸다. 숙모로서는 참을 수 없는 일이었을 것이다. 아버지는 아주 쉽게 숙모와 사촌을 떼어놓았다. 숙모는 숙부의 죽음을 해방으로 받아들였을 것이다. 그렇지 않다면 이제 회사 하나를 경영하는 손아래 남자와 엉뚱한 일을 저지르려고는 하지 않았을 것이다. 나는 숙모가 남자와 자는 사진만은 볼 수 없었다. 그 사진을 들여다보는 숙모의 눈썹은 아래로 처졌고, 순간적으로 까맣게 탄 입술에서는 짧은 숨소리가 새 나왔다. 면담은 간단히 끝났다. 숙모는 혼자 돌아갔다.

나는 사촌과 함께 식당으로 가 아침 식사를 했다. 사촌이 너는 날마다 이른 아침에 수영을 하느냐고 물었다. 나는 아버지에게 요트를 한 대 건조해달라고 조르고 있으며, 그것이 실현되면 모험 항해를 떠나보고 싶다는 것과 먼 바다로의 단독 항해에 대비해 지구력 훈련을 쌓는다고 말해주었다. 사촌은 놀랍다는 표정을 지었다. 그는 치체스터가 탔던 것과 같은 요트를 우리 기술로 건조할 수 있겠느냐 하는 것과 내가 모험 항해라는 말을 거침없이 써도 될 단계가 정말 온 것인지 알고 싶어했다. 물론 그렇다고 대답했다. 나는 형도 잘 알고 있겠지만 미국은 적은 인구로 전 세계 자원의 거의 반을 소비하고, 잘사는 그들 중 하나가 하루에 섭취하는 열량은 못사는 아프리카·아시아 빈민들 중 한 사람이 형편없는 식사를 통해 일주일에 취하는 열량보다 못할 게 없을 것이라고 말했다. 강자가 약자에게 주는 이런 종류의 충격이 인정되는 이상 우리의 상태도 인정을 받아 마땅하다고 나는 주장했다. 우리가 도입해온 기술에 대해서도 열심히 설명했다. 그러나 내 말을 못 알아듣겠다고 사촌이 말했다. 그는 정말 아무것도 모르겠다는 투였다. 그래서 집안에 해결해야 될 일이 있을 때 모험을 생각할 사람은 없다고 나는 말했다. 자연적인 성의 차별에 대해서도 말했다.

"나는 내 또래의 다른 아이들보다 욕정을 자주 느껴. 그리고 계집애들과의 그 해결 횟수도 몇 배나 많은 편야."

사촌이 나를 쳐다보았다.

"넌 참 이상하구나. 말의 갈피를 못 잡아."

"이상한 건 그렇게 느끼는 형야."

"나도 정상은 아냐. 머리가 아파. 어머니는 무엇이 불만이었을까? 어머니의 그 사진을 많은 사람들이 보았겠지?"

"몰라."

사촌에게 나는 말했다.

"내가 형이라면 숙부를 찌른 자의 선고 공판을 보고 미국으로 가겠어. 그다음엔 모든 걸 잊고 그곳 생활에 젖어버릴 거야. 가만있어도 형 앞으론 이익 배당이 나와 쌓이게 돼 있어."

"그렇겠구나."

사촌이 일어나면서 말했다.

"너는 정말 빈틈이 없구나."

사촌에게 더 이상 신경을 쓰지 않기로 했다. 그는 차로 태워다주겠다는 것도 거절하고 걸어 나갔다. 밖은 무척 더웠다. 한여름 햇볕이 고민하는 사촌의 몸에 떨어졌다. 내 사고와 체질·습성이 점점 국적 불명이 되어간다고 그가 말한 적이 있다. 이 관찰 하나만은 그가 옳았다. 나에게 아무 이상이 없다는 것을 그가 인정한 셈이었다.

나는 종종 미래의 일들에 대해 상상하고는 했다. 머지않은 장래에 형들과 함께 일하게 될 것이 분명했다. 아버지가 돌아가기 전에는 사촌도 함께 일하게 될 것이다. 나는 사촌을 문제 삼아본 적이 한번도 없었다. 친형 둘을 나는 어렸을 때부터 무서워했다. 둘 다 머리도 좋고 힘도 세었다. 장난감을 놓고 벌이는 작은 욕망의 저울질이었지만, 그들에게 나는 늘 지기만 했다. 나는 증기기관차·탱크·장갑차·비행기·대포·기관총·권총에 꼬마 병정들까지 빼앗기고 계집애 동생과 함께 인형의 집 인형의 침대에 인형들을 재우면서 놀았다. 아빠, 불 좀 꺼주세요, 우리 아기가 자요, 동생이 속삭이듯 말하면 콩알만 한 전등의 스위치를 조심스럽게 돌려 불을 끄면서 두 형이 대포를 쏘아대고 병력을 투입해 인형 나라의 평화를 깨뜨려버리지나 않을까 가슴을 조이고는 했다. 그러자 형들은 나더러 오줌을 앉아서 누라고 말했고, 어머니의 친구들이 어쩌다 오면 경훈이는 예쁘기도 하구나, 계집애보다도 예뻐, 참 예뻐, 나의 몸을 안고 수없이 입을 맞추었다. 나는 공부로만은 이기고 싶었지만 형들은 교사를 골탕 먹일 생각만 하고 책 하나 제대로 들여다보지 않으면서도 좋은 점수를 얻어 나를 납작하게 눌러버렸다. 내가 이 세상에 나와 눈물로 드린 최초의 기도는 악마 같은 둘이 천당으로 가도 좋으니 제발 죽어 내 옆에서 없어지게 해달라는 것이었다. 큰형이 자라 차에 계집애를 태워 몰고 다니다 교통사고를 냈을 때 나는 두번째 기도를 올렸다. 큰형의 차가 가로수를 들이받아 박살이 나는 바람에 큰형을 따라다니며 알몸으로 더러운 정액을 빨아들였던 계집애는 그 자리에서 숨졌고, 병원으로 옮겨져 치료를 받은 큰형은 붕대를 친친 감은 채 침대에 누워 있었다. 나의 기도는 다시 받아들여지지 않았다. 큰형은 보름도 안 되어 퇴원했다. 입건도 되지 않았다. 큰형이 사고를 낸 한밤중 그 시간에 보일러공과 함께 기사들 방에서 잠을 잔 어머니의 운전기사가 큰형 대신 경찰을 찾아갔다. 그리고, 할아버지는 아버지를 불러 죽은 계집애네 부모에게 상당한 액수의 돈을 지불하라고 일렀다. 할아버지가 돌아갔을 때 나는 눈물 한 방울 흘리지 않았다. 할아버지가 평생을 두고 되뇐 말은 '희생'이었는데, 그의 이 말은 그의 생애와 하나도 상관이 없었다. 형들이 집을 떠나 있는 동안 나는 아버지의 인정을 받아두지 않으면 안 된다고 믿었다. 내가 아버지의 일에 많은 관심을 갖고 있다는 것과 빨리 자라 일을 하고 싶어한다는 것을 알았을 때 아버지는 몹시 기뻐했다. 아버지가 제일 무서워하는 것은 전쟁이었다. 이상하지만 사회적인 여러 변화도 아버지에게는 같은 의미를 지니었다. 이것들은 한순간에 아버지의 모든 것을 빼앗아버릴 수 있었다. 그것을 나에게 인식시키기 위해 긴 설명을 할 필요는 없었다. 나도 같은 생각이었다. 나는 두 형을 제일 무서워했다. 사촌은 무서울 것이 없었다. 그는 약한 사람이었다. 나는 그와 함께 법정 방청석에 앉아, 남쪽 공장에서 올라온 한지섭이라는 사람이, 숙부를 찌른 살인범에게 죄가 없다고 말하는 소리를 들었다.

"나쁜 자식!"

그는 반란을 꾀하는 반도와 같았다.

"누가?"

사촌이 물었다.

"변호인 측 증인으로 나왔던 자식 말야."

"그렇게만 보지 마."

"형은 정신이 있어? 누굴 어떻게 한 자의 재판인데 이러지?"

"자기 생각을 말했을 뿐야. 그리고, 방청석을 메운 노동자들은 그가 옳다고 믿고 있었어. 그들은 왜 그가 옳다고 믿었을까?"

사촌과는 말을 하지 않는 것이 좋았다. 나는 지섭을 용서할 수 없었다. 일부러 초라한 옷을 입고 나타난 그는 심한 편견과 오만에 악의까지 갖고, 진실은 덮어버린 채 우리를 죄인으로 몰아붙였다.

    한여름 한낮의 햇볕이 건물과 가로수, 느릿느릿 달려가는 자동차들 위에 뜨거운 기운을 뿜었다. 거리의 사람들은 한 시 반의 짧은 그림자를 끌고 걷다 그늘이 나타나면 재빨리 들어가 이미 젖어버린 손수건을 꺼내 얼굴과 목을 닦았다. 많은 사람들이 서울을 버리고 떠났다. 차도 많이 빠졌다. 법원 소송 관계인 휴게실 맞은편에 차를 대고 내리자 훅 하는 열기가 숨을 막아왔다. 휴게실에서 나온 회사 비서실 사람들이 공판정을 향해 걸어가는 것이 보였다. 그들이 지나가는 왼쪽 나무 그늘 속에 공원들이 서 있었다. 숙모와 사촌은 아직 보이지 않았다. 함께 새벽같이 왔다 각기 돌아간 뒤의 두 사람을 사흘 동안 보지 못했다. 내가 지나갈 때 나무 그늘 속의 공원들은 꼼짝도 하지 않고 서서 보기만 했다. 완만한 비탈길을 올라서자 햇빛을 받아 늘어진 줄이 나타났다. 중간까지의 사람들만으로 공판정은 넘칠 텐데 내가 올라가는 동안에도 줄은 자꾸 늘어났다. 대부분이 은강공장에서 올라온 스무 살 안팎의 공원들이었다. 아예 들어가는 것을 포기하고 매점과 법정 건물벽 그늘에 앉아 개정 시간을 기다리는 아이들도 많았다. 나는 매점 공중전화기 앞에 서 있는 두 여공에게 다가가 피고인의 아버지가 난장이라는 말을 들었는데 그것이 사실이냐고 물었다. 계속 조업 공장에서 밤일을 하느라고 잠을 못 잔 듯한 두 여공은 핏발이 선 눈으로 나를 쳐다보았다. 머뭇거리던 한 아이가 모른다고 말했다. 그 옆의 여자아이는 달랐다. 그 아이는 내가 누구인지도 모르겠고, 그것을 왜 알려고 하는지도 몰라 말해주고 싶지 않지만, 꼭 알고 싶어 하는 것 같아 말해주는데, 잠시 후에 판결을 받을 피고인의 아버지는 사실은 굉장히 큰 거인이었다고 단숨에 말했다. 내가 그 아이의 말을 듣고 있을 때 줄에서 나온 몇 명의 남자아이들이 나를 향해 걸어왔다. 줄 밖 그늘에 있던 아이들까지 왔다. 그중의 한 아이가 형씨, 나 좀 봅시다, 했다. 뭐요, 내가 묻자, 당신이 우리 회장님 아들이라고 아이들이 그러는데 사실이오, 건방진 말투로 물었다. 내 안에서 무엇이 욱 치밀었지만 참을 수밖에 없었다. 나는 할 말을 잃었다. 누렇고 모가 진 얼굴에 유난히 눈만 살아 움직이는 듯한 아이들이 나를 둘러쌌다. 그리고, 적의와 반감을 나타내는 짧은 노랫소리를 나는 들었다.

우리 회장님은
마음도 좋지.
거스름돈을 쓸어
임금을 준대.

아주 짧았지만 상상도 못했던 노래였다. 나는 이 노래를 부른 공원을 돌아볼 수 없었다. 보나마나 나이보다 작은 몸뚱이에 감춘 적의와 오해 때문에 제대로 자라지 못할 아이라고 나는 생각했다. 그런데, 이번에는 앞에서 나를 둘러싼 아이들이 나의 표정을 뜯어보면서, 우·리·회·장·님·은·마·음·도· 좋·지·거·스·름·돈·을·쓸·어·임·금·을·준·대, 같이 입을 벌렸다, 웃지도 않고. 나무 위 매미의 울음소리보다 작게. 그래서, 법정 경고판 앞쪽 줄에 선 사람들은 뒤에서 무슨 일이 일어나고 있는지 몰랐지만, 그래도, 회사 비서실 사람들이 어디서 보고 있는 것은 아닐까 조마조마했다. 우리의 명예와 상관이 있는 일이었다. 아버지의 명예는 물론 나 자신의 명예도 지킬 수 없었다. 두 형이라면 달랐을 것이라는 생각이 나를 참담한 기분으로 몰아넣었다. 마음이 집으로 달려갔다. 내 마음은 아버지의 22 소구경 권총을 주머니에 넣은 다음 연발 엽총에 작렬탄을 장전해 들고 뛰어왔다. 나는 그들을 겨냥했다. 쏠 필요는 없었다. 나를 둘러쌌던 공원들이 아들의 판결을 보기 위해 막 도착한 부인에게로 달려갔다. 숙부를 죽인 살인범이 부인의 큰아들이었다. 둘째 아들과 딸이 부인 옆에 서 있었다. 작지 않은 그 여자가 난장이와 어떤 성생활을 했을까 나는 상상했다. 공원들이 부인을 법정 문 앞으로 안내해 갔다. 숙모와 사촌은 아직도 보이지 않았다. 조금씩 차이가 있겠지만 독재적인 아버지는 항상 그의 가족을 괴롭히고, 가장으로서의 책임을 다 못한 사람일수록 명령하기를 좋아하며 복종을 요구한다. 나는 모르는 난장이를 생각했다. 그는 자식들의 작은 잘못도 결코 용서하지 않았을 것이다. 잘 때리고, 벌도 심한 것으로 골라 주었을 것이다. 아이들에게 그는 잠을 안 자는 독재자였을 것이다. 그의 권력은 사랑·존경·믿음을 모르는 그 자신의 성격적 결함이 사용하게 한 무서운 매와 벌 때문에 바른 것이 못 되었을 것이다. 그가 죽었기 때문에 그의 큰아들은 공격 목표를 잃었다. 그러나 사회생활을 잘할 수 없게 길들여진 큰아들의 그 불확실한 공격성은 그대로 남아 있다 결국 숙부를 죽였다. 그때 법원에 닿아 비탈길을 올라오는 사촌을 잡고 나의 생각을 말했는데 사촌은 제대로 듣지도 않고 손을 들어 저었다.

"아냐."

사촌은 간단히 말했다.

"네가 틀렸어. 그가 공판정에서 한 말을 그대로 믿어야 돼. 아버지가 큰아버지를 도와 한 일을 난 알아."

아버지가 돌아가기 전이라도 두 형이 사촌을 몰아낼 음모를 꾸민다면 나는 기꺼이 형들 편에 가담하겠다고 속으로 다짐했다. 사촌은 불볕 속에서 땀을 닦았다. 닫혔던 법정 문이 열리자 공원들은 안으로 밀려 들어갔다. 우리는 다른 문으로 들어갔다. 법정 안은 시원했다.

"우리 아버지들이 뭘 어떻게 했다고 그랬지?"

내가 물었다.

"이들을 괴롭혔어."

방청석 공원들을 돌아보며 사촌이 속삭였다.

"인간을 위해 일한다면서 인간을 소외시켰어."

"형이 말하는 걸 들어보면 참 근사해."

내가 말했다.

"사실은, 공장을 지어 일을 주고 돈을 주었지. 제일 많은 혜택을 입은 게 바로 이들야."

사촌이 웃었다. 그 시간에 그 법정에서 웃은 사람은 사촌밖에 없었다. 피살자의 아들이 살해범의 선고 공판을 기다리며 웃는다는 것은 이유야 어디에 있든 좋은 일이 아니었다. 은강공장 노동조합 간부인 듯한 여자아이가 내가 모르는 그 난장이의 부인과 아들딸을 피고석 뒤쪽 나무의자로 이끌어 앉혔다. 방청석은 이미 꽉 차버렸는데도 계속 들어오려는 바깥 사람들로 문 쪽은 어수선했다. 정리가 방청인들을 헤치고 가 더 이상 들어오지 못하도록 문을 닫았다. 숙모는 오지 않았다. 한집에 사는 사촌도 사흘 동안 얼굴 한번 못 보았다고 말했다. 우리는 공판 결과를 아버지에게 보고하기 위해 나온 그룹 본부 이사와 비서실 사람들 사이에 앉았다. 뒤쪽 벽 밑에 놓여 있는 냉방기가 찬 공기를 내뿜었다. 방청인을 입정시키면서 화가 난 듯한 정리가 공원들에게 옷을 바로 입고 조용히 해달라고 당부했다.

"저 뒷분, 웃옷 단추 좀 끼우세요."

정리가 말했다.

"그리고, 지난번에 몇 사람이 소리를 내 울었는데 오늘은 제발 그러지 마세요."

"울 수도 없나요?"

쉰 목소리로 한 여공이 물었다.

"운다고 누가 뭐랍니까. 소리 내 울지 말라는 거죠. 극장 구경을 온 것도 아니고, 울고불고하면 서로 곤란해요."

"극장 구경이나 가 울 사람은 여기 없어요."

"그럼 늘 울어요?"

"그래요. 분해서 날마다 울어요."

정리가 알 수 없는 표정을 지으며 돌아섰다. 나는 쉰 목소리의 여공을 찾아보았다. 아주 못생긴 계집아이가 서 있었다. 대부분의 공장 작업자들이 그렇듯이 그 계집아이도 유난히 누런 피부에 평면적인 얼굴, 낮은 코, 튀어나온 광대뼈, 넓은 어깨, 굵은 팔, 큰 손, 짧은 하반신의 특징을 갖고 있었다. 열아홉 아니면 스무 살 정도였는데도 여자로 보이지 않았다. 천 날을 고도에서 함께 보낸다고 해도 자고 싶은 생각이 안 날 아이였다. 공장 노동이 생명 유지를 위한 그 계집아이의 생업이었다. 우리가 필요로 하는 것은 노동자의 근육 활동뿐이었다. 공장 노동이 방청석을 메운 공원들에게 고통이 아닌 즐거움이 된다면 아버지도 아버지의 의지대로 움직일 수 있었던 것들을 모두 잃게 될 것이다. 나는 지루했다. 장내 정리가 되고 시간도 되었지만 아무 움직임이 없었다. 그러나 내가 초조해할 이유는 없었다. 서류 봉투를 든 변호사가 제일 먼저 들어왔다. 그는 내가 모르는 그 난장이의 부인에게로 다가가 몇 마디 말을 하고 손을 잡아주었다. 부인이 일어나 허리를 굽혔다. 변호사는 방청석을 한번 돌아본 다음 법대 아래 바른쪽 그의 자리로 가 앉았다. 안경을 쓴 젊은 변호사였다. 그는 방청인들이 자기에게 호의와 존경심을 갖고 있는 것으로 믿는 모양이었다. 그를 보는 순간 나의 속 밑바닥에서부터 부글부글 울화가 끓어올랐다. 중죄 재판에 변호인이 끼어들어 죄인을 싸고도는 법 제도를 왜 그대로 두고 있는지 나는 알 수가 없었다. 그는 처음부터 숙부 살해범에게 죄가 없는 것처럼 감싸면서 사건 성격을 아주 바꾸어버리려고 했다. 담당 검사가 사태 파악을 잘못했더라면 그의 음모에 휘말려들 뻔했다. 검사는 훌륭한 사람이었다. 공익을 대표할 자질을 완전히 갖춘 사람으로 인상과 옷차림까지 깨끗했다. 재판장이 숙부 살해범인 난장이 큰아들의 이름·나이·본적·주소·직업을 확인해 인정 심문을 끝내자 검사가 공소장에 의한 기소 요지를 진술했는데, 그는 거기서 살인·소요·특수 협박·특수 손괴·폭발물 예비·음모 등의 죄명을 들고 범죄의 일시·장소와 방법까지 정확히 밝혔다. 직접 신문으로 들어가기 전에 재판장이 피고인은 각개의 신문에 대하여 진술을 거부할 수 있다고 피고인 진술 거부권을 일깨워주었지만 난장이의 큰아들은 검사의 모든 물음에 순순히 답했다.

"피고는 은강방직 공장 보전반 기사 조수로 있으면서 열다섯 개의 서클을 만든 것으로 밝혀졌는데 사실입니까?"

"사실입니다."

"서클 회원은 같은 공장 근로자들이었고, 그 회원 수는 백오십 명 정도였죠?"

"그렇습니다."

"그 백오십 명이 공장에서 동료 공원 열 명씩을 설득해 대화를 할 수 있었고,

피고는 각 서클 책임자에게 전달 사항을 말하면 천오백여 명의 공장 종업원들은 짧은 시간 안에 그것을 알 수 있었죠?"

"그것이 무엇을 뜻하는지 모르겠습니다."

"좋아요. 피고는 197×년 ×월 ×일 전 종업원은 작업을 중단하고 밖으로 나오라고 지시하지 않았습니까?"

"했습니다."

"모두 그대로 움직였죠?"

"네."

"피고는 전 종업원의 단식을 종용했고, 나중엔 과격한 공원들과 함께 작업장으로 들어가 기계들을 파괴했습니다. 사실입니까?"

"사실과 다릅니다. 흥분한 몇 명이 직포과로 들어가 기계를 망가뜨리려고 한다는 조합 지부장의 말을 듣고 달려가 말렸습니다. 그중의 한 명이 틀에 약간의 손상을 입혔습니다만 간단히 수리해 계속 가동한 것으로 알고 있습니다."

"피고의 방에서 질산나트륨과 황, 그리고 목탄을 발견했는데 그것은 누가 구입한 것입니까?"

"제가 구입했습니다."

"왜 필요했죠?"

"화약을 만들려고 했습니다."

"그래 만들었습니까?"

"중간에 포기했습니다."

"그러니까, 질산나트륨 · 황 · 목탄을 이용하면 동일 조성에서 강도가 세어지고 흡수성이 있어 폭발물을 자가 제조하여 즉시 사용할 수 있다는 걸 알았던 것 아닙니까?"

"알았습니다. 그러나, 그것을 만들어 시험해볼 장소가 마땅치 않았고, 제조에 성공한다고 하더라도 그 폭발로 엉뚱한 사람들이 피해를 입을 것 같아 포기했습니다."

"그래서 폭발물 제조를 포기하고 칼을 샀습니까?"

"네."

"이것이 그 칼이죠?"

"그 칼입니다."

"이제 197×년 ×월 ×일 오후 여섯 시 십삼 분, 은강그룹 본부 빌딩에서 한 일을 말해주겠습니까?"

"사람을 죽였습니다."

"이 칼로?"

"네."

재판은 더 이상 계속할 필요가 없었다. 무서운 악당, 그 난장이의 큰아들은 뉘우치는 빛 하나 없이 모든 것을 털어놓았다. 그는 아버지를 살해할 마음으로 와 아버지를 너무나 닮았던 숙부를 아버지로 잘못 알고 살해했다고 진술했다. 그 시간에 아버지는 그의 방에서 각 회사별 매출 실적을 확인하는 중이었고, 경제인들과의 간담회에 참석하기 위해 엘리베이터를 타고 내려온 숙부는 경비원들이 경비를 소홀히 한 틈을 이용, 대리석 기둥 뒤쪽에 몸을 숨기고 있다 튀어나온 범인의 칼을 심장에 맞고 쓰러졌다. 찔린 부위가 너무나 치명적인 곳이어서, 사촌이 알고 싶어한 것이지만, 숙부는 아픔을 느낄 사이도 없었을 것이다. 그런데, 재판은 그것이 시작이었다. 우리는 악한 중죄인들에게까지 관대한 법을 갖고 있었다. 내 식으로 하라면 자백과 증거가 일치하는 순간 사람들이 많이 모이는 장소에서 살해범의 목을 매달았을 것이다. 뼈를 부러뜨린 자의 뼈를 똑같이 부러뜨리지 않는다면 이 세상 사람들은 모두 뼈가 부러진 불구자로 앓다 죽게 될 것이다. 숙부는 이미 땅속에 묻혔는데, 공원들이 일을 하러 공장으로 갈 때 볼 수 있도록 은강공장 지대에 달았어야 했을 난장이의 큰아들은, 교도관의 보호를 받아가며, 계속 법정에 나와 섰다. 변호인의 반대 신문에 의한 피고인의 진술을 들어보면 은강공장 근로자들의 이마에서 땀을 짜낸 사람, 그들의 심신을 피로하게 한 사람, 결국 그들을 불행하게 한 사람은 바로 우리였다. 변호인의 물음 하나하나가 피고의 행동을 정당화시켜주기 위해 던져지는 것으로 나에게는 들렸다. 그들은 마치 발기발기 찢어 해부한 부정한 사회를 발견한 사람들처럼, 소송과 직접 관계없는 사항까지 끌어들여 검사의 이의, 재판장의 이의 인정과 제한을 받아가면서 신문·진술을 계속했다. 변호인은, 자기가 알아본 바에 의하면, 피고인은 집에서는 한 집안을 이끌어가는 장남, 좋은 형, 좋은 오빠였고, 공장에서는 책임감 강한 산업 전사, 이해심 많은 동료, 어려운 사람들을 앞장서 도와 고통을 나누어 지는 신의의 동지였고, 노동 문제를 연구·토론하는 모임에서는 언제나 서로 간의 이해와 화해, 사랑을 주장한 학도요 지도자였는데, 이러한 피고인이 어느 날 갑자기 저 끔찍한 살인을 생각한 데는 그만한 이유가 있었을 것으로 본다고 말하고, 그러니까 임금·휴가·부당 해고자 복직 문제 들을 놓고 회사와 개선점을 찾으려고 노력했으나 합의를 보지 못한 외에, 노조 대의원 및 임원 선거를 평화적으로 실시하려는 조합원들의 노력을 사용자가 힘으로 짓밟아 노사 협조를 일방적으로 파기함은 물론, 산업 평화까지 스스로 깨뜨려 노사의 불이익을 초래함을 목도하는 순간 은강그룹을 이끌어가는 총책임자, 즉 회장을 살해하겠다는 우발적인 살의를 품게 된 것이 아니냐고 물었다. 난장이의 큰아들은 밭은기침을 했다. 밭은기침을 하며 머리를 떨어뜨렸다. 그가 머리를 떨어뜨린 것을 나는 처음 보았다. 그의 여동생이 울음을 참기 위해 입에 손수건을 대었다. 그의 여동생은 참았는데 뒤쪽의 몇 명이 못 참고 소리를 내었다. 정리가 여공들을 말렸다.

난장이의 큰아들이 고개를 들었다. 그것은 우발적인 살의가 아니었다고 그가 말했다.

"미안합니다."

변호인이 말했다.

"방금 한 말을 다시 해주시겠습니까?"

"우발적인 살의가 아니었다고 말했습니다."

변호사는 난처한 표정을 지었다.

"그렇다면 말입니다, 그 당시의 심적 상태를 간단히 말해줄 수 있겠습니까?"

"이미 철도 들고, 고생도 많이 해본 공장 동료들이 일제히 울음을 터뜨려, 엉엉 소리 내어 우는 현장에 저는 서 있어보았습니다. 웬만한 고생에는 이미

면역이 된 천오백 명이, 그것도 일제히 말입니다. 교육도 받고, 사물에 대한 이해도 깊은 공장 밖 사람들에게 그 이야기를 해본 적이 있는데, 그럴 수 있을까 좀처럼 믿어지지 않는다는 말들이었습니다. 제가 말해도 사람들은 믿지 않습니다."

"아뇨. 내가 믿겠습니다."

"그분은, 인간을 생각하지 않았습니다."

"그것이 살해 동기입니까?"

"개새끼!"

나는 외쳤다. 내가 외치는 소리를 옆자리의 사촌도 듣지 못했다. 아버지가 왜 그따윌 생각해야 된단 말인가. 아버지가 바쁜 사람이라는 것, 그리고 아버지에게는 그런 것 말고도 계획하고, 결정하고, 지시하고, 확인할 게 수도 없이 많다는 것을 작은 악당은 몰랐다. 발육이 좋지 못해 우리보다 작고 약하지만 그 작은 몸속에 모진 생각들만 처넣고 사는, 이런 부류들을 나는 잘 알고 있었다. 그들은 우리가 남다른 노력과 자본·경영·경쟁·독점을 통해 누리는 생존을 공박하고, 저희들은 무서운 독물에 중독되어 서서히 죽어간다고 단정했다. 그 중독 독물이 설혹 가난이라 하고 그들 모두가 아버지의 공장에서 일했다고 해도 아버지에게 그 책임을 물어서는 안 되었다. 그들은 저희 자유의사에 따라 은강공장에 들어가 일할 기회를 잡았던 것과 마찬가지로 언제나 마음대로 공장 일을 놓고 떠날 수가 있었다. 공장 일을 하면서 생활도 나아졌다. 그런데도 찡그린 얼굴을 펴본 적이 없다. 머릿속에는 소위 의미 있는 세계, 모든 사람이 함께 웃는 불가능한 이상 사회가 들어 있었다. 그래서 늘 욕망을 억누르고, 비판적이며, 향락과 행복을 거부하는 입장을 취하고는 했다. 이상에 현실을 대어보는 이런 종류의 엄숙주의자들은 생각만 해도 넌더리가 났다. 그중의 하나가 이제 살인까지 했는데 변호인은 그를 살려내기 위해 그와 같은 종류의 인간을 증인으로 불러냈다. 한지섭이었다. 그가 증언대로 올라가 양심에 따라 숨김과 보탬이 없이 사실 그대로 말하고 만일 거짓이 있으면 위증의 벌을 받기로 맹세한다고 했을 때, 나는 그가 조금 큰 악당이라는 것을 직감으로 알았다. 남쪽 공장에서 올라왔다는 그는 손가락이 여덟 개밖에 안 되었다. 아버지의 공장에서 두 개를 잃었을 것이다. 콧등도 다쳐 납작하게 내려앉았고, 눈 밑에도 상처가 있었다. 나는 처음부터 그의 말을 듣지 않기로 했다. 증인으로 나온 사람에게 손가락이 여덟 개밖에 없다는 것 자체가 기분 나빴다. 잃은 두 개가 사물에 대한 그의 이해에 끼쳤을 영향을 나는 생각했다. 그는 객관적인 눈까지 잃었다. 나는 눈을 감았다. 두 사람의 말을 듣지 않기 위해 내가 떠올린 것은 호수의 물빛, 뜨거운 태양, 나무와 들풀, 거기 부는 바람, 호수를 가르는 모터보트, 잔디 위에서의 스키, 이상한 버릇이 있는 여자아이, 그리고 아주 단 낮잠들이었다. 벌통과 사슴 사육장이 보였다. 낮잠 뒤에 대할 식탁도 떠올랐다. 나는 독서를 하기로 했다. 미래 공학과 경제사가 내가 읽어야 할 책이었다. 아버지는 아들이 이런 책을 읽는 것을 좋아했다. 뒤의 것은 이미 상당 부분을 읽었다. 월터 스코트가 인용된 곳을 읽다가 나는 웃었다. 그는 가난한 노동자들을 혹사시키는 공장 지대를 돌아보고 이 나라는 언제 폭발할지 모를 폭발물로 꽉 차 있다고 개탄했다. 이런 허풍쟁이 도학자는 그 시대에도 있었던 모양이다. 그의 말을 전해 들은 공장주들은 어떤 표정을 지었을까? 맨체스터나 브래드퍼드의 초기 발전 상황이 도학자의 눈에는 사회적 폭발을 향해 치닫는 미친 짓거리로 보였을 뿐이다. 그러나, 결국 궁금증 때문에 나는 졌다. 그 법정에 앉아 있는 한두 사람의 말을 듣지 않을 수 없었다. 자기가 보기에 그것은 강요된 행위였다고 지섭이 말했다. 변호인은 그 말을 기다렸다는 듯이 누가 강요했겠느냐고 묻고 그것을 좀 구체적으로 말해달라고 부탁했다. 지섭은 저항할 수 없는 폭력이나 자기 또는 친족의 생명, 신체에 대한 위해를 방어할 방법이 없는 협박에 의하여 강요된 행위의 증거로 삼 남매가 은강공장에 나가 일해 버는 돈으로 살아가는 난장이 일가의 비문화적인 생활과 난장이의 부인이 써온 낡은 가계부를 들었다. 나는 하도 화가 나 그의 말을 잘 들을 수 없었다. 그는 콩나물 값·소금 값·새우젓 값에서 두통·치통 약값까지 읽어내려가더니 도시 근로자의 최저 이론 생계비, 생산 공헌도에 못 미치는 임금, 그리고 노동력 재생산이 어렵다는 생활 상태를 두서없이 주워섬겼다. 물론 아버지를 정점으로 한 거대한 은강그룹의 부의 힘. 그럼에도 불구하고 대기업으로 계속해 받는 지원과 보호, 뛰어난 머리들로 구성된 고학력의 경영 집단, 그들이 추구하는 저임금과 높은 이윤, 그래서 이젠 누구나 조금만 생각하면 알 수 있다는 인간 훼손, 자연 훼손, 거기다 신의 훼손까지 들어 이야기했다. 그러니까 아버지에 대한 난장이 큰아들의 말은, 슬픈 일이지만 정말 옳은 것이며, 그가 아버지를 어떻게 할 마음을 가졌던 것은 아버지가 쓴 억압의 중심에 바로 그가 있었기 때문에 어쩔 수 없는 것이었다고 말했다. 변호인이 억압이란 말에 대한 설명을 요구했다. 그러자 아버지가 산하 회사 공장 종업원들에게 쓰는 억압은 언제나 생존비 또는 생활비와 상관이 있는 것이며, 따라서 그것은 모든 사람들이 제일 무서워할 수밖에 없는 경제적인 핍박을 의미한다고 지섭이 말했다. 그는 계속해 이런 억압을 무서워하지 않는 사람은 있을 수 없으며, 그 억압을 정면으로 받는 중심에 있는 사람으로서 자기의 저항권 행사를 생각해보지 않은 사람이 있다면 그는 바보이든가 생존을 포기한 자일 것이라고 말했다. 들을수록 화가 나는 말뿐이었다. 그의 말을 들어보면 이 세상 최고의 악당은 반대로 우리였다. 우리가 인간의 존엄과 가치를 파괴해버렸고, 법 앞에 평등한 사람들을 사회적 신분에 따라 차별하는 사회적 특수 계급을 인정하였으며, 많은 사람들에게서 인간적인 생활을 할 권리를 빼앗았다. 나는 앉아서 화를 눌렀다. 변호인은 지섭에게 노사 간의 첫번째 문제가 되었던 임금 인상과 부당 해고자 복직 문제에 대해 알고 있었느냐고 물었다. 그는 물론 알고 있었고, 조합원들이 요구한 인상률은 회사가 올린 이익금과 물가 상승률, 근로자 생계비를 생각할 때 아주 정당한 것이었으며, 조합원이 조합에서 실시하는 교육을 받고, 또 회사에서 지어준 공장 안 교회가 아닌 공장 밖 교회에 니기 기도하고 찬송했냐고 트집을 잡혀 해고당한 부당 해고자들의 복직 요구도 극히 정당한 것이었다고 말했다. 왜냐하면 그들이 돈벌이를 할 수 있는 일이라고는 그동안 익힌 공장 일 한 가지밖에 없었으니까. 그리고, 정당한 이유가 없는 해고는 균형 있는 국민 경제의 발전을 목적으로 한 근로기준법 제27조 1항의 위반이었으니까.

"그리고 사용자 측과 대화가 막힌 상태에서 지부 대의원 및 임원 선거를 맞게 되어 걱정이라는 말을 저는 들었습니다."
 지섭이 말했다.
 "그래서 연기를 해보라고 말해주었지만 그렇게 할 수 없었던 모양입니다."
 "왜요?"
 변호인이 물었다.
 "회사에서는 빨리 처리버릴 생각이었답니다. 선거관리위원회까지 따로 구성해놓고요."
 "본래 그것은 어디서 하게 되어 있습니까?"
 "선거관리위원은 대의원 대회에서 선출하게 되어 있습니다."
 "그러니까 그것은 불법이었군요?"
 "그렇습니다."
 "그리고, 어떻게 됐나요?"
 "회사 쪽 사람들을 후보로 내세우고 입후보 등록 마감일을 앞당겨버렸습니다. 그래서 지부장이 총회를 소집해놓고 대회를 가지려고 했지만 회사에서 허락하지 않았던 거죠. 제가 은강으로 간 것은 지금 피고석에 서 있는 김영수군과 임원들이 정체를 알 수 없는 폭력배들에게 구타를 당한 직후였습니다."
 "치료를 받다 말고 서울로 오려고 출발했었다는데 그것도 알았습니까?"
 "알았습니다."
 "왜 서울로 오려고 했을까요?"
 "본사로 올라가 높은 분들을 만나봐야겠다는 말을 들었습니다. 영수군은 공장에 나와 있는 사용자 측 사람들이 이미 이성을 잃었다고 판단했던 겁니다. 그러나 버스 터미널에서 예의 그 폭력배들에게 발각되어 뜻을 이룰 수 없었습니다. 모두 공장 원면 창고로 끌려가 또 한차례 폭행을 당했다는 말을 영수군에게 들었습니다."
 "전 종업원이 작업을 중단하고 공장 마당으로 나왔던 것이 그다음 날이었죠?"
 "그렇습니다."

"그때 목격한 상황을 간단히 말해줄 수 있겠습니까?"
"지부장이 조합원들에게 그때까지 있었던 일들을 보고하는 형식을 취했습니다. 보고가 끝나자 많은 조합원들이 임원들을 껴안고 울었습니다. 흥분한 사람들은 마구 외쳐대면서 밖으로 뛰쳐나가려고 했고 한쪽에선 조합의 노래를 불렀습니다. 영수군이 그들을 진정시키고 조합을 빼앗으려는 사람들로부터 우리 노동자들의 유일한 단체이며 생명인 조합을 지켜야 한다고 말했습니다. 그 결의를 보여주기 위해 얼마 동안 보지도 말고, 듣지도 말고, 말도 하지 말고, 먹지도 말자고 했습니다. 그들은 그대로 했습니다."
"김영수가 흥분한 조합원들과 함께 기계를 파괴했나요?"
"뭘 파괴한다는 것은 나쁜 짓입니다. 비싼 기계의 파괴란 더욱 말이 안 됩니다. 영수군이 이 세상에서 뭘 파괴했다는 소리를 전 들어본 적이 없습니다."
"성급하게 결과를 물어 안되었습니다만, 그 뒤에 조합은 어떻게 되었습니까?"

속이 들여다보이는 우스운 짓거리의 연속이었다. 지섭은 물론 깨졌다고 대답했다. 그것은 정확한 표현이 못 되었다. 아버지는 월례 사장단 회의에서 아무리 제한된 운동밖에 할 수 없게 되어 있고, 또 협조적인 사람이 이끄는 노조라고 해도 그것이 기업에 이익을 줄 리는 없으며, 어느 날 화로의 재 속에서 불씨를 발견한 사람들이 그 불씨에 불을 붙여 일어나면 기업에 해롭고 우리 모두에게 해로울 게 뻔하기 때문에, 현명한 경영자라면 조금 시끄러운 저항을 지금 받아 해결하지 노동자들에게 그것을 맡겨두고 있지는 않을 것이라고 말했었다. 나는 아버지의 방에서 아버지의 메모를 보았다. 그 이상의 말은 한 마디도 없었다. 아버지는 권위를 생각했을 것이다. 아버지는 늘 노조는 우리 전체의 구조를 약화시키는 악마의 도구라고 말했지만 이 말을 메모 속에 넣지는 않았다. 만약 아버지가 앞으로 우리의 어느 공장에서 노조가 결성될 경우 해당 사 중역들은 문책을 당할 것이며, 혼란기에 이미 결성이 된 사의 경우는 그 노조를 접수해 본래의 기능을 바꾸어놓으라고 곧이곧대로 지시했다면 스스로 권위에 손상을 입힌 모양이 되었을 것이다. 변호인은 끝으로 부연할 말이 없느냐고 물었다. 없을 리 없었다. 난장이의 큰아들과 자기는 전부터 친교가 있었고, 노동 운동을 하면서도 서로의 생각을 주고받아 잘 아는데 난장이의 큰아들은 결국 자기가 가졌던 이상 때문에 많은 고생을 했고, 그가 지금 피고석에 서 있는 것도 그가 가졌던 이상이 깨어지며 나타난 반대 현상으로 생각한다고 지섭이 말했다. 저희들끼리 모여서는 자본주의의 달콤한 이익이 도덕적으로 가장 타락한 자들, 자기 자신의 탐욕을 위해 다른 사람들의 행복을 가차없이 짓밟고 한순간도 고민하지 않을 동물 닮은 자본주와 그 공범들에게만 돌아간다며 분명 분노했을 텐데, 법정에서 쓰는 지섭의 말들은 모나지 않고 부드러웠다. 하루하루 열심히 혁명을 준비하며, 그러나 오늘도 오지 않은 그 혁명을 지치지도 않고 기다리는 자들과 나는 거리를 두고 앉아 조용히 들었다. 지섭은 한마디 한마디의 말을 또박또박 끊어 정확히 발음하려고 애썼다. 증언대 위의 두 손은 그때 떨렸다. 두 손의 손가락은 다 합해야 여덟 개밖에 안 되었다. 난장이의 큰아들은 고개를 숙이지 않았다. 바로 뒤 방청석에서는 그의 어머니가 목까지 올라온 울음을 눌러 참고 있었다. 난장이의 큰아들에게 빛줄기와 같은 깨달음을 준 사람이 지섭이었다. 저희는 사랑이 기본이 되는 같은 이상을 가졌다. 저희는 인간을 괴롭히지 않는다. 괴롭히는 사람은 우리다. 저희는 피해자다. 그는 여덟 개의 손가락을 꼬부려 끌어들이더니 더러운 바지 주머니에서 더러운 손수건을 꺼냈다. 눈두덩의 땀을 그는 그 더러운 손수건으로 찍어내고 있었다.

 우리는 계속해서 기다렸다.

 "나는 모레 떠나기로 했다."

 사촌이 말했다.

 "잘 생각했어."

 내가 말했다.

 "나도 얼마 있다 독일에 갔다 올 것 같아."

 "왜?"

 "크루프와 오거스스티센이 거기 있기 때문야. 가 견학을 해야지. 아버지의 꿈은 이제 제철소를 갖는 거거든. 형들이 귀국하면 나는 독일에 가 공부해야 돼."

우리는 그룹 본부 이사와 비서실 사람들 사이에 앉아 기다렸다. 서기가 들어와 법대 아래 중앙 그의 자리로 가 앉았다. 공판 때마다 법대 아래 중앙 자리에 앉아 있는 그를 나는 보았다. 법정 안이 더워지기 시작했다. 창문을 모두 닫았기 때문에 공기가 탁했다. 촘촘히 들어찬 공원들의 몸에서 참기 어려운 냄새가 났다. 냉방기에서 뿜어져 나오는 찬 공기가 공원들의 몸 열기를 이겨내지 못했다. 그들이 몸 냄새만 풍기지 않았더라도 참기가 쉬웠을 것이다. 갑자기 생각이 났는지 사촌이 방청석을 돌아보았다. 지섭이 보이지 않는다고 그가 말했다. 나도 돌아보았다. 정말 없었다. 공판 때마다 기차를 타고 올라왔던 그가 정작 선고 공판정에 모습을 나타내지 않은 까닭을 나는 알 수 없었다. 난장이의 작은아들도 우리처럼 돌아보았다. 부인이 작은아들을 잡아 앉혔다. 겁을 먹었구나. 나는, 단정했다. 한지섭은 비겁자다!

내가 공판을 보고 집으로 돌아갈 때 거리의 사람들은 길어진 그림자를 끌고 걸었다. 그림자는 길어졌으나 여전한 불볕더위였다. 싱싱한 여자아이들은 더위를 타지 않았다. 미처 못 떠난 여자아이들의 나른한 육체들만 남아 허우적거리는 서울을 지켰다. 그 아이들이 떠날 채비를 마치면 먼저 몸을 굴려 구릿빛이 된 아이들이 돌아와 서울을 지킬 것이라고 나는 생각했다. 여자아이들이 얇은 옷을 입었다. 우리가 여름에 생각하는 것은 그 얇은 옷 속에 감추어진 향락이다. 지난겨울에 뜨거운 햇볕과 짠 바닷물, 그 바닷물의 짠맛을 그대로 간직한 입맞춤으로 떠올려본 여름의 향락은 한결같이 추상적인 것들이었다. 우리 동네로 들어서면서 내 작은 차의 유리문을 내리고 바람을 불러들였다. 꽃과 풀 냄새가 바람에 실려 들어왔다. 그 냄새는 법정 방청석을 메웠던 공원들의 몸 냄새와 아주 다른 것이었다. 그들은 너무 더러운 냄새를 풍겼다. 집에 닿자마자 샤워부터 했다. 어머니는 그들이 땀을 흘려 일한 다음 잘 씻지 못해 땀 냄새를 풍기는 것이라고 말했다. 그리고 모든 공장에 충분한 목욕 시설을 갖추려면 생산비 절감을 위한 획기적인 방법을 알아내든가, 그게 안 될 경우에는 공원들의 임금 인상폭을 낮추어야 한다고 말해 나는 웃었다. 육체를 떠나 영원히 사는 영혼이 정말 있다면 숙부의 영혼은 오늘 어떤 기분일지 모르겠다고 나는 말했다.

"그래 그 사람은 어떻게 됐니?"

어머니가 물었다.

"말씀 안 드렸어요?"

"아니."

"사형 선고를 받았어요."

그랬구나, 오, 하느님, 이라고 어머니의 입술이 말했다. 난장이의 큰아들이 교도관에게 이끌려 들어오고, 검사가 들어오고, 이어 판사가 들어와 그 재판의 마지막 부분은 아주 빨리 진행되었는데, 검사의 공소 사실을 모두 인정한 판사가 구형대로 사형을 선고했을 때 검사의 구형을 먼저 보고도 설마, 설마, 설마, 믿지 않고 기다려온 방청석의 공원들은 짧은 놀람의 소리를 질러 그 소리에 저희들을 묻었다. 몹시 부드러웠던 그들의 혀는 딱딱하게 굳어졌다. 그들은 정신을 차려 새삼스럽게 죄의 크기와 형벌의 크기를 생각했을 것이다. 난장이의 큰아들은 들었던 고개를 떨어뜨렸고, 그의 두 동생은 벌떡 일어섰다가 창자를 끊으며 주저앉는 그들의 어머니를 안았다. 난장이의 큰아들을 살려낼 마음으로 우리를 몰아쳤던 변호인은 천장만 보았다. 공판이 진행되는 동안 그는 판단력이 부족한 공원들에게 많은 혼란과 착각을 주었다. 마음이 좋아 보이는 검사는 온화한 표정으로 앉아 있었다. 나는 이번 일들로 해서 매우 중요한 것을 알게 되었다고 어머니에게 말했다. 그러자 어머니는 사람의 생명·고통과 관련된 일이라 그렇다면서 나의 얼굴을 바라보았다.

"물론 그래요."

나는 말했다.

"그렇지만 지금 말씀드리고 싶은 건 그게 아녜요. 우리 공장 노동자들이 행복한 마음을 갖고 일하게 할 수 있는 방법을 제가 알아냈어요."

"경훈아."

어머니가 웃었다.

"그런 생각은 안 하는 게 좋아. 아무리 좋은 공장에서 일해도 그렇지, 많은 사람들이 어떻게 똑같이 행복해질 수 있겠니?"
"약을 쓰면 돼요."
"약이라니?"
"그들이 행복한 마음으로 일만 하게 하는 약을 만드는 거예요. 그들이 공장에서 먹는 밥이나 음료수에 그 약을 넣어야죠. 약은 우수한 연구진을 구성해 만들게 해야 돼요. 처음엔 경비가 많이 들겠지만 장기적으로 보면 이 이상 좋은 방법은 있을 수 없어요."
"그만둬라."
어머니가 말했다.
"생각하는 게 맨 끔찍한 것뿐이구나."
"끔찍한 건 제가 아녜요."
나는 말했다.
"정말 끔찍한 건 이 세계라구요. 몇몇 나라들이 그들의 사회 제도로부터 이탈하려는 사람들에게 이미 약물을 투여하기 시작했어요."
"병이 난 사람들이겠지."
"질병하곤 상관이 없는 일예요."
"어쨌든, 너의 그런 생각을 아버지에게 말씀드리진 마라. 아버지는 작은 일 하나하나로 너희들을 판단하셔. 나는 네가 위의 형들하고 똑같은 기회를 갖는 걸 보고 싶어. 내 말 알아듣겠니?"
나는 한번도 어머니의 사랑을 의심해본 적이 없다. 자식들에게 주어지는 어머니의 사랑의 크기는 언제나 같았다. 아버지는 달랐다. 아버지는 경영자에게 가장 필요한 능력은 여러 이질적인 것들을 조화하여 전체를 만드는 재능이라고 우리들에게 말하고는 했다. 그 재능을 갖지 못한 사람들에게는 큰 권한을 넘겨 줄 수 없다는 통보이기도 했다. 숙부가 돌아가기 전에는 공장에서 일어나는 일들에 관한 이야기가 집안까지 들어와본 적이 없는데 요즘은 그렇지 않다고 어머니가 말했다. 그리고, 이번에는 기계 공장 쪽에서 심상치 않은 문제가 일어난 것 같다고 덧붙였다. 그랬구나! 내가 혼자 말할 차례였다. 남쪽에 있는 공장이었다. 여덟 개의 손가락을 가진 사나이가 그곳에서 올라오고는 했었다. 그는 공원들보다 더 더러운 옷을 입고, 공원들 것보다 더 더러운 손수건을 썼다. 멍청한 사촌이 그의 소식을 들었다면 역시 그는 다르다고 말했을 것이다. 지섭이 먼 곳에서 나의 머리를 친 셈이었다. 그러나 그는 난장이네 식구들을 위로하러 올라올 수가 없었다. 그는 우리 반대쪽에 서 있는 사나이였다. 그는 자신을 분석하고, 동료들을 분석하고, 저희들을 경제 권력으로 억압한다는 우리를 분석하다가 불행해질 사람이었다. 어머니는 애국부녀봉사회의 불우이웃 돕기 모금 집회에 나갈 준비를 했다. 젊은 여비서가 어머니를 도왔다. 나는 그 여자에게 바짝 다가서며 우리가 이 사회에 진 빚은 눈곱만큼도 없다고 말했다. 젊은 여자는 어색하게 웃으며 물러섰다. 얇은 옷을 입고 있었다. 그 얇은 옷 속에 감추어진 쾌락의 작은 도구들을 나는 상상했다. 나의 정욕이 내 머리를 산란하게 했다. 방으로 올라가 어머니와 함께 출발하는 그 여자를 보았다. 수위가 철문을 밀어젖혔다. 어머니의 승용차는 이팝나무숲을 끼고 돌아 나갔다. 잠시 후에 집사가 물어왔다. 풀장의 물을 갈아야겠는데 물을 빼버리기 전에 아이들이 들어가 좀 놀게 한 다음 청소를 시켜도 괜찮겠냐는 것이었다. 나는 먼저 며칠 후 친구들을 데리고 섬에 갈 생각이니까 연락을 취해달라고 말했다. 이어서, 풀을 깨끗이 씻어내기 위해서라면 물론 좋다고 말하고, 그렇지만 한 아이는 올라와 나의 책 정리를 도와야 할 것이라고 말했다. 그가 고맙다고 말하는 소리를 처음 들었다. 나는 비디오에 베를리오즈의 음악이 들어 있는 테이프를 걸었다. 열여섯 난 금발의 여자아이가 두 팔로 남자의 몸을 안았다. 사흘 전 아침의 여자아이는 소리도 내지 않고 올라왔다. 그 아이는 사방에 흩어져 있는 책들을 한 권 한 권 집어 팔에 안았다. 『인간공학』이란 책이 볼록한 가슴 부분을 눌렀다. 베를리오즈의 음악을 언제 처음 들었는지 생각이 나지 않았다. 바로 밑의 여동생은 모차르트를 좋아하는 나를 좋아했다. 나는 여자아이의 팔을 잡아채 책을 떨어뜨렸다. 금발 아이의 옷은 어깨선에서부터 풀어져 내렸다. "봐!" 나는 말했다. "너희 텔레비전하곤 틀리는 거야." 여자아이는 시키는 대로 했다.

놀라운 일이 화면 안에서 벌어졌다. 여자아이는 꼼짝도 하지 않고 있었다. 그 아이는 어깨와 가슴으로 숨을 쉬었다. 내 손이 가 닿자 파르르 떨었다. 여자아이들이 그 작은 몸속에 생명의 강을 안고 있다는 것은 놀라운 일이었다. 화면 안 남자가 금발아이의 몸에 상처를 입혔다. 이제 너는 여자가 되었다고 남자가 말했다. "그만 내려가." 몸이 달아오른 여자아이에게 나는 말했다. "물을 빼버리기 전에 수영을 해." 여자아이는 하얘진 얼굴로 나를 보았다. 그 아이가 눈물이 핑 돌아 내려가자 나는 침대에 누웠다. 침대에 누워 책을 읽었다. 아버지가 돌아올 때까지 나는 경제사를 읽을 참이었다. 한 경제학자가 장차 책임 범위는 넓어질 것이라고 쓴 것을 그 책의 저자는 인용했다. 나는 책을 읽다가 잠이 들었고, 깨기 직전에 꿈을 꾸었다. 꿈속에서 그물을 쳤다. 나는 물안경을 쓰고 물속으로 들어가 내 그물로 오는 살찐 고기들이 그물코에 걸리는 것을 보려고 했다. 한 떼의 고기들이 내 그물을 향해 왔다. 그러나 그것은 살찐 고기들이 아니었다. 앙상한 뼈와 가시에 두 눈과 가슴지느러미만 단 큰가시고기들이었다. 수백 수천 마리의 큰가시고기들이 뼈와 가시 소리를 내며 와 내 그물에 걸렸다. 나는 무서웠다. 밖으로 나와 그물을 걷어 올렸다. 큰가시고기들이 수없이 걸려 올라왔다. 그것들이 그물코에서 빠져나와 수천 수만 줄기의 인광을 뿜어내며 나에게 뛰어올랐다. 가시가 몸에 닿을 때마다 나의 살갗은 찢어졌다. 그렇게 가리가리 찢기는 아픔 속에서 살려달라고 외치다 깼다. 서쪽 유리창에 황적색 저녁놀이 와 닿았다. 그것이 아름답게 느껴져 창가로 가 내다보았다. 대기 속 물질의 아주 작은 알갱이들이 빛을 운반해오는 것을 나는 볼 수 있었다. 흰 벽이 저녁놀 빛을 숲 쪽으로 받아 던졌다. 돌아간 할아버지의 늙은 개가 그 숲에서 기어 나왔다. 달아오른 봄으로 나를 받아늘이려고 했던 여자아이가 늙은 개를 불렀다. 개 밥그릇을 개집 앞에 놓아준 여자아이가 늙은 개의 목을 꼭 껴안았다. 난장이의 큰아들이 끌려 나갈 때 난장이의 부인이 그런 몸짓을 했었다. 공원들은 밖으로 나가 울었다. 지섭은 올라올 수가 없었다. 사람들의 사랑이 나를 슬프게 했다. 그때 수위가 철문을 밀어붙이는 것이 보였다. 이팝나무숲을 끼고 돌아온 아버지의 승용차가 미끄러지듯 들어와 섰다. 내일 아무도 모르게 정신과 의사를 찾아가보자고 나는 생각했다. 내가 약하다는 것을 알면 아버지는 제일 먼저 나를 제쳐놓을 것이다. 사랑으로 얻을 것은 하나도 없었다. 나는 밝고 큰 목소리로 떠들 말들을 떠올리며 방문을 열고 나갔다.

조세희(趙世熙)

1942년 경기 가평 출생. 서라벌예술대학교·경희대학교 졸업. 1965년 경향신문 신춘문예에 「돛대 없는 장선(葬船)」이 당선되어 등단. 동인문학상 등 수상. 계간 『당대비평』 편집인 및 문화개혁시민연대 공동대표 역임. 『난장이 마을의 유리병정』(1979), 『시간여행』(1983), 『풀밭에서』(1994), 『내 그물로 오는 가시고기』(1996) 등의 작품집 및 소설선집과 『난장이가 쏘아올린 작은 공』(1978), 『하얀 저고리』(1990) 등의 장편소설, 그리고 『침묵의 뿌리』(1985) 등의 사진 산문집 출간.

작품 세계

조세희는 한국이라는 파란만장한 역사 속에서 소외된 계층들의 고통과 염원을 불러내고 이름 붙이는 것을 무엇보다 중요하게 생각하는 작가이다. 조세희의 소설은 집요할 정도로 각각의 시대적 상황 속에서 철저하게 소외당했을 뿐만 아니라 그 고통을 말하지조차 못했던 다양한 하위 주체들을 찾아내고는 그들을 '난장이'라고 명명한다. 그리고 조세희의 소설은 '난장이'들의 말을 하나하나 들어 옮겨주는 것은 물론 각각의 역사적 단계에서 소외된 이들의 입장에서 역사를 재구성하고 맥락화한다. 조세희 소설의 '난장이'들에 관한 관심은 우선 산업화 시대의 소외된 계급, 그러니까 도시 빈민과 노동자 계급의 발견에서부터 비롯한다. "70년대 우리네 인문주의와 심미적 이성의 한 절정"(우찬제)이라고 불리기도 하고 "70년대 한국 문학 전체를 폭파하고 남은 듯한 폭약이 장전되어 있다"(김윤식)고도 평가되는 『난장이가 쏘아올린 작은 공』을 통하여 조세희의 소설은 흔히 역사 발전의 이정표로 절대시되던 산업화가 철저하게 소수의 자본가들만을 위한 세상이라는 것을 치밀하고도 강렬하게 형상화한다. 이후 조세희는 시야를 넓혀 산업화 시대만이 아닌 근대 이후 한국 역사 전반이 몇몇 소수만을 위한 보편성에 의해 움직여왔음을 성찰해내고는 그 보편성에 가려 보이지 않았던 난장이들의 고통과 그 고통 속에서도 난장이들이 피워올린 미래의 전망을 발견해내는 바, 조세희의 또 다른 대표작 『시간여행』과 『하얀 저고리』가 바로 이 경우에 해당한다.

조세희의 소설에는 하위 주체들에 대한 관심과 호명 외에 또 하나 반드시 주목해야 할 것이 있다. 그것은 바로 기법에의 의지이다. 조세희는 기존의 정형화된 소설 문법이 현재의 상징적 질서 너머의 부시부시하고도 매혹적인 실재를 은폐하고 있다고 판단하고, 기존의 소설 규범을 철저하게 부정한다. 대신 조세희 소설은 과학적 언술, 욕설, 통계 자료, 동화 등의 소설 외적 담론을 적극적으로 끌어들이는가 하면, 현실성과 환상성이라는 서로 양립하기 힘든 이율배반적인 요소들을 자의적이고 경이롭게 병존시키기도 한다. 이러한 기법에 의 의지는 기존의 보편성을 효과적으로 탈영토화하는 것은 물론 바로 그것에 의해 들리지 않고 보이지 않았던 하위 주체들의 고통과 희망을 담아내는 핵심적인 원리로 작용한다. 흔히 조세희 소설의 특징으로 "사실주의적 시선과 비사실주의적 방법의 병존"(김병익)이라거나 "이차원(異次元)의 전망"(성민엽)이 지목되는 것은 이 때문이며, 이 탈영토화된 소설 규범이야말로 조세희 소설의 득의의 영역이다.

「내 그물로 오는 가시고기」

조세희의 「내 그물로 오는 가시고기」는 연작 장편소설인 『난장이가 쏘아올린 작은 공』의 열한번째 소설이다. 그러니까 「내 그물로 오는 가시고기」는 『난장이가 쏘아올린 작은 공』의 한 부분이기도 하지만 그 자체로서 하나로 독립된 매우 밀도가 높은 소설이기도 하다. 『난장이가 쏘아올린 작은 공』 전체가 도시 빈민과 노동자라는 민중의 소외 현상과 그 소외의 극복을 말하고 있음에도 불구하고, 해서 소설 전체가 철저하게 민중의 권익을 대변하고 있음에도 불구하고, 「내 그물로 오는 가시고기」는 은강그룹 회장의 아들이 작중 화자로 설정되어 있다. 한마디로 「내 그물로 오는 가시고기」는 자본가적 합리성을 대변하는 인물을 화자로 내세워 인격화된 자본일 뿐인 그들의 허위의식을 밝혀내고 동시에 그들의 전도된 시선을 통해 주객 동일자로서의 노동자의 가치를 아이러니하게 전달하고 있는 셈이다. 「내 그물로 오는 가시고기」의 작중 화자는 "나는 언제나 옳다. 나를 믿고, 복종하고, 싸우라"는 정언을 자신의 삶의 철칙으로 삼고 있는 인물이다. 그는 노동자들의 값진 노동과 실천, 그리고 희생에 의해 형성된 은강그룹이 그들 가족의 사유 재산처럼 대물림되는 것이 옳은가에 대한 어떠한 의문도 없이 형들을 제치고 은강그룹의 실질적인 후계자가 되기 위해 그야말로 혼신의 힘을 다한다. 그리고 노동자들을 점점 극한 상황으로 몰아넣는 자본가에 대한 분노를 참을 수 없어 자신의 숙부를 아버지로 오인하고 살해한 노동자(난장이의 큰아들 영수)를 보고는 "공장을 지어 일을 주고 돈을 주"었는데도 왜 노동자들이 옳은 자신들을 믿고 복종하지 않는지 의아해하기도 한다. 그런가 하면 숙부를 죽인 영수와 그의 동료 노동자(특히 여성 노동자)들을 바라보는 시선은 불순하고 불온하기 짝이 없으며 손가락이 여덟 개밖에 없는 한지섭을 보고는 혐오감을 느끼기도 한다. 그리고 범인의 변호사가 은강그룹 노동자가 작중 화자의 숙부를 죽인 것은 노동자를 더욱더 극한 상황으로 몰아넣는 현실로부터 자신을 지키기 위한 정당방위라고 말하자 그 순간 법이 중죄인에게 너무 관대하다고 생각하는가 하면, "행복한 마음으로만 일하게 하는 약을 만" 들 궁리를 하고는 그것이 지금, 이 사회를 유지하는 효과적인 시스템이라고 믿기도 한다. 하지만 작중 화자는 하위 주체들끼리의 그 끈끈한 연대와 애정에 마음이 약해지기도 하는바, 그 순간 그는 정신과 의사를 찾아갈 결심을 한다. "내가 약하다는 것을 알면 아버지는 제일 먼저 (은강그룹의 후계 그룹에서) 나를 제쳐놓을 것"이므로. 결국 「내 그물로 오는 가시고기」는 은강그룹 회장의 아들인 작중 화자가 영수를 비롯한 은강그룹 노동자들과 만나면서 나타나는 마음의 변화와 그것의 부정을 통해 자본가들의 허위의식과 '난장이'들의 사랑의 소중함을 제시한 소설이라 할 수 있거니와, 그러한 내용을 전달하되 이를 적대자의 전도된 시선을 통해 아이러니하게 표현함으로써 대단한 밀도를 얻어냈다고 할 수 있다.

주요 참고 문헌

조세희의 『난장이가 쏘아올린 작은 공』에 대한 논의는 셀 수 없이 많지만 「내 그물로 오는 가시고기」에 대한 개별적인 논의는 그리 많지 않다. 「내 그물로 오는 가시고기」가 하나의 독립된 단편으로 읽히기보다는 『난장이가 쏘아올린 작은 공』의 핵심적인 한 부분으로 분석, 평가되어왔기 때문이다. 해서, 「내 그물로 오는 가시고기」에 대한 논의는 주로 『난장이가 쏘아올린 작은 공』을 논의하면서 단편적으로 언급된 것들이 대부분이다. 하지만 「내 그물로 오는 가시고기」 자체가 『난장이가 쏘아올린 작은 공』이라는 소설의 한 부분으로 기획되고 씌어진 만큼 『난장이가 쏘아올린 작은 공』에 대한 논의는 「내 그물로 오는 가시고기」의 특질을 밝히는 데 중요한 기여를 하고 있는 것이 사실이다. 『난장이가 쏘아올린 작은 공』에 대한 논의로 주목할 만한 것은 우선 이 소설을 산업화 시대의 서사시로 읽어들이는 논의들이다. 이런 관점에서 이 소설을 읽은 주요한 논의로는 김병익, 「대립적 세계관과 미학」(『문학과지성』, 1978년 가을호); 정과리, 「고통의 개념화」(『신동아』, 1979. 2); 김치수, 「산업사회에 있어서 소설의 변화」(『문학과지성』, 1979년 가을호); 염무웅, 「도시 ― 산업화 시대의 문학」(『민중 시대의 문학』, 창작과비평사, 1979); 김우창, 「역사와 인간 이성」 (『작가세계』, 2002년 가을호); 권영민, 「산업화 과정과 문학의 사회적 확대」(『한국현대문학사』, 민음사, 2002) 등이 있으며, 이 논의들은 조세희의 「내 그물로 오는 가시고기」를 위시한 『난장이가 쏘아올린 작은 공』이 산업화가 가져온 계급적 갈등과 대립을 치밀하게 반영할 뿐만 아니라 그를 통해 자본주의 시스템 안에 내장된 병적 징후들을 정확하게 짚어낸다는 분석과 평가를 내리고 있는 것이 특징이다. 그런가 하면 『난장이가 쏘아올린 작은 공』의 주요한 특질을 아이러니적 표현으로 현실 전체를 전도시키는 현실 독법과 표현 방식에서 찾는 논의들도 다수 존재하는데, 그 대표적인 논의로는 성민엽, 「이차원의 전망」(『한국문학의 현단계 II』, 창작과비평사, 1983); 김윤식, 「산업사회의 형식 ― 난장이론」(『우리 소설과의 만남』, 민음사, 1986); 류보선, 「사랑의 정치학」(『1970년대 문학연구』, 소명출판, 2000); 오세영, 「사랑의 입법과 사법」(『세계의 문학』, 1989년 봄호); 우찬제, 「대립의 초극미, 그 카오스모스의 시학」(『난장이가 쏘아올린 작은 공』 개정판 해설, 문학과지성사, 1997); 장경렬, 「뫼비우스의 띠와 클라인씨의 병 ―『난장이가 쏘아올린 작은 공』과 「현실 인식의 문제」(『작가세계』, 1990년 겨울호) 등이 있다.

_류보선

이문구
화무십일(花無十日)
— 관촌수필 2

신작로 초입에는 여러 채의 오죽잖은 집장수 집들이 좁좁하게 늘어서 있었는데, 그중에서도 그 시간까지 창밖으로 불을 밝히고 있던 집은 관촌이발소였다.
그 이발소의 형광등은 제법 구실을 하여, 건너편 주막집의 신통찮은 간판이며, 판자 울타리에 붙어 있던 혼분식 장려 담화문까지도 부옇게 밝혀주고 있었다. 이발소 안에는 젊은 사내 몇이 난롯가에 둘러서서 어름거리고 있었는데, 아마도 일찍 들어가기에는 한 일이 너무 없어 미루적거리고 있는 이발사들 같았다.
나는 문득 그 이발소 안을 잠시 들여다보고 갔으면 하는 엉뚱한 생각이 솟았다. 그 안으로 들어가서 나도 느루 쓰느라고 마디게 태워 끄느름한 연탄 난롯가에 서성거리면서, 아는 사람들 소식을 두루 묻든가, 아니면 담배라도 한 대 끄고 나서면 옥죄인 가슴이 조금은 풀릴 것 같은 느낌이었다.
그런 어쭙잖은 잡념으로 이러지도 저러지도 못하고 엉거주춤 서 있던 나는, 나 자신도 모르게 흠칫 놀라지 않을 수 없었다. 난데없는 사람이 이만한 그림자를 데리고 이발관 앞을 지나갔던바, 그 뒷모습이 너무도 눈에 익은, 그러나

---

* 「화무십일」은 『신동아』 1972년 10월호에 발표되었고, 이후 연작소설집 『관촌수필』(소설 명작선 6, 문학과지성사, 1977: 1996)에 수록되었다.

이미 오래전에 잃어버린 바로 그 사람의 그것과 아주 닮은꼴이기 때문이었다.

나는 다시 한 번 먼젓것에 버금가는 섬뜩함을 느꼈다. 그것은 단순한 엉겁결의 착각일 뿐, 역시 그 영감의 모습은 아니었던 것이다.

그저 지나치던 무심한 행인이 하필 그렇게 보일 것은 무엇인가. 더구나 나보다 십여 년이나 앞질러 관촌부락을 등졌고, 떠나던 마지막 뒷모습을 시야 바깥까지 전송한 기억도 선명한 터에.

그럼에도 갈 길을 가던 행인의 뒷모습이 어둠과 한가지가 되도록 지켜보았으니, 그 행인이 윤영감으로 헛뵌 까닭은 그다음에야 알 수 있었다. 공교롭게도, 물론 우연이지만, 그 행인 역시 여러 가지 소반을 한 짐 잔뜩 짊어진 소반장수였던 것이다. 나이도 그만할 뿐더러 차린 주제꼴이나 하며, 늙어 추레한 모습이 천연 윤영감이던 것이다. 내가 내처 윤영감의 옛모습을 챙겨 되살려보기 비롯한 것도 그래서 그리 된 거였다. 나는 걸어 나오면서 윤영감의 일을 차근차근 되살려보기에 추위마저 잊고 있었다.

그해에 있은 일들을 회고하면 시방도 몸서리가 나며 끔찍스럽기만 하다. 그날그날이 하루같이 징그러워 생지옥으로만 여겨지던 해였으니까.

내남적없이 난리 끝에 우습게 지어 거둔 농사라 세안부터 양식이 달랑거리지 않은 집이 없었으므로, 그 무렵에는 부황 안 난 집이 드물고 채독 들지 않은 사람이 귀하던 시절이었다. 해토머리[1]를 맞고부터 곡기 끊긴 집이 하나둘 늘어갔고, 주리다 못해 배를 졸라매며 들머리를 둘러보면 보리밭은 겨우 오월 그믐께 못자리 꼴, 어느 세월에 배동 오르고 패어 풋보리죽이나마 양을 채우게 될는지 막연한 판이었다. 처마 밑에 매달린 시래기 몇 두름을 진동항아리 위하듯 할밖에 없었고, 먹살 싯이라고는 사방을 휘둘러보아도 세월 없이 괴어 흐르던 동네 우물물뿐인 마른 봄판이었다. 그럼에도 기적 같던 것은, 굶어죽어간다는 사람이 없는 일이었다. 진잎에 된장기 하여 국물로 배를 채우고, 밀기울로 개떡을 쪄서 요기해서라도 주려 죽었다던 사람은 없었던 것이다. 그래도 관촌 사람들

---

[1] 해토머리 얼었던 땅이 녹아서 풀리기 시작할 때.

은 땅을 내놓거나 하지는 않았다. 막막한 대로 참고 견뎌보자는 배짱이었다.
 마을 사람들이 푼돈이나마 얻어 연명할 수 있을 수단이라고는 개펄에 나가는 일이었다. 게나 조개를 잡고 고둥과 파래를 뜯어내는 일, 그리고 산에 올라 나무를 해다 돈사서[2] 가루 되라도 팔다 잇는 두 가지 방도뿐이었다. 그런 기막힌 사정은 우리집도 마찬가지였다. 아니 다른 어떤 집보다도 더 절박한 사정이었다. 그것은 난리 났던 해에 지은 농작물을 치안대에 의해 모조리 압수당한 여파였다. 벼는 영글기가 무섭게 베어가버렸고, 밭에서 익던 그루갈이는 물론, 속이 덜 든 김장 호배추까지도 싹 쓸어갔었으니, 그 너른 밭자락에 줄파 한 뿌리 남아 있지 않았던 것이다.
 피난 갔다가 돌아왔을 때 집에 남아 있던 것이라고는 기둥뿐이었다. 살강 밑의 부러진 숟갈 한 도막, 헛간에서 장작 한 개비를 구경할 수 없었다. 사랑에는 퇴침 한 개, 대청 밑 주추 옆엔 귀떨어진 약탕관이 나뒹굴고 있을 정도로 완전히 패가한 형편이었다. 그런 폐허 속에서 우리가 죽지 않은 한 가지 방법은 땅을 맡기고 빚을 내어 먹는 것뿐이었다. 곱장리 쌀이라도 얻어다 먹어야 기둥만 남은 집이나마 명맥을 이어갈 수 있었던 것이다. 그러나 마을 안팎이 막판에 이르러 있었으므로 그 노릇도 수월하지가 않았다. 결국 어머니가 생각해낸 것은 서원이었다. 어머니의 생각이 전해지자 서원에서는 고인이 된 할아버지에 대한 추념을 보태어 장리쌀을 내주기로 조치하였다. 따라서 우리는 곡기가 끊이지 않을 수 있었고, 부황이나 채독에 걸려 신음하는 꼴을 면할 수 있었다.
 윤영감네 일가가 관촌부락에 떠들어온 것도, 그렇게 죽지 못해 삼동을 물리고 해가 원수같이 길어지기 시작한 어름이었다.
 자고 나서 내다보면 신작로는 아침부터 부산하게 움직이고 있었다. 며칠 동안이나 되풀이한 착각이었지만, 언뜻 보면 틀림없는 장꾼들이었다. 그러나 그들은 장꾼들이 아니었다. 그들은 한결같이 읍내를 뒤로하고 북상하는 걸음이었다. 입성을 보아도 땅뙈기나 뒤지며 두엄지게를 지던 두메 사람들이 아니었다.

---

[2] 돈사다 팔다의 뜻.

사람마다 어리면 어리게 지고 늙은이는 가볍게 졌으니, 그들이 지고 인 것들은 물건이 아니라 이삿짐이었던 것이다. 비 맞을 채비까지 하여 꾸려진 이불 보퉁이, 솥단지, 바께스 따위, 분명히 사람 손으로 나르는 이삿짐이었다.

"저게 죄 이북서 피난 왔다가는 사람들이래유."

마을 사람들은 그네들을 구경하면서 그런 말을 하고 있었다.

"난리 속에서두 서울이 좋기는 좋은가뵈."

"그렇잖겠남. 이왕 새루 터를 잡구 살라면 너른 디루 가서 잡으야지 촌구석이서 뭣 먹구 살게. 내 땅 못 부치면 제바닥 사람두 살기가 거시기 헌디."

"저냥 한무세월허구 한둔해가며 걸어가자면 오죽 되구 어려울까."

"저이들은 괜찮유. 아, 이북서 온 사람들이 월매나 독헙디까. 끄떡읎을껴."

"건건이가 읎어 맨밥을 먹더라던디……."

"그래두 먹을 게 있으니 우리네버덤 낫네유. 양석만 있으면 찬이 문제간디."

마을 사람들도 남의 일 같잖아 그런 걱정들을 하고 있었다. 피난민들의 상경 행렬은 날이 저물도록 계속되었고 하루 이틀에 그친 것도 아니었다.

그들은 점심때가 되면 약속이나 된 듯이 모두 관촌부락으로 밀어닥쳐 짐을 내렸다. 양지바른 산기슭에 물이 흔한 까닭이었다. 그네들은 흔히 오붓한 바위 밑이나 바람 없이 볕이 잘 괴는 논둑 밑에 자리를 잡았다. 자리가 만들어지면 어른과 아이는 두 패로 갈려, 각자 맡은 바에 충실하고자 뒤 한번 돌아보지 않았다.

삼대에 걸친 네 분의 신명을 하루아침에 잃은 폐허 속에서 겨우 살아남아 외롭게 된 나로서는, 그네들 한 가족이 소꿉장난하듯 움직이는 꼴이 여간 부럽지 않았다. 가상인 듯한 사람은 돌로 솥결이 화덕을 만들었고, 주부는 우물에 와서 식사 준비를 했으며, 아이들은 뒷산으로 치달아 올라 나무를 줍는 거였다. 낫이나 갈퀴가 없으므로 솔방울, 삭정이 따위를 주웠고, 때로는 논이나 밭고랑에 낸 퇴비와 두엄을 걷어다 때기도 했다.

점심이 끝나면 지체 없이 가던 길로 다시 들어섰고, 이튿날에는 다른 가족이 뒤를 이어 같은 일을 되풀이하고 있었다. 그러나 해거름녘에 닿은 사람들은 으레 하룻밤 묵어가기로 작정한 것 같았다. 그들은 빈방을 빌려가지고 군불까지 지펴가며 노독을 풀었다.

우리 집은 항상 그런 사람들로 붐비고 있었다. 집이 너른 데다 가족마저 반실되어 주인 잃고 놀던 방이 한두 칸 아니었으니, 찾아온 길손들로 문전성시를 이룰밖에 없는 일이었다. 더구나 마을에서 허우대 좋기로 으뜸가던 집이었으니 그들이 주목을 한 것도 당연한 일이었다.

우리는 빈방을 서슴없이 내주기는 했지만 그들을 달갑게 여기거나 측은하게 생각한 적은 없었다. 성가시고 시끄럽기만 했으니까. 그것은 너무도 시달리고 부대낀 탓이었다. 그것은 떼거리로 몰려온 그들의 요구 사항을 선뜻 들어줄 형편이 아니었기 때문이었다.

그들은 여러 가지를 요구하고 있었다. 값지다거나 소중한 것도 아니었다. 간장·된장·소금·고춧가루, 더러는 김치 맛보기를 원으로 하던 이도 있었다. 하룻밤 묵어가기로 작정한 경우, 아녀자들은 버덩이나 등성이 기슭, 그리고 논두렁과 밭두둑으로 퍼져 새로 돋아난 나물들, 쑥·냉이·소루쟁이·질경이 따위를 뜯어다 삶던 것이다.

모든 것을 얻어다 먹던 우리 형편으로서는 어느 한 가지도 그들이 원하는 것을 나누어줄 수가 없었다. 앞서 말한 바와 같이 장독대에 가보았자 토 뜨는 간장 한 종지, 맛 가신 된장 한 덩이 남아 있지 않았던 것이다. 그러나 그네들은 없다는 말을 곧이들으려 하지 않았다. 이렇듯 덩실한 집에서 박절하게 거절할 법이 없다던 거였다. 특히 적삼 위로 제법 가슴살이 오른 처녀나 여남은 살 된 계집애가 그릇을 들고 들어섰다 하면, 우리가 별소리를 다 해서 빌어도 소용이 없던 것이다.

"사람이 집 떠나면 독해진다더니 증말이구먼. 워쩌면 그리 비윗장이 좋구 끈적대는구."

나그네라면 넌더리가 났던 어머니는 결국 그들의 끈기를 감탄해 마지않았다. 그렇잖아도 씁쓸한 쑥국을 맨탕으로 끓이면 어찌 먹겠느냐, 양념 없이 무친 들나물인데 간을 못 하면 짐짐해서 어찌 먹겠느냐, 그들은 그런 항의를 하면서 대문간이나 토방에 늘어붙으면 물러갈 줄을 몰랐다. 정말 없어서 못 주는 딱한 사정 ─ 지금 돌이켜 생각해봐도 웃을 일이 아니었다. 윤영감네 일가를 만날 수 있었던 것도 바로 그런 경우였다.

 윤영감네 일가가 우리 밭마당 가장자리 도랑 옆에 짐을 풀고 안으로 들어온 것은 그 무렵 어느 날, 저녁 식사도 마친 해거름녘이었다. 육순이 바라뵈는 귀밑머리 허연 늙은이가 턱밑이 안 보이게 등이 굽은 노파를 앞세우고 들어오던 것이다. 아침에 나간 방이 있다는 것을 누구한테 들었어도 듣고 왔다는 표정이었다. 대문간에 텅 비워져 있던 머슴방, 휑하게 열려 패어 있던 누더기 문짝, 우리 집에는 아무도 마다할 만한 사람이 없었다. 식구는 넷, 날이 새기 바쁘게 떠나겠다는 거였다. 그랬던 사람들이 이튿날 해가 서너 발이 넘게 오르도록 짐 꾸리는 기척을 보이지 않았다. 말 한마디 문밖으로 흘러나오지도 않았다. 가끔 어린것이 보채며 우는 소리가 들리는 듯하다가 그칠 따름이었다. 점심때도 겨워서야 영감이 어머니를 찾았다.

 영감은 말했다. 양식이 끊겨 움직이지 못하게 되었다, 아무 일이나 며칠간만 부려다오, 네 식구가 굶지만 않게 해주면 새로운 용기를 내어 가던 길을 떠나겠다. 하기는 쉬울는지 몰라도 실현되기가 어려운 말이었다. 그 어려움은 입이 너무 많은 데에 있었다. 영감 내외에 며느리인 듯한 스무남은 된 젊은 여자, 그리고 젖먹이 어린것, 그 네 식구의 호구를 돌보아준다는 것은 너무나 과중한 부담이었다.

 어머니가 난색을 보이자 영감은 잠시 후 좀더 구체적인 조건을 내놓았다. 한 끼에 밥 두 그릇씩만 달라는 거였다. 모자라는 만큼은 며느리를 내보내어 보태서 먹겠다던 것이다. 어린 내가 보기에도 어쩔 수 없는 사정이었다. 한나절을 두고 궁리를 거듭한 어머니가 영감을 불렀다.

 "우리두 뭐라 말허기가 거시기 허오만, 피차가 도웁자는 게니 집의 요량대루 해보우."

 장리쌀로 연명해나가던 형편으로는 무모한 짓이 아닐 수 없었다. 그러나 이듬해 농사를 짓기 위해서는 선머슴이라도 두지 않으면 안 될 판이던 것이다. 영감은 구레나룻이 태모시처럼 센 노인이었지만 그런대로 강단이 있어 보였으며, 노파도 마찬가지로 들무새 일에는 몸을 사리지 않을 만큼 정정한 편이었다. 그러나 물건은 역시 며느리였다. 못 먹고 가꾸지 못한 채 몇백 리를 걸어오며 젖을 빨린 애어머니답지 않게, 어느 모로 보나 깨끗한 맵시를 하고 있었다. 살결이 보기 드물게 고왔고, 손발도 오목조목하니 볼 만했다. 시국과는 아무 관계없이 한창 피어나는 여자였다.

"애나 읎었으면 한 부주 되지…… 청상에 홀로됐으니 예삿일이 아니더라. 인물두 번번허구, 그 살림에 메누리 하나는 방짜루 은었던디."

어머니는, 아니 마을 사람들도 그녀를 무턱대고 과부로만 알고 있었다. 난리통에 혼자됐으리라는 것은 물어 확인해보지 않더라도 누구나 어림할 수 있던 일이었으니까.

영감은 본디가 생일밖에 배운 게 없는 농투성이던가 보았다. 그는 그동안 우리가 아쉬워한 것이 무엇인지를 대번에 알아차렸고, 그것을 스스로 추슬러나갈 줄을 알고 있었던 것이다. 며느리는 사흘째 되던 날부터 새벽에 나가고 밤늦어 들어오곤 했다. 읍내 어느 여관에 나가 부엌일을 하게 됐다는 거였다. 온종일 일을 해주고 얻어오는 것은, 식은 밥과 먹던 반찬 찌꺼기가 전부라고 했다. 사실 자정이 다 되어 들어오던 그녀를 보면 으레껀 찌그러진 바께스를 보자기로 덮어 이고 오던 것이다.

영감에게 맡겨진 일은 땔나무 해들이기와 보리밭 웃거름 주기, 그리고 김매기였다. 영감이 꾀를 부리지 않아 어머니는 항상 됐다는 표정이었다. 그네들을 붙인 것이 다행스러웠던 것이다. 어머니는 곧잘,

"솔이두 쬐끔만 참구 고상허거라. 햇보리만 잡히면 그 작은 배야 곯리겄네?"

하며 어린것을 달래는 거였다.

솔이란 송(松)이를 일컬음이었는데, 우리도 영감 내외가 하는 대로 솔이라고 불렀던 것이다. 어머니는 차츰 그들이 사경 없는 머슴으로 있어 한 해 농사나 마쳐주고 갔으면 했는데, 그것은 윤영감네 일가도 속으로 은근히 바라던 바와 같은 거였다. 어차피 고향은 가지 못할 것, 설령 서울로 간다더라도 의지가

지 해볼 만한 근거가 없었으니까. 그러나 윤영감이 되풀이하던 주장대로, 예정한 바에 맞추어 떠나지 않고 주저한 것은, 어머니와의 정의를 떨치고 돌아설 용기가 없는 탓이란 말에도 일리가 없지 않던 것 같았다. 그것은 아주 사소한 일이었다.

그들이 문간방에 며칠 머물기로 하고 이틀째 되던 날 밤으로 여겨진다. 자정이 넘었음에도 내가 잠에서 깬 것은 어머니가 꼬집어댄 때문이었다. 눈을 뜨자마자 이내 그 까닭을 알게 됐는데, 그것은 문간방에서 청승맞은 울음소리가 들려오고 있었던 것이다. 여겨 들으니 노파의 울음소리가 분명했다. 넋두리도 없이 흐느끼던 소리─장마 중에 우는 이무기 소리처럼 여간 불쾌하고 흉측스러운 소리가 아니었다.

그 울음소리는 동이 부옇게가는데도 좀처럼 그치려 하지 않았다. 듣고 모른 체하기도 어려운 노릇. 망설이다 말고 어머니가 문간방으로 나갔다. 지금도 아쉬운 것은 그네들이 쓰던 사투리를 흉내 낼 수 없음이다. 자고 새면 영감의 환갑날이라는 거였다. 환갑날 아침을 빌어다 먹게 된 기박한 신세를 생각하니 울음이 안 나오겠느냐는 것이 노파의 해명이었다.

"이 난리통구리에 환진갑 개보름 쇠듯기 허기두 예사지 그게 그리 슬허……."

어머니는 여러 말로 위로를 해주고 돌아와서도 이해가 안 되던가보았다. 이름도 성도 없이 개죽음한 사람이 지천이고, 끼닛거리가 간데없는 주제에 별 배부른 수작도 다 보겠다는 투였다. 기아를 면한 것만도 과분한 줄 아는 것이 도리거늘, 하물며 환갑 잔치 못함을 비관하며 아닌밤중에 요망스러운 울음소리를 낸단 말인가. 어린 내가 생각하기에도 밉살맞지 않을 수 없었다.

밝은 날 아침. 나는 무심결에 어머니가 손수 문간방으로 내가던 밥상을 보았다. 놀라운 일이었다. 반찬이 색다르다든가 해서가 아니었다. 밥사발이 넘어지게 고봉으로 푼 하얀 쌀밥을 해내가기 때문이었다. 그것은 할아버지 삭망 차례에도 좀처럼 보기 어렵던 일이었다. 잠시 후.

"쳐자를 앞헤놓구서리 눅순 잔챗상을 주인아즈마니 손으루 읃어먹습네다……."

하는 노파의 음성이 들려왔다.
"아즈마니 이거 넘체없습네다······."
그날은 영감도 그 한마디밖에 더 할말이 없었겠지만, 우리집 농사가 추수를 볼 때까지 머물고자 작정한 것은 그날부터라던 거였다. 영감은 말끝에 덧붙여,
"아즈마니 금년에는 복 받으셔서 풍년이 들 게라오. 내가 풍년이 듭시사 허구서리 많이두 빌었시요. 그날이 자 축 인 뫼⋯⋯ 뉴모일(有毛日)이었시요."
라는 말도 했다.
영감은 호미씻이를 앞당길 정도로 재래 월령(月令)과 영락없이 전답을 거둬 낼 줄 알던, 나무랄 데 없는 훌륭한 일꾼이었다. 솔이는 배를 곯지 않아 잔주접 없이 자라며 적적했던 우리 안방의 재롱둥이로 한몫 했고, 솔이 엄마도 날마다 읍내 역전거리 오복여관을 군소리 없이 다니고 있었다. 그녀는 식은 밥 대신 돈으로 월급을 받게 됐다고 했다. 솔이 할머니도 부지런히 품팔이를 다녔으며, 구장이 힘써주어 면으로부터 배급을 타기도 했다.
솔이 아버지가 비로소 몸을 내민 것은 그럭저럭 달포 남짓이나 아무 소리 없이 지나고 난 뒤였다. 그것도 솔이네 식구의 자백에 앞서 우리가 먼저 발견한 사건이었다.
어느 날 밤, 그날도 역시 자정이 겨웠을 무렵이었다. 솔이네 방에서 또다시 울음소리가 들려왔던 것이다. 여전히 음울한 울음소리였다. 솔이 할머니가 흐느끼는 소리였다. 우리는 소스라쳐 놀라 귀를 기울였지만 무슨 사단으로 그러는지 어림할 수가 없었다. 어머니는 혹시 당신의 언동이 그네들에게 무슨 설움이 되어 불화라도 일었나 하고 불안해했지만, 아무래도 짐작이 안 가는 모양이었다.
너무도 뜻밖의 놀라운 사실을 발견한 것은, 영문을 몰라 모자가 얼굴만 마주한 채 어쩔 바를 몰라할 어름이었다. 솔이네 방에서 생전 처음 듣는 사내의 음성이 새어나온 것이다. 굵고 우악스런 사내의 음성이었다. 게다가 겹쳐 더욱 놀랍던 것은, 그 음성의 주인이 윤영감의 아들, 곧 솔이 아버지라는 점이었다. 그것은 오고가는 말투만으로도 미루어 단정하기 넉넉한 일이었다. 어떻게 된

셈일까. 이해를 할 수 없는 일이었다. 그 동안 내내 듣도 보도 못한 솔이 아버지가 갑자기 나타난 것이 그렇고, 그로 인해서 집안이 시끄러워진 내막이 그랬다. 여태 혼자 떠돌아다니다가 방금 찾아들어온 모양이었다. 엿들어보니 모자간에 말다툼이 벌어진 셈이었다.

언쟁의 동기는 솔이 엄마의 여관 종업원이었다. 그날 밤 그녀는 아무 기별조차 않고 집에 들어오지 않았던 것이다. 그것도 뜻하지 않은 일이었다.

이튿날 솔이 할머니가 안방으로 건너와서 어머니한테 털어놓고 들려준 비밀은, 우리가 예상했던 바를 송두리째 뒤집는, 여간내기가 아니고서는 하기도 어려울 일들이었다.

이름은 학로(學老), 이제 스물여섯 살, 단산할 나이에 막자식으로 얻고 그만이었던 외아들로서 세 식구가 1·4 후퇴 때 함께 월남한 터였다. 솔이 할머니는 목이 메어 간신히 말을 이어가고 있었다.

그네들은 내내 밤으로만 걸어다녀야 했다. 허우대만 그럴싸하면 덮어놓고 잡아다가 군인을 만들던 판이라 그러지 않을 수가 없었다. 그녀는 장가도 못 들인 외아들을 어떻게 전쟁터에 보낼 수 있었겠느냐고 말했다. 그래서 낮에는 늘 가마니 속에 담아두지 않으면 안 되었다. 부득이 대낮에 이동하지 않을 수 없었던 경우에는 영감이 가마니에 담은 아들을 지게로 져날라야 했다. 허리가 부러지게 지고 다닌 거였다. 솔이 엄마를 며느리로 맞게 된 것은 임진강을 건넌 직후였다. 부모를 따라 함께 도강은 했으나 폭격이 한차례 거쳐간 뒤로 고아가 되어버린, 두고 보기가 딱한 처녀를 길에서 만났던 것이다. 그 처녀는 사지가 발겨진 채 고드래떡으로 굳은 부모 시체를 땅바닥에 뒹굴리며 하염없이 몸부림을 치고 있었다. 그 정경을 몰라라 하고 그대로 지나치지 못한 그들이 주검을 묻어주고 동행이 됨으로써 이루어진 혼사였다. 그들은 함께 경북 군위읍까지 피난살이를 옮겨갔었다. 학로가 그녀와 보리죽을 먹고 초야를 치른 것은, 이슬이 달빛처럼 부스러져 내리던 어느 밀밭 고랑이었다. 두 늙은이는 그 일을 몹시 기특하게 여겼다. 그들은 많은 것을 기대했고, 젊은것들을 세상에 없어하며 상전 받들듯 했다.

"이리 될 줄이야 누구레 생각이나 해봤갔시오······."
 솔이 할머니는 그 대목에 이르자 한차례 눈물까지 지었다. 부모를 어렵게 알고 매사에 순종하던 아들이 날이 갈수록 거칠어가던 것이다. 부모를 업신여기고 언사가 거칠어졌으며, 그들 내외의 금실도 악화일로였던 것이다. 유리걸식을 하던 비참한 처지에서도 그랬고, 솔이가 생긴 뒤에도 그랬다.
"쯧쯧······ 부자 쌍내외가 한방에서 복작댔으니 여북했겠수."
 더 듣지 않고도 어머니는 모든 것을 이해하겠다는 표정이었다.
 학로라는 사내가 문밖을 얼씬 않고 송장처럼 이불을 뒤집어쓴 채 방구석에만 처박혀 두지지 시늉하던 까닭이, 다만 병역 기피를 위함이었음도 우리는 그제서야 알았지만, 그는 방에서 물수건으로 세수를 했고, 뒷간도 어두워진 뒤에나 출입했다는 거였다. 누가 들어도 기막힐 일이었다. 그런 일이 있고도 사흘이나 지나서야 우리 식구는 처음으로 솔이 아버지의 얼굴을 구경할 수 있었다. 그 스스로 자청해서 안으로 인사를 왔던 것이다. 봉두난발에 고슴도치처럼 자란 수염은 아무리 잘 보려 해도 사람 꼴이 아니었다. 얼굴은 뜨다 못해 허옇게 쇠어 있었으며, 여리기 나무젓가락만 한 손가락은 하들하들 떨리고 있었다. 무척 양순하고 조심성 깊은 청년인 듯하면서도, 잔뜩 지르숙은 고개 밑으로 곁눈질하는 꼴은, 어지간히 융통성 없고 소갈머리 좁은 얼뜨기 같기도 했다. 질서가 다소 잡혀, 가호적이나 기류계가 없이는 징집 영장도 안 나오기에, 이제는 신분을 공개해도 무방할 것 같아 드디어 햇볕 아래에 나서기로 결심했다는 거였다.
 그 후로도 솔이네의 가정 불화는 그칠 날이 없었다. 솔이 어머니의 외박이 잦아졌던 것이다. 일에 바빠하다 보면 통금에 걸려 못 들어온다던 것이 그녀의 변명이었는데, 학로는 그것이 절대로 용서할 수 없는 일이라던 것이다. 그러므로 학로가 의처증에 시달린 것도 당연했는지 몰랐다. 문제는 나날이 복잡하고 어려워져갔다. 솔이 엄마의 알 수 없는 태도 때문이었다. 그녀는 시부모의 꾸중과 만류를 무릅쓰고, 아니 남편이 이틀이 멀다 하고 휘젓는 장작개비 찜질마저 우습게 알고 끝끝내 여관을 나갔던 것이다.
 만나면 만나는 사람마다 솔이 엄마를 입살에 올려 쑥덕방아였다. 모두들 그녀가 나쁘다는 것이었고, 학로를 동정해 마지않는 공론이었다. 납득이 안 간다던 것이 그 이유였다. 더러는 학로를 나무라는 의견도 있었다. 여편네 하나를 휘어잡지 못한, 지지리도 못난 숙맥이라는 비난이었다. 여관 종업원이나 단골손님 가운데 이미 배 맞은 사내가 없을 법도 없다는 말마저 들려오고 있었다. 그런 사람들 가운데에서도 어떤 이는,

"여관방에서 삼팔선을 없앤 통 큰 여자가 본서방 미서워서 헐 짓 못 헐 중 아남."

"이남 사내허구 이북 지집이 통했응께 남북 통일은 분명헌다……."

하고 웃었다. 아무나 예사로 주고받던 말처럼, 그녀의 절조를 믿으려 한 사람은 약으로 쓸래도 찾아볼 수 없던 것이다.

학로가 오복여관으로 직접 찾아가 솔이 엄마 머리채를 끌어온 것은 그런 소문이 파다해진 다음이었다. 학로는 신작로가의 차중철이네 주막에서 취하게 마신 다음 모처럼 숫기 있는 일을 해보였던 것이다. 그녀는 며칠 동안 우물가에도 얼씬 않고 방구석에만 틀어박혀 있었다. 붙들려 오기가 무섭게 머리를 깎였던 것이다.

그 대신 학로가 돈벌이를 하러 발벗고 나선 것은 누구나가 바라던 일이었다. 남들이 주선해주어 그리 된 것인데, 취직이라기보다는 객공(客工)살이였다. 내력도 간판도 없이 가내 수공업으로 소반·목판 따위를 짜서 팔아먹던, 장터 초입의 왕이라는 사람네 일간으로 말이 되어 나가기 시작했던 것이다. 학로는 원래 손재주가 있는 데다, 사변 전에는 쟁반·예반 등을 깎아먹던 쟁이네 드나들기를 취미로 했으므로, 어지간한 연장은 다룰 줄 모르는 것이 없었다고 했다.

그는 연장 망태만 한 구럭 속에 결흑통(結黑桶)을 비롯, 까뀌·가심끌·깔종·후리대패·굽자, 갖은 톱 등속을 담아들고 게으름 없이 드나들었다. 손속도 걸싼³ 편이라던 것이 남들이 이르던 말이었다. 그가 나가기 시작한 지 달포도 안 되어 목공 월급을 받게 된 것도 순전 타고난 손재주 덕이라던 것이다. 소

---

3 **걸싼** 일이나 동작 따위가 매우 날쌘.

문은 또 본뜨는 솜씨도 여간 아니어서 원반·개다리소반·책상반·호족반·두레반·교자상 하여, 그의 손만 가면 무엇이든지 이루어지지 않는 것이 없다는 거였다.
솔이 엄마 손에도 제법 살림이 잡히어가고, 그럭저럭 영감네 셈평도 펴이는 것 같았다. 마을 사람들은 모두들 자기네 일처럼 흐뭇해하고 있었다. 학로도 살아보고 싶은 의욕이 생기는 것 같았다. 그의 뜨는 메주 같던 얼굴에도 모처럼 화기가 돌고 있었던 것이다.
그것이 몇 조금 못 가고 다시 열패감에 젖어 자학적인 좌절만 하지 않았더라도 그는 갸륵한 아들일 수 있었고, 무던한 가장으로서 바닥난 집안도 제대로 일으켰을 터임에 틀림없었다.
진실로 애석한 일이었다. 가정 분란이 재연되면서 그가 의기를 잃고 좌초한 기미를 보이기 시작하자 그를 잠시라도 사귀어본 사람이면 한결같이 불안해하며 위로할 바를 몰라하고 있었다. 아내의 바람기가 고질이 되어 의처증을 떨쳐버리지 못한 것이 원인이었다.
그런 중에서도 가장 치명적이었던 사건은, 학로 자신이 직접 아내의 정부였던 자를 목격한 데에 있었다. 막연한 채로 추측만 해보았을 일이 그토록 들어맞는 수도 있을까 싶은 지경이었다.
오복여관 단골의 그 장돌뱅이 서울 사내와 몇 차례나 잤더냐고 학로는 족쳐대기 시작했다. 밤마다 계속된 몽둥이찜질과 울부짖음으로 안 일이지만, 학로도 처음에는 소반 공장으로 마을 왔던 이웃 사내와 공장주인 왕이 주고받던 음담패설 가운데에서 눈치를 챘고, 이윽고는 만화책 두 권에 넘어간 중학교 1학년짜리 오복여관 막내아들을 꾀어 증언시킴으로써 모든 것의 확증이 잡혔다고 학로는 주장하고 있었다.
솔이 엄마는 종시 유구무언이었다. 부인할 수 없는 과오를 침묵으로 고백한 셈이었을까. 학로는 절반 이상 실성한 것 같았고, 광적으로 아내를 닦달하고 있었다. 그러면서도 낮으로 소반 공장을 열심히 나간 것은 아내의 부정 행위에 관한 방증 수집에 혈안이 되어 있었기 때문이었다.

어머니는 밤마다 문간방에서 일어나던 폭력 행위를 가로맡아 말리는 것으로 일과를 삼았다. 늙은 부모나 말 못하는 어린 자식을 보아서라도 지난 일을 잊으라고 타이르기에 지쳐 누울 지경이었다. 따라서 솔이 엄마도 호되게 꾸짖지 않은 것이 아니었다. 부디 개과천선하기를 누구나 당부했으며, 하루바삐 과거가 일소된 새출발이 되기를 빌듯이 달랬다. 정말 남의 일 같지 않게 신칙[4]하지 않을 수 없었던 것이다.

그러나 언제 어떻게 마무리될 것인지는 예측할 수 없었다. 첫째는 솔이 엄마에게 욕됨을 뉘우치는 빛이 없었고, 그에 따라 학로의 발광도 숙어들 기미가 보이지 않고 있었던 것이다. 학로의 폭력이 광적인 모습을 띠게 된 것은, 그 장돌뱅이 서울 사내가 오복여관에 하숙을 정한 채 버티고 있은 까닭이었다. 학로의 주장을 뒷받침이라도 해주듯, 여관까지 가서 직접 확인하고 온 사람도 한둘이 아니었다. 허여멀끔한 허우대나 하고, 돈푼이나 뿌리게 생겼더라는 것이 그 사람들의 뒷말이었다. 갈수록 거세어져가기만 하던 풍파였기에 어느 세월에나 가라앉을는지 종잡지 못할 일이었다. 무슨 수가 없을 것인가. 정녕 아무 수도 없단 말인가. 그처럼 안타까운 일도 다시 없을 것 같았다.

그러나 결말은 뜻밖으로 일렀다. 너무도 간단한 맺음새였다. 솔이 엄마가 줄행랑을 놓음으로써 그렇듯 답답하던 난제가 하루아침에 마무리됐던 것이다. 오복여관에 하숙하고 있던 서울 사내가 없어진 것도 같은 날이었다. 솔이 엄마가 입은 옷 그대로 나갔듯, 그 사내도 서둘러 새벽에 나갔다는 것이다. 그러나 길래 알 수 없겠던 것—그것은 그녀가 솔이를 데리고 나간 점이었다.

젖먹이를 버릴 수 없는 한 가닥 모성애가 남아 있었던 것일까. 솔이를 업고 나가지만 않았더라도 일이 그도록 희망하게 뒤틀리지는 않았으련마는.

너무도 애틋한 패가망신이었다. 남의 가문을 순식간에 파멸시킬 수 있었던 그 가증스러운 것—그것은 곧 여인의 마음이었다.

학로가 진현이네 외양간에서 쟁깃줄을 풀어다가 뒷산 오리나무숲 밤나무 가

---

4 신칙 단단히 타일러서 경계함.

지에 목매달고 죽은 것은, 그녀가 없어지고 보름이나 되었을까 해서였다. 그야말로 유서 한 자 필요없는 숙명적인 자결이었는지도 모를 일이었다.

윤영감이 아주 떠나버린 며느리를 찾아, 아니 잃어버린 손자 솔이를 찾아 쓸쓸히 천릿길에 오른 것은, 무서리 친 아침마다 마당가의 개오동이 소리내어 지며, 바지랑대 끝을 맴돌던 잠자리일수록 고춧물이 짙게 물들어 보이던 시월 스무날께였다.

서울 하늘이 정처라 했다. 비록 두 다리가 닳아져 앉아 죽을지언정, 찾아 헤매기를 어이 게을리하랴면서 떠나가던 것이다. 솔이를 못 찾으면 살아도 소용없는 목숨임을 거듭 다짐해보이던 영감 내외는, 가서 춘하추동 주야불철로 샅샅이 뒤지고 훑겠다고 말했다.

노파는 입고 벗을 옷가지와 취사 도구를 꾸리었고, 영감은 소반 한 짐을 멜빵 하여 짊어지고 앞장서서 떠났다. 그 소반들은 절반 이상이 학로가 만들었을 것이라고 했다. 월급에 부조금을 보태어 모개흥정했노라고 영감은 말했다. 서울에 가면 소반 장수로 나서겠노라고 영감은 거듭 되풀이 말했는데, 그것은 결코 학로를 못 잊겠어서가 아니라는 말로 덧붙여서 설명했다. 호구지책을 겸해서, 가가호호 대문을 두들길 것이며, 주인 여자마다 직접 만나보되 그러기 위해서는, 그리고 주부들을 상대로 수소문이라도 해보려면, 소반 장수 이상 갈 것이 무엇이겠느냐고 되물으며 눈물짓던 것이다.

서울 와서 사는 지도 어언 열너덧 해.

그동안 집 앞에서나 거리에서 늙은 행상인을 보고도 그냥 지나친 적이 내게는 한 번도 없지 않았나 한다. 우연히 마주친 소반 장수일 경우에는 더욱 유심히 살펴보곤 했다. 그런데 작년 그러께부터였나, 내가 사는 연희동에는 나도 모르게 소스라쳐 놀라며 밖을 내다보도록 해주던 웬 늙은 소반 장수가 지나다니기 시작했다. 그 목소리가 바로 윤영감의 것인 데다 하고 다니는 주제꼴 또한 관촌부락을 떠나던 차림새와 그렇게 비스름할 수가 없었다. 소반 사라고 외치는 소리도 오래 사는 설움과 못 이룬 한이라도 맺힌 듯 청승맞기 그지없었다. 동네 어디쯤에서 오는 기척만 들려도 나로 하여금 내다보기를 서슴지 않게 하는 거였다. 벌써 몇 차례나 그랬는지, 이제는 이루 헤아려볼 수도 없다.

  엊그제도 한차례 더듬고 갔으니 며칠 뒤에나 다시 들어보게 되겠지만, 언제부터였을까, 그 늙은이 외치던 사설을 자신도 모르게 외어보는 버릇이 내게 붙어버린 것은.

  소반 사려어 소반 사압, 행자목 소반들 사려어—

  외상반에 겸상반에 사인반에 두레반에, 교자상 행자목 소반들 사려어

이문구(李文求)

1941년 충남 보령 출생. 서라벌예술대학교 문예창작과 졸업. 「다갈라불망비」(1965)와 「백결」(1966)이 『현대문학』에 추천되어 등단. 한국일보문학상, 한국문학작가상, 요산문학상, 펜문학상, 서라벌문학상, 만해문학상, 동인문학상 등 수상. 자유실천문인협의회 간사, 국제펜클럽 한국본부 이사, 한국소설가협회 상임이사, 민족문학작가회의 이사장, 한국소설가협회 편집위원장, 김동리선생기념사업회 회장 등으로 활동. 『이 풍진 세상을』(1972), 『해벽』(1974), 『관촌수필』(1977), 『우리동네』(1981), 『유자소전』(1992), 『내 몸은 너무 오래 서 있거나 걸어왔다』(2000) 등의 소설집과 『장한몽』(1987), 『산 너머 남촌』(1990), 『매월당 김시습』(1992) 등의 장편소설 출간. 2003년 지병으로 타계함.

작품 세계

이문구는 독특한 문체의 개성 있는 스타일리스트와 유려한 이야기꾼으로서의 면모를 보여주었다. 초기의 평판작 「암소」와 「해벽」 같은 작품에서 보이듯, 근대화 과정에서 몰락해가는 농어촌의 풍경을 그려내는 데 탁월한 능력을 보여주었다. 그 후로도 서사적 대상으로서의 농촌에 대한 관심은 『우리 동네』 연작을 거쳐 말년의 나무 연작(『내 몸은 너무 오래 서 있거나 걸어왔다』)에 이르기까지 지속된다. 1970년대의 농촌 풍경을 다루고 있는 『우리 동네』 연작은, 산업화 과정에서 소외되어가는 농촌의 현실에 대한 비판정신과 이문구 특유의 입심으로 구사되는 풍자와 해학이 어우러져 당대 농촌 소설의 한 정점을 이룬다. 관료들의 위압적인 표준어와 엄숙주의에 맞서, 충청도 사투리를 구사하는 이문구의 농민들이 펼쳐 보이는 어깃장과 대거리의 수사학은, 그 특유의 풍요로운 풍유의 공간을 만들어낸다. 이문구가 보여주는 이런 언어적 개성은, 그의 대표작이자 자전소설인 『관촌수필』 연작에서 시작하여 마지막 작품집인 『내 몸은 너무 오래 서 있거나 걸어왔다』로 이어진다. 그의 세계에서 질박한 토착어에 대한 깊은 애착은 스타일의 차원에 그치지 않고 그 자체로 서사적 이념의 세계로까지 상승한다. 압도적인 모더니티의 위력 앞에서 스러져가야 했던 타자와 소수자들에 대한 공감과 애착이 그것이다. 이 점은 특히 사라져버린 고향을 안타깝게 회상하는 『관촌수필』 연작과 또한 1990년대 농촌을 배경으로 지혜로운 자기 긍정의 세계를 그려내고 있는 『내 몸은 너무 오래 서 있거나 걸어왔다』의 세계에서 빛을 발한다. 소수자의 언어와 풍속을 깊이 있게 들여다봄으로써 이문구는, 그의 세대들이 빠지기 쉬웠던 역사적 엄숙주의와 가족 로맨스라는 함정을 피할 수 있었고, 질박한 토착어와 장중한 한문 문어체의 세계를 결합시킨 개성적인 스타일리스트로 자신의 이름을 한국소설사에 등재케 했다.

「화무십일」

「화무십일」은 이문구의 대표작 『관촌수필』 연작의 두번째 작품이다. 1970년대 중반에 발표된 『관촌수필』 연작은, 「일락서산」 「화무십일」 「행운유수」 「녹수청산」 「공산토월」 「관산추정」 「여요주서」 「월곡후야」 등 모두 여덟 편으로 구성되어 있으며, "잃어진 육친과 쫓겨난 고향에 대해 바치는 최대의 문학적 헌사요 낳아 길러준 땅에 되돌리는 가장 귀한 갚음"(염무웅)이라는 말이 적절하게 표현해주고 있듯이, 사라져버린 유년의 기억을 애틋한 그리움으로 추억하고 있는 작가 자신의 자전적 작품이다. 이 점은 특히 첫 다섯 편에서 두드러지는데, 평생 탕건과 망건을 포기하지 않은 채 대천 관산 부락의 정신적 중심으로 군림했던 할아버지와, 분단의 와중에서 비극적으로 숨겨간 명문의 후예인 아버지, 그리고 그런 비극적 상황을 속속들이 지켜보아야 했던 어머니 등의 가족사가 바탕에 깔리고, 작가의 유년의 기억을 채워주는 따뜻하고 인간미 넘치는 인물들이 그 위로 부각된다. 「행운유수」의 옹점이, 「녹수청산」의 대복이, 「공산토월」의 석공, 「관산추정」의 유씨 부자 등이 그들이다. 이들은 모두 공동체적 정서의 구현자들로서, 소설의 화자가 이들에 대해 갖고 있는 정서적 유착감은 혈족과 지친의 범위를 넘어설 정도다.

「화무십일」은 이런 밑그림을 바탕으로, 한국전쟁의 와중에서 관촌부락 화자의 집을 스쳐간 피난민 윤씨 일가의 이야기를 담고 있다. 관촌부락의 대갓집에 기식하게 된 늙은이 윤씨는 젊은 아들을 가마니에 넣어 지게에 지고 다녔다. 관촌부락에 살게 된 이후로도 아들을 방에 가두어 두더쥐처럼 지내게 했다. 징집을 피하게 하기 위해서였다. 그사이, 피난길에서 만나 아들과 결연케 된 젊은 며느리는 다른 남자와 정분이 나 출분하고, 오쟁이 진 아들은 자살해버린다. 졸지에 아들 며느리를 잃어버린 윤씨 영감은, 며느리와 손자를 찾기 위해 소반 장수로 떠돌게 된다는 이야기다. 「화무십일」은 뜨내기들이 나온다는 점에서 『관촌수필』의 다른 작품들과는 구분된다. 하지만 1950년대를 살았던 사람들의 신산했던 삶과 운명을 관조적인 시선으로 그리고 있다는 점에서 『관촌수필』의 기본 흐름과 맥을 같이 하고 있다.

주요 참고 문헌

김주연, 「폐쇄사회, 인정주의, 이데올로기」(『관촌수필』 해설, 문학과지성사, 1977)
김종철, 「사회변화와 전통적 가치」(『시와 역사적 상상력』, 문학과지성사, 1977)
염무웅, 「도시.산업화시대의 문학」(『민중시대의 문학』, 창자과비평사, 1979)
김우창, 「근대화 속의 농촌」(『세계의문학』, 1981년 겨울호)
김종철, 「작가의 진실성과 문학적 감동」(『한국문학의 현단계』, 창작과비평사, 1982)

김병익, 「시대와 문학적 현상」(『전망을 위한 성찰』, 문학과지성사, 1987)
김치수, 「농촌소설의 의미와 확대」(『우리시대 우리작가』, 동아출판사, 1987)
유종호, 「시와 사상」(『문학정신』, 1988년 6월호)
김태현, 「문체의 윤기와 농촌의 변모」(『현대소설』, 1990년 겨울호)
임우기, 「살림의 언어와 언어의 살림」(『살림의 문학』, 문학과지성사, 1990)
권성우, 「1991년에 읽은 관촌수필」(『관촌수필』 개정판 해설, 문학과지성사, 1991)
송희복, 「남의 하늘에 붙어산 삶의 뜻」(『작가세계』, 1992년 겨울호)
황종연, 「도시화·산업화시대의 방외인」(『작가세계』, 1992년 겨울호)
김만수, 「전래적 농촌에 대한 회고적 시각」(『작가세계』, 1992 겨울호)
김상태, 「이문구 소설의 문체」(『작가세계』, 1992년 겨울호)
신형기, 「정치현실에 대한 윤리적 대응의 한 양상」(『작가세계』, 1992년 겨울호)
진정석, 「이야기적 상상력의 힘과 아름다움」(『우리 동네』, 솔, 1996)
서영채, 「충청도의 힘」(『내 몸은 너무 오래 서 있거나 걸어왔다』, 문학동네, 2000)

_서영채

이동하
장난감 도시

1. 학예회

우리 가족이 고향을 떠난 것은, 내가 국민학교 4학년 때였다고 기억된다. 전쟁이 멈춘 것은 이보다 한두 해 전의 일이다. 내가 이 무렵의 일을 비교적 잘 기억하고 있는 까닭은 오로지 학예회(學藝會) 덕분이라고 생각된다. 그도 그럴 것이, 매년 한 번씩 갖기로 되어 있는 학예회를 전쟁 통에 여러 해나 걸러오다가 그 해에야 우리는 비로소 가질 수 있었기 때문이다.

이때만 해도 학예회란, 특히 시골 학교로서는 운동회와 더불어 연중 가장 큰 행사의 하나였다. 이에 대한 학부모들의 관심도 대단했기 때문에 그것은 학생들만의 행사라기보다는 차라리 면민(面民) 전체를 위한 축제 같은 것이었다. 막을 올리기 한 달 앞서부터 우리는 열심히 공연 준비를 했다. 우리 4학년이 기획한 것은 합창과 동화와 동극 세 가지였다. 이 밖에 무용이 한 가지쯤 더 있었는지 모르겠다. 아마 그랬을 법도 하다. 그렇다고는 해도 여자아이들 몇몇의 일이었을 게다. 내가 참여했던 것은 역시 앞에 말한 세 가지 기획에 있었다.

우리가 가장 심혈을 기울였던 동극(童劇) 「팔려가는 당나귀」는 그 무렵 우리

---

* 「장난감 도시」는 『신동아』 1979년 7월호에 발표되었고, 이후 연작장편소설 『장난감 도시』(문학과지성사, 1982)에 수록되었다.

가 배우던 국어 교과서에 실려 있던 내용이었다. 내 기억이 정확하다면 그것은 제8과였다. 당나귀를 팔러 나선 두 부자(父子)의 어리석은 행동 때문에 우리는 연습 도중에도 곧잘 폭소를 터뜨리곤 했다. 그러면 연습은 금세 엉망이 되어버렸다. 그때까지 잔뜩 긴장해 있던 아이들은 가까스로 참아왔던 웃음을 한꺼번에 토해냈다. 그 어리석은 부자 역을 맡은 녀석들은 물론이고, 당나귀로 분장했던 녀석마저 누런 담요 뭉치 속에서 데굴데굴 구르며 마구 웃어젖혔다. 이런 속에서 끝까지 웃음을 보이지 않는 사람이라고는 오직 담임선생 한 분뿐이었다. '방아깨비'란 별명의 그 꺽다리 선생은 웃음의 태풍이 지나가기까지 창 쪽을 향해 조용히 돌아서 있곤 했다. 그런 순간의 뒷모습은 한 그루 나무처럼 훤칠해 보였다. 우리들 중에서 먼저 웃음을 멈춘 아이들은 그제서야 선생의 어깨 너머로 하나씩 둘씩 시선을 모아갔고 그러고는 그 새까맣게 잊어버렸던 여름의 눈부신 하늘과 들판을 발견해내고 새삼 좀이 쑤시는 것이었다.

웃음의 열기가 완전히 가신 다음엔 참으로 이상한 적요함이 언제나 우리의 마음을 휩싸 안았다. 그처럼 방자하게 웃어대던 아이들은 갑자기 죄다 벙어리가 되기라도 한 듯 군말 한마디 흘리지 못했다. 더러는 창밖의 무성한 여름 풍경에 넋을 팔고, 또 더러는 어제 하다 말고 버려둔 자기만의 비밀스런 일들을 골똘히 생각하면서 이 우습고 거북스러운 일이 빨리 끝나주기를 열렬히 소망할 따름이었다.

"웃어야 할 사람은 구경꾼들이지 너희들은 아니야."

손바닥 위에 올려진 방아깨비처럼 아주 굼뜬 동작으로 느슨히 돌아선 담임선생은 매번 그렇게 말했다. 선생의 기다란 두 팔이 다른 어느 때보다도 허리짬에서 허전하게 흔들려 보이는 그런 순간이었다.

"웃고 싶을 때 웃고 울고 싶을 때 울어버리면 세상에 되는 일이라곤 아무것도 없어. 남을 웃기거나 울리고 싶은 생각을 가졌다면 더군다나 그래. 자기 자신은 결코 웃거나 울어버려서는 안 된단 말이야. 그건 못난 짓이야. 꼴불견이지. 자, 처음부터 다시 한 번 해보자. 이번에도 웃는 녀석은 학예회가 끝나는 날까지 변소 청소를 시킬 테다……"

그제서야 아이들은 창밖으로 날려 보냈던 넋들을 서둘러 불러들였다. 당나귀 역을 맡았던 녀석들은 담요를 뒤집어썼고, 어리석은 두 부자는 나귀의 고삐를 다시 잡았다. 나는 노인으로 분장한 다른 두 녀석과 함께 장죽을 물고 수염을 쓸면서 그들 일행이 다가오기를 기다리기 시작했다. 도무지 어설프고 기이하기 짝이 없는 인생 유희였다.

동극에 비해 합창 연습은 비교적 수월했다. 게다가 방아깨비 선생의 풍금 솜씨가 썩 좋았다. 그의 장대 같은 팔다리에 비해, 풍금은 너무 작고 낡은 것이었다. 그러나 거기서 울려나오는 소리는 세상의 어떤 것과도 견줄 수 없을 만큼 신비로웠다. 곡목은 「뻐꾸기 왈츠」였다. 20여 명의 아이들이 세 파트로 나뉘어져 화음을 만들었다. 조그마한 풍금 앞에 달라붙은 채 기다란 두 팔과 못지않게 긴 열 개의 손가락으로 열심히 건반을 두들겨댈 때의 선생의 모습은 영락없이 방아깨비를 연상케 했지만, 우리들 중 누구 하나도 그 때문에 웃지는 않았다. 웃다니, 전혀 그럴 여유마저 없었다. 너무나 신바람 나게 노래를 불러젖혔기 때문에 나중엔 숨이 다 가빠질 지경이었다. 그래서 때로는, 전혀 주문한 적이 없는 아주 기묘한 목소리가 불쑥 튀어나와 화음을 망쳐놓는 경우도 없지 않았다. 이런 순간만은 여기저기서 쿡쿡하고 터져 나온 웃음소리가 합창 속에 잠시 섞여들기도 했다. 하지만 그것 때문에 방아깨비 선생이 건반에서 손을 뗀 적은 없었다. 선생은 되레 더 힘차게 건반을 쪼아댈 따름이었다.

이맘때쯤이면 교정은 텅 비어 있게 마련이었다. 아름드리 은행나무가 줄줄이 늘어서 있는 샘터와, 그리고 우리들의 키만 한 높이로 가지런히 둘러쳐진 측백나무 울타리 너머로 여름날의 저녁놀이 번지기 시작하는 시간이었다. 아직도 교정에 남아 있던 몇몇 상급생들만 우리들의 노랫소리에 귀를 기울였다. 그 밖엔 어쩌다 간혹 이름 모를 새 몇 마리가 하늘을 가로질러 놀빛 속으로 날아갈 뿐 움직이는 것도 소리 내는 것도 하나 없는 저녁 한때의 고요함 속에서 우리들이 입 모아 신명나게 불러젖히는 노랫소리만 천지간을 온통 가득하게 채워 놓는 것이었다.

이 합창 연습을 끝으로 대부분의 아이들은 집으로 돌아갈 수 있었다. 그날의 청소 당번들만 남아서 때늦은 정리를 하느라 한바탕 소란을 피워댈 뿐이었다. 그러나 나는 매번 예외였다. 그때부터 동화(童話) 연습을 해야만 되었기 때문이다.

앞의 두 경우와는 달리 그것은 외롭고 따분한 일이었다. 교무실은 텅 비어 있었다. 주인 없는 걸상들 중 하나를 차지하고 앉은 나는 우선 외는 작업부터 시작하게 마련이었다. 국어책을 펴들고 손때 묻은 페이지를 열면 금세 검푸른 바닷물이 내 눈앞에서 출렁거렸다. 그것은 늙고 마음씨 착한 한 어부와 그의 욕심꾸러기 마누라와 그리고 이상한 한 마리 금빛 고기에 얽힌 이야기였기 때문이다. 그래서 제목도 「금고기」였다.

'옛날 바닷가에 할아버지와 할머니가 살고 있었습니다. 할아버지는 오늘도 바다로 나가 거울같이 맑은 바닷물 위에 첨벙 그물을 던졌습니다. 그러고는 조심스레 그물을 잡아당기기 시작했습니다……' 이미 골백번도 더 읽은 글이었다. 그래서 내 머릿속에는 그 긴 이야기가 문장 한 구절, 토씨 하나 흐트러짐 없이 고스란히 꿰어져 있었다. 그런데도 담임선생은 매번 서너 번씩이나 되풀이해 읽히는 것으로써 연습을 시작했다. 내가 이 일을 넌덜머리 나게 느끼는 이유도 바로 그 점에 있었다. 게다가 선생은 또, 낮은 목소리로 읽는 것을 용납하지 않았다.

"뭐하는 거야? 누가 너더러 염불을 하랬어? 뒷좌석에 앉은 사람들이 시줏돈 들고 나오겠다 얘."

조금이라도 내 목소리가 낮아지기만 하면 선생은 으레 그렇게 윽박지르기 일쑤였다. 하기야 마이크라고는 구경하기도 어렵던 때였다. 나란히 붙어 있는 교실 서너 개를 터서 학예회장으로 사용할 판이었다. 맨 뒷자리에 앉아 있는 청중에게까지 들리게 하기 위해서는 우선 목소리부터 커야만 했다. 나는 목청을 잔뜩 높인 채 그놈의 '옛날 바닷가에……'를 신물 나게 읽어젖혔다. 잠을 자다가도 입만 벙긋하면 물이 쏟아지듯 줄줄 풀려 나올 정도로.

"좋았어. 그럼 이제부터 차근차근 동작을 섞어서 해봐."

윗도리를 훌렁 벗어던지고 러닝셔츠 바람이 된 방아깨비 선생은 타월을 목에 두르며 명령하는 것이었다. 이제 샘가로 나가 하루의 피곤을 닦아낼 참이었다. 선생은 한결같이 기다란 팔다리들을 꼭 그만한 길이대로 흐느적거리면서 천천히 교무실을 나서는 것이었다. 물론 이렇게 당부하기를 잊지 않으면서.

"지금 네 앞에는 수백 명의 청중이 지켜보고 있다는 사실을 잊어버려선 안 돼!"

고작 열 개도 못 되는 빈 걸상들만 내 앞에 허전하게 놓여 있는데도 말이다. 하지만 그것을 지적해보일 처지는 결코 못 되었다. 나는 단 한 사람의 청중마저 은행나무 우거진 샘터를 향해 스적스적 걸어가고 있는 뒷모습을 원망스레 내다보며 잔뜩 풀이 죽은 채 다시 연습을 시작하곤 했다. 맥없이 두 손을 펼쳐 들면서 나는 읊어대기 시작하는 것이다. '옛날 바닷가에 할아버지와 할머니가 살고 있었습니다…… 할아버지는 오늘도 바다로 나가 거울같이 맑은 바닷물 위에 첨벙 그물은 던졌습니다. (동작)'

어스름이 묻어오는 텅 빈 교정의 저 끝 쪽 샘가에서 커다란 방아깨비 한 마리가 열심히 두레박질하고 있는 광경을 지켜보며 나는 어느새 풀썩 웃음을 터뜨리고 마는 것이었다. '할아버지, 할아버지, 나를 다시 바닷물 속에 놓아주세요. 그러면 이 은혜를 결코 잊지 않겠어요…….'

2. 주근깨와 물사마귀

예의 방아깨비 선생이 내게 누런 사각봉투 하나를 건네주었다. 얼떨결에 그것을 받아들기는 했지만 도무지 느닷없는 일이었다.

교무실엔 담임선생 외엔 다른 선생이 몇 분 더 계셨다. 그들 중 한두 사람이 허옇게 백묵 가루가 묻은 손을 털면서 내 얼굴을 힐끔힐끔 돌아보곤 했다. 나는 괜스레 얼굴을 붉히었다. 그러자 담임선생이 불쑥 손을 내밀며 말했다.

'그곳에 가서도 공부 열심히 해. 나한테 편지도 내고…….'

이제 생각하면 그처럼 다감하고 인상적이던 방아깨비 선생을 내가 마지막으로 대하던 순간이었다. 그날 이후 두 번 다시 그를 대할 기회가 내게는 없었던 것이다. 사각봉투를 꼭 쥐고 교무실을 나온 나는 갑자기 콧날이 시큰해짐을 느꼈다. 좁고 긴 복도는 아이들로 혼잡스러웠다. 종례를 막 끝낸 아이들이 교실마다에서 꾸역꾸역 밀려 나왔다. 그들 중에는 나와 같은 학년반 아이들도 더러 섞여 있었다. 지금까지 한 교실에서 같은 흑판을 쳐다보며 공부해왔던 너무나 낯익은 얼굴들이었다. 그들보다 더 가까운 얼굴이 세상에 또 어디 있으랴. 콧마루에 박혀 있는 주근깨, 밤송이머리 속에 감추어져 있는 버짐 흉터, 그리고 손등에 돋아나 있는 물사마귀 한 개에 이르기까지 내게는 너무나 낯익은 녀석들이었다.

복도 바닥은 미끄러웠다. 양초 토막으로 문지르고 마른걸레로 윤기를 낸 판자쪽들은 4월 초파일 신새벽, 동백기름을 발라 잘 쪽찐 어머니의 머릿결처럼 정갈했다. 천천히 나는 미끄럼질을 했다. 그것은 금지되어 있는 장난 중의 하나였다. 실내에서는 절대 정숙! 발뒤꿈치를 들고 까치걸음을 하던 아이들이 못마땅한 눈길을 보내왔다. 하지만 나는 아랑곳하지 않았다. 복도의 끝 쪽까지 미끄럼을 타고 간 다음 다시 뒤돌아서 그 짓을 계속했다. 지탄받아 마땅한 나의 행동에 대해 그러나 끝내 간섭해오는 녀석은 없었다. 복도는 곧 텅 비어버려서 단지, 누런 사각봉투를 옆구리에 낀 4학년짜리 녀석 혼자만 외롭게 남아 있었다.

맥이 풀렸다. 잔뜩 풀이 죽은 나는 그 짓을 집어치웠다. 앞뒤를 돌아보아도 누구 하나 눈에 띄지 않았다. 무언가가 조그만 가슴속에서 걷잡을 수 없이 허물어져가고 있는 느낌이었다. 그제서야 나는 깨달았다. 그랬다. 나는 누군가가 간섭해주기를 기대했던 것이다. 나와 같은 4학년짜리여도 좋고 상급생이라도 상관없는 일이었다. 그랬다면 나는 말해주고 싶었던 것이다. 난 말이다, 너희들과는 마지막이야. 왜냐구? 난 도회지 학교로 전학을 가게 됐단 말이야…….

그리고 또, 무슨 말을 더 할 수 있었을까? 어쩌면 끝내 그런 말마저 꺼내지 못했을지도 모를 일이긴 하다. 도시로 전학을 간다는 일이, 그래서 이 학교와 아이들과 낯익은 세계로부터 갑자기 떨어져 나간다는 일이 나로서는 어차피 이해할 수도, 감당하기도 어려운 경이였으므로.

얌전히 발뒤축을 쳐들고 나는 걷기 시작했다. 될 수 있는 대로 천천히 걸었지만 복도는 금세 끝나버렸다. 아쉽다기보다 좀 싱거운 기분이 들었다. 밖에는 햇빛이 화사했다. 아이들 몇이 운동장에서 신나게 뛰놀고 있었다. 그러나 나는 그들 쪽으로 다가가지 않았다. 한눈도 팔지 않고 곧장 교문을 나섰다.

다음 날로 우리 가족은 마을을 떠났다. 세간살이들과 함께 짐차 위에 실린 나는 기분이 썩 좋았다. 아버지는 그래도 지난 수삼 년 간 마을의 이장 직을 맡아왔었다. 어머니는 또 누구보다 많은 일가붙이들을 이 마을에 두고 있는 처지였다. 그런데도 정작 동구 밖에 나와 손을 흔들어주는 사람은 많지 않았다. 그래서 어머니는 광목 치맛자락의 한 귀로 몰래 눈물을 찍어내곤 했다. 내 옆자리, 세간살이 틈새에 조그맣게 웅크리고 앉아 있는 어머니의 모습이 그처럼 왜소하게 느껴질 수가 없었다. 내가 드러내놓고 기분을 낼 수 없었던 이유는 바로 어머니의 그러한 태도 때문이었다.

물론 조금은 어머니의 마음을 이해하고 있었다. 나는 안다. 어느 날 밤 갑자기 일단의 사내들이 우리 집에 들이닥쳤던 것을. 그들을 안내해온 사람은 놀랍게도 낯익은 순경이었다. 아버지와는 교분이 잦은, 면 소재지의 지서에 근무하는 순경이었다. 그런데 그가 뜻밖에도 낯설고, 난폭하고, 살기등등한 일단의 사내들을 몰고 왔던 것이다. 그들이 아버지를 얼마나 거칠게 다루었던지 지금 생각해도 마음이 아프다. 밤중에 집 안을 발칵 뒤집어놓은 다음 그들은 빈손으로 돌아갔다. 끝내 삼촌을 찾아내지 못했던 것이다. 어머니는 분명히 그날 밤의 일을 생각하고 눈물을 찍어내는 것이리라.

아버지는 비교적 덤덤한 태도였다. 마을 어른들과 하직 인사를 나눌 때노 아버지는 평소의 그 유순한 웃음을 잃지 않고 있었다. 마을의 사랑방에서 아버지가 웃으실 때면 담 밖을 지나가던 사람조차도 그 웃음의 주인이 누군가를 단박에 알아맞힐 수 있다던. 그렇듯 소탈한 웃음이었다.

그 아버지가 운전대 옆에 올라타자 차는 시동이 걸렸다. 금세였다. 차의 꽁무니께로 마을의 초가지붕들과 잎사귀 무성한 감나무들이 점점 멀어져 가는가 싶더니 어느새 산모퉁이 뒤로 숨어버렸다. 나는 차에 흔들리면서 무슨 노랜가를 흥얼거리기 시작했다. 아마도 그 무렵에 유행했던 전시 노래 중의 하나였으리라. 그리고 문득 지난 학예회를 추억했다. 우리가 그토록 정성을 들였던, 그래서 교실 네 개의 벽을 트고 만든 공연장에 빼곡히 들어찬 면민(面民)들로부터 열렬한 갈채를 받았던 그 동극과 합창과 그리고 동화를. 나야말로 얼마나 의젓하게 해냈던가. 특히 동화를 끝냈을 때 누군가 외치던 소리를 나는 벅차게 회상했다. 그랬다. 그는 이렇게 소리쳤던 것이다.

"면장(面長) 감이다. 면장 감!"

바로 무대 앞 귀빈석에 점잖게 앉아 계시던 우리의 자랑스런 면장 어른께서도 그 점을 솔직히 시인하듯 고개를 끄덕이며 빙그레 웃으셨던 것이다.

국도 양켠엔 아름드리 플라타너스가 두 줄로 늘어서 있었다. 그 푸른 터널 속을 트럭은 미래의 면장 어른을 실은 채 미지의 세계를 향해 털털거리며 굴러갔고 나는 금세 목이 쉬었다.

3. 장난감 도시

난생처음 대해본 도시의 인상은 천천히 얘기하기로 하자. 도착하자마자 내가 찾은 것은 물이었다.

생각보다 여정은 짧았다. 마을을 출발한 지 불과 두세 시간 만에 우리는 도시에 닿을 수 있었던 것이다.

단순히 그 사실만 가지고도 나는 좀 실망할 정도였다. 내가 지금까지 상상한 바로는, 도시란 결코 그처럼 가까운 곳에 있는 게 아니었다. 도시란 보다 더 멀고 아득한 곳에 있어야만 했다. 그래서 그곳에 닿기 위해서는 철로 위를 바람처럼 내달리는 급행열차로도 하루 낮 하루 밤은 꼬박 걸려야만 했다. 그런데 우리가 타고 온 것은 털털거리는 짐차였다. 그것으로도 고작 두세 시간밖에 걸리지 않다니…… 그처럼 가까운 곳에 있다는 사실이 무슨 결함처럼 내게는 느

꺼졌다.
　녀석들은 지금도 그 교실에 앉아 있을 것이었다. 사철나무가 병사들처럼 늘어서 있는 남향 창으로는 풋풋한 햇살이 온종일 들이치고, 방아깨비 선생의 낮고 부드러운 목소리가 간단없이 흘러나오는 그 4학년 우리 반 교실에 말이다. 유일하게 나의 자리는 비어 있을 게다. 창 쪽으로 둘째 줄 여섯번째 책상…… 거기 내가 남긴 흠집과 낙서를 누군가 눈여겨보고 있을 게다. 그러고는 도회지로 전학 간 나를 조금 부러워할 게다. 하지만 작정만 한다면 누구나 쉽게 우리 뒤를 쫓아올 수 있으리라고 나는 생각했다. 도시란 생각보다 훨씬 가까운 곳에 있기 때문이었다. 그래서 나는 조금 자존심이 상했다.
　아버지는 물 대신 나에게 돈을 주셨다. 그것은 단풍잎처럼 작고 빨간 1원짜리 종이돈이었다. 나는 곧장 한길가로 뛰어나갔다. 딸딸이 위에다 어항보다 큰 유리 항아리를 올려놓은 물장수가 거기 있었다. 항아리 속엔 온갖 과일 조각들이 얼음덩어리와 함께 채워져 있었다.
　나는 꼭 쥐고 있던 돈과 한 잔의 물과 맞바꾸었다. 유리컵 속에 든 물은 짙은 오렌지빛이었다. 손바닥에 닿는 냉기가 갈증을 더 자극했다. 그러나 나는 마시지 않았다. 이 도시와 그 생활이 주는 어떤 경이와 흥분 때문에 실상은 목구멍보다도 가슴이 더 타고 있었다. 나는 유리컵을 조심스럽게 받쳐 든 채 천천히 돌아섰다. 그러고는 두어 걸음을 떼어놓았다. 물론 나의 그 어리석은 짓은 용납되지 않았다. 나는 금세 제지를 받았던 것이다.
　"이봐, 너 어디로 가져가는 거냐?"
　나를 불러세운 물장수가 그렇게 물었다. 나는 금방 얼굴을 붉히었다. 무언가 잘못을 저지르고 있다고 판단되었기 때문이나.
　나는 아무런 대답도 하지 못했다. 그러자 물장수가 다시 말했다.
　"잔은 두고 가야지. 너, 시골서 온 모양이로구나. 그렇지?"
　나는 단숨에 잔을 비웠다. 숨이 찼다. 콧날이 찡해지고 가슴이 꽉 막혔다. 그러나 그 자리에 더 어정거리고 있을 수는 없었다. 내던지듯 잔을 돌려준 나는 숨을 헐떡거리면서 가족이 있는 곳으로 되돌아왔다.

우리 세간살이들이 골목에 잔뜩 쌓여 있었다. 시골집 안방 윗목을 언제나 차지하고 있던 옛날식 옷장, 사랑채 시렁 위에 올려두던 낡은 고리짝, 나무로 만든 쌀뒤주와 조롱박, 크고 작은 질그릇 등, 판잣집들이 촘촘히 들어서 있는 그 골목길 위에 아무렇게나 부려놓은 세간살이들은 왠지 이물스런 느낌을 주었다. 그것들은 지금까지 흔히 보고 느껴오던 바와는 사뭇 다른 모양이요, 빛깔이었다. 아마도 이웃인 듯한, 낯선 사람 몇이 아버지와 어머니의 바쁜 일손을 거들고 있었다.

나는 판자벽을 기대고 웅크려 앉았다. 물맛이 어떠했던가를 생각해보려 했지만 도무지 기억에 남아 있지 않았다. 가슴이 답답하고 머리가 어지러웠다. 속이 메스껍기도 했다. 눈앞의 사물들이 자꾸만 이물스레 출렁거렸다. 이사를 왔다, 하고 나는 막연한 기분으로 중얼댔다. 그래, 도시로 이사를 왔다. 아주 맥 풀린 하품을 토해내며 새삼 주위를 두리번거렸다. 촘촘히 들어앉은 판잣집들, 깡통 조각과 루핑이 덮인 나지막한 지붕들, 이마를 비비대며 길 쪽으로 늘어서 있는 추녀들, 좁고 어둡고 질척한 그 많은 골목들, 타고 남은 코크스 덩어리와 검은 탄가루가 낭자하게 흩어져 있는 길바닥들, 온갖 말씨와 형형색색의 입성을 어지러이 드러내고 있는 주민들, 얼굴도 손도 발도 죄다 까맣게 탄 아이들…… 나는 자꾸만 어지럼증을 탔고, 급기야는 속엣것을 울컥 토해놓고 말았다. 딱 한 잔 분량의, 오렌지빛 토사물이었다.

세간살이들을 대충 들여놓은 다음에 우리 가족은 이른 저녁을 먹었다. 아니 그것은 때늦은 점심이기도 했다. 어쨌거나 우리 가족이 도시에서 가진 첫 식사였다.

밥은 오렌지 물을 들이기라도 한 것처럼 노란 빛깔이었다. 물이 나쁜 탓일 거라고 아버지가 말했다. 공동 펌프장에서 길어 온 그 물은 역할 정도로 악취가 심했다.

"시궁창 바닥에다가 한 자 깊이도 안 되게 박아놓은 펌프 물이니 오죽할라구요……."

어머니는 아예 숟갈을 잡을 생각조차 없는 듯 조그만 목소리로 중얼대기만 했다.

"내다버린 구싯물을 다시 퍼마시는 거나 다름없지 뭐예요."

하지만 나는 심한 허기에 시달리고 있던 판이었다. 게다가 어쨌든 귀한 이밥이었다. 식구들 중에서 제일 먼저 한 술을 떠 넣었다. 그러고는 생전 처음 입에 넣어보는 음식처럼 조심스레 씹었다. 쇳내 같은, 아니 쇠의 녹 냄새 같은 게 혀 끝에서 달착지근하게 느껴졌다. 다시 한 숟갈을 퍼 넣었다. 그러자 저 오렌지빛의 물을 마시고 났을 때처럼 속이 다시 출렁거리기 시작했다.

이래저래 피곤한 하루였다. 남폿불을 켤 것도 없이 우리 가족은 일찌감치 자리를 펴고 누웠다. 조그만 방 하나가 우리 가족이 차지한 공간의 전부였다. 바닥도 벽도 천정도 죄다 판자쪽으로 둘러친, 그것은 방이라기보다 흡사 커다란 나무궤짝 같은 느낌을 주었다. 그나마 세간살이들이 차지하고 남은 공간에 도무지 네 식구가 발을 뻗고 누울 재간이 없었다. 나는 결국 윗목에 놓인 장롱 위에다 따로 요때기를 깔고 이층잠을 자기로 했다.

피곤한 탓이리라, 다들 금세 곯아떨어졌다. 그러나 나는 밤이 깊도록 잠을 이루지 못했다. 허공에 떠 있는 것같이 잠자리가 도무지 불안할뿐더러 속도 계속 편칠 못했다. 게다가 판자벽 하나를 사이에 둔 이웃 방에서부터 밤늦도록 낯선 사람들의 목소리가 건너왔다. 나는 자꾸만 몸을 뒤채었고, 그럴 때마다 낡은 장롱이 삐걱거렸다. 그러다 어느 순간엔가 깜박 무겁고 아득한 잠의 벼랑 밑으로 굴러 떨어졌는데 기이하게도 그 짧은 순간에 나는 문득 이런 생각을 하고 웃음을 지었다. 우린 어쩌면 장난감 도시로 잘못 이사를 온 건지도 몰라…….

4. 만인을 위한 최소 공간

밤중에 나는 세 차례나 변소를 들락거렸다. 드디어 배탈이 난 것이다.

변소는 마을의 바깥쪽에 있었다. 판자촌 주민들이 다 함께 사용하는 공동 변소였다. 역시 판자쪽들로 지어진 그 건물은 무슨 이유에선지 온통 검은 콜타르가 칠해져 있었다. 그래서 흡사, 오밤중에 공동묘지를 대하는 것 같은 그런 섬뜩함을 느끼게 했다. 첫번째는 아버지가 동행해주었다. 하기야 나는 그때까지도 변소가 어디에 붙어 있는지조차 모르고 있는 처지였으므로 아버지로서도 달리 방법이 없었으리라. 어쨌거나 나는 마음 놓고 볼일을 끝낼 수가 있었다. 아마 물 탓일 게야, 하고 혼잣말처럼 중얼대며 아버지는 내가 일을 다 마치고 나오기까지 그 불결하고 냄새 나는 건물 앞에서 기다려주셨다. 어둠 속에서 빨갛게 타오르는 담뱃불이 나를 얼마나 안심시켰는지 모른다.

하지만 두번째부터는 나 혼자 가야만 했다. 생각만 해도 가슴이 오그라드는 노릇이었다. 그것을 면하기 위해 나는 얼마나 안간힘을 썼던가. 아랫배를 싸쥔 채 한사코 뭉그적거리는 나를 위해 어머니는 성냥통과 양초 토막을 챙겨주시었다. 더 이상 버틸 재간이 없었다. 급한 사정이 공포감을 밀어냈다. 거의 죽으러 가는 그런 낯짝으로 나는 방을 나섰다.

생각보다 달빛이 훤한 밤이었다. 도시의 하늘에 걸린 반조각달이 장난감 같은 판자 마을의 지붕 위에 담청의 빛을 흘리고 있었다. 아직은 아무도 등장하지 않은 무대처럼 선명한 풍경이었다. 낮은 추녀 끝에서부터 간혹 깊은 잠에 든 사람들의 숨소리가 혼곤하게 흘러나왔다.

나는 미로를 더듬어가듯 좁고 갈래 많은 길을 헤쳐나갔다. 간신히 예의 건물을 찾아냈을 때는 손바닥이 끈끈하도록 식은땀이 내배어 있었다. 그처럼 다급했던 변의(便意)도 씻은 듯 사라지고 없었다. 양초 토막에 불을 붙여 쥔 채 한참을 웅크리고 앉아 있었지만 마찬가지였다. 뱃속은 거짓말처럼 말짱해진 채 오금만 저렸다. 촛불이 흔들리면서 거인 같은 나의 그림자가 일렁거렸다. 낡은 목조 건물은 이따금씩 삐걱대는 소리를 냈다. 아주 기분 나쁜 소리여서 자꾸만 엉뚱한 연상을 떠올리려 했다. 일테면, 언젠가 들은 적이 있는 달걀귀신 같은 것 말이다. 눈도 코도 귀도 없이 민둥한 얼굴에 단지 입만 하나 뻥하니 뚫려 있다는…… 실제로 그런 소동이 일어났던 것을 나는 잘 기억하고 있는 터였다. 어제까지만 해도 다녔던 그 시골 학교의 변소에서 아마도 겨울비가 추적추적

내리고 있던 날이었을 게다. 여자아이 하나가 느닷없이 비명을 내질렀을 때 우리 반의 몇몇 녀석은 분명히 달걀귀신을 보았노라고 했던 것이다. 그날의 공포감이 오금을 더욱 저리게 했다.

숨을 헐떡이며 돌아와 눕자마자 나는 다시 변의를 느끼기 시작했다. 정말 죽을 맛이었다. 빌어먹을, 나는 물을 탓하고, 이놈의 도시를 원망했다. 하지만 그것이 처방일 수는 없었다. 종아리를 어머니에게 내맡기는 것으로 때울 수만 있는 일이라면 백 번이라도 앉아서 버티었을 것이었다. 나는 다시 뭉그적거리며 방을 나섰다.

세번째 걸음이었다. 그것도 불과 한두 시간 안의 일이었다. 그래서인지 공포감은 훨씬 가벼웠다. 이러다간 이 냄새 나는 건물과 제일 먼저 친해지겠다고 생각하며 나는 침착하게 용무를 보았다. 초 토막을 챙겨오긴 했지만 이번에는 불을 켜지 않았다. 판자쪽이 떨어져나간 문의 틈서리로 달빛 훤한 밖이 잘 내다보였기 때문이다.

그때 갑자기 누군가가 불쑥 들어섰다. 그 순간의 놀람이란 달걀귀신이 정말 나타났다고 해도 그처럼 놀라지는 않았으리라. 하마터면 나는 비명을 지를 뻔했다.

여자였다. 그녀가 걸친 속치마가 나를 그처럼 놀라게 했던 것이다. 게다가 긴 머리채를 아무렇게나 늘어뜨린 채였다. 그것이 또 나를 기절초풍하게 만든 게 분명했다. 혹 미친 여자는 아닐까 하는 불안감이 납작하게 짓눌린 내 마음을 한층 더 무겁게 압박했다. 하지만 나는 금세 내 생각이 잘못임을 깨달았다. 오밤중에 갑자기 이곳을 찾아 나온 여자라면 조금도 이상할 것이 없는 차림새였기 때문이다. 저 여자도 어쩌면 최근에 이 도시로 이사를 해온 건지도 모른다 하고 나는 생각했다. 그래서 나처럼 물 때문에 배탈이 난 게지. 아마 세 번 걸음은 해야 할 거야…….

하필이면 나와 엇비슷이 마주보이는 칸을 택해 그녀는 들어갔다. 그러고는 성냥을 그어 준비해 온 양초 토막에 불을 붙였다. 어쩌면 나와 꼭 같은 짓을 한담, 하고 나는 배시시 웃었다. 그녀는 구석 쪽에다 얌전히 촛불을 세워둔 다음에 천천히 웅크리고 앉았다. 전혀 뜻밖의 사태였다. 불시에 얼굴이 뜨거워진 나는 얼른 시선을 내리깔았다. 공포감과는 다른 어떤 감정이 무섭게 가슴을 찍어 눌렀다. 결코 본의는 아니었다. 그녀가 너무 부주의했을 따름이었다. 그러나 못된 짓을 한 아이처럼 나는 사뭇 두려움에 짓눌렸다. 거의 숨조차 제대로 내쉴 수 없을 지경이었다. 죽은 듯 나는 엎드리어 있었다.

마음이 좀 진정된 것은 한동안의 시간이 흐른 뒤였다. 그러나 두려움은 여전했다. 그녀가 나의 존재를 눈치 챘을 때에 혹 일어날지도 모를 어떤 사태를 나는 두려워했다. 어쩌면 뺨을 얻어맞게 될지도 모른다고 나는 생각했다. 결코 본의가 아니었다고 말한다면 그녀가 믿어줄 것인가? 왜 인기척을 내지 않고 가만히 숨어 있었냐고 따질지도 모른다. 하지만 나는 아무것도 보지 않았노라고, 지금까지 눈을 꼭 감고 있었노라고 말하자. 그러면 그녀는 뭐라고 할까? 역시 화를 내면서 모든 게 다 나의 잘못이라고 분해 할지도 모를 일이다. 그러면서 마구 몰아세울 게다. 아직 꼭대기에 피도 마르지 않은 녀석, 형편없이 불량한 자식, 싹수부터가 아주 노란 자식…… 그러자 지금까지와는 전혀 다른 감정이 스멀스멀 피어오르기 시작했다. 어째서 나만의 잘못인가. 기절초풍하게 놀란 건 바로 내 쪽이다. 당신의 그 경망되고 부주의한 행동 때문에 말이다. 내 쪽에는 전혀 잘못이 없다. 나는 천천히 고개를 쳐들었다. 그러므로 이제 적당한 구실을 얻은 호기심이 영악하게 목을 내밀었다.

그녀는 여전히 문을 열어둔 채였고 구석에 세워 두었던 초 토막을 막 집어 드는 순간이었다. 나는 다시 두려움에 휩싸였다. 그녀가 촛불을 앞세우고 조심스레 내 시야 밖으로 사라지기까지 나는 숨을 죽이고 있었다. 정말 뜻밖에도 일렁이는 촛불 아래 드러난 그녀의 얼굴은 아직도 앳된 10대 소녀의 그것이었다.

이 뜻하지 않은 경험에 대해 내가 뒤늦게나마 부끄러움을 의식한 것은 다음 날 아침에 이르러서였다. 예의 공동 변소에 다녀온 어머니가 이렇게 말하며 얼굴을 붉혔기 때문이다.

"무슨 동네가 이래요? 아무리 공동 변소라지만 남녀 구별도 없이, 게다가 이 많은 사람들이 그것 하나 가지고 되기나 해요? 그런 일로 한참씩이나 줄을 서서 기다려야 하다니, 원 그게 어디 사람이 할 짓이람…….”

차차 알게 된 일이지만, 변소는 그곳 말고도 몇 군데 더 있기는 했다. 그러나 한참 바쁜 아침 무렵에는 어느 곳이나 할 것 없이 사정은 다 마찬가지였다. 애 어른 가릴 것 없이 저마다 휴지 조각들을 말아 쥔 채 야릇한 얼굴로 줄줄이 늘어서서 차례를 기다리고 있는 광경을 우리는 아침마다 흔하게 볼 수 있었기 때문이었다.

"이 바닥에서는 먹는 일만 힘이 드는 게 아니라 싸는 일도 난문제 중의 하나야. 우리라고 별수 있나? 남들이 다 그렇듯이 내놓고 살아야지.”

아버지는 그러면서 속 좋게 웃으시었다. 어머니는 다시 한 번 얼굴을 붉히셨고, 나는 지난밤의 일에 대해 비로소 수치심을 느꼈다.

5. 도마 책상

배탈이 멎기를 기다려 아버지와 함께 학교로 찾아갔다. 이사를 온 지 사나흘 뒤의 일이다.

이제부터 내가 다녀야 할 그 학교는 시의 서쪽 변두리에 있었다. 그래서 이름마저 서부국민학교였다. 부지런히 걸었는데도 반 시간 이상이나 걸리는 거리였다.

잡목들만 엉성한 야산 등성이 위에 학교 건물과 운동장이 있었다. 단층 목조의 교사(校舍)를 보는 순간 나는 우리의 판자촌을 연상했다. 임시 가교사라고 했다. 시내 쪽에 있는 본래의 학교 자리엔 미군(美軍)들이 주둔해 있다는 것이었다.

우리의 판자촌이 그러하듯 교실의 바닥과 벽과 천장이 모두 나무였다. 지붕 역시 루핑으로 덮여 있었다. 거대한 장방형의 궤짝인 셈이었다. 그나마 더러는 벽만 온전할 뿐 맨흙 바닥에 군용 텐트를 씌운 교실도 있었다.

방아깨비 선생이 내게 주신 누런 사각봉투를 건네는 것으로 전학 수속은 쉽게 끝났다. 야전군 지휘 막사 같은 교무실 앞에서 아버지는 집으로 돌아갔고 나는 곧장 선생을 따라 교실로 들어갔다.
"넌 4학년 14반이야."
선생이 그렇게 말했을 때 나는 그 숫자에 기가 질려버렸다. 나의 그 시골 학교는 전 학년을 통틀어 모두 여섯 개 반뿐이었다. 한 학년에 한 반씩이므로 당연히 그럴 수밖에 없었다. 따라서 모든 국민학교들이 죄다 그런 것으로만 알아왔기 때문이었다.

그러나 정작 더 놀란 것은 교실에 들어가서였다. 교탁 바로 앞에서부터 교실 맨 뒷벽에 등이 닿기까지 단 한 치의 여유도 없이 빼꼭히 들어차 있는 아이들의 모습은 흡사 거대한 콩나물시루를 보는 듯했다. 나중에사 안 일이지만 1백 명이 훨씬 넘는 숫자였다. 교실은 태부족인 데다 학생 수는 걷잡을 수 없이 늘어나고 그래서 별수 없이 한 교실에 두 개 반이 동시 수업을 한다는 얘기였다. 선생도 두 사람이 함께 들어왔다. 출석과 종례는 각각, 수업은 함께였다. 한 선생이 흑판 앞에서 열심히 목청을 돋울 동안 또 한 선생은 회초리를 들고 아이들 사이를 비집고 다녔다.

그 밖에도 나를 놀라게 한 것, 관심을 끌게 한 것은 얼마든지 있었다. 일테면 도마 책상도 그런 것 중의 하나였다. 그것은 이름 그대로 기다란 도마 모양과 흡사했다. 걸상 같은 건 아예 딸려 있지 않았다. 아이들은 마룻바닥 위에 촘촘히 늘어앉은 채 하나의 책상을 네 사람이 나누어 쓰고 있었다. 좀 길기는 했지만 그러나 4권의 교과서와 4권의 노트를 나란히 펼치고 나면 필통 하나 얹어놓을 수 있는 여백도 남지 않았다. 아, 이게 바로 도회지의 피난 학교로구나, 하고 나는 새삼스레 경이감을 느꼈다.

수업은 4교시로 끝이 났다. 아이들은 교실 밖으로 꾸역꾸역 밀려나갔다. 이만저만 난장판이 아니었다. 두 분 선생이 연신 외쳐대고 사정없이 회초리를 휘둘렀지만 사정은 조금도 달라지지 않았다. 우리 속에 갇혔던 들짐승들이 요행히 나갈 구멍을 찾아 한꺼번에 몰려나가듯 아이들은 저마다 기승이었다.

비교적 맨 나중까지 나는 남아 있었다. 우선은 기가 질리기도 했지만, 또 오랜 시간 다리를 접고 앉아 있었던 탓으로 실상 오금이 몹시 저렸기 때문이었다. 아이들이 거의 다 빠져나간 후에야 나는 천천히 교실을 나섰다. 그러고는 나무 뿌리들이 드러나 있는 운동장을 가로질러, 정오의 햇빛 속을 걸어갔다.

교문은 허울뿐이었다. 두 개의 돌무더기 중 한 쪽에 교명을 새긴 현판 한 장만 간신히 매달아놓았을 따름이었다.

내가 녀석들에게 사냥을 당한 것은 그 지점을 막 통과하고 난 직후였다.

녀석들이 나를 노리고 있었다는 건 의심할 여지가 없었다. 모두 네 녀석이었고, 동급생이라 믿기에는 덩치들이 너무 컸다. 나는 간단히 잡목숲 속으로 끌려갔고, 거기서 아무런 저항 없이 두들겨 맞았다. 내가 종당엔 코피를 흘리기 시작하자 녀석들은 그제서야 주먹을 거뒀다. 그러고는 그중의 한 녀석이 말했다.

"넌 말이야, 이 바닥 녀석도 아니지? 그리고 또 피난민도 아니지? 그러니깐 우리가 손 좀 본 거야. 넌 아주 시시껄렁한 촌놈이란 말이야. 알아둬!"

그러면서 녀석이 내 어깨를 정답게 두들겼기 때문에 나는 별수 없이 고개를 끄덕일 수밖에 달리 도리가 없었다. 나는 입속으로 달착지근하게 흘러드는 코피를 훔치면서, 그리고 또 쿨쩍쿨쩍 울면서 연신 머리를 끄덕였다.

내가 세상 사람들을 세 부류로 나누어 보기 시작한 것은 그날 이후부터의 일이다. 비록 값비싼 자존심을 치르고 배운 것이기는 했지만, 그러나 조금은 세상을 이해하게 된 경험이었다. 그랬다. 우리의 도시엔 세 부류의 인간들이 함께 살아가고 있었다. 이 바닥 태생의 본토박이들과 전쟁 통에 쫓겨 온 피난민들과 그리고, 우리 가족처럼 그다지 떳떳치 못한 이유로 고향을 등진 사람들과…….

이동하(李東河)

1942년 일본 오사카에서 출생. 해방 이후 고향 경북 경산으로 귀국. 서라벌예술대학교 문예창작과 졸업. 1966년 서울신문 신춘문예에 「전쟁과 다람쥐」 당선. 공보부 신인예술상, 한국소설가협회 소설문학상, 한국일보 창작문학상, 한국문학평론가협회상, 현대문학상, 오영수문학상 등 수상. 『모래』(1978), 『바람의 집』(1979), 『장난감 도시』(1982), 『저문 골짜기』(1986), 『폭력 연구』(1987), 『삼학도』(1989), 『문 앞에서』(1997) 등의 소설집과 『우울한 귀향』(1978), 『도시의 늪』(1980), 『냉혹한 혀』(1995) 등의 장편소설 출간.

작품 세계

이동하의 소설들은 전쟁과 그로 인한 폐허의 삶, 산업화가 진행되면서 비롯된 소외된 인간 군상, 그러한 그늘진 생활에 잦아드는 유형 무형의 폭력들, 최저의 생존조차 위협하는 도시적 삶의 위기들을 표현하고 고발한다. 결핍과 폭력에 노출된 파탄의 일상에서 작가 이동하는 소심하고 무력한, 때로는 비겁하고 이기적인 사람들의 삶의 정황(情況)을 발견한다. 현실의 어두운 면을 지시하는 '추위'는 초기작인 「우울한 귀향」(1967)이나 「인동」(1968)의 주요한 서사 분위기를 형성한다. 이러한 결핍과 신고(辛苦)의 이미지는 봉급 생활자의 애환과 도시 생활의 비애를 그리는 「휴가와 보너스」(1971), 「일상의 리듬」(1975), 「상전 길들이기」(1976), 「모래」(1977) 등으로 이어지면서 작가의 전형적인 개성을 구축한다. 『도시의 늪』(1978~79)에 이르면 도시적 삶의 병적 징후들은 세속적 인간의 생존 원리를 생동감 있게 포착하면서 더욱 구체화된다. 연작 형식으로 발표되는 「장난감 도시」(1979), 「굶주린 혼」(1980), 「유다의 시간」(1982)은 이동하의 문학적 지형을 윤곽짓는 가장 대표적인 작품으로 평가된다. 『장난감 도시』(1982)로 간행되는 이 작품들은 한 유약하고 순진한 어린 소년의 시각을 통해서 전쟁 직후 도시 변경의 하층민이 당면한 생존의 위태로운 실상을 투시한다. 도시적 삶의 생태학을 추구하면서 이동하가 주목하는 다른 한 측면이 폭력이다. 허기와 폭력의 시대를 살아가는 아이들의 깊은 감정의 그늘을 묘파한 「폭력연구」(1985), 전쟁을 배경으로 한 폭력의 잔인성을 고발한 「곶감」(1985)이나 「물 위에 쓰는 역사」(1986) 등이 그러한 문학적 대상의 한 축을 형성한다. 인간성이 고갈된 도시 사회의 실태를 그린 「표집반」(1985)이나 「갈채」(1986) 등도 암묵적으로 자행되는 폭력의 함정과 부조리를 다룬 예라 하겠다. 이동하는 위태로운 삶을 생존의 원천적 조건으로 받아들이고 살아가는 소외인 혹은 소시민의 삶의 실상과 본질을 추적하면서 산업화된 도시에 적응해 살아가는 인간 생명의 원형을 그려놓는다.

「장난감 도시」

도시에서의 삶은 이동하 문학의 주도적인 공간이 된다. 이런저런 이유에서 사람들은 농촌으로 표상되는 고향을 떠나 도시에서 살아가야 하는 새로운 생활 방식이 부여된다. 이동하는 이 도시적 생존 환경의 고통스러운 단면을 여러 층위에서 포착하고자 한다. 「장난감 도시」는 그의 소설들에서 집요하게 추구하는 도시적 삶의 양태에 있어 맨 앞부분에 놓인다. 작가 자신의 경험을 기반으로 하여 형성되는 도시 공간을 배면으로 하는 그의 작품들 중에서 「장난감 도시」는 바로 고향을 떠나 도시에 정착하는 그 어설픈 이주자의 모습을 그리고 있기 때문이다. 이 작품은 도시인으로 입문하는 한 가족과 그러한 이웃들의 생존의 고통이 한 소년의 시각을 통해 삽화 형식으로 투영된다. 도시 변방에 형성된 판자촌은 토박이와 피난민, 그리고 소년의 가족 같은 이향민(移鄕民)으로 구성되어 있다. 전쟁의 흔적이 남겨진 판자촌에는 그처럼 전쟁의 상흔을 간직한 사람들이 모여들어 버거운 나날을 연명한다. 그곳의 사람들에게는 기근과 폭력이 자연스러운 일상으로 받아들여진다. 도시는 소년의 가족에게 저급한 밑둥치의 생계조차도 허여하지 않는다. 생업으로 선택한 장사에 실패한 아버지가 무리한 일을 하다 범죄자가 되자 그나마 견디던 집안은 풍비박산이 난다. 연작으로 이어지는 「굶주린 혼」과 「유다의 시간」은 그렇게 망가진 가족과 피폐해진 소년의 영혼을 그린다. 이 세 작품은 하나의 서사틀에 통합되면서도 독립된 이야기의 자족성을 지닌다. 여러 삽화들을 조합해나가는 잘 짜여진 구성과 우울하고 어두운 분위기를 섬세하게 묘사하는 문장들은 이 작품이 지닌 진정한 문학적 성취에 해당한다.

주요 참고 문헌

이동하의 「장난감 도시」에 대한 주요한 논의는 조남현의 「도시적 삶의 징후들」(『현대문학』, 1979. 12)에서 비롯된다. 조남현은 이 글에서 이동하의 소설들이 현대인의 삶의 조건이며 근거가 된 도시 생활의 병적 징후들을 집중적으로 탐구하고 있음을 밝힌다. 원재길은 「삶을 생식하며」(『소설문학』, 1981. 4)에서 이 작품이 전쟁 직후 피난 지대에 널브러져 있는 허기와 갈증을 예민하게 감지하고 있음을 읽어낸다. 김현은 「가난한 문화의 현장」(『장난감 도시』 해설, 문학과지성사, 1982)에서 이 작품이 도시적 삶의 파괴를 통한 가난한 문화의 사회적 심리 현상을 그리고 있음을 통찰한다. 이남호의 「6·25 체험의 지속성과 오래된 사신첩」(『세계의문학』, 1982년 겨울호), 권오룡의 「춥고 어두운 세상에서 살아가기」(『존재의 변명』, 문학과지성사, 1989), 하응백의 「부권 상실의 시대」(『문학으로 가는 길』, 문학과지성사, 1996) 역시 도시화 과정에서 한 가족이 겪는 고통과 적응 실패를 동일한 맥락에서 파악하고 있다. 한편 전영태의 「체험에 대한 각별한 인식」(『현대문학』, 1988. 3)은 이 작품이 유년 시절의 체험을 그 음영까지 섬세하게 담아내는 탁월한 묘사에 주목한다. _송기섭

김원일
미망(未忘)

"또 그늠으 간칼치를 꾸벘구나" 하며 아내를 타박하는 어머니 말소리가 들렸다.
소금에 절인 갈치구이는 할머니가 가장 즐기는 반찬이었다.
어머니와 아내가 포마이카 밥상을 마주 들고 마루로 옮겨 놓았다. 준구와 준옥이가 기다렸다는 듯 먼저 밥상에 붙어 앉았다.
"묵을 귀신이 씌었나. 꼭 걸귀신 들린 꼴이다."
어머니가 아이들을 보며 혀를 찼다. 그 말이 나오면 언제나 하는 말씀인, 알라(아이)들이 걸귀신 들린 드키 묵을라 칼 때는 한창 살림이 쪼들릴 때고 알라들이 밥투정할 때라야 엔간히 살림이 폈을 때라는 말씀은 입에 담지 않았다. 어머니는 아이들이 즐기는 맵지 않은 반찬인 달걀찜과 감자볶음을 아이들 앞으로 옮겨 놓았다. 어머니는 수저를 들다 말고 내 쪽을 보았다. 담과 부엌 사이의 좁은 통로에서 나는 막 세수를 마치고 마루로 올라서던 참이었다.
"애비야, 어서 밥 묵거라."
늘 그런 편이지만 오늘 아침 어머니 목소리는 더욱 위엄이 서렸고 냉랭하게 느껴졌다. 어머니 얼굴이 굳어 있었다.

---

* 「미망」은 『문예중앙』 1982년 가을호에 발표되었다. 여기서는 『잃어버린 시간』(김원일 중단편전집 2, 문이당, 1997)에 수록된 것을 텍스트로 삼았다.

저녁 드시기 전에 두 분이 또 한바탕했어요. 할머닌 저녁 진지도 안 드셨지 뭐예요. 어젯밤 업무 수당 명세서를 작성하느라 야근을 마치고 밤 열 시 넘어 귀가한 내게 아내가 대문을 열어주며 하던 말이 생각났다. 아니나 다를까, 어머니는 할머니와 한방 잠자리를 하지 않기 위해 요와 이불을 마루로 내어 와 따로 주무시고 계셨다. 어머니가 울산 점포를 정리하고 서울 우리 집으로 합가한 지 다섯 달째인데, 그새 할머니와 말다툼은 벌써 여섯 차례였다. 앞으로 한 달 동안 두 분이 별 마찰 없이 지낸다 해도 한 달에 한 번꼴은 다툼이 벌어진 셈이었다. 말다툼이라면 서로 삿대질하며 맞대거리해야 마땅하나 두 분 경우는 그렇지 않았다. 어머니 쪽에서 먼저 발작적으로 할머니의 마땅치 못한 행동거지를 두고 험구했고, 그러면 할머니는 조개가 아가리를 다물듯 침묵으로 며느리의 그 따가운 수모를 묵묵히 견뎌냈으니, 다툼은 일방적이라 말해야 옳았다. 제 분에 못 이긴 어머니가 새삼스레 옛 모화 시절의 케케묵은 과거까지 꺼내어 짧게는 십여 분, 길게는 삼십여 분을 할머니와 아버지까지 싸잡아 닦달 놓다 제풀에 지쳐 입을 다물 때까지, 할머니는 자리를 뜨지 않고 돌아앉아 그 말을 죄 새겨들으며 담배질로 응어리진 한을 눌러 삭였다. 그쯤에서 할머니가 어머니를 피해 장소를 옮기면 되련만, 할머니는 꾸중 듣는 아이처럼 청승스레 그 험담을 꼼짝을 않고 다 들으셨다. 그래서 어머니가 입을 닫은 뒤면 반드시 혼잣말처럼, 그러나 분명히 며느리가 듣게끔 한마디 말대꾸를 담배 연기 속에 풀어 날렸다. "그래, 그래. 니 말이사 다 맞지러. 등신 같은 이 늙어빠진 시에미가 잘한 기 머 있노. 자숙을 잘 낳았나, 낳은 자숙을 잘 키왔나. 아무것도 잘한 기 읎지러. 하늘 보기 부끄러버 거리귀신 돼서 객사하든가, 약 묵고 죽든가 해야지리. 이 짓 지 짓 다 몬 하모 우짜겠노. 호야네힌데리도 기야지러. 호야네한테 갈라모 그늠으 차를 또 우째 탈꼬."

호야네란 불광동 고모댁을 이르는 말이었고, 할머니가 차 타기를 두려워함은 심한 멀미가 뒤따랐기 때문이었다. 할머니의 그 푸념은 그만큼 해두려는 어머니 울화에 기름을 붓는 격이었다. 어머니가 발끈하여 악을 쓰게 마련이었다. "맨날 천날 죽는다 카미 와 당장 몬 죽을꼬. 쪽박 들고 동냥질 댕기모 똑 맞을 그 잘사는 딸네 집에 갈라 카모 말 떨어진 김에 어서 가소. 평생 딸네 집 뒤만 봐줬는데도 딸네는 이날 이때까정 와 제 밑도 몬 닦을꼬."

이제 고모까지 들고 나서는 어머니의 빈정거림이었다. 두 분이 그렇게 한바탕 말다툼을 치르고 나면 사나흘 동안 집안은 한겨울 냉방 같은 분위기가 되곤 했다. 방 두 칸에, 세 평 남짓한 마루 한 칸이 고작인 아래채 전세에 두 분이 마치 딴살림하듯 냉전 체제로 들어가면, 한방을 쓰는 두 분 불편한 잠자리에 내가 무슨 화해의 특사나 되듯 부득불 이불과 베개를 옮겨 부엌방으로 건너가야 했고, 어머니는 못 이긴 체 우리 내외가 쓰는 방에서 잠을 잤다. 어느 쪽을 두둔할 수 없는 내 입장은 두 분을 중재시키기에 여간한 곤혹이 아니었다. 결국 아내가 불광동으로 전화를 걸어 그쪽 단칸 셋방으로 할머니를 며칠 동안 피신시킨 적도 두 차례나 있었다. 고모가 할머니를 다시 모시고 오거나, 아내 전화를 받고 짬을 내어 수유리로 와서는 산전수전 다 겪은 그 수더분한 입심으로 어머니 기분을 넉살 좋게 치살려, 겨우 두 분을 밥상에 마주 앉게 했다. 고모의 그 역할은 대체로 성공률이 높았다.

"다 같이 늙어 파뿌리 된 처지에 이날 이때꺼정 무슨 원한이 골수에 사무쳤다고 이래 견원지간으로 지냅니껴. 싸움하는 어무이나 성가(언니)보다 셋방 처지에 두 어른 모시고 사는 조카 내외가 우째 하룬들 온전케 배겨내겠는교. 젊은 사람들 봐서라도 을매 남잖은 시월, 인자 서로가 쪼매 양보하고 참으며 살아야지 예." 고모가 어머니를 설득시키는 데는 반드시 이런 말이 양념으로 쳐졌다. "어차피 자슥 집에 올라온 이상 나도 살모 몇백 년 살 끼라고 이래 속을 끓이겠노. 그저 눈감고 지낼라 캐도 노망도 안 든 늙은이가 하는 짓마다 우째 그래 밉상인지……." 어머니의 말이 이쯤에 이르면 마음이 엔간히 풀어졌다는 증거였다.

"할머님은 왜 안 나오시냐. 같이 식사하셔야지." 어제 두 분이 한바탕했다면 할머니 쪽에서 으레 어머니와 밥상을 마주하지 않으실 줄 뻔히 알면서도, 밥상 앞에 선 내가 짐짓 한마디 했다.

아내가 자기는 먹지 않고 준옥이 밥시중을 들며 조심스레 어머니를 곁눈질했다. 할머닌 따로 채려드려야지요, 하는 말이 입에 맴도는 눈치였으나 아내는 끝내 말문을 떼지 않았다. 이럴 땐 내가 모래 씹듯 몇 숟가락을 숭늉에 말아 아침 끼니를 때우는 곤혹도 그렇지만, 하루 종일 두 분과 얼굴을 맞대고 있어야 할 아내가 치를 마음고생이란 이만저만하지 않음을 미루어 짐작할 수 있었다.

"자기 묵기 싫은 밥 억지로 권할 끼 먼가. 굶다 허기지모 그 잘난 딸네 집에 가서 실컨 포식하겠지러." 어머니가 부엌방에 군눈을 주며 할머니가 들으란 듯 시큰둥 말했다. 내게도 채근을 놓았다. "애비 니나 어서 묵거라. 출근길 늦겠다."

내 입장으로선 어머니 말이라고 덜렁 퍼질러 앉아 수저를 들 수 없었다. 아내가 구운 갈치 도막의 뼈를 발겨 준옥이 밥그릇에 올려놓는 걸 내려다보다, 나는 부엌방으로 들어갔다.

할머니는 방 귀퉁이에 허리를 반쯤 접고 앉아 손톱이 타도록 담배꽁초를 피우고 있었다. 일 미터 오십이 채 못 되는 작은 키에 몸피가 장작개비같이 마른 할머니인지라 무릎을 세워 꼬부장하게 앉은 몰골이 마치 원숭이 같았다. 할머니는 정말 명만큼이나 원숭이처럼 인중이 길었다.

"어제 저녁도 안 드셨다면서예? 할무이, 일어서이소. 이라다 병나겠심더."

"속이 끓어올라 밥이고 머고 몬 묵겠다. 묵을 생각도 읎고. 죽어야제. 어서 죽어야제. 굶어서라도 죽어야 이 설움을 안 받지러."

할머니는 숨길이 가쁜지 목에서 가래 끓는 소리가 났다. 필터 끝만 소복하게 담긴 재떨이 옆에는 대형 활명수 병이 있었다. 속이 끓어 복통이 시작되면 늘 조금씩 마시는 할머니 상비약이었다. 어머니가 울산 살림을 정리하고 올라오기 전에도 할머니는 달거리로 속앓이를 하셨는데, 그럴 때면 한 씨는 스스로 거르셨다.

냉동 기술자였던 아우가 이 년 계약으로 사우디아라비아로 나가자, 어머니는 그제서야 울산 살림을 정리하고 서울 내 집으로 옮겨올 뜻을 비쳤다. 그즈음부터 어머니는 고혈압 증세로 뒷골이 아프시다며 종종 자리에 누우시곤 했다. 그러나 몸 움직일 수 있을 때까지 어머니는 혼자 힘으로 사시겠다고 환갑을 넘기고도 군청 앞에서 스물일곱 해째 멸치포 장사를 벌였다. 이웃 사람들은 아들 둘이 다 칠칠하게 사는데 왜 그 나이까지 장사를 벌이고 있냐고 말했지만, 어머니는 환갑을 넘겨도 네 해 동안 그 뜻을 굽히지 않으셨다. 그런데 이자놀이를 하던 생돈을 두 군데나 떼이고 젊은이들에 밀려 장사일이 힘에 부치자, 비로소 옷 한 벌 제대로 못 해 입고 한 푼 두 푼 평생을 모아 장만한 울산 집을 내놓았다. 방 세 칸에 열댓 평 마당이 달린 작은 집이었다. 제수씨가, 애아빠가 사우디서 돌아올 때까지 울산에서 같이 살자고 말했으나, 어머니는 집 판 돈과 여기저기 깔아놓았던 돈을 챙기자 서울로 올라오셨다. 어머니가 서울 내 집으로 올라오기 일주일 전에도 할머니는 속앓이를 하셨다. 앞으로 범 같은 며느리와 한 지붕 밑에 함께 살 일이 지옥같이 여겨졌던지 지레 겁을 먹고 밤잠조차 설치시더니 기어코 자리보전하여 사흘을 꼬박 앓으셨다. 어머니는 서울로 올라오시자, 늙은이가 지닌 돈 없으면 죽을 때까지 설움 받는다며, 수중에 지닌 이천여만 원을 당신 앞으로 은행에 맡겼다. 서울로 오신 사흘 뒤 고모가 인사 삼아 집으로 왔을 때 어머니는 서울로 옮기게 된 결심을 변명 삼아, "둘째 며느리가 같이 살자 쪼루고 나도 콧구멍 같은 큰애 셋방에서 시어미 마주 보고 살기가 싫었지마는, 자슥한테 얹혀살라 카모 진작부터 장자한테 붙어야지 지차한테 얹혀살 늙은이 하대하모 그때서야 머신 낯짝 들고 장자 집에 드가 살겠노. 몬 살아도 큰애 집에 몸 붙여야 죽고 난 뒤 제상이라도 채리주겠제" 하고 말씀하셨다.

"자, 일어나이소." 나는 할머니 팔을 잡고 일으켜 세웠다. 그러면서 어머니 귀에 들리지 않게 작은 소리로 말했다. "할무이가 좋아하시는 갈치도 꾸버났심더."

할머니는 평생 소식주의자였고, 하루 세 끼 식사량이 늘 일정했다. 반찬도 간갈치, 간고등어 구운 생선류나 짠 젓갈 종류를 즐기셨다. 거기에 비하면 체격이 우람한 여장부인 어머니는 폭식주의자였고, 입이 걸어 아무 음식이나 잘 드셨다. 혈압이 높으신데도 돼지고기 두루치기를 즐겼고, 생선찌개 국물에 된장 곁들인 상추쌈이 나오면 지금도 한 그릇 넘이 그릇 반을 너끈히 비우셨다.

젊을 때 하도 굶어 내사 그저 묵는 재미밖에 읎다고 어머니는 자주 말씀하셨다. 어머니는 고양이처럼 쪼작쪼작 자시는 할머니 식사 모습을 보면 눈총을 주며, 저래 좀살궂게 묵으이 평생 식복 읎어 저 나이가 되도록 남으 눈칫밥이나 묵제, 하고 타박을 주곤 했다.

"나는 안 묵는다 카이. 어서 니나 묵고 회사 나가거라."

할머니는 내 손을 뿌리쳤다. 필터가 반쯤 타서야 담배를 재떨이에 비벼 껐다. 할머니는 기침을 콜록이더니 풀썩 한숨을 내쉬었다.

"부모 복, 서방 복, 자슥 복, 다 읎는 이 늙은이를 저승사자는 와 안죽 안 데불고 갈꼬. 생각할수록 원통하고 설분 내 팔자야. 오늘이라도 그저 자는 잠에 꼴깍 숨 거두모 좋겠구마는……." 할머니가 세운 무릎에 얼굴을 묻더니 소리 죽여 흐느꼈다.

할머니 지지미 저고리 폭 좁은 등심이 떨렸다. 할머니는 몇 년 전만 해도 머리칼이 순백이었는데 이제 다시 검은 머리가 새로 돋아 어머니보다 덜 반백이었다. 털실 같은 그 머리카락이 깡마른 어깨가 떨릴 때마다 연기처럼 날렸다. 숱이 적은 데다 끝이 몽그라져 쪽머리 하기가 어려운데도 할머니는 아침 세수를 마치면 반드시 오랜 시간을 들여 곱게 빗질하셨다. 진작 몬 죽고 이렇게 끼여 붙어사는 팔자에 손자메누리 일감이나 덜아야제, 하시며 당신 양말과 속옷은 늘 스스로 빨아 입었고, 남 앞에 정갈하게 보이려 애쓰시는 분이었다. 그런데 오늘은 아직까지 세수나 빗질도 하지 않으셨다.

"어무이 잔소리야 어데 어제오늘 한두 번 듣습니껴. 험한 세상 살아오다 보이 세상에 대고 풀 분을 그저 우리들한테 넋두리하는 기지예. 할무이가 귓가로 흘려늘으시고 신경 안 쓰시민 되잖습니꺼. 그민 우시고 어서 니오시이소."

"두 귀가 묵었으모 안 들릴까, 즘승새끼도 아인데 들리는 말을 우짜노. 서방 잘몬 만내 너거 에미 고생한 것도 다 알고 저래 역정 내는 것도 다 한이 맺히서 하는 소린 줄이사 알지마는……." 할머니가 뒷말을 잇지 못했다.

"돈 더 벌 생각 말고 한 끼 입 덜라는 옛말도 있다. 늙은이는 놔두고 니나 와서 묵거라. 노친네란 한두 끼 굶는다고 쉽게 죽지는 않는다." 마루에서 어머니가 외쳤다.

어머니 말이 서러운지 할머니가 소매에서 손수건을 꺼내어 물코를 풀곤 주름이 겹져 살갗이 문드러진 눈가를 훔쳤다.

"어서 니나 묵고 회사 나가거라. 속이 끓어 내사 몬 묵는다 카이. 지금은 물 한 모금도 넘길 수 읎다 아이가" 하곤 할머니는 떨리는 손으로 또 담뱃갑을 집어 들었다.

할머니는 담배 한 대를 열 번 정도 껐다 피우는데도 이틀이 멀다 하고 한 갑씩 피워대기 때문에 나는 봉급날 숫제 '환희'를 열다섯 갑씩 사다 할머니에게 안겼다. 그래도 담배가 모자라는지 내 재떨이의 피우다 남은 꽁초까지 주워다 필터가 탈 때까지 마저 피우곤 했다. 나는 안방으로 건너와 밥상 앞에 앉았다.

"아빠, 노할머니하고 울산할머니하고 또 쌈했다. 노할머니 막 울었다." 두 달 전에 초등학교에 입학한 준옥이가 수저를 드는 나를 보고 말했다.

"그래, 그래. 어서 밥 먹고 학교 가야지."

초등학교 삼 학년인 준구는 이 눈치 저 눈치에 익숙한 철든 애같이 아무 말 없이 다부진 숟가락질만 해댔다. 나는 콩나물국에 댓 숟가락 밥을 말아 어느 때보다도 빨리, 씹지도 않고 먹어치웠다. 이 자리를 어서 벗어나 회사라도 나가버리면 된다는 강박관념이 나를 서두르게 했다.

"그는으 속앍이병인가 먼강은 담배 탓이지러. 구십이 다 된 늙은이가 무신 담배는 저래 지독시리 꾸버대는지 모리겠나. 내 시집가이까 그때사 안죽 새파란 색시가 야시(여우)같이 토구리고 앉아 담배를 빠꼼빠꼼 피우고 안 있나. 내가 을매나 놀랬던지. 그때부터 피아댄 줄담배니까 담뱃값만 모아도 집 한 채는 샀을 끼다." 밥을 먹으며 어머니가 다시 할머니의 흉을 잡고 늘어졌다. "엽초 넣어 장죽으로 빠는 담배는 독해서 몬 피운다고, 담배를 피아도 꼭 대롱 담배마 피우이까 담뱃값이 곱절로 더 들제. 거게다 한 번 피우모 몇 시간은 좀 참으모 어떻노. 너구리 잡드키 껐다 피았다 껐다 피았다 하이 알라들 장난도 아이고 성냥인들 오죽 헤푸나. 니 알라 쩍에 집에 불이 날 뻔한 적도 있었지러. 그라이까 큰 성냥통 사놔도 일주일이 몬 간다 카인께."

"마 어무이도 그만큼 하이소. 그래 봐야 서로 무슨 좋은 일이 있다고 그랍니꺼. 스스로 속이나 상하는 거지예." 숟가락을 상에 놓으며 내가 말했다.

빠끔 열린 부엌방에서 할머니의 고시랑거림이 들려왔다. 할머니가 어머니 말을 엿들은 모양이었다.

"내가 담배 피운다고 이날 이쩍까지 니가 은제 시에미한테 담배 한 포 사다 준 적 있었나."

"내가 와 담배 사다 주는교. 담배 많이 태우는 사람 나라서 상 준다고 사다 주나, 담뱃재 모다 팔모 양식 될 끼라고 사다 주나. 돈으로 쌈이나 싸 묵으모 뱃속에나 드가제. 연기로 날리뿌리는 그늠으 담배. 무신 집칸이나 논마지기 물리줬다고 주야장천 태서 날리뿌리는 연긴데, 담뱃값을 내가 멋 때문에 대주겠는교!" 어머니가 소리 나게 수저를 놓으며 악을 썼다.

"어머님, 주인집 듣겠어요. 혈압도 높으신데 그만 고정하셔요." 아내도 참다 못해 애원조로 한마디 했다. 자기가 나섬에 무슨 잘못이나 저지르지 않았냐는 듯 내 눈치를 살폈다.

"할머니, 정말 그만 하셔요. 노할머니가 울잖아요." 여태껏 제 밥만 챙겨 먹던 준구가 불퉁해져 말했다.

손자 말에야 어머니도 비로소 찔끔해하며 "그래, 그만 하제이. 네눔도 노할망구가 업어 키웠다 보이 팔이 안으로 굽는다고, 저쪽 편익마 들고 나서구나" 했다.

나는 내 방으로 건너왔다. 방 한 귀퉁이는 온통 털실 꾸러미였다. 중개업자로부터 털실을 받아다 스웨터 한 벌 짜주고 오백 원씩 받는 부업을 아내는 네 해째 계속하고 있었다. 무지런을 떨년 하루 세 벌까지 찔 수 있어 가계에 제법 보탬이 된다고 아내가 말했다.

집에서 입는 허드레옷을 벗고 나는 외출복으로 갈아입었다. 내가 다니는 직장은 외판 회사라 사장이 전 사원에게 늘 정장 차림을 지시했으므로 삼복더위한 철을 빼곤 윗도리까지 입고 다녀야 했다. 와이셔츠와 바지를 입고 넥타이를 맬 때, 아내가 방으로 들어왔다. 나는 창밖 주인집 정원을 내다보고 있었다. 공무원으로 정년퇴직한 바깥주인이 수도꼭지에 호스를 꽂아 정원 화단과 큰키나무에 물을 주는 모습이 보였다. 오월 중순의 맑은 아침나절이었다. 정원에는 철쭉꽃이 활짝 피었고, 안채 베란다 위로 뻗어 오른 포도나무의 새 덩굴순이 깃을 치고 있었다. 새잎 무성한 정원의 푸르름이 내 눈에는 싱싱하게 보이지 않았다.

"어제저녁 답에 어머님이 마루 걸레질하시다 할머니가 흘린 담뱃재를 봤지 뭐예요." 양복 윗도리를 들고 뒤에 섰던 아내가 말했다. "그래서 어머니가 할머니 들으시라고, 담배 끊는 꼴 봤으면 죽어도 원이 없겠다고 한마디 하신 게……."

"알았어. 그만 해둬." 윗도리를 받아 입으며 내가 건짜증을 냈다.

"정말 속상해서…… 어쩜 좋지요?" 아내가 작은 소리로 투정했다.

"어짜긴 어째. 한 이틀 견뎌보고 정 안 되면 또 고모님을 부르는 거지 뭘."

"당신이 어떻게 한마디 해보세요. 가장이란 사람이 늘 윗사람들 눈치만 보니 오히려……."

"이 여편네 이제 못 하는 말이 없어." 내가 아내의 말을 막고 눈을 부라렸다. 아내에게 화를 낼 입장은 아니었으나 나는 나 자신에게 역정을 내고 있었다. "두 분 싸움을 나는 못 말려. 하루 이틀 보아온 것도 아니고 말이야. 잘못이 있다면 앙숙인 두 분을 모실 수밖에 없는 내 처지지. 이제 와서 어떻게 하겠어." 내 목소리가 어느 사이 풀이 죽었다. "이런 경우를 두고 운명으로 돌려야 하나? 어떻든 당분간 참고 사는 수밖에 더 있겠어. 할머님이 사시면 언제까지 사실 거라고…… 양쪽 눈치 보기가 어렵더라도 당신이 좀 참아줘야지."

나는 아내 어깨를 다독거려주었다. 아내가 얼굴을 떨군 채 머리를 주억거렸다. 참고 순종하는 데는 어느 여자보다도 길들여진, 내게는 더없이 고마운 아내였다.

내가 제대하고 울산으로 내려가 어머니 밑에 빈둥거리다, 자립해서 네 밑 네가 닦으라는 어머니 닦달질에 견디다 못해 무작정 서울로 올라와 신문 광고를 보고 취직한 곳이 월부 책 출판사 수금사원이었다. 별 기술도 필요 없었고, 다리 힘 하나와 성실과 정직으로 버틸 수 있는 직업이었다. 그때 아내는 야간 중학교를 막 졸업하고 집안 형편상 진학을 포기한 채 관리부 사환으로 입사해 있었다. 일 년 반을 서울서, 삼 년을 전국 지사를 순회하는 지방 수금사원으로 일한 끝에 본사로 올라왔을 때, 아내는 스물이 된 그때까지 사무실 청소하고 책 배달이나 돕는 사환으로 근무하고 있었다. 우리는 눈이 맞았다. 그로부터 삼 년 동안 길거리에서 만나고 길거리에서 헤어지는, 돈 안 들이고 별 재미 없는 연애 끝에 결혼했을 때, 서로는 서로의 가난과 정에 주리며 자란 성장기를 잘 이해하고 있었다. 젊기 때문에 앞으로 열심히 살아보자는 꿈 이외 아무 가진 것 없이 우리 신혼은 사글셋방부터 출발했다. 야채 행상으로 사 남매를 키운 장모나, 서른둘로 홀몸이 되어 두 아들을 키워온 어머니로 볼 때, 우리는 서로 밑질 것 없이 잘 만난 한 쌍이었다.

마루로 나오니 밥상은 그대로 놓였으나 어머니와 아이 둘은 보이지 않았다. 집안 분위기를 눈치 챈 준구는 재빨리 가방 챙겨 학교로 간 모양이고, 아직 학교 갈 시간이 안 된 준옥이는 어머니가 데리고 골목길로 놀러 나갔을 것이다. 나는 부엌방을 들여다보았다. 할머니는 새우처럼 몸을 웅크려 모로 누워 계셨다. 작고 여윈 몸매라 한 손으로 들어 올려도 가벼이 들릴 듯 애처롭고 앙증스런 모습이었다. 쪼그라진 마른 얼굴에 눈을 살풋 감은 할머니가 문 여는 소리에 눈을 뜨고 나를 올려다보았다. 눈물이 찌쩨그레 고인 할머니의 묽은 눈길에는 힘이라곤 없어, 내 코끝이 찡해졌다.

"어무이가 바깥에 나갔심더. 인자 일어나셔서 눌은밥이라도 좀 드시이소."

할머니는 입술만 달싹거릴 뿐 대답이 없었다. 말할 힘도 없는지 만사가 귀찮아지셨는지, 그것도 아니면 정말 복통이 심한 선지 짐작할 수가 없었다. 된콧숨을 내쉬던 할머니가 어깨를 오소소 떨었다. 오한이 있는 것 같아 나는 윗목에 개어놓은 홑이불을 할머니께 덮어드렸다.

"마 치아라, 속에 불이 나서 이불이고 머고 몬 덮겠다." 할머니가 한 손으로 이불을 걷어내며 말했다. "죽을 때모 한 분은 다 알라 놓을 때맨쿠로 너무 아파 까무러치고, 그 고비마 잘 넘기모 저승사자가 팬팬한 질로 질 안내를 자알해줘서 아주 편안케 숨을 끊는다 카던데, 증말 그랄란지 어떨란지······.”
 "그라모 저는 회사 다녀오겠습니다. 조리나 잘하시이소.”
 나는 인사를 하고 부엌방에서 나왔다.
 "니 에미한테도 인사는 하고 가거라.” 방문을 닫는 나에게 할머니가 가랑가랑하는 목소리로 말했다.
 대문 앞 골목에도 어머니와 준옥이 모습은 보이지 않았다. 도봉산 쪽 숲으로 산책 갔겠거니 하고 생각하며 나는 버스 정류장으로 걸었다. 시계를 보니 일곱 시 반이었다. 여덟 시 반까지 출근이라 걸음을 서둘러야 했다. 나의 직장은 을지로 삼 가였다. 내가 사는 동네는 버스 종점이어서, 늘어선 줄 꼬리에 붙어 한 대 버스를 그냥 보냈다. 다음 버스에 오르자 뒷자리 창가에 빈 좌석이 있었다. 버스가 시내로 빠져들어갈 동안 나는 창밖만 내다보며 초라할 수밖에 없는 우리 집안의 내력을, 그중에도 할머니의 과거를 시름겹게 되새겼다.
 할머니 연세가 올해로 여든여덟이시니 십 년 남짓만 더 사시면 한 세기를 사는 셈이었다. 할머니의 친정은 경주 아래쪽 모화에서 삼대봉이란 해발 육백 미터 남짓한 산허리를 휘어 돌아 동으로 늘어진 시오 리 길을 걸어야 당도하는 하서라는 갯마을이었다. 하서리는 방어진과 감포 중간쯤에 위치해 있는 면소재지로 일백여 호 넘는 대촌이지만, 할머니가 살았던 시절은 가구 수 삼십 호 정도의 조그만 어촌이었다. 나는 여지껏 할머니 고향을 가본 적 없었다. 어머니 말씀으로는 당신이 시집온 뒤 시어머니가 친정인 하서로 걸음가는 걸 한번도 보지 못했다 한다. 아니, 할머니가 당신 친정 이야기나 부모 동기간을 입에 올려 하시는 말씀도 나 역시 들은 적 없었다. 할머니는 하서에 살았던 자신의 처녀 시절을 철저히 함구하며 살아오신 것이다. 그러므로 내가 알고 있는 할머니에 관한 이야기는 어머니와 고모로부터 흘려들은 말이 모두였다.
 열아홉 살 때 할머니는 모화 땅 상처한 홀아비에게 처녀 시집을 왔다. 할아버지는 손 귀한 집안 외동아들로 겨우 호구나 면하는 가난한 소작농이었고, 할머니와 혼례를 치렀을 때는 시쳇말로 이가 서 말이나 된다는 나이 서른하나의 늙은 홀아비였다. 할아버지는 죽은 전처와 사이에 자식이 없었는데, 뜨내기 방

물장수 소개로 할머니에게 새장가를 들었던 것이다. 들은 바로 증조할아버지는 모화 땅 천석꾼인 최 부잣집 종이었다 했다. 당신은 당시 개화바람을 타고 인간 해방을 맞아 그 최 부잣집 논 다섯 마지기와 밭 두 두렁을 배내기로 타내어 딴살림을 나오신 모양이었다. "들은 이바구로 니 할매 친정은 친가 외가를 따져 사촌조차 읎는 두 칸 초가에 삽짝 앞만 나서모 시철 시퍼런 파도가 넘실거리는 바다였단데이. 니 할매 친정애비는 배를 타다 젊어 물귀신이 됐고, 친정에미가 청상에 과수 되어 딸 둘을 키우미 미역을 따다 호구나 이었다 카더라. 바다라 카모 하도 원한에 사무쳐 뱃늠한테는 절대로 딸을 안 줄라고 벼르다가 우째 모화 땅에 상처한 니 할배와 혼삿말이 있었던 기라. 지금도 보모 얼굴이 갸름하고 이마가 반듯한 기 할매가 처녀 적은 꽤나 새처벘을(예뻤을) 끼라. 니 할매가 시집와서 딱 두 분 친정걸음을 했다는데, 한 분은 동상이 시집간다는 기별이 와서 갔고, 한 분은 두 딸을 다 출가시키고 가랑잎맨쿠로 갯가에서 혈혈히 살던 친정에미가 쉰 몬 된 나이에 죽었다는 기별이 와서 하서로 갔단다. 그것도 다 내가 시집오기 전 일이고, 나는 들은 이바구니라. 내가 시집을 와서 니 할매가 한 분도 친정 가는 걸 몬 봤으이께. 가봐야 누가 있겠노. 그러이께 친정 이바구를 한 분도 입에 담지 않터라. 담배 피우며 저 동쪽 하늘을 보다 혼자서 눈물짓는 모습이사 수천 분도 더 봤지러. 죽은 부모나 감포 쪽으로 시집가서 소식도 모르는 동상 생각이 나서 그랬겠지러. 아아들이 우짜다가, 늙고 늙은 바닷가에 오막살이 집 한 채라 카는 노래 안 있나. 그 노래라도 부르모 그 기 듣기 싫은지 귀를 막곤 했지러." 어머니가 내게 들려준 할머니 이야기였다. "추석이나 설날이나 제사 지낼 때 니 할매 하는 짓, 니도 봤제? 제사를 다 지내모 제상을 문 쪽으로 반쯤 돌리놓고 꼭 따로 밥 두 그릇을 새로 떠서 올리놓고 할매 혼차 두 분 절 올리는 거. 그거는 제상에 밥 한 그릇 올리놓을 아들 자슥을 몬 두고 죽은 친정 부모님 제사를 니 할매가 대신 지내주는 기다." 내가 어릴 때 어머니는 이런 말씀도 하셨다.

회사로 출근하여 일에 쫓기다 보니 나는 잠시 집안일을 잊고 지냈다. 열한 시쯤, 신계장 전화 받아봐 하며 부장이 송수화기를 내게 넘겨주었다. 그제서야 나는 직감적으로, 집에서 온 전화구나 하고 생각했다. 아내였다.

"아무래도 할머님이 좀 이상해요. 속앓이라도 전과 다른 것 같아요." 아내 목소리가 떨렸다.

"다르다니?"

"제발 한 번만 동네 의원을 좀 불러달래요. 전에는 그런 적이 없었잖아요?"

사실이 그랬다. 결혼 이태 뒤부터 고모한테 할머니를 인계받아 칠 년째 모셔왔지만 당신이 속앓이 이외 다른 병을 앓으시는 걸 본 적 없었고, 한 차례도 병원에 가신 적이 없었다. 그 흔한 감기에 걸려도 속이 따갑고 어지럽다는 이유로 약방 약조차 거절하셨다. 그 점에는 어렵게 사는 손자에게 약값까지 부담 지울 수 없다는 당신의 여린 심정도 작용하고 있었다. 자리보전하여 죽으로 연명하며 이틀 정도 보내면 할머니는 어김없이 일어나셨다. 머리단장 옷단장으로 외양을 정하게 갖추어 수챗가로 아장아장 걸어 나가 당신 옷을 손수 빨고 마루에 걸레질도 하시곤 했다. 내 어린 두 자식은 아내보다 할머니를 더 따르며 자랐다.

"의사를 불러달란다니, 정말 많이 편찮으신 모양이군. 그래, 당신 어떻게 했소?" 내 목소리가 다급했다.

"그래서 병원엘 왔어요. 여기 시장 앞, 그 윤 내과 있잖아요. 어떻게 할까요? 고모님한테도 연락해야 되겠죠?"

단칸 셋방에 다섯 식구가 복작거리는 고모 댁에 전화가 있을 리 없었다. 고모부가 연탄가게 배달원으로 있었으므로 그쪽으로 연락이 닿았다.

"고모님 좀 오시라 카고, 의사 선생이나 어서 모시고 가."

"퇴근하고 곧장 들어오세요."

"알았어. 무슨 일이 있으면 또 전화해." 나는 전화를 끊었다.

오후 두 시가 넘자, 아내가 다시 회사로 전화를 걸었다.

"아무래도 당신이 조퇴하고 들어오셔야겠어요."

큰길에 면한 약국 앞 공중전화를 이용하는지 아내의 숨 가쁜 목소리에 섞여 클랙슨 소리가 들렸다.

"왜, 위독하셔?" 내 목소리도 높아졌다.

"숨길이 가쁘고 진땀을 흘리셔요. 아무래두……."

"의사 선생이 뭐라더나?"

"원체 연세가 많은 노약자라 뭐 특별하게 쓸 약도 없으시다며 주사 한 대만 놓고 가셨어요. 목이 많이 붓고 기관지가 헐었다나요. 아무래도, 오늘내일이 고비실 거라고……."

"알았어, 내 곧 들어가지."

나는 부장에게, 할머니가 위독하시다고 말한 뒤 조퇴 허락을 받았다. 버스를 타고 집으로 돌아오니 준옥이 학교 공부가 벌써 끝났는지, 어머니가 대문 앞에서 준옥이와 함께 놀고 계셨다.

"할무이가 어째됐습니껴?" 내가 어머니에게 물었다.

"안 돌아가신다모 돈깨나 까묵게 생겼어. 아푸다고 하도 소리치길래 듣기 싫어 내사 밖에 나와버렸다." 어머니가 냉담하게 말했다. 신록 울울한 앞산을 바라보는 어머니 눈길에 한 겹 시름이 실려 있었다. 어머니는 혼잣소리로 중얼거렸다. "한분 누감으모 그만인 목숨, 모지고 질긴 기 명줄이라. 집도 절도 없이 울산으로 나와 내가 어린 너그 성제간 데불고 미군 부대 앞에서 걸뱅이(거지)질할 때, 그만 우리 셋이 같이 복 내장이라도 끓여 묵고 죽어뿔라고 결심도 여러 분 했건만, 그래도 몬 죽고 살아왔제. 니 할매도 사무친 원한이 앞산만큼 높아 하늘님도 차마 박정하게 숨질을 몬 끊는 모양 같고……."

마루로 들어서니 고모부가 열무김치를 안주 삼아 소주를 마시고 있었다. 고모부는 환갑을 몇 해 앞둔 연세에, 연탄 배달부였다. 군복 검정물 들인 아래위 작업복이야 연탄과 같은 색이라 그렇다 치고, 낯은 씻고 왔을 텐데 고모부 얼굴에는 여기저기 탄가루가 묻어 있었다.

"열이 왔구나. 아무래도 할무이가 마 시상 하직할라 카는 거 같으다." 고모부가 소주잔을 비워내며 허탈하게 말했다.

늘 주기가 눈가장자리에 가시지 않는 고모부는 근년에 들어 모든 낙을 술에 다 붙여 알코올중독 현상을 보였다. 눈만 뜨면 해장술부터 시작하여 잠자리에

김원일 435

들 때까지 소주병을 차고 다니면서도 안주 없이 짬짬이 마셔댔다. 연탄 배달 일은 열심이었고, 정신을 잃을 정도로 과음하는 법은 없으니 묘한 주법을 몸에 익히고 있는 셈이었다.

나는 목례만 하곤 할머니 방으로 건너갔다. 아무것도 덮지 않고 반듯이 누운 할머니는 잠이 든 듯 눈을 감고 있었다. 반쯤 벌린 입을 통해 목구멍에서 가랑거리는 소리만 나지 않는다면 할머니는 이미 시신과 다름없어 보였다. 주름 진 얼굴은 더욱 검어졌고 눈자위가 움푹 꺼졌다. 할머니 옆에는 아내가, 할머니 머리맡에는 할머니를 닮아 하관이 빠르고 콧날이 오뚝 선 고모가 앉아 있었다. 아내는 떠다 놓은 세숫대야 물에 수건을 적셔 짜선 할머니의 얼굴과 목에서 배어난 진 같은 땀을 닦아내고 있었는데 이미 눈이 충혈되었다.

"아이구, 마 이래 세상 베리는갑지러. 열아, 우짜다가 할무이가 이 지경이 됐노? 약도 안 사다 디리고 병원에도 한분 안 모시고 갔더나?" 고모가 원망 섞인 눈으로 나를 보며 말했다.

"제가 출근할 때까진 말씀도 잘하시고 앉아 계셨습니다." 아내 옆 자리, 할머니 발치에 앉으며 내가 말했다.

저승꽃이 군데군데 핀 뼈만 남은 할머니의 작은 발이 잘 씻어놓은 왜무이듯 깨끗했다. 그러고 보니 할머니 발을 통째 본 게 처음인 듯 느껴져 왠지 못 볼 거라도 본 듯 마음 한 귀퉁이가 쓰렸다.

"밥술이나 묵는 집은 이 지경이 되었으므 입원시킨다 우짠다 카겠구마는 이래 병원 신세 한분 몬 져보고 돌아가시다이. 아이구 원통하고 서러버라. 딸자석이라고 있어봐야 수중에 돈 몇만 원도 지닌 기 읎으이 그믄으 돈들은 다 어데서 썩고 있는지……." 고모가 오열을 삼키며 푸념을 했다.

고모네가 고모부 고향인 모화 아래역 호계 역전에서 식당을 할 적만도 할머니를 모셨고, 살림살이가 그런대로 괜찮았다. 그러나 고모부가 남의 보증을 잘못 서 집칸을 날리고 노름으로 패가망신하자, 할머니를 나에게 떠넘겼던 것이다. 서울로 올라오신 할머니가 내게는 말하지 않았지만 손자며느리에게 하신 말씀을 들어보면 그동안 밥을 얼마나 굶으셨던지, "양석은 쪼들리는데 범 같은 자슥들이 셋이나 되제, 그것들이 클라고 한창 묵을 나이 아인가. 그러니 딸네 집에 얹혀사는 이 늙은 것이사 목이 메서 어데 조밥이나마 제대로 넘어가겠나. 내사 하루 두 끼도 몬 묵을 때가 많았고 어떤 날은 멀건 수제비 한 끼로 하루 해를 넘기기도 했니라" 하셨다. 칠 년 전 할머니를 내게 맡긴 뒤 결국 네 해 전 좁은 모화에서 살 길이 막막해진 고모네마저 서울로 솔가해 왔다. 고모부 사촌이 불광동에 연탄가게를 벌이고 있어 그 친척을 지팡이 삼아 자식들을 달고 무작정 상경했던 것이다. 고종사촌들도 일터를 구해 나섰다. 큰아들은 노동판에, 스물이 된 여동생은 식당 종업원이 되었다.

"의사 선생님을 한 번 더 모셔올까요?" 고모 눈치를 보며 아내가 말했다.

"내 참말로 이런 말이사 안 할라 캤지마는 성가가 해도 해도 너무하데이. 보통 사람이 아인 줄이사 알지마는 밉든 곱든 그래도 시어무이인데, 사람이 이래 죽어가는 걸 한 지붕 밑에서 보민서도 우째 낯짝 한분 안 비칠꼬. 그래 모질으이께 돈 모우고 살았겠지마는……." 고모가 아내 말이 시답잖다는 듯 어머니를 두고 험담했다.

"늙으신 분들은 자신이 조만간 당할 일 같아 임종을 잘 안 지키시려 합디다. 고모님이 오시기 전에는 어머님이 이 방에 계셨더랬어요." 아내가 말했다.

고모나 아내 말은 이미 할머니 임종을 기정사실로 받아들이고 있었다.

"그래도 그렇지러. 울산서 집 팔아 아들네 집에 왔으모, 아들 앞으로 집이사 때가 일러 몬 사준다 캐도 이럴 때 돈 좀 풀어놓으모 안 되나. 성가도 환갑 넘간 나이에 살모 백 년을 살겠나 천 년을 살겠나. 너거나 우리사 입치레도 심드이 내 아무 말 안 하지만, 성가 하는 짓은 증말 괘씸하데이. 어데 두고 보자, 관 속에 그 돈 싸가수고 가는 꼴을." 열린 방문을 통해 마루를 내다보며 고모가 맵게 말했다.

어머니와 할머니, 그 고부 사이란 옛말에도 싸움 잘 날이 없다는 말이 있지만, 두 분은 평생 무슨 살이 낀 듯했다. 어머니가 시집을 갓 왔을 때나, 아버지가 집에 붙어 있었을 때는 당사자들보다 이웃 눈도 있었으니 물론 어머니가 할머니에게 눌려 지냈음이 틀림없었을 터였다. 그러니 정확하게 말해서 전쟁 뒤부터 어머니는 할머니와 완전히 갈라서고 말았다. 전쟁 뒤부터 할머니의 우리 집 출입은 마지못한 나들이 정도가 고작이었고, 내가 모시기 전까지 줄창 외손자들을 키우며 호계 고모네 집에서 사셨다.

우선 신체적 조건부터가 어머니와 할머니는 판이했다. 할머니는 여자 중에서도 왜소한 체구였고, 어머니는 여장부답게 몸집이 컸다. 성격 또한 할머니가 꼼꼼하고 찬찬하며 어떤 면에서는 게으른 편이라면, 어머니는 드세고 괄괄하고 남달리 부지런했다. 할머니는 점심 식사 뒤 꼭 한 시간 정도 낮잠을 자는 습관이 있었는데, 나는 어머니가 여태껏 앉은 자리에서라도 대낮에 눈을 붙이는 걸 본 적 없었다. 할머니는 음식 솜씨가 없어 어머니 말처럼 오징어젓이나 잘 담그고 초장이나 맛을 낼 줄 알까, 나물 하나 제대로 무치지를 못했고, 손이 잘아 밥을 하면 딱 알맞거나 조금 모자라기가 십상이었다. "원래 본 바 읎고 배운 바 읎이 청상과부 아래 짠물만 보고 갯가서 자랐다 보이 시집와서 끼니때마다 밥하라고 쌀을 떠내줄 때는 바가지는 물론이고 조롱박 한분 쓰는 벱이 읎었니라. 똑 그 조막만 한 손으로 아이들 동두깨비(소꿉장난)하듯 쌀을 퍼내주이 내사 노상 눌은밥을, 그것도 반 그륵이 몬 되게 묵었지러. 낮이모 그 험한 논일 밭일에 밤이모 베틀 앞에 앉아, 말만 듣던 시집살이가 오죽이나 했겠나. 거게다가 니 애비는 그늠으 빨갱이 공부를 하는지 기집질을 하는지 울산이다, 경주다, 부산이다, 외지 출입을 장 구경 가듯 나댕겨, 한 해모 반년은 집을 비았을 끼라. 그러니 니를 뱄을 때는 이 큰 뱃가죽이 시래기맨쿠로 주름 져 내사 그저 자나 깨나 묵는 생각밖에 읎었다. 묵는 기 눈앞에 어른거려 눈 딱고 보모 헛것을 본 기라. 그래서 철 따라 감자나 고구마나 닥치는 대로 시에미 몰래 삶아 묵었지러. 그라모 니 할매는, 말 같은 여편네가 손이 커서 소도 잡아묵을 상판이니 살림 망칠 끼라고 동네방네 재잘거리고 다니쌓지러……." 어머니가 읊으시던 시집살이 넋두리였다.

창문과 방문이 열려 있기에 나는 담배를 꺼내 물었다. 담배를 태우며 할머니 얼굴을 보니 눈꺼풀이 잘게 떨리고 있었다. 숨길이 가빠 납작한 가슴팍이 가볍게 오르내렸다. 할머니가 쓰는 재떨이에 담뱃재를 털다 보니 필터가 반쯤 타들어간 꽁초가 열 개쯤 되었다. 그것이 마치 할머니의 이빨이나 화장(火葬) 뒤 바스라진 뼛조각 같았다.
　낮잠을 주무셔서 그런지 할머니는 밤잠이 별 없으신 편이었다. 새벽 두세 시쯤 어쩌다 소피라도 보려 마루로 나오면 부엌방에 불이 켜져 있을 때가 있었다. 무심코 문을 열고 보면 할머니는 마치 늙은 여우가 호호백발로 둔갑한 듯 눈을 빠끔히 뜨고 오두마니 앉아 담배를 태우고 있었다. 무슨 생각이 깊으신지 할머니는 꼭 심야에 한두 차례 일어나 앉아 담배를 태우며 일이십 분을 보내시다 다시 잠을 청하곤 했다. 지난날 굽이굽이 살아온 삶의 한 자락을 펼쳐놓고 계신 게 분명했고, 당신이 결코 입 밖에 꺼낸 적이 없었지만 삼십 년 넘도록 소식 없는 외동아들 생각을 담배 연기 속에 풀어놓고 있으리라. 사진으로만 보았을 뿐 기억조차 없는 아버지를 떠올리며 나는 그렇게 짐작했다. 할머니가 서울로 오신 얼마 뒤 언젠가 내가 할머니께 물었던 적이 있었다. "할무이는 언제가 가장 행복한 시절이었지예?" 할머니는 눈만 깜박거리실 뿐 쉬 대답을 않으셨다. 내 질문에 심란한 듯 담배를 태워 물었다. 당신은 손자의 그 질문을 가슴 깊이 새기신 듯, 그로부터 며칠 뒤 어느 일요일, 이웃집 아주머니와 이런 얘기를 골목길에서 나누는 것을 나는 엿들을 수 있었다. "자슥은 키아놓고 보모 다 소용없심더. 그래 애써가미 공부시킬 때가 젤로 좋은 시절이지예. 대가리 굵어지모 벌씨러 부모 말 안 듣고 어긋나기 십상임더." 무슨 얘기 끝인지 지나치듯 한 할머니 말에서 나는 아버지를 중학 공부시킬 때 할머니의 기쁨을 미루어 짐작할 수 있었다. 위로 낳은 아들 둘을 홍역으로 내리 잃고 세번째 얻은 아버지를 모화보통학교에 보냈을 때, 할머니와 나이 많은 할아버지의 즐거움이란 대단했을 것이다. 그 시절, 할아버지는 익척같은 노력과 근검절약 끝에 반자자농이 되었다. 아버지는 어릴 때부터 머리가 뛰어나 향리 보통학교를 일등으로 졸업한 뒤, 해마다 인근 군에서는 한둘 입학이 고작이라는 울산농업학교에 쉽게 합격했다. 그래서 중학 오 년을 모화에서 울산까지 기차로 한 시간 남짓 걸리는 거리를 통학했던 모양이었다. "새북같이 아침밥 해 믹여 벤또(도시락) 싸가주고 영감하고 같이 아들을 사이에 끼고 역까지 바래다주던 그때가 그래도 좋은 시절이었제." 고모님이 할머니 말씀을 흉내 내어 들려주던 말이었다. 그러나 아버지는 학교 졸업과 더불어 할머니와 할아버지 눈 밖에 난 모양이었다. 수리조합이니 면 서기니 금융조합이니, 그 좋다는 직장을 다 마다하고 모화에서 야학당을 개설하여 농민운동을 시작했는데, 그 일이 왜경 눈에 사회주의적 민족운동으로 지목된 모양이었다. 아버지는 주재소로 들락거리기 시작했다. 그렇게 되자, 결혼이나 하면 아들 마음이 잡힐까 봐 할아버지와 할머니는 아버지 혼인을 서둘렀다. 마침 경주에 재산을 다 날려 백수건달이 된 적빈한 유생 막내딸과 혼삿말이 있었는데, 바로 어머니였다. 당시 외할아버지는 퇴락된 스물네 칸 고가나 지키며, 주야장천 술에 취해 향교에서 벌어진 시회(詩會) 모임에 나가고 남의 집 혼사 사주단자나 써주는 일로 소일하고 계셨다 한다. 끼니는 근친 일족들로부터 한두 됫박씩 양식을 얻어먹던 구차한 처지였다. 그러나 기상만은 살아 있어, 때를 잘못 만난 진사감으로 주위의 흠모를 받고 있었다. 막내딸이 너무 크고 말상(馬相)이라 하여 데려갈 사윗감을 못 찾던 참에 선으로 본 아버지의 명민함이 외할아버지 눈에 출중하게 들었던 게 분명했다. 현재 처지는 접어두고라도 외할아버지는 할아버지께 그 혼사를 쾌락하셨다. 혼사 날을 받자, 할아버지는 유생 집안 처녀를 며느리로 맞는다는 사실 하나만으로 종살이 신세의 조상 허물을 죄 벗는다는 기분에 하늘로 날 듯했을 것이다. 할아버지는 기차 편으로 경주 나들이가 잦았고, 바깥사돈끼리 권커니 잣거니 약주를 즐겼던 것 같았다. 그러던 어느 날, 할아버지는 경주에서 하룻밤을 쉬고 돌아와 그곳에서 무슨 음식을 잘못 자셨는지 토사곽란의 병을 얻어 약 한 첩 변변히 써보지 못한 채 보름 만에 숨을 거두셨다. 자식 혼인날을 열흘 남짓 앞둔 음력 동짓날이었다. 일이 그렇게 되면 흉조라 하여 파혼함도 마땅한데 외할아버지는 대쪽 같은 고집으로, 바깥사돈끼리 회유하다 일이 그 지경이 되었으니 내 딸은 마땅히 신씨 집안 며느리로 그 집 귀신이 되어야 한다며 혼례를 예정대로 강행하셨다. 이런 이야기는 어머니가 내게 들려주었고, 그늠으 아버지 강고집 때문에 내 팔자를 망쳤다고 늘 한탄하셨다.

"어무이, 어무이. 나를 알아보겠습니껴?" 할머니 눈이 조금 뜨이는 듯하자,

고모가 할머니 귓밥에 입을 대고 큰 소리로 말했다.

할머니는 아무 대답이 없었다. 대추씨만큼 벌어졌던 눈꺼풀이 잠시 가늘게 떨리더니 다시 닫겨지고 말았다.

"아직 의식은 있는 것 같으신데예?" 담배를 끄며 내가 말했다. 필터 길이만큼 꽁초가 남은 상태였다. 할머니가 영원히 깨어나지 못한다면 내가 남긴 담배 꽁초는 쓰레기통에 버려질 거였다.

"가물가물하는 기다. 촛불이 꺼질라 칼 때가 안 이렇더나." 고모가 말했다.

나는 그냥 멀뚱히 할머니 임종을 지키고 있어야 할지, 아니면 지금부터 장례 준비를 해야 할지, 장례 준비를 하자면 어디서부터 손을 써야 하는지 알 수 없었다. 서른일곱 해 동안 내가 주무가 되어 장례를 치러본 적도, 장례를 가까이에서 도와주며 눈여겨본 적도 없었다. 다만 군대 시절, 실연을 비관하여 휴가 귀대 직후 자살한 동료를 의무대까지 업고 가서 밤을 새워본 적밖에 없었다. 아우라도 국내에 있다면 연락을 취할 텐데 그 점이 못내 아쉬웠으나, 오늘 안으로 울산에 사는 제수씨에게는 전보라도 쳐야겠다고 생각했다.

"열아, 내 좀 보자." 마루에서 고모부가 나를 불렀다. 내가 마루로 나가 마주 앉자, 고모부가 반 잔쯤 남은 술을 털어 마시곤 그 잔을 내게 권했다. "니도 한 잔 묵거라. 머 애통해할 거는 읎는 기라. 니도 생각해바라. 할무이는 참말로 오래 사셨다. 올해 여든여덟이모 보통 수를 누리신 거 아니데이."

"왜들 이러시는지 모르겠어예. 저러시다 깨어나시모 어떡할라고, 할무이가 곧 숨이나 거두실 듯 이러십니까." 내가 한 음절 높은 목소리로 말했다. 생각해둔 말은 아니었다. 말을 하고 보니 장례 치를 일이 그저 막막했고, 어차피 여든여덟까지 사신 이상 이 년을 더 채워 구순까시 사셨으면 싶었다. 마음 힌 쪽으론, 어느 누구의 짧은 생애보다 할머니의 긴 생애는 삶의 보람이 없듯 느껴졌다.

"나는 한분 보모 다 안다. 니 할무이 속앓이가 어데 작년 재작년에 얻은 병인가. 호계 있을 때도 속앓이는 자주 하셨지러. 내가 집에 들어서서 장모님 안색을 척 보이까 벌씨러 가망이 읎는 것 같앴어" 하더니 고모부가 내게, "니 담배

있거덩 한 개비 도고" 했다.
 나는 담뱃갑을 내놓았다. 나는 고모부가 넘겨준 잔에 술을 따랐다. 빈 잔을 못 채워 술병이 바닥났다.
 "아무래도 의사 선생을 한 번 더 불러야겠심더."
 내가 일어서려 했다.
 "마, 치아라. 니 효성이사 내가 잘 안다. 앞으로 돈 들 일이 태산 같은데 쓸데없이 왕진비 디리지 마라. 그 비용도 무시 못 한다 카인께." 고모부가 나를 다시 앉혔다. 고모부는 트림을 하곤 열무김치 한 점을 젓가락으로 집어 먹었다. 고모부가 입에 문 담배에 내가 성냥불을 댕겨드렸다. "그동안 할무이 모신다고 열이 니가 고생이 많았다. 층층시하에 질부도 고생 많았고. 그래도 맏손자가 임종을 지키는 데서 돌아가이까 할무이가 별세는 하셔도 마음 놓고 팬케 눈감을 끼고, 니 정성을 저승서도 마음에 새기실 끼다. 오직 하나 아들을 끝내 상면 몬 하고 눈감는 기사 원통할까마는······."
 할머니와 어머니 사이가 벌어진 결정적인 이유는, 해방이 되고 아버지가 본격적인 좌익운동에 나서고부터였다. 아버지는 남로당 모화책에 울산지부 조직부장책을 맡아 뛰었다. 아버지는 자주 집을 비웠고, 지서 순경들이 거의 우리 집에 살다시피 했다. 순경과 서북청년단원, 대한청년단원들은 아버지를 찾아내라고 걸핏하면 어머니를 지서로 연행해 갔다. 연행당해 가면 어머니는 얼마나 타작매를 당하셨던지 온몸에 피멍이 들어 돌아왔다. 한번은 실신해 가마니에 실려 돌아온 적도 있었다 했다. 그때부터 어머니는 전짓불을 비추며 저들이 또 들이닥칠까 봐 밤을 무서워했다. 할머니라도 집에 있어주면 그 무섬증이 덜하련만 할머니는 체구처럼 간이 작아 아버지가 좌익운동에 나서고 순경들이 집 출입을 하고부터, 태평양전쟁 말기에 정신대에 끌려가지 않으려고 서둘러 결혼한 호계 고모네 집에 숫제 눌러 사셨다. 어머니는 젖먹이 어린 나를 안고 밤이면 밤마다 공포에 떨며 뜬눈으로 새벽을 맞기가 일쑤였다.
 "······내가 니를 업고 호계 시누이 집으로 가서, 니 할매한테 울미불미 을매나 애원했겠노. 지발 집에 오셔서 내하고 같이 계시자꼬 말이다. 그래도 씨가 믹혀 드가야제. 순사도 어데 거게마 가는 줄 아나. 여게가 성모 여동상 집이라고 여게도 자주 온다며 분탕을 친다 카미, 거게나 여게나 똑같다고 한사코 안 올라 카더라. 그때는 니 할매가 귀신한테 씌었는지 죽자 살자 내 얼굴을 안 볼라 안 카나. 말 같은 메느리가 이 집 귀신 될라고 간택되는 바람에 멀쩡한 서방 죽고 자슥까지도 좌익에 미치갱이가 됐다고 동네방네 나발을 불고 댕기니, 시집 잘못 온 죄밖에 읎는 내 팔자가 와 그래 서럽던동…… 그러던 차에 머신 법이 새로 생겨서 자수하지 않는 빨갱이는 몽지리 잡아 영창에 처넣고, 그중 악질은 총살시킨다 카이, 그때서야 니 애비가 어디선가 모화로 돌아와 지서에 자수를 한 기라. 보도연맹인강 먼강, 거게 가입해서 겨우 도망 안 댕기도 되는 살길을 찾았지러. 그래 되이까 시어미가 그제서야 딸네 집을 떠나 우리 집으로 옮겨오더라. 참말로 사람도 좁쌀만 한데, 하는 짓까지 얼매나 얄밉던지…… 보골(화)이 났지마는 그래도 니 할매가 집에 오이께 반갑데. 꼬라지도 보기 싫은 니 애비 사이에서 말도 부치고 하이께 집안에 훈기가 쪼매 돌았지러. 그런데 알고 보이께 니 애비가 자수를 하고도 지서 몰래 그 짓을 계속했던 모양이라. 일제 때는 야학당 한다고 시아비가 안 묵고 안 쓰고 장만한 논마지기를 쪼개서 팔아묵더이, 육이오전쟁이 날 때까정 지 에미 몰래 나머지 논마지기를 또 몽땅 팔아서 그늠으 빨갱이 자금으로 쓴 기라. 그라고 전쟁이 터지자, 니 애비가 메칠 만에 온다 간다 말읎이 사라지뿌린 기 아니겠나. 보도연맹 가입자들을 예비 검속한다 카는 소문을 어데서 들은 모양이라. 미친늠으 서방. 그놈 믿고 자슥 둘까지 싸질러가미 살은 내가 등신이지러. 니 할매는 지금도 이북 어데 자슥이 살아 있겠거니 하지만서도, 내 생각키로 버얼써 뒈졌다. 홀에미한테 불효하고 저자슥 버리고 도밍질 간 늠이 땅에 두 발 딛고 우째 살 수 있겠노. 그렇게 니 애비가 읎어지고 나자, 하매 소식이 올까 올까 하고 기다리는 기 두 달, 시에미마저 보따리를 싸가지고 또 호계 딸네 집으로 가뿌린께 내가 무슨 청승으로 빈집을 지키겠노. 남은 논마지기도 읎으이께 하루 두 끼 묵기도 심이 들어, 내 젖이 안 나오이께 니 동상은 비실비실 말라서 다 죽어가제, 밤이모 순사들이 또 찾아오제…… 그때사 증말로 약이라도 묵어 죽고 싶더라. 그래서 내가 모진 결심을 안 했나. 이래 죽으나 저래 죽으나 죽기사 마찬가지인게, 이 언슨시러분(지긋지긋한) 모화 땅을 떠나자고 말이다. 너거 두 성제간을 걸리고 업고, 걷고 걸어 울산으로 나갈 때, 들판에 곡식이 자알 익었더라. 가랑잎은 날리고, 곧 엄동은 닥치는데 낯설고 물설은 울산으로 나오자, 집도 절도 읎이 자슥 데불고 우째 살꼬 싶어 눈앞이 캄캄하더라. 딸린 새끼만 읎었다 캐도 그때사 마 내 혼자 서까래에 목매달아 죽었을 끼라. 울산에서 내가 너거 성제간 데불고 추위는 닥치는데 남으 처마 밑이나 역 대합실이나 헛간이나, 비 피하고 바람 막을 데모 가리지 않고 너거 성제간을 양쪽 가슴에 꼭 붙안고 그 체온으로 삼동 겨울철을 넘긴 그 시절, 츠음 이 에미가 한 짓이 먼공 아나? 바로 걸뱅이짓이었데이. 깡통 들고 퉁퉁 부은 손발로 남으 집이며, 미군부대며 문전걸식 동냥질을 했니라. 몸에 이가 수백 마리나 끓고, 열흘이고 보름이고 낯짝도 몬 씻은 얼굴에, 입성이라고는 똥두더기 같은 찌든 이불을 둘러썼으이께 너거 성제간 꼴은 말하모 머 하겠노. 그때 니가 다섯 살, 니 동상이 두 살이었다. 울산서 내가 호계 사람도 만났으이께 니 할매한테 울산 땅서 걸뱅이질하고 댕기는 메누리 소식도 전해졌을 끼다. 그런데 말하모 머 하노. 죽으모 제상 채리줄 친손주가 그 지경인데 할미란 사람이 핏줄 찾을 생각도 않더라. 남남이라도 어데 그라겠나. 내가 메루치 장사로 방 한 칸을 얻을 때까정 코빼기도 안 비치더라. 오냐, 내가 이 두 자슥을 질질이 키아서 옛말하고 살 때, 내 괄세한 이믐으 시상, 어데 두고 보제이. 내가 무명지를 깨물어 나올 젖도 읎는 쪼그라진 가슴팍에다 피로써 십자가를 그렸니라. 지금도 보이제, 이 살점 날아간 손가락이……." 내가 고등학교에 입학하던 날 밤, 중고품 교복만 사 입히던 내게 처음으로 새 교복을 맞춰주시고 어머니는 우리 형제를 앉혀놓고 이 말을 하시며 눈이 붓도록 우셨다. 살아온 당신의 역정과 그 울음이 너무 절절하여 나와 아우도 따라 울지 않을 수 없었고, 세 모자는 울음으로 밤을 밝혔다. 거칠고 매정하며, 두 자식을 매질로 키워온 어머니를 내가 뜨겁게 이해하게 된 것이 그날 밤 이후였다. 우리 형제를 숯포대 매질로 키워올 때도, 그 매가 서른둘에 청상이 되신 뒤 홀몸으로 세파를 이겨온 분풀이와 설움의 또 다른 표현임을 알았고,

나는 순종으로써 어머니의 한풀이를 달게 받아들였던 것이다.

이래저래 마음이 심란하여 나는 반쯤 찬 술잔을 고모부 앞에서 겁 없이 비워 냈다.

"할무이가 화장 이바구는 한 분도 안 하신 걸 보면 아무래도 묘를 쓰야겠제? 남북이 통일돼서 하나 아들이 이북에서 내리오모 엄마 묘 찾을까 봐 그카는지 원…… 니 생각은 어떻노?" 고모부가 물었다.

"묘를 쓰야지예."

"그라모 장지를 우짜제?" 고모부가 넌지시 나를 바라보았다. 내가 대답이 없자, "할배도 모화 공동묘지에 묘를 섰으이께 거게 가더라도 어데 덩그런 선산이 있나……, 그렇다고 모화에 친척붙이가 사는 것도 아이고 말이다" 하며, 고모부는 다시 내 의중을 떠보았다.

"공원묘지라도 서너 평 사야지예."

"글쎄, 그것도 문제가 읎는 기 아이데이. 니 보다시피 장모님 장례에 내사 몸으로나 때울까 뭉쳐둔 돈이 읎고, 니도 안죽 집칸 하나 읎이 박봉으로 심들게 사이, 할매 장례비라고 따로 모아둔 기 어데 있겠나?"

"어떻게 되겠지요. 회사에 가불도 하고 빚도 내지요." 내가 당차게 말했다.

어차피 한 번은 당할 일, 할머니 장례만은 조촐하게나마 내 힘으로 성의껏 치르고 싶었다.

"너거 어무이가 돈이 좀 있을 낀데, 이랄 때 우째 좀 안 내놓을란가?" 하며 고모부는 입맛을 다셨다.

"어무이가 스스로 내놓지 않으신다면 강요할 순 없습니다. 어떻게 모으신 돈인데, 그 돈을 쉬 축내려 하시겠습니꺼. 우리 애들 사탕 사주시는 것도 다 계산하시는 모양이던데예" 하고 말하자, 내가 어머니의 인색함을 은근히 드러낸 듯 느껴져 얼굴이 화끈 달아올랐다. "그 점은 너무 걱정 마시고, 제가 장례 절차를 잘 모르니 고모부님이 뒷두량이나 해주이소."

말을 마치자 나는 일어섰다.

고모부는 술을 한 병쯤 더 마시고 싶은 표정이었으나 내가 일어서자 따라 일어섰다. 윤 내과로 찾아가 의사를 한 번 더 모셔 올까 하다 잘못하면 임종 장면을 놓칠 것 같아 나는 다시 부엌방으로 갔다. 이럴 때 심부름을 시킬 아우나 고종사촌이 가까이 없다는 게 아쉬웠다.
"아무리 호구가 바쁜 시상이기로서니 외할무이 별세는 봐야지러. 외할무이가 저거들 업어서 키았는데…… 아무래도 아아들한테는 내가 두루 연락해야겠구먼" 하며 고모부는 마당으로 나갔다.
부엌방에서는 고모의 질펀한 울음 속에 넋두리가 끝없이 풀어지고 있었다.
"아이고, 아이고. 살아생전 호강 한분 몬 해보고, 이날 이때꺼정 대접받는 밥 한 그릇 몬 자시보고 돌아가시다이…… 어무이요, 어무이요, 이 몬난 딸자슥 욕이나 실컨 하이소. 마음씨가 여려 딸네 집에 살 때는 사위 보기 미안타미 늘 눈 한분 몬 치켜뜨고 밥상 앞에 앉으셨고, 범상인 메누리는 무습다고 울산 쪽은 얼씬도 몬 하셨고, 겨우 마음씨 고분 손자메누리 덕에 몇 년은 자알 지내 있는데, 또 원수지간인 메누리 눈칫밥 묵자, 그기 어데 소화나 제대로 됐겠습니껴. 오매불망 기다리던 아들 얼굴 한분 몬 보고 마 이래 눈감으시다니…… 대역죄인 아들이라고 남한테 아들 말 한분 속 시원케 몬 해보고, 한이 되고 암이 돼도 이날 이때꺼정 보도연맹에 자수해서 재판도 받을 필요 읎다는 아들이라며, 오빠 기다리는 정성 하나로 목숨을 부지해오시다가……."
"고모님, 그만 우시이소." 내가 말했다.
아내가 잠시 부엌으로 나가 자리를 비운 사이, 그 자리에 내가 앉았다. 나는 다시 담배 한 대를 꺼내 물며 무심코 할머니 얼굴에 눈을 주었다. 순간, 나는 할머니가 숨을 쉬고 있지 않다고 판단했다. 얼굴이 평온하고, 구긴 미농지 같은 그 많은 주름도 조금 펴져 있었다. 할머니는 눈을 반쯤 뜨고 있었는데, 그 눈동자가 초점이 없었다.
"고 고모님, 할무이가……" 하고 더듬거리며, 나는 장작개비같이 마른 할머니 팔목을 잡고 맥을 짚었다. 맥박이 뛰고 있는지 멈췄는지 분간할 수 없었다.
고모님이 할머니의 얼굴을 감싸 안고 엎어지더니 와락 통곡을 쏟기 시작했다. 내 눈에서도 눈물이 쉼 없이 흘러내렸다.

"준구 엄마, 어무이!" 내가 아내와 어머니를 다급하게 불렀다.

부엌에서 아내가 뛰어왔다. 집 안에 계시지 않는지 어머니는 나타나지 않았다.

시장 입구에 있는 장의사와 윤 내과에 들르려 내가 골목길로 허겁지겁 뛰어갈 때, 맞은쪽에서 어머니가 준옥이와 나란히 이쪽으로 걸어오고 있었다. 어머니는 준옥이 손을 잡고, 한 손에 비닐봉지를 들고 있었다. 내 다급한 걸음과 얼룩진 눈을 보고도 어머니는 애써 눈길을 피했다. 네 할미가 어찌 됐냐고 물으시려고도 하지 않았다.

나중에 안 일이지만 어머니가 그때 들고 오신 비닐봉지 속에는 간갈치 두 마리가 들어 있었다.

그날 저녁, 고모가 할머니 유품을 정리할 때, 할머니가 사십여 년을 차고 다닌 낡고 닳아빠진 비단 꽃주머니 속에서 동전 삼백 원과 닳은 증명서 한 장이 나왔다. 모서리가 닳은 그 증명서는 누렇게 색 바랜 아버지의 손톱만 한 흑백 사진이 붙은 '보도연맹 가입증'이었다.

김원일(金源一)

1942년 경남 김해 진영 출생. 서라벌예술대학교·영남대학교 졸업. 1966년 매일신문에 「1961·알제리」가 당선되어 등단. 현대문학상, 한국소설문학상, 한국일보문학상, 동인문학상, 요산문학상, 이상문학상, 서라벌문학상, 이산문학상, 황순원문학상 등 수상. 계원조형예술대학 상임이사 및 계간 『동서문학』 주간 역임. 『어둠의 혼』(1973), 『오늘 부는 바람』(1976), 『도요새에 관한 명상』(1978), 『환멸을 찾아서』(1984), 『그곳에 이르는 먼 길』(1992), 『김원일 중단편전집』(1997) 등의 소설집과 『어둠의 축제』(1975), 『노을』(1978), 『바람과 강』(1985), 『겨울골짜기』(1987), 『마당 깊은 집』(1988), 『늘푸른소나무』(1993; 개정판 2002), 『불의 제전』(1997), 『가족』(2000), 『슬픈 시간의 기억』(2001), 『푸른 혼』(2005) 등의 장편소설 및 『사랑하는 자는 괴로움을 안다』(1991) 등의 산문집 출간.

작품 세계

김원일은 한국전쟁이나 남북 분단이 가져다준 공포를 잊지 못하고, 또 집요하게 잊지 않으려 노력하는 작가이다. 물론 김원일이 등단 때부터 전쟁과 분단에 시선을 고정시켰던 것은 아니다. 김원일의 초기 소설은 「그대 죽어 눈뜨리」(1969), 「절망의 뿌리」(1973) 등에서 볼 수 있듯 주로 삶의 바닥에 내몰린 자들의 어두운 실존을 그들이 극한 상황에서 벌이는 여성에 대한 폭력, 강간, 살인 등의 모티프로 하여 제시한다. 하지만 김원일은 여러 겹의 검열 때문에 외면했던 성장기의 원장면을 응시하면서 이 실체를 확인할 수 없는 그로테스크한 세계와 결별한다. 이후 김원일은 유아기 시절의 전쟁과 이데올로기 대립, 그리고 그 과정에서 벌어진 광기의 현장을 다시 기억하고 복원하기 시작한다. 특히 작가 김원일에게 한국전쟁이라는 광포한 경험은 '그리운 아버지, 두려운 어머니(좀 보편화시켜 말하자면 '아버지의 부재'와 그에 따른 '입법자인 어머니로부터의 거세 공포')'라는 특이한 실존적 체험으로 구체화되는바, 이 트라우마는 김원일 소설을 형성시키는 핵심적인 원리로 작용한다. 이후 김원일의 소설은 한편으로는 아버지의 부재와 어머니에 대한 공포로 인해 형성된 트라우마를 스스로 치유하고 승화하는 과정을 밟아나가고, 다른 한편으로는 한국전쟁과 분단 상황을 객관화하는 작업을 이어간다. 「어둠의 혼」(1973), 「연」(1979), 「미망」(1982), 「마당 깊은 집」(1988) 등이 전자의 경향을 대표하는 명편들이라면, 『노을』, 『겨울골짜기』, 『불의 제전』, 『슬픈 시간의 기억』, 『푸른 혼』 등은 후자의 경향을 대표하는 크고도 문제적인 소설들이다. 하지만 김원일의 소설이 분단의 상처와 극복에만 붙들려 있는 것은 아니다.

김원일은 분단문학에 지속적이고도 열성적인 관심을 보이면서도 현존재들의 삶을 고통에 몰아넣는 여러 계기들, 특히 환경 문제에 대한 일관된 관심을 보이는가 하면(「도요새에 관한 명상」, 1979), 타락한 사회 속에서도 한 인간이 자기를 완성할 수 있는 윤리적이고도 철학적인 길을 탐색하기도 한다(『바람과 강』, 「마음의 감옥」, 『늘푸른 소나무』). 작가 김원일은 어느 자리에서 피카소를 두고 "자유분방한 삶을 살았던 예술가이고, 그림에서도 끊임없이 배반하고 변모하면서 세상의 도덕적·윤리적인 틀을 벗어나 더 큰 초월적 관점에서 자기 세계를 끊임없이 변화시키고 확장해나갔던 사람"이라고 규정하고 피카소를 예술적 전범으로 칭송하지만, 사실 김원일이야말로 김원일이 피카소에 투사한 그 행로를 가장 치열하게 밟아나간 작가라 할 수 있다. 잘 알려져 있듯 김원일의 소설은 이 땅의 파란만장한 역사를 누구보다도 어느 역사서보다도 정치하고 치밀하게 그려내고 있는바, 이는 어디에도 구속되지 않는 정신으로 작가 자신의 불행한 운명을 더 큰 초월적 관점에서 파악한 결과라 할 수 있기 때문이다.

「미망」

「미망」은 작중 화자인 '나'의 '할머니'와 '어머니'의 갈등이 중요한 서사의 근간으로 놓여 있다. 우선 이 갈등은, 할머니가 갈치구이를 좋아하는 데 반하여 어머니는 그것을 싫어한다든가, 할머니가 담배를 피우는 데 반하여 어머니는 피우지 않는다든가, 할머니는 키가 작고 마른 데 반하여 어머니는 키가 크다든가 하는 일상의 사소한 대립관계에서 시작된다. 그러나 서사가 진행되면서 이 대립관계는 일상생활의 이해관계에서 비롯되는 것이 아니라 광기 어린 한국전쟁과 남북 분단이라는 역사적 사건에 깊은 뿌리를 두고 있음이 밝혀진다.

「미망」에서 할머니와 어머니의 갈등을 촉발하는 계기는 다름 아닌 할머니의 아들이고 어머니의 남편인 '나'의 '아버지'이다. 이 아버지는 "수리조합이니 면 서기니 금융조합이니, 그 좋다는 직장을 다 마다하고 모화에서 야학당을 개설하여 농민운동을 시작"했고 해방 후 "본격적인 좌익운동"에 나섰다가 6·25 때 행방불명된 인물이다. 좌익운동에 헌신적이었던 아버지로 인하여 남은 가족들은 철저한 가난과 불안 속에 살게 되며, 이때의 경험은 할머니와 어머니가 지독하게 반목하게 된 요인이 된다. 그러나 「미망」은 할머니와 어머니의 불화의 원인을 아버지로 한정하지 않는다. 「미망」은 아주 서서히 할머니와 어머니의 갈등의 원인으로 아버지를 넘어선, 아니 아버지를 둘러싼 광기의 현실에 주목한다. 어떻게 보면 작중 화자의 아버지란 그저 자신이 꿈꾸던 이상 세계를 실현하고자 했던 인물에 불과한 터, 그러나 그러한 아버지에게, 그리고 아버지를 빌미로 작중 화자의 가족들에게 가해지는 감시와 저벌은 그야말로 잔혹하다. 이를 통해 「미망」은 할머니와 어머니의 갈등이 저 깊은 심급에 사상이나 이념이 다르다는 이유로, 또 그런 가족을 두었다는 이유만으로 한 인간을 극한 상황으로까지 몰아넣는 당시의 이성의 광기, 혹은 미쳐 날뛰는 이성이 가로지르고 있음을 성공적으로 표현한다.

하지만 「미망」은 단지 할머니와 어머니의 갈등의 원인을 찾아내는 것에서 그치지 않고 이 할머니와 어머니 사이의 내밀한 화해의 과정에도 주목하고 있다. 이 두 인물은 서로를 미워하는 단계에서 벗어나 서로가 갈등하게 된 기원을 찾아 나선다. 그러고는 서로가 서로를 이해한다. 할머니는 어머니가 아버지를 집 밖으로 내몬 원인이 아니라 집 밖으로 나돈 아버지 때문에 고통받은 피해자라는 사실을, 그리고 어머니는 할머니의 그런 오해가 광기의 현실 속에서 자기를 지켜내기 위한 안간힘이었다는 사실을 인정한다. 할머니와 어머니는 서로의 대립에도 불구하고 결국 둘 다 역사의 피해자이며 좌절된 삶을 사는 동류항의 인간이었음을 인식하고, 결국은 화해의 길로 들어선다. 한마디로 「미망」은 할머니와 어머니의 갈등이라는 누빔점을 통해 한국전쟁과 남북 분단이 가져다준 치명적인 상처를 드러내는 것은 물론 할머니와 어머니의 서로에 대한 이해, 그것도 갈등의 기원을 거슬러 올라가 망각된 기원을 복원하는 방식으로 이루어지는 배려를 통하여 그 상처를 치유하고 극복하는 길을 제시한 소설이다.

주요 참고 문헌

김원일의 「미망」에 대한 논의는 크게 두 유형으로 나누어 볼 수 있다. 하나는 작가 김원일의 의식의 원형, 혹은 김원일 소설의 뿌리를 찾아보려는 논의이며, 다른 하나는 분단문학의 큰 흐름 속에서 「미망」의 위상을 정립하려는 시도이다. 전자의 측면에서 「미망」을 바라본 것으로 주목할 만한 것은 김현과 하응백의 논의이다. 김현의 「이야기의 뿌리, 뿌리의 이야기」(『문학과사회』, 1989년 봄호)는 소설 「미망」에 작가 자신의 가족사가 온전한 형태로 모두 제시되었다는 점에 주목하고 이를 통해 김원일 소설을 구성하는 핵심 원리로 아버지의 부재에 따른 '가짜 아버지 의식'을 지목한다. 즉 김원일은 아버지의 부재로 어린 나이에 아버지를 강요당하는 잔인한 성장 과정 때문에 끊임없이 프로이트가 말한 가족 로만스처럼 가짜 아버지를 상상해왔으며, 이 체험이 김원일 소설의 주요 소재를 이루는 것은 물론 핵심적인 미적 원리를 이룬다는 것이다. 하응백은 「장자의 소설, 소설의 장자」(권오룡 엮음, 『김원일 깊이 읽기』, 문학과지성사, 2002)에서 김원일의 고유한 역사지리지를 '장자의식'이라 명명하고 특히 「미망」을 엄한 어머니를 다룬 소설의 출발점으로 분석하고 있다. 그런가 하면 오생근의 논의는 「미망」을 분단문학이라는 틀 안에서 읽고 있는 대표적인 경우라 할 수 있다. 오생근의 「분단문학의 확장과 현실 인식의 심화」(『그리움으로 짓는 집』, 문학과지성사, 2000)는 「미망」을 고부간의 갈등이라는 일상적인 소재 속에서 분단의 상처와 통일의 가능성을 우회적으로 말한 소설로 파악하고 분단문학의 한 의미 있는 전범으로 읽어낸다.

_류보선

최인호
타인의 방

 그는 방금 거리에서 돌아왔다. 너무 피로해서 쓰러져버릴 것 같았다. 그는 아파트 계단을 천천히 올라서 자기 방까지 왔다. 그는 운수 좋게도 방까지 오는 동안 아무도 만나지 못했고 아파트 복도에도 사람은 없었다. 어디선가 시금치 끓이는 냄새가 나고 있었다. 그는 방문을 더듬어 문 앞에 프레스라고 씌어진 신문 투입구 안쪽의 초인종을 가볍게 두어 번 눌렀다. 그리고 이미 갈라진 혓바닥에 아린 감각만을 주어오던 담배꽁초를 잘 닦아 반들거리는 복도에 던져버렸다. 그는 아주 참을성 있게 기다리고 있었다. 그의 아내가 문을 열어주기를. 문을 열고 다소 호들갑을 떨며 눈을 동그랗게 뜨고 자기를 맞아주기를. 그러나 귀를 기울이고 마지막 남은 담배에 불을 댕기었는데도 안쪽에서는 소식이 없었다. 그는 다시 그 작은 철제 아가리 속에 손을 넣어 탄력감 있는 초인종을 신경질적으로 누르기 시작했다. 손끝에 가벼운 경련이 일었다. 그리고 그는 또 기다리기 시작했다.
 처음에 그는 초인종이 고장 난 것이 아닐까 하는 의심도 들었다. 그러나 그가 초인종을 누를 때마다 아득한 저쪽에서 희미한 소리가 반향되어오는 것을 꿈결처럼 듣고 있었기 때문에, 필시 그의 아내가 지금쯤 혼자서 술이나 먹고,

---

* 「타인의 방」은 『문학과지성』 1971년 봄호에 발표되었다. 여기서는 『타인의 방』(최인호 중단편소설전집 1, 문학동네, 2002)에 수록된 것을 텍스트로 삼았다.

그러고는 발가벗은 채 곯아떨어졌을 것이라고 단정했다.

나는 잠이 들어버리면 귀신이 잡아가도 몰라요.

아내는 그것이 자기의 장점인 것처럼 자랑하고 있다. 그래서 그는 분노를 느끼며 숫제 오 분 동안이나 초인종에 손을 밀착시키고 방 저편에서 둔하게 벨소리가 계속 울리고 있는 것을 초조하게 느끼고 있었다. 물론 그의 집 열쇠는 두 개로, 하나는 아내가 가지고 있고 또 하나는 그가 그의 열쇠 꾸러미 속에 포함시켜서 가지고 있는 것이다. 원하기만 한다면 그는 자기 자신의 열쇠로 문을 열 수 있을 것이었다. 그러나 그는 어느 편이냐 하면 그런 면엔 엄격해서 소위 문을 열어주는 것은 아내 된 도리이며, 적어도 아내가 문을 열어준 후에 들어가는 것이 남편의 권리가 아니겠느냐는 생각을 고수하고 있는 편이었다.

그래서 그는 이번엔 주먹으로 문을 두드리기 시작했다. 처음에는 천천히 두드렸지만 나중에는 거의 부숴버릴 듯이 문을 쾅쾅 두드려대고 있었다. 온 낭하가 쩡쩡 울리고 어디선가 잠을 깬 듯한 어린아이의 울음소리가 들려왔다. 그러자 아파트 복도 저쪽 편의 문이 열리고, 파자마를 입은 사내가 이쪽을 기웃거리며 내다보았는데 그것은 그 사람 한 사람뿐만이 아니었다. 왜냐하면 그는 남의 시선을 개의치 않고 문을 두드리고 있었기 때문에, 그 사람뿐만 아니라, 다른 집의 사람들도 문을 열고 조심스럽게, 그러나 사뭇 경계하는 듯한 숫돌 같은 얼굴을 하고 이쪽을 노려보고 있었다.

"여보세요."

마침내 그를 유심히 보고 있던 여인이 나무라는 목소리로 말을 꺼냈다.

"그 집에 무슨 볼일이 있으세요?"

"아닙니다."

그는 피로했으나 상냥하게 웃으면서 그러나 문을 두드리는 것을 계속하면서 말을 했다.

"그 집엔 아무도 안 계신 모양인데 혹 무슨 수금 관계로 오셨나요?"

그는 그를 수금사원으로 착각케 한 여행용 가방을 추켜들며 적당히 웃었다.

"그런 일로 온 게 아닙니다."

"여보시오."

이번엔 파자마를 입은 사내가 손마디를 꺾으면서 슬리퍼를 치륵치륵 끌며 다가왔다.

"벌써부터 두드린 모양인데 아무도 없는 것 같소. 그러니 그냥 가시오. 덕분에 우리 집 애가 깨었소."

"미안합니다."

그는 정중하게 사과를 하였다. 하지만 그는 더러워서 정말 더러워서, 침이라도 뱉을 심산이었다.

"사실은 말입니다."

그는 방귀를 뀌다 들킨 사람처럼 무안해하면서 주머니를 뒤져 열쇠 꾸러미를 꺼냈다. 그리고 그는 익숙하게 짤랑이는 대여섯 개의 열쇠 중에서 아파트 열쇠를 손의 감촉만으로 잡아 들었다.

"전 이 집의 주인입니다."

"뭐라구요?"

여인이 의심스럽게 그를 노려보면서 높은 음을 발했다.

"당신이 그 집 주인이라구요?"

"그런데요."

나는 대답하였다. 그러자 여인은 고개를 갸우뚱거렸다.

"아니 뭐 의심나는 것이라도 있습니까?"

"여보시오."

아무래도 사내가 확인을 해야 마음 놓겠다는 듯 다가왔다. 사내는 키가 굉장히 큰 거인이었으므로 그는 사내를 올려다보았다.

"우리는 이 아파트에 거의 삼 년 동안 살아왔지만 당신 같은 사람을 본 적이 없소."

"아니 뭐라구요?"

그는 튀어 오를 듯한 분노 속에서 신음 소리를 발했다.

"당신이 나를 한 번도 본 적이 없다고 해서 그래 이 집 주인을 당신 멋대로 도둑놈이나 강도로 취급한다는 말입니까? 나두 이 집에서 삼 년을 살아왔소. 그런데두 당신 얼굴은 오늘 처음 보오. 그렇다면 당신도 마땅히 의심받아야 할 사람이 아니겠소?"

그는 화가 나서 고래고래 소리를 질렀다.

"어쨌든."

사내는 집요하게 물고 늘어졌다.

"당신을 의심하는 것은 안됐지만 우리 입장도 생각해주시오."

"그건 나두 마찬가지라니깐."

그는 화가 나서 투덜거리면서 열쇠 구멍에 열쇠를 들이밀었다. 문은 소리 없이 열렸다.

"정 못 믿겠으면 따라 들어오시오. 증거를 뵈주겠소."

그는 안으로 들어섰다. 집 안은 캄캄하였다.

"여보!"

그는 구두를 벗고, 스위치를 찾으려고 벽을 더듬거리면서 분노에 차서 소리를 질렀다. 하지만 집 안은 어두웠고 아무도 대답하질 않았다. 제기랄. 그는 너무 피로해서 퉁퉁 부은 다리를 질질 끌며 간신히 벽면의 스위치를 찾아내었고, 그것을 힘껏 올려붙였다. 접속이 나쁜 형광등이 서너 번 채집병 속의 곤충처럼 껌벅거리다가는 켜졌다. 불은 너무 갑자기 들어온 기분이어서, 그는 잠시 동안 낯선 곳에 들어선 사람처럼 어리둥절하게 서 있었다. 그때 그는 아직도 문밖에서 사내가 의심스럽게 자기를 쳐다보고 있는 것을 보았고, 그는 조금 어처구니없어서 문을 쾅 닫아버렸다. 그때 그는 화장대 거울 아래 무슨 종이가 놓여 있는 것을 발견하였고, 그래서 그는 힘들여 경대 앞까지 가서 그 종이를 주워 들었다.

여보, 오늘 아침 전보가 왔는데, 친정아버지가 위독하시다는 거예요. 잠깐 다녀오겠어요. 당신은 피로하실 테니 제가 출장 갔다고 잘 말씀드리겠어요. 편히 쉬세요. 밥상은 부엌에 차려놨어요.

당신의 아내가.

그는 울분에 차서 한숨을 쉬면서, 발소리를 쿵쿵 내면서, 한없이 잠겨 들어가는 피로를 느끼면서, 코트를 벗고 넥타이를 풀고, 와이셔츠를 벗는 일관작업을 매우 천천히 계속하였으며 그러고는 거의 경직이 되어 뻣뻣한 다리를, 접는 나이프처럼 굽혀 바지를 벗고 그것을 아주 화를 내면서 옷장 속에 걸었다. 그때 그는 거울 속에서 주름살을 잔뜩 그린 늙수그레한 남자를 발견했고, 그는 공연히 거울 속의 자기를 향해 맹렬한 욕을 퍼붓기 시작했다.

제기랄, 겨우 돌아왔어. 제기랄, 그런데 아무도 없다니.

그는 심한 고독을 느꼈다. 그는 벌거벗은 채, 스팀 기운이 새어 나갈 틈이 없어 후텁지근한 거실을, 잠시 철책에 갇힌 짐승처럼 신음을 해가면서 거닐었다. 가구들은 며칠 전하고 같았으며 조금도 바뀌지 않은 것처럼 보였다. 트랜지스터는 끄지 않고 나간 탓으로 윙윙거리고 있었다. 그는 그것을 껐다. 아내의 옷이 침실에 너저분하게 깔려 있었고, 구멍 난 스타킹이 소파 위에 누워 있었다. 다리 안쪽을 조이는 고무줄이 탁자 위에 놓여 있었다. 루주 뚜껑이 열린 채 뒹굴고 있었다.

그는 우선 배가 고팠으므로 부엌 쪽으로 갔는데, 상 위에는 밥 대신 빵 몇 조각이 굳어서 종이처럼 딱딱해져 있었다. 그는 무슨 고무를 씹는 기분으로 차고 축축한 음식물을 삼켰다.

이건 좀 너무한 편인걸.

그는 쉴 새 없이 투덜거렸다. 그는 마땅히 더운 음식으로 대접을 받았어야 했다. 그뿐인가. 정리된 실내에서 파이프를 피워 물고, 음악을 들어야 했을 것이다. 하지만 그는 운수 나쁘게도 오늘 밤 혼자인 것이다.

그는 신문을 보려고 사방을 훑어보았지만 신문은 아무 데도 없었다. 그래서 그는 신문 볼 생각을 포기하였다. 그는 시계를 보았는데, 시계는 일주일 전의 날짜로 죽어 있었다. 그것은 그의 아내가 사온 시계인데, 탁상시계치곤 고급이긴 하나 거추장스러운 날짜와 요일이 명시되어 있는 시계로, 가끔 망령을 부려 터무니없이 빨리 가서 덜거덕하고 날짜를 알리는 숫자판이 지나가기도 하고 요일을 알리는 문자판이 하루씩 엇갈리기도 했는데, 더구나 시간이 서로 엇갈리면 뾰족한 수 없이 그저 몇천 번이라도 바늘을 돌려야만 겨우 교정되는 시계였으므로, 그는 화를 내면서 시계의 바늘을 돌리기 시작하였다. 더구나 환장할 것은 손톱을 갓 깎은 후였으므로 그는 이빨 없는 사람이 잇몸으로만 호두알을 깨려는 듯한 무력감을 손톱 끝에 날카롭게 느끼고 있었다. 그는 망할 놈의 시계를 숫제 바닥에 내동댕이쳐버리고 싶은 충동을 가까스로 참아가면서 참으로 무의미한 시간의 회복을 반복해나가고 있었다.

그는 오랫동안 그 작업을 하였다. 그래서 그는 더욱 지쳐버렸다.

그는 천천히 아픈 다리를 질질 끌며 욕실로 갔다. 욕실 안의 불을 켜자, 욕실은 아주 밝아서 마치 위생적인 정육점 같아 보였다. 욕조 안엔 아내가 목욕을 했는지 더러운 구정물이 그대로 담겨 있었다. 아내의 머리칼이 욕조 가장자리에 붙어 있었고, 그것은 마치 살아 있는 벌레처럼 꿈틀거렸다. 그는 손을 뻗쳐 더러운 물 사이에 숨은 가재 등과 같은 고무 마개를 뺐었다. 그러자 작은 욕조는 진저리를 치기 시작했고, 매우 빠른 속도로 물이 빠져나가 좀 후에는 입맛 다시는 듯한 소리를 내면서 더러운 때의 앙금을 군데군데 남기고는 비었다.

그는 우선 세면대의 고무 마개를 틀어막은 후 더운물과 찬물을 동시에 틀었다. 더운물은 너무 찼다. 그는 얼굴에 잔뜩 비누 거품을 문질렀고, 그래서 그는 마치 분장한 도화역자의 얼치기 바보 같아 보였다. 그는 면도기가 일주일 전 그가 출장 가기 전에 사용했던 그대로 날을 세우고 놓여 있는 것을 발견했다. 면도기의 칼날 부분엔 아직도 비눗기가 남아 있었고 그 사이로 자른 수염의 잔해가 녹아 있었다. 그는 화를 내면서 아내의 게으름을 거리의 창녀에게보다도 더 심한 욕으로 힐책하면서 수염을 깎기 시작했다. 수염은 거세었고, 뿌리가 깊었으므로 이미 녹슬고 무디어진 칼날로 잘라내기란 용이한 일이 아니었다. 때문에 그는 얼굴 두어 군데를 베었고 그중의 하나는 너무 크게 베어 피가 배어 나왔으므로 얼핏 눈에 띄는 대로 휴지 조각을 상처에 밀착시켰다. 휴지는 침 바른 우표처럼 얼굴 위에 붙여졌다. 우표는 매끈거리는 녹말기로 접착된다. 하지만 그의 얼굴 위에선 피로 붙여진다.

그는 화를 내었다. 그는 우울하게 서서 엄청난 무력감이 발끝에서부터 자기를 엄습해오는 것을 느꼈으며 욕실 거울에 자신의 얼굴이 우송되는 소포처럼 우표가 붙여진 채 부옇게 떠오르는 것을 보았다. 그때 그는 거울에 무엇인가 붙어 있는 것을 발견했다. 그는 손을 뻗쳐 그것이 무엇인가 확인을 했다.

그것은 껌이었다. 아내는 늘 껌을 씹고 있었는데, 그것은 아내의 버릇 중의 하나였다. 밥을 먹을 때나 목욕을 할 때면 밥상 위 혹은 거울 위에 껌을, 송두리째 뜯어내려는 치밀한 계산하에 진득한 타액으로 충분히 적신 후에 붙여놓는 것이었다. 그는 잠시 낄낄거렸다. 그는 그 껌을 입 안에 털어넣었다. 껌은 응고하고 수축이 되어 마치 건포도알 같았다. 향기가 빠져 야릇하고 비릿한 느낌이었지만 좀 후엔 말랑말랑해졌다. 아내의 껌이 그를 유일하게 위안해주었다. 그래서 그는 한결 유쾌해졌고 때문에 노래를 부르기 시작했다.

나뭇잎에 놀던 새여, 왜 그런지 알 수 없네.
낸들 그대를 어찌하리. 내가 싫으면 떠나가야지.

그의 목소리는 목욕탕 안에서 웅장하였다. 온 방 안이 쩡쩡거리고, 소리가 빠져나갈 구멍이 없었으므로 종소리처럼 욕실을 맴돌았다. 그는 휘파람도 후이후이 불기 시작했다.

역시 집이란 즐겁고 아늑한 곳이군 하고 그는 중얼거렸다. 무심코 중얼거렸지만 그는 순간 그 소리를 타인의 소리처럼 느꼈으며 그래서 놀란 나머지 뒤를 돌아보았다. 그는 누군가의 인기척을 느꼈다. 그러나 개의치 않기로 하였다.

그는 욕실 거울 앞에 확대경이 놓여 있는 것을 발견했다. 물론 그는 그것의 용도를 잘 알고 있었다. 그것은 아내가 겨드랑이의 털이나, 코밑의 솜털을 제거할 때, 족집게와 더불어 사용하는 것으로 그는 그것을 쥐어 들었다. 그는 그것을 들고 그것을 통하여 자신의 얼굴을 비춰 보았다. 뚜렷한 형상을 가지지 않은 사내가 이상하게 부풀어서 확대되어 있었다. 그는 그것을 움직여 욕실의 형광 불빛을 한곳으로 모으려고 애를 쓰기 시작했다. 햇빛 밑에서 확대경을 움직거리면 날개 잘린 곤충을 태워버릴 수도 있다. 그는 끈끈하고 축축한 욕실에서 한기를 선뜻선뜻 느껴가면서 형광 불빛을 한곳으로 모으려고, 빛을 모아 뜨거운 열기를 집중시키려고 땀을 흘리고 있었다. 그는 긴 지난 여름날의 하지(夏至)를 느끼고 있었다.
 지난여름은 행복하였다고 그는 생각하였다. 그러자 그는 그것을 입으로 중얼거리고 싶은 충동을 느꼈다. 그래서 그는 소리를 내었다.
 그럼 행복했었지. 행복했었구말구. 그는 여전히 자신의 소리에 놀라면서 뒤를 돌아보았다. 그러나 그의 곁엔 아무도 없었다. 그는 좀 무안해졌고 부끄러워졌으므로 과장해서 웃어젖혔다.
 그는 키 큰 맨드라미처럼 우울하게 서서 그를 노려보고 있는 샤워기 쪽으로 다가갔다. 샤워기 쪽으로 갈 때마다 그는 키를 재고 싶은 충동을 느낀다. 샤워기의 모가지는 사형당한 사형수의 목처럼 꺾이어서 매우 진지하게 그를 응시하고 있다. 그는 샤워기의 줄기 양옆에 불쑥 튀어나온 더운물과 찬물을 공급하는 조종간을 잡았다. 그는 더운물 쪽을 조심스럽게 매우 조심스럽게 틀었다. 그러자 뜨거운 비가 쏟아져 내리기 시작했다. 욕실 바닥의 타일을 때리고 금세 수증기가 되어 올랐다. 그는 신기하다. 이것은 어제의 더운물이 아니다라고 그는 의식한다. 그는 갑자기 오랜 암흑 속에서 눈을 뜬 사내처럼 신기해한다. 그는 이번엔 찬물을 더운물만큼 튼다. 그 차가운 물은 이제 예사의 찬물이 아니다라고 그는 의식한다. 물은 그의 손바닥 위에서 너무 뜨겁기도 했고 차갑기도 해서 그는 잠시 망설이다가, 이윽고 껌을 질겅질겅 씹으며 사나운 비바다 속으로 뛰어든다. 그는 더운물이 피로한 얼굴을 핥고 춤의 신발을 신어버린 소녀처럼 매끈거리면서 몸을 타고 흘러내리는 감촉을 즐기고 있다.
 그는 비누를 풀어 온몸을 매만진다. 거품이 일어 온몸이 애완용 강아지의 흰 털처럼 무장하였을 때, 그는 그의 성기가 막대기처럼 발기해서 힘차고 꼿꼿하게 피어오르는 것을 보았다. 욕망이 끓어오르고, 그는 뜨거운 물속으로 다시 뛰어들면서, 신음을 발하면서, 세찬 물줄기가 가슴을, 성기를 아프도록 때리는 감촉을 느끼고 있었다. 뜨거운 빗물은 싱싱한 정육 냄새 나는 발그스레 상기한 근육을 적신다. 이윽고 온몸에 비눗기가 다 빠져도 그는 한참이나 물속에 자신을 맡긴 채, 껌을 씹으면서 함부로 몸을 굴리고 있었다. 피로가 어느 정도 풀리자 그는 물을 잠그고 몸을 정성 들여 닦는다. 그는 심한 갈증을 느낀다.
 그는 욕실을 나와 한결 서늘한 거실 찬장 속에서 분말 주스와 설탕을 끄집어 낸다. 그는 바닥에 가루를 흘리지 않으려고 조심을 하면서 주스를 타고 설탕을 서너 숟갈, 그러다가 드디어 거의 열 숟갈도 더 넣어버린다. 그것에 그는 차가운 냉수를 섞는다. 그리고 손잡이가 긴 스푼으로 참을성 있게 젓는다. 그는 컵을 들고 한 손으로는 스푼을 저으면서 전축 쪽으로 간다. 그는 많은 전축판 속에서 아무 판이나 뽑아든다. 그는 그 음악의 이름을 알지 못한다. 전축에 전기를 접속시키자, 전축은 돌연히 윙—— 거리면서 내부의 불을 밝혀든다. 레코드판 받침대가 원을 그리면서 돌기 시작한다. 그는 원반을 가볍게 날리는 육상선수처럼 얇은 레코드를 그 받침대 위에 떠올린다. 바늘이 나쁜 전축은 쉭쉭 잡음을 내다가는 이윽고 노래를 토하기 시작한다. 그는 음악을 들으면서 소파에 길게 눕는다. 아직 정리되지 않은 것이 몇 가지 있긴 하지만 그는 안정을 느낀다. 갓 스탠드의 은밀한 불빛이 온 방 안을 우울하게 충전시킨다. 그는 천장 위에서 보면 사람처럼 보이지도 않는다. 그는 부동의 자세로 누워 있다. 때문에 그는 가구 같은 정물로 보인다. 그러다가 그의 눈엔 화장대 위에 놓인 아내의 편지가 들어온다. 그러자 그는 아내의 메모 내용을 생각해내고 쓰게 웃는다. 아내가 그에게 거짓말을 하였다는 사실을 그는 깨닫는다. 그는 원래 내일 저녁에야 도착하였어야 할 것이었다. 그는 출장 떠날 때도 내일 저녁에 도착할 것이라고 아내에게 일러두었었다. 그런데도 아내는 오늘 전보를 받았다고 잠시 다녀오겠노라고 장인이 위독해서 가보겠다고 쓰고 있다. 그는 웃는다. 이주 유쾌해지고 그는 근질근질한 염기를 느낀다. 나는 안다라고 그는 생각한다. 아내는 내가 출장 간 그날부터 어디론가 사라져버렸을 것이다. 아내는 내일 저녁 내가 돌아올 것을 예측하고 잘해야 내일 모레 아침에 도착할 것이다. 다소 민망하고 부끄러워하면서 아내는 내게 나지막하게 사과를 할 것이다.
 나는 아내가 다른 여인과 다른 성기를 가진 것을 잘 알고 있다. 그녀의 성기엔 자크가 달려 있다. 견고하고 질이 좋은 자크이다. 아내는 내가 보는 데서 발가벗고 그 자크를 오르내리는 작업을 해 보이기 좋아한다. 아내의 하체에 자크가 달린 모습은 질 좋은 방한용 피륙을 느끼게 하고 굉장한 포용력을 암시한다.

그는 웃으면서 스푼을 젓는다. 그때였다. 그는 무슨 소리를 들었다. 공기를 휘젓고 가볍게 이동하는 발소리였다. 그는 귀를 기울였다. 그는 욕실 쪽에서 무슨 소리가 들려오고 있는 것을 눈치 챘다. 그는 난폭하게 일어나서 욕실 쪽으로 걸었다. 그는 분명히 잠근 샤워기에서 물이 쏟아져 내리고 있는 것을 보았다. 제기랄. 그는 투덜거리면서 물을 잠근다. 그리고 다시 소파로 되돌아온다. 그러자 이번엔 부엌 쪽에서 소리가 들려오기 시작한다. 그는 될 수 있는 한 불평을 하지 않으려고 이를 악물고 부엌 쪽으로 간다. 부엌 석유 풍로가 불붙고 있다. 그는 투덜거리면서 그것을 끈다. 그리고 천천히 소파 쪽으로 왔을 때, 그는 재떨이에 생담배가 불이 붙여진 채 타고 있음을 발견한다. 그는 반사적으로 주위를 둘러본다. 그는 엄청난 고독감을 느낀다.

"누구요?"

그는 조심스럽게 소리를 지른다. 그의 목소리는 진폭이 짧게 차단된다. 그는 갇혀 있음을 의식한다. 벽 사이의 눈을 의식한다. 그는 사납게 소파에 누워, 시선에 닿는 가구들을 노려보기 시작한다. 모든 가구들이 비 온 후 한결 밝아오는 나뭇잎처럼 밝은 색조를 띠고 빛나기 시작한다. 그는 스푼을 집요하게 젓는다. 설탕물은 이미 당분을 포함하고 뜨겁게 달아 있으나 설탕은 포화 상태를 넘어 아직 풀리지 않고 있다. 그래도 그는 계속 스푼을 젓는다. 갑자기 그는 그의 손에 쥐어진 손잡이가 긴 스푼이 여느 스푼이 아님을 느낀다. 그러자 스푼이 그의 의식의 녹을 벗기고, 눈에 보이는 상태 밖에서 수면을 향해 비상하는, 비늘 번뜩이는 물고기처럼 튀어 오르는 것을 보았다. 그는 힘을 다해 스푼을 쥔다. 그러자 스푼은 산 생선을 만질 때 느껴지는 뿌듯한 생명감과 안간힘의 요동으로 충만된다. 그리고 손아귀에 쥐어진 스푼은 손가락 사이를 민첩하게 빠져나간다. 그는 잠시 놀란 나머지 입을 벌린 채 스푼이 허공을 날면서 중력 없이 둥둥 떠서 흐르는 것을 보았다. 그는 온 방 안의 물건을 자세히 보리라고 다짐하고는 눈을 부릅뜬다. 그러자 그의 의식이 닿는 물건들마다 일제히 흔들거리면서 흥을 돋우기 시작하는 것이었다. 그는 비틀거리면서 일어나 거실에 스위치를 넣으려고 걷는다. 그는 스위치를 넣는다. 형광등의 꼬마전구가 번쩍번쩍거리며 몇 번씩 반추한다. 그러다가 불쑥 방 안이 밝아온다.

그는 스푼이 담수어처럼 얌전하게 손아귀 속에 쥐어 있는 것을 발견한다. 그는 조심스럽게 온 방 안의 물건들을, 조금 전까지 흔들리고 튀어 오르고 덜컹이던 물건들을 하나하나 훑어보기 시작한다.

물건들은 놀랍게도 뻔뻔스러운 낯짝으로 제자리에 가라앉아 있었다. 그는 비애를 느낀다. 무사무사(無事無事)의 안이 속에서 그러나 비웃으며 물건들은 정좌해 있다. 그는 투덜거리면서 스위치를 내린다. 그리고 소파에 앉아 단 설탕물을 마시기 시작한다. 방 안 어두운 구석구석에서 수군거리는 소리가 들려온다. 어둠과 어둠이 결탁하고 역적 모의를 논의한다. 친구여, 우리 같이 얘기합시다. 방 모퉁이 직각의 앵글 속에서 한 놈이 용감하게 말을 걸어온다. 벽면을 기는 다족류 벌레의 발소리가 들려온다. 옷장의 거울과 화장대의 거울이 투명한 교미를 하는 소리도 들려온다. 그는 어둠 속에서 눈을 부릅뜬다. 벽이 출렁거린다. 그는 천천히 몸을 움직인다. 방 벽면 전기다리미 꽂는 소켓의 두 구멍 사이에서 소리가 들려온다. 친구여, 귀를 좀 대봐요. 내 비밀을 들려줄게. 그는 그의 오른쪽 귀를 소켓에 밀착한다. 그의 귀가 전기 금속 부품처럼 소켓의 좁은 구멍에 접촉된다. 그러자 그의 온몸이 고급 전기 난로처럼 달아오르기 시작한다. 그의 몸에 스파크가 일고, 그는 온몸에 충만한 빛을 느낀다.

잘 들어요. 소켓이 속삭인다. 마치 트랜지스터 이어폰을 꽂은 것처럼 그의 목소리는 귓가에만 소곤거린다. 오늘 밤 중내한 쿠데타가 있을 기예요. 겁나지 않으세요?

그는 소켓에서 귀를 뗀다. 그리고 맹렬한 기세로 다시 스위치를 올린다. 불이 들어오면 이 모든 술렁임이 도료처럼 벽면에 밀착하고 모든 것은 치사하게도 시치미를 떼고 있다. 그는 불을 켠 채 화장대로 다가간다. 그는 투덜거리면서 키가 크고 낮은 모든 화장품을 열어 검사한다. 그리고 찬장을 열어 그 안에 가지런히 빈 그릇들, 성냥통, 촛대, 옷장을 열어 말리는 바다 생선처럼 걸린 옷들, 그리고 그들의 주머니도 검사한다. 옷들은 좀 꽤씸했지만 얌전하게 주머니를 털어 보인다. 그는 하나하나 보리라고 다짐한다. 서랍을 뒤져 남은 물건도 조사한다. 그러다가 이미 건조하여 건드리기만 해도 부서질 듯한 낙엽 몇 장을 발견했다. 그것은 그에게 지난가을을 생각나게 했고 그는 잠시 우울해졌다. 그는 사진틀 속의 퇴색한 사진도 유심히 들여다보았다. 책장에 꽂힌 뚜껑 씌운 책들도 관찰하였다. 그는 부엌으로 가서 석유풍로의 심지도 관찰하고, 낡은 구두 속도 들여다보았다. 다락문을 열어 갖가지 물건도 하나하나 세밀히 보았고 욕실에서 그는 욕조 밑바닥까지 관찰하였다. 덮개가 있는 것은 그 내용물을 검사하였으며 침대도 들어서 털어도 보았다. 심지어 변기도 들여다보았고, 창 틈 사이도 들여다보았다. 물건들은 잘 참고 세금 잘 무는 국민처럼 얌전하게 그의 요구에 응해주었다. 그러나 그가 들여다보는 물건은 본래 예사의 물건은 아니었다. 그것은 이미 어제의 물건이 아니었다.

그는 한층 더 깊은 피로를 느끼면서 거실로 돌아와 술병의 술을 잔에 가득히 부어 단숨에 들이마셨다. 그러자 그는 아주 쓸쓸하고 허무맹랑한 고독감을 느꼈다. 그래서 그는 다시 한 잔을 그득히 부어 연거푸 단숨에 들이마셨다. 술맛은 짜고도 싱겁고, 달고도 썼다.

그는 어디쯤엔가 피우다 남은 꽁초가 있을 것이라고 생각하고 서랍을 뒤지다가 말라빠진 담배꽁초를 발견했다. 그는 그것에 불을 붙였다. 술기운이 그를 달아오르게 하고 그를 격려했기 때문에 그는 아동처럼 큰 소리로 노래를 부르기 시작했다.

나뭇잎에 놀던 새여, 왜 그런지 알 수 없네.
낸들 그대를 어찌하리. 내가 싫으면 떠나가야지.

그는 벌거벗은 채 온 방 안을 서성거리기 시작했다. 그는 그것이 일상사인 것처럼 걷고, 그리고 뛰었다. 그는 부엌을 답사하였고 그럴 때엔 욕실 쪽이 의심스러웠다. 욕실 쪽을 보고 있노라면 그는 거실 쪽이 의심스러웠다. 그는 활차(滑車)처럼 뛰고 또 뛰었다. 그러나 그는 아무것도, 아무런 낌새도 발견해낼 수 없었다. 무생물에 놀란다는 것은 부끄러운 일이다라고 그는 생각했다. 그러자 그는 비로소 안심이 되었다. 그래서 거만스럽게 걸어가서 스위치를 내렸다. 그는 소파에 앉아 남은 설탕물을 찔끔찔끔 들이켜기 시작했다. 그가 스위치를 내리자, 벽에 도료처럼 붙었던 어둠이 차곡차곡 잠겨서 덤벼들고 그들은 이윽고 조심스럽게 수군거리더니 마침내 배짱 좋게 깔깔거리고 있었다. 말린 휴지 조각이 베포처럼 늘여져 허공을 난다. 닫힌 서랍 속에서 내의가 펄펄 뛰고 있다. 책상을 받친 네 개의 다리가 흔들거리기 시작한다. 찬장 속에서 그릇들이 어깨를 이고 달그락거리며 쟁그렁거리면서 모반을 시작한다.

그것은 그래도 처음엔 조심스럽게 시작되었다. 하지만 그들의 대상이 무방비인 것을 알자, 일제히 한꺼번에 고래고래 소리를 지르면서 날뛰기 시작했다. 크레용들이 허공을 난다. 옷장 속의 옷들이 펄럭이면서 춤을 춘다. 혁대가 물뱀처럼 꿈틀거린다. 용감한 녀석들은 감히 다가와 그의 얼굴을 슬쩍슬쩍 건드려보기도 하였다. 조심해, 조심해. 성냥갑 속에서 성냥개비가 중얼거린다. 꽃병에 꽂힌 마른 꽃송이가 다리를 번쩍번쩍 들어 올리면서 춤을 춘다. 내의가 들여다보인다. 벽이 서서히 다가와서 눈을 두어 번 꿈쩍거리다가는 천천히 물러서곤 하였다. 트랜지스터가 안테나를 세우고 도립하기 시작한다. 그러자 재떨이가 박수를 치기 시작한다. 소켓 부분에선 노래가 흘러나온다. 낙숫물이 신기해서 신을 받쳐 들던 어릴 때의 기억처럼 그는 자그마한 우산을 펴고 화환처럼 황홀한 그의 우주 속으로 뛰어든 셈이었다. 그는 공범자가 되고 싶은 욕망을 느낀다.

그때였다. 그는 서서히 다리 부분이 경직되어오는 것을 느꼈다. 그것은 우연히 느낀 것이었다. 처음에 그는 이 방에서 도망가리라 생각했었기 때문에, 될 수 있는 한 소리를 내지 않고 살금살금 움직이리라고 마음먹고 천천히 몸을 움직이려 했을 때였다. 그러나 그는 다리를 움직일 수가 없었다. 이상한 일이었다. 그래서 그는 손을 내려 다리를 만져보았는데 다리는 이미 굳어 석고처럼 딱딱하고 감촉이 없었으므로 별수 없이 손에 힘을 주어 기어서라도 스위치 있는 쪽으로 가리라고 결심했다. 그는 손을 뻗쳐 무거워진 다리, 그리고 더욱더 굳어져오는 다리를 끌고 스위치 있는 곳까지 가려고 안간힘을 썼다. 그러나 그는 채 못 미쳐 이미 온몸이 굳어오는 것을 발견하였다. 그래서 그는 숫제 체념해버렸다. 참 이상한 일이라고 생각하면서 그는 조용히 다리를 모으고 직립하였다. 그는 마치 부활하는 것처럼 보였다.

다음다음 날 오후쯤 한 여인이 이 방에 들어왔다. 그녀는 방 안에 누군가가 침입한 흔적을 발견했다. 매우 놀라서 경찰을 부를까고도 생각했지만, 놀란 가슴을 누르며 온 방 안을 조심스럽게 살펴보았는데 틀림없이 그녀가 없는 새에 누군가가 들어온 것은 사실이긴 했지만 자세히 구석구석 살펴본 후에 잃어버린 것이 없다는 것을 발견하자, 안심해버렸다.

그러나 그녀는 곧 잃어버린 것이 없는 대신 새로운 물건이 하나 놓여 있는 것을 발견했다.

그 물건은 그녀가 매우 좋아했던 것이었으므로 며칠 동안은 먼지도 털고 좀 뭣하긴 하지만 키스도 하긴 했다. 하지만 나중엔 별 소용이 닿지 않는 물건임을 알아차렸고 싫증이 났으므로 그 물건을 다락 잡동사니 속에 처넣어버렸다. 그리고 그녀는 다시 그 방을 떠나기로 작정을 했다. 그래서 그녀는 메모지를 찢어 달필로 다음과 같이 써서 화장대 위에 놓았다.

여보, 오늘 아침 전보가 왔는데 친정아버지가 위독하시다는 거예요. 잠깐 다녀오겠어요. 당신은 피로하실 테니 제가 출장 갔다고 할 테니까 오시지 않으셔두 돼요. 밥은 부엌에 차려놨어요.

당신의 아내가.

최인호(崔仁浩)

1945년 서울 출생. 연세대학교 영문과 졸업. 1963년 서울고등학교 2학년 때 단편「벽구멍으로」가 한국일보 신춘문예에 입선, 1967년 단편「견습환자」가 조선일보 신춘문예에 당선되어 등단.『사상계』신인문학상, 현대문학상 신인상, 이상문학상, 아시아영화제 각본상, 대종상 각본상, 불교출판문화상, 가톨릭문학상 등 수상.『타인의 방』(1972),『영가』(1974),『개미의 탑』(1977),『돌의 초상, 작은 사랑의 이야기』(1978),『위대한 유산』(1982),『가면무도회』(1983),『달콤한 인생』(2001) 등의 소설집과『별들의 고향』(1972),『바보들의 행진』(1974),『내 마음의 풍차』(1975),『도시의 사냥꾼』(1977),『천국의 계단』(1979),『지구인』(1980),『불새』(1980),『적도의 꽃』(1982),『밤의 침묵』(1985),『잃어버린 왕국』(1986),『저 혼자 깊어가는 강』(1987),『가족』(1992),『길 없는 길』(1993),『허수아비』(1994),『왕도의 비밀』(1995),『사랑의 기쁨』(1997),『상도』(2000),『영혼의 새벽』(2002) 등의 장편소설 출간.

작품 세계

최인호는 1970년대적 감수성의 풍향계와 같다. 문학 세계는 대단히 다채롭다. 20대 초반에 등단한 최인호는 일련의 단편소설을 통해 청신한 감수성과 감각적인 문체를 선보이며 평단의 관심을 한 몸에 받았던 작가이다. 초창기에 발표된 단편「타인의 방」「견습환자」「술꾼」「모범동화」「처세술개론」「미개인」등은 당대 현실의 현대성을 세련된 문체와 민감한 감수성으로 형상화한 작품들로 평가를 받는다.

그와 동시에 최인호는 신문 장편소설 연재를 통해서 대중들의 커다란 관심을 불러 모으며 베스트셀러 작가로서의 명성과 입지를 굳혀나갔다.『별들의 고향』『불새』『적도의 꽃』『고래사냥』『겨울 나그네』등의 신문연재 소설은 대도시적인 감수성과 내밀한 심리묘사를 통해서 대중성을 확보한 작품들이다. 1970~80년대 최고의 대중소설 작가로서 지나치게 통속적 또는 소비적인 문학이라는 평가를 받기도 했다.『별들의 고향』『고래사냥』 능 죄인호의 많은 작품들이 영화화되었으며 1975년에는 영화「걷지 말고 뛰어라」의 감독을 직접 맡기도 했다. 또한 1980년대 중반 이후에는『잃어버린 왕국』『왕도의 비밀』『상도』『해신』『유림』등의 역사소설을 통해서 현재와 과거의 대화를 주선하는 탁월한 이야기꾼으로서의 모습을 보였다.

최인호의 문학 세계는 한마디로 요약하기 어려울 정도로 대단히 다채롭다. 시대상을 충실하게 반영하고 있는 현실주의적인 작품도 있고, 어린이를 화자를 내세운 환상동화적인 작품도 있으며, 사랑 이야기의 다룬 멜로드라마적인 작품도 있으며, 휴머니즘의 관점에서 시대의 모순과 인간의 이중성을 비판한 작품도 있다. 다양한 면모 속에서도 일관된 흐름을 발견할 수 있다면, 그것은 당대 현실의 현대성을 포착하는 민감한 감수성과 사회적·대중적 변화에 대한 안목일 것이다.

최인호는 순수문학 또는 본격문학의 차원에서도, 대중문학 또는 통속문학의 차원에서도, 또한 문학과 영화의 주고받기의 차원에서도, 문학과 역사 그리고 종교의 관계에 있어서도, 최인호는 여전히 논란거리이다. 그는 논란과 찬사의 소용돌이를 지나오면서 특유의 능란한 글쓰기를 통해 다양한 주제와 소재를 탐색해왔다. 그런 의미에서 최인호를 두고 이질적인 세계들을 종횡으로 탐사하는 유목민적 기질의 소유자(남진우)라고 해도 좋을 것이다.

「타인의 방」

한 사나이가 직장 일을 마치고 어렵사리 아파트로 귀가한다. 이미 지쳐 있는 그는 쾌적하고 안락한 공간을 기대한다. 하지만 이웃의 경계하는 눈초리와 아내의 의심스러운 외출만이 그를 기다리고 있을 뿐이다. 아내가 외출하고 없는 텅 빈 집에서 그는 극심한 피로와 고독을 느낀다. 그런데 어느 순간부터 그는 방 안의 사물이 살아 움직이는 환각을 경험하기 시작한다. 생물과 무생물의 경계선이 무너지고, 정상과 비정상의 구분이 전도되고, 현실과 환상 사이의 간극이 사라진다. 사물은 사람처럼 살아서 움직이고, 사람은 사물처럼 경직되어 간다. 그는 사물의 세계를 동경하며 스스로를 사물처럼 느끼고자 한다. 그는 자신의 방에서도 영원히 타인일 뿐이다. 그는 영원히 자기의 방에 도달하지 못한다.

「타인의 방」에서 아파트는 산업화와 도시화가 한창 진행 중인 1970년대를 상징하는 공간적 은유이다. 산업화과 도시화 과정에서 나타나는 인간 소외와 불안 심리 그리고 사물화 현상을 날카롭게 형상화한 작품이다.

주요 참고 문헌

최인호의 작품 세계에 대해서는 김치수의 「한국소설은 어디에 와 있는가」(『문학과지성』, 1972년 가을호), 김현의 「초월과 고문」(『문학사상』, 1973. 2), 김병익의 「60년대 의식의 편차」(『문학과지성』, 1974년 봄호), 김주연의 「상업문명 속 소외와 복귀」(『세대』, 1974. 6), 오생근의 「타자의식의 극복」(『문학과지성』, 1974년 여름호), 남진우의 「현대의 신화」(『타인의 방』최인호 중단편소설전집 1권 해설, 문학동네, 2002) 등을 참조할 수 있다.

_김동식

한승원
어머니

1

 미역 장사를 해야겠다고 이를 악문 채, 왼팔과 오른손에 든 지팡이를 부지런히 내저으며 윗마을로 들어서는 늙은 어머니는, 비루먹은 황소 등허리의 털 빠진 살갗처럼 희끗희끗 쌓인 앞산의 눈을 쓸어 검은 들판을 건너온 찬 바람이 마을 앞 사장의 늙은 팽나뭇가지를 스치고, 흰 가는베 치맛자락과 반백의 머리털을 쥐어뜯을 듯이 싸고돌았을 때 쿨룩하고 기침을 하기 시작했는데, 그게 시작되자 쪼그리고 앉아 윗몸을 움츠리며 연거푸 쿠울룩 쿠울룩 소리를 터뜨려놓았다.
 점차 자지러진 쿨룩 쿠울룩 소리를 계속 흘려놓더니, 창자가 오그라져 들어가는 듯 그걸 끌어안고 한참 동안 숨이 끊어질 때 내는 곪 고옮 소리만 내다가 자꾸 헛돌던 치차(齒車)가 무언가 잘못되어 느득 세 톱니에 걸리듯 "으, ㅇㅇ음" 하는 앓는 소리를 하고, 마른침을 뱉으며 일어서서는, 활개만 부지런히 내저으면서 매듭이 촘촘 박인 지팡이를 앞으로 앞으로 내어 짚을 뿐으로, 몸은

---
* 「어머니」는 『한국문학』 1974년 12월호에 발표되었다. 여기서는 소설집 『앞산도 첩첩하고』(창작과비평사, 1977)에 수록된 것을 저본으로 삼고, 『한승원 중단편전집』(문이당, 1999)을 참조했다.

별로 나아가는 것 같지도 않게 윗마을로 향하고 있었다. 그런 늙은 어머니가 그렇게도 억척스럽게 미역 장사를 하는 데는 그럴 만한 이유가 있었다.

이 겨울 널빤지 위에서 올골골 떨고 있는 막동이, 원 세상에, 소같이 큰 몸뚱이에 눈알이 소 눈깔같이 크다는 것, 그것이 죄라면 죄일 뿐으로 그 이상 유순할 수가 없는 그놈이 풀려나올 때까지는 면회를 다녀야겠다는 것이었고, 그러는 데 필요한 여비를 마련하여야겠다는 것이었다.

물론, 그런 정도의 노비를 마련해줄 만한 큰 자식들이 있기는 있었지만, 면회 그것도 한두 번이지, 이해 들어 벌써 여남은 번을 줄곧 다니고 나니, 이젠 '면'자만 들먹여도 큰아들 일현은 눈살을 으등카리같이 싸 짚어지고 "그놈으 반디 그만저만 댕기씨요. 그라다가 길바닥에서 죽으면 어짜실라우" 하면서 휙 돌아앉아 곰방대에 써레기¹나 쑤셔 넣곤 하였고, 며느리란 년은 궁상스럽게 축 처진 볼을 흐물거리며 이쪽의 늙은 마음을 위로해준답시고 "아제도 아제제마는 어머니가 살어사 안 쓰겠소?" 할 뿐, 노비를 주는 것은 고사하고, 그것 마련할 걱정 같은 것을 손톱만큼이라도 내비칠 엄두마저 내지 않는 것이니 어이할 것인가. 개잡놈 같으니라고, 주둥이에 퍼 넣을 술 한잔 값 아끼고, 노름판엘 한 번만 안 가면 그만한 돈은 마련해줄 수 있을 것 아닌가.

그렇다고는 하여도, 어지간하면 또다시 졸라보기라도 하련만, 한 달 전 어느 날이던가 면회를 갔다가 아침부터 세끼를 굶은 채 뱃가죽이 등가죽에 붙어 들어오는 어미를 보고, 또 어디서 한잔 걸치고 노름판에서 얼마를 때려 엎었는지, 괜스레 분풀이를 하느라고 그러는 것임에 틀림없는 그런 태도로 "막둥이만 자식이고 나는 자식 앵이오, 앵여? 나도 묵고살기 탁탁한디, 뭔 놈의 면회만 댕긴다고 싸댕기요, 그릏게?" 하고 악다구니 쓰던 것을 생각하면, 그놈 앞에서 혀를 물고 돌로 된 장승님이 넘어지는 것같이 죽는 한이 있더라도 다시 그런 말 빼지 않겠다고 작정을 한 터였다.

늙은 어머니는 허우허우 지팡이를 옮기고 활개를 저으면서 윗마을로 가고 있

---

1 써레기 '살담배'의 북한어. 칼 따위로 썬 담배.

었는데, 그것은 작은아들 이현이한테 미역 장사할 밑천을 말해볼 셈에서였다.
"빙할 놈, 급살 빙할 놈."
늙은 어머니는 큰아들 일현을 향해 입에 못 담을 욕을 뇌까리다가 "아야, 나 잔 봐라" 했다. 그 큰놈도 갯논 다섯 마지기 뭇갈림으로 부쳐 번다고 벌어보았자, 겨우 쌀 다섯 가마니 처지는 것이 고작일 것이라, 어느 누구한테 비할 데 없도록 어렵고 갑갑할 것이라는 생각이 들어서였다. 그러나 어머니는 금방 혀를 깨물어 뜯으며 큰아들 일현을 욕했다. 아무리 죽겠네 갑갑하네 해싸도, 이 한겨울에 콩밥 먹으며 널빤지 위에서 동태가 되는 신세보다 더할 것이랴 싶은 생각이 가슴을 눌렀다.
"독한 놈, 독사(毒蛇)보다 더 모진 놈."

2

큰아들에게 입에 못 담을 욕을 하며 작은아들의 집으로 가기는 가는 것이었지만, 역시 뾰족한 수가 없을 수밖에 없는 것은, 작은아들 이현이 빠듯이 저나 먹고살 수 있을 정도로 가난한 칙간 목수에 지나지 않는 데다가, 그나마 겨울철이라 어디서 일자리 하나 나지 않기 때문에 부순방에 배 깔고 엎드려 일 생기는 봄철의 해 길어지는 때를 기다리고만 있을 것이기에였다.
"와마, 이 바람 속에 뭔 일이라요, 어마니?"
툇돌로 내려서서, 늙은 어머니의 북어 껍질 같은 손을 잡아 방으로 끌어들이고, 가르릉거리는 어머니의 해수기 걱정부터 해드리는 것이지만, 그 어머니는 자기의 외롭고 슬프고 원통함을 울음으로 터뜨려놓기부터 하는 것이었다.
"너는 따뜻한 부순방에 자빠졌음스롱, 그도 추와서 요때기를 덮고 있냐아?"
늙은 어머니가 이렇게 서두를 빼고 북어 껍질 같은 살가죽이 멀겋게 펴지도록 주먹을 그러쥐어 앙가슴을 찍고는, "새끼 새끼 우리 새끼는, 이 엄동설한에도 얼음장 같은 판자때기 바닥에서 꽁꽁 얼어갖고, 온 살이 푸릿푸릿하게 부었드라. 참말로, 눈에서 피가 빠져서 눈 뜨고는 못 보게 되었는디. 이 독사같이 모진 느그들은 면회 한번 가잣수 않고, 동상 어쨌드냐고 한번 물어보잣수도 않고……" 하며 목이 메어 말꼬리를 삼켰다. 사철 가야 허리에 두른 것이라고는 그것 하나뿐인, 무명베에 검정물을 들인 치맛자락을 가져다가 코를 풀면서 같이 울어주는 며느리의 젖무덤에 붙어 있던 세 살배기 손자놈은 허옇게 눈알을 굴리며 할머니와 어머니를 번갈아 볼 뿐이고, 핫걸레 속에 묻힌 그 손자놈의 아비인 이현은 물 건너 손자 죽는 꼴을 건너다보고만 있는 바보스러운 할아버지의 모습으로 괴춤에 두 손 찌른 채, 찬 바람에 풀썩거리는 문풍지만 바라보는 것이었다.

"이 간도 쓸개도 없는 새끼들아, 느그도 사람 껍데기를 둘러썼그덩 가서 봐라. 날이면 날마당 면회 댕김스롱, 쇠고기다 닭괴기다 끓에다 먹이는 꼴을 보면 느그가 얼마나 독사같이 모진 새끼들인 중 알 것이다. 내가 뭣 할라고 그짓 말할 것이냐, 내가 요물스런께 요물을 비리냐 어짜냐?" 하고 퍼붓던 어머니가 차오른 설움을 참느라고 숨을 뽑아들이더니, "나 암만해도 담배 한 대 피워야겠다. 글 안 할락 했다가도 생각나면 그냥, 여그 여 옴막 가슴 위로 요러튼 것이 차오르면 금방 죽을 것만 같단 말다" 하고 헉헉거리며 북어 껍질 입혀놓은 듯한 주먹을 앙가슴께에다 대어 보이더니, 봉창 문턱 아래 놓인 곰방대를 집어 들었다.

아들 이현이 써레기 한 무더기를 곰방대에 다져 불을 붙여주자, 그것을 빨던 늙은 어머니는 기침을 쿨룩 시작하더니, 또 그 창자를 그러쥐고 숨넘어가는 콜록 소리를 간드러지게 잇달아 늘어놓다가, 코를 풀던 며느리와 멍청히 앉아 있던 이현이 눈을 휘둥굴리며 놀랄 때서야 "으, 으음" 하고 기침을 거두면서 가래 끓는 소리를 섞어, "나 미역 장사 해사 쓰겠다" 하고 말했는데, 그 말에 며느리와 아들은 약속이나 한 듯이 고개를 저으며 그것만은 안 될 말씀이라고, 북어 껍질 입혀놓은 듯한 어머니의 손을 잡았다. 그러나 아무리 늙었다고는 하지만 젊어서부터 대쪽 같기로 소문난 그 어머니가, 큰 자식들 있다고 해보아야 어느 한 놈도 믿을 수 없으니 막동이 자식 마룻바닥에서 동태 되지 않게 하기 위해서는 스스로 떨치고 나설 수밖에 없노라 하는 것을, 무슨 말 무슨 재간 있어 막아낼 수가 있겠는가.

이현이 가진 재주라고는 그저 농사짓고 살기 넌덜머리 나니 너나 뛰어난 기술 얻어 이 가난 면하고 살아보라는, 수년 전 돌아가신 아버지의 등쌀에 못 이겨, 열두 살 나던 해부터 건넛마을의 김목수 양반을 따라다니며 익힌 나무 깎고 툭턱툭턱 못대가리 두들기는 재주밖에 없는데, 그나마 이 겨울 들어 못대가리 하나 두드릴 자리가 나지를 않으니 무슨 돈 만져볼 수 있어, 그 어머니 미역장사 못 하게 하고 그렇게도 발싸심²을 하는 면회를 보내드릴 수 있노라고 장담을 할 수가 있겠는가 말이었다.

며느리로 말한다 하여도 이보다 더 나을 게 없는 것이, 작달막한 키에 얼굴 하나는 반반하고 마음씨 또한 더 착할 수가 없다 하지만, 원래 부모 없이 자란 데다가 남의 집 아기업개나 부엌데기로만 커 시집온 터라, 길쌈을 한다거나 품을 팔아 잔돈을 마련하여 살림 늘릴 시샘 한 톨 가진 바라고는 애초에 없고 그저 서방이 벌어오는 대로 지져 먹고 볶아 먹고 이웃이나 형제간 좋자 하는 대로 푼푼이 나누어 먹을 줄만 알 뿐이며, 남편 끌어안고 잠자고 애 낳는 일 외에 무슨 장사라든지 왼데 출입을 하여본 바 없으므로, 그 해수(咳嗽)가 이 겨울 들어 더 심해진 시어머니의 장삿길을 무슨 재주 부려 막을 수는 없는 터였다.

늙은 어머니는 자기의 손을 꼭 잡은 채 커다란 눈에 눈물만 그렁그렁 담는 아들과, 자꾸 검정 무명베의 치맛자락을 들어올려 코를 훔치는 며느리의 더 말 못하는 마음을 모르는 바 아니어서, '에라, 내가 독살스럽고 모진 년이구나, 시상에 즈그들이 나이 서른은 넘었다 해도, 남 모양으로 줄중나게 배우기를 했는가, 천장 만장 쌓아순 노석가리를 보듬고 저저금(分家)을 났는가, 지질지질 봄부터 가을까지 못대가리만 두드려서, 즈그들 목구녕 풀칠하기도 어려울 것인디, 그 위에 이 못된 창아지가 더 독한 소리를 하고 있으니, 내가 모진 년이다.

---

2 발싸심 팔다리를 움직이고 몸을 비틀면서 비비적대는 짓. 어떤 일을 하고 싶어서 안절부절못하고 들먹거리며 애를 쓰는 짓을 비유적으로 이르는 말.

내가 독사다' 하고 맘을 돌리며, 아무래도 쌀말 값이나 얻을 수 있을 데라고는 비록 섬일지라도 이 면(面) 관내에서는 내리지 않게 산다 하는 집안으로 시집을 가서 사는 바라대기 딸뿐이라 생각하며 몸을 일으켰다. 며느리는 핫걸레 같은 누더기에 싼 세 살배기 손자 녀석을 내려놓고 일어서며 진지나 잡숫고 볕이 두꺼워지면 가시라고 말이라도 하였는데, 아들 이현이는 그저 어머니가 봉창문 앞 재떨이 위에 걸쳐두었던 곰방대를 뻐금뻐금 빨면서, 풀썩거리는 문풍지만 멀거니 바라보고 있을 뿐이었다.

'이도 자석, 저도 자석인디, 내가 너무 독한 소리만 해싸서 속에 빙이나 나면 어짤꼬' 하고 근심이 된 늙은 어머니는 "복자가리 없어 콩밥을 묵는 놈은 묵드라도 느그들이나 푸덕푸덕 성해갖고, 놈 보란 듯이 잘살어라. 내 걱정은 말고……. 나사 느그들이 이렇게 다 이녁 목구녕 구안하고 살 만한 거 보았은께, 저 뒤퉁이 막동이만 나오는 거 보고 죽으면 고만인께" 하며 검버섯이 낀 얼굴에 억지웃음을 띠고, 아들 이현을 바라보며 문을 밀려고 하자, 아들 이현이 고개를 들고 "어무니, 조깐만 앉어 기시씨요" 하며 굼뜨게 몸을 일으키는 것이었다.

3

이제 그만 낳아야겠다 했는데, 느닷없이 배가 불러와가지고 낳은 딸, 이걸 언제 키워 여의고 죽을 것이냐고, 그냥 낳는 대로 엎어버리거나, 아들딸 하나도 못 낳은 불쌍한 사람들한테 키우라고 줘버리거나 어찌거나 하자는 의논을 영감하고 몇 번이나 하기는 했지만, 그게 막 나오면서부터 소리가 쨍 맑은 데다 얼굴이 해맑으며, 눈이나 코가 하도 또록또록 맑고 오뚝하여 그냥 노리개 삼아 키우자 하였고, 그래 이름을 바라대기라고 지었던 딸, 그것이 그래도 얼굴 곱고 이웃 어른들께 하는 말이며 인삿결이 곱다고 소문이 나, 이 늙은 어머니네 집안의 밭뙈기 하나도 없는 푼수로선 아무래도 분에 넘치는 집안으로 시집을 간 뒤로, 큰아들 일현이 "덕 본 일 없다, 덕 본 일 없다" 하고 억지소리를 밥 먹듯이 하곤 하지만, 철마다 쌀말씩을 얻어다 먹는 정도의 덕을 보아오는 터인 딸네 집으로 가는 늙은 어머니의 발걸음은 가벼웠다. 작은아들 이현이, 이 마을에서는 유일하게 모두 제 논으로만 삼십여 마지기를 벌고 사는 구장네에게 봄 들어 생기는 일을 모두 해주기로 하고 쌀 한 말 값을 얻어다 준 때문이었다.

이걸 가지고, 딸네 집 건너에 있는 약산섬에 가 미역 한 둥치를 받아와서, 딸네 동네서 김으로 바꾸어다 광주에 가 팔면, 왕복 여비가 되고도 막동이에게 쇠고깃국을 한번 끓여 먹일 수 있을 것이며, 잘만 남으면 다시 더 장사를 이어 해나갈 수도 있으리라 싶었다. 그 어머니는 지팡이를 들지 않은 손에 국 끓일 냄비를 미역 쌀 보자기로 둘둘 말아 싸들고 있었다.

검은 벼그루들이 점점이 박혀 있거나, 두둑보리를 간 들판이 바둑판 모양으로 갈라져 있는 간척지의 농로를 밟아가면서, 늙은 어머니는 후유 한숨을 쉬는데, 쿨룩하고 기침이 나왔다. 곧 창자를 그러쥐고 간드러진 쿨룩 소리를 연발하면서 눈앞이 아득해지는 걸 느끼고, 그 자리에 주저앉아 곰 고옴 소리만 내다가, 이윽고 "으, 으으음" 하면서 일어선 늙은 어머니는 막동이를 원망했다.

"지 같은 것이 뭣이 잘났다고, 한 일 년만 은신한 셈치고 살다가 들어오란께…… 애꿎은 죄만 둘러쓰고……."

기침 때문인지, 아들에 대한 그리움과 가슴 아프도록 짠한 생각 때문인지, 스스로의 소갈머리 없음에 대한 회한 때문인지, 두 눈에 괴는 눈물을 소매 끝으로 훔치면서, 부지런히 활갯짓을 하고 지팡이를 옮겨 짚었다. 이날로 시오릿길이 훨씬 넘는 회진 포구에까지를 가야 하는 것이었다. 실팍한 사람의 걸음으로는 한 시간 남짓이면 갈 길이겠지만, 이 늙은 어머니의 걸음으로야 한나절은 더 잡아야 할 것이었으므로, 서둘러 걸을 수밖에 없었다.

저수지의 차가운 수면을 스쳐 둑을 타 넘는 매운 바람, 그 바람을 피해 둑 밑으로 내려서면서 "아야, 아야, 이 새끼야" 하고 홍얼홍얼 콧노래를 부르는 그 늙은 어머니의 눈물 그렁그렁한 눈에는, 비록 묵갈림으로 벌던 농사라고는 하지만, 그래도 봄이면 그놈이 꺾어 피리를 만들어 불던 수양버들 가지같이 야들야들하고 흥청흥청하게 여문 나락짐을 짊어지고, 이 둑을 올라서던 그놈의 모습이 어른거렸다.
그때, 부쳐 벌던 다섯 마지기 묵갈림 농사, 그 농사일을 틈틈이 어슴새벽으로 하고 품을 든 것으로만 해서도 막동이는 쌀 몇 말씩은 넉넉히 물어 들이곤 했는데, 어머니 생각으로는 그 막동이의 피땀으로 물어들인 쌀 몇 말 그것만은 죽어도 솥에 삶아 먹어 없애지 않으리라 하여, 색갈이[3]로 불리기도 하고, 송아지로 바꾸어 도짓소로 내어주었다가 받아들이기도 해서 그놈의 장가 밑천을 만들려고 하지 않은 바 아니었으나, 그게 그놈의 이런저런 뒷바라지로 하여 다 들어가버린 게 못내 가슴 아프고 원통하기만 하였다. 아니, 이제 와서 그 늙은 어머니의 가슴을 더 아프게 하는 것은, 그 막동이에게 대처로 나가라고 들쑤신 것이 다른 사람 아닌 자기라는 생각이었다.
"아야, 아야, 이놈의 소가지야."
이래 죽었건 저래 죽었건, 어쨌든지 한번 죽어버린 아비 이야기를 아들들한테 해주는 것이 아니었는데, 조개 껍데기에 긁어 담아도 한쪽 귀퉁이에도 못 찰 이 어미의 소갈머리가 그걸, 그도 울면서 터뜨려놓았던 것이었다.

4

아비가 늑막염을 앓기 시작한 것은, 돌아가시기 전해의 겨울부터였는데, 그걸 앓게 되도록 옆구리에 얼이 든 것은 그해 늦은 가을의 일이었다.
수확 때문이었다.
나락 이삭이 누렇게 익어 고개를 숙이면, 참봉네 마음은 묵지를 넣어 집게로 집은 서류를 들고, 참봉네 소유로 된 논들을 찾아다니며 수확을 매기던 것이었

---

3 색갈이 봄에 양식이 귀할 때 묵은 곡식을 꾸어주었다가 가을에 햇곡식이 나면 그것으로 바꾸어 받는 일, 또는 그 곡식.

다. 이삭에 맺힌 이슬에 날개 젖은 고추잠자리가 아직 푸드득거리지도 못하는 이른 아침, 앞 산마루에서 마을 어귀로 파르스름한 아침의 안개가 산기슭을 돌아 나갈 무렵부터 나온 마름은 맨 먼저 이 저수지 둑 아래서부터 수확을 매겨가기 시작했는데, 그때 부쳐 짓던 농사 다섯 마지기는 상토(上土)란 어림도 없고, 중토에서도 조금 아래로 묶는 논이므로, 많이 거둔다 해보아야 마지기당 기껏 두 섬 반 정도밖엔 못 거둘 것을 석 섬 반으로 매기겠다고 나선 것이었다. 말하자면, 마지기당 두 섬 가까운 나락을 빼앗아 가겠다는 것인데, 이 논이 기껏 두 섬 반지기이니 일 년 내내 피나게 농사지은 대가로 남는 게 얼마란 말인가. 다섯 마지기 논에서 기껏 다섯 가마니가 남는데, 이걸 가지고 쪽박에 밤 주워 담은 것 같은 자식들하고 어떻게 먹고살거나 하겠는가.

성질이 급하고 뚝심 세기로 이 근동에서는 이름난 아비는 눈앞이 아득해졌지만 경위가 경위인지라 석 섬 반은 너무하니 석 섬으로 매겨주면 명년 한 해 더 잘 지어보겠노라고 하였었는데, 그쪽에서 "자네한테 논 맡게놨다간 수를 많이 못 받는 것은 그만두고라도, 논까지 버리겠네" 하면서 딱 자르고, 석 섬 반 매기는 게 그렇게도 억울하면 논을 아주 돌쇠네에게로 넘겨주겠다고 하였기 때문에, 더 이상 입을 떼지 못하고 말았던 것이었다.

한데, 기어이 일이 터지고 만 것은, 바로 이 논의 나락을 져 들이던 날 저녁 무렵이었다.

그 직위가 일개 면서기에 지나지 않기는 해도, 당시 이 관산면사무소 안에서는 일본놈 면장의 신임을 가장 두터이 받는다고 떵떵거리던 참봉네 아들 최주사가 면사무소에 나갔다가 이 농로를 타고 돌아오고 있었다. 그를 이 저수지 둑에서 만난 이편 아비가 때마침 얼근히 취해 있던 참이기도 했으려니와 이려서부터 고추자지 맞잡고 자란 사이기 때문에 별 어려움 없이, 세상에 이렇게 억울할 수가 있느냐고, 이 나락을 한번 보라고, 이래 가지고 어떻게 석 섬 반 나락을 훑어낼 수 있기나 하겠느냐고, 수확을 두 섬 반이나 석 섬으로만 매기면 살 것 같으니 그렇게 좀 마름한테 말해달라고, 금년에는 자기가 농사를 잘못 지어 이런 것일지도 모르니 너그러이 보아 명년에 한 번 더 부지런히 지을 기회를 달라고, 매긴 것이 너무 과하다고 따지는 것을 고깝게 여겨 숫제 이 논을 돌쇠네로 넘겨주겠다고 으름장을 놓는 것은 너무하는 일이 아니냐고, 최주사의 소매를 잡고 울면서 하소연을 한 것이었는데 그게 바로 화근이었다.

어디서 농주라도 한잔 얻어 걸쳤는지 이편 아비와 마찬가지로 얼근해 있던 참봉네 아들은, 소같이 덩치가 큰 막동이네 아버지의 두 눈에 달린 눈물방울을 보다가 한동안 너털너털 웃더니 "아니 그래 이것이 석 섬 반 나올 나락이 못 된다, 그 말인가?" 하면서 지게 위의 나락 모가지를 손에 들고 흔들었다.

"내가 어째서 거짓말하겠는가? 코쩨기 내기를 하세. 우리 마당에다 나락 다 져 들여놨은께 최주사 보는 앞에서 쭉 훑어갖고 가마니에다가 한번 담아보면 봐도 석 섬 이상은 못 나오네. 만약, 석 섬 반은 그만두고 석 섬만 나온다 하면, 지푸라기 하나도 달라는 소리 않고 옴씨래기 다 져다 드림세."

그러자, 참봉 아들이 날카롭게 눈을 빛내고 이편 아비를 쏘아보며, "작년엔 얼마 매겼는디?" 하고 물었다.

"나쁘게 생각은 말으시소마는, 사실 말해서 이 논이 원래 두 섬 반 이상은 내묵기 에러운 논이시. 작년에도 그랬드란가? 마름영감님 말씀이 '맹년에 두 섬 반으로 잡어줄 텐께, 금년에는 눈 딱 감고 석 섬 반 잡는 대로 가만있어주소' 하대. '최주사하고 친한 사이인 자네가 투정을 해서 되겠는가?' 함스롱 말이시. 내 말이 거짓말인 성부르면 마름영감한테 물어보시소. 사실 말해서, 이 논 나락에다가 석 섬 반 매긴 것은 너무한 일이네. 이 나락을 이만큼 내묵는 것도, 내가 참 심이라도 시어서, 저 왕골 고랑에서 복새(왕모래)도 져다 넣고 어짜고 했기 땀시 이렇기라도 한 것이시. 그른 속이나 알아사 쓸 것이네."

죽어라고 힘들여 말했는데, 참봉네 아들은 시원찮디시원찮게, 그러나 점잔을 빼며 "마름한티나 가서 한 번 더 말해보소" 한 것이었다. 그러자, 아비가 한 번 더 늘어붙은 것이었다.

"최주사, 한번만 널리 돌봐주시소. 금년 한 해만. 자네 말고 누구한테 사정을 하겠는가. 주렁주렁한 새끼들하고 굶어 죽지 않은 것이 모다 최주사 자네 덕택인 중을 내가 어째서 모를 것인가?"

그러자 최주사가 한번 말을 했으면 그대로 하지 않고 왜 이렇게 빌붙고 야단이냐는 듯, 퉁방울 같은 눈을 까뒤집고 이편 아비를 쏘아보다가 몸을 획 돌렸는데, 그때 나락짐을 지고 있던 이편 아비가 얼른 또 빌붙은 것이 탈이었다.

"최주사!" 하고 그의 양복 자락을 잡는다는 것이 나락짐을 짊어진 채로 최주사와 함께 둑 아래로 굴러 떨어져버린 것이었는데, 지게 통발이 최주사의 성문 다리를 호되게 짓눌러버렸던 것이었다. 그러자 둑 아래서 나락짐을 젖히고 간신히 일어선 최주사가 한동안, "아이구, 나 죽네" 하고 엄살을 떨다가 발끈해가지고 "이 새끼가 누구한테 어덕 씨름을 할라고 이란다냐?" 하면서 구둣발로 아비의 옆구리를 내질러 차버린 것이었다.

아비는 그 나락을 다 훑어 담지 못한 채, 열이 오르고 옆구리가 아프다면서 얼굴을 찡그리곤 하더니 그 겨울부터는 완전히 방 안에 누워버렸다. 한약을 지어다 먹이고 온습부도하는 등 하지 않은 게 없었지만, 별 효험을 보지 못한 채로 해를 넘기면서부터는 배가 붓고 점차 온몸이 붓더니, 위아래로 먹피를 쏟으면서 죽은 것이었다.

이 이야기를, 거짓말 손톱만큼도 보태지 않고, 복수를 해달라는 뜻으로 한 것은 참말로 아니었다. 큰놈 일현이 툭하면 술 퍼마시고 노름판에 끼어드는 데다 집에 들어서서는 이 어미한테 대들기도 하려니와, 그러다가 제 마누라 머리채 끌고 메어치는 걸 밥 먹듯 하고, 그걸 말리기라도 하면 마구 주먹다짐을 해버리는 게 예사여서, 네놈의 아비가 어째서 펄펄 뛰는 젊은 나이에 죽었는가 보아라, 이 이야기를 듣고도 속 못 차리면 병신이지 사람이 아니다, 세상 돌아가는 일 알기를 똑똑히 알고 살아라 하는 뜻으로 한 번인가 울면서 말해준 것이었는데, 이현은 그저 이만 살 뿐으로 어쩌지를 못하더니, 큰아들 일현과 막동이가 종내 일을 저지르고 말았던 것이었다.

그게 그놈 스물한 살 나던 해의 일이었다.

5

해방을 맞기 몇 해 전이던가, 소 뜯어 먹일 풀마저 불질러 태우며 꼭 알맞게 말라버린 흉년이 이 근동을 휩쓸고 간 이듬해 봄, 어디 한 군데서 품 한나절 들어 삯을 받아 죽이라도 끓여 먹을 수 없어 스무 살 넘은 아들들을 질편히 방바닥에 엎어놓은 이 어미가, 저렇게 굶겨 죽이게 될 줄 알았으면 징용에 보내겠단다고 순사들이 마름영감을 앞세우고 잡으러 나왔을 때마다 귀를 쫑그리고 지켜 피신을 하게 하지 말고, 그런 데라도 가서 넉넉히는 못 먹는다 치더라도 때나 거르지 않고 얻어먹을 수 있게 내버려둘 것을 그랬다 하며, 쑥이라도 캐려고 집을 나섰다가 참봉네 마름이 관리하는 못자리 논 옆에 심은 자운영 한 줌을 뜯은 것이 화근이었다.

그것은 정말 사소한 일이었다. 처음에 물론 쑥만 캐겠다고 논둑으로 들어섰던 것이었으나, 자운영이 하도 부드럽기에 그걸 한 줌 캐어 담았던 것이었는데, 달려온 마름네 머슴놈이 바구니를 빼앗아 논바닥에 놓고 납작하게 밟아서 찢어버린 것이었다. 그뿐 이 어미 몸에 손찌검 한번 하지 않은 것을 보면, 밤이면 몰래 마을 사람들이 자운영을 다 캐어 가버리기 때문에 그걸 지키지 못한다고 노상 마름영감한테 꾸중을 듣곤 하여, 화가 끓을 대로 끓어 있는 그 마름네 머슴들 나름으로는 이 어미의 세 아들을 생각하고 그렇게 심히 군 것은 아니었던 것이다.

그런데 이 데퉁맞고 못난 소갈머리가 그만 대성통곡을 하면서 집으로 돌아와, 방바닥에 엎드려 있는 두 아들의 가슴에 불을 질러놓고 만 것이었다.

자세히 일의 전후를 따져 묻지도 않고 먼저 뛰쳐나간 것은 큰아들 일현이고, 다음 자초지종을 캐묻고 이를 물고 나간 것은 막동이였다. 얼마 후, 일현이 "동네방네 사람들아, 다들 좀 보소이, 풀씨(자운영) 한 주먹 뜯었다고 볿아뿐 이 바구니 좀 보소오" 하고 소리쳤다.

이렇게 외친 것을 듣고, 저 사람들이 오늘 무슨 일을 내려고 저런다냐 하며 근심스러운 얼굴을 하고 바라대기 딸이 달려 나갔다. 둘째 아들 이현은 한나절 일해준 품삯이라 해보아야, 그도 보릿가을 한 뒤에야 보리 한 되를 받기로 하고, 산 너머 마을에 똥장군을 수선해주러 가고 없던 참이었다.
  이 무렵, 마름영감의 손가락질 하나로 아들을 징병이나 징용에 보낸 사람들이 한둘이 아닌 데다, 그 자운영 밭을 얼씬거리다가 마름네 머슴들한테 머리채를 잡힌 아낙네가 또한 셀 수 없었으며, 마름이나 참봉 집에 색갈이를 얻으러 갔다가, 이때껏 가져다 먹은 것만 갚자 해도 이해 뭇갈림 농사지은 것을 모두 떨어 바쳐야 할 판이 이미 되어 있었기 때문에, 한마디로 싹 거절을 당하고 나온 대부분의 마을 사람들은 싯누렇게 뜬 얼굴을 한 채 "불이야!" 하고 외치는 듯한 큰아들 일현의 부르짖음에 따라 골목을 나서고 있었다. 마을 사람들이 허옇게 뒤따르는 것을 안 일현은 곧장 마름 집의 대문을 걷어차고 안으로 들어가면서, "동냥은 못 주드라도 바가지는 안 깨사 쓸 것 아니냐, 이 살쾡이 새끼들아" 하고 외쳤다. 그러나 일현은 마당 안으로 들어서지도 못하고, 사랑채에서 달려 나온 두 머슴놈에게 팔을 붙들리기가 무섭게 대문 밖으로 끌리어 나왔고, 그들이 휘둘러 엎어버리는 대로 나가 거꾸러질 수밖에 없었는데, 그걸 본 막동이가 달려들어 그 머슴들을 하나씩 둘러엎고 후려쳐버렸다. 씨름판이 열릴 때마다 송아지를 끌어오곤 하던 막동이라, 이 봄 들어 굶기를 밥 먹듯이 했다 하지만 성난 호랑이가 달려드는 개들을 각각 앞발 하나씩으로 쳐서 엎어버리는 것처럼 간단히 처리해버린 것이었다. 그러자 하얗게 모인 마을 사람들 가운데 누군가가 "마름놈 죽여라" 하고 소리쳤고, 막동이는 대문을 박차고 뛰어들어갔다. 마름영감은 육십이 가까운 나이인데도 벌써 한길이 넘는 담장을 뛰어 도망가버리고 없었기 때문에, 막동이는 그길로 마을 앞에 있는 마름네 못자리 논으로 달려가 분풀이를 했던 것이다. 자운영 밭을 쿵쿵 밟고 뒹굴면서 쥐어뜯었는데, 그를 뒤따라온 마을 사람들이 우우 몰려들어 삽시간에 자운영을 모두 짓뭉개버렸다. 더 이상 밟아 뭉갤 자운영의 푸른 잎사귀가 하나도 없게 되자, 마을 사람들 가운데서 누군가가 "이 도둑놈 곳간을 털어다가, 우리 밥이라도 한 그릇씩 해 묵어보세" 하며 부추겼고, 마을 사람들은 모두 마름 집으로 우우 몰려가 곳간 문을 열어젖히고 거기 쌓여 있는 나락이며 보리며를 퍼내 가기 시작했다.

"워메 워메 어째사 쓸꼬, 왜들 이라요, 왜들 이래애."

이 어미 혼겁을 한 채 마을 사람들을 떠밀어내면서 말렸지만, 그들은 굶주린 이리 떼처럼 곳간을 파고들었기 때문에, 어떻게 한 여자의 힘으로는 막아낼 수 없는 일이었다.

이윽고 그 곳간을 다 털어낸 마을 사람들이 참봉네 곳간으로 가자고 나서던 무렵, 방망이를 든 순사들을 앞세운 마름영감이 마당으로 들어서고 있었다.

눈치가 싼 청년들은 담장을 넘어 도망을 쳤는데, 거기에 막동이도 끼여 있다는 것을 알고 우선 이 어미는 안도의 숨을 쉴 수 있었다. 그러나 미처 도망가지 못한 청년 대여섯과, 나락이나 보리를 퍼서 이고 나오던 아낙네와 영감네 들 몇 사람이 함께 끌려간 것이 자꾸 마음에 걸리던 것이었다. 이 일이 어떻게 터졌는가를 따지다 보면 자기 아들 막동이가 걸려들게 마련일 것이기 때문이었다.

이날, 어디로 피신했다가 들어오는 것인지, 옷자락에 찬 이슬을 묻힌 채 한밤중이 가까워서 들어온 막동이가, 자기 대신 잡혀간 청년들을 끌어내기 위해 주재소로 가겠다고 했을 때, 이 어미는 혀가 껄껄하도록 당분간 왼데 나갔다가 이 일이 잠잠해지거든 들어오는 것이 좋을 게 아니냐고 얼러댔었다.

"다 쓸데없어야, 내가 우선 살고 봐사제. 니가 언제 마름네 곳간에서 나락 퍼가라고 했디야? 즈그들이 괜히, 니가 쫓아 들어가는 것을 뒤따라 들어가갖고 그랬제?"

그래도 자꾸 고개를 저으며, 혼자 몸을 멀리 피해버린다는 것은 체면이 아니라고 버티던 막동이였지만, 이 어미가 울면서 "니가 나 죽는 거 볼라고 그러냐? 나는 느그들 푸덕푸덕 성한 거 보고 사는 것이 낙인디, 니가 가막소에 가면 나는 어떻게 살 것이냐?" 하고 하소연하는 데는 그놈도 더 어쩌지 못하고, 노비 몇 닢만 구해다 달라고 하였다. 이 어미가 이날 새벽 이리 뛰고 저리 뛰면서, 쌀 다섯 되 값을 간신히 구해다 잡혀주자, 이젠 다시 고향에 돌아오지 않겠다면서 집을 떴던 것이었다.

"그런 소리 하지 말고 부디 몸조심해라이. 어디 가서 품이나 듦스로 그저 죽은 대끼 있다가 맹년에나 들어오니라. 혹시 뭔 일이 있드라도 나서지 말고, 한 사코 죽은 대끼…… 에미 걱정은 하지 말고."

먼동이 번히 터오던 때, 이 어미의 손을 꼭 쥐어주고 장터를 향하는 막동이의 모습이 지금도 눈에 선하였고, 그로부터 한 해가 아직 다하지 않은 겨울철에 광주의 근교에 있는 한 농장에서 머슴살이를 한다는 내용의 편지가 왔을 때, 그 편지를 들고 동네방네를 춤추며 돌아다닌 기억이 새로운 어미였다. 그 편지 속에는, 주인이 새로 만들고 있는 과수원이 잘 가꾸어지기만 하면 사오 년 내로 자기가 관리인이 될 것 같기도 하니, 그때 어머니를 모셔가겠다는 말이 씌어 있었던 것이다. 마름 머슴들이 병원에서 치료를 받는 비용이라든지, 마름네 곳간을 털어다 먹어버린 것을 온 마을 사람들이 공동으로 부담해 물어준 것이라든지로 하여, 막동이가 벌어놓았던 쌀 두 가마니가 모두 날아갔지만, 그까짓 것이 대수로운 것은 아니었다. 그까짓 쌀 두 가마니로 아들을 살 수 있을 것인가 하는 생각에서였다. 막동이가 과수원 관리인만 된다면 그 이상의 것도 생겨지리라 해서였다. 그것도 그것이지만, 그날 일로 해서 파출소로 끌려간 젊은 사람들이 모두 징용엘 갔다는 걸 전해 들은 어머니는 막동이를 밤에 멀리 보낸 것이 천만 번도 잘했다 싶던 것이었다.

하였는데, 해방이 된 이듬해, 그 이듬해 가을, 그 막동이한테서 느닷없는 편지가 온 것이었다. 아니, 그것은 막동이가 보낸 것이 아니라, 형무소장이 보내온 것이었는데, 거기에는 귀 자제 막동이가 본 ○○형무소에서 탈 없이 복역 중이라는 내용이었다. 청천의 벽력도 유분수지, 대관절 덩치가 크고 힘이 세다는 것이 죄라면 죄일까, 세상에 그렇게도 유순하고 곰살가울 수가 없는 그 막동이한테 무슨 죄가 있다고 형무소에 가둬두고 있단 말인가.

발만 동동 구르고 있을 수만은 없어 도짓소 내준 것을 팔아, 그래도 제 깐에는 세상 물정에 귀가 뚫렸다 하는 작은아들 이현을 광주로 보냈는데, 거길 갔다 온 그놈의 말이 국회의원에 입후보한 독립투사였던 사람을 암살한 범인이기 때문에 징역을 산다더라는 것이었다. 한데 또 그렇게도 답답할 수가 없던 것은, 언제까지 산다더냐, 언제 나오게 될 것이라더냐 하여도, 이현이 대꾸를 하지 않고 고개를 푹 숙이고 있기만 했던 것이었다.
"뭔 일이란가, 뭔 일이여?"
그게 무슨 벼락 맞을 소리냐고, 우리 막동이는 그럴 아이가 아니라고, 그건 다른 사람이 뒤집어씌운 것일 거라고 펄펄 뛰어보는 것도 마냥 쓸데없는 일이었고, 이때부터 열흘 걸러 한 번씩 허우허우 보성으로 달려가서 기차를 타고, 광주 땅에 내리기가 바쁘게 동명동 형무소 면회 창구에 면회 신청을 하여, 두 손을 묶이어 나오는 푸르스름한 죄수복의 막동이, 그놈의 허옇고 부석부석한 얼굴을 보면서 쓰라린 마음을 달래곤 했었다. 그러면서 그놈에게 늙은 어머니는, 누가 너에게 그런 죄를 씌웠느냐고 울며불며 물어보곤 했지만, 그놈은 멀거니 이 어미의 얼굴을 건너다볼 뿐 입을 꼭 다물고만 있곤 할 뿐이었다. 그놈의 그런 태도로 미루어, 그놈의 심중에는 어느 누구한테도 말하지 못할 어떤 사정인가가 있기는 있는 모양이지만, 그걸 무슨 말로 어떻게 해서 비춰야 할 것인지, 알 수가 없는 것이었다.
늙은 어머니는 그 막동이를 그렇게 만들어놓은 게 모두 소갈머리 없는 자기 때문이라 하며 혀를 깨물고 칵 죽어야 한다고 생각해보지 않은 건 아니었지만, 마룻장 위에서 올골골 떨고 있는 그 막동이를 그대로 둔 채 눈을 감을 수란 도저히 없는 일이므로, 하루하루가 마냥 답답하고 기막히다 할지라도 이미 그놈한테 내리덮인 그 죄를 어떻게 벗겨줄 길이란 없는 일이니, 이제 그놈이 벗어나오는 날까지 이렇게 면회를 가서 얼굴이라도 볼 수 있는 것만도 고맙게 여기면서, 부지런히 면회를 다니는 길밖에 없다 했다.
한데, 그 면회나 자주 다닐 수 있었으면 하련마는 그놈이 집에 있을 때 품팔아 받아들인 쌀값으로 마련한 송아지를 도짓소로 준 것, 그것을 팔아 면회를 다니며 써버린 뒤로는 왔다 갔다 할 차비에 먹고 잘 돈, 면회 다니면서 그놈 먹고 마시게 할 돈…… 그걸 마련 못 해주겠다고 앙탈을 하는 자식들의 소행이 못내 섭섭하고 노여워, 늙은 어머니는 그 저수지 둑 밑에 주저앉아 다리를 죽 뻗고 통곡이라도 해버렸으면 시원할 것 같은 심사를 억누르고, 부지런히 활갯짓을 하면서 오른손에 든 지팡이를 옮겨 놓았다.

그때 복받치는 격정이 목구멍을 막아 쿨룩 기침을 했고, 그사이 들이마신 찬 바람 때문에 그 기침은 연거푸 터져 나오기 시작하여, 늙은 어머니는 쪼그려 앉아 오그라져 들어가는 뱃가죽을 그러쥐고, 숨이 발딱 넘어가는 곪 고욺 소리를 내다가, 헛돌던 치차가 잘못되어 달칵 지르륵 하고 걸려 돌아가는 것처럼 "으음" 하고 목을 가다듬으며 일어섰다.

6

이날 저녁, 그 늙은 어머니가 회진서 배를 타고 금당도로 건너가 미역 다섯 다발을 받아 이고, 덕도 딸네 집으로 온 것은 이튿날 겨울의 짧은 해가 하눌재 마루에 걸릴 무렵이었다.

"어메, 어메, 이 바람 속에 울 어메가 뭔 일이란가?"

둥둥하게 부른 배 때문에 굼뜬 몸을 이끌듯이 하면서 부엌에서 밥솥에 불을 지펴놓고 김 건장으로 마른 김을 가지러 달려가던 딸이 들어서는 어머니를 맞은 것이었다. 상놈의 집구석에서 며느리를 얻었다고 사돈네 보기를 거지 보듯 하는 시어머니 시아버지 아래 살면서도, 어머니가 언제 어느 때 어떠한 행색을 하고 들어서든지 이렇게 우르르 달려 나와 뜨겁게 맞곤 하였는데, 이 근년의 겨울 들면서는 어머니의 해수가 숫제 피가 터져 넘어올 정도로 심하다는 것을 잘 아는 터에 이날따라 살갗을 깎아댈 듯이 부는 찬 바람 속을 뚫고 오는 어머니였으니, 그 딸의 심사가 어떠하였을 것인가. 딸은 어머니 머리 위의 미역 다발을 내려 한 옆구리에 끼고, 다른 한 팔로 어머니를 얼싸안으며 소리 인 니게 목울음을 울기까지 하는 것이었다.

늙은 어머니는 이 딸아이가 얼른 달떡같이 살빛 고운 고추장이를 아무 탈 없이 펑 낳아야 할 것이라 생각을 하면서, 두 손바닥으로 딸의 볼을 붙안고 침침하게 흐린 눈으로 낯빛을 살피었다. 바닷바람을 쐬었기 때문이라고는 하지만, 그렇게도 박꽃같이 희던 살빛이 거뭇거뭇하게 검어진 딸의 얼굴에는 콧등과 광대뼈 부근에 몇 점 기미까지 끼어 있고, 눈이 퀭하게 커져 있으며 백정 보고 떼라고 해도 살점 하나 뗄 수 없도록 깡말라 있었다. 어머니가 그 딸의 얼굴을 보면서 "아니, 어째 이렇게 얼굴이 못돼간다냐?" 하고 침침한 눈에 물을 담자, 딸이 억지로 웃으며 "내 얼굴이 어째서라우? 밥 잘 묵고 잘 산다" 하고 말했다.

감옥살이 하는 오빠에 비하면 자기 하는 고생이야 정승살이와 다를 바 없다며, 어머니를 안으로 모셔 들였다.

거짓말 손톱만큼도 안 보탠 말로, 딸을 여의면서 백모래밭에 혀를 박고 죽는 한이 있더라도 그 딸네 덕을 보겠단다고 한 것은 아니었지만, 이 한겨울을 마룻장 위에서 올골골 떨고 있는 막동이를 생각한답시고 이렇게 거지 행색을 한 채 시집살이를 하는 딸네 집으로 찾아들 수밖에 없는 늙은 어머니의 마음이, 딸의 얼굴을 보는 재미 말고 재미가 있으면 얼마나 있어서 선뜻 안으로 들어설 수 있으랴.

그런 어머니 마음을 딸은 훤히 뚫고 있었으며, 늙은 어머니는 어머니대로 자기의 살이라도 베어줄 수만 있다면 베어주고 싶어하는 딸아이의 뜨거운 마음을 그 딸의 눈에 괴어 있는 눈물과 떨고 있는 입술을 잘강 깨무는 흰 이빨 하나만으로도 꿰뚫어 짐작할 수 있는 터인지라, 다른 말들은 서로가 할 것도 말 것도 없는 것이었다. 다만, 어머니 쪽에서 저희들 서방각시가 오순도순 금슬 좋게 살면 되는 것이지 그 외에 더 무엇을 바라랴 하면서도 점점 못되어가는 딸의 얼굴을 대하고는, 왜 하필이면 이런 겨울 들어 얼음물에 손 집어넣어 물김을 건져내야만 먹고사는 해변 지방으로 여의었던가 하는 후회를 씹지 않을 수가 없는 심사가 되어 "몸은 무거운디, 어떻게 해의(김) 일을 하고 사냐?" 하고 오열하면서 딸이 이끄는 대로 안으로 들어갔다.

딸이 행실은 분명하여 자기의 늙은 어머니를 먼저 자기의 시부모가 있는 안방으로 모셔가는 것이었는데, 늙은 어머니는 자기의 목구멍에서 언제 터져 나와서 사돈네를 당황하게 만들지 모르는 기침이 걱정되었다.

제발 사돈 내외 앞에서만은 기침이 나와주지 않기를 용천하시는 하느님께 빌고, 딸이 "어무님, 친정어무니가 오셨구만이라우" 하는 말을 따라 방으로 들어가 인사를 차렸다.

원래 여자 걸음이란 한 번만 옮겨도 술과 떡이 따라야 하는 어려운 걸음걸이라는 것을 모르는 바 아니고, 길에서 맞부딪쳐도 딸 둔 사돈 쪽에서 맡아놓고 길 밑으로 내려서야 한다는 것 또한 잘 알고 있는 터인데도 이렇게 빈손으로 온 것이 어찌 낯 뜨겁지 않을까마는, 이 한겨울 널빤지 위에서 얼굴이 푸릇푸릇 얼부푼 아들을 생각하면, 한 닢 반 닢이 아깝고 서러운 처지인데 무슨 인사치레는 인사치레냐 하며 눈 딱 감고 마주 앉았다.

한데 발장에 붙은 마른 김을 떼던 바깥사돈어른은 김 떼던 걸 밀어두고 긴 담뱃대 끝에 담배를 쑤셔 다져 화로 속에 넣고 뻐끔뻐끔 빨면서, 찬 날씨에 오시느라고 고생 많았다는 식의 인사말이라도 하는 것이었지만, 좁장한 얼굴에 입술이 뾰족하고 언제 보아도 싸늘한 인상인 안사돈은 발장에서 김 떼는 일을 계속하며 "막동이 사둔이 징역을 산담스롱이라우?" 하고 나서는 것이었다.

"거 추운디 참……."

바깥사돈어른이 담배를 빨며 말하자, 안사돈은 또 "대관절 뭔 일로 그랬다우?" 하고 꼬치꼬치 캐묻는 게 타고난 말투가 그러한지, 모르긴 해도 뾰족뾰족 가시가 돋친 듯 얼굴에 따갑게 느껴지기만 하여 "글씨라우" 하고 한숨을 내뿜고, 바깥사돈어른이 밀쳐둔 김 붙은 발장을 당겨다 김을 한 장 막 떼려 하는데, 사돈어른의 덜 탄 담배 연기 때문인지 쿨룩하고 기침이 터져 나왔다.

늙은 어머니는 재빨리 밖으로 나가 짚신을 끄는 둥 마는 둥 변소로 달려가서, 쪼그려 앉아 뱃가죽을 그러쥐고 기침을 하여대다가 간신히 목을 가다듬고 일어서는데, 건장에서 마른 김 붙은 발장을 한 아름 안고 내려오다 그걸 본 딸이 발장을 마루에 팽개치고 변소로 달려와 북어 껍질을 입혀놓은 듯한 어머니의 손을 잡고, 무슨 약이라도 잡수셔야지 그냥 이대로 다니다가 어쩌려고 이러느냐 하면서 발을 굴렀다. 늙은 어머니는 작은아들 이현이 약을 지어다 달여주는 것을 이때까지 먹다가 나왔다고 거짓말을 하며 딸의 방으로 들어갔다.

이날 밤 머슴을 데리고 바다에 나가 김을 따 가지고 들어온 사위 또한, 남의 자식이더라도 내 자식의 지극한 사랑의 정에 따라 뜨겁게 지극해지게 마련인

법이라, 딸 못지않게 깜짝 놀란 듯 반가워하며, 자기가 어협조합의 총대 일을 보느라 바빠서 막동이 처남한테 면회 한번 못 갔음을 죄송해하더니, 막동이의 건강 상태에 대해 묻고 한동안 말없이 담배만 빨고 있다가 딸이 저녁 설거지를 마치고 들어서자, 모녀가 오랜만에 만났으니 이런저런 할 이야기가 쌓였을 게 아니냐면서 마을로 나갔다.

그 사위가 눈물겨울 만큼 고맙게 생각하여준 대로, 모녀가 오랜만에 정담을 나누며 나란히 누워 밤을 새우기라도 했으면 얼마나 좋을 것인가마는, 늙은 어머니는 그런 복자가리를 타고나지를 못했고, 그 없는 복자가리 때문에 애꿎은 딸까지 고생을 시켜야 하였다. 딸은 이 밤으로 어머니가 이고 온 미역을 김으로 바꾸어 와야 하는 것이었다.

"어쩔거나, 아가, 죄 많은 에미 땀시 니가 못할 일이다."

목멘 소릴 하니 "뭔 말이오, 엄니. 딴생각 말고 여기 따땃한 데 누워 주무시씨요. 엄니가 미역 갖고 오실 줄 알고 미리 다 말해논 데가 있은께, 얼른 바꿔 올 것이오" 하며 딸이 미역 다발을 이고 나갔고, 늙은 어머니는 한숨을 쉬었다.

다 큰 애기 뱃속에 담고 부엌에서 건장으로 건장에서 부엌으로 허덕이며 다니기도 고달플 것을, 이제 고작 스물두 살 되는 젊은것이 몸까지 무거워 있는 주제에, 어미 하나 잘못 만난 죄로 이 밤에 마을의 집집을 미역 다발 이고 돌면서, 김을 건져 말리는 철이라 마을 사람들 모두가 고달파서 이미 잠들어 있을 터인데, "아무개네 어무니, 주무시오?" 하며 나오지 않는 목소리로 깨워가지고, 있는 언사 없는 언사 다 부려가며 김하고 바꾸러 다닐 그 딸의 모습을 생각하는 늙은 어머니는, 또 가슴이 소금 한 줌을 털어넣고 물 안 마신 속처럼 쓰리고 아려오는 것이었지만, 세상의 별의별 고생이나 어려운 일을 다 겪는다 한들 이 한겨울에 널빤지 바다 위에서 떨고 있는 사람이 하는 고생에 갖다 대랴 하며, 이를 물고 눈을 딱 감아버리는 것이었다.

딸이 마을을 돌아, 미역하고 바꾼 김을 보자기에 싸안고 들어온 것은 한밤중이 이미 지난 때였는데, 그 딸이 방에 들어서자 우두커니 등잔불의 심지를 돋우며, 푸르스름한 수의복에 싸여 나와 벙어리가 된 듯 멀거니 어미를 건너다보기만 하던 막동이의 가득하게 물 담긴 눈길과 부석부석 얼부푼 살빛을 생각하고 콧물을 연해 훔치던 늙은 어머니는 딸의 차갑게 언 손을 붙잡고, 안방의 사돈네 부부가 들리지 않게 목울음 섞인 목소리로 "어미를 잘못 만나서" 하는, 언제나 두고 쓰는 말을 또 하고 있었다.

딸은 그 어머니의 아픈 속을 너무나 잘 아는지라, 얼른 환히 밝은 얼굴로 "어메, 어메, 이 김 좀 보소" 하며 보자기를 풀어 어슴푸레한 등잔 불빛 아래서도 번들번들 윤기 나는 김을 내어 보이고, "요놈은 오백 원짜리도 더 될 것이네, 곱 장사는 안 되겠는가?" 하였으나, 그 늙은 어머니의 희미한 눈, 가뜩이나 눈물이 괸 것만큼 가득한 한(恨)이 겨울철 바람벽에 걸린 시래기 잎사귀같이 쭈그러든 가슴에 가득가득 담긴 어머니의 눈에는 그것이 보일 리 없었다. 딸은 더 밝은 목소리로 "이참에 면회 갔다 옴스롱은, 뒷마을에서 홍시나 조깐 받어 갖고 오소" 하고 말하며, 흩어진 김을 질이 좋고 나쁨에 따라 가리고 있었다.

7

자기가 면회를 한번 갔다 온 셈 치고 드린다면서, 사위가 적잖은 돈 오천 원을 잡혀준 데다, 미역과 바꾼 김 네 통(40속)을 머리에 여다 주겠다고 앞장선 딸을 뒤따라 딸네 집을 나서는 늙은 어머니의 발은 날 듯이 가벼웠다.

김 네 통, 이걸 이고 가지 못할까 보냐고, 몸도 무거운데 이 험한 하눌잿길을 어떻게 짐까지 머리에 인 채 오르겠다고 이러느냐고, 너희 시어머니 시아버지가 어려우니 어서 김 선상으로 가 일을 보라고 돌려보내려 했지만, 딸은 구름도 쉬었다 넘는다는 하눌재인데 어머니가 어떻게 이 무거운 것을 이고 넘을 것이냐고, 꼭대기까지는 여다 드릴 테니 걱정 말고 어서 가시자고 하며 콜록거리는 어머니를 앞세워 등을 밀어주면서 비탈길을 올랐다.

허우허우 재 꼭대기를 올라선 딸은 휘이 하고 가쁜 숨을 내쉬는 어머니의 하얗게 센 머리털을 바라보면서, 이대로 한없이 어머니를 앞세우고 가 장터에서 목탄차 타는 것까지를 보고 돌아갔으면 얼마나 좋겠느냐 싶어지지 않는 건 아니었지만, 시하에 사는 데다 남정네의 명에 매인 처지이니 그럴 수는 없는 일이었다. 앞으로 시오릿길은 족히 더 걸어야 장터가 나오는데, 거기까지 이 무거운 걸 머리에 인 채 활개를 휘젓고 지팡이를 내두르며 콜록거리고 가실 어머니의 모습이 눈에 훤히 들어와 우선 눈물부터 나오는 것이었으며, 자기 머리 위에 있는 김 보따리를 어머니의 머리 위에다 옮겨드리기는 드려야 하겠는데, 북어 껍질을 입혀놓은 듯한 얼굴 살갗에 머리가 하얗게 센 데다 허리는 반쯤 굽은 그 어머니의 머리 위에다 그걸 얹어드릴 수가 차마 없어, 그걸 그대로 땅에 내려놓은 채 "어메, 어메! 어메는 언제나 놈 산 시상을 살 것이란가!" 하며 여기에서야말로 아무도 들어 흉보고 눈 감추고 할 사람 없을 터라, 목을 놓아 우는 것이었다.

늙은 어머니는 딸이 그렇게 서러워하고 가슴 아파하는 것이 뱃속에 든 아기의 신상에 좋지 않을 것이라 생각하며, 그 딸 못지않게 끓어오르는 뜨거운 설움의 덩어리를 아드득 이 악물어 씹으면서 "얼릉 내려가그라, 몸이 무거울 때는 돌뿌리 하나라도 조심조심 건드려봄스롱 댕게사 쓴단다" 하고, 김 보따리를 불끈 들어 머리에 이기가 바쁘게 지팡이를 부지런히 앞으로 앞으로 옮겨 놓는 것이었다. 옮겨 놓은 지팡이가 부지런히 왔다 갔다 함에 비해, 몸은 앞으로 나아가는 것 같지가 않는 그 어머니의 뒷모습을 내려다보는 딸의 눈에서는 웬 눈물이 그렇게도 많이 괴어 있었던지, 닦아도 닦아도 자꾸만 흘렀다.

얼마쯤 비탈길을 내려가던 어머니가 돌아보았을 때, 딸의 옷고름을 잡은 오른손은 자꾸 눈시울을 오르내리고 있었다.

어머니가 돌아본다고 생각한 딸은 재빨리 손을 치며 "어무니이! 해의 다 해 놓고 나도 면회 간닥 하드라고 하씨요잉!" 하고 소리를 쳤고, 그 소리가 여기저기 그늘을 잡아 덜 녹은 눈들이 희끗희끗한 산골짜기를 굽이쳐 흘러 어머니의 가슴에 전율을 치자, "오냐아! 얼릉 들어가그라아!" 하고 어머니가 재 꼭대기를 향해 해수 어린 소리로 외쳤는데, 그 메아리가 기슭을 싸고 돌아 높푸른 겨울 하늘로 스며가고 있었다.

그 늙은 어머니가 이날따라 자꾸 막동이의 창백한 얼굴이 눈에 밟히고 혹시 어디 아프기라도 한 것인지 모르겠다 하는 조급한 생각이 들어, 대덕 장터에서 목탄차를 타고 가서 보성읍에서 기차를 갈아탄 것은 오후 세 시였으며, 광주에서 내린 것은 밤 아홉 시가 훨씬 지나서였다.

언제나처럼 형무소 벽돌담 옆 밥집에 주인을 정하여 김 보따리를 맡긴 늙은 어머니는 밥을 청해 먹을 생각도 하지 않고 밖으로 나와 형무소의 정문 있는 쪽으로 가서, 환히 불이 켜진 교교한 형무소의 육중한 철문을 바라보았다. 면회를 올 때마다 밤이 깊어 들여다보곤 하는 형무소의 철문인데, 이날따라 그 튼튼한 철문을 교묘하게 뱀이나 날짐승처럼 기어들어가 아들을 만났으면 하는 엉뚱한 생각이 가슴을 쓰라리고 아프게 하는 것은 또 무슨 변고인지······. 금테 둘린 모자를 쓴 수위가 똑바로 앉아 늙은 어머니가 서 있는 담벽 옆의 어둠을 내다보고 있었으므로, 늙은 어머니는 발길을 돌렸다.

이 밤이 새면 막동이 아들을 만난다는 생각에 두근거리는 가슴을 안고, 내일 면회 때 들여줄 사식을 쇠고깃국으로 해야겠다고 생각하며 골목길을 걸어 나간 늙은 어머니는, 다리 건너에 있는 푸줏간에서 쇠고기 한 근을 뜨고 옆 가게에서 양념거리를 산 뒤, 그놈이 좋아하던 게 무엇인가를 생각하다가 얼른 호박떡을 생각해냈다.

집에서 나설 때 국 끓일 냄비 등속을 준비했으면서도 왜 호박떡 생각을 못했을까 하고 한스러워하다가, 이 근처에서는 돈이 없어 서럽지 돈만 있으면 호랑이 콧수염도 구한다고 않더냐 하고 생각하며, 떡집이 있을 만한 거리거리를 헤매어 다녔다. 그러나 시루떡, 몽둥이떡, 송편, 인절미 등속은 있었지만 호박을 넣어 시루에 찐 호박떡은 구할 수가 없었다. 하는 수 없이 고물을 달게 넣은 찹쌀떡 한 봉지를 샀다. 밥집으로 들어오다가 면회를 올 때면 가끔 마주치는 해남에 산다는 한 젊은 아낙을 길에서 만나, 감옥 안에 든 사람들은 변비가 심하여 똥누기가 어려우니, 떡 같은 것보다는 우유를 넣어주는 것이 제일 좋다는 말을 들었다. 우유가 뭐냐고 물으니 그것은 염소나 소의 젖이며, 그게 사람의 젖보다 훨씬 보(補)가 되는 것으로 면회 시간이 가까워지면 형무소 문 앞에 그 우유장수들이 더러 모여든다는 것을 상세히 가르쳐주었다.
 늙은 어머니는 얼핏, 그놈이 젖먹이일 때, 갑자기 바라대기 딸이 생겨 젖이 끊어져버렸는데, 그때 기껏 꽁보리밥을 씹어 먹였을 뿐인 데다가 설사까지 나서, 송기[4] 벗긴 막대기같이 비쩍 말라서, 눈 뜨고는 볼 수 없게 되어버렸던 기억을 되살리고, 내일은 잊지 않고 우유 두 병을 사서 넣어주겠다고 생각했다.
 이날 밤 쇠고깃국을 끓여놓고 밤을 숫제 하얗게 밝힌 늙은 어머니는 새벽녘에 일어나, 아직 열릴 생각도 않는 형무소의 철문을 한참 동안이나 바라보다가 들어왔다.
 열 시부터 면회가 시작되는 것이었지만 늙은 어머니는 가만히 앉아 기다릴 수가 없어, 부엌의 연탄 아궁이에서 끓여놓은 국을 자꾸 데우면서 짤세라, 싱거울세라, 매울세라 자꾸 쩝쩝 맛을 보고, 깨를 치고 양파를 썰어 넣고 하느라고 앉아 있다가, 아침 준비를 서두르는 주인 여자의 신경질적인 욕을 얻어먹었지만 그것이 대수는 아니었다.
 아침밥을 먹는 둥 마는 둥 하고, 주인 아저씨에게 귀찮게 시간을 물어서 여덟 시 가까운 때에 형무소의 철문 앞으로 달려가 기다렸다. 아홉 시가 다 되어 나온 수위가 그 철문을 미처 다 열기도 전에 새들어가, 면회 신청 접수구 앞으로 가 서 있었다. 면회 신청을 해두고 밥집으로 달려가서 쇠고깃국 냄비를 들고 오리라 하는데, 접수구의 문은 왜 그리도 열리지를 않는 것인지…….
 이날 면회 신청은 물론 그 늙은 어머니가 제일 먼저 하였다. 접수를 하고 나자 늙은 어머니는 조급해졌다. 전에 하던 것으로 보아, 얼마 있지 않아 아들을 데려다 줄 것이라 생각하며 곧 밥집으로 달려갔다. 가는 도중에 우유 장수를 만났다. "아차, 잊을 뻔했구나" 하며 우유 두 병을 샀는데, 그게 제법 따끈한 게 다행이다 싶었다.
 그걸 든 채로 밥집으로 가, 쇠고깃국 끓인 냄비를 한 손에 들고, 우유를 찹쌀떡 싼 보자기에 집어넣어 지팡이 든 손에 끼어 들고 면회장 입구로 달려가 기

---

4 송기 소나무의 속껍질.

다리는데, 또 왜 이날 아침에야말로 이리도 더디 데려다 주는 것인지 환장할 것 같았다.

"국이 다 식어뿔구만, 어째서 아직 안 데리고 나온다냐?" 하고 투덜거리던 늙은 어머니는, 쇠고깃국과 우유가 식는 게 안타까워 여기저기를 두리번거리다가 재빨리 묘안을 하나 생각해냈다. 쇠고깃국을 대기소 안의 난로 위에 올려놓고, 우유는 치맛말을 들치고 젖가슴에다 꼭 끼워 묻었다.

늙은 어머니의 바로 다음 차례로 접수를 했던 부인들과 남정네들이 자기들 이름을 불러줄 것을 기다리며 서성거리고 있었다. 대기소에서 면회장으로 들어가는 입구를 지키는 교도관은 죄수들이 도착할 때마다 그 죄수 면회 온 사람 이름을 불러들이곤 했다.

'아니, 어짠 일이란가?'

맨 먼저 접수를 시켰으니 응당 "이막동이 면회 온 분!" 하고 늙은 어머니의 이름을 더 먼저 불러들여야 할 일인데도, 이미 늙은 어머니보다 훨씬 늦게 접수한 사람들을 무려 여섯 사람이나 면회장 안으로 불러들이면서도, 그 늙은 어머니를 불러 넣어주지는 않는 것이었다.

'뭣 땀시 이란단가?'

혹시 그놈이 아파서 못 나오는 것은 아닌가, 아니 어디 다른 데로 보내버렸을까 하며 조급해진 늙은 어머니의 생각에, 꼭 열두 번째의 사람을 면회장 안으로 불러들였다고 느껴지는 순간 "이막동이 면회 온 분!" 하는 소리가 들려, "휘이, 이제야 데리고 나왔는가 보다" 하며 난로 위의 뜨거운 쇠고깃국 냄비를 뜨거운 것도 의식하지 못한 채 덥석 들어 안고 면회장 안으로 들어서려는데, 입구를 지키던 교도관이 "할머니!" 하고 늙은 어머니를 세우더니 손에 든 종이쪽지를 옆에 서 있는 다른 교도관에게 보이며 무슨 말인가를 속닥거렸다. 그러더니 눈살을 찌푸리며 쓴 입맛을 다시고 "이막동이가 아들이오?" 하고 물었다.

"예에."

가슴이 후들거리고 기침이 목구멍 너머에서 자꾸 근질거리며 튀어 나오려는 것을 이를 악물어 억누르는데, "이막동이 말고 아들 또 있소?" 하고 다시 물었다. 둘이나 있다고 하자 그 교도관은 옆에 있는 교도관하고 말을 주고받은 뒤 고개를 주억거리다가, "이막동이 어제 옮겨갔어요" 하는 것이었다.

　무슨 뜻이냐고 묻자 교도관이 예쁘장하게 생긴 얼굴을 다시 한 번 일그러뜨리고, 문밖으로 멀리 갔다는 손짓을 곁들여 퉁명스러운 목소리로, "목포로 갔단 말이오, 어제. 빨리 그리로 가보시오" 했다.

　늙은 어머니는 자기의 귀를 의심했다.

　"목포로 옮겨라우?"

　교도관은 고개를 깊이 주억거려주고, 잠시 동안 천장을 멀거니 쳐다보다가 다음 사람을 불렀다.

　"어따 어메, 어째사 쓸꼬!" 하고 허둥허둥 나서다가, 쿨룩 쿠울룩 터져 나오는 기침 때문에 창자를 그러쥐느라고 쪼그려 앉은 늙은 어머니의 품속에서 우유병 하나가 떨어져 하얗게 박살이 나고 있었다. 옆에 섰던 한 남자가 안되었다는 듯 끌끌 혀를 차는 것이, 그 늙은 어머니의 귀에 들어갔을 까닭이 없을 것이었다.

한승원(韓勝源)

1939년 전남 장흥 출생. 서라벌예술대학교 졸업. 1968년 대한일보 신춘문예에 단편 「목선」이 당선되어 등단. 한국소설문학상, 한국문학작가상, 현대문학상, 대한민국문학상, 이상문학상 등 수상. 『한승원창작집』(1972), 『앞산도 첩첩하고』(1977), 『포구』(1997), 『새터말 사람들』(1993), 『잠수거미』(2004) 등의 작품집과 『바다의 뿔』(1982), 『불의 딸』(1983), 『동학제』(1994), 『시인의 잠』(1994), 『아내를 위하여』(1995), 『아제아제 바라아제』(1997), 『연꽃바다』(1997), 『해산 가는 길』(1997), 『사랑』(2000), 『멍텅구리배』(2001), 『화사』(2001), 『꿈』(1998), 『물보라』(2002), 『초의』(2003) 등의 장편소설 및 『열애일기』(1995), 『사랑은 늘 혼자 깨어 있게 하고』(1997), 『노을 아래서 파도를 줍다』(1999) 등의 시집 출간.

작품 세계

한승원의 작품 세계는 한과 샤머니즘, 그리고 불교가 융합되어 있는 생명력의 세계다. 『한승원창작집』과 『앞산도 첩첩하고』로 대표되는 초기 소설에서 자신이 태어나 자란 바닷가 마을을 주된 이야기 배경으로 하여 가난한 바닷가 사람들의 삶의 애환을 집중적으로 그렸던 그는, 『바다의 뿔』과 『불의 딸』을 거치면서 샤머니즘에 내재해 있는 신비주의를 통해 모순투성이의 현실 세계를 조명하는 방법론적 전환을 꾀하는데, 그것은 이른바 한국인들의 운명론적 세계관에 대한 새로운 이해라 할 만하다. 이런 그의 관심은 이후 불교적 탐색에 대한 관심으로 변모되는데, 그 대표적인 작품이 두 여승의 힘겨운 구도의 여정을 그린 장편소설 『아제아제 바라아제』다. 이런 그의 불교적 관심은 이후 『연꽃바다』로 이어지면서 우리 시대의 환경 위기와 그것을 조장하는 인간적 욕망에 대한 비판으로 확대되기도 한다. 또한 그는 고전소설 「구운몽」을 패러디한 작품 『꿈』을 발표함으로써 전통의 재해석에도 관심을 보이는데, 우리나라 차(茶) 문화의 비조라 할 수 있는 초의선사(艸衣禪師)의 사상과 행적을 추적한 작품 『초의』 또한 그 연장선상에 놓여 있다고 할 수 있다. 샤머니즘과 불교에 대한 관심 못지않게 작가의 탐구 대상이 되고 있는 것은 바다로 상징되는 원초적 생명력의 세계다. 이미 초기 소설에서부터 그의 소설의 주된 이야기-공간으로 자리 잡은 바다는, 『해산 가는 길』과 『물보라』와 같은 자전적이면서도 성장소설적인 작품 및 『포구』와 『멍텅구리배』처럼 바다와 너불어 살아가는 사람들의 힘거운 삶을 그리고 있는 작품들을 거치면서 그의 소설의 한 광원(光源)으로 자리 잡는다. 바다의 생명력에 대한 그의 관심은 또한 역사를 추동한 민중의 도도한 힘에 대한 관심과도 맞닿아 있는데, 동학혁명을 정면적으로 다룬 『동학제』(전 3권)는 이 점을 분명히 보여주는 작품이다.

「어머니」

1974년에 발표된 「어머니」는 작가가 이듬해 발표한 「홀엄씨」 「우산도」와 더불어 연작의 형태를 띠고 있는 작품으로 그의 초기작의 세계를 명징하게 보여주는 작품이다. 이 소설은 감옥살이를 하는 막내를 면회 가기 위해 그녀가 애써서 노잣돈을 만드는 과정, 힘겹게 면회를 결행한 그녀의 정성이 아들이 이감되는 바람에 무위로 돌아가게 되는 일련의 과정을 그리고 있다. 이 작품의 주인공은 아들 삼 형제와 딸 하나를 둔 장흥 지역의 과수댁으로 설정되어 있는데, 그녀의 삶은 그대로 파행의 근대사를 몸소 겪었던 세대의 파란만장한 삶을 그대로 대변한다.

특히 이 작품에서 초점의 대상이 되는 것은 바로 지난 세월 이 땅에서 살아갔던 보편적인 어머니들의 삶인데, 그것이 일제 시대에서부터 해방 후에 이르는 격동의 세월을 힘겹게 살아온 어미의 마음이라는 점에서 독자들에게 강렬한 인상을 전달한다. 해방 전 남의 땅을 부쳐 먹던 남편이 부당한 소작료를 감해달라고 청을 하다 친일파인 마름의 아들에게 옆구리를 차여 죽은 뒤 홀로 세 아들과 딸을 키워낸 그녀는 자신의 아들마저 자기로 인해 그 마름네 집 사람들에게 분풀이를 하는 바람에 고향을 등지게 되고, 끝내는 모 사건으로 감옥에 갇히게 되는 불행을 감내할 수밖에 없는 운명에 처해진다. 이런 운명이 일정 부분 우리 근대사의 이면에 감추어진 평범한 사람들의 삶의 애환을 상징적으로 보여주고 있는 것은 분명하지만, 작가가 강조하고 있는 것은 그런 모진 세파에도 불구하고 자식들을 향한 사랑의 힘으로 살아가는 어미됨의 본질이다.

작품에서 그것은 어미의 입을 빌려 '한(恨)'이라고 일컬어지는데, 여기서 우리는 한승원 문학의 출발점이자 그의 소설의 주요한 주제 가운데 하나인 전통적인 한의 뿌리와 그 모습을 분명히 보게 된다. 일반적으로 한국인들의 보편적 심상이라고 일컬어지는 정한(情恨) 또는 회한(懷恨)이라는 것의 실체가, 더러는 개인을 파멸시키는 어두운 힘으로 작용하기도 하지만 많은 경우 삶을 추동하는 중요한 원동력이라는 것, 특히 지난 시절 우리 힘겹게 자식들을 기르며 살아왔던 어머니들의 삶을 특징짓는 삶의 한 힘이었다는 것을 이 작품은 분명하게 보여주고 있다.

주요 참고 문헌

한승원의 「어머니」에 대한 논의는 그것이 외견상 「홀엄씨」 및 「우산도」와 연작 형태로 발표된 까닭에, 그리고 작품 제목의 상징성으로 인해 많은 경우 한과 관련지어 논의되어 개별적인 작품론을 찾기가 힘들다. 김현의 「억압과 저항」(『제3세대 한국문학 3』, 삼성출판사, 1983)에서는 한승원 소설의 유형을 삼분하는 가운데 한의 유형에 속하는 이 소설에서 역사의 폭력을 기정사실로 받아들이는 수동성과 순응성에 주목하고 있다. 권명아는 「에도는 숨결들의 교감」(『작가세계』, 1996년 겨울호)에서 초기 소설의 한의 문제를 소외된 사람들끼리의 교감이라는 각도에서 해석하고 있고, 하응백은 「신화와 한의 소설미학」(『한승원 중단편전집』, 문이당, 1999)에서 이 작품을 한승원이 리얼리즘과 샤머니즘의 결합으로 나아간 작품이라고 보았다. 권영민은 「한승원 소설의 토속적 공간과 현실」(『소설과 운명의 언어』, 현대소설사, 1992)에서 이 작품을 포함한 한승원의 연작소설 형태의 세계관을 토속적 공간과 연결하여 살피고 있으며, 이태동은 「역사의 물결과 생명력의 흐름」(『한국 현대소설의 위상』, 문예출판사, 1985)에서 한승원 소설에 나타나는 생명력에 대해 거론한 바 있다.

_김경수

윤흥길
장마

4

계속해서 비는 내렸다. 어쩌다 한나절씩 빗발을 긋는 것으로 하늘은 잠시 선심을 쓰는 척했고, 그러면서도 찌무룩한 상태는 여전하여 낮게 뜬 그 철회색 구름으로 억누르는 손의 무게를 더한층 단도리하는 것이었고, 그러다가도 갑자기 하마터면 잊을 뻔했다는 듯이 악의에 찬 빗줄기를 주룩주룩 흘리곤 했다. 아무 데나 손가락으로 그저 꾹 찌르기만 하면 대꾸라도 하는 양 선명한 물기가 배어나왔다. 토방이 그랬고 방바닥이 그랬고 벽이 그랬다. 세상이 온통 물바다요 수렁 속이었다. 쉬임 없이 붇는 물로 우물은 거의 구정물이나 마찬가지여서 팔팔 끓이지 않고는 한 모금도 목을 넘길 수가 없고, 밤새 아궁이 밑바닥엔 물이 흥건히 괴어 불을 지필 적마다 어머니가 울상을 지으며 봇도랑을 푸듯 양재기질을 하지 않으면 안 되었다. 세상이 하도 빗소리 천지여서 심지어는 아버지가 뀌는 방귀마저도 그놈의 빗소리로 들릴 지경이라는 객쩍은 농담 끝에 어머니가 딱 한차례 웃는 걸 본 적이 있다.

우중인데도 읍내에서는 야음을 틈탄 또 한차례의 습격이 있었다. 읍내와는

---

* 「장마」는 『문학과지성』 1973년 봄호에 발표되었다. 여기서는 소설집 『황혼의 집』(소설 명작선 23, 문학과지성사, 1976; 1994; 2007)에 수록된 것을 텍스트로 삼아 부분 수록하였다.

짱짱한 이십 리 상거인 우리 동네에까지도 콩 볶듯 어둠을 두드리는 총성이 또렷이 들릴 정도였다. 비를 무릅써가며 당산 위에 올라섰다 돌아온 아버지 말에 의하면, 밤하늘로 치솟는 시뻘건 불길을 멀리 볼 수 있었다고 한다. 습격 사건에 관한 소식은 하루도 채 못 되어 마을에 소상하게 전해졌다.

 동생네의 안부가 걱정되어 새벽같이 읍내를 다녀온 동네 사람 하나가 이웃집 진구네 아버지와 함께 일부러 아버지를 만나러 왔다. 마루에 걸터앉자마자 그는 할머니가 큰방에서 듣는 줄도 모르고 넋이야 신이야 눈치 없이 떠벌리기 시작했다. 경찰서 부근 인가들이 많이 상했고, 먼저 공격한 빨치산 쪽이 되려 혼구멍이 나게 당해서 목숨을 살려 산으로 도망친 숫자가 불과 몇 명밖에 안 될 거라는 얘기였다. 그가 전하는 내용 가운데 특히 인상적인 것은 읍내 곳곳에 널린 빨치산 시체들을 묘사하는 대목이었다. 거적때기에 덮인 끔찍한 모습 하나하나를 설명해보이는 것이었다. 그는 한 가지 예로 사지가 제각기 흩어져 뒹구는 주검을 들었다. 최고로 많이 맞은 것이 세어보니 열여섯 방인가 열일곱 방인가 되더라고도 했다. 허리 위아래가 완전히 두 겹으로 포개져 시궁창에 박혀 있었다는 시체에 흥미가 쏠렸다. 사람 몸뚱이가 마치 주머니칼이 반절로 접히듯 그렇게 등 쪽으로 두 겹이 될 수 있다는 게 내게는 커다란 의문이었다. 정말 그렇게 되리라고는 아무래도 믿어지지가 않았다. 마지막으로 그는, 시체들을 모아 경찰서 뒤뜰에 전시해놓았다가 연고자가 나타나면 인도해준다더라는 소문까지 암냥해서 전했다. 그가 아버지를 만나러 온 목적이 바로 이것이었다. 그러니까 빨리 가보는 게 좋을 거라고 넌지시 권했다. 같이 온 진구네 아버지도, 두말 말고 어서 그렇게 하라고 채근을 했다. 이야기를 들으면서 아버지는 내내 참담한 표정이었다. 그리고 두 사람의 권고에 몹시 망설이는 기색을 노골적으로 나타내고 있었다. 그러나 죽마고우인 구장 어른이 뒤늦게 찾아와 자기가 정 무엇하면 함께 따라가주겠다고 제안하자 그제서야 아버지 얼굴에 결심의 빛이 떠올랐다.

 행장을 차려 삿갓 위에 유지로 된 갈모를 받쳐 쓰고 빗속을 나서는 아버지 등뒤에서 할머니는 가소로워 죽겠다는 내색을 구태여 감추려 하지 않았다. 아버지의 읍내행을 할머니는 처음부터 억척스럽게 반대하고 나섰다. 그런 수고가 절대로 필요없다는 주장이었다. 나중에는 하늘이 정해놓은 일을 아직도 곧이곧 신용하지 않는 아들의 어리석음에 불같이 화를 내는 것이었다. 할머니의 주장은 아주 단순했다. 읍내에서 어떤 일이 벌어졌든 삼촌하고는 아무런 상관도 없는 일이다. 아무리 기구한 처지에 빠진들 삼촌만은 죽지 않고 멀쩡히 살아남도록 되어 있는 것이고, 아무 날 아무 시만 되면 할머니 앞에 버젓이 나타나게끔 하늘이 알아서 진작에 다 수습해놓았다. 그런데 동생을 찾으러 시체 구덩이를 휘젓고 다니다니, 도무지 말도 안 되는 소리였다. 다른 사람은 다 몰라도 할머니 혼자만은 그걸 철저히 믿고 있었다. 믿다뿐이냐, 그날에 대비하여 사소한 일에 이르기까지 하나하나 신경을 써 준비를 게을리 하지 않으며 속새로 목이 길어나게 기다리고 있는 판이었다. 할머니에겐 꼭 그럴 만한 사유가 있었다. 작은아들을 창황 중에 떠나보낸 사건이 있은 후로 할머니가 지낸 나날은 그야 말로 죽지 못해 사는 세상이었다. 밤잠을 못 자고 한술 밥이 안 넘어갈 정도로 한시도 안정을 못 하면서 아들의 뒷소식이 궁금해 간장을 말리는 것이었다. 그 때 마침 친정에 다니러 온 고모가 자기 이웃 마을에 산다는 점쟁이 이야기를 꺼냈다. 일이 그렇게 되어 할머니는 어느 하루로 날을 받아 쌀말이나 머리에 얹고 기가 막히게 용하다는 그 소경 점쟁이를 찾아나섰던 것이다. 늦은 저녁이 되어 할머니는 갈 때와는 사람이 다르게 희색이 만면해가지고 돌아와서는 식구 전부를 모은 자리에서 소경의 혜안을 극구 칭송한 다음 그를 대리하여 놀라운 신탁을 전했던 것이다. 그런데, 그로부터 손가락을 꼽아가며 고대하던 그날이, 삼촌이 집에 다시 돌아오기로 되어 있다는 그 '아무 날 아무 시'가 인제는 당장 며칠 눈앞의 일로 우리에게 다가오고 있는 중이었다.

  아버지와 구장 어른은 빈손으로 돌아왔다. 아버지가 헛걸음을 한 것이 우리에겐 삼촌이 실제로 돌아온 거나 다름없는 경사였다. 그런데도 아버지는 여느 때와 매일반으로 별로 말이 없는 게 이상했다. 아버지 얼굴에는 성질이 전혀 다른 두 개의 표정이 복잡하게 얽혀 있었다. 적이 안심이 되는 한편 더욱더 착잡해지기도 하는 듯한 두 개의 얼굴이 수시로 변덕을 부리며 엇갈리고 있었다.

경찰서 뒤뜰에서 시체를 못 봤다는 사실이 결과적으로 삼촌의 생존을 의미하는 것임에 틀림없다 해도 그가 겪게 될 앞날의 고초가 두고두고 마음에 걸리는 모양이었다. 하지만 할머니는 그게 아니었다. 대번에 기고만장해가지고, 그러면 그렇지 그것 보라고, 내가 뭐라고 그러더냐고, 우리 순철이는 보통 사람과는 다르다고, 거지반 고함을 지르듯 말하는 것이었다. 이윽고 할머니는 어린애처럼 엉엉 소리 내어 울면서, 합장한 두 손바닥을 불이 나게 비벼대면서 샘솟듯 흘러내리는 눈물로 뒤범벅이 된 늙고 추한 얼굴을 들어 꾸벅꾸벅 수없이 큰절을 해가면서, 하늘에 감사하고 부처님께 감사하고 신령님께 감사하고 조상님네들께 감사하고 터줏귀신에게 감사하면서, 번갈아 방바닥과 천장과 사면 벽을 향하여 이리 돌고 저리 돌고 뺑뺑이질을 치면서 미쳐 돌아가는 것이었다. 할머니가 가진 소박한 신앙과 모성애가 우리 모두의 가슴 구석구석을 뜨겁게 적시는 감동의 순간이었다. 우리는 모두 믿기로 했다. 같이 믿어주지 않고서야 어떻게 할머니를 진정시킬 수 있단 말인가. 결국 우리 식구들은 하나같이 어떤 엄숙한 종교적 분위기에 싸여 예배 의식의 한 절차처럼 서로 '아무 날 아무 시'란 주문을 나직이 외어가며 불사신 우리 삼촌의 무사 귀환을 신심 깊게 확인하기를 끝없이 되풀이했고, 그러다가 그날에 우리가 맞게 될 행복스런 꿈의 크기를 저마다 재기 위하여 새벽이 방문 밖에까지 와 있음을 피부로 느끼며 늦은 잠자리에 다난했던 하루를 고이 눕혔다. 그토록 벅찬 하루를 우리는 살았다.

외할머니가 거처하는 사랑방에 누워 줄창 내리는 방문 저쪽의 빗소리를 어렴풋이 가늠하고 있었다. 끊어졌다가는 이어지고 그러다가 슬그머니 되끊어지고 때로는 커졌다 작아졌다 하는 빗소리가 마치 귓밥을 살살 긁어내는 귀이개의 연약한 끝부리처럼 내 귀를 대고 간질였다. 간밤에 얻은 피로가 미처 덜 풀려 밀어닥치는 졸음과 힘겹게 겨루면서 듣는 그 빗소리는 꼭 꿈속에서처럼 먼 세계의 일로 아련하게 들렸다. 어차피 바깥 출입을 못 하도록 발이 묶여 있는 나한테 지루한 장마의 계속이 그래도 불행 중 다행으로 느껴질 경우가 어쩌다 있었다. 울 밖 들판과 언덕을 태우는 쨍쨍한 햇볕이 있고 정자나무를 흔드는 바람과 거기에서 들리는 시원스런 매미 울음이라도 있었더라면 여름날 긴 하루를 특별한 놀이나 재미도 없이 꼬빡 집 안에만 갇혀 지내야 할 내게는 아마 온 세상의 빛과 소리가 한층 더 저주스럽게 여겨졌을 것이다. 어쩐 일로 잠깐씩 비가 걷히는 오후 같은 때면 그 짬을 놓칠세라 재빨리 패거리를 꾸며 우리 집 대문 앞 골목길을 질주하는 동네 아이들의 북새를 방 안에 앉아서도 환히 들을 수 있었다. 앞강 언저리 우북한 물푸렁이 밑이나 층계논 물목마다 훑고 다니며 히히거리는 아이들과 그들이 제각기 건져올리는 소쿠리나 통발 안에서 은빛 비늘을 번득이는, 낱낱이 살찐 붕어들이 세차게 앙탈하는 꼴을 연상할 적마다 버림받은 자의 슬픔이 울컥 되살아나곤 했다. 그들 또래 사이에서 나라는 존재는 어느덧 까맣게 잊혀져가고 있었다. 단 한 번 빈말로라도 나를 부르러 우리 집 삽짝 앞에 선 때가 없었다. 세상 전부가 그들 차지인 부러움의 시각에 나는 울바자 앞 늙은 감나무 밑에 서서 다 줍고 나면 금방 두엄간에 던져버릴, 장마 통에 우수수 떨어진 썩은 감꽃이나 하릴없이 주워가며 일찌감치 체념이란 걸 익혔다. 내가 바라는 건 오로지 개학뿐이었다. 이제 얼마 안 있으면 문을 닫았던 학교가 다시 열릴 것이고, 그렇게만 될 양이면 아버지의 금족령도 자연 흐지부지되어 악몽 같은 세월에도 결국은 끝장이 올 것이었다.

완두를 까던 일손을 멈추고 외할머니가 허리를 쭈욱 폈다. 죽치고 들어앉아 진종일 누구와 말 한마디 건네는 법 없이 손만 놀리는 외할머니 덕분에 거둬들인 완두는 대충 다 처분이 되었다. 그런데 헛간 구석에 아직도 남아 있는 약간의 줄거리 더미에서 탈이 생겼다. 꼬투리 속에 든 채로 습기를 잔뜩 머금은 자실에서 샛노란 싹이 포식한 구더기처럼 길게 돋아져나오고 있었다. 그것이 더 길어나기 전에 서둘러서 마저 다 까놓아야 하는 일 또한 전적으로 외할머니 책임이었다. 어찌된 영문인지 완두에 관한 일이라면 식구들은 무조건 외할머니 혼자 떠맡은 것으로 치부해버렸다. 그리고 외할머니 자신도 응당 그래야만 된다는 듯 눈곱만치도 싫은 내색 않고 그 깨끗잖은 일감을 자기 유일의 소일거리로 삼았다. 아니다. 남이 행여 손을 댈까 봐 당신 혼자 한시도 쉬지 않고 오직 그것만 붙잡고 늘어지기 때문에 모두들 양보를 해버린 선의의 결과라고 해야 이야기가 더 정확해지겠다. 어쨌든 우리 외할머니는 완두만 한번 붙잡으면 시간 가는 줄도 모르고 그저 묵묵히 손을 놀리는 것이었다. 그리고 연둣빛 무늬의 길쭘한 자실과 함께 대바구니 속에다 흘러나오는 긴 한숨을 가끔 담곤 했다. 그렇게 열심이자니 생김새와는 다르게 참을성이나 강단이 놀라운 외할머니도 가끔씩은 허리나 옆구리 같은 데가 결리는 때도 있는 모양이었다. 대바구니를 옆으로 밀어놓은 다음 치마 앞자락을 툭툭 떨었다. 치마폭에 손을 문질러 닦고 나서 내 곁으로 바싹 다가앉았다. 이마에 와 닿는 미지근한 숨결 속에서 나는 외할머니의 그 독특한 체취를 맡았다. 아니나 다를까, 섬뜩할 만큼 차가운 손이 잠방이 속으로 슬금슬금 기어들기 시작했다. 사타귀를 주무르는 외할머니의 앙상한 손을 나는 단 한번이라도 좋은 기분으로 받아들인 적이 없다.

"즈이 오삼춘 타겨서 붕알도 꼭 왜솔방울맹키로 생겼지……."

이모가 슬며시 홑이불을 머리 위로 뒤집어쓰는 걸 눈으로 안 보아도 옆에서 느낄 수 있었다. 얼마 전부터 이모는 기관지가 갑작스럽게 나빠져 늘 사랑방 아랫목에 누워서 나날을 보내고 있었다. 외삼촌 얘기가 나오면 이모는 으레 그렇게 이불을 둘러써버렸다.

"오삼춘이 존냐, 친삼춘이 존냐?"

외할머니가 던지는 뚱딴지 같은 질문이었다. 그런 질문만 받으면 나는 어찌할 바를 몰랐다. 우선 질문 자체가 일방적인 대답을 거의 강요하다시피 하고 있었다. 묻는 순서부터가 매번 외삼촌 쪽이 먼저였다. 그리고 내 처지로서는 도저히 누구는 좋고 누구는 싫다고 얘기할 입장이 못 되었다. 사실대로 얘기하려면 둘 다 좋다고 해야 된다. 그런데 외할머니의 요구는 둘 가운데 똑 부러지게 하나만을 가려내라는 것이다.

"오삼춘이 존냐, 친삼춘이 존냐?"

그러나 나는 알고 있었다. 거듭되는 물음이나 대답 자체가 중요한 건 결코 아니었다. 대화를 이끌어나가려는 열정도, 별다른 감정도 개입시킴이 없이 그저 무심히 흐르는 듯한 그 질문이 실은 자기 자신의 긴 이야기를 꺼내기 위한 막연한 서두임을 나는 벌써 깨닫고 있었다. 그래서 당황하는 것도 처음 두어

차례뿐, 이젠 잠자코 누워서 제법 능청도 떨 줄 알게 되었다. 그러면 외할머니는 못내 섭섭하다는 표정을 지어보였다.

"그럴 티지, 언지든지 팔은 안으로만 휘는 벱이니께……."

그러나 섭섭한 표정도 잠시뿐, 외할머니는 곧 아무렇지도 않은 얼굴이 되어 다른 이야기를 시작하는 것이었다.

"니가 참말로 우리 권길준이 생질 노릇을 똑똑히 헐라면은 위선 느이 오삼춘이 어떤 사람였능가부팀 알아야 된다. 그러지 않고서는 어디 가서 감히 권길준이가 우리 오삼춘이라고 말헐 자격이 없지. 암, 없다마다."

외할머니가 얘기하는 동안 외삼촌은 항상 축구 선수 복장을 하고 있었다. 그리고 그는 내 머릿속에 급조된, 끝없이 넓은 상상의 운동장을 한 필의 준마처럼 종횡으로 치닫고 있었다. 멋진 폼으로 푸른 하늘을 향하여 공을 뻥뻥 차올리고 있었다. 공부도 공부지만 운동에는 아주 '귀신'이었다. 특히 축구를 잘해서 '중핵교' 때부터 '대학교'까지 늘 선수로 뽑혀 다녔다. 외할머니가 '축구 차는' 아들에 비로소 자랑을 느끼기 시작한 건 그가 중학교 5학년 되던 해 가을 난생처음으로 공설운동장에 나가 정규 시합을 관람하고서였다. 그때까지 하나뿐인 아들을 운동선수로 키우고 싶지 않았던 외할머니는 시합이 끝나자 생판 모르는 '여학상'들이 떼로 찾아와 마치 며느리가 시어머니 받들듯 허물없이 어머님이라고 부르는 데 질려버렸다. 더구나 제 남편이라도 추듯 당신 아들 자랑에 자지러지는 꼴들이 하도 기가 막혀 "호말만 헌 츠녀들이 이게 다 어디서 배워먹은 버리장머리냐"고 알아듣게 혼을 내어 쫓아보내긴 했지만, 그게 노상 싫은 것만은 아니었다. 그 후부터 시합이 열릴 때마다 극성스럽게 뒤쫓아다니며 귀찮게 구는 여학생들을 '눈물이 쏙 빠지게' 혼을 내어 돌려보내는 것이었다.

"그때 니가 그걸 꼭 봤어야만 되는 건디…… 느이 오삼춘이 내질른 꽁을 안고서나 저쪽 문지기가 뒤로 벌렁 나자빠지는 꼴을 봐뒀드라면 아매 대답허기가 수월혔을 것이다. 오삼춘이 더 좋다고 말이다."

평소에는 그토록 말수가 적다가도 일단 아들 이야기만 시작되면 끝을 모르는 사람이었다. 아들의 자랑스런 면면을 내 마음 가운데 더욱 인상 깊게 심어주려고 외할머니는 최선을 다했다. 혹시 내가 외삼촌의 얼굴을 영영 잊어버리기라도 할까 봐서, 어떻게 생겼는지 말해보라고 꼬치꼬치 그 특징을 캐물어 새삼스럽게 기억을 일깨워주기도 했다. 그것은 사실이었다. 외할머니의 뇌리에서 묵은 추억들이 자연스럽게 과장되고 더러는 필요 이상으로 미화되어 나타날 가능성을 충분히 참작한다 해도 그가 남달리 축구에 뛰어났다는 점, 그리고 주위 사람들로부터 많은 떠받듦을 당했다는 것 등은 모두 어김없는 사실들이었다.

한마디로, 그는 멋쟁이였다. 볕에 장시간 내맡겨도 그을지 않을, 사기처럼 하얀 얼굴 바탕에 지나치리만큼 오뚝한 콧날과 짙은 눈썹이 유난했다. 알이 총총 들어박힌 옥수수를 연상케 하는, 가지런한 이를 내보이며 웃는 모습과 다리가 길고 상체는 알맞게 균형이 잡힌, 해사한 몸집에서 어딘지 모르게 도회인들이 갖는 귀공자다운 면모를 풍기는 사람이었다. 어렸을 때, 그가 우리 집에 들러 하루나 이틀가량 묵었다 가는 걸 몇 차례 본 적이 있다. 한번은 그가 배낭을 멘 친구들을 여럿 데리고 왔다. 지리산을 가는 길에 들렀다면서 사랑채에 짐을 푼 그들은 밤새껏 하모니카를 불고 기타를 퉁겼다. 그날 밤 외삼촌 친구 중 하나가 일곱 살 난 내게 여자와 입맞추는 법을 가르쳐준다며 까칠까칠한 턱을 마구 비벼대는 바람에 비명을 지르고 뛰어나온 일이 기억에 남는다. 그리고 또 한번은 어떤 이쁜 여자와 함께였다. 난리가 나기 바로 전해인데, 그때도 먼저의 친구들이 여러 명 같이 와서 전에 없이 닷새를 놀고 먹어 우리 할머니의 눈총을 샀고, 어머니 입장이 그 때문에 한때 난처했다. 그들은 외삼촌과 여자를 늘 상전처럼 공손히 모시면서 두 사람의 말이라면 죽는시늉까지도 서슴지 않았다. 외삼촌 일행은 방문을 걸어닫고 한나절씩이나 들어앉아서 자주 무엇인가를 의논하느라고 밀담을 나누었다. 나중에 어머니한테 들은 얘기지만, 그때 그들은 한참 쫓고 쫓기는 중이었다. 좌익 학생들과의 오랜 싸움 끝에 뭔가 일을 저지르고 잠시 쉬러 내려왔다는 거다. 난리가 나 대밭 땅굴 속에서 숨어 지내던 한 달 남짓을 제하고는 그런 일들이 내가 외삼촌과 접촉한 전말의 대부분인 셈이다. 짧은 기간의 접촉을 가지면서 내가 그에게 품은 건 한 사람의 피붙이로서 느끼는 친근한 정이기보다 차라리 존경심 쪽이었다. 어린 나의 존경심을 불러 일으킬 만한 요소들이 확실히 그에게는 있었다. 단정한 용모나 말씨에서 풍기는 섬세한 감각과 교양은 얼핏 여성적인 면이고, 무한한 기력을 배경으로 한 민첩한 동작과 차가운 결단을 과시 사내 중의 사내였다. 그만한 나이에 벌써 조직을 이끌고 활동할 수 있었다는 점 또한 그의 비범한 면을 결정적으로 장식하는 후광과도 같은 구실을 했다. 한 인간의 내부에 공존하는 갖가지 이질적인 능력의 신기한 배합이 내게는 언제나 수수께끼였다.

삼촌은 외삼촌보다 세 살 위였다. 나이는 많아도 하는 짓들이 어떻게 보면 영락없는 어린애였다. 그가 사변 전에 밀주나 밀도살을 심하게 단속해서 마을의 원성을 산 적이 있는 사람을 용케 잡아다가 족친 이야기는 인근에서 한때 유명했다. 마을 남녀노소가 모두 모인 정자 마당에서 그는 무릎을 꿇린 단속반원에게 맹물을 한정 없이 들이켜는 희한한 벌을 주었다. 그동안 술 단속을 철저히 한 데 대한 상이라는 것이다. 뒤통수를 겨눈 총부리 앞에서 삼촌의 가련한 그 포로는 똥물을 켜는 오뉴월 장마 개구리 꼴이 되어 한 바께쓰는 실히 넘을 거창한 양의 맹물을 꿀꺽꿀꺽 정신없이 퍼마셨다. 그런 다음 장구통 같은 배를 내놓고 손바닥으로 철썩철썩 박자를 맞춰 두들겨가며 "나는 누룩이 손자요! 나는 짐승 새끼요! 우리 아버지는 소요! 돼지가 우리 어머니요!"라는 구호를 정확히 백 번 외쳤다. 그래도 성이 안 차는지 여흥으로 노래란 노래는 아무거나 죄 부르게 했는데, 목이 쉴 대로 쉬어 진짜 소새끼의 울음처럼 꺽꺽 막히는 소리가 너무도 처량하니까 그때까지 배꼽을 쥐어가며 재미있어하던 동네 사람들도 끝판에는 아예 웃지를 않았다. 모든 일이 그런 식이었다. 이웃 마을 용상리의 소지주 최주사를 끌어내어 혼낸 이야기도 그와 비슷했다. 그는 마을의 유명한 알건달 하나를 주례자로 내세워 이미 애어멈이 된 최주사의 고명딸과 그야말로 엉터리 결혼식을 올렸다. 역시 정자 마당에서였고, 그 무렵의 시골에선 아주 보기 드문 하이칼라 신식 결혼이었다. 그리고 최주사와 최주사의 진짜 사위가 멀쩡히 보는 앞에서였다. 결혼식이 끝나자마자 그는 주례를 본 건달에게 신부를 양보해버리고 곧장 최주사 쪽으로 달라붙었다. 그날 최주사는 많이 혼났다. 입으로는 깍듯이 장인어른이라고 존대하는 불한당한테 넙치가 되도록 얻어맞고 기절해버렸다. 최주사네 딸을 열렬히 짝사랑하던 나머지 어느 달이 밝은 밤 술김에 담을 넘었다가 최주사 어른에게 붙잡혀 그 집 머슴들로부터 초주검을 당한 쓰라린 기억이 있었던 것이다.

두 사람의 성격은 아주 대조적이었다. 성격뿐만이 아니라 모든 면이 다 그랬다. 삼촌의 부역 행위가 술김에 최주사네 담을 넘는 거와 한가지 경우로, 어떤 외부적 자극이 타고난 맹목성을 부채질하여 자기도 모르게 휩쓸려 들어간 시간의 소용돌이 속에서 마냥 흥청거려본 것이라면, 외삼촌의 우익 활동이나 그 후의 장교 후보생 자원은 움직일 수 없는 주의주장 밑에 치밀한 계산과 검토를 거쳐 이루어진 결과였다. 자주 만난 건 아니지만 그래도 두 사람은 사이가 괜찮은 편이었다. 괜찮지 않고서는 그토록 서슬이 퍼런 인공 치하에서 한 달 이상의 피신 생활이란 도저히 불가능했으리라. 붉은 완장을 차는 건 못 배우고 가난하게 큰 자기 같은 사람이나 할 짓이라고 말하면서 삼촌은 세 살이나 아래인 외삼촌을 존경하고 대우했다. 배운 사람에 대한 선망의 감정이 그런 식으로 나타난 것인지는 몰라도, 하여튼 삼촌은 숨어 지내는 젊은 사돈에 대한 존경심을 이따금 굴속으로 들여보내는 친절과 배려 속에 표시했다. 그러는 자기 감정을 "동만이 저 녀석을 생각혀서도 그러고…… 성님이나 아짐씨 체면으로 봐서도 그러고……"라는 말로 어머니 앞에서 표현하기도 했다. 그러나 외삼촌은 달랐다. 아무 꾸밈새 없는 활달한 그 성품에 은근히 호감은 가지면서도 겉으로는 철딱서니없이 덤벙거리며 돌아가는 사돈에게 늘 싸늘한 시선을 던지는 것 같았다. 결국 외삼촌의 예감은 적중했다. 그렇게나 정이 두터운 것 같던 삼촌도 끝내는 인공 치하가 물러가던 저 광란의 날 새벽에 사람들을 시켜 땅굴을 덮치게 했다. 저녁밥을 든든히 먹고 나서 식구늘 아무한테도 행방을 알리지 않은 채 외삼촌이 슬그머니 잠적해버린 몇 시간 후의 일이었다.

이모의 기침 소리가 들렸다. 홑이불을 들쓰고 아랫목에 반듯이 누운 채 이모는 기관지를 옥죄이는 통증을 자꾸만 기침으로 배앝고 있었다. 외할머니가 뭐라고 뭐라고 중얼거리는 소리도 들렸다. 그리고 커졌다 작아졌다 하는 그놈의 빗소리도 여전히 들렸다.

"갸는 에릴 적부텀 구질털털헌 걸 원판 싫어허는 아라 죽을 때도 아매 곱게 죽었을 거여. 총알도 한 방배끼 안 맞고, 딱 심장이나 머리 같은 디를 맞어서 어디가 아프고 어쩌고 헐 저를도 없이 아조 단박에……."

 전날 동네 사람이 찾아와 무책임하게 지껄이고 간 이야기들이 커다란 충격을 준 모양이었다. 읍내 곳곳에 나뒹굴던 시체들의 갖가지 형태가 밤새도록 우리 집 사랑채를 넘나들며 한 불행한 노파의 꿈자리를 실컷 어지럽히고 갔는지도 모른다. 얼마든지 가능한 일이었다. 외할머니는 아들이 기왕이면 잠자듯 곱게 누워 그지없이 평안한 자세로 전사했기를 기원하고 있었다. 악마의 총탄이 제발 급소를 건드려 조금도 고통을 안 느끼고 순간적으로 저세상 사람이 되었기를, 육신의 고통은 물론 홀어미를 남겨둔 채 먼저 떠나는 자식 된 도리의 아픔도 일체 없었기를 간절히 희망했다. 죽은 후에도 시신이 온전해서 옛날이야기에 나오는 원귀들처럼 흩어진 제 몸 조각을 찾아 언제까지고 산천을 방황하며 이승에 머무는, 두 번 죽는 거나 다름이 없는, 불행한 신세가 되지는 않았을 거라고, 절대로 그럴 리가 없다고 고집스럽게 중얼거렸다. 그러나 목소리에서 점차로 힘이 풀리고 있었다. 이모의 기침이 자꾸만 잦은가락으로 변하는 것과 정반대였다. 외할머니의 중얼거림은 방문 저쪽으로부터 끊임없이 건너오는 빗소리의 사이사이에 옹색하게 끼여 점점 맥을 못 추고 있었다.

5

 소경 점쟁이가 예언했다는 그날이 뽀작뽀작 다가오고 있었다. 날은 여전히 궂었고, 사람들은 모두 지쳤다. 할머니 혼자만을 예외로 하고 인제는 모두가 정말 지쳐버렸다. 아주 지칠 대로 지쳐버렸다. 기다리는 것에도, 계속되는 장맛비에도.
 우리 마을과 강 건너 마을을 연결하는 징검다리가 물에 잠긴 지는 이미 오래 전이었다. 그 후 양편 둑에 맨 굵은 동아줄에 간신히 의지하여 어른들은 혼자 힘으로, 아이들은 어른들 어깨 위에 목말을 타고 허리까지 잠기는 빠른 물살 속을 곡예를 하듯 위태롭게 건너곤 했는데, 계속 불어나는 강물로 수심이 어른의 키를 넘어버려 이젠 그것마저도 불가능해졌다고 한다. 읍내 쪽과는 교통이 완전히 두절된 셈이었다. 상류 쪽에서 떠내려오는 물건 중에 돼지도 있고 황소도 있고 뿌리째 뽑힌 소나무도 있다는 얘기가 나돌았는데, 아버지는 그럴 리가 없다고 소문을 일축해버렸다. 마을 자체가 섬진강의 상류에 속해 있기 때문에 웬만큼 심한 홍수가 아니고는 삶은 호박에 이빨도 안 들어갈 거짓말이라는 것이었다. 그러나 외부와의 교통이 끊어질 만큼 장마가 심한 것만은 부인 못 할 사실이어서 우리 할머니한테 색다른 근심 한 가지를 더 안겨주었다.

"야가 틀림없이 읍내 쪽으서 올 챔인디 강이 저 모냥이니 야단이다."

내가 그렇게 귀찮게 구는데도 달아나지 않고 며칠 동안을 내리 우리 집 토방에서 머무는 두꺼비 한 마리를 볼 수 있었다. 장마 통에 집을 잃고 깜냥엔 비를 피해 오길 잘했다고 안심하는 성싶었다. 하지만 마루 밑으로 토방으로 그 미련하게 생긴 몸뚱이를 괜히 어정어정 밀고 다니는 꼬락서니가 보기에 딱했다. 사흘째 되는 날, 허연 뱃가죽이 하늘을 향하도록 발랑 뒤집고는 똥구멍에 보릿대를 끼워 고무공만큼이나 뺑뺑하게 바람주사를 놓아주었더니 어디로 갔는지 한나절쯤 눈에 안 띄었다. 그러나 이튿날 아침이 되니까 어느 틈에 되돌아와 자리를 지키고 있었다. 섬돌 위에 대뚝 올라앉아 퉁방울눈으로 처마에서 떨어지는 낙숫물을 우두커니 내려다보고 있었다.

그 무렵, 광 속에서는 변고가 생겼다. 하루아침에 생긴 게 아니라 전부터 어둠컴컴한 구석에서 은밀한 가운데 진행되어나온 변인데, 그걸 아무도 눈치 채지 못했기 때문에 알고 나서의 놀라움이 너욱 깊다. 홑은 그대로 처처 쟁여놓은 겉보리 가마가 막 썩기 시작한 두엄 더미처럼 모락모락 김을 피워올렸던 것이다. 전에 완두가 그랬듯 엿기름으로 쓴다면 꼭 알맞게끔 애써 수확해놓은 곡식에서 노랗게 싹이 길어나고 있었다. 아버지가 마침 쥐덫을 놓으려고 광 속에 들어갔다가 요행히 발견했기에 망정이지 하마터면 우리는 가을걷이까지 앉아서 굶을 뻔했다. 갑자기 온 집안이 일손이 한창 달릴 무렵의 농번기를 새잡이로 맞이한 것처럼 부산스럽게 돌아가기 시작했다. 뒤늦게나마 보리 가마를 안전하게 건사하는 일이 여간 큰 문제가 아니었다. 당장 광의 구조를 고쳐 바닥과 가마 사이가 뜨도록 통나무를 밑에 질러 두어 뼘 정도의 공간을 만들고 훈김을 피우는 가마니를 모조리 끌어내다가 평평한 장소를 골라 깔아 널고 말리는 등으로 법석을 떨었다. 방바닥이고 부뚜막이고 어디 가릴 것 없이 집 안 구석구석에서 걸리적거리는 게 그놈의 까끌까끌한 겉보리였다. 입정이 까다로운 편이어서 소화도 잘 안 될뿐더러 보리는 원래 내 성미에 안 맞았다. 그리고 퉁퉁한 알맹이 한가운데 일자로 팬 홈 자국을 볼 때마다 언젠가 할머니한테서 들은 이야기가 떠올라 기분이 좋질 않았다. 옛날 어떤 고을에 한 소년이 살았는데, 어느 날 아비가 불치의 난병에 걸려 유명한 의원을 찾게 되었더란다. 의원의 처방에 따라 아무나 닥치는 대로 세 사람 — 선비, 중, 미치광이 — 을 죽이고 생간을 꺼내어 달여 먹였더니 병이 깨끗이 낫더란다. 그래서 시체를 묻어 장사를 후히 지내주었는데, 이듬해 보니까 무덤 위에 이상한 열매가 맺히더란다. 그것이 오늘날의 보리이며 거기에 팬 홈은 소년이 배를 가를 때 생긴 칼자국이라는 것이다. 그런데 그 기분 나쁜 열매가 집 안을 온통 차지해버려 마음 놓고 움직일 수조차 없게 사람들을 구박하는 판이었다. 그러나 할머니만은 역시 대단한 양반이었다. 이와 같은 북새통 속에서도 할머니는 아랑곳없이 꼬박꼬박 자기 할 일을 다 했다. 우선 어머니를 시켜 장롱 속에서 꺼낸 비장의 옷감으로 한복을 마르게 했다. 집 안에서 입기로는 한복만큼 의젓하고 편한 옷이 없다는 얘기였다. 삼촌이 전에 즐겨 먹었다는 호박전을, 그렇게 터무니없이 많이 장만해놓으면 이틀 후에는 몽땅 쉬어터져 한 개도 못 먹게 된다는 어머니의 만류에도 불구하고 한 광주리나 되게 부치게 했다. 손수 고사리나물을 무치면서, 세상이 하도 험하니까 이젠 나물마저 쓸 만한 게 별로 없더라고 억지스런 푸념을 늘어놓기도 했다. 상하기 쉬운 음식은 소금에 절이고 콩기름으로 튀겨 단단히 갈무리해두었다. 준비는 대강 끝난 셈이었다. 없는 집 시골 살림으로 그만한 준비라면 웬만한 잔치쯤은 치르고도 남을 것이었다. 부엌을 둘러보는 할머니의 얼굴에서 장한 일을 끝낸 사람의 긍지가 오래도록 남아 떠나지 않고 있었다. 아직도 할머니한테 남은 근심거리가 있다면 그것은 딱 한 가지뿐이었다.
"야가 틀림없이 읍내 쪽으로 올 챔인디, 강이 저 모냥이니 야단이다, 야단!"
"어머님은 별걱정도 다 허시우. 강물이 좀 짚다고 틀림없이 올 아가 못 오겄소? 장마철이면 질이 잘 맥힌다는 걸 저도 알 티닝게 석교다리로 돌아서라도 때가 되면 어련히 오겄지요."
할머니를 안심시키려고 아버지가 대수롭잖다는 듯이 말을 받았다. 그러나 할머니는 고개를 설레설레 흔들어 보였다.
"돌아서라도 오기야 오겄지. 오겄지만서도, 거그를 돌라면 시오리는 휘낀 더 걷는 심 아니냐? 입으로야 쉽지만 이 우중에 시오릿길을 더 돈다는 게 얼매나 그역시런 노릇이냐. 더군다나 얼음이 백혀서 성치도 않은 발을 가지고……."
고모는 하루 전에 왔다. 와서 찬장도 열어보고 살강 위 광주리도 둘러보며 한참 수선을 떨고 나서는 할머니와 어머니에게 수고를 칭찬했다. 모든 준비가 마음에 썩 드는 눈치였다. 고모는 할머니 못지않게 삼촌의 귀환을 철석같이 믿고 있었다. 애당초 점쟁이를 소개한 사람이 고모였다. 할머니로 하여금 점쟁이의 예언을 하늘같이 받들게 만든 것도 고모였으니 그 믿음이 오죽하랴만, 모녀 간에 어쩌면 그리도 손발이 척척 맞아들어가는지 모르겠다고 사랑채에 건너온 어머니가 은근히 험담을 할 정도였다. 그렇다고 어머니가 삼촌이 살아서 돌아오기를 바라지 않는 건 아니었다. 항상 말이 없는 이모나 한때 빨치산을 저주한 적이 있는 외할머니까지도 기왕이면 사돈네 집안일이 그렇게 되기를 은연중에 바라면서 음식 장만하는 과정을 조용히 지켜보아왔다. 그러나 바란다는 것과 믿는다는 건 전혀 별개의 문제였다. 나 역시, 삼촌이 돌아온다면 얼마나 좋을까, 하고 그날이 억세게 기다려졌다. 하지만 아무리 어린 소견에도 그린 일이 달이 지고 해가 뜨듯 그렇게 간단히 이루어질 것 같지 않았다. 삼촌이 온다면 도대체 어떤 상태에서 어디로 온단 말인가. 부엌에서 아버지가 어머니한테 이야기하는 걸 우연히 엿들은 적이 있었다. 도대체 가망이 없다는 것이었다. 할머니의 신앙이 — 그것은 완벽한 하나의 신앙이었다. 그리고 신앙도 아주 이만저만한 신앙이 아니었다 — 우리에게 남긴 뜨거운 감동에서 벗어나 한발

짝만 물러서서 생각해보면 거울 앞에 선 듯 사정이 너무도 명백해지는 것이어서 할머니와 한가지로 낙관적이 될 수 없는 현실이 그저 안타깝기만 했다. 궁여지책으로 아버지는 어디 가서 삼촌이 이미 자수를 했을 경우를 이야기했다. 그러나 그것마저도 곧 자기 입으로 부인해버렸다. 만약의 경우 정말로 그랬다면 사전에 한번쯤 경찰로부터 무슨 연락이 있었을 것 아니냐면서. 우리 집이 항상 감시를 받고 있다는 사실을 아버지는 누구보다도 잘 알았다. 문전을 오락가락하면서 울바자 너머로 수상쩍은 눈길을 던지는 어떤 낯선 사내를 종종 볼 수가 있었고, 그가 쳐놓은 투명한 그물에 의하여 우리는 제 발로 걸을 수는 있되 실은 빠져나갈 구멍이 없는 물고기 신세나 마찬가지였다. 그 사내가 바로 이웃인 진구네 집에 들러 우리 집 형편을 샅샅이 염탐하고 가거나 드물게는 아버지를 살그머니 불러내어 주막에 가서 같이 술을 마시는 때도 있다는 걸 나는 진작부터 알고 있었다. 사내의 모습이 눈에 띌 때마다 소스라치게 놀라는 사람은 나였다. 그의 출현이 나한테는 매우 중대한 의미를 지니고 있었다. 그것은 일껏 사그라지려던 죄책감에 대한 무서운 채찍질이면서 새로운 일깨움이었다. 과자 한 조각에 제 삼촌을 팔아먹는 사람백정이라고 소리소리 외치던 할머니의 저주가 당시 그대로의 형태로 또렷이 되살아나는 것이었다. 아버지가 던지는 목침덩이에 맞아 코피를 흘리면서 나는 그날 저녁에 벌써 죽었어야 옳은 몸이었다. 사내를 만나고 돌아온 날 밤에 짓는 아버지의 우울한 표정을 읽는 일이 내게는 죽는 것 이상으로 괴로웠다. 할머니의 저주에 대항하는 유일한 방법이란 마지막 숨을 거두며 눈을 감는 자신의 처량한 모습을 상상을 통하여 보는 길뿐이었다. 오직 그것만이 나에게 감미로운 위안을 가져다주었다. 나는 어린 주검을 앞에 놓고 모든 식구들이, 그 가운데서도 특히 할머니가 남보다 서러운 소리로 많이 울어주기를 바랐다. 할머니의 후회가 크면 클수록 나는 당연하게도 더욱더 감미로운 기분에 젖을 수 있었다. 그러나 상상에서 깨어나보면 나는 여전히 피둥피둥하게 살아 있었고, 그래서 돌아온 삼촌의 얼굴을 다시 대할 일이 점점 꿈만 같아지는 것이었다. 내가 삼촌이 돌아오기를 누구보다도 더 기다리면서 한편으로는 어처구니없이 독한 마음을 품는 건, 이를테면 사람들 눈에 띄지 않을 어느 으슥한 산골짜기 같은 데서 이미 오래전에 싸늘한 시체로 굳어져 내 눈앞에 다시 나타나는 날이 영영 없기를 바라는 건 순전히 그 때문이었다. 정말이지 나는 하루 앞으로 닥쳐온 그 '아무 날 아무 시'가 견딜 수 없이 두려웠다. 너무도 두려워 세상 끝날까지 오늘만이 한없이 계속되기를 어느 앞에 나 빌고 싶은 심정이었다. 그러나 제아무리 그렇다고는 해도 아버지가 겪는 고통에 비기면 역시 내 괴로움 따위는 아무것도 아니었으리라. 부엌에서 이야기할 때 할머니의 지나친 처사에 불 먹은 소리를 하는 어머니를 애잔한 말씨로 타이르고 있었다.

"낸들 왜 몰라서 그러겄나. 임자 말자꾸로 아매 안 오기가 쉬울 게여. 그러고 천행으로 온다 혀도 어머님이 맘잡숫는 대로 일이 그렇게는 안 될 게여. 내가 그건 자네보담 더 잘 알어. 허지만 자식 된 도리로 어쩌겄나. 허라는 대로 안 혔다가 무신 꼴을 또 당헐지 누가 아냔 말여. 시방 조깨 몸살을 앓어두는 것이 낭중에 더 험헌 일을 치르는 것보담은 낫지. 안 그런가?"

동생의 귀환이 거의 불가능하리란 걸 빤히 알면서도 노인 양반의 주장에 감히 거역할 수 없는 괴로움, 그러면서도 울며 겨자 먹기로 열심히 따르는 척해야만 되는 괴로움, 아버지는 그걸 말하고 있었다. 할머니의 신앙과 모성애가 한때 우리를 감동시켜 점쟁이의 예언에 다소간 기대를 걸어보도록 충동한 게 사실이라고는 해도, 결코 그것을 액면 그대로 믿어서가 아니었다. 거기에는 노인 양반을 절대로 실망시키지 않겠다는 조심스런 배려가 들어 있었다. 아버지는 기대 뒤에 올 절망을, 그리고 절망 뒤에 올 무서운 결말을 일찍부터 예감하고 있었다. 최선을 다하면서 그저 가는 데까지 무작정 가볼 따름이었다. 그렇다면 용하기로 소문난 소경 점쟁이가 어디로 어떻게 온다는 얘기까지 일러주지 않은 것은 크나큰 실책이 아닐 수 없었다.

어느덧 밤이었다. 어둠이 깔리면서부터 점차로 약해지기 시작한 빗밑이 이젠 완연히 알아보게 성글어졌다. 사립문 기둥에 달아놓은 장명등이 뿌옇게 밝히는 빛무리의 둥그런 허공 속으로 장마도 기진했다는 듯 몽근 빗방울을 쉬엄쉬엄 떨어뜨리고 있었다. 난리를 치르는 동안 자연스럽게 익힌 습성으로 누가 등화관제를 명령하지 않더라도 저녁밥만 먹고 나면 집집마다 불을 꺼버리는 우리 마을에서 유독 우리 집 한 채만이 전에 없이 장명등을 내달아 외로운 파수병처럼 밤을 밝히고 있었다. 역시 할머니의 성화에 못 이겨서였다. 누가 아냐는 것이었다. 내일 진시, 그러니까 대략 오전 열 시경에 오는 것으로 되어는 있지만, 사정이 갑자기 바뀌어 오밤중에 문을 두드리게 될지도 모른다는 것이었다. 아무런 채비도 없이 불시에 맞이하여 모처럼 어려운 걸음을 한 아들을 처음부터 섭섭하게 만든다는 건 결코 할머니의 원하는 바가 아니었다.

"다아 요런 때 쓸라고 비싼 섹우지름 애껴놓았지."

대문만이 아니라 처마 밑에도 장명등 하나를 더 달고 각 방마다 밤새도록 불이 꺼지지 않게 분부하면서 할머니는 여느 날과 달리 집 안 전체를 대낮처럼 밝혀야 하는 이유를 매우 간단한 말로 설명했다.

"어디서 보드라도, 시오리 배까티서 보드라도, 아, 저그 불이 훤헌 디가 바로 우리 집이고나, 우리 엄니가 잠 한소곰 안 자고 날 지달리는구나, 험서 허우단심 뜀박질허게 맹글어야 된다."

밤이 깊었다. 밤이 깊었으나 아무도 자려 하지 않았다. 노인 양반이 그렇게 설치고 다니는 판인데, 그걸 모르는 척하고 드르누울 만한 배포를 가진 사람이 우리 집엔 없었다. 날씨마저 할머니의 비위를 맞추는 듯했다. 가랑비로 바뀌던 빗밑마저 슬금슬금 자취를 감추는 기색이더니 밤이 이슥해지자 처마 아래 울리던 낙숫물 소리도 아예 들을 수 없게 되었다. 그리고 습기를 옮겨 나르는 서늘한 바람이 불기 시작했다. 하기야 쏟을 만큼 쏟았으니 인제는 장마가 물러갈 때도 되긴 했다. 그런데 할머니는 날씨의 변화를 재빨리 내일의 경사에 결부시켜 퍽도 유리하게 해석해버렸다.

아마 자정은 훨씬 지났을 것이다. 나는 안채에서 사랑채로 돌아와 외할머니 곁에 누워 있었다. 이모도 외할머니도 여태 안 자고 있었다. 잠을 이룰 수가 없었을 것이다. 이모는 얼굴이 천장을 향하게 반듯이 누워 있었고, 외할머니는 아랫목 벽에다 등을 붙인 채 비스듬한 앉음새로 방문 쪽을 향하고 있었다. 내 눈은 호롱불이 까불거리며 천장에 그리는 그을음 무늬의 움직임을 좇고 있었다. 내 귀는 방문 저편 어둠 속으로 활짝 열려 풀밭 어디쯤에서 열심히 밤을 노래하는 소리를 듣고 있었다. 사위가 너무나 조용했다. 식구들이 모두 깨어 있는데도 그렇게 집 안이 조용할 수가 없었다. 너무도 조용해서 그 조용함이 오히려 어둠의 소리를 듣는 일에 방해가 될 지경이었다. 사위를 짓누르는 적막의 우세한 힘 앞에 청각의 기능이 꼭 마비당하는 듯한 기분이었다. 그래서 내 귀에 들리는 저 소리들이 실제로는 세상에 존재하지도 않는 것들이며 나는 지금 무엇에 홀려 가짜를 진짜처럼 착각하고 있는지도 모른다는 의구심마저 들었다. 그러나 정신을 차리고 다시 들어보면 마치 거대한 적막의 한 귀퉁이를 가냘프면서도 날카로운 줄칼로 참을성 좋게 쓸음질하는 것같이 들리는 그 소리는 나 이외의 다른 생명체가 분명히 또 있어 어둠 속에서 내처 잠들지 못하고 있음을 알리는 신호였다. 들깨 주머니에서 참깨를 가리듯 혹은 참깨 주머니에서 들깨를 가리듯 나뭇가지를 스치는 바람 소리 속에서 여치의 울음과 귀뚜라미의 울음을 따로따로 구분하여 그 소리들이 풍기는, 백반처럼 시디신 맛을 나는 오래도록 음미하고 있었다. 그러자 난데없는 소리가 중간에 뛰어들었고, 생전 처음 듣는 듯한 그 이상스런 소리는 갑자기 나를 긴장 속으로 몰아넣었다. 그러나 한 차례 울리고 나서 그 소리는 뚝 그쳤다. 소리의 뒤끝을 겨우 붙잡았다고 느끼는 순간에 벌써 달아나버렸으므로, 내가 또 무엇인가에 홀려 잘못 듣고 있을지도 모른다는 암담한 기분이 들었다. 잠시 후에 그 소리는 다시 들렸다. 이번에는 윤곽이 아주 뚜렷했다. 결코 크다고는 할 수 없어도 잡다한 밤의 소리 속에서 그것은 가려내기가 비교적 수월했다. 병 주둥이를 입에 대고 아이들이 흔히 장난으로 부는 소리를 듣고 있는 기분이라고나 할까, 먼바다에서 울리는 뱃고동처럼 그것은 매우 은은하게 늘렸다. 그리고 그것은 매우 에메한 소리여서 출처가 어디쯤인지 도무지 짐작조차 할 수 없었다. 어떻게 생각하면 동구 밖 강언덕 근처에서 났던 것 같기도 하고 또 어떻게 생각하면 방문 바로 건너 우리 집 텃밭 속이 분명했다. 밤의 고요 속을 뚫고 은은히 건너오는 이상한 소리, 그 소리에 나는 정말로 홀림을 당하고 있었다. 도깨비불에 넋을 덜미 잡혀 밤새껏 공동묘지를 헤맸다는 어떤 아이처럼 은은하면서도 왠지 모르게 소름이 돋을 만큼 음산함이 풍겨지는 그 소리의 신비스런 가락에 이끌려 내 마음은 어느새 강언덕으로 줄달음치고 있었다.

"구렝이 우는 소리다."

외할머니가 말했다. 앞을 떡 가로막고 서는 시커먼 그림자와도 같이 외할머니의 그 말이 별안간 귓전에서 울리는 바람에 나는 하마터면 소리를 지를 뻔했다.

"구렝이가 비암들을 모으는 소리여."

외할머니의 입에서 흘러나오는 말 그 자체가 바로 구렝이였고, 혓바닥을 날름거리는 그것이 내 몸뚱이를 눈 깜짝할 사이에 친친 휘감아버려 나는 숨도 제대로 쉴 수가 없었다. 대번에 식은땀이 배었다. 내 몸에 와 닿는 썬득한 기운을 물리쳐준 사람은 고맙게도 이모였다. 나는 혼자가 아니었다. 그리고 그 소리를 들은 사람도 나 혼자만이 아닌 것이 얼마나 다행한 일인지 몰랐다. 언제 일어나 앉았는지 이모가 내 곁에서 방문 쪽을 노려보고 있었다. 무슨 말을 더 하려고 외할머니가 입을 달싹거렸다. 그러자 이모가 내 어깨 위에 손을 얹으면서 눈을 흘겼다.

"그만두세요."

그러나 외할머니는 자꾸만 입을 달싹거리고 있었다. 이모한테서 한마디 더 핀잔을 먹지 않았더라면 외할머니는 기어코 무슨 말인가를 하고야 말았을 것이다.

"제발 좀 그만두시라니까요!"

이모가 나를 홑이불 속으로 끌어들였다. 나는 이모의 겨드랑이 사이에 묻혀 잠시 후에 울리는 그 소리를 다시 들을 수 있었다. 먼바다에서 울리는 뱃고동 같은 그 소리가 또 한바탕 썬득한 기운을 방 안에 잔뜩 부려놓고 갔다. 이번 역시 강언덕 근처인지 텃밭 속인지 분간 못 할 애매한 소리였다. 그러고는 시간이 많이 흘렀다. 세번째를 마지막으로 구렝이 우는 소리는 다시 들리지 않았다. 그러나 소리의 여운이 늦게까지 방 안에 남아 아무도 입을 열지 못하도록 사람들을 위협하고 있는 성싶었다. 특히 외할머니의 경우가 가장 심해서 방문 쪽을 향해 상체를 기울인 꾸부정한 자세를 풀지 않은 채 아직도 거북살스럽게 앉아 있었다. 얼굴 표정이 몹시 동요하고 있었다. 머리라도 되게 얻어맞은 듯이 멍한 표정을 짓다가도 느닷없이 한꺼번에 많은 것들을 생각해내려는 사람처럼 한껏 찡그린 눈으로 문밖을 내다보곤 했다. 마침내 외할머니가 이쪽으로 고개를 돌렸다.

"동만아." 외할머니가 나를 불렀다. "아가, 동만아."

나하고 시선이 마주치자 외할머니는 슬며시 외면을 했다. 잠시 망설이는 기색을 보이고 나서 천천히 입을 열었다.

"너도 그렇게 생각허고 있냐?"

밑도 끝도 없는 질문을 던진 다음 외할머니는 한참을 더 망설였다.

"이 외할매 땜시 느그 삼촌이 이렇게 되얐다고 생각허냐?"

나는 대답을 하기로 마음먹었다. 외할머니의 절실한 어조에 끌려 무슨 말이든 꼭 대답을 해주지 않으면 안 된다고 생각했다. 그러나 곧 그럴 필요가 없음을 깨달았다. 외할머니는 나를 보지도 않았고, 사실상 나에겐 아무런 관심도 두지 않았고, 오직 자기 외곬의 생각에만 골몰해 있는 상태였다. 설령 내가 대답을 했다손 쳐도 전혀 알아듣지 못했을 것이다.

"아니다. 그날 저녁 일은 절대로 그런 것이 아니다. 누구를 해꼬지헐라고 그런 것이 아니라 소피를 보러 나갔다가 안채에 불이 훤허고 밤중에 두런두런 얘기 소리가 들리길래 대처나 무신 일인가 싶어서 찌끔 구다본 것뿐이다. 일판이 그렇게 낄 종 누가 알았냐. 내가 미쳤다고 그런 자리에 갔겄냐. 허기사 늙은이가 눈치코치도 없이 사둔네 일에 혜살을 논 게 잘못은 잘못이지. 잘헌 일은 아니여. 잘헌 일은 아니지만서도, 그런다고 이 외할매반을 탓허시는 못쓴다. 그날 저녁에 내가 아녔드라도 느네 삼촌은 오던 질을 되짚어서 떠날 사람이었어. 팔자를 그렇게 타고난 거여."

이모가 나를 가슴으로 꽉 끌어안았다. 나는 이모의 젖둔덕 사이에 얼굴을 파묻고는 매우 아늑한 기분으로 외할머니의 중얼거림을 들었다. 그러자 매를 흠씬 얻어맞고 한바탕 섧게 울고 난 뒤끝인 듯 온몸이 나른한 가운데 걷잡을 수 없는 졸음이 밀려들기 시작했고, 노곤한 꿈결 속에서도 이담에 크면 꼭 이모한테 장가를 들겠다고 생각하면서 나는 외할머니의 중얼거림에 어렴풋이 귀를 기울이고 있었다.

6

할머니가 대문간에 서서 호통을 치는 바람에 혼곤한 잠에서 깨었다. 날은 부옇게 밝았으나 아직도 꼭두새벽이었다. 가뜩이나 짧은 여름밤인데 그런 정도는 자나마나였다. 잠을 설친 탓으로 머릿속이 띠잉 울리고 눈꺼풀은 슬슬 감겼다. 그러나 나는 아무렇지도 않은 편이었다. 여러 날 겹치는 피로와 긴장 때문에 얼굴 모양들이 모두 말이 아니었다. 아버지는 부황이 든 사람처럼 얼굴이 누렇게 떠 부석부석했고, 어머니는 숫제 강마른 대꼬챙이였다. 외가 식구들이라 해서 특별히 나은 사람도 없었다. 그런데 우리 할머니만이 홀로 청청해가지고 첫새벽부터 기진맥진한 사람들을 게으른 소 잡도리하듯 했다. 아버지와 어머니를 대문간에 나란히 불러놓고 무섭게 닦아세우는 중이었다. 장명등이 꺼져 있었다. 기름이 아직 반나마 들어 있는데도 어느 바람이 언제 끄고 갔는지 유리 등갓에 물기가 촉촉했다. 장명등 일로 할머니는 몹시 심정이 상해버렸다. 하느님이 간밤에 몰래 들어와서 아버지와 어머니의 정성을 시험하고 간 증거로 삼아버렸다. 할머니의 노여움은 거기에서 그치지 않았다. 그것 한 가지만으로도 하나밖에 없는 동생, 시동생을 끝까지 돌봐줄 의사가 있는지 없는지 알 수 있다면서 정성의 기미가 보일 때까지 광과 장롱의 열쇠를 당신이 직접 맡아 관리하겠다고 선언해버렸다.

"경사시런 날 아적부텀 예펜네가 집 안에서 큰소리를 하면 될 일도 안 되는 뱁이니께 이만침 혀두고 참는다만, 후사는 느덜이 알어서들 혀라. 나는 손구락 한나 깐닥 않고 뒷전에서 귀경만 허고 있을란다."

말을 마치고 돌아서면서 할머니는 거듭 혀를 찼다.

"큰자석이라고 있다는 것이 저 모냥이니 원, 쯧쯧."

할머니는 양쪽 팔을 홰홰 내저으며 부리나케 안채로 향했다.

"지지리 복도 못 타고난 년이지. 나만침 아덜 메누리 복이 없는 년도 드물 것이여."

사랑채 앞을 지나면서 또 혼잣말을 했다. 말이 혼잣말이지 실상은 이웃에까지 들릴 고함에 가까운 소리였다.

할머니는 정말로 손가락 한 개도 까딱하지 않았다. 방문을 꽝 닫고 들어앉은 후로 밖에서 일어나는 일은 죽이 끓든 밥이 끓든 일절 상관하지 않았다. 그런 대신 봉창에 달린 작은 유리 너머로 늘 마당을 감시하면서 일일이 못마땅한 표정을 지어 보였다. 우리는 수대로 하나씩 빗자루나 연장 같은 걸 들고 나와 감시의 눈초리를 뒤통수에 느껴가면서 마당도 쓸고 마루도 닦고 집 안팎의 거미줄도 걷었다. 고모도 나오고 이모까지 합세해서 모두들 바삐 움직인 보람이 있어 장마로 어지럽혀진 집 안이 말끔히 청소되었다. 이모와 고모는 어머니를 도우러 부엌으로 들어가고, 나는 아버지와 함께 대문에서 마당에 이르는 소롯길과 텃밭 사이에 깊은 도랑을 내어 물기를 빼느라고 식전부터 구슬땀을 흘렸다.

하늘은 아직도 흐렸다. 오랜만에 햇빛을 볼 수 있을지 모른다고 기대했던 날씨가 아무래도 신통치 않았다. 그러나 서녘 하늘 한 귀퉁이가 빠끔히 열려 있었고, 구름을 몰아가는 서늘한 바람이 불었다. 다시 비가 내릴 기미 같은 건 어디에도 안 보였다. 그것만도 우리에겐 참으로 다행스런 일이었다. 우리뿐만 아니라 모든 사람이 다 그러했다. 이른 아침부터 우리 집에 찾아오는 동네 사람들이 내미는 첫마디가 한결같이 날씨에 관한 얘기였다. 그리고 그다음 차례가 삼촌 얘기였다. 그들은 날씨부터 시삭해가지고 아주 자연스럽게 아버지한테 접근했으며 아낙네들은 부엌을 무시로 드나들었다. 우리 집은 완연히 잔칫집답게 동네 사람들로 북적거렸고, 저마다 연줄을 찾아 말을 걸어보려는 사람들 때문에 식구들은 도무지 정신을 못 차릴 정도였다. 그들이 가장 궁금해하는 것은, 우리 식구들이 어느 정도 미신을 믿고 있는가였다. 물론 그들은 미신이란 말은 입 밖에 비치지도 않았다. 점쟁이의 말 한마디가 이만큼 일을 크게 벌여놓을 수 있었던 데 대해 놀라움을 표시하면서도 속셈이 빤히 보일 만큼 노골적이지는 않았다. 이야기 끝에 그들은, 가족들 정성에 끌려서라도 삼촌이 틀림없이 돌아올 거라는 격려의 말을 잊지 않았다. 아버지는 그저 웃고만 있었다. 그런 말을 하는 몇 사람의 태도에서 아버지는 그들이 우리 일을 가지고 자기네 나름으로 한창 즐기고 있다는 사실을 충분히 눈치 챘을 것이다. 마치 죽어가는 환자 앞에서, 금방 나을 병이니 아무 염려 말라고 위로하는 의사와 흡사한 태도를 취하는 사람이 더욱 있었기 때문이다. 시간이 진시에 점점 가까워질수록 사람이 늘어 우리 집은 더욱더 붐볐다. 마을 안에서 성한 발을 가진 사람은 하나도 안 빠지고 다 모인 성싶었다. 혼자 진구네 집 마루에 앉아 담배를 피우는 낯선 사내의 모습도 보였다. 장터처럼 북적거리는 속에서 우리는 아직 아침밥도 먹지 못했다. 삼촌이 오면 같이 먹는다고 할머니가 상을 못 차리게 했던 것이다. 아주 굶는 건 아니니까 진득이 참는 도리밖에 없지만, 그러자니 배가 굉장히 고팠다.

마침내 진시였다. 진시가 시작되는 건 여덟 시였다. 모두들 흥분에 싸여 초조하게 기다리는 가운데 자꾸만 시간이 흘렀다. 아홉 시가 지나고 어느덧 열 시가 다 되었다. 그런데도 우리 집엔 아무 일도 일어나지 않았다.

사람들이 죄다 흩어진 다음에야 비로소 우리는 점심이나 다름없는 아침을 먹을 수 있었다. 구장 어른과 진구네 식구들만이 나중까지 남아 실의에 잠긴 우리 일가의 말동무가 되어주었다. 안방에 혼자 남은 할머니를 제외하고 모두들 침통한 표정으로 건넌방에 차려진 상머리에 둘러앉았다. 뜨적뜨적 수저를 놀리는 심란한 얼굴들에 비해 반찬만은 명절날만큼이나 걸었다. 기왕 해놓은 밥이니까 먼저들 들라고 말하면서도 할머니 자신은 한사코 조반상을 거부해버렸다. 진시가 벌써 지났는데도 할머니는 여전히 태평이었다. 적어도 겉으로는 그렇게 보였다. 애당초 말이 났을 때부터 자기는 시간 같은 건 그리 염두에 두지 않았다는 것이다. 중요한 것은 '아무 날'이지 그까짓 '아무 시' 따위는 별게 아니라는 것이었다. 하늘이 주관하는 일에도 간혹 실수가 있는 법인데 하물며 사람이 하는 일이야 따져 무얼 하겠냐는 것이었다. 아무리 점쟁이가 용하다고는 해도 시간만큼은 이쪽에서 너그럽게 받아들여야 된다는 주장이었다. 할머니한테는 아직도 그날 하루가 창창히 남아 있었던 것이다. 어느 때 와도 기필코 올 사람이니까 그때까지 더 두고 기다렸다가 모처럼 한번 모자 겸상을 받겠다면서 할머니는 추호도 지친 기색을 나타내지 않았다.

마루 위에 발돋움을 하고 자꾸만 입맛을 다시면서 근천을 떨던 워리란 놈이 갑자기 토방으로 내려섰다. 우리는 워리가 대문 쪽을 향해 으르렁거리는 소리를 들었다. 그리고 이내 함성을 들었다. 수저질을 하던 아버지의 손이 허공에서 정지하는 걸 계기로 우리는 일시에 모든 동작을 멈추었다. 아이들이 일제히 올리는 함성이 매우 **빠른** 속도로 가까이 오는 중이었다. 숟가락을 아무 데나 팽개치면서 나는 밖으로 뛰어나갔다. 우리 집 대문간이 왁자지껄하는 소리로 금방 소란해졌다. 마당 한복판에서 나는 다시 기세를 올리는 아이들의 아우성과 정면으로 맞닥뜨렸다. 우선 눈에 뜨이는 것이 저마다 입을 크게 벌리고 있는 한 떼의 조무래기패였다. 그들의 손엔 돌멩이 아니면 길다란 나뭇개비 같은 것들이 골고루 들려 있었다. 우리 집 대문 안으로 짓쳐 들어오는 걸 잠시 망설이는 동안 아이들은 무기를 든 손을 흔들면서 거푸 기세만 올렸다. 그중의 한 아이가 힘껏 돌팔매질을 했다. 돌멩이가 날아와 푹 꽂히는 땅바닥에서 나는 끝내 못 볼 것을 보고야 말았다. 꿈틀꿈틀 기어오는 기다란 것이 거기에 있었다. 눈어림으로만도 사람 키보다 훨씬 큰 한 마리의 구렁이였다. 꿈틀거림에 따라 누런 비늘 가죽이 이리저리 번들거리는 그 끔찍스런 몸뚱어리를 보는 순간, 그것의 울음소리를 듣던 간밤의 기억이 얼핏 되살아나면서 오금쟁이가 대번에 뻣뻣이 굳어져버렸다. 그러나 나는 별수 없는 어린애였다. 한순간의 공포를 견디고 나서 나는 고함을 지르며 돌팔매실을 해대는 패거리들과 조금도 다를 바 없는 하나의 어린애로 재빨리 되돌아왔다. 모든 꿈틀거리는 것들에 대해서 소년들이 거의 본능적으로 품는 적의와 파괴욕을 주체할 수가 없었다. 나는 잽싸게 헛간으로 달려갔다. 지겟작대기를 양손으로 힘껏 거머쥐었다. 내 쪽으로 가까이 오기만 하면 단매에 요절을 낼 요량으로 작대기를 쥔 양쪽 팔을 높이 들었다. 그러자 억센 힘으로 내 팔을 움켜잡는 누군가의 손이 있었다. 돌아다보니 외할머니였다. 동시에 째지는 듯한 비명이 등 뒤에서 들렸다.
"아악!"
외마디 비명을 지르면서 마치 헌 옷가지가 구겨져 흘러내리듯 그렇게 마루 위로 고꾸라지는 할머니의 모습을 나는 목격했다. 외할머니가 내 손에서 작대기를 빼앗아버렸다. 말은 없어도 외할머니의 부릅뜬 두 눈이 나한테 엄한 꾸지람을 던지고 있었다.

난데없는 구렁이의 출현으로 말미암아 우리 집은 삽시에 엉망진창이 되어버렸다. 무엇보다 큰 걱정이 할머니의 졸도였다. 식구들이 모두 안방에만 매달려 수족을 주무르고 얼굴에 찬물을 뿜어대는 등 야단법석을 떨어가며 할머니가 어서 깨어나기를 빌었다. 그 바람에 일단 물러갔던 동네 사람들이 재차 모여들기 시작했고, 제멋대로 떼뭉쳐 서서 떠들어대는 소리 때문에 혼란은 더욱 가중되었다. 모두가 제정신이 아닌 그 북새 속에서도 끝까지 냉정을 잃지 않는 사람은 애오라지 외할머니 혼자뿐이었다. 미리서 정해놓은 순서라도 밟듯 외할머니는 놀라우리만큼 침착한 태도로 하나씩 하나씩 혼란을 수습해나갔다. 맨 먼저 사람들을 몰아내는 일부터 서둘러 했다. 외할머니는 구장 어른과 진구네 아버지 들의 도움을 받아 집 안에 들어온 사람들을 모조리 밖으로 내쫓은 다음 대문을 단단히 걸어잠갔다. 대문 밖에 내쫓긴 아이들과 어른들이 감나무가 있는 울바자 쪽으로 우르르 몰려갔다. 고비에 다다른 혼란의 사이를 틈탄 구렁이는 아욱과 상추가 자라고 있는 텃밭 이랑을 지나 어느새 감나무에 올라앉아 있었다. 감나무 가지에 누런 몸뚱이를 둘둘 감고서는 철사처럼 가늘고 긴 혓바닥을 대고 날름거렸다. 무엇에 되알지게 얻어맞아 꼬리 부분이 거지반 동강날 정도로 상해서 몸뚱이의 움직임과는 각놀고 있었다. 아이들의 극성이 감나무에까지 따라와 아직도 돌멩이나 나뭇개비 들이 날아들고 있었다.

"돌멩이를 땡기는 게 어떤 놈이냐!"
외할머니의 고함은 서릿발 같았다. 팔매질이 뚝 멎었다. 그러자 외할머니는 천천히 감나무 아래로 걸어가기 시작했다. 외할머니의 몸이 구렁이가 친친 감긴 늙은 감나무 바로 밑에 똑바로 서 있는데도 아무 일도 일어나지 않자, 그때까지 숨을 죽여가며 지켜보던 많은 사람들 입에서 저절로 한숨이 새어나왔다. 바로 머리 위에서 불티처럼 박힌 앙증스런 눈깔을 요모조모로 빛내면서 자꾸 대가리를 숙여 끄떡끄떡 위협을 주는 커다란 구렁이를 보고도 외할머니는 조금도 두려워하지 않았다. 외할머니는 두 손을 천천히 가슴 앞으로 모아 합장했다.

"에구 이 사람아, 집안일이 못 잊어서 이렇게 먼 질을 찾아왔능가?"

꼭 울어 보채는 아이한테 자장가라도 불러주는 투로 조용히 속삭이는 그 말을 듣고 누군가 큰 소리로 웃는 사람이 있었다. 그러자 외할머니의 눈이 단박에 세모꼴로 변했다.

"어떤 창사구 빠진 잡놈이 그렇게 히득거리고 섰냐. 누구냐, 어서 이리 썩 나오니라. 주리 댈 놈!"

외할머니의 대갈호령에 사람들은 쥐 죽은 소리도 못 했다. 외할머니는 몸을 돌려 다시 구렁이를 상대로 했다.

"자네 보다시피 노친께서는 기력이 여전허시고 따른 식구덜도 모다덜 잘 지내고 있네. 그러닝께 집안일일랑 아모 염려 말고 어서어서 자네 가야 헐 디로 가소."

구렁이는 움쩍도 하지 않았다. 철사 토막 같은 혓바닥을 날름거리면서 대가리만 두어 번 들었다 놓았다 했다.

"가야 헐 디가 보통 먼 질이 아닌디 여그서 이러고 충그리고만 있어서야 되겄능가. 자꼬 이러면은 못쓰네, 못써. 자네 심정은 내 짐작을 허겄네만, 집안 식구덜 생각도 혀야지. 자네 노친 양반께서 자네가 이러고 있는 꼴을 보면 얼매나 가슴이 미어지겄는가."

외할머니는 꼭 산 사람을 대하듯 위를 올려다보면서 조용조용히 말을 건네고 있었다. 하지만 아무리 간곡한 말씨로 거듭 타일러봐도 구렁이는 좀처럼 움직일 기척을 안 보였다. 이때 움바자 너머에서 어떤 아낙네가 뱀을 쫓는 묘방을 일러주었다. 모습은 안 보이고 목소리만 들리는 그 여자는, 머리카락을 태워 냄새를 피우면 된다고 소리쳤다. 외할머니의 지시에 따라 나는 할머니의 머리카락을 얻으러 안방으로 달려갔다.
　할머니는 거의 시체나 다름이 없는 뻣뻣한 자세로 자리에 누워 있었다. 숨은 겨우 쉬고 있다 해도 아직도 의식을 되찾지 못한 채였다. 할머니의 주변을 둘러싸고 속수무책으로 앉아서 사색이 다 되어 그저 의원이 도착하기만을 기다리는 식구들을 향해 나는 다급한 소리로 용건을 말했다. 누구에게랄 것 없이 아무한테나 던진 내 말이 무척 엉뚱한 소리로 들렸던 모양이다. 할머니의 머리카락이 이런 때 도대체 어디에 소용될 것인지를 이해가 가도록 설명하기엔 꽤 시간이 걸렸다. 그리고 고모가 인사불성이 된 할머니의 머리를 참빗으로 빗기는 덴 더 많은 시간이 걸렸다. 빗질을 여러 차례 거듭해서 얻어진 한 줌의 흰 머리카락이 내 손에 쥐어졌다. 언제 그렇게 준비를 해왔는지 외할머니는 도래소반 위에다 간단한 음식 몇 가지를 차리는 중이었다. 호박전과 고사리나물이 보이고, 대접에 그득 담긴 냉수도 있었다. 내가 건네주는 머리카락을 받아 땅에 내려놓은 다음 외할머니는 천천히 고개를 들어 늙은 감나무를 올려다보았다.
　"자네 오면 줄라고 노친께서 여러 날 들여 장만헌 것일세. 먹지는 못헐망정 눈요구라도 허고 가소. 다아 자네 노친 정성 아닌가. 내가 자네를 쫓을라고 이러는 건 아니네. 그것만은 자네도 알어야 되네. 남새가 나드라도 너무 섭섭타 생각 말고, 집안일일랑 아모 걱정 말고 머언 걸음 부데 펜안히 가소."
　이야기를 다 마치고 외할머니는 불씨가 담긴 그릇을 헤집었다. 그 위에 할머니의 흰머리를 올려놓자 지글지글 끓는 소리를 내면서 타오르기 시작했다. 단백질을 태우는 노린내가 멀리까지 진동했다. 그러자 눈앞에서 벌어지는 그야말로 희한한 광경에 놀라 사람들은 저마다 탄성을 올렸다. 외할머니가 아무리 타일러도 그때까지 움쩍도 하지 않고 그토록 오랜 시간을 버티던 그것이 서서히 움직이기 시작한 것이다. 감나무 가지를 친친 감았던 몸뚱이가 스르르 풀리면서 구렁이는 땅바닥으로 툭 떨어졌다. 떨어진 자리에서 잠시 머뭇거린 다음 구렁이는 꿈틀꿈틀 기어 외할머니 앞으로 다가왔다. 외할머니가 한쪽으로 비켜서면서 길을 터주었다. 이리저리 움직이는 대로 뒤를 따라가며 외할머니는 연신 소리를 질렀다. 새막에서 참새 떼를 쫓을 때처럼 "쉬이! 쉬이!" 하고 소리를 지르면서 손뼉까지 쳤다. 누런 비늘 가죽을 번들번들 뒤틀면서 그것은 소리없이 땅바닥을 기었다. 안방에 있던 식구들도 마루로 몰려나와 마당 한복판을 가로질러 오는 기다란 그것을 모두 질린 표정으로 내려다보고 있었다. 꼬리를 잔뜩 사려 가랑이 사이에 감춘 워리란 놈이 그래도 꼴값을 하느라고 마루 밑에서 다 죽어가는 소리로 짖어대고 있었다. 몸뚱이의 움직임과는 여전히 따로 노는 꼬리 부분을 왼쪽으로 뻬딱하게 흔들거리면서 그것은 방향을 바꾸어 헛간과 부엌 사이 공지를 천천히 지나갔다.

"쉬이! 쉬어이!"

외할머니의 쉰 목청을 뒤로 받으며 그것은 우물곁을 거쳐 넓은 뒤란을 어느덧 완전히 통과했다. 다음은 숲이 우거진 대밭이었다.

"고맙네, 이 사람! 집안일은 죄다 성님한티 맡기고 자네 혼잣몸뎅이나 지발 성혀서 먼 걸음 펜안히 가소. 뒷일은 아모 염려 말고 그저 펜안히 가소. 증말 고맙네, 이 사람아."

장마철에 무성히 돋아난 죽순과 대나무 사이로 모습을 완전히 감추기까지 외할머니는 우물곁에 서서 마지막 당부의 말로 구렁이를 배웅하고 있었다.

이웃 마을 용상리까지 가서 진구네 아버지가 의원을 모시고 왔다. 졸도한 지 서너 시간 만에야 겨우 할머니는 의식을 회복할 수 있었다. 그 서너 시간이 무의식의 세계에서는 서너 달에 해당되는 먼 여행이었던 듯 할머니는 방 안을 휘이 둘러보면서 정말 오래간만에 집에 돌아온 사람 같은 표정을 지었다.

"갔냐?"

이것이 맑은 정신을 되찾고 나서 맨 처음 할머니가 꺼낸 말이었다. 고모가 말뜻을 재빨리 알아듣고 고개를 끄덕였다. 인제는 안심했다는 듯이 할머니는 눈을 지그시 내리깔았다. 할머니가 까무러친 후에 일어났던 일들을 고모가 조용히 설명해주었다. 외할머니가 사람들을 내쫓고 감나무 밑에 가서 타이른 이야기, 할머니의 머리카락을 태워 감나무에서 내려오게 한 이야기, 대밭 속으로 사라질 때까지 시종일관 행동을 같이하면서 바래다준 이야기…… 간혹 가다 한 대목씩 빠지거나 약간 모자란다 싶은 이야기는 어머니가 옆에서 상세히 설명을 보충해놓았다. 할머니는 소리 없이 울고 있었다. 두 눈에서 하염없이 솟는 눈물방울이 훌쭉한 볼고랑을 타고 베갯잇으로 줄줄 흘러내렸다. 이야기를 다 듣고 나서 할머니는 사돈을 큰방으로 모셔오도록 아버지한테 분부했다. 사랑채에서 쉬고 있던 외할머니가 아버지 뒤를 따라 큰방으로 건너왔다. 외할머니로서는 벌써 오래전에 할머니하고 한 다래끼 단단히 벌인 이후로 처음 있는 큰방 출입이었다.

"고맙소."

정기가 꺼진 우묵한 눈을 치켜 간신히 외할머니를 올려다보면서 할머니는 목이 꽉 메었다.

"사분도 별시런 말씀을 다……."

외할머니도 말끝을 마무르지 못했다.

"야한티서 이얘기는 다 들었소. 내가 당혀야 헐 일을 사분이 대신 맡었구랴. 그 험헌 일을 다 치르노라고 얼매나 수고시렀으꼬."

"인자는 다 지나간 일이닝게 그런 말씀 고만두시고 어서어서 뫔이나 잘 추시리기라우."

"고맙소, 참말로 고맙구랴."

할머니가 손을 내밀었다. 외할머니가 그 손을 잡았다. 손을 맞잡은 채 두 할머니는 한동안 말을 잇지 못했다. 그러다가 할머니 쪽에서 먼저 입을 열어 아직도 남아 있는 근심을 털어놓았다.

"탈 없이 잘 가기나 혔는지 몰라라우."

"염려 마시랑게요. 지금쯤 어디 가서 펜안히 거처험시나 사분댁 터주 노릇을 퇵퇵이 허고 있을 것이요."

그만한 이야기를 나누는 데도 대번에 기운이 까라져 할머니는 가쁜 숨을 몰아쉬었다. 가까스로 할머니가 잠들기를 기다려 구완을 맡은 고모만을 남기고 모두들 큰방을 물러나왔다.

그날 저녁에 할머니는 또 까무러쳤다. 의식이 없는 중에도 댓 숟갈 흘려넣은 미음과 탕약을 입 밖으로 죄다 토해버렸다. 그리고 이튿날부터는 마치 육체의 운동장에서 정신이란 이름의 장난꾸러기가 들어왔다 나갔다 숨바꼭질하기를 수없이 되풀이 하는 것 같은 고통의 시간의 연속이었다. 대소변을 일일이 받아내는 고역을 치러가면서 할머니는 꼬박 한 주일을 더 버티었다. 안에 있는 아들보다 밖에 있는 아들을 언제나 더 생각했던 할머니는 마지막 날 밤에 다 타버린 촛불이 스러지듯 그렇게 눈을 감았다. 할머니의 긴 일생 가운데서, 어떻게 생각하면, 잠도 안 자고 먹지도 않고, 그러고도 놀라운 기력으로 며칠 동안이나 식구들을 들볶아대면서 삼촌을 기다리던 그 짧막한 기간이 사실은 꺼지기 직전에 마지막 한순간을 확 타오르는 촛불의 찬란함과 맞먹는, 할머니에겐 가장 자랑스럽고 행복에 넘치던 시간이었나 보다. 임종의 자리에서 할머니는 내 손을 잡고 내 지난날을 모두 용서해주었다. 나도 마음속으로 할머니의 모든 걸 용서했다.

정말 지루한 장마였다.

윤흥길(尹興吉)

1942년 전북 정읍 출생. 원광대학교 국문과 졸업. 1968년 한국일보 신춘문예에 단편 「회색 면류관의 계절」이 당선되어 등단. 한국문학작가상, 한국창작문학상, 현대문학상 등 수상. 『황혼의 집』(1976), 『아홉 켤레의 구두로 남은 사내』(1977), 『묵시의 바다』(1978), 『환상의 날개』(1979), 『무지개는 언제 뜨는가』(1979), 『장마』(1980), 『백치의 달』(1985), 『꿈꾸는 자의 나성』(1987), 『돛대도 아니 달고』(1987), 『말로만 중산층』(1989), 『빙청과 심홍』(1989), 『달국씨 일가의 쬐죄죄한 나날들』(1993), 『낫』(1995), 『소라단 가는 길』(2003) 등의 소설집과 『에미』(1982), 『완장』(1983), 『밟아도 아리랑』(1991) 등의 장편소설 출간.

작품 세계

윤흥길은 절도 있는 문체로 현실의 부조리와 기괴함을 묘사해왔다. 전쟁 체험을 회상하는 「장마」(1973)는 토착적인 공동체 감각이 분단을 극복하는 동력이 될 수 있다는 것을 제시하려고 한 작품이고 현실의 모순을 풍자와 반어로 드러내는 「아홉 켤레의 구두로 남은 사내」(1977)는 자신도 모르는 사이에 경찰의 감시 대상이 된 소시민이 아내의 수술비를 마련하려고 서투른 강도 행위를 한다는 이야기를 화자인 오선생의 시각으로 전달하는 작품이다. 파행적인 산업화는 현실을 비판하되 자신의 안락은 어떻게든 보존하려고 애쓰는 소시민의 희망을 여지없이 좌절시킨다. 윤흥길은 상징과 암시와 묘사를 적절하게 배합하여 산업화의 그늘에서 경험하는 소외의 양상을 예리하게 포착한다. 「창백한 중년」(1977)과 「직선과 곡선」(1977)에서도 그는 소시민의 삶이 패배와 파멸의 길을 따라갈 수밖에 없는 이유를 밝혀내고 소시민의 이중적 허위의식과 노동자 가족의 비극적 삶의 궤적을 추적한다. 『현대문학』에 연재한 장편 『완장』(1982. 3~1983. 2)에서 윤흥길은 풍자와 해학의 기법으로 권력의 생태를 비판하고 전통 패관문학의 입담을 살려내어 입말의 생동감으로 현실의 이면을 보여준다. 장편 『에미』(1982)는 시대의 폭력과 남편의 구박을 미륵신앙으로 견뎌내는 여인의 수난사를 따뜻한 시선으로 그려내는 작품으로서 이 소설에는 윤흥길의 인간에 대한 믿음과 화해에 대한 소망이 잘 나타나 있다.

「장마」

「장마」는 휴전 얼마 전의 어느 여름 장마철에 전라도 어느 집안에서 일어난 사건을 다룬다. 벌어진 사건은 국군 소위 권길준과 빨치산 김순철의 죽음이지만 소설 속에서 그들의 죽음은 간접적으로 전달되며 갈등은 한집에서 살고 있는 두 사돈댁 사이에서 전개된다. 아들의 전사 통지를 받은 외할머니가 건지산을 보며 빨갱이를 원망하자 둘째 아들이 산에 들어가 있는 할머니가 악을 쓰고 나선다. 화자인 어린 동만이가 초콜릿에 넘어가 삼촌이 집에 왔다 갔다는 말을 수사관에게 하게 되고, 그 때문에 아버지가 고초를 겪는다. 집에 들른 아들에게 자수를 권유하던 중에 인기척을 듣고 산으로 튀었는데 그때 밖에 있던 사람이 외할머니였다. 이래저래 얽히어 가족들은 엄청난 증오와 불화에 말려든다. 윤흥길은 더할 나위 없이 치밀하게 인물들의 대립을 드러낸다. 외할머니는 아들의 죽음을 예고할 때부터 무당 기질을 보여주며 할머니는 대가집 안주인으로서의 금도와 위엄을 처음부터 드러낸다. 끝없이 내리는 비는 이들의 불행한 갈등을 두드러지게 나타내는 배경이 된다. 치밀하게 계획하고 행동하는 권길준과 매사에 즉흥적으로 덤벼드는 김순철의 성격도 명확한 대조를 이룬다. 동만이는 이해할 수 없는 어른들의 갈등과 자기가 그 갈등에 한몫을 했다는 죄책감 때문에 어린 나이에도 죽고 싶어 한다. 수사관에게 속은 그는 어른의 세계는 배신의 세계임을 알고 절망한다. 그러나 이 소설에는 여러 곳에 화해의 가능성이 암시되어 있다. 할머니는 늙은이끼리 위로하고 살자고 외할머니와 그의 딸을 받아들이고, 갈 곳이 없게 된 권길준은 김순철이 좌익 일을 맡고 있는 사돈집으로 피신한다. 구장을 위시한 동네의 아무도 이 집 사람들을 꺼리지 않는다. 윤흥길이 보기에 동족상잔의 피해는 컸으나 그래도 이러한 끈끈한 정이 최악의 상황을 견뎌낼 수 있는 힘이 된 것이었다. "아무 날 아무 시"에 돌아온다는 점쟁이의 말을 믿고 할머니는 옷과 음식을 마련하고 한밤에도 장명등을 켜놓는다. 바로 그날 오후에 삼촌이 아니라 상처 입은 구렁이가 대문으로 들어온다. 할머니가 기절한 뒤 외할머니는 동네 아이들을 쫓아내고 감나무 위에 똬리를 튼 구렁이에게 비손이를 하며 달래어 대밭으로 들여보낸다. 깨어난 할머니는 사돈과 화해하고 얼마 후에 세상을 뜬다. 노인들은 구렁이를 보는 순간에 그것이 원통하게 죽은 이의 넋임을 알아본다. 이데올로기가 갈라놓은 세상을 샤머니즘이 다시 통하게 한다. 아들과 신앙 사이에서 갈등하다 아들이 죽은 후 신앙을 잃고 못으로 들어가는 「무녀도」의 모화와 「장마」의 두 노인은 너무도 유사한 데가 많다. 그러나 화해의 희망을 보존하고 있다는 의미에서 「장마」는 「무녀도」의 비극적 결말과 대조된다.

주요 참고 문헌

윤흥길의 「장마」에 대한 주요한 논의로 홍성원은 「한국전쟁에 대한 새로운 조명」(『문학과지성』, 1973년 여름호)에서 화자의 시각에 들어있는 두 겹의 시선과 이데올로기의 대립을 넘어설 수 있는 미시적 세부 묘사에 주목한다. 김병익은 「분단의식의 문학적 전개」(『문학과지성』, 1979년 여름호)에서 전통적 문화가치가 근대적 이데올로기의 대립을 극복하는 과정을 심도 있게 분석하고 있다. 김병익·김현 편 『윤흥길』(은애, 1979)에는 다양한 필자들이 쓴 윤흥길의 작품론과 작가론이 실려 있다. 천이두는 「묘사와 실험」(『장마』 해설, 민음사, 1980)에서 거리와 시점, 상징적 장치들에 주목하면서 윤흥길 소설의 형식과 미학을 해명한다. _김인환

오정희
저녁의 게임

꼭 내장까지 들여다보이는 것 같잖아. 밥물이 끓어 넘친 자국을 처음에는 젖은 행주로, 다음에는 마른 행주로 꼼꼼히 문지르며 나는 새삼 마루와 부엌을 훤히 튼, 소위 입식 구조라는 것을 원망하는 시늉으로 등을 보이는 불안을 무마하려 애썼다. 그래도 가스레인지 주변의, 점점이 뿌려진 몇 점의 얼룩은 여전히 희미한 자국으로 남았다. 아마 지난겨울 아버지가 약을 끓이다가 부주의로 흘린 자국일 것이다. 승검초의 뿌리와 비단개구리, 검은콩과 두꺼비 기름을 넣고 불 위에 얹어 갈색의 거품이 끓어오를 즈음 꿀을 넣고 천천히 휘저어 검은 묵처럼 만든 그것을 겨우내 장복하며 아버지는, 피가 맑아지고 변비가 없어진단다라고 말했었다. 내의 바람으로 군용 항고에 콜타르처럼 꺼멓게 엉기는 액체를 긴 나무젓가락으로 휘젓고 있는 아버지는 영락없이 중세의 연금술사였다.

약을 달이는 동안 내내 누릿하고 매움한 냄새는 집 안 곳곳에 스미들고 비단개구리의 살과 뼈는 독한 연기로 피어올라 마침내 낙진처럼 무겁고 끈끈하게 내려앉았다. 나는 빈혈증과 구역질로 헐떡이며 건성의 피부에 더럽게 피어나는 버짐과 잔주름으로 거울 앞에 매달렸다. 얼룩은 변질된 스테인리스로 기억보다

---

* 「저녁의 게임」은 『문학사상』 1979년 1월호에 발표되었고, 이후 소설집 『유년의 뜰』(소설 명작선 14, 문학과지성사, 1981 ; 1998)에 수록되었다.

독하고 오래 남아 있을 것이다.

모든 것은 어제와 다름없이 잘되었다. 부엌 선반의 시계는 다섯 시 반을 가리키고 밥은 한참 뜸이 들어가는 중이고 노릇노릇 구워진 생선에서는 비늘 타는 연기가 희미하게 피어올랐다.

서향의 창으로 비껴든 햇빛은 젖은 도마의 잘게 파인 홈마다 낀 찌끼를 뒤져내고 칼 빛을 죽이며 개수대의 물에 굴절되어 물속의 뿌연 앙금을 떠올렸다.

가로로 길게 낸 부엌 창을 통해, 사역을 마치고 빈터를 가로질러 돌아가는 소년원생들의 행렬이 보이는 것도 여느 날과 다름없었다.

칠팔십 명 정도는 좋이 될 그들은 한결같이 바랜 듯한 회색 작업복에 같은 색 모자를 쓰고 있었는데 수의라는 이쪽의 선입견이 작용한 탓일까, 아니면 빈터에 흐름 직한 바람을 짐작한 탓일까, 나는 늘상 헐겁게 걸친 작업복 아래 소름이 돋은 깔깔한 맨살을 만지는 듯한 쓸쓸함을 느끼곤 했다. 귀가 맞지 않게 잘라진 낡은 천 조각처럼 펄럭이며 느리게 움직이는 그 행렬은 거대한 수레바퀴가 느리고 둔중하게 굴러가는 모습이나 어쩌면 길고 긴 라단조의 휘파람 소리 같기도 했다.

행렬의 앞과 뒤에는 각각 한걸음 정도 떨어져 감시원인 듯한, 점퍼 차림의 사내가 호위하고 있었다.

그들을 가까이에서 본 적이 없다면 나는 부근 어딘가에 아마 군인들의 막사가 있는 모양이라고 무심히 보아넘길 뿐 낮고 음울한 휘파람 소리나 인과(因果)의 보이지 않는 손에 의해 한없이 돌아가는 지옥의 연자맷돌 따위 어린아이와 같은 공상으로 하염없이 바라보는 일 따위는 없었을 것이다.

언젠가 나는 개를 끌고 저녁 산책에 나갔다가 그들을 처음 만났다. 문득 멀지 않은 야산을 끼고 돌아앉은 소년원을 떠올리며, 아, 뜻 모를 탄성으로 고개를 주억거리다가 본능적인 수치심으로 개줄을 팽팽 끌어당기며 외면을 했다. 행렬의 가운데에서 깜짝 놀랄 만큼 앳된 얼굴이 나를 바라보고 있었다. 나이를 짐작할 수 없는 소년의 눈빛은 선연하도록 맑았다. 단지 제복에서 문득 느껴지는 청신함 때문이었을까, 둥근 볼에 떠오른 차가운 핏기에서 문득 자각되어진 자신의 노추(老醜)에 대한 의식 때문이었을까.

　소년은 곧 한 떼의 무리로 뒤섞여 내 곁을 지나쳤다. 나는 그 애의 얼굴을 전혀 떠올릴 수가 없었다. 만약 그들 전체를 한 줄로 세워놓고 살핀데도 나는 그 애를 찾아낼 수 없을 것이다. 그런데도 선연하도록 맑은 눈빛은 하나의 느낌으로 남아 매일 그 시간이면 부엌 창문을 통해, 그 애가 있음 직한 위치를 어림해 보는 헛된 노력을 하는 것이었다.

　그들이 들판을 거의 다 지날 무렵 무리의 중간쯤에서 조그만 동요가 생겼다. 한 소년이 벗겨진 신발을 고쳐 신기 위해 엎드린 것이다. 소년의 뒤로 갑자기 행렬이 주춤하고 곧 뒤에서 따라가던 점퍼 차림의 사내가 다가갔다. 나는 무언가 반짝이는 것을 그 소년이 집어 올려 소매 속에 재빨리 집어넣었다고 생각했다. 아니면 신발 속에 감추었을지도. 소년은 사내가 다가가자 허리를 펴고 손바닥을 털었다. 그들은 더 무어라고 이야기를 하고 있었으나 이곳에서는 마치 수화를 하고 있는 듯 보였다.

　사내는 다시금 제자리로 돌아가고 그들은 잠시 벌어졌던 거리를 메우느라 조금 빠르게 움직였다. 역시 아무것도 아니었을 것이다. 햇빛이 스러진 들판에 반짝거릴 무엇이 있을 것인가.

　들판이 끝나는 산등성이, 드문드문 이미 공사가 반쯤 되었거나 추위가 오기 전 마지막 손길을 서두르는 집들이 서 있던 택지를 끼고 그들은 시계에서 사라졌다. 길고 긴 휘파람 소리도, 둔중한 수레바퀴도 사라졌다.

　나는 개수대 마개를 뽑았다. 그리고 부글부글 거품을 만들며 소용돌이쳐 순식간에 빠져나가는 물을 만족스럽게 바라보았다. 그렇다, 막힌 구멍은 낮에 수선공이 와서 뚫었다. 개수대 구멍에서는 물이 빠지지 않아 늘 썩은 냄새가 났었다. 깔때기 모양의 압축기로 몇 번 펌프질을 하자 끌어올려진 것은 섬유질만 남은 야채 줄기와 뒤엉킨 머리칼 뭉치였다. 어느새 등 뒤에 온 아버지는 거 봐라 하는 표정으로 그것을 오랫동안 바라보았다.

　여섯 시가 되어가고 있다. 부엌의 한쪽 벽에 붙여놓은 식탁에 습관적으로 세 벌의 수저를 놓다가 깜짝 놀라 한 벌을 다시 수저통에 넣었다. 수선을 떨 건 없어, 오빠는 오늘도 돌아오지 않으리라는 사실을 확실히 알면서도 손은 관성의 법칙을 이행한 것뿐이니까.

"애야, 까치가 어느 쪽을 보고 우니?"

아버지의 물음에 나는 소년원생들이 사라진 빈터의 키 높은 포플러를 올려다보았다. 누릿누릿 물들기 시작한 이파리 사이, 나무의 우듬지 끝에서 까치가 울고 있었다.

"렌즈를 빼버렸어요."

나는 그릇 소리를 내며 대답했다. 콘택트렌즈가 없으면 장님이나 다를 바 없다는 것을 알면서도 아버지는 고집스럽게 되풀이했다.

"까치가 우는 쪽으로 침을 뱉어라. 저녁 까치는 재수가 없단다."

"잘 안 보인다니까요."

"렌즈를 어쨌니, 또 잃어버렸구나. 그러길래 안 쓸 때는 꼭 물에 담가두랬잖니?"

렌즈를 빼버렸다는 것은 거짓말이다. 동공에 정확히 부착된 렌즈를 통해 나는 우듬지 끝에 앉아 이편을 보고 우는 까치의 기름이 묻은 듯 검게 빛나는 깃털이며 강철처럼 단단해 뵈는 날개를 터는 모습까지 확연히 보고 있는 것이다.

나는 햇빛이 물러가 어둑신한 마루의 의자에 등을 파묻고 앉아 있는 아버지를 잠깐 눈살을 찌푸려 바라보다가 선반에 올려놓은 녹음기의 작동 스위치를 눌렀다. 낮에 들었던 코다이의 관현악 서주부가 귀에서 뱅뱅 돌았다. 스르슥 테이프 돌아가는 소리가 느리고 약하게 들려왔다. 녹음이 안 된 걸까 의아해하는데 느닷없이 연주가 시작되었다.

아마 희망 음악 시간이었나보았다. 라디오에서 귀에 익은 곡이 나오자 나는 갑자기 그것을 녹음해볼 생각이 났다. 녹음기는 구형 소니였는데 오빠의 것이었다. 오랫동안 사용하지 않고 처박아둔 그것을 찾아내어 먼지를 털고 서랍을 뒤져 빈 테이프를 찾아 걸었을 때는 이미 서주부가 끝났을 때였다. 오래된 음반인지 원음보다 잡음이 더 많았다. 중간에 끄지 않은 건 순전히 귀찮기 때문이었다.

십 분쯤 듣다가 스위치를 눌러 끄고 나는 조금 딱딱한 음성을 만들어 말했다.

"저녁 준비 됐어요."

귀를 후비던 새끼손가락의 손톱을 엄지손가락과 맞부딪쳐 탁탁 털고 난 뒤 의자에서 힘겹게 몸을 일으키는 아버지의 모습은 기척만으로도 알 수 있었다.

화장실에서 쏴아 물 트는 소리, 물이 내려가는 소리를 한 겹 벽 너머로 들으며 나는 말끔히 닦인 식탁을 다시 행주로 문질렀다.

"수건 있니?"

아버지가 물이 뚝뚝 떨어지는 손을 획획 뿌리며 부엌으로 들어왔다.

"목욕탕에 있는 걸 쓰시지 그래요."

"더럽고 축축하더라."

그건 거짓말이다. 낮에 개수대를 뚫은 수선공이 쓴 수건을 새 수건으로 바꿔 걸었던 것이다.

까치는 여전히 포플러 꼭대기에서 울어대고 있었다.

아버지는 종내 그 소리가 마음에 걸리는지 창으로 눈길을 주며 "아무래도 부엌이 잘못 앉았어. 저녁 해가 드는 게 좋지 않아"라고 혼잣말처럼 중얼거렸다.

아버지는 이태 전 위장을 반 넘게 잘라낸 뒤로 식사 시간이 길어졌다. 나는 되도록 느릿느릿 먹기에 신경을 써도 언제나 아버지가 식사를 반도 하기 전에 숟가락을 놓게 되곤 했다.

햇빛은 점점 물러가 어느새 문께에 한 줄기 얇은 금으로 남았다. 그것마저 곧 스미듯 사라져버리고 말 것이다.

음식을 씹을 때마다 완강히 드러나는 턱뼈와 무력하게 늘어진 목덜미의 주름이 눅눅하게 그늘 속에 잠기는 것을 나는 왠지 언다까운 마음으로 바라보았다.

가을 해는 짧아 저무는가 싶으면 이내 어둠이 온다.

"불을 켤까요?"

나는 가시를 바른 생선을 아버지 앞에 밀어놓으며 물었다.

"국이 식었어."

나는 가스를 틀어 국 냄비를 얹었다. 새파란 불꽃으로 타오르는 가스불은 늘 마법의 불을 연상시킨다.

아버지의 얼굴은 어둠 때문에 좀 침통해 보였고 끝이 조금 처진 콧날은 더욱 길게 늘어져 보였다. 내 얼굴도 역시 그렇게 보일 것이라는 것이 나를 까닭 없이 초조하게 만들었다.

데워진 국 냄비를 식탁에 놓고 나는 우정 그러하듯 조용히 일어나 녹음기의 스위치를 눌렀다. 첼로와 바이올린의 다투듯 소란스런 선율에 아버지는 잠깐 고개를 들었다 놓았다. 안단테의 3악장이 시작되었다. 아버지는 새김질을 하듯 천천히 씹고 조금씩 국을 떠 마셨다.

음악이 끝나고 빈 테이프가 돌아갔다. 한 시간용의 테이프는 곧 끊기고 멈춤 스위치가 올라갈 것이다.

"물을 다오."

식사를 마친 아버지가 트림을 하며 컵을 내밀었다.

컵에 물을 따르다가 나는 흠칫 손을 멈추었고 아버지는 반사적으로 몸을 돌려 마루를 바라보았다.

인기척도 없이 누군가 성큼 부엌 안으로 들어섰다. 탁하게 갈앉은, 밤새의 끽연으로 쉬고 갈라진 목소리…….

……이렇다 할 취미나 재미와는 담을 쌓고 살아온 그의 유일한 도락은 권총에 있었다. 만물이 잠들기를 기다려 벌거벗고 5연발의 총알이 장전된 총을 귀밑에 들이대는 것은 단순히 절대적 긴박감과 자유를 사랑했기 때문이다. 아니 자유가 아니라 유희일 것이다. 방아쇠에 손가락을 걸고 혹 누군가 불시에 문을 연다면, 혹 어디선가 엿보는 눈을 발견한다면, 혹 뜻하지 않게 등허리 부근을 모기에게 물린다면 자신의 의사와는 관계없이 거의 반사적인 행동으로 방아쇠를 당겨버릴지도 모른다는 데 생각이 이르면 머리의 혈관은 수만 볼트의 전류로 충전되고…….

방문객은 갑자기 사라졌다. 아버지와 나는 동시에 3인용 식탁의 비어 있는 자리를 바라보았다. 빈 테이프는 다시금 스륵스륵 돌아갔다. 나는 컵에 마저 물을 따랐다.

그것이 오빠의 목소리라는 것을 깨닫는 데는 조금 시간이 걸렸다.

재생되어지는 소리는 다 그런 걸까. 오빠의 목소리는 마치 망자의 혼백처럼 먼 곳에서부터, 그러나 이상한 절박감으로 우리에게 찾아왔다.

오빠는 종종 자신이 쓴 글을 녹음해서 들어보는 버릇이 있었다. 그러나 뒤처리는 항상 깨끗했기에 미처 지우지 못하고 남긴 부분이 있으리라는 생각은 할 수 없었다.

"불을 켤까요?"

스륵스륵 돌아가던 테이프가 다 감기고 털거덕 멈춤 스위치가 튕겨오르자 나는 갑작스런 어둠에 눈을 껌벅이며 한결 조심스러운 어투로 아버지에게 물었다.

불을 켜자 남포 모양의 갓을 씌운 전등빛으로 식탁은 느닷없이 튀어오르고 냉장고, 그릇장, 갈포를 바른 벽은 마치 암전된 무대의 소도구들처럼 갓그늘 뒤로 사라졌다.

아버지는 물로 우우 입가심을 한 뒤 방에 들어가 화투를 들고 나왔다. 그러고는 내가 식탁을 치우는 동안을 참지 못해 탁탁 신경질적으로 화투를 치기 시작했다.

둥근 불빛 아래 부얼부얼한 털 스웨터에 싸인 두꺼운 어깨가 벽에 거대한 그림자를 만들었다.

"다 저물었는데 뭘 하러 재수 패는 떼어요?"

와락와락 그릇을 씻으며 나는 물었다.

"저물었데도 끝난 건 아니잖느냐."

끝나지 않다니요! 무엇이요! 속으로 만문하면서도 예사로운 말투에서 예사롭지 않은 암시를 캐내려는 이쪽의 과민성이 우스워졌다.

씻은 그릇을 찬장에 넣고 앞치마를 벗으며 돌아서자 아버지는 늘어놓았던 화투패를 모두었다.

"뭐가 떨어졌어요?"

"손님이야."

아버지는 심드렁하게 내뱉었다.

"과일을 깎을까요?"

"커피를 마시겠어."

아버지의 치켜뜬 눈에서 조바심이 번뜩였다. 어서 내가 앉기를 바라는 것이다. 나는 찻물을 불에 얹고 마주앉았다.

"너부텀 하랴?"

"어딜요, 선(先)을 봐야죠."

나는 아버지가 쌓아놓은 화투를 듬뿍 떼었다. 매화 다섯 끗이 나왔다. 아버지가 흑싸리 껍질을 들어보이며 내게 화투를 밀어놓았다. 이미 두껍게 부풀어 오른 마흔여덟 장의 화투는 한 손 가득 잡혔다. 낡을 대로 낡아 처음의 그 차르륵 쏟아지는 신선한 감촉은 없이 눅눅하고 끈끈하게 손바닥에 달라붙었다.

"고루 쳐야 한다. 재수를 봤으니 한 덩어리로 뭉쳐 있을 게야…… 그만 쳐, 너무 치면 도로 제자리로 가버린다니깐."

나는 우선 아버지와 내 앞에 한 장씩 차례로 나눠놓는 것으로 쓸데없는 껍데기가 겹쳐 들어올 것을 겁내는 아버지의 조바심을 풀었다.

"물이 끓는다."

아버지는 자신의 몫인 열 장이 다 모일 때까지 뒤집혀진 채로의 화투에 손을 대지 않는다.

주전자 주둥이로 쉭쉭 물이 넘쳤다.

나는 화투장을 놓고 준비해둔 두 개의 찻잔에 물을 부었다. 스푼으로 젓는 동안 아버지는 뒤집혀진 내 패를 훔쳐보고 있을 것이다.

"내겐 사카린을 넣어라."

"알고 있어요."

아버지는 그러한 주의를 주지 않더라도 내가 설탕을 넣지 않으리라는 것을 물론 알고 있다. 단지 내 것을 훔쳐보는 손의 움직임을 은폐하려는 시늉일 뿐이었다.

아버지는 정기적으로 인슐린을 주사해야 하는 중증의 당뇨병 환자이다. 고유의 처방으로 비약(秘藥)을 장복해도 아침마다 변기에는 누렇게 거품 이는 당질(糖質)의 소변이 괴어 있었고 아버지는 그곳에 우울한 얼굴로 검사용 테이프의 끝을 담그곤 했다.

찻잔을 들고 식탁에 돌아와 내 몫의 화투를 거둬 쥐는 것을 보고야 아버지는 자신의 것을 모두어 쥐고 낡은 부채를 펴듯 조심스럽게 한 장씩 펴나갔다. 아버지의 입가로 만족한 웃음이 지나갔다. 식탁에는 여덟 장의 화투가 현란하게 깔려 있다.

"낙양은 꽃밭이로고. 밭이 암만 걸어도 뿌릴 씨가 없으니 어쩐다?"

아버지가 곁눈질로 내 패를 홀깃거렸다. 나도 화투장을 움켜쥔 채 단단히 진을 친 아버지의 것을 넘겨다보았다. 굳이 넘겨다볼 것까지도 없었다. 뒷면만을 보아도 무슨 패인지 환하게 알 수 있는 것이다. 아버지도 역시 마찬가지일 것이다. 가로로 비스듬히 금이 가 있는 것은 난초 다섯 끗, 왼쪽 귀퉁이가 둥글게 닳은 것은 목단 껍질, 오른쪽 모서리가 갈라진 것은 멧돼지가 그려진 붉은 싸리 열 끗이다. 뒤집어 들고 있는 것보다 그림이 그려진 앞면을 서로 상대방에게 보이는 것이 속임수가 가능할 만큼 아버지와 나는 화투장의 뒷면에 익숙해져 있는 것이다.

"단, 약, 칠띠, 사광 모두 보기다."

"물론이죠."

청띠를 두른 목단 다섯 끗도 단풍 열 끗도 쥐고 있는 아버지의 눈이 머물고 있는 것은 깔려 있는 팔공산 스무 끗이다. 그리고 얌전히 엎어져 들춰줄 것을 기다리는 것은 역시 공산 껍질이다. 댓바람에 스무 끗을 내놓고 껍질을 뒤집어 맞춰 쓸어가기가 민망해서 음흉을 부리고 있는 것이다. 아버지는 늘 그랬다. 한참 궁리 끝에 정말 이렇게 팔 수밖에 없다는 듯 억울한 얼굴로 공산 스무 끗을 내놓고 뒷장을 맞춰 쓸어갔다.

"벌써 스무 끗이네. 아버진 배짱이 좋으셔, 사광을 하실래요?"

나는 염치를 배짱으로 바꿔 말했다. 아버지가 어린아이처럼 입을 벌리고 천진하게 웃었다.

나는 풀썩 던지듯 붉은 싸리 다섯 끗을 먹었다.

"칠띠를 하겠구나."

"이제 하난 걸요. 어디 맘대로 되나요. 든 게 없는 걸요."

하지만 단풍을 깨뜨리고 아버지가 들고 있는 목단 청띠를 내놓게 해야지, 그런대로 삼약을 깨든가 아니면 해야 한다는 계산으로 머릿속은 바빴다.

"천 끗 내기를 하랴?"

"좋지요."

가을이 깊어지고 밤이 길어지면 천 끗 내기 정도로야 어림도 없을 것이다.

머리 위에서 자박자박 발소리가 들려왔다. 이어 칭얼대는 아이의 울음소리와 그것을 달래는 여자의 웅얼거리듯 낮은 자장가 소리가 들려왔다.

창은 먹지를 댄 듯 새카맣고 불빛 아래 아버지와 나는 어둠 속으로 한없이 가라앉고 있다는 느낌이 들었다. 우리는 마치 먼 옛날부터 이렇게 식탁을 마주하고 앉아 화투놀이를 해왔던 것 같다. 그 이전의 기억은 마치 유년 시절의 꿈처럼 현실과 공상이 뒤섞여 멀고 아리송했다. 패가 막히거나 제대로 풀리지 않으면 일단 변소를 다녀오는 노름꾼의 풍속대로 오빠는 자기의 패를 점쳐보기 위해 슬그머니 자리를 뜬 것이 아닐까.

"밤에 우는 건 나빠. 애들이 극성을 떨면 꼭 집안에 좋지 않은 일이 생기거든."

"저도 몹시 울었다면서요?"

수국 껍질을 모아들이며 나는 아버지의 말을 받았다.

잘 자라, 내 아기 밤새 편히 쉬고 아침이 창 앞에 다가올 때까지.

"네 어민 목청이 좋았었지."

그건 사실이었다. 유치원 보모였다는 어머니는 퍽 많은 노래를 알고 있었고 목소리가 고왔던 만큼 노래 부르기를 즐겨했다.

자장자장 우리 아가, 금자둥이 은자둥이 구슬 같은 눈을 감고 별빛 같은 눈을 감고 꿈나라로 가거라.

"네 차례다."

아버지도 역시 노랫소리에 귀를 기울이고 있었던 듯 문득 짜증스럽게 말했다. 지붕 위에서 여자는 결코 서두르는 법 없이 메트로놈의 움직임처럼 정확하게 베란다의 한쪽 난간에서 다른 한쪽 난간 사이를 오가고 있었다.

넉 달 전인가 새로 이 층에 세를 들어온 그 여자를 본 것은 손가락으로 꼽을 수 있을 정도였다. 이 층으로 올라가는 계단은 바깥쪽으로 나 있고 또 세를 든 사람은 샛문을 이용하게 되어 있기 때문에 부딪칠 일이 거의 없었던 것이다. 그러나 잠투정이 심한 아이는 초저녁부터 울어대기 시작하고 우리가 화투를 치고 있는 동안 밤이 깊을 때까지 그 여자는 낮고 단조로운 노래로 우는 아이를 달래며 이 층의 베란다, 우리들의 머리 위에서 발소리를 내는 것이었다.

손 안에 남은 석 장의 화투를 차례로 더듬다가 아버지가 들고 있는 홀 끗짜리 오동을 흘겨보며 오동 열 끗을 팽개치듯 내놓았다. 기다렸다는 듯 얼른 그것을 가져가며 아버지는 희희낙락 엉구렁을 떨었다.

"첫 끗발이 개끗발이라더니……."

"첫술에 배부를까요."

"불빛이 흐리구나, 트랜스를 써야 할까부다."

"시력이 나빠지신 탓일 거예요."

아버지와 나는 낡고 너덜너덜해진 각본으로 끊임없이 연극을 하고 있었다.

"여태 뭘 하고 있었담. 밑천은커녕 약값도 못 대겠어."

나는 팔을 뻗어 아버지가 벌어놓은 끗수를 헤아렸다. 아버지가 질겁을 하며 손을 치웠다.

"끝나기도 전에 남의 밥을 보는 법이 어디 있니. 나도 한 게 아무것도 없다."

"파장인데 어때요. 난 손털었어요."

마지막 패를 내밀자 아버지는 사쿠라 열 끗을 호기롭게 던지며 판을 쓸었다.

"손에 든 게 없으면 선도 말짱 헛거라니까요. 뒷장도 이렇게 안 맞을까."

나는 종이에 끗수를 적어넣고 화투장을 모아 아버지 앞에 밀어놓았다. 그리고 아버지가 화투를 섞는 동안 마루에 놓인 텔레비전을 틀었다. 화면은 연기가 낀 듯 흐릿하고 분주히 움직이는 사람들의 모습이 그림자처럼 잠깐 머뭇거리다가 사라졌다.

"전압이 낮아서 제대로 나오지 않는 거야. 대체 또 무슨 일이 일어났다는 거냐."

"영아원에 불이 났대요, 어린애들이 죽었다는군요."

"죽일 놈들, 오래 사는 게 욕이야."

아버지의 목소리에 생기가 돌았다.

"그게 어디 우리 탓인가요?"

나는 아버지의 목소리를 억누르듯 이 사이로 낮게 말했다. 정말 그게 우리 탓인가. 아가 아가 우리 아가 금자둥아, 은자둥아. 어머니는 꽃핀을 꽂고 노래를 불렀다. 네 엄마에게 다산은 무리였어. 아주 조그만 여자였거든.

"보세요, 화투가 끼였잖아요?"

비닐막이 반 넘게 갈라진 틈에 끼인 또 하나의 화투장을 가리키며 나는 조금 날카롭게 말했다.

"너무 오래 썼거든. 새걸로 바꿔야겠어."

아버지가 화투를 빼내며 히죽 웃었다. 동자혼(童子魂)이 씐 거라더군. 말도 안 되는 소리예요. 그 엉터리 기도원에 두는 게 아니었어요. 전도사도 박수도 아닌 사내는 어머니를 복숭아 가지로 후려쳤다. 살려줘, 아가 날 살려줘, 집에 돌아와서도 어머니는 복숭아 가지의 공포에서 헤어나지 못했다.

네 아버지의 생활이 문란해서 그런 거야. 머리통이 물주머니처럼 무르고 크게 부풀어오른 갓난아기를 가리키며 어머니는 조숙한 중학생이었던 오빠에게 노래하듯 말했다. 책가방의 끈이 끊어져 퉁퉁 골이 나서 집에 돌아왔을 때 어머니는 햇빛이 드는 창가에 거울을 놓고 앉아 머리를 빗고 있었다. 아기는? 내가 묻자 어머니는 고드름처럼 차가운 손가락을 목덜미에 얹으며 말했다. 인형을 사줄게.

병원에서 호송차가 왔을 때 어머니는 식탁 아래로 기어들었다. 아가, 난 싫어. 무서워. 날 데려가지 못하게 해줘. 호송인들에게 반짝 들려 나가며 내가 안 보일 때까지 고개를 비틀어 돌아보면서 소리쳤다. 왜 웃어, 왜 웃어. 심한 짓을 했다고 생각지 않으세요? 모르는 소리야. 달리 무슨 수가 있었겠니. 넌 아직 어렸고 또 무슨 일을 저지를지 몰랐어. 갓난애도 그렇게 없애지 않았니? 넌 마치 네 엄마가 그렇게 된 게 모두 내 탓이라는 투로구나. 잘 보살펴드릴 수도 있었어요. 외려 네 엄마에겐 그곳이 편한 곳이야. 친구들도 있고 가족이란 생각하듯 그렇게 대단한 건 아니야. 너부터도 내심 네 엄마를 가까이서 보지 않아도 된다는 걸 다행스럽게 생각하고 있지 않니? 그전에 번번이 네 혼담이 깨지던 것도 어미 탓이라고 원망했을걸. 나는 이마를 찡그렸다. 아버지는 화투장 뒷면에 가로질린 금을 손톱으로 긁어 지우려는 헛된 노력을 하고 있었다.

"어서 나누세요."

"그러자꾸나."

아버지가 한 장씩 화투를 나누었다.

그럴 기미는 너를 낳을 때부터 보였지. 온전했던 건 네 오빠 때뿐이었어.

"뭐 좀 할 만하니?"

비 스무 끗을 젖혀 맞추며 아버지가 나를 건너다보았다.

"고름이 살 되겠어요?"

송학을 집어오며 나는 문득 귀를 기울였다. 들판 건너에서 휘파람 소리가 들리는 듯했다. 어쩌면 바람결에 묻어오는 마른 꽃냄새가 코끝에서 감지되는 듯도 했다. 그럴 리가 없어. 나는 고개를 가로저었다.

"왜, 영 신통치가 않니?"

"천만에요."

그 애가 휘파람 소리로 나를 찾아오던 것이 십 년 전의 일인가 아니면 그보다 더 오랜 꿈속의 일인가. 늦은 밤 들판을 가로질러오는 휘파람 소리에 문을 열고 나가면 그 애는 마른 꽃냄새를 풍기며 서 있었다. 그 애가 오지 않게 되면서부터 나는 종종 자운영이 핀 논둑길을 열아홉 살 그 애와 나란히 걷는 꿈을 꾸었다. 대개 잠옷 차림에 머리에는 붉은 리본을 묶고 있었는데 늘 바람이 불고 어디선가 흐릿한 꽃냄새가 풍겼다. 벗은 채로인 발바닥 아래에서 부드러운 흙이 갯지렁이처럼 미끄럽게 꿈틀거렸다. 종달새 소리가 자욱이 눈 위로 덮이어 그 애는 눈을 껌벅이며 내게 말했다. 리본이 안 어울려요. 그래, 나는 붉은 리본을 달기에는 너무 나이를 먹었어. 어린애처럼 붉은 리본으로 묶는 것은 미치광이나 창부뿐이지. 나는 아버지의 손가락 사이에서 팔랑개비처럼 돌아가는 사쿠라를 보았다.

"굳은자를 가져가는 거야."

"그렇게 사정없이 몰아가면 전 뭘 먹으란 말예요?"

오빠는 어딜 가 있을까요. 그 녀석 얘기는 꺼내지도 마라. 아버지는 버럭 화를 내었다. 그 녀석이 생기기 전까지는 모든 것이 순조로웠어. 아버지는 둘이서 하는 화투놀이가 셋이서 하는 것보다 재미가 덜하다는 것 때문에 오빠의 부재를 노여워하는 걸까. 더러운 게임이야. 오빠가 어느 날 갑자기 식탁을 떨치고 일어나 팽팽하게 당겨진 줄의 한끝을 놓아버렸을 때 삼각의 구도는 깨지고 아버지와 나는 균형을 잃은 힘의 반동으로 형편없이 비틀거렸다.

나도 오빠처럼 훌쩍 나가버릴 수가 있을까. 침몰하는 선체에서 구명 조끼를 입고 결사적으로 탈출하듯 그렇게 달아나버릴 수 있을까. 나는 매조를 먹을까 칠띠를 깨뜨릴까에 긴장되어 있는 아버지의 얼굴을 새삼스럽게 바라보았다. 좁고 긴 얼굴, 매처럼 구부러진 코끝은 볼의 살이 빠짐에 따라 더욱 길게 늘어져 보였다. 아가, 날 데려가다오. 여긴 무섭고 쓸쓸하단다. 그러나 어디나 마찬가지예요. 화투는 아버지의 손에서 내 손으로 옮겨갔다.

"개발에 땀 날 때가 있구나."

거푸 두 판을 이기자 아버지는 심술난 얼굴로 야비하게 이죽거렸다.

나는 되도록 화투장에 눅눅히 배어 있는 온기를 의식지 않으려고 빨리빨리 손을 놀렸다. 아버지의 손에서는 늘 땀이 질척거렸다.

마지막 패인 국진 껍데기를 맥없이 내던지자 아버지는 호기롭게 화투장을 그러모았다.

"옛다, 사광이다. 넌 뭘 하고 있었니."

나는 종이에 아버지의 득점을, 그 무의미한 숫자를 기입했다. 텔레비전에서 10시 「행복의 쇼」 프로가 시작되었다. 아버지의 끗수가 천을 넘자 나는 화투판을 거두었다.
"약을 잡수셔야죠."
나는 탁자 모서리를 잡고 비틀거렸다.
"왜 그러니?"
화투장을 놓은 아버지는 한층 더 늙고 음울해 보였다.
"좀 어지러워서 그래요."
먼 데서 휘파람 소리가 들렸다. 싸르륵싸르륵 머릿속의 혈관이 텅텅 비어가는 듯한 악성 빈혈의 한 증상이라는 환청은 늘 휘파람 소리였다.
"어느 몹쓸 놈이 밤중에 휘파람을 부나. 망할 세상이야. 어서 집들이 들어서야지. 온갖 뜨내기 불량배들이 득시글거리니……."
아버지의 손이 버릇처럼 화투에 가 닿았다. 그러다가 문득 손에 가 닿는 내 눈길을 의식하며 슬그머니 움츠려 주머니에서 힘겹게 종잇조각을 내놓았다.
"이걸 봐라, 벌써 며칠째나 편지함에 있던 거다. 날짜에 안 내면 괜한 돈을 더 물게 된다는 걸 알잖니. 일이란 그때그때 처리해야 뒤탈이 없는 거야. 웬 전기세가 이렇게 많이 나왔는지 모르겠다. 전기는 쓰기에 따라 얼마든지 절약할 수도 있어."
아버지는 언젠가 전기세 가산료를 물었던 것을 또 들추어내는 것이다.
"냉장고는 벌써부터 안 돌리잖아요."
괜한 짓이다, 생각하면서도 나는 화가 나서 조금 떨리는 목소리로 대꾸했다. 전기세 고지서가 며칠째 편지함에서 자고 있었다는 건 아버지의 억지다. 아버지는 최소한 하루에 열 번쯤은 우편함을 열어보는 것이었다. 한 달에 한 번씩 날아오는 전기나 수도세 고지서 외에는 결코 어떠한 편지도 담겨본 적이 없는 늘 배고픈 듯, 텅텅 입을 벌리고 있는 우편함 앞에서 공연한 손짓으로 서성이는 아버지를 나는 공범끼리의 적의와 친밀감으로, 그리고 언제든 준비되어 있는 배반감으로 몰래 지켜보지 않았던가.
아버지는 고지서를 식탁의 모서리에 던져놓고 당당히 화투를 잡았다. 그러고는 피라미드형으로 늘어놓기 시작했다. 나는 맞은편에 턱을 받치고 앉아 늘어놓는 화투장을 하나씩 젖혀가는 아버지의 손을 바라보았다. 아버지는 화투 하나를 가지고 혼자서 할 수 있는 온갖 게임을 다 알고 있었다.

"뭐가 떨어졌어요?"

"님이 떨어지고 산보가 떨어졌다."

아버지가 문득 다정하게, 그러나 음침하게 빛나는 눈으로 나를 바라보았다.

"아직도 어지럽니? 피곤해 뵈는구나. 들어가 자거라."

빈 들을 질러오는 휘파람 소리는 어둠을 뚫고 더욱 명료하게 들려왔다. 아무래도 화투를 새걸로 한 벌 장만해야지, 패를 알고 하는 게임은 재미가 없어.

자박자박 여자의 발소리는 머리 위에서 잠시 머물다가 멀어져갔다.

"밤새 업고 재울 모양이군. 버릇이 고약하게 들었어."

나는 커다랗게 하품을 하며 눈을 비볐다.

"먼저 들어가겠어요. 약은 여기 있으니 드시고 너무 늦게 계시지 마세요. 문단속은 제가 할게요."

나는 쿵쿵 발소리를 내며 화장실로 들어갔다. 물을 세차게 틀어 오래오래 손을 씻었다. 그러고는 아버지가 뒤를 돌아보거나 하는 일이 결코 없으리라는 것을 알면서도 부엌에서 내비치는 불빛을 피해 발소리를 죽이며 벽에 몸을 붙이고 걸었다.

현관문은 소리 없이 열렸다. 몇 개의 디딤돌을 하나씩 건너뛰며 대문을 나왔다. 아직도 자장가를 웅얼거리며 이 층의 베란다를 서성거릴 여자의 눈길이 어디쯤 가 있을까에 조바심을 치며 담을 끼고 걸었다.

들판이 끝나는 곳, 밋밋한 언덕배기의 주택 공사장에서는 밤일을 하는지 군데군데 화톳불이 타오르고 있었다. 겨울이 오기 전 마쳐야 할 공사를 서두르고 있는 걸까.

나는 되도록 화톳불과 쓸쓸하게 매달린 알전구의 불빛을 멀찌감치 피해가며 걸음을 재촉했다.

반쯤 지어진 집의 곁, 머리 높이까지 쌓여진 시멘트 벽돌과 모래 더미 사이에 그는 서 있었다.

"기다리고 있었지. 좀 늦었군."

먼발치에서부터 나를 보고 있었던 듯 그는 쳐다보지도 않고 발부리로 모래더미를 쑤셔대며 말했다.

"어제와 마찬가진걸."

나는 마치 베일 속에서 말하듯 낮게 소곤거렸다.

"올 것 같아 일부러 일을 일찍 끝냈지."

그의 목소리에는 술기가 묻어 있었다. 이슬이 내리는 걸까. 이내 축축한 한기가 배어들었다. 그가 잠시 어찌해야 좋을지 모르는 듯 손을 잡았다. 손의 안쪽 마디마다 박인 못이 쇳조각처럼 딱딱했다. 크고 단단한 손이었다. 낮이라면 아마 대단히 더럽고 거칠게 보이는 손일 것이다.

"여긴 춥다구. 집이 비어 있어. 야방은 한참 술집에서 노닥거리는 중이야."

술기에도 불구하고 흥분 때문인지 그는 떨고 있었다.

그의 손바닥에는 축축이 땀이 차기 시작했다. 나는 손을 잡힌 채 깨진 시멘트 벽돌과 각목 토막들을 밟으며 집으로 들어갔다. 제기랄, 그는 상스럽게 내뱉었다.

"뭐가?"

"배선 공사가 안 됐어."

그러나 안은 두 벽에 반 넘게 차지한, 틀만 짜 넣은 창문과 뚫린 지붕으로 그닥 어둡지 않았다. 그가 대팻밥과 각목 토막들을 발로 지익지익 밀어 치워 자리를 내었다.

딱딱한 손이 스웨터 소매로 파고들었다. 그는 떨고 있었다. 그리고 그 흥분을 부끄러워하듯 몹시 성급하게 서둘렀다. 두 개째의 스웨터 단추를 벗기는 데 실패하자 그는 거칠게 스웨터를 목까지 걷어올렸다. 나는 숨을 죽이고 있었지만 다리 안쪽에 오스스 소름이 돋았다. 겨드랑이까지 드러난 맨살에 시멘트 바닥이 아프도록 차가워 등을 옴츠렸다. 그가 작업복 윗도리를 벗어 등에 받쳤다. 뚫린 하늘에서 크고 맑은 별들이 눈 위로 내려앉았다. 밤의 어둠 속에서는 늘 마른 꽃냄새가 났다. 안드로메다, 오리온, 카시오페이아, 큰곰…… 너는 무슨 별자리니, 전갈좌. 당신은 벽이 두껍고 조그만 창문이 있는 주택을 갖게 되며 카섹스를 즐깁니다. 수줍고 내성적이나 항상 로맨틱한 사랑을 꿈꿉니다. 꽃이 안 어울려요. 그래 꽃을 꽂기에는 너무 늙었어. 미친 여자나 창부가 아니면 머리에 꽃을 꽂지 않지.

"날이 추워지는군. 더 추워지면 한데서는 안 돼. 공사가 끝나려면 보름은 더 있어야 해. 하지만 뭐 그때까진 그닥 춥지 않겠지."

그가 으레 그래야 할 것처럼 내 머리칼을 만지작거리며 말했다.

"추운 건 싫어."

나는 킥킥 웃었다.

"다른 건 좋고? 당신 바람난 과부 아냐?"

그도 키들키들 웃었다.

멀리서부터 여럿이 어울려 되는 대로 불러대는 노랫소리가 들려왔다.

"이제들 오는군."

그가 일어나 등에 받쳤던 윗도리를 탁탁 털어 걸쳤다.

"내일 또 오겠어?"

시멘트 벽돌과 모래 더미 사이에 서서 그가 물었다.

"돈이 좀 있으면 줘."

그가 멈칫했다. 나는 내처 말했다.

"몸이 좋지 않아서 약을 먹어야 돼. 많이 달라곤 안 해."

그가 이 사이로 찌익 침을 뱉으며 낮게, 빌어먹을이라고 중얼거렸다.

"첨부터 순순히 굴더라니, 세금 안 내는 장사니 좀 싸겠지."

그가 부시럭대며 담배를 꺼내 입에 물고 불을 붙이는 시늉으로 성냥을 그어 길게 오른 불꽃을 내 얼굴 가까이 대었다. 나는 불꽃을 보며 길게 입을 벌려 웃어 보였다.

"제기랄, 철 지난 장사로군. 오늘은 없어. 모래가 간조니 생각 있으면 그때 와."

그는 몹시 기분이 상한 듯 함부로 침을 뱉었다. 나는 걸음을 빨리했다. 술 취한 한 떼의 노무자들이 어깨를 부딪치며 엇비껴 지나갔다.

대문은 열린 채였다. 이 층의 여자는 여태껏 칭얼대는 아이에게 자장가를 웅얼거리며 베란다에서 서성이고 있었다. 살그머니 현관문을 열고 들어서며 나는 몸에 밴 찬 공기를 손바닥으로 훑었다. 아버지는 여전히 식탁에 앉아서 재수패를 떼고 있었다.

"뭐가 떨어졌어요?"

"님이다. 어서 자거라."

아버지는 돌아보지도 않으며 투덕투덕 화투를 쳤다.

방에 들어와 전기 스위치를 올리고 나는 잠시 어쩔 줄을 몰라 멍청히 전등을 올려다보았다. 그러고는 생각난 듯 책상 서랍을 열었다.

아가, 날 데려가줘, 여긴 무섭고 쓸쓸하단다. 어머니는 막 글을 배우기 시작한 아이들처럼 크고 비뚤비뚤한 글씨로 비명을 질렀다. 그리고 여백마다 동체는 없이 공처럼 둥근 머리와 나뭇가지같이 뻗은 팔다리로 물구나무 선 사람들을 그려넣었다. 나는 종이 뭉치를 코에 대고 그 흐릿하게 피어나는 마른 꽃냄새를 들이마셨다. 장식 없는 펜던트의 뚜껑을 열면 희끗희끗한 잿빛 머리털에서도 역시 마른 꽃냄새가 풍겼다. 우리가 도착하자 기다렸다는 듯 관 뚜껑에 못질이 시작되었다. 시취를 풍기기 시작한 어머니에게서는 역시 연기처럼 매움한 꽃냄새가 났다. 뙤년들보다 더 더러웠지. 죽자고 목욕을 안 해도 향수는 꼭 뿌리곤 했어. 워낙 사치하고 허영심이 많았거든. 훗날 아버지는 말했다. 그렇다면 살비듬 내와 뒤섞인 향수 냄새일까.

나는 찬 방바닥에 몸을 뉘었다. 아버지가 아직 방에 들어가는 기척이 없다는 걸 떠올리며 나는 빈집에서처럼 스커트를 끌어 올리고 스웨터도 겨드랑이까지 걷어올렸다. 자박자박 여전히 아이를 재우는 여자의 발소리는 머리 위에서 들려왔다. 금자둥아 은자둥아 세상에서 귀한 아기. 나는 누운 채 손을 뻗어 스위치를 내렸다. 방은 조용한 어둠 속에 가라앉기 시작했다. 이윽고 집 전체가 수렁 같은 어둠 속으로 삐거덕거리며 서서히 잠겨들기 시작했다. 여자는 침몰하는 배의 마스트에 꽂힌, 구조를 청하는 낡은 헝겊 쪼가리처럼 밤새 헛되고 헛되이 펄럭일 것이다. 나는 내리누르는 수압으로 자신이 산산이 해체되어가는 절박감에 입을 벌리고 가쁜 숨을 내쉬며 문득 사내의 성냥 불빛에서처럼 입을 길게 벌리고 희미하게 웃어 보였다.

오정희(吳貞姬)

1947년 서울 출생. 1966년 서라벌예술대학교 문예창작과에 입학. 1968년 중앙일보 신춘문예에 「완구점 여인」이 당선되어 등단. 1978년에 춘천으로 이주, 과작이지만 작품활동을 계속함. 1979년 「저녁의 게임」으로 제3회 이상문학상을, 1982년 「동경」으로 제15회 동인문학상을, 1996년 「불꽃놀이」로 제9회 동서문학상 수상. 『불의 강』(1977), 『유년의 뜰』(1981), 『바람의 넋』(1986), 『불꽃놀이』(1996) 등의 소설집과 『새』(1996) 등의 경장편소설 출간.

작품 세계

오정희의 소설들은 이미지와 상징으로 직조된 언어, 시적인 문체, 치밀한 구성력 등으로 인해 소설쓰기의 전범으로 상찬받아왔다. 특히 그의 소설들은 여성들의 불우한 운명이라든지 여성성의 다양한 측면들을 형상화해왔다. 초기작 「완구점 여인」 「직녀」 「번제」 「불의 강」 등이 기형적인 몸과 도착적인 성이나 불임, 낙태 등을 주요 모티프로 삼아 여성성의 파괴적인 측면을 형상화했다면, 「유년의 뜰」 「중국인 거리」는 전쟁과 전후의 황량한 현실을 배경으로 한 여성의 성장을 내밀하게 그린 수작이다. 두번째 창작집 『바람의 넋』 이후에는 「바람의 넋」 「어둠의 집」 「야회」 등에서 볼 수 있는 바와 같이 중산층 여성들의 갇힌 현실과 집 밖으로의 탈출과 회귀 의식이 소설의 주요 주제로 등장한다. 또한 「동경」 「별사」에서처럼 삶의 불모성과 우리의 생 이면에 도사리고 있는 죽음에 대한 존재론적 성찰을 보여주기도 한다. 오랜 침묵을 깨고 1994년 발표한 「옛우물」은 과거 여성의 삶을 창조적으로 복원하고, 어머니됨의 운명을 수용함으로써 작가가 오랫동안 추구해온 여성성의 지평을 확장했다.

오정희의 소설들에서 공통적으로 나타나는 '여성의 광기'라든가 이미지의 '섬뜩함'은 가부장제의 촘촘한 그물망에서 벗어나려는 여성의 힘겨운 고투를 형상화한 것이다. 오정희의 소설은 한국전쟁이나 근대화가 야기한 남성혁 폭력이 여성의 트라우마 형성에 지배적인 기제가 되어왔음을 특유의 여성적 글쓰기를 통해 보여준다. 따라서 그녀의 소설은 텍스트의 성별이 사회적 텍스트이자 심리적 텍스트라는 양날의 칼을 벼리는 데 유효한 좌표로 기능한다는 점을 구체적으로 증거하는 사례로 기억될 것이다.

「저녁의 게임」

「저녁의 게임」은 아버지와 딸이 함께 저녁 식사를 마치고 화투놀이를 하는 단조로운 일상의 한 면을 그리고 있다. 이 작품은 오정희의 다른 작품들과 마찬가지로 현재와 과거를 넘나들면서 부녀가 벌이는 화투놀이를 심리적인 게임으로 전환시키고 있다. 서술 시간은 딸이 저녁상을 준비해서 식사를 하고, 치우고 아버지와 화투놀이를 한 후 집을 몰래 빠져나와 낯선 남자와 짧은 정사를 나누고 되돌아오기까지의 짧은 한때에 불과하다. 하지만 서사 중간 중간에 이 부녀간에 진행되는 팽팽한 심리 게임의 비밀을 밝혀줄 수 있는 몇 가지 과거의 사실들이 배치되어 있다. 엄마가 "머리통이 물주머니처럼 무르고 크게 부풀어오른" 연골체의 갓난아이를 낳게 된 것은 아버지의 '문란한 생활' 때문이라는 것, 결국 어머니는 아이를 죽이는 광기 어린 행동을 하다 정신병원에 갇힌 채 죽고, 이 때문에 가족 식탁의 한 구석을 차지하던 오빠마저 집을 나가게 되었다는 사실들이 단속적으로 밝혀지는 것이다.

이처럼 과거 사실들이 현재 부녀간의 팽팽한 심리적 갈등의 기원이 되고 있음은 과거와 현재, 현실과 환상 사이의 경계가 모호하게 진술되고 있는 데서 단적으로 드러난다. 가령 "그게 어디 우리 탓인가요? 나는 아버지의 목소리를 억누르듯 이 사이로 낮게 말했다. 정말 그게 우리 탓인가. 아가 아가 우리 아가 금자둥아, 은자둥아. 어머니는 꽃핀을 꽂고 노래를 불렀다. 네 엄마에게 다산은 무리였어. 아주 조그만 여자였거든"과 같은 구절을 보자. 현재 화투놀이 장면 중간에 삽입되어 있는 위 예문은 현재 나의 목소리, 과거 어머니의 자장가 소리, 어머니의 죽음에 대한 아버지의 진술이 중층적으로 얽혀 있어 현재와 과거, 행위와 진술의 주체 사이의 경계가 모호한 대표적 예라 할 수 있다. 이와 같은 모호함은 아버지와 딸 사이의 팽팽한 긴장감의 근원이 어머니의 광기와 죽음에 있음을, 그리고 어머니의 광기를 부른 것은 아버지의 질서임을 궁극적으로 드러내기 위한 서사적 장치이다.

작품 곳곳에는 부패와 퇴락을 상징하는 이미지들, 그로테스크한 몸의 형상이 넘쳐난다. 가령 물이 빠지지 않아 늘 썩은 냄새가 나는 개수대, 당뇨병으로 위장을 반 넘게 잘라낸 아버지의 늙고 병든 몸, 낡을대로 낡아 눅눅하고 끈끈해진 화투장, 어머니를 연상시키는 마른 꽃냄새, 어머니가 그린 "동체는 없이 공처럼 둥근 머리와 나뭇가지같이 뻗은 팔다리로 물구나무 선 사람" 등은 아버지로 대표되는 가부장적 질서의 억압성, 그로 인한 어머니의 광기와 죽음을 상징하는 것이다.

그녀가 아버지의 질서가 지배하는 집을 벗어나 낯선 남자와 정사를 나누고, "침몰하는 배의 마스트에 꽂힌, 구조를 청하는 낡은 헝겊 쪼가리"처럼 몸을 누인 채 자위를 하면서 "입을 길게 벌리고 희미하게 웃"는 광기 어린 행동을 하는 것은 아버지의 질서를 거부하려는 상징적인 몸짓이라 할 수 있다. 아버지에 의해 사치스럽고 허영심이 많은 여자로, 갓난애를 죽인 위험한 여자로 낙인 찍힌 어머니는 그녀의 몸속에 깃들어 있다. 어머니는 "아가 날 살려줘, 날 데려가줘"와 같은 단말마의 비명으로 기억의 저편에서 솟아오르거나, 이 층에 세 들어 사는 여자가 부르는 자장가 소리로 출몰한다. 때문에 그녀는 아버지의 질서에 순응하지 못한 채, 그렇다고 어머니의 기억으로부터 벗어나지도 못한 채 삶을 연기(演技)

할 수밖에 없다. 상대방이 쥐고 있는 패가 훤히 보이는데도 저녁의 화투 게임을 계속하는 것, 낯선 남자에게 스스로 몸을 내주거나 광기를 연기하는 것은 이 딸이 보여주는 심리적 저항이라 할 수 있다.

주요 참고 문헌

김경수의 「가부장제와 여성의 섹슈얼리티 — 오정희의 「저녁의 게임」론」(『현대소설연구』 22호, 2004. 6)은 이 작품을 가부장제하에서 여성으로서의 젠더의 의미를 자각한 여주인공이 아버지로 대표되는 가부장제 이념과 맞서는 게임으로 보고 있다. 또한 여성의 섹슈얼리티가 가부장제하에서 여성의 실존적 조건이며, 여성적 서사를 작동시키는 단초라는 점을 형상화한 작품으로 평가한다. 한편 이명호의 「몸의 반란, 몸의 창조」(『여성의 몸 — 시각, 쟁점, 역사』, 창비, 2005)는 엄마의 죽음을 제대로 애도하지 못하고, 그렇다고 아버지의 질서에 순응하지도 못하는 딸의 광기가 표출된 것으로 작품을 해석하고 있어 이채롭다. 즉 여성들은 가부장제 사회에서 어머니에 대한 욕망을 포기하고 아버지의 질서로 편입되어야 하는데 그렇지 못한 여성들은 병리적인 방식으로 어머니와의 유대를 표출할 수밖에 없다는 것이고, 이 작품은 그런 여성의 처지를 몸의 체험에 기반해 그리고 있다는 것이다.

_김양선

김주영
이장동화(貳章童話)

장손이 동화

호랑이를 잡으려면 산으로 가라. 이 말을 더러는 심드렁하게 반농담조로 지껄이고 있는데, 알고 보면 이 말처럼 확실하게 이가 맞아떨어지는 말씀도 드물었다. 두메 출신인 황만돌(黃萬乭)은 이 말씀을 몸소 실천에 옮겨볼 요량을 진작부터 해왔기에, 이제 그 결말을 얻으려 하고 있었다.

세상을 살아가는 동안, 적어도 출세라는 걸 감히 염두에 두고 있는 사람치고 똑똑한 마누라 맞아들일 것이 각별히 신경 쓰여 하며, 또 그것이 얼마나 큰 재산이 되던가를 일찍이 터득하지 않은 사람 없을 것이다. 말이 났으니까 이야긴데, 남자를 출세시키기 위해 얼마나 많은 여편네들이 이리 뛰고 저리 뛰던가를 눈 뜨고 사는 사람이면 다 알고 있는 터이겠고, 요사이 날고 긴다는 축에 끼인 명사들치고 그런 여편네의 치맛바람 덕을 한두 번 안 본 사람이 많지 않다고 딱 잡아뗄 수 있는 사람 손들어보라지. 구청 세정과 따위에서 나온 사람은 쥐뿔로 알아, 징수하지 못하게 된 적십자 회비 같은 걸 받으러 왔을 땐 코가 반죽이 되도록 쥐어박아 되돌려세우는 것부터, 적어도 제 동창 여럿은 사장, 국장급에

* 「이장동화」는 1974년 『한국문학』에 발표되었다. 여기서는 『도둑견습』(김주영 중단편전집 1, 문이당, 2001)에 수록된 것을 텍스트로 삼았다.

시집갈 수 있는 신변 여건을 가진 여자, 그런 여자가 황만돌에겐 절대 필요했다. 남편이 가져다주는 월급봉투 미련 두지 않고 짝짝 찢어서 사발밥 지어 퍼더버리고 앉아 아가리에 밥숟갈을 꾸역꾸역 이겨 넣고, 아이큐 70 이하의 정수리에 기계충 벗을 날 없는 으바리 같은 아새끼나 줄줄이 내지르고, 꼴같잖은 구공탄 가게 안주인과 꼭두새벽부터 싸움이나 벌여, 온 동네 골목 망신 치맛자락에 혼자 꿰매 차고 다니는 그런 여자를 아내로 맞이할 수는 도저히 없었으므로, 황만돌은 오직 일편단심으로 이 여자 대학 정문 근방에 하숙을 고정시키고 있었던 것이다.

말인즉슨 우리들은 떡을 짐으로 날라 와도 바꾸지 못할 그 발랄하고 의욕에 찬 청년기의 3년을 오직 눈알 하나 바로 박힌 여자를 구하기 위해 시골 새밭골 구석에서 대서울의 여자 대학 정문까지 쳐들어와 빌빌거려야 했던 장손이 황만돌의 충정을 어느 정도는 이해해주어야 한다는 것이다. 시골에 있는 그의 부친 또한 가게를 면면히 이어갈 종부(宗婦)를 원했던 것도 사실이었기에 황만돌의 고심은 이만저만이 아니었다.

그러나 감나무 밑이라 한들 입만 벌리고 누워 있을 순 없었다. 3년을 기다리는 동안, 그 모르게 꼭지 말라 떨어지는 감이야 좀 많았을까마는 제 입으로 용케 겨냥되어 떨어지는 감은 아예 없었던 것이다. 그러나 그놈의 대학 정문 근방을 비비적거리고 다니다 보면 어떤 계기라도 생기겠지 했던 것이 3년이 허송된 것이었다. 또 그렇다고 아무 깔치나 붙잡고 회합을 신청할 수도 없는 노릇이었다. 요사이 계집애들이란 골은 하품 나게 비었어도 도도하기 이를 데 없고, 그런 계집앨수록 바늘 쌈지 입에 물고 다니는 듯싶게 말 몇 마디로 사람 망신 주는 데는 일가견 이루고들 있는 편이어서 함부로 말 걸다간 갈데없는 치힌으로 간주되어, 코쭝배기에 썩은 가래라도 탁 뱉어버린다면 그야말로 땡 소리 한번 크게 나고 말 것이기 때문이었다.

그는 초조하고 비애스러웠다. 아침 출근길에, 길이 미어지도록 마주 걸어오는 그 8천의 여대생들 중에 세 것으로 섬지해둔 깔치 하나 없다는 게 한없이 비애스러웠다. 인생의 반려자 하나를 구하는 데 이렇게 긴 시간을 소비해야 한

다면 인생 칠십에 화끈한 변은 언제 보고 사느냐가 문제인 것이었다. 가을 이
슬까지 맞아가며 거미줄을 주렁주렁 달고 지지리도 오래 피던 꽃나무 같은 꼬
락서니로 살아갈 순 없는 노릇 아닌가.

그러나 꽃나무고 나발이고 간에 우선 걸려드는 깔치가 있어주어야 죽을 쑤든
지 요절을 내든지 결말을 낼 텐데, 3개 성상을 기다려야 그것이 이루어지질 않
더라는 얘기였다. 요사인 떼 지어 회합하는 일도 있어 어울리다 보면 어떻게 하
날 물어 쓱싹하는 방법도 있긴 한 모양인데, 황만돌이 제 바닥인 새밭골로 내려
간다면야 그 골에선 오리발로 별명 있을 만큼 안면 지면 많기도 하지만 낯설고
물선 서울 바닥에서야 그런 일 앞 터줄 시러베 같은 친구 한 놈 없던 터이었다.
그러나 고슴도치도 살친구 있다는 말로 찾아보면 제 짝이 어디든, 이 서울 바닥
한 모퉁이에서 똥을 싸고 있을지 호반의 벤치에서 신문을 보고 있을는지 몰라
도, 있긴 있을 것으로 믿었다. 그러던 어느 날, 황만돌이 디데이를 맞이한 것이
었다. 대학에서 오월제가 있다는 톱뉴스가 대학가 주변에 파다하게 퍼졌던 것
이다. 황만돌이 하숙 생활 3년 동안 대학의 오월제가 없었던 것은 아니었지만,
본시 작자 됨됨이 형광등이어서 그 착안을 이제서야 하게 된 것이었다.

오월제! 이 오월제를 그는 뛰어보자는 심산이었다. 뭐니 뭐니 해도 오월제의
절정은 쌍쌍 파티가 있는 마지막 날일 것이다. 물론 그날은 장안의 내로라는
서숙들이 대학으로 구름처럼 몰려들긴 하겠지만, 적어도 4, 5천 명의 여자들에
하나같이 상대가 갖추어지란 법이야 없을 것이고 보면, 생판 승산이 없는 것도
아니었다.

오월제의 마지막 날은 토요일이었다. 그는 그날 아침, 사무실에 출근하자마
자 시름시름 아픈 척을 하였다. 손으로 뱃구레를 꾹꾹 눌러보기도 했으며 허리
께를 만져보았다 하며, 은연중 주위 사람들의 대갈통에 저 녀석 어디 편찮은
곳이 있는가 보군, 하는 인상이 들도록 하자는 심산이었다. 나 오늘 조퇴해야
겠수다, 하고 박차고 일어서 나갈 배짱도 없는 주제고 보면 그런 작전밖에는
별도리 없었던 것이다. 그랬다가, 귀찮은데 그러지 말고 푹 쉬시지, 했다 하는
날이면 볼장 다 보는 판이니 그런 모험이야 어찌 자청해서 할 수 있겠느냐 말

이다. 그는 샐쭉거리기 잘하는 사환 금자를 시켜 고단위 소화제를 두 번인가 시위용으로 사다 먹고 난 후여서, 열 시가 못 되어 소화가 깡그리 돼버려 이젠 배조차 고파왔으므로 할 수 없이 어기적거리고 과장 앞으로 다가가서, "과장님, 아무래도 안 되겠습니다. 꾀병 같습니다만 집에 가서 좀 누워야 하겠습니다."

"왜 그러시오?"

"글쎄요, 저도 통 모를 일입니다. 뭘 잘못 먹은 모양이에요. 창자가 꼬인 건지 자꾸 배가 아픕니다."

"가보시오."

순전히 국민학교 3학년 아이의 작전이 척 맞아떨어지던 것에 황만돌은 붉은 혀를 날름하였다. 금방 뒈져가는 시늉으로 책상을 정리한 그는 주위에 인사도 하는 둥 마는 둥 밖으로 뛰쳐나왔다. 그는 10여 미터나 활기 있게 걷던 걸음을 딱 멈추었다. 그리고 다시 당장 숨넘어갈 놈의 몰골이 되어 건널목을 걸어갔다. 주위 사람들이 힐끗거리며 그를 쳐다보았다. 그의 사무실은 빌딩의 15층에 있었다. 그 15층에선 황만돌이 신촌행 버스를 타야 할 정류소까지의 길이 한눈에 내려다보였다. 그 사무실에서 누구라도 창밖으로 눈 돌려 노루같이 껑충거리며 정류소로 가고 있는 그를 보기라도 한다면, 그야말로 다 끓인 국에 콧물 떨구는 식은 고사하고 사람 모가지 자르기를 놀부 마누라 흥부 따귀 치듯 하는 개인 회사야 말하면 잔소릴 것이었다.

그는 그런 시늉으로 건널목을 건너서 근 1백 미터를 걸어 정류소까지 가긴 하였으나, 이놈의 버스가 좀처럼 와주질 않았다. 15층 그의 사무실 넓은 창이 그를 위협이라도 하는 듯 햇빛에 번쩍번쩍 빛났다. 눈알 하나 똑바로 박힌 여자 얻기 위해 왔다 갔다 하다가 애새끼 정말 망가 되는가 보다고 그는 속으로 실소도 하였다.

신촌행 버스가 그 앞에 당도하자, 금방 용기백배해서 삼총사처럼 버스 위로 몸을 날렸다. 주위 사람들이야 자기의 녹셈을 알 턱 없을 것이고, 또 안들 어쩌겠는가. 버스 속은 장안의 내로라는 젊은 서숙들로 초만원을 이루고 있었다.

이 녀석들이 전부 그리로 갈 놈들인 모양이군! 황만돌은 도도한 시선을 들어 버스 안을 휘둘러보았다. 그는 저돌적인 힘이 어깻죽지로 불끈 솟아오름을 느꼈다.

집에 당도하자 그는 재빨리 옷을 바꿔 입었다. 요사이 여자들은 치사한 넥타이나 매고, 옷깃 톡톡 털며, 마빡에 먼지 하나 없이 한평생 뛰어봐야 과장 노릇쯤으로 그 목숨 다할 전형적인 월급쟁이 차림새의 남자들을 무조건 싫어하고 있음을 그는 잘 알고 있었기 때문이었다. 스포티하고 어딘가 약간은 엉뚱해 보이는 구석이 있으며, 자기의 약점을 남의 이야기하듯 솔직하게 내뱉어버리며, 교통순경의 눈을 피해 건널목이 아닌 길을 아슬아슬하게 가로질러 가선 킥킥거리고 웃는 남자, 구두가 빤질거리지는 않되 진흙 따윈 묻히고 다니지 않으며 잠바의 앞 단추를 풀어헤쳤으되 똘마니로 보이진 않으며, 대가리에 남성용 쥬단학은 바르지 않았으되 머리카락이 자연스럽게 넘어가 있어서 바람이 불면 멋있게 나부껴주는 헤어스타일의 사내, 여자에게 고향이 어디며 나이가 몇 살이며 네 애빈 뭣 해 먹고사느냐 둥 미주알고주알 캐묻지 않는 대범한 남자, 연애 경험 있지 하며 반협박조로 여자의 과거사를 들추려 들지 않는 남자…… 대개 이런 유의 두루뭉술한 남자를 좋아하고 있다는 걸 황만돌은 미루어 알고 있었으므로, 그는 20여 분이나 소비하여 차림새에 신경을 쏟아 부었었다.

드디어 그는 견습 카우보이 비슷한 꼬라지가 되어 예의 여자 대학 정문을 어슬렁거리고 들어섰다. 쌍쌍 파티는 곧 열리려 하는지 교정은 짝 지은 선남선녀들로 입추의 여지가 없었다. 좀 켕기는 것을 참고 황만돌은 분홍빛 솜사탕을 두 개 사들고 교정 뒤편 동산 쪽으로 비슬거리며 올라갔다. 필경 제 짝을 못 찾았거나 바람맞은 공주가 몇몇은 미련 두고 동산 나뭇등걸에 기대어 서서 이 화창한 5월의 교정을 바라보며 서 있을 것으로 예상한 것이다.

그러나 그가 찾는 암거위는 좀처럼 발견되지 않았다. 근 한 시간 가까이나 솜사탕을 치켜들고 헤매던 끝에 인적이 드물고 교정의 소음이 먼 소리로 정리되어 들려오는 한 연못가에 노트 몇 권을 무릎 위에 포갠 채 연못에다 하염없이 돌을 던져 넣고 있는 여자 하나를 발견했다. 역시 내 임은 신문을 보고 있지는 않지만 호반에 있었던 것은 틀림없군! 그는 혼자 풀썩 웃었다.
 하늘색 스웨터를 가슴의 굴곡이 선명하게 드러나도록 꼭 껴입은 그녀는 방금 우유통에서 걸러낸 공주 같은 복숭앗빛 볼을 갖고 있었다. 분명 지극히 고집 세고 도덕적이며 고지식한 아버지와 오빠들 사이에서 사내새끼와는 손목 한번 잡아볼 기회 없이 스물두세 살의 인생을 살아가는 아가씨일 것임에 틀림없다고 그는 속으로 아주 단정해버렸다.
 황만돌이 가까이 다가가도 그녀는 인기척을 느끼지 못하고, 돌을 맞은 수면의 파문을 따라 시선을 빼앗기고 있었다. 연못에 비친 하늘엔 구름 한 점 없었다. 황만돌은 그녀의 등에서 두 걸음 간격쯤에 서서 역시 아무 말 없이 그렇게 바라보고 있었다. 가슴이 뛰는 것 같았다. 젠장, 벌써 가슴이 뛰다니, 나도 어지간히 허약하군. 그는 자신을 이렇게 달래었다. 나이 스물여덟 솜사탕 치켜들고 깔치 하나 꼬여보겠다고 언 동태처럼 삐죽 서 있는 자신의 몰골도 그리 바람직한 꼬락서니는 못 된다 싶어 모처럼 곤욕감도 스며들던 참이었는데, 그때 그녀가 갑자기 얼굴을 홱 뒤로 돌리더니 약간은 비양거리는 조로 말했던 것이다.
 "그중 하나 주시려면 얼른 주세요. 녹아요. 멍청하니 서 있지 말고."
 야 요것 봐라, 먼저 시빌 걸어오는군. 맹랑한 계집애군.
 "아, 네. 뭣을 열심히 생각하고 있는 것 같길래."
 "생각은요? 전 선생님이 저쪽 느티나무 숲에서 나올 적부터 줄곧 알고 있었던걸요."
 "네에, 그러셨군요."
 "아이, 대답도 민숭민숭하니 멋없어라."
 "뛰면서 대답하면 멋있을까요?"
 "아뇨."
 "그럼, 토끼뜀을 하면서 대답할까요?"
 "이렇게 귀를 잡고 말이죠? 아이참, 재미있을 것 같아요. 아하항항!"
 "아가씬 웃음이 재밌군요."

"아이, 흉보면 싫어요."

그녀는 어느새 황만돌의 왼손에 들려 있던 솜사탕 하나를 날렵히 빼앗아 들고는 토끼 항문같이 짙고 맑은 분홍색 혀를 내밀더니 솜사탕 한 가닥을 입속으로 날름 거두어들였다. 아이! 귀여워. 황만돌은 가슴이 짜릿하니 즐거웠다.

"짝이 바람맞혔나 보군요?"

"짝이 뭐예요. 전 그런 거 옛날부터 없었는걸요."

그들은 설왕설래 몇 마디 주고받다가 그 잊지 못할 연못가를 일어섰다. 점심을 사겠다고 황만돌이 제의했고, 옥자가 그것을 쾌히 응낙했기 때문이었다. 거기 앉아 있어보았자 말장난밖엔 더 할 것이 없었다. 자리를 떠서 숲길로 들어서자 옥자가 말했다.

"정말 노래라도 부르고 싶은 날이에요."

"노래라면 한 곡쯤은 외워둔 게 있지요."

"불러주실래요?"

옥자가 걸음을 사뿐히 멈추고 버선 꼬리같이 쪽 빠진 턱을 쳐들었다.

"옛날 어떤 동네에 바람난 아가씨, 온갖 산천 동네에 광고했더라, 어느 날 달밤에 대머리 까진 총각이, 깡깽이를 치면서 찾아왔더라, 깡깡 너의 깡깡 소리는 듣기가 좋아도, 너의 인물이 못나서 너는 딱지다, 딱지 맞은 저 총각 물러가면서, 이 세상에 처녀가 너 하나뿐이냐, 울면서 연애 걸자고 누가 먼저 콕콕 찔렀나, 누가 먼저 연애하자고 옆구리를 콕콕 찔렀나."

"황선생님, 너무너무 재밌다, 정말."

옥자는 그의 등을 가볍게 꼬집었다. 황만돌의 부푼 기분은 하늘 끝에 닿을 것만 같았다.

그들은 절정에 오른 오월제의 교정을 벗어나 정문까지 나왔고, 택시를 잡아타고 시내 한복판 시청 앞까지 우쭐거리며 달려 나왔다. 그들이 택시를 타고 시내까지 쳐들어온 것은 순전히 황만돌의 고집으로, 어떻게 치사하게 학교 주변의 백 원짜리 자장면을 나무젓가락으로 건져 올리며 먹겠느냐고 우긴 데서부터였고, 그녀는 가볍게 사양하다가 그의 완강한 주장에 다소곳이 순종해주었기 때문이었다. 적어도 황만돌의 속셈으로선, 그가 공자로 군림 않는다면 모처럼 잡은 파랑새를 놓치고 말 염려가 다분히 있다는 것이다. 그는 칼 빌딩의 스카이라운지로 옥자를 이끌었다. 그녀는 저항을 느끼는 듯 다소 불안한 시선으로 그를 힐끗 쳐다보았다.

"자주 찾아오는 단골입니다. 전망이 좋아서 늘 혼자 와보지요. 특히 토요일 오후 같은 때."

황만돌은 그녀에게 시위도 할 겸 짝 없이 외로운 수거위라는 걸 그녀에게 은근히 비춰주었다. 그녀는 햄버거를 오물거리며 귀엽게 먹었고, 황만돌은 야성미가 넘치는 몸짓으로 우물거리며 그것을 먹었다. 뭔가 오늘은 운수를 탄 날이라고 그는 속으로 쾌재를 불렀다. 달콤한 주스를 가볍게 마셔가며 두 시간쯤 노닥거리다가 스카이라운지를 내려왔다. 알랭 드롱이 나오는 연애 영화를 요사이 계집애들은 무턱대고 좋아하고 있으므로 그는 거리의 신문 판매대를 훑어보았다. 마침 가까운 영화관에서 그것을 상영하고 있었으므로 그들은 그 영화를 보았고, 그녀는 영화를 볼 동안 자주 고개 숙여 난처해하였다. 관람을 마치고 밖으로 나왔을 때 벌써 밤은 여덟 시를 넘고 있었으며, 근처의 식당에서 저녁을 먹고 또 다방에서 커피를 마시고 나왔을 땐 열 시를 넘고 있었다. 그동안 황만돌에겐 거금일 수밖에 없었던 8천 6백 원을 날려 보냈다. 한 달 살아갈 일이 깜깜절벽 같았다. 그러나 그것을 생각할 게 아니었다.

"집에 갈 시간이에요."

그렇게 오랜 시간을 다소곳하고 때로는 깨 쏟아지는 재미로 조잘거리던 옥자가 갑자기 심각한 낯반대기로 이렇게 말했다.

"헤어져야 하다니…… 옥자, 슬프군."

"내일 또 만나죠 뭐."

"그걸 누가 모르나. 지금 당장 옥자가 가버리면 난 늙은 개처럼 이 도시의 시꺼먼 골목길을 밤새워 걸어야 할 것 같아서 말이야."

"아이, 말만 들어도 불쌍하고 피곤해."

이렇게 말하면서도 그녀는 선뜻 손들어 빠이빠이 하지는 않았다. 황만돌은 초조해졌다. 어영부영하다간 그녀를 놓칠 것만 같았다.

"우리 골목길로 들어가!"

그는 옥자의 어깨에 가볍게 손을 얹었고, 그녀 역시 다소곳이 그의 말을 따랐다. 골목엔 여관도 많았다. 청심여관, 북청여관, 효일여관, 왜 저렇게 유독 여관 이름만은 고색창연한 것들뿐일까. 좀 귀엽고 아담하게 자극적인 이름을 가진 여관은 없을까. 그러나 여관 이름 타령으로 이 금 같은 시간을 흘려보낼 수는 없는 노릇이었다. 그는 어느 여관 앞에 그냥 우뚝 섰다. 젠장, 겨울이었다면 말하기 얼마나 좋을 것인가.

"옥자, 둘이서만 있고 싶지 않아?"

"지금 둘만 있잖아요?"

"아니, 아무도 보지 않는 완전한 둘만으로 말이야."

"아이, 능글리스트야" 하면서도 그녀는 정작 그 앞에서 떠날 요량은 않았던 것이다. 황만돌은 용기 내어 그녀를 현관으로 잡아끌었다. "아이, 촌스럽게 굴지 말아요" 하면서 그녀는 가볍게 끌려왔다. 그들은 방으로 들어갔고, 하여 조금은 반항하는 그녀를 그는 사정 두지 않고 정복해버렸다.

이튿날 아침, 그녀를 새벽같이 떠나보낸 황만돌은 비로소 자기가 많은 실수를 하고 있었음을 알게 되었다. 그녀가 그 대학의 문리대 3학년 학생이라는 건 알고 있었지만 무슨 과 전공이었는지, 그녀의 집 전화번호 같은 것도 물어두지 않았던 게 그것이었다. 아무리 미주알고주알 캐묻는 것을 싫어한다손 치더라도 최소한 그런 것쯤은 물어두어야 했을 것이다.

우리들의 황만돌은 옥자를 찾기 위해 4일을 회사에 무단결근하였고, 그리하여 그 4일을 몽땅 그 여자 대학 가의 주변 다방, 음악 감상실을 순례하는 데 홀랑 소비해버렸던 것이다. 그러나 그의 노력은 헛되지 않아서 4일째의 마지막 날 오후에 옥자를 발견해내는 데 성공했던 것이다. 마침 학교에서 수강을 끝내고 나온 모양으로 세 사람의 같은 또래의 친구들과 다방 모퉁이에 어울려 앉아 토스트를 사먹고 있었다. 황만돌은 금방 그리로 달려가고 싶었으나 그녀를 당황하게 만들고 싶지도 않았거니와 일변 그녀를 몇 시간쯤 몰래 관찰해보고 싶은 충동도 일어나 가만히 이쪽 자리에 앉았다. 그녀들은 오래지 않아 넷이 같이 일어나서 깡충거리며 출입구 쪽으로 걸어 나갔다. 그도 그 뒤를 따라 나갔다. 그녀들은 무엇이 그리 재미있는지 연신 낄낄 웃고 있었다. 그녀들은 대학으로 들어오는 긴 보도를 거슬러 올라가 서대문 쪽으로 근 1킬로의 거리를 그렇게 떠들며 웃고 걸었다. 저만치 사설 학관인 영심학원(永心學院)의 4층 건물이 희멀쑥하게 서 있었다. 그녀들은 그 건물 안으로 깡충거리고 들어간 것이었다. 저것들이 저긴 왜 들어간다지? 황만돌도 정신없이 그 건물 안으로 달려 들어갔다. 현관엔 커다란 게시판이 앞을 탁 막고 있었다. 마침 대학 진학반 국어 1이 강의되려는 시간이었다. 그는 계단을 두 개씩이나 뛰어 시간표가 가리킨 2층 수강실로 뛰어들었다. 옥자는 그 교실 맨 뒷좌석 줄에 앉아 있었다. 그녀는 먼저 온 더벅머리 남자애들과 싸가지 없게 툭툭 치며 깔깔 웃고 있었다. 황만돌은 시선에 부옇게 안개가 끼어옴을 느꼈다. 그때 황만돌의 어깨를 툭 치는 사람이 있었다. 차림새로 보아 건물 관리인인 것 같았다.

"어지간히 끈질기시군, 선생."

"끈질기다니요?"

"아직까지 재수를 하고 계시다니, 쯧쯧!" 하면서 그 관리인은 황만돌의 목덜미께를 뒤로 잡아끌었다.

한심이 동화

3년 전, 여자 나이 스물에 새밭골을 빠져나와 무작정 서울로 올라왔을 적만 하더라도 그녀에게 조금의 희망은 있었다. 구로단지 눈썹 공장에라도 취직하여 쉴 참 간간이 그 학생이 살고 있을 법한 곳을 물색해볼 수 있을 것이란 짐작이 그것이었다. 농촌 근로 봉사대로 새밭골에 내려왔던 그 서울 대학생에게 한심이는 19년 동안 생것으로 간직하고 있던 그것을 바치고 말았던 것이다. 키가 길길이 자란 담배밭 고랑에서 하늘을 모잽이로 쳐다보고 누워 한심이는 훌쩍훌쩍 울었고, 그 녀석은 가죽 허리띠를 절그럭거리고 채우면서 싱숭생숭하게 씨부렸던 것이다.

"밤하늘에 별도 총총하군! 야, 흐느끼는 시늉 하지 마. 서울 가면 금방 편지할게."

아시다시피 그 녀석이 어지간히 싱거운 놈 아니었다면 편지할 턱 없었고, 그 말을 철석같이 믿었던 한심이는 6개월을 기다렸고 그 기다림의 6개월이 그녀로 하여금 무작정 상경을 결심하게 만들었던 거였다. 그러나 말로만 듣던 구로단지는 빛도 못 보고 어느 고마우신 여편네를 만났고 그 여자 집에서 한 달을 공짜로 숙식을 제공 받을 동안 그녀는 접대부로 팔려 가지 않으면 안 될 처지가 되어버렸던 것이다. 영일옥. 맨 처음 팔려 간 집이 영등포 버스 종점 근방에 있는 술집이었다. 꿈에도 그리던 그 대학생은 만나보질 못했고, 또 만나볼 건덕지도 없게 되었다고 자포자기가 된 것은 영일옥으로 가서 일주일째 되던 날, 목욕이라곤 한 2년을 내리 잊고 살았다 싶게 온몸이 냄새투성이인 건너편 정육점의 칼잡이에게 몸 주고 나서부터였다. 거리에 핀 꽃일망정 순정은 있는 법이어서 처음 얼마 동안은 그놈의 대학생인가 뭔가 하는 놈의 낯반대기가 영 잊혀지질 않고 설절인 배춧잎처럼 퍼럭퍼럭 살아오르더니, 세월이 소금이라 시간 흘러가니 그것도 흐물흐물 잊혀지고 말았던 것이다.

그 정육점 최씨는 끔찍이도 한심이를 좋아했다. 최씨는 이틀이 멀다 하고 영일옥을 들락거렸고 한심이 역시 한번 몸 준 사람인 이상 미우나 고우나 그저 덤덤하게 대해주었던 것이다. 그와 사귀는 4개월 동안 한심이를 위시한 같은 집의 화심이나 길자는 쇠고기 한번 어금니 작살나게 얻어먹었다. 경주땅 최부자가 한참 잘나갈 적엔 쇠고기 살점 씹어 물만 빨고 뱉어버렸다더니 종내엔 년들 지랄하던 꼴이 꼭 그짝이었다. 시종 한심이에게만 반정신을 빼앗기고 지내던 최씨는 제 자신이 고기 베어 달아주고 월급 받는 주제에 돈 갑부 다음가게 흥청망청 돈 써댔고, 급기야는 그 정육점에서 쫓겨나는 신세가 되고 말았다. 한심이가 물론 그러는 최씨를 만류하는 척도 해보았지만 그는 막무가내였던 것이다. 그러나 정육점을 쫓겨나는 곤욕을 치렀을망정 그는 한심이를 잊어버릴 순 없었던가 보았다. 이제 그는 꼭두새벽부터 영일옥엘 찾아와선 남의 색시 방 아랫목에 떡두꺼비 모양으로 진 치고 앉아서 까놓고 공짜 술만 얻어 들이켜고 해장술에 파김치로 취해선 치근덕거려 주사를 부리기 시작했고, 급기야는 집 안 아무 데서나 그 칠칠치도 못한 서숙을 까 내놓고 오줌을 설설 갈겼다.

"이년아, 자리 떠. 이 계집애야, 땡 소리도 안 들리니? 하필이면 하고많은 것들 중에 그 말짜를 물었니?"

둘이 좋아지낼 적엔 기분 어쩌구 갖은 치사스러운 아양 다 떨어 쇠고기 얻어 한 시절 엉덩이 앞뒤로 잘도 살 올리던 선배 격인 화심이와 길자 년이 이젠 한심이 구박하길 팥쥐 어멈 콩쥐 몰아세우듯 하였다.

참다못한 한심이는 다시 중랑천 근방인 '옥돌옥'으로 자리를 옮겨 앉고 말던 것이다. 그래도 옛날엔 새밭골 언덕바지에서 조밭을 매고 있던 신세였을망정 낯반대기 하나만은 그 면내에서 소문깨나 퍼뜨리던 처지였던 터라 옥돌옥으로 옮겨 앉고 두 달이 못 되어, 얼씨구 이젠 두 녀석이 겹으로 찍어두고 다녔다. 줄 듯 줄 듯 하면서 안 줘보는 게 화류계 고집이요 안달인데, 적어도 처신을 그런 정도쯤 해나가 실수 없자면 이 생활도 3, 4년은 절어야 터득하는 기술이겠거늘, 그 생활 1년 남짓한 한심이에겐 달라는 놈 안 주고 배겨낼 요량이 당초부터 없었던 것이다. 어찌 잘못 사귀다 보면 매달 월급 선금으로 당겨 그놈의 뒤치다꺼리하고 다니기 예사고 먹다 남은 쑥떡 같은 본계집이라고 쳐들어와선 남의 여자 머리채를 제 집 마루걸레 쥐어짜듯 해놓곤 씨근덕거리고 물러나는 꼴도 보게 되었던 것으로, 아무리 속절없는 화류계 사랑이지만 재어볼 것은 재어봐야 실수가 덜하다는 것을 한심이 선배들은 늘 말해주었던 것이다. 총각이라 사귀고 보면 그놈 십중팔구는 백수건달이었고, 얌전해서 사귀어 보면 노름쟁이가 고작이었고, 멋쟁이여서 사귀고 보면 정릉 버스 종점에서 뱀탕 선전하는 약장수였던 것이다. 키가 멀쑥해서 가까이 해보면 이건 짝 없이 거만하고 되잖게 불쑥거려 잔재미 없었고, 키 작고 담차 보여 사귀어 보면 이건 떡값조차 떼먹고 달아나는 순 알도둑이었던 것이다. 세상 바닥에 나뒹구는 사내들이란, 공터에 내려앉은 까마귀 떼 같아서 어느 놈이 암컷이고 수컷인지 도대체

가려내기 그리 쉽지 않더란 것이다. 하물며 한심이 입장에선 더욱 그러하였다. 그렇다고 기왕에 망한 살림 일꾼 밥이나 봉두로 주듯 할 수도 없었지만, 이 접대부 생활이란 것이 어쩌다 보면 두 사람 한꺼번에 사귀어 크게 욕될 것도 없는 일이었다.

한심이가 옥돌옥에서 사귄 겹 애인 중의 한 사람은 상수도 검침원이었고, 한 사람은 요식업조합 수금원이었는데, 물론 두 사람에게 서로 상대편의 존재를 3개월가량 속여온 것은 사실이었다. 그러나 설령 그들이 서울 변두리를 전전하며 수도 검침이나 하고 요식업조합 경비 수금이나 하며 빌빌거리고 시(市) 복판으론 한 달에 한두 번 들락거릴까 말까 할 정도로 한심한 존재들이었지만 수양산 그늘이 강동 팔십 리라고 그것 다 서울 바닥 물은 먹는 터라 그 눈치쯤이야 늦느냐 빠르냐가 문제지 바보 온달 직계 자손 아닌 다음에야 거덜 안 날 리 만무하였다. 둘 중에도 다소 우락부락한 편인 요식업조합 수금원이란 작자가 어느 날 해도 덜 빠진 저녁나절에 게슴츠레하니 취하여 옥돌옥에 나타나선 설왕설래 따지고 자실 건덕지 주지 않고 한심이를 냅다 홀 바닥으로 끌어내선 그래도 명색이 사람인 것을 복날 개 잡듯 해두고는 사라졌던 것인데, 그길로 한심이는 몸져눕고 말았던 것이다. 1년 가야 출입 없이 빈둥거리고 놀며 그저 길 건너 복덕방 노인네들과 어울려 장기 싸움이나 벌여, 길 가는 사람 모으기 하는 일이 전부이던 주인집 아저씨가 고소니 빵깐이니 고래고래 소리 지르며 대서방엘 들락거려쌓는 눈치였으나 그것도 말이 안 되는 이야기로, 겹 애인 두다 사달 났다는 말을 법정에 나가 앞뒤 따져 물어본들 5, 6년씩이나 갖은 고생 다 겪어 고등 고시 합격되어 판사 된 분들을 자기 직업 잘못 택했다고 분통 터뜨리게 해주는 것부터 할 도리가 아닌 것이었다. 그깟 위자료 몇 푼 받아낸다 치자. 반 할은 주인집 아저씨가 먹자 할 판이고, 주인 여편네 또한 내 질세라 약값 들추어 복장이 뱃가죽같이 얄미운 하얀 손바닥 내밀 것이 보름달 쳐다보듯 환하게 내다보일 것이고 보면 기실 아무것도 아닐 것이었다.

한심이는 일주일을 뒷골방에서 앓아 뒹굴면서 아예 살아갈 방법부터 고쳐볼 것으로 생각을 굳혔다. 때늦은 감이 있긴 하였으나 기왕에 버린 몸일 바에 좀 듬직하게 나이 들고 돈 많은 영감이라도 물고 늘어질 수밖에 없다는 결론이 그것이었다. 그녀는 이 지긋지긋한 접대부 생활을 깨끗이 청산하고 어느 부잣집 가정부로 얌전히 들어앉자는 생각이었다. 이 몰골로 고향 새밭골로 다시 돌아갈 수는 도저히 없었다. 돈 많은 사람들이란 취미가 또 괴상망측도 하여서 배꽃 같은 제 마누라 젖혀두고 새우젓 냄새 나는 식모 방을 넘보는 싸가지 없는 습성도 많이 가졌다는 이야기를 귀동냥으로 들어왔던 터이었다. 그런 영감의 첩이라도 된다면 더 바랄 것이 또 어디 있는가 말이다. 그녀가 그런 궁리를 하는 동안 일주일이 흘렀고, 주인집 아저씨는 고소를 취하한다는 조건으로 가해자에게 7만 원의 위자료를 받아내는 데 성공한 것이었다. 한심이는 그 돈을 깨끗이 옥돌옥의 빚으로 청산하고 그 집을 나왔다.

그녀는 곧장 직업소개소로 찾아갔다. 별로 비싼 임금을 요구하지 않았던 유리한 조건 때문에 그녀는 쉽사리 팔려 나갔다. 직업소개소의 한 녀석을 꾀어내어 몸을 제공한 탓으로 신원 보증도 그 녀석이 서주었다. 그녀가 팔려 간 곳은 서대문 대현동의 어느 말쑥한 양옥집이었다. 식구가 단출한 점이 우선 그녀 마음에 들었다. 또 전기로 가동되는 물건이라면 그 집에 다 있었다. 그런 것들이 집 안 요소에 적절하게 배치되어 있어서 허리 구부린다는 것이 치사할 지경이었다. 주스를 달라면 믹서기의 스위치만 누르면 되었고, 옷을 빨아달래도 역시 손가락 하나로 세탁기의 스위치를 누르고 기다리고 서 있으면 되었다. 전기 난방 시설이어서 연탄집게 들고 앞뒤뜰 서성댈 필요도 없었다. 정원의 잔디는 운전사가 말끔히 깎아주었고, 초인종 소리가 났다 하면 깡충대기 잘하고 호기심 많은 이 집의 2학년짜리 막내가 재빠르게 뛰어나갔다. 모든 것이 완전했다. 다만 한심이에게 고민이 있다면 단 하루도 거르지 않고 달여 바쳐야 하는 마나님의 한약 심부름과, 이 집의 둘째 아들이며 고등학교 3학년인 상철이 유독 된장찌개를 좋아해서 끼니때마다 그것을 따로 준비해야 하는 번거로움이 있을 뿐이었다. 이 집의 40대 마나님은 전생에 한약으로 원수져 이 세상에 다시 태어났는지 양단 이불에 몸 감고 나자빠져 허구헌 날 한약만 싸 마셨다. 그런 여편네가 예쁘기라도 했으면 시중드는 일이 덜 고역이련만 그 여자는 못나도 분수 나름이지 주민등록증 안 가졌으면 그대로 갯들 호박이었다. 아무리 남의 일이긴 하지만 심상 틀리게 박색이었던 것이다. 게다가 몸뚱이에 살은 또 얼마나 욕심껏 올려놨는지 그 여자가 방에 가만히 누워 있을 땐, 다과점 진열장에 가로놓인 삼미표 식빵을 연상케 하였다. 물론 한심이가 눈독을 들이고 있는 건 이 집의 가장인 도상태(都相台) 사장이었으므로 그깟 마나님 생겨먹은 것 가지고 골썩일 필요는 없었다. 뚱뚱한 사람들이란 혈압 관계에 신경 쓰여 그러는지는 몰라도 한심이가 도사장의 거처방을 쓸고 닦는다는 구실로 그 방에서 장시간 맴돌며 재잘거려도 마나님은 대범하고 무신경하였다. 말씀드린 바 있거니와 한심이가 옛날 새밭골에서 살 적이나 서울 바닥 변두리 주변의 작부로 전전할 적에도 얼굴 한번 반반했던 탓으로 남에게 줄미움 받고 살아오진 않았던 터였으므로, 도상태 사장 역시 보는 눈 있고 음흉하기 남다를 바 없어 자기 마누라가 외출이라도 했을 땐 한심이를 은근히 불러 팔다리 안마시킨다든지 두 발 내맡기고 씻게 내버려둔다든지 하는 짓거리들을 질깃질깃 즐기곤 했었으므로, 시간만 흐른다면 도사장을 자기 방으로 기어들게끔 꾈 수 있는 자신이 희미하게 서 있었다. 귀찮은 게 있다면 운전사인 오씨가 집 모퉁이 어디쯤에서 만나면 다 큰 남의 여자 절구통을 슬쩍 건드리면서, "한심아, 나하구 창경원 구경 안 갈래?" 할 적엔 이 녀석이 사람 알기 분수 나름이지 낯부엉이같이 붙은 데도 모르고 제맘대로 그림 그리고 있구나 싶어, "딴 골목에 가서 알아봐요" 했지만, 그녀 속셈 천에 하나라도 알 리 없는 오씨는 "거기 가면 기린, 낙타, 물개, 원숭이, 하마, 다 구경시켜줄게" 하던 것이어서 "소싯적에 다 봤응께 구로단지 근방에나 가서 알아봐요" 하고 탁 쏘아붙이면, "아따, 그년 도도하게 구네" 어쩌구 씨부렁대며 돌아서던 것이어서, 오씨 정도는 그런 식으로 튕겨주면 되지만 정말 문제는 이 집 둘째 아들 상철이었다. 식구 모두가 한결같이 그녀의 매운 손끝이나 고분고분하고 상냥한 것에 만족이건만 상철이만은 유독 병아리 채가는 솔개 눈으로 그녀를 보았다. 오금에 때가 묻었느니, 손등에 음식 찌꺼기가 묻어 있느니, 개코를 섬으로 회 쳐 먹었는지 한심이 나타났다 하면 쉰 냄새 난다며 투정 부리다가 제 어미에게 핀잔도 더러 들었던 것이다. 처음엔 그렇기도 하려니

해서 옛적에 쓰던 향수병 슬쩍 꺼내 몇 방울 뿌려도 보았는데 이번엔 또 썩는
냄새 난다며 투정 부려 사람 부아 돋웠다. 마빡에 피도 덜 마른 녀석이 입성은
중늙은이로 버릇 들여, 있는 솜씨 다 부려 찌개 끓여 바치건만 미원 많이 쳤느
니 두부가 설익었느니 투정이었는데, 안 미울 수가 없었던 것은 그러면서도 밥
그릇 비울 동안 찌개는 제가 도맡아 퍼 올렸던 것이었다. 녀석은, 드러내놓고
한심이를 좋아하는 제 동생 동철을 경멸하고 있었다.
"임마, 구린내 나는 식모가 뭐 그리 좋아 누나 누나 하니?"
정수리 칵 쥐어박고 심통 부렸는데, 평소 형님 잘 따르던 동철이 이때만은
반항하였다.
"내가 누나라고 부르는데 형이 왜 심통이야?"
"이 새끼가 어디다 대거리니?"
"괜스레 가만있는 사람을 건드려, 씨이."
"임마, 내가 건드렸니? 쥐어박았지."
"마찬가지지."
"네 방으로 꺼져! 임마."
이런 땐 동철이 녀석이 한술 더 떠서, "누나, 내 방으로 놀러 와." 혀끝 날름
하고 제 방으로 쭈르르 뛰어가고 말았던 것이다. 그러자니 자연 상철에겐 주눅
이 들지 않을 수 없었다. 작부 생활 청산하고 작정 고쳐먹어 이 집구석 들어섰
을 때, 이따위 시시껄렁한 시련이 도사리고 있을 줄은 몰랐다. 간혹은 잔신경
쓸 일 없던 그 생활로 후딱 돌아설까도 불끈 생각했지만 꾹 눌러 참았다. 그 지
긋지긋하고 몸살 나던 생활을 다시 그림 그리다니 당치 않은 일이다. 숱한 시
러베 같은 놈들 손이 연신 사타구니로 들어오고, 못 먹는 술 밤낮으로 퍼먹어
매상 올려봤자 다 남의 좋은 일일 뿐이었던 것이다. 세상에 무슨 일인들 수월
한 게 있으랴. 오직 자기의 온 신경을 도상태 사장에게 쏟아 붓는 일뿐이라고
그녀는 도사렸다. 물론 한심이는 자기가 맘먹고 있으며 하려고 하는 계획이,
공자가 들었다면 적어도 일주일은 밥 먹지 않고 단식힐 일이란 걸 막연하나마
마음 켕겨 하였다. 그러나 자기가 이런 악돌이로 변한 것이 순전히 자기 탓만

도 아니더란 것이다. 말하자면, 세상이 전부 그런 몰골로 돌아가고 있었던 것이다. 양심껏 살아가는 놈치고 잘되는 것 못 봤고, 솔직하고 강직한 놈치고 남의 눈총 받지 않는 사람 없었다. 제아무리 용가리로 빠졌대도 주위에서 거들어주지 않으면 해면처럼 무기력하였으며, 제아무리 똑똑한 사람이었대도 찍어주지 않으면 국회의원 못 되었던 것 아닌가. 그런 것들이 모두 돈이란 것과 연관지어져 있고 그 위력 밑에 있어오지 않았던가. 한심이 역시 도상태의 첩으로라도 들어앉을 수만 있다면, 여우 목도리 모가지에 감고 종로 바닥 어디쯤 사뿐사뿐 걸어가다가 옛날 영일옥이나 옥돌옥에 같이 있던 화심이나 길자 들을 만난다면 모가지 끊어지게 놀라고 부러워할 것은 틀림없는 사실인 것이요, 저희들끼리 모이면 모르되 적어도 면전에서 한심아 애재 하며 깔보려 들진 못할 것이다. 그날이 올 때까지 참자, 그리고 이 일만은 꼭 성취하자고 한심이는 다짐하였다.

그녀는 열 내어 도사장의 서재랑 거처방을 티 하나 없이 정돈해주고, 발 씻으라고 내밀면 밀감 껍질 만지작거리듯 보드라운 손길로 따뜻한 물 끼얹어 씻었다. 젖무덤을 그의 목덜미에 대고 이죽거리며 무릎까지 씻어주어 볼따구니에 미열이 오르도록 하여도 보았고, 허벅지까지 치마 걷어붙이고 방 훔쳐 그의 시선이 똑바로 박히게도 하였다. 그녀 나이 스물셋, 주인 여편네가 파리에서 직수입해 온 화장품을 섬으로 발라 짓이긴다 하여도 나이엔 못 당할 것이며, 발버둥을 친다 해도 오십 줄에 들어선 중늙은이임엔 틀림없을 것이다. 한심이가 일개 가정부일망정 스물세 살의 배꽃 같은 살색이야 어디 갈까 싶었다. 팥이 제아무리 퍼져도 솥 안에 다 있다고 스물셋의 연령이 가진 싱싱한 아름다움이야 돌아설 날 아직은 멀었을 것이었다. 자기의 방을 도상태가 언젠고 한번은 침범하고야 말 것이란 걸 믿어 의심치 않았다.

한심이의 그런 계산은 얼마든지 가능성을 갖고 있었으며, 또 그녀의 그런 노력도 헛되지 않았다. 도상태의 무릎까지 깨끗하게 정성 들여 씻어주던 바로 그날 밤 자정쯤, 한심이는 억세게 자기의 가슴과 배를 누르고 있는 남자의 방문을 받았던 것이었다. 그녀는 그 육중하고 격렬한 도상태의 욕구를 고스란히 받아들였다. 그러나 바로 옆에 상철이 녀석 방이 있다는 걸 생각해 소리만은 참고 참으며 내지 않았다. 고비가 지나자 도상태는 썩은 통나무처럼 옆으로 벌렁 나자빠졌다. 그녀는 가만히 그의 목덜미를 감싸 쥐고 머리카락 사이로 손가락을 밀어 올렸다. 그러나 아무리 손가락을 밀어 올려보아도 머리카락은 만져지질 않았다. 이상했다. 그녀는 손 전체를 이리저리 헤쳐보았다. 막깎은 머리였다. 한심이는 가슴이 철렁 내려앉았다. 그녀는 쏜살같이 일어나 우선 문부터 안으로 잠그고 전등을 켰다. 방 안이 대낮같이 밝아지고 눈알이 솔방울만 하게 굵은 상철이란 놈이 마빡에 지르르 땀 흘리며 멀뚱멀뚱 배포 좋게 누워 천장을 바라보고 있었다.

김주영(金周榮)

1939년 경북 청송에서 출생. 서라벌예술대학교 졸업. 1971년 『월간문학』 신인상에 「휴면기」가 당선되어 등단. 한국소설문학상, 유주현문학상, 대한민국 문화예술상, 이산문학상, 대산문학상, 이무영문학상, 김동리문학상 등 수상. 『여자를 찾습니다』(1975), 『목마 위의 여자』(1976), 『머저리에게 축배를』(1976), 『여름사냥』(1976), 『도둑견습』(1977), 『칼과 뿌리』(1977), 『나를 아십니까』(1977), 『위대한 악령』(1978), 『즐거운 우리집』(1978), 『바다와 우산』(1979), 『사랑을 앓는 사람들』(1979), 『위험한 남자』(1980), 『가까스로 태어난 남자』(1980), 『겨울새』(1983), 『스무 해 첫째날』(1983) 등의 소설집과 『객주』(1981), 『아들의 겨울』(1981), 『천둥소리』(1986), 『활빈도』(1987), 『고기잡이는 갈대를 꺾지 않는다』(1988), 『어린 날의 초상』(1989), 『화척』(1991), 『외설춘향전』(1994), 『야정』(1996), 『홍어』(1998), 『아라리 난장』(2000), 『멸치』(2002) 등의 장편소설을 펴냈고 전집으로 『김주영 중단편전집』(2001) 출간.

작품 세계

김주영은 단편소설과 장편소설에서 각기 개성 있는 작품 세계를 해학적인 한국어로 전개해왔다. 「칼과 뿌리」(1977)나 「즐거운 우리 집」(1978)과 같은 작품 이전에 발표된 「마군우화(馬君寓話)」(1973), 「이장동화(貳章童話)」(1975) 등의 단편소설은 농촌에 있는 고향을 떠나 산업화된 대도시로 상경한 개인이 겪는 좌절을 해학적인 표현으로 형상화한다. 경제성장을 겪으면서 근대적 제도가 본격적으로 사회 전반에 자리를 잡는 현상을 비판적으로 인식하는 작가는 「악령」(1975), 「모범사육」(1975) 등에서 근대의 가족, 위생, 계층과 같은 제도성의 문제에 관한 예각적인 시선을 보여주기도 한다. '기원으로서의 고향/타지로서의 도시'라는 공간의 이분법적 대립 구도는 젠더적인 측면에서 '성스러운 여성/타락한 여성'의 이분법으로 확대된다. 「아내를 빌려줍니다」(1975), 「여자를 찾습니다」(1975) 등은 여성의 성적 정결성이 근대적 도시의 풍경 속에서 자본을 매개로 상실되고 있다는 시각을 전형적으로 보여주고 있는 작품들이다. 「도둑견습」(1975)은 장편소설에서 특히 집중적으로 나타나는 아비 부재의 모티프를 예고한다. 「겨울새」(1978), 「외촌장 기행」(1982) 등 대하장편소설 「객주」(1981)와 시기적으로 근접한 단편소설은 근대화 이전의 상상적 고향에 대한 애정을 예비적으로 보여준다.

이러한 작품 세계의 변화는 『아들의 겨울』(1981), 『고기잡이는 갈대를 꺾지 않는다』(1988), 『홍어』(1998) 등을 한 축으로 삼는다. 『아들의 겨울』이 소유할 수 없는 모성성에 대한 양가적 감정 속에서 고통스러운 성장을 겪는 소년의 세계를 남성적 판타지로 형상화하고 있다면, 『고기잡이는 갈대를 꺾지 않는다』나 『홍어』에서는 어머니의 영향력이 지배적이며 아버지에 가까운 인물들이 결코 아버지를 대체할 수 없는 유년기에 대한 심리적 투사가 이루어지고 있다. 『객주』(1981), 『활빈도』(1987), 『화척』(1991), 『야정』(1996) 등의 작품은 역사라는 상상적 공간을 구성하는 민중들의 삶을 에로스적 에너지가 편만한 언어로 구성하고 있다. 이 계열의 대하소설은 서사성을 바탕으로 소설적 흥미를 성취하고 있다.

「이장동화」

이 작품은 산업화된 대도시 서울에 올라온 한 남성과 한 여성이 겪는 실패를 제목이 암시하는 바와 같이 「장손이 동화」와 「한심이 동화」의 두 부분으로 나누어 옴니버스식으로 구성하고 있는 작품이다. 「장손이 동화」의 주인공인 황만돌은 색싯감을 찾기 위해 서울로 올라와 여자 대학 정문 근처에 묵는다. 여자 대학의 오월제에서 여대생인 옥자를 만나게 된 황만돌은 그녀를 찾기 위해 회사도 결근한 채 시간을 소비하다가 넷째 날, 친구들과 함께 있는 옥자의 모습을 발견하고는 그녀의 뒤를 쫓는다. 그러나 그의 앞에는 사설학원인 영심학원 건물이 나타나고, 옥자는 그 학원에서 강좌를 수강하는 재수생이라는 것이 암시된다. 「한심이 동화」의 주인공인 한심이는 농촌 근로 봉사대로 자신의 고향인 새밭골에 내려왔던 서울 대학생과 처음으로 성관계를 하게 된다. 그러나 다시 연락을 하겠다고 한 그는 약속을 지키지 않았고 한심이는 상경을 결심하게 된다. 그녀는 서울에서 여러 술집을 전전하면서 매매춘을 하게 된다. 한심이는 돈이 많은 부자 영감의 첩이라도 되어 남은 인생을 편하게 살아야겠다고 결심하고 직업소개소를 통해 서대문에 있는 양옥집에 식모로 취직한다. 이 집의 가장인 도상태 사장을 유혹하려던 그녀는 어느 날 밤 자신이 기대한 대로 밤에 한 남자의 방문을 받지만, 그는 기대와는 다르게 도사장이 아닌 그의 큰아들 상철이였다.

한국 사회가 외적으로는 경제 성장을 이루는 과정에서 도시와 농촌은 각기 다른 방식으로 황폐화되고 있었다. 작가는 자본의 공간인 도시의 세태를 풍자적으로 묘사하면서 도시 문명이 인간의 가치 체계를 파괴하는 방식을 희화화한다. 「이장동화」는 남성 인물과 여성 인물을 각각의 에피소드에서 주인공으로 삼아 이러한 근대화 시기의 인간 군상을 전형적으로 집약하여 제시하고 있다. 이 작품은 소시민적인 삶을 꿈꾸는 인간들이 욕망이 근본적으로 좌절될 수밖에 없다는 사실을 우회적인 결말을 통해 함축적으로 보여준다. 그렇기에 「이장동화」는 역설적으로 판타지가 충족되는 동화의 세계가 아니라, 판타지가 결렬되는 소설의 세계인 것이다.

주요 참고 문헌

김화영의 「겨울 하늘을 나는 새의 문학」(『새를 찾아서』 해설, 나남, 1987)은 김주영의 작품 세계에 관한 전반적인 논의를 전개한다. 김주영이 등단한 해부터 1987년까지 발표한 작품들을 대상으로, 소설의 서술 층위에서 나타나는 변화를 통시적으로 개관한다. 김주연은 「사회 변동과 풍자」(『문학과지성』, 1974년 가을호)에서 김주영이 등단 초기에 발표한 단편소설들에서 나타나는 산업화 시대의 도시 사회에 관한 풍자의식을 동시대의 맥락 안에서 지적해준다. 개별 작품에 대한 논의로는 우선 역사소설에 관한 장르적 인식을 기반으로 김주영의 『객주』가 형상화하는 민중의 세계에 대해 논의하는 김치수의 「민중적 삶의 구체성」 (『예술과비평』, 1984년 여름호)이 있다. 황광수의 「시간적 거리와 계급적 단층에 대한 도전」(『동서문학』, 1995년 겨울호) 역시 역사소설의 맥락에서, 김주영의 『화척』이 현재적 과거로서 지니는 문학적 의의를 밝혀주고 있다. 장경렬의 「반성장소설로서의 성장소설」(『미로에서 길 찾기』, 문학과지성사, 1997)은 「고기잡이는 갈대를 꺾지 않는다」에서 성장을 상실한 소년의 세계가 기존에 '성장소설'이라고 정의되는 문학사적 장르와는 다른 개념적 틀이 필요하다는 것을 역설적인 어법으로 제시한다. 앞의 논문들을 포함한 다양한 자료들을 수록한 저서로는 『김주영 깊이 읽기』(황종연 엮음, 문학과지성사, 1999)를 참고할 만하다.

_허윤진

문순태
철쭉제

내가 고향으로 떠나오던 날, 어머니는 나를 붙들고 물 머금은 목소리로 시시콜콜히 말을 늘어놓았었다. 지금 나는 박판돌이가 주위를 두리번거리며 아버지가 묻힌 곳을 찾지 못하는 것을 보고, 문득 어머니의 말을 떠올리는 것이었다.

"그 징헌 고향, 네가 빠득빠득 가겠다는디야 무슨 수로 붙들어 매긋냐마는, 기왕에 가거들랑, 너 지금껏 불효해온 것 한꺼분에 효도헌다 굳은 맘 묵고, 판돌이놈 닦달 잘 혀사쓴다. 와 그놈은 무서운 놈이니께, 섣불리 닦달했다가는 되려 네가 당헐끄다. 다시는 구례바닥에서 맥을 못쓰게끔 단단히 버릇을 고쳐서, 네 아부지 박인동(朴仁東)씨의 원한을 풀어주야 흔다."

어머니는 질금질금 눈물바람까지 하며 아들의 손을 꼭 잡은 채 놓아주지를 않았었다. 그때 나는, 실은 어머니도 나 못지않게 고향엘 가고 싶은 것이라고 생각했다. 말로는 그 징한 고향, 꿈에도 몸서리치는 지긋지긋한 고향 해쌌지만 되레 고향 노래를 불러대는 아들보다, 고향의 그리움이 더할 것이었다. 어머니는 때때로 고향 이야기를 하다가는 잠시 물커진 눈을 감곤 했었는데, 그때마다 눈시울이 펑젖어 있곤 했었다.

"어머니도 함께 가실까요?"

---

* 「철쭉제」는 『한국문학』 1981년 6월호에 발표되었다. 여기서는 『제3세대 한국문학 21』(삼성출판사, 1983)에 수록된 것을 텍스트로 삼아 부분 수록하였다.

손을 꼭 쥐고 놓아주지 않는 어머니에게 그렇게 말했었다. 그제서야 어머니는 손을 놓으며,

"죽은 혼백이 되야서야 네 아부지나 만나러 가야긋다"

하고 잠시 물 머금은 여름 하늘을 올려다보았었다. 대문을 나서려는데, 어머니가 다시 불러세웠다.

"참, 너 네 아부지 알아보긋냐? 네 아부지 뼉다구를 알아보긋냔 말이다."

나는 막상 어머니의 말을 듣고 보니 잠시 망연(茫然)한 생각이 들어 멀뚱히 어머니를 보랗고만 있었다.

"네 아부지 유골을 찾거들랑 이빨부텀 봐야 헌다. 너를 낳던 해에 기념으로 곡식 내어 네 아부지 앞니빨 두 개 허고 에미 것 두 개 금니를 혀 박었단다."

어머니는 손가락으로 입술을 들춰 금니 박은 어금니를 보이며 말했었다. 그러고 보니, 아버지의 금이빨 생각이 났다. 아버지가 나를 버쩍 들어올리고 지리산이 보이냐, 백암산이 보이냐 할 때마다, 활짝 웃는 아버지 입에서 반짝이는 것을 유심히 들여다보곤 했던 기억이 되살아난 것이었다. 그때 나는 아버지 품에 안긴 채 아버지의 입술을 까뒤집으며 노랗게 번쩍이는 금이빨을 손톱 끝으로 탕탕 두드려보기까지 했던 것이었다.

박영감이 옆구리를 쿡 찌르는 바람에, 나는 펀듯 현실로 되돌아왔다. 박판돌이가 철쭉꽃 색깔이 유별나게 싯뻘겋게 물든 등성이 아래, 분지처럼 움쑥 들어간 곳의 조그만 바위 등걸 옆에 우뚝 걸음을 멈추어 섰던 것이다. 그는 손바닥으로 땀을 훔쳐내며 이쪽을 돌아다보았다.

"찾아낸 거로군!"

박영감이 나직이 말했다.

박판돌은 나룻배만 한 바위 등걸을 손으로 만져보고, 두 팔을 벌려 재어보고, 위로 뛰어올라 여기저기를 쑤석여보는 것 같더니, 덜퍽 바위에 앉아버렸다.

"찾아냈어요?"

내가 뛰어가서 물었다. 박판돌은 고개만 까닥거려 보였다. 순간 박판돌은 덥석 안아주고 싶도록 그가 고마운 생각이 들었다. 그러나 여전히 퉁명스럽게

"어디요?"
하고 물었다. 박판돌이가 바위에서 기어 내려와, 바위에서부터 천왕봉 쪽으로 정확하게 다섯 걸음을 걸어서 우뚝 서서는 빨간 철쭉꽃나무를 때격 부러뜨리는 것이었다. 그는 다시 바위 등걸에 기어 올라가서 무릎을 세우고 앉았다.
"이리들 와요! 삽과 괭이들을 들고 이리 와요!"
나는 박판돌이가 부러뜨려놓은 철쭉꽃나무 옆에 서서 인부를 불렀다. 흥분해서 인부들을 부르는 목소리가 고음으로 떨렸다.
지관 박영감도 내 곁으로 와서는 철쭉꽃나무 뿌리의 떼도 입히지 않은 도톰한 푸석돌 더미를 발로 톡톡 차보았다.
"자리가 괜찮구만 그랴!"
박영감은 철쭉꽃 나무뿌리의 도톰한 흙더미 위에 올라서서 대성동 골짜기 쪽을 내려다보았다. 화개 쪽으로 내려다보면 희뜩희뜩 섬진강의 물굽이가 명주베를 여러 필 펼쳐놓은 것처럼 눈부셨다.
"칠선봉을 뒤로 하고 섬진강을 바라보고 있으니 좌청룡 우백호가 정확하고 괜찮여! 대성동 골짜기 쪽에 툭 불거져 나온 저 바위들만 아니면 썩 좋은 자리야!"
박영감이 산새를 둘러보고 있는 동안 나는 철쭉나무를 뽑기 위해 힘껏 잡아당겼다. 가매장지(假埋葬地)를 팔려면, 도톰한 흙더미 위에 뿌리박은 너댓 그루의 철쭉을 뽑아내야 할 것 같아서였다. 철쭉나무는 끄덕도 하지 않았다.
"어, 어, 이 양반아, 철쭉 뿌리가 을매나 길고 단단허다고, 그걸 그리 쉽게 뽑아낼려고 그래! 철쭉나무는 그대로 두고 우선 주변부터 조심조심 흙을 들어내야재!"
박영감은 쭈그려 앉으며, 가매장한 아랫부분을 괭이로 살살 긁어냈다. 흙더미가 벗겨지자 푸석푸석 썩은 돌무더기가 나왔다.
나는 우두커니 서서 박영감을 내려다보고만 있었다. 아버지가 묻혀 있을 흙더미 위에 철쭉꽃들은 다른 꽃들보다 늘 샛빨갛고 담스러웠다. 조금 전 박영감이 산세를 둘러보며 썩 좋은 자리라는 이야기며, 또 다행히 아버지가 철쭉꽃밭

문순태 575

에 묻혀 있다는 것에 저으기 마음이 놓였다.

"자, 이 발로 조심조심 흙을 긁어내드라고!"

박영감이 달걀 모양으로 선을 긋고 나서 인부들을 재촉했다.

나는 인부들의 괭이 끝이 달그락달그락 돌에 부딪치는 소리를 낼 때마다 온몸의 피가 멎은 듯한 기분이었다. 그 소리는 마치 아버지의 뼈를 긁는 것같이 느껴왔다.

"이놈의 철쭉 뿌리 땜시 힘들것어!"

최씨가 괭이로 철쭉 뿌리를 찍어내며 말했다.

"아서, 함부로 찍어대지 말어! 철쭉 뿌리가 바위도 뚫는다는디!"

흙을 긁어내자 돌무더기가 깔려 있었으며, 철쭉 뿌리들이 낙지발처럼 여러 갈래 비비꼬여, 돌무더기를 감고 돌았다. 그들은 철쭉 뿌리에 감긴 돌멩이들을 하나하나 조심스럽게 들어냈다.

박영감이 텐트 안에 가 있으라는 것을 듣지 않고 나는 인부들이 일하는 모습을 들여다보고 있었다. 박영감의 말은, 비참한 아버지의 주검을 보면 마음만 아플 테니까, 차라리 안 보는 게 좋을 것 같다는 것이었으나 그럴 수는 없는 일이었다. 어머니의 말마따나 유해를 확인해볼 필요도 있겠고, 또 자식 된 도리로 아버지 유해를 손으로 다루지 않는대서야 말이 안 되는 것이었다.

"박검산 저쪽 나무그늘에 쉬고 있으라니께 그랴!"

박영감이 돌을 들어내며 말했다.

"저도 도와야겠어요!"

나는 박영감의 말을 듣지 않고 그의 옆에 쭈그려 앉아서 돌을 들어내는 일을 도와주었다.

박영감이 앉아 있는 쪽에서 구두 두 짝이 나왔다. 그것이 분명 아버지의 구두일 거라고 생각했다.

그날 밤, 아버지가 박판돌에게 끌려가면서, 마루 위 신발장에서 구두를 꺼내 신은 모습이 얼핏 스쳐갔다.

"저런……."

지관 박영감은 썩어 문드러진 구두짝을 들어내다 말고, 나를 바라보며 혀를 찼다. 흑색이 되어 너덜너덜 썩어버린 바짓가랑이의 천 위에 가는 전선줄이 감겨 있었다. 아버지를 죽일 때 다리를 묶었던 것이라고 생각하면서 여러 겹으로 칭칭 동여맨 전선줄을 들어냈다. 전선줄을 들어내고, 너덜너덜 썩어 겨우 형태만 남은 바지의 천을 걷어내자 색깔이 뿌연 뼈가 드러났다.

"참 신통허구만! 관도 없이 가매장을 했는디도 이렇게 뼈가 깨끗헐 수가 있담!"

지관 박영감은 뼈 위의 흙을 조심스럽게 긁어내며 감탄을 하는 투로 말했다.

"여기가 보통 자리가 아닌가벼! 뼈가 왼통 흙빛으로 거무튀튀해 있을지 알었는디, 이르케 뿌옇고 묵신허니 말여."

그러나, 나는 박영감이 나를 위로하기 위해 입에 침 바른 소리를 하고 있는 것이라고 생각했다.

박영감은 우선 유골의 주위를 깨끗하게 치우고 흙과 돌을 들어내도록 인부들에게 시켰다. 그런데 이 어찌된 일인가. 흙과 돌멩이들을 들어내자 철쭉 뿌리가 여러 겹으로 유골을 칭칭 감고 있지 않겠는가. 거무튀튀한 철쭉 뿌리가 이리저리 꼬여가며 뿌연 유골을 전선줄로 동여매 놓은 듯 감겨 있었던 것이었다. 마치 수없이 많은 뱀들이 뒤엉켜 있는 듯싶었다.

"허이, 이럴 수가!"

박영감은 잠시 손을 멎고, 나를 바라보고만 있었다.

"결국 철쭉 뿌리들이 관 노릇을 해준 게로구만! 철쭉 뿌리가 아무리 길고 잘 엉킨다고 허지만 이럴 수가……."

뿌리들은 돌멩이들을 비껴 흙더미를 뚫고 유해를 꽉 끌어안듯 여러 겹으로 칭칭 감겨 있었다.

박영감은 인부들을 시켜 철쭉꽃잎들을 따서 땅에 깔게 하고, 보료처럼 깔아놓은 꽃 더미 위에 다시 하얀 백지를 덮었다. 그러고 나서 조심스럽게 철쭉 뿌리들을 젖히고 뼈를 들어내는 것이었다. 철쭉 뿌리늘이 뼈를 고스란히 보호하고 있었기 때문에, 거의 유실이 없었다.

"자, 먼첨 백지로 싸게!"

박영감은 납염(鑞染)을 해놓은 것같이 거무칙칙한 두개골을 들어 내게 안겨 주었다. 나는 조심스럽게 두 손으로 받았다.

내 손 위에서 아버지의 표정이 꿈틀거리는 것 같았다.

"증말 다행헌 일이구먼! 즘생들의 해를 입지도 않고 고스란히 그대로 남아 있으니께 말여!"

박영감은 뼈를 들어내면서 몇 번이고 감탄을 하는 것이었다. 인부들은 박영감이 들어 내놓은 뼈를 나무 꼬챙이로 흙을 털고 다시 백지로 닦아냈다.

전선줄은 팔에도 묶여 있었다. 양팔을 뒤로 해서 묶은 것이었을 것이다. 나는 힐끗 박판돌이가 앉아 있던 바위 등걸 쪽을 돌아다보았다. 박판돌은 거기에 없었다. 일어서서 휘휘 둘러보아도 그는 보이지 않았다.

집에서 나올 때의 어머니 말을 상기시키며, 아버지의 치아를 확인하기 위해 촉루(髑髏)를 들어 흙을 털어냈다. 치틀에서 흙을 털어내다가 뉘리끼리한 반짝임을 보았다. 그 순간 살아 있는 아버지를 대하는 듯한 울컥한 감정 때문에 목이 뜨거웠다. 하늘을 쳐다보았다.

"땅이 좋고, 이 철쭉나무 덕택에 이만큼이나 편허게 계신 것은 참 여간 다행한 일이 아녀!"

박영감은 내가 촉루를 들고 마음의 동요를 일으키는 모습을 보며 말했다.

철쭉 뿌리에 감긴 유골들을 모두 들어내어, 꼬챙이로 흙을 후벼낸 다음, 라면 상자 바닥에 백지를 두껍게 깔고, 순서대로 차곡차곡 넣었다.

이 일을 다 끝내고 나서도 박영감은 쭈그려 앉은 채 산세를 둘러보며, 지리산에서 이만한 자리를 찾기도 어렵다고 했다.

"철쭉 뿌리가 상허지 않게, 다시 흙을 메우게······."

박영감은 인부들에게 철쭉나무가 상하지 않도록 하라고 몇 번이고 당부를 했다. 나는 얼마나 고마운 철쭉나무였는지 모른다고 생각하면서, 애착어린 눈으로 반짝이는 꽃잎들을 바라보았다.

"춘부장께서 복이 있기 땜시 이런 좋은 곳에 묻힌 게여! 이 화려한 꽃밭 속에서, 섬진강 물굽이를 내려다보며 얼마나 편안한 마음이었겠나!"

　나는 박영감의 말을 들으며, 인부들이 메워놓은 철쭉 뿌리의 흙더미를 두 발로 꽁꽁 밟아주었다. 유난히 샛빨간 그 철쭉꽃잎들은 햇빛 속에서 더욱 아름답게 빛났다.

　텐트로 돌아와서 박판돌을 찾았으나, 그곳에도 없었다. 미스 현에게 물어보아도 모른다고 하였다. 나는 인부들을 시켜 세석평전을 뒤져보라고 했다. 그러나 끝내 박판돌이를 찾아내지 못했다. 미리 산을 내려가버린 것이 아닐까. 그러나 세석평전에서 노고단까지 내려가자면 하룻밤을 자야 하는데 텐트도 없이 그런 무모한 짓을 할 것 같지가 않았다. 먹을 것도, 텐트도 없이 산을 내려간다는 것은 자살 행위와 같은 것이기 때문이다. 뻔뻔스럽고 왈살스럽게도 생의 집착이 강한 그가 죄책감 때문에 자살을 한다는 것은 상상할 수도 없는 일인 것이다.

　"혹시 가까운 대성동으로 내려간기 아닐까 몰라, 대성동 쪽으로 간다믄 해지기 안에 신흥이나 칠불암(七佛庵)꺼정 닿을 수 있을 테니까!"

　박영감도 걱정을 했다.

　언제까지나 박판돌이를 찾고만 있을 수도 없는 터라 박영감은 아버지의 유해를 어디에 안장하겠느냐고 물었다.

　"내 생각 같아서는 일단 천왕봉까지 올라가보는 것이 어떨까 싶구만. 올라가는 도중에 좋은 자리가 있을지도 모르게 말여! 내가 통천문(通天門) 부근에 봐둔 자리도 있고……."

　나도 박영감의 말을 따르는 것이 좋을 것같이 생각되었다. 더욱이 아버지는 살아생전 천왕봉 한번 올라가보는 것이 그렇게 소원이었다고 하지 않았던가. 죽은 유해나마 천왕봉에 모시고 올라가고 싶었다.

　"일단 천왕봉까지 올라갑시다."

　나는 아버지의 유해를 담은 라면 상자를 옆구리에 끼고 일어섰다. 아버지의 유해가 그렇게 가벼울 수기 없음이 허무한 생각뿐이었다. 한 팔로 나를 끌어안던 육 척 장신의 그 아버지가 겨우 오른쪽 옆구리 안에 안기다니, 생각만 해도 마음 언짢은 것은 고사하고 아버지의 유해를 모시고 천왕봉에 올라가고 있다는 사실조차도 구름을 밟고 서 있는 듯한 허허로움에 온몸의 감각마저 마비되어버린 것만 같았다.

아버지의 그 널쩍한 등에 올라타고 엉덩방아를 찧고, 목에 두 발을 걸치고 무등 타기를 해도 끄떡 안했던 아버지였다. 두 손으로 손가락 하나를 꺾지 못해 끙끙거렸던 일이며 둥덩둥 둥덩둥 사랑놀음을 할때 솔매마을 앞산이 울리도록 장구를 치던 모습이며, 아버지 살아생전 모습들이 선하게 떠올랐다. 그 힘세던 아버지가 라면 상자 안에 초라하게 들어앉아 아들의 옆구리에 끼이다니, 나는 불현듯 인생의 허무함에, 지금껏 가슴 절절히 품어왔던 온갖 욕망이며 원한들이 물거품처럼 흩어져버리는 듯싶었다.

박영감은 몇 번이고, 좋은 자리에 묻혀 다행한 일이라며 위로하는 것이었으나 그런 그의 말은 하나도 귀에 머무르지 않았다.

"판돌이 그 자식!"

나는 아버지의 유해를 끼고 천왕봉에 올라가면서 이를 부드득 갈며, 박판돌이에 대한 복수의 불길을 지폈다. 조금 전 아버지의 팔다리에 묶인 전선줄을 들어내면서도 박판돌이에 대해 치솟는 감정에 부르르 손이 떨리기까지 했었다.

"신선놀음 하는 함씨가 지금 있을까요?"

나는, 파란 하늘을 쑤셔대는 듯 우쭐우쭐 출렁여 보이는 천왕봉을 올려다보며 물었다.

"죽지 않았다면 아직 있겠재!"

"그 사람, 죽을 때까지 혼자 천왕봉에서 살겠대요?"

"그럴 게야……."

"혼자 저 높은 산정에서 죽기란 얼마나 외롭겠습니까!"

"외롭긴? 사자라는 짐승은 일부러 근처의 가장 높은 산정으로 올라가 죽는다는디…… 되려 천당에 가기도 가찹고 좋것재!"

박영감도 나를 따라 천왕봉을 올려다보며 말했다. 나는 문득, 천왕봉에 살고 있다는 함씨 때문에, 오히려 지리산에 대한 생명감을 더욱 강하게 느끼고 있

것인지도 모른다는 생각을 했다. 그래서

"함씨가 죽으면 누가 또 올라와서 살까요?"

하고 뚜벅 물었다.

"글쎄, 함씨 자신이 죽어서도 한 천 년쯤 살 거라고 했으니께, 당분간은 죽는 것이 아니것재!"

"죽어서 오래 살기가 더 어려운 일이죠."

"그 사람 벌써 자기가 묻힐 자리를 봐두고 틈만 있으면 그곳에 가서 번듯허게 누워본다두먼! 그 사람 말이, 자기가 죽을 성부르면 미리 가서 누워 숨을 거두겠다는 기야. 허기사, 그를 묻어줄 사람도 없재만 말여!"

산정에 온통 화산이 솟는 그 순간처럼 벌겋게 낙조가 터질 무렵, 일행은 천왕봉에 올라섰다. 일행은 산정에 오르자, 그 자리에 선 채 몸을 돌려가며 빨갛게 물든 하늘의 끝을 휘둘러보았다. 나는 아버지의 유해를 옆구리에 낀 채 심장의 뻐근함을 느끼며 깊게 숨을 들이마셨다. 그러면서 아버지, 여기가 바로 지리산 상상봉인 천왕봉입니다. 아버지가 살아생전 그리시던 천왕봉에 오셨습니다, 하고 마음속으로 말하고 있었다.

"해가 넘어가기 전에 볼 게 있어."

박영감은, 나를 끌고 산꼭대기의 바위로 갔다. 바위에 큰 글씨로 '天柱'라고 씌어 있었다. 그곳이 바로 하늘을 떠받는 기둥이라는 것이었다. 그 바로 밑에 천왕상을 모시는 암자가 하나 있었다.

하늘에 온 기분이었다.

발바닥에 야릇한 현기증을 느낄 만큼 마음이 붕 떠오른 듯싶었다. 미리 산상에 올라온 등산객도 엄청난 자연을 딛고 서는 경외로움에 말 한마디, 발걸음의 옮김까지도 자못 숙연해 있었다. 모두가 엄숙한 얼굴들로 빨갛게 물든 하늘의 끝을 보고 있었다. 누구 하나 큰 소리로 그 엄숙을 깨뜨리지 않았다.

신선이 된 기분이었다.

온몸에 습기가 쫙 빠지면서 육신은 마른 나뭇가지처럼 가벼워졌다. 조용조용 소리가 안 나게 텐트를 쳤다. 하늘을 향해 무릎을 꿇고 싶은 심정으로 목을 추스려 서서히 어둠이 밀려오는 골짜기를 내려다보았다.
"나는 여기 올라올 때마다 이 세상에 다시 태어나는 기분이야. 예서 죽었다가 다시 태어나는 그런 기분 아무도 모를 게야!"
박영감은 풀숲에 주저앉으며 조용조용하게 말했다. 그렇게 말하면서 나를 올려다보는 그의 얼굴에도 빨갛게 낙조가 깔려 있었다.
"전 아버님 덕택에 좋은 구경을 하게 된 것 같습니다."
나는 옆구리의 라면 상자를 내려다보며 말했다.
"증말 그렇게 생각허나?"
박영감의 물음에 고개를 끄덕이던 나는, 거대한 생명의 처절한 운명(殞命)을 보는 것 같은 느낌으로, 낙조가 꺼져가는 하늘을 보았다. 낙조가 가라앉자 순식간에 끈끈한 어둠이 꿈틀꿈틀 움직이며 산을 덮어오고 있었다. 거대한 자연의 깨어남과 죽음 앞에서 갑자기 현기증 나는 외로움에 파묻혀 들어가는 듯한 느낌이었다. 차라리 눈을 감아버리고 싶었다.
"참, 그 신선 같다는 사람은 어디 있습니까?"
박영감에게 묻자, 박영감은 그때 마치 혼몽한 꿈에서 깨어나는 사람처럼, 눈을 크게 뜨고 몸을 추스르며 풀숲에서 일어섰다.
"이쪽이야!"
박영감을 따라, 아버지 유해를 꼭 낀 채 낙조와 어둠이 범벅된 속을 걸었다. 박영감은 대피소를 향해 말없이 산정을 가로질렀다.
나는 어둠 속에서 함길만씨를 만났다. 그는 아버지처럼 키가 훤칠하게 큰 사람이었다. 지관 박영감은 나를 함씨에게 인사 소개만 시켜주고, 천왕상을 모셔놓은 암자에 갔다 오겠다면서 어둠 속으로 사라졌다. 나는 함씨에게 이것저것 묻고 싶은 게 많았으나 좀처럼 입이 열리지 않았다.
램프불에 비춰 보이는 그의 얼굴에는 온통 수염뿐이었는데 두 눈이 램프불의 불빛보다 더 밝고 날카롭게 느껴졌다. 그는 산에 사는 사람답지 않게 숭굴숭굴해 보였다. 인사를 하자 그는 대뜸
"죄지은 사람은 이 산에 아무도 없을 텐데요! 검사님!"

하고, 유난히 하얀 이를 드러내놓고 웃으면서 좀 어눌한 말투로 말했다. 나는 함씨의 첫마디가 농담인 것을 알고,

"전 죄지은 사람을 잡으러 온 게 아니고, 천왕봉에 살고 있다는 신선의 얼굴을 보러 왔지요"

하고 역시 농담조로 말했다.

두 사람은 대피소 앞의 바위에 걸터앉았다. 함씨는 내가 물어보기 전에는 먼저 입을 열지 않았다. 그러나 일단 내가 한마디 말을 던지면, 그는 어눌한 말투로 물어보는 말의 다섯 배나 되게 길게 재미있게 대답해주었다.

"첨엔 나를 빨갱이로 색안경을 쓰고 봅디다. 미친 사람이 아니면 빨갱이임에 틀림없다는 그런 눈으로 말입니다. 왜 이런 곳에 혼자 와서 사느냐, 무섭지가 않느냐, 언제까지 살 테냐, 만난 사람마다 똑같은 말들을 물어봅니다만 나는 그때마다 딱 한마디로 대답을 하지요."

함씨는, 왜 여기서 혼자 사느냐는 질문에 이렇게 어두를 꺼냈다.

"내가 여기, 해발 일천구백십오 미터 천왕봉에 와서 살고 있는 건, 여기선 아무하고도 싸우지 않아도 되기 때문이죠. 그러니까 이곳으로 도망쳐 온 겁니다. 자신이 없기 때문이죠. 많은 사람들 틈에서 살기란 서로 짓밟고, 시기하고, 미워하고, 죽이고, 모함하는 싸움의 계속인데, 전 싸워 이길 자신이 없는 게죠. 싸워서 아무도 이길 자신이 없어요. 집사람 아들놈한테까지 이길 자신이 없어요. 그러니까 아무하고도 싸울 필요가 없는 이곳에 와서 싸우지 않고도 이렇게 건강하게 잘 살고 있습니다. 무섭지도 않아요. 나를 해칠 것이 없으니까요."

그는 점착력 있게 보이는 골짜기의 어둠을 내려다보며 말했다. 끈끈한 어둠의 점액들이 하늘까지 튕겨 올라 시커멓게 먹칠을 하는 것만 같았다. 나는 아무런 느낌도 없이 함씨를 따라 어둠 속을 쑤셔보았다. 옆구리에 아직도 아버지의 유해가 든 라면 상자가 들려 있었는데, 함씨는 그것에는 관심이 없는 듯 묻지 않았다.

"아까 검사님을 소개해준 그 박영감이 가끔 찾아와주시죠. 그분이 나를 과장해서 소개를 한답니다. 나는 이제 세상에 내려가서는 단 하루도 못 살 것만 같

문순태 **583**

아요. 내가 이 산꼭대기에 와서 살게 된 지가 벌써 십 년째 되었습니다만, 그동안 딱 두 차례 집에 갔다가 겨우 하룻밤 자고 되짚어 올라와버리곤 했답니다. 작년 여름에는, 고등학교에 다니는 아들놈이 올라와서 집으로 내려가자고 졸라대는 것을 호통을 쳐서 쫓아버렸지요. 한때는 국회의원에 출마도 해본 적이 있는 허세 부리기 좋아하고, 협잡도 해보고, 정치가가 되고 싶은 야망도 가져보곤 했습니다만, 지금 생각하면 죄다 부질없는 일이었죠. 정말 바늘구멍으로 하늘 보기로, 그렇게 꽉 막힌 인생이었답니다."

그가 이야기하는 도중 그에게 담배를 권하지만 거절했다. 피우지 않는다는 것이었다. 나는 가지런히 세운 무릎 위에 아버지의 유해를 올려놓고 담배를 피워 물었다. 끈끈한 어둠 속으로 투투 연기를 뿜어냈다.

"지금까지 내 자신이 다른 사람들보다 조금도 더 깨끗하다는 생각을 해본 적이 없어요. 사실 나는 아주 무기력한 얼간이랍니다. 제 몸 하나 외에는 아무도 다스릴 수 없으니까요. 누구인가 이곳에 올라와서 나와 같이 있게 된다면 나는 곧 그 사람을 미워하게 될지도 모를 겁니다. 그러니까 나는 혼자 살면서 혼자밖에 책임질 줄 모르는 사람이죠."

그는 처음 만난 내게 긴 이야기를 했다. 그의 이야기를 듣는 순간 나는 자꾸만 담배를 피워 물었다. 그의 이야기를 듣고 나니 괜히 가슴에 꽉 차오르는 암울한 생각들로 머리가 혼몽해진 것이었다. 괜히 그를 만났구나 싶은 생각이 들기도 했다. 아직 세상 물정도 잘 모르는 신출내기 검사인 나로서는 세상을 다 알고 살아가는 것 같은 함씨의 이야기가 그렇게 큰 부담으로 안겨올 수가 없었다. 나는 몇 번이고 일어서서 텐트를 찾아가고 싶었지만 마음대로 몸을 움직일 수가 없었다. 나는 암자에 내려간 박영감이 돌아오기만을 기다렸다. 마치 중학교 때 늙은 도덕 선생의 이야기를 듣고 난 뒤처럼 입맛이 떫었다. 곰곰이 따져보면 잘못한 것이 하나도 없으면서도 어쩐지 마음이 켕기는 그런 기분이었다.

"욕심을 부린다거나, 누구를 미워한다거나 하는 것 말입니다."

한동안 어둠 속의 움직임을 자세히 관찰하듯 들여다보고 있던 함씨는 다시 나직하게 입을 열었다.

"한세상, 백 년을 다 살아도 삼만육천오백 일밖에 안됩니다. 그 짧은 동안을, 짓밟고, 모함하고, 미워하며 살아갈 필요가 없을 것 같아요."

함씨는 어둠 속에서 나를 돌아보았다.

"그런데 내게는 너무 의문이 많은 것 같단 말요."

함씨는 버릇처럼 웅크리고 두 무릎 사이에 손을 넣어 싹싹 손바닥을 비비며 이야기를 계속했다.

"가장 높은 곳에 살고 있으면서도 내 몸은 세상에서 가장 낮은 곳에 있는 것 같이 가장 무기력하고, 내 생각은 가장 밑바닥에서 헤어나지 못한 것 같단 말씀입니다. 나는 가끔 이 많은 의문들을 감당할 수가 없어서 하늘을 향해 물어보곤 합니다. 밤에 아무도 없는 산상에서 검은 하늘을 향해 많은 의문들을 풀기 위해 물어봅니다. 때때로 하늘은 내게 대답을 해줍니다. 그러나 자세히 헤아려보면 그 많은 의문의 대답은 내 마음속에서 울려 나온 것이라는 것을 알게 됩니다. 결국 내가 묻는 말에 내 양심이 대답을 해주더군요. 욕심을 버리고 두려워 마라, 너는 곧 한 줌 흙이며 바람이요, 구름인 것이다. 나는 이런 대답을 듣고 나서는 다시 하늘을 향해 물어본 다음에는 조용히 귀를 기울입니다. 그러면 바람과 구름과 나무들이 대답을 해주기도 합니다."

그는 긴 이야기를 하고 나서 일어섰다. 그가 일어섰을 때 암자에 내려갔던 박영감이 올라왔다. 나는 박영감과 함께 텐트에 돌아왔다. 텐트에 돌아와보니 박판돌이가 와 있었다. 나는 그에게 아무 말도 묻지 않았다. 혼몽해진 머릿속에는 바람 소리만이 가득 들어왔다. 옆에서 박영감이 무슨 말인가 걸어왔지만, 나는 담배 연기만을 숭숭 내뿜고 있었다. 혼몽해진 머리를 정리하기 위해 텐트를 걷어 올리고 다시 밖으로 나왔다. 그러나 밖은 나의 머릿속보다 더 어둠고 치밀하게 섬유 직물처럼 꽉 짜여져 있었다. 송곳 하나 박을 틈도 없이 단단한 어둠 속을 쑤셔본 나는 문득, 잠시 죽었던 아버지가 지리산에서 영원히 살게 될지도 모른다는 생각과 함께, 어둠에 묻힌 나무와 바위, 섬진강 쪽에서 등성이를 훑고 올라온 깔깔한 밤바람까지도, 아버지 생뉭의 일무로 뻐근하게 느껴지는 것이었다. 어려서 어머니와 함께 광주로 도망쳐 나갈 때 그렇게 무섭게만 생각되어졌던 지리산이, 오히려 어머니의 품처럼 포근하게 느껴졌다. 그 어둠의 단단함이며, 덩치 큼의 모두가 아버지의 육신으로만 여겨지면서 갑자기 하늘에 대고 말을 하고 싶은 충동을 느꼈다. 함씨 말마따나, 무슨 말이고 물어보기만 하면, 하늘은 곧 친절하게 대답을 해줄 것만 같았다.

나는 해발 일천구백오 미터의 지리산 정상 어둠 속에, 머리를 깡그리 쥐어뜯기고 난 기분으로 앉아서, 덩치 크고 의연한 지리산에 비해 자신은 한갓 연못이나 개천에 떠 사는 소금쟁이거나, 산짐승에 붙어 피를 빨아먹는 산거머리와 같다는 생각을 하였다.

어둠의 점액질이 끈끈해질수록 자신의 존재가 더욱 먼지처럼 작아지는 듯싶었다.

나는 문득, 이 세상의 온갖 밝은 빛을 모두 빨아 마셔버렸다가, 다시 추운 겨울날의 입김처럼 어둠을 토해내고, 그런가 하면 또 어둠을 빨아들였다가 밝은 빛을 토해내는, 마치 사람이 숨 쉬듯 밝음과 어둠을 어김없이 번갈아 빨아들였다가 토해내곤 하는, 지리산보다 몇 천 배 몇 만 배 덩치 큰 존재에 대해서 경외로움을 느꼈다.

"세석평전에서 그냥 내려가버릴려다가, 꼭 전해드릴 말이 있어서 뒤따라 올라왔구만요."

어느 사이엔가 박판돌이가 내 옆에 바짝 쪼그리고 앉으며 차분하게 가라앉은 목소리로 입을 열었다.

"내게 할 말이 있소?"

나는 계곡에 넘치는 어둠을 내려다보며 짜증스럽게 쏘아붙였다.

"어르신께서…… 세석평전에서 저한테 마지막 하신 말씀이 있습니다요."

"아버지가 판돌씨에게요?"

나는 어둠 속에서 서서히 시선을 회수하여 고개를 돌리며 물총 쏘듯 다급하게 물었다.

"차마 이런 말씀은 안 헐려고 했습니다마는, 갑자기 생각이 달라져서…… 산에 올라와보니게 마음이 강해지는구만요."

나는 박판돌 쪽으로 고개를 돌린 채 그의 다음 말을 기다렸다. 나는 마음속으로 이제야 그가 아버지를 죽인 사실을 고백하려나 보구나 하고 낚싯바늘처럼 휘움하게 갈고리 진 마음을 바짝 조였다.

"어르신께서 저한테 잘못했으니 용서해달라고 허셨어요."

판돌이의 그 같은 말에 나는 벌떡 일어서서, 발길로 걷어찰 기세로 어둠을 뚫고 무섭게 그를 내려다보았다.

"시방 한 말은 죄다 참말입니다요. 지리산 산신령한테 맹세합니다요. 그때 어르신은 눈물을 흘리시고 저한테 용서를 빌면서 살려달라고 허셨어요."

나는 순간 판돌이의 멱살을 움켜쥐었다. 멱살을 잡힌 박판돌은 숨쉬기가 답답한지 캑캑 여우기침을 연신 토해낼 뿐, 내가 하는 대로 저항하지 않고 가만히 있었다. 나는 그를 죽이고 싶었다.

"어르신께서 왜 하찮은 머슴 놈한테 용서해달라고 빌었는지, 그 이유를 알고 싶지 않으십니까?"

박판돌은 멱살을 잡힌 채 꺽꺽 목소리를 꺾으며 말을 계속했다. 그의 말에 나는 팔에 힘이 빠지는 것을 의식했다. 나는 그의 멱살을 놓고 말했다.

"검사님은 춘부장님의 뼈를 찾았으니 다행이겠습니다만, 이놈은 아직 제 아버지 뼈가 어디에 있는지도 모릅니다요."

그는 목의 힘살을 푸느라 손으로 목덜미를 만지작거리면서 푸념처럼 말했다.

"도대체 무슨 말을 하고 있는 거요?"

나는 약간 목소리를 누그러뜨리며 물었다. 기실 나는 씀벅씀벅 내배앝은 그의 말에 두려움과 호기심을 함께 느끼고 있었다.

"웬숫놈에 족보 때문이었지요."

"족보라니?"

"제 아버님이 못난 탓에…… 되련님, 혹시 우리 아버님 이야기 못 들으셨겠지요? 마님께서 제 부모님 이야기 안 허시든가요?"

나는 그의 물음에 잠자코 있었다. 나는 어머니로부터 박판돌의 집안 내력에 대해서 들은 바가 별로 없었기 때문에 할 말이 없었던 거였다.

"말씀을 안 허셨겠지요. 아마 말씀을 허셨다면 되련님의 고향에 안 오셨을지도 모르지요."

나는 점점 그의 말을 이해할 수가 없어, 마치 숨을 들이쉴 때마다 어둠의 점액질이 콧구멍을 타고 목 속에 들어와, 허파와 염통, 창자를 꽉 채우고 있는 듯하여 답답했다. 혈관 속에도 붉은 피 대신 어둠만이 가득 들어 있어 어둠돌기를 하고 있는 듯한 느낌이었다.

"제 할아버지와 할머니는 되련님 댁 종이었답니다. 늙어서 죽게 될 때가 가까워져서야 늙마에 낳은 어린 아들 하나를 달고 두 늙은이가 종 문서를 받아 쫓겨나듯 풀려났더랍니다. 할아버지는 숨을 거두면서 어린 아들한테, 종 문서를 내주면서 다시 솔매마을 박 참봉댁으로 들어가라고 했답니다. 되련님 할아버님이 바로 박참봉 어른이셨지요."

"이보쇼. 한껏 종에서 풀려났는데, 종 문서를 자식한테 주면서 다시 들어가라고 하다니!"

나는 박판돌의 말이 이치에 맞지 않은 점을 발견하고 그렇게 따지듯 말했다.

"그러니께, 족보 때문이었다니께요. 할아버지는 어린 아들한테 종 문서를 주면서, 천한 사람이 종 문서만 갖고 있으면 뭘 허느냐는 것이었답니다. 면천을 하려면 종 문서보다 족보가 있어야 한다고 했답니다. 족보가 없는 사람은 뿌리 없는 나무나 같아서 면천을 할 수가 없으니, 박참봉 댁에 들어가서 종 문서를 돌려주고, 죽으라면 죽는 시늉을 해서라도 족보에 이름 석 자를 올려주도록 하라는 것이었답니다요."

"아니, 이보슈. 천한 종의 자식을 우리 박씨 족보에 올려요?"

나는 갑자기 창자가 뒤틀려 비아냥거리는 말투로 쏘아붙였다.

"가까운 혈족으로야 올릴 수는 없겠지요. 그러나 그때는 근거 없이 떠돌아댕기는 사람이 돈을 듬뿍 주고 족보에 이름을 올린 경우가 많았답니다. 전혀 불가능한 것은 아니었겠지요. 예나 지금이나 사람이 하는 일인데 안 될 일이 있었겠어요? 할아버지 유언대로, 할머니마저 죽고 홀홀단신이 된 제 아버님은 종 문서를 갖고 되련님 댁으로 찾아가서, 참봉 어른을 뵙고, 늙어 죽을 때까지 머슴을 살아줄 테니 먼 혈족으로 족보에 이름 석 자만 올려달라고 울면서 하소연을 했는데 참봉 어른이 어린것을 기특하게 보셨는지 선뜻 승낙을 해주셨답니다."

"그래서 판돌씨 아버지가 우리 집안 족보에 올랐다 이거요?"

"아니지요. 족보에 올랐다면야 모든 일이 이렇게 홀맺히지는 않았지요."

그러면서 박판돌은 처음으로 깊은 한숨을 토해냈다. 나는 그를 만난 이후 처음으로 그의 한숨을 들었다.

박판돌은 맷돌질하듯 끙끙 한숨을 삼키며 그의 아버지의 긴 이야기를 계속했다.

판돌이 아버지 박쇠는 박참봉이 그를 족보에 올려준다는 말만을 찰떡같이 믿고 뼈가 휘도록 죽을 둥 살 둥 일을 하였다. 그는 고단한 줄을 몰랐다. 하루하루가 마냥 즐겁기만 하였다. 그는 산에 나무를 하러 갈 때는 자신도 모르게 신이 나서, 나뭇짐을 묶는 지게에 달린 긴 띠꾸리로 빈 지게가 움직이지 못하게 지게와 몸을 칭칭 감아 조이고는 빙글빙글 돌고 막대기로 지게 목발을 두드리며 초군가를 목청껏 뽑았다. 그는 마을에서 어른들이 매굿을 칠 때처럼 장구잡이 흉내를 냈다. 그의 꿈은 족보에 그의 이름 석 자가 오르는 것과, 커서 농악대의 이름난 설장구잡이가 되는 것이었다. 장구채 대신 소나무 막대기로 지게 목발을 두드리며 휘모리 가락으로 빙글빙글 돌고 나면 지리산에 칼바람 몰아치는 한겨울에도 땀벌창이 되어 추운 것도 잊었다.

박쇠가 컬컬하게 목소리가 변하고 쭝긋쭝긋 불거웃이 돋아날 무렵, 그보다 두 살 위인 박참봉의 아들이 지리산으로 사냥을 가면서 그를 데리고 다녔나.

박참봉의 아들은 참봉인 그의 아버지를 닮아 키도 크고 콧대도 왕시루봉처럼 높았으며, 젊은 나이에 불질을 잘하여 포수로 이름이 나 있었으며, 지리산으로 사냥을 가지 않을 때는 사랑방에 인근의 소리꾼들을 불러다 북장구 뚱땅거리며 사랑놀이를 하였다.

박쇠는 그의 불질보다 장구 치는 솜씨를 늘 부러워하였기 때문에, 그가 사냥질을 가자고 하였을 때도 그를 따라다니며 불질을 배울 생각은 추호도 없었다. 박쇠는 되레 그에게서 장구잡이놀이를 배우고 싶었다.

그들은 가까운 피아골이나 더 깊숙한 벽소령 골짜기까지 사냥을 나가곤 하였는데 보통 한번 나가면 사나흘이나 길면 대엿새 만에야 돌아오곤 하였다.

지리산이 온통 허옇게 눈이 덮일 때는 읍에 사는 유명한 곰 사냥꾼인 강포수를 따라가기도 하였다. 강포수를 따라서 곰 사냥을 나갈 때는, 곰에게 쉽게 발견되지 않게 온몸을 흰 무명천으로 감아 두 눈만 빠끔히 내놓고 눈 속을 헤매기도 하였다.

박쇠의 나이 스물여섯 살이 되던 해 늦봄, 지리산 골짜기마다 철쭉이며, 자귀나무꽃, 흰작살나무꽃, 분홍색 산작약꽃이 덩이덩이 어우러져 필 무렵, 박참봉은 그를 열아홉 살의 부엌데기 넙순이한테 장가를 보내주었다.

박쇠와 같이 피붙이가 없는 넙순이는 양푼처럼 얼굴이 넙데데하고, 키도 깡통한 데다가 허리통이 절구통처럼 투박졌지만 마음 씀씀이는 윤기가 자르르한 명주실처럼 자상하고 고왔다.

장가든 그해 정월에 박참봉네 마당에서 메굿을 칠 때, 박쇠가 자진해서 처음으로 장구잡이가 되었는데, 경중거리며 덩그덩 덩그덩 어찌나 구성지게 잘 쳤던지 솔매마을 사람들이 혀를 내둘렀고, 아낙들은 오줌을 질금거릴 정도였다고 하였다. 마을 사람들은 박쇠의 장구 치는 솜씨가 솔매골 안에서는 제일 낫다고들 수군거렸다고 하였다.

장구잡이로 솔매마을에서 이름을 날린 데다가, 장가들어 떡두꺼비 같은 아들까지 얻게 되자 덩치 큰 지리산을 두 팔로 뻐근하게 안고 일어서고 싶은 오달진 마음에, 세상에서 아무것도 부러울 게 없었다.

아버지 말대로 그의 이름이 족보에만 오르게 된다면 더 바랄 것이 없었다.

사랑채 두엄자리 옆의 살구꽃이 횃불처럼 터질 무렵 참봉 아들은 사나흘 계획으로 멧돼지 사냥을 가자고 하였다. 박쇠는 장가를 들고 아들까지 얻은 뒤부터는 단 하루도 집을 비우고 싶은 생각이 없었지만, 상전의 말을 거역할 수가 없는지라 걸레를 씹는 심정으로 나흘 동안 그들이 먹을 식량이며 취사도구들,

덮고 잘 가벼운 이불을 짊어지고 참봉 아들의 뒤를 따랐다.

그는 참봉 아들의 뒤를 따라가면서, 하늘을 봐도 산천을 둘러봐도 찔레나무 꽃 같은 아들놈 얼굴이 눈앞에 선하게 밟혀와 자꾸만 발걸음이 무거워졌다.

느지거니 아침을 먹고 집에서 나온 그들은 연곡사(燕谷寺)에서 첫날밤을 묵을 생각으로 피아골 쪽으로 들어갔다.

그들은 연곡사 골짜기 첫들머리에 거뭇거뭇 산그늘이 웃줄거리는, 석양이 가까워서야 촬촬촬 맑은 물이 넉넉하게 흐르는 계곡에서 솥을 걸고 점심 겸 저녁을 지어 먹었다. 그런데, 참봉 아들의 숟갈이 때격 부러지고 만 것이었다. 사냥 길 떠나는 아침에 치맛자락만 보아도 재수에 옴 붙었다 하고 돌아서버리는 판에, 사냥터에서 밥을 먹다가 숟가락이 동강났으니 더 말해서 무엇하랴.

동강난 숟가락을 홱 내던지며 박쇠를 향해 괜히 욕을 퍼부은 참봉 아들은 당장 집으로 돌아가자고 다그쳤다.

박쇠는 마치 자기 때문에 숟갈이 부러지기라도 한 것처럼 고개를 제대로 쳐들지도 못하고 짐을 챙겨, 팩팩 성깔을 돋우는 참봉 아들을 따라 수걱수걱 다시 집으로 돌아왔다.

그들이 솔매마을에 돌아왔을 때는 한밤중이 되어서였다. 삼월 보름날이라, 달빛이 대낮처럼 밝았다.

박쇠는 달빛이 옥양목처럼 깔린 솔매마을 고샅으로 들어오면서, 참봉 아들의 숟가락이 부러진 것이 열 번이라도 잘된 일이라고 생각하였다. 이것은 필시 지리산 산신령께서 그가 집에 두고 온 처자식을 간절하게 기리는 것을 헤아림하고, 그런 그를 가상히 여겨 참봉 아들의 숟가락을 부러뜨린 것이 틀림없으리라 믿었다.

박쇠는 마누라를 놀라게 해주려고 담을 넘어가 대문을 딴 뒤, 소리 안 나게 살금살금 행랑채 문간방으로 다가갔다. 지게를 받쳐두고, 휘영청 밝은 달빛이 비스듬히 비쳐 내리는 방문을 조용히 잡아당겼다. 방문이 열리자 흰수국꽃다발 같은 달빛이 한 묶음 방 안으로 던져지면서, 마누라 넙순이 외에 또 한 사람의 덩치 큰 모습이 도끼날처럼 무섭게 가슴에 찍혀왔다.

문순태 591

남자였다. 박쇠가 성난 부사리처럼 우루루 방 안으로 뛰어 들어가자, 한 덩이가 되어 있던 두 사람이 화들짝 놀라며 떨어졌다. 박쇠의 눈에 번갯불이 튀기면서 욱 온몸의 피가 거꾸로 솟구쳤다. 넙순이는 달달 떨면서 엉겁결에 풀어헤쳐진 말기끈을 뚤뚤 감았고, 사내는 다급하게 고의춤을 끌어올렸다.

박쇠는 방문 밖에 받쳐둔 지게에서 낫을 찾아 들고 다시 방으로 뛰어들어 으흐흥 지리산의 새벽 호랑이처럼 울부짖었다. 이미 그의 눈에는 아무것도 보이지 않았다. 그는 낫을 휘두르다가 사내를 향해 힘껏 내리쳤다. 낫은 바들바들 떨며 순식간에 사내를 가로막아 선 넙순이의 팔에 맞았다. 낫에 찍힌 팔이 떨어져나가면서 싯뻘건 피가 달빛을 적셨다. 넙순이가 까르르 비명을 질렀으며 넙순이 뒤에 몸을 숨긴 사내는 후두둑 방에서 뛰쳐나갔다. 박쇠는 낫을 든 채 넋을 잃고 우두커니 서 있었다.

안채에서 참봉 아들 내외와, 오랫동안 식객 노릇을 하고 있는 참봉 아들의 사촌 처남뻘이 되는 조서방이 행랑채로 등불을 밝혀들고 뛰어나왔다. 그들은 등불로 방 안을 비춰보며 겁에 질려 주춤거렸다. 박쇠보다 나이가 열 살이나 위인 조서방이 뛰어 들어와 옷을 찢어 넙순이의 상처에 지혈을 시키느라고 잘라진 팔 위를 묶고, 그때까지도 우두커니 달빛이 도배질하듯 비스듬히 깔린 벽을 향해 서 있는 박쇠의 손에서 낫을 빼앗았다.

넙순이의 오른팔이 팔꿈치 아래로 잘려버렸다. 조서방은 박쇠한테서 낫을 빼앗아 두엄자리 쪽으로 던져버린 뒤, 된장을 가져오게 하여 넙순이의 상처에 발랐다.

박쇠는 다듬잇돌이 놓여 있는 윗목을 향해 바위처럼 앉아서, 날이 훤하게 밝아올 때까지 말 한마디 없었다.

넙순이는 새벽녘에야 정신이 깨어났다. 그녀는 상처의 아픔도 잊고, 쿨쿨쿨 봇물 터지는 듯한 소리를 내고 울면서, 벽을 향해 돌아앉아 있는 남편에게 그녀가 그동안 숨겨온 일들을 울음 속에 섞어 속 시원히 까발렸다. 그녀는 상처의 아픔보다 남편을 숨겨온 아픔을 더 참을 수 없는 듯 말을 할 때마다 힘주어 꽁꽁 말끝을 짓이겼다.

넙순이를 덮친 것은 박참봉이었다. 참봉은 그녀가 박쇠한테 시집을 오기 전부터 여러 차례 그녀의 몸을 범했었다고 하였다. 넙순이가 박쇠와 혼인을 한 뒤, 박쇠가 참봉 아들을 따라 사냥을 떠나 집을 비우게 될 때마다 박참봉은 밤이면 어김없이 행랑채 문간방에 숨어들어 오곤 하였단다. 그래서 그녀는 하루라도 박참봉의 올가미에서 빠져 나가기 위해, 그까짓 족보 없으면 못 살게 뭐냐면서 한사코 참봉댁에서 나가 지리산 속에서 화전이라도 일구며 살자고 남편을 졸라왔다고 하였다. 넙순이가 그런 말을 할 때마다 아무것도 모르는 박쇠는, "사람이 목구멍에 묵을 것만 넘기고 살면 짐생과 다를 것이 뭣이여. 푸나무도 다 뿌리가 있는 뱁인듸 항차 사람이 이 세상에 나와서 근본을 못 찾으면 사나 마나여. 나는 어쨔든지 참봉 어른 눈에 쏙 들어갖고 내 이름 석 자가 버젓허게 족보에 오르게 헐 거여. 그래야만 내가 세상에 생겨난 보람을 허는 거여" 하면서 밉지 않게 마누라를 나무라곤 하였다.

넙순이가 울면서 토해낸 피맺힌 이야기를 듣고 난 박쇠는 여전히 벽을 향해 돌아앉은 채 두 손으로 자기의 머리를 우드득 우드득 쥐어뜯으며 소리 안 나게 끙끙대고 울부짖던 것이었다.

날이 밝자 그는 넙순이의 잘라진 손을 헌 옷에 둘둘 말아 들고 집을 나섰다. 그는 왕시루봉이 마주보이는 솔매마을 뒤, 각씨바위 옆에 넙순이의 잘라진 손을 묻고 돌아와, 방 안에 붙박여 이를 갈며 끙끙 앓았다. 밤이 되자 박쇠는 낫을 허리춤에 낀 채 박참봉이 기거하는 사랑채 큰마루 앞을 배돌며, 박참봉이 나타나기만을 여수고 있었다. 그는 족보고 뭐고 죽고만 싶었다.

이튿날 아침, 앓고 누워 있는 넙순이 옆에서 맷돌질 하듯 이를 갈고 있는 박쇠를 조서방이 데리고 나갔다. 조서방은 박쇠를 박참봉이 기거하는 큰사랑으로 데리고 들어갔다.

큰사랑에는 박참봉이 언제나처럼 발그레한 얼굴로 앉아 있었다. 그를 본 박쇠의 손에 힘이 불끈 솟으면서 목구멍이 꽉 메어왔다.

조서방이 쇠말뚝처럼 서 있는 박쇠를 박참봉 앞에 앉도록 하였다. 박쇠가 사냥질할 때 설맞은 멧돼지한테 접근하듯 목에 힘을 주고 두 눈을 부릅뜨며 참봉 앞에 앉자, 참봉이 문갑의 빼랍에서 먹글씨가 씌어 있는 부엌에서 칼질을 할 때 받치는 도마 토막만 한 종이 두 장을 꺼내 박쇠 앞에 내밀었는데, 한 장은 누렇게 색깔이 바래고 희치희치 닳은 것이었고, 다른 하나는 옥양목처럼 깨끗한 것이었다. 박쇠는 얼추 두 장의 종이를 보고 누렇게 바랜 종이는 바로 그가 어렸을 때 그의 아버지가 내준 종 문서라는 것을 알 수가 있었다.

"하나는 네 애비 종문서고, 또 하나는 족보에 오를 너와 네 아들놈의 이름이니라."

박참봉은 불콰하게 술기운이 오른 것처럼 발그레한 얼굴에 알 수 없는 웃음을 슬며시 머금어 보이며 말했다.

"이 사람아, 족보에 올릴 자네 부자 이름이라고 허시잖는가!"

옆에 있던 조서방이 팔꿈치로 옆구리를 찔벅거리며 대신 흰 종이를 집어 쑥떡 뭉쳐놓은 표정으로 앉아 있는 박쇠 앞에 들이댔다.

"자네 이름이 쇠 철 자에 소리 성이니 박철성이고, 자네 아들놈이 판단할 판 자에 돌 돌이니 박판돌일세."

조서방의 말에 박쇠는 떨리는 손으로 그들 부자의 이름이 씌어 있는 백지를 받아들고 눈을 껌벅거리며 뚫어지게 들여다보다가, 방바닥에 내려놓았다. 그의 눈에서 닭의 똥 같은 눈물이 백지의 먹글씨 위에 뚝뚝 떨어지자, 그는 눈물 때문에 글씨에 어롱이 생길까봐, 때 묻은 소맷자락으로 종이에 묻은 눈물을 꾹꾹 찍어냈다.

"올 가을에 맨드는 대동보에 실릴 네 부자 이름이니라. 처음엔 네 놈만 올리려다가 네 아들놈까지 올려주기로 작정했으니 그리 알어라. 자, 종문서하고 이름 지은 것허고 갖고 가거라. 이것으로 우리 덜 지난 일들은 잊어뿔자."

그러면서 박참봉은 넙순이를 읍내 의원한테 데리고 다니며 치료를 하라고 돈까지 주었다.

박쇠는 쏟아지는 눈물을 주체하지 못하면서, 조서방이 다그치는 대로 종문서와 그들 부자의 이름이 적힌 종이, 넙순이 치료비를 받아들고 몇 번이나 허리를 굽적거리며 큰사랑에서 나왔다.

박쇠는 하염없이 눈물이 쏟아졌다. 그는 행랑채 넙순이가 앓아누워 있는 그들 방에 돌아와서도 방바닥에 그들 부자 이름을 적은 종이와 아버지의 종 문서를 펴놓고 가슴에 오랫동안 홀맺힌 한을 풀 듯 쿠루루루 쿠루루 한숨까지 섞으며 온몸을 쥐어짜듯 울고 또 울었다.

그는 눈물이 범벅된 얼굴로 너덜너덜한 천정을 쳐다보고 누워서 찔레꽃 같은 얼굴로 벙싯벙싯 배냇짓을 하고 있는 아들놈을 가깝게 들여다보면서,

"이눔아, 네 에미 덕분에 네눔까지 애비허고 나란히 족보에 오르게 되었어! 애비 이름은 박철성이고 네눔 이름은 박판돌이여! 박판돌이놈아!" 하고 말하다가는 다시 얼굴을 돌리고 어깨를 심하게 출렁이며 울었다.

넙순이도 함께 울었다.

"아가, 아부지 말 들었쟈. 네눔 이름이 박판돌이란다. 아가, 네눔 이름 석 자 얻을라고 이 에미 간장이 을매나 매지매지 녹았는지 아남!"

그러면서 넙순이는 성한 왼손으로 갓난아기 판돌이의 고막만 한 손을 으스러지도록 꼭 쥐었다.

이튿날부터 박쇠는 넙순이를 구례읍내 의원에 데리고 다니면서 낫에 잘린 팔을 치료했다.

이틀째 의원한테 갔다 오면서, 그녀는 의원한테는 그만 다니고, 남은 돈으로 검정 고무신이나 한 켤레 사 신으라고 하였다가 남편에게 크게 꾸지람을 들었다.

"소갈머리 없는 여편네야. 여편네 팔아서 고무신을 사 신어? 내가 사랑놀이를 하는 한량도 아닌디 고무신은 무슨 얼어 죽을 고무신! 나헌테는 털메기가 편혀. 맨발로 댕겨도 좋으니께 이녁 팔이나 낫았으면 쓰겄어!"

박쇠의 그 말에 넙순이는

"그래도 이 세상에 참봉 어르신만 한 분이 없어유. 참봉 어르신이 아니었으면 우리 팔자에 의원 출입이라니 말이나 되유!"

하면서 시울이 크렁하게 젖은 얼굴로 남편을 보았다. 박쇠는 잠자코 지리산을 바라보면서 걸었다.

문순태 595

넙순이의 뭉뚝하게 잘린 팔의 상처가 간질간질 아물기 시작할 무렵, 박참봉 아들은 또 사냥을 가자고 하였다.

사냥을 떠나던 날 새벽 박쇠는 넙순이한테, 늘 품속에 넣고 다니던 아버지의 종문서와, 족보에 오를 부자 이름이 적힌 종이를 내어주며

"가을에 족보를 만든다니께, 그때꺼정만 죽은드끼 참드라고! 족보에 이름만 오르면 이 집에서 나가 지리산 속으로 들어가서, 화전이나 붙이고 살 작정이니께"

하고 말했다.

그러나, 날으는 뱀이 산다는 벽소령 깊은 골짜기로 참봉 아들을 따라 멧돼지 사냥을 나간 박쇠는 영영 돌아오지 않았다. 사냥을 떠난 나흘 만에 참봉 아들 혼자만이 죄지은 사람처럼 온몸에 물기가 좍 빠져버린 걸음걸이로 돌아왔다. 박참봉의 아들의 이야기로는 박쇠가 설맞은 멧돼지한테 덤벼들었다가 멱통을 물려 죽었다고 하면서, 자기도 박쇠를 구하려고 했다가 하마터면 저세상 사람이 될 뻔하였다고, 그 순간의 기억을 떠올리고 싶지 않은 듯 썰레썰레 고개를 흔들던 것이었다.

참봉 아들의 이야기를 들은 박쇠 아내는 처음에 벼락 맞은 사람처럼 얼굴이 참나무숯 색깔로 변하면서 까무러치더니, 이내 정신을 수습하고는 울지도 않고, 죽은 남편의 시신이라도 찾아오겠으니 변을 당한 곳까지 안내를 해달라면서 성한 왼팔로 참봉 아들의 바짓가랑이를 붙들어 잡고 늘어졌다. 그러나 참봉 아들은 그런 박쇠 아내의 요구를 거절했다. 처음엔 자기가 죽은 박쇠의 시신을 잘 수습하여 묻어주었다고 했다가, 박쇠 아내가, 그렇다면 남편의 무덤이 어디에 있는지 알려달라고 하자, 참봉 아들은 어물어물하고 말았으며, 박쇠 아내가 땅바닥에 굼벵이처럼 데굴데굴 구르며 떼를 쓰듯 해서야, 그는 또 실은 자기도 박쇠의 시신이 어디에 있는지 찾지 못했노라면서 어물어물 해버렸다.

박쇠 아내는 참봉 아들한테, 그렇다면 설맞은 멧돼지를 만난 곳이 벽소령 골짜기 어디쯤이 되느냐고 다시 울면서 물었다. 참봉 아들 말로는, 처음에 그들이 멧돼지를 만난 곳은 벽소령 골짜기 첫들머리 숯막 아래였었는데, 불질을 하

여 설맞은 멧돼지가 숯막 위 참나무 숲으로 도망치기에 신령바위 근처까지 뒤쫓아갔으나, 설맞은 멧돼지도 뒤쫓던 박쇠도 흔적조차 찾아볼 수 없었다고 하였다.

참봉 아들의 이야기를 들은 박쇠 아내는 두렁치마에 모숨이 굵은 털메기를 끄집고 성한 왼팔 휘저으며 그길로 벽소령 골짜기로 남편을 찾아가겠다고 대문을 박차고 나갔다. 해 짧은 겨울의 저녁나절 산 그림자가 거뭇거뭇 왕시루봉 허리를 감고 있어, 동구 밖 바람 모퉁이를 돌아가기도 전에 해가 뚝 떨어질 듯 싶은 어스름에, 혼자서 외팔 휘저으며 지리산으로 들어가겠다는 것을 본 솔매마을 사람들이 그녀를 붙들어 잡았다.

마을 사람들한테 제지를 당한 그녀는 다시 질척질척 눈 녹은 고샅에 퍽신하게 발을 뻗고 주저앉아 안산 너덜겅이 찌렁찌렁 울리도록 울어버리고 말았다. 어려서부터 그녀의 자라나온 불쌍한 신세를 손금 들여다보듯 환히 알고 있는 솔매마을 사람들은 애간장을 갈퀴질해대는 듯한 서러운 울음소리에, 그들 모두가 목구멍 속에 불잉걸을 묻은 듯 후끈후끈 달아올랐다. 마을 사람들은 다음 날 새벽에 모두들 벽소령 골짜기로 함께 가주겠다고 어렵사리 설득을 시켜서야 그녀의 발길을 돌려세우게 하였다.

약속대로 이튿날 새벽에 솔매마을 장정 다섯 사람이 엽총 대신 창과 낫들을 들고 마을을 떠났다. 참봉 아들은 끝내 몸이 아프다는 핑계로 함께 가주지 않았으며, 여자의 몸으로 지리산 깊숙이 따라올 수 없으니 마을 장정들이 돌아올 때까지 기다리고 있어달라고 한사코 붙잡았는데도, 박쇠 아낙이 자기는 죽어도 좋다고 기를 쓰고 앞장을 섰다.

그들은 나흘 동안이나 징을 치면서 벽소령 골짜기를 이 잡듯 뒤졌으나 끝내 박쇠의 시체를 찾을 수가 없었다. 시체는 고사하고, 그의 털메기 한 짝, 그가 짊어지고 따라다녔던 취사도구며 이불 뙈기 한 조각 눈에 띄지 않았다.

남편의 시신을 찾지 못한 박쇠의 아낙은 눈알이 철쭉꽃처럼 빨긋빨긋 충혈이 되어, 자기 남편은 참봉 아들이 죽여서 감춰놓았다고 동네방네 돌아다니며 미친 듯 울부짖었다. 그러면서 그녀는 부끄러워하지도 않고 자기는 시집을 오기

문순태 597

전부터 참봉의 노리개가 되어온 것을 큰 소리로 외쳐대고, 자기 오른팔이 낫에 잘린 연유까지도 숨김없이 까발렸다.

결국 박쇠 아낙은 솔매마을에서 미친 사람 취급을 받게 되었으며, 박참봉 집에서도 쫓겨나고 말았다.

시아버지의 종문서와 족보에 오를 남편과 자식의 이름이 적힌 종이쪽지만을 품속에 넣고 갓난아기 판돌이를 왼손으로 들쳐 업고 박참봉 집에서 쫓겨나오면서도, 그녀는 가슴속 깊숙한 곳에 응어리지고 홀맺힌 한을 풀 듯, 박참봉과 참봉 아들에 대해서 두려움 없이 하고 싶은 대로 마음껏 욕을 퍼부어댔다. 두려움 없이 퍼부어댄 욕은 울부짖음으로 변했고, 울부짖음은 다시 자신의 뼈를 깎는 듯한 처절한 울음, 남편의 죽음을 슬퍼하는 호곡으로 변했다.

박참봉 집에서 쫓겨난 박쇠 아낙은 거렁뱅이 신세가 되어 지리산 밑 여러 마을을 떠돌음하였다. 그녀는 행여 남편의 뼈라도 찾을까봐 지리산을 떠나지 못하고 산속 마을들을 찾아다니며, 닥치는 대로 목줄을 지탱하고 살았다.

그녀는 지리산 산골 마을을 오 년 동안이나 떠돌음 하다가, 판돌이가 여섯 살이 되던 해 봄에야 구례읍으로 나와, 그들 모자를 불쌍하게 생각한 사람 좋은 주막의 과부 도움으로 부엌데기 노릇을 하며 빌붙어 살게 되었다.

판돌이가 열한 살 되던 해 여름, 박쇠 아낙은 염병에 걸려 죽고 말았다. 죽기 전 그녀는 나이에 비해 몸집도 크고 마음이 슬거운 아들 판돌이를 옆에 앉혀놓고, 그녀가 간직해온 판돌이 할아버지의 종문서와 족보에 오를 부자 이름이 적힌 종이쪽지를 내주며 그녀가 당해 온 한 맺힌 이야기들을 실꾸리를 풀 듯 숨 가쁘게 토해냈다.

그녀는 죽으면서 열한 살 난 아들한테, 참봉 아들이 죽어서 지리산 어디엔가 버려두었을 아버지의 유골을 기필코 찾아내야 한다고 당부를 하였다.

어머니를 지리산자락에 묻고 난 판돌이는 엉겅퀴며, 톱풀꽃, 버들금불초꽃들이 어우러진 섬진강 둑에 온종일 앉아서, 어머니가 남긴 유언들을 되작거려 머리와 가슴속에 깊숙이 접어 감추었다.

그길로 판돌이는 어머니한테서 받은 할아버지의 종 문서와, 족보에 올려주기로 했다는 그들 부자 이름이 적힌 종이쪽지만을 품고 솔매마을 박참봉 집으로 찾아갔다. 박참봉은 죽고 없었으며 그의 아들이 사랑채에서 북 장구 뚱땅거리며 세상 좋게 살고 있었다.

판돌이는 자신이 박쇠의 아들이라는 것을 숨기고, 꼴머슴으로라도 붙어살게 해달라고 간청을 하였다. 그렇게 하여 박판돌이는 박참봉 댁의 머슴이 된 거였다.

긴 이야기를 끝낸 판돌이는 무겁게 머리를 들어올려 동굴의 천장처럼 칙칙하게 내려앉아 있는 하늘을 쳐다보았다. 별 하나 돋아나지 않은 어둡고 답답한 하늘이었다.

긴 이야기를 토해낸 판돌이도, 그의 이야기를 들으면서 어둠에 묻힌 먼 하늘을 바라보기조차 부끄러워 자꾸만 고개가 무겁게 내려앉은 나도 마음이 별 없는 하늘처럼 숨 가쁘게 답답하였다.

두 사람 사이에 산상(山上)의 밤보다 더 무겁고 답답한 침묵이 늪처럼 찐득하게 괴었다.

"우리 아버지한테 당신이 박쇠 아들이라는 건 언제 밝혔소?"

나는 바윗덩어리처럼 무겁게 나를 쩌누르고 있는 판돌이를 마치 박쇠처럼 생각하면서 우울하게 물었다.

"어디 기회가 있어야죠. 또, 같이 살다보니께 마음이 약해집디다. 사실 지는 도련님 댁 머슴이었재만, 두 어른들 도움도 많이 받고 자랐거든요. 그라고 도련님 식구들과 오래 한솥밥 묵고 살다보니께 정도 붙고 해서…… 지난 일들을 잊어버릴까 허는 생각도 납디다. 또 어르신께서 우리 아버지를 쥑이지 않았을 시노 모를 일이고……."

판돌이는 잠시 말을 멎고 머리를 무겁게 떨구었다가 천천히 들어올렸다.

"육이오가 터지고 세상이 뒤집히니께. 지 마음도 세상과 함께 뒤집힙디다요. 좌우당간에 어르신헌테 한번 까져뵈야겠다는 생각이 들드만요. 그래서 그 어르신 끌고 지리산으로 들어갔지요. 어르신한테 지가 오래오래 품속에 간직해왔던, 지 조부님 종 문서허고, 도련님 조부님이 지어주셨다는 우리 부자 이름이 적힌 종이를 보이면서, 지 신분을 밝혔어요. 그리고 우리 아버지를 어디서 쥑였느냐고 성질을 냈어요. 사실 그때 지는 어르신네께서 거짓말로라도 지 아버지를 절대 쥑이지 않았다고 말하기를 맘속으로 얼마나 바랬는지 몰라요. 그란디…… 그란디 말입니다. 어르신께서는 지가 그렇게 바랬던 것과는 달리 우리 아버지를 세석평전에서 엽총으로 쏴 쥑였다고 쉽게 고백을 허시고 말았어요. 아버지가 언젠가는 낫으로 어르신의 아버지를 찍어 쥑일 것만 같았고…… 또 지 부자가 도련님댁 족보에 오르는 것이 싫어서 멧돼지 사냥을 나와 세석평전까지 끌고 가서 쏴 쥑였다고 허드만요. 어르신은 그러면서 보잘것없는 지한테 용서를 빌었어요. 지는 그런 어르신이 싫었든 거지요. 차라리 그때 나헌티 불호령을 치셨드라면 지 마음이 약해져서…….”

"그래서 판돌씨도 우리 아버지를 세석평전까지 끌고 와서…….”

"어르신께서 지 아버지를 쥑인 곳을 알고 있다고 해서…… 지도 어머니 유언대로 울 아버지 뼈라도 찾을까 허고…….”

"그래, 찾았나요?"

나는 판돌이가 그의 아버지 유골을 찾았기를 바라면서 물었다.

"워디가요. 세석평전을 다 뒤져봤재만 철늦은 철쭉꽃만 휘너후러져서…… 허갸, 족보에도 못 오른 아버진데 무덤은 남겨서 뭘 허겠어요? 차라리 잘됐지요 머. 물론 저도 아직 족보가 없습니다만, 그까짓 족보 있으면 어쩌고 없으면 어쩝니까. 지 아버지는 족보에 이름 석 자 올릴 욕심으로 죽을 때꺼정 껑껑댔지만, 지는 족보 대신 돈을 갖기루 작정했지요. 족보가 없는 대신 돈이라도 몽땅 벌자 허는 생각으로 살았어요. 그래서 돈은 좀 모았지요. 이제는 백만 원만 주고도 지가 박씨 문중에서 문벌 좋은 집안을 탈탈 골라 족보에 이름을 올릴 수 있겠습니다만…… 그까짓 족보 있으면 뭘 해요? 주민등록증 하나면 얼마든지 출세를 허는 세상인듸. 지는 족보 대신에 아직도 우리 조부님 종 문서허고 도련님 조부님이 박판돌이라고 지어주신 지 부자 이름이 적힌 종이쪽지를 소중히 간직허고 있구만요. 으쩌면 족보보다는 그거이 더 귀한 것일지도 모르재요.”

판돌이의 이야기를 듣고 난 나는 마지막으로 그에게 아버지를 죽인 사람은 바로 판돌이 당신이었구만요 하고 물으려다가 끝내 입을 열지 못했다.

우리는 꽤 오랜 시간을 어둡고 답답한 침묵의 깊은 늪 속에 빠진 채 그대로 앉아 있었다.

갑자기 큰바람이 산정을 휩쓸면서 빗방울이 떨어졌다. 비바람이 휘몰아치자 판돌이는 으스스 몸을 털며 텐트 쪽으로 성큼성큼 걸어가버렸다. 나는 그와 좀 더 많은 이야기를 하고 싶었지만 비바람 때문에 그를 붙잡지 못했다.

바람이 드세어지고 빗방울도 굵어졌다. 하늘과 맞닿은 산정에서, 어둠에 묻힌 채 비바람을 맞고 있다니, 자신이 한갓 엽록소가 빠져 삐들삐들 말라비틀어진 떡갈나무 잎이거나, 높은 산의 나무에 붙어서 진을 빨아먹고 사는, 다리가 빨간 비단사슴벌레와도 같다는 생각이 들면서. 드센 비바람이 휘몰아치면 낯선 어느 골짜기엔가로 가볍게 날려가버리게 될지도 모른다는 약해진 마음에 견딜 수 없는 괴로움을 느꼈다.

칼날 같은 번갯불이 어둠을 갈기갈기 찢으면서 지리산을 허물어버리기라도 할 듯 우르르쾅 뇌성이 울렸다.

휘익 — 비바람이 몰아치자 몸뚱이가 낙엽처럼 가볍게 어둠이 꽉 찬 허공으로 날려버릴 것만 같았다. 휘몰아친 비바람이 마치 아버지의 엽총에 맞아 죽어 지리산에서 떠돌음하고 있는 박쇠의 혼처럼 무섭게 느껴졌다. 원한에 찬 박쇠의 혼이 우드득 내 머리칼을 쥐어뜯으며 나를 골짜기 후미진 곳에 돼지 치듯 메어칠 것만 같았다.

겁에 질린 나는 텐트 쪽으로 가보았으나 비바람이 텐트까지 걷어가 버렸다. 나는 아버지 유골을 옆구리에 끼고 대피소로 뛰어갔다. 일행들이 대피소에 와 있었다. 저녁도 굶은 채 대피소에 신꼴 박듯 처박혀 앉아서 날이 새기를 기다렸다. 철쭉제에 참례했다가 비바람을 만나 찾아든 등반객들이 자꾸 몰려들어 대피소는 발을 들여 넣을 틈도 없었다.

이따금 박영감이 내게 말을 건네면서 큰 목소리로 박검사 박검사하고 불렀는데, 그때마다 대피소에 가득 처박힌 등반객들이 부러움도 존경도 아닌 평범한 눈으로 나를 가볍게 흘려보았다. 나는 박영감한테 제발 그 검사라는 말 좀 떼라고 호통이라도 치고 싶었지만, 기실은 박영감한테 그런 말을 하기조차도 내 자신이 부끄러워 눈을 감아버렸다.

나는 무릎을 세우고 앉아 노루잠을 자다가 얼핏얼핏 잠에 빠지면서 갈피를 잡을 수도 없는 많은 꿈을 꾸었지만 하나도 머리에 남아 있는 것이 없었다. 한 가지 많은 꿈의 조각들 가운데서 아버지의 모습과, 꿈속에서 박쇠일지도 모른 협수룩한 사람의 얼굴이 여러 차례 뒤바뀌어 나타난 것이었다. 꿈속에서 아버지의 얼굴이 순식간에 박쇠의 얼굴로 바뀌고, 박쇠의 얼굴이 다시 아버지의 얼굴로 영화의 필름처럼 여러 차례 겹쳤다.

꿈에서 깨어난 뒤에도 나는 마치 가위눌린 것처럼 가슴이 답답하고 손발이 나른했다. 대피소 안의 희미한 램프등 불빛 속으로 세운 무릎 위에 고개를 구겨 박은 채 잠들어 있는 박판돌을 훔쳐보기조차 부끄러웠다.

나는 마치 무거운 쇠망치로 계속해서 뒤통수를 얻어맞고 있는 기분으로 아침이 밝아오기만을 기다렸다. 박판돌이의 말마따나 판돌이의 부자가 당한 내력을 미리 알았더라면 나는 아버지의 유골을 찾으러 고향에 오지 않았을지도 모를 일이었다. 그렇다고 해서 나는 결코 아버지의 유골을 조금도 주체스럽게 생각하지는 않았다. 죽은 사람들의 역사는 죽은 사람과 함께 무덤 속에 묻어두는 것이 좋을 듯싶었다.

나는 지리산 골짜기에 떠돌음하는 박쇠의 원혼과, 그런 아버지의 원혼을 달랠 길 없어 괴로워하는 박판돌이한테 죽은 아버지 대신 용서를 빌고 싶었다.

마지막 날

아침에 일어나 보니 언제 비바람이 휘몰아쳤냐는 듯 하늘과 산정이 조용하게 가라앉아 있었다.

하늘은 부우옇게 진한 우윳빛으로 밝아오기 시작했고, 지척을 분간할 수 없을 정도의 짙은 안개가 뭉얼뭉얼 산을 덮었다. 처음에 나는 구름이 산 위에 내려와 덮인 것으로 잘못 알았다.

날이 밝긴 했으나 허리까지 스멀스멀 기어오르는 짙은 안개 때문에 산을 내려갈 수가 없었다. 일행은 지리산 천왕봉에서 꼼짝 못하고 안개에 갇혀 있었다.

동편에 해가 솟아오르자 순식간에 지리산이 허물을 벗듯 안개가 걷혔다. 안개가 걷힌 뒤의 산은 비질을 하고 물걸레로 닦아놓은 것처럼 투명하고 깨끗했다.

비바람이 휘몰아치고, 지척을 분간할 수 없을 만큼 안개가 끼고, 해가 떠오르자 수채화처럼 깨끗해진 하룻밤 사이의 변화에, 마치 지리산 상상봉에서 봄, 여름, 가을, 겨울 사계절을 다 맛본 듯한 느낌이었다.

안개가 걷히고 산이 유리구슬 속처럼 깨끗해지자 일행은 멀리 출렁여 보이는 세석평전의 철쭉꽃밭 물결을 내려다보면서, 천왕봉을 내려왔다.

천왕봉을 내려오면서야 일행은 미스 현과 예비군복의 젊은 인부가 보이지 않는 것을 알고, 큰 소리로 이름을 부르며 찾아보았으나 헛수고였다. 그러고 보니 미스 현과 예비군복 차림의 인부는 어젯밤 대피소에서도 눈에 띄지 않았던 것 같았다. 내가 그 말을 박영감한테 했더니

"엊그제꺼정만 해도 서로 고양이 쥐 보듯 허드니 어느 사이에 배가 맞어버렸나 보구만. 산이란 그래서 좋은 거여. 어제의 미움이 오늘은 사랑으로 변허니 안 좋은감? 젊은 남녀가 잠시 자취를 감춘 것은 결코 나쁜 일이 아니니 내버려두고 먼저 내려가드라고 잉! 안개에 길을 잃지만 않했음사 걱정 없을 꺼여!"

하면서 박영감은 큰 소리로 말하고 웃었다. 그는 통천문 부근에 좋은 자리가 있을 듯싶으니 한번 보고 가자고 하였으나, 내가 그럴 필요 없다고 하여 곧장 세석평전으로 내려갔다.

세석평전 철쭉꽃밭에 내려와 전날에 유골을 파냈던 바로 그 자리에 봉긋하게 봉분을 만들어 아버지 유해를 안장(安葬)했다.

봉긋한 아버지의 무덤 위에 철쭉꽃 그늘이 우쭐거렸다.

"저 꽃들이 이비님의 모습같이 느껴시는군요."

내 말에 박영감도 고개를 커다랗게 끄덕이면서,

문순태 603

"이름난 한량이었던 어르신은 죽어서도 저렇게 멋들어지는구먼!"
하고 푸실하게 웃어 보였다.

"내년 철쭉제에도 꼭 오겠습니다."

"그래야재. 내년 철쭉제에 와서 어르신을 뵙고 가야재!"

멀리서 보는 아버지의 무덤은 탐스러운 철쭉꽃 묶음이었다.

"지도 후담에 죽으면 세석평전 철쭉꽃밭에 묻히고 싶구먼요!"

지금껏 말이 없던 박판돌이의 그 말에 나는 처음으로 그를 보며 씽긋 웃었다.

어둑어둑해서야 대성동 골짜기를 타고 신흥에 도착한 일행은 화개를 거쳐 구례읍까지 가는 마지막 버스를 탈 수가 있었다.

나는 쌍계사 입구 용강에서 내렸다. 마음이 착잡한 나는 쌍계사에서 하룻밤 쉬면서 이것저것 생각들을 정리한 다음 화개에 나가서 광주 가는 직행 버스를 탈 요량이었던 것이다.

"판돌씨, 내년 철쭉제 때 다시 만납시다. 그리고 미안합니다. 아버지 대신 제가 사과하지요."

나는 버스가 용강에서 멎자 박판돌의 코앞에 불쑥 손을 내밀었다. 박판돌은 엉겁결에 내 손을 잡고 악수를 하면서도 얼떨떨해하는 얼굴로 박영감을 돌아다보았다. 그때 박영감은 방앗공이처럼 커다랗게 고개를 끄덕였다. 박판돌과 악수를 끝낸 나는 세석평전 아버지의 새 무덤 옆에서 꺾어 들고 온 철쭉꽃 한 가지를 그에게 주고, 여차장에게 떠밀리다시피 하여 버스에서 내렸다. 철쭉꽃을 받아든 박판돌이가 차창 밖으로 손을 흔들었다. 나는 무심히 손을 들어 바람처럼 저었다.

쌍계사에서 종소리가 울렸다. 그 종소리의 긴 여운에 희끄무레한 밝음이 밀려가고, 그 위로 어둠이 무겁게 내리깔렸다. 버스가 사라질 때까지 멀뚱하게 서서 손을 흔들던 나는, 뒤로 돌아서서 두 팔을 벌리고 어둠 속에 아버지 같은 모습으로 웅숭그리고 앉아 있는 지리산을 가슴 안으로 힘껏 끌어안았다. 덩치 큰 지리산이 가슴 뻐근하게 와 안기면서 구멍이 뚫린 것처럼 허탈해졌다.

문순태(文淳太)

1939년 전남 담양 출생. 조선대학교 국문과 졸업. 1973년『한국문학』신인상에 단편「백제의 미소」가 당선되어 등단. 소설작품문학상, 전남문학상, 문학세계 작가상, 이상문학상 특별상 등 수상.「징소리」(1978),「저녁 징소리」(1979),「말하는 징소리」(1979),「마지막 징소리」(1979),「무서운 징소리」(1980),「달빛 아래 징소리」(1980),『걸어서 하늘까지』(1980),「철쭉제」(1980),『달궁』(1982),「살아 있는 소문」(1984),「피아골」(1985),「타오르는 강」(1980~87),「정읍사」(1991),「느티나무」(1992),『느티나무 사랑』(1997),『포옹』(1998),「늙은 어머니의 향기」(2003) 등의 다수 작품 발표.

작품 세계

문순태의 작품에서는 다양한 형태의 한(恨)이 나타난다. 문순태는 초창기 작품에서부터 지속적으로 과거 지주와 소작농이라는 봉건제적 굴종 관계에서 얽혀 있던 한이 분단 혹은 전쟁 체험을 통해 어떻게 굴절, 왜곡되어 나타나며, 그것이 우리 민족, 특히 상처받은 소시민들의 일상적 삶을 훼손시키는가를 끝까지 추적한다. 또 훼손된 삶의 화해의 방안으로 동질성의 회복, 소시민들의 연대 의식, 혹은 고향 찾기라는 극복 방안을 제시한다.

문순태는 초기 작품,「백제의 미소」(1974)에서부터 뿌리 뽑힌 소시민들의 다양한 삶을 소재로, 지리멸렬한 듯이 보일지도 모르는 구체적인 개인의 삶에 따뜻한 관심을 보여주었다. 1978년 이후의 작품에서는 인물들이 실존적 자각에 도달, 동료들과의 연대 의식을 통해 인물들의 자존감을 회복하는「안개 우는 소리」(1978),「깨어 있는 낮잠」(1978) 등을 비롯하여,「징소리」(1978),「저녁 징소리」(1979),「마지막 징소리」(1979),「무서운 징소리」(1980)로 이어지는「징소리」연작에서는 6·25가 남긴 상처를 극복하기도 전에 근대화라는 물결에 부초처럼 살아가는 소시민들의 처참한 삶, 그에 따른 고향 상실, '징소리'로 상징되는 고향 되찾기의 방안을 제시한다.「징소리」연작에서는 6·25라는 역사적 비극과 근대화로 인해 황폐화된 고향을 자기 동일성이라는 고향 찾기를 통해 화해의 용서의 공간으로 변화 발선시켜야 한다는 화해의 미학을 보여준다.

「철쭉제」(1981),「달궁」(1982)에서는 분단 이후 반복되고 있는 우리 민족의 한의 되풀이 구조를 통해서 권력 구조의 변화 양상을 추적, 남한 사회의 구조적 특성인 권력의 드러냄의 방식을 서술하고 있다. 이에 극복 방안으로 문순태가 제시하는 것은 인간에 대한 근본적인 신뢰의 구축이다. 어느 층이 권력을 가졌는가의 차이일 뿐, 권력을 가지면 누구나 똑같은 권력의 힘을 내두르게 되고, 수직 관계를 통하여 인간을 바라보고, 억압과 착취를 되풀이한다. 인간의 권력 구조라는 놓여진 상황만 다를 뿐, 인간은 누구나 똑같다는 평등 관계 속에서 인간을 바라볼 때 신뢰가 구축되고, 용서와 화해의 마음이 생긴다는 것이다. 즉, 서로에 대한 동질감의 회복이다.

1975년부터 연재를 시작, 1987년 완성을 본 대하소설 『타오르는 강』은 개화기, 나주 지방의 양산강변에서 일어난 궁산면(宮三面) 사건이라는 구체적 역사적 사실을 근거로, 가난을 숙명으로 여기고 사는 민중들이 온갖 착취와 억압을 견디며 내 땅을 지키다가 죽어간 삶과 죽음의 과정을 그린 작품이다. 민중들의 한의 세계를 끈질기게 파고들어간 작가는 그로 인한 역사의 모순을 밝히고 민중들의 한은 개인적인 차원에서가 아니라 역사적인 모순에 의해서 생성된 것임을 서술하고 있다.

『걸어서 하늘까지』(1980)나 「늙은 어머니의 향기」(2003)는 한 인간에 대한 진정한 사랑이 무엇인가를 서술한 작품이다. 『걸어서 하늘까지』에서는 각기 다른 계층의 남녀 간의 사랑을 통해서, 아무리 계층이 다른 남녀라도 한 구체적 개인에 대한 이해에 도달하면 진정한 사랑은 완성될 수 있다는 것을 보여주고, 「늙은 어머니의 향기」에서는 어머니의 냄새로 인해 부부간의 갈등을 일으키고 있는 남편이 어머니의 냄새는 바로 어머니가 살아왔던 삶의 향기라는 이해에 도달하면서 더욱 어머니를 갈망하는 서술 구조를 통해서, 역사를 통한 인간의 구체적인 삶을 모두 한의 역사로만 볼 것이 아니라, 그 화해와 극복을 통해 어우르고자 한 모성 지향적인 태도를 보여준다.

「철쭉제」

「철쭉제」는 아버지의 유해를 찾기 위해 고향을 찾아와 유해를 찾기까지 6일간에 걸친, 갈등과 화해의 과정을 그린 여정 소설이다. 자신의 아버지가 머슴 판돌이에게 끌려가 죽음을 당했다는 것을 알고서도 시신도 찾지 못한 채 고향을 떠나야 했던, 현직 검사인 주인공은 고향을 떠나서도 하루라도 한을 잊지 않고 절치부심 아버지의 유해 찾기만을 기다려왔다. 30여 년 만에 유소년기를 보냈던 고향을 찾음으로써, 잃어버렸던 자신의 근본이기도 하고 토대이기도 한 고향 내지 아비에 대한 과거를 새롭게 인식함으로써, 자신의 아픔의 상처를 극복하는 이야기이다. 아픔의 극복은 산전수전 다 겪은 여성의 몸과 어떤 죄인이라도 누구든지 가슴으로 품어 안는 지리산의 넉넉한 가슴을 통해서이다.

주인공은 6·25 때 공산당 앞잡이 노릇을 하던, 지금은 사료 공장 사장으로 크게 성공한 한때 자신의 집 머슴이었던 판돌이에게 죽음을 당한 아버지의 시신을 찾기 위해 30여 년만에 고향을 찾는다. 아버지의 유해를 발굴하기 위해 지리산 등반길에 같이 동반한 술집 접대부인 미스 현의 출현은 이 작품의 하나의 중심핵이다. 주인공, 판돌이를 비롯한 등반을 같이하고 있는 모든 사람들과 미스 현의 동침을 통해 그들은 하나의 몸을 공유한 일체감을 가진다. 그 이후 주인공과 판돌과의 긴장은 서서히 완화되고, 주인공은 지리산에 대해 거대한 생명의 신처럼 경외감을 갖게 된다. 봄이면 화려한 철쭉꽃을 품어내는 지리산은 주인공의 아버지나 판돌이의 아버지처럼 억울하게 죽은 시신조차 시시비비를 가리지 않고 어머니의 품처럼 넉넉하게 품는다. 이런 경외감은 아버지의 시신이 철쭉 뿌리에 감겨 전혀 손상되지 않고 보관된 데서 절정에 다다른다.

그러나 서술의 내용은 여기에서부터 역전된다. 판돌로부터 판돌이 아버지를 비롯한 판돌이 어머니, 판돌이의 조상이 주인공 집안의 머슴으로 있으면서 대대로 당했던 억압과 착취 이야기를 들은 후, 주인공은 자신에 대한 부끄러움으로 몸둘 바를 잃고 판돌에게 죽은 아버지 대신 용서를 빈다. 그리고 다음 해 철쭉제에 다시 만날 것을 약속함으로써 화해에 도달한다. 이 화해는 지리산이라는 대자연 앞에 인간의 욕심에 의한 갈등이 얼마나 무의미하고 무력한가를, 철쭉제라고 하는 축제 분위기 속에서 인간의 갈등이 무화되는 서술 과정을 보여준다.

문순태의 다른 작품에서도 마찬가지지만, 이 작품에서도 작품의 사건을 둘러싸고 있는 주위 환경에 대한 서정적 묘사가 작품의 정서를 환기함으로써 작품성을 돋보이게 한다. 6일 동안의 갈등과 긴장이 완벽한 구성을 통하여 드러난다. 처음 3일간에는 주인공이 판돌로부터 살의를 느끼는 부분과 미스 현과의 육적인 접촉을 통해 그것이 이완되는 과정이 서술되고 아버지의 시신을 찾은 이후, 판돌이로부터 듣게 되는 주인공 집안으로부터 판돌이의 조상 대대로 받아야 했던 억압과 착취의 역사가 후반부에 서술된다. 마지막의 역전된 화해와 용서의 서술 상황을 통해 인간에 대한 평등 원리를 보여준다. 권력을 가진 자와 가지지 못한 자의 차이일 뿐, 인간은 누구나 똑같다는.

주요 참고 문헌

문순태의 「철쭉제」에 관한 논의는 그렇게 많지 않다. 문순태에 관한 논의는 「징소리」 연작과 대하소설 「타오르는 강」에 집중되어 있다. 「철쭉제」에 관한 논의는 「달궁」과 함께 다룬 김동환의 「권력관계의 구조화와 분단소설의 한 양상」(『1970년대 문학연구』, 예하, 1993)과 서석준 「『철쭉제』 연구」(『고황론집』 제8집, 1991)이 있을 뿐이다.

서석준의 논의는 「철쭉제」는 주인공의 아비 찾기의 여정 중에 나타난 남성들의 미스 현의 몸의 공유와 바흐친의 카니발의 특성, 평등과 자유의 의미를 철쭉제에 부여함으로써, 「철쭉제」 아비 찾기의 여정이 생능과 자유에 토대를 두고 있음에 주목하고 있다.

김동환은 「달궁」「철쭉제」를 '한과 한의 되풀이 구조'의 한 유형으로 보고 한의 풀이와 형성에는 근본적으로 권력의 문제가 작용하고 있음에 주목하여, 작품의 전개 과정을 통해 권력 관계의 드러냄의 방식을 분석했다. 「달궁」은 그 권력 관계가 역전되고 공고화되는 양상을 다룬 데 비해, 「철쭉제」는 권력 관계의 해소를 집중적으로 다루고 있음에 주목하고 있다.

_이덕화

현기영
순이(順伊) 삼촌

내가 그 얻기 어려운 이틀간의 휴가를 간신히 따내가지고 고향을 찾아간 것은 음력 섣달 열여드레인 할아버지 제삿날에 때를 맞춘 것이었다. 할머니 탈상(脫喪) 때 내려가보고 지금까지이니 그동안 8년이란 세월이 흐른 것이었다. 바쁜 직장 핑계 대고 조부모 제사에 한번도 다녀오지 못했으니 큰아버지나 사촌 길수형은 편지 글발에 내색하지는 않았지만 속으로 무던히도 욕을 하고 있을 터였다. 물론 일본에 있는 아버지가 제사 때가 되면 잊지 않고 제숫감 마련에 쓰고도 남아 얼마간 가용에 보탬이 될 만큼 넉넉하게 큰집으로 송금하는 모양이지만, 그렇다고 내가 선산을 못 돌아보고 기제사에 참례 못하는 죄스러움이 가벼워지는 것은 아니었다. 그러다가 요 며칠 전에 큰아버지의 부름을 받고 만 것이었다. 가족 묘지 매입 문제로 상의할 일이 있으니 할아버지 제사일에 맞춰 내려오라는 편지 내용이었다. 편지투로 보아 이번엔 기어코 나를 내려오게 만들려는 당신의 속마음이 헤아려지고도 남음이 있었다.

그런데 8년 세월에 비하면 김포공항에서 단 오십 분 만에 훌쩍 날아간 고향은 참으로 가까운 곳이었다. 기내(機內)에 퍼져 틀틀거리는 엔진 폭음에 귀가

---

* 「순이 삼촌」은 『창작과비평』 1978년 가을호에 발표되었고, 이후 소설집 『순이 삼촌』(창작과비평사, 1979)에 수록되었다. 제주도 사투리가 많이 등장하는 소설의 특성상 본문 안에 괄호를 두고 표준어와 병기하였다.

먹먹해져서 잠시 멍한 방심 상태에 몸을 맡기고 있는데 별안간 기체가 덜컹 하길래 눈을 떠보니 제주공항이었다는 식으로 나는 고향에 닿았다. 정말 눈 깜짝할 새에 고향 땅 한복판에 뚝 떨어진 거였다. 그건 흡사 나 자신이 고향을 찾은 게 아니라 거꾸로 고향이 나를 찾아온 것처럼 어리둥절하고 낭패스러웠다. 뭐랄까, 아무 예비 감정도 없이 고향과 맞닥뜨린 셈이랄까. 나는 비행기 안에서 좀 진지하게 생각하지 못하고 멍하니 허송한 오십 분이 못내 후회스러웠다. 괜히 비행기를 탔다 싶었다. 기차를 타고 배를 타야 하는 건데 8년 만의 귀향을 직장 통근 시간에 불과한 단 오십 분에 끝내다니.

내게 고향이란 무엇이었나. 나에게 깊은 우울증과 찌든 가난밖에 남겨준 것이 없는 곳이었다. 관광지니 어쩌니 하지만 그것도 지역 나름이어서 나의 향리인 서촌(西村)은 이렇다 할 관광 자원도 없고 하늬바람이 몰아쳐 귤 농사도 안 되는 한촌이었다. 적어도 내 상상 속에서 나의 향리는 예나제나 죽은 마을이었다. 말하자면 삼십 년 전 군 소개 작전에 따라 소각된 잿더미 모습 그대로 머리에 떠오르는 것이었다. 그래서 고향을 외면하여 살아오길 팔 년, 그 유맹(流氓)의 십 년 전으로 되찾아가려면 아무래도 조심스럽게 주저주저하며 다가가야 하리라. 기차를 타도 완행을 타서 반도(半島) 끝까지 가 거기서 다시 배를 타고 밤을 지새우며 밤 항해를 해야 하는 수륙 천오백 리 길. 차멀미, 뱃멀미에 시달리며 소주에 젖고 8년 만에 찾아가는 고향 생각에 젖어서 허위허위 찾아가야 할 고향이었다. 이것이 내가 평소에 고향을 지척에다 두고서도 지구 끝처럼 아득하게 여기던 이유였다.

그러나 휴가는 단 이틀이고 할아버지 제사가 바로 오늘인 걸 어떻게 하랴. 기차 타며 그렇게 여유작작하게 우회해서 고향에 갈 수는 없는 노릇이었다. 나는 마치 스튜어디스에게 등을 떠밀린 사람처럼 엉거주춤거리며 승강구 계단을 내려왔다.

하늘은 낮은 구름에 덮여 음울해 보였고 한라산 정상은 구름 떼가 잔뜩 몰려 있었다. 낯익은 제주도 특유의 겨울 날씨였나. 그건 어린 시절의 겨울 하늘을 낮게 덮고 벗겨질 줄 모르던 바로 그 음울한 구름이었다. 흐린 날씨 때문에 돌담은 더 검고 딱딱해 보이고 한라산 기슭의 질펀한 목장에 덮인 눈빛은 침침했다. 하늬바람이 불어와 귓가에 달라붙어 떨어지지 않는 바람 소리, 쉴 새 없이 고시랑거리는 앞머리칼, 나는 불현듯 가슴이 답답해왔다. 어린 시절의 그 음울한 겨울철로 돌아온 것이었다.
 나는 동문 로터리에서 내 향리인 서촌을 경유하는 버스를 탔다. 시골행 차는 온통 고향 사투리로 왁자지껄했다.
 "할마니, 이거 뭐우꽈?" 하고 남자 차장이 통로에 부려놓은 대 구덕(바구니) 속의 옹기 허벅을 가리켰다.
 "아따, 팥죽이라 팥죽. 팥죽 쑤언 삼양 동네에 고렴〔弔問〕 감서." 광목 수건을 쓰고 눈이 진무른 할머니가 구덕에 달린 질빵을 쥔 채 대답했다.
 참으로 오랜만에 듣는 고향 사투리였다. 내 입가에도 은연중에 고향 사투리가 떠올라 뱅뱅 맴돌았다.
 버스는 계속 털털거리면서 해변 따라 일주도로를 타고 달려갔다. 일상생활에 노상 모래바람이 부는 어촌들. 헌 그물로 바람에 날아가지 않게 단도리해 놓은 초가집 추녀. 돌담 울타리 너머 바람에 부대끼는 빨간 열매 달린 사철나무들. 나는 내 눈이 육지서 온 관광객의 호기심 많은 눈이 안 되도록 조심하면서 이것저것 눈여겨보았다.
 잿빛 바다 안으로 날카롭게 먹어들어간 시커먼 현무암의 갑(岬), 저걸 사투리로 '코지'라고 했지. 바닷가 넓은 '돌빌레〔岩盤〕'에 높직이 쌓여 있는 저 고동색 해초 더미는 '듬북눌'이겠고, 겨울바다에 포말처럼 둥둥 떠 있는 저것들은 해녀들의 '태왁'이다. 시커먼 현무암 바위 틈바구니에 붉게 타는 조짚 불, 뭍에 오른 해녀들이 불을 쬐는 저곳을 '불턱'이라고 했지. 나는 잊어먹고 있던 낱말들이 심층 의식 깊은 데서 하나하나 튀어나올 때마다 남모르는 쾌재를 불렀다. 이렇게 추억의 심부(深部)로 들어가면 들어갈수록 내 머릿속은 고향의 풍물과 사투리로 그들먹해지는 것이었다.
 그날은 하루에 두 집 제사라 큰당숙 댁에서 종조모 제사를 초저녁에 먼저 치른 다음 모두 큰집에 모였다. 나는 누구보다도 길수형을 만나는 것이 반가웠다. 나와는 겨우 한 살 차이인데도 벗어진 이마 태깔이 벌써 중년티가 완연했다. 그는 요즘 귤 밭을 하나 일구노라고 중학교에서 받는 봉급의 절반이 날아간다고 했다.

생각했던 대로 인사 올릴 만한 친척 어른들은 모두 참례하고 있어서 짧은 일정에 일일이 찾아다니는 번거로움을 피할 수 있어 좋았다. 제주시에 사는 고모 식구들은 밤늦어 차편으로 도착했다. 부쩍 늙어버린 친척 어른들의 얼굴을 대하자니 그동안 찾아뵙지 못한 8년이란 세월이 실감으로 가슴에 와 닿는 것이었다. 흰 머리칼에 대조되어 얼굴에 핀 검버섯이 더욱 뚜렷하게 돋보이는 큰아버지, 주름진 눈에 항시 눈물이 질퍽한 큰당숙어른. 나는 각오했던 대로 한참 고개를 숙이고 어른들의 책망을 다소곳이 들었다. 그리고 나서 서울서 아내 몰래 좀 무리해서 마련한 봉투 삼만 원짜리 석 장과 이만 원짜리 다섯 장을 내놓았다. 8년 만에 귀향하는 서울의 큰 회사의 부장에 대한 고향 친척들의 기대감을 도무지 저버릴 수가 없었던 것이다. 봉투를 내밀면서, 물건으로 사올까도 생각했지만 어떤 게 필요한 물건일지 몰라서 좀 뭣하지만 그냥 돈으로 드리니 양해해달라는 말을 덧붙이기를 잊지 않았다. 그런데 다른 분들이야 현금이 귀한 농촌 생활이라 돈 봉투는 충분히 생색이 나겠지만 도청 주사로 있으면서 밀감 밭도 꽤 크게 갖고 있는 고모부에게마저 봉투를 내밀자니 좀 쑥스러운 느낌이 들었다. 아닌 게 아니라, 고모부는 한마디 능청 떨어 내 얼굴을 화끈 달게 하기를 잊지 않았다.

"이게 뭐라? 욕을 그만해달라고 와이로 씀이라? 하이고, 나도 이런저런 와이로 다 먹어봤쥬만 처조캐한티 와이로 얻어먹긴 이거 처음인디……."

고모부는 이 지방 사투리를 수월수월 잘도 말했다. 평안도 용강 사투리를 영 못 버리던 저분이 이젠 여축없이 제주도 사람이 되었구나. 서북청년으로 입도(入島)해서 이제 삼십 년도 넘고 있으니 충분히 그럴 만도 하리라.

대개 초저녁에 잠자 버릇해서 제삿날이면 노상 꾸벅꾸벅 졸기를 잘하는 시골 어른들이었지만 그날은 나를 맞아 자정이 넘도록 이야기꽃을 피웠다.

가족 장지 매입에 대한 의논을 끝내고 이 이야기 저 이야기 한담을 즐기고 있는데 불현듯 순이(順伊) 삼촌 생각이 났다. 아까부터 그분이 보이지 않는 게 이상했다. 어릴 때 보면 큰집 제삿날마다 부주로 기주떡 구덕을 들고 오던 분이었다. 촌수는 멀어도 서너 집 건너 이웃에 살아서 큰집과는 서로 기제사에 왕래할 정도로 각별한 사이였던 것이다. 그래서 길수형과 나는 어려서부터 그분을 삼촌이라고 부르면서 무척 따랐다. (고향에서는 촌수 따지기 어려운 먼 친척 어른을 남녀 구별 없이 흔히 삼촌이라 불러 가까이 지내는 풍습이 있다.) 어서 삼촌을 찾아뵙고 인사를 드려야 할 텐데. 더구나 삼촌은 일 년 가까이 서울 우리 집에 올라와 밥을 해주며 고생하다가 불과 두 달 전에 내려오셨는데 그동안 어떻게 지내고 계신지 퍽 궁금했다. 혹시 몸이 편찮으신 게 아닐까? 나는 길수 형에게 물어보았다.

"형, 순이 삼촌이 통 안 보염싱게(보이는데) 무슨 일이 이서?"

그런데 웬일인지 내 말에 사람들은 하던 말을 문득 멈추고 조용해졌다. 길수 형의 얼굴에 난처한 기색이 역력하게 떠올랐다. 큰아버지도 나와 시선이 마주치자 입맛을 쩝쩝 다시며 얼굴을 돌렸다. 잠시 방 안은 안쓰런 침묵이 흘렀다. 왜들 이러실까? 나이 스물여섯에 홀어머니 되어 삼십 년이란 긴긴 세월을 수절해오던 순이 삼촌이 지금에 와서 개가라도 했단 말인가? 이윽고 큰아버지가 담뱃재를 화로 운두에 털면서 고개를 들어 나를 건너다보았다.

"겨를 없어 너한티는 못 알렸져마는 그 삼춘은 며칠 전에 죽어부러시네."

"아니, 그게 무슨 말씀이우꽈? 순이 삼춘이 돌아가셔서 마씸?"

그분이 돌아가시다니, 나는 어안이 벙벙할 따름이었다. 불과 두 달 전만 해도 잔병치레 없이 늘 정정하시던 분이 아니던가. 나는 도무지 믿기지 않아서 좌중을 휘 둘러보았다. 작은당숙이 나에게 가만히 고개를 끄덕여 보였다.

"나도 몰랐는디 형님, 무사 나헌티는 기별도 안 합디가?"

이렇게 고모부가 말해도 큰아버지는 담배만 풀썩풀썩 피워 댈 뿐 도무지 입을 열지 않았다. 평소에 친누이같이 지내던 사이인지라 몹시 괴로운 모양이었다. 좌중은 한참 침묵이 흘렀다. 싸르락, 싸르락. 창호지 창에 싸락눈 흩뿌리는 소리가 들려왔다.

이윽고 큰아버지는 지그시 감았던 눈을 뜨고 나를 이윽히 바라보았다.

"그런 죽음은 몰라 좋은 거쥬만 일단 알았이니까 내일 서울 올라가기 전에 문상이나 해영 가라. 시(市)에 딸네 집에 위패 모셨져" 하고 잠시 말을 끊었던 큰아버지는 새로 피워 문 담배를 깊이 들이마시고는 다시 말을 이었다.

"허기사 이래 죽으나 저래 죽으나 죽기는 매한가지쥬만……."

이렇게 떠듬떠듬 시작한 큰아버지의 얘기는 대강 이러했다.

그분은 돌아가신 날짜도 분명치 않았다. 집을 나간 날이 곧 당신이 돌아가신 날이 되겠는데 그걸 아는 사람이 아무도 없었다. 그럴 수밖에 없는 것이, 하나 있는 딸자식을 시집보낸 후 여러 해 홀몸으로 살아오던 터라 당신이 먼저 말하지 않으면 밥을 끓이는지 죽을 쑤는지 이웃에선 도무지 알 길이 없었다.

처음 며칠은 집이 덧문까지 닫혀 있는 걸 보고 시에 딸네 집에 갔겠거니 하고 예사로 생각했었다. 그런데 딸네 집에 가도 자고 오는 법이 없이 그날로 돌아오곤 하던 분이 보름이 넘도록 보이지 않자 큰집에선 차차 불길스럽게 생각되었다. 또 서울 조카네 집(우리 집)에 갔나? 서울 가면 간다고 말했을 텐데. 걱정된 나머지 큰집 식구들은 시에 있는 딸네 집에다 연락했다. 딸과 사위가 달려와 당신이 있을 만한 곳을 이곳저곳 찾아다녔다. 전에 신경 쇠약으로 몇 개월 정양했던 한라산 밑 절간에도 가보았다. 파래나 톳을 뜯으러 갔다가 무슨 횡액을 만났나 하고 바닷가 바위 틈서리도 뒤졌다.

그러다가 결국 당신은 국민학교 근처 일주도로 변의 밭에서 시체로 발견되었는데 부패한 정도로 봐서 죽은 지 이십 일은 좋이 넘어 보였다. 그 밭이 일주도로에서 한 밭 건너에 있었음에도 이십 일이 넘도록 사람 눈에 안 띈 것은 거기가 후미지고 옴팡진 밭인데다 밭담으로 가리어 있었기 때문이다. 게다가 흰옷 아닌 밤색 두루마기를 입고 있어서 더더욱 눈에 안 띄었을 것이다. 서울 우리 집에 올라올 때 입었던 밤색 두루마기에 따뜻한 토끼털 목도리까지 두르고 자는 듯 모로 누워 있었다. 머리맡에는 먹다 남은 꿩약 사이나가 몇 알갱이 흩어져 있고…… 그렇게 발견된 것이 불과 여드레 전이라는 것이었다.

"나도 따라가 봤우다만, 거 참 이상헌 일도 다 있십디다. 그사이 눈이 나련

보리밭이 사뭇 해영허게(하얗게) 눈이 덮였는디 말이우다. 참 이상허게시리 순이삼춘 누운 자리만 눈이 녹안 있지 않애여 마씸" 하고 육촌 현모형이 말하자 큰 아버지가 맞장구쳤다.

"발복헐 땅이여. 그 동생이 죽어도 자기가 드러누울 못자리 하나는 잘 잡았쥬."

"발복해봐사 무슨 자손이 있어야쥬. 외손 편엔 몰라도…… 양자 들이라, 들이라, 경(그렇게) 말해도 노시(영) 말을 안 들엉게(듣더니만) 쯧쯧" 하고 큰당숙어른이 애석하다는 듯 혀를 찼다.

이야기를 듣고 있는 동안 내 등에는 남모르는 식은땀이 흘러내렸다. 얼마 동안 귀가 먹먹해지고 말소리가 들리지 않았다. 한평생 다 산 나이 쉰여섯에 끔찍하게도 스스로 목숨을 끊다니. 평생 일궈먹던 밭을 찾아가 양지바른 데를 골라 드러누워버린 삼촌, 유서도 한 장 없이 죽었으니 그것은 표면상 아무 뚜렷한 이유가 없는 죽음이었다. 그렇다. 정신이 잘못되어 죽었다는 큰아버지의 판단이 옳을 것이다. 평소의 지병인 신경 쇠약이 원인이 되었으리라. 그런데 신경 쇠약은 왜 갑자기 악화되었을까? 거기에는 어떤 계기가 있을 것이다. 무엇이 삼촌을 죽음의 궁지로까지 몰아붙였나? 혹시 항상 원만치 못했던 일 년 동안의 서울 우리 집 생활에서 병이 악화된 게 아닐까? 아니, 그럴 리 없어. 여기 내려와서 무슨 충격적인 일을 당해도 당했을 테지. 그런데 친척 어른들의 얘기는 고향에 내려와서는 이렇다 할 사고가 없었다는 것이었다. 게다가 서울 우리 집에서 내려온 지 한 달도 채 못 되어 일어난 일이고…… 가책과 후회의 감정으로 나는 가슴이 오그라 붙는 듯했다.

생각하면 순이 삼촌이 우리 집에 와 있었던 지난 일 년은 당신이나 나나 내 아내나 모두 서로가 불편스럽고 원만치 못했던 게 사실이었다. 아내가 벌이도 시원찮은 옷가게를 진작 걷어치웠더라면 삼촌이 올라오지 않아도 되었을 텐데. 그러나 하루 종일 아내가 의상실에 매달려 있는 형편이니 밥해주는 사람이 따로 있지 않으면 안 되었다. 재작년 일 년 동안 밥하는 여자아이들이 서너 차례 불나게 엇갈려 들락거리더니, 나중에는 그나마 구하기가 무척 어려워졌다. 그래서 길수형에게 편지를 내어 고향에다 수소문해봤던 것인데, 마침 순이 삼촌이 서울 구경도 해볼 겸 우리 집에 한 일 년 와 있겠다고 나섰던 것이었다.

순이 삼촌이 손잡이가 망가진 옷가방을 질빵으로 짊어지고 우리 집에 온 지 열흘도 못되어 언짢은 일이 발생했다. 아내가 가게에서 아직 돌아오지 않은 저녁때였다. 당신은 잔뜩 굳은 표정으로 내 방으로 건너왔다.

"조캐, 참말 이럴 수가 이싱가?"

삼촌의 눈에선 눈물마저 글썽거리고 있었다. 무슨 일일까? 나는 영문도 모르고 가슴이 섬찟했다.

"아니, 무슨 일이 있었어요? 여기 앉아서 자초지종을 얘기해보세요."

평소에 순이 삼촌 앞에서는 고향 말을 써야지 하고 생각하던 터라 무의식중에 툭 튀어나온 서울말이 무척 민망스러웠다.

"동네 사람들이 날 숭보암서. 새로 온 민기네 집 식모는 밥 하영(많이) 먹는 제주도 할망(할미)이엔 소문나서라."

나는 하도 말도 안 되는 말이라 어이가 없었다.

"아니, 누게가 그런 쓸데없는 소릴 헙디가?"

"허기사 고향서 궂은 일, 쌍일을 허명(하면서) 보리밥 한 사발 고봉으로 먹던 버릇 때문에 아명(아무리) 밥을 적게 먹젱 해도 공기밥 먹는 조캐네들보다사 하영(많이) 먹어지는 게 사실이쥬. 사실이 그렇댄 해도 밥 하영 먹는 식모엔 사방팔방에 놈(남)한티 소문내는 뱁이 어디 이시니?"

나는 순간 눈망울이 확 더워지면서 눈물이 핑 돌았다. 삼촌보고 밥 많이 먹는 식모라니, 이런 모욕적인 언사가 도대체 어디 있단 말인가. 나도 분통이 터져 견딜 수 없었다.

"누게가 그런 말을 헙디가? 어디서 들읍디가?"

그러나 삼촌은 치맛귀로 눈물을 찍어낼 뿐 통 대답을 하지 않았다.

"민기 어멍(엄마)이 그런 말을 헙디가? 요 아래 희야네 가게서 그런 말을 헙디가? 꼭 밝혀내서 혼을 내사 허구나. 혼저(어서) 말해봅서."

그러나 삼촌은 여전히 대답을 하지 않았다. 그래도 내가 붉으락푸르락 화를 내는 것에 다소 위안을 얻었는지는 몰라도 삼촌은 더 이상 따져들지 않고 그만 물러갔다.

아내가 그런 말을 했나? 설마하니 아내가 그런 희떠운 언동을 할 경박한 여자일까? 혹시 민기놈이 희야네 가게에 군것질하러 갔다가 그런 못된 말을 했을지도 모른다. 아니, 다섯 살짜리 숫기도 없는 녀석이 어떻게 그런 당돌한 말을 해? 그러나 '밥 많이 먹는 제주도 식모'라고 말했을 리는 없지만 밥 많이 먹는다는 말을 누가 해도 했을 것이다. 이런 의심이 좀처럼 풀리지 않은 채 저녁 늦게 돌아온 아내를 맞고 보니 자연히 말다툼이 벌어졌다. 내가 전에 없이 치를 떨며 화를 내는 꼴을 보고 놀랐던지 아내는 결혼 후 처음으로 내 앞에서 눈물을 보였다. 나는 격앙된 어조로, 시부모 없어 시집살이를 면하더니 시댁 어른을 대하는 게 도무지 버릇없다고 질타했던 것이다. 하여간 아내가 그런 말을 했고 안 했고 간에, 그날 밤 나는 아내가 순이 삼촌 앞에서 어떻게 처신해야 할지를 내 딴에는 톡톡히 보여준 셈이었다.

밥을 좀 많이 드신다고 해서, 누구나 건져내버리는 배춧국의 멸치를 잡수신다고 해서, 잘 통하지 않는 사투리를 쓴다고 해서 그게 어째 흉이 된단 말인가. 시골에 혼자 먹고 살 만큼은 농토도 있고 남을 빌려주고 온 오막살이지만 집도 있는 분이었다. 말 그대로 서울 구경할 겸해서 우리 집 일을 도우러 오신 분을 흉보다니. 아내의 태도가 우선 글러먹었다. 순이 삼촌이 하는 사투리를 아내는 알아듣지 못했다. 이해해보려고 애쓰는 것 같지도 않았다. 저게 무슨 말이냐는 듯이 고개를 돌려 나를 바라볼 때 나는 나 자신이 무시당한 것처럼 얼굴이 붉어지는 것을 느껴야만 했다. 그건 신혼 초에 아내가 무슨 일로 호적 초본을 뗐다가 제 본적이 남편 본적인 제주도로 올라 있는 당연한 사실을 가지고 무척 놀란 표정을 지었을 때 내가 느낀 수치감과 비슷한 것이었다. 이렇게 사투리를 알아듣지 못하는 아내 앞에서 순이 삼촌의 처신은 어떻게 해야 옳은가? 그저 말수를 줄이고 시키는 말만 고분고분 따르는 수동적인 입장을 취할 도리밖에 더 있는가.

그날 이후 나는 여태 막연히 기피증 현상으로만 나타나던 고향에 대한 선입견을 대폭 수정하기로 했다. 삼촌의 존재가 나에게 늘 고향을 의식하게 해준 셈이었다. 서울 생활 십오 년 동안 한번도 써보지 못하고 묵혀두었던 사투리도 쓰기 시작했다. 고향 말은 주로 삼촌하고 얘기할 때만 썼지만 민기놈에게도 사투리를 꽤나 많이 가르쳐주었다. 그렇다. 나는 내 아들이 허여멀끔한 아내를 닮아 빈틈없이 서울내기가 되어가는 것이 딱 질색이었다. 에미를 닮아선지, TV를 너무 봐선지, 다섯 살 나이에 벌써 안경을 써야 할 지경으로 눈이 나쁜 녀석, 아내는 피아노를 가르쳐줄 계획이지만 나는 녀석에게 투박한 고향 사투리를 가르치고 싶었다. 아들놈마저 제 애비의 고향을 외면할 수는 없는 일이었다. 그렇다. 서울말 일변도의 내 언어생활이란 게 얼마나 가식적이고 억지춘향식이었던가. 그건 어디까지나 표절 인생이지 나 자신의 인생은 아니었다.

그러나 순이 삼촌은 그때 일로 퍽 상심했던지 좀처럼 밝은 표정으로 돌아오지 않았다. 거의 말도 하지 않았다. 그렇게 용서를 빌었는데도 삼촌은 삭이지 않고 내내 꼬불쳐두고 있는 모양이었다. 드디어 아내와 정면으로 맞부딪치고 말았다.

어느 날 회사 일로 저녁 늦게 귀가해보니 삼촌과 아내가 말다툼하고 있었다. 삼촌은 나를 보자 울면서 부엌 바닥에 주저앉아버리는 것이었다. 나는 무슨 일이냐고 아내에게 눈을 부라렸다. 그러자 이번엔 아내가 눈물을 주르륵 흘리는 게 아닌가, 빌어먹을.

아내는 순이 삼촌이 쌀이 다 떨어져서 사와야 한다는 말에 "쌀이 벌써 떨어졌어요?"라고 예사로 말을 던졌을 뿐이란다. 알았다는 뜻에서, 아, 그래요? 하듯이 가볍게 한 말을, 서울말의 억양에 익숙하지 못해서 그랬던지 "쌀이 벌써 다 떨어질 리가 있나요?" 하는 반문(反問)으로 잘못 오해했다는 것이다. 그래서 삼촌은, 내가 너무 밥을 많이 먹어서 쌀이 일찍 떨어진 줄 아느냐, 도둑년처럼 내가 쌀을 몰래 내다 팔았다는 말이냐, 하면서 우는 것이었다. 참 기가 찰 노릇이었다. 하도 어이없는 일이라 어디서 어떻게 수습해야 좋을지 몰랐다. 다만, 하잘것없는 일에 꼼짝없이 붙잡혀 상심하고 있는 삼촌을 보자 나 자신 눈시울이 뜨거워지는 것이었다.

현기영 617

그날 우리 내외는 오해를 풀어 안심시켜드리려고 얼마나 애를 썼던가. 그러나 그게 아무 소용도 없었음이 그 뒤부터 노출된 삼촌의 야릇한 결벽증에서 판병되었다. 쌀이 일찍 떨어진 원인이 밥을 질게 하거나 늦게 한 데 있다고 그 나름대로 판단했던지 순이 삼촌은 그 뒤부터 된밥을 지어내려고 무진 신경을 쓰는 눈치였다. 된밥을 만드는 일이 무슨 지독한 강박 관념처럼 삼촌을 짓누르고 있었다. 때문에 위 무력 증세가 있어 진밥을 좋아하는 나였지만 쓰다 굳다 한 마디 말도 할 수 없었다. 게다가 쌀 사온 지 열흘도 못 되어 그동안 얼마나 먹었는지 알아내려고 하루 종일 됫박질해보는 모습은 정말 애처롭다 못해 섬찍한 느낌마저 주는 것이었다.

이렇게 비슷한 일을 두 번 겪고 난 다음부터는 아내는 또 순이 삼촌의 오해를 살까 봐 언동을 조심하느라고 거의 신경과민이 될 지경이었다. 내가 보기에도 아내의 삼촌에 대한 태도는 크게 달라져 있었다. 그러나 삼촌은 뚱하게 굳어진 표정이 풀릴 날이 없었다. 심지어는 나에게마저 말하기를 기피하는 눈치가 역력했다. 공원에 놀러가서 사진을 서너 장 찍어 드렸는데 사진 값을 내겠다고 우기지를 않나, 토마토 주스를 들면서 같이 들자고 권해도 "식모는 그런 고급은 먹엉 안되는 거라" 하고 퉁명스럽게 거절하면서 자리를 피하곤 하는 것이었다.

또 하루저녁은 늦은 저녁상을 혼자 받는데 삼촌이 상을 들여다놓고 얼른 부엌으로 쫓아가더니 석쇠를 들고 왔다. 웬일인가 했더니 삼촌은 그 생선 껍질이 눌어붙은 석쇠를 보이면서 밥상에 오른 구운 생선이 부스러진 이유를 해명하는 것이 아닌가. 생선이 석쇠에 들러붙어서 부서진 것인지 당신이 입질해서 그 모양이 된 게 아니라는 것이었다. 나도 하도 어이가 없어서 말이 안 나왔다. 왜 생선이 부서졌느냐고 누가 묻기라도 했단 말인가. 왜 묻지도 않았는데 그런 자격지심이 생겼을까? 당신의 결벽증은 정말 지독한 것이었다.

결국 나는 완전히 손들고 말았다. 오해를 풀어드리려고 얼마나 진력을 다했던가. 그러나 순이 삼촌은 완강한 패각의 껍데기를 뒤집어쓰고 꼼짝도 않고 막무가내로 우리를 오해하는 것이었다. 그 오해는 증오와 같이 이글이글 타는 강렬한 감정이었다.

그동안 시골 딸에게서 편지가 두 번 온 모양인데 두 번 다 아내가 몰래 훔쳐 보니까, 외손주가 할머니를 찾는다고 어서 내려오라는 내용이었다. 그래서 나는 순이 삼촌이 곧 내려가리라고는 생각하고 있었지만 그새 오해 풀리지 않아 무슨 원수처럼 헤어지게 되면 어쩌나 하고 걱정을 하게 되었다. 그러나 짐작과는 반대로 당신은 내려갈 의사를 전혀 비추지 않았다.

그러다가 시골서 사위가 올라왔다. 나보다 칠 년 연하인 사위 장씨는 농촌지도원으로 수원 농촌진흥원에 출장 온 것이었다. 아니, 장모를 모셔갈 작정으로 남의 출장을 가로채가지고 올라왔다고 했다. 의지할 데라곤 딸자식 하나밖에 없는 노인을 어떻게 객지 생활을 하도록 놔두겠느냐는 것이었다. 무엇보다 남부끄러워 못 견디겠다고 했다. 삼촌은 서울 올라올 때, 혹시 못 가게 막을까 봐 딸네 집에 알리지 않고 몰래 올라왔던 모양이었다.

그러나 사위가 찾아와 같이 내려가재도 순이 삼촌은 웬일인지 싫다고 고집을 세웠다. 애초에 마음먹은 대로 남의집살이 일 년을 다 채우고 내려가겠노라고 했다. 우리 내외와 원만치 못하게 지내온 푼수로 봐서는 미련 없이 훌훌 떠나버릴 것 같은 분이 그냥 눌러 있겠다니 우리로선 참 고마운 생각이 들었다. 사람 구하기 어려운 때라 아쉬운 생각에서가 아니라, 우리를 그토록 오해했으면서도 딱 잘라 매정하게 돌아서버리지 않는 그 마음 씀이 더없이 고맙게 여겨졌다. 아마 순이 삼촌 자신도 시간을 두고 오해를 풀고 가야지 하고 생각하고 있을지 모를 일이었다.

그런데 모든 것은 사위 장씨의 입에서 밝혀졌다.

그날 밤 장씨는 내 권유에 못이겨 우리 집에서 자고 갔는데, 내가 삼촌이 우리를 오해하게 된 여러 사례를 들려주자 그는 그런 줄 알았다고 하며, 아무래도 장모를 두고 가는 것이 걱정이라고 했다. 그의 속삭이는 말로는 순이 삼촌은 심한 신경 쇠약 환자라는 것이었다. 게다가 환청 증세까지 있어 시골에 있을 때도, 한 적이 없는 말을 들었노라고, 보지도 않은 흉을 봤다고 따지고 들기를 잘했다는 것이었다. 그러니 '밥 많이 먹는 식모'라는 것도, 우리에게 품은 오해도 모두 환청 때문에 생긴 것이 틀림없다고 말했다. 역시 그랬었구나. 옆에서 얘기를 듣던 아내는 방정맞게 안도의 한숨까지 내쉬었다. 당신의 신경 쇠약은 지독한 결벽증과도 서로 얽혀진 것인데 이런 증세는 꽤나 해묵은 것이라고 했다. 그건 4, 5년 전 콩 두 말을 훔쳤다는 억울한 누명을 썼을 때 얻은 병이었다. 하루는 이웃집에서 길에 멍석을 펴고 내다 넌 메주콩 두 말이 감쪽같이 없어졌는데 그 혐의를 평소에 사이가 안 좋던 순이 삼촌에게 씌워놓았다. 두 집은 서로 했느니 안 했느니 하면서 옥신각신 다투다가 그 집 여편네가 파출소에 가서 따지자고 당신의 팔을 잡아끌었던 모양인데 파출소 가자는 말에 당신은 대번에 기가 죽으면서 거기는 못 간다고 주저앉아버리더라는 것이었다. 그러니 자연히 당신이 콩을 훔친 것으로 소문나버릴밖에. 당신이 그전서부터 파출소를 피해 다니는 이상한 기피증이 있다는 걸 아는 사람은 알고 있었지만 그건 일단 씌워진 누명을 벗기는 데 별 도움이 되지 않았다. 당신은 1949년에 있었던 마을 소각 때 깊은 정신적 상처를 입어, 불에 놀란 사람 부지깽이만 봐도 놀란다는 격으로 군인이나 순경을 먼빛으로만 봐도 질겁하고 지레 피하던 신경증세가 진작부터 있어온 터였다. 하여간 당신은 그 콩 두 말 사건으로 심한 정신적 충격을 입었던 모양으로 절간에서 두어 달 정양까지 해야 했다. 그때부터 당신은 심한 결벽증에 사로잡혀 혹시 누가 뒤에서 흉보지 않나 하는 생각에 붙잡혀 늘 전전긍긍하게 되고, 나중엔 환청 증세까지 겹쳐 하지 않은 말을 들었노라고 따지고 들곤 했다. 그리고 서울 우리 집에 올라올 무렵에는, 상군 해녀이던 당신이 갑자기 물이 무서워져서 물질마저 그만두었다는 것이었다.

순이 삼촌은 사위를 홀로 내려 보낸 뒤 우리 집에서 석 달 가까이 더 지냈다. 그러나 우리의 기대와는 달리 당신은 오해를 풀어주기는커녕 오히려 새로운 오해를 자꾸 만들어 보태가는 것이었다. 그러다가 당신은 끝내 일 년을 다 못 채우고 고향에 내려온 것인데 내려온 지 한 달도 못되어 이 일이 발생했으니, 나로서는 일말의 가책을 안 느낄 도리가 없었다. 아니, 양심의 가책이라니, 내가 무슨 잘못이 있나. 나도 골치를 썩이며 당신에게 꽤 하느라고 하지 않았던가. 당신은 한마디로 불가항력이었다. 그럼에도 결과론으로 따져 순이 삼촌의 서울 생활이 여의치 못했으리라고 짐작하고 있을 친척 어른들을 마주 대하기가 참으로 면구스러웠다.

　나는 이런저런 생각으로 머리가 지끈지끈 아파 바람벽에 머리를 기대고 눈을 감았다. 그래도 시원찮아 염치 불고하고 길수형 등 뒤로 가 바람벽을 마주보고 잠깐 누웠다. 문풍지를 푸르르 떨게 하며 창틈으로 들어오는 찬바람이 지끈거리는 이마를 식혀주었다. 바람은 또 때때로 강하게 불어와 싸락눈을 창호지 창에 훅훅 뿌려놓곤 했다. 그건 고양이가 앞발로 창을 긁어대는 소리처럼 을씨년스럽게 들렸다. 왜 고향엔 유별나게 싸락눈이 많을까? 바람 많이 부는 기상 때문일까? 아니다. 그건 언제나 고구마, 조팝을 상식하는 고향 사람들에게 내리는 산디쌀일 것이다. 모처럼 제삿날에나 먹어보던 '곤밥.' 왜 '곤밥'이라고 했을까? '곤밥'은 '고운 밥'에서 왔을 것이고 쌀밥은 빛깔이 고우니까. 어린 시절에도 파제 후 '곤밥'을 몇 숟갈 얻어먹어보려고 길수형과 나는 어른들 등 뒤에서 이렇게 모로 누워 새우잠을 자곤 했다. 제상마저 소각 때 태워먹고 송진내 물씬 나는 날송판때기 위에다 제물이라곤 마른 생선 하나에 메밀묵 한 쟁반, 고사리, 무채 각각 한 보시기밖에 진설할 것이 없던 그 어려운 시절이었지만, 메는 꼭 산디쌀밥이었다. 자정이 넘어 큰아버지가 우리들을 깨워 세수하고 오라고 방 밖으로 떠밀었을 때 마당에 하얗게 깔려 있던 것도 싸락눈이었다. 그 시간이면 이 집 저 집에서 그 청승맞은 곡성이 터지고 거기에 맞춰 개 짖는 소리가 밤하늘로 치솟아오르곤 했다. 한날 한시에 이 집 저 집 제사가 시작되는 것이었다. 이날 우리 집 할아버지 제사는 고모의 울음소리부터 시작되곤 했다. 이어 큰어머니가 부엌일을 보다 말고 나와 울음을 터뜨리면 당숙모가 그 뒤를 따랐다. 아, 한날한시에 이 집 저 집에서 터져나오던 곡성 소리, 음력 섣달 열여드렛날, 낮에는 이곳저곳에서 추렴 돼지가 먹구슬나무에 목매달려 죽는 소리에 온 마을이 시끌짝했고 5백 위도 넘는 귀신들이 밥 먹으러 강신하는 한밤중이면 슬픈 곡성이 터졌다. 그러나 철부지 우리 어린것들은 이 골목 저 골목 흔해진 죽은 돼지 오줌통을 가져다가 오줌 지린내를 침으며 보릿쇂대로 바람을 탱탱하게 불어넣어 축구공 삼아 신나게 차고 놀곤 했다. 우리는 한밤중의 그

지긋지긋한 곡성 소리가 딱 질색이었다. 자정 넘어 제사 시간을 기다리며 듣던 소각 당시의 그 비참한 이야기도 싫었다. 하도 들어서 귀에 못이 박힌 이야기. 왜 어른들은 아직 아이인 우리에게 그런 끔찍한 이야기를 되풀이해서 들려주었을까?

그리고 파제 후 이 집 저 집 지붕 위에 던져 올린 퇴주 그릇의 세 순갈 밥을 먹으러 날 새자마자 날아드는 까마귀들도 기분 나빴다. 까마귀가 죽은 귀신의 혼령이라든가, 저승 차사라고 하는 것 때문이 아니라, 그 광택 있는 검은 날갯빛이 마을 어른들을 잡으러 오던 서청(西青) 순경들의 옷빛하고 너무 흡사했기 때문이었다. 사람을 얕보던 까마귀들. 사람이 다가가도, 우여 우여 소리쳐도 달아날 줄 몰랐다. 그것들은 시체가 널린 보리밭을 까맣게 뒤덮고 파먹다가 심심하면 겨울 하늘로 떼 지어 날아오르며 세찬 날갯짓으로 하늬바람 타기를 잘했다. 그 당시 일주도로 변에 있는 순이 삼촌네 밭처럼 옴팡진 밭 다섯 개에는 죽은 시체들이 허옇게 널려 있었다. 밭담에도, 지붕에도, 듬북눌에도, 먹구슬나무에도 어디에나 앉아 있던 까마귀들. 까마귀들만이 시체를 파먹은 게 아니었다. 마을 개들도 시체를 뜯어먹고 다리 토막을 입에 물고 다녔다. 사람 시체를 파먹어 미쳐버린 이 개들은 나중에 경찰 총에 맞아죽었지만, 그 많던 까마귀들은 모두 어디 갔을까? 아까 낮에 까마귀가 눈에 안 띄길래 길수형에게 물어보았지만 그도 고개를 갸우뚱할 뿐이었다. 농작물에 큰 피해가 될 정도로 그렇게 번성하던 까마귀들이 사오 년 전부터는 웬일인지 별로 보이지 않는다는 것이었다.

문득 큰당숙어른의 감기 쉰 목소리가 들려왔다. 나는 뉘었던 몸을 일으키고 바로 앉았다.

"순이 아지망은 죽어도 벌쎄 죽을 사람이여. 밭을 에워싸고 벼락같이 총질해댔는디 그 아지망만 살 한 점 안 상하고 살아났으니 참 신통한 일이랐쥬."

"아매도 사격 직전에 기절해연 쓰러진 모양입디다. 깨난 보니 자기 우에 죽은 사람이 여럿 포개져 덮연 있었댄 허는 걸 보민…… 그때 벌쎄 그 아지망은 정신이 어긋나버린 거라 마씀" 하고 작은당숙어른이 말을 받았다.

"해필 그 밭이 순이 아지망네 밭이었으니."

"그 밭이서 죽은 사름들이 몽창몽창 썩어 거름 되연 이듬해엔 감저(고구마) 농사는 참 잘 되어서. 감저가 목침 덩어리만씩 큼직큼직해시니까."

"그핸 숭년이라, 보릿겨 범벅 먹던 때랐지만 그 아지망네 밭에서 난 감저는 사름 죽은 밭엣 거라고 사름들이 사 먹질 안했쥬."

"그 아지망이 필경엔 바로 그 밭이서 죽고 말아시니, 쯧쯧."

어른들의 이런 이야기를 들으며 나는 야릇한 착각에 사로잡혔다. 순이 삼촌은 한 달 보름 전에 죽은 게 아니라 이미 삼십 년 전 그날 그 밭에서 죽은 게 아닐까 하고.

이렇게 순이 삼촌이 단서(端緖)가 되어 이야기는 시작되었다. 그 흉물스럽던 까마귀들도 사라져버리고, 세월이 삼십 년이니 이제 괴로운 기억을 잊고 지낼 만도 하건만 고향 어른들은 그렇지가 않았다. 오히려 잊힐까 봐 제삿날마다 모여 이렇게 이야기를 하며 그때 일을 명심해두는 것이었다.

어린 시절 제사 때마다 귀에 못이 박힐 정도로 들었던 그 이야기들이 다시 머릿속에 무성하게 피어올랐다.

그 사건은 당시 일곱 살 나이던 내게도 큰 충격을 주었다. 사건 바로 전해에 폐병으로 시름시름 앓던 어머니가 돌아가시고 도피자라는 낙인을 받고 노상 마룻장 밑에 숨어 살던 아버지마저 일본으로 밀항해 가버려 졸지에 고아가 되어버린 나는 큰집에 얹혀살고 있었다. 죽은 어머니 생각에 걸핏하면 남몰래 눈물 짓던 내가 그 울음을 졸업한 것은 음력 섣달 열여드렛날의 그 사건이 내 어린 가슴팍을 짓밟고 지나간 뒤였다. 말하자면 너무 놀란 나머지 울음이 뚝 떨어진 거였다. 그리고 일주도로 변 옴팡진 밭마다 혼전만전 허옇게 널려 있던 시체를 직접 내 눈으로 보고 나자 나는 어머니의 죽음이 유독 나에게만 닥쳐온 불행이 아니고 그 숱한 죽음 중에 하나일 뿐이라고 생각되었다. 사실 어머니가 폐병으로 죽지 않고 살아 있었다 하더라도 그날 그 사건에 말려 어차피 죽고 말았을 것이다.

"그날 헛간에 앉안 멕(먹서리)을 잣고 있는디 군인들이 완(와서) 연설 들으레 오랜 하지 안 해여." 큰당숙어른이 먼저 말을 꺼냈다.

음력 섣달 열여드렛날, 그날은 유달리 바람 끝이 맵고 시린 날씨였다. 그래서 여편네들은 돈지코지 미역밭에 나가 물질할 엄두를 못 내고 집에서 물레로 양말 짤 실을 잣거나, 텃밭의 배추포기에 오줌 거름을 주든지, 시아버지를 도와 지붕 이엉이 바람에 날아가지 않게 동여맬 동아줄을 띠풀로 꼬고 있었다. 그 무렵 젊은 축들은 공연히 도피자로 몰려 낮에는 마을에서 사오 리 한라산 쪽으로 올라간 큰 냇가 자연 동굴에 숨어 있다가 밤에나 내려오는 박쥐 생활을 계속하고 있었다.

그날 아침나절에 길수형과 나는 큰아버지를 도와 밭거름으로 쓰려고 밤사이 갯가에 올라온 듬북이나 감태 따위 해초를 한군데 모아놓는 일을 했다. 그러고는 집에 돌아와서 점심 요기로 할머니가 내준 식은 고구마 한 자루씩 받아먹고 있노라니까 별안간 밖에서 호루라기 소리가 요란하고 고함소리가 들렸다.

"연설 들으러 나오시오! 한 사람도 빠짐없이 국민학교 운동장으로 모이시오!"

보통 때 같으면 순경이나 대동청년단원 몇 사람이 다니면서 사람들을 불러 모았는데 이번엔 어쩐 일인지 철모에 총까지 든 군인들이 수십 명 퍼져 다니면서 득달같이 재촉하는 것이 뭔가 심상치 않았다. 심지어는 총검으로 창문을 열어젖히면서 병든 노인까지 내몰았다. 좀 불안한 생각이 없지도 않았지만, 그 전해 5·10 선거 무렵에도 그렇게 득달같이 사람들을 불러 모은 적이 있어서 그때처럼 무슨 중요한 연설이 있는가 보다라고만 생각했다.

길수형과 나는 할머니와 큰아버지 뒤를 따라 국민학교로 갔다. 먼저 온 동네 아이들 여남은 명이 벌써 조회대 밑에 진을 치고 있었다. 시국강연회는 아이들에게 퍽 인기가 있었다. 그 당시 연사들에게 유행하던 신파조의 웅변이 퍽 재미있고 맨 끝 순서로 부르는 "역적의 남로당을 때려 부숴라"라는 씩씩한 노래와 우렁찬 만세 삼창은 정말 가슴 뛰게 하는 것이었다. 길수형과 나는 할머니 곁을 떠나 아이들 있는 데로 가 쪼그리고 앉았다. 운동장 흙은 진눈깨비가 녹은 다음이라 몹시 질척거렸는데 밑창 터진 고무신에 물이 새어들었다. 나는 발이 젖어 시렸지만 참고 기다렸다.

"그때 운동장에 뫼인 사람 수가 대강 얼매나 되어시까 마씸?" 하고 육촌 현 모형이 물었다. 형은 당시 열댓 살 나이에 도피자로 몰려 피해 다녔으므로 요행히 그날 사건 현장에는 없었다.

"겔쎄, 마을 홋수가 삼백 호가 넘어시니까 한 천 명쯤 안 됐이까? 병든 할망들까장 부축해연 나와시니" 하고 큰당숙어른이 말하자 큰아버지가 참견했다.

"아니 그보다 많을 거여, 선흘리와 논흘리 쪽에서 소개해연 온 사람들도 건줌(거의) 백 명은 되어시니까."

잠시 후 돌과 흙으로 쌓아올린 조회대 위로 권총 찬 장교가 올라섰다. 그 장교의 지시에 따라 모두 질척거리는 땅에 쪼그리고 앉았다. 강연이 시작되나 보다 했는데 웬걸 장교는 지서 박주임과 이장 강씨를 단 위로 불러 세우더니 지금부터 군인 가족을 골라내겠다고 큰 소리로 언명하지 않는가.

"군인 가족들은 앞으로 나오시오. 사돈에 팔촌까장 덮어놓고 나오디 말구 직계 가족만 나오라요. 만일 군인 직계 가족도 아닌데 나온 사람은 당장 엄벌에 터하가시오."

단 밑에는 입산자 색출 때문에 종종 마을에 나타나던 함덕지서 순경 두 명과 창끝이 검게 그슬린 대창을 든 대동청년단 청년 예닐곱 명이 뻣뻣한 자세로 서 있고 그 뒤로 스무 명쯤 되어 보이는 무장 군인들이 이열 횡대로 늘어서 있었다. 그들의 한결같이 군은 표정을 보자 사람들은 적이 불안을 느끼기 시작했다. 영문 모르는 그들은 옆사람을 바라보며 수군거리고 주위를 둘러보았다. 별안간에 무슨 일까? 군인 가족들에게 보리쌀 배급이라도 주려나? 막상 군인 가족 당사자들도 나가야 좋을지 몰라 우물쭈물하고 있자, 장교는 빨리 나오라고 빽 고함을 질렀다. 군인 가족들은 주뼛주뼛 눈치 보면서 앞으로 나갔다. 그들은 단 앞으로 가 이장과 순경과 대동청년단 사람들의 심사를 받고 나서 단 뒤로 인솔되어 따로 앉혀졌다.

"아명해도(아무래도) 낌세기 이싱해연 나도 어너님을 찾안 뫼시고 군인 가족들 틈에 섞연 나갔쥬. 매부가 군인이니 직계 가족은 아니지만 다행히 이장 강

현기영 625

씨가 눈감아주언 넘어갔쥬." 큰아버지의 말이었다.
"형님 그것 봅서. 누이동생을 나한티 팔아 무신 손헬 봅디까? 이북 것한티 시집간다고 결사반대허더니" 하고 고모부가 너털웃음을 웃었다.
그다음에 순경 가족이 나가고 이어서 공무원 가족이 나갈 즈음 뭔가 좋지 않은 낌새를 눈치 챈 군중은 동요하기 시작했다. 공무원 가족에 이어 마지막으로 대동청년단과 국민회 간부 차례가 왔을 때 사람들은 너도 나도 앞을 다투어 나아가 이장과 청년단 사람들에게 매달렸다.
"정숙이 아버지, 우리 친정 오래비가 작년에 병정 간 거 무사(왜) 알지 않우꽈?"
"이장님 마씸, 우리 사촌동상이 금녕 지서에 순경으로 있우다. 김갑재라고 마씸."
"뒤로 물러갑서. 다들 직계 가족이 아니라 아니 됩니다. 물러갑서."
이장은 손을 내저었다.
"직계 가족이 뭐우꽈?"
"이장님, 날 좀 내보내줍서."
이런 북새통에 별안간 군중 속에서 날카로운 부르짖음 소리가 났다.
"불났져! 마을에 불났져!"
화들짝 놀란 사람들이 우르르 몰려가 학교 돌담 울타리를 기어올랐다.
"불이여, 불" "불났져, 불났져" "아이고 아이고" 운동장 사방에서 울부짖는 소리가 회오리바람처럼 일어나 하늘을 찔렀다. 울타리까지 갈 것 없이 마을 동편 하늘에 까맣게 불티가 날고 있는 게 내 눈에도 역력히 보였다. 매캐한 연기 냄새도 차츰 바람에 밀려왔다. 그때 서편 울타리 돌담이 여기저기서 매달린 사람들의 체중에 못 이겨 와르르 무너졌다. 사람들이 그 울타리 터진 데로 몰려 밖으로 나가려고 하자 지체 없이 총소리가 울렸다. 사람들은 다시 운동장 복판으로 우르르 몰려들었다. 무너진 돌담 위에 흰 무명 적삼에 갈중의를 입은 노인이 한 사람 엎어져 죽은 모양인지 꼼짝하지 않았다. 군인 여남은 명이 빠른 동작으로 돌담 위로 뛰어오르더니 아래를 향해 총을 겨누었다. 그러자 조회대 뒤에 늘어서 있던 이십여 명의 군인들도 앞에총 자세로 잽싸게 뛰어나오더니 정면에서 사람들을 포위했다. 단상의 그 장교는 권총을 어깨 위로 빼들고 으름장을 놓았다. 그가 강하게 턱을 올려 젖히자 철모가 햇빛에 번쩍 빛났다.

"잘 들으라요. 우리레 지금 작전 수행 둥에 있소. 여러분의 집은 작전 명령에 따라 소각되는 거이오. 우리의 다음 임무는 여러분을 모두 제주읍으로 소개하는 거이니끼니 소개 둥 만약 질서를 안 지키는 자가 있으문 아까와 같이 가차없이 총살할 거이니 명심하라우요."

장교의 귀 설은 이북 사투리가 겁 집어먹은 부락민들의 머리 위에 카랑카랑 울려 퍼졌다. 사람들은 제주읍으로 소개시킨다는 말에 반신반의하면서 군인들의 눈치를 살폈다. 지금 당장은 자기 집이 불타고 있다는 생각에만 완전히 넋 잃고 절망해야 할 사람들이 다른 무엇을 예감하고 두려워하는가? 마을 쪽에서 해풍을 타고 매캐한 연기 냄새가 더욱 심하게 밀려오고 불티가 까맣게 뜬 하늘에 불아지랑이가 어른거렸다. 게다가 이따금 총소리가 탕탕 울렸다.

"난 그날 섯[西]동네에 쇠(소) 흥정하레 갔다 오던 참이랐우다. 마악 빌레동산 잔솔밭에 당도해연 내려다보난 묵은 구장네 집허구 종주네 집이 불붙어 있입디다. 잔솔밭이 숨어서 보난 군인들이 조짚뭇을 빼어다 불붙여 들고 이 집 저 집 옮겨댕기멍 추녀 끝뎅이에다 불을 당기고 이십디다."

군인들의 지시에 따라 사람들이 교문을 향해 늘어서기 시작했을 때, 별안간 "군인들이 우리를 죽이레 데려감져" 하는 말이 전류처럼 군중 속을 꿰뚫었다. 그러자 교문 가까이 선두에 섰던 사람들이 흩어지며 뒤로 우르르 몰려갔다. 단상의 장교가 권총을 휘두르며 뒤로 물러가는 자는 가차 없이 총살하겠다고 고래고래 소리 질렀다. 이 말에 사람들은 잠시 주춤했을 뿐 다시 뒷걸음치기 시작했다.

그때 큰아버지가 길게 한숨을 내쉬며 말했다.

"하이고, 난 그때 저 길수놈하고 상수녀석(나)을 얼마나 찾았는지 모를로고. 어머님하고 아명(아무리) 큰소리로 불리도 이놈우 새끼들이 어디 가 박혀신지……"

할머니와 큰아버지가 번갈아 악쓰며 부르는 소리를 우리는 듣고 있었지만 갈팡질팡하는 사람들 틈에 섞여서 도무지 헤어나갈 수가 없었다. 우리는 둘 다 고무신이 벗겨진 채 사람들에게 이리 쏠리고 저리 쏠리면서 울고 있었다.

우리들은 서로 손을 꼭 붙잡고 놓지 않았다. 서로 이름 부르며 가족을 찾는 소리와 군인들의 악에 받친 욕소리로 운동장은 온통 수라장이었다.

머리 위에서 한 발의 총성이 벼락같이 터진 것은 바로 그때였다. 사람들은 일제히 "아이고!" 소리를 지르며 서편 울타리 쪽으로 우르르 몰려가 붙었다. 운동장은 순식간에 물 끼얹은 듯 조용해졌다. 사람들이 몰려가고 난 빈자리에 한 여편네가 앞으로 엎어져 있고 옆에는 젖먹이 아기가 내팽개쳐져 있었다. 조용한 가운데 그 아기만 바락바락 악을 쓰며 울고 있었다.

"영배 각시 총 맞았져!" 누군가 이렇게 속삭였다.

흰 적삼에 번진 붉은 선혈이 역력했다.

"두 살 난 그 아기가 바로 방앗간 허는 장식이여, 후제 외할망이 키웠쥬, 이젠 결혼도 하고 씨 멸족할 뻔한 집에서 아들 둘까지 낳아시니 죽은 어멍 복을 입은 것일 거라, 아매도." 작은당숙의 말이었다.

죽은 사람을 보자 나는 더럭 겁이 났다. 사람들이 뒤로 물러나 앞이 트였지만 길수형과 나는 장교가 권총을 빼들고 서 있는 조회대 뒤로 달려갈 엄두가 도무지 나지 않았다. 저쪽으로 가다간 저 사람이 틀림없이 총을 쏠 테지. 우리는 어찌할 바를 모르고 발을 동동 구르기만 했다.

사람들이 서편 울타리에 붙어 나올 생각을 하지 않자 군인들은 긴 장대 두 개를 들고 나왔다. 그건 교무실 앞 추녀 끝에 매달아두었던 것으로 학교 운동회 때마다 비둘기들을 넣은 대바구니 두 개를 맞붙여 얇은 종이를 발라 만든 큰 공을 높이 매달아놓는 데 사용되던 거였다. 그것은 얼마나 신나는 경기였던가. 청백으로 나뉜 우리들이 모래 넣어 꿰맨 헝겊공(오자미)을 던져 상대편 바구니를 먼저 터뜨리는 순간 비둘기들이 날고 머리 위로 오색 테이프가 흘러내리고 색종이가 나부끼던 기분이란. 그런데 바구니공을 매달아놓던 장대가 이런 엉뚱한 데 쓰일 줄이야. 장대 두 개는 이제 한쪽에 몰려 있는 사람을 울타리에서 떼어내서 내모는 구실을 했다. 장대 양 끝에 군인 한 사람씩 붙어서 군중 속으로 끌고 들어가 장대로 오십 명쯤을 뚝 떼어내어 교문 있는 데로 끌고 갔다. 그러면 집총한 군인들이 기다렸다가 에워싸고 교문 밖으로 내몰아가는 것이었다.

이런 와중을 틈타 길수형과 나는 사람들 사이로 빠져나와 할머니가 있는 조회대 뒤편으로 냅다 뛰어갔다. 청년단원들이 우리 다리를 겨냥해서 대창을 아래로 휘둘렀다. 그러나 용케 맞지 않았다. 우리가 쫓기며 조회대 뒤로 가자 거기 모인 우익인사 가족들이 얼른 우리를 안으로 끌어넣어주었다. 할머니가 달려들어 치마를 벌리고 닭이 병아리 품듯이 우리를 싸서 숨겼다. 우리 뒤를 쫓던 청년단원 두 명이 우리를 포기한 것은 마침 우리 뒤미처 달려드는 다른 사람들 때문이었으리라. 아이들과 아낙네 열 명쯤이 달려들었다가 마구 내지르는 대창에 쫓겨 갔다.

장대 두 개가 서로 번갈아가며 사람들을 몰아갔다. 장대가 머리 위로 떨어질 때마다 사람들은 비명을 지르며 뒤로 나자빠지고 장대에 걸린 사람들은 빠져나오려고 허우적거렸다. 장대 뒤에서 빠져나오려는 사람들에게 몽둥이를 휘두르고 공포를 쏘아대자 사람들은 장대에 떠밀려 주춤주춤 교문 밖으로 걸어나갔다. 교문 밖에 맞바로 잇닿은 일주도로에 내몰린 사람들은 모두 한결같이 길바닥에 주저앉아 울며불며 살려달라고 애걸했다. 군인들의 바짓가랑이를 붙잡고 울부짖는 할머니들, 총부리에 등을 찔려 앞으로 곤두박질치는 아낙네들, 군인들은 총구로 찌르고 개머리판을 사정없이 휘둘렀다. 사람들은 휘둘러대는 총개머리판이 무서워 엉금엉금 기어갔다. 가면 죽는 줄 번연히 알면서 어떻게 제 발로 서서 걸어가겠는가. 뒤처지는 사람들에게는 뒤꿈치에다 대고 총을 쏘아댔다.

군인들이 이렇게 돼지 몰듯 사람들을 몰고 우리 시야 밖으로 사라지고 나면 얼마 없어 일제 사격 총소리가 콩 볶듯이 일어나곤 했다. 통곡 소리가 천지를 진동했다. 할머니도 큰아버지도 길수형도 나도 울었다. 우익 인사 가족들도 넋놓고 엉엉 울고 있었다. 우는 것은 사람만이 아니었다. 마을에서 외양간에 매인 채 불에 타 죽는 소 울음소리와 말 울음소리도 처절하게 들려왔다. 중낮부터 시작된 이런 아수라장은 저물녘까지 지긋지긋하게 계속되었다. 길수형이 말했다.

"그때 혼자 살아난 순이 삼촌 허는 말을 들으난, 군인들이 일주도로 변 옴팡진 밭에다가 사름들을 밀어붙였는디, 사름마다 밭이 안 들어가젠 밭담 우엔 엎디어젼 이마빡을 쪼사 피를 찰찰 흘리멍 살려달렌 하던 모양입디다."

"쯧쯧쯧, 운동장에 벗겨져 널려진 임자 없는 고무신을 다 모아놓으면 아매도 가매니로 하나는 실히 되었을 거여. 죽은 사람 몇 백 명이나 되까?" 하고 작은 당숙이 말하자 길수형은 낯을 모질게 찌푸리며 말을 씹어뱉었다.

"면에서는 이 집에 고구마 몇 가마 내고 저 집에 유채 몇 가마 소출 냈는지는 알아가도 그날 죽은 사람 수효는 이날 이때 한번도 통계 잡아보지 않으니, 내에참. 내 생각엔 오백 명은 넘은 것 같은디, 한 육백 명 안 되까 마씸? 한 번에 오륙십 명씩 열한 번에 몰아가시니까."

열한번째로 끌려가던 사람들은 그야말로 운수 대통한 사람들이었다. 때마침 대대장 차가 도착하여 총살 중지 명령을 내렸던 것이다. 이 불행한 사건에도 예외 없이 '만약'이란 가정이 따라왔다. 만약 대대장이 읍에서부터 타고 오던 지프차가 도중에 고장만 나지 않았더라면 한 시간 더 일찍 도착했을 터이고, 그렇게 되면 삼백 명이나 사백 명은 더 살렸을 것이다. 따라서 희생자는 백 명 내외로 줄어들 것이고, 또 적에게 오염됐다고 판단된 부락을 토벌해서 백 명 정도의 이적행위자를 사살했다면 그건 수긍할 만한 일이었을지 모른다. 그러나 피살자 육백 명이란 수효는 옥석을 가리지 않은 무차별 사격을 의미했다.

"고모부님, 대대장이 말한 차 고장은 핑계가 아니까 마씸? 일개 중대장이 대대장도 모르게 어떻게 그런 엄청난 일을 저지를 수가 이서 마씸?"

고모부는 그 당시 토벌군으로 애월면에 가 있었기 때문에 자세한 것은 알지 못할 터였다. 고모부는 한때 인근 부락인 함덕리에 주둔했던 서북청년으로만 구성된 중대에 소속되어 있었는데 마침 사건 수개월 전에 애월로 이동해 갔던 것이었다. 신혼 초라 고모도 따라갔었다.

"그 당시엔 중대장 즉결처분권이란 것이 있을 때랐쥬. 또 갸들이 전투사령부의 작전 명령에 따라 행동했댄 해도 작전명령을 잘못 해석하였을 공산이 커. 난

졸병 군대 생활해서 잘은 모르지만 아마 그것도 견벽청야 작전의 일부일 거라. 쉬운 말로 소개작전이란 거쥬. 견벽청야(堅壁淸野) 작전이란 것이 뭐냐믄 손자병법에서 따온 것이라는데, 공비를 소탕할 때 먼저 토벌군으로 벽을 쌓아 병풍을 만들고 그 후 들을 말끔히 청소하는 거라. 산간벽촌을 일일이 다 보호헐 수 없는 것 아니냔 말이여. 그러니 일정한 거점만 확보하고 나머지 지역은 인원과 물자를 비워버려 공비가 발붙일 여지가 없게 하자는 궁리이였쥬. 그런디 인원과 물자를 비워버리라는 대목에서 그만 잘못 일이 글러진 거라. 작전 지역 내의 인원과 물자를 안전 지역으로 후송하라는 뜻이 인원을 전원 총살하고 물자를 전부 소각하라는 것으로 둔갑하고 말았으니 말이여."

"아니, 고모부님도 참, 그 말을 곧이들엄수꽈? 그건 웃대가리들이 책임을 모면해보젠 둘러대는 핑계라 마씸. 우리 부락처럼 떼죽음당한 곳이 한둘이 아니고 이 섬을 뺑 돌아가멍 수없이 많은데 그게 다 작전 명령을 잘못 해석해서 일어난 사건이란 말이우꽈? 말도 안 되는 소리우다. 이 작전 명령 자체가 작전 지역의 민간인을 전부 총살하라는 게 틀림없어 마씸."

"겔쎄, 나도 중산간 부락민들을 해안 지방으로 소개시키는 데 참가했었쥬만은…… 겔쎄 말이여, 일단 몇 날 몇 시까지 소개하라고 포고령이 내린 후제도 계속 작전 지역에 남아 있는 자는 공비나 공비 동조자로 간주해서 노인, 아이 할 거 없이 전부 사살하라는 명령은 있었쥬. 사실 작전 지역 내의 어떤 부락에 들어서믄, 바로 전날에 두 집 건너서 하나씩 붙여놔둔 소개하라는 포고문이 발기발기 찢어젼 바람에 펄럭펄럭하는디, 이건 틀림없이 공비 소굴이구나 하는 생각이 꽉 들어라. 그런디 이 부락 사건은 소개하라고 사전에 포고령도 없어시니……."

그러나 작전 명령에 의해 소탕된 것은 거개가 노인과 아녀자들이었다. 그러니 군경 쪽에서 찾던 소위 도피자들도 못 되는 사람들이었다. 그런 사람들에게 총질을 하다니! 또 도피 생활을 하느라고 마침 마을을 떠나 있어서 화를 면했던 남정네들이 군경을 피해 다녔으니까 도피사가 들림없겠지만 그들도 공비는 아니었다. 사실 그들은 문자 그대로, 공비에게도 쫓기고 군경에게도 쫓겨 할

현기영 631

수 없이 이리저리 피해 도망 다니는 도피자일 따름이었다.

그런데도 군경측에서는 왜 도피자를 공비와 동일시했던가? 아마 그건 한때 무식한 부락민들이 저지른 섣부른 과오 때문이었나보다. 5·10 선거 때 부락 출신 몇몇 공산주의 골수분자의 선동에 부화뇌동하여 선거를 보이콧한 사건이 화근이 된 것이었다. 그것이 두고두고 군경 측에 부락을 적색시하는 빌미가 될 줄이야. 부락민들이 아무리 개과천선하여 결백을 내보여도 소용이 없었다. 부락민들이 5·10 선거 보이콧을 선동했던 주모자 한라산 입산 공비 김진배의 아내를 부락에서 추방하고, 그의 밭 한가운데를 모여들어 파헤쳐, 비 오면 물 차는 못을 만들면서까지 결백을 주장했으나, 군경의 오해는 막무가내였다.

밤에는 부락 출신 공비들이 나타나 입산하지 않는 자는 반동이라고 대창으로 찔러 죽이고, 낮에는 함덕리의 순경들이 스리쿼터를 타고 와 도피자 검속을 하니, 결국 마을 남정들은 낮이나 밤이나 숨고 지낼 수밖에 없는 처지였다. 순경들이 도피자라고 찾던 폐병쟁이 종철이형은 공비가 습격해온 밤에 궤 뒤에 숨어 있다가 기침을 몹시 하는 바람에 발각되어 대창에 찔려 죽었고 헛간 명석 세워둔 틈에 숨어 있다가 역시 공비의 대창 맞고 죽은 완식이 아버지도 순경들이 찾던 도피자였다. 우리 종조부님도 사건 석 달 전에 부락 출신 공비의 대창에 찔려 돌아가셨다. 당시 1구 구장이던 종조부님은 밤중에 내려온 마을 출신 폭도들로부터 식량을 모아달라는 요구에 고개를 흔들었던 것이다.

"그렇게는 못해여. 쌀을 모아도랜 허지 말앙 차라리 빼앗앙 가게. 자진해서 쌀 모아주었다가 냉중에 경찰에서 알민 우린 어떵 되는가. 숭시가 나고말고. 그러니 제발 부탁햄시메 쌀을 모아도랜 말앙 억지로 빼앗앙 가게."

이렇게 협조 못하겠다는 말에 화가 난 폭도들은 그 자리에서 가슴팍에 대창을 내질렀던 것이었다. 같은 날 밤 용케 약탈을 면했던 철동이네 집은, 약탈당하지 않은 것으로 보아, 필시 공비와 내통함에 틀림없다는 엉뚱한 오해를 받아, 이튿날 경찰에게 화를 당했다.

나는 한밤중 밖에서 대창으로 창호지 창을 퍽 찌르며 "모두 잠 깨라. 우리가 왔다!" 하고 무섭게 속삭이던 목소리와 뒤미처 아버지의 겁먹은 얼굴 위에 쏟아지던 덴찌불을 생각하면 지금도 몸이 오싹해진다.

이렇게 안팎으로 혹독하게 부대낀 마을 남정들 중에는 아버지처럼 여러 달 전에 밤중에 통통배를 타고 일본으로 밀항해버린 사람도 있고 육지 전라도 땅으로 피신하는 사람도 있었다. 어떤 집에서는 아무래도 불길한 예감이 들었던지 사내아이들을 다른 마을로 보내기도 했다. 그것도 큰놈은 읍내 이모네 집에, 샛놈(가운데 아들)은 함덕 외삼촌한테, 막내놈은 또 어디에 하는 식으로 사방에 뿔뿔이 흩어놓았다. 그건 아마도 한군데 모여 있다가 몰살되어 씨멸족하면 종자 하나 추리지 못할까 봐 생각해낸 궁리였으리라.

그러나 대부분의 남정네들은 마을에 그대로 눌러 있었는데, 이들은 폭도에 쫓기고 군경에 쫓겨 갈팡질팡하다가, 결국은 할 수 없이 한라산 아래의 목장으로 올라가 마른 냇가의 굴속에 피난했다. 행방을 알 길 없는 남편 때문에 모진 고문을 당하던 순이 삼촌도 따라 올라갔다. 이 섬은 워낙 화산 지대라 곳곳에 동굴이 뚫려 있어서, 우리 부락처럼 폭도에도 쫓기고 군경에도 쫓긴 양민들이 몰래 숨어 있기 안성맞춤이었다.

솥도 져 나르고 이불도 가져갔다. 밥을 지을 때 연기가 나면 발각될까 봐 연기 안 나는 청미래덩굴로 불을 땠다. 청미래덩굴은 비에도 젖지 않아 땔감으로는 십상이었다. 잠은 밥 짓고 난 잉겅불 위에 굵은 나무때기를 얼기설기 얹어 침상처럼 만들고 그 위에서 잤다. 쌀은 아끼고 들판에 널려 까마귀밥이나 되고 있는 썩은 말고기를 주워다 먹었다. 겨울이 되어도 난리 때문에 미처 내리지 못한 소와 말이 목장에는 좀 남아 있었는데 그냥 놔두면 한라산 공비들의 양식이 된다고 토벌군이 총으로 쏘아 죽여, 쇠고기만 운반해가고 말고기는 그대로 내버려두었던 것이다.

그러나 천장에서 물이 뚝뚝 떨어지는 혈거 생활은 고생이 말이 아니었다. 이불이 점점 젖어들고 얼어 죽는 사람이 생겼다. 삼 년 뒤 온 섬이 평정되어 할머니를 따라 목장에 고사리 꺾으러 갔다가 비를 만나 어느 동굴로 피해 들어갔을 때, 굴속에 사람의 흰 뼈다귀와 흰 고무신을 보고 일나나 놀랐는지 모른다.

하여튼 이렇게 남정네들이 마을을 비우자 군경 측에서는 자연히 입산한 것으

현기영 633

로 오해하게 되고 그러한 오해가 저 섣달 열여드레의 끔찍한 사건의 소지(素地)가 되었음은 말할 것도 없다. 그 사건은 마을 남정들이 그 냇가 동굴에서 혈거 생활을 시작한 지 아흐레 만에 일어난 것이었다. 그런데 하필 그날 순이 삼촌은 우리 할머니에게 맡겨두었던 오누이 자식을 데리러 내려와 있다가 그만 화를 당하고 만 것이었다.

문득 길수형의 열띤 목소리가 방안을 울렸다.

"하여간에 이 사건은 그냥 넘어갈 수 없우다. 아명해도(아무래도) 밝혀놔야 됩니다. 두 번 다시 이런 일이 안 생기도록 경종을 울리는 뜻에서라도 꼭 밝혀두어야 합니다. 그 학살이 상부의 작전 명령이었는지 그 중대장의 독자적 행동이었는지 누구의 잘잘못인지 하여간 밝혀내야 합니다. 우린 그 중대장 이름도 모르는 형편 아니우꽈?"

이 말에 큰당숙어른이 고개를 절레절레 흔들었다.

"거 무신 쓸데없는 소리고! 이름은 알아 무싱거(무엇) 허젠? 다 시국 탓이엔 생각하고 말지 공연시리 긁엉 부스럼 맹글 거 없져."

고모부도 맞장구쳤다.

[중략]

"비무장공비가 아니라 피난민이라마씸."

나는 다시 한 번 단호하게 고모부의 말을 수정했다.

"맞아. 내가 말을 자꾸 실수해겸져. 그땐 산에 올라간 사람은 무조건 폭도로 봤으니까. 하이간 굴속에 있는 사람은 영 행색이 말이 아니라서. 굶언 피골이 상접헌디다가 한겨울에 젖은 미녕옷 한 벌로 몸을 가리고 떨고 있는디, 동상 걸려 발구락 모지라진 사람도 더러 있었쥬. 소위 비무장공비란 것이 이 모냥으로 동굴 속에서 비참한 꼴로 발견되니까 냉중엔 상부에서도 생각을 달리 쓰게 되어서. 구호물자를 준비한 갱생원 차려놓고 선무 공작을 썼쥬. 엘파이브(L-5) 연락기로 한라산 일대에 전단을 뿌련 투항을 권고하난 하루에도 수십명씩 떼

지어 귀순자들이 내려와서라."

"바로 그것입쥬. 선무 공작은 왜 진작에 쓰지 못했느냐는 말이우다. 처음부터 선무 공작을 했으면 인명 피해가 그렇게 많이 나지 않았을 거라 마씸. 폭도도 무섭고 군경도 무서워서 산으로 피난 간 양민들을 폭도로 간주했으니······."

"겔쎄 말이여. 대유격전이란 것이 본디 정치 7에 군사 3인데······ 이건 정치는 쥐뿔도 없고 무작정 군사 행동만 했으니······ 창설 일 년도 못된 군대니 오죽할 것고······."

아, 떼죽음당한 마을이 어디 우리 마을뿐이던가. 이 섬 출신이거든 아무라도 붙잡고 물어보라. 필시 그의 가족 중에 누구 한 사람이, 아니면 적어도 사촌까지 중에 누구 한 사람이 그 북새통에 죽었다고 말하리라. 군경 전사자 몇백과 무장공비 몇백을 빼고도 5만 명에 이르는 그 막대한 주검은 도대체 무엇인가? 대사를 치르려면 사기그릇 좀 깨지게 마련이라는 속담은 이 경우에도 적용되는가. 아니다. 어디 그게 사기그릇 좀 깨진 정도냐. 아, 멀리 육지에서 바다 건너와 그 자신 적잖은 희생을 치러가면서 폭동을 진압해준 장본인들에게 오히려 원한을 품어야 하다니, 이 무슨 해괴한 인연인가.

그러나 누가 뭐래도 그건 명백한 죄악이었다. 그런데도 그 죄악은 30년 동안 여태 단 한번도 고발되어본 적이 없었다. 도대체 그건 엄두도 안 나는 일이었다. 왜냐하면 당시의 군 지휘관이나 경찰간부가 아직도 권력 주변에 머문 채 아직 떨어져나가지 않았으리라고 섬사람들은 믿고 있기 때문이었다. 섣불리 들고 나왔다간 빨갱이로 몰릴 것이 두려웠다. 고발할 용기는커녕 합동위령제 한번 떳떳이 지낼 뱃심조차 없었다. 하도 무섭게 당했던 그들인지라 지레 겁을 먹고 있는 것이었다. 그렇다. 그들이 원하는 것은 결코 고발이나 보복이 아니었다. 다만 합동위령제를 한번 떳떳하게 올리고 위령비를 세워 억울한 죽음들을 진혼하자는 것이었다. 그들은 가해자가 쉬쉬 해서 30년 동안 각자의 어두운 가슴속에서만 갇힌 채 한번도 떳떳하게 햇빛을 못 본 원혼들이 해코지할까 봐 두려웠다.

섣달 열여드레 그날 해질녘이 다 되어서 군인들이 두 대의 스리쿼터에 분승

해서 떠난 다음에도 마을 사람들은 그대로 운동장에 남아 있었다. 그들은 조회대 뒤 우익 가족이 있는 데로 몰려 살아남은 가족끼리 서로 붙안고서 마을에서 들려오는 타죽는 소 울음보다 더 질긴 울음을 입에 물고 있었다. 내 입에서도 겁먹은 울음은 그치지 않았다. 땅거미가 내리기 시작한 운동장의 진창흙은 함부로 내달린 스리쿼터 바퀴 자죽으로 여기저기 무섭게 패어 있고, 벗겨진 만월표 고무신짝들이 수없이 널려 있었다. 그 위로 불타는 마을의 불빛이 밀려와 땅거죽이 붉게 물들었다. 교실 창이 이내 벌게졌다. 그러나 마을 사람들은 하늘 가득히 붉은 노을처럼 번져가는 불기운에 압도되어 더욱 서럽게 곡성을 올릴 뿐 누구 하나 울타리께로 가서 불타는 마을을 직접 내려다보려는 사람은 없었다.

날이 어두워짐에 따라 마을을 태우는 불빛은 어둠을 사르며 점점 사방으로 퍼져나갔다. 이것이 일시적으로 확 붉었다가 꺼져버리는 저녁놀이라면 얼마나 좋을까? 그러나 불빛은 오히려 어두워질수록 더욱더 큼직하게 군림하여갔다. 낮게 드리운 구름 떼는 불빛에 물들어 붉은 내장처럼 꿈틀거리고, 바다는 멀리 달려도섬까지 불빛이 벌겋게 번져나가 마치 들불이 타오르는 형국이었다. 운동장에 모인 사람들의 얼굴에도 더러운 피에 얼룩진 듯 불그림자가 너울거렸다. 마을 쪽에서는 집집마다 불붙은 고방(庫房)의 쌀독들이 펑펑 터지는 소리가 계속 들려왔다.

할아버지 때문에 안절부절못하던 큰아버지는 군인들이 마을에서 완전히 철수했다 싶자 변소 가는 척하고 몰래 학교를 빠져나갔다. 할아버지는 며칠 전 남의 집 소뿔에 찔린 허벅지 상처 때문에 기동 못하고 집에 남아 있었던 것이다. 큰아버지는 한참 후에야 맥없이 돌아왔는데 그의 축 늘어진 적삼 소매에서는 연기 냄새가 지독하게 났다. 할머니가 먼저 울음을 터뜨리고 우리도 따라 울었다. 할아버지는 짐작대로 총 맞고 죽어 있었다. 그래도 다행스러운 것은 시신에 화기가 미치지 않은 것이다. 할아버지는 아픈 몸을 이끌고 문짝들을 떼어 텃밭으로 내던지고 난 다음 마지막으로 병풍을 들고 나오다가 감나무 밑에서 총을 맞은 모양이었다.

그날 밤 사람들은 한기를 피해 모두 한 교실로 몰려 들어가 서로 붙안고 밤을 지새웠는데, 밤중에 우리들은 두 번 호되게 놀랐었다. 한번은 마을에서 대밭이 타면서 마구 터지는 폭죽 소리를 총소리로 잘못 알고 놀랐고, 또 한번은 죽은 줄만 알았던 순이 삼촌이 살아 돌아와 밖에서 유리창을 두드렸을 때였다. 삼촌은 밤이 이슥해진 그때까지 시체 무더기 속에 파묻혀 까무러쳐 있었던 것이다. 교실 안에 들어선 당신은 이상하게도 사람들에게 접근하려 들지 않았다. 길수형이 가서 소매를 잡고 끌어도 막무가내로 뿌리치고 저만치 홀로 떨어져 웅크리고 있었다. 다른 사람들처럼 울지도 않았다. 두 아이를 잃고도 울음이 나오지 않는 것은 공포로 완전히 오관이 봉쇄되어버린 때문이 아니었을까? 아마 울음은 공포가 물러가는 며칠 후에야 둑이 터지듯 밀려나올 것이었다.

　불은 이튿날 아침까지 탔다. 밤새 울음으로 탈진했던 사람들이 날이 새자 아연 활기를 띠었다. 해가 채 떠오르기도 전인데 우리들은 마을로 한꺼번에 몰려갔다. 갯바람에 밀려오는 자욱한 연기 때문에 맞바로 들어갈 수 없어서 멀찍이 우회해서 바닷가로 해서 마을로 들어갔다. 사람들의 눈은, 밤새 뜬눈으로 새우며 운데다 독한 연기를 쐬어서 토끼 눈처럼 빨개 있었다. 아니, 살려고 눈이 벌게 있었다는 표현이 더 옳으리라. 불타고 있는 집이 아직도 많아서 사람들은 불 꺼진 해변 쪽에 하얗게 몰렸다. 네 집, 내 집이 따로 없었다. 불타버린 집터 아무 데나 들어가 타다 남은 좁쌀, 고구마를 퍼 담았다. 고구마 중에도 탄 숯같이 되어버린 것도 있었지만 먹기 좋게 익은 것도 있어서 사람들은 그것으로 전날 점심과 저녁을 거른 고픈 배를 달랬다. 타 죽은 소, 돼지도 각을 내어 나누어 가졌다.

　이렇게 사람마다 등짐 하나씩 만들어 지고 함덕으로 소개하였다. 밤새 울음으로 탈진했던 사람들이 어디서 그런 기운이 났을까? 모두가 보통 때 두 배나 되는 짐을 지어 날랐다. 순이 삼촌은 먹서리 하나를 지고도 부족했던지 몸뻬 가랑이에다 탄 좁쌀을 채워 넣어가지고 함덕까지 시오리 길을 걸어갔던 것이었다. 수용소 시설도 없이 그냥 함덕에 내팽개쳐진 우리 부락 사람들은 우선 잠잘 곳이 문제였다. 용케 빈방이나 온 가족이 다 떠나버린 도피자 집이 얻어걸린 경우는 다행이었지만, 그렇지 못한 식구들은 말방앗간이나 남의 집 헛간, 외양간을 빌려 써야만 했다. 하기는 빈방을 구한 사람도 이불 없기는 매한가지라 방에다 보릿짚을 잔뜩 넣고 살았으니 헛간이나 외양간과 별로 다를 게 없었다.

도피자 가족들은 함덕국민학교에 수용되어 취조를 받고 닷새 만에 풀려나왔는데 순이 삼촌도 그중에 끼어 있었다. 그 닷새 동안 할머니 심부름으로 길수 형과 내가 번갈아가며 차좁쌀 주먹밥을 매일 한 덩어리씩 차입해주었다. 마지막 날엔 내가 주먹밥을 가지고 가다가 도중에 풀려나오는 순이 삼촌을 만났는데 그 몰골은 차마 끔찍한 것이었다. 비녀가 빠져나가 쪽이 풀리고 진흙으로 뒤발한 검정 몸뻬에다 발은 맨발이었는데, 길가 돌담을 짚고 간신히 발짝을 떼며 허위허위 걸어오고 있었다.

삼촌은 서울 우리 집에 있을 적에 궂은 날이면 허리뼈가 쑤셔 뜨거운 장판에 지져대곤 했는데, 생각하면 그게 다 그때 얻은 골병임에 틀림없었다.

함덕으로 온 지 두 달도 못되어 양식이 떨어진 피난민들은 들나물과 갯가의 파래나 톳을 삶아 멸치젓 국물에 찍어 먹으면서 간신히 두 달을 버텼는데 그제서야 소개령이 해제되어 향리로 돌아갈 수 있었다.

부락민들이 마을에 돌아와서 맨 먼저 한 일은 시체를 처리하는 일이었다. 일주도로 변의 순이 삼촌네 밭을 비롯한 네 개의 옴팡밭에 늘비하게 널려진 시체를 제각기 찾아다가 토롱(土壟)을 만들어 가매장했다. 석 달 가까이 방치되었던 시체들이라 까마귀밥이 되고 풍우에 썩어 흐물흐물 문드러져 탈골되었으니, 누구의 시체인지 알아내기가 쉽지 않았다. 겨우 옷가지를 보고 구별했는데 동(東)동네 누구는 제 아버지 시신을 찾아놓고 지고 갈 지게를 가지러 간 사이에 다른 사람이 잘못 알고 가져가버린 일도 있었다. 애 어머니들은 대개 제 자식의 몸 위에 엎어져 죽어 있었는데 그건 죽는 순간에도 몸으로 총알을 막아 자식을 보호해보려는 처절한 몸짓이었다.

그럭저럭 시체를 가매장하고 나서 밭에 나가 보리를 거둬들였는데, 거둬들일 시기를 놓친 뒤라 대궁이 썩은 보리들이 온 밭에 늘비하게 쓰러져 몽창몽창

썩고 있었다. 썩어가는 보리 이삭들은 퍼렇게 싹이 트고 들쥐들이 마구 설쳐댔다. 게다가 난리 때문에 한번도 김을 못 매어 범이 새끼 치게 잡초가 무성했으니 그해 보리농사란 게 한 집에 먹서리로 하나가 고작이었다.

그다음에 급히 서둘러 한 일은 움막 짓는 일이었다. 들에서 소나무와 억새를 베어다가 하루 이틀 새에 움막을 세웠다. 칡덩굴로 서까래를 얽어매고 지붕도 벽도 억새를 엮어 둘러쳤다. 게다가 이불과 요를 태워먹고 없어 보릿짚을 잔뜩 움막 속에 처넣었으니 그건 영락없이 돼지우리였다. 집 말고도 돼지와 똑같은 게 하나 더 있었는데 그건 똥이었다. 양식이 모자라 돼지 사료로 쓰는 밀기울로 범벅해 먹고 파래밥, 톳밥을 해먹었으니 돼지 똥과 사람 똥이 구별될 리가 없었다.

밀기울 밥도 양껏 먹어본 적이 없었다. 작은 놋쇠 양푼 하나에 밥을 퍼놓고 네 식구가 둘러앉으면 밥 위에다 숟갈로 금을 그어 제 몫을 표시해놓고 먹었다. 달려도섬 건너편 갈치밭에 배를 띄우면 그래도 국거리로 살찐 갈치가 꽤 잡힐 텐데, 곧 시작된 성 쌓는 일 때문에 주낙질은 물론 잠녀의 물질도 일체 허락되지 않았다.

부락민들은 순경들의 감독을 받으며 아침부터 저녁까지 한눈팔 새 없이 허기진 배를 안고 성을 쌓지 않으면 안 되었다. 말하자면 전략촌 건설이었다. 불탄 집터의 울담도 허물고 밭담도 허물어다가 성을 쌓았다. 그것도 모자라 묘지를 두른 산담까지 허물어다 날랐다. 순이 삼촌도 임신한 몸으로 돌을 져 날랐다. 남정들이 출정해버린 부락에 남은 건 노인과 아녀자들뿐이라 그 역사는 거의 두 달 가까이나 걸렸다. 전략촌을 두 바퀴 두르는 겹성이었다. 두 성 사이에는 실거리나무, 엄나무 따위 가시 많은 나무를 베어다 넣었디. 길수형과 나 같은 어린애도 동원된 그 일은 참으로 고되었다. 우선 배가 고파 견딜 수 없었다. 허기진 뱃심으로 돌덩이를 들다가 힘에 부쳐 놓치는 바람에 발등을 찍히는 사람들도 많았다. 겨우 성이 완성되자 낮이나마 주낙질과 물질이 허락되었다. 밤이 되면 성문이 닫혀 사람들은 일체 성 밖 출입이 금지되고 순번제로 초소막 지키러 나가지 않으면 안 되었다.

국민학교 3, 4학년에서 일 년째 쉬고 있던 나와 길수형도 대창을 하나씩 들고 막(幕)을 지키러 나가곤 했다. 순이 삼촌도 만삭의 몸인데도 우리 초소에 대창 들고 막 지키러 나왔다. 사건 날의 그 무서운 공포를 겪었는데도 아기는 떨어지지 않고 살아 있었던 것이다. 사건 날 오누이를 한꺼번에 잃은 삼촌에게는 배 속의 아기가 유일한 씨앗이었다.

어려운 시절에 아기를 가진 삼촌은 먹을 것을 구하느라고 그야말로 눈이 벌게 있었다. 만삭의 몸이라 물질은 못하고 하루 종일 땡볕에 갯가를 기어 다니며 굴, 성게를 까먹고, 게, 보말(갯우렁이) 따위를 잡았다. 밤에 초소막에 나올 때는 보말 삶은 것 한 채롱 가득 삶아가지고 와서는 우리에게 먹어보라는 말 한마디 없이 밤새도록 혼자서 걸귀처럼 까먹어대곤 했다. 여자가 아기를 배면 사정없이 먹어댄다는 걸 몰랐던 나는 순이 삼촌이 걸신들려 실성하지 않았나 생각할 지경이었다.

이런 전략촌 생활은 거의 일 년 넘게 계속되었지만 그동안 한번도 공비의 습격을 당한 적이 없었다. 한번은 밤중에 성문께에서 무언가 부스럭거리는 소리가 나서 모두 혼비백산한 적이 있었지만, 그건 나중에 알고 보니 낮에 들에서 놓친 누구 집 소가 밤에 제 발로 성까지 걸어와서 부스럭거리고 있었던 것이었다. 결국 해안 지방의 축성은 과잉 조처라는 게 판명된 셈이었다. 이미 몇 십 명으로 전력이 크게 줄어든 입산 폭도들은 해안 지방을 약탈할 능력이 전혀 없었다.

부락민들은 일 년이 넘도록 한번도 써먹어본 일이 없는 무용지물의 성을 다시 허물고 제각기 제 집터로 돌아갔다. 성을 허문 돌을 날라다가 다시 울담과 벽을 쌓고 새로 집을 지었다. 집이라고 해야 방 하나에 부엌 딸린 두 칸짜리 함바 집이었다. 못이 없어서 대신 굵은 철사를 잘라 썼으니 오죽한 집이었을까? 순이 삼촌도 우리 큰집에서 몸을 풀고 큰아버지의 도움을 받아 불탄 집터에다 조그만 오두막집을 지어 올렸다. 그러나 일가족이 전부 몰살되어 집을 세우지 못한 채 그대로 방치된 집터도 더러 있었다.

그 무렵 내 또래 아이들은 사람 죽은 일주도로 변의 옴팡밭에서 탄피를 주워다 화약총을 만들기가 유행이었다. 아이들은 이제 옴팡밭의 비극을 까맣게 잊고 사람 죽인 탄피를 주워 모았다. 그렇다. 무럭무럭 자라는 데 도움 안 되는 것은 무엇이든 편리하게 잊어버리는 게 아이들의 특성이 아닌가. 그러나 어른들은 도무지 잊을 수 없었다. 아이들이 장난으로 팡팡 쏘아대는 화약총 소리에도 매번 가슴이 철렁 내려앉는 그들이었다. 어떤 아이는 어디서 났는지 불에 타서 엿가락처럼 휘어진 총신만 남은 구구식 총을 끌고 다니다가 제 아버지한테 얻어맞고 빼앗겼는데, 총의 그 푸르딩딩한 탄 쇳빛은 꼭 죽은 피 빛깔을 연상시켜주었다.

그러나 그 누구도 순이 삼촌만큼 후유증이 깊은 사람은 없었으리라. 순이 삼촌네 그 옴팡진 돌짝밭에는 끝까지 찾아가지 않는 시체가 둘 있었는데 큰아버지의 손을 빌어 치운 다음에야 고구마를 갈았다. 그해 고구마 농사는 풍작이었다. 송장 거름을 먹은 고구마는 목침 덩어리만큼 큼직큼직했다.

더운 여름날 당신은 그 고구마밭에 아기구덕을 지고 가 김을 매었다. 옴팡진 밭이라 바람이 넘나들지 않았다. 고구마 잎줄기는 후줄근하게 늘어진 채 꼼짝도 하지 않았다. 바람 한 점 없는 대낮, 사위는 언제나 조용했다. 두 오누이가 묻힌 봉분의 떗장이 더위 먹어 독한 풀냄새를 내뿜었다. 돌담 그늘에는 구덕에 아기가 자고 있었다. 당신은 아기구덕에 까마귀가 날아들까 봐 힐끗힐끗 눈을 주면서 김을 매었다. 이랑을 타고 아기구덕에서 아득히 멀어졌다가 다시 이랑을 타고 돌아오곤 했다. 호미 끝에 때때로 흰 잔뼈가 튕겨 나오고 녹슨 납 탄환이 부딪쳤다. 조용히 대낮일수록 콩 볶는 듯한 총소리의 환청(幻聽)은 자주 일어났다. 눈에 띄는 대로 주워냈건만 잔뼈와 납 탄환은 삼십 년 동안 끊임없이 출토되었다. 그것들을 밭담 밖의 자갈더미 속에다 묻었다.

그 옴팡밭에 붙박힌 인고(忍苦)의 삼십 년, 삼십 년이라면 그럭저럭 잊고 지낼 만한 세월이건만 순이 삼촌은 그렇지를 못했다. 흰 뼈와 총알이 출토되는 그 옴팡밭에 발이 묶여 도무지 벗어날 수가 없었다. 당신이 딸네 모르게 서울 우리 집에 올라온 것도 당신을 붙잡고 놓지 않는 그 옴팡밭을 팽개쳐보려는 마지막 안간힘이 아니었을까?

그러나 오누이가 묻혀 있는 그 움팡밭은 당신의 숙명이었다. 깊은 소(沼) 물귀신에게 채여가듯 당신은 머리끄덩이를 잡혀 다시 그 밭으로 끌리어갔다. 그렇다. 그 죽음은 한 달 전의 죽음이 아니라 이미 30년 전의 해묵은 죽음이었다. 당신은 그때 이미 죽은 사람이었다. 다만 30년 전 그 움팡밭에서 구구식 총구에서 나간 총알이 30년의 우여곡절한 유예(猶豫)를 보내고 오늘에야 당신의 가슴 한복판을 꿰뚫었을 뿐이었다.

이렇게 생각을 마무리 짓고 나자 나는 문득 담배 피우고 싶은 충동이 조바심치듯 일어났다. 좌중은 어느 틈에 나만 빼놓고 농사 얘기로 동아리져 있었다.

"올해는 제발 작년모냥 감저(고구마) 시세가 폭락하지 말았이면 좋을로고…… 빌어먹을, 그눔의 가을장마는 뜽금없이 터져 가지고는 썰어 말리던 감저에 곰팡이 피어부렀이니……."

나는 밖으로 나와 마당귀에 있는 조짚가리에 등을 기대고 담배를 피워 물었다. 마당에 얇게 깔린 싸락눈이 바람에 이리저리 쏠리고 있었다. 음력 열여드레 달은 구름 속에 가려 있었지만 주위는 희끄무레 밝았다. 고샅길로 지나가는 사람들의 기척이 들려왔다. 아마 두어 집째 제사를 끝내고 마지막 집으로 옮아가는 사람들이리라.

현기영(玄基榮)

1941년 제주 출생. 서울대학교 영어교육과 졸업. 한국문화예술진흥원장 역임. 1975년 동아일보 신춘문예에 단편「아버지」가 당선되어 등단. 신동엽창작기금, 만해문학상, 오영수문학상, 한국일보문학상 수상.『순이 삼촌』(1979),『아스팔트』(1986),『마지막 테우리』(1994) 등의 소설집과『변방에 우짖는 새』(1983),『바람 타는 섬』(1989),『지상에 숟가락 하나』(1999) 등의 장편소설 및『젊은 대지를 위해서』(1989),『바다와 술잔』(2002) 등의 산문집 출간.

작품 세계

제주 출신 작가 현기영에게는 '4·3작가'란 말이 하나의 고유명사라도 되는 양 늘 따라붙는다. 그만큼 고향 제주와 양민학살 사건인 '4·3'을 다룬 작품이 많다는 것이고, 또 그것이 글쓰기의 중심에 놓여 있기 때문이다. 물론「아버지」와「소드방놀이」등 초기작들은 제주도를 배경으로 삼고는 있지만 제주도의 특수성을 부각시키기보다는 부조리한 현대 사회를 살아가는 도시인의 좌절감을 일반화한 모더니즘적 경향을 보여주었다. 그러다가 1978년 중편「순이 삼촌」을 발표함으로써 현기영은 일약 문제작가로서 주목을 받게 된다. 무엇보다 제주도의 참혹한 현대사를 최초로 제주 민중의 시각에서 다룸으로써 문단뿐만 아니라 사회에 큰 충격과 파장을 던졌다. 이 작품으로 필화 사건을 겪는 등 개인적 고통도 따랐으나 1970년대 최고의 문제작 가운데 하나로 자리 잡는다. 이후에도 4·3민중항쟁을 문학적 화두로 삼아「도령마루의 까마귀」(1979),「해룡 이야기」(1979),「길」(1981),「어떤 생애」(1983),「아스팔트」(1984) 등의 작품을 잇달아 발표하면서 그는 명실공히 '4·3 작가'로 불리게 된다. 또한 제주도의 역사적 삶에 대한 관심을 더욱 확장시켜 구한말 제주 민중들의 반봉건 항쟁을 소재로 한『변방에 우짖는 새』와 식민지 시대 제주 잠녀(해녀)들의 항일투쟁을 그린『바람 타는 섬』등의 장편을 발표하기도 했다. 1990년대에 들어서도 작가는 단편「거룩한 생애」「쇠와 살」「야만의 시간」등 문제작을 계속 발표했는데, 작가는 특히 이들 작품을 통해 다큐멘터리 기법을 도입하는 등 소설 형식의 다양한 실험을 시도함으로써 동일한 주제의 다양한 측면들과 그것들에 깃든 의미들을 새로운 시각과 형식으로 드러내는 데 남다른 주의를 기울였다. 아울러 자연과 하나가 되려는 순정한 인간들의 꿈이 역사의 힘 앞에서 무참히 좌절되는 단편「마지막 테우리」와 자전적 성장소설『지상에 숟가락 하나』를 발표해 1990년대에 들어서는 더욱 웅숭한 문학적 세계를 열어보이고 있다. 특히『지상에 숟가락 하나』는 4·3민중항쟁을 비롯한 유·소년시절의 체험과 역사의 상처 속에서도 끈질긴 생명력을 보인 민중의 삶을 형상화함으로써 서구 교양소설과 구별되는 한국적 성장소설의 한 전범을 이루었다는 평가를 받을 정도로 크게 주목을 받았다. 무엇보다 참혹한 경험에도 불구하고 아름다운 자연과 그것과 하나됐던 유년시절을 완벽하게 되살려냄으로써 한국 현대사를 아우르는 서사성과 제주도의 자연을 묘사한 서정성이 아름답게 조화를 이루어, 역사 너머의 더 근원적인 지상의 세계를 보여주었다.

「순이 삼촌」

1978년에 발표된 중편 「순이 삼촌」은 30년 동안 묻혀 있던 4·3의 진실을 최초로 공론화한 문제적 소설로서, 현기영을 '4·3문학'을 상징하는 작가로 만든 작품이다. 비록 작가 자신은 이 소설로 인해 보안사에 끌려가 합동수사본부로 인계되어 끔찍한 고문을 당하고(이때 받은 고문은 이후 발표된 중편 「위기의 사내」에 생생하게 재현된다) 책도 발매 금지되는 등 고초를 겪었지만, 이 작품이 지닌 문학사적·역사적 의의는 그만큼 더 커졌다. 음력 섣달 할아버지의 제사에 맞추어 고향인 제주 서촌 마을에 내려간 '나'를 화자로 내세워 30년 전 향리에서 벌어진 양민 학살을 회상함으로써 4·3의 아픈 역사를 자연스럽게 고발한다. 이 작품도 그런 점에서 당시 성행했던 귀향 회상 형식의 소설이면서, 동시에 '제삿날'에 죽은 자들과 죽지 않은 자들을 한데 모음으로써 4·3의 숨은 본질을 현재화하는 개성적 형식을 취하고 있기도 하다. 말하자면 비극적 사건의 단순한 고발을 넘어서 묻혔던 과거를 재구성해나가는 작업이 '나'에 의한 고향의 재발견 과정과 중첩되는 구조를 통해 유년의 기억을 되살려내서 역사를 재해석하는 나름의 작가적 실천이 담겨 있기도 하다. 그런데 소설의 제목이 되기도 한 '순이 삼촌'(제주도에서는 촌수를 따지기 어려운 먼 친척 어른을 남녀 구별 없이 삼촌이라고 부른다. 실제로 이때부터 작가는 제주어를 작품에 대담하게 도입했다)은 '나'의 집에서 부엌일을 하다가 신경 쇠약으로 귀향한 먼 친척 아주머니였다. 그녀는 30년 전의 학살 현장에서 두 아이를 잃고 구사일생으로 살아났지만, 평생 그 사건으로 생긴 충격에서 벗어나지 못하다가 언제 죽었는지도 모른 채 자살하고 만 인물로 제시된다. 소설 「순이 삼촌」은 그녀를 평생 피해망상증으로 시달리게 만들었던, 1948년 음력 섣달 19일, 제주도 북제주군 조천면 북촌리에서 벌어진 양민 학살 사건을 모델로 삼고 있다. 이날 아침 이 마을 어귀에서 무장대의 습격으로 군인 2명이 숨진 사건이 발생하자 군인 2개 소대 병력이 마을로 들이닥쳐 3백여 동의 가옥을 불태우고 수백 명의 양민을 학살한 것이다. 그 이전까지는 '빨갱이'로 몰려 죽어서까지 인간 취급을 받지 못하던, 국가 폭력의 무수한 희생자들이 이 작품으로 인해 비로소 선량한 사람, 말 그대로 양민(良民)으로 우리들에게 돌아올 수 있게 되었다. 작가는 자신이 4·3에만 매달리는 것에 대해서 '편협한 지방주의 때문이 아니라 변죽을 쳐서 복판을 울리는 문학적 전략에 따른 것이라고 말한 바 있다. 4·3에 응축되어 있는 민족적·민중적 모순을 통해 우리의 현대사와 한국사회가 안고 있는 보편성에의 요구에 응하자는 것이 작가의 의도였던 셈이다.

주요 참고 문헌

분단 관련 소설 전반을 언급한 가운데 현기영의 「순이 삼촌」 등을 리얼리즘의 관점에서 접근한 백낙청의 「민족문학의 새로운 고비를 맞아」(『민족문학과 세계문학 2』, 창작과비평사, 1985), 현기영의 역사소설을 중심으로 작품 세계를 분석한 최원식의 「현기영의 역사소설」(『우리시대 우리작가 22: 현기영』 해설, 동아출판사, 1987), 그리고 소설집 『마지막 테우리』를 분석한 염무웅의 「역사의 진실과 소설가의 운명」(『실천문학』, 1994년 가을호), 장편 『지상에 숟가락 하나』를 분석한 임규찬의 「어린 혼과 부활하는 역사」(『작품과 시간』, 소명출판, 2001)이 있다. 그밖에 『작가세계』 1998년 봄호의 '현기영 특집'(여기엔 그때까지 나온 주요 비평에 대한 문헌 목록도 있다)도 참조할 만하다. _임규찬

김성동
오막살이 집 한 채

어서 오라 그리운 얼굴
산 넘고 물 건너 발 디디러 간 사람아
댓잎만 살랑여도 너 기다리는 얼굴들
봉창 열고 슬픈 눈동자 태우는데
이 밤이 새기 전에 땅을 울리며 오라
—— 이시영의 「서시」 중에서

1. 행기(行碁)

문풍지가 펄럭였다.
 창문을 할퀴며 지나가는 메마른 겨울 북풍이 끊임없이 휘파람새 소리를 내고 있었다. 휘파람새 소리가 날 때마다 금방이라도 찢어질 것처럼 문풍지가 펄럭였고, 문풍지가 펄럭일 때마다 심지를 올린 등잔불이 가냘프게 흔들렸는데, 그때마다 천장이 낮은 흙벽에 어려 있는 길고 짧은 두 그림자가 시나브로 함께 흔

---

* 「오막살이 집 한 채」는 『현대문학』 1982년 2월호에 발표되었다. 여기서는 소설집 『오막살이 집 한 채』
(일월서각, 1982)에 수록된 것을 저본으로 삼고, 『하산(下山)』(푸른숲, 1994)을 참조하였다.

들리고는 하는 것이었다.
 따악, 하는 경쾌한 마찰음과 함께 중년 사내의 오른손 검지와 중지 사이에 끼워져 있던 흰 돌 한 개가 판 위에 떨어졌다. 치수 높은 비자목 바둑판을 사이에 두고 마주앉은 소년이 기다렸다는 듯이 궁둥이를 들어 올리며 검은 돌 한 개를 판 위에 올려놓았고, 잠시 판을 둘러보던 중년이 착점을 했다. 두어 번 고개를 끄덕이고 난 소년이 손에 들고 있던 돌을 놋주발로 된 바둑통 속에 넣고 한쪽 무릎을 세웠다. 그리고 세운 무릎 위에 팔꿈치를 올려놓고 손바닥으로 턱을 받쳤다. 바둑은 포석을 지나 중반전으로 접어들고 있었다.
 소년의 착점을 기다리던 중년이 등잔불에 담배를 붙였다. 불빛에 어린 중년의 양 볼은 까칠했고, 일렁이는 불빛 때문인가, 담배를 끼우고 있는 손가락이 미세하게 경련했다. 그는 등잔불 빛에 팔목시계를 비춰보고 나서 안경 밑으로 손가락을 넣어 눈께를 눌렀다. 그의 무릎 앞에는 끈이 긴 비닐가방이 놓여 있었고, 오버 위에 목도리까지 두른 나들이 차림이었다. 그는 다시 한 번 등잔불 빛에 팔목시계를 비춰보고 나서 힘껏 연기를 빨아들였다. 빠른 속도로 궐련이 타들어가면서 빨간 불기둥의 길이가 늘어났고, 창백한 이마에는 굵은 이랑이 패지고 있었다. 그는 길게 연기를 내뿜으면서 창문께로 눈길을 던졌다. 아직도 서천에 걸려 있는 잔월(殘月)과 밤새도록 내린 눈빛으로 해서 군데군데 기워진 채로 누렇게 변색된 문창호지가 우윳빛으로 부유스름했다.
 "됬유."
 턱을 받치고 있던 손을 떼면서 소년이 홀쩍 소리나게 코를 들여마셨다.
 "됬다니께유."
 소년이 허리를 곧게 펴면서 늙은이처럼 주먹으로 등을 두드렸다. 그러자 무잇인가 골똘한 생각에 잠겨 있던 중년이 주발 뚜껑에 담배를 눌러 끄면서 판 위로 시선을 옮겼다. 먼 골짜기로부터 갓난아이의 울음소리 같은 산짐승의 부르짖음이 들려왔고, 창문이 덜컹거리면서 꺼질 듯 등잔불이 낮게 잦아들었다가는 다시 살아나고는 하는 것이었다.
 "증말루 가실뀨?"

김성동 647

저고리 소매로 코밑을 훔치면서 소년이 말했다. 턱없이 큰 어른의 신사복 상의를 입고 있어 마치 오버를 걸친 것 같았는데, 접어 올린 소맷자락이 빤닥종이처럼 윤이 났다. 판 위에 고개를 숙인 자세로 중년이 두어 번 고개를 끄덕였고 소년이 다시 물었다.

"증말유, 증말루 이 신새벽에 가시년규?"

착점을 끝낸 중년이 허리를 펴면서 입가에 미소를 머금었다.

"정말이지 않구."

소년의 얼굴에 언뜻 안타까운 그늘이 스치고 지나갔다. 소년이 마른침을 삼켰다.

"아저씨."

"응."

소년은 무슨 말인가를 할 듯 할 듯 입술만 쫑긋거렸고, 중년이 소년을 바라보았다. 주름이 많은 이마가 넓었고 두드러진 광대뼈 아래의 양 볼이 까칠해서 언뜻 강인해 보이는 얼굴이었는데, 안경 속의 눈빛이 따스했다. 소년이 힘겹게 입을 뗐다.

"저 거시기…… 하냥 살먼 안 되나유. 여기서 하냥……."

중년이 꺼두었던 꽁초를 펴서 입에 물었다. 그는 등잔불에 불을 당기고 나서 천장을 향하여 길게 연기를 내뿜었다.

"영복아."

"예."

그는 무슨 말인가를 할 듯하다가 한 번 더 힘껏 연기를 빨아들이고 나서 필터만 남은 궐련을 주발 뚜껑에 대고 눌렀다. 솔가지 꺾어지는 소리와 함께 아낙네의 잔기침 소리가 부엌 쪽으로부터 들려왔고, 중년이 시계를 들여다보았다. 그는 누구인가를 기다리는 듯 자주 창문 쪽에 시선을 던지면서 밖을 향하여 귀를 기울였다. 빛바랜 창호지 빛깔이 보일 만큼 창문이 밝았고 바람에 꺾여서 떨어지는 고드름 소리가 긴 여운을 남기며 잦아들고 있었다. 중년은 등잔불의 심지를 낮추고 판 위로 고개를 숙였다.

"내가 둘 차렌가…… 아무래도 계가바둑이지?"

중년이 착점을 했고 곧바로 소년이 응수했다. 두 사람은 묵묵히 돌을 놓아갔는데, 팽팽하게 어울린 국면이어서 백이 한 점 놓으면 백이 좋아 보이고 흑이 한 점 놓으면 흑이 좋아 보였다.

"아저씨."

빠른 손길로 돌을 놓아가던 소년이 바둑통 속으로 가져가던 손길을 멈추었다. 중년이 눈으로 대답했고 소년이 물었다.

"가시먼…… 워디루 가신대유?"

중년의 입가에 잔물결 같은 미소가 어렸다. 그는 줄이 맞지 않는 돌들을 가지런하게 다독거렸다.

"왔던 곳으로…… 가야지."

소년의 목에서 꿀꺽 하고 침 넘어가는 소리가 났다. 탁탁, 타다닥탁, 하고 솔가지 타는 소리가 들려왔고, 밥이 익는 구수한 내음이 풍겨왔다. 소년은 다시 한 번 꿀꺽 하고 생침을 삼켰다.

"그럼 거시기…… 다시 산을 넘어서 가신단 말유, 높은 산을."

여전히 미소를 머금은 채로 중년이 고개를 끄덕였고, 소년이 소맷자락으로 코밑을 훔쳤다. 소년은 이해할 수 없다는 얼굴로 중년을 바라보았다.

"증말루 이상허시네유, 아저씨는. 워째 너른 신작로를 놔두구 높은 산을 넘어가신대유."

"왔던 곳이니까…… 왔던 곳으로 다시 돌아가야지."

"아저씨는 워디서 오셨는데유?"

"산 너머."

"산 너머……"

하고 되받아 중얼거리며 소년은 문득 꿈꾸듯 아련한 눈길로 중년을 바라보았다.

"산 너머에는 뭐이가 있는데유?"

"뭐가 있느냐구? ……그렇지. 뭐가…… 있지."

소년의 눈이 반짝 빛났다.
"그게 뭔데유?"
"얘기해줘도…… 너는 아직 모른다."
"얘기헤줘유."
"영복아."
"예."
"사람은 말이다. 사람은…… 누구나 어디론가 떠나가고자 하는 욕망을 갖고 있는 거란다. 그곳이 어디라는 뚜렷한 이름도 모르면서…… 늘 어디론가 떠나고 싶다는 마음으로 한평생을 살게 되는 거란다. 그게 사람의 숙명이라는 거야."
"으른덜은 누구나 다 그렇대유? 으른덜은 누구나 다 높은 산을 넘어 워디룬지 자꾸 떠날라구 허넌 거래유?"
"어른이라고 해서 누구나 다 똑같은 것은 아니지. 누가 편한 신작로 길을 가려고 하지 험한 산길을 가려고 하겠니? 스스로 산길을 택하는 사람은 그렇게 많지 않아."
"그럼 산길을 가넌 사람은, 거시기…… 훌륭한 사람인가유?"
중년은 머뭇거렸고 따지듯 소년이 물었다.
"그런디 워째서 집을 놔두구 대이구 떠날라구 헌대유, 으른덜은."

2. 높은 산, 먼 길

길이 끝나는 곳에는 산이 있었다.
언제부터인가 사람들은 그 산을 가리켜 높은 산이라고 불렀다. 아무도 그 산의 높이와 골의 깊이를 모른다고 했다. 그 산의 꼭대기에는 한여름에도 흰 눈이 덮여 있었는데 햇빛이 비칠 때면 꼭 무슨 보석처럼 눈부시게 번쩍이는 것이었다. 산의 초입에는 상수리나무며 떡갈나무 같은 활엽수들이 빽빽하게 숲을 이루고 있었고, 대낮에도 하늘이 보이지 않는 숲을 지나면 몇백 년씩 묵은 고사목들이 뒹굴고 있는 가파른 능선이었는데, 거기서부터는 변성암으로 이루어진 거대한 암벽이 피라미드의 형태로 점점 아득해지는 것이었다. 능선과 능선 사이의 골짜기에서는 대낮에도 승냥이며 개호지 같은 맹수들이 울부짖었고, 숲에서는 사나운 날짐승들이 깃을 치는 소리가 소낙비처럼 쏟아지는 것이어서, 사람들은 단지 먼빛으로 그 산을 바라보기만 할 뿐, 누구도 그 산을 올라가볼 마음을 내지 못하는 것이었다.

  산 밑에는 집이 있었다.

  우물 정 자 모양으로 굵은 통나무를 맞추어 층층이 얹고 그 틈을 흙으로 메운 삼간 귀틀집이었다. 억새풀이며 갈대로 이엉을 올린 지붕은 눈의 무게를 이기지 못하여 군데군데 주저앉았고, 시커멓게 썩은 물은 고드름이 되어 땅에 스칠 듯 낮게 드리워져 있었다. 집 둘레로는 수수깡으로 울타리를 둘렀는데 몇 해를 두고 손을 보지 않았는지 여기저기 쓰러지거나 구멍이 나 있어서 언뜻 폐가처럼 보였다. 밋밋하게 이어져 내려온 산자락을 등지고 앉아 있는 오막살이 정면으로는 시늉만의 사립문이 달렸고, 사립문을 나서면 저 아래로 아득하게 마을이 보였는데, 마을 너머로 보이는 허리띠처럼 가느다란 줄은 읍내로 가는 신작로였다.

  오막살이 부엌에 잇대어져 뒤란 쪽으로 붙어 있는 골방 앞 토방 위에는 어른 손으로 한 뼘이 채 못 되는 검정 고무신 한 켤레가 놓여 있다. 바람이 지나갈 때마다 백로지처럼 밑창이 얇은 고무신 속에 고여 있던 햇살 한줌이 엷은 주름을 잡으며 출렁인다. 볕 바른 골방 앞 수수울 너머에는 잎새가 하나도 없는 늙은 감나무 한 그루가 서 있고, 나뭇가지 꼭대기에는 홍시 한 개가 달랑 앉아 있다. 문 열리는 소리를 들었는가, 홍시에 부리를 박고 있던 까치 한 마리가 화들짝 깃을 치며 날아오른다. 소년은 눈이 부신 듯 한 손으로 이마를 가리고 날아오르는 까치를 올려다보다가, 울 밑에 놓인 오지항아리 앞에서 바지 단추를 끄른다. 하얀 물줄기가 더운 김을 뿜으며 작은 포물선을 그리는데, 소년의 눈길은 높은 산 쪽으로 쏠려 있다. 온통 산을 덮고 있는 흰 눈이 눈부신 듯 소년은 자꾸 손등으로 눈께를 부빈다. 알밤처럼 야물어 보이는 머리통의 정수리에는 허연 도장밥이 찍혀 있고 계집아이처럼 갸름하니 선이 고운 얼굴에는 비늘처럼 마른버짐이 돋아 있는데, 부르르 진저리를 치면서 질끈 감았다 뜨는 눈동자가 물빛으로 해맑다. 단추를 여미고 나서도 오랫동안 높은 산 쪽으로 던지고 있던 눈길을 거둘 줄 모르던 소년은 짧은 한숨을 쉬고 나서 다시 골방으로 들어가고 그때까지 감나무 위를 배회하던 까치가 기다렸다는 듯 홍시에 부리를 박는다.

잘 익은 옥수수 빛깔의 햇살이 물감처럼 번져드는 골방에는 대물림으로 보이는 묵직한 바둑판이 놓여 있고, 바둑판 앞에는 필사본으로 된 고기보(古碁譜) 한 권이 놓여 있다. 바둑판 위 한쪽 귀퉁이에는 희고 검은 돌들이 묘수풀이 사활문제의 형태를 이루고 있는데, 얌전하게 무릎을 꿇고 바둑판 앞에 앉아 있는 소년의 오른손에는 검은 돌 한 개가 들려 있다. 흰 돌에 둘러싸인 검은 돌의 무리가 두 집을 못 내고 있어 곧 잡힐 형국이다. 뚫어져라 바둑판을 노려보고 있던 소년이 고기보 쪽으로 가져가던 손길을 얼른 거두더니, 무릎 위에 놓고 꽉 주먹을 쥔다. 단정한 이마에 파란 힘줄이 돋으면서 조그만 입이 해거름녘의 나팔꽃처럼 오므라드는데, 영복아, 영복아, 하고 부르는 엄마의 목소리가 들려온다. 응, 응, 하고 건성으로 대꾸하면서 소년은 여전히 바둑판으로부터 눈길을 떼지 않는다. 엄마 밭이루 해서 우물이 댕겨올 테니께, 할머니 점 봐디려, 이. 소년은 여전히 응, 하고 건성으로 대꾸하면서 바둑판만 들여다보는데, 솥뚜껑 닫히는 둔중한 소리가 나면서 발걸음 소리가 멀어진다. 할머니 진지 찾으시걸랑 솥 속이 감자 쪄논 거 갖다디려, 짐치국물허구. 목 맥히시잖케, 이.

옥수수빛으로 창문을 물들이던 햇살은 아까보다 한 뼘쯤 더 밑으로 내려와 있다. 바둑판 위의 돌들은 아까와 똑같은 형태로 놓여 있는데 바둑판의 반 넘어가 그늘로 덮여 있다. 쥐고 있던 돌을 통 속에 던지면서 소년이 문득 몸을 일으킨다. 소년은 허리를 굽히고 주먹으로 두 무릎을 두드린다. 소년이 허리를 폈을 때, 아랫배에서 꼬로록 하고 물 빠지는 소리가 나면서 픽 하고 힘도 내음도 없는 방귀가 나온다. 고요하다. 이따금 들려오는 낙숫물 소리로 해서 주위가 더욱 고요한 느낌이다. 잠시 낙숫물 소리에 귀를 기울이던 소년은 방을 나온다. 감나무 가지에는 아무것도 달려 있지 않고, 밭고랑에 떨어져 있는 푸성귀 가닥이며 헝겊 쪼가리가 바람에 나부끼며 이따금씩 번쩍이는 빛을 내고 있는데, 밭둑 너머로 보이는 산자락에는 벌써 옅은 그늘이 깔리기 시작한다. 소년은 버릇처럼 높은 산꼭대기를 한번 바라보고 나서, 잠깐 망설이다가 부엌으로 들어간다.

귀 떨어진 흑철솥 한 개가 달랑 걸려 있는 흙부뚜막, 솥전 뒤에 숨어 있던 생쥐 한 마리가 쪼르르 솔가지 틈으로 숨는다. 따스한 온기가 남아 있는 솥뚜껑을 벗기자 찐 감자 서너 알이 담겨 있는 양재기, 소년은 그중 한 개를 집어 얼른 한 입 베어물며 부엌을 나온다. 할머니가 누워 계신 안방에서는 아무런 소리도 들리지 않는다. 소년은 문틈에 귀를 대어본다. 아주 가녀린 풀벌레의 울음소리가 들린다. 할머니, 하고 불러본다. 대답이 없다. 할머니이, 하고 소년은 이번에는 조금 크게 불러보지만 여전히 가냘프게 떨리는 것 같은 풀벌레 소리만 들려온다. 가만히 문을 잡아당긴다. 그러자 사개가 맞지 않는 문짝이 왈칵 열리면서 요란한 소리가 난다. 소년은 가슴이 철렁 내려앉아서 얼른 문을 닫지만 냉큼 닫히지 않는다.

할머니가 누워 계신 안방에는 점심때만 지나면 햇볕이 뒤란으로 돌아가는 것이어서 언제나 컴컴하다. 컴컴한 방 안에는 늘상 이부자리가 펼쳐져 있다. 누더기지만 호청이 깨끗한 이불이 꿈틀거린다. 깨벌레처럼 잔뜩 사지를 오그리고 벽 쪽으로 누워 있던 노파가 끙 소리와 함께 몸을 돌리며 애빅냐, 하고 소리친다. 애빅가 온겨. 그렇게 소리칠 때 노파의 목소리에는 싱싱한 생기가 넘친다. 애빅여, 애빅가 온겨. 깻잎처럼 조그맣게 오그라진 주름투성이이 얼굴, 빨갛게 짓무른 눈께를 부비며 노파는 자꾸 두 팔로 허공을 끌어당긴다. 간신히 아귀가 맞게 문을 닫고 소년은 문짝에 등을 기댄다. 가르릉 가르릉 목 안에서 끓는 가래 소리에 섞여 노파의 쉰 목소리가 들려온다. 이년, 이 천하에 쥑일 년. 즈이 색긔허구만 만난 것 처먹구, 시에미헌티는 밥두 곯기는 년. 내가 안 이를 줄 알구. 애빅 오면 내가 안 이를 줄 알어······.

꿀꺽, 하고 목 안의 것을 삼키고 난 소년은 땅에 스칠 듯 낮게 늘어져 있는 추녀 끝의 고드름을 꺾어 쥐고 뾰족한 아래쪽을 조금 베어문다. 눈깔사탕 깨무는 소리가 나는데 입 안에 고이는 물은 웬일인지 찝질하고 써서 퉤퉤, 자꾸만 침을 뱉으며 소년은 쥐고 있던 고드름 작대기를 팽개치고, 바짓가랑이에 손바닥을 문지른다. 갑자기 눈앞이 뿌옇게 흐려옴을 느끼며 소년은 사립문 밖을 향하여 마구 내닫는다.

"할머니 진지 안 찾으시댬. 시장허시다구 안 허셔."

노파의 똥빨래를 막 끝내고 저녁거리 죽에 넣을 시래기 다발을 헹구던 아낙이, 달음박질쳐 오고 있는 소년을 향하여 소리쳤다. 가쁜 숨길을 잡으며 아낙의 앞에 쪼그리고 앉은 소년은 고개를 내젓는데, 달려오면서 자꾸 소매 끝으로 문질렀는지 눈께가 빨갛다.

"뭣 줏어 먹으러 나온댜, 할머니 혼저 낙성허시먼 워쩍헐라구우."

입으로는 꾸짖으면서도 그 여자의 얼굴에는 어쩔 수 없이 웃음이 어렸다. 소년은 샅 틈 깊숙이 손을 찔렀다.

"엄니."

"이."

"할머니는 왜 대이구 날더러…… 아부지냐구 물어쌓넌댜."

아낙은 오른손으로 목자배기의 한쪽 귀를 잡고 왼쪽 손바닥을 자배기 속에 넣어 시래기 가닥이 쏟아지지 않게 하면서 물을 기울였다. 흙검불이 섞인 탁한 물이 소년의 고무신 콧등을 적시며 흘러갔다.

"저만치 좀 떨어져 앉어. 양말 젖겄구먼."

소년은 궁둥이걸음으로 조금 비켜앉으며 재우쳐 물었다.

"왜 그러너냐니께."

아낙은 새 물을 퍼담으며 하얗게 눈을 흘겼다.

"그런 소리 묻넌 게 아니라니께. 아 싸게싸게 집이 가봐. 할머니 뜰팡이루 떨어지시먼 워쩔라구 그려. 저번이두 한번 난리쳤었잖어."

"갈쳐. 간다니께."
소년은 여전히 일어날 생각을 하지 않았고, 아낙이 다시 소리쳤다.
"얼르웅. 얼릉 뭇 가넌겨."
"엄니."
"왜 대이구 불러쌓넌댜, 불러쌓길. 에미 숨 안 떨어졌구먼."
소년은 얼른 고개를 숙였다. 눈물 한 방울이 고무신 코 위에 떨어졌고, 소년은 손가락 끝으로 그것을 찍어 동그라미를 그렸다. 아낙이 말했다.
"뵐꼴. 워째서 불러놓구 말을 안 헌댜."
"엄니."
"에미 숨 안 넘어간다니께 그레쌓네. 왜 대이구 불르기만 헤쌓넌겨, 불르기만 헤쌓길."
"이담이 크먼…… 난 뭐이가 될라나."
아낙이 픽 하고 웃었다.
"바둑쟁이 되겠지. 밤낮 바둑으루 일종허넌 사람이 뭐이가 된다니, 되기를."
아낙은 팽 소리가 나게 코를 풀었다. 그 여자는 치맛자락에 손가락을 문지르면서 가볍게 진저리를 쳤다.
"생사람 목심 끊기를 산냇긔 끊듯 끊구, 몽뎅이루 후려서 발질루 쥑여서 비응신 맨들구, 잡어가구 끌어가구…… 쓸 만헌 살림살이라면 하다뭇헤 숟가락 몽뎅이까지 압순지 몰순지 헤가던 인사덜이, 새꼽빠지게 만불사 부처님 맴이루 그느믜 바둑판인지 장기판인지넌 안 압수헤갔넌지 몰러. 급살."
소년은 여전히 고개를 숙인 채로 고무신 코에 동그라미를 그렸다. 고무신 코에서는 뽀드득 뽀드득 하고 꽈리 터지는 소리가 났다. 그 아이의 눈앞에 문득 혼자서 바둑을 두지 않아도 놀 일도 많고 함께 놀아줄 동무들도 많던 날들이 빗살처럼 스치고 지나갔다. 땅뺏기, 딱지치기, 구슬치기, 자치기, 팽이치기, 제기차기, 연날리기, 쥐불놀이…… 사랑채에서 들려오던 할아버지의 기침소리, 천자문을 배우나가 서산대로 송아리를 맞던 일, 넓고 따뜻하던 할머니의 등, 언제나 골방에서 혼자 바둑만 두던 아버지, 까만 양복에 각진 모자를 쓰고 예쁜 아줌마와 함께 왔던 큰삼촌, 읍내 여학교에 다니던 고모……
 "바둑쟁이 되면…… 우리나라서 젤루 가넌 바둑쟁이가 되면…… 아부질 만날 수 있을라나"
하고 들릴 듯 말 듯 혼잣소리를 하던 소년은 힘껏 도리질을 했다.
 "안 둘쳐. 인저버텀 바둑 안 둘쳐."
 "빌꼴."
 "안 둔다니께. 아무리 잘 둬봐야 무신 소용이난 말여. 하냥 둘 사람두 읎넌디."
 "혼자 두면 되잖여. 원래 혼자 두넌 게 늬 집안 내력이니께. 급살. 무신 느믜 팔랑개비 재줄 가졌다구 높은 산속으루래두 숨지 않구 골방에서 혼자 바둑만 두다가 끌려가넌겨, 끌려가길."
 소년이 벌떡 몸을 일으켰다.
 "인저 아부지허구 맞둬두 이길 수 있단 말여. 그런디…… 아부지가 오셔야 둬볼 수 있을 거 아녀, 아부지가 오셔야."
 아낙이 고개를 돌렸다. 그 여자는 짐짓 물을 퍼올리는 시늉을 하면서 어깨에다 얼굴을 문질렀다. 아낙이 엄한 얼굴로 소년을 노려보았다.
 "증말루 집이 안 갈껴."
 "갈쳐. 간단 말여"
하고 말하면서 소년은 뒷걸음질을 치다 말고 산 쪽을 향하여 몸을 돌렸다. 어느덧 벌써 날은 저물어서 눈 덮인 산자락에는 땅거미가 짙게 깔려 있었고, 타는 듯 붉은 놀이 점점 낮아지고 있었는데.
 "갈쳐. 산 넘어 갈쳐. 아부지 찾으러 산 너머루 간단 말여."
 소리치며 소년은 마구 달려갔고, 아낙이 허둥지둥 몸을 일으키며 두 손으로 허공을 긁어내렸다.
 "영뵉아, 영뵉아아…… 얼릉 못 돌어오넌겨, 얼르웅."
 그때였다. 산자락을 달려 올라가던 소년의 발길과 허공을 긁어내리던 아낙의 손길이 동시에 멎은 것은. 소년의 눈에는 좀더 가까이, 아낙의 눈에는 저만큼 멀리 웬 사람이 자욱하게 깔려 있는 붉은 놀을 헤치며 산기슭을 돌아오고 있는 게 보였던 것이다. 한쪽 어깨에 여행용 비닐가방을 메고 한 손에는 지팡이를 짚고 있는 그 사람은 지축지축 한쪽 발을 절면서 천천히 산길을 내려오고 있었다. 어느 틈에 소년은 엄마의 곁으로 뛰어왔고, 두 모자는 손을 꼭 잡고 서서 점점 가까이 다가오고 있는 그 사람을 두려움과 호기심에 찬 시선으로 바라보았다. 그 사람은 감회 어린 눈길로 자신이 걸어 내려온 산길을 한번 돌아보고 나서, 아낙을 향하여 깊숙이 고개를 숙여 보였다.

"안녕하십니까."

"누, 누구세유?"

떨리는 목소리로 물으면서 아낙은 앞에 서 있는 남자를 의혹에 찬 시선으로 바라보았다. 안경을 끼고 턱수염이 꺼칠한 중년의 사내였는데 몹시 지치고 피곤한 모습이었다. 산중에서 호신용으로 꺾어 짚은 듯 다듬어지지 않은 물푸레나무 지팡이에 몸을 의지하고 그 사내는 서 있었는데, 금방이라도 땅바닥에 주저앉고 싶은 기색이었다. 중년이 다시 고개를 숙여 보였다.

"예, 지나가던 과객이올시다. 그저 정처 없이 떠돌아다니는 나그네지요. 그런데 이렇게 외딴 곳에서 사시다니…… 바깥어른은 안 계십니까?"

아낙은 좀더 바짝 소년을 끌어당기면서 팔목을 잡은 손에 힘을 주었다.

"우덜이야 전버텀 살던 데지먼…… 이 엄동이 저 흠헌 산을 무신 연유루……"

"과객이라구 말씀드렸지요. 산이 하도 좋다기에 그저 구경 삼아 넘어보았습니다. 정말 대단한 산이올시다."

중년은 다시 한 번 감회 어린 시선으로 높은 산을 돌아보았고, 아낙이 츳츳 혀를 찼다.

"신수두 부실허신 것 같은디…… 이 설중이……."

"산이 하도 험해서, 넘어오다 그만 발목을 삐엇."

하다가 중년의 사내는 괴로운 듯 얼굴을 찌푸리며 무너지듯 섰던 자리에 주저앉았다. 얼라, 얼라, 하면서 아낙은 어쩔 줄을 몰라 하는데 소년이 중년의 팔을 잡았다.

"아저씨, 아저씨이."

"미안하다. 나 좀…… 일으켜주련."

소년이 두 손으로 힘껏 중년의 팔을 끌어당겼고, 아, 아, 하고 입을 딱딱 벌리면서 중년은 간신히 몸을 일으켰다.

"죄송합니다, 아주머니. 보시다시피 몸이 이 지경이니, 하룻밤만 유하게 해주시면 백골난망이겠습니다."

"워척헌댜, 이 일을 워척혀."

하고 중얼거리며 난처해 하던 아낙이 마침내 중년의 비닐가방을 받았고, 소년의 부축을 받으며 그 사내는 오막살이를 향하여 비틀거리며 걸어갔다.

3. 흰 돌 하나

"두 집인가, 세 집"

하고 중얼거리며 중년은 마지막 공배 자리에 흰 돌을 메웠다.

"한 집일 텐디유. 아저씨가 한 집을 이기셨을규."

소년의 얼굴에 언뜻 혼자만 아는 미소가 스치고 지나갔다. 소년의 계가는 정확했다. 집을 헤어보니 백이 꼭 한 집을 남기고 있었다. 중년이 놀란 얼굴로 소년을 바라보았다.

"너…… 대단한 실력이구나. 혹시 아저씨를 봐준 건 아니겠지? 먼 길 떠나는 사람이라고."

소년이 빙글거렸다.

"에이 아저씨두. 바둑 두면서 봐주는 게 워딨대유. 깜냥대루 두넌 거지."

부엌 쪽에서 그릇 부딪치는 소리가 들려왔다. 창문이 부옇게 밝아 있었다. 중년은 시계를 한번 들여다보고 나서 서둘러 흰 돌을 걷어냈고, 소년도 묵묵히 검은 돌을 통 속에 담았다. 그 아이는 무슨 말인가를 할 듯 입술을 쫑긋거리다가 가만히 아랫입술을 깨물었다. ……실토정으루 말씸혜주세유, 선상님. 엄마의 목소리는 가느다랗게 떨리고 있었다. 무엇을 말씀인지? ……다 알아유. 선상님이 아무 말씸 안 허셔두 즈인 다 알아유. 애 아부지 소식을 선상님이 알구 기시다는 걸. 침묵이 흘렀고 다시 엄마의 소리 죽인 목소리가 떨려 나왔다. 생사나 점 일러주세유, 생사나 점. 한참 만에 아저씨가 말했다. 훌륭한 뜻을 품은 사람은…… 그렇게 쉽게 죽는 법이 아닙니다. ……지금까지도 훌륭하게 기다리시지 않았습니까.

마지막으로 한 개 남아 있던 판 위의 흰 돌을 집던 중년의 손이 못 박힌 듯 그 자리에 멎었다. 아낙의 쇳된 소리가 들려왔던 것이다.

"누, 누구세유. 누구……."

두 사람의 눈길이 동시에 마주쳤고, 거칠게 달려오는 구둣발 소리와 함께 벌컥 방문이 열렸다. 소년은 갑자기 눈을 뜰 수가 없어서 벽 쪽으로 배를 붙였다. 한 사내가 중년의 얼굴에 날카로운 전짓불을 들이댔고, 다른 사내가 재빨리 수갑을 채웠다. 중년은 잠깐 놀란 얼굴이었는데, 이내 착 가라앉은 목소리로 소년을 불렀다.

"영복아."

멈칫거리며 소년이 고개를 돌렸고, 중년이 수갑 찬 손으로 소년의 손을 꼭 잡았다. 그는 아무런 말도 하지 않았다. 사내 둘이 중년의 겨드랑이를 양쪽으로부터 껴안고 방을 나갔다. 마당 쪽으로부터 아낙의 비명소리가 들려왔다. 비명소리는 점점 멀어지고 있었다.

"내가 무슨 조이를 졌다구 잡어가년겨, 내가 무슨 조이를 졌다구…… 불쌍헌 과객 하나 밥 멕여주구 잠 재워준 조이밖이 읎넌디, 아이구 영복아, 영복아아……."

"엄니이!"

소리치며 달려가던 소년은 무엇엔가 걸려 앞으로 푹 고꾸라졌다. 자벌레처럼 몸을 접으며 배밀이로 마당을 기어가던 노파가 끔틀 하고 허리를 뒤틀었다. 그 늙은 여자는 필사적으로 두 손을 뻗쳐 소년의 몸뚱이를 끌어안았다.

"애븨냐, 애븨가 온겨."

소년은 숨이 막혀서 캑캑거렸고, 노파가 조막만 한 얼굴을 흔들며 가래 끓는 소리로 중얼거렸다.

"이년, 이 천하에 쥑일 년. 즈이 색긔허구만 만난 것 처먹구 늙은 시에미헌 티는 밥두 굶기는 년. 내 안 이를 줄 알구, 애븨 오먼 내가 안 이를 줄 알 어……."

자식의 이름을 부르는 아낙의 울부짖음이 점점 작아져서 마침내 허공을 베며 지나가는 바람소리가 되었을 때, 소년은 꽉 움켜쥐고 있던 주먹을 폈다. 막 구름 속으로 들어가던 잔월 아래 무엇인지 반짝 하고 빛났다.

흰 바둑돌이었다.

김성동(金聖東)

1947년 충남 보령의 전통적 유가풍 가정에서 태어남. 자작 한시를 지을 정도로 한학에 정통했던 부친은, 일제 때부터 독립운동을 하면서 사회주의 사상에 몰입했었는데 1948년 남한 단독정부 수립 이후 예비검속으로 수감되었다가 한국전쟁의 와중에 처형당했다고 함. 조부로부터 한학을 배움. 서라벌고교 3학년 때(1965) 연좌제에 걸려 있는 처지로는 이 사회에서 정상적인 삶을 살 수 없다는 사실을 절감하고 학교를 자퇴한 후 입산하여 지효대선사(智曉大禪師)의 상좌가 됨. 1975년 『주간종교』의 종교소설 현상모집에 단편 「목탁조」 당선. 이 소설이 "악의적으로 불교계를 비방하고 전체 승려들을 모독했다"는 오해로 (만들지도 않았던) 승적에서 제적당함. 방황하다가 하산함. 1978년 중편 「만다라」로 『한국문학』 신인상 수상. 1979년 장편으로 개작, 출판하여 문단과 독서계에 비상한 관심을 불러 모은 『만다라』로 견성성불(見性成佛)의 새로운 상상적 지평을 열어 보임. 1983년 중편 「황야에서」로 소설문학작품상 수상자로 결정되었으나 수상 거부. 해방전후사를 배경으로 한 장편 『풍적(風笛)』(1983~84)과 1960, 70년대 학생운동사를 다룬 장편 『그들의 벌판』(1985)을 연재하다가 타율적으로 중단함. 1998년 『시와 함께』에 「중생」 외 10편을 발표하며 시작(詩作) 활동도 병행함. 현대불교문학상, 행원문화상 수상. 신동엽창작기금 수혜. 자유실천문인협의회 집행위원, 민족문학작가회의 자문위원, 한신대 국문학과 외래교수 역임. 주요 창작집으로 『피안의 새』(1980), 『오막살이 집 한 채』(1982), 『붉은 단추』(1987), 『그리운 등불 하나』(1989), 『연꽃과 진흙』(1992). 주요 장편으로 『만다라』(1978), 『집』(1989/1990), 『길』(1991), 『국수(國手)』(1995), 『꿈: 어디서 무엇이 되어 다시 만나랴』(2001) 등이 있음.

작품 세계

김성동의 소설은 '길'의 이야기다. 진정한 삶의 길을 향한 도저한 원력(願力)과 비의가 그 이야기의 핵심적 원형질이다. 길을 찾아 늘 떠나는 중생의 격렬한 방황과 심원한 탐문 도정에서 길은 새로운 실을 만나고 막히고 허물어지고 또 새 길을 응시한다. 그 과정에서 세간(世間)의 길과 출세간(出世間)의 길이 혼돈처럼 얽히고설킨다. 세속의 아수라장과 구원의 가능성 사이에서 아득하면서도 묘연한 생의 가능성을 위해, 혹은 진언(眞言)으로 이루어진 삶과 문학의 가능성을 위해, 작가 김성동은 끊임없이 상상의 번뇌를 거듭한다. 진언을 향한 길을 간다.

그의 소설은 대체로 자전적인 이야기에서 비롯되었으되, 개인적인 차원을 넘어서 사회적 차원으로 확산되고 중생 일반의 생철학으로 심화되는 경향을 보인다. 그의 자전적 이력은 크게 셋으로 나누어 볼 수 있다. 해방전후사와 한국전쟁 시기의 선친의 행적(좌익 운동과 처형당함)과 관련한 유소년기의 비극적 체험이 그 하나요, 1965년부터 1976년까지 10여 년간 "이름도 없고 소리도 없고 냄새도 없는 도(道)라는 것을 찾기 위해" 입산 정진한 경험이 그 둘이며, 하산 이후 "보리와 번뇌가 본래 둘이 아니며 예토(穢土)와 정토(淨土)가 본래 둘로 나누어진 별세계가 아니라는 여래(如來)의 말씀"(「하산」)을 부단히 환기하면서 예토 속에서 정토를 구하려는 문학적 정진의 이력이 그 셋이다.

첫번째, 그러니까 입산 이전의 경험은 문제적 가족사의 이야기이자 독특한 분단소설로 빚어진다. 미완의 장편 『풍적』, 장편 『길』, 그리고 「오막살이 집 한 채」「눈오는 밤」「비내리는 아침」「바람부는 저녁」 등의 연작소설들이 그러하다. 해방전후사와 전쟁 시기의 격랑 속에서 속절없이 이데올로기에 의해 비명횡사한 수많은 원혼들의 울부짖음 한복판에 김영복이라는 소년 주인공의 부친이 있었으며, 부친을 여의고 집안이 풍비박산된 가운데 허기진 영혼으로 고통스런 소년 시절을 보내야 했던 절망스런 시절의 이야기들이 웅숭깊은 민속적 수사학으로 형상화된다. 입산 시기의 이야기는 『만다라』『꿈』「하산」 등에서 다루어진다. 현실 중심의 리얼리즘이 중심을 이루던 시기에 현실과 환상, 욕망과 진리, 세간과 출세간의 경계를 허허롭게 넘나들면서 격렬한 혼돈 속에서 진리를 탐문하는 과정과 그 과정상의 처절한 방황과 고뇌를 이야기하면서 궁극적 생철학의 비의를 모색한다. 한국소설사에 정신의 깊이를 심화하고, 관념의 폭을 확대할 뿐만 아니라, 현실적 환상과 환상적 현실을 현묘하게 직조하는 소설 담론의 새로운 가능성을 탐문한 경우에 속한다. 입산 이후의 이야기는 장편 『집』을 비롯한 여러 소설들에서 펼쳐지는데, 오뇌로 얼룩진 세속으로의 복귀 이후 진언(眞言)은 멀고 허언(虛言)만 난무하는 상황에서 고통스럽게 진언을 찾아가는 문학적 행적이다. 특히 『집』은 한국적 가정 상황의 현실과 남녀평등의 진리 사이에서 생생한 번뇌의 파노라마를 문제적으로 그려낸 장편이다.

김성동은 한 산문에서 "일인칭에서 일인칭을 포함하는 삼인칭의 바다로, 개인사 중심으로부터 개인사를 포함한 민중사의 바다로, 주관 일변도의 시각으로부터 주관·객관이 무상이 넘나들며 자연·초자연·현실·환상이 매개나 해명 없이 혼융하는 살아 있는 화엄의 바다로 확장"(「광대 또는 보살」)하는 소설에 대한 희구를 드러낸 적이 있다. 김성동 소설 이해에 도움이 되는 핵심적인 전언이다. 서사적 대상을 조망하는 시각이나 시점 조작 원리 및 화법, 민속적 언어로 궁극적 진리를 탐문하는 민속적 수사학의 특성 등 많은 생각거리를 제공한다.

「오막살이 집 한 채」

「오막살이 집 한 채」「눈오는 밤」「비내리는 아침」「바람부는 저녁」 등의 연작은 『길』이나

『풍적』 등과 함께 맥락지어 읽는 게 좋다. 주인공 소년 김영복의 아버지는 예비검속 때 피체되어 동란 중에 절명했고(연작에서 영복은 아직 아비의 죽음 사실을 모르거나 부인한다), 자식을 잃은 조부 역시 참척의 한(恨) 속에서 숨을 놓는다. 뿐만 아니라 외가와 친가 쪽 여러 식구들이 좌우에 당해 그야말로 집안이 풍비박산 난 상태다. 아비를 잃고 집을 잃은 영복의 집안은 깊은 산속 오막에서 어머니와 치매 걸린 할머니와 함께 겨우 연명한다. 이 연작 전체는 아비를 기다리는 어린 자식의 원력(願力)에 의해 지탱된다. 「오막살이 집 한 채」에서는 험한 산을 넘어 찾아든 낯선 중년이 오막에서 영복과 바둑을 두다가 잡혀가고 어머니도 함께 연행되는 사건을 다룬다. 「눈오는 밤」에서는 경찰에게 치도곤을 당하고 풀려난 어머니와 아들이 집요하게 아버지를 기다리는 심사를 그린다. 「비내리는 아침」에서는 좌익운동을 하다가 거의 실성한 임부가 오막에 들고난다. 「바람부는 저녁」에서 영복은 아버지를 잘 아는 운동가들을 산속에서 우연히 만나 그들의 최후의 분위기를 간접적으로 전한다. 그들은 영복에게 말한다. "어떤 경우에도 아버지를 잊어서는 안 되는 거야. 온 세상 사람들과 더불어 함께 똑같이 평등하게 살고자 했던 아버지의 정신을. 알겠지?" (「바람부는 저녁」).

이런 이야기들은 분단 상흔을 날것으로 증언하거나, 관념적으로 성찰한 경우가 아니다. 분단 상황 때문에 '길'이 끝난 깊은 산속 외딴 오막으로 몰린 희생 가족들의 '집' 이야기를 통해, 분단 상흔의 구체적 세목을 섬세하게 형상화하며 새로운 '길'을 열고자 한 경우다. 거기에는 '길'도 없고 '집'도 없다. 당연히 사랑도 없고 행복도 없고 자유도 없고 평등도 없다. 번뇌의 아수라장 그 한복판을 어린 영복은 처절하게 견딘다. 돌아오지 못할 아비를 기다리는 어린 영복의 비원(悲願), 그 깊은 심연을 통해 분단 현실의 문제적 증후를 작가는 유장하게 그린다. 그 비원과 아버지의 정신이 긴밀하게 교호할 때, 한국적 분단 현실에서 빚어진 현묘한 생철학이 발원된다. "막연하고 추상적인 사랑이 아니라 확실하고 구체적인 사랑으로 비롯된 사랑이 마침내 한 가정에 차고 넘쳐서 이웃으로, 이웃에서 사회로, 사회에서 나라로, 나라에서 세계로, 세계에서 우주로, 그리하여 한 작은 빗방울이 모여 내를 이루고 강이 되어 바다가 되는 것처럼 마침내는 온 우주에 꽉 찬 사랑이 될 것이었다. 사랑으로 숨을 쉬고 사랑으로 밭갈고 씨뿌리고 사랑으로 보고 듣고 냄새 맡고 맛보고 느끼고 움직이고 사랑으로 밥을 먹고 사랑으로 배설해서 마침내는 이윽고 사랑 그 자체가 될 것이었다"(『풍적』).

주요 참고 문헌

임우기는 「연기적(緣起的) 상상력의 현실주의적 승화」(『연꽃과 진흙』 해설, 솔, 1992)에서 생명의 세계관에 의해 뒤틀린 현실과 역사가 바로잡혀야 한다는 강한 역사의식이 김성동 소설에 스며 있으며 그 핵심이 연기적 상상력이라고 했다. 김사인은 「진언(眞言)으로서의 문학」(『길』해설, 푸른숲, 1994)에서 김성동의 미적·윤리적 이상으로서의 상고적 지향과 진보적 세계관 사이의 함수 관계를 적절히 밝혔다. 진정석은 「부성(父性)의 회복을 위한 도정」(『만다라 外』해설, 동아출판사, 1995)에서 고아의식과 부재하는 아버지에 대한 그리움이 김성동 문학의 심연을 이루며 부성 회복의 도정에서 새로운 분단소설의 지평을 열었다고 했다. 그 밖에 조남현의「사회학적 상상력의 반성과 극복」(『세계의 문학』1980년 봄호), 최원식의「관념과 현실」(『창작과비평』1980년 여름호), 이동하의「불교 체험과 6·25 체험」(『문학의 길, 삶의 길』, 문학과지성사, 1987) 등 다수의 논의가 있다.

_우찬제

제5시기: 1980년 이후
현대성과 탈현대성을 위한 새로운 모험

엄마의 말뚝 3	박완서
먼 그대	서영은
회색의 땅	조정래
협궤열차에 관한 한 보고서	윤후명
지옥에서 보낸 한 철	박영한
추도	김원우
금시조	이문열
겨울의 빛	김향숙
한계령	양귀자
무지개는 일곱 색이어서 아름답다	현길언
유리창을 떠도는 별 한 마리	이인성
아버지의 땅	임철우
화두, 기록, 화석	최수철
구평목씨의 바퀴벌레	이승우
슬픔의 노래	정 찬
수색, 그 물빛 무늬를 찾아서	이순원
배드민턴 치는 여자	신경숙
비명을 찾아서	복거일
회색 눈사람	최 윤
빛의 걸음걸이	윤대녕
개흘레꾼	김소진
홀림	성석제
짐작과는 다른 일들	은희경
비상구	김영하

박완서
엄마의 말뚝 3

어머니는 그 후 칠 년을 더 사셨다. 그 칠 년 동안은 고요하고 참담했다. 팔십 고령의 골절상은 역시 치명적이었다. 더군다나 골반 골절이었다. 몇 번에 걸친 재수술 끝에 뜨개질바늘처럼 긴 쇠막대기를 일정 각도로 구부려서 골반과 대퇴골을 연결하는 걸로 겨우 보행을 할 수 있을 만큼 다친 다리를 복원할 수는 있었지만, 그 다리가 세 치는 짧아진 듯했다. 회복된 어머니는 몹시 절룩거렸고 막대기의 각도 때문에 의자에 앉는 것 외엔 바닥에 털썩 앉는 게 불가능해졌다. 누울 때도 걸터앉았다가 윗몸을 뒤로 젖히면서 다리를 올려 뻗는 순서로 누워야 했기 때문에 침대를 쓸 수밖에 없었다. 다행히 집집마다 양변기를 쓰고 있어서 대소변은 받아내지 않아도 되었다. 만일 예전에 그런 일을 당했더라면 정신 멀쩡한 채 기저귀를 차는 수모를 감수해야 했으리라.

"이만하기가 다행이다."

오랜 입원 생활 끝에 퇴원하여 믿손자네로 돌아온 어머니의 첫마디였다. 그게 결코 살아났음에 대한 감격이 아니라 타인에게 대소변 치다꺼리는 안 시키게 됐다는 안도감이라는 걸 우리는 스스로 알아차렸다. 불면 날아갈 듯 극도로 바랜 백지장 같은 인상은 감동 감격 따위를 할 더운 피가 남아 있을 성싶지 않

---

* 「엄마의 말뚝 3」은 『작가세계』 1991년 봄호에 발표되었고, 이후 소설집 『저문 날의 삽화』(소설 명작선 18, 문학과지성사, 1991; 2002)에 수록되었다.

왔다. 손자들은 그 연세에 한 번도 버거운 대수술을 몇 번씩이나 받았으니 어찌 안 그렇겠느냐고 수긍하면서도 차후 좋은 음식과 보약으로 몸보신만 잘해드리면 곧 예전의 기력을 회복할 수 있으려니 믿는 눈치였다. 나는 안 그랬다. 나는 어머니의 무시무시한 괴력의 유일한 목격자였다. 어머니의 초인적인 난동에 죽자꾸나 몸으로 부딪친 기억은 살아서 체험한 지옥과 다르지 않았다. 아무리 마취가 덜 깨어난 상태라고 해도 그럴 수는 없는 일이었다. 나는 그게 어머니의 전 생명력을 건 마지막 발언이라고 생각했다. 나의 불쌍한 어머니는 그때 생명력을 다 소진해버려서 지금 껍데기만 남아 있었다. 그런 어머니는 내 어머니 같지가 않았다.

　나는 조카들과 의논해서 어머니를 번갈아 모시기로 했다. 조카들 또한 불감청이언정 고소원인 눈치였다. 백지장처럼 식구들의 생활에 전혀 무게로 실리지 않으려는 어머니의 조용한 노력에도 불구하고 어머니는 존재 그 자체로 부담이 되고 있었다. 조카들도 그랬지만 나도 내가 안 모시는 동안은 열심히 기력 회복에 좋다는 음식이나 보약을 사 가지고 문병을 다녔다. 그리고 과연 젊은것들이 그것을 제때제때 잘 챙겨드릴까 의심하곤 했다. 우리 집에 계실 때 장조카가 개소주를 해온 적이 있다. 잘하기로 소문난 집에다 웃돈 얹어주며 부탁한 특제니 하루에 두 번씩 꼭꼭 거르지 않고 드시도록 고모가 신경을 써달라는 신신당부와 함께였다. 그 애도 나와 비슷한 의심을 하고 있었나 보다. 한 치 건너 두 친데 내가 아무리 저만 못할라구, 좀 아니꼬운 생각도 들었지만 역시 기특했다. 그러나 나는 조카의 당부를 들어주지 못했다. 복용하기 편하게 일 회분씩 팩에 넣은 보약을 어머니는 백지장처럼 표정이 바랜 웃음으로 거부했다. 배 아파 소화제 먹고 감기 들어 해열제 먹는 것까지 피할 생각은 없지만 몸 보하려고 무얼 먹지는 않겠노라고 했다. 치료제는 할 수 없어도 보약은 싫다는 어머니의 거부와 나는 싸워보지도 않고 졌다. 떨리는 마음으로 이해가 되었기 때문이다. 역시 떨리는 마음 때문에 그동안 해다 드린 보약은 다 어떻게 했느냐고 묻지 못했다. 나는 조카의 보약을 처분하는 부담만으로도 벅찼다. 연줄연줄로 그런 약이 필요한 노인을 찾아내서 보여주고 조카한테는 다 드셨다고 거짓

말을 시켰다. 어머니는 세끼 식사도 최소한의 일정 분량밖에 들지 않았다. 나는 물어보지 않고도 그 최소한이 화장실을 출입할 만한 기력을 유지할 정도일 거라고 짐작하고 있었다. 어떤 영양가나 맛으로도 어머니로 하여금 그 최소한을 넘도록 유혹할 수 없었다. 운동은 누가 시키지 않아도 아침저녁 두 차례씩 하루도 거르지 않았다. 주로 걷기 운동이었다. 우리 집에서는 베란다를 천천히 열 번 가량 왕복을 했다. 절룩거리는 것 외에는 지팡이 없이도 잘 걸으셨다. 도도한 성격대로 꼿꼿한 허리도 변함이 없었다. 베란다에서는 노인정이 곧바로 바라보였다. 어머니가 아침 운동을 할 즈음은 노인들이 모여들 시간이고 저녁 운동을 할 때는 노인들이 헤어질 시간이었다. 그중엔 어머니보다 훨씬 더 못 걷는 노인도 적지 않았다. 매일 출근하다시피 하는 노인 중엔 허리가 직각으로 휘고 다리가 부은 건지, 자기 살인지 보통사람 허리만 한 할머니도 있었다. 어머니는 운동을 하다 말고 그런 노인들을 물끄러미 바라보고 계실 적도 있었다. 어머니는 위로받고 있는 걸까, 측은해하고 있는 걸까, 그보다도 나는 어머니보다 못한 노인이 어머니로 하여금 바깥출입을 할 수 있는 용기를 줄 수 있기를 바랐다. 어느 화창한 봄날 나는 용기를 내어 어머니에게 노인정에 가보시지 않겠느냐고 권했다.

"미쳤냐? 내가 저 늙은이들하고 화투나 치게."

어머니의 정열 없는 노여움은 마치 팽팽한 백지장이 바람에 파르르하는 것처럼 비인간적이었다. 평상시와 다름없는 조용한 어조였지만 미쳤냐?의 의미는 길고 도전적이어서 내 의식을 낚싯못처럼 조여오는 것 같았다. 나 역시 정서적인 반응이 불가능해지고 말았다. 차마 입밖에 내지는 못했지만 속에서는 "아아, 꼴보기 싫어, 제발 가버려. 서이네가 경아네로 썩 가버려" 하는 악다구니가 아우성치고 있었다. 어머니의 규칙적인 운동은 정해진 소량의 식사와 마찬가지였다. 화장실 출입에 지장이 없을 만큼의 운동 신경을 유지하려는 노력에 불과했다. 어머니가 긴 입원 생활 끝에 마침내 퇴원할 때 주치의는 말했었다.

"할머니, 댁에 가셔도 걸음 연습 거르시면 안 됩니다. 그 연세에는요, 며칠만 운동을 안 해도 오금이 붙어버려서 변소 출입도 못 하게 된다구요, 아셨죠?"

어떡허든 그렇게는 안 되도록 최선을 다하되 그 이상은 죄악시하려는 어머니의 고집을 나는 도무지 참을 수가 없었다. 오로지 화장실 출입을 삶의 유일한 목표로 사는 이가 식구 중에 섞여 있다는 것은 아마 누구도 참아내기 어려웠을 것이다. 그 부피가 설사 백지장 정도밖에 안 된다고 해도 말이다. 칠 년 동안에 어머니는 몇 달에 한 번꼴로 딸네서 맏손자네로 맏손자네서 둘째손자네로 옮겨 다닐 때 말고는 전혀 외출을 안 하셨다. 다행히 집집마다 차가 있어서 엉치뼈를 일정 각도 이상 구부릴 수 없는 어머니를 안전하게 모셔 오고 모셔 갈 수가 있었다. 그러나 그건 몸의 이동일 뿐 외출은 아니었다. 단독 주택에 사는 손자네서도 허설쑤로라도 대문 밖에 발을 내딛는 법이 없었다. 참 할머니 자존심 센 것 하나는 알아줘야 한다고 손자들도 그 점에 있어서는 혀를 내둘렀다. 절룩거리는 병신 걸음걸이를 남에게 안 보이려는 할머니가 기를 쓰고 답답한 걸 참는다고 손자들은 생각하는 것 같았다. 그러나 나는 그렇게 생각하지 않았다. 어머니는 바깥세상에 대한 호기심이 전혀 없었다. 그러니까 답답해할 까닭조차 없다고 판단했다면 내가 너무 잔인한 딸이었을까.

엉치뼈와 넓적다리를 철근으로 연결한다는 게 무슨 뜻인지 어머니가 정확하게 이해한 건 그 수술이 성공하고 걸음 연습도 순조로워 보조기 없이 혼자 걷게 된 연후였다. 우리는 사전에 주치의로부터 그 수술이 성공한다 해도 어머니가 여생을 어느 정도의 불편을 감수하며 살아야 되는지 들어서 알고 있었다. 오랫동안 대소변을 받아내야 하는 병구완에 지친 우리들은 다시 걸을 수 있게 되리라는 것만도 기적 같았다. 바닥에 쭈그리고 앉을 수 없게 되는 정도의 후유증은 너무 가벼워서 차라리 웃음이 났다. 자손들은 다들 아파트 아니면 양옥집에 살고 있었다. 부엌은 입식이고, 거실엔 소파가 있고, 아이들 방엔 침대가 있고, 화장실엔 의자식 양변기를 갖추고 있었다. 노인네를 위해 침대나 하나 사놓으면 모시는 데 조금도 지장이 없었다. 더군다나 사셔야 얼마나 사시겠는가. 어머니의 길지 않은 여생을 가정하는 것도 우리를 한껏 너그럽게 했다. 그러나 그건 어디까지나 모시는 입장 위주의 생각이었다. 부모를 모신다는 걸 시혜(施惠)쯤으로 여기는 세상인심에 우리라고 어찌 물들지 않겠는가. 그래서 상한 다리에 삽입한 이물질이 당신 몸을 어느 만큼 부자유스럽게 하나를 몸으로 깨달은 연후의 어머니의 낭패감은 한층 고독하고 쓸쓸했다.
"세상에 이럴 수가, 내 생전에 강화 잇집네 가보긴 다 틀렸구나."
심한 낙담과 좌절 때문에 젖은 종이처럼 눅눅하고 무력해진 어머니의 나직한 탄식이었다. 그 소리를 들은 손자들이 웃음을 참느라 입귀를 씰룩거렸다. 기껏 한다는 걱정이 잇집네 못 갈 걱정이라니, 서서히 망령기가 든다고 여기는 듯했다. 이(李)씨 가로 출가해서 잇집이라 부르는 이는 어머니의 재당질녀(再堂姪女)뻘 되는 동향의 친척이었다. 강화도에 살고 있었다. 강화도엔 일사 후퇴 때 바닷길로 피난 왔다가 눌러 사는 개성 개풍쪽 사람들이 많이 살고 있었다. 집안 내의 가까운 친척끼리 한 마을을 이루고 사는 데도 있었다. 경조사가 있을 때마다 서로 알려 왕래를 유지하고 소식을 끊지 않는 걸 친척의 의무로 여기고 있었다. 그러나 의무에 철저한 건 암만해도 시골 사는 쪽이었다. 서울 사는 쪽은 바쁘다는 핑계도 있었지만 동창이나 직장 관계로 이미 형성해놓은 인간관계가 다양해서 무슨 때 별로 시골 친척이 아쉽지가 않았다. 그런 서울 인심이 행여 시골 친척을 섭섭하게 할까 봐 어머니는 중간에서 늘 신경을 많이 써오셨다. 청첩장이나 부고를 받았는데 당신이 못 갈 사정이 있으면 손자들을 시켜서라도 부좃돈을 보내고야 말았다. 귀찮아하는 기색을 보이면 "내 생전만 참거라. 나 죽어봐라 저절로 남 되지." 이렇게 언짢아하곤 했다. 그러나 아무런 경조사도 끼지 않은 평상시에 나들이 삼아 훌쩍 가서 하루 이틀 묵었다 오는 데는 잇집네밖에 없었다. 같은 서울에 사는 하나밖에 없는 딸네 집에도 초대받지 않은 날 들르거나, 단 하룻밤도 주무시고 간 적이 없는 어머니였다. 출가외인에 대한 편가름과 시돈을 경원하는 조심성이 그렇게 유별난 어머니였다. 그런 어머니에게 시집간 재종질녀의 집이 아랑곳인가. 더군다나 근근이 사는 형편이었다. 딸린 자식은 많고 농사는 넉넉지 못해 잇집이 일 년 내내 화문석을 짜서 살림에 보탠다고 했다. 다행히 잇집과 이서방이 순박하고 무던하여 어머니를 편안하게 해드린다는 건 알고 있었다. 다녀오실 적마다 그 집 식구 칭찬으로 입에 침이 마르셨다. 그러나 그럴수록 정떨어질세라 신세 지는 걸 삼가야 했다.

그걸 모를 어머니가 아니었다. 가실 때마다 당신 형편엔 과도한 선물을 장만하는 것만 봐도 알 수가 있었다.

잇집네는 강화도의 최북단, 양산면이란 데서 살았다. 그 마을에 들어가려면 검문소에서 뉘 집에 무슨 볼일로 가는지를 자세히 대고 주민등록증을 맡겨야 하는 최전방이었다. 이씨 가의 종중산이라는 야트막한 뒷동산에 오르면 바로 발아래로 바다가 보이고 바다 건너로 북쪽 땅이 보였다. 섬과 육지 사이에 낀 바다는 강 너비밖에 안 돼 꼭 한강 이쪽에서 저쪽을 바라보는 정도의 거리감밖에 느껴지지 않았다. 바로 거기가 갈 수 없는 고향땅 개풍군이라고 생각하면 그 지호지간(指呼之間)은 소름이 끼쳤다. 그러나 거기가 오빠의 무덤, 어머니의 상처라고 생각하면 그 바다의 너비는 가이없었다. 당신 딴에는 자제하느라고 하는 것 같았지만 어머니는 적어도 일 년에 두세 번은 잇집네를 다녀오고야 말았다. 그 목적이 순전히 뒷동산에 올라 그 바다와 그 바다 건너를 하염없이 바라보고자 함이라니. 지친 듯 나른한 목소리로 "에그 독종들, 에그 독종들" 하고 중얼거릴 적도 있었다. 누구더러 그러는지는 분명치 않았다. 인두겁 쓴 건 다 독해 보였는지도 모르겠다. 그럴 땐 아이들까지도 뜨악한 눈으로 바라보곤 했으니까. 오빠의 뼛가루를 그 바다에 흩날린 지 삼십 년이나 넘어 지난 뒤까지도 어머니는 지치지도 않고 그 짓을 낙처럼 취미처럼 계속해왔다. 우리는 이제 어머니의 그런 청승은 상상하는 것만으로도 넌더리가 났다. 헤어나고 싶었다. 그러나 어머니는 당신의 뻗정다리로써는 도저히 불가능한 것들을 몸소 확인해보고 나서 가장 결정적인 충격을 받는 것은 바로 그 짓을 할 수 없게 됐다는 것이었다.

잇집네는 재래식 농가였고, 물론 옛 모습 그대로 측간이 대문 밖, 밭 가운데 있었고, 방방이 요강을 쓰고 있었다.

어머니의 죽음은 어느 날 갑자기 화장실에 갈 수 없게 됨으로써 비롯됐다. 그 후 한 달 동안에 어머니는 서서히 죽어갔다. 어머니가 이상해졌다는 기별을 받은 건 마침 맏손자네 계실 때였다.

"고모, 할머니가 이상해요. 뒤를 그냥 흘리시지 뭐예요."

"뭐? 뒤를?"

나도 단박 일의 심각성을 알아차렸다. 그만큼 어머니는 그 문제에 무서우리만큼 깔끔했었다. 삶의 유일한 목적이었다고 해도 과언이 아니었다. 서둘러 달려가 뵌 어머니는 혼곤히 잠들어 있었다. 혹시나 해서 사 가지고 간 유아용 기저귀 중 제일 큰 치수가 꼭 맞았다. 나는 하기스를 채우면서 참 곱게도 말랐다고 생각했다. 어머니의 육신은 희고 깨끗하고 가벼웠다. 그런 상태가 오래간다고 해도 욕창이 생길 걱정은 안 해도 되겠다 싶게 피골 외의 군더더기가 남아 있지 않았다. 죽은 것처럼 곤한 잠에서 깨어난 어머니는 나를 보자 희미하게 웃으면서 물었다.

"얘야, 내가 죽었냐? 살았냐?"

어처구니없는 물음에 나는 살아 계시다고 대답하면서 어머니의 손등을 살짝 꼬집어주었다.

"아직두?"

실망도 기쁨도 아닌, 허위적대는 소리를 내더니 눈을 감았다. 그러나 잠든 것은 아니어서 빨대로 약간의 미음과 과즙을 빨기도 하고 삼키기도 했다. 나는 어머니를 흔들어 눈뜨게 하고 내가 누구냐고 물었다. 또 미미하게 웃으면서 내 이름을 정확하게 대었다. 그 광경을 지켜본 손자 손부들은 쉬 돌아가실 것 같지는 않다는 냉정한 판단을 내린 듯했다. 한 사람씩만 의무적으로 병상을 떠나지 않도록 저희들끼리 조를 짜는 듯했다. 어디 매인 데 없이 자유로운 나는 되레 의무적인 당직에서 제외가 됐다. 줄창 지키고 있어주려니 믿는 마음에서 그러는 것 같았다. 어머니는 마냥 비몽사몽간과 깊은 잠 사이를 오라가락했다. 비몽사몽간일 때 빨대로 유동식을 공급하고, 그 결과로 더러워진 하기스를 제때제때 갈아주는 게 간병의 주된 일이었다. 그러다가도 쥐구멍에 볕들듯이 반짝 어머니의 눈빛과 표정이 명료해질 적이 있었다. 그럴 때는 병상을 둘러싼 식구들을 일일이 알아볼 뿐 아니라 빠진 식구를 찾기도 했다. 때때로 그 이상을 봐서 탈이었다. 아무도 없는 발치를 바라보며 "호뱅이 너 오래간만이다" 하

기도 했고 "자네도 왔네그려, 업힌 애는 누군가. 내려놓고 편히 앉게" 하기도
했다. 웬 애들이 저렇게 득시글거리느냐고 귀찮은 표정을 짓기도 했다. 아무도
없는 빈자리를 보고 너무도 능청스럽게 말을 시키는 어머니를 젊은 애들은 싫
어하기도 하고 무서워하기도 했다. 여러 사람의 이름을 불렀지만 내가 누구라
고 알 만한 사람은 몇 안 됐다. 자주 알은척을 한 호뱅이만 해도 어릴 적 시골
마을을 잠시 스쳐간 떠돌이에 지나지 않았다. 내가 아직도 그 이름을 기억하는
것은 내 또래의 장난꾸러기들과 그의 뒤를 따라다니며 알라리 꼴라리, 호뱅이
잠뱅이엔 이가 서 말, 호뱅이 바지 속엔 똥자루가 서 말이래, 어쩌구 하며 놀려
먹었을 때의 리듬감 때문이지 우리 집과 특별한 연관이 있는 건 아니었다. 그
로 미루어 어머니의 환각에 나타나는 다른 이들도 어머니를 주역으로 한 어머
니의 인생에선 미미한 엑스트라로 스쳐간 이들에 지나지 않을 성싶었다. 그렇
다면 참 이상도 하지. 변의조차 퇴화된 몽롱한 의식 속에서 하필 그 엑스트라
들이 튀어나올 건 또 뭔가. 여느 때도 아닌, 장장한 인생의 막을 내리려는 이
금쪽 같은 시간에. 인간 의식의 불가사의가 조금도 신비하거나 아름답게 느껴
지지 않고, 조잡한 허구처럼 여겨져 무안스럽기도 했다. 어머니를 위해서라기
보다는 인간을 위해서. 혹시 어머니는 지금 일생일대의 마지막 연기를 하고 있
는 거나 아닐까, 당신 의식의 밑바닥에 찰싹 눌어붙은 걸 꼭꼭 감추기 위해 부
스러기만 내보이는. 이런 부질없는 생각을 하기도 했다.
 내 이런 조바심은 실은 내 의식의 밑바닥에 눌어붙어 있는 것 때문이었다. 나
죽거든 내가 느이 오래비한테 해준 것처럼 해다오. 누가 뭐라든 상관 않고 그렇
게 할 수 있는 것은 너밖에 없다. 내가 어떻게 어머니의 그 절절한 부탁을 잊을
수가 있겠는가. 그건 유언인 동시에 신뢰감이었다. 어머니는 그 후 칠 년이나
더 사시는 동안 한 번도 그 사실을 재확인시켜준 적이 없었다. 지금이라도 늦지
않으니 어머니가 좀 이치에 닿는 헛소리를 해주길 나는 갈망하고 있었다. 칠 년
전 그 얘기를 나한테 전해 들은 조카들은 별로 깊이 귀담아듣는 것 같지 않았
다. 아직까지 기억하고 있을 리가 없었다. 조카들은 전형적인 현대인이었다.
눈코 뜰 새 없이 바쁜 것과 형편없는 기억력이 가장 큰 걱정이자 자랑이었다.

어머니가 재확인이든지 하다못해 의미 있는 암시라도 해주지 않는 한 나는 어머니의 신뢰에 보답할 자신이 없었다. 그러나 어머니의 혼수상태는 길어지기만 했고 어쩌다 하는 헛소리도 워낙 기진한 데다 혀가 굳어 점점 알아듣기 어렵게 됐다. 짐작으로 겨우 알아들을 수 있는 말은 내가 죽었냐? 살았냐? 하는 말밖에 없었다. 그 말은 임종이 시시각각 다가오는 침울한 분위기에 장난스러운 팔매질처럼 파문을 일으켰다. 염치없지만 유쾌한 파문이었다. 식구들은 잠시 긴장을 풀고 킬킬댔다.

"고모, 호뱅이가 도대체 누구유?"

그런 웃음 끝에 큰조카가 물었다. 어머니가 호뱅이 타령을 안 한 지도 며칠 됐건만 조카가 불쑥 물었다.

"예전에 우리가 시골 살 때, 우리 마을에 흘러들어온 떠돌이였는데, 참 노인네 망령은 알다가도 모를 일이다. 난데없이 호뱅이가 보이실 게 뭐람."

"그땐 할머니도 젊었을 거 아뉴?"

"그럼. 지금부터 반세기도 더 옛날 일인걸."

"호뱅인 미남이었구요?"

"미남?"

나는 조카가 무슨 소리를 하고 싶은 건지 헤아리기 전에 웃음부터 났다. 이가 서 말에 똥자루가 서 말이라는 아이들 놀림이야 과장이라 쳐도 그 몰골이 거지와 진배없었고, 지능도 반편이었다. 다만 어떡하든지 일을 해주고 밥을 얻어먹으려는 결벽증 하나는 있어서 비렁뱅이 취급은 안 당한 듯했다.

"그 옛날에 우리 할머니, 호뱅인가 그 사람하고 썸씽이 있었던 거 아닐까?"

조카가 만면에 웃음을 띠고 능글댔다. 농담 치곤 때와 장소를 못 가린 무엄한 농담이었지만 하도 가당찮은 추측인지라 탄하는 게 되레 이상할 것 같아 아이구, 실없는 소리 좀 작작하라는 정도로 그만두려고 했다. 그러나 조카는 뜻밖에 집요했다.

"실없는 소리 아녜요, 고모. 고몬 이상하지도 않아요? 할머니가 지금까지 앞세운 식구가 한두 사람이유. 식구뿐인가, 친한 친척이나 친구분들도 거의 다 먼저 가셨을걸."

"그래서? 그게 어쨌다는 거니? 장수하면 누구든지 그건 피할 수 없는 운명인 게지 할머니 잘못은 아냐."

"누가 할머니 잘못이랬수. 그냥 이상하단 소리지. 고몬 괜히 핏대를 올리고 그래."

"뭐가 또 그렇게 이상하다는 거니?"

"그럼 이상하잖아요? 왜 하고많은 친한 사람 다 제쳐놓고 하필 호뱅이가 저승에서 할머니 마중을 오냔 말예요."

나는 하도 어처구니가 없어 픽 하고 실소 먼저 터뜨리고 말았다. 조카는 그럼 저승사자가 돼서 온 호뱅이를 할머니가 보았다고 믿는 것일까. 나는 할머니의 헛소리는 다만 헛소리일 뿐이라고, 조카의 말을 일축했다. 우리가 꾸는 수많은 꿈 중 영검한 꿈은 극소수에 불과하다. 그것도 억지로 갖다붙여서. 우리는 수많은 꿈속에서 보고 싶은 사람이나 친한 사람보다는 그냥 스쳐 지나간 사람이나 생소한 사람과 논다. 결국 꿈은 무의미하고 무의식은 믿을 게 못 된다. 헛소리 또한 그와 다를 바가 없다. 그런 얘기도 했다.

"고모가 할머니의 헛소리에 헛소리 이상의 의미를 부여하지 않으신다니 안심이에요."

조카는 비로소 정색을 하고 칠 년 전 첫번째 대수술과 그 야단법석 끝에 나온 할머니의 유언을 헛소리로 돌릴 뜻을 분명히 했다. 그제서야 나는 조카의 말수단에 말려든 걸 깨달았다. 그러나 그의 태도가 하도 단호하여 나는 주눅든 소리밖에 못 냈다.

"그건 절대로 헛소리가 아니었어, 너."

"그게 유언이었대도 할 수 없어요. 내가 지키기 싫으니까요. 내 맘이에요."

"쟤 말버릇 좀 보게나. 그게 뭐가 어렵다고."

"어렵다곤 안 했어요, 싫다고 했지. 할머니도 아버지처럼 화장해서 그 뼛가루를 고향이 바라뵈는 바다에다 뿌리라구요? 고모 제발 다시 그런 유난 떨 생각 말아요. 내가 싫은 건 할머니나 고모의 그런 유난스러운 한풀이를 지금 이 시점에서 되풀이하는 거란 말예요. 아버지 땐 그 방법밖에 없었으니까 차라리 비통하기라도 했겠죠. 지금 그 짓 해봤댔자 쇼 부리는 것밖에 안 된다구요. 저도 남들이 하는 대로 보통 장례를 치르고 싶단 말예요. 저도 사회적 지위도 있고 체면도 있는 사람이란 말예요. 상주도 저구요."

"그래애, 고몬 출가외인이다 이거지. 할머니 속으로 낳은 자식은 나 하나밖엔 안 남았는데도 싹 무시하겠다 이거지."

나는 눈물까지 몇 방울 떨어뜨리는 체하면서 이렇게 징징거렸지만 속으로는 앓던 이가 빠진 것처럼 개운하고 상쾌했다. 나 자신도 전혀 예기치 않은 느낌이었다. 나 역시 그 짓을 하기가 싫었던 것이다.

"고모, 화났수? 누가 감히 고모를 무시한다고 그러세요. 자아 화 푸세요. 할머니 묏자리 골라잡는 일은 전적으로 고모한테 맡길게요."

"얘는 묏자리가 무슨 보세 스웨터냐? 아무나 골라잡게."

그렇게 되받으면서도 싫진 않았는데 그것도 미리 정해진 거나 마찬가지였다. 벌써 몇 군데 알아봤는데도 교통 편한 서울 근교의 공원묘지는 이미 차서 도무지 어쩌볼 도리가 없더라고 했다.

"그래도 연고권이 있는 데가 좀 납다."

"그럼 느이 엄마 산소가 있는 신천지 공원묘지 말이냐?"

신천지묘원은 어머니가 너무 장수하신 탓으로 앞세운 며느리를 장사 지낸 묘지였다. 교통으로 보나 거리로 보나 더할 나위 없이 좋은 데였지만, 야산을 묘지로 개발해 분양만 해놓고 사장이 부도를 내고 잠적한 후 몇 번씩 사장이 바뀌는 통에 관리 소홀로 좀 황폐해진 묘지였다.

"저도 거기가 써 탐탁지는 않지만요, 산 사람 편이대로 해야지 어쩌겠어요. 명절 때 성묘가 큰일인데 어머니 산소하고 할머니 산소가 각기 딴 묘지에 떨어져 있어보세요. 부득이 한쪽은 접게 될지도 모르잖아요."

"얘 좀 보게나, 금방 장손 유세 부리더니 이젠 숫제 위협이네."

말은 그렇게 하면서 눈을 흘겼지만 조카의 말이 조금도 틀린 말이 아니어서 나는 아퀴를 지을 일만 남겨놓고 있었다. 어머니 바로 머리맡에서 장시간 그런 애기를 했건만 어머니가 눈을 뜨고 당신 주장을 말하는 기적 같은 일은 다시 일어나지 않았다. 조카는 이미 신천지묘지주식회사 경리부장이라는 사람과 현장에서 만날 날까지 약속해놓고 있었다. 교외선 일영역에서 가까운 신천지묘지의 사무실은 석유난로도 없이 미적지근한 연탄난로 하나로 여간 을씨년스럽지가 않았다. 사무실과 붙은 식당은 먼지가 부우연 테이블들이 한쪽으로 난폭하게 밀어붙여진 채 고르지 못한 양회바닥에 여기저기 의자가 나동그라져 있는 게 한층 썰렁해보였다. 우리는 임의로 난로의 불문을 열어놓고 나서 크고 작은 파도 같은 구릉을 타고 한없이 펼쳐진 무덤들을 망연히 내다보았다. 산 자의 피할 수 없는 운명, 영원한 위화감, 그런 생각이 두서없이 오락가락했다.

"식당 꼴만 봐도 분양할 묘지가 남아 있지 않다는 걸 알 만하죠."

조카가 쇠꼬챙이로 난로 뚜껑을 열어보고 나서 말했다. 벌써부터 그의 수완을 자랑하고 싶어하는 걸 보면 전화상으로지만 분양은 된 거나 마찬가지인 듯했다. 작달막한 중년 남자가 잿빛 오리털 점퍼에 찬바람을 잔뜩 묻혀 가지고 들어왔다. 조카는 명함을 내놓으며 나까지 인사를 시켰고, 그는 명함 없이 말로 송부장이라고 자기 소개를 했다. 송부장은 연고권이 있으니까 그나마 어렵게 마련을 했지, 공식적으로 분양할 수 있는 묘지는 전혀 남아 있지 않다는 소리를 힘주어 했다.

"더러 다녀보셨는지 모르지만 이 근처에 이만한 묘지 없을걸요. 공원묘지 제도가 생기고 나서 초창기에 개발했기 때문에 돈푼 있는 사람들은 얼마든지 넓게 잡아 호화묘도 꾸밀 수가 있었죠. 교통 편하죠, 노적봉을 마주보고 있어서 자손들이 부자 되죠, 이만하면 묘지 중엔 압구정동 아닙니까."

원, 묘지 중에 압구정동이라니, 송부장을 보아하니 좌청룡 우백호를 뇌까려봤댔자 어울릴 것 같지도 않았지만 말을 막해도 좀 너무한다 싶었다. 저런 위인을 상대해서까지 꼭 묘지를 써야 하나, 정이 떨어지면서 역시 어머니가 옳았다는 생각이 들었다. 그 짓을 하긴 싫었지만 그렇게 해야만 할 것 같은 의무감이 아직도 내 의식 밑바닥에 집요하게 눌어붙어 있었다. 그 일의 실제로부터는 놓여났지만 그 의무감으로부터는 생전 못 놓여날 것 같았다. 그건 어쩌면 미련인지도 몰랐다. 그 짓을 하긴 두려워도 내 안에서 관념화된 그 짓에는 비장미 같은 게 있었다. 그 비장미에 대한 미련이 그러나 현실적으로 일을 지딱지딱 처리해가는 조카 앞에선 민망하고 부끄러웠다. 난로가 아까보다는 달궈진 것 같았지만 조카는 송부장이 몸 녹일 시간을 주지 않고 채근했다.
"자아, 올라가 봅시다. 빨리 결정을 해야 하니까."
"차 가져오셨죠?"
송부장이 먼저 조카의 은빛 르망 앞으로 종종걸음을 치며 말했다. 송부장이 지시하는 길은 꽤 가파른 오르막길이었다.
"좀 낮은 덴 없소?"
"더운밥 찬밥 가릴 작정이면 아예 가지도 맙시다. 딱 한 자리 그것도 사장님한테 사정사정해서 마련해놓았으니까."
송부장이 배짱을 부렸다. 조카는 말없이 차를 몰았다. 등성이를 휘감는 커브를 돌자 전망이 트이면서 편편한 주차장이 나타났다.
"여기 또 주차장이 있군요."
조카는 그게 퍽 마음에 드는 것 같았다. 시무룩했던 표정을 누그러뜨리며 말했다. 송부장이 바로 조오기라고 턱짓을 하면서 거기서부터 걸어가자고 했다. 완만하지만 차가 다닐 수 없는 오솔길이 나왔다. 주차장서부터는 사람들이 운구를 해야겠군, 조카가 혼잣말로 중얼거렸다. 철두철미하게 실제적인 조카가 밉살스러웠다. 송부장이 가리키는 묏자리는 얼마 안 걸어가서 나왔지만 거기다 어떻게 묘를 쓰라는 건지 알 수 없는 낭떠러지였다. 에잇 여보슈, 조카의 첫마디가 곱지 않자 송부장은 만면에 웃음을 띠고 재빨리 낭떠러지 밑으로 몸을 날렸다. 거기도 물론 남의 묘역이었다. 그는 주머니에서 접었다 폈다 할 수 있는 자막대기까지 꺼내 휘두르면서 그쪽에서 곧장 축대를 쌓아 올리고, 또 뒤로는 길을 먹어 들어가며 축대를 쌓는다면 예닐곱 평의 평지는 넉넉히 얻을 수 있다는 설명을 그럴듯하게 했다. 이 묘역의 수천수만 개의 묘가 다 그렇게 산의 경사를 깎고 축대를 쌓아 만든 거지 처음부터 공동묘지로 태어난 산 봤느냐는 맺음말이 특히 설득력이 있었다. 조카의 안색도 부드러워졌다.

"그건 그렇소만 길을 깎는다는 게 어쩐지 좀 할 짓이 아닌 것 같잖소?"

조카는 '도의적으로다'라는 말을 생략한 것 같았다. 송부장을 상대로 도의 운운하는 것은 내 생각에도 코미디 같았다.

"아, 그거야 우리 걱정이지 선생님이 걱정할 일이 아니죠. 바른대로 말씀드리자면 이 길도 이거 며칠 안 남았습니다. 조만간 다 뭉개서 팔아먹을 테니 두고 보시구랴."

"길을 없애다니오?"

"길은 뭐 사장님 땅 아닌가요. 땅임자 맘이죠. 이 산꼭대기까지 찻길 내놨으면 됐지 따로 길 뒀다 뭐 할 겁니까. 봉분 사이가 다 길인데, 안 헐 말로 봉분을 넘어다닌들 누가 뭐랄 겁니까. 말 많은 건 산 사람이지, 죽어지면 그만이니까요."

송부장이 영탄조로 나왔고, 조카도 그 문제는 그쯤 해둘 눈치였다. 아무튼 여덟 평 정도의 묘지를 조성하는 데 며칠이나 걸리겠느냐 따졌고, 송부장이 구인난을 핑계로 보름 정도를 잡자, 조카는 닷새 안에 해놓을 자신 없으면 그만두라고 단호하게 말했다.

"보아하니 이리루 오실 분이 숨을 모나 본데 그렇다면 할 수 없죠. 열 일 제쳐놓고 여기 일 먼첨 해드릴 밖에요."

서둘러 결정을 내려버린 송부장은 행여나 이쪽에서 무슨 변덕을 부릴세라 다시 노적봉 얘기를 꺼냈다. 거기서 곧장 바라뵈는 먼 산봉우리를 손가락질하면서 저게 바로 노적봉이고, 이 묘원 중에서도 저 봉우리와 이렇게 정면으로 마주볼 수 있는 묘역은 이 지역밖에 없다는 얘기를 의기양양하게 했다. 또 부자 되는 얘기를 듣게 될 게 미리 낯간지러워서 우린 서둘러 그 자리를 떴다. 내려오는 차 속에서 조카는 나에게 평당 십만 원씩 여덟 평을 사기로 했다면서 더 넓게 쓰고 싶지만 개인 묘지는 그 이상은 못 쓰도록 제한이 돼 있단 얘기를 했다. 구태여 차 속에서 할 것도 없는 얘기였는데 송부장 들으라고 일부러 하는 것 같았다. 나 역시 그 비탈에서 여덟 평을 과연 만들어낼 수 있을까 적이 미심쩍었다. 더 미심스러운 건 과연 이렇게까지 해서 묘를 써야 하나 하는 문제였다. 강화도와 개풍군 사이의 한강 폭만 한 바다가, 어머니의 상처가, 더운 그리움이 되어 몸속으로 흘러드는 것 같아 나는 지그시 눈을 감았다. 조카는 한풀이에 동참하기를 거부했고 나는 졌다. 내가 져준 건 과연 잘한 짓일까?

사무실로 내려와 또 한 번 문제가 생겼다. 송부장은 팔십만 원은 매장에 드는 지반 비용과 비석, 떼 등 조경비와는 상관 없는 순전한 묘지 여덟 평 값이라는 걸 누누이 강조한 연후에 전액을 받아챙기고 나서, 사장 명의로 된 영수증은 오십만 원으로 떼어주는 것이었다. 안색이 변한 건 우리뿐 송부장은 외눈 하나 깜빡 안 하고 말했다. 평당 십만 원은 어디까지나 현 시세가 그렇단 소리고, 여기처럼 분양이 예전에 끝난 묘지에서 실무자와 연고자가 합의해서 자투리땅에서 재주껏 창출해낸 묘지에 있어서는 그 이득을 땅임자와 실무자가 적당히 갈라먹는 게 관례라고 했다. 너무 능청스러워서 말대답도 못하고 멍청히 서 있는 우리에게 송부장은 "알아들으셨습니까?" 하면서 되레 답답하다는 시늉을 했다. 돌아오는 차 속에서 매우 쓰거운 얼굴로 차를 모는 조카에게 나는 위로 삼아 조심스럽게 말했다.

"이왕 이렇게 된 거 탓하지 않길 잘했다. 그렇지만 처음부터 좀 깎아볼 것이지 어쩜 그렇게 어수룩하게 굴었냐?"

"고모가 그전서부터 그랬잖아요. 묘지, 수의 등 망자에게 드는 비용은 함부로 깎는 게 아니라고."

조카의 말이 매우 불손하고 퉁명스러웠다.

"쟤 좀 봐. 못되면 조상 탓이라고 이제 와서 날 나무래네. 쟤가 언제 적에 고모 말을 그렇게 잘 들었다구."

곧장 앞만 보며 경직됐던 조카의 얼굴이 억지로 좀 누그러지면시 그만둡시다 고모 내가 잘못했수, 했다. 혹시라도 내 입에서 또 딴소리가 나올까 봐 그런다는 걸 눈치 채고 나도 억지로 웃어주었다. 조카는 그 후 매일같이 전화로 송부장에게 화급하게 묘지 조성을 독촉했고 나는 그게 어머니의 죽음을 독촉하는 소리처럼 들려 언짢았으나, 또 무슨 탓을 들을까 봐 암말 안 하고 참았다.

역시 조카가 옳았다. 여덟 평의 넉넉한 묘지가 조성됐으니 와 보고 술 한잔 사라는 송부장의 호기 있는 대답을 듣기까지는 열흘이나 걸렸고 어머니도 기다렸다는 듯이 그 무렵에 운명하셨다. 나는 이상하리만치 눈물이 나지 않았다. 딸의 곡성은 저승까지 들린다는 옛말도 있듯이 가장 서러워해야할 사람이 난데 내가 울지 않으니까 상가에서 곡성이 나지 않았고, 조문객도 한마디씩 호상이란 소리를 해서 곡성 없는 상가를 민망하지 않게 해주었다. 그러나 강화도에서 늦게 당도한 친척들은 대개 곡을 하며 들어왔고 특히 잇집은 서럽게 통곡을 했다. 그녀의 곡성에 온 집안이 숙연해졌고 나도 그녀를 달래다가 덩달아 울고 말았다. 어머니의 임종 후 처음 울어보는 울음이었다. 기어코 우리는 부둥켜안고 흐느꼈다. 병풍 뒤에 누운 죽음을 마음속 깊이 애련히 여기는 진정이 두 몸을 한 몸처럼 느끼게 했다. 강화에서 조상 온 친척 중엔 팔십 고령의 노인도 있었는데 우리가 항렬이 높아 어머니에게 손자뻘이 되었다. 그 노인을 모시고 온 그의 손자가 사십은 돼 보이는데 나에게는 증손뻘이 된다고 생각하니, 일가 못된 건 항렬만 높다는 속담이 생각나 절로 실소를 금할 수가 없었다. 그 노인 역시 몇 마디 형식적인 곡을 했고, 곧이어 술상을 받더니, 상주를 불러 장지는 어디로 정했는가를 물었다. 조카가 신천지 공원묘지로 모시기로 했다니까 조카의 손을 덥석 잡더니, 고맙네 참으로 고마워, 우리 집안이 어떤 집안인가, 풍덕(豐德)에 기름진 논밭이 수십만 평, 종중산만 해도 수십 정보, 시제 때 문중이 모이면 풍덕 땅이 온통 백절 치듯 했던 유복하고 번성한 문중 아니던가. 그런 가문이 피난 내려와 살기가 좀 어려워진 걸 핑계로 화장으로 모시는 집이 늘어 참으로 괘씸터니 아우님은 안 그런다니 참말로 고맙네, 하면서 서울 사는 뉘집도 화장을 하고, 뉘집도 화장을 했다고 예까지 들어가며 개탄을 했다. 치아가 몇 안 남은 노인의 화장 소리는 영락없이 환장으로 들렸다. 듣다 못한 그의 손자가 불안하게 말했다.
"우리 같은 시골 사람은 아무리 없이 살아도 그렇게 환장은 못 할 테니 걱정 말아요."
그리고 우리 식구들한테는 할아버지가 망령이 나서 저러신다고 역시 퉁명스럽게 해명을 했다. 그도 우리 문중이 고향에서 그렇게 잘살았다는 게 사실이 아니라는 걸 알고 있는 모양이었다. 양반 행세만 유별나게 했다뿐 다들 근근이 살았고, 문중엔 찢어지게 가난한 집도 많았다. 나중에 잇집한테 들은 얘기지만 그 노인 역시 망령이 나고부터는 툭하면 뒷동산에 올라 바다 건너를 바라보면서 저게 다 내 땅이라고 호기를 부린다는 것이었다. 우리 집이 살던 마을은 바라뵈는 땅에서 이십 리쯤 내륙으로 들어가야 하지만 그 늙은 조카가 살던 풍덕 땅은 강화에서 곧바로 바라보였다. 나중에 젊은이들과 어울린 그 노인의 손자는 저런 늙은이가 다 죽어야 통일이 된다고 모진 말을 했다. 우리 집 상주도 차마 드러내놓고 맞장구를 치진 않았지만, 빙긋이 웃으며 의미 있는 눈길을 주고받는 게 내 눈엔 꼭 그래, 저런 허풍쟁이들이 죽어야 뭔 일이 되고말고, 하는 동감의 표시로 보여 눈꼴사나웠다. 그러나 나는 속으로만 그래 잘들 해봐라, 한을 품은 세대가 속속 죽어가니 너희끼리 잘들 해보라고 뇌까렸지만 내색하진 않았다.

어머니의 장례 날은 푸근했지만 전날 밤에 많은 눈이 내려 교통이 걱정되었다. 해가 나면서 도심의 큰길은 눈이 다 녹아 별로 문제가 없을 것 같았지만 묘지까지 올라가는 급한 경사길을 생각하면 아찔했다. 눈하고 어머니하곤 무슨 악연이 있을지도 모른다는 불길한 생각으로부터 산에 묻길 원치 않는 어머니의 강력한 의사 표시일지도 모른다는 허황한 생각까지 좋지 않은 생각만 꼬리에 꼬리를 물어 도무지 안절부절을 할 수가 없었다.

그러나 지금 와서 뭘 변경시킬 수 있다고 여기는 것도 아니었다. 나의 불안과는 상관없이 모든 절차가 제시간에 착착 진행이 되었고, 나처럼 불안해하거나 하다 못해 근심스러운 말마디 한번 하는 사람이 없었다. 눈은 되레 침울해야 할 장례 분위기를 밝고 활기차게 하는 것 같았다. 나만 속으로 쟤들은 뭘 몰라도 한참 모른다니까, 저러다 무슨 일이나 없었으면 좋으련만 싶은, 도대체 불상사가 나기를 바라는 건지 걱정하는 건지 모를 방정맞은 생각에 계속 시달렸다. 마침 휴일이어서 영구차는 도심을 신속하게 벗어났다. 교외로 나가자 도시보다 한결 깨끗하고 푸근한 눈이 들과 산을 덮고 있어 딴 세상 같았지만 역시 차들이 빠지는 데는 별 지장이 없는 듯했다. 영구차도 뒤따르는 승용차들도 내 생각으로는 좀 빠르지 않을까 싶은 속도로 잘도 달렸다.

우리 일행은 사무실 앞에서 잠시 정차한 후, 여자들은 해가지고 온 음식을 식당에 내려놓고 점심에 대해 이것저것 부탁하면서 젊은이가 두세 명 거기 남기로 했고, 상주의 친구들은 사무실로 가서 매장 준비에 차질은 없나 알아보고 나서 다시 떠났다. 영구차가 가파른 오르막길을 허위허위 오르다 말고 딱 멎더니 스르르 뒷걸음을 쳤다. 차 안에서 비명 소리가 들렸다. 뒤따르던 승용차의 안위를 생각해서 지르는 비명이었다. 가끔 신문에 나는, 죽은 사람이 산 사람의 목숨을 빼앗는 결과가 되고 만 장례식 불상사가 반사적으로 머리에 떠올랐다. 다행히 느리게 움직이던 중이었고 뒤차와의 거리도 충분해 별일 없이 영구차는 멎었지만 운전수가 심각한 얼굴로 여기서 더 올라가는 것은 위험한 일이라고 했다. 젊은이들이 내려서 삽으로 눈길을 찍어 자국을 냈지만 운전수는 어림없는 얼굴을 했다. 나는 이제야말로 무슨 일이 일어날 것 같아 간이 콩알만해져서 눈감고 두 손 모아 어머니를 달랬다. 엄마 이제 그만 한 풀어. 그까짓 육신 아무 데 묻히면 어때. 난 어떡하든지 엄마 소원 풀어주고 싶었지만 쟤들이 싫다는 걸 어떡해? 쟤들한테 져야지 우리가 무슨 수로 쟤들을 이기겠어. 실상 쟤들이 옳을지도 모르잖아. 나는 엄마 치마꼬리에 매달리는 계집애처럼 어린 마음으로 울먹이며 빌었다. 영구차가 다시 움직였다. 그러나 차내의 수군거림으로 그게 내 기도 덕이 아니라 돈 덕이라는 걸 알았다. 처음엔 상주들이 운전수의 말귀를 못 알아들어 친구들을 시켜 눈길을 치게 했더니 경험 있는 친구가 그게 아니라는 걸 귀띔해줘서 돈을 건네주었다고 했다. 그 후에도 수도 없이 돈 달라고 내미는 손을 거쳐 어머니는 무사히 안장됐다. 조카들과 그 친구들은 그런 일에 능수능란했다.

삼우날 다시 찾은 산소에서 나는 어머니의 성함이 한 개의 말뚝이 되어 꽂혀 있는 걸 보았다. 정식 비석은 달포쯤 있어야 된다고 했다. 말뚝에 적힌 한자로 된 어머니의 성함에 나는 빨려들듯이 이끌렸다. 어머니의 성함 중, 이름을 따로 뜻으로 읽어보긴 처음이었다. 참으로 신기한 일이었다. 어머닌 부드럽고 나직하게 속삭이며 아직도 내 의식 밑바닥에 응어리진 자책을 어루만지는 것 같왔다. 딸아, 괜찮다 괜찮아. 그까짓 몸 아무 데 누우면 어떠냐. 너희들이 마련해준 데가 곧 내 잠자리인 것을.

생전의 어머니는 깔끔한 대신 차가운 분이어서 한번도 그렇게 곰살궂게 군 적이 없었음에도 불구하고 어머니의 생애만큼 먼 옛날의 작명(作名)이 나에게 그런 위무를 해주고 있었다.

어머니의 함자는 몸 기(己) 자, 잘 숙(宿) 자여서 어려서부터 끝 자가 맑을 숙 자가 아닌 걸 참 이상하게 여겼었다.

박완서(朴婉緖)

1931년 경기도 개풍 출생. 서울대학교 국문과에서 수학. 1970년 『여성동아』 장편소설 공모에 『나목』이 당선되어 등단. 한국문학작가상, 이상문학상, 대한민국문학상, 이산문학상, 현대문학상, 중앙문화대상, 동인문학상, 한무숙문학상, 대산문학상, 만해문학상, 인촌상(문학 부문), 국회 대중문화 & 미디어상(문학 부문), 황순원문학상 등 수상. 『부끄러움을 가르칩니다』(1976), 『창밖은 봄』(1977), 『배반의 여름』(1978), 『도둑맞은 가난』(1981), 『엄마의 말뚝』(1982), 『그 가을의 사흘 동안』(1985), 『저문 날의 삽화』(1991), 『한 말씀만 하소서』(1994), 『너무도 쓸쓸한 당신』(1998), 『친절한 복희씨』(2007) 등의 작품집과 『휘청거리는 오후』(1977), 『살아 있는 날의 시작』(1980), 『도시의 흉년』(1985), 『목마른 계절』(1987), 『그대 아직도 꿈꾸고 있는가』(1989), 『서 있는 여자』(1995), 『그 많던 싱아는 누가 다 먹었을까』(1995), 『그 산이 정말 거기 있었을까』(1995) 등의 장편소설 및 다수의 산문집 출간.

작품 세계

박완서는 40세의 늦은 나이에 문단에 등단하여 누구보다 왕성한 창작의 열정을 과시해온 작가이다. 박완서의 문학 활동은 한국 근현대사의 전개 과정과 겹쳐지는 작가의 체험적 소재를 다양한 형태로 형상화하는 통시적 흐름과, 작가로서 활동을 시작한 1970년대부터 지금까지, 자기 시대에 대한 지속적이고도 첨예한 동시대적 관심사로 특징지어지는 공시적 흐름이 조화롭게 하나로 어우러지는 모습을 보여준다. 이러한 박완서의 작품들은 대체로 분단이라는 역사적 사건을 소재로 한 분단문학적 특성과, 70년대 이후의 급속한 근대화 과정과 더불어 형성된 중산층의 비속하고도 속물화된 일상적 삶을 신랄하게 꼬집는 세태소설적 특성, 그리고 중산층 여성들이 가정 혹은 사회 속에서 겪는 갖가지 불이익의 사례들을 소재로 한 여성소설적 특성들로 분류된다. 『나목』이나 「엄마의 말뚝」 연작이 첫번째 경향을 대표하는 작품이라면, 『휘청거리는 오후』나 『도시의 흉년』 등은 두번째 경향을, 『살아 있는 날의 시작』이나 『서 있는 여자』 『그대 아직도 꿈꾸고 있는가』 등의 작품들은 세번째 경향을 대표하는 작품들이라고 할 수 있다. 특히 박완서 작품이 지니는 가장 중요한 문학적 의미는 식민지 시대에서 6·25전쟁에 이르는 기간 동안에 자신이 겪었던 체험들을 지속적으로 문학의 소재로 형상화함으로써, 남성 작가들에 의해 거의 독점되어오다시피 했던 역사적 격동기에 대한 여성적 체험의 한 장을 열어보여주었다는 점이다. 박완서의 소설들이 보여주는 것은 단지 여성에 의해 체험된 역사일 뿐만 아니라, 남성적인 힘의 논리가 극단적으로 분출되어 나오던 시기를 여성이라는 자의식의 프리즘을 통해 바라본 역사 해석의 새로운 한 국면이기도 한 것이다.

특히 박완서의 소설들은 인간 내면에 숨어 있는 편협한 이기심이나 세속적 탐욕, 허위의식 등을 가차없이 까발리며, 복잡 미묘하게 뒤얽힌 인간사의 미세한 갈등들을 명쾌하고도 시원스러운 어조로 풀어나가는 탁월한 이야기꾼적인 기질로 특유의 서사적 활기와 재미를 불러일으키는데, 그것은 작가가 때로는 공격적이고 신랄한 어조로, 때로는 한없이 우호적이고 애정 어린 태도로, 작품 속의 인물들이나 그들이 보여주는 행동에 대한 자신의 호오(好惡)의 관점을 분명하게 드러내 보인다는 점과 무관하지 않을 것이다. 어떤 상황이나 대상에 대해 세속적인 현실 논리의 차원에서 사실주의적인 시각으로 접근하면서 그에 대한 명확한 도덕적 결론을 유도해내는 것은 박완서 문학의 전반적인 특질이라 해야 할 것이다. 박완서의 소설에서 가장 즐겨 다루어지는 것 가운데 하나가 중산층 가정 안에서 여성들이 겪는 다양한 일상사와 관련된 소재들인데, 이들 작품에서 작가는 예의 명쾌하고도 단호한 태도로 비속한 욕망과 속물화된 가치 기준에 의해 획일화된 중산층의 소시민적인 삶의 풍속도를 적나라하게 그려나간다. 박완서의 작품에서 중산층의 소시민적 삶에 대한 신랄한 비판의식의 토대를 이루는 것은 속악한 일상에의 무반성적인 매몰을 거부하는 건강한 중산층의 현실 감각이다. 박완서의 소설에서 우리가 발견하게 되는 것은 이른바 '반성하는 중산층'의 비판적 자의식이며, 소시민적 삶 내부로부터 울려 나오는 통렬한 자기반성의 목소리인 것이다.

「엄마의 말뚝」

세 편으로 이루어진 「엄마의 말뚝」 연작은 분단 문제와 작가의 개인사적 체험, 여성, 가족 등과 같은 박완서 문학의 주요한 키워드들이 하나로 종합된 그의 대표작이라 할 만하다. 이 연작은 이후에 씌어진 『그 많던 싱아는 누가 다 먹었을까』와 『그 산이 정말 거기 있었을까』 등과 함께, 작가가 자신의 어머니에 대한 기억을 통해 한국 근현대사의 격동기를 헤쳐온 여성들의 삶을 탁월하게 형상화함으로써 여성 문학의 한 새로운 경지를 일구어낸 작품으로 손꼽힌다. 박완서의 이전 작품들에서 딸의 삶 뒤에 가려져 소극적이거나 보조적인 역할로만 등장하던 어머니의 모습은 이 작품에서 역시 격변기를 헤쳐나가는 억척스러운 모성의 이미지로 보다 적극적인 의미를 부여받고 있다.

「엄마의 말뚝 1」에서 어머니가 남편의 죽음 이후 자식들의 교육을 위해 고향을 떠나 낯선 서울로의 출분을 감행한 사건은 아버지의 죽음을 가져온 전근대적 공간으로부터 근대적 공간으로의 탈출을 의미하는 것으로 볼 수 있다. 그러나 아들의 머리맡도 지나가지 않을 정도로 아들을 신앙처럼 떠받들며, 아들을 공부시키기 위해 어떠한 고생도 마다 않는 어머니에게 아들의 성공은 어머니가 치르는 모든 희생의 절대적 명분이자 보상이다. 이것은 어머니가 며느리의 자리를 박차고 나옴으로써 모계가족이라는 새로운 가족 형태를 일구었음에도 불구하고, 어머니가 감행한 근대적 기획이란 여전히 아들이라는 잠재적 가부장을 매개로 할 때만 그 의미가 성취되는 제한적인 것임을 의미한다. 이러한 어머니에게 아들의 목숨을 무참히 빼앗아간 6·25전쟁은 평생 씻을 수 없는 횡액으로 다가온다. 「엄마의 말뚝 2」는 "어머니가 도저히 이해할 수 없는 분단이라는 괴물"이 엄마의 삶을 얼마나 처절하게 뒤흔들어놓았는가를, 딸의 시선을 통해 생생하게 증언한다. 이처럼 '분단이라는 괴물'이 아들뿐만 아니라 어머니에게도 죽음과 다름없는 작용을 가했다는 것은 「엄마의 말뚝 3」에서 "손자를 거두어 기르며 부처님께 귀의하는" 어머니의 길고 오랜 정적의 삶이 기실은 어머니의 죽음 이후의 삶에 지나지 않았음을 말해준다. 그런 의미에서 '엄마의 말뚝'의 일차적 의미는 엄마가 종교처럼 떠받들던 아들을 가리키는 것으로 볼 수 있다. 엄마는 전근대의 세계에 속해 있는 며느리의 자리를 박차고 나와 아들의 성공에 거는 신앙에 가까운 열망을 통해 서울이라는 근대 세계 속에 자기 생의 말뚝을 박으려 했지만, 그 엄마의 말뚝을 뽑아버린 것은 결국 6·25전쟁이라는 근대 세계의 또 다른 파괴력이었다.

「엄마의 말뚝 2」에서 수술 직후 어머니가 보여준 광태(狂態)를 통해 평화로운 일상의 표면 위로 솟구쳐 올랐던 근대의 폭력적인 맨얼굴은 「엄마의 말뚝 3」에 이르러 일상이라는 두터운 망각의 수면 아래로 가라앉는다. 「엄마의 말뚝 3」에서 어머니는 죽음에 이르기까지 7년간의 세월을 견딘 후 마침내 무덤 위에 세워진 하나의 말뚝으로 남게 된다. 「엄마의 말뚝 3」이 보여주는 것은 가족들이 어머니의 장례를 치르는 모습을 통해 결국 일상의 시간이 역사의 시간을 밀어내고, 역사를 체험한 세대가 역사를 망각해가는 세대에 의해 역사의 뒤편으로 사라져가는 과정이다. 장례를 치르는 동안 "수도 없이 돈 달라고 내미는 손"들 속에서 파란만장했던 한 여인의 삶은 그렇게 소리없이 지워진다. 그러나 아들의 죽음과 함께 뽑혀버린 엄마의 말뚝을 복원하는 마지막 역할은 결국 딸의 몫으로 남는다. 자신에게 주어진 삶 속에서 한번도 자신의 이름을 가질 수 없었던 어머니, 어머니가 살았던 땅 어디에서도 자기 생의 말뚝을 박을 단 한 뼘의 땅도 가져본 적이 없었던 어머니는 삶의 문턱을 넘어선 이후에야 비로소 자기 몸을 누일 한 뼘의 땅과 자신의 이름이 새겨진 하나의 말뚝을 지니게 된다. 어머니가 자신의 무덤을 찾아온 딸을 통해 자신의 잃어버린 이름을 되찾는 순간 비로소 모계의 역사는 완성되는 것이다. 그렇다면 '엄마의 말뚝'이라는 말 속에 담긴 최종적 의미는 결국 엄마가 잃어버린 엄마의 생 자체라고 해야 하지 않을까.

주요 참고 문헌

「엄마의 말뚝」 연작에 대한 주요한 논의들은 대체로 여성 비평가들에 의해 이루어졌다. 이러한 논의들은 대부분 이 연작 속 해당하는 작품들을 한두 편을 따로 분리해서 논의하거나, 작가의 다른 작품들과의 연관 속에서 이 연작을 언급하는 경향을 보여준다. 「엄마의 말뚝

1」에 대한 집중적인 논의를 시도하고 있는 「「엄마의 말뚝 1」과 여성의 근대성」(『민족문학사연구』 9호, 1996. 6)에서 최경희는 여성의 근대적 각성이라는 측면에서 어머니의 독립적인 삶에 적극적인 의미를 부여하고 있으며, 권명아 역시 『맞장뜨는 여자들』(소명출판, 2001)에 실린 일련의 글들에서 "여성이 자신의 이름으로, 자신의 역사를 갖게 되는 과정"에 주목한다. 황도경의 경우도 「정체성 확인의 글쓰기」(『문체로 읽는 소설』, 소명출판, 2002)에서 여성 중심의 모계가족 구도를 '남성 위상의 무너짐'이라는 구도와 대립시키면서 여성의 근대적 자기 각성이라는 논의에 동참한다. 그에 대해 임옥희는 「이야기꾼 박완서의 삶의 지평 넓히기」(『작가세계』, 2000년 겨울호)에서 박완서 소설들이 보여주는 모성을 자기애의 또 다른 양상으로 규정하면서 모성의 양가적 측면을 지적하고 있으며, 박혜경은 『「엄마의 말뚝」을 읽는다』(열림원, 2003)에서 「엄마의 말뚝」 연작이 보여주는 여성의 근대적 각성과 가부장적 욕망 사이의 미묘한 착종 관계를 분석한다. 또한 김연숙, 이정희는 「여성의 자기 발견의 서사, '자전적 글쓰기'」(『여성과사회』 8호, 1997. 7)에서 전근대 세계에서 근대 세계로의 이동을 통해 여성이 자신의 사회적 자아를 발견해가는 과정을 어머니보다는 딸의 삶에 초점을 맞춰 고찰하고 있다. _박혜경

서영은
먼 그대

먼지 낀 유리창 너머로 바람이 세차게 몰아치고 있는 거리를 차분히 내다보며, 문자는 장갑을 한 쪽 또 한 쪽 끼었다.

빨 때마다 오그라들고 털이 뭉쳐 작아질 대로 작아졌기 때문에 그녀는 장갑 낀 손가락 새새를 꼭꼭 눌러주어야 했다. 몇 년 전 이미 한 차례 유행이 지나간 알록달록한 털장갑을 여태 끼고 다니는 사람은 그녀 주위에 아무도 없었다. 장갑만 구식인 건 아니었다. 소매 끝이 날깃날깃 닳아빠진 외투며, 여름도 겨울도 없이 신어온 쫄쫄이식 단화, 통은 넓고 기장은 짧아 발목이 껑뚱해 보이는 쥐똥색 바지, 보푸라기가 한 켜나 앉은 투박한 양말, 서랍에서 꺼내어 얼찐거릴 때마다 반찬 내를 물씬 풍기는 가방 등, 몸에 걸치고 지닌 것마다 구멍만 뚫리지 않았다뿐이었다.

문자의 이런 차림새는 사십 고개를 바라보도록 노처녀로 알려진 그녀의 입장을 더한층 측은해 보이게 했다. 아동 도서를 간행하는 H출판사에서 문자는 영업부, 편집부 통틀어 최고참이었다. 입사 이래 현재까지 그녀는 줄곧 교정일만 보아왔다.

편집부 정원은 부장을 포함해 일곱이었다. 그 사이 문자만 제외하고 자리마

---

* 「먼 그대」는 『한국문학』 1982년 5월호에 발표되었다. 여기서는 『먼 그대』(서영은 중단편전집 4, 둥지, 1997)에 수록된 것을 텍스트로 삼았다.

다 얼굴이 수없이 바뀌었다. 대학을 갓 졸업한 축일수록 반년도 못 채우고 떠나갔다. 출근 첫날부터 의자가 기우뚱거린다, 화장실이 더럽다, 층계가 가파르다 등등의 불만이 하나씩 쌓여가다가 나중엔 말끝마다 "이놈의 데 얼른 떠나야지, 더러워서 못 해먹겠어" 하고 구시렁거렸다 하면 견뎌야 한두 달이 고작이었다.

문자는 그런 나이 어린 동료들로부터 노골적으로 따돌림을 받았다. 그네들로서는, 가르마에 새치가 희끗희끗하도록 무엇 하나 이룩해논 것 없이, 한평생 있어봐야 별 볼일 없는 출판사에, 그것도 말석에서만 십 년을 보낸 노처녀 동료가 있다는 그 자체가 자존심 상하는 일이었다.

그네들의 눈엔, 문자가 교정지를 앞에 하고 등을 쭈그리고 있을 때는, 그녀의 등 뒤에만 보이지 않는, 유난히 시린 바람이 회오리치고 있는 듯이 여겨질 때가 많았다. 그리고 그녀의 턱 언저리는 늘상 소름이 돋아 까실까실한 것같이 보였다.

점심시간에 다들 우르르 몰려나가 곰탕 한 그릇씩 먹고, 다방에 들러 커피까지 마신 뒤 사무실로 돌아와보면, 두 손으로 뜨거운 보리차 컵을 감싸 쥔 문자가 그네들을 맞았다. 그네들은 문자가 측은하다 못해 마음이 언짢아져, 어쩌다 그녀 쪽에서 말을 건네오면 심히 퉁명스럽게 내쏘았다.

그렇더라도 문자는 한 번도 기분 나쁜 표정을 드러내는 일이 없었다. 나이 어린 부장으로부터 이따금 민망할 정도로 면박을 받아도 늘 다소곳이 받아들였다. 동료 간에 그런 것처럼 사내 규칙에 대해서도 그녀는 한마디 불평 없이 성실하게 지켰다. 다른 동료들이 입 모아 사장을 험구하고, 시설이나 월급에 대해서 불평을 늘어놓아도 그녀만은 잠자코 듣고만 있었다.

그런 그녀를 두고, 나이 어린 동료들은 문자가 밥줄이 떨어질까 봐 두려워해서 몸을 사리는 줄로 알았다. 그네들은 문자가 주눅 들고 처량해 보일 때마다 남몰래 자기 자신에게 다짐하곤 했다.

"나도 저렇게 될까 무섭나. 얼른 여기를 떠야지."

문자는 이제 창문으로부터 돌아섰다. 퇴근 시간이 이십여 분이나 지났음에도 다른 동료들은 자리에 앉은 채 노닥거리고만 있었다. 퇴근 시간이 임박해지자 한참 전화가 오고 가고 하더니 저마다 약속이 된 모양이었다.

문자는 가방을 집어 들고 부장 쪽으로 다가갔다. 그가 다른 동료랑 하던 얘기를 끝낼 때까지 기다린 끝에 먼저 가겠다는 인사말을 남기고 사무실에서 나왔다.

계단을 서너 개 내려오노라니, 안에서 미스 최의 조심성 없는 목소리가 그녀에게까지 들려왔다.

"참 안됐어요. 토요일인데도 전화 한 통 걸려오지 않구."

"집으로 가봤자 반겨주는 사람도 없을 테구."

"어머, 왜요? 결혼은 안 했더라도 가족은 있을 거 아녜요?"

"이런, 한 사무실에서 너무들 하시는군. 같은 여자끼린데 신상 파악은 하고 있어야지."

"본인이 가르쳐주지도 않는데 어떻게 알아요?"

"하긴 나도 몇 다리 건너 들은 소리지만, 부모는 일찍 돌아가시고 오빠가 한 분 있었는데 수년 전에 이민 가고 그때부터 내내 혼자 처지인가 봐. 고생도 무지무지하게 하고. 지금까지도 용두동인지 어디에 세 들어 있는 방 전세금이 전부라나 봐."

"이상하다? 옷도 안 해 입고 도시락도 꼭꼭 싸 오겠다. 그만큼 알뜰하게 십 년이나 직장 생활을 한 사람이 어째서 그 정도밖에 못 모았을까."

"이상하구 자시구, 남에게 신경 쓸 거 없이 미스 최나 뜯들이지 말고 데걱 면사포 쓰라구."

문자는 그네들이 혹시나 이쪽에서 들었다는 것을 알고 무안해할까 봐 나머지 계단을 소리를 죽여 살금살금 내려왔다.

길에 나서니 바람이 생각보다 매웠다. 언제나 좁은 골목에 한두 대쯤은 정차하고 있어 행인을 불편하게 하던 승용차들도 보이지 않았다. 길 양쪽으로 즐비한 밥집의 문전도 평일 같으면 드나드는 사람들로 한창 북적댈 시간이었으나 한산하기만 했다. 어느 집 추녀의 못이 삭았는지 함석 귀가 들려 널뛰듯 덜컹거리는 소리만 자못 바람의 기세를 짐작케 했다.

그녀는 목덜미가 선득거리자 외투 깃을 올렸다. 회사 앞 골목을 빠져나오며 그녀는 생각했다.

'내 인생이 남 보기에 그렇게 안되어 보일 만큼 실패한 걸까?'

그러자 괜히 웃음이 터져나올 것 같아 입술을 지그시 깨물었다. 자기가 동료들과 세상 사람들을 멋지게 속여넘기고 있는 듯한 기분이 들었기 때문이다. 물론 그녀가 세상 사람들 앞에 은닉하고 있는 것은 남루한 옷차림의 이도령이 도포 속에 감춰 가지고 있던 마패 같은 것은 아니었다. 또는 텔레비전이나 영화에서 가난한 여주인공이었던 여자가 알고 보니 무슨 재벌 총수의 딸이더란 식의 돈 많고 지위 높은 아버지를 감춰두어서도 아니었다. 글쎄, 그녀들로선 남들이 눈치 채지 못하는 자기 맘속의 어떤 그윽하고 힘찬 상태, 그걸 무어라 해야 할지 알 수 없었다.

문자로선 유행의 흐름이란 데 따라 바지통이 넓어지든 좁아지든, 외투 길이가 짧아지든 길어지든, 또 동료들이 자기를 미스라고 부르든 선생이라 부르든, 의자가 기우뚱거리든, 사장이 잔소리가 많든 적든, 그런 것은 정말 아무래도 좋은 일로 여겨졌다.

언젠가 자칭 '교정 박사'라는 비교적 나이 든 한 여자가 새로 입사했다. 그녀는 출근한 지 열흘도 못 되어 옆 자리의 남자 직원이 자기를 선생이라 부르지 않고 미스라 부른다고 대판 싸운 끝에 이튿날 사표를 집어던졌다. 문자는 삿대질을 하며 악악거리는 그녀를 멀거니 신기한 듯이 쳐다보며 이렇게 생각했다.

'남들이 자기를 뭐라 부르든 그게 무슨 큰 대수로운 일이라고.'

도로 자기의 교정지 위로 고개를 떨군 문자는 턱을 깊숙이 감춘 채 혼자 빙그레 미소 지었다.

타인의 눈에 자기가 형편없이 초라하게 비치어 있는 것을 의식할 때도 그녀는 잠자코 맘속으로만 이렇게 생각했다.

'그래 불쌍해 보여도 좋고, 초라해 보여도 좋다. 너희 맘대로 생각해라.'

또 어떤 날은 출근해서 서랍을 열어보면 쓸 만한 사무용품들이 다 없어지고 몽당연필 하나와 볼펜 껍질만 소롯이 남아 있는 경우도 있었다. 그때도 그녀는 몽당연필 하나만으로 견디든가 자기 돈으로 다른 볼펜을 사 오면 사 왔지 절대로 내색하지 않았다. 그녀는 속으로만 이렇게 생각했다.

'그래 좋다. 내게서 필요한 것이 있으면 다 가져가라.'

다른 회사로 옮겨 가 부장이 된 옛 동료가 봉급을 더 많이 주겠다는 조건으로 몇 차례나 그녀를 끌어가려 했을 때도 문자는 한사코 거절했다.

'몇 푼 더 받겠다고 이리저리 철새처럼 옮겨 다닐 사람은 다니라지. 하지만 난 그깟 몇 푼 없어도 살 수 있어.'

일요일이나 공휴일에 일직을 하는 거며, 그 밖의 사내 궂은 일들을 모두 슬그머니 그녀 앞으로 미뤄놓고 달아날 때도 마찬가지였다.

'좋다. 그까짓 얼음물에 청소 좀 한다고 손이 떨어져나가는 건 아니니까, 뺄 사람은 빼라지.'

물론 이보다 몇 배나 불리하고 괴로운 일을 당한 경우도 마찬가지였다. 그녀는 자기에게 지워진 어떤 가혹한 짐에 대해서도 결코 화를 내거나 탄식하지 않았고, 피하지도 않았다. 그녀의 억센 정신은 아직도 얼마든지 무거운 짐을 짊어질 수 있다는 듯이, 항시 무릎을 꿇고 있었다.

하지만 H출판사 직원들이나 주위 사람들이 보기에 문자는 그저 '죽은 듯이 가만히 있는 사람'으로만 보였다. 그네들은 아무도 문자의 그런 침묵이 '어떤 상황, 어떤 조건 아래서도 나는 살아갈 수 있다'는 절대 긍정적 자신감에서 기인된다는 것을 몰랐다. 더욱이 그 자신감이, 자신들의 키를 훨씬 넘어 아주 높은 곳에 있는 어떤 존재와 겨루면서 몇만 리나 되는 고독의 길을 홀로 걸어오는 동안 생겨난 것이리라고는 꿈에도 몰랐다.

아무리 그렇더라도 남에게 아쉬운 소리를 하는 일만큼은 문자로서도 너무나 곤욕스러웠다. 정말 저녁때까지는 무슨 일이 있어도 이십만 원을 구해야 했다.

짓눌린 듯 무거운 맘으로 문자는 공중전화를 바라보며 걸었다. 한 청년이 전화에 매달려 통화를 하고 있었다. 그의 높은 웃음소리가 그곳서 꽤 떨어진 문자에게까지 들려왔다. 며칠 전 통화했을 때 이모는 분명히 확실한 어조로 잘라 말했다. 그러나 이제 다급해진 문자는 다시 한 번 더 이모에게밖에 매달릴 데가 없었다. 그녀의 사정을 가장 잘 알고, 이따금 급할 때마다 돈을 변통해왔던 친구에겐 아직 갚지 못한 빚이 있어 더 이상 매달려볼 염치가 없었다.

청년의 통화는 한정 없이 늘어질 듯했다. 상대 쪽에서는 빨리 오라고 조르는 모양이었고, 이쪽에서는 WBC 타이틀 매치 위성 중계를 놓칠까 봐 지금은 안 되겠다는 내용이었다.

청년의 등 뒤에 서서 시린 발을 동동거리며 문자는 건너 빌딩의 높은 꼭대기 위로 빠른 물살처럼 흘러가는 음산한 구름을 초조하게 바라보았다. 바람은 쉬이 잘 것 같지 않았다. 청년은 자기 주장대로 관철된 것이 흡족한 듯 담배를 한 대 피워 물고서야 공중전화 앞을 떠났다.

문자는 아직도 청년의 미적지근한 체온이 배어 있는 수화기를 집어 들었다.

"이모, 전화 또 했어요."

그 이상 할 말은 없었다. 찍찍거리는 잡음만 한동안 계속되었다. 이윽고 이모 쪽에서 "쯧쯧" 하고 약간 짜증스럽게 혀를 찼다.

"하여간 얼굴이나 좀 보자."

눈물이 핑 돌아 앞이 흐릿한데도 문자는 기를 쓰고 그래야 하는 듯이 누군가 전화 받침대에다 그려논 낙서를 손톱으로 지우고 또 지웠다.

매달 얼마씩 가져가는 것 이외에 이따금 한수가 적지 않은 목돈을 요구해오는 데 대해서 문자는 한 번도 그 이유를 묻지 않았다. 오히려 돈을 받아 넣으면서 불안해진 한수가 제풀에 화를 내곤 했다.

"젠장, 내가 뭐 이러고 싶어서 그러는 줄 알아 두고 보라구."

그는 항시 이번만은 틀림없다고 전제하면서, 광산에 자금을 투자해줄지도 모르는 유력한 자본주를 만나는 데 급히 필요하다고 했다. 문자에겐 그의 말의 진부는 아무래도 상관없었다. 옥조를 그가 데리고 있는 이상, 그를 도와줌으로써 옥조에게도 간접적으로 도움이 될 거라 여겨지기 때문이었다.

설사 그가 집에는 한 푼도 들여놓지 않고 예전의 씀씀이대로 그것을 하룻밤 술값으로 날려버린다 하더라도, 역시 상관없었다. 문자는 이제 그런 일 때문에 더 이상 마음 상하지 않았다. 한수는 그녀에게 천 개의 흉터를 내었을 뿐, 그녀가 그 흉터를 스스로 딛고 일어선 지금에 이르러서 그는 이미 그녀의 맘속으로부터 지나가버린 그 무엇이었다. 그가 무자비한 칼처럼 그녀에게 낸 상처 하나 하나를 딛고 일어설 때마다, 문자의 정신은 마치 짐을 얹고 또 얹고 그러는 동안 자기 속에서 그 짐을 이기는 영원한 힘을 이끌어낸 불사(不死)의 낙타 같았다.

그러나 한수는 문자의 주위 사람들이나 마찬가지로 그런 사실을 조금도 눈치채지 못했다. 그는 바보스러울 만큼 착하다고 여겨지던 그녀가 딱 한 번 '무서운 여자다' 하고 생각된 때가 있었다. 왜 그렇게 생각되었는지 그 이유는 그 자신도 확실히 알지 못했다.

문자가 옥조를 낳은 지 한 달도 못 되어서였다. 그는 아내의 등을 떠밀어서 문자로부터 옥조를 빼앗아 오게 했다. 아내와의 사이에 일남 일녀를 둔 그가 새삼스레 그 자식이 탐났을 리는 없었다. 그는 옥조를 데려옴으로 해서, 문자를 영원히 자기 곁에 붙잡아둘 수 있으리라고 계산했다.

데려온 핏덩이를 내려놓으면서 그의 아내가 상기된 얼굴로 말했다.

"세상에, 얼마나 변변치 않은 년이었으면 집 안을 그 꼴로 해놓고 산단 말이우. 미리 겁부터 줄려고 뭘 좀 때려 부술까 해도 눈에 띄는 게 있어야지. 없다 없다 해도 손바닥만 한 경대조차 없는 여편네는 내 생전 처음이라니까."

한수의 아내는 말은 그렇게 했지만, 기실은 문자의 살림이란 게 캐비닛 하나뿐임을 보고 속으로 적이 안심했었다. 아무것도 없이 산다고 늘상 남편으로부터 들어온 터이긴 해도 그녀는 설마 했었다. 왜냐하면 남편이 광업소 소장으로 있었을 무렵, 봉투나 값진 선물을 가지고 찾아오는 업자들이 문턱에 줄을 이었던 만큼, 그가 마음만 먹는다면 그쪽으로 얼마든지 빼돌릴 수도 있었기 때문이다.

그래서 한수의 아내는 남편 덕으로 뜻하지 않은 밍크나 악어 백이나 보석 같은 것을 몸에 휘감게 될 때마다, 혹시 그년이 나보다 더 좋은 걸 갖고 있는 게 아닐까, 하는 의구심이 치밀어올라 남편 속을 슬그머니 떠보곤 했다. 그러다 한수는 광업소를 그만둔 뒤 자영(自營)해보겠다고 중석 광산을 하나 사들였다.

그러곤 지녔던 동·부동산은 물론 집이며 선산까지 팔아 광산에 집어넣었다. 끼닛거리가 없어 자신에게 남은 마지막 보석 반지까지 팔아야 했을 때 한수의 아내는, 나만 이렇게 빈털터리가 되는 게 아닐까, 그녀는 여전히 몸에다 보석을 휘감고 있는데 나만 거지 꼴이 되는 게 아닐까 싶어 새삼스레 속이 지글지글 끓었다.

올케에게서 빌린 밍크와 악어백으로 치장하고 용두동 개천가의 개구멍만 한 쪽문을 밀고 들어서, 한달음에 문자의 살림 속을 읽고 난 그녀는 그동안 공연히 가슴을 태웠다 생각하니 우습고 허전했다. 남편이 가져다 주었음 직한 것은 정말 아무것도 눈에 띄지 않았다. 한때 방방마다 놓아두었던 그 흔한 텔레비전 한 대도 없고 보면, 남편의 그녀에 대한 사랑이란 건 대수롭지 않은 게 분명했다.

그러나 한수의 아내는 애 엄마가 순순히 아기를 내놓더냐고 남편이 물어보자 매처럼 사납게 눈을 부릅떴다.

"순순히 안 내놓음, 지년이 별수 있어요? 호적에도 못 오른 년이 새끼를 낳아놓고 할 말 하겠다고 들면 그게 되려 뻔뻔스럽지. 어쨌든 눈물 한 방울 안 흘리고 새끼만 잠자코 들여다보더니 딱 한마디 합디다. 아기가 한밤중에 깨어서 우는 습관이 있으니 그럴 때는 숟갈로 보리차를 몇 모금 떠먹이라나 어쩌라나."

한수는 그 얘기를 듣는 순간 아내에겐 들리지 않게 "하여간 맹추라니까. 제 속으로 난 자식인데 그렇게 맥없이 뺏겨?"하고 중얼거리다가 단단한 쇠꼬챙이에 명치를 치받힌 듯 입을 다물었다. 갑자기 그 소리 없는 조용함이 간담을 서늘하게 하는 그 무엇으로 그의 가슴에 와 닿았던 것이다.

한수가 십 년 전 처음 문자의 자취방으로 드나들기 시작했을 때는 한겨울이었다. 유난히도 눈이 잦았던 그해 겨울을 문자는 거의 지붕 위에서 살다시피 보냈다. 눈이 쌓인 채로 놔두면 그 물이 언제까지나 콘크리트 천장으로 스며들어 곳곳에 낙수가 지곤 했다. 오르내릴 사닥다리도 변변치 않았고 고압선이 길게 늘어져 있어 위험하기 짝이 없는데도, 문자는 부삽을 들고 날개가 달린 듯 지붕으로 오르내렸다. 식당을 한다는 주인집 내외가 비죽이 웃으며 대청마루에

선 채 구경 삼아 쳐다보고 있거나 말거나, 그녀는 빨갛게 상기된 얼굴로 마치 춤추듯 가볍게 눈을 퍼서 지붕 아래로 집어 던졌다. 어쩌다 지나가던 행인이 흙탕물이 튀었다고 화를 내면, 날듯이 뛰어내려 그의 바짓가랑이를 털어주며 만족할 때까지 몇 번이나 사과하고 나서 또다시 지붕으로 올라가곤 했다.

또한, 헛간이나 다름없는 문자의 부엌에는 수도가 없었기 때문에 안집 마당에 있는 수도에서 일일이 물을 길어다 먹었다. 안집 마당으로 가자면 부엌 뒷문으로 나가서 높게 가파른 계단을 내려가야 했다. 이전에 세 든 사람들에겐, 그 계단이 죽지 못해 오르내리는 굴욕의 사다리로 여겨졌었다. 그 가난한 여인들은 자신이 양손에 물양동이를 들고 낑낑거리며 계단을 오르는데, 주인집 여자가 비죽이 웃으며 자기의 뒷모습을 주시하는 것이 무엇보다 싫었다.

그러나 똑같은 방을 빌려 사는 처지이면서도 문자는 그녀들과 전혀 달랐다. 그녀가 뒷문 앞에 나타날 때 보면, 무슨 좋은 일을 하다가 중단하고 나온 것처럼 항시 두 뺨이 발그레했다. 때로 그녀는 양손에 양동이를 든 것도 잊고 층계참에 서서 한참 동안씩 하늘을 쳐다보곤 했다. 그러고 난 뒤엔 두 뺨에 발그레한 빛이 안에서 불을 켠 것처럼 더욱 짙어졌다. 그녀가 계단을 내려오는 모습은 마치 몸속에 깃들어 있는 싱싱한 생명의 탄력이 음계를 밟고 있는 듯이 보였다.

그래서 그 계단은, 그 위에 있는 아주 신비롭고 아름다운 세계를 그녀 혼자만 누리기 위해 외부로 나타난 부분을 일부러 조악(粗惡)하게 꾸며논 것같이 보였다.

주인집과 그 집에 세 들어 사는 여느 식구들은 문자가 새벽같이 층계참에 나와 매운 연기를 마셔가면서도 연탄 화덕에다 신나게 부채질을 활락활락 해대며 때로는 콧노래까지 흥얼거리는 광경을 종종 볼 수 있었다. 그도 그럴 것이 그 부엌의 아궁이에선 불이 솟았기 때문이다.

아궁이뿐만 아니라, 지붕이며 방고래를 고쳐달랄 만한데도 문자가 혼자 힘으로 잘 참아나가자, 주인집은 고마워하기는커녕 오히려 그녀에게 물세 불세까지도 터무니없이 물리었다. 그래도 문자는 한마디도 따지지 않고 달라는 대로 선선히 내주었다. 마치 큰 여유가 있어 그만한 일은 불문에 부치는 것처럼.

때문에 한집에 세 들어 사는 여인들은 문자의 살림 형편이 겉보기보다는 훨씬 알심 있을 거라고 추측했다. 어느 날 그녀들은 자기들끼리 짜고 불시에 문자를 찾아갔다. 방 안을 찬찬히 둘러본즉, 물이 스며든 천장은 페인트칠이 일어나 너덜거렸고, 녹슨 손잡이가 달린 캐비닛 외에 이렇다 할 세간이라곤 아무것도 없었다. 그녀들로서는 문자의 두 뺨에 서린 발그레한 홍조와 노래를 몸에 휘감고 있는 듯한 그 발랄한 생기가 어디에서 연유하는지 더욱 몰라졌다. 그녀들은 문자가 수돗가에 나왔다가 떠나고 난 뒤에, 향기 좋은 꽃으로 가슴을 꾹 눌렀다가 뗀 것 같은 느낌을 어떻게 설명해야 할지 알 수 없었기 때문에, 그중 누가 엄지손가락으로 돌았다는 시늉을 해 보이면 거기서 전적으로 동의하는 듯 폭소를 터뜨렸다.

그녀들이 이미 확인한 바와 같이 문자는 남다른 무엇을 소유했던 게 아니었다. 그녀로선 무엇을 하든 그 일을 하면서 사랑하는 사람을 생각한 것뿐이었다. 콩나물을 다듬든, 연탄불을 피우든, 지붕 위의 눈을 치우든 그를 생각하노라면 어딘가 높은 곳에 등불을 걸어둔 것처럼 마음 구석구석이 따스해지고, 밝아오는 것을 느꼈다. 그 따스함과 밝은 빛이 몸 밖으로 스며나가 뺨을 물들이고, 살에 생기가 넘치게 하는 것을 그녀 자신은 오히려 깨닫지 못했다.

한수가 그녀에게 오는 것은 단지 일요일 밤뿐이었지만, 그는 항시 그녀의 시렁 위에 걸려 있는 등불이나 다름없었다. 시장에서 물건을 깎다가도 그녀는 '그가 만약 이 사실을 안다면' 하고 깎는 일을 그만두었고, 남과 다툴 뻔하다가도 그를 떠올리면 분노가 촉촉하게 가라앉았다.

이렇게 해서 월요일, 화요일…… 토요일을 보내는 사이에 그는 그녀의 존재 가치를 조금씩 연금(鍊金)시켜, 이윽고 일요일이 되었을 땐 그녀의 손길이 닿기만 해도 닿는 것은 무엇이든지 금빛 물이 들었다.

문자는 그가 미처 문을 두드리기도 전에 이미 그의 발걸음 소리를 알아듣고 미리 나가서 그를 맞아들였다. 그녀가 그의 옷을 벗기면 그 옷이 금빛으로 물들었고, 양말을 벗기면 양말이 그러했다. 뜨거운 물이 담긴 대야를 가져와 그

서영은 **699**

의 발을 씻기면 그 발 역시 금빛이 났다.

그녀가 그를 위해 마련한 저녁상은, 가난한 자가 일주일 내내 거친 솔과 젖은 걸레로 마룻바닥을 힘들여 닦아서 번 돈으로 성전(聖殿) 앞에 켤 양초를 사는 것같이 마련된 것이었다.

한수는 그녀가 살코기를 집어줄 때마다 입을 딱 벌려 받아먹기만 할 뿐, 자기도 그녀의 입에 그 고기를 먹여주려는 생각은 한 번도 해보지 않았다. 한수의 마음은 무디고 이기적이어서 온 방 안에 가득 찬 금빛을 보지 못했고, 가만히 있어도 그 침묵이 노래임을 알지 못했다. 심지어는 그녀의 몸을 만지면서도 잘 익은 과육에서 나는 것과 같은 향기가 자기 손가락에 묻어나는 것도 몰랐다.

그는 마치 돈 없는 주정뱅이가 어쩌다가 값싼 술집을 발견하고도 긴가민가하여 자꾸 주머니 속의 가진 돈을 헤아려보듯이, 문자가 과연 자기가 줄 수 있는 것만으로도 만족하고 자기와 살아줄 것인지를 알고자 끊임없이 탐색의 눈초리를 번득였다. 그는 이미 아내와 자식들이 있었으므로, 그가 문자와 더불어 지낼 수 있는 시간은 그가 빼어내도 그의 아내가 눈치 채지 못할 만큼의 시간에 한정되어 있었다. 그는 또한 여당 소속 국회의원의 비서라는 그럴싸한 직업을 가지고 있었지만 수입은 보잘것없었다. 그래서 그는 문자에게 생활비 같은 것을 보태줄 처지가 못 되었다.

그는 문자로부터 어떤 요구도 받은 적이 없으면서, 항시 이 여자가 내가 줄 수 있는 한도 밖의 것을 요구해오면 어쩌나 하고 불안해했다. 그는 문자가 화장도 하지 않고, 모양도 내지 않고, 집 안에 값나가는 물건을 사놓으려 하지도 않는 걸로 봐서, 욕심 없는 성격이라는 것을 간파했으면서도 여전히 경계를 게을리하지 않았다.

그러던 차에 그가 모시고 있던 K의원이 장관으로 발탁되었고, 그의 도움으로 광산과 출신의 한수는 반관반민의 동동 광업소 소장으로 임명되었다.

그의 수입은 이제 문자에게 정식으로 딴살림을 시킬 수 있을 만큼 풍족해졌다. 그는 멋진 새집을 사서 이사를 했고, 그의 아내와 자식들은 좋은 옷을 입었고, 가만히 앉아 심부름하는 사람들의 시중을 받았고, 과일과 케이크는 미처

먹지 못해 곰팡이가 필 정도로 지천이었다.

그럼에도 그는 문자에겐 아무것도 나누어주지 않았다. 사과 하나, 귤 하나도. 이따금 그는 문자에게 가져가려고 무심히 과일 바구니 하나를 집어 들었다가도 도로 내려놓았다. 일단 그녀에게 무엇을 주기 시작하면, 혹시나 끝없이 요구의 손길을 뻗쳐오지 않을까 겁이 났다.

문자는 여전히 그에게 아무것도 요구하지 않았다. 주인집에서 방값을 올리자 그는 자기 힘으로 구해보다가 끝내는 방을 옮겼다. 그 사이 물가가 많이 올라서 문자가 그에게 예전과 같은 저녁상을 차려내기 위해서는 자기가 일주일 살 몫에서 더 많이 쪼개내야 했다. 그녀는 버스를 두 번 타는 대신 한 번만 타고 나머지는 걸었다. 그리고 점심도 라면으로 때웠다.

반대로 한수의 몸에서는 날이 갈수록 기름이 번지르르하게 흘렀다. 그는 매번 올 때마다 구두를 갈아 신었고, 와이셔츠와 넥타이와 커프스 버튼과 내의까지도 달라졌다. 양복도 가지각색으로 늘어났다.

어느 날 문자는 시계를 보고 자리에서 일어나는 그의 내의 자락을 뒤에서 꽉 움켜쥐며 "가지 말아요. 오늘 밤만은 함께 있어줘요" 하고 등에 얼굴을 묻었다. 그러나 이내 잡은 옷자락을 맥없이 놓아주는 순간, 울컥 울음이 넘어오는 것을 간신히 참았다.

예전에는 문자의 손길이 닿는 것마다 금빛으로 물들었던 것이 이제는 그녀의 가슴을 미어지게 할 때가 많았다. 그녀는 그에게 옷을 입혀주려고 옷걸이에서 양복을 걷어내다 그 속주머니에 찔려진 두툼한 돈뭉치를 보고도 목이 메었고, 보자기에 싸서 아랫목에 묻어두었던 그의 구두를 꺼내다가 밑창에 새겨진 고급 상표를 보고도 기슴이 미이졌다.

그녀의 맘속에서는 끝없는 해일(海日)이 일고, 번개가 치고, 폭풍이 몰아치는 종말 같은 나날이 계속되었다. 아무도 없는 강가나 깊은 산속에 가서 목놓아 울고만 싶은 슬픔이 그녀의 두 뺨에서 발그레한 홍조를 차츰차츰 스러지게 했다.

또다시 집값이 올라 하루 종일 방을 구하러 다니다 돌아오던 길에, 문자는 소주 두 병을 샀다. 안주도 없이 단숨에 소주 두 병을 비우고 나서 그녀는 의식을 잃었다. 눈을 떴을 때 그녀는 자기가 눈부신 아침 햇살과 끈적거리는 오물 속에 누워 있음을 발견했다.

새로이 눈물이 괴어올라 눈앞이 어룽졌다. 그녀는 이를 악물었다. 그때 그녀 속에서 낙타 한 마리가 벌떡 몸을 일으켜 세우며 외쳤다.

"고통이여, 어서 나를 찔러라. 너의 무자비한 칼날이 나를 갈가리 찢어도 나는 산다. 다리로 설 수 없으면 몸통으로라도, 몸통이 없으면 모가지만으로라도. 지금보다 더한 고통 속에 나를 세워놓더라도 나는 결코 항복하지 않을 거야. 그가 나에게 준 고통을 나는 철저히 그를 사랑함으로써 복수할 테다. 나는 어디도 가지 않고 이 한자리에서 주어진 그대로를 가지고도 살 수 있다는 것을 보여줄 테야. 그래, 그에게뿐만 아니라, 내게 이런 운명을 마련해놓고 내가 못 견디어 신음하면 자비를 베풀려고 기다리고 있는 신(神)에게도 나는 멋지게 복수할 거야!"

회사에도 못 나가고 그녀는 이틀을 꼬박 누워 앓았다. 그 이튿날은 일요일이었다. 문자는 일어나서 아무 일도 없었던 것같이 그를 맞기 위해 목욕을 하고, 시장에 다녀와서 은행알을 깠다.

그날 저녁 그의 넥타이를 받아 옷걸이에 걸다가 문자는 그것에 꽂혀 있는 진주 넥타이핀을 발견했다. 그러나 그녀의 가슴은 이전처럼 미어지지 않았다. 마침내 그녀의 맘속으로부터 그가 가진 모든 것이 무관해졌던 것이다. 그가 누리는 모든 것이 그녀와 무관해졌다.

문자는 오로지 곁에서 담담한 맘으로 지켜볼 뿐이었다. 그의 끝없는 욕망이 그의 집 문전에 줄을 잇는 업자들의 선물 상자와 돈 봉투를 딛고 자꾸자꾸 높아지는 것을.

어느 날 새벽에 라디오와 텔레비전에서는 베토벤의 「영웅교향곡」 2악장을 끝없이 되풀이하여 들려주었다. 계엄령이 선포되었고 국회와 내각이 해체되었다. 그런 뒤 두 달도 못 되어서였다. 한수는 수염이 덥수룩하고 초췌해진 얼굴로 비틀거리며 문자에게 나타났다. 몸을 가누지 못할 만큼 취해 방바닥에 퍼질러

누운 그에게서 문자는 하나씩 옷을 벗겨냈다. 갑자기 그가 문자의 옷자락을 움켜쥐며 목쉰 소리로 울먹였다.

"난 이제 아무것도 아냐. 우리 집 문전엔 인적이 끊겼어. 그렇지만 너까지 날 괄시하면 죽어버릴 테다."

이모가 목욕 중이었으므로 문자는 거실에 앉아 기다려야 했다. 그녀가 앉아 있는 소파는 보드라운 깃방석 같았고, 아라비아풍의 두툼한 양탄자가 깔려 있어 발밑도 포근했다. 모든 것이 포근하고 쾌적했다.

천장에서부터 내려뜨려진 하얀 망사 커튼 너머로 뜰의 나무들이 세찬 바람에 휘청거리는 것이 보였다. 이곳에서는 추운 바깥 날씨조차도 아프고 시린 것이 아니라 쾌적하고 달콤하게 느껴졌다. 음산한 하늘에서 차츰 먹빛이 배어났다.

욕실에서 타일 바닥을 때리는 상쾌한 물줄기 소리가 들려왔다. 문자는 갑자기 등이 시리고 몸이 저렸다. 그러한 자기 자신에게 그녀는 이렇게 타일렀다.

'약한 사람들은 자신의 삶을 보드라운 소파와 양탄자와 금칠을 한 벽난로와 비싼 그림과 쾌적한 침대 위에 세운다. 그런 뒤엔 그 물질로 해서 알게 된 쾌적한 맛에 길들여져 그들은 이내 물질의 노예가 된다. 그들의 갈망은 끝없이 쓰다듬는 손길에 의해서 잠을 잘 잔 말의 갈기와 같다. 하지만 내 정신의 갈기는 만족을 모르는 채 항시 세찬 바람에 펄럭이기를 갈망한다.'

주방 쪽에서 슬리퍼 끄는 소리가 났다. 아줌마가 주스 쟁반을 들고 왔다.
"오랜만이에요, 아줌마."
"좀 자주 놀러 오시잖구. 애기는 잘 커요?"
"네?"
"어쩌면 엄마를 고렇게 쏙 빼다 박은 것 같죠?"
"어떻게 아세요?"
"사진을 봤어요. 저기 사진이 있잖아요."

아줌마는 거실의 한쪽 벽을 가리켰다. 문자는 아줌마가 주방으로 되돌아갈 때까지 기다렸다가 장식장 앞으로 갔다. 다섯 살이 된 옥조가 생일을 맞았으므로, 문자는 한수에게 부탁하여 아이를 데려와서 하루 동안 함께 지냈었다. 사진은 그날 이모 집에서 찍은 것이었다.

옥조는 이종들의 팔에 안겨 밝게 웃고 있었다. 옥수수처럼 고른 치열이 하얗다 못해 푸르렀다. 문자는 사진틀을 꺼내어 손에 들고, 먼지가 낀 양 손바닥으로 닦고 또 닦았다.

한수의 아내가 아이를 데리러 나타나기 며칠 전부터 문자는 밤마다 아기를 빼앗기는 꿈을 꾸었다. 때로는 아기를 안고 검은 옷의 괴한을 피해 산으로 들로 쫓겨 다니기도 했고, 때로는 아기를 이미 빼앗겨 실성한 듯이 찾아다니다 잠이 깨기도 했다. 잠이 깨어보면 꿈속에서 질렀던, 자기 목소리 같지 않은 비명의 여운이 그저도 귓가에 맴돌고 있었다.

불을 켜고, 그 바람에 불빛에 눈이 시려 아기가 눈두덩을 옴찔옴찔 움직이는 것을 확인하고도 그녀는 여전히 그것이 꿈일까 봐 겁이 났다.

아기를 보고 또 보는 동안 악몽의 환영은 멀어지는 것이 아니라 더욱더 그녀를 옥죄었다. 당장 아기를 데리고 먼 곳으로 도망치고만 싶었다. 어느 순간 갑자기 문자는 누구에겐지 모르게 무릎을 꿇고 울음 섞인 목소리로 탄원했다.

'그러면 왜 안 된다는 거지? 나는 그동안 너무 힘들었어. 연명할 것만 남기고 나는 늘 빈손으로 지냈어. 내 손은 무엇을 움켜쥐는 버릇을 잊어버린 지 오래야. 하지만 이제 내 속으로 난 혈육만큼은 놓치고 싶지 않아. 위안받기를 거부하는 일이 이제는 너무 힘들어! 고통스러워!'

그러나 그녀 속에서 또다시 낙타가 우뚝 몸을 일으켰다.

'너는 할 수 있어. 도달하기 위한 높은 것을 맘속에 지님으로써 너는 고통스러울지 모르지만, 그 고통이 너를 높은 곳에 이르게 하는 사닥다리가 되는 거야.'

그래도 문자는 고개를 가로저으며 계속 신음했다.

그러나 이제 딸의 사진을 보고도 문자는 담담하게 미소 지을 수 있었다.

타일 바닥을 때리던 줄기찬 물소리가 그치고 나서 욕실 문이 열렸다. 뜨거운 물의 쾌적함에 한껏 도취된 듯 이모의 눈빛은 약간 몽롱했고 우윳빛 살갗에는 분홍색이 감돌았다. 그녀는 브러시로 잘 염색된 갈색 머리카락을 빗어 내리며 소파가 있는 데로 걸어왔다. 깃이 깊이 팬 비단 겉옷 사이로 나이를 멈춘 듯 피둥피둥하고 탄력 있어 보이는 앞가슴이 물결쳤다.

문자는 옥조의 사진을 가만히 제자리에 세워놓고 돌아섰다.

"옥조는 끝내 그 집에다 놔둘 거니?"

거침없는 이모의 말투는 반드시 문자를 탓해서 하는 말만은 아닌 듯했다. 문자는 무릎 위에 두 손을 가지런히 모아 쥐고, 다지고 또 다져서 표면이 탄탄하게 굳어진 땅과 같은 표정이 되며 짧게 대답했다.

"네."

"왜? 그 집에서 안 내놓겠대?"

"아뇨, 그쪽에서는 데려가래요."

"그럼 잘됐다. 옥조만 데려오고 나서 그 사람과는 연을 끊어라. 그 사람은 이제 운이 다했어. 끌면 끌수록 너만 손해라는 걸 알아야 해."

"……옥조는 안 데려올 거예요, 이모."

"너 참 이상한 애다. 네 새낀데 가엾지도 않니?"

"가엾어요. 그리고 너무너무 데려오고 싶어요. 하지만 나는 그 아이를 데려옴으로써 나 자신을 만족시키고 싶지 않아요. 옥조를 내놓을 때 이미 그 아이는 제 맘에서 떠나갔어요. 그렇다고 그 아이를 사랑하지 않는다는 얘기가 아녜요. 제가 옥조를 사랑하는 맘은 여느 엄마들이랑 달라요. 얼마 전 칭기즈 칸에 관한 전기를 보았어요. 그는 금나라를 치고 나서, 그 낯선 나라의 낯선 사람에게 자기 아들을 버리고 떠나더군요. 칭기즈 칸으로 하여금 영원한 영웅이 되게 한 것은 아들을 버림으로써 사랑까지도 밟고 지나갈 수 있었던 비로 그 힘이었던 것 같아요. 소유에 대한 집념과 마찬가지로 혈육 역시도 초극(超克)되어야 할 그 무엇이라 여겨져요. 나는 꼭 누구랑 끊임없이 대결하는 긴장 상태 속에서 살고 있는 것 같아요."

"무슨 소린지 한 마디도 모르겠구나. 주스나 마셔라. 아줌마, 나는 당근 주스로 갖다줘."

문자는 이모의 살지고 나태해 보이는 손을 가만히 바라보았다. 뜨거운 물속에서 나른해졌던 손은 건조해지자 끝이 쪼글쪼글해졌고, 청회색 매니큐어 칠도 벗겨져 얼룩덜룩했다. 재미 삼아 손톱으로 매니큐어 칠을 긁어내던 이모가 불현듯 생각난 듯이 목소리를 높였다.

"얘, 참 그렇잖아도 내가 전화할까 했는데 네 발로 왔으니 잘됐다. 너 이제 그쯤에서 결혼하면 어떻겠니? 마땅한 사람이 있단다. 시집가서 지금 옥조 아빠한테 쏟는 정성의 반만큼만 남편한테 쏟아도 너는 귀염받고 잘 살 거야."

설마 이 얘기를 하자고 오라 했던 건 아니겠지. 문자는 초조해져 창밖을 살폈다. 이제는 뜰의 나무들까지도 먹빛으로 변해 있었다. 한수는 집을 나서고 있을지도 몰랐다.

"어떠니? 그렇게 해볼래? 나이는 쉰 살이고 애가 둘 있지만 할머니가 데리고 있댄다. 압구정동에 아파트가 한 채, 또 과천 가는 어디에도 목장을 할 만한 산도 있다더라. 직업은 변호사야. 한쪽 눈이 짜부러진 게 큰 흠이지만, 흠으로 치면 너한테도 그만한 게 있으니 쌤쌤이지 뭐."

이모는 문자에게서 좋은 반응을 기대했으나, 그녀는 수심 찬 얼굴로 창밖만 바라보고 있었다. 돈 때문에 저러지 싶었지만 이모는 자기 쪽에서 먼저 돈 얘기를 꺼내고 싶지는 않았다. 이모는 나오지도 않는 하품을 짝 찢어지게 했다. 겸연쩍은 한순간을 그렇게 해서 넘겼다.

하품 소리에 문자는 창밖에서 이모에게로 눈길을 돌렸다. 하품 때문에 질척해진 눈가를 본 순간 그녀는 이유 모를 분노를 느꼈다. 그러다 다음 순간 그녀는 자기 속의 낙타가 그 분노를 지그시 밟고 지나가는 것을 느꼈다.

"이모, 내가 부탁드린 거 어떻게 됐어요?"

"돈 말이니?"

"네."

"나한테 없다고 했잖아. 하지만 아줌마가 나한테 맡겨둔 거라도 가져갈 테면 가져가. 이자를 줘야 하는데 괜찮겠니? 오 부다."

"네, 좋아요."

그러고도 이모는 선뜻 일어나려 하지 않았다. 손톱으로 매니큐어 칠을 긁어내는 데 자지러져 있으면서 그녀는 여전히 홍얼홍얼 잔소리를 늘어놓는다.

"너 내 말 허술하게 듣지 마라. 이모라고 두 눈이 시퍼렇게 살아 있으면서도 조카가 결혼한 것도 아니고, 그렇다고 안 한 것도 아닌 그런 상태로 일생을 지내게 할 수야 없지 않니? 지하에 계신 느이 엄마가 알아봐라, 날 얼마나 원망하겠니? 그리고 너 매일 돈에 찌들리는 거 지겹지도 않니? 그 변호사한테 시집만 가봐라. 팔자가 확 바뀔 텐데."

"네, 알아요."

이모가 이미 대답에는 신경을 쓰고 있지 않다는 것을 알고 문자는 맞장구만 쳤다.

"하여간 어렸을 때부터 네 속엔 괴물이 들어앉아 있었어. 가다가 진창이 있으면 돌아가야 할 텐데, 너는 발이 빠지면서도 돌아갈 줄 모르는 고집쟁이야."

"네, 알아요."

문자는 문자대로 다른 데 정신이 팔려 있었다. 리비아를 여행하고 온 사람이 쓴 글 중에 이런 구절이 있었다.

리비아는 국민 소득이 일인당 만 달러였고, 인구는 삼백만밖에 되지 않았다. 그 나라 정부의 절대 과제 중 하나는 인구를 늘리는 일이었다. 그래서 정부에서는 다산(多産)을 권장하는 한편, 사막의 오지에 사는 사람들을 도시로 끌어내기 위해 돈다발로 유혹한다. 푹신한 양탄자에 에어컨 장치에 안락한 침대에 꼭지만 틀면 수돗물이 콸콸 쏟아져 나오는 집에서 편안히 살게 해줄 테니 제발 도시로 나오라고 간청한다.

그러나 사막에서 살아온 유목민의 상당수가 그 유혹을 뿌리치고 더 깊이 사막 속으로 들어간다. 대부분의 인간은 시달리는 것, 즉 갈증을 몹시 두려워한다. 그런데 그들만이 갈증뿐인 사막 속으로 더 깊이 파고든다. 사막의 갈증. 흙조차도 타고 부서져서 모래로 변한 죽음의 땅. 해가 뜨면 땅과 하늘 사이는 분홍색 열안개의 도가니가 된다. 해가 지면 그 추위 또한 살인적이다. 사막 속의 인간이 열사(熱死)와 동사(凍死)로부터 자기를 보호할 것은 그의 살갗뿐이다. 그들은 무엇 때문에 이 갈증의 길을 스스로 택해서 가는가.

리비아에는 조상 적부터 전해져 내려오는 전설 같은 지도가 있다. 그 지도에는 사막의 땅속 깊은 곳으로 흐르는 푸른 물길이 그려져 있다. 그들은 이 길을 신(神)의 길이라고 부른다.

사막의 오지에서 나오지 않는 사람들만이 이 푸른 물길이 어디에 있는지 안다고 한다.

문자는 이모에게 다시 한 번 더 돈 얘기를 상기시켜야 했다. 이모가 돈을 가지러 방으로 들어간 사이에 문자는 옥조의 사진을 한 번 더 봐두려고 장식장 앞으로 갔다.

'가엾은 자식. 엄마가 네게 지운 짐이 너무 가혹하지? 하지만 너도 네 힘으로 네 속에서 낙타를 끌어내야 한다. 엄마가 너의 삶을 안락한 강변도 있는데 굳이 고통의 늪가에다 던져놓은 이유를 그 낙타가 알게 해줄 거야. 그것이 사랑이란 것을 알게 해줄 거야.'

문자는 이모가 건네준 돈을 받아 가방에 넣고 나서 아줌마에게 고맙다는 인사말이라도 하려고 주방 쪽으로 돌아섰다.

"얘, 얘, 넌 그냥 가라. 아줌마한텐 나중에 내가 얘기해줄게."

당황한 이모가 문자를 만류했다. 문자는 어리둥절한 채 이모가 허둥거리며 쇼핑백에다 주워 담아주는 과일을 받아들었다.

"저어……."

셈을 치르려던 문자는 상점 주인의 망설이는 얼굴을 쳐다보았다.

"저어, 아까 아저씨가 들어가시면서 오징어 한 마리하고 고량주 두 병을 가지고 가셨어요."

"네, 알겠어요. 그건 얼마죠?"

"가만있거라 보자, 천팔백 원이군요."

찬거리를 들고 문자는 상점에서 나왔다. 다닥다닥 붙어 있는 집들의 노란 창문들이 그녀로 하여금 한층 더 지치고 피곤하여 쉬고 싶은 생각을 간절하게 했다. 그러나 한수가 와 있으니 쉴 수도 없으리라. 그는 요즘 들어 부쩍 허물어진 모습에 주사(酒邪)까지 늘고 있었다.

문자는 높고 가파른 언덕을 올라갔다. 가는 도중에 그녀는 고목나무 아래서 다리를 쉬었다. 언제나 다름없이 신선한 영감이 가슴을 뿌듯하게 차올랐다.

그 고목은 몸뚱어리가 온전치 못한 불구의 몸임에도 늠름한 키에 풍성한 가지를 지니고 있었다. 그의 가지 하나하나가 모두 하늘을 어루만지려는 갈망의 손으로 보였다. 저토록 높은 데까지 갈망의 손을 뻗치기 위해서는 아마도 그의 뿌리는 자기 키의 몇 배나 깊이 땅속으로 더듬어 들어갔을 것이다. 생명수를 찾아 부단히, 차고 견고한 흙 속으로 하얀 의지를 뻗친 나무의 뿌리가, 자신의 발밑에 맞닿아 있다는 것을 생각하면 문자는 시린 삶의 아픔이 가시는 듯한 위안을 느꼈다.

문자는 미처 집에 닿기도 전에 대문 안에서 얼굴만 내밀고 자기를 기다리고 있던 주인집 여자를 만났다. 가슴이 철렁했다. 역시 그랬다.

"아유 속상해죽겠어. 색시 저거 좀 봐요. 저기다 또 오줌을 누었어요. 개도 그렇진 못할진대, 남의 집 얼굴이나 다름없는 문간에다 찌린내를 진동치게 해놓다니. 우리는 둘째치고 담벼락 주인이 알고 쫓아올까 봐 무섭군요."

"정말 죄송해요, 아주머니. 지금 당장 씻어내겠어요."

문자는 부엌 겸 자기 방 출입문으로 들어가서 찬거리랑 가방을 내려놓고 대야에 물을 퍼 담았다. 주인집 여자는 여전히 눈꼬리에 독을 묻혀가지고 서서 문자를 흘겨보았다.

지칠 대로 지친 육체에 굴욕의 비수가 꽂히자 감미로운 동요가 일어났다.

'고통의 사닥다리를 오르는 일이 다 쓸데없는 짓이라면? 이 길의 끝에 아무것도 없다면? 모든 것이 다 조작된 의미라면? 아픔과 고통의 끝이 또 다른 아픔과 고통의 연속으로 이어신다면……?'

그럼에도 그녀의 팔은 오랫동안 낙타의 지칠 줄 모르는 다리가 되어왔던 까닭에 걸레질을 멈추지 않았다.

문자가 담장을 말끔히 씻어놓고 안으로 들어가려니, 주인집 여자가 그제야 다소 누그러진 음성으로 그녀를 붙잡아 세웠다.

"색시, 잠깐만 기다려요. 편지 온 게 있어요."

잠시 후에 주인집 여자는 푸른 항공엽서 하나를 들고 나왔다. 그것을 건네주며 그 여자는 밑도 끝도 없이 씩 웃었다. 그 웃음은 또다시 문자의 가슴을 철렁하게 했다. 틀림없었다.

"이사 온 지 육 개월도 안 됐는데 이런 말 하기가 뭣하지만, 이해해줘요. 우리 아들이 방을 따로 쓰겠다고 자꾸 보채는구려. 복덕방비는 이쪽에서 물어줄 테니 다른 방을 좀 봐보려우?"

"네, 알겠어요."

문자는 선선히 대답하고 안으로 들어갔다. 발등이 터진 한수의 헌 구두를 집어 한쪽으로 가지런히 세워놓고 방문을 열었다. 한수는 곯아떨어져 자는 중이었다. 빈 고량주 병이 머리맡에 나뒹굴었다. 그의 머리는 덥수룩하게 자라 귀를 덮었고 와이셔츠 깃은 때에 절어 있었다. 새우처럼 등을 구부리고 자는 모습을 바라보고 있는 동안, 문자에겐 이제야말로 내가 이 사람을 진정으로 사랑하는 게 아닐까, 하는 생각이 스쳐갔다.

손에 들린 편지 생각이 난 것은 그다음 일이었다. 편지는 뜻밖에도 미국에 간 오빠로부터 온 것이었다. 문자는 저녁을 지으려는 생각이 앞서 편지를 대강대강 읽었다.

"이건 무슨 편지야?"

밥상을 차리는데 방 안에서 그의 목소리가 들려왔다.

"오빠에게서 온 거예요."

"내용이 뭔데?"

"날 보고 들어오래요. 자기가 하는 슈퍼마켓이 너무 잘돼서 손이 모자란대요."

"쳇, 지금까지 소식 한 장 없다가 겨우 손이 모자라니 와서 도와달라구? 당장 회답을 써보내, 웃기지 말라구. 물주만 만나봐, 그까짓 슈퍼마켓 같은 건 열 개라도 차릴 수 있어."

탁, 하고 성냥불 긋는 소리가 들려왔다. 그가 짜증이 난 것은 편지의 내용 때문이라기보다, 돈을 구했는지 못 구했는지 빨리 말해주지 않기 때문이라고 헤아려졌다.

밥상을 차리다 말고 문자는 방 안으로 들어갔다. 한수는 핏발이 선 눈길을 얼른 모로 비꼈다. 문자는 가방에서 돈을 꺼내 그에게 내밀었다. 그는 돈을 받는 즉시 담배를 신문지 귀퉁이에 눌러 끄고 벌떡 일어났다.

"저녁 다 됐어요."

"지금 몇 신데 저녁 타령이야. 다 늦게 들어와가지구."

문자는 잠자코 그에게 윗도리와 외투를 입혀주었다. 순간순간 그의 모질고 이기적인 성격을 엿볼 때마다 문자는 맘속으론 울고 입술로는 웃었다.

그가 단추를 채우는 동안 문자는 먼저 부엌으로 나와서 그가 신기 좋게 구두를 가지런히, 그리고 약간 벌려 놓아주었다. 밥을 푸다 만 밥솥에서 김이 서려올라 자욱했다. 문득 쓰라린 비애를 느꼈으나 그녀는 조용히 웃었다.

한수는 문자가 문밖에서 배웅하고 있다는 것을 알면서도 곧장 뚜걱뚜걱 계단 아래로 내려갔다. 그는 언덕을 내려가 잠시 후에 시야에서 사라졌다.

그러나 문자에겐 그가 자기 시야에서 끝도 없이 멀어지고 있을 뿐인 것으로 느껴졌다. 그는 이미 한 남자라기보다, 그녀에게 더한층 큰 시련을 주기 위해 더 높은 곳으로 멀어지는 신의 등불처럼 여겨졌다. 그리하여 그녀는 그것에 도달하고픈 열렬한 갈망으로 온몸이 또다시 갈기처럼 펄럭였다.

서영은(徐永恩)

1943년 강원도 강릉 출생. 1961년 강릉사범학교 졸업. 건국대학교 영문과에서 수학. 1968년 『사상계』 신인작품 모집에 「교」가, 1969년 『월간문학』 신인작품 모집에 「나와 '나'」가 당선되어 등단. 단편 「먼 그대」(1983)로 제7회 이상문학상, 중편 「사다리가 놓인 창」(1989)으로 제3회 연암문학상 수상. 『사막을 건너는 법』(1977), 『술래야 술래야』(1981), 『황금깃털』(1984), 『사다리가 놓인 창』(1990), 『길에서 바닷가로』(1992) 등의 소설집과 『그리운 것은 문이 되어』(1989), 『꿈길에서 꿈길로』(1995), 『그녀의 여자』(2000) 등의 장편소설 출간.

작품 세계

서영은은 세속적 일상과 타협하지 않는 자아의 의지를 상징적이고 우화적인 수법으로 그린 소설들을 주로 써왔다. 대부분 일인칭 화자로 설정된 주인공들은 타락한 현실 저 너머의 초월적 세계를 꿈꾸고 생의 근원적인 의미에 도달하기 위해 고통을 기꺼이 감내한다. 「교」「나와 '나'」「야만인」「틈입자」 등 초기 단편들의 주인공 남성은 안정된 일상에 혐오감을 느끼고, 위악적인 태도를 취하거나 원시적이고 충동적인 삶을 택한다. 한편 「살과 뼈의 축제」「술래야 술래야」「먼 그대」 등에서 여성들은 불륜이나 도발적인 성 등 제도권 밖의 성을 선택함으로써 그로 인한 윤리적 비난이나 고통마저 감수하려 한다. 「살과 뼈의 축제」「먼 그대」는 수동적인 여성성을 연기함으로써 역설적으로 기존의 성별 관계에 포획되지 않으려는 자유로운 영혼을 그리고 있다. 이와 같은 반사회적·반제도적 특성은 서영은의 작품 세계에서 일관되게 드러나는데, 이는 물질보다는 정신, 일상보다는 이상을 추구하는 태도에서 기인한 것이라 할 수 있다.

또한 서영은의 소설은 알레고리적 성격을 띠고 있다. 가령 「살과 뼈의 축제」의 거북이라든가, 「먼 그대」의 사막을 건너는 낙타, 「황금깃털」의 황금깃털은 자기를 희생하고 고통의 극한까지 도달함으로써 현실을 초월하려는 주체의 강렬한 욕망을 드러내는 이미지들이다.

최근에는 페미니즘적 시각에서 여성 인물들이 추구하는 위반적인 성, 수동적인 여성성 이면에 감춰진 전복성과 일탈 의지를 적극적으로 해석하기도 한다. 가령 근작인 『그녀의 여자』는 위반하는 주체로서의 여성을 좀더 적극적으로 부각하기 위해 동성애를 주제로 삼고 있다. 하지만 서영은의 작품들은 섹슈얼리티를 다룬다 하더라도, 성적 욕망 그 자체를 추구하는 데 목적이 있지 않다. 일상과 제도로부터 탈주해서 초월적 지평으로 나아가기 위한 매개로 기능하는 이 섹슈얼리티는 젠더 정치학과 관련해서 서영은 소설이 지닌 가능성과 한계를 동시에 보여준다.

「먼 그대」

「먼 그대」의 주인공 문자는 유부남이자 도덕적으로 타락한 한수로 인해 경제적으로 빈핍한 상태에 있고, 자기가 낳은 딸 옥조마저 빼앗기는 고통을 당한다. 얼핏 보면 문자와 한수 사이의 관계는 피학과 가학, 여성과 남성의 위계 관계를 그대로 재현하고 있는 듯하다. 하지만 문자의 헌신적 사랑은 "한수로 대표되는 속물적인 세계의 잔혹함을 폭로하는 복수이자 자신의 훼손되지 않은 초월적 주체성을 증명하는 행위"(김은하)이다. 문자는 타인의 눈이나 평가를 의식하지 않는 "절대 긍정적 자신감"을 지니고 있다. 그 자신감은 "자신들의 키를 훨씬 넘어 아주 높은 곳에 있는 어떤 존재와 겨루면서 몇 만 리나 되는 고독의 길을 홀로 걸어오는 동안 생겨난 것"이다. 그런 그녀에게 한수는 무자비한 칼처럼 상처를 내는 존재, 고통을 통해 자신을 단련시키는 존재에 불과하다. 물론 그녀도 처음에는 '사랑하는 사람'의 존재감만으로도 생의 활력을 느끼지만, 이때에도 역시 그-한수는 그녀의 존재를 '연금(鍊金)'시키는 역할을 하는 데 불과하다. 한수가 보잘것없는 국회의원 비서에서 광업소 소장으로, 그러다가 정권이 바뀌고 사업에 실패하면서 백수건달로 상승과 전락을 거듭하는 동안 그녀는 그 고통을 자산 삼아 생을 견딘다. "그가 나에게 준 고통을 나는 철저히 그를 사랑함으로써 복수"하겠다는 이 역설은 마조히즘적 심리의 극단을 보여준다. 이처럼 타인으로부터 굴욕적인 대접을 받을수록 '감미로운 동요'를 느끼는 마조히즘적 심리를 단순히 여성의 수동성이라든가 타자적 위치로 규정 지을 수 없는 이유는 이 역시 정신적 초월 내지 초극을 위한 연기에 지나지 않기 때문이다.

한수와 이모, 그리고 출판사 동료들이 '물질의 노예'라면 나는 "만족을 모르는 채 항시 세찬 바람에 펄럭이기를 갈망"하는 정신의 소유자이다. 심지어 그녀는 "소유에 대한 집념과 마찬가지로 혈육 역시도 초극(超克)되어야 할 그 무엇"이라 여겨 딸인 옥조를 데려오지 않는다. 그녀는 스스로를 "짐을 얹고 또 얹고 그러는 동안 자기 속에서 그 짐을 이기는 영원한 힘을 이끌어 낸 불사(不死)의 낙타"와 동일시한다.

이처럼 자신을 끊임없이 '사막'으로 비유되는 고통의 극지로 몰아넣음으로써 역설적으로 '신의 길'에 도달하고자 하는 영혼을 그린 이 소설은 우리 소설사에서 문학적 정신주의 내지 구도적 글쓰기의 한 유형을 제시했다는 점에서 의미가 있다.

주요 참고 문헌

강상희의 「견인과 초월의 의미 — 여성적 내면주의의 원형, 「먼 그대」「사막을 건너는 법」」(『문학사상』, 2000. 12)과 김종회의 「우리 시대의 정신적 모험주의 — 서영은의 「먼 그대」」(『문학사상』, 1989. 8)는 '정신적 모험주의'(김종회)와 '여성적 내면주의' '견인주의'

(강상희)라는 말에서 짐작할 수 있듯이 이 작품이 '정신의 갈기'를 세우고 현실을 초월하려는 특성을 가지고 있다는 점에 주목하였다. 특히 이 작품이 1980년대에 발표되었으면서도 당시 소설들의 현실 반영적인 경향과 거리를 두고 예외적인 소설 미학을 구축했다는 점을 강조한다. 한편 김은하의 「순교자 여성과 모호한 젠더」(『작가세계』, 2004년 가을호), 이경호의 「「먼 그대」를 찾아가는 여행 — 여성 정체성의 탐구」(『작가세계』, 2004년 가을호)는 젠더와 섹슈얼리티의 관점에서 「먼 그대」를 분석한다. 이들은 이 소설이 남성과 여성 간의 젠더 권력 관계를 드러내고 있다는 점에 주목한다. 하지만 작품에 대한 평가는 다소 다르다. 김은하가 문자의 헌신적 사랑이 남성인 한수의 이기성과 잔혹함을 폭로함으로써 젠더 위계질서를 드러내는 데 유효하다고 보는 반면, 이경호는 작품이 주관적인 내면 세계에 치우쳐 있어 여성을 가부장제하에서 타자의 위치로 고정시킬 위험이 있다고 본다.

_김양선

조정래
회색의 땅

형은 아버지와 앙숙이었다.
그 정도는 상상으로 가능하지 않을 만큼 심한 것이었다. 한마디로, 형은 아버지를 거미만큼도 못한 존재로 취급했다. 미물인 거미는 제 새끼가 자립을 할 때까지 키우기 위해 새끼를 등에 업고 자기의 몸을 파먹히우며 죽어간다는 것이었다. 그런데 인간인 아버지는 그 반대로 자식의 인생을 파먹고 들어 산산조각으로 박살을 낸 위인이라는 것이었다.
'아버지'라는 엄연한 존재를 거미만도 못한 존재로 취급하는 자식이라면 그건 틀림없이 정신 이상이거나, 그게 아니면 싸가지 반 푼어치도 없는 볼 장 다 본 놈의 짓일 것이다. 그러나 그건 어디까지나 객관적인 평가 기준에 지나지 않았다. 형은 미치기는커녕 공과대학을 꽤는 괜찮은 성적으로 졸업한 이력의 소유자이며, 그 사건이 있기 전인 대학 사 학년 말기까지 이웃에 자자하게 소문난 효자였다.
아버지에 대한 형의 가치 평가는 어쩌면 정확한 것인지도 모를 일이었다. 여기에 우리 집안의 슬픔이 있고 비극이 있었다.

---

* 「회색의 땅」은 『문학사상』 1982년 6월호에 발표되었고, 이후 소설집 『어머니의 넋』(한국문학사, 1988)에 수록되었다.

형은 앙숙의 사이답게 아버지의 임종을 지키지 못했다. 그뿐만 아니라 전보를 친 당일로 집에 온 것이 아니라 하룻밤을 지나고 다음 날, 그것도 밤이 어둑어둑해서야 들어섰다. 형은 몸을 가누지 못할 지경으로 취해 있었고, 훅훅 내뿜는 숨결에서는 썩은 술 냄새가 는적는적 묻어났다. 그 끈적거리는 타액의 질감을 느끼게 하는 지독스러운 술 냄새는 형이 얼마나 긴 시간에 걸쳐 술을 들이부었는지 입증하는 것이었다.

아버지는 새벽 다섯 시쯤 운명했고, 전보는 여덟 시쯤 중앙우체국을 통해서 전화로 처리되었다. 전보가 아무리 굼벵이 걸음으로 갔을지라도 형은 점심때쯤엔 아버지의 임종을 만났을 것이다. 그리고 아무리 늦장을 부렸더라도 오후 여섯 시경에는 집에 도착할 수밖에 없는 거리에 있었다. 그런데 형은 하룻밤을 버티고, 다음 날 온 낮을 어디서 용케도 죽이고는 어두워서야 술 취한 박쥐가 되어 나타난 것이다.

형은 아마 전보를 받고부터 줄곧 술을 마셔댔을 것이다. 술을 마시면서 아버지의 죽음을 축하했을지 애도했을지 그건 확실히 알 수가 없다. 다만 한 가지 분명한 사실은 형은 그 둘 중 어느 한쪽을 택했을 것이고, 그것이 어느 쪽이든 간에 형은 술을 안 마시고는 못 배겼을 것이라는 점이다.

형은 곧 무너져 내릴 것만 같은 불안한 자세로 흔들리며 아버지의 영정을 노려보고 서 있었다. 그런 형의 표정은 비웃는 것도 슬퍼하는 것도 아닌 기묘한 것이었다. 나는 서너 걸음 옆에서 조마조마한 마음으로 서 있었다. 형이 느닷없이 영정을 내동댕이치거나 촛불과 향로가 놓인 상을 걷어차버릴지도 모른다는 불안감 때문이었다.

형은 지루할 만큼 긴 시간을 그러고 서 있다가 그 자리에 그대로 철퍼덕 주저앉았다.

"야, 술!"

아버지의 영정을 노려본 채로 형이 소리쳤다.

절 올려야죠. 목구멍까지 기어나온 말을 나는 꿀꺽 삼켜버렸다. 형의 기분이 어떤 것인지도 모르면서 괜히 긁어 부스럼을 만들고 싶지 않았던 것이다.

술도 그만 마시게 하고 싶었지만 그것도 마음뿐이었다. 나는 서둘러 부엌으로 갔고, 조객을 위해서 미리 손봐둔 세 개의 술상 중에서 아무거나 하나를 들고 돌아섰다.

형의 잔에 소주를 따랐다. 반만 따를까 하다가 또 신경을 거슬릴까 봐 찰랑찰랑하게 잔을 가득 채웠다. 형은 한숨인지 심호흡인지 모를 긴 숨을 내쉬고는 잔을 들었다.

"저어…… 과로에 의한 심장 마비 증상이라더군요. 어저께 새벽 다섯 시……."

"자, 자, 술 받어!"

그따위 것 아나 마나라는 투로 말허리를 자르며 잔을 내 코앞에 불쑥 디밀었다. 그런 형의 얼굴은 험상궂게 일그러져 있었다. 분명 술잔을 거절해야 된다고 생각하면서도 내 두 손은 술잔을 받쳐 잡고 있었다.

술병이 떨렸고, 술은 비틀거리며 술잔으로 흘러들었다. 형의 손마저 심하게 취해 있는 것이었다. 형을 탓하지 말자는 생각을 나는 벌써 여섯번째 하고 있었다. 비록 형이 아버지의 죽음을 축하하는 한이 있더라도…….

나는 술잔을 단숨에 비우고 형에게 내밀었다.

"난 그만 하겠어요."

상주이기 때문이 아니었다. 형과 마주 보고 앉아 있기가 싫어서였다.

눈을 힘주어 감으면 금방 눈꼬리로 술이 번져 나올 것처럼 술기에 완전히 젖어버린 눈으로 아버지의 영정을 바라보고 앉아 자작 술을 마시며 형은 밤을 꼬박 밝혔다. 나는 우선 형의 주량에 놀랐고, 그리고 그 예전과 다름없는 독기에 몸서리가 쳐졌다. 고등학교 일 학년 때부터 자신의 인생 설계도를 만들어놓고 그것의 성취를 위해서 형은 대학을 졸업할 때까지 칠 년간을 고학으로 일관한 독종이었다. 전혀 풍족한 것은 아니었지만, 아버지가 학비를 마련하지 못할 만큼 무능하지도 않았다. 아버지는 형의 고학을 만류했지만 형은 듣지 않았고, 아버지는 학기마다 형의 등록금을 애써 장만했지만 형은 단 한번도 그것을 필요로 하지 않았다. 그래서 형은 아버지에게 더욱 믿음직스럽고 대견한 장남이었고, 이웃들은 부러움과 동경의 눈으로 그런 부자를 바라보며 형에게 효자 칭호를 붙여주기를 주저하지 않았다.

형에게 있어서나 아버지에게 있어서나 그 시절이 행복의 절정이었다고 해야 할 것이다.

형은 발인제를 올릴 때도 게게 풀린 핏발 어린 눈으로 아버지의 영정을 쏘아본 채 전혀 절을 할 생각을 하지 않았다.

"형, 절을 올려야죠. 떠날 시간입니다."

나는 형이 절하기를 기다리다 못해 입을 열고 말았다.

"가자……."

형은 중얼거리듯 말했다. 그리고 비틀비틀 걸어서 장의차로 올라갔다.

"맏상주가 저러는 법이 어딨어요."

아내가 제법 큰 소리로 불만을 표시했다.

"입 다물어!"

나는 놀라움 반, 역정 반이 섞인 더러운 기분으로 아내에게 쏘아붙였다. 아내가 갑자기 형을 비판하는 것에 놀랐고, 감히 그 버르장머리 없음에 역정이 솟은 것이다.

물론 어젯밤부터 계속된 형의 행동은 턱이 내려앉을 정도로 따귀를 얻어맞아도 좋을 만큼 막되어먹은 것이었다. 그러나 그것 역시 객관적인 눈에 한정된 것이었다. 아무 물정도 모르고 아내가 입을 놀리는 것은 시건방진 소치거나 싸가지 없는 짓으로밖에는 보이지 않았다. 물론 아내의 심중을 이해 못하는 것은 아니었다. 맏상주의 그런 정신 나간 것 같은 행동이 주위 사람들에게 민망하고 열없을 게 분명했다.

형은 주머니에 소주병을 넣고 차를 탔었는지, 장지에 다다를 때까지 술을 찔끔찔끔 마셔대고 있었다. 나는 줄곧 형을 외면하고 있었다. 형을 탓하지 말자는 생각을 벌써 서른 번이 넘게 하면서.

관이 옮겨졌을 때는 인부들에 의해서 이미 하관할 수 있는 준비가 다 끝나 있었다.

"저건 뭐냐?"

무심한 듯 하관 자리를 내려다보던 형이 불쑥 물었다. 형이 무엇을 묻는 것인지 나는 금방 알아차렸다.

"어머니를 합장할 자립니다."

나는 아버지의 그 애절하던 유언을 생생히 떠올리며 대답했다.

"어머니?"

"네, 어머니요."

나는 형을 쳐다보지 않은 채 분명한 어조로 대꾸했다. 그리고 옆 볼에 꽂혀 오는 형의 시선을 느꼈다. 그러나 나는 형에게로 눈길을 돌리지 않았다.

형은 무슨 뜻인지를 알았는지 몰랐는지 더 묻지를 않았다. 아래만 내려다보고 있는 나의 시야 속에서 형의 두 발이 돌려세워졌다. 발이 움직이고, 흙가루가 좌르르 아래로 떨어져 내렸다. 그 무심하게 떨어져 내리는 한 줌 정도의 흙가루가 이상하게도 내 가슴에 뭉클한 서러움의 파문을 일구었다. 저승길로 떠나는 아버지에게 형이 베풀 수 있는 것은 바로 저 흙가루뿐인지도 모른다는 생각이 스쳐 갔기 때문이었을 것이다.

정해진 시간에 맞춰 하관이 되고, 친족의 하직 인사를 겸한 매장을 허락하는 말을 대신하는 흙 떠 넣는 순서가 되었을 때 형의 모습은 보이지 않았다.

"형 어디 가셨니, 형?"

친구가 두리번거리며 말했고, 나는 그에게 찾지 말라는 고갯짓을 해 보였다. 형은 아까 돌아서는 길로 이 자리를 떠난 모양이었다.

묏자리를 다지는 발길들에 따라 회색빛 선소리가 구슬프게 휘어져 감기며 퍼져 나가고, 그 서럽고도 음울한 가락을 디고 아버지의 시리시리 한 맺힌 이승의 혼이 저승으로 떠나고 있음을 나는 망연히 보고 있었다.

일을 다 마치고 장의차로 돌아왔지만 형의 모습은 보이지 않았다. 술기운을 못 이겨 어디 쓰러져 잠이 들었나 싶어 사람들이 흩어져 찾아 나섰다. 삼십 분 이상을 샅샅이 뒤졌지만 넓은 공원묘지 안에서 형의 흔적은 찾아낼 수 없었다.

"출발합시다. 먼저 집으로 갔을 겁니다."

무슨 확신을 가지고 한 말이 아니었다. 나는 행동을 결정해야 할 책임을 지고 있었고, 형이 제발 무사하게 집에 가 있기를 바라면서 한 말이었다.

결국 형은 아버지의 장례에서 눈물은 고사하고 형식적이나마 절 한번 올리지 않고 말았다. 형은 죽음 앞에서까지 아버지를 용서하지 않은 것이다. 내 마음의 팔 할은 그런 형을 이미 욕하고 혐오하고 있었다. 그러면서 나머지 이 할로 형을 이해해야 한다고, 용서해야 한다고 애써서 마음을 다독이고 있었다.

장의차가 시내 변두리로 진입할 즈음이 되었을 때 아내는 더 못 견디겠다는 듯 입을 열었다.

"아무리 생각해도 시아주버님은 너무하세요. 생전에 사이가 나빴다고 해도 어떻게 그럴 수가 있어요."

아내는 목소리를 아주 낮추고 있었지만 어감은 힐난했다.

"입 다물어. 당신이 떠들 일이 아냐."

나는 눈까지 부라리며 쥐어박듯이 내지르고 말았다.

그 시한폭탄 같은 사건은 형의 대학 졸업을 사 개월 남짓 남겨놓고 터졌다. 그 사건은 생선을 도마 위에 올려놓고 토막 치듯 형의 인생을 첫번째로 좌절시킨 날벼락이었다. 형은 공대 졸업과 동시에 공병장교로 임관하게 되어 있었다. 그런데 최종 신원 조회에서 그 자격을 박탈당하고 말았다. 아버지 때문이었다.

"그때 무슨 일을 하셨던 거예요?"

형의 떨리는 목소리가 낮게 들려 나왔다.

"말씀을 하세요. 이유를 알아야 할 것 아닙니까."

아버지의 음성은 들리지 않은 채 잠시 침묵이 흘렀다.

"이게 얼마나 기막힌 일인지 아세요? 이 년 동안 죽도록 고생한 것이 하루아침에 물거품이 돼버린 거예요. 말씀 좀 해보세요."

형의 음성은 격하게 들렸다. 아버지는 죄인이고 형의 말은 고문이 되고 있었다. 나는 전혀 몰랐던 아버지의 과거에 대해 놀라는 한편, 형의 입장을 충분히 아파하면서도 아버지를 대하는 그 태도에는 동조할 수가 없었다.

"아버지!"

"……그래, 다 이 못난 애비 죄다. 다시 곱씹어 어디 쓸 것이냐. 늦었으니 건너가 자거라."

아버지의 음성이 이때처럼 절망적인 탄식으로 들린 때는 전에 없었다.

형은 어이없게도 하사관으로 입대했고, 아버지는 척추뼈 한 마디가 빠져나간 것처럼 어깨가 축 처지고 말았다.

형의 좌절은 여기서 끝나지 않았다. 무슨 과학연구소에 첫번째 이력서를 냈는데 시험에 합격을 하고서 신원 조회에서 탈락이 되고 말았다. 형은 다시 아버지를 다그치듯 하며 그때 무슨 일을 했는지 말하라고 고문했고, 아버지는 역시 그 고문을 침묵으로 견뎌냈다.

형은 핏발이 선 눈으로 하늘을 응시하며 이빨을 뿌드득뿌드득 가는 나날을 보냈고, 아버지는 척추뼈 마디가 두 개쯤 더 빠져버린 것 같은 후줄근한 꼴이 되었다.

형은 어찌어찌 기운을 차렸는지 세번째의 도전을 시도했다. 그러나 역시 좌절이었다. 그의 불행은 그가 공대 출신이기 때문에 더 끈덕지게 그를 괴롭히게 되는 모양이었다. 형은 세번째의 좌절을 당하고 나서는 아버지를 괴롭히지 않았다.

형의 네번째의 도전은 마침내 형을 침몰시키고 말았다. 형은 고등학교 일 학년 때부터 세웠던 과학자로서의 인생 설계를 포기하고 만 것이다. 형은 아버지에게 단 한마디의 의논도 없이 친구 아버지가 유산으로 남겨놓고 간 목장의 관리인으로 집을 떠나버린 것이다. 그리고 형은 아버지가 돌아가시기까지 육 년 동안 한번도 집에 오지 않은 것이다.

형이 집을 떠나버린 다음부터 아버지는 삶의 의욕을 거의 상실해버린 것 같았다. 얼굴에서는 웃음이 완전히 사라져버렸고, 죄의식이 분명한 우울한 그늘만이 짙게 얼굴을 덮고 있었다. 아버지는 나에게까지도 죄의식을 느끼는 게 여실했다. 아버지로서의 언행이 완전히 없어져버렸고, 어쩌다 무슨 말을 할 때도 시선을 마주치는 일이 절대 없었다.

아버지는 처음 이삼 년 동안에는 명절만 되면 몹시도 초조하게 형을 기다리고는 했다. 그러나 형이 끝내 나타나지 않자 사 년째 되는 설부터는 옷가지며 일용품 등속을 사가지고 와 내 앞에 내밀기 시작했다.

"형한테 댕겨오거라."

형과는 만 삼 년 만의 대면이었다. 그런데 형은 전혀 모르는 사람을 대하듯 무표정했다. 형은 그동안 폐인이 된 것 같기도 했고, 어찌 보면 모든 욕망을 초월해버린 도인이 된 것 같기도 했다.

"한 마리 거미만도 못해."

아버지를 이해하는 방향으로 생각을 좀 고쳐먹으라는 내 말에 형은 이렇게 일갈하고 말았다.

형을 만나고 온 나는 아버지를 대하기가 너무나 민망하고 미안했다. 아버지는 말 대신 눈으로 많은 것을 물었다. 그러나 나는 그 안타깝고 애절한 물음에 흡족할 만큼의 대답을 준비하지 못하고 있었다. 건강하게 잘 있더군요. 나는 고작 이 한마디를 겨우 했을 뿐이다. 그리고 한껏 지어낸 거짓말이라는 것이, 아버지 건강하시라고 전하더군요, 였다.

내 거짓말을 들은 아버지는 눈물이 핑그르르 도는 것 같았고, 그것을 감추려는 듯 얼른 담배에 불을 붙여 물었다. 그런 아버지의 희끗희끗한 머리칼이 유독 두드러져 보였다.

첫번째 사건이 터진 다음부터 아버지한테서는 두 가지 변화가 일어났었다. 세상 사는 재미를 잃어버린 것 같은 것이 그것이었고, 다른 하나는 전보다 훨씬 더 일에 파묻힌 것이었다. 전에는 직공들에게 맡겼던 야근을 아버지가 손수 차고 나선 것이다. 열 시까지의 야근도 부족했던지 아버지는 공장에서 밤을 새우는 일도 허다했다.

세상 사는 재미를 잃어버린 것과 죽자 사자 일에 매달리는 것. 이건 모순 중의 모순이었다. 모든 사람이 일을 하는 일차적 목적은 돈일 것이고, 보다 많은 돈을 얻고자 함은 삶의 의욕의 표현일 것이다. 나는 아버지의 이 모순을 이해할 수도, 납득할 수도 없었다.

모든 노동의 시간은 돈과 비례하기 마련이지만 특히 아버지가 경영하는 비닐

커버 제작은 시간이 곧 돈이었다. 일 초에 두 개씩을 찍어내는 비닐 커버는 한 개당 몇 원의 이익을 셈하게 되어 있었다. 아버지가 더러 즐기던 술마저 딱 끊어버리고 그렇게 일에만 매달려서 돈을 벌어들이는 이유를 나는 알 수가 없었다.

나는 어렸을 때부터 형과는 상당히 다른 체질이었다. 형처럼 점수를 탐하는 식의 공부에 흥미가 없었고, 고등학교 일 학년 때부터 거창한 인생 설계를 세우는 식의 심각함도 마땅찮았다. 적당히 공부하고, 적당히 돈을 벌고, 적당히 재미 보고 사는 것이 인생이 아니겠느냐고 나는 생각하고 있었다. 그래서 형은 마음 놓고 나를 한심한 놈으로 무시할 수 있는 자유를 얻었고, 나는 나대로 편안하게 형은 공부밖에 모르는 좀벌레로 외면해버렸다. 물론 형은 학기마다 좋은 성적표로 아버지를 즐겁게 해드릴 수 있었지만 나는 한번도 그런 일이 없었다. 그 대신 나는 어머니 없이 홀로 사는 아버지의 친근한 말벗이었고, 아버지가 하는 조그만 사업의 충실한 내조자였다. 한글만 겨우 깨쳤을 뿐인 아버지가 수공업적인 그 사업이나마 무난하게 이끌어갈 수 있었던 것은 순전히 나의 조력 때문이었다. 그러나 형은 아버지의 사업에는 철저하게 무관심했다. 학비까지 손수 마련하는 독기를 부리고 있는 형은 어쩌면 아버지의 영향권에서 완전하게 벗어나기 위해서 의도적으로 그러는 게 아닌가 싶을 정도로 느껴지기도 했다.

열 손가락 깨물어 아프지 않은 손가락 없다는 말을 접어두고라도 아버지에게 있어서 단둘뿐인 자식인 형과 나는 어느 것도 없어서는 안 될 실한 기둥이었던 것이다.

형이 첫번째 좌절을 했을 때 나는 시시한 대학의 상대 일 학년이었다. 그 시 한폭탄 같은 사건은 나에게도 꽤 충격을 주었다. 그러나 나는 곧 그 충격에서 회복되었다. 그것은 사회적으로 전혀 새로운 사실이 아니었고, 다만 예기치 않게 우리 집안의 문제로 폭발했다는 것 때문에 새삼스러워지는 사건일 뿐이었다.

형한테는 대단히 미안한 이야기이지만 내가 충격을 받은 다른 일면은 전혀 엉뚱한 데에 있었다. 죄 될 이야기가 분명하지만, 솔직히 말해서 아버지는 무식하기 이를 데 없는 보잘것없는 남자였다. 더듬거리던 한글을 내가 국민학교에 들어가게 되면서 나와 함께 완전히 깨쳤다. 그리고 내가 사 학년 때까지 아버지는 지게 품팔이였다. 아버지에게 남다른 데가 있다면 찰고무처럼 질긴 생활의 성실성뿐이었다.

그런 아버지가 이십오 년 후에 문제가 될 만큼 한 시대를 치열하고 적극적으로 살아냈다는 사실…… 그것이 법에 저촉된다는 사실과는 전혀 별개의 문제로 나를 경이에 떨게 했다. 나의 경이감은 왜, 어떻게, 무슨 일을…… 하는 식으로 호기심에 찬 의문들을 유발시켰지만 그대로 덮을 수밖에 없었다. 어쨌든 그 일이 있고 나서 나는 아버지를 새롭게 보게 되었다.

나는 형과는 다른 방법을 택해서 편안하게 대학을 졸업하고, 편안하게 사병으로 입대하고 편안하게 이력서 같은 것은 쓸 생각도 하지 않고 내가 하고 싶은 장사를 시작했다. 극복할 수 없는 장애가 나타나면 우회를 해서 가는 방법을 강구하는 것이 인생이라고 나는 생각하고 있었다. 돌이킬 수 없는 사실을 곱씹으며 자기 학대를 계속하는 어리석음을 범하고 싶지 않았다. 그렇다고 형을 상하게 한 그 사건의 당위성을 인정하는 것은 물론 아니었다.

나는 결혼할 필요를 느꼈다. 아버지에게 그 뜻을 밝혔을 때 아버지는 복잡한 기분을 드러내 보였다.

"하긴 해야지……."

아버지의 이 말과 깊은 한숨은 형 때문인 것이 분명했다. 그러나 아버지로서는 속수무책인 일이었다.

나는 형을 찾아갔다.

"멍청한 자식, 미친병만 유전인 줄 아냐?"

내가 결혼하겠다는 말을 꺼내자마자 형이 내뱉은 말이었다.

나는 참으로 어리석고도 둔하게도 그 말을 새기느라 한참이나 눈을 껌벅거리고 앉아 있었다. 나는 그 말뜻을 깨닫고 나서, 세상 사는 방법은 가지가지라는 말을 할까 하다가 단념하고 말았다. 또 한번 멍청한 자식이 되고 싶지 않았던 것이다.

물론 형은 내 결혼식에 오지 않았다. 아버지도 체념을 하고 있었는지 전혀 내색을 하지 않았다.

형은 집에도 와 있지 않았다.
"어쩐 일일까요? 무슨 사고가 난 건 아닐까요?"
아내가 완연히 당황하는 얼굴이었다.
"아마 목장으로 내려갔을 거야."
나는 공원묘지에서와는 달리 확신을 가지고 말했다.
"그러기라도 했음 좋겠네요. 조마조마해서 원……."
시집와서 처음 대면한 형에 대해서 아내가 어떤 인상을 가졌을지는 물으나마나 뻔한 노릇이었다. 조마조마하다는 말은 어른이 필요로 해서는 안 되는 말이다. 아내에게 형은 곧 무슨 일을 저지를지 모를 비정상인으로 보인 게 분명했다.

아내는 저녁을 먹는 둥 마는 둥 하고 이내 잠자리에 쓰러졌다. 친척붙이 하나 없는 장례 뒷바라지하느라고 어지간히 지쳤을 것이다.

나는 아버지의 방으로 건너갔다. 방 안에는 아버지의 체취가 그대로 담겨 있었다. 아버지는 깨끗하게 돌아가셨다. 자정이 가까워 활명수를 사 오라고 했고, 서너 시간을 괴로워하다가 짧은 유언을 남기고 눈을 감았다. 그런 깨끗한 죽음은 어쩌면 아버지가 평소부터 원해왔던 것인지도 모른다.

나는 아버지의 유품들을 차근차근 정리하기 시작했다. 유품이라고 해야 별 것이 없었다. 서랍 세 개가 붙은 헐어빠진 옷가지들과 머리맡에 놓인 조그만 앉은뱅이책상에 있는 자질구레한 일용품이 전부였다.

나는 낡은 옷들을 하나하나 꺼내 어루만지듯 해가며 새로 접었다. 더 입을 수가 없을 정도로 낡은 옷들은 생전의 근면뿐이던 아버지의 생활을 여실히 보여주고 있었다.

아버지의 단 한 벌뿐인 양복이 두번째 서랍 중간쯤에서 나왔다. 아버지는 그 양복을 형의 대학 입학식에 입고 가기 위해서 맞춘 것이었다.

그 양복을 입던 날 아버지는 하루 종일 얼굴이 벌겋게 상기되어 있었고 눈에는 물기가 번져 있었다.

"한 장 더 박자, 한 장 더 박어."

카메라 사진도 아닌 사진관 사진을 아버지는 굳이 한 장 더 찍기를 원했다.

"한 장이면 됐지 돈만 버린단 말예요."

형이 말했고, 나도 형과 같은 생각이었다.

"아니다, 아녀. 돈은 어디 쓸라고 버는 것이냐."

아버지는 막무가내였다. 그래서 나와 형은 아버지가 시키는 대로 모델 노릇을 해야 했다. 아버지가 가운데 앉고 형과 내가 그 뒤로 나란히 서서 찍었던 처음의 사진과는 반대로 두번째에는 형과 내가 나란히 앉고 아버지가 우리들 뒤에 선 것이었다. 아버지의 그런 연출 솜씨는 얼핏 보기에는 단순한 자리바꿈에 지나지 않은 것 같았지만 신중히 생각해보면 아주 깊은 의미가 담겨 있는 것 같기도 했다. 처음의 것이 '뒤로 거느리고'라면 나중의 것은 '앞으로 내세워서'였던 것이다. 물론 이건 나 혼자만의 의미 부여였지 아버지에게 물어본 것도, 형에게 귀띔한 것도 아니었다.

아버지의 연출은 여기서 끝난 것이 아니었다. '병호의 대학 입학식 날에. 1972년 3월 2일'을 사진에 명기할 것을 사진사에게 지시한 것이다.

"아버지, 그건 옛날에나 하던 촌스런 짓예요."

형이 민망할 지경으로 퉁명스럽게 말했다.

"그래요, 그건 옛날식이에요."

나도 부드럽게 말하며 아버지의 뜻을 돌리려 했다.

"아니다. 오늘이 어떤 날인데. 사진에다 꼭꼭 박아 써서 떠억 걸어놓고 평생 잊지 않도록 해야 쓴다."

아버지는 역시 막무가내였고, 사진사는 연방 빙글거리고 있었다.

아버지는 그 후로 설날이나 추석 같은 때를 골라 너덧 차례 양복을 입었을 뿐이다.

생각보다는 촌스럽지 않게 글씨가 박힌 사진을 찾아와 보고 또 보며 아버지는 그 얼마나 즐거워했던가. 대학 입학의 기쁨이 그러했을 때에 대학 졸업이 아버지에게 안겨줄 기쁨이 얼마나 클 것인지는 상상하고도 남음이 있었다. 더구나 형은 졸업과 동시에 소위에 임관하고, 졸업식장에서 양쪽 어깨에 계급장을 달게 되어 있었다.

그러나 그 사건은 이런 예상된 기쁨을 송두리째 앗아가고 말았다. 형은 끝내 졸업식장에 가지 않고 말았다. 형이 마음을 수습해서 만약 참석했다고 해도 입학식날과 같은 즐거움은 있을 수 없었을 것이다.

형이 장교가 되기를 원하지만 않았더라도 졸업의 즐거움은 온 식구가 만끽할 수 있었을 것이다. 그러나 그건 그 옛날에 아버지가 그런 과오를 범하지 않았기를 바라는 것이나 마찬가지의 부질없는 일이었다.

양복을 꺼내서 펴들었다. 그와 동시에 무언가가 툭툭 둔한 소리를 내며 방바닥에 떨어졌다. 나는 반사적으로 눈길을 돌렸다. 방바닥에 떨어져 있는 것은 두 개의 저금통장이었다.

나는 얼른 그것들을 집어들었다. 하나에는 내 이름이 다른 하나에는 형의 이름이 또렷이 적혀 있었다. 나는 전신에 소름이 쫙 끼치는 것을 느꼈다. 저금통장 속의 액수가 얼마이든 간에 두 자식 앞으로 저금통장을 마련한 아버지의 뜻이 순식간에 서러움과 아픔과 회한으로 가슴을 압박해오는 것이었다.

나는 몇 번이고 일·십·백·천·만을 되풀이하며 동그라미의 단위를 세고 있었다. 그건 예상을 뒤엎는 거액이었다. 형과 나의 저금통장의 금액은 똑같았다. 마지막 저금 날짜가 보름 전쯤이었고, 그 날짜도 형의 것과 동일했다. 이상한 생각이 들어 하나씩 대조를 해보았다. 저금 날짜와 저금 액수가 모두 같았고, 입금과 이자 계산 첨부만 있을 뿐 인출은 한번도 하지 않은 통장이었다.

나는 처음 저금 날짜를 확인했다.

"아버지……."

나 자신도 모르게 신음처럼 아버지를 불렀다. 예감했던 대로 저금 날짜는 그 사건이 터졌던 그해, 그다음 달로 되어 있었다.

세상 살 재미를 잃어버린 것 같은 아버지가 미친 것처럼 일에 파묻혔던 그 모순이 비로소 풀린 것이었다.

— 한 마리 거미만도 못해.

형의 목소리가 떠올랐다. 나는 저금통장을 덮었다. 그리고 내일 당장 형을 만나러 가기로 작정했다.

짐작했던 대로 형은 앓아누워 있었다.

"이걸 봐요. 이래도 아버지가 거미만도 못합니까?"

나는 두 개의 저금통장을 형 앞으로 밀쳐놓으며 어느 때 없이 강하게 말했다. 내 감정 속에는 처음부터 형이 아버지를 지레 죽인 것이라는 생각이 상당 부분을 차지하고 있었고, 저금통장을 발견하고부터는 형을 이해하고 있던 마음이 싹 가시면서 그 대신 미움이 차 있었던 것이다.

"몇 푼의 돈이 어쨌다는 거냐?"

형은 입가에 쓰디쓴 비웃음을 물었다.

"몇 푼이 아니에요. 하여튼 금액은 고하간에 이건 돈이 아니라 아버지의 피고 살이라는 것만 아세요. 그런 일도 없지만, 만약 아버지가 형이나 나한테 죄를 진 일이 있었다면 이 저금통장을 남긴 뜻이나 액수가 그 죗값을 열 번 치르고도 남는 겁니다."

나는 흥분을 참지 못하고 말했다.

"이거 가지고 그만 올라가거라."

형은 두 개의 저금통장을 내 앞으로 밀었다.

"나는 도무지 형을 이해할 수가 없어요. 형이 아버지한테 남긴 한이 얼마나 큰지 한번 냉정하게 생각해본 일이 있어요?"

형은 아무 대꾸 없이 담배만 빨아대고 있었다.

"아버지는 형이 당신을 용서할지 모르겠다는 말을 유언으로 남겼어요."

형은 천천히 고개를 들었다.

"아버지는 내 마음속에서 아직 돌아가시지 않았다."

형은 중얼거리듯 말했고, 나는 그 말뜻을 얼른 파악할 수가 없었다.

"원망이 아직도 남아서 말인가요?"

나는 비웃으며 말했고, 형은 갑자기 눈에 힘을 모아 나를 노려보았다.

"……넌 모른다. 그만 떠나라."

"알겠어요. 나도 길게 얘기하고 싶지 않아요. 여기 온 건 다른 게 아니라 형 몫의 통장을 전하고, 아버지 유언에 따라 어머니 산소를 이장하는 데 같이 가야겠다는 말을 전하려는 거였어요."

"정학리에 말이냐?"

형의 얼굴은 갑자기 일그러졌다. 나는 멈칫 놀랐다. 형은 어떻게 정학리를 알고 있을까 싶었던 것이다. 그러나 이내 납득이 갔다. 그 사건이 터졌을 때 정학리쯤은 으레 드러난 이름이었을 것이다. 뒤늦게 안 게 나 자신일 뿐이었다.

"날짜가 확정되는 대로 전보를 치겠어요. 며칠 안에 가게 될 겁니다."

나는 내 저금통장을 집어들고 일어섰다.

"이것도 가져가거라."

형이 자기 이름이 적힌 저금통장을 가리켰다.

"난 내 몫으로 충분해요. 그건 형 몫이니 형이 알아서 해요. 형 목장을 하나 갖든지 자선 사업을 하든지."

나는 서둘러 방을 나왔다. 형은 따라 나오는 기척이 없었다.

나는 집을 출발하며 형을 설득해서 목장에서 끌어내려는 생각을 했었다. 그러나 막상 형을 대하고 보니 그 생각이 자취를 감추고 말았다. 나는 형한테서 너무나 큰 이질감을 느끼고 있었다. 내가 기대하는 것은 이제 한 가지뿐이었다. 저금통장의 금액을 확인하고 우선 아버지의 진심을 이해하고, 그리고 그 돈으로 삶의 용기를 회복할 수 있기를 비리는 것이었디.

"……니 형이 날 용서할지 모르겠구나…… 니 어무니 산소…… 이장해서 합장을…… 합장을 해다오. 정학리서 싸전 하는…… 박서방, 박서방 찾아가면 다…… 저어기, 저어기……."

아버지는 머리맡의 책상을 가리키다가 숨이 끊어졌다. 그 조그만 책상 서랍에는 벌써 몇 년 전에 구입해놓은 합장 묘지 증서가 들어 있었다. 아버지는 평소에 성실하고 철저했던 생활 태도 그대로 죽음을 맞을 준비도 완벽하게 해놓은 것이었다.

아버지가 종업원을 서너 명 거느린 비닐 커버 공장의 사장 노릇을 하게 된 것도 순전히 성실과 근면을 철저하게 실행한 생활의 결과였다. 아버지는 어느 비닐 커버 공장의 제품을 거래처에 옮겨다 주는 지게 품팔이였다. 그런데 아버지는 지게 품을 파는 것보다는 기술을 배워야겠다고 생각했던 모양이었다. 아버지는 그 공장의 직공으로 취직을 했고, 삼 년 만에 기계 한 대를 장만하면서 독립을 하게 되었다. 그 업종은 아버지의 체질에 꼭 어울리는 성질의 것이었다. 많은 자본이 필요치 않은 데다 주문 하청이었으므로 위험 부담률이 적었다. 당장 큰돈을 벌 수는 없지만 꾸준히 하면 그만큼 목돈을 만들 수 있는 사업이었다. 아버지는 개미처럼 일했고, 나는 경리를 도맡아 처리했다. 경리래야 구구법으로 족한 장부 정리에 지나지 않았다. 그러니까 나는 중학교 일 학년 때부터 내 밥벌이를 톡톡히 해낸 셈이었다.

나는 난생처음 내 발로 점쟁이를 찾아갔다. 이장하는 망령을 위해 길일을 택하기 위해서였다.

날짜가 정해지자 아버지 친구인 박서방에게 자세한 내용을 적은 편지를 등기로 부쳤다. 형에게는 예고한 대로 전보를 쳤다.

"오실까요?"

아내가 고개를 갸우뚱했다.

"와, 틀림없이. 아버지가 갑자기 돌아가셔서 충격이 큰 것 같았어."

나는 자신 있게 말했다. 나에게는 말로 표현 안 되는 어떤 확신 같은 것이 있었다.

역시 형은 지정한 날에 나타났다. 옷도 제법 말끔한 것으로 골라 입은 눈치였다. 집에서 하룻밤을 보내는 동안 형은 거의 말을 하지 않았다. 멍하니 앉아 있는 모습이 그림자나 허깨비 같았다. 옛날의 그 끈질긴 독기라곤 흔적을 찾을 수가 없었다.

형과 나는 꼭 거짓말처럼 고속버스에 나란히 앉았다. 어머니 얼굴을 기억하느냐고 형한테 물으려다가 그만두었다. 형이 네 살 때, 내가 두 살 때 어머니가 돌아가셨다던 아버지의 말이 얼핏 떠올랐기 때문이다.

형이 아무리 머리가 좋다고 해도 어머니 얼굴을 기억할 재주는 없을 것 같았다. 사진이라도 한 장 있었다면 또 모른다. 어머니에 관한 것이라곤 아무것도 없었다. 거기다가 아버지는 이상하리만큼 어머니에 대해선 말이 없었다.

아빠, 울 엄마는 언제 죽었어? 니가 두 살 적에. 왜애…… 아파서? 응. 어디가 아파서? ……어디가 아파서, 아빠. 이눔아, 죽은 사람 자꾸 물어쌓으면 밤에 도깨비가 잡아가는 법이야.

나는 그만 겁에 질려 입을 다물고 말았다. 어린 시절의 기억이었다.

아버지는 형과 나에게 아버지뿐만 아니라 충실한 어머니이기도 했다. 지게 품을 팔면서도 한번도 아침밥을 굶겨 학교에 보낸 일이 없었다. 손수 빨래도 했고, 김장도 했다.

자네 언제까지 요런 꼴로 살겠다는 겐가? 자네도 자네지만 새끼들 꼬라지를 좀 보게. 글쎄, 염려 놓으세요. 이제 어려운 고빈 다 넘긴 참입니다. 아니, 이 사람아 인생살이라는 게…… 글쎄, 됐으니 그만 돌아가세요. 어허 이 사람, 인심 야박허구먼. 다 자넬 위해 허는 일인데. 혹시 자네 고자 아닌가? 뭐요? 아, 아, 그래요. 난 고잡니다, 고자.

아버지가 지게 품팔이를 면하고 두 평짜리 공장 사장이 되고부터 장가를 들라는 성화가 끊이지 않았다. 아버지는 어느 정도까지는 잘 참아내다가 마침내 벌컥 역정을 내는 것으로 중매쟁이를 쫓고는 했다. 나는 국민학교 육 학년 때 고자라는 말을 처음 들었고, 그 말뜻을 몰라 형에게 물었다가 알밤만 호되게 쥐어박히고 말았다.

나는 아버지의 삶을 더듬으며 새삼스럽게 콧날이 찡해지는 것을 느꼈다. 그리고 어렴풋한 의문의 꼬리가 잡혔다. 어머니에 대해 말하기를 꺼려한 것과, 한사코 새장가 들기를 꺼려하며 평생을 혼자 살아낸 것과는 무슨 연관이 있을까 하는 것이었다. 그러나 아버지는 이미 가고 없었다.

정학리에 도착한 것은 열두 시쯤이었다.

"자네들이 바로 천길이 아들이란 말이지? 그러고 보니 엄니, 아부지 얼굴이 반반씩이구먼 그래. 자네들을 보니 천길이도 헛세상 산 것은 아니었구먼."

싸전을 하는 박영감은 피붙이라도 대하듯 눈물을 글썽이며 형과 나를 반겨주었다.

"어허, 천길이가 세상을 뜨다니…… 험한 세상 그리 모질게 살아내더니만…… 원 없이 한평생 살다 간 거지."

박영감은 회한이 사무치는지 혼잣말을 한숨처럼 토해내고 있었다.

"그래, 운명은 편히 하셨다고?"

박영감은 벌겋게 물든 눈자위를 훔치며 물었다. 편지에 적은 내용을 인사 겸해 확인하는 것이었다.

"네, 유언하시기까지 몇 시간 앓으신 거지요."

나는 '유언'이란 말을 함으로써 박영감의 임무를 다짐하고자 했다.

"그랬을 것이여. 원체 곧고 강한 성격이었으니 죽음도 성질대로 한 것이지. 자네들 엄니 제삿날 찾아 일 년에 한 차례 내려올 때마다 내가 권했었지. 그만 고향에 내려와 늘그막 살다가 뼈는 고향 땅에 묻으라고 말야. 옛 성질 그대로 고집을 부리더니만 타향 죽음 하면서 마누라 혼까지 타향으로 데려갈 유언을 했구먼그랴."

아버지가 일 년에 한 차례씩, 여기로 내려왔다니…… 그러고 보니 여태껏 어머니 제사를 한번도 지낸 일이 없었던 게 아닌가. 나는 이 어처구니없는 깨달음과 동시에 재빨리 형에게로 눈길을 돌렸다. 그때 형도 내게로 시선을 돌리는 순간이었다. 우리는 시선을 고정시키고 있었고, 형도 나와 똑같은 생각을 하고 있음을 나는 직감할 수 있었다.

"허긴 자네들 부친 심정도 능히 이해는 혀. 이 한 맺힌 땅에 꿈에라도 눕고 싶지 않았을겨. 오직이나 한이 컸으면 한 해도 거르지 않고 마누라 제삿날 찾아 천 리 길을 꼬박꼬박 오는 사람이 다 큰 아들자식들은 안 데려왔을 것인가. 내가 그러면 못쓰는 법이라고 말렸지. 세상이 달라졌다고도 해봤지. 헌데 그놈의 고집이 자식들한테는 절대 이 땅을 밟게 하지 않겠다는 거였어."

형과 나는 그저 서로를 바라보고 있었다.

"참, 내가 자네들한테 꼭 한 가지 물어볼 말이 있네. 그게 다른 것이 아니라 자네들 엄니, 아부지한테 얽힌 사연을 알고 있는가?"

"아무것도 모릅니다. 이번 기회에 여쭤보려고 했던 겁니다."

형이 기다리고 있었다는 듯 재빨리 말했다. 나는 그때서야 비로소 형이 순순히 여기까지 온 또 다른 목적을 알 것 같았다.

"제삿날에도 안 데려왔으니 그 기막힌 사연을 알려줬을 리가 있나. 저승에서 자네들 부친은 펄펄 뛸지 모르지만, 자네들도 다 컸으니 알 건 알아야지. 오늘 이장을 해 떠나면 다시는 여기 오지 않을 테니 말야. 자아, 시간이 다 돼가니 산소로 가면서 얘기하세."

박영감은 시계를 보며 일어섰다.

형은 민첩한 동작으로 자리를 차고 일어났는데 그 얼굴에는 몇 년 사이에 볼 수 없었던 생기가 넘치고 있었다.

"나나 자네들 아부지나 송아지 한 마리 값도 못 되는 대를 물리는 소작농 자식으로 이 세상에 태어났지……."

아버지는 어쩌다가 김씨 문중의 어느 집 딸과 정을 통하게 되었다.

그 염문은 발 없는 말 천리 간다는 식으로 마을에 퍼졌고, 김씨 문중의 살벌한 징계가 아버지에게 떨어졌다. 김씨네의 장정들에게 붙들려 간 아버지는 덕석몰이를 당해 온몸이 피걸레가 되도록 두들겨 맞았다. 아버지는 한 달 가까이 앓다가 일어났는데, 문제는 그때부터 본격화하기 시작했다. 아버지는 시퍼런 낫을 꼬나잡고 자기에게 폭행을 가한 김씨네 젊은이들을 잡으러 다녔다. 다 잡아 죽이고 자기도 죽겠다는 것이었다. 마을이 뒤집혔고, 김씨네 젊은이들은 그림자도 볼 수가 없었다. 그러던 어느 날 밤 아버지는 자다가 김씨네 장정들한테 습격을 당했다. 이번에는 당산나무에 묶여 살점이 뚝뚝 떨어져 나가도록 두들겨 맞고 반죽음이 되어 개천가에 내다 버려졌다. 그 누구도 살아나리라고 생각하는 사람이 없었고, 소작인들은 어느 사람 하나 김씨네의 짓을 입 밖으로 욕하지 못했다. 그런데 아버지는 끈질기게 목숨이 이어져 나갔고, 누구의 입에서인지 모르게 김씨네의 그 딸이 아버지의 자식을 임신했다는 소문이 퍼져 나갔다.

"자네들 부친보다 더 독한 양반이 바로 모친이었다네. 임신 소문은 사실이었고, 집안에서는 가문 망신시켰다고, 차라리 죽으라고 배춧잎에 양잿물을 싸서 디미는 판인데, 어느 날 밤 집을 도망쳐 나와 자네들 아버지 집으로 오지 않았겠나. 김씨 문중에서도 더 어쩌는 도리가 없었지. 그리 어렵게 태어난 목숨이 바로 자네가 아닌가."

박영감은 걸음을 멈추며 감개 어린 눈으로 형을 쳐다보았다. 형은 창백하게 굳어진 얼굴을 떨구었다.

"자네들 부친은 천하라도 얻은 듯이 황소처럼 미련하게 일을 했지. 생활도 그만하면 뜨뜻했고, 무엇보다 부러운 게 부부 사이였지. 원앙이 따로 없고, 양반 상놈 피가 다르다는 말도 다 헛소리였던 거야. 둘째 아들까지 낳고 잘 사는데 그놈의 난리가 터진 거야."

아버지는 변신을 했다. 괭이 대신 죽창을 든 것이다. 물 만난 고기처럼 아버지는 거침없이 행동했다. 김씨 문중 사람들이 피해를 입은 건 말할 것도 없었다. 그나마 아버지가 사람들을 죽이지 않은 분별력을 가졌던 것은 어머니 때문이었다. 아버지가 아니었어도 김씨 문중 사람들은 다른 사람들 손에 의해 많이 사라져갔다. 서너 달이 그렇게 지난 어느 날 새벽 그동안 자취를 감추었던 김씨네 젊은이들이 문을 박차고 뛰어들었고, 아버지는 포박을 당해 끌려가면서야 세상이 뒤바뀐 것을 알았다. 뿌연 어둠이 자욱이 깔린 국민학교 운동장의 플라타너스에 아버지는 칭칭 묶여졌다. 그리고 철컥 쇳소리가 어둠 속에 차갑게 흩어졌다. 그때 외마디소리를 지르며 아버지 앞에 쓰러진 여자가 있었다. 어머니였다. 김씨네 젊은이들이 몰려들었다. 어머니 가슴에는 칼이 박혀 있었고, 옷은 피로 물들어 있었다. 내가 대신 죽게 해달라는 말을 되풀이하여 남기고 어머니는 숨을 거두었다. 젊은이들은 아버지의 포승을 풀었다.

"그것이 다 한바탕 한풀이 굿이었어. 대대로 물려온 한이 장작개비였다면 그 난리는 불쏘시개 같은 것이었지. 자네들 둘을 양쪽에 끼고 여길 떠나던 게 엊

그제 같은데 자네들은 이렇게 장성하고, 그 사람은 저세상 사람이 됐구먼. 저기가 자네들 엄니 산소네."

박영감은 인부 서너 명이 서 있는 묘를 가리켰다.

간단하게 제를 올렸다. 절을 하는데 얼핏 울음 추스르는 소리가 들리는 것 같았다. 그러나 나는 차마 형 쪽을 볼 수는 없었다.

절을 끝내고 힐끔 쳐다보니 형의 눈자위가 벌겋게 변해 있었다.

제가 끝나자 인부들은 금방 작업을 시작했다.

박영감은 뼈를 담은 상자와 뼈를 쌀 한지를 간추리고 있었다.

생각보다 빨리 관 있는 부분이 드러났다. 뼈들은 하얀 모습으로 가지런히 누워 있었다.

"명당이었구먼. 자네들 번창한 게 다 엄니 덕이었던 모양이야."

박영감이 인부한테서 뼈를 받아 한지에 조심스럽게 싸며 말했다.

머리에서부터 순서대로 뼈를 싸서 상자에 담는 일은 한 시간이 채 걸리지 않았다.

"한 많던 사람들 영혼이 이제야 한자리에 편안히 눕게 되는구먼."

박영감은 상자를 들어 형에게 건네주며 중얼거리듯 말했다. 상자를 받아드는 형의 눈에는 눈물이 어려 있었는데, 형은 무슨 말인가를 하려는 것 같다가 그만두었다.

"자네들 엄니나 아부지 가슴에 맺힌 한은 아마도 백설 위에 떨어진 노루 핏빛 같은 색깔일 거구먼. 그 한은 합장을 한다고 풀리는 것이 아니라 자네들이 번성하게 잘 살아야 풀리는 거네."

박영감은 당부하듯 말하고는 앞서 걷기 시작했다.

형은 상자를 받쳐든 채 무슨 생각을 하는지 멍하니 서 있었다.

"갑시다."

나는 형을 일깨웠다.

"내가…… 출세를 하려 했던 일방적인 계획은 우리 집안이 너무 보잘것없어서였다. 근데 지금 생각해보니 나보다 아버지가 먼저 시도한 일이었어. 난 결국 아버지 속에 있는 놈일 뿐이다…….”
 형은 중얼거리듯 말하고 있었다.
 나는 그 말을 듣는 순간 형이 아버지의 장례 때 했던 행동과 자기 마음속에는 아직 아버지가 살아 있다고 했던 의미가 일직선으로 연결되는 걸 느꼈다.
 "형, 아버지가 이제 편히 잠드시겠수."
 나는 나도 모르게 형의 팔을 붙들었다. 형의 얼굴이 반쯤은 웃고 반쯤은 울고 있었다.

조정래(趙廷來)

1943년 전남 승주군 선암사에서 출생. 동국대학교 국문과 졸업. 1970년 『현대문학』 6월호에 「누명」이 첫 회 추천, 12월호에 「선생님 기행」으로 추천 완료. 현대문학상, 대한민국문학상, 소설문학작품상, 성옥문화상, 동국문학상, 단재문학상, 노신문학상 등 수상. 『황토』(1974), 『20년을 비가 내리는 땅』(1977), 『한, 그 그늘의 자리』(1978), 『유형의 땅』(1982), 『어머니의 넋』(1988) 등의 소설집과 『대장경』(1981), 『불놀이』(1983), 『태백산맥』(1986~89), 『아리랑』(1994~95), 『한강』(2001~2002) 등의 장편소설 출간. 그 밖에 산문집 『누구나 홀로 선 나무』(2003). 중단편 선집 『박토의 혼』(1991)과 『조정래 문학전집』(1999) 등 간행.

작품 세계

소설가 조정래 하면 『태백산맥』을 떠올릴 만큼, 더구나 "우리 문학이 여기까지 이르기 위해 해방 40년의 기간이 필요하였다"(김윤식)는 찬사를 받을 만큼, 『태백산맥』은 작가 자신에게나 우리 소설사에서나 기념비적이었다. 이제 조정래 문학의 본거지는 해방 직후부터 한국전쟁에 이르는 『태백산맥』에서 시작하여, 전통 사회의 붕괴 과정에서부터 식민지 시대로 이어지는 『아리랑』과, 유신·부마항쟁·광주민주화운동 등 파란만장한 격동의 현대사를 다룬 『한강』 등과 앞뒤로 연결되면서 만들어진 거대한 대하소설의 흐름에 두어질 것이다. 특히 외세의 침탈에 맞선 민족적 주체의식과 역사의식을 적극 살려 민중의 저항 에너지를 극대화하여 우리 민족사의 실체적 삶과 진실에 접근하려는 작가 정신은 조정래 문학의 가장 두드러진 표지라 할 것이다. '현미경적 구체성으로 그리고 망원경적 총체성으로' 인간 세상을 비추고 밝히는 거울이고 등불이라는 작가의 말대로 격렬한 사회 변동에 가족사를 정교하게 접목시키고, 역사적 삶에 최대로 밀착하면서 또한 개체의 운명을 섬세한 촉수로 감지하여 펼쳐놓은 세계는 이제 '한국의 20세기 역사'를 관통하는 한국인의 삶과 한(恨), 끈질긴 생명력을 총체적으로 보여준다. 이렇듯 대하소설의 세계에 핵심이 놓임으로써 자연 그 이전의 중단편, 심지어 장편까지도 모두가 『태백산맥』으로 나아가기 위한 과정이라고 말해지기도 했다. 실제로 우리 문학사에 하나의 에포크를 이룰 만한 야심작들을 완성하기까지 그러한 성숙을 예비한 전사적 작품 활동의 궤적이 없을 수 없음을 그의 작품들은 입증해준다.

조정래의 초·중기 중단편 작품들의 세계는 크게 두 부류로 나눌 수 있다. 먼저 소외된 주변부 인생들에 대한 작가의 각별한 관심이다. 「타이거 메이저」(1973), 「비탈진 음지」

(1973), 「빙하기」(1974), 「동맥」(1974), 「대장경」(1976), 「마술의 손」(1978), 「미운 오리새끼」(1978), 「장님 외줄타기」(1979), 「길이 다른 강」(1981)과 같은 작품에서 고아나 혼혈아 같은 주변부 중에서도 주변부에 해당하는 인물들로부터, 개발 독재와 이로 인해 빚어진 계층의 양극화로 말미암아 벌어지는 이농과 도시 빈민의 척박한 생활, 참혹한 노동 조건에 시달리는 젊은이들의 고뇌와 방황, 한계 상황에 처한 무기수의 심리적 추이에 이르기까지 실로 다양하다. 다른 한편으로「청산댁」(1972), 「거부반응」(1973), 「황토」(1974), 「유형의 땅」(1981), 「회색의 땅」(1982), 「시간의 그늘」(1982), 「불놀이」(1982), 「박토의 혼」(1983), 「메아리 메아리」(1984) 등『태백산맥』과 직접 맥이 닿는 한국전쟁기의 이념 대결과 유혈 사태와 연관되는 작품들로 분단과 이념 갈등에 대한 작가의 집요한 관심을 읽을 수 있다. 물론 1970년대 소설에서는『태백산맥』의 계급 갈등과 이념 대립과는 다르게 개인 차원의 원한관계와 관련된 한풀이와 복수가 핵심에 놓이면서 사회적 인과관계가 흐려진다.

「회색의 땅」

「회색의 땅」에는 과거의 행위에서 유발된 상처가 현재에도 자식에게 대물림되어 역으로 자신을 향해 날카롭게 칼을 겨누며 증오와 원한을 낳아, 마지막까지 장남에게서 용서를 받지 못한 채 죽어야만 했던 한 아버지의 삶이 아프게 아로새겨져 있다. 전반부에 장남의 패륜에 가까운 행동들이 연좌제에 따른 고통의 극단적 표출이라는 것이 서서히 밝혀지는 가운데 뒤늦게 박영감의 이야기를 통해 과거사가 일거에 밝혀지면서 극적으로 해원의 계기가 주어진다. 그것은 '숙명'이라든지 '한(恨)'이라는 이름으로 추상화되어온 우리네 삶의 실상이기도 하지만, 역사의 흐름이라는 거대한 시대적 격변이 어떻게 한 인간의 개인적인 삶을 처절하게 파괴할 수 있는지도 보여준다. 한 가난한 소작인 청년이 지주집 딸과 연을 맺게 되면서 만들어지는 원한의 악순환이 한국전쟁기와 맞물려 더 증폭되어 폭력의 복수극이 펼쳐지는 가운데 남편을 살리려 아내가 죽는 비극과, 그 뒤 고향을 떠나 남은 아이들과 뿌리 뽑힌 늙은 홀아비의 인고적 삶과 회한의 세월이 가로놓여 있다. 한 개인, 나아가 그가 만들어놓은 가족 속에 뿌리내린 한 맺힌 삶에 이처럼 개인적인 삶의 영역을 넘어서는 현실과 사회가 있고, 전쟁과 역사가 자리하고 있었다. 다만 대하소설『태백산맥』과는 다르게 이런 단편 양식에서 조정래는 신분을 뛰어넘은 사랑, '합장,' '출세' 등 고도의 압축으로 혹은 비유적 정황으로 작품 무대를 만들어 단편 양식에 걸맞은 이미지를 효과적으로 부각시키고 있다. 그런 이미지는 작품 내적 흐름에서 한으로의 응집 과정과 그 내면적인 폭발성을 팽팽하게 담지하고 있는 것들이다. 결국 제각기 가슴속에 원한을 묻어두고 과거사에 대해 익명성을 계속 유지하며 풀지 않고 살아가는 한 우리의 민족 공동체는 통일을 위한 진정한 화해에 이를 수 없다는 문제의식이 짙게 깔려 있다.

주요 참고 문헌

조정래의 소설과 관련된 평론은 이미 묵직한 몇 권의 단행본으로 나온 바 있다. 『태백산맥』 연구서인 『문학과 역사와 인간』(한길사, 1991)이나, '조정래 특집'으로 묶인 『작가세계』 1995년 가을호(여기에는 그때까지 나온 주요 비평에 대한 문헌 목록도 있다), 그리고 『태백산맥』 단일 주제 비평서인 권영민의 『태백산맥 다시 읽기』(해냄, 1996), 또 『아리랑』 연구서인 『아리랑 연구』(조남현 외, 해냄, 1996)가 그것이다. 그 밖에 조정래의 1970년대 중단편에 대한 좋은 안내로는 『조정래 문학전집』(해냄, 1999)에 실려 있는 김재용·임규찬·황광수·황종연 등의 평론을 들 수 있다.   _임규찬

윤후명
협궤열차에 관한 한 보고서

협궤열차를 아는가?
 협궤란 말 그대로 좁은 궤도라는 뜻으로, 광궤에 대응되는 말이다. 즉, 열차가 다니는 궤도에는 광궤와 협궤가 있는 것이다.
 보통 철길을 걸어본 사람은 알 것이다. 두 줄의 평행선 사이를 뛰어본다. 분명히, 뛰어야만 다른 쪽 레일 위에 올라설 수 있다. 이것이 광궤의 레일이다. 그런데, 협궤의 레일은 거의 평상의 걸음걸이로 다른 쪽 레일을 디딜 수 있다. 그만큼 좁은 폭이다. 협궤열차란 그 좁은 궤도를 달리는 작은 열차이다.
 어느 날 딸아이를 마중하러 이 협궤열차의 역에 나간다.
 열차는 멎었는데 출발은 지연되고 있다. 딸아이가 역무원과 무엇인가 이야기를 하고 있다. 그래서 열차는 못 떠나고 있다. 2량(二輛)짜리 조그만 열차.
 "무슨 일이니?"
 "아빠, 차비를 지금 내."
 "왜?"
 이 꼬마열차의 역은 이제 대부분 역사가 텅텅 비어 있고 사무를 보는 사람들이 없다. 그리하여 열차 안에서 표를 끊어야 한다.

* 「협궤열차에 관한 한 보고서」는 『현대소설』 1990년 봄호에 발표되었고, 이후 소설집 『협궤열차』(창, 1992)에 수록되었다.

"표 끊을 손님 없습니까?"

승무원이 통로를 오간다.

그 표에는 가격표시가 10, 20, 30, 40…… 100으로 되어 있어서, 가령 120원어치 거리는 20과 100에 구멍을 뚫어 합계를 맞춘다. 그런데 딸아이는 중간에 승무원과 마주칠 기회가 없었던 것이다.

딸아이와 서로 헤어진 채 사는 게 어언 3년째, 10살짜리 딸아이는 방학 때면 이 작은 열차를 타고 아빠를 만나러 온다. 혼자서 인형을 들고.

언제나 뒤뚱거리는 꼬마열차의 크기는 보통 기차의 반쯤 된다. 통로를 사이에 두고 서로 마주 보며 앉게 되어 있는데, 상대편 사람과 서로의 숨결이 느껴진다고 해도 과장이 아니다.

이것이 바로 수원과 인천 송도 사이를 오가는 수인선 협궤열차이다. 전 세계에서 유일하다고도 한다.

"그거 트럭하고 부딪쳐도 넘어지겠군."

누군가가 말한다. 실제로 그런 일도 있는 조그만 열차.

언젠가 딸아이를 배웅하러 갔을 때, 저쯤 이미 열차는 출발하고 있었다.

"어, 어, 세워주세요!"

나는 소리쳤고 아이는 발을 동동 굴렀다.

그러자 열차는 저만치서 속력을 멈추면서 정거했다.

오늘도 나는 딸아이를 마중 나갔다. 그러나 깜박 낮잠 때문에 도착 시간은 벌써 지나 있었다.

"큰일이다."

나는 부랴부랴 발걸음을 재촉했다. 여까지는 빨리 가야 15분, 숨을 몰아쉬며 달려가자 앞에서 딸아이가 걸어오고 있었다.

"별일 없었니?"

나는 달려가서 딸아이를 끌어안았다.

"별일 있었죠."

"무슨 일?"

나는 겨울 추위에 빨갛게 상기된 딸아이의 볼을 쓰다듬었다.
"차비를 안 가져왔거든."
"그래서?"
나는 물었다.
"담에 갈 때 드린다고 했지."
이렇게 수인선 협궤열차는 오늘도 하루에 세 번씩 다니고 있다.

언젠가 이 열차를 타고 낯선 곳으로 갔었다. 낯선 곳이라는 표현이 어색하게 들릴지도 모른다. 어쨌든 이 열차의 구간은 전부가 46.9킬로미터로서 그리 길지는 않다. 수원과 인천 송도 구간이므로 종착역을 빼고 나머지 역이름은 어천(漁川), 야목(野牧), 사리(四里), 일리(一里), 고잔(古棧), 원곡(元谷), 군자(君子), 달월(達月), 소래(蘇萊), 남동(南洞) 등으로 되어 있다.

이들 역 중에 어디로 갔는지를 굳이 밝히지 않겠다. 다만 그날도 딸아이를 맞으러 두 역쯤 앞으로 갔던 것이다.

나는 몇 사람이 흩어져 간 황량한 역에 내려 주위를 살펴보았다. 바람이 쓸쓸하게 불고, 이렇다 할 다방, 아니 가게 하나 없는 시골 역이었다.

이 이야기를 좀더 자세하게 해야 한다. 즉, 이 단선철도는 한낮에는 상행차와 하행차의 연결이 두 시간 남짓 시간 차가 있어서 그 황량한 역에서 다시 오자면 두 시간 남짓 어디선가 시간을 보내야 한다는 것이다.

"어디서 시간을 보낼까?"
막막하기 짝이 없었다.

나는 본래 황량한 풍경을 좋아한다. 소위 명승지라는 곳은 모두 여유 있는 사람들에게 드리고 싶다. 나 자체가 그만큼 황량한 것일까. 그럼에도 불구하고 그 역 주변은 너무나 황량했다. 너무나 보잘것이 없었다.

나는 유리창도 깨지고 전구조차 빠진 역사를 둘러보다가 어디로 갈까를 생각하며 몇 발짝 걸음을 옮겨놓았다.

그때였다.

"다음 열차는 언제 있을까요?"

그 여자는 갑자기 꿈에서 나타난 듯 내 옆에 서 있었다.

"네?"

나는 그 여자를 쳐다보았다.

"여기서는 어떻게 움직일 수가 없어요. 열차 시각표도 안 써져 있어요."

20대 후반쯤 되었을까?

나는 물론 그 주인 없는 역사에서 시각표니 요금표니 하는 표시들도 다 철거된 것을 보았었다. 그리고 그 여자가 나처럼 두 시간 남짓 기다려야 한다는 사실을 알았다.

"어디까지 가십니까?"

나는 물었다. 그리고 이 도시 냄새가 나는 젊은 여자가 왜 이런 곳에 와 있나 호기심과 의아심을 동시에 가졌다.

"글쎄요……."

그 여자의 얼굴이 흐려지는 것을 나는 보았다. 왜일까?

특별히 아름답다고는 할 수 없으나 어딘가 세련된 모습의 여자였다. 그런 여자가 목적지도 제대로 말하지 못하는 채 열차 시각을 묻고 있었던 것이다.

"좋습니다. 저도 꼬치꼬치 캐묻고 싶지 않습니다. 다만 다음 열차는 두 시간 기다려야……."

나는 자세히 설명했다. 그리고 실은 나도 같은 처지가 되었다는 것, 이곳이 이렇게 시간 보낼 곳이 없는 줄 처음 알았다는 것 등을 덧붙였다.

그리고 우리는 곧 철길을 밟고 걷기 시작했다.

두 시간이면 나는 내 집까지도 충분히 도착할 것이었다.

미리 말했거니와 그 철길은 레일 폭뿐만 아니라 침목 폭도 좁다. 우리는 그 좁은 폭의 침목을 밟으며 마치 연인처럼 걸었다.

'어서 딸아이가 이 철길로 와야지.'

나는 생각했다. 그때 그 여자가 말했다.

"선생님, 눈이 와요."

그리고 팔짱을 끼었다. 정말 눈발이 날리고 있었다.

멀리서 협궤열차의 또닥거리는 소리가 들린다. 딸아이가 타고 올 것이다.

몇 해 전이었을까. 경기도 서해안의 새로운 도시 안산에 이사 올 것은 꿈에도 생각 못했던 그때 소래포구에서 협궤열차를 탔었다. 열차의 종착역은 수원이었지만, 그곳에 무슨 볼일이 있지는 않았다. 서울에서 소래까지 왔었고, 바로 거기서 협궤열차를 탈 수 있기 때문이었다. 그러니까 협궤열차로 수원까지 가서 다시 서울로 돌아가는 순환 여행이었다. 동행의 여인과는 그 무렵 사랑에 빠지기 시작했던 사이였다.

그녀가 혼자 살고 있었던 변두리 동네 고갯마루 턱에 가서 허름한 술집 겸 밥집에 들러 무슨 이야기인가 시간 가는 줄 모르고 읊조리다가 돌아오곤 했던 시절. 그 무렵 나는 나 자신에게 한없는 권태를 느끼고 있었고 무엇인가 깨부수고 싶은 충동에 허덕이고 있었다. 겉으로는 매우 평온한, 순치된 생활이 있었다.

그러나.

내 마음속에는 항상 '그러나'가 있었다. 삶이란 일회성이라는데 과연 내 삶은 무엇이란 말이냐. 때로는 밤새도록 이야기하고 사랑의 행위를 하고, 아무것도 먹기 싫어 웅크리고 있다가 저녁 무렵 그 고갯마루에서 사과 한 알로 이별을 고하는 경우도 있었다.

"이곳은 사과가 떨어지면 툭 하고 소리가 나는 세상."

목월(木月) 시인은 저승에 대해 이승을 이렇게 표현하고 있지만 내게도 그때 사과 한 알은 그처럼 절실하게 영혼과 육체에 와 닿았다.

"자, 이제는 마지막으로 사과 한 알."

빨간 홍옥 한 알이 내 손에 쥐어졌다. 그러면서 그 가을은 깊어갔고 또 겨울이 지나가고 있었다.

나는 지금도 그때의 협궤열차를 기억한다. 물론 지금은 협궤열차와 매우 가까이 있어서 그에 대해서 잘 알고 있다. 어떤 날에는 그 열차가 저쪽 건널목을 지나면서 울리는 경적 소리를 귀 기울여 듣기도 한다.

그러나 그때의 그 협궤열차만큼 내 인생에 환상으로 달린 열차는 없었다. 가을에 그 작고 낡은 열차는 어차피 노을녘의 시간대를 달리게 되어 있었다. 서해안의 노을은 어두운 보랏빛으로 오래 물들어 있고, 나문재의 선홍색 빛깔이 황량한 갯가를 뒤덮고 있다.

"저런 빛깔을 내기란 어렵지요."

안산의 젊은 화가는 말한다.

나문재를 아는가?

봄철 포구에 가면 발긋발긋 물들어 있는 어린 것을 뜯어다가 '나물 사 가세요' 하고 팔고 있다. 이것이 다육 식물처럼 통통한 초록빛 잎사귀로 자라다가 가을이 깊어가면서 선홍색으로, 자색으로 물들어 갯가를 온통 붉게 뒤덮는다. 거대한 찬피 동물의 선지피를 쏟아놓은 것일까. 짙고, 아름답고, 슬프고, 섬뜩하다. 그러나 봄철의 그 나물은 보기와는 달리 지극히 맛이 없다. 분명히, 맛이 좋지 않다가 아니라 없다는 것이다.

그때 서해안의 황량한 풍경에 어린 그 노을빛과 풀빛을 나는 잊지 못한다.

"이런 곳에서 시를 쓰며 외롭게 외롭게 살았으면."

그것은 이 세상에는 없는 황량한 선경(仙境)이었다. 나는 이제껏 세파에 시달려온 지난날을 생각했다. 지나치게 '군중 속의 고독'에 시달려왔다는 생각이 들었다. 그것이 얼마나 부질없는 것인지는 나도 잘 알고 있었다. 삶의 진정한 의미는 어디에 있는가?

아옹다옹하는 저 세상을 버리고 자기 삶을 절대고독 속에 놓고 진실로 외롭게 살아가는 길은 없을까?

나는 지금도 이런 못된 생각으로 헛되이 시간을 보낼 때가 많다. 이런 점에서 나는, 우리들 삶에서 가장 낭비적인 싸움이라 할, 외로움과의 싸움을 벌이고 있는 것이다. 참으로 지겹고 부질없는 싸움이다. 하지만 이제 와서 나는 그 싸움을 멈출 수가 없다. 시시포스의 신화의 덫에 걸린 것이다. 나는 매일 아무 목적 없이 외로움의 바윗덩이를 산꼭대기로 밀고 올라간다. 그러나 허사가 되어버린다. 바윗덩이는 또다시 아래로 굴러 떨어지고 나는 다시 밀고 올라가야 한다. 왜 이따위 짓을 하는가? 하지만 나는 한마디만 덧붙이고자 한다. 시시포스에게는 그것은 영겁의 형벌이었고 그래서 괴로웠겠지만 내게는 그렇지 않다는 것을. 왜냐하면 그것은 남에게서 받은 형벌이 아니라 나 스스로 택한 것이기 때문이다. 문학이 형벌이라 할 때 더욱 그렇다.

그 협궤열차는 내게 잊지 못할 동경의 세계를 가르쳐주었다. 그날 순환 여행에서 돌아와서도 나는 '그런 곳에서 살고 싶다'는 꿈을 쉽사리 버릴 수가 없었다. 그러나 그것은 결코 실현될 수 없는 꿈이었다. 게나 조개나 바닷새가 아닌 한 나는 서울의 '노예선'에 승선하고 있어야 했다. 꽤 오래전에 그 언저리에 와서 며칠 있은 적도 있었는데 그때는 '여기서 살고 싶다'는 생각이 전혀 없었다. 인생이란 참으로 알 수 없는 것이다.

그 뒤 나는 방황을 하다가 그녀의 셋방에 기어들어가 이상한 형태의 동거인이 되고 말았다. 나는 별로 하는 일 없이 '둔황(敦煌)'이니 '누란(樓蘭)'이니 하는 비단길 위의 도시 국가들에 관심을 기울이고 있었다.

"눅눅하게 습기가 차고, 채광이 되지 않은 그 방에서의 동거 생활은, 그러나 뜻이 같은 것임에도 불구하고 왠지 동서(同棲) 생활이라고 하는 편이 좀더 정확한 표현일 듯싶다. 우리는 함께 거주하고 있었다기보다 함께 서식하고 있었다. 우리는 그 어두운 방에 아예 틀어박히다시피 하고 지냈다."

나는 이와 같이 피력한 적도 있었다.

인간의 꿈은 때때로 너무 쉽게 이루어지는 수가 있다. 내가 줄곧 서해안의 황량한 선경에 마음이 사로잡혀 있어서였을까. 어느 날 '새로운 도시와 시민들의 합창'을 알리는 공고가 나붙었다. 숨통이 막히는 10평짜리 아파트와, 이 지구라는 별이 결국은 곤충들의 세계가 될지 모른다는 견해를 뒷받침이라도 하듯 기승을 부리는 바퀴벌레들을 떠날 기회가 온 것이다. 그리고 나는 협궤열차를 매일 만난 것이었다.

그리하여 남동, 소래, 달월, 군자, 야목, 어천 같은 수인선 역 이름들을 만나고, 소음 속에서도 하루에 세 번씩 좁은 레일을 잘가닥잘가닥 밟고 가며 경적을 울리는 열차의 소리를 듣는다.

그러니까 물론, 지금 내가 있는 곳은 이 삶의 고단한 몸을 눕힐 곳은 아무 데도 없는, 노을과 갯벌만 있는 곳은 아니다. 그러나 가까이에 그런 곳들이 있었다. 나는 외로움을 황량한 공간에서 반추할 수 있는 가장 현실적인 곳까지 온 것이었다. 내가 어디에선가도 말한 바와 같이 나는 황폐하게 버려져 있는 어떤 곳을 얼마나 동경해왔던가. 그래서 의식 속에서나마 그런 곳을 얼마나 헤매왔던가.

이곳은 제2의 고향으로 삼으리라.

진눈깨비가 질척질척 내리던 날, 새로운 터전에 짐을 부렸다. 짐이래야 낡은 책 꾸러미가 거의 전부였다. 새로운 생활을 계획한다는 의미에서 서울에서 쓰던 허섭스레기 생활 도구들을 죄다 버리고 와서, 작은 픽업 트럭의 바닥에도 허술히 깔리는 짐이었다.

그해 눈은 천지를 뒤덮으며 이 강산에 내렸다. 그리고 안개는 지척을 분간할 수 없이 도시를 에워쌌다. 새로운 고향을 만들기 위해서는 그에 합당한 통과제의가 필요한 것일까. 그로부터 나는 더욱 본격적으로 헤매 다니기 시작했다. 첫해 겨울의 눈과 안개를 지나, 춘, 하, 추, 동. 서해의 흐린 바다가 다가오는 곳에 또한 눈물겨운 섬들이 있었다. 통통배가 들어오는 포구의 뱃사람들 주막집, 외로운 사람들이 모여드는 포장마차, 뜨내기 노동자들이 묵고 있는 '함바'집에는 내 앓고 있는 술이 있었다. 나는 스스로 자멸파(自滅派)임을 자처하는 친구와 인생과 예술과 술을 이야기하며 주로 헤매 다녔다. 세고비아와 로드리게스를 따르고 연극에도 몰두했던 그는 소설을 공부하고 있었다.

"그 사람, 첨에는 어떻게 된 사람 같았어. 아침부터 혼자 멍하니 앉아 있곤 해서."

그를 향해서 '함바' 주인은 말했다.

그 밖에도 많은 사람들이 있었다. 그들 사이에서 나도 자멸파의 한 사람으로 위치를 굳히고 있었다. 이런 헤맴 속에서의 어울림의 분위기를 누군가는 '그 시궁창'이라고도 표현한다. 모두들 자신들이 왜 아무런 연고도 없는 이 도시에 와서 헤매 다니는지 알 수 없다고 말하고 있었다. 그런 가운데 많은 사람들이 떠나고 나는 아직 남았다. 그 언제였던가. 협궤열차를 같이 타고 가면서 내가 '이런 곳에서 외롭게 외롭게 살았으면' 하는 환상을 가졌을 때, 내 동행이었던 그녀도 딸아이와 함께 이곳을 떠났다.

나는 16평짜리 아파트에 홀로 남아 있다. 그리고 어설픈 삶에 관한 시를 쓴다. 오늘도 협궤열차는 다니고 있다. 그 흔들거리는 모습에서 한 편의 시를 쓴다.

저놈의 협궤열차가 아직도 다녀
어느 날 새벽
아니면 저녁
협궤열차에 흔들리는 삶
꼭 유령 같다니까 아니 강시 같다니까
금방 무덤에서 나온 듯
도시에 나타나 어 저게 저게 하는 동안
뒤뚱뒤뚱 아마 고대공룡전(古代恐龍展)으로 사라진다니까
거무튀튀한 몸통뼈 안에 그러나
흔들리는 삶
아직 살아서 뒤척이는 꿈
날품팔이 아낙네의 질긴 사랑
나도 그래야 한다 삶 찢기도록
사랑해야 한다
살아 있음의 질긴 몸뚱이들을

딸아이는 협궤열차가 서는 시골역에서 20분을 걷는 마을에 살면서 3킬로미터쯤 떨어진 초등학교를 걸어 다니고 있다. 그 애는 방학이 되면 혼자 협궤열차를 타고 내게로 온다. 그리고 인형을 사달라고 조른다. 협궤열차가 없으면 너무나 먼 길을 버스를 바꿔 타고 빙빙 돌아와야 하므로 3학년짜리가 혼자 올 수는 없다. 이것이 지금 협궤열차가 내게 갖는 또 다른 의미이다.

그 애가 내게 온다고 하더라도 내가 해줄 수 있는 것은 아주 보잘것없다. 언젠가는 장화를 사주었는데 너무 커서 신을 수 없다는 것이었다. 같이 가서 골랐는데 도무지 영문을 모를 일인 것이다. 그래서 나는 그 애가 읽을 동화를 쓴다. 어려서부터 이상할 정도로 책벌레인 그 애는 어김없이 그것을 읽는다. 가령 이런 것들이다.

또다시 겨울방학이 되었습니다. 흰 눈이 펄펄 내리고, 땅도 물도 몽땅 꽁꽁 얼었습니다. 아빠는 여전히 혼자 계시겠지요. 아빠한테 가야 하는데 열차가 추워서 제대로 다니지 않으면 어쩌나 품이는 생각해봅니다.

하지만 그럴 까닭은 없을 겁니다. 열차는 비록 조그마해도 조랑말처럼 씩씩하니까요.

"어머, 눈이 오네."

품이는 소리쳤습니다.

과연 하늘에서는 눈이 쏟아지기 시작했습니다. 올해는 정말 눈이 많이 오는 해입니다. 벌써 몇 번째 흰 눈이 내려 쌓였는지 모릅니다.

눈이 많이 오는 해는 풍년이 든다고 어른들은 말씀해주셨습니다. 품이도 눈을 좋아합니다. 그렇지만 품이에게는 새로운 걱정이 생겼습니다.

"눈이 많이 오면 필례하고 이 세상에서 제일 큰 눈사람을 만들기로 했는데 어쩌지."

품이는 곧 열차를 타러 가야 하기 때문입니다.

저번에 눈이 왔을 때는 아무리 뭉쳐도 잘 뭉쳐지지 않아 겨우 꼬마 장독만 한 걸 만들었을 뿐입니다.

그런데 눈이 갑자기 펑펑 쏟아지는 것입니다.

"아빠하고 약속을 미룰까?"

그것도 안 될 일이었습니다. 아빠는 오늘이 오기를 며칠 동안이나 기다리셨습니다.

"아무리 어려도 라면 끓이는 걸 할 줄 알아야지."

아빠는 여름방학 때 그렇게 말씀하셨습니다. 그래서 라면 끓이기도 배워두었습니다. 그 솜씨도 보여드려야 합니다. 아니나 다를까, 필례가 어느 틈에 찾아왔습니다.

"눈이 많이 오는구나. 곧 쌓이겠지?"

필례의 말에 품이는 잠깐 머뭇거릴 수밖에 없습니다.

"오늘 눈사람 못 만들어."

품이는 시무룩하게 말했습니다.

"왜? 눈이 많이 오는데."

필례가 무슨 말인가 하고 쳐다보았습니다.

"응, 나 아빠한테 가야 돼."

"아빠?"

"응."

필례도 금방 알아듣는 것 같습니다. 방학이 되면 그런다고 했던 말이 떠오른 모양입니다. 필례의 실망이 크겠지요.

눈이 쏟아져 쌓이고 있습니다. 그러나 품이는 떠날 때가 되었습니다.

"안녕! 갔다 올게."

품이는 손을 흔들었습니다.

"안녕!"

필례도 손을 흔들어주었습니다.

품이는 눈이 펑펑 쏟아지는 길을 걸어 역으로 향합니다. 세상이 온통 새하얗게 변해 있습니다. 멀리 서 있는 나무들도 눈발에 가린 채 품이를 배웅하고 있습니다. 품이는 발걸음을 재촉합니다. 눈발이 얼굴을 때려 앞을 보기도 쉽지 않습니다.

앞쪽으로 역이 다가옵니다. 몇 사람이 벌써 역 구내에 나와 기다리는 걸 보니 열차는 머지않아 도착할 모양입니다.

"휴우."

품이는 숨을 내쉬었습니다. 몇 번씩 미끄러질 뻔하면서도 다행히 그런 일 없이 역까지 왔습니다. 품이는 신발에 잔뜩 달라붙은 눈을 탁탁 털어냅니다. 오늘은 정말 커다란 눈사람을 만들 수 있는 날입니다.

눈이 품이의 눈앞을 이렇게 가리는데도 열차는 무사히 올 수 있을까요? 사람들이 시계를 들여다봅니다. 눈이 쏟아지는데도 보통 때보다 사람들이 많은 것이 이상합니다.

"버스 길이 막혀서 말이지요. 이놈이라도 타고 가야지요."

어느 아저씨가 말합니다. 아무리 보잘것없는 조그만 열차지만 '이놈'이라고 말하는 사람은 처음 보았습니다.

"무슨 눈이 이렇게 오는지 지겨워 죽겠어요."

어느 아주머니가 말합니다.

품이는 그 아주머니가 콩쥐팥쥐의 어머니처럼 심술궂다고 생각합니다. 눈이 많이 오면 풍년이 든다고 가르쳐주고 싶습니다.

땡, 땡, 땡, 땡, 땡.

저쪽 찻길의 건널목에서 작은 소리가 들려옵니다. 열차가 오니 자동차들은 잠깐 멈춰서 기다리라는 신호였습니다.

"열차가 오는군요."

열차가 눈발을 헤치며 커다란 고래처럼 생긴 뭉툭한 앞대가리를 보입니다.

"빨리 탑시다. 빨리요."

"서두를 거 없어요. 이건 사람이 다 타야 떠나는 열차니까."

품이도 사람들과 함께 열차에 올랐습니다. 사람들이 옷에 내린 눈을 털어냅니다.

"아주머니, 하필이면 남의 얼굴에다 대고 눈을 털어낼 건 뭐요?"

아까 그 아주머니에게 승객 한 사람이 말합니다.

열차는 눈 속을 달려갑니다.

논이며 밭이며 길들은 모두 눈으로 덮여 있습니다. 품이는 눈나라를 지나가고 있다고 생각합니다. 마음까지도 하얗게 깨끗해지는 것 같았습니다. 친구와 다투던 것도, 투정을 부리던 것도 부끄러운 마음이 되었습니다.

"승무원, 열차도 눈이 많이 오면 못 가겠지요?"

누군가가 묻습니다.

"그럼요."

승무원이 대답합니다.

"허어, 지독한 눈이로군."

품이는 여전히 바깥을 내다보고 있습니다.

정말 오늘 같은 날은 세상에서 제일 큰 눈사람을 만들 수도 있을 거야. 품이는 생각하는 것입니다. 그것은 정말 굉장한 일인 것입니다. 아이들은 물론 어른들도 깜짝 놀라겠지요.

그런데 그것은 코끼리만 한 크기일까요, 집만 한 크기일까요, 산만 한 크기일까요?

품이는 골똘히 생각했지만 잘 알 수가 없었습니다. 그렇지만 오늘 같은 날은 세상에서 제일 큰 눈사람을 만들 수 있을 거라는 생각만은 들었습니다. 비록 필례와의 약속은 못 지켰지만, 그것은 아빠를 만나기 위해 할 수 없이 못 지킨 것뿐이니까요. 그리고 아빠에게 그것을 보여줄 수만 있다면 라면을 끓이는 것보다 몇 배나 자랑스러운 일일 테니까요.

열차는 하얀 눈나라를 달려가고 있습니다. 그렇게 덜커덕거리던 기차 바퀴 소리도 오늘은 안 들리는 것 같습니다. 품이가 내려야 할 곳도 멀지는 않습니다. 아빠가 계시는 곳도 멀지는 않습니다.

그때였습니다.

갑자기 끼익 소리가 나며 열차가 멎기 시작했습니다. 승객들이 앞으로 쏠렸습니다.

"아니, 무슨 일인가?"

"사고가 났나?"

승객들이 어리둥절한 눈길을 이리저리 굴렸습니다. 그러나 밖에서는 아무

소리도 들리지 않았습니다. 눈만 그대로 사정없이 쏟아질 뿐이었습니다.
 그리고 잠깐 동안 서 있던 열차는 곧 움직였습니다. 아무 일도 없었던 모양입니다.
 "승무원, 무슨 일이 있었습니까?"
 한참 뒤 지나가는 승무원에게 누군가가 물었습니다.
 "글쎄요, 아무 일도 없었습니다."
 승무원은 대답했습니다.
 "그런데 왜 급정거를 했느냐 이 말입니다."
 "글쎄요."
 승무원이 머뭇거렸습니다.
 "글쎄라니요?"
 "글쎄요, 기관사가 뭘 잘못 본 모양입니다. 갑자기 앞에 눈사람 같은 게 보이더라는 겁니다. 이 세상에서 제일 큰 눈사람 같은 게 말입니다."
 "별사람 다 있네. 눈이 하도 많이 오니 원…… 하기야 온 세상이 눈판이니까. 헛헛헛."
 그 사람도 어이없다는 듯 웃었습니다.

 여름에는 강릉에 갔었고, 가을에는 속초엘 갔었다. 강릉이 내가 태어난 곳이라는 연고로 강원도의 영동 지방에는 나와 모종의 연관을 맺고 있는 곳이 여럿 있다. 속초도 그런 곳이다. 동족이 서로 죽이는 전쟁이 끝날 무렵 속초의 바닷가에서 나는 1년 남짓 살았었다. 설악산이 뒤로 있고 아름다운 영랑호와 청초호의 두 호수가 있는 작은 바닷가 도시.
 옛날 신라의 화랑인 영랑은 금강산에서 수련을 마치고 신라 서울 서라벌로 돌아가던 길에 한 호수를 발견하게 된다. 거울같이 잔잔하고 맑은 호수에 깃든 빨간 저녁노을 속으로 설악산 울산바위가 웅대하게 물에 어리고, 호수 곁 범바위도 영검스러운 자태를 드러내고 있었다. 영랑은 그 풍광에 매료당하여 서라벌로 돌아오는 것도 잊어버리고 오랫동안 머물면서 풍류를 즐겼다. 이로부터

이 호수는 영랑호라고 불리게 되었다.

예로부터 문인·학자들의 경탄의 대상이었던 영랑호는 오늘날까지 많은 속초 사람들의 사랑을 받아왔다. 호수 서남쪽에 잠겨 있는 범바위는 성스러운 바위로도 널리 알려져 있어 지금도 민속 신앙을 믿는 사람들의 발길이 끊이지 않고 있다.

강원도 인제를 지나, 최근에 포장된 미시령 고개를 넘는다. 과거에 영동 지방으로 가는 길은 대관령·한계령·진부령 등이 있었으나, 미시령이 열림으로써 속초시는 서울과의 지름길을 얻은 셈이 되었다. 게다가 미시령은 설악산을 바싹 끼고 달리는 것이어서 절경을 이룬다. 이제 해마다 몇 백만의 사람들이 이 고개를 넘어 울산바위의 웅자에 감탄을 거듭하며 설악산에 이르러, 인구가 불과 7만 가량인 속초 땅에 넘실대는 것이다.

관광객들이 많음에도 불구하고 속초는 매우 조용하고 한적한 곳이라는 인상을 준다. 외국의 어느 휴양 도시를 연상케 하는 도시의 짜임새는 구릉들을 넘으며 아기자기하기까지 하다. 우리나라에서 산과 바다와 호수가 이렇게 조화를 이루며 어우러진 도시는 없다.

그러나 이 도시는 그 안에 많은 아픔을 간직하고 있다는 것을 잊어서는 안 된다. 앞에서도 잠깐 말했듯이 6·25 때의 피난민들로 이 도시의 인구는 급격하게 늘어났다. 실향과 망향의 슬픔을 안고 살고 있는 사람들의 고장이라는 뜻도 되는 것이다. 그리고 또한 배 타는 남정네들도 많은 곳이어서, 홀로된 아낙네들도 많을 수밖에 없다는 사실이 우리들의 눈앞을 흐리게도 한다. 38선 이북인 이곳은 해방 후 북녘 땅에 속했다가 6·25가 한창이던 51년에 수복을 한 곳이다.

1953년에 한 소년이 국군을 따라 이곳까지 왔었다. 아직은 전쟁 중이어서 이곳에는 학교도 문을 열지 못했다. 소년은 하루 종일 바닷가에 나가 있는 때가 많았다. 양미리를 잡아 귀항한 배가 고기를 부려놓는다. 양미리는 아직까지 살아서 퍼덕거린다. 소년은 공연히 한 마리를 잡아 드럼통에 집어넣는다. 드럼통의 물은 민물이어서 양미리는 얼마 살지 못한다. 소년은 헤엄치는 고기를 보다가 바닷가로 향한다. 어떤 집 기둥에 소년보다 큰 문어가 산 채로 걸려 있다. 소년은 그 동그란 빨판에 깡통을 붙여준다. 문어야, 깡통의 피를 빨아보렴. 그리고 동해의 푸른 바다가 있다.

소년은 모래사장에서 눈을 조심스럽게 뜨고 기다린다. 무엇을 기다렸는가. 그것은 귤이었다. 전쟁 중의 강원도 북부에서 귤을 기다리다니? 제주도에도 귤을 심지 않던 시절이었다. 그런데도 그 바닷가에는 어쩌다 한 알의 귤이 파도에 떠밀려오는 수가 있었다. 지금은 그렇지 않지만 그 무렵 속초는 군사 도시에 속했다. 미군들도 많았다. 어쩌다, 참으로 어쩌다 떠밀려오는 귤은 그 미군들의 보급 물자를 싣고 온 배에서 바다에 떨어진 것이었다. 지금은 길거리의 수레에도 가득가득 넘쳐나는 귤더미들. 그때는 바다에서 마치 황금 덩어리가 떠오르는 것 같았던 귤 한 알.

36년 만에 속초에 가서 그 귤을 생각한다. 대포동의 포구에는 오징어배가 공룡의 눈알만 한 커다란 집어등들을 매달고 있고 한치와 광어와 도다리와 털게가 있다. 이제는 그 바닷가에 귤은 떠밀려오지 않지만, 속초는 다른 도시의 변화를 감안하면 그렇게 많이 변하지는 않았다. 그때 귤 한 알 건지면 같이 나누어 먹으리라 했던 소녀는 어디서 어떻게 살고 있을까. 그 애는 귤을 한 알도 건지지 못한 소년을 떠나 다른 소년 곁으로 갔었다. 소년은 나중에 소설가가 되어 그 바닷가에 와서 소녀와 귤과 고깃배와 등대와 파도를 생각한다. 이름 모를 그 소녀도 찾을 길 없고 바다 귤은 없어도, 여전히 명태·오징어·양미리·꽁치·노가리·문어가 잡히는 이 바다는 있다. 바닷가 땅을 파도쳐 파고들어가, 나중에 그 소녀의 마음빛과 눈빛이 닮았을 것 같은 아름다운 호수를 만들어놓은 속초 바다는 추억을 불러일으키게 하얀 포말을 날리고 있다.

물결이 찰랑이는 영랑호 호숫가를 돌아가면 청둥오리들이 푸드드득 날아오르며 늦은 가을을 새삼스럽게 한다.

"지깃 봐요, 농병아리."

농병아리 한 쌍이 물속으로 쏙 들어갔다가 봉싯 몸을 띄운다. 호수 한가운데 바위에는 재두루미도 큰 날개를 펼친다. 그 물밑을 잉어들이 지느러미를 번뜩인다.

오늘도 범바위에 기원을 하러 오는 사람들이 있다. 나도 영랑호에 도취되어 어떤 기원을 뜻하며 신라 시대의 영랑이 되어 한 알의 귤을 사고자 했다.

그러면서 옛 신선을 떠올리고 또한 선녀를 떠올렸다. 어느새 소녀도 선녀의 모습으로 내게 아로새겨졌는지 모른다.

무엇이 인간을, 나를 구제할 수 있을까? 그러나 이 물음 또한 외로움과의 싸움임을 알 때 망연해진다. 바람이 몹시 불거나 눈비가 칠때 정인(情人)을 찾아가듯 이 물음을 던질 수 있다면 얼마나 좋을까.

겨울이 되어 창문 꽁꽁 닫으면 귀를 열어도 협궤열차의 경적 소리는 들리지 않는다. 내 악마주의를 어쩌지 못해 그 악마에게 양식인 술을 먹이다 먹이다 지쳐 돌아와 쓰러져 잔다. 한번 가고 만 사랑은 돌아오지 않는다. 또 돌아올 필요도 없다. 그것은 그것으로써 완성된 것이다. 비록 그것이 하룻밤의 사랑일지라도.

몇 날 며칠을 악마는 먹이를 달라고 윽박지른다. 그런 어느 날 포구의 언덕 위 묘지 옆, 언제부터인가 버려져 있던 천주교 공소 건물에 사무실을 차린 후배가 와서 회복을 하라고 염소똥 같은 걸 한 알 주었다. 염소똥이라도 금방 눈 까만 빛깔이 아니라 오래되어 바랜 빛깔이었다.

"이게 뭔데 그래?"

"죽염이라는 겁니다. 대나무통 속에 소금을 넣고 아홉 번을 굽는답니다."

나는 그의 포구의 통통배들을 보는 재미로 그의 사무실에 가끔 간다. 포구는 언제 보아도 측은하다. 그 측은한 구석구석에 통통배들은 낮게 떠 있다. 통통배들이 악기 같다는 생각을 한다. 그것은 고대의 악기다. 그래서 커다란 앵무조개 껍데기같이 바다를 떠다니며 이상한 소리를 낸다. 나는 그 소리가 슬프다.

사람을 새로 사귈 때마다 우선 내 모든 걸 배알까지 까발겨놓아야 하는 나는 이제부터 이미 만난 사람을 소중히 해야 한다고 생각한다. 명함 대신에 배알을 내놓아야 하는 내 속물주의에는 신물이 난다. 배알도 그냥 배알이 아니다. 한 인간에게는 두 개의 얼굴뿐만 아니라 여러 개의 얼굴이 있는데 그중에서도 이를테면 '개승냥이'의 얼굴을 보여주려고 악을 쓴다. 가련한 속물주의이다.

이런 내가 싫을 때 내가 그리워하는 것이 두 가지 있다. 그 하나가 포구이며 다른 하나가 가사미산의 엄나무이다. 포구는 물이 빠졌을 때는 작은 개울만 하다. 물빛도 탁하다. 그러나 그 물길로 올라온 통통배는 때에 따라 돌고래도, 바다표범도 내려놓는다. 그리고 늘 눈을 치뜨고 오락가락하는 괭이갈매기들. 이것만으로도 나는 큰 바다를 본다. 나는 어느결에 옛 바닷가 소녀들을 생각한다. 이 기슭 어디에 숨바꼭질을 하듯 숨어 있을 것만 같다.

그러나 나는 이미 말했다. 한번 간 사랑은 그것으로 완성된 것이다. 애틋함이나 그리움은 저세상에 가는 날까지 가슴에 묻어두어야 한다. 헤어진 사람을 다시 만나고 싶거들랑 자기 혼자만의 풍경 속으로 가라. 그 풍경 속에 설정되어 있는 그 사람의 그림자와 홀로 만나라. 진실로 그 과거로 돌아가기 위해서는 자신은 그 풍경 속의 가장 쓸쓸한 곳에 가 있을 필요가 있다. 진실한 사랑을 위해서는 인간은 고독해질 필요가 있는 것과 같다.

그리하여 나는 그 포구의 가장 쓸쓸한 내 장소로 간다.

그 골짜기에는 늘 검은 바람이
긴 옷자락을 끌고 있었다
술에 적신 듯 갈매기 눈알이
빨갛게 노을에 젖는 저녁
내 눈알도
슬픈 이야기에 젖어 어떤 사랑을
갈구한다
갈매기들도 쫘먹지 않는
싱한 생신 배알 같은 그런 것을
갈구하다가

검은 바람의 긴 옷자락이
끌고 있는 그림자에 쫓겨
돌아온다
생(生)은 늘 먼 곳에서만
깜박이는 흐린 불빛처럼……

　이런 날 돌아올 때의 마음은 사랑하는 사람과 헤어져 어두운 밤길을 돌아올 때의 마음이다. 그 이별의 입맞춤이란 얼마나 공허한 것들이었더냐.
　그 밤 나는 한 마리 승냥이가 되어, '세피아빛 승냥이 울음소리'로 운다. 그리고 잠이 든다. 사랑하는 사람과 같이 잠드는 사람들은 상대방을 순장(殉葬)하지만, 나는 곰팡내 나는 물건들이 내 무덤의 부장품이 되어준다. 내가 주워 온 것들이다. 작은 멧새 둥지, 제비집, 벌집, 성게, 기왓장, 돌, 떡메, 청자와 백자 편(片), 그리고 마른 잠자리도 있다. 이 잠자리는 스스로 날아들어와 거기 앉아 고스란히 말라죽고 만 것이었다. 모두가 죽은 것들이다. 아니, 살아 있으나 싹을 틔우지 못한 아주까리, 목화씨, 꽈리씨도 있고 파릇파릇한 난(蘭) 몇 촉도 있다. 그리고 또 서너 마디 되는 대나무통이 있다. 대나무통만 보면 옛이야기가 생각나서 항상 그것을 거실 모서리에 세워둔다.
　옛날 신라 시대에 어떤 사람이 그 사랑하던 아내가 죽자 그 혼을 대통 속에 넣어 늘 가지고 다니며 그 여자와 만나곤 했다는 이야기이다.
　대통을 보며 나는 그 속에 들어 있을 어느 여인의 혼을 생각한다. 누군가 들어 있을 것만 같다. 그러나 그게 누굴까?

고향에 갔다가
교산 언저리 푸성귀밭
흐린 우물만 남아 있는
사천의 허균 생가에 갔다가
아직도 청청 뻗은 대밭 옆에서

대나무 한 뿌리를 얻었습니다
홍길동 뿌리를 얻었습니다
앞으로 살아야 할 막된 홀아빗길
저놈 하나 바라고 살까 하고
대통 속에 남모를 계집 넋 하나 집어넣고
뜨신 밥 한 그릇 그리울 세월
그 넋 불러내보려고
내 남존여비의 비참한 사랑
대뿌리 하나를 얻었습니다
홍길동 꿈을 꾸며
비참하게 비참하게 헤매는 뜻을 그 계집은 알리라 하고

 교산(蛟山)이란 강릉을 둘러싸고 있는 명주군의 사천에 있는 야트막한 야산이다. 이곳에서 태어난 「홍길동전」의 작가 허균의 호는 그래서 교산이 된다. 어쨌든 이렇게 내가 대나무를 바라보는 눈길은 그쪽으로 기울어져 있다.
 잠을 깨면 창문 한쪽으로 가사미산의 한 조각이 눈에 들어온다. 해발 60미터 남짓 되는 작은 산이다. 그런데 예전부터 이곳 사람들이 신령스러운 산이라 하여 범접을 꺼려온 것은 무슨 까닭인지 모른다. 과연 그 인적 드문 산기슭에 서 있는 우람하고 귀기 서린 한 그루 엄나무, 예전 성황당이 있던 곳이기도 하다. 그 언저리의 숲은 아름드리 소나무들이 우거졌고 어딘가 으스스한 기운이 감돈다.
 나는 이곳에 오자마자 이 엄나무를 섬기기 시작했다. 그리하여 가끔 홀로 찾아가 주위를 맴돌다가 돌아오곤 하는 것이다. 엄나무는 삐죽삐죽한 가시를 가졌고, 예로부터 몹쓸 역병을 막기 위해 담장 위에 쳐놓던 나무이다. 여기서 나는 처용(處容)의 모습을 본다.
 방 안 구석에는 언젠가 가을날 꺾이 온 갈대가 아직도 면시를 뉘십어쓰고 꽂혀 있다. 바닷가 가까운 곳의 습지에는 키가 넘는 갈대들이 무성하게 자란다.

그 속에는 새들이 유난히도 많다.

내가 류와 이른 아침 산책을 나선 것은 지극히 우연한 결과였다. 왜냐하면 아무런 약속도 없이 우연히 그 길에서 만났기 때문이다. 더군다나 우리는 그 전에는 결코 한번도 서로 그렇게는 만난 적이 없는 사이였다.

그런데 왜 이런 새벽에 류는 그 길을 가고 있었을까? 차라리 묻지 않는 것이 좋을 이런 질문을 나는 무의식중에 던진다. 누구나 던질 수 있는 질문이기 때문에 나만이라도 회피해야 한다. 나중에 안 바로서, 류는 우연히 그 길을 가고 있었다. 아니, 무작정이라는 표현이 맞을 것이다.

조금은 걸음걸이가 흔들리는 것도 같다. 아마 저 여자는 술집에 다니는 여자인지도 몰라. 새벽에 퇴근하는 여자 말야. 나는 내 상상력에 다소 실망하지만 그래도 짐짓 낄낄거리는 심정이 되어본다. 그러나 그것은 터무니없는 생각인 것이다.

"이 길로 쭈욱 가면 어디가 나와?"

류가 물어온 것이다. 자기 방으로 돌아가는 여자가 길을 제대로 모를 리 없다. 나는 새삼스럽게 류를 찬찬히, 그러나 조심스럽게 살펴본다. 새벽 어스름 속에서 지나치게 앳돼 보이기까지 한다. 그러나 화장기가 전혀 없지는 않다.

"어디를 찾는데?"

나는 멍청히 묻는 수밖에 없었다. 나는 류를 방랑자라고 생각해본다. 어디가 되는지도 모르고 걸어가고 있었지 않은가. 나는 방랑자를 좋아한다. 류는 내 되물음에 당황한 표정을 짓는다. 어쩌면 짜증이 났는지도 모른다. 나는 항상 여자가 짜증을 낼까 봐 조마조마한 인생을 살아왔다. 그런 의미에서 여자가 무섭다.

"그냥 어디가 되는가 해서."

류는 방랑자가 틀림없었다. 지금 헤매고 있는 것이 틀림없었다.

"저수지가 나오지."

나는 말해주었다. 동네를 지나고, 갈대밭을 지나면 저수지가 나왔다. 나는 그 저수지까지 가서 새벽 물안개가 피어오르는 것을 보고 돌아올 참이었다.

"그럼 거긴 낚시꾼도 많겠네?"

"요샌 별로 없지."

이렇게 이야기를 나누는 사이에 우리는 발걸음을 나란히 걷고 있었다. 류는 왜 낚시꾼 이야기를 꺼냈을까? 그러나 별다른 의미는 없다고 생각하기로 했다. 우리는 동네 외곽을 돌아가는 좁다란 시멘트길을 걸어갔다. 집들은 아직도 어스름빛에 잠겨 있다. 길가의 풀들은 벌써 누렇게 말라가고, 들을 가로질러 오는 바람은 싸아하다. 류는 어떻게 이곳까지 와서 나와 낯선 길을 가고 있는 것일까? 하기야 나부터도 그렇다. 어떻게 되어 아무 연고 없는 이곳까지 와서 살아가고 있는 것일까?

저수지가 가까워지면서 물냄새가 풍겨왔다. 바다가 가까워서인지 이상하게도 그 저수지에는 늘 갈매기가 날고 있었다. 길 양쪽 습지의 갈대밭에서 갈대들이 바람에 날리며 스적거리고 있다. 그러자 류가 갑자기 동요한다.

"저기 저 사람 우리 아빠 같애. 큰일이야."

류가 내게 매달렸다.

"큰일이라니? 아빠가 큰일이라니?"

나는 혼란에 빠진다. 저 앞에서 낚시 가방을 메고 오는 남자에게 무슨 변이 생긴 것일까?

"우리 아빤 낚시 가방을 메고 전국을 떠돌아다니며 날 찾고 있대. 난 집에서 나왔거든. 어서. 날 좀 숨겨줘!"

나는 언뜻 판단이 서지 않았다. 나는 엉거주춤 서 있을 수밖에 없었다. 그러나 류는 달랐다.

"날 못 봤다 그래줘. 제발."

류는 다급하게 말하고 나서 다짜고짜 길옆으로 내려가 갈대밭으로 뛰어들었다. 그러나 그 남자는 류의 뒷모습을 보았지만 한눈으로 힐끗 쳐다보았을 뿐 그냥 스쳐 지나가버렸다.

갈대밭 속에 깃들여 있는 새 몇 마리가 푸드드득 하늘로 날아올랐다. 이것이

류와의 어느 날 풍경이었다.

나는 류를 다시 만났으나 예전의 '배반'에 대해 아무것도 묻지 않고 있었다. 누구나 헤어졌다가 다시 만나면 과거의 문제는 해소되는 것이다. 다만 그다음에는 새로이 그 사랑의 의미를 어떻게 완성시키느냐 하는 문제만이 던져져 있는 것이다.

다시 눈보라 치는 겨울이 내 곁에 오고 있다. 나는 중국산의 철관음차(鐵觀音茶)를 끓인다. 그리고 묻는다. 질풍노도와 자멸의 시절은 지났는가?

곧 올 딸아이를 기다린다. 지난가을의 어느 날 전화가 왔었다.

"아빠, 토요일이 운동회날인데, 아빠 올래?"

그래서 갔던 시골 초등학교 운동회. 아이들은 뛰고 춤추고, 어른들은 술을 마셨다. 나는 낯선 시골 사람들 틈에 끼여 하루 종일 마시고 또 마셨다. 딸아이의 사진 몇 장을 찍어주고, 장난감 반지와 목걸이에 솜사탕을 사주고…….

그리고 몽롱한 가운데 넌더리 나게 외롭고 찌든 삶을 홀로 저녁 협궤열차에 실었던 것이다.

찬 바람이 벌판을 달려가고 있다. 그 벌판을 바라보며 다시금 협궤열차에게 묻는다. 내 삶이여, 질풍노도와 자멸의 시절은 지났는가?

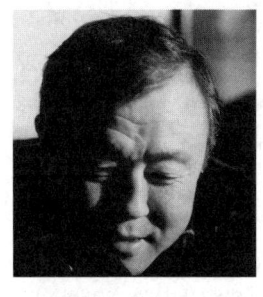

윤후명(尹厚明)

1946년 강원도 강릉 출생. 연세대학교 철학과 졸업. 1967년 경향신문에 시가, 1979년 한국일보에 소설이 당선되어 등단. 녹원문학상, 소설문학작품상, 한국일보문학상, 현대문학상, 이상문학상, 이수문학상, 김동리문학상 등 수상. 『명궁』(1977), 『홀로 등불을 상처 위에 켜다』(1992) 등의 시집과 『敦煌의 사랑』(1983), 『부활하는 새』(1986), 『모든 별은 음악 소리를 낸다』(1987), 『원숭이는 없다』(1989), 『여우 사냥』(1997), 『가장 멀리 있는 나』(2001), 『둔황의 사랑』(2005), 『새의 말을 듣다』(2007) 등의 소설집, 『별까지 우리가』(1990), 『약속 없는 세대』(1990), 『협궤열차』(1992), 『이별의 노래』(1995), 『삼국유사 읽는 호텔』(2005) 등의 중·장편소설 및 『내 빛깔 내 소리로』(1987), 『곰취처럼 살고 싶다』(1997), 『꽃』(2003) 등의 산문집 출간.

작품 세계

윤후명은 소설가 이전에 문학청년 시절부터 시 창작을 해온 시인이기도 하다. 그의 첫 시집 『명궁』에는 젊은 시절의 꿈과 방황이 세월의 무게에 실려 그대로 담겨 있다. 근원적인 것에 대한 집요한 탐구 정신은 아마도 시인의 기질에서 비롯된 것이리라. 지난 시절의 경험적 질료로 남아 있는 것들도 그의 의식을 거치면 처절한 자의식이 묻어난 절대적 경험의 순간으로 되살아난다. 기억을 통해 분열되는 자의식은 서사의 중심축을 이루는 것이면서 동시에 소설의 환유적 깊이를 더하는 심층적 동인이 되는 것이다.

윤후명 소설의 환유의 축은 바로 '나'와 '너'의 발화 행위가 엇갈리면서 분산되는 '나'의 의식으로부터 시작된다. 윤후명 소설에서 '나'는 서사 이론에서 일반화하여 말하는 수동적인 주체가 아니다. 오히려 '나'는 '너'와의 상호 소통 가운데 생명력을 발산하는 식물과 같은 존재다. 『모든 별은 음악 소리를 낸다』에 등장하는 '나'의 경우에도 가족의 위계질서를 벗어나 자기의 세계를 갖고자 하는 '개인'에 불과하다. 갈등의 기본 구조를 이루고 있는 것도 독선적인 아버지라기보다는 개인이 자기만의 내면을 만들어가는 과정에서 발생하는 불협화음이 주가 되고 있다. 개인은 세계와 어떻게 만나는가. 이 문제의식은 윤후명 소설의 특징인 사소설적 경향을 설명하는 핵심 요소이다.

『원숭이는 없다』의 경우에도 인간과 가장 많이 닮은 원숭이에 대한 이야기를 통해 인간의 우매함과 동물의 그것을 같은 서사적 체계 속에서 보여준다. 화자는 원숭이와 인간 사이를 오가면서 특정한 의미로 귀결되지 않는 분열의 층위를 무의식적인 반복의 행위를 통해 드러내고 있다. 구체적인 일상 속에서 절대적인 경험으로 개인이 존재한다면, 바로 그 개인이 현실과 혹은 타자와 소통하는 방식으로 '낭만적 상상력'이 자리하고 있는 것이다.

『둔황의 사랑』은 일상성과 낭만성이 만나는 자리에 무엇이 존재하는가를 구체적으로 보여주고 있는 대표적인 소설이다. 6·25 피난 시절, 80년 5월 광주와 같은 사건을 가장 일상적인 차원에서 회상하듯이 그에게 지난 사랑도 그 일상의 일부분으로 존재한다. 거대한 현실적인 사건이 인간의 의식을 뒤바꾸어놓듯이 사랑도 마찬가지의 힘을 갖는 것이다.『둔황의 사랑』은 「둔황의 사랑」에서 「로울란의 사랑」으로 그리고 「사랑의 돌사자」와 「사막의 여자」로 이어지는 네 편의 연작소설이면서 동시에 한 편의 장편소설이다. 『敦煌의 사랑』을 원 발음에 가까운 『둔황의 사랑』으로 고치면서 작가는 많은 부분을 잘라내어 완벽한 연작장편소설을 탄생시켰다. 이 소설은 친구로부터 들은 혜초의 사랑 이야기를 중심으로 진정한 사랑의 의미란 무엇인가에 대해서 탐구하고 있는 걸작이다. 사랑을 통해 인간의 근원적인 의미에 천착하면서 사소설 형식의 고백체의 또 다른 미학을 보여준다. 한국 소설 전통에서 보기 드물게 '서역'이란 공간을 인간의 삶이라는 시간적 의미로 옮겨놓으면서 파멸로부터 다시 생성되는 시간의 의미를 새롭게 구축하고 있다고 평가할 만하다.

「협궤열차에 관한 한 보고서」

「협궤열차에 관한 한 보고서」는 윤후명 소설의 출발점이다. 출발은 있으되 특정한 곳에 완전히 머물지 않으며 왕복을 반복하는 협궤열차는 소멸과 생성의 경계선을 오가며 순수한 주체의 의미를 지워나가는 윤후명 소설의 궤적을 그대로 닮았다. 협궤열차는 과거의 '나'를 인지하게 하는 객관적 상관물도 아니고 그렇다고 현재 '나'의 존재론적 가치를 확고하게 만들어주는 연결망도 아니다. 오히려 특정한 시간에 머물러 있는 '나'의 의미를 배제시키면서 시간의 틈새 사이에서 부유하게 만든다. 그리하여 불가능의 가능성과 황홀한 우연을 꿈꾸게 하는 것이다. 윤후명식으로 말하면 아무것도 알 수 없는 것에 삶의 목적이 있듯이, 드디어는 목적만이 목적이 된 것이다. 그것은 작고 낡은 열차가 노을의 시간대를 지나 달리는 것과 같은 의미를 갖는다. 진정한 삶의 의미를 찾기 위해 바윗덩어리를 올리고 내리는 시시포스의 운명처럼 협궤열차는 황량한 인생을 되돌아보는 매개로서 존재하는 것이다.

윤후명은 절대적 진리 자체를 순수한 이상으로 믿으면서 살아가는 인간의 어리석음을 달리는 협궤열차를 보면서 더욱 절실하게 깨닫게 된다. 절대적인 진리가 무너진 자리, 인간 스스로 내면의 모순을 인정하는 순간, 거대한 사랑의 세계가 펼쳐진다. 그 세계에는 삐걱거리면서 위태로운 현실을 견디며 철로 위를 달리는 기차가 있고, 거대한 몸뚱이의 코끼리가 날아다니며, 태양이 떠오름과 동시에 모든 사물들이 살아 움직인다. 무엇이 이 불가능을 가능한 것으로 전이시키는가. 그것은 바로 사랑의 힘이다. 사랑은 극단적인 에로스를 끌어 담아 나를 안에서부터 파열시키는 동인이 된다. 특히 딸이 타고 오던 협궤열차와 류와 내가 타고 가는 협궤열차의 이미지가 나란히 병치되면서 공간과 시간을 나누는 이성적인 논리는 아무런 의미를 갖지 못한 채 완전히 소멸되어버린다. 바로 그 순간 자신이 꿈꾸던 "황홀한 우연"이 실현되는 것이다. 황홀한 우연은 절대적인 사랑의 완성을 꿈꾸지 않는다. 단지 순간에 의미를 부여하면서 사랑을 위한 향연을 벌이는 것이다. 사랑을 찾아 떠나던 순간에 의존하던 것들이 세속적인 무속이나 불교적인 연기설이었던 것은 그 자체로 중요한 의미를 갖는다. 「협궤열차에 관한 한 보고서」는 사랑에 대한 탐구이자 동시에 근대적 이성이 만들어놓은 절대적 진리의 허상이 무엇인가를 보여주고 있다는 측면에서 한국 현대소설의 또 다른 계보를 열어놓았다.

주요 참고 문헌

윤후명 자신이 써놓은 『원숭이는 없다』(1989)의 작가 후기는 자서전적 문학사라 할 만큼 중요한 글이다. 여느 작가의 작품 후기와는 달리 조목조목 평론 수준의 작품 분석과 해석을 덧붙여놓았다. 섬세한 문체를 따라가다 보면 윤후명 소설의 핵심이 무엇인지 분명하게 알 수 있다. 김윤식의 「환상의 낯섦과 외로운 혼」(『소설문학』, 1985), 남진우의 「폐허, 그리고 미궁」(『언어의 세계』, 1984)은 소설의 본질적인 특성이 환상과 폐허라는 화두를 통해 작가의 정신사적 특성을 밝혀놓고 있다. 김현의 「암울한 40대의 방황하는 삶」(『두꺼운 삶과 얇은 삶』, 나남, 1986)과 이동하의 「우수와 사랑」(『소설문학』, 1985)은 우울한 문체를 통해 끝까지 견지하고 있는 낭만적 사랑의 실체가 무엇인가를 구체적인 현실과 서사의 긴장 관계 속에서 파악하고 있는 주목할 만한 글이다. 권오룡의 「푸르른 그림자 밟기」(『약속 없는 세대』, 세계사, 1990)는 폐허에서 꿈꾸는 윤후명 소설의 희망이 무엇이며 이를 이끌어가는 푸른 이미지의 의미가 무엇인지를 분석하고 있다. 이광호의 「반문명적인 리얼리즘을 위하여」(『작가세계』, 1990년 가을호)와 우찬제와 권성우의 대담 「윤후명, 산업화 시대 낭만적 예술가의 초상」(『협궤열차』, 창, 1994)은 비판적 근대로서 윤후명 소설에서 낭만성이 어떻게 작용하고 있는가에 대한 전략적인 탐색을 보여준다. 최성실의 「자유로운 에로스, 사랑을 탐구하다」(『둔황의 사랑』 개정판 해설, 문학과지성사, 2005)는 「둔황의 사랑」을 연작 장편소설의 형태로 새롭게 정리한 『둔황의 사랑』을 통해 1970년대와 1980년대 한국 문단에서 '개인'을 부각시킨 중요한 작가로 윤후명을 평가하고 낭만적 사랑을 움직이는 미학적 원리가 무엇인가를 탐색하고 있다. _최성실

박영한
지옥에서 보낸 한 철

7

마을 사람들이 죄다 모인 자리에서 그 유별난 형식의 각서가 씌어진 건 경운기 사고가 난 그날 오후 늦어서였다. 본때를 보여주리라며 읍내 병원에서 진단서까지 끊어와 단단히 벼르던 짱구 아비가 그쯤에서 난리를 그만둔 건 놀라운 일이었다. 낫을 휘두르며 구둣발로 행랑채로 뛰어든 짱구 아비를 용케도 만류할 수 있었던 건 오로지 한 사람, 수족을 못 쓰고 방바닥을 설설 기다시피 하는 홍씨 아내뿐이었다. 그 성난 목장주는 마노씨나 나의 만류에는 콧방귀도 뀌지 않았을 뿐더러 힘도 항우장사 못지않았다.

"아저씨, 울아버지 좀 살려주세요. 짱구 아저씨가 울아버지 찔러 죽여요."

도일이란 녀석이 새파랗게 질려 악을 써대길래 우사를 달려나가 행랑으로 뛰어들었을 때 그 병든 여인은 미쳐 날뛰는 짱구 아비 허리춤을 죽어라 하고 붙들며 늘어지고 있었다.

"짱구 아배, 차라리 이년을 죽여요, 응? 제발…… 이렇게 싹싹 빌지 않우? 한번만 용서해요, 응? 차라리 날 찔러요, 응?"

---

* 「지옥에서 보낸 한 철」은 『세계의문학』 1987년 겨울호에 발표되었고, 이후 『왕룽일가』(민음사, 1988)에 수록되었다. 여기서는 「지옥에서 보낸 한 철」에 해당하는 7~9장에서 부분 수록하였다.

"당신 뭐야? 당신두 한패지? 에익, 죽어버려라 이 여자야."

짱구 아비가 얼마나 힘이 셌던지 어찌어찌 홍씨 아내를 한 손으로 떨쳐낸다는 것이 그만 그 여자를 섬돌에다 집어던진 결과가 되고야 말았는데, 만약 그 순간 이웃 사람들이 병자(病者)에게 달려들어 신속히 응급 처치라도 하지 않았더라면 정말 송장이라도 치를 뻔한 상황이었다.

"미쳤어 지금? 저게 안 보여? 죽으믄 어떡헐라구 그래?"

짱구 아비 목울대를 손아귀로 틀어쥐며 주의를 환기시킨 건 마노씨였고 병자가 눈을 허옇게 까뒤집으며 거품을 물고 있는 광경을 본 뒤에야 짱구 아비는 홍씨의 멱살을 놓았다.

"내 이런 씨팔, 거 재수 없는 여자네. 엄살 떠는 거 아니냐? 개값 물 뻔했잖아 이거."

말은 그렇게 함부로 내뱉었으나 실신해서 축 늘어진 병자의 눈을 까뒤집어 본다 어쩐다 하면서 짱구 아비는 꽤나 걱정스런 낯빛이었다. 이어 짱구 아비는 방 안에 웅크려 벌벌 떨고 있는 과수원지기를 향해 대성일갈했다.

"임마! 너 똑바루 해. 너 이 자식 또 술 처먹구 이 우묵배미서 비틀거리는 꼴 내 눈에 띄기만 해봐. 그땐 아아주 똥통에다 처박아버릴 거야. 알아?"

각서 얘기가 나온 건 짱구 아비가 낫을 팽개치고 대문간을 나가버린 직후였다. 마을 사람들이 둘러선 자리에서 여주댁은 단호하게 내뱉었다.

"이게 무신 망신이냔 말예요. 그 존 술 먹구선 행팬 왜 부리냐구. 이번엔 아아주 술 딱 끊겠다고 각설 써요. 도일 아부지, 이리 좀 나와요."

형편없는 봉급으로 사람을 부린다며 동네방네 떠들고 다녀 주인 얼굴에 먹칠을 해왔다는 홍씨를, 여주댁은 이번 기회에 아주 눌러버리자는 속셈이었으리라. 늙은 주정뱅이가 혼쭐이 나는 걸 구경하려고 모여들었던 마을 사람들은 사건이 너무 싱겁게 끝난 데 대해 은근히 실망한 얼굴들이었다…… 고깟 각서가 무슨 소용이람. 개가 똥을 마다할까…… 헤헤거리며 드러내놓고 큰 소리로 이죽거린 것은 명자 아버지였고 과수원지기 귀에 들리지 않을까 싶어 눈치를 흘끔거리며 더 심한 언사로 여주댁을 부추긴 것은 왕릉 아저씨였다. 아서요 아서 영구 어만. 각서가 다 뭐야. 이 판에 아예 내보내버려. 저 사람 땜에 도무지 이거, 동네가 조용할 날이 없다구요.
"홍씨 봐요. 이번에 딱 한번만 눈감아주는 거야요? 이댐에 또 이러믄 지서에다 신골 해버릴 거야요. 징역살이 하고 싶음 또 그래보라구요. 아저씨 같은 사람은 삼청동으루 보내버린다구요. 삼청교육대라고 못 들어봤어요? 병신돼서 나오고 싶음 또 그래봐요."
여주댁은 큰아들 진구더러 볼펜과 백지를 가져오게 한 뒤 각서 내용을 조목조목 받아쓰게 했다. 짱구 아비의 진단서 비용과 치료비는 여주댁에서 부담하되 앞으로 받을 홍씨 품값에서 까나갈 것, 다시는 술을 입에 대지 않을 것, 만약 또다시 음주로 인하여 불상사를 일으키면 자진해서 그 이튿날로 방을 비울 것 하는 따위였다. 그러나 막상 문제는 그 각서에다 입회인 손도장을 찍는 일이었는데 후환이 두려웠든지 아니면 홍씨와는 별달리 감정을 갖지 않아서였든지 몇몇이 꽁무니를 슬슬 빼기 시작했고, 만약 우묵배미의 최연장자인 마노씨의 설득이 아니었더라면 그 멋들어진 각서도 휴지 조각이 돼버렸을지도 모른다.
"이봐, 대섭이 자네 이해하게. 이건 말야, 자네가 미워서가 아니라 다신 이런 일이 없두룩 미리 방지하잔 뜻이니께. 섭허게 생각지 말어. 자아, 나부터 찍겠네."
손도장은 마노씨 부부 그다음이 우리 부부, 그리고 왕룽 내외와 봉기 아버지 순서였다. 허구한 날 홍씨와 삿대질을 나눈 바 있던 셋방살이 아낙들이 거 참 고소해 죽겠다는 얼굴로 한 사람 빠지지 않고 손도장을 눌러준 건 물론이다.
과수원지기를 고소해한다는 의미에서 마을 사람들은 하나같이 공모자였다. 대개가 서로 친척붙이여서만이 아니라 그들 역시도 이 낯선 타관 사내와 알게 모르게 감정적인 대립을 겪어온 때문이었다. 텃세가 세고 완고한 우묵배미로서는 다루기 쉽지 않은 이 객지인에게 일종의 피해 의식을 갖고 있는 듯했다. 하긴 땅뙈기 한 뼘 못 가진 철저한 무산자로서 텃세라는 완강한 벽으로 둘러싸여 있다는 의미에서는 홍씨 역시도 피해 의식에 시달리고 있었던지도 모르지만 말이다. 한편 우리 부부 역시도 그의 술주정으로 인한 피해 의식의 소유자였다.

흔히들 개차반이라고 불려지는 주정꾼이 그러하듯, 대대로 적이든 아군이든 구별 없이 물고 늘어지곤 하는 그의 술주정은 가히 달인(達人)의 경지에 이르렀다고 할 수 있었다.

예외가 있다면 올가을에 환갑을 맞게 된 마노씨였다. 몹시 깐깐한 성미에다 술이 한잔 거나해지면 때때로 안하무인으로 이웃과 다투기도 하는 마노씨건만 이 과수원지기에게만은 성자나 다름없었다. 마노씨네도 우묵배미가 객지였고 빈털터리 소작농이라는 의미에서는 홍씨네와 오십보백보였다. 알거지와 진배 없는 홍씨네와는 달리 마노씨에겐 그래도 희망이 있었는데 최근 어렵사리 장만 한 젖송아지 두 마리와 공장에 다니면서 몇 푼이라도 벌어다 대는 장성한 아들 들이 그것이었다. 홍씨더러 술 때문에 일을 그르친다고 자주 핀잔을 놓곤 하는 마노씨임에도 결정적인 대목에 가서는 홍씨를 두둔하려 드는 까닭은 서로의 엇비슷한 형편 때문일텐데 홍씨의 기특한 점은 이 노인에게만은 마구 해대지 않는다는 것이었다. 어느 날은 술에 잔뜩 먹힌 홍씨가 마노씨 며느리 방의 장롱을 열고 들어가 바지춤을 끌러 장롱 속에다 그만 흥건하게 실례를 범했는데도 그 이튿날 마노씨는 그 합죽입으로 마냥 히히대기만 했다. 자네 거 물건 말여, 우리 며느리 안 본 게 천만다행일씨. 우리 며느리 바람날 뻔했잖아 이거. 힛, 우리 큰애가 봤음 자넬 때려 죽일려구 뎀볐을걸 아마.

각서를 쓴 그날 저녁에도 이웃들이 여주댁 안마당을 다 나간 뒤까지 마노씨는 어둠 속에 어정대며 남아 있었다. 마노씨는 소줏내 섞인 한숨을 불어내며 나직나직 말했다.

"차라리 나헌테 주정을 허게. 없는 게 죄지. 다아 없이 사니까 술 먹으믄 짜증이 나는 게야. 대섭이 이제부터락두 매앰 단단히 잡숫게."

그 어둠 속에서 마노씨가 투박진 손을 들어 연신 얼굴에서 뜯어 뿌린 건 내 보기에 단순히 콧물 정도가 아니었으리라. 콧잔등이며 눈두덩이 부어올라 눈도 제대로 못 뜨고 방구석에 웅크려 있던 홍씨 입에서 이윽고 오열이 터져 나왔다.

"하이고, 내가 숙우뿌야지 이리 살아 머할 것꼬. 아이씨, 면복 없십더. 다시 는 술을 입에 대믄 내가, 내가, 개아들놈이지러. 하이고오 내 신세야. 사변때

중공군한테 붙잽혔을 때 고마 칵 뒤지뿔거로. 이늠에 이 찔긴 목숨이 원쑤이더."

물론 우리는 마노씨의 눈물과 동정심이 온당하다고 말하려는 건 아니다. 우리 부부가 엿듣기에 콧잔등이 시큰거릴 정도로 짜안한 장면이었다는 것만 밝혀두겠다.

일반적으로 말해서 없이 사는 사람에게는 두 가지의 태도가 가능하다 할 수 있겠는데, 가난한 사람에겐 냉담하게 대해야 독립심도 길러지고 더욱 분발해서 열심히 살게 된다는 이론이 그 하나고, 나머지가 러시아의 어느 작가가 남긴 명언에 담긴 이론이다. (그런 명언을 남긴 사람이 푸시킨인지 투르게네프인지 기억에 확실치 않다. 아마 둘 중 한 사람이 틀림없을 것이긴 하지만 그러나 전혀 딴 사람일 수도 있으리라. 독자여, 무지를 용서하라.) '없는 사람을 동정해주면 점점 더 게을러지고 교활해지며 의타적이 되는 경향이 농후하다. 그래도 나는 거지에게 동정심을 베푸는 일을 마다하지 않겠다. 이것이 러시아의 현실이다.' 푸시킨인지 투르게네프인지가 남긴 명언은 대충 그런 뜻이 아니었다 싶은데, 우리 부부 역시도 굳이 그 가난한 주정뱅이를 옹호하려 해서가 아니라 실은 우리네 농촌 현실을 몸으로 겪어본 끝에 투르게네프의 심정이 되지 않을 수 없었던 것만은 고백해두고 넘어가야겠다.

〔중략〕

어쨌거나 아무튼 홍씨가 머슴도 아니고 관리인도 아닌 어정쩡한 존재로서 이렇듯 욕심 많은 여주인에게 꼼짝없이 발목을 붙들리게 되는 건 여름 한철을 좋이 다 지나보내고 사과 수확이 끝나 과수원에 할 일이 없어진 뒤부터가 아니었던가 싶다. 광용씨는 애초에 봄 겨울 따질 것 없이, 과수원에 일이 있든 없든 고정으로 봉급을 주기로 하고 홍씨를 채용한 모양이었는데, 어찌된 까닭인지 수확이 끝나자 봉급을 미루기 시작하더니 겨울 들면서는 아예 과수원에의 발길을 딱 끊어버렸다. 남대문시장의 점포네 한남동의 상가 빌딩입네 하여 부동산만 쳐도 수십억 재산이라는 광용씨로선 그깟 부자들의 한 이틀 용돈에 불과한 과수원지기의 월급을 못 준다는 건 있을 법하지 않는 일이었다. 우리 부부가 보기에도 그는 많이 배운 사람답게 누구에게든 겸손하고 경우가 밝았는데 마을 사람들에게 지나치게 허리를 굽신거리며 공손을 차리는 게 마치 일본사람 같아서 곁에서 지켜보는 우리가 오히려 민망함을 느낄 정도였다. 그리고 그즈음의 홍씨 역시 자기 주인을 무척도 깊이 신뢰하고 있었고 봉급을 못 받아 당장 양식이 떨어진 판인데도 누군가가 주인 험담이라도 할 양이면 오히려 두둔하고 나섰다. 세상에 그런 사람 없을꺼로 아매. 내한테 안직 싫은 소리 한분 안 했다. 베가 익으몬 고개를 숙인다꼬, 광용씨가 바로 그런 사람 아이가. 참 용한 사람이대이…… 한데 봉급은 왜 제때제때 안 준답디까? 석 달치나 미루다니, 그런 사람이 어딨냔 말예요…… 그런 소리 마라. 머슨 일인지 되게 바쁜 일이 있는갑지. 그 사람은 꼭 온다카이. 오고 말고, 석 달치를 한몫에 줄랑갑다.

광용씨가 모종의 소송 사건에 얽혀들어 그가 가진 땅이며 서울의 부동산 일부를 팔아 치운다는 소식을 물고 온 건 구용씨였다. 밀린 방세 받을 일로 애를 태우던 여주댁이 펄쩍 뛸 건 당연했다. 여주댁은 홍씨 들으라고 일부러 더 큰 소리로 남편에게 따지고 들었다. 아아니, 경우가 없어두 유분수지, 홍씨 월급부텀 청산해야지. 이제 와서 내몰라라 하믄 어떡해요? 우리더러 월급을 주라는 거야 뭐야. 홍씨 월급이나 좀 달래지 그랬어요…… 이 싸람이! 재산이 수억씩 왔다갔다하는 판인데 그깟 월급이 문제야? 그 형님은 지금 제정신이 아녜요 제발…… 고래 싸움에 새우 등 터진다고 죄 없는 과수원지기에게 불똥이 튄 것이다.

이윽고 우묵배미가 눈사태로 법석을 피우던 이듬해 2월 초순 형편없이 초췌해진 모습으로 나타난 광용씨는 여주댁에게 홍씨의 한 달치 월급을 건네준 뒤 당사자에겐 막상 일언반구도 없이 사라져버렸다. 홍씨는 밀린 월급도 다 못 받고 해고된 것이다. 밀린 봉급이 나오면 한꺼번에 셈해 받으리라며 방세 한 푼 못 받고 몇 달치 양식까지 대주던 여주댁도 여주댁이시만 고등어 자반 한 손 값에 불과한 전기세를 못 내어 쩔쩔매게 된 홍씨 형편은 더 딱했다. 그 집 전기세니 새우젓 값이며 은실네 외상값이니 '까치상회'에서 가져다 먹은 라면 값 따위 소소한 푼돈이 아내의 손지갑에서 자주 흘러나가고 아내가 사흘돌이로 그 집에서 빈 그릇을 돌려받곤 한 것은 아마 그즈음이었으리라.

마름이든 머슴이든 일단 이 사람을 손아귀에 넣고야 말리라고 용심해오던 여주댁이 방세며 꾸어간 양식을 갚지 않았다는 구실로 홍씨에게 이것저것 소소한 집안일까지 본격적으로 시켜 먹기 시작했는데, 솔가지를 쳐오고 텃밭을 갈아엎고 쇠죽을 끓이는 일이 공공연하게 홍씨 몫으로 된 게 그때부터였으리라. 뿐만 아니라 그 전부터 여주댁이 내내 욕심을 품어온 한우비육(韓牛肥育)에 적극적으로 손대기로 작정한 것도 이 무렵이었으리라. 다소 늦은 감이 없지 않지만 값싸고 부지런한 목부(牧夫)를 구한 셈이었다.

며칠째 심하게 내리던 눈발이 뜸해진 어느 날 여주댁은 홍씨를 데리고 망우리 교문리를 지나 청평 가는 쪽의 마석 우전(牛廛)에를 다녀왔다. 썰렁하던 여주댁 문간 곁의 마구간은 새로 사들인 송아지들의 훈김으로 훈훈해졌다. 한우보다 곱절로 먹새가 좋고 또 자라기도 곱절로 한다는 샤로레 한 놈을 병삼께 이수한테서 더 끌어오고 나니 원래 키우던 놈까지 합쳐 총 두수가 여섯 마리였다. 송아지들로 그득해진 마구간 앞에서 내내 발걸음을 못 떼고 입이 벙글벙글해진 것은 비단 구용씨 내외뿐이 아니었다…… 영구 어무이, 가마솥 한 개 가이꼬는 안 되겠니더. 병삼이한테서 헌 가마솥 큰 거로 하나 새로 구해와야겠니더. 그리고 홍씨는 연신 그 딸기코를 짓주무르고 홍안을 짜부라뜨리며 '아후아후'를 연발했다. 아후, 저늠 먹새 좀 보래. 과연 샤로레 대갈빠리가 황소만 하네, 아후우…… 겨우내 양식 걱정으로 전전긍긍하던 홍씨에게 일자리가 생긴 것이다.

그해 봄 진구 하나를 뺀 여주댁 식구는 새집으로 이사를 했다. 병삼께의 땅을 판 돈으로 그 전부터 새로 짓기 시작한 단층 양옥이 완성된 것인데, 대학교에 다니는 그 집 장남을 우묵배미의 옛집 안채 건넌방에 그대로 남겨둔 건 여주댁 대로의 꿍꿍이속이 작용한 때문이었으리라. 진구란 일테면 이 늙은 목부의 감시역인 셈이었으나 내 보기에 그 아이가 제게 부과된 임무를 제대로 수행할 수 있을 성싶지가 않았다. 진구는 호랑이로 상징되는 저 사학 명문의 사학도(史學徒)로서 소위 운동권 학생이었고 교내 지하서클의 부회장이어서 언젠가는 파출소장이 와서 제 부모를 만나고 가기도 했다는데 그즈음의 그는 학교에도 잘 나가지 않고 빈둥대면서 휴학계를 낼 궁리에 골몰해 있는 듯했다. 나는 그즈음 진구 또래의 운동권 아이들이 즐겨 부르짖는 민중이 대체 어떤 것일까 싶어 이리저리 유도 심문을 해본 적이 더러 있었는데, 이 급진 이상주의자는 상향식 정치의식에는 상당히 날카롭고 민감해 보였어도 당장 제 집안에서 벌어지고 있는 노사(勞使) 간의 갈등이랄지 빈민을 향한 하향식 애정 따위에는 별로 관심이 없는 듯했다…… 이봐, 엄마한테 홍씨 급료를 좀 올리라고 그래보지. 월 팔만 원이믄 너무 적다고 생각지 않아? 네 엄마두 너무했어…… 그러자 이 책상물림의 민중운동가는 신고 있던 검정고무신을 북북 쥐어뜯으며 이렇게 대꾸했다. 내가 알 게 뭐예요. 엄마가 다 알아서 하겠죠 뭐. 홍씨 아저씨, 거, 골치 아픈 사람이에요…… 아무튼 이 지주의 아들은 제 집 지붕 밑에서 현재 전개되고 있는 계층적인 갈등이라든지 프롤레타리아의 눈물 같은 데까지 눈을 돌릴 만한 마음의 여유를 아직 못 가진 듯했다. 아니라면 나의 청년 시절이 그러했던 것처럼, 젊음다운 객기와 이성에의 그리움으로 충만한 장밋빛 밀실로부터 아직까지 꿈을 깨고 나오지 못했든지 말이다. 어려서이기도 했을 테지만 역시 그는 그때껏 그 운동의 심층에 가 닿지 못한 상태였으리라. 굳이 수년 전 철통 같던 앙시앵 레짐(舊體制)에게 반동의 좋은 변명거리를 제공한 바 있던 YH 사건이라든지 청계천 전모(全某) 분신자살 사건을 들출 것도 없이, 당장 저 삼거리만 나가더라도 조금만 눈여겨 관찰해보면 얼마든지 맞닥뜨릴 수 있는 적대감과 반목 따위란 먼 나라 일이라고 치부한 진구였을까? 그러나 아직 단정은 빠르다. 칼 마르크스도 레닌도 결코 노동 계층의 자식이란 소린 못 들어보았듯이, 이 지주의 아들이 언제나 부르주아 계급으로 머문다는 보장은 없는 법이니까…….

어떻든 여태껏 탄탄한 주종관계를 유지해온 홍씨와 여주인 사이에 틈이 벌어지기 시작한 건 우묵배미 구옥의 안채 때문이었으리라. 병삼께의 새집으로 이사하고 나면 자기네가 쓰던 안채를 홍씨에게 내어주느냐 마느냐로 여주댁은 한동안 망설이는 기색이긴 했다. 그러나 여주댁은 요리조리 수지 타산을 맞추어 보는 눈치더니 끝내는 봉기네에 세들어 살던 주리네한테 안채를 넘기고야 말았다. 주리네로부터 받은 전세금으로 여주댁은 송아지를 사들인 것이다.

그건 여주댁의 분명한 약속 위반이었다. 여주댁 별채에 이사 든 뒤로 우린 여주댁이 이렇게 말하는 걸 심심찮게 들어왔다. 도일 아부지, 우리 이사 가고 나믄 도일네가 안채 차지하는 거야요? 나리네두 안채 탐을 내지만 아저씨네랑은 의리상 그럴 수 있나요 어디. 우리 농사 지어주는 사람이 젤이야요. 암튼 일만 착실히 해봐요. 방세 한 푼 안 받고 안채 고스란히 내드릴 테니깐요…… 안채는 애초에 여주댁으로 이사 들어올 때 우리 부부도 은근히 눈독을 들인 물건이었다. 우리가 필용씨네 사랑채를 비워주고 얼른 여주댁으로 이사를 한 건 나중 혹시나 안채를 사용할 수 있지도 않을까 하는 희망 때문이 아니었던가. 이사 들기 전까지 우리는 그 안채가 홍씨와 그토록 단단히 약속이 되어 있는 줄을 미처 몰랐고, 이제 자세한 내막을 알게 되자 설혹 그 안채를 우리한테 내어준다 하더라도 한집안의 미묘한 관계 때문에 우리는 섣불리 안채를 쓸 수 없는 처지였다.

이 대목에 오면 여주댁의 그 독특한 잔꾀가 여실히 드러나는데, 여주댁이 안채 운운할 때까지만 하더라도 홍씨는 과수원 일을 보고 있었으므로 아직 분명한 자기 사람이 아닌지라 안채 운운은 그러므로 일종의 미끼였던 셈이다. 그리고 이제 홍씨가 과수원에서 해고당하여 오갈 데 없는 신세로 자기 사람이 되었다는 확신이 섰을 때 약속을 뒤집어버린 것이다. 얼핏 생각하면 그까짓 안채 따위 대수롭지 않은 일이라 쳐버릴 수도 있으나 홍씨의 경우에는 전혀 의미가 다르다.

사실상 안채란 과수원지기에게 꼭 필요불가결한 공간이라 말할 수는 없다. 그는 한 평 반 남짓한 행랑채 방 한 칸도 과분할 정도의 초라한 살림 도구였다. 가구라고 해봐야 고물 텔레비와 재봉틀에다 이불 속에 묻어 두는 청국장 단지 정도가 고작이었다. 그러니 홍씨는 안채라는 공간이 필요했던 게 아니라 안채가 상징해주는 어떤 권위에 연연해 있었다고 하는 것이 정확하지 않을까. 주리네가 안채 차지를 해버림으로써 자신은 관리인이기는커녕 여전히 일개 머슴으로서 남의 집 쇠죽이나 끓여 바치며 방세나 탕감 받는 초라한 행랑살이에 불과하다는…… 그러므로 그 안채란 그에게 있어서는 행랑살이 머슴의 지위로부터 그보다 한 단계 높은 관리인의 자리로 직위를 격상시켜주는 확실한 임명장과도 같은 것이었다. 번들거리는 안채 대청마루에 버티고 서서 에헴 하고 크게 한 번 내뱉는 기침과 귀신굴 같은 행랑채에서 새어나오는 기침과는 그 볼품이 다른 것이다. 안채 차지를 해야만 다른 셋방꾼들한테 이것저것 간섭도 할 수 있으며, 혹시는 주인댁 농사일을 도우러 오는 병삼께의 동료들에게 제법 호령도 치고 느물쩍거리며 능청도 좀 떨 수 있다고 생각했으리라. 시골에서는 행랑살이로서는 도무지 체면이 안 서는 법이니까…….

주인이 병삼께로 이사 가고 난 그즈음 홍씨는 틈틈이 봉당에 나앉아 툴툴대곤 했다.

"고깟노무 다 낡아빠진 안채, 넘한테 세를 내줄 거 뭐로. 즈그 소가 중하나 고깟노무 방 두 칸이 중하나. 즈그 소 키와주는 사람 고로코롬 괄씨할 끼 뭐로. 야속타 야속해. 영구 옴마가 그런 사람인 동 내 미처 몰랐다."

자기네 부부끼리야 무슨 말을 못 했을까마는, 남한테는 일체 주인 험담을 삼가온 과수원지기였으므로 이제 드러내놓고 주인 흉을 보기 시작했다는 건 예사로운 일일 수는 없었다. 먼 소문으로만 들어오던 그의 술주정이 슬그머니 고개를 들기 시작한 게 그때였으니…… 미구에 다가올 분쟁의 예고였다. 농약대니 씨앗값이니 월급이 적네 어쩌네 하는 따위 노사 간의 분쟁이 본격화하는 것은 그다음 단계였다.

8

〔중략〕

 술잔을 더러 입에 갖다 대곤 한다고 하나 예전처럼 갈지자 걸음에다 고주망태가 되도록 양껏 퍼마시는 일만은 삼가오던 홍씨에게 또다시 그 몹쓸 주벽이 되살아나게 된 것은 요셉 아버지의 환갑잔치를 전후해서였다. 왕룽 아저씨네 아들 석구 결혼식 때도 그러했듯 시골에서의 관혼상제란 온 마을의 일대 경사가 아닐 수 없고, 이 기간 동안이면 농부들은 잠시 일손을 놓고 참으로 흥청망청이란 표현이 딱 들어맞으리만치 부어라 마셔라 흥을 돋우며 축제를 즐기기 마련이다. 옹색한 살림의 마노씨네로선 그 집 암퇘지를 잡는 날이 이 행사의 요긴한 전야제인 셈이었고 여태껏 잠잠한 존재로서 억눌려만 지내던 과수원 홍씨의 지위가 갑자기 부상(浮上)하게 되는 것도 이 전야제에 이르러서다. 물론 그건 그의 그 소문난 도축 솜씨 때문이랄 수 있겠는데, 행동거지가 번잡스러워지고 말수가 많아지며 이윽고 큰소리까지 땅땅거리게 되는 홍씨의 그 급작스런 변화를 의아해하는 눈초리로 바라보게 되는 것은 비단 나 혼자만이 아니리라.
 돼지 잡는 날 아침엔 나도 부엌칼 하나를 지참하고 요셉네로 올라갔다. 놈의 사지를 묶어 우리 밖으로 떠메고 나오는 데는 장골 육칠 명이 들러붙어도 모자랄 지경이었다. 죽는다고 버둥대며 아우성치는 놈의 비명을 잠재우는 일이 홍씨의 첫 임무였다. 암마 돼지야, 알라 밴 여자 아아 떨어질라. 대강대강 내질러 래이. 홍씨는 손바닥에다 투툿 침을 뱉고는 도낏자루를 꼬나잡았다. 오오이, 비키라 비키! 야, 짱구야, 마빡에 빵구 나기 전에 날래 비키래이. 자아 후리간다…… 방금까지 온 마을이 떠나가게 목청을 내뽑던 돈서방은 도끼 뒤축을 이용한 홍씨의 일격에 그만 맥없이 고개를 떨어뜨리고야 말았다. 과연 일급의 솜씨가 아닐 수 없었다. 펄펄 끓는 가마솥의 물을 연방연방 끼얹었으며 손에 손에 낫이며 칼을 쥔 온 사내들이 벌떼같이 덤벼들어 놈의 털을 깎아내는 일이 끝나면 또 한차례 홍씨의 진면목이 발휘된다. 그가 평소에 신주단지같이 모시는 세

모잡이 칼로 열십자 혹은 한일자로 익숙하게 놈을 내리그어 뜨끈거리는 내장을 들어내고 사지를 분리시킨 뒤 놈의 갈빗살을 발라내는 일이 그것인데, 살점 하나 묻히지 않는 갈비뼈를 요리조리 추려내는 일이야말로 홍씨의 비상한 손재주를 확인시켜주는 대목이었다. 그의 칼은 정확하고 박력 있으며 때로는 섬세하기까지 하다. 그럴 때의 그는 예술가를 방불케 한다. 땀을 뻘뻘 흘리며, 입에 문 담배꽁초의 필터가 타들어가는 것도 깜빡 잊은 채, 옆에서 누가 떠들든 말든 아랑곳없이, 오로지 필생의 집념으로 작업에 몰두해 있는 이 중늙은이를 바라보는 일이란 내겐 가히 감동적이기까지 할 정도였다. 그와 한지붕 아래 살게 된 뒤로 산토끼니 꿩, 까마귀 가축 따위 짐승의 살가죽을 벗겨 요리를 하는 일에 나는 거의 예외 없이 참여하는 편이었는데, 낫으로 삭정이를 쳐오고 돌을 괴어 불을 지피고 매운 연기 속에서 눈물을 찔끔거리며 고기토막을 뒤적여 소금을 치는 그 일련의 과정을 바라보는 일이야말로 그가 살아온 생의 중요한 한 단면을 엿보는 일이기도 했다. 짐승에게 칼을 들이대라면 죽어서 지옥에라도 갈까 보아 슬금슬금 뒷걸음질을 치다가도, 일단 삶아 솥에서 꺼내 놓기만 하면 남에게 뒤질세라 잘도 널름널름 집어먹곤 하는 저들 대개의 이웃들이 때때로 비겁하고 추해 보인 데 반해서, 홍씨의 그 대범한 도축 행위에는 두려움이랄지 죄의식은커녕 모종의 청결함이 깃들어 있었다. 그 청결함이란 물론 잔인함과는 느낌이 전혀 달랐다. 거기엔 엄숙한 제사 행위와도 유사한 데가 있었다.
　큼지막한 가마솥에다 된장을 듬뿍 풀고 비계를 듬성듬성 썰어 넣은 내장국이 끓게 되면 사내들의 술타령은 본격화하기 시작한다. 남정네들이 쳐주는 막걸리 두어 사발에 기분이 썩 좋아진 아녀자들이 실실거리며 헤픈 웃음을 흘리게 되고, 솥뚜껑 장단에 맞춘 명자 아버지의 그럴싸한 남도 타령이 터져나올 때쯤이면 어느덧 이 전야제는 절정을 만끽하게 된다. 여주댁은, 사람이 짜다느니 어쩌느니 말들이 많지만 원래는 그래도 상당한 기분파라, 버선발로 쿵쿵 뛰고 솥뚜껑 장단에 어깻짓을 들먹여 손뼉치며 놀기에는 남한테 뒤질 위인이 아니나…… 얼쑤얼쑤 좋고오! 이봐요 홍씨, 홍씨 십팔번 홍도야 우지마라 그거 한 번 불러봐요…… 금니를 반뜩이며 연신 헤픈 웃음을 날리면서도 행랑지기에게 가시를 박아 넣은 일을 여주댁은 잊지 않는다. 도일 아부지, 오늘만 눈감아 주는 거야요. 소 여물은 나리 아빠한데 맽겼으니 오늘은 어디 맘껏 마셔나 봐요. 하지만 또 죄 없는 짱구 아배 팔 분질러서 치료비 물게 하고 각서 쓰게 하진 말아요. 막걸리믄 막걸리 쏘주믄 쏘주 따악 한 가지만 마시라구요오. 헷가닥하믄 골치 아프니께…… 허나 이때쯤 되면 홍씨는 이미 소귀에 경 읽기다. 꼭두새벽부터 요섭네 부뚜막에 웅크려 해장술을 마셔댄 뒤끝이라 벌써부터 혀가 꼬부라지기 시작한다. 아후우, 영구 옴마도! 우야든동 오늘은 묵우야지. 아암, 오늘 거튼 날 술 안 묵고 배기니껴. 까앗놈에 소새끼들 한끼 굶어도 아무일 없니더…… 그리고 그는 여주댁의 치마꼬리에다 실실 눈치를 흘리며 여차하면 남의 양재기를 앗아다 목젖이 꺾어지는 소리로 꿀꺽이곤 하는데, 이 불안한 조짐이 횡설수설에다 턱없는 오만방자로 옮겨가는 시간거리는 그리 길다고 말할 수 없다. 술이 들어가 배포가 널널해지면 그는 지구를 한 손으로 번쩍 드는 사나이였다. 특히 평소에 그가 감정을 갖고 있던 사람이라면 여지없이 번쩍 들어 깔아뭉개기가 그의 장기였으니…… 쳇, 김필용이가 천날만날 김필용인 동 아나 임마. 어언늠은 왕년에 수백 마지기 농사에 황소 열댓 바리 키와 가민 머슴 부리고 떵떵거리메 안 살아본 늠이 있나 니미. 몬 사는 늠 운제까지 몬 살아라 카는 법이 있는 동 아나?…… 그러면 우리의 구두쇠 왕룽영감님, 눈두덩을 거무스레 붉히고 지게작대기를 불끈 쳐들며 이렇게 내쏘기 십상이다. 어휴우 저게저게, 저 지랄 좀 보게나. 임마, 너 아가리 또 한 번 놀려봐. 너두 사람새끼여? 누군 뭐 방구석에 금송아지 안 묻어 논 사람 있다디 자식아?…… 하긴 필용씨도 감정이 나게 생긴 것이, 평소에는 형님 칭호커녕 허리를 굽신굽신 말말이 아저씨에다, 탈곡 때는 자기네 집에서 품 팔아 한철을 간신히 난 홍씨였으니 말이다.

요섭네 잔치의 여흥은 축제날이 지나고도 사나흘이 더 갔다. 잔칫집에서 흘러나온 술병이 마을의 소로길 여기저기 아무 데나 나뒹굴었고 집집의 꼬맹이들은 배탈이 나 얼굴들이 쪽 빠졌으며 특히 우리네 한지붕 밑의 셋방쟁이들이 살판났다는 얼굴들이었다. 허구한 날 이웃집에서 꿔다 먹거나 남의 집 장독을 엿보기 일쑤였던 그들에게 태평성대가 도래한 것이다. 심지어 내 아내마저 집 안에서 얼굴 보기가 힘들 정도였으니 국수네 뭐네 끼니 때마다 들어다 나르면서 밥 지을 일이 없어졌다며 아내는 연방 신이 나서 낄낄거리고, 똥네와 배서방네는 대문턱이 닳도록 들랑거리며 잔치 음식을 축내는 데 재미를 붙인 모양이었다. 하루는 배서방이 통닭 한 마리를 사와 내게 술을 한잔 대접하겠다고 하여 뒷방으로 건너갔더니 방구석에 시어빠진 떡이 한 소쿠리였다. 어머나 웬 떡예요? 아내가 눈치도 없이 자꾸만 물어대자 새댁은 얼른 손가락을 입에가 가져다 댔다. 쉿, 아무한테도 얘기허들 말아요 아줌마. 요셉네 알믄 큰일나요…… 이렇듯 먹고 마실 것 풍년이니 과수원 홍씨가 연일 술타령이었던 건 물론이다. 그즈음 그의 심기를 뒤흔들어 술주정을 가속화시킨 사건이 발생했는데, 사건을 일으킨 장본인은 우리네 지붕 밑의 말썽꾸러기 젊은 여인이었다.

여기서 또 한 번 아내의 절묘한 흉내내기 입심과 관찰력을 빌려오지 않을 수 없다.

잔치 기간 동안 마을 아낙네들이 집에 잘 붙어 있지 않은 건 잔칫집 손님 뒤치다꺼리 때문이다. 똥여인과 배서방네 여자는 그러나 꼭 그래서만도 아니다. 이 두 여인들은 별로 거들어 주는 일도 없으면서 잔칫집 부엌이며 뒤란을 어정거리다 심심찮게 음식을 빼돌렸고 그 핑계란 것이 오로지 여주댁 행랑살이 하는 '아픈 사람'이었다. 부엌일을 보면서 쇠고기부침개니 찐조기 따위 알짜배기 음식 담당이었던 아내가 누구보다도 그 사정을 잘 안다. 나리 엄마아, 아픈 사람 갖다 주게 나 조기 두 마리만 줘요…… 아픈 사람이 누구야? 아아니, 신랑이 병이 났어요?…… 아이 아줌마두. 누군 누구겠어요. 도일 엄마 갖다 주려구 그러죠. 몸이 아파 잔치 구경도 못 오고 드러누웠으니 얼마나 입이 궁금하겠냐구요…… 아무리 야박한 아낙네라도 병든 사람 갖다 준다는 데야 인색을 떨 순 없고 똥여인과 배서방 새댁이 이 사람 저 사람 뒤쫓아 다니며 얻어다 나른 건 한두 가지가 아니다. 아내는 배서방네 뒷방에서 통닭을 얻어먹던 날 방구석의 시어빠진 떡 소쿠리를 목격하고시는 입을 나물어버렸는데, 이런 사정을 눈치조차 못 채고 있던 주리 엄마가 그만 들통을 내고야 말았다.

잔칫집에서 손님상을 봐주고 대문을 들어서던 주리 엄마는 행랑어멈이 쪽마루에 웅크려 식사하는 광경을 보게 되었다. 얼씨구, 웬 청승이야 그래? 요셉네에 쌔고쌘 게 음식인데 웬 맛대가리 없는 씨락국에 시어빠진 김치야? 뒷방 아이들이 갖고 온 거 그새 벌써 다 먹어 치웠난. 으유우, 먹성도 좋아라⋯⋯ 병자(病者)는 주리 엄마가 농이라고 하는 줄 알고 식은 밥덩이를 한 입 문 채 비직비직 웃기만 했다. 뒷방 애들이 따신 밥 안 갖다 주더냐니깐 하고 주리 엄마가 또 다그쳤다. 그러자 병자는 사래 들린 듯 캑캑거리며 간신히 대꾸했다. 즈으들 먹기 바쁜데 나 줄 게 어딨대? 우리 저 양반은 도무지 술타령만 할 줄 알았지 제 마누라가 굶어 죽는지 어쩌는지 관심두 없다니까 글쎄⋯⋯ 무슨 소리야 지금? 뚱이랑 새댁이 방금 아픈 사람 준다고 탕국하고 돼지고기랑 따신 밥을 한 양푼씩이나 얻어갔다니까 그러네. 그제서야 병자의 눈이 휘둥그레졌다. 괴기? 탕국은 또 뭐언 말이유? 난 귀경두 못했는데. 오메, 저것들이 생사람 잡겠네⋯⋯.

그것만이었더라면 다행이련만 잔치가 따 끝나 요셉 어머니가 집집을 다니면서 남은 음식을 돌릴 때 홍씨네만 빠뜨리게 되었다. 굳이 홍씨네만을 미워해서라기보다는 남은 음식이 충분치 않은 데다 홍씨네한테는 두 여자들이 넉넉하게 얻어다 날랐다고 판단했던 때문이다. 그 집 돼지 잡는 날 발 벗고 나서서 칼질해주고 평소 때도 그 집의 큰일거리라면 만사 제쳐놓고 달려가 힘을 보탠 홍씨가 이 사실을 알고 무척 섭섭해하던 차에 나중에사 요셉 어머니가 음식을 싸들고 사과를 하러 왔다. 수더분하고 순한 편인 요셉 어머니였건만 그때만은 몹시 화를 냈다. 세상에! 엇따 갖다 붙일 데가 없어서 아픈 사람 핑곌 댔누. 증말 못 돼먹은 계집들이구만. 그 젊은것들을 다신 내 집에 발을 붙이게 하나 봐라.

이 일에 감정을 품은 홍씨는 짱구네 송아지 뿔 지지러 갔다가 술이 한잔 되어 돌아와 펜치를 쥐고 뒷방 부엌으로 쳐들어가 두 가구의 전깃줄을 몽땅몽땅 끊어버렸다. 다달이 전기세 문제로 그 여자들과 암투를 벌여온 지가 수개월째였다. 홍씨네가 30촉짜리 알전구 하나에다 흑백 텔레비 하나만, 그것도 아주 요긴할 때만 켜고 대개는 껌껌하게 지내는 데 비해, 뒷방 사람들은 전기다리미며 헤어드라이어를 몰래 감추어 두고 야밤에만 꺼내 사용하며 심지어는 문을 걸어 잠그고 한 이틀씩 집을 비울 때마저도 방 안에 불이 훤하더라는 게 행랑채의 큰 불만거리였다. 번번이 전기세를 못 치러 쩔쩔매는 홍씨네는 5촉짜리 빨간 꼬마전구 밑에서 껌껌하게 부엌일을 보는 경우도 없지 않았으니 우리네가 보기에도 전기를 황금같이 여겨온 행랑채의 주장은 백 번 옳았다. 시골사람들에게 있어서 전기는 황금에 버금간다는 사실을 우리 왕룽네 사랑채에 세들어 살면서 진작 터득했던 것인데 전기세에 관한 한 그런 심리는 푸성귀나 곡식 인심하고는 확실히 대조적이었다. 쌀 두어 바가지 퍼주는 건 예사로 알면서도 전기세 일이백 원 더 무는 건 무슨 죽는 일인 줄 아는 게 대개의 시골사람들이었으니 말이다. 뒷방 사람들이 전기를 그토록 물 써젖히듯 낭비할 양이면 전기세를 충분히 부담하면 될 것이련만 전기세 계산할 때가 되면 혹시 남보다 한 푼이라도 더 낼까 보아 안달이 나는 모양이었다. 하여 매달 한전(韓電)사람이 나왔다 갈 때마다 지겹게도 되풀이되는 이 시빗거리를 해결하기 위해 아내가 나서서 우리네 부담을 늘이기로 하여 중재를 선 바 있었으나, 기껏 고등어자반 한 손 값에 불과한 전기세 시비는 아직도 결론을 못 보고 속으로만 곪아온 터였다. 아내 얘기로는 홍씨네 전기세는 번번이 우리네가 치렀다는데 홍씨는 우리 부부에게 진 심리적인 빚을 다른 사람에의 원망으로 갚아나가려는 기색이 농후했던 것이다. 물론 우린 그걸 되돌려 받을 생각이 전혀 없었는데도 말이다.

뒷방 사람들의 전깃줄이 끊겨 나가던 날 집 안에서 일어난 일은 일대 장관이었다. 홧김에 마구 마셔댄 끝에 한껏 심술이 치솟은 홍씨는 전깃줄만으로는 성이 안 차 뒷방 쪽에서 변소로 통하는 좁다란 길마저 두꺼운 판자로 꽝꽝꽝 두들겨 막아버렸고, 그날따라 마침 뒷방의 두 젊은 서방들마저 술이 얼큰해져 들어오다 이 현장을 목격하게 되었다. 애초에 홍씨 혼자서만 감당해내던 싸움이 나중에는 주리 엄마까지 덩달아 이쪽저쪽으로 왕래하며 가세하기 시작하였으니, 그야말로 전투는 3파전 4파전에다 급기야는 한 치 앞의 피아(彼我)를 분별해낼 수 없으리만치 격심한 내전 상태로 돌입하게 된다. 게다가 이 전투를 더더욱 실감하게 만든 것은 갑작스런 정전(停電)사태였다. 집 안의 전기란 전기는 깡그리 나가버려 깜깜천지가 되어버린 것이다. 나중에야 그건 겁을 잔뜩 집어먹은 홍씨네 아들놈이 한시바삐 이 내전을 종식시켜버리고자 하는 마음에서 두꺼비집에다 손을 가져다 댄 결과였음이 밝혀지게 되는데 아무튼 그 깜깜칠흑이 연출해낸 아비규환은 가히 지옥이 따로 없다는 느낌을 불러일으키기에 족했다.

어둠 속의 이전투구는 새벽 네댓 시를 넘기고 있었다. 전투의 범위는 이 구지주의 한옥 기와를 훨씬 벗어나 왕룽 아저씨네 바깥마당이며 요셉이네 뒤란으로까지 번져가는 양상을 보였는데, 읍내에서 출동한 경찰이 들이닥쳐 내란의 종식이 선언되었을 땐 깨어진 소주병이며 뭉텅뭉텅 빠진 머리털과 신발짝들이 길가 여기저기 나뒹굴었다. 소주병에 어깨를 찢긴 것은 기골이 정정한 뚱네의 박서방이었다. 그 어깨는 배서방의 솜씨였고 애당초 싸움이 시작될 무렵엔 배서방네와 박서방네가 서로 아삼육이 지는 사이였으니 그날 그 내전의 양상이 얼마나 복잡하며 치열한 것이었나를 잘 알 수 있다. 배서방은 손이 찢겼고 홍씨 얼굴은 만신창이였으며 여자들은 눈두덩이 푸르딩딩했다.

그들 분쟁의 당사자들이 지서로 다 붙들려 가고 난 뒤 구용씨 부부는 서로에게 살벌한 눈길을 주고받으며 안채 대청마루에 엉덩이를 붙이고 앉아 있었다. 구지주의 늙은 아들이 먼저 짜증을 섞어 내뱉었다.

"이깟놈의 집 이거 팔아버리자니깐 왜 붙들고 앉아 맨날 이꼴이냔 말야. 이렇게 속이 썩어서야 쓰겠어 이거?"

그러자 여주댁이 냉큼 되받아치며 나섰다.

"팔다니! 쳇, 사업인지 뭐시갱인질 한다고 조상이 물려준 땅일랑 죄 잽혀 먹구선 집까지 팔아먹자구? 필용씨네 봐요 좀. 보리알갱이 한 톨 없던 그 집안이 떵떵거리매 일어선 거 보이지두 안나 뵈. 한 푼 생겨두 땅, 두 푼 생겨두 땅, 다아 땅을 소중히 한 덕분이지 뭐야요. 농사꾼이 땅 팔아 먹구 집 잽히구, 꼴 좋오쉬다."

"이게 이게, 닥치디 못해?"

여주댁의 바가지 솜씨는 좀 유별났다. 남편이 출근한답시고 넥타이까지 매고 대문을 나설라치면 고개 초입까지 뒤쫓아나와 짖어댈 정도였으니 말이다.

"소린 왜 질러요? 뭘 잘했다구. 이게 다 잘난 서방 덕분이지 뭐야. 당신이 돈일랑 젭때젭때 벌어다 줬음 이 꼴짝이 안 났지."

"또 시작이야, 또, 또? 그 형님네는 왜 들먹이는 거야?"

"우린 이 집을 팔믄 끝장이란 말예요. 빈대도 낯짝이 있지 끌끌."

"새집이 있잖아? 어이쿠 저놈의 입을 그냥."

"새집? 홍, 새집이서 쌀이 나온대요 콩이 나온대? 그래두 죽자사자 이거라도 붙들구 있어야만 허는 거예요. 이거 없으믄 우린 소도 못 키우고 자식새끼 공분 다 시켰다구요."

딴은 여주댁의 말이 그르다 할 수도 없었으니 우묵배미의 이 구옥은 그들에게 어떤 상징적인 의미를 갖고 있을 것이었다. 이 집을 처분한다는 것은 그들이 의지해 있던 어떤 마지막 가치 체계의 붕괴를 의미하는 것일지 몰랐다. 새 집으로 이사 가고 나서도 여주댁이 하루에 몇 차례씩이나 부지런히 이 우묵배미를 올라와 보곤 하는 건 소출이 많아서는 결코 아닐 것이었다. 밭이래야 겨울 칠팔백 평에 불과했으니 말이다.

"저엉 팔구 싶음 종가 회의 때 얘길 해서 정식으로 허갈 내와요. 그럼 천오백은 받을 수 있을 거예요."

"천오백 좋아하시네. 그따위 소리 말아. 남들이 들으믄 웃어요 제발. 오백도 못 받아 오백도, 알아? 저 소새끼두 싸그리 내다 팔아버려. 돈 한 푼 안 생기구 맨날 쌈박질이나 하게 허는 놈을……."

"그럽시다 까짓것. 소새끼든 집이든 싹 팔아치우지 뭐. 왜? 웃배미 논은 또 갖구 있음 뭘해? 아예 싹 팔아치우지 그래요. 당신이 잘도 벌어오니까."

여주댁의 한쪽 입귀가 비틀어졌는가 하자 남자 손에서 바가지 하나가 공중으로 날아올랐다. 마구간 벽에 가 박살이 난 그것은 주리네의 주홍빛 플라스틱 물바가지였다.

대문을 나서기 전에 바깥주인이 우리네 별채방으로 다가와 열린 문 틈서리로 고개를 갸웃거렸다.

"미안해 나리 아빠? 이거, 맨날 큰소리만 나게 해서…… 내 집 사. 아아주

헐값에 양도허께. 정말야. 나 이깟것 싹 팔아치울래."
 이 대지주의 후손은 마누라의 바가지 때문에 남자 체면이 영 말씀이 아니라는 얼굴이었다.
 그렇다면 얼마를 받을 건가고 농 삼아 슬쩍 운을 떼자 그는 손가락 열 개를 쫘악 벌려보였다. 그리고 아주 선심 쓴다는 식으로 내뱉었다. 천만 원 내……원 욕심두 싶었다. 제 땅도 아닌 종가 땅에다 연년이 도지를 물어야 하고 집은 낡아온 서생원들이 들쑥날쑥 굴을 파고 지내는 이따위 집을 천만 원이라니! 이 허우대 좋은 인텔리 아저씨, 겉소문만 무골호인이었지 딴은 소심하기 짝이 없는 또 하나의 욕심쟁이 자린고비에 불과하다는…… 어쩌면 그건 전혀 얼토당토않은 소문만은 아닐지도 몰랐다.
 지서로 불려갔던 당사자들이 방면되어 나온 건 그날 점심 때가 다 되어서였다. 물론 여기엔 여주댁과 우리 부부, 그리고 파출소장과 더러 술잔을 나누고 지내온 소 브로커 이수의 활약에 힘입은 바가 컸다. 서로 치고받고 했으니 치료비네 합의서네 할 것도 없었다.
 내전은 종식되었다지만 그 응어리는 여전히 남아 있어서 집 안 구성원들 간의 관계는 그 전과 눈에 띄게 달라졌다. 뒤란의 우물가에 퍼더버리고 앉아 끼니도 잊은 채 수다에 열을 올리곤 하던 뚱여인과 새댁이었건만 우물가에는 좀체 얼씬대지도 않았고, 행랑채의 그 작전지휘관 역시 옛처럼 방문 밖으로 고개를 뽑아 집안일에 말참견을 하는 일이란 결코 없이 방문을 꼭 닫은 채 쥐죽은 듯 누워 지냈다. 인간관계가 껄끄러워지고 집 안은 적막강산으로 변한 것이다. 그들은 이제 조만간 다가올 집주인 측의 기습 작전을 어렴풋이 눈치 채고 있었던 것일까? 아내 말에 따르면 전깃줄 사건이 나고 너댓새쯤 지나 구용씨가 웬 낯선 남자를 데리고 들어와 마구간이며 뒤란을 한 바퀴 둘러보고는 아무 말 없이 나갔다는데, 주인이 바뀌게 되면 어차피 보따리를 챙기지 않을 수 없는 노릇임을 그들 스스로 충분히 예감하고 있었던지도 모른다.
 홍씨만은 그러나 대응 전략이 달랐다. 그는 결코 무력하게 보이지 않았으며 묵묵한 가운데서도 자신만만해 보이고 움직임이 부산스러웠다. 아랫마을로 분주히 오가는 기색이더니 어느 날엔가는 가마솥 하나를 지게에다 얹고 돌아왔다. 웬 가마솥인가 했는데 곧 뒤쫓아온 여주댁 입을 통해 사연이 밝혀졌다.

"아아니 이게 무슨 심술이냔 말예요. 이봐요 홍씨, 당장 이 솥 저 아래로 지고 내려와요. 땝다 붙였다. 이게 무신 반창고야요?"

여주댁의 고함 소리에 행랑채 문이 벌컥 열리며 홍씨가 양말발로 뛰쳐나왔다.

"안 돼! 몬 가져가. 솥값 내놓라꼬."

"솥값? 긋그제 밤에 받아간 건 그럼 솥값이 아니구 냄비값이우? 이 양반이 술 취했나 뵈."

"술 취하다이! 나아 이런 빌어묵을, 가마솥 갖다돌랑 기 운전데 솥값을 여직 안 조오. 솥 몬 조오 자식아!"

여주댁은 한동안 어안이 벙벙한 얼굴이었고 우리 부부가 보기에도 이건 확실히 놀랄 만한 변화였으니, 홍씨가 술 한잔 입에 대지 않은 말짱한 제정신으로 여주인에게 삿대질을 하며 대든 경우란 아직 한번도 본 적이 없었던 것이다.

가마솥 사건의 내막인즉슨 이러하다. 여주댁이 새집 마당에 내다 걸려고 헌 가마솥을 구해달라 하여 홍씨가 어렵사리 구해다 줬더니 여주인은 일전에 홍씨가 꾸어간 대포값을 제한 나머지만 솥값으로 건네주었다. 홍씨 생각에 꿔 쓴 돈은 꿔 쓴 돈이고 솥값은 솥값이다. 하여 홍씨는 홧김에 솥값 받은 돈으로 술을 마셔버렸는데 그 보답으로 솥 주인한테 노상에서 멱살을 잡혀 톡톡히 망신을 당해야 했다…….

솥값 시비는 곧 해묵은 씨앗값 시비로 이어진다.

"씨앗 산 돈이 울맨데. 감자씨 고구마씨에다 고추씨까지 다 내 돈 들이가이꼬 해줬더니 인자 와서 내 몰라라 하능 기가? 비니루 살 때도 돈 보태줬더나? 언는은 흙 파묵고 사는 동 아나. 고추씨 뿌리가이꼬 고추모종 맹글어주모 이십 원씩 치준다 캐놓고 이십 원 좋아하시네."

"얼씨구! 여름에 마을 캐서 몇 겁씩이나 가져다 팔아먹은 건 누구요? 마른 고추 열 근 가져간 건 그럼 하늘서 떨어진 게요? 그 좋은 육쪽 한 접에 일이십 원씩 허는 줄 아나 뵈. 요셉네헌테 사료는 왜 팔아먹었어? 사료 두 포 값 내놔요!"

"칫, 사료뿐인 동 아냐? 내 돈 안 주고 질기 끄으모 저늠에 소새끼도 싹 팔아 묵을란다."

"내 집에서 나가요 나가! 내 손으로 소새끼 키우고 농사 다 지을테니. 그깟 소 몇 마리 키우는 게 무신 큰 벼슬인 줄 알우?"

"니 말 한분 잘했다. 날더러 나가라꼬? 다른 사람 다 내보내도 내한테는 안 될꺼로. 송장 치기 전에 이 집 몬 나가! 집 판다꼬 내논 거 모리는 도 아냐? 어떤 늠이든 동 들어와 보라꼬. 지가 전디나 내가 전디나."

시비의 내역을 다 들출 것도 없다. 그런 식의 자질구레한 시빗거리란 집 안 구석구석에 도사려 있고, 노사 간의 관계가 순조로울 동안은 표면으로 떠오르지 않다가 이런 경우에 낱낱의 이슈로 등장하기 마련이다. 여기서 특기할 만한 것은 이 늙은 피고용인의 태도 변화다. 다시 한 번 강조하거니와, 여태까지의 항거가 거의 다 술주정의 형태로 터져나온 것인 데 비해 이번만큼은 온전한 제정신으로, 그것도 주인을 압도할 만치 기세가 자못 거세졌다는 점이 두드러지게 눈에 띄는 변화다. 뿐만이 아니다. 가마솥 시비가 있고 며칠 못 지나 홍씨와 구용씨가 사소한 일로 텃밭에서 말다툼을 벌이게 되었다. 화가 난 구용씨가 눈을 부릅떠 보이자 홍씨 입에서 대뜸 넌 뭐야 임마 하는 소리가 튀어나왔고 두 사람은 곧 막상막하의 씨름판을 연출하게 되는데, 이 늙은 주정뱅이를 애당초 너무 업수이 보고 덤볐다는 사실을 바깥주인이 곧 알아채고 주인 쪽에서 먼저 손을 내밀어 사과를 하지 않으면 안 될 정도로 결말이 났던 것이다. 그 이전에는 바깥주인에게만은 군말 한마디 없이 공손하기 그지없던 홍씨이고 보면 홍씨의 반발이 꼭지까지 차올랐음을 잘 알 수가 있다. 홍씨로서는 대단한 발전이 아닐 수 없었고 그의 저항을 정점으로 부추긴 가장 중요한 원인은 주인이 집을 팔아치우리란 사실이었으리라. 집이 딴 사람에게 넘어가게 되면 홍씨는 영원히 (왜 이런 결정적인 단어를 사용하는지, 독자들은 이 소설의 결말에 가서야 이해하게 될 것이다) 직장을 잃게 되는 때문이었으리라. 그러므로 그즈음 홍씨의 항거는 자기 생존의 마지막 끄나풀을 놓치지 않으려는 극한 투쟁이 아니었을까?

한편 홍씨의 이 예기치 못한 당돌함이야말로 여주인의 급소를 찌르는 데까지 발전하게 되는데, 급소란 다름 아니라 사람들 왕래가 잦은 삼거리 병삼께에서의 삿대질을 두고 일컫는다. 일테면 홍씨는 우묵배미라는 한정된 공간으로부터, 삼거리라는 보다 넓으며 자신에게 유리한 공간으로 시빗거리를 옮겨다놓고 흥정을 벌이게 되는 것이다. 특히 '까치상회'와 은실네 주막은 온 아래윗마을 사람들이 다 드나드는 장소인 만치 그 장소에서 홍씨가 일을 벌이게 되면 그 효과란 우북배미에서와는 비교가 안 된다고 할 수 있다. 그즈음 여주댁이 급소를 찔려 몹시 고통스러워하고 있다는 사실은 우리 부부에게 종종 털어놓던 넋두리로서 충분히 증명된다…… 도무지 낯을 들구 다닐 수가 있어야지. 어휴우, 저 놈의 주정뱅이 저걸 삶아 먹지두 못하고, 내쫓자니 나가주기나 하나. 글쎄, 제 깟것들이 뭘 안다구 봉급이 짜네 어쩌네, 날더러 너무한다느니 어쩌느니 씨부려쌓느냔 말야. 영구 아부지도 저 영감땜에 도무지 망신스러워서 밖엘 나다닐 수가 없대요 글쎄.

급소를 찌른 효과는 드디어 홍씨의 급료에 반영되었다. 새해 첫달부터 홍씨 월급을 2만 원 올려주기로 한 게 그것인데, 그 2만 원이란 여주인에게든 홍씨에게든 결코 만만한 액수랄 수 없으니, 미욱하게만 보이던 이 늙은이는 갖은 전술과 피어린 항쟁 끝에 이윽고 눈물의 고지를 점령한 셈이다. 화해주라고 하여 여주인 몸소 한 되짜리 막걸리 두 통을 들고 올라온 날 홍씨 내외가 홍감스러워 정말 안절부절이었던 건 우리 부부가 여실히 목격했다…… 아주무이, 날쎄가 풀리고 풀 이파리가 파릇파릇 돋아나거등 소 너댓 바리 더 집어넣읍시다. 고깟 비육소 열댓 마리 혼자 몬 키우겠니껴? 아아모 상관없니더 아주무이가 날 이러키 고맙게 해주이 나도 우야든동 술 딱 끊고실랑 딱똑시리 한분 살아볼람더…… 홍씨의 이 지나친 감지덕지는 피고용인에 대한 고용주의 우월감 내지는 경멸감을 보다 확실히 고정시켜 주는 쪽으로 이바지하게 된다…… 없는 것들이긴 별 수 없어. 고렇세두 끼고만상해서 설쳐쌓더니 월급 더 준대니깐 날더러 하나님이래. 엔장, 2만 원이믄 끽하는 놈의 걸…… 그리고 실제 이 늙은

이는 그 2만 원 때문에 두더지마냥 살살 지내지 않을 수 없게 된다.

방세니 인상된 급료 2만 원까지 합쳐보아야 기껏 10만 원꼴의 그 봉급이란 연탄과 방까지 제공하고 최소 월 18만 원을 주는 다른 집의 목부 봉급에 비하면 아직도 형편없는 대우인 셈인데, 자아, 그렇다면 홍씨는 그 2만 원으로 충분히 만족한 것이었을까? 또는 여주댁이 과연 이 늙은 피고용인의 요구를 순순히 들어줌으로써 완전히 항복을 했다는 뜻이었을까? 하여 홍씨의 월급에 관한 한 다시는 시시비비가 없을 것인가? 글쎄…… 인간을 나는 그렇듯 단순한 존재로 보진 않는다.

9

여태껏 홍미롭게 관찰해온 바대로 홍씨의 주벽은 이듬해 봄이 되자 여지없이 되살아난다. 그건 이 늙은이의 체질이라 말해도 좋겠거니와 그의 술주정에다 명분을 주는 일이 또한 여지없이 발생하기 때문이기도 하다.

겨우내 삼거리 '까치상회'의 화투판이니 윷판을 기웃거리며 술잔이나 얻어마시면서 자기 존재의 무용성을 뼈저리게 느껴오던 홍씨에겐 특히나 식물이 파릇파릇 돋아나는 봄이란 가히 부활의 계절이라 할 만도 하다. 겨우내 그는 소를 돌보는 일 말고는 일거리랄 만한 게 별로 없었다가 봄이 돌아오자 비로소 자신의 일거리를 되찾게 되는데, 뒷동산에다 고추씨를 묻어 모종을 길러내고 아랫마을 돼지네집의 황소를 빌려와 텃밭을 갈아뒤집고 이 집 저 집의 모내기 일손으로 불려다니는 따위 바쁜 걸음을 치기 시작하면서야 비로소 자기 존재의 남다른 의의를 실감하게 되는 것이다. 그리고 이 자기의식의 고양감(高揚感)이야말로 홍씨의 술주정을 정당화시켜주는 충분한 명분이 된다.

홍씨가 여주댁의 고용살이임에도 남의 집 품팔이로 나다닐 수 있는 근거를 마련해준 것은 애초에 여주댁이었다…… 홍씨 봐요, 아저씨가 남의 집에 가서 품을 팔든 무얼 팔든 난 아무 상관 않을 테야요. 월급도 넉넉히 못 주는 형편이

니깐 소 키우는 짬짬이 시간 내서 요령껏 벌어 자시라구요. 하지만 그렇다구
내 집일 팡가치구선 맨날천날 밖으로 나돌라는 얘긴 아녜요……. 그건 우리가
보기에 여주인이 크게 선심을 발휘한 대목임에 분명했다. 홍씨가 소 점심 먹이
를 자기 아내나 나한테 떠맡기고 왕릉네며 마노씨네의 논일에 가끔 불려다닐
수 있었던 것도 여주댁의 선심 덕분이었던 것이다.
 그러나 문제는 그리 간단치가 않다. 여주댁이란 자기네 일꾼으로 하여금 충
분히 한가한 시간을 허용할 위인이 못 되는 데 문제가 있었다. 홍씨가 조금이
라도 쉬고 있는 낌새를 보이면 여주인은 그를 아랫마을 새집으로 불러내려 하
다못해 망치라도 손에 쥐게 했던 때문이다. 게다가 주인집에는 소작 준 논 말
고도 자기네들이 직접 지어먹는 논 마지기가 적지 않았으니 여유작작하게 빈손
으로 지낼 수 있는 홍씨가 못 되었다.
 봄이 되자 홍씨는 비틀거리며 대문간을 넘나드는 일이 빈번해졌다. 하여 자
연히 겨울 한철 평온을 누린 집안은 또다시 소란에 휘말렸고 이 내전(內戰)을
통해 한껏 사기가 드높아진 홍씨는 이윽고 주인을 향하여 또다시 도전을 감행
하기에 이르른다. 삼거리 주인댁 새집의 담벼락에 잇대어 짓게 된 20여 평짜리
축사가 이 새로운 전투의 큰 이슈로 떠오른다. 새집에 신축하는 축사가 말썽을
일으키리란 건 누가 보기에도 명백했다. 새집에다 마구간을 들인다는 건 곧 우
묵배미 구옥을 남에게 팔아넘긴 뒤 주인댁 자신들의 손으로 소를 키우겠다는
속셈에 다름 아니었고, 그건 곧바로 홍씨의 추방을 의미하는 중대한 사안이었
다. 그럼에도 불구하고 여주댁은 품삯을 절약할 속셈으로 축사 신축공사의 가
장 요긴한 일손으로 홍씨를 자주 불러내리곤 했는데 이거야말로 여주댁의 큰
계산 착오였음이 곧 드러난다.
 미쳤다꼬 내가 즈그들 마구간 짓는 데 목수 노릇 해줄 끼가. 새집에 마구간
맹글고 나몬 날 쫓아낼라 카는 거 내가 모리는 동아나. 즈그가 날 고로코롬 무
시한다 카이 나도 생각이 있다. 이늠의 집 이거를 말카 확 불 싸질러뿔 키
다……. 새집에서 일을 하다가 연장을 팽개쳐버리고 낮술이 벌개져 올라온 날
홍씨는 마구간으로 들어가더니 소들을 마구 때리기 시작했다. 주인댁 소가 끼

니를 예사로 거르기 시작한 것도 그리고 쇠꼬챙이 같은 물건으로 그 말 못하는 짐승이 모진 매를 맞기 시작한 것도 이때부터였다.

행랑채 아궁이에 불이 나서 행랑어멈이 타 죽을 뻔한 사건이 발생하는 건 그 무렵이다.

그즈음 행랑채 아궁이에는 인화성이 대단히 강한 화학섬유 뭉치가 층층이 쌓여 있었는데 장작 대용품이랍시고 그것들을 용달차 가득 싣고 올라온 것은 구용씨였다. 그 화학섬유란 무슨 제품인가를 재단하고 남은 소위 '기리빠시'란 것으로서 비닐과 흡사했지만 그러나 그보다는 훨씬 투명하고 셀로판지보다는 덜 투명한 몹시 보드라운 물건이었다. 성냥불에 닿으면 휘발유 못지않은 폭발성과 함께 지독한 유독가스를 내뿜었고 여주인에게 진작부터 그 위험성을 지적해준 건 우리 부부였다. 화재의 위험도 위험이지만 그것이 내뿜는 가스가 사람을 질식시키기에 충분하다 싶은 때문이었는데 그럴 때마다 여주댁은 눈 하나 깜짝하지 않고 대꾸했었다…… 어디서 저딴 허섭스레기들을 주워왔는지 내가 알우? 하여튼 우리 양반은 쓰잘 데 없는 짓만 벌이구 다닌다우. 허지만 이제 와서 저 많은 걸 엇따 내다 버리겠우?…… 여주인은 요컨대 그 물건을 실어오던 때의 용달차삯이 아까워서라도 다 때서 없애는 수밖에 더 있느냐는 것이었다. 한편 애초부터 그 화학섬유 타는 냄새로 골머리를 앓은 건 우리 부부뿐이 아니었으니, 그것들로 쇠죽을 끓이고 나면 도무지 머리가 띵하고 삭신이 쑤셔서 못살겠다면서 자주 고통을 호소하곤 하던 행랑어멈이 바로 그 사람이었다. 그럼에도 불구하고 홍씨 자신은 그런 따위에는 정작 관심조차 없어 보였다…… 내삐리도오 씨팔. 뒤지몬 송장 치주겠지. 죽능 기 겁나? 몬 죽어서 한우여…… 하긴 오늘 당장 끼니 때우기에 급급한 자에겐 내일의 죽음 따위란 사치스런 관념에 불과한 것이었을지도 모른다.

그날 저녁 그 다급했던 순간을 이 집안에서 제일 먼저 목격한 건 우리 부부였다. 쇠죽솥 아래 웅크린 행랑어멈이 방금 불씨를 일구기 위해 안간힘을 쓴다 싶었는데, 얼핏 듣기에 무슨 짐승의 울부짖음 비슷한 비명이 터진 것은 우리 부부가 이제 마악 대문간을 나서서 우리네 우사로 서너 발자국 나아갔을까 한

때였다. 대문간으로 되돌쳐 뛰어드니 방금 전 불을 때고 있던 병자(病者)가 불길 속에 갇혀 있었다. 그 순간 우리 부부 둘 가운데 누가 먼저, 그리고 어떤 동작으로 몸을 날려 가련한 반신불수 여인을 불구덩이에서 구출해낼 수 있었던지 그 자세한 정황은 기억해낼 수가 없다. 아무튼 어찌어찌 불덩이 하나가 처참한 비명을 내지르며 아궁이 바깥 땅바닥을 디굴디굴 굴러가던 것만 얼핏 기억나는데, 그때 만약 행랑방의 담요 한 장이 내 눈에 띄지 않았더라면 그쯤에서 불길을 잡기란 도저히 불가능했을 것임에 틀림없다. 여물통이며 물동이가 번쩍번쩍 쳐들리며 물을 쏟아 내리고, 뚱여인과 주리 엄마의 맨발이 눈앞을 획획 날고, 급한 김에 누군가가 걸레뭉치로 병자의 몸에 붙어 있는 불씨를 꾹꾹 다져 누르는 따위 정신없는 북새통이 한판 끝났을 때 우리 부부는 넋을 뺏긴 채 마당가에 나동그라져 있었다. 배서방네 새댁은 머리털에서 노랑내를 피웠고, 뚱여인 치마엔 솥뚜껑만 한 구멍이 뚫렸으며, 팔소매가 찢어져 너덜대는 아내의 팔뚝은 온통 쇠똥으로 칠갑이 되어 있었다. 고쟁이를 얼른 벗어 팽개치지 못한 때문으로 아랫도리에 화상을 입은 행랑어멈은 반쯤 그을리다 만 숯불구이 꼴이었다.

홍씨가 비틀거리면서 돌아온 것은 그 직후였다. 그는 질퍽거리는 물구덩이 위에 뻐드러진 자기 아내 몸뚱이를 미친 듯 이러저리 예사로 타넘고 다니더니 끝내 울음보를 터뜨렸다. 으흐흐흐, 우찌 살꼬. 우찌 살라꼬 날더러 요로코롬 몬 살게 볶아치노. 하늘도 무심하제. 으흐흐흐, 우야든동 살아볼끼라꼬 아글타글 몸부림치 보이 머할 것꼬. 아후우, 차라리 내가 죽으께. 내 죽으모 아무 일 없겠네.

홍씨가 마구간 벽에다 콧물을 핑 뜯어 뿌리면서 결연한 태도로 집을 나가고 얼마 뒤 여주인이 들어섰다. 화상 입은 환자를 당장 병원으로 실어가야 할 형편임에도 여주댁은 짐짓 입으로만 생색을 내면서 머큐로크롬이니 소주 따위로 얼렁뚱땅 넘겨버리려는 속셈이었다. 관두시오 관둬 아주머니! 그 정도로 그게 치료가 된답니까? 이건 중상이란 말이에요. 내 입에서 볼멘소리가 터져나왔다. 그러자 여주인은 행랑어멈의 머리통에 붙어 있던 걸레뭉치를 홱 집어날렸다. 아아니, 그럼 날더러 어떡허란 말이우? 내가 불을 내라 그랬어 어쨌어. 나리

박영한 791

아빠가 화를 낼게 뭐이냔 말야요…… 나도 지지 않고 대들었다. 그러기 내가 뭐랬어요? 진작 저것들을 없애고 장작을 구해 오시라지 않던가요? 이건 사람 목숨이 달려 있는 문제란 말예요…… 오호라, 이제 보니 나리 아빠도 한패로구만. 이거 좀 봐요 나리 아부지. 홍씨는 손을 둬서 엇따가 쓴대요? 한가할 때 조 뒷동산에서 솔가지 좀 쳐오믄 손이 달아난답디까? 허구헌 날 술주정이나 허구 댕기니 이 꼴이 난 게지 뭐이냐구요…… 딴은 여주인 말에도 일리가 없는 바 아니었다.

자살이라도 해버릴 듯한 단호한 태도로 대문을 나섰던 홍씨는 그러나 자살은커녕 집 안의 불이 다 꺼진 깜깜한 녘에야 고래고래 소리를 지르며 되돌아왔다. 술 취한 자의 고래고함 가운데서 가장 위협적인 대목은 집에다 불을 싸지른다는 것이었는데 잠시 후 마당으로 나가보니 그쪽 쪽마루에 뻐드러져 코를 드릉거리고 있었다. 자살도 방화도 그가 가진 용기로는 과분한 물건인 듯했다. 그날 이후로 불을 지르겠다는 게 홍씨의 십팔번이 되다시피 했으니 이튿날 아침엔 번번이 멀쩡한 새사람으로 변해 낫을 챙겨 대문간으로 나서곤 했는데 어찌 보면 홍씨란 엎어지고 깨어지면서 그러구러 한세상 살아갈 수밖에 없는 위인인지도 몰랐다.

집안에서 도난 사건이 발생하는 건 그 며칠 뒤다. 뒤란 장독간 곁에 늘상 버티고 있던 궤짝 두 개가 없어진 사건인데 그 궤짝이란 한남동 광용씨가 과수원을 그만두면서 보관해둔 물건이었다. 파월장병의 B형 귀국박스 절반 크기만 한 그 궤짝들 속에 들어 있던 내용물이 꽤나 값나가는 농사용 모터였던 모양이고, 집 안에서 그 궤짝에 든 내용물이라든지 그것의 용처(用處)를 진작부터 알고 있던 유일한 사람은 홍씨 한 사람뿐이었음이 곧 밝혀지게 된다. 그리고 그 궤짝이란 늘상 그 자리에 그 모양새로 버티고 있을 땐 사람들의 관심조차 끌지 못하다가, 자신의 모습이 그 자리에서 증발한 뒤에야 비로소 사람들에게서 '아아, 그게 참 바로 거기에 있었댔지'하는 식으로 뒤늦게야 자신의 실체를 추인받는, 앞뒤가 뒤바뀐 그런 경우였다고나 할까. 무슨 말인고 하니 어느 날 여주댁이 올라와서 그 궤짝의 부재를 지적해내기 전까지는 그게 그 자리에 있었다는 사실이라든지 또는 그 궤짝이 없어진 정확한 날짜며 시각이라든지를 제대로 마음에 담아둔 사람이 아무도 없었다는 얘기다. 요컨대 그 궤짝들은 사람의 관심권 밖이었으며 도둑이 이용한 것은 집안사람들의 그런 무관심이었으리라. 집안의 아녀자들은 이구동성으로 이렇게 말하던 거였다. 아니, 그런 게 있기나 있었대요? 그 속에 모터가 들었던지 뭐이가 들었던지 알기나 했간디. 글쎄, 그게 안 보인 게 지난가을부터였던가…… 다른 사람이 다 모르고 있었다 할지라도 그러나 우리 부부만은 분명히 알고 있었다. 그 궤짝이 없어진 건 지난가을이 아니라 화재 사건이 난 직후라는 사실을…… 왜냐하면 우리 부부는 화재 사건이 난 바로 다음다음 날 아침 문제의 그 궤짝을 제각각 하나씩 밟고 서 있었으니까 말이다. 우리가 그 궤짝 위로 올라섰던 것은 뒤란 늙은 오동나무의 공동(空洞) 밖으로 고개를 뽑고서 그 멋들어진 흑백 줄무늬의 관(冠)을 뉘었다가 세웠다 하고 있던 한 쌍의 후투티를 좀더 가까이서 관찰하기 위해서였다.

"참, 저 새 이름이 뭐랬나. 후…… 뭐라 그랬는데."

그날 아침 아내는 손 한 짝으로 차양을 만들어 태양빛을 가리며 무심한 투로 물었다.

"몇 번이나 묻는 거야? 머리 나쁘긴."

그리고 나는 후투티의 또 다른 호칭인 후피 hoopoe란 단어의 철자까지 또박또박 발음해보이며 설명을 시작했다.

…… 후투티는 유라시아 인도 대만 보루네오 수마트라 등지에 분포하는 특이한 새다. 마른 풀밭이나 과수원 트인 숲에 서식하면서 주로 인가의 처마 밑이나 고목의 공동을 보금자리로 삼고 살아간다. 가늘고 긴 다리로 부드러운 토양이나 돌멩이 틈을 들쑤셔서 도마뱀 곤충 거미 따위를 잡아먹는데 머리에 난 뿔깃의 길이로써 나이를 대충 알 수 있다. 생김새도 특이하게 아름답지만 나는 모양도 다른 새와 다르다. 흑백의 줄무늬를 가진 날개를 부채마냥 활짝 펴고서 물결 모양으로 또는 파도치듯 천천히 난다. 한국에서는 중부 이북에 서식하는 여름철새다.

"박사가 다 됐네. 어휴, 우리 새 박사님."

설명이 길었던지 아내는 한짝 눈을 짜부라뜨리며 좀 빈정대는 투였다.
"한데 저게 도마뱀을 잡아먹고 산다구요? 징그러워라. 생긴 건 귀족인데."
"새들의 습성을 몰라서 그래. 새처럼 잔인한 동물두 없을 걸."
후투티가 둥지에서 떠나 평활지를 향해 부드럽게 물결쳐 나아가기 시작한 건 바로 그때였다. 그리고 그 새의 아름다움이 활짝 과시된 것도 바로 그때였다. 갈색 바탕에다 흑백의 줄무늬가 어우러진 아름다운 접시 두 개가 일렁일렁 파도쳐가는 모습이랄까. 그것들에 스치운 껌껌한 뭍나무가 번쩍번쩍 되살아나는 듯했다.
"저 새는 복을 갖다줄까, 아님 재앙을 갖다줄까요? 저 새만 보믄 흥부 생각이 난다구요. 박씨라도 하나 안 물어다주나."
이따금씩 아내가 사팔뜨기 눈을 하고서 난데없이 뚱딴지 소리를 할 양이면 허리를 접으며 웃고 싶어질 때가 있다. 기발함이 지나친 데다 그 얼굴 표정이 너무 웃겨서인데 그날 아침의 아내도 바로 그랬다. 난데없이 흥부의 박씨라니!
"왜 웃냐구요? 남은 심각하게 얘기하는데. 웃기는 사람이야 증말."
아내가 뾰로통해서 내쏘았고 나는 또 웃어댔다.
"저 새가 나타나믄 전쟁 난대믄요? 전에 그랬잖아?"
그제서야 아내가 왜 그런 뚱딴지 같은 질문을 했던지 생각이 났다. 후투티는…… 그랬다…… 그가 지닌 독특한 생김새와 독특하게 불길한 느낌의 바리톤 울음소리로 하여, 그 새가 나타나면 전쟁이 일어난다고 하는 지방이 있다.
"복은 아니고 아마 재앙 쪽이겠지."
집안 돌아가는 꼬락서니를 좀 보란 뜻으로 나는 눈 아래의 여주댁 지붕을 손짓해 보였다.
"그러고 보니 저 새가 나타난 건 홍씨가 이사온 뒤야. 생각해봐. 그 전엔 우리 마을에 저런 새가 없었지 않아?"
"맞아! 그래요. 그래서 맨날 집안에 전쟁인가 봐."
아내가 상반신을 굽혀 궤짝을 붙들고서 발 한 짝을 땅바닥으로 내려뜨린 건 그때였다. 그리고 조심해! 라고 내가 조그맣게 소리친 것도 바로 그 순간이었다. 아내의 샌들이 가 닿으려는 그 자리에 한 무더기의 옥잠화가 소복히 돋아 나 있었던 때문이다.

아무튼 앞뒤 사정으로 보아 집안에서 의심을 받을 만한 건 딱 한 사람, 홍씨 뿐이었다. 최근의 화재 사건이 가장 강력한 의심의 근거였고, 그것 말고도 광용씨가 끝내 해결해주지 않은 홍씨의 과수원 봉급이 또 하나의 단서였다고나 할까. 도난 사실을 지적하면서 몹시 흥분된 상태에서 내뱉던 여주댁의 따발총 사격은 우리 보기에 홍씨를 겨냥한 것일시 분명했다. 아아니, 겨울 내내 멀쩡 하게 잘 있던 물건이 왜 없어진단 말이우? 이건 바깥 도둑 짓이 아니라구. 집안 도둑이래두 그러네. 심뽀가 고약한 집안사람이 호시탐탐 별르구 별러서 담 넘이루 떠메구 가서 팔아치운 거라구요. 어휴우, 재수 없는 인간들! 말짱 도둑놈들이지 뭐야. 원, 인간들이라구…… 그러나 나는 또 알고 있었다. 홍씨보다도 더 강력한 용의자가 한집안에 있다는 사실을.

화재 사건이 난 날 밤 배서방이며 박서방이 우리네 별채 마루에서 밤늦도록 나와 함께 술을 마신 일이 있다. 당연히 여주인이 안줏거리로 올랐는데, 박서방이 취해서 제 방으로 먼저 건너간 사이 배서방이란 친구가 그 단춧구멍 같은 좁은 눈을 빛내며 내게 한 말이 인상적이었다. 형님, 일 한번 칠까요? 나, 인간 배일도, 요래 뵈두 보통 곤조통이 아니라구요. 주인여잘 아아주 골탕 멕여 버릴까 봐 형님…… 평소에 말 없고 겸손하기 그지없는 이 조그만 사람이 예 사내기가 아니란 사실은 진작부터 안 터이지만 그래도 나는 사뭇 놀라왔다. 그래서 내가 물었다. 주인여잘 혼내준단 말이야? 무슨 수로? 그러자 배서방이 선웃음을 쳐댔다. 허허잇 형님, 암것두 모르시누만. 배서방은 목소리를 한껏 죽여 양손으로 무거운 무언가를 들었다 놓는 시늉을 해보였다. 얼핏 내겐 도둑 질이라는 뜻으로 해석되었다. 소? 하고 내가 웃었다. 에이, 형님두. 형님, 언제 이 집 안팎을 샅샅이 둘러본 적이 있우?…… 유감스럽게도 우리들의 은밀한 대화는 거기서 끊겨버렸다. 박서방이 술자리로 되돌아온 때문이었다.

집안의 소란이 한차례 지나기고 닌 뒤 배서방을 내 우사로 불러들여 그 궤짝에 관해 슬쩍 떠보았더니 그는 펄쩍 뛰는 시늉이었다. 에이 형님두. 그런 말씀

맙쇼. 그래서 나는 그럼 며칠 전 밤에 한 얘긴 뭐냐고 물었다. 에이, 그건 술김에 그냥 해본 소리죠. 이 형님 정말 사람 잡겠네. 생각해봅쇼. 내 이 쥐새끼 같은 체구로 어떻게 그 무거운 물건을 담 너머로 떠메고 간답디까?…… 쥐새끼란 싸움이 나면 곧잘 여주인 입에 오르곤 하던 배서방의 애칭이었다. 하긴 그러고 보니 물건을 훔치기 전에 한 사람에게 미리 귀띔을 놓는 바보멍청이가 있을까 싶기도 했다. 그렇다면 그는 저 밖의 창고에 첩첩이 쌓아놓은 슬레이트며 함석판을 두고 한 얘기였을까?…… 모를 일이다.

없어진 물건의 가격이 가격이니 만치 도난 사건의 후유증은 결코 예사롭지 않았다. 한집안 사람끼리 서로서로 의심하는 기색이 농후했고 혹시나 자기네가 혐의를 둘러쓸까 보아 몹시 조바심하는 눈치들이었다. 누군가가 자칫 입을 잘못 놀리게 되면 칼부림이라도 날 판이었다. 범인이 밝혀질 경우 형사 사건이 되리라는 게 명백했기 때문에 그 어느 누구도 함부로 입을 움직이려 들지 않았다. 말없는 가운데 연일 집안에 날카로운 긴장이 감돌았고 그런 가운데서도 홍씨는 몇 가지 움직일 수 없는 심증으로 하여 자신에게 요지부동한 족쇄가 채워져 있음을 잘 알고 있는 듯했다.

송장이 되기 전에는 결단코 이 집을 나가지 않겠다고 땅땅 큰소리 치던 홍씨네가 돌연 이사를 결심하게 된 건 무슨 까닭에서였을까? 홍씨를 빗댄 여주인의 공공연한 비난? 아니면 집안사람들의 은근한 눈초리의 압력 때문이었을까? 글쎄, 그랬을지도 모른다…… 그즈음 홍씨는 여전히 술을 많이 마셔댔지만 누구랑 시비를 벌이는 일이 좀체 없었고 취했을 때 그의 입에서 토해져 나오는 소리도 전처럼 대단치는 못했으며, 쪽마루든 마구간 귀퉁이든 궁둥이를 붙이기만 하면 그냥 비실비실 잠들어버리기 예사였으니 내 보기에 아무래도 심리적 이상 상태가 도래한 듯했다. 일테면 그것은 전의(戰意)의 상실과 같은 것이었다. 예전 같으면 자기가 저질렀든 아니었든 우선 먼저 자신의 결백을 온 동네방네 떠들고 다니며 공격의 선방을 내질러야만 홍씨답다 할 수 있었다. 그렇다면 그는 정말 궤짝을 훔쳐낸 장본인이었을까? 그래서 죄책감으로 그만 의기가 소침해져버린 것일까? 그것도 아니라면 요컨대 홍씨의 경화 현상은 어디서 온 것이었을까?

 한 가지 분명한 것은 그즈음 들어 그가 부쩍 읍내의 고추장수 장씨를 자주 만나고 있었다는 사실이다. 내 눈으로 확인한 것만도 수차례였는데 안주값이 비싸졌다면서 홍씨가 아예 발걸음조차 않던 홍화네 술청이 그들의 비밀스런 회합장소였다. 통통하게 배가 나온 장씨가 베푼 술자리의 그 푸짐한 안주를 보고 난 뒤 내겐 번쩍 뇌리를 스치는 무엇이 있었다. 그렇지, 홍씨가 이제 우묵배미를 뜨려는 게로구나…… 장씨의 그 번들거리는 눈빛은 또 말하고 있었다. 어서 빠져나와 이 친구야. 고것두 월급이라고 받고 있나? 날 따라댕기믄 거기보단 백 번 나을 거야. 이번 가을엔 강화도니 제천이니 해서 멋지게 한탕 뛰어보자구…… 그렇지, 그러고 보니 홍씨에게는 오래 못 써먹은 운전기술이 있다 싶었다. 장씨와의 현장을 목격한 이후로 왠지 나는 그 궤짝이 홍씨의 솜씨가 아닐까 하는 심증을 굳혀가고 있었다.

 홍씨가 방을 비우리란 얘기가 나돌자 난데없이 배서방까지 덩달아 이사를 가야겠다고 나선 것도 참 묘한 일이었다. 신길동인지 신림동인지에서 방 둘이 딸린 가게를 얻는 고추친구가 있는데 그 친구가 맞춤하게 동업을 하자며 득달같이 졸라댄다는 건 배서방한테서 진작 들은 얘기였지만, 도난 사건이 나서 호시탐탐 서로서로 의심을 주거니받거니 하는 이 차판에 하필 배서방네가 친구네로 옮기겠다는 건 아무래도 수상쩍었다. 그렇다면 이 키 작은 재단사야말로 끝내 죄책감을 이겨내지 못한 것일까? 그리고 정말 술김에 내뱉은 말을 실천에 옮겼더란 말인가?

 차마 이사를 할까 싶었는데 그러나 이들 젊은 동거생활자들은 이사 말이 나오자마자 이내, 홍씨보다 먼저 짐을 꾸려 떠나버렸다. 그전까지 연탄값이네 쌀값을 제때제때 못 갚아 쩔쩔매던 이들 부부가 어디서 갑자기 뭉청 몫돈이 굴러떨어져 주인에게 진 빚돈을 갚을 수 있었던지 그 점도 수상쩍었다. 배서방 얘기로는 신길동 친구에게서 어찌어찌 어렵사리 둘러댄 돈이었다지만 그 당시의 여러 가지 정황으로 보아서 우리 부부에겐 곧이곧대로 들리시 않았다. 한편 배서방네가 갚고 나간 건 여주댁이 받을 금액의 절반이 조금 넘는 액수일 뿐이었는데도 그토록 악착을 떨던 여주인이 또 어쩐 일로 아무 담보도 없이 선선히 그들을 내보내주었던지 그것도 신기한 노릇이 아닐 수 없었다. 물론 우리네 부부가 별다른 대안도 없으면서 배서방네 보증을 서겠노라고 설득하는 바람에 여주인 마음이 좀 누그러든 탓도 있긴 있었겠지만, 어찌 보면 이 여주인이란 마냥 입으로만 따따부따 악착을 떨었지 실제로는 그리 속속들이 모질지는 못한 성품이었던지도 모른다.

배서방네 경우와는 달리 홍씨네의 이사는 여주인에 의해 일언지하에 거부되었다. 이번이야말로 여주인에겐 더없는 역습의 기회였다. 같은 곗군인 홍화 엄마한테서 장씨가 살림을 빼내가려 한다는 얘기를 전해 듣고 올라온 날 여주인은 차갑게 쏘아붙였다. 아니니 홍씨, 내 밥이 꺼끄러워요? 장씨 따라댕기믄 무슨 칙사 대접이라도 해준답디까? 맘대로 가봐요 어디. 우리 소는 어떡허구요? 홍씨 믿구 그 비싼 소를 사들인 거 몰라요? 이게 무신 애들 장난하는 건 줄 아나 봐…… 홍씨는 얼굴이 벌개져서 몸 둘 바를 몰라했고 그건 조금도 홍씨답지 않은 행동이었다. 그러고는 기껏 한다는 대답이 '내가 운제 이사간다 카디껴?'였다. 그러자 여주댁 입에서 빽하니 고함이 터져나왔다. 월급 올려준 게 언제야? 왜 올려달라 그랬어? 월급 올려달래서 올려줘, 무랑 배추 심을 땅 달래서 땅 내줘, 도일 엄마가 하두 몸이 쑤신대서 한약방에 가설랑 탕약까지 지어다 줘, 흐훙, 이젠 배가 불러두 되게 부른 모양이지. 나갈테면 나가요 당장. 그 대신 이번 달치 월급은 못 주는 거예요…… 아뿔사, 이제사 홍씨가 왜 선뜻 이 삿짐을 못 꾸리고 여주인 눈치만 살피며 죽은 듯이 엎드려 있었던지가 분명해졌다. 월급 날짜가 지났음에도 홍씨의 수상한 낌새를 진작 눈치 챈 여주인이 이 핑계 저 핑계로 월급을 미루어왔던 것인데, 자기 딴에는 비밀리에 한다고 한 것이 그만 방울을 달고 뛰어다닌 꼴이 되고 만 홍씨였으니 발목을 잡혀도 단단히 붙잡힌 셈이었다.

홍씨의 초조감은 얼굴에든 걸음걸이에든 노골적으로 드러나 보였다. 예전 같았으면 열두 번도 더 병삼게 새집을 넘나들면서 연장을 휘두르고 악장을 치고도 남았을 홍씨였건만 이번에는 끽소리 없이 바쁜 걸음만 치고 다녔다. 게다가 그의 초조감을 부추긴 것은 이사 문제뿐이 아니었다. 10개월짜리 한우 수놈 한 마리가 사료도 잘 안 먹고 내내 콧물을 흘리며 기침만 해내더니 이윽고 읍내 수의사로부터 폐렴 판정을 받은 것이다. 그 소는 다른 소에의 전염을 우려하여 한 우리에 집어넣지 않고 바깥에다 멀찍이 따로 붙들어매서 길렀는데 병세가 깊어 약도 소용이 없는지 하루가 다르게 몰골이 사납게 변해가고 있었다. 자아, 이쯤되면 사태의 반전을 호시탐탐 노려온 여주인에겐 더없는 호기(好機)라 않을 수 없었으니…… 아저씨가 책임져요. 이 소가 왜 이렇게 됐는지 알아요? 맨날 술이나 퍼마시구 꼬챙이루다 등짝이니 뱃구레를 쿡쿡 쑤셔대니 소가 제대로 살이 찔 리가 있어요? 멀쩡하던 소가 폐렴이 왜 걸린단 말예요? 밥도 제때제때 안 멕이구 마구간에 들이다 매지두 않고, 밤새 찬이슬 맞히니 짐승이라고 성할 수가 있냔 말예요. 물어내라구요. 이거 한 마리가 얼마짜린 줄 알기나 허세요? 여주인의 공격은 그것으로 끝날 일이 아니었다. 여태껏 자신에게 불리하게만 작용해온 여론의 방향을 뒤바꾸는 일이 그것이었으니 여주인은 이제 도난 사건의 범인으로 공공연하게 홍씨를 입에 올리게끔 된 것이다. 흐흥, 홍씨 그 사람 죄 진 게 있나 봐. 나랑 싸우자면서 맨날천날 새집으루 기어 내려오군 하더니 요샌 통 발걸음두 않아. 모타 도둑해간 게 다아 누구 짓이겠우? 뻔하지 뭐. 도둑이 제 발 저린다고, 죄 진 거 없으믄 떳떳이 내 집에 붙어살아야지 도망은 왜 가겠다는 거야? 꼴에 이살 가야겠대 글쎄.

읍내 정육점 남자가 병든 소를 실어가고 한 이틀 지났을까…… 그날 나는 예비군 중대장을 만날 일이 있어서 읍내로 나가는 바람에 현장을 목격하지 못했으므로 집 안에 남아 있던 아내의 묘사를 빌어오지 않을 수 없다.

저녁 무렵 술이 한잔 거나해진 홍씨가 고물 타이탄을 몰고 우묵배미 고개를 넘어왔다. 비틀거리며 대문간으로 들어선 그는 부엌으로 들어가더니 솥단지를 주섬주섬 챙기기 시작했다. 월급 안 조도 좋아. 지가 돈 안 준다꼬 내가 몬 받을 동 아나…… 방 안의 가재도구마저 차에다 실은 뒤 그는 주인댁 우사로 들어가 송아지 한 마리를 끌고 나왔다. 들판에서 일을 하던 마노씨며 돼지 아버지가 달려왔다. 뭐 허는 게야 이 사람아? 송아진 왜 끌구 나와? 이 사람이 정말 미쳤나⋯⋯ 그래도 홍씨는 막무가내였다. 빈 지게를 털렁이며 소로길을 내려오던 왕룽아저씨도 입을 딱 벌렸다. 엇쭈, 저 사람이 저게, 저게, 완전히 돌았나 뵈. 저게 바로 노상강도지 뭐여⋯⋯ 왕룽은 자기네 고추밭에 서 있던 석구 내외더러 냅다 고함을 질렀다. 뭐 하구 섰어? 빨랑 뛰어 내려가서 영구 엄마한테 연락하잖구!

이윽고 여주인이 나타났다. 여주인은 타이탄 주위를 한 바퀴 둘러보더니 핑 코웃음을 쳤다. 그러고는 운전석에 앉은 홍씨를 향해 생글거리며 내뱉았다.

"갈려거든 어서 가요. 다신 나타나지 말라구. 아아주 지긋지긋해. 까짓 송아지 한 마리 없어진 요량 하지 무어."

송아지 한 마리를 거저 주겠다는 뜻일까⋯⋯ 차 시동 걸리는 소리가 났다.

"정말 가는 거예요 홍씨? 이제 가믄 다신 안 오지? 나랑 약속해요."

"가라 카모 몬 갈 동 아나? 잘 묵고 잘 살아라."

"남이사⋯⋯ 왜 안 가구 이러구 있어요? 콩밥 먹을 일이 겁나는 모양이지?"

"콩밥?"

운전석 문이 벌컥 열리고 홍씨가 뛰어내렸다.

"왜? 간대믄?"

"몬 가. 월급 내놔!"

"못 줘! 송아진 왜 훔쳐 달아나니 도둑놈아."

"예라이 쌍!"

누군가의 볼따구니에서 쩍 소리가 났고 그다음부터는 아예 난장판이었다. 짐칸에 실렸던 가재도구가 끌어내려지고, 오지그릇이 밭두렁 속으로 나가떨어지며, 옷이 찢기고, 고함과 비명이 허공에서 맞부딪치는⋯⋯ 이 살벌한 풍경 속으로, 무엇이 그리도 신바람이 났던지 즐거운 코맹맹이 노래를 부르며 길길이 뛰어다닌 녀석이 있었으니, 오랜만에 사슬에서 풀려난 여주댁 송아지가 그 녀석이었다. 녀석이 나중 온 마을의 논밭을 엉망으로 만들어놓게 된 건 홍씨와 여주인이 그놈을 서로 먼저 붙들려고 아웅다웅거리며 이리 몰고 저리 내몬 결과였다.

구용씨가 나타나는 건 날이 완전히 어두운 녘으로서 사태가 웬만큼 충분히 진행되고 나서다. 구용씨는 홍씨가 들고 설치는 도끼를 빼앗아 멀리 마당가로 동댕이친 뒤, 홍씨 멱살을 붙들고 집 안으로 들어가 집안사람들을 모두 밖으로 내몰고 대문을 걸어 잠궈버린다. 마을 사람들은 일대 난투극이 벌어지리라 싶어 대문간에 붙어선 채 잔뜩 귓바퀴를 세워 보지만 안에서는 아무 기척도 없다. 이윽고 빗장 빼는 소리가 들리고 홍씨의 모습이 나타났을 때 홍씨는 그지없이 풀이 죽은 몰골이다. 홍씨에게서 훌쩍이는 소리가 난 것은 그가 타이탄 운전석으로 오른 뒤다.
구용씨가 눈을 부라리며 한마디 내뱉는다.
"빨랑 가요. 당신 자꾸 그러면 나 약속 취소할 거야?"
어떻게 홍씨를 구슬렀던지 또는 어떻게 겁을 주었던지, 아무튼 홍씨는 대꾸 한마디 없이 시동을 걸고는 마당에 내팽개쳐진 가재도구며 처자까지 고스란히 남겨둔 채 제 홀몸만 싣고 마을을 떠난다…… 여기까지가 아내에게서 전해들은 얘긴데 아무튼 성격이 물러터져 아무짝에도 쓸모없는 남편이라고 그토록 바가지를 긁어대던 여주댁도 이 대목에 오면 남편의 그 배움이란 것이 예사 물건이 아님을 실감하게끔 된다. 아래윗마을의 촌로들이 구용씨에게 함부로 대하지 못하는 것도 그런저런 이유 때문이리라.
가재도구를 가져가지 위해 홍씨가 우묵배미 고개를 넘어오는 건 그 사나흘 뒤다. 안주인 얘기로는 구용씨가 몸소 읍내로 나가 홍씨를 불러내어 밀린 월급을 청산해주고 술도 한잔 대접했다는데, 그토록 월급을 못 주겠다며 버티던 여주댁이 월급을 뺏기고도 마냥 싱글벙글이었던 것으로 보면 이건 돈 문제만이라기보다는 자존심하고도 관계된 문제가 아닐까 싶기도 하다.
홍씨와의 작별은 여주댁 타작마당에서 이루어졌다. 이삿짐이란 게 대수롭지 않아서이기도 했을 테지만 마을 사람 가운데 누구 한 사람 제대로 거들떠보아 주는 사람이 없었다. 어휴, 벌써 이사가능겨? 자긴 왜 가 이 싸람아. 천년만년 붙어실믄서 더 폼 지시구볶을 그래. 송상 치르기 전에 못 나간대매? 갈갈대면서 그렇게 빈정거린 건 홍씨에게 쌀말값이나 떼이게 된 명자 아버지였고 왕룡 아저씨네는 안팎이 다 아예 멀찌감치 자기네 보리밭에 선 채 꼴좋군 꼴좋아 하는 얼굴이었다. 단지 한 사람, 홍씨와의 작별을 진실로 마음 아파한 건 마노씨 한 사람 정도였다.

여주댁은 그래도 한집에 살던 사람이라고 푸성귀 한 묶음과 감자 반 부대와 햇마늘 두 접을 리어카 뒤꽁무니에다 꼭꼭 여며주었다.

"장씨네 가거들랑 이번엔 술 끊고 열심히 살아봐요. 올갈에 추수 때 꼭 와요."

여주댁의 그 마지막 선심을 굳이 생색이었다고만 치부해버릴 수 없을지 몰랐다. 하지만 여주댁도 여주댁이지, 그까짓 햇마늘 두어 접으로 여태껏 이 가련한 늙은이가 흘린 눈물을 상쇄시킬 수 있다고 생각한 것이었을까? 거푸 들이켠 막걸리로 불콰해져 입을 꾹 다문 홍씨였지만 속으로는 흐음 병 주고 약 주는 구만 싶은 심사였던지도 모른다.

"나 욕 많이 해요오 홍씨이!"

병자를 실은 리어카가 웅덩이 곁을 지날 때 막걸리통을 휘저으며 여주인이 큰 소리를 질렀으나 홍씨는 그 몽땅한 딸기코를 매만지며 한많은 우묵배미를 향해 잠시 불그레한 미소를 머금었을 뿐이다.

아침저녁으로 우투, 우투, 후푸푸, 그 괴이쩍은 울음소리를 내지르던 후투티가 뒤란의 오동나무를 떠난 건 그해 늦여름이다. 태풍이 지나간 뒤의 어느 날 우리네 딸아이가 뒤꼍에서 질겁을 하며 뛰쳐나왔다. 엄마, 새 잇쩌, 아기새야. 울어. 무쩌워, 나 무쩌워…… 아이를 안고 가보니 뒤란 굴뚝 묻힌 자리 곁에서 웬 새새끼 한 마리가 삑삑 울고 있었다. 아가리 속이 애처롭도록 빨간 그것은 후투티였다. 짐작컨대 지난 태풍으로 둥지에서 떨어지며 몸을 상한 듯 날개 한 짝이 오그라붙었고 걸음조차 성치 않았다. 우리에 집어넣고 길러볼까 했으나 아이를 젖 먹여 길러본 애 어미가 극구 반대하므로 우린 알루미늄 양재기에다 잘게 썬 지푸라기를 깔아 울타리에 얹어 두었는데 이튿날 보니 새새끼만 간 곳 없었다. 새새끼를 거기다 올려놓은 건 제 어미가 찾아가란 뜻이었으나 유감스럽게도 들짐승이 물어가버린 게 틀림없었다. 왜냐하면 어미 후투티는 그날 전후해서 한번도 둥지를 찾지 않았으니 말이다. 그 이후로도 제 어미를 기다린 우리의 기대가 허사로 돌아가버린 건 물론이다.

새벽 잠결에 그토록 즐겁던 뒤란의 새소리가 그만 시들해져버린 것도 아마 그 여름 이후였으리라. 뿐만 아니라 새 우리를 몸소 만들어주었으며, 아침저녁으로 모이를 넣어주고 우리 청소까지 해주곤 하던 장본인이 사라져버림으로 해서 뒤란의 새장도 머지않아 철거되는 운명을 맞이하게 되는데, 그 참혹한 철거 현장에서 후투티의 옛 보금자리를 쳐다보던 아내의 처연하던 눈빛은 지금껏 내 눈에 선하다.

봇짐을 싸는 건 인간들만이 아니군요. 우리두 이살 가얄까 봐…… 이건 실제로 아내 입에서 나온 소리다.

* * *

이 파란만장한 딸기코 사나이는 읍내 장씨네에 옮겨 가서 두 해도 못 살고 우묵배미로 되돌아오게 된다. 들리는 소문으로는 술김에 차를 몰다 가로수를 들이받아 사고를 내고는 치료비 문제로 장씨와 대판 싸우고 나왔다는데 거기 가서도 여기저기 말썽을 피우고 다니는 버릇은 여전했던 모양이다. 홍씨가 우묵배미로 되돌아올 때쯤이면 우리네 강토 방방곡곡의 목축 농가를 한차례 강타하고 지나간 소값 파동으로 비육 농가는 풍비박산이 나 집집의 마구간은 텅텅 비게 되고, 비육업으로 큰 재미를 못 본 우리네 부부도 이미 봇짐을 싸 우묵배미를 떠난 뒤가 되며, 비육을 해서 막대한(여주댁 표현을 빌자면 그렇다는 말이다) 손해를 보고 난 구용씨네는 이번엔 다시 안팎이 몸소 대들어 돼지 사육에 매달려 있게끔 된다. 홍씨가 필요해진 건 양돈에 요구되는 노동이 구용씨 내외에겐 도무지 몸에 부치기 때문이었으리라. 경운기로 잔밥 실어나르며 돼지똥 치우기가 얼마나 심한 중노동인가는 알 만한 사람은 다 알 터인데, 넥타이 매고 앉아 펜대만 굴리며 제법 현대식으로 사는 걸 평생 소원으로 삼고 살아온 구용씨가 이런 너저분한 중노동에 넌더리를 냈으리란 건 뻔하다.

그러나 그렇다 치더라도 다른 사람을 구해 썼으면 썼지 홍씨를 또다시 받아들인 여주댁의 처사란 아무리 생각해도 납득키 어렵다. 더더욱 이해하기 어려운 것은 이 주정뱅이 늙은이다. 차라리 빌어먹었으면 빌어먹었지 하필 여주댁 지붕 아래로 기어들 건 뭔가 말이다. 월급이 적네 많네 하는 따위 또다시 그 지겨운 전쟁이 재발되기 때문에 하는 소리다.

박영한(朴榮漢)

1947년 부산 출생. 연세대학교 국문과 졸업. 1977년 『세계의 문학』에 「머나먼 쏭바강」을 발표하며 등단. 오늘의작가상, 동인문학상, 연암문학상 등 수상. 『왕룽일가』(1988), 『우묵배미의 사랑』(1989) 등의 연작소설집과 『인간의 새벽』(1980), 『노천에서』(1981), 『쓸쓸한 자유인』(1983), 『사마리아여인』(1988), 『우리는 중산층1 — 장미 눈뜰 때』(1990), 『아라베스크』(1990), 『키릴로프의 연인』(1995), 『장강』(1996) 등의 장편소설 출간. 2006년 타계.

작품 세계

등단작 『머나먼 쏭바강』(1977)은 월남전을 소재로 한 작품이다. 이 작품에서 박영한은 전쟁의 본질과 휴머니즘이라는 문제에 대한 깊은 성찰을 드러낸다. 월남전의 명분과 실상, 전장에서 일어나는 다양한 사건과 행위에 대한 새로운 시각의 성찰은 이 작품을 한국소설사의 중요한 문제작으로 자리 잡게 한다. 이러한 성찰은 『인간의 새벽』(1980)으로 이어진다. 『노천에서』(1981)는 작가의 젊은 시절 체험을 바탕으로 한 전형적 자전소설이다. 여기에서는 한 젊은이의 방황과 고뇌의 과정이 실감 있게 그려진다. 중편소설 「지상의 방 한 칸」(1984)에서는 조용한 방 한 칸을 갈구하는 이야기를 통해 이 시대에 작가로 살아가는 일의 어려움을 극명하게 보여준다. 『왕룽일가』(1987) 연작에서는 대도시에 인접한 농촌사회가 겪는 변화와 갈등의 모습을 리얼하게 드러낸다. 이 연작에서 박영한은 현실에 대한 조망력과 세심한 관찰력을 드러냄으로써 그만의 독자적 소설 세계를 정립하는 데 성공한다. 이로 인해 리얼리즘의 한 경지를 열었다는 평가를 받기도 한다. 이러한 성취는 계속해서 『우묵배미의 사랑』(1988~89) 연작으로 이어진다. 『우리는 중산층 1』(1990) 역시 『왕룽일가』 연작과 연장선상에 있는 작품이다. 공간적 배경이 신도시로 옮겨가고 등장인물들의 생활 유형이 달라지기는 했어도, 일상의 묘사를 중심으로 한 세태소설적 성격은 그대로 이어지는 것이다. 박영한의 소설 배경이 되는 현실은 대체로 풍요롭지가 못하다. 그림에도 불구하고 그의 소설은 척박하기보다는 따뜻한 느낌을 줄 때가 많다. 이는 그가 등장인물들을 냉소적으로 그리기보다는 어떤 방식으로든 이해하려는 태도로 그리기 때문일 것이다. "자유와 사랑의 정신에 기초하지 않은 문학은 결코 바람직한 문학이 아니다"는 작가의 말은 그의 문학 세계를 이해하는 데 중요한 실마리가 된다.

「지옥에서 보낸 한 철」

　이 작품은 「왕룽일가」「오란의 딸」과 함께 세 편으로 이루어진 연작장편 『왕룽일가』 가운데 하나이다. 『지옥에서 보낸 한 철』의 의미를 이해하기 위해서는 『왕룽일가』에 대한 이해가 필수적이다. 『왕룽일가』 연작의 배경은 서울에서 멀지 않은 우묵배미라는 마을이다. 우묵배미는 농촌이면서도 서울에 인접한 특별한 공간이다. 이러한 공간의 설정은 작가의 주제 구현을 위한 중요한 장치이다. 작가는 도시와 농촌이 마주치는 곳에서 일어나는 사건들에 대한 관찰로 이 연작을 시작한다. 시샘과 비아냥거림과 우월감, 사기극과 적의를 감춘 거짓 화해의 제스처들이 반농반도시의 전형적 축소 공간 우묵배미에서 일어나는 것이다.

　「지옥에서 보낸 한 철」은 변해가는 농촌의 그늘진 측면을 그려낸 작품이다. 도시문화의 농촌 침입, 그로 인한 새로운 풍속의 홍청거림은 결국 마을 사람들의 삶을 바꾸어놓는다. 도시의 배금주의적 소비문화는 농촌사회 재래의 자연스러운 질서를 깨뜨리고 공동체 의식에 바탕을 두었던 전래적 인간관계를 해체시킨다. 이 작품의 서두에서 술주정이 심한 과수원지기 홍씨가 낫을 들고 살기등등하게 설쳐대는 모습을 제시한 것은 차츰 지옥처럼 변해가는 우묵배미를 그려내기 위한 상징적 복선이다. 새벽에 잠을 깨 일어나 앉은 '나'에게 닥쳐오는 막연한 불안감 역시 이를 암시한다. 짱구네 경운기가 도랑에 처박히는 사건을 필두로 '풍비박산이 난 우묵배미의 평화'는 그 모습을 드러내기 시작한다. 홍씨를 비롯한 이른바 지지리도 못사는 셋방쟁이들은 도시에서 밀려난 패배자들이기도 하다. 이들을 중심으로 한 갈등과 어둠의 리얼한 묘사가 바로 「지옥에서 보낸 한 철」 창작 의도의 핵심이다. 대도시에서 시작된 금전중심주의와 인간에 대한 불신과 멸시는 도시 내 인간관계의 파괴에만 머물지 않는다. 그와 인접한 마을 우묵배미의 전통적 삶의 방식마저 파괴해가는 것이다.

주요 참고 문헌

　박영한의 「지옥에서 보낸 한 철」에 대해 권영민은 「이달의 소설」(『중앙일보』, 1987. 12. 28)에서 일상적인 삶의 문제를 통해 인간 존재의 참다운 의미를 추구하고자 하는 작가의 노력이 돋보이는 작품이라고 평가한다. 이남호는 「변질된 삶의 풍속도」(『왕룽일가』 해설, 민음사, 1988)에서 탁월한 장면 설정과 묘사 능력을 지적한 후, 한 시대의 풍속도를 보여주는 세태소설적 성격이 강하다고 평가한다. 김선학은 「삶의 이야기화」(『한국문학』, 1988. 2)에서 이 작품이 삶의 이야기화, 이야기가 가진 재미라는 덕목을 구비하고 있음을 지적한다. 대도시 변두리를 배경으로 하여 산업화되어가는 당대 한국의 일그러진 농촌 풍경이 잘 나타나 있으며, 인간 전형을 성공적으로 창조해놓았다는 점도 장점으로 지적한다. 우찬제는 「'틈'의 구조 원리와 사랑의 현상학」(『작가세계』, 1989년 가을호)에서 이 작품이 땅과 돈의 '틈'을 보다 복잡하게 포착하면서도 견고하게 구성해놓은 이야기라고 평가한다.

_김영민

김원우

추도(追悼)

촛불이 흔들릴 때마다 할머니의 머리올이 병풍 위에 세선(細線)을 그렸다. 여백이 많은 산수화가 그려져 있는 병풍 위에 할머니의 하얀 모발이 던지는 음영은 나에게 화사첨족으로 보이지 않았다. 심산의 허리를 감싸고 있는 구름과 천장으로 하느적거리며 올라가는 향 연기가 안개를 피워 올리는 것같이 잘 조화되어 병풍 안의 산촌에 방금이라도 비를 뿌릴 것만 같았다.

촛불을 밝히고부터 할머니는 제상 앞을 떠나지 않고 내가 나르는 제기들이 놓일 자리를 손수 선별하고 있었다. 어동육서(魚東肉西)나 동두서미(東頭西尾)쯤은 우리 형제가 다 알고 있는데도 당신은 제상의 양쪽 귀를 앉은걸음으로 왔다 갔다 하는 것이 제례를 두량하는 것으로 간주하는 모양이었다. 제사 때만 되면 할머니의 말이나 행동거지는 이번이 마지막이라고 당신 스스로 단정하는 버릇이 있어, 옆에서 보기에도 비장감이 풍겼다. 눈이 아리게 켜져 있는 형광등 불빛이 촛불 따위가 밝히는 어둠을 충분히 뒤덮고 있는데도, 할머니의 슬픔은 촛불이 켜지고 나서야 조그만 당신의 육신 전부에서 배어 나와 제상을 걷어 치울 때까지 방 안 곳곳에 자리를 잡는 것이었다.

아까부터 할머니는 신중하게 제기들을 만지면서 무슨 말인지 계속 웅얼거리

---
* 「추도」는 월간 종합지 『세대』 1978년 8월호에 발표되었으며, 이후 소설집 『무기질 청년』(민음사, 1981)에 수록되었다.

고 있었다. 들리는가 하면 뚝 끊어지고, 긴 한숨과 함께 맺힌 한이 속으로 잦아 졌는가 하면 간헐적으로 이어지곤 했다. 귀에 익은 할머니의 이 웅얼거림이 우리 집안의 기일에는 곡처럼 당연한 한 풍경이었다.

할머니의 한숨이 길어지며 뒤따르는 말이 가녀리게 들려왔다.

"이 상이 마지막 상인가 싶구마는, 이너려 팔자 명도 길지, 저승귀신이 데불고 갈 사람은 안 데불고 가고 내 손주새끼만…… 후유이…….''

할머니는 나일론 저고리 소매에서 때 묻은 손수건을 꺼내 눈자위를 꼭꼭 눌러댔다. 손수건으로 코까지 풀고는 그것을 다시 소매 끝 속에 훔쳐 넣었다. 할머니가 쟁반에 소복이 담긴 나물을 받아 제상 가운데 놓았다. 그러고는 뼈만 남은 손가락으로 무채나물을 입에 집어넣으면서, 내가 보기에는 채가 고르지 못하고 길이대로 썰지 않아 중동무이가 된 새로 맞은 손주며느리의 칼 솜씨를 탓할 만하건만 오히려 맛을 나무랐다.

"야들아, 나물에 깨소금을 낫게 안 치고설랑, 참기름 많이 쳐서 느끼하믄 안 좋아했구마는……."

늘 제사 때만 되면 듣는 당신 아들의 식성을 일깨워주는 말인데, 낚시를 하다 객혈을 쏟고 젊어서 운명하셨다는 할아버지의 식성은 한번도 들려주는 법이 없었다. 더구나 오늘은 천만부당하게도 아버지의 식성을 일깨워줄 필요가 없는데 입에 익은 말이 저절로 나오는 모양이었다. 아무튼 제삿날만 되면 할머니는 모든 게 못마땅했다. 깨소금이 듬뿍 쳐졌으면 간이 짜다든지, 간이 맞으면 쇠고기를 너무 많이 다져 넣었다는 식으로 핀잔 아닌 흘리는 말을 꼭꼭 디밀어놓는 할머니에게는 언제라도 제사를 모시는 우리들의 예가 부족한 셈이 되고 만다. 나물을 집어 먹은 엄지와 검지를 번갈아 입에 넣어 빠는 할머니의 손등에 거뭇한 저승꽃이 군데군데 앉아 있는 것이 내 눈에 붙잡혔고, 촛불이 무슨 낙화 같은 그 꽃 색깔의 번들거림을 제법 돋보이게 하는 것만 같았다. 아마도 그 번들거림은 살갗의 탄력이 약해져서 주름까지도 마모시킨 흔적이리라.

벽에 기댄 채로 손수건을 만지작거리며 머리를 숙이고 있는 어머니는 할머니의 거동에는 곁눈질도 주지 않았다. 제삿날이면, 아니 제상이 놓여지고부터 신들린 듯 조금씩 실성해가는 할머니의 언행을 어머니는 관망한다기보다 헐뜯듯이 주시하는 쪽이었는데 올해부터는 나란히 참척을 본 죄인의 처지가 되어버려서인지 아까부터 아예 넋을 놓고 있었다.

할머니가 손끝으로 눈물을 찍어내며 중얼거렸다.

"후유이…… 이런 상이라도 모시는 기 올해가 마지막인가 시푸다. 여름 한철 나면 두어 해가 한목에 지나간 것 같구마는."

형이 말했다.

"할무이, 오늘은 욱이 제삿날임더."

형의 눈자위가 충혈된 것같이 보였고, 덩달아 짜증 섞인 울먹임이 내 목울대를 잠기게 했다.

할머니가 형을 돌아보지도 않고 이내 말했다.

"안다. 알고말고로, 아죽 내가 노망 안 했다. 휴이…… 더부 오기 전에 죽어야 될 낀데."

"할무이는 그 죽는다는 말 좀 그만 하이소. 늙어서 죽고 싶다는 말 쳐놓고 빈말 아닌 말이 없담더."

나는 혹시나 당신이 섭섭하게 들을까 봐 억지로 웃으며 말했다.

형수가 김이 모락모락 오르는 탕수와 밥을 다반에 얹어 들어왔다. 형수는 그냥 우두커니 서서 탈진한 사람처럼 말이 없었다. 시집온 지 오 년째가 되었으니 형수는 이제 시가의 풍습에 익숙할 만한데도 제삿날이면 행동이 굼떴고, 말이 줄어들면서 묻는 말에 대답도 자제하는 것 같았다. 제사에 온 정성으로 열중하는 할머니의 신들린 듯한 열기에 비해 형수의 멍청한 표정은 너무나 대조적이었다. 장로의 딸이라서 교리를 앞세워 할머니의 귀신 숭배를 못마땅하게 생각해서 그런지도 몰랐다. 평소에는 층층시하에서 집안을 그런대로 꾸려가는 원만한 성격임에도 이런 유교적인 제례에는 추호도 양보를 못 하는 기독교인의 아집을 형수가 좀 지나칠 정도로 고수하려고 한다면 나로서는 가타부타할 처지가 못 되긴 하나, 나는 단연코 할머니 편이었다.

하나같이 중년에 홀로된 시할머니와 시어머니 사이의 눈에 보이지 않는 알력을 무마시켜야 하고, 게다가 범 같은 두 시동생의 눈치도 살펴야 하는 형수의 고된 시집살이에서 한쪽 봉사만이라도 내물리게 해야 할 양반은 시어머니 쪽인데도, 어머니는 일찍이 "살이 끼었다"는 말을 믿어 할머니의 언행 일체에 대해서는 아예 태무심함으로써 본을 보이는 분이었다. 한 분밖에 없는 출가한 누님도 친정에 들르면 "요즘 처녀치고 올케가 심덕이 무던한 애"라고 형수를 칭찬하곤 했는데, 막상 그런 칭찬에 민망해야 할 쪽은 우리 박씨네 핏줄일 것이었다. 그러나 가족 관계에서 민망한 구석이 자주 생기면 분란이 일게 마련이고 시끄러운 법이다. 이 민망스러움의 자연스런 지양은 한숨과 함께 하루에도 몇 번씩이나 불교 신자가 아니면서도 "관세음보살"을 찾던 어머니의 시름이 사라지고, 일요일 오전에 앞서거니 뒤서거니 하며 교회를 찾는 고부간의 의좋음과 그렇게 만든 형수의 역량에서 찾을 수 있을 것이었다. 시아버지 없는 시집살이를 대가족과 함께 불평 없이 살아내는 형수의 푹한 심성을 독실한 기독교 신자이기 때문이라고 단정해버린다면, 그것은 그녀 자신의 인격을 모독하는 것이 될지 모른다. 물론 신앙이 인격을 도야하는 데 중요한 역할을 하겠지만, 그것이 생활을 영위하는 데 결정적인 도움을 주지는 않을 것이다. 우리의 평범한 일상의 구석구석까지를 완전히 지배하는 신앙생활이야말로 기독교 신자의 간절한 희망이겠으나, 실제로 종교가 삶을 옹글게 장악하기는 어렵다. 아무려나 형수의 신앙심은 남다른 데가 있었다. 언젠가부터 그녀는 집으로 찾아오는 친척들에게는 남녀노소를 가리지 않고 꼬박꼬박 성경책을 선물로 건네주곤 했다. 언제라도 지퍼가 달린 가죽 포장 속에 신구약성서와 찬송가가 합본된 새것을 여벌로 준비해두는 배려는 내가 보기에도 아름다운 셈속이었다. 이 배려를 배냇신자라는 근본이나 자신의 신앙의 확고함을 과시하려는 의도라기보다는 좋은 말씀을 나누어 새기면서 내세의 존재를 믿게 하려는 전도 욕구의 자연적인 발현이라고 요약해버린다면 그녀의 인생관은 자로 잴 수 있을 만큼 곧은 길이를 가졌다고 말할 수 있겠다. 그뿐만이 아니다. 고등학교에서 교편을 잡으며 모교의 교양학부 시간강사 노릇도 하는 파리한 영어 선생인 형의 박봉을 개의치 않고 형수는 어김없이 십일조 헌금을 흔쾌히 바치는 눈치였는데, 여벌 성경을 비치해두는 비용이 그 헌금액 속에 포함되어 있는지 어떤지는 내가 관여할 바는 아니나 관심사 중의 하나이다.

언젠가 나는 형수가 내 아내 될 여자에게 무슨 다짐을 하듯 내놓는 말을 엿들은 적이 있었다. 그때는 내가 미혼 때였으므로 그렇게 지나치다는 생각은 들지 않았다.

"아까워서 십일조 헌금을 안 하면 그 주일에는 꼭 그만큼 돈 쓸 일이 생기데. 이상해. 애가 아파 병원에 가야 할 일이 생기든가, 집안에 우환이 생기든가……."

학장이 신부(神父)인 여자 대학의 선후배 사이인 아내와 형수는 종교를 독실하게 믿는 자세뿐만 아니라 둘 다 만혼을 하게 된 처지도 비슷했고, 어떤 분위기에 쉽게 동화되지 못하는 폭 좁은 성격도 닮았다.

그러나 형수의 좀 지나친 신앙심 때문에 내가 몹시 기분이 상했던 기억은 아직도 생생하다. 재작년 추석 제사 때였다. 기제사가 아니므로 할아버지와 아버지의 차례를 함께 모시는 셈이었다. 기제사라면 우리 집안에는 음력으로 동짓달에 있는 할아버지 제사 하나밖에 없다. 사변 통에 행불자가 된 아버지는 아직도 호적에 번연히 눈을 뜨고 있으므로 지방 따위를 붙일 날짜는 차치해두고라도 명절 때 우리들 형제가 변변히 큰절을 올릴 형편도 아니다. 할아버지께 올리는 큰절이 끝나면 할머니는 밥 한 그릇을 따로 받아 대청 끝에 제상을 엇비스듬히 놓아두고 수저를 옮겨놓곤 했는데, 그것이 아마도 당신 아들의 명복을 비는 격식인 것 같았다. 아무튼 그날 제상이 놓여지자 형수는 기존의 제례 행위를 약식화하자는 다짐을 할머니 이하 형에게까지 받아냈는지 성경을 가족들 앞앞에 한 권씩 놓아두고 있었다. 연신 입에서는 웅얼웅얼하는 소리를 읊조리는 할머니가 제기의 자리를 바꿔놓는 동작을 끝내자 손을 깍지 낀 형수가 기도를 하기 시작했고, 그 기도 소리는 할머니의 웅얼거리는 음성에 비해 너무나 당당하고 똑똑한 음향이었다. 뒤이어 찬송가도 두 곡씩이나 형수가 낭랑하게 선창을 했으므로 형 이하 우리 형제는 큰절을 못 하고 말았다. 막상 그런 간단한 제례 행위를 당하고 보니 한 여자의 힘이 미치는 넓은 생활 반경에 대해 나는 속으로 감탄해 마지않았다. 정확히 말한다면 나의 입장은 유교적인 관념에 얽매여 있지만 그것을 고수한다기보다는 방기하는 편이었고, 그렇다고 수다스러운 기독교인들의 내왕이나 기도 행위를 수수방관하고 있는 편도 아니었다. 그러나 어쩌랴. 제상 앞을 마냥 무르춤하니 지키고 있을 수밖에 없었다. 제사를 마칠 때 내성적이긴 하지만 성정이 가파른 일면도 있는 동생의 얼굴이 더욱 차가워 보였다. 병자의 얼굴을 차다고 할 때는 창백하다는 의미보다는 처연한 쪽이라는 게 더 적확한 표현이고, 내가 동생의 얼굴에서 냉소가 흐르고 있다고 느꼈을 때는 병자의 얼굴을 보는 나나 동생은 잠시 서로 당황한 표정을 다른 가족들에게 내비쳤다는 뜻이 된다.

형수는 나와 동생의 기분을 읽었던지 어색한 말을 던졌다.

"삼촌들은 절하이소."

조상을 숭배는 하되 내 앞에서 우상에게 경배하지는 말라는 말씀이 성경의 어느 귀퉁이에 적혀 있는지 알려면 손쉬운 일이겠으나, '내 앞'이란 직설적 논리가 벌써 절대성을 강요하는 만큼 그것은 곤혹스러운 억압이었다. 어쨌든 그 교리는 종교의 절대성을 위한 전제인데, 그런 도그마를 준수하기가 전통을 깨뜨리는 것보다는 항상 어렵지만 그것이 흔히 종교에 깊숙이 침잠해 있는 신자들의 어떤 무지막지한 과시 벽을 난공불락으로 만드는 모태일 것이었다. 그러니까 비신자인 나와 동생에게는 "절하이소"란 말을 어색하게 흘렸을 것이고, 기독교는 인정하나 교회라는 조직과 그 제도만큼은 부정하고 있는 형에게는 '귀신에게 경배 생략'이란 제례를 설득할 수 있었을 것이다.

제상을 치우고 우리 가족이 늦은 아침밥을 먹고 나서 동생과 나는 함께 쓰는 문간방으로 건너왔다. 병 때문에 금연을 강요당하고 있는 동생이 책상 위에 있는 내 담배를 말없이 꺼내 피우며 말했다.

"작은형. 역시 우리 풍습으로는 상 앞에서 너부죽이 절을 해야 제사 지낸 기분이 들어."

말끝을 흘리면서 텅 빈 것 같은 웃음을 띠는 동생의 표정에서 나는 시한부 삶을 살고 있는, 그래서 생에 대한 애착을 향처럼 바싹 마른 자신의 몸뚱어리를 불쏘시개로 삼아 선선히 태우고 있는 동생의 여유를 읽을 수 있었다. 나는 건강하기 때문에 물론 그런 여유가 없었다. 동생이 담배 연기를 길게 내뿜으며 다시 말을 덧붙였다.

"죽어도 여한이 없다는 말은 종교인이 할 소리인 것 같애. 난 종교를 안 가졌으니까 죽어도 그런 담백한 말은 할 수 없지만."

그즈음 동생은 황달의 재발 기미를 지나 복수가 차오르기 시작하는 간경변 증세를 드러내어 본격적인 투병 생활을 하는 중이었다. 그런 중병을 앓고 있는 환자의 막힘없는 사고가 내게는 오히려 정상으로 받아들여졌고, 섬뜩한 죽음의 조짐을 쉬이 떨쳐버릴 수 없었다.

우두커니 서 있는 형수에게서 나는 밥과 탕수를 받아 할머니에게 건넸다. 일 년 전에 요절한 막내 시동생에 대한 추도가 시할머니에게는 어떤 식의 정성으로 구현될까를 따지듯이 바라보는 형수와 그 옆에 서 있는 아내의 눈초리가 평소보다 더욱 찬찬해 보였다.

탕수 국물을 수저로 조금 떠서 맛본 할머니가 말했다.

"기름이 너무 뜬다."

평소에는 기력 탓도 있긴 하지만 거의 말이 없는 분이 유독 제삿날이면 다변이 되시는 할머니의 푸념을 중간에서 자르는 사람은 어머니였다.

"욱이야 이녁 아들처럼 음식이야 가렸나."

가는귀가 어두워서인지 할머니는 어머니의 타박을 못 들은 모양이었다. 한숨을 길게 내쉰 할머니가 수저를 밥그릇 가운데에다 꽂았다. 그리고 나물 위에 얹힌 젓가락을 구운 조기 위에 놓으려다가 사슬산적¹ 위에 올려놓았다. 얄따란 차솜가책만 한 산적 위에는 참깨가 너무 많이 박혀 있었다.

어머니가 다짐하듯 단호히 말했다.

"대문 열렸는가 내다보고 너거도 앉거라."

어머니는 형수와 내가 열린 방문 가에 서 있는 것을 얼핏 바라보았고, 뒤이

---

1 **사슬산적** 꼬챙이에 꿰지 아니한 적.

어 대청 끝에서 얼굴을 내민 아내를 보자 안심이 되는 듯 시선을 거두었다. 아내의 대청 밟는 발자국 소리가 나고, 이내 "대문은 열렸어예"란 대답이 들려왔다.
 어머니가 더 큰 소리로 말했다.
 "청문도 활짝 열어놔라, 귀신이 들어오고로."
 그 귀신이 누구인지 모르겠으나 나는 동생이길 바랐다. 설혹 오늘이 할아버지나 아버지의 제삿날일지라도 생면부지의 내 조상보다는 망자에 대한 애정의 비중을 따져서도 동생 쪽이 훨씬 큰 편이기 때문이었다. 앞으로는 명절 제사 때도 나는 당연히 동생의 영혼을 기리는 데 더 집착할 것 같다는 생각이 얼핏 떠올랐다.
 "애들은 자나?"
 어머니가 두 조카를 두고 하는 말이었다.
 형수 대신에 내가 얼른 대답했다.
 "예, 잠더."
 제상 앞에 펼쳐놓은 발 고운 돗자리 한자락을 깔고 앉아 있는 형이 형수를 힐끔 쳐다보고 말했다.
 "옷이나 안 갈아입고······."
 그 말에 나는 형수 옆에 앉아 있는 아내를 훑어보았다. 한복 대신에 구멍이 일정하게 뚫린 분홍색 수 원피스를 입은 아내의 모습이 내 잘못인 것 같았지만 새며느리는 자신의 복장쯤이야 대수롭지 않다는 듯이 할머니의 느리기만 한 제례 행위를 눈여겨보고 있었다.
 할머니가 밥그릇 옆에 놓인 냉수에다 밥을 두 숟가락 퍼 담으며 또 엉뚱한 말을 중얼거렸다.
 "이녁 막내이손자 건사나 잘해주소이."
 냉수 대접 안에 뜨는 밥알을 잠시 바라보다 한숨을 푹 내쉬며 할머니가 덧붙였다.
 "이녀러 자석은 죽었는 동 살았는 동, 서방 복 없는 년이 자식 복이나 있겄나

마는."
　할머니의 말에 나는 공연히 나 자신이 불효자식인 것 같은 생각이 들어 옆에 앉은 어머니의 얼굴을 외면하니 아내가 보였다. 고개를 곧추세운 당당한 아내의 시선은 무슨 시위라도 하는 듯 여겨졌고, 혼전에 몇 번 본 내 동생에 대한 추모보다 이미 형수에게 들어 알고 있을 터인 한 가정의 제례 풍경을 이제서야 육안으로 확인하는 것 같은 도전적인 자세였다. 그것은 차라리 전통의 파기를 희구하는 눈씨로 비쳐 나는 이 초라한 제사를 엎어버리고 싶었고, 서방이 아내보다 먼저 죽는다는 우리 집안의 내림과 그 기우가 새삼 떠올라 양미간을 모았다. 그러나 이제 나도 살림을 이룬 만큼 이내 얼굴을 폈다. 그리고 아내가 내 동생의 명복을 빌어주지는 못할망정 공손히 주목이라도 해주었으면 하고 속으로 빌었다.
　형이 향을 촛불에 붙여 향촉대에 꽂는 것을 보고 할머니가 말했다.
　"귀신이 향냄새를 맡아야 온다. 많이 태와라."
　향이 꽃 수술처럼 붉게 타고 있었고, 향을 사른 뽀얀 토막재들이 떨어진 꽃잎처럼 향로 속의 모랫바닥 위에 어지럽게 흩어져 있었다.
　어머니가 불쑥 말했다.
　"옛말에 부모는 열 자식 거느려도 자식은 하나 부모도 못 모신다 캤다."
　"지방도 못 붙이고 절도 없으니 제사가 이상하긴 이상하네" 하고 형이 말했다.
　코를 훌쩍 들이마시며 어머니가 받았다.
　"그래서 몽달귀신이라 안 카나, 일찍 죽는 놈만 설븐 기다."
　지난여름이 막 시작될 무렵에 동생은 예상했던 대로 생을 마감했다. 예상은 했었지만 역시 갑작스러운 죽음이었다. 동생이 복수가 너무 차올라 남방셔츠의 자락을 못 여미는 배를 앞세우고 종합병원으로 갔을 때, 우리 가족의 무심함을 비난하는 듯 머리를 절레절레 내두르는 의사들의 싸늘한 시선을 형과 나는 멀뚱히 쳐다볼 수밖에 없었다. 이미 혼수상태에 빠져 있는 환자가 신음처럼 내뱉는 소리는 의사 전달이랄 수도 없었고, 이틀간을 병원에서 나고 시신이나 다름

없는 동생의 몸을 집으로 옮겨놓자 병자는 말문마저 닫고 눈물만 하염없이 흘려댔다. 간경변이란 진단이 내려지기 전에 눈동자는 물론이고 머리 밑까지 노랗게 변하는 황달이란 병을 앓았고, 그 전에 얼굴이 검게 타면서 자주 코피를 흘리는 병약한 체질을 탓함이 없이 동생은 시험 준비에 부대끼며 살았다. 모세관이 약해서 코로 열을 토하는 것쯤으로 동생의 코피를 자가 진단해버리는 우리 식구들의 가난에 찌든 정신 상태를 외부에서는 도저히 이해하기 어려울 것이다. 어쨌든 이삼 년에 걸친 투병과 동생의 집념은 서로 미묘한 긴장 속에서 환자의 일상생활을 간신히 지탱해주고 있었는데, 법대 합격과 동시에 입대라는 보상은 한쪽의 팽팽한 끈이 탁 끊기면서 죽음이라는 몸의 회신(灰燼)으로 나타났다. 아마도 군 복무까지 견뎌내려는 젊음의 씩씩한 인내력이 병의 심화를 더욱 부채질하여 동생은 국군통합병원에서 입대 육 개월 만에 의병 제대했다. 또한 제대 후 복학을 서두르며 무절제한 생활을 한 것이 결정적인 잘못이었고, 오로지 하향을 위해 버틴 것 같은 전(前) 학기 동안의 객지 생활은 자해 행위나 마찬가지였다. 동생은 교양학부 과정조차 못 마친 것을 늘 서운해하며 더위가 기승을 부리던 그해 여름을 두문불출로 배겨내는 데 꽤나 애를 먹는 눈치였고, 담배도 과감히 끊고 있었다. 오로지 건강한 신체로 매사를 때우며 살아가는 청춘을 쉽게 넘겨버리지 못하고 동생은 하향 일 년을 채우지도 못한 채 죽었다.

자전거를 타고 온 중머리 노인이 종이 등에 촛불을 밝히고 긴 여름해가 넘어가는 어둑한 골목길을 빠져나갈 때, 나는 박복한 사변둥이가 겪은 삶의 가난을 저주하며 울었다. 못질을 할 때 널이 울리는 소리가 투명하게 초여름 하늘 위로 사라져서, 나는 그 소리가 동생의 영혼이 비상하는 것으로 들었다. 아가리가 벌어지자마자 순식간에 동생의 몸이 담긴 널빤지 관은 아무 곳에도 보이지 않았고, 범선의 키 같은 쇠붙이가 달린 네모반듯한 쇠문이 줄느런히 도열해 있는, 번들거리는 납빛 벽면만이 내 시야를 가로막았다. 대리석 바닥이 끈적거리는 화장터의 긴 복도를 통곡하며 걸어가는 형을 나는 애써 부축했다. 신문지로 싼 하얀 봉지들이 나무에 주렁주렁 매달린 배밭을 장의차는 덜컹대며 굴러갔다. 금호강의 물빛이 누렇게 타오르던 동생의 안색을 닮아 있었다. 형과 나는 강물이 가슴에 차오를 때까지 걸어가서 아직도 열기가 식지 않은 뜨거운 동생의 뼛가루를 뿌렸다. 강물에 실려가는 뼛가루와 같이 내 사지는 갈가리 흩뿌려지는 듯했다.

해가 바뀌고 나는 남이나 다름없는 아내를 배필로 맞아 한 세대를 이룬 것 외에는 달라진 게 아무것도 없는데 벌써 일 년이 지났고, 동생이 남긴 여러 가지 따뜻한 흔적은 우리 식구에게까지도 엷게 퇴색해가고 있었다. 살려고 발버둥치던 동생의 패기조차도 드러낼 수 없는 나는 이제 고운 분말 같던 동생의 뼛가루의 열기보다 더 식어빠진 월급쟁이가 되어 제상 앞에서나마 사자의 혼을 달래보려는 미물이 되고 말았다.

제사의 끝은 항상 마무리가 빨랐다. 할머니가 수저를 제상 위에 내려놓자 형이 병풍을 걷었고, 어머니가 훌쩍임을 그쳤다. 형수가 제기들을 모으는 일방 아내는 그것들을 다반에 담아 부엌으로 날랐다.

늘 그렇듯이 어머니가 일 갈피를 서둘러 챙겼다.

"제사상은 치우고 우리 산 사람 묵을 상이나 어서 차려라. 빨리 묵고 일찍 자자."

"제삿밥은 내가 묵을란다. 일찍 죽그로"라고 할머니가 말했다.

제상을 나와 함께 방 한가운데로 옮겨놓은 형이 말했다.

"누나는 이럴 때 한번 와보믄 병나나?"

"다 저거 살기가 바쁘믄 동생 하나 죽은 것쯤은 생각도 안 난다." 어머니가 말을 받았고, 수저도 들지 않고 말을 이었으므로 나는 아직 제사가 끝나지 않았음을 확인했다. "내일 아침에 일찍 일어나야 된다. 다섯 시다, 추도 예배가."

할머니는 그런 말에는 아예 귀를 막고 산다는 듯이 제삿밥을 달게 먹고 있었다. 눈물이 글썽이는 눈동자가 탕수에 한 번, 나물에 한 번, 수저에 한 번 하는 식으로 침착하게 가늠하면서, 이가 빠져 인중이 더욱 길어 보이는 할머니의 우물거림에는 조금 전의 실성한 중얼거림이 과연 어디에서 나왔을까 하고 의심할 정도였고, 경인(庚寅)생이라고는 믿지 못할 정도로 정정해 보였다.

어머니가 탕수로 입을 적시고 수저를 놓자 어느새 저녁밥도 끝난 거나 마찬가지였다. 아내는 이미 부엌에 가고 없었고, 형수도 뒤미처 일어서자 쪽문으로 어머니가 식기들을 건네주었다.
어머니가 내게 말했다.
"너거들은 욱이 방에서 자거라."
동생이 죽고 난 뒤부터 나와 함께 기거하던 문간방을 어머니는 '욱이 방'으로 호칭하고 있었다. 그곳에서 동생의 시신은 염포로 묶여졌고, 불과 삼 개월 남짓 전에 아내와 나는 신혼여행 후의 첫 밤을 거기서 밝혔었다. 전세로 마련한 아홉 평짜리 서민 아파트로 제금²을 나던 날 나는 할머니와 어머니에게 인사를 하는 것은 뒷전이었고, 문간방에서 묻어 나오는 동생의 체취가 내 목덜미를 잡아끄는 것 같은 착각이 들어 골목을 빠져나가면서도 철망 너머의 '욱이 방'을 한참이나 쳐다보았다.
어머니가 청 끝에다 요와 홑이불을 내다놓고 돌아와서 나에게 물었다.
"아파트 문은 잘 잠구고 왔나?"
"낮에 전화로 친정 엄마가 왔다 캅디더."
"처갓집 식구들 너무 자주 들락거리게 하지 마라. 내가 따로 일러두겠다마는."
내가 아무 말이 없자 어머니는 혼잣말처럼 덧붙였다.
"너거 처남댁은 당최 너무 수선스러워 탈이드마는 니 처는 늘 뚱하게 부어 있어 탈이다. 성미도 다 천차만별이기는 하지마는……."
할머니가 말을 받았다.
"입에 맞는 떡이 쉽나? 인력으로 안 되는 기 죽는 거하고 사람 성미 아이가."
할머니의 말에 이제 고부간의 의사가 일치되었는지 어머니는 말이 없었고, 아내가 타박을 맞는 것이 흡사 내 탓인 것 같아 내 얼굴이 확확 달아올랐다. 과

---

2 제금 '딴살림'의 사투리(경남).

묵하긴 하지만 나이 탓도 있어 매사를 눈치로 다독거려나가는 아내의 성격에 대해서는 오히려 내가 욕심을 부리려는 참이었는데, 어머니에게 기선을 제압당한 꼴이 된 내 처신이 한심스럽게 느껴졌다. 어머니의 팔자가 거세어 당신의 아들과 생이별 수를 끼고 있다고 믿는 할머니 밑에서 평생 시집살이를 하는 어머니는 당신의 며느리들에게는 '시집 산다'는 소리가 안 나도록 신경을 쓰는 눈치인데도 아내와 어머니 사이에는 정말 무슨 살이 끼었는지도 몰랐다.

형이 시종 말이 없다가 조카들이 자고 있는 건넌방 속으로 슬그머니 들어갔다.

나는 제사 때문만은 아닌 주눅이 들어 풀이 죽은 상태로 문간방으로 돌아왔다. 요가 벌써 깔려져 있었고, 요 위에 동그마니 개어져 있는 홑이불을 나는 발로 걷어찼다. 뒤이어 바지와 와이셔츠를 아무렇게나 벗어 던지고 요 위에 누웠다. 대문과 붙은 담 쪽으로 난 창문에 칠흑 같은 밤하늘이 내려와 있는 걸 보자 왠지 몹쓸 곤혹감이 엄습해와서 얼른 돌아눕자 동생이 쓰던 앉은뱅이책상이 내 시선을 잡아챘고, 나는 안절부절못하면서 나의 죽음도 조만간 닥칠 것이란 불길한 상념을 반추했다. 몸보다 마음이 더 곤한데도 잠은 까맣게 달아났다. 부엌에서 그릇 부딪치는 소리도 잠잠해지고 개숫물 쏟는 소리가 크게 들렸다. 큰 방에서는 할머니와 어머니가 벌써 잠이 들었는지 기척도 없었다. 부엌문 닫는 소리가 들리고, 이내 건넌방의 미닫이문을 여는 소리도 들렸다. 형수가 조카의 잠자리를 보살피는 소리도 들려오는데 벽 하나 저쪽의 형은 숨죽인 죄인처럼 인기척도 없었다.

불을 끄기 전에 원피스의 등을 가르며 지퍼를 내리는 아내의 뒷모습에는 이런 번거로운 제사가 귀찮다는 투가 완연히 비쳤다. 잠시 보이는 아내의 흰 속내의에 감춰진 볼록한 유방의 융기가 동생의 굳어버린 간을 떠올리라고 채근했다. 불을 끄고 살며시 홑이불로 몸을 감싸며 내 옆에 눕는 아내를 나는 와락 끌어안고 악력을 다해 유방을 한 손에 거머쥐었다. 아내는 나의 미친 듯한 손아귀를 아기 다루듯 가만히 자신의 배 위에 내려놓았다. 그리고 둔부를 내 허벅지에 닿으며 돌아눕는 아내의 감촉에서 나는 또 복수가 차오른 동생의 복부를 떠올렸다. 동생의 검게 타오르던 얼굴이 막무가내로 덮쳐왔고, 나는 신음 소리를 내며 가슴에 머리를 처박았다. 어설픈 잠이 눈꺼풀을 덮기 시작했다.

자갈을 밟으며 바장이는 어머니의 채근이 열어놓은 미닫이문 틈으로 들려왔다.
"빨리 갔다 오자. 와 이래 꾸물대노? 여 밤잠 깊이 잔 사람 없다."
형과 나에게 하는 말이었다.
촉촉한 습기가 온몸을 감싸는 듯한 대기 속을 어머니가 앞장서고 형수와 아내가 뒤따랐다. 좁장한 골목으로 꺾어들자 형이 담배를 빼물고 나서 라이터를 몇 번이나 켜댔고, 나는 가래를 끌어 올려 어둠 속에다 힘껏 뱉었다. 축대 공사를 하여 주택 단지를 반듯반듯하게 만들어놓은 빈 공터가 여기저기 널려 있는 언덕길을 형과 나는 숨을 몰아쉬며 올라갔다. 저만치 우뚝 올라앉아 있는 교회의 첨탑 위 십자가에 붉은 등이 촘촘히 불을 밝히고 있었고, 돔 같은 두 개의 검은 교회 입구가 내게는 퀭하게 뚫린 동생의 동공 같아 보였다. 어머니의 양옆에서 가지런히 걸어가는 두 며느리가 성경이 든 백을 바꿔 쥐어가며 시어머니의 한쪽 팔을 번갈아 붙잡고 있었다.
형이 별 관심도 없는데 말없이 걸으려니 제수를 본 형제간에 의라도 갑자기 상한 것 같은 느낌이 들었는지 건성으로 내게 물었다.
"바뿌제? 신문에 보니 섬유류가 워낙 호황이라대."
"잔업을 해도 수요를 못 대는 모양입디. 서울에서 부장이 본사로 자꾸 올라오라는데……"
"가지, 뭐, 어무이하고 너거 형수는 요새 교회도 꼬박꼬박 같이 다니고 의가 좋다. ……할무이도 아직은 강단이 있어 보이니 집 걱정일랑 접어두고 서울 살림을 한번 벌려보지 그러나."
"거기 간다고 월급 많이 주는 거 아니고…… 욱이나 살아서 학교 댕기면 밥 해주고 뒷바라지해주는 명분이라도 설 낀데……"
교회에서 희미한 불빛이 새어 나오고 있었으므로 나는 말끝을 흐렸다.

"그래 됐으믄 얼마나 좋겠노. 지금쯤 고시 공부 해쌓을 낀데."

새벽 예배에 나온 신자들이 군데군데 앉아 있었고, 기다란 나무의자가 나란히 놓여져 만들어놓은 통로를 우리 가족은 어머니를 선두로 해서 일렬로 걸어갔다. 높낮이를 달리하여 키가 중심부로 갈수록 커지도록 만들어놓은 촛불 네 개씩이 성단의 좌우에 켜져 있었다. 간밤에 제상 앞에서 들었던 할머니의 웅얼거림 같은 소리가 온 사방에서 들려왔다. 할머니의 그것과는 "아버지시여 ─" "주여 ─"라는 소리가 똑똑히 영탄조로 들리는 것이 달랐다. 본당 옆에 붙어 있는 목사 댁으로 통하는 문에서 하얀 고무신을 신은 키 작은 목사가 성경을 옆구리에 끼고 들어서자 어머니가 엉거주춤하니 일어서며 묵례했다. 목사도 제일 앞줄에 다섯 명의 우리 가족이 앉아 있는 한가운데에서 성경을 두 손으로 모두어 잡고 고개를 깊이, 오래도록 숙였다 들고 천천히 계단 세 개를 밟고 올라갔다.

한가운데 앉은 어머니가 옷소매에서 손수건을 꺼냈고, 형수가 옆에서 성경을 펼쳤다.

목사의 낭랑한 목소리가 본당의 벽을 울렸다.

"오늘 새벽 예배는 우리 교회 여성신도회 총무이신 서집사의 막내 시동생 일주기를 맞아 추도 예배를 올리는 자리가 되겠습니다. 우리 주 예수 그리스도께 이 자리를 마련해주신 데 감사하며 고인 가족에게 하나님의 은총이 내리시길 우리 다 같이 기도합시다. 먼저 성경 말씀,「요한복음」삼 장 봉독하겠습니다. 바리새인 중에 니고데모라는 사람이 있으니……"

아내가 옆에서「요한복음」삼 장을 펼치며 비신자인 내 무릎 쪽으로 성경책을 바싹 밀었다. 그리고 엄지손가락으로 첫 구절을 가리켰다. 아내의 손가락짓에 나는 엉뚱한 생각을 떠올리기 시작했고, 목사의 봉독 소리가 귀에 들어오지 않았다.

기독교 신자의 확실한 믿음을 드러내는 증거는 교회 출석의 빈번함과 장례 행위의 간소함에 두고 있는지 모른다. 주일 예배를 어김없이 찾는 것이 신앙의 척도로 그릇 알고 있는 신자들에게 그것이 생활을 일정하게 방해한다고 우길 필요는 없다. 성경만은 꼭 들고 교우들의 집을 다달이 심방하는 신심 나누기

행위를 막을 명분도 사실상은 서지 않는다. 그런 번거로운 걸음품을 말리면 이쪽이 어거지로 쇄국을 고집하던 대원군으로 몰릴 소지가 있다. 장례 절차가 유족에게 부활을 믿게 하는 데 모아져야 한다고 믿는 신자들의 수선스러움과, 스스로는 말할 것도 없고 주위 사람들에게까지도 내세에 대한 신념을 더욱 철저히 심으려는 말의 수다와, 터무니없이 긴 4절까지의 찬송가를 두 번 세 번씩 합창함으로써 상가를 어지럽혀야만 망자의 영혼이 하나님의 나라로 간다고 믿는 미신 따위를 우상에게 경배를 허락지 않는 기독교인들에게 자기모순이라고 설명하려 들면 이쪽이 자가당착에 빠진다. 똥구덩이에 굴러도 그쪽보다야 좋다는 이승을 떠난 사자의 시신을 모시고 전도하는 행위를 나는 경멸하면서도 참았다. 동생의 장례식에 나는 많이 울었는데, 그의 박복한 생이 서러워서이기도 하지만 우리 가족끼리 오롯이 나누려는 슬픔을 잠시도 용납지 않으려는 듯이 설쳐대는 신자들의 순방 걸음에 진력이 나서 종내에는 울분이 들끓었기 때문이었다. 요단강 건너가서 사자를 만난들 어쩔 것이며, 그의 혼의 부활을 누가 보장해줄 것인가. 적어도 내가 보기에는 하나님이 병자와 약자에게는 너무나 냉담한 것 같았다. 사실 그랬지 않은가?

목사가 성경책을 덮고 기도를 시작하자 어머니의 흐느낌 소리가 들렸다. 자연히 우리 가족은 목사의 푹한 위로의 말씀을 어머니의 울음 때문에 귀 밖으로 흘려듣게 되었다. 간간이 들리는 "똑똑한 삼촌," "영원히 우리 하나님 품에 안긴" 등의 말이 나의 귓전을 울렸다. 교우들은 하나같이 숨을 죽이고 있었다. 어둠에 싸인 본당 구석구석이 너무 고요하여 괴기마저 서리는 것 같아 나는 섬뜩했다. 목사의 기도가 끝나자 찬송가 합창이 뒤를 이었고, 오늘 밤 다시 추도 예배를 올리니 이 시간에 참석지 못한 교우들에게 알려달라는 간곡한 당부를 끝으로 목사가 단에서 내려왔다.

목사가 우리 가족 앞으로 다가오자 이번에는 형이 먼저 일어섰고, 목사는 "잊으세요"라고 말하며 형에게 악수를 청했다. 나도 목사의 힘없는 손을 잡았다. 교우들이 하나 둘 교회 밖으로 빠져나가고 있었다. 우리 가족은 목사를 선두로 통로를 빠져나갔다. 목사가 마지막으로 나에게 "분가한 소식 들었어도 가

보지 못해 죄송합니다. 인근 교회에 나가도록 하십시오"라고 말해서 나는 진땀을 흘렸다. 나는 목사에게 약간 웃어 보이고 계단에 발을 내려놓았다. 도저히 응답할 말이 생각나지 않았고, 잠을 설친 탓인지 머리가 어지러웠다.

칠월을 사흘 앞둔 초하의 여명이 서늘한 바람과 함께 언덕길을 벗겨가고 있었다. 흩어져서 내려가는 교우들의 걸음걸이가 언덕길이라 빨랐다. 형과 내가 어머니 앞에 섰고, 형수와 아내가 어머니 뒤를 따랐다.

어머니가 등 뒤에서 말했다.

"몸들이 곤할 끼다. 빨리 아침 해 묵고 출근할 사람 출근하고 너거들은 목욕 가라. 어제 보니 덕산탕 물이 좋더라. 갱물[3]이 아니고 수돗물인갑더라."

어머니의 말에 나는 걸음을 멈추며 화장한 동생의 뼈를 금호강에 수장할 때 내 가슴까지 차오르던 싯누런 강물을 떠올렸다. 형도 동생의 영혼이 실려가던 강물을 떠올렸는지 걸음을 늦췄다. 싸늘한 새벽 기운에도 불구하고 내 등골에는 식은땀이 축축하게 배어 나왔다.

집에 돌아오니 할머니가 청 끝에 오두마니 쪼그리고 앉아서 담배를 피우며 우리 새벽 예배객 일행을 맞았다. 할머니가 노환으로 정말 올여름을 못 넘기고 돌아가시면 제사상 앞에 앉은걸음으로 왔다 갔다 하며 웅얼거리던 그이의 음성을 영영 들을 수 없어 우리 집안의 제례 풍습이 더욱 쓸쓸해질 것이라는 생각이 들었다. 역시 우리네 생활에는 늙은이가 당연히 필요할지도 모른다는 생각을 나는 동생의 방에서 오래도록 되씹어보았다.

---

3 갱물 '바닷물'의 사투리(경남).

김원우(金源宇)

1947년 경남 김해 출생. 본명은 김원수(金源守). 경북대학교 영문과 및 서강대학교 대학원 국문과 졸업. 1977년 『한국문학』에 중편소설 「임지(任地)」가 당선되어 작품 활동 시작. 한국창작문학상, 동인문학상, 동서문학상 등 수상. 『무기질 청년』(1981), 『인생공부』(1983), 『장애물 경주』(1986), 『소인국』(1988), 『세 자매 이야기』(1988), 『벌거벗은 마음』(1992) 『안팎에서 길들이기』(1995), 『방황하는 내국인』(1996), 『객수산록』(2002) 등의 소설집과 『짐승의 시간』(1986), 『가슴 없는 세상』(1987), 『우국의 바다』(1993), 『모노가미의 새 얼굴』(1996), 『일인극 가족』(1999) 등의 장편소설 출간.

작품 세계

김원우는 "개인과 사회의 총체적 인식을 추구해온 작가, 속물적 삶과 물신주의적 가치관에 대한 아이러니와 비판으로 일관되어온 작가"(오생근)이면서, "풍속소설의 작가"(이경호)로 불린다. 김원우에 대한 이러한 정리는 그의 초기 대표작이라 할 수 있는 「추도」(1978)에서부터 그대로 적용될 수 있다. 크게 꾸밈이 없어 담백한 느낌을 주면서도 깊이 있는 생각들을 담아내는 그의 글쓰기는 일면 염상섭의 그것과 공통점이 있다는 평가를 받기도 한다. 단편 「죽어가는 시인」(1980)에는 이른바 문학을 하는 일과 세속과의 타협에 대한 작가의 고뇌가 잘 드러나 있다. 세속적인 관계들이 깊어지고 복잡해질수록 시인은 작품을 쓰는 일이 어려워진다. 이를 통해 작가는, 이 시대 이 사회에서 예술을 한다는 의미가 무엇일까 하는 점에 대해 천착한다. 중편 「무기질 청년」(1980)에서는 사회 속 개인들의 다양한 존재 방식에 대한 이야기가 전개되고, 작가 자신의 자전적 요소가 부분적으로 반영된 중편 「이름의 멍에」(1985)에서는 여러 가지 이름들 속에서 제 얼굴을 찾으며 살아가는 일의 어려움을 역설한다. 「소인국」(1988)에서는 소시민적 삶과 존재의 의미라는 문제가 다루어진다. 이 작은 세상 속에서 자신의 실존의 의미조차 믿어지지 않는 삶의 의미에 대한 의문이 제기되는 것이다. 이렇게 다양한 인물 유형들의 다양한 생활 방식을 통한 삶의 의미에 대한 문제 제기는 「방황하는 내국인」(1991)이나, 최근의 소설집 『객수산록』(2002)에 수록된 중편소설들로까지 이어진다. 김원우는 자전적 작품에서, "흉물스러운 무리들 속에서 나를 찾아가는 순례기는 흔한 소재이고 주제이지만 우리 시대의 작가가 반복적으로 추구할 수밖에 없는 영원한 대상"이라는 점을 이야기한 바 있다. 이는 실제로 작가 김원우 자신이 그의 소설들 속에서 반복적으로 추구하는 문학적 소재이자 주제이기도 하다.

「추도」

이 작품의 중요한 틀을 이루는 것은 '나'의 죽은 동생에 대한 회상이다. 거기에 추도 형식을 놓고 이루어지는 가족들의 의견 차이와 노출되는 갈등이 중요한 요소로 자리 잡는다. 형수는 시아버지 없는 시집살이를 대가족과 함께 불평 없이 살아낸 독실한 기독교 신자이다. 형수는 할머니에 의해 주도되던 집안의 제례들을 기독교 의례를 통해 간소화시킨다. 여기서 유교와 기독교의 갈등이 드러난다. '나'는 "기독교 신자의 확실한 믿음을 드러내는 증거는 교회 출석의 빈번함과 장례 행위의 간소함에 두고 있는지 모른다. 주일 예배를 어김없이 찾는 것이 신앙의 척도로 그릇 알고 있는 신자들에게 그것이 생활을 일정하게 방해한다고 우길 필요는 없다"고 함으로써 추도 행위의 간소화를 주장하는 기독교 신자 형수에 대한 못마땅한 태도를 드러낸다. 교회는 겉으로는 추도 행위의 간소화를 주장하고 있지만 새벽 기도와 밤 예배를 통해 추도회를 진행한다. 비신자인 '나'의 입장에서 볼 때 사람들을 번거롭게 하기는 마찬가지인 것이다. 추도 예배가 끝난 후 목사는 우리 가족에게 "잊으세요"라고 말하지만 나는 동생을 쉽게 잊지 못한다. 이제 할머니는 얼마나 더 집안의 제사를 주도할 수 있을지 알 수 없다. '나'는 할머니마저 돌아가시고 나면 집안의 제례 풍습이 더욱 쓸쓸해질 것임을 염려하게 된다. 집안의 제사 과정에서 각자 이런저런 의견을 내놓지만, 그래도 진심으로 추도의 마음을 지닌 채 제사에 임하는 사람은 바로 할머니라는 사실을 '나'는 인정하는 것이다. "역시 우리네 생활에는 늙은이가 당연히 필요할지도 모른다"는 생각을 하게 되는 것은 바로 이런 이유 때문이다. 주인공이 주변 세계에 대해 드러내는 불만은 진심을 잃어가는 새로운 세태에 대한 반감을 보여준다. 결국 더 중요한 것은 추도의 절차가 아니라, 그 추도를 행하는 마음이라는 생각이 주인공의 가슴속에 자리 잡고 있는 것이다.

주요 참고 문헌

오생근은 「삶과 글쓰기의 얽힘과 긴장 관계」(『소인국』 해설, 나남, 1988)에서 장례식 때 기독교인인 형수와 목사가 보였던 수선스러운 태도의 모순성을 지적한다. 아울러 '나'와 '형수'의 대립과 갈등을 중요한 요소로 지적한다. 조남현은 「세속적 삶에 대한 긍정 의식의 의미」(『세계의문학』, 1982년 봄호)에서, 기독교적인 삶의 방식과 유교적인 그것 사이의 마찰 현상과 갈등 구조에 주목한다. 김윤식은 「중간 세대의 문학과 그 형식」(『세계의문학』, 1984년 여름호)에서 이 작품이 제사라는 형식을 통해 일상적인 삶에 가려 보이지 않는 삶의 원형적인 법도를 그려낸 점과 유교적이고 남성적인 삶의 법도를 뚜렷이 한 점을 주목한다. 이경호는 「『짐승의 시간』에 「방황하는 내국인」」(『작가세계』, 1992년 봄호)에서 독특한 개성의 문체에 주목한다. 진정석은 「세상의 속내 읽기, 겹의 글쓰기」(『방황하는 내국인』 해설, 솔, 1996)에서 가족 관계의 견고함과 우리네 삶의 세세한 법도에 대한 작가의 성숙한 안목이 드러나 있다고 평가한다.

_김영민

이문열
금시조(金翅鳥)

　무엇인가 빠르고 강한 빛줄기 같은 것이 스쳐간 느낌에 고죽(古竹)은 눈을 떴다. 얼마 전에 가까운 교회당의 새벽 종소리를 들은 것 같은데 어느새 아침이었다. 동쪽으로 난 장지 가득 햇살이 비쳐 드러난 문살이 그날따라 유난히 새까맸다. 고개를 돌려 주위를 살피려는데 그 작은 움직임이 방 안의 공기를 휘저은 탓일까. 엷은 묵향(墨香)이 콧속으로 스며들었다. 고매원(古梅園)인가, 아니, 용상봉무(龍翔鳳舞)일 것이다. 연전(年前)에 몇 번 서실을 드나든 인연을 소중히 여겨 스스로 문외 제자(門外弟子)를 자처하는 박교수가 지난봄 동남아를 들러 오는 길에 사왔다는 대만산의 먹이다. 그때도 이미 운필(運筆)은커녕 자리보전을 하고 누웠을 때라 고죽은 왠지 그 선물이 고맙기보다는 서글펐다. 그래서 고지식한 박교수가,
　"머리맡에 갈아두고 향내라도 맡으시라고……"
하며 속마음 그대로 털어놓는 것을, 예끼, 이 사람, 내가 귀신인가, 향내나 맡게…… 하고 핀잔까지 주었지만, 실은 그대로 되고 말았다. 문안 오는 동호인들이나 문하생들을 핑계로, 육십 년 가까운 세월을 함께 지내온 분위기를 바꾸지 않으려고 매일 아침 머리맡에서 먹을 가는 추수(秋水)의 갸륵한 마음씨에

---

* 「금시조」는 『현대문학』 1981년 12월호에 발표되었다. 여기서는 『금시조』(이문열 중단편전집 2, 아침나라, 2001)에 수록된 것을 텍스트로 삼았다.

못지않게 그 묵향 또한 좋았다.
 묵향으로 보아 추수가 다녀간 것임에 틀림없었다. 조금 전의 그의 잠을 깨운 강한 빛줄기는 어쩌면 그 아이가 나가면서 연 장지문 사이로 새어든 햇살이었을 게다. 고죽은 그렇게 생각하며 살며시 몸을 일으켜보았다. 마비되다시피 한 반신 때문에 쉽지가 않았다. 사람을 부를까 하다가 다시 마음을 돌리고 누웠다. 아침의 고요함과 평안과, 그리고 이제는 고통도 아무것도 아닌 쓸쓸함을 의례적인 문안과 군더더기 같은 보살핌으로 깨뜨리고 싶지 않았다.
 참으로 —— 고죽은 천장의 합판 무늬를 멍하니 바라보며 생각했다 —— 이 한살이[生]에서 나는 오늘과 같은 아침을 얼마나 자주 맞았던가. 아무도 없이, 그렇다, 아무도 없이……. 몽롱한 유년에도 그런 날들은 수없이 떠오른다. 다섯인가 여섯인가 되던 어느 아침에도 그는 장지문 가득한 햇살을 혼자 맞은 적이 있다. 밖에는 숨죽인 곡성이 은은하고 —— 그러다가 흰옷에 산발한 어머니가 그를 쓸어안고 혼절하듯 쓰러진 것은, 너무 오래 혼자 버려져 있다는 기분에 이제 한번 큰 소리로 울음이나 터뜨려볼까 하던 때였다. 또 있다. 그때는 제법 일여덟이 되었을 때인데 전날 어머님과 함께 잠이 들었던 그는 또 홀로 아침을 맞게 되었다. 역시 할머니가 와서 그를 쓸어안고 우시면서 이렇게 넋두리처럼 왼 것은 방 안의 고요가 갑자기 섬뜩해져 문을 열고 나서려던 참이었다.
 "아이고, 내 새끼, 이 불쌍한 새끼를 어쩔꼬? 그 몹쓸 년이, 탈상도 못 참아서……."
 그 뒤 숙부의 집으로 옮긴 후에도 대개가 홀로 깨는 아침이었다. 숙모는 언제나 병들어 다른 방에 누워 있었고, 숙부는 집보다 밖에서 더 많은 밤을 새웠다 그런 숙부의 서책(書冊) 냄새 밴 방에 홀로 잠드는 그로서는 또한 아침마다 홀로 깨어나지 않을 수 없었다.
 생각이 유년으로 돌아가자 고죽은 어쩔 수 없이 지금과 같은 그의 삶 속으로 어린 그가 내던져진 첫날을 떠올렸다. 오십 년이 되는가, 아니면 육십 년? 어쨌든 열 살의 나이로 숙부의 손에 끌려 석담(石潭) 선생의 고가를 찾던 날이었다.

이상도 하지, 까마득히 잊고 지냈던 지난날의 어떤 순간을 뜻밖에도 뚜렷하고 생생하게 되살리게 되는 것 또한 늙음의 징표일까. 근년에 들수록 고죽은 그날의 석담 선생을 뚜렷하고 생생하게 기억할 수 있었다. 이제 갓 마흔에 접어들었건만 선생의 모습은 이미 그때 초로의 궁한 선비였다.

"어쩌겠나? 석담, 자네가 좀 맡아줘야겠네. 내가 이 땅에만 있어도 죽이든 밥이든 함께 끓여 먹고 거두겠네만."

숙부는 그렇게 말했다. 무슨 일인가로 쫓기고 있던 숙부는 기어이 국외로 망명할 결심을 굳힌 듯했다.

"병든 아내를 맡기는 터에 이 아이까지 처가에 짐이 되게 하고 싶지는 않네. 맡아주게. 가형(家兄)의 한 점 혈육일세."

그러나 아무런 표정 없이 듣고 있던 석담 선생은 대답 대신 물었다.

"자네 상해, 상해 하지만 실제로 거기 뭐가 있는지 아는가? 말이 임시정부라고는 해도 집세도 못 내 쩔쩔매는 판에 하찮은 싸움질로 지고 새고 한다더군. 거기다가 춘강(春江) 선생님께서 아직까지 거기 계신다는 보장도 없지 않은가?"

"여긴들 대단한 게 뭐 있겠나? 어찌 됐건 맡아주겠는가, 못 하겠는가?"

그러자 석담 선생은 한동안 말없이 그를 바라보더니 가벼운 한숨과 함께 대답했다.

"먹고 입히는 것이야 ─ 어떻게든 해보겠네. 하지만 아이를 기른다는 것이 어찌 그뿐이겠는가……."

"고마우이, 석담. 그것만이면 족하네. 가르치는 일은 근심 말게. 이놈의 세상이 어찌 될지 모르니 가르친들 무얼 가르치겠나? 성명 삼 자는 이미 깨우쳐 주었으니 일단은 그것으로 되었네."

그렇게 말한 숙부는 그에게 돌아섰다.

"너 이 어른께 인사 올려라. 석담 선생이시다. 내가 다시 너를 찾으러 올 때까지 부모처럼 모셔야 한다."

그러난 숙부는 끝내 다시 그를 찾으러 오진 않았다. 나중에, 그러니까 그로부터 이십 년이 훨씬 지난 후에야 환국하는 임시정부의 일행 사이에 늙은 숙부가 끼어 있더라는 소문을 들은 적이 있었지만, 그 무렵 무슨 일인가로 분주하던 그가 이듬해 상경했을 때는 이미 찾을 길이 없었다.

　숙부와 동문이요, 오랜 지기였던 석담 선생은 퇴계(退溪)의 학통을 이었다는 영남 명유(名儒)의 후예였다. 웅혼한 필재와 유려한 문인화로 한말 3대가의 하나로 꼽히기도 하지만, 사실 스승 춘강이 일생을 흠모했다는 추사(秋史)처럼 예술가라기보다는 학자에 가까웠다.

　"너 글을 배웠느냐?"

　숙부가 떠나고 석담 선생이 그에게 처음으로 물은 말은 그러했다.

　"『동몽선습(童蒙先習)』을 떼었습니다."

　"그렇다면 『소학(小學)』을 읽어라. 그걸 읽지 않으면 몸 둘 바를 모르게 된다."

　그러나 그뿐이었다. 그 뒤 그는 몇 안 되는 선생의 문하생들 사이에서 몇 년이고 거듭 『소학』을 읽었지만 선생은 끝내 못 본 체했다. 그러다가 열셋 되던 해에 선생은 그를 난데없이 가까운 소학교로 데려갔다.

　"세월이 바뀌었다. 너는 아직 늦지 않았으니 신학문을 익히도록 해라."

　결국 그의 유일한 학력이 된 소학교였다. 나중의 일이야 어찌 됐건, 그걸로 보아 선생에게는 처음부터 그를 문하(門下)로 거둘 뜻이 없었음에 틀림이 없었다.

　돌아가신 스승을 떠올리게 되자 고죽의 눈길은 습관적으로 병실 모서리에 걸린 석담 선생의 진적(眞蹟)¹에 머물렀다. 모든 것이 넉넉지 못한 때에 쓴 것에다 오랫동안 표구를 하지 않은 채 보관해온 터라, 종이는 바래고 낙관의 주사(朱砂)도 날아가 희미한 누른색을 띠고 있었지만 스승의 필력만은 여전히 살아 꿈틀거리고 있었다.

---

1 진적　친필(親筆).

금시벽해 향상도하(金翅劈海 香象渡河)

　불행히도 석담 선생은 외아들을 호열자로 잃고 또 특별히 제자를 택해 의발(衣鉢)²을 전한 것도 아니어서, 임종 후로는 줄곧 석담의 고가를 지킨 고죽에게는 비교적 스승의 유품이 많았다. 그러나 장년을 분방히 떠다니는 동안 돌보지 않은 데다 동란까지 겹쳐 남아 있는 진적은 몇 점 되지 않았다. 언젠가 고죽은 병석에서 이제 머지않아 스승을 뵈올 터인즉 후인(後人)의 용렬함을 어떻게 변명하겠는가, 하며 탄식한 적이 있는데 그 속에는 자신의 그와 같은 소홀함에 대한 뉘우침도 있었을 것이다. 그런데 그 중요한 예외가 지금의 액자였다. 그가 일평생 싫어하면서도 두려워하고, 이르고자 하면서도 넘어서고자 했던 스승의 가르침이 거기에 들어 있었기 때문이었다. 더 이상 붓을 놀릴 수 없는 요즈음에 와서도 그 액자의 자획 사이에서 석담 선생의 준엄한 눈길을 느낄 정도였다.

　스물일곱 때의 일이었다. 조급한 성취감에 빠진 그는 스승에게 알리지도 않고 문하를 빠져나왔다. 좋게 말하면 자기 확인을 위해서였고 나쁘게 말해서는 자기 과시의 기회를 찾아서였다. 그리고 그 뒤 몇 달간 적어도 그 자신에게는 성공적인 유력(遊歷)이었다. 적파(赤坡)의 백일장에서는 장원을 했고, 내령(內嶺), 청하(淸夏), 두산(豆山) 등 몇 군데 남아 있던 영남의 서당에서는 진객이 되었으며 더러는 산해진미에 묻혀 부호의 사랑에서 유숙하기도 했다. 석 달 뒤에 그동안 글씨나 그림을 받아가고 가져온 종이와 붓 값 대신 받은 곡식을 한 짐 지어 돌아올 때만 해도 그의 호기는 만장이나 치솟았다. 그러나 석담 선생의 반응은 뜻밖이었다.

　"그걸 내려놓아라."

　문 앞을 가로막은 석담 선생은 먼저 짐꾼에게 메고 온 것을 내려놓게 했다. 그리고 이어 그에게도 말하였다.

---

2 의발　선원에서 전법(傳法)의 표가 되는 가사와 바리때를 후계자에게 전하던 일에서, 스승으로부터 전하는 교법(敎法)이나 불교의 깊은 뜻을 이르는 말.

"너도 필낭(筆囊)을 벗어 이 위에 얹어라."

도무지 거역할 엄두가 나지 않는 음성이었다. 그는 영문도 모르고 필낭을 벗어 종이와 곡식 꾸러미 위에 얹었다. 그러자 선생은 소매에서 그 무렵에는 당황(唐黃)으로 불리던 성냥을 꺼내더니 거기에다 불을 붙였다.

"선생님, 어쩔 작정이십니까?"

그제서야 황급하게 묻는 그에게 석담 선생은 냉엄하게 대답했다.

"네 숙부의 부탁도 있고 하니 한 식객으로는 내 집에 붙여두겠다. 그러나 그 선생님이란 말은 앞으로 결코 입에 담지 말아라. 아침에 붓을 쥐기 시작하여 저녁에 자기 솜씨를 자랑하는 그런 보잘것없는 환쟁이를 나는 제자로 기른 적이 없다."

그 뒤 고죽은 노한 스승의 용서를 받는 데 꼬박 이 년이 걸렸다. 처음 문하의 끝자리를 얻을 때보다 훨씬 참기 어려운 혹독한 시련의 세월이었다. 그리고 지금 올려보고 있는 바로 그 감격적인 사면(赦免)을 받던 날 석담 선생이 손수 써서 내린 것이었다.

글을 씀에, 그 기상은 금시조(金翅鳥)가 푸른 바다를 쪼개고 용을 잡아올리듯 하고, 그 투철함은 향상(香象)³이 바다로부터 냇물을 가르고 내를 건너듯 하라…….

그러고 보면 어렵고 어려웠던 입문의 과정도 고죽의 기억 속에는 일생을 가도 씻기지 않는 한과도 흡사한 빛 속에 싸여 있다.

그 어떤 예감에서였는지 석담 선생은 처음 그를 숙부에게 떠맡을 때부터 차가운 경계로 대했다. 명문이리고는 해도 대를 이은 유자(儒者)의 집이라 본시 물려받은 살림도 많지 않았지만, 그리고 그 무렵은 그나마도 줄어 몇 안 되는 문인들이 봄가을에 올리는 쌀섬에 의지해 살아가고 있었지만, 어린 그를 받아들인다는 것이 석담 선생의 심기를 건드릴 만큼 경제적인 부담은 아니었다. 거

---

3 **향상** 상상의 큰 코끼리. 몸은 푸르고 향기가 나며 바다나 강을 돌아다닌다고 한다.

기다가 나중 그가 자라 늙은 스승으로서는 지탱할 수 없는 살림을 도맡아 살 때 조차도 석담 선생의 그런 태도는 조금도 변하지 않았던 것으로 보아 거기에는 무언가 본질적인 문제가 있었다.

남들이 한두 해면 읽고 지나갈 『소학』을 몇 년씩이나 거듭 읽도록 버려둔 것 하며, 열셋이나 된 그를 소학교 4학년에 집어넣어 굳이 자신의 학문과는 거리가 먼 곳으로 밀어낸 것도 석담 선생의 그런 태도와 무관하지 않았다.

그런데 거기 못지않게 이해할 수 없는 것은 그런 석담 선생에 대한 그 자신의 감정이었다. 스승의 생전 내내, 그는 스승에 대한 형언할 수 없는 사모와 그에 못지않은 격렬한 미움으로 뒤얽혀 보내었다. 가만히 돌이켜보면, 그런 그의 감정 역시 어떤 필연적인 논리와는 멀었지만, 그것이 뚜렷이 자리 잡기 시작한 시기만은 대강 짐작이 갔다. 열여섯에 소학교를 졸업하고 석담 선생의 집안에 남은 후부터 열여덟에 정식으로 입문할 때까지였다. 그동안 그는 학비를 도와주겠다는 당숙 한 분의 호의도 거절하고, 또 나날이 달라지는 세상과 거기에 상응하는 신학문에 대한 동경도 외면한 채, 가망 없는 석담 선생의 살림을 맡아 꾸려나갔다. 이미 문인들이 가져오는 쌀섬으로는 부족하게 된 양식은 소작 내준 몇 뙈기 논밭을 스스로 부쳐 충당했고, 한 짐의 땔감을 위해서는 이십 리 삼십 리도 마다하지 않았다.

사람들은 그런 그를 갸륵하게 여겼지만 실은 그때부터 그의 가슴에는 석담 선생을 향한 치열한 애증의 불꽃이 타오르고 있었다. 봄날 산허리를 스쳐가는 구름 그늘처럼, 또는 여름날 소나기가 씻어간 들판처럼, 가을 계곡의 물처럼, 눈 그친 후에 트인 겨울 하늘처럼 유유하고 신선하고 맑고 고요하면서도 또한 권태롭고 쓸쓸하고 적막한 석담 선생의 삶은 그에게는 언제나 까닭 모를 동경인 동시에 불길한 예감이었다. 선생이 알 듯 말 듯한 미소에 젖어 조는 듯 서안(書案) 앞에 앉아 있을 때, 그리하여 당신의 영혼은 이제는 다만 지난 영광의 노을로서만 파악되는 어떤 유연한 세계를 넘나들 때나, 신기(神氣)가 번득하는 눈길로 태풍처럼 대필(大筆)을 휘몰아갈 때, 혹은 뒤꼍 한 그루의 해당화 그늘 아래서 탈속한 기품으로 난을 뜨고 거문고를 어를 때는 그대로 경건한 삶의 한 사표(師表)로 보이다가도, 그 자신이 돌보아주지 않으면 반년도 안 돼 굶어 죽은 송장을 쳐야 할 것 같은 살림이나, 몇몇 늙은이와 이제는 열 손가락 안으로 줄어든 문인들을 빼면 일 년 가야 찾아주는 이 없는 퇴락한 고가나, 고된 들일에서 돌아오는 그를 맞는 석담 선생의 무력한 눈길을 대할 때면 그것이야말로 반드시 벗어나야 할 무슨 저주로운 운명처럼 느껴졌다.

그러나 결국 고죽의 삶을 지배한 것은 사모와 동경 쪽이었다. 새로운 세계의 강렬한 유혹을 억누르고 신학문을 포기했을 때 이미 예측됐던 것처럼 그는 어느새 자신도 모를 열정으로 석담 선생을 흉내 내고 있었다. 문인들이 잊고 간 선생의 체본(體本), 선생이 버린 서화(書畵)의 파지나 동도(同道)⁴들과 주고받다 올린 문인화 같은 것들이 그의 주된 체본이었지만 때로는 대담하게 선생의 문갑(文匣)에서 빼내기도 했다.

처음 한동안 그가 썼던 지필(紙筆)은 후년에 이르러 회상할 때조차도 가슴에 썰렁한 바람이 일게 하는 것들이었다. 작은 글씨는 스스로 만든 사판(沙板)이나 분판(粉板)에 선생의 문인들이 쓰다 버린 몽당붓을 주워서 익혔고 큰 글씨는 남의 상석(床石)에 개꼬리빗자루로 쓴 후 물로 씻어내리곤 했다. 그가 맨 처음 자신의 붓과 종이를 가져본 것은 선생 몰래 붓방과 지물포에 갈비(솔가리)를 한 짐씩 해다 준 후였다…….

석담 선생은 나중에 그걸 고죽의 야망이라고 나무랐다지만, 그렇게 어려운 수련을 하면서도 그가 끝내 석담 선생에게 스스로 입문을 요청하기는커녕 자신의 뜨거운 소망을 비치지조차 않은 것은 그 둘의 관계로 보아 잘 믿어지지 않는다. 그러나 그것이야말로 그의 예술적인 자존심, 어떤 종류의 위대한 영혼에게서 발견되는 본능적인 오만이나 아니었던지.

그러던 어느 날이었다. 아침 일찍부터 석담 선생 내외가 나란히 집을 비워 그 홀로 지키게 된 그는 선생의 서실을 치우다가 문득 야릇한 충동을 느꼈다. 그때까지의 연마를 한눈으로 뚜렷이 보고 싶다는 충동이었다. 마침 석담 선생

---

4 동도 같은 일에 종사함.

이 간 곳은 백 리 길이 넘는 어떤 지방 유림의 시회(詩會)여서 그날 안으로는 돌아올 수 없었다.

그는 곧 서탁을 펼치고 선생의 단계석(端溪石) 벼루에 먹을 갈기 시작했다. 선생의 법도에 따라 연진에 먹물 한 방울 튀기지 않고 묵지(墨池)가 차자 선생이 필낭에 수습하고 남긴 붓과 귀한 화선지를 꺼냈다.

먼저 그는 해서(楷書)로 안체(顔體) 쌍학명(雙鶴銘)을 임사(臨寫)⁵했다. 추사가 예천명(醴泉銘: 구양순이 쓴 九成官醴泉銘)을 정서(正書)로 익히는 데에 으뜸으로 치던 것처럼 석담 선생이 문인들에게 가장 힘써 익히기를 권하던 법체인데, 종이와 붓이 익숙해짐과 동시에 체본과 흡사한 자획이 나왔다. 다음도 역시 안체 근례비(勤禮碑)…… 차츰 그는 참담하면서도 황홀한 경지로 빠져들었다.

그러다가 그가 돌연한 호통 소리에 정신을 차린 것은 그 무렵 들어 익히기 시작한 난정서(蘭亭序) 첫머리 '영화구년세재계축(永和九年歲在癸丑)……'을 막 끝낸 직후였다.

"이놈, 그만두지 못하겠느냐?"

놀라 눈을 들어보니 어느새 어둑해진 방 안에 석담 선생이 우뚝 서서 내려다보고 있었다. 호통 소리는 높았지만 얼굴에는 노기보다 까닭 모를 수심과 체념이 서려 있었다. 그 곁에는 시(詩), 서(書), 화(畵), 위기(圍棋), 점복(占卜), 의약(醫藥) 등 일곱 가지에 두루 능하다 해서 칠능군자(七能君子)란 별호를 가진 운곡(雲谷) 최선생이 약간 기괴하다는 표정으로 서 있었다.

당황한 그는 방 안 가득 널려 있는 글씨들을 허겁지겁 주워 모았다. 예상과는 달리 석담 선생은 그런 그를 망연히 바라보고만 있었다. 그때 운곡이 나섰다.

"글씨는 두고 가거라."

허둥거리며 방 안을 치운 후에 자신이 쓴 글씨를 들고 문을 나서는 고죽에게 이르는 말이었다. 고죽은 거의 반사적으로 시키는 대로 따랐다. 야릇한 호기심

---

5 임사 글자 따위의 본보기를 보고 그대로 옮겨 쓰거나 그리다.

과 흥분으로 이내 사랑채 부근으로 돌아와 방 안의 소리에 귀를 기울였다.

그사이 불이 밝혀진 방 안에서는 한동안 종이 부스럭거리는 소리만 들리더니 이윽고 운곡이 물었다.

"그래, 진실로 석담께서 가르치시지 않았단 말씀이오?"

"어깨너머 배웠다면 모르되 나는 결코 가르친 바 없소."

석담 선생의 왠지 우울하고 가라앉은 대답이었다.

"그렇다면 실로 놀라운 일이오. 천품(天稟)을 타고났소."

"……"

"왜 제자로 거두시지 않으셨소?"

"비인부전(非人不傳) ── 운곡께서는 왕우군(王右軍: 왕희지)의 말을 잊으셨소?"

"그럼 저 아이에게 가르침을 전하지 못할 만큼 사람답지 못한 데가 있단 말씀이오?"

"첫째로 저 아이에게는 재기(才氣)가 너무 승하오. 점획(點劃)을 모르고도 결구(結構)가 되고, 열두 필법을 듣지 않고도 조정(調停)과 포백(布白)과 사전(使轉)을 아오. 재기로 도근(道根)이 막힌 생래의 자장(字匠)이오."

"온후하신 석담답지 않으신 말씀이오. 석담께서 그 도근을 열어주시면 될 것 아니겠소."

"그게 쉽겠소? 게다가 저 아이에게는 문자향(文字香)과 서권기(書卷氣)가 있을 리 없소. 그런데도 이 난(蘭)은 제법 간드러진 풍류로 어우러지고 있소."

"석담의 문하가 된 연후에도 문자향과 서권기에 빠질 리가 있겠소? 그만 거두시구려."

"본시 내가 맡은 것은 저 아이의 의식(衣食)뿐이었소. 나는 저 아이가 신학문이나 익혀 제 앞을 가리기를 바랐는데……"

"석담, 도대체 왜 그러시오? 인연이 없는 자도 배움을 구해 찾아들면 쫓을 수 없는 법인데, 벌써 칠팔 년이나 한솥밥을 먹고 지낸 저 아이에게만 유독 냉정한 건 무슨 일이시오? 듣기에 저 아이는 벌써 몇 년째 석담의 어려운 살림을 도맡아 산다는데, 그 정성이 가긍하지도 않소?"

거기서 문득 운곡의 목소리에 결기가 서렸다. 운곡도 석담 선생과 그 사이의 기묘한 관계를 들은 게 있는 모양이었다.

"너무 허물하지 마시오. 실은 나 자신도 왜 저 어린아이가 마음에 걸리는지 알 수 없소. 왠지 저 아이를 볼 때마다 이건 악연(惡緣)이다, 이런 기분뿐이오."

석담 선생의 목소리가 가볍게 떨렸다.

"그럼 이렇게 하는 것이 어떻겠소? 석담, 정 거리끼신다면 사흘에 한 번이라도 좋으니 저 아이를 내게 보내시오. 이미 저 아이는 이 길을 벗어나기는 틀린 것 같소."

"그러실 필요는 없소이다. 내가 길러보겠소."

그때 석담 선생께서 악연이라 한 것은 무엇을 가리키는 말이었을까. 그리고 그렇게 말하면서도 갑자기 그를 받아들인 것은 무엇 때문이었을까.

고죽이 석담 문하에 정식으로 이름을 얹은 것은 그다음 날이었다. 하지만 그렇다고 무슨 엄숙한 입문 의식이 있었던 것은 아니었다. 그날도 여느 때처럼 지게를 지고 대문을 나서는 고죽을 석담 선생이 불렀다.

"이제부터는 들일을 나가지 말아라."

마치 지나가면서 하는 듯한 말투였다. 그리고 갑작스런 명(命)에 어리둥절해 있는 고죽을 흘낏 건네보고 약간 소리 높여 재촉했다.

"지게를 벗고 사랑에 들란 말이다."

── 그것이 그들 사제 간의 숙명적인 입문 의식이었다.

[중략]

석담 선생의 말처럼 정말로 그들의 만남은 악연이었을까. 그가 문하에 든 후에도 그들 사제 간의 묘한 관계는 변함이 없었다. 석담 선생은 그가 중년에 들때까지도 가슴속에 원망으로 남아 있을 만큼 가르침에 인색했다. 해자(偕字)

부터 다시 시작할 때였다. 선생은 붓을 쥐기 전에 먼저 추사의 서결(書訣)을 외우도록 했다.

글씨가 법도로 삼아야 할 것은 텅 비게 하여 움직여 가게 하는 것이다. 마치 하늘과 같으니, 하늘은 남북극이 있어서 그것으로 굴대를 삼아 그 움직이지 않는 곳에 잡아매고, 그런 후에 그 하늘을 항상 움직이게 한다. 글씨가 법도로 삼는 것도 역시 이와 같을 뿐이다. 이런 까닭으로 글씨는 붓에서 이루어지고, 붓은 손가락에서 움직여지며, 손가락은 손목에서 움직여진다. 그리고 어깨니 팔뚝이니 팔목이니 하는 것은 모두 그 오른쪽 몸뚱어리라는 것에서 움직여진다…….

대개 그런 내용으로 시작되는 사백 자 가까운 서결이었는데, 고죽은 그걸 한 자 빠뜨림 없이 외어야 했다. 그다음에 내준 것이 이미 선생 몰래 써본 안진경(顔眞卿)의 법첩 한 권이었다.
"네가 이걸 백 번을 쓰면 본(本)은 될 것이고, 천 번을 쓰면 잘 쓴다 소리를 들을 것이며, 만 번을 쓰면 명필 소리를 들을 수 있을 것이다."
가르침은 오직 그뿐이었다. 그전과 달라진 것이 있다면 드러내놓고 연마할 수 있다는 것과 이틀에 한 번씩 운곡 선생에게 들러 한학(漢學)을 배우게 된 정도였을까. 그러다가 꼬박 삼 년이 지난 후에 딱 한마디를 덧붙였다.
"숨을 멈추어라."
이미 삼천 번을 쓴 연후에도 해자가 여전히 뜻대로 어울리지 않아 탄식할 때였다
사군자에 있어서도 별로 다르지 않았다. 이를테면 난을 칠 때에도 손수 임사한 『석파난권』(石坡蘭卷: 大院君의 蘭草集) 한 권을 내밀며 말했다.
"선 자리에서 성불(成佛)을 할 수 없고, 또 맨손으로 용을 잡을 수가 없다. 오직 많이 쳐본 후에라야만 가능하다."
그러고는 그뿐이었다. 가끔씩 어깨너머로 그의 난을 구경하는 일이 있어도

이문열 837

입을 열어 자상하게 그 법을 일러주는 일은 없었다.
그러다가 그의 난이 거의 어우러져갈 무렵에야 한마디 덧붙였다.
"왼쪽부터 쳐라. 돌은 붓을 거슬러 써야지."
또 석담 선생은 제자의 성취를 별로 기뻐하는 법이 없었다. 입문한 지 십 년에 가까워지면서 그의 솜씨는 선생의 동도들에까지 은근한 감탄으로 오르내리게 되었다. 그러나 선생은 그런 말만 들으면 언제나 냉엄하게 잘라 말했다.
"이제 겨우 흉내를 낼 수 있을 뿐이오."
스물일곱 적에 그가 선생의 집을 나서게 된 것도 아마는 그런 선생의 냉담함에 대한 반발이었을 것이다. 그러나 세상 사람들의 칭송을 들으면 들을수록 이상하게도 그는 반드시 스승의 칭찬을 받고 싶었다. 그것이 그를 석담 선생 곁으로 되돌아오게 만들고, 당시 용서를 받을 때까지의 이 년에 가까운 모멸과 수모를 참아내게 한 원인이었을 것이다.
그 이 년 동안 다시 옛날의 불목하니로 돌아가 농사를 돌보고 나뭇짐을 해 나르는 그를 선생은 대면조차 꺼렸다. 한번은 견딜 수 없는 충동 때문에 선생 몰래 붓을 잡아본 적이 있었다. 은밀히 한 일이었지만, 그걸 알아차린 선생은 비정하리만치 매몰차게 말했다.
"나가서 몸을 씻고 오너라. 네 몸의 먹 냄새는 창부의 지분 냄새보다 더 견딜 수 없구나……."
그 뒤 다시 용서를 받고, 선생의 사랑방에서 지필을 만지는 것이 허락된 후에도 석담 선생의 태도는 별로 달라지지 않았다. 아니 오히려 그가 나이를 먹고 글씨가 무르익어갈수록 선생의 차가운 눈초리에는 이해할 수 없는 불안까지 번쩍였다. 느긋해지는 것은 차라리 고죽 쪽이었다. 그런 스승의 냉담과 비정에 반평생 가까이 시달려오는 동안, 그는 단순히 그것에 둔감해지거나 익숙해지는 이상 스승이 괴로워하고 불안해하는 것을 찾아내어 행함으로써 그로 인한 스승의 분노와 탄식을 즐기게까지 되었다. 몇 번의 단체 전람회와 선전 참가 같은 것이 그 예였다.
하지만 그들 불행한 사제 간이 완연히 갈라서게 되는 날이 점점 가까워오고 있었다. 석담 선생이 불안해한 것, 그리고 그가 늘 스승을 경원하도록 만든 것이 세월과 더불어 하나 둘 모습을 드러내게 된 것이었다.

본질적으로 일치될 수 없는 것은 그들의 예술관이라 할까, 서화에 대한 그들의 견해였다. 석담 선생의 글씨는 힘을 중시하고 기(氣)와 품(品)을 숭상했다. 그러나 그는 아름다움을 중히 여기고 정(情)과 의(意)를 드러내고자 힘썼다. 그림에서도 석담 선생은 서화를 심화(心畵)로 여겼고, 그는 물화(物畵), 즉 자신의 내심보다는 대상에 충실하려고 했다. 그 대표적인 예가 그들 사제 사이에 있었던 유명한 매죽(梅竹) 논쟁이었다.

사군자 중에서 석담이 특히 득의해하던 것은 대나무와 매화였다. 그런데 그 대나무와 매화가 한일합병을 경계로 이상한 변화를 일으켰다. 대원군도 신동의 그림으로 감탄했다는 석담의 대나무와 매화는 원래 잎과 꽃이 무성하고 힘차게 뻗은 것이었으나 그때부터 점차 시들고 메마르고 뒤틀리기 시작한 것이었다. 그것은 후년으로 갈수록 심해 노년의 것은 대 한 줄기에 이파리 세 개, 매화 한 등걸에 꽃 다섯 송이가 넘지 않았다. 고죽에게는 그것이 불만이었다.

"선생님께서는 어째서 대나무의 잎을 따고 매화의 꽃을 훑어버리십니까?"

이제는 고죽도 성년이 되어 석담 선생이 전처럼 괴팍을 부리지 못하게 되었을 때, 고죽이 그렇게 물었다.

"망국의 대나무가 무슨 흥으로 그 잎이 무성하며, 부끄럽게 살아남은 유신(遺臣)의 붓에서 무슨 힘이 남아 매화를 피우겠느냐?"

"정소남(所南: 정사초)은 난의 노근(露根)을 드러내어 망송(亡宋)의 한을 그렸고, 조맹부는 훼절(毁節)하여 원(元)에 출사(出仕)했지만 정소남의 난초만 홀로 향기롭고 조맹부의 송설체(松雪體)가 비천하다는 말은 듣지 못했습니다."

"서화는 심화니라. 물(物)을 빌려 내 마음을 그리는 것인즉 반드시 물의 실상(實相)에 얽매일 필요는 없다."

"글씨 쓰는 일이며 그림 그리는 일이 한낱 선비의 강개(慷慨)를 의탁하는 수단이라면, 그 얼마나 덧없는 일이겠습니까? 또 그렇다면 장부로 태어나 일평생 먹이나 갈고 화선지나 더럽히는 것이 얼마나 부끄러운 일입니까? 모르긴 하되 나라가 그토록 소중한 것일진대는, 그 흥한 창의(倡義)에라도 끼어들어 한 명의 적이라도 치고 죽는 것이 더욱 떳떳할 것입니다. 그런데도 가만히 서실에 앉아 대나무 잎이나 떼어내고 매화나 훑는 것은 나를 속이고 물을 속이는 일입니다."

"그렇지 않다. 물에 충실하기로는 거리에 나앉은 화공이 훨씬 앞선다. 그러나 그들의 그림이 서푼에 팔려 나중에 방바닥 뚫어진 것을 메우게 되는 것은 뜻이 얕고 천했기 때문이다. 너는 그림이며 글씨 그 자체에 어떤 귀함을 주려고 하지만, 만일 드높은 정신의 경지가 곁들여 있지 않으면 다만 검은 것은 먹이요, 흰 것은 종이일 뿐이다."

이와 비슷한 것으로는 예도(藝道) 논쟁이 있다. 역시 고죽이 장년이 된 후에 있었던 것으로 시작은 고죽의 이러한 물음이었다.

"선생님 서화는 예(藝)입니까, 법(法)입니까, 도(道)입니까?"

"도다."

"그럼 서예(書藝)라든가 서법(書法)이란 말은 왜 있습니까?"

"예는 도의 향이며, 법은 도의 옷이다. 도가 없으면 예도 법도 없다."

"예가 지극하면 도에 이른다는 말이 있습니다. 예는 도의 향이 아니라 도에 이르는 문이 아니겠습니까?"

"장인들이 하는 소리다. 무엇이든 항상 도 안에 있어야 한다."

"그렇다면 글씨며 그림을 배우는 일도 먼저 몸과 마음을 닦는 일이겠군요?"

"그렇다. 그래서 왕우군(王右君)은 비인부전이란 말을 했다. 너도 이제 그 뜻을 알겠느냐?"

이미 육순에 접어들어 늙음의 기색이 완연한 석담 선생은 거기서 문득 밝은 얼굴이 되어 일생을 불안하게 여겨오던 제자의 얼굴을 살폈다. 그러나 고죽은 끝내 그의 기대를 채워주지 않았다.

"먼저 사람이 되기 위해서라면 이제 예닐곱 살 난 학동들에게 붓을 쥐어 자획을 그리게 하는 것은 어찌 된 일입니까? 만약 글씨에 도가 앞선다면 죽기 전에 붓을 잡을 수 있는 이가 몇이나 되겠습니까?"

"기예를 닦으면서 도가 아우르기를 기다리는 것이다. 평생 기예에 머물러 있으면 예능(藝能)이 되고, 도로 한 발짝 나가게 되면 예술이 되고, 혼연히 합일되면 예도가 된다."

"그것은 예가 먼저고 도가 뒤라는 뜻입니다. 그런데도 도를 앞세워 예기(藝氣)를 억압하는 것은 수레를 소 앞에다 묶는 격이 아니겠습니까?"

그것은 석담 문하에 든 직후부터 반생에 이르는 고죽의 항변이기도 했다. 그에 대한 석담 선생의 반응도 날카로웠다. 그를 받아들일 때부터의 불안이 결국 적중하고 만 것 같은 느낌 때문이었으리라.

"이놈, 네 부족한 서권기와 문자향을 애써 채우려 들지는 않고 도리어 요망스런 말로 얼버무리려 하느냐? 학문은 도에 이르는 길이다. 그런데 너는 경서(經書)에도 뜻이 없었고, 사장(詞章)도 즐거워하지 않았다. 오직 붓끝과 손목만 연마하여 선인들의 오묘한 경지를 자못 여실하게 시늉하고 있으니 어찌 천예(賤藝)와 다름이 있겠는가? 그래놓고도 이제 와서 부끄러워하기는커녕 오히려 앞사람의 드높은 정신의 경지를 평하려 들다니, 뻔뻔스러운 놈."

그러다가 급기야 그들 두 불행한 사제가 돌아서는 날이 왔다. 고죽이 서른여섯 나던 해였다.

그 무렵 고죽은 여러 면에서 몹시 지쳐 있었다. 다시 석담의 문하로 돌아간 그 팔 년 동안의 그의 고련(苦練)은 열성스럽다 못해 참담할 지경이었다. 하도 자리를 뜨지 않고 서화에 열중하는 바람에 여름이면 엉덩이께가 견디기 힘들 만큼 짓물렀고, 겨울에는 관절이 굳어 일어나 상 받기 어려울 지경이었다. 석담 선생의 말 없는 꾸짖음을 외면한 채 서화와 관련이 없으면 어떤 것도 보지 않았고 어떤 말도 듣지 않았다. 이미 그 전에 십 년 가까이 석담 문하에서 갈고 닦았지만, 후년에 이르기까지도 고죽은 그 팔 년을 생애에서 가장 귀중한 부분으로 술회하곤 했다. 그 전의 십 년이 오직 석담의 경지에 이르고자 노력한 십 년이라면, 그 팔 년은 석담으로부터 벗어나려는 몸부림의 팔 년이었다.

그사이 그의 기법은 난숙해졌고, 거기에 비례해서 그의 이름도 차츰 그 세계에 알려지게 되었다. 평자에 따라서 다르지만, 어떤 이는 지금도 재기와 영감이 번득이는 그 시절의 글씨와 그림을 고죽 일생의 성취 중에서 으뜸으로 치고 있다. 그러나 고죽은 불타버린 후의 적막과 공허라고 할까, 차츰 깊이 모를 허망감에 빠져들어갔다.

그것은 대략 두 가지 방향에서 온 허망감이었다. 그 하나는 묵향과 종이 먼지 속에 속절없이 흘러가버린 그의 청춘이었다. 그에게는 운곡의 중매로 맞아들인 아내와 두 아이가 있었지만 그들은 처음부터 문갑이나 서탁(書卓)처럼 필요의 대상이었지 열정의 대상은 아니었다. 그의 젊음, 그의 소망, 그의 사랑, 그의 동경은 오직 쓰고 또 쓰는 일에 바쳐졌을 뿐이었다. 그런데 이제 그의 젊음이 늦가을의 가지 끝에 하나 남은 잎새처럼 애처롭게 펄럭이는 순간도 모든 걸 바쳐 추구했던 것은 여전히 봉우리 너머의 무지개처럼 멀고 도달이 불확실했다…….

그다음 그의 허망감을 자극한 것은 점차 한 서예가로 성장해가면서 부딪히게 된 객관적인 자기 승인의 문제였다. 열병과도 같은 몰입에서 서서히 깨어나면서부터 고죽은 스스로에게 자조적으로 묻곤 했다. 내가 무슨 짓을 해왔으며, 하고 있냐고. 그리고 스승과 다툴 때의 의미와는 다르게 되물었다. 장부로서 이 땅에 태어나 한평생을 먹이고 갈고 붓이나 어르면서 보내도 괜찮은 것인가고. 어떤 이는 조국의 광복을 위해 해외로 떠나고, 혹은 싸우다가 죽거나 투옥되었으며, 어떤 이는 이재(理財)에 뜻을 두어 물산(物産)을 일으키고 헐벗은 이웃을 돌보았다. 어떤 이는 문화 사업을 통해 몽매한 동족을 일깨웠고, 어떤 이는 새로운 학문에 전념하여 지식으로 사회에 봉사하였다. 그런데도 자신의 반생은 어떠하였던가. 시선은 언제나 그 자신에게만 쏠려 있었고, 진지하고 소중하게 여겼던 지난날의 그 힘든 수련도 실은 쓸쓸한 삶에서의 도피거나 주관적인 몰입에 불과하였다. 자신만을 향해 있는 삶, 오오, 자신만을 향해 있는 삶…….

그런데 그 가을의 어느 날이었다. 이미 가끔씩 노환으로 자리보전을 하던 석담 선생은 그날도 병석에서 일어나기 바쁘게 종이와 붓을 찾았다. 그것도 그 무렵에는 거의 쓰지 않던 대필(大筆)과 전지(全紙)였다. 벌써 몇 달째 종이와 붓을 가까이 않던 고죽은 그런 스승의 집착에 까닭 모를 심화를 느끼며 먹을 갈기 바쁘게 스승의 곁을 물러나고 말았다. 어딘가 모르게 스승의 과장된 집착에는 제자의 방황을 비웃는 듯한 느낌이 드는 데가 있었던 것이다. 그러나 한동안 뜰을 서성이는 사이에 그는 문득 낡은 스승의 하는 양이 궁금해졌다.

방에 돌아오니 석담 선생은 붓을 연진에 기대놓고 눈을 감은 채 숨을 헐떡이고 있었다. 바닥에는 방금 쓰다가 그만둔 것인 듯 '만호제력(萬毫齊力)' 넉 자 중에서 앞의 석 자만이 쓰여져 있었다.

"소재(蘇齋: 翁方網)는 일흔여덟에 참께 위에 '천하태평(天下泰平)' 넉 자를 썼다고 한다. 나는 아직 일흔도 차지 않았는데 이 넉 자 '만호제력(萬毫齊力)'을 단숨에 쓸 힘도 남지 않았으니……."

그렇게 탄식하는 석담 선생의 얼굴에는 자못 처연한 기색이 떠올랐다. 그러나 고죽은 그 말을 듣자 억눌렸던 심화가 다시 솟아올랐다. 스승의 그 같은 표정은 그에게는 처연함이 아니라 오히려 자신만만함으로 비쳤다.

"설령 이 글을 단숨에 쓰시고, 여기서 금시조가 솟아오르며 향상이 노닌들, 그게 선생님을 위해 무슨 소용이겠습니까?"

고죽은 자신도 모르게 심술궂은 미소를 띠며 물었다. 이마에 송골송골 땀이 맺힌 채 기진해 있던 석담 선생은 처음 그 말에 어리둥절한 표정이었다. 그러나 이내 그 말의 참뜻을 알아들은 듯 매서운 눈길로 그를 노려보았다.

"무슨 소리냐? 그와 같이 드높은 경지는 글씨를 쓰는 이면 누구든 일생에 단 한 번이라도 이르러보고 싶은 경지다."

"거기에 이르러본들 그것이 우리에게 무엇을 줄 수 있단 말입니까."

고죽도 지지 않았다.

"태산에 올라보지도 않고, 거기에 오르면 그보다 더 높은 산이 없을까를 근심하는구나. 그럼 너는 일찍이 그들이 성취한 드높은 경지로 후세에까지 큰 이름을 드리운 선인들이 모두 쓸모없는 일을 하였단 말이냐?"

"자기를 속이고 남을 속인 것입니다. 도대체 송이에 먹불을 적시는 일에 노가 있은들 무엇이며, 현묘(玄妙)함이 있은들 그게 얼마나 대단하겠습니까? 도로 이름하면 백정이나 도둑에게도 도가 있고, 뜻을 어렵게 꾸미면 장인이나 야공(冶工)의 일에도 현묘함이 있습니다. 천고에 드리우는 이름이 있다 하나 이 나[我]가 없는데 문자로 된 나의 껍데기가 낯모르는 후인들 사이를 떠돈들 무슨 소용이 있겠으며, 서화가 남겨진다 하나 단단한 비석도 비바람에 깎이는데 하물며 종이와 먹이겠습니까? 거기다가 그것은 살아 그들의 몸을 편안하게 해주지도 못했고 헐벗고 굶주리는 이웃을 도울 수도 없었습니다. 그들은 그 허망함과 쓰라림을 감추기 위해 이를 수도 없고 증명할 수도 없는 어떤 경지를 설정하여 자기를 위로하고 이웃과 뒷사람을 홀렸던 것입니다…….”

그때였다. 고죽은 갑작스럽고 뜻 아니한 아픔에 이마를 감싸 안으며 엎드렸다. 노한 석담 선생이 앞에 놓인 벼루 뚜껑을 집어 던진 것이다. 샘솟듯 솟는 피를 훔치고 있는 고죽의 귀에 늙은 스승의 광기 어린 고함 소리가 들려왔다.

“내 일찍이 네놈의 천골(賤骨)을 알아보았더니라. 가거라. 너는 진작부터 저잣거리에 나앉아야 할 놈이었다. 용케 천골을 숨기고 오늘날에 이르렀으니 이제 나가면 글씨 한 자에 쌀됫박은 후히 받을 게다…….”

결국 그 자리가 그들의 마지막 자리였다. 그길로 석담 선생의 집을 나선 고죽이 다시 돌아온 것은 이미 스승의 시신이 입관된 뒤였다.

벌써 십여 년 전의 일이건만 고죽은 아직도 희미한 아픔을 느끼며 이제는 주름살이 덮여 흉터가 별로 드러나지 않는 왼쪽 이마 어름을 만져보았다. 그러나 그와 함께 떠오르는 스승의 얼굴은 미움도 두려움도 아닌, 그리움 그것이었다.

“아버님, 김군이 왔습니다.”

다시 추수의 목소리가 그를 끝 모를 회상에서 깨나게 하였다. 이어 방문이 열리며 초헌의 둥글넓적한 얼굴이 나타났다. 대할 때마다 만득자(晚得子)를 대하는 것과 같은 유별난 애정을 느끼게 하는 제자였다. 사람이 무던하다거나 이렇다 할 요구 없이 일 년 가까이나 그가 없는 서실을 꾸려가고 있는 탓도 있겠지만 그보다는 글씨 때문이었다. 붓 쥐는 법도 익히기 전에 행서(行書)를 휘갈기고, 점획결구(點劃結構)도 모르면서 초서(草書)며 전서(篆書)까지 그려대는 요즈음 젊은이들답지 않게 초헌은 스스로 정서(正書)로만 삼 년을 채웠다. 또 서력(書歷) 칠 년이라고는 하지만 칠 년을 하루같이 서실에만 붙어 산 그에게는 결코 짧은 것이 아닌데도 그 봄의 고죽 문하생 합동전에는 정서 두어 폭을 수줍게 내놓았을 뿐이었다. 그러나 그의 글은 서투른 것 같으면서도 이상한 힘으로 충만돼 있어, 고죽에게는 남모를 감동을 주곤 했다. 젊었을 때는 그토록 완강하게 거부했지만 나이가 들수록 그윽하게 느껴지는 스승 석담의 서법을 연상케 하는 데가 있었기 때문이었다.

"오늘도 나가보시렵니까? 추수 누님 말을 들으니, 거동이 불편하신 것 같은데……."

병석의 스승에게 아침 문안도 잊은 채 초헌은 엉거주춤한 자세로 더듬거렸다. 그의 내숭스러워 뵈기까지 하는 어눌(語訥)도 젊었을 때의 고죽 같으면 분명 못 견뎌 했을 것이리라. 하지만 고죽은 개의치 않고 부드럽게 말했다.

"그러니까 한 점이라도 더 거두어들여야지. 그래, 시립 도서관에 있는 것은 기어이 내놓지 않겠다더냐?"

"전임자에게서 인수인계 받을 때 품목에 있던 것이라 어쩔 수 없다고 했습니다."

"매계(梅溪)의 횡액(橫額)을 준다고 해도?"

"누구의 것이라도 품목을 바꿀 수는 없다는 게 관장님의 말씀이었습니다."

"알 수 없는 것들이로구나. 오늘은 내가 직접 만나봐야겠다."

"정말 나가시겠습니까?"

"잔말 말고 가서 차나 불러오너라."

고죽이 다시 재촉하자 초헌은 묵묵히 나갔다. 궁금하다는 표정은 여전하였지만 스승이 왜 그렇게 집요하게 자신의 작품들을 거두어들이려 하는지는 그날도 역시 묻지 않았다.

날씨는 화창했다. 젊은 제자의 부축을 받고 화방 골목 입구에서 내린 고죽은 차례로 화방을 돌기 시작했다. 몇 달째 반복되고 있는 순례였다.

"아이구, 고죽 선생님, 오늘 또 나오셨군요. 하지만 들어온 건 하나도 없습니다. 선생님의 건강이 나쁘시단 소문이 돌았는지 모두 붙들고 내놓질 않는 모양이에요."

고죽을 아는 화방 주인들이 그런저런 인사로 반겨 맞았다. 계속 허탕이었다. 그러다가 다섯번째인가 여섯번째 화방에서 낯익은 글씨 한 폭을 찾아냈다. 행서 족자였다. 낙관의 고죽에 고자가 옛 고(古)가 아니고 외로울 고(孤)로 되어 있는 것으로 보아 두번째로 석담 문하를 떠나 떠돌 때의 글씨 같았다.

"내 운곡 선생의 난초 한 폭을 줌세. 되겠는가?"

그런 제안에 주인은 은근히 좋아하는 눈치였다. 고죽의 낙관이 있기는 하나 일반으로 외로울 고를 쓴 것은 높게 쳐주지 않을 뿐 아니라 족자도 한눈에 알아볼 정도의 소품이었다. 거기다가 운곡 선생의 난초가 어느 정도인지는 알 수 없으나, 고죽과의 그런 물물 교환에 손해가 없다는 것은 이미 오래전부터 동업자들 사이에 떠도는 소문이었다.

"선생님이 원하신다면 그렇게 해드리지요."

마침내 주인은 생색 쓰듯 말했다.

"고맙네. 물건은 나중에 이 아이 편에 보내주지."

"저희가 사람을 보내겠습니다. 아니, 제가 찾아가 뵙죠. 저녁나절이면 되겠습니까?"

"그러게."

그러자 주인은 족자를 말아 포장할 채비를 했다.

"쌀 필요 없어. 그냥 주게."

고죽이 그런 주인을 말리며 앙상한 손을 내밀었다. 그리고 족자를 받자 응접용의 소파에 앉으며 족자를 폈다.

"잠깐 쉬었다 가지."

누구에게랄 것도 없는 고죽의 말이었다.

옥로마래농무생(玉露磨來濃霧生)

은전염처담운기(銀箋染處淡雲起)

고죽이 펴든 족자에는 그런 대구가 쓰여 있었다. 그 무렵 한동안 취해 있던 황산곡(黃山谷: 황정견)체의 행서였는데, 술 한잔 값으로나 써준 것인지 자획이 몹시 들떠 있었다. 그러자 다시 그 시절이 그리움도 아니고 회한도 아닌, 담담하여 오히려 묘한 빛깔로 떠올랐다.

......석담 선생의 문하를 떠나온 후 한동안 고죽은 스승이 자기를 내쳤다고 믿었다. 함부로 서화를 흩뿌린 대가로 술과 여자에 파묻혀 살면서도 자신은 비정한 스승에 대한 정당한 보복을 하고 있는 것이라고 생각했다. 그러나 아니었다. 차츰 거리의 갈채와 속인들이 던져주는 푼돈에 익숙해지면서, 그리하여 그것들이 가져다주는 갖가지 쾌락에 탐닉하게 되면서, 진실로 스승을 버리고 떠나온 것은 그 자신이라는 생각이 들었다.

그도 가끔씩은 지금 자기가 즐기고 있는 세상의 대가가 반생의 추구와는 아무런 관련이 없고 더구나 지난날의 뼈를 깎는 듯한 수련을 보상하기에는 너무 초라한 것임을 깨닫고 있었다. 노자 또는 붓값의 명목으로 그가 받은 그림값은 비록 고상한 외형은 갖추고 있어도 본질적으로는 기생에게 내리는 행하(行下)와 다를 바 없으며, 그가 받는 떠들썩한 칭송 또한 장마당의 사당패에게 보내는 갈채에 지나지 않았다. 그것들은 결국 마시면 마실수록 더욱 목말라진다는 바닷물 같은 것으로서, 스승의 문하를 떠날 때의 공허감을 더욱 크게 할 뿐이었다.

그런데도 그를 유탕(遊蕩)이며 낭비와도 같은 그 세월에 그토록 잡아둔 것은 그런 깨달음과 공허감 사이의 묘한 악순환이었다. 지열한 쾌락이 그의 공허감을 자극하고, 다시 그 공허감은 새로운 쾌락을 요구했다.

거기다가 그때까지 억눌리고 절제당해왔던 그의 피도 한몫을 단단히 했다. 역시 그 무렵에 고향에 들렀다가 알게 된 것이지만 그의 부친은 천 석 재산을 동서남북 유람과 주색잡기로 탕진하고 끝내는 건강까지 상해 서른 몇에 요절한 한량이었고, 그의 모친은 망부(亡夫)의 탈상을 기다리지 못해 이웃집 홀아비와 야반도주를 해버린 분방한 여자였다. 소년 시절에는 엄격한 스승의 가르침과 그 길밖에는 달리 구원이 없으리라는 절박감에, 그리고 청장년 시절에는 스스로 설정한 이상의 무게에 눌려 잠들어 있었지만, 한번 깨어난 그 피는 걷잡을 수 없게 그를 휘몰아댔다. 그는 미친 듯이 떠돌고, 마시고, 사랑하였다.

나중에 소위 대동아전쟁이 터지고, 일제의 가혹한 수탈이 시작되어 나라 전반이 더할 나위 없는 궁핍을 겪고 있을 때에도 그의 집요한 탐락은 멈출 줄 몰랐다. 아무리 모진 바람이 불어도 덕을 보는 사람이 있듯이 그 총중에도 번성하는 부류가 있어 전만은 못해도 최소한의 필요는 그에게 제공해주었기 때문이다. 변절로 한몫 잡은 친일 인사들, 소위 그 문화적인 내지인(內地人)들, 수는 극히 적었지만 전쟁 경기로 재미를 보던 상인들…….

그러다가 고죽에게 한 계기가 왔다. 흘러흘러 총독부의 고등 문관(高等文官)을 아들로 둔 허참봉이란 친일 지주의 식객으로 있을 때였다. 어느 때 참봉인지는 알 수 없지만 그런대로 서화를 알아보는 눈이 있는 참봉 영감은 가끔씩 원근의 묵객들을 불러 술잔이나 대접하는 것을 낙으로 삼고 있었다. 잡곡밥이나 대두박도 없어 굶주리던 대동아전쟁 막바지이고 보면, 실은 술잔이나마 조촐하게 내오고 몇 푼 노자라도 쥐여주는 것이 여간한 생색이 아닐 수 없었다. 게다가 친일 지주라고는 해도 일찍 고등 문관 시험에 합격한 아들을 둔 덕에 일제의 남다른 비호를 받고 있다는 것뿐, 영감이 팔 걷고 나서 일본 사람들을 맞아들인 것은 아니어서, 청이 들어오면 대부분의 묵객들은 기꺼이 필낭을 싸들고 왔다. 그런데 고죽이 머물고 있는 동안에 공교롭게도 운곡 선생이 찾아들었다. 고죽은 반가웠다. 그는 스승 석담 선생의 몇 안 되는 지음(知音)의 하나였을 뿐만 아니라 고죽 자신도 육칠 년 가까이나 그에게서 한학을 익힌 인연이 있었다. 결과야 어떠했건 결혼도 그의 중매에 의한 것이었고, 석담의 문하를 떠날 때 가장 고죽을 잘 이해한 것도 그였다. 그러나 고죽의 반가운 인사에 대한 운곡 선생의 반응은 뜻밖이었다.

"흥, 조상도 없고, 스승도 없고, 처자도 없는 천하의 고죽이 이 하찮은 늙은이는 어찌 알아보누?"

한때 고죽이 객기로 썼던 삼무자(三無子)란 호를 찬바람 도는 얼굴로 그렇게 빈정거린 운곡 선생은 허참봉의 간곡한 만류도 뿌리치고 선 채로 되돌아섰다.

"석담이 죽을 때가 되긴 된 모양이로구나. 너 같은 것도 제자라고 돌아올 줄 믿고 있으니……. 괘씸한 것."

그것이 대문간을 나서면서 운곡이 덧붙인 말이었다. 평소에 온후하고 원만한 인품을 지녔기에 운곡의 그러한 태도는 고죽에게 그야말로 절굿공이로 정수리를 얻어맞은 듯한 충격을 주었다.

그렇지 않아도 고죽은 이미 그런 떠돌이 생활에 지칠 대로 지쳐 있었다. 애초에 그를 사로잡았던 적막과 허망감은 감상적인 여정(旅情)이나 속인들의 천박한 감탄 또는 얕은 심미안(審美眼)이 던져주는 몇 푼의 돈으로 달랠 수 있는 것이 아니었으며, 그런 것들에 뒤따르는 값싼 사랑이나 도취로 호도(糊塗)할 수 있는 것도 아니었다. 거기다가 나이도 어느새 마흔을 훌쩍 뛰어넘어, 지칠 줄 모르던 그의 피도 서서히 식어가기 시작했다.

아마도 그 뒤에 있었던 오대산 여행은 꺼지기 전에 한번 빛나는 불꽃과 같은 그의 마지막 열정에 충동된 것이었으리라. 운곡 선생에 이어 허참봉에게 작별을 고한 그는 그길로 오대산을 향했다. 그 어느 산사에 주지로 있는 옛 벗 하나를 바라고 떠난 것이었으나, 이미 그때껏 해온 과객(過客) 생활의 연장은 아니었다. 막연히 생각해오던 늙은 스승에게로의 회귀가 이제는 더 이상 미룰 수 없는 일이 되면서, 그에 앞서 일종의 자기 정화(自己淨化)가 필요함을 느꼈기 때문이었다.

무사히 그 산사에 이른 뒤 그는 거의 반년에 가까운 기간을 선승(禪僧)처럼 지냈다. 그러나 십 년에 걸쳐 더께 앉은 세속의 먼지는 스승에 대한 오래된 분노와 더불어 쉽게 씻어지지 않았다. 새봄이 와도 석담의 문하로 돌아간다는 일이 좀체 흔연해지지 못했다.

그러던 어느 날이었다. 오전에 상좌중을 도와 송기(松肌)를 벗겨 내려온 그는 잠깐 법당 뒤 축대에 앉아 땀을 식히고 있었다. 그런데 그런 그의 눈에 희미하게 바랜 벽화 하나가 우연히 들어왔다. 처음에는 십이지신(十二之神)상 중의 하나인가 하였으나 자세히 보니 아니었다. 머리는 매와 비슷하고 몸은 사람을 닮았으며 날개는 금빛인 거대한 새였다.
"저게 무슨 새요?"
그는 마침 그곳에 나타난 주지에게 물었다. 주지가 흘낏 그림을 돌아보더니 대답했다.
"가루라(迦樓羅)외다. 머리에는 여의주가 박혀 있고, 입으로 불을 내뿜으며 용을 잡아먹는다는 상상의 거조(巨鳥)요. 수미산 사해(四海)에 사는데 불법수호팔부중(佛法守護八部衆)의 다섯째로, 금시조(金翅鳥) 또는 묘시조(妙翅鳥)라고 불리기도 하오."
그러자 문득 금시벽해(金翅劈海)라는 구절이 떠올랐다. 석담 선생이 그의 글씨가 너무 재예(才藝)로만 흐르는 것을 경계하여 써준 글귀 중의 하나였다. 그러나 그때껏 그의 머리 속에 살아 있는 금시조는 추상적인 비유에 지나지 않았었다. 선생의 투박하고 거친 필체와 연관된 어떤 힘의 상징이었을 뿐이었다. 그런데 이제 그 퇴색한 그림을 대하는 순간 그 새는 상상 속에서 살아 움직이기 시작했다. 잠깐이긴 하지만 그는 그 거대한 금시조가 금빛 날개를 퍼덕이며 구만리 창천을 선회하다가 세찬 기세로 심해(深海)를 가르고 한 마리 용을 잡아 올리는 광경을 본 듯한 착각마저 들었다. 그제서야 그 객관적인 승인이나 가치 부여의 필요 없이, 자기의 글에서 일생의 단 한 번이라도 그런 광경을 보면 그것으로 그의 삶은 충분히 성취된 것이라던 스승을 이해할 것 같았다⋯⋯.
— 이튿날 고죽은 행장을 꾸려 산을 내려왔다. 해방 전해의 일이었다.
이미 스승은 돌아가신 후였지 — 고죽은 후회와도 비슷한 심경으로 석담 선생의 문하로 돌아오던 날을 회상했다. 평생을 쓸쓸하던 문전은 문하와 동도들로 붐볐다. 그러나 누구도 고죽을 반가워하기는커녕 말을 거는 이도 없었다. 다만 운곡 선생만이 냉랭한 얼굴로 말했다.
"관상명정(棺上銘旌)은 네가 써라. 석담의 유언이다. 진사니 뭐니 하는 관직은 쓰지 말고 다만, '석담김공급유지구(石潭金公及儒之柩)'라고만 쓰면 된다."

그러더니 이내 눈물을 쏟으며 말했다.

"그 뜻을 알겠는가? 관상명정을 쓰라는 건 네 글을 지하로 가져가겠다는 뜻이다. 석담은 그만큼 네 글씨를 사랑했단 말이다. 이 미련한 작자야……."

석담과 고죽, 그들 사제 간의 일생에 걸친 애증이 흔적 없이 사라지는 순간이었다. 그제서야 고죽은 단 한 번이라도 스승의 모습을 뵙고 싶었으나 이미 입관이 끝난 후여서 끝내 다시 뵈올 수는 없었다…….

"선생님, 이제 가보시지 않겠습니까?"

자신의 족자를 펴들고 하염없이 생각에 잠긴 고죽에게 초헌이 조심스레 말했다. 고죽은 순간 회상에서 깨어나며 천천히 몸을 일으켰다.

"가봐야지."

그러나 다시 네번째 화방을 나설 때였다. 갑자기 눈앞이 가물거리며 두 다리에 힘이 쑥 빠졌다.

"선생님, 웬일이십니까?"

초헌이 매달리듯 그의 팔에 의지해 축 늘어지는 고죽을 황급히 싸안으며 물었다.

"괜찮다. 다른 곳엘 가보자."

고죽은 그렇게 말했으나 마음뿐이었다. 이상한 전류 같은 것이 등골을 찌르며 지나가더니 이마에 진땀이 스몄다. 그러다가 다섯번째 화방에 들러서는 정신조차 몽롱해졌다.

"이제 그만 돌아보시지요. 가봐야 이제 선생님의 작품은 더 나올 게 없을 겝니다."

화방 주인도 그렇게 권했다. 그러나 고죽은 쓰러지듯 응접 소파에 앉으면서도 초헌에게 이르기를 잊지 않았다.

"너라두 나머지를 돌아보아라. 만약 나온 게 있거든 이리로 연락해."

초헌은 그런 고죽의 안색을 한동안 살피다가 말없이 화방을 나섰다.

"작품을 거두어 무엇에 쓰시렵니까?"

한동안을 쉬자 안색이 돌아오고 숨결이 골라진 고죽에게 화방 주인이 넌지시 물었다. 그것은 몇 달 전부터 화방 골목을 떠도는 의문 중의 하나였다. 그러나 고죽은 그 누구에게도 내심을 말하지 않았다. 그날도 마찬가지였다.
"다 쓸 데가 있네."
"그럼 소문대로 고죽 기념관을 만드실 작정이십니까?"
기념관이라 — 고죽은 희미하게 웃었다. 그러면서도 가슴속에서는 형언할 수 없는 쓸쓸함이 일었다. 내가 말한들 자네들이 이해해주겠는가.
"그것도 괜찮은 일이지."
고죽은 그렇게 말하고는 슬쩍 말머리를 돌렸다.
"저거 진품인가?"
분명 진품이 아닌 줄 알면서도 그가 가리킨 것은 추사를 임모(臨模)한 예서 족자였다. 화법유장강만리 서예여고송일지(畵法有長江萬里 書藝如孤松一枝) — 원래 병풍의 한 폭이니 족자가 되어 떠돌 리 없었다.
"운봉(雲峰)이란 젊은이가 임서한 것인데 제법 탈속한 격(格)이 있어 받아두었습니다."
화방 주인도 그렇게 대답하며 그 족자를 바라보았다.
"그렇구먼……."
고죽은 희미한 옛사람의 자태를 떠올리듯 추사란 이름을 떠올리며 의미 없는 눈길로 그 족자를 한동안 살펴봤다. 한때 그 얼마나 맹렬하게 자기를 사로잡았던 거인이었던가.
석담 선생의 집으로 돌아온 고죽은 그 뒤 거의 십 년 가까이나 두문불출 스승의 고가를 지켰다. 한편으로는 외롭게 남은 사모(師母)와 늦게 들인 스승의 양자를 돌보면서 한편으로는 새로운 수업에 들어갔다. 이미 다 거쳐 나온 것들로 여겨온 여러 서체를 다시 섭렵하기 시작한 것이었다.
그는 모공정(毛公鼎), 석고문(石鼓文)으로부터 진(秦), 한(漢), 삼국(三國), 서진(西晉)에 이르기까지 여러 금석 탁본들을 새로이 모으고, 종요(鍾繇), 위관(衛瓘), 왕희지 부자(父子)로부터 지영(智永), 우세남(虞世南)에 이르는 남파(南派)와 삭정(索靖), 최열(崔悅), 요원표(姚元標) 등으로부터 구양순(區陽詢), 저수량(褚遂良)에 이르는 북파(北派)의 필첩을 처음부터 다시 살폈다. 고죽이 만년에 보인 서권기로 미루어 그동안의 학문적인 깊이도 한층 더해졌음에 틀림이 없다. 문밖에서는 해방과 동족상잔의 전쟁이 휩쓸어가고 있었으나 그 어떤 혼란도 고죽을 석담 선생의 고가에서 끌어내지는 못했다.

그 서결을 통해서 석담 문하에 들어선 고죽이 추사와 새롭게 만나게 된 것도 그 기간 동안이었다. 그 거인은 처음 한동안 그가 힘들여 가고 있는 길 도처에서 불쑥불쑥 나타나 감탄을 자아내다가 이윽고 온전히 그를 사로잡고 말았다. 일찍이 경험해보지 못한 일로, 그것은 특히 스승 석담에 대한 새삼스러운 이해와 사모에서 비롯된 것이었다. 생전에 스스로 밝힌 적은 없었지만 분명 스승은 추사의 학통을 잇고 있었다. 아마도 스승은 그 마지막 전인(傳人)이었으리라. 그리고 스승이 가르침에 있어서 그토록 말을 아낀 것은 그와 같은 거인의 가르침에 더 보탤 것이 없어서였을 것이다.

그러나 추사도 끝까지 고죽을 사로잡고 있지는 못했다. 스승 석담이 일찍이 그를 받아들일 것을 주저했으며, 생전 내내 경계하고 억눌렀던 고죽의 예인적인 기질이, 승화된 형태이긴 하지만 차츰 되살아나기 시작한 것이었다. 먼저 고죽이 끝내 받아들일 수 없었던 것은 추사의 예술관이었다. 예술은 예술로서만 파악되어야 한다고 보는 입장에서 보면 추사의 예술관은 학문과 예술의 혼동으로만 보였다. 문자향이나 서권기는 미를 구현하는 보조 수단 또는 미의 한 갈래일 수는 있어도 그것이 바로 미의 본질적인 요소이거나 그 바탕일 수는 없었다. 그럼에도 추사에게 그도록 큰 성취를 볼 수 있었던 것은 다만 그 개인의 천재에 힘입었을 뿐이었다. 거기다가 그의 서화론이 깔고 있는 청조(淸朝)의 고증학(考證學)은 겨우 움트기 시작한 우리 것(國風)의 추구에 그대로 된서리가 되고 말았으며, 그만한 학문적인 뒷받침이 없는 뒷사람에 이르러서는 이 땅의 서화가 내용 없는 중국의 아류로 전락돼버리게 한 점도 고죽을 끝까지 사로잡을 수 없던 원인이었다. 결국 추사는 스승 석담처럼 찬란하고 존경할 만한 거인이기는 하지만 예술에 있어서의 노선(路線)까지 따를 만한 사람은 아니었다.

〔중략〕

그렇다면 내가 진정으로 열렬하게 사랑했던 것은 무엇이었을까. 내가 일생을 골몰하여 얻고자 했던 것은 무엇이었을까…… 그사이 하나 둘 빠져나가고 초헌만 목상처럼 앉아 있는 병실을 힘없이 둘러본 고죽은 다시 짙은 비애와 흡사한 회상 속으로 빠져들어갔다. 물론 그것은 서화였다. 이미 보아온 것처럼 그에게는 애초부터 가족이나 생활의 개념이 없었다. 소유며 축적이란 말도 그에게는 익숙한 것이 아니었고, 권력욕이나 명예욕 같은 것에 몸 달아본 적도 없었다. 언뜻 보기에는 분방스럽고 다양해도 사실 그가 취해온 삶의 방식은 지극히 단순했다. 자기를 사로잡는 여러 개의 충동 중에서 가장 강한 것에 사회적인 통념이나 도덕적 비난에 구애됨이 없이 충실하는 것, 말하자면 그것이 그를 이해하는 실마리이기도 한 그의 행동 양식이었다. 그런데 가장 세차면서도 일생을 되풀이된 충동이 바로 미적(美的) 충동이었고, 거기에 충실하는 것이 그의 서화였던 것이다.

하지만 결국 그것이 내게 무엇을 줄 수 있었던 말인가. 고죽은 다시 자조적인 기분이 되면서 스스로에게 물었다. 아직도 그것이 내게 무엇을 줄 수 있다는 것인가…….

스승 석담과의 관계에서 알 수 있듯이, 고죽의 전반생(前半生)은 두 개의 상반된 예술관 사이에 끼어 피 흘리며 괴로워한 세월이었다.

동양에서의 미적 성취, 이른바 예술은 어떤 의미로 보면 통상 경향적(傾向的)이었다. 애초부터 통치 수단의 일부로 출발한 그것은 그 뒤로도 끝내 정치 권력의 그늘을 벗어나지 못했으며, 때로는 학문적인 성취나 종교적 각성에 의해서까지도 침해를 입었다. 충성이나 지조 따위가 가장 흔한 주제가 되고, 문자향이니 서권기니 하는 말과 마찬가지로 도골선풍(道骨仙風)이니 선미(禪味)니 하는 말이 일쑤 그 높은 품격을 나타내는 말로 쓰이는 것이 그 예일 것이다.

물론 서양에 있어서도 근세까지는 사정이 이와 별반 다르지 않았다. 오랜 기간 예술은 제왕이나 영주(領主)들의 궁성을 꾸미거나 권력이며 부(富)에 기생하였고, 또는 신의 영광을 찬양하는 데 바쳐지기도 했다. 그러나 시민 사회의 형성과 더불어 그들의 예술은 주체성을 획득하고 팔방미인 격인 동양의 예술가와는 다른 그 특유의 인간성을 승인받았다.

다시 말해 그들은 예술을 강력한 인접 가치로부터 독립시키고, 예민한 감수성이나 풍부한 상상력 같은 이른바 예술적 재능도 하나의 사회적 가치로 평가하게 된 것이다.

그런데 고죽이 태어날 때만 해도 시대는 아직 동양의 전통적인 예술관에 얽매여 있었다. 예인은 대부분 천민 계급에 속해 있었으며, 그들의 특징은 역마살이나 무슨 '―기'로 비웃음의 대상이었다. 예술의 정수는 여전히 학문적인 것에 있었고, 그 성취도 도(道)나 선정(禪定)에 비유되고 있었다. 그리고 석담 선생은 아마도 끝까지 그런 견해에 충실했던 마지막 사람이었다.

서구적인 견해로 보면 고죽은 타고난 예술가였다. 그러나 석담 선생의 눈에는 천박하고 잡상스러운 예인 기질에 지나지 않았다. 만약 고죽이 개성이 보다 약했거나 그가 태어난 시대가 조금만 일렀다면, 그들 사제 간의 불화는 그토록 길고 심각하지는 않았을 것이다. 하지만 고죽은 자기의 예술이 그 본질과는 다른 어떤 것에 얽매이는 것을 못 견뎌 했고, 점차 시민 사회로 이행해가는 시대도 그런 그의 편에 서 있었다. 정말로 그들 사제 간을 위해 다행한 것은 스승의 깊은 학문에 대한 제자의 본능적인 외경(畏敬) 못지않게, 스승에게도 제자의 타고난 재능에 대한 애정이 남아 있어 늦게나마 화해가 이루어진 일이었다.

그러나 석담 선생의 문회로 돌아왔다고 해서 고죽의 정신적인 방황이 끝난 것은 아니었다. 다시 십 년간의 칩거를 통해 고죽은 스승의 전통적인 예술관과 화해를 시도했지만 끝내 뜻을 이루지 못했다. 추사에의 앞뒤 없는 몰입과 어쩔 수 없는 이탈이 바로 그 과정이었다.

그뒤 다시 이십 년 ― 나름대로는 끊임없이 연마하고 모색해온 세월이었지만 과연 나는 구하던 것을 얻었던가. 그러다가 고죽은 혼절하듯 잠이 들었다.

고죽이 이상한 수런거림에 다시 눈을 뜬 것은 이미 날이 저문 후였다.
"곧 통증이 시작될 것입니다. 그거나 막아드리지요."
누군가가 그렇게 말하며 이불을 젖혔다. 정박사였다. 이어 살갗을 뚫고 드는 주삿바늘의 느낌이 무슨 찬 바람처럼 몸을 오싹하게 했다. 방 안에 앉은 사람들의 수가 늘어 있었다. 고죽은 직감적으로 그것이 무엇을 뜻하는지 알 수 있었다.
"아버님, 절 알아보겠습니까? 재식입니다."
주삿바늘을 뽑기가 무섭게 언제 왔는지 아들 재식이 울먹이며 손을 잡았다. 열여섯에 거두어들인 후로도 언제나 차가운 눈빛으로 집안을 겉돌던 아이, 그 아이가 첫번째로 집을 나간 일이 새삼 섬뜩하게 떠오른다. 제 이름이라도 쓰게 하려고 붓과 벼루를 사준 이튿날이었다. 망치로 부수었는지 밤톨만 한 조각도 찾기 힘들 만큼 박살이 난 벼루와 부챗살처럼 쪼개놓은 붓대. 그리고 한 움큼의 양모(羊毛)만 방 안에 흩어놓고 녀석은 사라지고 없었다. 그 뒤 그가 군에 입대할 때까지 고죽은 속깨나 썩었었다. 낙관도 안 찍은 서화를 들고 나가기도 하고 금고를 비틀어 안에 든 것을 몽땅 털어 가기도 했다. 그러나 제대하고 돌아와서부터 기세가 좀 숙여지더니, 덤프트럭 한 대 값을 얻어 나간 후로는 씻은 듯이 발길을 끊었다. 그가 다시 고죽을 보러 오기 시작한 것이 마흔 줄에 접어든 재작년부터였다.
"윤식이도 왔어요."
추수가 흐느끼는 윤식의 손을 끌어 고죽의 남은 손에 쥐여주었다. 그녀의 눈은 이미 보기 흉할 정도로 부어 있었다. 각각 어미 다른 불쌍한 것들, 몹쓸 아비였다. 이제 너희에게 남기는 약간의 재물이 아비의 부족함을 조금이라도 메워줄는지……. 고죽은 이미 그들 삼남매를 위해 유산을 몫 지어놓았다. 근교에 있는 과수원은 재식의 앞으로, 서실 건물은 윤식이 앞으로, 그리고 살고 있는 집은 추수에게, 그러고 보니 나머지 동산(動產)으로 문화상(文化賞)이라도 하나 제정할까 하던 계획을 취소한 것이 새삼 잘했다는 생각이 들었다. 평생을 무관하게 지내온 사회라는 것에 대해 삶의 막바지에 와서 그런 식으로 아첨하고 싶지는 않은 탓이었다.

"이 사람들, 진정하게. 사람을 이렇게 보내는 법이 아니야."

둘러앉은 사람들 중에서 어떤 여자 하나가 흐느끼는 삼남매를 말렸다. 그리고 그들을 대신하여 고죽의 두 손을 감싸 쥐면서 가만히 물었다.

"절 알아보시겠어요?"

벌써 약효가 퍼지는지 고죽은 풀리는 시선을 간신히 모아 그녀를 바라보았다. 옥교(玉橋)라는 여류 서예가였다. 고죽의 첩이라는 소문이 파다하게 돌 정도로 한때 몰두했던 여자였는데, 지금은 근교에서 자신의 서실을 가지고 조용히 살고 있었다. 알지, 알고말고……. 그러나 무슨 말을 하기도 전에 혼곤한 잠이 먼저 고죽을 사로잡았다.

금시조가 날고 있었다. 수십 리에 뻗치는 거대한 금빛 날개를 퍼덕이며 푸른 바다 위를 날고 있었다. 그러나 그 날갯짓에는 마군(魔軍)을 쫓고 사악한 용을 움키려는 사나움과 세참의 기세가 없었다. 보다 밝고 아름다운 세계를 향한 화려한 비상의 자세일 뿐이었다. 무어라 이름할 수 없는 거룩함의 얼굴에서는 여의주가 찬연히 빛나고 있었고, 입에서는 화염과도 같은 붉은 꽃잎들이 뿜어져 나와 아름다운 구름처럼 푸른 바다 위를 떠돌았다. 그런데 그 거대한 등 위에 그가 있었다. 목깃 한 가닥을 잡고 미끄러지지 않으려고 애쓰면서 매달려 있었다. 갑자기 금시조가 두둥실 솟아오른다. 세찬 바람이 일며 그의 몸이 쏠려 깃털 한 올에 대롱대롱 매달린다. 점점 손에서 힘이 빠진다. 아아……. 깨고 보니 꿈이었다. 꽤 오랜 시간을 잔 모양으로, 마루의 괘종시계가 새벽 네 시임을 알리는 소리가 들렸다. 진통세의 기운이 긷힌 덧인지 형용할 수도 없고 부위도 짐작이 안 가는 그야말로 음험한 동통이 온몸을 감돌고 있었지만, 정신만은 이상하게 맑았다.

문병객은 대부분 돌아가고 없었다. 남은 것은 벽에 기대어 잠들어 있는 재식이 형제와 책궤에 엎드려 자고 있는 초헌뿐이었다. 고죽은 가만히 상체를 일으켜보았다. 뜻밖에도 쉽게 일으켜졌다. 허리의 동통이 조금 가라앉은 것 같았다. 그러나 문득 자기가 할 일이 남았다는 것을 상기했다.
"상철아."
고죽은 조용한 목소리로 초헌의 이름을 불렀다. 미욱해 보이는 얼굴에 비해 잠귀는 밝은 듯 초헌은 몇 번 부르지 않아 머리를 들었다.
"서, 선생님, 무슨 일이십니까?"
잠이 덜 깬 눈에도 상체를 벽에 기대고 있는 고죽이 이상하게 보이는 모양이었다. 그는 황급히 일어나 고죽을 부축하려고 무릎걸음으로 다가왔다. 그러나 고죽은 손짓으로 그를 저지한 후 말했다.
"벽장과 문갑에서 그간 거두어들인 서화를 꺼내라."
"네?"
"모아놓은 내 글씨와 그림들을 꺼내 놓으란 말이다."
그러자 초헌은 일어나서 시키는 대로 했다. 여기저기서 꺼내 놓고 보니 이백 점이 훨씬 넘었다. 액자는 모두 빼 없앴는데도 제법 방 한구석에 수북했다.
"아버님, 뭘 하십니까?"
그제서야 재식이와 윤식이 깨어나 눈을 비비며 궁금한 듯 물었다. 고죽의 행동이 거의 아픈 사람 같지 않아서, 간밤에 정박사가 한 말은 잊어버린 모양이었다. 그러나 고죽은 대답 대신 초헌에게 물었다.
"이 방의 불을 좀더 밝게 할 수 없겠느냐?"
"스탠드가 어디 있는 것을 보았는데…… 한번 찾아보겠습니다."
여간해서는 고죽이 하는 일을 캐묻지 않는 초헌이 그렇게 말하며 밖으로 나가더니 잠시 후에 스탠드 하나를 찾아왔다. 방 안이 갑절이나 밝아지자 고죽은 초헌에게 명했다.
"지금부터 그걸 하나씩 내게 펴 보이도록 해라."
초헌은 여전히 말없이 고죽이 시키는 대로 했다. 첫 장은 고죽이 오십대에 쓴 것으로 우세남(虞世南)의 체를 받은 것이었다.
"우백시(虞伯施)의 글인데, 오절(五節: 덕행, 충직, 박학, 문사 등)을 제대로 본받지 못했다. 왼쪽으로 미뤄 놓아라."

그다음은 난초를 그린 족자였다.

"이미 소남(所南: 정사초)을 부인해놓고 오히려 석파(石坡: 대원군)의 그늘을 벗어나지 못했구나. 산란(山蘭)도 심란(心蘭)도 아니다. 왼쪽으로 미뤄 놓아라."

고죽은 한 폭 한 폭 자평(自評)을 해나갔다. 오랜 원수의 작품을 대하듯 준엄하고 냉정한 평이었다. 글씨에 있어서는 법체(法體)를 본받을 경우에는 그 임모(臨模)나 집자(集子)의 부실함을 지적하여, 그리고 자기류(自己流)의 경우에는 그 교졸(巧拙)과 천격(賤格)을 탓하면서 모두 왼편으로 제쳐 놓았다. 그림에 있어서도 마찬가지였다. 옛 법의 엄격함에다 자신의 냉정한 눈까지 곁들이니, 또한 오른편으로 넘어갈 게 없었다.

새벽부터 시작한 그 작업은 아침 해가 높이 솟을 때까지 계속되었다. 나중에 정박사가 몇 번이고 감탄했던 것처럼 거의 초인적인 정신력이었다. 아침부터 몰려든 사람들로 고죽의 넓은 병실은 어느덧 발 디딜 틈 없이 빽빽해졌다. 그러나 엄숙한 기세에 눌려 누구도 그 과도한 기력의 소모를 말릴 엄두를 못 냈다. 고죽도 초헌 외에는 아무도 느끼지 못하는 것 같았다.

그러다가 열 시가 넘어서야 분류가 끝났다. 초헌의 오른쪽으로 넘어간 서화는 단 한 폭도 없었다.

"더 없느냐?"

마지막까지 간절한 기대에 찬 눈으로 자신의 작품을 검토하고 있던 고죽이 더 이상 제자의 무릎 앞에 놓인 서화가 없는 것을 뻔히 보면서도 이상하게 불안에 떨리는 목소리로 물었다.

"네."

초헌이 무감동하게 대답했다. 그러자 고죽의 얼굴에 일순 처량한 빛이 떠돌더니 그때까지 꼿꼿하던 고개가 힘없이 떨구어지며 그의 몸이 스르르 무너져 내렸다. 무슨 끔찍한 일이라도 당한 줄 알고 몇 사람이 얕은 외마디소리와 함께 고죽 주위로 모였다. 그러나 고죽은 그 순간도 명료한 의식으로 내면의 자기에게 중얼거리고 있었다. 결국 보이지 않았다. 나 역시 일생에 단 한 번이라도 그걸 보고자 소망했지만, 어쩌면 소망은 처음부터 이룰 수 없는 것이라는 걸 실은 알고 있었는지도 모르지. 그래서 마지막 순간까지 이 일을 미루어온 것인지도 모르지…….

그렇다면 고죽이 그의 일생에 걸친 작품에서 단 한 번이라도 보고자 했던 것은 무엇이었을까. 그것은 그 새벽의 꿈에서와 같은 금시조였다. 원래 그 새가 스승 석담으로부터 날아올 때는 굳센 힘이나 투철한 기세 같은 동양적 이념미의 상징으로서였다. 그러나 고죽이, 추사에 의해 집성되고 그 학통을 이은 스승 석담에게서 마지막 불꽃을 태운 동양의 전통적 서화론에서 끝내 벗어나게 되면서 그 새 또한 변용되었다. 고죽의 독자적인 미적 성취 또는 예술적 완성을 상징하는 관념의 새가 되어버린 것이었다.

이미 생애 곳곳에서 행동적으로 표현되긴 하였지만, 특히 후인을 지도하면서 보낸 마지막 이십 년 동안에 뚜렷이 드러나게 된 고죽의 서화론은 대개 두 가지 점으로 요약될 수 있었다. 그 하나는 전통적인 견해가 글씨로서 그림까지 파악한 데 비해 그는 그림으로써 글씨를 파악하려는 점이었다. 만약 글씨를 쓴다는 것이 문자로 뜻을 전하는 과정에 불과하다면 서예란 일생을 바칠 만한 의미가 없어지고 만다. 붓으로도 몇 달이면 뜻을 전할 만큼은 되고, 더구나 연필이나 볼펜 같은 간단한 필기구가 나온 지금에는 단 며칠이면 충분하다. 그러므로 서예는 의(意)에 있는 것이 아니라 정(情)에 있으며 글씨보다는 그림으로 파악되어야 한다. 특히 서예가 상형문자인 한문을 표현 수단으로 사용하는 동양권에서만 발달하고 표음문자를 쓰는 서양에서는 발달하지 못한 것도 그 까닭이다. 그런데도 글씨로만 파악했기 때문에 처음부터 그림이었던 문인화(文人畵)까지도 문자의 해독을 입고 끝내 종속적인 가치에 머물러 있었다 — 이것이 고죽의 주장이었다.

그다음 고죽의 서화론에서 특징적인 것은 물화(物畵)와 심화(心畵)의 구분이었다. 물화란 사물을 있는 그대로 표현하면서 거기다가 사람의 정의(情意)를 의탁하는 것이고, 심화란 사람의 정의를 드러내기 위해 사물을 빌려오되 그것을 정의에 맞추어 가감하고 변형시키는 것인데, 아마 서양화의 구상 비구상에 대응하는 것 같다. 고죽은 전통적인 서화론에서 그 두 가지가 묘하게 혼동되어 있음을 지적하면서 그 구분을 주장하였다. 그리고 서화가에게 있어서 그들의 관계는 우열의 관계가 아니라 선택적일 뿐이며, 문자향이니 서권기 같은 것은 심화에서의 한 요소이지 서화 일반의 본질적인 요소일 수는 없다고 생각했다.

따라서 고죽의 금시조는 그런 서화론의 바다에서 출발하여 미적 완성을 향해 솟아오르는 관념의 새였다. 죽음을 생각해야 할 나이에 이르면서부터 고죽이 마음속에 간직하고 있던 서원(誓願)의 하나는 자기의 붓끝에서 날아가는 그 새를 보는 일이었다. 그는 그것으로 자신의 일생에 걸친 추구가 헛되지 않았으며 쓸쓸하고 괴로웠던 삶도 보상될 것으로 믿었다. 그런데—— 그는 끝내 그 새를 보지 못했다. 그가 힘없이 자리로 무너져 내린 것은 단순히 기력을 지나치게 소모한 탓만은 아니었다.

그 자리에 있던 제자들이나 친지들은 고죽이 다시는 깨어나지 못할 것으로 생각했으나, 그는 채 오 분도 되지 않아 다시 눈을 떴다. 그리고 주위의 만류에도 불구하고 전처럼 상체를 일으키더니 뚜렷한 목소리로 초헌을 불렀다.

"이걸, 싸서 밖으로 가지고 나가거라. 장독대 옆 화단이다."

"……?"

좀체 스승의 말을 되묻지 않는 초헌도 그때만은 좀 이상한 모양이었다.

"나는 저것들로 일평생 나를 속이고 세상 사람들을 속여왔다. 스스로 값진 일을 하고 있다고 착각하고, 당연한 듯 세상 사람들의 감탄과 존경을 받아들였다."

"무슨 말씀을……"

"물론 그와 같은 삶이 있을지도 모르지. 그러나 나는 아니다."

"……"

"조금 전까지만 해도 나는 그것들에서 솟아오르는 금시조를 보기를 간절히 원했다. 그것으로 내 삶이 온전한 것으로 채워질 줄 알았다. 그러나 지금은 설령 내가 그 새를 보았다 한들 과연 그러할지 의문이다."

"……."

"자, 그럼 이제는 시키는 대로 해라. 이것들을 남겨두면 뒷사람까지도 속이게 된다."

그러자 초헌은 말없이 서화 꾸러미를 안고 문을 나섰다. 스승의 참뜻을 알아들었기 때문인지, 아니면 더는 명을 거역할 수 없기 때문인지는 알 수 없지만, 자리에 있던 사람들은 아무도 그런 초헌을 말리러 나서지 않았다. 언제부터인가 고죽을 감돌고 있는 이상한 위엄과 기품에 압도된 탓이었다.

"문을 닫지 마라."

초헌이 나가고 누군가 문을 닫으려 하자 고죽이 말렸다. 그리고 마당께로 걸어가고 있는 초헌을 향해 임종을 앞둔 병자답지 않게 높고 뚜렷한 목소리로 말했다.

"거기다. 모두 내려놓아라."

방 안에서 한눈에 들어오는 장독대 곁 화단이었다. 몇 포기 시들어가는 풀꽃 옆에 초헌이 서화 꾸러미를 내려놓자 고죽이 다시 소리 높여 명령했다.

"불을 질러라."

그제서야 방 안이 술렁거렸다. 일부는 고죽을 달래고 일부는 달려 나와 초헌을 붙들었다. 모두가 쓸데없는 소란이었다. 자기를 달래는 사람들을 거들떠보지도 않은 채 고죽이 돌연 벽력같은 호통을 쳤다.

"어서 불을 붙이지 못할까!"

그런데 알 수 없는 것은 초헌이었다. 그 역시 까닭 모르게 성난 얼굴이 되어 잠깐 고죽을 노려보더니, 말리려는 사람을 거칠게 제쳐버리고 불을 질렀다. 뒷날 고죽을 사이비(似而非)였다고까지 극언한 것으로 보아, 그의 내면에 숨겨져 있던 석담 선생적(的)인 기질이 고죽의 그 철저한 자기 부정(自己否定) 또는 지나친 자기 비하(自己卑下)에 반발한 것이리라. 마를 대로 마른 종이와 헝겊인 데다가 개중에는 기름까지 먹인 것도 있어 서화 더미는 이내 맹렬한 불꽃으로 타올랐다. 신음 같은 탄식과 숨죽인 흐느낌과 나지막한 비명들이 여기저기서 터져 나왔다.

어떤 사람에게는 고죽 일생의 예술이 타고 있었다. 어떤 사람에게는 그 철저한 진실이 타오르고 있었고, 또 어떤 사람에게는 고죽의 삶 자체가 타는 듯도 보였다. 드물게는 불타는 서화 더미가 그대로 그만한 고액권 더미처럼 보이는 사람도 있었다. 반세기 가깝게 명성을 누려온 노대가, 두 대통령이 사람을 보내 그의 서화를 얻어가고, 국전 심사위원도 한마디로 거부한 고죽의 진적들이 한꺼번에 타 없어지고 있는 것이었다.

그러나 그때 고죽은 보았다. 그 불길 속에서 홀연히 솟아오르는 한 마리의 거대한 금시조를, 찬란한 금빛 날개와 힘찬 비상을.

— 고죽이 숨진 것은 그날 밤 여덟 시경이었다. 향년 일흔두 살.

이문열(李文烈)

1948년 서울 출생. 본명은 이열(李烈). 서울대학교 사범대학에서 수학. 1977년 대구매일신문 신춘문예에「나자레를 아십니까」가 당선되어 등단. 오늘의작가상, 동인문학상, 대한민국문학상, 중앙문화대상, 이상문학상, 현대문학상 등 수상.『그해 겨울』(1980),『어둠의 그늘』(1981),『금시조』(1983),『칼레파 타 칼라』(1985),『구로아리랑』(1987) 등의 소설집과『사람의 아들』(1979),『그대 다시는 고향에 가지 못하리』(1980),『젊은 날의 초상』(1981),『레테의 연가』(1983),『황제를 위하여』(1982),『영웅시대』(1984),『추락하는 것은 날개가 있다』(1988),『변경』(1989),『시인』(1991),『선택』(1997),『호모 엑세쿠탄스』(2006) 등의 장편소설 출간.

작품 세계

이문열은 등단 초기부터 내용상 매우 다양한 주제를 거침없이 제기하였고, 형식상 치밀한 구성, 문체에 기초한 지적이면서도 대중적인 소설 형식들을 탐구하여왔다. 그의 작품 세계는 크게 네 가지 경향으로 요약된다. 첫째, 최초의 출세작『사람의 아들』(1979)에서는 추리소설의 형식과 지적 문체를 통하여 절대자 신과 대결하는 인간의 자유 문제를 탐구하였으며, 둘째,『젊은 날의 초상』(1981)에서는 예술가의 삶을 선택한 지식 청년의 고뇌, 개인적인 성장 과정을 보여주고 있다. 이와 같은 예술가소설은 이후「들소」(1979),「금시조」(1981)에서 권력에 종사하는 예술가와 이와 대립하는 예술가, 전근대적 지사적 예술가와 예술적 충동만을 추구하는 근대적 예술가라는 더욱 명확한 이항 대립, 관념적 사변 속에서 추구된다. 셋째,「새하곡」(1979),「어둠의 그늘」(1980) 등 군대, 감옥이라는 극단적 공간을 배경으로 근대적 사회를 지탱하고 있는 폭력과 권력, 이를 둘러싼 인간 심리의 문제들을 파헤치고 있다. 이 작품들의 근저에는 세계에 대한 환멸이 자리 잡고 있는데, 이후 더욱 극단화되어 우화소설『칼레파 타 칼라』(1982)에서는 현실을 변혁하고자 하는 모든 '정치적인 행위' '민주주의'에 대한 철저한 냉소를 표현하는 데로 이른다. 넷째, 의고적 문체 속에서 현대적 선비의 삶을 아이러니하게 묘사하고 있는「맹춘중하」(1979)를 시작으로 하여 작가는「사라진 것들을 위하여」(1979), 연작 장편소설『그대 다시는 고향에 가지 못하리』(1980) 등 에세이적 형식 속에서 선인들의 삶이나 사대부들의 혈족 공동체로서의 고향의 모습을 사라진 이상적 삶, 이상향으로 제시하고자 한다.

1980년대를 경과하면서 이문열의 작품 세계는 점차 셋째 경향과 넷째 경향이 지배적이게 된다. 전자의 경우 좀더 구체적이면서도 보편적인 인간의 모습 속에서 탐구되면서 그 정치적 이념을 분명히 한다. 「우리들의 일그러진 영웅」(1987)에서는 권력욕과 폭력이 우리의 어린 시절, 내면을 지배하는 보편적 모습으로 제시되고 있으며, 『영웅시대』(1984)에서는 우리 근대사의 한 축을 이루었던 사회주의적인 정치 행위, 이념 등에 대한 정면 대결을 시도한다. 넷째 경향, 즉 옛것에 대한 탐구의 경우 에세이적 형식을 넘어서 독자의 이념과 서사 형식 창조로 나아간다. "동양 정신의 정수를 끌어내보려" 하였다는 『황제를 위하여』(1982)에서는 『정감록』을 신봉하고 스스로 황제라 칭한 자의 이념과 일대기를 실록과 연의라는 전근대적 이야기 양식을 빌려와 서술하고 있으며, 예술가소설에 해당하는 『시인』(1991)에서는 설화에 기초하되 그것과는 전혀 다른 김병연의 일대기를 중심으로 동양적 예술가상을 창조하고 있다.

「금시조」

「금시조」는 서화가 고죽(古竹)이 스승 석담(石潭)과 대립하면서 자신만의 예술 세계를 완성하고자 했던 평생의 이야기를 서술하고 있다. 그는 열 살에 스승 석담에 맡겨져 열여덟 살에야 스승의 제자로 정식 입문하였으며 자신을 멀리하는 스승에 대한 반발로 두 번에 걸쳐 스승의 곁을 떠나 평생을 떠돌았다. 그들이 평생을 대립할 수밖에 없었던 것은 양자 간의 화해하기 힘든 예술관 때문이다. 퇴계의 학통을 잇는 영남 명유의 후예 석담이 물화(物畵)보다 심화(心畵)를 우선시하고 서화의 본질을 도(道)에서 찾는 전근대적인 지사적 예술가였다면, 한량으로 요절했던 아버지의 피를 이어받은 고죽은 물화를 중시하고 서화의 본질을 예(藝)에서 찾는 예술가, 즉 예술적 충동, 예술 그 자체를 추구하는 근대적 예술가였던 것이다.

'금시조'는 이처럼 상이한 길을 걸었지만 석담, 고죽 공히 예술가로서 꿈꾸었던 예술 최고의 경지를 상징하는데, 작가는 이를 매개로 하여 스승과 제자의 한 차원 높은 화해를 보여준다. 고죽은 오대산 산사에서 금시조 그림을 본 후 힘과 도를 중시하는 스승의 예술관을 비로소 이해하게 되지만 끝내 그 예술관을 따르지 않고 계속해서 자신의 길을 걸어간다. 고죽이 죽음의 목전에서 보게 되는 금시조는 스승의 금시조가 아니라 그 자신만의 금시조이며 그 순간은 평생 추구했던 근대적 예술가로서의 삶을 죽음으로써 완성하는 순간이라 할 것이다. 「금시조」는 『젊은 예술가의 초상』의 뒤를 잇는 선형석인 예술가소설로서 고죽과 석담의 갈등을 통해 한국 예술계를 지배하고 있는 두 가지 대표적인 예술관을 추적하되 이에 그치지 않고 한 차원 높은 화해의 모습을 보여준다는 점에서 의미 있다. 또한 다른 작품들과 달리 이항 대립 구조의 상대편이 신랄하게 비판되지 않는바, 영남 사림에 대한 작가 특유의 존경, 작가의 내밀한 의식을 엿볼 수 있게 하는 작품이기도 하다.

주요 참고 문헌

「금시조」에 대한 주요 논의로서 구모룡은 「상실과 환멸, 그리고 관념의 문학」(『표현』, 1988. 6)에서 고죽의 예술지상주의를 "환멸적 세계에 맞서 스스로의 균형을 찾을 수 있는 하나의 방법"으로 간주한다. 유종호는 「능란한 이야기 솜씨와 관념적 경향」(『금시조』 해설, 동서문화사, 1983)에서 능란한 이야기꾼의 솜씨를 고평하면서도 "미적 충동만을 추구하면서도 어떤 이념을 내세우는 자기모순"을 드러내는 작품이라고 평가한다. 김일렬(「근대적 예술가 정신과 중세적 예도 사상」, 『이문열』, 살림, 1993)은 「금시조」의 핵심을 고대 중국에서 형성되어 범동양적인 범위로 확산되었던 '중세적 예도 사상'에서 찾고 그 기원을 분석하고 있다. 『이문열론』(김윤식 외, 삼인행, 1991)에는 다양한 작품론과 작가론이 실려 있는데, 그중 이동하의 「낭만적 상상력의 세계 인식」은 이문열 작품의 낭만주의적 세계관과 관념성을 분석한 대표적인 글이다. 또한 『이문열: 살림작가연구』(류철균 편, 살림, 1993)에는 이문열 문학의 뿌리를 고향/문중 의식과 중세적 예도 사상에서 찾고 있는 다양한 평론들이 실려 있다.

_조현일

김향숙
겨울의 빛

새벽 다섯 시면 혜자는 어김없이 잠에서 깨어났다. 공중변소를 불안에 떨지 않고, 조급하지 않은 마음으로 이용하려면 그 시간대여야 한다는 것을 알게 되었던 것이었다. 한 시간만 늦으면 공중변소 앞에는 긴긴 행렬이 늘어서기 일쑤였다. 기다리기 귀찮은 아이들은 부엌 앞에서도 길바닥에서도 엉덩이를 내놓았다. 그래서 길의 여기저기엔 얼어서 순대 같은 똥덩어리들이 수북이 쌓여 있었다. 혜자는 풀어 내린 머리칼을 고무줄로 단단히 묶은 뒤 털모자를 귀 밑까지 눌러쓰고 스웨터를 걸친 뒤 방문을 열고 나왔다. 바람 소리가 하도 요란해서 바깥으로 선뜻 나설 기분이 내키지 않았다. 그러나 고리도 없는 공중변소 문을 붙잡고 (혜자는 몇 번 고리를 달아두었으나 번번이 하루도 지나지 않아 고리는 떨어지고 없었다) 줄을 섰는 바깥사람들에 신경을 곤두세우느니 새벽의 시린 공기 속을 걷는 게 백번 나을 터여서 혜자는 손바닥만 한 마루에 놓인 두 개의 요강을 들고 현관문을 열고 나왔다. 바깥은 아직 캄캄했다. 얼음 같은 찬 대기가 온몸으로 파고들었다. 손이 몹시 시렸다. 안의 내용물들 때문에 요강의 무게는 만만치 않았다. 그래서 요강을 떨어뜨리게 될까 봐 팔목에 잔뜩 힘을 주고서

---

* 「겨울의 빛」은 무크지 『여성문학』 1984년 창간호에 발표되었다. 여기서는 소설집 『겨울의 빛』(창작과비평사, 1986)에 수록된 것을 텍스트로 삼아 부분 수록하였다.

혜자는 걸었다. 가로로 16동, 세로로 8동의 단층 연립주택들이 늘어선 사택 단지 안에는 두 개의 공중변소가 있었다. 62동 뒤에 하나, 49동 앞에 하나였는데 혜자는 49동 앞의 변소를 이용했다. 변소 안의 악취는 대단하였다. 일 분도 머무르지 않아 그 악취가 옷에 배어들 지경이었다. 안의 내용물들이 손에 묻지 않도록 조심해가며 요강 둘을 부시고 볼일을 본 뒤 혜자는 33동 앞의 우물가로 가서 바람보다 한결 따뜻한 우물물로 요강 둘을 깨끗이 씻었다. 우물의 가로는 피라미드의 단단한 얼음 철책이 둘러쳐져 있었다. 멀리서 보면 촛농이 흘러내려 굳은 모양과도 흡사할 터였다. 사람들이 물을 길을 때마다 조금씩 흘린 물들이 그때그때 얼어붙어서 얼음 철책의 너비와 두께는 봄이 오기 전에는 절대로 녹지 않을 것 같았다. 그래서 물을 길을 때마다 혜자의 이마에는 땀이 배어났다. 우물은 깊었고 배는 부른 데다 얼음 철책 때문에 바짝 다가설 수도, 몸을 구부리기도 어려웠던 것이다. 그래도 이 신새벽에 두레박질을 할 때는 기분이 상쾌하였다. 밤사이 괴어 있는 물의 양이 넉넉했기 때문이었다.

혜자는 요강 둘을 부엌에 가져다 놓은 뒤 목장갑을 낀 다음 물통 둘을 들고 다시 우물로 돌아왔다. 이곳의 물 사정은 여간 나쁜 편이 아니어서 오후만 되면 벌써 우물의 바닥이 보였다. 그래서 한 시간만 있으면 잠에서 깨어난 아낙네들이 우물가로 겹겹이, 둥글게 달라붙어 서로 밀치고 악을 쓰고 난리를 칠 터였다. 그러니 미리미리 물독을 채워두는 편이 좋았다. 우물물로는 감히 빨래는 엄두도 못 내고 식수로만 쓰는 데도 절대량이 모자라기 일쑤여서 자주자주 물 때문에 빚어지는 싸움을 볼 수 있었다. 혜자는 이제 목덜미를 덮는 냉기도 잊고 부지런히 부엌과 우물 사이를 왔다 갔다 하였다. 콧잔등에도 송알송알 땀이 맺혔다. 가끔씩은 쉬었다. 아랫배가 무지근하게 땡겼던 것이다. 두 개의 물독에 물을 가득 채우는 일은 보통 중노동이 아니었다. 혜자의 몸은 이제 누가 보더라도 산월을 두서너 달 남겨놓은 형상임을 알아볼 수 있었다. 그런 몸으로 물이 가득 찬 물통 하나씩을 들고 집과 우물로 왔다 갔다 하는 일을 처음 하고 났을 때는 사지가 찢기는 듯 아팠었다. 그런데 식구들 중의 누구도 물독 채우는 일을 도와주려고 하지 않았다. 부엌일은 전적으로 혜자 몫이라고 모두들 여기고 있는 듯하였다. 현규가 딱 한 번 나흘 전에 물독 하나를 채워준 적이 있었다. 그때 민씨는 아들의 수고로움에 얼마나 마음 아픈 얼굴을 했던가? 막장에서 일하는 것만 해도 내 가슴이 찢어질 것만 같은데…… 민씨의 두 눈에 눈물이 다 그렁하지 않았던가? 그 순간의 아팠던 소외감을 아직도 혜자는 잊지 못하고 있었다.

마음 아픈 일은 그뿐만이 아니었다. 현규는 그동안 단 한 번도 혜자를 찾지 않았다. 그는 늘 술에 절어 있었고 밤낮으로 기침을 해대는 그의 부친처럼 혜자를 혐오하는 눈으로 보았다. 현규의 부친은 하루가 다르게 불러오르는 혜자의 배를 특히나 혐오스러워하는 것만 같았다. 현규 부친의 눈은 늘 엄중한 재판관의 눈을 연상시켜서 혜자를 움츠러들게 하였다. 왜, 무엇을 바라고 이곳에 머물러 있는가? 하는 물음이 하루에도 수십 번씩 혜자의 머릿속으로 떠올랐다. 그리고 민씨에게 자신의 전 재산이었던 백오십만 원을 내주었던 일이 잘한 일이었나 하는 의문도 떠오르는 것이었다. 빚쟁이가 와서 온갖 악다구니를 퍼붓던 모습을 보면서 혜자는 짐짓 모른 척 외면할 수 없지 않았던가? 빚쟁이가 냉장고니 컬러텔레비전이니 옷 광주리로나 쓰일 뿐인 세탁기를 들고 가겠다고 기승을 부리는 동안 민씨는 얼마나 참담해 보였던가? 그래서 자신도 모르게 내주고 말았던 것이었다. 민씨는 끝도 없이 월부 물건들을 사들였고 수시로 빚쟁이들이 드나들었고 수시로 돈을 꾸러 다니고 있었다. 혜자는 자신의 전 재산이었던 백오십만 원이 민씨가 지고 있는 빚의 일부를 가렸을 뿐이라는 생각을 할 때마다 무모했다는 자탄을 하지 않을 수 없었다. 그런 생각에 붙들리게 되면 물통이 더욱 무겁게 느껴졌다. 그 여자는 물통을 들고 가다 말고 멈칫 서서 하늘을 쳐다보았다. 민들레 꽃씨 같은 별들이 드문드문 박혀 있었다. 그것들은 한결같이 의문부호로만 보였다. 비로소 세상과, 산다는 일과 맨살을 부딪고 있다는 절절한 감회가 뼛속 깊이 스며들었다. 고아원에서 자라는 동안에도 많은 외로움과 배고픔을 겪었지만 그때는 그래도 앞날에 대한 기대가 가슴속에 등불처럼 밝혀져 있었던 것 같았다. 언젠가 이 봄과 마음의 헐벗음을 가려줄 누군가를 만나게 되리라. 세상과 자신 사이에 방풍벽이 되어줄 누군가가 틀림없이 나

타나리라. 그런데…… 뜨거운 무엇이 가슴을 내질렀다. 그때 등 뒤에서 현관문이 드르륵 열리면서
"사람 살려……."
불벼락을 뒤집어쓴 것 같은 여자의 비명 소리가 새벽의 대기를 날카롭게 찢었다.
"이 몹쓸 연놈들…… 설마 설마 했더니……."
현관문이 와장창 무너져 내리는 소리가 들렸다. 혜자는 흠칫 떨며 뒤돌아보았다. 내의 바람의 남자가 뒷발질로 늙은 남자의 안면을 힘껏 걷어찬 뒤 쏜살같이 앞으로 내닫고 있는 모습이 보였다. 여기저기서 드르륵 현관문 열리는 소리와 함께
"문 일이여."
눈을 비비며 몰려들 나왔다. 늙은 남자의 코에서는 피가 주르르 흘러 인중을 적시고 있었다. 이가 부러졌는지 염려가 되었던가 늙은 남자는 퉤퉤 침을 뱉어 보더니 금방 선로 너머로 사라진 젊은 남자의 뒤를 따라 냅다 뛰기 시작하였다. 어깨선이 예쁘게 드러나는 얇은 내의에 속치마 바람인 여자는 모여든 사람들에 둘러싸여 팔짱을 낀 채
"남자 구실을 못하면 잠자코 있기나 할 일이지. 밤낮으로 눈을 화등잔만 하게 벌려 뜨고는 사람을 잡아먹으려고 어흥대니…… 새끼들 내버리고 삼십육계 내버리면 그 고생 어찌 견디려는지……."
쫑알대었다. 꽃잎같이 붉게 물들인 여자의 입술이 참으로 화려하게 아름답다……. 여자를 바라보는 혜자의 눈에는 선망과도 같은 감탄의 빛이 어려 있었다.
"그렇게 뚱하니 섰지만 말고 현관문이나 달아주어요."
여자가 사람들을 쳐다보며 말했다.
"화냥년, 밤낮으로 부끄러운 줄도 모르고 소란을 피면서 미안해하는 기색도 없으니 이 기회에 조리돌려 내쫓아버려야지."
"장씨 처 말에도 일리는 있는겨. 아 애새끼 내버리고 도망가봐, 당장 그날로

그 고생을 어찌할겨. 사내 구실 못허믄 못 본 척 넘어가줘야지 어쩔겨."

"아따 그 구미호 요살 떠는 소리에 아침 잠맛만 동강이 나고 말었네. 난 또 지난번처럼 화끈한 모양새 구경이나 하게 될꺼나 해서 부리나케 나와봤더니 헛물켰잖여."

모여서 있던 남자들은 자기네 집으로들 흩어져 갔고 여자들은 이왕 깬 잠 물이나 길어야겠다며 우물가로 갔다. 혜자는 부엌으로 들어와서 밥을 안치기 전에 세탁기 위의 거울에 자신의 얼굴을 비춰 보았다. 기미가 까맣게 덮여 있었고 입술은 시퍼래서 잉크물을 들인 듯하였다. 두 볼도 움푹 파여서 광대뼈는 깎은 듯 두드러져 보였다. 이제 그녀의 얼굴에는 젊음의 그 풋풋함은 자취도 없이 사라져버렸다. 무엇을 원하느냐. 혜자야. 혜자는 자문(自問)의 꼬리가 이어지는 것이 두려워 도망치듯 빠르게 거울 앞에서 몸을 돌려 엊저녁에 씻어둔 쌀을 헹궈 밥솥에 앉혔다. 그런 다음 현규의 도시락 반찬으로 달걀찜을 하려고 찬장을 열었더니 빈 접시뿐이었다. 두 개를 남겨 두었는데…… 월급 받고 일주일까지는 쓰임새가 좋았지만 그다음부터는 반찬값을 주지 않는 민씨였다. '다 나가버렸어. 마치 도둑맞은 것 같아. 월부값이 오죽 많아야지.' 한숨을 쉬며 오직 혜자가 잘 꾸려나가주기를 기대한다는 표정을 하였다. 부엌에는 쓰지도 않는 전기프라이팬이니, 파티쿠커니, 핫플레이트니 하는 것들이 선반에 쌓여 있었다.

'나는, 혜자야. 새 물건들을 사들이는 재미마저 없다면 그 인생이야말로 막장이지 뭐겠냐는 생각이 드는데…… 넌 어떠냐? 넌 참 어른 같은 데가 있더라. 현규하고 배부터 맞춘 것을 보면 역시 세상 물정 모르는 철부지지만…… 고생을 많이 해선지 사는 데는 야무져, 여간 다부지지가 않아. 난 통 고생 모르고 자랐거든. 현규 아버지를 만나 광부 아내가 되긴 했다만 그래도 주욱 지부장님 사모님 소릴 들으며 살아왔지. 현규 아버지가 광부 오야붕이 되어 파업을 하겠다고 연설을 하면 모두들 박수를 치고 현규 아버지 말을 따랐어. 아주 일사불란하게 움직였단다. 사장님들이 식접 현규 아버지하고 남판을 하러 내려오시고들 했으니까. 현규 아버지는 아주 신념이 강한 분이시거든. 난 여지껏 살아오면서 그 양반이 허튼소리 하는 걸 한번도 들어본 적이 없단다. 그런데 이즈음은 현규 아버지 말에 동조하는 광부들이 점점 줄어들지 뭐야. 옛날 광부들은 기백이 펄펄해서 며칠 굶는 것도 예사롭지 않게 생각했는데 이즈음은 모두 다 떨려날까 봐 전전긍긍이니까, 장사꾼들로부터 업신여김을 받게 되는 거지. 옛날에는 뭐든지 들여놓으시라고 아양들을 떨더니 지금은 눈에 불을 밝혀선 돈 내놓으라고 아우성들이니……' 빚쟁이가 와서 텔레비전을 들고 가겠다고 한바탕 야료를 부렸던 날 민씨가 들려준 말이었다. 사택 단지 건너편 저탄장의 봉우리가 하루가 다르게 높아져가고 있는 이즈음이었다. 콩나물을 싸준 신문지 한쪽에는 가스의 소비량 급증과 함께 석탄의 소비량이 점점 줄어들고 있다는 기사가 실려 있었다. 조그만 탄광들의 폐업이 늘고 있다는 기사도 있었다. 그는 앞날에 대한 어떠한 대비책을 세우고 있는가? 혜자는 함께 이야기하고 싶었다. 그런데 그는 그럴 수 있는 틈을 주지 않았다. 그는 대체…… 혜자의 가슴은 터질 것만 같았다. 그때 부엌과 방 사이의 작은 쪽문이 열리면서 민씨가 고개를 내밀었다.

"주욱 입맛이 없더니 오늘은 혜자야. 고등어자반이 먹고 싶네."

주머니에 마침 어제 코트 수선을 해주고 몇 푼 받은 것이 있었으므로 혜자는 아무 말 않고 부엌에서 나왔다. 저탄장 위의 하늘은 어느덧 부유스름한 빛을 띠고 있었다. 다 탄 연탄을 모아두는 곳까지 가기 싫은 여자 하나가 길 위에 연탄을 그냥 내던졌다.

"그만 처자고 일어나란 말이야. 일 나가는 남편 굶겨서 내보낼 거야"

하는 고함이 어느 집에선가 터져 나왔다. 된장국 냄새, 김치찌개 냄새가 구수하게 떠돌고 있었다. 눈곱이 잔뜩 끼고 붉게 염색한 머리칼이 새둥지 같은 여자가 요강을 들고 나와 길바닥에다 싯누런 액체를 철철철 쏟아 부으며 아함, 입을 크게 벌려 하품을 하였다. 그러면서 매니큐어가 벗겨져 지저분한 손톱으로 눈곱을 뗐다. 더러운 내복 하의에 털코트를 걸친 사내아이가 빵을 베어 물고 뛰어가고 있었다. 어둠의 도금이 벗겨진 사택 단지의 남루함이 아침에는 더욱 두드러졌다. 비비틀린 갈치 꼴의 더러운 고드름들이 처마에서 대롱대었다. 라디오 소리가 시끄럽게 떠돌아다녔다. 잔뜩 옷들을 껴입어 색깔 있는 드럼통을 세워놓은 형상들인 여자들이 우물가에 둘러서서 어서 비켜서라느니, 왜 늦게 나와서 참견이냐느니로 말다툼들을 하고 있었다. 누런 개 한마리가 퍼석하게 언 똥덩어리들에 코를 박고 있더니 혜자 옆으로 꼬리를 흔들며 다가왔다.

땡앵 땡앵 땡앵 교회당의 종소리가 들려왔다. 두부 한 모를 든 여자가 종종걸음을 치며 혜자 옆을 지나갔다. 공동변소 옆 놀이터에는 벌써 갈가마귀 떼 같은 아이들로 덮여 있었다.

'이 철로를 지나다니는 자에겐 이십만 원 이하의 벌금을 물릴 수 있습니다. 경찰서장'이라고 적힌 팻말이 내던져진, 폐쇄된 선로를 지나 혜자는 식품점으로 갔다. 고등어자반을 흥정하기도 전에 주인 여자가 외상값 독촉을 했다. 얼마라도 정리하지 않으면 앞으로 외상은 사절하겠다고 단호하게 말했다. 가게 안쪽, 살림방에서 웅크리고 앉아 주산을 놓고 있던 주인 남자가 핏발 선 눈으로 제기랄 하고 주산을 내던졌다.

"이십만 원 넘게 처먹고는 야반도주를 하면 어떡해? 날마다 예수 믿으라고 소리소리 외치고 다니던 것이…… 어제저녁에는 소시지랑 과자랑 듬뿍 가져가면서 내일은 모두 갚겠다고 흉물을 떨길래 미심쩍어 하면서도 내가 그 너스레에 넘어가고 말았다니…… 재수가 없으려니……."

절뚝거리는 걸음으로 주인 남자는 방에서 내려와 커튼으로 칸막이를 해놓은 가게 구석의 부엌으로 들어가더니 소주를 꿀꺽꿀꺽 들이켰다.

"나도 막장서 탄 캐던 놈이긴 하지만…… 정말 형편없는 인간들 하치장 옆에서 푼돈 벌어먹고 살려니 홧병밖에 남는 게 없겠구만."

외상으로 아침 장을 보러 왔던 여자들이 상기한 목소리로

'어머어머 엊저녁에 누가 또 야반도주했는가요?' '어쩌면 그럴 수가 있지' '그런 인간들 때문에 선량한 우리들까지 의심의 눈초리를 받게 되는 거지 뭐겠어' '뭐니 뭐니 해도 사람은 뒤가 깨끗해야 되는 건데' '40동 2호댁, 어쩐지 그런 일 저지를 만한 싹수가 보였댔어야' '그래도 그렇게 나쁜 사람은 아니었는데. 친정 뒤 대느라고 늘 목돈이 들어간다는 얘길 여러 번 들었었는데 결국 그

때문이었나…….'

 여자들은 식품점 주인 여자를 에워싸고 자신들의 외상값을 불원간에 해결하겠다고 맹세들을 했다. 그러나 주인 여자는 더 이상 외상 주기를 거절했다. 둘은 입을 비죽이며 그냥 돌아갔고 둘은 백동전 몇 닢 내놓고 달걀 두 개를 집었다. 혜자는 주머니를 털어 달걀 다섯 알과 고등어자반 한 마리를 샀는데 뺨에 와 닿는 시선이 따가웠다. 그 시선들은 이렇게 말하고 있는 듯했다. 남의 빚돈 잘 쓰는 것들이 먹는 데도 호기를 부리고 있어. 그 여자는 고개를 움츠리고 고등어자반을 눈에 띄지 않도록 스웨터 밑으로 하여 걸었다. '저것 보라지. 외상 절대 사절이라니까 현금들을 내놓잖아. 돈이 없지도 않으면서 그저 외상 먹는 데 길들여져서는…… 나쁜 것들, 하나같이 도둑놈 심보지 뭐야. 탄 속에서 뒹굴다 보니 속까지 그 모양이 됐는지…… 원 제기랄…… 어서 바삐 이 바닥을 떠야지…….'

 식품점 주인 남자의 말이 독화살처럼 혜자의 등에 박혔다. 뛸 듯한 걸음으로 부엌으로 돌아왔을 때 밥 타는 냄새가 코를 찔렀다. 방 안에서는 텔레비전의 사회자의 목소리, 민씨와 현자가 사이좋게 주거니 받는 이야기 소리들…… 이 뒤섞인 채로 웅웅대며 들려오고 있었다. 세수들은 끝냈는지 물독 옆에는 흐트러진 비눗갑이며 비눗물이 꺼무레한 개구리밥처럼 떠 있는 찌그러진 세숫대야가 있었다. 왜 그 순간 찌그러진 세숫대야가 자신의 처지처럼 느껴졌던지…… 혜자는 비눗갑을 발로 걷어찼다. 그리고 밥솥을 화덕에서 내려놓고 생선 구울 석쇠를 올려놓는데 부엌문이 열리면서 넙데데한 포항댁 얼굴이 보였다.

 "물 좀 줄라나? 밥 지을 물이 없네."

 혜자는 들은 척을 하지 않았다. 대체 몇 번인가? 아니 거의 하루도 빠짐없이 아침마다 물을 얻으러 오다니. 그런데다 포항댁의 어조는 명령조나 다름없질 않은가?

 "아니 내 말이 안 들리나? 물 좀 달라 안하나."

 혜자는 이번에도 역시 침묵했다. 석쇠에다 자반 토막을 얹었다. 매운 연기가 피어올랐다.

"새파란 것이 늙은이 홀대하는 꼴 좀 보거라 아이구야, 참으로 우스운 꼴 다 보겠네. 아니 서울댁, 갑장…… 이리"

하고 포항댁이 소리친 것과 동시에 민씨가 고개를 내밀었다.

"무슨 일로 목청을 돋구고 그래?"

민씨가 아이고 이 밥 탄 냄새…… 하고 덧붙였다. 포항댁은 혜자가 얼마나 암팡지게 사람을 무시했는가, 입에 거품을 물고 길길이 뛰었다. 민씨는 여전히 사람 좋은 미소를 머금고

"혜자야. 물 같은 걸로 인심을 사납게 쓰면…… 그때는 사람대접을 받을 수 없게 된다는 걸 몰랐냐……."

타이르듯 말했다. 뽀얗게 화장을 끝낸 현자도 민씨 어깨 위에 머리를 얹고

"오죽 형편없이 살아왔으면 물까지도 억척 욕심을 부릴까?"

쫑알대었다.

"어서 한 바께쓰 날라다 드리지 않고……."

민씨가 말했다.

"뱃속에 든 현규 씨 때문에 그간 사람대접을 해주었더마는…… 암캐도 부모 없이 자란 근본은 못 쇡이는 법인 모양이제……."

뜨겁게 달궈진 석쇠를 포항댁의 발밑으로 내던지고 싶은 충동을 간신히 삭이느라 혜자의 눈꺼풀과 입술이 파들파들 경련했다. 염치없는 것. 쏟아낼 수 없는 욕들이 미어질 것 같은 가슴속에서 용암처럼 부글부글 끓었다. 당신들은…… 당신들은…… 대체…… 뭘…… 잘하고 있다고…… 혜자는 소리치고 싶었다. 그런데 목이 잠겨 말이 나와주지 않았다.

"혜자야. 너 섬미 못쓰겠구나."

쪽문 사이에 걸터앉았던 민씨가 쯧쯧 혀를 차며 부뚜막으로 내려와 뿌지직 타고 있는 자반을 뒤집었다. 그리고

"집에 가 있어. 갑장은. 곧 혜자가 물을 가져다 줄 테니……."

하고 포항댁을 향해 말했다.

"물을 드릴 수 없어요, 어머니."

혜자가 말했다.

"아니, 보자보자 하이까네 정말 더러바서 내가 그래, 집도 절도 없이 떠돌아다닌 니깐년한테 이런 대접을 받게 되다이······."

포항댁이 혜자의 코에 삿대질을 했다.

혜자는 자반을 접시에 담고 달걀을 풀어 소금을 쳐서 불 위에 올렸다. 포항댁은 얼마 동안 악다구니를 퍼부었지만 혜자는 제 할 일만 계속했다. 밥을 전기보온밥통에 옮겨 담고 상을 차려서 방 안으로 들여보냈다. '숭헌 년, 징헌 년.' 포항댁은 침을 퉤퉤 뱉으며 부엌에서 나갔다. 민씨는 아무 말 않고 방 안으로 들어가버렸다. 폭발할 것 같은 기분을 겨우겨우 누르며 혜자는 잠잠히 그의 도시락을 준비했다. 보온밥통과 반찬 통을 도시락 통 안에 넣은 뒤 마지막으로 조그만 소금 주머니를 그 안에 넣었다. 심장이 오그라드는 것만 같았다. 소금을 만지는 일은 언제까지나 습관이 되지 않으리라는 예감 때문인지 혜자의 눈에는 절박하고 안타까운 빛이 무겁게 떠올라 있었다. 한 달 전 문경에서 큰 낙반 사고가 있었는데 그때 일주일을 갱 속에서 버티었다 구조되었던 한 광부의 말을 혜자는 똑똑히 기억하고 있었다.

"내가 살아날 수 있었던 것은 지하수와 아내가 잊지 않고 준비해주었던 소금을 핥을 수 있었기 때문이었소."

대체 매일 아침 이런 지독한 고문을 받아야 하는 여편네들이 달리 또 있을까? 그가 일을 끝내고 돌아올 때까지 혜자는 늘 불안하고 두려웠다. 화약고를 등에 지고 있는 듯하였다. 그래선지 또 하루하루가 천금보다 소중하게 여겨졌다. 그런데 지금의 자신의 생활은 무엇인가? 일벌레에 지나지 않을 뿐인 것을······ 두 달 후면 아이도 태어나리라······ 그리고 언제까지나 각방 생활을 할 수도 없는 노릇인데······ 그는 늘 혜자의 눈의 말을 묵살했다. 이제는 더 이상 참을 수 없다고 혜자는 생각했다. 오늘은 기필코 말하리라. 더 이상 묵살당하지 않겠다.

작업복에 방한모를 쓰고 혜자가 짜준 빛깔 고운 크림빛 털목도리를 두른 그가 부엌문 앞에 서서 도시락 통을 달라고 손을 내밀었다. 더 이상 머뭇거려서

는 안돼. 도시락 통을 건네주면서 혜자는
 "접때…… 그 방에서 만났으면…… 해요."
 그의 카키빛 방한화에 눈을 박고서 말했다. 그 여자의 두 뺨은 붉게 상기해 있었다.
 "그 몸을 해가지고도 근지럽나?"
 그가 묘하게 웃으면서 말했다. 무슨 뜻인지 알아듣지 못한 혜자가 멀뚱히 그를 올려다보자
 "백오십만 원을 내놓았으니까 남자 구실을 해라 이 말이냐구……."
 말이 끝나기도 전에 혜자의 오른손이 그의 뺨을 후려쳤다. 그러나 귀를 덮는 방한모의 꼬리 때문에 후려치는 시늉만 되었을 뿐…… 그는 여전히 묘한 웃음을 입꼬리에 달고 있었다.
 "배부른 여자가 뒤트는 모습도 흔히 구경할 수 있는 것은 아닐 테니까…… 네 시 반까지 그곳으로 갈게."
 누가 밀치기라도 한 듯 혜자는 털버덕 부뚜막 위로 무너져내렸다. 개자식 개자식 개자식 그를 꽉 죽여버릴 수만 있다면…… 혜자의 두 눈에는 끈적한 살의가 번득이고 있었다. 개새끼. 죽여버릴 거야를 혜자는 수십 번 중얼거렸다. 그렇게 하고 나니까 꽉 막혔던 가슴이 얼마간 풀어졌다. 그러나 모욕 받은 치욕감은 조금도 줄어들지 않았다. 밥상을 내가라는 현자의 목소리가 들려왔다. 부엌으로 내다 달라고 혜자가 조용하게 말했다.
 '오늘 아침에는 계속 충격주시네. 이제부터 본색을 드러내겠다 결심했어요?' 말은 그렇게 하면서도 현자는 밥상을 부뚜막 위에 내려놓았다. 그리고 혜자를 물끄러미 바라보았다.
 "엄마한테 조금 전에 얘기 들었어요…… 어쩌면 그 돈이 어떤 돈인데…… 혼인신고도 안 되어 있는 마당에 차용증서도 없이 불쑥 내놓을 수가 있어요? 나 같으면 상상도 못할 거예요."
 혜자는 입을 열기만 하면 무슨 말이 튀어나올지 몰라, 또 너무나 기진해서 머리를 선반 기둥에 붙이고 망연한 자세로 앉아 있었다.

"포항댁 일도 언니가 그 때문에 몹시 허탈해진 데다 신경이 날카로워진 탓으로 그리 되었을 거라고 엄마가 말했어요…… 지금 후회하고 있을 거예요. 그렇지 않아요?"

잘 모르겠다고 혜자는 들릴 듯 말 듯 낮은 목소리로 말했다.

"밑 빠진 독에 물 붓기예요. 엄마는 자제하는 힘이 없거든요. 그렇게 키워진 우리들도 마찬가지구요. 그러니 이번 일은 별로 잘한 일이 못 되었어요……. 언니가 좀더 자제심이 있었다면 그 돈을 밑 빠진 독에 쑤셔 넣지는 않았을 거예요."

혜자는 고개를 끄덕이며 말했다.

"그 돈으로 장사 밑천을 했더라면…… 빚을 조금씩 차근차근 갚을 수 있는 계기가 될 수 있었을 텐데…… 그 점이 아쉬울 뿐이에요."

"잘한 일은 결코 아니었지만 나는 언니가 좋아졌어요. 말할 수 없이요…… 난 정말 죽었다 깨도 언니처럼 할 수는 없을 거예요. 아니 절대로 하지 않을래요. 난 생선 가운데 토막만 먹고 싶으니까요."

현자가 혜자의 두툼하고 트고 볼썽사나운 두 손을 꽉 쥐었다. 그리고 혜자의 눈을 수사관처럼 집요하게 들여다보았다.

"그런데…… 언니는 지금 대단히 낙담하고 있는 것 같은데요…… 제 눈에는 빈털터리가 되었다는 허탈감 때문만은 아닌 것 같으니 자백하세요. 언니의 이런 눈빛은 처음 봐요. 누가 언니한테 펀치를 먹였지요? 오빠가요?"

혜자는 고개를 흔들었다. 이 집에서 없어져야 한다는 것을 너무 늦게 깨달은 것 같다는 말이 불쑥 튀어나오려고 해 혜자는 상 위에 남은 맨밥을 꾸역꾸역 입안으로 쑤셔 넣었다.

"틀림없이 오빨 거예요. 엄마가 그 얘길 기어드는 목소리로 말하자 오빠 눈썹이 송충이 꼴이 되었으니까요. 그리고 입으로 가져가던 숟가락을 내던졌으니까요. 틀림없어요. 오빠가 원흉일 거예요."

현자의 다그침에 혜자는 그만 참지 못하고 입을 열고 말았다.

"그는…… 날…… 조금도…… 원치 않는 것…… 같아요…… 난 그걸……

비로소…… 확실하게 깨달았어요…… 그러니…….”
　밥을 계속해서 쑤셔 넣어 두 볼에 혹 달린 형상인 혜자의 얼굴은 흉하게 일그러졌다. 그토록 참으려 했는데…… 뜨거운 눈물이 주르르 혜자의 뺨 위를 적시고 말았다.
　“오빠가 뭐랬지요?”
　혜자는 차마 그 말을 현자에게 옮길 수가 없어 두 손으로 얼굴을 감싸 쥐고 꺽꺽 소리죽여 흐느꼈다. 가슴이 조각조각으로 찢어지는 것만 같았다.
　절대로 절대로 그를 용서할 수 없으리라.
　“옮길 수 없도록 흉측한 말이겠지요?”
　현자가 말했다. 혜자의 두 눈에 또다시 강한 살의가 번득였다.
　“오빠는…… 마음에 없는 말을 잘 한답니다. 그것도 징그럽도록 끔찍한 말을요. 성질이 났다 하면 영 다른 사람이 되는 것 같아요. 오빠는 자신에 대한 절망감을 감당하기가 어려운 모양이에요.”
　현자는 설거지를 하기 시작하면서 하던 말을 계속했다.
　“오빠는 엄마가 동생들을 계속해서 낳는 바람에 일찍 막장일을 하지 않을 수 없었거든요. 장남으로서의 도리 때문에 자신의 인생이 어긋나버린 데 대해서 불만이 많은 것 같았어요. 그런 오빠 심정 이해하실 수 있겠어요?”
　“모르겠어요.”
　혜자는 고개를 흔들었다. 현자의 두 손은 재빠르고 민첩하게 움직이고 있었다.
　부엌문 앞에서 귀에 익숙한 기침 소리가 들려왔다. 병반 근무를 마치고 이제 귀가하는 헌규 부친의 발길음 소리가 혜자를 부뚜막에서 빌떡 일어서게 하였다. 혜자는 가마솥의 끓는 물을 부지런히 두 개의 함지박에 퍼 담았다. 예순이 멀잖은 노인네가 밤 열두 시부터 아침 여덟 시까지 막장에서 쉬임없이 일하고 검은 껍데기 형상으로 돌아오는 모습을 대할 때면 혜자는 늘 숙연하고 이루 말할 수 없이 미안한 마음이 되는 것이었다. 온몸이 탄가루투성이인 헌규 부친은 설거지통 앞의 현자를 보더니

"이제야…… 철나나…… 보다."

하였다. 그리고 질척이는 장화를 벗은 후 웃 작업복을 벗고 씻기 시작하였다. 두 개의 함지박 물빛은 어느덧 짙고 걸쭉한 먹빛깔이 되어 있었다. 혜자가 건네준 깨끗한 수건으로 얼굴을 닦으면서 현규의 부친이 말했다.

"내일부터는 물 긷지 않도록 해라."

현자가 밥상을 방으로 들여놓은 뒤에 혜자의 옆에 와서 속삭였다.

"아버지는 언니가 돈 내놓은 것 절대로 모르실 거예요. 엄마가 집 쫓겨날 각오 없이는 그 말을 꺼내지 못하실 테니까요."

"그런 일은 중요하지가 않아요……."

한숨을 쉬며 혜자는 함지박의 물을 수챗구멍으로 쏟아 보냈다.

"왜 중요하지가 않아요? 언니는 아버지가 그런 사실도 전혀 모르면서 언니한테 마음을 열었다는 것이 기쁘지 않아요?"

현자의 눈이 샐쭉해졌다.

"왜 기쁘지 않겠어요? 하지만 함지박 물을 보면 그런 기쁨도 다 그 안으로 빨려 들어가버리는 것만 같은걸요……."

혜자의 목구멍이 뜨거워졌다. 이곳을 떠난다 해도 영원히 잊지 못하리라. 일터에서 돌아온 현규와 현규 부친의 그 짙은 먹빛 세숫물빛을.

"그렇게 마음이 여린 언니가 오빠를 이해하지 못하겠다니 이상하군요."

혜자는 대답할 말을 찾을 수 없었다.

그런 말을 태연히 입에 담을 수 있는 자를 어떻게 이해해야 한단 말인가? 아니 설령 시간이 흘러 이해하게 된다 하더라도 다시 사랑하기란 불가능할 터인 것을.

"정말 이 얘기까진 하고 싶지 않았는데…… 작년에 오빠와 가까웠던 여선생한테는 무슨 말을 했게요. 씹값도 제대로 계산할 줄 모르는 멍청이년이랬어요. 여선생은 울며불며 떠났지요. 오빠는 그렇게 해주는 것이 자신의 사랑이라고 했어요. 오빠 마음을 모르겠어요?"

현자는 혜자를 똑바로 응시했다. 혜자는 고개를 저었다. 망치로 머리를 얼어맞은 것 같은 충격 때문에 혜자는 몸을 가누기가 힘들었다. 설거지를 끝낸 현자는 무엇이 마음에 걸리는가 방 안으로 들어가지 않고 부엌에 계속해서 남았다.

"출근하세요"

하고 혜자가 말했다.

"내가 공연한 말을 한 것 같네요. 난 언니가 오빠의 속마음을 헤아릴 수 있으리라 믿고 한 얘기였는데…… 언니는 오히려 끝났다 하는 표정을 하고 있으니…… 내 독심술이 틀렸다면 좋겠는데……."

"틀리지 않았어요. 끝이에요."

현자의 날카로운 눈꼬리가 위로 치켜 올라가서 가느다란 눈썹과 닿을 듯 가까워졌다. 신경이 뾰족하게 날카로워진 징후였다.

"당당하시네요. 언니는…… 끝이라는 말을 그리 쉽게 할 수 없는 처진데……."

"뱃속의 아이 때문에 내가 발목이라도 잡혔다고 생각한다면 그건 큰 오산이에요. 난 아이 때문에 형편없는 남자와 살지는 않아요."

혜자는 카랑하게 말했다.

현자와 혜자의 눈이 팽팽하게 부딪쳤다. 몇 초 동안 네 개의 눈동자는 적대와 혐오의 감정들로 번득였다. 현자의 눈빛이 먼저 누그러졌다.

"오빠는 오빠가 내뱉는 말만큼 형편없는 남자가 아니라는 걸 언니는 믿어야 해요."

"난 아이 때문에 형편없는 남자와 살지는 않아요."

"그건 열등의식에서 비롯된 오기일 뿐이에요."

혜자의 어깨가 흠칫하고 떨렸다. 그 여자의 눈은 아래로 감겼다. 영원히 열리지 않을 듯 무겁게.

오빠의 처지가 한번이라도 되어보셨나요? 현자의 목소리가 높아졌다.

"오빠는 막장 안의 갱목 더미가 무너져서 하마터면 큰 사고를 당할 뻔한 일도 겪었어요. 오빠의 일터란 곳이 얼마나 끔찍한 곳인지 언니는 짐작도 못할 거예요…… 갱 입구에서 입갱 표찰을 넘겨준 뒤 땅속으로 들어가는 수직갱도에 설치된 케이지를 타는 그 순간부터 등어리가 서늘해진다 했어요…… 케이지란 것이 제대로 사방이 막혀 있는 방도 아니고 밑만 철판이 깔리고 양 옆은 사슬로 대충 얼기설기 엮어놓아 엉성하고도 매우 섬찟한 모양새를 하고 있다는데 사람이 내리고 타면서 문을 닫을 때는 쇠사슬이 마찰되는 굉음이 마치 외국 영화에서 살인자를 집어넣고 철창문을 닫을 때의 소름 끼치는 음향과도 엇비슷하다고 오빠가 말한 적이 있었어요. 그런 케이지를 타고 무서운 속력으로 땅속으로 내려갈 때면 그대로 땅속에 갇혀버릴 것 같은 착각이 들기도 한다면서 하긴 뭐 그렇게 되는 편도 그리 나쁠 것은 없겠다고 하던걸요. 그뿐이면 괜찮게요. 막장 안의 지열은 일 년 열두 달 삼십 도를 오르내리는 데다 탄먼지가 자욱해서 앞이 보이지 않을뿐더러 배밀이를 해서 기어야만 겨우 통과해 갈 수 있는 낮고도 좁은 갱도도 있다는데."

그만 하라고 혜자가 말했다. 현자의 두 눈은 물기로 젖어 있었다.

"오빠한테는 보장된 미래도 없어요…… 아버지처럼 규폐증에라도 걸린다면 하는 불안감 속에서 매일매일 탄 범벅이 되어 살아가고 있을 뿐이죠."

"아버지가 규폐증에 걸렸다구요?"

혜자의 목소리는 비명처럼 들렸다.

"다음 달에 산업재해병원으로 옮겨가야 한다고 했어요. 산소를 하루 종일 마시지 않으면…… 얼마 남지 않았다는 거예요. 마신다 하더라도 시한부 목숨이겠지요. 4동 정씨 아저씨도 병원으로 들어간 지 일 년 만에 돌아가셨으니까요. 그런데……"

현자는 말을 끊고 숨을 꿀꺽 삼켰다.

"쪽박 들고 동냥하러 나선 것처럼 마음이 몹시 좋지 않네요. 그리고 언니를 붙잡으려 하는 것이 염치없는 짓이란 생각도 들구요."

혜자의 얼굴은 난감한 빛으로 덮여 있었다. 그가 주었던 치욕적인 모욕감을 죽는 날까지 잊을 수 있을 것 같지 않은데…… 현자의 말을 들으면 그를 이해해야만 옳은 처사일 것 같으니…… 현자는 부엌문을 열고 나갔다. '백오십만 원을 내놓았으니까 남자 구실을 해라 이 말이냐구' '배부른 여자가 뒤트는 모습도 흔히 구경할 수 있는 것은 아닐 테니까……' 그의 목소리가 귓전을 떠나지 않으면서 혜자는 구토가 치밀어 오르려고 하였다. 어떡해야 좋단 말인가? 알 수 없는 채로 혜자는 광 안으로 들어가서 구석구석 정돈했다. 다른 집들과 달리 남루한 누더기 광이 아니라 시멘트 블록으로 제대로 만든 광 안은 혜자의 손길이 지나가자 반듯하고 깨끗해졌다. 김칫독들은 반들반들 윤이 났다. 혜자 키보다 높게 쌓여진 연탄 더미들은 한 치의 어긋남도 없이 질서정연했다. 부엌의 선반 구석이며 밥솥 냄비들을 반짝반짝 광이 나도록 닦았다. 행주와 걸레도 삶아 부엌 안의 빨랫줄에 널었다. 포항댁 부엌으로 물 두 통도 가져다 주었다. 그러고 나니까 물독 둘이 다 비었다. 마음도 텅 비워낼 수만 있다면 하는 바람과는 달리 혜자 마음속 적의는 점점 더 단단해지고 커졌다. 그를 이해하도록 하라고 스스로를 부추겼지만 소용없었다. 무시당하고 모욕 받았다는 원망감의 뿌리는 깊었다. 다른 방도는 없으리라. 그와 다시는 상면하지 않는 수밖에.

혜자는 빠른 걸음으로 공동 우물을 향하여 걸었다. 그런데 우물가로는 다가설 한 치 틈도 없이 새의 울부짖음 같은 우물방송 소리를 들으며 뒷전에서 얼마를 기다려야 했다.

"얼굴이 영 못쓰게 됐어."

새벽에 난리를 쳤던, 까만 스카프를 쓴 여자가 태연한 얼굴로 혜자를 뒤돌아보며 말했다.

"그거야 신랑 사랑을 못 받아서 그렇제. 남자 여자 그렇게 편 갈라 방을 나눠 쓰는 참에 언제 사랑받을 겨를이 있간디? 그러니 목마른 나무처럼 시들어갈 수밖에"

두레박질을 하고 있던 빨간 조끼 여자가 말했다. 둘러서 있던 여자들이 킬킬대며 웃었다.

"여관은 뭐 무허가 것들만 이용하라는 덴가."

누군가의 말에 웃음의 거품들이 일었다.

"방이 문제라면 내가 제공할 수도 있다구. 우리 늙은이 병반 나가는 날 우리 집으로 와요. 응."

까만 스카프 여자가 진지하고 다정한 얼굴로 혜자를 보았다. 또다시 까르르르 웃음이 여기저기서 터져 나왔다. '그걸 그렇게 밝히는 자가 남의 딱한 형편도 다 헤아리고. 제법이네' '배부른 사람은 배고픈 사람 마음을 절대로 알기가 어렵겠지만 난 그게 아니거든.' 까만 스카프 여자가 말했다.

'그게 아일꺼로. 지은 죄갚음할라꼬 그러는 걸꺼로.' 물이 가득한 물동이를 마악 머리 위로 들어올리며 녹색 스웨터 여자가 실실 웃었다.

"무슨 소릴. 난 펜대 잡는 남자 아니면 입장 사절하고 있는걸. 그러니까 내가 자기들 남자 어떻게 하려나 마음 졸이지 않아도 될 거야. 그보다는…… 곧…… 다가올 대량 실업에 대비해서 먹고 살 궁리나 열심히 하는 게 좋으실걸."

까만 스카프 여자가 깔깔 웃었다.

"무슨 소리고 그게. 대량 실업이 대체 먼데."

녹색 스웨터 여자의 두 눈이 휘둥그레졌다.

"뭐긴 뭐야. 탄이 안 팔리니까 문 닫겠다는 거지. 자기는 그래 신문두 안 봐?"

까만 스카프 여자가 두레박을 혜자에게 넘겨준 뒤 엉덩이를 흔들며 사라졌다.

"저 걸레 수다는 맞는 기가? 유언비어 아이가?"

녹색 스웨터가 혜자 옆의 여자한테 바짝 다가섰다.

"유언비어는…… 멀지 않아 그리 되겠지. 걱정이 되면서도 나는 차라리 그 날이 빨리 왔으면 싶기도 하다니까. 인제 영 구제 불능의 끝물이다 싶으면 다른 기술을 배우려고 들지 않겠나 싶어서…… 그리고 이 물도 검고 산도 검은 유배지서 떠날 수도 있겠거니 싶어서……."

"아이고 잘도 새 기술 배울라 카겠다. 그러나저러나 걱정이네. 그래도 죽자 살자 탄만 캐믄 아이들 공부는 시킬 수 있겠다 싶었는데…… 아이구야. 이 일을 우짜노. 큰일이네. 아이들 공부시킬 욕심으로 미장일하는 남자 꼬아가 일로 들어왔는데 이리 되면 만사휴이 아이가."

"당장 문 닫는 것 아니니까 호들갑 떨지 말아. 어디 가면 산 입에 거미줄 치 겠어?"

"왜 아녀? 근심걱정 가불해서 열심히 한다꼬 상 주는 사람 있는 것도 아인 데…… 가는 데까지는 가보는 기라. 니기미. 한번뿐인 목숨인데 애땅지땅 벌 벌 떨어가면서 살 끼 뭐 있겠노. 오늘을 유쾌하게 살믄 되는 기라. 문 닫을라 카믄 닫아라 카지 머."

혜자 맞은편 여자가 말했다. 그 말에 어떤 여자들은 아연한 표정들을 했고 어떤 여자들은 박수를 쳤다.

"몸이 근지러운데 오늘 한바퀴 돌러 안 갈래?"

혜자 맞은편 여자가 선동하듯 말했다. 근지러운데…… 혜자의 등골이 또다 시 오싹했다.

"새댁 와 벌레 씹은 얼굴이고. 내 말이 비위에 안 맞다 이 말이가? 참 세상 돌아가는 꼴 더러버서…… 똥 묻은 개가 뭐 묻은 개 흉본다 카다마는……."

혜자는 도망치듯 부엌으로 돌아왔다. 물독에 물을 쏟은 후 이번에는 멀지만 12동 앞의 우물로 갔다. 다행히도 그곳에는 사람들이 많지 않았다. 그런데도 수량이 풍부치 못해서 두 독을 다 채우지 못했는데 물이 바닥나버렸다. 얼마나 마음이 찜찜했는지…… 포항댁한테 물 준 것이 다 후회스러울 지경이었다. 빨 래함지를 이고 나가며 혜자는 그런 자신에 실소하고 있었다. 빈털터리로 돌아 가야 하는 자신에 대해서는 이상하리만큼 후회하는 마음이 아니면서 그까짓 차 지 못한 물독에 대해서는 그리도 연연해하다니…… 툭툭…… 툭…… 배를 덮 은 스웨터가 눈에 띄게 물결처럼 부풀었다 가라앉았다. 위에서 놀면 아들이라 던데…… 혜자의 두 눈이 환하게 빛났다. 자신은 결코 빈털터리가 아닌 것이 었다. 빨래함지가 조금도 무겁지 않았다. 식품점 앞을 지나서 한참을 걸어가면 실개울이 나왔다. 그곳의 골바람은 살인적으로 매서웠다. 손가락 발가락이 떨 어져나갈 것만 같았다. 귓바퀴는 찢어져서 피가 흐르는 것만 같았다. 바람은 영락없이 고춧가루 묻은 칼날 같았다. 기운은 또 장사여서 사람 몸을 들었다 놨다 하기도 어렵지 않을 것 같았다. 혜자는 이를 악다물고 더러운 내의가 헌

규이기나 하듯 노려보며 문지르고 또 두들겼다. 빨래가 끝났을 무렵에는 온몸이 퍼어렇게 얼어 시체처럼 보였다. 고막의 기능도 마비되었는지 땅 위에 존재하는 온갖 음울한 소리들의 무도회장 같은 이곳의 바람 소리도 더 이상 들려오지 않았다. 머리에는 가시면류관을 씌운 듯 아팠다. 팔다리는 저리고 살이 찢어지는 것 같은 아픈 감각도 없어져 있었다. 아…… 아…… 이 고역도 오늘로 끝이다…… 물을 먹어 한결 무거워진 빨래함지를 혜자는 안간힘을 다해 머리 위로 올렸다. 온몸이 짜부러들 것처럼 고단하였다. 끝없이 끝없이 고단하였다.

점심 설거지를 끝낸 혜자는 따뜻한 부뚜막에 앉아서 급해 하는 마음을 다시 한 번 누르고 생각에 잠겼다. 갑반 일을 끝내고 그가 돌아오기까지 두 시간 남짓 남아 있을 뿐이었다. 그런데 마음은 벌써 역사에 닿아, 기차에 오르고 있었다. 아침에는 너무 놀라 뺨 한 대 올려붙이는 걸로 끝났지만 생각할수록 뼈가 시리도록 분하고 참담한 혜자였다. 그를 봐낼 자신이 도무지 없는 혜자였다. 그는 대체 날 뭘로 여기고 있는 것일까? 임신한 몸으로 그를 찾아왔다 하여 인간 대접을 해주지 않아도 붙어 살리라 여겼으므로 그런 말을 서슴없이 내뱉을 수 있었으리라. 그 생각만 떠올리면 피가 역류하는 듯한 혜자의 흰자위가 또 파아랗게 빛났다. 현규를 이해해야 한다는 현자의 말을 거듭 상기했어도 이해는 불가능했다. 현규 부친이 한 달 뒤에 산업재해병원으로 옮겨가야 한다는 이야기가 목에 가시처럼 걸렸지만 어쩔 수 없는 노릇이었다. 혜자는 쪽문을 열고 방으로 들어갔다. 떠나야 한다는 결심이 무모한 것이라고는 절대로 여겨지지 않았다. 아니, 설사 무모하다면 또 어떤가? 굴욕을 감내하느니 그 편을 택할 터였다. 온몸이 흐덜흐덜해질 정도의 중노동은 참을 수 있지만 자신을, 더러운 말을 쏟아 붓는 쓰레기통이 되게 할 수는 없다고 혜자는 생각했다.

두 개의 방은 텅 비어 있었다. 다행이라고 여기며 혜자는 화장대 서랍에서 편지지를 꺼냈다. 서랍 속에는 탄가루가 검은 날벌레의 시체처럼 자욱이 깔려 있었다. 이틀 전에 온 집 안의 서랍을 깨끗이 털고 닦아두었건만…… 사택 단지 맞은편 저탄장 봉우리가 시간이 다르게 거대해져가는 이즈음 탄가루들은 집

안의 곳곳에서 서걱였다. 이불깃 위에, 냄비 뚜껑 위에, 밥솥의 밑바닥에 숨어 있었다. 혜자는 일하지 않는 동안은 늘 걸레를 들고 있었지만 탄가루를 집 안에서 몰아낼 수는 없었다. 바람이 불 때마다 저탄장 연봉들은 검은 비를 토해내는 활화산이 되었다. 검은 활화산을 볼 때마다 혜자의 마음은 불안하였다. 쉬임없는 걸레질은 그 불안감에 짓눌리지 않으려는 몸짓이나 다름없었다. 혜자는 지금도 마음이 몹시 급했지만 결국 화장대의 탄가루들을 못 본 척하지 못했다. 화장대 서랍 안과 방 둘을 꼼꼼하게 닦고 걸레를 빨아 널고야 편지지를 끌어당겼다.

누구에게 무슨 말을 남겨야 할지…… 적의와 원망감 때문에 어디서부터 어떻게 시작해야 좋을지 막막하기만 할 뿐이었다. 그냥 사라져 가버릴까 하는 궁리도 잠깐 해보았으나 그럴 수는 없을 것만 같아 현자 앞으로 몇 마디 남기기로 했다.

제가 이곳을 떠나지 않을 수 없는 연유를 현자씨는 헤아려줄 줄 믿습니다. 그런데 더 써지지가 않아 혜자는 볼펜을 놓았다. 정말 이렇게 하여 떠나는가…… 실감나지 않는 채로 종이쪽지를 서랍에 넣어둔 뒤 혜자는 지갑 하나만을 들고 나왔다. 납작해진 가방 둘을 들고 이 사택 단지 안을 지나느니 속옷 나부랭이는 포기하는 편이 낫다고 여겼던 것이다. 그런데도 심장이 뛰었다. 고개를 수그리고 우물 옆을 빠른 걸음으로 지나는데 까만 스카프 여자가

"아침에 한 말 빈말 아니니까 우리 방 쓰도록 하라구, 응."

혜자를 향해 방긋 웃으며 말했다. 혜자는 목례를 보내고 쫓기는 듯 빨리 걸었다. 선로를 지났다. 탄을 실은 트럭이 검은 뭉게구름을 꽁무니에 달고 지나갔다.

"손모가지를 잘라뿌리도 씨언찮을 이노옴. 남에 새 차를 그처럼 난도질을 쳐놓다이. 이노옴…… 내가 누군데 이 최꼼보가 그냥 당하고 넘어갈 줄 알았더냐 이노옴."

키가 작고 콧잔등이 심하게 얽은 초로의 남자가 분기탱천한 얼굴로 사지를 버둥대는 한 사내아이의 목덜미를 꽉 움켜쥐고 짐뭉치마냥 질질 끌면서 사택

단지 가까이로 다가오는 모습이 보였다. 갈가마귀 떼 같은 아이들이 그 주위를 신난 호위병들처럼 에워싸고 있었다. 목덜미를 잡힌 사내아이는 울분에 차서 씨팔놈, 내가 이런다고 겁낼 줄 알고. 외쳐대며 빠져나가려고 그물 안의 고기처럼 버둥대었다. 그 목소리가 현규의 막내 남동생의 것이라는 생각이 든 혜자는 호위병들 쪽으로 한 발짝 다가갔다. 틀림없었다.

"남이 새 차 타고 가는데 니놈이 와 용심이 나노. 와 돌멩이는 던지노. 이노옴. 이노옴이 낭중에 큰일 저지를 놈 아이가. 이런 놈은 미리부터 손모가지를 짤라뿌리야 한단 말이다. 이노옴. 오늘 내 맛 좀 바라. 최꼼보 독종이라꼬 니놈 입으로 씨부릿이니 독종 맛 좀 보거라."

혜자는 흠칫해서 고개를 외로 꼬고 달음질치듯 앞으로 걸어갔다. 현규의 막내 남동생이 자신을 발견 못한 것을 천만다행이라 여기며. 그런데 몇 발짝도 걷지 않아 죄짓다 들킨 것처럼 그 여자는 당황하고 민망하고 부끄러웠다. 그물 속의 고기처럼 버둥대던 모습이 혜자 눈앞에서 어른대었다. 내 잘못은 아니다라고 소리 없는 혼잣말을 해보았으나 소용없이 두 다리가 후들거렸다. 얼굴이 확확 달아올랐다. 잘못하고 있다는 생각은 갈고리처럼 의식의 끝에 매달려 떨어지지 않았다. 그 생각은 하도 집요해서 이곳을 떠난다는 슬픈 감회에 젖어들 겨를조차 없었다. 어서 바삐 역사 안으로 몸을 숨기고 싶을 뿐이었다. 하도 마음이 급했으므로 역사의 진입로인 비탈길을 오르는데도 혜자는 자신의 몸을 깃털처럼 여겼다. 그런데 역사의 문을 열기 직전 누군가가 그 여자의 뒷덜미를 나꿔챘다. 혜자의 두 눈은 두려움으로 덮였다. 심장이 튀어나올 것만 같았다.

"어딜 가는 거야."

현규였다. 낮술에 취해 거리를 배회하던 남자가 히히히 웃으며 혜자를 빠안히 쳐다보았다. '인제 이쪽으로는 더 이상 나올 필요가 없겠는걸' 책이 옴짝도 않으니 방향 전환을 하던지 해야지.'

양복에 코트를 걸치고 납작한 가죽가방을 든 월부 책장수인 듯한 중년 둘이 그들 곁을 스쳐 지났다.

"쳐다봐."

현규가 말했다. 혜자는 눈을 감았다. 다시는 니 얼굴을 보지 않겠다고 그 여자는 다짐했다. 새는 노래하는 줄도 모르면서 자꾸만 노래를 한다…… 레코드 가게 앞의 스피커에서 염불같이 느껴지는 노랫소리가 울려퍼졌다.

"일하고 있는데…… 혜자가 역사로 뛰어가는 모습이 눈앞에서 어른대었어……."

경포 바닷가에서의 목소리가 되살아난 듯하였다. 그래도 혜자는 눈을 뜨지 않았다.

"따라와."

혜자는 옴짝하지 않았다. 그러자 사납고 거친 동작으로 현규는 혜자의 손목을 아프게 움켜쥐고는 비탈길을 주르르 내려가서 철학관 간판이 걸린 오르막길을 단숨에 올랐다.

'웬일이니?' '알 게 뭐야. 둘 중에 하나가 사고쳤겠지. 머' '그게 머 대수롭다고 난리들을 치니?' 샛골목의 작부인 듯한 여자애들이 목욕통들을 옆에 끼고 걸어가면서 명랑하게 웃었다. 혜자는 지렁이 글씨로 여인숙 간판을 써 붙인 집 안으로 끌려들어갔다. 오늘은 우물가에 백발 노인네가 쭈그리고 앉아 조물조물 빨래를 하고 있을 뿐, 눈썹 민 여자는 보이지 않았다. 혜자는 방 안으로 끌려들어가지 않으려고 필사적인 힘으로 버둥대다 와락 현규의 손등을 물었다. 현규는 혜자의 팔을 더욱 단단하게 움켜잡았다.

신도 벗지 못한 채 방 안으로 끌려들어간 혜자는 탄가루가 저벅이고, 얼룩투성이인 요 위에서 그를 받아들이지 않으려고 몸부림쳤다. 그는 한 마리 더럽고 난폭한 짐승 같았다.

"혜자야, 제발……."

그는 결국 혜자의 몸 안으로 들어왔다. 이번에는 그가 눈을 감았다. 혜자 두 눈의 살의와 다를 바 없는 적의를 보지 않으려고. 그가 혜자의 몸 안에 들어와 있는 동안 혜자의 몸은 석고상처럼 굳어 있었다.

"다시는 못 보나 해서…… 얼마나 조마조마했던지…… 혜자야."

그가 흘린 뜨거운 눈물이 혜자의 귀를 적셨다. 그의 손이 혜자의 불룩한 배를 어루만졌다. 아주아주 조심스럽게 어루만졌다. 여전히 닫혀 있던 혜자의 눈꺼풀이 열렸다. 혜자는 이불을 머리끝까지 끌어올렸다. 어느덧 그와 함께 오래오래 이 방에 머물러 있고 싶다는 생각을 하고 있는 자신의 변덕스러움에 심히 아연해하며, 그를 이토록 쉽사리 받아들여서는 안 된다고 자신에게 꾸중하듯 말했지만 허사였다. 적의는 뜨거운 물속의 얼음처럼 응집력을 잃고 있었다. 온몸을 옥죄이던 쇠사슬이 풀어진 듯 나른하고 편안한 기분이었다. 혜자야⋯⋯ 현규의 목소리는 그때 불길한 비명처럼 들려오는 앰뷸런스의 사이렌 소리에 묻혔다. 하필이면⋯⋯ 이 순간에⋯⋯ 몹시 아쉬워하면서도 혜자는 빠르게 몸을 일으켜 세워 옷을 추스르기 시작했다. 계속해서 들려오는 사이렌 소리가 잠시 까마득히 잊었던 현규 막내 동생이 보내는 구원의 신호처럼 여겨진 때문이었다.

김향숙(金香淑)

1951년 부산 출생. 이화여자대학교 화학과 졸업. 1977년 『여성동아』 장편소설 공모에 「기구야 어디로 가니」가 당선되어 등단. 연암문학상, 동인문학상 수상. 『겨울의 빛』(1986), 『수레바퀴 속에서』(1988), 『종이로 만든 집』(1989), 『그림자 도시』(1992), 『물의 여자들』(1995) 등의 소설집과 『문 없는 나라』(1990), 『스무 살이 되기 전의 날들』(1993) 등의 연작소설집, 『떠나가는 노래』(1991) 등의 장편소설 출간.

작품 세계

김향숙의 작품 세계는 시기적으로 다양한 변화를 보인다. 등단 초기작인 「부르는 소리」(1984), 「그물 사이로」(1985) 등을 통해서는 분단 현실과 개인의 일상을 구체적으로 그리고 있으며, 『문 없는 나라』에서는 노동자들의 급진적인 입장과 절충적인 입장, 기회주의적인 입장 등을 병치시키면서 인간이 처해 있는 상황이나 환경에 따라서 얼마나 다른 현실적 대응 논리가 나올 수 있는가를 보여준다. 작가는 관점을 달리해 이 문제에 접근하면서 변화의 가능성을 찾는 데 고심하고 있다. 중립적인 작가의 태도가 객관적인 거리를 만들어가면서 소설의 리얼리티를 배가시키고 있는 것이다. 작가는 끝까지 균형을 유지함으로써 독자가 이들의 입장을 이해하고 판단할 수 있도록 소설의 결말을 열어놓는다. 김향숙의 소설은 1980년대 다른 작가들과는 달리 객관적 주변의 상황 묘사나 설명보다는 내면에 침윤해 있는 삶의 부조리함을 사회적인 문제와 연결시키고 있다. 타자의 삶에 대한 선한 의식을 가장하고 있으면서 그 기저에 출세 지향의 욕망과 이기적인 개인의 욕심을 숨기고 있는 인물들에 대한 이야기는 인간의 이중성에 대한 예리한 작가의식을 보여준다. 특히 중산계급의 이중성은 극단적인 허위의식과도 통하는 바가 있으며, 이들의 성장 과정은 이중적인 메커니즘 속에서 굴절되어가는 인간상을 그대로 보여주는 실례로 등장한다. 내면적 진술과 실새 행위의 어긋남을 보여주는 서사적 진술은 이 허구성을 너욱 분명하게 가시화하는 효과를 얻고 있다. 『스무 살이 되기 전의 날들』은 사회적인 이데올로기와 밀접한 관련이 있는 성장소설과는 달리 청소년기의 방황을 중심으로 불안한 인간의 내면적 진술을 글쓰기 행위 속에서 찾고 있는 독특한 소설이다. 이전 소설에서 나타나는 중간계층의 이중성과 성장의 의미보다는 관계들 사이의 미묘한 갈등과 연대감에 초점이 맞추어져 있다. 특히 김정민이 쓰고 있는 일기, 푸른 노트와 어머니의 젊은 시절 일기인 회색 노트가 오버랩되는 장면에서는 어머니의 글쓰기와 딸의 글쓰기에 공통적으로 내재되어 있는 모성애적 본능이 섬세하게 드러난다. 소위 말하는 결핍으로서의 여성적 글쓰기의 전형적인 양상을 보여주고 있는 것이다. 『물의 여자들』은 이러한 글쓰기의 압권이다. 며느리가 운전하는 차에 치여 죽은 아들의 어머니를 중심으로 이야기가 전개되는 이 작품은 '가족'이라 불리는 공동체도 결국 서로의 행복을 위해 다른 선택의 귀로에 설 수밖에 없음을 원형적 에고이즘의 차원에서 보여주고 있다. 새로운 남자를 만나 떠나가는 며느리와 자신에게 남겨진 손자를 안고 위안하는 어머니의 모습에서 가족의 불행이나 행복은 사회적 환경이나 부조리한 제도의 문제가 아니라 가족 구성원 간의 관계 속에서 비롯된다는 사실을 냉엄하게 보여주고 있는 것이다.

「겨울의 빛」

「겨울의 빛」은 중산층의 사회적 관계에서 비롯된 갈등보다는 궁핍한 현실 속에서 여성의 자기 발견이란 어떤 의미가 있는가에 대해 집요한 질문을 던지고 있는 소설이다. 소설의 배경이 되고 있는 탄광촌 H읍은 1980년대 궁핍한 삶의 일상을 구체적으로 보여주고 있는 상징적 공간이다. 부모의 얼굴도 모른 채 고아원에서 중학교를 졸업하고 스물넷에 자립한 혜자는 탄광촌 출신의 현규를 만나고 아이를 갖게 된다. 혜자에게는 순정이 있어 현규가 자신을 원한다면 무엇이든지 해주겠다고 다짐을 하였던 것이다. 쉽게 아이를 지우지 못하고 H읍을 찾아가는 혜자의 모습은 모성 본능에 찬 여성의 이미지로 비친다. 하지만 현규의 생각은 그녀와는 달랐다. 현규 자신에게 사랑이란 부질없는 것이며 여자란 욕정의 대상일 뿐이다. 그는 다방 레지와 술집 작부, 점원 아가씨 등과 놀아나면서 자신의 시간을 갉아먹고 있었다. 현규의 어머니 또한 그녀를 며느리로 보기보다는 월부로 산 물건 대금을 갚아주는, 물질적인 도움을 주는 존재로 인식한다. 이러한 현규의 가족들 사이에서 혜자는 어떻게든 살아보려고 발버둥친다. 「겨울의 빛」은 이미 교환가치에 함몰되어 있는 가족 사이에서 혜자가 어떻게 견디는가를 보여주는, 다시 말하면 단순한 여자의 일생을 그린 소설처럼 보인다.

그러나 이 소설도 김향숙의 다른 소설들과 마찬가지로 다양한 입장의 차이를 공존시키면서, 특별히 어느 쪽에 치중되어 있지 않은 작가의 중립적인 서술 방식이 복잡한 심리적 추론을 거치면서 의미를 분산시킨다. 먼저 현규의 경우를 보자. 그는 장남이란 이유로 막장일을 나가야 했으며 가족의 생계를 책임져야 하는 의무를 지고 살아간다. 몰락한 가정에서 너무나 일찍 아버지의 자리를 이어가야 했던 것이다. 어머니는 어떠한가. 그녀의 낭비벽은 하루아침에 생긴 것이 아니다. 변변했던 남편 덕에 사모님 소리를 들은 적도 있다. 그러나 이제는 파산한 가정에서 탄광에 다니는 아들에게 모든 것을 걸고 살아가야 하는 노인으로 전락한 것이다. 탄광촌에 살고 있는 여자들은 어떠한가. 먹고사는 일에 모든 것이 달려 있는 사람들에게 사랑이란 한낱 배부른 자찬이며 자신들과는 상관없는 남의 일로 여겨지는 것이다. 가난한 현실은 사랑조차도 마음껏 할 수 없을 만큼 거칠고 폭력적인 상황으로 개인을 몰아넣고 길들였던 것이다.
 혜자가 그런 현실을 더 이상 참지 못하고 떠나기로 결심한 것은 그들의 삶이 너무나 역겹거나 고난스러워서가 아니다. 자신도 똑같이 일벌레로 전락하여 생활의 가치를 잃어버린 채 개인성을 묵살당하면서 살고 싶지 않았기 때문이다. 여기에서 혜자는 유체(流體)의 언어, 즉 불안정하고 고정된 것이 아니라 흐르고 요동치는, 단순한 지배 논리에 포섭되지 않는 길을 택한다. 더 이상 현실을 지탱하고 있는 관념적 사랑이나 모성애에 붙잡혀 살지 않겠다는 혜자의 다짐이 그것이다. 김향숙의 「겨울의 빛」은 1980년대 노동의 담론으로부터 여성의 권위를 옹호하고자 했던 여성 주인공 소설들과 같은 맥락에 있으면서 한편으로는 이를 주체 완성의 판타지로 환원하지 않는 미덕을 갖고 있다는 점에서 주목할 만하다.

주요 참고 문헌

 김향숙에 관한 논의 중에서 주목할 만한 것은 김병익의 「중산층적 삶의 반성과 자기 실현의 페미니즘」(『그림자 도시』 해설, 문학과지성사, 1992)이다. 이 글에는 불안정한 어투와 문체를 통해 불투명한 삶의 감정적 다른 균열들이 면밀하게 포착되어 있다. 뿐만 아니라 중산층 인물에 대한 사회적인 요구로서의 교양이 부유층의 허위의식과 맞물려 있음을 분석하고 있다. 김주연의 「어머니, 혹은 에고와의 싸움」(『물의 여자들』 해설, 문학과지성사, 1995)은 여성 주인공들의 자의식에 대한 탁월한 분석적 견해를 보여주고 있는 글이다. 사회적인 제도나 폭력보다는 가족 구성원 간의 관계 속에 기인하는 불행한 삶에 대해서 조망하고 가족 내부에서 딸, 어머니, 며느리로 존재하는 여성의 위치와 이로부터 비롯되는 불안정한 삶의 의미에 주목하고 있다. 홍정선의 「새로운 소설을 향한 열림」(『문 없는 나라』 해설, 문학과지성사, 1990)은 우리 사회의 가장 핵심적인 문제인 계급 갈등의 문제와 계층 간의 소통이 진정 가능한가를 지적하면서 진정한 만남을 방해하는 허위의식에 대한 날카로운 인식을 보여준다. 김혜순의 「푸른 몸으로 글쓰기」(『스무 살이 되기 전의 날들』 해설, 문학과지성사, 1993)는 청소년 소설의 특징적인 면들을 분석하고 주인공의 글쓰기에 주목하면서 여성적 글쓰기의 원형을 지적한 바 있다. _최성실

양귀자
한계령

전화에서 흘러나오는 여자의 목소리는 지독히도 탁하고 갈라져 있었다. 얼핏 듣기에는 여자인지 남자인지 구분하기가 힘들 정도였다. 그 목소리를 듣자 나는 곧 기억의 갈피를 젖히고 음성의 주인공을 찾아보기 시작했다. 내게 전화를 건 적이 있는 그런 굵은 목소리의 여자는 두 사람쯤이었다. 한 명은 사보 편집자였고 또 한 명은 출판인이었다. 두 사람 다 만나본 적은 없었지만 아무래도 활동적이고 거침이 없는 여걸이 아니겠느냐는 선입견을 가지고 있는 터였다.

두 사람 중의 하나라면 사보 편집자이기가 십상이라고 속단한 채 나는 전화 저편의 여자가 순서대로 예의를 지켜가며 나를 찾는 것에 건성으로 대꾸하고 있었다. 가스레인지를 켜놓고 무언가를 끓이고 있던 중이어서 내 마음은 급하기 짝이 없었다. 급한 내 마음과는 달리 여자는 쉰 목소리로 또 한 번 나를 확인하고 나더니 잠깐 침묵을 지키기까지 하였다. 그러고는 대단히 자신없는 목소리로 이렇게 말하였다.

"혹시 전주에서…… 철길 옆 동네에서 살지 않았나요?"

수필이거나 콩트거나 뭐 그런 종류의 청탁 전화려니 여기고 있던 내게는 뜻

---

* 「한계령」은 『한국문학』 1987년 8월호에 발표되었다. 여기서는 연작소설집 『원미동 사람들』(문학과지성사, 1989: 1997)에 수록된 것을 텍스트로 삼고, 『원미동 사람들』(살림, 2004)을 참조했다.

밖의 질문이었다. 그러나 어김없이 맞는 말이기는 하였다. 나는 전주 사람이었고 전주에서도 철길 동네 사람이었다. 주택가를 관통하며 지나가던 어린 시절의 그 철길은 몇 년 전에 시 외곽으로 옮겨지긴 하였지만 지금도 철로 연변의 풍경이 내 마음에는 고스란히 남아 있었다. 그렇다는 대답을 듣고 나서도 전화 속의 목소리는 또 한 번 뜸을 들였다.

"혹시 기억할는지 모르겠지만 난 박은자라고, 찐빵집 하던 철길 옆의 그 은자인데……"

잊었더라도 할 수 없다는 듯이, 그리고 이십 년도 훨씬 전의 어린 시절 동무 이름까지야 어찌 다 기억할 수 있겠느냐는 듯이 목소리는 한층 더 자신이 없었다.

박은자. 그러나 나는 그 이름을 또렷이 기억하고 있었다. 얼마만큼이나 또렷하게 기억하고 있는가 하면 전화 속의 목소리가 찐빵집 어쩌고 했을 때 이미 나는 잡채 가닥과 돼지비계가 뒤섞여 있는 만두소 냄새까지 맡아버린 뒤였다. 하지만 나는 만두 냄새가 난다고 말하지는 않았다. 세월이 그간 내게 가르쳐준 대로 한껏 반가움을 숨기고, 될 수 있으면 통통 튀지 않는 음성으로 그 이름을 분명히 기억하고 있음을 알렸을 뿐이었다. 그렇게 했음에도 반기는 내 마음이 전화선을 타고 날아가서 그녀의 마음에 꽂힌 모양이었다. 쉰 목소리의 높이가 몇 계단 뛰어오르고, 그러자니 자연 갈라지는 목소리의 가닥가닥마다에서 파열음이 튀어나오면서 폭포수처럼 말이 쏟아져 나오기 시작했다.

"반갑다. 정말 얼마 만이냐? 난 네가 기억하지 못할 줄 알았거든. 전화 할까 말까 꽤나 망설였는데…… 그런데 자꾸 여기저기에 네 이름이 나잖아? 사람들한테 신문을 보여주면서 야가 내 친구라고 자랑도 많이 했단다. 너 옛날에 만화책 좋아할 때부터 내가 알아봤어. 신문사에 전화했더니 네 연락처 알려주더라. 벌써 한 달 전에 네 전화번호 알았는데 이제서야 하는 거야. 세상에, 정말 몇 년 만이니?"

정확히 이십오 년 만에 나는 은자의 목소리를 듣고 있는 중이었다. 철길 옆 찐빵집 딸을 친구로 사귀었던 때가 국민학교 2학년이었으므로 꼭 그렇게 되었다. 여기저기 이름 석 자를 내걸고 글을 쓰다보면 과거 속에 묻혀 있던, 그냥 잊은 채 살아도 아무 지장이 없을 이름들이 전화 속에서 튀어나오는 경우가 더러 있었다. 물론 반갑기야 하고 추억을 떠올리게도 하지만 단지 그것뿐이었다. 서로 살아가는 행로가 다르다는 엄연한 사실을 확인하면서도 겉으로는 한번 만나자거나 자주 연락을 취하자거나 하는 식의 말치레만으로 끝나는 일회성의 재회였다.

그렇지만 찐빵집 딸 박은자의 전화를 받으리라고는 상상도 하지 않았다. 그애가 설령 어느 지면에서 내 이름과 얼굴을 발견했다손 치더라도 나를 기억할 수 있겠느냐고 전혀 자신 없어한 것은 오히려 내 쪽이었다. 만에 하나 기억을 해냈다 하더라도 신문사에 전화를 해서 내 연락처를 수소문할 이유는 전혀 없었다. 우리들은 그저 60년대의 어느 한 해 동안 한동네에 살았을 뿐이었다. 지금 와서 돌이켜보면 나에게는 그 한 해가 커다란 위안이었지만 그애에게는 지겨운 나날이었을 게 분명했다.

그 뜻밖의 전화는 이십오 년이란 긴 세월을 풀어놓느라고 길게 이어졌다. 무엇보다도 먼저 나는 그애에게 왜 가수가 되지 않았느냐고 물을 참이었다. 「검은 상처의 블루스」를 너만큼 잘 부르는 사람은 아직 보지 못했노라고 말해주고 싶었다. 하지만 좀처럼 말할 기회가 주어지지 않았다. 어디어디에서 너의 짧은 글을 읽었다는 것과 네가 내 친구라는 사실을 믿지 않던 주위 사람들의 어리석음과 네 이름을 발견할 때의 기쁨이 어떠했는가를 그애는 몇 번씩이나 되풀이 말하였다. 그런 이야기 끝에 은자가 먼저 자신의 직업을 밝혔다.

"난 어쩔 수 없이 여태도 노래로 먹고 산단다. 아니, 그런데 넌 부천에 살면서 '미나 박'이란 이름도 들어보지 못했니? 네 신랑이 샌님이구나. 너를 한번도 나이트클럽이나 스탠드바에 데려가지 않은 모양이네. 이래 봬도 경인 지역 밤업소에서는 미나 박 인기가 굉장하다구. 부천 업소들에서 노래 부른 지도 벌써 몇 년째란다. 내 목소리 좀 들어봐. 완전 갔어. 얼마나 불러제끼는지. 어쩔 때는 말도 안 나온단다. 솔로도 하고 합창도 하고 하여간 징그럽게 불러댔다."

그제서야 난 전화에서 흘러나오는 쉰 목소리의 다른 모습들을 떠올릴 수 있었다. 가수들의 말하는 음성이 으레 그보다 훨씬 탁했었다. 목소리가 그 지경이 될 만큼 노래를 불렀구나 생각하니 갑자기 가슴이 뜨거워졌다. 노래를 빼놓고 무엇으로 은자를 추억할 것인지 나는 은근히 두려웠던 것이다. 노래와는 전혀 무관한 채 보통의 주부가 되어 있다가 내게 전화를 했더라면 어떤 기분이었을까. 비록 텔레비전에 자주 출연하는 인기 가수가 아니더라도, 밤업소를 전전하는 무명 가수로 살아왔더라도 그애가 노래를 버리지 않았다는 것이 내게는 중요했다. 그래서 나는 슬쩍 「검은 상처의 블루스」나 버드나무 밑의 작은 음악회, 그리고 비 오는 날 좁은 망대 안에서 들려주었던 가수들의 세계 따위, 몇 가지 옛 추억을 그애에게 일깨워주었다. 짐작대로 은자는 감탄을 연발하면서 기뻐하였다. 그렇게 세세한 일까지 잊지 않고 있는 나의 끈질긴 우정을 그녀는 거의 까무러칠 듯한 호들갑으로 보답하면서 마침내는 완벽하게 옛 친구의 자리로 되돌아갔다.

  그 밖에도 나는 아주 많은 부분을 기억하고 있었다. 그해 여름 장마 때 하천으로 떠내려 오던 돼지의 슬픈 눈도, 노상 속치마 바람이던 그애의 어머니도, 다방 레지로 취직되었던 그애 언니의 매끄러운 종아리도, 그 외의 더 많은 것들도 나는 말해줄 수 있었다. 그럴 수밖에 없는 것이 몇 년 전 나는 은자를 주인공으로 하는 유년 시절에 관한 소설을 한 편 발표한 적이 있었다. 소설을 쓰는 일이 과거를 되살려 불러낼 수도 있다는 것과 쓰는 작업조차도 감미로울 수 있다는 깨달음을 안겨준 소설이었다. 마치 흑백 사진의 선명한 명암 대비처럼 유난히 삶과 죽음의 교차가 심했던 유년의 한때를 글자 하나하나로 낚아 올려내던 그때의 작업만큼 탐닉했던 글쓰기는 경험해본 적이 없었다. 육친의 철저한 보호 속에 갇혀 있다가 굶주림과 탐욕과 애증이 엇갈리는 세계로의 나아감, 자아의 뾰족한 새잎이 만나게 되는 혼돈의 세상을 엮어나가던 그 사이사이 나는 몇 번씩이나 눈시울을 붉히곤 했었다. 은자는 그때 이미 나보다 한발 앞서 세상 가운데에 발을 넣고 있었다. 유행가와 철길과 죽음이 그애의 등을 떠밀어서 은자는 자꾸만 세상 깊은 곳으로 나아가고 있었다. 그애가 세상과 익숙한 것을 두고 나의 어머니는 '마귀 새끼'라는 호칭까지 붙여줄 지경이었으니까. 흡사 유황불이 이글거리는 지옥의 아수라장처럼 무섭기만 했던 그 세상에서 나는 벌써 몇십 년을 살고 있는가. 아니, 살아내고 있는가…….

그러나 나는 은자에게 소설 이야기는 하지 않았다. 사실은 할 기회도 없었다. 어떻게 해서 밤업소 가수로 묶이고 말았는지를 설명하고 지금처럼 먹고살 만큼 되기까지 어떤 우여곡절을 겪었는지 대충 말하는 데만도 시간이 많이 걸렸다. 나는 고작해야 십몇 년 전에 텔레비전 「전국노래자랑」에 출전하지 않았느냐고, 그런 말을 들은 적이 있다는 것만 알려줄 수 있었을 뿐이었다.

"맞아. 그때 장려상인가 받았거든. 그리고 작곡가 선생님이 취입시켜준다길래 부지런히 쫓아다녔는데 밑천이 있어야 곡을 받지. 아까 전주 관광호텔 나이트클럽에서 잠깐 노래 부른 적이 있다고 했지? 그때가 스무 살이었어. 돈 좀 마련해서 취입하려고 거기서 노래 부른 거라구. 그러다 영영 밤무대 가수가 되고 말았어. 아무튼 우리 만나자. 보고 싶어 죽겠다. 니네 오빠들은 다 뭐 해? 참, 니네 큰오빠 성공했다는 소식은 옛날에 들었지. 암튼 장해. 넌 어때? 빨리 만나고 싶다. 응?"

전화로는 아무래도 이십오 년을 다 풀어놓을 수가 없다는 듯이 은자는 만나기를 재촉했다. 거절할 수도 없는 것이 매일 밤 바로 부천의 어느 나이트클럽에서 노래를 한다는 것이었다. 그녀의 무대는 밤 여덟 시에 한 번, 그리고 열 시에 또 한 번 있었으므로 나는 아홉 시쯤에 시간 약속을 해서 나가야 했다. 작가라서 점잖은 척해야 한다면 다른 장소에서 만날 수도 있다고 그녀는 말하였다. 그래놓고도 작가라면 술집 답사 정도는 예사가 아니겠느냐고 제법 나를 부추기기도 하였다.

물론 나 역시 은자를 만나고 싶었다. 그러나 당장 오늘이나 내일로 시간을 정하라는 그녀의 성화에는 따를 수 없었다. 밤 아홉 시면 잠자리에 들어야 할 딸도 있었고, 그 딸이 잠든 뒤에는 오늘이나 내일까지 꼭 써놓아야 할 산문이 두 개나 있었다. 이십오 년이나 만나지 않았는데 하루나 이틀 늦어진다고 무엇이 잘못되겠느냐, 매일 밤 부천에서 노래를 부른다면 기어이 만날 수는 있지 않겠느냐고 말을 했더니 은자는 갑자기 펄쩍 뛰었다.

"오늘이 수요일이지? 이번 주 일요일까지면 계약 끝이야. 당분간은 부천뿐 아니라 경인 지역 밤업소 못 뛴단 말야. 어쩌다 보니 돈을 좀 모았거든. 찐빵집 딸이 성공해서 신사동에다 카페 하나 개업한다니까. 보름 후에 오픈이야. 이번 주일 아니면 언제 만나겠니? 넌 내가 안 보고 싶어? 아휴, 궁금해 죽겠다. 일단 한번 보자. 얼굴이라도 보게 잠깐 나왔다가 들어가면 되잖아? 니네 집이 원미동이랬지? 야, 걸어와도 되겠다. 그 옛날 전주로 치면 우리 집서 오거리까지도 안 되는데 뭘. 그땐 맨날 뛰어서 거기까지 놀러 갔었잖아?"

넌 내가 보고 싶지도 않아? 라고 소리치는 은자의 쉰 목소리가 또 한 번 내 가슴을 뜨겁게 하였다. 그 닷새 중에 어느 하루, 밤 아홉 시에 꼭 가겠노라고 약속을 한 뒤에서야 우리는 비로소 그 긴 전화를 끊었다. 수화기를 내려놓으면서 나도 모르는 사이에 긴 한숨이 흘러나왔다. 이십오 년을 넘나드느라고 나는 지쳐 있었다. 그리고 현실로 돌아왔을 때 그제서야 나는 가스레인지의 푸른 불꽃과 끓고 있던 냄비가 생각났다. 황급히 달려가 봤을 때는 벌써 냄비 속의 내용물이 바삭바삭한 재로 변해버린 뒤였다.

이상한 일이었다. 난데없는 은자의 전화가 아니더라도 나는 요즘 들어 줄곧 그 시절의 고향 풍경을 떠올리고 있었다. 하필 이런 때에 불현듯 그 시절의 은자가 나타난 것이었다. 고향에 대한 잦은 상념은 아마도 그곳에서 들려오는 큰오빠의 소식 때문일 것이었다. 때로는 동생이, 때로는 어머니가 전해주는 이야기들은 어떤 가족의 삶에서나 다 그렇듯이 미주알고주알 시작부터 끝까지가 장황했지만 뜻은 매양 같았다. 항상 꿋꿋하기가 대나무 같고 매사에 빈틈이 없어 도무지 어렵기만 하던 큰오빠가 조금씩조금씩 허물어지고 있다는 것이었다. 처음에는 큰오빠의 말수가 점점 줄어들고 있다는 소식이 고작이었다. 자식들두 대학을 다닐 만큼 다 컸고 흰머리도 꽤 생겨났으니 늙어가는 모습 중의 하나일 것이라고, 식구들은 그렇게 여겼을 뿐이었다. 그때가 작년 봄이었을 것이다. 술이 들어가기 전에는 거의 온종일 말을 잊은 채 어디 먼 곳만을 쳐다보고 있는 날이 잦다고 어머니의 근심 어린 전화가 가끔씩 걸려왔었다. 건강이 좋지 않아 절제해오던 술이 폭음으로 늘어난 것은 그다음부터였다. 때로는 며칠씩 집을 나가 연락도 없이 떠돌아다니기도 하였다. 온 식구가 발을 동동 구르며 애를 태우고 있으면 큰오빠는 홀연히 귀가하여 무심한 얼굴로 뜨락의 잡초를 뽑고 있기도 하였다. 그렇게 열심히 매달려왔던 사업도 저만큼 던져놓은 채 그는 우두망찰 먼 곳의 어딘가에 시선을 붙박아두고 있는 사람처럼 보였다. 어머니는 그런 큰오빠를 설명하면서 곧잘 "진이 다 빠져버린 것 같아……"라고 말하였다. 동생은 또 큰오빠의 뒷모습을 보면 눈물이 핑 돌 만큼 애달프다고 말하였다. 아닌 게 아니라 전화 저편의 어머니도 진이 빠진 목소리였고 동생 또한 목멘 음성이곤 하였다. 그것은 마치 믿고 있던 둑의 이곳저곳에서 물이 새고 있다는 보고를 듣는 것처럼 나에게도 허망한 느낌을 불러일으켰다.

그렇지 않아도 세상살이의 올곧지 못함에 부대껴오던 나날이었다. 나는 자연 튼튼하고 믿음직스러웠던 원래의 둑을 그리워하지 않을 수 없었다. 이제는 결코 젊다고 할 수 없는 나이의 그가, 더욱이 몇 년 전의 대수술로 건강마저 염려스러운 그가 겪고 있는 상심의 정체를 나는 알 것도 같았다. 아니, 정녕 모를 일인 것처럼 여겨지기도 하였다. 그를 짓누르고 있던 장남의 멍에가 벗겨진 것은 겨우 몇 해 전이었다. 아버지가 없었어도 우리 형제들은 장남의 어깨를 밟고 무사히 한몫의 사람으로 커올 수 있었다. 우리들이 그의 어깨에, 등에 매달려 있던 때 그는 늠름하고 서슬 퍼런 장수처럼 보였었다. 은자도 알 것이었다. 내 큰오빠가 얼마나 멋졌던가를. 흡사 증인이 되어주기나 하려는 듯 홀연히 나타난 은자를, 그애의 쉰 목소리를 상기하면서 나는 문득 마음이 편안해졌다.

그러나 그날 밤에도, 다음 날 밤에도 나는 은자가 노래를 부르는 클럽에 가지 않았다. 그렇다고 그애의 전화를 잊은 것은 절대 아니었다. 잊기는커녕 틈만 나면 나는 철길 동네의 풍경 속으로 걸어 들어가곤 했다. 멀리는 기린봉이 보이고, 오목대까지 두 줄로 달려가던 레일 위로는 햇살이 눈부시게 반짝이며 미끄러지곤 했었다. 먼지 앉은 잡초와 시궁창물로 채워져 있던 하천을 건너면 곧바로 나타나던 역의 저탄장. 하천은 역의 서쪽으로도 뻗어 있었고 그곳의 뚝방 동네는 홍등가여서 대낮에도 짙은 화장의 여인네들이 둑길을 서성이곤 했었다.

동네에서 우리 집은 아들 부잣집으로 일컬어졌었다. 장대 같은 아들이 내리

다섯이었다. 그리고 순서를 맞추어 밑으로 딸 둘이 더 있었다. 먹는 입이 많아서 어머니는 겨울 김장을 두 접씩 하고도 떨어질까 봐 노상 걱정이었다. 둥근 상에 모여 앉아 머리를 맞대고 숟가락질을 하다보면 동작 느린 사람은 나중에 맨밥을 먹어야 했다. 단 한 사람, 우리 집의 유일한 수입원인 큰오빠만큼은 언제나 따로 상을 받았다. 그 많은 식구들을 책임지고 있는 가장답게 큰오빠는 건드리다가 만 듯한 밥상을 물렸고 그러면 그 밥상이 우리 형제의 별식으로 차례가 오곤 했었다.

학교에서 나누어주는 옥수수빵 외에는 밀떡이나 쑥버무리가 고작인 우리들의 군것질 대상에서 은자네 찐빵이나 만두는 맛이 기가 막혔다. 그애의 부모들이 평소 위생 관념에는 젬병이어서 어머니는 그 집 빵이라면 거저 주어도 먹지 말라고 신신당부를 했었지만 오빠들은 몰래 은자네 집을 드나들며 빵을 사 먹곤 했었다. 비 오는 날, 오빠들이 서로서로의 옹색한 용돈을 털어내어 내게 시키는 심부름은 대개 두 가지였다. 은자네 찐빵을 사오는 일과 만화가게에서 만화를 빌려 오는 일이었다. 돈을 보태지 않았으니 응당 심부름은 내 몫이었다. 은자네 집으로 빵을 사러 가면 은자는 제 엄마 몰래 두어 개쯤 더 얹어주었고 만홧가게까지 우산을 받쳐주며 따라오기도 했었다. 그 우산 속에서 은자는 목청을 다듬어 노래를 불렀다. 오빠들 몫으로 전쟁 만화를, 내 몫으로는 엄희자의 발레나 만화를 빌려 품에 안고 돌아오는 길에 나는 은자의 노래를 듣고 또 듣곤 했었다. 우리 집 대문 앞에까지 왔는데도 노래가 미처 끝나지 않았으면 제자리에 서서 끝까지 다 들어주어야만 집에 들어갈 수 있었.

사는 모양새야 우리 집보다 더 옹색하고 구질구질한 은자네였지만 그래도 그애는 잔돈푼을 늘 지니고 있어서 우리 또래 아이들 중에서는 제일 부자였다. 가게에서 찐빵 판 돈을 슬쩍슬쩍 훔쳐내다가 제 아버지에게 들켜 아구구구, 죽는 소리를 내며 두들겨 맞는 은자를 나는 종종 볼 수 있었다. 은자 아버지는 은자만이 아니라 처녀인 그애 큰언니도, 그애의 어머니도 곧잘 때렸고 그래서 그애네 집 앞을 지나노라면 아구구구, 숨넘어가는 비명쯤은 예사로 들을 수 있었다. 은자가 가수의 꿈을 안고 밤도망을 쳤을 때 그애 아버지는 이미 이 세상 사람이 아니었다. 만약 살아 있었다면 은자는 어린 나이에 밤도망을 칠 엄두도 못 냈을 것이었다. 가수가 되어 성공하면 돌아오겠노라던 은자는 그 뒤 철길 옆 찐빵집으로 금의환향하지는 못했다. 그애가 성공하기도 전에 찐빵가게는 문을 닫았고 내가 기억하기만도 그 자리에 양장점·문구점·분식센터·책방 등이 차례로 들어섰었다. 그리고 지금, 은자네 찐빵가게가 있던 자리는 자취도 없이 사라졌다. 철길이 옮겨진 뒤 말짱히 포장되어 4차선 도로로 변해버린 그곳에서 옛 시절의 흙냄새라도 맡아보려면 아스팔트를 뜯어내고 나서야 가능할 것이었다.

금요일 정오 무렵 다시 은자에게서 전화가 왔다. 첫마디부터가 오늘 저녁에는 꼭 오라는 다짐이었다. 이미 두번째 전화여서 그애는 스스럼없이, 진짜 꾀복쟁이 친구처럼 굴고 있었다.

"일어나자마자 너한테 전화하는 거야. 어젯밤에는 너 기다린다고 대기실에서 볶음밥 불러 먹었단다. 오늘은 꼭 오겠지? 네 신랑이 못 가게 하대? 같이 와. 내가 한잔 살 수도 있어. 그 집 아가씨 하나가 말야, 네 소설도 읽었다더라. 작가 선생이 오신다니까 팔짝팔짝 뛰고 난리야."

그러고 나서 그애는 아들만 둘을 두었다는 것과 악단 출신의 남편과 함께 사는 지금의 집이 꽤 값나가는 아파트라는 사실을 알려주었다. 그애의 전화를 받고 난 뒤 내내 파리가 윙윙거리던 그애의 찐빵가게만 떠올리고 있었던 것을 알고 있었다는 듯이 은자는 한창때 열 군데씩 겹치기를 하던 시절에는 수입이 얼마였던가까지 소상히 일러주었다. 그애가 잘살고 있다는 것은 어쨌든 기분 좋은 일이었다. 그래봤자 얼마나 부자일까마는 여태까지도 돼지비계 섞인 만두소 같은 퀴퀴한 냄새를 풍기고 있다면 얼마나 막막한 삶일 것인가.

"오늘 꼭 와야 된다. 니네 자가용 있지? 잠깐 몰고 나오면…… 뭐라구? 돈 벌어 다 어데 쌓아두니? 유명한 작가가 자가용도 없어서야 체면이 서냐? 암튼 택시라도 타고 횡 왔다 가. 기다린다야."

그애는 제멋대로 나를 유명한 작가로 만들어놓았다. 그러곤 자가용이 없다는 내 말에 은자는 혀까지 끌끌 찼다. 짐작하건대 그애는 나의 경제적 지위를 다시 가늠해보기 시작했을 것이었다. 은자는 그만큼 확신을 가지고 자가용이 있느냐고 물었으니까. 어쩌면 그애는 스스로가 오너드라이버란 사실을 말하고 있는 건지도 몰랐다. 은자는 내가 과거의 찐빵집 딸로만 자기를 기억하고 있는 것을 몹시 안타깝게 여기고 있었다. 얼마나 달라졌는가를, 지금은 어떤 계층으로 솟구쳤는가를 설명하는 쉰 목소리는 무척 진지하였다. 만나기만 한다면야 그애의 달라진 현실을 확실히 알 수가 있을 것이었다. 만남을 회피하지 않고 오히려 간곡하게 재회를 원하는 그녀의 현실을 나는 새삼 즐겁게 받아들였다. 언젠가의 첫 여 동창회가 열렸던 때를 기억하고 있는 까닭이었다. 서울 지역에 살고 있는 동창 명단 중에 불참자가 반 이상이었다. 물론 피치 못한 이유가 있어서 불참한 경우도 있겠지만 졸업 후의 첫 만남에 당당하게 나타날 만한 위치가 아니라는 자괴심이 대부분의 이유였을 것이다.

은자의 전화가 있고 난 뒤 곧바로 전주에서 전화가 걸려왔다. 고춧가루는 떨어지지 않았느냐, 된장 항아리는 매일 볕에 열어두고 있느냐 등을 묻는, 자식의 안부보다는 자식의 밑반찬 안부를 주로 묻는 친정어머니의 전화였다. 나는 어머니에게 은자의 소식을 전했다. 이름은 언뜻 기억하지 못했어도 찐빵집 딸이라니까 얼른 "박센 딸?" 하고 받으시는데 목소리에 기운이 없었다. 어머니의 전화는 예사롭게 밑반찬 챙기는 것만으로 그칠 것 같지는 않았다. 따라서 나 역시 은자의 이야기를 길게 늘어놓을 일도 아니었다. 모녀는 잠깐 침묵을 지켰다. 어머니 쪽에서 무슨 말이 나오리라 기다리면서 나는 한편으로 전화 곁의 메모판을 읽어가고 있었다. 20매, 3일까지. 15매, 4일 오전 중으로 꼭. 사진 잊지 말 것. 흘려 쓴 글씨들 속에 나의 삶이 붙박여 있었다. 한때는 내 삶의 의지였던 어머니의 나직한 한숨 소리가 서울을 건너고 충청도를 넘어 전라도 땅의 한군데에서 새어나왔다.

"아버지 추도 예배 때 못 오것쟈?"

어머니는 겨우 그렇게 물었다. 노상 바쁘다니까, 이제는 자식의 삶을 지휘할 수 없다는 것을 잘 아니까 어머니는 오월이 가까워오면 늘 이렇게 묻는다. 그러나 오늘의 전화는 그것만도 아닐 것이다. 나는 잘 알고 있었다. 어젯밤에도 큰오빠는 어머니의 치마폭에 그 쇳조각 같은 한탄과 허망한 세월을 털어놓으며, 몸이 못 버텨주는 술기운으로 괴로워하며, 그 두 사람이 같이 뛰었던 과거의 행로들을 추억하자고 졸랐을 것이다. 어려웠던 시절의 뼈아픈 고생담을 이야기하면서, 춥고 긴 겨울밤을 뜬눈으로 지새며 앞날을 걱정했던 그 시절의 암담함을 일일이 들추어가면서 큰오빠는 낙루도 서슴지 않았으리라. 어머니는 그런 큰아들 때문에 가슴이 미어지도록 슬펐을 것이다. 그렇지만 나는 끝내 입을 열지 않았다.

"네 큰오빠, 어제 산소 갔더란다. 죽은 지 삼십 년이 다 돼가는 산소는 뭐 헐라고 쫓아가쌓는지. 땅속에 묻힌 술꾼 애비랑 청주 한 병을 다 비우고 왔어야……."

큰오빠가 공동묘지에 묻혀 있던 아버지를 당신의 고향 땅에 모신 것도 벌써 오래전의 일이었다. 어린 시절, 추석날이면 나는 다섯 오빠 뒤를 따라 시(市)의 끝에 놓인 공동묘지를 찾아가곤 했었다. 큰오빠는 줄줄이 따라오는 동생들의 대열을 단속하면서 간혹 "니네들 아버지 산소 찾아낼 수 있어?" 하고 묻곤 했었다. 대열 중에서는 아무 대답도 나오지 않았다. 찾을 수 있거나 찾지 못하거나 간에 큰형 앞에서는 피식 멋쩍게 웃는 것이 대화의 전부인 오빠들이었다. 똑같은 크기의 봉분들이 산 전체를 빽빽하게 뒤덮고 있는 공동묘지에 들어서면 큰오빠는 한번도 멈추지 않고 단숨에 아버지가 누운 자리를 찾아냈다.

세월이 흐르고 하나씩 집을 떠나는 형제들 때문에 성묘 행렬에 구멍이 생기기 시작하던 무렵, 큰오빠는 아버지 묘의 이장을 서둘렀었다. 지금에 와서는 단 한 번도 형제들 모두가 아버지 산소를 찾아간 적은 없었다. 산다는 일은 언제나 돌연한 변명으로 울타리를 치는 것에 다름 아니니까. 일 년에 한 번, 딸기가 끝물일 때 맞게 되는 아버지의 추도식만은 온 식구가 다 모이도록 되어 있었지만 그 유일한 만남조차도 때때로 구멍 난 자리를 내 보이곤 하였다.

"박센 딸은 웬일루?"

전화를 끊으려다 말고 어머니는 가까스로 은자에 대한 호기심을 나타냈다. 기어이 가수가 된 모양이라고, 성공한 축에 끼였달 수도 있겠다니까 어머니는

"박센이 그 지경으로 죽었는데 그 딸이 무슨 성공을……" 하고는 나의 말을 묵살하였다. 은자의 언니를 다방 레지로 취직시킨 것에 앙심을 품은 망대지기 청년이 장인이 될지도 모를 박씨를 살해한 사건은 그해 가을 도시 전체를 떠들썩하게 했었다. 어머니는 아직도 찐빵집 가족들을 마귀로 여기고 있는 모양이었다. 유황불에서 빠져나올 구원의 사다리는 찐빵집 식구들에게만은 영원히 차례가 가지 않으리라고 믿는지도 몰랐다. 살아남은 자의 지독한 몸부림을 당신만큼은 더할 나위 없이 잘 알면서도 짐짓 그렇게 말하는 건지도 모를 일이었다.

어머니와의 통화는 언제나 그렇지만 마음을 심란하게 만들었다. 늦은 밤이나 이른 아침에 울리는 전화벨 소리가 가슴을 철렁 내려앉게 하듯이 요즘에는 고향에서 걸려오는 전화 또한 온갖 불길함을 예상하게 만들었다. 될 수 있는 한 외출을 삼가고 집에만 박혀 있는 나에겐 전화가 세상과의 유일한 통로인 셈이었다. 아마 전화가 없었다면 이만큼이나 뚝 떨어져 있을 수도 없을 것이다. 싫든 좋든 많은 이들을 만나야 하고 찾아가야 했으리라. 그런 의미에서 전화는 세상을 연결시키는 통로이면서 동시에 차단시키는 바람벽이기도 하였다. 고향에 대해서도 예외는 아니었다. 일 년에 한 번쯤이나 겨우 찾아가면서 그다지 격조함을 느끼지 못하는 이유는 전화가 있기 때문이었다. 또한 찾아가지 않아도 되게끔 선뜻 나서서 제 할 일을 해버리는 것도 전화였다.

마음이 심란한 까닭에 일손도 잡히지 않았다. 대충 들추어보았던 조간들을 끌어당겨 꼼꼼히 기사들을 읽어나가자니 더욱 머리가 띵해왔다. 신문마다 서명자 명단이 가지런하게 박혀 있고 일 단 혹은 이 단 기사들의 의미심장한 문구들이 명멸하였다. 봄이라 해도 날씨는 무더웠다. 창가에 앉으면 바람이 시원했다. 이 층이므로 창에 서면 원미동 거리가 한눈에 내려다보였다. 행복사진관 엄씨가 세 딸을 거느리고 시장길로 올라가고 있는 게 보였다. 써니전자의 시내 아빠는 요즘 새로 산 오토바이 때문에 늘 싱글벙글이었다. 지금도 그는 시내를 태우고 동네를 몇 바퀴씩 돌고 있었다. 냉동 오징어를 궤짝째 떼어 온 김반장네 형제슈퍼는 모여든 여자들로 시끄러웠다. 김반장의 구성진 너스레에 누가 안 넘어갈 것인가. 오늘 저녁 원미동 사람들은 모두 오징어 요리를 먹게 될 모양이었다. 그들이 아니더라도 거리는 소란스럽기 짝이 없었다. 부천시 원미동이 고향이 될 어린아이들이, 훗날 이 거리를 떠올리며 위안을 받을 꼬마치들이 쉴 새 없이 소리지르고, 울어대고, 달려가고 있었다.

얼마를 그렇게 창가에 있었지만 쓰다 만 원고를 붙잡고 씨름할 기분은 도무지 생겨나지 않았다. 이제 다시 전화벨이 울린다면 그것은 분명코 저 원고를 챙겨 가야 할 충실한 편집자의 전화일 것이 분명했다. 그럼에도 불구하고 나는 불현듯 책꽂이로 달려가 창작집 속에 끼여 있는 유년의 기록을 들추었다. 그 소설은 낮잠에서 깨어나 등교 시간인 줄 알고 신발을 거꾸로 꿰어 신은 채 달려가는 이야기로부터 시작되고 있었다. 눈물주머니를 달고 살았던 그때, 턱없이 세상을 무서워하면서 또한 끝도 없이 세상을 믿었던 그때의 이야기들은 매번 새롭게 읽혀지고 나를 위안했다. 소설 쓰는 것을 업으로 삼는 자가 자기가 쓴 소설을 읽으며 위안을 받는다는 사실을 어떻게 설명해야 할지 모른다. 깊은 밤 한창 작업에 붙들려 있다가도 마음이 편치 않으면 나는 은자가 나오는 그 소설을 읽었다. 시간을 거꾸로 돌려서, 자꾸만 뒷걸음쳐서 달려가면 거기에 철길이 보였다. 큰오빠는 젊고 잘생긴 청년이었고 밑의 오빠들은 까까중머리의 남학생이었다. 장롱을 열면 바느질통 안에 아버지 생전에 내게 사주었다는 연지 찍는 붓솔도 담겨 있었다. 아직 어린 딸에게 하필이면 화장 도구를 사주었는지 지금에 와서 생각하면 알 듯도, 모를 듯도 싶은 장난감이었다.

네 큰오빠가 아니었으면 다 굶어 죽었을 거여. 어머니는 종종 이런 말로 큰아들의 노고를 회상하곤 했지만 그 말은 사실이었다. 떠도는 구름처럼 세상 저편의 일만 기웃거리며 살던 아버지는 찌든 가난과, 빚과, 일곱이나 되는 자식을 남겨놓고 갑자기 세상을 떠났다. 가장 심하게 난리 피해를 당했던 당신의 고향 마을에서도 몇 안 되는 생존자로 난리를 피한 아버지였다. 보리짚단 사이에서, 뒤뜰의 고구마움에서 숨어 살며 지켜온 목숨이었는데 도시로 나와 아버지는 곧 이승을 떠나버렸다. 목숨을 어떻게 마음대로 하랴마는 어머니에게 있어 그것은 결코 용서 못할 배반이었다. 나는 그래도 연지 붓솔이나 받아보았다지만 내 밑의 여동생은 돌을 갓 넘기고서 아버지를 잃었다.

아버지 살았을 때부터 야간 대학을 다니면서 생계를 돕던 큰오빠는 어머니와 함께 안간힘을 쓰며 동생들을 거두었다. 아침이면 우리들은 차마 입을 뗄 수 없어 수도 없이 망설이다가 큰오빠에게 손을 내밀었다. 회비·참고서값·성금·체육복값 등등 내야 할 돈은 한없이 많았는데 돈을 줄 사람은 하나밖에 없었다. 밑으로 딸린 두 여동생들에겐 관대하기만 했던 큰오빠의 마음을 이용해서 오빠들은 곧잘 내게 돈 타오는 일을 떠맡기곤 했었다. 밑으로 거푸 물려줘야 할 책임이 있는 셋째오빠의 부대 자루 같은 교복, 윗형 것을 물려받아서 발목이 드러나는 교복 바지의 넷째오빠가, 한번도 새옷을 입은 적이 없다고 불만인 다섯째오빠의 울퉁불퉁한 머리통이 골목길에 모여서서 나를 기다렸다. 나는 오빠들이 일러준 대로 기성회비·급식값·재료비 따위를 큰오빠 앞에서 줄줄 외우고 있는 중이었다. 공장에서 돈을 찍어내도 모자라것다. 그러면서 큰오빠는 지갑을 열었다.

자라면서 나 역시 그러했지만 오빠들은 큰형을 아주 어려워했다. 아무리 맛있는 음식이라도 큰형이 있으면 혀의 감각이 사라진다고 둘째가 입을 열면 셋째도, 넷째도, 다섯째도 맞장구를 쳤다. 여름의 어떤 일요일, 다섯 아들이 함께 모여 수박을 먹으면 큰오빠만 푸아푸아 시원스레 씨를 뱉어내고 나머지는 우물쭈물하다가 씨를 삼켜버리기 예사였다. 두레박으로 물을 길어 올려 등목이라도 하게 되면 큰오빠 등허리는 어머니만이 밀 수 있었다. 둘째는 셋째가, 셋째는 넷째가 서로서로 품앗이를 하여 등목을 하고 난 뒤 큰오빠가 "내 등에도 물 좀 끼얹어라" 하면 모두들 쩔쩔매었다. 우리 형제들뿐만 아니라 동네 사람들도 큰오빠를 예사롭게 대하지 않았다. 인조 속치마를 펄럭이고 다니면서 동네의 온갖 일을 다 참견하곤 하던 은자 엄마도 큰오빠가 지나가면서 인사를 하면 허둥지둥 찐빵가게로 들어갈 궁리부터 했으니까.

기다린다아, 고 길게 빼면서 끊었던 은자의 전화를 의식한 탓인지 나는 그날따라 일찍 저녁밥을 마쳤다. 서두르지 않더라도 아홉 시까지는 그애가 일한다는 새부친클립에 길 수가 있다. 작은방에서 책을 읽고 있던 남편은 아이야 자기도 재울 수 있으니 가보라고 권하기도 하였다. 소설의 주인공이 부천의 한

클럽에서 노래를 부르고 있다는 사실에 대해 그 역시 은자에게 흥미가 많은 사람이었다. 시간은 자꾸 흘러가고 있었다. 아홉 시가 가까워오자 아이는 연신 하품을 하기 시작했다. 재울 것도 없이 고단한 딸애는 금방 쓰러져 꿈나라로 갈 것이었다. 집 앞 큰길에는 귀가하는 이들이 타고 온 택시가 심심치 않게 빈 차로 나가곤 하였다. 일어서서 집을 나가 택시만 타면 되었다. 택시 기사에게 "시내로 갑시다"라고 이르기만 하면 되었다. 그런데도 얼른 몸을 일으킬 수가 없었다.

여덟 시 무대를 끝내고 은자는 내가 올까 봐 입구 쪽만 주시하고 있을 것이었다. 아홉 시를 알리는 시보가 울리고 텔레비전에서 저녁 뉴스가 시작될 때까지도 나는 그대로 있었다. 아이는 마침내 잠이 들었고 남편은 낚시 잡지를 뒤적이면서 월척한 자의 함박웃음을 부러운 듯이 들여다보고 있었다. 몇 가지 낚시 도구를 사들이고, 낚시에 관한 정보를 놓치지 않으려고 귀를 모으면서, 매번 지켜지지 않을 낚시 계획을 세우는 그는 단 한 번의 배낚시 경험밖에 없는 사람이었다. 단 한 번의 경험은 그를 사로잡기에 충분하였다. 어느 주말 홀연히 떠나가 낚싯대를 드리우게 되기까지는 그 자신 풀어야 할 매듭이 많은 사람이었다. 어떤 때 그는 마치 낚시꾼이 되기 직전의 그 경이로움만을 탐하는 것처럼 보이기도 하였다. 봉우리를 향하여 첫발을 떼는 자들이 으레 그렇듯 그는 세상살이의 고단함에 빠질 때마다 낚시터의 꾼들 속에 자기를 넣어두고 싶어 하였다. 나는 그가 뒤적이는 낚시 잡지의 원색 화보를 곁눈질하면서 미구에 그가 낚아 올릴 물고기를 상상해보았다. 상상 속에서 물고기는 비늘을 번뜩이며 파닥거리고 시계는 은자의 두번째 출연 시간을 가리키며 째깍거리고 있었다.

다음 날 아침 어김없이 은자의 전화가 걸려왔다. 토요일이었다. 이제 오늘 밤과 내일 밤뿐이었다. 은자도 그것을 강조하였다.

"설마 안 올 작정은 아니겠지? 고향 친구 한번 만나보려니까 되게 힘드네. 야, 작가 선생이 밤무대 가수 신세인 옛 친구 만나려니까 체면이 안 서데? 그러지 마라. 네 보기엔 한심할지 몰라도 오늘의 미나 박이 되기까지 참 숱하게도 넘어지고 또 넘어지고 했으니까."

그렇게 말할 만도 하였다. 고상한 말만 골라서 신문에 내고 이렇게 해야 할 것 아니냐, 저렇게 되면 곤란하다, 라고 말하는 게 능사인 작가에게 밤무대 가수 친구가 웬 말이냐고 볼멘소리를 해볼 만도 하였다. 나는 아무런 대꾸도 할 수 없었다. 우리들의 대화가 어긋나고 있더라도 수수방관할 수밖에 없었다. 박은자에서 미나 박이 되기까지 그애는 수없이 넘어지고 또 넘어진 모양이었다. 누군들 그러지 않겠는가. 부천으로 옮겨와 살게 되면서 나는 그런 삶들의 윤기 없는 목소리를 많이 듣고 있었다. 딱히 부천이어서가 아니라 내가 부천 사람이어서 그랬을 것이었다. 창가에 붙어 앉아 귀를 모으고 있으면 지금이라도 넘어져 상처 입은 원미동 사람들의 이야기를 들을 수 있었다. 넘어졌다가 다시 일어나고, 또 넘어지는 실패의 되풀이 속에서도 그들은 정상을 향해 열심히 고개를 넘고 있었다. 정상의 면적은 좁디좁아서 아무나 디딜 수 있는 곳이 아니라는 엄연한 현실도 그들에게는 단지 속임수로밖에 납득되지 않았다. 설령 있는 힘을 다해 기어올랐다 하더라도 결국은 내리막길을 마주해야 한다는 사실 또한 수긍하지 않았다. 부딪치고, 아등바등 연명하며 기어나가는 삶의 주인들에게는 다른 이름의 진리는 아무런 소용도 없는 것이었다. 그들에게 있어 인생이란 탐구하고 사색하는 그 무엇이 아니라 몸으로 밀어가며 안간힘으로 두들겨야 하는 굳건한 쇠문이었다. 혹은 멀리 보이는 높은 산봉우리였다.

은자는 마침내 봉우리 하나를 넘었다고 믿는 사람 중의 하나였다. 노래로는 도저히 먹고 살 수 없어서 노래를 그만둔 적도 있었다고 했다. 처음의 전화 이후, 아니 더 정확히 말하면 내가 허겁지겁 달려 나오지 않으리란 것을 그애가 눈치를 챈 이후 은자는 하나씩 둘씩 자신의 과거를 털어놓곤 했었다. 싸구려 흥행단에 끼어 일본 공연을 갔던 적이 있었는데 돌아오지 않을 작정으로 마지막 공연 날, 단체에서 이탈해 무작정 낯선 타국 땅을 헤맨 경험도 있다는 말은 두번째 전화에서 들었던가. 그런데 오늘은 더욱 비참한 과거 하나를 털어놓았다. 악단 연주자였던 지금의 남편을 만나 살림을 차린 뒤 극장식 스탠드바의 코너를 하나 분양 받았다가 빚더미에 올라앉게 되었던 모양이었다. 은자는 주안·부평·부천 등을 뛰어다니며 겹치기를 하고 남편 역시 전속으로 묶여 새벽까지 기타 줄을 튕겨야 했다고 하였다. 첫아이를 임신하고 있는 중이었으나 부른 배를 내민 채 술집 무대에 설 수가 없었다. 코르셋으로, 헝겊으로 배를 한껏 조이고서야 허리가 쑥 들어간 무대 의상을 입을 수가 있었다. 한 달쯤 그렇게 하고 났더니 뱃속에서 들려오던 태동이 어느 날부터인가 사라져버렸다. 이상하긴 했지만 그런대로 또 보름 가량 배를 묶어놓고 노래를 불렀다. 그러고 나서야 병원에 갔다가 아이가 이미 오래전에 숨졌다는 사실을 알게 되었다면서 은자는 이렇게 말하였다.

"유명하신 작가한테는 소설 같은 이야기로밖에 안 들리겠지? 아무리 슬픈 소설을 읽어봐도 내가 살아온 만큼 기막힌 이야기는 없더라. 안 그러면 무슨 소리인지 도통 못 알아먹을 소설뿐이고. 너도 읽으면 잠만 오는 소설을 쓰는 작가야? 하긴 네 소설은 아직 못 읽어봤지만 말야. 인제 읽어야지. 근데, 너 돈 좀 벌었니?"

은자가 내 소설들을 읽지 않았다는 것은 참으로 다행한 일이었다. 바로 어젯밤에도 나는 '읽으면 잠만 오는' 소설을 쓰느라 밤새 진을 빼고 있었는지도 모를 일이었다. 그래놓고도 대단한 일을 한 사람처럼 이 아침 나는 잠잘 궁리만 하고 있는 중이었다. 그런데 은자 또한 이제부터 몇 시간 더 자야 한다고 말하는 것이었다. 귀가 시간은 언제나 새벽이 다 되어서라고 했다. 그애나 나나 밤일을 한다는 하나의 공통점이 있다는 사실을 떠올리며 나는 씁쓰레하게 웃어버렸다.

은자는 졸음이 묻어 있는 목소리로 다시 오늘 저녁을 약속했다. 주말의 무대는 평일과 달라서 여덟 시부터 계속 대기 중이어야 한다고 했다. 합창 순서도 있고 백코러스로 떨 때도 있다면서 토요일 밤의 손님들은 출렁이는 무대를 좋아하므로 시종일관 변화무쌍하게 출연진을 교체시키는 법이라고 일러주었다.

"무대에 올라도 잠깐잠깐이야. 자정까진 거기 있으니까 아무 때나 와도 좋아. 오늘하고 내일까지는 그 집에 마지막 서비스를 하는 거지 뭐. 내 노래 안 듣고 싶어? 옛날엔 내 노래 잘 들어줬잖니? 그리고 말야, 입구에서 미나 박 찾아왔다고 말하면 잘 모실 테니까 괜히 새침 떠느라고 망설이지 마라."

물론 가겠노라고, 어제는 정말 짬이 나지 않았노라고 자신 있게 입막음을 하지도 못한 채 나는 어영부영 전화를 끊었다. 처음 그애가 "혹시 은자라고, 철길 옆에 살던……" 하면서 전화를 걸어왔을 때의 무작정한 반가움은 웬일인지 그 이후 알 수 없는 망설임으로 바뀌어져 있었다.

은자는 내 추억의 가운데에 서 있는 표지판이었다. 은자를 기둥으로 하여 이십오 년 전의 한 해를 소설로 묶은 뒤로는 더욱 그러하였다. 기록한 것만을 추억하겠다고 작정한 바도 없지만 나의 기억은 언제나 소설 속 공간에서만 맴을 돌았다. 일 년에 한 번, 아버지 추도식에 참석하기 위해 고속버스를 타고 전주에 갈 때마다 표지판이 아니면 언뜻 알아볼 수 없을 만큼 달라져 있는 고향의 모습이 내게는 낯설기만 하였다. 이제는 사방팔방으로 도로가 확장되어 여관이나 상가 사이에 홀로 박혀 있는 친정집도 예전의 모습을 거의 다 잃고 있었다. 옛집을 부수고 새로이 양옥으로 개축한 친정집 역시 여관을 지으려는 사람이 진작부터 눈독을 들이고 있는 중이었다. 집 앞을 흐르던 하천이 복개되면서 동네는 급격히 시가지로 편입되기 시작하였다. 그나마 철길이 뜯기면서 완벽하게 옛 모습이 스러져버렸다. 작은 음악회를 열곤 하던 버드나무도 베어진 지 오래였고 찐빵가게가 있던 자리로는 차들이 씽씽 달려가곤 했다. 아무래도 주택가 자리는 아니었다. 예전에는 비록 정다운 이웃으로 둘러싸인 채 오순도순 살아왔다 하더라도 지금은 아니었다. 은성장여관, 미림여관, 거부장호텔 등이 이웃이 될 수는 없었다. 게다가 한창 크는 아이들이 있었다. 우리 형제들은 물론, 조카들까지 제 아버지에게 이사를 하자고 졸랐었다. 하지만 큰오빠는 좀체 집을 팔 생각을 굳히지 못하였다. 집을 팔라는 성화가 거세면 거셀수록 그는 오히려 집수리에 돈을 들이곤 하였다. 그 동네에서 마지막까지 버티고 있는 유일한 사람이 바로 큰오빠였다.

일 년에 한 번씩 타인의 낯선 얼굴을 확인하러 고향 동네에 가는 일은 쓸쓸함뿐이었다. 이제는 그 쓸쓸함조차도 내 것으로 남지 않게 될 것이었다. 누구라 해도 다시는 고향으로 돌아가지 못할 것이었다. 고향은 지나간 시간 속에 있을 뿐이니까. 누구는 동구 밖의 느티나무로, 갯마을의 짠 냄새로, 동네를 끼고 흐르는 긴 강으로 고향을 확인하며 산다고 했다. 내게 남은 마지막 표지판은 은자인 셈이었다. 보이는 것들은, 큰오빠까지도 다 변하였지만 상상 속의 은자는 언제나 같은 모습이었다. 은자만 떠올리면 옛 기억들이, 내게 남은 고향의 모든 숨소리가 손에 잡힐 듯이 다가오곤 하였다. 허물어지지 않은 큰오빠의 모습도 그 속에 온전히 남아 있었다. 내가 새부천클럽에 가서 은자를 만나버리고 나면 그때부터는 어떤 표지판에 기대어 고향을 찾아갈 수 있을 것인지 정말 알 수 없었다.

은자의 지금 모습이 어떤지 나는 전혀 떠올릴 수가 없다. 설령 클럽으로 찾아간다 하여도 그애를 알아볼 수 있을지 자신할 수도 없었다. 내 기억 속의 은자는 상고머리에, 때 낀 목덜미를 물들인 박씨의 억센 손자국, 그리고 터진 겨드랑이 사이로 내보이던 낡은 내복의 계집아이로 붙박여 있었다. 서른도 훨씬 넘은 중년 여인의 그애를 어떻게 그려낼 수 있는가. 수십 년간 가슴에 품어온 고향의 얼굴을 현실 속에서 만나고 싶지는 않다, 라고 나는 생각하였다. 만나버린 뒤에는 내게 위안을 주었던 유년의 소설도, 소설 속의 한 시대도 스러지고야 말리라는 불안감을 떨쳐버릴 수가 없었다. 그렇다 하더라도 이미 현실로 나타난 은자를 외면할 수 있을지 그것만큼은 풀 수 없는 숙제로 남겨둔 채 토요일 밤을 나는 원미동 내 집에서 보내고 말았다.

일요일 낮 동안 나는 전화 곁을 떠나지 못하였다. 이제 은자는 가시 돋친 음성으로 나의 무심함을 탓할 것이었다. 그녀의 질책을 나는 고스란히 받아들일 작정이었다. 나는 그애가 던져올 말들을 하나하나 상상해보면서 전화를 기다렸다. 오전에는 그러나 한 번도 전화벨이 울리지 않았다. 일요일은 언제나 그랬다. 약속을 못 지킨 원고가 있더라도 일요일에까지 전화를 걸어 독촉해올 편집자는 없었다. 전화벨이 울린다면 그것은 분명 은자라고 나는 생각하였다.

오후가 되어서 이윽고 전화벨이 울렸다. 그러나 수화기에선 쉰 목소리 대신에 귀에 익은 동생의 목소리가 흘러나왔다. 고향에서 들려오는 살붙이의 음성은 모든 불길한 예감을 젖히고 우선 반가웠다. 여동생이 전하는 소식은 역시 큰오빠에 관한 우울한 삽화들뿐이었다. 마침내 집을 팔기로 하고 계약서에 도장을 찍었다는 것과, 한 달 남은 아버지 추도 예배는 마지막으로 그 집에서 올리기로 했다는 이야기였다. 계약서에 도장을 찍은 것은 어제였는데 큰오빠는 종일토록 홀로 술을 마셨다고 했다. 집을 팔기 원했으나 지금은 큰오빠의 마음이 정처 없을 때라서 식구들 모두 조마조마한 심정이라고 동생은 말하였다.

집을 팔았다고는 하지만 훨씬 좋은 집으로 옮길 수 있는 힘이 큰오빠에게 있으므로 걱정할 일은 아니었다. 하지만 큰오빠는 어제 종일토록 홀로 술을 마셨다고 했다. 나도, 그리고 동생도 걱정하지 않을 수 없을 만큼.

"이번 추도 예배는 한 사람이라도 빠지면 안 되겠어. 내가 오빠들한테도 모두 전화할 거야. 그렇지 않아도 큰오빠 요새 너무 약해졌어. 여관 숲이 되지만 않았어도 그 집 안 팔았을 텐데. 독한 소주를 얼마나 마셨는지 오늘 아침엔 일어나지도 못했대. 좋은 술 다 놓아두고 왜 하필 소주야? 정말 모르겠어. 전화나 한번 해봐. 그리고 추도식 때 꼭 내려와야 해. 너무들 무심하게 사는 것 같아. 일 년 가야 한 번이나 만날까, 큰오빠도 그게 섭섭한 모양이야······."

그 집에서 동생들을 거두었고 또한 자식들을 길러냈던 큰오빠였다. 그의 생애 중 가장 중요했던 부분이 거기에 스며 있었다. 큰오빠는, 신화를 창조하며 여섯 동생을 가르쳤던 큰오빠는 이미 한 시대의 의미를 잃은 사람이 되고 말았다. 이십오 년 전에는 젊고 잘생긴 청년이었던 그가 벌써 쉰 살의 나이로 늙어가고 있었다. 이십오 년을 지내오면서 우리 형제 중 한 사람은 땅 위에서 사라졌다. 목숨을 버린 일로 큰오빠를 배신했던 셋째 말고는 모두들 큰오빠의 신화를 가꾸며 살고 있었다. 여태도 큰형을 어려워하는 둘째 오빠는 큰오빠의 사업을 돕는 오른팔 역할을 묵묵히 수행하면서 한편으로는 화훼에 일가견을 이루고 있었다. 내가 전문의로 개업하고 있는 넷째 오빠도, 행정고시에 합격하여 고급공무원이 된 공부벌레 다섯째 오빠도 큰오빠의 신화를 저버리지 않았다. 고향의 어머니나 큰오빠가 보기에는 거짓말을 능수능란하게 지어낼 뿐인, 책만 끼고 살더니 가끔 글줄이나 짓는가 보다는 나 또한 궤도 이탈자는 결코 아닌 셈이다. 아버지가 세상을 뜨던 해에 고작 한 살이었던 내 여동생은 벌써 두 아이의 엄마가 되어 음악 선생으로 일하고 있는 중이었다.

그러나 정작 큰오빠 스스로가 자신이 그려놓은 신화에 발이 묶이고 말았다. 공장에서 돈을 찍어내서라도 동생들을 책임져야 했던 시절에는 우리들이 그의 목표였다. 새로운 사업을 시작할 때마다 실패할 수 없도록 이를 악물게 했던 힘은 그가 거느린 대가족의 생계였었다. 하지만 지금은 동생들이 모두 자립을 하였다. 돈도 벌 만큼 벌었다. 한때 그가 그렇게 했듯이 동생들 또한 젊고 탱탱한 활력으로 사회 속에서 뛰어가고 있었다. 저들이 두 발로 달릴 수 있게 된 것은 누구 때문인가, 라고는 묻고 싶지 않지만 노쇠해가는 삶의 깊은 구멍은 큰오빠를 무너지게 하였다. 몇 년 전의 대수술로 겨우 목숨을 건진 이후부터는 눈에 띄게 큰오빠의 삶이 흔들거렸다. 이것도 해선 안 되고 저것도 위험하며 이러저러한 일은 금하여라, 는 생명의 금칙이 큰오빠를 옥죄었다. 열심히 뛰어 도달해보니 기다리는 것은 허망함뿐이더라는 그의 잦은 한탄을 전해 들을 때마다 나는 큰오빠가 잃은 것이 무엇인가를 생각해보지 않을 수 없었다. 내가 수없이 유년의 기록을 들추면서 위안을 받듯이 그 또한 끊임없이 과거의 페이지를 넘기며 현실을 잊고 싶어하는지도 모를 일이었다. 그러면서 한 발자국 한 발자국씩 이 시대에서 멀어지는 연습을 하는지도.

머지않아 여관으로 변해버릴 집을 둘러보며, 집과 함께해온 자신의 삶을 안주 삼아 쓴 술을 들이켜는 큰오빠의 텅 빈 가슴을 생각하면 무력한 내 자신이 안타까웠다. 아버지 산소에 불쑥불쑥 찾아가서 죽은 자와 함께 한 병의 술을 비우는 큰오빠의 마음을 알 수 있을 것도 같았다. 한 인간의 뼈저린 고독은 살아 있는 자들 중 누구도 도울 수 없다는 것, 오직 땅에 묻힌 자만이 받아줄 수 있다는 것은 의미심장하였다. 동생은 마지막으로 어머니의 결심을 전해주고 전화를 끊었다. 말하자면 그것은 어머니가 큰아들을 위해 할 수 있는 유일한 방법인 셈이었다.

"오늘 아침부터 엄마, 금식 기도 시작했어. 큰오빠가 교회에 나갈 때까지 아침 금식하고 기도하신대. 몇 달이 걸릴지 몇 년이 걸릴지, 노인네 고집이니 어련하겠수."

교회만 다니게 된다면, 그리하여 주님을 맞아들이기만 한다면 당신이 견뎌

온 것처럼 큰오빠 또한 허망한 세상에 상처받지 않으리라 믿는 어머니였다. 어쨌거나 간에 나로서는 어머니의 금식 기도가 가까운 시일 안에 끝나지길 비는 수밖에 다른 도리가 없었다. 동생의 전화를 받고 난 다음 나는 달력을 넘겨서 추도식 날짜에 붉은 동그라미를 두 개 둘러놓았다.

오후가 겨웁도록 은자에게서는 아무런 연락도 없었다. 지난밤에도 나타나지 않은 옛 친구를 더 이상은 알은체 않겠다고 다짐한 것은 아닌지 슬그머니 걱정이 되기도 하였다. 오늘 밤의 마지막 기회까지 놓쳐버리면 영영 그애의 노래를 듣지 못하리라는 생각도 나를 초조롭게 하였다. 그애가 나를 애타게 부르는 것에 답하는 마음으로라도 노래만 듣고 돌아올 수는 없을까 궁리를 하기도 했다. 진달래가 흐드러지게 피었더라고, 연초록 잎사귀들이 얼마나 보기 좋은지 가만히 있어도 연초록물이 들 것 같더라고, 남편은 원미산을 다녀와서 한껏 봄소식을 전하는 중이었다. 원미동 어디에서나 쳐다볼 수 있는 기다란 능선들 모두가 원미산이었다. 창으로 내다보아도 얼룩진 붉은 꽃 무더기가 금방 눈에 띄었다. 진달래꽃을 보기 위해서는 꼭 산에까지 가야만 된다는 법은 없었다. 나는 딸애 몫으로 사준 망원경을 꺼내어 초점을 맞추었다. 원미산은 금방 저만큼 앞으로 걸어와 있었다. 진달래는 망원경의 렌즈 속에서 흐드러지게 피어났고 새순들이 돋아난 산자락은 푸른 융단처럼 부드러웠다. 그다음에 그가 길어온 약수를 한 컵 마시면 원미산에 들어갔다 나온 자나 집에서 망원경으로 원미산을 살핀 자나 다를 게 없었다. 망원경으로 원미산을 보듯, 먼 곳에서 은자의 노래만 듣고 돌아온다면…….

마침내 나는 일요일 밤에 펼쳐질 미나 박의 마지막 무대를 놓치지 않겠다고 작정하였다. 「검은 상처의 블루스」를 다시 듣게 된다면 더 이상 바랄 게 없겠지만 미나 박의 레퍼토리가 어떤 건지는 짐작할 수 없었다. 미루어 추측하건대 그런 무대에서는 흘러간 가요가 아니겠느냐는 게 짐작의 전부였다. 그렇다 하더라도 내 귀가 괴로울 까닭은 없었다. 나는 이미 그런 노래들을 좋아하고 있었다. 얼마 전 택시에서 흘러나오는, 끝도 없이 이어지는 트로트 가요의 메들리가 그렇게 듣기 좋을 수가 없었다. 부천역에서 원미동까지 오는 동안만 듣고 말기에는 너무 아쉬웠다. 그래서 나는 택시 기사에게 노래 테이프의 제목까지 물어두었다. 아직까지 그 테이프를 구하지는 못했지만 구성지게 흘러나오는 옛 가요들이 어째서 술좌석마다 빠지지 않고 앙코르되는지 이제는 확실하게 이해할 수 있었다.

새부천나이트클럽은 의외로 이 층에 있었다. 막연히 지하의 음습한 어둠을 상상하고 있었던 나는 입구의 화려하고 밝은 조명이 낯설고 계면쩍었다. 안에서 들려오는 요란한 밴드 소리, 정확히 가려낼 수는 없지만 수많은 사람들이 어우러져 내는 소음들 때문에 나는 불현듯 내 집으로 돌아가고 싶어졌다. 이럴 줄도 모르고 아까 집 앞에서 지물포 주씨에게 좋은 데 간다고 대답했던 게 우스웠다. 가게 밖에 진열해놓은 벽지들을 안으로 들이던 주씨가 늦은 시각의 외출이 놀랍다는 얼굴로 물었었다.

"어데 가십니꺼?"

봄철 장사가 꽤 재미있는 모양, 요샌 얼굴 보기 힘든 주씨였다. 한겨울만 빼고는 언제나 무릎까지 닿는 반바지 차림인 주씨의 이마에 땀이 번들거리고 있었다. 가죽문을 밀치고 나오는 취객들의 이마에도 땀이 번뜩거리는 것을 나는 보았다. 계단을 내려가는 취객들의 어지러운 발자국 소리를 세고 있다가 나는 조심스럽게 가죽문을 밀고 안으로 들어섰다.

기대했던 대로 홀 안은 한껏 어두웠다. 살그머니 들어온 탓인지 취흥이 도도한 홀 안의 사람들 가운데 나를 주목하는 이는 한 사람도 없었다. 구석에 몸을 숨기고 서서 나는 무대를 쳐다보았다. 이제 막 여가수 한 사람이 스포트라이트를 받으며 등장하는 중이었다. 은자의 순서는 끝난 것인지, 지금 등장한 여가수가 바로 은자인지 나로서는 전혀 알 도리가 없었다. 내가 서 있는 자리에서 무대까지는 꽤 먼 거리였고 색색의 조명은 여가수의 윤곽을 어지럽게 만들어놓기만 하였다. 짙은 화장과 늘어뜨린 머리는 여가수의 나이조차 어림할 수 없게 하였다. 이십오 년 전의 은자 얼굴이 어땠는가를 생각해보려 애썼지만 내 머릿속은 캄캄하기만 하였다. 노래를 들으면 혹시 알아차릴 수도 있을 것 같아 나는 긴장 속에서 여가수의 입을 지켜보았다. 서서히 음악이 흘러나오기 시작하였다. 악단의 반주는 암울하였으며 느리고 장중하였다. 이제까지의 들떠 있던 무대 분위기는 일시에 사라지고 오직 무거운 빛깔의 음악만이 좌중을 사로잡았다.

그리고 탁 트인 음성의 노래가 여가수의 붉은 입술에서 흘러나오기 시작하였다. 저 산은 내게 우지 마라, 우지 마라 하고 발아래 젖은 계곡 첩첩산중…… 가수의 깊고 그윽한 노랫소리가 홀의 구석구석으로 스며들면서 대신 악단의 반주는 점차 희미해져갔다. 나는 자신도 모르게 한 걸음 앞으로 나가서 노래를 맞아들이고 있었다. 무언지 모를 아득한 느낌이 내 등허리를 훑어내리고, 팔뚝으로 번개처럼 소름이 돋아났다. 나는 오싹 몸을 떨면서 또 한 걸음 앞으로 나갔다. 가수는 호흡을 한껏 조절하면서, 눈을 감은 채 노래를 이어가고 있었다. 저 산은 내게 잊으라, 잊어버리라 하고 내 가슴을 쓸어내리네…… 가수의 목소리는 그윽하고도 깊었다. 거기까지 듣고 나서야 나는 비로소 저 노래를 예전부터 알고 있었다는 데 생각이 미쳤다. 분명 몇 번 들은 적이 있었다. 그랬음에도 전혀 처음 듣는 것처럼 나는 노래에 빠져 있었다. 아니, 노래가 나를 몰아대었다. 다른 생각을 할 틈도 없이 노래는 급류처럼 거세게 흘러 들이닥쳤다. 아, 그러나 한 줄기 바람처럼 살다 가고파. 이 산 저 산 눈물구름 몰고 다니는 떠도는 바람처럼…… 여가수의 목에 힘줄이 도드라지고 반주 또한 한껏 거세어졌다. 나는 훅, 숨을 들이마셨다. 어느 한순간 노래 속에서 큰오빠의 쓸쓸한 등이, 그의 지친 뒷모습이 내게로 다가왔다. 그 모습을 보지 않으려고 나는 눈을 감았다. 눈을 감으니까 속눈썹에 매달려 있던 한 방울의 눈물이 볼을 타고 흘러내렸다.

노래의 제목은 「한계령」이었다. 그러나 내가 알고 있었던 「한계령」과 지금 듣고 있는 「한계령」 사이에는 커다란 차이가 있었다. 노래를 듣기 위해 이곳에 왔다면 나는 정말 놀라운 노래를 듣고 있는 셈이었다. 무대 위에서 혼신의 힘을 다해 노래를 부르는 저 여가수가 은자 아닌 다른 사람일지라도 상관없는 일이었다. 나는 온몸으로 노래를 들었고 여가수는 한순간도 나를 놓아주지 않았다. 발밑으로, 땅 밑으로, 저 깊은 지하의 어딘가로 불꽃을 튕기는 전류가 자꾸 쏟아져 내리는 것 같았다. 질퍽하게 취하여 흔들거리고 있는 테이블의 취객들을 나는 눈물 어린 시선으로 어루만졌다. 그들에게도 잊어버려야 할 시간들이, 한 줄기 바람처럼 살고 싶은 순간들이 있을 것이었다. 어디 큰오빠뿐이겠는가. 나는 다시 한 번 목이 메었다. 그때, 나비넥타이의 사내가 내 앞을 가로막고 정중하게 고개를 숙였다.

"테이블로 안내해드릴까요?"

웨이터의 말대로 나는 내가 앉아야 할 테이블이 어딘가를 생각했다. 그리고는 막막한 심정으로 뒤를 돌아다보았다. 뒤는, 내가 돌아본 그 뒤는 조명이 닿지 않는 컴컴한 공간일 뿐이었다. 아마도 거기에는 습기 차고 얼룩진 벽이 있을 것이었다. 나는 웨이터에게 무언가를 말하려고 하였다. 하지만 아무런 말도 나오지 않았다. 저 산은 내게 내려가라, 내려가라 하네. 지친 내 어깨를 떠미네…… 더듬거리고 있는 내 앞으로 「한계령」의 마지막 가사가 밀물처럼 몰려오고 있었다.

집에 돌아와서야 나는 내가 만난 그 여가수가 은자라는 것을 확신하였다. 넘어지고 또 넘어지고, 많이도 넘어져가며 그애는 미나 박이 되었지 않은가. 울며울며 산등성이를 타오르는 그애, 잊어버리라고 달래는 봉우리, 지친 어깨를 떨구고 발아래 첩첩산중을 내려다보는 그 막막함을 노래 부른 자가 은자였다는 것을 그제서야 깨달은 것이었다.

그날 밤, 나는 꿈속에서 노래를 만났다. 노래를 만나는 꿈을 꿀 수도 있다는 사실을 그 밤에 나는 처음 알았다. 노래 속에서 또한 나는 어두운 잿빛 하늘 아래의 황량한 산을 오르고 있는 한 무리의 사람들도 만났다. 그들은 모두 지쳐 있었고 제각기 무거운 짐꾸러미를 어깨에 메고 있었다. 짐꾸러미의 무게에 짓눌려 등은 휘어졌는데, 고갯마루는 가파르고 헤쳐야 할 잡목은 억세기만 하였다. 목을 축일 샘도 없고 다리를 쉴 수 있는 풀밭도 보이지 않는 거친 숲에서 그들은 오직 무거운 발자국만 앞으로 앞으로 옮길 뿐이었다.

그들 속에 나의 형제도 있었다. 큰오빠는 앞장을 섰고 오빠들은 뒤를 따랐다. 산봉우리를 향하여 한 걸음씩 옮길 때마다 두고 온 길은 잡초에 뒤섞여 자취도 없이 스러져버리곤 하였다. 그들을 기다려주는 것은 잊어버리라는 산울림, 혹은 내려가라고 지친 어깨를 떠미는 한 줄기 바람일 것이었다. 또 있다면 그것은 잿빛 하늘과 황토의 한 뼘 땅이 전부일 것이었다. 그럼에도 등을 구부리고 짐꾸러미를 멘 인간들은, 큰오빠까지도 한사코 봉우리를 향하여 무거운 발길을 옮겨놓고 있었다.

그리고 사흘이 지났다. 은자는 늦은 아침, 다시 쉰 목소리로 내게 나타났다.
"전라도 말로 해서 너 참 싸가지 없더라. 진짜 안 와버리데?"

고향의 표지판답게 그녀는 별수 없이 전라도 말로 나의 무심함을 질타하였다. 일요일 밤에 새부천나이트클럽으로 찾아갔다는 말은 하지 않은 채 나는 그냥 웃어버렸다. 물론 「한계령」을 부른 가수가 바로 너 아니었느냐는 물음도 하지 않았다.

"내가 지금 바쁜 몸만 아니면 당장 쫓아가서 한바탕 퍼부어주겠지만 그럴 수도 없으니. 어쨌든 앞으로 서울 나올 일 있으면 우리 카페로 와. 신사동 로터리 바로 앞이니까 찾기도 쉬워. 일주일 후에 오픈할 거야. 이름도 정했어. 작가 선생 마음에 들는지 모르겠다. '좋은 나라'라고 지었는데, 네가 못마땅해도 할 수 없어. 벌써 간판까지 달았는걸 뭐."

좋은 나라로 찾아와. 잊지 마라. 좋은 나라. 은자는 거듭 다짐하며 전화를 끊었다. 그녀가 카페 이름을 '좋은 나라'로 지은 것에 대해 나는 조금도 못마땅하지 않았다. 얼마나 좋은 이름인가. 다만 내가 그 좋은 나라를 찾아갈 수 있을는지, 아니 좋은 나라 속에 들어가 만날 수 있게 되는지 그것이 불확실할 뿐이었다.

양귀자(梁貴子)

1955년 전북 전주 출생. 원광대학교 국문과 졸업. 1978년 『문학사상』에 「다시 시작하는 아침」과 「이미 닫힌 문」으로 신인상을 수상하면서 등단. 유주현문학상, 이상문학상, 현대문학상, 21세기문학상 등을 수상. 『귀머거리 새』(1985), 『원미동 사람들』(1987), 『희망』(1990), 『나는 소망한다 내게 금지된 것을』(1992), 『슬픔도 힘이 된다』(1993), 『길모퉁이에서 만난 사람』(1993), 『천년의 사랑』(1995), 『모순』(1998) 등을 출간.

작품 세계

양귀자는 '원미동 연작'을 통하여 우울한 일상의 풍경과 그 속에서 살아가는 개인의 구체적인 경험을 간결한 문체에 담아온 작가다. 국가, 제도와 같은 거대담론에 맞서 있던 1980년대 일련의 소설과 다르게 일상생활의 사소함을 면밀하게 관찰하고 이를 개인의 의식을 통해 드러내었다는 것이 양귀자 소설의 특징적인 면이다. 인물을 바라보는 작가 특유의 따뜻한 시선은 피폐한 현실을 살아가는 인간들이 포기하지 못하는 희망의 원리가 무엇인가를 잘 보여준다. 『원미동 사람들』을 비롯하여 원미동을 배경으로 한 소설에는 1980년대 일상사가 고스란히 녹아 있다. 암울한 주변 환경에도 불구하고 개별자로서의 욕망을 포기하지 않고 살아가는 인간의 모습은 제도와 국가적 폭력이 감히 범접할 수 없는 숭고한 삶의 진실을 여실하게 드러낸다.

특히 『원미동 사람들』은 사회적 관계와 생산 조건을 규정하는 계층에 대한 관심을 넘어 개인 스스로가 삶의 법칙을 만들어가는 '상황'에 대해 천착함으로써 세태소설의 새로운 가능성을 열어놓았다. 이러한 소설적 특성이 두번째 소설집 『길모퉁이에서 만난 사람』에서부터는 다소 변화를 보이는데, 인물에 대한 보다 세심한 관찰자로서 작가는 갈등의 요인으로 작용하는 경험적 차이의 진정성이 어디에서부터 비롯되는가에 대한 구체적인 질문을 던지기 시작한다. 장편 『희망』에서는 대학 입시에 실패한 삼수생을 통해 내면적인 성숙의 과정을 세심하게 보여주고 있는데 그것은 1980년대의 보편적인 시간의 흐름에 역행하는 개별자의 욕망의 의미로 귀결된다. 이후 양귀자의 소설은 시대적인 상황과 개인의 내면적 세계가 어떻게 불협화음을 이루는가에 대한 질문을 던지면서 또 다른 변모를 시도한다. 『나는 소망한다 내게 금지된 것을』, 『천년의 사랑』, 『모순』 등은 원미동 연작에서 벗어나 새로운 무게 중심을 만들고자 한 작가적 욕망의 산물이다. 이들 작품에서는 작가의 목소리가 더욱 분명해지면서 냉소적이고 비판적인 서술자의 코멘트가 강하게 부각되기 시작한다. 기존의 인식이나 관습을 완강하게 거부하는 '강민주'를 통해 불합리에 맞선 인물의 내적 투쟁과정을 그려내고 있는 것이다. 양귀자는 행복과 불행, 삶과 죽음, 정신과 육체, 풍요로움과 빈곤, 이런 상반된 것처럼 보이는 것들이 결국은 닮은꼴에 불과함을 말한다. 인간의 내면을 구성하고 있는 것은 바로 이러한 모순들이며, 그 속에서 살아남기 위해서는 어쩔 수 없이 불행을 부풀리면서 살아갈 수밖에 없다. 상처를 덧나게 하여 오히려 완전하게 상처를 치료하는 것. 양귀자 소설에 등장하는 여성성의 문제는 그 지점에서 빛을 발한다.

「한계령」

「한계령」은 『원미동 사람들』에 실린 마지막 소설이다. 「멀고 아름다운 동네」를 비롯한 이전의 소설이 원미동을 배경으로 하여 삼인칭 관찰자 시점으로 서술되고 있다면 「한계령」은 회상에 의존한 일인칭 내적 독백이 강한 소설이다. 소설가인 '나'에게 25년 만에 전화를 걸어온 박은자는 그 시대 '유행가'와 '철길' 그리고 죽음을 함께 떠올리게 하는 기억의 잉여물이다. 마귀 새끼라고도 불릴 만큼 유황불이 이글거리는 아수라장 같은 곳에서도 살아남은 은자는 '원미동 사람들'의 욕망의 원천이 무엇인가를 짐작하게 해주는 인물이다. 아버지의 구박을 받으면서도 트로트를 흥얼거리며 가수의 꿈을 키워온 은자는 찐빵집 딸로 가부장적인 아버지의 잔소리에도 불구하고 노래를 부르고 싶었던 자신의 꿈을 포기하지 않는다. 결국 은자는 밤무대 가수가 된다. 자신만의 무대를 갖게 된 은자는 가수가 됨으로서 시장 바닥의 사람들과는 달리 한 계층 올라섰다는 생각을 하게 된다. 그런 은자가 25년 만에 나에게 연락을 해온다. 전화기를 통해서 들려오는 은자의 목소리를 직감적으로 알아차리지만 마음속에 품은 반가움을 겉으로 내색하지 않는다는 것에 이 소설의 트릭이 있다. 만나고 싶고 어떻게 지내는지 알고 싶지만 '나'는 은자를 결코 만나지 않는다. 왜냐하면 그녀에게 은자는 원형으로 남아 있는 욕망의 덩어리이기 때문이다. 내가 유난히 삶과 죽음의 교차가 심한 유년의 한때를 기억하면서 고통과 감미로움을 동시에 느끼게 해주는 글쓰기에 매달리면서 살고 있다면 그녀는 다른 방식으로 자기 존재를 벼리면서 살고 있었던 것이다.

이렇게 「한계령」은 낭만적인 상상력을 통해 도무지 알 수 없는 지난 삶의 시간 속에서 절대로 포기할 수 없었던 개인들의 욕망을 이야기한다. 팍진한 삶의 나락을 견디면서 자본의 논리에 쉽게 승복하지 않았던 인물을 통해 작가는 원초적으로 존재하는 욕망과 시간, 그리고 공간의 의미를 다시금 되새기는 것이다. 고향은 지나간 시간 속에 존재하는 것이지, 지금 나의 정체성을 만들어주고 동질적인 부분을 확인시켜주는 것이 아니라는 인식은 내가 박은자를 만날 필요가 없는 확실한 이유가 되기도 한다. 고향은 현재의 시간 속에서 자신의 동일한 정체성을 확인하게 해주는 공간이 아니다. 기억 속에 고스란히 존재하지만 현재의 시간 속에서 다른 방식으로 재구성되는 것일 뿐이다. 엄밀하게 말하면 지난 시간 속의 나와 지금의 내가 같을 수 없다는, 다시 말하면 동일화는 불가능하다는 것을 깨닫게 해주는 공간인 것이다. 그렇기 때문에 박은자를 만나지 않은 것에는 자신에게 존재하는 원초적인 공간을 훼손시키고 싶지 않다는 거부감과 동시에 시간의 흐름 속에서 변해버린 변화를 감내해야 한다는 사실에 대한 인정 등 복합적인 감정이 섞여 있는 것이다. 그 순간 잊혀지는 시간이 아니라 잊어버려야 하는 시간으로 공간의 의미가 확산된다. 잡초 같은 인간의 생명력 그 뒤에는 지난 시간을 생성의 시간으로 전이시키면서 견뎌온 고통스러운 나날들이 존재한다. 그리고 실패를 거듭하면서도 자신의 정상을 향해서 여전히 달려가고 있는 사람들에게 자신의 동질성을 확인시켜주는 '과거'란 없다. 가부장적 이데올로기, 제도, 암묵적으로 나눠진 사회적 계층의 위화감을 넘어서는 개별자들의 욕망은 기억을 타고 넘으면서 새로운 생성의 시간을 향해 예민한 촉수를 뻗고 있다. 「한계령」은 이를 수렴하고 다독이는 '저 산'인 것이다.

주요 참고 문헌

김병익의 「'이곳'이 아닌 곳의 꿈꾸기」(『슬픔도 힘이 된다』 해설, 문학과지성사, 1993)는 양귀자 소설을 통시적으로 조감하고 있는 드문 글이다. 특히 양귀자 소설의 낭만주의적 특성을 통해 부정을 통한 긍정의 힘을 길러내는 작가의식에 대한 면밀한 분석을 보여주고 있다는 측면에서 주목할 만하다. 홍정선의 「원미동 — 작고도 큰 세계」(『원미동 사람들』 해설, 문학과지성사, 1987)는 원미동 연작의 서사적 특징을 통해 양귀자 소설에 중요한 요소로서 주관성과 객관성이 어떻게 균형적인 미학을 형성하고 있는가를 분석한다. 황도경은 「밥과 진실과 노래의 진실」(『원미동 사람들』 개정판 해설, 문학과지성사, 2002)에서 폭력과 소외, 돈과 밥의 현실 원리와 꿈의 문제를 관련시켜 분석하고 있으며, 진형준은 「여성성의 신화적 임재(臨在)」(『나는 소망한다 내게 금지된 것을』 해설, 살림, 1992)를 통해 양귀자 소설의 페미니즘적 특성을 분석한다. 이 글은 아마조네스라는 전설적인 여인족, 혹은 왕국의 비유를 들어 폭력적인 남성성과 수동적인 여성성 모두를 비판하고 있음을 예리하게 지적하고 있다는 측면에서 양귀자 소설의 또 다른 문학적 지평을 엿보게 해준다. 김훈의 「여관에서 집으로, 집에서 마을로」(『희망』 해설, 살림, 1990)에서는 만져지지 않는 삶의 이면의 이야기를 공간의 변이 중심으로 논의하고 있다.

_최성실

현길언
무지개는 일곱 색이어서 아름답다

　정은혜 노인은 성경책이 들어 있는 가방을 들고 거실로 나왔다. 아들의 서재를 겸하고 있는 열댓 평 너른 방에는 제자리를 차지하고 있는 갖가지 정물들이 모두 깊은 새벽잠에 취해 있다. 식구들 방들도 모두 다갈색 문이 꽉꽉 닫혀 있다. 노인은 숨을 죽이고 방 안을 휘돌아보다가 아들 내외가 쓰는 방 바로 옆에 있는 대학 3학년에 다니는 장손자 수혁의 방으로 눈이 갔다. 어제저녁에 들어오지 않은 것이 생각났다. 강의 없는 토요일을 틈타 시골 친구 집에 놀러 갔다는 것을 노인도 알고 있다. 그 맞은편은 둘째 손자 수진의 방이고, 그 바로 옆에는 막내 외동손녀 수희 방이다. 닫혀 있는 문들을 바라보던 노인은 가슴이 섬뜩했다. 찬 기운이 뼛속으로 스며드는 것 같았다. 한기가 집 안 구석구석에 도둑처럼 숨어 있다가 몰려드는 것을 느꼈다.
　노인이 현관문을 나서자 찬 냉기가 한꺼번에 뺨을 때리면서 기침이 목구멍을 긁어내기 시작했다. 집 안에까지 기침 소리가 들릴까 해서 목에 힘을 주며 겨우 참다가 엘리베이터 앞에 와서야 그것을 토해내었다. 건물 복도가 온통 기침 소리로 가득 찼다.

---

*『무지개는 일곱 색이어서 아름답다』는 『문학과비평』 1988년 겨울호에 발표되었고, 이후 소설집 『무지개는 일곱 색이어서 아름답다』(문학과지성사, 1989)에 수록되었다.

"쿨룩 쿨룩."

겨우 기침이 멎었을 때 엘리베이터가 올라와 멎더니 문이 열려졌다. 안에는 아무도 없다.

불이 꺼져 있는 수위실을 지나 아파트 마당에 이르자 냉기를 안은 바람이 노인에게 달려왔다. 노인은 찬바람을 잊어버리려 하늘을 올려다보는데 다시 기침이 튀어나왔다. 또 시작인가. 환절기 때마다 찾아오는 해소 기운이다. 노인은 입을 악물며 어둡게 내려앉은 하늘을 쳐다보았다. 야윈 보안등 불빛들을 보자 기침이 더 심해졌다.

노인은 교회 현관에 걸려 있는 괘종시계를 흘깃 넘겨다보았다. 4시 15분을 조금 넘고 있었다. 예배당 안으로 들어서자 기침이 가라앉았다. 하얀 불빛 아래 가지런히 놓인 의자들과 띄엄띄엄 앉아서 기도하는 신도들 모습이 사진 속처럼 조용했다. 전면 높직한 강단 위 강대상 맞은편에 무릎을 꿇고 상체를 꾸부린 목사의 뒷모습이 강철같이 탄탄하고 싸늘하게 눈을 막아섰다. 노인은 앞으로 둘째 줄 가운데 의자에 앉아서 가만히 숨을 몰아쉬면서 기침을 삼켰다. 잠시 후에 눈을 감고 고개를 숙였다.

"살아 계셔서 인간의 생사화복을 주관하시는 아버지 하나님 감사합니다……."

우선 감사의 기도를 먼저 드렸다.

"……제 큰아이, 지금 일본에서 공직을 맡아서 일하고 있습니다. 그 자식이 어데를 가든지 아버지 믿고 의지하면서 살도록 도와주옵소서. 나랏일을 맡아 하는 그 자식의 손에 사랑과 능력이신 주의 손길이 함께해주옵소서. 둘째아이는 이제 큰 회사에서 막중한 일을 맡고 있습니다. 혹시 세상 재물에만 마음을 두어 하나님 뜻을 거스를까 두렵습니다. 기업가들이 버는 돈이 하나님 뜻을 따라 옳게 쓰도록 도와주옵소서. 큰손자 수혁이 대학에서 공부하는 중에 있습니다. 그놈에게, 아버지 뜻을 좇아 옳은 일을 하는 데 비겁하지 않도록 용기와 믿음을 주옵소서. 둘째 수진이, 지금 대학에 떨어져 재수를 하고 있는 어려운 처지에 있습니다. 그가 어려움을 통해서 하나님 아버지 뜻을 깨달을 수 있도록 사랑과 힘을 주옵소서. 주여, 주의 힘으로 그 아들의 능력이 백배나 더하여 주의 일을 위해 쓰여지게 하옵소서. 막내손녀에게 하나님께서 귀한 재능 주심을 감사합니다. 그 애가 이제 음악을 가지고 하나님께 영광을 돌리기 위해 공부하고 있습니다. 아버지께서 주신 재능을 갈고 닦아 백배 천배 빛을 발할 수 있도록 은혜로 도와주시옵소서. 이제 셋째 아들이 외국에 나가 연구하고 있습니다. 어데 가든지 하나님 아버지를 기억하게 해주시옵고, 인간의 지혜가 아버지의 능력에 비하면 아무것도 아니란 것을 깨닫는 믿음을 주옵소서. 그의 가정 식구들도 다 열심히 주를 의지하는 귀한 신앙을 가지게 도와주옵소서……."

그리고 노인은 다시 시골에서 농장을 경영하고 있는 맏딸네 집안과, 미국으로 남편 따라간 막내딸을 위해 기도를 드렸다.

"주여, 저는 부족하고 염치가 없어 다시 간구합니다. 제가 종가 집안으로 출가해서 남편과 사별하여 지금껏 하나님의 은혜 속에 살면서도 안타까운 것은, 제 시댁 친척들에게 하나님의 복음을 전하지 못한 것이옵니다. 어떻게 저희만 구원을 받을 수 있겠습니까. 이것은 종갓집 며느리로서 도리가 아니옵니다. 부디 성령이 시댁 친척들에게 임하셔서 하나님 앞으로 나올 수 있도록 도와주옵소서."

노인은 시댁 사촌 두 집안을 위해 울먹이면서 기도를 드렸다. 그러고 나자 '땡땡' 예배 시간을 알리는 벨이 울렸다.

새벽 기도회를 마치고 교회 뜰을 나오던 노인은 불현듯 죽은 남편 생각이 났다. 막내를 낳아서 두 돌이 채 안 된 때 세상을 떠났으니까 30년이 넘은 세월이 지났다. 노인의 눈앞에는 40대 초반의 그 건강하고 패기찬 남편 얼굴이 선명하게 떠오르면서, 그 곁에 원숙한 중년 여인이 자신의 모습을 나란히 세워보았다.

노인이 아파트 현관으로 들어서자 수위가 인사를 했다. 엘리베이터를 놔두고 비상계단 쪽으로 걸어갔다. 새벽마다 노인은 걸어서 5층까지 오른다. 5층을 전부 오르는데 숨이 그렇게 가쁘지 않는다. 그런 건강도 다 주님의 은혜로 생각하고 있나. 그런네 두 층을 오르자 기침이 다시 시작되었다. 노인은 벽을 의지하여 잠깐 걸음을 멈추고서 기침이 멎기를 기다렸다. 젊었을 때 기관지를 앓앉었는데, 그게 이따금 되살아나곤 하더니, 두어 해 전부터 절기가 바뀔 때마다 기침이 기승을 부리곤 했다.
　기침이 멎었다. 노인은 다시 계단을 오르면서 아침 날씨가 쌀쌀한 탓이라고 생각했다. 자신의 건강을 스스로 챙기면서도 날씨 정도에는 마음을 쓰지 않고 살아왔다. 그런데 이제는 하루가 다르다. 새벽에 일어나 거실로 나왔을 때도 어깨를 스치는 찬 기운을 그는 억지로 잊어버리려 했다.
　며느리는 아침 식사를 준비하고 있었다. 7시에 먼저 수진이와 수희가 식사를 한다.
　"날씨 차지요."
　며느리는 발갛게 달아오른 시어머니 얼굴을 보더니 걱정스럽게 말했다.
　"좀 두꺼운 것을 입고 가실 걸 그랬어요."
　"괜찮더라."
　노인은 식탁 위에 놓여 있는 반찬 그릇들을 살펴보았다.
　"수진이 입맛이 여전한지 모르겠다. 식욕이 떨어지면 문제다."
　노인은 손자들 도시락 반찬을 훑어보면서 대학 입학시험 날까지 남은 시일을 헤아려보았다.
　"할머니 안녕히 주무셨어요."
　그때 수진이가 제 방에서 나오면서 웃었다. 노인은 얼굴을 활짝 펴면서 손자의 머리를 쓰다듬었다.
　"새벽 기도회 다녀오셨어요."
　수희도 방에서 나오면서 쫑알거렸다.
　"너희들 위해 기도하시고 오셨다."
　며느리가 밥통과 밥그릇을 들고 식탁으로 다가오면서 웃었다.
　노인은 아이들 옆에 앉아서는 손자들이 식사하는 것을 지켜보았다.
　"너희들, 먹고 싶은 것이 있으면 말해라. 내가 만들어주마."
　노인은 숟가락을 놀리는 아이들을 보자 가슴이 차차 따뜻해지면서 기침이 말끔히 달아나버렸다. 아이들도 편안한 할머니 얼굴을 보고는 소리 없이 웃었다.

"요즈음도 회사 바쁘냐."

정은혜 노인은 며칠 동안 밤늦게 들어오는 아들의 건강이 걱정스러웠다. ㄷ그룹 기획조정실장인 아들 백성민은 매사에 빈틈없는 사람이다. 아무리 바빠도 건강을 해칠 정도로 무리하지는 않는다. 그런데 이달 초부터 몇 주간 거의 매일 자정까지 특근을 했다. 노인은, 늦게 귀가해서 몇 시간 눈을 붙였다가 아침에 축 처진 얼굴로 식탁에 앉는 아들이 안타까웠다.

"이제 다 끝났습니다."

백실장은 그룹의 경영 합리화 방안을 수립하느라고 삼 개월 전부터 작업을 시작했다. 임금 인상과 원화 절상으로 경영이 악화될 상황에 대비하여, 합리적인 인사와 재무 관리를 통한 영업 비용을 절감하는 계획이었다. 엊저녁 마지막 종합 검토를 거쳐서 이제는 성안만 남았다.

"오십이 고비다. 예전같이 생각하지 마라."

노인은 아들이 벌써 오십 줄에 들어선 일이 생각났다. 그때 전화 소리가 방 안을 흔들었다. 며느리가 얼른 전화를 받았다.

"아주버님이세요. 여기 다 잘 있습니다. 예. 예."

며느리는 노인과 남편의 얼굴을 건너다보면서 송수화기를 누구에게 먼저 넘길까 머뭇거렸다. 남편이 아내에게로 다가갔다.

"형님이세요. 예, 다녀왔지요. 수혁이도 같이 갔습니다. 괜찮아요. 어머님 바꿀까요."

아들은 다시 노인에게 송수화기를 넘겼다. 노인은 큰아들의 전화임을 알고서 무슨 이야기를 할까 생각했다.

"이곳 걱정일랑 말고 일이나 실수 없이 처리해라. 틈 보면서 교회에도 나가고. 참, 고향에 계신 종숙님 댁에도 종종 안부 전화라도 올리고."

노인은 전화를 끊고 식탁으로 돌아오면서 일본도 지금쯤 아침 식사 시간일까 생각했다.

"형도 이제 나이가 드는 거구나. 성묘 걱정을 다 하고."

제 공부나 일밖에 모르는 큰아들이었다. 노인은 그게 늘 불만이었다. 종갓집 장손의 몫을 어떻게 감당할까 늘 걱정했는데, 결국 외교관이 되고 해외에서 지내는 기간이 길어지면서 집안일에는 담을 쌓았다.

"수혁이 걱정을 제일 먼저 하던대요. 데모가 심하다던데 학교나 잘 다니느냐고."

아들은 수화기를 통해 들려왔던 형님의 목소리에서 특별히 그 말이 마음에 걸렸다.

"아주 데려가시려는 거 아니실까요?"

며느리가 노인의 얼굴을 살폈다.

"그런 욕심이야 가지시겠어."

아들은 아내의 말을 묵살하면서도 마음은 펴지질 않았다. 부친이 일찍 세상을 떠났으니 장자인 형이 마땅히 아버지 몫을 맡아서 동생들을 건사하고 집안을 다스려야 했다. 그런데 형은 학생 때부터 자신이 장자라는 것을 못마땅하게 여겼다. 언젠가는 동생에게 '장자'를 사라고 우스갯소리를 하기도 했다. 그러다가 외교관으로 나가면서부터 그 문제는 현실로 나타났다. 동생에게 장손의 책임과 권한을 물려주겠다고 일가 어른들 앞에서 정식으로 제안했다. 그러나 노인이 적극 반대했다. 구약에, 팥죽 한 그릇에 동생 야곱에게 장자의 직분을 팔아버린 형 에서의 어리석음과 그로 인한 형제간의 불화를 노인은 잘 알고 있었다. 그런데 또 문제가 생겼다. 큰아들에게 대를 이을 자식이 없고 딸만 둘을 두게 되었다. 결국 몇 년 전에 수혁이를 장손으로 세우기로 일가 어른들 앞에서 의논을 보았다. 그렇다고 큰아버지 자식으로 양자를 가는 형식은 취하지 않기로 했다. 호적은 그냥 두고 장손의 일만 맡기로 한 것이다. 그런데 추석 성묘일이랑 수혁의 형편을 묻는 형이 어쩐지 마음에 걸렸다.

"나이가 들면 집이 그리워지고 고향 생각이 나는 법이다."

노인은 그 한마디로 어색한 아들 내외의 마음을 가라앉히려 했다. 아들은 밥맛이 없어 수저를 놓고 싶었으나 노인을 생각해서 억지로 밥그릇을 말끔히 비웠다.

"건강 비결은 따로 없다. 식사를 제때에 즐겁게 하는 것이 최상의 보약이야."

노인은 아들이 비운 밥그릇을 보면서 말했다.

"일주일에 식구가 함께 식사하는 횟수를 하루쯤 늘려보자. 일요일 하루만 가지고는 어디 같은 식구라고 할 수 있겠냐. 그래도 함께 식탁에 모여 앉아 음식을 들어야 식구지. 이건 뭐 각각 따로 밥 먹고, 따로 집을 나가서, 밤이 되어 제각각 들어와 자니, 집 안이 여관 아니니?"

노인은 아들 눈치를 살폈다.

"저도 그런 생각을 했어요."

며느리가 남편의 어색한 표정을 보며 웃었다.

"아이들 식사 시간에 맞춰 애비가 좀 일찍 일어나면 되지. 어떨까, 화요일로 정할까."

며느리는 노인의 심중을 읽고서 잠잠했다.

"수혁이에게는 내가 말하마."

집안일은 노인의 제안에서 모든 것이 결정된다. 사십 전에 3남 2녀 다섯 자식을 두고 남편을 잃었을 때 슬픔보다는 종갓집 며느리로서 남편을 대신해서 집안을 끌어갈 일이 아득했다. 그래서 일가 어른들 앞에서 서울로 솔가하겠다고 제안했다. 자식들 교육을 위해서는 그 방법밖에 없었다. 그래서 다소 여유 있었던 시골 살림을 반쯤 정리해서 서울에 터전을 마련하고 자식들 공부시키면서 살아왔다. 이제야 누구에게 내놓아도 떳떳한 자식들이지만, 그러한 과정에 아녀자로서 말할 수 없는 고통을 겪었다. 우선은 무엇보다도 남성 못지않은 결단력이 필요했다. 그게 몸에 배어서인지 칠십 넘어서도 노인은 일을 처리하는 데는 아들보다 훨씬 단호했다. 집안 식구들 모두가 노인 말에는 절대 복종했다.

노인은 수저를 놓고 보리찻잔을 입으로 가져가다가 기침을 했다. 아들과 며느리 눈이 똥그레졌다.

"괜찮다. 새벽 날씨가 좀 쌀쌀하더니."

"저, 정박사에게 전화할까요. 낮에 다녀오시죠."

아들이 황급히 말했다.

"괜찮다. 나 혼자도 된다. 벌써부터 자식 손에 끌려 병원 출입하고 싶지 않아. 에미는 오늘 수희 선생 만난다지."

노인은 아들의 제안을 완강히 거절했다. 딴 뜻이 있어서가 아니었다. 자식들 손에 이끌려 병원 출입하는 자신을 생각할 때마다 먼저 떠오르는 것은 자신의 약한 모습이었다.

"괜찮아요. 다른 날로 미루지요."

수희 피아노 레슨을 위하여 ㅎ교수와 점심을 약속한 것은 이미 닷새 전 일이다. 노인도 며느리에게 들어서 알고 있다. 예고에 다니는 수희 교내 발표회를 위해서 특별히 외부 인사의 지도를 좀 받을 필요가 있어서, 고등학교 동창인 ㅎ교수를 만나기로 한 것이다.

"수진이는 잘 되어가나. 언제 학원 선생님도 만나봐야지."

노인은 둘째 손자가 걱정되었다.

"걱정 없어요. 성적이 잘 나오고 있어요. 앞으로 한 50일 남았는데, 요즈음 얼굴이 명랑하지 않아요."

노인도 그렇게 느끼고 있었다.

식사가 끝나고 아들이 출근 채비를 할 동안, 노인은 문이 닫혀진 수혁의 방으로 눈을 주었다. 아주 오래도록 그 방문이 닫혀 있는 것처럼 느껴졌다.

"수혁이는 오늘 돌아온다더냐?"

노인은 알면서 다시 물었다.

"저녁쯤 돌아오겠지요."

아들의 대답에도 노인은 어쩐지 마음이 편안하지 않았다. 돌아가신 제 할아버지를 꼭 닮은 수혁에게 노인은 누구에게 말하지는 않았지만, 어느 손자들보다 마음을 두고 있었다. 그것은 단순한 감정이 아니라, 집안의 대를 이을 장손이어서 더욱 그랬다. 더구나 지난 추석 성묘 때 그놈의 거동을 보고 노인은 흐뭇했다. 남편을 대신해서 자기 혼자서 애쓰며 지켜오고 다져온 집안을 그에게 물려주어도 괜찮다는 믿음을 가졌다.

백성민 실장은 8시 40분에 그룹 본부인 대웅 빌딩에 도착했다. 기획조정실이 있는 14층으로 올라가는 엘리베이터 안에서 그는 오른손에 들고 있는 가방을 내려다보았다. 계획안이 실현되는 날이면 엄청난 경상비 절감 효과를 낼 수 있다. 그것은 전체 매출액의 5프로, 세전 이익의 11프로에 해당하는 금액이다. 계획은 그룹 경영에 획기적인 변화를 가져올 것이다.

그가 실장실로 들어가자, 미스 손은 상냥하게 인사를 하고는, 아침 정례 간부 회의를 오늘은 쉰다고 전해주었다.

설록차를 한 잔 마시자, 아홉 시 근무 시작 벨이 울렸다. 그는 가방을 열고 어제 자정까지 최종 협의를 거친 안들을 정리한 메모철과 문서들을 꺼내면서 작업을 함께한 기획과장을 불렀다.

"어때요. 견딜 만해요."

그는 상기된 얼굴로 들어선 과장에게 서류 봉투들을 넘기면서 웃었다.

"오늘 안으로 정리하시오. 이 계획은 그룹의 경영 개선을 도모할 뿐만 아니라, 한국 기업들의 경영 전략을 내부로부터 개혁할 수 있는 가능성을 제시하리라 믿어요. 혹 당해 연도에는 실현 과정에서 부작용이 있겠지만, 그것을 이겨내면서 계속 밀고 나가면 성공합니다. 더구나 다른 한편으로 기업의 도덕성 회복에도 큰 의미를 줄 수 있으니까. 설사 얼마 동안 기업 수지에 기여하지 못하더라도, 다른 면에서 의의가 커요. 회장님과 사장단이 그 문제를 긍정적으로 받아들였어요."

백실장은 계획에 참여한 기획과장을 격려했다. 그 안의 핵심은, 기업 경영에서 인사 관리의 능률화와 재정 관리의 엄정을 기함으로 중도에 누수되는 돈과 인력을 최소화하는 데 있었다.

기획과장을 내보내자 기획조정 담당 상무가 전화를 걸어왔다.

"피곤하죠. 좀 일찍 나가서 목욕하고 점심이나 같이합시다."

상무의 목소리가 시근사근했다. 열한 시에 ㅅ호텔 사우나에서 만나기로 약속하고 백실장은 통화를 끝내었다. 그는 책상 위를 정리하다가 ㅈ증권 김부장과 통화를 했다. 요즈음 주식이 상승세를 타고 있는데 팔까 기다릴까 판단이 안 섰다. 9월 초, 증권 시장이 침체한다고 야단법석일 때 좀 사둔 물건이 있다. 그는 주식 투자를 남과 다른 방법으로 해왔다. 많은 돈은 아니지만, 사고 파는 과정에서 맛볼 수 있는 긴장이 즐거웠고, 판단이 맞아떨어질 때는 통쾌하기도 해서 몇 년 전부터 조금씩 하고 있다. 그는 주식을 하면서 인내심으로 자기와 싸움을 하고 그래서 늘 이겨왔다. 즉 주식값이 내려서 투자자들과 신문 방송이 야단일 때에 사고, 올라가서 사람들이 사려고 덤빌 때 파는 투자 패턴을 유지해오고 있는 것이다. 9월초에 사둔 은행주와 건설주가 벌써 15프로 정도 수익률에 이르고 있다. 그러나 앞으로 더욱 상승세가 이어질 것이라는 중론이고 보면, 아무래도 파는 데 얼른 용기가 나지 않았다.

김부장은, 사지 못해 야단인데 왜 팔려느냐고 웃었다. 오늘 시세도 강세로 이어질 것이라고 덧붙였다. 그 말을 듣고 보니 기분이 묘했다. 그는 갖고 있는 건설주와 은행주 3분의 2정도를 상한가에서 1백 원 정도 내린 시세로 팔아주도록 부탁했다. 그렇게 팔리면 적어도 17프로의 수익을 얻게 된다. 45일 동안에 그만한 수익은 괜찮다고 생각했다.

상무는 먼저 와서 대기실에서 기다리고 있었다.
백성민은 발가벗고 욕실에 들어가는 순간부터 몸과 마음이 가뿐했다. 찜통 속에서 숨을 헐떡이면서도 그랬다. 몸속에 들어 있는 노폐물들이 땀방울로 변해서 살갗에 방울방울 매달려 있는 것을 보면서 숨을 크게 내쉬었다. 이제 새로운 힘이 저 땀방울 대신으로 혈관 속에 채워질 것을 생각했다.

사우나에서 한 시간쯤 보내고 나와서 휴게실에서 피로를 풀었다. 두 시간쯤 잠을 자고 나자 배가 고팠다. 식당으로 내려가 꼬리곰탕으로 점심을 먹었다. 반주 삼아 마시는 맥주가 맛있었다. 다시 욕실로 들어갔다.

"백실장의 그 참신한 아이디어 개발 능력에 새삼 놀랐다고 회장님이 그럽디다."

세 살 위인 상무가 증기 사우나 안에서 말했다. 백성민은 더운 김에 가려진 희미한 그의 얼굴에 흐르는 웃음기가 묘하다고 느꼈다.
"뭐 별것 있습니까. 아랫사람들이 열심으로 했죠."
대수롭지 않게 말하면서도 은근히 자신을 내세워보였다. 입사 후에 그저 성실하고 꼼꼼하게 일하면서 20년을 넘게 지내온 처지에, 마지막 자기 물건을 하나 만들어놓겠다는 생각에서 착안한 일이었다. 단순한 기능인으로서 일해온 부끄러움 같은 것을 다소 창조적인 일을 통해 보상받고 싶었다. 그래서인지 일은 재미있었다. 미친 기분으로 자료를 모으고 공부를 했고 머리를 짰다.
"다음 주 일요일에 사장단의 골프 모임에 백실장도 같이 참가하라는 회장님의 특별 지시입니다. 다른 데 약속 말아요."
상무는 사우나를 나오면서 잊어버렸다는 듯이 말했다.
상무와 갈린 백실장은 밖에서 아내와 만나고 싶은 생각이 났다. 커피숍에서 집으로 전화를 걸어 나오라고 해놓고, 다시 ㅈ증권 김부장을 찾았다.
"물건 다 팔렸습니다. 실장님은 주식에 도가 텄는데요. 초반에는 강세이더니 막판에 물건이 쏟아져서 겨우 보합으로 끝났어요."
전화기를 통해 들려오는 김부장의 음성에 백실장은 휘파람이라도 불고 싶도록 기분이 좋았다. 그는 미소를 지으면서 나지막하게 소리를 질렀다.
"럭키다."

수진이는 오전 수업이 끝나자, 지하에 있는 학원 구내 식당으로 내려가다가 밖으로 나와버렸다. 학원 앞 육교 위에서 뒤돌아서서 4층 도서실을 올려다보았다. 먼지 낀 지저분한 네모 창문들이 꽁꽁 닫혀 있었다.
육교를 내려와서 오른쪽 골목길로 두어 걸음 걸어 들어가면 만화방을 겸한 간이 식당이 있다.
"수업이 끝났어. 도서실에 안 가고?"
마흔이 가까운 부인이 반색을 하며 맞아주었다. 대여섯 평 되는 방 벽에는 만화가 가득 차 있고, 홀 가운데는 나무 탁자들이 두어 개 놓여 있다. 국수와 라면, 된장국과 빵 등 먹을 것부터 과자, 소주, 개비 담배에 이르기까지 기호품들이 다 준비되어 있는 가게이다.

수진이는 빈 의자에 앉아서 된장국 한 그릇을 주문하고 동전 몇 닢을 내놓았다.

도시락을 먹으니 졸음이 눈으로 몰려왔다. 언제나 이 집에 오면 편안해지면서 숨어 있던 졸음이 튀어나온다. 그는 다시 천 원짜리 한 장을 아주머니 앞에 내밀었다. 부인은 돈을 받으면서 어설피 웃었다.

"몇 시에 깨워줄까."

"제가 알아서 일어나지요."

수진은 가방을 들고 주방 안으로 들어갔다. 좁은 사다리를 타서 다락으로 올라가면 거기에 다시 방이 나온다. 문을 열자 야릇한 냄새가 얼굴로 끼어들었다. 그것은 담배 냄새와 이름 모를 여러 잡동사니 냄새가 한꺼번에 섞여진 것이다. 방문을 열면 언제나 그것들이 먼저 달려들었다. 그다음에는 이상한 소리가 들려온다. 코고는 소리와 화면에서 흘러나오는 여자의 낮은 비음이 야릇하게 뒤엉킨 소리였다. 그 소리와 냄새를 맡으면 수진은 늘 가슴이 넓어지는 기분이 된다.

아는 얼굴들이 몇 있었다. 그들은 수진이를 보고 배시시 웃었다. 수진이는 비스듬히 벽에 상체를 붙였다. 명혜와 만날 약속이 생각났다. 다섯 시에 그룹에서 만나기로 되어 있다.

"다섯 시에 깨워주세요."

수진이는 다락문을 열고 아래로 내려보며 나직이 말했다. 비디오 그림들이 획획 넘어갔다. 언젠가 보았던 그림들이다. 그러나 싫증이 나지 않는다. 모두들 화면에 눈을 고정시키고 있다. 짙은 여자 상체가 화면을 가득 채우고 있었다. 졸음이 자꾸 머리를 쳤다. 비디오 화면에 여자가 말을 타고 달리고 있다. 갑자기 그 말을 타고 싶은 욕망이 꿈틀거렸다. 어렸을 때 목마를 타고 놀았던 기억이 살아나면서 졸음이 몰려들었다. 처음 목마를 탈 때 무서워서 혼났다. 그때 어머니는 깔깔거리면서 내가 무서워하는 것을 즐겼다. 졸음이 자꾸 눈꺼풀을 굳어지게 했다. 어머니가 명혜로 바뀌어졌다. 언제나 부끄러움을 누르면서 명혜를 탔던 흥분이 흥건하게 아랫가랑이를 적셨다. 울음소리인지 웃음소리인지 모를 탁한 명혜 목소리가 귀를 간지럽혔다.

수진이는 '직직' 화면을 찢는 소리에 잠이 깨었다. 필름을 새로 끼웠는지 화면이 심하게 흔들거리고 있었다. 드러눕거나 웅크려 앉았던 얼굴들이 몸을 뒤척였다. 시계를 보니 아직도 다섯 시가 되기에는 여유가 있었다. 신촌까지 20분, 남은 시간이 귀찮아졌다.

"이따 열 시쯤에 들를게요."

수진이는 가게 아주머니에게 책가방을 맡기고는 문을 드르륵 열었다. 부인은 고개를 끄덕이며 웃었다. 수진은 늘 자기에게 무엇인가 어렵고 미안한 얼굴로 대해주는 이 아주머니가 참 편했다. 스스로 뭔가 모자람을 절실하게 느끼고 사는 사람 같다. 그런 점이 수진의 마음을 끌었다. 조금도 흠 없이 자신만만하게 세상을 살아가는 집안 식구들 속에서 그는 늘 주눅이 들어 불편했다. 식구들은 엄청난 무게로 그를 누르고 있었다. 그런데 만화 가게 아주머니는 그렇게 편할 수가 없다. 언제나 큰 잘못을 저지른 사람처럼 대해주는 것이다.

클럽 '위대한 반란'들과 오늘 결판을 내어야 한다. 그들이 나를 꺼리는 이유가 뭘까. 혹시 그들 중에 명혜를 좋아하는 놈이 있는 게 아닐까. 그네들의 이유는 간단했다. 그것은 내가 음악을 끝끝내 붙들고 살아갈 놈이 아니라는 점 때문이다. 그들은 모두 음대를 지원했다가 실패한 아이들로서 음악을 끔찍이 좋아하고 또 재능도 갖고 있다. 그네들 부모들도 그 점은 인정한다. 그들은 실기 점수 때문에 불합격되었다. 그래서 학원 예능계 반에서 공부를 하고, 저녁에는 대학 교수나 유명 음악가들에게 레슨을 받으러 다닌다. 명혜는 피아니스트를 꿈꾸는 예쁜 송곳덧니를 가진 삼수생인데, 이제는 전자 오르간 연주가가 되겠다고 꿈을 바꾸었다. 그들이 어느 날 의기투합해 만나서는, 음악계를 깜짝 놀라게 할 위대한 반란을 기도하기로 했다. 그들은 일주일에 이틀씩은 학원 수업 후에 레슨을 받았다. 그것을 끝내고는 다시 학원 도서실로 되돌아와 공부를 해야 하는데, 그 시간에 빙을 따로 얻어 팝 연습을 시작한 것이다. 처음에는 자기네가 만든 곳을 시험하는 기분으로 모이다가 자신을 얻게 되었다. 대학 합격자

발표 날을 '위대한 반란'의 D-데이로 잡았다. 수진이는 그들에게 곡을 하나 넘겼다. 비록 음대를 지원하고 있지는 않지만, 앞으로 그 방면으로 진출할 가능성이 있는가를 시험받고 싶었다. 곡이 괜찮다면 아마 입회가 가능할 것이라고 명혜가 귀띔을 했다. 설사 입회가 안 되어도 좋다. 그들을 도와주는 한 멤버로 일할 수 있으면 그만이다. 우선 명혜를 자주 만날 수 있어서 즐겁다. 그녀는 삼수를 하면서도 꼭 ㅅ음대만을 도전의 대상으로 삼았다. 음대 교수에게 비밀 과외를 안 받고서 떳떳하게 입학하려던 자존심을 버리고, 지난 9월부터 레슨을 받기 시작했는데, 그러한 과정에서 여지없이 찢겨진 자존심을 '위대한 반란'을 통해서 메우려 하고 있다. 수진이는 그녀와 만난 지 두 달이 채 못 되었으나, 오래전부터 알고 있는 사이처럼 아주 친해졌다. 서로가 숨기고 있는 게 하나 없이 자신들을 서로에게 까발려놓은 처지였다.

명혜는 와 있지 않았다.

"오늘 명혜는 어머니와 함께 교수를 만나고 있을 거야."

낡은 빌딩 4층에 자리 잡은 '산실'이란 팻말이 붙어 있는 문을 열고 들어서자, 허스키 목소리 세라가 피우던 담배를 비벼 끄며 말했다. 수진이는 맥이 풀렸다.

"왜 가니. 네 곡 마음에 들더라."

몸을 돌리는 수진에게 베이스 기타를 맡은 여자같이 생긴 키다리가 다가오면서 손을 내밀었다.

"우리 클럽에 들어오면 어느 한 사람만을 좋아할 순 없다. 그것이 우리들의 약속이다. 우리의 결속을 오래 유지하기 위해서야. 그 점을 좀 생각해두어. 자네는 명혜를 상당히 좋아하는 모양인데, 우리와 같이 일하게 되면 명혜는 포기해야 돼. 포기하라는 말이 이상하지만, 뭐 사랑을 유예한다는 말이 적절하겠지. 우선 우리는 일 자체를 가장 사랑해야 하니까."

그는 들고 있던 기타 통으로 턱을 받치고 앉아서 물끄러미 수진이를 보면서 말했다. 그는 이 클럽의 리더이기도 한데 생긴 것과는 달리 신중하고 섬세한 면이 있다. 그의 말은 늘 믿어도 된다고 언젠가 명혜가 말했다. 수진이는 입회를 허락하는 말처럼 들려 유쾌했다. 순간 갑자기 입이라도 맞추어주고 싶도록 방 안 물건들이 사랑스럽게 보였다. 어지럽게 널려 있는 의자와 탁자, 라면 상자, 악기 케이스, 악보철과 받침대, 탁자 위에 널려져 있는 책들, 수건 나부랭이, 커피포트와 커피 잔과 병들, 슬리핑 백, 냄비, 낮은 천장, 벽에 걸려 있는 싱어들 사진, '난 너를 좋아하긴 하지만 결코 너를 섬기지는 않을 것이다'라고 갈겨쓴 낙서들.

"명혜가 있으면 자네 곡을 한번 해보는 건데."

리더가 웃었다.

"마음에 들었어."

수진이는 약간 수줍었다.

"음악을 공부하는 우리들 곡보다 신선해. 굉장한 반응을 일으킬걸. 아마 대학을 가고 싶은 마음이 도망갈 정도로 말이야."

알토인 뚱뚱이 계집애가 달려와서 호들갑을 떨었다.

"두렵지. 유명해지는 것은 두려운 거야. 아마 대학을 가고 싶지 않은 마음이 생기고, 명혜까지도 우습게 여겨질지도 몰라."

리더가 중얼거렸다. 수진이는 고개를 가볍게 흔들면서 그들에게 손을 들어 보였다.

"다음에 들를게."

명혜에게 왔다 갔다고 이야기해줘 하고 말할까 하다가 그만두었.

'산실' 문을 닫고 계단을 내려오면서 그는 다시 가슴이 텅 비기 시작했다. 명혜를 더 이상 가까이할 수 없다는 것이 두려웠고, 곡이 아주 마음에 들었다는 말에 더욱 가슴이 답답했다.

시계를 보니 일곱 시다. 어디를 갈까. 열 시 반에 집에서 데리러 오는 차가 학원 옆 주차장에 세워질 것이다. 어쩌면 학원 앞에서 기다릴지도 모른다. 이제 만화 가게에 들러서 잠을 좀 자둘까. 아마 다시 목마를 타는 꿈을 꿀 수 있을 테지.

학생회관을 내려오던 수혁은 목덜미를 스치는 냉기에 10월이 다 가고 있다는 생각을 했다. 계단을 내려오니 멀리 산기슭에 있는 고시원 기숙사 건물이 보였다. 창마다 불이 켜져 있다. 갑자기 가슴이 뛰었다. 할머니 모습이 떠올랐다. 언젠가 큰아버지 고시 공부하던 이야기를 들은 적이 있다.

"그놈은 공부밖에 모른 놈이다. 이 할미와 이야기하는 시간까지 아까워했다. 지독한 놈이지."

할머니는 큰아버지를 그렇게 설명했다.

"왜 꼭 집에 가서 자려고 하니. 밤에 무슨 일이 일어날지도 모르는데. 요즈음은 학교가 제일 안전해."

뒤따라오던 채군이 수혁의 곁으로 붙어서 걸었다.

"할머니가 기다리고 계셔. 일흔셋이시거든. 끔찍하게 나를 사랑해주셔."

수혁이는 매일 아침 새벽 기도회에 나가면서 40여 년을 살아온 할머니의 시간을 잠시 생각했다. 장손으로서의 몫을 심어주려고 자기를 대하는 그 은근한 시선을 어길 수 없었다.

"준비는 다 되었어. 오늘 저녁은 푹 자두는 게 좋을 거야."

수혁은 채군의 손을 더듬어 찾아서 꽉 잡았다.

"집에서는 내가 고시 공부를 하고 있는 줄만 알지. 2년 후에 졸업을 하면 뭐가 곧 되는 줄 아시고 계셔."

채군이 고시관 건물을 보면서 중얼거렸다. 수혁은 가난한 그의 집 형편을 들어서 알고 있었다. 학비도 모교 장학금에 의지하고 있는 처지다.

"고시가 집안을 구원할 수는 있어도 나라를 구원할 수는 없지 않니."

수혁은 언젠가 그에게 들은 말이 떠올랐다.

인문대학 곁을 지나 앙상한 등나무 그늘 휴게소 앞에서 채군이 잠깐 걸음을 멈추고 하늘을 올려다보았다. 불 꺼진 어둑한 빈 건물 외곽이 음흉스런 흉가처럼 가슴을 흔들었다.

"하늘에 유난히 별들이 많군."

채군의 중얼거리는 소리에 빈 건물 창들이 드르르 흔들리는 것 같았다. 수혁은 가슴 깊숙한 곳으로 예리한 칼날이 스쳐 지나감을 느꼈다. 이 저녁이 지나면 오래도록 다시 저 별들을 이 캠퍼스 구내에서 볼 수 없을지도 몰라. 수혁에게는 그렇게 들렸다.

"꼭 집에 들어가야겠어?"

다시 걸음을 옮겨놓으면서 채군이 사정하듯이 말했다.

"약속했어. 토요일 오후에 돌아온다구. 안 들어가면 할머니께서 밤새 주무시지 않으실 거야."

수혁이는 할머니 이야기를 자세히 했다. 아침 새벽마다 교회에 가서 집안 식구들을 위해 기도하면서 40년 가까이 혼자 살아온 여인의 슬프고 강인한 이야기였다. 말은 더 이어지지 않았다. 어디선가 벌레 소리가 들리는 듯했다. 가을 벌레들은 지금쯤 땅 깊숙이 숨어들어갔을 텐데. 수혁은 그런 생각을 하며 별이나 실컷 봐두려고 하늘로 다시 고개를 쳐들었다.

"할머니를 배신할 수는 없어."

"나도 그런 처지야. 부모님들은 내가 졸업하면 무슨 큰 벼슬이나 하고 금의환향할 줄 알거든. 졸업식만 기다리고 계셔. 이미 한 학기 늦어져서 어차피 봄 졸업이 어렵다는 것도 모르시고……"

채군의 목구멍에는 가래가 짙게 끼어 있는지 극극 소리가 났다.

"할머니는 아마 먼 훗날 손자가 당신을 배신하지 않았다는 것을 아실 거야."

채군은 수혁의 손을 잡은 채 말했다.

"훌륭한 할머니셔. 언젠가 자네는 내게, 우리 할머니께서 그렇게 열심히 자식들을 교육시킨 것은 결국 부르주아지를 만든 것에 불과하다고 말했었지. 그러나 나도 그러한 부르주아지나마 만들려는 할머니 덕분에 이렇게 자네와 더불어 일할 수 있는 것이라고 생각했어."

"그 말은 옳아. 그런데 할머니의 기도에 대해서는 다르게 생각해. 아마 수혁이가 이 밤 집으로 돌아가기를 바라는 기도는 아니었을 거야. 예수는 결코 자네가 나약해지기를 바라지 않거든."

"내가 돌아가는 것을 왜 배신으로 생각하니. 난 내일 그곳으로 간다. 내가 할 일을 꼭 이행할 거야."

"글쎄, 자꾸 불안해서 그래. 자네가 잠을 자러 집으로 돌아가면, 아주 우리와 헤어질 것같이 불안해. 자네 결단이 무너져버릴 것만 같아."

둘은 교문 못 미처 뒤를 돌아봤다. 도서관과 대학 본부 건물에 환하게 불이 밝혀져 있고, 학생회관 한쪽에 있는, 그들이 작업 준비를 했던 방에도 불이 켜진 채로 있었다.

"어디 가서 한잔할까."

채군의 제안에 수혁은 선 채로 움직이질 않고 학교 구내를 건너다보기만 했다.

"조금 더 걸을까."

수혁이가 먼저 몸을 돌렸다. 걷는 동안 양 옆에 즐비하니 늘어선 카페와 커피숍과 맥주집에서 나오는 젊은이들이 그들의 어깨를 스치며 지나갔다. 큰길로 통하는 세거리에 이르자 둘은 다시 멈춰 섰다.

이틀 동안 그간 준비는 다 마쳐졌다. 내일 오전 8시를 기해 결행하기만 하면 된다. 그동안은 일을 위한 계획은 채군과 수혁이가 실무 책임을 맡아서 추진했고, 지난 목요일 오후부터 준비에 들어갔다. 각 대학에서 참여한 학생은 불과 30여 명에 불과했다. 그러나 그들을 도와 뒤에서 후속 사업을 할 학생은 5백여 명이 되었고, 그 사건을 다시 확대시켜 다음 단계 투쟁으로 이어가게 하는 계획은 다른 부서에서 맡아 추진하고 있다. 둘은 내일 일에 필요한 홍보용 유인물과 화염병과 기타 무기들을 제작했다. 그리고 만일의 사태에 대비하여 다음 단계 투쟁을 위한 물품들을 확보해놓았다. 내일 아침 담당 부서 책임 학생이 그것을 지정 장소까지 일차 운반하면 된다. 조금 전까지는 전위 행동 대원들이 모여 계획을 최종 확인하고 모의 작전을 해보았다. 일을 마친 전위 대원 20명은 안주 없이 막소주를 한잔씩 마시고 헤어졌다. 두 사람씩 조를 짜서 함께, 되도록 불편한 잠자리에서 밤을 지내기로 했다. 하숙집이나 자기 집으로 돌아가지 말도록 의논을 했다. 편안하면 긴장이 해소되어 마음이 변할 수도 있으며, 일이 잘못되어 신변이 위험할 경우를 생각하여, 그러한 조치를 취했던 것이다.

그런데 막상 수혁은 채군과 같이 지내기로 하고 나오는데, 문득 집으로 들어가 자고 싶은 생각이 불현듯 솟구쳤던 것이다. 채군도 수혁이를 그대로 보내주고 싶었다. 그가 사고를 만들지 않을 것을 확신했다. 그런데 혹 정보가 새어나갈 경우 그가 제일 먼저 수배될 것이다. 또 할머니에 대한 그의 정이 마음을 여리게 할 것 같았다.

채군과 어깨를 맞붙여 걸어가던 수혁이 약방 앞에서 걸음을 멈추었다.

"아티반 두 번 먹을 것만 주세요."

수혁은 약사가 들으라는 듯이 채군에게 요즈음 잠이 안 와서 골치라고 중얼거렸다. 약사는 알약 두 알을 봉지에 넣으면서 웃었다.

"무얼 하려고."

"같이 가서 자자."

수혁은 빙긋 웃으면서 채군네 하숙집 방향으로 몸을 돌렸다.

"왜 그래."

"자신이 없어. 할머니께서 혹 눈치라도 채시어서 붙드시면 난 빠져나올 수 없어."

수혁의 목소리에 물기가 끈적했다.

"수면제는 왜."

"같이 먹자."

"불안해?"

채군의 눈빛이 싸늘했다.

"그런 불안은 아니고, 혹 새벽에라도 잠이 깨어 갑자기 할머니 생각이 복받치면 일을 그르칠 수도 있을 것 같아서."

채군은 그 목소리가 먼 데서 불어오는 바람 소리로 들렸다.

"넌 할머니에게 완전히 매여 있구나."

채군은 수혁의 고운 마음을 알고 나니 목이 메었다.

"그게 아냐. 난 할머니가 좋아. 세상 누구보다도 좋아. 그러나 좋을수록 할머니를 배반하기 위해 발버둥을 더 심하게 쳐야 된다고 자꾸 생각되어져."

"장자의 유업을 배신하고픈 거지."
"그러나 난 할머니 손자임에는 틀림이 없어."
채군은 갑자기 수혁이를 부여잡고 울고 싶었다.
"한잔하고 들어가자."
"술은 하지 않는 게 좋아. 취하면 논리가 흔들려. 그냥 아무 데라도 가서 한 잠 자자. 발도 씻지 말고 옷을 입은 채 그대로 자는 거야."
수혁은 골목으로 들어가서 얼마큼 걷다가 채군네 하숙집과 반대편으로 난 길을 꺾어 들어갔다.
"집에 가지 말자. 여기서 눈 좀 붙여."
그는 허름한 여인숙을 가리켰다.

정노인은 유난히 하얀 벽을 향해 돌아누우며 기침을 토하기 시작했다. 기침이 자꾸 목구멍을 틀어막고 튀어나오질 않았다. 하얀 벽이 빙글빙글 돌기 시작했다.
"어인 일인가. 어인 일이야. 집에 연락을 했는데 전화를 안 받네."
시골에서 올라온 정노인의 친정 동생과 사촌 동서가 쩔쩔매면서 안달을 했다. 어제저녁에는 오랜만에 만난 노인들끼리 함께 지낸다고 둘은 병실에서 환자와 같이 잤었다.
"관두어요. 이제 가라앉을 거여. 애들은 오늘 일들이 많아. 월요일이라서. 그리고 또 일이 있어. 연락 말아. 더 중요하고 다급한 일들이 있어."
정노인은 벽을 의지한 손을 내저으면서 다른 노인네들을 안심시켰다. 간호원이 들어와서 환자를 보더니 다시 나갔다. 잠시 기침이 멎자 노인은 눈을 감은 채 소리 나지 않게 기도하기 시작했다.
노인은 예전같이 소리 내어 기도할 수 없었다. 기도가 이루어지기는커녕 집안일이 점점 어렵게 되어가는 처지라서 주위 사람들에게 께름칙했다. 아버지 하나님. 그 어린 것이 지금 차디찬 감방 안에 있습니다. 저로서는 그 아이가 행한 일을 잘 알지 못하겠습니다. 무슨 원한이 있어서 친구들과 같이 그 건물에 들어가 버티어 앉아 소란을 피웠는지 모르겠나이다. 그러나 당신은 아십니다. 그 자식의 육신과 마음을 주님께서 보호해주시옵소서. 노인은 중얼중얼 입속으로 기도문을 외우면서도 눈앞에는, 찬 감방 안에 앉아 있는 손자의 차디찬 모습이 자꾸만 어른거렸다. 가슴이 조여들고 목이 타서 기도문이 제대로 나오지 않았다.

 토요일 저녁에, 내일 오후에 올라가겠다는 수혁의 전화를 받고는 집안 식구들은 안심했고, 일요일 오후 뉴스에서 사건을 알았으나 남의 일처럼 생각했다. 뒷날 아침 젊은 사람들이 아파트로 들이닥쳐 방을 뒤지면서 소란을 피웠을 때야, 사태를 대강 파악했다. 그러나 ㅁ당 당사를 점거하는 데 수혁이가 주동이 되었다는 말에는, 정신이 가물가물 꺼져들어가는 중에도 노인은 그 영문을 알 수 없었다.

 노인은 그 사건 이후로 기침이 더욱 심해지고 가슴이 조여드는 증세로 병원에 입원했다. 그러나 병실에 누워도 마음은 감방 안에서, 고생하는 손자를 놔두고 할미가 병원에 편하게 누워 있을 수 없다면서 일주일 만에 퇴원했다. 그리고서 얼마 동안 지내다가 손자 면회를 다녀오더니 기력이 더 쇠하여지고 기침이 심해졌다.

 "주님, 저는 이제 사는 데 여한이 없습니다. 당신이 불러주시면 언제든지 즐겁게 따라가겠습니다만, 수혁이를 보호해주옵소서. 오늘이 그 아이 재판 날입니다. 죄를 지었으면 자복하여 깨끗이 법의 심판을 받게 하시고, 또 법관들에게도 아버지께서 지혜를 주셔서, 공정한 판결을 내릴 수 있게 하옵소서. 그 아이가 정말 하나님의 뜻을 거슬렀습니까. 미욱한 저로서는 알 길이 없습니다."

 노인은 면회 갔을 때, 미소 지으면서 오히려 할머니를 걱정하던 앳된 손자의 모습이 떠올랐다.

 "주여, 수희가 노래 발표회를 갖습니다. 오늘이 총연습이랍니다. 당신이 주신 재능을 백배 발휘할 수 있도록 도와주시옵소서. 수진이도 이제 아버지 은혜로 시험을 무사하게 치렀습니다. 이제 그 결과를 초조하게 기다리고 있습니다……."

의식이 가물가물 사그라져가는 중에도 기도문은 노인의 입술 언저리에서 맴돌았다.

"여보, 누가 없소."

사촌 동서가 소리를 지르면서 밖으로 뛰어나갔다.

"자식들이 많으면 무얼 해. 인간살이 갈 때는 다 혼자라니까."

남아 있던 친정 동생이 노인의 어깨를 흔들면서 흐느꼈다.

의사가 간호원을 데리고 달려와서는 응급실로 옮기도록 지시했다. 간호원과 사내 둘이 노인이 누워 있는 침대를 밖으로 끌어내었다.

"아이고, 아직도 전화를 안 받는데, 회사에도 없다 하고. 참, 수혁의 공판이 오늘 열두 시라면서. 벌써 거길 갔나."

노인의 침대가 중환자실로 실려가고 난 다음에 사촌 동서가 들어오더니 빈방을 보고 소리를 질렀다.

"놔두시어요. 그게 다 팔자니께. 아무렴 죽을 때 자식을 데리고 갑니까."

친정 동생이 훌쩍거리기 시작했다.

"그저 기침을 하면서도 그 손자를 위해서 기도를 드리더니, 원. 성님도 자식을 위해서만 살라는 팔잔지."

두 노인은 말을 하다가 앉아 있을 수 없어 밖으로 나갔다. 긴 복도에 나섰으나 환자가 간 곳을 알 길은 막막했다.

정은혜 노인은 하얀 병실에서 자식들에 대한 기도문을 입술 끝에 달고서 혼자서 눈을 감았다. 백성민 부부는 수혁의 공판정에 갔다가 병원으로 돌아왔을 때 산소 호흡기를 입에 문 노인의 모습을 얼른 알아보지 못했다.

자식들은 부고를 받고서야 미국과 일본과 시골에서 올라왔다. 노인은 일부러 계획을 세워두었던 것처럼, 자식들 몰래 도망이라도 치듯이 세상을 떠났다.

장례를 마치고 각각 제가 살고 있는 곳으로 떠나기 전에, 자식들과 그에 딸린 손자들이 노인의 묘소에 성묘를 다녀와 둘째 아들네 집에 모였다. 그들은 돌아오는 길에 수혁이를 면회했다.

"제가 어머님을 잘못 모셔서 일찍 돌아가셨습니다."

둘째 아들이 침통하게 말했다.

"어머님은 돌아가시는 날 아침에도 병원 교회에 나가셔서 기도를 드렸답니다. 매일 가족들을 위해 기도를 드리시더니 가실 때에는 어느 자식에게 마지막 말씀도 남기시지 못하시고……."

둘째 며느리가 울먹였다.

"다 내 탓이다. 내가 장자의 도리를 다 못해서."

주일 공사로 있는 큰아들이 고개를 숙였다.

"아니에요. 어머님은 아마 다 이해하실 겁니다. 우리들이 이렇게 열심히 살고 있으니, 그게 하나님 보시기에 합당하신 것이죠."

미국에서 온 막내아들이 어두운 분위기를 바꾸려 했다.

"수혁이에게는 더욱 마음을 쓰시더니, 그놈 때문이지."

둘째 며느리가 탄식했다.

"아닙니다. 형수님. 그놈은 아마 어머님 기도대로 진짜 장손의 몫을 다할지도 몰라요. 조카는 자기의 길을 찾았으니까요."

막내가 둘째 형 내외를 보면서 차분하게 말했다.

"자식을 키우는 일이 이렇게 어려워서야. 수진이가 큰일이다. 지 형이야 뭐, 다 제대로 세상을 살아나가겠지만."

둘째 며느리의 쉰 목소리에 수심이 잔뜩 끼었다. 수진이는 대학에 떨어지던 그날, 그 '위대한 반란'이 신촌 어느 소극장을 빌어 발표회를 열었다. 마침 대학 입시 결과가 발표되는 날이었고, 그 멤버들의 처지가 때와 맞아떨어져서 매스컴의 관심을 받았다. 더구나 그 발표곡에 대한 수준도 신선하여서, 곧 방송 출연도 하게 될 것이라 한다. 오늘도 연습으로 성묘에 빠졌고, 후기 대학에 갈 것도 결정하지 않고 있다.

"다 제대로 사는 겁니다. 어머님이 아무리 저희들을 위해 기도를 드리고 가족으로 묶으려 했어도 결국 우리는 이렇게 잠시 모였다가 이제 곧 각각 제 살 곳으로 떠나는 겁니다. 그것은 누구도 막을 수 없고 막아서노 안 되지요. 수혁이는 감옥에 있고, 수진이는 무대 위에 있고, 수희는 피아노 건반 앞에 앉아 있지 않아요. 오빠도 내일이면 만사 제쳐놓고 회사 기획조정실장으로 돌아가야 합니다. 우리 집 식구들은 일곱 가지 색 무지개처럼 제각각 제 빛을 뽐내면서 열심히 살아가는 겁니다. 천국에서 어머님도 아마 우리들을 이해하실 겁니다. 우리는 그저 마음으로만 같이 있는 것이지만 그것도 순간뿐이죠. 생각나면 전화를 하고 좀더 한가하면 편지를 쓰겠지요. 어머님에 대한 우리의 이 안타까운 마음도 차차 엷어지다가 어느 날에 가서는 아주 사라져버립니다. 혹 생신이나 제사 때에, 그리고 성묘를 갔을 때나 기억하게 되겠지요."

백성민은 아직도 어린아이로만 여기고 있던 막내 누이의 말을 들으면서 고개를 끄덕였다.

"그래 우리는 다 그렇게 사는 것이지."

막내아들이 방 안 분위기를 돌리려 TV 스위치를 돌렸다. 젊은 아이들이 나와서 무대 위에서 소란을 피우고 있고 객석은 아우성으로 가득 차 있었다. 한 곡이 끝나자 사회자가 나타나서 새로운 출연자를 소개했다.

"거센 북풍 새 바람을 몰고 온 '위대한 반란'을 소개합니다."

이어 요란한 박수 소리와 함께 젊은 남녀 대여섯이 무대 위로 뛰어올라 소란스런 노래를 불러대기 시작했다. 북과 징과 기타와 전자오르간이 뒤섞여 토해내는 가운데 유난히 몸을 거칠게 흔들며 마이크를 잡고 있는 앳된 청년은 바로 수진이였다.

"오늘 시골에 다녀와야겠어요. 채군 부친이 돌아가셨어요."

아침 식탁에서 수혁은 식사를 반쯤 하다가 반찬을 집은 수저를 든 채 어머니에게 말했다.

"채군이라니?"

"그때 같이 들어갔던 친구 말이냐?"

백실장이 아들을 쳐다보며 아내의 물음에 대한 대답을 대신했다.

"아직도 나오지 못했어요. 다른 사건과 연루되어서요."

부인은 재판정에서 수의를 입은 채군을 기억하고 있다. 그 아들을 만나러 시골에서 올라온 늙은 노인네 얼굴이 떠올랐다.

식탁이 조용해졌다.

"형이 상주 노릇해야 되는 거 아니오?"

수진이가 음식이 가득 찬 입을 우물거리면서 말했다.

수혁이는 아버지를 흘끗 바라보고는,

"그래야 할 것 같애"

하고 눈을 아래로 내려뜨렸다.

"돈이 필요하겠구나. 그 집안 어렵다면서."

백실장은 아들 얼굴 표정에서 모든 것을 알아차렸다.

"번번이 미안해요, 아버지."

수혁이는 고개를 들어 이번에는 어머니를 쳐다보았다.

"그런 데 쓰려고 이 애비가 돈을 열심히 벌고 있다."

백실장은 언젠가 돈만 아는 부르주아지들의 퇴폐를 비난하던 아들의 목소리가 생각났다. 부인은 속이 상했다. 감옥에서 나온 후에 대학에 복학할 생각은 않고 있는 아들이 안타깝다 못해 이제는 짜증이 났다. 더구나 아들에게 고분고분하고서 청을 다 들어주는 남편도 이상했다. 아들은 출판사를 합네, 야학을 합네 하면서 적잖은 자금을 집에서 빼내가고 있다. 그러나 남편은 아들이 가져가는 돈에 대해서는 너무나 관대한 것이다.

"하는 일들은 잘 되냐?"

백실장이 수저를 놓으면서 조심스럽게 수혁의 얼굴을 쳐다보았다.

"왜 제게는 그런 확인을 안 하세요?"

둘째가 얼른 끼어들더니 형이 해야 할 대답을 막아버렸다.

"그래 넌 할머니 2주기 때까지 할머니를 위한 곡을 만들기로 약속하지 않았나?"

노인의 1주기 때 삼촌들이 모인 앞에서 한 약속이었다. 대학에 떨어지고서 팝 그룹에 미쳐 있는 수진이를 겨우 달래어 전문대학에 입학시킨 후에 백실장 부부는 조금 마음을 놓았다. 그런데 요즈음에는 학교나 그룹에도 마음이 붙어서 이 집안에서 제일 즐겁게 살아가는 사람은 아마 자기라고 으스대는 둘째이다.
"아버지 기억하고 계셨군요. 고마워요."
"기억하다마다. 기대를 갖고 있다."
수진이는 유쾌한 얼굴로 식구들을 둘러보고 입이 벌어졌다.
아침을 마친 식구들은 각자 자기 방으로 들어갔다. 식당이 텅 비었다. 수희는 혼자 먼저 아침을 먹고 일찍 학교에 갔다. 아침에 모두들 나가버리면 집 안은 텅 빈다.
"나 다녀오리다."
백실장이 현관으로 나오자 두 아들이 따라나왔다.
"수혁이 음식 조심하고 잠도 너무 설치지 말아라."
그는 아들에게 웃어보이면서 하얀 봉투를 내밀었다. 수혁은 잠시 망설이다가 그것을 받았다.
부인이 남편을 엘리베이터까지 배웅하고 돌아오자 두 아들이 현관을 나서고 있다.
"다녀오겠어요, 어머니."
부인은 두 아들의 인사를 받고서 집 안으로 들어왔다. 유난히 텅 빈 집을 새삼스럽게 느꼈다.
부인은 아파트 베란다로 다가갔다. 남편이 탄 차가 막 단지 정문을 빠져나가고 있었다. 그 차가 안 보일 때까지 서서 기다렸다. 이번에는 두 아들이 아파트 광장에 나타났다. 부인은 소리를 질러 그들을 부르고 싶은 충동을 겨우 참았다. 아파트 정문을 나선 두 아들은 서로 마주보고 손을 들더니 갈라섰다. 그들이 타고 갈 버스 정류장이 각각 다른 것을 부인은 비로소 알았다. 두 아들의 모습이 보이지 않자 부인은 집으로 들어왔다.
부인은 노인이 쓰던 방문을 열었다. 1주기가 끝나서도 치우지 않고 그냥 두고 있다. 아직도 시어머니 체취가 고스란히 남아 있다. 이따금 새벽이면 교회를 다녀오는 그 발자국 소리를 듣곤 한다.
부인은 시계를 보았다. 교회에 갈 준비를 해야 했다. 시어머니가 돌아가신

후부터 교회 일을 열심히 하고 있다. 오늘은 교회 여전도회에서 자매결연을 맺은 자혜원을 찾아가는 날이다. 정신박약아들을 하루 종일 돌보고 온 날은 이상하게 마음이 편안했다.

부인은 서둘러 설거지를 하면서 오늘 하루의 자기 일을 생각했다.

현길언(玄吉彥)

1940년 제주 출생. 제주대학교 국문과 졸업. 1980년 『현대문학』에 단편 「급장 선거」가 추천 완료되어 문단 등단. 녹원문학상, 제주도문학상, 현대문학상, 대한민국문학상 등 수상. 『용마의 꿈』(1984), 『닳아지는 세월』(1987), 『우리시대의 열전』(1988), 『무지개는 일곱색이어서 아름답다』(1989), 『배반의 끝』(1993) 등의 소설집과 『불임시대』(1991), 『회색도시』(1993), 『한라산』(1995) 등의 장편소설 출간.

작품 세계

등단 이래 현길언은 파행으로 점철된 우리 근현대사의 압력 아래에서 훼손되어버린 개인의 진실을 심층적으로 해명하는 문학 작업에 몰두해왔다. 현길언이 이런 문학 작업을 하게 된 데에는 아무래도 그의 출신 환경이 한 몫을 차지한다. 그는 4·3 사건의 고통이 여전히 잠복하고 있는 제주도 출신 작가다. 제주 4·3 사건을 경직되고 폭력화된 이념이 개인의 진실을 무참하게 훼손하는 사건으로 이해하는 현길언은 그의 여러 편의 작품에서 진정으로 우리들이 주목해야 하는 것은 이념의 정당성이 아니라 개인의 진실이라고 말한다. 4·3 사건의 와중에서 피해를 입게 된 제주 민중들의 고난에 주목하면서, 현길언은 개인들의 존엄을 무자비하게 훼손하는 이데올로기의 횡포를 들추어내는 문학적 성과를 남기고 있다. 다행스러운 점은 이러한 현길언의 태도가 반공주의적 우편향으로 경도되지 않는다는 것이다. 4·3 사건을 자기 문학의 터전으로 받아들이며 작가의 길을 걸어간 현길언은 제주도의 경계를 뛰어넘어 우리 시대의 삶의 현상과 조건, 문제점을 다각도로 살핀다. 그리고 좀더 이성적인 사유로 그가 속한 세상과 그 세상 속에서 힘겹게 존재하는 필부들이 공통적으로 당면한 문제인 화해의 질서에 기반한 세대의 공존 가능성에 주목한다. 이에 관한 한 예가 「당신들의 시간을 위하여」(1988)로 이 소설에서 현길언은 세대적 경험과 이력에 따라 이념을 결정하는 부자의 이야기를 들려준다. 그는 이렇게 계층 간 의사소통의 결여와 세대 간 갈등이 심화되는 현실을 반성적으로 되비추어주는 문학 작업을 수행한다. 이러한 수행이 만들어낸 소설집이 『무지개는 일곱 색이어서 아름답다』이다. 조화의 이미지를 강력하게 발산하는 제목으로 묶인 이 소설집은 결국 현길언이 추구하는 문학적 세계관이 이질적 취향과 이념, 개성 등을 배려하고 인정하는 성숙한 사회의 모색에 있음을 말해준다. 이렇게 현길언은 심층의 진실을 파고드는 이성적 사유로 아름다운 공존의 가능성을 모색하면서도 한편으로 4·3 사건을 총체적으로 고찰하는 장편을 출간하니 이 예가 바로 미완의 장편소설 『한라산』이다. 『한라산』은 등단 이래 현길언이 성취한 문학적 작업의 결산이라는 의의를 지닐 수 있지만 아쉽게도 미완으로 마무리된 까닭에 그 의의는 정확하게 말하자면 앞으로 성취되어야 하는 과제를 남기고 있다.

「무지개는 일곱 색이어서 아름답다」

"닫혀져 있는 문들을 바라보던 노인은 가슴이 섬뜩했다. 찬 기운이 뼛속으로 스며드는 것 같았다. 한기가 집 안 구석구석에 도둑처럼 숨어 있다가 몰려드는 것을 느꼈다." 이렇게 이 소설은 시작 단계부터 가족 간의 괴리를 느끼게 한다. 새벽 기도회를 나가는 정은혜 노인의 시선이 가닿는 집 안의 내부에는 냉기가 가득하다. 이 냉기는 가족의 괴리를 비유한다. 그렇지만 현길언은 이 냉기에 갇힌 가족을 그리는 게 아니라 괴리된 한 가족이 어떻게 화해의 공존을 모색하게 되는가를 그려나간다. 정은혜 노인을 모시는 둘째 아들은 ㄷ그룹 기획조정실장으로 그룹의 경영 합리화 방안을 수립하는 중역 백성민이다. 그룹 내부로부터 호의적인 인정을 받으며 주식 투자에 쏠쏠한 재미를 붙인 그는 우리 사회의 평균적인 의식과 가치를 소유한 중산층의 전형에 해당한다. 백성민의 아내는 시어머니와 남편을 수발하며 가족의 안위를 그 어떤 일보다 중요하게 여기고 있다. 이 아내 또한 우리 사회 중산층에 해당한다고 할 수 있다. 문제는 부모들과 다른 삶의 경로를 걷고자 하는 백성민의 자식들이다. 작은아들 수진은 대학 진학보다는 음악에 심취해 있다. 수진은 음악을 취미 정도로 여기지 않고 실제 '위대한 반란'이라는 팀을 만들어 공연까지 한다. 그리고 큰아들 수혁은 운동권의 길을 걷고 있다. 수혁은 당사 점거 주동자로 몰려 구속되기에 이른다. 이에 충격을 받은 정은혜 노인은 "기침이 더욱 심해지고 가슴이 조여드는 증세로 병원에 입원"하게 되고 얼마 안 되어 죽고 만다. 할머니의 변고는 가족들의 내재된 갈등을 증폭시킬 수 있는 요인이 되고 있지만 현길언이 결국 그려내려는 것은 갈등 증폭이 아니라 갈등을 넘어선 가족의 화해이며 공존이다. 그런데 이 화해와 공존을 추동하는 힘은 어떤 외적인 힘이 아니라 서로가 걷는 길을 인정하자는 배려와 이해 그리고 관용에서 나온다. 이를 백성민의 동생은 이렇게 표현한다. "우리 집 식구들은 일곱 가지 무지개처럼 제각각 제 빛을 뽐내면서 열심히 살아가는 겁니다. 천국에서 어머님도 아마 우리들을 이해하실 겁니다." 이 같은 진술은 이 소설의 핵심적인 전언에 해당한다. 이 전언이 소중한 이유는 여전히 우리 사회가 관용의 힘이 약한 까닭이며 공존의 모색이 부족한 까닭이다. 그런데 현길언이 이 소설에서 진정으로 보여주려고 한 것은 단지 가족 화해가 아니다. 그의 전언은 가족 관계를 뛰어넘어 우리 사회가 서로가 서로에게 배려와 이해의 대상이 되는 성숙한 사회가 되어야 한다는 깊은 의미를 담고 있다.

주요 참고 문헌

성민엽은 「삶의 진실을 향하여」(『무지개는 일곱 색이어서 아름답다』 해설, 문학과지성사, 1989)에서 현길언적 세계관을 분석하면서 그 세계관이 자기기만의 허위의식을 되짚어보는 반성적 성격이 강하다는 것을 밝히고 있다. 특히 성민엽은 현길언 문학이 삶의 진실에 대한 화해로운 접근을 시도하는 점을 주목해야 한다고 강조한다. 오생근은 「삶과 역사적 건강성」(『껍질과 속살』 해설, 나남, 1993)에서 현길언이 현실의 삶에 대한 반성과 진실에 대한 탐색이 강하며 이성적인 언어로 오늘날 우리가 소홀히 취급하는 문제들을 명료하고 올곧은 관점으로 분석한다고 밝히고 있다. 문혜원은 「역사라는 이름의 폭력과 개인의 진실」(『우리들의 조부님/용가리통뼈 외』 해설, 한국소설문학대계 82, 동아출판사, 1995)에서 현길언 문학은 역사의 이면에 가리워진 작은 진실들을 찾아내려는 특징이 있으며 그 작은 진실들이 역사를 만들어가는 원동력이 된다고 주장하는 문학이라고 현길언 문학의 성격을 정리하고 있다.

_양진오

이인성
유리창을 떠도는 벌 한 마리

도마질 소리가 뚝 그친다. 초여름 일요일 오후의 지겨움을 낮게 다져대던 소리의 사라짐이, 어둑한 실내에, 갑자기 믿을 수 없는 고요함을 풀어놓는다. 골목 어귀에서 들려오는, 카세트테이프를 파는 리어카 행상이 늘상 틀어놓는 싸구려 노랫소리가, 꺼지지도 않았는데 귀 밖으로 멀리 밀려나 이 고요함에 단단한 껍질을 둘러친다. 고요함의 껍질은 소리가 딱딱하게 굳어 이루어낸 어떤 것인 모양이다. 오늘, 또, 그 껍질은 쉽게 벗겨질 것 같지 않은 조짐이다. 흡사 거기 있지조차 않은 듯이 뿌옇게 앉아, 한없이 맥을 잃은 그녀의 모습이 그런 예감을 준다. 그리고 그저께 밤 일이 예감을 뒷받침한다. 때가 되었다 싶을 때마다, 언제나 저 모습 저 분위기와 함께 고요함은 온다. 저것은 그녀가 끌고 다니는 거의 병적인 고요함이다.

병들어 보이는 그녀의 창백한 한쪽 손이 테이블 위의 돼지갈비 더미 위에 망연히 늘어져 있다. 그녀는, 방금 전까지, 갈비뼈에서 떠내져 펼쳐진 돼지고기들을 양념이 잘 배어들고 연하게 씹히도록 다져대던 중이었다. 그것은 그녀의 빠뜨릴 수 없는 하루 일 중의 하나다. 그녀의 연장인 커다란 식칼이 도마 옆에 예리한 날빛을 머금고 있다. 갈비뼈에 뻐근히 달라붙은 살덩이를 손쉽게 떠내

---

* 「유리창을 떠도는 벌 한 마리」는 『현대문학』 1982년 10월호에 발표되었고, 이후 소설집 『강 어귀에 섬 하나』(문학과지성사, 1999)에 수록되었다.

는, 언젠가 그녀의 새끼손가락 두께를 반이나 파고들었던 섬뜩한 빛이다. 그 칼빛을 빼면, 그녀가 홀로 앉아 있는 저 대여섯 평의 넓이 속에서, 모든 것이 빛을 빨아먹는 거머리들이다(이상스럽게도, 그 거머리들이 그녀의 칼빛만은 어쩌지 못한다). 볕이 전혀 들지 않아, 쾨쾨칙칙한 냄새가 살내음처럼 깊숙이 배어 있는 이 집 안에는 항상 축축한 어둠의 거머리들이 스멀거린다. 전등을 켜도 마찬가지다. 천장에 눌어붙어 있던 거머리들은 불그스레한 허공을 가로질러 식탁이며 시멘트 바닥 위로 뚝뚝 떨어져 내려, 탐욕스레 전등빛을 빨아먹는다. 오래전에 제 빛을 다 빨린 천장과 벽의 피 마른 살껍질은 거머리들의 습기에 젖어 온통 쭈글누글거린다. 때로는, 이 집 전체가 마른 목숨을 지탱하기 위해 한 마리의 거대한 거머리가 되어버린 것같이 여겨지기도 한다. 그녀에게서조차 간혹 징그러운 흡인력을 느끼게 되는 것처럼.

　그 불결한 동굴 속 같은 고요함에 감싸여, 그녀는 미동도 없이 무엇인가 보고 있다. 어쩌면 아무것도 보고 있지 않은지도 모른다. 그러나 다른 저런 때와는 달리, 그녀의 멍청한 시선은 분명 유리문 쪽을 향해 고정되어 있다. 몇 줄의 엉성한 가름대가 유리 사이에 가로세로로 엇질러진 두 짝의 미닫이문은 지금 한쪽으로 겹쳐져 열려 있다. 이 집의 입구인 그 문은 누군가가 그리로 들어오기를 줄곧 기다려온 듯싶다. 빛을 빨아먹기 위하여. 문밖에는 아무도 없다. 후텁지근해 보이는 한낮의 햇살이 저쪽 양지와 이쪽 음지를 골목길 가운데서 갈라치고 있다. 이쪽의 어둠 때문에 햇살의 땅이 유난히 눈부셔 보인다는 점은 이미 그녀에게도 익숙한 사실이다. 문밖에는 특별히 보아야 할 아무것도 없다. 그렇다면 그녀는 무엇을 보고 있을까? 얼룩진 오줌 자국 위, 자지를 자를 찰나의 가위의 그림이라면 새삼스럽지 않다.

　문득, 그녀가 몸을 세운다. 그리고 자리에서 일어선다. 뜻밖의 일이다. 그녀는 여전히 그대로 고정된 시선을 따라 움직인다. 시선의 집요함이 마침내 가위로 자지를 잘라버리고야 말 듯한 결심을 드러내고 있다. 아니, 다시 보면, 그녀의 움직임은 움직임이 아니다. 그것은 움직임일 수 없음의 다른 모습이다. 깨어지지 않는 고요함이 그 증거다. 그녀는 다만 무엇엔가 홀려 있는 것이다. 홀린 그녀의 걸음이 문으로 다가선다. 그러나 그녀가 다가선 곳은 열린 쪽이 아니다. 이중으로 닫힌 유리문을 향해, 그녀의 몸이 앞으로 기운다. 바싹 그녀의 얼굴이 붙어 선 곳, 거기, 점 하나가 유리창을 떠돌고 있다. 유리문과 유리문 사이에 갇힌 날벌레인 모양이다. 파리일까? 파리라면, 유리문 이쪽에 붙어 있었을 것이다. 바깥문이 닫히면서 갇힌 놈이라면, 벌일 가능성이 크다. 이맘때쯤이면 이 동네에는 벌들이 들끓는다. 개천가에 늘어선 아카시아들이 환장하게 흰 꿀꽃을 피우기 때문이다. 짙은 아카시아 향기는 문 앞까지 어른거린다. 그보다 더 독한 거머리들의 냄새 때문에 문턱을 넘어들지는 못하지만. 그래서인지 이 집 안으로는 벌이 날아든 적이 없다. 그 달콤한 꿀빛 몸체를 가진 벌을 그녀는 유심히도 관찰하고 있다. 거기서 그녀는 무엇을 보고 있을까? 두 겹의 투명한 평면을 건너뛰지 못하고 떠도는 끝도 없이 무모한 날갯짓일까? 그녀의 얼굴은 얼굴의 윤곽을 뭉개며 유리창에 밀착된다. 조금씩 그녀의 얼굴이 유리창을 비벼대기 시작한다. 그녀의 한 손이 얼굴 높이에서 유리창을 쓰다듬는다.

그것은 참으로 부드러운 애무다. 그녀의 애무는 고요하고 진하다. 물론 지금의 그 움직임이 확실하게 감지되고 있는 것은 아니다. 어느 순간 헛보임처럼 보여질 뿐이다. 그녀는 깊이 마음으로 움직인다. 이제, 그녀는 부리부리한 눈을 가진 어느 얼굴에 기대어 있음이 틀림없다. 떠도는 벌의 움직임이 그 얼굴을 그려주고 있을 것이다. 그녀는 그 얼굴을 남에게 표현하는 데 서투르다. 그러나 그 서투름은 아주 정성스럽고 자상하다. 그녀가 일단 그 얼굴을 그리기 시작하면, 아무도 그녀를 깨워서는 안 된다. 그녀가 얹혀사는 격인 주인아주머니가 예외이기는 하지만, 누군가가 그녀의 말길을 끊는다면, 그녀의 눈은 금방 칼빛을 띤다. 그날은 장날이다. 언젠가는 골목 어귀의 그 카세트 행상이 무섭게 당했다. 와따, 그 남자 계집깨나 후렸갔수다… 텁텁한 수염 자국과 조그만 눈이 선량해 보이는 사십 줄의 그는 아무것도 모르고 그걸 농담이라고 한마디 던졌었다. 이 좆팽이 돌릴 새끼가!… 앙칼지게 입매를 찌그리며 내뱉는 그녀의 욕지거리와 입힘에는 소름이 쫙 끼친다. 야박스리운 주인아주머니와 한번 겨뤄볼 만한 수준이다. 어떤 날은, 그 일 때문은 아니었지만, 험한 욕지거리와 함께 정말 식칼을 빼 들고 달려든 적도 있었다. 그렇다고 그녀의 입과 행실이 애당초 걸진 것은 아니다. 생김새며 몸매도 차라리 가녀린 편이다.

그녀는 자신의 얼굴과 몸매를 남몰래 가꾼다. 하루에 한 번씩, 그녀는 창문 없는 골방의 창호지 문을 꼭 닫고, 전등을 켠 후, 거울 앞에 앉는다. 제 얼굴을 마주 볼 때, 그녀의 눈그늘은 왠지 더 짙고 처량해 보인다. 늙는다, 늙어… 그녀는 혼잣말처럼 푸념한다. 그녀는 그렇게 가라앉듯 오랫동안 제 얼굴을 들여다보다가야 화장을 시작한다. 그래도 화장에 걸리는 시간이 제 얼굴을 그저 들여다보는 시간보다 훨씬 짧다. 이런 데 있다구 밤낮 얼굴에 회떡칠하구 있으면 마흔도 안 돼 쭈그렁 할망구가 될걸… 회떡칠을 안 한다구 이런 데 있는 여자가 아닌 것처럼 보이는 건 아니지만, 어쨌든 그녀에게서는 거의 화장기가 느껴지지 않는다. 화장이 끝나면, 그녀는 어디서 배웠는지 요가 비슷한 몸짓을 흉내 내곤 한다. 등만으로 누워 허리에 두 손을 받치고 두 다리를 쭉쭉 뻗어올리기도 하고, 턱·가슴·배를 방바닥에 착 붙이고 엉덩이만 높이 뽑아 세워 좌우로 흔들어대기도 한다. 그때마다 그녀의 속살과 속옷은 마구 겉으로 펼쳐진다. 그녀의 허벅지는 아직도 희고 곱다. 그러나 그 기묘한 동작에 열중해 있는 그녀의 허벅지 살과 허벅지에 푸지게 걸쳐진 추레한 팬티를 보게 된다면, 거울을 마주 보는 그녀의 표정처럼 형용하기 힘든 어떤 느낌을 받게 되기 십상이다.

그 느낌은 미친 짓처럼 보이는 몸놀림과 추레한 팬티의 모양새가 얽혀 빚어낸 어떤 무엇이지, 단순히 가난함의 처량함은 아닐 것이다. 가난은 그녀에게 자연스러운 현실이니까. 그녀는 어차피 궁색하다. 방 안의 빨랫줄에 걸린 속옷들이라는 게, 윗옷은 으레 해져 구멍이 숭숭하고, 아랫도리라면 닳아 바꿔 낀 까만 고무줄을 이어 묶은 조잡한 솜씨가 그대로 드러나, 궁색하기 이를 데 없어 보인다. 그래도 그녀가 잘 열지 않는 작은 트렁크의 맨 밑바닥에는, 아직 비닐 포장조차 풀어내지 않은 새 속옷 한 세트가 깔려 있다. 레이스 달린 분홍 메리야스와 꽃무늬 술이 달린 분홍 팬티, 그리고 몇 겹으로 겹쳐져 있는데도 건너편이 어렴풋이 건너다보이는 야들야들한 슬립 따위다. 모두 'USA'라는 표시가 찍혀 있는데, 그녀는 아마도 그걸 'U. S. A.'로 속아 샀을 것이다. 언제나 그걸 입으려는지, 그녀는 몇 년째 그 자리에 간수해두고 있다. 그녀는 그것들을, 방 안의 빨랫줄에 걸린 것들에 대해서 그러듯이, 애써 숨긴다. 그녀의 경계심은 지나칠 정도다. 다 알 만한 주인아주머니에 대해서조차 빨래 내용을 숨기려 든다. 그녀가 그 경계를 푸는 단 한 사람은 자기의 아들이다. 그녀는 아들과 한방 살림을 한다. 갓 서른을 넘겼을 뿐인데, 그녀에게는 벌써 중학교에 다니는 외아들이 있다. 그 아들의 눈길에 대해서만은, 그녀의 속옷도 속살도 전혀 무방비 상태다. 도리 없이 한방 살림을 하기 때문만이 아니다. 그녀는 다 커서 무뚝뚝한 아들에게 끔찍이 다정하다. 젖가슴을 벌리고 앉아, 그녀는 공연히 하소연하듯 아들에게 속삭이곤 한다. 조금만 기다려라, 응? 조금만 참고 기다려…
 그녀는 무엇을 기다리고 있을까? 그 얼굴을? 벌 한 마리는 여전히 유리창을 떠돌고 있다. 벌이 그려주고 있을 꿈꿀맛의 아득한 얼굴. 그녀는 속으로 소리 없이 그 얼굴을 읊고 있을지 모른다. 먼 기억을 헤쳐 누구에겐가 풀어내듯이, 말길이 조용히 트여올 때마다 습관적으로 그러하듯이. 자꾸 지워져가는 얼굴을 저 자신에게 확실히 드러내 보이려고, 단조롭게 얼굴 생긴 꼴이나 더듬는 미숙하고 때때로 천박하기까지 한 묘사를 열심히 목소리의 애달픔으로 떠받치며. 그려…, 가서 거울에다 니 얼굴 좀 비춰 봐라, 눈 하난 꼭 빼닮았어… 아주 부리부리한 눈이었거든. 눈동자두, 그래, 남보다 커 보이구…, 눈썹두 숱이 빽빽한 게, 진허다. 그게 그냥 진한 것두 아니구, 그 뭐냐…, 그게…, 그러니까…, 그래, 먹물로 쭉 그어놓은 것같이 시원스러. 우리 같은 꼴에두, 네놈처럼 뭔가 좀 다른 걸 생각허는 눈이었는데… 뭐, 시원스럽기로 치면 이마도 마찬가지지. 널찍한 게, 부모덕 좀 본다나, 꼭 운동장 같거든. 후우우우…, 이젠, 거기도 주름깨나 잡혔겠다만… 그리구…, 응, 코, 코가 또 우뚝허지, 새끼손가락 높이만 하게 솟았으니까… 배우 코야. 콧망울 벌름거리는 게 쬐금 뵈기 싫었다만. 또…, 턱부린 딱 벌어지구, 거기 수염 자국이 꺼칠한 게…, 하루만 안 깎으면 바늘같이 돋곤 했어. 입 말이냐? 입은…, 그게, 그건 또 그래, 윗입술이 좀 도톰하구, 거기 아랫입술이 착 달라붙었이… 아마, 귀빝 뺨에 아직 상처가 하나 있을 거다. 내가 젊어 까진 마음에 바가지로 그걸 긁어놨는데, 영 안 없어지더라… 그게 천생연분의 정푠지… 한번 훑고 나면, 그녀는 그 얼굴을 조목조목 다시 따져나간다. 그 얼굴은, 그녀에 의하면, 돈 벌러 나갔다. 십 년이나 이렇게 그녀를 내버려놓고. 그 사람이 아직두 멀리 배 타고 떠도는 모양인데… '돈 버러 가오'라는 누런 쪽지가 그녀의 트렁크에 속옷 포장들보다도 더 낮게 깔려 있다. 그것은 그녀의 글씨다.

그녀가 게슴츠레한 눈으로 유리문에서 돌아선다. 그녀의 몸이 여리게 떨리는 것 같기도 하고, 진땀에 젖어 있는 것 같기도 하다. 잠시 그대로. 그녀의 눈빛이 잠깐 반짝이다가 스러진다. 이어서, 그녀는 다시 움직임 아닌 움직임으로 부엌 쪽 벽의 진열대를 향해 다가간다. 그녀의 손이 진열대 위로 환각처럼 고요히 뻗쳐, 신문지를 틀어 마개 대신 쑤셔박은 소주병을 잡아 내린다. 동시에 다른 한 손은 조그만 소주잔을 끌어당긴다. 그리고 그녀는 돼지갈비를 다듬던 처음 그 자리로 돌아온다. 누가 옆에 있었다면, 그녀는 이렇게 말했을 것이다. 몸을 쬐끔 뎁혀야겄네… 그녀는, 투명하기 때문에 어두워 보이는 술잔에 마찬가지로 어두운 술을 붓는다. 움직이지도 않는데, 그녀는 술잔을 들어 올리고 마신다. 환각의 필름이 자꾸 되돌려지는 양, 같은 동작의 헛보임이 반복된다. 그녀는 왜 술로 몸을 데울까? 지금만은, 자신의 고요함을 어디론가 몰고 가기 위해서일 것이다. 천천히, 그러나 뜨겁게, 그 얼굴의 몸을 완성하려는 것이다. 하지만, 갈망의 열비늘이 온몸을 뒤덮도록, 아직은 그 얼굴을 더 보다듬어야 한다. 간혹은 그녀가 아직 한 번도 보지 못한 어떤 얼굴을 꿰맞추며 읊어대는 듯이 보이는 그 중얼거림을 속으로 되뇌면서. 뭐, 강원도서… 여기저기 광산촌을 떠도는 모양인데… 이젠, 후우우…, 벌써 마흔 줄이 됐나 봐요. 나두 속은 참 환장하게 뒤집히지요, 정말… 글쎄, 생긴 건, 눈이 부리부리하구, 정말 부리부리헌 데다… 눈썹이 한일자로 쭉 뻗었어요. 거기다 늘상 머리칼을 덥수룩허게 눈썹까지 덮구 다녔더랬는데… 그게, 그러니깐, 이마는 좀 빈상이랍디다. 그래서 그런지요, 사실, 이마 양쪽 골이 움푹 패긴 했는데…, 그게 가난 팔잔지… 어이, 참…, 가끔 손찌검을 허긴 했지만, 그래두 정이야 따수분했지요, 뭐래두 그건… 입술 생김새가 얄팍허긴 했어두… 그녀의 그림 그리기는 두 번 세 번으로 그치지 않는다. 무슨 날개힘에, 절망도 없이, 벌은 유리창을 끊임없이 떠돌까?

벌이 떠도는 유리문 뒤로 누군가가 나타난다. 그 누군가가 유리문 너머를 기웃거린다. 그가 열린 문 쪽으로 몇 걸음을 옮겨 다시 기웃거린다. 언제나 누런 작업복 차림의 그 모양 그 꼴인 카세트 행상이다. 그는 낮술을 자주 마신다. 그러나 그녀의 욕사발에 덴 적이 있는 그는 자신에게 무관심한 이 철저한 고요함이 당혹스럽고 두려운 눈치다. 초여름 문턱을 넘어서지 못하고, 그는 가만히 이마의 땀을 훔쳐낸다. 햇살 아래 초여름 날씨가 꽤 더운가 보다. 사실 집 안 공기도 꽤 후텁지근한 편이다. 이 정도의 후텁지근함이 그녀에게는 후텁지근한 것으로 여겨지지 않을 뿐이다. 눈길을 내리고 있는 그녀는 그를 아직 발견하지 못했다. 그는 그녀의 고요함 속에 끼여들지도 물러서지도 못한 채 불편하게 서 있다. 어쩌다 들리는 말처럼, 그가 정말 그녀에게 마음을 두고 있는 것일까? 그렇다면, 저 선량한 사내에겐 참 안된 일이다. 어림없다, 그는 눈이 너무 작다. 그래도 그에게 욕사발을 퍼붓기 전까지, 그녀는 그에 대해 별로 적의를 가지고 있지는 않았다. 그날도, 그녀는 그에게서 제 아들 이야기를 고마운 충고처럼 고분히 듣고 있었다. 댁 아들 영악한 건 좀 고쳐줘야겠수다. 난 그놈이 댁 아들인 줄 며칠 전에야 알았수. 그놈이 날 보고 댁을 그 여자, 그 여자 한다니까… 그래서 가깝다는 마음이 들었었는지, 그녀는 또 그 얼굴에 대한 말길을 터버렸다. 돈 벌기 전엔 안 보겠다구요…, 후우우…, 얼마 전엔 중동으로 갔다는 모양인데… 그 눈 한번 다시 보구 싶어 가슴 쥐어뜯을 때 많아요. 왕방울같이 부리부리한 눈인데, 스포츠형으로 머리를 쫙 밀어 올리구 있으니깐, 그게 더 커다랗고 데룩데룩한 게… 거기다 게을러터졌고 무뚝뚝해 보여두, 정은 많아서… 쯧쯧… 그런데, 후후…, 그 코는, 왜 그 흔히 뭐라죠, 아, 예, 그, 매부리코예요… 그녀의 눈뜬 꿈속에서, 뻥 뚫린 두 눈을 제외하면 자꾸 다르게 떠오르는 얼굴. 수없이 달라, 다르게 수없이 겹쳐져, 오히려 몽롱해지고 흐려지는 얼굴. 흐물거리는 얼굴. 부리부리한 두 눈을 가진 유통제의 괴물. 눈뜬 어둠 속의 거머리!

그녀의 병이 아무래도 여느 때보다 상당히 깊어진 모양이다. 열린 문짝 넓이를 반이나 차지하고 서 있는 사내를, 그녀는 전혀 깨닫지 못한다. "흠!" 하는, 짧은 신음 소리 같은 것이 사내 입에서 뱉어진다. 그녀는 꼼짝도 않는다. 사내의 모습이 더욱 후줄근해진다. 조금 더 망설이다가, 그는 돌아선다. 그러자, 사내가 사라진 유리문 위로 천천히 그녀의 시선이 떠오른다. 어둠을 거느린 그녀의 얼굴에 야릇한 웃음기가 스며든다. 얼핏 사라진 사내를 비웃는 듯한 싸늘한 표정 같기도 하고, 얼핏 아무도 없는 문 앞에서 누군가를 보고 있는 듯한 신비한 표정 같기도 하다. 그러나 그녀의 시선은 더 높이 떠오른다. 들어 올려지는 고개와 함께 떠오른 시선은 천장 모서리에 멈춰, 이번엔 왼쪽으로 천천히 이동한다. 그것은 역시 움직임이 아니다. 움직이지 않았으므로, 그녀의 시선은 천장 모서리께서 멈춘 것이 아니다. 그녀는 처음부터 그곳을 보고 있었다. 처음부터 거기서 무엇인가 희끗희끗 떨어지고 있었다. 벌써 일주일이 지났는데도, 이층 여인숙의 세면장은 수리되지 않고 있다. 천장의 얼룩은 점점 커간다. 그래도 거기서 떨어지는 것은 어둠의 거머리들이 아니다. 그것은 물빛이다. 똑, 똑, 똑, 똑… 받쳐논 양동이에서, 물빛이 떨어져 부딪는 소리가 들린다. 어두운 기체성의 축축함으로 뒤덮인 이 집 안에서, 그 물빛 소리는 차라리 맑게 들린다. 정수기에 맺혀 떨어지는 한 방울 한 방울의 물소리처럼. 아니, 다시 들어보면, 그것은 소리가 아니다. 실제로, 그것은 소리 없음의 다른 표현이다. 하지만 소리 없이 그렇게, 무엇인가 잘못되어 저런다 싶게, 그녀의 몸이 물빛에 차올라 몸짓 하나하나가 방울져 움직일 때가 있다. '때'가 되었을 때이다.

때가 되면, 그녀는 특별히 어쩌는 것도 아닌데 탱탱한 한 마리 짐승처럼 보인다. 그때 그 짐승은 어둠의 천적이다. 그녀는 제 살에 눌어붙는 이 집 거머리들을 몸속으로 빨아들여 물빛의 양분으로 삼는 듯싶다. 골방에서 혼자 비틀어대던 그 기괴한 몸놀림들이 결결이 배어 나오는 그때, 그녀는 짐승의 본능으로 무엇인가를 준비한다. 또다시 그 '때'——그 주기는 확실치 않으나 매우 더딘 편이다——에 이르렀던 것이 일주일 전쯤이던가, 그녀는 그 몸놀림 사이로 제 살 내음을 풀어내기 시작했다. 그것은 딱히 무어라고 지적할 수 없는 휘발성의 강한 향기다. 봄물이 올랐나, 아줌마 허리가 요즘 야들야들하게 돌아가누만… 칼빛을 띨 농담인데, 그녀는 자지러지게 키득거리며 고기 한 점을 질근 씹어 삼켰다. 그리고 냅름 술을 받아 마셨다. 보통 때엔 상상도 못 할 일이다. 쉽게 팩팩거릴 수는 없는 처지지만 평소의 그녀는 단호하다. 그녀는 마음을 숨기고 부드럽게 아들을 핑계 삼는다. 쯧, 저기서 애가 듣겠네… 아들은 대개 그 방에서 공부하고 있지 않다(아들은 어디에 숨어 있는가, 으슥한 개천가에 나가 있다). 애 하나 믿구 사는 생과부한테 못 할 소린 하지 마시요… 보통 때의 그녀는 제 몸에 다른 살이 와 닿는 걸 몸서리치게 싫어한다. 그 짓에만은 금방 눈에 칼빛을 세운다. 그러나 때가 되면, 돼지갈비를 다듬는 그녀의 식칼마저 무뎌진다. 칼은 그녀의 마음 안쪽으로만 날을 번득인다. 놀아 도는 겉놀림에도, 그녀는 짐승의 본능으로 날카롭게 무엇인가를 찾는다. 그녀는 모든 사내들의 얼굴을 자세히 뜯어본다. 아저씬 잘생긴 얼굴인데 눈이 좀 작네요. 사내는 눈이 좀 부리부리해야 허는데… 때가 되면, 그녀는 마음속에 떠도는 벌 한 마리가 그려주는 얼굴을 직접 찾아 나서는 건지도 모른다. 너른 세상이 모두 여기인 듯이 좁은 공간 속으로.

출구를 찾지 못하는 벌은 아직도 유리창을 헛되이 떠돌고 있다. 벌을 떠나 천장 모퉁이에 가 닿은 그녀의 시선이 왠지 조금씩 흔들리고 있다. 그러다가, 휙, 그녀의 목이 등 뒤로 젖혀 돈다. 그것이 움직임인지 움직임이 아닌지 가늠할 틈도 없이, 그녀의 시선은 진열대 위 천장에 못을 박는다. 예기하고 있었으나 또 예기치 못하게 허를 찌르며 다가온 그 순간, 고요함의 긴장이 버쩍 죄어든다. 마침내 그녀가 하나의 얼굴을 확정시킨 것인가. 눈이 부리부리한 얼굴, 그러나 이번엔 광대뼈가 마른 볼 위에 불쑥 튀어나왔고 입을 반쯤 헤벌리고 있는 얼굴일 것이다. 그것은 가장 가까이 있었던 얼굴, 이틀 전의 얼굴이다. 그젯밤, 일을 끝내고 골방으로 들어와 그녀는 아들에게 말했다. 이층에서 오랜만에 화투판이 붙었단다… 그러면서 그녀는 추레한 속옷들을 벗어버렸다. 그럴 때마다, 알몸에 겉옷만 걸치며 그녀는 또 밀한다. 속옷을 벗어야 패가 잘 붙으니깐… 사실 화투를 칠 때면, 그녀는 팬티를 벗어 던지고 앉아 들어오는 돈을 치마 밑으로 쓸어 넣는다. 속옷을 방구석에 뿌려 팽개치고, 그녀는 아들에게 드물게 보는 환한 웃음을 짓는다. 그리고 그녀는 밖으로 나가, 밖의 밤어둠 속에서, 이층 계단을 총총히 뛰어오른다(낮은 하늘로 떠오르듯 설레는 그녀의 뒷모습을 아들은 숨어 훔쳐보곤 한다). 벌써 끓어오르기 시작한 집념 이외엔 아무 거칠 것도 없는지, 그녀는 기꺼이 삐걱이는 이층 문 안으로 빨려든다(그 낮은 하늘의 풍경을 보고 싶은 아들은 건물 반대편 벽에 걸린, 철망이 휘둘러진 녹슨 철계단에 거꾸로 매달려 타고 오른다). 그녀가 가쁜 숨으로 열어젖힐, 지금 그녀의 시선이 못 박힌 뒷모퉁이 천장 위 구석방의 불은 곧 꺼진다(바싹 붙은 옆 건물의 시멘트 벽돌 벽과 이쪽 벽 사이, 캄캄한 저 세상 옆 쇠계단에, 아들은 하염없이 앉아 있는다).

들린다, 그녀의 숨소리가. 지극히 여리고 가늘게, 그러나 끊이지 않으면서, 조금씩 불규칙하게 거칠어지다가 또 잦아들면서, 그녀의 살 푸는 소리는 소리의 잔 실줄기를 만들며 이 고요함 속에 사르르사르르 흘러내린다. 못 박힌 그녀의 시선도 이제 그윽이 흐려질 것이다. 그녀는 더 이상 무엇을 응시할 필요가 없다. 그녀는 이미 그녀의 눈과 귀를 넘어섰다. 저 너머에서, 그녀의 숨소리가 들린다. 저 너머에서, 그녀가 누구에겐가 안타깝게 속삭인다. 절 잊지 않았었죠? 그죠?… 언제 다시 돌아올 거예요, 네?… 저 너머에서는, 그녀가 저를 잊고 부드럽게 애무받고 싶어한다. 그 '저 너머'에서, 그녀의 손이 누군가의 애무를 끌어들이며 뜨겁게 움직인다. 그녀가 슬며시 치마를 움켜 올린다. 달아오른 어둠처럼, 그녀의 허벅지가 드러난다. 그 '저 너머'에서, 채 가셔지지 않은 그녀의 휘발성의 살내음이 풍겨난다. 쾨쾨칙칙한 집내음과 어울리지 못하는 그 냄새가 이물스럽게 침침한 공간을 휘돈다. 허벅지를 드러낸 그녀의 손이 테이블 위로 뻗쳐간다. 그것은 분명 움직임이다. 저 너머의 분명한 움직임이 테이블 위의 식칼을 움켜잡는다. '때'가 지나 막 날카로움을 되찾은 날빛이 이 집의 중심에 수직으로 선다. 저 너머에서 이쪽 아래로, 그녀의 온 힘이 칼날을 수직으로 내리박는다. 아… 그녀의 허벅지가 바르르 경련한다. 테이블에 박혀 떨리는 칼줄기가 바람을 일으킨다. 후텁지근한 공기를 헤치며, 웬 바람이 문턱을 넘어든다. 문밖의 아카시아 향기가 독한 취기처럼 밀려온다. 넘쳐든 아카시아 향기는 허공에서 가라앉던 그녀의 휘발성의 살내음을 되일으키며 격하게 공기와 몸을 뒤섞는다. 뒤섞인 역한 냄새에, 그녀는 토할 듯 등을 굽히며 손으로 입을 막아 구역질을 참는다.

속이 뒤집히도록 심하게 여러 번 토해낸 뒤의 핼쑥한 얼굴로, 어제 아침, 그녀는 제 방으로 돌아왔다. 그런 아침, 그녀는 지친 듯 퍼질러 앉아 멍하니 주먹 쥔 손을 꼼지락거리다가 손안에서 조그맣게 꾸겨진 만 원짜리 한 장을 떨어뜨려놓는다(아들은 늘 그녀가 돈을 받아오리라곤 예기치 못한다). 쬐금 땄네… 뒤잇는 긴 한숨을 내뱉고, 그녀는, 실은 숨기고 싶어 방구석에 벗어 팽개쳤던 속옷들을 끌어당긴다. 그것들을 추리는 그녀의 눈밑은 어김없이 썰룩거린다. 그러나 그녀는 제 팬티의 누런 얼룩을 모르는 척 넘겨버리고(혼자 내던져진 밤에, 아들은 그녀가 내던져버린 그녀의 팬티로 자지를 감싸고 수음을 한다), 그것들을 개켜 방문 앞에 밀어놓는다. 너두 다 컸다… 그러면서 그녀는 트렁크를 꺼내 열고 몇 푼 들어 있지도 않은 저금통장을 찾는다. 그녀는 이 돈만은 쓰는 법이 없다. 저금통에 쪼글쪼글한 돈을 펼쳐 끼우며, 그녀는 들으라는 소리지 혼잣소리지 넋 없는 말을 웅얼댄다. 사내란 게 나가면 쓰는 게 일이니까…, 제 핏줄헌테나 보태야지… 그리고 그녀는 트렁크 안에 간직된 두세 가지 옷감이며 속옷 포장들을 하나하나 꺼내 본다. 정말, 언제야 그녀는 그것들을 쓸 참일까? 기다리는 얼굴이 다시 오는 날일까? 자꾸 떠나가는 얼굴이 아닌, 떠나가 그녀의 머릿속에 거머리처럼 꿈틀대는 얼굴이 아닌, 돌아와 다시 설 얼굴. 다시, 다시 거듭 볼 얼굴!… 그녀는 아침나절에 만 원을 저금하러 은행에 다녀올 것이었다. 그리고 그녀는 이 고요함으로 그녀의 그 '때'를 마무리질 것이었다.

지금, 그녀는 두 손 가득 얼굴을 파묻고 있다. 얼굴을 파묻음으로써, 그녀의 고요함은 저 스스로 허물어져내린다. 그러나 그 허물어짐의 진행은 아직 더 오랜 시간을 두고 계속될 것이다. 누가 이 고요함의 남은 껍질들을 마구 찢어버리지만 않는다면. 조금씩 엷어지는 고요함의 껍질 안으로, 먼 소리들이 메아리처럼 울려온다. 이제는 그녀가 제 힘으로 저 물빛의 끝에 도달하도록 내버려두어야 한다. 그래야 내일이면 그녀가 편안한 마음으로 모든 것을 제자리로 돌이킬 수 있을 테니까. 제발, 지금은 아무도 그녀를 간섭해서는 안 된다… 그런데, 순간, 불길한 예감을 완성시키듯, 가까운 기척이 그녀의 등 뒤로 다가선다. 동시에, "아니, 이 우라질 여편네가!" 하는, 야박스러운 목소리가 쨍쨍 날아든다. 너무도 단번에 고요함을 깨고 들어, 그것은 소리라고 믿어지지 않는다. "뭘 넋 빼구 자빠졌어, 이 망할 것아!" 안으로 한꺼번에 무너지며 그래도 그대로 꼼짝 않는 그녀의 등을, 목소리의 주인은 거침없이 쥐어뜯는다. "그걸 여태껏 그리 헤벌려놓구… 어따, 거기다 술까지 처마신 꼬락서니하구! 이년이 서방질하구 나면 간덩이가 부어터지나베!" 그녀의 등이 선뜻 굳어버린 것은 그 마지막 악소리의 야멸참 때문이다. 굳어진 등을 와들대며, 그녀가 더 이상 참을 수 없다는 듯 두 손을 떨치고 고개를 돌린다. 그러나 돌아서던 그녀의 물빛 얼굴이, 창호지 문이 반쯤 열린 이쪽 방을 그냥 지나치지 못하고 멈추며, 극심한 절망에 일그러진다. 갑자기 목소리가 "아니야…, 난, 저기 있는 줄 몰랐어…" 하며 사그라지는 게, 주인년 ─ 더 이상 주인아주머니라고 부를 수 없다 ─ 도 방문 옆에 놓인 신발을 발견한 모양이다. 팽팽한 침묵 ─ 그것은 고요함이 아니다 ─ 이 집 안 공기를 돌처럼 굳힌다. 그녀의 얼굴 전체에 걷잡을 수 없이 물빛이 번져나간다.

　나 ─ 나? 나! ─ 는, 그녀에게서 어머니를 느끼는 나를 억누르며, 아무것도 못 들은 척 뻔한 거짓을 꾸미며, 책을 펴놓았던 밥상 밑으로 손을 뻗쳐 주머니칼을 칼집에 꽂는다. 나는 그녀를 '그녀'라 부르지만, 그녀가 저 병든 고요함을 두 손에 파묻는 눈물에서만은 어머니를 느낀다. 그러나 그녀에게서 어머니를 느껴서는 안 된다. 나는 칼집을 만지작거리며 마음을 다문다. 나는 주머니칼을 주머니에 넣는다. 그리고 아까부터 노리던 기회를 여기서 찾는다. 아까부터 나는 저 유리창의 벌을 잡아 그 날개를 뜯어낼 결심이었다. 나는 슬그머니 자리에서 일어나, 방문을 마저 열어젖히고, 신발 위로 풀썩 뛰어내린다. 신발을 바로 신으며, 나는 개보지 같은 주인년을 쏘아본다. 아니, 저 새끼가 왜 사람 잡아먹을 눈을 부라리구 지랄이야… 그 소리가 지금은 주인년의 목 안에 깊이 잠겨 있다. 나는 짐짓 아무렇지도 않게 두 여자의 침묵을 가로질러 문 쪽으로 걸어간다. 바깥으로 나서, 나는 바깥 유리문 앞에 돌아선다. 두 여자의 어두운 침묵으로부터 시선을 당겨, 나는 유리창을 떠돌고 있을 벌을 찾는다. 어찌 된 일인지, 벌이 보이지 않는다. 나는 유리문 전체를 잔인스럽게 찬찬히 훑어내린다. 벌은 없다. 벌이 보이지 않는다. 벌이 빠져나갈 출구도 없다. 그렇다면, 벌은 애당초 없었단 말인가? 그 생각이, 갑자기 내 몸 속에 싸늘한 헛기운을 감돌아 내리게 한다. 잠깐 멈칫하던 나는 대상 없는 적개심에 유리문을 쾅 밀어 닫는다. 이유 없이, 나는 문밖에 감아올려져 있던 휘장을 펴 내린다. 붉은 광목에 큼직하게 씌어진 '왕대포/돼지갈비/동태찌개/빈대떡'의 흰 글자들이 유리문 안을 가린다. 이제 저기서 무언가 일어날 것이다. 오늘만은 주인년이라도 그녀에게 당하고야 말 것이다. 나는 피하고 싶다.

나는 문틈의 시야를 빠져나간다. 그러자, "야, 이, 쌍! 똥파리, 쭈그렁 보지야!" 하는, 흐느낌과 앙칼짐이 거침없이 뒤섞인 욕지거리가 뭔가 와르르 넘어지는 소리와 함께 집 밖으로 뛰쳐나온다. 그것은 그녀의 칼빛 목소리다. 그래, 괜찮다. 곧 괜찮아질 것이다. 나는 그녀의 모든 것을 안다. 나는 그녀의 모든 것을 상상할 수 있다… 나는 빠른 걸음으로 골목을 벗어난다. 자욱한 아카시아 향기 속에, 저녁으로 기울어가는 초여름 햇살이 벌떼처럼 쏟아져 내린다. 벌떼에 쏘인 듯 온몸이 화끈거린다. 시야가 어지럽게 흩어진다. 웬 어지러움일까? 어지러움을 밀쳐내려고, 나는 주머니칼을 꺼내 햇살을 모아본다. 됐다, 이 정도면. 그녀의 고요함이 끝났으니, 이제 내 일만이 남았다. 오늘은 그 계집애를 그리로 데려갈 참이다. 동갑이었던 전번 계집애는 젖비린내가 나서 낭패였다. 그리로 데려가 내 살의 칼자국에서 한 줄 피가 배어 나오게 했을 때, 성냥물 밑에서 그년은 파랗게 질려 비틀거렸다. 하지만 이번 계집애는, 젖살에 손가락을 파묻자 제법 그 휘발성의 살내음을 풍겨냈었다. 그만하면, 내 병을 치러내는 데 그런대로 잘 따라줄 것 같다. 어쩌면 제가 먼저 달아올라 내 칼자국을 뜨겁게 핥아댈지도 모른다. 그만큼 성숙해 보인다. 내가 나이를 올려 만나는 이 계집애는 내가 저와 고등학교 동급 학년인 걸로 감쪽같이 속고 있다.

호호호, 나는 속웃음을 느낀다. 그러나 다음 순간, 웃음은 내 뱃속으로 가라앉아 느글거린다. 아무래도 몸이 별로 신통치 못하다.

나는 걸음이 흐트러지지 않도록 억지로 힘을 모은다. 어서 개천가로 가 돌둑에 눕고 싶은데, 걸음이 자꾸 울렁거린다. 잿빛 개천 냄새가 좀 더럽기는 하지만, 돌둑에 등을 대고 누우면 참으로 편안하다. 거기 누워 어둠이 오기를 기다리는 일은, 내게, 이 갑갑하고 구질구질한 육체라는 것을 천천히 연기처럼 허공에 풀어버리는 일, 형체란 아무것도 구별되지 않는 저 아득하고 자유로운 다른 곳으로 빠져드는 일과 같다. 어둠이 완전히 내린 뒤에야 나는 더 깊은 어둠 속으로 그 계집애를 데려갈 것이다. 달빛조차 스며들지 않는 곳으로. 나는 달빛을 싫어한다. 내가 그곳을 발견한 것도 달빛을 피하기 위해서였다. 그곳은 개천을 좀더 타고 내려가면 나타나는, 돌둑이 심하게 망가져 거기 잡풀들이 우거진 데 있는 커다랗고 둥근 콘크리트 하수 구멍이다. 하수가 흘러나오는 주택가 쪽 구멍이 매몰되어 흡사 작은 동굴처럼 몸을 숨길 수가 있다. 키 큰 잡풀들 덕분에 구멍 입구도 잘 눈에 띄지 않는다. 나는 바닥에 큰 비닐을 깔고 그 위에 가마니로 누울 자리를 만들어놓았다. 그 아늑함을, 나는 머릿속에 펼쳐본다. 그래, 어서 개천둑이 나타나고, 어서 밤이 와라. 아, 그런데, 다시…, 머릿속의 풍경이 휘잉 맴돈다. 한순간, 내가 휘청거린 모양이다. 온몸에 식은땀이 소름처럼 돋아난다. 일시에 몸이 서늘하게 젖는다. 그러자 다시 머릿속이 아뜩해진다. 시야가 아릿하다. 수습할 수 없는… 어질머리… 벽에 기댄다… 눈앞이 볼록거울처럼 보이다가… 오목거울처럼 보이다가… 멀어진다… 다시 걷고 있을까… 걸어야 하는데…

아… 향긋한 개천 냄새… 어… 눈이 내리네… 뽀얗고… 암갈색 문 위에서… 컴컴하다… 환해… 잉잉잉잉… 벌의 날갯소리… 눕자, 눕자… 내 칼… 이해할 수가 없어… 그래 그런가 그럴까… 올 거야… 끝은 아니고… 아퍼… 숨이 벅차다… 햇빛이 넓고 무거워… 눈을 감자… 무릎에서 뭔가 새 나가나 봐… 갈가리 찢어버려… 핥아줘… 그 여잔 안 돼… 그래도… 몸이 안 없어진다… 소리… 나를 데려가… 기다릴걸… 하늘에서… 모르겠지… 쏟다… 초록빛…

회오리… 난 똑똑해… 눈을 뜨지 말라니까… 피를 다오… 가까울까… 벗는 다… 조금 축축한 건 포근하지… 갑갑함… 가고 싶다… 벌침을… 커다란… 흐물대는… 문득 갑자기 돌연히… 찔러… 꽃이 피었네… 그녀를 벗어난다… 난 뭐든지 할 수 있어… 나는 떠날 거다… 예리한… 벌려… 섬뜩… 한 세월이야… 오싹한 한 줄의 선… 더 낮게… 어두운 게 좋아… 허벅지를 감고… 얼굴을 처박으라니깐… 등 속으로 돌이 들어온다… 아아니아이어아아… 붉다… 이 손으로… 여기야… 그러나 그러나… 엄마… 그 계집애 젖가슴을 빨며… 엄마… 엄마…

이인성(李仁星)

1953년 경남 진해 출생. 서울대학교 불문과 졸업. 1980년 『문학과지성』에 중편 「낯선 시간 속으로」를 발표하며 등단. 한국일보 창작문학상 수상. 연작소설집 『낯선 시간 속으로』(1983), 『한없이 낮은 숨결』(1989), 장편소설 『미쳐버리고 싶은, 미쳐지지 않는』(1995), 작품집 『강 어귀에 섬 하나』(1999), 산문집 『식물성의 저항』(2000) 등 출간.

작품 세계

이인성은 유신 시대에 청년기를 보냈으며, 그가 본격적인 작품 활동을 시작한 것은 새로운 군부 독재 체제가 들어서고 반대 세력에 대한 탄압이 극에 이른 때였다. 이인성은 이러한 시기에 억압적 현실에 대한 비판적 의식을 늦추지 않으면서도 문학을 어떤 정치적 목적에 종속시키지 않는 태도를 견지했다. 이인성은 정치적 억압 이전에, 그것보다 훨씬 더 근본적인 층위에서 작동하는 일상적 억압에 주목한다. 그의 비판은 개별적인 것의 고유함을 부정하고 이를 일반적이고 추상적인 것으로 도식화하는 공식적 언어와 세계관, 그리고 거기에서 파생되는 폭력성을 겨냥한다. 그는 억압을 무엇보다도 개개인의 고유성과 자유로운 정신에 대한 억압으로, 더 나아가 문학 자체에 대한 억압으로 파악한다. 기존의 소설적 관습과 틀을 철저히 거부하는 그의 작품들은 이러한 문맥에서 이해되어야 한다.

그의 작품들을 관류하는 근본 사상 가운데 하나는 이 세계 전체가 하나의 강요된 허구, 강요된 연극이라는 것이다. 그 속에서 우리는 억지로 떠맡겨진 역할을 수행하고 있는 배우일 따름이다. 그는 문학적 허구를 통해 현실을 가장한 허구에 균열을 일으키고자 한다. 이런 의미에서 그의 작품들은 허구에 대한 허구, 가상의 허구라는 역설적 성격을 띤다. 허구와 현실이 전도된 연극—세상에 관한 연극이 중심이 된 첫번째 소설집 『낯선 시간 속으로』, 무명 마라토너에 대한 신문 기사를 바탕으로 씌어진 두번째 연작소설집 『한없이 낮은 숨결』에서 이러한 특징은 특히 두드러지게 나타난다. 이인성의 여러 소설들에서 반복적으로 일어나는 자아의 분열 또한 허구성에 대한 의식과 밀접한 관련이 있다. 세계의 허구성을 의식하는 순간, '나'는 허구 속에서 어떤 역할을 하는 배우로서의 '그'와 그러한 역할에 대해 생각하는 관객으로서의 '나'로 분열된다. 『낯선 시간 속으로』에서 잘 드러나듯이, 이러한 자아의 분열은 관객을 다시 관찰하고 의식을 다시 의식하는 것이 가능한 한 무한히 계속될 수 있다.

자의식과 더불어 욕망은 강요된 허구의 세계에서 벗어나고자 하는 자아에게 결정적인 의미를 지닌다. 이인성은 중편 「마지막 연애의 상상」을 통해 억압적인 사회가 가장 통제하고 싶어하는 것이 개인의 욕망이며, 금지된 욕망의 실현이 곧 인간적 자유의 실현이기도 하다는 것을 이야기한다. 이러한 인식은 그의 다른 많은 작품들 속에서도 읽어낼 수 있다. 한국 문학에서 욕망이라는 개념은 90년대 문학, 즉 1990년대에 등단한 젊은 작가들의 문학을 특징짓는 키워드가 되었다. 도덕적으로 보수적이고 다소 근엄하기조차 했던 한국 문학에서 도덕적 금기의 파괴와 욕망에 대한 적극적 탐색이 이때부터 이루어지기 시작했다고 여겨지기 때문이다. 이인성은 욕망의 문제에 대한 문학적 탐구자라는 점에서 이들 후배 작가들의 선구자라고 할 만하다. 더욱이 인간 욕망에 대한 그의 관찰과 묘사는 그 정교함과 치밀함에 있어서 여전히 독보적인 경지를 이루고 있다.

「유리창을 떠도는 벌 한 마리」

이 소설을 이해하기 위한 실마리는 소설 속에 제시된 아버지-어머니-나의 삼각 구도에서 찾아볼 수 있을 것이다. 소설의 주인공 '나'는 식당에서 일하는 어머니와 함께 살고 있다. 아버지는 어디론가 떠나고 없다. 어머니는 아버지를 사무치게 그리워한다. 불타는 욕망 속에서 어머니는 다른 남자들을 만나고, 아들은 그 장면을 엿본다. 우리는 이러한 구도를 쉽게 프로이트의 오이디푸스 콤플렉스와 연결시킬 수 있다. 그러나 작가가 이 소설 속에서 구축하고 있는 것은 철저히 반(反)오이디푸스적인 세계다.

오이디푸스적 세계에서 어머니는 아버지와 아들이 독점적으로 소유하고자 경쟁하는 욕망의 대상이다. 오이디푸스 콤플렉스는 이처럼 남성과 여성을 주체와 대상으로서 철저히 구별한다. 남성적 주체로서의 아버지와 아들의 차이는 다만 전자의 독점적·배타적 요구는 도덕적 권위로서 정당화되는 반면, 후자의 요구는 억압되고 부정된다는 데 있을 따름이다. 그렇다면 아버지가 부재하는 경우에 오이디푸스 콤플렉스는 어떻게 나타나는가? 아들은 아버지의 도덕적 권위와 배타적 권리를 이어받아 어머니에게 다른 남자들이 접근하는 것을 막으려 든다. 그런데 그러한 아들의 도덕적 태도 이면에는 아버지에 의해 금지되었던 욕망이 도사리고 있다. 이를테면 셰익스피어의 '햄릿'이 바로 이러한 모순된 상황 속에 빠진 경우다. 그는 다른 남자의 침대에 들어간 어머니에게 격렬한 증오심을 품고 있는데, 이는 고귀했던 아버지에 대한 추모의 감정과 관련이 있지만, 동시에 오쟁이 진 남편의 질투심과도 비교될 수 있다.

이인성의 소설에서 아버지의 부재라는 상황은 이와는 전혀 다른 양상으로 전개된다. 첫째, 부재하는 아버지는 어떤 도덕적 권위나 영향력도 지니지 않는다. 아버지의 부재는 도덕적 억압으로부터의 자유, 즉 어머니와 아들 사이의 친밀하고 거리낌 없는 동서(同棲)를 가능하게 한다. 둘째, 부재하는 아버지는 어머니에게 끝없는 비현실적 환상과 욕망을 자극하는 불투명한 이미지로 남아 있다. 떠나간 남자에 대한 그리움은 정절이 아니라 일탈적 욕망의 표출(주인 여자가 말하듯, "서방질")로 이어진다. 이러한 설정은 아버지를 대상화하고 어머니를 욕망의 주체로 내세운다는 점에서 오이디푸스 콤플렉스의 전도된 형태를 보여준다. 셋째, 어머니의 욕망을 엿보는 아들은 그것을 혐오하거나 억압하려 하지 않는다. 아들은 엿보기를 통해 어머니의 욕망을 배우고 따라한다. 아들에게 어머니는 욕망의 대상이 아니라 하나의 모델이 된다. 이와 같은 모자 관계 역시 오이디푸스 콤플렉스의 틀로는 이해되기 어려운 파격적인 것이다. 결론적으로, 작가는 협애한 현실의 구속과 도덕적 억압에서 벗어나고자 하는 자유로운 삶의 기운을 반(半)오이디푸스적인 여성적 욕망의 이미지로 제시하고 있다고 할 수 있다.

주요 참고 문헌

「유리창을 떠도는 벌 한 마리」에 관해 논의한 글로는 이광호의「치명적인 사랑의 실험」(『강 어귀에 섬 하나』 해설, 문학과지성사, 1999)이 있다. 이광호는 주인공 '나'를 사회적 상징 관계로 편입되기를 거부하고 어머니의 공간 속으로 빠져들어가는 인물로 해석한다. 그것은 주인공에게 자신의 "실존의 뿌리"를 발견하는 것을 의미한다.   _김태환

임철우
아버지의 땅

쫓겨 가는 한 마리 딱정벌레처럼 트럭은 저만치 들판 가운데로 난 황톳길을 따라 느릿느릿 기어가고 있었다. 고르지 못한 노면에서 바퀴가 튀어 오를 때마다 덜컹대는 쇳소리가 들려왔고 꽁무니로 부옇게 마른 먼지가 피어올랐다.

덮개 없는 트럭의 뒤칸에 홀로 쭈그려 앉은 채 실려가고 있는 녀석의 모습이 유난히도 자그맣게 오므라들어 있어 보였다. 뒤칸에 적재된 알루미늄 식깡들이 이따금 섬뜩하리만큼 차가운 금속성의 광선을 되쏘곤 했다. 풀잎들이 저마다 윤기를 잃어가고 있는 들녘과 차츰 잿빛으로 퇴색해가기 시작하는 야산의 정지된 풍경 속에서 그것은 안간힘을 쓰며 집요하게 꿈틀거리고 있는 단 하나의 운동체였다.

"더럽게 운도 없는 녀석이군. 전입해 온 지 보름 만에 초상을 치르다니."

바지를 까 내리고 오줌발을 내갈기며 오일병이 뇌까렸다. 나는 말없이 마른 풀을 짓씹었다. 바로 조금 전 우리는 그 트럭에서 내렸다. 야영지를 출발한 지 얼마 되지 않아 차가 마을로 통하는 샛길 입구에 다다랐을 때 선임 탑승자는 차를 세워 우리 둘을 내려주었던 것이다.

---

* 「아버지의 땅」은 『문학사상』 1984년 3월호에 발표되었고, 이후 소설집 『아버지의 땅』(소설 명작선 9, 문학과지성사, 1984; 1996)에 수록되었다.

이제 트럭은 들판을 지나 산모퉁이를 마악 꺾어 돌아가려는 참이었다. 나는 아직 그 전입병의 이름조차 모르고 있었다. 기동 훈련이 시작되기 불과 며칠 전, 군장을 꾸리느라 어수선한 내무반 안으로 더플백을 껴안고 엉거주춤 들어서던 맨 첫날의 모습만 기억할 뿐이었다. 이틀 만에 한 번씩 나타나는 보급 차량에 실려 녀석은 지금 본대로 돌아가는 중이었다. 아마도 도착하자마자 특별 휴가를 받아 고향으로 달려가게 되리라. 그리고 어쩌면 이미 매장을 마치고 마당에 드리운 광목 휘장이 걷힐 무렵에야 뒤늦게 제집에 닿게 될지도 모를 일이다. 이윽고 꽁무니로 먼지를 물고 차가 시야에서 사라져버리자 텅 빈 풍경이 웅숭그리며 제자리를 찾아 들어앉고 있었다.

"자식. 안되었지 뭡니까. 키는 껀정한 녀석이 금방 울먹울먹하더라구요. 홀어머니였다지요, 아마."

오일병이 허리춤을 여미며 말했다.

우리는 걷기 시작했다. 작전 도로 우측으로 엎드린 낮은 언덕바지에 택시 한 대가 간신히 드나들 수 있을 만한 좁은 샛길이 나 있었다. 길 어귀엔 허리 높이로 세워놓은 콘크리트 표지판이 서 있고 거기엔 새마을 승공부락이라는 초록색 글자가 흰 페인트 바탕에 엉성하게 적혀 있었다. 둘은 샛길로 접어들어 그다지 가파르지 않은 언덕을 걸어 올랐다. 길 아래로 흐르는 작은 시내는 바짝 말라 붙어 있었다. 떡갈나무며 오리나무 따위의 관목들이 드문드문 깔려 있는 후미진 어귀를 돌아 언덕 등성이를 마악 올라섰을 때였다. 별안간 눈앞에서 무엇인가 여러 개의 시커먼 덩어리들이 한꺼번에 푸다닥 허공으로 솟구쳐 올랐으므로 우리는 약속이나 한 듯 움찔 뒷걸음질을 쳤다.

까마귀 떼였다. 길 양편으로 꽤 넓은 밭이 드러누워 있었다. 미처 뽑을 시기를 놓쳐버린 배추며 무 따위가 밭고랑 여기저기에서 된서리를 맞아 썩어가고 있는 참이었는데, 어디서 날아왔는지 수많은 까마귀들이 그 검고 칙칙한 날개를 퍼덕이며 밭고랑을 뒤적이고 있다가 인기척에 놀라 후다닥 날아오른 것이었다. 놈들은 멀리 달아나지는 않았다. 저만치 밭둑 근처까지 날아갔다가는 되돌아와 검은 헝겊 조각 같은 날개를 펄렁이며 하나 둘 땅에 내려앉고 있었다. 더러는 흘금흘금 이쪽의 눈치를 살피면서도 짐짓 태연히 등을 돌리고 있는 놈들도 있었다.

오일병이 거기다 대고 돌팔매질을 했다. 여기저기 숯덩이를 흩뿌려 놓은 듯 구물거리고 있던 새 떼가 일제히 비명을 지르며 떠올랐다. 까우욱, 까우욱, 그것들의 울음이 황량하기 그지없는 초겨울의 빈 들녘을 공허하게 흔들었다. 이번엔 좀더 작은 돌멩이를 골라 그는 이미 날아가고 있는 새들을 향해 던졌다. 하지만 돌멩이는 밭둑까지도 채 못 미쳐 툭 떨어져버렸다.

"빌어먹을 까마귀까지 오늘은 영 기분을 잡치게 하는걸."

땅에 내려놓았던 소총을 어깨에 다시 메면서 오일병은 타악 침을 뱉았다. 하늘 한 귀퉁이에 불길한 검은 얼룩을 만들며 그 수많은 새들은 머리 위를 두어 번 선회하더니 이윽고 저편 야산 기슭으로 날아가버렸다. 넓은 날갯깃을 펄럭일 때마다 무엇인가가 우리들의 머리 위로 우수수 떨어져 내릴 것만 같은 섬뜩한 불쾌감에 절로 고개가 움츠러들곤 했다.

"총알만 있다면 저걸 그냥……."

"뭘 그래? 오랜만에 보니까 까마귀도 반가운걸."

"반갑다구요? 시체에서 눈알을 뽑아먹는다는 저놈들이 말예요? 남들은 까치를 보고 길조라고들 합디다만, 난 그것조차도 기분 나쁩디다. 새라면 작고 귀여운 맛이 있어야지 원, 시꺼먼 게……."

오일병의 턱없이 화난 표정을 보고 나는 자그맣게 웃었다. 그렇잖아도 꺼림칙해 있을 그였다. 땅을 파다 말고 꽤액 비명을 지르며 삽자루를 내동댕이친 채 달아나던 아까의 모습이 떠올랐다. 괜찮아, 임마. 사람 뼉다귀를 처음 봐서 그래? 동료들이 이죽거리며 놀려대자 그제서야 비싯 어색한 웃음을 흘리며 태연한 척해 보이고는 있었지만, 그는 여태 줄곧 속으로는 어딘가 개운찮은 느낌을 지워내지 못하고 있는 것이리라. 지금도 이따금 침을 탁탁 뱉아내며 그는 고개를 조금 숙인 채 앞장서서 걷고 있었다.

"지난밤 꿈사리가 너덥더라니만, 씨발."

마른 나뭇가지를 발길로 내지르며 그가 말했다.

"꿈이 어땠길래."

"상여를 봤지 뭡니까. 그런데 이상한 게 말이죠. 장의차나 앰뷸런스였다면 또 모르는데, 울긋불긋한 상여 뒤를 쫓아가면서 엉엉 울다가 깼단 말예요. 난 상여라곤 영화 속에서밖엔 구경한 적이 없거든요."

그는 정말 수상쩍다는 투로 내게 얼굴을 돌리며 묻는 것이었다.

"꿈이 맞은 셈이군. 아까 그 전입병 녀석이 꿀 꿈을 대신 꿨나 보지."

나는 그가 내심 무슨 생각을 하면서 묻고 있는지를 빤히 알면서도 그렇게 대꾸해주었다. 하지만 여전히 뭔가 걸린다는 듯이 그는 시무룩하게 입을 다물어 버렸다.

걸음을 옮길 때마다 옆구리에선 허리띠에 찬 수통과 부딪치며 소총이 달그락 소리를 냈다. 돌아다보니, 까마귀 떼가 조금 전에 우리가 지나온 밭으로 다시 펄럭펄럭 내려앉고 있는 게 보였다. 놈들은 거기에다 무엇인가 먹을 것을 숨겨 두었던 것일까. 텅 빈 초겨울의 들녘에서 저희들끼리 몰려다니며 무엇 하나 남아 있을 것 같지 않은 메마른 밭고랑 사이를 어슬렁어슬렁 배회하고 있는 그 크고 흉물스런 새 떼의 모습이 까닭 없이 마음을 우울하게 했다.

— 저걸 좀 봐라이. 새들은 사람보담도 몬치 계절을 아는 법이여.

어머니가 말했다. 그녀는 잘게 썬 고구마를 햇볕에 말리기 위해 마당 앞 돌담장 위에 하나씩 널고 있던 참이었다. 토방에 주저앉아 잠자리를 들여다보고 있던 나는 무심코 고개를 들었다. 담장에 기댄 어머니가 목을 젖힌 채 하늘을 치어다보며 서 있었다. 그녀의 눈길이 가 닿아 있는 쪽 하늘엔 언뜻 작은 점들이 무수하게 흩어져 있는 게 눈에 잡혔다. 새 떼였다. 목이 기다란 것이 어쩌면 자연 시간에 배운 청둥오리나 재두루미인지도 모른다고 나는 생각했다. 새들은 별로 서두르는 기색도 없이 천천히 허공을 비행하고 있었다.

해마다 앞산 나무숲이 누런빛을 떠올리기 시작하고 가을 햇볕이 차츰 온기를 잃어갈 무렵이면 우리는 뒷산 등성이를 넘어 날아오는 그 철새들의 행렬을 이따금 볼 수 있었다. 그것들은 대단히 높다랗게 떠서 목을 길게 잡아 뺀 채 끊임없이 날아가고 또 날아가곤 했다. 나는 새들이 그렇게 우리 마을을 지나서 앞산 너머에 있는 바다를 향해 날아가는 것이라는 사실을 알고 있었다.
— 애야. 저것은 북쪽에서 날아오는 철새란다. 날씨가 추워지면 따뜻한 남쪽으로 내려왔다가 봄에는 다시 고향을 찾아가는 것이여.
어머니는 넋 나간 사람처럼 하던 일을 잊은 채 아직도 고개를 길게 빼 늘이고 하늘을 치어다보며 그렇게 말하는 것이었다. 그건 나도 학교에서 배워서 다 아는 얘기였다. 그 새들은 바닷가나 강기슭에서 잔 물고기며, 우렁이, 조개 같은 것들을 먹고 산다는 것조차도 알고 있었다. 그렇지만 나는 그녀의 말을 함부로 가로막지는 않았다. 이전에도 벌써 그와 똑같은 말을 여러 번 들어왔던 까닭이었다. 이제는 그것이 어머니 혼자서 외는 주문 같은 것일지도 모른다고 나름대로 여기고 있는 터였다.
나는 다시 잠자리의 날개를 무릎 새에 끼우고, 녀석의 발에 실 가닥을 묶기 위해 정신을 모았다. 잠자리가 눈알을 뒤룩거리며 연신 발을 오무락대었으므로 실을 잡아 묶기에 애를 먹었다. 나는 그놈을 이용해 다른 잠자리들을 유인할 작정이었다.
한참 후에까지도 어머니는 그렇게 멍하니 서서 하늘을 치어다보고 있었다. 그러나 새들은 거의 언제나 이쪽은 거들떠보지도 않고 기다랗게 열을 지어 우리들의 머리 위를 지나 바다를 향하고 끼룩끼룩 날아가기를 계속할 뿐이었다. 그때마다 나는 공연히 화가 치밀어 새들을 향해 주먹 감자를 날려보내곤 했는데, 어머니는 그 새들이 마을 들판을 지나고 멀리 맞은편 산꼭대기 너머로 가물가물 사라져버릴 때까지 오래오래 그 자리에 붙박인 듯 서 있는 것이었다. 그러다가는 또 불현듯 이렇게 중얼거리곤 했다.
— 그래애. 저런 날짐승도 때가 되면 제 고향으로 날아올 줄을 아는 법이란다. 그 멀고 먼 북녘에서 애를 써가며 한사코 여그까장 찾아오는 걸 좀 봐라이.
그럴 때면, 어머니는 영락없이 무엇엔가 홀려 있는 사람 같았다. 그것은 꼭 나더러 들으라고 하는 말은 아니었다. 어쩌면 한 줄로 기다랗게 혹은 기역자나 화살표 꼴로 대열을 지어서 날아가는 새늘을 향해 하는 말 같기도 했고, 아니면 당신 혼자만 아는 그 누군가와 나직하게 주고받는 얘기 같기도 했다.

저만치 옹기종기 모여 앉은 인가가 눈앞으로 성큼 다가왔다. 대략 삼십여 호나 될까. 산골짜기를 타고 내려와 마을 앞을 돌아 흐르는 실개천 둑 위엔 이파리를 모두 떨구어낸 껑충한 미루나무들이 듬성듬성 서 있었다. 이즈음엔 어딜 가 보나 그렇듯 허름한 집채 위에다가 슬레이트나 함석 따위만 덜렁 씌워놓고서, 거기에 원색 페인트를 덕지덕지 개어 바른 탓으로 오히려 생경하고 조악해 보이기까지 하는 그런 모습을 그 마을도 예외 없이 지니고 있었다. 강원도 산간치고는 비교적 평탄한 인근의 밭뙈기를 일구며 그럭저럭 살아가고 있는 눈치로, 첫눈에도 가난에 찌든 벽촌의 모습이었다.

외딴집 하나를 지나쳤을 때 담장도 없는 허름한 그 집 토방에서 개 한 마리가 불쑥 튀어나오더니 우리를 보고 깽깽 짖어댔다. 바싹 마르고 못생긴 잡종 개였다. 마을 초입을 들어서니 작은 구멍가게가 눈에 띄었다. 아마도 유일한 가게인 모양으로, 담배라고 씌어진 양철 표지가 기둥에 붙어 있고 그 곁에 빨간 우체함도 걸려 있었다. 우선 거기서 물어보는 게 좋을 것 같았다.

지독히 낡고 엉성한 유리문은 닫힌 채로였다. 온통 빈집들뿐인가 싶게 주위는 인기척이 없었다. 오일병은 가게 앞에 펴놓은 먼지 낀 평상 위에 소총과 철모를 벗어놓고 걸터앉더니 담배를 피워 물고 있었다. 나는 유리문 안을 들여다보았다. 창살마다엔 먼지가 켜를 이루고 있었고, 안에는 아무도 뵈지 않았다. 밀어보니 문은 잠기지 않은 채였다. 가게라고 해야 건빵 부스러기 따위가 대부분인 싸구려 과자 봉지들이 종이 상자에 담겨져 있었고, 소주병과 라면, 비누, 성냥, 고무줄 정도가 진열품의 전부였다. 몇 차례 부르고 나서야 때 묻은 창호지가 너덕너덕 붙여진 쪽문이 반쯤 열리고 사람의 머리통 하나가 비죽이 나타나는 것이었다. 흰 머리카락이 반이나 섞인 노파였다.

"누굴 찾으시우."

노파는 이쪽이 군복 차림임을 확인하고 나자 꿈지럭거리며 문턱 가까이 다가 앉았다. 여전히 문고리를 한 손으로 쥔 채로였다. 어슴푸레한 방 안에 다른 누가 또 있는지는 알 수 없었다. 바닥에 깔린 꾀죄죄한 이불자락이 내다보였다.

"실례합니다. 좀 알아볼 말씀이 있는데요."

"무, 무슨 일이신데 그러시우."

철모를 벗어 들고 나는 부러 웃는 표정을 지어 보이려 했다. 노파는 이쪽을 아직 경계하는 듯한 눈치였다. 나는 마을 이장 집을 물었다.

"이장? 무엇 때문에 찾는지는 모르겠수만, 지금 가본들 이장은 못 만날 텐데……."

그제서야 노파는 문고리를 잡고 있던 손을 내렸다. 그 통에 쪽문이 소리를 내며 비스듬히 젖혀져버렸다.

"아침나절에 여길 들렀었는데, 읍내에 볼일이 있는 모양입디다. 막차는 해 질 녘에나 올 테니까 한참 멀었구……."

"뭐, 꼭 이장님이 아니더라도 좋습니다. 마을 어르신들 중에서 아무나 좀 뵈었으면 합니다만."

나는 눈곱이 꾀적꾀적한 노파의 실눈을 바라보며 약간 답답한 느낌으로 말했다. 그때 방 안에서 인기척이 있었다.

"왜 그러시오."

작달막한 키의 노인이 헛기침을 하며 문밖으로 걸어나왔다. 그때까지 방 안에 누워 있었던 모양이었다. 첫눈에도 병중이 아닌가 싶은 안색이었지만, 평생 흙을 일구며 살아온 촌로답게 주름살이 팬 이마엔 아직 강건함이 엿보였고, 나를 쏘아보는 눈초리에도 어딘가 힘이 있었다. 나는 우선 우리가 마을 가까운 산기슭에서 며칠 전부터 야영 훈련 중인 부대의 일원임을 밝혔다.

"그런데 실은, 오늘 오전에 참호를 파다가 우연히 사람의 유골을 발견하게 되었습니다."

"유골이라구?"

노인이 문득 고개를 쳐들었다. 노인의 그 말에 오히려 방문에 붙어 있던 노파가 엉덩이를 들썩하고 일어서려 했다.

"네 틀림없는 사람이 뼈였습니다. 하지만 애초에 그런 줄 알았으면 누가 삽을 대었겠습니까. 누가 보더라도 묘라기엔 너무 반듯한 평지였어요. 근처엔 다른 묘 같은 것도 전혀 없었고요."

"으음. 그렇겠지······."

뜻밖에도 노인은 짚이는 게 있는 듯 고개를 주억이는 것이었다.

"그것이 어디쯤이나 됩디까, 군인 양반."

노파가 징검징검 마루를 질러오며 물었다. 그녀의 반응은 좀 의외였다. 내가 대강 그 위치를 설명해주고 있는 동안 오일병은 얼굴을 찡그린 채 곁에서 듣고 있었다. 그도 그럴 것이, 맨 먼저 삽 끝으로 뼛조각을 헤집어냈던 게 바로 그였기 때문이었다.

우리는 이즈음, 기동 훈련을 대비한 야전 진지를 구축하고 있는 중이었다. 오늘은 두 사람씩 한 조가 되어 경계용 참호를 각 이십 미터 정도의 간격을 두고 파야 했다. 우리 소대에게 할당된 몫은 삼 부 능선에 위치한 자리였다. 나와 오일병은 하필 맨 좌측 끝을 맡게 되었다. 소대장이 군화 뒤축을 빙글 박아 돌리며 표시해준 그곳은 그다지 넓진 않았으나 주위에 비해 반반한 평지를 이루고 있는 걸로 보아 꽤 오래전에 버려둔 해묵은 밭 자리가 아닐까 싶었다. 우리는 유난히 잡초가 무성하게 어우러져 있는 그 자리에 섰다. 말라붙은 이파리들을 달고 키가 넘게 자란 쑥대며 엉겅퀴 같은 억세고 질긴 풀들이 서로 완강히 얽혀 있었다.

젠장, 뭐라도 숨어 있을 것같이 음침하군.

내키지 않는다는 듯 오일병이 코를 찡그렸고, 나 역시 왠지 꺼림칙하게 느껴지는 풀섶을 내려다보았다. 우리는 삽날을 비껴들고 더부룩한 풀 더미를 밑동부터 쳐나가기 시작했다. 엄지손가락 굵기의 풀줄기들은 삽날로 서너 차례 내리쳐야만 쓰러졌다. 그래도 땅 표면이 그리 두껍게 얼어 있지 않은 것이 다행이었다. 무릎 깊이만큼 파들어가자 거기서부터는 흙 빛깔이 눈에 띄게 달라졌다. 지금껏 우리가 퍼냈던 것보다도 훨씬 습기 차고 검붉은 흙이 나타나기 시작한 것이었다. 출처를 알 수 없는 퀴퀴한 냄새가 주위에 스멀스멀 퍼져 오르는 듯한 느낌이 들기 시작한 것도 그 무렵이었다. 그것은 어릴 적, 내가 살았던 퇴락한 고가의 마룻장 밑으로부터 비라도 금방 구죽죽이 뿌릴 성싶은 날이면

솔솔 스며 나오곤 하던 그 눅눅하고 음습한 냄새를 연상케 했다. 휑하니 넓기만 한 큰 집에 혼자 남아 있을 때나 무료할 때면 나는 늘 마루 위에 배를 깔고 엎드린 채 고개를 디밀어 마루 밑을 오래 들여다보곤 했었다. 마루 밑 깊숙한 저편엔 언제나 까마득한 어둠이 도사리고 있었다. 깊이를 헤아릴 수 없는 괴괴한 어둠과 그 어둠 속에서 끊임없이 솔솔 풍겨 나오는 음습한 곰팡이 냄새는, 마치 은밀한 범죄 장면을 숨어 지켜보고 있는 듯한, 은근하면서도 유혹적인 두려움과 함께 전신에 아릿한 쾌감과 흥분을 불러일으키곤 했던 것이다.

어이쿠. 이게 뭐야!

코를 킁킁거리면서도 작업을 계속해가는데 갑자기 오일병이 억, 하고 다급한 비명을 질렀다. 이제 막 삽 끝에 떠 올라온 흙덩이를 들여다보다 말고 삽자루를 팽개친 채 그는 구덩이 밖으로 벌벌 기어 나가고 있었다. 그 바람에 뭉툭한 흙덩이가 내 발치에 떨어졌다. 사람의 해골이었다. 눈알이 있던 자리엔 꺼멓게 뚫린 두 개의 구멍이 흙더미 속에 박힌 채 나를 쏘아보고 있었다. 동료들이 달려왔고, 잠시 후엔 소대장과 인사계까지 구경거리라도 만난 듯 끼어들었다. 소대장은 그걸 다시 제자리에 아까처럼 파묻어버리라고 말했다. 그런데 인사계 김중사가 손을 저으며 나섰다.

거, 모르시는 얘깁니다. 아무리 족보 없는 유해라고 해도 조상을 그리 함부로 대하는 법이 아니에요. 이런 일이 우연 같지만, 알고 보면 그게 다아 인연이 닿아 이리 된 것인 줄 누가 압니까. 잘못하다간 자칫 복이 될 것을 화로 바꾸게 될지도 모릅니다.

그러면서 인사계는 이와 비슷한 경우를 자기도 두어 번 겪었는데, 굴러다니는 뼛조각이라고 함부로 내팽개쳐버린 다음엔 반드시 뒤끝이 곱지 않았느라는 이야기를 늘어놓았다. 그리고 실지로 있었다는 몇 가지의 다소 믿기 어려운 불상사에 대해 일일이 예를 들어주기도 했다. 심심하면 아무나 붙잡고 운을 봐주겠다며 손바닥을 벌려 보곤 하던 그였다.

결국 우리는 관도 없이 묻혀 있던 그 뼛조각들을 조심스레 파내기 시작했다. 유골은 비교적 온전하게 제 모습을 갖춘 채 묻혀 있었다. 고작 무릎 깊이만큼의 흙 속에 묻혀 있었다고는 믿어지지 않을 정도로 가지런했다. 하지만 주위로부터는 여전히 시큼한 냄새가 줄곧 피어 올라왔다. 맨 먼저 머리뼈를 끄집어냈고, 이어서 갈비뼈가 엉성하게 붙은 몸통 부분을 끄집어내었을 때 지켜보던 우리들은 문득 아, 하고 낮은 탄성을 질렀다.
"저건 피피선 아냐?"
누군가가 손가락질을 하며 말했다. 앙상하게 드러난 갈비뼈에 몇 겹이나 되는 철사줄이 감겨 있는 것이었다. 흔히들 피피선이라고 부르는, 아직도 군용 유선 전화선으로 쓰이고 있는 바로 그 전선이었다. 그것은 두 팔과 손목뼈까지도 치밀하게 결박해놓고 있었다. 시신이 누워 있던 자리의 흙은 유난히도 검붉은 찰흙 빛이었다.
한순간, 구덩이 옆에서 줄곧 지켜보다가 나도 모르게 삽자루를 놓고 말았다. 삽은 미끄러지며 구덩이 속으로 곤두박질쳐 떨어지고 있었다. 모를 일이었다. 몇 겹으로 뭉쳐진 채 결박해놓고 있는 그 검고 가느다란 철사줄을 바라보던 순간, 나는 불현듯 어머니의 주름진 얼굴을 보았던 것이었다. 저걸 좀 봐라이. 새들도 때가 되면 고향으로 돌아올 줄을 아는 법이여. 담장 모서리에 비스듬히 몸을 기대어 서서 하늘을 치어다보며 어머니는 그렇게 중얼거리고 있었다.
"그것 보라구요, 영감. 내가 아까 뭐랍디까. 엇저녁 꿈에 글쎄 그 어르신네를 보았다니까요."
노파가 허둥대는 음성으로 노인을 향해 말했다.
"거참, 쓸데없는 소릴."
"정말이라니까요. 영락없이 생시에 보던 그대로였다우. 그 훤칠한 얼굴로 삐긋이 웃으시면서 아, 영감을 찾아왔노라고 그러잖아요. 원, 설마 생시인들 그리 역력할 수가 있을까."
"제발 그만 좀 해두라니까 그러는군. 임자는 가서 술 한 병하고 뭣 좀 집어오구려. 조상을 뵈었다는데 빈손으로 갈 수야 없는 노릇이니······."
노인은 퉁명스레 쏘아주고 방 안으로 들어가더니 이내 짙은 회색 두루마기를 걸쳐 입고 나왔다. 우리는 소총을 다시 어깨에 메고 일어섰다. 노파가 한 되짜리 소주병과 북어 서너 마리를 신문지에 쌌다. 그것들을 나와 오일병이 받아서 하나씩 옆구리에 끼었다.

"추우신데 공연한 걸음을 시켜드려서 죄송합니다."

"아니오, 젊은이. 이런 일은 꼭 남의 일만은 아니니까……."

노인은 그렇게 선선히 대답하고 훌쩍 문을 나서고 있었다. 노파가 마을 초입까지 따라 나왔다.

"거기 가거든 찬찬히 잘 살펴보시구려. 그 어르신은 키가 크고 몸매가 굵은 분이시니까 어쩌면 알아보실 수 있을는지도 모르겠수."

더는 따라나서지 않을 생각인지 노파는 걸음을 멈추고 남편에게 당부를 했다. 하지만 노인은 고개를 한번 까딱해 보였을 뿐 말없이 그녀를 떼어놓고 우리들을 앞장서서 걷기 시작하는 것이었다. 그제서야 나는 그가 한쪽 다리를 조금씩 절고 있음을 발견했다. 얼핏 보면 잘 드러나지 않았으나 분명히 노인은 왼편으로 기우뚱대며 걷고 있었다. 그런데도 퍽 정확하게 떼어놓는 걸음걸이였다. 외딴집을 지나칠 때, 예의 그 잡종 개가 달려 나오더니 또 짖어대기 시작했다. 먹을 걸 제대로 주지 못하는지, 홀쭉하니 달라붙은 뱃가죽에 뼈가 앙상하게 불거져 나온 꼬락서니로 개는 제법 그르렁거리는 시늉을 했다.

휑하니 비어 있는 들판 한가운데에서 껑정하니 바람을 맞으며 늘어서 있는 전신주들을 옆에 끼고 우리 셋은 한동안 말없이 걷기만 했다. 얼마쯤 걷다가 돌아보니 그때까지 우리를 지켜보고 있던 노파가 마악 등을 돌린 채 구부정한 모습으로 되돌아가고 있는 게 보였다.

철새들이 날아오는 가을 무렵이면 나는 늘 그렇게 하늘을 바라보고 서 있는 어머니의 모습을 볼 수가 있었다. 하지만 꽤나 나이가 들었을 때까지도 나는 왜 그 하찮은 새들의 이동이 어머니의 눈빛을 아득하게 풀리도록 만들곤 하는 것인지, 그리고 사람보다도 먼저 계절을 알아차리고 따뜻한 남녘으로 날아온다는 새들의 그 지극히 자연스럽고도 어김없는 본능이 왜 하필 그녀에게만은 그토록 새삼스러운 의미를 지녀야 하는 것인지를 알지 못했다. 그러던 어느 때인가, 끼룩끼룩 이상한 울음소리를 남기며 우리 마을을 지나쳐 가는 철새의 무리를 바라보면서, 어머니는 어쩌면 누군가를 기다리고 있는 것인지도 모른다는 생각을 나는 하기 시작했다. 그러고 보니 단지 그것뿐만은 아니었다. 한여름 땡볕 속에 쭈그리고 앉아 비탈진 밭고랑을 호미질해나가다가도 이따금 고개를 들어 동구 밖으로 뻗어나간 고갯길을 하염없이 멍한 눈으로 바라다보기도 하고, 빨래를 줄에 널거나 마당 귀퉁이에서 푸성귀를 다듬고 있다가도 깜박 넋을 놓아버린 사람처럼 허공으로 시선을 물빛으로 풀어던지며 문득 긴 한숨을 내쉬기도 한다는 사실을 나는 새로이 알아냈던 것이다. 그때가 아마 열두서너 살이었으리라. 그때서야 비로소 나는 우리 집엔 어머니와 나 둘뿐이라는 사실을 처음으로 확실한 의문점으로 여기기 시작했던 것 같다.

아버지는 돌아가셨다. 먼 곳으로 배를 타고 나갔다가 영영 돌아오시지 못하게 된 것이야. 아버지에 대해 물으면 어머니는 겨우 그렇게만 대답해주곤 했다. 그러던 어느 날, 그러니까 내가 중학생이 되었을 무렵 나는 교실에 가방을 남겨둔 채 혼자 집으로 울먹이며 돌아왔던 적이 있었다. 같은 반의 먼 친척뻘 되는 녀석으로부터 나는 아버지에 대한 놀라운 비밀을 우연히 전해 듣게 되었던 것이었다. 대문을 박차고 뛰어 들어와 나는 다짜고짜 어머니를 붙잡고 덤벼들 듯이 따져 물었다. 그 순간 어머니의 얼굴로 짧게 스쳐지나가던 그 참담한 고통의 빛을 나는 지금도 잊지 못한다. 그러나 어머니는 애써 태연한 얼굴로 내게 간신히 이렇게 대답하던 것이었다.

그래. 아버진 죄를 지었단다. 아직은 넌 모를 테지만, 그 때문에 아버지는 집을 떠나신 거여. 하지만…… 네 아버지는 눈매가 고운 분이셨다. 우리 마을에서 단 하나뿐인 학생이었고…… 남들이 사람을 해치려는 걸 한사코 말리려고 하셨지. 그 때문에 살아난 사람도 여럿이 있어. 정말이여.

그런 어머니의 변명은 끝끝내 내 마음을 어루만져주지 못했다. 그 후로 나는 좀처럼 아버지에 대한 얘기를 꺼내지 않게 되었다. 뜻밖에도 아버지의 죄를 순순히 시인하는 그녀의 한마디가 내게는 그토록 엄청난 충격으로 깊이 남겨졌던 탓이리라. 바로 그 순간부터 나는 아버지의 그 죄라는 것을 내 스스로 함께 나누어 지니고 만 느낌이었고, 그 때문에 나이에 걸맞지 않게 나는 눈빛이 깊고 어두운 아이가 되어가고 있었다. 그리고 그때부터 아버지의 무서운 환영은 저주처럼 내 곁을 따라다니기 시작했다. 그는 언제나 시커먼 어둠 저편에 숨어서 음산하기 그지없는 눈빛으로 나를 쏘아보고 있었다. 그는 어디에나 숨어 있었다. 내 어릴 때 이따금 고개를 디밀어 들여다보면 마루 밑 저편 깊숙이 도사리고 있던 그 까마득한 어둠 속에서도, 그 어둠 속에서 술술 기어나오던 그 눅눅하고 음습한 냄새 속에서도, 내가 한번도 얼굴을 본 적이 없는 그 사내는 핏발 선 눈알을 번득이며 나를 쏘아보고 있는 것이었다. 그건 어디서 묻었는지도 모르는, 오랜 시간이 흐른 뒤에까지 지워지지 않는 핏자국처럼 내게는 저주와 공포의 낙인으로 깊이 박혀 있었다. 그리고 그 낙인을 가슴에 지닌 채, 나는 끝끝내 나를 휘감고 있는 어떤 엄청난 죄악감과 불길한 예감으로부터 영영 벗어날 수가 없었다.

 산골짜기를 돌아 나온 바람이 섬뜩한 한기를 뿌려주고 내달아났다. 노인은 줄곧 앞장서서 걷고 있었다. 조금씩 한쪽 다리를 절며 걷고 있는 노인의 허리는 그러나 곧게 세워져 있었다. 한 발을 절룩이면서도 그렇듯 허리를 바로 세우기 위해서는 노인은 분명 내심 안간힘을 쓰고 있을 터였다. 어쩌면 그가 헤쳐나온 지난 삶 또한 그렇게 흐트러짐 없이 질기고 옹골찬 것이었을지도 모른다고 나는 생각했다. 멀리 떨어진 산기슭에서 까마귀 떼가 이따금 날아올랐다가 다시 펄럭펄럭 내려앉곤 하는 모습이 보였다. 그것들이 날아오를 때마다 하늘 한쪽 끝이 부패한 짐승의 살덩이처럼 스멀스멀 부풀어 오르는 듯한 착각을 일으켰다.

 "암만해도 이거, 우리가 저 영감네 산소를 작살내놓은 건 아닐까요, 이병장님."

 오일병이 곁으로 바싹 다가오며 말했다.

 "설마 그럴라구. 제대로 쓴 묘라면야 관도 없이, 게다가 그런 흉한 꼴을 하고 있겠어."

 "하기야······."

 그는 옆구리에 낀 술병을 반대쪽으로 옮겨 안으며 쓴웃음을 지어보였다.

"허어. 눈이 쏟아질 것 같군."

앞서 가던 노인의 음성에 나는 고개를 들었다. 정말, 하늘 한끝으로부터 검고 두터운 구름이 낮게 드리워지고 있었다. 어느새 해는 보이지 않았다.

야영지가 가까워오고 있었다. 가파른 비탈을 마저 걸어 올랐을 때 김중사가 나와서 노인을 맞았다. 대부분 구덩이 파기를 마치고 땔나무를 긁어다가 불을 피워 손을 녹이고 있는 참이었다. 낯선 분위기 탓인지 노인은 적이 당황한 얼굴빛을 띠고 있었다.

"영감님. 여기까지 오시게 해서 죄송합니다."

얼굴에 애티가 남아 있는 소대장이 거수경례를 붙이자 노인은 황황히 허리를 숙였다.

우리는 노인을 이끌고 유해가 나온 자리로 갔다. 구덩이는 파다 중지했던 대로 내버려져 있었는데, 그 곁에 신문지를 깔고 예의 그 뼛조각들을 모아놓은 게 보였다. 노인은 한동안 그걸 물끄러미 내려다보더니 문득 쯧쯧 하고 혀를 찼다. 그의 주름 많은 이마가 어둡게 보였다.

"여길 파라고 지시한 것도 나였습니다만, 처음부터 전혀 묘 같지가 않았습니다. 어떻게 해서 이런 것이 여기 묻혀 있었는지 모르겠습니다."

행여 뭔가 잘못된 것은 아닐까 싶은지 소대장은 변명처럼 말했다.

"알고 보면 조금도 이상스런 일은 아니지요. 이 부근이 워낙 그런 자리였으니까요."

노인은 한동안 묵묵히 그것들을 내려다보고 있다가 입을 열었다.

"그럼, 역시 우리 짐작대로 육이오 때에……."

"여기만이 아니지요. 마을에서 십여 리 안팎 어디를 파보더라도 이렇듯 주인 없는 뼈다귀 하나쯤 찾아내기란 그리 어려운 일이 아닐 거외다."

"그렇게까지 심했습니까. 예전에 여기서 무슨 유명한 전투가 있었다는 말은 듣지 못한 것 같은데."

부쩍 호기심을 보이며 되묻는 소대장의 앳된 얼굴을 흘깃 쳐다보더니, 노인은 몸을 돌려 짧은 동안 먼 산을 응시하는 것 같았다.

"하기야 그게 어디 꼭 이 마을에 한한 일이겠소만, 유난히 여기선 사람 죽는 꼴을 지겹도록 지켜본 셈이지요. 저기를 보시구려."

노인은 손가락을 들어 멀리 산을 가리켰다. 반도의 등줄기라고들 하는 태백산맥의 거대한 모습이 잔뜩 찌푸린 하늘 한쪽을 가린 채 몸을 틀고 엎드려 있었다. 그리고 보니 사방 어디에나 험준한 산으로 시야가 꽉 막혀 있는 지형이었다. 어디를 향해 나아가든지 이내 깎아세운 듯한 산허리에 맞부딪히고 말 게 뻔했다.

"저기가 바로 태백산맥의 원 등줄기인 셈이오. 저길 타고 올라 등성이만 따라가노라면 남북으로, 지리산에서부터 금강산까지 곧장 이어져 있다고들 하지요. 예전엔 하늘이 뵈지 않을 만큼 울창한 산이었소."

우리는 노인의 손가락 끝을 따라 시선을 움직였다. 거대한 파충류의 등허리처럼 꿈틀거리며 뻗어져나온 산맥의 등줄기는 곧바로 마을 북쪽에 마주 뵈는 산으로 잇닿아 있었다. 그런데 그 산엔 사람의 힘으로는 도저히 건널 수 없는 깎아지른 벼랑이 병풍처럼 둘러쳐져 있다는 것이었다. 때문에 어쩔 수 없이 그 절벽을 멀리 돌아나가자면 자연히 이 마을 근처를 지나가게 된다는 것이었다.

노인의 말로는 그게 바로 문제였다고 했다. 전쟁이 끝나갈 무렵부터 낯선 사람들이 밀어닥치기 시작하더라는 것이었다. 전선이 훨씬 남쪽으로 내려갔을 때엔 정작 총성조차 뜸하던 마을은 느닷없이 쑥밭이 되다시피 했다. 산사람들은 주로 밤에만 나타나 식량이며 옷가지를 약탈해 갔고, 때로는 길잡이로 쓰기 위해 마을 주민들을 끌고 가기도 했다. 지리산에서부터 줄곧 걸어왔다는 패거리들도 있었는데, 그들은 모두 한결같이 굶주리고 지친 몰골로 북쪽을 향해 도주하는 중이었다. 마침내 그들의 퇴로를 막기 위해 국군이 들어왔고, 그때부터 선투는 산발적이나마 밤낮으로 계속되어졌다.

"끝내는 소개령이 내려져서 마을은 이주를 하게 되었으나 그 와중에 주민들의 수효도 꽤 줄었지요."

노인은 밤새 총소리가 어지럽던 다음 날엔 들녘이며 산기슭에 허옇게 널린 시체를 모아다 묻는 일을 해야 했다는 것이다. 전쟁이 끝났고, 사람들은 마을로 되돌아왔다. 그리고 이름도 고향도 모르는 그 숱한 낯선 시신들을 묻었던 자리엔 해마다 키를 넘기는 잡초들이 무성하게 돋아나곤 했다. 그 때문에 몇 년 동안은 누구도 아예 감자나 무 따위는 밭에 심으려고 하지 않았노라고 노인은 말했다.

누군가가 헌 타올과 신문지를 가져왔다. 노인은 뼛조각을 하나씩 집어 들고 수건으로 흙을 닦아낸 다음 그것을 펼쳐진 신문지 위에 가지런히 정리해놓기 시작했다.

"그렇다면 이치도 아마 빨갱이였겠구만. 안 그래요?"

소대장이 지휘봉의 뾰죽한 끝으로 쿡쿡 찌르듯 유해를 가리키며 말했다. 인사계가 되물었다.

"어째서요."

"산을 타고 도망치던 빨치산들이 그리 많이 죽었다잖아. 이치도 보기엔 군인은 아니었을 것 같고, 그렇다고 근처의 주민이었다면 가족이 있을 텐데 임자 없이 이 꼴로 팽개쳐졌을라구."

"그걸 누가 압니까. 그때야 워낙 피차에 서로 죽고 죽이던 판인데……."

그때였다. 쭈그려 앉아서 손을 움직이고 있던 노인이 불쑥 소리치는 것이었다.

"어허, 대관절…… 대관절 그게 어떻다는 얘기요. 죽어서까지 원, 아무리 이렇게 죽어 누운 다음에까지, 이쪽이니 저쪽이니 하고 그런 걸 굳이 따져서 무얼 하자는 말이오. 죽은 사람이 뭣을 알길래…… 죄다 부질없는 짓이지. 쯔쯧."

노인의 음성은 낮았지만 강하고 무거웠다. 그러면서도 노인은 고개를 숙인 채 뼛조각에 묻은 흙을 정성스레 닦아내고 있었다. 무슨 귀한 물건마냥 서두르는 기색도 없이 신중히 손질하고 있는 노인의 자그마한 체구를 우리는 둘러서서 지켜보았다. 모두들 한동안 입을 다물었고, 나는 흙에 적셔진 노인의 손끝이 가늘게 떨리고 있음을 깨달았다.

"땅속에 누운 사람의 잠을 살아 있는 사람이 깨워서야 되겠소. 또 그럴 수도 없는 법이고. 원통한 넋이니 죽어서라도 편히 눈감도록 해야지, 암. 그것이 산

사람들의 도리요…… 하기는, 이렇게 불편한 꼴로 묶여 있었으니 그 잡인들 오죽했을까만."

노인은 어느 틈에 꾸짖는 듯한 말투로 혼자 중얼거리고 있었다. 두개골과 다리뼈를 꼼꼼히 문질러 닦은 뒤, 노인은 몸통뼈에 묶인 줄을 풀어내기 시작했다. 완강하게 묶인 매듭은 마침내 노인의 손끝에서 풀리어졌다. 금방이라도 쩔걱쩔걱 쇳소리를 낼 듯한 철사줄은 싱싱하게 살아 있었다. 살을 녹이고 뼈까지도 녹슬게 만든 그 오랜 시간과 땅 밑의 어둠을 끝끝내 견뎌내고, 그렇듯 시퍼렇게 되살아나오는 그것의 놀라운 끈질김과 냉혹성이 언뜻 소름 끼치도록 무서움증을 느끼게 했다.

노인은 손목과 팔에 묶인 결박까지 마저 풀어낸 다음 허리를 펴고 일어서더니 줄 묶음을 들고 저만치 걸어나갔다. 그가 허공을 향해 그것을 멀리 내던지는 순간, 나는 까닭 모르게 마당가에서 하늘을 치어다보며 서 있는 어머니의 가녀린 목줄기와 그녀가 아침마다 소반 위에 떠서 올리곤 하던 하얀 물 사발이 눈앞에 떠올랐다가 스러져버리는 것이었다.

나는 담배를 피워 물었다. 멀리 메마른 초겨울의 야산이 헐벗은 등을 까내놓고 죽은 듯이 엎드려 있었다. 사위는 온통 잿빛의 풍경이었다. 피잉, 현기증이 일었다.

광주리를 머리에 인 어머니가 모래밭을 걸어오고 있었다. 돌돌거리며 흐르는 물소리를 거슬러 강변 모래밭을 어머니가 혼자 저만치서 다가오고 있었다. 모래밭은 하얗게 햇살을 되받아 쏘며 은빛으로 반짝였다. 허리띠를 질끈 동인 어머니의 치맛자락이 흐느적이며 바람결에 흔들리고 있었다. 나는 햇살에 부신 눈을 가늘게 오므리고 줄곧 그녀를 지켜보고 있었다. 그때였다. 꿈속에서처럼, 나는 그녀의 뒤를 바짝 따라오고 있는 한 사내의 환영을 보았다. 그건 아버지였다. 언젠가 어머니의 낡은 반닫이 깊숙한 옷가지 밑에 숨겨져 있던 액자 속에서 학생복 차림으로 서 있던 그대로, 그건 영락없는 그 사내였다. 나를 어머니의 배 속에 남겨놓은 채, 어느 바람이 몹시 부는 날 밤, 산길을 타고 지리산인가 어디로 황황히 떠나가버렸다는 사내. 창백해 뵈는 뺨에 마른 몸집의 그 사내가 어머니와 함께 걸어오고 있는 것이었다. 놀란 눈으로 풀밭에 앉아 나는 그들을 지켜보고 있었다. 이윽고 어머니의 눈썹과 코, 입의 윤곽과 야윈 목줄기까지 뚜렷이 드러날 만큼 가까워졌을 때 사내의 환영은 어느 틈에 사라져버리고 없었다. 몇 번이나 눈을 비비고 보았으나 역시 마찬가지였다. 하얗게 반짝이는 모래밭 위로 어머니가 찍어내는 발자국만 유령처럼 끈질기게 그녀의 발꿈치를 뒤따라오고 있을 뿐이었다.

우리는 관 대신에 신문지로 싼 유해를 맨 처음 그 자리에 다시 묻어주었다. 도톰하니 봉분을 만들고 뗏장까지 입혀놓고 보니 엉성한 대로 형상은 갖춘 듯싶었다. 노인은 술을 흙 위에 뿌려주었다. 그리고 자신이 먼저 한 모금 마신 다음에 잔을 돌렸다. 오일병이 노파가 준 북어를 내놓았고, 덕분에 작은 술판이 벌어졌다. 음복인 셈이었다.

"얌마. 이런 느닷없는 장례식도 모두 너희 두 놈들 때문이니까, 자 한잔씩 마셔라."

"그래 그래. 어쨌든 너희들은 좋은 일 했으니 천당 가도 되겠다."

소대장이 병을 기울였고 다른 녀석들도 낄낄대며 한마디씩 보태었다.

술이 가득 차오른 반합 뚜껑을 나는 두 손으로 받쳐들었다. 저것 봐라이. 날짐승도 때가 되면 돌아올 줄 아는 법이다. 어머니가 말했다. 저만치 웬 사내가 서 있었다. 가슴과 팔목에 철사줄을 동여맨 채 사내는 이쪽을 응시하며 구부정하게 서 있었다. 퀭하니 열려 있는 그 사내의 눈은 잔뜩 겁에 질려 있는 채로였다. 애앵. 총성이 울렸고 그는 허물어지듯 앞으로 고꾸라지고 있었다. 불현듯 시야가 부옇게 흐려왔다.

아아. 아버지는 지금 어디에 쓰러져 누워 있을 것인가. 해마다 머리맡에 무성한 쑥부쟁이와 엉겅퀴꽃을 지천으로 피워내며, 이제 아버지는 어느 버려진 밭고랑, 어느 응달진 산기슭에 무덤도 묘비도 없이 홀로 잠들어 있을 것인가.

반합 뚜껑에서 술이 쫄쫄 흘러 떨어지고 있었다.

나는 노인과 함께 산을 내려오기 시작했다. 노인이 몇 번이나 그만 돌아가라고 손짓을 했지만 이번엔 올 때와는 달리 내가 앞장을 섰다. 짙은 잿빛 구름장들이 점점 낮게 드리워지고 있었다. 바람에 쫓기듯 구름은 어지러이 소용돌이를 이루며 마주 뵈는 산등성이로부터 내달려오고 있는 참이었다.

신작로로 나서면서부터 우리는 나란히 걷기 시작했다. 한쪽으로 조금씩 끌리는 노인의 걸음걸이가 아까보다는 더디었다. 가끔 등 뒤에서 달려온 바람이 그의 낡은 두루마기 자락을 불어 올리곤 하였다.

"저, 영감님. 아까 할머니 말씀을 얼핏 들으니까 누구를 찾고 계시는 것 같던데요."

찬찬히 잘 살펴보라고 당부하던 노파의 말이 생각나서 물었으나 노인은 한동안 묵묵히 걷기만 했다. 괜한 소리를 꺼냈나 싶은 생각을 하고 있으려니까 노인이 입을 열었다.

"실은 그때 나도 형님 한 분을 잃어버렸어. 내 다리가 이 꼴이 된 것도 그때부터이고…… 형님은 길잡이로 앞세워져서 한밤중에 끌려 나갔다네. 산을 넘다가 함께 총에 맞아 죽었다는 소문을 듣고 달려가봤지만, 어찌 된 영문인지 형님의 시체는 끝내 찾지 못했어."

우리는 그새 마을로 통한 샛길로 접어들고 있었다. 거기서부터는 언덕길이었다.

"그런데 간밤에 그 사람이 꿈을 꾸었다는구먼. 실없는 할멈 같으니라구…… 이런 일이 생길려구 그랬는지 원."

상여를 보았다던 오일병의 꿈 얘기를 기억해내며 나는 묘한 기분이 되었다.

"그럼, 좀 전의 그 유해가 혹시……."

"허허. 이제 와서 누가 그걸 어떻게 알아볼 수가 있겠는가. 무슨 특별한 표시가 남아 있다년 또 몰라도…… 하지만 그게 누구이든지간에 불쌍한 영혼 하나, 늦게나마 땅속에 편히 눕게 해준 것만으로도 다행한 일이 아닌가. 허허."

노인은 쓸쓸히 웃었다. 때마침 불어온 바람이 그 웃음을 삼켜버렸다. 주위가 문득 어두워진 느낌이 들었다. 바람이 불어오는 방향을 바라보니, 들녘 저편은 우윳빛 유리를 끼워놓은 듯 희부옇게 흐려져 있었다.

"눈이 내리는군요. 첫눈이지요 아마."

"그렇구먼."

우리는 한동안 밭둑 위에 서서 희끗희끗 땅 위로 내려앉기 시작하는 눈발을 말없이 눈으로 헤아리고 있었다. 저만치 밭둑 너머로 마을 지붕들이 보였다. 저녁을 짓는 것일까. 몇 오라기 가느다란 연기가 실타래로 풀어지며 희미하게 떠오르고 있었다.

"이젠 다 왔나 보구먼. 그만 돌아가봐요. 혼자 돌아가려면 먼 길이 될 터인데."

노인이 웃으며, 가라고 손짓했다. 나는 순순히 걸음을 멈추었다. 벌써 노인은 저만치 마을을 향해 기우뚱거리며 걸음을 옮기고 있었다. 차츰 굵어져가는 눈발 사이로 멀어지는 노인의 뒷모습이 유난히 쓸쓸해 보였다. 나는 휘어돌아간 밭언덕 귀퉁이가 그의 모습을 완전히 감추어버릴 때까지 서서 지켜보고 있었다.

머리맡에 밥상을 놓는 기척이 들리고, 이내 어머니가 나를 흔들어 깨웠다. 첫 휴가를 받아 집에 도착한 다음 날이었다. 밤새 완행열차를 타고 내려와 집에 닿자마자 쓰러지듯 잠에 빠져들었던 것이다. 눈을 비비며 일어났던 나는 그득한 밥상을 보고 놀랐다. 아이들처럼 연신 수줍은 웃음을 흘리며 어머니는 나를 쳐다보았다.

참, 이상도 하지. 네가 온다는 말에만 정신이 팔려 깜박 잊고 있었는데, 글쎄 오늘이 그 양반 생일이로구나.

누구 말예요?

느그 아버지 말이다.

얼결에 그렇게 말해놓고, 그제서야 어머니는 깜짝 놀라며 황황히 내 눈치를 살피고 있었다. 난 가슴이 철렁 내려앉는 것 같았다.

도대체 지금 정신이 있으세요, 어머니. 그 얘긴 다시 꺼내지 말라고 그랬잖아요. 아버진 진즉 죽은 사람이에요. 아니, 설사 살아 있더라도 우리한테는 그게 백번 나아요.

무슨 말을 그렇게 하는 거냐. 애야. 아직 살아 계실지 누가 안다고 그래.
죽었어요. 그런 줄만 아시라니까요!
그래도…… 살아 있기만 하믄야 언제고 만나게 될지도 모르는디…….
나는 기어코 폭발하고야 말았다.
어떻게요? 이제 와서 대체 어떻게, 어떤 꼬락서니를 하고 서로 만난다는 말입니까, 네?
입에 씹히는 대로 나는 내뱉고 있었다. 숟가락을 쥔 손이 벌벌 떨릴 지경이었다.
아, 아니다. 내가 잘못했다. 빌어묵을 놈의 이, 이…… 주둥아리가 방정이지 뭐이다냐.
어머니는 훌쩍 등을 돌리고 앉았다. 그러고는 주섬주섬 저고리 섶을 끌어 올리는 것이었다. 어머니가 울고 있었다. 외아들 앞에선 좀체 눈물을 비치지 않던 그녀였다. 아무리 앓아누웠을 때라도 입술을 앙다물고 애써 태연해 보이던 그녀가 쭐쭐 눈물을 흘리고 있는 것이었다.
아아, 나는 까맣게 잊고 있었던 것이다. 어머니가 그토록 오랫동안 누군가를 기다려왔음을. 내 유년 시절의 퇴락한 고가의 마루 밑 그 깜깜한 어둠 속에서 음습하고 불길한 냄새와 함께 나를 쏘아보고 있던 한 사내의 눈빛을, 그리고 청년이 된 지금까지도 가슴을 새까맣게 그을려놓으며 깊숙한 상흔으로만 찍혀 있을 뿐인 그 증오스런 사내의 이름을, 어머니는 스물다섯 해가 넘도록 혼자서 몰래 불씨처럼 가슴속에 키워오고 있었던 것이다. 어머니한테 그 사내는 다른 아무것도 아니었다. 다만 곱고 자상한 눈매로서만, 나직한 음성으로서만 늘 곁에 남아 있었던 것이다.
하지만 그녀가 울고 있는 건 그 미련스럽도록 끈질긴 기다림 때문만은 아니었으리라. 아니, 사실상 어머니는 누구보다도 더 잘 알고 있을 터였다. 그녀의 기다림이 얼마나 까마득하게 손이 닿지 않는 먼 곳으로 자꾸만 자꾸만 밀려나가고 있는 것인가를 말이다. 스물다섯 해의 세월이, 스스로 묶어놓은 그 완고한 기만이 목에 잠기어, 흐느낌도 없이 지금 어머니는 울고 있는 것이었다. 밥상을 받아놓은 채 나는 고개를 처박고 앉아 있었다. 눈앞에는 우리 가족의 그 오랜 어둠과 같은 미역 가닥이 국그릇 속에서 멀겋게 식어가고 있을 뿐이었다.

이제 노인의 모습은 더 이상 보이지 않았다. 그새 수북이 쌓인 눈을 밟으며 나는 오던 길을 천천히 되돌아가기 시작했다. 걸음을 옮길 때마다 어깨에 멘 소총이 수통과 부딪치며 쩔렁쩔렁 소리를 냈다. 나는 어깨로부터 전해오는 그 섬뜩한 쇠붙이의 촉감과 확실한 중량을 새삼스레 확인하고 있었다. 그리고 항상 누구인가를 겨누고 열려 있는 총구의 속성을, 그 냉혹함을, 또한 그 조그맣고 둥근 구멍 속에서 완강하게 똬리를 틀고 앉아 있는 소름 끼치는 그 어둠의 깊이를 생각했다.

까우욱. 까우욱.

어느 틈에 날아왔는지 길 옆 밭고랑마다 수많은 까마귀들이 구물거리고 있었다. 온 세상 가득히 내려 쌓이는 풍성한 눈발 속에 저희들끼리만 모여서 새까맣게 구물거리며 놈들은 그 음산함과 불길함을 역병처럼 퍼뜨리고 있는 것이었다. 얼핏, 쏟아지는 그 눈발 속에서 나는 얼어붙은 땅 밑에 새우등으로 웅크리고 누운 누군가의 몸 뒤척이는 소리를 들었다. 아버지였다. 손발이 묶인 아버지가 이따금 돌아누우며 낮은 신음을 토해내고 있었다. 나는 황량한 들판 가운데에 서서 그 몸집이 크고 불길한 새들의 펄렁거리는 날갯짓과 구물거리는 모습을 오래오래 지켜보았다.

머리 위로 눈은 하염없이 쏟아져 내리고 있었다. 함박눈이었다. 굵고 탐스러운 눈송이들은 세상을 가득 채워버리려는 듯이 밭고랑을 지우고, 밭둑을 지우고, 그 위에 선 내 발목을 지우고, 구물거리는 검은 새 떼를 지우고, 이윽고는 들판과 또 마주 바라뵈는 거대한 산의 몸뚱이마저도 하얗게 하얗게 지워가고 있었다. 그것은 어머니가 새벽마다 샘물을 길어와 소반 위에 떠서 올려 놓곤 하던 바로 그 사기대접의 눈부시도록 하얀빛깔이었다.

임철우(林哲佑)

1954년 전남 완도군 평일도 출생. 전남대학교 영문과 졸업. 1981년 단편 「개 도둑」이 서울신문 신춘문예에 당선되어 등단. 한국창작문학상, 이상문학상 수상. 『아버지의 땅』(1984), 『그리운 남쪽』(1985), 『달빛 밟기』(1987) 등의 소설집과 『붉은 산, 흰 새』(1990), 『그 섬에 가고 싶다』(1991), 『등대 아래서 휘파람』(1993; 2002년 『등대』로 재출간), 『봄날』(1997), 『백년여관』(2004) 등의 장편소설 출간.

작품 세계

임철우 문학은 80년 5월 광주와 분리해서 생각할 수 없다. 임철우 문학의 밑바탕에는 80년 5월 광주의 상처와 광기, 그 미증유의 사건에서 살아남은 자의 괴로운 자의식이 복합적으로 섞여 있다. 그러나 그의 문학에 우울한 자의식만 깔린 게 아니다. 또 다른 층위에는 그 폭력에 희생된 대상들을 감싸는 강한 연민이 깔려 있다. 임철우는 등단 이래 그의 여러 작품들을 빌려 우리가 몸담고 있는 이 세상이 거대한 폭력으로 희생된 개인의 아픔이 녹아든 디스토피아의 현장이라고 거듭 진술했다. 「개 도둑」도 그렇고 「아버지의 땅」도 그렇다. 그러나 그가 처음부터 이 거대한 폭력의 실체를 구체적으로 분석하는 문학 작업에 몰두한 것은 아니다. 거대한 폭력이 속수무책으로 개인의 삶에 개입하고 있지만 그러한 개입에 무력하게 굴종하는 자의 부끄러움을 임철우는 그려내기도 했으니 그 예가 「그들의 새벽」(1981)이다. 괴로운 자의식과 부끄러움, 연민의 기원이 80년 5월 광주였지만 그가 처음부터 그 기원 안으로 과감하게 들어간 것은 아니다. 그래서 그의 소설은 때때로 알레고리의 성격을 띨 수밖에 없었고 「사산하는 여름」(1985)이 그 대표적 작품이다. 그러나 임철우가 언제까지나 자기 문학의 기원 앞에서 서성거린 것은 아니다. 그는 1980년대 중반부터 그 거대한 폭력의 실체를 더욱 날카롭게 파고들어간다. 여기에 대한 문학적 고찰이 『붉은 방』과 『붉은 산, 흰 새』 등으로 이 소설에서 임철우는 우리 사회에서 횡행하는 폭력이 분단과 직간접적으로 연관되어 있음을 충격적인 방식으로 말해주고 있다. 그는 80년대 중반부터 국가 권력의 자의적인 남용, 인권의 완벽한 실종, 가공할 고문 등이 자행되는 우리 사회의 핵심 모순을 분석한다. 그런데 임철우의 문학을 죄의식과 부끄러움으로 채색된 어둡고 착잡한 문학으로만 볼 수는 없다. 이를 반증하는 작품이 『그 섬에 가고 싶다』와 『등대 아래서 휘파람』이다. 이 두 편이 장편소설에서 독자들은 천둥벌거숭이가 되어 섬을 돌아다니는 나이 어린 작중인물들과 가난 속에서도 유머를 잃지 않은 성인 작중인물들을 만날 수 있다. 이처럼 그에게는 80년 5월 광주보다 그의 유년을 낳은 평일도라는 섬이 존재하고 있었던 것이다. 그런데 평일도의 추억으로 광주의 악몽을 망각할 수는 없었던 임철우는 그를 소설가로 입문시킨 사건과 다시 고통스러운 대면을 하고 이를 다섯 권 분량의 장편으로 세상에 내놓았다. 이 소설이 바로 『봄날』이다. 이 장편소설은 80년 5월 광주에 관한 문학적 기록이며 애가이며 헌사로 그 문학적 의의는 독보적이다.

「아버지의 땅」

「아버지의 땅」은 1984년 『문학사상』에 발표된 작품이다. 1984년이면 80년 5월 광주를 유혈 진압한 신군부의 위세가 하늘을 찌를 때였다. 작가들로서는 아무래도 신군부 정권의 강압을 의식할 수밖에 없었다. 그런데 한 남도 출신의 젊은 작가가 둔중한 무게의 작품을 발표했으니 독자들은 이 작품을 일순 주목하게 되었다. 바로 「아버지의 땅」이다. 이 소설의 작가 임철우는 1954년생으로 당연히 한국전쟁을 직접적으로 체험한 세대는 아니다. 그럼에도 불구하고 임철우는 한국전쟁의 후유증을 소설의 대목 대목에 배치한다. 그만큼 임철우의 문제의식은 한국 사회의 핵심 모순에 닿으려는 진지성을 담보하고 있었다. 등단작인 「개 도둑」도 그렇지만 임철우는 이 소설에서 어둠 속에서 자신을 쏘아보는 아버지의 눈빛을 의식하는 아들을 주요 작중인물로 설정한다. 이 아버지의 눈빛은 임철우 초기 문학의 성격을 설명해주는 핵심 상징으로, 아들 세대로 하여금 어떤 삶의 행로를 걸어야 하는가를 묻는 죽은 아버지의 소리 없는 질문과 같다. 어머니는 이 부재하는 남편이 언젠가는 귀가하리라 믿고 있으며 아들은 그런 어머니를 마땅하게 여기지 않는다. 어머니에게 남편이 귀환의 대상이라면 아들에게 아버지는 부정의 대상이다. 남편의 귀환을 확신하는 어머니의 기다림이 별 의미 없어 보이지만 그 확신은 아버지를 규정하는 이념적 판단이 무용하다는 점을 은근히 비판하는 힘이 있다. 그런데 작가는 이 소설에서 어머니보다는 아들의 시점에 기대어 소설을 이끌어간다. 임철우는 아들의 시점으로 한국전쟁이 남긴 후유증의 집약체라 할 아버지를 어떻게 받아들이며 이해해야 하는가를 탐구하고 있다. 주목해야 하는 것은 이 아버지를 받아들이는 아들의 방식이다. 「아버지의 땅」에서의 아버지는 그 정체가 명확하게 그려지지는 않지만 소설의 전후 맥락 속에서 살펴보자면 좌익에 연루된 인사였다. 반공주의 일색의 작품이 적지 않은 풍토에서 이 아버지는 참으로 이채로운 성격을 띠고 있다. 아들은 이 좌익 아버지를 그의 의식에서 불허하기보다는 이념 대립의 격화된 역사의 현장에서 소멸된 또 하나의 희생자로 파악한다. 그 파악의 근저에는 연민이 강하게 흐른다. 이를 두고 진형준은 이 소설의 결말이 "그 어둠의 눈빛을 여성적 모성적 부드러움으로 감싸는" 방법에 의지하고 있다고 말하고 있다. 바로 이 점이 이 작품의 한계가 될 수도 있겠지만 꼭 그렇게만 볼 수 있는 것은 아니다. "여성적 모성적 부드러움"은 달리 말하자면 연민 의식이며, 임철우는 이 강한 연민으로 아버지 혹은 아버지 세대의 상처를 수용하고 있다. 이렇게 임철우 문학의 연민은 역사의 파행적 국면에 희생된 민중들을 적극적으로 받아들이는 휴머니즘 성격이 강하기에 그 의미가 약한 게 아니다. 게다가 그 아버지가 좌익 연루 인사라는 점을 감안하자면 작가의 연민이 반공이 일상화되고 내면화된 우리 사회에서 환기시키는 반성적 효과도 만만치 않다고 하겠다.

주요 참고 문헌

김현은「아름다운 무서운 세계」(『아버지의 땅』해설, 문학과지성사, 1984)에서 임철우를 탁월한 서정시인으로 비유하며 임철우 소설에 나오는 인물들의 자폐적 성격을 심층적으로 분석한다. 진형준은「암중모색의 세계」(『우리시대 우리 작가 31: 임철우』해설, 동아출판사, 1987)에서 어머니식의 세상 포용 방법을 따르는 아들의 행동이 어떤 의미를 띠는가를 분석한다. 서영채는「광주로 가는 먼 길」(『곡두운동회』외 해설, 동아출판사, 1995)에서 임철우적 서정성의 본질적인 요소는 정감의 깊이이며 그를 통해 획득된 인간에 대한 따뜻한 시선을「아버지의 땅」에서 확인 가능하다고 말한다. 정호웅은「부정과 연민」(『한국문학의 근본주의적 상상력』, 프레스21, 2000)에서 임철우 문학이 죄의식과 싸움을 펼치고 있으며 그러면서도 따뜻한 연민으로 상처받은 존재들을 감싼다는 점을 주목한다. 특히 정호웅은「아버지의 땅」에서 "역사를 정면에서 응시하고 맞서 나아겠노라는" 작가의 결단을 높이 사고 있다.

_양진오

최수철
화두, 기록, 화석(話頭, 記錄, 化石)

그는 자신이 메모에 있어서만은 베테랑이라고 생각하고 있었다. 그러나 메모지와 수첩들이 차츰 쌓일 때마다 그는 점점 초조해져가고 있었다. 그것들을 어떻게 처리해야 좋을지 판단이 서지 않았기 때문이었다. 물론 그에게 있어서는 기록 그 자체만으로도 충분히 의미가 있을 수는 있는 일이었다. 그러나 이미 그의 손을 떠난 그것들은 끊임없이 바스락거리고 사각거리면서 자기들의 권리를 그에게 주장하는 것이었다. 그가 할 수 있는 일이 있다면, 그것은 기껏해야 그것들을 모아서 그것들이 잠들어 있는 사이에 태워버리는 것일 뿐이었다. 그러나 그가 배화교 신자가 아닌 이상 그럴 수도 없었다. 그것은 불이 그의 모든 것을 떠맡을 수 있는 신적인 존재라는 믿음이 있어야 가능한 일이었다.

그는 혹시 자신이 글을 통해 현실적 보상을 받으려 하는 세속적이고 속물적인 욕망에 사로잡혀 있는 것인지도 모른다는 생각이 들었다. 그러나 실제로 그렇다 하더라도 어쩔 수 없는 일이었다. 자기 자신은 물론이고 그 아무도 그런 욕망을 탓할 수는 없는 것이었다.

그리고 또 한 가지 문제는 그가 메모 편집증에 시달리고 있다는 것이었다. 말

---

* 「화두, 기록, 화석」은 『외국문학』 1986년 가을호에 발표되었다. 여기서는 소설집 『화두, 기록, 화석』 (문학과지성사, 1987)에 수록된 것을 텍스트로 삼아 부분 수록하였다.

하자면 사람들과 같이하는 자리들 중에는 아무리 중요한 메모할 사항이 있다 하더라도 그 자리에서 수첩과 펜을 꺼내 들 수 없는 때가 있는 법인데, 그는 그것을 참지 못하게 된 것이었다. 그래서 때로 그는 어떤 사람과 대화를 나눌 때에 빨리 그와 헤어져서 메모를 해야 한다는 강박 관념에 사로잡혀서 터무니없이 마음이 다급해질 때가 있었다. 그럴 때마다 그는 화장실에 간다거나 갑자기 수첩을 꺼내 봐야 하는 상황을 일부러 만들곤 하는 것인데, 이것이 자주 오해의 불씨가 되어버리는 것이었다.

실내의 분위기는 그런대로 그의 마음에 드는 편이었다. 그는 흡족한 마음으로 아까부터 탁자 위에 놓인 국화의 꽃잎을 따서 입에 넣고 우물거리고 있었다. 그리고 그의 그러한 행위에 익숙해진 것인지 그녀는 아무런 말없이 소의 입처럼 움직이고 있는 그의 입술을 바라보고만 있었다. 먼저 말을 꺼낸 쪽은 그녀였다.

"이제는 나라는 인간에게 익숙해질 때도 되지 않았나? 하긴 지금 그렇다 하더라도 이미 늦은 편이지."

"하지만 아직 내 쪽에서는 심문이 끝나지 않았어요. 심문을 계속하지요. 그럼 당신은 메모지가 없으면 어떻게 하죠?"

"메모지도 수첩도 없는 경우라, 그럼 한 가지 묻겠는데, 당신은 화장실에 갔을 때 휴지가 없으면 어떻게 하지? 다급한 상황에서 필수불가결한 것이 없다면 어떻게 하겠느냐, 이거야. 그것과 비슷한 상황이라고 생각하지 않나?"

"최소한 당신의 그런 어법에는 익숙해졌어요. 어서 내 말에 구체적으로 대답해봐요."

"미안하지만 그 지저분한 비유를 계속 이용해서 말한다면, 휴지가 없을 때는 지갑 속의 지폐라도 사용하겠지. 메모의 경우도 지폐를 훼손시키는 수밖에 없어. 그리고 지폐마저 없을 때에는, 별수 없는 거지. 몸으로 때우거나 휴지가 생길 때까지 참는 수밖에."

"그렇죠? 당신 말대로라면 참을 수도 있다는 것 아녜요? 그렇다면 그렇게 고통스러워 하지 말고 참으면 되잖아요. 극단적인 상황을 염두에 두고서 말이에요."

"꼭 그렇지만은 않지. 비유를 떠나서 말한다면, 우리 주위에는 메모지 역할을 할 것이 얼마든지 있거든. 하다못해 팔뚝을 걷어붙이고 거기에다 쓰거나, 아니면 공중전화 박스에 들어가 전화번호부 몇 장을 뜯어내거나, 포스터를 찢거나, 길바닥에 굴러다니는 휴지 조각을 이용하거나, 그리고 가을 같으면 낙엽을 줍거나 말이야. 마지막의 것은 나에게 어울리지 않게 낭만적인가? 그렇다면 취소하지?"

"아니요, 그렇지 않아요. 가장 당신다운 말이었어요. 당신은 매사에 너무 낭만적이에요."

"실제로 나는 언젠가 흙 속에 반쯤 묻힌 종잇조각에 글을 써본 적이 있지. 흙을 털고 보니 그 종이는 모래가 박혔던 자국이 남아서 울퉁불퉁하더군. 거기에 글을 쓰는 것은 마치 흔들리는 차 안에서 그러는 것과 흡사했어. 글자가 종이의 질감에 따라 삐뚤빼뚤해지면서 애초의 모래 자국을 더욱 강조해주고 있더군. 아주 신선한 경험이었어. 그럴 때는 거기에 무슨 내용의 글을 쓰는가 하는 것은 아무 상관이 없어. 그리고 그 후에 얇은 종이를 땅바닥에 놓고 쓸 때도 그런 느낌을 다시 받을 수 있었지. 말하자면 종이가 글을 지배하는 듯한 느낌이었어. 얼마나 아이러니컬한 얘기야, 그렇지 않아? 그건 물론 펜의 경우도 마찬가지지. 어떤 펜으로 쓰는가 하는 것이 어떤 글을 쓰는가 하는 것만큼이나 중요하다고 여겨지는 것이야. 이것이야말로 글쓰기 그 이전, 혹은 글쓰기 그 자체인 것이야."

"당신은 병들었군요. 그것도 아주 중증이에요. 그럴려면 차라리 화가가 되지 그랬어요. 담배를 많이 피우니 은박지 같은 것은 충분하잖아요? 펜 대신 송곳 하나만 있으면 될 테고."

"알고서 하는 말이겠지만 미술하고 또 다른 문제지. 내 작업에 비하면 미술은 훨씬 열등한 것이야. 그것은 그 전달 방법이 원시적이거든. 내 쪽은 얼마나 현대적이야. 단지 부러운 것은 미술에는 행위 미술이라는 것이 있다는 점이야. 말하자면 내가 지향하고 있는 것은 행위 글쓰기라는 것인데, 그런 건 아직 없거든. 그렇다고 나는 없는 것을 새로이 만들고 싶지는 않아. 새로움에는 원래 사기성이라는 것이 농후한 법이니까. 굳이 비교하자면 나의 작업은 오히려 음악 쪽에 가까워. 오선지에 악보를 적는 것 말이야. 음표들은 글자만큼이나 현대적이지. 그것들은 불과 몇 밀리 정도의 높이의 차이와 약간의 모양의 변화로 얼마든지 다양한 음을 지정할 수 있지 않아? 게다가 그 따위 악보 따위는 무시하는 즉흥적인 연주라는 것도 가능하고 말이야."

"그건 그렇고, 지금 이 순간은 메모를 하고 싶지 않나요? 아니면 메모할 만한 것이 없는 건가요? 난 괜찮으니까 하시고 싶은 대로 하세요. 당신 말대로 익숙해지는 수밖에 없으니까."

"메모할 것이 없는 것은 아니야. 하지만 때로는 그러지 않아도 충분하다는 느낌이 들 때가 있어. 이렇게 당신과 대화를 나누고 있을 때처럼 말이야. 충분히 즐거운 기분이야."

"고맙군요. 언제 당신에 대해 어머니께 말씀드렸어요. 무슨 일을 하는 사람이냐고 물으시길래 글 쓰는 사람이라고 했어요. 달리 뭐라고 말할 수 없잖아요. 그랬더니 무슨 글을 쓰냐고 하시더군요. 작가냐는 거예요. 그래서 그냥 글 쓰는 사람이라고만 했어요. 당신 말처럼 글 자체를 쓰는 사람이라고 할 수는 없었어요. 그랬더니 그럼 공부하는 사람이냐고 캐물으시더군요. 생각 같아서는, 그 사람은 그렇게 캐묻는 것을 아주 싫어하는 사람이라고 대답하고 싶었지만, 그냥 그렇다고 대답했어요. 그다음 어머니 말씀이 어땠는지 알아요? 걸작이었어요. 남자는 길게 보아야 한다는 거예요. 그래서 나도 별수 없이, 당장 큰 기대가 있는 것이 아니라 길게 보고 교제를 하고 있는 것이라고 맞장구를 쳐주었지요. 하지만 길게 본다는 것은 그 사람의 장래와…… 아, 드디어 수첩을 꺼내셨군요. 만년필 빌려드려요? 물론 가지고 계시겠지요. 당신이 어떤 분이신데. 글쓰기 작곡가 아니세요? 자, 뭐라고 썼는지 이번만은 내게 보여줘요. 다시는 이런 부탁 안 할게요. 아 참, 그런데 메모를 하려는데 펜이 없는 경우에는 이렇게 하지요? 아까 물으려다가 깜박 잊었어요."

"그럴 때는, 실례지만 담뱃불 좀 빌려주시겠습니까? 하는 말을 할 때와 똑같은 억양으로 펜을 빌리면 되지. 그리고 빌릴 수도 없는 상황이라면 참으면 되는 거구. 설마 내가 피를 내어 혈서라도 쓰리라고 생각했던 것은 아니겠지? 그런 건 미친놈이나 하는 짓이야. 하지만 나는 아직 한번도 펜 없이 다녀본 적이 없어."

"참는다구요? 미친놈이라구요? 말은 아주 쉽게 하는군요. 어쨌든 좋아요. 수첩을 보여주기 싫으면 대신 읽어주기라도 하세요."

"그 대신 이 글에 상처 입거나 하지 않겠다고 약속해 줘. 이건 단순히 글쓰기의 차원에 머무르는 것이니까. 약속하겠지? 좋아, 그럼 읽겠어. 뭐라고 썼나 하니, '여자는 남자를 길게 볼 줄 알아야 한다. 특히 남자의 코라거나 인중이라거나 특히 성기를 길게 보아주어야 하는 것이다'라고 썼어."

"당신 정말 그야말로 파렴치한이군요. 나는 심각하게 한 말이었다구요. 당신은 파렴치한 중에서도 망종이에요. 내 생각은 전혀 안 해주는군요. 물론 알아요. 나는 약속을 했고, 그리고 당신은 글쓰기에 철저히 충실하는 거겠지요. 하지만 그렇다면 나는 말하기에 충실하겠어요. 당신은 인간 망종이에요. 도대체 당신이 원하는 건 뭐지요? 그런 식으로 이런 말 저런 생각, 저런 말 이런 생각, 모두 붙잡아다가 종이에 적어놓고 머릿속에 꽁꽁 넣어둔다고 해서 뭘 어떻게 하겠다는 거예요? 그것들은 결국 당신 머릿속에서 소용돌이치고 아우성치다가 발효되고 부패해서 진물이 되어 코로 흘러내리거나 아니면 아예 터져버리고 말 거예요. 할 말 있으면 해봐요."

"알았어, 그 말도 괜찮은 편이군. 그것도 적어 넣기로 하지."

"당신 정말. 당신의 글쓰기는 모든 것을 왜곡시키는군요. 그것이 바로 당신이 살아남을 수 있는 방법이라는 것이군요. 현실이 여의치 않으니까, 글쓰기라는 터무니없는 방편으로 그 현실을 왜곡시키고서 그 안에 달팽이처럼 안주하려 드는 것 아니에요? 자신의 속을 모두 퍼낸다는 구실하에 그렇게 자신을 괴물로 만들어도 되는 거예요? 그것을 자학이 아니라고 말할 수 있어요? 현실을, 그리고 자신을 그렇게 왜곡시킬 때마다 자기의 깊은 속에 가라앉아 있는 야비한 본성을 드러낸 셈이 되는 것이니까. 자신의 깊은 곳을 퍼낸 셈이 되는 것이니까, 거기에 만족하는 것이지요? 당신은 미쳤어요. 마치 글쓰기의 마수에 사로잡힌 것 같아요. 당신이 불쌍해 못 견딜 지경이에요. 정신 좀 차리고 거기서 벗어나봐요. 내가 이렇게 부탁을 할게요. 내 말 듣고 있어요? 내 말이 틀렸어요?"

"조금 천천히 말해줄 수 없겠어? 쓸 말이 너무 많아졌어. 차근차근 말해줘."

그는 본능적으로 회상체나 일기체 형식의 글을 쓰기를 싫어하였다. 평소에 그는 일기를 쓰지 않았기 때문에 일기체 형식의 글을 쓸 기회가 없었으므로 그 쪽은 차치해 두고 회상체라는 것에 대해서 말하자면, 때로 자신의 글에서 회상조가 눈에 띄면 그는 지체하지 않고 펜을 놓고서 종이를 구겨버리는 것이었다. 표현 방법이야 어떠하든 간에 보통 상투적으로, 그 울민했던 시절, 운운하며 시작되는 것이 싫었던 것이며, 그런 구절들에서 암암리에 비롯되는 거짓 낭만과 감상이 견딜 수 없었고, 글 전체에 드리워져 있는 은폐와 왜곡의 욕구, 자기합리화와 허황된 자기실현의 취향이 혐오스러웠기 때문이었다. 한마디로 말하자면 그는 회상조가 어쩔 수 없이 정직하지 못한 글쓰기를 유발한다고 믿고 있었던 것이었다. 정직한 글쓰기는 정직한 상상력에 의해서만 가능했다. 그런 의미에서 볼 때 회상이라는 것에는 여러 겹의 베일이 드리워져 있는 것이고, 따라서 회상조라는 것에는 역시 무의식적으로 그 베일들을 걷지 않으려 하는 욕구가 작용하는 것이라 할 수 있었다.

그렇다고 그에게 미래지향적인 발상을 채택한다거나 현재의 자신에 대한 성찰을 시도한다거나 할 수 있는 심리적인 여유랄까, 참신한 시각이랄까 하는 것이 확보되어 있는 것도 아니었다. 따라서 그에게 남은 가능성이라고는 펜을 부수어버리고 종이를 찢어버리는 일밖에는 없는 셈이었는데, 때로 그는 그런 발작적인 행동을 벌이고 나서는 곧 경건한 마음으로 다시 펜을 고치거나 다른 것으로 바꾸고 찢어진 종잇조각들을 서로 맞추고 구겨진 종이를 펴는 것이었다.

그의 글쓰기가 단순히 메모나 기록의 단계에 멈춰 있는 것은 그러한 연유에서였다. 그것들에는 그때그때의 현장성만이 존재하는 것이었다. 따라서 회상체 따위에서 파생하는 약점 따위는 사전에 피할 수 있었다. 그리고 그러한 글들은 매번 새로이 시작하고 그때마다 끝을 맬 수가 있었다. 말하자면 그는 글이 잘 안 되면 노래를 부르다가 틀린 사람처럼 수줍게 얼굴을 붉히면서 다시 부르겠노라고, 다시 쓰겠노라고, 처음부터 반주를 다시 부탁한다고, 처음부터 글을 다시 읽어달라고 할 수 있는 것이었다. 그것이 가능한 이유는 애초에 그의 글에는 인위적인 논리적 연계성 같은 것이 끼어들 여지가 없기 때문이었다. 그렇다, 회상조의 한계는 사건이나 감정상의 그러한 무리스럽고 부자연스러운 논리성 속에 내포되어 있는 것이었다.

그러므로 그가 간밤에 구부러뜨린 펜촉을 다음 날 아침에 일어나 정성스럽게 펴서 전혀 달라진 필체와 굵기의 글자를 써나간다 하더라도 하등 이상할 것이 없는 것이었다. 단지 문제가 있다면 그것들이 지나치게 단절적인 경우이다. 하지만 그것들이 모여서 하나의 모자이크나 스테인드글라스를 형성할 수 있는 가능성이 얼마든지 있는 것이고, 그것은 바로 읽는 이들의 몫인 것이다. 그러나 또 한 가지 문제는 그의 글이 과연 회상체에서 완전히 멀어질 수 있는가 하는 질문이 수시로 그의 속에서 피어오른다는 점이었다. 그것을 그로서도 자신 있게 말할 수 없는 성질의 질문이었다.

1984년 겨울, 전방의 폐바 지역 소대장인 그는 날개 작전이 발동되는 중에 중대장의 명령을 받고 삼 분대의 분대원들을 인솔하여 하안(河岸) 정찰 및 수색을 나갔다. 그는 정찰조로 두 명을 앞세워 보내고 다른 병사들과 함께 느긋한 걸음으로 야산을 올랐다. 날씨는 코를 떼어 갈 정도로 추웠지만, 걷고 있노라면 방한모 밑의 머리에는 땀이 맺혀 이마로 흘러내렸고, 모자를 벗으면 머리에서 김이 무럭무럭 올랐다.

그들은 인접 대대와의 협조점에 이르러 주변을 대충 수색하고는 오던 길을 되돌아 걸었다. 그는 도중에 바람을 피할 수 있는 평지에 이르러 병사들에게 휴식 명령을 내렸다. 그러자 분대장이 준비해 온 카메라를 꺼내 들었고, 그는, 누가 그런 것을 휴대하라고 했어, 응? 하고 짐짓 큰소리를 치고는 나무 등걸에 기대어 포즈를 취했다. 병사들이 소리를 지르며 그의 주변으로 몰려들었다.

사진을 몇 컷 찍고 났을 때, 언덕 기슭 쪽에서 장상병이, 소대장님, 이리 와 보십시오, 라고 소리쳤다. 장상병은 경계 근무를 설 때 콧노래를 흥얼거리며 소총을 껴안고 블루스 스텝을 밟다가 그에게 여러 번 얼차려를 받은 바 있는 병사였다. 그러나 아직 그 버릇을 고치지 못하고 있었다. 그도 그럴 것이 그는 소대 회식이 있을 때마다 장상병을 파트너로 삼아서 블루스를 추곤 했던 것이었다.

장상병이 소리를 친 이유는 미군들이 남기고 간 쓰레기장을 발견했기 때문이었다. 장상병은 그에게, 이런 것 처음 보시죠? 라고 물었고, 그는 말없이 고개를 끄덕였다. 남겨져 있는 봉지들만 보아도 그들의 식사는 자신들의 것에 비해 한마디로 호화판이었음을 알 수 있었다. 게다가 여기저기에 먹다 남은 닭다리들이 삐죽이 솟아올라 있었다. 인스턴트커피 봉지들도 흩어져 있었다. 미군들은 마치 과시라도 하려는 듯이 그것들을 묻지도 않고 떠나버린 것이었다. 그의 눈에 짙은 고동색 봉지가 하나 들어왔다. 그는 겉봉에 씌어 있는 글자들을 한 동안 바라보다가 앞주머니에서 수첩을 꺼내 들고 그것을 옮겨 적기 시작했다.

MEAL READY-TO-EAT INDIVIDUAL, MENU NO.12, CHICKEN LOAF, ACCESSORY PACKET C, RIGHT AWAY FOOD CORP., McALLEN, TEXAS 78501

그의 모습을 지켜보던 분대장이 그에게, 뭘 하시는 겁니까? 라고 물었다. 그는 순간 증거 자료로 삼아서 미군 측에 항의하려 그런다고 둘러댈까 하다가 마음을 고쳐먹고, 통탄하여 울고 있는 중이다, 라고 솔직히 대답했다. 아마 미군들은 한국군의 식사 메뉴를 본 적이 있을 것이었다. 그리고 보리밥과 배추 조각과 조린 멸치가 전부인 한국군들의 식사에 대한 기억이 그들의 입맛을 상대적으로 한결 돋웠을 것이있다.

모두들 말이 없었고, 장상병은 군홧발로 흙을 차서 쓰레기 더미 위로 보내고 있었다. 그는 적기를 마치고는 낮은 목소리로 묻어버리라고 말했다. 예상했던 대로 장상병이 왜 우리가 묻어야 하느냐고 되물었다. 그가 말없이 바라보자 상병은, 알겠습니다, 라고 말하고는 탄띠에 차고 있던 야전삽을 끄르기 시작했다. 그는 돌아서면서, 바로 우리들 자신을 위해서 묻는 거다, 라고 중얼거렸다. 온몸이 어느새 차갑게 굳어 있었다.

그들의 이동과 함께 달도 흘러가고 있었다. 그들은 달과 함께 여행을 하고 있었다. 그들이 서울의 고속버스 터미널에서 버스에 오를 때 희뿌연 하늘의 한쪽 모서리에 창백한 얼굴을 한 달이 걸려 있었다. 그는 커튼을 걷고 그 달을 한참 동안 바라보았었다. 보름이 가까워졌는지 달은 둥근 원의 모양이었지만, 자세히 들여다보면 타원형이었고, 창백했으며 부석부석했다. 그러나 그녀는 말없이 그의 곁에 앉아 미동도 하지 않고 있었다. 그녀는 구름에 가려지지도, 어디론가 흘러가지도 않을 것이었다. 그는 수첩을 꺼내는 대신 손가락으로 유리창에 '달과 함께 여행을'이라고 썼다. 그러나 유리창에는 아무런 흔적도 남지 않았다. 단지 그의 두번째 손가락 끝의 지문 부분에 섬뜩할 정도로 시린 달의 상상적인 감촉이 남아 있을 뿐이었다. 어느 추운 지방 원주민들의 상상력에 의하면 극지방에 사는 늑대가 그 달을 입으로 물었다가 이가 시려서 뱉고, 다시 입에 물었다가 역시 이가 너무 시려서 뱉곤 하는 일을 매일 한 번씩 반복한다고 했다.

그는 그녀의 머리를 자신의 어깨에 기대게 하고는 잠을 자라고 말했다. 그녀는 고개를 끄덕이고 그 큰 눈을 스르르 감았다. 그는 눈을 들어 한동안 달을 바라보다가 눈이 시린 듯 고개를 돌렸다. 그러다가 잠시 후 다시 달을 바라보았고, 곧 다시 눈이 시려오는 듯 이번에는 두 눈을 아주 감아버렸다.

잠깐 잠이 들었다가 깨어난 그는 차창을 통해 하늘을 올려다보았다. 달이 보이지 않았다. 그는 가슴이 철렁 내려앉는 것을 느꼈다. 그녀의 푸르스름한 얼굴은 그의 어깨에 기댄 채 잠들어 있었다. 그는 고개를 돌려 반대편 차창을 바라보았다. 달은 그곳에서 구름에 머리를 기댄 채 졸고 있었다. 그는 오른손을 들어 가슴을 쓸어내렸다. 그녀가 잠결에 무어라고 중얼거렸다. 그는 그녀의 중얼거림이 마구 흔들리는 차 안에서 씌어진 메모 같다는 생각이 들었다. 그는 손을 들어 그녀의 입술을 만졌다. 입술은 불과 하루 사이에 꺼칠해져 있었다. 그는 손가락에 침을 묻혀서 연필심에 침을 바르는 어린 소년처럼 그녀의 입술에 발랐다. 그러나 그는 곧 다시 그녀의 입술이 거칠게 말라붙을 것임을 잘 알고 있었다.

두 시간 후 그들은 버스에서 내렸다. 그는 버스의 짐칸에 넣어 두었던 책 보따리를 꺼내 들고 다른 손으로는 피로에 지쳐 흐느적거리는 그녀를 부축하고서 터미널을 벗어났다. 횡단보도를 건너 식당으로 들어가기 전에 그는 깜박 잊었다는 듯이 하늘 주변을 두리번거렸다. 길 가운데 멈춰 서서 고개를 돌리고 있는 그에게 그녀가 무얼 찾느냐고 물었다. 달, 그는 한마디로 대답을 하고는 입을 다물었다. 그녀는 차에 흔들리느라고 아직도 멍멍한 머리를 젖히고 어두운 밤하늘을 올려다보았다. 그러나 달은 보이지 않았다.

식사를 하는 중에 그녀가, 내일부터 있기로 한 절의 이름이 무어라고 했죠? 라고 물었고, 그는 역시 짧게, 옥수사, 라고 대답했다. 말없이 식사를 마치고 난 그녀는 엽차 잔 바닥에 괴어 있는 물을 손가락에 묻혀서 탁자 위에 구슬 옥과 물 수, 절 사를 한자로 썼다. 그의 눈에는 그것이 그녀의 눈물로 보였다. 그러나 글자를 이루고 있던 물은 곧 표면장력으로 뭉치면서 여러 개의 커다란 물방울로 변해버렸다. 그것은 구슬처럼 맑은 물은 아니었다. 그는 자리에서 벌떡 일어서면서, 결국 매사가 다 그런 거야, 라고 중얼거리고는 그 말을 자신의 뇌리 속에 깊이 인각시켰다. 그녀가 놀라서 눈을 크게 뜨고 그를 올려다보고 있었다.

식당을 나온 그들은 낯선 거리를 한참 걸어 터미널 주변을 벗어나서 여관에 들었다. 그는 침대방 대신 온돌 쪽을 택했다. 방을 잡은 그들은 함께 욕실에 들어서 이를 닦고 몸을 대충 씻었다. 먼저 밖으로 나온 그는 방 안을 왔다 갔다 하다가 아무 생각 없이 옷장을 열었다. 텅 비어 있으려니 여겼는데 그곳에는 옷걸이 몇 개 외에도 바닥에 두루마리가 하나 놓여 있었다. 그는 그것을 들어

서너 번 감겨 있는 검은색 줄을 풀고 한쪽 끝을 잡은 후에 다른 쪽을 놓아버렸다. 둘둘 말려 있던 두루마리가 단번에 풀리고 플라스틱 봉이 바닥으로 떨어지면서 그의 발등을 때렸다. 그는 눈살을 찌푸리고서 안쪽을 들여다보았다.

종이는 매우 낡았고 여기저기에 얼룩이 져 있었다. 글자들은 한글이었으며 소위 명조체라는 서체를 따르고 있는 듯했다. 그리고 글자들 사이사이에는 연필로 그은 흔적이 남아 있었다. 그는 한 길이 넘는 그것을 높이 쳐들고 소리 내어 읽기 시작했다. 띄어쓰기는 전혀 무시되어 있었다.

섧고섧도다모년모월일을내어찌차마차마말을하리요천지합벽하고일월이회색하는변을만나내어찌차마일시나세상에머물마음이있으리요칼을들어명을결하려하더니방인의앗음을인하여뜻같지못하고돌아생각하니십일세세손에게첩첩한지통을끼치고내없으면세손성취를어찌하리요

그는 읽기를 중단하고 좌단을 돌아보았다. 그곳에는 경진여자고등학교 제일학년 이정애라고 씌어 있었다. 그는 주위를 돌아보았다. 벽에는 못 같은 것이 보이지 않았고, 설사 있다 하더라도 두루마리의 길이가 너무 길어서 걸어 놓을 수는 없는 듯했다. 그는 이정애라는 미지의 소녀를 위하여 수첩을 꺼내어 첫 문장과 소속, 이름을 옮겨 적고는 전체를 한 번 더 눈여겨보고 나서 다시 천천히 되감기 시작하였다. 그가 두루마리를 말아 끈을 묶고 옷장에 넣고 났을 때 그녀가 욕실을 나왔다.

잠시 후 그들은 의례적이고 건조한 성관계를 갖고 나서 자리에 나란히 누워 있었다. 불은 켜져 있는 채였다. 그는 조금 전 자신의 머리끝에서 성기 끝까지 내달았던 쾌감을 기억하려 애썼다. 그래야만 정신적·육체적 피로에도 불구하고 그녀를 따뜻하게 안아주고 싶은 마음이 생길 것 같았기 때문이었다. 그러나 그의 머릿속에는 그녀 위에 엎드려 있었을 때에 했던 생각이 다시 떠오르고 있었다. 그는 여자와 관계를 가질 때마다 어처구니없게도 신의 존재를 확인하는 것이었다. 말하자면 그는 여자를 안을 적마다 누군가가 내려다보고 있다는 느

낌을 떨칠 수 없는 것인데, 따지고 보면 성적 쾌감 이전의 성적 욕구라는 것은 단순히 종족 보존을 위해서 마련된 것이고, 과연 그렇다면 종족 보존의 필요성에 대한 생각은 어디에서 비롯된 것인가, 그것은 이미 생물이 진화를 시작하기 이전, 생명이 창조되던 바로 그 순간에 시작된 것이 아닌가, 게다가 이 따위 논리적인 생각들을 다 집어치우고라도 아무래도 종족 보존을 위한 성적 쾌감은 누군가에게서 주어졌다는 느낌이 드는 것이니, 과연 그렇다면 신이 존재하다는 것이고, 그렇다면 저 위에 누군가가 있다는 말이 되는 것인데…… 그는 생각을 멈추었다. 상관없는 일이었다.

하지만 그는 간단하게나마 그 생각을 메모해두고 싶었다. 그러나 그는 자신이 수첩을 꺼내 드는 행위가 그녀의 신경을 건드릴 것이라는 사실을 잘 알고 있었기 때문에 망설이지 않을 수 없었다. 그동안 그가 위의 생각을 적어두지 못한 것은 매번 바로 그러한 망설임, 잠이 든 여자를 깨우고 싶지 않았다거나 여자에게 우스꽝스럽게 보이려 하지 않았던 탓이었다. 말하자면 결코 행위 후의 육체적인 피로함이나 나른함 때문은 아니었던 것이었다.

결국 그는 그녀를 보듬는 대신 손을 뻗어서 그녀의 벗은 배를 쓰다듬었다. 그의 애무에 힘입은 그녀는 입을 조금 열어서, 이제는 그런 일들에 대해서 신경을 끊어요, 당신은 집착할 필요가 없는 것들을 버린 것일 뿐이에요, 마음잡고 절에만 계세요, 꼭 공부만 하라는 건 아니고 마음을 좀 강하게 먹고 이젠 매사에 무뎌지는 법을 배웠으면 하는 거예요, 내 말 아시겠죠? 자주 편지할 테고 한 달에 한 번 내려올게요, 라고 혼잣말을 중얼거리듯이 말했다. 그는 그녀의 말을 들으면서 손의 움직임을 그치지 않고 있었다.

그러다가 어느 순간부터 그는 손가락으로 그녀의 배에 글자를 써나가기 시작하였다. 그가 천천히 크고 분명하게 짧은 단어들을 적어놓을 때마다 그녀는 입을 열어 그 단어를 틀리지 않고 정확하게 알아맞혔다. 세번째 단어를 썼을 때 그녀가 물었다.

"여비? 그게 뭐죠? 어디서 많이 들어본 것 같기는 한데."

"몸에 새기는 일종의 문신 같은 건데, 여자가 자기가 몸과 마음을 준 남자의 이름을 몸에 문신하는 것을 연비라고 하더군."

"아무 데나 메모하기 좋아하는 당신 취향에 딱 맞아떨어지는 말이군요. 어때요, 내 몸에 그런 걸 해보고 싶은 건 아니에요? 원한다면 허락할 수 있어요. 대신 지울 수 있도록 사인펜 같은 걸로 한다는 조건하에서 말예요. 물론 그건 연비라고 할 수 없겠지만, 오히려 그편이 당신에게 부담을 덜 준다고 생각할 수도 있겠지요. 하지만 내 몸에 글자를 적는 순간만은 당신이 평소에 추구해 마지않던 그 글쓰기의 즐거움이라는 것을 느끼게 해줄 거예요."

그녀는 말을 마치고서 짧게 웃었다. 그러나 그는 그녀의 배에서 손을 거두어 가서는 말없이 누워 있었다. 그러자 그녀는 탄력 있는 벗은 몸을 들어 머리맡의 가방을 뒤져서 사인펜을 꺼내 가지고 그의 옆으로 돌아왔다. 그러고는 다짜고짜 그에게로 달려들어서 그의 가슴 위에 글자를 쓰기 시작하였다. 그는 고개만을 들어 그녀가 써나가고 있는 글들을 내려다보았다. '朴昌度' '玉水寺' 여기까지 쓴 그녀는 다음에는 무슨 글자를 쓸까 하는 생각에 잠긴 듯한 눈길로 그를 바라보았다. 두 사람의 눈이 마주쳤다. 그의 얼굴은 무표정했으나, 그녀는 자못 심각하고 진지한 표정을 짓고 있었다.

그녀는 곧 고개를 떨구고는 '깊은 밤 홀로 잠 깨어'라고 썼다가 갑자기 그 글자들 위에 줄을 두 개 그어버렸다. 그러자 삽시간에 그의 배와 가슴은 푸른색 잉크투성이가 되어버렸다. 그의 모습을 내려다보면서 그녀는 낮게 웃으며, 당신이 꼭 푸른색 외계인 같아요, 라고 말했다. 그녀는 다시 그의 팔을 들어 이두박근 위에다 연꽃무늬를 그렸다. 그는 사인펜의 심이 자신의 몸에 남기는 감촉을 즐기고 있었다. 푸른색의 작고 차가운 혀가 그의 몸 위를 달리면서 섬뜩할 정도로 낯선 감각과 동시에 묘한 관능적인 촉감을 주고 있는 것이었다.

그는 목에 통증을 느끼며 머리를 베개 위에 뉘였다. 그녀는 계속 그의 양쪽 팔에 문신을 새기듯, 낙서를 하듯, 상형문자 같은 기호를 그려나가고 있었다. 그리고 잠시 후 그 작은 촉수는 다시 그의 배꼽 부근으로 돌아왔다. 그는 온몸의 감각 기관들이 일시에 머리를 곤두세우고 수런거리며 주위를 돌아보는 것을 느낄 수 있었다. 어쩌면 그녀는 파렴치한이라고 쓰고 있는지도 모르는 일이었다. 그러나 그런 것은 아무래도 상관없었다. 그는 하복부에서 비롯되고 있는 감각의 파동에 온 정신을 집중시켰다. 마치 호수 위를 달리는 배가 그 뒤에 물결의 궤적을 남기고 그렇게 만들어진 물결은 파문이 되어 주위로 퍼져나가듯이, 사인펜의 작은 혀가 푸른색 줄을 남기고 지나간 뒤에는 그곳 주변의 감각 세포들이 경련을 일으키며 그의 뇌에 어떤 조치를 취해달라고 종용하는 것이었다. 그러나 그는 한편으로는 애소(哀訴)하는 감각 세포의 무리를 위무하고, 다른 한편으로는 자기 자신을 억누르고 있었다. 아직 때가 아니었다. 그리고 지금 그가 느끼고 있는 자극은 이제 시작에 불과했고, 단순히 피부 위의 말초적인 감각에 국한되는 것이었다. 좀더 깊은 속에서 온몸으로 방사상으로 전달되는 흥분감이 필요했다. 게다가 그는 지금 그녀를 여사제(女司祭)로 삼아서 일종의 신성한 의식(儀式)을 치르고 있는 것이었다. 모든 것을 그녀에게 맡기고 그녀가 끝났음을 알릴 때까지 기다려야 하는 것이었다.

그녀의 손에 달린 작은 혀는 이제 그의 허벅지까지 내려가고 있었다. 그러나 그는 여전히 제단 위에 바쳐진 희생양처럼 천정을 응시한 채 미동도 하지 않고 있었다. 하지만 그는 오히려 시간이 지날수록 차츰 온몸이 평온의 상태로 들어서면서 정신이 아득해지는 것을 느꼈다. 그는 깊은 흥분감이 일기를 기다리고 있었으나, 그의 머릿속은 백지처럼 맑아지고 있었던 것이었다. 그는 자신의 몸에 일어나고 있는 변화를 흥미 있게 지켜보면서 숨을 죽였다. 그녀는 그의 온몸을 푸르게 물들일 생각인 모양이었다. 그의 무릎 관절 부분까지 직언이 죽죽 그어졌다. 그녀는 손에 힘을 주고 있었다. 그러나 그는 간지러움조차 느끼지 못하고 있었다. 그가 슬쩍 오른발을 들어보자 그녀가 손으로 움직이지 못하게 눌렀다. 그는 온몸에서 힘을 뺐다.

푸르고 작은 혀의 감촉은 파도처럼 그의 몸에 다가왔다가 사라지고, 다시 찾아왔다가는 사라지는 것을 규칙적으로 반복하고 있었다. 그는 점점 더 정신이 망연해지면서 자신이 무생물로 화하여 마치 한 장의 백지처럼 되어버린 듯한 기분에 사로잡혔다. 그녀가 박창도라는 백지 위에 근지를 써 넣고 기호를 그리고 있는 것이었다. 그는 저려오는 발가락을 오므리는 것도 그만두었다. 그는 살아 있는 푹신푹신한 백지였다. 그녀가 글쓰기를 마치고 난 한참 후에야 그는 다시 박창도로 돌아올 것이었다.

그의 몸에 그어지던 글자들의 감각은 오른쪽 엄지발가락에 이르러 끝이 났다. 그의 발밑 쪽에 쪼그려 엎드려 있던 그녀가 앉은 채로 몸을 끌어올려 그의 옆에 바닥을 짚고 앉아서 그의 몸을 내려다보고 있었다. 그녀의 두 눈은 온갖 무늬와 색깔로 장식한 남편을 바라보는 아프리카 원주민 아내의 눈처럼 원시적인 빛을 발하고 있었다. 그녀는 현란한 무늬들이 사냥터에서 사나운 짐승들로부터 남편을 보호하리라고 믿고 있는 것이 분명했다. 그녀는 눈빛을 형형하게 빛내면서 언제까지나 진지하게 그를 내려다보고 있었다. 그는 천천히 일어나 앉아서 자신의 몸을 보았다. 그의 몸에는 목 아래부터 시작해서 발끝까지 길고 짧은 푸른색 선들이 서로 얽혀 글자를 이루기도 하고 기호를 그려내기도 하면서 가득 덮여 있었다.

그 푸른색 선들은 사인펜의 작고 푸른 혀가 남긴 타액 같은 것이었다. 그는 그 선들의 조합이 이루어내는 그로테스크하고 끔찍한 동물적인 원시성에 질려 몸을 부르르 떨며 그녀를 바라보았다. 그녀의 두 눈은 그의 시선을 깊숙이 빨아들이며, 일종의 보디 페인팅, 아니 보디 라이팅이라고 해야겠죠? 자, 이젠 당신 차례예요, 하고 말하고 있었다. 그녀가 건네주는 사인펜을 그가 받아들자 그녀는 곧 베개를 팔 밑에 깔고 그의 옆에 엎드렸다.

그는 다시 한 번 자신의 몸을 내려다보고는 펜을 들고 그녀의 등 위로 몸을 굽혔다. 그는 잠시 머뭇거리다가 그녀의 목 바로 아래쪽에 횡서로, 섶고섶도다 모년 모월, 까지 쓰고는 더 이상 펜을 움직이지 않고 자신이 써놓은 글들을 한동안 내려다보았다. 사인펜의 작고 푸른 혀로는 불충분했다. 그것으로는 자신이 그녀의 몸에 남기고 싶은 글들을 쓸 수가 없는 것이었다. 그는 펜을 구석 쪽으로 던져버렸다. 그리고 두 손으로 바닥을 짚고서 입을 그녀의 등으로 가져갔다. 인간의 혀는 가장 아름답고 예민하며 훌륭한 붓이었다. 혀는 인위적으로 만들어진 필기도구들이 표현 못하는 것을 완벽하게 전달할 수 있는 것이었다.

그의 혀가 피부에 닿자 그녀는 민감한 반응을 보였다. 그는 그녀의 피부가 가벼운 경련을 단속적으로 일으키고 있는 것을 느낄 수 있었다. 솜털들이 미풍에 흔들리는 억새풀처럼 이리저리 기울어졌고, 팔에는 오톨도톨한 닭살이 돋아나고 있었다. 그는 끊임없이 혀에 침을 축이면서 등줄기를 따라 초서체로 휘갈기듯이 위에서 아래로, 인간의 혀는 가장 훌륭한 붓, 이라고 써내려갔다. 그리고 그 말을 뇌리에 인각시키고 나서 뇌의 깊은 주름 사이에 끼워 넣었다. 그의 혀의 움직임에 따라 그녀의 몸도 계속 파동하고 있었다.

그러나 얼마 후 그의 혀는 인간의 언어를 잊어버리고 있었다. 이렇게 육체의 한 자락을 움직이고 있는 지금, 그런 것은 모두 부질없는 것이었다. 그의 혀는 등의 곡선을 따라 유연하게 흘러내리다가 옆구리 쪽을 타고 거슬러 오르기도 하면서 등 전체를 끈끈한 타액으로 덮어나갔다. 이윽고 혀가 목줄기를 타고 올라 귓불 쪽에 오래 머물러 있게 되었을 때, 자극을 견디다 못한 그녀가 돌아누웠다. 그녀의 팔이 그의 목에 감겼고, 그녀의 타오르는 눈은, 이제 당신에게는 마지막으로 하나 더 붓이 남아 있어요, 라고 말하고 있었다. 그는 그녀 깊숙이 파고들었고, 움직이고 있는 그의 몸에 땀이 솟아 푸른색 선들이 마구 번져 나갔다. 푸른색 잉크는 그녀의 몸에도 옮겨져서 그녀를 파랗게 물들이고 있었고, 얼마 후에는 그들의 요동에 의해 시트에까지 푸른 기운이 묻어나고 있었다. 그는 시트의 얼룩을 내려다보며 갑자기 눈시울이 뜨거워지는 것을 느꼈다. 만일 그가 눈물방울을 떨어뜨린다면 그것은 푸른색일 것이었다.

박창도는 사관학교에서의 훈련 과정을 마치고 임관하기 전 전방 실습차 한 달간 철책선 경계 근무에 들어갔다. 그가 맡은 임무는 전반야 근무와 후반야 근무를 소대장과 하루씩 번갈아 맡아서, 각 초소에 병사들을 투입시키고 경계 근무 중에 그곳을 순찰하며 근무가 끝난 후에 그들을 철수시키는 일이었다.

정확히 삼 주째 되던 날, 그는 후반야 근무를 위하여 새벽 영시에 기상을 하여 근무자들을 소대 막사 앞에 정렬시켰다. 그는 우선 통신병이 건네 준 기상제원표를 들고 플래시를 비추어가며 히니씩 읽어나갔다. 82년 1월 26일의 일기는 흐리고, 눈, 풍향속은 남서풍 초당 5 내지 10미터, 시계 1 내지 4마일,

BMNT 06:52, EENT 18:37, 일출시 07:40, 일몰시 17:49, 월출시 10:35, 월몰시 22:46, 월광 39%, 기온 최고 -8°C, 최저 -19°C, 비행 가능, 암구호 문 방벽, 답 다방, 전달 사항…….

읽기를 마치고 그는 탄창 결합 및 안전 검사와 근무자 선서의 암송, 고향에 대한 묵념 및 축원을 실시하고 마지막으로 다시 한 번 암구호를 확인하고 나서 그들을 각 초소에 투입시켰다. 그리고 소대 선임하사와 한 시간 정도 순찰을 돌고는 지하 벙커에 있는 대기 초소로 들어갔다. 그곳에는 근무 교대를 위하여 이 분대장과 분대원 둘이 대기를 하고 있었다. 벙커 안에는 연탄난로를 피우고 있었는데, 바깥바람이 너무 강해서 연기가 빠지지 못하고 벙커 안을 자욱하게 메우고 있었다. 선임하사가 안으로 들어서자마자, 너희들 연탄가스에 질식해서 죽고 싶어? 너 나가서 연통 좀 손봐, 라고 소리쳤다. 병사 하나가 밖으로 나간 뒤 그들은 총을 총걸이에 걸고 긴 의자에 앉았다. 분대장이 호빵을 하나 그에게 권했지만 그는 거절했다. 만약 그가 하나를 먹게 되면 신참 중에 한 병사가 먹지 못하게 될 수도 있었기 때문이었다. 분대장도 두 번 이상 권하지 않았다.

그는 호빵의 흰색과 대비되는 병사들의 검게 그을린 얼굴들을 돌아보았다. 그날은 그들의 표정이 유난히 어두워서 얼굴이 더욱 검게 보이고 있었다. 그들의 기분이 침체되어 있는 이유는 이틀 전에 있었던 구타 사건 때문이었다. 각 소대에는 군대 복무 기간이 비슷한 분대장들과 고참 병장들이 있었는데, 분대장들이 지위와 계급을 내세워 병장들에게 일방적인 명령을 내리려 하다 보니 그들 사이에 갈등이 일어났던 것이고, 결국 이틀 전에 그 갈등이 폭발하여 나이 많은 병장 하나가 그보다 훨씬 어린 분대장의 소총 개머리판에 머리를 얻어맞고 피를 흘린 것이었다. 그런데 일이 틀어지려다 보니, 어떻게 그 사건을 연대 본부에서 먼저 알게 되어 아무것도 모르고 있던 대대장에게 구타 사건의 진상 규명 명령을 내렸고 그렇게 되자 대대장은 소대장에게 심한 문책을 가한 것이었다. 어떤 종류의 구타이든 절대 금지한다는 것이 엄격한 군율이었다.

그가 순찰 근무를 서고 있던 시각에, 노기등등한 대대장은 지프를 몰고 달려와 잠을 자고 있던 소대장을 깨워놓고 경유 난로 뚜껑을 열고는 당장 그 속으로 들어가라고 호통을 쳤다고 했다. 그러자 대대장이 돌아간 후에 소대장은 근무를 막 끝내고 돌아와 피로에 지친 병사들과 잠을 자고 있던 병사들을 모두 막사 앞에 정렬을 시켜놓고는 새벽 어스름 속에서 심각한 어조로 일장 훈시를 하였다.

"내가 왜 너희들을 이 늦은 시각에 집합을 시켰는가 하는 것은 너희들도 잘 알고 있으리라 믿는다. 나는 지금 매우 우울하다. 우선 우리 소대에서 구타 사건 같은 불미스러운 일이 있었다는 사실 때문에 우울하고, 다른 한편으로는 우리 스스로 수습할 수 있었음에도 불구하고 연대 본부에서 그 사건을 알아버렸다는 사실 때문에 특히 그러하다. 도대체 어떻게 대대에서도 모르는 일을 연대에서 알게 되었을까? 결론은 단 한 가지뿐이다. 우리 사이의 누군가가 연대 보안부에 이야기를 흘린 것이다. 이 중에 그 장본인이 있다면 내게 와서 털어놔 주기 바란다. 그렇지 않으면 그 스파이를 내가 기필코 찾아내고 말 것이다."

그날 이후로 중대와 대대에서는 순찰을 더욱 강화하는 등 여러 가지 방법으로 소대원들을 닦달했다. 따라서 그들은 오늘도 하루가 편하게 지나가지 않을 것이라고 예감하고 있는 것이었다. 그런 탓인지 그들은 말수가 훨씬 줄어 있었다.

그는 대기 초소의 벽에 기대어 잠깐 잠이 들었다가 깨어났다. 연탄난로의 화력은 보잘것없었지만, 얼어붙었던 몸이 약간의 훈기에 녹으면서 졸음이 찾아왔던 모양이었다. 선임하사와 병사들은 두런두런 이야기를 나누고 있었다. 그는 야전 점퍼의 위쪽 단추 두 개를 끄르고는 그들의 말에 귀를 기울였다. 선임하사는 문신에 대한 말을 하고 있었는데, 자세히 보니 그는 팔뚝을 걷어붙이고 있었고, 거기에는 보통 흔히 볼 수 있는 화살에 꿰뚫린 심장의 모습이 문신되어 있었으며, 그 밑에 지, 용, 덕(智, 勇, 德)의 세 글자가 검푸르게 새겨져 있었다. 그러나 그가 더 자세히 들여다보기 전에 선임하사는 걷었던 소매를 내렸고, 화제는 다른 방향으로 흘러가고 있었다. 그는 선임하사에게서 눈길을 거두고서 묵묵히 앉아 그들의 말을 들었다. 시간을 빨리 보내기 위해서는 그들이 자유롭게 대화를 나누도록 하는 것이 상책이었다. 그러한 대화 속에는 쓸 만한 말들이 꽤 있었기 때문이었다.

그들은 주로 콘센트 막사의 환풍구 속으로 들어왔던 고양이를 잡던 이야기, 야간투시경 가글로 보았던 대머리 독수리에 대한 이야기, 포상 휴가를 받기 위하여 한 병사는 연발 사격으로, 그리고 다른 병사는 조준 사격으로 쏘아서 잡았던 노루에 대한 이야기 등등을 다소 과장된 어조로 말하고 있었다. 그때 선임하사가 갑자기 화제를 돌려 구타 사건에 대해 말하면서 여러 병사들을 한꺼번에 싸잡아 욕을 하기 시작했다. 선임하사는 말을 하는 도중에 강조를 해야 할 필요가 있다는 생각이 들 때마다 손바닥으로 무릎을 탁탁 치고 있었고, 주로 각 병사들의 성격을 꼬집어 인신공격을 하고 있었다.

그는 생맥주집을 하다가 군에 들어왔다는 선임하사를 물끄러미 바라보다가 무심결에 군인 수첩을 꺼내어, '말할 때 무릎을 탁탁 치는 버릇' '개성이 강한 사람을 옆에 두고 싶어하지 않는 부류의 사람들'이라고 썼다. 그때 갑자기 선임하사가 고개를 비틀어서 그의 수첩을 들여다보았다. 그는 반사적으로 몸을 돌리면서 수첩을 닫았다. 그리고 순간 그는 선임하사와 병사들의 경직된 시선이 자신을 얽어매고 있다는 것을 깨달았다. 그들의 눈이 말하고 있는 바를 선임하사가 입으로 발음하였다.

"무엇을 쓰고 있는 거지요? 내가 방금 한 말들을 적고 있는 건가요."

그는 말문이 막혀버렸다. 사실 그는 이런 경우가 생길지도 모른다는 생각에 미리 변명할 말을 준비해두었던 터였는데, 실제로 닥치게 되자 전혀 입이 떨어지지 않는 것이었다. 그는, 그렇지 않다, 이건 단순히 개인적인 메모일 뿐이다, 라고 대답했다. 그러나 그의 말은 그들의 눈빛을 변화시키지는 못했다. 선임하사가 다시 무어라고 말을 하기 위해 손을 약간 들어올리고 입을 열려 할 때, 그는 자리에서 벌떡 일어서며, 나는 단순히 실습 병력에 지나지 않는다, 따라서 소대 일에 전혀 관여하고 싶지 않다, 이건 진심이다, 이만 순찰을 나가도록 하자, 라고 말하고는 총을 챙겨 들고 먼저 대기 초소를 나왔다.

한참 뒤에야 따라 나온 선임하사는 순찰을 도는 내내 더 이상 입을 열지 않았다. 그러나 그는 그들의 눈빛으로 보아 일이 모두 끝난 것은 아니라는 것을 알 수 있었다. 그리고 그의 예상은 틀린 것이 아니었다.

그가 근무를 마치고 몇 시간 눈을 붙인 후 아침 식사를 하고 났을 때 소대장이 그를 소대장실로 불렀다. 소대장은 그를 침대에 앉게 하고 자신은 선 채로 입을 열었다.

"이건 내가 박소위를 심문하는 말이 아닙니다. 단지 몇 가지 미심쩍은 것이 있어서 확인을 해두고자 하는 것입니다. 나는 결코 그렇게 생각하고 있지 않지만 선임하사는 박소위를 이상한 눈초리로 바라보고 있습니다. 그의 의심을 명쾌하게 풀어주지 않는 한 박소위가 이곳에서 남은 기간 동안 생활하는 데에 있어서 애로가 많을 것입니다. 그렇지 않아도 몇몇 병사들은 이번 구타 사건이 연대에 알려진 것은 소대 병력이 아닌 자의 소행이라고 생각하고 있습니다. 그런데 박소위가 뭔가 병사들의 대화를 수첩에 적어 넣는 모습을 보여줬으니 상황이 훨씬 악화된 것입니다. 자, 내게는 말해줄 수 있겠습니까, 무엇을 메모했는지?"

"대대장님이나 중대장님의 명령이라면 나의 수첩을 공개할 수 있습니다. 하지만 그렇지 않은 한 나의 수첩을 보여드릴 수는 없습니다. 단지 분명히 말할 수 있는 것은 그것이 단순히 내 신상에 관계된 메모였다는 사실입니다."

"그 말은 이미 선임하사에게서 들었습니다. 그리고 나는 지금이라도 원하기만 한다면 박소위의 수첩을 볼 수 있습니다. 하지만 나는 박소위가 그런 증거를 아직까지 남길 정도로 어리석다고 생각하지는 않습니다. 서로 장교끼리 속을 터놓고 말합시다."

"이건 모략입니다. 소대 안에 서로 의심하는 분위기가 팽배하니까 공연히 애매한 사람을 제물로 삼아서 불만감의 해소구로 삼으려 하는 것입니다. 그렇지 않습니까?"

"꼭 그렇지는 않습니다. 원래 실습 병력들은 수시로 대대나 연대본부에서 보내는 설문에 응하고 있고, 그날 저녁에도 그런 일이 있었다고 들었습니다."

"그것하고 이 일은 아무런 상관이 없는 것입니다. 그건 단지 의례적인 것에 불과하니까요."

"그렇다면 도대체 그 삭막한 대기 초소 안에서 졸다가 깨어나서 무얼 수첩에 적은 겁니까? 시라도 쓴 겁니까? 박소위는 시인인가요?"

"말하자면 그렇습니다."

"나는 굳이 말을 하자면 그렇다는 말은 듣고 싶지 않습니다. 진실을 듣고 싶다는 것이지요."

"진실을 말하자면 그렇다는 것입니다. 그리고 이제 와서 그런게 다 무슨 소용이 있습니까?"

"좋습니다. 나는 앞으로 박소위가 우리 소대에서 생활하는 동안 겪게 되는 불편에 대해서 책임을 지지 않을 것입니다. 돌아가도 좋습니다."

그는 막사를 나와 식당 쪽으로 걸어가면서, '메모를 하는 행위는 현실적으로 매우 불편한 일이 될 수 있다'라고 생각하고 있었다.

저녁 식사를 마친 박창도를 포함한 다섯 명의 젊은이들은 옥수사의 마당 한쪽 구석에 놓여 있는 평상 위에 앉아서 저녁 어스름의 한가함을 즐기며 담소를 나누고 있었다. 이제 날씨는 제법 신선한 기운을 느끼게 하고 있었다. 이런 계절에 산에서 맞이하는 저녁 무렵은 언제나 그의 마음을 은근하게 깔려오는 땅거미처럼 바닥에 가라앉게 하였다. 그때 언제 나타났는지 장용준이라는 사내가 슬금슬금 다가와 평상의 귀퉁이에 앉아서 크게 기지개를 켰다. 장은 아침 늦게야 술이 덜 깬 얼굴을 하고 절로 돌아오더니 낮 시간은 내내 잠을 자고는 이제야 일어난 모양이었다. 장은 우선 평상 위에서 어떤 대화가 이루어지고 있는가를 탐색하려는 듯 그답지 않게 무표정한 얼굴로 입을 다물고서 콧노래를 낮게 흥얼거리며 거기에 맞춰 한쪽 다리를 흔들고 있었다. 그는 그들 사이에 끼어 있는 박창도의 존재를 경계하고 있는 것이었다. 그는 박창도를 정확히 파악할 수 없는 인간형이라고 규정하고 있었다. 왜냐하면 간혹 술자리에서 서로 죽이 잘 맞아서 그가 격의 없이 지내려고 할 때마다 박창도는 사정없이 그의 허점을 꼬집음으로써 그로 하여금 몇 발자국 뒤로 물러나게 하는 것이었다. 하지만 문제는 그렇다고 그가 쉽사리 박창도를 무시할 수 없었던 것인데, 도대체 박창도는 알 수 없는 인간이었고, 따라서 그에게 있어서 박창도는 만만치 않은 상대였다.
  박창도가 주위 사람들로부터 들은 바에 의하면, 장용준은 고등학교를 졸업한 후 한때 연줄을 잘 타서 세무서에 자리를 얻었다가 어느 날 갑자기 뜻한 바가 있어 직장을 그만두고 산으로 들어가 고시 공부를 시작했다는 것이었다. 장용준은 그 후 이 산 저 산을 옮겨 다니며 공부를 했는데, 그것이 벌써 십 년 가까이 되었다고 했다. 말하자면 그는 이제는 공부에도 집착하지 못하고 그렇다고 달리 할 일도 없어서 어쩔 수 없이 산에 머물러 있는 유형의 고시생이었다. 하지만 어느 정도 넉넉한 편인 그의 집에서는 그에 대한 믿음을 버리지 않고 계속 그에게 송금을 하는 모양이었다.
  그의 경력이 말해주듯, 그는 군대를 다녀오지 않아서 연배가 그리 높지는 않았지만, 명실 공히 옥수사의 터줏대감이었다. 게다가 그는 그곳 젊은이들에게 상당한 인기를 누리고 있었는데, 옥수사에 인접한 소도시 출신인 그는 그곳의 세무서에 있을 때 주로 술집들을 담당하고 있었고 직장을 그만둔 후에도 수시로 산을 내려가서 그중 쓸 만한 술집들의 단골손님 역할을 충실히 수행하고 있었기 때문에 항상 금전적인 문제가 원활하지 못했던 국가고시 준비생들은 자주 그의 이름을 팔거나 직접 그의 신세를 져야 했던 것이었다. 그리고 그는 너무 단순한 감은 없지 않았으나 여하튼 한마디로 호인이었고, 남의 곤란한 일에 나서서 뒤치다꺼리를 즐겨하는 위인이었다.
  그래서 박창도 역시 그를 따라 룸살롱 성격의 술집으로 가서 함께 술을 마신 적이 몇 번 있었는데, 두 사람은 공히 두주불사였기 때문에 급속도로 가까워질 수 있었다. 그러던 중 한번은 늦게까지 함께 술을 마시다가 사소한 화제가 빌미가 되어 논쟁이 벌어졌고, 말싸움 끝에 그들은 서로 인신공격까지 서슴지 않게 되었다. 결국 그들은 서로 번갈아가며 상대방에게, 당신은 그 절에 어울리는 사람이 아니니 산을 내려가라, 당신이야말로 물에 든 새 꼴이니 당신이 먼저 하산해라, 아니다 그렇지 않다, 라고 옥신각신하다가 급기야 박창도가 먼저 그에게 술을 끼얹었고, 이에 밎받아 그도 잔을 머리 위로 쳐들었다가 그 잔이 그냥 그의 머리 위에서 기울어지는 바람에 그는 자기 잔의 술을 스스로 뒤집어쓰고 만 꼴이 되고 말았다. 그는 곧 손을 들어서 얼굴에 흘러내리고 있는 맥주를 걷어냈다. 그러한 모습은 박창도로 하여금 거센 폭소를 터뜨리게 하였다. 그러자 한동안 멍하니 그와 웃는 모습을 바라보고 있던 장용준도 쿡쿡 웃음을 흘리더니 마침내 폭소의 파도에 함께 휘말렸고, 결국 두 사람은 탁자를 두들기며 웃어대다가 종업원이 와서 말릴 때쯤 되어서야 탈진한 상태에서 간신히 진정할 수가 있었다. 그러나 그들은 미친 사람들같이 웃어댄 덕분에 따로이 화해의 말을 나눌 필요가 없었다. 하지만 두 사람은 그날 이후로 어딘지 소원해진 감을 떨칠 수 없었다. 그것이 일주일 전의 일이었다.

박창도는 일주일 만에 그와 함께 자리를 같이한 것이었다. 그들이 별다른 이야기를 하고 있지 않다는 것을 간파한 장용준은 아예 평상 위로 올라앉으며 박창도를 힐끔 바라보았다. 박창도는 그의 시선을 의식하면서, 자신과 장용준은 잘 어울리지 않는 두 장의 메모지와 같으며 그럼에도 불구하고 자신은 그에 대한 호감을 떨치지 못할 것이라고 생각하고 있었다. 그에게 있어서 장용준과의 관계는 이제 시작이었다.

장용준이 평상 위에 자리를 잡자 사람들은 자연스럽게 그를 중심으로 둘러앉았다. 평소에 항상 그가 대화를 주재했던 터여서 그들의 행위는 오랜 습관에서 비롯된 것이었다. 장용준은 사람들의 이목이 자신에게 집중되자 곧 입을 열어 특유의 맑고 부드러운 목소리로 말을 하기 시작했다. 하지만 그때 박창도는 자신이 이곳에서 얼마나 더 버틸 수 있을까 하는 것에 대해 생각하고 있었다. 잠시 후 그는 사람들의 웃음소리가 피어오르는 것을 듣고 장용준 쪽을 바라보았다. 장용준은 그의 시선을 받게 되자 더욱 열띤 어조로 말했다.

"거기에서 그쳤다면 내가 말을 안 해. 이 녀석이 이번에는 길가에 서 있는 우체통에 시비를 붙이는 거야. 우체통 말이야. 녀석은 우체통을 어루만지면서, 이건 볼 때마다 염색한 펭귄 같단 말씀이야, 라고 말하더니, 어디 너도 한번 취해봐라, 이 풍진 세상 나와 함께 취해나 보자, 하면서 다짜고짜 우체통 아가리에다 손에 들고 있던 맥주를 부어 넣는 거야. 그래서 물론 내가 말렸지. 내가 이렇게 말한 거야. 임마, 그렇게 술만 마시게 하는 법이 어디 있어? 술 마시면 담배도 피우고 싶을 것 아냐? 그러고는 내가 피우고 있던 담배를 그 안에 집어넣었지. 알겠어? 담배를 우체통 속에다 집어넣었단 말이야. 그런데 잠시 후에 우체통 아래쪽 사각 모서리에서 맥주가 졸졸 새어나오는 거야. 그러자 그 친구 녀석이, 어쭈, 이놈 봐라, 아무리 술에 취했다기로 길 한가운데서 방뇨를 하네, 그러면서 발로 우체통을 마구 걷어차는 거야. 술김에 몰랐지만 녀석도 지금쯤 발이 꽤나 아플 거야. 그야말로 우체통 수난 시대였어. 그런데 길 저쪽에서 정복을 한 몇 사람이 걸어오는 거야. 신분이 뭔지는 몰랐지만, 우리는 그냥 줄행랑을 쳤지."

끊임없이 이어지는 그의 말을 들으면서 박창도는 주머니에서 휴지를 한 장 꺼내 놓고 상의 주머니를 뒤져 볼펜을 찾았다. 그러나 마침 쓸 것이라고는 아무것도 없었다. 그는 주위를 돌아보았다. 그리고 옆에 앉아 있는 그들 중 나이가 가장 어린 대학생의 셔츠 주머니에 볼펜이 꽂혀 있는 것을 발견하고는 그것을 빌렸다. 그는 구겨진 종이를 펴고서 그것을 무릎에 올려놓고 또박또박 글자를 써나가기 시작했다. 중간 중간에 볼펜의 심이 종이를 뚫었으나 그는 아랑곳하지 않고 있었다. 잠시 후에 여기저기 주름이 잡혀 있는 종이 위에는 '직접화법을 능란하게 구사하는 사내' '집에서 기르는 개가 어느 날 밤 갑자기 이상한 울음소리로 울기 시작하면 사람들은 그 개를 팔아버리거나 잡아먹는다'라고 씌어졌다.

그때 갑자기, 박형은 매일 뭘 그렇게 끄적이는 거야? 라는 말과 함께 손 하나가 뻗어와서 미처 그가 손을 쓸 틈도 없이 그의 손에서 종이를 빼앗아가버렸다. 장용준은 종이를 들어 눈앞으로 가져가더니 큰 소리로 낭랑하게 읽기 시작했다. 박창도는 낭패를 당한 얼굴로 그를 지켜보는 수밖에 없었다. 장용준이 메모된 내용을 읽고 나자 사람들이 모두 폭소를 터뜨렸다. 그러나 장만은 웃지 않고 있었다. 장의 얼굴은 한동안 종이에 가려져 있었지만 박창도는 그가 놀라고 화가 나서 어쩔 줄을 몰라 하고 있다는 것을 짐작할 수 있었다. 과연 곧 장은 종이를 내리면서 그들에게 한번도 보여준 적이 없는 잔뜩 씨그러신 얼굴로 박창도를 향해 소리치기 시작했다.

"박형, 정말 이럴 수 있는 거야? 박형이 그동안 종이에 끄적거리던 것이 다 이 따위 내용이었나? 우리를 관찰해서 매번 이런 결론을 내리고 혼자 히히덕거린 거냐구. 그래도 되는 거야? 박형 눈에는 내가 괴상하게 울어대는 개로밖에 안 보여? 이건 너무 야비하고 파렴치한 짓이야. 그러면 박형은 어떻게 이 개들 사이에서 견디고 있지?"

그의 마지막 말에 그때까지 웃음기를 띠고 있던 주위 사람들의 얼굴이 모두 경직되고 있었다. 박창도는, 그건 장형을 빗대어 한 말이 아니야, 내가 장형을 개라고 생각하는 건 아니라구, 라고 말하려다가 입을 다물어버렸다. 그런 말을 해봐야 어차피 변명으로 들릴 것이었고, 바로 그 순간 장이 손에 들고 있던 종이를 찢어서 그에게 내던졌던 때문이었다. 그는 자신의 앞에 지저분하게 널려 있는 종잇조각들을 내려다보며, 이걸 대체 어떻게 설명해야 하나, 나 자신도 잘 이해할 수 없는 이 일을 남들에게 어떻게 납득시켜야 하나, 라고 생각하고 있었다. 하지만 결과적으로 조각이 난 종이들은 아무것도 아니었다. 그토록 그의 머리를 떠나지 않던 것들이 이렇게 보니 아무것도 아닌 것이었다.

장은 자기가 다소 지나쳤다는 생각을 하고 있는 것인지 더 이상 아무 말도 하지 않고 있었다. 그러나 박창도는 얼굴이 뜨겁게 달아오르는 것을 느꼈다. 그래서 심한 자괴감에 사로잡힌 그는 자신의 손에 힘이 들어가고 있다는 것을 의식하지 못하고 있었다. 그러다가 어느 순간 그의 손에 들려 있던 볼펜이 뚝 소리를 내며 꺾여버렸을 때에야 퍼뜩 정신을 차렸다. 그는 그의 손안에서 반으로 꺾인 볼펜을 한참 내려다보다가 미안하다는 말과 함께 그 훼손된 볼펜을 대학생에게 돌려주고는 천천히 자리에서 일어섰다. 뒤쪽에서 장이 술이나 한잔 합시다, 라고 하는 말이 들렸으나 그는 대답을 하지 않았다.

자신의 방으로 돌아가면서 그는, 이건 매우 시사적이다, 라고 생각하고 있었다. 볼펜이 꺾이고 메모지가 찢겨진 것이었다. 그는 이 산속에서도 자유로울 수 없었다. 그는 물론이고 그의 글도 자유롭지 못했다. 그는 자신이 이곳에서 오래 견디지 못할 것이라는 생각이 들었다. 하지만 그 자체로 자족적인 자유로운 사유(思惟)와 그러한 자유로운 사유의 자유로운 결과물은 그 어느 곳에서도 얻을 수 없을 것이었다. 도망을 친다고 해서 되는 것도 아니었고, 결국 그로서는 어쩔 수 없는 일이었다. 그가 절에 든 지 59일째 되는 날이었다.

그는 완전히 발가벗은 채로 글을 쓰고 있다. 글을 쓰는 행위는 의외로 상당한 체력적인 소모를 요한다. 글을 쓸 때의 그의 버릇은 생각이 막히거나 하면 책상이나 바닥에 머리를 틀어박고서 적당한 말이나 생각이 떠오를 때까지 기다리는 것이다. 그는 곧잘 엎드려서 글을 쓰곤 한다. 아랫배를 바닥에 밀어붙이고 힘을 주면 정신적으로도 든든함이 확보되는 것이다. 그리고 발가벗는다는 것은 자유로움에 대한 적극적인 의지의 표현일 수 있는 것인데, 그러한 의지는 궁극적으로 그의 글에도 반영이 될 것이다. 이것이 글을 쓸 때의 그의 심리적인 자세이다. 그런데 그는 자신의 펜 잡는 법이 잘못되었다는 것을 알고 있다. 펜 끝을 잡는 손가락의 모양이 다른 사람들과 다른 것이다. 그래서인지 그는 쉽게 손가락과 손목이 아프고 피로해진다. 말하자면 펜이나 종이가 역으로 그 사람의 글쓰기를 결정할 수도 있듯이, 펜 잡는 방법 또한 글쓰기에 있어서 중요한 변수로 작용할 수 있는 것이다.

그는 글을 쓸 때 번번이 그 글을 쓰고 있다는 의식에 지나칠 정도로 강하게 사로잡혀 있다. 그것은 말하자면 수동적인 편집증, 혹은 수동적인 집착이라고 할 수 있다. 그는 때로 글을 막 쓰고 난 바로 그 순간 그 글들이 공기를 받아들일 시간도 없이 급속도로 말라붙어서 그 자리에서 화석이 되어버리는 것을 보는 듯한 착각에 빠지곤 하는 것이다. 그렇기 때문에 그의 글들은 대부분 단편적인 기록의 형식에서 더 나아가지 못하는 것이고, 바로 그렇기 때문에 아무런 문학적인 양식을 획득하지 못하는 것이다.

그는 맨손바닥에 글을 쓸 때나 그녀의 벗은 등에 글을 쓸 때가 가장 행복했다. 그때 그 글자들은 그에게서, 그리고 그녀에게서 육체적인 감각으로 살아남아 있는 것이다. 그것들은 결코 화석이 되어버리거나 일년생 풀처럼 말라붙어 버리지는 않는다. 물론 그 행위들은 가장 무상한 것일 수 있다. 하지만 나뭇이 역설적으로 말해서 진정으로 살아남기 위해서는 무상한 행위들의 희생 내지는 원조를 받아야 하는 것이다. 문신이 의미를 가지기 위해서는 수많은 글자나 기호들이 살아 있는 피부 위에서 한낱 덧없이 스러져가는 것이 필요한 것이나 마찬가지이다. 이런 식의 논리를 계속 발전시켜서 말한다면, 늦은 밤에 홀로 앉아 글을 쓰던 사람이 담배가 떨어져서 자기의 머리를 쥐어뜯으며 초조해하거나, 글쓰기에 지쳐서 바닥에 쓰러져버리거나, 급기야 그가 죽어서 이 지구상에서 사라져버리는 것이야말로 '글'이 살아남기 위한 필요충분조건인 것이다.

그는 글을 쓸 때 자주 코뿔소를 연상한다. 그의 펜의 움직임이 코뿔소의 둔중한 움직임과 흡사하다는 느낌이 드는 것이다. 일단 그런 생각이 들면 그가 펜을 놓을 때까지 그의 머릿속에서는 코뿔소가 말라붙은 초원을 무심한 몸짓으로 걸어 다닌다. 그러다가 코뿔소는 때로 분기탱천한 듯 앞을 향해 일직선으로 내달린다. 그러나 어디선가 날아온 밀렵꾼들의 탄환이 그의 정수리를 꿰뚫고, 코뿔소는 앞발을 풀썩 꺾으며 앞으로 고꾸라진다. 그의 주변에서 먼지가 자욱하게 피어오른다. 아직 우기(雨期)가 오려면 한참을 더 기다려야 하는 계절인 것이다.

그는 서류 봉투를 옆구리에 낀 차림으로 대합실에서 기차를 기다리고 있었다. 그는 눈을 들어 열차 시간표를 쳐다보고 있었지만, 머릿속으로는 이제 무엇이든 대충 마무리를 지어야 한다고 생각하고 있었다. 그러나 서울로 상행을 하는 것과 일들을 마무리 짓는 것과는 서로 양립될 수 없는 행위였다. 그래서 그는 망설이고 있는 것이었다. 그는 개찰을 하고 플랫폼에 들어서서도 마음을 정하지 못하고 있었다. 그는 언제까지나 서로 만나지 않고 뻗어나가고 있는 철로를 바라보며 자신이 겪고 있는 갈등이 그 철로와 같은 상황이라고 생각하고 있었다. 하지만 그에게는 기차 안에서 해야 할 사소한 일이 있었다. 그렇다면 그 일 때문에라도 기차를 타야 하는 것이었다.

그는 기차에 올라서 지정된 자리에 앉자마자 봉투에서 백지 상태의 양면 괘지 세 장을 꺼내고 만년필을 뽑아 들었다. 그러고는 기차가 발차하자 종이의 맨 윗줄에 '기차가 떠나기 시작했소'라고 썼다. 기차의 흔들림이 차츰 심해지고 있었다. 그는 만년필의 뚜껑을 닫아 무릎 위의 종이들 위에 올려놓고 시선을 창밖으로 돌렸다.

이십 분쯤 지나 기차가 두번째 역을 정차하지 않고 지나칠 때, 그는 다시 펜을 들고 기차의 흔들림에 유의하며 두번째 줄 좌단부터 글을 써나갔다. '기차가 벌써 강경역을 통과했소. 당신도 이 기차를 여러 번 타보았으니 내가 어디쯤을 달리고 있는지 짐작할 수 있을 것이오. 나는 지금 당신이 내게 준 만년필로 이 글을 쓰고 있소. 기차는 그리 빨리 달리는 편은 아니오. 하지만 물론 나의 펜이 종이 위를 달리는 속도보다는 훨씬 빠르오. 나의 펜의 속도는 시속 얼마나 될까요? 그러나 이 펜은 달리는 기차 위에서 달리고 있으니 그렇다면 내 손에 붙어 있는 가속도도 그리 만만치가 않은 것이오. 그런데 문제는 내 머릿속 생각의 속도가 나의 손의 속도보다, 그리고 지나치는 풍경의 속도보다 빠르지 않다는 것이오. 아마도 나는 그렇기 때문에 매사를 메모해두려 하는 것인지도 모르겠소. 생각에는 질량이 없어서 가속도가 전혀 붙을 수가 없는 것이거든. 그리고 어쩌면 지금 내가 당신에게 글을 쓰고 있는 것도, 기차의 빠른 속도에 편승하여, 평소에 느리게만 움직이는 생각을 좀더 빨리 달리게 해보고 싶은 바람 때문인지도 모르겠소. 그러나 여하튼 나는 오늘만은 채찍질을 해서라도 생각을 내달리게 할 생각이오. 기대해도 좋소. 그거야말로 당신이 항상 바라던 바였으니까. 하지만 나는 당신이 생각하듯이 그렇게 정태주의자라거나 과거 편향자는 아니오. 오히려 그 반대로 현재와 과거에 확실과 완전을 기하여 좀더 철저하게 미래를 준비하려는 타입이지.'

여기까지 쓰고 난 그는 펜을 놓고 손을 들어 얼굴을 쓸어내렸다. 그리고 얼굴을 손에 묻은 채로 오랫동안 움직이지 않았다. 기차가 세번째와 네번째 역을 통과하여 다섯번째 역에 이르러 일 분간 정차를 하였다가 천천히 떠나기 시작하였을 때에 그는 다시 펜을 잡았다. 그는 아직까지보다는 훨씬 빠른 속도로 펜을 움직였다. 역을 벗어난 기차는 잠시 후 철교 위를 달리면서 요란한 소음을 일으켰다. 그러니 그는 펜을 멈추지 않았다.

'이상한 일이지만, 이제는 오히려 차가 서 있을 때에는 더 글이 써지지 않소.

기차가 역에 서 있으면 나도 머릿속이 멍해져서 아무 생각 없이 자리에 앉아 있는 것이오. 그러다가 차가 다시 움직이면 그제서야 내 머릿속도 회전을 하게 되오. 따라서 글자가 어쩔 수 없이 난필이 되고 있소. 하지만 이 세상의 누구보다도 당신은 지금 내가 처한 상황을 잘 이해하리라 믿소. 그것은 우리 둘이 함께 처한 상황이기도 하니까 말이오.

때로 차의 흔들림으로 인해서 의도하지 않았던 글자가 씌어질 때가 있소. 당신도 그런 경험이 있는지 모르지만 그럴 때는 나는 그 글자로 시작하는 단어를 다시 생각해내서 이 글을 연결시킨다오. 그건 매우 재미있는 일이오. 글의 속도는 아까보다는 빨라져 있소. 그러나 글이나 상념에는 제한 속도가 있는 모양이오. 속도를 좀더 내려 하면 어김없이 납덩어리로 된 추가 거기에 매달리는 것이오. 생각해보니 납으로 된 추라는 것은 상당히 상징적 의미를 가지는 듯하오. 그것은 균형 감각을 유지하는 데에 필수적이기도 하니까.

옥수사라는 절의 분위기는 예상했던 것보다 더하지도, 덜하지도 않아요. 단지 여자 주지 스님의 나에 대한 각별한 배려가 힘을 북돋아주기도 하고 동시에 그것은 부담이 되기도 하오. 내가 처음 그곳에 갔을 때 그녀는 나를 한참 동안 뜯어보더니 나의 생년월일과 생시를 묻더군요. 그래서 대답을 해주었더니, 사주를 짚어보고는 바로 나 같은 사람이 그 절에 언젠가는 나타날 것이라는 것을 알고 있었고 그래서 기다리고 있었다고 하지 뭐요. 나 같은 사람이라니요? 라고 물으니까 그녀가 하는 말이 걸작이오. 그녀의 말에 의하면, 나는 천기(天機)를 누설할 운명을 타고났고 그것 때문에 이름이 나긴 하지만 동시에 재앙을 받게 된다는 거요. 하지만 내가 천기를 발설하지 않고 일생을 조신하게 살아간다면, 하늘로부터 그에 대한 부응을 받게 된다고 하더군요. 그러고는 이 같은 사람 옆에는 자기가 있어야 한다고 덧붙이는 거요. 그래서 내가 간신히 웃음기를 감추고서 스님이라고 할 수도 없는 스님에게, 그 천기라는 것이 도대체 무엇이관대 그러십니까? 라고 물었더니, 자기가 말한 천기는 나의 머릿속에 들어 있고 나의 얼굴에 씌어져 있긴 하지만 자기로서는 알 수가 없다고 대답하는 것이었소. 하긴 그건 그럴 듯한 말이었소. 정말로 그것이 천기라면 그녀가 알 수 없어야 할 터이니까. 그날 나는 혼자 되었을 때 많이 웃으면서 장난삼아 내가 알고 있는 비밀이 어떤 것일까에 대해 생각해보았는데, 그 비밀이라는 것은 그 주지 스님이 형편없는 엉터리 점쟁이라는 것이었소. 어때요, 재미있소? 당신 웃는 모습이 눈에 선하오. 지금 기차는 마곡을 지나고 있소. 이제 곧 우리는 긴 터널을 통과할 것이오. 따라서 나는 어둠침침한 불빛 밑에서는 글을 쓰고 싶지 않으므로 잠시 손을 쉬도록 할 생각이오.'

기차가 터널을 통과한 한참 후에도 그는 선뜻 글을 쓰려 하지 않고 있었다. 그러나 그는 계속 만년필을 만지작거리고 있었고, 한번은 만년필 뚜껑을 입에 물고 뽑기까지 하였으나 힘없는 손길로 다시 닫았다. 그의 얼굴에는 햇살과 그림자가 번갈아 스쳐 지나가고 있었으나 그의 표정은 우울함과 어두움으로 일관되어 있었다. 그때 차가 신호 교대 관계로 오 분간 정차를 하였고, 특급 열차가 지나친 후 다시 발차를 하였을 때 그는 마음을 정하고서 펜을 들었다. 그러나 손의 움직임은 눈에 띄게 느려져 있었다.

'터널을 통과하는 중에 흐린 조명을 받으며 그 천기라는 것에 대해 다시 생각해보았소. 그러다가 나는 내가 암암리에 몇몇 가지 사항에 대한 언급을 금기로 여기고 있다는 것을 깨닫게 되었지. 그것은 우선 나의 글쓰기 행위가 다른 사람들에게 절대 공격적으로 작용해서는 안 된다는 것이었소. 나의 메모들은 항상 그 자체로 자족적이어야 했던 거요. 그러다 보니 당신에게서 내가 현실을 왜곡시키고 있다는 비난을 받은 것이 아닌가 하오. 그리고 또 한 가지는 그것이 구체적이어야 한다는 것이었소. 섣불리 추상적이어서 소위 삶의 진실이라는 것을 어설프게 드러내려 해서는 안 된다는 것이지. 그 외에도 몇 가지가 더 있소. 예를 들면, 사소한 일화를 가지고 어떤 보편성에까지 나아가려 해서는 안 된다는 것, 그 일화들을 서로 짜 맞추어서 어떤 질서 있는 세계를 이루려 해서도 안 된다는 것 등등이 그러하오. 하지만 그런 이야기들은 어쩔 수 없이 추상적일 수밖에 없으니 여기서 그만두기로 합시다.

기차가 방금 성천역을 통과했소. 알다시피 나는 군대 생활을 하는 동안 항상 머릿속에서 그때그때마다 화두를 설정하여 그것을 발전시켜서 하나의 단상(斷

想)으로 완결 짓는 행위를 계속해왔지. 물론 결국 제대를 한 달 앞두고 불명예 제대를 하게 된 것도 다 그런 탓이기도 하지만, 그거야 어떻든 간에 당시에 내 머리를 떠나지 않은 중요한 화두들 중의 하나가 "자족적인 세계를 이룰 수 있는 여자와의 만남"이라는 것이었소. 군대라는 폐쇄적인 세계에서는 자주 그런 낭만적인 생각을 하게 되기 마련이오. 지금 나는 그 화두에 당신을 대입시켜보고 있는 중이오. 하지만 생각이 잘 진척되지 않고 있소. 단지 한 가지 깨달은 것이 있다면 그것은, 남녀의 만남을 통해서 자족적인 세계를 이루고자 하는 바람을 가지고 있으면서도 나 스스로는 그런 세계를 이룰 수 있는 능력이나 준비가 전혀 갖춰져 있지 않다는 사실이오.

방금 회양리를 지나쳤소. 각 역 사이의 한 구간마다 한 가지 생각을 하기로 합시다. 아무리 생각해보아도 나는 그동안 글쓰기의 마수에 사로잡혀서 너무 불편한 삶을 살아왔다는 생각이 드는 것이 사실이오. 나는 언젠가 회상조의 글은 쓰지 않겠다고 공언했지만 이번 경우는 어쩔 수 없군요. 돌이켜보면 그 불편함은 나에게만 국한되었던 것이 아니었던 것으로 여겨지기 때문에 아무래도 이에 대한 이야기를 하지 않을 수 없는 것이오.

그 불편함이란 다름 아니라 메모하는 행위의 공격성에서 비롯되는 것이었소. 이미 위에서 나는 공격성이라는 것이 나의 절대적인 금기들 중의 하나라고 말한 바 있지만, 그럼에도 불구하고 본의 아니게 그렇게 된 적이 여러 번 있었던 것이오. 한번은 여행용 가방을 사기 위해 잡화들도 취급하는 제법 큰 규모의 슈퍼마켓에 들렀을 때에 있었던 일이오. 그때 나는 남녀용 가방을 파는 코너에서 물건을 고르고 있었소. 그러나 마땅한 물건이 눈에 띄지 않아서 몸을 돌려 나가려 하는데, 나보다 먼저 들어왔던 한 여자 손님도 나와 같은 생각이었는지 빈손으로 돌아서고 있었소. 그러자 그녀와 흥정을 벌이고 있던 여자 종업원이 입구를 막아서듯이 하고서 그녀에게 물건 살 것을 종용하는 것이지 뭐요. 그녀는 단호히 거절하고는 비켜서라고 말했지만, 종업원은 여전히 한 손으로 출입문의 기둥을 짚고 서 있었소. 당연히 두 사람 사이에서는 언쟁이 벌어졌던 것이오. 그 광경을 지켜보고 있던 나는 여자 종업원의 모습에서 뭔가 영감을 얻은 바가 있어서 무심코 쇼윈도 옆에 부착된 봉투에서 종이를 한 장 꺼내어 거기에다가 "나가는 길을 가로막고 서기"라고 썼소. 그렇게 쓰고 나서 고개를 들었을 때 나는 종업원이 붉으락푸르락한 얼굴로 나를 바라보고 있는 것을 발견한 거요. 나는 처음에는 영문을 몰라 어리둥절했지만 알고 보니 상황은 간단한 것이었소. 내가 꺼내 든 종이는 모 여성 단체에서 소비자 보호를 위해 불량 상품 판매나 불법 판매 행위를 고발할 수 있도록 각 판매처에 비치해놓은 신고 카드였던 것이오. 그다음 상황이 어떻게 전개되었는지는 내가 굳이 말을 하지 않더라도 짐작할 수 있으리라 믿소.

이외에도 그런 예는 얼마든지 있소. 여하튼 나는 그런 식의, 나와 다른 사람들의 불편함에 질려버리고 만 거요. 이 사회는 아직 무언가를 쓴다는 행위를 경원하고 있는가 보오. 따라서 나 같은 사람은 살아가기가 매우 불편하오. 과장된 말로만 듣지 말기를 바라오. 내가 문자 행위를, 즉 글 쓰는 것을 포기한다면 바로 그러한 불편함에서 비롯되는 피로감이 누적된 결과라는 것도 그 여러 이유들 중의 하나가 될 것이오. 그렇다고 나는 추상적이고 상상적인 글을 쓸 수는 없소. 그런 건 내 취향에 맞지 않기 때문이오.

장황한 이야기를 늘어놓느라고 역을 두 개나 그냥 지나쳐버렸소. 나는 지금 매우 피곤하오. 피로감이라는 단어를 쓴 순간부터 나는 실제로 피로감에 짓눌려버렸소. 따라서 나는 금천역에서부터 서울에 닿을 때까지 잠을 자도록 할 것이오. 벌써 잠이 쏟아지고 있군요. 잠을 잔다는 것은 이 따위 글을 쓴다는 것보다 훨씬 의미 있는 일이 될 것이오.'

그는 기차가 서울에 도착했을 때에야 잠에서 깨어났다. 그는 종이들을 주머니에 구겨 넣고 자리에서 일어났다. 여하튼 글을 썼던 덕분에 지루한 기차 여행 시간을 수월하게 보낸 셈이었다. 그것은 그가 글쓰기라는 행위를 통해 최초로 얻은 보상이었다. 그는 가슴 뿌듯한 기분을 느꼈다. 그러나 그는 그러한 기분을 두 번 느끼게 되지 않을 것이라고 생각하고 있었다. 이제는 모든 것이 마무리 지어질 것이었기 때문이었다.

사유(思惟)의 자유, 글 자체의 자유, 그로 인한 사람의 자유.

박창도는 이상의 세 자유를 동시에 확보하기 위하여 고심하고 있었다. 그는 우선 맨손바닥에 글을 쓸 때 느꼈던 감각적인 쾌감, 혹은 행복감을 머리에 떠올렸다. 그러나 손에 느꼈던 그 도취감을 눈이나 머리에로 옮길 수는 없었다. 손과 머리는 너무 멀리 떨어져 있어서 그 둘이 가까워지기도 전에 그 감각은 공기 중으로 사라져 무화되어버릴 것이었다. 그렇다면 그는 자신의 머리에, 뇌세포에 글자를 써 넣어야 했다.

그는 생각을 다시 시작하여야 했다. 사람의 사유를 통해서 글이 이루어지는 것이지만, 어차피 그는 자신을 글쓰기 행위에 비끄러매고 있는 이상 순서를 바꾸어, 글로부터 사유를 통하여 사람에게 도달해야 하는 것이 아닐까? 아니면 글을 사람과 사유의 중간에 위치시켜야 하는 것인가? 그러나 그 전에 여기에서 글이라 함은 박창도가 써놓은 글들, 메모들을 말한다는 것을 미리 짚고 넘어가야 할 것이었다. 물론 그는 그 메모들을 다시 정리하여 각각 독립된 이야기들로 만들어놓았다. 하지만 그것들은 여전히 단편적인 약간 긴 메모들일 뿐이었다. 그의 글의 성격이 이러한 이유는 그가 자신이나 자신의 사유보다도 글 자체를 자유롭게 하고자 했기 때문이었다.

그러기 위해서 그가 택한 방법은, 우선 양식상의 문제에 있어서 그 글들을 단세포화시켜 각각 독립된 자유를 누리게 함으로써 나아가 전면적인 자유를 지향할 수 있도록 한 것이었고, 다음으로 내용적인 문제에 있어서 자연적인 상태, 즉 글쓰기 이전이나 글 쓰는 행위 그 자체를 글의 대상으로 삼음으로써 생성의 근원의 자리에 그것을 위치시킨 것이었다. 따라서 그는 언감생심 자신의 글들을 연결시키는 것은 물론이고 한자리에 모아놓는 것조차 할 수 없었다. 그것은 자유로움이라는 말이 지니고 있는 원칙에 위배되는 것이었다. 그리고 그것이 박창도의 최대의 약점이자 동시에 어느 정도는 강점이 될 수도 있는 터였다.

하지만 그것만으로 그의 글은 자유를 확보하는 것인가? 그리고 글을 암암리에 상정하고 있는 사유는 어떠하고, 글과 사유의 잠재적인 주체인 박창도 자신은 어떠한가? 글이 진정한 의미에서 자유롭다면 이를 통해서 사유와 사람도 자유로워야 할 것이었다. 그러나 단 한 가지 분명한 것은, 그의 글이 이렇게 훼손된 형태로 남아 있는 것은 사유와 사람의 자유를 위한 공간을 확보하기 위한 것이었다. 그렇게 함으로써 글의 존재에 부응하는 모든 것들이 하나의 화석(化石)이 되어 거대한 상징으로 우뚝 설 수 있게 해야 하는 것이었다. 화석이 되는 것이 오히려 가장 자유로울 수 있는 것이었다.

그러나 그는 근본적으로 자신의 글이 지니는 의미에 대해 불신하고 있었고, 그것들이 사건 판례집이나 신문의 사회면보다 나을 수 있다는 것조차 자신할 수 없었다. 결국 그가 내린 결론은 내키지 않는다 하더라도 그동안 자신이 쓴 글들을 모두 다시 읽어보아야겠다는 것이었다. 어쩌면 그는 쓰기보다는 읽기에 의해 구원받을 수 있을지도 모르는 일이었다. 그리고 바로 그때 그와 그의 사유와 그의 글이 구원, 아니 구제받을 수도 있는 것이었다. 읽기는 쓰기보다 훨씬 완벽하고 자족적인 행위였다. 거기에서는 이미 확보된 글의 자유 위에서 사람과 사유의 자유만이 문제될 것이었기 때문이었다.

그는 자신의 생각을 실행에 옮기기 위해서 자리에서 일어섰다. 그러나 그는 서랍 속에서 이미 단단한 화석으로 굳어 있는 메모지들을 끄집어내기 전에 먼저 수첩을 꺼내어 마지막 장에 마지막으로 이렇게 썼다.

'사유의 자유, 글 자체의 자유, 그로 인한 사람의 자유' '화두, 기록, 화석.'

최수철(崔秀哲)

1958년 춘천 출생. 서울대학교 불문과 및 같은 과 대학원 졸업. 1981년 조선일보 신춘문예 소설 부문에 「맹점」이 당선되어 등단. 윤동주문학상, 이상문학상 수상. 『공중누각』(1985), 『화두, 기록, 화석』(1987), 『내 정신의 그믐』(1995), 『분신들』(1998), 『몽타주』(2007) 등의 소설집과 『고래 뱃속에서』(1989), 『즐거운 지옥의 나날』(1991), 『어느 무정부주의자의 사랑』(1991), 『녹은 소금, 썩은 생강』(1991), 『알몸과 육성』(1991), 『벽화 그리는 남자』(1992), 『불멸과 소멸』(1995), 『매미』(2000), 『페스트』(20005) 등의 장편소설 출간.

작품 세계

최수철은 이인성과 더불어 1980년대 소설에서 정치적 아방가르드 경향과 대비되는 미학적 아방가르드의 경향을 대표하는 작가라고 할 수 있다. 글쓰기의 자의식을 탐구한다는 점에서는 동일하나, 이인성이 주로 작가-서술자, 인물-독자로 구분된 소설 텍스트의 내부와 외부의 경계에 초점을 두고 있다면, 최수철의 경우에는 주로 의식-언어-세계의 관계를 문제 삼고 있다는 점에서 구분된다. 첫 소설집 『공중누각』과 두번째 소설집 『화두, 기록, 화석』에 실린 소설들은 이러한 초기의 양상을 보여주는 사례이다.

이후 언어, 의식에 대한 탐구에 다른 영역들이 결합되어 장편 형식으로 확대되면서 최수철 소설은 새로운 국면으로 접어든다. 사회학적 상상력(『고래 뱃속에서』), 일상성(『어느 무정부주의자의 사랑』 4부작 및 『불멸과 소멸』), 영상 이미지(『벽화 그리는 남자』) 등의 외적 세계에 대한 탐구가 내면 탐구와 결합되면서 최수철의 소설 세계는 그 외연을 확대해나간 바 있다.

1990년대 중반 이후 『내 정신의 그믐』 『분신들』 등의 소설집에서 최수철은 의식의 심연, 이른바 '정신의 그믐' 지대를 이미지화하는 작업을 전개한다. 그곳에서 출몰하는 '분신들'은 의식이 그 자신과 대면하는 순간에 발생하는 자의식으로부터 유래한 것이다. 이 단계에서는 초기의 몽상적 글쓰기의 특성은 약화되고 비현실적 상징을 통해 주제가 관념적으로 드러나는 경향이 있다. 그럼에도 자아의 외부보다는 내면을 추구하는 초기의 특성은 어느 정도 유지되고 있다. 기억상실증에 걸린 주인공이 꿈과 환상 속에서 매미로 변신하는 과정을 통해 기억과 존재의 관계를 천착하고 있는 장편 『매미』(2000)를 비롯한 최근작에서도 최수철의 일관된 소설적 지향성을 확인할 수 있다.

「화두, 기록, 화석」

「화두, 기록, 화석」은 세속적 입신출세를 위해 어느 지방 소도시 근교의 작은 절에서 공부하고 있던 '나'가 그곳에서 만나 1년 정도를 함께 지낸 박창도라는 사내를 소개하는 겉이야기와 어느 날 홀연 사라진 박창도가 남긴 글을 편집한 내용의 속이야기로 구성된 액자소설 형식을 취하고 있다. 그리고 속이야기는 옥수사(玉水寺)에서의 현재와 6년 전 훈련소에서 보병장교 훈련을 받던 과거가 교차되면서 전개된다.

이 소설의 줄거리를 요약하는 작업은 힘들 뿐만 아니라 크게 의미 있는 것도 아니다. 소설의 구절을 빌리자면 "이 글은 시간순에 따르는 것도 아니고, 그렇다고 어떤 논리적인 연계를 이루고 있는 것도 아니다. 단지 이 글은 먼저 읽은 사람으로서 얻은 전체에 대한 통찰의 감각에 의해 자의적으로 배열해 놓았을 뿐"이기 때문이다. 이러한 특징은 소설 속의 박창도의 의식을 통해 제시된 '은폐와 왜곡의 욕구, 자기 합리화와 허황된 자기 실현의 취향'의 한계를 필연적으로 갖는 회상조 글쓰기에 대한 의식적인 반발과 부합되는 것이기도 하다.

이 소설의 전략은 소설 속의 용어로 하자면 '행위 글쓰기 action writing'로 말해질 수 있다. 보통 예술의 주체와 그 주체에 의해 산출된 예술 작품이 분리되지 않고 예술을 제작하는 행위가 예술의 내용 그 자체인 경우를 일러 '행위 예술'이라 하거니와, 이 소설처럼 소설을 창작하는 의식 혹은 과정이 곧 소설의 내용을 이루고 있는 경우를 두고 '행위 글쓰기'라고 부를 수 있을 것이다. 그것은 곧 '글쓰기 이전이나 글쓰는 행위 그 자체를 글의 대상으로 삼음으로써 생성의 근원의 자리에 그것을 위치시킨 것'으로 설명될 수 있다. 이러한 글쓰기의 실험이 목표로 삼는 것, 그것은 소설의 마지막 구절에서 제시되고 있는 바와 같이 '사유의 자유, 글 자체의 자유, 그로 인한 사람의 자유'일 것이다.

주요 참고 문헌

진형준의 「소통 이전의 언어 꿈꾸기」(『화두, 기록, 화석』 해설, 문학과지성사, 1987)는 이 시기의 최수철의 소설이 소통의 언어 이전의 자연적인 언어의 차원을 추구한다고 보면서 그러한 추구를 타자 혹은 세계에 대한 근원적 이해에 대한 시도라고 설명한다. 그는 이러한 설명을 통해 최수철이 자아에 폐쇄되었다고 지적되는 초기 소설의 한계로부터 벗어나는 계기를 드러내고 있다. 김정란의 「부재하는 여자, 또는 내면의 순결한 붉음」(『작가세계』 1998년 겨울호)에서는 최수철 소설의 주제를 언어 탐구, 여자찾기, 자아 완성, 육체성의 문제, 일상과 억압의 문제 등으로 범주화하면서 초기의 심층적인 상징적 특성이 우화적 알레고리로 변화해가는 최수철 소설의 변모를 비판적으로 분석하고 있다.

_손정수

이승우
구평목씨의 바퀴벌레

오늘, 구평목씨는 출근하지 않았다.
그의 결근에 바퀴벌레라는 미물이 연루되었을 개연성이 있을 리 없고 보면, 부지불식간에 그의 결근 사유로 바퀴벌레를 내세운 나의 처사는 참 어처구니없고 적잖이 당황스러운 일이 아닐 수 없었다. 그것은 얼핏 진지성을 결한 임기응변으로 치부될 수 있는 문제였다. 그리하여 사태를 엉뚱하게 오도하려 든다는 비난의 표적이 될 수도 있는 일이었으며, 그렇게까진 아니더라도 그 시간과 자리의 분위기에 대한 정당한 고려를 외면한 채 무분별하게 내뱉은, 그래서 전혀 웃음을 만들어내지 못한 위악적인 우스갯소리로 내몰릴 소지는 다분한 말이었다.
그러나 그러한 비난과 의혹을 받아들여야 마땅한 장본인인 나로서는 기실 그 비난과 의혹이 섣부른 오해에 다름 아님을 밝히지 않고 넘어갈 순 없다. 빌어먹을 놈의 흉물. ……따지고 보면 문제는 모두 그놈의 바퀴벌레에서 기인한 것이 아닌가.
나는 언제나처럼 조간신문을 건성으로 읽어 넘기며 활자의 크기와 기사의 무게, 기사의 크기와 내용의 무게 사이의 정비례 또는 반비례 관계를 가늠하는

---

* 「구평목씨의 바퀴벌레」는 『문학사상』 1986년 5월호에 발표되었고, 이후 소설집 『구평목씨의 바퀴벌레』(문학사상사, 1987)에 수록되었다.

따위로 업무 시작 전의 애매모호한 시간을 죽이고 있었다. 마침 스푼과 잔이 부딪는 소리를 듣기 좋게 딸그락거리며 미스 석이 커피를 만들어 내왔다. 부드러우면서 자극적인 그 커피 향이 신문지의 잉크 냄새와 알맞게 어우러져 몸속의 내분비 기관 하나하나를 착실히 깨우고 돌아다니는 과정을 조심스럽게 즐기고 있던 참이었다. 그런 식으로 하루 일과를 시작하기 위해 준비 운동을 하고 있었던 것인데, 말하자면 그 난처한 사태도 거기 어디쯤에서 함께 준비 운동을 하고 있었던 셈이라고 할까.

다시 말하지만, 나는 커피를 홀짝이며 오른손에 펴 든 신문을 훑어내려가고 있었다. 신문은 한 소련 정보원의 망명 소식을 주절주절 늘어놓고 있었다. 커피는 우박처럼 체내에 부어져서 게으름이 체질화된 세포들을 긴장시키기 시작했다. 아마도 뜨거운 커피 잔을 입술에 가져갔다 내려놓기를 세 번 정도 반복한 후였을 것이다. 막 커피 잔을 책상 위에 탁 소리가 나게 내려놓으면서 나는 언뜻 무언가 잘못되어지고 있는 듯한 수상한 예감의 엄습을 받았다. 막연하긴 하지만 결코 함부로 무시할 것을 허용하지 않는 위협적인 예감이었다. 나는 일순 심신 간의 모든 동작을 중지했다. 입 안에 옮겨 부어 반쯤은 식도로 넘겨버린 나머지의 커피액을 급히 입 안에 가뒀다. 그리고 그때까지도 줄곧 들고 있던 망명한 소련 스파이의 단정한 얼굴을 버렸다. 이 수상한 예감은 어디서부터 발원하는 것인가. 나는 요모조모 숨가쁘게 짚어나갔다. 그런데…… 맙소사. 나는 불시에 급소를 걷어챈 경우처럼 '읍' 하고 낮은 신음을 깨물었다. 식도를 타고 내려갈 기회를 유보당한 반 모금의 커피가 갇혀 있는 입 안, 보다 정확하게 말해서 윗니와 잇몸이 닿는 경계선상에서 그 지랄 같은 예감이 꼼지락거리고 있음을 깨달은 것이다. 그 깨달음은, 선뜻 해명하기 어려운 불쾌감, 그러니까 나의 의사대로 조종할 수 없는 하나의 버젓한 생명체가 나의 입속에서 기어 다니고 있는 듯한 섬뜩함이 동반된 이물감을 거느리고 있었다. 그러자 나의 입 안, 보다 정확하게 말해서 윗니와 잇몸이 닿는 경계선상에서부터 시작해서 거기에 면해 있는 혀의 민감한 돌기를 위로 삭은 벌레 한 마리가, 실제로, 꼼지락거리며 기어 다니기 시작하는 것이, 확실하게, 느껴졌다.

이놈의 바퀴벌레.

그 수상한 예감의 실체가 한 마리의 곤충임을 확인하긴 하였지만, 그 확인은 그 난국을 빠져나오는 데 하등의 길잡이도 되어주지 못했다. 정말로 어찌해야 좋을지 난감한 순간이었다.

삼킬 순 없었다. 그렇다고 사무실 바닥에다가, 그것도 하나같이 자리에 앉아 커피를 마시고 있는 동료들의 면전에다 대고 토해낼 순 더욱 없는 일이었다. 되도록 빨리 일어나 화장실을 찾아가는 것만이 유일하게 가능한 길이었는데 그도 맘대로 되지 않았다. 나도 모르는 사이에 바퀴벌레를 입 안에 털어 넣고 삼키려 한다는 데 생각이 미치자 나는 갑자기 경황이 없어져버렸고, 그런 와중에서 그야말로 '경황없이' 침을 한 번 꿀꺽 삼킨 것은, 실속이야 있든 없든 고조된 긴장에다 쉼표를 한 차례 찍어보려는 시도 같은 것으로 이해되어 자연스러울 터였다. 한데 그다음이 문제였다. 나는 경황없이, 그러나 마땅히 예상할 수 있는 반응으로서 침을 삼켰다. 침을 삼킨 사실이 하나의 굳어진 현실로 인식되어지는 그 매우 짧은 찰나에 나는 내가 단순히 침만을 삼킨 것이 아님을 더불어 인식해야 했다. 어처구니없는 일이었다. 더욱 난감한 일이 아닐 수 없었다. 나는 순간적으로 울상을 지었다. 엉겁결에 똥을 밟아버린 표정이고, 쓰디쓴 소태를 씹는 낯색인 데다가 말 그대로 '살아 있는 바퀴벌레를 삼킨 자'의 낯색이었을 것이다.

"윤형은 혹시 모르시오? 구평목씨가 왜 안 나왔는지."

아마도 달착지근한 커피 잔에 슬며시 기어 들어온 지저분한 곤충에다가 내가 전 신경의 올을 칭칭 감아대고 있는 동안, 동료들은 아직 자리가 비어 있는 구평목씨의 결근을 화제 삼고 있었던 모양이었다. 그때까지 잠잠히 앉아 있는 나를 지목하여 권부장이 말을 시켜왔다.

"그래도 윤형이 구평목씨완 젤 가깝잖소."

그건 그렇다. 유난히 비사교적인 데다가 말까지 더듬는 구평목씨가 이 사무실 내에서 사적인 이야기를 제법 부담 없이 꺼낼 수 있는 사람은 그래도 대학 후배인 나뿐이었으니까. 어제도 퇴근 후 나는 그와 술집에 함께 있었다. 그는 여느 때와 다름없이 나보다 더 마시고 나보다 늦게 취했다. 비사교적인 사람이 으레 그렇듯이 술이 한두 잔 들어가면서 평소보다 말이 많아져서 횡설대긴 했지만……. 우리가 어제 무슨 이야기를 주고받았던가. 어렴풋한 대로, 술자리가 늘상 그러하듯 직장의 상사 한두 사람을 안줏감으로 상에 올렸고, 도대체가 오리무중인 말단 샐러리맨의 막막한 시야에 대해서 자조적인 독백을 주워섬기기도 하였고, 그러다 제법 지사연하며 '사회 구조의 체질적 모순' 따위를 들먹였던 것 같다. 그런데 지금 생각해도 그 술자리의 막판이 희미하기만 하다. 확실한 사실은, 그가 갑자기 급한 볼일이 생각난 사람의 몸짓으로 후닥닥 자리를 박차고 나갈 쯤해서 나는 꼭대기까지 술이 차 있었다는 것이다.

그렇긴 하지만, 나라고 그의 결근에 대해 무슨 의견이나 힌트를 가지고 있을 리 만무였다.

"구평목씨가 결근한 것을……."

사실을 말하면 그가 결근한 것 따위는 문제가 아니었다. 그건 아직 나의 관심 밖이었다. 나는 그저 엉겁결에 식도로 내려보낸 바퀴벌레가 그 날랜 발을 움직여가며 나의 심장, 허파, 간, 위장, 십이지장, 그리고 정맥과 동맥 속을 헤엄쳐 다닐 것을 상상하면서 치밀어 오르는 구역질을 힘겹게 참아내고 있던 참이었다. 그런 사정이고 보면 구평목씨의 결근이 좀처럼 나의 관심을 끌 수 없었으리라는 점은 쉽게 이해할 수 있을 것이다. 해서 나는 "구평목씨가 결근한 것을 내가 어찌 알겠습니까?" 하는 반문 형식으로 나를 향한 질문을 돌려줄 생각이었다.

그런데 사태는 거기서 한 번 더 뒤틀리고 있었다. 내가 막 "구평목씨가 결근한 것을……" 하려는데 그때까지도 역시 건성으로 신문을 뒤적이고 있던 맞은편의 최기자가 심상치 않은 나의 낯빛을 포착해버린 모양이었다.

"어쩐 일이야? 된장인 줄 알고 똥이라도 잘못 삼킨 사람의 얼굴을 하고. 결근을 해야 할 쪽은 윤형인 것 같은데?"

'경황이 없었다'는 말만큼 그 의미이 진폭이 그고, 그만큼 쓰기 변리한 표현이 있을까. 나는 경황이 없었다. 이 경우 이 표현법은, 머릿속을 드나드는 이런

저런 자극들에게 질서를 부여하여 적절하게 반응하도록 유도하는 뇌의 고유 기능이 더 이상 작동하기를 그쳤다는 의미로 사용된 것이다.

거듭 말하지만 나는 경황이 없었다. 나는 그때 권부장의 질문을 돌려주려고, 바퀴벌레가 들어간 이후 줄곧 닫혀 있던 입술의 문을 달싹거리려던 순간이었다. 한데 바로 이어서 접수하고 만 최형의 의문에 대해서도 마찬가지로 곧장 해명을 시도하려 드는 조급증의 발동이 문제였다. 일의 우선순위나 시간의 편차에 따른 원근법의 지배로부터 풀려나온 의식상의 무정부 상태라고나 할지. 질서를 통제받지 못한 무정부주의자인 '말'들이, 그리하여 권부장과 최형을 향하여 한꺼번에 터져.나왔고, 그러자 터져 나온 말들은 풀풀 날아다니며 대기 속에다가 혼란한 무정부를 세웠다.

"구평목씨가 결근한 것은…… 빌어먹을, 바퀴벌레 때문이에요."

이쪽저쪽에서 무슨 뚱딴지같은 소리냐는 힐난조의 반응이 일어난 것은 말할 필요도 없었다. 왜, 바퀴벌레 무서워서 일 못하겠대? 그럴 만도 하지. 좀 극성이어야 말이지. 그래도 귀엽잖아. 사무실이 한층 운치 있어 보이고. 그놈의 운치 한번 별종이로군. 운치 두 번 있다간 아예 벌레하고 동침할라. 하긴 그 친구 바퀴벌레에 지나치게 과민한 면이 있었어……. 제각기 한마디씩 뱉어내며 낄낄거리는 바람에 사무실 안은 갑자기 왁자지껄해지고 말았던 것이다.

"윤형도 참, 아침부터 웬 실없는 소린."

권부장은 그렇게 말함으로써 나의 오접(誤接)된 '말'들을 실없는 것으로 치부해버리는 것이었는데, 그런데…… 이상하기도 하지. 그 순간, 그게 반드시 실없는 소리에 불과하지 않을 수도 있다는, 이해하기 어려운 의혹이 역습처럼 고개를 쳐드는 것이었다. 그러니까 '빌어먹을 바퀴벌레 때문'이라고 나의 '바퀴벌레 삼킨 표정'에 대해 해명을 하는 순간에, 나는 구평목씨의 결근이 실제로, 좁은 사무실의 집기들을 터전으로 하여 왕성하게 기식(寄食)하는 바퀴벌레의 존재와 무관하지 않으리라는 추측을 무의식적으로 저작하고 있었는지도 모른다는 이야기가 된다.

바퀴벌레라고 하는 곤충에 대해선 대체로 불쾌한 선입견을 가지고 있지만,

그에 대해 보통 이상으로 혐오감을 표시해오던 구평목씨이고 보면 나의 뜻하지 않은 믿음이 전혀 엉뚱한 발상이라고만 몰아붙일 순 없는 일이다. 사람 수대로 다닥다닥 붙어앉은 책상들과 캐비닛, 겨우 왕래할 수 있을 만한 공간만을 비켜서 무질서하게 들어차 있는 각종 책들로 더욱 비좁아 보이는 스무 평의 이 사무실은 바퀴벌레에겐 호조건의 군집 처소임에 틀림없다. 놈들은 때도 가리지 않고 여기저기에서 튀어나와 책상 위를 기어 다니기도 하고, 쓰고 있는 원고지의 빈칸에 들어앉기도 했다. 본시 야행성인 그들의 습성을 염두에 두고 생각할 때 그러한 대낮의 잦은 출현은 참으로 어처구니없고 맹랑한 일이 아닐 수 없었다. 그건 아무래도 놈들의 중대한 군거 집단의 간접적인 시사일 테지만, 이 사무실에 조금만 오래 있다 보면 놈들의 그 같은 대낮 출현에 대해서도 그리 신경을 곤두세우지는 않게 되어진다. 나중에는 어떤 이상한 친근감까지가 생겨나 못 쓰는 종이를 가지고 날렵하게 덮쳐 잡는 데서 묘한 쾌감을 즐기는 단계까지 이르게 되는 것이다. 가령 그런 식의 바퀴벌레 사냥을 점심시간 이후의 나른함이나 무료함을 처분하는 데 더없이 좋은 소일거리로 느끼기 시작할 때, 그 사람은 필요에 따라 점심시간을 한 시간 정도 앞당기거나 늦출 수 있는 정도의 관록을 갖게 되었다고 보아 틀림없을 것이다.

구평목씨의 경우는 어느 쪽이냐 하면, 도대체 잡지 만드는 사무실에 무슨 일거리가 그리 많다고 벌레까지 동참시키느냐며 혀를 내두르는 편이었다. "내가 아무래도 요놈의 바퀴 등쌀에 오래 못 살지" 하고 투덜거리기도 했고, 그보다 더 자주 그 지독한 바퀴벌레의 활보에 대해서 초연한 다른 직원들의 무신경을 이해 못해 했다.

"이놈들이 얼마나 불결한지 모르는 거요? 이것들은 전형적인 잡식성이에요. 닥치는 대로 처먹는다구요. 게다가 주로 적당히 따뜻하고 습한 장소, 이를테면 퀴퀴한 쓰레기통 같은 데를 좋아한다구요. 인체에 해로운 병해충 따위를 쓰레기통 같은 데서 옮기기도 하고요. 또 놈들의 충체(蟲體)에도 바이러스나 박테리아, 그리고 원충류 같은 것들이 우글거린단 말입니다."

구평목씨는 바퀴벌레가 보이기만 하면 가만 놔두려 하지를 않았다. 안절부 잘못하는 꼴이 꼭 한 마리라도 놓쳤다간 사무실 안에 무서운 전염병이 퍼지게 된다고 믿는 것 같은 형국이었다.

하나 바퀴벌레란 놈의 동작이 좀 빠른가. 그 날랜 세 쌍의 다리를 이용하여 덮쳐오는 구평목씨의 손바닥을 잽싸게 피해 책 무더기나 책상의 틈새로 뿔뿔 달아나버리는 경우가 허다했고, 그러면 그놈을 잡겠다고 책을 들춰내고, 책꽂이를 끄집어내고, 책상을 밀치는 등 하도 집요하게 매달리는 바람에 한동안 사무실 전체가 북새통으로 변하곤 하였다. 그러다가 결국 실패로 돌아가면 웅얼거리는 소리로 "이놈의 사무실에 불을 지르든가 내가 월급쟁이를 그만두든가 해야지" 어쩌고 하며 털썩 주저앉는 것이었다.

그 불길한 벌레에 대해 호감을 가지고 있어서가 아니라 대부분 잦은 대면으로 하여 익숙해진 다른 직원들은, 바퀴벌레의 출현에 대해 그런 식으로 민감하게 반응하는 구평목씨를 오히려 이상하게 보는 입장이었다. 좀 지나치다는 느낌을 다들 가지고 있었으며, 적절하지 않은 대상에 대한 과잉 관심, 또는 불필요한 신경과민 정도로 간단하게 몰아붙이고 있었던 것이다.

그의 결근의 이유로 바퀴벌레를 상정한 무의식적인 나의 믿음은 얼추 그와 같은 사정에 뿌리를 박고 있을 터였다.

"누가 전화라도 한번 해보지 그래. 자매복지원 취재도 그 친구가 가야 할 테고……."

권부장은 그때까지 한 손에 들고 있던 신문을 접어 밀쳐놓으며 그 대신 업무 시작의 신호로 수첩을 펴들었다.

최가 전화 다이얼을 돌리고 있었다. 나는 거기다 대고 다시 한 번 진지하게 구평목씨의 결근 사유가 바퀴벌레임을 강변하려 하였다. 그런데 식도를 타고 내려간 그 몹쓸 벌레를 기도를 통해 언어로 다시 건져 올리려고 '바퀴벌레'라는 단어를 막 조형하는 찰나 무언가 그 '바퀴벌레'의 발목을 사정없이 낚아채는 끈끈하고 억센 힘을 느꼈다. 그것은 나의 언어 기능을 마비시키는 완강한 거부의 중량이었다. 그 힘의 정체를 확연하게 이해하기엔 좀 궁색한 정황이긴 했지만, 어쨌거나 거기서 일종의 죄책감과 연계된 위축의 감정만은 붙잡을 수 있었다.

그 죄책감이 무엇이었을까. 일차적으로 그것은 어떤 연유로든 그가 동료들의 웃음거리로 전락한 자리에서 그중 각별한 사이인 내가 그를 해명하거나 비호하는 역할을 기피했다는 자의식에서 비롯한 것이라고 할 수 있었다. 그러나 그것만이 아니었다. 그 순간 언제인가 구평목씨가 "자네에게만 해주네만" 하고 진지하게 꺼내었던 그의 고백이 퍼뜩 떠올랐던 것이다.

"자주 한 무리의 바퀴벌레에게 내 빈약한 육체가 점령당하는 꿈을 꿔."

고기 굽는 냄새가 지지직거리는 매우 원시적인 분위기의 술집에 앉아 그는 소주 때문에 반쯤 꼬부라진 혀로 은밀하게 말을 시작했었다.

"……아는지 모르겠지만 놈들은 군집성이 매우 강해. 거대한 집단을 형성해서 엉겨 살지. 바퀴벌레는 개체 수의 밀도가 높을수록 생장 속도는 그에 비례하여 빨라진다는 보고가 있어. 인구 밀도가 높아지면 그만큼 살기 어려워지는 인생살이완 사뭇 다른 셈이지. 뭐라드라. 놈들의 몸뚱이에서 분비되는 '페르몬'인가 하는 물질의 영향 때문이라나…… 암튼 엄청난 수의 바퀴들이 내 몸 이곳저곳을 뿔뿔거리며 기어 다녀. 내 몸이 흡사 바퀴로 떼를 입힌 무덤 같애. 시꺼먼 바퀴벌레들의 떼. 더 비집고 들어갈 틈이 없을 정도로 달라붙은 벌레들은 급기야는 나의 입을 강제로 열고 내장으로 쳐들어오기도 해. 끔찍해. 죽을 지경이야. 그런 밤이면 땀을 한 바가지씩 쏟아. 그런데 그런 꿈이 거의 매일 밤 반복돼."

그와 나의 사이가 친분이 깊다거나 교분을 가진 지가 퍽 오래되었다거나 한 것은 아니었다. 나는 대학을 졸업하자 내가 사 년간 매달렸던 독문학이라는 전공의 효용에 대해 심각하게 회의하기 시작했고, 그 심각한 회의가 식욕 따위의 기초적인 욕구를 충족시키는 데 하등의 도움도 줄 수 없음을 곧 깨달았으므로 어찌어찌하다가 '평범한 사람들의 복지를 지향한다'는 자못 사회적인 슬로건을 내걸고 있는 『복지사회』의 기자로 들어오게 되었던 것인데, 구평목씨는 나보다 불과 석 달 정도 전에 입사해 있었다. 그는 가끔씩 술을 사고, 자주 하숙방으로 불렀다. 다분히 비사교적이고 폐쇄성이 있는 그의 인성을 염두에 둘 때, 학교 후배라는 명분만으로 내게 자기의 내심을 꺼내 보인 것은 대단히 이례적인 일이랄 수 있었으며, 그건 또한 뒤집어 생각하면 피상적인 인상과는 달리 오히려 사람과의 사귐에 그만큼 굶주려 있다는 증거로 받아들일 수도 있었다.
"어수선한 대학 시절이었지. 사 년 동안 한 학기라도 휴교령을 피해보지 못했으니까······."
환기 기능이 불량한 술집 안은, 주객들이 피워대는 담배 연기와 삼겹살 따위가 눌어붙으면서 내질러놓는 매캐한 냄새로, 그의 불행했던 대학 시절만큼이나 어수선했다. 그는 취해가고 있었다. 그의 취기가 그의 의식을 담백하게 걸러내고 있었다고 나는 생각한다. 그는 스스럼없이 자기를 개방해 보이기 시작했는데, 오랫동안 억눌려 있던 어떤 억압의 힘으로부터 벗어나기 위해 알코올의 힘에 의지하고서였다. 그는 그 시절의 캠퍼스를 들뜨게 하던 정열과 낭만, 그 정열과 낭만이 코트처럼 걸치고 다니던 이념에 대해선 이야기를 생략했다. 곧바로 마지막 학년의 첫 학기에 관여했던 학생 시위의 주동자로 몰리면서 그가 최초로 경험해야 했던 격리의 장소에 대해 회상했다. 그 격리의 장소에서 그는 매우 이례적인 양식으로 바퀴벌레를 체험하였다, 라고 나는 지금 말하려는 것이다. 그리고 그때의 그 체험이 그의 의식의 늪 깊은 곳에 뙤리를 틀고 숨어 있었다, 라고.
거의 하루 종일 어둡긴 했지만, 그래도 밤이 오는 것은 두려웠다. 밤은 그가 해진 담요 한 장으로 감당해내기엔 너무 추웠다. 마룻바닥은 차고 딱딱했다. 손으로 바닥을 쓸면 엉겅퀴꽃가루 같은 뽀얀 먼지와 함께 틈새에서 모래가 묻어나곤 했다.
이상한 일이었다. 그 밤에, 그 방에 별의별 벌레들——특히 바퀴벌레 떼가 그렇게 왕성하게 서식하고 있다는 것은 확실히 이해하기 어려운 일이었다. 놈들은 어디에 숨어 있었는지 밤만 되면 살금살금 기어나와서 그의 따뜻한 살 속으로 파고들어 오곤 했다. 목덜미나 사타구니께를 꼼지락거리며 기어 다니는 그 징그러운 바퀴벌레는 그의 신경을 극도로 예민하게 만들었던 것 같다. 기억이 없었지만, 그는 잠을 자다가도 몇 번이나 벌떡 일어나야 했다. 그때마다 담요와 옷을 탁탁 털어내고 다시 잠자리에 들었지만 소용이 없었다. 조금 후면 다시금 온몸의 이곳저곳이 가려움을 호소해오는 바람에 견딜 수 없어지곤 했다. 그는 밤이 두려웠다. 아니, 밤의 벌레들이 두려웠다. 밤은, 그에겐 곧 벌레였고, 그래서 밤을 맞는다는 것은 곧 벌레를 받아들여야 하는 고역에 다름 아니었기 때문이다. 마침내 그로서는 그 밤들, 즉 벌레들을 도저히 더 이상 참아낼 수 없는 한계에 도달하고 말았다.

그 무렵쯤 해서 공교롭게도 같은 신세였던 동료들 중 그만이 유일하게 풀려나가게 되었다. '개전의 정이 뚜렷하고 시위에 충동 참가한 사실이 인정되어서'였다. 그는 그 후 그에게 던져지는 비난과 의혹이 섞인 모든 질문에 대해서 '바퀴벌레 때문에'라는 명분을 마련했다. 친구들 중 어떤 이는 그가 말하는 바퀴벌레가 어떤 바퀴벌레인가를 따져 물었다. 납작한 몸체와 미끈미끈한 등짝의 광택을 이용하여 현저하게 좁은 틈새로 잽싸게 숨어 들어가는 도피주의로서인지, 아니면 예민한 더듬이를 안테나처럼 현란하게 움직여 거기에 어둠이 탐지되면 비로소 기어 나와 눈치를 살피며 거동을 시작하는 기회주의로서인지, 그것도 아니면 퇴화된 날개를 장식처럼 달고서 하늘을 꿈꾸는 대신 장판 밑의 그늘에 안주하는 패배주의로서인지, 그가 말하는 바퀴벌레가 무엇의 상징으로서의 바퀴벌레인지를 캐물으며 비웃었다.

그런 질문 앞에서, 그가 말하는 바퀴벌레가 무엇의 상징이 아니라 '바퀴벌레'라는 말 자체가 그 기초적인 울림으로 지시하는, 새까맣고 작은 불쾌 곤충의 이름임을 구태여 밝히려 하진 않았다. 그것은 불가능했다. 왜냐하면 그와 같은 방에 있었거나 바로 옆방에 있었던 동료들이 하나같이 그의 '바퀴벌레에 의한 수난'을 한마디로 일축해버렸기 때문이었다. 그들 중 누구도 바퀴벌레가 살 속으로 파고들어 와서 잠을 설친 사람은 없다고 했으며, 하다못해 그놈의 벌레를 한 마리라도 구경했다는 사람조차 나타나지 않았다.

그때부터 구평목씨는 '바퀴벌레'라는, 별로 아름답지 못한 별명을 얻어 가지게 되었다. 그를 아는 사람들은, 얼마간의 야유와 경멸을 섞어서, 그리고 그를 구별시킴으로써 자신들의 순수를 역으로 비호하려는 은밀한 의도를 뒤범벅해서 그를 향해 '바퀴벌레'라고 숙덕거리곤 했다. 그런 경우 그들이 말하는 '바퀴벌레'가 어떤 바퀴벌레인가를 구평목씨는 또한 알고 싶어 하였다. 납작한 몸체와 미끈미끈한 등짝의 광택을 이용하여 현저하게 좁은 틈새로 잽싸게 숨어 들어가는 도피주의로서인지, 아니면 예민한 더듬이를 안테나처럼 현란하게 움직여 거기에 어둠이 탐지되면 비로소 기어 나와 눈치를 살피며 거동을 시작하는 기회주의로서인지, 그것도 아니면 퇴화된 날개를 장식처럼 달고서 하늘을 꿈꾸는 대신 장판 밑의 그늘에 안주하는 패배주의로서인지, 도대체 그들이 말하는 바퀴벌레가 무엇의 상징으로서의 바퀴벌레인지를 못내 궁금해했으나 그것을 직접 묻진 않았다.

"몸이 아프다는군요. 하숙집 주인인 모양인데, 꼼짝 않고 누워 있대요."

구평목씨와의 인연을 끊기라도 하듯 매몰차게 수화기를 내려놓으며 최가 말했다.

"어디가 어떻게 아프대? 아프면 아프단 전화라도 좀 해줘야 할 게 아냐. 사람이 왜 그렇게 매사에 어영부영인지."

권부장은 무언가 잔뜩 못마땅한 표정이었다. 어쩌면 구평목씨의, 예의를 싹 건너뛴 듯한 평소의 행동거지를 상기하고 있는지도 모를 일이었다.

"자매복지원 취재 건은 더 미룰 수도 없는 형편이고, 누가 대신 가야겠는데, 누가 가겠소? ······윤기자가 갔다 오지."

임무를 맡길 때마다 반드시 형식상의 질문을 던져놓고는, 그에 대한 대답을 기다리지도 않은 채 곧바로 "윤기자가 갔다 오지" 하는 투로 심드렁하니 대화를 마감해버리는 것이 부장의 상투적인 어법이었다. 그런 경우 도대체 윤기자가 갔다 오지 않을 다른 방도가 없는 것이다. 그렇게 해서 구평목씨 몫으로 되어 있던 자매복지원 취재는 내게 떨어졌다.

나는 취재를 떠나기에 앞서 자매복지원의 정확한 위치와 필요한 자료를 확보하기 위해 구평목씨에게 전화를 걸었다. 꼼짝 않고 누워 있는 걸로 보아 심하게 앓고 있는 것 같다는 하숙집 주인 여자의 설명을 재차 듣긴 하였지만, 나는 나의 신분을 밝힌 후 거듭 그와 직접 통화하게 해달라고 부탁하였다. 그러나 나는 그와 통화하는 데 실패했다. 하숙집 여자의 설명에 따르면 웬일인지 그가 전화 받는 것을 매우 두려워하고 있는 눈치며, 아예 문을 걸어 잠가버렸다는 것이었다.

  그럼에도 불구하고 나는 그의 결근 사유가 신체상의 질병에 있다고 믿어지지는 않았다. 그런 나의 생각이 무언가 믿을 만한 근거나 이유를 확보하고 있는 것은 아니었다. 막연히 그럴 것 같은 의외로 질긴 예감이었는데, 그 예감의 뿌리에 세포의 원형질 같은 '바퀴벌레'가 여전히 막연한 채로 자리하고 있음을 나는 부정할 수 없었다.

  자매복지원은 가리봉동의 공단 모퉁이에 세워진 3층 건물이었다. 칠십이 넘은 원장은 나이를 믿을 수 없을 정도로 정정했다. 그녀는 자매복지원의 설립 동기와 과정, 현재의 활동 상황, 이용 방법 등을 소상히 설명해주었다. 그곳에서는 주로 무단가출이나 무작정 상경 등으로 역 주변을 배회하는 소녀들을 일시 보호하여 귀가시킴으로써 윤락으로 미끄러져 들어가는 것을 미연에 방지한다고 했다. 취업을 알선해주기도 하고, 원치 않은 임신 때문에 고민하는 미혼모들에게 출산의 처소를 제공하기도 한다는 것이었다. 나는 아무리 후하게 보아주어도 고등학생 정도로밖에 보이지 않는 십칠팔 세의 배불뚝이 소녀들이 무거운 몸으로 등공예를 매만지고 있는 모습을 목격하면서 차마 카메라를 누르지 못했다. 권부장이 그런 나를 보면 아직 기자가 덜 된 탓이라고 힐난할 터이지만.

  자매복지원으로부터 돌아오는 길에 구평목씨를 찾아간 것은 계획에 없던 일이었다. 예상 밖으로 취재가 빨리 끝난 데다가 그의 하숙집이 가리봉동에서 멀지 않다는 데 생각이 미쳤고, 그러자 어젯밤의 어슴푸레한 술자리가 무언지 분명치 않은 의구심으로 충동질을 해대었던 것인데, 말하자면 그런저런 사정이 두루 작용한 결과라고 해야 할 것이다. 나는 형편없이 술에 절은 그를 부축해 갔던 언젠가의 기억을 더듬어 신도림동의 좁은 골목으로 들어섰다. 그의 하숙으로 이어지는 모퉁이의 작은 가게에서 과일과 캔 콜라를 사는 것도 잊지 않았다.

  허름하고 어두운 그의 방에 들어섰을 때 그는 한쪽 벽에 등을 기대고 비스듬히 앉아 있었다. 아마도 잠옷의 대용일 게 분명한 하늘색 추리닝 차림에다 헝클어진 실타래처럼 뒤엉킨 머리 모양을 하고 동그마니 앉아 있는 그는 흡사 망가진 장난감 같아 보였다. 그렇게 초라했고, 어쩐지 왜소했다. 들어서는 나를 쏘아보는 눈빛만이 퍼렇게 빛나고 있었다. 그의 신체 중에서 두 눈만이 살아 있는 게 아닌가 의심스러워질 정도였다. 그 뜻하지 않게 맹렬한 눈빛 때문에 불현듯 이런 경우에 어울리는 몸가짐을 만드는 데 자신이 생기지 않았으므로 나는 오른손에 들고 있는 사과와 콜라 봉지를 거북스럽게 느끼게 되었다.

비닐봉지를 방바닥에 어색하게 내려놓으며 나는 어디가 아프냐고 문병 온 격식을 갖추었고, 그 물음을 던지면서 그의 걷어 올린 팔뚝에서 잉크가 밴 듯한 시퍼런 멍과 긁힌 자국을 보았다.

"그 팔뚝의 상처는 뭔가요?"

"별거 아냐."

"어젯밤에 다친 상처 같은데. 나도 어젠 몸을 못 가누게 취해버린 바람에……."

"난 멀쩡했어."

마치 내가 그의 만취를 책망하기라도 한 듯 방어적인 반응을 즉각 보내왔다.

"난…… 취하지 않았던 것은 아니지만, 그래도…… 생각나? 우리 앞쪽에 앉아 있던 그놈의 칼날 같은 눈빛을 눈치 챌 만큼은 정신이 있었어."

"그놈의 칼날 같은 눈빛이라니요?"

"어제저녁에 들렀던 광화문 뒷골목의 그 소줏집 말이야. 우리 자리 맞은편에 혼자 앉아서 시종 눈알을 번뜩이던 그 사내, 생각 안 나?"

어제저녁, 나는 그에게 이끌려 광화문 뒷골목의 허름한 소줏집에 갔었다. 삼겹살과 소주를 시켜놓고 제법 주기를 과장해가며 언성을 높였던 기억이 난다. 그러나 '그놈의 칼날 같은 눈빛'만은 영 재생되지 않는다. 그러고 보면 어제 나는 의외로 빨리 취해버렸던 것인지 모르겠다. 구평목씨는 내가 그 '칼날'의 사내를 기억해내지 못한 데 대해 비난하진 않았다. 그 대신 그 이유를 나름대로 설명해주었다.

"자넨 그자와 등지고 앉아 있었으니까 의식하지 못할 수도 있었겠지."

　내가 구평목씨와 한 테이블에 마주 앉아 술을 마셨을 것이 확실한 일이고 보면, 구평목씨와 정면으로 눈이 마주치는 자리의 '칼날'이 위치상 나와 눈을 마주할 수 없는 것은 당연하다. 아마도 그 사람은, 나의 왜소한 등과 나이에 걸맞지 않게 구부정한 어깨선만을 살필 수 있었을 것이고, 혹시 탁월하게 정밀한 투시력을 소유한 자였다면 그를 향해 있는 구평목씨의 눈동자에서 나의 똑같이 왜소한 얼굴을 발견할 수 있었을 것이다. 그런데 그 사내가 어쨌단 말인가. 아니, 그 사내로 인해 구평목씨가 직면하게 된 사정이란 게 무엇이었단 말인가. 나는 되도록 겉으로 표정을 드러내지 않으려고 노력하면서 잽싸게 지난밤의 기억 속으로 침잠해갔다.

　……술이 들어가면서, 그는 제법 말이 많아졌다. 그것은 그의 버릇이었다. 평소엔 말을 못하는 벙어리라고 오인받을 정도로 지나치게 과묵하지만, 적당량의 알코올을 수용하게 되면 걷잡을 수 없이 뱉어내는. 어제도 마찬가지였다. 구평목씨는 대중 잡지로 전락해가는 『복지사회』의 편집 및 취재 안목에, 그 안목의 졸렬함과 천박성에 한동안 신랄한 집중 사격을 퍼부어대었고, 나는 긍정의 뜻으로 시종 고개를 끄덕여주었던 것 같다.

　그는 턱없이 흥분해가지고 닥치는 대로 난도질을 해대었다. 대단한 독설이었다. 일관성 있는 화제가 따로 있을 리 없었다. 그런 와중에서 스포츠의 득세로 인한 정신문화의 피폐화를 우려하는 쪽으로 화제가 기울게 된 것은, 마침 카운터 쪽 선반에 놓여 연신 씨름판의 모래를 흩뿌려대고 있는 텔레비전 화면 탓이었을 것이다. 두 개의 근육 덩어리가 맨몸으로 한데 엉겨 끙끙거리는 모양에 화면 밖의 술꾼들까지 환호하고 있었다. 씨름판의 두 사내의 등은 점액질의 땀이 흘러 미끌미끌했고, 한번씩 힘을 쓸 때마다 팔뚝이며 허벅지로 근육들이 툭툭 불거져 나왔다. 그 거대한 근육들이 펄쩍 뛸 때면 모래들이 한 움큼씩 튀어 올라 브라운관을 때리곤 했다. 텔레비전 카메라는 수시로 관중석을 비추는 것도 잊지 않았다. 차곡차곡 쟁여 넣은 듯 인까로 꽉 들어찬 실내 체육관의 판중석. 박수를 보내며 환호하는 관중석의 남자들, 여자들, 노인들, 어린애들.

"운동경기에 인생을 걸 뿐, 그밖에는 아무래도 상관없다는 쌍판들이로군. 광신자들이 황홀경에 빠졌을 때의 그 초현실적인 표정을 꼭 닮았어. 하기야 스포츠만큼 사람들을 매혹시키는 종교가 이 시대에 더 있을라고."

그는 스포츠가 상품화된 섹스와 함께 현대인의 우상으로 부각하고 있는 현상을 가장 우려할 만한 말세의 징표라고 해석했다. 왜냐하면 자기가 섬기고 있는 대상에 대한 철저한 이해와 객관적인 궁극성이 확보되지 않은 맹신은 곧 패망으로 연결되기 때문이라는 것이었다. 오르테가였던가. 현대의 대중은 문명의 들창문을 넘어 들어온 야만인이라고 표현한 사람이 있었다. 조급하고, 과거와 같은 규범이나 기준을 전혀 허용치 않으며 부표(浮漂)처럼 그저 '흘러가는' 야만인. 저 야만인들을 보라. 저 문명의 기생충들을 보라. 패망과 멸절의 구멍으로 미끄러지는 줄도 모르고 눈앞의 쾌락과 흥분에 정신이 팔린 저 불쌍한 원시인들을······.

구평목씨가 그런 식으로 자기 감정에 못 이겨 이야기를 전개해가고 있는 동안, 나는 시종 듣는 쪽이었다. 그의 견해를 반박할 만한 다른 견해가 없었던 탓이기도 하고, 그의 취기가 좀처럼 내게 말할 기회를 허락지 않은 까닭이기도 했다.

"역사를 안다고 하는 것이 현재의 상황이나 또는 미래의 삶에 어떤 적극적인 해결책을 제공해줄 수 있으리라고는 믿지 않아. 하지만 로마가 목욕탕과 권투 때문에 멸망했다는 사실(史實)이 오늘 같은 우리 문화의 참담한 전략에 어떤 각성은 줄 수 있으리라고 생각해. 역사의 지식이, 확실한 해결책은 아니더라도 최소한 한 번 저지른 실수를 반복하지 않게는 해줄 테니까. 그런데 우라질! '목욕과 권투'에의 이 집요한 몰두. 병은 중한데, 약도 전혀 없진 않은데, 입에 쓰다고 먹으려 들질 않아. 이런 젠장······."

구평목씨가 맞은편 좌석에서 '칼날 같은 눈빛'을 포착한 게 이때쯤이 아니었을까 하고 나는 추측한다. 나의 기억이 거기서부터 더 이상 그의 언어를 재생해내지 못했으니까. 아마도 그는 자신이 무슨 소리를 하고 있는지조차 별반 고려하지 않고, 말하자면 내친김에 우루루 속엣말들을 쏟아놓고 있던 참이었는데, 그런데 그 순간 무언지 대단히 불길한 어떤 예감이 그의 고개를 쳐들게 하였던 것 같다. 어쩌면 '칼날'은 그 예감의 최초의 이름이었는지 모른다. 그는 불시에 고개를 치켜들었고, 그리하여 맞은편에서 그의 눈을 붙잡고 있는 예의 그 눈빛을 만난 것이다.

"기분 나쁜 놈이야. 벌써부터 쭈욱 내 이야길 듣고 있었음에 틀림없어. 혼자였어. 술병과 술잔이 마른안주와 함께 놓여 있었지만, 술 같은 건 안중에도 없어한다는 걸 눈치 채긴 어렵지 않았어. 놈의 자세는 술자리에 앉은 자의 자세가 아니었고, 놈의 눈은 술에 몰두한 자의 눈이 아니었어. 꼭 집어서 단정 짓긴 어렵지만 아무튼 그 눈빛이 술꾼의 것이 아니었다는 것만은 확실해."

불길한 애초의 예감은 그의 취기로 어지럽혀진 의식 속에서 현실화되었다. 구평목씨는 그 사람의 정체를 의심하기 시작했고, 마침내 자기의 정체를 의심하고 있는 미행자쯤으로 단정을 내리고 말았던 것 같다. 그렇지만 왜? 왜 그는 그렇게 돌발적으로 불안한 의식의 변이를 경험해야 했을까. 통상 무언가 의심받을 만한 행위를 범하게 되면 공연히 주변을 두리번거리게 되는 것처럼 그도 자신이 무언지 '의심받을 만한' 일을 행했다고 뒤늦게 깨달았던 것일까. 만약에 그랬다면 그 의심받을 만한 '일'이란 결국 그의 '말'일 터인데, 그가 그 자리에서 늘어놓은 그 숱한 말들 가운데에서 과연 그 '말'은 어떤 말이었을까. 혹 내가 그 '말'을 기억하지 못하고 있는 것은 아닐까. 그게 아니라면, 그러니까 그가 '의심받을 만한' 무슨 말을 한 것이 아니라면, 구평목씨의 돌연한 불안은 그의 신경과민의 결과로 돌릴 수밖에 없을 것이다. 자기를 노리고 있는 (듯한) 유별나게 날카로운 눈매를 불시에 만났을 경우, 그 눈초리에 자신이 온통 벌거벗겨지는 듯한 경험은 누구에게나 한 번쯤은 있을 테니까. 더구나 그 '유별나게 날카로운 눈매'의 사내가 구평목씨의 '칼날'처럼 점퍼 차림에 짧은 스포츠머리를 하고 있었다고 한다면 더 말할 것이 없지 않은가. 나는, 말하자면, 구평목씨가 직면한 사태를 그런 식으로 이해하고 싶은 것이다. 그야 어쨌든, 그의 의혹을 더욱 견고히 구축하기라도 하듯, 사내는 줄곧 구평목씨로부터 '길날'을 거두지 않고 있었다고 했다. 그러자 뒤늦게 '아차' 싶었고, 졸지에 술이 확 깨는 기분이 들었으며, 갑작스러운 공포가 전신으로 물밀듯 확산되었던 것이다. 더욱 난감한 것은, 그 순간 대학 시절에 경험하였던 통제된 공간과 그 밤들, 그 밤의 끔찍스러운 벌레 떼들이 확산되는 공포의 밀물을 타고 일시에 습격해 들어온 일이었다. ……거칠긴 하지만, 그러니까 이상이 어젯밤 그와의 술자리가 그럴 만한 사유도 없이 중도에서 동강 나버린 사정에 대한 설명인 셈이었다. 그는 그 시로 자리를 박차고 나와 허겁지겁 집으로 향했던 것 같다.

나는 작위적으로 낄낄 웃어가면서 구평목씨의 그 '칼날'에 대한 의심이 다분히 신경과민적인 것이며, 사실무근임을 납득시키고자 하였다. 그런데 그게 아니었다. 그것이 신경과민이라면, 그의 신경과민은 의외로 심각한 상태에 이르러 있었다고 보아야 옳았다.

"그럼 자네는 지금 내가 헛소릴 하고 있다는 말인가? 천만에. 놈은 내가 그 술집에서 빠져나오고 나서도 계속 나를 미행했어."

"그 칼날 같은 눈빛이 말입니까?"

"……그건 아냐. 이번엔 가죽 잠바였지. 하지만 그 둘이 한패임엔 의심의 여지가 없어. 내가 일부러 버스를 두 대나 그냥 보내고 나서 올라탔는데 그 가죽 잠바도 그때까지의 여유를 거두며 황급히 뒤따라 뛰어올랐거든."

"그래서 어떻게 하셨어요?"

갈수록 태산이라는 식의 기분이 되어 나로서는 참 어이가 없었지만, 그런 속마음을 노골적으로 드러내 보일 순 없었다.

"중간에서 도로 내렸지. 새로운 승객들이 다 올라타고 막 발차를 하려는 찰나를 택해서 가까스로 뛰어내렸어. 그렇게 해서 힘겹게 따돌리긴 했는데…… 언제 놈들이 다시 들이닥칠지 몰라. 워낙 집요하고 교묘한 놈들이니까."

구평목씨는 악몽이라도 내쫓는 시늉으로 몸을 한차례 부르르 떨었다. 내게는 그의 모든 행동이 얼마간 우스꽝스러우면서도 한편으로는 그보다 훨씬 안쓰럽게 여겨지는 것이어서 맘 놓고 웃을 수도 없고 기왕의 실없는 농담 투를 유지할 수도 없었다. 웬일인지 그건 구평목씨에게 할 짓이 아닌 것 같은 느낌이었다. 그렇다고 해서 그의 피해 의식에 동조하여 잔뜩 뒤틀리고 협착해진 그의 세계에 함께 갇힐 수도 없는 노릇이어서 나는 나의 자리가 더할 수 없이 불편해지기 시작했다. 그건 그 자리에서 그와 나와의 관계의 줄이 위태롭게 끊기고 있다는 뜻이었다. 아니면, 그 피차의 줄이 방향을 제대로 못 잡고 엉뚱한 데로 뻗어가고 있다는 뜻이든가.

차 스푼이 잔에 부딪히는 딸그락 소리를 듣기 좋게 내가며 미스 석이 커피를 만들어 내왔다. 직원들은 커피를 홀짝거리며 신문을 한 장씩 나눠서 간밤에 세상이 안녕하였는지를 확인하고, 그 신문지상으로부터 시시껄렁한 휘소리를 만들어내려고 노력하고 있었다. 출근하고 30분까지는 늘 그랬다.
"이거 별일이네, 가톨릭에서 주는 가요상에 이런 게 어떻게 올라가지?"
최가 드디어 안경을 고쳐 써가며 탐독하던 연예면에서 휘소리 거리를 하나 낚아올린 모양이었다.
"뭔데? 뭐가 받았는데?"
"아직 상을 탄 건 아니고, 후보곡으로 올랐어. 왜 있잖아. 「비 내리는 잠수교」라고, 간드러지게 넘어가는 뽕짝 말이야. 가사도 순 60년대 식으로 '비에 젖어 눈물에 젖어' 어쩌고 해대는……."
"아니, 「비 내리는 잠수교」는 상 좀 받으면 안 돼? 별일은 무슨 별일이야?"
"아, 최형한테 별일 아닌 게 있어? 미스 석이 퍼머머리를 하고 와도 별일이고, 퍼머한 그 머리를 다시 풀고 와도 별일이고, 조금 일찍 퇴근해도 별일, 퇴근 시간이 되어서 자릴 지키고 있어도 별일…… 최형의 별일은 보통 일이라는 거, 잘 알면서 그래."
한바탕 왁자지껄한 웃음이 좁은 사무실 안을 휘저어놓았다.
나는 어제의 불유쾌한 실수를 반복하지 않기 위해 신문보다는 커피 잔에 더 신경을 쓰고 있었기 때문에 당연히 동료들 간에 이루어지고 있는 희떠운 소리들에 둔감할 수밖에 없었다. 그래서 나는 건성으로 어정쩡하게 따라 웃으며, 책갈피를 비집고 나온 바퀴벌레 한 마리가 민감한 더듬이를 인테나서림 흔드는 모양을 주시하고 있었다. 놈은 이쪽저쪽으로 안테나를 옮겨가면서 탐색을 하더니 조심스럽게 한 발을 내딛었다.

요놈 봐라. 마시던 커피 잔을 한쪽 손에 쥔 채 나는 놈의 행방을 쫓았다. 여차하면 휴지 조각을 꺼내어 덮칠 심산이었다.

"구평목씨한테서 연락 온 거 없어요? 정말로 어디가 크게 아픈 건지…… 내가 전활 한번 해봐야겠군."

권부장은 짜증스러워 죽겠다는 표정을 숨기지 않고 전화기를 들었다.

나는 어제 구평목씨의 하숙집에 찾아갔던 이야기를 하지 않았다. 그 이야기를 해야 할 필요성을 느끼지 못한 때문이기도 하고, 어떤 식으로 이야기를 해줘야 할지 난감한 때문이기도 하였다. 어쩌면 침묵하는 것이 구평목씨에 대한 최소한의 예의라고 판단되어서였는지도 모른다. 아무튼 나는 어제 그를 만난 사실에 대해 묵비(默秘)하였고, 당연히 그를 붙잡고 있는 피해망상에 대해서도 모른 체했다.

"우리 이들 후보 중에서 어떤 곡이 가톨릭 가요대상을 수상하나 내기를 겁시다. 참말로 별일이 생길지 모르니까."

어렵게 건져 올린 농담거리를 쉽게 놓아줄 리 만무였다. 저들은 할 수 있는 한 오래, 끈질기게 매달릴 터였다.

"그거 좋네. 점심 식사로 하지. 한정식 수준으로."

"자, 그러면 후보곡을 부르겠습니다. 소신 있게 판단하시어 서슴지 마시고 거시기 바랍니다. 붙으면 이천오백 원짜리 한정식이 공짜. 1번 후보 채진화의 「사랑의 행로」. 2번 임정관의 「인생」. 3번 고찬병의 「개나리」. 마지막 4번 후보, 아까 말씀드린 주미연의 「비 내리는 잠수교」. 자, 붙으면 이천오백 원짜리 맛있는 점심이 공짜. 거세요. 빨리빨리 거세요."

바퀴벌레란 놈이 점점 대담하게 나왔다. 책꽂이의 철판을 타고 뽀르르 기어내려오더니 급기야 그 잽싼 여섯 개의 다리를 빠르게 교차시켜가며 책상을 횡단했다. 책상 귀퉁이에 잠시 멈춰서서 예의 안테나를 요리조리 흔들어 탐색하더니 책상 다리를 타고 급히 하강하는 모습이 보였다. 나는 그때까지 들고 있던 커피 잔을, 바퀴벌레가 그 날랜 다리로 횡단해 간 책상의 한복판에 살며시 내려놓았다.

"빌어먹을. 구씨 이 사람, 대체 어떤 사람이야? 어젯밤에 짐 싸들고 나갔다는군. 결혼도 안 한 총각 짐이래야 뻔한 거지만, 그래도 그렇지, 한밤중에 흡사 도망치듯 빠져나갈 게 뭐야?"

부장이 탁 소리가 나게 수화기를 내려놓으며 잔뜩 부은 목소리로 투덜거렸다.

나는 짧은 순간 바퀴벌레에게 빼앗기고 있던 시선을 들어올려 권부장의 투덜거리는 입술을 쳐다보긴 했지만, 그의 입술이 의외로 두껍고 툭 불거져 나왔다는 새로운 지식을 수용하고 있었을 뿐 그다지 놀라진 않았다. 그 소식을 들으면서도 마치 그가 집을 옮긴 사실을 미리 알고 있기라도 한 것처럼 뜻밖에도 담담한 기분이었던 것이다. 나의 그런 태연함은, 어쩌면 내가 어제 그를 만났을 때 그렇게 불안하거든 쥐도 새도 모르게 한밤중을 이용하여 도망가라고 충고라도 하지 않았을까 의심하게 할 정도로 단단한 것이었다.

"뭐라더라? 누군가 자길 쫓아다니는 사람이 있는데 그 하숙집도 곧 들통이 날 거니까 피할 수밖에 없다고 했다나."

권부장이 그렇게 덧붙였지만, 사무실 안에 있는 누구 하나 구평목씨의 전격적인 행방불명에 대해 우려라든가 최소한의 관심을 드러내 보이려 하지 않았다. 그들은 「비 내리는 잠수교」냐, 「사랑의 행로」냐 하는 도박에 푹 빠져 있었다.

나는 곧 무연한 시선을 회복하여 아래로 떨어뜨렸다. 마침내 바닥에까지 내려간 바퀴벌레를 포착하는 데는 그리 많은 시간이 필요하지 않았다. 놈은 나의 왼쪽 구두의 발가락 부분과 오른쪽 구두의 뒤축 부분을 잇는 선의 중간 지점에서 꼼지락거리고 있었다. 유난히 빠르게 흔들리고 있는 더듬이가 불안했다.

"김형은 「개나리」이고, 미스 석은 「사랑의 행로」. 좋다. 나도 그럼 「사랑의 행로」에다 걸겠어. 미스터 방은 어디에 걸겠소? 윤형은? 자, 서둘러 골라잡으세요. 싸요, 싸."

떠돌이 노점상 흉내를 내며 어지럽게 늘어놓는 최의 입담을 흘려 들으면서,

나는 왼발을 살짝 들고 앞창 부위에 힘을 모아 사정없이 내리눌렀다. 그리고 다시 좌우로 비껴 문대면서 압력을 더해갔다. 신발 밑창으로부터 끈끈한 핏덩이가 뭉개지는 감촉이 불쾌하게 전달되어왔다. 아마도 그 불쾌감의 흔적을 없애기 위해서였을 것이다. 나는 그 날렵하고 영악하며 눈치 빠른, 그러나 어쩔 수 없이 흉물스러운 그놈의 바퀴벌레가 사무실 바닥에 검붉은 얼룩만을 남기고 흔적도 없이 사라져버린 후에도 한동안 왼쪽 발을 좌우로 움직이고 있었다.

이승우(李承雨)

1959년 전남 장흥 출생. 1981년 「에리직톤의 초상」으로 『한국문학』 신인상에 당선되어 등단. 대산문학상, 동서문학상, 현대문학상 등 수상. 『구평목씨의 바퀴벌레』(1987), 『에리직톤의 초상』(1990), 『세상 밖으로』(1991), 『생의 이면』(1992), 『미궁에 대한 추측』(1994), 『내 안에 또 누가 있나』(1995), 『태초에 유혹이 있었다』(1998), 『목련공원』(1998), 『식물들의 사생활』(2000), 『사람들은 자기 집에 무엇이 있는지도 모른다』(2001), 『나는 아주 오래 살 것이다』(2002), 『끝없이 두 갈래로 갈라지는 길』(2005), 『심인광고』(2005), 『그곳이 어디든』(2007) 등의 소설집 및 장편소설과 『향기로운 세상』(1991), 『내 영혼의 지도』(1999), 『언제나 그런 것은 아니지만 대체로 그렇다』(1999) 등의 산문집 출간.

작품 세계

이승우의 작품은 인간 존재에 대한 윤리적, 혹은 신학적 성찰에 기반하고 있다. 이러한 이승우의 작품 세계는 신학과 밀착된 그의 자전적 이력과 연결해서 자주 설명되곤 한다. 또 이승우는 여러 작품들에서 인간 존재의 근본 윤리에 관한 문제를 종종 신학적 패러다임을 빌려 질문하였다. 등단작이자 대표작인 「에리직톤의 초상」에서부터 줄곧 탐구된 신적인 것의 차원에서 질문되는 인간 윤리에 대한 성찰은 이승우 작품의 원형적 면모이다. 또 신적인 것과 인간적인 것과의 관계에 대한 질문은 이승우 작품에서 '언어'의 잠재적 역능과 한계에 대한 고찰로 이어진다. 또한 「에리직톤의 초상」에서 인상적으로 드러난 인간의 폭력에 대한 신학적 고찰은 이후의 이승우 작품에서 지속적으로 반복되는 주제이다. 『나는 아주 오래 살 것이다』에 수록된 「검은 나무」「샘섬」과 같은 작품은 초기작인 「구평목씨의 바퀴벌레」에서 드러난 이러한 주제 의식의 연장선상에 있다. 폭력적인 체제의 피해자이면서 동시에 변절자라는 콤플렉스에 사로잡힌 이들의 자폐적 삶을 묘파하는 이들 작품은 이승우 작품 세계의 뚜렷한 한 줄기를 이룬다. 죄와 속죄(재생), 인간적인 것과 신적인 것에 대한 탐구는 한편으로는 초기작부터 절대 순수의 세계에 대한 지향과 맞닿아 있다. 이는 최근작들에서 좀더 뚜렷하게 드러난다. 『식물들의 사생활』은 절대 순수의 세계에 대한 지향의 낭만적 귀결점이라 할 것이다.

「구평목씨의 바퀴벌레」

「구평목씨의 바퀴벌레」는 "오늘, 구평목씨는 출근하지 않았다"라는 구절로 시작된다.

2007년의 시점에서 이 작품에 대해 논하자면, "오늘, 구평목씨는 여전히 출근하지 않았는가"를 물어야 할 것이다. 이 작품은 한국사회에서 관용어가 되어버린 이른바 80년대적 상황과 매우 밀착된 소설이라는 점에서 1980년대 한국문학의 한 전형을 보여준다. 동시에 이 작품은 한국 소설의 주요 레퍼토리 중 하나라 할 폭력적 체제에 무기력하게 노출된 지식인의 자폐적 내면을 탐구한 작품이라는 점에서 한국문학의 전형적인 서사 형식의 계보에 놓여 있다.

작품은 대학 시절 학생 시위의 주동자로 몰려 투옥되었다가 조기 출옥함으로써 변절자라는 낙인(혹은 죄의식)과 바퀴벌레에 대한 히스테리를 갖게 된 구평목씨의 인생의 단면을 관찰자의 시점에서 그려내고 있다. 작품은 구평목씨와 관찰자이자 화자인 '나'(윤기자), 『복지사회』라는 신문사 동료들의 삼각 구도로 폭력적 체제와 이에 대한 대응의 스펙트럼을 그려낸다. 구평목씨는 폭력적 체제의 피해자이면서 동시에 변절자라는 죄의식과 피해망상에 시달리는, 말 그대로의 콤플렉스 덩어리다. 소설에서 바퀴벌레에 대한 병적인 히스테리는 구평목씨의 콤플렉스의 소설적 등가물이다. 구평목씨는 바퀴벌레를 죽도록 혐오하지만 동시에 두려워하고, 결국 바퀴벌레에 자신의 삶의 터전을 빼앗겨버린다. 구평목씨의 삶의 터전을 차지해버린 바퀴벌레는 직접적으로 폭력을 실행한 체제이자, 그를 변절자로 낙인찍어버린 학생운동 시절의 동료들과 도피성, 기회주의, 패배주의로 물든 직장 동료들이기도 하다. 또 섹스와 스포츠 외에는 어떤 것에도 관심 없는, 그러면서도 도처에서 구평목씨를 감시하고 위협하는 불특정 다수의 '대중'들이기도 하다.

소설이 폭력에 대응하는 방식의 삼각 구도를 그리고 있다는 것은 소설 내에서 바퀴벌레에 대한 대응 방식에 전형적으로 투영된다. 구평목씨의 경우가 히스테리적 반응이라면, 소설 서두에 길게 묘사된 바처럼 화자인 내가 바퀴벌레를 삼킬 때의 이물감이 또 하나의 반응 양식이며, 바퀴벌레와 공존하는 것에 자연스럽게 길들여져가고 있는 직장 동료들의 경우가 세번째 반응 양식이다. 소설에서 구평목씨가 바퀴벌레에 쫓겨 삶의 터전에서, 자기만의 내면으로 침거하게 되는 것은 그 자신의 히스테리와 콤플렉스 때문이기도 하지만, 그가 바퀴벌레에 대응하는 방식이 비정상적인 것으로 간주되기 때문이다. 즉 바퀴벌레와의 공존이 자연스러운 것으로 길들여져가는 시점에서 구평목씨와 같은 히스테리, 죄의식을 통한 대응 방식은 삶을 경영하기에는 거추장스럽거나, 비정상인 것이 된다. 「구평목씨의 바퀴벌레」가 80년대적 소설의 전형이라는 것은 이 작품이 이처럼 바퀴벌레(폭력)에 대한 대응 방식이 히스테리와 죄의식에서 길들여짐으로 전환되는 그 징후적인 지점을 묘파하고 있다는 역사적 의미 때문이다. 그러나 동시에 이 작품이 한국 소설의 전형적 서사의 계보에 놓여 있다는 것은 이러한 길들여짐과 히스테리로 양분된 세계 속에서 어느 쪽으로도 귀결되지 못하는 지식인의 '회색지대'를 고심하고 있다는 점에서 그러하다. 바로 이러한 의미에서, 「구평목씨의 바퀴벌레」에 대해 오늘, 이 자리에서 다시 논하자면, 과연 "오늘, 구평목씨는 출근하지 않았는가"를 물어야 할 것이다.

주요 참고 문헌

이승우의 작품 세계에 대한 전반적인 논의로는 김윤식의 「우리 시대와 자유에서의 도피」(『문예중앙』, 1990년 가을호), 김주연의 「포박된 인생과 그 변신——이승우론」(『동서문학』, 2002년 여름호), 황국명의 「미궁에 대한 추측, 혹은 닫힌 공간에서의 길 찾기」(『전환기 소설의 지형』, 세종출판사, 2001), 정호웅의 「죄와 사랑」(『작가세계』, 2004년 겨울호), 최성민의 「신 앞에 선 소설(가)의 운명」(『작가세계』, 2004년 겨울호) 등이 있다. 관념 소설의 계보에서 이승우 소설을 논한 논의로는 김윤식의 「'가족소설'에서 벗어나야 할 이유——한국적 관념소설에 주어진 과제」(『문학사상』, 1999. 3)이 대표적이다. 또 종교적 탐구의 관점에서의 논의로는 이동하의 「종교적 상상력의 행방」(『문학인』, 2002년 겨울호), 김명석의 「한국 기독교 소설의 세 양상——조성기, 이승우, 김영현의 경우」(『문학과종교』 2집, 1997, 한국종교문학회) 등이 있다. 이외에 최근 작품에 대한 논의로는 한기의 「소설은 오래 살 것이다, 혹은 존재 역설의 비의——이승우의 『나는 아주 오래 살 것이다』를 읽고」(『문예중앙』, 2002년 여름호), 하응백의 「실낙원에서의 길찾기——이승우의 『사람들은 자기 집에 무엇이 있는지도 모른다』」(『동서문학』, 2001년 여름호) 등이 있다. _권명아

정찬
슬픔의 노래

1

폴란드 남부 슐레지엔 지방에 카토비체라는 도시가 있다. 철도의 간선이 교차하는 교통의 요지이자 중공업 도시인 카토비체는 1980년 자유노조 운동이 일어났을 때 남부의 거점이 되었다. 여기에 헨리크 고레츠키라는 현대 음악 작곡가가 살고 있다.

그의 교향곡 3번 「슬픔의 노래」는 지난 91년 미국의 일렉트라 논서치의 레이블로 발매된 이래 전 세계적으로 베스트셀러가 되면서 총 판매량이 놀랍게도 백만 장에 이른다. 5천 장만 팔려도 괜찮다고 여겨지는 클래식 시장에서 이 판매량만으로도 세계 음악계를 놀라게 하는 데 충분했다.

「슬픔의 노래」 속에는 소프라노가 부르는 세 곡의 노래가 있다. 15세기경부터 폴란드의 수도원에서 전해져오는 '성십자가 탄식'이라는 기도문과, 2차 대전중 게슈타포 수용소에 갇힌 18세 소녀가 벽에 새긴 애절한 기도문, 그리고 잔혹한 적에게 사랑하는 아들의 목숨을 빼앗긴 어머니의 애통해하는 폴란드 민요가 그것이다.

---

* 「슬픔의 노래」는 『현대문학』 1995년 5월호에 발표되었고, 이후 소설집 『아늑한 길』(문학과지성사, 1995)에 수록되었다.

나의 아들, 내 몸에서 난 사랑하는 아들아
너의 상처를 나에게 나누어다오
언제나 내 마음속에 너를 품고 있었던
진심으로 너를 보살폈던 어미에게
너의 목소리라도 듣게 해 기쁘게 해다오
비록 네가 멀리 떠나갔지만

엄마 울지 마세요
고결하신 성처녀 마리아여
저를 도와주소서

위의 것은 성십자가 탄식 기도문이며 아래 것은 게슈타포 수용소에 갇힌 소녀의 기도문이다. 아들을 잃은 어머니의 애절한 노래인 폴란드 민요는 다음과 같은 시를 담고 있다.

어디로 갔는가,
내 사랑하는 아들은?
폭동이 일어났을 때
내 아들은 잔인한 적에게 살해당했겠지

오, 너 나쁜 사람아
가장 성스러운 신의 이름으로
나에게 말해다오, 왜 내 아들을 죽였는지를

이제 다시는 아들의 보호를 받을 수 없으니
내가 울고 울어

내 늙은 눈에서 흘러내리는 눈물이 강을 만들어도
그들은 내 아들을 살리지 못하리라

내 아들은 차디찬 무덤 속에 누워 있건만
아무리 사람들에게 묻고 물어도 그곳을 찾을 수 없구나
가여운 그 아이는
따뜻한 침대가 아닌
어느 거친 땅에 누워 있겠지

나는 아이를 찾을 수 없으니
아름답게 우는 신의 새여
그 아이를 위해 노래를 불러주오

신의 작은 꽃이여
내 아이가 행복히 잠들 수 있도록
활짝 꽃을 피어주오

2

바르샤바 공항은 작고 깔끔했다. 중간 경유지인 모스크바 공항의 을씨년스러움 때문에 더 그랬는지도 모른다. 비행기 시각 때문에 모스크바 공항에서 한 시간 남짓 기다려야 했는데, 밝고 화려한 면세점이 있음에도 주위가 왠지 어둡고 쓸쓸해 보였다. 여독 탓인지도 몰랐고, 객지의 낯섦 때문인지도 몰랐다. 이리저리 서성거리다 트랜스퍼로 들어갔다. 어두운 불빛 속에서 여행객들이 드문드문 보였다. 한쪽 구석에서 멍하니 앉아 있는 남자가 시선 속으로 들어온 것은 우연이었을까. 무엇을 하는 사람인지 알 수가 없었으나 얼굴에 드리운 음울함은 갈 곳이 없는 자의 표정이었다. 그의 음울한 얼굴은 바르샤바행 비행기 안에서도 좀처럼 지워지지 않았다.

폴란드 입국 심사관은 얼굴과 여권 사진을 대조한 후 곧바로 통과시켰다. 공항 로비로 나오니 동양인 남자 두 사람이 나에게로 다가왔다. 한 사람은 중키에 안경을 썼고, 또 한 사람은 긴 머리에 키가 컸다.

"한국에서 오신……."

안경 쓴 남자가 내 얼굴을 살피며 물었다.

"김성균씨군요. 반갑습니다."

내가 손을 내밀자 그는 고개를 꾸벅 숙이며 내 손을 잡았다.

"이쪽은 통역을 맡은 박운형입니다. 연극을 하고 있죠. 제 폴란드어 실력이 인터뷰 통역하기에는 너무 짧아서…… 이 친구 폴란드어 실력 대단합니다."

"아, 그래요."

나는 겸연쩍은 표정을 짓고 있는 박운형과 악수했다.

"피곤하실 텐데 나가시죠."

김성균은 내 가방 하나를 들며 앞장섰다. 바깥 날씨는 쌀쌀했다.

"유월이 다 되어가는데 날씨가 왜 이렇게 추워요?"

얇은 와이셔츠만 입은 나는 몸을 움츠리며 물었다.

"올핸 날씨가 유난스럽네요. 시간도 늦었고 하니 불편하시더라도 오늘은 이 친구 집에 가서 주무시죠. 제 집은 가족이 있어서……."

"폐가 안 되겠어요?"

나는 박운형을 보며 물었다.

"폐는 무슨……."

그는 머리를 긁적이며 수줍게 웃었다.

박운형의 아파트는 좁고 남루했으나 잘 정돈되어 있었다. 샤워를 하고 편안한 옷으로 갈아입은 나는 공항에서 사 온 포도주 병을 꺼내들고 그들과 마주 앉았다. 벽에 등을 기댄 김성균의 표정은 어두웠다. 가만히 생각하니 공항에서도 그의 표정이 밝지 않았던 것 같았다.

"인터뷰는 할 수 있겠죠."

나는 포도주 병 코르크 마개를 따면서 슬쩍 물었다.

"글쎄 그게……."

가슴이 철렁했다.

"고레츠키가 6월 2일 영국으로 갈 예정이랍니다. 지금 그 준비 때문에 바빠 영국에서 돌아온 이후에나 만날 수 있다고……."

"그때가 언젠데요?"

"6월 10일에 돌아온다고 하니……."

그러면서 김성균은 시선을 슬그머니 내렸다. 그를 만나려면 2주일을 더 기다려야 하는데, 출장 일정상 불가능했다.

지난 5월 초, 내가 몸담고 있는 신문사에서 공산권의 유명 음악원 취재를 기획했다. 동유럽이 개방되기까지 국내 음악도에게 문이 닫혀 있었던 공산권의 전통 있는 음악원을 소개해보자는 것이 기획 의도였다. 재벌 기업을 스폰서로 잡아 회사 돈은 한 푼도 안 들이는 해외 출장이었다. 첫 취재 대상으로 폴란드의 쇼팽 음악원이 결정되었다. 부장은 나에게 출장을 지시하면서 지나가는 투로 말했다.

"폴란드 가는 김에 고레츠키나 인터뷰 하지."

나는 부장을 멍하니 쳐다보았다. 교향곡 3번 「슬픔의 노래」로 일약 스타가 된 그에게 전 세계 매스컴으로부터 인터뷰 요청이 쇄도한 것은 당연했다. 그럼에도 인터뷰 기사가 빈약한 것은 그가 매스컴에 자신을 노출하는 것을 싫어하기 때문이었다. 그런데 부장은 아주 가벼운 취재거리를 지시하는 것처럼 말하고 있었다. 정말 중요한 것을 지시할 때 그런 투로 말하는 부장의 습관을 잘 알고 있는 나로서는 등에 묵직한 짐을 얹은 기분일 수밖에 없었다.

폴란드에 간다고 해서 고레츠키가 인터뷰에 응한다는 보장은 없으나 노력이라도 해보아야 했다. 여러 채널을 통해 알아본 결과 도움이 될 인물로 떠오른 이가 쇼팽 음악원에서 작곡 공부를 하는 김성균이었다. 그는 국내에서 여러 편의 작품을 발표한 바 있는 젊은 작곡가로서, 고레츠키와 사적인 교분이 있었다. 그와의 첫 통화에서 힘써보겠다는 말을 얻어냈고, 이틀 후 5월 말쯤에 오면 인터뷰가 가능하겠다는 고무적인 소식을 받았다. 그런데 박운형의 아파트에서 그는 전혀 다른 소리를 하고 있었다.

"영국 방문은 갑작스럽게 이루어졌다고 하더군요. 그래서 미처 연락을 못 드렸습니다."

〔중략〕

바르샤바 역은 몹시 붐볐다. 매표구 앞에 늘어선 줄을 보니 표를 사려면 한참 기다려야 할 것 같았다.

"일요일이라 그래요."

"아, 오늘이 일요일이군요."

나는 고개를 끄덕였다.

아침에 전화 통화 한 결과 고레츠키가 집에 있다는 것을 그의 부인을 통해 확인했다. 다만 다른 도시에서 열리는 연주회 참석으로 오늘은 만날 수 없다고 했다. 그렇더라도 일단 카토비체로 가는 게 낫겠다고 나는 판단했다. 사진을 맡은 민영수는 개인 일정으로 저녁에 오기로 김성균과 약속했다.

박운형은 시계를 보면서 주위를 두리번거렸다. 김성균과 만나기로 한 시간이 약간 지나 있었다.

"박형은 어떻게 해서 연극을 하게 되었나요?"

"우연이죠 뭐."

기대한 것에 비해 대답이 너무 싱거웠다.

"무대에 많이 서셨어요?"

"뭐, 별로…… 아, 저기 오네요."

회색 점퍼 차림의 김성규이 싱글거리며 우리 쪽으로 다가오고 있었다.

1시 38분에 출발한 기차는 4시 23분 카토비체에 도착했다. 공업 도시라 그런지 건물들은 대체로 어두운 회색빛이었다. 바르샤바도 어둡기는 마찬가지였다. 대부분 오래된 건물인 데다 벽에 색을 칠하지 않으니 어두울 수밖에 없었다. 겨울에는 짧은 해에다 음산한 날씨로 더욱 어둡게 보인다고 했다.

민영수를 위해 찾기가 가장 쉽다는 카토비체 호텔을 숙소로 정한 우리는 방으로 들어오자마자 고레츠키 집으로 전화했다. 그의 아들이 전화를 받았다. 박운형은 능숙한 폴란드어로 고레츠키를 만나기 위해 멀리 한국에서 온 기자가 카토비체에 지금 도착했으며, 내일 시간을 꼭 내주었으면 좋겠다고 말했다. 민영수에게도 전화를 통해 호텔 이름과 위치를 알렸다.

민영수가 나타난 것은 밤 11시경이었다. 키가 크고 호리호리한 그는 김성균, 박운형과 반갑게 악수했다. 친밀한 사이처럼 보였다. 우리는 호텔 지하 바로 내려갔다.

"자, 내일의 행운을 위해 건배합시다."

김성균은 맥주잔을 높이 들었다.

"폴란드 맥주 맛이 왜 이렇게 쓰죠?"

한국의 맥주에 비해 쓴맛이 너무 강했다.

"저도 처음에는 영 이상했는데 자꾸 마시니 익숙해집디다. 가만히 음미해보면 누룽지 맛이 나요. 약간 탄 누룽지지만."

민영수가 김성균의 말에 동의했다.

"여기서 아우슈비츠 가는 데 시간이 얼마 걸리죠?"

나는 옆에 있는 박운형에게 물었다.

"네?"

박운형은 놀란 목소리로 반문했다. 그의 눈이 크게 열려 있었고, 얼굴은 창백했다. 무엇 때문인지는 알 수 없으나 그는 내가 당황할 정도로 놀라고 있었다.

"아우슈비츠를 보실려구요?"

김성균이 대화 속으로 끼어들었다.

"여기까지 왔는데 아우슈비츠는 보고 가야죠."

"하긴 그렇군요. 여기서 자동차로 삼, 사십여 분의 거리니."

어색한 침묵이 흘렀다. 김성균과 민영수는 굳은 표정을 하고 있었고, 박운형은 시선을 내린 채 술잔을 만지작거렸다. 아우슈비츠에 가는 것이 그들에게는 부담으로 작용하는 듯했다.

"제 말은 꼭 같이 가자는 게 아니라⋯⋯."

"먼 곳에 있는 것도 아닌데 저희들이 당연히 안내해드려야죠."

내가 말을 채 끝내기도 전에 박운형이 입을 열었다.

"아우슈비츠는 독일식 발음입니다. 폴란드어로 오슈비엥침이라고 하지요. 오슈비엥침이 무슨 뜻인지 아십니까?"

어색한 분위기에서 벗어나려는 듯 목소리가 쾌활했다.

"잘 모르겠는데요."

"아주 좋은 땅, 축복 받은 땅이라는 뜻입니다."

"그래요?"

"마을 이름을 그렇게 지은 건 신에게 그런 마을을 만들어달라는 염원의 표현이었을 것입니다. 이름이란 단순한 기호가 아니라 깊은 상징이니까요."

"깊은 상징⋯⋯."

민영수의 중얼거림이 귀에 닿았다.

"지금 영화를 생각하고 있구먼."

김성균이 민영수의 어깨를 탁 쳤다.

"이 친구, 영화에 대한 열정 정말 대단합니다. 무엇이든 영화와 결부하니까요. 이 친구에게 깊은 상징은 영화입니다. 내 말이 틀렸나?"

민영수는 말없이 웃었다.

"말과 사물을 명확하게 구분하지 않았던 고대인에게 이름은 사물과 본질적인 관계를 맺는 어떤 것이었습니다. 이름이 생명과 연결되어 있었던 거지요. 지금도 일부 에스키모인들은 늙으면 이름을 다시 짓는다고 합니다. 새로운 계약을 하기 위함이지요. 누구와 계약합니까? 신입니다. 기도를 통해 신과 새로운 계약을 하지요. 오슈비엥침이라는 이름 속에는 인간의 간절한 기도가 스며들어 있습니다. 그런데 그곳이 지옥의 땅으로 변해버렸습니다. 축복 받은 땅에서 일백오십만 명 이상이 죽었습니다. 왜 그렇게 악착스럽게 죽였을까요? 독일인이 잔인해서? 아니면 신에게 기도를 잘못한 것일까요?"

박운형의 물음에 대답하는 이는 아무도 없었다.

다음 날 아침 9시경, 박운형은 고레츠키 집으로 전화했다. 시간을 잘 맞추었는지 고레츠키가 직접 전화를 받았다. 폴란드어를 들을 수 없는 나는 박운형의 표정만 살폈다. 잠시 후 그의 입가에 미소가 어렸다. 김성균의 얼굴도 환해지고 있었다. 통화를 마친 박운형은 고레츠키가 한 시간 안에 인터뷰를 마친다는 조건으로 오전 11시 반경 카토비체 호텔에 나오기로 했다고 밝은 목소리로 말했다. 최악의 사태까지 예상했던지라 무척 기뻤다. 나의 기뻐하는 표정에 김성균은 아무리 매스컴을 싫어한다지만 여기까지 찾아온 정성을 차마 뿌리치지 못했을 것이라면서 싱글거렸다. 아쉬운 부분이 없는 것은 아니었다. 인터뷰 시간을 넉넉하게 쓸 수 없다는 점도 그렇거니와, 인터뷰 장소가 그의 집이 아니라는 점은 더욱 그랬다.

집은 주인의 체취를 느낄 수 있는 공간이다. 그의 작업실까지 엿볼 수가 있다면 금상첨화다. 하지만 고레츠키는 그것을 피했다. 박운형이 집으로 가겠다고 두 번이나 말했음에도 호텔을 고집했다. 자신을 숨기고 싶어하는 고레츠키의 마음이 훤히 보였다.

고레츠키를 영접하기 위해 나는 김성균과 함께 호텔 입구에 서 있었다. 시곗바늘이 약속 시간인 11시 반을 넘어서고 있었다.

"왜 안 오지."

나는 중얼거리며 햇빛 가득한 거리를 눈을 찡그리며 보았다. 건너편 주차장에서 호텔 쪽으로 걸어오는 한 남자가 시선에 들어왔다. 감색 양복에 노타이 차림의 노신사였는데, 걸음걸이가 이상했다. 어깨가 기우뚱거리면서 상체가 부자연스럽게 흔들렸다. 가만히 보니 무용수처럼 한쪽 발끝을 세워 걷고 있었다.
"고레츠키예요."
김성균이 낮게 말했다.
"걸음걸이가 왜 저렇죠?"
"관절 부분에 고질병이 있다고 들었어요. 가끔 심한 통증이 엄습한다던데, 그럴 때면 사람이 이상하게 변한대요. 집에 찾아온 손님한테 나는 이렇게 아픈데 너는 왜 멀쩡하냐고 고함을 지르는가 하면, 전화 통화를 하다가도 나는 아파 죽겠는데 네 목소리는 왜 유쾌하냐고 소리를 질러대나 봐요."
"음, 무척 괴팍하군요."
김성균은 고레츠키와 반갑게 악수한 후 나를 소개했다. 그는 나와 악수하면서 폴란드어로 말했는데, 왜 나 같은 사람을 만나러 이곳까지 왔는지 알 수 없다는 뜻이라고 김성균은 속삭였다. 인터뷰 장소는 호텔 레스토랑이었다. 나와 박운형은 고레츠키 양옆에 앉았고, 김성균은 마주 보는 자리에 앉았다.

— 교향곡 3번「슬픔의 노래」는 소프라노가 부르는 세 개의 노래 속에 주제가 집약되어 있다고 생각한다. 그런데 이 노래는 모두 폴란드의 슬픈 역사와 연관된다. 이 곡의 창작 배경을 말해달라.

나의 첫번째 질문을 박운형은 폴란드어로 옮겼고, 두 손으로 얼굴을 쓸며 탁자를 내려다보던 고레츠키는 느리게 말을 시작했다.

"여러분들은 폴란드의 슬픈 역사를 잘 알고 있을 것이다. 폴란드는 주기적으로 침략당하고, 억압받고, 학대받았다. 1772년 독일이 폴란드 서쪽 지역을 점령한 후, 1793년 러시아가 동부를, 오스트리아가 남부를 점령했으며, 1795년에는 국가 전체가 점령당했다. 낭만주의가 절정을 이루었던 1830년경, 유럽 전역을 휩쓴 집단 혁명 운동의 열기에 자극받아 폴란드에서도 대규모 봉기가 일어났다. 결과는 처참한 실패였다. 폴란드어가 금지되었고, 문화는 지하로 숨어들었다. 혁명주의자들의 생애는 추방과 처형, 망명으로 점철되었다. 종교와 혁명이 융합했으며, 고뇌가 사상이 되었다. 메시아주의에 사로잡혀 성스러운 폴란드, 부활이라는 말들이 일상용어가 되었다. 이 모든 곳에 비통과 기아, 고문과 죽음이 있었다."

그는 흰머리를 쓸어 올리며 주스를 한 모금 마셨다.

"2차 대전이라는 인류의 재앙이 시작된 곳이 폴란드다. 나치의 전력은 폴란드 군을 압도했다. 그럼에도 그들은 바르샤바가 폐허가 될 때까지 포격과 공습을 멈추지 않았다. 수만 명이 공습으로 죽었고, 집단 살해와 처형이 횡행했다. 이 처참한 역사의 기억에서 자유로울 수 있는 이는 아무도 없다. 과거를 상기하는 것들이 지금도 도처에 산재해 있다. 혹시 폴란드의 뛰어난 연극 연출가 예지 그로토프스키를 아는가?"

뜻밖에도 그는 박운형을 폴란드로 끌어들인 장본인이라는 그로토프스키에 대해 물었다. 안다고 하기에는 지식이 얕고, 모른다고 하자니 자존심이 허락지 않았다. 나의 표정을 살피던 박운형은 고레츠키에게 무어라고 말했고, 그는 고개를 끄덕였다.

"한국의 기자가 그로토프스키를 잘 알고 있다니 무척 반갑다. 그의 뛰어난 작품 「아크로폴리스」는 아우슈비츠 수용소를 무대로 하고 있다. 인간의 역사에는 언제나 슬픔의 강이 흐른다. 그 강의 심연에 아우슈비츠가 있다. 「아크로폴리스」는 강의 심연을 드러내는 예술의 고통스런 몸짓이다."

그의 눈가에 바늘 같은 주름이 잡히고 있었다.

"창작이란 자유에 대한 사랑의 행위다. 그리고 사랑이란 신성의 또 다른 표현이다. 인간은 언제나 사랑의 결핍에 시달렸고, 울음을 멈추지 못했다. 그로토프스키는 아우슈비츠의 비극을 통해 신성을 추구했다. 여기서 가까운 곳에 아우슈비츠 수용소가 있다. 나는 어릴 적부터 이곳에 흩어져 있는 게슈타포 수용소를 보며 자랐다. 수용소에 갇힌 어린 소녀가 벽에 새긴 글을 보라. 우는 어머니를 달래면서 성모 마리아에게 자신들을 버리지 말라고 기도하고 있다. 성 십자가의 탄식과 폴란드의 민요 속에는 자식을 잃은 어머니의 통절한 슬픔이 서려 있다. 이들의 눈물이 바로 슬픔의 강이다. 「슬픔의 노래」는 슬픔의 강이 흐르는 소리다."

— 하지만 그것은 과거의 일이다. 세계는 하루가 다르게 변하며, 새로운 슬

품들이 인간을 억압하고 있다. 과거의 슬픔보다 현재의 슬픔을 드러내는 것이 더 의미 있는 작업이 아닌가?

나의 질문에 그는 빙긋 웃었다.

"흐르는 강을 자를 수 있다면 당신의 말이 옳다. 하지만 강은 끊임없이 흐른다. 흐르지 않는 것은 강이 아니다. 과거에서 흘러나오는 강은 현재를 넘어 미래로 흘러들어간다. 보스니아 내전의 비극을 보라. 죽고 죽이는 아비규환을 인종의 문제라 생각하는가? 천만에. 그것은 욕망의 비곗덩어리로 숨쉬고 있는 인간의 문제다. 과거의 슬픔은 곧 현재와 미래의 슬픔이다. 다만 그 슬픔의 형태가 다를 뿐이다."

— 슬픔의 강변에서 예술가는 무엇을 할 수 있는가?

"예술가란······."

지나가던 아이가 걸음을 멈추고 호기심 어린 눈으로 우리를 보고 있었다.

"살아남은 자의 형벌을 가장 민감히 느끼는 사람이다. 살아 있다는 것은 축복이자 형벌이다. 빛은 어둠이 있어야 존재한다. 축복과 형벌은 빛과 어둠의 관계다. 예술가는 축복보다 형벌에 민감한 사람이다. 그 형벌을 견뎌야 한다. 견디지 못하는 자는 단언하건대 예술가가 아니다."

고레츠키는 눈을 감았다 잠시 후 떴다. 아이는 보이지 않았다.

"슬픔의 강은 사람과 사람 사이에서 끊임없이 흐른다. 안타까운 것은 많은 사람들이 그 강이 있는지조차 모른다는 사실이다. 예술가는 볼 수 있는 자다. 그의 눈은 강의 흐름을 본다. 예술가는 들을 수 있는 자다. 그의 귀는 강물 흐르는 소리를 듣는다. 그리하여 예술가란 볼 수도 없고 들을 수도 없는 사람들을 보이게 하고 들을 수 있게 하는 자다."

그 뒤 나는 여러 가지 질문을 했고, 그는 성실하게 답변했다. 인터뷰를 시작한 지 한 시간 반이 넘어서자 그는 시계를 보기 시작했다. 끝맺음을 해야 할 때였다. 마지막으로 하고 싶은 말이 없느냐는 나의 물음에 생각에 잠겨 있던 그가 무거운 표정으로 입을 열었다.

"한때 나는 아방가르드의 진창 속에 빠져 있었다. 우리 모두는 그 혼돈 속에서 살아왔고, 혼돈의 공포에 눈이 멀어 있었다. 다행히 나는 그곳에서 빠져나왔다. 이런 점에서 나는 행복한 예술가라고 생각한다. 예술가는 어둠 속에서 빛을 찾는 사람이다. 그런데 그 빛은 슬픔의 강 너머에 있다. 이제 내가 당신들한테 질문하고 싶다. 슬픔의 강을 어떻게 건너는가?"

택시를 대절한 우리는 3시 20분 카토비체를 출발, 아우슈비츠를 향했다.
"고레츠키 그 영감 운형이와 텔레파시가 통하는 모양이야."
나는 무슨 뜻인지 몰라 멀뚱히 김성균을 보았다.
"박운형 이 친구가 미국에서 본 것이 그로토프스키의 「아크로폴리스」였어요. 그 연극에 홀딱 빠져……."
박운형의 침울한 표정 때문인지 김성균은 슬며시 입을 다물었다. 고레츠키와의 인터뷰 때도 박운형의 표정은 밝지 않았다. 신경이 쓰이긴 했으나 묻기가 좀 무엇했다.
카토비체를 출발할 때 구름 한 점 없던 하늘이 점차 어두워지더니 아우슈비츠에 도착할 무렵 빗방울을 떨어뜨리기 시작했다.
"여기 올 때마다 날씨가 안 좋았는데 오늘 또 그러네."
민영수의 중얼거림에 김성균은 차창 밖 하늘을 쳐다보았다.
"귀신이 있어 그런가."
"귀신은 무슨……."
차는 철도 건널목에 멈추었다. 기차가 지나갈 모양이었다. 길 연변에 있는 무덤 하나가 눈에 띄었다. 회색 돌로 만든 십자가 모양의 무덤이었는데, 작고 앙상한 예수상 밑에 붉은 꽃이 있었다.
"나치가 아우슈비츠를 지은 것은 레지스탕스 운동에 가담한 폴란드 정치범들을 수용하기 위함이었습니다. 친위대 대장 카를 프리치가 첫번째 수감자들 앞에서 한 연설은 의미심장하지요. 유태인은 2주일 이상 살 권리가 없다고 했습니다. 성직자는 1개월, 그 나머지는 3개월이라고 했어요. 그런데 독일의 소련 침공 후 포로들이 엄청나게 늘어났고, 그들이 아우슈비츠로 보내짐에 따라 수용소 시설이 확대되었어요. 그 후 소련군 포로들이 계속 죽어가는 반면 대규모 포로 유입이 없자 나치는 유럽의 유태인 문제를 최종적으로 해결할 수 있는 장소로 아우슈비츠를 선택한 것입니다."

택시가 아우슈비츠 수용소에 도착한 것은 3시 50분경이었다. 수용소 앞 빈 터에 관광 버스들이 여러 대 서 있었다. 김성균은 택시 기사에게 5시경에 돌아오겠다고 말했다.

"난 여기 있을게."

박운형이 김성균을 보며 말했다. 불편한 데가 있느냐는 나의 물음에 그는 고개를 저었다.

"여러 번 들어가본 곳이라 내키지 않을 따름이에요."

"사실 저도 그래요. 키에슬로프스키와 다녀오세요."

김성균은 민영수의 어깨 위에 손을 얹으며 익살스러운 표정을 지었다.

"운형이가 여기까지 온 것만으로도 대단한 일이에요."

민영수가 적벽돌색 건물의 서비스 센터로 들어서면서 말했다.

"왜요?"

"아우슈비츠를 무척 싫어해요. 폴란드 방문자들 거의 대부분은 이곳에 오고 싶어합니다. 그럴 때마다 운형이는 핑계를 만들어 피해왔습니다. 조금 과장하면 집요하게 피해왔지요. 그런데 오늘은 바로 코앞에까지 왔으니 대단한 일이죠."

"여기 오는 걸 왜 싫어하죠?"

"아우슈비츠를 한두 번 와본 이는 다시 오고 싶어하지 않습니다. 풍경이 아름다운 것도 아니고……."

"박운형씨가 폴란드에 온 것은 그로토프스키 연극 때문이라고 하던데 그게 정말입니까?"

"저도 그렇게 알고 있어요. 그 친구 폴란드 와서 고생 많이 했습니다. 남들이 한 시간 연습하면 그 친군 아마 열 시간 했을 겁니다. 그렇게 하니까 무대에

설 수 있었지요. 아, 저 사진 보세요. 제가 처음 저 사진을 봤을 때 가슴이 철렁했지요."

그가 가리킨 것은 어두운 굴 속 같은 곳에서 시체들이 뒹굴고 있는 흑백 사진이었다.

"끔찍하군요."

"위쪽의 하얀 빛이 어떻게 보입니까?"

"작고 희미한 걸로 보아 촛불의 빛 같군요."

"저 작은 빛은 보는 이로 하여금 상상을 하게 하지요."

"민형은 무슨 상상을 하셨습니까?"

"기도하는 이가 머릿속에 떠올랐습니다. 희미한 불 아래서 두 손을 모으고 간절히 기도하는, 눈물에 젖은 소녀의 모습이 떠오르면서 덤불 속에 덩그렇게 놓여 있는 작은 공이 오버랩됩니다. 소녀가 잃어버린 공이지요."

"영화감독다운 상상이군요."

나는 빙그레 웃으며 말했다.

5시 20분, 아우슈비츠를 출발한 차는 크라쿠프를 향했다. 수도가 바르샤바로 옮겨 오기 전 오랫동안 폴란드의 수도였던 크라쿠프는 2차 대전 중에도 전쟁의 피해를 입지 않아 옛 모습 그대로 남아 있는 도시였다.

"크라쿠프는 폴란드 왕국이 가장 번영했던 야기에우워 왕조의 수도였습니다. 당시 보헤미아의 프라하, 오스트리아의 빈과 함께 중앙유럽 문화의 중심지였지요. 크라쿠프로 들어간다는 것은 옛 폴란드 왕조의 전통 속으로 들어간다는 것을 뜻합니다. 「쉰들러 리스트」란 영화 보셨어요? 미국의 탁월한 상업 영화감독 스필버그가 만든 영화 말이에요."

운전석 옆에 앉은 김성균은 고개를 돌리며 물었다.

"봤습니다. 재미있던데요."

"그 영화의 촬영지가 크라쿠프예요."

"아, 그렇군요. 쉰들러가 크라쿠프 유대인 거주지역에서……."

"지금 크라쿠프에서는 쉰들러 투어라는 관광이 성업 중입니다. 영화의 배경이 된 게토를 비롯, 촬영 현장을 답사하는 관광인데, 미국인과 독일인들에게 특히 인기라고 해요. 영화의 위력, 대단하죠."

"할리우드 자본의 위력이지."

민영수의 퉁명스러운 말에 김성균은 미소를 지었다.

"저 친구, 할리우드 영화라면 진저리를 쳐요. 한마디로 천박한 상업주의라는 거죠. 하지만 세계는 바야흐로 천박한 상업주의가 날개를 치고 있지요. 싫든 좋든 그 날개 소리를 들을 수밖에 없어요."

크라쿠프의 고색창연한 모습은 폴란드의 어두운 회색 건물에 익숙해 있던 나에게 깊은 아름다움으로 다가왔다. 고딕 양식의 성마리아 교회, 코페르니쿠스가 다녔다는 야기에우워 대학, 비스와 강변 언덕에 위치한 바벨 성이 특히 아름다웠다. 저녁은 도시의 중심지이자 관광 코스로 빼놓을 수 없다는 중앙 광장의 노천 카페에서 했다. 음식은 입에 맞았고, 붉은 포도주가 달착지근했다. 시간은 빠르게 흘러 어느덧 기차 시간이 임박해 있었다. 바르샤바행 막차 시간은 8시 15분이었다.

우리는 카페에서 일어나 크라쿠프 역을 향했다. 나는 터벅터벅 걷고 있는 박운형을 힐끗 보았다. 크라쿠프에서도 그는 여전히 말이 없었다. 아우슈비츠로 가면서부터 시작된 침묵이 생각보다 길게 이어지고 있었다.

기차는 8시 15분 정각에 출발했다. 창밖은 깜깜했고, 모두들 말이 없었다. 가장 쾌활한 김성균마저 입을 다물었다. 역무원이 표를 검사하고 나가자 나는 포도주 병을 땄다. 목이 마른 데다 무거운 침묵이 부담스러웠다.

"아우슈비츠 어땠어요?"

김성균은 술을 한 모금 마시면서 물었다.

"글쎄요······."

나는 말끝을 흐리며 창밖의 어둠을 보았다. 어둠 속에 무엇이 떠오르고 있었다. 종이학이었다.

수용소 11블록이 죽음의 동(棟)이라 불리우는 것은 나치가 한꺼번에 2천 명을 독살시킨 곳이기 때문이었다. 치클론 B라는 가스가 분사되면 사람들은 철창과 벽을 쥐어뜯다가 피가 나도록 가슴을 헤집으며 죽어간다. 가스실 옆에는 시체 소각장이 있다. 하지만 그냥 소각하지 않는다. 살갗은 전등갓으로, 몸의 기름은 비누 재료로, 뼈를 빻은 가루는 건축 자재로 사용했다.

시체 소각실은 어둡고 습했다.

"여기에서만 칠만 명이 화장되었대요."

민영수는 이마를 찡그리며 말했다. 몸속으로 냄새가 파고들었다. 형언할 수 없는 그 냄새를 나는 죽음의 냄새라고 생각했다. 죽음의 공간에서 죽음의 냄새가 피어오르는 것은 당연했다. 검은 벽이 등에 닿았다. 차갑고 끈적한 감촉이 느껴졌다. 몸이 떨렸다. 그때 내 눈 속으로 들어오는 것이 있었다. 놀랍게도 그것은 따뜻한 색깔이었다. 지하의 공간에는 색이 없었다. 어둠을 밝히는 빛마저 음산하고 차가웠다. 환각이라고 생각한 나는 눈을 감았다 떴다. 따뜻한 색깔은 여전히 빛을 발하고 있었다. 나는 한 발 한 발 다가갔다. 그것은 종이학이었다. 검은 쇠판으로 된 시체 소각로 위에 빨강 파랑 노랑 초록의 종이학들이 날개를 펴고 사뿐히 앉아 있었다.

"이것이…… 왜 여기에 있습니까?"

나는 더듬더듬 물었다.

"관광객들이 갖다 놓은 거예요. 명복을 기원하는 마음의 표현이겠지요."

그 종이학이 달리는 열차 창밖의 어둠 속에 잠시 떠올랐다가 사라졌다.

"왜 그들은 유대인을 그렇게 악착스럽게 죽였을까요? 그렇게 하면 한 종족이 멸종할 수 있으리라 믿었을까요?"

나는 어둠에서 눈을 떼며 물었다.

"역사의 어느 페이지를 보더라도 대학살의 피와 마주칩니다. 인간이 인간에게 행한 그 참혹한 행위는 끊임없이 일어났습니다. 하지만 아우슈비츠 학살은 그전의 학살과는 전혀 달랐습니다. 광포와 격정이 아니라 과학에 의해 이루어진 치밀하고 냉정한 학살이었지요. 아우슈비츠가 인간이란 어떤 존재인가? 라는 새로운 물음을 요구한다고 학자들이 말하는 까닭은 여기에 있습니다. 이 물음 앞에서 가해자가 독일인이고 피해자가 유대인이라는 인종적 구분을 담는다면 표피적 의미밖에 도출할 수 없다고 봐요."

민영수의 말은 설득력이 있었다.

"나치의 학살을 신성의 침범으로 생각할 수는 없을까요?"

"신성의 침범?"

나는 민영수의 말을 되뇌었다.

"신성이란 신의 영역입니다. 역사를 살펴보면 인간이 신의 자리를 탐할 때 피가 강물처럼 흘렀지요. 인간이 신의 자리를 탐할 수 있는 유일한 통로는 권력입니다. 고대의 왕은 신의 자손으로 생각했고, 신의 자손은 인간을 마음대로 할 수 있다고 믿었지요. 메소포타미아 사람들은 왕의 명령을 그들의 신 아누의 명령과 마찬가지로 변경될 수 없는 것이라고 믿었습니다. 강한 신이 약한 신을 삼키는 것이 권력의 법칙입니다. 전쟁이란 권력의 아귀다툼이지요. 문제는 권력의 굶주림이 채워지지 않는다는 사실에 있습니다. 채우면 채울수록 허기가 지는 것이 권력입니다."

"그러니까 히틀러는……."

"왕권신수설에 빠진 권력자라고 생각할 수 있지요. 하느님이 인간을 창조했다는 것이 유대인의 믿음입니다. 이 믿음에 기대면 창조의 끈을 끊을 수 있는 유일한 존재가 하느님입니다. 히틀러는 그 창조의 끈을 스스로 끊을 수 있다고 생각했겠지요."

"그 논리대로라면 지금은 신성을 침범하는 자가 없겠군. 그런 개념의 권력자는 거의 사라졌으니 말이야."

"나는 그렇지 않다고 생각해."

"그렇지 않다? 지금 20세기 대명천지에 누가 신처럼 전지전능한 권력을 행사하고 있나?"

"자본이지."

"자본이라……."

"자본의 속성이 뭔지 아나?"

"글쎄……."

"운동이야. 끊임없이 움직이는 운동. 그 운동의 목적은 무엇인가? 증식이지. 증식이야말로 권력의 욕망이며 존재 법칙이야. 권력은 신민을 삼킴으로써 커지고, 자본은 이윤을 삼킴으로써 커져. 물리의 기본 법칙처럼 운동 속도가 빠르면 빠를수록 증식의 규모가 커진다는 것은 두말할 나위가 없지. 흔히 오늘날 세계가 가까워졌다고들 하는데, 이것은 자본의 운동 속도가 빨라졌다는 뜻이야. 그런데 잘 알다시피 인간이 자본을 움직이는 것이 아니라 자본이 인간을 움직이고 있지. 이 자본의 운동 속에는 아우슈비츠처럼 치밀한 메커니즘이 작동하고 있어. 인간의 온갖 지식들이 자본의 운동을 위해 바쳐지고 있으니 말이야."

"뭐가 그렇게 복잡해."

김성균이 빈 잔을 민영수에게 건네며 투덜거렸다.

"지루해?"

"나는 자네의 장광설에 습관이 되어 괜찮지만 유기자님이 지루하실 것 같아……."

"전 재미있는데요. 정말입니다. 다음 말이 궁금하니까요."

"그렇게 말씀하시니 오히려…… 허 참, 아무튼 그 말씀 믿고 계속해보겠습니다. 그러니까……."

"인간의 온갖 지식이 자본의 운동을 위해 바쳐지고 있다고 하셨죠."

"아, 그렇지요. 자본의 운동에는 한계 영역이 없습니다. 증식을 위한 것이라면 어떤 것이든 집어삼킵니다. 인간의 몸이든 꿈이든 영혼이든 가리는 법이 없습니다. 아귀처럼 닥치는 대로 삼키지요."

"그렇게 증식을 거듭한 자본이 마침내 신의 영역까지 침범했단 말이군."

"내 생각은 그래. 인간이란 존재는 생명계의 순환에서 한 고리일 뿐이야. 이것이야말로 신이 인간을 창조한 밑바탕이었다고 나는 생각해. 끊어짐이 없는 섬세한 고리 속에서만 생명이 조화와 균형을 이룰 수 있으니까. 그런데 언젠가부터 인간은 이 순환의 고리를 흔들기 시작했어. 하지만 한갓 피조물에 불과한 인간의 능력으로는 그것을 파괴할 수 없지. 왜냐하면 그것은 신의 영역이니까."

"자네의 말을 들으면 자본과 인간이 분리된 느낌이 드는군."

"어떤 의미에서는 그렇지. 자본은 인간의 정신을 생으로 삼킬 수 없어. 그것을 물질로 변화시킨 후 삼키지. 말하자면 인간의 정신이 자본에 의해 끊임없이 물질화되고 있는 거지."

"인간의 정신이 하염없이 자본의 뱃속으로 들어가는 꼴이구먼. 자네가 할리우드 영화를 싫어하는 이유를 이제 확실히 알겠군."

"결국 자본이라는 괴물은 생명계의 순환 고리를 파괴함으로써 신성을 삼키는 새로운 권력자로 군림하고 있다고 나는 생각해. 아우슈비츠는 신성의 찬탈을 짧은 시간과 한정된 공간 속에서 압축적으로 보여주었다면 자본은 전 세계적으로 천천히 그리고 깊숙이 신성의 살 속으로 칼을 집어넣고 있지."

"자네 말에 따르면 인간이 멸망을 향해 치닫고 있군."

"신이 인간을 구원할 수도 있겠지."

"신이 인간을 구원한다?"

"아직도 신성은 우리 주위 곳곳에 살아 숨 쉬고 있으니까. 나는 그것을 신성한 숲이라 부르지. 우리들이 그 숲을 갈망하는 한 숲은 사라지지 않는다고 믿어. 물질화되지 않은 꿈과 영혼은 신성한 숲에 끊임없이 에너지를 불어넣고, 신성한 숲은 다시 우리들에게 맑은 산소를 공급한다면, 누가 아나? 신성한 숲이 자본의 아귀적 욕망을 이겨낼런지."

"앞으로 자네가 만드는 영화 속에 맑은 산소를 담뿍 넣게나. 그런데 저 친구 자네의 명강의를 듣고 있는 건지 모르겠군."

김성균은 창가에 머리를 기대고 있는 박운형을 가리켰다.

"질문 하나 안 하면서 술은 혼자 다 마셔."

그랬다. 우리들이 이야기하는 사이 박운형은 묵묵히 술만 들이켰다.

[중략]

벽에 걸린 시계를 보니 3시가 넘어 있었다. 포도주 병이 여기저기 뒹굴고 있었다. 몇 병인지 헤아리기도 힘들었다. 눈앞의 사물들이 아득해 보였다. 박운형이 비틀거리며 일어서고 있었다. 화장실 가는 모양이군. 나는 그렇게 생각했다. 하지만 그는 원형 무대로 다가가고 있었다. 힘겹게 무대로 올라선 그는 우리들을 내려다보았다.

"여러분, 가난한 연극이란 말을 들어보셨지요."

사회자 같은 그의 말투가 생소하기도 하고 신선하기도 했다. 그가 무슨 말을 할지 궁금했다.

"폴란드 실험 연극의 선구자 예지 그로토프스키가 창조한 말입니다. 부유한 연극과 대립되는 이 말 속에는 예사롭지 않은 뜻이 담겨 있습니다. 성서에서 가난, 궁핍이란 모든 외형적인 것의 버림을 뜻한다고 그로토프스키는 말했습니다. 영혼을 둘러싸고 있는 껍질을 벗겨내는 것, 살을 깎아 뼈를 보여주는 것. 이것이 가난한 연극이 갖고 있는 보석입니다. 그가 배우에게 요구하는 것은 진정한 고통의 발견입니다. 그것을 발견함으로써 관객과 살아 있는 교류가 이루어진다고 했습니다. 이제 나는 배우가 되어 여러분과 살아 있는 교류를 가지고자 합니다."

"저 녀석은 술만 취하면 엉뚱한 짓을 한단 말이야."

김성균이 혀 꼬부라진 소리를 했다.

"그로토프스키는 말했습니다. 그대가 인간임을 보여주면 나는 그대에게 신을 보여주리라고. 나는 여러분들에게 무엇을 보여줄 수 있을까요? 지금 나는 배우입니다. 무대 위에서 배우의 말은 현실 그 자체입니다. 배우의 몸속에 만물이 숨어 있으며, 말은 만물을 끄집어내는 도구이자 만물 자체입니다. 배우의 말은 보이지 않는 것을 보이게 하며, 들리지 않는 것을 들리게 합니다. 시간을 뛰어넘으며 세계의 고통을 번역합니다. 환상을 현실로 만들며, 현실을 환상으로 조각합니다."

박운형의 말투가 변하고 있었다. 마치 파도를 타듯 율동을 하기 시작했다고 나 할까. 그것은 미묘한 울림을 일으키고 있었다.

"무대는 5월의 봄날입니다. 하늘은 눈이 시릴 정도로 푸르고, 대지는 화사한 꽃을 피우고 있습니다."

5월의 봄날. 나는 무의식중에 그 말을 되뇌었다. 김성균과 민영수는 꼼짝도 않고 무대를 주시하고 있었다.

"그 봄날 속에서 얼룩무늬 군복의 군인들을 가득 실은 차가 질주하고 있습니다. 전남대 정문, 금남로, 시외버스 터미널을 지나 아세아 극장 앞에서 차가 멈추었습니다. 베레모를 벗고 방탄 헬멧을 쓴 군인들은 차에서 내려 사 열 횡대로 섭니다. 며칠 동안 잠을 자지 못한 그들의 눈은 벌겋게 충혈되어 있습니다."

저 녀석 지금 무슨 소리를 하고 있지. 김성균은 민영수와 무대를 번갈아 보며 중얼거렸다.

"눈의 붉은빛은 점차 깊고 짙어집니다. 그것은 징후입니다. 운명의 잔혹한 징후. 그 징후가 그들의 몸속에서 꿈틀거리며 일어납니다. 머리가 부글부글 끓기 시작하면서 무엇인가 몸을 가로지르며 질주합니다. 내장은 뒤집어지고, 피들은 폭풍우 치는 바다처럼 으르렁거립니다. 눈은 불타오르는 듯하다가 흐릿해지고, 붉은 혀가 거무죽죽하게 되면서 고무처럼 늘어나고, 부글부글 끓는 정신은 아우성을 치며 바깥을 향한 탈출구를 찾고 있습니다."

이상한 일이었다. 우리는 귀를 통해 소리를 듣는다. 그런데 박운형의 목소리는 귀가 아니라 살에 닿는 느낌이었다.

"무대는 아비규환입니다. 살이 찢기고 피가 튀는 소리, 두개골이 깨어지고 뼈가 바수어지는 소리. 대지는 입을 벌려 피를 받고, 빛은 잔혹의 중심에서 춤을 춥니다. 빛의 춤 속에서 한 남자가 비틀거리며 나오고 있습니다. 그의 두 손은 피에 젖어 있습니다. 무대는 일순간 정적에 잠기고, 어둠이 천천히 내려앉습니다. 그는 낭자한 피 내음에 흠칫 놀랍니다. 가슴에 박힌 대검을 믿을 수 없다는 듯한 표정으로 보았던 청년의 얼굴이 오버랩됩니다."

숨을 깊이 들이킨 그는 휘어진 상체를 꼿꼿이 세웠다.

"나는 이 백성이 한 일을 결코 잊지 않으리라. 그날이 와서 대낮에 해가 꺼지고 백주에 땅이 컴컴해지거든 모두 내가 한 일인지 알아라. 순례절에도 통곡소리 터지고, 모든 노래가 울음으로 바뀌리라."

조금 전과는 전혀 다른 목소리였다. 비통하고 격정적인 목소리 대신 서릿발처럼 차가운 목소리가 무대를 휘감았다. 목소리가 너무 달라 무대 위에 다른 사람이 나타나지 않았나 생각될 정도였다.

"나는 너희를 굶주리게 하였다. 그래도 너희는 나에게 돌아오지 않았다. 나는 너희의 이삭을 쭉정이로 만들었다. 너희의 동산과 포도원을 쑥밭으로 만들고, 무화과와 감람나무는 메뚜기가 먹어치우게 하였다. 그래도 너희는 나에게 돌아오지 않았다. 내가 이집트에서 한 것처럼 너희에게 무서운 전염병을 보내고, 너희 아름다운 청년들을 칼로 죽였으며, 너희 말들이 약탈당하게 하고, 너희 진지는 썩어가는 시체의 악취로 코를 찌르게 하였다. 그래도 너희는 나에게 돌아오지 않았다. 나는 소돔과 고모라를 무너뜨린 것처럼 너희 성들을 무너뜨려 너희를 불 속에서 끄집어낸 나무토막처럼 되게 했다. 그래도, 너희는, 나에게, 돌아오지, 않았다."

그는 부들부들 떨고 있었다. 나는 눈을 크게 떴다. 그는 두 가지 역할을 동시에 하고 있었다. 목소리로는 인간을 질타하는 신의 역할을, 몸으로는 그 질타에 몸을 떠는 인간의 모습을 보여주고 있었다.

"저 친구 지금 제정신이 아닌 것 같아."

김성균의 걱정스러운 말에 민영수는 검지 손가락을 입술에 대었다. 좀더 지켜보자는 의사 표시였다.

"나 야훼가 선고한다. 다마스커스가 지은 죄, 그 쌓이고 쌓인 죄 때문에 나는 다마스커스를 벌하고야 말리라. 나 야훼가 선고한다. 가자가 지은 죄, 그 쌓이고 쌓인 죄 때문에 나는 가자를 벌하고야 말리라. 나 야훼가 선고한다. 띠로가 지은 죄, 그 쌓이고 쌓인 죄 때문에 나는 띠로를 벌하고야 말리라."

붉게 충혈된 그의 눈에서 빛이 뿜어져 나오는 것 같았다. 그는 두 손을 안으로 모으며 몸을 웅크렸다. 등이 활처럼 굽어지면서 둥근 공의 모습이 되었는데, 오른쪽 팔이 천천히 올라와 허공에 비스듬히 섰다. 그와 동시에 무릎 속에 파묻힌 머리가 들렸는데, 부릅뜬 두 눈과 벌어진 입술, 구겨지듯 뒤틀린 얼굴이 너무나 처참해 기괴해 보일 지경이었다. 저것이 연기라면 탁월한 연기였다.
"그만해!"
김성균이 벌떡 일어나 소리를 지르며 무대로 달려갔다.
"남들은 잘도 잊는데 너는 왜 잊지 못해! 이제 그만 잊어. 잊지 못하면 숨기고 있던지. 네 잘난 고통, 구경해주는 것도 이제 지긋지긋해."
김성균은 박운형의 멱살을 흔들며 외쳤다. 박운형의 몸은 속이 텅 빈 인형처럼 이리저리 흔들렸다. 얼굴도 가면처럼 무표정했다. 김성균은 맥없이 손을 놓았고, 박운형은 두 번이나 넘어진 끝에 간신히 일어섰다. 서 있는 것이 힘드는지 몸이 불안정하게 흔들렸다. 휘청거리며 무대에서 내려온 그는 몇 발자국도 못 가 푹 쓰러졌다.

말없이 술을 들이켜던 김성균은 소파에서 자고 있는 박운형을 물끄러미 내려다보았다. 그는 두 손을 가슴에 모으고 입을 꽉 다문 채 자고 있었다. 건너편 소파에는 민영수가 깊은 잠에 빠져 있었다.
"유기자님은 광주사태 때 어디 계셨습니까?"
"서울에 있었습니다."
"그런데 저 자식은 광주에 있었나 봐요. 계엄군으로. 사람 몇을 죽인 것 같은데, 잘 안 잊혀지나 봅니다."
"그렇겠지요."
"언젠가 사노크에서 저 자식이 나오는 연극을 본 적이 있습니다."
"사노크?"
"폴란드 국경 도시입니다. 우크라이나에서 80킬로미터 정도 떨어져 있을 거예요. 2차 대전이 일어나기 전 사노크에는 우크라이나인, 폴란드인, 유대인이 살고 있었습니다. 전쟁이 나자 유대인 대부분이 학살되었습니다. 스탈린과 독일군의 부추김으로 폴란드인들도 많이 학살되었습니다. 우크라이나인들 짓이었죠. 전쟁이 끝나자 거꾸로 우크라이나인들이 학살되었습니다. 폴란드인들이 복수를 한 것이죠."

"비극의 땅이군요."

"그곳에서 연극 페스티벌이 열린 적이 있었습니다. 운형이가 소속된 극단도 참가해 도시 구경도 할 겸 해서 따라갔습니다. 4월이었는데, 날씨가 참 좋았습니다. 그때 운형이가 출연한 연극 제목이 뭐였더라……."

그는 이마를 찡그리며 기억을 더듬었다.

"생각이 잘 안 나는군요. 아무튼 내용이 좀 어려운 연극이었습니다. 게다가 배우들의 말을 잘 알아들을 수 없어 이해가 더 힘들었지요. 제가 폴란드 말에 익숙지 않은 데다 연극 대사라는 것이 듣기가 아주 고약해서 아무리 귀를 기울여도 놓치는 말이 많았어요. 운형이는 진찰이라는 명목으로 수술대에 올라가 제복 입은 이들에게 고문 받다가 끝내 죽는 역할을 맡았습니다. 그가 고통을 받는 이유는 세계의 구원 때문이었습니다. 개인의 고통을 통해 세계를 구원할 수 있다는 것이 작품의 주제였거든요. 고통이 크면 클수록 구원이 그만큼 깊어진다고 할 수 있죠. 그러니 연극은 처음부터 끝까지 음산한 목소리와 고통을 견디는 숨소리, 울음과 비명뿐이었습니다. 술 더 하시겠어요?"

나는 대답 대신 빈 잔을 들었다.

"유기자님 주량도 대단하시군요."

"그렇지 않습니다. 보통 때 같으면 벌써 곯아떨어졌습니다."

정말이었다. 술이라는 것이 묘해서 간혹 한없이 들어갈 때가 있었다.

"연극 상연 시간은 45분에서 50분 가량이었습니다. 가톨릭 미사 시간이라고 하더군요. 연극을 많이 보진 않았지만 그렇게 음산하고 소름 끼치는 연극은 처음이었습니다. 연극이 끝나자 전 운형이 만나려 무대 뒤편으로 갔지요. 그런데 뭔가 이상했습니다. 극단 사람들이 빙 둘러선 가운데 몇 사람이 반나체 상태인 운형이 몸을 마사지하고 있었어요. 낯익은 배우가 나를 보더니 운형이가 깨어나지 않는다면서 걱정을 하더군요. 처음에는 무슨 말인지 몰랐습니다. 두세 번 들은 후에야 비로소 사태를 파악했어요. 연극은 운형의 죽음으로 막을 내렸습니다. 그런데도 일어나지 않으니 동료들이 모여들 수밖에요. 운형이의 몸이 뻣

뼛이 굳어 있어 정말 죽은 게 아닌가, 생각했대요. 달려온 의사는 히스테리성 마비 현상이라고 설명했습니다."

"히스테리성 마비 현상이라면 노이로제의 일종인데……."

"정신이 간절히 원하면 육체로 전환되어 나타나는 일종의 정신병이죠. 제 추측으론 운형이가 연극 속에서 타인에 의한 죽음을 갈망했던 게 아닌가 합니다. 그러니까 사람을 죽인 자신의 행위에 대한 구원의 죽음이지요. 술이 다 떨어졌군요. 더 갖고 올까요?"

"이제 그만 하죠. 졸리기 시작하는군요."

나는 소파에 등을 기대고 눈을 감았다. 세상은 아득히 멀어지고 있었다.

3

박운형은 약속 시간보다 조금 빨리 카페 문을 열고 들어섰다. 오늘 아침 나는 한참 망설인 끝에 그에게 전화했다. 내일이면 폴란드를 떠나야 했다. 그와 만날 수 있는 시간은 오늘뿐이었다. 박운형은 나의 제의를 선선히 받아들였다.

"광주 이야길 듣고 싶으세요?"

두번째 술병이 빌 무렵 박운형은 나를 빤히 보며 물었다. 나는 고개를 끄덕였다.

"소설 쓰시게요?"

"소설은 무슨……."

나는 이물쩍 웃으며 술잔을 들었다

"소설 이야기만 나오면 부끄러워하시는군요. 무엇 때문이죠?"

"……."

"광주 얘기 소설로 쓰신 적 있으세요?"

나는 고개를 끄덕였다.

"부끄럽지 않던가요?"

대단히 직설적인 물음이었다.

"부끄럽다는 게 어떤 의미죠?"

"광주를 소설의 도구로 이용한다는 사실에 대해서 말입니다."

뭐라고 이야기해야 할지 난감했다. 나는 입술을 깨물며 탁자를 잠시 내려다보다가 고개를 들었다.

"진실이란 형태가 없습니다. 이런 진실에 형태를 부여하는 작업이 예술이라고 저는 생각하고 있습니다. 소설 역시 마찬가지지요. 소설에서 도구란 진실의 형태에 닿기 위한 다리라고 할 수 있습니다. 광주를 소설의 도구로 이용했다는 것은 광주가 곧 진실의 형태에 닿기 위한 다리가 되었다는 뜻이죠. 이 속에 부끄러움이란 감정이 들어갈 여지가 없습니다. 부끄러움은 광주라는 다리를 진실의 형태가 아닌 다른 곳에 세워놓았을 때 비로소 제기되는 문제지요."

"진실이란 무엇입니까?"

그는 갈수록 난감한 질문을 하고 있었다.

"사람답게 살기 위한 어떤 기준이 아닐까요. 거짓이 끼여 있지 않은 정신이라고 할까……."

자신 없는 말투였다. 솔직히 나는 그의 질문에 답변할 자신이 없었다. 내가 진실이라고 믿었을 때 다른 사람들은 고개를 흔들었고, 진실이 아니라고 생각했을 때 그들은 진실이라고 외쳤다. 진실이란 미로였다.

박운형은 말없이 술을 들이켰다. 그의 얼굴에 드리운 짙은 그늘은 술집 집시에서 그가 드러낸 고통의 모습들을 떠올렸다.

"광주의 기억 때문에 무척 괴로워하시는 것 같더군요. 박형도 역사의 희생자지요."

박운형은 고개를 들고 나를 빤히 쳐다보았다.

"뭔가 착각하시는 것 같은데요."

"난 착각하고 있지 않습니다. 사노크의 무대에서 박형이 히스테리성 마비 증세를 일으킨 것은 죄의식의 결과가 아닌가요?"

나의 말에 그는 입술을 비틀며 웃었다.

"정말 웃기시는군요. 작가 선생들이 너도나도 깃발처럼 내걸고 있는 그놈의 진실이라는 것이 내 눈에는 어떻게 보이는지 아십니까? 박제 같아요. 바짝 마른 박제 말이에요. 제 말을 못 알아들으시는군요. 작가 선생들이 광주를 어떻게 쓰고 있습니까? 죽은 자들이 흘린 피의 의미, 그들의 눈물, 살아남은 자의 고뇌, 그리고 가해자의 잔인과 악몽과 죄의식 등등. 여기에다 한 가지를 덧붙이지요. 가해자 역시 희생자였다고. 왜? 권력에 눈먼 이들에게 이용되었으니까. 진실이 그렇게 단순한가요? 진실이 그렇게 일목요연하다면 세상은 참으로 명료하게 보이겠지요."

갑자기 거칠어진 박운형의 어투가 곤혹스러웠다.

"저에 대해 이렇게 상상하시지 않았나요? 광주에서의 진압이 군인의 임무 수행으로 생각했는데 알고 보니 반역사적 살인이었다. 갈라진 뱃속에서 튀어나온 창자, 두개골이 으깨진 시체, 손을 적시는 붉은 피. 그 살인의 기억, 그 피비린내가 세월이 흘러도 지워지지 않는다. 살인자는 죄의식의 고통으로부터 벗어나기 위해 자신이 희생자가 되는 것을 끊임없이 꿈꾼다. 죽이는 자가 아니라 죽임을 당한 자, 총을 들고 시체를 내려다보는 자가 아니라 아스팔트 위에 차갑게 누워 있는 자를 꿈꿈으로써 죄의식의 수렁에서 벗어나고자 한다. 사노크 무대에서 죽임을 당하는 자의 역할을 맡자 희생자로 변신하고픈 간절한 염원이 그를 죽음의 일시적 상태인 히스테리성 마비로 몰아넣었다. 어떻습니까?"

나는 부정할 수가 없었다.

"소설 역시 그렇게 쓰시겠지요. 물론 그것이 진실일 수도 있겠지요. 하지만 제 눈에는 진실로 보이지 않습니다. 저에게 광주는 생명의 원천입니다. 무슨 뜻인지 아시겠어요?"

나는 고개를 저었다.

"80년 5월, 저는 군인으로서 광주로 들어갔고, 적과의 대치라는 극한 상황과 맞부딪쳤습니다. 하지만 시간은 마술을 부렸지요. 가해자는 악이었고, 피해자는 선이었습니다. 지독한 죄의식에 사로잡힌 저는 세상을 허깨비처럼 떠돌았습니다. 그러다가 미국으로 건너갔지요. 몇 년 간 뉴욕의 연극 학교에 다녔습니다. 허름한 창고 극장의 무대에 처음 선 후 여기저기 출연을 했습니다. 하지만 저는 무대에서도 허깨비였습니다. 몸속의 에너지를 모을 수가 없으니 허깨비가 될 수밖에요. 그러던 어느 날 그로토프스키의 연극을 보게 되었습니다. 지금도 그때의 격정을 잊지 못합니다."

회상이 그의 눈을 흐리게 하고 있었다.

"무대의 벽은 검은색으로 뒤덮여 있었습니다. 무대 중앙에는 직사각형의 플랫폼이 있었고, 그 위에 머리가 없는 인형, 수레, 쇠 부스러기 더미가 보였습니다. 극장 안은 기이할 정도로 조용했습니다. 침묵이 무겁고 지루하게 느껴질 즈음 배우들이 무대로 걸어 나왔습니다. 움푹 들어간 눈동자, 얼어붙은 웃음, 앙상한 볼. 그들의 얼굴은 죽음의 가면이었습니다. 그 죽음의 가면들이 수직의 전선에 쇠 부스러기를 매달고 망치질을 하더군요. 아크로폴리스를 짓기 위함이었습니다. 그들에게 아크로폴리스는 시체 소각실이었습니다. 그것을 짓는 동안 슬라브인의 구슬픈 노래, 라틴어 성가, 히브리인의 통곡의 노래가 흘러나왔지요."

그의 목소리는 음울했다.

"저는 무대로 뛰어들고픈 충동을 느꼈습니다. 왜 그랬을까요? 아우슈비츠의 야만, 아우슈비츠의 잔혹 속에서 신음하는 인간의 비참 속으로 들어감으로써 광주의 죄의식에서 벗어나려는 갈망의 소산이었을까요? 이것이 바로 유기자님의 상상이지요. 처음에는 저도 그렇게 생각했습니다. 하지만 그게 아니라는 걸 머지않아 깨달았습니다."

텅 빈 술병을 본 웨이터가 술을 더 하겠느냐고 물었다. 그는 고개를 끄덕였다.

"연극은 세계를 모방하는 예술이 아닙니다. 세계를 뒤흔들고, 세계를 꿰뚫고, 세계를 초월함으로써 생명의 원천을 깨우는 것이 연극입니다. 배우에게 무대가 가공의 공간으로 인식되지 않는 까닭은 여기에 있습니다. 혼의 황금 불빛이 타오르는, 움직이고 헐떡이고 격동하는 세계입니다. 배우는 이런 세계를 견뎌야 합니다. 견디지 못하면 세계는 입을 벌려 그를 삼킵니다. 배우에게 가장 끔찍스런 일이지요. 무대에서 견딘다는 것이 무슨 뜻인지 아십니까?"

나는 다시 고개를 저었다.

"오이디푸스가 저주받은 운명을 탄식하며 스스로 두 눈을 찌를 때 배우는 눈이 찔리는 아픔을 느껴야 합니다. 이 아픔의 견딤이 무대에서의 견딤입니다. 아픔이 생생하면 생생할수록 세계는 그를 더 깊숙이 받아들입니다. 아픔이 얼굴의 거죽에만 머물 때 그는 더 이상 오이디푸스가 아닙니다. 오이디푸스가 아닌 그가 세계에 의해 거부당하는 것은 필연입니다. 뉴욕의 무대에서 저는 끊임없이 거부당했습니다. 무대를 견디는 힘이 없었던 거지요. 무대는 저를 향해 입을 벌렸고, 저는 속수무책이었습니다. 그로토프스키의 연극을 본 것은 그때였습니다. 저는 무엇에 홀린 사람처럼 연극 속으로 빨려 들어갔습니다. 저의 내부 속에서 꿈틀거리는 어떤 생명을 느낀 것은 우연이 아니었습니다. 그로코프스키의 연극이 저의 내부에서 잠자고 있던 어떤 생명을 깨운 것이었습니다. 하지만 저는 그것이 무엇인지 몰랐습니다. 제가 폴란드로 온 것은 무엇인지도 모르는 어떤 생명의 기척이 저를 그로토프스키의 연극 속으로 밀어넣었기 때문입니다."

"무슨 뜻인지 모르겠군요."

나는 한숨을 쉬었다.

"조금 더 들으시면 절로 아시게 될 것입니다. 하늘에 구름이 잔뜩 낀 스산한 가을날이었습니다. 저는 무대 위에서 동료들과 그로토프스키의 가난한 연극을 하고 있었습니다. 제복을 입은 세 사내가 철침대 위에 묶인 한 사내를 고문하는 내용의 연극이었습니다. 저는 제복 입은 자의 역할을 맡았습니다. 고통받는 이는 역사의 상처로 피 흘리는 폴란드, 혹은 가톨릭의 신성한 수난을 상징하고 있었습니다."

박운형이 히스테리성 마비를 일으켰다는 사노크의 무대가 떠올랐다.

"신성한 수난이라면 십자가적 의미를 뜻합니까?"

"그렇다고 할 수 있지요. 구원은 개인의 속죄를 필요로 한다는 폴란드 낭만주의 연극이었으니까요. 고통받는 이는 자기희생으로 악을 넣을 수 있다고 믿는 투명한 정신의 인간입니다. 제복 입은 자들은 그를 모욕하고 학대하다가 마침내 살해합니다. 무대의 조명이 고통받는 이의 얼굴로 집중되는 것은, 고통을 신성으로 승화하는 배우의 얼굴 연기가 연극의 핵심이기 때문입니다. 수난자의 입에서 새어 나오는 고통의 소리가 절정으로 치닫고 있을 때 저의 내부에서 이상한 현상이 일어나고 있었습니다."

그는 상체를 약간 굽히면서 나를 응시했다. 눈이 차갑게 빛나고 있었다.

"몸의 내부에서 무엇이 꿈틀거리고 있는 것을 느꼈습니다. 한번 꿈틀거릴 때마다 몸 전체가 전율에 휩싸였습니다. 짐승처럼 몸을 뒤척이며 위로 올라온 그것은 제 영혼을 움켜쥐었습니다. 그 순간 까마득히 잊고 있었던 기억이, 늑대의 이빨과도 같은 날카로운 기억의 섬광이 내부를 갈랐습니다. 칼로 사람의 몸을 찔러본 적이 있습니까?"

돌연한 그의 물음에 나는 다소 당황하면서 없다고 했다.

"광주에서 전…… 그렇게…… 했습니다. 칼이 몸속으로 파고들 때 몸은 반항을 하지요. 죽음에 대한 반항 말입니다. 그것은 일종의 경련이지요. 칼을 움켜쥔 손안에 가득한 경련은, 그 경련은, 뭐라고 할까요, 생명의 모든 에너지가 압축된 움직임이라고나 할까요. 그러니까 한 인간의 생명이 손안에, 이 작은 손안에 쥐어져 있다는 것이죠. 마치 어떤 물질처럼. 그 물질은 돌멩이처럼 단단한 것이 아닙니다. 달걀처럼 으깨지는 것이지요. 생각해보세요. 자기와 똑같은 한 생명을 그렇게 쥘 수 있다는 것은…… 그것은…… 상상할 수 없는 쾌감입니다."

그는 한기가 드는 듯 몸을 웅크렸다.

"몸의 깊숙한 어딘가에서 뜨거운 불덩이 같은 것이 솟구치고 있었습니다. 제 손이 한 생명을 쥐었듯, 뜨거운 불덩이는 제 영혼을 움켜쥐었습니다. 그렇게 쥐어진 영혼은 물처럼 흘러내렸습니다. 흘러내린 영혼이 제 몸뚱이를 적실 때 전 물 위에 떠 있는 듯한 느낌 속으로 빠져 들었습니다."

그는 눈을 감았다. 볼이 발그레해지면서 입술이 벌어지고 있었다. 나는 처음으로 그에게서 두려움을 느꼈다.

"그것을 전 까마득히 잊고 있었던 것입니다. 왜 그랬을까요? 심리학에서 말하는 억압 때문이었을까요? 고통을 불러일으키거나, 고통스러운 일을 연상시키는 기억을 억누름으로써 고통을 회피하는 본능적 활동 말입니다."

"쾌감이었다고 하지 않았습니까?"

"도덕적으로 용납될 수 없는 쾌감이었지요. 더구나 그것은 반역사적 폭력이었습니다. 죄의식의 칼날은 예리하고 날카로웠습니다. 그 칼날을 막기 위한 갑옷이 망각이었습니다."

"그 갑옷을 무대 위에서 벗었군요."

"망각이라는 갑옷을 벗는 순간 저는 제가 서 있는 곳이 무대라는 사실조차 잊고 있었습니다. 연극이 끝나자 칭찬에 인색한 연출가로부터 연기가 정말 훌륭했다는 이례적인 찬사를 받았습니다. 그 후 무대에 설 때마다 저는 핏빛 쾌감를 향해 달려갔습니다. 죽이는 자의 연기를 할 때 쾌감은 저의 얼굴에 완벽한 가면을 씌워줍니다."

"죽는 자의 역할은 제대로 못 하였겠군요."

"그렇지 않습니다. 고통받는 자, 죽음을 당하는 자의 연기도 마찬가집니다. 왠지 아십니까? 가난한 연극은 언제나 고통에 의미를 부여하기 때문입니다. 의미의 핵심은 고통의 넘어섬, 곧 희열입니다. 고통의 극점은 죽음이며, 죽음의 극점은 쾌감입니다. 제가 사노크의 무대에서 마비를 일으킨 것은 죽음의 희열 때문이었습니다. 그 희열이 죽음의 상태를 갈망한 것이지요. 이제 아시겠습니까? 뉴욕에서 그로토프스키의 연극을 본 순간 왜 제가 무대 속으로 뛰어들고 싶어했는지. 힘 때문이었습니다. 무대에서 견딜 수 있는 힘 말입니다. 그로토프스키의 연극은 저의 내부에 그런 힘이 있다는 것을 깨우쳐주었습니다. 그 힘의 원천은 광주였습니다."

"놀랍군요."

나는 신음처럼 말했다.

"무대는 세계의 상징입니다. 그 상징을 몸을 통해 드러내는 존재가 배우입니다. 문명은 인간에게 온갖 옷을 다 입히지만, 무대는 그 옷을 벗기고 있습니다. 문명의 시선으로 보면 배우란 저주받은 존재지요."

그의 두 손이 메마른 얼굴을 쓸고 있었다.

"연극이 끝나고 무대에서 내려오면 제 몸이 텅 비어 있음을 느낍니다. 몸 안에 있는 모든 것이 빠져나가고 껍질만 덩그렇게 남아 있는 느낌이지요. 그럴 땐 아무것도 할 수 없습니다. 멍하니 있거나 잠만 자지요. 시간이 지나면 다시 채워지고……."

"지금은 어떻습니까? 그러니까 행복하다든지, 아니면 불행하다든가……."

나는 질문을 해놓고도 그 유치함에 얼굴이 달아올랐다.

"글쎄요."

그는 흐릿하게 웃었다.

"어떤 사물이든 형태를 지배하는 맹목적인 힘이 있습니다. 사물이 그럴진대 인간은 더 그렇겠지요. 인간이란 존재 형태를 지배하는 힘, 운명에서 흘러나오는 보이지 않는 힘을 거역하는 힘이 인간에게는 없습니다. 전 지금 운명의 손에 꽉 붙들려 있습니다. 그 완강한 손의 힘을 뚜렷이 느낍니다. 그것이 불행이든 아니든 저에게는 운명을 거역할 수 있는 힘이 없습니다. 운명에 대해 제가 갖고 있는 유일한 확신이지요."

그는 일어설 채비를 했다.

"왜 아우슈비츠에 가는 걸 꺼려하셨죠?"

나는 궁금했던 것을 끄집어내었다. 그가 많은 이야기를 했음에도 그것은 여전히 수수께끼였다.

"그렇게 보였습니까?"

그는 오히려 되묻고 있었다.

"카토비체 호텔에서 박형에게 아우슈비츠 가는 길을 물었을 때, 박형은 무척 놀라는 것 같았습니다. 그 후 계속 침울해하셨고, 또…… 아우슈비츠까지 갔는데도 들어가지 않았지요. 김성균씨도 남았습니다만, 그건 박형 때문이었지요. 민영수씨 얘기로는……"

"유기자님은 두려움을 느끼지 않습니까?"

"두려움이라면?"

"자신에 대한 두려움 말입니다."

"자신의 무엇에 대한 두려움이죠?"

"알 수 없음에 대한 두려움입니다."

"그런 두려움이야 누구나 조금씩은 갖고 있지 않을까요?"

"저는 종종 이런 의문에 사로잡히곤 합니다. 사람들이 얼마나 자신의 내부를 들여다볼 수 있을까, 하고 말입니다. 배우는 누구보다도 자신을 깊숙이 들여다 보는 인간입니다. 내부를 들여다보지 못하면 연기가 불가능합니다. 의사가 배를 갈라 환자의 내장을 들여다보듯 배우는 냉철한 눈으로 자신의 내부를 들여다봅니다. 깊숙이 감추어진 생명의 내부를, 인간의 능력으로는 측량할 수 없는 거대한 에너지의 바다를. 그렇게 들여다보고 있으면 인간이 축조하는 문명의 세계가 얼마나 보잘것없는가를, 모래 위의 집처럼 얼마나 위태로운가를 무섭고 뼈저리게 알게 되지요. 언젠가부터 아우슈비츠가, 그 어둡고 황폐한 풍경이……."

그는 말을 멈추고 손으로 이마를 짚었다. 길고 마른 손이 창백했다.

"제 내부와 비슷하다는 것을 알았습니다. 저는 제가 두렵습니다."

그 말과 함께 박운형은 일어섰다. 나도 따라 일어났다. 거리는 안개로 자욱했다. 나는 그에게 손을 내밀었다. 그의 손은 얼음처럼 차가웠다. 그가 돌아서는 순간 질문 하나가 빠졌다는 것을 알았다.

"아, 잠깐만."

그는 걸음을 멈추고 뒤돌아보았다.

"사랑을 어떻게 생각하십니까? 그러니까……."

말을 해놓고 보니 어색했고, 적당한 말이 떠오르지 않았다.

"그 질문에 대한 답은 유기자님 소설의 몫일 것 같은데요. 운명의 힘과 맞서는 사랑의 힘이 초점이 되겠지요. 유기자님은 어떤 쪽을 택하실 겁니까? 대부분의 작가들은 사랑의 승리 쪽을 택하더군요."

그의 입가에 미소가 어리고 있었다.

"그것이야말로 상상이 갖고 있는 미덕인지도 모르지요. 수많은 사람들이 그런 상상을 통해 위안을 얻고 있으니까요. 작가들은 왜 대부분 사랑의 승리를 택할까요? 저 자욱한 안개를 보십시오. 안개는 저렇게 사람들 사이로 흘러가지만 사람들은 그것을 손에 쥘 수 없습니다. 하지만 작가들은 손에 쥘 수 있지요. 상상으로 말입니다. 고레츠키는 슬픔의 강 너머 빛이 있다고 했습니다. 그러면서 그 강을 어떻게 건너는가, 하고 물었습니다. 강을 건너는 방법에는 두 가지가 있지요. 배를 타는 것과 스스로 강이 되는 것입니다. 대부분의 작가들은 배를 타더군요. 작고 가볍고 날렵한 상상의 배를."

그는 돌아서서 안개 속으로 들어갔다. 그의 형체가 흐려지더니 이내 사라졌다. 귓속에서 가느다란 소리가 일어서고 있었다. 현악기의 한없이 낮은 소리였다. 그 소리에 이어 깊은 슬픔의 노래가 강물처럼 흐르기 시작했다.

아름답게 우는 신의 새여
그 아이를 위해 노래를 불러주오

신의 작은 꽃이여
내 아이가 행복히 잠들 수 있도록
활짝 꽃을 피어주오

정찬(鄭贊)

1953년 부산 출생. 서울대학교 국어교육과 졸업. 1983년 『언어의 세계』에 중편소설 「말의 탑」을 발표하면서 등단. 1995년 중편 「슬픔의 노래」로 제26회 동인문학상을, 2003년 「베니스에서 죽다」로 제16회 동서문학상을 수상. 『기억의 강』(1989), 『완전한 영혼』(1992), 『아늑한 길』(1995), 『베니스에서 죽다』(2003) 등의 소설집과 『세상의 저녁』(1998), 『황금 사다리』(1999), 『로뎀나무 아래서』(1999), 『그림자 영혼』(2000), 『광야』(2002), 『빌라도의 예수』(2004) 등의 장편소설 출간.

작품 세계

정찬의 소설은 말과 권력의 관계에 대한 천착에서 출발한다. 첫 창작집 『기억의 강』에 실려 있는 「말의 탑」 「수리 부엉이」 「다모클레스의 칼」 등은 알레고리 형식을 통해 권력과 말, 그리고 그 둘 사이의 관계를 해부하고 있는 작품이다. 인간의 권력에 의해 순결한 영혼의 상징인 말이 유린되는 상황은 역사적 현실 속의 어둠을 환기시키기 위한 전략적인 설정이라고 할 수 있을 것이다. 이러한 방향은 이후 알레고리의 관념성을 탈피하면서 문명과 자본에 의해 훼손된 현실에 대한 비판으로 전환되고 있다. 두번째 창작집 『완전한 영혼』에 실린 「완전한 영혼」에서 광주항쟁의 충격으로 청각을 잃었음에도 증오가 아닌 생명에 대한 본능적인 사랑을 구현하고 있는 장인하라는 인물을 통해, 그리고 세번째 창작집 『아늑한 길』에 실린 「슬픔의 노래」에서 계엄군 출신으로 광주학살의 가해자이지만 그 고통을 처절하게 앓고 있는 연극배우 박운형이라는 인물을 통해 문명의 폭력성에 저항하는 예술 고유의 방식이 탐구되고 있다. 특히 정찬 소설에서 광주학살은 문명과 권력에 내재된 폭력과 광기의 원체험으로 부각되어 지속적인 대결 과제로 설정되고 있는바 그 연장선상에 장편 『광야』가 놓인다. 한편 정찬의 소설에서 소설가는 언어와 영혼을 찾아 떠나는 구도자이자, 신성과 인간을 이어주는 샤먼이다. 특히 장편에서 샤먼으로서의 소설가는 여러 방식으로 변주되고 있는바, 『황금 사다리』의 하야시, 『세상의 저녁』의 황인후, 『빌라도의 예수』의 예수 등 신성을 추구하는 정찬 소설의 인물들이 이에 해당된다. 2003년에 발간된 소설집 『베니스에서 죽다』에서는 자본의 욕망에 기인한 시간의 파괴성에 맞서 존재의 현전을 드러내려는 시도가 다각적으로 이루어지고 있는바, 시대에 따라 그 방식은 다양하게 변주되고 있지만 정찬의 소설적 탐구는 초기부터 최근에 이르기까지 일관된 궤적을 그리고 있다.

「슬픔의 노래」

「슬픔의 노래」의 서두에는 헨리크 고레츠키의 교향곡 「슬픔의 노래」 속의 세 곡의 노래가 소개되어 있다. 기자이자 소설가인 '나'는 그 헨리크 고레츠키와의 인터뷰를 위해 바르샤바에 도착한다. 공항에는 인터뷰 주선과 통역을 도와줄 작곡가 김성균과 연극배우 박운형이 마중나와 있다. 사진을 찍을 영화학도 민영수까지 합류한 네 명의 일행은 좀처럼 인터뷰에 응하지 않는 고레츠키와의 인터뷰를 어렵게 성사시킨다. 예술가란 살아남은 자의 형벌을 가장 민감히 느끼는 사람이며 과거와 현재, 그리고 미래를 관류하는 슬픔의 강의 존재를 일깨우는 자가 예술가라는 고레츠키의 말은 곧 이 소설이 제시하고자 하는 예술관이자 핵심적인 전언이라고 할 수 있다. 인터뷰가 끝나고 일행은 아우슈비츠와 크라쿠프를 거쳐 바르샤바의 술집에 이른다. 이 여정은 자본의 절대적 위력에 지배받는 현실 속에서 예술이 갖는 의미에 대해 네 명의 젊은 예술가들이 나누는 진지한 토론의 과정이기도 하다. 특히 광주 사건 당시 계엄군이었던 박운형이 그로토프스키의 '가난한 연극'을 실연함으로써 세계의 고통을 번역하는 예술가상을 몸소 구현하는 장면에서 이 소설이 제시하는 예술관은 그 육체적 형상을 얻고 있다.

정찬의 다른 소설들과 마찬가지로 「슬픔의 노래」 또한 타락한 세계 속에서 신성의 추구라는 관념적인 주제를 다루고 있다. 그럼에도 이 소설은 실존인물 고레츠키와 아우슈비츠, 그리고 가난한 연극이 작품의 한 축에 놓임으로써 역사와 허구 사이의 균형 감각을 바탕으로 한 효과적인 형상화를 이루어내고 있는바, 이 실재의 계열을 구성하는 구체적 감각이 관념성을 완화시키는 데 기여하고 있다. 이처럼 「슬픔의 노래」는 관념적 주제를 소설적으로 세련된 방식으로 형상화함으로써 자본주의 사회에서 예술이 갖는 의미를 진지하게 탐색하고 있는 작품이다.

주요 참고 문헌

오생근의 「폭력의 시대와 생명의 존엄성」(『아늑한 길』 해설, 문학과지성사, 1995)은 「슬픔의 노래」를 비롯한 이 시기의 정찬의 소설에 '현대 문명과 권력의 폭력성에 저항하는 방법이며 무기'라는 규정을 부여하고 있는바, 「슬픔의 노래」에 나타난 '슬픔의 구원적 의미의 모색'은 그러한 저항의 문학적 방식으로 설명된다. 김윤식의 「발견으로서의 기법 '환각'」(『발견으로서의 한국현대문학사』, 서울대학교출판부, 1997)은 한국 현대소설에서 사회, 역사적 문맥에서 상황을 돌파하는 기법으로서 발견된 '환각'을 논하면서 최인훈의 「하늘의 다리」(환시), 임철우의 「직선과 독가스」(환후), 현기영의 「순이 삼촌」(환청)과 더불어 정찬의 「슬픔의 노래」(환촉)를 이 계보 속에 넣고 있다.

_손정수

이순원
수색, 그 물빛 무늬를 찾아서

"모르겠어요, 나도…… 이렇게 내려가면 언제 올라오게 될지……."

 귀로는 아내의 말을 들으면서, 그때쯤 내 눈은 조금 전에 따라 읽었던 길을 되짚어 지도 위의 안암로를 나와 신설동, 동대문을 지나 종로를 훑고 있었다.

"어머님께서, 그러면 내려와 있으라고 하시니까…… 애한테도 그게 상처를 덜 주는 건지도 모르겠구요."

 그 말을 할 때 아내의 목소리는 한숨처럼 낮게 가라앉아 있었다.

"그런데, 당신…… 듣고 있어요? 내 말……."

"……."

"……끊을게요, 그럼. 전화를 해도 당신은 아무 얘기도 안 하고…… 하루이틀 일도 아닌데, 그런 줄 알면서 왜 전화를 하는지 모르겠어요. 나 없을 때 혹시 집에 오더라도 놀라지 말라고 전화를 한 건데…… 미안해요……."

"말해. 듣고 있으니까……."

"아뇨, 다 했어요. 이제……."

"그래, 가 있는 거야 어디 가 있든, 몸조심하고……."

"그래야겠지요. 당신도 끼니 거르지 말고요……."

---

* 「수색, 그 물빛 무늬를 찾아서」는 『현대문학』 1993년 6월호에 발표되었고, 이후 『수색, 그 물빛 무늬』 (민음사, 1996)에 수록되었다.

끝엔 작은 흐느낌이었을까. 이제 당분간 오지 않을 아내의 전화를 받고 나서 나는 다시 아무 생각 없이 책상 위의 지도를 바라보았다. 아니, 아무 생각 없이가 아니라 오직 한 생각으로 다른 생각이 끼어들 틈 없이, 전화를 받으면서도 내내 그것만 바라보고 있었던 건지도 모르겠다.

그건 꼭 아내의 전화라서가 아니라 바른 자세로 앉아 있다가도 벨이 울려 전화를 받으면 몸은 자연히 전화가 놓여 있는 왼쪽으로 비스듬히 기울어지고, 그러면 시선은 으레 전화기 옆의 지도 위에 머물게 되는 것이다. 그런 자세로 나도 모르게 도로를 따라 읽기도 하고, 저쪽의 얘기를 들으며 그것을 되짚어 읽기도 하다가 때로는 중요한 말을 놓쳐 엉뚱한 대답을 하거나, 전화를 끊은 후에도 쉽게 거기서 시선을 거두어들이지 못하는 것이다. 전화가 아니더라도 그런 자세로 무언가 골똘히 생각할 때에는 이상하게 시선은 지도 위에 가 있을 때가 많다. 내가 일하는 곳의 표시로 유성 사인펜으로 동그랗게 점을 찍어놓은 마포 공덕동 로터리에서 출발해 아현동과 광화문을 지나고, 종로를 지나고, 동대문과 신설동을 지나고, 고대 앞을 지나고, 종암동을 지나고…… 그러다 얼마 전까지 아내와 함께 살았던 월계동에 이르러선 거기 또 한 군데 동그란 점으로 표시해둔 집이 있는 샛길로 들어가지 못하고, 다시 왔던 길을 되짚어 종암동과 남정 교차로를 지나 고대 앞을 지나고, 신설동과 동대문을 지나고, 종로를 지나고, 광화문을 지나고 아현동을 지나 처음 눈길이 떠났던 마포의 작은 점으로 돌아오는 것이다. 그래, 여긴 삼색 신호등이고, 여기는 사색 신호등…… 때로는 금방 갔다가 금방 돌아오기도 하고, 때로는 천천히, 아주 천천히 갔다가 아주 천천히 돌아오기도 한다.

그런 지도 위의 순례가 내가 집을 나온 다음부터의 버릇인지 아니면 그보다 훨씬 앞서 자동차를 운전하기 시작한 다음부터의 버릇인지는 정확하게 기억나지 않는다. 4절지 정도 크기의 플라스틱 받침에 인쇄한 서울시 교통도가 언제부터 내 책상 위에 있었는지도. 수년 전, 누군가 사무실로 그것을 팔러 왔을 것이고, 나는 별 소용도 없이 그것을 샀을 것이다. 어쩌면 그때 그걸 팔러 온 사람은 팔 하나를 못 쓰는 남자였거나 아니면 글씨를 써 보일 메모지와 연필을 가지고 큰 빌딩의 사무실을 돌아다니며 이 지도를 사세요, 값은 얼마입니다, 하는 말 못하는 여자였는지도 모른다. 지금도 책상 제일 밑 서랍을 열면 그런 식으로 소용도 없이 사 보관하고 있는, 집에 가져 가기도 무엇하고 그렇다고 사무실에서 쓸 것도 아닌 몇 묶음의 때수건과 조악한 내용물의 공구 세트 같은 것이 나온다.

지금 보고 있는 지도 역시 처음 그것을 살 땐 내게 소용 닿는 물건이 아니었던 것 같다. 책상 깔개라면 플라스틱 받침보다 여러모로 편한, 아무리 칼자국을 내도 이내 그 자리가 도로 아무는 디자이너용 고무 매트가 내가 그 자리로 옮겨 앉기 전부터 깔려 있었다. 그런데도 나는 그것을 샀고, 놓을 자리가 없어 처음 얼마 동안은 고무 매트 밑에 넣어두었다가 지지난해 겨울에야 그것을 꺼내 매트 옆에 나란히 놓아 두었다. 그러니까 그 교통도 위에 한 점 점으로 표시된 마포 직장의 내 책상에는 고무 매트 위에 워드프로세서가 있고, 워드프로세서 옆에 그곳을 표시한 서울시 교통도가 있고, 그 옆에 메모지와 전화기가 나란히 놓여 있는 것이다. 더구나 그것을 살 때까지만 해도 나는 자동차를 가지고 있지 않아 그 지도의 소용은 더욱 없었을 것이다. 또 그때 자동차가 있었다 해도 각 구역마다 샛길까지 상세하게 나온 교통지도책도 많은데 플라스틱 받침에 인쇄한 4절지 크기의 교통도를 불편하게 가지고 다닐 이유도 없는 것이었다.

어머니께서, 그러면 내려와 있으라고 하시니까…….

여전히 그 자세로 시선을 지도에 박은 채 나는 조금 전 아내가 했던 말의 의미를 되새겨보았다.

애한테도, 그게 상처를 덜 주는 건지도 모르겠구요…….

하늘색으로 인쇄된 한강 제일 아래쪽의 행주대교에서부터 성산대교·양화대교·서강대교·마포대교·원효대교·한강대교·동작대교·반포대교·한남대교·동호대교·성수대교·영동대교·잠실대교·올림픽대교·천호대교·광진교, 그리고 제일 위쪽의 강동대교까지 열여덟 개의 다리를 하나하나 차례로 짚어가며 세고 나서 지도 하단의 흰 여백의 깨알같이 박은 '국립지리원 측량성과 제 88-85(1988. 5. 1). 본 지도는 국립지리원 제작 1:50,000 기본도를 사용하여 편집

제작한 것임. 1988년 5월 1일 박음/1988년 5월 20일 펴냄/펴낸데: 보성사/펴낸이: 이규철/등록번호: 제9-152(1988. 2. 23) * 잘못된 제품은 교환해 드립니다. 값 1,500원. 불허 복제'를 차례로 읽었다. 그 가운데 오른쪽으로 멀찍이 띄어 쓴 '불허 복제'는 붉은 잉크로 인쇄되어 있었다. 불허 복제, 복제 불허, 같은 뜻의 말이더라도 '불허'를 앞에 두는 쪽이 이쪽의 뜻을 보다 결연하고 완강하게 전달할 터였다. 그 의미의 무거움과 가벼움…… 이런 지도도 복제를 하는 사람이 있다는 것일까. 아니면 별일을 하는 데도 아닌 허름한 창고 같은 가건물 출입문에 붉은색 페인트로 '관계자 외 접근 엄금'이라고 써놓음으로써 자기들이 있는 데가 무슨 대단한 요처나 되듯 보이게 하는 것처럼 '불허 복제'도 그것의 복제 방지보다 결코 싸구려 지도가 아니라는 것을 강조하기 위해 써넣은 말은 아닐까.

어머님께서, 그러면 내려와 있으라고 하시니까…….

전화를 하며 아내도 같은 말이더라도 이쪽 가슴에 그물처럼 무겁게 와 닿을 '불허 복제'가 필요했는지 모른다. 나는 그럴 마음이 아니지만 어머님께서…….

아내는 처음 한 말이었지만 나는 처음 듣는 말이 아니었다.

"에미, 여기 와 있으라고 했다. 여기 와 있는 게 애한테도 의개'가 될 것 같고 해서……"

지난주 초, 어머니는 평생 처음 아들 사무실로 전화를 걸어 일방적으로 통고하듯 그렇게 말했다. 나는 아직 하숙을 정한 신수동에 전화를 놓지 않고 있었다. 어머니는 사무실 전화번호를 아내에게 물었을 것이다. 글쎄, 넌 아범 사무실 전화번호나 알려달라니까. 얘긴 내가 할 테니…….

"내려가 있으면 뭘 하겠어요? 그냥 두세요 서울에. 애도 여기 즈 외삼촌들 많고 한데……"

"그냥 두면? 니 오늘이고 낼 다 걷고 들어갈라나? 잘한다, 따로 나와 방까지

---

1 의개 기댈 자리나 바람막이.

얻어 들었다면서……."

"상인이 에미가 그러던가요?"

"에미가 그런 말을 하면 내가 애써 니한테 전화 걸지도 않는다. 애가 그러니 그러지. 에미하고 절 놔두고 애비 혼자 이사 갔다고."

"걱정하지 마세요, 어머닌."

"큰 생각 하는구나. 에미 걱정 하지 말라고 다 걱정하고…… 그러면 걱정 안 하게 해야 걱정을 안 하지. 나잇살이 들고선 하는 짓이 어째……."

"그 사람도 그냥 편한 대로 서울에 있으라고 그러구요. 시골 물정 알지도 못하는 사람을 무엇하러 부르세요, 부르시길."

"니 일이래도 이젠 니가 상관할 거 없다. 데리고 있어도 느 아버지하고 내가 데리고 있는 거니까. 그게 걱정스럽거든 지금이라도 나가 있는 데 걷고 집에 들어가든가."

"그 사람이 어머니한테 먼저 내려가 있겠다고 그러던가요?"

"니는 같이 살면서도 우째 제 여편네 속을 그렇게도 모르나. 하기야 그러니 방을 드니 나니 하면서 남우세를 떨지. 다른 형제들은 안팎간에 어떻게 하면 재미나게 사나 애들 데리고 오순도순 사는데 그 곁에 저라고 무슨 마음이 내켜서. 그래 싫다는 거 내가 더 생각할 거 없다고 내려오라고 했다. 바깥에 있는 사람이 정신을 못 차리면 안에 있는 사람이라도 정신을 차려야지. 느 아버지도 그렇게 결정했으니 니도 그렇게 알면 되고."

"알겠어요. 언제 시간이 나면 한번 내려갈게요. 건강하시고요."

"근데, 니 정말 에미 말고 다른 여자 보고 있는 거 아니재?"

"아니라니까요. 몇 번을 얘기해도 못 믿으세요. 사람 말을……."

"아닌 게 방을 들고 나고 해?"

"그래서 그러는 거 아니라니까요. 아주 나온 것도 아니고, 이러다 언제 집에 들어가게 될지도 모르고요."

"됐다, 그럼. 그래서 그런 게 아니라면…… 또 전화하마."

한 달쯤 전, 어머니가 우리 사이의 일을 어떻게 알고 처음 전화를 했던 날의 마지막 물음도 그것이었다. 그때까지만 해도 우리는 한 지붕 아래에 있었고, 전화도 서로 각방을 쓰는 집에서, 아내가 바꾸어주는 것을 받았다. 거실에 있던 전화기가 안방으로 들어간 것도 내가 잠자리를 안방에서 서재로 바꾼 다음 일 것이었다. 그럴 때 집 안 전체를 감도는 어떤 묘한 분위기의 흐름은 그 공간 안에서 숨 쉬는 사람 말고는 아무도 이해하지 못할 것이다.
"니, 상인이 에미 말고 보는 여자 있냐?"
"아뇨, 아니에요. 그래서 그러는 게…… 갑자기 여자는 무슨 여자예요."
아닌 걸 아니라고 말하면서도 나는 그 말이 어머니에게 하는 말이라 전화를 받으면서도 괜히 얼굴이 붉어졌다.
"그럼 니가 마음속으로 봤음 하는 여자는?"
"그런 것도 없어요. 그래서 그러는 것도 아니고요……."
"그런 것도 아니라면서 왜 그래?"
"모르겠어요, 나도. 왜 그러는지."
"아직 상인이 에미한테는 내가 느 그러는 걸 아는 것처럼 하지 않았다. 그냥 전화를 한 것처럼 했지."
"그럼 어떻게 아셨어요? 에미가 그런 것도 아니라면서……."
"세상 이치는 애들이 더 잘 안다."
처음 전화를 받을 때 나는 우리의 일을 아내가 어머니에게 이야기한 줄 알았다. 그런데, 그간의 과정이야 어떻든 언제부터인가 따로 방을 쓰기 시작했고, 그것을 어떤 경로를 통해 어머니가 알았고, 안 어머니께서 전화를 했고, 그것을 아내가 받아 아무 일도 없었다는 듯 아이의 이야기며 얼마 전에 가져다 준 장맛 이야기며 멀리 떨어져 사는 고부간에 한 켜 한 켜 정을 쌓으며 나눌 수 있는 일상적인 이야기들을 서로가 서로에게 연극을 하듯 나누고 나서 거실로 나와 어머니예요, 하고 전화기를 건네주곤 다시 방으로 들어간 것이었다.
전화를 끊고 나서 그것을 갖다 놓으러 안방 쪽을 바라보자 평소엔 늘 비좁게 느껴지던 집 안이 내 방에서 아내가 있는 안방까지가 너무도 아득하게 느껴졌다. 아니, 그냥 아득하게만 느껴지던 것이 아니라 무언가 돌덩이처럼 무거운 것이 천장으로부터 거실 공간 전체를 짓누르듯 무겁고도 막막해 보였던 것이 아닌지 모르겠다. 그리고 어쩌면, 아이의 말대로 혼자 이사를 나온 것도 아내가 싫어서라기보다 그런 분위기를 못 견뎌서인지도 모른다.

신수동에 하숙을 정하던 날, 집에서 그곳으로 옮긴 건 워드프로세서와 당장 필요한 책 몇 박스와 내 방에 걸어 두었던 옷 몇 벌뿐이었다. 그것들을 자동차에 내다 실을 때 아내는 집 안에 없는 사람처럼 안방에 있었고, 아이 혼자 자동차를 세워둔 곳까지 따라와 왜 아빠 혼자 이사 가? 했다.

"이사 가는 게 아니라 아빠가 혼자 조용히 해야 할 일이 있어서 잠깐 어디 혼자 갔다오는 거야, 알겠니?"

"엄마하고 나도 같이 가지."

"다음에. 아빠 갈 테니까 넌 그만 엄마 있는 데 들어가봐."

"이사 가면 아빠 언제 오는데?"

"상인이가 보고 싶을 때마다."

"난 매일 보고 싶을 건데……."

"아빠도."

"그럼 매일 올 거야?"

"매일은 못 오고. 이제 들어가보라니까. 엄마 혼자 있잖니?"

아이를 떼어놓으려 그랬던 것이 아니라 정말 그것만은 아내를 생각해서 한 말이었다. 아내와 함께 집에 있는 게 싫어서 제 발로 걸어나가는 사람이 떠나는 순간엔 아내를 생각하고 있다는 게 왠지 쓸쓸하게 느껴지던 것도 사실이다. 아파트 광장에서 차를 돌려 나올 때 백미러 속으로 아이가 이쪽을 향해 내 기분만큼이나 쓸쓸한 모습으로 손을 흔들었다.

내릴까, 떠나서도 그 모습이 쉽게 지워지지 않을 것 같았다. 아이는 그렇게 오래도록 공터에 서서 아빠가 차를 타고 나간 빈자리를 바라보다 그 슬픔이 주체할 수 없을 만큼 커진 다음 엄마에게로 돌아갈 것이었다.

"엄마, 아빠 갔어."

"……."

엄마, 아빠 갔대두.
……
그런데, 나 보고 싶으면 온댔어.
그러면 아내는 아이를 끌어안고 울어버릴까. 우는 엄마 품에 안겨 아이는 또 무슨 말을 할까. 큰길로 나오자마자 첫번째 교차로에서 초록색 불이 노란색으로 잠깐 떠올랐다가 이내 붉은색으로 바뀌는 것을 빤히 보고도 아무 생각 없이 그냥 지나가다 하마터면 사람을 칠 뻔했다. 브레이크에 발을 얹은 건 자동차가 교차로 안에 이미 진입한 다음 건너편 횡단보도 앞에서였다. 조금 전 아이가 손을 흔들던 백미러에 어떤 사내가 이쪽을 향해 화난 얼굴로 뭐라고 욕을 하는 것이 보였다. 그걸 보면서도 나는 정말 정신을 다른 데 내놓은 사람처럼 저 사람 왜 저러지, 했다. 아마 사고를 냈어도 이 사람 왜 쓰러졌지, 했을지 모른다. 혼자 타고 가는 자동차 안에도 아이와 아내가 있었다. 그러다 두 눈만으로는 믿을 수 없어 손을 더듬어 만져보면 빈자리였다.
정말 나는 나올 것을 나온 것인가.
생각하니 아내와 함께 있는 것도, 그리고 그렇게 못 견딜 것처럼 무겁게 생각되던 집안 분위기도 혼자 짐을 싣고 가는 자동차 안보다 못 견딜 것 같지가 않았다. 그럼, 다시 돌아가? 월계동 아파트에서 신수동 하숙으로 오는 동안 내내 나는 다음번 교차로에서 만날 신호등과 이대로 가는 게 좋을지 아니면 다시 돌아가는 게 좋을지 그 생각만 했다. 그러나 돌아간다면, 아니 돌아갔는데도 아내가 안방에서 나와 내다보지 않는다면…… 나중엔 그 생각이 더 많았다.
아직 전업할 처지가 아니어서 직장을 다니면서 원고를 쓰고 원고를 보내고, 나가서 술을 마시고, 들어와 잠자고…… 그러던 어느 날 문득 그런 일상의 일들이 다람쥐 쳇바퀴 돌듯 단조롭고 무미건조하게 느껴지기 시작했으며, 이유 없이, 정말 아무 이유 없이 단지 귀찮고 무미건조하다는 것만으로 내 쪽에서 그러자고 의도한 것도 아닌데 먼저 말수를 줄였고, 그런 나를 아내가 까닭 없이 조심스러워하기 시작했고, 나는 저 여자 왜 저래, 하고 내 스스로도 느끼고 아내도 느낄 만큼 더욱 말을 하지 않았고, 아내도 저 남자 왜 저러지, 하고 말을 하지 않았고, 그러다 밖에서 놀다가 이마가 찢겨 들어온 아이를 데리고 병원에 다녀온 다음 애 간수도 제대로 못하는 여자가(내가), 당신이 좀 하면 안 돼요(아내가), 그걸 지금 말이라고 하는 거야(내가), 당신이 그러니 애가 밖으로만 나가잖아요(아내가), 하고 다시는 안 볼 사람처럼 대판 싸움을 하고, 냉전의 가장 자연스러운 단계로 귀가 시간을 늦추고, 내 방에 옷을 벗어 걸기 시작했으며, 갈아입을 속옷이며 양말이 이쪽 방문 앞에 화분대 위에 화분이 치워진 자리에 놓이기 시작했으며, 서로 꼭 해야 할 말이 있으면 건너기 싫은 다리처럼 아이를 가운데 놓고 느 아빠 보고, 느 엄마 보고, 하는 식의 의사 전달을 했으며, 그러면서도 한 지붕 아래에서 한솥밥을 먹으면서 때로는 청탁 오는 원고의 메모를 받아 화분대 위에 놓아 전하기도 하고, 어머니의 전화처럼 아무 일도 없다는 듯 통화하고 나서 직접 건네주기도 하면서 그것이 한 달은 더 넘게 냉전처럼 시간을 끌고, 어느 쪽에서든 먼저 쉽게 입을 열 수 없는 분위기가 되어버리고, 그러다 이제는 사람보다 그 분위기가 더 못 견딜 것처럼 숨 막히게 느껴지던 차에 어느 계간 문예지로부터 석 달 동안 죽을 둥 살 둥 매달려도 끝낼지 말지 한 전작 전재 장편소설의 청탁을 받고, 다시 일주일을 더 그렇게 무겁고 답답한 분위기 속에 아직 소설의 첫 줄도 시작하지 못한 상태에서 사무실 사람들에게까지 사람이 이상해진 것 같다는 소리를 듣다가, 이쯤 되면 서로 그런 소리 나오는 것도 당연한 순서가 아니겠냐는 심정으로 나 좀 나가 있어야겠다는 얘기를 아내에게 하고, 그때쯤 내게 따로 보는 여자가 있어서 그러는 게 아닌가 아내가 의심을 갖기 시작하고, 내가 그렇게 싫나요(아내가), 싫다기보다 이런 상태라면 차라리 그렇게 하는 게 낫지 않겠냐는 얘기지(내가), 그러자 무슨 자존심인지 그러고 싶으면 그래야 되는 것 아니겠냐고 남의 얘기 하듯 아내가 말하고, 사무실에서 가까운 신수동에 해방감이거나 탈출과는 거리가 멀게 한번 들어가면 다시는 벗어나지 못할 무덤 자리라도 구하러 다니는 기분으로, 그러면서, 오래가야 하겠어, 하고 스스로를 위로하며 하숙을 구하러 다니고, 그리고 아내가 내다보지도 않는 상태에서 아직도 이마에 그때의 흉터를 가지고 있는 아이의 말대로 혼자 이사를 했던 것이 20일 전의 일이었다.

돌아보면 쉽게 풀 수 없는 매듭으로 꽁꽁 묶이고 헝클어진 시간들이지만, 그 헝클어짐의 시작은 지극히 작고 사소했다. 심심해서, 너무도 심심하고 무료해서 사람을 죽였다거나, 햇살이, 눈(目) 위의 햇살이 너무도 강렬해, 그 강렬함을 참을 수 없어 사람을 죽였다는 이야기에 비하면 우리의 별거는 그 시작이 아무리 작고 사소해도 아주 납득하지 못할 일은 아닌 것 같았다. 어쩌면 나는 쳇바퀴를 돌리기 싫었거나 다른 쳇바퀴를 돌리고 싶었던 것인지도 모르겠다. 자존심 때문에 직접 말을 못 담아 그렇지 나중엔 아내도 그렇고, 어머니도 그 다른 쳇바퀴를 다른 여자로 생각하는 것 같았다. 여러 번 그렇지 않다고 해도 어머니와 전화를 하면 매번 마지막 물음은 다른 여자를 보고 있지 않느냐는 것이었다.
그건 반쯤 아내의 생각이 심어진 장모의 전화도 마찬가지였다. 단지 그 표현이 어머니처럼 직접적이지 않고 조심스럽다는 차이뿐이었다.
"사람이 평생을 살다보면 왜 싫어질 때가 없겠는가. 그래도 애 생각 해야지. 그렇다고 남의 손에 키울 것도 아니고……."
"아닙니다, 그래서 그러는 게……."
"아네, 알아. 자네, 집에 와서도 늘 책상에 앉아 등만 보이고 사는 사람이라 그럴 새도 없다는 거. 그렇대도 제 에미 애비 밑에서 커야 애가 크더라도 구김살 없이 크지……."
우리는 당신 등만 보고 살아요. 언젠가 아내가 했던 말을 장모가 그대로 하고 있었다. 왠지 그 말이 좋게 들리지 않았다. 처음 그 말을 할 때 아내야 그런 뜻으로 한 말이 아니겠지만, 장모의 말은 또 다른 뜻이 있는 것처럼 들렸다. 집에선 등을 보이고 또 다른 데 가선 앞을 보이고…… 내가 집을 나오기 전에도 장모는 여러 번 집으로 전화를 했었다. 상인이가 아빠 매일 늦다는데 그래, 요즘도 그렇게 바쁜가. 좀 쉬었다 하지…… 어머니가 알면서도 아내한테는 모르고 있는 것처럼 하는 것과 마찬가지로 그때 장모도 내겐 그 일을 모르는 것처럼 전화를 했고, 나도 모르고 있는 사람에게 하는 것처럼 전화를 받았다. 어쩌면 아내도 어머니에게 그랬던 것인지 모른다.
각방을 쓰기 시작해 서로 말은 않는 가운데서도 어떤 분위기만으로도 충분히 그것을 느낄 수 있을 만큼 아내의 생각이 나한테 따로 '보는 여자'가 있어 그러는 쪽으로 기울어지기 시작한 것도 하루가 멀다고 전화를 해 그런 말을 하는 어른들의 생각 때문인지 모른다. 어머니나 장모의 생각엔 그렇지 않고서는 남자가 따로 방을 쓸 이유도 또 따로 방을 얻어 나올 이유도 없는 것이었다. 몇 번을 얘기해도 믿지 않는 것까지, 아니, 전화를 할 땐 믿는 듯하다가 다음번 전화 때면 어김없이 같은 말을 묻고, 같은 소리를 하는 것도 양쪽이 똑같았다.

그러니 어쩌겠냐, 나라도 자주 회사로 전화를 해야지.

각방을 쓸 땐 한번도 회사로 전화를 않던 아내가 방을 얻어 나온 다음부터 이삼 일 간격으로 전화를 하는 것도 어쩌면 그런 불안 때문일지 모르겠다.

"은행에 가니까 여러 군데서 고료가 들어왔는데 어떻게 해야 되나 싶어서요."

"써, 당신이……. 난 카드가 있으니 필요한 만큼만 빼 쓸 테니까."

"자동차 주차 위반 과태료가 나왔는데 어떻게 해야 되나 싶어서요."

"상인이 데리고 병원에 갔다왔어요. 감기 기운이라니 걱정하진 말고요."

"엄마(친정)가 빨래는 어떻게 하냐고 물어보라고 해서요."

"오늘 유치원에 가지 말랬더니 애가 자꾸 당신한테 전화를 하라고 떼를 써서요. 아빠 수업 날(토요일 오후 시간에 함께 가는)이라……."

아내는 반은 집에서 전화를 하고 반은 친정에서 전화를 했다. 있을 땐 아무말 없다가 밖으로 나온 다음 아내는 무언가 끊임없이 내 곁에 자기와 아이가 있다는 것을 상기시키려 하는 것 같았다. 그러면서도 집에 언제 들어올 거냐곤 한번도 묻지 않았다. 오히려 그건 어머니와 장모의 몫이었다. 두 사람은 처음부터 우리의 별거를 내가 따로 보고 있는 여자 문제로 단정 짓는 듯했고, 그렇다면 어머니는 이 일이 한두 달 안에 쉽게 끝날 일이 아니라고 생각했던 게 틀림없다.

에미, 여기 내려와 있으라고 했다…….

그건 어머니가 이 문제를 장기전으로 생각한다는 뜻이었고, 그 장기전을 가능한 단축하겠다는 뜻인 동시에 행여 뒤에라도 '아들이 보는' 여자도 집안에 빚어질지 모를 어떤 문제까지도 아내 편에 서서 미리 원천봉쇄하겠다는 어머니

나름대로의 의지이기도 했다. 그 말을 들을 때 직감처럼 와 닿는 느낌이 그랬다. '보는 여자'에 대해 내가 그토록 완강하게 아니라고 해도 지금까지 어머니는 한번도 그러면 에미한테 무슨 문제가 있어서 그러는 거냐고 묻지 않았다. 살을 섞고 살던 부부가 따로 방을 쓴다. 그러다 남자가 방을 얻어 집을 나간다. 그러면 그건 남자에게 '보는 여자'가 있기 때문이다. 아들보다 며느리의 행실을 더 믿어서가 아니라, 그것이 그 문제에 대해 어머니가 가지고 있는 확고한 공식이었다.

그래서 그때도 어머니의 전화를 끊고 나서 조금은 억울한 듯한 기분으로 지나온 지도 위의 길을 더듬듯 내가 알고 있거나 만나고 있는 여자가 있기나 한 건가 생각해보았다. 처음엔 하나도 없을 것 같더니 막상 그렇게 마음먹고 꼽아보자 이런저런 일로 그래도 가끔씩 만나 함께 차를 마시거나 술을 마시거나 하는 여자가 한 손은 거의 차게 넷이나 되었다. 둘이 만날 때도 있고, 다른 사람이 끼어 셋이 만날 때도 있고, 여러 사람들과 한꺼번에 만날 때도 있는, 잡지사 기자거나 어느 사보의 편집자거나 방송국 스크립터거나 영화 일 때문에 알게 되거나 한 여자들이었다. 개중엔 냉전 중에도 아무렇지 않게(하기야 그들로선 알 리 없겠지만) 우리 집에 전화를 걸어 아내에게 나를 바꾸어달라고 해 지금 밖으로 나올 수 없느냐고 묻는 여자도 있었다. 영화사라네요(네요, 래요가 아니라)…… 그러면서 전화기를 건네줄 때면 저쪽에 대해 아내가 갖는 어떤 묘한 적대감 같은 느낌도 함께 건네지게 마련이었다. 신경 쓰이긴 하지만 신경 쓰이는 내색은 하지 않겠다는 얼굴도 집안 공기만큼이나 사실 나로선 여간 견디기 어려운 게 아니었다. 그래서 어떤 때는 그런 분위기가 너무도 무거워 열기 싫은 입을 열어 내 쪽에서 먼저 그 여자가 누구며 뭘 하는 여잔지 이야기라도 할라치면 아내는 누가 뭐라나요, 괜히…… 도둑이 제 발 저려 그러는 거 아니냐는 얼굴을 했다. 그러다 아이가 그 전화를 받아 내게 가져오면(대개 이럴 경우 여자들은 친밀감의 표시로 이름이 뭐냐, 몇 살이냐, 어느 유치원 다니느냐, 심하게는 누구, 엄마가 좋아 아빠가 좋아까지 묻고 나서 아빠 좀 바꿔줄래, 하기도 하는데) 아이에게 누구 전화냐, 뭐라면서 아빠를 바꿔달라더냐, 너보고는 뭐라더냐, 나중엔 아이가 그 여자가 뭐라고 했는지조차 헷갈릴 정도로 묻고 또 묻곤 했다. 아범, 어디 보는 여자 있는가 잘 살펴봐라. 처음엔 모르고 있는 것처럼 하다가 나중엔 어머니가 먼저 아내에게 그렇게 일러주었을 것이다.

그러나, 그런 일들로 냉전의 분위기가 더 무거워졌을지는 모르나 그 여자들 하나하나가 어머니 말하는 '보는 여자'인지 아닌지는 그런 생각으로 그들의 이름과 얼굴을 떠올리는 것만으로도 네 여자 모두에게 미안한 생각이 들 만큼 그런 쪽과는 거리가 먼 여자들이었다. 한번도 그들을 그렇게 생각해보거나 '봤으면' 해보았던 적도 없었다. 한동안 안 보다 만나면 괜히 반갑고, 그래서 그 자리가 처음 생각하고 나갔던 것보다 유쾌해지기도 했지만, 저마다 보거나 보게 될 남자가 따로 있는 여자들이었다.

오히려 언뜻언뜻 그런 생각이 드는 건 자동차를 운전하고 가다 횡단보도 같은 데 멈춰 서서 그 앞을 짧은 치마를 입고 지나가는 여자를 훔쳐보듯 바라본다거나, 직장 독서클럽 같은 데 초청돼 나갔을 때 대학 강의 의자 같은 간편의자에 가뜩이나 짧은 치마를 입고 앉느라 치맛단이 바짝 당겨 올라가 강단에서 내려다보면 그 모습이 섰을 때보다 더 아슬아슬해 어디에다 눈을 둬야 할지 모를, 그러다 그 자리만 벗어나면 이내 얼굴조차 잊어버리고 말 '보는' 것과는 전혀 거리가 먼 여자들을 볼 때였다.

"나예요······."

"······."

다시 아내에게 전화가 온 건 아까 듣고 있다고, 말하라고 했을 때, 아뇨, 다 했어요······, 하고 전화를 끊은 지 삼십 분이 조금 넘어서였다.

"미안해요. 아까······ 얘기를 하려다, 못한 게 있어서······ 다시 전화를 했어요······."

"······."

"······나 지금 터미널로 나가는데······ 아파트 키······ 경비실에 맡겨놓을게요······ 당신이······ 여기 들어와 있거나······ 그냥······ 거기 있을 거면······ 키라도 찾아가라고요······."

"……."
"들었어요…… 내 말……."
"……."
"그럼, 그만…… 끊을게요…… 이제……."
"……."
그러고도 오래도록 아내의 숨소리가 들렸다. 나는 가만히 아내의 숨소리를 들으며 또 서울시 교통도를 바라보았다.
"……당신이…… 끊으세요……."
"……."
"난…… 난…… 먼저…… 못…… 끊겠어요……."
"……."
"……나가야 해요…… 이제……."
"……."

그렇다면 그동안 아내는 내려갈 짐을 챙기고 아이의 옷을 입히고 했던 것인지 모른다. 나는 전화기를 귀에 붙인 채 가만히 훅 스위치에 손을 갖다 댔다. 누르는지 마는지도 모르게 가볍게 손을 댔는데도 뚜우, 뚜우 하고 아득히 아내가 멀어져가는 소리가 들렸다. 어쩌면 아내는 명주실보다 가늘게 이쪽과 간신히 연결하고 있는 끈이 끊어졌을 때 순간적으로 느끼는 어떤 절망감 같은 것을 느꼈을지 모른다. 그리고 뚜우, 뚜우, 하고 멀어지는 것도 그쪽이 아니라 이쪽이라 생각할지 모른다. 아마 아내도 나처럼 끊긴 전화기를 오래도록 들고 있을 것이다.

그것의 시작이 어느 날 자고 일어났을 때 문득 느껴지는 일상의 어떤 단조로움과 무미건조함처럼 사소하고도 사소한 것이라고 했지만, 그 감정의 변화가 전적으로 그렇게 작고 사소한 것으로부터만 시작된 것은 아닐 것이다.

나중엔 각방 생활로 관계가 악화될 대로 악화돼 이미 반쯤은 어떤 감정적인 오기도 작용했겠지만, 떨어지기 싫어하는 아이를 아파트 공터에 내버리듯 두고 나올 땐 스스로를 그렇게 내몰 수밖에 없는 분위기 말고도 다른 무엇이 있었을 것이다. 아무리 사람이 싫어지는 데는 이유가 없다지만, 그래도 처음엔 어떤 이유 같은 게 있지 않았겠는가. 보고 있는 여자거나, 봤으면 하는 여자가 아니더라도 하다못해 다른 여자를 봤으면 하는 마음 같은 것이라도 말이다. 시작은 그렇게 해놓고, 나중엔 스스로 만든 분위기에 눌려 전혀 그렇지 않은 것처럼 되어버린 것일지도 몰랐다. 오직 그런 분위기에서 벗어나는 것만이 그런 분위기로 몰고 간 애초의 목적처럼 되어버린 식으로…… 그래서 어떤 식으로든 일단 그 분위기를 탈출하듯 벗어나게 되면 그동안 서로 크게 미워했거나 싫어했다는 감정조차 제대로 느끼지 못하는 상태에서 오직 힘들게 느껴지는 것은 그런 일이 생기기 전의 관계론 이젠 도저히 회복이 어렵겠구나 하는 것처럼…….

터미널…… 아파트 키…… 여기 들어와 있거나…… 거기 있을 거면 키라도…… 난…… 못…… 끊겠어요…… 가야해요…… 이제…….

그 말을 하는 동안 나는 여전히 지도를 보고 있었고, 대답은 안 했어도 그 말 하나하나가 아내가 서울을 떠나기 전 마지막으로 내게 표현할 수 있는 어떤 메시지로서의 '불허 복제'일지 모른다는 생각을 했다. 그리고 비로소 어머니가 왜 아내에게 시골로 내려와 있으라고 했는지 그 속뜻을 짐작할 수 있을 것 같았다.

먼저는 아내를 시골로 부르는 것이, 그래서 당신들과 함께 아내를 있게 하는 것이 행여(행여가 아니다. 그렇게 믿는 것이지) 내가 보고 있거나 보게 될지 모를 여자에 대해 그 자리가 '보는' 것만으로 모든 것이 해결될 자리가 아니라는 선언적 의미로만 생각했는데, 다시 건 전화로 아파트 키…… 이야기를 듣고 나자 그 선언적 의미는 아들이 보거나 볼지 모를 여자에 대한 것만이 아니라, 그렇게 비우고 나간 자리가 어떤 이유로든 쉽게 벗어날 수 없는 자리라는 것을 당신 아들에게 했던 것이라는 것을. 어차피 나는 그 키를 받아 와야 할 것이고, 아내까지 시골로 내려가 비운다면 언제까지 그곳을 그렇게 비워둘 수는 없는 일이었다. 여기 들어와 있거나…… 그냥…… 거기 있을 거면…… 키라도 찾아가라고 했지만, 그렇게 되면 그곳에 가 있어야 한다는 건 내 스스로가 더 잘 아는 일이었다. 그건 지금 당장 내가 보고 있는 여자가 있다고 해도 마찬가지였다. 보고 있는 여자가 있어 그 여자와 바깥에 방을 얻었다 해도 아내마저 비운 빈 아파트를 그냥 놔둘 수는 없을 테고, 그렇다고 아내와 함께 살던 집에 보는 여자를 데리고 들어갈 수도 없는 일일 것이다. 물론 주인에게나 다른 사람에게 집을 비워주고 전세금을 빼낼 수도 있겠지만 그땐 또 그 짐들을 어떻게 할 것인가. 그렇다면 그건 어머니가 아내를 시골로 불렀다고 했을 때 처음 내가 생각했던 장기전도 아닌 것이었다.

어머니는 어떻게 그런 생각을 했을까.

아파트가 있는 월계동에서 사무실이 있는 마포까지 오고가는 길을 따라 무수하게 연필 선이 그려진 지도를 내려다보며 나는 골똘히 어머니의 생각을 헤아려보았다. 뾰족하게 깎아 플라스틱 받침 위에 그린 그 연필선은 또 마포에서 은평구 신사동으로도 나 있었고, 월계동에서 신사동으로도 나 있었다.

마포에서 신사동으로는 아니지만 월계동에서 신사동으로는 전에 아내와 여러 번 가보았던 길이다. 지난 3월만 해도 우리는 그곳에 짓는 우리의 아파트를 함께 가보았다. 월계동에서 월곡시장을 지나 정릉 길로, 그곳에서 북악터널을 지나 세검정 길로, 또 거기 네거리에서 통일로로 나가는 홍은동 길로, 그리고 녹번 지하철역에서 좌회전해 은평로를 따라 끝까지 직진하면 이번 가을이면 지어질 우리 아파트가 있었다.

교통도에서 그곳 신사동에 있는 상신국민학교가 나와 있고, 그때 우리는 아파트 바로 옆에 있는 학교를 바라보며 우리 상인이 이제 여기 다니겠네, 했다. 또 내부 공사를 막 시작하는 건축 중인 아파트 안으로 들어가 거실에 칠 커튼 이야기를 하고, 바꾸어야 할 식탁과 아내가 꼭 갖고 싶다는 인켈 금장 오디오 이야기를 하고, 아이를 위해 꾸며줄 대형 수족관 이야기를 하고, 34평이래도 거실과 안방만 넓지 다른 방은 좁네요. 아무래도 지금처럼 안방을 당신 서재로 써야겠어요(아내가), 아니 됐어, 중간 방을 쓰지 뭐, 작은 방은 애 놀이방 하고, 책은 트지 않더라도 베란다 쪽에도 쌓을 수 있는 거고(내가), 그렇지 않을 거예요, 사방을 빙 둘러가며 책장을 놓고 이쪽으로 책상을 놓으면 방이 반으로 줄어들 건데요(아내가), 됐어, 그런 걱정은 나중에 해도 되잖아(내가), 가을이면 우리가 결혼한 지 꼭 칠 년만이에요(아내가), 옆에 산이 있어서 좋군(내가),

여기 오면 당신 아침마다 등산하며 운동하세요(아내가), 이다음 애 학교 가까워서 좋겠어(내가), 큰길 안 건너니 그것도 마음 놓이고요(아내가), 이제, 가지 그만(내가), 5월쯤에 한 번 더 와봐요(아내가), 하며 이런저런 이야기를 나누었다.

그리고 돌아오는 길에 차 안에서, 아니 자동차 시동을 걸면서부터 우리는 다시 이야기를 나누었다.

"이게 수색 가는 길이네. 이리로 가지 않고 반대쪽으로 가면……."

"수색은 왜요?"

"그냥……."

"수색에 누가 있어요?"

"아니, 누가 있을 것 같아서……."

"누가요?"

"전에 당신, 결혼하고 얼마 안 있어 나한테 그런 얘기 했지?"

"무슨 얘기요?"

"처음 결혼해 집에 내려갔을 때 내가 의붓자식이거나 어디서 낳아온 자식 아닌가 생각했다는……."

"그 얘기는 갑자기 왜 해요. 막 결혼해 몰라서 그랬던 건데……."

"그냥 생각이 나서……."

"그땐 정말 그렇게 느꼈어요. 어머니도 그렇고 아주버님들하고 도련님도 그렇게 느끼게 했고요. 어머니는 자식들한테 무슨 시킬 일만 있으면 당신을 찾았고, 당신도 다른 형제들은 다 방 안에서 쉬는데 당연히 그래야 한다는 식으로 혼자 밖에서 일을 했고요. 그래서 괜히 속도 상했고요."

"그런 것 말고 다른 느낌으로 그랬던 건 아니고?"

"모르겠어요. 그때 당신은 막 결혼한 아들이고, 아래로 도련님도 있는데 무슨 일만 있으면 어머니는 수호야, 수호야, 하시니까."

"수색에 내 어머니가 아니라 '수호 엄마'가 있어. 아니, 지금도 있는지 없는지는 모르지만 내 마음속의 수색엔……."

"그럼 당신, 정말 어머니가 낳으신 아들 아니에요?"

"아니긴……."
"그럼 뭐예요? 조금 전 '수호 엄마'라는 분은."
"얘길 하자면 복잡해. 들어도 잘 이해하지 못할 거고."
"해봐요."
"다음에 하지. 그런 이야기를 할 수 있을 기분일 때……. 다음에 오면 우리 한번 수색에도 가보고. 그때……. 서울에 온 지 십 년이 넘는데도 아직 한번도 못 가봤어. 수색은 그냥 내 마음속에만 있는 거지."
"그래도 해봐요. 궁금한데 어떻게 5월까지 참아요. 가는 건 다음에 가더라도……."
"자세하게는 몰라. 어릴 때의 일이라 언뜻언뜻 그런 기억의 편린들만 남아 있는 거지. 날 낳은 어머니도 아닌데 집안사람 누구한테나 수호 엄마라고 불리던 여자가 있었어. 그래서 어릴 때 난 그 엄마가 정말 날 낳은 엄만 줄 알았던 거고."
"아버님이 새엄마를 보셨어요?"
"그랬던 거지, 어머니 몰래. 그런데 어느 날 어머니가 그걸 아셨고, 아버지와 그 엄마가 살고 있는 집을 알게 된 거야."
"속상하셨겠네요, 어머니."
"그건 새엄마도 마찬가지였을 거야. 나중에 어머니한테 들은 얘긴데 아버지가 그 엄마에게 거짓말을 하셨던가 봐. 혼자 산다고…… 어머니가 찾아갔을 때 그 엄마가 마당가에서 빨래를 하더래. 그런데 그날은 차마 이야기를 못 하겠더라는 거야. 빨래를 해 너는 게 너무 얌전해 보여서 그냥 돌아와 어떻게 해야 되나 생각하다 며칠 후 다시 찾아간 거지. 할머니가 계셨는데 할머니한테만 귀띔을 하고. 그런데 그 과정은 잘 모르겠어, 그 엄마가 언제 어떻게 집으로 들어왔는지. 아버지도 모르게 어머니가 데리고 들어왔는데, 기억나지는 않아. 그래서 그때 집안에 어떤 일이 생겼는지도…… 그런데 집안 식구들이 모두 그 엄마를 수호 엄마라고 불렀어. 할아버지 할머니도 어머니를 부를 땐 철호 에미라고 부르고 그 엄마를 부를 땐 수호 에미라고 부르고…… 아버지도 그렇게 부르고."

"그때 당신은 얼마큼 컸는데요?"

"상인이만 했겠지. 그 엄마가 들어오고 얼마 있다 학교에 들어갔으니까. 그런데 말이지, 나 학교에 입학해, 처음엔 왜 어른들이 데려다주잖아? 그때도 그 엄마가 데려다주고, 학교에 학부형 회의라든가 무슨 일 있을 때도 어머니 대신 그 엄마가 가고…… 그때 작은형은 4학년이었는데 거기는 어머니가 가고 말이지."

"그럼 아버님 주무실 때는 어떻게 했는데요?"

"기억 안 나 그런 건…… 그 나이에 나한테 그게 중요한 일도 아닌 거고. 그렇다고 이제 와 어른들한테 그걸 묻기도 뭐하고…… 아버지는 강릉 시내에 나가 큰 상회를 하시고. 그러니까 그 엄마를 만날 수 있었던 거겠지. 저녁에 아버지가 장부를 들고 오면 그 엄마가 주판을 놓고 하던 게 생각 나. 때로는 어머니가 숫자를 부르고 그 엄마가 주판을 놓기도 하고."

"두 분 안 싸우셨어요?"

"지금도 그게 이해가 안 가. 속으로는 어떻게 하셨는지 모르지만 어머니하고 그 엄마하고 한번도 다투는 걸 보았던 적이 없어. 언젠가 어머니도 거기에 대해 말씀하셨는데, 나도 잘했지만 수호 에미도 잘했다고…… 때로는 두 분이 함께 재봉으로 우리들 옷을 만들어주기도 하고, 또 그 엄마가 어머니 한복을 지어주기도 하고…… 내 생각엔 어머니가 그 엄마한테 옷 짓는 걸 배우는 것 같기도 하고 그랬어. 엄마는 수호 어멈이라고 부르고, 그 엄마는 형님이라고 부르고……."

"그럼 당신은 누구하고 잤는데요?"

"엄마하고 잤지, 수호 엄마니까 그 엄마하고…… 죽 기억나지는 않아. 토막토막 기억나지…… 동생들은 모르겠는데, 형들은 그 엄마 그렇게 좋아하지 않았고…… 대들거나 그러지는 않았지만……."

"이해가 안 가요. 언제까지 같이 있었는데요?"

"2학년 가을까지는 있었던 것 같애. 함께 밤을 주우러 갔으니까. 그런데 어느 날 학교에 갔다오니까 엄마가 없어졌어. 기억나는데, 1학년 때는 엄마들이 학교에 데려다줘도 2학년부터는 안 그러잖아. 그런데 그날은 엄마가 학교까지 데려다줬어. 등에 메는 가방을 들어주다가, 또 업어주기도 하고, 그래서 애들이 막 놀리기도 하고…… 그런데 학교에서 돌아오니 엄마가 없어. 그래서 어머니한테 우리 엄마 어디 갔어요, 하고 물으니 어머니가 그때 내 느낌으로도 많이 어둡고도 무거운 얼굴로 느 엄마 서울에 니 옷 사러 갔다고 그래. 이 다음에 올 거라고. 난 지금도 양복점이나 한복집 같은 델 가 초크를 보거나 옷감 본을 뜨는 밑판을 보면 그 엄마 생각이 나."

"왜 가셨는데요? 두 분 사이가 좋으셨다면서……."

"당신 같으면 철든 다음 물을 수 있겠어, 그 얘길 어머니한테? 내가 그 엄마에 대해 토막토막 기억하는 것도 아마 그래서일 거야. 어머니가 말씀하시는 것 말고는 다 그때의 기억뿐이니까. 그래서 그 엄마의 이름도 모르고 있고. 이름은커녕 성까지도 말이지. 이건 내 생각인데, 그 엄마가 집에서 스스로 있어야 할 자리를 못 찾아 떠난 게 아닌가 싶어. 자기를 싸안는 어머니의 자리가 너무 넓으니까…… 아버지에 대한 애정이 식었다기보다는 어머니한테 대항할 힘이 없다고 느낀 것인지도 모르고. 또 그것도 아니면 어머니가 그 엄마 스스로 물러나게 만들었거나……."

"그분이 수색 사신다는 건 당신이 어떻게 아는데요?"

"지금은 거의 안 사실 거야. 그때 수색에 살았다는 얘기지. 삼십 년도 넘는 옛날에. 지난해 어머니가 그러시더라. 수호 에미는 지금 어디 사는지 모르겠다고. 우리 수호, 글 잘해 신문에도 나고 더러 텔레비전에도 나오고 하니, 얼굴 보면 그래도 옛날에 품에 안고 데리고 자던 정이 있어 금방 알아볼 텐데 여기 집으로도 한번 연락을 않는 걸 보니 아마 팔자를 고쳐 지 속으로 낳은 자식들 거느리고 살아 나설 수 없어 그러는지 모르겠다고…… 다음엔 오면 꼭 한번 수색에 가보고 싶어. 그냥 여기가 옛날 내 엄마가 살았던 데구나 하는 생각만 들더라도 말이지. 처음 서울 올라올 때부터 꼭 한번 가보고 싶었는데……."

"그래요, 그럼. 다음에 여기 왔다가…… 그러니 나도 꼭 한번 거기 가보고 싶고요. 5월에 오면 아파트 내장 공사도 많이 됐을 텐데, 빨리 가을이 왔으면 좋겠어요. 여긴 산이 있어 좋은데, 여기만 왔다가면 몇 년 살았는데도 월계동이 오히려 남의 동네같이 느껴져요."

지난봄까지는 그랬다. 개나리가 피고 진달래가 피기 시작하던…… 그러다 별다른 일도 없이 각방을 쓰기 시작하고, 끝내는 내가 집을 나와 사무실 가까운 신수동에 하숙을 정한 다음 마음속으로, 어차피 가을이면 그 아파트는 지어질 것이고 그때에도 우리가 이렇게 헤어진 채로 한 집에 다시 살지 않게 된다면 그 아파트를 아내에게 주어야겠다고 생각했을 뿐이었다. 물론 수색에도 나는 가지 못했다.

책상 위에 놓아둔 교통지도 받침엔 월계동에서 신사동까지만 연필 선이 그려져 있고, 그 아래 수색은 길을 따라간 것이 아니라 그냥 그런 동네가 서울 어디쯤에 있는가 확인하기 위해 그랬던 것인 듯 동그라미만 여러 겹 그려져 있었다. 신촌에서 연희동과 남가좌동을 지나 수색으로 가는 길에도 따로 그리거나 따라간 연필 자국은 없었다. 거기에 표시해 둔 여러 겹의 동그라미도 언제 그려놓은 것인지 기억나지 않았다. 한번도 가본 적이 없으면서도 집이 있는 월계동과 사무실이 있는 마포 말고는 그 지도 어디에도 — 조금 전 따라갔던 신사동까지도 — 따로 해둔 데가 없는 지명 표시였다.

수색…….

어머니는 어쩌면 '수호 엄마' 때 어머니 스스로 어머니의 자리를 마련해나갔던 것처럼 그렇게 아내의 자리를 붙들라고 강릉으로 아내를 불러 내린 것인지 모른다. 그래서 그런 게 아니라고 아무리 얘기를 해도, 이제 어머니는 지금 우리의 일을 그때 상인이 아범 '방 얻어 들고 나고 할 때'가 아니라 '다른 여자 보니 마니 할 때'로 머릿속에 굳혀나갈지도 모른다.

그리고 지금으로선 우리가 언제 다시 한 지붕 아래에서 한 이불을 쓰게 될지 모르듯 나의 수색행 역시 언제라고 기약할 수 없게 되었다. 아내가 강릉에 다녀온 다음 우리 관계가 예전처럼 돌아오게 된다 해도 어쩌면 이제 아내는 나의 수색행에 동행하지 않을지도 모른다.

이순원(李舜源)

1957년 강원 강릉 출생. 강원대학교 경영학과 졸업. 1985년 강원일보 신춘문예에「소」가, 1988년『문학사상』 신인상에「낮달」이 당선되어 등단. 동인문학상, 현대문학상, 한무숙문학상, 이효석문학상 등 수상.『그 여름의 꽃게』(1989),『얼굴』(1993),『수색, 그 물빛 무늬』(1996),『말을 찾아서』(1997),『은비령』(2001),『그가 걸음을 멈추었을 때』(2003) 등의 소설집과『우리들의 석기시대』(1991),『압구정동엔 비상구가 없다』(1992),『압구정동엔 무지개가 뜨지 않는다』(1993),『에덴에 그를 보낸다』(1995),『미혼에게 바친다』(1995),『아들과 함께 걷는 길』(1996),『19세』(1999),『그대 정동진에 가면』(1999),『순수』(2000),『스물셋 그리고 마흔 여섯』(2004),『나무』(2007) 등의 장편소설 출간.

작품 세계

이순원은 끊임없이 다양한 소설적 주제와 소설 형식을 선보이며 현실과 세상에 대한 문학적 응전을 시도해왔다. 이러한 그의 문학 세계로 인해 이순원은 흔히 '전방위 작가'로 불린다. 이순원의 초기 작품들은 주로 군대, 광주, 압구정동 등의 사회적 소재에 대한 예리한 비판적 형상화로 이루어져 있다. 그의 사실상의 데뷔작인「낮달」(1988)은 집단과 개인, 그리고 진실의 문제를 군대를 소재로 하여 묘사하고 있는 작품이다. 한 사람의 작가로서 이순원이 지니고 있는 비판적 문제의식은 1980년 광주항쟁을 진압군의 시점으로 형상화한「얼굴」(1993)과 천민자본주의의 타락상을 경쾌하게 비판하는『압구정동엔 비상구가 없다』(1992)에서 그 정점에 달한다.『에덴에 그를 보낸다』(1995)에서 이순원은 압구정동 연작의 비판적 맥락에서 더 나아가 소설의 의미에 대한 근본적 성찰로 옮겨간다. 이는 소설이 사회적 비판에만 머무르지 않고 현실의 치유와 위안의 기능까지 담당해야 한다는 문제의식에서 비롯된 것이다. 이후 이순원의 작품 세계는「수색, 그 물빛 무늬를 찾아서」(1993)를 기점으로 주로 가족과 고향, 연애 등의 개인적인 소재로 옮아가는데, 이러한 소재를 묘사하는 그의 문체 역시 따뜻하고 아련한 풍으로 변화한다. '수색' 연작을 묶은『수색, 그 물빛 무늬』(1996)는 유년 시절 자신을 키워준 또 한 분의 어머니를 소재로 하여 작가 자신의 자전적 가족사의 애환을 정면으로 응시한 수작이라고 할 수 있다.『아들과 함께 걷는 길』(1996),「은비령」(1996),『말을 찾아서』(1997)는 당시 이순원의 관심이 고향과 가족에 대한 따뜻한 화해에 있다는 것을 여실히 보여주고 있는 작품들이다. 이 무렵 작가 이순원은 소설의 영원한 테마인 사랑과 연애의 문제에도 커다란 관심을 기울여왔는데,『미혼에게 바친다』(1995), 『순수』(2000)는 바로 이러한 작가 의식의 소산이다. 한동안 고향과 가족, 사랑 등의 사적인 소재로 몰두했던 이순원은 『그대 정동진에 가면』(1999)에서는 이루지 못한 사랑을 소재로 하면서도 동시에 과거의 탄광촌과 현재의 정동진의 극적인 대비를 통해 풍속의 변화를 예리하게 포착하고 있다. 『그가 걸음을 멈추었을 때』(2003)는 도시와 고향에 대한 효과적인 대비를 통해, 이제는 떠난 사람과 잃어버린 소중한 것에 대한 그리움을 아련히 묘사하고 있다.

「수색, 그 물빛 무늬를 찾아서」

이순원은 1993년부터 '수색' 연작 시리즈에 전념하게 된다. 「수색, 그 물빛 무늬를 찾아서」(1993)는 이 연작 시리즈 중에서 처음으로 발표된 작품이다. 작가의 자전적 목소리가 진하게 배어 있는 이 소설은 가족사의 상처를 현재 부부간의 불화와 겹쳐서 생생하게 보여주고 있다. 이 소설의 화자 수호는 소설가이다. 아내와의 불화 끝에 그는 각방을 쓰게 되고, 급기야는 급하게 소설을 쓸 일이 생겨서 별도의 작업실을 만들어 집을 나가게 된다. 당연히 수호의 어머니는 이러한 주인공의 가출을 다른 여자가 생긴 것이라고 지레짐작한다. 어머니에게 가족을 지키는 것은 절대명제였던 것이다. 어머니는 아내로 하여금 아이들을 데리고 수호의 고향집으로 내려오게 만드는데, 이는 가족을 지키기 위한 어머니의 압박일 것이다. 그 와중에 주인공은 '수색'이라는 지명을 떠올리며 유년 시절 자신을 키워준 또 한 분의 어머니를 회상한다. 아버지가 새엄마를 들였던 시절, 그리고 자신이 그 새엄마에 의해서 키워지던 시절이 있었던 것이다. 요컨대 당시 수색에 살았던 새엄마의 존재는 수호 자신이 지금 대면하고 있는 현재의 가족적 위기의 시원(始原)에 대해 성찰하게 만드는 매개물이었던 것이다. 이 과정에서 주인공 수호의 복잡하면서도 착잡한 내면에 대한 작가의 묘사는 돋보인다. 가족 사이에 존재하는 섬세한 상처와 위기는 새엄마가 호출되면서 새로운 국면을 맞이하게 된다. 이렇게 보면, 「수색, 그 물빛 무늬를 찾아서」가 그 이후 연작으로 이어질 수밖에 없었던 것은 필연적인 문학적 귀결이라 할 것이다.

주요 참고 문헌

이순원의 「수색, 그 물빛 무늬를 찾아서」에 대한 중요한 논의로 손종업은 「일상적 삶의 감목과 일탈에의 그리움」(『수색, 그 물빛 무늬』 해설, 민음사, 1996)에서 일상과 여성성, 서자의 내면 풍경 등을 화두로 하여 이 작품의 문학적 특성을 해명하고 있다. 우찬제의 「마흔, 잔치는 새로 시작되고……」(『수색, 어머니 가슴 속으로 흐르는 무늬』 제27회 동인문학상 수상작품집 해설, 조선일보사, 1996), 이현식의 「수색, 일상 속에 스며든 가족의 이미지」(『문학과사회』, 1997년 가을호)는 각기 작가적 이력과 가족이라는 삿대를 통해 수색 연작에 대해 조망하고 있다. 박진의 「시간의 풍화작용을 견디는 힘」(『작가세계』, 2000년 여름호)은 이순원의 작품 세계를 종합적으로 고찰하면서 '모성과의 화해'라는 관점으로 수색 연작의 문학적 의미에 대해 규명하고 있다. 한편 이경호의 「눈과 집, 그리고 자궁」(『작가세계』, 2000년 여름호)은 바슐라르의 공간 이론에 기대어 이순원의 수색 연작이 보여주고 있는 '집의 모성'의 상징적 효과에 대해서 탐구하고 있다. _권성우

신경숙
배드민턴 치는 여자

그녀는 의자 위에서 몸을 약간 기울어지게 해본다.

처음엔 그녀 혼자 창 쪽을 물끄러미 바라보며 거기 앉아 있었다. 그러다가 빗소리와 함께 차차 그가 느껴졌다. 아니다. 그렇게 늦게는 아니다. 그녀는 새벽녘이 다 되어 겨우 잠이 들었다. 그 잠을 아침까지 잇지 못하고 동이 트기도 전에 다시 눈이 떠졌을 때, 그때도 그의 얼굴이 바로 눈앞에서 그녀를 그윽히 내려다보았었다. 이제 일어났니? 그는 가만 웃는 것도 같았다. 마치 그녀가 잠 깨기를 기다리고 있었다는 듯. 그녀는 그 환영을 외면하기 위해 눈을 질끈 감았고, 그래서 그는 잠시 사라진 듯했다. 그러나 사라진 게 아니라 그가 먼저 창가의 의자로 가 앉아 있었을까? 맨 먼저 눈을 뜨자마자 그의 얼굴을 생각해내고 말았다는 것이 그녀를 다시 잠 못 들게 해서, 그녀가 아예 일어나 의자로 몸을 옮겨갔을 때, 그녀는 의자가 아닌 그의 무릎에 앉는 듯한 기분이 들었었다. 비가 오는구나. 괜히 무안해서 그저 말이 나오는 대로 중얼거리는데, 그녀 뺨이 입술보다 더욱 실룩거렸다. 비라든가 바람이라든가 하늘 같은 것에 너무나 예민한 자신이 순간 못마땅해서였다. 방금 그런 자신을 못마땅해했던 그 순간

---

* 「배드민턴 치는 여자」는 『한국문학』 1992년 3·4월호에 발표되었고, 이후 소설집 『풍금이 있던 자리』 (소설 명작선 19, 문학과지성사, 1993: 2003)에 수록되었다.

만, 잠 깨고 난 뒤 처음으로 그녀는 그를 잊었다. 그래서 설령 그가 의자에 먼저 앉아 있었다고 해도 그때 그는 그녀로부터 멀어졌다. 그러다가 그는 저기 멀어진 곳에서 조금씩 가까이 오더니, 다 와서는 창 쪽을 향해 물끄러미 앉아 있는 그녀를 물끄러미 내려다보더니, 그녀 속으로 쏙 들어와버렸던 것이다. 아무도 보는 사람이 없는데 그녀는 확 열이 올라 얼굴이 붉어졌다. 창피해서 눈물까지 글썽여졌다. 열이 가라앉으라고 붉어진 얼굴을 찬 손바닥으로 문지르는데 열은 오히려 이마까지 확 퍼졌다. 그래서 그녀는 방금, 그를 어떻게 해서든 그녀 밖으로 내몰아보려고 몸을 기울어지게 해보았던 것이다.

그런데 그는 나가지 않고 그녀 몸속에서 함께 기울어진다. 기울어지면서 손가락을 동그랗게 모아 그녀 뺨을 기타 줄처럼 퉁긴다. 팅팅팅. 그녀 뺨이 그의 뜻대로 퉁겨졌다. 깜짝 놀란 그녀는 의자 위에서 일어서다가 넘어진다. 그녀는, 자신을 바라보듯 넘어진 의자를 잠깐 물끄러미 보더니, 냉장고를 씌워놓은 덧씌우개 주머니 속을 뒤적거린다. 덧씌우개 위에 얹혀 있던 신문이 툭 떨어진다.

오토바이 납치범 극성, 최근 들어 떼를 지어 다니는 오토바이족들 주택가에까지 침입. 어젯밤 아홉 시경 퇴근하던 타이피스트 홍모양을 집 앞 오십 미터 앞에서 납치해 어린이 놀이터에서 폭행하고 도주. 뒤늦게 발견당한 홍모양 급히 병원으로 옮기던 도중 사망.

그녀는 신문을 집어 방금 그녀가 앉아 있던 의자에 던져놓는다. 그녀는 냉장고 덧씌우개 주머니 속에서 수영장 티켓과 사물함 열쇠를 찾아내자, 그걸 들고 거리의 빗속으로 뛰어든다. 확 열을 받았던 그녀의 이마와 눈썹과 뺨, 그리고 목과 어깨와 팔뚝, 허리와 엉덩이와 종아리와 복사뼈에 빗방울이 속속 파고든다. 차가운 빗방울에 열은 씻겨 내려갔지만, 그녀는 이제 간지러운 빗방울 때문에 눈물이 날 지경이다. 그가 어떻게 해서 이렇게 내 속으로 들어와버렸지? 그녀는 자신의 살갗을 통과해 비까지도 함께 맞고 있는 그녀 속의 그를 다시 느낀다. 불안이 와아, 하고 솟아난다. 빗속을 찰박찰박 뛸 때마다 불안도 자꾸만 와아 와아 와아, 솟아나서 잔 올챙이들처럼 와글와글거린다.

어제, 그녀는 문방구에서 사온 새 노트에 이렇게 적었다.

지난여름 동안 아무 일도 없었다. 오로지 뜨거운 태양 속으로 어떤 영상이 한 컷 잠시 떠올랐다가 사라지곤 했다. 그 영상은 화원의 어떤 여름 꽃들보다도 바로 내 곁에 있었다. 나는 그걸 글로 옮겨보고 싶었다가도 더위에 지쳐 그만둬버리곤 했다. 그 영상 앞에 '오로지'라는 단어를 붙였지만, 생각해보면 그 영상이 다른 무엇들보다 좀더 선명했을 뿐, 더위를 핑계 삼아 내가 그만둬버린 일들은 수두룩했다. 그러니까 나는 지난여름 동안 무엇이든 하려고 마음먹었다가 그만둬버리는 일을 반복하며 지냈던 것이다. 내가 무슨 일이든 포기를 얼마나 잘하는지를 보여주기라도 하려는 듯한 그런 전시회 같은 생(生). 그런 여름.

그녀에게 있어서 글을 쓴다는 것은, 그 글 속으로 그녀 자신이 숨는 일이었다. 그녀는 본격적으로 글을 쓰는 사람은 아니었지만, 그럴 기회가 그녀에게 온다면 감사하게 여길 것이었다. 그녀는 가끔씩 지금보다 나은 환경에서 글을 쓰고 싶다는 설렘을 갖곤 했었다. 그녀가 생각하는 나은 환경이란 이런 것이다. 그 누구한테도 방해받지 않는 널찍한 방이 있고, 그 방에 널찍한 탁자가 있는 것. 탁자는 넓을수록 좋다고 생각했다…… 탁자가 넓다면 읽던 책을 다시 제자리에 꽂아놓지 않아도 될 것이고, 그 한쪽에서 밥을 먹어도 될 것이고, 때때로 나는 그 위에 누워 잠도 자리라…… 그녀는 그런 널찍한 방과 널찍한 탁자를 가지고 글을 쓰고 있는 자신을 생각할 때, 그때만큼은 어쩌면 인생은 살 만한 것인지도 모른다는 느낌을 가지곤 했다. 그러나 지난여름 동안은 글을 쓴다는 것, 그런 열망을 가슴속에 품고 있는 것이 더 이상 아무것도 아닌 듯했다. 될 대로 되라는 식으로 내팽개쳐둔 것같이 세상은 돌아간다고 생각해서이다. 모든 일에 거의 별 주장이 없이 사는 그녀였는데도 어리둥절할 때가 많았다. 글을 쓸 수 있다면, 갈망했던 것이 지난여름 동안은 남의 마음속 같았다. 어느 구석도 더 이상 가로막는 것 없이 터져 있는데, 내 펜 끝이 어디로 가서 숨을 것이며, 무엇을 찾아낸단 말인가? 그녀는 갑자기 뭔가를 적어보는 일에 싫증을 느꼈고, 그래서 그녀는 지난여름 동안 노트에 아무것도 적지 않았다. 그러다가 어제 간신히 위와 같은 몇 줄을 적어봤던 것이다. 그림자같이 따라다니는 그의 환영을 피하기 위해 숨을 곳이 그 노트 속이어서.

까만 수영 모자 위에 걸쳐두었던 물안경을 끄집어 내려 눈을 덮자, 수영장 안은 한 꺼풀 어두워진다. 비가 와서일까? 이른 새벽이라고 해도 다른 날엔 몇 사람씩 첨벙 다이빙까지 하는 사람들이 있었는데 저쪽 풀에 한 남자, 그리고 이쪽 풀에 그녀, 헤엄을 치는 사람은 두 사람뿐이다. 그녀는 무릎을 구부려 물속에 온몸을 담갔다가 팔짝 일어서는 시늉을 서너 번 해본다. 저쪽 풀에서 두 손을 앞으로 뻗어 접영을 하고 있는 남자의 큰 몸짓은 눈앞의 닭을 채가려는 솔개처럼 활달해서, 그 남자가 있는 주변 물살은 여러 각도로 활기차게 갈라지다가 튀어오른다.

살갗은 물의 차가움을 분명하게 받아들인다. 그녀는 조용히 물 위에 몸을 대고 두 발끝을 찰박거리며 팔을 내저어간다. 지금 이 순간은 이 차가움보다 더 확실한 건 없는 것 같다. 그녀는 이제 물 위에 엎드렸던 자세를 뒤집어 물 위에 눕는다. 누워서 팔을 휘저어간다. 수영장 천장 가까이에 보자기만 한 창문들과 그 사이 커다란 정사각형 환기통으로 바깥 하늘이 내다보인다. 여전히 빗방울. 빗속을 달음박질해 수영장에 도착해서, 여자 라커룸이라고 쓰인 문을 그녀가 드르륵 밀었을 때, 차마 여자 라커룸까지는 따라 들어올 수 없었는지, 그녀에게서 떨어져나간 듯했던 그가, 물 위에 누워 규칙적으로 팔로 물을 가르는 그녀를, 빗방울이 섞인 바깥 하늘에 달라붙어 물끄러미 바라본다. 그녀는 당황해서 들숨을 쉬어야 할 차례에 날숨을 쉬어, 코에 물방울이 쭈르륵 딸려 들어간다. 그녀는 누웠던 몸을 다시 뒤집어 개구리가 되어 그로부터 펄쩍 도망친다. 코로 들어간 물이 망치로 때린 것처럼 머릿속을 찡하게 한다. 괴로워서 풀 벽에 올챙이처럼 달라붙어 숨을 크게 몰아쉬고 있는데, 저쪽 풀에서 펄쩍 튀어나온 남자가 그녀 숨을 가로질러 남자 라커룸 쪽으로 성큼성큼 걸어간다. 멀어질 수록 물이 흐르는 남자의 머리가 안 보이더니, 허리가 안 보이더니, 이제는 다리만 보인다. 하얀 남자. 남자의 종아리와 허벅지는 근육질이면서도 하얘서 털만이 까맣다. 어쩐지 얼굴은 없고 그 다리만 다시 확 돌아설 것만 같은 환영에 그녀는 재빨리 남자의 다리에서 시선을 떼고 다시 물속에 납작하게 엎드린다.

그를 만난 건 나흘 전이다. 거리, 어스름이 내리고 있는 거리, 거리에서였다. 그를 그날 처음 본 건 아니다. 이미 그들은 기억할 수 없는 어느 날인가 한 번의 만남이 있었다. 그러나 그날은 중요하지 않다. 그녀에겐 나흘 전만이 살아 있다. 나흘 전, 그날, 그녀는, 팔소매가 짧은 자줏빛 실크 블라우스에 흰 물방울이 그려진 연둣빛 치마를 입고 있었다. 나흘이 지난 오늘은 이렇게 가을이지만, 나흘 전은 가을은 아니었다. 분명 여름과 가을 초입 사이였다. 그녀는 나흘 전과 오늘에 분명히 금을 그을 수 있다. 그건 분명히 서로 다른 날이었다. 그렇다고 해도 팔소매가 없는 블라우스와 흰 물방울이 그려진 연둣빛 치마는 어정쩡한 차림이랄 수 있었다. 그래서 생긴 팔뚝의 그 좁쌀 같은 소름.

그가, 그 좁쌀같이 수두룩이 난 소름을 매만졌던 것이다.

사진 기자인 그. 그가 어떤 사진들을 찍는지 그녀는 모른다. 화원 주인은 어느 날 그를, 그녀에게 소개하면서, 그가 하고자 하는 일을 도와주라고 했었다. 그가 하고자 하는 일이 무슨 일인지를 몰라서, 그녀는 처음엔 그가 무슨 지시를 내려주기를 기다렸다. 그는 손에 카메라를 들고 있었는데, 키가 볼품없이 작아서 나란히 서 있었던 그녀가 그 카메라를 바라보려면 눈을 내리깔아야 했다. 그는 잠깐만, 하면서 눈을 내리깐 그녀를 그대로 서 있게 했고, 그러고는 셔터를 눌렀다. 그 행위는 즉흥적이었을 뿐, 화원 주인이 말한 그가 하고자 하는 일은 아닌 모양이었다. 바이올렛이 어떤 것이오? 그녀가 바이올렛 화분 중에서 꽃이 서너 개 핀 화분을 구석에서 끌어와 그 앞에 내려놓았을 때 그는 인상을 썼다. 이게 바이올렛이란 말이오? 그는 마치 바이올렛은 다른 것인데 그녀가 잘못 가져오기라도 한 듯이 소리까지 쳤다. 그는 그 바이올렛을 화원 탁자 위에 놓고 계속 셔터를 눌러댔다. 그러면서 뭔가 불만인 듯 계속 중얼거렸다. 이 꽃이 뭐가 예쁘다는 것이지? 이런 순 엉터리. 중얼거리다가 그녀와 눈이 마주치자, 아가씨도 이 꽃이 좋소? 아, 글쎄 국민학교 여선생들이 가장 좋아하는 꽃을 조사했는데 이 바이올렛이라지 뭐요? 보기나 했는지? 이름만 듣고 그러는 건 아닌지? 아니 이 꽃을 어떻게 표지로 하지? 꽃 생긴 건 생각도 않고 내 사진 탓만 할 거 아냐? 그는 생각만 해도 화가 나서 못 견디겠는지 투덜투덜거리면서도, 바이올렛을 이렇게도 찍어보고 저렇게도 찍어봤다. 당신 사진 받고 싶으면 여기로 연락해요. 아무래도 만족이 안 되는지 셔터를 눌러대는 동안 계속 바이올렛에 대한 실망을 누그러뜨리지 못하던 그가 필름을 두 통이나 소비하고 나서 내민 명함에는 월간 원예지 『꽃세상』 사진 기자 '이세호'라고 금박으로 박혀 있었다. 그러나 나흘 전의 만남이 그 명함 때문에 이루어진 건 아니다. 바이올렛을 찍어가던 그날의 그는 그녀에게 아무런 느낌을 주지 못했다. 그래서 그 명함은 다른 명함들처럼 고객들이 놓고 간 명함통 속으로 들어갔었다.

그의 명함이 그녀에게 아무런 의미도 못 되고 명함통 속에서 뒹굴고 있을 동안 여름은 지나갔다. 그녀는 틈만 나면 화원 유리창을 물걸레질했고, 거의 삼십 분마다 한 번씩은 화원 앞 길목에 물을 뿌렸다. 여름 햇살은 재빨리도 유리창과 길목에서 물기를 빨아들였다. 금세 메말라버린 길목을 내다보고 있으면, 그녀는 그녀 살갗이 터지는 듯했고, 유리창에 물방울이 서려 있지 않으면 물통 속의 여름 꽃들은 헉헉, 숨을 몰아쉬는 듯이 보였다. 길목에 물을 뿌리거나 화원 유리창에 물걸레질을 하는 동안은 그녀의 얼굴에서 왜 이렇게 아무 일도 없지? 하는 표정이 풀리는 듯도 해서 어쩌면 그녀는 지난여름 동안 삼십 분마다 한 번씩은 금방 가라앉을 듯한 그녀 내부를 향해 힘껏 물을 주고 있었는지도 모를 일이었다. 여름은 그렇게 지나갔고, 나흘 전에 그녀는 그 명함통 속에 섞여 있던 그의 명함을 애써 찾아 그녀 수첩에 끼워 넣었다. 그녀로 하여금 명함통을 뒤져 그의 명함을 찾게 만든 상황은 거리, 거리에서 생겼다. 그녀가 화원 일을 마치고 화원의 동료와 함께 팔짱을 끼고 광화문에서 종로 쪽으로 걸어갈 때 동료를 아는 남자가 그들을 돌려 세웠다. 남자는 같이 차를 한잔 마실 것을 제의했는데, 그녀들도 다른 일이 있었던 것이 아니어서, 남자의 뒤를 따라갔다. 남자는 자신의 단골 찻집이 있는 듯 그녀들을 뒤따르게 하고 성큼성큼 큰 걸음을 걸었다. 찻집 입구에는 이미 고인이 된 카라얀이 지휘봉을 이마 위로 막 쳐드는 사진이 걸려 있었다. 그 사진에 걸맞게 찻집 이름은 '라 뮤즈'였다. 눈을 감고 입술을 얄브스름히 다물고 있는 카라얀. 사진은 제법 생생해서 카라얀이 쳐들고 있는 지휘봉에서는 금방 피아노의 폭풍이 휘말려 나오는 것 같았다. 중앙에 넓은 테이블 하나, 그리고 벽을 향해 붙여진 사인용 테이블 네 개가 그 찻집의 전부였다. 찻집의 구조는, 어디에 앉으나 주방에서 찻잔 씻는 모습을 환히 볼 수 있게 되어 있었다. 카라얀을 지나서 찻집 한 자리를 차지하고 앉았을 때, 남자와 그녀들이 주문을 채 하기도 전에, 다시 찻집 문이 열렸는데 아아, 바로 그가 들어왔던 것이다. 혼자는 아니었다. 그에게도 두 사람의 동행이 있었다. 분명히 그때 그 남자의 눈은 반가움으로 흔들렸다. 그녀가 그를 동료와 남자에게 인사시키고, 그가 남자와 그녀들에게 그의 일행들을 인사시키고 이렇게 그들은 중앙의 넓은 테이블에 합석을 했다. 그때까지 그녀에게 있어서 그는 공적으로 만난 아는 사람일 뿐이었다. 하지만 불과 십 분도 지나지 않아 그는 그녀의 단조로움을 깨워놓았다. 차 대신 맥주가 날라져 오고 나서였을 것이다. 아니 좀더 정확히 말하자면 우리들의 만남을 위하여! 축배를 한 잔씩 들고 나서였을 것이다. 갑자기 그가 말했다.

나, 할 말이 있어. 이런 말 하는 사람이 아니지만 솔직히 말하자면 내가 지난 여름에 그놈의 바이올렛 때문에 당신을 처음 봤을 때 내 가슴이 얼마나 뛰었는지 알아? 당신 내 카메라 바라보느라고 눈 내리깔고 있을 때, 아 이 세상에 저렇게 아름다운 눈썹도 있구나, 내내 생각했지. 내 마음 몰랐지요?

갑작스런 고백에 좌중은 물속 같아졌다. 무엇보다도 당황한 것은 그녀였다. 누군가가 농담을 한마디 던져서 그의 말을 희화시켜줬으면 좋겠는데, 아무도 그러지 않았다. 오히려 당황해서 얼굴이 붉어진 그녀에게, 저저, 얼굴 붉어지는 것 좀 봐. 놀려대었다. 그 놀림을 피해보려고 그녀는 하아, 웃었지만 갑자기 모든 것이 서먹해지더니 이전엔 바라보기 아무렇지도 않았던 그의 얼굴을 맞바라보기가 창피해졌던 것이다. 창피하고 서먹해서 겨우 한다는 말이, 남자들은, 남자들은 마음을 먹으면 그렇게 할 수 있잖아요, 였다.

여자는 그럴 수 없나?

좌중의 누군가가 되물었을 때 그녀는 어물어물, 여자들은, 여자들은, 글쎄 여자들은…… 그러다가 또 한 번 얼굴이 붉어져서 고개를 숙여버렸다. 곧 화제는 다른 방향으로 흘러갔으나 휘둥그레진 그녀 마음은 쉽게 가라앉지가 않았다. 하지만 정작 그는 아무렇지 않은 듯했다. 그가 화장실을 가느라 잠깐 자리를 비웠을 때, 그의 동행 중의 대머리가 그녀 얼굴에 입김이 닿을 정도로 몸을 기울이고서 그녀에게 속삭였다. 저놈 말에 신경 쓰지 마십시오. 저놈 집엔 당신보다 훨씬 더 예쁜 마누라가 있죠. 저놈은 누구에게나 다 그래요. 여자 킬러라니까요. 헤어질 때 그는 자연스럽게 손을 뻗어 그녀의 팔에 내려놓았다. 그때 그도 느꼈을 것이다. 그녀의 팔 위에 돋아난 오소소한 소름들을. 추운가 보군, 그는 그녀의 팔을 쓸어내렸고, 소름들은 그의 손바닥에 쓸려 내려갔다. 그 짧은 순간, 그녀는 울 뻔했다. 그 울 뻔한 마음이 무엇이었는지 그 밤을 지내고 난 새벽에 나타났다. 잠에서 깨어나 눈을 떴는데, 다른 날 같으면 하나 둘 셋…… 마흔쯤은 세어야 보일 천장이 눈을 뜨자마자 보였다. 그리고 그 천장에 얼굴이 하나 있었다. 바로 그의 얼굴이었다. 잠자는 내 얼굴을 바라보고 있었나? 그녀는 이불을 당겨 목까지 덮었다. 와아, 슬픔이 솟구치더니, 그 솟구침이 가라앉는 데 한참이 걸리더니, 아아 어쩌나, 그때부터 그는 계속 그녀 곁에 앉아 있는 것이었다. 차를 마셔도 함께 차를 마시고, 밥을 먹어도 함께 밥을 먹고. 그녀가 화원에서 주문받은 화환을 만들면서 장미를 꽂을 자리에 국화를 꽂고 있으면, 그게 아니야, 속삭이며 장미를 집어주는 것이었다. 그녀는 꽃을 떨어뜨리며 그만 울고 말았다. 이게 무슨 짓이야, 내내 아무렇지 않다가 이토록 마음을 내주다니. 아, 나란 여자는 웬 틈이 이렇게 많단 말인가. 그러나 그로부터 그녀는 헤어 나올 수가 없었다. 그녀는 지난 나흘 동안 그의 명함을 주머니에 넣고 다니면서, 그에게 전화하고 싶은 마음과 사투를 벌이듯이 지냈다. 그에게 전화를 해서 어쩌자는 것인가? 설사 그의 말이 유효하다고 해도 둘이 마주 앉아 무슨 일을 할 수 있을 것인가? 그녀는 걷잡을 수 없이 밑바닥으로 가라앉았다. 너 자신이 지금 끌려 다니는 것이 무엇이지? 그의 고백이냐? 아니면 그를 사랑하게 된 것이냐? 두 질문을 놓고 그녀는 지난 나흘 동안 자주 소철에 이마를 대고 서 있어야 했다. 권태로웠던 여름은 그녀에게 공허한 함정을 파놓고 떠났던 것이다. 갑자기 사랑이라니?

수영장에서 나와 그녀가 다시 빗속으로 나서려고 할 때, 비 맞지 마, 그가 나직이 속삭인다. 찬비야, 감기 들 거야. 그녀는 처마 밑에 우두커니 서 있다. 내내 그녀 속에서 일렁이던 관능은 이제 차가워져 있다. 그녀 속의 그가 그녀의 뺨을 만지려고 하거나, 그녀의 이마에 쏟아져 내려와 있는 앞 머리카락을 쓸어올리려고 하지는 않는다. 그는 다만 물끄러미 그녀가 바라보는 곳을 함께 바라보며 비는 맞아서는 안 된다고, 샤워를 끝낸 뒤라 찬비를 맞으면 감기에 들 거라고 걱정해주고 있다. 그녀는 가판대의 차양 밑으로 뛰어든다. 그녀가 숨차하며 비닐우산을 손가락으로 가리키자, 신문을 만지작거리던 가판대 주인은 많은 비닐우산 중의 한 개를 꺼내주며 그녀 손의 돈을 가져간다. 그녀가 펼쳐든 파란 비닐우산 위로 빗방울이 투닥투닥 떨어진다. 새벽에 거리로 뛰어나올 때의 여자와 지금 차분히 비닐우산을 받쳐 들고 걸어가고 있는 이 여자, 분명히 한 여자인가? 두 얼굴은 너무나 다르다.

정오가 될 무렵에, 다시 생각난 듯이 한바탕 소나기가 지나갔다. 그 소나기 속을 뚫고 처녀 서넛이 몰려와 부케를 맞추고 간 것 이외에는 화원의 문턱을 넘어오는 사람은 한 사람도 없었다. 머리를 붙은 빗방울을 털어내며 처녀들은 꽃들 앞에서 와와 거렸다. 비가 와서 어떡하니? 설마 내일까지 오려구. 비 오는 날 시집가면 더 잘산다던데? 명혜 개, 여기에서 더 잘살아 어디에 쓰니. 개, 오디오 못 봤니? 시어머니 될 분이 특별히 결혼 선물로 준 거라는데, 그게 글쎄 별것 아닌 것같이 보이잖니. 그런데 알고 보니까 내 방 전셋돈하고 같더라니까. 그래서 질투 났니? 질투? 그래 솔직히 질투 나더라. 개가 우리하고 비교해서 나은 게 뭐 있니? 공불 잘했니? 노랠 잘했니? 운동을 잘했니? 걔가 잘하는 거라곤 눈썹 뽑고서 거기다가 제멋대로 그리는 거 그것밖에 더 있었니. 너 모르는 소리 말아. 그게 바로 진짜 잘하는 거다. 걔 신랑 그 애의 그 눈썹에 반했대요. 이럴 줄 알았으면 나도 일찌감치 눈썹 뽑고 새로 그리는 일이나 열심히 해둘걸. 명혜 들으면 좋아하겠다, 너 알고 보니 명혜의 무서운 라이벌이었구나. 이런 눈썹 때문에 도전도 못 해보고 케이오패 당한 셈이로구나. 비에 젖은 처녀들은 빗방울과 웃음을 함빡 떨궈놓고는 갔다. 그녀들이 부케로 선택한 꽃은 백합이었다. 백합의 노란 꽃술을 툭툭 건드리며 그 무리 중의 한 처녀가 말했다. 이 부케는 내가 받을 거야.

그녀가 오전에 한 일이라곤 그 처녀가 건드리고 간 백합을 오래 바라다본 것뿐이었다. 너무 오래 들여다봐서 백합의 흰색이 그녀의 눈을 되찔러올 때는, 바로 눈앞이 한없이 멀어지면서, 텅 빈 상태가 되곤 했다. 그녀는 그때마다 눈을 감았다. 어느 하얀 공동(空洞) 속으로 빠져드는 것 같은 나른함을 이겨볼 양으로.

그녀에겐 타자 학원을 열 달이나 다녀서 딴 3급 자격증이 있다. 그녀는 공식적인 것으로는 3급이었지만, 지금도 눈을 감고 오자 하나 안 내고 책 한 권을 쳐낼 자신이 있다. 타자 학원을 다닐 때에 그녀는 얼마나 타자 치는 일에 몰두했는지, 뭐든 손에 짚이기만 하면 그 손에 짚인 자판을 생각하며 손가락을 움직여보곤 했었다. 버스를 기다릴 때는 정류장의 나무에 열 손가락을 대고, 나는 버스를 기다린다, 라고 쳐보았고, 버스 안에서는 무릎 위에 손을 얹고, 나는 버스를 타고 달린다, 라고 치곤 했다. 그녀는 그렇게 열심이었지만, 회사에서 모집하는 타이피스트 모집에는 번번이 떨어졌다. 그녀가 이 꽃집을 발견한 날도 바로 그런 낙망의 날 어느 한켠이었을 것이다. 이 큰 꽃집 유리문에 '꽃을 돌볼 종업원 구함' 이라고 써 있었다. 유리문을 밀고 꽃집으로 들어설 때는 길어야 한두 달만 있으리라, 했었다. 그녀는 무엇보다도 타이피스트가 되어야 했다. 그게 꿈은 아니었지만 일 년여 동안 타자 학원을 다녔고, 마음 놓고 잘하는 일은 타자 치는 일이라고, 스스로 생각해서였다. 더구나 꽃집은 거리에 있지 않은가. 직장에 나와 있으면서 거리에 나와 앉아 있는 기분을 그녀는 갖고 싶지 않았다. 그러나 그 마음의 기한인 한두 달이 지나도 그녀에겐 별일이 있어주지 않았다. 거기다가 꽃 가꾸는 일이 손에 익어지면서 식물이 주는 위로가 있었다. 꽃집 주인은 도시 근교에 땅을 가지고 있었다. 그는 한 달에 한 번씩 그 땅에서 뿌리를 키운 식물들을 트럭에 실어서 이 도시로 가져오곤 했는데, 그녀가 할 일 중의 하나는 그 뿌리들을 분에 심어주고 비료를 주어 땅에서처럼 분 속에서도 잘 자라게 해주는 일이었다. 그 일은 즐거웠다. 식물들의 초록빛은, 그녀에게서 이미 희미해진 꿈 조각이나 실타래같이 엉킨 기억들까지 일깨워주려는 양으로, 늘 푸르게 웃자라주었던 것이다. 그녀는 뿌리를 분에 심어주고 돌아온 날 밤에 다시 화원으로 돌아가 불을 켜고 앉아 있는 날도 있었다. 손톱 속에 끼여 있는 흙을 파내고 금방 허리가 짜부라들 것 같은 피로에 휘말려 자리에 누우면, 방금 분에 옮겨 심어준 식물의 뿌리들이 후, 후, 숨쉬는 소리가 들려왔다. 한번 그 숨소리를 듣기 시작하면 그녀는 참을 수가 없어졌다. 피붙이에게서나 느낌 직한 본능적인 친밀감이 결국 그녀를 다시 화원으로 들어서게 했다. 밤이 깊은 화원에, 혹은 새벽이 오고 있는 화원에, 그녀는 환하게 불을 켜놓고서, 천장까지 들어찬 이중 삼중의 식물들 속에 미소를 띠고 앉아 있곤 했다. 어쩌다 지나가던 밤 술꾼이 윈도로 그녀의 모습을 보았다면, 그녀의 미소가 조금은 요기롭게도 보여서, 황급히 도망쳤을지도 모를 일이었다. 그리고 날이 밝자마자, 소문을 냈을 것이다. 간밤에 꽃 귀신을 보았노라고.

좁다란 통로에까지 들여다 놓았던 벤자민, 소철, 고무, 난 화분들을 바깥으로 다시 내놓다가 그녀는 넘어져서 무릎이 깨진다. 어디에 숨어 있던 햇살인가? 하늘에서 쏟아진 부신 햇살이 그녀 무릎에 맺힌 핏방울 위까지 넘실거린다.

무슨 걱정거리가 있어?

무릎에 연고를 바르고 밴드를 붙이다가 말고 다시 우두커니 백합을 바라보고 있는 그녀의 어깨를 그날 그 자리에 같이 있었던 동료가 툭툭 두드린다. 떼를 쓰는 어린애를 달래는 듯한 투. 걱정거리가 없다는 뜻으로 그녀는 고개를 가로젓는데 뇌 속의 모든 것이 출렁거리며 한쪽으로 쏠려가는 듯한 편두통이 느껴진다. 그녀는 잔뜩 이마를 찌푸린다.

그렇지 않아. 너 그제 어제 오늘 다 이상해. 도대체 무슨 생각을 그렇게 골똘히 하는 거지? 요즘 너를 보고 있으면 꼭 어디 아픈 것 같단 말야. 너 육신만 여기 앉아 있고 정신은 다른 데 있는 것 같다구. 도대체 무슨 일이 있는 거야? 너 지금 얼굴이 얼마나 하얗게 질려 있는 줄 알아? 도대체 무슨 일이야? 무슨 비밀인 거지?

……

이애! 정신 차리라니깐?

머리가 좀 아파 그래.

머리가?

응…… 너무나 아파. 아무 생각도 할 수가 없어. 공중에 붕붕 떠 있는 것만 같아. 나 좀 쉴게. 부케 혼자 만들 수 있겠니? 이 정신으로는 백합을 다 이겨놓겠어. 나 바깥 좀 걸어 다니다 올게.

걸어 다니는 걸로 되겠니? 약을 먹든지? 아님 병원엘 가보든지 해야 되는 거 아니야?

찬바람을 쐬면 괜찮아질 것 같아.

순하게, 그럼 그렇게 하라는 동료의 꽃그늘 진 목덜미를 잠깐 바라보다가 그녀는 화원을 나온다. 아아아. 맞은편 빵집 유리창에 쏟아지는 햇볕이 저절로 탄성을 지르게 할 만큼 눈부시다. 엄마, 무지개야. 단발머리 소녀가 앞서 가는 엄마 손을 끌어당겨 하늘을 보게 한다. 새로 빵을 구워서 배달 나온 청년까지 어깨에 빵통을 짊어진 채로 하아, 진짜 무지개네, 탄성을 질러서 그녀도 이마에 손을 짚고 하늘을 쳐다본다. 하늘이 그대로 쏟아져서, 푸른 물이 확, 그녀 얼굴을 덮어씌우는 것 같다. 정말 무지개네. 믿기지 않는다는 듯 눈을 깜박거리던 그녀의 눈에 눈물이 글썽여진다. 가슴이 싸르륵 쓰라려온다. 따라갈 수 없는 서러움. 닮아볼 수 없는 안타까움. 먼, 멀디먼 그리움. 그녀는 방향도 없이 공허하게 앞을 향해 걷는다.

거리, 어느 고등학교가 있던 자리, 지금은 미술관이 들어선 자리에서 그녀는 걸음을 멈추고, 미술관 뜰을 넘겨다본다. 석조 계단이 끝나는 공터에서는 지하철 공사가 한창이다. 땅을 파먹은 포클레인이 입 벌린 공룡처럼 우뚝 버티고 서 있다. 그녀는 그 공룡의 입속으로 빨려 들어가는 듯 힘없이 미술관 뜰로 걸음을 옮기다가 주저앉는다. 괴어 있던 빗물이 금방 그녀 치마를 적셔온다. 그녀는 개의치 않고 그래도 주저앉아 있다. 저만큼, 붉은 모자를 쓴 지하철 공사 인부들이 노란색 철책에 기대어 담배를 피우고 있다. 담배를 피우면서 미술관 공터에서 배드민턴을 치고 있는 여자 둘을 바라보고 있다. 배드민턴 채를 여기까지 일부러 들고 나온 것일까? 무릎 위까지 올라간, 그리고 아주 타이트한, 짧은 진 치마 아래로 두 여자의 다리는 미끈하다. 그 여자들의 미끈함만 없으면 근처의 모든 것, 심지어는 미술관까지 한 장의 그림 속 풍경 같았을 것이다. 그 풍경 속으로 스스로 끼어든 그녀는 힘껏 몸을 일으켜서 나무 밑으로 가 쪼그리고 앉는다. 경쾌한 하얀 다리들. 그녀는 거기 무릎을 싸안고 앉아서 붉은 모자를 쓴 인부들처럼 배드민턴 치는 여자들을 바라본다. 공중에서, 참새처럼 날아다니는 하얀 공이나, 그녀들의 머릿결이나 얼굴이나 가슴은 보지 않고, 미끈한 다리들만 눈을 가느스름하게 뜨고 다 바라본다. 울지 마. 어느새 그녀 곁에 와 앉아 있는 그가 나직이 속삭였을 때야, 그녀는 자신이 울면서 배드민턴 치는 여자들을 바라보고 있다는 걸 깨닫는다. 저리 가세요. 그녀는 그를 밀어내는 시늉으로 몸을 옆으로 비키려다, 내가 왜 이러지? 가슴이 철렁 내려앉는다. 울지 마. 속삭였던 그 목소리가 너무 생생해서 뒤돌아봤지만, 그는 없다. 나뭇잎들만 출렁거리면서 저희들 몸 위에 쌓인 빗물을 털어내고 있다. 배드민턴 치는 여자들의 미끈한 다리는, 물고기들이 물살을 차내듯이 미술관 뜰의 잔모래들을 사삭, 차내며 명랑하게 움직인다. 바닥에 떨어진 공을 주울 때 짧은 진 치마는 더욱 아슬히 올라간다. 어쩌면 엉덩이가 보일 듯하다. 그녀는 지레 가슴이 설레어서 얼른 지하철 공사장의 인부들을 바라본다.

저년, 여우 같은 년들!

우리가 보고 있다는 걸 알고 더 그러는 거야!

귀엽잖아, 놔둬! 우리 같은 처지에 돈 안 내고 어디 가서 공짜로 저런 구경을 하겠나? 아, 나는 피로가 다 풀리네 그래!

밝히기는!

뭐, 눈으로 바라보기만 해도?

그녀는 더 듣고 앉아 있을 수가 없어 일어선다. 인부 중의 한 사람이 담배를 땅바닥에 내꽂으며 그녀 쪽을 쳐다본다. 그녀는 그 눈길에 황황해져 잔 꽃무늬가 퍼져 있는 플레어 치맛자락을 여미며 성큼 인도로 내려선다.

여름이 지나도록 아무 일도 없었던 그녀의 심금에, 그로 인한 슬픔은 한 순간에 시작되었다. 아무 연대감을 갖고 있지 못한 그 남자에게로의 이끌림은, 가끔 한밤중에 잠이 깨었을 때, 그녀 가슴을 훑고 지나가던 참담함, 그 불안을 막아주던 식물들의 위로, 지금 이 칠흑 같은 밤중에도 뿌리들은 흙 속에서 키를 키우겠지 싶어, 눈물을 삼키던, 그 위로까지도 뛰어넘어 그녀를 길게 울게 했다. 그녀는 그 남자에게로의 이끌림이 나흘 전부터가 아니라, 수천 년 묵은 슬픔으로 똬리를 틀고 있었던 것을, 이제 풀어낸다는 듯이 길게 울었다.

그는 사진 기자다.

그녀는 그를 처음 만났을 때처럼 눈을 내리깔면서 살포시 웃는다.

그는 사진 기자다.

그녀는 얼굴을 하늘로 향하고 목을 젖혀보기도 한다.

그는 사진 기자다.

그녀는 엉덩이를 뒤로 빼며 수족관을 들여다본다.

그는 사진 기자다.

그녀는 영화관 앞에 멈춰 서서 예쁜 여배우가 정수리에 총부리를 대고 있는 스틸을 구경한다.

그녀는 자신이 멈출 때마다 그가 사진을 찍는 듯했고, 그래서 그녀의 산보는 다소 포즈를 취하는 듯해 부자연스럽다.

그녀가 지금 움직이지 않고 서 있는 자리는 그의 명함 속에 적힌 빌딩 맞은

편이다. 그녀 속에서 그녀와 함께 숨을 쉬던 그가, 정작 진짜 그가 있는 빌딩 앞에서 그녀가 걸음을 멈추자, 재빠르게 달아난다. 그가 빠져나가버리고 혼자 남아 그녀는 오랫동안 빌딩을 바라보고 서 있다. 그녀는 거기 서 있으면서 자신이 지금 뭘 하고 싶은지를 알아냈지만, 곧 포기한다. 전화를 한다면 그는 나를 멸시할 것이야. 그 생각 속으로 다시 복받쳐 오르는 불안 때문에, 커다란 유리창이 있는 커피집으로 들어가는 그녀의 뒷모습은 금방 쓰러질 듯 맥이 빠져 있다. 바깥에서 오랫동안 바라보았던 빌딩이 잘 보이는 곳에 자리를 잡고, 그녀는 폭삭 무너진다. 커피가 날라져 올 때, 유선 방송 음악이 바뀌었다. 그녀는 그 자리에 무너져 처음으로 빌딩만 바라보던 눈길을 찻집 구석에 매달려 있는 스피커로 옮긴다.

당신의 눈썹처럼 여윈 초승달 숲 사이로 지고
높은 벽 밑동아리에 붙어서 밤새워 울고 난 새벽
높은 벽, 높은 벽, 높은 벽, 높은 벽, 높은 벽, 높은 벽 아래
밤새 울고 난 새벽

그녀는 팔소매로 눈자위를 꾹꾹, 눌러줘야 할 만큼 금세 눈물이 고인다. 그녀는 찻잔을 밀어내고 햇살이 소복한 그 자리에 엎드린다. 그녀는 그녀 자신이 지금 그녀를 관찰하고 있음을 느낀다. 관찰하고 있는 그녀는 엎드려 있는 그녀를 어느 정도 알고 있다. 엎드려 있는 그녀가 지금 탁자 위에 눈물을 쏟고 있는 그녀가 나흘 전부터 무언가에 휩싸여 있다는 것을. 한 가지 것에 휩싸인 그녀는 다른 모든 것에 태만해졌다는 것을. 그녀는 바보같이 군다. 걷다가도 아무 것하고나 부딪진다. 말투는 평소보다 더 느릿느릿해졌고, 눈초리는 방심해 있다. 무언가를 바라보고 있지만 아무것도 보고 있지 않다. 뭔가를 슬퍼하는 것 같은데도 곧잘 웃는다. 그녀는 자신을 관찰하고 있는 자신이 싫은지 고개를 쳐든다. 고개를 든 그녀의 눈에는, 지금까지 관찰하고 있던 그녀가 전혀 보지 못했던 불안이 넘치도록 담겨 있어서, 관찰하던 그녀는 놀라 사라져버린다. 고개

를 든 그녀는 노트를 꺼내고 거기에 뭔가를 적기 시작한다.

지난여름, 그 무위 속에서도 비교적 선명하게 영상으로 떠올랐던 그것은 미나리 밭이었다. 어쩌면 그곳은 밭이 아니라 저절로 생긴 야생 미나리 군락지였는지도 모른다. 그 속에 등장하는 여자아이 둘의 나이가 아홉 살이나 열 살 어쩌면 여덟 살이었다는 짐작으로 미루어보아, 그리고 그 두 여자아이 중의 한 아이는 내 어린 시절이었으니 이십 년은 거슬러 올라가야 하는 그때에, 더구나 그 지방의 농사짓는 사람들의 농작물 선호도로 보아, 일부러 미나리를 가꾸지는 않았을 것이라는 생각이, 영상 속의 그곳이 미나리 야생지였을 거란 쪽으로 기우는 것이다. 하지만 야생지라고만 보기에는 영상 속의 미나리지는 너무 넓었다. 끝도 없는 초원 지대 같은 그런 미나리지를 바라보고 있었다는 기억. 어쩌면, 그래 어쩌면 진짜로는 몇 평 안 되는데 내 영상이 그 땅을 끝도 없이 넓혔는지도 모르겠다. 그만큼 나는 골똘히 그 미나리지를 생각하곤 했으니까. 그곳에 파란 미나리들의 허리가 반쯤 물에 잠겨 있었다. 삼월이거나 사월이거나 오월. 포근한 햇살이 또 거기에 있었다. 여자아이 둘은 파란 미나리지를 바라보며 뭘 하고 있었을까? 도대체 뭘 하고 있었길래 옷을 벗기 시작했을까? 그 미나리지 둑 밑으로 도랑이 흐르고 있었으니, 그 여자아이들은 장난을 치다가 혹시 그 물속으로 빠졌던 건 아닌지. 젖은 옷을 말리기 위해 옷을 벗었던 건 아닌지. 왜 옷을 벗었는지는 모르겠는데 그 애 등의 푸른 점은 선명하다. 둑의 돋아 오른 풀 위에 엎드려 있던 터라, 처음에 나는 풀물이 묻어 있는 줄 알았다. 파란 풀에 휩싸여 하얗게 엎드려 있던 그 애의 작은 몸. 내 기억 속에선 그 애의 몸만 있다. 그 애에겐 어쩌면 내 몸만 있을 것이다. 하지만 지난여름 무위 속에서, 용케도 그 미나리지를 사진으로 찍어내면서, 나는 내가 봤던 그 애의 몸과 그 애가 봤을 내 몸을 동시에 만들어 넣었다. 아름다운 쪽은 그 애다. 나는 그 앨 사랑했으니까. 훗날엔 어땠을지라도 그 순간엔 그 애도 나를 사랑했기를. 만약 그렇다면 내 지난여름날처럼, 그 애가 혹시 그 미나리지를 생각해 낸다면, 그 애의 영상 속에선 내가 더 아름다울 것이다. 사랑이란 그런 것이다.

처음에 여자아이들은 그 파란 미나리지를 바라보며 팔은 괴서 턱을 받치고, 엎드린 채로 발을 허공에 뻗어대며 흔들었다. 공중에서 둘의 복사뼈가 부딪치지만 않았더라도, 나는 일어나 앉지 않았을 것이다. 일어나 앉지 않았더라면 나는 그 애의 어리고 부드러운 몸을 보지 못했을 것이다. 그 앤 그대로 엎드린 채로 팔을 뻗어 자신의 발을 동그랗게 끌어당겨 복사뼈를 매만졌는데, 나는 끌어당기는 대로 타원형으로 구부러지는 그 애의 몸이 신기해서 내 아픈 곳을 만지다 말고 그 앨 바라봤다. 그 애 하얀 등의 푸른 점도 부드럽게 구부러져 있었다. 내 손바닥이 그 점으로 뻗어갔으나 그 푸른 점을 다 덮지는 못했다. 내 손바닥은 작았고 그 애의 푸른 점은 넓었다. 지난여름, 그 무위 속에서 나를 버티게 해준 건 바로 이 푸른 영상이다. 나 혼자만 간직한 이 영상을 그 침묵의 무더위 속에서 생각하고 있으면, 어떤 희열이 시원하게 나를 감싸오곤 했다. 하지만 내게 이 영상을 글로 옮겨보게 만든 것은 그 보드라운 희열이 아니다. 영상 속에서 그 애의 푸른 점을 덮었던 내 손바닥은 그 점 위에서 머물러 있지만은 않았다. 내 손바닥은 그대로 그 애의 목덜미 쪽으로 올라갔고, 엎드려 있던 그애는 간지러운지 돌아누웠다. 그 애의 눈, 잉크빛 하늘이 담겨 있던 눈동자, 하얀 목, 밋밋한 가슴, 도드라져 있던 분홍색 젖꼭지. 그 애가 눈을 찡긋거리면서 내 뺨에 입술을 댔다. 나는 떨었을 것이다. 그러면서 그 애의 메마른 입술에 내 입술을 포갰을 것이다. 영상은 여기에서 끝난다. 영상이 끝난 자리엔 야생 미나리 군락지도, 벗은 여자아이 둘의 몸도 없다. 그 자리엔 내 쓰라린 상처와 그 애의 차가운 멸시가 남아 있다. 풀밭에 벗어놓은 옷을 입으면서 나는 생각했었다. 너를 나 자신보다 더 사랑할 거야. 하지만 그 앤 나와 반대였었나 보았다. 그 앤 다시는 나와 함께 그 미나리지에 가주지 않았고, 내가 부르거나 찾아가면, 엄마한테 다 일러줄 거야, 소리를 쳐서 겁을 주었다. 봄이 가고 초여름이 다 되었을 무렵에야 그 야생 미나리 군락지가 바라다 보이는 다리 위에서 나는 그앨 만날 수 있었다. 내가 이름을 부르자 그 앤 도망쳤었다. 그러다가 되돌아 달려와서 주먹을 꽉 쥐고 내 뺨을 제 힘껏 때렸다. 그 엉싱의 희열 뒤에 남는 이 아픔……

그녀의 글은 군데군데 눈물에 얼룩이 져서 글씨가 번진다. '야생 미나리 군락지' '나 혼자만 간직한 푸른 영상' '메마른 입술' '어떤 희열' '그 애의 푸른 점' '너를 나 자신보다 더 사랑할거야' '영상이 끝난 자리' 등등에.

놀랍게도 그녀는, 그의 얼굴을 볼 수 있게 된다. 노트에 떨어진 눈물자국이 다 말라가고 있을 무렵, 빌딩 안에서 그가 걸어나왔던 것이다. 그의 옆에는 한 여자가 서 있다. 그의 어깨에는 카메라가 메어져 있다. 꿈인가? 그녀는 손바닥으로 유리창을 만져본다. 그는 분명 찻집 유리창 건너, 빨간 불이 켜져 있는 신호등 건너에 서 있다. 신호등이 파란 불로 바뀌자, 그 남자와 여자는 사람들 속에 섞여 그녀가 있는 쪽으로 건너온다. 여자를 바래다주러 온 것일까? 그는 그녀가 앉아 있는 유리문 바로 앞에서 여자에게 손을 내민다. 여자는 쌩긋 웃으며 내민 그의 손을 가볍게 잡고 흔들더니 길 저편으로 뛰어간다. 이제 혼자 남은 그 남자. 그녀는 마치 화면을 바라보듯이 유리문 안에서 그 남자를 바라보고 있다. 방금 헤어져서 저쪽으로 뛰어간 여자를 뒤돌아볼 때, 그도 그녀를 바라본 듯했다. 다시 신호등이 바뀌기를 기다리며 무심히 찻집 쪽을 돌아봤을 때도, 그는 그녀를 바라본 듯했다. 하지만 그는 두 번씩이나 그녀 얼굴을 보면서도, 그녀를 지나쳐 다시 신호등을 건너가고 빌딩 속으로 사라져버린다.

그녀는 다시 거리에 있다. 탁자에 엎드려서 눈물을 글썽이며 그 애에 대한 영상을 새 노트에 적어놓고 나니, 나흘 전부터 그에게 품었던 슬픔이 어느 정도 사라진 듯하다. 아니다. 어쩌면 바로 눈앞에 두고도 그녀를 못 알아보는 그 남자에게서 받은 놀라움이 아직도 그녀 마음속에 풀기를 세우고 있어서일지도 모른다. 그날, 소매가 없는 자주색 실크 블라우스 아래 좁쌀만 한 소름이 돋은 채로 얌전하게 놓여 있던 그녀의 팔은, 추운가 보군, 무심한 그의 한마디로, 무심한 그의 쓰다듬음으로, 그랬다, 욕망을 품게 된 것이다. 아직 추억이 되지 못한 욕망은 파릇파릇하다. 그것이 격렬하게 불타올라 그녀는 방심 상태가 돼버린 것이다. 그녀는 그가, 그녀 내부에 일어나고 있는 이 불안을 알아주기를 바라지는 않는다. 알아주기를 바라다니? 아니다. 그녀는 자신의 욕망을 자신에게 내보이는 것만으로도 지금 벅차다. 슬픔에 사로잡힌 자신의 육체를 바라보고 있기만으로도. 그런데도 그가 바로 그의 눈앞에 있는 자신의 얼굴을 그것도 두 번씩이나 지나쳐가자, 그녀는 지금 야릇해진 것이다.

이제 그녀는 전화를 건다. 사진 기자인 그에게가 아니다. 화원 단골 최에게다. 마흔 살쯤 되어 보이는 최는, 언제나 그녀가 예뻐서 못 견디겠다는 표정을 짓곤 했다. 그녀는 수화기에 매달려 자신이 있는 위치를 그가 혼동하지 않도록 설명하고 나서, 잊지 않고 덧붙인다.

일 때문에 지나가다보니 이 앞이잖아요. 그래서 차나 한잔 할까 하구요.

전화를 끊고 자리로 되돌아온 그녀는, 최에게 전화를 건 것에 대해 후회하는 빛이 역력하다. 이 마음의 이중. 그녀는 우울해져 손깍지를 깊게 낀다.

잊었을까, 그는? 그날 밤, 내 팔을, 소매 없는 자주색 실크 블라우스 밑에서 찬 밤바람에 오소소 소름이 돋은 채로 떨고 있던 내 팔을?

그녀는, 최가 들어와 맞은편에 앉는 것을 전혀 모르는 듯 깊게 낀 제 손깍지만 보고 있다. 최가 팔을 뻗어 그녀의 어깨를 짚는다. 가만히 짚었을 뿐인데 그녀는 거의 무너졌다가 일어난다. 최의 흰 와이셔츠 주머니에 잉크가 한 방울 묻어 있다. 자신의 얼굴에서 곧 시선을 돌려 잉크 떨어진 자국을 바라보는 그녀 때문에 최도 새삼스럽게 자신의 와이셔츠 주머니를 내려다본다.

이거? 글씨가 잘 안 써져서 만년필을 흔드는데 잉크가 튀었어. 하필이면 여기에 튀었담.

그녀가 하아 웃자, 최는 곧 명랑해진다.

웃으니까 더 이쁜데, 우리 뽀뽀 한번 할까?

홍!

홍이라니! 코 나올라!

그녀는 정말 코라도 나오는 듯이 자신의 코를 손바닥으로 쓱 문지른다. 최는 예의 그 예뻐 죽겠다는 표정을 지으면서 담배를 꺼내 문다.

그런데 웬일? 이런 적이 없었잖아. 저녁 한번 힘께하자고 그렇게 보재도 사미승이더니…… 오늘 저녁은 어때?

배드민턴 치러 가야 돼요!

그녀의 입에서 엉뚱한 대답이 튀어나온다. 배드민턴이라니? 자신이 말해놓고, 그녀가 놀라 눈이 휘둥그래진다.

배드민턴?

최가 입에 문 담배를 내려놓지 않고 배드민턴? 이라고 반문을 하는 통에 입술에 물려 있던 담배가 탁자에 떨어져 데구루루, 구르더니 바닥에 팽개쳐져버린다. 최가 담배를 주우려고 몸을 굽히고 고개를 숙이는데 흰 주머니에 튄 잉크 방울이 형편없이 구겨진다. 그녀는 갑자기 참을 수가 없어져서 발딱 일어나 재빠르게 최에게서 달아난다. 하지만 곧 뒤따라 나온 최에게 그녀는 팔목을 억세게 붙들린다. 최는 그녀가 한 번도 본 적이 없는 사나운 표정으로 그녀를 노려보고 있다.

잘못했어요!

뭘?

그녀는, 오늘 처음으로 정신이 번쩍 든다. 최가 뿜어내는 사나움을 그녀는 용케도 알아낸다.

네가 뭘 원하는지 나는 알아!

아니에요, 틀렸어요.

최는 그녀를 끌고 지하 계단으로 내려간다. 그녀는 버둥거리지만 최의 힘은 완강하다. 어떻게 해서든 도망쳐야 한다고, 최로 하여금 노여움을 풀게 해야 한다고 마음을 먹지만, 숨소리만 높아질 뿐 그녀는 버둥거리는 것조차도 힘이 든다.

제발…… 나를 놔줘요, 제발.

왜 나를 찾아왔지? 그런 나태한 표정을 짓고서 말이야. 그러구선 지금은 놔달라고? 사람을 잘못 봤군. 내가 그래줄 것 같은가? 자자, 긴장을 풀라고. 너무 긴장하면 재미없어. 여긴 비상구야. 엘리베이터가 고장이 나지 않는 이상은 아무도 여기에 오지 않아. 또 한두 사람쯤은 어때? 관객이 있으면 더 재밌지 않겠어?

최는 그녀를 계단 모서리로 몰아붙이고 그녀의 치마를 확 들춰 올린다. 그녀가 놀라 최의 어깨를 물어뜯자, 최는 주먹을 꽉 쥐고 그녀의 귀뺨을 내리친다.

제발 이러지 마!

그녀도 있는 힘껏 그의 귀뺨을 내리쳤지만, 최는 재빠르게 그녀의 손을 붙잡아 등 뒤로 억세게 돌려놓는다. 그녀는 눈을 질끈 감는다. 지하 계단의 천장과 벽이 괴로운 숨을 몰아쉬며 좁혀든다. 힘이 빠진 그녀를 최는 조금 느슨하게 풀어준 뒤 그녀의 입술을 더듬는다. 그녀는 입술을 꽉 다문다. 아무리 열려고 해도 열리지 않는 그녀의 입술에 화가 난 최는 다시 힘을 가해 그녀를 벽으로 밀어붙인다. 그녀의 치마는 이미 벗겨져 바닥에 흘러내려 있다.

여기서 이러지 말아요…… 방으로라도…… 나를 방으로라도 데려다줘……

네가 달아나지만 않았다면 그럴 양이었지. 우선 향기로운 저녁을 먹고, 술을 한잔 곁들이고, 강변이 내려다보이는 곳으로 춤을 추러 가고, 그렇게 부드럽게 순서를 밟을 양이었지. 하지만 네가 급해 보여서 말야, 이렇게 거칠게 바뀌어 버렸구나. 이것도 괜찮잖니. 조금만 협조해준다면 더 좋겠는데…… 오늘은 이렇게 반항해도 내일은 너 스스로 전화할걸. 여기에서 나를 기다리겠다고 말야…… 니 얼굴에 씌어져 있어. 나 죄 없어. 다만 니가 말 못 하는 걸 내가 알아서 해주는 것뿐이야…… 자, 그러니 좀 얌전히 굴어.

다시 거리에, 그녀는 놓여졌다. 정신을 온통 무엇인가에 내맡기고 있어서, 그녀는 헛껍데기다. 거리의 그 어느 누구도 그녀가 외로이 그들 속에 섞여 있다는 것을 주의 깊게 보는 것 같지가 않다. 다만 어떤 여자가, 뒤로 묶어놓은 방울 달린 머리끈이 느슨하게 풀어지는 것도 모르고 가는구나, 하였을 것이다. 조금 더 주의 깊게 본 사람이라면 최에게서 얻어맞았을 때 터진 그녀의 귀가 뺨 쪽으로 퉁퉁 부어올라서 갸름한 그녀의 얼굴형이 야릇해진 것쯤은 보았을 것이다. 어쩌면 또 어느 누구 하나쯤은 그녀의 창백한 얼굴빛을 보고 사람의 얼굴이 저렇게 파리해질 수도 있다니…… 어디쯤에서 쓰러지나, 싶어 호기심으로 한번쯤 그녀를 돌아다봤을지도 모른다. 하지만 더 이상은 그녀에 대해 관심 없이 사람들은 그녀를 앞질러가거나 마주쳐 지나간다. 그녀의 머리를 겨우 한곳에 모아놓고 있는 방울 달린 머리끈은 곧 땅바닥에 떨어질 것이다. 하지만 그때도 그녀는 그걸 모르고 걸어갈 것 같다. 그래도 지금은 그 방울 달린 머리끈 때문에 그녀의 검은 머리는 그녀의 목덜미 뒤에 모아져 있다. 그녀가 걷는 대로 그 머리끈은 따라 움직이면서 그녀의 감춰진 목덜미를 어루만지고 있다. 그녀가 건물 사이사이를 걸을 때 그 머리끈은 때때로 햇빛을 받아 황금색이 되기도 한다. 넋이 나간 듯했지만 그래도 자연스러웠던 그녀의 걸음걸이가 어느 순간 뻣뻣해지기도 한다. 그럴 때면 그녀는 몹시 오한이 나는 듯 멈춰 서서 오들오들 떨다가 다시 걸음을 옮긴다.

그녀가 걸음을 멈춘 곳은, 그녀가 화원으로 영원히 되돌아가지 않겠다고 마음먹은 곳은, 미술관 앞이다. 어둠이 내려 있는 미술관 앞의 공터는 괴괴하다. 노란 철책에 기대어 담배를 피우던 인부들도 가고 없다. 다만 땅을 깊게 파먹은 포클레인이 여전히 공룡의 형상을 하고, 공터로 내려서는 허깨비 같은 그녀를 지켜보고 있다. 그녀는 지난 오후에 그녀가 앉아 있던 나무 그늘 밑을 지나, 인부들이 피로한 목소리로 음담을 늘어놓던 노란 철책 밑으로 쏠리듯 걸어가고 있다. 철책 밑에서 그녀는 담배꽁초 하날 줍는다. 이걸로 뭘 하지? 어리둥절한 표정이던 그녀는 잠시 후 꽁초를 입에 물고 피로한 듯 철책에 기대어 담배 연기 내뿜는 시늉을 해본다. 저기였지. 그녀는, 한낮에, 짧은 진 치마를 입고, 햇살 아래서, 인부들의 시선을 의식하며, 여자들이 힘껏 배드민턴을 치던 자리를 슬픈 눈으로 더듬는다.

슬픔 때문에 죽을 수도 있다고 생각한 또렷한 기억이 그녀에겐 있다. 나를 사랑하느냐고 묻기도 전에 다가온 그애의 돌연한 멸시를 갚아주기 위해서는, 죽을 수밖에 없다, 내 죽음만이 그애의 마음을 돌이켜놓을 것이다. 언젠가 죽어야 한다면 지금 여기서 죽으리라. 그녀는 그 푸른 영상 속의 야생 미나리 군락지 앞에 쪼그리고 앉아서, 여기서 어느 날이든 죽으리라, 너의 마음을 돌이켜놓기 위해서라면 난 죽으리, 그 매일매일을 그 생각으로 버티었다.

그녀가 담배꽁초를 버리고 가만히 일어선다. 그녀가 포클레인을 향해 천천히 걷는다. 그녀가 힘껏 손톱으로 포클레인 몸체를 긁어본다. 포클레인은 긁혀지지 않는다. 그래도 계속 긁어대니, 그녀 손톱이 부서져 달아난다. 그녀가 이제 포클레인 아무 곳이나 몸으로 밀어보고 있다. 미는 게 아니라 부딪쳐보고 있다는 표현이 맞을 것이다. 몇 발짝 떨어져서 힘껏 달려들어도 포클레인은 꿈쩍도 안 한다. 그녀는 어마어마한 곳을 쳐다보는 양, 포클레인 아가리를 오래 쳐다보더니, 신발을 팽개치고 낑낑대며 포클레인 위로 올라가기 시작한다. 정강이가 쇠붙이에 부딪혀 깨지는 소리가 났고, 기어가느라고 엎드린 몸을 펼 때는 포클레인 모서리에 그녀의 가슴살이 패어 찢겨진다. 그런데도 그녀는 별로 고통스럽지 않은 모양이다. 다만 위험스럽게 포클레인 몸체에 매달려서 아가리 쪽으로 한 땀씩 바느질하듯, 한 뼘씩 좁혀가고 있다. 치가 사납게 다루어 실밥이 뜯겨져 있던 치마의 호크가, 어디쯤에서 마저 뜯겨져, 치마가 주르륵 흘러내린다. 그동안 간신히 그녀 목덜미에서 대롱거리던 방울 달린 머리끈도 풀어져나가, 그녀의 검은 머리채는 산발이 되어 있다. 포클레인 아가리 속엔 지하에서 퍼낸 흙이 반쯤 차 있다. 그녀는 후욱, 숨을 몰아쉬며 그 흙 속에 두 발을 꼬옥 묻는다. 뭔가 안심이 된다는 표정이다. 자꾸만 흙을 퍼올려 자신의 무릎을 묻고 허벅지를 묻고 엉덩이를 묻던 그녀는 무슨 생각이 났는지 호오, 웃기까지 한다.

당신은 잊었지? 그날 밤 내 소매 없는 자줏빛 실크 블라우스 밑의 팔뚝에 돋아 있던 좁쌀만 한 소름들, 그걸 쓰다듬어주었던 일을, 당신은 잊었어, 내가 어떻게 해야 당신이 나를 기억할까.

그녀는 더 이상 자신을 매장할 흙이 없어 손짓을 멈추고 밤 별들을 눈으로 올려다본다. 그의 얼굴이 잠시, 별들 속에 섞여 피어났을 때 그녀 눈 속의 공허함이 잠시 사라진 듯했다. 그러나 곧 다시 초섬이 없어진다. 너무 짧은 공허한 빛남. 지금 그녀는 넋을 잃었을까? 공허한 빛남이 사라지고 난 뒤 그녀는 아무 짓도 안 하고 끄덕끄덕 졸고만 있다. 가슴살이 찢겨나갈 때 스며든 피, 그 피비린내가 바싹 말라갔을 때쯤이었을까? 꼭 한 번 힘껏 눈을 떠보는 것도 같았다. 그리고 밤 별이 질 무렵, 그녀가 겨우 한 일은, 꾸물꾸물 윗옷 주머니에서 노트를 꺼내 아무 장이나 펼치고서, 해사하게 웃기까지 하며, 뭔가 꾹꾹, 눌러 적어 넣을 양을 하다가는, 힘이 팽기는지 눈물 젖은 얼굴을 폭, 수그리는 일이었다.

신경숙(申京淑)

1963년 전북 정읍 출생. 서울예술전문대학 문예창작과 졸업. 1985년 『문예중앙』 신인문학상에 중편 「겨울우화」가 당선되어 작품 활동을 시작. 한국일보문학상, 오늘의 젊은 예술가상, 현대문학상, 만해문학상, 동인문학상, 21세기문학상, 이상문학상 등을 수상. 『겨울우화』(1990; 개정판 『강물이 될 때까지』(1998)), 『풍금이 있던 자리』(1993), 『오래전 집을 떠날 때』(1996; 개정판 『감자 먹는 사람들』(2005)), 『딸기밭』(2000), 『종소리』(2003) 등의 소설집과 『깊은 슬픔』(1994), 『외딴 방』(1995), 『기차는 7시에 떠나네』(1999), 『바이올렛』(2001), 『리진』(2007) 등의 장편소설 출간. 이 밖에도 산문집 『아름다운 그늘』(1995)과 짧은 소설집 『J이야기』(2002), 그리고 구본창과 함께 낸 사진집 『자거라, 네 슬픔아』(2004) 등이 있음.

작품 세계

신경숙의 소설은 말줄임표나 쉼표와 같은 문장 부호를 빈번하게 사용하거나 대화를 지문 속에 숨기고 어미를 현재형으로 처리하는 등 명확한 언표 대신 한없는 주저와 모호함을 내보이고 있는 경우가 많다. 이 내성적인 문체는 신경숙의 소설이 사건이나 이야기의 서술보다 내면에 깊이 침잠된 과거의 기억이나 갑작스럽게 떠오른 생각의 파편들을 되살리는 데 관심이 많다는 것을 암시한다. 어느 집단에도 소속되지 못한 채 고독하게 살다가 죽어버린 친구 이숙을 추억하는 소설들, 즉 「밤길」(1990)이나 「직녀들」(1992), 「멀리, 끝없는 길 위에」(1992) 등은 이 점을 잘 보여준다. 그런 의미에서 신경숙의 소설은 기본적으로 돌이킬 수 없는 시간을 상대로 한 회상의 안간힘이라고 할 만하다. 글쓰기와 관련된 언급이나 글 쓰는 사람이 소설 속에 자주 등장하는 것도 이와 무관하지 않다. 함께 떠나자는 약속을 지키지 못한 여자가 고향으로 돌아와 유부남 애인에게 보내는 편지 형식으로 되어 있는 「풍금이 있던 자리」(1992)나 발산되지 못한 욕망의 좌절감을 노트에 씀으로써 스스로를 위안하는 「배드민턴 치는 여자」(1992), 그리고 고향에 돌아와 자신의 글쓰기를 되돌아보는 「모여 있는 불빛」(1993) 등은 부재와 욕망, 고향 등의 화두가 글쓰기와 어떤 연관을 맺고 있는지 탐구한다. 이 탐구는 장편 『외딴방』(1995)에서 절정을 이룬다. 1970년대 후반, 80년대 초, 고향을 떠나 서울 주변부 구로공단에서 보낸 소녀 시대와 글쓰기에 대한 열망을 오버랩시키고 있는 이 소설은 신경숙 소설의 기원이자 한 시대의 획기적인 성장소설의 하나로 이해뇌어노 좋을 것이다. 이 소설에 따르면 『깊은 슬픔』(1994)의 '이슬어지'나 『바이올렛』(2001)의 '미나리 군락지' 등으로 대표되는 전근대적 공동체의 세계는 신경숙 소설의 원형에 가깝다. 그것은 「깊은 숨을 쉴 때마다」(1994)나 「오래전 집을 떠날 때」(1996)에 구체적으로 드러나는 고향의 이미지일 수도 있고 「딸기밭」(1999)으로 표상되는 금기의 영역 저편일 수도 있으며, 「부석사」(2000)에서 보듯 낯선 두 남녀가 끝내 닿을 수 없었던 완전한 소통과 완벽한 친밀성의 공간일 수도 있다. 그러나 그것이 무엇이든 간에 이 공간은 언제나 결핍과 부재의 형식으로만 드러난다. 세계는 이미 원초적 폭력의 공간이다. 「배드민턴 치는 여자」(1992)나 『바이올렛』(2001)이 날카롭게 포착하고 있듯이 '포클레인'으로 상징되는 근대 기계문명과 남성적 힘의 논리가 세계를 뒤덮고 있을 뿐이다. 신경숙은 이 현대적 실존의 문제를 글쓰기를 통해 돌파해나가려고 한다. 이때 글쓰기는 부재하는 원형의 시간을 현재화하려는 노력에 다름 아니다. 최근 소설들, 예컨대 「달의 물」(2001)이나 「물 속의 사원」(2002) 등에 이르면 이 노력은 '물'의 복원으로 상징화되기도 한다. 넓은 의미에서 여성적 원리로 수렴될 만한 이 상징은 현대를 넘어서기 위한 신경숙 소설의 복안으로 보아도 좋을 것이다.

「배드민턴 치는 여자」

욕망과 글쓰기, 폭력과 관능의 문제를 심도 있게 다루고 있는 「배드민턴 치는 여자」(1992)는 후일 장편 『바이올렛』(2001)으로 다시 씌어진다. 「외딴방」(1990) 역시 장편 『외딴방』(1995)으로 다시 씌어진 이력도 있는 만큼 신경숙에게 있어 '다시 쓰기'는 소설쓰기 자체를 소설화하고 소설의 안과 밖을 뒤섞어 현실과 허구의 경계를 없애는 그녀 나름의 독특한 소설쓰기 과정의 일부로 볼 수 있다. 화원의 종업원으로 일하는 '그녀'는 본격적으로 글을 쓰는 사람은 아니지만 그럴 기회가 온다면 감사하게 여길 것이며 가끔은 지금보다 더 나은 환경에서 글을 쓰고 싶다는 욕망을 지니고 있는 젊은 여자이다. 어느 날 바이올렛 사진을 찍으러 온 사진기자의 헛수작에 마음을 빼앗겨버린 '그녀'는 그의 사랑을 확인하고 싶다는 또 다른 욕망에 사로잡히게 된다. 어린 시절 야생 미나리 군락지에서 본 '그애'의 어리고 부드러운 몸처럼 그 사진기자는 '그녀'의 새로운 욕망으로 자리 잡는다. 그러나 이 욕망은 엉뚱한 남자 '최'의 능멸에 의해 무참하게 짓밟힌다. 어린 시절 그애가 '그녀'의 희열에 차가운 멸시만 되돌려준 것처럼 '그녀'의 욕망은 충족 대신 또다시 실패를 되풀이할 뿐이다. 찢긴 욕망에 좌절한 '그녀'는 한때 배드민턴을 치던 젊은 여자들의 발랄한 몸놀림에 매료되었던 미술관을 찾아 그 앞 공사판의 포클레인에 기어올라 자신의 몸에 흙을 묻는다. 그리고 주머니에서 노트를 꺼내 뭔가 꾹꾹 적어 넣으려고 한다.

주요 참고 문헌

박혜경의 「추억, 끝없이 바스라지는 무늬의 삶」(『풍금이 있던 자리』 해설, 문학과지성사, 1993)은 이 소설의 글쓰기라든가 포클레인 흙으로 스스로를 매장하는 행위 등을 폭력적인 현실에 대한 눈물겨운 저항의 몸짓으로 읽고 있다. 이 해석은 송명희의 「여성의 억압된 욕망과 남성 중심의 성적 희롱과 폭력」(송명희 외, 『여성의 눈으로 읽는 문화』, 도서출판 새미, 1997)에 이르러 젠더적 시선과 더불어 '그녀'의 욕망에 가해지는 남성적 폭력의 양상으로 보다 구체화된다. 김동식의 「글쓰기의 우울」(『냉소와 매혹』, 문학과지성사, 2002)은 본격적인 작가론을 통해 어긋난 욕망의 끝에 놓인 글쓰기의 양상을 지적하고 글쓰는 자의 무덤과 글쓰기가 공존하는 이 상태야말로 글쓰기의 원초적인 모습이라고 강조한다. 김화영의 「태생지에서 빈집으로 가는 흰새」(『소설의 꽃과 뿌리』, 문학동네, 1998)는 신경숙 소설에 대한 꼼꼼한 읽기를 시도하며 이 소설 속에 가공되지 않은 채 직접 인용된 '노트'에 주목, 그것이 소설쓰기의 '앞 텍스트' 혹은 '자료'의 일종으로서, 죽음에 의하여 고착되지 않은 기억의 역동성을 되살리고자 하는 작가의 의도와 관련 있음을 지적한다.

_신수정

복거일
비명(碑銘)을 찾아서

34

외로운 길을 가는 자에겐
외로운 이정표가 있느니,
산줄기를 넘어
낯선 고향으로 발을 딛자
진눈깨비가 반갑다 맞는다.
—— 기다하라 고운사이(北原耕雲齋), 『인적(人跡)』에서

"과장님, 다녀왔습니다." 도키에가 붉은 종이로 싼 꾸러미를 그의 책상 위에 내려놓으면서 말했다.

"수고했어." 히데요는 뒤적이던 영어 사전을 한옆으로 밀어놓으면서, 그녀의 얼굴을 쳐다보았다. 밖에 나갔다 온 길이라 볼이 발그레했다. '복사꽃…….'

"돈이 좀 남길래 푸라스치쿠 목걸이 하나를 샀어요. 빛깔이 고와서 애들이

---

* 『비명을 찾아서: 경성(京城), 쇼우와 62년』은 1987년 문학과지성사에서 출간되었다. 여기서는 『비명을 찾아서』(소설 명작선 13, 문학과지성사, 1987; 1993; 1998)에서 부분 수록하였다.

좋아할 것 같아요."

"잘했어."

그녀는 그의 부탁으로 제과점에 다녀온 길이었다. 다카미야(高宮) 과장이 아들 돌이라고 부원들을 집으로 초대한 것이었다. 그는 원래 그런 곳엔 되도록 빠지지 않으려고 애쓰는 사람이었다. 그러나 이제는 남의 아들 돌잔치에 가서 보낼 만큼 한가한 시간은 없었다. 그래서 도키에 편에 양과자(洋菓子) 한 상자를 들려 보낼 생각을 한 것이었다. 사람들이 금반지를 해주기로 해서 그도 돈은 냈지만, 그것만으로는 좀 서운한 생각이 들었던 것이었다.

그는 종이를 꺼내어 큼지막하게 '요시코(芳子)에게'라고 쓴 다음, 양과자 상자를 들고 도키에에게로 갔다. 다카미야 과장에겐 올해에 유치원에 들어간 딸이 있었다. 귀엽게 생긴 데다가 붙임성이 있는 녀석이었다.

"시마즈 양, 이걸 상자 위에 붙여서 갖다줘."

"네."

그는 돌아서자, 마음을 도사려 먹고 다카미야 과장에게로 갔다. "다카미야 과장."

"예."

"이것 참 미안하게 됐는데…… 실은 집에 일이 있어서, 오늘 저녁에 참석하기가 어려울 것 같은데……."

"그러세요? 섭섭한데요. 기노시다 과장님께선 꼭 오셔야 하는데요."

"나도 요시코를 보고 싶어서 꼭 가고 싶은데…… 일이 일이라. 미안합니다."

"할 수 없죠. 정말 섭섭한데요."

"나도 정말 섭섭합니다. 어지간만 하면 나도 참석하겠는데……" 그는 말끝을 흐리고 돌아섰다. '끝났구나.' 가벼운 한숨이 나왔다. '잘했지…… 갈 길이 먼 사람인데. 벌써 내 삶을 반이 넘게 산 판이니…… 이제부턴 이런 일엔 되도록 빠지기로 하자.'

저녁을 마치자, 그는 이를 닦은 뒤 곧장 자기 방으로 들어갔다. 그는 오랫동안 채우기를 미뤄온 욕망을 드디어 채우려는 사람의 달뜬 마음으로 책상 앞에 앉아『조선 고시가선』과 조다이(城大) 도서관에서 복사해온 조불 사전(朝佛辭典)을 폈다.

'아, 참. 불어 사전이 있어야지.' 그는 서가에서 불영 사전(佛英辭典)을 뽑아들고 돌아왔다.

'이제부터 시작이다. 드디어 조선의 글을 배워, 조선의 글로 씌어진 조선 사람의 시를 읽는 것이다.'

사전 한 권에 의지해서 언어 하나를 배우겠다는 것이 무리한 욕심임을 모르는 바 아니었지만, 다른 수가 없었다. 다행히『조선 고시가선』엔 원문과 번역이 함께 실려 있었으므로, 어렵긴 하지만 불가능할 것 같지는 않았다.

그는 잠시『조선 고시가선』을 뒤적이면서, 어디서부터 시작할까 생각해보았다. 아무래도 한자가 많이 나오는 초기 작품부터 시작하는 것이 수월할 것 같았다. 그는 기억에 남아 있는 고려 때의 시조 한 수를 찾았다.

　　梨花에 月白하고 銀漢이 三更인제
　　一枝春心을 子規야 아라마난
　　多情도 病이냥 하야 잠 못 드러 하노라.

그는 우선 첫머리 '梨花에'의 '에'를 찾으려고 사전을 펼쳤다. 그제서야 그는 자신이 아직 사전 찾는 법을 모른다는 것을 깨달았다. 그는 사전이 자모 순서대로 되어 있으니, 그냥 찾으면 될 것이라고 막연히 생각하고 있었다. 그러나 막상 사전을 펴놓고 보니, 알아야 될 것들이 많았다. 조선 문자가 음표 문자(音表文字)인 것은『조선 고시가선』의「서문」에서 읽었지만, 가나(假名)처럼 음절 문자(音節文字)인지 아니면 서양의 문자들처럼 음소 문자(音素文字)인지도 모르는 형편이었다. 그리고 사전을 제대로 찾으려면 먼저 자모의 순서를 외워야 되었다.

그는 한참 동안 사전을 물끄러미 내려다보았다. '갈 길이 정말로 멀구나.' 도서관에서 나올 때부터 조금 전까지 한나절을 가슴 달뜨게 했던 흥분이 문득 가시면서, 차분한 결의가 가슴 밑바닥으로부터 솟았다. '어쩌면 이것은 증자(曾子) 말씀대로 내가 죽을 때에야 벗을 짐인지도 모른다. 길이 생각했던 것보다 훨씬 험하고 멀 것만 같은 생각이 든다. 지금부터라도 마음을 다시 도사려야겠다.' 그는 가벼운 한숨을 내쉬고서 『조선 고시가선』을 덮었다. '자네는 좀더 있다가 만나세. 아직은 때가 덜 되었네.'

35

현재의 동양 사회의 제현상을 이해하기 위해서는, 먼저 동양 문명이 서양 문명의 도래라는 엄청난 충격을 흡수하고 있는 문명이라는 사실을 인식해야 한다. 더 크게 보면, 16세기 이후의 모든 사회적 현상들은 여러 문명들이 서양 문명을 중심으로 한 하나의 지구 문명으로 통합되는 과정에서 나왔다고 할 수 있다.

서양 문명의 도래는 동양 문명의 외부 경계 조건(外部境界條件, external boundary conditions)을 허물어뜨렸다. 이것은 그전에 동양에서 이루어진 질서를 깨뜨렸고, 동양의 여러 나라들 사이에 있었던 우열 관계를 상당한 정도까지 의미가 없는 것으로 만들어버렸다. 이제 한 나라 민족의 성쇠에 있어서 가장 중요한 요소는 우세한 서양 문명의 도래라는 새로운 조건에 대한 적응의 적부였다.

— 사노 히사이치(佐野壽一), 『독사수필(讀史隨筆)』에서

"아, 그렇구나." 히데요는 자신도 모르게 중얼거리고서, 두 손으로 책상을 집고 꾹 눌렀다. 해답의 열쇠를 마침내 찾아낸 흥분이 거세게 물결치며 몸 속으로 퍼져나갔다.

'한번 더 확인해보자.' 그는 다음 항목인 'ㅍ'으로 시작되는 항목을 찾아보았

다. 역시 같았다. '확실하구나. 한번 더 확인해보자. 그는 맨 처음 자음인 'ㅇ' 항목을 찾아서 살펴보았다. '이건 좀 이상한데……' 모음의 앞뒤에 자음이 놓이는 것은 같았지만, 모음 앞에 놓인 'ㅇ'은 음가(音價)가 없었다. '형태는 같은데, 왜 음가가 없을까?' 그는 다음 항목을 찾아보았다. 'ㅎ'으로 시작되는 항목이었다. '이번에 다시 딱 들어맞는구나. 어떻게 된 거야?' 그는 차근차근 나머지 항목들을 살펴보았다. 다들 들어맞았다. '그렇다면 맞긴 맞는 모양인데…… 아, 그렇지. 모음으로 시작되는 음절에서도 형태상의 규칙을 지키려고…… 그럴듯한데.'

그가 알아낸 것은 조선 문자에 있어서 자음과 모음들이 모여 글자를 구성하는 기본 원리였다. 조선 문자에서 한 글자의 중심은 'ㅏ'니 'ㅑ'니 하는 모음들이고, 그 앞뒤로 'ㅎ'이니 'ㄱ'이니 하는 자음들이 붙게 되어 있었다. 종성(終聲)은 없을 수 있으나, 초성(初聲)엔 예외가 없는 것이었다.

그는 처음에는 조선 문자가 형태상 음절을 단위로 한 것을 보고, 가나와 같이 구성된 음절 문자인 줄로 알았다. 그러나 이제 보니, 서양 언어들처럼 자음과 모음이 모여 음절을 이루는 음소 문자의 원리가 가미되어 있었다.

그는 공책을 펴놓고서 지금까지 알아낸 것들을 체계적으로 정리하기 시작했다.

　　모음〔11개〕: ㅏ A ㅑ YA · ㅓ E ㅕ YE ㅡ EU ㅣ I
　　　　　　　ㅗ O ㅛ YO ㅜ OU ㅠ YOU
　　자음〔14개〕: ㅎ H ㄱ K ㅋ HK ㅁ M ㄴ N ㅇ NG(초성은 묵음)
　　　　　　　ㅂ P ㅍ HP ㄹ R ㅅ S ㄷ T ㅌ HT ㅈ TJ ㅊ TCH

'모음이 열한 개에 자음이 열네 개라…… 합해서 스물다섯. 가나가 대략 쉰 개니, 꼭 절반이 되는 셈이지. 그러고도 가나보다 훨씬 많은 소리를 나타낼 수 있다는 얘기가 되는데…… 영어의 알파벳이 모두 스물여섯이지, 아마…… 에이 비 씨 디…… 맞지, 스물여섯. 우연의 일치인진 모르지만, 하여튼 자모의

수가 아주 비슷하구나…….'

사전을 찾는 법을 알아낸 반가움에다 조선 문자가 가나보다 훌륭하다는 것을 발견한 기쁨이 겹쳐, 그는 자리에서 일어나 방 안을 서성거리기 시작했다.

'밤을 꼬박 새웠구나…… 어떻게 할까? 잠을 좀 자? 잠이 올 것 같지 않은데…… 그냥 버티지. 하룻밤 안 잤다고…… 그건 그렇고, 가나보다 훌륭한 문자를 가졌던 민족이구나, 조선인들은. 훨씬 합리적이고, 훨씬 다양한 소리를 나타낼 수 있는 문자를…… 어쩌면 서양의 나마자(羅馬字)보다 더 나을지도 모른다, 한 글자가 꼭 한 음가를 가졌다는 점에서…… 가만있자, 그건 아직 확실한 것은 아니니 제쳐두고…… 조선 문자는 모음 뒤에 자음이 붙을 수가 있고, 또 많이 붙어 있으니, 조선어는 일본어와는 달리 자음으로 끝나는 경우가 많다는 얘긴데…… 하긴 조선에 훌륭한 시가 문학이 있었던 것은 당연한 일이었구나…….'

대부분의 말이 모음으로 끝나는 국어로 시를 쓰면, 아무래도 단조롭고 서양의 시들이나 한시처럼 운(韻)을 맞추어 다양한 형식의 시를 쓰기가 어렵다는 것이 모든 일본 시인들이 만나는 벽이었다. 시가 조금만 길어지면 느슨해지고 단조로워지는 것이었다. 그래서 일본에서는 와카(和歌)나 하이쿠(俳句) 같은 단시들이 주류를 이루었다. 일본인들은 세계에서 가장 먼저 『겐지모노가타리(源氏物語)』라는 훌륭한 소설을 만들어낸 민족이면서도 이렇다 할 서사시를 내지 못했었다.

'찾아보면, 조선어로 씌어진 장시도 있겠구나…….' 그는 뿌듯한 마음으로 다시 책상 앞에 앉았다. '험할지는 모르나, 보람차고 얻는 것도 많은 길인 모양인데…….'

문득 시꺼먼 생각이 불쑥 머리를 늘이밀면서 그의 흐뭇한 마음에 어두운 그림자를 드리웠다. '그런데 이렇게 훌륭한 문자를 가졌던 민족이 왜 가나와 같이 불편한, 그리고 한자를 섞어 쓰지 않으면 제대로 뜻이 통하지도 않는 글자를 가진 내지인들에게 정복되어서, 나라를 빼앗기고, 역사를 잃고, 말과 글을 잃고, 심지어 이름까지 잃었나? 왜?'

언젠가 잡지에서 읽은 문자와 국력의 관계에 대한 글이 생각났다. 미국에 유학했다가 돌아온 어떤 물리학자가 한자의 사용을 적극적으로 제한할 것을 주장한 글이었다. 그는 만일 일본과 미국 사이에 전쟁이 나면, 다른 것은 차치하고서라도 문자 때문에라도 일본은 미국을 이길 수 없다고 주장했다. 그것을 증명하기 위해, 그는 군인·소총·수류탄·비행기·중대 따위 전쟁에서 많이 쓰이는 낱말들을 스무 개 골라서 국어와 영어로 쓰는 데 걸리는 시간을 비교해놓았었다. 지금 정확한 수치를 기억할 수는 없었으나, 큰 차이였었다. 타자기를 쓸 경우는 비교도 되지 않았다.

'그런데 조선인들은……' 눈을 감았다. 세월이 뿌우연 물결 너머로 아득히 나타났다가 다시 가라앉는 섬처럼 조선의 역사는 비밀을 말해줄 듯, 줄 듯하다가 끝내 말해주지 않고 사라지고 있었다. 온몸을 채웠던 뿌듯한 기쁨과 자랑을 한옆으로 밀어젖히면서, 슬픔과 노여움이 뒤범벅이 되어 솟구쳐 올라왔다.

36

"이제 일본이 조선에서 물러나는 것은 조선인에게 너무 잔인한 짓이다." 삼십여 년 전 도조 히데키(東條英機) 일본 수상이 한 이 말은 다른 나라의 식민지가 되는 일이 얼마나 비극적인가를 극명하게 말해준다.
— 더글라스 로렌스, 『식민지』에서

"오늘 일과 끝." 히데요는 결재판을 도키에의 책상 위에 내려놓았다. 시카자와 상무에게 사장의 방미를 위한 준비 상황을 보고하고 내려온 참이었다. 원체 상무가 중요하게 여기는 일이라, 요사이는 아침에 출근하면 그것부터 보고하고 있었다.

도키에가 웃으면서 결재판을 열어, '사장 방미 준비 상황 점검표'를 꺼냈다.
"별말씀 없으셨어요?"

"응. 만족하게 여기시더군. 담당자가 누구냐고 물으시던데."

눈길이 마주쳤다. 그녀의 눈가로부터 퍼지는 수줍은 웃음에 풀빛 충동이 그의 살 속을 한바퀴 돌았다.

그는 자리에 앉자, 담배를 빼어 물고서 창밖을 내다보았다. 멀리 게이호쿠산(京北山) 위의 하늘이 처녀의 보오얀 속살을 생각하게 했다. 봄은 어김없이 오고 있었다. 잎눈이 움트는 듯 근질거리는 살이 그것을 말해주고 있었다. 마음이 좀 가라앉자, 그는 서랍에서 데이비드 카펜터의 『언어학』을 꺼냈다. 조불 사전(朝佛辭典)을 보다가 조선어를 배우려면 먼저 언어학에 대해 좀 알아야 되겠다는 생각이 들어 산 것이었다. 국어로 된 책들도 있었으나, 회사에서 볼 생각으로 영어책을 샀다. 하는 일이 일인지라, 그로서는 회사에서 틈틈이 책을 보는 데는 아무래도 영어책을 보는 것이 마음에 편했다. 더구나 요사이는 회사에서 직원들에게 영어를 배우라고 권장하는 판이었다.

집에 돌아가서는, 『조선 고시가선』을 놓고 조불 사전을 들춰가면서 조선어를 공부하고 있었다. 사명감이 있는 데다가 차츰 재미도 붙기 시작해서, 다른 일들을 제쳐두고 거기에 매달리고 있었다.

위와 같은 사정은 자연히 언어학자들로 하여금 언어를 체계적 구조로 바라보도록 만들었다. 서서(瑞西)의 드 소쉬르(1857~1913)는 그의 사후 1916년에 출간된 『일반 언어학 강의』에서 언어가 사회적 현상이며 기호들의 구조적 체계라고…….

"과장님." 책상 곁으로 다가오며, 이시다 겐지(石田顯治)가 조심스럽게 그를 불렀다. 그가 고개를 들사, 이시다는 책상 한쪽에 결재판을 조심스럽게 내려놓았다. "과장님, 이거 어저께 만들어본 건데요."

"그래?" 그는 책을 덮어 옆으로 밀어놓고, 결재판을 당겨놓았다. '퇴직 급여 규정'의 개정안이었다. 어저께 아침에 만들어온 것이 마음에 들지 않아서, 다시 만들어 오라고 했던 것이었다.

그는 합작 투자가 이루어져 새 회사가 설립되었을 때에 대비해서 새로운 규정들을 준비하고 있었다. 그 일을 이시다가 하고 있었다. 그의 기획조정과에서 이시다는 조직·규정 및 장기 계획을 맡았고, 도키에는 합작 투자를 맡고 있었다. 도키에가 하는 일은 양도 많고 일도 흥미롭고 윗사람들 눈에도 띄었으나, 이시다가 하는 일은 그렇지 못했다. 조직이나 규정은 달마다 생기거나 바뀌는 것들이 아니었다. 장기 계획은 이름은 그럴듯했지만, 회사가 합작 투자를 통해서 살길을 찾는 마당이어서 장기 계획은 고사하고 단기 계획도 제대로 세우기 어려운 판이었다. 거기다가 그는 도키에에게 정을 쏟는 판이라, 자연히 이시다는 옆으로 밀려난 처지였다. 그래서 그는 이시다에게 미안한 마음을 갖고 있었고, 두 사람 사이에 업무상의 균형이 유지되도록 애쓰고 있었다. 이번의 규정만 해도 그랬다. 모든 규정은 합작 투자 계약에 규정된 사항들을 근간으로 해야 하므로, 적어도 초기 단계에서는 도키에가 간여하는 것이 당연했다. 그리고 규정을 만드는 것이 시급한 것도 아니었다. 아직 합작 투자 계약이 정식으로 체결된 것도 아니었다. 그러나 그는 그 일을 서둘러 시작했고, 이시다에게 전적으로 맡겼다. 이시다의 영어 실력이 짧은 줄 알면서도, 영어 공부 삼아서 영문으로 작성해보라고 지시했었다.

그는 쭉 훑어보았다. 타자가 엉망이었다.

"이거 자네가 타자했나?" 그는 빙그레 웃으면서 물었다. 그저께 이시다가 서무과에 가서 타자수에게 타자를 부탁하는 것을 보고, 이시다에게 당장 영문 타자를 배우라고 일렀던 것이다. 합작 투자 회사에서 일하려면 영문 타자는 어차피 배워야 될 터였다.

"예." 이시다가 겸연쩍게 웃으면서, 뒷머리로 손을 가져갔다.

"흐음…… 처음 시작한 사람 솜씨치고는 괜찮은데. 한 손가락으로 찍었나?"

"예."

"그걸 영어로 '헌트 앤드 페크 시스템'이라고 하지, 아마? 닭이 모이를 찾아서 쪼아 먹는 식이라는 얘기지. 정식으로 배우는 게 좋아, 이왕 하려면." 그는 웃음을 띠고 이시다를 올려다보았다.

"예. 알겠습니다." 이시다가 빙그레 웃으면서 대답했다. 그는 성격이 무던했다. 자기보다 나이가 어린 여직원에게 중요한 업무를 넘기고 그 그늘에 가려서 빛을 보지 못해도, 불평이 있는 내색을 하지 않았다.

"내용이 좀 나아지긴 했는데, 아직도 고칠 점이 남았어. 전처럼 오 년이 지나면 퇴직금이 갑자기 오십 퍼센트가 가산되는 불합리한 점은 이제 가셨지만, 가산율의 근거는 여전히 제시되지 않았거든."

"예. 실은 저도 그 점을 생각하긴 했습니다만…… 어떻게 해야 될지 몰라서……"

"이 규정 초안은 나중에 새 회사의 임원들에게 팔아야 될 것이야. 우리나라 사람들만이 아니고 미국 사람들에게도 팔아야 된단 얘기거든. 유사라무 사람들이 와서, '이 수치는 무슨 근거에서 나온 거요?' 하고 물으면 어떻게 하지? '그냥 적당히 잡은 겁니다'라고 대답할 거야? 물론 가산율은 궁극적으로 임의의 수치일 수밖엔 없겠지만, 그 임의의 수치가 무슨 기준을 따라 나온 것이라고 말할 수는 있어야 되겠지. 내가 강조하는 것은 그 기준이 있어야 한다는 점이야…… 어저께 나도 좀 생각해봤는데…… 퇴직금은 직원이 받는 급여의 일부거든. 회사에서 당연히 줘야 하는 것이지. 법률에 급여율까지 명시되어 있잖아? 그런데 법정 급여 위에 따로 얹어주는 가산금의 경우는 좀 다르단 말야. 가산금은 상여금과 비슷한 성격을 가졌어. 회사에 대한 공헌을 고려하여 퇴직할 때 주는 상여금이랄까…… 하여튼 그런 관점에서 본다면, 가산율을 직원의 생산성과 연결시킬 수 있을 것 같아. 무슨 얘기냐 하면…… 이걸 봐." 그는 종이를 꺼내어 도표를 그렸다. "어떤 직원이 입사해서 정년 퇴직할 때까지의 생산성을 도표로 나타내면 대략 이렇게 된다고 할 수 있을 것 같아. 처음엔 적다가 차츰 커져서 오 년에서 십 년 사이에 정점에 오르지. 그 뒤엔 차츰 떨어지는 거야. 무슨 얘긴지 알겠어?"

"예."

"물론 이 주장에 반대할 사람도 많겠지만, 일단 그렇게 보면, 우리 회사의 경우 오 년이면 계장이고 십 년이면 과장이거든. 사실 일은 계장과 과장급에서

다 하는 것 아냐? 부장급 이상은 아니라고 하겠지만."

별로 우스운 얘기는 아니었지만, 이시다는 윗사람의 농담이라고 얼굴에 웃음을 띠었다.

"그래서 어떤 해의 생산성을 그해의 가산율로 하면 타당성이 있을 것 같아. 적어도 근거를 대라는 소리에 말문이 막히진 않겠지…… 대략 계산해봤는데, 입사한 해의 가산율을 이십 퍼센트로 하고, 입사 후 칠 년의 가산율을 백 퍼센트로 하고, 입사 후 십오 년의 가산율을 이십 퍼센트로 하면, 회사로서는 크게 부담이 되지 않고 직원들로서도 섭섭할 것이 없을 것 같던데. 십오 년 이상 근무한 사람들은 좀 손해를 보겠지만. 한번 그런 식으로 만들어봐."

"예." 이시다가 결재판을 도로 집어들었다.

"아, 참, 그리고…… 공장에서 근무하는 공원들의 경우를 고려해야 될 거야. 뭐니뭐니 해도 그 사람들이 중요해, 이런 걸 만들 땐. 그 사람들이 환영할 만한 안을 한번 구상해봐. 내가 지금 얘기한 수치를 그대로 적용할 필요는 없어. 만들다가 더 좋은 생각이 떠오르면, 그걸 써."

"예."

"어저께도 얘기했지만, 회사에서 일하면서 자신의 창의성을 발휘할 기회는 그리 많지 않아. 지금이 바로 그 기회야. 규정을 새로 만드는 일에 참여하는 기회가 아무에게나 주어지는 것은 아냐. 지금 우리 회사의 규정들을 보면 불합리한 점들이 수두룩해. 조직부터 문제가 있어. 그 이유들 가운데 하나가 우리 규정을 만든 사람들이 노구치 쇼지(野口商事)의 규정을 그대로 베낀 데 있어. 제조 회사, 그것도 명색이 중공업 회사의 규정을 상사(商社)의 조직과 규정에 맞췄으니, 제대로 될 리가 있겠어? 이시다 씨, 한번 그럴듯하게 만들어봐."

"예. 알겠습니다."

이시다가 돌아가자, 그는 다시 『언어학』을 펼쳤다.

주(註) 1. 드 소쉬르는 일찍이 인도구주 공통 기어(印度歐洲共通基語)의 단모음들과 장모음들 사이의 관계에 대해 이론적 설명을 제시하였다. 즉 그는 언어 구조상 단모음들이 기본적이고 장모음들은 원래 단모음에 연구개 마찰음(軟口蓋摩擦音) 'h'가 붙었던 것이라고 주장하였다. 물론 이 이론의 타당성을 증명할 자료는 없었다. 그로부터 사십여 년 뒤 그가 죽은 다음에 인도구주어의 하나인 히타이트어가 발견되어 해독되었는데, 히타이트어에는 그러한 'h'음이 실재했던 것이 밝혀졌다. 이 발견은 언어학에 있어서 구조적 접근 방법의 강력함을 극적으로 증명한 사건이었다. 이 뒤로 구조적 접근 방법은 구주에 있어서 언어학의 주류가 되었다. 〔정말(丁抹)의 묄러도 독자적으로 같은 학설을 주장했었다.〕

그의 가슴속 깊은 바다로부터 흥분과 감동의 조수가 귀를 울리는 소리를 내며 올라왔다. '이론에 기초를 둔 가설이 사십여 년 뒤 그 가설의 주창자가 죽은 다음에 증명이 되고…… 그것도 수천 년 동안 죽어 있던 언어가 소생하여…… 그렇다면 죽은 지 몇십 년밖에 되지 않는 조선어는…… 아니지, 죽었다고 단정할 수도 없지. 조선 반도의 어딘가에, 어느 깊은 두메산골 같은 데에 아직 조선어를 말하고 쓰는 사람들이 있을지도 모르지 않는가? 그리고 조선 밖에도 조선 사람들이 살고 있을지도…… 당장 만주국에도 많이 살고 있지 않은가? 그리고 한 나라가 망하면, 으레 망명하는 사람들이 생기는 법인데……' 뜻밖의 가능성에 그의 맥박이 한 번 거르고서 뛰었다.

37

어느 나라의 군대에 있어서도 군별(軍別) 사이의 경쟁과 대립은 있게 마련이다. 그러나 대부분의 경우, 그것들은 너무 격화되지 않도록 조정된다. 일본의 경우, 육군과 해군의 대립은 상당히 심각하여 큰 문제가 될 수도 있다는 지적이 오래전부터 나왔다. 육군과 해군은 별개의 군대처럼 행동하고 있고, 작전 계획의 수립에 있어서도 협력하는 일이 거의 없다. 정부 조직에 있어서도 육군성·해군성, 그리고 공군성이 있을 뿐 국방성과 같이 통괄하는 부서가 없다.

　육군과 해군 사이의 대립은 해군이 상대적으로 강한 나라들——일본이나 영국과 같은 섬나라들, 또는 미국이나 노서아와 같이 두 대양에 세력을 유지해야 하는 나라들——에서 자연히 심하다. 강대한 해군만이 내부적 세력 다툼에서 절대적 우위를 가진 육군에 맞설 수 있기 때문이다. 게다가 일본에서는 해군과 공군이 연합하여 육군에 맞서왔다. 이러한 해군과 공군 사이의 유대는 두 약자가 연합해서 한 강자에게 맞선다는 논리만으로는 설명되기 어려울 만큼 전통적이니, 그것은 공군의 성장에 해군이 기여한 바가 컸다는 역사적 요인에서 상당히 비롯한다. 대부분의 나라에서 공군은 육군 항공대가 발전한 것이다. 일본의 경우, 공군의 모태는 육군이었다기보다 해군이었다고 하는 것이 사실에 훨씬 가깝다. 일본 해군이 항공모함을 중심으로 하는 해양 작전 개념을 세계에서 가장 먼저 도입한 군대라는 사실을 생각하면, 일본의 해군과 공군이 밀착된 까닭을 이해하는 데 도움이 될 것이다.

　——『상해공론(上海公論)』, 1984년 4월호, 「일본의 해부: 군사편」에서

"모두 군대 얘기만 나오네." 텔레비전의 방송대(放送帶)를 이리저리 바꿔보던 게이코가 볼멘소리를 하며 물러났다.

　게이조 제일방송의 화면에는 여순항(旅順港) 앞바다에 격침되어 비스듬히 물에 잠긴 러시아 전함 두 척의 모습이 보였고, 황군(皇軍)의 빛나는 전통을 들먹이는 아나운서의 목소리가 나왔다. 이어서 다네가시마(種子島)의 공군 기지에서 발사되는 긴시호(銀矢號)의 늘씬한 모습이 나왔다. 긴시호는 일본 공군의 주력 탄도탄으로 다핵탄두(多核彈頭)를 장치할 수 있었다. 오늘은 육군 기념일이었다. 그래서 히데요 일가는 모처럼 오쿠라마치의 본가로 그의 아버지를 뵈러 온 것이었다.

　"작년에 보고, 재작년에 본 사진을 또 보네. 작년에 들은 뻔한 소리를 또 듣네. 아이, 재미없어." 게이코가 유행가조로 중얼거리면서, 다시 텔레비전 앞으

로 다가갔다.

"그냥 놔둬라, 게이코야. 오늘 같은 날 그런 소리를 하는 게 아니란다." 그의 아버지가 말렸다.

"도대체 육군 기념일이 뭐야?" 그냥 돌아와서 자리에 앉으면서, 녀석이 중얼거렸다. "육군 기념일 따로, 해군 기념일 따로, 공군 기념일 따로. 황군 기념일로 한꺼번에 하면 되지." 녀석은 할아버지를 조금도 어려워하지 않았다. 자식들과 손자들에게 엄한 그의 아버지도 어쩐 일인지 게이코에게만은 너그러웠다. 처음 키운 손녀라 정이 들어서 그런지도 몰랐다.

"다아 유래가 있는 게다. 육군 기념일은 오야마 이와오(大山巖) 장군께서 봉천 회전(奉天會戰)에서 노서아 군대를 쳐부순 것을 기념하는 것이고, 해군 기념일은 도고 헤이하치로(東鄕平八郞) 제독께서 일본해 해전(日本海海戰)에서 노서아 함대를 쳐부순 것을 기념하는 것이다. 공군 기념일은 하라다 다케오(平田武夫) 장군께서 거느린 육군 항공대가 노몬한 전투에서 대활약을 해서 노서아 군대를 섬멸한 것을 기념하는 것이고." 그의 아버지는 진지하게 게이코에게 설명했다.

'소학교 교장 선생님이시라 역시 다르시구나.' 그는 가볍게 감탄했다. 그는 육군 기념일과 해군 기념일의 유래에 대해선 알고 있었으나, 공군 기념일의 유래에 대해선 모르고 있었다. '아버지는 정말 교과서에 나오는 얘기들을 그대로 믿고 계신 건가? 조선의 역사에 대해선 전혀 모르시고? 큰아버지는 잘 아시는데? 두 분 사이에 일곱 살 차이가 있다고는 하지만……' 그는 아버지의 옆얼굴을 슬쩍 살펴보았다. 지식에 비해서 확신을 많이 가진 사람의 얼굴에서 보는 굳은 선이 턱 근처에 자리 잡고 있었다. 가벼운 연민과 경멸이 섞인 감정이 가슴 한구석에서 슬며시 솟았다. 그는 이내 고개를 저으면서 자신을 꾸짖었다. '내가 지금 무슨 생각을…… 아버지께서 설령 조선에 대해 아무것도 모르신다고 해서 내가…… 나와 히데키(英治)가 이만큼 된 것이 누구 덕분인데? 아버지께서 날 키우신 것처럼 내가 게이코를 키울 자신이 진짜 있나?'

게이코의 목소리가 귀에 들어왔다. "……얘기하는 건요, 육해공군이 따로따로 논다, 이거예요. 하나로 합치지 못하고. 저희 반에 새로 온 애가 그러는데요, 세계에서 육해공군이 서로 잘났다고 따로 노는 나라는 우리나라뿐이래요."

"그런 얘길 하는 아이는 학생답지 못한 건방진 아이다."

"걔는 대외협력국장 딸인데요? 걔 아빠가 외교관이라, 미국에 있다가 이번에 조선에 왔거든요. 걔는 별것을 다 알아요. 자기 아빠가 하는 얘길 듣고 와서 그러는데요, 미국엔 군대의 날이란 것 하나만 있대요. 그리고 우리나라처럼 떠들썩하지도 않구요. 대신 거긴 메이데이라고 해서 노동자들의 날이 큰 경축일이래요. 우리나라에도 메이데이 같은 것이 있으면 좋을 텐데."

"하루 더 놀려고?" 히데키의 아내가 받는 바람에 웃음판이 되었다.

"하루 더 학교에 안 가는 것도 나쁘진 않지만," 게이코가 함께 웃고 나서, 정색하고 말했다, "불쌍한 노동자들을 위한 날이 있으면, 얼마나 좋아요? 그래서 그날엔 모든 노동자들이 대접받고, 테레비종에도 나오고 하면은요?"

게이코의 말에 텔레비전을 둘러싸고 앉은 사람들 사이에 잠시 정적이 돌았다.

'요새 아이들은 역시 다르구나. 저 녀석이 벌써 저렇게 어른보다 나은 소견을 가지고 있으니.' 그는 대견스러운 마음으로 딸을 바라보았다. '이제는 저 녀석을 어린애로만 볼 게 아니라……'

"게이코한테는 못 당하겠어." 계수가 사람 좋은 웃음을 얼굴에 띠면서 빈그릇들을 거두기 시작했다.

"그게 바로 세대차라는 거야." 히데키의 말에 다시 웃음이 터졌다.

화면에는 노기 마레스케(乃木希典) 장군이 거느린 제3군의 203고지 공격 작전을 재현한 영화의 한 장면이 나오고 있었다. 고지를 점령한 소대장이 정상에 깃발을 꽂았다. 땅을 덮은 시체들 위에서 깃발이 바람에 휘날리고 있었다. 그러자 네 살 난 아키사부로(秋三郎)가 손뼉을 치며 노래를 부르기 시작했다.

닛쇼키(日章旗)가 바람에 깃발입니다.

닛쇼키는 우리나라 펄럭입니다.

모두 허리를 잡으며 웃었다. 녀석은 제가 잘 불러 그러는 줄 알고, 두 손을 앞으로 얌전하게 모으더니, 다시 부르기 시작했다.

닛쇼키가 바람에 깃발입니다…….

38

모든 사회적 변혁은 언제나 그 사회의 구성원들에게 고통을 준다. 더 좋은 질서를 이루기 위한 변혁일지라도, 그 변혁의 영향을 받는 사람들은 고통을 받게 마련이다. 변혁이 커짐에 따라, 거기에 적응하기가 지수 함수적(指數函數的)으로 어려워지고, 고통도 그렇게 커진다. 문명이 발전하는 한 사회적 변혁은 필연적이므로, 이상적인 상태는 변혁이 점진적으로 이루어지는 것이다. 급격한 변혁도, 변혁이 아주 없음도, 아울러 좋지 못하다. 사람들이 변화를 싫어하는 것을 고려해볼 때, 가장 경계해야 할 것은 사회적 변혁을 게을리하는 일이다. 변혁을 게을리하는 시대는 후대에 크고 급격한 변혁의 불가피성을 유산으로 물려주는 것이다.
　── 사노 히사이치,『독사수필』에서

"오늘 이렇게 회의를 소집한 것은 이번 사채 동결 조치가 회사 운영에 미치는 영향에 대해 여러분들과 함께 얘기를 나누고자 해서입니다." 시카자와 상무는 잠시 말을 멈추고, 소회의실을 가득 채운 사람들을 둘러보았다. 오늘은 계장급 이상 간부 회의였다.
"모두들 잘 아시겠지만, 이번 조치는 조선의 기업들을 과도한 금리 부담으로부터 해방시켜 되살리려는 총독 가하의 비장한 결심에서 나온 것입니다. 낭연히 우리는 이 조치를 환영하고 지지합니다. 그러나 양지가 있으면 음지가 있듯이, 이번 조치에도 밝은 면들만 있을 수는 없습니다. 우리 회사처럼 운영 자금의 상당 부분을 사채에 의존하던 회사로서는 사채 금리 부담이 줄었다고 마냥 좋아하면서 앉아 있을 수는 없는 점도 있습니다."

사람들은 모두 긴장된 자세로 듣고 있었다. 히데요의 왼쪽에 앉은 도쿠다 요시오(德田義雄) 서무과장은 비망록을 펴놓고 무엇을 열심히 적고 있었다.

"무슨 얘기냐 하면, 당장 운영 자금을 구하기가 어려워졌습니다. 지금 우리 회사의 자금 사정은 아주 좋지 않습니다. 이 판에 누가 돈을 빌려주겠습니까? 이미 회사 재산을 담보로 해서 은행에서 얻어 쓸 수 있는 한도까지 다 얻어 쓴 판이어서, 은행 금리가 낮아진다고 해도 별로 도움이 되지 못하는 것이 지금 우리 회사의 처집니다. 회사가 이 난국을 헤쳐나가기 위해서는, 여러분들의 좋은 의견들을 수렴해서 대책을 세워야 할 것입니다. 그래서 오늘 회의를 소집하게 된 것입니다. 그러면 우선 우리 회사의 자금 사정부터 알아본 다음에 얘기를 계속합시다. 나카무라 부장."

"예."

"준비됐소?"

"예." 나카무라 겐지로(中村憲次郞) 경리부장이 앞으로 나갔다. 회계과의 모리 이와에(森石根)가 뒤쪽에서 괘도를 들고 나왔다. 나카무라 부장이 고개 숙여 인사한 다음, 괘도 걸이에서 지시봉을 집어들었다. "그럼 제가 회사 자금 상태에 대해 간략하게 말씀드리겠습니다."

모리 이와에가 잽싸게 괘도의 첫장을 넘겼다.

"먼저 작년 말의 대차대조표를 가지고 회사의 재정 상태를 설명드리겠습니다……."

그는 나카무라 부장의 설명을 들으면서, 회사에서 쓴 사채가 뜻밖에도 많은 것에 놀랐다. 수시로 회사의 재무제표를 대했고 그것을 번역해서 유사라무에 보내기까지 했으므로, 그는 회사의 재정 상태에 대해선 꽤 소상히 알고 있었다. 그러나 회사가 그렇게까지 운전 자금을 사채에 의존해온 줄은 몰랐었다. 어저께 신문에서 읽은 기사가 실감 났다. 3월 1일자로 사채 동결 조치를 취할 때의 추정 사채 액수는 3억 원이었다. 3월 7일까지 세무청에 신고된 액수는 무려 5억 4천여 만 원이었다. 신고되지 않은 것들도 상당히 있을 터이니, 추정 액수의 배가 된다는 얘기였다.

"……여러분들께서 지금까지 들으신 대로 회사의 자금 사정은 결코 좋은 것은 아닙니다. 무슨 획기적 조치가 필요한 형편입니다. 그럼 회사 자금 상태에 관한 제 설명은 이것으로 마치겠습니다." 경리부장이 인사하자, 모리 이와에가 괘도를 들고 뒤쪽으로 갔다.

"어떤 면에선 지금이 우리 회사의 운명이 결정되는 고빕니다." 시카자와 상무가 말을 이었다. "사채 동결 조치는 회사의 장기적인 수익 전망을 밝게 하고 있습니다. 그리고 곧 유사라무와의 합작 투자 계약이 체결될 것입니다. 유사라무와의 합작 투자는 새로운 자본과 기술의 도입을 뜻하고 넓은 해외 시장에의 진출을 뜻합니다. 따라서 우리 회사의 장기적인 전망은 무척 밝다고 할 수 있습니다. 문제는," 상무는 말을 멈추고, 좌중을 둘러다보았다. "문제는 이 어려운 고비를 어떻게 견디어내느냐 하는 것입니다."

방 안에 무거운 정적이 흘렀다. 뒤쪽에서 누가 낸 마른기침 소리가 크게 들렸다.

"이 어려운 고비는 회사의 전 직원이 단결하고 협력하지 않으면 넘길 수 없습니다. 중지를 모아 대책을 세우고 경영진과 여러분 간부들이 앞장서서 그 방안을 실천할 때, 비로소 극복될 수 있을 것입니다."

'시카자와 상무답지 않은 연설인데……' 시카자와 상무는 연설은 고사하고 긴 얘기도 싫어하는 성미였다. 그런 사람이 다른 곳도 아니고 간부 회의에서 뻔한 얘기를 연설조로 늘어놓는 것이 좀 이상했다.

"이번의 난국은 전 직원들이 회사의 장래를 위해 희생을 치르겠다는 각오 없이는 타개할 수 없습니다. 다시 한 번 강조합니다. 전 직원들은 회사의 장래를 위해 희생을 치를 각오가 되어 있어야 합니다."

'아, 이거구나, 상무가 유도한 결론이. 희생이라? 무슨? 감원?' 그는 김원의 가능성을 따져보았다. 거의 없었다. 지금 문제는 유동성이었지, 수익성이 아니었다. 현재의 작업량에 비해 직원이 많은 것도 아니었고, 설령 좀 많다고 하더라도 합작 투자를 앞둔 마당이라 감원할 때도 아니었다. 합작 투자가 이루어지면 어차피 유사라무에서 감원을 요구해올 테니, 그때 정리해야 될 사람들을 내보내는 것이 순리였다. 지금 섣불리 손을 대었다가는, 나중에 뼈를 깎아내게 될지도 몰랐다. 더욱이 감원하게 되면 퇴직금이 한꺼번에 나가게 되니, 단기적으로는 자금 수요가 더 늘어나게 될 수도 있었다.

'감원은 아니고…… 그러면 감봉?' 그는 상무의 얘기를 마음 한쪽으로 아득하게 들으면서, 생각을 계속했다. '감봉은 생각할 수 없지. 지금도 봉급이 많은 편이 아닌데. 월급이 늦게 나온다는 얘긴가? 그 정도는 각오해야 되겠지…….'

"……여러분들께서는 간부라는 입장에서 아랫사람들에게 지금까지 내가 얘기한 사항들을 자세히 설명해서 모두가 충분히 납득하도록 해야 할 것입니다. 알겠습니까?"

"예에." 갖가지 목소리들의 무겁고 생기 없는 합창이 나왔다.

"그럼 전 직원이, 한 사람도 빠짐없이, 회사의 자금 사정을 호전시키는 데 기여할 수 있는 방안을 제안하도록 해주기 바랍니다. 좋은 안은 회사의 창안 제도의 규정에 따라 포상하겠습니다. 모리 부장."

"예." 모리 아키다(森章) 총무부장이 비망록에 열심히 적던 손길을 멈추고, 고개를 들었다.

"총무부에선 각 부서에 공문을 띄워서, 내핍 절약 운동을 펴도록 하고, 이번에 실시하는 제안 운동에는 전 직원들이 적극적으로 참여하도록 유도하시오."

"예. 알겠습니다."

"기간은 다음 주까지로 하면 되겠지. 특별 상금을 마련하는 방안도 생각해보도록."

"기노시다 과장님, 잠깐만." 회의가 끝나 소회의실에서 나오는데, 야마시다 부장이 슬쩍 그를 한옆으로 끌고 갔다. "다나카 이사님 방으로 갑시다. 얘기가 있는 모양입니다."

"그래요?" 그는 야마시다의 뒤를 따라 다나카 이사 방으로 들어갔다.

"어서들 오쇼." 책상 앞에 선 채로 서류를 챙기던 다나카 이사가 돌아다보고 말했다. "좀 앉으쇼."

그들이 소파에 앉아서 기다리는데, 하야시 쓰데나가(林常長) 영업 담당 이사가 문을 열고 고개를 디밀었다. "다나카 이사, 갑시다." 하야시 이사 뒤에 여러 부장들이 웅성거리고 있었다.

눈치가 따로 부장급 이상 간부 회의가 열리는 모양이었다. 과장 가운데는 히데요 자신만 참석하는 것 같아서, 좀 어색하기는 했지만 기분은 괜찮았다. 다나카 이사를 머리로 해서 그들은 시카자와 상무 방으로 들어갔다.

모두 자리에 앉자, 상무가 책상에서 일어나 탁자 앞자리에 무겁게 앉았다. 얼굴이 무척 어두웠다. "다들 모였나?"

"예. 다들 모인 것 같습니다." 총무부장이 좌중을 둘러다보면서 말했다.

"문제가 아무래도 심상치가 않은데, 구루뿌 본부에서도 어쩔 도리가 없다는 얘기야. 하필 지금 그런 일을 할 게 뭐야. 왜 총독부에서 평지풍파를 일으켰는지 모르겠어."

"지신다이(慈信臺)에서도 좀 놀란 모양입니다. 삼억 정도로 봤는데, 오억이 넘었으니까요. 지금 대응책을 마련하느라고 정신이 없는 모양입니다." 다나카 이사가 말했다.

상무가 말없이 고개를 끄덕였다.

"저도 놀랐습니다. 사채 시장이 큰 줄은 알았지만…… 그렇게까지……" 아오키 시게히데(青木重秀) 경리 담당 이사가 고개를 흔들었다.

"그러고저러고 무슨 후속 조치가 있어야 할 텐데. 당장 돈줄이 말랐는데, 은행 금리 인하만 가지고 되나?"

"있긴 있을 것 같습니다." 다나카 이사가 말했다. "마쓰다이라 슈헤이(松平秋坪) 경제 수석이 각하한테 칭찬을 받았답니다. 처음에 재무국에서는 일억오천을 넘지 않을 것이라고 보고했고, 보안처에서도 이억 정도로 예상했답니다.

삼억이라는 숫자는 경제비서실에서 내놓은 것이라고 하더군요. 그래서 비서실에선 틀리면 어쩌나 하고 크게 걱정했던 모양입니다. 그런데 뚜껑을 열어보니…… 그래서 각하께서 소신대로 밀고 나가라고 마쓰다이라 수석을 격려했답니다. 그저께 마쓰다이라 수석이 경제티무를 데리고 나가서 회식을 했는데, 자기는 '조선의 마쓰가다 마사요시(松方正義)'가 되고 싶다고 포부를 피력했다는데요."

히데요는 고개를 끄덕였다. 역시 정보는 지신다이에 선이 닿는 다나카 이사가 빠르고 자세했다. 다나카 이사 자신은 자기보다는 시카자와 상무가 훨씬 더 높은 곳에 선이 닿는다고 말한 적이 있긴 하지만.

"뭐? '조선의 마쓰가다 마사요시?' 미친 녀석. 그 친구 원래 게이조 데이다이(京城帝大)에 있었지?"

"예. 조다이(城大)에 있다가 재작년에 지신다이로 갔죠. 제 한 해 선뱁니다."

"요새 약삭빠른 대학 교수들이 벼락 출세하는 게 유행이긴 하지만, 분수를 좀 알아야지. 이번 사채 동결 조치는 가마쿠라 막부(鎌倉幕府) 시대에 있었던 도쿠세이레이(德政令)와 같은 조치야. 시대 착오도 유분수지. 자본주의 사회의 기초를 파괴하는 것을 해놓고, 결과가 좋기를 기대할 수 있어? 그리고 그 친구는 학교 다닐 때 역사책도 한 권 안 읽었나? 도쿠세이레이가 성공한 적은 한번도 없었어. 가마쿠라 시대에도, 도쿠가와(德川) 시대에도. 당연히 성공할 수 없는 일이지. 경제 구조에서 발생한 현상을 그 경제 구조는 그냥 놔두고서 경제 외적 조치로 없애겠다는 것이니. 그래도 그때야 무샤(武者) 계급이 빚 때문에 몰락하는 것을 집권자가 바라보고 있을 수만은 없었을 테니 할 말이 있었겠지만, 지금이야 사정이 많이 다르잖아? 평지풍파를 일으켜놓고, 뭐, '조선의 마쓰가다 마사요시?' 마쓰가다 공작이 무덤 속에서 하품하겠다."

가벼운 웃음이 터졌다.

"하기야 그 친구를 탓할 건 아니지. 다아 칼자루를 쥔 사람의 야심에서 나온 것이니. 이번 일에 대해서 도쿄에서는 반응이 아주 차가워. 그건 그렇고……"

상무는 씁쓸하게 입맛을 다셨다. "우리 회사가 문젠데. 이번과 같은 날벼락을 맞으면, 한계 기업들은 버둥거리다가 넘어가게 마련인데. 후속 조치라고 해봐야, 내 생각엔 무슨 특별 자금이라는 명목으로 돈을 푸는 것일 텐데. 그것도 한도가 있을 것 아냐? 더구나 그것이 어디 총독 마음대로 되는 거야? 내각의 동의와 지원이 필요한 일인데 지금 내각에서 도고 총독이 뭐가 이뻐서 팔을 걷어붙이겠어? 하여튼 우리 회사가 문제야. 전해로(電解爐)의 불을 끌 수가 없으니, 다른 회사들처럼 당분간 휴업을 하자고 할 수도 없고……."

전해로를 멈추면, 욕(浴)이 굳어지므로, 다시 통전(通電)하려면 절차가 복잡하고 비용이 많이 들었다. 따라서 알루미늄 제련 공장에서는 전해로들을 계속 돌리는 것이 무척 중요했다.

"합작 투자가 이루어지면 사정이 이내 좋아질 테니, 올해하고 내년 상반기까지만 어떻게 견디면 되는데. 무슨 좋은 방안이 없겠소?" 상무는 말을 마치고, 좌중을 한바퀴 둘러다보았다.

모두 고개를 수그리고 말이 없었다. 무거운 정적이 탁자를 싸고 앉은 사람들 둘레에 쌓이고 있었다.

그는 자신의 업무 분야에서 자금을 염출할 방도가 없을까 생각해보았다. 가장 손쉬운 방법은 해외에서 차관을 해오는 길이었다. 물론 유사라무는 한도우 경금속을 도울 충분한 재력이 있었다. 직접 차관을 제공하지 않더라도, 거래 은행으로부터 돈을 얻어줄 수도 있을 터였다. '문제는 차관 절차가 복잡하고 시간이 걸린다는 것인데. 이제부터 시작하면, 합작 투자보다 더 걸릴지도 모르지. 협상에 시간이 걸릴 테니까…… 그보다도 원자재를 외상으로 들여온다면 차라리 나을지도 모르지…….'

문득 얼마 전에 도쿄 경제신문(東京經濟新聞)에서 외화가 부족한 남미의 국가들 사이에서 구상 무역(求償貿易)이 성하다는 기사를 읽은 것이 생각났다. '만일 알루미나를 외상으로 들여오고, 그 대금으로 알루미늄을 내준다면? 그렇게 되면, 우리는 공장을 돌려 일종의 가공 무역을 하는 셈이 되는데. 괜찮은 장사지. 다른 것은 고사하고 전해로의 불을 끄지 않아도 되니까. 유사라무에서 나서서, 서호주 알루미나로부터 알루미나를 얻어주고 대금의 상당 부분을 알루미늄으로 가져가서 자신들의 판매 조직을 통해서 판다면…… 유사라무로서는 이중으로 이익을 남기니 좋고…… 우리로서는 이번 파동으로 예상되는 판매 부진, 대금 회수의 어려움 따위 문제들까지 해결할 수 있으니 좋고. 문제는 과연 가능하겠느냐 이건데…….'

"아까 간부 회의에선 애기를 하지 않았는데," 시카자와 상무가 침통한 어조로 입을 열었다.

그는 상념에서 깨어나 상무를 바라다보았다. '이제 나오는구나.'

"전해로의 불을 단번에 끌 수는 없으니 당분간은 물건이 팔리든 안 팔리든 만들어야 하고, 따라서 돈은 없지만 원자재는 계속 사와야 하고, 전기료는 계속 물어야 하거든. 결국 인건비로 나가는 돈의 일부를 당분간 동결하는 수밖엔 없다는 결론이 나오는데……."

"사장님께서 허락하셨습니까?" 다나카 이사가 물었다.

"사장님께서도 어쩔 수 없으시잖아? 내가 말씀드렸어. '종업원으로서도, 실직이냐 강제 저축이냐 둘 가운데서 택하라면, 실직을 택할 사람은 없을 것 아니겠습니까?'라고. 감봉도 아니고, 월급의 일부를 잠깐만 회사에 맡기는 건데. 그것도 법정 이자를 주면서. 그래서 직종별·직급별로 차등을 두어 사내 유보를 하기로 했어." 시카자와 상무는 비망록을 펼치고서 좌중을 둘러보았다.

사람들이 고개들만 끄덕였다.

"이건 확정된 것은 아니고, 시안인데…… 생산직은 오 급 사원 십 파센또, 사 급 십오 파센또, 삼 급 이십 파센또, 이 급 이십오 파센또, 일 급 삼십 파센또를 유보시키고…… 관리직은 오 급 사원 십오 파센또, 사 급 이십 파센또, 삼 급 이십오 파센또, 이 급 삼십 파센또, 일 급 사십 파센또…… 그리고 임원은 일률적으로 오십 파센또로 하기로 했어요. 사장님께선 직원들이 고통을 받는 것은 자신의 책임이 크다고 하시면서, 월급의 삼십 파센또만 받으시겠다고 하시던데…… 유보된 금액에 대해선 법정 이율 연 십 파센또를 적용해서 이자를 매달 지급하고, 유보된 월급은 회사의 사정이 호전되는 대로 지급키로 했어요. 단 사내 유보는 이 년을 넘기지 않겠다는 전제 아래서 시행되는 겁니다. 그 점을 충분히 납득시키세요. 그렇게 해놓고 계산해보니, 가까스로 부도는 막을 것 같은데. 여러분들 의견은 어떻습니까?"

"그 정도면 괜찮을 것 같은데요." 하야시 이사가 대답했다. 다른 사람들도 웅얼웅얼 그렇게 생각한다는 뜻을 나타냈다.

"이제 정말 마누라 앞에서 얼굴 못 들게 생겼구나. 반쪽짜리 월급봉투를 어떻게 내민다?" 다나카 이사의 말에 웃음이 터지면서, 좌중의 분위기가 좀 가벼워졌다.

'앤더슨이 적극적으로 나서준다면, 가능할 것도 같은데…… 어떻게 할까? 만일 성사가 안 되면, 괜히…… 가만히 있으면 이등이라고 하는데……' 고개를 들다가, 시카자와 상무와 눈길이 마주쳤다.

"기노시다 과장, 무슨 좋은 생각 있나?"

그는 마음을 정했다. "제가 보기에는 지금 자금 압박은 소요와 원천의 두 부문에서 함께 생기는 것 같습니다. 소요 부문에서의 압박도 문제긴 합니다만, 제 생각엔, 원천에서의 압박이 더 큰 문젠 것 같습니다. 판매도 부진하고, 수금 상태도 좋지 않으니까요. 그리고 그런 사정은 앞으로 더욱 심해질 것 같습니다. 아까 상무님께서 말씀하신 방안은 자금의 소요를 줄이는 방안입니다. 제 생각엔 자금의 소요를 줄이려는 노력과 함께 자금의 원천을 활성화시키는 방안에도 주의를 기울여야 할 것 같습니다."

상무가 고개를 끄덕였다. "좋은 얘긴데…… 그래 무슨 좋은 방안이 있나?"

"지금 제품 재고가 상당히 많습니다. 주괴(鑄塊)가 천 톤이 넘고, 비레트도 이백 톤이 되니까요. 제 생각엔 수출을 하는 게 어떨가 싶습니다. 수출 단가가 낮아서 채산성에선 문제가 있겠지만, 비상 수단으로서는 생각해볼 만하다고 생각합니다."

"지금 얼마나 차이가 나지?"

"주괴의 경우 대략 톤당 백 불에서 백오십 불 정도 될 겁니다. 그렇죠, 하야시 이사님?"

"아마 그 정도 될 겁니다." 하야시 이사가 자신이 없는 얼굴로 대답했다.

"그 정도라면 가능하기도 한데. 재고 비용을 감안하면, 큰 차이가 아닌 것 같은데. 그렇죠, 아오키 이사?"

"예."

"문제는 수출이 당장 이루어지는 일이 아니라서…… 시판하는 것처럼 전화 몇 통화로 되는 게 아니거든요." 하야시 이사가 탐탁지 않다는 얼굴빛을 지었다.

상무가 고개를 갸웃하더니, 그를 바라다보았다. "기노시다 과장이 원래 해외영업과 출신이니, 수출에 대해서 잘 알겠지. 어떤가?"

"하야시 이사님 말씀대로 수출이 시판처럼 간단하게 이루어지는 것은 아닙니다. 다만 제 생각엔 유사라무 측의 협조를 얻을 수 있다면, 가능할 것도 같습니다."

사람들이 일리가 있다는 표정으로 고개들을 끄덕였다.

"유사라무에서 적극적으로 나서만 준다면, 알루미나의 수입과 알루미늄 주괴의 수출을 연계시킬 수도 있을 것입니다. 즉 서호주 알루미나에서 알루미나를 들여와서, 그 대금은 알루미늄 주괴로 치르는 방법이죠. 아니면, 순서를 바꾸어서, 알루미늄 주괴를 먼저 팔고 대금조로 알루미나를 들여와도 되고요."

"그게 가능할까? 되기만 한다면, 멋진데." 상무가 자세를 고쳐앉았다.

"유사라무 측에게 지금 우리 회사의 사정을 솔직하게 털어놓고, 장기 원료 공급 계약의 내용을 조금 일찍 집행하는 것으로 하자면 될 것도 같습니다. 사장님께서 이번에 미국에 가셔서 계약서에 서명하시면, 기본 계약이 존재하는 셈이니까요. 유사라무 측에서도 수수료를 이중으로 챙기는 거래고, 또 세계 시장에 나오는 물품을 통제한다는 각도에서도 환영하면 했지 마다할 이유는 없을 것입니다. 어차피 합작 투자가 이루어지면, 수출만큼은 피츠버그의 세계 시장 전략에 따라 결정될 테니까요."

"그럼 그것을 한번 생각해보기로 하지. 하야시 이사 의견엔 어떻소? 괜찮겠소?"

"좋은 생각인데요."

"아오키 이사하고 다나카 이사는?"

"저도 좋다고 생각합니다."

"저도 그렇게 생각합니다."

"그럼, 기노시다 과장, 계획을 세워서 사장님께 보고 올릴 수 있도록 해주게. 오늘 중으로 되겠지?"

"예."

39

위에서 설명한 바와 같이 식민지 토착 언어의 쇠멸은 필연적으로 전통의 단절에 의한 토착 문화의 쇠멸을 가져온다. 이어서 토착 문화의 쇠멸은 필연적으로 토착 언어의 배후지의 상실을 가져온다. 한때는 번영했었으나 새로운 교역로의 출현으로 화물을 잃고 급속히 몰락한 항구들과 같은 운명을 맞게 되는 것이다. 이러한 악순환은 구주의 제국주의 국가들이 급격히 해외로 발전하기 시작한 16세기 이래 세계 도처에서 보게 된 현상이다.

기원전 3세기 나마(羅馬)가 팽창하여 대제국을 건설한 이래 처음으로 수많은 군소 민족들의 언어들이 단기간에 쇠멸하였다. 신대륙의 원주민 언어들 — 라틴 아메리카에만 1,700종의 언어가 있었던 것으로 추정되고 있다 — 로부터 시작되어 아프리카를 거쳐 아세아에 뻗친 이 죽음의 행렬은 아직 멈출 기미가 보이지 않는다.

— 더글라스 로렌스, 『식민지』에서

눈을 쉬려고, 히데요는 고개를 들어 창밖을 내다보았다. 며칠 동안 계속 늦게까지 책을 보았더니, 눈이 아프고 침침했다. 흐린 하늘 아래 멀리 게이호구산(京北山)의 능선이 흐릿했다.

'이러다간 눈을 버리겠다. 좀 쉬어야지.' 그렇게 생각하는 사이에도 그의 눈길은 다시 책장으로 갔다. 그는 속으로 쓴웃음을 지으면서, 자리에서 일어나 창가로 갔다. '지금쯤 떴을까?' 시계를 보니, 10시 19분이었다. '예정대로 떴으면, 벌써 미즈하라(水原)쯤 갔겠구나. 열 시 십 분 비행기라니. 마침내……'

하시모도(橋本) 사장과 시카자와(鹿澤) 상무가 유사라무와의 '합작 투자 계약서'에 서명하기 위해 오늘 피츠버그로 떠난 것이었다. 회사에서 그래도 간부라고 행세하는 사람들은 모두 가네우라(金浦) 공항으로 전송을 나간 덕분에, 사무실엔 아침부터 파장 기운이 돌았다. 기획부만 하더라도 다나카 이사, 야마시다 부장, 다카미야 과장이 나갔기 때문에, 그 자신이 제일 윗사람이었다.

오늘은 오래간만에 마음이 가벼웠다. 길고 어려웠던 합작 투자 협상이 마침내 끝난 것이었다. 그것도 크게 성공적으로. 그러나 그의 마음이 가벼운 것은 그것 때문만은 아니었다. 오늘 아침 게이조 마이니치 신문의 '이 달의 시'란에 그의 시집이 크게 언급된 것이었다. 히라야마 에키겐(平山益軒)이라는 젊은 평론가가 쓴 월평이었는데, 지면의 반을 할애해서 그의 시집을 다루었다. 히라야마는 특히 「단노우라(壇浦) 회고」와 「겨울 야스쿠니 진자(靖國神社)」를 대비해서, 히데요의 시세계가 어떻게 변모했나를 중점적으로 다루었다. 그와 히라야마는 안면이 없는 사이여서, 마음이 더욱 흐뭇했다.

'잘하면, 문학상 하나쯤은 받겠다. 총독문학상(總督文學償)까지는 바라볼 수 없겠지만, 작은 것 하나쯤은……' 그는 창가에서 떠나 아까부터 심란한 표정으로 실행 예산서를 뒤적이고 있는 데라우치 게이고(寺內奎吾) 곁으로 다가 갔다. "별로 일할 맛이 나지 않는데, 높은 사람들이 없으니. 하여튼 회사에는 주인이 버티고 있어야 일이 되지, 그렇지 않으면……"

데라우치가 예산서를 놓으면서, 빙그레 웃었다. "정말 그런데요. 일이 영 손에 잡히지 않는데요."

"어디 술맛 좋은 술집 안채에 들어앉아서 술이나 마시면 딱 좋을 날씨로구먼. 뭘 좀 해야지. 이런 좋은 기회를 놓치면, 나중에 후회하는데."

"뭘 하죠?"

"생각 좀 해봐."

"과장님, 사다리 타길 하죠." 요시무라 마스지로(吉村益次郎)가 반갑게 소리 쳤다.

"그러죠. 과장님. 삿포로 아이스쿠리무 하나씩."

"그럼 그려봐."

요시무라가 이내 종이에 다섯 줄을 그어가지고 왔다. "과장님 먼저 집으세요."

"맨 왼쪽 걸로 하지."

"이건 과장님 거. 기노시다. 자아, 데라우치 계장님, 집으세요."

모두 자리에서 일어나, 데라우치의 책상 둘레로 모여들었다. 도키에까지 끼어들었다.

"그럼 개봉하겠습니다." 요시무라가 집었던 종이를 펼쳤다. "자아, 삼 원짜리. 짠, 짠, 짜안, 짠, 다시 요리로 올라가서, 짠, 짜안, 하아, 당선은 시마즈 도키에 씨. 축하합니다."

박수가 터졌다.

"또오? 왜 난 언제나 큰 것만 걸리지?"

"마음씨가 고우니 그렇지요. 자아, 다음엔 이 원짜리. 짠, 짠, 짠, 짜안……."

결국 도키에가 삼 원, 데라우치가 이 원, 이시다 겐지(石田顯治)가 일 원씩 내게 되었다. 후쿠다 스즈코(福田鈴子)가 돈을 걷어, 아이스크림을 사러 나갔다.

그는 다시 책상 앞에 앉아, 책을 읽기 시작했다.

……두 언어가 한 사회 안에서 마주칠 때는 대략 두 가지 양상이 나타난다. 두 언어가 상당히 가까워서 그 언어들을 쓰는 사람들이 그리 어렵지 않게 서로 이해할 수 있는 경우엔, 두 언어가 혼합되어 중간적인 새로운 언어가 나오게 된다. 18세기 노서아에는 세 가지 노서아어가 공존하고 있었으니, 그

것들은 종교적 의식이나 저술에 쓰인 '교회 슬라브어,' 가정과 일반 사회에서 쓰인 '정통 노서아어,' 그리고 '교회 슬라브어'가 간략화되어 비교적 문어(文語)의 성격을 띠었던 '슬라브 노서아어'였다. 슬라브 노서아어는 원래 순수한 교회 슬라브어의 어휘를 가졌었는데, 점차 성경에서 연유한 말들을 버렸다. 아울러 그 문법도 교회 슬라브어의 일부 형식들을 버리고, 정통 노서아어적인 어미 변화와 통어적 구조(統語的構造)를 택하게 되었다. 그래서 슬라브 노서아어와 정통 노서아어는 다른 언어들이 아니고 한 언어의 다른 형태들인 것으로 인식되게 되었다. 마침내 19세기 초엽까지는 슬라브 노서아어는 더욱 노서아어화되고, 정통 노서아어는 좀더 문어화(文語化)해서, 두 언어가 하나로 융합되었다……

'재미있는 일인데.' 그는 그 부분에 밑줄을 그으면서, 다시 읽었다. 처음에 그가 『언어학』을 산 것은 조선어를 배우려면 아무래도 먼저 최소한의 언어학 지식이 있어야 되겠다는 막연한 생각에서였다. 이제 그 책을 거의 다 읽고 나니, 언어의 실체가 뿌우연하게나마 보이는 듯도 했다. 세월의 흙 속에 묻힌 조선어의 실체를 찾으려면 어디를 파고 무엇을 살펴보아야 하는지 어렴풋이 짐작이 가기 시작했다.

스즈코가 아이스크림을 사가지고 돌아왔다. 그는 아이스크림 한 개를 받아 먹으면서, 다시 책을 읽었다.

만일 두 언어가 매우 다르면, 새로운 언어를 채택해서 쓰는 사람들은 원래의 언어로부터 단어들과 범주들을 가지고 와서 새로운 언어의 틀에 맞추어 표현하게 된다…….

그의 몸속 어느 깊은 곳에서 가시에 찔린 아픔이 있었다. 그는 잠시 숨을 멈췄다가 길게 내쉰 다음, 그 부분을 다시 읽어보았다. 틀림없었다. '조선 사회가 바로 이 경운데…….'

그는 계속 읽어나갔다. 책에는 이어서 애란어(愛蘭語), 부르타뉴어, 아이티 불란서어의 예가 상세하게 설명되어 있었다.

'바로 이것이구나. 조선어와 국어, 아니 일본어의 만남을 설명한 것이……' 그는 흥분의 기운이 가슴을 채운 듯해서, 자리에서 일어나 다시 창가로 갔다. 비가 내리는 모양으로 게이호쿠산 위의 구름들은 아랫도리가 풀리고 있었다.

'조선인들이, 틀림없이 내지인들의 강제에 의해, 조선어를 버리고 일본어를 쓰게 되었을 때, 조선인들은 자신들이 잃게 된 언어로부터 무엇을 지니고 왔을까? 성을 버리고 씨를 새로 만들고 이름을 갈았다 하니, 인명은 아니고…… 지명은? 그렇지, 지명은 남았지. 비교적 많이 남았지.'

『조선 고시가선』을 읽었을 때, 그는 거기 나오는 지명들을 그리 어렵지 않게 알아볼 수 있었다. 게다가 조불 사전(朝佛辭典)의 둘째 부록은 조선의 지명을 수록한 것이었다. 부록의 뒷부분이 떨어져나가긴 했지만, 한자로 된 지명들은 대부분 그대로 남아 있는 것을 충분히 확인할 수 있었다. 조금씩 변한 것들도 있었다 — 남산(南山)이 게이난상(京南山)으로 되고, 북악산(北岳山)이 게이호쿠산(京北山)으로 되었으며, 한강(漢江)이 강가와(漢川)로 바뀐 것처럼.

'물론 음은 일본어식으로 바뀌었지. 백두산(白頭山)이 하쿠도산으로 불리고, 전라도(全羅道)가 젠라도우로 불리는 것처럼…… 가만있자, 사람들이 '젠라도우'를 '절라도'라고 발음하는 것을 난 지금까지 조선의 사투리 발음으로 알았는데, 그게 아니고…… 원래 '전라도'의 조선어 발음이 남아 있었던 것이었구나…… 그러고 보면, 나이가 많이 든 조선인들이 '오'나 '요'를 흔히 '어'나 '여'로 발음해서 내지인들에게 놀림을 받는 것이 실은 사투리를 쓰는 것이 아니라, 조선어를 쓰던 습관이 아직 남아서 그런지도 모르겠다…….'

빗방울 하나가 유리창에 부딪혔다. 이어서 또 하나가 떨어졌다. 게이호쿠산의 윗부분은 풀린 구름자락으로 가려져 있었다.

'그러고 보면, 조선인들이 영어를 할 때, 내지인들과 달리 원음을 충실하게 내는 것도 이해가 간다. 내지인들이 '아루미니우무'라고 괴롭게 발음하지만, 조선인들은 어렵지 않게 '알루미늄'이라고 원음에 가까운 소리를 내거든…… 가

나(假名)에는 종성이 없지만, 억지로 있다고 해야 기껏 하쓰온(撥音)과 소쿠온(促音)의 둘뿐이지만, 조선 문자에는 종성이 많으니……'

"비가 본격적으로 내릴 모양인데요, 과장님." 데라우치가 창가로 와서 그의 옆에 서면서 말했다.

"응." 그는 생각이 끊긴 것이 달갑지 않아서 짤막하게 대꾸했다.

"비가 와도 비행기가 뜨는 데는 지장이 없죠?"

"그럴걸." 그가 여전히 짤막하게 대꾸하자, 데라우치도 그가 반가워하지 않는다는 것을 느꼈는지 슬그머니 창가를 떠나 사무실 밖으로 나갔다.

'비록 조선인들이 조선어를 잃었지만, 그래도 아주 버리진 않았구나.'

문득 어릴 적 겨울에 불에 타서 없어진 집터에서 놀았던 것이 생각났다. 젠키(全義)의 외갓집 근처에 불탄 집을 아주 허물어버리고 일군 밭이 있었다. 땅이 검어서 다른 밭보다 일찍 눈이 녹았는데, 막대기로 땅을 후비면 불에 타고 남은 것들이 나왔었다. 별의별 것들이 다 있었다. 한번은 자루가 타서 없어진 인두를 찾아내고, 득의양양하게 외할머니한테 가지고 가서 자랑했었다. 그것을 받아들고 처연한 얼굴로 쯧쯧 혀를 차던 외할머니의 모습이 떠올랐다.

'그 집처럼 조선어도 사라졌지만, 조선인들이 쓰는 일본어에 아직 그 조각들이 남아서……'

빗줄기가 굵어져 있었다. 메이지마치(明治町) 쪽으로 가는 골목길에는 사람들이 종종걸음을 치고 있었다.

'비가 내린다. 무심히 내린다. 혼마치(本町)의 번화한 거리에. 조선총독부 건물 위에. 멀리 게이호쿠산이 된 북악산에. 그 너머 이름 바뀐 서러운 마을들과 시내들 위에 내린다.' 눈초리에 고인 따스한 물방울 하나가 무거워졌는지 조르르 볼을 타고 내렸다. '그리고 여기 내 가슴에도 내린다.'

복거일(卜鉅一)

1946년 충남 아산 출생. 서울대학교 상과대학 졸업. 1987년 전작 장편소설『비명(碑銘)을 찾아서』를 출간하면서 등단. 소설가·시인·사회 평론가로 왕성한 활동을 하고 있다.『비명(碑銘)을 찾아서』(1987),『높은 땅 낮은 이야기』(1988),『역사 속의 나그네』(1991),『파란 달 아래』(1992),『캠프 세네카의 기지촌』(1994),『마법성의 수호자, 나의 끼끗한 들깨』(2001),『목성 잠언집』(2002),『숨은 나라의 병아리 마법사』(2005),『보이지 않는 손』(2006),『그라운드 제로』(2007) 등의 장편소설,『五丈原의 가을』(1988),『나이 들어가는 아내를 위한 자장가』(2001) 등의 시집 및 다수의 사회 평론집과 산문집 출간. 그 밖에도『복거일의 세계환상소설사전』(2002)이 있음.

작품 세계

복거일의 작품은 장르의 경계를 도저하게 탐문하는 동시에, 역설적으로 장르의 본질에 충실하다고 말할 수 있다. 등단작인『비명을 찾아서』에서부터『높은 땅 낮은 이야기』『역사 속의 나그네』『파란 달 아래』『마법성의 수호자, 나의 끼끗한 들깨』, 그리고『숨은 나라의 병아리 마법사』『보이지 않는 손』등에 이르는 작품에서, 작가는 소설에서 현실과 허구는 과연 무엇을 의미하는가를 기본적으로 묻는다. 소설은 가정형의 과거이며 완료형의 미래이다. 복거일은 이 SF적인 명제를 다양한 양식으로 실험해왔다. 예컨대,『역사 속의 나그네』에서 주인공 이언오가 시낭(時囊), 즉 타임머신을 타고 과거의 역사로 거슬러올라가는 것은 모든 소설의 관습인 동시에, 완료형으로서의 현실과 가정형으로서의 허구를 역전하는 새로운 관습이다. 복거일의 작품들은 이 지점에서 출발한다. 현실의 문제를 허구의 형식으로 고민하려는 작가의 태도는『목성 잠언집』이나『그라운드 제로』에서 알레고리적인 양상으로 특화된다.

『비명을 찾아서』

부제인 '京城, 쇼우와 62년'이 드러내는 바와 같이, 이 작품은 조선이 해방되지 않고 일본의 식민지인 상태로 역사가 진행되었다고 가정된 상황으로 시작된다. 전체적인 서사를 압축적으로 요약한다면, 이 작품은 반도인으로서의 일본인인 기노시다 히데요(木下英世)가 조선인인 박영세(朴英世)로 변회하는 과정이라고 말할 수 있다. 가상석인 모국어라고 할 수 있는 일본어로 시를 쓰고, 일본어로 사랑을 하고, 일본어로 일을 하던 그가 상실된 모국어인 조선어를 발견하여 조선어로 시를 이해하게 되는 점진적인 움직임은 글쓰기 자체의 속성을 알레고리적으로 보여준다고 할 만하다. 일본인으로서 일상에 잘 적응하고 무리 없이 살아가던 한 개인이 금지된 언어를 읽고 쓰려는 욕망으로 인해 끝내 사상범으로, 법 바깥의 존재로 규정되고 정당방위에 가까운 살인을 저질러, 세계 바깥의 존재로 떠돌게 될 파국적인 운명에 처하는 표면적인 하강은 소설의 상승적 성취와 역설적으로 배리된다.

글쓰기에 대한 이런 메타적인 사유는 작품 전체의 구조로 확대된다. 우리는 거대 서사로서의 역사가 '만약'의 형태로, 즉 가정형으로 존재할 수 없다고 암암리에 믿지만 소설은 객관적 시간의 주관적 가정형을 극단으로 밀고 가는 장르이다. 그런 점에서 역사를 뒤틀면서 작품 내적 논리상으로는 핍진성을 확보하는 작가의 서술 전략은 극사실주의적이며 문자 그대로 소설적이라고 할 만하다. 암흑에 묻혀 있던 언어를 발견하여 금단의 지식을 얻고 죄를 짓게 된 박영세가 지식인으로서는 계몽적인 각성에 도달한 것과 마찬가지의 성취라 하겠다. 현실의 강박에서 자유로우면서도 현실을 반성적으로 재구성하게 하는 자율적인 소설의 양식을 제시하는 동시에 시간의 상대성에 대한 현대과학적인 상상력을 도입하고 있다는 점에서, 『비명을 찾아서』는 한국의 현대소설사에서 주목할 만한 사례로 기억될 것이다.

주요 참고 문헌

복거일의 저작이 아우르는 다양한 관심사에 걸맞게, 복거일의 작품에 관한 논의도 어느 한 방향으로만 수렴되지 않는 양상을 보인다. 우찬제의「소설의 카오스모스, 혹은 허구의 환상성과 복합성」(『문화예술』, 문화예술진흥원, 2001. 8)은 환상소설의 장르적 전통을 전반적으로 개관한다. 필자는 보르헤스, 톨킨과 함께 복거일을 언급하면서『파란 달 아래』나『역사 속의 나그네』『마법성의 수호자, 나의 끼끗한 들깨』와 같은 복거일의 소설이 과학기술적인 상상력에 의거해 환상을 복합적인 세계로 구축한다고 본다. 소설이라는 장르 장체와 장르소설에 대한 인식에 기반하여 복거일의 첫번째 소설『비명을 찾아서』에 초점을 맞춘 글로는 김종회의「현대소설에 나타난 유토피아의식의 반어적 모형」(『고황논집』제3집, 경희대학교 대학원, 1988)이 있다. 여기에서 필자는『비명을 찾아서』가 지닌 독특한 유토피아적 상상력을 현실과 허구의 전도라는 측면에서 탐문한다. 김태환의「한 계몽주의자의 고백 ─ 복거일론」(『문학과사회』, 2006년 여름호)은『높은 땅 낮은 이야기』의 주인공을 차용하고 있는『보이지 않는 손』을 작가─지식인의 자기 고백이 드러나는 작품으로 본다. 현대 문학에서 소설의 중심인물과 작가를 동일시하거나 작가와 지식인을 동일시하기는 어려우나, 복거일은 긍정적인 의미의 계몽주의자로서 지식과 사회의 관계를 '과학'적으로 고민하고 있다는 것이다.

_허윤진

최윤
회색 눈사람

거의 이십 년 전의 그 시기가 조명 속의 무대처럼 환하게 떠올랐다. 그 시기를 연상할 때면 내 머릿속은 온통 청록색으로 뒤덮인 어두운 구도가 잡힌다. 그렇지만 어두운 구도의 한쪽에 쳐진 창문의 저쪽에서 새어 들어오는 따뜻한 빛이 있는 것도 같다. 그것은 혼란이었다. 그리고 무엇보다도 아픔이었다. 그것이 미완성이었기 때문에? 그러나 삶의 단계에 정말 완성이라는 것은 있기라도 한 것인가. 아, 그때…… 하고 가볍게 일축해버릴 수 없는 과거의 시기가 있다. 짧지만 일생을 두고 영향을 미치는 그러한 시기. 그래도 일상의 반복의 힘은 강한 것이어서 많은 시간 그 청록색의 구도 위에도 눈비가 내리고 꽃이 지고 피면서 서서히 둔감한 상처처럼 더께가 내려앉아 있었던 모양이다.

우리—그렇다, 지금쯤은 우리라도 불러도 좋겠다—는 매일매일 저녁을 알 수 없는 열기에 젖어 그 퇴락한 인쇄소에 갇혀서 보냈다. 서울 변두리의 허름한 상가의 한 귀퉁이에 자리 잡고 있는 평범한 인쇄소였다. 우리는 거의 석 달을 매일 저녁 만나, 서로에 대해 아는 것이 없이 일에 매달렸다. 그 평범한 인쇄소의 이름이 왜 지금에 와서 아무리 생각해도 떠오르지 않는지 알 수 없다.

---

* 「회색 눈사람」은 『문학과사회』 1988년 여름호에 발표되었고, 이후 소설집 『저기 소리없이 한 점 꽃잎이 지고』(문학과지성사, 1992)에 수록되었다.

아주 정교하게 고안된 기억의 제동 장치의 결과라고밖에는 그것을 달리 설명할 길이 없다.

그 시기가 다시 어제의 일로, 현재의 일로 다가온 것은 아주 우연히 시선을 던진 한 일간지의 서너 줄짜리 사회면 기사 때문이었다. 이미 이틀이나 지나버린 신문의 그 기사가 눈에 들어온 것은 그러니까 하나의 자그마한 그러나 중대한 사건이었다. 왜냐하면 국립도서관의 자료실에 앉아 내가 뒤적여야 하는 것은 사회면이 아니라 사설란이었기 때문이었다. 나는 나를 고용하고 있는 한 전직 교수의 저술을 위한 자료를 찾고 있었다.

나는 그 짧은 기사를 읽었다고 할 수 없다. 거의 번개 같은 속도로 나의 눈이 그 위를 훑었고 읽기도 전에 그 내용을 파악했다는 편이 옳다. 커다랗게 확대되어 나의 이름이 눈에 들어왔고 그러자마자 나의 심장이 미친 듯이 뛰었다. 그 뛰는 심장으로 한참을 망연히 앉아 있다가 나는 또 놀란 듯이 주변을 훑어보았다. 자료실 안의 이쪽 칸은 늘 그렇듯이 거의 비어 있다. 벌써 며칠 전부터 통계 자료를 놓고 반나절을 조는 안경 낀 한 남자가 있을 뿐이었다.

그때서야 나는 입술을 움직이면서 지극한 애무의 말을 연습하듯이 그 기사를 속살거리며 읽었다. 머릿속에 잘 들어오지 않는 공식을 암기하듯이 여러 번을. 그 기사는 다음과 같았다.

지난 26일 뉴욕의 센트럴 파크에서 한 한인 여인이 죽어 있는 채로 발견되었다. 이 여인은 이미 오래전에 무효가 된 강하원(41세)이라는 이름의 여권을 지니고 있었으며 한인회는 그녀의 신원을 부인한 바 있다. 불법 체류자 명단에 올라 있던 이 여인의 사인은 쇠약에 의한 아사로 판명되었다.

나는 날짜를 확인하고 다른 일간지의 사회면을 뒤지기 시작했다. 다른 어떤 신문에서도 그와 비슷한 기사는 찾아볼 수 없었다. 나는 다시 펼쳐진 신문의 면으로 돌아왔다. 격렬했던 심장의 고동이 잦아들고 서서히 저 깊은 곳에서부터 이상한 감각이 약한 경련을 동반하면서 밀려 올라왔다. 맨 먼저 그것은 오랫동안 그래왔던 것처럼 도저히 수리될 수 없을 것 같은 후회의 감정이었다. 그 것은 어떤 구체적인 대상을 지닌 것도 아니었다. 그리고 그 후회의 자리에 서 서히 들어앉는 것은 역설적이게도 안도감이었다.

그때의 우리들 중 내가 아닌 누군가가 이 기사를 보았더라면 어떤 반응을 보였을까? 이럴 때는 서로에게 한시라도 빨리 연락을 취하려고 전화기 쪽으로 달려가야 하는 것이 옳지 않은가? 그러나 어느 누구도 이 기사를 보지 못하고 지나쳤을지도 모른다. 그보다는 내가 그들에게서 잊혀진 지가 너무 오래되었다. 그들은 어쩌면 신문의 기사보다 훨씬 앞서 이런 종류의 일을 예상했을 수도 있다.

그럼에도 불구하고 나의 손은 성급하게 가방 속의 낡은 주소록을 뒤지고 있었다. 지금은 연락을 취해야 쉽사리 만나보기가 어려운 바쁜 위치에 놓인 사람들의 주소는 한번도 사용되지 않은 채 남아 있었다.

나는 떨리는 손으로 볼펜의 날을 세워 기사 주변에 깊은 금을 그으면서 기사를 오려냈다. 오려낸 기사를 나는 수첩 안쪽으로 깊이 밀어 넣었다. 보던 자료들과 짐을 정리하고 나는 국립도서관을 나왔다. 가을 하늘은 무연히 맑았다.

그 시절 우리— 왜 나는 우리라는 단어 앞에서 여전히 수줍고 불편함을 겪는가— 는 모두 넷이었다. 물론 우리는 처음부터 우리가 아니었다. 그들을 알았던 많은 사람들은 나의 이 우리라는 단어의 사용에 반대할 수도 있다. 그러나 나는 감히, 그들의 견해와는 무관하게 이 단어를 쓰기로 한다.

우리를 만들어준 것은 알렉세이 아스타체프의 『폭력적 시학: 무명 아나키스트의 전기』였다. 그러나 이 무의미한 책의 제목이 중요한 것은 아니다. 그저 기억에 남는 한 책의 이름일 뿐이다.

대학에서의 첫 학기가 끝나자마자 나는 교재를 내다 팔고 다음 학기 교재를 구입해야 하는 어려운 시절을 보내고 있었다. 그 인연으로 여러 번 들락거리던 청계천의 한 헌책방에서 나는 이 무명 저자의 책을 라면 값에 구입했다. 이제는 까마득하게 멀기만 한 까만 장정의 그 책은 "동지여, 당신에게 용기가 있거든 두 손을 속박하는 이 책을 던져버리시오. 당신에게 의식이 있다면 이 책을 읽고 이것마저도 불에 태우시오⋯⋯" 뭐 이 비슷한 어조의 선동적인 인용문으로 시작하고 있었다.

  나는 그 즈음, 당시에는 금서로 되어 있었던 이런 종류의 책을 헌책방에서 열심히 주워 모으면서 총기라도 수집하는 듯한 쾌감을 느끼고 있었다. 그렇지만 돈이 떨어지면 언젠가는 다시 내다 팔아야 하는 일종의 저금의 형식이었고 내 자취방을 떠나야 하는 운명의 책들이었기 때문에 열심히 탐독했다. 그 시절 나는 그저 생활비를 절약하기 위해 청계천의 헌책방을 들락거릴 수밖에 없는 가난한 학생일 뿐이었다. 가장 평범하고 보잘것없는. 게다가 나는 누군가가 고향에서 올라와 나를 잡아가리라는 막연한 불안에 시달리고 있었다. 그리 되면 이 작은 방 한 칸도 내주고 다시 끌려가야 할 것이기 때문에 어디에서고 나는 자유로울 수가 없었다.

  강의는 듣는 둥 마는 둥하고 어떤 때는 용돈만 된다면 낮에도 코흘리개 아이들 과외 수업부터 시작해서 밤늦게까지 국·영·수는 물론이요, 때로는 한번도 배워본 적이 없는 이히 빈 두 비스트, 코망 탈레 부를 당일치기로 예습해서 가르치는 일도 비일비재한 때였다. 언제 들통이 날지 모르는 이런 일이 생기면 무조건 맡아 우선 돈을 축적해두는 것이 문제였다. 한밤중에 나의 차가운 방으로 돌아와서는 갓 배우기 시작한 끽연이 유일한 낙이었다.

  과외 수업 하나도 걸려들지 않는 운이 없는 학기가 있었다. 나는 학기가 끝나기도 전에 책을 싸 들고 자취방이 있는 Y동 꼭대기에서 청계천까지 걸어갔다. 과외 수업이 걸려들지 않는 학기는 헌책도 잘 안 팔리는 모양이었다. 내가 싸가지고 간 교재들은 책방 구석에 무더기로 쌓여 있었다. 바로 그런 이유로 나는 안——그의 이름은 밝히지 않기로 하자——을 만났다. 내가 벌써 여러 달 전에 구입해 제목조차 가물가물한 알렉세이 아스타체프라는 사람의 책을 어떤 사람이 찾고 있다고 하면서 책방 주인은 전화번호 하나를 건네주었다. 사방이 맥주병 바닥의 두꺼운 유리처럼 어두웠던 날이었다. 나의 배고픔은 하루를 넘기지 못하고, 남아 있는 단 한 개의 동전을 전화기 속에 밀어 넣었다.

어떤 구체적인 소속을 상상할 수 없는 사람들이 있다. 어디서 왔는지, 가족이 있는지…… 마치 공중의 전선에 매달려 있다가 어느 날 앞에 나타나 아무렇지도 않은 듯 이 얘기 저 얘기 나누다가 사라져버리는 그런 사람들 말이다. 그렇지만 그러한 겉모양과는 달리 안의 소개는 구체적이었다. 그는 명함이나 카드 등속을 만들어내는 작은 인쇄소를 차리고 있고 음악 감상이 취미이며 가령 에릭 사티 같은 사람을 아버지로 가지고 있다고 말했다. 나는 그러한 사실들에서 공통점을 발견할 수가 없었고 그런 일에 능동적인 관심을 가지기에는 나의 당면한 가난에 질려 있었다. 음악이라고는 라디오 이외의 것을 접해본 적이 없는 나는 그의 농담을 이해하는 데에, 그의 아버지라는 이상한 이름의 사람이 외국의 작곡가라는 사실을 아는 데 무려 이 개월이나 걸렸다. 나는 내가 가지고 간 책을 일주일치 생활비로 넘겼다. 확인도 하지 않고 책을 가방 속에 집어넣은 그는 덤덤하게 말했다.

"보아하니 사정이 딱한 모양인데 당신이 할 수 있는 일을 찾아봅시다."

나의 어떤 모습이 그로 하여금 이런 말을 하게 했었을까? 나의 누추한 복장? 태어날 때부터 우울을 짊어져 쪼그라든 나의 마른 체구? 그것은 나의 시선 저 깊숙이 숨겨져 있는 갈구의 빛 때문이었을지도 모른다. 그것이 누구였든 간에 그날의 나는 미신적인 기적 외에 바랄 것이 없는 상태였다.

이틀 후에 나는 약속대로 그를 다시 만났고 그 후부터 일주일에 세 번 오후 시간에 그의 인쇄소에서 잡일을 보기 시작했다. 교정을 보기도 했고 인쇄되어 나온 카드나 청첩장을 반으로 접는 일 등이었다. 어떤 때는 배달도 맡았다. 안과의 만남은 내게 일자리와 약간의 생기를 동시에 주었다. 하지만 나는 여전히 자기의 취미를 음악 감상이라고 하는 사람을 믿을 수 없었다.

새 학기에 휴학을 할 작정으로 나는 전적으로 인쇄소 일을 보았다. 잡일에 조판하는 일이 덧붙여졌고 배달을 하는 일이 더욱 잦아졌다. 일이 많지도 않았고 퇴근 시간은 인쇄소에서 일하는 세 사람이 어김없이 지켰기 때문에 저녁 시간이면 나는 아직 생소한 서울 거리를 헤매다가 자취방으로 돌아가곤 했다. 연탄은 늘 꺼져 있기가 일쑤여서 밥 짓는 일이 힘에 겨웠고 어딘가에서 주운 다리미를 엎어 책으로 받쳐놓고 그 위에다 싸구려 빵 조각을 덮혀 끼니를 때웠다.
　나는 그 시절 내가 틀림없이 곧 죽게 되리라고 생각하고 있었다. 나는 막연히 죽는 일자까지를 상상해두었다. 그것이 그해가 될지 다음 해가 될지는 몰랐지만 사월일 것이 틀림없었고 나의 죽음은 아무의 관심도 끌지 못한 채 한참이 지나서야 나의 단 하나의 혈육인 이모에게 알려질 것이었다. 어쩌면 이모는 "저것이 고렇게 도둑질까지 하고 도망을 쳐대더니 결국 제명을 다하지도 못했구먼……" 하며 안도의 한숨을 내쉴는지도 모른다. 나의 죽음이 이렇게 구체적으로 다가올 때 나는 안절부절못하면서 좁은 방 안을 휘둘러보았다. 그렇지만 방에서 한 발짝도 나갈 수 없었다.
　이런 순간 가끔 안의 얼굴이 떠올랐다. 그 사실에 나 자신이 먼저 놀랄 수밖에 없었다. 안을 알게 된 지 벌써 여러 주가 지났지만 그가 인쇄소에 나타나는 경우는 드물었고 그와 개인적으로 말을 나눌 기회는 그 후 한번도 주어지지 않은 상황에서 어처구니없는 연상이었기 때문이었다. 딱한 애야, 안은 서울에서 네게 친절을 베풀어준 단 하나의 사람이기 때문이야, 나는 자신에게 중얼거리곤 했다. 이럴 때면 유독 앉은뱅이책상 위에 놓여 있는 단 한 권의 두꺼운 외국어 책자가 눈에 들어왔다. 이탈리아 역사가의 독일어본 저서였는데 나는 유서를 쓰듯이 그 책의 번역에 매달렸다. 이탈리아도 독어도 제대로 배운 적이 없는 내가 할 수 있는 구차한 도전이었다.
　이렇게 마구 엉겨 붙는 세 나라 말의 문법처럼 내게 삶은 불가해하고 생소한 것이었던 반면 최소한 죽음의 느낌은 분명한 것이었고 쉽사리 친해질 수 있는 것이었다.
　겨울에 들어서자 연하장과 부고문의 주문이 인쇄소에 쇄도해 늦게까지 일을 하는 날이 많아졌다. 그래도 일주일에 두 번 이상은 정상으로 근무가 끝났다. 인쇄소 일을 안 대신 도맡아 하는 장 아저씨는 대목을 놓쳐 아쉬운 것 같았지만 안의 전화를 받으면 한번도 거역하지 않고 인쇄소를 정상 시간에 비웠다. 그 대신 주말이라는 것이 없었다. 나는 매일 방 밖으로 나올 수 있는 기회를 가진 행운에 감사했다. 아무도 인쇄소 주인인 안에 대해 말하지 않았고 나 또한 그에 대해 말을 꺼낼 분위기가 만들어져 있지 않았다.

　연하장 주문이 끝나고 나니 이젠 정말 참기 힘든 겨울이었다. 나는 고향으로, 이모에게로 되돌아가지 않으려고 안간힘을 썼다. 한번 가면 통곡을 하면서 사죄를 하고 그냥 주저앉을 것 같았기 때문이었다. 인쇄소의 기계적인 일은 내게 너무도 큰 위안이었다. 너무 외로움이 컸을 때 나는 간호보조원이 되어 서울에 와 있는 고향 친구를 찾아갔다. 때마침 친구는 침대에 누워 있어 나의 근황이나 집 주소를 물을 정도의 경황이 없었다. 친구는 맹장염 수술을 받아 누워 있다고 말했는데 나는 그 애가 근무하는 병원 문을 나서면서 "저 애는 내게 거짓말을 하고 있군. 그렇지만 낙태 수술로 누워 있는 게 틀림없어"라고 중얼거렸다. 나는 아무도 믿지 않을 정도로 피폐해 있었던 모양이었다.

　사람이 하는 행동 중에 꼭 논리 정연하게 설명되는 일이 얼마나 있을 것인가. 친구의 병원에서 나오면서 열 시가 넘었음에도 나는 집으로 가는 대신 어느새 인쇄소를 향하고 있었다. 무엇을 두고 온 것도 아니었고 꼭 끝내야 할 일이 있는 것도 아니었다. 내 가방 속에는 인쇄소의 뒷문 열쇠가 들어 있었다. 철문은 내려져 있었지만 거기서 희미한 빛이 새어 나오고 있었다. 나는 마지막으로 문을 잠그고 나오면서 불의 스위치를 내리던 나의 동작을 선명히 기억할 수 있었기 때문에 의혹에 사로잡혔다.

　가까이 다가가자 기계가 돌아가는 소리가 분명히 들려왔다. 쪽문을 살짝 당겨보았지만 열리지 않았다. 나는 감히 열쇠를 넣고 돌려볼 엄두를 내지 못하고 문 저쪽에서 나오는 소리에 귀를 기울였다. 사무실로 꾸며져 있는 안에서는 남자들의 낮은 목소리와 음악 소리가 들려왔다. 웅얼거림으로 낮아졌다가는 격해지기도 하는 삼중주는 모두 남자들의 낮은 목소리였다. 그 삼중주의 부드러운 화합에 귀를 기울이면서 나는 안의 목소리를 구별해내었고 그것을 쫓아가고자 애썼다. 내용을 이해할 수 있을 정도로 그의 목소리는 크지 않았고 그의 음색보다는 약간 굵은 다른 음색이 곧잘 그의 음색을 덮어버렸다.

　물론 나는 문을 두드리거나 그의 이름을 부르거나 하지 않았다. 그저 그렇게 한참을 서 있었다. 앞쪽 철문에서는 인쇄기 도는 규칙적인 소리가 먼 곳에서

다가오는 기차 소리처럼 들리기도 했다.

　인쇄소에서 일한 지 한 달 반이 넘었고 그때서야 나는 처음으로 안과 마주앉았다. 안의 호출이었다. 아니 그의 저녁 초대였다. 우리는 시내의 한 중국집에서 간단한 식사를 마쳤다. 버스 안은 만원이어서 말을 할 수가 없었고 중국집에서는 나의 신상에 대한 가장 간단한 질문에 대답을 하기 위해서 목청을 높여 반복을 해야 할 정도로 주위가 어수선스러웠다. 예를 들어 고향이 어디냐는 질문에 자취방 주소를 대는 식의 절름발이 대화였다. 게다가 나는 딱히 할 말이 없었다. 일자리를 주어서 고마웠다고, 그렇지 않았으면 나는 도둑년이란 표딱지를 달고 고향의 이모에게로 내려갈 수밖에 없었을 것이고 그 일이 죽기보다 싫었으므로 무슨 일을 저질렀을지 나 자신도 알 수 없었을 것이라는 말만 멍청하게 머릿속을 휘돌 뿐 입은 점점 더 꽉 다물어질 뿐이었다.
　우리의 겨울은 모든 병원균이 단번에 소독될 정도로 순수하게 차갑고 투명하다. 비원 쪽으로 찻집을 찾아 걸어가면서, 서울로 온 이래 처음으로 느낀 이런 종류의 말을 나는 안에게 하고 싶었다. 그러나 약간 앞서 걷는 그의 옆얼굴은 생각에 열중해 있는 것 같았다. 그는 물론 나보다 키가 크고 나보다 더 말랐고 나보다 더 나이가 많다. 그렇지만 그는 나보다 더 말이 없다. 이 두 종류의 확인 사이에는 아무런 연관도 없었다. 나는 당황하고 있었다.
　안은 익숙한 동작으로 거리의 한 영업소의 문을 밀고 들어갔다. 어떤 내용인지는 알 수 없지만 저 사람은 오늘 내게 아주 충격적인 어떤 것, 어쩌면 내가 일생을 두고 기억할, 내 일생의 방향을 단번에 바꾸어놓을 어떤 결정적인 말을 할 것이다. 안의 뒤를 따라 문을 들어서면서 내가 한 생각이었다. 나는 그대로 집으로 돌아갈 수도 있었다. 그렇지만 나의 몸은 벌써 실내의 따뜻하고 혼탁한 기운에 둘러싸여 있었다. 아, 이렇게 사람들은 운명을 만드는구나. 충분히 닥쳐올 파국을 감지하고 있으면서도 순간적인 방임인 양 어떤 거역할 수 없는 질서에 게으르게 몸을 맡겨버리면서 사람들은 삶의 나침반을 바꾸어버리는지도 모른다. 그러나 그것 역시 한 선택이다.

상황의 성격과는 아무 관계없이 오랫동안 인상에 남는 장소의 표지들이 있다. 이를테면 그날 술집에 걸린 달력 속에서 환하게 웃고 있던 여배우의 얼굴 같은 것 말이다. 맥주잔을 앞에 놓고 나는 여배우에게서 시선을 뗄 수 없었다. 그 웃음이 끝내는 과장되어 보이고 화려한 의상에서 싸구려 분위기가 풍겨올 때까지 나는 그 무의미한 얼굴을 바라보며 다가올 어떤 시간을 연기하고자 애썼다. 다음 달이면 찢겨져나갈 사진, 저 사진이 오려져서 어느 종업원의 머리맡에 붙기에는 너무 개성이 없다.

"그래 그사이 뭣 좀 알아냈습니까?"

나는 거두절미한 안의 질문에 흠칫 놀랄 수밖에 없었다. 놀랐기 때문에 침묵했다.

"내 뒷조사를 열심히 한 걸로 알고 있는데요."

그제서야 나는 안이 나를 불러낸 이유를 알아차렸다. 처음으로 우연히 밤에 인쇄소에 들른 이후, 자주 그 일이 되풀이되었던 것은 사실이었지만 안의 목소리를 확인하고 돌아섰을 뿐 그는 물론 인쇄소의 다른 사람을 그 시간에 마주친 적이 없었기 때문에 놀라움은 더욱 컸다. 바로 그 당장 인쇄소 골목을 서성거리다가 그 어둠 속에서 안과 마주 부딪치기라도 한 것처럼 나는 창피함으로 얼굴이 벌겋게 달아오는 것을 느꼈다.

"미안합니다."

나는 고개를 푹 숙였다. 그때서야 나의 행동의 기괴함이 또렷이 인식되었다. 나는 미안하다고 다시 한 번 덧붙였다. 안은 팔짱을 끼고 엄숙한 얼굴로 나의 표정을 살피고 있었다.

"강양은 자신의 호기심에 책임을 질 자신이 있습니까?"

내가 죽음의 유혹에 시달리고 있기 때문에 자꾸 밖으로 나오고, 갈 곳이 없기 때문에 인쇄소 근처를 서성이고, 문 뒤에서 들려오는 그의 목소리를 들으면 안심이 되었기 때문이었다고 말한다면 그는 이해할 것인가. 그건 분명 구체적이건 막연한 것이건 호기심 때문은 아니었다. 그는 이해할 수 없을 것이다.

"그건…… 호기심이 아니에요."

그렇지만 나는 말을 계속할 수가 없었다. 공연히 속이 꽉 막혀왔기 때문이었다. 한밤중에 여행을 할 때 당신은 불빛이 있는 쪽으로 걷지 않나요. 내가 그 불빛을 당신의 인쇄소로 정했다 해서 내 여행이 죄스러울 필요는 없을 것입니다. 가끔 당신에게는 하찮은 것이 위로가 될 때는 없습니까. 예를 들면 어떤 사람의 목소리나 어떤 분위기 같은 것 말입니다. 내가 당신의 목소리와 당신들이 하고 있는 일을 선망으로 바라보면서 약간의 안도와 위로를 얻었다고 해서 당신에게 누가 된 것이 무엇입니까. 나는 침을 꿀꺽 삼키는 것으로 안에게는 이해되지 않을 이 말들을 삼켜버렸다. 그는 여전히 나의 답변을 기다리는 기색이었다.

"원하시면 인쇄소 일을 그만두지요."

나는 처음으로 그의 얼굴을 원망을 가득 담고 똑바로 쳐다보았다. 나는 거울 속에서 자주 나의 이런 일그러진 모습과 마주치기 때문에 그것이 상대편에게 어떤 느낌을 주리라는 것을 상상하기가 어렵지 않았다.

"그러시오."

안이 순순히 말했다. 나는 더 이상 할 말이 없었기에 옆에 놓인 가방을 집어 들고 천천히 일어날 채비를 했다. 약간의 침묵 후에 안이 덧붙였다.

"대신, 저녁에 우리 일을 도와주지 않겠소?"

내게는 안의 말이 농담처럼 들렸다. 그리고 실제로 그는 크게 눈에 흰자위를 드러내 보이며 웃고 있었다. 이모는 눈에 흰자위가 많은 사람을 조심하라고 했었다. 안의 웃음은 조금은 궁지에 몰린 사람의 웃음이었다. 나는 다시 가방을 내려놓고 의자에 앉았다.

"어떤 일이냐고 묻지 않습니까?"

나는 고개를 흔들었다. 저 사람은 결코 나를 이해하지 못할 것이다. 나는 그 생각만 되뇌었다. 통행금지를 앞둔 막차에 오르기 전에 안은 내게 접힌 종이를 내밀었다.

"내게 판 책 생각나요? 이런 서류가 책갈피에 끼여 있던데 나도 잊어버리고 있었어요. 잘 간수하시죠."

나를 이모에게 맡기고 미국으로 미군 운전병을 따라가버린 후 소식이 없다가 최근에 도착했던 어머니의 초청장과 짤막한 편지였다. 그곳에서도 고국 소식의 끔찍한 정도가 오랫동안 무감해진 어머니의 감각을 순간적으로 자극했는지도 모르는 일이었다. 아니면 사는 정도가 조금 나아졌거나. 그것도 아니면 내가 가지 않으리라는 것을 잘 알고 부려본 변덕이거나. 내가 고향을 떠날 때 가지고 나온 것은 이 편지와 이모 몰래 준비한 대학의 입학금을 위해 훔친 돈이었다. 이모부의 병원비를 위해 판 땅값의 전액이었다. 까맣게 잊어버리고 있던 서류였다.

학교가 내게 분에 넘치는 것이 점점 분명해졌다. 나는 학교를 아예 그만두기로 결정했다. 그리고 나자 마음은 더욱 안정이 되었다. 이제 이 커다란 서울 구석에서 어느 누구도 나를 찾지 못할 것이다. 나는 일찌감치 휴학 원서를 집어 들고 왔다. 나에게는 물론이요 어느 누구에게도 특기할 만한 일은 아니었다. 두번째의 휴학이 될 것이었다. 게다가 일 년여 적을 둔 학교에서도 나를 아는 사람들은 거의 없었다. 나는 부정기적으로 일주일에 서너 번, 그러다가는 거의 매일 저녁에 인쇄소에 가는 생활을 시작했다.

나는 아직까지도 정처 없이 거리를 헤매는 버릇을 버리지 못하고 있지만, 그 시절에는 그 경향이 더욱 심해서 저녁에 인쇄소에 가기 전까지 남아 있는 긴 시간을 버스를 타고 이쪽 끝에서 저쪽 끝까지 혹은 그 구간의 상당 부분을 직접 걸어본다든지 하면서 보냈다. 그것은 심심풀이였다기보다는 어떤 성향 같은 것이었으리라. 영원히 삶에 정착할 수 없는 소수의 사람들에게 서식하는 불치의 병 같은 것 말이다. 나만큼 서울의 구석구석을 많이 걸어본 사람이 있을 것인가. 마치 내가 한번 지나침으로써 그곳이 조금은 나의 삶의 일부가 되기라도 하는 것처럼. 그러나 이 도시는 아무리 만지고 냄새 맡고 열망해보아야 어느 거리, 어느 사람에게도 나는 받아들여지지 않은 채, 여전히 내가 처음에 기차에서 내렸던 바로 그 순간처럼 생소한 차가움으로 나를 거부하고, 나는 이 지상에서 여전히 유령처럼 적을 둔 곳 없이 부유할 뿐이었다. 어디서부터 잘못되었던 것일까.

　오래전의 그 시기, 술병 밑바닥 유리의 어두운 두께로 다가오는 그 시기는 어쩌면 내 일생에서 가장 사건적인 시기인지도 모르겠다. 그 시기라도 없었다면 나는 나의 삶에 대해 정말 이야기할 만한 것이 없어져버린다. 비록 그것이 많은 곡해와 불안과 의혹의 시기였다 할지라도 그때부터 무언가가 다시 시작되었기 때문에.

　나는 아직까지도 왜 안이 그 시절의 나를 더 오래 문책하지 않고 같이 일을 해보자고 제안했는지 이유를 알 수가 없다. 나는 그러니까 오 년 이상 지하 운동으로 결성, 활동해온 문화혁명회가 사라지기 삼 개월 전에 그들에 가담한 셈이 되었다. 나는 확신 있는 사회주의자도 아니었으며, 그 계통의 책은 사 모으고 있었지만, 이 모든 것에 대해 이론적으로 무장해 있지도 않았다. 그러나 나는 주어진 일을 해내는 고용인의 성실성으로 이들이 만들어내는 글을 읽고 교정했고, 위험한 경우가 아닐 때만 간헐적으로 이 인쇄물들을 배부하는 심부름을 맡았다. 모든 종류의 반정부 움직임이 발각되자마자 해체되어버리던 마당에 어떻게 이들의 활동이 오 년여나 계속될 수 있었는지도 불가사의했다.

　나는 인쇄를 담당하고 있는, 안과 김, 그리고 동회에 근무한다고 해서 모두 주사라고 부르는 정을 만났다. 그들의 입에 오르내리는 이름들은 무수히 많았지만 나는 그 이름이 본명이었는지, 그들이 진짜 존재하는지의 여부도 알 수 없었고 묻지도 않았다. 안과 정, 김이 존재하는 것은 확실했고 그 확실성이면 내게는 충분했다. 대부분 시위 현장이나 지방에 배포될 전단의 인쇄와 교정을 맡고 있었던 나와 그들 사이에는 늘 일정한 거리가 있었지만 그렇다고 그들이 일부러 내게 일의 전반적인 절차를 숨기지도 않았고 따돌리지도 않았다. 어떤 때는 그들이 내게 취하는 거리가 마음 편하게 느껴졌는가 하면 어떤 때는 그것이 며칠간의 불면을 만들기도 했다. 내 편에서 그 거리를 없애기 위한 노력을 하지도 않았다. 모든 것이 힘에 겨웠다.

　어느 날 아침 나는 발작적으로 일어나 미국의 주소로 어머니에게 편지를 보냈다. 특별히 어떤 계기가 있었던 것은 아니었다. 내가 그리워했던 것은 어머니가 아니었다. 그러나 그날로, 초청장이 있어야만 가능했던 그 당시의 어려운 여권 신청 절차를 밟았다. 어머니, 어제로 나는 스무 살이 되었습니다. 우리가 떨어져 살기 시작한 지 어언 십이 년이 되었고 어머니가 미국으로 가신 지 사 년째군요. 하신다는 봉제 공장 일은 힘들지 않은지요…… 더 쓸 말이 없었다. 나는 미국행 편지에 나의 주소를 알리지 않았고 내가 여권 수속을 밟고 있다든지, 서울에서 무엇을 하고 있다든지에 대해서는 일언반구도 하지 않았다. 저녁에는 인쇄소에서 침묵한 채 일에 열중했다. 그다음 날 나는 방 밖으로 나가지 않았다. 잘 덥혀지지 않은 방에 두꺼운 옷가지를 있는 대로 걸쳐 입고 나는 오랫동안 한구석에 버려두었던 독일어로 씌어진 이탈리아 역사가의 저서를 우리말로 번역하는 데 하루 종일 매달렸다. 그날은 물론 인쇄소에도 가지 않았다. 통행금지 시간이 될 때까지 몇 번이나 일어서서 밖으로 나갈 채비를 하기도 했다. 자정 시보가 라디오에서 울렸을 때야 나는 포기하는 심정이 되었다. 하루 종일 채 석 장도 못 되는 양의 번역을 했을 뿐이었다. 그날 밤엔 유난히 바람이 거세었고 언덕을 올라오는 술주정꾼들의 객설이 밤늦도록 심심치 않게 이어졌다. 사람들은 추위가 깊을수록 더 깊이 취하는 모양이었다.

이튿날 혼자서 동료들을 기다리고 있던 안은 조금 일찍 인쇄소에 도착한 내게 다짜고짜 나의 연락처부터 물었다. 전날 내가 나타나지 않아서 일에 차질도 있었고 나에 대해서도 걱정이 많이 되었다는 것이다. 그의 어조의 어딘가에는 나의 신상에 대한 걱정보다는 약간의 불신을 동반한 불안의 기색이 있었다. 나는 집주인의 전화번호를 알고는 있었지만 문제를 만들기 싫어서 주소만을 가르쳐주었고, 피신 중이니 절대 다른 사람에게 주어서는 안 된다고 말했다. 안은 믿을 수 없다는 표정으로 내 눈 속을 깊이 들여다보면서 뜻을 새기는 기색이었다. 나는 지극히 개인적인 이유라고 넛붙였다. 그가 나의 말을 믿든 믿지 않든 그것은 중요한 것이 아니었다. 나는 은연중에 그들과 나의 처지가 어떤 면으로는 같다는 것을 전달하고 싶었는지도 모른다.

그들의 토론은 점점 더 길어졌고 점점 더 격렬해졌다. 나는 한구석에서 교정지에 시선을 고정시킨 채 되도록이면 몸을 조그맣게 만들려고 애쓰면서 그들의 대화에 신경을 집중해 듣곤 했다. 그들이 그처럼 열변을 토할 때면 나는 자주 너무 불필요하게 무겁고 자리만 많이 차지하는 처치 곤란한 가구라도 된 느낌으로 모든 움직임을 삼갔다. 나는 그들의 말을 한마디도 빠트리지 않으려고 신경을 모았다. 주로 그들 모임의 취약점이나 그들이 준비하고 있는 글에 대한 일들이 대부분이었다.

나는 그들의 신상에 대해 아는 것이 거의 없었다. 그럼에도 간간이 잡담을 통해 나는 정이 동회에 근무하다 최근에 그만두었다든가 김이 연극평을 하고 있다는 것, 그리고 안과 정은 동향이며 안은 음대를 다니다가 제적되었다는 주변적인 사실들을 알게 되었다. 그것이 다였다. 그들의 나이는 우연히 그들의 대화를 통해 알 수 있었을 뿐이었다. 안은 당시 27세였고 정은 안보다 한 살이 적었고 김은 안보다 세 살이 위였고 결혼해 아이가 둘이었다. 그들의 모임에 문제가 제기될 때 자주 언급되는 이름들이 있었다. 김희진이라는 이름이 그중의 하나로 모든 계획의 상당 부분을 담당하는 듯했다. 실제로 나는 그 이름으로 서명된 글을 한두 편 교정한 일도 있었다. 언제부터인가 나는 교정을 위해 글을 읽으면서 그것을 쓴 사람의 얼굴을 상상하는 습관이 붙어 있었다. 어떤 사람에게는 턱수염을 길게 늘여 붙였으며, 또 다른 사람에게는 우울하고 가느다란 얼굴을 부여했다. 지극히 드물게 그중의 한두 명이 인쇄소에 들르는 일이 있었는데 물론 나의 상상의 어느 한구석 맞아떨어지는 경우가 드물었다. 어떻건 대부분 예외 없이 인쇄소에는 우리 넷뿐이었지만, 내가 있어서였는지 각자의 사생활에 관한 한 그들의 대화는 그 이상 진전되지는 않았다.

그들의 얘기를 듣고 있으면 나는 사는 일이 그다지 지옥 같지는 않을 수도 있다는 엷은 희망이 생겨나기도 했다. 내가 원하기만 하면 좀더 적극적인 방식으로 이들과 한식구가 되어 지금까지와는 다르게 한 걸음을 걸어도 그것이 푹푹 발이 빠지는 모래밭을 걷는 기분이 아닐 수도 있을지 모른다는 낙천적인 마음이 들기도 했다. 나는 내가 만들어낸 인쇄물이 어떤 경로로 어떻게 쓰이고 그들이 바라는 효과가 무엇인지 조금씩 구체적으로 알게 되었다. 그러나 역시 나는 그들에게서 멀리 있었다. 그들은 내게서 멀리 있었다.

가끔 안은 귀갓길에 "강양이 일을 그만두고 싶으면 언제든지 떠나도 좋다, 일만 많고 보수가 넉넉지 못한 것을 잘 알고 있다"고 말했다. 나는 떠나기는커녕 누구보다도 일찍 인쇄소에 도착했고 가라는 말이 떨어지기 전에는 일어서지 않았다. 김은 그런 나를 강 찐드기라고 별명을 붙여 놀리기도 했다. 그렇지만 이들 셋 중의 어느 누구도 그들의 회합에 같이 가지 않겠느냐고 제안하지 않았다. 그 불균형의 균형 속에서 날들이 지나갔다.

귀가가 늦어진 어느 날, 쪽문에 채 머리를 들이밀기도 전에 주인집 아줌마가 후닥닥 방에서 튀어나왔다. 경찰이 왔다 갔다는 것이다. 나는 기계적으로 부엌의 판자문에 나갈 때면 채워두는 자물쇠로 눈이 갔다. 어두워서 보이지는 않지만 열려 있는 것 같지는 않았다. 나는 진정을 하고 사정을 물었지만 집주인은 경찰이 내일 다시 온다고 했다는 말만을 전하고는 겁먹은 표정으로 다시 방으로 들어가서 문을 소리 나게 닫았다.

나의 즉각적인 반응은 안에게 인쇄소로 전화를 걸어볼까 하는 것이었다. 그러나 그것은 더욱 위험한 일일 수도 있었다. 나는 방 안에 인쇄소에 관한 정보를 줄 만한 무엇이 있는지를 점검했다. 벽에 나란히 놓여 있는 헌책들이 눈에 띄었다. 그중에는 경찰의 시선을 자극할 것이 여러 권이 있었다. 나는 그것들을 우선 한구석에 놓인 옷보따리 속에 숨겼다. 시계를 보았다. 자정에서 기껏해야 십 분 정도를 남겨둔 시간이었다. 나는 안에게 전화를 거는 것을 포기하고 방바닥에 주저앉았다. 저녁 시간만 일하게 되는 고로 연탄불이 꺼지는 일이 드물었고 따스하게 덥혀진 아랫목의 이불 속에 손과 발을 넣고 앉아 있노라니 어떤 운명적인 느낌과 힘께 공연히 눈물이 수르르 흘러내렸다. 밥상 겸 책상에는 영원히 끝날 것 같지 않은 번역하던 책이 열린 채로 놓여 있었고 그 위로 아주 조그만 거미가 한 마리 기어가고 있었다. 방 안을 다시 한 번 둘러보고 자리에 누웠지만 잠이 오지 않았다. 어떤 경로로 인쇄소의 일이 발각될 수 있었을지 여러 가지 가능성을 생각해보았다. 그러나 생각은 곧 멈추어질 수밖에 없었다. 생각을 멀리 해보기에 내가 그들에 대해 아는 것이 너무 적었다. 불신과 서운함의 무게가 가슴을 누르는 것을 느끼면서 나는 밤이 여러 어둠의 결을 보여주면서 지나가는 것을 눈을 뜨고 바라보았다. 밤은 한순간도 완전히 검지 않았다. 보라색이었다가 짙은 회색이었다가…… 경찰이 오기를 기다리는 불안한 밤의 색깔은 가히 현란했다.

어처구니없게도 나를 찾아온 사복형사는 내가 까맣게 잊어버리고 있었던 여권 발부 절차 중의 하나로 신원 조회를 하러 온 것일 뿐이었다. 그때만 해도 직접 사람을 만나보아야 신원이 확인된다고 믿던 순진한 실증의 시대여서 나는 형사를 데리고 언덕 중턱쯤에 있는 다방으로 가서 그의 몇 가지 질문에 덤덤하게 응했다. 그렇지만 나의 심장은 시종일관 뛰었다. 이미 자취방을 흘낏 훔쳐본 형사의 질문은 간단했다. 나는 어머니를 보러 가기 위해서 휴학을 할 예정이며 가끔 과외 수업으로 생활을 하고 여비는 조만간 미국에서 도착할 것이라고 말했다. 아마 내가 가장 믿을 수 없는 일이 있다면 그것은 바로 어머니를 찾아 미국으로 가는 일이었을 것이다. 그러나 나는 이 모든 것을 확신에 차서 말했다. 죄 없이 멀쩡한 사람도 신원 조회라면 돈을 집어주던 당시의 관행조차 무시하고 형사는 종종걸음으로 끝나지 않을 것 같은 언덕의 경사를 내려갔다.

나는 거의 한 달 후에 여권을 손에 넣었고 어머니의 초청장을 들고 삼엄하기 그지없는 미국 대사관에서 비자 절차도 밟았다. 다행히 나의 본적은 이모네 집으로 되어 있었기 때문에 이민을 꺼려 하는 그들의 신경을 자극하지 않았다. 절차가 끝나자마자 나는, 헛된 비용과 시간을 소비한 데 대한 앙갚음이라도 하듯이 신경질적으로 여권을 잡동사니 보따리 속에 쑤셔 넣었고 헌책방의 금서들을 일렬로 벽에 세워두었다.

어떤 날은, 그들도 물론 어두운 시기를 지나고 있음을 알아차릴 수 있었다. 평소에 농담을 잘하는 연극쟁이 김조차도 저녁 내내 한마디 말없이 우두커니 앉아 있고 나머지 사람들 또한 난로 주위에 앉아 안주도 없는 술로 시간을 보내기도 했다. 아주 작은 일이 언쟁이 되었고 이미 인쇄된 종이들이 찢기기도 했다. 그럴 때가 내게는 제일 어려웠다. 나의 존재가 그들의 언쟁에조차 방해가 되는지 나의 눈치를 보는 게 역력했기 때문이었다. 일이 없다고 먼저 자리를 뜨기도 어색했고 무슨 일이 있느냐고 물을 수도 없었다. 나는 인쇄소에 오기 전의 긴긴 낮시간을 메우기 위해 읽던 책들에 건성으로 시선을 주면서 이 긴장과 불안의 시간이 지나기를 기다렸다. 단 한 번 정은 아주 간접적이기는 했지만 나를 두고 안을 공격한 적도 있었다. 나의 참여가 위험하다는 식의 발언이었고 안은 그런 정의 나에 대한 드러내놓은 의심에 대해 아무런 반응도 하지 않고 정을 보고 씩 웃을 뿐이었다. 나는 나를 더 적극적으로 변호하지 않은 안에게 서운한 마음이 들었다. 그러나 안으로서는 나에 대해 달리 할말이 없었을 것이다.

그 즈음 검열과 조사가 극에 달했고 신문에서는 거의 매일 사람들의 검거 기사와 이적 출판 행위의 처단에 대한 기사가 실렸다. 그러나 신문의 기사는 빙산의 일각이었다. 벌써 얼마 전부터 우리는 삼백 면 가량의 부정기 간행물의 출판을 위해 거의 매일 저녁 인쇄소에 모였다. 그들의 말에 의하면 이미 우리가 조판하고 있는 글의 필자 중의 두 명이 붙잡혔다고 했다. 기껏해야 일주일 가량을 남기고 있는 중요한 회합에 절대적으로 필요하다고 하면서 안은 일을 재촉했고 자정이 넘게 일을 하는 경우도 있었기 때문에, 그리고 아침에는 인쇄소를 깔끔하게 치워놓아야 했기 때문에 그들은 번갈아가면서 혹은 둘이 짝이 되어 인쇄소에서 밤을 보내는 것 같았다. 대부분 김과 안이 남아 있었다. 나는 그들이 외부에 전화를 거는 것도 전화를 받는 것도 본 적이 없었다. 그렇지만 차질 없이 원고가 들어왔고 내가 초교를 보면서 의문 부호 표시를 해 넘긴 부분은 손이 가해져 어김없이 하루나 이틀 뒤에는 교정지용 플라스틱 바구니 안에 놓이곤 했다.

자연스럽게 어느 날 나는 자정을 넘겨 인쇄소에 남아 있었다. 정과 김은 다른 곳에서 처리할 일이 있었던 모양으로 일찌감치 일을 내게 떠맡겼다. 뒤처리를 내가 하고 갈 테니 먼저 들어가라고 해도 안은 쓸 것이 있다고 하면서 오히려 그를 돕기 위해 내가 인쇄소에 남아 있는 것을 당연하게 생각하는 것 같았다. 나는 양철통 속에 담겨 있는 조개탄을 듬뿍 난로 속에 집어넣었다. 오랫동안 살아온 나의 집을 덥히기 위해서 하는 것 같은 익숙한 나의 동작에 내 자신이 놀랐다. 안은 내게서 등을 돌리고 철제 책상에 앉아 무언가를 쓰고 있었다. 나는 그가 쓰고 있는 글의 내용을 벌써 몰래 훔쳐본 바 있었고 그 진행이 궁금했다. 나는 연속방송극을 쫓아가는 심정으로 그의 글의 진전을 흥미롭게 지켜보았다. 나 또한 플라스틱 바구니 속에 들어 있는 교정 용지를 집어 들었다.

자정이 지나면 바람도 차지는 모양인지 허술한 창 밑으로 쌩쌩 바람이 들이쳤다. 나는 난로의 문을 조금 열어놓고 그 옆에 의자를 놓고 교정쇄를 무릎 위에 놓고 앉았다. 안이 지나치는 말투로 물었다. 내가 안을 만난 지 백십일 일이 지나려 하고 있는 저녁에 처음으로 한 반말이었다.

"강양은 여기 일에 깊이 연루되지 말고 일찌감치 손을 떼는 게 어떠니."

나는 안의 말을 어떻게 해석해야 좋을지 몰라 그를 멍하니 쳐다보았다. 그는 쓰는 일을 멈추지도 않은 채였다. 나는 그의 말을 괘념치 않기로 하고 다시 교정지로 시선을 돌렸다.

"학교도 계속해야 할 것이구 그다음엔 안정된 직장도 가지구, 시집도 가야 할 테고."

평소 같으면 한 사람에 대한 결정적인 평가절하로 연결될 이런 진부한 말이 고개를 돌린 그의 어두운 표정 때문인지 의도적인 모욕으로 들렸다.

"그러려면 일이 터진 다음에는 곤란할 거야."

그는 내 쪽으로 돌아앉았다. 난롯불이 막 활활 일기 시작했고 열기가 얼굴로 옮아 붙는 듯해서 나는 의자를 뒤로 당겼다. 그렇다고 안이 농담을 하고 있다고는 생각되지 않았다. 피로로 인해 그의 얼굴의 요철이 더욱 분명하게 드러날 뿐이었다. 어쩌면 한 사람의 얼굴이 저렇게 달라 보일 수 있을까. 난생처음 보는 사람과 한밤중에 마주 앉은 것처럼 나는 그를 뚫어지게 바라보았다.

"내가 하는 말을 불쾌하게 들으면 안 돼."

"그 정도로 자신이 없는 일에 왜 매달려요, 안선생님은?"

"지금 나는 나에 대한 말을 하고 있는 게 아니라구. 언젠가 가까운 미래에 좀

더 자신 있는 사람이 많이 생기기를 바라기 때문이겠지."

우리는 잠시 침묵했다. 안과 나와의 대화 내용과는 관계없이 나는 그와의 한밤중의 이 드문 속살거림이 한편으로는 오래 계속되기를 바랐고 다른 한편으로는 그가 어서 저 피곤하고 지쳐 시든 얼굴을 다시 원고지 위로 돌려주었으면 좋겠다는 두 가지 상반된 마음이었다. 그러나 한번 크게 기지개를 켄 안은 한순간에 평소의 생기를 회복한 듯했다. 그는 책상 쪽으로 돌아앉으면서 말했다.

"어떻든 이번 일이 끝나면 당분간 집에서 내가 연락할 때까지 기다리는 게 낫겠어."

그들은 이렇게 나에 대한 계획을 세워두었던 것일까. 하기는 신원도 색깔도 불분명한 나 같은 애가 처치 곤란은 하겠지. 지금까지 같이 일을 해오면서도 어떤 더 분명한 증거를 그들은 원하는 것일까. 안은 부드러운 목소리로 덧붙였다.

"미리 등록금을 조금 도와주지."

이런 도움이 자존심을 자극하는 것을 보니 지난 몇 달간의 생활이 여유로웠던 것인지도 모른다. 그의 음성의 따뜻함까지가 내게는 계산된 차가운 거리로 다가왔다.

"안선생님, 나에 대해서 걱정하지 마세요. 조만간에 나는 이 나라를 떠날 예정이에요. 여권 절차도 벌써 마쳤구요."

조금은 희극적으로 들릴 수 있는 나의 갑작스런 발언에 그는 뒤돌아보지 않았다. 나의 말에 반응하지 않았다.

두 시가 넘자 그는 일을 끝냈는지 불을 끄고 군용 침대를 펴고 누웠다. 나는 잠도 오지 않고 할 일도 있었지만 그의 수면을 방해하고 싶지 않아 난로에, 남아 있는 조개틴을 던져 넣고 불구녕을 숙인 후, 그가 나를 위해 남겨둔 난로 곁의, 군용 침대보다는 편안한 낡은 장의자에 누웠다. 나는 오랫동안 잠이 들지 못한 채 뒤척이면서 소음을 내지 않으려 애썼다. 숨소리를 가다듬으려 했기 때문에 오히려 큰 한숨이 솟아나기도 했다. 나는 눈을 감고 안에게 얘기하는 것을 상상했다. 선생님은 나에 대해서 아무것도 몰라요. 나는 말이죠, 충청도 시골에서 태어났어요. 어린 시절요? 가난하고 불행했어요. 좀더 큰 다음에는 이모네 집에서 살았어요. 어머니가 일자리를 구해 도회지로 나갔기 때문인데 이모네도 시골이었어요. 엄마가 돈을 보내오긴 한 모양인데 가난하고 불행하긴 마찬가지였어요. 중학교는 중간에 그만두고 고등학교를 검정고시를 쳤어요. 그때도 역시…… 모든 것이, 내가 거쳐온 짧은 시간들이 이렇게 생소할 수가 없어요. 내가 알고 싶은 건 말이죠, 나만 이렇게 느끼는 건지, 아니면 다른 사람도 조금쯤은 그렇게 느끼는지 하는 거예요. 예를 들어 안선생님은 전혀 그런 것 같지가 않은데 어떠세요?

안의 고른 숨소리와 뒤척임을 들으면서 나는 잠이 들었다. 한밤중, 누군가 목까지 담요를 끌어다가 가볍게 눌러주는 것을 그리고 그 동일한 손이 나의 움푹 들어가고 까칠한 뺨을 살짝 스치는 것을 멀리, 마치 먼 과거의 꿈처럼 느끼면서 나는 깊고 짧은 잠에 빠져들었다. 잠 속에서 나는 오랫동안 흐느껴 울었던 것도 같다.

얼마 전부터 주중보다는 주말에 더 많은 일을 하는 나에게 오래간만에 주말이 있었다는 것이 벌써 이상한 징조였을 수도 있었다. 비로 두 달 남짓한 기간이었지만 밤에 그들의 일을 돕기 시작한 이래 이틀간의 연속 휴일은 가져본 적이 없었다. 참 이상한 일이다. 아주 드물게 내가 이때를 생각할 때면 나는 기억의 왜곡을 경험한다. 저녁 일을 분명 일곱 시경에 시작했음에도 불구하고 내 머릿속에는 우리가 매일 한밤중, 도시는 물론 지구 전체가 모두 잠들어 있는 어두운 시간에 작업을 한 것 같은 착각이 든다.

나는 그들이 나를 제외하고 긴밀하게 할 일이 있어 내게 주말을 집에서 보내도 좋다는 허락을 내린 것으로 굳게 믿었다. 단지 인쇄의 잡일을 돕기 위해 고용되었다는 그들과 나 사이의 무언의 약속은 이런 경우에 효력을 발휘해 그들은 결코 나에게 속사정을 말하는 경우가 없었다. 안마저도 아무런 말을 덧붙이지 않았다. 일하지 않는 이틀을 나는 어디에고 속하지 못한 사람이 자주 가지게 되는 방어적인 의심으로 괴로워하면서 보냈다. 산동네의 자취방은 겨울 바다에 불안정하게 떠다니는 섬이 되었고 나는 아무런 이유도 없이 그 무인의 섬에 누군가가 와서 불러주기를 간절히 기다렸다. 토요일 저녁에는 눈이 내렸고 주인아줌마가 다 탄 연탄재가 남아 있으면 으깨어 집 앞 언덕길에 뿌리라고 내 방문을 두드렸을 뿐이었다. 연탄재조차도 남아 있지 않았다.

　책상 위에 영원한 장식처럼 펼쳐져 있는 번역에도 매달렸으나 반 면을 못 넘기고 지쳐 떨어졌다. 나는 방 안에서 단 한 벌의 반코트를 걸치고 시려오는 두 손을 겨드랑이에 끼워 넣은 채 그들의 대화 속에 회자하던 책을 읽었다. 지금은 그 책의 제목도 저자도 생각이 나지 않지만 그 책의 독서를 끝낸 후 내가 썼던 글의 제목이 지금도 생생한 것을 보면 나 같은 사람에게조차 일말의 자기중심적인 도취가 존재하는 모양이다. 「가난이라는 소외의 탈역사적 경향에 대한 반성」이라는 것이었다. 주말은 이렇게 느리게 지나가고 있었다. 다시금 밤이 내리기 시작하면서 나는 안정을 찾기 시작했다. 나는 더 이상 아무도 기다리지 않았다.

　아침이 되었을 때 나는 외로움의 감옥에서 완전히 벗어나 있었다. 나는 시간을 빠르게 흘려보내기 위해서, 즐거운 마음으로 오랫동안 방치해두었던 방 청소를 했고 휘파람을 불면서 눈과 연탄재가 범벅이 된 회색의 비탈길을 하릴없이 두어 번 오르내렸다. 미약한 햇살마저 판자벽을 슬쩍 벗어나 있었고, 그런 응달에서 볼이 튼 어린아이들이 재와 흙으로 범벅이 된 회색 눈으로 눈사람을 만들고 있었다. 나는 그 아이들이 몸통을 만들고 둥근 얼굴을 얹고 그 위에 돌 조각으로 눈을 만들어 붙이고 입을 만드는 것을 오랫동안 바라보았다. 나는 거의 마지막 손질 단계에 있는 우리의 인쇄 책자를 생각했다. 주초에는 그 책에도 눈이 붙여지고 코가 붙여질 것이다. 이상한 흥분이 나를 사로잡았다. 나는 그리워하고 있었다. 사람을 그리워하는 것이 아니라 일을. 아무 일이나 그리운 것이 아니라, 비록 외곽에서의 잡일이기는 하지만 몇 달 전부터 내가 하기 시작한 바로 그 일을. 바로 그 인쇄소에서, 다른 사람 아닌 바로 그들과 일하는 것을. 아이들이 눈사람을 다 끝내고 쉰 목소리로 만족의 환호성을 질렀다. 나는 내 목을 두르고 있던 목도리를 벗어, 멋진 나무젓가락 콧수염을 단 회색의 눈사람의 목에 감아주었다. 조개탄을 아껴 써야 했던 어느 저녁, 안이 오버 주머니에서 꺼내 목에 둘러주었던 목도리였다. 다시 한 번 터지는 아이들의 환호성을 뒤로하고 나는 단숨에 언덕을 뛰어올랐다.

나는 결국 책이 만들어진 것을 보지 못했다. 그리고 결국 인쇄소의 낡은 문에 내가 소중하게 간직하고 있는 열쇠를 꽂을 기회를 영원히 잃고 말았다.

긴 주말 끝의 월요일. 나는 해가 기울어지기도 전에 방문을 나섰다. 그렇다고 아무 때나 인쇄소에 얼굴을 들이밀 처지가 못 되었던 만큼 인쇄소까지의 긴 길을 걸었다. 이번에는 한 장의 버스표를 아끼기 위해서가 아니었다. 낮에 인쇄소에서 일하는 사람들과의 마주침을 피하라는 안과 정의 원칙은 철저한 것이었고, 나는 정확히 알 수는 없어도 그것이 어떤 결과를 가져올는지를 상상하는 것은 어렵지 않았다.

평소처럼 골목을 돌아 뒷문에 이르는 길을 택하지 않은 것을 행운이라 이름 붙일 수 있을까. 당연히 셔터가 내려져 있어야 할 인쇄소의 입구가 먼발치에서 눈에 띄자마자 나는 단번에 모든 일이 틀어져버린 것을 감지할 수 있었다. 올려진 셔터, 환하게 켜진 불빛, 활짝 열려져 있는 유리문. 문의 유리의 하반부가 깨어진 것이 바로 눈앞에 있는 것처럼 확연하게 드러난 듯도 했다. 그 속에는 분명 누군가가 부산하게 움직이는 것 같았고 문밖에는 양복을 입은 두 명의 남자가 담배를 피며 등을 돌리고 서 있는 것이 보였다. 나의 가슴은 터질 것처럼 뛰고 있었다. 절대 황망히 뒤로 돌아서지 말아라. 뛰지 말고. 절대 서두르지 말고 길을 가로질러라. 제발 인쇄소 방향으로 고개를 돌리지 말고. 나는 떨리는 손을 주머니에 집어넣고 행인들 사이에 섞여 건널목 앞에 섰다. 길의 통과를 무한히 금지하고 있는 것만 같던 건널목의 적색등. 이미 날은 어두워져 실제로 먼발치에 있는 그들이 나의 모습을 알아보거나 뒤쫓을 위험이 없었음에도 그 짧은 기다림의 순간에 세계는 위험한 밀고자들의 소굴로 변신했다. 당장이라도 옆의 행인이 나의 팔을 우악스럽게 잡고 "강하원이지. 순순히 나를 따라와" 하고 귓속에서 속삭일 것 같았다. 나를 앞뒤로 둘러싸고 있는 행인의 얼굴을 쳐다보고 싶은 유혹은 견뎌내기 힘든 것이었다.

길을 건너고 가장 가까운 골목으로 기어들어가고, 거기서 다시 큰길로 나오고 다시 골목으로 들어가고…… 충분히 인쇄소에서 멀어졌다고 판단되었을 때부터 나는 달리기 시작했다. 얼마 동안을 어떤 길로 해서 달려왔는지 아무런 기억이 없었다. 나는 뛰면서 입으로는 내가 한번도 해본 적이 없는 기도 비슷한 것을 수없이 반복하고 있었다: 제발 내가 이 자리에서 잡혀서 동료들에게 누를 끼치지 않게 해주십시오. 나는 잃을 것이 없는 사람이지만 그들은 그렇지 않습니다. 그들은 할 일이 많은 사람들입니다.

그 뒤로는 모든 일이 순식간에 진전되었다. 우리가 기획하고 있던 책은 물론이요 다른 단체들을 위한 인쇄물을 끝내지도 않은 채 일이 터지고 만 것을 나는 신문을 보고 알았다. 연행된 사람들의 이름이 서넛 실려 있었지만 교정으로 낯이 익은 한 이름만 제외하고는 생소한 이름들이었다. 그들의 활동은 이런 종류의 기사가 늘 그렇듯이 신문의 눈에 띄지 않는 한구석에 서너 줄로 요약되어 있었다. 그것은 안을 비롯한 우리 인쇄 담당이 안전하다는 것을 보장해주기에는 불충분했다. 만약 내가 알고 있는 그들의 이름이 본명이라면, 어떻든 그들의 이름은 신문에 나지 않았다.

불안한 나날이 시작되었다. 문밖에서 조그만 소리만 들려도 나의 가슴은 두근거렸다. 정말 이상한 일이었다. 나의 가슴은 두려움 때문에 두근거리고 있는 것이 아니었다. 그것은 기다림이었고 그리움이었다. 그것은 더 구체적으로 말하면 안에 대한 기다림이었다. 안이 나의 주소를 알고 있는 단 하나의 사람이었기 때문에. 그러나 그보다는, 마치 어느 날 안이 나타나면 다시금 우리가 일을 시작할 수 있기라도 한 것처럼. 날씨가 조금씩 풀려가고 있었다. 나는 며칠을 누워서 보냈다. 나는 병이 없는 신열을 앓고 있었고 단 하나의 치유법은 수면이었다. 가끔 집주인이 불안한 듯 방문을 살며시 열었다 닫았다. 그녀가 죽음의 확인을 하러 오는 것 같은 생각이 들었고 그 기대에 부응하기라도 하려는 듯이 나는 그럴 때마다 꼼짝도 하지 않았다. 기대의 두근거림이 포기의 심정으로 변했을 때 나의 아픔은 극에 달했다. 그들과 일할 수 있는 기회가 어쩌면 영원히 오지 않을 수도 있다는 확신은 참을 수 없는 것이었다. 마치 나의 잘못으로, 나의 고발로 그들의 활동이 저지되기라도 한 것처럼 환각적인 죄의식에 시달리기도 했다.

나는 거리를 헤맸다. 어디에고 그들과 연락을 취할 수 있는 방법은 없었다. 그들과 보낸 서너 달이 남긴 흔적이라고는 하나도 없었다. 단 하나. 청계천의 헌책방이 있었다. 그러나 책방 주인은 바뀌어 있었다. 어느 저녁 나는 인쇄소 쪽으로 가보기도 했다. 그러나 간판이 떨어진 인쇄소는 아주 오래전부터 폐쇄된 금지 구역처럼 보였다. 수소문해볼 사람도, 전화로 문의를 해볼 만한 대상도 없이 나는 지쳐서 방으로 돌아오곤 했다. 그러나 설령 수소문을 할 건덕지가 있었다고 해도 나는 나의 어떤 행동이 그들에게 누를 끼칠 것이 두려워 아무것도 할 수 없었을 것이다. 이성적으로 다시는 그들을 만날 수가 없음을 알고 있음에도 나는 끈질기게 그들 중의 하나를 기다렸다.

나의 초라한 육신을 관리하기에도 지쳐 있는 상태에서 한밤중 나는 깨어 일어났다. 나는 둔화된 기억의 촉수를 다시 갈아세우고 절망에서 벗어날 수 있는 전파를 보내기 시작했다. 수신자 없는 고독한 전파였다. 나는 책상에 공책을 펴고 앉았다. 나의 모든 기억을 동원하여, 내가 적어도 두 번 이상 교정을 본 바 있는, 준비하던 책자에 수록된 원고들의 제목을 하나하나 공책에 쓰고, 생각나는 대로 각 원고의 내용을 거칠게 요점만이라도 정리해 내려가기 시작했다. 망각의 신비만큼 가끔 기억은 놀라운 힘을 발휘할 때가 있다. 가끔 한 문단 전체가 고스란히 기억에 되살아오는 것에 나 스스로 경악하기도 했다. 하룻밤에 나는 머리말까지 합쳐 모두 세 편의 논문을 그런대로 재구성할 수 있었다. 모두 열여덟 편의 논문이 있었고 그중의 두 편은 번역이었다. 그중의 한 편은 내가 부분적으로 참여하기도 한 것이어서 나는 보따리 속에 뭉텅이로 갇혀 있던 종이 뭉치에서 복사한 원문을 찾을 수 있었고 다음 날 하루 꼬박 걸려 그 논문의 번역도 끝을 맺었다. 되살아나는 기억이 사라질 것이 두려워 나는 감히 눈을 붙일 생각도 못하고 미친 듯이 그 일에 매달렸다. 그것은 일종의 기도라면 기도였다. 기억이 살아 있는 한 그들을 향한 나의 송신기가 작동을 하고 있다는 미신적인 자기 암시였다.

신 없는 기도에도 대답이 있었던 것일까. 저녁나절, 안으로 잠근 부엌의 판자문을 가볍게 흔드는 소리가 들렸다. 그리고 이어 집주인의 목소리.

"학생, 나와봐. 사촌이 찾아왔어."

나는 숨을 죽이고 가만히 앉아 있었다. 밖에서 웅얼거리는 집주인의 목소리가 계속 들려왔다. 나는 맨 먼저 상 위에 펼쳐진 공책을 덮었고 왜 그랬는지 보따리 속에 들어 있던 여권을 꺼내 상 위에 놓고 밖에 찾아온 사람이 문을 부수고 들어오기를 기다렸다. 가슴이 두근거리지조차 않았다. 단지 사촌이라는 말에 힘이 빠질 뿐이었다. 한눈에 잡히는 좁은 공간을 꼼꼼하게 뜯어보고 있는데 이번에는 또 다른 여자의 목소리가 들려왔다.

"하원이, 안에 있니?"

친한 친구나 친동생을 부르는 듯한 부드러운 목소리였다. 그러나 난생처음 들어본 목소리였다. 여자 사촌이라고는 없었던 만큼 나는 직감적으로 그 방문이 안과 관련된 것임을 알아차렸다. 그 목소리의 무엇 때문인지는 알 수 없어도 나는 그 당장에 내 몸에 남아 있는 희미한 힘의 자취조차도 스르르 어디론가 빠져나가는 것 같은 느낌을 받았다. 내 이름을 부르는 목소리의 주인공이 좋은 소식의 전령자이건 나쁜 소식의 전령자이건, 나는 주저할 여지가 없었다. 나는 방문을 열고 방문자를 안으로 맞고 주인집에는 고맙다는 인사를 과장되게 했다.

"김희진이라고 해요. 안선생이 주소를 주면서 도움을 청하라고 하더군요."

두 발을 옆으로 모으고 내 앞에 앉아 있는 여자는 피곤한 듯 등을 벽에 기댔다. 창백하기는 그녀나 나나 마찬가지였을 것이다. 조금 섬뜩한 아름다움을 지닌 얼굴이었다. 아주 먼 곳에서 와서 다시 먼 곳으로 떠나가버릴 것 같은 느낌을 자아내는 얼굴. 그렇지만 그녀의 지친 표정이나 행색은 그 모든 것을 교묘하게 가려버리고 있었다. 그녀의 눈은 열에 들떠 번들거리고 있었다. 한눈에 보아 앓고 있는 게 틀림없었다. 나는 우선 그녀의 등 뒤에 베개를 대 벽에 편안히 기대게 했다.

그녀와 나는 서로를 바라보면서 침묵하고 앉아 있을 뿐이었다. 들고 온 큼직한 가방의 손잡이에 놓여 있는 그녀의 손은 마디가 굵었고 투박해 보였다. 자세한 설명을 듣지 않아도 그녀의 심신의 피폐 상태가 어느 지경에 이르러 있는지를 쉽게 알아차릴 수 있었다. 나는 아마도 오랜만에 이루어졌을 그녀의 휴식을 방해하지 않으려고 조심하면서 물었다.
"모두들 무사한 건가요."
"더러는, 그렇지만 모임은 거의 해체 상태로, 준비 중인 일은 모두 압수당했고 모두들 연행되었거나 도피 중이지요."
"안선생님은?"
김희진은 지극히 어두운 표정이 되어 눈을 감았다.
"모르겠어요. 모르겠어요."
김희진은 낮은 목소리로 그녀가 아는 여러 사람의 소식을 알려주었다. 모두가 나는 한번도 만난 적이 없고 대개는 이름도 모르는 사람들이었다. 안은 그녀에게 나의 주소를 주면서 나에 대해 아무런 설명도 덧붙이지 않았던 것일까? 그러나 김희진에게 나의 주소를 주었다는 것으로 그사이에 내가 안에 대해 가지고 있던 모든 오해가 단숨에 지워지는 느낌이었다. 김희진은 오래 사귄 사람의 깊은 신임을 가지고 내게 모임이 처한 위험에 대해 말했다. 왜 그랬을까, 나는 그녀에게 사실을 말하지 않고 그녀가 믿고 있는 대로 오랫동안 모임에 가담한 것처럼 그녀의 말에 반응을 보였고 모르는 이름들, 기껏해야 가끔 들어봤을 이름들을 그녀가 언급했을 때, 오랜 지기나 되기라도 하는 것처럼 그들에 대한 우려를 표정에 담았다. 아니 나는 진정으로 그들을 우려했다는 것이 옳다.
약간의 여유가 생기자 나는 수줍게 말했다.
"나는 김희진이라는 이름을 들을 때마다 남자라는 생각을 했어요."
그녀는 갑자기 생각난 듯 말했다. 그러나 그 어조에는 어떤 불편함이 있었다.
"아 참, 안선생이 하원씨에게 전하는 편지가 있어요……."
그녀는 가방 속에서 주변이 낡아진 편지 한 통을 내밀었다. 편지는 봉해져 있었고 얄팍했다. 나는 그녀 앞에서 편지를 열지 않았다. 이유도 없이 나는 그것을 바지 주머니에 황급히 집어넣고 밖으로 뛰어나갔다. 그러나 밖에 나와서도 나는 편지를 뜯지 않았다. 어쩌면 너무 오랫동안 기다렸던 소식이기 때문에 시효가 지나가버린 것 같은 아득한 느낌이 먼저 자리를 잡았기 때문이었다.

나는 연탄불을 활짝 열고 밥을 안치고 주인집에서 빌려온 곤로에 찌개를 끓였다. 이 노천에 가까운 부엌에서 음식 냄새가 나지 않은 지가 참으로 오래되었기에 나의 가슴이 다소간 설레기도 했다. 서울 하늘 아래 방 한 칸을 잡고 생활을 한 이래 누군가가 나의 거처를 방문한 것이 처음 있는 일이었다. 나는 그것이 이모나 이모가 보낸 친척이 아닌 것에 자축을 보냈다. 나는 시멘트 부뚜막에 앉아 편지를 뜯었다.

강양!
급히 몇 자 적습니다. 내 몸처럼 중요한 사람을 보내니 도움을 부탁하오. 우리 당분간은 만나기 힘들 것이오. 거두절미하고 어려운 부탁을 합니다. 강양이 지니고 있는 여권을 빌렸으면 하오. 큰 도움이 될 것이오. 일의 성질이 그러하니만큼 거절한다고 해도 이의는 없소. 그러나 다시 한 번 말하건대, 만약 강양이 동의한다면 얼마만큼의 도움이 될는지는 아무도 알 수가 없소. 그럴 경우 나머지는 김희진과 상의하기 바라오. 안.

짧고 정확한 내용을 전달하는 사무적인 편지였다. 나는 안의 그런 편지를 오래 들여다보았다. 이것이 정말 안이 쓴 편지인가. 확실히 안의 글씨였다. 그는 내게 이런 일을 부탁할 권리가 있는가? 있었다. 왜? 그러나 왜인지에 대해서는 나도 대답을 할 수가 없었다. 안은 다른 식의 편지를 쓸 수도 있지 않았을까? 그러나 만약 다른 식의 편지를 썼더라면 나는 정말, 위로받을 수 없을 정도로 상처를 받았을지도 모른다.

음식이 담긴 쟁반을 들고 방으로 들어갔을 때 김희진은 반쯤 누워 있다가 몸을 일으키면서 쟁반을 받아들었다. 그녀의 팔이 경련을 하는 것이 보였다. 우리는 침묵한 채 식사를 끝냈다. 아주 오래전에, 이처럼 무겁게 내려앉은 늦은 밤, 침묵 속에서 앞에 앉아 있던 피로에 지친 얼굴을 조심스럽게 바라보면서 식사를 하던 때가 있었다. 상 반대편에는 일에서 돌아온 피로를 화장으로 숨긴 엄마가 있었고 상의 이쪽 편에는 기껏해야, 여덟, 아홉의 어린 내가 있었다. 그러나 김희진은 그때 상 저편에 앉아 있던 얼굴과는 성질이 다른 피로를 내보이고 있었고 그 얼굴에서는 발견되지 않던, 웬만한 피로로는 꺼지지 않게끔 질기게 가꾸어온 느낌을 주는 특수한 빛이 있었다. 김희진의 나이가 그때의 엄마의 나이쯤 되었을까? 아니었다. 김희진의 얼굴은 훨씬 젊어 보였다. 그녀의 얼굴에는 나이가 없었다.

그때나 그 후나 그녀의 모습을 떠올릴 때면 나는 늘 한 가지 강박관념에 사로잡힌다. 그녀의 얼굴, 그녀의 자태가 내게 야기시키는 그 어떤 것을 꼭 말로 그려내야만 한다는 생각이다. 그리고 그녀가 지닌 아름다움만큼 그려내기 어려운 것도 없다. 누구를 닮았다거나 어떻게 생겼다거나 하는 비유적인 설명으로는 불충분한 어떤 것을 그녀는 지니고 있었다. 그저 아름답다는 가장 단순한 형용사밖에는 떠오르지 않는. 아니면 그것은 고독하고 어린 나이의 한 철없는 여자 아이의 환상이었을까. 확실히 그것은 아니었다. 나는 생각했다. 만약 안의 부탁 편지가 없었더라도 내 자신 그녀에게 잠시 잠적할 것을 제안했을 거야. 그것이 김희진이건 장이건 박이건…… 틀림없이. 나를 부르는 사람이 누구인지도 모르면서, 밖에서 그녀의 목소리가 들려오자마자 저렇게 그 목소리를 위해 여권을 준비해놓고 있었잖아.

"무슨 생각을 하느라 내 얼굴을 그렇게 뚫어보지요?"

나는 상 한 귀퉁이로 몰려나 있던 여권을 집어 들면서 대답했다.

"앞으로 내가 할 일을 생각하고 있었어요."

김희진은 밥상 너머로 두 손을 내밀었다. 나는 말없이, 뜨겁게 열이 올라 있는 그녀의 손을 잡았다. 그녀의 손이 가볍게 힘을 주어왔다. 나는 손을 빼 이번에는 나의 손으로 그녀의 두 손을 감쌌다. 나는 끝내 그녀와 안과의 관계에 대해 묻지 않았다.

나는 가끔 희망이라는 것은 마약과 같은 것이 아닌가 하는 생각을 할 때가 있다. 그것이 무엇이건 그 가능성을 조금 맛본 사람은 무조건적으로 그것에 애착하게 된다. 그렇기 때문에 희망이 꺾일 때는 중독된 사람이 약물 기운이 떨어졌을 때 겪는 나락의 강렬한 고통을 동반하는 것이리라. 그리고 그 고통을 알고 있기 때문에 희망에의 열망은 더 강화될 뿐이다. 김희진이 도착하던 날, 그녀의 피곤에 지쳐 눈 감긴 얼굴을 쳐다보면서 나는 내가 이미 오래전부터, 나도 모르게 그 성격을 규정하기 어려운 희망이란 것이 감염되었음을 알아차렸다. 그리고 그것이 결국은 어떤 형태로든 일생 동안 나를 지배하리라는 것도. 나는 막연한 희망에 대한 막무가내의 기대로 김희진을 돌보았다.

도착하는 날부터 그녀는 앓기 시작했고 나는 저녁나절에는 그녀를 간호하고 낮에는 그녀를 대신해, 그녀가 알려준 대로 새로운 소식이나 도움을 줄 수 있는 사람을 찾아 서울의 구석구석을 헤매 다녔다. 그러나 대부분의 경우는 잘못된 연락처였거나 상황에 대한 극대화된 불안 때문에 오히려 내게 근신을 하고 적당한 때에 다시 들러줄 것을 부탁했다. 가끔 경제적 도움을 주는 경우도 있었다. 물론 그것도 자주 있는 일은 아니었다. 어떻든 뒤늦게 나는 많은 사람들을 만났고 그것은 내게 많은 힘이 되었다.

나는 여러 사람을 거치면서 겨우 정을 만날 수 있었다. 친구가 경영하는 다방에서 불안한 나날을 보내고 있던 정은 나를 보자 죽었던 사람의 유령이라도 만난 듯 반가움보다는 걱정 어린 놀라움을 나타냈다. 그의 표정에서 나는 이러한 상황에서 대부분의 사람들을 사로잡을 수 있는 나에 대한 불신의 역력한 흔적을 보았다.

"아니 이게 누구요. 내 있는 곳은 어떻게 알았어요? 혼자 왔습니까?"

그러나 정의 태도는 더 이상 내게 섭서가 되지 않았다. 그를 놀라게 한 것은 김희진이 나의 집에서 앓고 있다는 소식이었던 것 같다. 정 또한 안이 지방으로 피해 가 있다는 것 외에 다른 친구들의 소식을 전혀 모르는 채로 고립되어 전전긍긍하고 있었다. 나는 그에게 안의 편지 내용과 김희진의 뜻을 전했고 여권을 맡겼다.

나는 여권 위조와 동회에서 근무한 적이 있는 것이 무슨 연관이 있는지 알 수는 없었지만 사흘 후에 정은 나의 사진이 들어 있는 자리에 김희진의 사진이 감쪽같이 대치된 여권을 내 앞에 내밀어 보였다. 그러나 그것을 건네주기를 꺼리면서 다시 서랍 속에 집어넣었다. 다방 뒤켠의 한 방구석에서 취할 대로 취해 있던 정은 늦은 시간인데도 나를 자꾸 붙잡아 앉혀놓고 안에 대한 불평을 늘어놓았다. 내가 인쇄소에서 그들과 같이 일을 하기 전부터 안이 나의 여권에 관심을 가지고 있더라고 말하기도 했다. 모두가 다 계획된 일이었다는 것이다. 나도 그의 말에 동의했다. 애초부터 그것은 안과 나 사이에 비밀리에 계획되었던 일이었다고 했다. 그러나 정은 나의 말을 주의 깊게 듣기에는 너무 취해 있었다. 정은 또 안이 문제를 확대시키지 않기 위해서 김희진의 미국행을 서두르고 있다고 분개했다. 나는 그가 술에 취해 나가떨어지기를 기다렸다. 다행히 그는 통행금지가 되기 전에 코를 골았고 나는 서랍 속의 여권을 집어가지고 나왔다. 내 등 뒤에 대고 정은 크게 소리쳤다.

"미안합니다, 하원씨."

나는 무엇에 대한 사과인가를 묻지 않았다. 그렇다고 그 사과를 받아들이지도 않고 나는 뒤돌아서서 그 다방을 나왔다. 저 사람은 나를 영원히 모르는 채로 다시는 보지 못하겠지. 그러나 그런 독백도 내게 조금의 감흥을 주지 않았다.

김희진은 내 방에서 약 이십 일을 머물렀다. 그사이 그녀는 서서히 회복되어 어떤 때는 밤늦게까지 무엇인지 일에 열중하기도 했다. 시간 여유가 생길 때 나는 그 옆에서 논문들을 되살려내는 일을 계속했다.

어느 날 밤, 방 밖에서 달그락거리는 소리에 나는 잠이 깼다. 책상 위는 서류와 폐지로 산란스러웠고 방 안은 비어 있었다. 방문을 열자 행주를 들고 찬장이며 부뚜막을 열심히 닦고 있는 김희진의 모습이 보였다. 정말 동생 집을 방문해 집을 치워주면서 정을 표현하는 여느 사촌언니처럼 팔을 걷어붙이고 김희진은 부엌을 바닥까지 말끔하게 닦아놓은 다음이었다. 나의 기척에 그녀는 몰래 하던 일을 들킨 사람처럼 나를 보고 소리를 죽여 웃었다. 그러나 그 웃음 속에는 불안기가 서려 있었다.
"걱정하지 마세요. 모든 일이 다 잘될 테니까."
그때쯤 그녀는 웬만큼 건강해져 있었다. 나는 그녀의 여행을 준비하며 그녀가 기거하는 내 방에 안이 한번쯤 들러줄 것을 막연하게 기대했다. 그러나 그것은 당시 그가 처한 상황으로는 불가능한 것이었다. 김희진은 서서히 기운을 회복했고 결국 안을 보지 못한 채로, 그리고 시골에 있다는 가족에게 감히 연락을 취하지도 못한 채로 시간이 지나갔다. 내 방을, 서울을, 이 나라를 떠나는 날 그녀는 내게 예닐곱 장의 전달할 편지와 가방 가득히 무언가를 남겼다.
"하원씨가 보관해주세요. 보잘것없는 글들인데, 때가 되면 빛을 보게 되겠지요. 곧 다시 만나요. 곧 다시 돌아올 것을 약속해요."
그녀는 위조된 여권과 내가 구입한 비행기표를 들고 혼자 김포로 향했다. 만일을 대비해 나는 공항까지 전송을 하지도 못했다.
그녀가 떠난 직후, 이번에 나는 집안 식구 아닌 누군가가 나를 연행하러 올 것을 기다리면서 마음의 준비를 하고 집에서 보냈다. 그러나 내게는 아무 일도 일어나지 않았다. 내가 하던 논문의 재구성이 다 끝났고 김희진이 남기고 간 글들을 하나도 빠짐없이 다 읽을 때까지 내 누추한 거처의 문을 두드리는 사람은 없었다. 김희진은 무사하게 떠났음에 틀림없었다. 봄이 오는 기색이 완연했건만 내 마음의 계절은 여전히 끝도 없는 겨울이었다. 햇볕이 짧은 이 동네의 눈사람은 여전히 녹지 않고 비탈에 서 있는 것이 보였다. 그 일이 있은 후 딱 한 번 발신인도, 주소도 적히지 않은 엽서 한 장이 도착했을 뿐이었다.
"강양, 고맙소."
그것이 내용의 전부였다. 그리고 얼마 지나지 않아 나는 안의 검거에 대한 제법 큰 기사를 읽었고 뒤늦게 나의 익명의 동료들의 활동에 내한 왜곡되고 과장된 해석의 기사를 읽었다.

나는 늘 그 시기에 대한 짧은 보고서 형식의 글을 쓰고 싶어했다. "아, 그 길고도 긴 길의 우울한 초겨울 풍경이라니! 사방은 술병 바닥 두꺼운 유리의 짙은 색깔처럼 흐렸지만 나는 그때 처음으로 희망이라는 단어를 만났다⋯⋯."
이렇게 시작되는 글을. 나는 여전히 우리의 사고가 활자화되는 것을 신성시하고 있는 모양이지만 내게는 그 시기를 분명하게 회상해 써낼 만한 글재주가 없다. 그러나 무엇보다도 나의 삶은 얘기될 만한 흔적이 없다. 안이 일할 때면 가끔 틀어놓던 그 높낮이도 없고 비슷비슷하게 연결되어 하오의 잠 같기도 한 음악의 소절 같은 나의 삶에 대체 그 누가 관심을 가질 것인가. 당치도 않은 일이다.

김희진은 내게 연락을 취하려고 해도 취할 수가 없었을 것이다. 나 또한 아무에게도 알리지 않고 서울을 떠났기 때문이었다. 나는 대학을 아주 포기하고 이모에게로 내려가 이모의 농사를 오랫동안 도왔다. 그러면서 내가 맛본 희망의 색깔을 주변과 나누려고 여러 가지 일을 벌이기도 했다. 그 후의 나의 삶도 그다지 변하지 않았다.

그사이 안은 유명한 민중예술가이자 운동가가 되어 여러 지면을 통해 그의 견해를 기탄없이 발표하고 있었고 내가 살고 있는 시골에서 멀지 않은 도시에도 수차 강연을 온 적이 있었다. 벌써 몇 년 전, 나는 한번 강연 즈음에 맞추어 그 도시에 간 적이 있었다. 주최자 측에 가방 하나를 안에게 전달해줄 것을 부탁하기 위해서였다. 마을의 젊은이들에게는 강연에 참석할 것을 극구 권했으면서도 나는 그 시간을 기다리지 않고 다시 시골로 돌아왔다. 그 가방 속에는 김희진이 남기고 간 글과 그럭저럭 재구성한 이후 한번도 다시 읽어보지 않은 우리가 같이 일하던 논문들의 묶음이 들어 있었다. 후에 어떤 잡지에 그 글의 일부가 실린 것도 보았다.

이제 내 수중에는 그 시기가 실제로 존재했었다는 물증은 아무것도 없었다. 아, 한 가지가 남아 있었다. 불안과 고립의 시간과 싸우기 위해 나 혼자 하던 이탈리아 사학가의 독일어본 역사책의 한글 번역의 미완성의 원고. 그러나 이제는 너무 오래 버려두어서 원고지의 색깔은 노랗게 변했거니와 그 책으로 말할 것 같으면, 아마 나보다 나은 전문 번역가에 의해 이미 출판되었을 터였다. 그렇지만 나는 그것을 확인해보지는 않았다.

나는 그 이후로 딱 한 번 한 남자를 사랑했다. 그렇지만 그는 나의 친구와 결혼해버렸고 내가 그의 입장이었다고 해도 나보다는 내 친구를 선택했을 것이다. 몇 년 전에 나는 무슨 일 때문인지 학교를 그만두고 필생의 저술을 집필하기 위해 내가 사는 시골로 낙향했다는 한 교수를 만났다. 그는 언어학자였는데 『우리 시대의 언어사회학 강의』라는 제목의 저서를 준비하고 있다고 하면서 그를 대신해 자료도 찾고 원고도 정리해줄 사람을 찾고 있다기에 내가 자청해서 그의 집으로 찾아갔다. 이후 나는 그의 조수로 일하고 있으며 일주일에 한 번씩 그를 대신해 서울의 도서관으로 자료를 조사하기 위해 올라간다. 그렇지만 나는 그의 저서가 언젠가 빛을 보는지에 대해서는 확신이 없다. 노교수의 방대한 사고는 매주 계획이 확대되기만 할 뿐이기 때문이다.

나는 시골로 내려가는 기차를 타기 위해 역 쪽으로 걸었다. 어쩌면 이 계절의 하늘은 이토록 무연히 맑을까. 그리고 그 시절의 아픔은 어쩌면 이리도 생생할까. 아픔은 늙을 줄을 모른다. 아픔은 치유해줄 무언가에 대한 기구가 그만큼 생생하고 질기기 때문일까. 이번 겨울에는 동네 아이들을 모아 비어 있는 들판에 커다란 눈사람을 만들어볼까. 며칠 전에 지구를 뜬 그녀의 별에 전파가 닿게끔 머리에 긴 가지로 안테나도 꽂고…… 그러나 사람이 죽은 다음에 별이 되지 않는다는 것은 누구보다도 그 아이들이 더 잘 알고 있지 않은가. 아프게 사라진 모든 사람은 그를 알던 이들의 마음에 상처와도 같은 작은 빛을 남긴다.

최윤(崔允)

1953년 서울 출생. 1988년 『문학과사회』 겨울호에 「저기 소리없이 한 점 꽃잎이 지고」를 발표하며 등단. 동인문학상, 이상문학상 수상. 『저기 소리없이 한 점 꽃잎이 지고』(1992), 『속삭임, 속삭임』(1994), 『열세 가지 이름의 꽃향기』(1999), 『첫 만남』(2005) 등의 소설집과 『너는 더 이상 너가 아니다』(1991), 『겨울 아틀란티스』(1997), 『숲속의 빈터』(1999) 등의 중장편소설 및 『수줍은 아웃사이더의 고백』(1994) 등의 산문집 출간.

작품 세계

최윤의 소설은 기억과 글쓰기라는 두 개의 기본 축을 중심으로 진동한다. 근대 소설이 기억의 형식이라는 것을 고려한다면, 최윤의 소설은 소설의 근본 명제를 탐구하는 것이라 할 수 있다. 근대 소설이 기억의 형식이라는 것은 적어도 이른바 근대 체제 하에서 개개인의 경험과 기억에서 집단의 경험과 기억까지를 가장 생생하게 기록하고 보관하고 전승하는 매체가 소설이었다는 역사적 사실과 관련된다. 근대 소설이 기억의 형식이라는 것을 풀어 쓴 위 문장에는 근대 소설론의 핵심적 명제들이 모두 내포되어 있다. 그러나 소설이 더 이상 대표적인 기억의 형식이 되지 못하는 시대에, 과연 소설은 무엇일까, 혹은 기억과 경험을 재현하는 글쓰기란 과연 무엇일까, 또는 재현된 기억과 경험은 어떤 의미를 지니는가 등의 문제가 최윤 소설이 던지는 화두이다. 초기 작품집인 『저기 소리없이 한 점 꽃잎이 지고』, 『속삭임, 속삭임』 등은 기억을 복원하려는 시도를 통해 기억, 경험, 글쓰기의 관계를 질문하고 있다. 이후의 작품들에서는 초기의 이러한 질문들이 글쓰기 자체에 대한 질문이나, 기억의 재현과 경험의 균열, 재현된 것과 재현 대상 사이의 균열을 탐색하는 방향으로 나아감으로써 최윤 소설은 메타텍스트적 소설이라는 평가를 받게 된다. 『열세 가지 이름의 꽃향기』, 『너는 더 이상 너가 아니다』, 『겨울 아틀란티스』, 『숲속의 빈터』 등은 이러한 메타텍스트적 성격이 더욱 강화된 경향을 보여준다.

「회색 눈사람」

「회색 눈사람」은 주인공인 강하원이 강하원이라는 이름의 41세 여성이 미국 뉴욕의 한 공원에서 사망했다는 신문 기사를 읽으면서 과거를 회상하는 것으로 시작된다. 이는 이 작품의 출발이 한 여인의 죽음을 알리는 짤막한 신문 기사와 그녀의 삶의 실감 사이의 거리에서 출발하고 있다는 것을 의미한다. 그리고 주인공인 강하원은 강하원이라는 이름으로 죽어간 한 여인의 실제 이름을 복원하고 그녀의 삶의 한 단면, 그러나 가장 빛나던 '그 시절'을 기억하고, 그럼으로써 증언하고 복원할 수 있는 증인이라는 의미를 지닌다. 이런 차원에서 보자면 「회색 눈사람」은 1990년대 초반에 집중적으로 나타난 이른바 후일담 소설과 유사한 특징을 보인다고 할 것이다. 「회색 눈사람」은 찬란했던 '그 시절'을 회상하는 소설들과 유사한 형식을 보여주면서도 최윤 특유의 소설적 주제를 원형적으로 담고 있다. 이는 증인이자 기록자, 재현자인 강하원이 그들과 함께하면서도 언제나 그들과는 다른 곳에 놓인 사람이기 때문이다. 즉, 이는 최윤 소설의 일관된 주제인 주변화된 차이에 대한 질문과 관련된다. 또 「회색 눈사람」은 강하원에 의해 복원된 경험과 기억에 의미를 두면서도 기억 행위의 주체와 대상, 기억된 경험과 실감 사이의 근원적 불일치에 대해서 지속적으로 질문한다는 점에서 최윤 소설의 원형적 면모를 보여준다. 이후 최윤의 작품들이 불일치와 차이에 좀더 집중하고 있다면 「회색 눈사람」은 기억을 복원하려는 시도, 기억의 대상이 소실되는 것에 대한 근원적 회한이 더욱 부각되어 있다. 그런 점에서 「회색 눈사람」은 최윤의 이후의 작품들에 비해 좀더 고전적인 소설의 테마이자 한국 소설의 오래된 숙명인 증언과 기록의 소명이라는 차원에 더욱 가깝다고 할 수 있다.

「회색 눈사람」의 구성은 기억하기와 재현이라는 의미에서 몇 가지 층위를 관통한다. '안'이라는 인물과 함께했던 '그 시절'의 경험은 실은 인생 최초로 희망을 접한 경험을 의미한다. 또 온전히 기억에만 의존하여 미완성의 원고를 복원해내는 주인공 강하원의 시도는 이 소설 전체의 의미망을 함축한다. 그리고 무엇보다도, 김희진과의 짧지만 인상적인 만남을 복원하는 것은 최윤의 이후 소설에서 주변화된 존재로서의 여성에 대한 탐색의 원형을 보여준다. 유명한 민중운동가로 이름을 날리는 '안'의 현재와 '무명의 여인'으로 이국 땅에서 생을 마감한 한 여인의 삶에 대한 대비는 이후 최윤 소설에서 반복되는 질문들을 함축하고 있는 것이다.

주요 참고 문헌

1990년대 초반 소설의 경향과 최윤 소설의 의미를 논한 글로는 김윤식, 「몽상하는 자의 서랍과 장롱— 최수철, 최윤의 경우」(『한국문학』, 1993년 1·2월 합본호); 김윤식, 「후일담 문학과 소설가 소설의 넘어서기론」(『문예중앙』, 1993년 여름호) 등이 있다. 문학의 위기와 모색의 관점에서 최윤을 논한 글로는 김치수, 「소설의 반성, 반성의 문제— 최윤의 『열세 가지 이름의 꽃향기』」(『문학과사회』, 2000년 봄호); 김경수, 「삶이라는 허구, 이야기라는 진실」(『한국문학』, 1997년 겨울호); 정과리, 「나날의 전쟁: 일상의 역사 만들기」(『열세 가지 이름의 꽃향기』, 문학과지성사, 1999); 소영현, 「낯설고 불편한 새로운 유희의 시작」(『작가세계』, 2003년 봄호) 등이 있다. 한국 문학에서 여성 작가의 새로운 의미를 규명하는 차원에서 논한 글로는 최인자, 「새장을 든 여인」(『문학동네』, 1994년 겨울호); 황도경,

「흘러가는 말 혹은 삶 — 최윤의 말하기」(『우리 시대의 여성 작가』, 문학과지성사, 1999); 이혜령, 「쓰여진, 혹은 유예된 광기」(『작가세계』, 2003년 봄호) 등이 있다. 이외에 최윤의 문학적 연대기로는 장소진, 「바람의 아이, 역사와 일상을 딛고 미래로의 여행에 나서다」 (『작가세계』, 2003년 봄호)가 있다.   _권명아

윤대녕
빛의 걸음걸이

내가 열한 살 때니까 1972년에 지어진 집이다. 집의 나이도 그새 만 스물다섯 살이 된 셈이다. 대지 오십 평에 건평이 삼십 평인 작은 슬레이트 집. 평면도를 그려보면 다음과 같다.

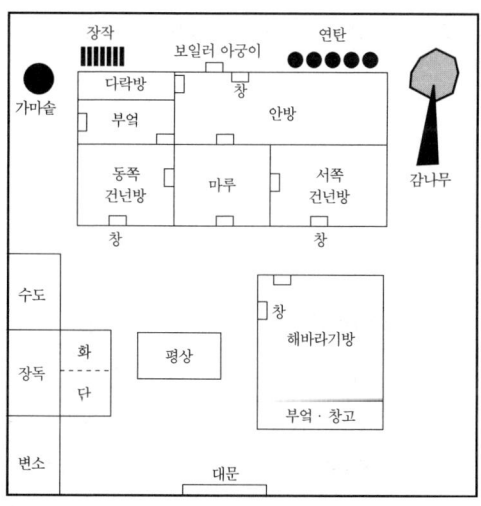

* 「빛의 걸음걸이」는 『문학동네』 1997년 가을호에 발표되었고, 이후 『많은 별들이 한곳으로 흘러갔다』 (생각의나무, 1999)에 수록되었다.

가야나 발해의 집터 발굴 현장 도면처럼 그리고 싶었는데 누가 그렇게 봐주기나 할는지. 마루 공간을 중심으로 동서남북의 각개 배치가 약간 허술하더라도 전체 균형을 이루도록 그렸어야 했다. 그래야만 아침에 해가 떠서 저녁에 질 때까지 빛이 어디서 어떤 각도로 지나가는지를 어느 방 창문에서든 엿볼 수 있는 것이다.

오염된 지구도 먼 하늘에서 내려다보면 색색깔로 아직 아름답듯 이 오래된 집도 경비행기나 기구(氣球)를 타고 보면 그렇듯 잘 차려놓은 밥상처럼 보일까? 혹시라도 그래 보이면 좋을 텐데. 거기엔 이십오 년간 내 일가족의 과거와 현재가 고스란히 공존하고 있다. 가족이란 것도 하나의 소우주며 외로운 행성에 속한다는 걸 이즘 와서 깨달았다.

가계도를 보면 현재 부모(64세, 62세)가 있고 큰딸(38세)과 막내딸(33세)이 있고 중간에 독자인 내(36세)가 있으니 모두 다섯 식구다. 아버지가 스물일곱 어머니가 스물다섯에 첫애를 낳은 셈이다. 집을 지어 이사할 때 누나는 어여쁜 사춘기의 고등학생이었고 나는 늘 얼굴을 찡그리고 다니는 초등학교 오학년이었으며 여동생은 흰 운동화만 세 켤레인 좀처럼 말이 없는 아이였다. 그때 넌 이학년이었어.

해바라기 방

처음엔 방이 세 개인 집이었다. 그러다 십 년 전 누나가 결혼할 당시 마당 한쪽에 약 육칠 평 정도의 문간방을 새로 들여 네 개가 되었다. 아무리 예식장에서 식을 올린다고 해도 큰일을 치르다 보면 시골에서 올라온 집안 어른들이 묵고 내려갈 방이 하나쯤 필요하다는 게 아버지의 오랜 생각이었던 것이다. 물론 큰일은 앞으로도 계속해서 닥칠 터이었다. 세월이 갈수록 집안 대소사는 잦아지게 마련이니까.

그 막사 같은 큰방이 지어짐으로 해서 우리 가족은 아쉽게도 하나 잃어버린

게 있었다. 그 자리에 우리는 해마다 해바라기를 심었던 것이다. 그곳은 또한 철조망 없는 닭장이기도 했다. 봄에 해바라기 밭에다 병아리들을 풀어놓으면 가을에 저마다 장닭이 되어 굵은 대궁들 사이를 비집고 나오는 것이었다.

그 후 집안에 큰일이 생길 때면 어김없이 시골에서 올라온 수염 흰 사람들이 거기서 해바라기를 깔고 앉아 술을 마시거나 화투를 치다 누워서 잠을 자고 갔다.

어느 여름날 어머니가 대문 앞을 지나던 사진사를 불러 누나와 여동생과 나를 일렬횡대로 세워놓고 해바라기 밭에서 사진을 찍었다. 내가 초등학교를 졸업하던 해던가? 안 그래도 빛에 그을려 시커먼 데다 렌즈에 익숙지 않아 저마다 찡그린 얼굴들을 하고 있어 우리는 마치 유엔 식량기구에서 각국에 배포하기 위해 찍은 자료 사진처럼 나왔다. 게다가 나는 맨발이었던 것이다. 그때가 몇 시쯤였던가? 해바라기 대궁의 그림자가 이십 도쯤 일제히 서쪽으로 쏠려 있는 걸로 봐서 아직 오전인 모양이고 그렇다면 학교에 가지 않는 일요일이거나 국경일이었던 모양이다.

나는 그 사진을 스무 살이 되어 집을 떠날 때까지 다락 사진첩 속에다 소중히 보관했다. 비록 흑백이나마 거기엔 잃어버린 내 유년의 해바라기 밭이 존재하고 있었으므로. 그때 외롭게 렌즈를 투과해 들어간 빛이 우리 셋을 필름에 음각해놓았으므로 마음만 먹는다면 얼마든지 인화를 할 수도 있었을 터였다. 하지만 며칠 후 집으로 찾아온 사진사는 우리에게 필름을 내주지 않았다. 그리고 단 한 장 인화된 그 사진도 군대에서 첫 휴가를 나왔을 때 다락에 올라가 찾아보니 사진첩에서 감쪽같이 사라져 있었다. 누나 혹은 여동생이 가져갔을까? 일부러 버리지만 않았다면 누군가의 사진첩에 아직 꽂혀 있겠지.

가끔 집에 내려와 새로 들인 방에 누워 있게 되면 나는 영락없이 그 누런 사진 속에 맨발로 서 있는 꿈을 꾸곤 했다. 그 방은 아침 볕이 그중 먼저 찾아드는 열대 온실 같아서 해바라기 꿈을 꾸기에는 안성맞춤인 곳이었다. 그때 내 발등을 모로 밟고 종종 지나가던 병아리의 간지러운 발자국 몇 점. 아, 그리고 네 붉은 입술!

집도 별수 없이 나이를 먹는지 블록에다 슬레이트를 얹어 놓은 허술한 건물은 세월이 갈수록 눈에 띄게 허물어져갔다. 무엇이든 고장 나거나 부서진 것은 못 봐 넘기는 성격의 아버지는 일요일만 되면 집수리를 하는 데 모든 시간을 바쳤다. 그리고 그동안 아마 다섯 번쯤? 페인트 통을 들고 올라가 지붕의 색을 바꿔 칠했다. 하늘색, 감색, 노란색, 주황색, 엷은 쑥색의 차례로. 하지만 대문만큼은 줄곧 탁한 빨강이었다. 그래서 우리 집을 빨간 대문 집으로 부르는 사람들이 있었다.

빨간 대문 집의 해바라기 방.

스물여섯 살 이후 그곳이 내게는 일 년에 그저 서너 번쯤 내려와 묵고 가는 허름한 호텔 방이었다. 나는 부모형제와도 어쩔 수 없이 반쯤은 타인인 나이가 돼버려 안방은 물론이고 동쪽 건넌방이거나 서쪽 건넌방에 있으면 몹시도 부자연스럽고 불편하기만 했다. 이제는 그들에게 털어놓을 수 없는 비밀들이 터무니없이 잔뜩 생겨 있었던 것이다.

6월 7일 토요일 정오

안방엔 오늘 아침 병원에서 퇴원한 어머니가 누워 있고 동쪽 건넌방에는 작년에 늦결혼을 한 여동생이 첫애를 낳고 산후 조리를 하기 위해 내려와 있다. 서쪽 건넌방에는 올 이월에 이혼을 한 누나가 곁방살이를 하고 있다.

유월이건만 지금 안채의 방 세 개는 지글지글 끓고 있는 참이다. 동쪽 방에서 산후 조리를 하고 있는 여동생 때문이다. 뒤꼍에 설치돼 있는 보일러 선이 안방과 양쪽 건넌방으로 연결돼 있어. 안방에 불을 넣으면 동쪽 방이나 서쪽 방에 한꺼번에 불이 들게 돼 있다. 각 방에 열을 차단할 잠금 장치가 따로 설치돼 있지 않은 것이다. 애초에 그리 지어놨으니 구들장을 다 들어내지 않는 한 어쩔 도리가 없는 일이다.

나는 어젯밤 서울에서 고속버스를 타고 내려와 병원에 들렀다가 자정께 집으로 왔다. 어머니에게 몸살기가 있다는 소식을 들은 건 보름 전쯤의 일이었다. 지난달에 외조모 상을 치르느라 무리한 탓이라 믿고 가까운 보건소에서 주사를 맞고 돌아왔지만 발열이 계속되자 평소 협심증과 위경련으로 고생하는 아버지가 자주 가던 회사 근처의 내과에 데리고 갔다. 검사 결과는 신장염이었으나 대학 병원에 가서 정밀 검사를 받아보는 게 좋을 것 같다는 의사의 진단이 있었다고 한다. 그러나 몇 년 전 늑막염으로 대학 병원에 입원한 경험이 있는 어머니는 진저리를 치며 가지 않겠다고 생고집을 부렸다. 하는 수 없이 염증 치료만 끝내고 어머니는 한의원에 들러 엉뚱한 보약을 지어 가지고 기어이 집으로 돌아왔다. 이번엔 병원에 있는 게 왜 그렇게 힘들고 징그러운지 모르겠다며 어머니는 어젯밤 퀭한 눈으로 나를 붙잡고 몇 번이나 말했다.

안 그래도 다음 주 화요일이 어머니의 생신이어서 내일 앞당겨 차리기로 한 아침상에 앉기 위해서라도 어차피 내려와야 할 사정이었다. 하지만 몸져누워 있는 이에게 무슨 생일상을 들이민단 말인가.

누나는 부역하는 죄수처럼 동생의 산후 조리와 어머니의 병 수발을 함께 들고 있다. 오래간만에 온 가족이 모여 방 네 개가 모두 찼지만 분위기는 아무래도 어수선하다. 동생은 하필이면 이런 때 어머니가 아프다고 안절부절못하고 있지만 시댁으로 갈 형편도 못 된다. 시어머니란 사람이 심한 당뇨에 합병증까지 있어 눈조차 제대로 뜨지 못하고 있다는 얘기다. 어머니는 또 어머니대로 마음에 걸리는 게 많은 탓인지 아까부터 되레 된소리나 내고 있다. 그럴 때마다 마루엔 괴괴한 적막이 빈 항아리처럼 도사리고 앉았다 사라지곤 한다. 어머니를 퇴원시키고 회사에 나간 아버지는 오후 세 시쯤에나 돌아올 터이다.

나는 지금 해바라기 방의 창문을 통해 거의 수직으로 화단에 내리 붓고 있는 햇빛을 바라보고 있다. 화단엔 철 늦은 민들레 서너 송이와 석류, 대추나무와 패랭이와 용담과 작약과 달리아와 맥문동과 양귀비 같은 것들이 제멋대로 뒤섞여 자라고 있다. 화단 한가운데엔 장독에 올라 다닐 수 있도록 디딤돌이 몇 개 박혀 있다. 여름날에 선혈처럼 낭자하게 피어나는 양귀비는 어머니가 남몰래 애지중지 키우고 있는 식물이다. 그래서 해마다 여름만 되면 어머니는 대문 빗장을 굳게 닫아걸고 산다.

이윽고 정오가 되자 화단엔 검불만 한 그림자만 몇 올 남고 크레파스를 마구 뭉질러놓은 것처럼 빛들이 화사하게 튀며 서로 엉킨다. 일순 귀에서 낮의 소란이 멎는다.

연탄

어머니가 다시금 된소리를 낸 건 누나가 안방으로 죽 그릇을 들고 들어간 직후였다. 아니 된소리가 아니라 그건 차라리 상소리라고 해야 옳았다. 이 육실헌 년이! 하고 돌연 마루로 튀어나온 소리를 듣고 나는 화단 창밖으로 목을 빼고 귀를 곤두세웠다. 전에는 결코 들어본 일이 없는 거친 소리였다. 매양 깔끔하고 단정한 말만 골라 쓰는 양반으로 어머니는 동네에 소문이 나 있었다. 도로 죽 그릇을 들고 나오는 누나의 눈자위엔 실고춧빛 핏발 몇 올이 금세 선연했다.
"그렇게 되게 쑤면 목구녕으로 넘어가 이년아!"
동쪽 방의 누이도 부옇게 뜬 얼굴로 아이에게 젖을 물리며 갸웃이 마루를 내다보다 슬그머니 문을 닫아버렸다. 나는 부엌으로 들어가 가스레인지에다 솥을 올려놓고 있는 누나의 등에 대고 나직이 속삭였다.
"이래저래 마음이 편찮아서 그러려니 하고 속에 담아 두지 마."
돌아보지도 않은 채 누나가 시큼한 소리로 되받았다.
"하긴 소박맞은 딸년까지 내려와 있으니 오죽 속이 끓겠어."
"……."
"어려서부터 엄만 나한테만 유독 저러셨어. 식구들이 모르게 감쪽같이 말이야."
"그건 무슨 소리야?"
부엌은 천장이 낮고(안방 벽 계단을 통해 올라가면 다락이다) 비좁아서 가스레인지 하나만 켜도 목에서 땀이 났다. 누나의 등은 벌써 축축이 젖어 있었다.

"우리 여기로 이사 오기 전 사글셋방에 살던 때 기억나?"

무척 오래된 일이다. 적어도 이십오 년 전의 얘기다.

"하루는 엄마가 시장에 간다고 나한테 국수를 삶으라고 시키더라. 근데 국수라는 게 그렇잖아. 아무리 부엌살림을 오래 한 사람이라도 삶고 나면 딱 맞지가 않고 항상 조금 남거든. 그래서 다섯 사람분을 삶는다고 삶았는데 이게 양동이로 반이 돼버린 거야. 남자 열이 먹어도 될 만큼 잔뜩 불어난 거지. 기가 질려서 그만 부엌에 쪼그리고 앉아 떨고 있는데 엄마가 왔어. 엄마는 시장바구니를 들고 부엌 문간에 한참을 서 계셨지. 하지만 웬일인지 혼내지는 않는 거야."

나도 지금까지 어머니를 그런 사람으로 알고 나이 먹어왔다. 적어도 스무 살이 되어 집을 떠날 때까지는.

"그런데 그게 아니었어. 그날 밤 식구들이 잠든 사이에 어머니가 나를 깨워 부엌으로 데리고 가더니 양동이에 남아 있는 국수를 먹으라고 시키는 거야. 우리 집엔 개도 없고 돼지도 없다고 하면서 말이야."

"!……그래서?"

"뭐가 그래서야. 엄마가 뒤에 서 있는데 그럼 어떡해. 양동이째로 퉁퉁 불은 국수를 손으로 다 건져 먹었지. 기억나? 그땐 또 부엌이 맨땅이었잖니. 결국 먹은 걸 다 토하고 들어와 울면서 잠이 들었어. 그러고 나서 지금까지 난 국수를 못 먹어."

과연 그런 일이 있었구나. 물론 뜻은 다르지만 나 또한 어렸을 적 가끔 어머니의 손에 깨워져 새벽에 밖으로 불려 나간 적이 있었다. 그때마다 어머니는 내게 얼굴을 씻게 하고 북어 대가리와 초가 꽂혀 있는 떡시루를 장독대 앞에 갖다 놓고는 절을 시켰다. 나는 영문도 모른 채 졸음에 겨워 되는 대로 마당에 넙죽 엎드려 절을 하고 서둘러 방으로 들어와 이불 속으로 기어들어가곤 했다. 지금까지도 어머니와 나밖에는 모르고 있는 사실일 게다.

누나가 맏딸이었던 때문일까. 명문 여고를 나와 명문대에 들어갔지만 가세가 기울어 이 학년도 다 마치지 못하고 누나는 자퇴서를 낸 다음 공무원 시험을 봐서 여동생을 대학에 보내고 또 졸업할 때까지 묵묵히 뒷바라지를 했다. 그러면서도 싫다는 소리 한마디가 없었다. 그런 사람을 어머니는 왜 고약한 시어머니나 편모처럼 대했던 것일까. 그것도 다른 식구들이 모르게 말이다.

되쑤어진 죽이 안방으로 들어가고 나서 마루에 차려진 밥상에 막 둘러앉았을 때 삐꺽 하고 대문 소리가 나더니 연탄집 박(朴)씨 아저씨가 리어카를 밀고 들어왔다.

"아직도 우리 집에 연탄 때는 방 있어?"

숟가락을 들다 말고 나는 누나를 쳐다보며 물었다.

"원래부터 연탄 보일러잖니. 새로 들인 문간방만 기름 때지."

그는 두 장을 겹쳐 들 수 있도록 만들어진 집게를 양손에 들고 한번에 네 장씩 뒤꼍 처마 밑으로 연탄을 옮겨 놓기 시작했다. 탐욕스럽게 빛을 빨아들인 연탄은 무두질을 한 가죽처럼 번들거렸다. 유독이나 야윈 몸매에 머리까지 흰 데다 그는 알코올 중독자이기도 했다. 내가 어렸을 적엔 포도밭을 여러 개 부리던 사람이었다.

"형편이 어떻길래 저 나이까지 연탄 배달을 하지?"

그가 뒤꼍으로 돌아간 사이 누나가 조심스럽게 대꾸했다.

"원체 부자였으니까 형편이야 지금도 웬만해."

"그런데?"

"우리가 중학교 땐가 왜 동네 이발소 여자하고 바람이 났었잖니. 그때 아줌마 몰래 포도밭을 팔아 그 여자한테 집까지 사 줬단 얘기가 있었어. 나중에 그 여잔 집을 되팔아 먼 데로 도망갔지."

그 때문에 한동안 동네가 시끌벅적했었다. 그가 연탄을 가지러 마당으로 나올 때마다 잠시 말이 끊어졌다. 이어졌다.

"그때부터 아줌마가 아저씨한테 연탄 배달을 시키고 있는 거야."

"이십 년 동안이나 말이야?"

그렇다면 늙어 죽을 때까지 저 일을 시키겠다는 뜻이다. 그러지 않겠냐고 하며 누나는 시커먼 연탄 수레로 눈길을 던졌다. 조금 서둘러 수저를 밥상에 내려놓고 나는 마당으로 내려섰다. 불콰한 얼굴에 술내를 풍기며 뒤꼍에서 걸어 나온 그는 대뜸 집게를 휘휘 내두르며 연탄으로 내 손이 가는 것을 막았다.

"냅둬. 껌댕이 묻으면 잘 지워지지 않응게."

리어카가 대문을 빠져나가고 난 다음 나는 마당에 떨어져 있는 연탄 가루를 쓸어내고 누나가 부엌에서 설거지하는 소리를 들으며 뒤꼍으로 돌아가 보았다. 뒤꼍으로 돌아가는 담벼락 모서리엔 가마솥과 장작 더미가 쌓여 있었다. 그때 햇빛은 부엌 하늘께를 지나고 있었으므로 시멘트 담벼락에선 매운 열기가 확확 반사되고 있었다. 바깥 창에서 안방을 들여다보니 어머니는 가슴을 벌린 채 잠이 들어 있었다.

뒤란은 지붕 처마에서부터 담장까지 비받이 차양이 드리워져 있어 서늘했다. 연탄은 집의 서쪽 끝 차양 밑에 차곡차곡 쌓여 있었다. 옆에는 감나무 한 그루가 담벼락에 바투 선 채 지붕을 모로 비껴 하늘로 뻗어 올라가 있었다. 아버지가 환갑을 넘기고부터는 내가 해마다 추석 때 내려와 감을 따곤 했다. 지금은 절굿대처럼 굵어 있지만 내가 중학생이었을 때 감나무는 겨우 손가락만 한 굵기였다. 어머니가 외조모 환갑 때 외가에 갔다가 캐온 것이었다. 그 감나무 아래서 나는 어느 여름날에 엉거주춤 바지를 내리고 서서 첫 수음을 했고 같은 날에 첫 담배를 피우며 담벼락에 기대 진저리를 치고 있었다. 담배 이름이 은하수였던가 비둘기였던가 남대문였던가 아니면 명승이었던가? 아마도 불국사 사진이 박혀 있는 명승이었던 것 같다. 아무려나 나는 반쯤 피운 담배꽁초를 버릴 데가 없어 제대로 끄지도 않은 채 그만 옆에 쌓여 있는 연탄구멍 속에 집어넣어버렸다.

그날 밤 나는 집에 불이 난 꿈을 꾸고 있었다. 꿈속에서 맨발로 나가 보니 뒤꼍 처마 밑에 첩첩 쌓여 있는 수백 장의 연탄이 잉걸불처럼 빨갛게 타오르고 있었다. 불길은 감나무 푸른 잎새를 말리며 옆집으로 옮겨 붙고 잠에서 깨어난 마을 사람들이 저마다 물동이를 들고 달려오는 소리가 담 밖에서 요란했다.

그러고 나서 내 겨드랑이와 사타구니에 한 가닥씩 징그런 털이 솟기 시작했다. 중학교를 졸업할 때까지 나는 눈비 내리는 밤이 오면 자정이 넘은 시각에 슬그머니 뒤꼍으로 돌아가 여전히 연탄 더미 옆에서서 수음을 하거나 감나무 밑에 쭈그리고 앉아 담배를 피우거나…… 하다가 맥없이 흐느껴 울기도 했다. 빛 한 점 없는 새까만 내가 몹시도 서글펐던 것이다.

귀

아버지가 돌아온 것은 오후의 농익은 햇살이 장독으로 몰려가며 구름 한 자락이 마당과 화단 한쪽을 덮고 있을 때였다. 세 송이? 네 송이쯤 벌어져 있는 석류의 붉은 주둥이에서 염염한 빛이 튀어나오고 있는 것을 해바라기 방에서 훔쳐보고 있을 때 대문을 들어선 아버지는 대뜸 연탄 들였냐? 라며 성난 사람처럼 소리를 질러댔다. 일껏 쓸어냈는데도 마당에 연탄 가루가 남아 있었던 모양이었다. 그 통에 마루에 나와 앉아 있던 여동생의 품에서 갓난애가 자지러지게 울어대기 시작했다. 잠들어 있던 어머니가 깨어난 것도 그때였다.
"저 냥반이 요즘 걸핏하면 왜 소리를 질러댄댜?"
어머니가 칼칼한 소리로 핀잔인지 푸념인지를 늘어놓았으나 아버지는 들은 척도 않고 수도에서 손을 씻은 다음 불쑥 내 방으로 건너왔다. 나는 얼른 재떨이에 담배를 비벼 껐다.
"기관지도 안 좋다면서 그까짓 담배를 여태 못 끊고 있남?"
밖에서 무슨 일이라도 있었는지 여전 성이 안 풀린 목소리였다.
"그래 넌 언제 올라갈겨?"
"내일 오후 차를 탈 생각예요."
"뭐라고?"
"내일 간다구요!"
얼결에 목줄을 세우며 나는 뒷짐을 지고 문간에 버티고 서 있는 아버지를 히뜩 바라보았다. 아버지는 미간을 잔뜩 찌푸리고 손가락으로 귀를 가리키며 잘 안 들려! 하고 또 성난 소리를 했다. 협심증에 위경련 말고도 아버지는 오래

전부터 중이염을 앓고 있었다. 몇 개월 전까지만 해도 그런 소린 없었는데 갑자기 상태가 악화된 성싶었다. 몇 년 전인가 귀에서 피고름이 심하게 나와 병원에 다녀온 후 그는 평생 즐기던 술 담배를 단 하루 만에 끊어버렸다. 한데도 나이는 어쩔 수 없는 모양이었다.

"어디 귀뿐인감? 이젠 눈도 먼 덴 아예 못 봐!"

담배 연기가 빠져 나가길 기다렸다가 그가 손님인 듯 방으로 들어왔다.

"되게 어수선하지?"

집안 분위기를 말하고 있는 것이었다.

"하두 억지를 부려 일단 집으로 데려오긴 했다만 곧 큰 병원에 가봐야 할 거 같어."

"......"

"니 에미 말이여. 봄부터 자꾸 승질만 느는 게 어째 심상찮어."

"......"

"게다가 큰년 소박맞아 내려와 있지. 넌 또 변변찮게 어디 한군데 주저앉아 있질 못허지. 작은년은 귀신도 속을 모를 테니 말할 건덕지도 없고."

하지만 그 완강한 자기 속엔 또 얼마나 괴로운 비밀들이 많을 텐가. 이런 말을 주고받는 사이에 안방에서 마루로 또 어머니의 목소리가 냅다 튀어나왔다.

"누가 가서 저녁 참까지 연탄 좀 빼놓거라! 누굴 삶아 죽일 작정이면 몰라두."

서쪽 방에서 나온 누나가 이러지도 저러지도 못하고 마루에 서 있는 꼴이 안 봐도 눈에 선했다. 헛헛, 마른기침을 하며 아버지가 끙 하고 자리에서 일어났다.

"정 못 끊겠으면 은단이라도 써봐."

아직도 은단을 꽈나? 라고 생각하며 나는 담장에 올라앉아 장독을 기웃거리고 있는 도둑고양이를 쫓아낼 양으로 손에 쥐고 있던 성냥갑을 집어던졌다. 성냥갑은 화단과 장독대 사이에 날아가 떨어졌다. 하지만 이 눈치 빠른 동물은 냐옹! 소리를 내며 곧 담 너머로 사라졌다. 뒤미처 아버지가 뒤란에서 파란 불이 이글대는 연탄을 빼내 대문 밖으로 나갔다.

나는 동쪽 방의 문을 열고 들어가 여동생에게 해바라기 방으로 옮기면 어떻겠냐고 넌지시 물었다. 그러면 낮부터 안방에 불을 넣을 일은 없는 것이다. 그녀는 화단 쪽을 가리고 얼굴을 붉히며 아니라고 고개를 가로저었다. 동쪽 방은 여동생이 출가해 집을 떠날 때까지 줄곧 혼자 쓰던 방이었다. 벽에는 그녀가 중학교 때 걸어놓은 클로드 모네의「인상, 해돋이」란 복제 그림이 오랜 세월 문장처럼 걸려 있었다. 여동생은 집을 떠날 때까지 서쪽 방이나 해바라기 방에는 좀체 얼씬거리지 않았다. 누가 그러라고 한 것도 아닌데 누에고치처럼 늘 제 방에만 틀어박혀 있었다. 벽에 걸려 있는 저 모네의 그림 속에. 안개 서린 저 고요한 빛의 잔주름 속에.

여동생은 집이라는 곳을 그저 잠깐 머물러 있다 가는 장소로 생각하는 것 같았다. 하지만 그 잠깐은 무려 삼십이 년의 긴 세월이었다. 결혼하기 전까지 그녀는 중학교 미술 선생이었다. 어머니의 친구 중매로 우기던 끝에 맞선을 본 자리에서 여동생은 꼭이 입양되는 아이처럼 결혼에 응했다고 한다.

여동생은 하루만 더 있다 내일 아침에 올라갈 거라고 내게 말했다. 그녀는 한국전력공사에 다니는 남편과 청주에 살고 있었다. 더 있으란 말을 할 처지도 못 돼 나는 고개를 끄덕이며 도로 마루로 나왔다.

어머니는 자리에 누워 옆으로 마당을 내다보고 있었다. 연탄을 버리고 들어온 아버지가 마루에 걸터앉자 어머니가 등을 좀 비켜 앉으라고 또 지청구를 했다. 그리고 그녀가 치매처럼 뜻 모를 소리를 웅얼웅얼 내뱉기 시작한 건 멀리서 웬 낮닭이 우는 소리가 들려오고 나서였다.

"석류꽃이 네 개 폈고 패랭이 곧 진다. 달리아, 양귀비 피면 장독 뚜껑을 열어야 하는데 여름내 또 얼마나 귀찮게 비가 올는지."

"……."

"그때 돌쩌귀의 개미들은 비를 맞고 다 어디로 갔지?"

"……."

"킬킬. 채송화 속에 숨었네. 난 부처손 밑에 앉아 분홍바늘꽃 보고 있지."

화단은 상기 모네의 붓질처럼 시시각각으로 색깔이 변해가고 있는 중이었다.

이번에는 옆에 앉아 있던 아버지가 화답이라도 하듯 중얼거렸다.
"어, 저기 내 귀가 지나가네."
그 말에 언뜻 놀라 화단을 쏘아보니 바람 한 자락이 슬쩍 화단 머리를 훑고 지나가고 있었다.
"나 원 참, 꽃들이 귀가 멍멍해."
어머니와 아버지 사이의 이 기묘한 화답은 조금 더 계속됐다.
"신발 신고 가우?"
"맨발에 짚신을 머리에 였는걸."
"고봐요. 큰애 낳고 안 사준 신발이니 여태 맨발이지. 요새 누가 짚신 신어요. 그냥 들고 다니다 팔 떨어져서 머리에 였지."
"그럼 당신도 방금 저기 지나갔나?"
"내가 먼저 갔더이다."
"하면 어디 좋은 데로 갔나?"
"조금 더 여기 등 뒤에 누워 있다우."

처녀 할머니

그때 누군가 대문을 밀고 마당으로 들어섰다. 대문이 열리는 순간 나는 다락방의 묵은 사진첩 속에서 웬 여인이 하나 걸어 나오고 있는 듯한 착각에 사로잡혀 있었다. 그녀는 아랫마을에서 두부집을 하던 언청이 노파였다. 윗입술이 쭉 찢어져 코까지 올라붙은 데다 한쪽 눈까지 멀어 평생 시집을 못 가고 있는 여자였다. 아무도 이름과 나이를 몰라 사람들은 그녀를 그냥 두부집 노파, 언청이, 처녀 할머니로 불렀다. 여간 품이 많이 드는 일이 아니어서 벌써 오래전에 그녀는 두부집을 그만두고 텃밭에 감자나 고구마를 심어 겨울을 나거나 봄여름엔 나물 따위를 뜯어 집집마다 돌아다니며 쌀과 바꿔 먹었다.
그녀는 까만 보따리 하나를 들고 마당 한중간에 우두커니 서서 누가 나오기를 기다리고 있었다. 무명 저고리에다 통치마 그리고 매양 신고 다니던 검은 고무신 차림이었다. 그녀를 마지막으로 본 것은 수년 전의 일이었다. 죽었는지 살았는지조차 모를 정도로 완전히 잊고 있던 사람이었다.

안방에 누워 있던 어머니가 발작적으로 일어나 그녀를 향해, 너 이년 왜 벌써 왔어! 하고 사납게 소리를 질렀을 때, 아까 옆집으로 사라졌던 고양이가 다시 담장 위에 나타났다. 고함을 들었는지 어쨌는지 처녀 할머니는 무덤덤한 표정으로 담에 올라와 있는 고양이한테 눈을 돌렸다. 석연찮은 느낌이 등짝에 몰려와 얼핏 뒤를 돌아보니 어머니는 귀신을 본 듯 겁에 질린 얼굴을 하고 있었다. 대체 무슨 일이 생긴 것일까?

지금도 기억이 나지만 처녀 할머니가 우리 집에 찾아오는 날이면 어머니는 그녀에게 새로 밥을 해 먹이고 뒤주의 쌀까지 퍼 줘 보내곤 했었다. 한데 오늘은 웬 구박에 상소리일까?

"미란아! 쌀 한 됫박 퍼서 빨리 저년 내쫓아버려!"

부엌에서 급히 노란 플라스틱 바가지를 들고 나와 마루에 있던 뒤주 뚜껑을 여는 누나의 손은 보기 흉할 정도로 떨리고 있었다. 얼결에 내 눈과 마주친 아버지의 눈에도 분명 불길한 기운이 한 꺼풀 덮여 있었다. 깔깔한 공기의 버성김 속에서 나는 무얼 하려는지 화단에 허리를 구부리고 서 있는 처녀 할머니의 등으로 눈을 돌렸다. 되는 대로 슬리퍼를 꿰신고 마당으로 내려간 누나가 여기 있어요, 하고 바가지를 내미는데도 그녀는 들은 숭 만 숭이었다.

"저년이 뭘 하려는지 다 알어! 뭘 해. 빨리 내쫓고 마당에 소금 뿌리지 않고!"

처녀 할머니가 석류나무 밑의 양귀비 모가지 하나를 똑! 부러뜨려 손에 들고 안방을 슬쩍 흘겨본 것은 화단에 쏟아지고 있던 빛이 슬그머니 장독으로 올라붙고 있을 때였다. 어머니의 목소리는 숫제 오갈이 든 것처럼 뒤틀려 있었다.

"접땐 아무 소리 없었잖어."

담장의 고양이도 꼼짝하지 않고 처녀 할머니를 내려다보고 있었다.

"그럼 나더러 그새 가라고?"

어머니가 거듭 내쏘는 말이었지만 그녀는 암만해도 대꾸가 없었다. 그러더니 누나가 엉거주춤 내밀고 있는 바가지를 한참 내려다보고 있다가 오늘 밤 니 에미 입에나 넣어줘, 하고는 돌아서 대문을 열고 나가버렸다.

어머니가 그 말을 들었는지 어쨌는지는 확실치 않다. 양귀비 모가지가 떨어지던 순간에 반사적으로 마당으로 내려섰던 아버지도 그 소리는 미처 못 알아들은 성싶었다. 누나가 퀭한 눈으로 나를 바라보았으나 나도 뭘 어쩌지 못하고 고개만 설레설레 흔들었다. 고양이가 담에서 사라지고 나서 뒤에서 안방 문이 닫히는 소리가 들려왔다.

석류나무 옆에서 뒷짐을 지고 서서 모가지가 떨어져나간 양귀비를 한참이나 내려다보고 있던 아버지는 그때 무슨 생각을 하고 있었을까? 해바라기 방으로 들어와 하오의 나른한 빛이 장독대를 적시며 뱀처럼 꾸물꾸물 담을 타 넘어가는 것을 보며 나는 얼핏 안방에서 들려오는 어머니의 낯선 흐느낌에 귀를 기울이고 있었던가.

누나가 부엌에서 저녁상을 차리는 동안 아버지는 뒤꼍에서 부채를 흔들며 연탄을 피우고 있었고 여동생은 동쪽 방에서 문을 닫고 여전히 혼자만 조용했다. 그리고 식구들이 저녁상에 둘러앉아 있는 동안 서서히 마당의 빛이 걷히고 이불보 같은 어둠이 내려앉았다.

젓가락을 든 손으로 아버지가 마루 등을 켰다.

상을 물리고 각자 방으로 들어가고 나서 나는 마루에 앉아 있는 아버지가 혼자서 중얼거리는 소리를 해바라기 방에서 가만히 엿듣고 있었다.

    고양이 담 넘어오고
    마낭엔 섬은 보따리

그리고 잠깐 사이를 두었다가,

    양귀비 떨어지니

마루엔 연탄 냄새

피와 두부

하루 일을 끝낸 누나가 내 방으로 온 건 동쪽 방의 아기가 잠투정을 하느라 끈덕지게 제 어미를 보채고 있을 때였다. 누나는 사 개월 전에 이혼을 했고 아이 둘은 전남편이 맡아 키우고 있었다. 수입 양주 유통업을 하고 있는 그는 곧 재혼할 거라고 했다. 아직 젊은 나이이므로 누나도 누군가를 만나야 할 터이었다.

"낼모레면 마흔인데 젊다고 할 수 있니? 그냥 엄마 아버지 수발이나 들며 살래."

"아이들 보고 싶지 않아?"

큰애는 초등학교 사 학년 딸애고 작은애는 이 학년 아들애다. 가슴에 깊이 묻고 아예 잊으려 한다고 누나는 말했다. 하지만 자식을 가슴에 묻고 산다는 건 말처럼 그리 쉬운 일이 아니다.

휴일의 공원에서 웬 낯모르는 사람이 쥐어 주고 간 고무풍선을 얼결에 받아 들고 무려 십 년이나 꼼짝도 못한 채 그 자리에 서 있었다고 누나는 지나온 세월을 단순하게 요약했다. 한데 공원 문을 닫을 때가 되자 어디선가 불쑥 주인이 나타나 풍선을 돌려달라고 하는 것이다.

그녀의 눈엔 다시금 핏발이 도져 올라와 있었다.

"작년 봄에 나 무척 힘들었어."

작년 철쭉꽃이 필 즈음에 누나는 많은 피를 토했다고 했다.

"철쭉꽃 필 때 피?"

나는 담배를 비벼 끄며 부스스 자리에서 일어나 앉았다. 동쪽 방 갓난아기의 울음도 문득 그쳐 있었다.

"어느 날 잠자리에 들었는데 뭔가 자꾸 목울대로 올라와. 그냥 속이 안 좋은 탓이려니 하고 몇 번이나 도로 삼켰지. 근데 입에서 이상한 비린내가 나는 거야. 그러더니 곧 울컥 하고 끈적한 게 마구 입에서 쏟아져 나오더라. 불을 켜고 보니 요며 이불에 핏덩어리가 그야말로 낭자한 거야."

"!……."

"그걸 하필 남편이 봤어. 그러더니 대뜸 당신 폐병쟁이야? 하며 기겁을 하고 돌아앉더라."

폐병.

"병원에 가서 찍어보니 허파에 동전만 한 구멍이 두 개나 뚫려 있더라. 집으로 돌아와 날두부를 얼마나 먹었는지 몰라. 근데 두부를 먹는데 왜 그렇게 눈물이 나니."

눈물이야 날 수도 있겠지만 두부라니.

"두부처럼 깨끗한 음식이 없잖니 왜."

그렇다고 하더라도 폐병에 두부가 무슨 소용이란 말인가. 어려서 우리는 처녀 할머니가 만든 두부를 참 많이도 먹었었다. 이른 아침마다 그녀가 바가지에 담아 한 모씩 들고 오던 그 부드럽고 따뜻한 두부.

그래, 인생이란 어쩌면 한갓 고무풍선과 두부의 추억 같은 것이리라.

"그러고 나서 아침 공복에 알약을 일곱 알씩 일 년이나 먹었어. 저녁엔 계속 두부를 한 모씩 먹고 말이야."

"……."

"평소에도 그리 사이가 좋았던 건 아니지만 어느 날 불쑥 남편이 이혼을 하자는데 막상 왜냐고 묻기가 싫데. 그냥 맥이 쑥 빠지더라. 막상 울음이 나온 건 보따리를 싸서 집으로 내려오는 기차간에서였어. 근데 어릴 때 불렀던 「오빠 생각」이란 동요가 왜 그렇게 생각나니. 비단안 구우두 사가지고 오오신 다아더니, 하는 노래 말이야. 너도 알지?"

알다뿐인가. 초등학교 몇 학년 때던가. 셋방 쪽마루에 앉아 처마 사이로 붉은 노을을 올려다보며 함께 부르기도 했잖은가 왜.

"넌 아는지 몰라도 엄마도 한때 폐병을 앓았어. 아마 네가 초등학교도 들어가기 전일 거야. 아버지가 밤마다 엄마 궁둥이에다 주사를 놓아줘서 겨우 나았지."

 두 살 차이인데 누나는 나보다 훨씬 많은 것을 기억하고 있다. 어머니가 폐병을 앓았다는 사실도 나는 오늘에야 비로소 알게 되었다.
 "엄만 늘 모질게 날 대했지만 이상하게 원망을 해본 적은 없어. 정말 이상하지? 근데 요즘 와서 그 이유를 조금 알 것 같애."
 거기에도 무슨 이유가 있는 것일까. 하긴 이유가 있겠지.
 "엄마한테는 내가 제일 가까운 사람이었던 거야. 살기가 좀 어려웠니. 그래서 속이 상할 때면 날 가지고 괜히 구박하고 그랬던 거야."
 어머니가 죽고 나면 이 사람이 내 마음속 어머니가 되리라. 따뜻한 두부 같은 사람.
 "넌 앞으로 어떡할 거니?"
 "뭘?"
 "언제까지 그렇게 집도 절도 없이 떠돌아다니며 살 거야. 적당한 사람 있으면 그만 살림 차려. 너도 이젠 서른여섯이잖아."
 적당한 사람. 그런 사람이 내겐 없다. 하지만 그리운 사람이 하나 쿠타에 있기는 하다. 일주일 후 나는 비행기를 타고 그곳으로 갈 것이다. 지금까지는 아무에게도 얘기하지 않았지만 나는 장래의 내 어머니에게 그곳에 그리운 이가 있다고 고백했다.
 "쿠타가 어디야?"
 발리에 있는 관광 해변이다. 올 일월에 나는 십이 일간 발리에 가 있었다. 서울은 너무 추웠으므로 그냥 따뜻한 곳에 가 있고 싶었던 것이다.
 "그럼 인도네시아 여자란 말이야?"
 누나는 눈을 동그랗게 뜨고 나를 마주보았다. 그렇다는 뜻으로 나는 고개를 끄덕거렸다. 그러자 그녀의 얼굴이 금세 아연한 빛으로 변했다.
 "그럼 이름은 뭐고 몇 살이니?"
 그럼이라니.
 "수잔이란 영어 이름을 쓰고 있어서 발리 이름은 몰라. 나이는 스물둘."

"너무 어리구나. 그래…… 그럼, 그 여자와 무슨 약속이라도 있었던 거야?"

누나는 쓸데없이 자꾸 진지해지고 있었다. 괜한 얘기를 했나 보다.

"돌아가겠다고 약속했지."

스물여섯 살 이후 내게는 집이 늘 떠나기 위해 돌아오는 곳이었다. 거꾸로 내가 다닌 세상의 모든 곳은 돌아가기 위해 떠나오는 곳이었다.

"그 약속 지킬 거야?"

"그리우니까 아마 저절로 지키겠지?"

이번에 가면 발리 이름부터 알아놓으리라. 누나는 그새 뭔가를 체념한 얼굴이 되어 있었다. 이런 일에 있어서 여자들은 굉장히 체념이 빠르다.

"뭐 하는 여자니?"

"우리 식으로 말하면 여고 나와 호텔 식당에서 일해."

"호텔 이름은?"

별걸 다 묻는다.

"발리 서머 호텔."

발리 서머 호텔, 이라고 우물우물 되받으며 누나는 사뭇 미덥잖고 걱정스런 얼굴로 나를 뚫어지게 바라보았다. 그러더니 문득.

"넌 나이를 먹어도 왜 그렇게 꿈처럼 사니."

내게는 꿈이 생시요 생시가 곧 또 꿈이다. 난들 어쩌겠는가. 어쨌든 그리운 이가 지금 쿠타에 있다는 것이다.

쿠타의 발리 서머 호텔 식당에서 도미구이를 먹다가 나는 그녀와 멀리서 눈이 마주쳤다. 사롱(발리 치마)이 잘 어울리는 까무잡잡한 피부의 키가 작고 귀여운 여자였다. 떠나오기 전 나는 그녀에게 졸탄 코다이의 「무반주 첼로 소나타」가 들어 있는 CD와 플레이어를 주고 왔다.

돌아와서 가끔 꿈을 꾸곤 한다. 그녀와 열대 안락의자에 앉아 빈탕이란 발리 맥주를 마시며 코다이의 무반주 첼로를 듣는 꿈을.

그때 안방에서 어머니가 부르는 소리에 누나가 네! 하고 자리에서 벌떡 일어났다. 일어나며 그녀가 말했다.

"엄마한테 그 여자 얘기 했어?"

어찌 그런 얘길 하겠는가.

"혹시 상처라도 입지 않을까 걱정된다. 너희 둘 다 말이야."

상처. 어차피 모든 그리움은 상처의 원인이다. 나중에 상처로 변해 그리웠던 만큼 가슴에 남게 된다. 그걸 떠안고 누구나 살아가게 된다.

안방에 갔던 누나가 돌아온 건 그로부터 약 오 분 후다. 그녀는 방으로 들어올 생각을 않고 문밖에서 암만해도 어머니가 이상하다고 말했다. 왜?

"갑자기 뒤꼍에 맷돌이 있나 보고 오래. 그걸 쓰지 않은 지가 벌써 언젠데."

"……있긴 있어?"

"있어."

"그럼 됐잖아. 이제 누나도 그만 들어가 쉬어. 아 참, 그리고 한 가지 물어볼 게 있는데."

뭐? 하고 그녀가 외등 불빛에 일긋거리며 물어왔다.

"혹시 우리 어렸을 때 해바라기 밭에서 찍은 사진 가지고 있어?"

유감스럽게도 누나는 그 일만큼은 전혀 기억하지 못하고 있었다.

누나가 서쪽 방으로 들어가고 나서 집이 문득 고요해졌다.

발리 서머 호텔

그녀는 끈 달린 하얀 신을 신고 있었다. 아침저녁으로 식당에 내려갈 때마다 그녀가 내게로 왔다. 사흘째 되던 날 아침에 나는 그녀가 도미구이를 식탁에 갖다 놓는 사이 남들이 눈치 채지 못하게 밤새 아침이 되기를 기다렸노라고 그녀에게 속삭였다. 식탁 밑의 하얀 신발을 내려다보면서. 그 말에 여자는 다리를 후들후들 떨고 있었다.

다음 날 아침에도 그녀는 내가 앉아 있는 식탁으로 쟁반을 들고 왔다. 나는 그녀에게 한국엔 지금 눈이 많이 온다고 말해주었다. 그제야 그녀는 눈, 이라고 가까스로 되받았다. 당신 신발처럼 하얀 눈, 이라고 나는 그녀에게 다시 말했다. 그러자 그녀는 발을 안쪽으로 오므리며 낮은 소리로 웃었다. 그러고 나서 내가 식사를 끝낼 때까지 멀리서 나를 바라보았다.

발리 서머 호텔에서 닷새째 머물던 날 아침에 나는 과일과 커피와 토스트를 가져온 그녀에게 저녁에 와텔(사설 전화국) 앞에서 만나자고 했다. 야외 카페가 밀집해 있는 곳이었다. 거기서 나는 그녀와 밤새 빈탕을 마시며 그저 아무 얘기나 주고받고 싶었던 것이다. 그녀는 얼굴을 확 붉히곤 고개를 가로저으며 도로 제자리로 돌아갔다. 그리고 먼 데서 또 나를 바라보며 우두커니 서 있었다.

그날 밤 그녀가 내 방으로 왔다. 와서 서먹하게 한 시간이나 코다이를 되풀이해서 듣다가 서로 입이 마를 즈음 슬그머니 옷을 벗었다. 그녀는 아기처럼 내 품에 안겨들며 서툰 영어로 말했다.

"눈 보고 싶어요."

"그래, 눈이로군."

"하늘에서 신발이 매우매우 떨어져요?"

웃으면서 나는 그렇다구 대꾸했다. 하늘에서 흰 신발들이 마구마구 떨어지는 것이다. 그리고 나는 한국어로 그녀에게 이렇게 말하고 있었다.

"오래도록 너를 사랑했어. 이 말 없는 애야."

뜻을 알 리 없을 텐데 그녀는 묵묵히 내 말에 귀를 기울이고 있었다.

"너는 지금도 모네의 붓질 속에 숨어 있겠지. 그 기묘한 빛의 그림자 속에. 이 벙어리 여자야."

그녀는 가슴과 엉덩이의 선이 무어라 말할 수 없이 아름다운 여자였다. 창밖에선 외등 불빛 속에서 야자수 잎이 쉼 없이 흐느적거리고 있었다. 눈을 감으니 야자수 잎이 저마다 커다란 물고기로 변해 이마 위로 천천히 떠가는 것이었다.

다음 날엔 정오에 그녀가 왔다. 그날도 그녀는 내게 눈〔雪〕이야기를 해달라고 졸라댔다. 나는 그녀의 벗은 등 너머로 열대 장미와 야자수를 훔쳐보며 줄곧 동쪽 방의 내 연인을 생각하고 있었다.

일주일째 나는 그곳을 떠났다. 흰 신발과 코다이를 남겨 두고, 다시 돌아오리란 약속을 던져 두고. 그러나 그녀는 내 말을 믿지 않는 것 같았다.

울루와트에 가서 사흘을 보내고 서울로 돌아오던 날 뜻밖에 그녀가 덴파사 우랄라이 공항까지 배웅을 나와 내가 눈사람이 아니길 바란다며 불현 눈시울을 붉히고 말했다.

신발

자정이 지나 잠자리에 들려고 화장실에 다녀오는데 아버지가 밖으로 따라 나왔다. 아니, 나를 따라 나왔던 게 아니다. 오줌을 누고 도로 방으로 들어가는데 아버지가 마루 앞에서 손에 무얼 들고 시커멓게 서 있었다. 다가가 보니 어머니의 신발이었다. 감히 왜냐고 묻지를 못하고 나는 아버지의 얼굴만 그저 뜨악하게 마주보고 있었다.
"어째 이걸 가지고 들어오란다."
아버지의 목소리는 웬일인지 부들부들 떨리고 있었다. 그리고,
신발을 든 아버지가 안방으로 들어가고 나서 집 안의 모든 불이 다 꺼졌다.

밤의 걸음걸이

얘야, 오늘 난 우리 집의 평면도를 그려놨어. 언젠가는 햇빛을 받아 누렇게 색이 바래고 두루마리처럼 안으로 말려버릴 테지. 우리들 인생처럼. 그러고 나면 이 집과 함께했던 우리 세월의 기억도 점점 희미해지겠지. 하지만 나중에라도 왠지 너만은 모든 걸 다 기억하고 있을 것 같아. 해바라기 밭에서 찍은 사진도 네가 가지고 있다는 걸 난 알아. 어느 여름날 우리는 해바라기 푸른 대궁 사이에 숨어 겁 없이 입을 맞췄지. 너는 그 큰 눈으로 일생(一生)처럼 나를 바라

보고 있었어. 혹은 내가 너를.

며칠 후 난 또 너를 만나러 갈 거야. 아주 먼 열대의 섬이지. 그래, 열대. 거기서 내 서른여섯 살에 다시 너를 만나게 될 줄이야.

신발도 없이 밖에서 밤이 지나가는 소리가 들려온다. 해바라기 지붕을 밟고 지나 마당과 화단을 밟고 지나 장독대를 밟고 지나 상기는 담을 타 넘어가고 있다.

밤의 발자국 소리가 도로 돌아와, 내 머리맡에 바투 와서 어깨를 흔든 건 아마 새벽 세 시나 네 시쯤이 됐을 시각이었다. 그녀와 열대 안락의자에 앉아 코다이를 듣다가 한순간 나는 눈을 번쩍 뜨고 자리에서 일어났다. 그리고 나는 밤이 내 귀에다 대고 하는 소리를 캄캄히 엿듣고 있었다.

"갔어!"

조용히 말해도 될 텐데 그는 굳이 외쳐 말하고 있었다. 이토록 고요한 밤에도 귀가 어두운가. 일어나서 내가 불을 켜려고 하자 그가 내 손목을 차갑게 거머쥐었다.

"냅두고 나와!"

나는 그에게 손목이 붙들려 방 밖으로 나갔다. 마루로 막 올라서려다 말고 그가 해바라기 방에서 했던 말을 되풀이했다.

"네 에미가 갔다고!"

그제야 나는 안방에 무슨 일이 일어났는지를 퍼뜩 깨달았다. 서쪽방과 동쪽방은 아직 깊이 잠들어 있었다. 이어 부들부들 떨리는 다리를 겨우 가누고 안방으로 들어섰을 때 맨 먼저 내 눈에 들어온 것은 어머니의 머리맡에 놓여 있는 흰 고부신이었다.

윤대녕(尹大寧)

1962년 충남 예산 출생. 단국대학교 불문과 졸업. 1990년 『문학사상』 신인상에 단편 「어머니의 숲」이 당선되어 등단. 오늘의 젊은 예술가상, 이상문학상, 현대문학상, 이효석문학상, 김유정문학상 등 수상. 『은어낚시통신』(1994), 『남쪽 계단을 보라』(1995), 『많은 별들이 한곳으로 흘러갔다』(1999), 『누가 걸어간다』(2004), 『제비를 기르다』(2007) 등의 소설집과 『옛날 영화를 보러 갔다』(1995), 『추억의 아주 먼 곳』(1996), 『달의 지평선』(1998), 『코카콜라 애인』(1999), 『사슴벌레 여자』(2001), 『미란』(2001), 『눈의 여행자』(2003), 『호랑이는 왜 바다로 갔나』(2005) 등의 장편소설 출간.

작품 세계

윤대녕은 첫 작품집 『은어낚시통신』(1994)을 출간하면서 1990년대 미학주의 소설의 지평을 연 신예로 떠올랐다. 시적 상상력과 회화적 감수성, 신화적 상징을 주요 내용으로 하는 윤대녕의 미학주의는 현실에 정주하지 못한 채 부유하는 90년대의 젊은 세대의 일상에 신비로운 탈출구를 제공해줌으로써 독자들로부터 각광을 받았다. 그 탈출구에 붙여진 이름이 '시원(始原)으로의 회귀'(남진우)이다. 그것은 일상의 실존적 무의미로부터 시원의 실존적 충일로의 회귀이며 현실과 환상의 교차 속에서 이루어지거나 추구된다. 윤대녕 소설에 대한 비판도 적지 않았다. 현실 도피적이고 동어반복이라는 지적, 그리고 일본 작가 무라카미 하루키의 아류라는 지적 들이 있었다. 이런 지적들에 일리가 없는 것이 아니지만 그것이 윤대녕 소설의 전모와 부합되지는 않는다. 장편소설 『옛날 영화를 보러 갔다』(1995)에서의 회귀는 그 과정이 단선적이지 않고 회귀 자체도 이중적 성격을 띤다. 여기서 회귀는 시원으로의 회귀인 동시에 현실로의 복귀이기도 하다. 그래서 잃어버린 기억의 회복을 통해 '현실인 나'가 일깨워진다. 단편소설 「빛의 걸음걸이」(1997)에서는 과거의 원체험이 어둠 속에 숨어 있는 회귀의 목적지로서가 아니라 현재와 겹쳐져 현재에 작용하는 것으로 나타난다. 윤대녕의 회귀는 작품에 따라 다양하게 변주되며 일상과 비일상, 현실과 비현실의 경계를 쌍방향으로, 즉 일상에서 비일상으로, 현실에서 비현실로, 라는 방향만이 아니라 동시에 그 역의 방향으로도, 넘나드는 것이다. 그 쌍방향의 넘나듦이 몽상을 통해 이루어지는 점에 주목하면 윤대녕 소설은 몽상의 소설이라고 불릴 수 있다.

「빛의 걸음걸이」

「빛의 걸음걸이」는 한 가족의 어느 하루 이야기를 다룬다. 아버지와 어머니는 지은 지 25년 되는 이 집에 25년째 살고 있고, 큰딸은 이혼하고 돌아와 곁방살이를 하고 있으며, 작년에 늦결혼을 한 막내딸은 첫애를 낳고 산후 조리를 하기 위해 와 있고, 아들인 작중 화자는 어젯밤 서울에서 내려왔다. 이 5인 가족에게 하루 동안 일어난 가장 큰 사건은 어머니의 죽음이다. 신장염으로 입원했던 어머니는 이날 아침 병원에서 퇴원했고, 이날 밤 죽는다. 낮에 '처녀 할머니'가 찾아오는 것이나 자정 무렵 아버지가 어머니의 신발을 방으로 가지고 들어가는 것은 모두 어머니의 죽음에 대한 불길한 암시이다. 정오부터 저물도록 햇빛의 변화하는 모습과 움직임에 대한 묘사 역시 어머니의 죽음이 다가오고 있음을 암시한다. 여기서 '빛의 걸음걸이'는 삶의 리듬이면서 동시에 죽음의 리듬이다.

그러나 작중 화자의 사유는 과거와 현재라는 다른 시간을 동일 공간에 겹쳐놓는 데 집중된다. 전에는 해바라기 꽃밭 자리였던 별채 방에 누워서 "그때 내 발등을 모로 밟고 종종 지나가던 병아리의 간지러운 발자국 몇 점"을 떠올린다거나 별채 방에서 화투를 치는 것을 "해바라기를 깔고 앉아" 화투를 친다고 묘사하는 것은 그 때문이다. 어린 시절 해바라기 꽃밭에서 있었던 어떤 사건이 일종의 원체험으로서 '나'의 삶을 규정하고 있는 것이다. '너-여동생과의 입맞춤이 그것이다. 그것은 이제는 상실된 충일의 체험이며 실제의 여동생과는 이미 무관해져버린 상징적인 것으로 화자의 몽상의 대상이다. 그래서 과거의 '너-여동생'은 현재의 실제 여동생이 아니라 현재의 수잔(발리에서 만난 인도네시아 여자)과 겹쳐진다. 수잔은 '너'의 대리보충이라 할 수 있는데, 이 대리보충은 새로운 생성이면서 또 다른 몽상의 대상이 될 것이다.

윤대녕의 다른 작품들과 마찬가지로 시적 상상력과 회화적 감수성이 돋보이는 「빛의 걸음걸이」는 회귀라는 윤대녕 소설의 주요 모티프가 신비주의적 원형이 아니라 유년기의 원체험을 향하고 있다는 점이 주목된다. 원형을 향한 회귀에서 원형은 항상 비의(秘義)로 남고 회귀의 시도만 반복되기 쉬운 데 비해 원체험을 향한 회귀는 현재의 삶 속에 새로운 생성을 가능케 한다. 「빛의 걸음걸이」가 보여주는 회귀와 생성은 슬프고 아름답다.

주요 참고 문헌

김화영의 「별을 찾아가는 그림」(『많은 별들이 한곳으로 흘러갔다』 해설, 생각의나무, 1999)은 「빛의 걸음걸이」에서 묘사되는 하루 동안의 빛과 색깔의 변화가 사람들 각자의 덧없는 일생과 유비 관계에 있다고 보고 자세한 이미지 분석을 수행한다. 정혜경의 「빛의 걸음걸이, 몽상하는 자의 걸음걸이」(『매혹과 곤혹』, 열림원, 2004)는 「빛의 걸음걸이」의 주제를 상실된 것에 대한 몽상으로 파악하고 그 몽상이 자세한 내역을 분석한다. 윤대녕론으로 주목할 만한 최초의 글인 김윤식의 「신화적 논리 쪽에 편들기」(『문학사상』, 1994. 8)는 생리적 플롯의 글쓰기라는 개념으로 윤대녕 소설의 특징인 환각을 설명했다. 남진우의 「존재의 시원으로의 회구」(『은어낚시통신』해설, 문학동네, 1994)는 윤대녕의 첫 소설집에 대한 해설로서 '존재의 시원으로의 회구'라는 해석의 틀을 제시하여 이후의 윤대녕 해석에 커다란 영향을 미쳤다. 김동식의 「사막으로 들어가는 길」(『지나가는 자의 초상』해설, 중앙일보사, 1996)은 윤대녕 소설의 특징들을 후기산업사회의 자본주의적 일상과의 관련 속에서 설명하고 있다. _성민엽

김소진
개흘레꾼

대학 서클 동기인 장명숙(張明淑)한테서 넘겨줄 것이 있으니 만나자는 전화가 걸려왔을 때 난 문득 그녀가 원고 뭉치를 들고 와 출판을 검토해달라고 할지도 모른다고 생각했다. 때마침 내가 어느 작가가 맡겨온 원고를 읽고 있던 차라 그런 생각이 났는지도 몰랐다.『우리들의 사육제』라는 제목이 무색하지 않을 만큼 내용도 땀에 젖은 남녀의 몸뚱어리 냄새로 가득 채워져 있어 나는 흥미 반 걱정 반의 심정으로 원고를 훑어 내려갔다. 내가 술김이라면 형이라고 못 부를 것도 없을 정도의 알음알이가 있는 그 작가는 문단에서 비교적 정통 문학을 한다고 알려진 터라 나의 보수적 문학관에 비춰 당혹감이 일었던 것이다. 읽어갈수록 상업주의 쪽으로 발가벗고 뛰겠다는 의도가 확연히 드러났다. 그가 원고를 검토해달라면서 하던 말이 떠올랐다.

솔직히 대학에 자리를 잡고, 등 따시고 배부르니깐 문학이 안 되더라고. 톡 까놓고 얘기하자면 대중적으로 적당한 허명(虛名)이나 좀 세우자고 하는 거니깐 김형 출판사에서 어려우면 딴 데라도 통아주쇼.

하긴 그가 예전처럼 진지하게 쓴 거라면 우리 출판사로 올 리가 없을 원고였다.

---

* 「개흘레꾼」은 『한국문학』 1994년 3·4월 합본호에 발표되었다. 여기서는 『열린 사회와 그 적들』(김소진 전집 2, 문학동네, 2002)에 수록된 것을 텍스트로 삼았다.

여보세요. 거기 청솔출판사죠?

수화기를 들자마자 들려오는 첫마디만 듣고도 난 그 목소리의 주인공이 누군지 단박에 알아챌 수 있었다. 왜 모르겠는가. 그 여걸(女傑) 장명숙을 모른대서야 인문대 팔이학번으로서 말이 되는가. 그녀는 활동이나 학습, 그리고 인간관계에서 어느 누구에게 뒤지지 않았던 모범적이면서도 탁월한 학생운동가였으니깐. 헌신상과 대담성을 물론이고 쇳소리가 쩌렁쩌렁하게 울리는 그녀 특유의 열정적인 선전 선동은 여학생은 물론 남학생들 사이에서도 타의 추종을 불허한다는 정평이 나 있었다. 나는 당시 그녀와 같은 문학운동 서클에서 일하고 있었다.

아 예, 그렇습니다만…… 그러면 혹시, 아니 너 뺑수 맞지 그지? 으응, 그래 너 명숙이로구나. 야, 어찌된 일이야 이거, 전활 다 주고. 근데 내가 이 출판사에 다니는 건 어떻게 알았어? 왜, 좋은 책들 많이 내잖아. 그건 그렇고, 일언이폐지하고 오늘 저녁때 시간 좀 나지? 잠깐이면 돼. 길어도 안 될 건 없지. 후후, 듣기엔 좋군. 근데 정말 웬일이야. 너한테 뭐 전해줄 것도 있고. 전달? 뭔데? 글쎄, 보면 알 거야. 그래? …… 참, 너 등단했더라, 신문 보니깐. 축하한다고. 가작인데 뭘…….

올림픽이 열리던 팔십팔 년에 졸업을 하고 나서 한번도 대면하지 못했으니 거진 오 년 만의 만남이 될 자리였다. 가끔 대학 동기들을 만나서 간접적으로 단편적 안부를 전해듣긴 했지만 최근에는 그나마 근황을 물어볼 기회도 갖지 못했다. 그러던 것이 지난해 말인가 어느 신생 신문에서 공모한 희곡 부문 가작 등단자 이름이 장명숙인 것을 보았다. 신문에 나온 주소대로 연락을 해본다는 게 마음뿐이었던 모양이었다.

신촌 어디쯤으로 둘이 알 만한 곳으로 약속 장소를 정하자고 했더니 자기가 시내에서 선약이 하나 있는데 그것이 언제 끝날지 장담할 수 없다며 나보고 아예 내 사무실에서 죽치고 있으라고 하였다. 전화에다 대고 내 사무실 위치를 손짓 발짓을 섞어가며 가르쳐주었더니 다 듣고 나서 피식 웃으면서 근처에 몇 번 가본 적이 있다고 했다.

코끝이 알싸하도록 석유난로를 자글자글 켜둔 사무실 구석의 소파에 외투를 걸친 채 홀로 앉아 있기도 뭣해서 옆건물 지하층에 신장개업한 슈퍼마켓에서 백오십 미터에서 퍼올린 지하 천연수로 만들었다는 맥주를 서너 병 사다 놓고 홀짝거리며 그녀를 기다렸다. 그러다가 얼른 생각이 났다는 듯 지난달 치 신문철을 뒤져 그녀의 희곡 당선작 제목이 「실로폰 소리에 맞춰서」임을 확인했다. 눈으로 줄거리를 쫙 훑어보니 대충 어느 아파트에서 한 젊은 유부녀가 우연히 잘못 집을 찾아든 남자와 상대하는 내용이었다. 글쓰는 축들은 자기가 쓴 글의 내용을 읽은 척하고 되풀이 들려주면 사족을 못쓰는 법이잖은가. 원활한 대화를 위해서는 이런 기초 조사가 필요했다. 근데 내가 왜 이리 서두르는 걸까. 옛 애인이라도 찾아오는 중이란 말인가.

나는 문득 집을 나와서 고등학교 동창 녀석과 한 네댓 달 같이 썼던 장승백이의 지하 자취방이 떠올랐다. 천장으로는 붕대 같은 천을 친친 동여맨 보일러관이 얼기설기 지나가는 을씨년스런 방이었다. 경찰서에서 구류를 살고 타박타박 돌아와보니 그녀가 방에서 늘어지게 잠을 자고 있었다. 하긴 엠티를 가서나 합숙에 들어가 좁다란 방에서 남학생들 대여섯 명과 어울려 한방을 쓰고 어빡자빡 포개져 칼잠을 잘 때도 하등 아랑곳없던 그녀였기에 방문을 열어본 나는 발을 씻는 둥 마는 둥하고 주저 없이 걸어 들어가 벌렁 드러눕고는 이내 코를 드르렁 곯았다. 그러곤 몸을 흐득흐득 떨며 아버지에 대한 개꿈을 꾸었던 것 같았다.

아버지는 마치 신바람 난 골목대장인 양 활갯짓으로 바람을 잡으며 우줄우줄 앞장서서 세찬이네 골목으로 암내를 잔뜩 풍기는 누런 황구 한 마리를 구슬려 끌고 나갔다. 몇 올 남지 않은 머리카락이 바람에 헝클어져 쑥대강이처럼 너울너울 춤을 췄다. 윗농네 아랫동네 할 것 없이 한 덩어리가 된 조무래기들이 실성한 뒤를 쫓듯 킥킥거리고 손가락질을 하며 아버지의 뒤를 따랐다. 나는 조무래기들보다 대여섯 발짝 뒤처져 걸었다. 맞은 켠에서 맞닥뜨린 아낙네들은 코를 싸매쥐고 길가 벽으로 바짝 붙은 채 이마빡에 주름살 깊은 인상바가지를 일그러붙였다. 암캐인 황구의 사추리에서는 검붉은 액체가 이따금씩 떨어져 방울

방울 땅을 적시고 있었다.
 뒤따르던 조무래기들 가운데 짓궂은 녀석 몇이 일부러 연탄재 쪼가리를 내던졌다. 꼬리를 뒷다리 사이로 한껏 끌어당겨 틀어막은 황구는 아버지 발치 앞으로 쪼르르 달려가 애원하는 눈초리로 쳐다봤다. 아버지는 허릿장을 지르고 험상궂은 표정을 지으며 뒤돌아서 조무래기들을 쏘아보았다. 순간 조무래기들은 움찔거리며 제자리에 섰다. 그러나 겁먹은 표정들은 아니었다. 하관이 빤 턱에는 덜 뽑은 돼지비계의 그것처럼 까칠한 털이 숭숭 솟아 있고, 동굴처럼 벌어진 시커먼 입속으로 움푹 빨려 들어간 양 볼에 위엄 따위가 서릴 만한 구석은 조그만치도 없었다. 게다가 흰자위가 검은자위를 덮어버릴 만큼 흡뜬 두 눈은 어릿광대의 표정처럼 우스꽝스럽기조차 해 아이들이 겁을 집어먹기는커녕 주먹쑥떡을 먹이는 놈들도 있었다.
 그나마 내가 뒤따르고 있지 않았다면 아버지는 또 한번 아이들의 놀림감이 되었을지도 몰랐다. 조무래기들은 아버지보다도 내 눈치를 더 살피는 기색이었다. 나는 짐짓 외면을 하고 딴전을 피웠다. 그 자리에 슬그머니 주저앉아 운동화 끈을 들메는 시늉을 했다. 조무래기들이 와자하게 앞으로 쏠리는 소리에 맞춰 몸을 일으켰다. 그러나 그때까지 아버지는 흘끗 뒤를 바라보고 서 있었다. 그 순간 아버지와 내 눈이 마주쳤다. 둘은 아주 무표정한 눈길을 주고받았다.
 아, 아버지! 당신이 정녕 나의 아버지이십니까.
 나는 나도 모르는 새에 두 주먹을 불끈 쥐었다. 그때 아버지 손에서 황구의 목줄이 풀리더니 갑자기 내게 돌진해 들어오는 거였다. 비린내가 나도록 말라 보이던 황구 대신에 어느새 집채만 한 몸집을 지닌 시커먼 셰퍼드로 변하여 내게 달려들었다. 그 개의 입 언저리에는 부걱부걱 일어난 거품이 잔뜩 물려 있었고 눈에는 퍼런 인불이 일어 살기마저 번득거렸다. 그러나 아버지는 저만치 서서 미친 사람처럼 웃어젖히고 있었다. 나는 소리를 지르려 했으나 몸이 말을 듣지 않았다. 가슴에 천근만근 되는 쇳덩이를 얹어놓은 듯 답답했다. 나는 안간힘을 다해서 눈을 떴다. 그와 동시에 누군가의 품에 안겨 흐느끼면서 헛소리를 내고 있는 나 자신을 발견했던 것이다. 나는 부끄럽게도 명숙의 품에 안겨 어린애처럼 울고 있었다. 그것도 그녀의 젖가슴에 콧잔등을 한껏 파묻은 채였다. 명숙이는 마치 다정한 엄마처럼 내 등을 토닥거리고 있었다. 그때 내 코는 진한 이성의 냄새를 맡고 있었다. 아련한 분 냄새였을까 아니면 짙푸르게 벙그러진 방초꽃 내음이었을까. 나는 그 상태에서 한숨 더 자고 싶었지만 그녀가 내 얼굴을 살포시 밀어내었다. 그러곤 평소의 그녀답게 일갈을 하는 거였다.

그러게 너 같은 병신은 암만 해도 안 된다니깐, 왜 연득없이 나서고 육갑이냐! 주둥을 아무렇게나 뜨는 건 줄 알아?

어떻게 알았는지 아버지가 혼자서 경찰서 유치장으로 면회를 왔었다. 내가 면회실로 들어서자 흐릿한 아크릴판 너머의 아버지는 자리에서 엉거주춤 일어섰다.

"쯧쯧, 아버질 생각해서라도 자네가 그러면 못쓰지 아암."

나를 조사한 형사는 나를 데려다주면서 아버지의 행색을 살피고 난 뒤 끌탕을 하며 말했다. 나는 아버지의 손에 들려진 하얀 봉투에 눈길이 먼저 가 달라붙었다. 직감적으로 난 그것이 빵 봉지라는 걸 알았고 그것은 틀리지 않았다. 아버지는 예의 그 어설픈 미소를 지으며 다가왔다. 한여름만 빼놓고는 내도록 입는 감청색 작업복 어깻죽지에는 비듬이 싸락눈처럼 허옇게 내렸고 누비 솜바지는 군데군데 솔기가 터져 인조솜이 비어져 나와 있었다. 그것은 흘레를 붙이는 과정에서 성깔 사나운 수캐들이 아버지에게 달겨들어 물어뜯은 흔적들이었다.

"아직도 흘레를 붙이고 다니세요?"

"……"

아버지는 아무 말도 없이 물끄러미 날 쳐다보았다. 내가 이렇게 수치스러움으로 벌겋게 달아오른 목소리로 물어오는 데 대해 약간은 당황해하는 표정이기도 했다. 내가 이마빡을 아크릴판에 대고 호전적으로 다시 한 번 물어보려고 하는 순간 면회록을 작성하고 있던 젊은 전경이 고개를 아래로 쑤셔박고 킬킬거리며 웃었다. 아버지는 날 외면한 채 머리를 끄덕였다.

나를 절망적이고 자포자기적인 몸짓으로 인도했던 것은 바로 아버지의 이런 행위들이었다. 수치스러웠다고 고백해야만 한다. 개흘레꾼이라니! 바로 내 아버지

김소진 **1243**

애기인 것이다.

가투가 있던 날 나는 델몬트 상자에 돌멩이를 가득 넣고 시내로 향했다. 그 날 시위의 성격이 어떤 것인지, 시위를 어떻게 이끌 것인지, 또 마무리 정리는 어떻게 할 것인지도 모른 채 나는 주동이 뜨는 시각에 한발 앞서 도로로 뛰쳐나갔다. 그리고 이십 초 만에 체포조의 가죽 주먹 세례에 묵사발이 되어 어깻죽지가 뒤로 꺾인 채 닭장차에서 주민증을 빼앗기고 곧 백차로 옮겨져 경찰서로 직행했다. 차라리 감옥에나 갔으면 하는 심정이었다. 그러나 생각과 달라 구류 십오 일이 떨어졌다.

나는 아랫입술을 지그시 깨물었다. 나의 데면데면한 표정을 읽은 아버지는 쭈뼛거리는 모습이었고 그 바람에 두 손을 앞으로 죽 내밀자 빵 봉지가 불쑥 솟구쳤던 것이다. 그때 내 눈앞에는 국민학교 일 학년 운동회 때 학교 후문을 통해서 빵과 사과가 든 봉지를 철문 틈새로 넣어주던 아버지의 모습이 겹쳐져왔다. 누군가 내 어깨를 톡톡 건드리면서 후문 쪽에서 누군가 나를 찾는다는 거였다. 반신반의하며 가보았더니 검은 물을 들인 군복 윗도리에다 귀를 덮는 개털모자를 쓴 아버지가 배시시 웃으며 철문 사이로 봉지를 전해주는 거였다. 그때 아버지는 쓰레기를 치우는 청소부 생활을 하고 있었는데 일하는 도중에 학교를 지나치는 중이었는지 온통 먼지투성이에다가 몹시 추레한 모습을 하고 있었다. 나는 주위 애들한테 부끄러운 마음이 앞서 잘 뛰어보라는 아버지의 말이 채 끝나기도 전에 빵 봉지를 후다닥 채뜨리고는 얼른 변소 뒤쪽으로 해서 빙 돌아 응원석으로 되돌아왔다. 그러고 나서 내가 그 빵 봉지를 열어 안에 든 것을 꺼내 먹었는지는 분명치 않다. 아무튼 면회실에 흰 봉지를 들고 선 아버지를 보니 불현듯 옛날 운동회 때 생각이 갑자기 난 것이다.

"뭐하러 오셨어요? 며칠 있으면 나갈 텐데."

"내 간수들한테 맡겨둘 테니 안에서들 노나 먹으라."

그러고서는 할 말이 없어졌는지 아버지는 입술을 굳게 다물고 있다가 불룩한 잠바 호주머니에서 필터 없는 새마을 담배 한 개비를 뽑아내 물었다. 그러자 전경이 볼펜 끝으로 공책을 톡톡 두드리며 면회실에서 흡연은 안 된다고 경고

했다. 오 분의 면회 시간이 대충 지나갈 때쯤 내가 먼저 입을 열었다.

"엄마는 좀 어떠세요?"

"많이 축이 갔었드랬는데, 요즘은 좀 나아졌지. 니 에미레 불쌍한 사람인데…… 너 여기서 나오면 허나사나 집엘 들어와서리 부대끼더라도 함께 살아야 되지 않겠니. 그게 사람의 근본이지 않겠니?"

우리에게 무슨 근본 따위가 있겠어요! 난 하마터면 이렇게 소리를 지를 뻔했다. 그러나 아무 말도 입 밖에 내지 않고 돌아섰다. 난 아버지와 화해하고 싶은 마음이 도무지 없었던 것이다. 굳이 변명하자면 내가 대학 생활을 보냈던 팔십년대는 움직일 수 없는 냉전 체제 아래였다고나 할까. 그것이 내 사고방식을 크게, 그리고 분명히 규정했으리라.

그때 당시의 내 심사를 잘 대변해주는 글을 나는 구십년대로 넘어가서야 비로소 우리 문단 비평의 희망봉으로 내게 우뚝한 어느 노회한 평론가에게서 보는 편이 되었다.

……우리 현대소설은, 알게 모르게 냉전 체제와 그 논리를 구축한 이항대립이란 이름의 고전적 형이상학에 바탕을 둔 것이 아니었던가. 일제 강점기의 "아비는 종이었다"의 명제가 그러하였고, 해방공간에서부터 팔십년대 전 기간을 은밀히 울렸던 "아비는 남로당이었다"의 명제가 소설의 혼을 이루었을 뿐 아니라 소설과 역사를 결합시킬 수조차 있었던 것이지요…….

그가 말하는 소설이란 결국 세계관의 다른 이름이었다. 다시 말하자면 나의 아비는 숙명의 종도, 그리고 권력 투쟁에서 패배한 남로당이었다고 외칠 만한 위치에 있지도 못했기 때문에 나는 또 다른 가슴앓이를 해야 했던 것이었다. 그렇다고 다시 "아비는 군바리였다"거나 "아비는 악덕 자본가였다"라고 외칠 처지는 더욱 아닌 데 나의 설낭은 깃들어 있었다.

그런 의미에서 아버지는 테제도 그렇다고 안티테제도 아니었다. 그저 하릴없이 암내 난 개 목에 낡아빠진 개줄을 걸고 다니며 상대 수캐를 고르고 한적한 돌산 같은 데로 올라가 흘레를 붙여주는 일을 보람차게 수행하는 사람일 뿐이었다. 그러니 내가 나가야 할 출구를 아버지가 미리 다 막아놓은 셈이었다.

장명숙의 아버지는 해방공간에서 사회주의 활동을 한 이력이 있는 사람인 모양이었다. 고향에서 여운형의 건준에도 주도적으로 참여했다는 말을 얼핏 들은 적이 있을 정도로 비중 있는 활동을 했다고 한다. 그 바람에 집안이 피질 못하고 우그러들었다는 소리를 술 취한 명숙의 입을 통해 몇 번 들을 때마다 그녀의 아버지는 그녀에게 하나의 테제였다. 그리고 졸업 뒤 결국은 명숙과 결혼까지 한 서클 선배 석주형의 경우는 어떤가. 난 처음에 석주형네 집에 갔을 때 그렇게 잘사는 집구석에서 왜 운동을 하는지 의아스러워질 정도였다. 그러나 석주형은 아버지가 마련해준 기득권의 토양을 거부하고 나섰다. 형이 머릿속에 그리는 좀더 나은 사회를 위해서 자본가적 잉여가치를 취하는 한 아버지는 극복 대상일 수밖에 없다는 형의 논리 앞에 나는 얼마나 기가 죽었었던가. 그때 석주형에게 아버지란 존재는 안티테제일 수밖에 없었다. 그러나 내게 아버지란 존재는 이도 저도 아닌 개흘레꾼에 불과했다. 그러니 내가 절망하지 않고 어찌 배길 수 있었을까.

결국 구류를 살고 난 뒤 나는 당분간이라도 집으로 돌아와 쉬는 시간을 가졌다. 우선 학교 근방을 떠나보고 싶었다.

나는 그동안 개흘레를 붙이러 먼지바람 속에 뒷돌산으로 가는 아버지의 뒤를 쫓았지만 대부분 그 장면을 끝까지 참아내질 못하고 중도에서 산을 내려오곤 했다. 얼굴에 찬바람을 맞으며 내려오면서 나는 손아귀에 들려진 짱돌을 풀숲에 던져버렸다. 어느샌가 내 손에는 푸석푸석한 돌멩이가 쥐어져 있곤 했다.

아버지가 개흘레를 붙여주고 난 다음에 그 개가 새끼를 낳으면 한 마리쯤 수고했다고 가져다 주는 사람들도 있었지만 대개는 입을 싹 씻고 말았다. 그도 그럴 것이 누가 붙여달라고 부탁한 것도 아니었고 아버지가 어떻게 알았는지 암내 난 개들이 있는 집을 용하게도 알아내서 찾아가 흘레를 붙여주겠다고 굳이 자청한 일이었으니 수고비를 내든 안 내든 탓할 바는 없을 터였다. 어쩌다 입이 잰 두익 애비가 갑석이네 가게 앞 평상에 목발을 부려놓고 엉덩이를 걸치고 앉아 술잔을 꺾으며 자발머리없이 떠벌리는 옆을 지나칠 때가 난 영 젬병이었다. 나를 보는 순간부터 그는 더욱 두터운 입술을 부풀리며 큰 소리로 나발을 불었다.
"원, 동네 개들이란 개의 씹은 죄다 그 영감탱이가 다 붙여주니 암만 이 풍진 꼴 난 세상이라지만 차마 눈뜨고 못 볼 지경이 아니잖구! 그것도 적선임에는 틀림없고 보면 저승에선 부처님 앞으로 가게 될지도 모르겠군, 훙."
"아따, 이 사람아. 그렇게 대놓고 욕하는 게 아닐세."
"아, 사실이 그런 걸 낸들 어쩌나그려? 자라는 아이들 교육적인 거시키도 생각함시롱 주착을 떨어도 떨어야지 응. 그 나쎄에 그거이 도대체 뭐이야? 생각할수록 내 낯이 다 뜨뜻해져설랑 에잉. 어떻게 개흘레꾼하고 남세스러워서 한 동네에서 상판때기를 마주하고 산단 말이여. 그냥 콱."
두익 애비가 나무 평상을 주먹으로 내리치는 바람에 막걸리 잔이 움찔하며 술이 넘쳐났다. 나는 그러나 독오른 가을뱀처럼 고개를 빳빳이 세우며 천천히 가게 앞을 지나쳤다. 가슴 한구석에서 뭔가 뜨거운 기운이 풀무질하듯이 치솟았지만 딸꾹질을 참을 때처럼 명치끝을 지그시 누르고 있었다.
"에이 쌍. 세상 한번 왈칵 뒤집어지지 않고 뭐하는지. 개흘레꾼은 열심히 흘레를 붙이고…… 그러다 보면 누군가 갸륵히 여겨 외입질이라도 한 빠구리 시켜줄지도 모르는 일이겠고 말이야 응? 늙은 말이 콩 마다는 법 없다는 옛말이 있잖아. 대주라구, 허벌나게 대주라구들 큭큭큭."
두익 애비는 반미치광이처럼 고함을 질러댔다. 그가 공사장에서 등짐을 지다 실족해 다리를 다치는 바람에 집 안에 들어앉은 사연을 모르는 사람이 없었다. 다리를 다친 것보다 더 문제가 된 것은 낭심이 벽돌에 치여 그만 성기능 장애를 일으킨 것이다. 그러니 머잖아 두익 엄마가 안 하던 분칠을 회 뿌리듯이 하고 밖으로 나돌아다니는 모양이었고 그러니 자연 가정불화가 끊일 새가 없었다. 술찮이 받은 산재보상금만큼은 꽉 틀어쥐고 있어 아예 동네 구멍가게 평상을 세내듯이 꿰차고 앉아 오고 가는 사람들을 불러모아 술잔을 돌리며 외로운 곁을 달래보지만 그렇다고 허전함이 가실 리는 없을 것이었다.
"내가 가만히 앉아서 따져본 것만 해도 벌써 몇 건이여? 하루 걸러로 개흘레를 붙여준다고 해도 가설라므네…… 그 영감이 만든 개아덜이 한 백오십 마리는 넘겼는데 젠장. 그놈의 개아덜놈들이 밤이면 밤마다 아부지, 아부지 하면서 울어젖히는 소리들이 귀에 쟁쟁하다니깐."

두익 애비가 내뱉는 말에 주위의 술꾼들이 배꼽을 잡고 목젖이 찢어져라 웃어젖혔다.

아버지는 결코 아무렇게나 홀레를 붙이진 않았다. 이를테면 아버지의 머릿속에는 가근방 개들의 족보가 그려져 있는 모양이었다. 우선 에미와 새끼 간은 물론이고 같은 항렬끼리는 상관시키지 않았다. 사람들은 개판, 개판이라고들 하지만 개들 사이에서도 궁합이 있다는 게 아버지의 믿음이었다. 궁합이 맞지 않으면 좋은 수태가 될 수 없고 좋은 수태가 이뤄지지 않으면 난산이 된다는 거였다. 가령 경상도집 꾀순이가 발정을 한다면 그 상대로는 아버지 머릿속에 당연히 요구르트집 누렁이가 점찍혀 있었다. 쫑의 상대는 당연히 이발소집 꼬맹이였다.

아버지가 어떤 기준으로 개들의 궁합을 가려내는지는 잘 알 수 없었다. 다만 개의 관상이나 겉모양 특히 생식기 부위를 집중적으로 살피는 걸로 봐서 나름대로의 기준이 없진 않다는 생각이 들었다. 워낙 개를 좋아하는 양반이라 그런지 처음 보는 개들도 몇 번 안면을 익히며 꼬리를 사리고 들 정도로 개를 다루는 데는 이골이 나 있었다. 혹시 암내 난 암캐의 음수(陰水)를 묻혀 가서 수캐들의 혼을 지레 빼놓는가 싶어 넌지시 지켜봤지만 꼭 그런 것만도 아닌 듯싶었다.

동네에서 암캐를 기르는 집이라면 모두들 쌀가게 임씨 아저씨네 맏이인 원이형이 키우는 송아지만 한 셰퍼드의 씨를 받고 싶어했다. 임씨의 맏아들 원이형이 키우는 그 개의 이름은 희한하게도 히틀러였다. 아침나절 그가 잠시 돌산에 산책을 시키러 끌고 나올 때 한번씩 그 위용을 자랑하곤 했다. 동네에서 웬만큼 사납다고 호가 난 개들도 히틀러가 지나가면서 자기 집 앞의 전봇대에 가랑이를 쳐들고 실례를 해도 찍소리를 못하고 흰자위만 뱅그르르 돌릴 뿐 기를 펴지 못할 정도였다. 사람들은 은근히 아버지에게 히틀러의 씨 좀 받아달라고 추근거렸다. 그러나 원이형은 사람들한테서 그런 제안을 받을 때마다 마치 큰 모욕을 당한 사람처럼 얼굴이 벌게졌다. 히틀러를 아무 잡종한테나 함부로 붙여

줄 수 없다는 거였다. 그래서 개를 잘 다루는 데다 임씨 아저씨와 친분도 남다른 아버지를 내세운 것이다.

"김영감, 어디 말이나 한번 넣어보지 그래."

"내 보기엔 말이오, 댁네 메리하고는 애시당초 궁합이 안 맞는다는데도 대구 그러면 거 어쩌라구…… 괜한 쌩이질 치지 말고."

"우리 메리가 어디가 어때서? 이거 무시하지 말라구."

혜정이네 개가 우연히 히틀러의 씨를 뱄다가 새끼를 일곱 마리나 낳았는데 종자가 어떻게나 좋던지 젖을 떼자마자 한 마리에 만 원씩에 팔려 그 집에 거금 칠만 원을 안겨준 사례가 있어서 더 그러는 건지도 몰랐다.

"이것저것 따질 것 없이 덩치를 보믄 알쫀데 말이야……."

"뭔 소리여? 덩치로 따질 것 같으면 교미를 할 땐 다섯 배까지 감당할 수 있는겨. 아, 안 그래? 내가 새끼럴 톡톡히 밴 게 확인되는 즉시로 김영감한테 섭섭잖게 턱을 낼 테니 너무 그러지덜 말어."

상대방이 입에 거품을 물고 달겨드니깐 아버지가 한 걸음 물러서는 척하긴 했지만 끝내 확답은 하지 않았다. 이름 그대로 폭군모양 불뚝거리는 놈이라놔서…… 평소 아버지는 그 히틀러를 맘속에서 완전히 내놓고 있었다. 아버지 표현에 따르면 아주 돼먹잖은 놈이라는 거였다.

개들한테도 강간이라는 게 있단 말이에요?

기럼 그거이 왜 없겠니.

아버지는 주먹을 불끈 쥐어서 내보이며 확신에 차 말했다. 나는 하도 어이가 없어 그저 입을 벌린 채 웃고만 있었다. 그러나 아버지는 진지했다. 그게 어째서 강간인지를 설명하는 거였다. 저 이발소 은정 애비네 꼬맹이 있잖니? 그거이 당했지.

어떻게요?

내 말을 한번 귀담아 잘 들어보지 않겠니. 그놈은 우선 발정이 나지 않은 것한테도 틈만 나면 마구 달겨들어 그 짓을 한다니깐. 어지간히 야기가 뻗쳐서는 그러기가 보통 힘든 일이 아닌데 말이다. 짐승들은 사람과 달리 발정기가 따로 있는 거 아니겠니. 그런데도 그놈은 그 자연의 법칙을 어기고 있는 게지. 아주 흉물스런 놈이야, 보면 볼수록. 꼬맹이가 뒤를 덮친 그놈 때문에 그토록 깨갱거리다가 한 며칠 간은 기두발도 못한 걸 네 아네? 그런 놈이지. 히틀러라는 놈은. 에잉, 이름도 어디서 괴상망측하게 지어개지구설랑.

그런데 히틀러가 사라진 사건이 일어났다. 아마 원이형이 집에 있었더라면 그런 일은 일어나지 않았을 것이다. 원이형 아버지인 임씨가 아버지에게 와서 히틀러를 메리와 흘레 좀 붙여달라고 부탁했다.

"우리 아이가 지금 외출하고 없어서 그러는데 이 동네에서 그놈의 개를 다룰 수 있는 사람이라면 우리 아이 말고 김영감밖에 누가 또 있겠수? 그러니 수고 좀 해줘야겠어. 차씨가 어찌나 성화를 붙여쌓는지 그 등쌀에 배겨날 장사가 어디 있겠수? 우리 아이가 알믄 큰일 날 일이니깐 없는 사이에 얼른 좀 치러주구래."

차씨는 메리한테 히틀러의 씨를 받아주기 위해 임씨 아저씨 쌀가게에서 일부러 경기미 두 가마를 사서 집으로 날랐다. 아버지는 통장이기도 한 임씨에게 밉보여 좋을 게 없음을 잘 알고 있는 탓인지 입맛을 쩍쩍 다시면서 신발을 미적미적 찾아 꿰신었다. 그러나 그 흘레는 성사되지 못했다. 오후 늦게 산으로 올라간 아버지는 해가 뉘엿뉘엿 질 무렵 히틀러의 개줄만 달랑 손에 쥔 채 넋이 빠진 사람처럼 털레털레 내려왔다. 그러곤 아무 말이 없었다. 히틀러는 끝내 모습을 드러내지 않았다.

"김씨 말 좀 해보구래, 어찌 된 일인지나 알아야 이 갑갑증을 풀지."

오히려 임씨 아저씨가 통사정을 하고 나왔으나 아버지는 완강하게 도리질을 치면서 죄송하게 됐시우 하는 말 외에는 입 밖에 내지 않았다. 어쨌든 이만저만한 사건이 아니었다. 그때까지 저 양반이 망령이 들었나 하고 속만 끓이며 별 간섭을 안하고 있던 어머니가 봇물 터뜨리듯 악다구니를 퍼붓고 나섰다.

어디 가서 모두먹기패랑 어울려 한상 두리기로 해처먹었단 말이야! 이, 씨를 말릴 함경도 종자들이 끝내도록 애를 먹인다고, 애를. 애새낀 지 에미애비 고혈을 짜다간 기껏 콩밥이나 석죽이다 나오질 않아 애비란 작자는 구질구질허게 개 씨받이 노릇을 하다가 못해 남의 집 황소만 한 개를 모꼬지판에 갖다 바쳤는지 어쨌는지, 아이구 이내 기박한 팔자를 어떻게 하늘이 모른단 말이야!

나는 그날 아버지에게 달겨들어 등짝을 후려 패듯이 쩔꺽쩔꺽 후리는 어머니를 처음 보았다. 아버지는 예의 그 묵묵부답이었다. 아버지가 입을 열지 않아서 히틀러의 종적은 오리무중이 되었다. 어디다 팔아치웠는지, 도망을 쳤는지, 아니면 어머니 억측대로 몇몇이서 아버지와 작당을 하고 한상 두리기로 때려먹어치웠는지 알 수 없는 노릇이었다. 어머니는 사람 이세(理勢)가 그런 게 아니라며 흥분이 가라앉자 단돈 몇만 원이라도 챙겨 쌀집엘 올라갔었는데 거기서 히틀러의 몸값이 거의 이십만 원대에 육박한다는 말을 듣고는 얼굴이 하얗게 질려서 갖고 간 만 원짜리 지폐 서너 장은 펼쳐 보이지도 못하고 손아귀에서 땀에 흠뻑 젖도록 쥐고 있다가 돌아왔다.

원이형은 거의 정신병원에 입원할 지경이 되었다. 돌산 한구석 시커멓게 그을린 바위 아래에서 웬 개뼈다귀를 주워와서 히틀러의 것이라며 밤새 울고불고 훌쩍거리는가 하면 김포 쪽으로 히틀러를 끌고 가는 사람들을 봤다며 집을 나가서는 며칠씩 들어오질 않았다. 나는 아버지 대신 형에게 사과를 하기 위해 쌀집 뒷곁에 있는 다락방으로 찾아갔다. 그 다락방은 원래 허드레 물건을 쟁여놓는 창고였다. 지붕과 천장 사이인 더그매였는데 사람이 앉으면 딱 정수리에서 한 뼘 가량 남았다. 형은 거의 쥐들과 같이 생활하는 셈이었다. 집 안으로는 그 다락방에 이르는 통로가 없었다. 그래서 뒤란에서 벽장처럼 문을 딴 입구까지 열 칸이 넘는 사다리를 놓고 오르내렸다.

내가 사다리를 반쯤 오른 뒤 벽장 문을 몇 번 두드렸으나 기척이 없었다. 살그머니 문을 열어젖히자 어둠컴컴한 구석의 앉은뱅이책상 앞에 쭈그리고 앉은 형이 고개를 쑤셔박고 뭔가를 열심히 헤아리고 있었다. 삼천이백쉰야들, 삼천이백쉰아홉…… 형은 온 정신을 쏟아 그 작업을 진행시키느라 내가 들어온 줄도 모르는 모양이었다. 형, 저 왔어요. 삼천이백예순…… 원이형은 날 한번 흘끗 본 다음 다시 숫자를 헤아리기 시작했다. 나는 벽장문을 닫은 뒤 어둠에 익숙해지기 위해 눈을 감았다. 그러곤 어깨너머로 책상 위를 넘겨다봤다. 거기에는 왼편에 쌀과 보리가 섞인 쌀더미가 둥덩산모양 쌓여 있었고, 오른편으로는 쌀과 보리를 가려서 따로 모아놓은 쌀더미가 있었다. 갑자기 숫자의 끝자락을 놓친 탓인지 가만히 앉아 머리를 젖혀 보꾹만 쳐다보던 형이 날 보고 흘끗 웃었다. 미안하다. 언제 왔니? 방금요. 아버지 대신 사과드려요. 뭘……, 난 아무 일두 없다니깐. 히틀러는 꼭 돌아올 거야. 아주 빵빵한 놈이니깐. 형은 갑자기 책상 위의 몇 안 되는 책들 가운데 한 권을 뽑아들었다.

그것은 조악하게 제본된 너덜너덜한 『나의 투쟁』 번역본이었다. 히틀러가 뮌헨 폭동이 실패한 뒤 뮌헨 감옥에서 구술한 것을 그의 심복 헤스가 나중에 기록한 책으로서 반민주주의적이고 전체주의적인 나치 사상의 성전이었다. 그 책 갈피마다 형이 연필로 새카맣게 줄을 친 흔적이 보였다. 개의 이름을 히틀러로 지은 것도 우연의 소산은 아닌 듯싶었다. 나는 할 말을 잊은 채 형의 얼굴을 멍하니 바라볼 뿐이었다. 형은 어떤 힘을 갈구하고 있음이 틀림없었다. 자신의 허약한 육체로 인해 맛봐야 했던 수많은 좌절과 절망감을 보상해줄 강력한 힘이 필요했던 것인가.

메인 캄푸(나의 투쟁)! 속제목 좀 봐. 청산이야. 쓰레기 같은 인간들은 아주 깨끗이 쓸어내버리겠다는 거야. 속이 다 후련하지? 인간들은 크게 천재와 기생충으로 나눌 수 있다잖아. 내 주변에서 껄렁거리는 놈들은 죄다 썩었어. 알량한 근육 힘 자랑이나 하고 머릿속은 텅 비어들 가지고 말이야. 그래 가지고선 아무 일도 안 돼. 더욱 강력하고 순수하며 조직적인 사상으로 먼저 무장하는 일이 필요해. 그런 의미에서 히틀러를 독재자랍시고 마냥 나쁘게만 볼 수만은 없더라고. 그는 순수하고 강한 제국을 건설하고자 했던 위대한 사람이었어. 강력한 게 다 정의로운 건 아니지만 그것이 없는 정의로움이란 무의미해. 나는 이 말에 동의한다구. 약한 자들은 곧잘 엄살을 떨지. 난 그게 싫어. 매일 아침 일어나서 제일 먼저 히틀러의 희고 강인한 이빨을 보면 삶의 의욕이 어느 정도 솟는데……

히틀러 사건이 난 다음부터 아버지는 이러저러한 등쌀에 집에 붙어 있을 수가 없었다. 돌산 어드메쯤 가서 멀거니 혼자 앉아 있다 돌아오곤 하는 모양이었다. 나는 저벅저벅 아버지의 뒤를 밟았다. 아버지는 처음부터 그 사실을 알고 있었지만 이렇다할 내색을 하지 않고 당신의 길만 걸었다. 나는 가다가 얼른 구멍가게에 들러 사이다 한 병과 비스킷 한 봉지를 샀다. 이럴 때 아버지가 술을 할 수 있었으면 한결 얘기는 잘 풀릴 수 있었을 테지만 아버지는 중풍을 앓은 뒤로는 술을 끊은 터였다. 아버지는 앞이 툭 트인 돌산의 한 바위 위에 올라가 앉았다. 내가 말없이 사이다 병을 따 비닐컵에 그득 따라주자 벙시레 웃으며 받아들었다. 수염이 까칠한 코밑자락으로 콧물이 질편하게 흐르고 있었다.

너두 내가 히틀러를 어쨌다고 믿을 테지.

나는 고개를 가로저었다.

그렇진 않지만 어떤 연유인지는 듣고 싶어서요.

그럴 게야. 하지만 나도 어안이 벙벙해서리 잘 모르갔어. 분명 히틀러를 잘 구슬러서는 저 뒤 너머 있지? 아카시아 많고 우묵한 데 말이야. 거기까지 갔는데 그만 소피가 마렵지 뭐이겠니. 차암 내, 일이 어드러케 그리 되려니깐 말이야. 첨엔 그 자리에서 아래춤을 까고서리 거저 갈기려고 했는데 웬지 꿉꿉한 생각이 드는 게야. 그래서 나무에다 개줄을 단단히 붙들어 매놓고 아래참으로 조금 기어 내려왔어. 그런데 오줌을 누고도 쭈그리고 앉아서 담배 한 대 피울 참쯤 지나서 올라갔더니 개는 온데간데없고 개줄만 덩그러니…… 그 덩치 좋고 영악한 놈이 누구한테 끌려를 갔는지 도통. 고기에다 낚시 갈고리를 파묻어 던져줘서 먹어치우면 그 갈고리가 목에 걸려 고걸 끌고 가면 천하 없는 놈도 꼼짝없다는 말을 듣긴 했지만서두…….

앞으로도 개흘레를 계속 붙이실 참인가요?

아버지는 긍정도 부정도 않고 한동안 말이 없었다. 하지만 난 긍정 쪽으로 감이 잡혔다. 가슴이 답답했다. 도대체 왜일까? 나는 그것에 대한 아버지의 답변을 침묵으로 강요하며 지그시 앉아 이빨 끝으로 강아지풀 대궁을 잘근잘근 씹고 있었다.

아주 오래된 얘기지, 아주. 내 나이 스물하고두 야들이었으니깐.

아버지의 입이 열리기 시작한 첫마디였다. 아버지가 스물여덟 살 때 도대체 무슨 일이 있었단 말인가. 그때 아버지는 거제도 포로수용소의 평범한 포로였다. 언젠가 아버지는 내게 이렇게 말을 한 적이 있었다.

내레 앞에총이 뭔지나 알았겠니?

그 말은 당시의 아버지에 대해 거의 모든 것을 표현해주고 있었다. 아버지는 애초부텀 사상 따위와는 거리가 먼 사람이었던 것이다. 앞에총이란 대관절 무엇이었을까. 그것은 단순한 군사 훈련의 기본 동작만은 아니었을 것이다. 아버지가 단지 서툰 병사였다는 의미 이상의 그 무엇이 담긴 말이었다. 어느 체제든 자기 식의 사상에 순치되지 않은 사람에게 무기를 쥐어주는 법은 없는 일이다. 그 총구를 거꾸로 돌리는 날에는 체제 자체가 파멸이기 때문이다. 따라서 앞에총의 의미란 최소한 총구를 누구에게 겨눠야 하는지를 가르쳐주는 기본 동작이자 사상, 즉 이데올로기의 첫걸음이었던 것이다. 아버지는 심지어 그것조차 몰랐다는 것이다. 물론 아버지가 전투 요원이 아니었고 또 북쪽에서 급하게 병력을 징발하느라 신병 교육이 허술하기도 했을 저간의 사정은 짐작이 가는 일이다. 피복 군수 물자 담당요원으로 깊숙이 남하했다가 영천 어디쯤인가에서선을 놓쳐 미군의 포로가 된 사람이었다. 북에는 부모님과 갓 결혼한 아내, 그리고 경성에 계신 두 양주분에게 작명을 여쭌 게 늦게 도달하는 바람에 미처 갓난 아들의 이름조차 확인하지 못하고 내려온 사연이 있었다. 아버지는 그런 처지에 있는 스물여덟 살의 청년이 남쪽에 남을 수밖에 없었던 당신의 내력의 일단을 내비치고 있는 중이었다.

내레 돈 간수 하나는 무척 잘했거든. 그러니 그 수용소 안에서 같이 지내던 패거리들이 내게 전부 돈 간수를 맡겼지. 우리레 정말 회계라믄 일절 낙자 없었다구. 원래부터 군수요원이었으니끼니. 수용소 안에서 이쪽저쪽 모두들 갈려서리 싸운 얘기는 전에두 내가 몇 번 한 기억이 나는데. 그렇다믄 그건 걷어치우고. 얘기를 길게 할 것두 없이 문제는 돈이었디. 돈만 있으면 정짜루 뭐이든지 다 되었으니까니. 그 아낙(안)에서 여자까지 샀다믄 게서 말 더해 무슨 소용이래 있갔니? 가끔 노역이라구 해서 미군 싸즌들이 인솔해가지구 철조망 밖으로 나가는 일이 있는데 그때 뭔가를 국방군 보초한테 넌지시 인정을 푹 찔러주면 다 눈감아 준다구. 싸즌이 전부 감독하는 데는 원체 한계가 있어서라. 그럼 정해둔 민가로 가서 여자를 사는 게야. 물론 피난민 에미나이들이지. 지금 생각하믄 굴왕신들처럼 추레하고 굼드러웠지. 심지어는 염병을 앓으면서도 거저 몸을 파는 게야. 먹고 살아야 했거든. 늦봄 지난 김칫독처럼 시큼한 군둥내가 풀풀 풍기는 사타구니를 대줘도 살에 굶주린 사내들이 이것저것 돌아볼 여유가 있었나 뭐. 허겁지겁 그러고 나면 병 걸리는 사람도 많았지만 미제 다이아찡이 워낙 좋아서 그런지 까땍없었지. 나 말이니? 손가락도 까땍 않고 쳐다보지두 않아서. 정말이디 아암. 허어, 이런 얘기를 내가 너에게 해도 되는 건지. 하긴 너도 머리통이 이만치 굵었으면 다 큰 거다. 아암.

아버지는 남로당과는 점점 거리가 먼 얘기들만 했다. 한데 난 웬지 자꾸만 그 얘기 속으로 주책없이 빨려만 드는 거였다. 바람이 드세졌는지 젠장, 자꾸 눈시울이 시어지는 바람에 아버지 쪽을 바라볼 엄두는 내지도 못했다.

그때는 아침에 깨어나서 자기 목을 한번 쓸어보고서야 아항, 살았구나 하는 실감을 할 수 있을 만치 헹펜없는 시절이었으니. 어느 날 아침에는 철조망에 아무개 반동 아니면 악질 빨갱이의 목이라고 써붙인 모가지가 서넛쯤 걸리는 날도 있었으니…… 이쪽저쪽에서 서로들 반동이라고 했지. 섞어논 데가 그런 건 더 하지. 차리라 팔삼이나 칠육처럼 완전히 갈라놓으면 알아서들 적응하게 돼 있거든. 팔삼, 칠육이 뭐냐구? 기건 수용소 남바지. 그게 또 이름이더랬어. 내레 있던 칠삼처럼 섞어놓으면 문제가 되는 게야. 누가 그러는데 내가 반동으로 찍혔다잖니. 그건 일종의 궐석 재판 같은 거고 반동은 사형 선고인 셈이지. 아이코나 죽었구나, 생각하며 밤잠도 못 자고 전전긍긍했지. 그간 꿍쳐둔 돈이고 뭐고를 다 어쩐다지. 이따우 걱정하면서. 갖다 바칠 데라도 있으면 손 탁탁 털고 깆다 마지기나 하시. 쇠익 쪽에서는 내가 자본수의 물이 머릿속에 꽉 들어서 구제불능이라는 소리였는데…… 정작 당하기는 우익들한테 당했지.

그때 감찰완장들은 거개가 우익들이 찼거든. 감찰완장이라믄 어느 정도 수용소 쪽의 신임을 얻어서 수용소 내 물자 배급이나 치안 유지 같은 일을 도맡았지. 잠결에 어마지두에 얼굴을 보자기로 확 뒤집어씌워서는 어디론가 끌고 가는데 정신이 아뜩했지. 아, 이게 이젠 마지막이로구나 싶었지. 그러고는 어느 만큼 가서는 입에 재갈을 물리고 웃짱(웟옷)을 홀렁 까 제끼더니 들입다 몽둥이하고 발길질 세례를 안기는데 초죽음이 돼서 벌써 사람 혼이 저만치 떠가는가 싶더라구. 기절하니깐 양동이 물을 쫙 끼얹고. 그러곤 재갈을 풀어주면서리 막무가내로 어느 편이냐고 대라는 게야. 말인즉슨 이쪽에 남겠다 그랬는지 도루 가갔다고 했는지 불라는 건데 첨엔 다짜고짜로 끌려와서리 눈까지 척 가리고 나니 어드메 편에서 끌어다 놨는지 도무지 알 수가 있어야지. 맞출 기회는 반반인데 기거이 목숨이 걸린 판국이니 아흔아홉 대 일이래두 살이 불불 떨릴 텐데 말이야. 어디 입이 떨어지갔니? 일단은 버티고 보자고 대꾸 않는다고 쏟아지는 매를 견뎠지. 결기도 생기고 해서리 고함이레 고래고래 질렀지. 놈들이 놀고 있는 깐죽을 보니까나 왠지 죽일 것 같지는 않은 생각이 들었지. 한청 애들 같기도 했고. 수용소 안에서도 반공 포로 골수 애덜이 대한청년단이라고 조직해서는 위세가 떠르르했디. 결국엔 애덜이 개수작하는 꼴을 보니 내가 간수하고 있는 돈 보따리를 내놓으라는 게야. 솔찮이 모인 걸 다 안다믄서. 내레 목숨과도 바꿀 수 없다고 버텼지. 그게 어디 내 거이든가. 여러 동지들이 한데 모둔 것이지. 그제서야 갸네덜이 눈가리개를 풀어주는데 천막 안이었어. 역시 아나나 다를까 한청 애덜이었구. 그러더니 아랫도리마저 벳기겠지. 휘장을 슬쩍 들치니깐 집채만 한 셰퍼드가 침을 잴잴 흘리며 들어와. 그게 바로 독일산 경비견이지. 감찰들이 끌고 온 게야, 일부러. 그러더니 갸들이 뭔 짓을 했는지니 상상이나 허겠니? 그 보따리를 숨긴 델 불지 않으면 개를 시켜서 이거를 물어뜯겠다는 게야. 세상에……

아버지는 길쭘한 차돌멩이를 곁에서 집어 올리며 소리 죽여 '이거를' 했다. 성기를 입에 올리기가 좀 민망했던 모양이었다. 나는 그런 아버지 모습이 우스꽝스럽기도 해서 하마터면 웃음을 흘릴 뻔했으나 아버지의 표정이 너무나 진지해 얼굴을 잔뜩 굳히고 있었다.

너라면 어찌했겠니? 이……걸……떼주갔니, 아니믄 동지들의 피땀인 보따리를 내놓갔니?

아버지는 내 대답을 기다리지 않았다.
재물이라는 게 그렇게 무서운 것인 줄 난 그때처럼 처절히 깨달은 적이 없어. 생사람의 눈에도 명태 껍질을 발라놓는 그 재물이라는 게 결국 요물단지가 아니고 무어란 말이야. 이북에 처자식이고 두 양주 어른이고 다 두고 내려온 놈이 말이야. 정신은 어데다 뺏기구설랑. 아무튼지 그것을 뺏기고서는 어차피 죽은 목숨이겠다 싶어서 이판사판으로 뻗대잖구. 내가 길래 입을 열지 않으니까 니 놈들이 성이 새파랗게 오른 개를 정짜로 옆으로 데려오더구만. 그래도 버텼지. 그 셰퍼드가 으르렁거리는데 날카로운 이빨이 하얗게 빛나고 있었어. 나는 흰자위를 까뒤집으며 입에 거품을 문 채 몸을 뒤채려 했으나 워카 발로 목을 꽉 조이고 있으니까 움쭉달싹을 할 수 있어야지. 딱 열을 세겠다고 하더구만. 열이 지나가자 진짜 이⋯⋯걸⋯⋯개 아가리에 집어넣구 다시 열을 헤아리는 거야. 이 애빈 아랫도리에 이상한 통증을 느끼며 혼절을 했지. 다행히 나중에 목숨은 건졌지만 온전치를 못했어. 이⋯⋯거⋯⋯이. 그땐 정말 불구가 된 줄 알았지. 하지만 끝까지 나와 그리고 동지들의 보따리를 지켜낸 것이 은근히 맘을 위로해주는 게 참, 인간이라는 건⋯⋯ 그땐 나도 모르는 독기가 막 절로 나더라고. 고향? 두 양주와 처 또⋯⋯ 다들 있었지만⋯⋯ 말이 좋아 휴전선이 터지믄 고향으로 다음에라도 올라간다였지, 실은 못 갈 각오도 돼 있었지. 아마 못 갈 줄 알긴 알았을 게야. 궁상스런 변명이레 필요없지. 사람들이 그때는 부모형제고 뭐고 간에 그렇게 독했던 거야. 그리고 그렇지, 사내 구실도 제대로 못하게 됐다는 자책감 때문에 고향이고 뭐고 다 잊어뿌리게 만든 모양이지, 아마? 그러곤 어언 삽십 년 세월이 흐른 거야. 사람의 맘을 사람 힘으로 어쩌지 못할 때가 있어. 요즘의 내가 아마도 그랬었나 부지.
아버지는 그 차돌멩이를 돌산 아래로 힘없이 뿌렸다.
장명숙이 내게 전해주겠다고 한 것은 솔로호프의 『고요한 돈강』이었다. 보자기로 싼 책들을 톡 건드리며 내가 어이없다는 듯 말했다.
겨우 이걸 전해주려고 만나자고 했던 거야? 겨우라니? 글쎄 겨우일 수도 있겠지. 겸사겸사해서 니 얼굴도 오랜만에 좀 보려고 했지 뭐.

그 대하소설은 그녀가 노동 현장에 들어간다며 남의 주민등록증을 위조한 것이 사문서 위조로 걸려 집행 유예로 나올 때까지 감방살이를 할 때 내가 면회를 가서 차입시켜준 것이었다. 그 이후로는 나도 그 책에 대해서 까마득히 잊고 있었는데 그녀가 이런 식으로 뜬금 없이 보자기에 싸서 가져온 것이다.

출판사를 벌어먹이는 책이 요즘 뭐니? 글쎄 컴퓨터 관련 서적하고 기타 등등. 그런데 이 원고가 당분간 그 역할을 떠맡을지도 모르겠어. 몇 대목 보진 못했지만 내용이 좀 그렇다 응? 입장은 확실하잖아, 낄낄. 슈퍼마켓에서 술을 한 봉지 더 사왔고 대부분 내 잔에 채워졌다. 빈속이라서 그런지 올라오는 취기는 아주 명징한 것이었다. 나는 그 때문인지 말수가 많아졌다.

어때? 남들은 환금(換金) 작물 효과가 높은 소설 쪽으로 장르를 바꾸는데 말이야, 넌? 환금 작물? 그래 막말로 돈이 되는 거 말이야. 난 또 무슨 말이라고. 뭐 아주 의향이 없는 건 아니지. 지금 준비하고 있는 것도 있고. 좋지. 근데 말이야, 네가 지금 소설 나부랭이를 쓰고 있다면 말이야. 내가 그 소설의 첫 문장쯤 알아맞춰봐도 좋을까? 하하, 그거 희한한 말인데, 네가 무슨 족집게라도 되냐? 아니, 맞출 수 있어. 맞추면 어쩔래? 내 부탁 하나 들어줄래? 뭐든지. 유부녀보고 유부남이 안아달래도? 물론이지. 그렇다면…… 아비는 남로당이었다…… 어때? 틀렸어? 방향은 짚어낸 것 같은데, 어떻게 생각해냈지? 뻔하지 뭐. 너 같은 애가 베껴먹을 거라곤 네 애비밖에 더 있겠어? 밖에 나가서 한잔 더 하지. 아하, 그 보따린 그냥 거기 둬.

그날 나는 아버지가 개흘레꾼이었다는 얘기를 명숙이에게 다 해버리고 말았다. 그 때문에 내가 받아야 했던 마음의 상처와 콤플렉스에 대해서도 털어놨다. 그러나 그다음 얘기는 그에 하지 않았다. 그토록 뻗치는 취기 속에서도. 아버지가 결국은 개에 물려 죽은 것 말이다. 그 개는 아랫마을에서 족방(수제 구둣방)을 하는 이차랑씨네 셰퍼드였다. 족방 일꾼들이 먹다 남긴 짬밥을 얻어먹어서 그런지 뒤룩뒤룩 살이 쩐데다 묶어놔 길러서 성질마저 포악한 놈한테 아버지가 왜 접근했는지 몰랐다. 아무튼 정강이뼈가 허옇게 드러날 만큼 된통 물려서 사람들의 부축을 받고 집으로 돌아와 인수약국에서 약까지 지어먹었다.

그러나 그 뒤로 아버지는 시름시름 앓는 기미를 보였다. 상처보다는 마음이 더 놀란 탓이었다. 물론 돌아가신 당일에 입맛이 당긴다며 잘못 먹은 찹쌀떡이 얹혀 급체 증세로 갑자기 숨을 거두긴 했으나 난 왠지 아버지의 운명이 개에 물려 죽을 팔자가 아니었나 하는 생각이 들었다.
 그런 사실마저 다 까발리면 난 기운이 죽 빠져버리고 말 것 같았다. 두말하면 잔소리겠지만 사실 나도 이제는 이런 명제로 뭔가 얘기 좀 해보고 싶었던 거다. 이런 명제로······.
 아비는 개흘레꾼이었다. 오늘도 밤늦도록 개들이 짖었다.

김소진(金昭晋)

1963년 강원도 철원 출생. 서울대학교 영문과 졸업. 1991년 경향신문 신춘문예에 「쥐잡기」가 당선되어 등단. 한겨레신문 기자 역임. 오늘의 젊은 예술가상(1996) 수상. 『열린사회와 그 적들』(1993), 『고아떤 뺑덕어멈』(1995), 『자전거 도둑』(1996), 『눈사람 속의 검은 항아리』(1997) 등의 소설집과 『장석조네 사람들』(1995), 『양파』(1996) 등의 장편소설 출간. 1997년 지병으로 요절함.

작품 세계

김소진은 1991년 등단한 이후 34세를 일기로 짧은 생애를 마감하기까지, 만 6년 동안 8권의 책을 써낼 정도로 집중적이고도 치열한 삶을 살았다. 그의 역량은 대부분이 도시 주변부 사람들의 삶을 묘사하는 데 바쳐졌으며, 특히 그가 유년 시절을 보낸 미아리 산동네는 그의 소설에서 원점에 해당된다. 구멍가게 주인, 삯바느질꾼, 연탄가게 배달부, 양공주, 똥지게꾼, 폐병쟁이, 무당, 들병이, 전빵집 주인, 주정뱅이들 그리고 고철 부스러기를 주우러 돌아다니는 산동네 아이들. 김소진은 집요하게 산동네 사람들의 이런 시시콜콜한 모습들을 소설로 담아냈다. 김소진의 산동네 소설은 르포적인 발상이나 관심과 거리를 두고 있다는 점에서 1970년대의 도시 주변부 소설들과 구분된다. 그의 이야기는 현재가 아니라 과거의 이야기라는 점, 관찰과 고발의 양식이 아니라 회상과 반추의 양식이라는 점에서 특징적이다. 그의 작가적 역량이 단편에 모아졌던 것도 이러한 사실과 무관하지 않다. 51편의 단편(『장석조네 사람들』을 포함하여)으로 구성된 김소진의 세계는 흡사 한 권의 사진첩과도 같다. 양친을 위시하여 형과 누이와 이모, 동네 사람들과 친구들이 반복적으로, 다양하게 변주되면서 등장함으로써 작품들 간의 대화적 관계를 만들어낸다. 김소진은 산발적이고 단편적으로 어느 순간마다 난데없는 폭죽처럼 터져나오는 기억의 순례기를 통해 산동네의 풍경을 포착해냈고, 그럼으로써, 1990년대라는 탈이념의 공간 속에서, 리얼리즘 정신의 소박함이 어떻게 풍요로운 기억의 연쇄로 드러날 수 있는지를 보여주었다.

「개흘레꾼」

김소진의 소설 세계에서 매우 중요한 위치를 차지하고 있는 인물은 아버지다. 분량으로만 치더라도 아버지가 등장하는 소설은 전체의 3분의 1에 달한다. 그의 이야기 속에 등장하는 아버지는 대부분 처참하기 짝이 없는 모습이다. 무능력하고 나태하고 심약한, 치유할 수 없는 상처를 지닌 채 기신기신 연명해가는, 사줄 것이라고는 오로지 고운 심성밖에는 없는 인물이다. 「춘하 돌아오다」와 「자전거 도둑」「개흘레꾼」 등의 경우가 대표적이며, 『장석조네 사람들』 연작 속에 삽입되어 있는 「두 장의 사진으로 남은 아버지」는, 김소진이 긍정적인 아버지상을 그려보고자 했던 흔치 않은 예다. 증오와 연민으로 뒤범벅이 된 아버지에 대한 극단적 양가감정은 김소진의 소설에서 중요한 요소다. 하지만 김소진의 아버지는 프로이트적 아버지의 자리를 차지할 수는 없다. 어떤 권위도 없는 존재, 고작해야 연민의 대상이기 때문이다. 김소진의 소설에서 묘사되는 아버지의 이런 모습은 한국 현대소설에서 신화처럼 군림해온 아버지라는 상징의 시효가 끝났음을 알리는 지표와도 같다. 국권 상실과 분단, 냉전으로 이어지는 역사적 상황에서 아버지는 역사적 상징으로 존재해왔다. 비극적 영웅으로서의 아버지와 현실적 위력으로서의 아버지가 대표적인 두 개의 상징이었다. 하지만 김소진의 아버지는 개에 물려 죽고, 급체에 걸려 죽고, 중풍으로 기신을 못 하다가 죽는다. 그 죽음은 정신으로서의 아버지의 죽음에 해당되며 그 뒤에 남는 것은 산동네 사람들의 삶으로 표상되는 육체성과 에로스의 힘이다. 김소진의 아버지도 당연히 그 일부를 이룬다. 아버지는 개흘레꾼이었다고, 아버지는 개처럼 죽었다고 외치고 있는 소설 「개흘레꾼」은 이런 맥락의 한복판에 있는 작품이다.

주요 참고 문헌

김윤식, 「새로운 지식인 소설의 한 유형」(『열린사회와 그 적들』 해설, 솔, 1993)
김진석, 「개같이 죽는 인간, 개같이 살아나는 소설」(『고아떤 뺑덕어멈』 해설, 솔, 1995)
이동하, 「언어의 잔치와 따뜻한 인도주의」(『장석조네 사람들』 해설, 고려원, 1995)
서경석, 「열린 사회를 향한 글쓰기」(『자전거 도둑』 해설, 강, 1996)
정호웅, 「수칼매 우듬지에 빛나는 햇살」(『눈사람 속의 검은 항아리』 해설, 강, 1997)
서영채, 「이야기꾼으로서의 소설가」(『문학동네』, 1997년 가을호)

_서영채

성석제

홀림

아이는 차 문을 열다 말고 멈칫한다. 아이에게서 스무 걸음 정도 떨어진 곳에 서 있는 한 아이를 본 것이다. 아이는 순식간에 그 아이에게 사로잡힌다. 그 아이는 보이 스카우트처럼 짧고 푸른 바지를 입고 한 손에는 아이스크림을 들었다. 그 아이 역시 무엇엔가 홀려 있는 듯, 아이스크림이 흘러내리는 줄도 모르고 어디엔가 시선을 고정한 채 서 있다. 아이는 아이에게 시선을 고정한 채 소리나지 않게 차 문을 닫는다. 그리고 환하고 텅 빈 숲길에서 동족을 만난 짐승처럼 조심스럽게 아이의 뒤를 돌아든다. 아이가 홀린 아이는 홀린 아이 특유의 모습과 표정으로 사진에서 막 오려낸 것처럼 다른 풍경과 구별된다. 아이의 얼굴은 검게 그을렸고 눈이 크다. 머리를 짧게 치켜 깎아서 그런지 붉은 귀가 막 돋아난 잎새처럼 쫑긋하다. 사내아이치고는 속눈썹이 길고 섬세하다. 다리 사이에 낀 가방은 낡았고 후줄근하다. 아이 역시 아이만 할 때 아버지의 서류 가방을 물려받아 책가방으로 가지고 다닌 적이 있다. 그 가방은 질 좋은 가죽으로 만들어졌고 이국적인 냄새가 났지만 아이는 선생들이나 탐을 낼 그런 가방을 가지고 다니는 게 부끄러워 그 가방을 가지고 다니는 동안 혼자 산길로 다니곤 했다. 아이가 아이의 가방이나 아이 그 자체에 홀린 건 아니다. 아이는 아

---

* 「홀림」은 『문학동네』 1998년 가을호에 발표되었고, 이후 소설집 『홀림』(문학과지성사, 1999)에 수록되었다.

이가 무엇인가에 사로잡혀 하던 일을 멈추고, 어쩌면 숨마저 멈추고 있는 정경에 홀렸다. 아이의 눈은 멍하면서 깊다. 습관적으로 멀고 아스라한 누군가를 보거나, 스러져간 무엇을 반추하느라 그렇게 된 것이라고 아이는 생각한다. 아이는 아이가 바라보는 방향을 살펴본다. 길가에서 멀지 않은 곳에 트랙터가 논을 갈아붙이고 있다. 아이가 아이만 할 때는 기름 냄새를 풍기는 기계가 드물었고 간혹 불도저나 지프 같은 게 들어오면 사람들이 모여 구경을 하곤 했다. 그렇지만 아이가 그걸 보고 있는 것 같지는 않다. 플라타너스에 푸르고 단단한 열매가 매달려 있다가 바람이 불 때마다 작은 종처럼 흔들거린다. 아카시아숲에서 코를 벌름거리게 할 만한 꽃향기가 풍겨 나온다. 더 먼 곳에 도로와 나란히 철로가 누워 있고 철로변에 새로 깐 듯, 햇빛을 반사하는 자갈이 눈부시다. 철로 너머에는 자그마한 동네가 있고 붉은 지붕과 파란 지붕, 아무 색깔도 없지만 아무 색깔도 아니라고 할 수 없는 색깔의 지붕들이 눈에 띈다. 하지만 아이가 늘상 보는 풍경에 홀릴 이유는 없다. 어쩌면 아이는 날아가버린 새, 비행기처럼 아이가 아이를 보기 전에 나타났다 사라져버린 것에 사로잡혀 있는지도 모른다. 아이는 이리저리 시선을 돌리다 다시 아이를 바라본다. 아이스크림을 든 아이의 손은 전체적으로 뭉툭하고 손가락이 굵다. 아이는 아이에게서 눈을 떼어 자신의 손을 내려다본다. 도시에서 살아오면서 그는 자신의 손이 농부의 손처럼 투박하고 매듭이 거칠다는 이야기를 여러 번 들었다. 그때마다 자신은 농촌 출신이고 어릴 때는 눈 쌓인 산에서 나무를 해다 장에 팔아서 끼닛거리를 사야 했다고 농담을 했다. 사실 그는 어릴 때 나무를 해본 적이 없다. 불장난을 하려고 삭정이를 주워 모은 게 고작이다. 그도 또래의 아이들이 제 몸에 맞는 자그마한 지게를 지고 솔잎을 긁거나 잔가지들을 꺾으러 갈 때 함께 갔으면 좋겠다는 생각을 해본 적이 있지만 아이들은 그를 끼워주지 않았다. 동네에서 가장 큰 집에, 동네에서 가장 식구가 많은 집에 사는 아이의 걸음은 느리고 손재주가 없었다. 함께하는 장난이나 칡 캐기, 이삭·감꽃 줍기, 콩·수박·참외·사과·복숭아·오이·무·밀·감자·고구마·자두·토마토·닭·돼지 서리, 진달래·산딸기·오디·깨금·대추·감·밤·모과·머루 따기, 개구리·뱀·산토끼·꿩·메추리·하늘소·매미·메뚜기·꿩·산토끼·노루·오소리를 잡는 일에 어설펐다. 아이는 그래서 혼자 놀고 혼자 방학 숙제를 하고 혼자 주전자를 들고 딸기를 따러 가야 했다. 다행히 아이의 집 안에는 배·모과·살구·복숭아·포도·대추·감·뽕 나무가 있었고 텃밭에는 갖가지 채소가 자랐으며 조부모·부모·삼촌·고모·형·누나·동생에 솜씨 좋은 일꾼까지 있어서 아이가 다른 아이들에게 끼워달라고 애걸할 일은 많지 않았다. 아이가 문득 손을 움직여 아이스크림을 입으로 가져간다. 아이가 움직이자 아이는 아이에게 홀려 있던 순간에서 풀려난다. 아이도 여느 시골 아이 같은 모습으로 돌아가 한적한 풍경에 섞여든다. 아이는 걸음을 떼어 아이가 아이스크림을 샀을, 길가에 있는 구멍가게로 간다. 구멍가게의 문을 열던 아이는, 누런 베니어 판과 얇은 유리, 자그맣고 닳은 손잡이로 이루어진 그 문이 어린 시절 자신이 이따금 드나들면서 사카린과 성냥을 사던 동네 구판장의 문과 같은 시대에 만들어졌을 거라고 생각한다. 60년대. 아이는 그 문 안의 풍경이 구판장의 60년대와 크게 다르지 않았으면 하고 바란다. 아이는 문을 연다. 환갑을 넘긴 듯한 여인이 쪼개진 수박 사진이 인쇄된 부채로 파리를 쫓고 있다. 아이는 담배를 달라고 한다. 여인은 느릿한 동작으로 담배가 있는 내실 쪽으로 몸을 돌린다. 아이는 진열대 안쪽에 놓인 탁자와 탁자 위에 놓인 그릇들, 그릇을 덮고 있는 또 다른 그릇과 누런 주전자를 본다. 탁자 옆에는 좁다랗고 긴 의자가 놓여 있고 그 위에 백발의 사내가 좁은 의자에 몸을 얹은 채 코를 골고 있다. 탁자 위에 번져 있는 허연 얼룩은 그 사내가 아침부터 마셔대며 흘린 막걸리 자국일 것이다. 아이는 어린 시절, 막걸리를 사서 들에 나르던 심부름을 기억해낸다. 그때 막걸리는 동그란 주둥이만 제외하고는 온몸이 땅속에 파묻힌 독 속에 들어 있었다. 주전자를 가지고 가면 바가지로 퍼서 막걸리를 담아 주었고 흘러내리지 않도록 시멘트 부대 종이, 돌가루 종이라고 불리는 누런 종이로 마개를 해주었다. 아이들은 들로 가다가 우물을 만나면 막걸리를 바가지에 따라 사카린을 타서 마시고는 주전자를 우물물로 채우곤 했다. 술도가에서 가져오는 술은 원래 싱거웠는데 도가에서 가져오는 동안 도가 일꾼이 물을 타서 양을 늘리는 데다 구판장 안주인이 다시 물을 타는 일이 예사여서 심부름하는 아이들마저 물을 타면 들에서 일하는 일꾼들은 원래 농도의 반의 반도 안 되는 막걸리를 마셔야 했다. 자신이 어린 시절에 그랬기 때문에 그런지 일꾼들은 아이들을 크게 나무라지는 않았다. 막걸리 심부름을 하고 나면 술에 취한 아이들은 논두렁을 베고 잠이 들기 일쑤였다. 그러나 아이는 좀처럼 막걸리 심부름을 할 기회를 가지지 못했다. 따라서 논두렁을 베고 논바닥을 담요로 삼아 잠을 자볼 수도 없었다. 어느 추수철에 아이는 최초로 다른 아이들처럼 막걸리 심부름을 하게 됐다. 그런데 그 막걸리는 구판장에서 받아온 게 아니라 집에서 담근 밀주였다. 학교를 다녀온 뒤 곧바로 심부름을 하게 되는 바람에 공복이었던 아이는 다소 많은 양의 막걸리를 타 마셨고 그 바람에 취해서 논두렁에서 구르기까지 했다. 그래서 주전자에서 막걸리가 반쯤이나 쏟아져 아이는 그만큼을 물로 채워넣었다. 결국 일꾼들은 평소와 비슷한 농도의 막걸리를 마시게 되었다. 거나한 기분이 된 아이는 짚단을 베고 논바닥에 누워 잠이 들었다. 그때 일꾼 하나가 분풀이인지 장난인지 아니면 둘 다 겸한 것이었는지 몰라도 아이의 몸 위에 짚단을 몇 개 시옷자로 걸쳐 놓았고 그게 짚단을 세우는 줄인 줄 안 다른 일꾼들이 이어서 짚단을 세우는 바람에 아이는 짚단 속에 갇히게 되었다. 한참 뒤에 잠이 깬 아이는 처음에는 자신이 죽은 줄 알았다. 축축한 흙 기운과 매캐한 흙냄새와 지독한 어둠, 술을 지나치게 마셨다는 자책감이 더욱 그런 생각을 하게 만들었다. 그러나 아이는 그때까지 죽음을 겪은 적이 없었다. 난 죽었다는 생각을 하면서 그냥 누워 있는 것이 죽는 것보다 더 기분 나빴던 아이는 팔을 휘저어 짚단을 밀쳤다. 짚단이 양쪽으로 쓰러지면서 은가루를 뿌려놓은 듯한 밤하늘이 아이의 머리 위에 펼쳐졌다. 아이는 그때 처음으로 아름다움과 공포가 혈연관계를 맺고 있다는 것을 알게 됐다. 한동안 별에 홀려 멍하니 앉아 있던 아이는 별똥이 떨어지는 것을 보고 정신을 차렸다. 아이는 마구 뛰기 시작했다. 이십 분이 넘게 걸렸던 길이 오 분도 걸리지 않았다. 아이가 달음박질로 집에 이르렀을 때, 어처구니없게도 아이의 집에서는 불을 끄고 모두 자고 있었다. 아이가 없어진 것도 몰랐던 것이다. 죽었다가 살아 돌아왔다고 생각한 아이는 자신을 몰라주는 식구들이 너무 원망스러웠고, 죽어라고 달려온 게 아까워서 다시 죽었다 치고 짚단 속으로 기어들까, 아니면 이 길로 집을 나가 평소에 다른 아이들이 '오입 깐다'고 말하는, 이웃의 도시로 가버릴까, 하는 생각에 사로잡혔다. 이웃 도시까지 가는 길은 백 리쯤 되었는데 그 이웃 도시의 이름은 '오입'이 아니었고 초등학생이 오입을 할 수 있는 매춘굴이 있지도 않았다. 그런데도 아이들은 외설스러운 단어인 '오입질'의 어근인 '오입'에, 떠난다는 의미의 '간다.' 또는 알에서 깨어 엉뚱한 세상에 오입(誤入)한다는 의미에서 '깐다'는 은어를 일상적으로 사용했다. 실제로 얼마나 많은 아이들이 오입을 갔는지 알 수는 없었지만, 방학이 끝나고 나면 몇몇 책상이 비어 있었고 그 자리의 주인이 오입을 깠다는 소문이 퍼지곤 했다. 나중에 폭발물 사고나 익사, 전학으로 이유가 밝혀지기 전까지는 모든 부재는 '오입'으로 여겨졌던 것이다. 물론 실제로 오입 간 아이들도 있었다. 그 아이들은 기껏해야 오입한 역 광장에서 구두닦이를 하다가 선생이나 부모에게 귀를 잡혀 돌아오는 게 보통이었다. 작은 영웅들은 아이가 사는 동네에서는 보기 드문 작은 성냥을 주머니에 넣어가지고 왔다. 그 성냥으로 불을 일으켜 불장난을 하는 동안 오입의 경험을 설명하는 아이나 듣는 아이 모두 귀가 발갛게 달아올랐다. 어느 해 여름, 아이보다 한두 해 위의 나이인 세 아이가 오입하러 떠났다. 아이가 알기로 세 아이는 모두 가난하고 용감했고 각각 아이처럼 평범한 아이들의 지도자가 될 수 있을 만큼 강하고 결단력이 있었다. 그러나 각자 삼천 명의 합창단을 지휘할 수 있는 아이라도 아이는 아이였다. 철로를 따라 백 리 길을 거의 다 가서 지치고 졸린 아이들은 누가 먼저라 할 것 없이 철로를 베고 누웠다. 새벽 기차는 늘 오던 시각에 와서 아이들의 비쩍 마른 몸뚱이에 새로운 길을 내며 지나갔다. 그 아이들의 시신을 가마니에 담았더니 불과 한 가마니밖에 안 되더라는 담임 선생의 목격담이 교무실에서 교실로 퍼졌고 그날 한번이라도 오입을 생각해본 아이들에게 우울한 미소와 침묵이 전염병처럼 돌았다. 그때부터 아이들은 오입으로 떠나려면 조금 더 필연적인 이유를 생각해내야 했다. 아이 역시 그날 오입으로 가지도, 오입의 알을 까지도 못했다. 부모와 동생들 사이에 있는 틈으로 파고들어 잠을 청했을 뿐이다. 아이는 오입과 짚단과 별똥과 죽은 아이들, 돌아온 아이들이 가지고 온 오입산(産)의 작은 성냥을 생각하느라 첫닭이 울 때까지도 잠이 들지 못했다. 아이는 바로 그날, 자신이 죽음의 언저리에 다녀온 게 사실로서, 죽을 때는 누구나 혼자인데, 자신을 낳고 보살펴온 식구도, 제 아무리 따뜻한 이부자리도 혼자 죽는 것을 말리지 못한다는 것을 알게 된 이상 오입을 깐 것과 마찬가지이며, 그 결과 어른과 아이의 중간에 있는 어떤 단계로 진입했다고 믿게 되었다. 어쩌면 아이의 기억은 과장되었을 수도 있다. 그렇다. 아이는 다른 사람들과 어린 시절에 관해 이야기할 때 종종 다른 사람의 기억을 빌리거나 잘못 기억하거나 그렇다고 믿고 있는 것에 의지하는 자신을 발견한 적이 많았다. 아이는 아이를 지켜본 사람들이 기억하는 대로 내성적이고 착실하며 평범한 시골 아이였을 것이다. 그러나 그날 이후 아이가 달라진 건 사실이다. 아이는 자신의 능력 범위 안에서 제 나름의 오입을 가고 까기 시작했다. 아이는 종종 사람들의 시야에서 사라졌다. 골방이나 다락에 엎드려 어른들이 아이들 눈에 띌까 감춰둔 책을 보기도 하고, 어두컴컴한 지하실에서 포도주며 국화주의 국화와 포도를 건져 먹고 술냄새가 가시기를 기다리다 끼니를 놓치기도 했다. 마침 그 무렵 오입에 있는 학교로 유학 갔던 형이 몸이 아파 집으로 돌아왔다. 형은 몇 달 동안 자리보전을 하고 누워 있었다. 누워서 벙어리장갑을 뜨는 오빠를 위해 누이들이 도서관에서 책을 빌려다 주었다. 그 책이 무협지였다. 그때 무협지는 여자 중학교 도서관의 서가를 차지할 정도로 장정이며 내용이 위의를 가지고 있었다. 아이는 곧 형과 경쟁적으로 무협지를 읽어대기 시작해 형과 어깨를 나란히 누이의 도서관에 있는 모든 무협지를 독파했다. 아이는 사람들이 다른 사람을 즐겁게 해주기 위해 소설을 쓰기도 한다는 것을 처음 알았다. 아이는 비로소 다락방의 『사랑이 메아리칠 때』나 『회전목마』에서 마루 한구석의 『새농민』, 안방 선반의 『대망』 『수호전』 『옥루몽』 『금병매』 『그림으로 보는 이야기 성서』, 성당에서 발간하는 『가톨릭 소년』이며 『경향잡지』, 삼면의 벽을 빙 둘러 책꽂이가 세워진 새 방의 『축산전서』 『백만 인의 의학』 『과수 재배』 같은 실용서, 『흙』 『상록수』 『해가 뜨는 아침』 같은 농촌 계몽 문학을 섭렵하는 잡다한 독서에서 벗어나 일관성 있는 독서를 할 수 있게 되었다. 하지만 병이 나은 형이 오입으로 돌아가는 바람에 아이의 일관적이고 체계적인 독서는 그것으로 끝나는가 싶었다. 어느 날 아이의 아버지는 아이를 데리고 친구가 운영하는 서점에 들렀다. 그 서점에 서점이라는 간판이 달려 있는 건 분명했지만 책을 팔기보다는 빌려주는 게 전문인 대본소였다. 아버지는 몰랐지만 아이는 서가를 채운 게 대부분 무협지임을 금방 알아보았다. 그러나 아이는 전면을 제외하고 천장까지 세워진 서가에 꽂힌 한자 제목의 무협지는 본 체 만 체하고 서가의 맨 하단을 채우고 있는 알록달록한 전과며 수련장, 어린이 잡지, 동화책을 가리키며 그 책을 빌려볼 수 있게 해달라고 아버지를 졸랐다. 그러는 동안 아버지의 친구는 자신의 친구와 함께 온 꼬마 손님이 미래의 최대 고객이 될 것임을 알아보았고, 아이는 가게 주인이 자신의 정체를 알아보았다는 것을 역시 한눈에 알아보았다. 결국 아이와 가게 주인의 공모 속에 아이는 아버지가 연말에 한꺼번에 대본료를 지불하는 조건으로 원하는 대로 책을 빌려볼 수 있게 되었다. 아버지는 일단 거창하게 술을 한잔 샀고 책이 아이들의 품성에 미치는 영향에 관해 친구와 함께 오랫동안 토론을 벌였다. 아이의 아버지는 그렇게 함으로써 아이를 위해 동화책이나 만화책을 사줄 수 없는 자신의 안타까운 입장을 완화해 보려고 했는지도 모른다. 먹고사는 문제가 최우선이었고 아이들은 교과서만으로도 충분히 정서를 함양할 수 있다고 믿는, 아니 그렇게 믿을 수밖에 없었던 농촌에서 동화책이란 호롱불 기름이나 낭비하게 하는 사치품이었다. 어른들 생각이야 어떻든 아이는 환호하며 무협지의 세계로 뛰어들었다. 아이가 한꺼번에 댓 권이나 되는 무협지를 가방이 뚱뚱해지도록 빌려와서 새 방에 들어가면 밥 먹을 때도 좀처럼 나오려고 하지 않았기 때문에 식구들은 아이가 보이지 않아도 으레 집 안 어디에 있으려니 여기게 되었다. 아이는 발바닥부터 머릿속까지 쥐벼룩에 물려가며 남의 나라 영웅들이 벌이는 초인적인 사투에 빠져들었다. 무협지는 아이를 대금나수(大擒拏手)로 목덜미를 집어올려 격산타우(隔山打牛)의 수법으로 나무 위로 날려보낸 뒤, 검화(劍花)와 검기(劍氣)와 어검술(御劍術)의 신기로 넋을 빼고 답설무흔(踏雪無痕)의 초절한 경공으로 머리는 있되 꼬리는 보이지 않는 신룡처럼, 도사처럼, 화상처럼, 은사(隱士)처럼 자재로 변신해 보였다. 아이가 그 서점에 있는 무협지 전성 시대에 발간된 무협지를 다 읽는 데는 이 년이 걸리지 않았고, 살기 어린 무협의 세계와 다름없이 강퍅한 환경에 내던져진 중학교 시절에 이르기까지 무협지는 아이의 언더그라운드이자 오버그라운드였다. 아이는 담배를 받아 들고 돈을 치른다. 어느새 가게 여주인처럼 아이의 표정도 무표정해졌다. 가게를 나와 담배를 꺼내 물던 아이는 아이스크림을 들고 있던 아이가 길을 따라 걸어가고 있는 걸 본다. 아이는 공을 몰고 가듯 바닥을 툭툭 차며 걸어가고 있다. 그때마다 아이의 한쪽 어깨에 걸려 있는 가방도 흔들거린다. 학교에서 집으로 돌아가는 길인가. 하지만 아이 외에는 학교에서 돌아가는 아이들이 보이지 않는다. 열두 시가 조금 넘은 시각이면 하교 때라고 할 수도 없다. 아이의 얼굴에 미소가 번진다. 그는 아이가 걸핏하면 조퇴를 일삼던 자신의 후배라고 생각한다. 아이 역시 조퇴를 하고 혼자 집으로 돌아가는 길의 꿀 같은 고독을 즐긴 적이 있다. 나란히 줄을 이루어 학교로 가고 줄지어 소풍을 가고 조회 시간이면 줄서서 박수를 치고 줄줄이 좌로 우로 뛰고 걷고 책상 줄을 맞추는 법부터 가르치는 학교는 줄이라면 줄넘기에도 진절머리를 내는 아이에게 처음부터 맞지 않았다. 아이는 한없이 늘어선 줄에서 벗어나기 위해 거짓말을 배웠다. 선생님, 할아버지가 문중 제사에 가야 한다고 빨리 오라셨어요. 전화가 없던 시절이었다. 아니 있다고 해도 아이의 할아버지에게 전화를 걸어 아이를 집안 행사에 데려간다는데 그게 사실인지 물어볼 선생은 없었다. 아이의 할아버지는 공부에는 귀신인 형과 천재 누나를 손자 손녀로 둔 덕분에 학교 선생들 사이에 잘 알려져 있었다. 그래서 아이는 다른 아이들의 부러운 눈길을 받으며 일찍 학교를 빠져나올 수 있었다. 아이는 서점에 들러 무협지로 가방을 채운 뒤, 발로 공을 몰듯 바닥을 툭툭 차며 걸었다. 그런 날은 학교에서 집으로 가는 길이 끝없이 멀기를 바랐다. 그런 바람이 아이를 길에서 잠들게 했는지도 모른다. 아이는 집으로 돌아가는 조용한 길 위 짧고 짙은 그늘 속에서 배가 불룩한 가방을 베고 잠이 들곤 했다. 잠에서 깨면 하루가 지난 듯, 혹은 한 해가, 한 생애가 지난 듯 아이는 스스로의 나이

테가 많아진 것을 느끼고는 가볍게 진저리를 쳤다. 꿈속에서 새로운 삶을 살다가 잠에서 깨어 부질없이 현생으로 돌아오는 『구운몽』의 주인공처럼. 그렇다. 삼십 년 이상 아이를 아이로 붙잡고 있는 힘은 그때의 꿈 없는 잠에서 나오는 것 같다. 그 시절만 해도 아이는 아이가 틀림없었다. 하지만 길에서 자고 일어나는 것을 되풀이하면서 아이의 내부에는 무엇인가 다른 존재가 자라나기 시작했다. 그 존재는 아이에게 말했다. 네게 어울리는 건 최소한 서른 살 먹은 사내야. 너는 더 이상 배울 필요가 없어. 생각하는 것만으로도 충분해. 아이가 나중에 읽게 되는 '자유교양문고' 시리즈에 나오는 공자의 말 — 삼십이립(三十而立)이란 말을 알았던가. 그건 확실하지 않다. 누군가에게 들었을 수는 있겠다. 예컨대 아이가 학교 가기 전, 밥을 먹으면서 듣던 라디오 연속극 「자고 가는 저 구름아」 — 송강(松江) 정철(鄭澈)의 일생을 소설로 구성한 박종화 원작에 성우 구민이 콧소리를 섞어 일인다역을 하는 — 에 그런 말이 나왔는지도 모른다. 또 할아버지가 늘 뒤통수에 부스럼을 달고 다니던 일꾼을 꾸짖을 때 쓰던 "사나(사내)가 사나 행시(세)를 해야 사나 대우 받고 사나 몫을 받지"라는 가내의 이언(俚諺)에 그런 뜻이 숨어 있었는지도 모른다. 아니면 아이가 평소에 무협지에서 가문의 복수 따위에 집착하는 쪽 빠진 스무 살짜리 주인공보다는, 천하를 주유하며 행협(行俠)하는 삼십대 사내를 이상적인 주인공으로 상정해서 그랬는지도 모른다. 하여튼 아이는 어느 날 자신에게서 뻗어나온 게 분명한 낯선 가지와 그 가지에 매달린 차갑고 푸른 잎사귀를 보았다. 그 어느 날은 아이가 열두 살 나던 해에 있던 여러 날 가운데 하나였다. 아이는 그 가지를 다른 사람에게는 비밀로 했다. 오래 바라보면 바라볼수록 가지는 더욱 굵어졌고 잎사귀는 무성해졌다. 마침내 가지는 자신을 지켜보는 아이의 거죽을 뚫고 뛰쳐나가 바깥에 그 존재를 과시하려고 했다. 어느 겨울밤, 아이는 아버지가 모는 자전거 뒤에 타고 집으로 돌아오고 있다. 아버지는 읍내 친구들과 성당 앞 선술집에서 막걸리를 한잔 걸친 터라 기분이 무척 좋은 듯하다. 아이는 오르막길에서 아버지가 거칠게 내쉬는 숨소리를 들으며 자신이 아버지의 뒤에서 자전거를 타기에는 너무 무거워졌다는 생각을 하고 있다. 그러나 아버지는 자전거에서 아이를 내리게 한다든가, 내려서 자전거를 끌고 간다든가 하지 않고, 스스로와 내기를 하는 듯 힘겹게 자전거 페달을 밟아 마침내 집이 바라다보이는 제방 위에 선다. 거기서 아버지는 자전거를 멈추고 후우, 하고 긴 한숨을 내쉰다. 그 한숨은 아이가 아동극용 희곡집 『나비가 되어 날아간 소년』에서 병에 걸려 골방에서 내내 신음하며 바깥의 푸른 하늘 아래에서 자유롭게 날아다니는 나비를 그리던 소년이 흰 나비가 되어 날아갔다는 이야기를 읽고 난 뒤, 사람들은 왜 이렇게 슬픈 이야기를 만들까, 만들어서 책으로 내고 그 책을 읽게 할까, 도대체 눈물이 나도록 슬픈 이야기를 써서 유명해진 사람들은 어떻게 생겨먹었을까, 안 그래도 이 세상에는 힘든 일이 많은데 무슨 까닭으로 슬픔을 더하고 자아내고 아픈 데를 후벼 파가며 슬프게 살까, 아아 모르겠다 하고 메줏덩이 뒤로 책을 내던지며 내쉰 한숨 소리와 크게 다르지 않다. 긴 한숨 소리가 끝나자 아이는 아버지를 부른다. "아버지" "왜" "저 내일부터 학교 안 가면 안 돼요?" 아버지는 잠시 모든 동작을 멈춘다. 아이에게 그 일섬(一閃), 일순(一瞬)의 시간이 일생처럼 길게 느껴진다. 이윽고 아버지는 입을 연다. "그게 무슨 소리냐." 아이의 입에서, 아니 아이에게서 뻗어나온 나뭇가지에서 아이가 걷잡을 수 없이 빠르고 거세게 말이 흘러나온다. "학교에서 배우는 게 너무 시시해요. 다 아는 내용이거든요. 우리 집은 학생이 너무 많아서 공부시키느라 아버지도 힘드시잖아요. 저라도 학교를 그만두고 독학을 해서 대학을 가면 집안에 도움이 되지 않겠습니까?" 독학을 하겠다는 발상은 나뭇가지가 아니라 아이의 생각이다. 앞으로 남은 학년에 중학교·고등학교까지 줄 맞출 일이 생각만 해도 끔찍했기 때문이다. 아버지는 말이 없다. 자전거를 세우고는 제방 아래로 내려갈 뿐이다. 아이는 아버지의 온기가 남아 있는 자전거 안장을 붙잡는다. 겨울 바람이 아이가 살고 있는 동네 뒷산의 가운데 움푹한 곳 — 아이들이 똥고개라고 부르는 곳 — 을 넘어 가늘고 기다란 채찍처럼 낡은 자전거를 휘감는다. 아이는 눈을 감는다. 눈을 감고 걸을 때처럼 넘어지지 않을까 하는 불안감이 생겨난다. 아이는 눈을 뜬다. 금방이라도 바람에 자전거가 넘어질 것 같다. 오줌을 누러 간 줄 알았던 아버지는 아이의 손이 싸늘하게 식도록 돌아오지 않는다. 아이는 자전거에서 내리고 싶다는 생각과 제자리를 지켜야 한다는 갈등에 시달린다. 하지만 이러지도 저러지도 못하고 몸을 조금씩 뒤척일 뿐이다. 하늘엔 아기의 눈 같은 별이 총총하다. 냇가 건너 아이가 사는 동네에 켜진 불빛이 까물거린다. 컹컹, 하고 개 짖는 소리가 들려온다. 하루, 한 달, 한 세월이 지난 듯, 한참 만에 돌아온 아버지는 자전거에 다시 올라탄다. 씨익씨익 소리를 내며 자전거 페달을 밟던 아버지는 끝내 아이에게 한마디도 하지 않는다. 다음 날 아이는「자고 가는 저 구름아」가 끝나도록 숟가락을 놓지 않는다. 보통 때는 「자고 가는 저 구름아」에서 출연 구민, 이라는 말을 듣고 가면 지각이다. 집안의 다른 학생들 — 초등학생 둘, 중학생 둘, 고등학생 하나, 초등학교 선생 하나는 이미 학교로 가고 없다. 아이는「자고 가는 저 구름아」가 끝나고 새로운 프로그램이 시작되어서야 느릿느릿 숟가락을 놓는다. 그때까지만 해도 아이에게 관심을 가지는 사람은 없다. 아이는 마루로 나와서 오늘 무엇을 할까, 뒷산에 솔방울을 주우러 갈까, 중얼거리며 기지개를 켠다. 그러나 아무도 신경을 쓰지 않는다. 여자들은 설거지를 하고 할아버지는 사랑방 문을 닫고 닭은 조용히 똥을 싼다. 아이는 마당에 내려서서 앞산에 연을 날리러 가나, 중얼거린다. 그제서야 마당에서 자전거 꽁무니에 도시락을 매달던 아버지가 아이를 돌아본다. "너 왜 아직 학교에 안 갔어?" 아이는 그 순간 난생처음 아버지에게 배신감을 느낀다. 어제 그렇게 알아듣도록 얘기를 했건만 아버지는 아침에 술이 깨자 그 중요한 이야기를 몽땅 잊어버린 것이다. 아니다. 아이는 아버지가 어제의 이야기를 잊어버린 게 아니라, 술에 취한 채로는 제 나름의 인생을 살기로 결심한 한 아이가 사내 대 사내로서 아버지에게 한 말에 당장 대답하기 곤란하니까, 일부러 아침까지 기다린 것이라고 의심한다. 네가 그렇게 잘났으면 온 식구가 보는 앞에서 다시 한 번 네 의견을 개진하고 입장을 천명해보라는 게 아니겠는가. 아이는 대문으로 향하는 아버지를 따라간다. "아버지" "왜" "저 오늘부터 학교 안 가도 되잖아요" "무슨 소리야." 부자의 목소리는 각각 다른 이유로 나직하다. 아이는 다른 식구들이 들을까 봐, 아버지는 자신의 아버지가 있는 사랑방 앞이어서 목소리를 낮춘다. "어제 말씀드렸잖아요" "뭘" "학교엘 가도 배울 게 없다고요." "허허, 얘가 아침부터 무슨 헛소리를 하고 있나. 당장 가방 들고 나오지 못해." 아버지는 눈을 부릅뜬다. 아이는 어깨를 떨며 돌아선다. 이를 악물고 어제 집에 와서 풀지도 않은 가방을 든다. 아이는 마루 끝에 놓인 도시락도 본 체 만 체 돼지우리를 살피는 아버지의 등 뒤를 지나 대문을 걷어차며 밖으로 뛰어나간다. 뛰면서 아이는 생각한다. 식구들 보는 앞에서 아버지를 탓하는 건 아버지와 똑같은 수준의 인간임을 보여줄 뿐이다. 조금 더 고차원적인 방법으로 자신의 잘못을 깨닫게 하는 게 좋겠다. 아이는 집에서 빤히 내려다보이는 동네 우물가로 간다. 가방을 던지고 네 활개를 벌리고 눕는다. 곧 동네 아낙들이 설거지를 하러 나올 것이다. 아이가 누워 있는 것을 보고 놀라서 집에 알릴 것이다. 조금 더 빨리 온다면 아직 동네를 벗어나지 않은 아버지의 귀에 아이가 최선을 다해, 갈 필요도 갈 이유도 없는 학교에 가다가 우물가에 쓰러졌다는 비보가 들릴 것이다. 그러면 집에서 온 식구가 버선발로 뛰쳐나오고 그중에서도 죄 많은 아버지가 아이를 업어야 할 것인데, 아이는 더 무거워지라고 온몸에 힘을 주면서 죽어도 학교에 가야 한다고 울먹일 것이다. 왜? 학교에 가야 하나 마나 한 숙제를 안 한 대가로 매도 맞고 친구들과 어울려 계단의 구리를 빼내 엿을 바꿔 먹을 수 있고 줄을 서서 쉰 냄새가 나는 급식 빵을 얻어먹은 뒤 식중독에 걸릴 테니까. 그러면 온 식구들, 특히 아이가 독학으로 서울신문의 한자를 읽어내는 것을 보고(그 독학의 주요 텍스트는 할아버지가 즐겨보는 『금병매』와 『연산군』 같은 대하·고전·염정 소설에 무협지이지만) 학교에 보내느니 차라리 집에서 천자문을 가르치는 게 낫겠다고 하던 할아버지가, 몸이 낫고 제정신을 차려야 학교를 가지…… 학교가 뭔데 애를 이 지경으로 만들었나…… 그까짓 학교 아예 가지 마라…… 이렇게 나올 것이다. 그러면 아이는 못 이기는 체하고 학교가 지상에서 없어질 때까지 학교에 가지 않아도 될 것이다. 그런데 우물가에 맨 처음 도착한 아낙은 동네에서 가장 과묵하고도 늘 바쁜 사람으로 뉘 집 아이가 누워 있는지 자고 있는지 공부를 하는지 각본을 짜는지 아랑곳하지 않고 설거지에만 열중한다. 그다음에 도착한 아낙은 아이가 가장 싫어하는 '떠들네'라는 별명의 아낙인데 오직 떠드는 것에만 관심이 있을 뿐, 아이가 어떤 상태인지 뭘 원하는지 앞으로 어떤 인생을 살 것인지에 관해 전혀 관심이 없다. 그리고 아무도 오지 않는다. 아이는 등이 시려오고 팔이 저려오고 뒤통수가 배긴다. 아이는 참다 못해 말한다. "나, 아파요." 그러나 아낙들은 어제 다녀온 어느 집 잔칫상에 오른 문어 눈깔을 누가 떼어먹었냐에 관한 이야기에 열중해서 아이의 말을 듣지 못한다. 아이는 다시 조금 더 큰 소리로 나, 아프다니까요, 했는데 차가운 바닥에 오랫동안 누워 있었던 탓에 입이 잘 움직여지지 않는다. 그러므로 아낙들이 아이의 말을 알아들을 리가 없다. 그래서 아이가 죽을 힘을 다해서 "나 아파!" 하고 소리를 친 다음에야 아낙들이 돌아본다. "얘가 뭐라는 거지?" "글쎄, 아까부터 계속 누워 있더라구." 그러고는 다시 설거지와 수다에 열중한다. 아이는 더 이상 소리 지를 힘도 없어서 멍하니 누워 있다. 일을 다 끝낸 말수 적은 아낙이 천천히 아이에게 다가와 머리를 짚는다. 고개를 갸웃거리더니 다시 손을 짚어보고는 "얘가 열이 있나" 하고 한 음절에 일 년씩 걸릴 정도로 천천히 발음한다. 떠들네는 물 묻은 손으로 아이를 잔칫집 전 뒤집듯 홀떡 뒤집어본다. 그 손이 닿는 곳마다 소름이 끼친다. "너 거기 계속 있을 거냐. 바닥이 좀 차가울 텐데. 계속 잘 거면 바닥에 얼굴 대지 마라. 입 돌아간다." 이윽고 두 아낙은 나란히 자배기를 머리에 이고 일어선다. 마침 똥지게를 진 일꾼이 우물가를 지나가지 않았더라면 아이는 수치심과 분노로 우물가에서 숨진 역사적인 인물이 되었을 것이다. 아이는 냄새나는 일꾼의 등에 업혀 집으로 돌아올 수 있었다. 그러고는 정말 사흘을 내리 정신이 오락가락할 정도로 앓았다. 앓으면서 아이는 세상의 어른들이란 어른들은 남녀·직업·귀천·말수를 불문하고 몽땅 아이들을 영원히 아이로 잡아두기로 공모하고 있다는 것을 뼈아프게 실감했다. 아이는 다시는 어른들에게 속마음을 드러내지 않겠다, 어른들이 모는 자전거 뒷자리에 앉지 않겠다, 어른들의 웃음거리가 되지 않겠다, 그들끼리의 웃기는 합의와 일체감의 제물이 되지 않겠다고 결심했다. 동시에 이후에 학교에 가지 않을 핑계를 만들 때 우물가의 찬 바닥을 쓰지 않겠다, 조금 더 따뜻한 헛간이나 눈에 잘 보이는 동서나무 위를 이용하겠다고 마음먹었다. 또한 아이는 서른 살이 되기 전까지는 아이로 남아 있기로 결정했다. 그 결정은 교복이 입혀지고 어떤 섭리로 수염이 나기 시작하고 대학에 밀려 들어가고 직장 생활을 하게 되면서도 바뀌지 않았다. 다만 아이는 겉모습이 변한 만큼 그에 걸맞게 행동하는 자아를 그때그때 계발해내야 했는데, 그중 성공적인 것은 중학교 때 쌍둥이로 변한 것, 그중 극적인 것은 고등학교 때 세 그룹의 맹원 내지는 지도자가 된 것, 그중 지속적인 것은 대학 시절 이후 집 바깥에서 자는 것을 일상화한 것 등이다. 먼저 성공적인 것을 설명하자면, 아이가 중학교 2학년 때, 아이가 만 열네 살에서 석 달이 모자라던 어느 날, 서울의 변두리이자 구로공단의 배후지인 가리봉동으로 옮겨지고 전학 수속을 하러 가게 되면서부터의 주변 정황을 말해야 한다. 아이는 아버지의 뒤를 따라 앞으로 다니게 될 중학교로 전학 절차를 밟으러 가고 있다. 언제부터인가 아버지는 아이와 키가 비슷해졌는데 아이는 아버지의 어깨와 머리 너머로 갖가지 색깔의 연기를 뿜어내고 있는 수십 개의 굴뚝에 얼이 빠진다. 비포장 도로에는 하늘의 연기보다 자욱한 먼지가 피어올랐고, 군데군데 수채가 흐르는 도랑이 있어 아이는 그 더러운 물에 몇 번이나 새 운동화를 적시게 된다. 비닐과 시멘트 조각, 쇳조각, 고무 조각처럼 갖가지 조각이 곳곳에 버려져 있고 죽어가는 나무들 사이에서 아이 또래의 아이들이 시커먼 공을 사이에 두고 야무진 표준말로 갖가지 욕설을 퍼부어가며 놀고 있다. 아이는 굴뚝보다도, 오가는 차보다도, 먼지나 쓰레기·수채보다 그 사이를 아무렇지도 않게 오가는 사람들의 숫자에 질린다. 아침마다 골목에서 분대급의 사람들이 걸어나와 조금 더 넓은 길에서 합류하여 중대급이 되고, 큰길에서 대대급·사단급이 되어 같은 옷을 입고 같은 표정으로 같은 방향의 길을 걸어간다. 사람들은 자신의 머리카락 숫자만큼이나 많은 사람들 사이에서 말없이 부딪치고 밟고 처지고 뛰어넘고 쓰러져가고 있다. 아이는 한 반 정원 60명인 반에서 70번이라는 숫자를 부여받았다. 학기가 시작된 지 한 달도 채 안 되어 벌써 십여 명이 전학을 온 셈이었는데, 만일 학교가 무제한적으로 전학생을 받아들인다면 학기 말에 가서는 전학생들만 가지고 따로 한 학년을 만들 수 있었다. 아이는 이 거대한 컨베이어 벨트 위에서, 나날이 증식하고 뻗어 마침내 시작된 곳으로 돌아와 연결되는 폐곡

선 속에서 미치지 않기 위해서라도 스스로를 분열시키지 않을 도리가 없었다. 아이는 스스로를 쌍둥이라고 생각하기 시작했다. 그 쌍둥이는 생김새는 구별할 수 없을 정도로 똑같지만 성격이며 성적이며 사고방식은 정반대인 것이 좋았다. 예컨대 아이는 집 앞에서 만난 같은 반 아이를 모른 척하고는 다음 날 그걸 따지고 드는 반 아이에게 그런 적이 없다고 말함으로써 우연하고도 가볍게 스스로를 쌍둥이로 만들었다. 그다음에 아이는 목욕탕 엿보기, 가게에서 물건 훔치기, 연필 깎는 칼로 갓 전학 온 촌놈의 깨끗한 새 교복 찢기, 버스표 뜯어내기 같은 갖가지 사소한 악행을 일삼는 아이들 그룹에 쌍둥이 하나를 보냈고 다른 쌍둥이는 착실하고 양순한 얼굴로 공부에 열중하도록 만들었다. 아이가 중학교를 졸업하고 이른바 연합고사와 공동 학군이라는 당시의 고등학교 입시 제도에 따라 시내에 있는 고등학교로 가게 된 것은, 쌍둥이로 분열된 자아의 통합, 분열하지 않을 수 없었던 지옥 같은 환경에서 벗어난다는 것을 의미했다. 그러나 고등학교에서 아이는 오히려 하나를 둘로 쪼갠 중학교 때가 좋았다는 것을 알게 된다. 아이는 고등학교 때 자의 반 타의 반으로 스스로를 각각 따로 생각하고 놀고 다른 가치를 존중하는 세 존재로 분열시키게 된다. 그중 하나는 중학교 때의 쌍둥이 가운데 하나의 유전자를 물려받아 포크라는 자그마한 흉기 겸 식기를 들고 다니며 사소한 일탈을 일삼는 그룹에 가담했다. 이 그룹은 이른바 '논다'고 하는 고등학교 학생부의 단골 문제 학생에 비해서는 문제성이 덜하지만 악의성에서는 결코 뒤지지 않았다. 또 아이는 자신 가운데 하나를 가톨릭 학생 모임에 내보내 한동안 생각하기를 거부했던 신과 인간, 봉사와 근행, 합법적인 이성 교제 같은 고급스럽고 거창한 문제에 관해 진지하게 토론하게 했다. 마지막으로 아이는 첫번째 본 시험에서 성적이 조금 괜찮았다는 이유로 국어 선생에 의해 강제로 문예반에 들게 되는데, 거기서 이상한 아이들을 만나 자신도 이해하지 못하는 이상한 대화를 나누고 이상한 언어를 가지고 억지로 놀게 된다. 아이가 초등학교 때 이따금 백일장에 나가서 상이라는 걸 주워 왔다거나 아이가 어릴 적부터 성인 대상의 서적을 유난히 탐독해와서 또래 아이들에 비해 풍부한 관용구를 구사한다거나 하는 것을 감안하면 문예반에 못 들어갈 것도 없는 일이지만 아이는 일상적으로 쓰는 욕이며 시험 답안지를 메울 때 쓰는 글이 문학이라는 이름으로 과장스럽게 대상화될 수 있다는 것을 몰랐으므로 자발적으로 문예반에 든다는 것은 생각해본 적이 없었다. 그 외에 아이는 평범한 고등학생으로 존재해야 한다는 것도 잊지 않았기 때문에 세 그룹의 모임에서 그 모임의 구성원들이 정예, 핵심, 열성 당원으로 지목하는 세 쌍둥이들을 보살피면서 생활한 일 년 동안 정신없이 바빴다. 그래서 아이는 한 해가 가기 전에 그 그룹 가운데 한두 개를 그만두어야겠다고 생각하고 각 모임에서 그런 의사를 밝혔다. 그러자 각 모임에서는 미리 짜기라도 한 것처럼 공통적으로 아이에게 구성원의 숫자에 10을 곱한 숫자만큼 '빳따'를 맞고 나가든지 그냥 찌그러져 있든지 하라고 충고했다. 아이는 두 해에 걸쳐 세 그룹 모두에게서 한 대도 맞지 않고 그만둘 수 있었는데 그러자니 수업 시간을 온통 '빳따질'로 때우는 국어 선생의 영향력을 빌리지 않을 수 없었다. 그 대가로 아이는 그 국어 선생과 그후의 이 년을 한 반에서 생활하는 고역을 감내해야 했다. 대학에 들어가면서 아이는 이제는 모든 분열로부터 해방이다, 내 식대로 살겠다고 결심했다. 아이는 스스로를 쪼개기보다는 자신이 살고 있는 세상을 분류하기 시작했다. 아이는 스스로 분류해놓은 각각의 세상 끝을 자신의 발로 디뎌보려고 했다. 시간을 아끼기 위해 아이는 사물과 사람을 알고 관찰하기보다는 홀리고 반하고 빠졌으며 도달한 곳에서 필요한 만큼 머물고 다시 다른 곳으로 떠나는 방법을 선택했다. 그러자니 그곳에서 자야 했다. 아이가 대학 들어가서 첫번째 맞는 해에 집 밖에서 잔 날은 백 일 정도일 것이다. 두번째 해부터는 과반을 넘었다. 네번째 해에는 입대를 했으니 대학에 들어가던 '79년부터 졸업하던 '86년에 이르기까지 아이가 집에서 잔 날은 반수가 될까 말까. 아이는 틈만 나면 집을 나섰다. 그중 대표적인 것은 아이의 설명 없는 가출에 진절머리가 난 나머지 만천하의 이유 있는 가출에 대해서도 이를 갈게 된 부모로부터 단한 푼의 여비도 얻을 수 없게 된 아이가 쌀 두 되가 든 배낭을 메고 무작정 남쪽으로 걷기 시작한 때일 것이다. 걸어서 수원역에 도착한 아이는 공짜로 기차를 타려고 역 주변을 어슬렁거리다가 허기가 져서 철로 변에 주저앉았다. 생쌀이라도 씹을까 싶어 쌀을 꺼내던 아이는 어둑어둑해지는 철로 변의 다리 밑에서 불길이 솟는 것을 발견하고는 걸음을 옮겼다. 그 불은 일대의 부랑인들이 빌어온 밥이며 반찬을 커다란 양은솥에 넣고 끓이기 위해 피운 불이었다. 아이는 처음에는 머뭇거렸지만 두 끼를 굶으면서 걸어오느라 허기가 질 대로 진 위장이 시키는 대로 주춤주춤 말없는 부랑인 사이로 다가갔다. 아이는 그들에게 자신이 거지이면서 한때는 그들처럼 거지가 아니었다는 것을 알리기 위해 배낭에서 쌀을 꺼냈다. 그러고는 말없이 자신을 지켜보는 일행 중에서 가장 나이가 든 사내에게 쌀의 일부를 건넸다. 사내는 쌀을 받아 자신이 깔고 앉은 방석을 밀고 그 아래 우묵한 구멍 속에 있는 푸대 가운데 하나를 열어 쌀을 집어넣었고 손짓으로 아이에게 앉으라고 시늉했다. 양은솥 속에서 온갖 냄새와 색깔이 버무려진 밥이 다 되자 사내는 자신의 그릇을 아이에게 주며 먹으라고 손짓했고, 아이는 그때 먹었던 그 저녁을 매년 기념해도 될 정도로 맛있는 한때라고 생각하고 있다. 이렇게 밥을 굶지 않는 방법까지 알게 되자 아이의 가출벽은 한층 더 심해졌다. 심해졌다는 것은 시기의 불가측성, 기간의 불가측성, 이유의 불가측성이 한층 강해졌다는 말이다. 결국 아이의 가출은 무목적적 합목적성이라는 가출의 원리에 근접하는 수준으로 발전했다. 아이의 가출 역사에 굵은 글자로 기록할 만한 가출은 대학 2학년에서 3학년 사이의 겨울, 두 달 넘게 빈 절에서 지낸 일일 것이다. 절 아래에는 돌을 캐는 산판이 있었고 절을 둘러싼 숲의 소나무들은 벌젛게 말라 죽어가고 있었다. 아이는 그곳에서 기거하는 동안 세수를 하지 않았다. 아이가 절에서 내려오기 전 어느 날, 산판의 밥집에서 두 달 만에 거울을 보니 얼굴이 삼 년 대한의 논바닥처럼 갈라지고 있었다. 조각을 떼어내자 겨울 동안 피지와 때에 덮여 있던 피부가 소년처럼 부드럽고 붉은 빛깔로 드러났다. 아이는 떨어진 딱지를 들고 거울을 향해 주름을 지으며 웃었다. 아이의 분열벽은 그때 실로 절정에 도달했고 동시에 끝났다. 만족한 아이는 짐을 꾸렸고 계곡에서 흘러내리는 얼음물에 머리를 감았다. 머리에 남은 물기는 곧 얼음으로 변해 잘랑거리기 시작했고 그 후로도 겨울만 되면 아이의 귓전을 울려 아이를 충동질했다. 사실 아이는 바로 그 소리 때문에 밤늦도록 잠자리에서 뒤척이다가 새벽에 무작정 차에 올라탄 참이었다. 어디로 가는지도 정하지 않고 액셀러레이터를 밟아 표지판에는 한번도 눈길을 주지 않은 채 국도로만 내려온 길이었다. 아이는 이제 가방을 멘 아이가 다리를 건너가는 것을 본다. 냇가 바닥이 보이지 않지만 아이는 그 냇가에 수초가 많다는 것을 안다. 그 냇가는 아이가 한때 멈추었던 산판에서 나온 돌로 양안에 사방 공사를 했을지도 모른다. 돌 틈에는 땅벌이 살 것이고 아이가 아이로 보였을 시절의 아이와 닮은 아이들이 함부로 돌을 집어넣었다가 벌에 쫓겨 냇물 속으로 뛰어들어 얼굴만 내놓고 용서를 빌기도 할 것이다. 아이는 다시 담배를 피워 문다. 서른 살이 되었을 때 아이는 직장에 다니고 있었다. 아이는 자신의 서른 살의 의미에 관해 직장에 있는 컴퓨터에 서너 매 분량의 메모를 했다. 그 컴퓨터는 플로피 디스크로 부팅해서 플로피 디스크로 프로그램을 실행하고 내용을 쓰는 '쭉 뻗쳐진 기술 EXTENDED TECHNOLOGY'을 자랑하는 퍼스널 컴퓨터였다. 아이의 상사가 지나가다가 아이의 어깨에 손을 얹고 모니터에 나타나 있는 게 소설이냐고 물었다. 아이는 소설은 서른 살의 아이로서는 쓸 수 없는 종류의 글이다, 서른 살에 어울리는 건 사표라고 농담을 했는데 그 농담이 진담이 되어 그 후로도 매해 그 무렵이면 사표를 쓰곤 했다. 사표를 쓰고 제출하고 반려 받고 함께 술을 마시러 다니면서 아이는 그 메모를 잊어버렸다. 어느 해인가 불쑥 아이의 사표가 수리되었다. 사표를 쓰고 그 뜻을 관철하는 것만 생각했지 그 후의 일은 생각해보지 않았던 아이는 무작정 놀 수밖에 없었다. 육 개월쯤 지난 어느 날 아이는 회사에서 가지고 나온 5.25인치 플로피 디스켓을 가지고 놀기 시작했다. 회사의 업무와 관련된 파일을 하나씩 지워나가던 아이는 오 년 전의 날짜로 되어 있는 'MEMO.HWP'라는 파일을 발견했다. 아이가 워드 프로그램을 가동하고 그 파일을 불러오자 "옛판 파일입니다. 읽을까요?"라는 메시지가 나왔다. 아이가 엔터 키를 누르자 플로피 디스크 드라이브에 불이 들어오고 한참 있다가 파일을 읽을 수 없다, 디스크 드라이브 오류라는 메시지가 나왔다. 아이는 그 파일을 하드 디스크 드라이브로 복사를 했고 다시 읽으려고 했고 그 파일의 쌍둥이인 확장자가 'BAK'인 파일을 찾으려고 시도했고 파일 되살리기 프로그램을 복사하다가 디스크 드라이브를 갈아끼우기도 하고 오 년 전에 자신의 어깨를 두드렸던 상사와 만나 통음하며 기억을 되살려보려고도 했고 워드 프로그램 구 버전을 다시 깔기도 하는 등등등 할 수 있는 한의 모든 일을 다 해봤지만 허사였다. 결국 아이가 그 파일을 되살리는 일을 포기하고 새로운 'MEMO.HWP' 파일을 작성하게 된 것은 그로부터 육 개월 후의 일이다. 그 육 개월 동안 아이는 원래의 'MEMO.HWP'에 들어 있을 그 무엇의 대용물을 썼는데, 그 원고는 '소설'이라는 상표를 붙이고 책으로 출간되었다. 그 뒤로 아이는 '소설 쓰는 인간'으로 분류되었고 아이는 그에 대한 복수 내지는 보답으로, 어디 보자, 소설 속에 제 쌍둥이 가운데 하나, 둘, 셋, 넷, 다섯, 여섯, 일곱까지 출격시켰다. 아이는 이따금 그 메모가 자신의 인생을 바꿔놓았다고 원망한다. 사실 그 메모가 무슨 죄가 있으랴. 그 메모를 하게 된 나이가 문제인 것을. 나이가 무슨 문제인가. 그렇게 생각한 아이가 원인이다. 아이는 그 메모에 우주의 생성과 소멸의 키 워드가 들어 있을 거라고 생각한다. 아이는 그 메모에 예술과 인생의 불가분성을 증명할 잠언이 들어 있을 거라고 생각한다. 어쩌면 자신과 주위의 몇몇 사람들의 인생의 진로를 밝혀주는 이정표가 있을 거라고 여긴다. 아이는 그 메모 속에 최소한 어처구니없는 말이라도 들어 있기를 바란다. 말이 없으면 어처구니라도. 아무것도 없다, 없었다 하더라도 괜찮다. 아이가 다리를 다 건넜다. 그러고는 문득 돌아서서 아이를 바라본다. 마치 아이의 존재를 진작부터 알고 있었다는 듯이, 고래 적부터 알아온 사이라도 되는 양 물끄러미 아이를 바라본다. 무례하면서도 몰두해 있으며 어릴 적에 헤어져 알쏭달쏭한 핏줄에게 보낼 법한 눈길이다. 아이가 아이를 본다. 아이가 아이에게 홀린다. 아이들이 웃기 시작한다. 홀리게 한 아이가 먼저 웃고 홀린 아이가 나중에 웃는다. 저 녀석이 왜 웃는 거지? 똑같이 생각하면서 웃는다.

웃는다.

성석제(成碩濟)

1960년 경북 상주 출생. 연세대학교 법학과 졸업. 1986년 『문학사상』을 통해 시인으로 등단. 1994년 콩트집 『그곳에는 어처구니들이 산다』를 출간하고 1995년 『문학동네』에 단편소설 「내 인생의 마지막 4.5초」를 발표하면서 소설 활동 시작. 한국일보문학상, 동서문학상, 동인문학상, 현대문학상 수상. 『새가 되었네』(1996), 『아빠 아빠 오, 불쌍한 우리 아빠』(1997), 『홀림』(1999), 『황만근은 이렇게 말했다』(2002), 『어머님이 들려주시던 노래』(2005), 『참말로 좋은 날』(2006) 등의 소설집과 『호랑이를 봤다』(1999) 등의 중편소설 및 『왕을 찾아서』(1996), 『궁전의 새』(1998), 『순정』(2000), 『인간의 힘』(2003) 등의 장편소설 출간.

작품 세계

성석제 소설은 기존의 소설 관념, 즉 근대 소설이라는 틀을 벗어난, 이야기로서의 소설이다. 그 이야기는 재래적 이야기꾼의 이야기와 상통하지만, 그렇다고 그것으로의 복귀와 동일한 것은 아니다. 한편으로 세련된 모더니즘적 서술을 교묘하게 사용하고 있으며 나아가서는 근대 소설 이후의 소설에 대한 모색을 포함하고 있는 것이다. 요컨대 근대 소설로부터의 탈주를 꿈꾸는 성석제 소설의 인물은 주로 시골 깡패와 건달, 바보와 멍청이, 도박꾼과 춤꾼, 술꾼, 도둑 등 세상의 정연한 질서로부터 벗어나 있는 잉여적 인간형이다. 성석제 소설은 그들의 인생유전담을 특유의 이야기 방식으로 들려주는데, 그 이야기는 우스꽝스럽다. 그 우스꽝스러움은 인물들이 돈키호테적이라는 데서, 그리고 이야기하는 말투가 해학적이라는 데서 비롯되는데, 여기서 조롱과 야유의 대상이 되는 것은 세상의 정연한 질서와 그 허위이다. 우스꽝스럽게 그려지는 인물들은 깡패이되 인간적인 깡패이고 바보이되 선한 바보이어서 오히려 긍정되며 그들의 우스꽝스러움은 오히려 비애를 불러일으킨다. 웃음 속에 비애가 있고 농담 속에 진담이 있는 것이 성석제 소설이다. 최근작인 장편소설 『인간의 힘』(2003)과 소설집 『어머님이 들려주시던 노래』(2005)는 한편으로 기왕의 성석제 소설의 특성을 그대로 지니면서도 다른 한편으로 미묘한 변화의 모습을 보여주고 있다고 진단된다. 신수정(「돈키호테와 목가 사이」, 『문학동네』, 2005년 여름호)에 의하면 최근의 성석제는 유교적 덕목에의 경사와 여성적 우아미의 세계에 대한 동경을 나타내고 있다. 그러나 그것들을 단순히 복고주의라고 규정할 수 있을지는 아직 분명치 않다. 그것들 역시 현세의 질서에 대한 반대라는 의미를 뚜렷이 지니고 있기 때문이다.

「홀림」

「홀림」은 작가 자신의 유년 시절부터 작가가 되기까지의 삶에 대한 회상기이다. 그런데 일반적인 회상기와는 아주 다른 형식을 취하고 있다. 두 아이가 등장한다. 서른 살이 훨씬 넘었지만 '아이'라고 불리는 한 아이는 작가의 화신이다. 다른 한 아이는 초등학생으로 여겨지는 시골 아이이다. 한 아이는 무엇엔가 홀려 있는 듯한 시골 아이를 보고 그 아이에게 홀린다. 그 아이에게서 자신의 어린 시절의 모습을 보았기 때문일 것이다. 그 아이는 실제일 수도 있고 '아이'의 환상일 수도 있겠는데, 이 홀림에서 '아이'의 회상이 시작된다. '아이'는 짚단 속에서 잠들었던 날의 의사(擬似)-죽음 체험 이후 유년에서 소년으로 달라졌고, 조퇴 길에 길에서 낮잠을 자곤 하면서 다시 소년에서 서른 살 성인으로 달라지고 싶어 했다. 그 성인으로의 변화가 거부당하자 '아이'는 "서른 살이 되기 전까지는 아이로 남아 있기로 결정"했다(그래서 서술자는 서른 살이 훨씬 넘은 인물을 '아이'라고 부르는 것이다). 그 뒤로 '아이'는 내면은 아이로 남아 있으면서 겉으로는 나이에 걸맞는 자아를 연기했고 연기되는 자아를 분열시켰다. 대학 시절의 무수한 가출과 방랑도 그 연기와 분열의 연속이다. 이 분열과 가출벽은 폐곡선과도 같은 탈출 불가능한 세계에 대한 '아이'의 대응 방식이다.

「홀림」은 한편으로 작가의 자전(自傳)이면서 다른 한편으로 작가의 소설론이다. 우선, 소설 속에 제 쌍둥이(분열된 자아)를 출현시키는 것은 분열된 자아의 연기와 원리상 동일하다. 또, 서른 살 때 서른 살의 의미에 관해 쓴 메모가 디스켓의 손상으로 그 내용을 되살릴 길이 없게 되고, 그래서 그 내용의 대용물을 쓴 것이 소설이 되었다는 점에 주목하면, 원래의 메모에 들어 있는 것이 진리라고 가정할 때 소설은 그 메모의 거듭되는 대리보충이라 할 수 있다. 메모에 애당초 진리 같은 것은 없었다 하더라도 사정은 마찬가지이다. 중요한 것은 진리는 그 자체로는 나타나지 않고 그렇기 때문에 소설이 존재할 수 있다는 점이다. 「홀림」이라는 작가의 자전 역시 마찬가지이다. '아이'의 회상은 이미 사후적으로 재구성된 것이어서 본래의 내용과 같을 수 없는 것이다. 거기에는 과거와 현재가 연속되어 있고 혼융되어 있다. 이 작품 전체가 하나의 문단으로 씌어진 것은 그 연속과 혼융을 적극 드러내기 위해서이다.

주요 참고 문헌

김만수는 「소피스트의 세계: 놀이와 해방의 산문」(『홀림』 해설, 문학과지성사, 1999)에서 홀린 자의 떠도는 의식이 두서없이 펼쳐진 작품 「홀림」이 일회적이고 사소한 사건들로 점철된 인생의 덧없음을 잘 표현했다고 평가한다. 정과리의 「누가 웃나, 그리고 그녀는 왜 우나?」(『문학과사회』, 1999년 겨울호)는 「홀림」에 나타나는 일탈의 경험을 분석하여 그 내용이 사회적 존재이자 동시에 탈-사회적 존재라는 이중적인 삶의 실천, 즉 주체의 분열이며 이 분열의 밑바닥에는 비애가 놓여 있고 그 비애의 효과가 웃음이라는 점을 해명한다 (정과리는 이 웃음에 '소설적 웃음'이라는 이름을 부여한다). 성석제론으로 주목할 만한 이광호의 「서사는 가끔 탈주를 꿈꾼다」(『소설은 탈주를 꿈꾼다』, 민음사, 1998)는 성석제 소설의 발랄한 구연성과 탈리얼리즘적인 화자의 전략에서 새로운 소설의 영토가 열릴 가능성을 점친다. 신수정의 「돈키호테와 목가 사이」(『문학동네』, 2005년 여름호)는 성석제의 최근 작품에 나타나는 미묘한 변화의 양상을 조심스럽게 진단하고 있다. _성민엽

은희경
짐작과는 다른 일들

1

그 여름 어머니는 중풍으로 3년째 자리보전을 하고 있었다. 네번째 바뀐 간병인이 대소변을 제때 치워주지 않아 욕창이 심해졌다. 쉬파리까지 달라붙었다. 그는 어머니에게 그녀를 인사시키는 일을 망설일 수밖에 없었다. 그리고 그런 어머니를 보자마자 그녀의 눈에 맺히는 눈물을 본 순간 그녀와 결혼하기로 결심하지 않을 수 없었다. 그녀의 눈물은 물방울 다이아몬드처럼 그의 심장에 간직되었다.

결혼 후 그녀는 형제들이 나눠 내는 어머니 약값을 부치며 불평을 터뜨리곤 했다. 이렇게 나가는 돈이 많아서 어느 세월에 집을 사. 그녀의 눈은 파충류처럼 차가웠다. 보석 같은 눈물이 굴러 떨어졌던 눈이라고는 믿어지지 않았다. 그는 그녀가 그사이 눈을 빼고 의안을 박아 넣었는지 물어보고 싶었다.

스무 살 이래로 그는 한결같이 술을 많이 마셔왔다. 아직도 그는 술을 마시지 않을 이유를 발견하지 못하고 있었다. 취해 들어오는 날마다 그녀는 똑같은 말을 반복했다. 대체 무슨 돈으로 이렇게 술을 먹고 다니는 거야. 그러고는 그

---

* 「짐작과는 다른 일들」은 『창작과비평』 1996년 가을호에 발표되었고, 이후 소설집 『타인에게 말 걸기』 (문학동네, 1996)에 수록되었다.

의 주머니를 뒤졌다.

결혼 전 그가 밤늦게 전화를 걸면 그녀는 술값을 가지고 달려 나오곤 했다. 집에 들어가지 않겠다고 버티는 그를 달래며 속삭였다. 이제 결혼하면 언제나 함께 있을 텐데 뭐. 그때의 그녀는 모르고 있었다. 그가 들어가지 않겠다고 하는 것은 집이 아니라 일상이라는 것을.

그가 집을 싫어할 리는 없었다. 술자리에서 그는 네 살 난 아들이 브릭을 잘 맞춘다고 자랑했다. 밤거리 노점상에서 기둥 모양의 비닐 샌드백을 사다 준 적도 있다. 그것을 보자마자 아들은 이불 속에서 뛰쳐나와 허공에 훅을 날렸다. 그녀는 짝짝 박수를 보냈다. 그 일 이후 그의 머릿속에는 자신이 자상한 가장이라는 사실이 깊이 각인되었다.

어느 일요일 그는 그녀와 밥상에 마주앉았다. 그녀가 가시를 발라서 밥 위에 조기를 얹어주었다. 그녀의 굵어진 손마디로 힐끗 눈이 갔다. 밥상을 물리고 한가로이 담배를 피워 문 그는 딱히 할 일이 없었다. 그녀의 인생에 대해 잠깐 생각해보았다. 그리고 아이가 잠들기를 기다려서 그는 그녀의 뒤로 다가가 어깨를 안았다. 그녀는 놀라는 척했다. 싫어, 이런 대낮에, 설거지도 안 끝났단 말야. 그러면서도 얼굴이 발그레해졌다. 하지만 월요일 밤늦게 문을 따주며 그녀의 얼굴은 다시 미얄할미의 탈바가지로 돌아갔다.

싸울 때마다 그녀는 이혼을 들먹였다. 하도 들어서 말하는 사람이나 듣는 사람이나 그 뜻을 실감 못 하게 된 지 오래였다. 단지 '나는 너를 흥분시키고 싶다'는 신호로는 유효했다. "이렇게 살 거면 이혼해!" "내 말이 그 말이야!" 하고 소리친 다음, 그들은 의견 일치를 본 사람들답지 않게 쿠션이나 재떨이 따위를 집어던졌다.

그는 사표 쓸 생각을 하는 중이있다. 그를 지금의 광고회사로 끌어갔던 선배가 독립하여 작은 프로덕션을 차렸다. 선배는 조직의 기압이 낮은 곳에서 마음껏 아이디어를 펼쳐보자고 권했다. 그 말을 들으니 그는 한 직장에 6년째 다녔다는 것이 성실인지 무능인지 알고 싶어졌다. 지금의 직장에 꿈도 젊음도 몽땅 착취당한 기분도 들었다. 그는 서른둘이었다. 마지막 기회일지도 모르는 일이었다. 머릿속 계산으로는 불안도 없지 않았지만 그의 가슴이 먼저 뛰노는 데야 어쩔 수 없었다.

그 가슴의 박동을 그녀는 중요하게 생각하지 않았다. 곗돈은 어떻게 부으라고, 하면서 징징댔다. 월급은 나온다니까,라고 설명해도 소용없었다. 뻔하지 뭐, 선배라는 사람하고 어울려 다니면서 맨날 술이나 마셔대겠지. 그는 직업이 카피라이터였지만 이런 경우에는 오래된 명구 하나밖에 생각이 나지 않았다. 이게 남편을 뭘로 알고!

무협지로 사춘기를 보낸 그에게는 무협지 수준의 대범함이 있었다. 그 대범함은 대학 시절 장자를 알게 되면서부터 허무주의의 성격을 띠게 되었다. 술자리에서 그는 자신을 표표히 무림을 떠나는 고수로 표현하기를 좋아했다. 즐겨 곁들이는 안주는 '나비의 과부'였다.

한 과부가 남편의 무덤에 부채질을 하고 있다. 무덤의 흙이 말라야 개가를 할 수 있기 때문이다. 그것을 본 장자의 아내는 분개한다. 그러나 장자가 죽자마자 그녀는 문상 온 후왕자에게 교태를 부린다. 금방 죽은 사람의 골을 파서 눈에 얹어야 낫는다는 후왕자의 병을 고치기 위해 장자의 관까지 뜯는다.

여자란 다 잠정적 과부라구. 품속에 부채 하나씩은 갖고 있을걸. 그의 결론은 늘 그 자리의 술맛을 돋우었다.

그는 조바심 잘 내는 그녀의 성격에 넌더리를 내고 있었다. 무리하게 계를 두 목이나 들었고 아들이 태어나기를 기다려 교육보험에 든 그녀였다. 얼마 전에는 생명보험까지 들었다. 왜 그런 데에 수입의 반 이상을 써야 하는지 그는 이해할 수가 없었다. 그녀가 지켜앉은 앞에서 신용카드를 꺾어 던져버린 후로 더욱더 그녀의 궁상이 지겨웠다.

한동안 그는 퇴근하자마자 선배가 얻어놓은 작은 사무실로 달려갔다. 창사회의를 한다고 이틀 밤낮 술을 마신 적이 있었다. 사흘째 되던 날 집에 들어가니 그녀가 문을 열어주지 않았다. 한밤중에 아파트 놀이터의 벤치에 몽유병자처럼 멍하니 앉아 있어야 했다. 한참 만에 그녀가 오더니 열쇠를 내던졌다. 아이를 업고 손가방을 들고 있었다. 이젠 내가 외박할 차례야! 그는 발밑의 열쇠는 쳐다보지도 않았다. 그대로 벤치에서 일어나 여관으로 갔다.

그날부터 꼭 닷새 동안 집에 들어가지 않았다. 그녀에게서 회사로 전화가 걸려왔다. 울먹이는 목소리였다. 그는 담배 세 대를 연거푸 피우고 천천히 서랍을 열었다. 사표를 찢어버리고 그날로 집에 들어갔다.

며칠 안 가 후회했다. 그녀는 그를 돌아온 탕아에게 하듯 반쯤은 꾸짖으면서 반겨주었다. 그가 투항했다고도 생각했다. 작심삼일이라더니 그러고도 또 술이야? 받아 든 그의 윗도리를 방바닥에 팽개치는 태도가 미련스럽게도 기세등등했다. 그는 그녀의 어깨를 거칠게 밀쳐버렸다. 그녀는, 그래 때려 때려, 하고 달겨들면서 당장 이혼을 하겠다고 소리쳤다. 다음 달에 입주할 새 아파트는 자기 위자료라고 악다구니를 썼다.

그는 생각했다. 자기가 사랑한 것은 결혼 전의 그녀라고. 그가 가슴에 간직한 그녀는 다이아몬드가 아니라 시커먼 숯검댕이었다고.

처녀 아닌 아줌마와 살아야 한다는 것이 모든 결혼한 남자의 비애임을 그때의 그는 이해하지 못했다.

그것을 이해하지 못한 채 그는 죽었다.

2

그녀가 병원에 도착하기 10분 전에 그는 죽었다.

멍하니 벽에 기대선 그녀에게 경찰이 다가와서 조사를 시작했다. 먼저 이름하고 주소를 물었다. 그녀는 자기 입에서 나오는 말조차 귀에 들리지 않았다. 받아 적던 경찰이 고개를 갸웃거렸다. 집이 방학농인데 왜 그 시간에 잠실에서 사고를 당했지?

잠자리에서 불려 나온 그의 둘째 형이 꽉 잠긴 목소리로 대신 대답했다. 그저께 이사를 갔어요. 걔는 술에 취해서 전에 살던 집으로 갔던 겁니다.

그 집은 비어 있었다. 전세만 줬던 집이라 고칠 데가 많다며 주인은 일주일은 수리를 하고 들어가겠다고 했다. 그는 열리지 않는 옛집 문을 몇 번이고 걷어찼다. 그런 것을 알아보려고 부검까지 할 수야 없겠지만 발가락에 멍도 몇 개 들었을 것이다.

차도로 뛰어드는 그의 그림자는 취한 사람답지 않게 빨랐다고 한다. 그녀에 대한 포한이 그를 과격하게 만들었을 것이다. 그녀에게서 멀리 떠나는 것이 그녀를 가장 괴롭히는 일임을 그는 잘 알고 있었다. 떠나기에 너무 바빴던 그는 달려오는 택시를 아랑곳하지 않고 마주 달려갔다.

휘청이던 그의 몸은 중앙선 가까이에서 허공으로 떠올랐다. 그리고 내려오기가 무섭게 건너편에서 달려오던 차에게 한 번 더 토스를 받았다. 부서진 그의 몸을 마지막으로 택시가 급정거를 하며 깔고 지나갔다.

그녀는 자신을 저주했다. 이사만 가지 않았어도 그가 죽지 않았을 거라고 생각했다. 슬픔이 생기면 사람은 다 어리석어진다.

전날 이삿짐 정리를 도와주러 온 사촌 언니는 계속 혀를 찼었다. 일이 한도 끝도 없겠다. 아무리 평일에 이사 비용이 싸다고 해도 그렇지, 네가 뭐 과부니? 이사를 혼자 하게? 그래, 네 남편은 가장이라고 집은 제대로 찾아왔디? 뭐? 내 집 장만하면 집에 정 붙이고 술도 덜 먹을 거라고? 아서라. 내가 보기엔 네 남편 평생 그 버릇 못 고친다. 두고 봐라, 내 말이 맞나 안 맞나.

그녀는 사촌 언니가 정리해준 그릇장 속의 그릇을 죄다 꺼내고 다시 정리했다. 책장 배치도 다시 했다. 언니가 해주고 간 것은 하나도 마음에 들지 않았다. 걸레질까지 마친 뒤 겨우 다리를 뻗고 앉으니 자정이 넘어 있었다. 그렇게 원해왔던 내 집에 앉아 있는데도 시계 소리가 낯설었다.

화장대 서랍 안에는 이혼신청서가 들어 있었다. 인감을 떼러 동사무소에 갔다가 눈에 띄어 그냥 집어온 것이다. 오늘은 그것을 들이대며 기어코 각서라도 한 장 받아놓아야겠다는 작정이 들었다. 문득 그녀는 숨을 크게 들이쉬었다. 만약 그가 정말 이혼하자고 나오면?

'해버리지 뭐, 나도 이제 지긋지긋해.'

그 순간 전화벨이 귀청을 찢었다. 그녀는 날벼락이라도 맞은 것처럼 놀랐다.

그녀는 스물아홉 살이고 아들 재형이는 네 살이었다. 그는 너무 일찍 죽었다. 어머니한테 한번 다녀가라고 큰형에게 전화를 받던 날 말없이 담배 연기를 뿜어대더니 병석의 어머니보다도 2년이나 일찍 죽었다. 두고 보자던 사촌 언니를 단 하루 동안 의기양양하게 해주었을 뿐이었다.

그녀가 혹시 예상하고 각오했다면 그것은 이혼이었다. 그의 죽음은 결코 아니었다.

그럼에도 그녀는 그의 죽음에 철저히 대비한 사람 같았다. 그녀는 1억원짜리 생명보험의 수혜자였다. 32평짜리 새 아파트도 그녀 혼자만의 것이 되었으며 보상금도 처음 보는 큰돈이었다. 그녀의 인생은 여러 가지로 달라질 국면에 있었다. 누군가는 그것을 새출발이라고 말해주었다.

하지만 그녀는 저녁이면 여전히 복도의 발소리에 귀를 기울였다. 발소리가 집 앞에서 멎으면 화들짝 반가운 기분이 되었다가 다시 멀어져가면 그를 원망했다. 자기가 원망해야 할 것은 그의 늦은 귀가가 아니라 무정한 죽음이었다. 그것을 깨닫는 순간 그녀의 팔에는 촘촘하게 소름이 돋았다.

그녀는 욕실로 들어갔다. 칫솔꽂이에는 이제 어른 칫솔은 하나뿐이었다. 입술이 찢어져라 우악스럽게 이를 닦았다. 그녀의 빨개진 눈은 빈 칫솔꽂이를 노려보고 있었다.

고무줄로 묶었던 긴 머리도 풀어서 득득 빗었다. 그녀의 시선이 손안에 든 브러시에 멈춰졌다. 눈빛이 멍해졌다. 그녀는 빗살 사이사이에 손가락을 집어넣어서 그 속에 잔뜩 엉켜 있는 머리카락을 파냈다. 짧은 것만 가려내더니 그것을 가운뎃손가락에 둘둘 말았다. 죽은 사람의 머리카락은 너무 가벼웠다. 먼지처럼 힘없이 욕실 바닥으로 떨어졌다.

전화벨이 울릴 때마다 그녀는 깜짝 놀랐다. 이제 그가 전화를 걸어 그녀를 행복하게 해주는 일은 없었다. 그녀를 행복하게 해줄 수 없듯이 그는 다시는 그녀를 불행하게 만들 수도 없다. 그녀의 행복과 불행은 일단 둘 다 유보된 셈이었다. 하지만 그녀의 머릿속에는 그가 자신을 불행하게 했다는 기억이 하나도 남아 있지 않았다.

그는 문을 열어주지 않는 그녀를 미워하며 죽어갔다. 그녀가 그를 향한 문을 닫아건 적이 단 한 번도 없는데도.

어느 밤인가 놀이터 벤치에 앉아 있는 그를 베란다에서 내려다보며 그녀는 울었다. 그가 다시 올라와서 벨을 눌러주기를 얼마나 기다렸는지 모른다. 3월인데도 꽃샘바람이 차가웠다. 그녀는 그가 내의를 벗어버리고 나간 것을 알고 있었다. 베란다 문이 덜컹거릴 때마다 그녀는 등이 시려왔다. 아이를 들쳐 업었다. 정말로 나갈 작정은 아니었다. 그의 손을 꼭 잡고 옆에 누워서 자고만 싶은, 깊은 밤이었다.

그를 잠시 살려내서 그 말만이라도 들려줄 수 없을까. 여보, 난 당신과 싸우기 싫었어. 그래서 더 화를 냈던 거야.

그가 죽은 다음 달부터 그녀는 직장에 다니기 시작했다. 그의 회사에서는 사우의 미망인에게 일자리를 주는 관례가 있었다. 이력서의 빈칸을 채우며 그녀는 중얼거렸다. 차라리 식물인간이라도 되어줬더라면…… 그렇게라도 그가 살아 있다면 보험 세일즈나 학습지 방문 교사를 해가면서라도 얼마든지 생활을 꾸려갈 수 있을 것 같았다. 대학 동창 중에 그런 친구가 있었다. 남편이 암에 걸린 뒤로 암웨이라는 회사의 외판 일을 하고 있었다. 그녀는 그 친구를 동정했던 자기를 비웃었다. 이제 그녀의 소원은 바로 그 친구처럼이라도 되는 거였다. 그가 살아 있기만 하다면 어떤 처지라도 견딜 수 있을 것 같았다. 그 없이는 세상이 다 두려웠다.

방학동에서 회사가 있는 서대문까지는 먼 거리였다. 지하철과 버스를 갈아탔다. 그녀는 전동차 안에서 두 번이나 외투 단추를 뜯겼던 그의 출근길을 생각했다. 그녀는 운전학원에 등록했다. 면허를 따자마자 새 차를 샀다. 그녀는 그가 생각했던 것처럼 궁상스러운 여자는 아니었다.

그녀에 대한 그의 오해는 그것만이 아니었다. 그녀는 자신감이 없고 무능하지 않았다. 자료실 일에 쉽게 적응했다. 신착 자료를 밀리는 법 없이 스크랩했고 열람이 잦은 자료는 따로 복사본을 마련해두었다. 분류를 할 때도 광고회사의 특성에 맞는 방법을 찾아냈다. 연애 2년 결혼생활 4년, 그녀는 언제나 캐묻기를 좋아했다. 사랑하는 사람의 모든 것을 알고 싶어했던 그녀의 성격은 그를 짜증나게 했다. 하지만 지금 그녀는 그녀의 직장이 된 그의 직장에 대해서 꽤 많은 것을 알고 있었다. 그의 그녀에 대한 오해의 절정은 그것이었다. 그녀의 관심이 누구나를 다 짜증나게 하는 것은 아니었다. 그녀의 업무 처리에는 가정식 백반처럼 정감 같은 게 있었다. 가을 인사 때 그녀는 비서실로 발탁되었다. 그녀는 자기가 아직은 이십대라는 데에 처음으로 주목했다. 컴퓨터를 배우고 향수를 사용하기 시작했다. 3년이 지나자 그녀는 승진했다.

그동안 남자와 데이트 한번 하지 않았다. 일 이외에는 일곱 살 소년으로 자라난 재형이뿐이었다. 그녀가 매력적으로 변해 있었기 때문에 그것은 쉬운 일이 아니었다. 그녀의 주변에는 점심 한 끼 같이 먹는 것이 평생소원이라고 농담을 하는 남자가 늘 서넛은 되었다. 지금 그녀의 눈을 볼 수 있다면 그도 그녀가 의안을 해 박은 게 아니라는 것을 확신할 수 있을 것이다.

그녀는 비서실 안에서도 세련된 축이었다. 속옷까지 고급 브랜드를 걸쳤다. 쇼핑에 따라갔던 사촌 언니에게 선뜻 투피스 한 벌을 사주기도 했다. 곳간에서 인심 난다더니 네가 웬일이냐. 언니는 벌쭉 웃었.

회사 근처의 아파트로 이사했을 때 일이다. 앞서 살던 사람이 가스와 전기 요금을 내지 않고 가버렸다고 사촌 언니가 흥분했다. 신경 쓰지 마, 그게 얼마나 된다고. 그녀가 말했다. 무안해진 사촌 언니는 아니꼬운 표정을 지었다. 그게 다 어떤 돈인데, 너, 남편 몸값을 그렇게 헤프게 쓰는 거 아니다, 라고 난데없이 생전의 그와 가까웠던 척했다.

그녀의 씀씀이가 크게 헤픈 것은 아니었다. 저축을 하지 않을 뿐이었다. 보험에도 들지 않았다. 설명할 순 없지만 미래를 계획한다는 것이 어쩐지 죄를 짓는 기분이었다. 그러나 사촌 언니에게는 아무 대꾸도 하지 않았다. 오래전부터 걸레를 빨지 않아 매끄러워진 자기의 손마디만 내려다보고 있었다.

엘리베이터 안에서 그녀의 손을 유심히 바라보는 남자가 있었다. 남자는 9층에서 내렸다. 새로 이벤트 회사가 들어선 층이었다. 며칠 후에 또 남자를 엘리베이터에서 만났다. 그녀는 묵묵히 엘리베이터의 숫자판만 쳐다보고 있었다. 남자도 아무 말 없이 그녀의 손만 내려다보았다.

나중에 남자가 말했다. 손이 예뻐서 그런 줄 알았어요? 당신이 들고 있는 서류 파일에 씌어 있는 부서명을 읽으려고 그런 거죠. 어느 부서인 줄 알아야 꼬셔볼 거 아녜요.

남자는 예술공연팀의 차장이었다. 그녀와 공통점이 많았다. 동갑인 서른둘에다 모짜렐라 치즈를 넣은 스파게티를 좋아하고 직장생활에서의 어려움은 영어를 잘 못한다는 점 등.

그리고 둘 다 일곱 살 난 아들을 키우고 있었다.

처음 함께 술을 마시던 날 남자는 이혼한 얘기를 털어놓았다. 군대에 있을 때 안 여자였다. 임신을 하는 바람에 복학하자마자 식을 올렸다고 했다. 남자는 스물일곱 살에 아들 딸린 이혼남이 되었다. 이제 여자를 만나면 잘해줄 것 같아요. 늙어서야 겨우 철이 든 홀아비처럼 말했다.

그녀도 그의 얘기를 들려주었다. 비 오는 날이었다. 전철 안에서 그녀는 손잡이를 잡고 서 있었다. 자리에 앉은 남자가 자꾸만 쳐다보았으므로 여간 신경이 쓰이지 않았다. 그 바람에 우산을 두고 내렸다. 아차 하고 돌아보니 문은 거의 닫히고 있었다. 그 순간 문을 빠져나오고 있는 남자, 그녀를 계속 흘끗거리던 그였다. 손에 그녀의 우산을 들고 있었다.

그때 남편도 그랬어요. 예뻐서 쳐다본 줄 아냐고. 내 우산이 자꾸 쓰러져 자기 바지가 젖었나 봐요. 세상에는 짐작하고 다른 일들이 참 많아요.

짐작과 다른 일은 많았다. 결혼 후에도 그녀는 버스나 전동차에 우산을 두고 내리기 일쑤였다. 하지만 그녀의 우산을 갖고 따라 내리는 남자는 더 이상 없었다. 그리고 그는 그녀가 칠칠찮다고 투덜댔다.

남자가 웃음을 터뜨렸다. 재미있는 분이었나 봐요. 당신이 좋아할 만한 남자군요.

그녀는 안심했다. 돌아오는 길에 생각했다. 그동안 남자들에게 관심이 없었던 것은 그 아닌 다른 남자를 사랑할 수 있다는 사실을 알기가 두려웠던 게 아닐까 하고.

모든 것이 빨리 진행됐다. 이틀에 한 번꼴로 저녁을 같이 먹었고 주말마다 영화나 공연을 보러 갔다. 두세 시간씩 체증에 시달릴 것을 알면서도 차를 몰고 교외로 나갔다. 그 무렵 남자는 독일에 살고 있는 세계적인 한국인 작곡가에 대해 많은 얘기를 했다. 조국으로 돌아올 수 없는 노작곡가. 남자는 그 작곡가가 감방에서 썼던 오페라를 곧 한국 무대에 올릴 거라고 흥분했다. 그것은 이번 시즌 남자의 회사가 기획한 가장 큰 이벤트이기도 했다. 그녀는 다음 날로 그 작곡가의 시디를 사러 갔다.

국내 레이블로는 단 한 개가 나와 있었다. 오페라 「심청」 중 두 개의 아리아. 1막 2장 중 「친절한 젊은 분에게」. 1막 5장 중 「지금 나는 떠나야 해」. 그녀는 두 제목을 붙여서 읽어보았다. 친절한 젊은 분에게 지금 나는 떠나야 해.

남자가 청혼한 날 처음으로 그들은 차 안에서 입을 맞췄다. 남자의 입술은 그의 입술보다 부드럽고 침도 더 많았다. 그의 입술에서는 언제나 고소한 담배 냄새가 났었다. 담배를 피우지 않는 남자에게서는 입냄새가 약간 났다. 그게 싫지는 않았다. 낯선 키스라서 몰두할 수가 없었을 뿐이다. 그녀는 고개를 돌리고 남자 몰래 손등으로 침을 닦았다. 그러나 다시 남자가 키스해주기를 기다렸다.

집에 들어갈 거야? 남자가 그녀의 귓불에 대고 속삭였다. 그녀는 애매하게 웃기만 했다. 차에 시동을 걸고 나서 남자는 다시 한 번 그녀 쪽으로 몸을 기울였다. 오늘 밤 같이 있고 싶어.

결혼 전 그도 꼭 그렇게 말하곤 했다. 들어갈 거야? 같이 있고 싶어. 그때마다 그녀는 대답했다. 결혼하면 늘 같이 있을 텐데 뭐. 그때나 지금이나 그녀는 그런 실랑이가 싫지는 않았다. 조금 우쭐한 기분까지 들었다. 그가 살아 있던 시간으로, 아니 그와 결혼하기 전 시간으로 세월이 거슬러올라간 것 같았다. 자기의 낡은 삶이 다시 처녀성을 회복하여 복원되는 듯한 희열. 그것을 느끼는 순간 그녀의 눈빛에 처녀의 교태가 스쳐지나갔다.

그녀의 집 앞에 도착할 때까지 남자는 한마디도 하지 않았다. 차를 세우고도 운전대를 잡은 채 앞만 보고 있었다. 그녀는 키스를 기대했지만 그냥 내려야 했다. 그녀가 내리자마자 차가 출발했다. 집을 향해 발걸음을 옮기며 그녀는 속옷이 젖어 있다는 걸 알았다.

잠든 재형이는 남편과 너무나 닮았다. 모로 누워서 한쪽 다리를 직각으로 세우고 잠들어 있다. 정수리께가 부스스 일어난 머리카락, 납작한 뒤통수며 구부정한 등. 그녀는 잠든 아들을 천천히 쓰다듬었다. 귀에 입을 대고 가만히 불러도 보았다. 재형아, 재형아. 아들은 꿈쩍도 하지 않았다.

곤드레가 된 그는 그녀가 말을 붙일까 봐 들어오자마자 이불 위에 쓰러져버리곤 했다. 꿀물을 타서 갖고 가보면 코를 골고 있었다. 그녀는 몇 번인가, 여보 이것 좀 마시고 자, 하고 흔들었다. 발이라도 씻고 자라니까, 할 때는 목청이 좀 높아졌고, 어유 지겨워, 하면서는 그의 몸을 힘껏 밀쳤다. 그래도 꿈쩍 않던 잠이었다.

그녀는 아들의 등을 가만가만 다독여주었다. 지금쯤 남자는 집에 도착했을 것이다. 그녀의 손길은 한결 조심스러워졌다. 죽은 그의 잠을 깨울까 봐 두려워하기라도 하듯이.

다음 날 남자의 전화 목소리는 밝았다. 좋은 생각이 있어. 저녁에 나올 거지? 오페라 연습이 막바지에 이르렀다고 했다.「나비의 꿈」이라는 그 오페라에는 장례 행렬을 따라가기만 하는 아역이 있었다. 당신 아들하고 우리 훈이를 출연시키는 거야. 자연스럽게 친해질 수 있잖아. 망설이는 그녀의 잔에 남자가 콸콸 시원스레 맥주를 따랐다. 유리컵 주둥이로 거품이 맹렬히 기어올랐다. 그의 입가에도 거품이 달려 있었다.

오페라 얘기를 꺼내자 재형이는 눈빛이 불안해졌다. 안 하면 안 돼? 하고 물러섰다. 낯가림이 심해서 자라면 애비처럼 술을 좋아할 거라던 사촌 언니의 말이 생각났다. 그녀는 청국장찌개 속의 두부를 집어 재형이의 숟가락 위에 놓아주었다. 남자를 만나기 시작한 후 처음으로 동화책도 읽어주었다.

훈이의 유치원으로 가는 도중 그녀는 재형이 생각에 두 번이나 급브레이크를 밟았다. 유치원 교사가 훈이를 데리고 왔다. 그녀가 어색하게 인사를 하는 동안 훈이는 벌써 차 쪽으로 달려가고 있었다.
조수석에 앉은 훈이는 안전벨트 고리를 소리 나게 채웠다. 아줌마, 이 차에 우리 아빠도 탔었죠? 당황하는 그녀에게 훈이가 명랑하게 말했다. 아줌마 차가 아빠 차보다 더 좋아요. 그러고는 유치원에서 병원놀이 한 이야기를 조잘대기 시작했다. 그녀는 옆눈으로 계속 훈이를 힐끔거렸다. 훈이의 손은 남자의 손과 똑같았다. 쌍꺼풀진 눈매며 내민 뒤통수, 벌리고 앉은 허벅지 사이의 각도도 비슷했다.
훈이가 손등을 불쑥 그녀의 눈앞에 가져왔다. 아줌마, 이거 볼래요? 이 흉터 말예요. 놀이터에서 병 조각 갖고 놀다 다친 거예요. 할머니가 물어봤을 때는 끝까지 말 안 했어요.
재형이는 아파트 1층 현관에서 기다리고 있었다. 엄마 옆자리에 앉은 훈이를 보고 눈을 두어 번 끔뻑거렸다. 훈이가 얼른 안전벨트를 풀더니 뒷자리로 옮겨 탔다. 그녀는 조수석에 앉으려는 재형이를 훈이 옆자리에 앉혔다.
뒷자리에서 얼마 안 가 얘깃소리가 들려왔다. 훈이의 쾌활한 목소리가 날 때마다 그녀는 안심하는 표정이 되었다. 재형이가 어리무던하게 몇 마디 대꾸할 때는 얼굴을 찌푸렸다.
차가 유난히 막혔다. 점심 먹을 틈도 없이 예술의 전당으로 가야 했다.
재형이와 훈이의 연습은 간단했다. 무대 한쪽에서 걸어나와 반대쪽 끝까지 지나가기만 하면 되었다. 그러나 한 시간이 넘게 대기실에서 차례를 기다렸으므로 꽤 지쳤다. 예술의 전당을 나오며 그녀는 점심부터 먹어야겠다는 생각이 들었다.
훈이는 남자와 식성도 비슷한 모양이었다. 스파게티를 먹겠다고 했다. 훈이의 말에 갑자기 그녀도 허기가 느껴졌다. 집 앞에 재형이를 내려놓자마자 차를 출발시키려고 기어를 변속했다. 재형이는 가지 않고 그대로 서 있었다. 창문을 내리자 우물우물 이렇게 말하는 것이었다. 엄마, 나도 스파게티 먹을래. 뭐? 나도 밥 안 먹었다구. 자, 아줌마한테 시켜달라고 해. 그녀는 지갑에서 돈을 꺼내 주었다. 재형이를 데리고 함께 식당에 간다는 데까지는 생각이 미치지 않았다. 그때 그녀의 머릿속에 입력된 동반자는 훈이였다.
 저녁은 남자와 함께 먹었다. 늦은 점심이 꺼지지 않았다고 하는데도 남자는 계속 그녀의 접시에 새우튀김을 옮겨 놓았다. 혼자 와인을 두 병이나 비운 남자는 화장실에도 세 번이나 들락거렸다. 그때마다 그녀의 어깨를 한 번씩 감싸 쥐었다. 그녀도 예술의 전당에서 있었던 일을 재잘거렸다. 어쩐지 떳떳하고 모든 게 제대로 갖춰진 기분이었다.
 남산으로 올라가는 길은 상쾌했다. 9월 밤 숲에서 신선한 냄새가 났다. 길 옆에 차를 세워놓고 그들은 야경이 내려다보이는 벤치에 앉았다. 그날 남자의 입술에서는 향긋한 술 냄새가 났다. 뺨을 비빌 때 끈끈하게 닿는 살의 감촉도 좋았다. 남자의 겨드랑이에 머리를 기대고 그녀는 달을 보았다.
 제주도에서 호텔 창으로 저런 보름달을 본 적이 있었다. 그녀의 잠옷 단추를 벗기는 그의 손은 떨리고 있었다. 신혼여행 첫밤까지 2년을 기다렸다는 것이 스스로를 감동시킨 듯했다. 그가 감동하는 모습을 보고 그녀는 만족했다. 재형이는 허니문 베이비였다.
 그녀는 눈을 감았다. 자기 생애에 한 사람 이상의 남자와 같이 자게 되리라는 것은 짐작하지 못한 일이었다.
 그녀의 눈동자에 깃들기 위해 다가왔던 두 개의 달이 닫힌 눈꺼풀 앞에서 망설이다가 마침내는 눈꺼풀 속으로 스며들었다.
 호텔 방에 들어서자마자 그녀는 중앙등부터 껐다. 한사코 시트 끝을 끌어당겨 가슴께로 가져갔다. 그러나 남자의 뜨거운 입술이 젖가슴에 닿자 그녀의 몸은 온순하게 젖어들었다. 입술에서 따뜻한 신음이 새어나왔다.
 달빛이 들어와 그녀의 벗은 몸을 하얗게 비췄다. 시간이 옷자락을 끌며 느리게 밤길 위를 지나가고 있었다. 시간은 창 앞에서 잠시 멈춰섰다. 그러고는 발꿈치를 들고 그 방의 정적을 가만히 들여다보았다.
 정적을 깬 것은 옆방에서 나는 소리였다.
 으응, 소리는 불현듯 짧게 시작되었다. 못갖춘마디 형식이었다. 그 다음은 바로 쉼표였다. 방 안이 잠잠해졌다. 난데없는 여자의 앓는 소리에 눈을 반짝

떴던 그녀는 도로 눈을 감았다. 그러나 쉼표가 끝나자 연주는 고음부에서 시작하게 되어 있었던 모양이다. 아악, 하고 소리가 올라가는가 싶더니 도돌이표가 있었던지 아악, 아악, 아악, 세 번을 반복했다. 그러고는 일정한 소절의 반복이 계속 이어졌다. 끊어질 듯 이어지는 것이 특히 기교적이었다.

어둠 속에서 그녀는 얼굴을 붉혔다. 남자 쪽은 조용했다. 틀림없이 소리를 듣고 있는 듯했다. 소리는 허억허억 비탈을 오르고 있었다. 더는 참을 수가 없었다. 텔레비전이라도 켜야 할 것 같았다. 그러나 그녀의 손가락이 전원 버튼에 닿기 직전에 남자가 말했다. 켜지 마. 의아하게 돌아보는 여자에게 남자가 다시 말했다. 듣기 좋은데 뭘.

혼자서라면 그녀도 아무렇지 않게 그 소리를 들을 수 있었을지 모른다. 그런 소리는 동참하고 있는 상대에게만 자연스러운 소리이다. 익명의 누군가가 되어서 혼자 엿들을 수는 있다. 그러나 둘 이상이 함께 듣는다면 그 소리는 사적인 자연스러움을 잃게 된다. 구경거리로 공개된 섹스나 마찬가지이다. 그녀는 자기가 무대에서 발가벗고 정사를 벌이는 기분이었다.

그녀는 벌떡 일어나 다시 텔레비전으로 팔을 뻗었다. 남자가 그녀의 손목을 잡았다. 놔두라니까. 손을 뿌리치려는 그녀를 남자는 갑자기 침대에 쓰러뜨렸다. 거칠게 입술을 더듬는 것이 꽤 흥분해 있었다. 그녀는 남자를 힘껏 밀쳐냈다. 내 생각은 조금도 안 해주는 거예요? 조금 전 옆방에서 낯선 남자가 내가 내는 소리를 듣고 있었다는 생각은 안 해요? 남자는 그녀를 더욱 세게 끌어안았다. 왜 신경을 써. 다들 자기 볼일 보러 온 건데. 볼일이라고요? 그녀는 발끈했다.

옆방의 신음은 론도 형식으로 세번째 주제부를 연주하고 있었다. 유장하다 못해 거의 비통한 연주였다. 그녀는 일어나 옷을 입기 시작했다. 대체 왜 그래? 남자의 목소리는 불만스러웠다. 미안해요. 당신이 결혼 전에 함부로 여자를 품에 안는 남자라는 걸 깜빡 잊고 있었어요. 뭐라구? 이번에는 남자가 벌떡 일어나 앉았다. 난 실수를 책임지라는 식으로 내 인생을 떠맡기고 싶지 않아요. 당신을 비난하는 건 아녜요. 어쨌든 만만하게 보인 것은 내 잘못이니까.

그녀가 방문을 닫고 나갔다. 그때까지도 남자의 앞부분은 불룩 솟아 있었다. 눈치 없는 부교감 신경이라니.

남산의 고갯길을 내려가며 그녀는 자주 브레이크를 밟았다. 상쾌하던 밤 숲이 음산하기 짝이 없었다. 기분 나쁜 달빛이었다. 남자들은 누구나 좋아하는 여자를 안고 싶어한다. 그런 한편 자기에게 안겨오는 여자의 정숙을 의심한다. 그녀의 눈에는 눈물이 넘쳐났다. 남자가 그녀를 그녀로서가 아니라 한 사람의 여자로 안았을 뿐이라는 것은 생각할수록 의심의 여지가 없어 보였다. 한 사람의 여자일 뿐이라면…… 그녀는 입술을 깨물었다. 그렇다면 남자에게 그녀는 바람난 과부였을지도 모른다.

그녀는 남자 때문에 울었다. 눈물이란 철저히 이기적인 현상이며, 불편한 죄의식을 떼버리기 위해서 스스로가 택한 통과의례의 한 방식이란 것을 그때의 그녀는 모르고 있었다. 사람들은 울 때 대부분 자기가 왜 우는지 진정한 이유를 알지 못한다.

다음 날 그녀는 오페라 연습에 재형이를 데려가지 않았다. 그러는 한편 남자가 먼저 전화하기를 애타게 기다렸다.

이틀이 지나자 남자 없는 삶이 두려워지기 시작했다. 다시 퇴근 후면 매일 같은 시각 아파트 주차장에 차를 세우고 베란다의 불빛을 쓸쓸하게 올려다봐야 한다. 전화벨이 울릴 때 기대 없이 송화기를 들어야 하고, 신문 레저란의 '맛있는 집, 멋있는 집'을 읽지 않고 넘겨야 한다. 주말 텔레비전에서 '오늘도 고속도로는……'으로 시작되는 가족 행락 인파의 화면을 해외토픽처럼 뉴스거리로만 쳐다봐야 한다. 누군가의 마음에 맞춰 옷 색깔을 고르는 기쁨, 그 선택이 그의 마음에 들었을 때의 정답을 맞힌 기쁨도 없다.

옷 색깔만이 아니었다. 그녀는 뭐든지 남자가 원하는 대로 맞출 수 있었다. 그날 밤 당장 호텔에 가서 숨을 죽이며 옆방의 소리를 함께 기다려줄 수도 있었다.

남자에게서는 전화가 오지 않았다. 나흘이 지나자 그녀는 남자를 기다리는 대신 경멸하기로 결심했다. 그녀는 점심 한 끼 같이 먹기가 평생소원이라고 농담을 하는 남자 중 하나인 영업부의 신차장과 함께 오페라의 마지막 공연을 보러 갔다.

남자의 모습은 보이지 않았다. 그녀는 실망을 참고 극장 안으로 들어갔다. 오페라에는 전혀 관심이 없었다. 줄거리조차 알지 못했다. 신차장이 건네주는 팸플릿에서 '나비의 과부'라는 글씨를 읽는데 불이 꺼졌다. 막이 올랐다.

어둠 속에서 합창소리가 들려왔다.

—— 백년의 빛과 어둠은 한갓 나비의 꿈일 뿐. 돌아다보면 지나간 세월은 허무일 뿐. 오늘은 봄날, 그러나 내일은 시든 나뭇잎이 구른다. 마시자, 밤의 등불이 꺼지기 전에.

불이 켜지자 오두막집 앞에 앉아 있는 장자와 노자의 모습이 보인다.

—— 안과 밖은 하나. 빛과 어둠도 하나.

—— 그렇소.

—— 나비와 사람도 하나!

—— 과연!

—— 궁궐 중의 어떤 방은 바늘에 꿴 나비로 가득 차 있지.

다음 장면에서는 소복의 과부가 새 무덤에 흰 부채를 부치고 있다.

—— 부채는 슬픔의 물건! 이젠 내게 기쁨의 꽃을.

과부는 무덤에 장식된 꽃 중에서 한 송이를 집어 머리에 꽂는다.

—— 저럴 수가, 벌써 새서방을! 더러워.

흥분하는 아내 앞에 부채를 던진 뒤 장자가 쓰러진다.

—— 당신도…… 부채로…… 내 무덤에…… 곧……

그녀는 그 장면에서부터 울기 시작했다. 신차장이 옆눈으로 쳐다보았다.

장자의 아내가 후왕자에게 술상을 내온다. 소복 위에 울긋불긋한 천을 걸치고 화려한 화장을 한 모습이다. 장자의 관 앞에 장식된 꽃 중에서 한 송이를 골라 머리에 꽂는다. 갑자기 왕자가 쓰러진다. 장자의 아내가 도끼를 가져와 시중에게 준다.

— 젊고 잘생긴 왕자가 죽을 염려는 없지요. 이 시체는 더 이상 필요없다오. 자, 어서 관을 찍어요.

그녀가 너무 많이 울었으므로 신차장이 손을 꼭 잡아주었다.

관에서 나온 장자가 흰 수의의 소맷자락을 펄럭이며 천천히 춤을 춘다.

— 이젠 항상 꿈속. 난, 나비 되어. 난, 큰 고운 오색나비 되어. 난, 날고 날아, 날개를 펼쳐. 낮에도 날아서 따뜻한 바람을 타고. 난 나비 되어 꽃들 사이를 날아서, 자유롭게 멀리, 저 멀리⋯⋯

그녀는 손수건으로 얼굴을 가린 채 오페라 극장을 나왔다. 예술의 전당 뜰의 외진 벤치에 앉아서 또 울었다. 신차장은 그녀의 어깨를 다독이며 아무것도 묻지도 않고 아무 위로의 말도 하지 않았다. 원래 말솜씨가 없는 탓이었지만 어쨌든 매우 이해심 깊은 행동을 보인 것이었다. 그녀는 자기가 왜 우는지 알지 못했다. 더욱이 왜 그도, 남자도 아닌 신차장에게 안겨 우는지 이해할 수 없었다. 그것을 이해하지 못한 채 그녀는 신차장과 결혼했다.

3

남자가 출장에서 돌아온 뒤 두 달 만에 그녀는 신차장과 결혼했다.

그것도 벌써 2년 전 일이다.

남자는 다른 날보다 일찍 출근했다. 자판기에서 커피를 뽑아 들고 남자는 거리를 내려다보았다. 저녁에 집으로 누군가 찾아오기로 되어 있었다. 그런데 그 일에 대한 자기의 마음을 잘 알 수가 없었다. 남자는 아무도 없는 사무실로 돌아와 신문을 집어들었다.

한 작곡가의 죽음이 실려 있었다. 그 작곡가의 오페라 공연을 기획한 적이 있는 남자는 작은 슬픔을 느꼈다. 일흔아홉 살이니 뜻밖의 일은 아니었다. 그러나 아무리 예정된 것이라도 죽음은 언제나 놀라운 소식이다.

남자는 오전 내내 기분이 우울했다.

점심으로는 스파게티를 먹었다. 모짜렐라 치즈를 얹은 스파게티를 만들지 않는 식당이었다. 대신 치즈 가루를 듬뿍 쳐야 했다. 포크로 스파게티를 말아 올리면서 남자는 깨달았다. 자기의 우울에 작곡가의 죽음이 차지하는 부분은 오분의 일 정도밖에 되지 않음을. 오페라를 떠올린 이후 줄곧 남자의 머릿속을 차지하고 있었던 것은 그녀였다.

이제는 그녀의 얼굴도 잘 기억나지 않았다. 그녀를 안았던 일이 하룻밤 꿈인가 싶었다. 그녀를 이해할 수 없어 미칠 것 같던 시간이 있었다. 하지만 그 시간도 이제 제자리로 돌아간 지 오래이다. 다른 시간들과 마찬가지로 흘러가버렸다.

두 시에 남자는 브로드웨이에서 갓 돌아온 연출가와의 약속 장소로 갔다. 연출가는 자기의 제안에 상업적 성공을 약속했다. 남자는 흥미를 느낄 수가 없었다. 다음에 한 번 더 만나죠, 대충 이야기를 마무리지었다. 연출가와 헤어진 뒤 오래전에 자주 가던 카페를 두 군데 더 들렀다. 한 군데에서는 다행히 창가 자리에 앉을 수 있었다. 두번째 간 곳에는 손님이 많아 스피커 아래에 앉아야 했다. 누구와 얘기할 일은 없으니 상관없었다. 그녀가 앉아 있곤 하던 창가 자리를 조금 바라보다가 카페를 나왔다.

회사로 돌아온 남자는 전화기를 끌어당겼다.

네번째 발신음이 갈 때쯤 송화기를 든 남자의 손이 잠깐 귀에서 떨어졌다. 아마 송화기를 내려놓으려고 했던 것 같다. 그 순간 거기에서 목소리가 흘러나왔다. 네, 영업붐니다. 상대가 전화를 받자 남자는 되레 난처한 표정을 지었다. 시험을 망친 수험생이 전화로 합격 문의를 하고 결과를 기다릴 때의 표정 같기도 했다. 불리한 소식을 굳이 확인하고자 하는 자기 자신에 대한 불만이 곁들여져 남자의 표정은 복잡했다.

상대는 쾌활하게 말했다. 한 건물에 있으면서 얼굴 보기도 힘드냐. 시간 괜찮으면 생각난 김에 지하에서 좀 볼까? 왜, 무슨 일 있어? 그런 건 아니고, 서로 바쁘니까 이렇게 통화가 됐을 때 잠깐 보자구.

대학 동창인 황대리는 지하 다방에 먼저 와 있었다. 남자가 앉자마자 몇몇 친구들의 승진 소식을 전했다. 자기 회사 인사의 부당함에 대해서도 떠들어댔다. 남자는 황대리가 하는 말을 몇 시간 전 연출자와의 경우처럼 건성으로 들었다.

그녀가 회사를 그만두었다는 말을 처음 들었을 때도 그랬다. 무슨 뜻인지 귀에 잘 들어오지 않았다. 그게 무슨 말이죠? 전화를 받는 여자는 웬일인지 남자를 미워하는 것 같았다. 결혼한다니까요. 그래서 그만뒀어요, 하고는 전화를 끊어버렸다. 남자는 오해가 있는 거라고만 생각했다. 그날 밤 회식자리에서는 술을 많이 마셨다. 새벽에 목이 타서 잠을 깼다. 타는 목마름 속에서 그제서야 그녀가 떠나버렸다는 것을 깨달았다.

그녀와 만나지 못한 한 달이 남자에게는 말할 수 없이 바쁜 시간이었다. 행사란 항상 준비할 때보다 끝났을 때 번거로운 일이 더 많았다. 또 오페라 공연은 끝났지만 그 작곡가의 관현악과 실내악 연주는 지방 공연도 있었다. 사정이 생겨서 남자는 생각지도 않게 열흘 동안이나 부산과 광주에 따라다녀야 했다. 돌아와서는 다시 그 뒷정리에 매달렸다. 그동안 몇 번인가 그녀에게 전화를 했다. 그러나 공교롭게도 통화가 되지 않았다. 그뿐이었다. 남자는 그 한 달이 그녀를 되찾기 위한 마지막 시한이었음을 전혀 알지 못했다. 아무리 강렬하다고 해도 그리움이란 얼마나 한가하고 무력한 감정인 것인지.

남자는 그녀가 떠난 이유를 알 수 없었다. 거기에 가장 큰 괴로움이 있었다. 여잔 다 그래. 그런 말로 일반화할 수가 없었다. 남자에게 그녀는 한 사람의 여자 이상의 특별한 존재였다.

그날 그녀가 호텔을 나간 뒤 남자는 그대로 잠이 들었다. 작곡가를 조국으로 부르려던 계획이 무산되려 하고 있었다. 여러 부처를 뛰어다니고 문화계 인사를 찾아다니느라 남자는 녹초가 되었다. 오후 늦게 무대에서 작은 사고도 있었다. 중앙에 매달았던 장자의 관이 떨어져서 연습하던 합창단 한 사람이 다쳤다. 몹시 피곤한 날이었다.

남자가 눈을 뜬 것은 여덟 시쯤이었다. 물을 마신 다음 곧바로 전화기로 눈이 갔지만 그녀가 출근하기에는 아직 이른 시각이었다. 택시 안에서도 몇 번이나 손목시계를 처다보았다. 그럼에도 출근하자마자 폭포처럼 쏟아져내리는 일에 휩쓸려버렸다. 급류에 휩쓸려가면서도 남자는 이따금 전화기를 찾아 두리번거렸다. 그러나 당연한 일이지만 급류 속에는 전화기가 없다. 게다가 이 또한 당연한 일이지만 남자란 여자와 달리 한 가지 생각을 오래 하고 있질 못하는 법이다.

종업원이 와서 주스 잔을 치워 갔다. 그제서야 남자는 황대리를 똑바로 바라보았다. 참, 요새 신차장네는 잘 사나? 대답하는 황대리의 말소리가 낮아졌다. 모르고 있었어? 이혼한 지 한참 됐잖아.

남자는 한 손으로 물컵을 빙글빙글 돌렸다. 황대리의 시선이 남자가 돌리는 물컵으로 떨어졌다가 다시 얼굴로 올라갔다. 신차장이 회사 그만두고 사업한다고 할 때부터 사이가 나빠졌다나 봐. 결국 다 말아먹고 집까지 날렸잖아. 근데 이혼은 신차장 쪽에서 하자고 했다던데?

남자는 잠자코 고개만 끄덕였다. 그만 일어나야겠다고 생각하는데 황대리가 담배에 불을 붙였다. 담배 한 개비가 탈 동안은 그냥 앉아 있어야 했다. 그녀를 만났던 마지막 날이 생각났다. 그날 남자는 그녀가 완전히 제 것 같았다. 서로의 알몸이 남자의 태도를 흥허물 없이 만들었다. 남자는 방심했고 어쩌면 장난스러웠다. 남자가 담배를 피웠다면 그녀가 떠나지 않았을까. 담배 한 개비가 타는 시간 정도면 그 순간 그녀에게 함부로 굴고 싶어졌던 남자의 기분을 이해할 수 있지 않았을까.

황대리가 길게 연기를 내뿜으며 덧붙였다. 우리 부 여직원한테 들었는데 말야. 그 여자 요즘은 암웨인가 하는 다단계 판매 있잖아. 거기서 외판을 한다고 하더라구. 사람 일이 참. 비서실 있을 때는 분위기 있고 괜찮은 여자였는데. 나도 왜, 점심 한 끼 같이 먹는 게 소원이라고 농담하고 다녔잖아. 황대리는 쓰게 입맛을 다셨다.

한 번도 아니고 두 번이나 실패했다니 어쩐지 께름칙한 여자라는 생각이 들더라구. 그 여자 그렇게 안 봤는데, 신차장하고 결혼할 때 벌써 임신 중이었다는 거야. 애비가 다른 아들이 둘이나 딸려서 재혼하기도 쉽지 않을걸.

아들이 둘이라고? 남자는 불현듯 보름달이 스며들던 그날 밤 호텔의 창문이 생각났다. 뭔가에 속은 기분이 들었다. 그녀의 눈동자에 깃들기 위해 다가왔던 희고 둥근 달. 남자는 엉겁결에 고개를 끄덕였다. 그러다가 다음 순간 깊게 두어 번 더 끄덕였다. 우리는 모두 삶에 속는다. 그러나 굳이 속지 않으려고 애쓸 이유도 없다. 유한한 앎을 가지고 무한한 삶을 어떻게 알 것인가. 알려고 하면 더욱 위태로워질 뿐이다.*

자리로 돌아오자 훈이에게서 전화가 왔다. 오늘 엄마 오는 날인데 잊어버린 거 아니죠? 헤어진 아내가 집에 오는 것은 오늘로 겨우 세번째이다. 그런데도 훈이는 엄마 소리를 무척 자연스럽게 한다. 지금은 남자가 듣기에도 자연스럽다.

전화를 끊고 남자는 잠시 멍하니 앉아 있었다.

얼마 안 있어 또 전화벨이 울렸다. 남자는 몹시 놀랐는지 몸을 흠칫 떨었다. 전화기로 뻗는 손이 긴장돼 있다. 마치 조금 전 합격 소식을 들은 수험생이 그 전화를 끊자마자 다시 울리는 전화벨을 불안하게 바라볼 때의 표정 같았다. 여보세요. 헤어진 아내의 목소리였다. 저예요. 지금 왔어요. 훈이하고 나가서 저녁 먹을 테니 신경쓰지 말고 일 보세요. 우리 얘기는 천천히 해요. 이번에는 저도 서두르고 싶지 않아요.

남자는 화장실에 가기 위해 일어났다. 문 앞에 이르렀을 때 복도에서 들어오던 후배와 어깨를 부딪쳤다. 가벼운 접촉이었다. 문이 흔들리는 바람에 벽에 걸려 있던 포스터 패널 하나가 바닥으로 떨어졌을 뿐이었다. 후배가 그 패널을 집어 올려 다시 벽에 걸었다. 2년 전 기획했던 공연의 포스터였다. 무덤 두 개를 배경으로 젊은 여자가 노래를 부르고 있었다. 「나비의 꿈」 1막 3경.

남자는 포스터 속에 있는 두 개의 무덤을 무덤덤하게 쳐다보았다. 손으로는 그 포스터에서 떨어졌을 어깨 위의 먼지를 털어내고 있었다. 2년이라는 시간의 궤적을 알려주듯 먼지는 생각보다 많았다. 남자는 그 먼지를 아주 천천히 구석구석 털어냈다.

---

* 吾生也有涯 而知也无涯 以有涯隨无涯 殆己 己而爲知者 殆而己矣(『莊子』, 안동림 역주)

은희경(殷熙耕)

1959년 전북 고창 출생. 숙명여자대학교 국문과와 연세대학교 대학원 국문과 졸업. 1995년 동아일보 신춘문예에 중편「이중주」가 당선되고 같은 해 장편『새의 선물』로 제1회 문학동네소설상을 수상하며 본격적인 작품 활동을 시작. 동서문학상, 이상문학상, 한국소설문학상, 한국일보문학상, 이산문학상, 동인문학상 등을 수상.『타인에게 말 걸기』(1996),『행복한 사람은 시계를 보지 않는다』(1999),『상속』(2002),『아름다움이 나를 멸시한다』(2007) 등의 소설집과『새의 선물』(1995),『마지막 춤은 나와 함께』(1998),『그것은 꿈이었을까』(1999),『마이너리그』(2001),『비밀과 거짓말』(2004) 등의 장편소설 출간.

작품 세계

은희경은 씁쓸한 유머와 신랄한 냉소를 통해 삶의 이면을 파헤치는 데 탁월한 장기를 자랑한다. 그녀에 따르면 우리 삶이란 비밀이나 허위, 돌이킬 수 없는 상실이나 치명적인 덫 등으로 이루어진 '짐작과는 다른' 과정일 뿐이다. 삶에 대한 이 아이러니한 인식은 열두 살에 성장이 멈추어버렸다고 호언하는 여자아이의 위악적인 시선으로 1969년 시골 소읍의 일상을 재현하고 있는 등단작『새의 선물』이나 탁월한 재능과 눈부신 미모를 겸비한 여자아이의 어처구니없는 삶의 행로를 그리고 있는 중편「누가 꽃피는 봄날 리기다소나무 숲에 덫을 놓았을까」, 그리고 특별한 삶을 살게 될 것이라고 믿고 있는 중1 여자아이의 몽상을 배반하는 어느 하루를 재현하고 있는 단편「날씨와 생활」등에서 잘 드러난다. 흥미로운 것은 이 과정을 통해 삶에 대한 거리가 확보됨과 동시에 자신을 '바라보는 나'와 '보여지는 나'로 구분하는 분열적 자의식이 탄생한다는 것이다. 은희경 소설의 주제라고 할 만한 사랑에 대한 냉소와 우연적 삶에 대한 긍정은 여기에서 비롯된다. 유부남이 된 뒤에도 여전히 사랑을 요구하는 애인과의 연애를 받아들이면서 그를 '세번째 남자'쯤으로 치부하자고 능치는「그녀의 세번째 남자」나 자신의 소녀시대를 '서정적'인 것에 비유할 수 있다고 농담하는「서정시대」등은 사랑에 대한 냉소를 통해 오히려 삶의 비애를 상기시키는 이 역설을 잘 보여준다. 한편, 자신을 만나러오던 애인이 교통사고로 사망한 장소에서 화자 역시 중앙선 침범사고를 내게 되는「내가 살았던 집」이나 58년 개띠 고교 동창 남자들의 주변부적 인생을 그리고 있는 장편『마이너리그』등에서는 우리 삶을 규정하고 있는 우연성에 대한 따뜻한 연민과 공감이 두드러진다. 2000년대에 이르러 작가는 아버지라는 기표와의 심도 있는 대결을 통해 몸에 대한 면밀한 분석을 시도한다. 수술마저도 불가능한 말기 암환자라는 상황에서도 가족에게 비밀스러운 자신만의 영역을 사수하고자 애쓰는 '아버지'를 그리고 있는 단편 「상속」과 그 이후 그러한 '아버지'가 남기고 간 삶의 뒷수습을 감당하는 두 아들의 이야기가 주요 내용을 차지하고 있는 장편 『비밀과 거짓말』 등은 이러한 경향을 대표하는 작품들이다. 아버지의 유전자를 부인하려고 애쓰는 아들의 눈물겨운 다이어트기인 최근작 「아름다움이 나를 멸시한다」 역시 '몸'으로 표상되는 아버지의 존재를 어떻게 '상속'할 것인가를 묻고 있다. 아버지로 대변되는 작가 자신의 삶이 당분간 은희경 소설의 중요한 출발점이 될 듯하다.

「짐작과는 다른 일들」

비교적 초기작에 속하는 이 소설은 은희경 소설의 전반적인 특징으로 알려진 사랑에 대한 냉소와 삶의 우연성에 대한 아이러니한 확인이 주요 내용을 형성하고 있다. 전업주부였던 '그녀'는 늘 남편만 바라보고 그에게만 의지한 채 살아간다. 그러나 우연한 사고로 '그'가 죽은 뒤 '그녀'는 혼자서 살아갈 수 없기는커녕 오히려 커리어우먼으로서의 새로운 삶을 개척하게 된다. "세상에는 짐작하고 다른 일들이 참 많"았던 것이다. 곧 '그녀'에게 새로운 남자가 생긴다. '남자' 역시 이혼한 뒤 일곱 살 난 아들을 키우며 그녀처럼 혼자 살고 있던 참이었다. 둘의 사랑은 일견 어떤 걸림돌도 없는 듯 보인다. 그러나 여기에도 은희경식의 삶의 복병은 사라지지 않는다. 사랑은 의심을 낳고 의심은 오해를 부른다. 「짐작과는 다른 일들」은 우리 삶에 놓여 있는 이 피할 수 없는 덫을 치밀하고도 희극적으로 재현한다. '그녀'는 남자가 자신을 대수롭지 않은 연애 상대로 느끼고 있다고 의심하며 '남자'는 그녀가 별것 아닌 투정을 부리고 있다고 오해한다. 이 과정을 통해 그들의 사랑은 서로 영문도 알지 못한 채 깨지게 된다. 은희경에 따르면 "아무리 강렬하다고 해도 그리움"이란 "한가하고 무력한 감정"에 불과하기 때문이다. '그녀'는 다른 남자가 곧바로 재혼을 하고 다시 이혼한 뒤 다단계판매원이 된다. '남자'는 그녀의 배신에 의아해하다가 곧 다른 여자를 만난다. 어쩌면 '그녀'와 '남자' 사이에 아들이 있을지도 모른다. 물론 소설이 그 사실을 명확하게 확인시켜주는 것은 아니다. "유한한 앎을 가지고 무한한 삶을 어떻게 알 것인가." 은희경은 우리 모두는 삶에 속는다고 주장한다. 그러니 굳이 속지 않으려고 애쓸 필요도 없다는 것. 「짐작과는 다른 일들」은 이 참혹하고 씁쓸한 생의 비밀을 아이러니가 내장된 속도감 있는 문체와 거침없는 입담으로 다시금 확인시켜주었다. 이리하여 도시적 서정과 삶에 대한 실존적 감각이 절묘하게 배합된 새로운 이야기가 탄생하게 되었다.

주요 참고 문헌

은희경의 「짐작과는 다른 일들」에 대한 비평적 분석은 황종연의 「나르시시즘과 사랑의 탈낭만화」(『타인에게 말 걸기』 해설, 문학동네, 1996)에서부터 출발한다. 황종연은 이 소설의 편력하는 여성 캐릭터에 주목하며 이 소설이 사랑의 미혹이나 도덕적 정형으로부터 벗어난 자유로운 삶의 이미지를 제공한다고 보았다. 류보선은 「친숙함과 낯섦, 그 영원한 타자: 너무나 인간적인 삶의 가능성」(『문학사상』, 1996. 10)에서 은희경 소설의 낯설고 불온한 상상력을 강조하고 있으며, 김주연 역시 「모순과 그 힘」(『동서문학』, 1997년 봄호)을 통해 은희경 소설을 감싸고 있는 다양한 형태의 모순의 동력학을 지적한다. 신수정은 「유쾌한 환멸, 우울한 농담」(『문학동네』, 1997년 봄호)에서 이 소설에 육화된 단문 형식의 아이러니한 이야기 구성 방식이 은희경식 문체미학을 대변하고 있음에 주목하며, 김미현은 「짐작과는 다른 일들— '바라보는 그녀'와 '보여지는 그녀'」(『아내의 상자 외— 제22회 이상문학상 수상작품집』, 문학사상사, 1998)에서 소설의 관찰자와 작가를 겹쳐 읽는 세간의 평을 통해 은희경에 대한 이해와 오해들을 요령 있게 정리한다. _신수정

김영하
비상구

그 여자애 배꼽 밑에는 화살 문신이 있다. 그걸 새길 때보다는 뱃살이 붙었는지 이제 그 문신은 화살이라기보다는 밧줄 모양이다. 화살촉 부분도 초기의 날카로움을 잊고 끝이 구부러져버렸다. 그런 화살이라면 아무도 못 죽일 것이다. 화살이든 밧줄이든 혀끝으로 그 부분을 핥을 때면 아주 쌉쌀한 맛이 난다. 그럴 때마다 자지러지는 여자애의 키득거림은 좋은 양념이 된다.

문신, 그러고 보니 문신한 여자애를 만난 건 참 오랜만이다. 옷을 벗겼을 때, 문신이 나타나면 그달은 운수대통이다. 허벅지쯤에 다른 남자의 이름이 새겨져 있다면 더 바랄 나위가 없다. 길수나 영식이처럼 흔하디흔한 이름이라면 더 즐겁다. 허벅지에 옛날 놈팽이 이름을 새기고 다니는 기분은 어떨까. 그게 궁금하여 나는 반드시 물어본다. 야, 넌 허벅지 볼 때마다 무슨 생각이 드냐? 그 중 기억나는 대답은, 씨팔, 삼백만 원만 있으면, 이었다. 옛 남자를 지우는 가격이 삼백만 원이라면 싼 셈이다. 인상에 남았던 또 하나의 대답은, 니 이름도 새겨주랴? 였다. 출석부 만들 일 있냐고 비아냥거렸지만 나중에 생각해보니 좀 치졸한 대꾸였다.

* 「비상구」는 『문학과사회』 1998년 여름호에 발표되었고, 이후 소설집 『엘리베이터에 낀 그 남자는 어떻게 되었나』(문학과지성사, 1999)에 수록되었다.

"야, 근데 왜 화살표만 있어? 하트는 어디 갔어?"

"하트 박으려는 참에 그 새끼 아빠가 온 거야. 잽싸게 옷 줏어 입고 창문으로 튀었지. 야, 그 얘기 그만 해. 그 생각만 하면 재수 없어."

그래서 나는 알게 되었다. 그 옛날 놈팽이가 화살만 쏘고 사라졌다는 것을. 생각해보니 이상하다. 나라면 하트부터 그렸을 텐데 말이다. 하트를 그리고 화살을 꽂아넣는 게 순서 아닌가? 하지만 다시 여자애 배꼽을 들여다보니 하트는 차라리 없는 게 나았다. 화살은 배꼽에서 시작되어 거시기를 향해 내리꽂히고 있어서 섹시한 맛이 있었다. 화살표의 끝에다가 EXIT라고 쓴다면 더 죽일 것 같았다. 정전이 되면 켜지는 EXIT 표지처럼, 여자애의 EXIT도 불이 꺼져야 보이니까 말이다.

"야, 내가 니 거시기에 이름을 붙였는데 말야."

"뭔데? 웃기면 죽어."

"비상구."

"비상구? 비상구 같은 소리 하고 있네. 씨발, 근데 왜 하필 비상구야?"

"비상구는 불 났을 때 뛰어가는 데잖아."

그러면서 나는 팬티 속에서 내 거시기를 꺼내 보여주었다. 벌써 거시기는 빨갛게 달아오르고 있었다. 여자애가 까르륵거리면서 내 거시기를 쥐고 웃었다. 조금 아팠다. 하지만 아픈 체하기 싫어서 참고 있었다. 남자새끼가 거시기가 아프다고 말하는 건, 쪽팔린 일이다.

우리는 여관 밖으로 나갔다. 카운터의 형이 씩 웃으며 우리를 배웅했다. 정확히 말하면 나를 배웅한 것이다. 한 달에 열흘쯤은 그 형과 그런 인사를 나눈다. 물론 요금도 반값이다. 우리는 내 중고 엑셀 승용차를 몰고 자유로로 나간다. 밤 11시, 차들은 전속력으로 질주한다. 가끔 속도감지기가 있는 곳에서는 라이트를 끄고 달린다. 짭새들은 '무인 속도측정기 작동 중'이라는 푯말을 붙여 그 사실을 알려놓는다. 아마 업무가 과중해질까 봐 걱정하는 모양이다. 하지만 내가 알기론 밤에는 거의 쓸모가 없다. 그래도 미심쩍어 라이트를 끈다. 간간이 서 있는 가로등 빛만 의지하며 디립다 밟는 맛도 꽤 괜찮다.

"어디 가는 거야?"

여자애는 어딜 가도 상관없다는 표정으로 묻는다. 나는 대꾸하지 않는다. 왠지 그래야 할 것 같아서이다. 여자애들은 시시콜콜하게 대답해주는 남자를 좋아하지 않는다. 나는 일산으로 접어들어 24시간 영업하는 대형 할인 매장 킴스클럽 앞에 차를 댄다.

"내려."

"뭐 살 거 있어?"

"아니."

우리는 쇼핑 카트를 밀고 킴스클럽 안으로 들어간다. 말이 클럽이지 거의 창고와 다름없다. 이 늦은 시각에도 장을 보러 온 아줌마들과 아저씨들로 '클럽'은 만원이다.

"너 돈 있어?"

여자애가 힐끔거리며 묻는다.

"아니, 없어. 너는?"

"나는 딱 만 원 있다."

"그럼 만 원어치만 사자."

우리는 쇼핑 카트를 탱크처럼 밀면서 여기저기를 쑤시고 다닌다. 여자애가 카트 위에 올라탄다. 여자애는 맥주 두 병을 집어 들고 마시는 시늉을 한다. 포카칩스 한 봉지, 라면 두 봉지, 오징어채 한 봉지를 카트에 밀어넣는다. 그러곤 주방기구 코너로 가서 뒤집개 하나를 뽑아든다.

"야, 씨발, 오밤중에 부침개 해 먹을 일 있냐?"

내가 핀잔을 주자 여자애가 뒤집개로 내 머리를 때린다.

"난 이걸 꼭 사야겠어."

"왜?"

"한번도 못 사봤고 앞으로도 못 살 것 같으니깐."

하긴, 배꼽에 화살표를 새겨가지곤 앞으로도 뒤집개 따위를 사긴 힘들 것이다.

"이런 거 사는 여자들 보면 다 한 대씩 쥐박고 싶었어."

"잘했어. 니 돈이니까 니 맘대로 해."

우리는 과일 코너로 가서 이 과일 저 과일 집적거려보았지만 다들 비쌌다. 제일 싼 게 귤이었지만 그건 먹고 싶지 않았다. 우린 바나나가 먹고 싶었다. 하지만 뒤집개를 사면 바나나를 살 수 없었다.

"야, 뒤집개 갖다 놓고 바나나 사자."

"싫어."

"뒤집개로 뭘 뒤집겠다고 뒤집개를 사? 바나나나 먹기나 하지."

"그래도 싫어. 뒤집개는 꼭 살 거야. 그리고 바나나도 먹을 거야."

여자애는 고집을 부렸다. 어쩔 수 없었다.

"좋아, 그럼 바나나는 여기서 먹자."

"오우케이."

주위를 둘러보았지만 직원들은 없었다. 창고형 할인 매장답게 최소한의 인원만 쓰는 모양이었다. 우리는 바나나 두 개를 꼭지에서 떼어낸 다음 잽싸게 껍질을 벗기기 시작했다. 입술이 뒤집어진 아줌마 하나가 우리를 힐끔거리며 지나갔지만 별일은 없었다. 우리는 바나나를 우걱우걱 입속으로 쑤셔 넣으며 낄낄거렸다.

"야, 이건 너무 익었다."

그 와중에도 품평까지 해대면서 최후의 한 조각까지 깨끗하게 발라 먹는 껍질은 진열대 꼭대기의 상자 위로 던져버렸다.

"완전 범죄다."

우리는 계속 킬킬거리면서 서로의 입가에 묻은 바나나 찌꺼기를 닦아주었다. 그때 보니 여자애 얼굴이 좀 예뻐 보였다.

계산은 9,730원이 나왔다. 270원을 거슬러받았지만 그걸로는 아무것도 살 수 없었다. 좆만 한 껌 한 통조차도.

"에이 씨팔, 뭐 이래? 좆같잖아."

투덜대며 카트를 밀고 나오려는데 갈색 유니폼을 입은 직원 하나가 내 어깨를 붙들었다.

"야, 니들 바나나 먹었지? 먹었으면 돈을 내야 될 거 아냐?"

다짜고짜 반말이었다. 이럴 땐 밀리면 지는 거다. 어차피 바나나 값도 없는 판이다.

"뭐 이 개새끼야? 뭘 처먹었다고 이 지랄이야?"

이럴 땐 화를 돋워야 이긴다. 예상대로 직원은 화가 났다.

"이 새파란 새끼가 어따 대고 반말이야. 너 일루 와봐."

그가 내 어깨를 잡아끌자 여자애가 나섰다.

"뭐 이런 데가 다 있어? 손님 보고 새끼라니? 새끼라니? 너넨 직업윤리도 없냐?"

직업윤리? 여자애 입에서 갑자기 튀어나온 말이 너무 웃겨서 순간 웃을 뻔했다. 그 애는 어디서 그런 말을 주워들었을까?

"너네 둘 다 잘 걸렸다. 이 도둑놈의 새끼들."

직원 자식도 만만찮았다.

"야, 어떤 씨발놈이 우리보고 바나나 먹었대? 니가 봤어? 그거 니가 처먹은 거 아냐?"

나는 슬슬 약을 올리기 시작했고 직원의 얼굴은 점점 더 붉어져갔다. 직원은 내 어깨에서 손을 풀더니 카운터 안쪽에 서 있는 아줌마를 손짓으로 불렀다. 조금 전 바나나 먹을 때 지나쳤던 그 입술 뒤집어진 아줌마였다. 상황을 짐작한 나. 이럴 때는 더 세게 나가야 한다.

"이런 씨팔, 니미 좆같은 경우를 봤나. 이렇게 생사람 잡고 발 뺄고 잘 거 같어? 내가 이러고 들어갔다 나오면 오냐 나 죽었다 하고 조용히 살 거 같어?"

그러면서 카트 속에 든 맥주병을 손에 꼬나들고는 옆에 놓인 종이상자를 발로 걷어차버렸다. 효과가 있었다. 아줌마가 겁먹은 암탉처럼 슬슬 뒷걸음질치기 시작했다. 때맞춰 여자애가 카운터 안쪽으로 달려들어가 아줌마의 멱살을 잡았다. 계산하던 여직원 하나가 소리를 지르며 뛰쳐나와서 여자애와 아줌마를 뜯어말리기 시작했다. 하지만 여자애의 우악스런 몸집에 여직원은 저만치 나가 떨어지고 만다.

"아, 아줌마. 얘기 좀 해보세요. 이것들이 바나나 먹은 거 맞죠?"

남자 직원이 애타게 물었지만 아줌마는 아무 말도 하지 않았다. 아귀처럼 달려드는 여자애에게 이미 팔 하나가 잡혀 있었고 아마도 그녀의 머릿속엔 오로지 이 상황에서 벗어나고픈 생각뿐이었을 것이다.

"아, 아줌마, 아까 아줌마가 그랬잖아요. 저것들이 바나나 훔쳐 먹고 도망간다고."

직원은 애가 타는 모양이었다. 나는 슬슬 웃음이 나기 시작했다.

"야, 이 새끼야. 저 아줌마가 아니라잖아. 글쎄."

내 말이 떨어지기가 무섭게 입술 뒤집어진 아줌마는 고개를 가로젓고 있었다. 아닌가 봐요. 이 사람들이 아닌가 봐요. 나는 직원의 멱살을 슬며시 잡았다가 놓으면서 조용히 속삭여주었다.

"너 오늘 재수 존 줄 알아라."

그러고는 큰 소리로 외쳤다.

"이런 씨팔, 원 재수가 없으려니까 좆만 한 바나나 가지고 멱살을 다 잡히네. 야, 가자."

의기양양하게 카트를 밀고 나가는 우리 뒤통수에 대고 아직 분이 풀리지 않은 남자 직원이 우리가 먹다 남긴 바나나 송이를 손에 든 채로 소리를 질러댔다.

"에이, 씨팔. 더러운 새끼들, 껍질까지 먹었나 보네. 에이씨, 껍질은 어디 간 거야?"

엘리베이터를 타고 내려오면서 나는 여자애를 놀려댔다.

"야, 클클, 니 직업윤리 뇌게 따지더라?"

"그러는 너는 맥주병은 왜 드냐? 찍지도 못할 주제에. 빙신. 그래도 한폼 하던데? 킬킬."

우리는 엘리베이터 안에서 발을 구르며 웃었다. 여자애의 얼굴을 보니 발갛게 상기돼 있었다. 나 역시 흥분되기는 마찬가지였다.

"야, 이거 한재미 하는데. 또 할까?"

"오늘은 그만 하고 여관 가서 이 맥주나 까면서 놀자."

다시 고물 엑셀에 올라 자유로를 타고 신촌으로 달렸다.

"문 열까?"

"음악 이빠이 틀고."

히터를 최대한으로 올리고 창을 열었다. 라디오에선 젝스키스의「기사도」가 귀청을 때렸다.

"나 옷 벗는다."

"조오치."

여자애는 아랫도리부터 윗도리까지 훌렁훌렁 벗어버렸다.

"야, 안 추워?"

"아냐, 시원해. 죽인다, 이거."

나도 벗고 싶었지만 운전 때문에 곤란했다. 여자애의 몸을 힐끔거려보지만 어두워서 잘 뵈지 않는다. 그저 허연 살덩이만 드러난다. 그래도 다리는 벌리지 않고 있는 걸 보면 '직업윤리'는 있는 모양이라고 생각하며 혼자 웃었다.

"야, 옷 입어. 신촌 다 왔다."

"들어가면 또 벗을 건데, 에이씨. 위에만 입어야지."

여관에 도착하니 새벽 한 시. 카운터 형은 자고 있었다. 여자애는 방에 들어서자마자 다시 옷을 벗어젖히며 말했다.

"나 지금 필 오걸랑. 빨랑 벗어."

그러는 그녀를 보자 나도 땡겼다. 사실은 차에서부터 필이 꽂혀 있었다. 비닐봉지를 놓자 맥주병이 모로 쓰러졌다. 하지만 상관하지 않고 침대로 몸을 던졌다. 화살표 위에 살짝 입을 맞추자 여자애가 내 머리를 잡아 거칠게 위로 올려 끌었다.

"빙신아. 필이 온다니까. 바로 쪼아."

"오우케이."

서둘러 입구를 찾아 쏘기 시작했다. 하지만 차에서부터 너무 떠 있었던 탓인지 오래가진 않았다.
"야, 미안해. 이게 다 니가 차에서 옷 벗은 덕이야."
"괜찮아. 한번 떴으니깐."
여자애는 노래를 부르며 욕실로 들어간다. 유리를 통해 다 들여다보인다. 라라라라라. 나는 힐끔거리면서 볼 건 다 본다. 하지만 여자애가 오줌 싸는 모습만은 보이지 않는다. 애초부터 그쪽은 볼 수 없게 만들어놓았기 때문이다. 이왕 만들 거 다 보이게 해놓을 일이지. 나는 투덜대며 그녀가 소변보는 모습을 상상하고 있다. 포르노처럼, 내가 욕실 타일 위에 누워 있을 테니 서서 싸달라고 해볼까. 화살표 방향 따라 오줌 줄기가 내려오겠지? 클클.
아무리 생각해도 그 화살표는 섹시하다. 그런 상상을 하는 동안 욕실은 수증기로 가득 차고 끝내는 아무것도 뵈지 않는다.

"비상구 잘 닦았어?"
욕실에서 나온 그녀를 향해 장난을 걸어본다.
"뭐 하러 잘 닦어? 오늘 밤에 또 불날 일 있나?"
"불이야 언제 날지 모르니까 늘 잘 닦아둬야지. 그러니깐 비상구지."
"놀고 있네. 댁이나 잘 닦아둬."
"닦는 얘기 하니까 생각난 건데."
"뭔데?"
"우리, 밀자."
"밀긴 뭘 밀어?"
"비상구."
"야, 너 미쳤냐?"
"나 문신한 여자애들은 많이 봤어도 민 애는 못 봤거든."
여자애는 곰곰이 생각하는 눈치다.
"그냥은 안 돼."

"그럼?"
"너도 뭐 하나 해야지."
"나도 밀까?"
"남자가 밀면 뭐 하냐? 애새끼들 같잖아. 나 뻬리들은 취미 없어."
"그럼 뭐 할까?"
여자애는 골똘히 생각하는 기색이다. 그런 모습은 처음 본다.
"너 딸딸이 쳐?"
"음…… 가끔."
"여자 없을 때?"
"있을 때도 가끔. 그런 때 있어."
여자애는 담배를 피워 문다. 한 호흡 쭉 빨고 나서 포기했다는 표정으로 말한다.
"나중에, 나 안 만날 때 말야. 내 생각하면서 세 번만 쳐줘."
의외로 쉬운 부탁이다. 나는 선선히 고개를 끄덕인다.
"알았어. 쉽네 뭐."
"너 약속 꼭 지켜. 나중에 내가 물어볼 거야."
"전에 만난 새끼들은 약속 안 지켰나 부지?"
"몰라. 이건 너한테 처음 부탁하는 거야. 글구 그 새끼들은 부탁했어도 안 했을 거야."
"뻥으로 했다고 그러면 어쩔 거야? 니가 알아?"
"그러지 마."
여자애 표정이 졸라 심각하다.
"알았어."
나도 심각한 표정으로 고개를 끄덕여준다. 그제서야 여자애 얼굴이 밝아진다.
"자, 그럼 밀어."
여자애가 다리를 벌리고 침대맡에 걸터앉는다. 나는 면도기와 면도거품을 가지고 와서 여자애 앞에 앉는다. 떡 하니 앉아 다리를 벌리고 앉은 폼이 꼭 여왕이라도 된 듯하다. 면도거품을 화살표부터 바르기 시작한다. 화살 근처에도 음모가 일부 있다. 화살 방향을 따라 음모는 점점 진해지다가 어느 순간 갑자기 넓어지고 깊어진다. 하얀 거품과 검은 털이 잘 어울린다. 샴푸를 바른 머리와는 다른 느낌이다.

"차가워."

여자애가 오스스 몸을 떤다. 면도거품을 항문 근처까지 넉넉히 바르자 그녀의 사타구니엔 눈이 쌓인 것 같다. 나는 면도거품으로 눈사람을 만들어본다.

"야, 빨리 밀어. 무서워 죽겠어. 이거 피 나는 거 아냐? 피 나면 너 죽어."

나는 화살표부터 천천히 밀고 내려간다. 이미 길게 자란 털이어서 밀고 내려갈 때마다 드드득 소리가 난다.

"아파?"

"아니. 안 아파."

그녀는 고개를 숙이고 있다. 눈동자는 면도기가 아니라 내 눈을 향하고 있다. 갑자기 부담스러워진다. 아무래도 피를 낼 것만 같다.

"움직이지 마."

"나도 그런 건 알아, 짜샤. 지금 숨도 안 쉬고 있어."

면도날은 화살촉 부분을 지나 이미 짙고 깊은 부분에 이르렀다. 천천히 하지만 집요하게 밀고 내려간다. 드드득, 드드득. 검은 터럭들이 떨어진다. 아래로 내려갈수록 굴곡이 심하고 그래서 더 어렵다.

"다리를 더 벌려야 되겠어."

그녀는 아무 말 없이 다리를 쫙 벌려준다. 나는 면도기를 상하 좌우로 움직이며 조심스럽게 깎아내려간다.

피를 보고 싶다. 왜 갑자기 이런 생각이 드는 걸까. 겁이 난다. 나는 왼손으로 클리토리스를 확인한다. 그런 식으로 튀어나온 부분 부분을 일일이 만져보면서 면도질을 진행한다. 내 손 위로 그녀의 차가운 땀이 떨어진다.

마지막으로 항문 근처를 밀기 위해선 그녀가 자세를 바꾸어 엎드려야만 했다. 그녀는 순순히 그 자세를 취해주었다. 하지만 그 자세로도 충분치 않아서 결국엔 그녀가 바로 누워서 자기 무릎을 잡고 두 발을 가슴 쪽으로 끌어당기는 자세도 필요하게 되었다.

그런 일을 하는 동안 우리는 도자기를 만드는 장인들처럼 아무 말도 하지 않게 되었다. 손짓과 눈짓만으로도 손발이 척척 맞았다. 내 성기는 쪼그라들었고 어떤 흥분도 느낄 수 없게 되었다.

모든 작업은 끝이 났다. 사타구니의 모든 털은 제거되었다. 하지만 작업이 끝나고 나서도 나는 한참이나 그 엉덩이를 보고 있었다. 왜 그랬는지, 씨팔, 눈물이 났다. 나는 여자애 모르게 눈물을 훔쳤다. 그 애가 내 쪽을 안 보고 있던 게 얼마나 다행이었는지 모른다. 그렇게 내가 한동안 아무것도 하지 않고 있으니까 그녀가 엉덩이를 쳐든 채로 내게 물었다.

"다 끝났어?"

"그래, 다 끝났어. 너 캡이야."

"정말?"

"그래, 니 히프 짱이야."

여자애는 수건으로 사타구니를 슥슥 문질러 닦으며 얼굴을 찡그렸다. 아픈 모양이었다.

"이상해. 다리를 하도 벌리고 있어서 그런지 허벅지도 뻐근하고, 꼭 멘스 첨 할 때 기분이야. 좀 쓰라리기도 하고."

"그래?"

"이제 다시 털 나겠지?"

"그렇겠지."

"다시 어려진 기분야. 아주 어렸을 때로 돌아간 기분 말야. 왜 멘스 첨 할 때 기분인 줄 알겠다. 털이 없어서 그런가 봐."

나는 침대로 올라가 여자애를 등 뒤에서부터 껴안았다. 하지만 왠지 억세게 껴안을 수는 없었다. 그렇게 우리는 한참을 아무 말 없이 누워 있었다. 여자애는 오랫동안 뒤척이며 잠들지 못했다.

"하고 싶어?"

"아니."

"왜? 비상구 밀고도 필이 안 꽂혀?"

"안 꽂혀."

나는 고개를 가로저었다. 그러고는 여자애 가슴에서 손을 빼고 돌아누웠다. 그제서야 여자애는 서서히 고른 숨을 쉬기 시작했고 나는 침대에서 일어나 욕실로 갔다. 그곳에서 나는 발갛게 부어오른 비상구를 애써 떠올리면서 여자애와의 약속을 지켰다. 생각처럼 쉽지는 않았다. 이제 두 번 남은 셈이었다.

여자애는 오후 두 시가 되어서야 잠에서 깨어났다.

"오늘 일 나갈 거야?"

"돈 떨어졌으니까 가봐야지. 언니들도 기다릴 거야. 이년이 어디 가서 죽었나 하면서. 너는?"

"나도 가봐야지. 그럼 내일 오겠네?"

"외박 안 나가면 일찍 오고."

여자애를 보내고 나서 샤워를 한판 하고 세탁소에서 찾아온 옷을 걸쳐 입었다. 김 서린 다리미 냄새. 세탁소에서 일하는 건 정말 지루할 것이다. 하루 종일 그 좁은 곳에 갇혀 다림질을 하며 살다니 말이다. 다림질하는 장면을 생각하다 보니까 비상구를 면도하던 게 떠오른다. 클클. 이제 보니까 면도가 아니라 다림질이었네. 말이 났으니 말이지만 털 때문에 비상구는 좀 구겨져 있었거든. 어렸을 때의 판판한 모습으로 다려주었으니 잘한 일이다. 왜 나이를 먹으면 뭐든 다 구겨질까? 그럼 나는 어디가 구겨졌을까? 후까시 잡느라고 생긴 이마의 주름? 칼에 찍힌 어깨의 땜빵 자국?

죽때리던 카페에 나가보니 형들은 아무도 나와 있지 않았다. 주방 아줌마만 나와서 영업 준비를 하고 있었다.

"아줌마, 김치볶음밥 하나 주세요."

"좀만 기다려."

충청도 아줌마라 그런지 좀 느려터졌다. 하지만 날 이뻐해서 툭하면 밥을 챙겨주곤 한다. 아줌마의 아들도 열다섯 때 집을 나갔다고 한다. 그래도 가끔 연락은 온다고 한다. 그 새끼도 뻔하다. 나처럼 어느 여관방에서 장기 투숙하든지 아니면 벌써 깔치 하나 끼고 살림 차렸을 거다. 아줌마도 불쌍하다. 펑퍼짐한 엉덩이로 애새끼들 여럿 낳았을 거 같은데 그놈 하나뿐이란다. 하긴 그놈 잘못도 아니다. 죽어라고 학교 다녀봐야 대학 갈 팔자도 아니고, 국으로 있는 놈만 병신이다. 선생들은 패지, 애들은 쪼지, 주먹으로 못 잡을 바에야 뜨는 게 장땡이다. 집에 있어봐야 대학 못 갔다고 어이구 불쌍한 내 새끼 하면서 카페 하나 차려줄 재산이 있기를 하나, 그저 밖에서 구르는 게 집도 좋고 지도 좋은 거지. 부모들만 애들이 돌빡인 줄 안다. 우리도 눈치로 다 때려잡는다. 다 지 갈 곳을 알고 그쪽으로 흘러가면서 구겨지는 거다. 아줌마, 걱정 마세요. 아줌마 아들 그 새끼도 어디 가서 아줌마 같은 사람한테 밥 잘 얻어먹고 있을 테니까요.

김치볶음밥을 우적우적 삼키다가 종식이새끼를 만났다. 종식이는 보자마자 내 뒤통수를 한 대 갈기면서 씩 웃는다.

"씹새야, 어제 얼루 떴어? 삐 쳐도 깜깜이던데?"

"엉아가 중요한 사무가 있어서 자리 좀 비웠다, 새꺄."

"중요한 사무는, 씹새, 또 어느 여관방에서 꼬꾸라져 있었겠지."

"놀지 말고 너도 밥이나 처먹어. 밥 먹었냐?"

"지금 시간이 세 신데 당연히 식전이지. 아줌마, 해장국 하나 말아주세요."

종식이는 나랑 동갑이다. 얼굴이 잘생겨서 여자들이 좀 꿇는 편이다. 근데 좀 우유부단해서 여자관계를 질질 끄는 경향이 있다. 얼마 전에도 같이 사는 기집애 두고 딴 여자랑 자다가 한판 난리굿이 났었다. 같이 사는 기집애는 이름이 나라인데, 나한테 찾아와서 울고불고하는 바람에 진땀 뺐다. 나라도 보통은 아니다. 작년에도 종식이가 바람피우는 현장에 들이닥쳐서 깨진 맥주병으로 팔목을 그어대는 바람에 119 구급대에 실려갔더랬다. 또 한번은 종식이 좋다고 쫓아다니는 유부녀 얼굴에 면도칼을 꽂은 적도 있다. 그래도 그 유부녀가 종식이 못 잊어서 삐삐에 음성 남겼다가 나라한테 혼쭐이 났다. 이번엔 남편한테 찾아가서 다 꼰지른 모양이었다. 하여간 독종이다.

나라는 처음에 나랑 사귀었었다. 우린 궁합이 좀 맞지 않았었는데 종식이 덕택에 잘 해결된 셈이다. 종식이새끼가 나라 보는 눈초리가 심상치 않다 했더니 어느 날인가 술 옴팡 꼴아가지고 와서는 눈에 후까시 주고는 심각하게 고백하는 것이었다.

"야, 새꺄. 너 나라 사랑해?"

너무 유치해서 웃음이 나왔지만 그 자식 표정이 너무 진지해서 웃을 수가 없었다.

"왜 물어 새꺄? 남의 가정사를."

"그냥 새꺄. 대답해봐. 빨랑."

종식이가 다그쳤다. 그쯤에서 눈치 못 까면 병신이다.

"사랑은 새꺄. 좆까. 그냥 만나는 거지."

"야, 씨방새야. 나, 걔랑 사귀면 안 되냐?"

속으로 잘됐다 싶었다. 나라는 나랑 영 맞질 않았던 터여서 미련도 나발도 없었다.

"대신 오늘 술 사, 씹새야."

나라를 주고받던 날, 우리는 밤새 술을 퍼댔다. 마음 약한 종식이가 그날 좀 무리를 했다. 단란주점까지 가서 여자애를 들여주었다. 나중엔 나 데리고 나가라고 여자애 주머니에 외박비도 꽂아줬다. 하지만 그날 난 너무 취해서 그 여자애 젖퉁이 컸는지 작았는지조차 기억나지 않는다. 그냥 아침에 깨보니 여관방이었던 것만 생각났다. 그날부터 나라는 종식이와 살았다.

해장국을 다 말아 먹은 종식이가 자리에서 일어나면서 창밖을 쳐다보며 씹었다.

"어, 이거 아직도 해가 중천이네. 웬 겨울 해가 이렇게 길어?"

"좆만 한 새끼. 아직 세 시잖아."

내 말에 시계를 들여다보던 종식이가 갑자기 목소리를 낮추며 말했다.

"야, 너 요새 돈 있어?"
"개털이야. 좆같아. 어젠 씨발, 바나나 두 개 때문에 한 따까리 했잖아."
"그게 뭔 소리야?"
"넌 몰라도 돼."
"야, 그래서 말인데 오늘 한 따까리 뛰자."
"뭐 할 건데."
"삑치자. 그게 제일 확실해."
"술 꼴아서 맛간 아저씨들 이젠 취미 없어. 야 씨발, 언제까지 그런 노가다를 뛰어야 되냐? 이 짬밥에 삑치게 됐냐? 글구 그건 달리면 최하 3년이야. 특수강도잖아? 종달이 형 그걸로 달려서 지금 뺑이치잖어."
"야 씹새야, 너 무쟈게 유식해졌다. 그럼 씹새야. 넌 뭐 먹고 살 거야?"
그 순간 흔들렸지만 참기로 했다. 어쩌면 여관방에 그 여자애가 일찍 들어올지도 모르는 거고 재수 좋으면 그 애 수중에 돈이 좀 들어왔을지도 모르니까.
"야, 오늘은 딴 애랑 뛰어. 난 오늘 컨디션 꽝이야."
"알았어. 씹새야. 야 혹시 나라가 나 찾거든 나 오늘 삐끼 뛴다고 그래라."
"나이 스물에 삐끼 뛴다면 나라가 믿겠냐?"
"IMF 시대를 맞이하야 개과천선했다고 그래 새꺄."
종식이와 헤어져 당구장으로 들어가니까 아는 얼굴들이 좀 있었다. 간단하게 몇 큐 돌려서 삼만 원을 땄다. 화장실 들어가서 삐삐 밧데리 다 쓴 걸로 갈아 끼우고 다시 나와 큐대 드니까 때맞춰 밧데리 떨어졌다고 밥 달라는 소리가 우렁차게 삑삑거렸다.
"어, 삐 오네. 잠깐만."
잠시 전화기를 들고 아무데나 번호를 돌리고는,
"아 형, 저 우현인데요. 예, 예, 곧 갈게요."
다시 당구대로 돌아와 같이 치던 인간들에게 야부리를 깠다.
"야, 나 먼저 간다. 형들이 찾네."
"아, 저 씹새끼. 돈 따먹고 그냥 빠지네."

"야이씨, 일이 그렇게 됐다. 담에 보자."

"퍽큐다."

미안하지만 어쩔 수 없는 일이다. 삼만 원이라도 굳히려면 이 수밖에는 없다. 이걸로 저녁 값하고 맥주나 몇 병 까면 하루는 지난다.

여관에 돌아가서 비디오 몇 편을 때렸다. 본 게 반이고 안 본 게 반이지만 다 비슷하다. 이불 뒤집어쓰고 껄떡대는 한국판 에로물들이다. 웃기는 새끼들. 하려면 하고 말려면 말지. 저게 뭐야? 그래도 계속 본다. 그것 말곤 할 일이 없으니까.

여자애는 열두 시가 다 되어도 오지 않는다. 외박 뛰나? 씨발년. 나도 모르게 욕이 나온다. 돈을 빨리 많이 벌어야겠다. 아담한 카페나 노래방 하나 차려서 여자애는 카운터 보라고 하고 아르바이트생 하나 쓰면 이 꼴 저 꼴 안 보고 살 수 있는데. 그러려면 최소 오천은 있어야 어디 비벼볼 텐데. 그 돈이 씨발 어디서 나오나.

여자애가 빨리 왔으면 좋겠다. 오늘은 여자애 태우고 미사리 쪽으로 뛰어봐야겠다. 보면 볼수록 애가 싸가지도 있고 귀엽다. 어제 바나나 쌔리다가 한 따까리 할 때, 고 기집애 하는 게 아주 깜찍했다. '너넨 직업윤리도 없냐?' 푸푸. 화끈한 데도 있고 다소곳한 데도 있다. 내가 거기 밀자고 하니까 암 소리 없이 치마 내리는 거만 봐도 그렇다. 그만한 여자는 없다. 나라년 같았으면 벌써 내 대갈빡에 맥주병이 꽂혔을 거다.

내 나이도 올 겨울만 지나면 스물하나가 된다. 오토바이 타고 장난칠 때도 지났고 삐끼질 할 짬밥도 아니다. 조직에 들어가서 허리 굽히고 살기도 싫다. 집구석으로 들어가는 건 더 좆같다. 집에 가봐야 눈칫밥밖에 더 먹나. 괜찮은 년 허니 있으면 살림 차리고 씨발, 이삿짐이라도 날라볼까. 하루 일당 십만 원이면 뺑이야 치지만 삐끼보다는 낫다. 종식이새끼는 아직도 뻑이나 치자고 하고, 정신 못 차렸다. 익스프레스도 호흡이 잘 맞아야 껀수라는데, 명수새끼랑 하면 괜찮을 거 같은데, 언제 술 한번 옴팡 처멕이고 얘기 좀 해봐야겠다.

비디오가 계속 돌아간다. 요즘 에로물의 특징은 외국애들이 많이 나온다는 거다. 가슴 좆나리 크고 금발에 파란 눈. 부산 가면 있다던데. 열나 비쌀 거 같다. 종식이새끼 정신차리면 언제 부산 한번 갔다와야겠다.

비디오가 끝났다. 암스테르담인지 어딘지에서 찍었다는 거다. 씨팔, 내가 암스테르담인지 뉴욕인지 지들이 그렇다면 그런 줄 알지, 가보기를 했나, 앞으로 가볼 일이 있나. 개새끼들, 어차피 이불 뒤집어쓰고 방 안에서 씹질 하는 거, 부산에서 하면 어떻고 암스테르담에서 하면 어떤가. 저런 새끼들 때문에 나라가 이 모양 이 꼴이다. 저런 씹질 비디오도 외국 나가 찍는 새끼들 때문에 아이엠에프인지 뭔지가 됐다는데, 하여간에 좆같다.

벌컥, 문이 열린다. 설핏 잠이 들었던 나는 벌떡 일어나 불을 켠다. 여자애 들어오는 꼴이 심상치 않다. 비틀거리다가 고꾸라진다. 또 술 꼴았구나. 꼴보기 싫어 다시 이불을 뒤집어쓰려고 하는데 여자애가 무슨 소린가를 낸다. 무슨 말인지 도통 알아들을 수 없다. 어, 이건 아니다. 이불을 박차고 달려가 보니 여자애 눈이 보이지를 않는다. 온통 멍투성이 얼굴에 입가도 찢어져 있고 머리는 뭉텅이로 뽑혀 있다.

"야, 너 왜 이래? 어떤 씹팔새끼가 이랬어? 엉?"

"나 좀 눕혀줘."

여자애는 간신히 말하고는 다시 쓰러진다. 번쩍 들어서 침대에 눕혀놓고 밝은 불에 다시 보니 얼굴은 아까보다 더 엉망이다.

"어떤 새끼야? 말해봐. 니네 손님이야? 말해봐 빨랑."

내가 다그쳐도 여자애는 눈을 감은 채 조용히 끙끙대고 있다.

"얼음 좀 갖다 줄래? 괜찮아. 걱정하지 마. 며칠 쉬면 돼."

"왜 그런 거야? 너 손님이랑 싸웠어?"

"말하자면 길어."

나는 카운터로 내려가 냉장고에서 얼음덩이를 꺼내 비닐에 담아왔다. 얼굴에 대자 여자애가 아파한다. 기분이 더럽다. 어떤 개새끼가 여자애를 이렇게 조질 수 있나.

"얼음 줘봐."

여자애는 얼음을 가져다 얼굴 여기저기에 대고 지그시 누른다. 나는 담배를 피워물려다가 다시 집어넣고는 옷을 꺼내 입는다.

"어디 가?"

여자애가 몸을 돌리고는 묻는다.

"너네 업소에. 내가 가서 물어보고 어떤 썹새낀지 아작을 내고 올게."

"가지 마."

"뭔지 알아야 될 거 아냐? 속 터지잖아. 이 빙신아."

내가 소리를 지르자 여자애가 훌쩍거리기 시작했다.

"가지 마. 내가 다 말해줄게. 니가 가면 내가 쪽팔려."

신을 신으려다가 나는 다시 주저앉는다.

"말해봐."

"간단한 거야. 오늘 어쩐지 외박 뛰기 싫더라구. 근데 생각해보니까 돈도 없고, 또 자꾸 나가자고 껄떡대는 새끼도 있고 해서 그냥 나가려고 그랬는데. 아 근데 이 새끼가 지랄을 하더라고."

여자애가 잠시 말을 쉬고는 다시 얼음찜질을 해댔다.

"어떻게 지랄을 했는데?"

"외박 나가기 전에 화장이나 고치려고 화장실에 들어갔는데 이 새끼가 따라왔어. 내가 왜 왔냐고 그러니까 거기서 하고 싶다는 거야. 어차피 좀 있다 줄 거니까, 거기서 한판 뜨자는 거야."

"그래서?"

"그래서 내가 농담으로 기냥 넘기려구 오빠, 여기서 하면 따블 줄 거야? 그랬더니 그러겠다는 거야. 그러니까 씨발 할 말이 없더라고. 난 아무리 따블 아니라 따따블을 줘도 업소에선 하기 싫어. 언니들도 있고 동생들도 있잖아. 애들이 날 뭘로 보겠어. 글구 그러면 거기 오빠들도 안 좋아해."

"그래서 어떻게 했는데?"

"내가 그냥 웃으면서, 에이 오빠 여관 가서 해, 내가 서비스 잘해줄게, 그랬거든. 그랬더니 이 새끼가 다짜고짜로 달겨드는 거야. 내가 씨팔, 소리라도 지르면 거기 오빠들이 와서 다 해결해줄 텐데, 그러기가 싫더라구. 그래서 에이 그냥 한번 주자. 그러고는 문 닫고 들어갔는데 이 새끼가 내 치마 밑으로 손을 넣더니, 어, 그러는 거야. 그러더니 막 웃는 거야. 씨팔."

그제서야 뭔가 짐작이 오기 시작했다.

"그래서?"

"날더러 재수가 없다는 거야. 빽이라나. 조금 더 더듬더니, 어 완전 빽이네, 이러더니 이 새끼가 문 열고 그냥 나가버리는 거야. 좆나 쪼개면서. 글고는 손을 씻더라고. 뭐 이런 새끼가 다 있나 싶어서 따라 나갔더니 이 새끼가 지 술 마시던 룸으로 들어가는 거야. 나도 따라갔지. 그랬더니 이 병신 같은 자식이 지랑 술 먹던 인간들한테 그 얘기를 막 떠드는 거야. 그러고는 지배인님 불러서 외박 나갈 아가씨를 바꿔야겠다는 거야. 당연히 지배인님은 뭐 잘못된 거 있냐고 물었지. 근데 그 새끼가 그 얘길 지배인한테도 또 하는 거야. 이 여자 빽이라 재수 없어서 못 자겠다고. 좆같은 새끼."

"그래서? 니가 깠구나."

"몰라. 기억 안 나. 나중에 언니들 얘기 들어보니까 내가 씸씽으로 그 새끼 마빡을 깠대. 그렇게 되니까 그 새끼 친구들하고 우리 언니들하고 난장이 났어. 리나 언니도 많이 다쳤어."

"짜부 안 떴어?"

"떴지. 리나 언니가 자기가 책임질 테니까 먼저 빠지라고 해서 나온 거야."

"이런 씹새끼들을 봤나? 이 새끼들 지금 그럼 파출소나 뭐 그런 데 가 있겠네."

"아마 그럴 거야."

여자애의 눈두덩은 더 부어오르고 있었다.

"그 새끼 명함 같은 거 받아논 거 없어?"

"없어. 요 근처에서 장사하는 놈이란 것만 알아."

"나 좀 나갔다 올게."

"왜 나가? 일 다 끝났어."

"종식이 좀 보게. 그 새끼 아까 만났는데 좀 보자더라고. 넌 여기서 쉬고 있어."

"야, 너 쓸데없는 짓 하지 마. 부탁이야."

"걱정 마. 벌써 짭새들 떴다면서."

나는 여관 밖으로 나와 크게 숨을 들이쉬었다. 여관 옆의 다방 입간판이 보였다. 오른발로 걷어차 박살을 내버렸다. 좆같은 놈들이 너무 많다. 나도 별볼일 없는 놈이지만 그렇게는 안 산다. 다 쓸어버리고 싶다.

엑셀에 올라 시동을 걸고 여자애 업소로 향했다. 업소는 벌써 셔터가 내려져 있다. 다시 관할 파출소로 가보았다. 차를 파출소 건너편에 대고 동정을 살폈다. 짭새 하나가 왔다 갔다 하고 있었고 나무 의자 위에 잠바 차림의 남자 셋이 앉아 있는 게 보였다. 한 새끼가 마빡에 뭘 붙이고 있었을 뿐 나머지들은 말짱했다. 그리고 그 반대편에 여자애들이 앉아 있었다. 여자애를 데리러 가다가 마주친 적이 있는 애들이었다. 머리칼들이 헝클어져 있었고 벌써 반창고 따위를 붙인 애들도 있었다.

종식이새끼한테 핸드폰을 때렸다.

"종식이냐? 나다."

"어, 우현이구나. 어디야?"

"야, 여기 우리 동네 파출소. 너 삐끼 뛰던 업소 앞이야."

"아 거기. 근데 거긴 왜? 너 달렸어?"

"아니 파출소 안이 아니고 밖이야."

"깜짝 놀랐잖아. 거기서 뭐 해?"

"알 거 없고. 야, 아까 뻑친다더니 어떻게 됐냐?"

"같이 할 놈이 없어. 애새끼를 요슴 다 몸 사리데."

"나랑 뛰자."

"그런 노가다 이젠 안 한다며?"

"뻑치는 건 아니고, 조질 놈이 하나 있거든. 이쪽으로 올래?"

"오 분쯤 걸릴 거야."

"빨랑 와. 너 차에 장비 있지? 그것도 가져와."

종식이가 도착하는 데는 십 분쯤 걸렸다. 종식이 차로 갈아타고 상황을 설명했다. 종식이도 당연히 흥분했다.

"저런 좆만 한 새끼들을 봤나? 근데 저 새끼들 저기서 밤새는 거 아냐?"

"가정이 있는 새끼들이 저런 거 가지고 오래가겠냐? 여기서 대충 합의 보고 나갈 거야."

"그러겠지."

종식이하고 한 시간쯤 기다리고 있자니, 파출소 안에서는 하얀 종이가 왔다 갔다 했고 다들 그 종이 위에 지장들을 찍고 있었다. 경찰 하나가 일장 훈계를 하는 모양이었고 남자들 중 하나가 경찰 하나를 끌고 파출소 밖으로 나오더니 주머니에 뭔가를 찔러주는 기색이었다.

"씹새끼들. 짜웅하네."

"야, 지금 합의 보는 모양이니까 곧 나오겠다."

먼저 여자애들이 지배인으로 보이는 남자하고 같이 나왔고 남자 셋도 따라 나왔다. 남자 하나가 길에 침을 짝 뱉었고 다들 갈 길로 흩어지기 시작했다.

"야, 저 마빡에 뭐 붙인 새끼가 그 새끼야."

"좆만 하게 생겨가지고는. 야, 근데 걔 진짜 빽이냐?"

"이 새끼가 너도 맞을래? 아냐 새꺄."

"알았어, 임마."

종식이가 차를 몰고 그 새끼를 따라갔다. 검은색 무스탕을 입어서 걸어가는 폼이 꼭 뒤뚱거리는 것 같았다. 남자는 파출소를 나와 길을 건너더니 택시를 잡기 시작했다. 밤늦은 이면도로라서 택시는 보이지 않았다. 남자는 터덜터덜 큰길 쪽으로 걸어가기 시작했다. 종식이와 나는 그 새끼 뒤를 라이트를 끈 채로 천천히 따라갔다.

"야, 여기서 뜰까?"

"여긴 파출소랑 너무 가깝잖아."

"이런 데가 좋아. 지금 누가 보냐? 저 새끼 큰길로 내려가서 택시 잡으면 따라가기 힘들어."

"그럼 저기서 꺾어지면 하자."

편도 이 차선 도로를 삼십 미터쯤 내려가면 삼거리가 나오고 그쪽에서 오른쪽으로 백 미터쯤 걸어가야 큰길이 나온다. 우리는 차를 세우고 각목 두 개를 꺼내 뒷자리에 놓고는 다시 차를 몰아 그 남자를 앞질러가서 이십 미터 전방에 다시 차를 세웠다. 남자는 계속 한 손으로 이마를 만지면서 걸어오고 있었다.

"저 새끼 이 차 지나치면 종식이 니가 먼저 내려서 말 붙이고 있어. 그럼 내가 처리할게."

"오케이."

남자는 걸어오다 말고 벽 쪽을 향해 몸을 돌리고는 바지 지퍼를 내렸다. 예상치 못한 상황이었지만 찬스였다.

"어쭈, 저 새끼가 도와주네."

우리는 차 문을 반쯤 열어둔 채로 차에서 내려 그에게 다가갔다. 종식이가 다가가는 사이 내가 짱을 봤지만 행인은 고사하고 지나가는 차 한 대도 없었다. 종식이가 오줌을 누고 있는 남자에게 다가갔다.

"아저씨, 술 한잔 더 하시죠? 아가씨들 끝내주는 데 있어요."

남자가 고개를 종식이 쪽으로 돌리려는 찰나, 뒤쪽으로 다가간 내가 남자의 엉덩이를 발로 차 쓰러뜨렸다. 오줌을 누던 터라 제대로 추스르지도 못하고 남자는 쉽게 무너졌다. 나는 쓰러진 남자의 머리를 각목으로 내리쳤다. 이 개새끼야. 너도 죽어봐라. 나는 한 번 더 확실하게 각목의 끄트머리로 놈의 미빡을 찍었다. 남자는 끽소리 한 번 못 내고 대 자로 뻗어버렸다. 그러자 종식이가 다가가 신속하게 남자를 부축하는 척하면서 주머니를 뒤졌다.

"청, 청. 집에 가시 자요. 에."

종식이는 연막을 피우면서 계속 주머니를 뒤졌고 나는 두리번거리면서 짱을 보았다. 종식이는 지갑을 찾아내서는 잽싸게 내게 건네주었다. 그때 갑자기 환한 자동차 헤드라이트가 삼거리 쪽에서 나타나 우리 쪽으로 다가왔다.

"야, 튀어."

종식이가 다급하게 외치면서 차 쪽으로 뛰어가려는 걸 내가 잡았다.

"야, 천천히 움직여. 장사 한두 번 하냐."

우리는 천천히 차에 올라타고 그 차가 지나가기를 기다렸다. 하지만 그 차는 지나가지 않았다. 차는 우리와 적당한 거리를 두고 멈춰섰다.

"야, 저거 택시잖아?"

백미러를 통해 보니 정말 택시였다. 이럴 때, 택시만큼 위험한 건 없다.

"어떡하지? 저 새끼 안 가는데? 저 새끼 감 잡은 거 같은데."

"야, 할 수 없다. 밟으자."

종식이는 핸드브레이크를 내리고 급출발로 달렸다. 그제서야 택시는 천천히 움직이더니 정확하게 그 남자가 쓰러진 곳에 차를 세웠다.

"저 새끼 우리 번호판은 못 봤을 거야. 라이트 꺼놨으니까."

우리는 큰길을 나와 양화대교 쪽으로 핸들을 꺾었다.

"야, 따라오는데? 한 대가 아니라 두 대야."

뒤를 보니 택시 두 대가 비상등을 켜고 하이빔을 쏘면서 따라붙고 있었다.

"야, 어떡하지?"

종식이가 연방 뒤를 보면서 초조해했다.

"씨발, 어떻게 되겠지. 야, 좀 있으면 양화대교지?"

"응."

"양화대교로 들어가지 말고 망원동 쪽 주택가로 빠져. 거기 샛길들 많거든."

우리는 망원동 쪽으로 갑자기 접어들어 편도 이 차선 도로를 곡예하듯 달렸다. 하지만 택시들도 만만치 않았다.

"종식아. 우리 차 버리자."

"차 버리고 얼루 가?"

"주택가 적당한 데 파킹시키고 서로 갈라져서 담 타자."

택시들은 계속 추격 중이었다. 하지만 거리는 쉽게 좁혀지지 않았다. 한때 대리 운전으로 밥 벌어먹던 종식이도 운전에는 끗발이 있었다.

"야, 저기서 꺾어."

차는 끼이익 소리를 내면서 골목길로 접어들었다. 하지만 주차할 만한 빈 곳은 보이지 않았다. 우리는 주택가 도로에 설치된 턱들을 쿵쾅쿵쾅 넘어서 요리조리 달렸다. 몇 개의 백미러를 부쉈고 몇 대의 차 옆면을 긁어버렸다.

"저기 교회 앞에 자리 있다."

내가 손짓으로 가리키자 종식이는 그 앞에 차를 세웠다. 멀리 택시들의 앞 범퍼가 긁히는 소리들이 연달아 들려왔다. 택시들도 턱을 넘느라 고생하는 모양이었다. 우리는 차를 세우고는 황급히 교회담을 타 넘었다. 곧이어 택시들이 급정거하는 소리가 들렸다. 이쪽이야, 하고 외치는 소리가 들려왔다. 나는 들고 내린 각목을 교회 안쪽으로 던져버리고는 골목을 달렸다. 종식이는 반대쪽으로 튀었다. 야, 내일 보자. 한참을 그렇게 뛰면서 숨을 곳을 찾아봤지만 마땅한 곳이 없었다. 여기저기서 클랙슨 소리가 울렸다. 택시는 한 대가 아니었다. 그 사이 더 불어난 모양이었다. 경찰차의 사이렌 소리도 들려오기 시작했다. 어디로 가야 하나. 문득 여자애 생각이 났다. 한동안 업소도 못 나갈 텐데 뭘 먹고 살지? 가슴이 쿵쾅거리기 시작했다. 머리도 멍해져왔다. 이게 다 그 새끼 때문이다. 아까 아예 반 죽여놨어야 했는데. 씨팔새끼. 곱게 술이나 처먹고 갈 것이지.

더 뛸 수는 없다. 나는 다세대 주택 담 하나를 타넘었다. 아이들 세발자전거가 놓여 있는 좁은 정원에 웅크리고 앉아 대문 틈으로 밖을 살폈다. 잠시 후 골목으로 경찰차가 사이렌을 울리면서 지나갔다. 그러곤 조용해졌다. 여기저기서 울려오던 클랙슨 소리도 잠잠해졌다. 그러더니 멀리서 쿵 하는 커다란 소리가 들렸다. 추격하던 택시 하나가 어딜 들이받은 걸까? 알 수 없었다. 그렇게 삼십 분쯤 지났을 것이다. 대문을 열고 나왔다. 여기가 어딜까? 망원동 어디쯤 되는 것 같은데 다 거기가 거기 같아서 알 수가 없다.

골목을 한참 걸어나오니 이 차선 도로가 있었다. 종식이 새끼는 어떻게 됐을까? 걘 도바리엔 선수니까 잘 빠졌을 것이다. 멀리 택시 한 대가 오고 있었다. 나는 손을 들어 택시를 잡았다. 혹시나 싶어 살펴봤는데 아까 그 택시는 아닌 것 같았다. 차종이 달랐다. 택시에 올라타니 피곤했다.

"아저씨, 신촌이오."
이 차선 도로를 빠져나온 택시는 큰길 입구에서 정차했다.
"왜 그래요? 아저씨?"
"앞에 사고가 난 모양이여."
차들이 천천히 한 대씩 빠져나가고 있었다. 내가 탄 택시도 천천히 그 뒤를 따랐다. 멀리 빨간 불이 번쩍이는 게 건물 유리창을 통해 보였다. 경찰의 검문이었다. 씨팔.
"검문하나 보죠?"
머리를 길게 빼고 앞을 둘러본 기사는 고개를 가로저었다.
"검문은 아닌 거 같고 사고인 것 같구먼."
우리는 점점 더 현장에 가까워졌다. 택시 한 대가 가로수를 들이받은 채 멈춰서 있었고 앰뷸런스와 경찰차가 그 옆에 서 있었다. 몇 대의 다른 택시들도 비상등을 켠 채로 그 옆에 있었다. 사람들이 웅성웅성 모여 있었다.
내가 탄 택시의 기사도 차를 잠시 세우고 고개를 내밀었다. 나는 반대쪽으로 고개를 돌렸다.
"뭔 일이우?"
"아무 일도 아니니까 빨리 가요."
교통정리를 하던 경찰이 신경질적으로 손짓을 했다. 차가 출발하자 나는 뒤를 돌아다보았다. 느낌이 좋지 않았다. 씨팔. 어떻게 된 거야. 잠시 후, 앰뷸런스가 사이렌을 울리면서 출발하는 소리가 들렸다.
택시를 일부러 여관에서 좀 떨어진 곳에 세우고는 천천히 여관으로 걸어갔다. 방으로 들어가니 여자애가 깨어 있었다.
"왜 안 자고 있었어?"
"나 돼지꿈 꿨다. 무지하게 많은 돼지들이 꿀꿀거리면서 나한테 오더라."
"내일 복권이나 사."
"꿈 같은 거 믿어?"
여자애가 내 눈을 들여다보며 묻는다.

"아니."

"난 돼지꿈 처음이야. 돈 졸라 벌 건가봐."

"쌍통은 다 찌그러져가지고 행여 떼돈 벌겠다. 퍼져 잠이나 자."

내 말에 여자애는 뾰로통해져서 다시 누웠다. 나도 누웠지만 잠이 오지 않았다. 종식이새끼는 왜 연락이 없을까. 씨팔놈. 달린 거 아냐? 뒤척뒤척. 유난히 밤이 길었다. 여자애는 쌔근쌔근 아이처럼 잔다. 나는 일어나 붉은 스탠드를 켜고 그 새끼한테 쌔빈 지갑을 열어보기로 했다. 지갑 속에서 웬 아이 사진 한 장이 떨어져 내렸다. 세 살쯤 됐을까. 재수 없다. 쭉쭉 찢어서 휴지통에 집어넣었다. 계속 뒤져보았지만 돈이라고는 만원짜리 세 장말고는 아무것도 없다. 돈도 없는 새끼가 여자를 패? 쓸데없는 현금카드하고 신용카드만 그득한 지갑이었다.

어느새 날이 밝아온다. 종식이에겐 계속 연락이 없다. 달린 게 확실하다. 삐리리릭. 핸드폰이 울린다. 벨이 다섯 번 울릴 때까지 받을까 말까 한참을 망설인다. 받아보니 나라년이다.

"야, 우현아. 너 어제 종식이새끼랑 같이 안 있었니?"

"나? 아니."

나라는 울고 있다. 나는 거짓말을 했다. 자동으로 그랬다. 왜 그랬는지 모른다.

"종식이 그 새끼, 어제 달렸대. 병신 같은 새끼. 펵치다가 재수 없게 택시 기사들한테 붙들렸는데 가꾸목 들고 개기다가 택시 기사 하나 머리통 깨고, 또 발르다가 뒤쫓아온 딴 택시한테 받혔대. 갈빗대 몇 대 나가고 좆나 깨졌나봐."

"어떡하냐? 재수 좆나리 없었네."

나라는 계속 울머인다. 니라가 우는 건 처음 본다.

"그게 재수 없는 게 아니고 종식이가 펵친 놈이 죽은 거 같아. 자세히는 모르겠고, 아침 뉴스에 나왔대. 종식이라고 이름은 안 나오는데 망원동 어디라는 거 보니까 종식이새끼가 한 거 같어. 종식이새끼도 망원동에서 달렸걸랑. 아침에 짜부한테 전화 왔었는데 종식이새끼 지금 경찰병원에 있대. 어떡하니. 너

같이 가줄래?"
"지금 면회 안 될 거야. 사람이 뒈졌는데."
"나 어떡하니. 나 어떡해."
나라는 한참을 흐느끼다가 전화를 끊어버렸다.
나는 도망가지 않았다. 가만히 앉아 마치 종례 시간을 기다리는 고삐리들처럼 얌전히 기다렸다. 하지만 아무도 찾아오지 않았다. 여자애가 깨어난 오후 두 시가 다 되도록 조용했다. 그럴수록 나는 꼼짝도 하지 않고 계속 기다렸다. 짱깨를 시켜 먹으며 여관 밖으로는 한 발짝도 나가지 않았다. 종식이가 불었다면 짭새들이 올 거고 안 불었다면 안 올 것이다. 왠지 종식이가 불어줬으면 좋겠다는 생각이 들었다. 하지만 그 새끼는 안 불 거다. 빌어먹을, 불어도 어쩔 수 없다. 지도 혼자서 다 뒤집어쓰긴 싫을 것이다.
여자애가 일어났다. 얼굴은 어제보다 더 부어 있다. 여자애가 배고프대서 밖으로 나갔다. 편의점에 들러서 그 새끼한테 쌔빈 삼만 원으로 즉석복권 다섯 장하고 컵라면, 맥주를 샀다. 긁어봤지만 오천 원짜리 하나 빼곤 모두 꽝이다. 돼지꿈 좋아하네. 복권을 박박 찢어서 던져버렸다. 좆같은 세상, 되는 게 없다. 편의점 밖에서 한참을 앉아서 맥주를 마시며 담배를 피웠다. 어쩐지 여관으로 돌아가기 싫었다.
나는 컵라면에 물을 부어가지고 여관으로 돌아왔다. 우리는 컵라면을 국물까지 다 비우고 나서 맥주를 깠다. 맥주를 다 비우자 약속이나 한 것처럼 옷을 벗고 엉켰다. 사타구니에 닿는 감촉이 달랐다. 비상구는 깨끗했다. 나는 그곳에 한참이나 얼굴을 비벼댔다. 여자애는 가만히 몸을 뒤채며 내 얼굴을 감싸주었다.
"니 소매에 피 묻어 있더라. 빙신 같은 새끼, 너 어제 일쳤지?"
나는 고개를 들지 않았다. 어쩐지 여자애는 다 알고 있는 것만 같다.
"이 씨팔새끼야. 내가 어제 그러지 말랬잖아. 왜 그랬어? 이 빙신아."
비상구에 처박고 있는 내 머리를 여자애가 연방 때린다. 나는 피하지 않는다. 그녀의 비상구에선 나물 냄새가 난다. 아주 어릴 적에 봄이 되면 된장찌개에서 나던 그런 냄새다. 그녀 배꼽에서 내리꽂히는 화살을 혀로 더듬어본다. 그녀는 꼼짝도 하지 않는다. 화살에서 비상구까지 혀로 핥아내려간다. 나물 냄새가 진동을 한다. 그러니까 된장찌개가 먹고 싶다. 에이, 씨발, 이런 거지 같은 생각까지 나는 걸 보니 그 새끼들이 올 때가 된 것 같다. 니미, 오려면 빨리 와라.

그 말이 끝나기가 무섭게 인터폰이 울린다. 카운터 형이다. 우현아, 발러. 구두 소리가 요란하다. 부지런히 옷을 꿰어 입고 문을 잠근 후, 의자로 유리창을 깼다. 잘 깨지지 않는다. 꽝, 여관 문을 박차고 사람들이 뛰어 들어온다. 야, 김우현이. 내 이름을 저렇게 부르는 건 선생들과 짭새들뿐이다. 얼굴이 밤탱이가 된, 배꼽에 화살 문신을 한 여자애가 짭새들에게 알몸으로 달려든다. 이럴 줄 알았으면 그 애 배꼽 화살표 끝에다가 EXIT라고 새겨줄걸, 내 이름도 박아주고 말이다. 너무 늦었다. 나는 창문을 타 넘어 옆집 지붕 위로 뛰어내린다. 그러곤 앞만 보고 달렸다. 발밑으로 기왓장 부서지는 소리들이 들려왔다. 두두두둑. 형사들은 열심히 쫓아오고 있다. 야이 씨팔새끼들아, 내가 니네 형 죽인 것도 아닌데 왜 이렇게 죽어라고 쫓아와? 좆같은 새끼들아. 그렇게 속으로 욕을 해대면서도 내 발은 계속 지붕에서 지붕으로 넘어다녔다. 다행히 타넘을 지붕은 얼마든지 있었다. 니미 씨팔이다.

김영하(金英夏)

1968년 경북 고령 출생. 연세대학교 경영학과 및 같은 과 대학원 졸업. 1995년 계간 『리뷰』에 「거울에 대한 명상」을 발표하며 등단. 문학동네 신인작가상, 현대문학상, 이산문학상, 동인문학상, 황순원문학상 등 수상. 『나는 나를 파괴할 권리가 있다』(1996), 『아랑은 왜』(2001), 『검은꽃』(2003), 『빛의 제국』(2006) 등의 장편소설과 『호출』(1997), 『엘리베이터에 낀 그 남자는 어떻게 되었나』(1999), 『오빠가 돌아왔다』(2004) 등의 소설집 출간.

작품 세계

김영하는 한국문학이 당연하게 인정해왔던 문학적 전제들을 전복적인 방식으로 성찰하는 작품들을 발표한 작가이다. 소설이 현실을 반영한다는 현실주의적인 문학관이 일반적인 상식으로 자리 잡은 지 오래다. 하지만 김영하에게 있어서 소설은 일상을 모방하거나 재현하는 서사 양식이 아니라, 우리의 일상 속에 이미 언제나 잠재되어 있는 욕망의 그물이다. 달리 말하면 소설은 삶을 모방하지 않는다. 다만 삶이 소설을 참조하며 모방할 따름이다. 그런 의미에서 김영하의 소설은 현실과 환상, 욕망과 죽음, 진짜와 가짜 사이에 개재한 아이러니들을 긍정하며 씌어지는 기록이다. 그러면 김영하 소설의 전반적인 흐름을 가늠할 수 있는 세 가지의 장면들을 살펴보도록 하자.

첫번째 장면은 '정체성identity'과 '사실성reality'에 대한 전복적인 태도이다. 일반적으로 거울은 정체성을 보장하는 상상적인 근거이자, 리얼리즘의 핵심적인 비유metaphor로서 받아들여진다. 하지만 데뷔작 「거울에 대한 명상」은 거울에 의해 보장되는 정체성과 사실성이 결국 허구와 환상의 부산물에 지나지 않는다는 것을 보여준다. 첫 작품부터 김영하는 자기 자신을 정체성의 위기와 사실성의 혼돈 속으로 밀어넣었다고 할 수 있다. 그렇다면 그다음의 행보는 무엇일까. 거울도 깨뜨려야 하고, 거울에 속았던 자신도 처벌해야 할 것이다. 그의 첫번째 장편 『나는 나를 파괴할 권리가 있다』에서는 낡은 자아를 파괴하고자 하는 욕망과 새로운 자아를 생성하고자 하는 욕망이 뒤엉켜 나타난다. 급진적인 욕망은 나르시시즘을 넘어서 에로티즘을 지향한다.

두번째 장면은 몸의 발견과 관련된다. "몸을 바꿔야 해"라는 매력적인 속삭임이 등장하는 단편 「도마뱀」에 의하면, 새로운 자아는 환상과 욕망에 둘러싸인 몸으로부터 태어난다. 그렇다면 단순히 의식을 몸으로 대체한 것일까. 결코 그렇지 않다. 김영하의 소설에서 몸은 하나의 통일적인 이미지가 아니라, 무의식과 죄의식이 공존하는 장소이며, 자신의 경계를 넘나들며 스스로 변신하는 몸이다. 소설집 『호출』과 『엘리베이터에 낀 그 남자는 어떻게 되었나』에 수록된 여러 단편소설들에서 몸은 욕망과 억압, 환상과 현실, 지배와 복종, 질서와 무질서가 공존하는 분열증적인 공간으로 제시된다. 김영하 소설에서 몸은 단순히 의식의 도피처가 아니라, 새로운 몸이 생성될 가능성의 공간이다. 단편 「손」과 「피뢰침」에서는 과거의 몸을 죽음에 이르게 하고 새로운 몸을 불러들이는 상징적인 제의가 펼쳐진다.

세번째의 장면은 소설의 몸을 바꾸는 일과 관련된다. 장편 『아랑은 왜』는 한국인에게는 잘 알려진 아랑 전설을 고쳐 쓴 revisionary writing 작품이다. 메타소설 metafiction과 양방향 소설 interactive novel의 기법을 원용하면서, 전근대적인 민담을 근대적인 추리소설로 바꾸고 다시 포스트모던한 판타지로 변모시킨다. 스스로 변신하는 이야기를 통해서 소설 기법의 카니발을 펼쳐 보이는 작품이다. 또한 세번째 장편 『검은꽃』은 1905년 멕시코의 농장으로 이주한 조선인들을 다룬 작품이다. 전반부에서는 근대적 개인이 탄생하는 과정을 그려내고 있으며, 후반부에서는 역사의 그림자 속으로 사라져버린 개인들의 운명을 집요하게 추적한다. 『검은꽃』은 소설이 국가를 사유하는 방식에 관한 문제를 제기하며, 한국의 근대를 근원적으로 성찰하는 새로운 역사적 상상력을 제시한다.

김영하의 소설에는 기억할 유년도 없고 돌아갈 고향도 등장하지 않는다. 기억과 고향의 부재는 김영하 소설에 드리워진 운명적인 표정이다. 고향이나 유년에 대해서는 처음부터 글을 쓸 수 없기 때문에, 그는 아직 태어나지 않은 기억을 찾아서 글쓰기의 공간을 헤매야 하는 게임을 벌인다. 그런 의미에서 김영하에게 소설이란 기억의 부재로부터 출발하는 여행이며, 돌아갈 고향이 없는 유목민 nomad의 발걸음이다. 이를 두고 탈낭만화된 유목민의 서사라고 불러도 좋을 것이다.

「비상구」

주인공이자 화자인 '나'는 스무 살의 가출 청소년이다. 가출 경력이 오래되었기 때문에 오토바이 폭주는 심드렁하고 술집 삐끼할 나이는 이미 지나버렸고 폭력조직에 들어가기에는 쪽팔린다. 집으로 들어가는 것은 당연히 죽기보다 싫다. 지금은 배꼽 밑에 화살 문신이 있는 여자애와 여관에 장기투숙하면서 여자애가 벌어오는 돈으로 하루하루를 보낸다. 밤중에 고물 엑셀을 타고 자유로나 미사리를 달리기도 하고 대형할인점 킴스클럽에서 도둑질을 겸한 쇼핑을 즐기기도 한다. 여관으로 돌아온 후 '나'는 재미있을 것 같다며 여자애의 성기에 난 털을 면도기로 밀자는 제안을 하고, 여자애는 앞으로 자기를 생각하며 수음을 세 번 해달라는 부탁을 한다. 그런데 '나'는 왠지 불안하다. 함께 취객을 상대로 퍽치기를 했던 종식이가 다쳤다는 소식을 접한 이후로는 불길한 예감이 떠나질 않는다. 형사들이 여관으로 갑자기 들이닥치고, '나'는 지붕을 타고 도망을 간다. 여자애의 배꼽 아래에 'EXIT'라는 문신을 새겨주지 못한 것을 후회하면서.

사회의 후미진 모퉁이에서 혼탁한 현대를 살아가는 가출 청소년들의 삶을 현실적이면서도 유머러스하게 포착한 작품이다. 가출 청소년의 이야기를 어른이나 사회의 시선으로 관찰한 것이 아니라 그들 자신의 언어(속어 은어 비어 욕설 등)로 표현한 점이 가장 큰 특징이다. 제목에 사용된 비상구는 여성의 성기를 지칭하는데, 전체적인 맥락을 보면 출구를 잃어버린 시대 상황을 은유하는 말로도 읽을 수 있다.

주요 참고 문헌

김영하의 작품 세계에 대해서는 남진우의 「나르시시즘/죽음/급진적 허무주의」(『문학동네』, 1996년 겨울호), 김동식의 「김영하 또는 배신의 수사학」(『호출』 해설, 문학동네, 1997), 우찬제의 「미리 쓰여진 이야기와 새로 쓰는 텍스트」(『문학과사회』, 1999년 가을호), 김태환의 「이미지와 실체 또는 소설과 현실」(『문학과사회』, 2001년 봄호), 서영채의 「질주하는 아이러니」(『문학동네』, 2003년 겨울호) 등을 참조할 수 있다. _김동식

■ 찾아보기_작가

*소설 편 1·2권을 각각 I·II로 표시함.

ㄱ
강경애 I/592, 626
김남천 I/644, 665
김동리 I/736, 796
김동인 I/68, 88
김성동 II/646, 661
김소진 II/1239, 1260
김승옥 II/173, 198
김영하 II/1308, 1336
김용성 II/131, 150
김원우 II/807, 824
김원일 II/422, 448
김유정 I/669, 678
김정한 I/906, 935
김주영 II/552, 570
김향숙 II/867, 891

ㄴ
나도향 I/165, 179

ㅁ
문순태 II/573, 605

ㅂ
박경리 I/1171, 1197
박상륭 II/226, 247
박영준 I/681, 697

박영한 II/766, 805
박완서 II/667, 686
박태원 I/454, 517
박화성 I/314, 336
복거일 II/1144, 1175

ㅅ
서기원 I/1200, 1221
서영은 II/690, 712
서정인 II/153, 170
선우휘 I/1087, 1106
성석제 II/1262, 1281
손창섭 I/1040, 1054
신경숙 II/1117, 1141
심훈 I/521, 555

ㅇ
안수길 I/871, 903
양귀자 II/894, 920
염상섭 I/91, 147
오상원 I/1057, 1069
오정희 II/529, 549
유진오 I/418, 439
윤대녕 II/1213, 1236
윤후명 II/740, 763
윤흥길 II/496, 526
은희경 II/1284, 1305

이광수 I/17, 64
이기영 I/233, 263
이동하 II/403, 420
이무영 I/389, 416
이문구 II/384, 400
이문열 II/826, 864
이범선 I/1108, 1142
이병주 II/283, 304
이상 I/557, 589
이순원 II/1093, 1114
이승우 II/1032, 1053
이인성 II/953, 968
이제하 II/78, 93
이청준 II/306, 346
이태준 I/339, 355
이호철 I/1145, 1168
이효석 I/441, 452
임철우 II/971, 993

ㅈ

장용학 I/1002, 1037
전광용 I/1072, 1084
전상국 II/250, 280
정찬 II/1056, 1091
정한숙 I/966, 999
조명희 I/214, 230
조세희 II/349, 381
조정래 II/715, 737

ㅊ

채만식 I/267, 311
최서해 I/181, 211
최수철 II/996, 1030

최윤 II/1177, 1210
최인호 II/451, 465
최인훈 II/17, 54
최일남 II/59, 76
최정희 I/629, 641

ㅎ

하근찬 I/1223, 1242
한무숙 I/938, 963
한설야 I/357, 387
한승원 II/467, 493
허준 I/836, 869
현기영 II/608, 643
현길언 II/923, 950
현덕 I/700, 734
현진건 I/150, 162
홍성원 II/95, 128
황석영 II/201, 223
황순원 I/801, 832

■ 찾아보기_작품

* 소설 편 1·2권을 각각 I·II로 표시함.

ㄱ

강 II/153
개흘레꾼 II/1239
겨울의 빛 II/867
고가 I/966
구평목씨의 바퀴벌레 II/1032
금시조 II/826
까마귀 I/339
까치 소리 I/763

ㄴ

나무들 비탈에 서다 I/813
낙동강 I/214
날개 I/557
남생이 I/700
내 그물로 오는 가시고기 II/349
노란 봉투 II/59
논 이야기 I/288

ㄷ

단독강화 I/1087
닳아지는 살들 I/1145
당신들의 천국 II/306
동백꽃 I/669

ㅁ

만세전 I/91

맥 I/644
먼 그대 II/690
메밀꽃 필 무렵 I/441
모래톱 이야기 I/906
모범경작생 I/681
무녀도 I/736
무명 I/39
무정 I/17
무지개는 일곱 색이어서 아름답다 II/923
무진기행 II/173
미망 II/422
민촌 I/233

ㅂ

배드민턴 치는 여자 II/1117
벙어리 삼룡이 I/165
변명 II/283
별 I/801
봉별기 I/581
비 오는 날 I/1040
비명을 찾아서 II/1144
비상구 II/1308
빛의 걸음걸이 II/1213

ㅅ

사수 I/1072
삼포 가는 길 II/201

찾아보기_작품 **1341**

상록수 I/521
소리의 빛 II/326
소설가 구보씨의 일일 I/454
수색, 그 물빛 무늬를 찾아서 II/1093
순이 삼촌 II/608
슬픔의 노래 II/1056
시장과 전장 I/1171

ㅇ
아버지의 땅 II/971
암사지도 I/1200
양과자갑 I/123
어머니 II/467
엄마의 말뚝 3 II/667
오막살이 집 한 채 II/646
오발탄 I/1108
요한시집 I/1002
우상의 눈물 II/250
운수 좋은 날 I/150
웃음소리 II/17
유리창을 떠도는 별 한 마리 II/953
유수암 I/938
유예 I/1057
이장동화 II/552

ㅈ
잔등 I/836
장난감 도시 II/403
장마 II/496
저녁의 게임 II/529
제3인간형 I/871
제1과 제1장 I/389
죽음의 한 연구 II/226

즐거운 지옥 II/95
지옥에서 보낸 한 철 II/766
지하촌 I/592
짐작과는 다른 일들 II/1284

ㅊ
창랑정기 I/418
천변풍경 I/478
철쭉제 II/573
초식 II/78
추도 II/807

ㅌ
타인의 방 II/451
탁류 I/267
태양은 병들다 I/357
태형 I/68

ㅎ
한계령 II/894
해돋이 I/181
협궤열차에 관한 한 보고서 II/740
홀림 II/1262
홍수전후 I/314
화두 II/31
화두, 기록, 화석 II/996
화무십일 II/384
홰나무 소리 II/131
회색 눈사람 II/1177
회색의 땅 II/715
흉가 I/629
흰 종이 수염 I/1223

■ 엮은이 소개

우찬제

1962년 충청북도 충주 출생. 서강대학교 경제학과 및 같은 학교 대학원 국어국문학과 졸업. 현재 서강대학교 국어국문학과 교수. 저서로는 『욕망의 시학』(문학과지성사, 1993), 『상처와 상징』(민음사, 1994), 『타자의 목소리』(문학동네, 1996), 『고독한 공생』(문학과지성사, 2003), 『텍스트의 수사학』(서강대학교 출판부, 2005) 등이 있고, 주요 논문으로는 「조세희의 난장이가 쏘아올린 작은 공의 리얼리티 효과」(2003), 「이청준 소설에 나타난 불안의식 연구」(2005), 「불안의 상상력과 정치적 무의식」(2005) 등이 있음.

김미현

1965년 서울 출생. 이화여자대학교 국어국문학과 및 같은 과 대학원 졸업. 현재 이화여자대학교 국어국문학과 교수. 저서로는 『한국 여성소설과 페미니즘』(신구문화사, 1996), 『판도라 상자 속의 문학』(민음사, 2001), 『여성문학을 넘어서』(민음사, 2002) 등이 있고, 주요 논문으로는 「1990년대 소설에 나타난 동물성」(2003), 「한국 근·현대 베스트셀러 문학에 나타난 독서의 사회사: 1980~1990년대 소설의 '아버지' 담론을 중심으로」(2005), 「가족이데올로기의 종언: 1990년대 이후 소설에 나타난 탈가족주의」(2005) 등이 있음.

■ 해제자 소개(가나다 순)

권명아

연세대학교 불어불문학과 및 같은 학교 대학원 국어국문학과 졸업. 현재 동아대학교 국어국문학과 교수. 저서로는 『가족이야기는 어떻게 만들어지는가』 『맞장뜨는 여자들』 『문학의 광기』 『역사적 파시즘』 등이 있음.

권성우

서울대학교 국어국문학과 및 같은 과 대학원 졸업. 현재 숙명여자대학교 인문학부 교수. 저서로는 『비평의 매혹』 『문학이란 무엇인가』 『모더니티와 타자의 현상학』 『비평과 권력』 『비평의 희망』 『논쟁과 상처』 등이 있음.

김경수
서강대학교 국어국문학과 및 같은 과 대학원 졸업. 현재 서강대학교 국어국문학과 교수. 저서로는 『현대소설의 유형』 『염상섭 장편소설 연구』 등이 있음.

김동식
서울대학교 국어국문학과 및 같은 과 대학원 졸업. 현재 인하대학교 한국어문학과 교수. 저서로는 『90년대 문학 어떻게 볼 것인가』(공저) 『냉소와 매혹』 『소설에 관한 작은 이야기』 『인문학적 문화 연구를 위하여』 『한국 근대문학의 풍경들』 등이 있음.

김양선
서강대학교 영어영문학과 및 같은 학교 대학원 국어국문학과 졸업. 현재 한림대학교 기초교육대학 강의교수. 저서로는 『허스토리의 문학』 『1930년대 소설과 근대성의 지형학』 등이 있음.

김영민
연세대학교 국어국문학과 및 같은 과 대학원 졸업. 현재 연세대학교 국어국문학과 교수. 저서로는 『한국근대소설사』 『한국근대문학비평사』 『한국현대문학비평사』 『한국근대소설의 형성과정』 『근대계몽기 단형 서사문학자료전집』(전2권, 공저) 『임화 문학의 재인식』(공저) 등이 있음.

김인호
동국대학교 국어국문학과 및 같은 과 대학원 졸업. 현재 동국대학교 국어국문학과 강사. 저서로는 『니체 이후의 정신사』 『탈이데올로기와 문학적 향유』 『해체와 저항의 서사』 등이 있음.

김인환
고려대학교 국어국문학과 및 같은 과 대학원 졸업. 현재 고려대학교 국어국문학과 교수. 저서로는 『문학과 문학사상』 『문학교육론』 『비평의 원리』 『상상력과 원근법』 『기억의 계단』 『언어학과 문학』 등이 있음.

김태환
서울대학교 사법학과 및 같은 학교 대학원 독어독문학과 졸업. 현재 덕성여자대학교 교양학부 교수. 저서로는 『푸른 장미를 찾아서』 『문학의 질서』 등이 있음.

류보선
서울대학교 국어국문학과 및 같은 과 대학원 졸업. 현재 군산대학교 국어국문학과 교수. 저서로는 『경이로운 차이들』 『한국 근대문학의 정치적 (무)의식』 등이 있음.

박혜경
동국대학교 국어국문학과 및 같은 과 대학원 졸업. 현재 인하대학교 한국학연구소 연구교수. 저서로는 『비평 속에서 꿈꾸기』 『상처와 응시』 『세기말의 서정성』 『문학의 신비와 우울』 『기원에의 물음』 등이 있음.

서영채
서울대학교 국어국문학과 및 같은 과 대학원 졸업. 현재 한신대학교 문예창작학과 교수. 저서로는 『소설의 운명』 『사랑의 문법』 『문학의 윤리』 등이 있음.

성민엽
서울대학교 중어중문학과 및 같은 과 대학원 졸업. 현재 서울대학교 중어중문학과 교수. 저서로는 『지성과 실천』 『문학의 빈곤』 『변하는 것과 변하지 않는 것』 『고통의 언어 삶의 언어』 등이 있음.

손정수
서울대학교 공법학과 및 같은 학교 대학원 국어국문학과 졸업. 현재 계명대학교 문예창작학과 교수. 저서로는 『미와 이데올로기』 『개념사로서의 한국근대비평사』 『텍스트의 경계』 『한국 근대문학사의 틈새』 『뒤돌아보지 않는 오르페우스』 등이 있음.

송기섭
충남대학교 국어국문학과 및 같은 과 대학원 졸업. 현재 충남대학교 국어국문학과 교수. 저서로는 『해방기 소설의 반영의식 연구』 『한국 현대 문학의 도정』 『몽상과 인식』 등이 있음.

신수정
서울대학교 국어국문학과 및 같은 과 대학원 졸업. 현재 명지대학교 문예창작학과 교수. 저서로는 『90년대 문학 어떻게 볼 것인가』(공저) 『푸줏간에 걸린 고기』 등이 있음.

양진오
서강대학교 국어국문학과 및 같은 과 대학원 졸업. 현재 대구대학교 국어국문학과 교수. 저서로는 『산문의 수사학』 『한국 소설의 논리』 『한국 소설의 형성』 『임철우의 봄날을 읽는다』 『전망의 발견』 등이 있음.

오윤호
서강대학교 국어국문학과 및 같은 과 대학원 졸업. 현재 서강대학교 국어국문학과 대우교수. 저서로는 『현대소설의 서사 기법』 등이 있음.

우찬제
서강대학교 경제학과 및 같은 학교 대학원 국어국문학과 졸업. 현재 서강대학교 국어국문학과 교수. 저서로는 『욕망의 시학』 『상처와 상징』 『타자의 목소리』 『고독한 공생』 『텍스트의 수사학』 등이 있음.

이덕화
연세대학교 대학원 국어국문학과 졸업. 현재 평택대학교 국어국문학과 교수. 저서로는 『김남천 연구』 『박경리와 최명희 두 여성적 글쓰기』 『한국 여성문학의 이해』 『은밀한 테러』 『여성문학에 나타난 근대체험과 타자의식』 등이 있음.

이수형
서울대학교 국어국문학과 졸업 및 같은 과 대학원 박사과정 수료. 현재 서울예술대학·홍익대학교 강사.

이익성
서울대학교 국어국문학과 및 같은 과 대학원 졸업. 현재 충북대학교 국어국문학과 교수. 저서로는 『한국현대 서정소설론』 『한국 현대소설 비평론』 등이 있음.

임규찬
성균관대학교 독어독문학과 및 같은 학교 대학원 국어국문학과 졸업. 현재 성공회대학교 교양학부 교수. 저서로는 『제1차 방향전환과 대중화 논쟁』 『왔던 길 가는 사이에서』 『한국 근대소설의 이념과 체계』 『작품과 시간』 『문학사와 비평적 쟁점』 등이 있음.

조현일
서울대학교 국어교육학과 및 같은 학교 대학원 국어국문학과 졸업. 현재 홍익대학교 국어국문학과 강사. 저서로는 『한국문학의 근대성과 리얼리즘』『전후소설과 허무주의적 미의식』 등이 있음.

최성실
경원대학교 국어국문학과 및 서강대학교 대학원 국어국문학과 졸업. 현재 경원대학교 연구교수. 저서로는 『육체, 비평의 주사위』『근대 다중의 나선』 등이 있음.

허윤진
서강대학교 영어영문학과 졸업 및 같은 학교 대학원 국어국문학과 박사 과정 수료. 저서로는 『5시 57분』 등이 있음.

문학과지성사 한국문학선집
1900~2000

한국 현대시사 100년을 회고하다.

우리의 기억 속에 아로새겨진 명작시에서부터 시단에 새로운 활력을 불어넣는
신진 시인들의 시까지 166명 시인의 주옥같은 작품 679편을 한자리에.

『문학과지성사 한국문학선집』_ '시' 편의 특징

- 한국 현대시사 100년을 한눈에 들여다볼 수 있는 시 선집.
- 시인 본인, 혹은 작고한 시인의 경우 해제자가 고른 후보작 중에서 엮은이가 엄선하여
  수록 시를 확정함으로써 각 시인들의 명실상부한 대표 시 수록.
- 해당 시인 전공 연구자가 시인의 전기적 정보, 작품 세계, 수록 작품 해설, 주요 참고 문헌을 포함하여
  일반 독자도 쉽게 읽을 수 있게 작성한 해제 수록.

최남선 김억 주요한 한용운 김소월 오상순 이장희 이병기 이상화 김동환 조운 김광균 임화 정지용 김달진 김기림 김영랑 이상 신석정 유치환 노천명 장만영 오장환 이육사 김현승 김광섭 백 석 신석초 이용악 서정주 김상옥 남남수 박두진 박목월 윤동주 조지훈 이호우 조향 김수영 박인환 김종길 홍윤숙 김춘수 한하운 김남조 송욱 이형기 전봉건 천상병 김구용 김종삼 박재삼 김광림 박희진 이태극 박성룡 박용래 성찬경 신경림 신동문 허만하 고은 정한모 황동규 김영태 마종기 신동엽 김제현 정진규 이성부 이승훈 이상범 이수익 조태일 최하림 유안진 정현종 천양희 홍신선 김형영 오탁번 강은교 박정만 신대철 오규원 오세영 윤금초 김준태 김지하 문정희 이시영 노향림 이건청 이성선 정희성 조정권 나태주 이하석 임영조 감태준 신달자 이기철 김명인 김승희 이동순 이태수 김광규 고정희 송수권 장석주 김정란 최동호 문충성 이성복 최승호 김혜순 박남철 최승자 김정환 박태일 최두석 황지우 남진우 김용택 송재학 이문재 정호승 박노해 이재무 고재종 문인수 이승하 장정일 정일근 황인숙 기형도 장경린 김영승 박주택 고진하 송찬호 장석남 장옥관 허수경 김휘승 유하 정끝별 조은 채호기 김기택 나희덕 차창룡 박라연 박정대 이윤학 이진명 조용미 최정례 함성호 김태동 박형준 이 원 최서림 문태준 이수명 이장욱

최동호·신범순·정과리·이광호 엮음
신국판 호화 양장본 | 1,556쪽 | 값 60,000원

문학과지성사 한국문학선집
1900~2000

잃었던 우리 문학사의 반쪽을 복원한다!

북한 시인 70명의 대표 시 150편 · 북한 작가 26명의 대표 소설 30편
북한 문학의 진수를 만나보세요!

『문학과지성사 한국문학선집』__ '북한문학' 편의 특징

- 북한문학의 사적(史的) 흐름을 한눈에 들여다볼 수 있는, 남한에서 발간한 최초의 북한 시·소설 선집.
- 북한문학의 전문가가 책임 편집하고 알기 쉽게 해설을 달아 일반 독자도 부담 없이 읽을 수 있는 명실상부한 '북한 현대문학 앤솔러지.'
- 북한에서 인정하는 성과작뿐 아니라 매 시기와 국면의 문제를 가장 대표적으로 형상화한 작품과 문학적으로 의미 있는 작품들을 엄선하여 수록.

시——

구희철 권강일 김광섭 김귀련 김기호 김덕선 김북원 김상오 김상훈 김성철 김순석 김영철 김우철 김정철 김조규 심철 심철민 김형준 남연희 동승태 마우룡 민병균 박산운 박석정 박세영 박팔양 방금숙 백석 백악 백인준 상민 서만일 석광희 안용만 오재신 오필천 윤병규 이광제 이근지 이병철 이상림 이석 이성철 이용악 이원우 이정구 이찬 이호남 임화 장건식 전병구 전초민 정문향 정서촌 정인길 정천례 조기천 조림해 조벽암 조성관 조영출 최석두 최정용 한기운 한원희 한정규 함영기 홍현양 황성하 황승명

소설——

강복례 권정웅 김남천 김만선 김병훈 김영석 김홍무 김홍익 남대현 류근순 백보흠 변희근 엄흥섭 유항림 이기영 이북명 이정숙 이종렬 이춘진 이태준 전재경 조희건 진재환 한설야 한웅빈 황건

신형기 · 오성호 · 이선미 엮음
신국판 호화 양장본 | 1,620쪽 | 값 60,000원